狂俠天驕魔女

壹

梁羽生作品集
30

梁羽生

朗聲圖書　　中山大學出版社
SUN YAT-SEN UNIVERSITY PRESS

图书在版编目（CIP）数据

狂侠天骄魔女/梁羽生著. --广州：中山大学出版社，2012.11
（梁羽生作品集）
ISBN 978-7-306-04373-3

Ⅰ.①狂… Ⅱ.①梁… Ⅲ.①侠义小说－中国－当代 Ⅳ.①I247.5

中国版本图书馆CIP数据核字（2012）第276595号

广东省版权局版权合同登记图字：19-2012-053号、19-2012-051号

朗声图书

本书版权由传慧出版有限公司授权广州市朗声图书有限公司在中国大陆（不包括香港、澳门、台湾地区）专有使用

封面题字：黄苗子　书名篆刻：张贻来

狂侠天骄魔女

出 版 人	王天琪
策　　划	欧阳群
责任编辑	何　娴　熊锡源
文字编辑	林春光
内文插画	卢延光　蒙复旦
封面设计	王　强
出 版 社	中山大学出版社
	（地址：广州市新港西路135号　邮政编码：510275）
电　　话	编辑部020-84111996　传真020-84036565
网　　址	http://www.zsup.com.cn　E-mail:zdcbs@mail.sysu.edu.cn
代理发行	广州市朗声图书有限公司（电话：020-34297719）
印　　刷	湛江南华印务有限公司
规　　格	880mm×1230mm　1/32　65.125印张　1841千字　插图44幅
版次印次	2012年12月第1版　2021年1月第5次印刷
定　　价	182.00元（全五册）

目　录

第一回　密约成空逢敌虏
旧情如梦散鸳鸯

> 家国两茫茫，诗酒伴狂。长安西望路漫漫。吟到恩仇心事涌，愁上眉端。　何处觅红颜？金缕歌残。伤心剑底起波澜。自是情天常有恨，天上人间。
>
> ——调寄《浪淘沙》

蝶舞莺飞，匆匆过了清明时节，江南春暮，北国正花开。人道是"骏马秋风冀北，杏花春雨江南"。似乎春光偏爱江南，秋日独宜冀北，其实北国的暮春三月，却也别饶佳趣，另有风光。

恰是清明节后的一天，冀北平原、蓟城北边的阳谷山上，有一个少年，正在负手徘徊，引领遥望。这时，朝霞未散，旭日初升，满山满谷的野花，在朝阳底下，分外显得花光艳发，色彩缤纷。

但这少年却似无心观赏这绝妙的春光，但见他不时地搓手搔头，一副焦急的神气。

他有什么心事？他在期待什么？不错，他正在心事如麻，盼望着和他的心上人儿一见，因为他就即将离开此地，偷赴江南了。

为什么说是偷赴？因为其时正是南宋年间，南北对峙、天下三分的时代。南宋偏安江南；长江以北的中原土地和北方一大部分，则是女真族的金国所有；漠北则是新兴的蒙古国家。这一年是南宋绍兴二十九年，金正隆二年（公元一一五八年），南宋衰落，蒙古初兴，三国之中，以金国最为强盛。

这少年名叫耿照，家住蓟城，正是离开金国的京城"中都"

（即今北京）不过一百多里的地方。蓟城沦陷已久，他的父亲曾出仕金朝，做个不大不小的官儿，前年病逝，目下只有老母在堂，他就是奉了母亲之命，要偷赴江南的。他是官宦人家之后，文才武艺，出色当行，在本城素受注视，这次偷赴江南，又携带有重要的物事，是以他母亲千叮万嘱，叫他切不可泄露行踪。

但是，他却把自己南行的消息，偷偷地告诉了一个人，这个人就是他的表妹秦弄玉。他们是青梅竹马，两小无猜，多少年来，早已是情性相投，私心眷恋，如今他潜返故国，不知何日重来，又岂可不在临行之前，与心上的人见一面？

可是，左等右等，心上的人儿还未见来！他跳上一块明如镜台的圆石，这块石头是被当地人称为"望夫石"的，据说曾有一位痴情的女子，曾在这块石头上眺望她远方的情郎，七日不饮不食，终至于死。他和他的表妹小时候，不止一次地在这石上嬉戏，他的表妹也曾自比过那痴情的女子，也许今后她也会在这块石头上眺望他吧？但是如今，却是他在这块石头上眺望她。他心中正在万想千思，要在分手之前，要在这块多情的"望夫石"上，与她私把姻缘定了。唉，但是眺望复眺望，他的心上人儿还是未来！

山风吹过，茅草猎猎作响，耿照眼光一瞥，只见那一大丛茅草，似波浪般的起伏不定。初时还以为是被风吹动，但山风过后，茅草仍未静止，而且那"草浪"还在向前延展，正是对着这块"望夫石"的方向，同时还有窸窸窣窣的声响，这分明是有人潜伏在茅草丛中。

耿照恍然大悟，心想："表妹又来作弄我了，她定是想出其不意地吓我一跳。"他们小时候在这里嬉戏，秦弄玉曾不止一次地这样作弄过他。耿照自以为识破机关，心里暗暗好笑："好，我且不叫破她，待她近了，我就一把将她抓起来！"

耿照走到石台边缘，弯腰伸臂，正在作势欲抓，忽听得一声喝道："站住，不许动！"这一声有如晴天霹雳，登时把耿照惊得呆了！

只见茅草丛中陡然窜出了好几个人，将这块"望夫石"团团围着，一个个都是金国的武士装束，哪里有他的表妹？

耿照认得其中一人正是本城的兵马司都监扎合儿，只见他正在

忽听得一声喝道："站住，不许动！"一群金国武士，将耿照包围了。

一步步地迫近，手持长刀，指着自己冷笑。

耿照故作镇定，说道："扎都监，你早啊，怎的一副如临大敌的神气？"扎合儿冷笑道："耿公子，你也真好兴致啊，这么早就上山来玩了？"耿照道："我上山来玩，没什么碍着你们吧？"扎合儿哼了一声道："你上山来玩？哼！你自己做的事情，你自己应该明白，识相的快快束手就擒，还要我们动手吗？"

耿照怒道："这么说，你们竟是冲着我来了，我到底犯了什么罪？"扎合儿大吼一声道："耿公子，你别装糊涂啦，真人面前还要说假话吗？我问你，你是不是带了你父亲的遗书，今日就要动身到江南去？哈，哈，我们给你送行来啦！"

耿照这一惊非同小可，讷讷说道："这，这从何说起？"扎合儿冷笑道："是呀，这真是不知从何说起！你们父子曾受过金朝大恩，却原来暗地里做南宋的奸细，你还有什么可说的？走吧！"耿照"嗖"地拔出剑来，一个武士喝道："好小子，居然还敢拒捕吗？"

这武士是金国的"巴图鲁"勇士，他见耿照年纪轻轻，哪里将他放在眼内，一马当前，倏地就跳上石台，挥铜便打。

哪知耿照身手极是敏捷，他挥剑一封，只听得"当"的一声，火星飞溅，知道这个武士气力极大，立即一个回身拗步，趁着那武士立足未稳，施展"四两拨千斤"的巧劲，将他轻轻一带，那武士正向前扑，给他借力打力地轻轻一带，那水牛般粗大的身躯，竟然整个飞了起来，"吧"的一声，跌出了数丈开外，那些武士们齐声鼓噪，"嗖嗖"连声，接连着便有几枝冷箭飞来！

扎合儿喝道："要留活口，当心点，别射杀了他！"要知耿照乃是"私通南宋"的疑犯，这是金人最忌的事情，当然最好是将他活擒，然后才可以缓刑审问，追查他还有没有其他党羽。

话声未了，耿照陡然间从石台上飞起身来，只听得"嗖"的一声，一枝冷箭贴着他的脚底飞过，接着"叮叮"两声，连续而来的那两枝箭也给他用剑打落了。

说时迟，那时快，耿照未待身形落地，在半空中一个筋斗，头下脚上，便向扎合儿冲来，剑势凶猛之极！

扎合儿大吃一惊，心道："原来耿仲果然是个深藏不露的武林高手，我们竟给他蒙了十多年。"耿仲就是耿照去世的父亲。原来扎合儿是金国有名的武士，他的吃惊还不只是因为耿照的武功高强，出乎他的意料之外，而且是因为他已经知道了耿照乃是家传武功，儿子如此，父亲可知。耿仲以一个武林高手的身份，屈身在金国为官，至死不露，直到昨天，他们才知道耿仲一生苦心积虑，是要帮助南宋恢复中原，图谋倾覆金国的，当真是一个最可怕的敌人！

扎合儿虽然吃惊，但还不至于怯慌，他的武功也确实了得，当机立断，趁着耿照身子悬空，立即霍地一刀，向耿照双腿斩去。

耿照一招"鹰击长空"，凌空刺下，右腿也踢了出去，踢扎合儿的太阳穴，只听得"当"的一声，刀剑相交，耿照借着这震荡之力，在半空一个侧翻，越过了扎合儿的头顶，扎合儿也避开了他那一踢。

耿照连人带剑，化成了一道长虹，闪电般的又向另一个武士刺到，这武士用的是一杆虎头金枪，武功亦非泛泛，枪尾一颤，立即抖起一圈枪花，这是青海哈回子的独门枪法，在花枪招数之中，夹着虎尾棍法，以"圈、点、抽、撒"的招数，要夺耿照的宝剑，并刺他的穴道。耿照大喝一声："来得好！"竟然在斗大的枪花之中，欺身进招，"白蛇出洞"，迅如电光石火，剑锋贴着枪杆，便径削那武士握枪的手指。耿照在这武士的心目中，只不过是个"乳臭未干"的少年，哪料得到这个"乳臭未干"的少年竟然敢用这样冒险厉害的招数。那武士"啊呀"一声，要待后退，已是不及，但见剑光过处，血花飞溅，那武士的五只指头，全都给宝剑削了下来，那柄虎头金枪，也飞上了半天。

扎合儿大怒，飞步赶上，横刀便扫，一招"凤凰展翅"，径斩对手的上盘。耿照动也不动，待得他的刀锋离开面门不过寸许，才猛地一拧身，一招"后羿射日"，剑锋由下而上，径截扎合儿的手腕。这一招好不厉害，扎合儿顾不得攻敌，急急变招自保，月牙刀从上斩变为下拖，当的一声，格过耿照的长剑，彼此都受对方的猛力所震，收势不住，向旁斜冲数步。那被削了手指的武士，正当其冲，他本已摇摇欲坠，耿照一抬腿，"咕咚"一声，就把他踢翻了。

那武士惨叫一声，躺在血泊之中，寂然不动，显见不能活了。扎合儿火红了眼睛，大声叫道："叛贼大凶，你们无须再顾忌了，活擒最好，格杀亦无妨！"

呼的一声，一对日月双轮当头压下，这是专克刀剑的一种外门兵刃，使这对日月轮的武士比耿照高出一个头，居高临下，当真有如泰山压顶！耿照一个"搂膝拗步"，剑光划了一道长弧，身随剑转，陡然反手一剑，从那武士绝对意想不到的方位刺来。那武士的日轮先到，照胸压下，耿照一剑刺去，正好插在轮圈之中，剑锋一旋，他这柄宝剑有断金切玉之能，但听得"喀嚓"声响，日轮的锯齿断了两齿，轮子也被他的剑势带动，向反方向旋转。那武士拿捏不定，手心反而给自己的轮子的急旋之力擦得鲜血淋漓。

耿照正要再加把力，把他的轮子绞出手去，猛地里寒光一闪，一对双钩又从侧面袭来，耿照迫得把宝剑抽出，一招"白虹贯日"，先迎击那使双钩的武士，这一招"白虹贯日"乃是强攻招数，长剑刺出，劲直如矢，端的凌厉非常。那武士大喝一声："好！"双钩霍霍，左钩一沉，右钩一带，两股不同方向的力道左右牵引，耿照的宝剑几乎给他引去，忙使千斤坠的功夫，稳住身形，再一招"夜叉探海"，顺着被牵引的剑势，刺那武士膝盖的环跳穴，那武士迫得移形换位，这才把他的攻势解了。原来这武士名叫察合图，乃是金国的一等巴图鲁，武功不在扎合儿之下。

耿照奔出数步，扎合儿的月牙弯刀迎面劈来，另一个武士的长鞭也拦腰卷到，登时把耿照围在核心。

扎合儿带来了五个武士，一个使铜的已被摔晕，一个使虎头金枪的伤重毙命，剩下来的连扎合儿在内，共有四人。这四个人都是精选出来的武士，分开四个方向，四方夹击，前后照应，耿照不论转到哪个方位，都有人拦住。

耿照接连遇了几次险招，心想："久战下去，终要吃亏。"他看出使软鞭的那个武士似乎较弱，眉头一皱，计上心来，倏地向那武士冲去，那武士软鞭一抖，耿照大叫："哎呀，不妙！"故意卖个破绽，让那软鞭卷住。

那武士大喜，他那一鞭的劲道本来极猛，一卷住了敌人，立即便将耿照的身子扯过来。扎合儿虽然有令"格杀不论"，但到底是活擒为妙，所以另外那两个武士一见耿照已被软鞭缠身，他们的兵器本来就要戳到耿照的身上的，也慌不迭地收手。

哪知耿照年纪虽轻，内功的造诣却很不弱，那武士软鞭一收，正把耿照扯到身边，要将他捆起来的时候，耿照猛地大喝一声，卷在他身上的软鞭，寸寸碎裂，说时迟，那时快，耿照已一把扣着他的脉门将他抓了起来。

耿照将那武士高高举起，作了一个旋风急舞，猛地喝道，"你砸吧！"呼的一声，振臂抛出。原来那个使日月轮的武士，正自双轮砸下，被耿照将他的同伴抛来，恰似小山般当头压下，那武士慌忙抛了双轮，张手接他的同伴。

哪知耿照这一抛已是运足了内家真力，那武士内功不及耿照，接不下来，"咕咚"一声，竟给撞翻，那个"人球"，仍然向前飞去。

扎合儿横刀护身，单臂一圈，将那"人球"揽住，只觉触手僵硬，原来早已气绝了。就在这时，又听得那使日月轮的武士一声惨呼，原来已被耿照一剑刺杀！

扎合儿见耿照在举手投足之间，连杀他手下两名勇士，不禁又惊又怒，说时迟，那时快，耿照又已挥剑攻来，扎合儿大喝道："今日不是你死，便是我亡！"一口刀使得泼风也似，每一刀都是拼命的招数。

耿照也豁出了性命，剑剑指向敌人要害。这时对方只剩下两个人，耿照以一敌二，堪堪打个平手。

但耿照毕竟是缺乏临敌的经验，招数虽然精妙，却不及对方老练，而且他还得提防对方续有援兵，久战不下，便不免心躁气浮。激战中他急于求胜，使了一招"贯日射石"，欺身猛进，剑尖直指到扎合儿的咽喉。扎合儿横刀一挡，"喀嚓"一声，刀头折断，可是就在这时，扎合儿的副手察合图看出了耿照下盘虚浮，双钩一划，左钩将耿照的宝剑带过一边，右手钩扯去了他小腿的一片皮肉。

耿照脚步跄踉，斜窜数步，说时迟，那时快，察合图又已跟踪扑到，双钩齐展，俨如两道银蛇，扎到了耿照的后心。

耿照猛地大叫一声，一脚踏空，跌倒地上。察合图一钩扎去，"嗤"的一声，又在耿照的肩头，划开了一道伤口，正想再扎一钩，哪知就在这瞬息之间，耿照忽地一个盘旋，剑尖挑起，刺穿了察合图的小腹。原来他用的是败中求胜的绝招，故意跌翻，好让敌人上当的，这一招可说是险到了极点，倘若不是及时刺中敌人的要害，他就要毙在敌人的双钩之下。

扎合儿刀头已折，又见察合图腹破肠流，全身躺在血泊之中，显见不能活了。饶他是个杀人不眨眼的屠夫，也不禁吓得魂飞魄散，这时只剩下他一个人，哪里还敢恋战，只恨爹娘生少了两条腿，急急忙忙便逃。

耿照一个"鲤鱼打挺"，翻起身来，喝道："金贼，哪里走？"可是他刚一举步，便觉疼痛不堪，险些又再跌倒，原来他小腿中的那钩，也伤得不轻，已是力不从心了。耿照心想："绝不能让他活着回去！"猛地一咬牙，力透剑尖，将宝剑脱手掷出，这一剑掷得准极，恰好从扎合儿的后心穿过前心，搠了个透明窟窿！

强敌尽歼，耿照方始松了口气，正要走过去取回宝剑，刚举起脚步，忽觉一股大力扑来，突然间给人扯着了脚后跟，耿照的小腿本已受了钩伤，站立不稳，竟然一下子就给那人掀翻了！

原来这个人正是最先跳上石台，给耿照摔晕了的那个武士。他刚好在这个时候醒了过来，便来和耿照拼命。

这人力大如牛，一把将耿照掀翻，骑在他的身上，单掌按下，举起拳头，便擂下来。耿照横臂一架，伸出指头，疾点他胁下"愈气穴"，这是人身十二个死穴之一，倘被点中，立时便要送命。

哪知这武士身披重甲，耿照在久战之后，气力不支，指力已是不能透过，只听得"卜"的一声，那武士大叫道："好呀，你这小子还要害你老子！"一拳擂下，把耿照打得双眼发黑，金星乱冒，五脏六腑都似是要翻转过来。

幸亏耿照内功深厚，这一拳还未能将他打晕，百忙中急忙使了个擒拿手法，将那武士的小臂抓住，一个"鲤鱼打挺"，反客为主，自己翻了上来，却把那武士压了下去。

但可惜耿照已是强弩之末，虽然一时得手，气力毕竟不如对方，那武士紧紧将他抱住，两条臂膊，赛如两道铁箍，箍得耿照几乎透不过气来，耿照情知打不过对方，抓实了他，也不敢放手。

两人在地上翻翻滚滚，扭作一团，什么精妙的招数，都用不上了。那武士猛地大喝一声道："滚下去吧！"原来他们已滚到了悬崖旁边，再向前一步，便要跌下激流急湍的深渊。

那武士使劲一推，耿照的半边身子已经悬空，他本能地将那武士拖着，心想："我死了你也得赔我一命！"

悬崖石骨嶙峋，有如利刃，耿照的手脚给擦得鲜血淋漓，那武士猛地用力挣扎，脱出了一只手来，举拳便打，耿照心里正道："我命休矣！"忽觉有物绊腿，却原来是一支凸出来的石笋，耿照脚尖一勾，上身向后一仰，勾牢了石笋，使出了吃奶的气力，单掌一托，喝道："下去吧！"他有所凭借，气力容易使用，那武士一拳打空，失了重心，收势不住，被他托了起来，翻过了头顶，"咚"的一声，跌下了深渊，激得浪花高高飞起。

耿照抓着石笋，翻了上来，抹了一额冷汗，暗叫："好险！"他忍着疼痛，一跛一拐地走到扎合儿尸体的旁边，取回了宝剑，四下一望，幸喜无人，心里想道："我得先找个隐蔽的地方治伤。"他还剑入鞘，以剑作拐，支持着身体，走到了一处山涧旁边，这是他和表妹小时候经常嬉戏的地方，四面都有大石围住，恍如天生的屏风。耿照喝了一口水，又掬了一把水洗净伤口，山泉清洌，精神为之一振。

他抬头一看，红日正在中天，已是正午时分了。他记起了和表妹的约会，表妹是素来守信的，但这次却例外的失约了！

他刚才在舍死忘生的恶斗中无暇思索，这时头脑渐渐冷静下来，不由得暗自想道："咦，奇怪，金狗怎知我在此地？怎知我要偷赴江南？而且还知道我带着父亲的遗书！"

蓦地一个可怕的念头从脑海中浮起："这是谁泄漏了的？莫非，莫非，唉，莫非……""当"一声，他手上的一瓶药膏跌了下来，幸亏那是一个玉瓶，没有跌碎，但他的心已开始破碎了。

这瓶药膏正是他表妹送给他的，名叫"生肌白玉膏"，乃是秦家秘制、具有极大功效的治伤药。他想起了表妹送他这瓶药膏时的殷殷情意，种种关怀，他忽地叫起来道："她，她对我这样好，我，我怎能对她有所猜疑？"

他表妹希望他永远无须使用这瓶药膏，但她知道他要冒险南归，却不能不给他准备。想不到还未曾动身，就用上了。这药膏的确灵效无比，耿照身上的伤口，经药膏搽过，登时一片清凉。可是身上的疼痛减了，心头的疼痛却加剧了！

他心中又再想道："知道这件事情的，只有妈妈和表妹二人。妈妈是绝不会向外人说的呀，表妹？她不说，金狗怎能知道？……"

突然间耿照感到一阵寒意直透心头，浑身颤栗，这是比死亡更为可怕的恐惧！他不敢想，但又不能不想，他心里不住地在叫："我，我不能猜疑她……"但这只等于夜行人在吹口哨，用来给自己壮胆的。他要压制下猜疑的念头，那就是说"已经"在猜疑了。

世界上还有什么比这个更可怖呢？一个人在猜疑被自己心上的人儿出卖了！这刹那间，耿照感到好像就在悬崖旁边一样，不过，要推他下去的不是那个武士，而是他的表妹！唉，倘若他的怀疑真是事实的话，他的表妹就要比那个武士更为可怕了。心情混乱中，他伸手一抓，要抓着一根"石笋"来支持自己，也就是说他要抓着一个理由，支持他的想法：他的表妹是清白无辜的，绝非出卖他的人！

但他抓不着，这里没有"石笋"，他一抓之下，在水面上抓起一团波纹，清流照影，他自己的影子幻化成表妹的影子，影子在水中荡漾，影子在水中破碎了……

耿照一片茫然，思想似乎已冻结了，血液也似乎要冻结了，他呆了一会，水面恢复了平静，那影子忽地又幻化成他母亲的影子，他蓦地跳了起来，叫声："不好！"他想起了他的母亲！

金贼已经知道了他的秘密了，而且由本城的兵马司都监率人来捕捉他了，那么，他们怎能不查究此事？怎能放过他的母亲？

这巨大的惊恐压下了他对表妹的猜疑，暂时将他的思想转移了。"我不能连累了妈！""不管如何，我一定要回家去看看她！"他发狂似的跳了起来，拔步便跑，跑了几步，跳过一道山溪，忽地一跤摔倒，这才发觉自己脚步虚浮，原来他打了半天，未曾进食，早已是有气无力了。

他忽地记起了父亲生前对他的教训：遇事总要胆大心细，越危险越要镇定！心里想道："我的衣裳满是血污，这副样子，怎能在白日青天进城？只怕未到城中，就要给金兵追捕了。"

他俯下身躯又喝了两口清泉，浸湿了他热得胀闷的脑袋，稍微冷静了一些，心里想道："我妈并不是一个普通的妇女，还有家人王安和婢子小凤，也都懂得几手武功。本城武艺最好的几名金国武士，都已由扎合儿率领到此，给我杀掉了。剩下来的那些金兵，就是尽数发去，也未必就能拘捕了他们，只是我的妈妈行动不便，有点可虑。但好在她的武功还在，又有王安、小凤协助，对付那些金兵，总还可以突围吧？"

原来他的母亲多年前因为修练内功，一时运气不慎，走火入魔，以至半身不遂，后来屡经调治，双足仍是不良于行，所以她这次只能打发儿子孤身南归，自己却不能同行。

耿照惊恐紧张的心情稍稍放松，但母子天性，总是挂肚牵肠，不回去探个虚实，怎能放心？他洗净了身上的血污，取出干粮，胡乱将肚子塞饱，做了一回吐纳功夫，等到衣裳干了，天色也渐近黄昏了，金兵并没有前来搜山，他暗暗叫了一声"老天保佑！"便即急步下山，走到山下，已是入黑时分。

阳谷山离蓟城不过十多里，二更时分，他便到了城外，他一瞧城门上气氛如常，并没特别增兵守卫，他绕过城门，到了偏僻的所在，觑着墙头无人，立即便施展"一鹤冲天"的轻功，悄无声息地飞过了城墙，进入城中。

他的家在东门一个远离市中心的地方，他小心翼翼地一步一步走近家门，见附近的街道，也并没有金兵巡查，心里暗暗欢喜，也有点诧异，随即想道："对了，扎合儿急于贪功，一得了消息便来捉我，这消息他还未曾说与同僚知道。"

但他仍是不敢就径直回家，他年纪虽轻，父母却曾教了他许多江湖上的经验和禁忌，他像小偷一样，跳上屋顶，偷偷摸摸地回到自己家中。

屋内黑沉沉的没有半星灯火，静得怕人，他心里"卜通、卜通"地跳，悄悄地施展"壁虎游墙"的功夫，附着墙落下地来，不发出半点声息，待了片刻，并没发现敌人的袭击，这才放下了心上的石头，便轻轻叫道："王安，王安！"走了几步，忽地脚底有物绊住！

脚踝有僵硬的、冰冷的感觉，从触觉中可以意识到这是一个人，不，不是一个活着的人，而是一具已经僵硬了的尸体！耿照这一惊非同小可，他身上带有火石，急忙取出火石，擦燃了仔细一瞧，可不正是王安！

只见王安额角的太阳穴上穿了一个小孔，周围有凝结成鳞状的血块，孔中还隐约可以看见黑黝黝的钉头。这是他表妹的独门暗器透骨钉！

这刹那间，耿照几乎失了知觉，他用力一咬舌尖，很痛，决不是在做恶梦，他又惊又急，尖叫一声，急急忙忙向母亲的卧房奔去。

房门虚掩，一推便开，触眼一片鲜红，一滩血水，他母亲的那个贴身丫环小凤也已僵卧在血泊之中。小凤名是丫环，但一向得他母亲宠爱，视同亲女一般，自幼教她的武功，大是不弱，但现在也莫名其妙地死了，而且看得出来，她是还未曾来得及与敌人交手，便给杀死了的，因为她的佩剑还未脱鞘。

耿照已无暇再去察看小凤的伤状，摸到桌边，连忙点燃了桌上的蜡烛，只见他的母亲好似平时一般睡在床上。睡得很安静，面上还带着笑容。床上也没有血渍。

耿照心中燃起了万一的希望，扑上前去，叠声叫道："妈妈！妈妈！"可是他的妈妈已不会答应他了！他双手一触，只觉母亲的身子也是一片冰冷，面上的笑容也是僵硬了的，一点不曾变化，神气看来甚是慈祥，但一发现了这是僵硬的笑容，却令人恐怖到了极点！

耿照的心脏几乎停止了跳动，灵魂也好似脱离了躯壳，随着他的母亲去了。他认得这是表妹的独门点穴功夫，点的是胁下的"笑腰穴"，别家的点穴手法，死后形状可怖，只有她这门点穴手法，死后安静如常。可以想象得到，他的表妹是利用亲人的身份，在将他母亲扶起之时，突然偷点她胁下的"笑腰穴"的，否则以他母亲的武功之高，决不会被人这样轻易暗算！耿照发现了他母亲的死因，再也支持不住，骇叫一声，便晕倒了！

迷迷糊糊中，耿照感觉到似乎有一个人走近他的身边，轻轻地、温柔地抚摸他。耿照还没有完全恢复知觉，双眼也未曾睁开，朦胧的意识，已幻出表妹的影子，似乎还听得她低声叹气，悄声相唤："醒来，醒来！"他恢复了几分知觉，王安、小凤、母亲惨死的情状，闪电般的从脑海中闪过，仇恨代替了爱意，愤怒吞噬了柔情，他向那幻影一推，喝道："你这个蛇蝎般的妖女，走开！"

幻影突然消失，他一掌扑空，什么都没有碰着，忽地感到一股呛鼻的烟味，刺眼的强光，不由得大声咳嗽，人也就醒来了。

只见火光冲天，火舌正向着这边卷来，浓烟不断地从窗口扑进来。"这是怎么回事，莫非我还在噩梦之中？"

他定了定神，只听得嘈嘈杂杂的人声，从屋子外面传来，声音重浊，这是金兵的吆喝声："好小子，还不滚出来？""好，他不出来，就让他变成烤猪吧！"骂的声音中又杂着惊叫："咱们的人呢？怎么他们也不见出来？莫非是当真都送了命了？""嗯，我看是凶多吉少了。好呀，擒着那小子，非把他千刀万剐不可！只烧死他还是太便宜了。"

耿照猛然省悟，金兵已围在外面，放火烧他的屋子，迫他出来。但听那些金兵的言语，似乎早已有人冲进来了，怎么却没有见着？

耿照骤逢惨变，当真是伤心已极，痛不欲生，心里想道："母亲死了，表妹竟然就是杀我母亲的凶手，我活着还有什么意思？不如死了倒可以解脱苦恼，妈，你等等我，我就来了。"

火舌忽地横卷过来，屋瓦碎裂，栋折梁摧，挂在墙上的一幅画像"砰"的一声坠地，这是他父亲的画像，火光闪过，在他眼前出现了父亲刚毅的面容！

耿照瞿然一惊，心里叫道："不，我不能死！"他本待拔剑自杀的，心念一动，急忙缩手，手指触着一样物事，这是他藏在身上的父亲的遗书。

他想起母亲在决定叫他偷赴江南的前夕，对他所说的一件秘密。原来他的父亲在金朝为官，并非贪图富贵，而是怀有孤臣孽子效忠故国之心，他做了金国的官十多年，把金国的虚实打探得很为清楚，例如兵力布置的情况，政治上军事上有什么优点缺点，陷区义军有哪些可以联络，最秘密的还有南宋有哪些私通金国的奸臣等等。他把他所探听到的都写下来，在临死之前，留给他的妻子，吩咐他的妻子，再过两三年，待儿子长大，武艺也学全了，就要叫儿子将这份遗书带到南宋去，找到可以倚靠的忠臣，设法将这份遗书，呈给南宋皇帝，他相信这份遗书，对于南宋的兴兵北伐，恢复河山，定然大有帮助。

他想起了当时的情景，母亲流着眼泪郑重地将这份遗书付托给他，那时，他的心情是又难过、又兴奋、又羞愧。羞愧自己曾误解了父亲，在父亲生前，他曾为父亲做金国的官儿而感到屈辱，感到羞耻，每每在言语中冲撞他，怎知父亲的屈志降心，做金国的官儿，却是有着这样的一番苦心！父亲临死时，曾一再吩咐他："不要忘记了自己是汉人，不要忘记了自己的国家。"当时他还以为是父亲临终的忏悔，所谓"鸟之将死，其鸣也哀；人之将死，其言也善"，如今他才彻底明白了父亲临死的心情，对他是抱着何等深厚的期望！在父亲生前，他是为父亲的行事而感到可羞；而现在则是为了自己的糊涂而羞愧了。兴奋的是他接下父亲留下来的任务，终于有了报国的机会。但同时他却又不能不难过，难过的是他已不能起父亲于地下，向父亲赔罪了。

人类的心理活动就是这样，当一个人受着重大的刺激，理智失去平衡的时候，只有另外一种更强烈的感情兴起，才能将它掩盖，将它转移。耿照在这一日之间，接连受了两个重大的刺激，最初当他发觉自己是被表妹出卖的时候，他绝望、难过、激动，几乎疯狂；这个情绪，由于他恐惧母亲的遭逢不幸而暂时压下了，所以才能支持自己，赶回家中。待到他发现母亲果真已经遭逢不幸，而表妹就是谋杀他母亲的凶手，这一个刺激更加重大，几乎令他痛不欲生，就要拔剑自杀；而现在则由于想起了父亲的未曾完成的遗志，想起自己肩负的重担，刺激着他，恢复了他的生之意志！

他心里叫道："不，我不能死！"他猛地跳了起来，跑到母亲的床前，想要抱起母亲的尸体，冲出火窟。

他揭开帐子，猛地里一呆，又一件奇事发生了。床上空空，他母亲的尸体已经不见！"难道竟会有人偷我母亲的尸首？他为什么又不害我？""难道我的母亲本来就没有死？""不，这是决不可能的，除非我刚才所见的都是幻影！我确实发觉她的尸体已经僵硬，而小凤的尸体也还在这里呀！""呀！难道是母亲已经成仙去了？"

火舌卷来，窗子已经在焚烧了，满屋的浓烟呛得他几乎窒息，他是再也无暇思索了，再也不能耽搁了，他抱起了一床棉被，就冲出去。

踢开房门，忽地眼前又出现了奇事，只见门口躺着两个金国军官的尸体，距离稍远的地方更是横七竖八地躺着几具尸体，都是金国军官的服饰，其中有两具尸体已经开始着火燃烧。

他大吃一惊，这才知道，在他昏迷未醒的时候，果然已有许多敌人进来，但却不知是什么人将这些军官杀死，暗中救了他的性命！正是：

阵阵疑云心上起，是谁相助拔刀来？

欲知后事如何，请听下回分解。

第二回　喋血山村伤惨变
忏情热泪种愁根

他心念一动,失声叫道:"敢情是弄玉来过了?"他隐约记得,在自己迷迷糊糊的时候,似曾有一个人走近他的身边,温柔地抚摸过他,而且还在他的耳边叹气。

莫非这个人就是他的表妹秦弄玉?她是确确实实的来过了?不是梦,也不是幻影?

他急忙去审视那些武士的死状,希望找到证据,证明是他的表妹杀的。

只见那些武士个个面色淤黑,一看就知是中了剧毒的暗器死的,耿照大失所望,心道:"唉,不是表妹,我也真糊涂,怎能希望是她呢?她是杀我母亲的凶手,又岂会来救我的性命?"

原来他表妹的家传武功,源出于青城的一支,是个正大门派。他表妹虽然也用暗器,但却是专打穴道的透骨钉。她是从来不用喂毒的暗器的。她的一家都不会使毒。

这些武士因中毒而死的事实,说明了那个暗中救护他的,不是他的表妹,而是另有其人!耿照发现了这个事实,更是惊奇不已!

火势迅速蔓延,火焰似千百条金蛇飞舞,瞬息之间,已把耿照包围在火海之中,耿照立足不住,急忙把棉被包过了身子,裹了头面,猛地就冲出去。只听得"轰隆"一声,刚好在他窜过去之后,大梁倒了下来,幸亏没将他压着。耿照窜高伏低,选火势较弱的地方窜出,扑压火焰,越过火墙,只听得轰天裂地的一声巨响,整座房子都塌了下来,而耿照也在这千钧一发之间,滚到了外面。

烟雾弥漫，人影绰绰，在屋子外包围的金国武士，密密麻麻，不知多少，这些武士见有人突然滚了出来，哗然大呼，纷纷涌上，有人叫道："看清楚了，莫要杀伤了自己人！"

一个手执长刀的军官最先赶到，叫道："你是谁？还不出声！哎呀，不好！……"耿照倏地跃起，棉被还没拿开，一剑就穿出去，将那个军官刺了个透明窟窿！周围的武士大叫道："不好，是那姓耿的小子，他窜出来了！"

耿照将已经着火的棉被向前一罩，又扑倒了两个武士，挥剑大喝道："避我者生，挡我者死！"抛开棉被，旋风般的杀将出去，当真似是猛虎出山，挡者辟易！

金国武士大声呐喊，却没有几个人敢当真近身搏斗。要知他们乃是因为不见同伴出来，这才放火的，在放火之前，进去拘捕耿照的那七八个武士，都是他们之中武艺高强的人，进去之后，一个个有如石沉大海，外面的武士发了慌，这才迫不得已出此下策。如今见只是耿照一个人冲了出来，只道那七八个武艺高强的同伴，都是被耿照一个人杀了的，本来就已着慌了的，这时当然更不敢迎战了。

眼看耿照就要杀出重围，忽听得一声喝道："你们这些饭桶滚开，待我来拿这个小贼！"

声到人到，只听得呼呼风响，卷起了一团鞭影，猛扫过来。耿照一个弓身移步，那条长鞭从他背上掠过，耿照豁了性命，便向前冲，却不料那人的鞭法灵活非常，倏地一收，鞭梢反卷回来，这一次打个正着，耿照后心的衣裳裂了一幅，背脊起了一道血痕。幸亏这一鞭是扫出去之后再拉回来的，鞭势已衰，力道不大，未曾伤着筋骨。

可是耿照的强冲之势，中了这一鞭之后，身形不免稍稍迟滞，那人的鞭梢一转，迅即又使出连环三鞭，"回风扫柳"的绝技，鞭影翻飞，当真有如旋风疾扫，卷地而来，对方的鞭长，耿照的剑短，若是不顾一切地冲上去，势必大大吃亏，耿照只得沉着了气，忍着了痛，使出挪、腾、闪、展的小巧身法，一面化解敌招，一面寻瑕抵隙，伺机削断对方的长鞭。

接了几招，耿照不由得心中一凛，这人的身手竟是矫捷之极，一身武功，绝不在扎合儿之下。耿照未能削上他的长鞭，反而有几次险些给他的长鞭卷着了剑柄。

原来这人并非是蓟城本土的武士，而是扎合儿从京都请来的金国御林军中的高手。耿照曾猜想扎合儿或因贪功，消息未曾泄露，这一猜却是猜错了。扎合儿在带领他的手下出发到阳谷山搜捕耿照的同时，在城中也已有了布置，而且派出快马，到京都请来了三个高手。金国的京都离蓟城不过一百多里，那三个高手接得讯息，立即赶来，正好赶上了本城武士对耿家的围捕。

三个高手之中，有一个已在屋内丧生，剩下的两个在外面等候耿照冲出。这一个使长鞭的名叫阿骨打，他精通一套虬龙鞭法，耿照若是在日间未曾受伤，和他单打独斗，不知鹿死谁手。如今他虽然得表妹的"生肌白玉膏"敷治伤口，到底还未痊愈，日间的一场恶战，耗力过多，也未曾完全恢复，此消彼长，耿照难免落在下风，几招一过，险象环生。

耿照正在咬牙苦斗，忽见又有一个武士越众而出，大声说道："这小子果然有两下子，阿都尉，我来助你一臂之力。"这个武士正是另一个从京都来的高手，名叫鲁思察。

鲁思察使的是两把点穴钉，只是尺许长，扑上前来，便与耿照近身缠斗。武学有云："一寸短，一寸险"。敢使短兵器点穴的人，点穴的功夫自是十分了得。耿照横剑一封，鲁思察一甩腕子，双钉挟着一股寒风，斜向耿照的右肩井穴插来，耿照一矮身躯，用了一招"举火燎天"，要削他的兵器，他的双钉又已向耿照肩后的魂门穴攻到，耿照既要闪避阿骨打的长鞭，又要对付鲁思察的双钉，吃力非常。对方的兵器，一长一短，配合得恰到好处，耿照顾得东，顾不得西，顾得远，顾不得近，不消片刻，便已是只有招架之功，无还手之力。

阿骨打挥舞长鞭，噼啪作响，指东打西，指南打北。耿照正忙于奔命，阿骨打忽地冷笑说道："小子，你还不肯束手就擒吗？""啪"的一声响，长鞭虚击，鞭势似东似西，闪溜不定；鲁思察配合同伴的攻势，双钉交叉，分点耿照左右肩井穴。

鲁思察用的是短兵器，欺身直进，快如闪电，耿照只得先应付他，当下一个斜身滑步，使了一招"铁锁横江"，叮当两声，把他双钉封出外门，同时立即向西方一跃。

　　耿照本来已经是用尽全副精神，眼观六路，耳听八方的了，他并没有忘记要兼顾阿骨打的长鞭，他是看准了阿骨打的鞭梢抖动方向，才跃向西方闪避的。

　　哪知敌人是作成了圈套，他们是配合惯了的，阿骨打一见鲁思察使出那招，早已料定耿照要跃向西方闪避，只听得他猛地大喝一声："倒！"长鞭倏转，恰恰从西方的坎位扫来，呼的一声，卷住了耿照的宝剑。

　　说时迟，那时快，鲁思察也大喝一声："着！"双钉已指到了他乳下的"期门穴"，耿照百忙中用了"千斤坠"的功夫，倒未曾给阿骨打的长鞭卷翻，可是他宝剑被缠，对鲁思察那对堪堪点到的点穴钉却是毫无办法应付！

　　耿照倒吸了一口冷气，暗叫"我命休矣"。鲁思察那锋利的钉尖已刺破了他的胸衣，耿照的肌肤也已有了冷冰冰的感觉，分明是给对方的兵刃触及了身体了，按说这"期门穴"是人身的三十六道大穴之一，倘给敌人戳个正着，不死也必重伤，可是，奇怪，耿照除了一阵冰冷的感觉之外，竟没感到什么痛楚，身子也没有麻木。

　　耿照正自感到奇怪，就在这一刹那，忽听得鲁思察一声裂人心肺的尖叫，双臂软绵绵地垂下来，只见他那张本来是红若涂脂的面孔，突然间罩上了一层黑气，灰暗无神，随着他那一声骇叫，舌头也伸了出来，鼻孔里淤黑的血水点点滴下，形貌恐怖之极！

　　耿照不由得打了一个寒噤，同时也就恍然大悟，正是那个暗中保护他的高手，又一次地救了他，用剧毒的暗器伤了鲁思察！心念未已，只见鲁思察朝天跌倒，七窍流血，面色淤黑，死状正是与那些在他家中丧命的武士一模一样！

　　耿照固然吃惊，阿骨打这一惊更是非同小可，他骤然受了惊吓，长鞭的力道也就不觉松了下来，耿照猛地大喝一声，运劲一挥，一剑削断了他的长鞭，箭一般的就冲过去。阿骨打心里发毛，心道："不好，原来这小子还会使这种阴毒的暗器！"怯意一生，哪里还敢接战？拖了半截软鞭便逃，哪知他不逃还好，他一逃，没跑上几步，便给耿照追到背后，要待回身招架，已是不及。给耿照手起剑落，"喀嚓"一声，便把他斩了！

京都请来的三个高手都已相继丧命，本城的武士哪里还敢接战，转瞬之间，就给耿照杀出重围。

附近的居民听得这边厮杀，家家都关紧了大门，生怕横祸飞来，连更夫都躲得不知去向了。耿照穿过两条街巷，背后已无金兵，夜色深沉，街道上冷清清的鬼影也不见一个。耿照叫道："是哪位恩公救了我的性命，请现出身来，受我一拜！"长街寂寂，他听到的只有自己的回声，等了好一会，他希望拜见的恩人始终没有现身。耿照叹道："真是一个施恩不望报的侠士。"展空一拜，便即施展轻功，出了蓟城，扬长而去。

刚才在恶战之时，命悬一发，身上受了伤也无感觉，待到出城了后，到了安全之地，才开始觉得疼痛，他用手一摸，只见手上满是鲜血，原来他的背脊被阿骨打的长鞭抽了一下，已起了一道血痕，好在尚未伤及筋骨。

耿照感到了疼痛，不自觉地便掏出了表妹送他的那瓶药，刚刚涂上伤口，忽地想道："我怎好再用仇人的药膏？"恨意一生，怒火难遏，他"当"的一声，就摔掉那瓶药膏，改敷自己随身携带的金创药。同时，在仇恨催使之下，他本来是应该向南方走的，却不知不觉地走上了西边的一条小路，这条小路是通向他表妹所住的村庄的。

清冷的晚风吹来，耿照的脑袋稍稍冷静下来，蓦地打了一个寒噤，心里叫道："我是在干什么，难道我当真要去杀她？"他茫然地停下脚步，慢慢地又转过了身子。

一回头，只见天际一股浓烟，原来他离城未远，城中的火光还隐约可见。耿照象是被烈火烧上了心头一般，心痛如割，不由得想道："我的老家，这时恐怕已烧成了瓦砾了吧？唉，妈妈死得好惨！"怒火攻心，瞬息之间，主意又变，他再转过了身子，心里想道："杀母之仇，不共戴天，岂可不报！她私通敌人，害我一家，我怎能为了儿女之情,忘了家国之恨!"但在仇恨情绪的掩盖下,他也不禁想道:"表妹一向和我志趣相投,对那些横行霸道的金狗,也是一向憎恨的,正是因为这样,我才敢将偷赴江南的秘密告诉她。她怎的会私通敌人?这岂非不可想象!"但在这一日一夜之间,他所遭遇的不可想象的事情太多了,他想起了老家人王安所中的透骨钉,想起了母亲被点"笑腰穴",死后的那僵硬的、可怖的笑容,这刹那间他感到了什么离奇的事情都可能发生,什么亲近的人都不可相信!"不,不管如何,这事情我一定要查个水落石出!此仇不报,我怎能偷活人世?"想至此处,他再不回头,径向前走。

他表妹所住的那座村离城约三十里,走到村口,正是黎明的时分,晨光曦微中,只见前面来了一个人。

那是一个十五六岁的小伙子,挑着两个大箩筐,从他的装束和这副行头看来,似乎是个大清早去赶市集的农家少年。

可是装在箩筐内的却是一匹匹的锦缎,而且更奇怪的是这对箩筐显得十分沉重,因为挑着箩筐的扁担两头弯下,那少年也在呼呼地喘气。假如装的全是锦缎的话,那是绝不会这样沉重的。

但最奇怪的,令得耿照极之诧异的,还是挑着这对箩筐的人!

他认得这个小伙子就是他的姨父秦重的徒弟,他姨母早死,姨父家内只有三个人,除了表妹秦弄玉之外,就是这个小徒弟李家骏。李家骏是他姨父的远房亲戚,前年父母双亡,投到他姨父门下习技,虽然不过学了两年功夫,二三百斤的石担也可随便举个十次八次,以他的气力而论,挑着这对箩筐而竟气喘如牛,那就越发显得箩筐的沉重了。

李家骏"咦"了一声道:"耿大哥,是你吗,怎么这样早便来了?"耿照道:"你也这么早便出来了?你挑这担子往哪里去?"

李家骏道:"耿大哥,告诉你一件奇事,昨天有两个官儿到来拜会师父呢!"耿照心头一跳,不由得停下了脚步,问道:"姨父见了他们没有?说了些什么话?"李家骏道:"我给他们倒了茶之后,师父就要我走开了,他们说了些什么,我不知道。他们走了之后,我出来一看,厅上堆满了礼物……"耿照更是惊疑,问道:"你挑着的就是他们送来的礼物吧?"李家骏道:"不错,还不止这些，大约还有一箩呢。你猜下面是什么东西，都是一锭锭的纹银，不，除了纹银，还有一百两金子呢！你来得正好，我师父说，今天就要搬家，你今天不来，就要见不着你的表妹了。就因为师父要搬家，所以他叫我挑这些东西到……"

耿照蓦地大叫道："我明白了，原来这样！"不待李家骏把话说完，就飞也似的向前奔跑。李家骏大为奇怪，回头叫道："耿大哥，你怎么啦？你明白了什么？我还未曾说呢，你怎会明白？咦！你怎么这个样子？可是和什么人打架来了？"原来耿照走过了他的前面，他回头一望，才发现耿照背心的衣裳破裂，背脊是一条殷红的血痕。

耿照疾跑如风，根本就不再理会李家骏在呼喊什么，心里只是在想道："我明白了，我明白了。人的眼睛是黑的，银子是白的，姨父他受不了金银富贵的引诱，将我母子卖给敌人了。一定是表妹将我的事情告诉了她的父亲，姨父就私下和敌人勾结了。唉，想不到表妹她，她也竟然利欲熏心，和她父亲同谋作恶。她，她竟然下得了这个毒手，杀了我的母亲！"耿照越想越恼，恨不得三步并作两步，赶到表妹家里，杀它个落花流水！

耿照心中正充满杀气，忽听得有美妙的歌声，随着晨风吹来，正是他表妹的歌声。她唱的是：

"野塘花落，又匆匆、过了清明时节。划地东风欺客梦，一枕云屏寒怯。曲岸持觞，垂杨系马，此地曾经别。楼空人去，旧游飞燕能说。　　闻道绮陌东头，行人曾见，帘底纤纤月。旧恨春江流不尽，新恨云山千叠。料得明朝，尊前重见，镜里花难折。也应惊问，近来多少华发？"

表妹唱的，正是他的一位好友辛弃疾所作的一阕新词。这辛弃疾胸怀大志，文武全才，比耿照年纪稍长，是耿照最钦敬的一位友人。他字幼安，号稼轩，济南历城人氏。耿照有个叔叔，名唤耿京，在伪齐刘豫（金人所立的傀儡）手下，做个不大不小的官儿，辛弃疾又在耿京手下，当一名书记。他们二人，时有书信往还，这阕《念奴娇》新词，便是辛弃疾刚在几天前寄来与他的，此词全是用曲笔抒情，词意相关，表面看来，是伤离恨别、怀念故人；其实却是对南宋舍弃国土、南渡偏安的感慨。（读者若有兴趣研究，可参考中华书局出版，唐圭璋笺注的《宋词三百首笺注》，这里不赘。）

耿照接到了好友寄来的这一阕新词，曾拿与表妹一同欣赏，也曾与她解释过词意，如今听得表妹唱的正是这首词，这分明是对他的忆念，也分明是借词寄意，遥寄故国之思。耿照听得痴了。一缕柔情，便不自禁地从心中泛起，将杀气冲淡了不少。

歌声一收，忽又听得表妹一声喝道："看剑！"耿照吃了一惊，心道："她看见了我么？"表妹的家是一座平房，依山修建，就在山坡下面，门前是个花圃，周围都是树木。耿照从山坡上的小路抄来，居高临下，看得清清楚楚，原来表妹并不是发现有人，而是她在做每早例行的功课——她正在花圃中练剑。

只见表妹一剑刺出，口中念道："大漠孤烟直。"接着长剑一圈，又念道："长河落日圆。"这是青城剑法中最难练的两招精妙剑法，表妹似乎并未练得怎么得心应手，自言自语道："平刺这一剑总不能径直如矢，这大约是由于我气力较弱的缘故，这一剑反手打圈，却怎么也总未得'长河落日圆'的神韵？唉，看来，在剑术上我实是悟性不高。倒是练暗器容易得多，我爹爹就称赞我的透骨钉打得比他还好！"

耿照听了，脑海中蓦地闪过老家人王安太阳穴中了透骨钉而死的惨状，跟着又想起了母亲被她点了"笑腰穴"而死的惨状，耳朵边似听得他母亲在责备："儿啊，你竟然为了迷恋这小狐狸不替我报仇了么？"

怒火再燃，恨意重生，耿照大叫一声，就从山坡上疾跑下来，穿过密林，跑进了表妹的花圃。

秦弄玉吓了一跳，待看清楚了是她的表哥，不禁又惊又喜，叫道："照哥，是你！你还未走呀？咦，你怎么啦？你为什么这样盯着我？"耿照冰冷的充满了恨意的眼光，好似一只受伤的野兽，要把伤害它的猎人撕碎似的，盯得秦弄玉也有点害怕起来，连忙说道："照哥，你怪我昨日没有给你送行么？我失约是我不对，可是你也应该问问人家啊。为什么一上来就这么凶霸霸的？哎，你、你、你，到底想怎么样呀？"

耿照怒不可遏，冷笑喝道："多谢，你没有送行，倒有人给我送行来了。哼，哼，弄玉，你好，你自己做的事情，你自己应该明白，还用得着问么？"

他们二人自小就在一起，一同练武，一同玩耍，秦弄玉爱使点小性子，耿照对她是体贴爱护，对她顺从惯了的，几曾有过这样凶恶的神气？因此秦弄玉一方面是有点害怕，一方面也不禁有点生气。她确实是莫名其妙，心里想道："就算我一时失约，你也不该这样对我！好，你若不向我赔罪，我就偏不告诉你这个原因。"

秦弄玉还未曾发作，耿照已先爆发出来，一声喝道："怎么？你还有什么狡辩？"

秦弄玉怒道："我高兴就见你，不高兴就不见你，用得着辩么？好呀，你欺负我，你走开，我永远也不要再见你了！"

耿照冷笑道："我也永远不要再见你了，今天不是你死，便是我亡！看剑！"倏地拔出剑来，一剑刺去，可是他的手实在颤抖得厉害，他这突如其来的一剑，本来可以在秦弄玉的身上搠个透明的窟窿，但剑尖沾着她的衣裳，却发不出劲。

秦弄玉比他更为惊骇，这一刹那，她给吓得呆了，竟然不知招架，而且非但不知招架，只听得"当啷"声响，她手中的青钢剑由于突然一震，脱手坠地！

耿照喝道："拾起剑来，我是男子汉大丈夫，不杀手无寸铁之人！"秦弄玉失声叫道："表哥，你干什么？好呀，你要杀我，杀吧！"

倘若秦弄玉拿起剑来和他拼命，耿照倒还好办，如今他表妹挺身迎剑，耿照却是不忍下手。正拿她没有办法，忽地得了一个主意，他闭起眼睛，"啪"的就打了他表妹一记耳光，再喝道："拾起剑来！"

秦弄玉这一气非同小可，大叫道："你欺侮人，你欺侮人！好呀，我与你拼了！"

忽听得一个苍老的声音喝道："住手，我来了！"走出来的正是秦弄玉的父亲秦重。他一出来，刚好看见耿照打他的女儿，秦重也不禁气得七窍生烟，颤巍巍地走来，怒声问道："照侄，你为什么这样欺侮你的表妹，你眼睛里还有我么？"

秦重是个不苟言笑，内心慈祥，外貌严厉的人，做小辈的平时见了他也有点害怕。倘在往日，耿照给他这么一喝，一定会吓得浑身发抖，但在此时，他在仇恨的掩盖之下，却已是一点不知道畏惧，非但没有退缩，反而迎上前去，瞪着眼睛，粗着嗓子说道："我认得你，秦重，我认得你！"

秦重听得耿照直呼其名，这一气可大了，大喝道："小畜牲，你认得什么？"耿照冷冷说道："我认得你是个见利忘义，卖身投靠金狗的苍髯老贼，皓首匹夫！"

秦重气得浑身发抖，猛地喝道："小畜牲，闭嘴！"呼的一掌就搨过来。耿照横剑一截，饶是他早有提防，但秦重出手快极，只听得"噼啪"声响，已是给秦重结结实实地打了一记耳光，他刺出去的那一剑，被秦重衣袖拂开，没有刺着。

秦重大怒道："小畜牲，居然还敢和我动手！"出手擒拿，左脚横扫，要将他的宝剑夺出手去，踢他一个筋斗。耿照红了眼睛，刷，刷，刷，连环三剑，都是拼了命的招数。秦重做梦也想不到他竟然这样"疯狂"，一个是无意伤人，一个是立心拼命，因此秦重的武功虽然是远远高过耿照，这一刹那，也不由得给他吓退了两步。

秦弄玉见耿照挨了这记耳光，半边脸孔肿起，她心中又是生气，又是怜惜，但究竟那一口气还未咽下，而且也还不好意思就替表哥求饶。反而说道："打得好，打得痛快！爹爹，他打了女儿一巴掌，你给我再打他一巴掌就行了！"这说话其实已是替耿照暗暗求情，只希望他爹爹再打一巴掌便罢。

但这时秦重已是欲罢不能，而耿照也决不会再让姨父打一巴掌了，他招招凶狠，着着拼命，固然秦重还是有本事可以制伏他，就是再打他一巴掌也非难事，但在耿照这样疯狂拼命的剑法之下，只怕两人都难免受伤。秦重既然不愿使出杀手，因此也就不敢太过欺身直进。

秦重是又怒又气，他是个老经世故的人，这时当然也已隐约猜度得到这个姨甥为什么竟敢辱骂他的原因，心里想道："想必是他已经知道金国的官儿到我这里来过，因此就以为我已经卖身投靠敌人。哼，别的人这样误会我也还罢了，你是我的外甥，岂不知我平日为人？再说，我平日对你这么好，还想把女儿嫁给你，你又不是不知道。纵有误会，也决不该这样目无尊长，用起剑来取我性命。哼，哼，你也未免太放恣了，我若不好好教训你，我就对不起你死去的父亲！"此念一生，秦重为了维持长辈的尊严，也就不愿马上解释原因，而是准备把耿照擒下之后，再好好地教训他一顿，然后才说明金国的官儿到他家里是怎么样一回事情。他哪知道耿照还不单是为了此事，而是为了他母亲的惨死，为了怀疑姨父或者表妹就是杀他母亲的凶手！

耿照与姨父展开恶斗，当然更是全神贯注，不敢分心说话，两人越斗越烈，只见剑光闪闪，掌影重重，剑气纵横，掌风虎虎，直把在旁边观战的秦弄玉吓得呆了。

尽管她心中还自有气，但到了此时，已是给恐惧的情绪所遮掩了。她不是为父亲担心，她知道父亲的武功远在表哥之上，她是怕父亲一时动怒，说不定要把表哥打得重伤，弄成残废。她还未曾看出，她父亲其实已是手下留情。

秦弄玉不由得大叫道："表哥，你敢情真是发了疯么？还不赶快把剑扔掉，给我爹爹磕头赔罪，你磕了头就没事了，我爹爹一定会饶你的。"

耿照"哼"了一声，用更猛烈的攻击代替了回答，秦重大怒，猛地喝声："着！"左掌擒拿，右掌横劈。耿照正使到一招"推窗望月"，长剑向前径直刺出，倘若不快快回剑变招，非但剑柄要给对方抓着，一条手臂，也非给对方劈断不可。

耿照认得这是姨父霹雳掌中的一招杀手"横云断峰"，到了此时，只有用青城派的一招剑法"自固吾圉"可以化解。耿照因为自幼与表妹一同练武，所以对于表妹的青城剑法，也颇能运用自如。学武之人，到了生死关头，保护自己，乃是出于本能。因此，尽管耿照是立了心拼命的，到了这性命俄顷之间，却是不假思索地便使出了"自固吾圉"这一招防身剑法来了。

"自固吾圉"顾名思义，乃是只能保护自己，不能伤害敌人的，秦重正是要迫耿照使出这招，这才能放心夺他的宝剑。

秦重冷冷说道："你从我这儿学来的剑法怎能与我抗？"猛地又大喝一声："撒手！"说时迟，那时快，他已一手托起耿照的肘尖，左手的小指又已勾着了耿照的剑环。

按说以秦重的内力之强，勾着了耿照的剑环，而耿照的手肘已被托起又发不出力，秦重要夺他的宝剑，那是十拿九稳的。哪知就在这一刹那，秦重忽觉膝盖的"环跳穴"蓦地一麻，浑身变软，不由得身向前倾，立足不稳。

他的手指还是勾着耿照的剑环的，他以全身的重量向前倾倒，当然就带动了耿照的这把宝剑，同时他的内力一消，耿照使在剑上的劲道当然也就发了出来，两方凑合，只听得秦重一声惨呼，叫道："你，你好狠啊！"耿照在惊诧之间，只见姨父的胸口已被自己的剑尖插入，由于他是整个身子压过来，那重量把耿照的宝剑也压得弯曲变形了。

虽说在耿照的心目之中，姨父已是敌人，而且又是立了心肠拼命的。但姨父毕竟是他的长辈，是他最熟悉的一个人，而这个人现在就要丧在他的剑下，他也不由得惊得呆了！

这刹那间寂静到了极点，蓦地里秦弄玉一声尖叫，扑上前来，声音中充满了惊惶、恐惧、愤怒与伤心，端的是裂人心肺的呼喊。

耿照不知所措，茫然地将宝剑拔了出来，只见秦弄玉已扑到跟前，冰冷的眼光从耿照的面上扫过，随即将她的父亲一抱，尖声叫道："爹，爹！"可怜她是再也不会听到父亲的回答了。她的父亲是早已气绝了。

秦重的胸口被戳开了一个大洞，鲜血汩汩流出，染红了秦弄玉的衣裳。秦弄玉目睹父亲死得如此之惨，这刹那间，她也疯了！

秦弄玉将父亲的尸体放下，将她刚才给耿照打落的那把青钢剑拾了起来，扑上前去，对准耿照，挺剑便刺！

秦弄玉没有哭，也没有叫喊，但她的神气却是可怖到了极点，令人一看，就永远不会忘记，永远心悸不安！

"是迎敌呢？还是道歉？"这刹那间，耿照也是心乱之极，好像思想已经冻结，什么主意都没有了。茫然不知所措中，蓦地感到一阵疼痛，原来秦弄玉的剑尖也已刺进了他的皮肉。这一阵疼痛叫耿照清醒了好些，他感觉到表妹的剑尖正在触着他怀中的那封遗书，他父亲郑重付托给他的那封遗书。"不行，我不能死在表妹的剑下！我一定要活着，将这封遗书送到江南！""她不是我的表妹，她是我的敌人！我固然是杀了她的父亲，她不是也杀了我的母亲吗？"

这念头一起，耿照迅即退后一步，举起剑来，"当"的一声，将表妹的青钢剑荡开。

秦弄玉这时也正在想道："他不是我的表哥，他是我的杀父仇人，我为何不忍下手？不，不，我要硬起心肠，为父报仇！"原来她刚才那一剑，剑尖已刺进耿照的身体，只要稍一用力，就不难将耿照重伤，甚至毙命，然而不知怎的，她在那一霎那间，竟然使不出劲来。如今，在耿照的还击之下，才再度激起她的敌意！

秦弄玉一剑紧似一剑，耿照也本能地舞起剑花，护着身躯，见招拆招，见式拆式，不敢放松。这真是他们做梦也梦想不到的事，在一日之前，他们还是充满蜜意柔情的爱侣，如今竟然就在表妹的家门，展开了你死我活的厮杀！

秦弄玉的剑法到底不及表哥，激战中忽听得"嗤"的一声，耿照一招削过，削去了她的一段衣袖，秦弄玉尖叫道："耿照，你好——"滑步一闪，退后数步，把手一扬，两枚"透骨钉"电射而出，对准了耿照的太阳穴！

不知是她的手指临时发抖，还是在她的心底深处对耿照还有未了之情？本来她的暗器是百发百中的，这时却忽地失了准头，两枚透骨钉在耿照的额角擦过，擦伤了一点皮肉，但却并没有射进穴道。

这两枚透骨钉没有射进他的太阳穴，却射碎了他的心，在此之前，他虽然早已把表妹当作敌人看待，却一直是只守不攻；这时被两枚透骨钉擦过额角，他又是伤心，又是愤怒，蓦地大吼一声，剑法一变，着着抢攻，当真是有如惊雷骇电，暴雨狂风，把秦弄玉杀得手忙脚乱！

"铮"的一声，秦弄玉的剑尖给削去了一段，秦弄玉忽地将断剑一抛，扑倒地上，抱着她父亲的尸体，尖声叫道："你杀了我的父亲，我也不要活了，你将我一并杀了吧！"

耿照收势不及，剑光一绕，将秦弄玉的头发削去了一大片，秦弄玉已感觉到头皮一片沁凉，但一瞬之间，她又感觉到那柄宝剑已离开了她的头顶了。在伤心、愤怒、惊恐之中，她晕了过去。

怎知道，就在这一瞬之间，耿照的心中也已转了无数念头，秦弄玉的性命实在是系于转念之间；但不知怎的，就在那一刹那间，他也像秦弄玉刚才刺他那一剑一样，到了紧要关头，竟然使不出劲来。

耿照茫然地将剑收回，呆了一呆，蓦地顿足叫道："冤孽，冤孽！"心想："她杀了我的母亲，我如今也杀了她的父亲，算了吧，我就饶她不死！"他大叫道："秦弄玉，你我有杀父杀母之仇，从今之后，恩断义绝，望你从今之后，好自为之，重新做人。倘若你定要向我报仇，我也由你。"他说了这几句话，便即拔步飞奔。他其实也是怕了表妹那冰冷的眼光，不敢再对着她了。但他却不知道，秦弄玉这时正在昏迷，他所说的话，秦弄玉是半句也没有听见。

耿照跑出了村子，好像是从一个恶梦中"逃"出来，神智还有点迷迷糊糊。晨风吹来，精神稍振，抬头一看，只见朝阳初出，绮霞未散，一片广阔的田野，延展目前，田野上到处是青绿的禾苗，艳丽的鲜花，一片生机蓬勃盎然！耿照心头的愁云惨雾，也给这一片生机，稍稍冲淡了。

这正是春耕的时分，农家勤劳，在朝阳升起之时，田野上本来应该开始热闹了的，可是今天却奇怪得很，耿照走过了两座村子，兀是未发现有一个农夫出来春耕，耿照心中有事，对这个奇怪的现象，却没有注意。

耿照走过了第三座村子，这三座村子是在一个山坳包围之内，与外间隔开的。走出了这座村子，就是东往蓟城，南往阳谷的大道。耿照将要走近十字路口，忽见村子里出来一个人，这个人正是李家骏，他仍然挑着那对箩筐，但从他那轻逸的步履看来，这对箩筐的重量，显然已是大大减轻了。耿照心中正自奇怪："家骏怎的却还在这儿？"忽见村子里又有几个人追出来。

耿照暗自猜疑："莫非是家骏做了什么坏事，给人追赶？""不对，他挑了两大箩绸缎银子，却怎的有闲工夫到村子里串门？"疑心一起，便躲到一棵大树后面，察看动静。

只见一个老大娘拖着一个约摸十二三岁大的小妞儿，气呼呼地跑来，叫道："骏哥儿，慢走，慢走！"李家骏道："老大娘，请回去吧，不必再送了。"那老大娘道："我不是送你，我实是感激秦大爷。唉，你不知道，你们是帮了我多大的忙，我家欠了前村王百万的田租，利上滚利，前年欠的一箩谷子，到今年一折算，整整合十两纹银，明天若无这笔银子还他，我家的黑妞就要给他拉去作丫环啦！想不到今早一打开门，就是天降福星，秦大爷他惦记着我们，差你来送银子。他又不许我们道谢，你叫我们两母女怎能安心？"

李家骏道："我师父说，份属乡亲，本来就该彼此帮忙，些须小事，何足挂齿。他这时只怕早已在路上了，你们就是要去向他道谢，只怕也找不着他了。还是请回去吧。"

那老大娘道："秦大爷不许我们道谢，但我们总要表一表心意。这对棉鞋，是我给老伴儿做的，还没有穿过，麻烦你带给秦大爷，务必请他赏面收下。"李家骏道："哦，这个——你还是留给黑妞她爹吧。"那老大娘道："我得了秦大爷的银子，我会给老伴另做一对新的。这对你务必给我带去。秦大爷也上了年纪，出远门，行远路，这对棉鞋正合他用。"李家骏大约是怕那老大娘纠缠，只好将棉鞋收下，放入箩中。

跟着一个粗眉大眼带点傻气的小伙子上来，问道："秦大爷好好的为什么要走路？是有人欺负他吗？你告诉我。我别的没有，气力倒有几斤，可以帮他打架。"李家骏笑道："多谢了。我师父正因为不想和别人打架，所以才要走的。"那愣小子问道："这却为何？"李家骏道："小牛哥，你快回去服侍你爹爹吧，这闲事你就不必理了。"那愣小子道："对，你提起我爹，我记起我爹爹要我说的话了。我爹说，他生了病，不能干活了，又没钱吃药，眼见这条老命保不住了，难得你们秦大爷送了银子来，他说他病好之后，要找一块好木头，给秦大爷供长生禄位。还有，这半升炒蚕豆，是送给秦大爷路上吃的，不成敬意，却是本乡土产，好坏请秦大爷赏脸收下。"李家骏怕他纠缠，把那一口袋炒蚕豆也倒进了箩中。那愣小子这才满意走开。李家骏似是想起一事，忽地叫道："小牛哥，且慢。"那愣小子道："什么事？你还要送我银子吗？我爹说已经够了，我不能再贪心多要。"李家骏道："秦大爷给乡亲送钱的事情，你千万不可传扬出去，否则对你们有祸，你记住了！"

那愣小子道："我记住啦，你在我的家里已经说过两遍了。"李家骏笑道："我就是怕你转过身又忘记，不知轻重，乱说出去，所以吩咐你第三遍。"那愣小子道："你放心，这次我牢牢记住，倘有胡言，就罚我嘴上长个大疔疮。"

那老大娘道："妞妞（北方口语，称女孩子为妞妞或小妞儿），你磕一个头，谢秦大爷的大恩。"李家骏道："这，我怎么敢当？"那老大娘道："这是给你师父磕的头。你师父不在，你代他受礼。"待那小妞儿磕过了头，她才肯转身，和那愣小子同走。

耿照无意中偷听了这些说话，不觉疑心大起，好不容易等到这些人都散了，急忙从大树后面闪出来，一把揪着李家骏，问道："这是怎么一回事？"

李家骏吓了一跳，待看清楚了是耿照，也不禁大为诧异，问道："咦，你怎么这样快就回来了，你不给你姨父、表妹送行？"

耿照喘着气道："家骏，先说你的。你挑了两大箩银子，原来是到村子里送人的么？"

李家骏道："不错，我是奉了师父之命做的。怎么，你见了你的姨父，他还未对你说么？"耿照道："说什么呀？"

李家骏道："说昨天金国那两个官儿来拜会他的事呀。"耿照道："我正想知道这件事情。"李家骏更为奇怪，道："哦，原来我师父还未对你说呀。他也太谨慎了，你是他的姨甥，还怕你泄露吗？"耿照道："我来不及问他……所以，所以他没有说。"耿照本来想说："我来不及问他，就动手了。"话到口边，一想还是先瞒住李家骏的好，否则怕他不敢"吐露"实情。

李家骏毕竟只是个十五六岁的大孩子，虽然觉得耿照的神色有异，心里有点怀疑，但仍是如实告诉他道："昨天那两个官儿来拜会我的师父，我给他们倒了茶之后，师父就要我走开了，我不知道他们对我师父说了些什么；客人走后，只见他老人家背负双手，在屋子里走来走去，似乎很烦恼的样子，我就禁不住问他啦。"耿照连忙问道："他说了没有？"

李家骏道："他老人家想了一会，说道：'你是我的徒弟，我待你有如家人，我明天就要出远门了，你肯跟我走么？'我说，我但愿一生都追随师父，不过好端端的为什么要出远门？我师父叹了口气，说道：'唉，你不知道，刚才那两个人是金国皇帝的御前侍卫，他们是来请我出去做官的。他们不知怎的打探到我会武功，要聘请我当他们禁卫军的教头。'我连忙问他：'师父，你答应了么？'我师父道：'答应了啦，你瞧，这些都是他们送来的礼物，我都照单全收啦！'"耿照听了，不觉跳了起来，心想："果然我没有杀错人。"哪知心念未已，便听得李家骏哈哈大笑。

耿照怒道："你笑什么？你师父有官做，你高兴啦？"李家骏笑道："你想到哪里去啦？我是笑你这副神气，这也怪不得你惊诧，实不相瞒，我昨晚听得师父他老人家已答应出山，要去做什么金国禁卫军教头的时候，也是像你现在这样的吓得跳了起来的。后来我师父说：'傻孩子，口头上的答应是一回事，你怎么就当真了呢？'我呆了一呆，说道：'师父，你老人家是从来不说谎话的。'我师父道：'不错，我对正人君子从不说谎，但对这些金狗，你也要我和他们讲信守义么？'我这才大喜道：'那么，这是假的，但这些礼物呢？……'师父打断我的话道：'傻孩子，这些礼物我还嫌少呢。反正这些东西，都是他们从百姓身上搜刮来的，我正好拿来散给贫民。你当我是贪图钱财，自己想要么？'我这才恍然大悟，原来师父打的是这个主意。我师父又道：'你不想想，如果我当时不答应他们，马上就会惹出麻烦，所以不如假意应承，再想办法。'我便问道：'那么你想好了应付的办法没有？'我师父道：'明天咱们就远走高飞，你愿意跟我，那是最好不过。但你要替我先办妥这件事情，处置这些礼物。'他开了一张名单给我，叫我将银子和绸缎按户分赠给这些乡亲。今天一大清早我就出门，他吩咐我办妥了这些事情之后，再赶到马兰谷的天宁寺和他相会。"

耿照听得呆了。李家骏又道："耿大哥，我想请你帮忙！这里还有一百两金子，我是个乡下人，不敢拿去城里的银铺去找换，你是官家子弟，别人不会疑心，就拜托你给我找换了纹银吧。最好要五两、十两一锭的，我好拿去送人。"

耿照心中乱到了极点，李家骏后来说的这些话，他已经听不进去了。李家骏这才注意到他神情大变，连忙问道："耿大哥，你怎么啦？你怎么啦？"耿照蓦地大叫一声，转过了身，向着回头路飞跑。李家骏莫名其妙，他的轻功远远不如耿照，又挑着一对箩筐，当然是追赶不上了。

耿照心中充满了惊恐与不安，这种发自内心的惊恐，只有在他发现母亲暴毙之时可以比拟。但现在除了惊恐之外，还加上了内疚，他不由得叫起来道："难道是我错怪了姨父，杀错了好人？"

他满怀激动，旋风般的飞跑回去，不消片刻，就回到了原来的地方。只见姨父那间建筑在山坡上的平房已经起火，火光刚刚透过屋顶，似是着火未久，正在蔓延。耿照三步并作两步，跑进姨父门前的那个小花圃，那是他刚才杀死姨父的地方。只见地上斑斑血迹，姨父的尸体已不见了，他的表妹也不见了。正是：

大错铸成长有恨，百身难赎悔应迟。

欲知后事如何，请听下回分解。

第三回　惊闻爱侣为凶手
　　　错把妖狐作腹心

耿照心头一震，突然起了一个恐怖的念头："不好，莫非她是举火自焚！"情怀激动，不自禁地叫道："玉妹，玉妹！"火光中传出梁木爆裂的"迫迫卜卜"的声音，却听不到他表妹的回答。

大门是虚掩着的，耿照一脚踢开，便冲进去。他姨父的住家只是一座平房，内外两进，总共不过三间房子，窗户都烧毁了，一目了然，里面是什么人都没有。耿照这才松了口气。

可是，他心中沉重的感觉却并无减轻，他是更迷惘了。"姨父对敌人送给他的荣华富贵视如粪土，不惜散尽资财，弃家远走，他岂会勾结敌人，陷害于我？哎呀，只怕我是当真杀错了人了！""我亲眼见的绝不会假。妈妈、王安、小凤这三条性命，分明是被秦家的透骨钉和点穴法害死的，杀人的凶手，不是表妹便是姨父，这又怎么说呢？""还有，我要偷赴江南的消息，除了妈妈之外，只有表妹一人知道，不是她泄漏那还有谁？"

火光穿过屋顶，火势迅速蔓延，烟雾弥漫，耿照只觉日来所遇的种种事情，也是如烟似雾，真相难明。

耿照正在心乱如麻，百思莫解，村子里已有人发现了秦家起火，大嚷大叫地跑来救火了。有人叫道："咦，这不是耿家的大少爷吗？喂，你为什么还不赶快救火，呆在家门口作甚？"有人问道："你姨父呢？他已经走了吗？"原来这些人都是得了秦重的好处的，也知道他是要在今天离家远走的。

耿照如在恶梦之中被人唤醒，心中忽地又起了一个念头："我不能任凭自己糊涂下去，我一定要寻觅玉妹，问个水落石出。"
"可以想象得到，这把火是她自己放的。她一定伤心透了，恨我极了！"

耿照记起了李家骏所说的话，说是姨父曾经吩咐过他，叫他在办妥了事情之后，便赶到马兰谷的天宁寺和他们父女相会。马兰谷是在蓟城西北三百里外的一个地方，"如今姨父死了，表妹不知还会不会去天宁寺？但这是唯一的线索，要找她只能到天宁寺去试一试看了。""她走得不远，也许我还能追上她。"

想至此处，耿照哪里还顾得救火，立即展开轻功，翻过山坡，往西北方向急走。村民们都诧异不已。李家骏这时亦已赶到，瞧见地上那一滩血迹，惊惶得大叫道："耿大哥，这是怎么回事？我师父呢？弄玉师姐呢？喂，你为什么只是奔跑，不理我呀？"耿照似是视而不见，听而不闻，头也不回地便跑了。

耿照一口气跑了十多里路，表妹的踪影，兀是未曾发现，这时已是日上三竿了。

在这个春耕时节，将近中午的时候，也正是田野间最热闹的时候，田头垄畔，到处是忙于工作的农夫，还有给他们父兄送饭来的孩子，嬉戏田头，笑语嘻嘻，构成了一幅农家乐的图景。

可是在耿照经过之处，登时破坏了这和谐的气氛，农夫放下了锄头，孩子停止了嬉戏，人人都在用诧异的目光看他，大人在窃窃私议，小孩子则哗然大呼："捉小偷呀！捉小偷呀！"有几个大人忙道："小孩子别胡说，这不是小偷，小偷的衣裳不会这样好的。"有个小孩子辩道："你瞧他是光着背脊的，分明是给人抓破了衣裳，使劲挣脱的，他又这样没命地奔跑，那还不是怕给人追上吗？"另外一个孩子向后头望了一望，说道："但后面却并没有人追他呀。"

耿照听了这些言语，心头一凛，想道："我这副样子的确惹人注目，碰上了金兵，可是麻烦。须得换过一身衣裳才好。"

他发力狂奔，走上了一条小路，转瞬间就把这群农夫抛在背后，四顾无人，便走到一处小溪旁边，将衣裳上的血迹洗涤了，然后又抓起一把污泥，涂在背后衣裳破裂之处。

他放慢了脚步，再向前行，沿途虽然碰到几个路人，对他注目，但却也并不怎样惊诧了。

不久到了一个小市集，耿照找到一家成衣店，便走进去，不待店伙发问，先解释道："我是往三块村走亲戚的，不幸在路上摔了一跤，勾破了衣裳，不好看相，你们店里有现成的衣服吗？"店伙看他是个公子哥儿模样，对他的话当然完全相信，心里暗暗好笑："你这样的公子哥儿，却何苦悭几个钱，出门也不雇一辆车子，在路上滑倒那是活该，却照顾我们做一笔好生意。"当下眉开眼笑地说道："有，有！但只怕质料欠佳，不合你老的心意。"耿照道："临时替换的那也不必这样讲究了，你就给我随便挑一件吧。"那店伙给他挑了一件湖水蓝的湖绸长衫，又献殷勤用湿手巾替他揩拭了背上的污泥。耿照脱下上衣，穿上这件长衫，正好合适，很是高兴，那店伙狮子大开口地要他一个价目，比原来的价钱要贵一倍有多，耿照毫不讨价还价，便即付钱。

正要出门，忽听得蹄声得得，有人叫道："这小伙子就在这里！"耿照一看，只见两个骑着马的金兵，已来到了店门口，冲着他大喝道："小伙子，你干的好事，快跟我走！"原来这两个金兵是听得线人报告，说是发现有这么一个形迹可疑的小伙子，他们就赶来想敲竹杠的，他们还未知道这个"小伙子"就是杀了蓟城兵马司都监的那个耿照。耿照听了却是大吃一惊，以为行藏已经败露。

那两个金兵跳下坐骑，取出手镣脚铐，便要来拘捕耿照。耿照大吼一声，劈面一拳，就将提着脚铐的那个金兵打翻，另一个金兵大叫道："反了，反了！竟敢拒捕！"耿照大笑道："当然是反了！"劈手夺过他的手镣，当作铁鞭使用，刷的一鞭，将那金兵打得头破血流，倒在地上，爬不起来。

耿照打翻了这两个金兵，胸中闷气，发泄了出来，哈哈大笑，抛下了手镣脚铐，大踏步走出门来，那些看热闹的人，又是惊骇，又觉痛快，当然无人拦阻。

那两匹马还在门前，耿照选了一匹毛色比较好看的，便跨上去，朗声说道："看在你们给我送来了脚力的份上，饶你们不死！"

双腿一夹，将那匹马催得疾走如风，跑出了市集。

跑了一会，忽听得背后马蹄之声，有如暴风骤雨，耿照回头一看，只见是一个武士装束的金人，骑着一匹高头大马，如飞赶来。耿照见他只是单身一人，哪里放在心上，当下朗声说道："你想来送死吗？还是赶快回去吧！"

那武士忽地一声冷笑，策马疾冲过来，他手中提着一条长鞭，呼的一鞭，人未离鞍，就向耿照扫去。

耿照早已拔剑在手，使了个"镫里藏身"，一剑斜削出去，他这口剑乃是一口宝剑，倘若给他削中，武士那条长鞭必断无疑。

哪知道武士的鞭法精妙之极，矫若游龙，耿照一剑削去，他那条长鞭突然打了个圈，呼的一鞭，正中马颈。耿照一剑削了个空，立知不妙，正要拨转马头，那匹马受了一鞭，痛极难禁，已猛地跳了起来，将耿照抛离了马鞍。说时迟，那时快，那武士的第二鞭又到，耿照控制不住坐骑，难以抵敌，只得跳下马背。只听得那匹马一声哀鸣，原来已给那武士一鞭打碎了头盖，倒毙路上。

那武士纵马过来，践踏耿照，耿照大怒，使出滚地堂的功夫，一剑贴地削去，将他那匹骏马的前蹄削断，那武士一声大吼，也跳下了马来！

耿照一个长身，跳起来抢上前去，刷刷刷便是连环三剑，那武士侧目斜睨，冷笑道："耿仲的六十四手天龙剑法，本来也足以自成一家，可惜你这小子火候未到，岂能奈得我何？"他随随便便若不经意地跨出三步，便把耿照这连环三剑，都闪过去了。

耿照不由得大吃一惊，心中想道："我父亲的天龙剑法，除了几个至亲戚友之外，从未向外人抖露，这厮却怎生知道的？"这时他已与那武士打了一个照面，只见那武士的相貌甚为奇特，看来不过三十左右年纪，但两条眉毛却是纯白如雪。这武士不但相貌古怪，鞭法尤甚精奇，他从容地避开了耿照三剑，这才还了一鞭。

这一鞭打出，竟似波浪形地向前推进，一圈接着一圈，带着尖锐啸声，恍如天风海雨，迫人而来。耿照一剑刺去，竟被那武士的长鞭圈住，那武士大喝一声："撒手！"鞭梢颤动，有若长蛇缠树，勒紧了耿照的手腕。耿照的腕骨，给勒得"格格"作响，痛极难禁，不由得五指一松，宝剑坠下。

耿照腾出左手，急忙接着宝剑，也大喝一声："撒手!"一剑削去，将那长鞭削下了一段，剩下的那一段虽然仍缠在腕上，却已松开了，只见手腕勒起了一圈红印，有如给烙过一般。

那白眉武士怒道："好，你这小子确是顽强，算得是一条好汉。看在你这点硬份，我倒不忍伤你的性命了。你乖乖地跟我走吧。你败在我的手下，决不是丢脸的事情。我劝你无谓跟我赌气了，免得你的皮肉受苦。"

耿照大怒道："大丈夫宁折不弯，宁死不屈。我堂堂大宋男子，岂能向你金狗乞怜，看剑!"剑诀一领，一招"乘龙引凤"，再次向那武士挑去。

那武士眉头一皱，说道："你这小子真是不识好歹，好，你自认是大丈夫，我就要你这大丈夫双膝屈下，看你是服也不服?"刷的一鞭，向耿照横扫过去，耿照右手腕骨破裂，动弹不得，左手持剑，已是不能随心运用。他知道对方的武功比自己高出何止数倍，要想取胜，那是千难万难，当下横起心肠，拼着与敌人两败俱伤，硬冲过去。

那白眉武士冷笑道："好小子当真要拼命么?"猛地大喝一声："跪下!"长鞭打了一个圈圈，似要向耿照颈脖套下。耿照使了一招"举火燎天"，宝剑上撩，仍然脚步不停地向那武士撞去。不料白眉武士这一鞭变幻莫测，长鞭一抖，忽地伸直，化作了一杆长枪，自上而下，径戳下来，"啪"的一声，正正打中耿照的膝盖，膝头骨也被打碎了。耿照双膝一软，身子摇摇欲坠，猛地想道："我决不能向敌人屈膝!"用了全身的气力，挺直腰板，身向后弯，这么一来，膝盖受伤之处，痛得更为厉害，"力勒"一声，骨头拗断，终于仍是支持不住，倒在地上，可是终于也保住了尊严，没有屈膝，而是脸部朝天，平倒下去。

那白眉武士哈哈笑道："有种，有种!"提着长鞭，便向耿照走来，耿照早已把生死置之度外，但见敌人向自己龇牙露齿地狞笑，却也不由得感到一丝恐怖，心中想道："但愿他一鞭将我打死，只怕他有意将我折辱，那时求生不得，求死不能，却是可虑!"

眼看那武士只有几步就要走到身边，耿照正在担忧，忽见那武士猛地一个转身，挥鞭向空中一击，噼啪作响。耿照大为奇怪，心里正自想道："这厮捣什么鬼？"只听得那武士已在大骂道："躲在暗处暗箭伤人，算什么好汉？有胆的出来！"

耿照心中一动，想道："是谁在暗算他？啊，莫非就是昨晚助我脱险的那位高人？"

那武士话犹未了，只听得一个银铃似的声音已在接着说道："我本来就不是好汉，你骂我我不在乎！"眼前一亮，只见树林中走出一个女子，杏黄衫儿，红绸束腰，凤簪镇发，长眉入鬓，体态轻盈，竟是一个美艳非凡的少女，把那武士看得呆了。

那少女格格笑道："你不是要我出来么？现在我出来啦，请问将军有何指教？"

那武士呆了一呆，说道："我要先请问姑娘，你和这小子是亲是故？"那少女道："非亲非故。怎么？"那武士道："这小子是我要捉拿的钦犯，姑娘既然与他非亲非故，何以出手阻拦？用暗器向我偷袭？"

耿照这时也是惊奇之极，那武士的所问也正是他心中的疑问："是啊！我与她素不相识，何以她屡次救我，又不让我知道。"他的惊奇还有一个原因，在此之前，他一直以为在暗中相助他的，一定是个前辈高人，所以才有这样鬼神莫测的本领，他做梦也想不到，他心目中的"前辈高人"，却竟然是个年纪轻轻的美貌少女！

那少女笑了一笑，不答武士那句问话，却缓缓说道："东南西北四霸天，技压尉迟北神鞭。将军刚才那一招鞭法是'八方风雨会中州'吧？使得真是妙极！看来，将军你一定是人称'技压尉迟'的'北神鞭'了，否则决不能使出这一招。"

那武士听得这美貌的少女夸赞他的鞭法，心中又是得意，又是惊奇，想道："这女子好厉害的眼力，竟然一眼就看出我的鞭法。"当下说道："多谢姑娘给我脸上贴金，不错，我就是大金国御林军的总教头北宫黪，'技压尉迟'这个称呼，是江湖上的朋友给我捧场的，叫姑娘见笑了。"

耿照不由得吃了一惊，心中想道："原来这人就是北宫黪，怪不得如此厉害!"要知北宫黥身为金国的御林军总教头，在金国是数一数二的好汉，耿照对他是早已闻名。但那少女所说的"东南西北四霸天"，这北宫黥当是"北霸天"，还有其他东、南、西三霸天是谁？耿照却不知道了。

耿照心念未已，只听得那少女已在说道："将军过谦了，人的名儿，树的影儿，那岂是假借得来的？实不相瞒，我就是因为见了将军如此高明的鞭法，这才动了求教之念，特来向将军请教的!"

北宫黥怔了一怔，道："姑娘，你是谁？不说明白，我可不愿与姑娘交手!"那少女笑道："哦，你这条鞭是不打无名小卒的，我本来不配作你的对手，但我却是你要缉捕的人，所以虽然是无名小卒，但你拿不到我，就无法交差，你总要和我动手了吧?"

北宫黥心中一凛，双眼圆睁，冷冷说道："哦，原来京都和密云这两件案子都是姑娘干的吗?"那少女道："不错，将军还说漏了一件，前两日你们从京都派到蓟城的三位高手，也是我杀掉的，你还未知道吗?"

原来上个月在金国的中都，发生了一件震动朝廷的案子，有四个御林军军官，奉了大将军蒲卢虎的密令，要到蒙古办一件事情，就在动身的前夕，这四个军官都莫名其妙地暴毙了，事后验尸，验出尸体一片淤黑，显然是给人用剧毒的暗器射死的。过了几天，有两个从蒙古来的武士经过密云，中都派出两个军官迎接他们，这四个人也都在密云到中都的大路上给人害死，死状与那四个暴毙的军官一模一样。这两件案子震惊了金国的朝廷，中都的七大高手全都受了命令，要查缉这个凶手，这北宫黥也是接受了命令的高手之一。

这次因为耿照"谋叛"的案子，蓟城的兵马司都监扎合儿，从中都请来了三位高手，协同缉捕，这三位高手，在包围耿家之役，全部死亡，北宫黥怀疑这件案子与上面两件案子有关，故此特地到蓟城调查。调查的结果，证实了这三个高手，还有蓟城本地的几个武士，果然也都是中了剧毒的暗器死的。

北宫黥一路暗访明查，恰巧在这个小市集碰上了耿照击倒金兵，抢夺马匹的事情，于是北宫黥飞骑追踪，终于赶上。起初他还以为耿照就是那个凶手，后来交上了手，见耿照的剑法虽然不错，但功力却不太高，又始终没有用过暗器，以这样的本领，决不能杀得那几位高手，这才知道不是。

现在这个少女突然出现，一口承认这几件案子都是她一人干的，北宫黝这一惊自是非同小可。到了此时，形势急转，这少女和耿照虽然同是"钦犯"，但这少女却比耿照重要得多，变成了"正点儿"（江湖术语，意即主角）了。

北宫黝虽然心内暗惊，但他究竟是"四霸天"之一，武学名家的身份，神色上丝毫也没有显露出来，当下仍然气定神闲，既不惊惶，也不动怒，按照江湖的礼节，一拢长鞭，拱手说道："姑娘年纪轻轻，就干下了三件大案，当真是巾帼出英雄，英雄在年少！姑娘既要较量我的鞭法，敢不奉陪。请姑娘亮出兵器来吧，姑娘远来是客，北宫黝先让三招。"

那少女道："多谢了，将军你也不必客气。"她顿了一顿，似自言自语地说道："我用什么兵器好呢？今日匆匆忙忙的出来，竟忘了携带兵器了。"北宫黝不欲占她便宜，一指耿照说道："这小子用的是把宝剑，姑娘你可以借他的一用。"那少女瞥了耿照一眼，笑道："不错，果然是把宝剑，但我一来不欢喜用人家的东西，二来不想在兵器上占你的便宜，三来将军是在鞭法上称雄，不如我就在鞭法上向将军请教吧！"

北宫黝是个江湖上的大行家，只要他瞧了对方一眼，对方身上是否藏有兵器，藏有什么兵器，他都可以了如指掌。但见这少女的衣服甚为贴身，里面不似藏有什么软鞭之类，心中正在奇怪，只见那少女解下了束腰的绸带，微笑说道："我是班门弄斧，鞭法使得不到之处，还望将军指教。"

北宫黝这才知道，这少女竟是要把绸带当作软鞭，来与自己较量！他号称"技压尉迟北神鞭"，鞭法的造诣何等深湛，平生纵横南北，大小数百仗，只输给过三个人，但那三个人都是用别种兵器打败他的，若然彼此用鞭的话，他有生以来还当真未曾遇过对手。

如今这少女却要用绸带来对付他的"神鞭"，饶是他见多识广，也不禁有点惊异，同时也就禁不住心中有气，心想："多少英雄在我鞭下求饶，你这黄毛丫头，竟敢小觑于我！"但他以武林高手的身份，习惯了喜怒不形于色，心中虽然有气，仍然保持着一份矜持，长鞭一拢，淡淡说道："姑娘能用这种'软鞭'，技艺定然是高明的了。请赐招吧！"

那少女笑道："你是鼎鼎大名的北神鞭，我不先行献拙，想来你是不肯赐教的了。好，恭敬不如从命，我先献拙了！"红绸一挥，登时卷起了漫天红影，但见四面八方，都是这少女的影子，好似有几十个人，同时持着绸带卷来，北宫黝不由得吃了一惊，大声赞了一个"好"字，身似陀螺乱转，接连打了十几个圈圈，好不容易才从漫天红影之中脱出身来，避过了她这一招。那少女格格笑道："将军小心，后面就是鱼塘了，留心不要跌下去。"原来北宫黝虽然避过了她这一招，但已是不知不觉地退了十几步，退到了路边了，后面正好是农家的鱼塘。

北宫黝面上一红，连忙向前一跃，说时迟，那时快，少女的第二招又已发出，"嗖"的一声，绸带抖得笔直，直刺过来，北宫黝连用几种身法，那条绸带仍然似影随形地追着他，只听得"嗤"的一声，北宫黝长袖一挥，想拂开她的绸带，哪知衣袖已给"刺"穿了一个小孔。一条轻飘飘的绸带，经这少女运用起来，竟然变作了利剑一般，可以刺穿别人的衣袖，内力的强劲，确是已到了惊世骇俗的地步。

北宫黝有言在先，说是要让这少女三招，那招才不过是第二招，他就先已吃亏。那少女将绸带一卷，笑道："将军还不肯亮鞭赐教吗？"蓦地把手一扬，绸带又再撒开，屈伸变化，莫可名状。一个圈圈接着一个圈圈地向北宫黝卷来，北宫黝不知这少女还有什么古怪的招数，顾不得食言，只好将长鞭挥出，用了一招"霸王鞭石"，鞭风呼呼，将那少女的绸带荡得随风飘舞！

那少女也不由得心中一凛，想道："这一鞭内力充沛，霸道非常，且又招里套招，式中套式，北神鞭果然是名不虚传。"

鞭风呼响中，但见那少女身似花枝乱颤，恍如迎风起舞，衣袂飘飘，那条绸带随着鞭梢飘飘荡荡。北宫黝这一招"霸王鞭石"，虽是力道强劲，确有碎石拔树之能，但那条绸带轻飘飘的全不受力，而那少女的身法又轻盈之极，善于趋避，北宫黝竟是莫奈她何。

北宫黝鞭影翻飞，从"霸王鞭石"疾变为"云麾三舞"，改"扫"为"卷"，要把那少女的绸带卷出手去。那少女机灵之极，绸带一挥，俨似一条蛇，忽屈忽伸。忽地"嗖"的一声，抖得笔直，使出了钢鞭招数，用了"压""转""推"三字诀，轻软的绸带，刹那间变成了坚硬的钢鞭，笔直压下，反手一转，迅即一推，一招三式，一气呵成，把北宫黝的长鞭推了开去。

北宫黝最初还不大相信这少女能用一条绸带使出精湛的鞭法，到了此时，才知道这少女确有奇能，不由得暗暗心服。这少女的绸带不但可用作软鞭，而且还可以用作钢鞭，内力的运用当真是妙到毫巅，绝不在北宫黝之下。

北宫黝知道遇到了敌手，精神倍振，将九九八十一路天龙鞭法使开，虎虎生风，一招一式，稳如沉雷，疾似骇电。少女的绸带随风飞舞，忽迎忽拒，或卷或扫，卷起了漫天红影，和北宫黝打得难解难分。

耿照躺在地上，看得眼花缭乱，连疼痛的感觉也失掉了，心中只有一个念头，盼望这少女得胜。他未曾练过鞭法，看不出两人之间盈虚消长的变化，但见北宫黝的攻势一直都似凌厉强劲，又不禁暗暗替这少女担心。

其实北宫黝此时正是心头焦躁，感到进退维谷的时候，他的九九八十一路天龙鞭法，已使到了七十二路，仍然觅不到那少女的破绽，深惧一世英名，从此尽丧，但就此罢手，又有不甘。

九九八十一路天龙鞭法堪堪就要用尽，北宫黝起了一拼的念头，猛地大喝一声，长鞭一圈，带着尖锐的啸声，竟似平地上卷起了骇浪惊涛，一圈接着一圈地向那少女卷去。这一招正是他天龙鞭法中的精华所在，也即是那少女称赞过的那一招——"八方风雨会中州"。

刚才耿照就是在他这一招之下，被打碎了膝头骨的。北宫黝情知这少女不比耿照易于对付，但心想她纵能化解，也难免要给这一招迫得后退，那时他稍稍挽回了面子，也就可以罢手了。至于要活捉"钦犯"的念头，他是连想也不敢想了。

哪知这少女竟是毫不退让，不但不退，反而迎上两步，绸带抖得笔直，竟然就从北宫黝长鞭抖起的圈圈中钻了进去。

绸带的一端有五色丝线结成的彩缕，不过一支香粗细，绸带攻进了长鞭抖起的内圈，那条彩缕也忽地挺直起来，钻进北宫黝的鼻孔。这一记怪招大出北宫黝意外，鼻孔一痒，"乞嗤""乞嗤"就打了两个喷嚏，他正在全力与这少女争持，这两个喷嚏一打，虽然对身体并无伤害，但却登时泄了气。那少女抓紧时机，蓦地一声娇斥，绸带反卷过来，将北宫黝的长鞭裹住，北宫黝方觉不妙，心头一震，那条长鞭已给她卷脱了手。

少女将长鞭一抛，格格笑道："领教了，北神鞭果然名不虚传。"北宫黝面色铁青，接过了长鞭，呆了片刻，说道："请姑娘留下芳名，北宫黝学艺不精，贻笑大方，倘有寸进，异日有缘，再来领教。"那少女大大方方地答道："小女子贱名连清波，一时取巧，承大将军让了一招，侥幸取胜，惭愧惭愧。大将军什么时候有兴致前来指教，小女子一准奉陪。青山绿水，后会有期，恕不远送了。"北宫黝收拢长鞭，拱了拱手，回头便走！他心中气怒之极，但仍不失名家身份。那少女笑了一笑，也自回身过来，向耿照走去。

耿照大喜，便要起来道谢，忽地"哎哟"一声，又倒下去，原来他刚才是聚精会神地观战，忘记了疼痛，如今紧张的情绪已松懈下来，再一挣扎，震动了碎裂的骨头，任他是铁打的身躯，也禁不住失声呼叫。

那少女连忙将他按住，说道："别动，别动，别拘礼了，待我看看。"耿照虽然与他的表妹两情眷恋，但平素以礼相待，最多耳鬓厮磨，却从来没有这样亲近地接触过对方的身体，但觉得缕缕幽香，沁人心脾，不禁满面通红。但知她是一番好意，为自己验伤，心里又是暗暗感激。

那少女道："哎哟，伤得还真不轻呢？左脚膝头骨和右手腕骨都碎裂了。不过，你也不用害怕，我还懂得一点接骨之术，你躺着别动，我给你敷上了药，接好断骨，三日之后，包保你行走如常。"耿照只好依言，任她施为。那少女在他的伤处摩挲了几下，挑了一点药膏替他敷上，托起他的左腿，对准了骨头一合，跟着依法施为，将他的右手腕骨也接好了。她又把绸带撕作两条，作为绷带，给他缚上。

那少女道："此地不可留，你不能走动，我去给你找一辆车来，就在附近的村子里，你倘若发现有敌人，可以用这枝蛇焰箭向我报警。"说罢，将一枝短箭放在耿照未受伤的那只手中，说道："你只要将这枝箭稍微用劲向上一抛，它就会发出一溜青色的火焰，我也就会知道了。"耿照心想："这少女看来与我的年纪差不多，想不到却是一个老江湖，什么古怪的玩意儿她都备有。"

少女去后，耿照心潮起伏不定，心想："这真是一个奇遇。"他对这少女当然感激得很，但也感到这少女的行径古怪。

那药膏果然甚是灵效，敷了不久，便觉痛楚大减，耿照忽地心念一动，想起了表妹送给他的那瓶"生肌白玉膏"来，想道："奇怪，这两种药膏不但功效相同，而且一敷上伤处，便有遍体生凉的感觉，这种令人舒服的感觉也是相同的！难道她给我的就是生肌白玉膏？但这种药膏乃是秦家的秘制，她怎么也有？"随即想道："大约上佳的金创药都是差不多的，我不必瞎猜疑了。"

这两日来，耿照对他表妹的心情已起了几度变化，由爱而恨，随后又变为爱恨难明；当他来找表妹算账的时候，本来认定她是杀母之仇敌的；后来听了李家骏那番话，又觉疑云重重，难以断定，所以才想到天宁寺去查个水落石出。这两日来，他每一次想起了表妹，心头上就似被戳了一刀似的，感到非常痛苦，因此他已决意抑制自己，在水落石出之前，是决不再想她了。

但现在由于敷上药膏的感觉相同，思念一起，难以阻遏。他想起他所挚爱的人，竟是杀母的疑凶，而一个陌生的女子，却救了他的性命，不禁大为感慨。猛地又想道："当晚在我家中杀掉那些金国武士的，既然是这位连姑娘，问一问她，或者也可以知道一点真相。"

他心念未已，只见那少女已驾着一辆骡车来到，笑道："真是巧得很，我刚走了不远，就碰见这辆骡车，主人是做小买卖的，正要到蓟城去买货，是辆空车，我给他加倍的银子，就将他这辆车子买下来了。"

耿照一看这辆骡车果然比普通农家的骡车漂亮，心里也想这事情真巧，倘若她找不到骡车，自己受了伤，在这大路上耽搁久了，就很可能有碰上金兵的危险了。

那少女道："你要到哪里去？我送你去。"耿照迟疑道："我蒙姑娘救命之恩，已是感激不尽，怎敢再耽搁姑娘的行程？"那少女皱眉道："你这人真是有点婆婆妈妈，你现在连站也站不起来，怎能驾车？我反正没有事情，就送你一送，难道在这个时候，你还要避什么男女之嫌么？"

耿照给她说得满面通红，当下只好让她扶上车去，讷讷说道："我想往马兰谷。"那少女有点诧异，问道："你不是想往江南的么？昨晚那些金兵包围你家，我听得他们就是这样说的，难道错了？"耿照道："不错，我正是准备要往江南。"那少女道："可是往马兰谷的路却是向北走的啊！"耿照道："我想先到天宁寺去访一位朋友。"他生怕那少女再问原由，好在那少女并不再问，便点点头道："哦，原来如此，好，那我便送你往马兰谷吧。"

那少女响起一下鞭子，赶骡车前走，一面回头问道："你犯了什么大罪？为什么他们要这样兴师动众地将你缉拿？"

耿照心头一震，说与不说，实属两难，暗自想道："按理而论，这位连姑娘救了我的性命，我是决不应对她有所隐瞒。但我要将父亲的遗书献给宋皇，这事情关系重大，我曾经对母亲发过誓，决不泄漏与外人知道的，这却如何是好呢？"说与不说，这两个念头，在胸中交战，转瞬间反复思量了好几次，终于这样想道："这不是我个人的私事，而是有关国运兴衰，宁可对不住这位姑娘，还是不说的好。"当下便道："金虏要将我缉拿，大约就因为我要偷赴江南之故，那目的当然可以不问而知，那即是要投奔故国，与他们为敌了。"那少女道："据我所见所闻，在金虏辖区，像你这样怀有故国之思，偷赴江南的人实在不少，尤以少年人更多。为什么他们特别对你注意，不惜兴师动众，甚至从京都里请来高手，务必要将你缉拿归案，这里面莫非另有原因？"耿照讷讷说道："是否另有原因，那我也不知道了。"话已至此，那少女也不便再问了。她笑了一笑，似是稍稍露出一点怀疑的神情，不言不语，低下头去，给耿照缚紧松开了的绷带。

耿照心头抱愧，颇觉不安。过了一会，低声说道："姑娘，我也想问你一件事情。"那少女道："说吧。我倘有所知，定当尽告。"

耿照道："听姑娘刚才与那北神鞭所说，蓟城的案子也是姑娘做的。那想必是指前晚在我家中发生的事情了。"那少女道："不错，偷入你家的那些金国武士，都是给我用暗器杀掉的，你后来轻易杀掉的那个阿骨打，也是我在暗中使用梅花针射进他的穴道的。"

耿照道："姑娘你两次三番救我性命，我没齿不忘，真不知如何能报答你。"那少女道："你又来了，彼此同仇敌忾，些须小事，值得一再挂齿么？瞧你的神气，你似乎还有什么要问的？"耿照道："不错，我正是想请问姑娘，不知姑娘何以知道我家中有难，及时而来？当时的情形怎样？"

那少女道："你不问我也要告诉你了。这事情说来凑巧得很。你的外祖父是否信州楚老拳师？"耿照听她突然把话锋一转，问起自己的外祖父来，有点奇怪，随即答道："不错。我母亲正是楚老拳师的独生女儿。她嫁给我爹爹之后，兵荒马乱，已有将近三十年未回过娘家了。姑娘，你识得我的外公吗？"

那少女道："你外公早已死了，他死的时候，我还没有出世呢。不过我的母亲却和楚家很熟，与你的母亲更是少年时候的闺中密伴。"耿照"啊呀"一声道："原来姑娘与我家有此交谊，请恕不知，多有失礼。令堂也是信州人吗？"

那少女道："我母亲连门李氏，我外公与你的外公是同邑拳师。……"

那少女续道："两位老拳师意气相投，因此他们的女儿也是情如姐妹。你母亲远嫁之后，不久，我的母亲也嫁到邻县连家。

"她们各适一方，音讯断绝，不知不觉就过了二十多年。去年我奉家母之命，到江湖历练，临行之时，她对我言道，她少年时候最要好的女友，嫁到了耿家，听说现在在蓟城落籍，要我若是路过蓟城，就替她到耿家去探望一次，顺便也好认识令尊蹑云剑耿仲、耿老前辈。我母亲僻处乡间，那时，她还未知道令尊已经作了古人。"

耿照心道："原来如此。可是我却怎的从未听过妈妈提过她有这样要好的女友？"随即想道："大约是因为隔别太久，她少女时候的事，也无谓向儿子说了。"又想道："我爹爹心怀大志，屈身事敌，平时终是极力掩饰，不让人家知道他会武功。他精于蹑云剑法，少年时在江湖行侠，就得了个'蹑云剑'的美号，这事情我也是不久之前才知道。这位连姑娘能够一口说出来，足见她的家人确是知道我父亲的底细，所说的谅不会假了。"

那少女继续说道："那一晚我到了蓟城，到街市上一打听，原来令尊曾经在金都为官作宰，前几年才告老还乡，不久就去世了。因此很容易就打听到了。"耿照脸上一红，想为他的父亲分辩，但一想他父亲怀此苦心，本来就不求人谅解，即算这位连姑娘有所误会，那也只好由她了。

那少女对他父亲为官之事，并无议论，接着说道："我打听到你家的所在，二更过后，就换上了夜行衣前往。将到你们住的那条街口，忽然发现有一队金兵，正在开来，又有几个武士装束的人，走在前列，窃窃私议。我是自少练过暗器的人，耳力比常人稍为聪敏，隐隐听得他们所说，竟是要到你家办案，似乎是你家出了一个'叛逆'，他们正要前往缉拿。那时我还未知道他们所要捉拿的叛逆就是你。

"我吃了一惊，连忙施展轻功，跳上民房，赶在他们的前头，准备通知你的家人。"

说到这里，她忽然停顿下来，望一望耿照，问道："耿大哥，你是不是还有一位姐妹，她逃出来没有？"

耿照大为吃惊，连忙问道："你说什么？我父母所生，只我一人，并无姐妹！你何以有此一问？"

那少女也似乎有点惊诧，说道："我到了你家，还在瓦面未曾跳下，忽见一条人影，突然从屋子里窜上来，我伏在檐槽，她大约没有发现我。月光下看得分明，是个少年女子。我以为是耿伯母的女儿，心想她或者是已得警报，是以出来侦查。刹那间，**我踌躇莫决**，不知该不该与她打个招呼，因为金兵就将来到，出声怕人察觉，那女子身法很快，我主意未定，她已一溜烟跑了！"

耿照心头大震，颤声问道："连姑娘，你，你还记得那，那女子的面貌吗？"那少女道："我只看见她的侧面，并不十分清楚。她是瓜子脸型，身材比你略为瘦小，短发覆额，梳有两条小辫，穿的是湖水蓝色的衣裳，拿着一柄青钢剑。"

这少女轻描淡写地缓缓道来，耿照听了，却有如晴天打了个霹雳，平地响起了焦雷，脑袋里嗡嗡作响，眼前金星飞舞，顿感地转天旋，险险晕了过去。这少女描绘的那个女子容貌、装束，不正是他的表妹秦弄玉还是谁？

只听得那少女继续说道："我当时以为是你的姐妹，不疑有他。事情紧急，我无暇考虑，就立即跳下来，也顾不及通报姓名，便穿房入户，径自去找你的母亲。

"忽然我发现一个老仆僵卧地上，太阳穴沁出血丝，看来是刚刚给人害死，随即在一间卧房的门口，又发现了一个婢女装束的少女，死状也是一模一样。我摸进房中，见床上有个中年妇人，我叫了她两声'伯母'，唉，她已不会答应我了。"

耿照尖叫一声，一口鲜血喷了出来，那少女连忙将他按着，又把一颗药丸塞进他的口中，说道："死者已矣，你应该保重身子，为你的母亲报仇，不可太悲伤了。"耿照叫道："不错，我，我，我与那妖女誓不两立！"那少女点点头道："照当时的情形看来，那个从你家中溜出来的女子，既然不是你的姐妹，那就无疑是杀人的凶手了。她是谁，你认得她吗？"耿照叫道："她烧变了灰，我也认得。她，她，她，她是我的表妹！"

那少女甚是惊诧，呆了半晌，说道："竟是你的表妹么？唉，真是意想不到的事，她怎么下得这个辣手？"顿了一顿，再接着说下去："不久，你就来了。当时我还未知道你的身份，于是我就躲到帐后看你如何。后来你哭你的母亲哭得晕了，我也就知道了你是谁啦。就在你晕过去的时候，有几个武士接续进来，被我一一打发，外面的金兵不敢再来，围在外面鼓噪，商量放火。我本想把你背出去……"说到此处，她面上一红，眼波斜溜，接着说道："但总觉得不便，不如暗中助你为佳。我又想伯母的尸体不能给金狗毁坏，于是我就擅作主张，将伯母移到后院，草草埋葬。然后再赶回来将你唤醒，我是看见你开始爬起来的时候才走的，不过，你大约还未看见我。以后的事情，就是你自己所遭遇的了。嗯，耿大哥，你怎么啦?"

耿照心中有如刀割，神智也已有点迷糊，喃喃自语道："铁证如山，铁证如山! 我该死了心了，不必再去，不必再去了。"那少女道："耿大哥，你说什么，去哪里? 不去哪里?"

耿照低声问道："咱们现在走的哪个方向?"那少女道："你不是说要到马兰谷的天宁寺去么? 当然是向北走呀。"耿照忽道："往南走吧，不往北了!"那少女容光焕发，眼底眉梢都含着笑意，连忙说道："啊，你改了主意了。好，那就往南走吧。"耿照瞿然一惊，蓦地想道："我为什么怕和她见面? 不行，不行，我不能再对她存有情意了，她是我的杀母仇人!"原来在此之前，他心中一直在想着还要不要到天宁寺去，也就是还去不去找寻他的表妹。他最先是这样想的："现在既然是铁证如山，水落石出了，那还何须自己再去查根问底?"随即感觉到自己心底的恐惧是再见到表妹之时，自己会杀了她! 因此才要找一个借口:不到天宁寺去，避免可能见到他的表妹。

耿照察觉了自己心底的秘密，母亲惨死的情状再次浮现眼前，他痛切自责，惭愧不安，蓦地又叫道："不，还是往北走吧!"那少女道："啊，你又改了主意了?"声音面色都掩饰不住失望的神情，但耿照心有所思，却没有注意到她前后神色的变化。

那少女柔声说道："你不要想得太多，太过伤神了。我叫骡车慢慢地走，你好好歇息，好好歇息吧!"声音甜蜜柔和，耿照听了，就像他小时候，母亲在他身边唱催眠曲一样。耿照心力交疲，本来就已困倦极了，不久，就沉沉睡去。

那少女低低唤了两声:"耿大哥，耿大哥!"只听到耿照的鼾声，连眉毛也没有动一下。那少女忽然轻轻地解开他的衣钮，伸手进去摸索，蓦地双眉一轩，如有所得，迅即就把一个油纸包着的物件摸了出来。

油纸包着的正是耿照父亲所写的那份遗书，是用羊皮纸书写的万言书，折成四四方方一叠，那少女打开来刚看了两页，耿照忽地翻了个身，喉头发出急促的"咿呀"之声，似乎是正在做着恶梦，受到惊吓，看那情形就要醒来。

那少女面色一变，骈指如戟，眼中露出杀气，就要向耿照的穴道戳去，耿照微一侧身，那张俊美的面孔正对着她。不知怎的，那少女忽地心头一软，手指头直打哆嗦，那一指竟然戳不下去，心想："他受伤已是不轻，我即算只是点了他的晕睡穴，对他的身体也是大大有害。"她最先本想杀了他的，现在却连对他有所伤害的事情都不愿做了，这心理变化来得如此突然，连那少女自己也感到奇怪。

那少女叹了口气，心里想道："他一直把我当作救命恩人，心中对我充满了感激的情意。我从来未得到过别人这样的感激过，唉，还是不要伤害他吧！"她轻轻地将那份遗书包好，刚刚塞进耿照衣内，耿照蓦地尖叫一声，身体蹦起，"啪"的一下，将那少女的玉手按住！正是：

扑朔迷离真亦幻，是仇是友未分明。

欲知后事如何，请听下回分解。

第四回　魔女兴师来问罪
少年任侠护知交

　　原来耿照果然做了一个恶梦，梦中恰似往日的光景，他和表妹在阳谷山中姻缘石下嬉戏。他们追逐蝴蝶，采撷野花，濯足山溪，朝霞染红了溪水，碧波微漾，形成了七彩虹霓般回旋着的层层圈环，各种各式奇妙悦眼的石子嵌在水底，如珍珠、如翡翠、如宝石，堆成了水底的宝藏。耿照跳进水中，拾起一颗最美丽的宝石，献给表妹，倾吐他心中的情意。不料表妹突发娇嗔，骂道："这不是宝石，是假的。你把你对我的爱心比作宝石，你的心也是假的。你的甜言蜜语，是天上的彩虹，美丽得很，却最易消散。总之，一切都是虚幻，一切都是假的。你给我滚开！"突然，美丽的表妹，变成了狰狞的夜叉，一抓撕裂了他的衣裳，要吸他的血，要嚼他的心，他也不知怎的，突记起了表妹是他的杀母仇人，现在撕裂他的衣裳，就是要抢他父亲的遗书，他可以甘心受表妹咀嚼，但这份遗书却万万不可遗失，于是，他大叫一声，"啪"的一下，将表妹的手按住！

　　眼睛睁开，光天化日，哪里有表妹的影子，在他眼前的却是那位如花似玉的连姑娘，他正在紧紧地按着她的手，而她的手就放在自己的胸前。耿照满面通红，连忙将手拿开，手指触着纽扣，忽然发现自己的衣纽，果然有两颗已经解开，耿照心头卜卜地跳，这刹那间竟不知是梦是真，他慌忙一咬指头，"哎哟"一声叫了出来，很痛，这才知道现在不是在做梦了。

　　那少女的心头也是卜卜地跳，问道："你，你这是干吗？"耿照道："我做了一个恶梦，梦见有人抢我的——我的东西。"他几乎把"遗书"两字，说了出来，幸而醒觉得快，话到口边，方才改了。那少女笑道："原来你在做恶梦，却把我吓了一大跳，我见你呼吸紧促，也想到你可能在做恶梦，但不敢把你唤醒，所以解开你两颗衣纽，让你舒畅一些。"耿照心里暗道："原来如此，你也几乎把我吓了一跳。"

骡车继续前行，不久天色入黑，那少女道："你身上带伤，若找一处人家投宿，易惹猜疑，不如你就在车上睡吧。我继续赶车，这样也可以走得快些，早点到天宁寺。"耿照喜道："你真想得周到，可是我怎能累你不得安眠。"那少女道："你睡着了我给你守夜，我若困倦，随便靠着一棵树打个盹儿也就行了。"耿照又是感激，又觉过意不去，歉然说道："你是我家的大恩人，不但救了我，还保全了我母亲的遗体，现在又这样细心地照料我，我来生变作牛马，也难报你的大恩。"

那少女皱眉道："不准再提一个'恩'字，你我二人的母亲情如姊妹，我也早已把你当作兄弟一般了。嗯，你今年几岁？"耿照道："十八岁了。"那少女道："哪个月生的？"耿照怔了一怔，不知她何以要这样仔细查问，答道："九月生的。"

那少女道："我和你同年，我是二月生的。"她笑了一笑，接下去说道："不准你再和我客套的。我的名字叫清波，你叫我名字便行了。"耿照插口道："这怎么可以？""要不然，你就叫我一声姐姐吧。我比你早出世半年，凭着你我两家的交情，这一声'姐姐'大约我还可以受得起。"耿照喜道："这正是我心里想的，只怕冒昧，不敢先提。我一无兄弟，二无姐妹，你肯认我做弟弟，那是最好不过。"当下就叫了她一声"姐姐"。连清波笑靥如花，也叫了他一声"弟弟"，说道："照弟，那你以后可要听姐姐的话了。"

骡车进入一处树林，连清波道："天刮风了，恐怕会下雨。咱们就在林子里过一晚吧。你连日受惊，听我的话，定下心神，好好睡一觉吧。"说罢，便自下骡车。耿照道："你呢？"连清波笑道："我总不成也睡在车子里吧？这里林深树密，纵有风雨，也可以遮蔽的。你不必为我担心，我给你守夜。"耿照面上一红，心中极是感激，想道："这位连姐姐既是女中豪杰，又能处处以礼自持，当真难得！"

夜风中送来的香味，树林里虫声唧唧，鸟语啾啾，似乎在合奏"安眠曲"，他心情一松，不久就熟睡了。这一觉直到天明，连梦也没有做一个。

他睁开眼睛，阳光已从树叶缝中透下来，林子里一片寂静，他叫了一声："连姐姐。"不久，就见连清波跑来，含笑问道："你醒来了，昨天睡得可好？"

连清波脸有风尘之色，衣角鬓边，还沾有一些尘土，未曾拂拭干净，耿照道："多谢你，我睡得很好。咦，你怎么却像跑了远路归来的样子？昨晚未曾睡过吗？"连清波心头跳了一下，想道："他虽然是个未出过道的雏儿，心思倒很细密。"当下笑道："幸好昨晚没有下雨，我去猎了一只野兔，早烤熟了，给你作早餐。"耿照与她分食兔肉，心里好生过意不去。

连清波对他细心照料，如是者一路行行宿宿，过了三天，耿照的断骨已经合拢，手足都可以活动了。

这一日是个艳阳天气，远远可以望见一带青山，马兰谷的天宁寺就在此山之中，路程大约只有四五十里。耿照心情舒畅，说道："待我走下来走走看，我的伤处已经一点不痛了。"

连清波道："正好前面有间路边的酒肆，咱们就进去吃点东西吧。你小心走啊！"

耿照要了一碗稀饭，连清波给他点了两样小菜，正在等着，忽听得邻座一个客人拍桌子叫道："真的有这种怪事？四空上人的武功不弱啊，怎的天宁寺给人一把火烧了？"

耿照骤吃一惊，心头大震，把眼看时，只见两个状貌粗豪的汉子，正在那里口沫横飞地谈论天宁寺被毁之事。

天宁寺离此不远，主持四空上人又是大众熟识的人，那两个汉子带来了这样惊人的消息，登时把这个路边的小酒肆闹得像一锅煮沸了的开水，群情耸动，酒店、伙计都挤到他们那边，七嘴八舌地打听。

有一个客人道:"不错,昨晚我也看见山那边起火,只道是一把野火,却不料是天宁寺被焚!"这人是住在附近村子里的常来的熟客。

有人连忙问道:"四空上人逃出了火窟没有?唉,他可是个好人,我爹爹的哮喘病就是多得他赠药治好的。"

那粗豪汉子摇了摇头,叹了口气,连声说道:"唉,真惨!真惨!"听众的心上都像压了一块大石头,纷纷问道:"怎么惨法?""四空上人给烧死了?""是谁放的火?这么大胆?"

那汉子道:"不但四空上人死了,阖寺十七名僧众,除了一个烧火的小头陀外,全都给人杀死了!"听到此处,耿照也不禁失声叫道:"都给杀死了?"

那汉子道:"是呀,都给杀死了!那贼人是先杀人,后放火!"先前那个拍桌子的汉子问道:"来了多少贼人?天宁寺僧个个都会武功,怎能如此轻易被杀?"那汉子道:"说起来真是令人难以置信,来的只有一个贼人,而且这贼人是个少年女子!长得还挺好看的呢!"

惊诧、悲叹、怒骂,与因怀疑而反诘的诸声纷作,有人问道:"你怎么知道,你亲眼看见的么?"

那汉子道:"我不是说有一个烧火的小头陀逃出来了么?是他对我说的。我在白石口遇见他,他受了伤,向我讨金创药。诸位都是乡亲,我不用瞒你们,你们也都知道我是干什么的,我是个偷马贼,昨晚到张千户家里偷马,没有得手,回来的时候,就碰见了那小头陀。"

当时在金人治下的北方,盗贼蜂起,有的偷马贼是专偷官府和大户的马匹的,却不搔扰乡民,这等偷马贼在百姓眼中是当作英雄看待的,在这小酒肆的客人都非富豪阔客,因而也就不以为怪。

那偷马贼继续说道:"那小头陀倒伤得不重,他不是给女贼打伤的,他是见势头不对,就钻进茅草里溜走的,手脚给荆棘勾伤了好几处,一路奔跑,又跌了好几跤。幸亏遇见了我。我给他敷上了金创药,他就赶着要到普宁寺去报讯了。普宁寺主持是四空上人的师弟。我见天宁寺火头大起,怕有大队官兵赶来,因而也不敢在附近逗留了。"

好几个心急的听众不待他把话说完,便同声嚷道:"不要光说你自己的事情,留待以后再说不迟。你先说说天宁寺的十六名僧众是怎样被杀的?"

那偷马贼道:"是昨晚午夜光景,那小头陀睡得正浓,忽地从梦中惊醒,只听得大雄宝殿那边,传来了一阵阵高呼酣斗、金铁交鸣之声,时不时还夹杂着几声骇人心魄的尖叫。

"那小头陀也算胆大,爬起身来,便到佛像背后张望,大雄宝殿里点有长年不熄的长明灯,灯光下看得分明,只见阖寺僧众围攻着的乃是一个女贼,这女贼梳着两条小辫儿,手提一柄青钢剑,年纪很轻,大约不过十七八岁的样子。

"那女贼年纪虽轻,却是厉害得很,她身法快得出奇,东一飘,西一闪的,就恍如蝴蝶穿花,在众僧之中穿来插去。只见她把剑舞成了一团银虹,护着身躯,剑法倒是守的多,攻的少。但她的暗器却是狠毒之极,也不知道是什么东西,只见她蓦地把手一扬,就有一个僧人倒了下去。那小头陀开始张望之时,已有几个僧人丧生在她暗器之下了。看了不多一会,地上更是横七竖八地堆满了尸体。

"那小头陀吓得直淌冷汗,忽地一个僧人在地上骨碌碌地直滚过来,滚到了他的身边,这个僧人平素和他交情很好,那小头陀连忙将他扶起,想要救他,只见他的两边太阳穴,都已穿了一个小洞,血流如注,早已死了!"

耿照听到此处,心中的惊恐只怕决不在那小头陀之下,听这偷马贼的转述,那小头陀眼中所见的女贼,不是他的表妹秦弄玉还是谁?她所用的暗器,当然就是她曾用以杀害王安的那种透骨钉了。

耿照心中浮起他表妹往日温柔的模样,"唉,她怎的突然间变得如此穷凶极恶了?"心中又不觉暗暗奇怪,他回想李家骏和他所说的话,姨父弃家逃走的前夕,曾对李家骏说明是要到天宁寺暂时投靠的,所以才叫李家骏在散完金银之后,就到天宁寺找他。依此看来,天宁寺僧人,与姨父的交情一定不错,最少也不是敌人。那么表妹又有什么道理去屠杀天宁寺的僧众?除非她是丧心病狂,否则再也没有第二个理由可以解释！

耿照的思路迅即又被那偷马贼的话声打断，那偷马贼待众人惊诧叫嚷的声音稍稍平静之后，接续说下去道："那小头陀吓得魂不附体，但还有令他更吃惊的事情。有几个武功较高的僧人，未曾给暗器打中，扑到了那少女的身边，正要施展擒拿手法将她活擒，忽地一个僧人哈哈大笑几声，就倒了下去！接着又一个僧人哈哈大笑几声，照样又倒了下去！那笑声可怖极了，简直不像是人类的笑声，而是从地狱里放出来的魔鬼的笑声。那小头陀在和我说起来的时候，还透露着极其恐怖的神情！他说，在那刹那，那美貌的少女在他眼中也变成了魔鬼！"

耿照听到这里，不觉又是心头一震，暗自想道："这分明是我姨父家传的独门点穴功夫！这女贼既会用透骨钉，又会点笑腰穴，那一定是她，决不会错了！"

那偷马贼继续说道："小头陀吓得魂不附体，哪里还敢再看下去？他走得慌张，一不小心，碰跌了神座上的一件法器。那女贼冷笑道：'原来你们在这里还埋伏有人么？'一扬手，就把暗器向那小头陀打来，同时身形也就向他这边扑到。

"这小头陀本事低微，怎能抵敌？一听得那暗器刺耳的破空之声，已吓得双腿酸软，站立不稳，变了个滚地葫芦。忽听得当的一声，那女贼叫道：'老和尚，好功夫！'这小头陀一摸，自己的首级还在颈上，始知侥幸逃了性命。偷偷一看，只见主持四空上人正在用方便铲压着女贼那柄长剑。想来那枚暗器也是四空上人给他磕飞了。

"忽见那女贼身形一晃，一个盘旋，疾的抓起了一个欺近她身前的胖和尚，将那胖和尚朝着四空上人的铲头送去，喝道：'好呀，老和尚，你想大开杀戒吗？我亲手把活人给你送来了！'这胖和尚正是四空上人最心爱的弟子，他吓得急忙把方便铲缩回，那女贼真是个狠毒的魔鬼，竟把这胖和尚当作盾牌，疾扑上去，只听得刷的一声，四空上人已中了一剑，血流如注，大声叫道：'魔劫，魔劫！你们还能够逃走的赶快逃走！不必再顾老衲了！'

"那小头陀自知无力帮助主持，这时他心中也只有一个逃命的念头了。他连爬带跌地爬出外面，逃进了草丛，不久，就听见四空上人惨叫的声音，火烟也已开始冒起，转瞬间天宁寺就成了一片火海。

"那小头陀还不死心，一路跑一路回头，可怜他只隐隐听得火光中有哀号之声，却不见有一个人逃出来，想是都被那女贼斩尽杀绝了！"

听众嘘嗟叹息之声四起，耿照更是心乱如麻，竟似呆了。连清波低声说道："你的稀饭快冷了呢。"耿照哪里还有心情吃得下去，但不想拂逆连清波的好意，只勉强啜了几口稀饭，小菜是一筷也没有动，便匆匆忙忙付账，走出店门。

连清波将他扶上骡车，耿照仍是一片茫然、丧神落魄的样子。连清波赶了一会骡车，离那酒肆远了，忽地低声问道："你还要到天宁寺去吗？"

耿照面色灰白，呆了片刻，说道："不用去了，改道向南。"连清波笑道："你的主意打定了才好。"耿照叹口气道："天宁寺都已变成瓦砾场了，我还去那里作什么？这回是决不改了。"

连清波正要将骡车转过方向，忽听得马蹄之声，有如暴风骤雨，只见两骑健马，正在疾驰而来，耿照叫道："咦，这两匹马似是冲着咱们来的，莫不是强盗吧？"他已看出那两个骑士都带有兵器。这条路乃是乡间小道，决不能容得一辆骡车与两匹马并行，倘若不是一方退让的话，撞上了只怕两方都要人仰马翻，但看对方的来势汹汹，看来他们是决不会让路。

连清波淡淡说道："白日青天，哪来的许多强盗？大约你是连日遇险，见到什么人都疑是强盗了。"她神色自如，仍然赶着骡车前进，看来她也不准备让路。

耿照心中大急，正要叫她不可如此大意，忽听得她发出一声轻啸，说时迟，那时快，那两骑健马已到了面前，眼看就要碰上。

那两个汉子骑术精绝，刹那间就将奔马勒住，连清波道："我有事，别要阻我，请快让路！"

那两个汉子叫道："请你老人家恕罪……"忽地双双跳下马背，跪在骡车的前面，张开手臂，竟把那匹青骡拦住了。

连清波面色一变，刷的一鞭就打下去，喝道："你们敢不听我的吩咐吗？咦，你，你们怎的变成了这副样子？"

耿照这时也看清楚了这两个人的面貌，不觉大吃一惊，只见跪在左首的这个汉子，一只眼睛翻了出来，血淋淋的好不骇人，看来他的眼珠还是在不久之前被人剜掉的；跪在右首的这个汉子更惨，一只鼻子已给削平，脸上露出两个血淋淋的窟窿。

那两个汉子道："要不是遇上了这天大的祸事，我们也不敢来干扰你老人家了。"声音嗡嗡，如同患了重伤风一般，想是因为被削了鼻子的缘故。

连清波挥鞭道："快说，有什么大不了的祸事？"耿照暗暗奇怪，这几日来，连清波对他是何等温柔体贴，但现在对这两个受了伤的汉子，却显得一派冷酷无情。耿照不由得心里想道："这两个是什么人，为什么连姐姐对他们如此？听他们的谈话，连姐姐本来是认识他们的，但最初为什么却又假装不识，还请他们让路呢？"

那两个汉子道："我们解给你老人家的那批货给人劫了。"连清波"哼"了一声道："些许小事，也来麻烦我。你们去找我那两个丫头，就说是我的命令，叫她们给你们追回来不就行了？"

那被削了鼻子的汉子用瓮塞的涩音答道："我们正是得了紫玉姐姐的指示，从这条路来迎接你老人家的。"连清波变了面色，似乎颇是吃惊，喝问道："你们究竟是碰到什么人了？"那两个汉子齐声答道："是蓬莱魔女柳清瑶！"连清波陡然一震，大声笑道："哈，是蓬莱魔女柳清瑶？她要来跟我较量？我正要看她是怎样的月貌花容，狠心辣手，竟也号称魔女？"她笑得极为难听，耿照听惯了她温柔的笑声，这时乍听到她另一种充满恨意的笑声，只觉皮肤起粟，满不是味道，同时也就不禁想道："连姐姐这笑声不但充满恨意，还听得出她是为了掩饰内心的惊恐才强笑出来的。连姐姐的武功如此高强，竟然也惧怕那人，那蓬莱魔女不知是什么样的人物？这'匪号'也怪，只听得有人说蓬莱仙女，而那个什么柳清瑶却号称蓬莱魔女，'蓬莱'与'魔女'怎生联得起来？真是难以想象！"

连清波又喝问道："当真是紫玉叫你们来的么？她在什么地

方?"那被剜掉一边眼珠的汉子说道:"小的怎敢胡言,紫玉姐姐叫我们先走一步,她随后就来的。她、她是在……"正要说出地方,忽听得马铃叮当之声,那汉子叫道:"紫玉姐姐已经来了,呀,还有沉香姐姐!"话犹未了,只见两骑快马已经驰来,骑在马背上的果然是两个女子。

耿照一看,不由得又是大吃一惊,这两个女子虽说不上是绝色美人,但身材袅娜,蟆首蛾眉,也是中人以上的姿色。但一个女子的面颊上被划了两刀,另一个女子的头发被削去了大半边,把她们美丽的颜容完全损坏了。

那两个女子跳下马背,同声哭道:"小姐替我报仇!"连清波面色十分难看,挥手说道:"起来,起来,蓬莱魔女现在何处,你们马上带我前去找她!"那被削了头发的丫头说道:"那魔女就是叫我们来报讯的,她约小姐今晚三更在马兰谷天宁寺的原址见面。她还说了些难听的话……"连清波道:"说的什么?"那女子道:"婢子不敢说。"连清波冷笑道:"她既有意折辱我,说话当然是难听的了。你但说无妨,我不在乎。"

那婢女道:"那魔女说:'你们回去告诉玉面狐狸,她要躲是躲不了的。倘若她今晚不来,我就叫她这个玉面狐狸变作花面狐狸。好,先给她一个榜样。'……"说到这里,那另一个丫头又哭了起来,连清波道:"哦,我明白了,那魔女在你面上矸了两刀,原来是矸给我看的。"那丫头道:"那魔女还活捉了咱们的几家寨主,另有几路进贡给小姐的脂粉钱也给她截劫了。小姐,你再不出手,咱们可是一败涂地了!"

连清波柳眉倒竖,冷冷说道:"我本来不想到天宁寺去的,现在是非去不可了。走,马上就走!"

到了此时,耿照当然已经明白,不但那两个汉子是强盗,他的这位"连姐姐"也是强盗,而且还不只是普通的强盗,而是群盗的魁首!

耿照好生惊诧,暗自想道:"她一个年纪轻轻的女子,出道不过年余,就居然做了群盗的首领,本事可真是不小啊!"同时也就恍然大悟:"怪不得她刚才极力掩饰,甚至初时还不肯认这两个强盗，想来是不愿意让我知道她的身份，怕我看轻了她。"

连清波面色一直沉暗，走了好一会，这才忽地嫣然一笑，说道："你现在大约知道我是什么人了吧？你怕不怕？还愿意叫我姐姐吗？"耿照忙道："姐姐，你这是什么话？你是我的救命恩人，不管你是什么身份，我都是感激都还来不及呢！怎敢看轻你呢？何况在金虏治下，做强盗也正是英雄豪杰的一条出路，如果我去不成江南，我也会跟你做强盗的。"

耿照的话语像一阵春风，吹去了连清波脸上的乌云，但她的笑容只似昙花一现，转瞬间又皱了双眉，说道："那蓬莱魔女心狠手辣，我这次前去会她，胜负难以预测，你的腿伤已经痊愈了，我不想连累你了，你，你自己走吧，请恕我不能再送你了。"

耿照抬起头来，毅然说道："我虽然本事低微，帮不了你的忙，但我绝不能在你患难之中，舍你而去！连姐姐，你即使撵我，我也是不走的啦！"

连清波掩饰不住心头的喜悦，梨涡浅笑，恍如两朵含苞待放的鲜花，看得耿照心旌摇摇，几乎不敢仰视。忽听得连清波又叹了口气，耿照吃了一惊，问道："连姐姐，你怎么啦？"连清波道："没什么，走吧！"笑容再次在她脸上消逝，眉头皱得更紧了。耿照心想："她大约是因为那魔女太厉害了，故此怔忡不安。"他哪里知道，连清波一会儿欢喜，一会儿忧伤，那都是为了他的缘故。连清波此时正在心想："他会永远对我这样好么？唉，那只有求菩萨保佑，永远不让他知道这秘密了。"

天宁寺离那路边酒肆，不过四五十里路程，黄昏时分，一行人进了马兰谷，到了天宁寺原址，只见一片瓦砾，周围数里之内，草木焦黄，尚未焚化净尽的骨头，触目垒垒，山风吹过，还隐隐带有尸臭的气味。耿照不觉毛骨悚然，心想："弄玉她怎会做出这样的事情？倘非我亲身到此，当真不敢相信！"

瓦砾场中，早已有了七八个汉子在那里等候，见连清波驾到，忙来参见。耿照在一旁静听，原来这几个汉子就是连清波属下的几帮强盗头子，他们进贡给连清波的"脂粉钱"，也都是给那蓬莱魔女拦途劫走了的。这几个汉子在叙述他们怎样被劫的经过时，声音兀自还在颤抖。

连清波冷笑道："你们都给那魔女吓破了胆了！"那八个汉子中，着了一半噤不敢声，有两个道："那魔女委实厉害，但有你老人家出头，我们也有胆量与她一拼了。但能报得此仇，我们粉身碎骨，死也瞑目了。"他们话声未了，另外两个黄衣汉子已站了起来，大声斥道："你们真是胆小如鼠，只知长敌人志气，灭自己威风。有咱们小姐出头，还怕降伏不了那蓬莱魔女？你们准备下绳索，只等着捆人便是，何须你们粉身碎骨？"

这两个汉子体格魁梧，满面浓须，状貌粗豪，看来不大像是汉人。但当时在中国北部，各民族混同，五方杂处，胡汉通婚，也是常事。所以耿照虽然觉得这两个汉子的状貌有点特别，也并不如何在意，只是想道："这两个人称连姐姐作'咱们小姐'，自居于奴仆身份，显然和那几个汉子又有不同，亲了一层。连姐姐是个拳师的女儿，并非豪富之家，家中哪来的许多婢仆？只不知这些婢仆，是她做了群盗首领之后才收的呢，还是本来就有？"心里遂有点起疑，怀疑连清波对他所说的身世，只怕仍有不尽不实之处。但随即想道："她与我虽然结为姊弟，到底是相识未久，她的身世倘有难言之隐，不愿对我吐露出来，那也是情理之中。我不是也有许多事情瞒着她吗？"因此心里虽有怀疑，但对连清波的感激之情，仍是丝毫不减。

连清波看了那两个汉子一眼，说道："在此地的只有你们二人还未会过那个魔女吧？"那两个汉子道："江湖上的传言，总是欢喜张大其辞，我们虽未见过那个魔女，但谅她也强不过小姐。待会儿她来，请小姐准许我们先打头阵，试她一试。"连清波道："难得你们对我这样忠心，但你们也不可小觑了那个魔女，据我所知，那魔女的武功委实不弱呢。你们与紫玉、沉香，都准备好暗器，待会儿听我的命令行事吧。倒不必忙着先上。"

连清波部署已毕，便都坐了下来，等那魔女现身。连清波主婢三人，加上原来的那八个汉子，与那两个受伤的强盗，再加上耿照，共有十四人之多，人人都是心情紧张，那些吃过蓬莱魔女的亏的，更是一有风吹草动，便惴惴不安。

忽地有一个汉子蹦跳起来，大叫："来了，来了!"只听得"嘎嘎"两声，却原来是一只夜枭从林中飞出。众人都给吓了一跳。连清波斥道："你如此慌慌张张，疑神疑鬼的，还不如趁早滚开了吧。"那个汉子神沮气丧，不敢答话。

过了一会，忽又有个汉子叫道："看那月亮。"连清波道："怎么?"那汉子道："月到天中，已是三更时分了。"话犹未了，忽听得一声长笑，从林子里传出来，初听之时，还似很远，转瞬之间，就人人都觉得那笑声竟似发自耳边。

这晚正是十五，月亮又大又圆，只见一队少女，前面四人手持白玉拂尘，后面四人提着碧纱灯笼，前呼后拥，左右分列，拥着一位美若天仙的少女，缓步走出树林。这少女披着一袭白纱轻罗，气韵淡雅，体态轻盈，秋水为神，长眉入鬓，缓缓而来，俨如洛水仙姬，微步凌波，降临尘世。连清波本来也长得十分美貌，但在这少女容光映照之下，竟显得似是庸脂俗粉了。耿照明知这少女定然就是那心狠手辣的什么"蓬莱魔女"，但在这刹那之间，也不禁目眩神摇，自惭形秽，暗暗赞了一句："好一个天仙化人!"

那少女格格笑道："玉面妖狐，算你还有几分胆量，依时来了。你手下的狐群狗党，都已齐集了么?"

连清波手下的那群强盗个个噤不敢声，耿照正自愤愤不平，心里想道："我的连姐姐虽然同你一样，也是个女强盗，但却是个侠盗。你竟敢骂她是玉面妖狐，真是岂有此理!"心念未已，忽听得有人大喝道："岂有此理，你这妖女出口伤人，吃我一鞭!"冲出去的，正是刚才口出大言的那两个黄衣汉子之一，他抖起一条丈许长鞭，呼呼风响，冲入少女队中，刷的一鞭，就向那蓬莱魔女柳清瑶打去!

连清波眉头一皱，喊道："回来!"喊声刚刚出口，柳清瑶面前的一个侍女亦已娇声斥道："狗强盗，你找死!"那汉子是个莽夫，去势又急，哪收得住，说时迟，那时快，刷的一鞭，已打在柳清瑶那个侍女的身上。

忽听得"咕咚"一声，跌翻了一个人，众人定睛看时，只见那个汉子，已是四脚朝天，长鞭脱手飞去。耿照不由得心中大骇，

蓬莱魔女格格笑道："玉面妖狐，算你还有几分胆量，依时来了。你手下的狐群狗党，都已齐集了么？"

他知道上乘武学中有一种叫做"沾衣十八跌"的功夫，他父亲也曾对他说过这种功夫的诀要，他因功力未到，尚未能运用，但却看得出来，这个侍女所用的正是"沾衣十八跌"的上乘内功！"丫头已经如此，主人可想而知。"耿照大惊之后，不禁暗暗为连清波担忧。那些本来就已识得蓬莱魔女的厉害的强盗，更是吓得面无人色！

蓬莱魔女冷笑道："玉面妖狐，你就想动手了么？"连清波迎了出去，说道："敢情你这魔女还要先讲道理么？好呀，不论你是动口动手，我都奉陪。我正想问你：你在山东，我在冀北，彼此井水不犯河水，你为什么跑到我的地头，欺负我的手下？"

蓬莱魔女笑道："我喜欢到哪里就到哪里，你管得着么？哈，你说冀北是你的地头，谁给了你的？我路过此地，顺手拿了你的脂粉钱，你不服吗？"连清波冷冷说道："蓬莱魔女，我领教你的三十六路天罡拂尘，你赐招吧！"蓬莱魔女淡淡说道："急什么？我还有话要问你呢！"

连清波冷笑道："今日之事，乃是强存弱亡，还何须说什么废话？"蓬莱魔女笑道："哦，原来你心里已在发慌，怕我杀掉你么，你先别慌，我还未决定怎样处置你呢，所以要先问你一件事：天宁寺的和尚是不是你杀的？"连清波道："是又怎样？不是又怎样？"蓬莱魔女道："四空上人的师弟托我报仇，我已经答应下来了。倘若是你杀的，我就要把你剖腹剜心，拿来活祭天宁寺的和尚！倘若不是你杀的，我还可以饶你一命，只穿了你的琵琶骨就算了。"她说话之时，眼睛注定了连清波，似乎要从连清波的眉宇之间找出答案。

连清波仰面朝天，纵声笑道："别人怕你，我不怕你！天宁寺的和尚本来不是我杀的，但你既然出言恐吓，就当是我杀的好了，你有什么毒辣的手段，尽管施展吧，莫说剖腹剜心，就是化骨扬灰，我也不惧。"

蓬莱魔女冷冷地看着她，那两道眼光，如寒冰，如利剪，似乎可以看穿别人心腹似的。她的容颜美艳绝伦，但一接触到她的眼光，却不由得令人心中打抖。连清波似乎还是神色自如，但耿照已是不自禁的机伶伶地打了一个冷战。

蓬莱魔女笑道："你不必强自掩饰了，你的笑声都颤抖了。好，待我再找一个证人出来，免得有人说我冤枉了你。"

瓦砾堆中忽地爬出一个十六七岁的小头陀，一跛一拐地走了出来。耿照心道："这一定是那盗马贼所遇的那个烧火头陀了，原来早就藏在这里，且听他如何说法？"

只听得蓬莱魔女问道："小师父，你瞧清楚了，昨晚到你寺中杀人放火的是不是这个妖女？"那小头陀向连清波端详了好一会子，颤声说道："我不敢说！"

蓬莱魔女柔声说道："你别怕，有我在这里呢，你只管依实道来。"那小头陀讷讷说道："看面貌和装束都不相同，只是、只是——"蓬莱魔女道："只是什么？"那小头陀道："只是她的笑声却和那女贼相似极了。"

耿照心里一松，说也奇怪，他明明知道他的"连姐姐"决不会是天宁寺血案的凶手，因为在这三天之中，他的"连姐姐"始终和他形影不离。但不知怎的，当那蓬莱魔女用那样的眼光看着连清波的时候，那神气活像法官审问罪犯，而那罪犯已是铁证如山，无可置疑似的，那刹那间，耿照接触到她的目光，意志也似乎受了她的控制，不自觉也对连清波起了疑心。如今听得这小头陀这么一说，心里想道："这小头陀昨晚已吓得魂魄不全，还怎能分辨笑声似也不似？面貌既然不同，那当然不是她了。唉，其实我分明知道这凶手是谁了，怎的还会对连姐姐瞎猜疑呢？"正是：

正邪黑白浑难辨，且看魔女会妖狐。

欲知后事如何，请听下回分解。

第五回　妖狐兔脱心何狠
　　魔女鹰扬气正豪

耿照自悔自责，再也不敢正面接触那魔女的目光，暗自想道："这魔女只怕当真是会邪法的，她分明是个杀人不眨眼的魔头，但只要你看了她一眼，你就会有奇异的感觉，觉得她是尊严高贵，令人又敬又畏，她的说话，也好似迫着你非信不可，真是邪门！唉，连姐姐对我这样好，我只要对她有一丝一毫的怀疑，那就是天大的罪过！"

连清波冷笑道："其实你何必费尽心力去找证人？证人找了出来，又不能证明是我。你要诬陷我，凭你的一张利嘴已足够了！"

蓬莱魔女斥道："住口！"忽地向耿照一指，喝问道："这是什么人？何以会跟你在一起？"连清波道："你管不着。"

蓬莱魔女道："我劝你实说了吧，否则你就多连累了一条性命！"连清波面色倏变，回头看了耿照一眼，似乎被那魔女吓住，正在为耿照担忧，因而拿不定主意，要不要把耿照的身份说出来，好保存他的性命。

耿照又是感激，又是愤怒，感激连清波的好意，愤怒那魔女的强横，正要挺身而出。忽见那魔女的一个侍婢走了出来，朗声说道："我知这个人是谁，他名叫耿照，三天前杀了蓟城的兵马司都监，要投奔南宋的。金人正悬了赏格捉他，小姐，你看这张缉捕状。"

原来耿照杀官逃跑之事发生后，官府已画了他的图像，张挂在各处通衢大道，悬了重赏来捉拿他了。耿照这几天躲在骡车中，走的又是山路小道，悬赏缉拿他的图像，他自己倒没有看见。蓬莱魔女这个丫头昨日路过曲城，却揭了一张下来。

这丫头又道："我已查探清楚，这人是蹑云剑耿仲的儿子，和黑道绝无关系。"

蓬莱魔女面有诧色，"哦"了一声，说道："蹑云剑耿仲的儿子？"忽地柳眉一竖，指着耿照道："你既是耿仲的儿子，为何不知自爱，辱没祖宗？"耿照勃然大怒，说道："你、你、你、你说什么？我怎的辱没祖宗了？"他本来要骂那魔女胡说八道的，但被那魔女的容光所慑，不知怎的，却骂不出来。

蓬莱魔女冷冷说道："看你也是个有血气的男儿，为何与玉面妖狐混在一起，这还不是辱没祖宗吗？"那丫头笑道："我看他是贪图女色。"

耿照再也忍耐不住，骂道："你胡说八道！连姐姐她、她……"蓬莱魔女道："她怎么啦？"那丫环"噗嗤"一笑，又道："你看，才不过和人家相识几天，就姐姐弟弟的叫起来了，还说我冤赖你吗？"耿照涨红了脸，讷讷说道："她可不是你们这一种人，她是个侠义的强盗。"此言一出，蓬莱魔女的那八个丫环，都大笑起来。

蓬莱魔女拂尘挥了一道圆圈，指着那一堆瓦砾，冷冷说道："摆在面前的就是十六条人命，一片瓦砾场，这种伤天害理的事情，是'侠义道'应该干的吗？"她语气峻峭，不怒而威。耿照又惊又急，大声说道："你怎么可以一口咬定是连姐姐干的，我知道决不是她！"连清波道："照弟，你何必替我分辩，她不过想找个借口杀我罢了。"耿照叫道："不，咱们纵然给她杀了，这是非也总要分明！"

蓬莱魔女的眼光移到耿照身上，又冷冷说道："哦，听你的口气，你是知道谁干的了，那是谁人？"耿照面对她冰冷的目光，不由自己地打了一个寒噤，心里想道："瞧她这副神气，抓着了凶手，只怕当真会说到做到！将那凶手剖腹剜心！"当下说道："不错，我是知道，但我不说，你杀了我也不说！"话出之后，自己也暗自奇怪，心里头自己问自己道："难道我对表妹还存有情意？为何要这样激动地替她掩饰？"

蓬莱魔女冷笑道："该杀的我决不容情，不该杀的我就不动他毫发，你当我是胡乱杀人的么？你不说也罢，我已经知道你疑心谁了。"耿照心头一震，只听得那蓬莱魔女又问他道："据我所知，你的父亲耿仲和金刚手秦重是很要好的朋友，想来你该熟悉秦家的事情。"那蓬莱魔女还未知道秦重就是他的姨父，却令得耿照又是大吃一惊，讷讷说道："秦重？他，他，早已死了！"蓬莱魔女道："我知道他是给仇家杀了。我现在还没工夫理他的事情。我只是要问你，他有几个女儿？"耿照道："你问这个干吗？他只有一个女儿！"心里暗暗奇怪，这蓬莱魔女的消息何以如此灵通？他杀死姨父不过是三日前的事情，她就已经知道了。但她却又不知道他就是凶手。

蓬莱魔女自言自语道："哦，这就更加不对了。明珠，你来说说你和那位秦姑娘的遭遇。我不愿意有人受到冤枉。"

一个丫环应声站了出来，说道："昨晚我和珊瑚姐姐，奉了小姐之命，一个向北，一个向南，搜查凶手。拂晓时分，我在犀牛角（地名）碰上一位长得很漂亮的大姑娘，大约十七八岁，梳着两条辫儿，相貌和这位小师父描绘的那个女贼差不多，我就上去和她动手，她见我突如其来，很是惊诧，问我为什么要害她，我不说话，只是用最凶狠的招数迫她，迫得她终于发出暗器。"蓬莱魔女道："好，你做得对。她发的是什么暗器？"那名叫明珠的丫环道："果然是透骨钉！"耿照心头大震，心想："难道当真是弄玉干的？她已经落到了蓬莱魔女的手中？"心念未已，只听得那丫环已是笑道："她一发出透骨钉，我就知道是我弄错了。天宁寺的老和尚不是她杀的！"

耿照听得莫名其妙，心想："弄玉已然使出了独门暗器，天宁寺的许多和尚，也正是在她的独门暗器之下丧生的，怎么反而说不是她杀的呢？"

只听得那丫环接着说道："她的透骨钉打得很准，认穴也不差毫厘，但劲道却稀松平常，她连发三枚透骨钉都给我接下来了。我想，以她这样的功力，决计不能伤害天宁寺的主持四空上人。莫说四空上人，那几个有头面的大和尚，只怕也可以轻易地接下她的暗器。"蓬莱魔女问道："那么，她的剑法如何？"那丫环笑道："说到剑法，那就更稀松平常了。她的剑法倒是青城派的正宗剑法，可是她大约是初出道的雏儿，从未有过对敌的经验的，慌慌张张地使出来，破绽百出，其中的两招'大漠孤烟直'和'长河落日圆'，更根本不成规矩，该直的不直，该圆的不圆。总之，只凭着她这手剑法和暗器功夫，要杀尽天宁寺的十六名和尚，那就等于要三岁的孩子去搬动大山，绝不可能！"

蓬莱魔女沉吟片刻，说道："这么说，她的处境可危险得很呀，你有没有把天宁寺的事件告诉她？"

那丫环道："我当时也是这么想：她的本事如此不济，却有人冒充她去杀人放火，当然是和她有仇的了。但何以那人却不直接杀她，这内里定有古怪，说不定怎样折磨她呢。我既然试出她不是凶手，那就应该提醒她才对。

"于是我把那三枚透骨钉还了给她，向她道歉，然后问她，认不认得天宁寺的老和尚？

"她最初不相信我，我说：'以我的本领要杀你是易如反掌，何必要使什么诡计使你上当。'她这才告诉我，她果然是要到天宁寺去，天宁寺的主持是她父亲的朋友。我对她说，天宁寺的和尚都给人杀光啦，劝她离开此地。她半信半疑，我就索性送了她一匹坐骑，陪她到天宁寺去看，她这才惊慌起来。

"她相信了我对她并无恶意，这才说出她姓甚名谁，原来正是秦重的女儿秦弄玉。"

耿照听得心头大震，他本以为只有他一个人是明白这件事情的真相的，但听了这丫环的话，她证实了秦弄玉不是凶手，这就反而令得他如坠五里雾中了。"谁是真正的凶手呢？在此之前，她根本就未在江湖行走，决计不会与人结仇，为何却又有人要冒充她杀人放火？"种种疑问，盘桓心中，百思莫得其解。

那丫环继续道："后来我又盘问她，始知她的父亲在三日之前，也被人杀了。她现在是个无家可归的孤儿。但奇怪得很，我问她的杀父仇人是谁，她又不肯说。后来，我只好劝她走得越远越好，她就骑了我送她的那匹桃花马走了。"

耿照不由得又是心头一震，想道："我就是她的杀父仇人，她却不肯说出我的名字，这是什么缘故？难道她还没有将我恨透么？她这一走，不知又到了什么地方？以后，恐怕更难见面了。我的心中还存有无数疑团，只怕也永远没有水落石出之时了。唉，她究竟是不是我的仇人，我杀了姨父，是对了，还是错了？"

蓬莱魔女道："啊！你让她走了？你怎的不把她留下？"那丫环道："我并不知道她的爹爹秦重是小姐认识的人，不敢将外人引进咱们的山寨。"

蓬莱魔女道："她既然走了，那也就算了。反正事情已经清楚，无须再请她来与这妖狐对质了。"说到此处，蓦地喝道："玉面妖狐，你还不认么？"

连清波冷笑道："你要我认什么？"蓬莱魔女道："我的侍女已证明了天宁寺的和尚不是那位秦姑娘杀的了，在这一带，有本领能够杀掉四空上人的女子，除了你还有谁？"

连清波曼声说道："还有一位呢，你忘了？"蓬莱魔女道："还有谁？"连清波缓缓说道："你忘了你自己了，我看你的本领，就足够杀掉四空上人！"

蓬莱魔女冷笑道："玉面妖狐，你抵赖不了，和我要无赖么？"连清波道："今日不是你死，便是我亡，我劝你也不必多花精神去找杀人的借口了，这不似你平素的行径。"

蓬莱魔女冷笑道："你懂得什么？好吧，你既然急于送死，那就上来吧。是你一个人呢，还是你们一伙上呢？"

那群强盗面面相觑，谁也不敢答话。连清波也冷冷说道："是你一个人呢，还是你带来的八个丫环齐上？"

蓬莱魔女拂尘一挥，说道："明珠、珊瑚，你们八人各自把守一方，决不准他们逃走一个。若然他们都来围攻我，你们也不必动手，我自会发落他们。只是他们若要逃跑的话，我一个照顾不了，你们就要替我动手，哪个逃跑就把哪个的脚打断，明白了么？复述一遍！"那名叫明珠的丫环道："明白了。他们不逃，我就不出手。谁若是要逃，我就把他的脚打断！"她的身份似乎是八个丫环之首，复述了小姐的命令之后，立即指挥七个丫环，各自占了一个方位，将连清波的人四周围围住。

连清波冷笑道：“你布置好了，这可该动手了吧？”蓬莱魔女道：“亮剑吧，我远来是客，让你三招！”连清波格格笑道：“你让我三招？这又何必呢？我可并不想占你便宜。”耿照正自心想：“连姐姐果然骄傲得紧，不肯稍失身份。”哪知心念未已，连清波忽道：“但你既要如此，我也只好恭敬不如从命了！”刷的一剑，便即刺出！

前面那一段话她缓缓道来，人人都以为她会有一番做作，不肯要蓬莱魔女让招，哪知她最后两句话说得飞快，忽然一反原来的口气，话犹未了，立刻便使出了杀手绝招。

她们二人本来迎面而立，距离不到三尺，连清波骤然发难，剑光如练，直插蓬莱魔女胸口的天枢穴，这一剑突如其来，人人意想不到，连耿照也不觉失声惊呼。

就在这间不容发之际，蓬莱魔女柳腰一折，身形后抑，俨如舞蹈中的一个身段，柳腰轻摆，贴地回旋，舞姿美妙之极，但却是上乘武功中最难运用的“铁板桥”功夫！

在众人骇叫声中，只见剑光一闪，恰好从蓬莱魔女的面门削过，这一剑若是削低半寸，就不难将蓬莱魔女的鼻子削平，但她们二人，一个攻得快，一个避得快，待到连清波发觉这一剑削得稍高，蓬莱魔女早已一个滑步回身，绕到她的侧面，她哪还有余暇修改剑招？

蓬莱魔女滑步回身，几乎是与连清波擦肩而过，这时连清波的剑招已经使老，急切间收不回来，蓬莱魔女倘若乘虚而入，只一抓就可以抓碎连清波的琵琶骨，但蓬莱魔女却并不如此，当她与连清波擦肩而过时，只是轻轻一笑道：“可惜，可惜，你这一剑落空了，再来，再来！”

连清波面红耳赤，一言不发，刷的反手一剑，又攻过去。蓬莱魔女的一个丫环“啐”了一口，低声骂道：“不要脸！”耿照听了，好生难过，但随即为他的“连姐姐”想出辩护的理由，心里想道：“对付这等心狠手辣的魔女，正如连姐姐所说，不是你死，便是我亡，哪还能够讲究什么光明磊落的过招？”但他从这一招看来，虽然不过仅仅一招，亦已可以看出蓬莱魔女的武功，确是比连清波高明了不知多少，只怕连清波纵然不择手段，也难以胜她。

这一次蓬莱魔女早有准备，连清波的剑势虽然比第一剑更为凌厉，她长袖一拂，并不触及连清波的身体，已把她的青钢剑引出外门。连清波突然煞住脚步，按剑不动，蓬莱魔女笑道："还有一招，怎么不发？"

连清波低声说道："你的功夫果然高明，佩服，佩服！"说到最后那"佩服"两个字，突然樱唇一张，几根细如游丝的银光，电射而出。但除了蓬莱魔女之外，旁边的人，却什么也没瞧见。

原来这是连清波苦练而成的一项绝技，可以从口中吐出毒针，杀人于无形！她先含了解药，不怕受毒，藏在口中的毒针，则用真气喷出，可以射到丈许之外，现在她和蓬莱魔女的距离不过三尺，估量蓬莱魔女纵有天大神通，也是决难避过的了。

听得蓬莱魔女"呸"的一声，那几根细如游丝的银光一闪即灭，迅即身形一晃，连清波的第三招"白虹贯日"又刺了个空。原来她早已知道连清波有口吐毒针的绝技，连清波樱唇一张，她也一口真气吹去，她的内功比连清波还要深厚得多，这一吹就把连清波的毒针吹得无影无踪！这还是因为她有言在先，说过要让连清波三招方才还手，所以只是把毒针吹向上空，要不然若是反射回来，只怕连清波自己就要先受毒针之害。

蓬莱魔女冷笑道："你还有什么阴毒的暗器？要使就得赶快，否则就没有机会了。须知三招已过，我不能再让你了。"连清波红了双眼，似是拼着豁出性命一般，一柄长剑舞得呼呼风响，狂风暴雨般地猛攻过去。

蓬莱魔女一声长啸，说时迟，那时快，手中已多了一柄拂尘，只见她轻轻一拂，尘尾竟是聚而不散，倏然间就向连清波的宝剑卷来。连清波也是个武学行家，一看就知道她这一拂之下，实是藏有极强的潜力，但她恃着自己这柄宝剑锋利无比，也并不怎样畏惧，当下青钢剑扬空一展，化成了一道银虹，使出最刚猛的剑招，意欲将对方的铁拂尘硬生生削断。

只听得"当"的一声，蓬莱魔女倒持拂尘，尘杆一震，连清波虎口一麻，宝剑几乎掌握不住。她的拂尘不知是什么做的，连清波的宝剑竟然削之不断。

蓬莱魔女喝道："你也接我一招！"尘尾忽地散开，根根如刺，万缕千丝的尘尾，好像变成了无数利针，罩将下来，一招之内，遍袭连清波全身的三十六道大穴。

这种拂尘刺穴的功夫，连清波是见所未见，闻所未闻，一惊之下，早已有十二处穴道给蓬莱魔女的尘尾刺伤。

幸而连清波的内功造诣亦是不凡，一觉不妙，瞬息之间，已是运气封了全身穴道，脚下"倒踩七星"，去势如箭，脱出了拂尘笼罩的范围。

可是，她虽然封了穴道，得以逃脱性命，但被刺之处，亦已皮破血流，一件薄纱轻罗，尽是点点斑斑的血迹。耿照触目惊心，手按剑柄，就想冲出去助战。连清波那个名叫沉香的丫环，忽地将他按着，低声说道："小姐吩咐过了，无论如何，不准你动手。再说，你也绝非那魔女之敌，要上去白白送死吗？"耿照大为感动，心想："她是早知魔女厉害的，她自己性命难保，却还处处照顾着我。"其实耿照何尝不知道魔女武功远胜于己，自己上去乃是白白送死，但他为了感激连清波之恩，早已心甘情愿，决意为连清波而死。只是，他虽然有此心意，但被那丫环按着，却是动弹不得！

心念未已，忽见平地上突然涌起一片红霞，却原来是连清波解下束腰的红绸带，当作软鞭来使，向蓬莱魔女卷去。这时她一手挥利剑，一手舞红绸，两件兵器，一柔一刚，配合得妙到毫巅。剑光如雪，绸影如虹，再加上蓬莱魔女衣袂飘飘，冰肌似玉，拂尘飞舞，俨如泼墨，几种不同的颜色混合起来，端的是好看之极！假如有一个陌生人刚刚来到，乍眼一看，只怕还会以为她们是在合演一场美妙的舞蹈，却怎知在这翩翩妙舞之中，却藏着无限凶险的招数，处处透露着杀机。

耿照见连清波似乎渐渐支持得住，心中稍稍放宽。忽听得蓬莱魔女赞了一个"好"字，随即又叹了口气，叫道："可惜，可惜！可惜你玉面妖狐，练成了这身功夫，却拿来害人！看你修为不易，我本有意饶你一命，但现在却不能饶你了！"话声未了，拂尘一抖，嗤嗤声响，竟在漫天的剑光绸影之中，直"刺"进去，连清波尖叫一声，连连后退，衣裳上点点斑斑的血迹，更密更浓了！

耿照看得惊心动魄，气也喘不过来。就在这时，忽听得连清波一声喝道："不是你死，便是我亡！"身形一起，如箭离弦，直冲过去，红绸飞舞，夭矫如龙，倏又化成了千重波浪，一圈圈的向前推进，耿照认得这一招正是"八方风雨会中州"。赛尉迟北神鞭曾用过这一招打伤他，而连清波则以其人之道还治其人之身，也用这一招打败了北神鞭。

现在连清波在性命交关的当口，又再使出这一招杀手神招，更配合了手中的宝剑，比起斗北神鞭的那次，更见攻势凌厉，骇人心魄。

但见红绸卷去，果然把蓬莱魔女的拂尘束住，耿照大喜如狂，高声喝彩。哪知彩声刚自出口，却忽听得"嗤嗤"之声不绝于耳，却原来蓬莱魔女默运玄功，将万缕千丝的尘尾，根根都似变作了钢针，竟把那条红绸刺了千疮百孔！同时她双袖轻扬，瞬息之间，拂开了连清波的连环三剑！

眼看蓬莱魔女的拂尘就要脱困而出，连清波蓦地一声长啸，耿照忽觉手腕一松，只见连清波那两个丫环，都已跑上前去，齐声喝道："魔女纳命！"沉香把手一扬，飞出了一团红雾，紫玉则打出了一件奇形暗器，黑漆漆的似个椭圆形的榄，但却有一尺来长，这暗器飞到蓬莱魔女身前，"波"的一声，猛地炸开，飞出了九柄精光闪闪的银梭，每柄只有三寸长，都射到蓬莱魔女身上。与此同时，未曾受伤的那黄衣人，也是一声大喝，飞出了一尺多长的铁抓，抓到了蓬莱魔女的后心！这三人同时发动，同时攻到，显然是事前训练好的。

原来连清波早已知道蓬莱魔女的厉害，今日之战也早已在她意料之中，她自忖只凭着本身的武功，决难胜得过蓬莱魔女，因而早就处心积虑，安排下克敌制胜的妙法。

她把两件厉害的暗器，教会了她的两个贴身侍女。沉香飞出的那团毒雾名为"桃花瘴"，是用苗疆中的瘴气加上几种毒药炼成的毒雾，只要吸进一丝瘴气，五脏便要受毒，人也立即昏迷。紫玉用的那件奇形暗器名为"九子母阴梭",一发九枚,而且是到了敌人身前,"子梭"才从"母梭"中炸裂飞开,可以攻敌人个措手不及。

这两件暗器虽然厉害非常,阴毒无比,但以蓬莱魔女的武功,只凭暗器还是决计伤她不了。连清波也早已想到这层,所以她要先拼着本身受伤,死命缠着蓬莱魔女,叫她腾不出手来对付暗器。连清波还怕不能制敌死命,事前又吩咐了她的两个忠仆,听她的啸声为号,各以铁抓和流星锤向蓬莱魔女袭击,配合暗器的进攻。这两个忠仆,就是刚才大言炎炎的那两个黄衣人了。可惜其中之一沉不住气,蓬莱魔女刚现身的时候,他就上前袭击,给蓬莱魔女的侍女用"沾衣十八跌"的功夫摔晕,因而不能助战。

连清波所定的计划虽然缺了一人,但那人本领最低,不过是用作一枚辅助进攻的棋子,缺少了他,无关轻重,影响不大。这时,蓬莱魔女的拂尘被连清波的红绸束住,九子母阴梭在她面前炸开,那黄衣人的铁抓又已抓到她的后心,当真是性命悬于俄顷,危急之极!而且就在这一瞬时,那团毒雾,也已将她全身罩住,蓬莱魔女突然感到一阵恶心,头昏目眩。

好个蓬莱魔女,就在这性命俄顷之际,显出了卓绝非凡的功夫,瞬息之间,就闭了全身穴道,也闭着了呼吸。只听得"铮铮"连声,她左手双指疾弹,已把奔向上盘的三枚银梭弹开,信手一抄,又把奔向中盘的三枚银梭抄到手中,一个移形换位,奔向下盘的那三枚银梭又都从她的脚底贴地射过去了。

就在她以移形换位的功夫避开银梭之际,那铁抓呼的一声,恰好贴着她的纤腰擦过,她衣袖一拂,使出借力打力的功夫,那条铁抓登时转了个方向,正抓着沉香的脚踝,沉香尖叫一声,扑倒地上。蓬莱魔女把手一扬,将接在手中的那三枚银梭打出,把紫玉钉在地上。那黄衣人收不着势,铁抓抓伤了自己人,又不免大吃一惊,紫玉掩着铁链扑倒,那黄衣人登时也变了滚地葫芦!

蓬莱魔女一声斥叱,倏然间拂尘脱困而出,连清波那条绸带片片碎裂,飞身一掠,拂尘挥了一圈,万缕千丝,齐向连清波罩下。

忽地一道长虹,从连清波手中飞出,原来她已自知难以幸免,于是抱着个"与敌偕亡"的心情，将宝剑脱手掷出，作最后的一击！

这一掷是她平生功力之所聚，长虹疾射，隐隐带着风雷之声，确是不容小觑，蓬莱魔女也不禁倏然止步，将拂尘反手一圈。

蓬莱魔女的功力究竟是比连清波高出许多，拂尘一圈，登时把那道长虹圈住。蓬莱魔女这时已远离了毒雾的威胁，她闭了呼吸多时，胸中早已烦闷不堪，这时方始吐出了一口浊气。她一声冷笑，将连清波那柄宝剑，拿到手中，喝道："玉面妖狐，你这柄剑不知曾害了多少人，好，现在我就要用你的这柄剑来碎割你！"

连清波见宝剑也被敌人夺到了手中，饶她也是个杀人不眨眼的魔女，这时亦已吓得魂飞魄散，正待再取出另一件厉害的暗器，说时迟，那时快，蓬莱魔女已是一跃而起，宛如饥鹰扑兔，人在半空，冲刺下来，一招"鹰翔隼刺"，右手拂尘凌空罩下，左手长剑，也径刺连清波的背心！

拂尘离开连清波的头顶还有尺许，连清波已受那股劲风扑倒，恰恰倒在耿照的身边，眼看蓬莱魔女那一剑也就要刺下来，连清波性命不保！

耿照忽地大叫一声，和身扑上，将连清波的身体盖着。他明知自己的武功比敌人差得太远，倘要抵抗，无异以卵击石，一时情急，无暇思量，便用出了这个笨法子，将自己的身体来掩盖连清波，拼着豁出性命，代连清波受蓬莱魔女这一剑，剑气森森，头顶一片沁凉，在这电光石火的刹那之间，耿照的心中，只是想道："连姐姐曾救了我的性命，我这条性命就还了给她吧。但盼望她能逃出魔掌！"

耿照这一着倒是大出蓬莱魔女意外，幸而她的剑法也已到了收发随心的境界，就在剑尖距离耿照顶心只有三寸之际，倏然收住，迅即将拂尘一插，腾出右手，一把抓着耿照的后心，将他提了起来，喝道："你这傻小子，值得为这妖狐送命么？"

蓬莱魔女被耿照所阻，稍微一缓，就在这瞬息之间，连清波已是使出"燕青十八翻"的功夫，滚出了数丈开外，她猛地一咬银牙，心中想道："此时此际，我也顾不得他了！"把手一扬，只听得"蓬"的一声，一团火光突然爆炸开来，浓烟遍布，烟雾之中，还有无数细如牛毛的金光闪烁，杂着"嗤嗤"声响！

耿照突然感到一股极难闻的气味，从鼻孔里直钻进来，登时头晕目眩，神智迷糊。原来连清波所使的这个暗器，乃是邪派中最阴毒的一种暗器，名为"毒雾金针烈焰弹"，比沉香的那"桃花瘴"还厉害得多。

蓬莱魔女想不到她还有这样厉害的暗器，留到最后关头才用，大吃一惊，叫声："不好！"提着耿照，一个"细胸巧翻云"，以绝顶轻功，倒纵出三丈开外。就在这一刹那间，耿照忽觉胁下一麻，忍不住张口呼叫，又吸进了两口毒气，登时完全晕了过去，不省人事。也就在这刹那之间，连清波也已逃之夭夭了。蓬莱魔女的侍女拦她不住。

蓬莱魔女那个名叫明珠的丫环说道："可惜，可惜！"要知以蓬莱魔女的功夫，倘若她只是单身一人，并无负累的话，连清波的暗器再厉害，她也可以从容应付，焉能容得玉面妖狐漏网，现在她为了救护耿照，只好眼睁睁地看敌人逸去。而且她自己虽没受伤，耿照却中了毒，胁下还着了两枚梅花针。这丫环的两声叹息，就是因此而发的。

蓬莱魔女笑道："救人要紧，玉面妖狐就让她暂作漏网之鱼吧。她逃得过一次逃不得第二次，总有一次撞在我的手上。"那丫环说道："这小子未必是好人，他这样舍命地护那妖狐，早已是着了那妖狐的迷了。"蓬莱魔女道："话可不能这样说，他到底是蹑云剑耿仲的儿子，而且是要投奔南宋的，凭这两点，就该救他的命。至于他何以着那妖狐的迷，以后再审他吧。"当下吩咐丫环，将那一大群强盗都押回山寨。

暂且按下连清波不表。且说耿照昏迷之后，也不知过了多久，待到醒来，只觉被暖香浓，原来正是睡在一张床上。耿照爬了起来，迷迷糊糊地张目四望，只见自己好像是置身在一间书房之中，房间布置甚为古雅，靠壁一张书橱，四边悬挂字画，还有一些古董摆设，书案上燃着一炉香，幽香细细，吸进鼻中，十分舒服。耿照大为诧异，心想："这是什么地方，我怎的到了这儿来了？"

他竭力思索，渐渐想起了前事："连姐姐带我一道去会那蓬莱魔女，连姐姐和那魔女恶战，后来魔女要杀她，我用自己的身体去掩盖她，后来，后来忽地有惊雷裂石的响声，以后的事情我就不知道了。哎，莫非我已受了伤，被那魔女擒获了？这里就是魔窟？她怎的还留着我不杀呢？"耿照想到此处，一阵迷茫，但他早已把生死置之度外，也就不觉得怎么害怕。

他定下了心神，再向四周围观望，只见墙壁正中，挂有一幅字，书法铁划银钩、龙飞凤舞，写的是一首词，词道：

"长淮望断，关塞莽然平。征尘暗，霜风劲，悄边声，黯销凝。追想当年事，殆天数，非人力。洙泗上，弦歌地，亦膻腥。隔水毡乡，落日牛羊下，区脱纵横。看名王宵猎，骑火一川明。笳鼓悲鸣，遣人惊。　　念腰间箭，匣中剑，空埃蠹，竟何成！时易失，心徒壮，岁将零。渺神京。干羽方怀远，静烽燧，且休兵。冠盖使，纷驰骛，若为情！闻道中原遗老，常南望、翠葆霓旌。使行人到此，忠愤气填膺，有泪如倾。"

耿照心道："原来是张于湖（张孝祥）的《六州歌头》。"吃了一惊，心里暗暗奇怪。

当时词风极盛，不但南宋是词人辈出，金人中也有不少词章好手。例如当时的金主完颜亮就是一个欢喜填词，而且填得很不错的金人。由于当时的文学风气使然，几乎贩夫走卒，都能吟诵几句名家的词句，稍为富贵的人家，悬挂有词家的字画，更是寻常之事，无足为怪。

但这首词却有不同，它的作者张孝祥（于湖）正是当时南宋的状元，在绍兴二十四年廷试第一，官拜中书舍人之职。他这首词上半阕是伤感中原沦陷，痛恨金人蹂躏自己祖国的土地的。如"洙泗上，弦歌地，亦膻腥"几句，就深深地表示了对金人的愤恨。下半阕则是感慨南宋的只知偏安自保，以致中原父老，盼望旌旗，如大旱之望云霓。

耿照看了此词，不禁心里想道："这里是金国的地方，蓬莱魔女是个穷凶极恶的女强盗，她家里却挂有南宋状元所写的这首词，咦，难道她也是一个心存故国，盼望王师恢复中原的义士？并不是一个只知杀人放火的女强盗了?"

耿照从出生以至成年,一直就是生活在金人统治的地方,根本不知道祖国的情况。读了这首词,又不禁忧疑重重,心里想道:"张于湖是南宋状元,从他的词中透露,宋室君臣,似乎只求偏安自保,无意规复中原,不但如此,而且还与金国使节往来,媚敌苟安,大失民望呢!唉,这是真的还是假的?他是状元,又是现任官吏,若非有些事实,他又怎敢在词中胡说?"

耿照再念一遍后半阕那几句:"干羽方怀远,静烽燧,且休兵。冠盖使,纷驰骛,若为情!闻道中原遗老,常南望,翠葆霓旌。使行人到此,忠愤气填膺,有泪如倾。"百感丛生,竟也不觉潸然泪下。

心里蓦然想道:"若然南宋果然如此不思振奋,只图偏安。我将爹爹的遗书送去,那也只是白费精神了。唉,但愿不是如此。"想到了父亲的遗书,不自觉地用手一摸,登时心头卜卜乱跳,他那封遗书已经失了。

正在惊慌,忽听得脚步声响,门开处,一个丫环走了进来,望了他一眼,笑道:"你已经醒了?好,看你的气息,你中的毒已经消散了。怎么,你还想念你那位连姐姐吗?"

耿照正是满肚皮闷气,也不管对方是个少女,便抢白她道:"我想不想念她,你管不着!"

那丫环冷笑道:"我当然管不着。可是要不是我们小姐救你,你早已活不成啦!你看这是什么东西?"她随手在床前的小几上,拈起了一个小巧玲珑的金盘,金盘里有几根金针。那丫环道:"你知道这是什么东西?这就是你的连姐姐打在你身上的喂毒金针了。我们用磁石给你将它吸出来的。还有你吸进的毒雾,也幸亏我们的小姐取了解药才给你解了的。"

耿照恍然大悟:"原来那惊雷裂石般的巨响是连姐姐放的暗器,那时候我被那魔女抓着,想必是给她误伤了。"他为了感激连清波的恩情,本来就已是"拼将一命酬知己"的,所以这时听说自己身上中的乃是连清波的毒针,心中一点也不怨恨,反而暗暗欢喜,想道:"连姐姐的暗器如此厉害,料能逃脱魔掌了?唉,只要她保住了性命，我纵然受到什么折磨，也是心甘。"

那丫环见他面露笑容，大感不解，问道："你笑什么？中了暗器，几乎丧命，还高兴么？"耿照道："不错，我心中就是高兴！她的暗器越是厉害，我就越是高兴！"那丫环怒形于色，冷笑说道："你这浑小子真是至死不悟，要不是我们小姐再三吩咐，真悔不该救你。好，就让你高兴吧，我们小姐现在要见你了，你随我去吧！"

耿照早已把生死置之度外，心中想道："好，她要见我，我就见她，看她将我如何发付？士可杀不可辱，倘若她要将我折辱的话，我就自断经脉而亡。"他打定了主意，夷然自若，毫不踌躇地就随那丫环前往。

走过了一道长廊，进入了一所大厅，只见蓬莱魔女端坐正中，被捉来的那一大群强盗坐在四边，个个脸上都露着惊惶的神气，那气氛就似是在刑部大堂之上，一群罪犯正在等待定刑，为自己的生存而惴惴不安。

那丫环道："姓耿的小子带到了，请小姐发落！"蓬莱魔女挥手道："叫他坐在一旁，容后再问。"耿照"哼"了一声，大马金刀地坐了下去。

只听得蓬莱魔女向那群强盗厉声问道："你们说是不说？你们竟是甘心给那妖狐为奴么？"忽地向一个强盗一指，喝道："朱同，你跟那妖狐最久，难道你也不知道她的来历么？"

那强盗身材高大，但给蓬莱魔女一指，登时便似矮了半截，随后颤巍巍地站了起来，颤声说道："我委实不知道她的来历。当初她是派了两个丫环来到我的山寨，要我降伏的，我打不过她的丫环，只好每个月给她进贡，其实我心里是不乐意的。这几年我也不过只见过她三次，我只知道她的绰号叫'玉面妖狐'。"

蓬莱魔女接连问了几个人，都是差不多的回答，只不过有几处山寨，连清波派去招降他们的使者不是丫环，而是另外两个男仆而已。

蓬莱魔女眉头一皱，说道："她是汉人还是胡人你们也不知道么？"有几个强盗答道："她那两个男仆的相貌倒是像个胡人，她本人是胡是汉，我们却看不出来。我们只知每月给她进贡，除此之外，怎敢多问？"耿照心中一凛，想道："这魔女怎的会怀疑连姐姐是个胡人？"正是：

　　拼将热血酬知己，哪识妖狐是敌人。

　　欲知后事如何，请听下回分解。

第六回　迷雾重重真亦幻
　　　　　恩仇种种是耶非

　　蓬莱魔女凛若冰霜，不理这班强盗，回头过来，吩咐一个丫环道："你给我把玳瑁、珊瑚二人叫来。"

　　过了一会，只见一个绛衣玄裳的少女，匆匆忙忙地随那个丫环来到，耿照认得她正是用"沾衣十八跌"的武功震翻那个黄衣人的丫环。

　　蓬莱魔女道："珊瑚呢？"那丫环道："珊瑚姐姐正在为那小妖狐施术急救，要过一会儿才来。"耿照听得"小妖狐"三字，心里一惊："难道连姐姐终于不能逃脱吗？"

　　蓬莱魔女道："玉面妖狐的那两个男仆怎么样了？"

　　那绛衣玄裳的少女名叫玳瑁，乃是蓬莱魔女的八个贴身丫环之一，奉命押解那两个男仆的，答道："玉面妖狐狠毒之极，她逃走之时，还未忘记杀人灭口，用毒雾金针烈焰弹将她那两个男仆炸得重伤。其中一人，就是给我震翻的那人，因为不能走动，当场身死。另外一人，到了半路，因为痛苦不堪，自己咬断舌根死了。什么也没有问出来。"

　　刚说到这里，忽听得一阵"荷荷"的声音，从外面传来，声音如同野兽嗥叫，悲惨之极，听得令人毛骨悚然。

　　只见又是一个绛衣玄裳的少女，将一个披头散发、口吐白沫的女子押了上来，耿照认得口吐白沫的这个女子乃是连清波的丫环沉香，这个押解着她的少女，想必就是蓬莱魔女的那个名叫珊瑚的贴身婢女了。

珊瑚神情激动，叫道："小姐，你看，玉面妖狐何等狠心，将服侍她多年的小妖狐也治成了这个样子，我已用尽办法，给她服下了九天回阳散，给她施用了金针刺穴术，我的本事，是不能救她啦。小姐，你看看她，还有什么办法可想？好坏也得问出她几句话。"

耿照这才知道她们刚才口中的"小妖狐"乃是指连清波那两个贴身婢女，听她们的口气，连清波本人则是已经逃走了，心中的一块大石头这才放了下来。可是目睹沉香的惨状，口沫横飞，"荷荷"胡叫，竟似一个白痴，心中也是十分难过。一串疑问，横塞胸臆，暗自想道："当真是连姐姐将她治成这个样子的？为什么？为什么？难道也是误伤了的？何以都是误伤了自己人？哪有这样凑巧？连姐姐岂能这样狠心辣手？哎呀！莫非是她们故意说谎？是她们下的毒手，都赖在连姐姐身上，故意说给我听的，要我相信连姐姐不是好人。"但看那小婢珊瑚的激动神情，却又不似说谎。

蓬莱魔女走到沉香面前，凝神注视，似乎在潜心研究，看还有什么办法可以挽救。

珊瑚冷静了一些，继续说道："这两个小妖狐都中了她们主子的毒针，年纪较大的那个，给毒针插正心房，已经死了。这个小妖狐是后脑中了毒针，唉，看来纵能救活，也难免变成白痴了。"

蓬莱魔女凝视了好一会，忽地叹口气道："毒入脑髓，无法救了。且待我试试，看看是否能令她清醒一时。"骈指伸出，向沉香后脑枕的"天户穴"一点。

这"天户穴"乃是脑神经中枢所在，陷在昏迷状态中的人，倘若此处穴道被点，会因脑神经突然受到刺激而清醒过来，但随后不久就要死亡，所以这虽然是对昏迷者最易见效的急救术，却从来无人敢于使用。但因沉香反正已是不能救活，蓬莱魔女只想她能清醒片时，问她几句说话，无可奈何，才施用此法。她手指点下之际，心中也不禁恻然。

沉香尖叫一声，蹦跳起来，两只眼睛，睁得又圆又大，直勾勾地盯着蓬莱魔女。耿照看得毛骨悚然，连忙掉过了头，不敢再看。

忽听得沉香厉声叫道："小姐，你，你好狠！我服侍了这许多年，你，你——"蓬莱魔女柔声说道："我不是你的小姐，你醒醒，想想，你的小姐是谁，是从哪里来的？她的老巢又在哪儿？你都说给我听，我会替你报仇！"

沉香又瞪了一会眼睛，叫道："哦，你不是小姐？你是蓬莱魔女，你是削了我头发的那个魔女！"蓬莱魔女道："不错，你想起来啦！"

沉香连连后退，似乎对蓬莱魔女犹有余怖，忽地又尖声叫道："不对，不对，你和小姐都是要害我的，我不上你们的当！你也没有本领给我报仇。小姐，小姐，你好狠啊！我变作厉鬼也不饶你！哈哈，对了，对了！我就是用这个法子报仇，我变了厉鬼，勾你的魂，夺你的魄，抓你去见阎王！"

霎时间她又似喝醉了酒，神智迷糊，手舞足蹈，跄跄踉踉地向蓬莱魔女抓来，蓬莱魔女轻轻闪过，她抓了几抓，没有抓中，忽地如疯如狂，双手向自己头皮乱抓，登时头发尽都脱落，头皮也一片一片地抓了下来，神情却似得意之极，不住叫道："抓你去见阎王，抓你去见阎王！"

蓬莱魔女不忍见她多受痛苦，柔声说道："你去吧，我会替你抓她去见阎王的。"双指在她太阳穴一弹，只见她登时直立不动，再无气息。但两只眼睛却还是睁得大大的没有闭上。转眼之间，七窍之中都流出了血来。在座的群盗，个个都是杀人不眨眼的家伙，但见了如此恐怖的神情，人人都是不禁心里发毛。蓬莱魔女的两个侍女上来，将沉香的尸体抬了出去。

带领耿照前来的那个丫环，忽地指着他骂道："你看见了么，你看见了么？你现在还能笑得出来么？要不是我们小姐及早救你，你也要像她这样地死去！亏你还说高兴呢！你笑呀，你笑呀！你笑给我看看！哼，你这不识好歹、没有良心的东西！"

耿照十分难过，低下了头。他的难过，并不是由于那丫环的一顿臭骂，而是为了惨死的沉香。心里想道："但求连姐姐能够脱身，我是愿意死在她的暗器之下的。但沉香可不愿意死啊！我中暗器的时候，已是落在魔女的手中，连姐姐要与魔女拼命，自难免殃及池鱼，我不怪她。但她为什么要杀掉自己的丫环和忠仆？难道是当真为了灭口？唉，这丫环临终之际，口口声声地诅咒她，那是将她恨之入骨了！"

蓬莱魔女道："不要骂了，叫他上来，待我问他。"那丫环道："对，这姓耿的一定是那妖狐的情人，他中了那妖狐的暗器，还高兴得很呢。我看他一定知道妖狐的底细，只怕比她那两个丫环还要清楚。"

耿照听那丫环说他是连清波的情人，面上一红，骂道："胡说八道，连姐姐是，是，是……"他本想如实说出，连清波是怎样地于他有恩，是他的恩人，但转念一想，自己的秘密何必说与魔女知道，因而这"恩人"二字，到了口边，却吞吞吐吐地未曾完全吐出。

蓬莱魔女似乎甚不耐烦，说道："我不管她是你的什么人，情人也罢，仇人也罢，恩人也罢，亲人也罢，总之，你既然知道她的来历，就应该对我说出来！"

耿照冷笑道："你把我当作犯人，要迫问我的口供是不是？你干脆把我杀了吧！"他挺直身子，站在蓬莱魔女面前，双唇紧闭，任凭那些丫环恐吓喝骂，再也不肯开言。

蓬莱魔女怔了一怔，笑道："这小子倒很倔强。"挥一挥手，叫那些丫环退下，柔声说道："你都亲眼瞧见了，凡是知道她底细的人，哪管是服侍她多年的丫环，她都狠得起心肠，下得了毒手，你本来也要被她害死的，如今侥幸逃脱，你还要给她掩饰么？"

耿照仍是闭口不言，蓬莱魔女叹道："可惜，可惜，可惜了你父亲的半世苦心！"耿照不由得心中一凛，跳了起来，叫道："你说什么？"蓬莱魔女道："你父亲少年的时候，本来是个名震江湖的大侠，他为了光复故国，不惜屈志降心，假意投顺金人，他半世苦心，留下了一份遗书给你，本意叫你做个忠臣义士，谁知你却迷恋美色，迷上妖狐！倘若你不知道她的来历那犹罢了，而你又是分明知道的。你不思报国，却迷上异族的妖狐，你说，你对得住死去的父亲么？你忠贞智勇的父亲，却有你这样不成材的儿子，唉，这岂不是可惜呀，可惜！"

耿照叫道："原来我爹爹的遗书，是你搜去了，快拿来还我！"

蓬莱魔女道："你这样的护那妖狐，我怎放心将这份遗书还你？怎么，话已至此，你还要为那妖狐掩饰么？"

耿照怒道："连姑娘分明是大汉的女中英杰，你怎可含血喷人，骂她是异族妖狐！"他脸皮嫩薄，在那些丫环的取笑之下，不知不觉地将连清波改称"姑娘"，不呼"姐姐"。那些丫环听了，掩口微笑。

蓬莱魔女冷冷说道："怎见得她是大汉的女中英杰？"耿照朗声说道："你不过想知道连姑娘的来历而已，好，我就尽我所知，将她的来历告诉你。我不是怕你的恫吓，我是要给她辩白，你明白么？"

蓬莱魔女笑道："其实，你把你自己所知的都说出来，这不但是替你的连姐姐辩白，也是替你自己辩白，你明白么？没人说你害怕的，你无须顾虑，说吧！"蓬莱魔女正说对了耿照的心思，耿照不由得又是心中一凛，想道："好厉害的魔女，终于还是把我的话套出来了。但连姐姐身家清白，来历光明，我说出来，也好叫你们自知理亏。"

当下耿照便即说道："连姑娘是信州人氏，她的父亲是信州有名的拳师，怎扯得上与胡人有关？"蓬莱魔女道："你怎么知道？"耿照道："我外公楚大雄也是信州拳师，楚、连二家乃是通家之好，因此，因此……"蓬莱魔女微笑道："因此你才与连清波姐弟相称，是么？"耿照脸上一红，大声答道："不错，这又有什么可笑的呢？"

蓬莱魔女道："你们两家交好，这是你母亲告诉你的么？"耿照怔了一怔，说道："这是她亲口告诉我的。你们不相信她，我相信她！"

蓬莱魔女忽地向一个满面虬须的汉子一指，说道："你是信州人，你可知道信州有个姓连的拳师么？"那虬须汉子站了起来，说道："信州没有姓连的，更不用说是什么姓连的拳师，楚大雄拳师倒是有的。"另一个汉子也站起来道："姓连的很是稀少，据我所知，这是一个冷僻的姓氏，好似只有岭南一带才有此姓。"那虬须汉子继续说道："我记起来了，有一次我听得她的丫环唤她作赫连姑娘。想是这小子糊里糊涂,把一个'赫'字听漏了。"蓬莱魔女冷冷说道:"赫连?哎,这可是个胡姓啊!"

耿照呆了一呆,满面怒容,大声说道:"姓赫连也好,姓连也好,她总是金国的御犯,与金虏作对的我辈中人!"蓬莱魔女道:"哦,她怎么与金虏作对?"

耿照道:"她上月在金国京都,杀了金国的两名武士,后来又在密云杀了金国的两个禁卫军军官。"蓬莱魔女道:"那两个武士和那两名军官,都是被派去迎接蒙古来的使者的,可对?"耿照诧道:"原来你都已知道了。你既然知道,那么连姑娘是哪一种人,你还有猜疑么?我看你书房里挂有南宋状元张于湖写的《六州歌头》,想来你也是抗金的女英雄?何以你容不下志同道合的连姑娘?却务必要将她置于死地?"

蓬莱魔女笑道:"这也是玉面妖狐告诉你的吗?"耿照道:"不错,难道也是假的?"蓬莱魔女道:"玳瑁,你来说说这一件事。"

玳瑁说道:"上月我奉了小姐之命,打听那蒙古使者的行踪,金国派了两个禁卫军军官迎接使者,我在密云缀上了他们。

"那晚我偷偷进了使者的行署,打听他们的秘密,我躲在梁上,还未到一盏茶的工夫,忽听得似是有人在耳边悄悄说道:'小姑娘小心了,有鼠子要来咬你!'我吃了一惊,四顾无人,就在这时,那蒙古使者蓦地一声喝道:'下来!'

"这使者的劈空掌好不厉害,幸而我早得高人提醒,及时将身子挪开了两尺,只听得'喀喇'的一声响,那条横梁,竟然当中折断,就如给刀斩斧劈一般,要不是我早已避开,绝难抵挡他这股掌力!"

耿照听得骇然,想道:"这丫环懂得沾衣十八跌的上乘武功,还抵挡不了这股劈空掌力,那蒙古使者的功力之高,岂非不可想象?"

玳瑁接着说道:"眼看我的行藏就要败露,忽听得有人哈哈大笑:'我就在这里,你们都瞎了眼吗?'房子里突然多了一个人,也不知他是从哪儿冒出来的?

"那是一个书生模样的中年人,双眼朝天,站在房子当中,面向着那蒙古使者哈哈大笑，这一下，登时把他们的注意都吸引过去。

"那蒙古使者喝问：'你是谁？'那书生笑道：'我是催命阎罗！'那蒙古使者一掌劈去，两人距离三尺，那书生正面抵挡这股猛烈的劈空掌力，衣角都未曾飘起，倒是那蒙古使者摇摇欲坠，哇的就是一口鲜血喷了出来。

"这一来，那两个禁卫军军官也都慌了，各自亮出兵器，就向那书生斫去，这两个军官的武艺也好生了得，身手矫捷之极，其中一个使刀，一招七式，瞬息之间，就斩了十三刀，用了九十一个式子；另一个使判官笔的，一笔横拖，便连点那书生的带脉八处大穴！"

耿照心道："这丫环好生眼利，竟然在那瞬息之间，看得这样清楚。"蓬莱魔女微笑道："这么说，在江湖上也算得是二流顶的高手了。"

玳瑁继续说道："他们快，那书生更快，他们狠，那书生更狠！呀，我跟小姐出道以来，也曾见过几次大阵仗，却从未曾有一次这样惊心动魄的，那书生出手之重，出手之快，简直是匪夷所思。使刀的那个，斩到第十三刀，就给那书生挟手将他的单刀夺去，转眼另一个军官的判官笔也给他打落了。那书生刀劈两军官，掌毙了蒙古使者，前后只不过是喝两口茶的时间！但其中的凶险，却是难以形容，令人毕生难忘！"蓬莱魔女好胜心起，忽地问道："你说得他这样厉害，那么依你看来，我比他如何？你不必奉承我，实话实说吧。"

玳瑁答道："小姐武功精深博大，婢子虽服侍多年，常蒙指点，却实是未窥藩篱；那书生来去如风，杀人如草，本领也是深不可测。婢子有多大道行，怎敢妄自谈论？"这番话答得甚是得体，但她将那个书生与蓬莱魔女相提并论，显然在她的心目之中，那书生的武功绝不在她的小姐之下。

蓬莱魔女笑道："我自出江湖以来，从未遇过对手，实在乏味得很。听你这么说，这书生算得是当世能人，我倒想会他一会了。后来怎么样？"

玳瑁说道:"后来我就向他道谢,并请他留下姓名。他仰天大笑,朗声吟道:'昂头天外笑,湖海一书生,但识狂歌客,何须问姓名?'狂歌大笑声中,转眼就不见了他的踪迹!"

蓬莱魔女忽地拍掌叫道:"我知道了,这书生定是'笑傲乾坤'狂侠华谷涵!"

玳瑁诧道:"他绰号'笑傲乾坤',这绰号确实是狂得很,足当'狂侠'之名,但我以前怎的从未听过这个名字?他是什么来历?"

蓬莱魔女笑道:"本领越高的人,他的名字越是不易为人所知。这书生游戏风尘,如神龙之见首不见尾,等闲之辈,焉能知道他的来历?我也是不久之前,才知道有这么一个人的。当时我听得那位前辈说他的奇行异事,心里还不怎么相信;但如今听你所说,你已在密云目睹其人,亲眼见到他的本领了,这就不由我不相信了。嗯,奇怪呀奇怪!"玳瑁莫名其妙,不懂她小姐连说这两声"奇怪"是什么意思。她心里倒也是奇怪得很,暗自想道:"小姐待我,有如姐妹,她既然早已知道有狂侠此人,何以却从未向我道及?上次我在密云归来,将经过禀告了她,虽没今天说得仔细,但也道及了那书生的卓绝武功;何以当时小姐又没有说出是他?"玳瑁心中疑惑不已,但究竟是婢女身份,虽有所疑,却不敢多问。

但那玳瑁的怀疑却还不如耿照之甚,耿照不但是怀疑,简直是惶惑了,心里想道:"这丫头所说,如果不是编造出来的谎话,那就是连姐姐欺骗我了。她为什么要掠人之美,将别人的事情说成是自己的?"

心念未已,只听得蓬莱魔女已是冷笑道:"你听到了么?这件事情决无怀疑是狂侠华谷涵干的了,与玉面妖狐有何相干?你还要为这妖狐说好话么?"

耿照说道:"好,就算这是假的,但还有一件事是我亲身遭遇的,我在蓟城被武士围捕,就是她杀掉了许多武士,暗中帮助我脱险的,这总不能说是假的了吧?"蓬莱魔女道:"哦,有这样的事吗?请你详细说说当时的情形,她是怎样暗中助你?"

耿照望了群盗一眼,心意踌躇,沉吟不语。蓬莱魔女何等聪明，早知其意，当下说道："珊瑚，这儿没他们的事了，你将他们都押下去吧。你可以将我的意思先晓谕他们，让他们慎重考虑，待他们想清楚了，我再召见他们。"群盗听她的口气，似乎并不想就要他们的性命，而只是想收服他们。群盗看出了一线生机，不禁喜形于色，都俯首帖耳地跟着那个丫环走了出去。

耿照心想："我父亲的遗书已在她的手中，我的秘密她也早已知道了十之七八，索性就对她说了吧！"不知怎的，耿照本来是把蓬莱魔女当作敌人的，到了此时，却感到她有一股不可抗拒的威严，同时也令人感到可以信赖。

蓬莱魔女听他讲了在蓟城的这段经过，忽地冷冷说道："依你说来，你那晚回到家中，你的母亲和家人王安、小凤都已先给人害死了。玉面妖狐纵使是暗中救你，那也是后来的事了。这中间难道没有可疑之处？你就这样的相信玉面妖狐？"

耿照大吃一惊，叫道："你说什么？你、你、你意思是指连姑娘是凶手么？"蓬莱魔女道："我并无事实可以证明，但照玉面妖狐的行径，她做出这等事来，也不足为怪。她不是已曾对你屡次说谎么？"

耿照叫道："不，不对。这未免太过不近情理！若然她当真就是杀害我母亲的凶手，她何必还要两次三番地救我的性命？"那小丫环珊瑚笑道："或许她看上你这个小白脸呢？"耿照怒道："你、你、你这是以小人之心，度君子之腹！怎，怎可以老是把别人的义侠行为，往歪处设想？"珊瑚捧腹大笑道："我还是第一次听得有人这样称赞玉面妖狐。哈哈！想不到妖狐竟变成了君子，又变成了义侠啦！"

蓬莱魔女说道："珊瑚，不许你这样口角轻薄。耿照，你也不用暴跳如雷。咱们都不要先存成见，总得查个水落石出。"

耿照早已认定他的表妹是杀母仇人，只因这是他有生以来所受的最大创伤，他实在不愿向人提起，在刚才叙述之时，也瞒过了与表妹反目成仇这一节。但这时，他激动已极，不由自己地便冲口说道："不劳费心，事情早已水落石出了。我母亲是给人点了笑腰穴死的，家人王安、小凤是中了透骨钉死的。这是秦家的独门手法和独门暗器！"

蓬莱魔女微"噫"一声，说道："这么说，你是怀疑金刚手秦重了？"那丫环忽地叫起来道："我前日碰到秦重的女儿，她说她的父亲给人杀了，莫非就是你这小子杀的？"蓬莱魔女笑道："秦重何等功夫，焉能给他杀掉？杀秦重的必是另有其人，你不可胡乱猜疑。"耿照本待直认不讳的，但听蓬莱魔女这么一说，心念一动，便临时改变了主意。

耿照心里想道："她书房里虽然挂有南宋状元所写的词，但她究竟是何等样人，我仍是毫无所知，何必把一切都向她吐露？且听她如何说法。"

只听得蓬莱魔女缓缓说道："有一件事情，也许你还未知道，秦重与南边的一位义军首领早有联络，那位义军首领请他前往相助，秦重也已答应了，并约好了日期。但却迟迟不见他来。那位首领大哥知道我这次要路过蓟州，曾托我去向秦重促驾。哪知我还来不及去见秦重，他已遭了横死。你想想，秦重是个心怀壮志的义士，他焉能暗害你的母亲？"

耿照听得又是心头一震："难道我是当真杀错了人？"当下说道："但那点笑腰穴的手法和独门暗器透骨钉分明是秦家才有，这又如何说呢？"

蓬莱魔女笑道："不错，这两样功夫乃是秦家的家传绝技，但倘是武学高明之士，一理通百理融，也不见得就不会使这两种功夫。你瞧——"忽地伸指向耿照遥点一指，耿照只觉腰间麻痒之极，不由自主的失声大笑，蓬莱魔女再遥点一指，解开他的穴道，耿照透了口气，这才收得住笑声。

蓬莱魔女道："你瞧，这是不是点笑腰穴的手法？倘若我不给你解穴，你此时早已要笑得气绝而亡。可见这并不是只有秦家的人才会使用。"耿照不禁大为骇惊，这蓬莱魔女能在距离数尺之外，使出隔空点穴的本领，点别人的笑腰穴，比他的姨父又不知要厉害多少倍了。

蓬莱魔女继续说道："玉面妖狐的本领比我差不了多少，焉知她不懂得这门手法？至于透骨钉，她更会使用的了。天宁寺的和尚，不就是曾有多人死在她的透骨钉之下吗？"

耿照忍不住说道："天宁寺的血案决不是她干的，我不明白你们何以定要一口咬定是她。在那三天两夜之中，她始终没有离开过我，难道她有分身之法不成？"

蓬莱魔女诧道："这是真的？"耿照怒道："我何必骗你？"当下将他怎样被北神鞭打得重伤，连清波怎样来救他，怎样催车陪他前来天宁寺等等事情都对蓬莱魔女说了。

那小丫环珊瑚忽地笑道："她当真是片刻都未曾离开过你吗？好亲热哟！你睡觉的时候呢？"耿照面上一红，说道："你问得无礼，我不答你！"蓬莱魔女道："珊瑚，不可胡乱对他取笑。"耿照讪讪的甚是不好意思，说道："其实只要你们好好地问，我也不怕对你们说。她那两晚都是给我在林中守夜。要知我那时伤还未好，又是金房所要追捕的逃犯，随时都有可能遇险。"

蓬莱魔女颇有诧意，沉吟不语。过了一会，笑道："我本以为已弄明白了，给你这么一说，倒教我又糊涂了。"

耿照愠道："事情本来是明白的，只是你对她有了成见而已。"那小丫环珊瑚冷笑道："我看你才是执迷不悟，着了妖狐的迷了！"

蓬莱魔女道："你们不必斗嘴，慢慢总可以查个水落石出。我看他也不是有心为那妖狐隐瞒，而是确实不知她的来历。好，现在暂且不提妖狐的事，你父亲这份遗书，先还给你吧。"

耿照接过遗书，蓬莱魔女忽又问道："你既然把你父亲的遗书看得比性命还要宝贵，却为何把来与那妖狐看了？"耿照怔了一怔，亢声说道："谁说我与她看了？"

蓬莱魔女道："你自己看看，书中多了什么物事？"耿照把那几页遗书一页一页地翻过去，茫然说道："哪有什么物事？"蓬莱魔女道："再仔细瞧瞧！"耿照忽地"咦"了一声，原来在最后一页的夹缝中，发现了一根头发。

蓬莱魔女道："你把这根头发拈起来，你瞧，这不像是男人的头发吧？"耿照心想："焉知不是你自己的头发？"

蓬莱魔女似是已猜到他的心思，笑道："你与玉面妖狐相处了几天，还未曾留意到么？她的头发是卷曲的，和我的全不相同。"

耿照一看，那根头发果然是卷曲的，心里怀疑不定，但随即想道："天下头发卷曲的女子不止一人，怎知她是从哪儿弄来的？单凭这根头发，岂能证明就是连姐姐偷看过了？而且她曾救了我的性命，又是与金虏为敌的侠盗，即算让她偷看，亦是无妨。这魔女不也偷看了么？"耿照性情耿直，本来还想与蓬莱魔女争执的，但想到自己是她的俘虏身份，得她发还这份遗书，已属喜出望外，当下也就不愿多事，默然不语。

蓬莱魔女笑道："你直到现在，大约还是把那妖狐当作自己人吧？好，这也由你。我只问你，你今后打算如何？"

耿照昂头说道："要是你肯放我，我当然要前往江南，设法将这份遗书呈与宋皇。"

蓬莱魔女叹了口气，说道："你父亲的苦心令人敬佩，只怕这份遗书毫无用处！南宋自岳少保（飞）被秦桧害死之后，一直是奸邪当途，君庸臣懦，只求苟安。珊瑚，你到过临安，你把那首流传人口的诗，念给耿相公听听。"

珊瑚念道："山外青山楼外楼，西湖歌舞几时休？暖风熏得游人醉，直把杭州作汴州！"耿照一听，心里凉了半截。

蓬莱魔女道："临安风气如此，直白地说，南宋根本就是个没出息的小朝廷！你将这份遗书送去，只怕非但不能见用，甚而要被奸人杀害也说不定！其实恢复神州，也不一定要指望这没出息的小朝廷。我看，你不如留在我这儿吧，你意下如何？"

耿照道："这份遗书是我爹爹毕生的心血，他临终时留下话语，要我长大之后，务必将它送到临安，我岂能违背他的遗嘱，令他泉下不安？不管赵宋天子是好是坏，我的未来是祸是福，我都要尽力而为。柳姑娘，你的好意请恕我不能从命了。"

蓬莱魔女道："好，人各有志，你既然抱定了孤臣孽子的心肠，明知其不可为而为之，那我也不愿勉强你了。只是你的伤势尚未全好，待伤好了再走如何？"

耿照听蓬莱魔女肯让他走，心上的一块大石头方始放了下来。那小丫环笑道："我们的小姐对你真算得特别客气了，你还不拜谢？"蓬莱魔女微晒道："他怎能与那班强盗相提并论？"耿照虽是倔强，但想到蓬莱魔女总算是对自己有恩，因而也就心甘情愿地向她施了一礼，道了一个"谢"字。那小丫环格格地笑了起来。

珊瑚道："那班强盗如何处置？"蓬莱魔女道："你将他们带上来吧。"过了一刻，珊瑚、玳瑁这两个丫环将群盗押上，蓬莱魔女问道："你们想清楚了没有？你们愿意跟随玉面妖狐还是愿意跟我？"

群盗异口同声地说道："我们以前都是受了妖狐的威迫，不敢不从，小姐替我们赶跑了妖狐，我们都是感激得很，愿听差遣，执鞭随镫。"

蓬莱魔女冷冷说道："你们当真都是口服心服了吗？我削了你的鼻子，割了你的耳朵，你们两人也毫无怨言么？"她指的就是耿照昨日在路上所见的，那两个来迎接连清波的强盗。

那两个强盗抖抖索索地说道："小的但求免死，怎敢怨恨女侠？"蓬莱魔女冷笑道："你们也知害怕了么？你们平日残杀无辜，可曾想到别人也是一条性命么？"原来这两人乃是绿林中著名嗜杀的魔头。

那两个强盗面如死灰，"卜通"跪下，嗫嗫嚅嚅地说道："求女侠恕罪，小的愿意在女侠麾下，执役为奴。"

蓬莱魔女"哼"了一声，说道："你们平日的威风哪里去了？哼，像你们这样的人给我做奴才也不配。

"我知道你们二人是玉面妖狐最得力的手下，有一次你们和沧州的李麻子抢地盘，那李麻子是沧州义军首领王铁枪的部下，你们势力不及他，就向金兵暗通消息，让金兵将他们的山寨攻占了，你们则跟在后面拣便宜，有这事么？"

这件事非常秘密，那两个强盗想不到蓬莱魔女竟会知得这样清楚，吓得噤不敢声，只是磕头。蓬莱魔女喝道："这是不是玉面妖狐给你们的命令，要你们这样干的？"

耿照捏着一把冷汗，一颗心扑腾扑腾地几乎就要跳了出来，他竖起耳朵听那两个强盗说话，连清波是友是敌，就要全看这两个强盗是如何回答了。

蓬莱魔女喝问之后，寂然无声，那两个强盗竟然没有回答，他们本来是伏在地上磕头的，这时也似乎变成了僵硬的石像。珊瑚、玳瑁两个小丫环走近去一看，失声叫道："这两个恶贼死了！"原来他们听得蓬莱魔女骂他们连做奴才也不配，早已吓得胆破心裂，蓬莱魔女后来的问话，他们根本没有听见，就吓死了。

蓬莱魔女冷笑道："唯残暴者最怯懦，这句话当真说得不错。拖他们出去，丢下山谷去喂狼！别让他们弄污了我的地方。"

群盗个个吓得面如土色，蓬莱魔女说道："你们不必害怕，我赏罚最是分明，以你们平素的行事而论，也是坏事做得多，好事做得少，但还不至于像这两个狗贼的奸恶邪暴，我可以饶了你们，只要你们听我的话。"

群盗没口应承："愿听女侠吩咐！"蓬莱魔女道："我与你们约法三章，一不许为害地方，擅杀无辜；二不许奸淫掳掠，抢劫百姓小民，只准劫富济贫，杀官洗库；三要同抗金兵，一接到我的令箭，便要遵命而行，你们都依得么？"

蓬莱魔女说一句，那些强盗们就应一句，蓬莱魔女冷笑道："你们答应得这样轻易，可别要阳奉阴违才好。我现在放你们回去，一不要你们的地盘，二不要你们进贡什么脂粉钱，但倘若给我查出有哪一个违背约言，我下手绝不留情，这两个人就是你们的榜样。"

群盗都道："不敢，不敢。我们绝不敢违背与女侠的约言。"他们最初落在蓬莱魔女手中的时候，本以为是有死无生，想不到蓬莱魔女竟然不杀他们，而且不要他们进贡，就肯放他们回去，因此每个人都是在惊惶之中，又感到意外的欢喜。

耿照在旁边看了蓬莱魔女这番处置，也不禁暗暗心折，心里想道："连姐姐和她同是强盗头子，这班强盗对她们也都是同样地惧怕，但看来两人的行事却甚不相同。这蓬莱魔女竟似乎要正派得多。"又想道："听他们的说话，连姐姐本人是否与金虏为敌，没人说得出实在的情形。但最少他们并没有奉过连姐姐的命令去抗拒金兵。而这个蓬莱魔女却确实是个抗敌保民的侠盗。"想至此处，对连清波的信心，不禁渐渐动摇，对蓬莱魔女则益增佩服。

蓬莱魔女遣散了群盗之后，对耿照道："你也该歇息了，养好了伤，我便让你下山。"当下叫原来那个丫环送他回去。

那小丫环服侍得甚为周到，服侍他吃了晚饭，临走的时候，还给他添上了一炉香。可是虽然是被暖香浓，耿照却哪里睡得着觉。

连日来他经过不少奇遇，而每一件奇遇，都给他多添了一重疑云，令他辗转反侧，不能成寐。他虽然闭上眼睛，情绪却总是不能稳定下来，表妹秦弄玉、连清波、蓬莱魔女，这三个少女的影子，一个接着一个，走马灯似的在他眼前晃过。这三个少女，一个是他的多年情侣，一个是他的救命恩人，还有一个则是他刚刚相识的女盗。这三个少女的身份及对他的交情都各个不同，但有一样相同的是：对这三个少女，他都感到难以捉摸，弄不清楚她们究竟是何等样人了。表妹是否他的杀母仇人？连清波是友是敌？这两个问题，在未遇见蓬莱魔女之前，他自己的心里本是有了答案的，但听了蓬莱魔女的一席话，他本来已经有了的答案，登时又变成了悬疑，只觉得似乎什么人都不可信任了。但蓬莱魔女就可以信任了吗？他自己发问，随即一片茫然。他不敢肯定。可以肯定的是，不管如何，蓬莱魔女总是一个人间罕见的奇女子。他心里想道："她虽有魔女之名，但这个魔女倒似乎很讲道理。"

耿照辗转反侧，心事如潮，直至将近天亮的时候，才朦朦胧胧地睡了一觉。

一觉醒来，已是日上三竿的时分。昨日那个小丫环早已把早点端来，是稀粥和四样精美的小菜。耿照见她殷勤服侍，甚是不好意思，不免向她道谢。那丫环笑道："若是别人，和那妖狐似你这么亲热，我们的小姐早已把他一刀杀了。你是沾了你死去的爹爹的光。我们的小姐深知你爹爹的来历，后来又在你的身上发现你爹爹的遗书，这才对你另眼相看的。"耿照的父亲因为怀抱苦心，屈身事仇，自己的来历，连儿子也是瞒着的。待到他的母亲将那份遗书转交给他的时候，从母亲的口中，他才约略知道了一些关于父亲的事情，但也还说不上是"深知"。因此现在听了这小丫环的说话，心里便感到甚为奇怪，暗自想道："这蓬莱魔女大约比我大不了多少，她又怎会深知我爹爹的来历？"他这样的想着，不知不觉地就微微一"噎"，说出了一声"奇怪"！

那小丫环笑道："你是奇怪别人唤我们的小姐作魔女么？"耿照心里想的，本来不是这个，但对于柳清瑶何以有魔女之名，他也颇感兴趣，于是随口应道："是呀，我看你们的小姐倒也颇能分辨是非，很讲道理的呀，怎么会得了个蓬莱魔女之名？"

那小丫环笑道："最初人家本来是叫她作'蓬莱仙子'的，后来见她嫉恶如仇，黑道白道上的人物，有不少吃了她的大亏，于是'仙子'就变成了'魔女'了。说来也好笑，小姐这'魔女'的绰号，是从她剥了钟家兄弟的皮后，才开始从江湖上传开的，你可要听听这个故事？"

耿照好奇心起，说道："只怕耽搁你的工夫。"那小丫环道："我反正没事，就说给你听听。那钟氏兄弟是陕甘道上的巨盗，身材魁伟，武艺高强，生性风流。不过他们倒非一般普通的采花贼可比，他们恃着风流手段，在绿林中拈花惹草，也自有一些淫娃荡妇送上门来，于是他们越发自负，以为天下的美女都会对他们倾心。那年他们见了我家小姐，两兄弟竟然不知死活，胆敢转我家小姐的念头，不约而同地都来向我家小姐求婚。我家小姐也妙，不动声色，不置可否，却约他们两兄弟同时到来，对他们说道：'我曾许下心愿，我的丈夫，必定要本领能够胜我，我才嫁他，你们既然向我求婚，就非得与我比试不行。'那两兄弟面面相觑，小姐又笑道：'你们不必礼让，最好是同时上来，我若输给你们，就都给你们作妻子。'那两兄弟虽是风流浪子，听她这样回答，也不觉大是尴尬，老大顿了顿足，说道：'老二，让给你吧！'我们的小姐一声冷笑，说道：'你既然来到，那就不能走了。你不动手，我先动手。'噼噼啪啪，就打了老大几记耳光，老二见势头不对，他们两兄弟虽然有时争风，手足的感情倒还很好，于是老二也上去相助哥哥。他们二人哪里是小姐的对手，给小姐戏侮个够，一声笑道：'凭你们这两个癞蛤蟆也敢动我的念头。好吧，你们两人都留下来吧！'就这样，把钟家两兄弟都剥了皮，他们带来的随从，也一个不留的都给小姐杀了！"

耿照听得毛骨悚然，心想："这两兄弟固然咎由自取，但蓬莱魔女的手段也未免太狠辣了。"

那小丫环道："自此之后小姐这'魔女'的绰号，就在江湖上传开，人人见了她都心惊胆战，不敢再说半句不敬的话。但有一样奇怪的是，经过了这次事件之后，我们的小姐倒好似收敛了一些，不大肯乱杀人了。"

那小丫环又道："我们小姐这样的脾气，将来不知怎么嫁人呢？"耿照笑道："要找一个武功比她强的男子，只怕也确实是很难了。"那小丫环道："这也未必，听玔瑂姐姐说，她在密云碰见的那个书生，就是那个叫做什么'笑傲乾坤'的狂侠，武功也似不在小姐之下，就不知他长得是俊是丑，倘若也是个美男子的话，就可以和小姐匹配了。"

刚说到这里，忽听得一阵洪亮的笑声，从外面传来，随即听得有人叫道："有敌人闯寨，快去通报小姐！"那小丫环吃了一惊，说道："莫非当真是一说曹操，曹操就到？你听听这是男子的笑声！"耿照不知不觉地就跟那丫头跑出去，心里想道："这定是笑傲乾坤华谷涵来了，且看看蓬莱魔女怎样对付他？"正是：

睥睨四海天魔女，引出求凰怪客来。

欲知来者是否狂侠华谷涵，请听下回分解。

第七回　孤儿隐侠连心苦
　　　破布残笺触眼愁

　　耿照向着那笑声的方向奔去，到了蓬莱阁附近，便给一个奇怪的景象吸引住了。

　　这蓬莱阁是蓬莱魔女日间作息的地方，前面是个院子，再前面是一片草地，两旁有许多花树，院子两侧各开有一个月牙形的拱门。耿照站在一边拱门，从另一边拱门看出去，只见一个怪人正在草地上大翻筋斗，旋风般地就要翻进院子里来。

　　这怪人的筋斗一个接连一个，翻得实在快得难以形容，根本就看不清他的面貌，后面有一大群人吆喝着追赶他，飞刀、飞镖、铁莲子、铁蒺藜等等各式各样的暗器，纷纷向他身上招呼。可是他的筋斗，忽而向东，忽而向西，飞蝗般的暗器，竟没有一枚打得中他，因而互相碰击，成了满空暗器交织穿梭的奇景。两旁的花树，枝头的花朵给暗器打得纷纷落下，宛如洒下满天花雨。

　　蓬莱魔女倏地现身，站在台阶上喝道："什么人这样无礼，珊瑚、玳瑁，给我将他拿下。"珊瑚、玳瑁应声而出，把守着拱门，这二人乃是蓬莱魔女最得力的侍女，外边吆喝追赶着的人，见她们出来，料想那怪人决难逃脱，不约而同地便都止手。

　　眨眼之间那怪人已翻到拱门，珊瑚、玳瑁同声娇斥，珊瑚一剑刺去，玳瑁展开拂尘，一招"乱拂飞花"，万缕千丝，向那怪人罩下。

　　那怪人的筋斗翻得飞快，首尾相连，形成了波浪形的一个个圆圈，珊瑚那一剑正插进圆圈当中，本以为是非中不可，却不料只听得"铮"的一声，突然觉得剑柄一紧，却原来是给那怪人一指弹开，弹开之后，又恰恰给玳瑁的拂尘缠上。说时迟，那时快，那怪人早已一个筋斗翻过了拱门。

蓬莱魔女柳眉一竖，斥道："给我躺下！"中指一伸，虚空一戳，只听得嗤嗤声响，她和那怪人的距离在三丈开外，但只是这么虚空一点，那怪人便似着了暗器一般，"哎哟"地叫了一声，一个筋斗翻过一边，果然躺在地上。

可是他随即一个"鲤鱼打挺"，便翻了起来，站在蓬莱魔女的面前，哈哈大笑。

耿照这时才看清楚了那怪人的面貌，只见他一张马脸，脸色灰白，一双眼珠也是白森森的好不骇人。耿照大失所望，心里想道："这个人难道就是那个笑傲乾坤华谷涵吗？怎的长得如此丑怪？玳瑁不是说他是个书生的吗？却哪里有半点书生的文雅气息？"

珊瑚、玳瑁这时也给这怪人丑陋的面貌吓住了，尤其玳瑁，更是骇异之极，她最初本来也有点怀疑这怪人是狂侠华谷涵的，现在一看，这才发现是个从来未见过面的陌生人，不禁失声叫道："你是谁？"那怪人裂嘴一笑，不答玳瑁，却冲着蓬莱魔女笑道："柳姑娘该知道我吧？"

蓬莱魔女冷冷说道："白修罗，你笑什么？你以为我当真没有本领叫你躺下吗？"

此言一出，耿照不知道白修罗的来历也还罢了，珊瑚、玳瑁这两个丫环可是不禁大吃一惊。原来江湖上有一对怪人，乃是孪生兄弟，哥哥通体皆白，弟弟却刚好相反，长得似个黑炭头。这兄弟二人的本领都极高强，纵横江湖，任性而为，对黑道白道全不买账，他们的武功，出于天竺一脉，与中土各派都不相同。没有人知道他们姓甚名谁，来自何方，但见他们武功高强，好恶随心，行事怪僻，因此就他们兄弟的形貌，给他们取上个绰号。将哥哥唤作"白修罗"，弟弟唤作"黑修罗"。修罗乃是梵语中"魔王"的意思。

珊瑚心里想道："原来这怪人是白修罗，他们兄弟一向是同在一起的，今天却单独来了。江湖上都说他们武功怪异，果然名不虚传。小姐隔空点穴的功夫，竟然也奈何他不得。”

白修罗笑道：“我来的时候，主人曾事先吩咐我道：‘听说那蓬莱魔女的隔空点穴功夫十分厉害，你可以试试她的功力如何。’他是早已料到你不屑与我近身动手，要施展这门功夫的了。果然给我的主人料个正着，也幸亏如此，我早就有了防备。”

蓬莱魔女不由得大大惊奇，她倒不是惊奇白修罗的本领高强，固然白修罗的本领确是不错，但蓬莱魔女自问还可以胜得过他。蓬莱魔女惊奇的是：这白修罗竟然有个主人。蓬莱魔女心里暗道：“黑白修罗乃是天不怕地不怕的两个魔头，什么人竟能够收服了他们，叫他们甘心情愿地认作主人，这倒真是咄咄怪事。”

白修罗在笑声中解下一条腰带，闪闪有光。蓬莱魔女一看，就知是白金丝编织的。白修罗笑道：“我主人说，你的隔空点穴功夫，若是在三丈之外出指，多半是要点我腰间的愈气穴，那是真气最难运到的地方，因此他给了我这条腰带防袭。倘若不靠这条腰带，只凭我的闭穴功夫，只怕今天当真要在你的面前栽个大大的筋斗了。柳姑娘，你的功夫果是高明，看来也差不多可以及得上我的主人了。”

蓬莱魔女暗暗生气，冷笑说道：“你的主人是谁？他专为叫你试我的功力来吗？他为什么自己不来？”

白修罗笑道：“这倒不是，他是专诚叫我送贺礼来的。顺便试试你的功力如何而已。”

蓬莱魔女道：“你的主人到底是谁？我有什么喜庆之事，要他来送贺礼？”

白修罗道：“我的主人是笑傲乾坤华谷涵，他说你收服了冀北群盗，可喜可贺，所以就差我给你送贺礼来啦！”蓬莱魔女听了，又惊又喜，心里想道：“原来他的主人乃是华谷涵，这就难怪了。其实我也应该早就想到，除了是他，还有谁能收服黑白修罗？”

只见白修罗取出一个檀香匣子，说道：“这是我家主人送给柳姑娘的贺礼，请你赏面收下。”珊瑚道：“小姐，要我给你看看是什么东西吗？”便要上来代接，蓬莱魔女摆摆手道：“不必了。”坦然地从白修罗手中接过，随即当面打开。

原来江湖上顾忌甚多，珊瑚乃是怕匣中藏有机关，例如毒箭、毒药之类，故此有此一问。她是想代接了这匣子之后，拿到后面，用飞刀破开，她的飞刀本领，尽可以只轻轻划开匣子，而不损坏里面的东西，倘若匣子里没有什么古怪的物事，再拿来交给小姐。要知江湖上险诈多端，借口送礼，暗箭伤人之事，在所多有，而接礼之人，在接到陌生者的礼物之后，也多是先交给亲信的手下，先行检验，这是江湖上的通例。珊瑚虽然知道狂侠华谷涵决不是卑鄙小人，但对白修罗却不敢过于相信，是以要循例行事，哪知却给小姐拒绝，当下有点讪讪的不好意思，退了下去。

蓬莱魔女打开匣子，只见金光灿然，原来里面藏的是一个小巧玲珑的金盒，蓬莱魔女不觉一怔，心想："华谷涵送的礼物怎的这么俗气？"珊瑚、玳瑁二人也不禁暗暗好笑，想道："我家小姐什么珍贵的珠宝没有见过，倘若白修罗的主人当真是华谷涵，这华谷涵千里迢迢的差遣专人送来这样小小的金盒，也未免太小家气了。"但那金盒的手工甚为精致，上面刻着一只展翅欲飞的凤凰，栩栩如生。蓬莱魔女虽嫌金盒俗气，也拿在手中把玩。

白修罗道："金盒里还有东西，请小姐过目。"蓬莱魔女笑道："你家主人并非绿林人物，钱财得来不易，何必这样破费？"她只当金盒里定然是藏着什么珍珠宝贝之类，哪知打开一看，不觉大出意外！

金盒里只有三样东西，第一件是一张残旧的黄纸，蓬莱魔女拿起来一看，纸上写的竟是自己的名字，另一行有八个字：甲午、丁卯、辛亥、庚辰。

蓬莱魔女不觉呆了一呆，原来这正是她的生辰八字，"我的生辰八字除了我的师父之外，无人知道。这张黄纸华谷涵从哪里得来？他给我送来我自己的八字，这又是什么意思？"她奇怪之极，心里忽地感到一阵颤栗。

再拿起第二件东西一看，这东西更古怪了，是一片褪了色的破布，上面还有几点血渍，蓬莱魔女将这片破布翻来覆去地仔细端详了好一会，面色忽然大变。珊瑚、玳瑁心里想道："狂侠华谷涵当真是狂得可以，送来破布残笺，那不是有意戏耍小姐吗？这样无礼，

蓬莱魔女打开金盒一看，只见里面是一片破布，一张残旧的黄纸和两颗红豆。

怪不得小姐要生气了。”

但蓬莱魔女却并没有生气，她再拿起第三件东西，是两颗鲜艳悦目的红豆，连在一起的。孖生的红豆，甚为难得，但除了这点之外，却没有什么古怪。

红豆又名相思豆，唐朝名诗人王维有五言绝句道：“红豆生南国，春来发几枝。愿君多采撷，此物最相思。”这一首诗，三尺童子俱能琅琅上口，珊瑚、玳瑁这两个丫环，当然都是念过的了。心里便不禁想道：“狂侠华谷涵送来两颗红豆，莫非是有求凰之意？”她们与蓬莱魔女份属主婢，情如姊妹，对小姐的终身大事自是关怀，于是暗暗留心蓬莱魔女的神态。

只见蓬莱魔女柳眉微蹙，低首沉吟，既不似喜悦，也不似气恼，却似一派惊疑，又有点茫然的神态。原来这两颗红豆是她小时候亲手从枝头上摘下来的，红豆上还有她的指甲痕。那时她根本不懂得什么叫做相思，只是觉得这两颗相连的红豆好玩，就将它采下，珍藏起来。后来不知怎的失了，她也并不怎样放在心上。却不料自己小时候失落的玩物，如今却被别人当作礼物送来，又回到自己的手中，蓬莱魔女越想越觉奇怪：“这两颗红豆怎会落在华谷涵手中？”

金盒里这三样“礼物”，每一样都是古怪透顶，尤以那片破布，更令得蓬莱魔女心中震撼。她将这三样礼物再翻来覆去地看了一会，蓦地向白修罗问道：“你主人叫你将礼物送来，可有什么话说？”声音竟是微微颤战。

白修罗道：“主人只是叮嘱我将礼物送到，别的就没有什么吩咐了。柳姑娘若是感到奇怪，就请移玉驾，前去问他。”蓬莱魔女道：“他为什么自己不来？”白修罗道：“这我就不知道了。”蓬莱魔女恼道：“他无端给我送礼，自己又不肯来，连书信也没有一封，好大的架子，真是岂有此理！”

白修罗哈哈大笑道：“你不知道我的主人叫作笑傲乾坤吗？当今之世，有几人放在他的眼中？他送礼给你，那已经是非常看得起你了，你反而责备他失礼，哈哈，敢情你比我的主人还要骄傲？”看来这白修罗对主人实是忠心耿耿，竟敢在江湖上闻名丧胆的蓬莱魔女面前为主人大声抗辩。

珊瑚、玳瑁都捏了一把汗，担心蓬莱魔女一怒之下，会把礼物掷回，或者将白修罗扣押。却不料蓬莱魔女的面色反而缓和下来，淡淡说道："当真是有其主必有其仆，在我的面前也是一派狂气！"

白修罗道："我只负责把礼物送到，你高兴也罢，不高兴也罢，礼物你已经收下，我可要回去交差了。"说完便走。蓬莱魔女的几个侍女都把眼睛望着她，等她示下。蓬莱魔女却一声不响，并不阻拦白修罗。

白修罗走后，蓬莱魔女的面色越发阴沉，捧着金盒，在屋子里绕了几个圈子，似是心事重重，却又不愿和人商量。珊瑚、玳瑁服侍她多年，从未见过她这样神态，心里有点害怕，可又不敢问她。蓬莱魔女忽地抛下众人，独自走回房中，珊瑚想跟她进去，只听得"砰"的一声，蓬莱魔女已把房门关上了。珊瑚讨了个老大没趣。

蓬莱魔女关上房门，将金盒搁在桌上，对那三样东西发了一会呆，惘然暗自沉思："我是一个不知身世来历的孤女。我师父说，他当年是在路边的乱草丛中发现我的。那是十八年以前的事情了，那一年冬天，他正在赶往艮川赴一个朋友的约会的途中，大雪下得正紧，忽然听得路旁有婴儿的哭声，嗯，真是无巧不巧，我恰好在他经过之时啼哭，要是没有那一声哭声，我早已不能活在人世了。

"我师父发现是个给大雪冻得几乎冷僵了的弃婴，心里好生怜惜，就把我抱了起来。我那时还是未足周岁的在襁褓中的婴孩，其实说是'襁褓'那还不对，我只不过是被一件破旧长衫包裹着的弃婴。呀，我的父母为什么这样狠心，大雪天，只将一件破旧长衫包裹着我，就把我抛弃了？

"我不会说话，当然不能告诉他我的来历。于是师父在我身上搜索，看看我的父母可给我留下什么东西。在那个战乱的年月里，父母抛弃婴儿，事属常见，不足为奇。但一般的情形，做父母的除非不会写字，否则总会将婴儿的身世来历，以及自己的姓名住址，详细列明，希望有人拾到，将来还有团聚的机会。

"我的师父在那件长衫的袋子里，果然找到了一张字条，但只是简简单单的几句话，希望过路的仁人君子将我抚养。除此之外，就只是写着此女名柳清瑶，何年何月何日何时生了。我父母姓甚名谁，家住何方，竟然都没写上。

"我师父是个风尘隐侠，性情怪僻，但对我却是钟爱非常。他有一个儿子，比我大六岁。他将我当作女儿一样抚养，但他却不要我叫他做爹爹，他传授我武功，只要我叫他做师父。我长大之后，才明白他的这番心意。"

蓬莱魔女想至此处，面上一红，"我那师哥人很聪明，对我也很体贴，每天跟我练武、玩耍，我也一直将他当作哥哥。可是不知怎的，他在十六岁那年，忽然弃家远走，此后没有回来。我师父很是生气，说他不学好，跟一个坏人跑了，究竟是怎么一回事，我师父没有说，我也不敢问。有一次他的一位老朋友来看他，说起他的儿子在江湖上结交匪人，胡作非为，他气得不得了。过后他痛饮一场，喝得大醉，醉后吐露真情。原来他本意是要我做他的媳妇，但不料发生了如此意外的变化，这事情也就不必提啦。他还说他已决意不认师哥作儿子了，吩咐我，从今之后，倘若见到师哥，也不许再理睬他。

"这件事情过后，他对我更是疼爱异常，将他全副武功，都倾囊传授给我。并且费尽心力，广托友朋，查访我的生身父母是何来历，是否还在人间？可是我的父母留下给我的就只一件破长衫和那张字条，此外毫无线索可寻。只凭这两样东西，哪能在茫茫人海之中，查探出我父母的下落？"

父母留下给她的那两件东西，在她成人之后，师父便交与她保藏了。往事一幕一幕地从心头闪过，蓬莱魔女定了定神，从箱底下找出那两件她珍藏了多年的东西，先拿起那张字条，最后那一行开列着自己的生辰八字：甲午、丁卯、辛亥、庚辰。蓬莱魔女再展开狂侠华谷涵送给她的那张黄笺，黄笺上写的也是这八个字，仔细对比，字迹完全一样。显然是出于同一个人的手笔。开列这两张八字的人，还有谁呢，当然是她的父亲了。

蓬莱魔女再抖开那件破旧的长衫，长衫的后心破了一块，据师父说，最初发现的时候就是如此的。蓬莱魔女拿起狂侠华谷涵送给她那片破布，往长衫上一凑，刚好补上。这证明了：这片破布就正是从她父亲这件长衫上撕下来的。

蓬莱魔女对这两件东西，每在无人的时候，就偷偷拿出来看，已不知看过多少遍了。父亲的笔迹，长衫的大小形状，早已深印脑中。所以刚才当她一打开白修罗送来的金盒，看到华谷涵的"礼物"，就禁不住心头大骇。但当时还觉得这事太过怪诞离奇，令人难以相信。因此尽管她当时已可以肯定黄笺上开的八字是她父亲的笔迹，而那片破布也是从那件长衫上撕下来的，但还是要拿来对一对。现在已经对过了，结果也证实了，毫无可以怀疑的余地了！

"华谷涵怎的会得到这两样东西？这且不问。他既然有我父亲的东西，又给我送来，嗯，他一定知道我的身世来历！

"我师父为我寻访生父生母，多少年来，半点蛛丝马迹，也找不到，只道在这世界之上，已无人知道我父母是谁了。想不到居然还有一个人知道，呀，我一定要向那华谷涵问个明白！"

蓬莱魔女是早知道狂侠华谷涵这个名字的了。她第一次听到这个名字的时候，还有一段故事。她对着华谷涵那三样礼物发呆，这一段往事，又再一次地在她的心头浮现出来。

那是两年之前，她开始得了"蓬莱魔女"这个绰号，威名远震江湖的时候。她有一个好友，是南阳武学名家云仲玉的女儿，名叫云紫烟，有一次派了她的一个同门师妹前来见她，请她帮忙。说是云家父女遭遇横祸，有一个人无理取闹，要迫云紫烟做他的姬妾，倘不答应，就要一路纠缠，令云家父女无法在江湖上立足！

蓬莱魔女听了大为惊骇，要知云仲玉的武功极高，云紫烟除了家传武艺之外，并曾在峨嵋无相神尼门下学艺三年，剑法高强，亦是非同小可，怎会有人敢这样无礼地迫害他们，而且他们又是这样的惧怕此人，要来请自己前去相助？于是急忙问云紫烟的师妹，这究竟是怎么回事？可知道这个人是谁？

事情的经过是这样的：有一天云紫烟在路上碰见一个华服少年，云紫烟起初也没有怎样留意他，后来见他一直跟在后面，不禁心中有气，向他多看了两眼。那少年就索性追了上来，言辞轻薄，向她挑逗。云紫烟性烈如火，最恨无行少年，立即勃然大怒，骂那少年道："你这贼子瞎了眼睛啦，也不打听姑娘是什么人，癞蛤蟆想吃天鹅肉,你再敢无礼,我就把你的招子废了。"那少年哈哈笑道:"我这双眼睛正要留着看你这样的美人儿,我还没有饱餐秀色,你让我多看一会,再把它废了成不成?"

云紫烟几曾受过这样调戏,大怒之下,不假思索,当真便施展神弹绝技,要打瞎他的眼睛。

哪知这少年极为了得,把云紫烟的七颗连珠弹都接了去,云紫烟拔出剑来,与他相斗,不过十招,就把她的宝剑抢了。云紫烟怕受他侮辱,跳上悬崖,大叫道:"你再上前一步,我就跳下去。我死了,你也活不成。我父亲是南阳云仲玉,定然为我报仇,把你碎尸万段。"那少年笑道:"你这样的美人儿,我怎舍得迫你死呢?我要你心甘情愿嫁我。"云紫烟拼着一死,破口大骂,那少年却把宝剑掷还给她,冷笑说道:"你说我是癞蛤蟆,好,我这癞蛤蟆却偏要食你这块天鹅肉,你等着瞧吧!"他扔下了这几句话,竟自扬长去了。

云紫烟还以为那少年是给她父亲的名头吓退的,她回家告诉父亲,父女二人都是极为生气,云仲玉正要亲自出马,查探那少年是谁,要剜掉他的眼珠,打断他的双腿,替女儿出一口气。哪知第二天那少年已是不请自来。

那少年按照江湖规矩,先递上拜帖,当时他人未进来,云家父女还不知道是他,只见拜帖上的具名是"晚辈公孙奇",云仲玉从没听过这个名字,但他交游极广,只道是哪位好友的门人弟子,便请他进来相见。

那公孙奇倒也彬彬有礼,竟向云仲玉行起叩拜的大礼,云仲玉连忙将他扶起,问他来意。那少年道:"晚辈昨日与令嫒道上相遇,深心仰慕,不揣冒昧,意欲高攀,想娶令嫒作我的姬人,待以平妻之礼。特来求老伯俯允。"

云仲玉这才知道他就是昨日调戏自己爱女的那个少年,听了他这番话,更是气得七窍生烟,再不答话,一掌便向他的天灵盖劈下。

云仲玉有大力金刚掌的功夫,掌力猛烈,足可裂石开碑,满拟这一掌就要把那少年打得脑浆迸流。

哪知一掌打下,只觉触手如绵,陡然间,一股强烈的力道猛震回来，以云仲玉这样的武功，也禁不住跄跄踉踉地连退数步。那少年笑道："老伯请站稳了。"身形一晃，就到了他的跟前，要来扶他。

云仲玉不由得心头大骇，原来这少年用的是最上乘的"借力打力"功夫，把云仲玉那一掌之力，全都反震回去，打在云仲玉身上。云仲玉是个武学大行家，哪敢让他再触着自己的身子，当下使出平生本领，以刚柔兼济的一招"云手"，封住了对方的掌势。

云紫烟这时已听得是那少年的声音，出来助战，父女联手，一剑双掌，与那少年拼命，兀是只有招架之功，毫无还手之力。

那少年一掌震退了云仲玉，劈手又夺了云紫烟的宝剑，冷冷说道："我要吃你这块天鹅肉那是易如反掌，但我不愿亲家变作仇家。云仲玉，我要你心甘情愿地将女儿送给我。今日你已见过我的本领了，以我的人才，做你的女婿有何不配？你父女俩再仔细商量吧，我给你三日期限，三日之后，我再来讨回音。"说完之后，把云紫烟的宝剑插在门头，又扬长地走了。

云仲玉交游极广，本来可以广邀武林朋友给他助拳。但他是个大有身份的人，这样的事情说出去实在有伤体面。三日的期限短促，转眼就来到了。云仲玉无奈，只好携女儿到一个好友家中暂避，这人与他肝胆相照，武功也不相上下，让他知道，也不怕为他耻笑。

那少年的消息灵通之极，到了那天，竟然又寻上门来，将云仲玉的好友也一同打败，这还不算，还把他的家也捣个稀烂。临走时说道："我劝你别连累朋友了，你走到哪里，我就追到哪里，非得你两父女亲口答应婚事不行！好，这一次我再给你宽些期限，十天之内，来讨你的回音。"

云仲玉一世英名，想不到在垂暮之年，竟给一个后生小子大加戏侮，迫得无路可走。他一气之下，几乎就要自杀，幸亏那位朋友劝止。几个人商量，揣测那少年的用意，似乎不但是要报复云紫烟骂他那句"癞蛤蟆"之仇，而且分明是有意迫得云仲玉在江湖上无处立足。云仲玉一生行侠仗义，朋友极多，仇人也很不少，看这情形，这少年很可能是他的一个仇家请出来，请他故意与云仲玉为难的。这少年自称公孙奇，云仲玉和他那位朋友都是交游广阔的人物，但对这"公孙奇"的来历多方查探，却竟是毫无所知。

云仲玉又不愿张扬出去，他们再三商量之后，只有两个办法可行，一个是逃到峨嵋山去，求云紫烟的师父无相神尼庇护，但路途太远，虽有十天期限，也绝不能赶到峨嵋，另一个办法，是云紫烟想起的，那就是请她的新交好友蓬莱魔女相助。

云紫烟的师妹奉命而来，将事情经过，原原本本地告诉蓬莱魔女，求蓬莱魔女拔刀相助。

蓬莱魔女听了，大为惊骇，还不只是因为那少年的手段之狠，本领之强，而是因为她已知道了那少年的来历。

那名叫公孙奇的恶毒少年，不是别人，正是她的师父公孙隐的独子，小时候天天和她在一起练武玩耍的师哥。

虽说她的师父早已不认这个儿子，并曾吩咐她，叫她也不要再理睬这个师哥，但蓬莱魔女对这位师哥总还是有点关心，自出师门之后，也早就暗中打听过他的消息。

蓬莱魔女受师恩深重，每当她想起师父老年失子，总不免替师父难过，因而她私下抱了一个心愿，希望能够见到她的师哥，劝他改邪归正，回家向父亲认罪，父子重好如初。可是她两年来闯荡江湖，多方打听，却丝毫没有得到师哥的消息。

正因为她抱着这个心愿，所以当她听到了师哥作恶的消息之后，一方面固然是暗暗痛心："师哥果然是结交匪人，胡作非为。"一方面也抱着希望："我见了师哥，把师父怎样为他难过的事情一一告诉他，倘若他还有天良，想来也应悔过了。"

当然她不会向云紫烟的师妹说出，这公孙奇就是她的师哥，只是一口应承，立即和她赶回去援救云家父女。

可惜路途遥远，她们二人虽然兼程赶路，到了南阳云仲玉那个朋友的家中，已经是迟了一天，过了公孙奇与云仲玉相约的期限了。

蓬莱魔女惴惴不安，以为云紫烟已给她的师哥携去，或者最少已是受了一场侮辱与折磨了。

哪知云家父女满面笑容地出来迎接她，向她道谢之后，说道："好了，好了，那恶少年公孙奇已给人赶跑了，从今之后，他是不敢再来纠缠我们了。但你远道而来，拔刀相助，这番好意，我们还是一样铭感于心。"

蓬莱魔女听了，不由得又是大为惊诧，急忙问云紫烟，是什么人将公孙奇赶跑的。

云紫烟道："我们给他迫得无路可逃，毫无办法，刘伯伯（云仲玉的那个朋友）只好多约了两位知己，陪我们父女，坐在家中，等候横祸的到来。那时我们唯一的指望只是柳姐姐你能够及时赶到，否则我们只有大伙和他拼命了。

"中午时分，那恶贼果然来了，他一来就声言，这次我爹爹若是依然不肯允婚，他，他，他就要强抢了。我们大伙和他恶斗，那恶贼端的十分厉害，片刻之间，刘伯伯和他约来的两位友人，都已受了重伤。

"我爹爹叹了口气，说道：'好女儿，咱们不能受辱，无论如何，也要保住云家的清白。'我知道父亲的意思，正要横剑自刎，就在这千钧一发之时，忽然听到了一阵笑声。"

云紫烟的师妹诧道："一阵笑声？哦，莫非是咱们的笑师叔来了吗？"她们的师父峨嵋无相神尼有个同门师弟，武功极高，对人和气，笑口常开，因此人人称他为"笑和尚"，他本来的姓名法号，反而没人知道了。云紫烟等一班同门师姐妹也都习惯了叫他了。

岂知云紫烟摇了摇头，说道："不是笑师叔，是一个咱们从未见过的陌生人，此人的武功之高，当真是深不可测，依我看来，绝不在咱们的笑师叔之下。"

她的师妹骇然问道："是哪位老前辈？"

云紫烟笑道："是一个看来还不到三十岁的中年书生。"她停了一下，继续说道："一阵笑声过后，这书生突然出现，摇着一把折扇，指着那恶贼骂道：'你作恶多端，终于给我撞上了。看在你父亲的份上，这次我还不想要你的性命，快快给我滚开。'

"那恶贼对这书生似乎颇为忌惮，说道：'你是什么人，何必来此多管闲事？'

"那书生道：'你管我是什么人？你不服气，尽可和我打上一架。我若输了给你，立即撒腿便跑，你若是输了给我呢？'那恶贼道：'从今之后，不再踏进山东半步。'那书生道：'还不许再纠缠云家父女。'那恶贼冷笑道：'你有本领将我打败，一切依你。'那书生笑道：'好，我就是要你这一句话，我也不怕你违背诺言，我自有本领整治你。来吧！'

"那恶贼在腰间一拍，突然手中多了一柄软剑，原来他是把软剑当作腰带，缠在腰间的。他和我们搏斗的时候，从来没有用过兵器，如今一见这个书生，就要动用软剑，显见在他的心目之中，早已认定那书生是个劲敌。

"能够当作腰带的软剑，当然是百炼精钢，练成了可作'绕指柔'的宝剑，那书生双手空空，除了一把折扇之外，别无兵器，我们都是深知那恶贼的厉害的，不禁暗暗为他担心。

"我们心念未已，他们两人已在交手，说也奇怪，那书生竟然就用这把折扇，硬挡他的宝剑。只听得那恶贼剑尖抖动，嗤嗤有声，我们在旁边的都觉得冷气森森，寒风扑面，好不厉害！可是那恶贼连刺了数十剑，每一次剑尖触及那书生折扇，都好似有一股潜力牵扯他的宝剑似的，总是滑过一边。那书生一把折扇指东打西，指南打北，招招都是攻向那恶贼的要害穴道。不过片刻，那恶贼已是只有招架之力，毫无还手之力。"

蓬莱魔女听了，也不禁骇然，心中想道："这书生用的是最上乘的卸力功夫，我虽然也懂得这门功夫，但要像他这样，用一把折扇，就能卸开我师哥的凌厉剑势，只怕也未必能够。想不到武林中竟有这样一位人物！"

云紫烟接着说道："他们恶斗了大约一支香时刻，那书生忽地又是一声长笑，声如金石，震得人耳鼓嗡嗡作响，我急忙堵住耳朵。笑声未了，只见那书生的折扇倏地张开，向那公孙奇面门一扇，那恶贼似乎被他激怒，径自一剑刺去，那书生大喝一声'撒手'，扇子一翻一覆，倏地一个盘旋，手法快如闪电，我们还未曾看得清楚，只听得那恶贼大叫一声，两人的身形已是倏地分开，那恶贼的宝剑果然已到了那书生的手中，也不知他是怎样抢过来的？

"那恶贼撒腿便跑，书生哈哈笑道：'谁要你这破铜烂铁，拿回去吧！'将那柄宝剑掷出，俨如一道长虹，向那恶贼的后心飞去，那恶贼反手一接，却接不着那书生的劲道，'卜通'地就摔了一跤，我气他不过，正要上去给他一剑，那恶贼也真了得，一个'鲤鱼打挺'，早已翻起身来，拾起宝剑，越过围墙了。他跌倒、爬起、拾剑、越墙，四个动作，一气呵成，不过是转眼之间的事情。那书生叹口气道：'可惜你一身武功，却不学好。这次由你去吧，下次撞在我的手上，可不能轻饶你了！'那恶贼叫道：'你别猖狂，至迟三年，我必来向你领教！'说到'领教'二字，那声音最少已在一里开外！书生摇了摇头，他赢了那个恶贼，却反而笑容尽敛，神色黯然。"

云紫烟的师妹道："可惜，可惜，便宜了这个恶贼。那书生姓甚名谁，你们可有问他么？"

云紫烟道："我们父女当然是立即向他道谢，问他姓名。那书生却不回答，只是仰天大笑，朗声吟道：'昂头天外笑，湖海一书生，但识狂歌客，何须问姓名？'狂歌大笑声中，转眼之间，已是走得无影无踪！"

云紫烟的师妹又说了几声"可惜"，"这书生帮了咱们这样大忙，咱们竟然连他的名字都不知道。"

云紫烟笑道："他虽然没有说，不过刘伯伯已经知道他是谁人了。"

蓬莱魔女与云紫烟的师妹同声问道："他是何人？"云紫烟道："刘伯伯说这人定然是'笑傲乾坤'狂侠华谷涵。"

蓬莱魔女诧道："狂侠华谷涵？这名字我倒没有听过。"云紫烟的师妹笑道："这书生的行径确是有几分狂气。"云紫烟道："据刘伯伯说，狂侠华谷涵出现江湖，也不过是这几年间的事情。他到处打抱不平，有如神龙之见首不见尾，知道他的姓名的人极少。刘伯伯也是听得一位老前辈说的。这位老前辈和他有点交情，但亦是只知道他的姓名，不知道他的来历。"

这就是蓬莱魔女第一次听到华谷涵这个名字的经过。想不到就是这个华谷涵，现在给她送来了这三样古怪的礼物！这段往事在她心头掠过，她不禁又看着这三样礼物发呆了！正是：

芳心早幻檀郎相，亦狂亦侠亦温文。

欲知后事如何，请听下回分解。

第八回　笑傲乾坤狂士气
歌残金缕女儿情

　　蓬莱魔女闯荡江湖虽然不过短短数年，但在这数年之中，她收服群盗，威慑金房，挣来了令人闻名丧胆的"魔女"名头，当真是经过了不知多少大风大浪，见过了不知多少异事奇人。但却从来没有一件事情，比得上今日之事的令人感到奇怪！她对狂侠华谷涵那三件礼物独自发呆，心里想道："他是一个我从来没有见过面的陌生人，但这陌生人却又似乎是在这个世界上最熟悉我的人，他知道我的生身秘密，知道我的武功底细，我小时失落的玩物也在他的手上，这真是奇事！"她接着又想道："还有我那师哥，我寻访多年毫无消息的师哥，这狂侠华谷涵也似乎是熟悉他的。要不然他那一次义救云家父女，也就不会轻易地放过我的师哥了。看来，我若想得知师哥的消息，也只有去问这个华谷涵了！嗯，那件事情是两年之前发生的，我师哥当时曾发出誓言，说是至迟三年，就要再觅华谷涵较量，今年恰好是第三年了。我的师哥他是改好了呢？还是依然为非作恶？华谷涵会不会再饶他一次呢？"

　　要知蓬莱魔女平生只有两个心愿，一是找寻自己的生身父母，另一件就是劝师哥改善回头。这两样心愿，看来都需要华谷涵的帮助，否则决难完成。

　　她把那三件礼物一一放回金盒之中，最初拈起来的是那两颗相连的红豆。她从来没有见过华谷涵，但不知怎的，脑海中却忽然浮出他的"影子"，这是凭着云紫烟、玳瑁等人的描绘，想象出来的狂侠华谷涵。她所想象的幻影是个温文俊雅的书生，神情潇洒，带着几分狂气，一片豪情，似乎正在她的面前，手拈红豆，向她微笑。"哎，他送我这对红豆，难道只是因为他偶然拾获，知道是我的东西，才送回来的吗？是不是还有另外的意思？"想至此处，蓬莱魔女的面上不禁一阵发烧。

珊瑚、玳瑁这两个丫环和耿照还在外面的客厅，等蓬莱魔女出来，等得已有点儿焦急了。珊瑚、玳瑁窃窃私议，她们跟随了蓬莱魔女几年，从来未见过小姐今日这样失魂落魄的样子。珊瑚道："都是那狂侠华谷涵不好，送来这些古怪的东西，害得咱们小姐神魂颠倒！"玳瑁噗嗤一笑，说道："神魂颠倒？你这话要是让小姐听见，可不得了，一定要掌你的嘴巴。"珊瑚道："这可不见得，我看她是着了狂侠华谷涵的迷了。也许她正在欢喜呢，还会打我？"玳瑁笑道："那不很好吗？难得小姐喜欢上一个人，你为何反而怪华谷涵害她？"珊瑚道："谁知道那狂侠是否真心？你看他送来的是什么东西，一片破布，一纸残笺，还有一对红豆，红豆还可说是表示爱慕之忱，但那破布、残笺又是什么意思，这不是有心和咱们的小姐开玩笑吗？"

玳瑁道："我也奇怪，小姐竟没有生气，反而似是坐立不安，倒令我担忧了。"珊瑚道："她今日的神态，大异寻常，对咱们也似乎显得生疏了。这都是狂侠华谷涵的不好。"玳瑁不由得又是噗嗤一笑，说道："原来你是在呷华谷涵的醋，埋怨小姐为了他而疏远了你。傻丫头，真不懂事，难道为了咱们和小姐的情分，你就不许她和男子亲近吗？等到你也有了意中人的时候，只怕你也要和我生分呢！"珊瑚嗔道："好呀！开玩笑竟开到我的头上来了，看我不撕破你的嘴。"

耿照被冷落一旁，甚是无聊。他是想等蓬莱魔女出来，向她道谢的，在礼貌上又不方便即行走开，正自发闷，那两个丫环的嬉笑声忽然静止，只见蓬莱魔女已经走了出来。

蓬莱魔女虽是满怀心事，却也未忘主客之礼，当下便与耿照招呼，问道："你今日觉得好了点吧？"耿照道："好得多了，谢谢你。"蓬莱魔女看了看他的面色，说道："不错，是好得多了。但余毒还未全消，只怕你还得在这儿多耽搁两天。"又道："我有点事情，要到外面走一趟，请你不要责怪我怠慢了你，你安心在这儿养伤，伤好了再走。珊瑚，我走了之后，你替我好好照料耿相公！"

玳瑁问道："小姐，你上什么地方？要携带什么东西，要哪几个人跟你去，请你吩咐。"蓬莱魔女道："这次我是单独出门，不必你们跟随。行李我早已收拾好了。"珊瑚忍不住问道："小姐，你可是要去会见那位狂侠华谷涵吗？"蓬莱魔女脸泛微红，说道："人家送了礼物给我，我应该去回拜他。"珊瑚甚是不以为然，心里想道："这不是失了身份吗？人家只是遣一个仆人送礼来，你却亲自去回拜，纵然你真是私心恋慕，也应该稍有矜持。"要知珊瑚与她的主人性情相投，都是骄傲惯了的，如今见小姐不惜委屈自己，先去拜会人家，不觉一面是暗暗奇怪，觉得这不似小姐平素的行径；一面又暗暗为小姐不平，觉得是狂侠华谷涵的骄傲压过了她。但她知道小姐的脾气，一决定了什么事情，便是永无更改，因此心中虽不以为然，却也不敢多言一句。

蓬莱魔女道："我走了之后，玳瑁替我主持寨里的事情。待耿相公伤好之后，珊瑚，你替我送耿相公一程，要送出河北境外方可。"

耿照甚觉不安，说道："我伤好了自己会走，不必麻烦珊瑚姑娘了。"蓬莱魔女道："你忘了你是金虏朝廷的钦犯吗？你要是单独一人，再碰上什么北宫黝之类的敌人，谁给你应付？到了河北境外，追骑莫及，方无可虞。你以前是官家子弟，现在则是江湖儿女。江湖儿女素来不拘小节，这点你要学学。"耿照暗暗道了一声惭愧，自惭武艺低微。

蓬莱魔女又道："耿相公，我还有一样东西给你。"取出一枝只有七寸长的短箭，与寻常的箭大不相同，碧绿晶莹，触手生凉，原来乃是玉质。蓬莱魔女说道："这是我号令绿林的令箭，大河南北有点来头的绿林人物，大概都会认得我这令箭。珊瑚负责将你送出河北，以后你就要单骑南行了。有这枝令箭，倘若遇上强盗，你拿出来与他们看，便可无忧。要是他们不认得此箭，那就多半是本事平庸的小贼，你也可以对付得了。耿相公，但愿你这枝箭只是备而不用，一路平安，抵达江南。"蓬莱魔女一番好意，耿照只好郑重道谢，将令箭收下。

蓬莱魔女又吩咐了珊瑚、玳瑁几句，便即独自一人，离开山寨，去寻访那"笑傲乾坤"狂侠华谷涵，暂且按下不表。

且说蓬莱魔女走后，耿照也很想早日离开，无奈他中毒甚深，伤还未愈，只得在山寨里住下。晃眼又过了几天。当他初来之时，珊瑚、玳瑁都以为他是玉面妖狐连清波的情人，对他甚为不满，也曾屡次冷嘲热讽；后来经过了那日的讯问，这两个丫环心里知道他是受了玉面妖狐的骗，（虽然他自己却还在悬疑，不敢完全相信连清波就是坏人。）对他的辞色便大大不同。尤其那个珊瑚，因为受了小姐临行之托，对他更是细心照料。这丫环还有几分骄纵，也有几分豪爽，颇具小姐之风。与耿照相处数日，渐渐稔熟，说话也很投机。

这一日耿照的伤已好了八九分，他仍然是住在蓬莱魔女那个书房，这日对着墙壁上那幅张于湖所写的《六州歌头》，心事重重，思如潮涌，忽听得脚步声响，却原来是珊瑚推门进来，端药给他喝。

珊瑚待他喝过了药，笑着问道："耿相公，你刚才一个人在这里似是发呆，你心里想些什么?"耿照道："没什么，我想明天动身。"

珊瑚道："哦，你明天就要动身?"忽地一掌向耿照拍去，耿照吃了一惊，叫道："你干什么?"珊瑚那一掌来势甚凶，学武之人，突然受到袭击，本能的会出手抗御。"啪"的一声，双掌相交，耿照身形摇晃，踉踉跄跄地退了几步，珊瑚又再一掌拍来，与耿照的手掌接触，却忽地轻轻一按，拉着他的手，扶稳了他。格格笑道："不错，你的气力已差不多完全恢复了，我可以让你明天动身了。"耿照这才知道珊瑚这两掌，乃是试他好了没有的。这时已是傍晚时分，珊瑚又笑道："耿相公，恭喜你的伤好了。药是不必再吃啦，我给你弄几样可口的酒菜，给你庆贺。"过了一会，果然弄来了几个精致的小菜，还有一壶美酒。耿照好生过意不去，他知道珊瑚是蓬莱魔女的心腹侍女，与小姐情如姐妹，他也一向没有把她当作丫环看待，便邀她同饮。

酒意渐浓，珊瑚道："古人以汉书下酒，婢子拙学寡文，不识汉书，给你舞剑助兴如何？"耿照道："妙极！"解下所佩宝剑，交与珊瑚。

宝剑挥动，只见寒光四射，花雨缤纷，端的是矫若游龙，翩如惊鸿。耿照禁不住击节歌道：

"昔有佳人公孙氏，一舞剑器动四方。

观者如山色沮丧，天地为之久低昂。

㸌如羿射九日落，矫如群帝骖龙翔。

来如雷霆收震怒，罢如江海凝清光。"

这几句是唐朝大诗人杜甫，在长诗《观公孙大娘弟子舞剑器行》中的几句，对公孙大娘的剑术，赞扬备至。耿照歌此，即是把珊瑚的剑术，上比公孙大娘。

珊瑚嫣然一笑，说道："谬赞了！"剑法一变，身形袅娜，柔腰贴地，宛如燕子掠波，蝶舞花影，剑法顿然从刚健而变为婀娜。珊瑚说道："婢子也给公子歌一阕新词佐酒。"她挽了一朵剑花，剑尖指着对面墙壁悬挂的那幅《六州歌头》说道："张于湖这一首《六州歌头》苍凉沉郁，我给你歌另一首温婉清丽的《六州歌头》。"

只听得她曼声歌道：

"东风着意，先上小桃枝。红粉腻，娇如醉，倚朱扉。记年时，隐映新妆面，临水岸，春将半，云日暖，斜桥转，夹城西。草软莎平，跋马垂杨渡，玉勒争嘶。认蛾眉凝笑，脸薄拂胭脂，绣户曾窥，恨依依。　　共携手处，香如雾，红随步，怨春迟。消瘦损，凭谁问？只花知。泪空垂。旧日堂前燕，和烟雨，又双飞。人自老，春长好，梦佳期。前度刘郎，几许风流地，花也应悲。但茫茫暮霭，目断武陵溪，往事难追。"

这首词虽然也是调寄《六州歌头》，意境却与张于湖的那首大不相同。张词是直抒志士胸臆，此词则是婉诉儿女情怀。词中是写一双痴情儿女，在无可奈何中分手，追思往事，不胜凄婉。与珊瑚那妙曼温柔的剑舞配合起来，真是歌舞双绝。耿照听得心头如醉，不由得想起表妹秦弄玉来，暗暗叹了口气。

珊瑚缓缓收了舞姿，交还宝剑，问道："公子何以脸有不悦之色，敢想是我的剑舞太坏了。"耿照笑道："你歌舞双绝，以此佐酒，胜读汉书万倍。只是我多饮了几杯，又听了你的歌辞，不禁想起一些往日的亲友。"珊瑚又嫣然一笑，说道："哦，原来如此。你想的谁人，可是想那玉面妖狐？"耿照佯怒道："你又来取笑了，他日我告诉你的小姐。"珊瑚笑道："婢子谢罪，相公，你可别生气啦，以后我再也不提那妖狐就是。"

耿照心里正想："此女能文能武，剑法精妙，又解诗词，不知何以却做了人家的婢女？"这话他当然不方便问，正在思想，珊瑚却忽地向他问道："耿相公，你今年几岁？"

耿照心头一跳，蓦地想起了连清波来，当日连清波与他初会之时，她也向他问过年岁。耿照暗自想道："莫非是她也想与我结为兄妹？"当下答道："我今年虚度十八春了。"

那壶美酒早已给他们喝得干干净净，珊瑚又添上一壶，再喝了两杯，醉颜酡红，忽地幽幽叹了口气。耿照禁不住又是心头一跳，问道："珊瑚，你心里有什么不痛快之事？"

珊瑚道："人生不如意事常八九，嗯，那也不必去说它了。"耿照已亦有了六七分酒意，细味"人生不如意事常八九"这一句话，触起自己惨痛悲伤的种种遭遇，不禁悲从中来，难以断绝，默默无言地陪着珊瑚又喝了几大杯。

珊瑚忽道："耿相公，你可知道我为何问你年岁？"耿照道："不知道。"珊瑚黯然道："我有一个青梅竹马的知交，要是他还活在人间的话，今年也是十八岁了。"耿照道："他是怎么样的一个人，你和他既是知交，怎的连他的生死存亡都不知道么？"珊瑚道："他也像你一样，是个有志气的青年，本是我的邻居，四年前忽然遭遇了一场横祸，从此就再也不知道他的消息。嗯，他不但和你同年，连相貌也有几分相似；所以我见了你，就不禁想起他来了。"珊瑚本是说过不欲提的，但终于还是把她的"伤心事"透露出一点端倪。

耿照心道："原来如此，她是酒入愁肠，伤怀念旧，并非想与我结为兄妹。"对珊瑚的身世，不觉起了几分好奇之念。但他是个厚重的人，虽然有了酒意，却也还知道江湖的避忌，心想："每个人都有他的秘密，我自己的身世秘密也是不愿向人吐露的，何必问她。"

珊瑚道："耿相公，你可是在想什么？"耿照道："没什么。"珊瑚斜着眼睛看他，忽地笑道："不对，耿相公，你一定是有着什么心事，大约因为我是婢女，不愿对我说吧。"耿照这时确实是被珊瑚勾起了心事，原来他是由珊瑚的遭遇而想到自己的遭遇，想到了自己与表妹秦弄玉也是由于一场横祸而彼此分离，而且直到如今，还不知表妹是敌是友。这遭遇比珊瑚的更不幸了。他虽然不知道珊瑚所遭遇的是什么横祸，但最少她还在怀念"那个人"，言语中对那人充满爱意，显然不似自己与表妹一样，已成了仇人。

耿照与珊瑚相处了这几日，由于珊瑚性情爽朗，相处几日，已如多年老友一般。耿照也从没有将她当作婢女看待。可是虽然如此，他也还不愿意把自己的心事向她倾吐。当下给她言语挤兑，一时大急，急忙说道："你的武功，比我高明十倍，我怎会因为你是婢女看轻你呢？我是在想——"珊瑚道："想什么？"耿照随口说道："我是在想——嗯，听你这么说，你不是从小在柳家长大的了。"这句话是他无话可说，临时随便想起来的，说出来后，忽然觉得不妥——这岂不是刺探她的身世秘密了？

珊瑚倒没有嫌他冒昧，爽爽快快地便回答道："不错，我本来不是自小就给人家做婢女的。不瞒你说，这婢女是我自愿做的。"她又喝了一杯，接续说道："我遭遇横祸那年，刚是十三岁，孤身女子，无靠无依，幸得高人指点，这才投靠到公孙隐门下，情愿做他家的婢女的。"耿照道："你的小姐不是姓柳么？这公孙隐又是何人？"

珊瑚笑道："我事先没有向你说明，怪不得你弄糊涂了。这公孙隐是武林中一位有大本领的老前辈，我们的小姐就是他的徒弟。"耿照这才明白，说道："哦，原来如此。"

珊瑚接着说道："这公孙隐本领极高，性情又极怪僻，他早年纵横江湖，中年过后，却忽然封刀归隐，很少与江湖人物往来。我幸亏得高人指点，才找到了他。他本来不想收我的，恰好那天小姐也在家中，小姐与我一见，就很投缘，是她要公孙隐收留我的。公孙隐无儿无女，只有小姐这个心爱的徒儿，对她的话百依百顺，就说：'好，让你有个伴儿也好。'从此以后，我就一直服侍小姐啦。"珊瑚其实也有一事未知，公孙隐本来是有儿子的，只因她投到公孙隐门下之时，公孙隐早已不认儿子，而且不许蓬莱魔女对人说他有这儿子，所以珊瑚也一直不知道公孙隐儿子公孙奇的事情。

珊瑚道："这些事情，你可不要向外人说。公孙隐不愿意人家知道他。"耿照道："你放心，我绝不会向旁人乱说。"珊瑚笑道："我就是因为相信你才对你说的。我跟小姐的时间最长，玳瑁后我一年进门，至于其他几个侍女，则是小姐出道以后才陆续收下的了。所以小姐对我和玳瑁两人，感情最好。她这次派我送你，那是对你十分看重的了。"耿照道："多谢你家小姐，更多谢珊瑚姑娘。"

珊瑚瞅了耿照两眼，说道："你这人客气得紧！"忽地格格娇笑，眼角却又有晶莹的泪珠。耿照道："姑娘，你喝得多了！该歇息啦！"珊瑚醉态可掬，举杯吟道："抽刀断水水更流，举杯消愁愁更愁。好，我听你的话，你也别喝啦！"这时候耿照的酒意也已有了七八分了。

珊瑚收拾了杯盏，服侍耿照上了床这才走开。耿照酒意上涌，心事如潮，想起了秦弄玉，想起了连清波，最后也想起了珊瑚。心中想道："这珊瑚的遭遇与我倒也有点相同，却是可怜。"想了一会，酒力发作，倦极欲眠，也就朦朦胧胧地睡着了。

一觉醒来，已是红日当窗，珊瑚已在房中催他起来。耿照收拾好行李，便与珊瑚一道出去，向玳瑁辞行。玳瑁对他们打量了好一会儿，忽地"噗嗤"一笑。

珊瑚诧道："你笑什么？"玳瑁道："你这身衣服——"珊瑚道："怎么啦？这是我平日穿着的衣裳，有什么可笑？"玳瑁道："你为何不乔装男子？"珊瑚道："扮作男子，走一步路都得留神露出破绽，我受不了拘束。"又道："我怕什么，倘若有人敢来戏侮我，那就是他嫌命长了。"玳瑁笑道："你武艺高强，当然不怕强徒欺侮。但你就不怕、不怕——"珊瑚道："怕什么？"玳瑁噗嗤一笑，说道："你仍是女孩儿家装束，和耿相公一路同行，不怕人家当你俩是对小夫妻么？"

珊瑚这才知道玳瑁是兜着圈子来笑话她，不禁大发娇嗔，扭着玳瑁道："岂有此理，你这丫头疯言疯语，看我不撕烂你的嘴。我奉小姐之命送耿相公，光明磊落，怕什么别人闲话？"玳瑁给她扭得喘不过气来，忙道："好姐姐，你饶了我吧。我不敢再乱说了。说正经的，我还有一件事要拜托你呢。"

玳瑁素性顽皮，她和珊瑚是一向开玩笑开惯了的，珊瑚性情爽朗，虽然也有点难以为情，还不觉得怎么，耿照可涨红了脸，几乎就想提出独自下山，不必珊瑚送他。但转念一想，如此一来那就更着了痕迹，显得自己太过小气，把玩笑当真了。只好哑声不响，躲到一旁。

玳瑁道："我拜托你一件事情，你回程之时，请顺路到我的老家一看，看我的兄弟回来了没有。"珊瑚道："有什么酬劳？"玳瑁在她的耳边小声说道："我给你做媒。"这句话耿照没有听见，珊瑚又跳起来，伸手就要撕她的嘴，玳瑁忙道："别闹，别闹。我给你绣两个荷包。"珊瑚道："这才像话。"不觉又叹了口气，说道："你还有老家，我是连老家也没有了。"玳瑁道："珊瑚姐姐，你不用伤感，他们男子汉常说：大丈夫何患无家？你是巾帼英雄，我就套用他们男人的这句口头禅送你：女英雄何患无家？"珊瑚道："多谢，可惜我不是女英雄。"忽地体会到玳瑁这句话话中有话，实含深意。只是"多谢"二字已经出口，恼也不是，气也不是，只好再瞪了玳瑁一眼。

玳瑁笑道："耿相公，我和珊瑚姐姐是一向说笑惯了的，你别见怪。"向耿照赔了个罪，耿照啼笑皆非，也只得向她还了一礼。玳瑁直送到山下，这才与他们道别。

耿照小时候常与表妹在一起玩耍，但和一个非亲非故的女子结伴同行，这还是第一次。再加上玳瑁的那一番取笑说话，心里头便不免有点疙瘩，总觉得难以为情。幸好珊瑚倒是落落大方，一路上和他说说笑笑。少年人胸襟坦荡，不久，耿照也就抛开了顾虑，恢复了自然，不再把玳瑁的话放在心上了。

两人一同赶路，不感寂寞，不知不觉，天色黄昏，珊瑚认得路，带他到一个小镇，向一家客店投宿。

那掌柜獐头鼠目，样貌猥琐，歪着眼睛问耿照道："我们只有一间上房，一两二钱银子一天，你要不要？"耿照道："只有一间房子，那不行啊！"掌柜的睨他一眼，带着诧异的神情，怪声怪气地问道："你们不是小两口子么！"耿照涨红了脸，忙摇手道："不是，不是。"珊瑚掏出一锭大银，"当"的一声，往柜台上一抛，说道："我们是兄妹二人，最好你给我们两间相连的上房。这一锭雪花银先付房饭钱，多下来的赏你。"这一锭银子足有十两，掌柜的眉开眼笑，忙不迭地打躬作揖道："小人无知，说错了话，相公恕罪。哈，巧极了，恰好有两间相连的上房，客人刚刚搬走，我一时没有想起来，正好让给你们。相公，你高姓大名，从哪儿来，到哪儿去？"耿照胡乱说了两个名字，与珊瑚认作是一对兄妹到外县探亲的，在旅店的登记簿上写了。

两人关上了房门，珊瑚笑得弯下了腰，说道："这掌柜见咱们年纪轻轻，敢情是当咱们是私逃出来的，私逃出来的……嗯，他担心咱们没银子付房饭钱。"耿照也猜到那掌柜的对他们起疑，因为他们的举止不似夫妻，一男一女，同在一起投宿，那就无怪人家误会是私奔的男女了。但珊瑚口没遮拦地说了出来，耿照又不禁红了一次脸。

珊瑚道："耿相公，为了避免人家多问，我冒认你做哥哥，你可怪我高攀了么！"耿照道："你若不嫌我武艺低微，我正想高攀，与你结为兄妹。"珊瑚道："那岂不折煞我了！"耿照道："你是个好人家的女儿，样样都远胜于我，只怕我配你不起。"珊瑚道："相公这么说，我只好依从你了。"问了耿照的出生月日，恰好比她大两个月。珊瑚改口唤了一声"大哥"，耿照也叫了她一声"妹子"。两人撮土为香，拜了八拜。耿照感激她的照料，又想到结为兄妹，今后同行，就可以避免许多尴尬，因此这番结拜，实是出于他的诚意。但结拜之后，却不禁想起另一位"义姐"连清波来，心想："连姐姐不知现在何方？唉，她到底是友是敌，迄今也是尚未分明。"

珊瑚道："大哥，你想什么？"耿照知道她对连清波恶感甚深，不愿向她提起，便道："我看这掌柜的不似好人。"珊瑚道："你尽管安睡，我今晚多加小心便是。"这两间房子有门相通，珊瑚把门打开，说道："有什么事情，你可以叫我。"与耿照道过晚安，各自安歇。

耿照初出江湖，他一向听人说道江湖险恶，加上对那掌柜的印象不佳，颇有点疑心这是一家黑店，胡思乱想，在床上翻来覆去，老是睡不着觉。睡到半夜，忽听得有悉悉索索的声音，耿照心头一凛，便跳下床来。就在这时，忽觉微风飒然，房中已多了一个人。

耿照吓了一跳，那人低声说道："是我。"原来乃是珊瑚。珊瑚擦燃火石，点亮了灯，问道："什么事情？"耿照道："我听得似是有夜行人的声音。咦，你听……"珊瑚忽地"噗嗤"一笑，说道："这不是人。"忽见游丝般的金光一闪，"吱"的一声，墙角窜出一只老鼠，跳了两跳，寂然不动，原来已被珊瑚的梅花针打死。

珊瑚笑道："不用害怕了，安心睡吧。"耿照满面通红，抱歉道："我大惊小怪，连累了贤妹不得安枕。"珊瑚道："你初次行走江湖，难免心里紧张，以后就会惯了。"珊瑚走后，耿照吹熄了灯，再上床睡觉。忽又听得悉悉索索的声音，耿照心道："这房间里的老鼠真多。"这次他当然不会再大惊小怪，惊动珊瑚，虽然觉得老鼠讨厌，已不放在心上，不久就熟睡了。

珊瑚在自己的房里也听到了这个声音，她可是大吃一惊。要知珊瑚虽然是与耿照同一年龄，但她的江湖经验却不知比耿照丰富多少，老鼠走动的声息和夜行人的声息，一进她的耳朵便能分辨出来，这次的异声正是夜行人的衣襟带风之声！

珊瑚怕耿照害怕，不想去叫醒他，轻轻打开窗门，便跳出去。她轻功超妙，落地无声，这时耿照已经睡着，丝毫没有察觉。

珊瑚跳上屋顶，远远望去，隐约还可看见东南角有个淡淡的人影，珊瑚飞越几重瓦面，那人的轻功不在她下，追了一会，始终保持着原来的距离，对方是男是女，是老是少，都看不分明，始终只是一个朦胧的影子。珊瑚蓦地一惊，心道："莫要中了敌人调虎离山之计！"急忙回来，先到耿照房中，只听得耿照鼾声大作，睡得很是安详。珊瑚这才放下了心上的石头，回到自己房中睡觉。可是她这一晚却整晚不敢阖上眼睛。

第二日一早起来，两人离开了那家客店，又匆匆赶路。耿照见珊瑚满眼红丝，大是过意不去，说道："那些老鼠真是讨厌，昨晚吵醒了你，你后来就睡不着了吗？"珊瑚道："没什么，我们在江湖上闯荡惯了的，睡一会儿也就够了。"她怕耿照担忧，始终没有将昨晚发现夜行人之事告诉他。

幸喜以后接连几天，一路平安无事。耿照得珊瑚遇事指点，也增长了许多江湖见识，对她更为感激。

这一天到了武邑，已是冀鲁交界的地方，依照蓬莱魔女的吩咐，珊瑚将他送出河北境外，两人便要分手了。耿照不觉有点依依不舍，说道："过了武邑，咱们便要各自东西了，珊瑚妹子，我请你喝一杯酒，聊表愚兄一点心意。多谢你一路辛劳。"珊瑚笑道："咱们兄妹还讲什么客气！不过，到了此地，我也应该和你喝一杯饯行了。"

武邑面向狼牙山，背靠涂阳河，两人进了县城，便选了一家临河的酒楼，上去喝酒。武邑是冀鲁两省交通要道，酒楼上客人颇多，两人喝了几杯，忽见一个抱着琵琶的小姑娘，牵着一个盲眼的老人走到他们的座头，那老人说道："请大爷帮帮忙，让俺这小妞儿孝敬你老一支曲子。"耿照见他可怜，给了他一两碎银，说道："好，你就随便唱一支吧。"

那小姑娘调好弦索，曼声唱道："柳阴直，烟里丝丝弄碧。隋堤上，曾见几番，拂水飘绵送行色。登临望故国，谁识京华倦客？长亭路，年去岁来，应折柔条过千尺。……"

这是前代词家周美成长词《兰陵王》的第一折，有一段脍炙人口的故事，周美成是宋徽宗时候的一个小京官，和当时的名妓李师师相好，据说有一晚周美成正在李师师家里，忽然徽宗皇帝也"临幸"李师师家，周美成慌了，遂藏匿李师师床下。皇帝携来鲜橙，说是江南刚刚进贡来的，请李师师尝新。过后周美成写了一首《少年游》词，词道："并刀如水，吴盐胜雪，纤指破新橙。锦幄初温，兽香不断，相对坐调笙。低声问：向谁行宿？城上已三更。

马滑霜浓，不如休去，直是少人行。"词中将皇帝与李师师在闺房的笑谑情景，写得历历如绘，后来徽宗皇帝也见到了这首词，问出是周美成所作，勃然大怒，把周美成贬出国门。过了两天，徽宗又去访李师师，李师师不在，等了好久，她才回来，说是送周美成去来。徽宗问："他临行曾有词否？"李师师道："有《兰陵王》词。"把这首词又唱给徽宗皇帝听。徽宗听了大喜道："邦彦（美成之名）终是不忘故君。"遂把他召回，任他为"大晟乐正"。

这首词一面是恨别伤离，一面是眷怀故国，正合耿照此时的心境，心头怅触，不禁又喝了几杯。只听得那歌女又续唱第二折道："闲寻旧踪迹，又酒趁哀弦，灯照离席，梨花榆火催寒食。愁一箭风快，半篙波暖，回头迢递便数驿，望人在天北……"

耿照想起了那晚和珊瑚在书房对饮的情景，怅然说道："咱们今日分手之后，当真是一个天南，一个地北，只怕不能再见面了。"珊瑚道："大哥，但愿你一路多多保重。"他们二人长路同行，感情一天厚过一天，虽然不一定是男女恋慕之情，但在这即将分手之时，两人都是禁不住充满伤感。

就在他们心中都是怅怅惘惘的时候，忽听得隔座有人大声说道："靡靡之音，令人愁烦。西门大哥，你临行在即，孟大哥，烦你击筑，请西门大哥再给我们高歌一曲如何？"

珊瑚神色不悦，心里恼道："哪里来的恶客，出言无状！"把眼望去，只见邻座四个客人，都是粗豪汉子，其中一人，虬须如戟，相貌尤其特别。这时那歌女还有一折尚未唱完，耿照笑道："不必唱了，秦筝燕筑，难得一闻，咱们适逢其会，当聆高人雅奏。"

原来"筑"乃是一种古乐器，从前战国七雄纷争的时候，荆轲奉燕太子丹之命，往刺秦皇，他的好友高渐离便曾击筑给他送行，一曲"西风萧萧易水寒，壮士一去不复还"流传千古。自高渐离之后，这种乐器已渐渐失传，到了宋代，更罕能一见。所以耿照听得邻座的粗豪客人，要奏这种古代失传的乐器，不禁引以为奇。

只见一个黄衣汉子将一件状若凤尾琴的古拙乐器摆在桌上，笑道："西门大哥的狂吟才真正是难得一闻，今日一别，后会无期，为了抛砖引玉，小弟只好献拙了。"这人状貌粗豪，说话却是甚为文雅。

这人套上了铜指环，轻轻一拨，只听得铮铮琮琮，乐声高亢，响遏行云。耿照心道："果然是个高手。"就在这时，那虬须汉子站了起来，放声歌道："金樽清酒斗十千，玉盘珍馐值万钱。停杯投箸不能食，拔剑四顾心茫然……"歌的是唐朝大诗人李白的《行路难》，歌声激越而又沉郁苍凉，耿照只听了几句，便不禁大大吃惊，心道："风尘之中多异人，看来此人就是个不寻常的人物！"他却不知，珊瑚比他吃惊更甚。耿照只是欣赏那人的歌声，珊瑚却从那人的狂歌之中，听出他是个内功深厚的武学高手。

那虬须汉子的歌声打了几个转折，越拔越高，唱到"欲渡黄河冰塞川，将登太行雪满山"，忽地声音一泻而下，宛如游丝袅空，一变而为闲适飘逸的意境，接着唱下去道："闲来垂钓碧溪上，忽复乘舟梦日边。"但接在这两句之后，声音又突然浑厚悲慷，更显得苍凉沉郁，"行路难，行路难！多歧路，今安在？"一连四句短句，听得令人几乎忍不住要跟他狂歌高吟！忽地又是声音一变，从沉郁苍凉，变得激昂慷慨，将李白《行路难》的最后两句唱了出来："长风破浪会有时，直挂云帆济沧海！"这两句一唱，将苍凉气氛一扫而空，声如金石，当真似是直上云霄，听得人血脉沸腾而又心胸开阔，耿照不禁击节叫了一个"好"字，就在这时，忽听得"铮"的一声，那黄衣汉子推筑而起，乐器上的弦线已断了一根，那虬须汉子的歌声，也倏然停了。

那虬须汉子抱拳作了个罗圈揖，向耿照这张桌子投了一眼，笑道："下里狂歌，贻笑大方了！"

坐在主位的那个汉子道："孟兄之筑，西门兄之歌，堪称并世双绝，今后不知何时方能有此耳福了。"另一个汉子道："听说笑傲乾坤华谷涵的狂笑，也是当世一绝，西门兄此行，不知能否会见此人？要是碰着此人，一个高歌，一个狂笑，倒可以较量一番，为武林添一佳话。"耿照听了，心头一动，暗自想道："蓬莱魔女曾经说过，狂侠华谷涵此人，游戏风尘，有如神龙之见首不见尾，当今之世，知道他的名字的，只是有限几人，怎的这一些人也知道他的名字？听他们的口气，难道竟都是武林中大有身份的人物？"

那虬须汉子道："陆兄弟过誉了，我怎敢与笑傲乾坤相比，不过，我听说他是当世奇人，倒很想与他一会。"那姓陆的汉子道："西门兄无乃太谦，焉知这姓华的不是浪得虚名？耳闻是假，眼见方真。前日有人从蓟州来，发现他的仆人白修罗曾在该处出现，想来华谷涵也可能在那一带，吾兄路过蓟州，不妨打听打听。"那虬须汉子笑道："我此行吉凶祸福，尚难预料，虽有与笑傲乾坤相会之心，却无此闲情逸致了。"

那坐在主位的汉子道："西门兄一向豪气干云，怎的今日说出这等丧气的话，该罚三大杯！"虬须汉子笑道："吉凶祸福，人所难测，我说的是老实话，却并非畏怯，并非丧气！"但他虽然辩解，却仍默饮了那三杯罚酒。又一个汉子道："这也是真话。嗯，人间本是多歧路，如此江湖不忍看。怪不得西门兄要高歌'行路难'了。"那主人笑道："西门兄既高歌'行路难'，不如不去也罢。留在此间，咱们兄弟再作平原十日之饮！"那虬须汉子哈哈大笑道："多谢主人盛情，但这条路还是非走不可。"

那击筑的汉子忽道："主人该罚三大杯！"那坐在主位的汉子诧道："为何该罚？"击筑的那汉子道："你听不出西门兄的歌意，李白这首《行路难》不错是说行路之难，但歧路险途，绝难不倒英雄豪杰！那首歌最后两句怎么说的？'长风破浪会有时，直挂云帆济沧海！'对'长风破浪'的豪士，行路又何难之有？主人不解歌意，还不该罚？"

那坐在主位的汉子也哈哈大笑道："好，该罚该罚！请阖座陪我同饮三杯，祝西门兄长风破浪，直挂云帆济沧海！"

众人豪兴勃发，欣然举杯，同声说道："好一个长风破浪会有时，直挂云帆济沧海，大家干了！"

虬须汉子一饮而尽，掷杯笑道："多谢众兄弟给我饯行，我该走啦！大家都别送了！"就在众人大声祝贺他"长风破浪"之中，离开座位，大踏步走下酒楼。

珊瑚目不转睛地盯着那虬须汉子，耿照虽然也觉得那汉子是个异人，对他甚为注意。但耿照究竟是个官宦人家的子弟，习惯讲究礼貌，心里想道："一个女孩儿家这样定了眼睛望男人，容易惹人误会，最少也有失礼之嫌。"心里觉得不妥，却又不好对珊瑚明言，便拿起酒杯碰一碰珊瑚的酒杯说道："贤妹，咱们再喝两杯，也该走啦。"珊瑚心不在焉地拿起酒杯"嗯"了一声，酒杯并未沾唇，又放下了。这时，那虬须汉子正从他们的座位旁边经过，也不知珊瑚是否听到耿照说些什么，总之她的全副精神，似乎都已放在那虬须汉子身上。

那虬须汉子走下酒楼，身躯微俯，露出挂在腰带的一个绣荷包，这荷包是用五色丝线所绣，鲜艳夺目。当时的风气，出门人的银钱都是放在"褡裢"（包袱）里面，只有富贵人家子弟才用荷包，放一些自己心爱的零碎东西。这汉子带着一个绣荷包，与他的豪客身份，实在是大不相称。不过耿照欠缺江湖阅历，他自己又是富贵人家，多精致的绣荷包也是见惯了的，对这豪客的荷包，虽也感到"抢眼"，却并不怎样放在心上。

珊瑚突然间把一双眼睛睁得又圆又大，竟似呆了，耿照见她神情有异，正自莫名其妙，珊瑚忽地"啊呀"一声，叫了出来，他们所占的是一个临窗的座头，耿照来不及问她，只见珊瑚已蓦地推开窗门，就从窗口跳了下去。

酒楼上的客人哗然大呼，耿照也吓得慌了，忙着便要下楼追赶，店小二大叫道："喂，喂，你们还没有付钱哪！"登时涌上几个人来，要揪耿照，耿照急忙取出一锭银子，说道："不必找了！"顾不得再顾礼貌，推开众人，索性也从窗口跳了下去。酒楼上议论纷纷，有人说道："这两个男女准是私奔的，敢情是碰到了熟人，跳楼逃跑！哈哈，真是为了恋情，性命也不顾了。"这些难听的说话，好在耿照没有听见。

耿照跳下街心，只见珊瑚已跨上马背，往前疾驰。耿照也急忙上马追赶，珊瑚这时才发现耿照在她的后面，回头说道："大哥，对不住，我有要紧事，一时忘记招呼你啦！"耿照听了，心里满不是味儿，但也因此惊疑不定。要知珊瑚一路之上，对他都照料得十分周到，现在却忽然抛下了他，连打个招呼都忘记了，可见这件事情，在珊瑚心目之中，一定是比护送耿照还重要得多。

耿照纵马疾驰，好不容易追上了珊瑚，连忙问道："瑚妹，什么事情？"珊瑚只说了一个"追"字，耿照道："到底追谁呀？"珊瑚道："追那个虬须汉子，快，快，追上他再说！"耿照怀着闷葫芦，只好跟着她跑。好在虬须汉子没有走得多远，追了一会，到了郊外，便发现那汉子正在路上。正是：

不知何事萦怀抱，欲问伊人意悄然。

欲知后事如何，请听下回分解。

第九回　虎穴龙潭都不惧
新欢旧爱两难忘

　　珊瑚纵马向前，扬声叫道："好汉慢走!"那虬须汉子愕然止步，回头说道："我走得好好的，你把我叫住，为了何来？快说，快说，我还要赶路呢!"珊瑚跳下马背，说道："冒昧得很，想向你借一样东西。"那虬须汉子哈哈笑道："原来姑娘是绿林中的女豪杰么？俺一个穷汉，可没有什么好东西孝敬你呀!"

　　珊瑚的江湖阅历甚丰，早看出那汉子那愕然的神色、嬉笑的口吻，都是有意做作出来的，若照她平日的脾气，早已发作，只因此际她有求于这个汉子，只好按下脾气，裣衽一礼，说道："好汉说笑了。请借你这绣荷包一观。"

　　那虬须汉子道："哦，原来你是看上俺这个绣荷包。古语有云：'宝剑赠烈士，红粉赠佳人。'姑娘，你喜欢这个绣荷包，本来送给你也未尝不可。只是这绣荷包不是俺的，它另有主人，俺可就不能把它私自送人了。"

　　珊瑚道："我知道它另有主人，我只是借来看看。"那虬须汉子道："好吧，那你就拿去看看，照样绣一个，你喜欢送给谁就送给谁吧。"

　　珊瑚面色一变，道："你这话是什么意思？"那虬须汉子笑道："没有什么意思。姑娘喜欢拈针弄线，绣些玩意儿送人，那也很平常呀。"

　　耿照站在一旁，甚为诧异，心里想道："她急急忙忙地赶来，难道就只为了这个绣荷包？这汉子的说话也确是令人不解。"

珊瑚接过了那个绣荷包，翻来覆去地看了好一会儿，荷包上绣的是白莲花下一对戏水鸳鸯，珊瑚神色黯然，眼角不知不觉地沁出了一颗晶莹的泪珠。

那虬须汉子道："咦，好端端的你怎么哭起来啦？别哭，别哭！你若当真欢喜这个绣荷包，我给你向它的主人说一声，说不定他会改变心意，转送给你也说不定。"

珊瑚柳眉一竖，忽地问道："这绣荷包你是怎么得来的？"那虬须汉子道："它的主人交托给我，请我带去给一位姓玉的姑娘的。"珊瑚道："我就是那位姓玉的姑娘，你快说，他在哪儿？"

那虬须汉子侧目斜睨，眼光从耿照身上掠过，又回到珊瑚身上，似笑非笑地说道："哪个他呀？"珊瑚嗔道："还有哪个他，就是这个绣荷包的主人！"

那虬须汉子道："我以为你已经不想见他了，你当真还要见他么？"珊瑚道："我寻访他已有好几年了，好坏也得一见。"那虬须汉子道："好吧，你既然想要见他，那你可得先做一件事情。"珊瑚道："何事？"那虬须汉子向耿照一指，冷冷说道："你把这小白脸杀了！"珊瑚呆了一呆，叫道："你说什么？"

那虬须汉子道："我说把这小子杀了！"珊瑚叫道："不行！"那虬须汉子道："你狠不了心是不是？我给你下手！"珊瑚"嗖"地拔出佩剑，挡在耿照身前，喝道："你敢动他一根毫发，我就和你拼命！"

那虬须汉子哈哈大笑，说道："不是我要杀他，我是为你着想，留着这小子对你总是麻烦，你不怕这绣荷包的主人疑忌么？"

珊瑚柳眉倒竖，说道："他是我的义兄，我们光明磊落，何怕别人闲话？钊哥一向明理，我想他也决不至于以小人之心度君子之腹。"

那虬须汉子皱了皱眉，淡淡说道："这就难说了。不过，这是你们的事情，你不怕那人疑忌，我又何必多管？再说下去只怕你也要把我当作小人了。"神色似乎很不高兴。珊瑚忽道："你是西岐凤西门业先生吧？谁不知道东海龙、西岐凤二人乃是四霸天中的豪士高士，我怎敢把你当作小人？"

其实珊瑚也是误打误撞，猜中了那虬须汉子的身份的。武林中复姓"西门"的人很少，她在酒楼上听得那些人称这虬须汉子为"西门兄"，而这汉子的深厚内功，又已在他的狂歌中表露无遗，所以珊瑚早就猜到这人定是四霸天中的西门业，果然一猜便着。

四霸天中二邪一正，还有一个是邪正之间的人物。这西门业恰恰是四霸天中唯一正派的人，不过，他既号称一"霸"，在豪气之中自也兼有几分霸气。在他眼中，耿照不过是官家子弟，会讨女人欢喜的"小白脸"而已，这样的纨绔少年，多杀几个也无所谓。

珊瑚知道了他的身份，却放下了心，说道："你是西门业先生，我不妨对你明言，我这位义兄乃是大金国的钦犯。我奉了我家小姐之命，护送他一程的。我家小姐就是人称'蓬莱魔女'的柳清瑶，想必你曾听过她的名字？"

西门业哈哈大笑，说道："不瞒你说，我已经知道你做了蓬莱魔女的侍女，我这次北上，正是想顺路经过你们的山寨，将这绣荷包交给你，并顺便拜会你家小姐的。巧得很，却在这里遇见了你，省得我多跑一趟路了。"他看了耿照一眼，接着又大笑道："真是人不可貌相，却原来你也是我辈中人，嘿，嘿，我刚才也是喝酒太多，有点糊涂了，凭你在酒楼上叫的那个'好'字，我就应该知道你不是凡夫俗子。"西门业豪情霸气，但却有个缺点，喜欢别人奉承，珊瑚知道他的脾气，故而刚才给了他一顶高帽，他一高兴，自觉过意不去，因而对耿照也就改了口气，另眼相看。

珊瑚又再裣衽一礼，说道："他在哪儿，你现在可以告诉我了吧？"西门业道："商河县城东六十里的地方，孤鸾山下，有家人家，门前有七株松树，左边四株，右边三株，你找到那家人家，可以说明你是蓬莱魔女的侍女，求见主人，道明来意。至于那家主人，让不让你见他，那就要看你的造化了。"珊瑚吃了一惊，问道："我那钊哥就在那人家中吗？为什么见不见我，他也不能作主？他在那人家中是什么身份，是奴仆还是囚徒？"西门业道："既非奴仆，亦非囚徒，但他却必须听主人的话，我可以告诉你的就只是这么多了。"珊瑚道："那家主人姓什名谁？何等人物，你总可以告诉我吧？"

西门业摇了摇头，说道："你去了自然知道。我不想犯那主人的禁忌，你也不必说是我指引你来的。说了反而不好。"珊瑚惊诧之极，要知西门业在江湖上乃是鼎鼎大名的人物，性情又极豪爽，但听他口气，他对这家人家也是十分忌惮，说话都是藏头露尾，不敢直言，显然这人家的主人定是个极为厉害的人物。

西门业道："上月我经过孤鸾山，那家主人留我住了一晚，你的那位朋友私来会我，承他信赖，托我给他办这件事情，将这绣荷包带给你。现在荷包已经带到，我也另外还有事情，请恕我不能帮忙你了。"他笑了一笑，又道："其实这事情我要帮忙也帮忙不上，一切都得你自己好自为之。告辞了！"他哈哈一笑，朗声吟道："江湖本是多风浪，好梦由来最易醒。"吟声苍郁，回头望了耿照、珊瑚二人一眼，大踏步向北而去。珊瑚心中忐忑不安。

耿照说道："贤妹，愚兄向你贺喜。你不必为难，你送我到了此地，已是情至义尽，不必再送了。你有正经事情要办，赶快去吧！祝你早完心愿，故友重逢。"耿照并不糊涂，听了她和西门业的言语，早已猜想得到：那绣荷包的主人，也即是珊瑚所要急于寻访的人，定是她那晚对自己说过的，她那位青梅竹马之交的知心朋友。他当然不方便再和珊瑚同去了。

珊瑚道："商河在山东境内，不必着忙，我再送你一程，过了德州，咱们再行分手。"

路上珊瑚问道："你可听过四霸天的名字么？"耿照笑道："我曾被北霸天北宫黝打了一鞭。其他三霸的名字我就不知道了。今日方知原来这虬须汉子也是一霸。他虽然曾想杀我，但看来这一霸却要比北宫黝好得多了。不失风尘豪侠的本色！"

珊瑚笑道："北宫黝怎能与西门业相比？北宫黝名居四霸之末，人品最差，武功也最弱，反正现在闷着没事，我就将这四霸天对你说说吧。"

珊瑚道："这四人都是复姓，姓氏的第一个字按次序排列，恰巧就是东南西北。东霸天是东园望，南霸天是南宫造，西霸天就是刚才那虬须汉子西门业，北霸天则是你曾会过的北宫黝了。这四霸天另外还各自有一个绰号，东霸天东园望武功最高，为人介于邪正之间，行踪神出鬼没，又是住在东海一个小岛上的，所以人称'东海龙'；南霸天南宫造性极粗暴，是一个横行江南的独脚大盗，人称'南山虎'；西门业是四霸天中唯一正派的人物，相貌粗豪，却饱读诗书，多才多艺，因此人称'西岐凤'；至于那北霸天北宫黪，在四人当中，人品最为低下，甘为金虏的走狗，所以江湖上就叫他做'北芒狗'。'北芒'是金京中都北边的一座山名，作为中都的屏障，北宫黪被唤作'北芒狗'，那即是说他是金人的看家狗了。"耿照笑道："这四个人的绰号，倒是起得有趣，又都合了他们的身份。"

珊瑚道："你有小姐的令箭，大江南北的绿林好汉都得给你几分面子。所要防备就只是两个人，在北方是东园望，在南方是南宫造。东园望住在东海的潜龙岛，每年都要到泰安一两次，在山东境内，对他要特别小心。"耿照笑道："他是四霸之首，我是无名小卒，他又非金人走狗，未必会特别与我为难。"珊瑚道："但愿如此。好在他每年也只是到山东一两次，每次也只是上泰山游览，你此行不必经过泰山，那也就很少机会碰到他了。"

他们二人的坐骑乃是千中挑一的骏马，脚程甚快，日头过午，就踏入山东境内，再过一个时辰，德州城已经在望，珊瑚要去的商河县在德州东北，耿照去江南的路线则要取道济南，那是在德州的西南方。南北异途，两人到了德州，那是必须分手的了。珊瑚眼圈一红，伸出手来，哽咽说道："哥哥，你一路保重。"她像蓬莱魔女一样，虽然倔强骄傲，却是性情中人，并不因为已经知道了旧日爱侣的消息而对耿照冷淡，耿照甚为感动，当下也执着她的手，说道："妹妹，但愿你事事称心，珍重，珍重。"两人都知道从此一别，后会无期，不禁黯然神伤，洒泪而别。

珊瑚固然是满怀心事地离开，耿照一路之上，也是怅怅惘惘，思如潮涌。他从珊瑚的遭遇，不禁又一次地想起了表妹秦弄玉来。珊瑚就可以会见她旧时的爱侣了，而他和秦弄玉却不知何日重逢？而且在彼此成了冤家仇人的情形下，纵使有相逢的机会，恐怕也是"相见争如不见"的好。想至此处，他觉得珊瑚的身世虽也可怜，却比他幸运多了。

正在心事如麻之际，忽见两骑快马，迎面而来，当前的那个汉子，忽然冲着耿照叫道："你是耿照吗？"

耿照抬头一看，却不认得这个汉子，耿照大为诧异，反问道："你是谁？找那耿照为了何事？"他是"钦犯"身份，在未弄清楚对方来历之前，只好含糊其辞，既不承认，也不否认，先探问对方的来意。

耿照自以为应付得宜，哪知他这么一问，却不啻自认便是耿照，后面那个汉子眯着眼睛怪笑道："和你同行同宿的那美人儿呢？"这汉子一对阴阳眼，满面邪气，说话又轻薄下流，耿照一听，不禁怒火勃发，斥道："你胡说什么，给我滚开！"

那汉子却不理睬耿照，径自对他的同伴说道："我那晚没有和他对过盘儿（绿林黑语，见过面之意），但听这声音，决错不了。并肩子上吧！"蓦地把手一扬，一柄匕首对着耿照便飞过来。

耿照一个"镫里藏身"，哪知这柄匕首虽然向他飞来，目标却不是在他身上，只听得"噗"的一声，匕首插入了马脑，那匹骏马，受了重创，狂嘶跳跃，忽地四蹄屈下，将耿照掼下马背。

耿照一个鲤鱼打挺，翻起身来，只觉脑后金刃劈风之声，敌人已经袭到，耿照一个箭步窜出，大怒骂道："岂有此理，我与你等何冤何仇，为何横加毒手，毁我坐骑？"

说时迟，那时快，那阴阳眼汉子已是如影随形，跟踪扑到，怪声笑道："我与你无冤无仇，有人与你有冤有仇，姓耿的小子，你晦气临头，认了命吧！"手中一对三尖两刃刀，横七竖八地便向耿照乱砍过来。耿照大怒，宝剑出鞘，一招"风卷残云"反削出去。

另一个鹰鼻汉子叫道："当心，这是宝剑！"话犹未了，只听得"当"的一声，阴阳眼汉子的右手刀已被削去了刀尖。那阴阳眼笑道："不错，果然是把宝剑，等会儿我就要他这把宝剑，其他的归你。"他口中说话，手底丝毫不缓，说话之间，双刀飞舞，又已连进七招。耿照的宝剑竟未能再碰上他的兵刃，看来他的武功实是在耿照之上，最初的那一刀不过是试探性质，试出耿照用的果是宝剑，他就改用游身八卦刀法，不再和耿照的宝剑硬碰了。

但耿照的家传剑法却也不弱，那汉子又不敢碰他的宝剑，一时之间，要把耿照打败，却也不能。那鹰鼻汉子道："不能为这小子多耗时候了！"声到人到，亮出了一对判官笔，立即也向耿照攻来。

耿照侧身一闪，刷的一剑刺出，那鹰鼻汉子使了一招"横架金梁"，双笔架住他的宝剑，"当"的一声，火花四溅，耿照虎口发热，宝剑几乎拿捏不住，不禁心中一凛："鹰鼻汉子武功更在他同伴之上！"

那汉子得理不饶人，用了个"粘"字诀，将耿照剑势卸开，双笔便插过来。

耿照宝剑狂挥，以攻为守，奋力连解三招，问道："耿某有什么地方得罪了朋友，请两位明言。"那阴阳眼汉子笑道："你自己做的事情你自己明白！"乘着耿照说话分心，蓦地欺身直进，一刀砍向耿照的手腕，耿照大怒，一招"玉带围腰"，剑光如环，拦腰卷去，这是一招两败俱伤的剑法，耿照小臂中了一刀，那阴阳眼汉子的左胁也被剑尖刺开了一道裂缝，血流如注，但好在双方都只是伤着皮肉，没有触及骨头。

那汉子怒道："好呀，你这小子，敢情是不想活了？"双刀挥舞，攻得更急。耿照虽然也动了怒气，但心里想道："我父亲当年忍辱负重，为的就是要将他那份遗书送到江南。我若是不明不白地死在这两个恶贼手上，那却是太不值得了。"如此一想，不禁打消了与敌人拼命的念头。

耿照仗着宝剑的威力，发了一招"长河落日"，剑光划成了一道圆圈，将那两个汉子迫开了一步，腾出左手，将蓬莱魔女那支令箭摸了出来，忍着气，朗声说道："两位可认得这支令箭么？小弟纵有不是，也请两位看在令箭主人的份上，容小弟赔个罪。"

那鹰鼻汉子"咦"了一声，说道："这是蓬莱魔女的碧玉令箭！"耿照暗暗欢喜，心道："你认得这支令箭就好。"心念未已，忽听得那阴阳眼汉子冷笑道："蓬莱魔女的令箭可以吓退别人，咱们却不是这支令箭吓得倒的！刘大哥，你意下如何？"他前半截口气很硬，但末了却又要和他同伴商量，显然他对蓬莱魔女也并非全无怯意。

那鹰鼻汉子道："不错，庄主交下来的命令只是要咱们拘捕这个小子，管她什么蓬莱魔女不蓬莱魔女？"这鹰鼻汉子沉着得多，不似那阴阳眼汉子的嚣张，敢情他似是经过深思熟虑才说出来的，但一说出来就是斩钉截铁，替他的同伴拿定了主意。

令箭竟不生效，耿照只好豁出性命，再与那两个汉子恶战，他的武功本来不及那两个汉子，手臂又受了伤，气力渐渐不加，宝剑的威力也就越来越弱了。

战到分际，那鹰鼻汉子大喝一声："着！"双笔晃动，左刺"白海穴"，右刺"长强穴"，耿照横剑一封，却被那阴阳眼汉子的双刀架住，"当"的一声，阴阳眼汉子的左手刀也被削去刀尖，可是就在这一霎那，耿照已如触电一般，心头一震，左胁的"白海穴"已被那鹰鼻汉子的判官笔点个正着！

耿照大叫一声，倒跳出一丈开外，趁着还未倒下的一瞬间，使尽浑身气力，将宝剑脱手，化成了一道长虹，向敌人掷去！

那阴阳眼汉子急于要取得耿照的宝剑，却想不到耿照在被点了穴道，即将倒下之际，居然还能够将宝剑掷出，当作暗器伤人，说时迟，那时快，那口宝剑不待他伸手去取，已是向他疾飞而来，那阴阳眼汉子双刀齐拍，意欲将宝剑击落，哪知力与愿违，耿照这反手一掷，乃是他平生功力之所聚，拼着与敌人同归于尽的狠招，更加以他这口宝剑有断金截铁之能，那阴阳眼汉子和他距离太近，宝剑飞到跟前，他才招架，如何招架得住？只听得"当"的一声，那阴阳眼汉子的双刀断为四段，剑势未衰，直刺入了他的小腹。

这一剑掷出，耿照亦已筋疲力竭，倒在地上。那阴阳眼汉子大怒，抽出宝剑，顾不得血流如注，便上前要杀耿照。

耿照穴道被点，知觉未失，见那汉子挥剑刺来，心头一凉，想道："想不到我死得这样不明不白！"心念未已，忽听得那鹰鼻汉子喝道："不可！"判官笔往上一架，将他同伴的这一剑架住。

那阴阳眼汉子气呼呼道："不杀这小子，我，我此恨难消！"鹰鼻汉子斥道："你忘了庄主的吩咐吗？对蓬莱魔女的人，咱们虽然不怕，但却不能杀他！"阴阳眼汉子听他抬出主人的命令，不禁气馁，"呛啷"一声，双臂无力，宝剑跌下。

那鹰鼻汉子迅速将耿照身上的东西都掏了出来，除了那支碧玉令箭之外，还有几锭银子，他全都收了，冷笑说道："我以为是只肥羊，却原来是匹瘦马。"耿照最关心的是那份遗书，他下山之时，珊瑚早已替他缝在衬衣里面，没有给这鹰鼻汉子搜出。

那阴阳眼汉子挣扎着将宝剑重拾起来，得意笑道："我吃了这口剑的亏，却做了这口剑的主人，也算抵偿得过了。哎哟，哟……刘大哥，麻烦你给我敷上金创药。哎哟，哟……"他伤口流血不止，双臂亦已麻木不灵，禁不住张口呼痛、求助。

那鹰鼻汉子在耿照的长衫上撕下一幅，缚了耿照的眼睛，这才过来帮助同伴，他看了一眼，忽地冷冷说道："你伤得很重，恐怕走不动了。我必须在今晚日落之前，将这小子押回去，这怎么办？"那阴阳眼汉子慌道："刘大哥，你可不能将我丢下不管。"那鹰鼻汉子道："不错，咱们敌人甚多，我若将你丢下，只怕你会落在别的敌人手中。"阴阳眼汉子呻吟道："大哥，你将我带走吧。迟那么一天半天，想主人也不会见怪。"鹰鼻汉子道："我又不是主人，我怎么知道。不过，你我八拜之交，你受了伤，我也是不能不管。好，现在只有一个两全其美的办法了……"语犹未了，忽地将阴阳眼汉子手中的宝剑夺了过来。

那阴阳眼汉子大惊失色，颤声叫道："刘大哥，你，你干什么？"话犹未了，那鹰鼻汉子已是手起剑落，刷的一剑，从他的前心通过了后心。那阴阳眼汉子在地上打了几个滚，厉声叫道："你、你、你好狠啊！"鹰鼻汉子冷冷说道："谁叫你本领不济，受了剑伤？你不能走动，与其落在敌人手中，不如死在我的剑下。兄弟，你休怪做哥哥的狠心，我回去一定请高僧给你念生咒。"这几句话说完，那阴阳眼汉子亦已断了气。鹰鼻汉子一脚踢开他的尸身，揩干了剑上的血迹，哈哈大笑，解下耿照的剑鞘，纳剑入鞘，佩在身上。

耿照听得毛骨悚然，心里想道："天下竟有如此狠毒强盗，他们的主人，更不知是怎么样凶狠的魔头？这次落在他们的手中，定是凶多吉少了！"他被蒙了眼睛，什么也看不见，只觉身子突然一紧，那鹰鼻汉子已把他挟了起来，跳上马背。

他这匹马似乎比耿照原先那匹坐骑更为骏健，耿照被他挟持而行，只觉有如腾云驾雾一般，也不知过了多久，那匹马似乎已在崎岖的山路上行走，再过了约莫半个时辰，那鹰鼻汉子勒住了马，得意笑道："到了，到了，好在没有误了主人限定的时刻。"随即解开了耿照的蒙眼布。

耿照张目一看，只见面前一座大厦，粉墙百仞，密布蒺藜，中间一座门楼，长壁辉煌，气象万千，门楼下面开着两扇大铁门，左右两行执戟的武士，看来很像一个城堡。最前面那个守门的武士道："恭喜，恭喜，刘大哥功成回来了。"那鹰鼻汉子道："烦你通报主人，说我回来缴令。"那武士将他们带入一间阴沉沉的屋子，叫他们在那里等候。

耿照惴惴不安，心里正在想道："莫非这里的主人就是四霸天中的东海龙？珊瑚说过在冀鲁一带，只有他敢不卖蓬莱魔女的账。但他是住在东海一个小岛上的，却怎的变成了庄主了？"正自胡思乱想，忽听得脚步声响，主人已经走了出来。

耿照一看，大出意外，主人竟是个不到三十岁的少年，剑眉虎目，颇有几分英气。耿照曾会过四霸天中的西霸天西门业和北霸天北宫黝，这两人都是将近五十岁的中年人，按理推想，东海龙是四霸天之首，决不会是个少年。

那鹰鼻汉子对这少年似乎很是畏惧，连忙跪下去磕头，禀道："姓耿的小子带来了，请主人处置。小的办事不力，望主人恕罪。"

那少年道："你办得很好啊，并没有过了时刻。嗯，丁立呢？他怎么没有回来？"

那鹰鼻汉子道："丁兄弟不幸，已丧在此人剑下，我未能保护他，惭愧得很。"

那少年双眼一翻，冷森森的目光从耿照身上扫过，射到鹰鼻汉子面上，冷冷说道："凭这小子就能杀了丁立？"那鹰鼻汉子忙道："主人明察秋毫，这小子武功虽然不强，但他却有一把宝剑。"他将宝剑解下，双手捧起，又再说道："这柄宝剑有削铁如泥的威力，小的特地取来献给主人，请主人赏收。以主人的绝世武功，再有了这把宝剑，更可以无敌天下了。"

那少年道："别啰嗦，拿来与我瞧瞧。"接过宝剑，随手一挥，将桌上的一个镇纸铜狮劈为两半，点点头道："不错，是把宝剑，这就怪不得丁立丧在他的剑下了。"

那鹰鼻汉子媚笑道："难得主人也赏识此剑，从今之后，天下剑术名家，都得向主人敛手臣服！"

那少年剑眉一竖，忽地"哼"了一声，冷笑说道："剑是不错，但我岂屑用它，你以为我没有这把宝剑，就不能称雄天下吗？"

那鹰鼻汉子浑身打抖，慌不迭地又跪下来磕头，颤声说道："是小人无知，是小人说错了话。主人武功绝世，区区一把宝剑，焉能放在主人眼内？但请主人念在小的也是一番好意，恕过小的失言之罪。"

那少年给他一捧，哈哈大笑，说道："武功倘若练到最高境界，可以摘叶伤人，飞花杀敌，这些神奇的武功，说与你听，你也不懂。我不敢自夸绝世武功，但在我眼中，这柄宝剑也不过等于废铜烂铁，只有你们才会珍贵它。好吧，你今次立了一功，这把剑就赏给你吧。"纳剑入鞘，抛回给那鹰鼻汉子。那鹰鼻汉子惶恐道："小的怎配戴这把宝剑？"那少年愠道："有什么不配？你胆敢看轻了你自己吗？你看轻自己即是连带看轻了我！你要知道，你是我的手下，我的手下，难道还不配有宝剑？"那鹰鼻汉子连忙磕头谢恩，说道："主人言重了，既然如此，主人赏赐，小的也不敢推辞了。"他一面磕头，心里头却暗暗好笑。原来他熟悉主人眼高于顶的脾气，刚才的种种，都是他故意做出来的。那少年自负武功，不肯接受宝剑，也早已在他意料之中。

那少年问道："你搜过了这小子吗？他身上还有什么东西？"那鹰鼻汉子道："除了几锭银子之外，还有一支蓬莱魔女的令箭。"那少年面色微变，说道："拿上来。"

少年手持那支碧玉令箭，将令箭一指，耿照只觉一线劲风，似利针刺进他的体内，登时穴道解开，稍觉疼痛，便浑身舒服。他和那少年少说也有丈许距离，那少年随手这么一指，就解开了他的穴道，内功之强，当真是难以思议！

那少年指着耿照问道："这令箭是柳清瑶亲自给你的吗？"蓬莱魔女威震江湖，别人在谈起她的时候，敬之者称为"女侠"，畏之者指为"魔女",但像少年这样直呼其名的在耿照还是第一次听见,显得他和蓬莱魔女的关系似乎甚不寻常。

耿照答道:"不错,是柳姑娘亲手交给我的。"那少年冷冷问道:"她和你是什么交情?"耿照道:"在她给我令箭之前,我和她素不相识。"那少年冷笑道:"素不相识?为什么她肯把令箭交给你这个陌生之人?"耿照道:"她知道我独自一人要走长途,故而给我这支令箭,并不是我问她要的。"

那少年目光如刺,紧紧地盯着耿照,又冷笑道:"这么说来,她对你倒真是好得很啊!看来她是看上你这小白脸了。"耿照怒道:"你、你怎可这样污蔑柳姑娘。"

那少年面色一沉,忽地厉声说道:"给我把这小子的脸皮剥了,送去给柳清瑶。"耿照又惊又怒,正要跳起来拼命,那少年将令箭一指,使出"隔空点穴"的功夫,又封了耿照的穴道。

那鹰鼻汉子应了一声,随即拔剑出鞘,走过来道:"我正好用他的宝剑剥他的脸皮。"那少年哈哈大笑。

那鹰鼻汉子将宝剑在耿照的面门晃了两下,自言自语道:"要剥下他的脸皮而不伤他的性命,倒真要费点心思呢!"那少年道:"蠢材,你从耳根剥起,很容易就可以把整张脸皮揭出来了。"那鹰鼻汉子道:"是!"小心翼翼地将剑锋移到耿照耳根,似乎是怕剥不到完整的一张脸皮,会给主人责骂。

那鹰鼻汉子看准了部位,正要将剑尖一划,耿照感到冷气沁肌,饶是他并不怕死,但想到剥皮之苦,也不禁为之心悸。

就在这一刹那,那鹰鼻汉子的剑尖就要触及耿照肌肤之际,忽听得一声喝道:"且慢!"

耿照惊魂未定,把眼一观,只见来的是个妇人,打扮得花枝招展,姿容妖艳,但浓脂厚粉却掩盖不了她眼角的皱纹,看来至少也在三十岁以上,比那少年是显得苍老多了。

那妇人一到,少年慌忙站了起来,只听得那妇人冷笑问道:"你为什么要剥他的脸皮?"那少年道:"娘子——这,这,这事你不用管。"那妇人柳眉一竖,说道:"我偏要管。哼,你当我不知道你的心意吗?你念念不忘柳清瑶是不是?这小子是柳清瑶的情人，你吃醋了是不是？"那少年道："娘子，你别胡乱猜疑。"那妇人冷笑道："你呀，你对我从无真心，叫我怎不猜疑？我偏不许你剥这少年的脸皮。快把他放了！"那少年道："脸皮不剥也罢，但放却是放不得的。"那妇人道："为什么放不得？"正是：

夫是魔头妻也怪，夫妻各自有邪心。

欲知后事如何，请听下回分解。

第十回　少年自有难言苦
妖女私传大衍功

那少年道："娘子，你忘了么？咱们曾答应了孟钊什么事情？"那妇人格格笑道："给他娶一个标致的娘子。"那少年道："可是孟钊这小子就死心眼儿，只想与他那位玉姑娘重圆好梦。"那妇人道："这事和这姓耿的小子又有什么干连？"那少年道："娘子，你有所不知，这姓耿的小子和孟钊的那位玉姑娘，哈哈，他们的关系可是暧昧得很哪！"那妇人大感兴趣，问道："怎么个暧昧法？"那少年道："刘彪，你说与主母听听。"

那鹰鼻汉子道："前几天我们发现这小子和玉姑娘在冀鲁的大路上同行，我们就暗暗跟踪，哈哈，他们晚上在客店投宿，竟是同住一间房子的。"

那少年笑道："娘子，你明白了吧？这小子是那位玉姑娘的面首哪！"话至此处，耿照亦已恍然大悟，原来是这么一回事情！满腔委屈，心里想道："我与珊瑚光明磊落，不料落在这些小人的眼中，却是想得如此不堪，我受诬陷还不打紧，连带珊瑚也蒙了污垢，真是太冤枉、太不值了！"他满腔委屈，满腔冤愤，只是被点了穴道，却嚷不出来。

那少年说道："孟钊这小子虽然本领平常，但咱们却还有用他之处。我答应给他找回他的玉姑娘，就正是要他死心塌地为我所用。这小子竟敢沾惹他的姑娘，我当然要为他出一口气了。"那妇人道："孟钊可知道了这件事？"那少年道："我有意令他惊喜一场。等会儿再叫他出来。"那妇人笑道："恐怕不只惊喜，还要活

· 151 ·

活气死呢。他的好梦未圆,一顶绿帽子却是戴稳了。他还能要那玉姑娘吗?"那少年道:"这就是他的事情了。我把他的情人和仇人都找了来,我对他也算是尽了心力了。"那妇人道:"不错,他若是不肯再要他那骚蹄子,那就更好,我可以给他再作主张。"那少年道:"是呀,你总算明白了。这姓耿的小子是他的仇人,怎么好放?"

那妇人走到耿照身边,好像鉴赏一件精致的美术品似的,浑身上下,仔细打量了一番,又摸了摸他的脸蛋,格格笑道:"这小子是长得标致,看来比孟钊还俊得多。怪不得会讨女人欢喜。嗯,把他放了吧!"

那少年道:"怎么?我和你已说得这样清楚,你还要把他放了?"那妇人道:"你只知道笼络手下,就不知道讨我的欢心?"那少年惊疑不定,小声说道:"你也看上这小子了?"那妇人柳眉倒竖,嗔骂道:"放屁!"那少年道:"既然不是如此,何以又要把他放了?到底为什么?"那妇人道:"为的就是他是柳清瑶的情人!他和那玉姑娘怎样勾搭我不管,只要柳清瑶喜欢他,我也就高兴!我要把他放回去,好绝了你对柳清瑶的妄念!怎么,我的命令你敢不依从么?"

那少年笑道:"娘子,你这干醋呷得好没来由。第一,她虽然是我的师妹,我离家之后,就从来没有回去过。我离家的时候,她还是一个不懂事的小孩子呢!"原来这少年不是别人,正是蓬莱魔女的师兄公孙奇。

耿照不知其中原委,大感奇怪,心里想道:"珊瑚与我无事不谈,却怎的从来不听她提过柳姑娘有个师兄?这人既然是她的师兄,却又为何一点也不卖她的账?还有一样,听他们的称呼,这妇人当然是他的妻子了。他年轻英俊,武功又高,何以却选了一个比他年老而又姿色平庸的妻子,对妻子又这样惧怕?真是令人好笑、不解。"

那妇人冷笑道:"柳清瑶现在可不是孩子了,她早就从黄毛丫头变成了标致的大姑娘啦!孟钊和他那位玉姑娘分手的时候,两人也还都是不懂事的孩子,孟钊不是一心一意要等她吗?"

公孙奇连连搓手道："这怎么相同，这怎么相同？孟钊没有妻子，我已有了你这位如花似玉的娘子，早就心满意足，哪能还想别人？"

那妇人瞟了丈夫一眼，面色好转一些，但仍然冷笑道："你别嘴上涂了蜜糖，讨我欢喜。哼，你若心中有我，当年也不会去缠南阳云仲玉的女儿哪？"

公孙奇道："事情早已过去了，你还提它干吗？何况这件事情你又不是不知道？我是受人之托，那，那……"那妇人道："好，就不谈这件事。你刚才说了个'第一'，还有没有个'第二'？"原来公孙奇当年迫云仲玉父女之事，事关着一件秘密，那鹰鼻汉子虽然是他们夫妇的亲信，那妇人却也不愿给他知道，故此忙把话头岔开。

公孙奇道："有，有。第二，你当然知道我最大的仇人是谁？"那妇人道："怎么？你有了什么关于笑傲乾坤华谷涵的消息吗？华谷涵与这事又有什么相干？"公孙奇道："华谷涵上月派遣了白修罗给柳清瑶送礼，送什么，我不知道；只知道柳清瑶现在已去回拜华谷涵了，又听说有人要给他们二人撮合呢。"那妇人格格笑道："这么说，你不是很伤心了？"公孙奇正容说道："不错，是很伤心，而且很愤恨呢。但娘子，你可别误会，我的伤心愤恨，是因为她到底是我的师妹，现在她和我的仇人勾结起来，看来是要对付我了。"那妇人道："那你怎么办？"公孙奇咬牙道："我已决意不把她当作我的师妹，她勾结我的仇人，她也就是我的仇人了。"这话，他当然是有意说给妻子听的，不过，他心里确实也很伤心，说来神情激动，看不出是有意做作。那妇人眉梢充满笑意，脸色更好转了。公孙奇道："好了，你现在总该相信我对柳清瑶没有什么邪念了吧？"那鹰鼻汉子忽道："主公，有一件事，我还未禀报。"

公孙奇道："何事？说来！"那鹰鼻汉子道："孟钊的那位玉姑娘，她，她的身份——"那妇人连忙问道："怎么样？"那鹰鼻汉子道："玉姑娘是蓬莱魔女最得宠的一个侍女。"公孙奇"呀"了一声，似乎很出意外。那鹰鼻汉子道："所以小人要向主公请示，主公既是把蓬莱魔女当作华谷涵一路的人，那么咱们让不让那玉姑娘踏进这里？她和这小子分手之后，就单独一人，向咱们这里来，估量最迟在明天中午也会到了。"公孙奇沉吟不语，似乎心意踌躇，一时难决。

其实公孙奇这一切也都是做作出来的，他早就知道了玉珊瑚是柳清瑶的侍女，但孟钊和这鹰鼻汉子却还未知道。

而且这一切还是他有意安排的，上个月西门业路过商河，公孙奇留他住了一晚，他知道西门业交游广阔，他自己不出面，却有意"指点"孟钊，叫孟钊向西门业求助，亦即是请西门业给孟钊找寻珊瑚。公孙奇如此这般的为孟钊尽心设计，并非为了孟钊，其实是为了他自己。原来蓬莱魔女不但是威震江湖，而且也是艳名四布，（江湖上最初本是称她为"蓬莱仙女"的，后来她杀了钟氏兄弟，又以武力收服冀北群盗，江湖上才改称她为"蓬莱魔女"。）公孙奇听人说起蓬莱魔女之美（那些人并不知道他就是蓬莱魔女的师兄），不禁暗暗后悔，心里想道："早知道这黄毛丫头长成之后，会变成天仙般的美女，我当初实在不该离家，等到这个时候，她还不是我的人吗？嗯，她小时候我对她不错，想来她对我也未必就能忘情？"正是由于这一妄念，他才替孟钊设计，希望找到了珊瑚之后就让孟钊和珊瑚成为夫妻，这样孟钊夫妻必然十分感激他，乐意为他所用，他也就可以从珊瑚口中，探听柳清瑶的事情，甚而将来可以利用珊瑚，再搭上柳清瑶，与柳清瑶重修旧好。后来他打探得珊瑚在冀鲁路上出现，又急急叫手下人去跟踪查探，也都是出于这个私心。不过平空多出了一个耿照，而这耿照又与珊瑚有"暧昧"之事，这却是出乎他意料之外的。

这时他正在作状踌躇，那妇人却已哈哈笑了起来，说道："这有什么难处置的？当然是让她进来。我要收她做贴身侍女，也好气气那柳清瑶。哼，就不知道她的心是否还向着孟钊？"说到这里，她又不自禁地摸了摸耿照的脸蛋，笑道："这小子可比孟钊俊得多呢！"

公孙奇妒意大起，他并非妒忌妻子赞美耿照，而是胡乱猜疑，猜疑耿照是他师妹的情人。当下便即说道："娘子，这还不易办吗？把这小子一刀砍了，不就成了？"那妇人微微一笑，说道：

"你虽是以风流浪子自命，却不懂得女人的心意！"

公孙奇打了个哈哈，歪着眼睛说道："我不是女人，猜女人的心事总是要隔一层，还望娘子不吝指教。"那妇人道："女人和男人不同，女人要比男人深情得多。男人可以到处拈花惹草，同时有几个女的，一视同仁，女人可就做不到了。"公孙奇笑道："不见得吧？若然如此，那你也不用为孟钊担心了？"那妇人道："那位玉姑娘可也不是同时要两个男人呀。她是'鱼与熊掌，不可得兼，舍鱼而取熊掌也。'倘若是换了你呀，你一定是鱼也要，熊掌也要的了。"公孙奇苦笑道："你总是瞎猜疑，捕风捉影。好啦，你的野火不要乱烧到我的头上来，还是将话头拉回去吧，说说孟钊的事情。"

那妇人道："好吧，就说孟钊的那位姑娘。那位姑娘听到孟钊的消息，毕竟还是和这小子分手了。可见最少在此刻，在她心中还是旧爱胜于新欢。我担心的是在将来，将来她和孟钊相处久了，可能发现孟钊样样不如这个小子，那她就会后悔了。"公孙奇笑道："是呀，既然你担心会有这样结果，那你又为何不肯听我之言，将这小子一刀杀了？"

那妇人冷笑道："所以我说你不懂得女人的心意，若是将这小子杀了，她就更会怀念这个小子，而且说不定她会因此怀恨孟钊，本来对他还有的旧情，也因此而付之流水。你要知道，在女人的心目中，得不到的东西和失去而不能再得的东西都是宝贵的！"公孙奇心里暗道："男人也何尝不是如此？"问道："然则依你之见又是如何？"那妇人笑道："最好给这小子也找一位标致的娘子。过几年大家都生儿育女，那就平安无事了。"公孙奇大笑道："原来你还想给这小子做媒呀！哪儿去给他找标致的娘子？依我说，这是孟钊自己的事情，咱们实在不必为他担这么些心事，这小子最好交给他处置，他杀也好，放也好，都由得他。"

那妇人沉吟不语，过了一会，忽地自言自语道："那玉姑娘是柳清瑶的心腹侍女，哎呀，那么这小子就不一定是柳清瑶的情人了？"公孙奇给她一言提醒，猛地想道："不错，我刚才也是一时妒火攻心，连这点浅显的道理也看不出来。倘若这小子是柳清瑶的情人，柳清瑶怎放心让他与自己的艳婢同行？看来那支令箭，是柳清瑶看在自己心腹侍女的份上才给这小子的。何况现在又得到消息，柳清瑶已经和华谷涵勾搭上了，这小子更不会是她的情人了。"公孙奇之所以要杀耿照，不过是由于妒意，这么一想，妒意消散，就觉杀不杀他，都是无可无不可了。正好那妇人也是同样心思，她要保全耿照，主要就因为耿照是柳清瑶的情人，可以用耿照来断丈夫之念，现在既然发觉不是，那么杀不杀耿照，她也是无可无不可了。

两夫妻同样心思。那妇人笑道："好吧，这回我听从你的主张，这小子是死是活，就得全看孟钊的了。"刚好说到这里，就有人进来报道："孟钊求见主公。"公孙奇与那妇人相视而笑，心里想道："这小子的消息倒很灵通。"当下笑道："来得正好，省得我派人去唤。"

耿照抬头一望，只见一个少年走了进来，脸上冷森森的毫无表情。原来这次的行事，公孙奇虽然是瞒着他，但那鹰鼻汉子将耿照捉回来，消息便登时传了开去，不免有好事的打听其中原委，纸包不住火，秘密也就渐渐泄露了。孟钊确实是听到一些闲言闲语，沉不住气，这才借故来的。

耿照满怀委屈，舍于穴道被封，无法声辩，只见那少年充满恨意的眼光盯他一眼，却不言语，径自走上前去，向公孙奇行了一礼，掏出一封信来，说道："主公吩咐的这封信札已经写好了，请主公过目。"公孙奇略看一看，笑道："写得很好。"随手交给鹰鼻汉子，说道："明日你给我选一个口齿伶俐的人，将这封信送到东海飞龙岛去。"鹰鼻汉子诺诺连声，将信收下。

孟钊垂手道："主公还有什么吩咐？"公孙奇笑道："你大约不只是为了要将这封信给我过目。不瞒你了，你先看一看，你可认得这小子吗？"孟钊再向耿照盯了一眼，说道："不认得。"公孙奇道："刘彪，你说给他听。"

那鹰鼻汉子道："孟老弟，我说给你听，你可别恼。你那位姑娘和这姓耿的小子一路同行，今天才分手的。"孟钊颤声道："刘大哥，你在跟踪他们？你，你可瞧见了他们有、有什么不轨之事？"这"不轨之事"四字，他实在没有勇气说出来，声音细如蚊叫。

那鹰鼻汉子却故意大声说道："老弟，你可得看开一点，孤男寡女，一路同行，这不轨之事么？哦，我看你还是不问的好。"孟钊沉声说道："到底怎么？"那鹰鼻汉子跨上一步，在他耳边说道："老弟，你别着恼，他们晚上住店，只是要一间房的。"原来这鹰鼻汉子要了耿照的宝剑，自是想把耿照置于死地，免生后患。他说话的神态、语气，都是唯恐引不起孟钊的杀机。

孟钊面色铁青，但却没有立时爆发，公孙奇暗暗赞道："这小子阴沉得很，在这当口居然还忍得住，看来是个可以造就之才。"

孟钊呼了口气，说道："主公，请你解开这小子的穴道，我想问他几句说话。"公孙奇道："好，这小子我交给你处置，要死要活，都由得你了！"随手一指，便以一股罡气，解开了耿照的穴道。

耿照穴道一解，不待那少年发问，马上就嚷起来道："孟大哥，你错了！"孟钊道："哦，我怎么错了？"耿照道："你不明白，玉姑娘对你实是一片真情，她无时无刻不在惦记你呢，你休得听信别人的谗言。"孟钊冷冷说道："你怎么知道？"耿照道："玉姑娘都对我说了。你们以前是邻居是不是？你们常常到江边捉鱼，到野地捉蝴蝶是不是？你瞧，她对小时候的情事都还记得很清楚呢！还不是很惦记你么？她还对我说过，她今生只有一个愿望，就盼和你再见上一面。所以当她一听见你的消息，就赶来了。"

要知耿照不过是个十八岁的少年，自幼在官宦人家长大，虽非鲁莽之辈，但对人情世故却懂得很少，他一时情急，急于辩解，不假思索，就把珊瑚与他的私语都搬了出来。在他以为这可以解开孟钊的猜疑，哪知却正是犯了大忌，试想女孩儿家的心事，岂肯轻易对男子说的？耿照说出了这些，适足以证明他和珊瑚的交情大不寻常！孟钊不由得面色铁青，眼中喷火。

耿照犹自不知趣，又再说道："玉姑娘与我光明磊落，我们只有兄妹之谊，决无苟且之事，皎皎此心，天日可表。"那鹰鼻汉子冷笑道："说得倒好听。"耿照大怒道："你是以小人之心度君子之腹。不错，我们曾在客店投宿，但并非同住一房。"那鹰鼻汉子笑道："你这小子很有本领，说谎也不脸红。"耿照把心一横，说道："孟大哥，我把那晚上的真相都对你说了，免得你无谓猜疑。那晚我和玉姑娘是住在一间套房之中，有门相通，但那是隔开的，睡到半夜，房里闹老鼠，我还以为是夜行人，玉姑娘过来，将老鼠打死了。事实就是这样，你不信我，也该相信你的玉姑娘！"鹰鼻汉子嘿嘿冷笑，笑得邪气十足。

孟钊猛地喝道："不要说啦，你不怕污了你的嘴，我也怕污了我的耳！"忽地一巴掌向耿照打去，耿照冷不及防，竟给他打了一记耳光，半边面都打肿了。

耿照是宁死不辱的脾气，这一记耳光，当堂打得他心头火起，说时迟，那时快，孟钊又是一掌打来，耿照这次有了防备，焉能再给他侮辱，一招"野马分鬃"，将他双掌格开，迅即也是一记耳光打去。孟钊因为见耿照是给那鹰鼻汉子擒来的，只道他武功寻常，哪知耿照的武功虽然不很高，却也不在孟钊之下，尤其他自幼便跟父亲练"蹑云剑法"，这"蹑云剑法"最讲究的是步法轻灵，孟钊突然给他反击，也是颇出意外，不过他要比耿照刚才毫无防备的情况好一些，没给打个正着，但耿照这一巴掌，从他耳边擦过，也已括得他的耳根火辣辣作痛。

耿照抢了上风，却不趁势追击，反而停下手来说道："孟钊，你侮辱我不打紧，但你却不该玷污了一心爱你的玉姑娘！你把她成了什么人了？她今早还曾对我称赞过你，说你是个有气度、明礼义的人，谁知你却是这般量窄，唉，好不教我失望，为她可惜！"他越说越是气愤，那鹰鼻汉子又在一旁嘿嘿冷笑，用非常刺耳的声音说道："妙哉高论！听了这番高论，我才知道，原来甘心情愿做个乌龟，方始算得是气度宽宏，明礼知耻！"孟钊大怒喝道："好小子，你再胡说八道，我毙了你！"猛地又扑过来，立下杀手，一招"双风贯耳"，左右开弓，双掌拍击耿照两边太阳穴。

耿照本来无意与孟钊动手，但见对方如此狠辣，也不禁动了怒气，双掌一分，用了一招"弯弓射雕"，解开了对方的"双风贯耳"。孟钊气势汹汹地连劈七掌，耿照左避右闪，还了五招，但他却是只守不攻，显然还不想与孟钊拼命。

那妇人笑道："这小子的身手倒还不错呢！"公孙奇道："他这套掌法是从蹑云剑法上化出来的，蹑云剑、蹑云步也是一门武林绝学，当然是不错的了。"公孙奇只看了几招，就看出了耿照的家数，耿照也不禁骇然。但公孙奇却只是袖手旁观，那鹰鼻汉子见主人如此，也就不敢出手。

那妇人点点头道："不错，这小子已得了蹑云剑的真传，可惜只有三四分火候，临敌的经验也很差，要是有个名师指点，他的武功可以迅速提高一倍。"又笑道："可惜那位玉姑娘不在这儿，有两个英俊的男人为她打架，她也应该感到骄傲了。哈哈，他们争风呷醋，咱们可不能插手了。"

孟钊狂攻不已，他的武功曾得过公孙奇的指点，也非比寻常，出手又重又快，耿照接连遇了几次险招，无可奈何，也只好施展浑身本领，还击过去，不似最初的纯粹防御了。这么一来，一方胜在经验丰富，一方胜在招数高明，打得难解难分，煞是好看。

那鹰鼻汉子忽道："主公，我想请你指点。"公孙奇道："指点什么？"那鹰鼻汉子道："我日前曾与一位朋友切磋武功，那人轻功很好，步法灵活，我用伏虎拳与他较量，结果是输了给他，我很不服气。主公武学深湛，因此想请主公指点，我再用伏虎拳是不是能打赢他？"公孙奇何等聪明，一听便知鹰鼻汉子的用意。原来这鹰鼻汉子是想暗中相助孟钊，孟钊新学会了一套伏虎拳他是知道的，他其实是要公孙奇指点孟钊而已。那番说话当然是他无中生有，捏造出来的。公孙奇微微一笑，说道："当然可以打得赢他。"

那鹰鼻汉子道："怎样打法，还望主公详加指点。"公孙奇笑道："我一说你就明白，只是略加指点也就行了。喏，步法灵活的下盘多不稳固，切忌与他绕身游斗，伏虎拳中有七式是拳中夹腿的，你脚踏五门八卦方位，不必理对方从何处攻来，只是拳打东就脚踢西，拳打南就脚踢北，总之拳脚的方向相反，不出五招，敌人定要挨你拳头，否则也会着你脚踢。"

孟钊听了，心领神会，伏虎拳陡地使出，呼呼挟风，一拳劈面而至，耿照见他拳势凶猛，迅即一闪，哪知脚步未稳，孟钊一脚又已踢出，正是朝着他闪避的那个方位，耿照就等于自己送上去给他脚踢一般。耿照大吃一惊，硬生生扭转身躯，那一脚已从他腰胁擦过，虽然没有踢个正着，亦已感到火辣辣，隐隐作痛。说时迟，那时快，孟钊身形步换，从坎门踏出震位，第二拳又打出来，耿照喘息未定，慌忙一闪，他闪得快极，但奇怪得很，孟钊连环腿踢出，恰好又是朝着他闪避的那个方向，竟似预先料到耿照的身法似的。

原来正因为耿照的步法迅捷，他那蹑云步法，一闪就是由东向西，或是由南向北，习惯已成自然。而孟钊则拳脚并用，同时向相反的方向打出，耿照当然是不碰着他的拳头就要碰着他的脚尖了。

如此一来，耿照登时手忙脚乱，果然才不过第三招，就挨了孟钊重重一拳，幸而他身子结实，这一拳还禁受得起。耿照本来聪明，这时已看到对方克制自己的窍门，可是一来由于他的蹑云步法，习惯已成自然；二来在激战之中，心情紧张，不容他从容思考，一时间想不出应付之法，又着了孟钊一脚，这一脚正中他的膝盖，耿照膝盖一软，险险跪倒。那鹰鼻汉子哈哈笑道："孟老弟，出手更重一些，把这小子打得屈膝求饶！"

耿照怒气填胸，心道："大丈夫宁死不辱，要我屈膝，那是万万不能。"强忍痛苦，脚步踉跄的依然苦斗。但不过数招，又中了孟钊一拳，这一拳正中背脊，拳猛力沉，打得耿照眼冒金星，喉头一股腥气冲上，耿照咬着牙根，把一口鲜血硬咽下去。

忽听得有个娇媚的声音笑道："傻小子，站着不动，全力还他一掌！"这时孟钊正自一拳打到耿照胸膛，耿照本来要闪身还击的，听了这话，心中一动，姑且照这方法一试，当下倏然收步，纹丝不动，用尽全力，双掌一齐向前推出。如此一来，孟钊那一脚就踢了个空，他的功力虽然与耿照不相上下，但因他拳脚兼施，把力道分作两处使用，那一拳就挡不住耿照的双掌，不由得登登登地连退数步，险些跌倒。狼狈的情状，就似耿照先前所受一般。

孟钊又惊又怒，大声叫道："二小姐，你、你——"耿照抬头一看，只见指点他的竟是个年轻的女子，梳着高耸的"堆云髻"，绾着一支金钗，脸上涂了一层不厚不薄的脂粉，姿容说不上是美，但也并不丑，比那妇人好看一些，但两人的相貌却很相似。

公孙奇喝道："虹妹别管闲事，孟钊你别理她，快用伏虎拳的

的不敢!"公孙奇道:"你慢走,我自会还你一个公道!"他口中说话,眼角却瞧着妻子,显然他是想妻子给他拿个主意。

那妇人道:"依我看,暂时还是不要杀这小子,把他关起来吧。明儿你那位玉姑娘来了,看她对你怎样,你再决定不迟。"原来这妇人也是有心袒护耿照的,但为了顾全丈夫的面子,不能不这样敷衍孟钊。孟钊道:"小的是个下人。一切听从主公主母吩咐。"

那妇人道:"刘彪,你把这小子关进地牢,不许虐待他。"那鹰鼻汉子应了一声"是",将耿照押走,一场风波,暂时平静。

地牢里不见阳光,耿照浑身疼痛,躺在又冷又硬的石板上,越想越是不值。忽听得轧轧声响,地牢那两扇石门打开,透进了光亮。

耿照抬头一看,正是刚才指点他的那个少女走了进来,格格笑道:"你很有男子气概,肯为心爱的姑娘拼命,好,我很喜欢这样的小伙子。喂,你叫什么名字?咦,你怎么不说话呀?"她走了过来,将耿照一拉,忽地又笑道:"哦,这倒是我糊涂了,我忘记了你的穴道还未解开。"于是随手一点,解开了耿照的穴道。

耿照给她弄得啼笑皆非,但这少女于他有恩,也只得和她敷衍,心想:"我的姓名反正这里的主人是知道的了,说给她听,也没关系。"便依实说了。

那少女道:"我姓桑,名叫青虹,我姐姐名叫白虹,这里的主人是我的姐夫,他就是蓬莱魔女的师兄公孙奇。"

耿照道:"多谢桑姑娘照顾。这是一场误会,还望姑娘善言,向那位孟大哥解释。"

桑青虹道:"什么,这只是一场误会?难道你是为一个不相干的女子拼命吗?"

耿照道:"也不是不相干的女子,那位玉姑娘和我是结拜兄妹。"当下将对孟钊说过的话,再说一遍,不过却详细得多。

桑青虹笑道:"孟钊一定不相信的,连我也不相信呢!"耿照叹口气道:"你们都不相信,那我还有什么办法?"

桑青虹忽道:"那位玉姑娘漂不漂亮?"耿照想不到她突然会问这个问题,半晌不语,桑青虹笑道:"你不好意思说是不是?我一定要你说！"耿照怕了她的歪缠，只好说道："这很难说，漂不漂亮，各有各的眼光。"桑青虹道："我不是问别人，我只是问你。哈，你还是不好意思吗？那么，你就只说，她比我长得怎么样？"耿照无可奈何，随口说道："你和她都很好看，实在是难分高下。"

桑青虹道："好，你肯为她拼命；那么你肯不肯为我拼命？"耿照道："姑娘说笑话了，姑娘本事胜我十倍，哪用得着我？"桑青虹道："我也不是一定要你给我拼命，但我却要知道你的心意。你对那位玉姑娘很好，对我是否也会一样的好？"耿照道："多谢姑娘相助，我当然是很感激的。"

耿照对她的问题，避开了正面作答，但桑青虹已是甚为满意，笑道："好，只要你对我好，我就有办法救你。我和你私逃出去。"

耿照吃了一惊，道："你要瞒着姐夫姐姐，和我私逃？"桑青虹道："你怕什么，姐姐是巴不得我走的。但我告诉你一个秘密，我的姐夫好色，我的姐姐醋意最大，几乎凡是女人，她都不放心丈夫和她亲近。她甚至害怕姐夫勾搭我呢，她不说，但我知道。所以我若和你私逃，她是求之不得。我姐夫怕我姐姐，我姐姐不管咱们的事情，他也就不敢管了。好，就是这样，咱们今晚就逃，不过，你可得给我先立一个誓。"

耿照道："立什么誓？"桑青虹脸上浮现出一圈红晕，说道："从今之后，你不许再和别的女子勾搭，倘有背誓寒盟，来生掉进河里变个大王八！"耿照又好气，又好笑，心里想道："这妖女真是又刁蛮，又撒泼，脸皮又厚，和她讲礼义廉耻，她一定听不进去。"当下摇了摇头，说道："我不想私逃，这办法不好。"桑青虹道："怎么不好？"耿照道："大丈夫来去光明，岂能鬼鬼祟祟，仰仗女子之力私逃？逃得出去，也要受人耻笑！"

桑青虹怔了一怔道："好，你有志气！可惜孟钊决不肯放你，你单独一人，又没有本领越狱！"耿照道："大丈夫宁死不辱，倘若迫得紧时，我最多是一死而已！"

桑青虹忽地笑道："好，我再给你想个办法。对，有啦，这个办法非但你不会受辱，而且是大大的吐气扬眉。"

耿照姑且问道："什么办法？"桑青虹道："那位玉姑娘明天会

来到这儿，明天你就把看守的人击晕，破门而出，抓着孟钊，当着那位姑娘，狠狠地将他揍一顿，然后说明，你并不是为了争风呷醋，只是为了他侮辱你，所以要教训他一顿。我事先和姐姐说好，不许姐夫暗助孟钊。我姐夫自视甚高，他决不会亲自出手拦阻你的。这样，你就可以扬长而去了。这岂不是大大的吐气扬眉？还有明天看守的人，多半就是刘彪，他抢了你的宝剑，你把他击倒，又正好可以夺回宝剑，出口鸟气。"

耿照苦笑道："桑姑娘，你是有心拿我消遣么？打赢孟钊，我已没有把握，何况还要空手击倒持有宝剑的刘彪？"

桑青虹道："你不要妄自菲薄，你的内功基础其实甚好，只是你不懂得导气归元的法门，内力尚未能运用如意而已。倘若你打通十二重关，能够将本身所具的功力，完全发挥出来，休说刘彪、孟钊，在这个庄子里，除了姐夫和我姐妹二人，谁都不是你的敌手。我们三人不出手，你要来便来，要去便去，哪个拦阻得住？"

"导气归元"那是一种极奥妙的吐纳功夫，到了打通十二重关，即是真气可以运用到身体任何一个部位，这更是修炼内功的上乘境界，不少人毕生修炼内功，也未能达到这个境界。耿照听了，只是摇头，苦笑道："姑娘你开玩笑开够了没有？要待我练成这等高深的本领，我的头发已经白了。"

桑青虹格格笑道："你这个人真是木头脑筋，你不想想，倘若要等到你头发白了，才能出来，我还会要你么？我自有妙法，使得你在一夜之间便练成高深的内功。你信不信？"耿照道："我不相信。"桑青虹道："你不相信，我再告诉你一个秘密。"

耿照道："我是一个外人，姑娘，你纵然对我并无猜忌之心，我也不便听你太多的秘密！"桑青虹怔了一怔，向他的额角戳了一下，说道："你这呆子，我几曾把你当作外人？"耿照连忙后退，说道："我是呆子。请姑娘避男女之嫌。"桑青虹大笑道："你和那位玉姑娘同住一室，半夜三更，还劳烦她给你打老鼠，那个时候，你怎么又不避男女之嫌了？你刚才还说过，你要对待我如同对待那位玉姑娘一样，你就忘了么？"耿照实在拿她没有办法，只有默不作声。桑青虹忽地笑道："秘密暂且不说，我先给你抹干净这堵墙壁，你瞧这墙壁上蛛网密结，厚厚的一层灰尘，你倒不怕霉臭的气味？"她突然抛开正经事不说，就撕下一幅衣袖，替耿照抹拭墙壁上的蛛网灰尘，把耿照弄得莫名其妙，心想："这妖女真是古里古怪。"

桑青虹又笑道："难道你当真心甘情愿被关在囚牢，不想逃走么？你甘心让孟钊要杀便杀、要打便打、要侮辱便侮辱你么？武林中人梦寐以求的上乘内功，你有机会可以在一夕之间练成，你也毫不心动么？"耿照想起他所负的使命，想起他父亲一生的苦心，不觉心中动摇，但仍是说道："我不相信有这样容易的事，一夕之间便能练成上乘内功？再说，我也不敢太多接受姑娘的恩惠。"桑青虹笑道："只要你以后对我好，那便行了。你不相信，那容易办，我马上将练功的秘诀告诉你。"对武学中人，这是一个极大的诱惑，何况耿照还有使命在身，听了这话，不觉怦然心动，但随即想道："大丈夫岂能随便接受人家的恩惠？何况我对这妖女毫无爱意；她却明显的有以身相许之意，我接受了她的恩惠，又怎能摆脱她的纠缠？"想至此处，意兴索然，淡淡说道："多谢姑娘好意，倘若真有这样的秘诀，那定是姑娘门中的不传之秘，偷学别人的秘传绝学，那是武林的禁忌，姑娘纵肯传授给我，我也不敢接受。"

桑青虹笑道："你真是个君子。你的师父还在生么？"耿照道："我没有师父，我的武艺是父母教的。"桑青虹道："你是不是要问过父母，才敢接受别派的武功？"武林规矩，改学别派功夫，必须问过原来的师父，是以桑青虹有此一问。耿照怆然说道："我的父母早已死了。"桑青虹道："那更好办了，你还有什么顾虑？"耿照说道："我父母死了，但我仍当他们在生，不敢违背他们教我的做人规矩。"

桑青虹蹙了双眉，似是有点气恼，说道："似你这样的傻子，真是天下少有。好吧，你不愿学，我也不勉强你学。这一件小礼物，我送给你，你总可以接受吧？"耿照忽觉眼前光亮，却原来是桑青虹拿出了一颗夜明珠。

这颗夜明珠足有眼核大小，发出一派柔和的光辉，虽然不能及远，但在尺许之内，却可明察秋毫，确实是件稀世奇珍。耿照愠

桑青虹笑道："这夜明珠当然有用，你瞧瞧墙壁上有什么？"

道："桑姑娘，你当我是贪财宝的小人么？再说，我要了这宝珠，又有什么用？请你收回去吧。"桑青虹笑道："当然有用。这地牢里黑漆漆的，有了宝珠，就可以代替烛光了。"耿照道："我不要，我宁愿忍受黑暗，也不敢接受姑娘的厚礼。"

桑青虹笑道："你瞧瞧，墙壁上有什么？"好奇之心，人所难免，耿照的目光，不由自己地跟着她所指的方向望去，只见墙壁上刻有各种各式的人像图形，有的单足挺立，腰躯扭曲；有的以头顶地，身躯倒立，手足分开；有的两手撑地，双足朝天；有的盘膝而坐，合掌过顶，形状都是古怪之极。

桑青虹道："这是练功的大衍八式，我爹爹刻在这墙上的，这个秘密，连我姐夫也不知道。"耿照这才知道桑青虹的用意，桑青虹是要他偷学这大衍八式，那颗夜明珠是给他代替烛光的。耿照是名门正派弟子，见了这些奇形怪状的人像，不知怎的，就觉心里讨厌，想道："这一定是邪派的功夫。"他本来就不想偷学桑青虹的功夫，索性闭上眼睛，说道："我不要看，我不想学。"

桑青虹笑道："你学了这大衍八式，便可以打通十二重关，不过，你不想学，我当然也不能勉强你。好吧，我将宝珠留在这里，你什么时候改变心意，随时可学。"将宝珠扔在地上，耿照也只得由她。

桑青虹道："我走啦，你还要再见我吗？"耿照巴不得她早走，说道："多谢姑娘好意，我不想姑娘为我惹出麻烦，请姑娘不要来啦。"

桑青虹道："好个没心肝的小子，也罢，待你自己能够出来的时候，我再见你吧。"忽地骈指如戟，向耿照便戳，她手法快如闪电，耿照即算有所防备，也难躲开，何况又是这样突如其来，出乎意外。霎时间，他胸、腹、胁下都着了桑青虹的手指，但点的又似乎并非穴道，没有酸麻的感觉。耿照吃了一惊，只听桑青虹格格笑道："你会有一个时候很觉难过，但明天你就知道我的好意了。"笑声荡漾，桑青虹已走了出去，并关上了牢门。

耿照正自心想："这妖女不知捣什么鬼？"

忽觉一股浊气从丹田升起，浑身发胀，极不舒服。耿照大大吃惊，便即盘膝而坐，依照平日修习内功的方法，试行吐纳，想把这股浊气发散出去，哪知更为不妙，不但浊气似乎愈聚愈多，充塞体内。而且渐渐感到燠热，再过片刻，竟有五体如焚的感觉！

耿照实在忍受不了，霍地跳起来，有如着了魔似的，禁不住手舞足蹈，心中想大叫大嚷，但一股浊气塞着喉头，喉咙干燥之极，只能发出"沙沙"的声响，却是叫不出来。

耿照还有三分清醒，猛地想道："不好，莫非我是走火入魔了？"内功练得不得其当，会有"走火入魔"的现象，练功者可能因此疯狂，变成白痴；也可能半身不遂，成为残废。但这种"走火入魔"的现象，只有在用邪派的霸道练功方法，才会发生；耿照自幼跟父亲学的乃是正派的玄门内功，照理不该有这现象。耿照心想："一定是那妖女在我身上使了邪法，迫我练那大衍八式，哼，我偏偏不练！"

不过片刻，耿照身体的热度更高，呼出来的气息也是热呼呼的，一股浊气在体内左冲右突，身体也似乎包藏不下，要爆破了，眼前金星乱冒，神智渐渐模糊，实在痛苦之极！到了此时，耿照本能地只是想解除这种痛苦，理智消失，忽地一头向墙壁撞去，他是想撞晕自己，免得再受苦痛的煎熬。

那颗夜明珠正在墙脚发出柔和的光辉，不知怎的，耿照忽地有了点清凉的感觉，就在这时，墙壁上那些古古怪怪的人像，忽地就似要破壁而出，迎面撞来。这当然是一种幻觉，但由于这种幻觉，却令他突然受吓，本来是头颅撞过去的，不自觉地就伸出了双手，抵住了墙壁。

这时又有了新的发现，原来在那些古里古怪的每幅图形旁边，都有一两行小字注释。耿照不由自己地拿起了夜明珠，照个清楚，只见第一幅图形画的是个盘膝而坐，合掌过顶的人像。旁边那行小字注释是："运气自明夷穴开始，循中府、璇玑、长强、关元、玉堂、地藏而下，归回丹田。如是往复循环七遍，再接下图。"

运气的方法和这些穴道的部位，耿照是知道的，他在迷迷糊糊之中盘膝坐下，依着图像的姿势和这行指示，试行运气，气息循着那指示的路线运行，不过一遍，便忽然有了一点清凉的感觉，痛苦减轻了一些，练到第二遍，口内生津，干燥燠热之感也渐渐消退了。练到了第七遍，只觉两腋风生，舒服无比。

就像一个吃鸦片吃上了瘾的人，耿照不由自己地一个图形接着一个图形，练习下去，也不知过了多少时候，不知不觉便把墙上的"大衍八式"全部练了，这时浊气早已消散，但觉真气充沛，精神抖擞，简直就像换了个人。

耿照有如大梦初醒，惘然想道："我终于上了这妖女的当，练了她的武功，受了她的恩惠！"心头懊恼，一掌向那石壁击去，只听"砰"的一声，石屑纷飞，耿照大吃一惊！正是：

练得神功心懊恼，只缘难受美人恩。

欲知后事如何，请听下回分解。

第十一回　檀郎已是心肠变
好梦由来最易醒

　　宝珠光照，只见石壁上一个鲜明的掌印，怵目惊心，耿照不禁呆了，暗自想道："这一掌倘若是打在血肉之躯，那还了得？"这才相信桑青虹所言不假，自己确是在一夜之间，练成了上乘的内功。耿照搓搓双掌，一片茫然，也不知是喜是愁？但听得隐隐有鸡啼之声，想来已是天亮时分，耿照心乱如麻，"天快亮了，珊瑚不久就要来了，我是见她呢还是不见？"

　　珊瑚可不知道耿照正在为她愁烦，她做梦也想不到耿照已是被擒，而且与她的心上人成了仇敌。她一心一意只是想着孟钊，她想的是："我与他分手了几年，不知他性情变了没有？他一向度量很大，对我总能忍让，我和耿照结为兄妹的事情不应该瞒他，想来他不至于因此猜疑我吧？"这几年来，珊瑚日里夜里都在思念孟钊，不知怎的，现在会面有期，孟钊的印象反而模糊了，似乎有了点陌生的感觉。她与孟钊是青梅竹马之交，现在赶去会他，心中自是有一份激动之情，但走了一程，激动的情绪渐渐过去，不由得忽地想道："我和他分手的时候，都还是不懂人事的孩子，现在大家都已长大了，可不知还能不能够似小时候那样合得来？"这一刹那，她自己也分辨不清，究竟自己对孟钊的思念，是少女的爱情？还是仅仅对童年好友的惦记？

　　她与耿照分手之后，即一路快马疾驰，一路上又是胡思乱想，想至此处，不知不觉地就放松了马缰，让那匹马缓缓而行。忽地发现背后也有两骑，不疾不徐地和她一路。

珊瑚对这两骑马起使并没留意，她放缓了马步，准备让那两骑马越过她的前头，哪知走了一会，那两骑马却仍然落在她的后面。珊瑚心头一动，试又催马疾驰，跑了一程，回头一望，只见那两骑马还是在她后面，保持着原来的距离。

换是别人，也许不会感到特别，但珊瑚是个江湖经验丰富的女子，不由得疑心大起，她目光尖锐，这时动了疑心，一瞥之间，已发现了两个可疑之处：第一，那两匹马都是罕见的骏马，照理尽可以越过她的前头，但在她策马缓缓而行的时候，那两匹马也总是落后二三十丈。第二，那两个骑客粗眉大眼，腰间涨卜卜的显然藏有武器，以珊瑚的经验，一看就知道他们准是黑道上的人物。

珊瑚怒气勃发，心里想道："这两个家伙决不是好东西，九成是他们见我单身女子，想来欺负我。哼，说不定，是采花淫贼。"

蓬莱魔女威震绿林，珊瑚也不知会过多少著名巨盗，那些盗魁连正眼也不敢望她，想不到今天竟给两个强盗钉梢，不禁又是好气又是好笑。

珊瑚越想越气，忽地拨转马头，大喝道："瞎了眼的狗强盗，给我滚下马来！"柳清瑶以姿容美艳，出手狠辣，嫉恶如仇，得了"蓬莱魔女"之名，珊瑚追随蓬莱魔女多年，性情行事，样样与她相似，也是不出手则已，出手便绝不留情。她回马之时，早已将护身的拂尘取在手中，内力一运，尘杆一抖，十几根细如游丝的尘尾，向前射出。

她用这种细如游丝的尘尾作为暗器，无声无息，防不胜防，比梅花针更为厉害。只听一声大叫，先头的那个汉子，给一根尘尾射瞎了左眼；后头那个汉子，肩井穴附近也给两根尘尾插入。这两根尘尾经珊瑚以内力发出，劲道不亚于短箭，幸而没有正中要害，倘若向上挪过半寸，只怕连琵琶骨也要射穿。

那两个汉子又惊又怒，一个大喝道："好狠的妖女，胆敢出手伤人，老子要你的命！"另一个却在叫道："姑娘，有话好话，有话好话！"两人的态度显然不大相同。

说时迟，那时快，瞎了一眼的那个汉子，早已冲到，两匹健马就要碰上，那汉子一刀便斩过来，珊瑚看他这一刀斩下，内含三招

· 174 ·

七式，看来刀法已是得了"洪家刀"的真传，不敢怠慢，拂尘一抖，也使出了杀手招数。

珊瑚骑术精妙，纤足一勾马鞍，身形斜挂，就在即将碰上的那一刹那，硬生生地把自己这匹坐骑向旁拉开了几步，避开了那汉子一刀，珊瑚蓦地长身而起，足蹬马鞍，居高临下，拂尘疾卷下来。

她这一招，乃是蓬莱魔女亲授的"天罡三十六路拂尘"中最厉害的一招，这汉子的武功虽非泛泛，却也禁受不起，他横刀上截，一下子就给卷住了刀柄，珊瑚喝声："滚下！"那汉子果然应声而倒，钢刀脱手，摔得个头破血流。

另一个汉子狡猾得多，一吃了亏，便知道对方的本领远胜于己，暗暗叫苦，不敢逞强，不待珊瑚出声，便先跳下马来，说道："玉姑娘，这是误会，小的怎敢对你老人家无礼！"

受伤倒地的那个汉子性情暴躁，听得同伴求饶，越发大怒，厉声喝道："童进，你不但是丢了自己的脸，还丢了主人的脸！"他一手按着自己受伤的眼睛，睁着独眼，仍然恶狠狠地向珊瑚吼叫："好个妖女，你知道我是谁？有胆的你敢杀我！哼，蓬莱魔女见了我的主人也不敢无礼，你敢伤我。"

珊瑚冷冷一笑，飞身下马，淡淡说道："我本来可以不取你的性命，你这么说，我就非成全你不可。好，你回老家去吧，免得你受苦了。"飞起一脚，登时把那汉子踢翻，从山坡上直滚下去。

山脚下传来裂人心魄的呼号，由强转弱，终而寂静，显然那汉子已是力竭声嘶，断了气了。

名叫童进的那个汉子见同伴惨死，吓得面如土色，抖抖索索地颤声说道："玉姑娘，这是误会，这是误会，我可并没有冒犯你老人家，请你老人家高抬贵手。"

珊瑚冷笑道："什么误会？"拂尘一拂，登时把童进的上衣撕破，腰间露出一圈钢环，钢环上插有几柄匕首，珊瑚把拂尘一卷，将那几柄匕首都卷了过来，只见每柄匕首都发出蓝艳艳的光芒，显然是在毒药中淬炼过的匕首。珊瑚冷笑道："你能用这种奇门兵刃日月环，还会使毒匕首，哼，就凭这两种兵刃，你便不是好人！"

童进连忙分辩道："真人面前不说假话，小的确是在干没本钱

· 175 ·

的买卖，这次是想去劫一支镖银，这两样兵刃是准备用来对付镖师的，可不是用来对付姑娘的。"

珊瑚道："哪个镖局保的镖银？"童进道："长安的震远镖局，我们已探听清楚，明日要从商河县经过，姑娘不信，可以和小的一道去，倘若仰仗姑娘之力，劫到镖银，小的分文不要，都给姑娘添妆。"

珊瑚忽地又是一声冷笑，说道："好个狡猾的恶贼，商河县是你的巢穴所在是不是？你是想把我引到你们的巢穴？"童进道："小的不敢，小的说的都是真话。"珊瑚"哼"了一声，柳眉倒竖，冷冷说道："真话？那么你的消息也太不灵通了。我也告诉你真话吧，长安的震远镖局上月已经关了门，早已不做保镖的生意啦。"

童进面色倏变，双臂一张，就向珊瑚扑来，珊瑚身形一晃，冷笑声中，拂尘已搭着他的背心。童进登时觉得腹内如绞，似有千百条小蛇在里面乱钻乱咬，痛得冷汗直流，断断续续地叫道："姑娘饶命，饶命，小的再也不敢、不敢对姑娘说谎了！"珊瑚略略放松，冷笑说道："你这点狡狯伎俩如何瞒得过我？我也不怕你不说真话，你不说真话，我慢慢地来消遣你，叫你肠穿肚烂，三日三夜之后才断气！"

童进叫道："小的再也不敢了，你老人家要问什么，尽管问吧。"珊瑚道："你们两人暗地里跟踪我，意欲何为？"童进道："小的是奉主人之命差遣，身不由己，望姑娘恕罪。"珊瑚道："你主人是谁？"童进道："我主人是公孙奇。请姑娘看在我主人份上……"珊瑚冷笑道："我不识谁是公孙奇，公孙怪，你主人要你跟踪我作什么？"童进道："这我可不知道了，哎哟，姑娘，你手下留情，小的委实是不知其中缘故。"珊瑚道："你主人住在什么地方？"童进道："他住在商河县城东六十里的孤鸾山下。"

珊瑚心头一动，问道："你主人家的门前，是不是有七株松树，左边四株，右边三株？"童进喜道："一点不错，姑娘，你，你想起来了。"

他以为珊瑚是一时忘记，现在方始想起他的主人是谁。要知公孙奇武功极高，但因行踪诡秘，武林中人知道他的名字的却是很少很少。不过，在江湖上经常走动的人，虽然不知道他的名字，却知

· 176 ·

道孤鸾山下，有这样一位大有本领的神秘人物。珊瑚能够清楚地说出他主人家门前的标志，想来不是自己到过，也是听人说过的了。

却不知珊瑚想起来的却是西门业说过的一番说话。那日她向西霸天西门业打听孟钊的消息，西门业告诉她孟钊在孤鸾山下一个魔头家中，当时西门业不肯说出这魔头的名字，但却告诉她这魔头的所在和门前的标志。

珊瑚心头剧跳，连忙问道："有一个叫做孟钊的人，你认得吗？"童进忙道："认得，认得。他是主人的心腹亲信，主人对他青睐有加，还传授了他不少武功呢！在同伴中我和他的交情是最好的了。"

珊瑚道："你主人叫你跟踪我，没有说出原由？"童进道："我怎敢瞒骗姑娘？主人委实没有向我透露，我也不敢问他。"珊瑚道："他差遣你的时候，总会有些说话吩咐你吧？快说！"童进讷讷说道："主人吩咐，叫我们跟踪姑娘，倘若姑娘不是向商河这条路走，就将姑娘'请'来；倘若姑娘是向商河这条路走，那就，那就……"珊瑚冷笑道："那就不必动手，只是跟踪便行。倘若我在半途再改路线，那时你们便要马上报讯。是否这样？"童进道："姑娘，你是江湖上的大行家，什么都瞒不过你，正是这样。"原来童进在公孙奇手下只是二流角色，不如刘彪之被看重，公孙奇为了孟钊的缘故，要将珊瑚寻获，这个秘密，童进确是未曾知道，他也确是将他所知道的都说出来了。

童进吁了口气，又道："姑娘，现在你都明白了。我们只是奉命而为，并非对你老人家存有坏意。"珊瑚冷冷说道："你本人虽无坏意，但你胆敢跟踪于我，我也非给你一点惩戒不可。好吧，死罪免了，活罪难饶！"拂尘一展，封了他的三处穴道。附近有棵大树，恰好被白蚁蛀蚀中空，珊瑚就将他提起，塞在树窿之中。她用的是重手法拂穴，要过了十二个时辰，穴道方能自解，而且在穴道解开之后，武功最多只能剩下一成。珊瑚是恨他狡猾，又恨他使用的兵器太过歹毒，才这样严厉处置他的。

珊瑚处置了童进之后，冷冷一笑，说道："我的马经过长途，早已累了，正好换马。"

当下就换了童进那匹马，这匹马是大宛名种，比珊瑚原来的坐骑更为骏健。珊瑚快马加鞭，继续前行。但却又不禁思如潮涌，心乱如麻。

珊瑚心里想道："西门业那日连公孙奇的名字也不敢向我透露，可见这公孙奇一定是个十分凶恶的魔头，以西门业这等武功，也不能不对他忌惮。西门业说到钊哥一切都要听这魔头的话，那魔头肯不肯让钊哥见我，西门业也难以预料。但依今日之事看来，那魔头却是巴不得我上他那儿，这是什么缘故？内中会不会另有阴谋？"

珊瑚是个有江湖经验的女子，江湖上的鬼蜮伎俩，她也见过许多，想到此处，不觉疑云暗起，接着想道："听那贼人所说，钊哥竟是那魔头的心腹，很得那魔头喜爱；他是甘心情愿跟那魔头，还是受到强迫的呢！几年不见，彼此的遭遇大不相同，他是变得好了，还是变得坏了呢？"

珊瑚虽是诸多考虑，但对童年好友渴望一见的心情，仍是丝毫未减，依然快马加鞭，一直往前赶路，不知不觉，已是天色黄昏，珊瑚骑术精妙，黑夜中仍是快马前行。

星横斗转，不觉已是三更时分，珊瑚抬头一看，只见前面一座山峰，形似一头张开双翼的怪鸟，在黑暗中俯瞰猎物，原来已经到了孤鸾山下。珊瑚忽地感到不祥之兆，心中想道："这山名孤鸾，莫非主我此行不吉？我与孟钊难成良配？"

珊瑚忽地得了一个主意，跳下马来，走进树林，将马系在树上，心里想道："我本来不喜欢乔装男子，今日姑且试扮一遭。"

依照珊瑚原来的计划，是本想光明正大到西门业所说的那家人家去求见孟钊的，但她遭遇了今日之事，隐隐感到公孙奇可能安排有什么圈套，不能不戒备三分。

珊瑚行囊里有男子衣裳，她随身带有几张人皮面具，当下挑了一张普普通通不会引人注意的面具戴了起来，换过衣裳，月光下在山涧旁边一照，水中现出的影子，几乎连自己也认不出来，珊瑚心里笑道："我戴上这张面具，钊哥决计认不出是我。我正好可以去偷偷探望他，试试他是否变了？不，我还不必急着就和他相见，先在暗中看看他的动静，那也许更好一些。哎，要是他当真已变了坏人，那我还见他不见？"想至此处，她自己也不禁惊诧起来，孟钊留在她心中的印象，一直是美好的，她所敬爱的人。然而她今夜却忽然会有这个念头，竟会怀疑孟钊可能变坏。她暗暗谴责自己这个念头，"不会的，不会的。钊哥自小就是个懂事的孩子，他不会变坏的，他跟随那个魔头，一定是另有内情，出于不得已的。"但她虽然如此给孟钊辩解，心头上毕竟已蒙了一层阴影。

珊瑚弃马步行，施展轻功，不久就到了公孙奇的门前，只见门前果然是有七株松树，左边四株，右边三株。公孙奇的家似个堡垒，粉墙百仞，密布蒺藜。

珊瑚仔细观察那座堡垒形的建筑，中间是一座大门楼，金碧辉煌，气象万千，两扇大铁门关得紧紧的。墙头总有一丈来宽，城楼上隐隐现出刀枪剑戟，显然是有武士把守。珊瑚心想："想不到这魔头竟有如此气派，看来比咱们的山寨防备得还要紧严，要从正门进去，那是决不可能的了。"

珊瑚毕竟是个行家，眉头一皱，立即得了一个主意。索性避开正面，绕道走上山去。这座堡垒，依山建筑，恰巧在一座巉岩之下，要从后爬进，必须从这座巉岩下来，巉岩峻峭，猴猿也难攀援，大约是因山势太险，从巉岩峭壁上望下去，是座花园，城墙上却没有武士把守。

珊瑚打量了一下形势，只见峭壁有一株倒挂的苍松，根深枝密，形如苍龙探海，丹凤朝阳，满树蟠着枝藤，藤梢枝枝下垂，随风飘拂。珊瑚解下束腰的绸带，卷住一枝长藤，打了个结，手执绸带的一端，使出超妙轻功，荡了几荡，便腾身飞起，但长度还够不上达到墙头，她在空中打了个转，蓦地松手，便似大鸟般扑下，恰恰落在花园里的一块假山石上。

珊瑚的轻功虽然超妙，但因是从很高的地方落下，仍是不免弄出一些声响，却也凑巧，恰好有一头夜枭，藏在附近的树上，被她惊起，"嘎嘎"地叫了两声，在空中打了一个盘旋，飞出园子。

只见两个黑衣汉子，突然现出身形，幸好珊瑚在他们转身之时，早已藏到假山石后，没有给他们瞧见。只听得其中一个笑道："我给这扁毛畜生吓了一跳，以为是有夜行人来了。"另一个笑道："哪有这样大胆的贼人，敢到这里来捋虎须。"他的伙伴道："你不可太大意，主公的仇家也不少呢。"先头那个道："主公的仇家都是大有身份的人，倘若要找主公的晦气，也必定是从正门光明磊落地进来，哪有这样偷偷摸摸的。若是普通人物，那就决不能从峭壁上飞下来。咱们在这里巡夜，其实不过是例行公事而已。"他的同伴笑道："你说的也有道理。说实在的，要是主公的大仇家真的来了，凭咱们这两个三脚猫的功夫，那也只好干瞪着眼睛，一点办法也没有。"

珊瑚心道："原来如此，怪不得后园的防守松懈。"珊瑚还有一点不知，公孙奇接到消息，知道珊瑚要来找孟钊，但却料不到她半夜里偷偷地来，而公孙奇也正是要她来的，所以并没有严加防备。

先头那个汉子道："主公的仇家虽多，但主公最忌惮的则是笑傲乾坤华谷涵，我听得刘彪说，那华谷涵与主公订有约会，确切的日子刘彪不知，恐怕就在这几天了！"

珊瑚听他们提起狂侠华谷涵的名字，不禁心中一凛，暗自想道："公孙奇这魔头敢与华谷涵作对，果是非同小可！"又想："小姐要去回拜华谷涵，华谷涵却与这魔头有了约会，小姐岂不是要白走一趟了。"

只听得后头那汉子道："怪不得主公这两天老是眉头打结，脾气很坏，似乎心事重重。"

前头那汉子道："华谷涵虽然厉害无比，但主公夫妻联手，也未必一定就输给他，何况主公也早已有了准备。主公愁烦的不单是华谷涵的事情。"他的同伴问道："主公还有何事愁烦？"那汉子道："还不是为了孟钊这小子的糊涂事？"

后头那汉子道："对啦，听说孟钊今天与人争风呷醋，打了一架，可是真的？"前头那汉子笑道："这件妙事，府中早已传得沸沸扬扬，你现在才知道吗？"他的同伴道："我来不及仔细打听，和他打架的那小子是个什么人，你知道吗？"

先头那汉子道："什么来历我不知道，我只知道他是被刘彪擒来的，姓耿名照，哈，这小子的硬份（本事）倒还不小呢，孟钊的鼻子都给他打破了。"

珊瑚听得大吃一惊，暗暗叫苦："耿大哥怎的被他们擒到这儿，又和钊哥打起了架来？哎呀，这可真是糟透了！"

后头那汉子道："且慢，且慢，我可给你弄糊涂啦。姓耿这小子既然是俘虏身份，怎么却又与孟钊打架？"

前头那汉子道："幸亏你问着我，我刚好向刘彪探听了这件事情。你猜孟钊为什么要和这小子打架，原来孟钊有个心爱的姑娘，给这小子勾搭上啦，想必是刘彪想替孟钊出气，故此将这小子捉来。却想不到主母对这小子颇为偏袒，说男子汉争风呷醋，就应该让他们自己去拼个你死我活，因此她就迫主公给那小子解了穴道，让他和孟钊打起来啦！"

说话的这个汉子，只是公孙奇手下的三等脚色，他并不知道事情的真相，只当耿照是被刘彪捉来替孟钊出气的，却不知是出于主人之意。但他所说的事实经过，倒是不差，珊瑚越听越惊。

那汉子又道："当时，我也恰巧在场，哈，打得可真精彩。起先孟钊吃了点亏，后来主公出言指点，姓耿的这小子一连吃了他重重的几拳，吃亏更大。可是有一件事你更想不到，孟钊有主公暗中帮他，那小子却也有人相助。"他的同伴诧道："什么人这样大胆？"那汉子笑道："你想还有什么人这样大胆？就是咱们的二小姐呀！也幸亏有二小姐出头，要不然这小子早没了命啦。"当下将他当时目击的情形仔细说了一遍，又嘻嘻地笑道："看来二小姐对这姓耿的小子很有点意思呢！"

珊瑚心里想道："耿大哥的运气倒真不坏，处处都能得到女孩儿家的欢心，以前有个玉面妖狐，现在又有个什么二小姐了。但愿这个二小姐是个好心肠的女子，不要像那个玉面妖狐存心害他才好。"她与耿照千里同行，意气相投，结为兄妹，两人都是胸襟坦荡，不拘小节，珊瑚也未曾想到男女私情。可不知怎的，如今听到了这个消息，心里却着实有点不安，也不知是出于对耿照的关怀，还是由于对那个二小姐的疑忌。

只听得那个汉子笑了一笑，接着又说道："姓耿这小子长得比孟钊还俊，难怪二小姐看上了他。可是他虽然得了有力的保镖，性命却还是捏在孟钊的手上。"他的同伴诧道："孟钊惹得起二小姐吗？"先头那汉子道："那小子有二小姐替他出头，但孟钊却有主公给他撑腰，这回主公是下了决心，连主母也不得不顺从他，主公已下了命令，将那小子交给孟钊处置，要杀要剐都听随孟钊的便。二小姐再骄蛮，也总不能拗过她的姐夫、姐姐。"他的同伴道："然则孟钊何以不当场杀了他？"那汉子笑道："他也总得给二小姐一点面子呀。听说孟钊的那个旧情人明天便会到来，主母的意思是要孟钊见过了他的旧情人，待事情更加清楚之后，再去处置姓耿那小子。其实事情早已清楚了，即使主母有心维护，最多也只能让那小子多活一天。"

他的同伴道："怎见得事情已清楚了？"那汉子道："据刘彪说，那小子和孟钊的旧情人可要好得紧呢，他们同行同宿，刘彪曾暗中窥伺，亲眼见到，半夜三更，那女的还和他同在一个房中，小声说，大声笑，连灯火都没有。要说没有男女私情，谁能相信？"后头那汉子笑道："哎呀，这么说来。孟钊这顶绿帽子是戴稳了。"先头那汉子道："可不是吗？所以我说，主母要他明天见过那个女的，再去处置姓耿这小子，这简直是给孟钊出了一个难题啦！你想：他怎好意思问那女子：'喂，你是不是和那臭小子有了奸情？是不是半夜三更还在和那臭小子打情骂俏？'不过，我想孟钊也没有这样笨，他尽可以不必问那女的，就把那小子杀了。回头禀告主母，就说已问出真情，料想主母也不会为那小子伸冤。"他的同伴笑道："孟钊杀这小子容易，但如何应付他那个旧情人，那倒是为难了。依你看，他是还要不要她？"那汉子笑道："我又不是孟钊肚里的蛔虫，怎能知道他的心意。如果是我，我就不要！"他的同伴道："哈，这件事真是有趣，那女的可漂亮吗？刘彪还看到什么他们偷情的勾当，说来听听。"

珊瑚听他们污言秽语，将自己说得如此不堪，早已气炸心肺，这时她所要知道的，都已知道了，便猛地里从假山石后跃出来，手出如电，点了那两个汉子的穴道。

珊瑚抓着污蔑她的那个汉子，正要一掌击下，忽地心中一动，改了主意，剥下他的大衣，披到自己身上，将他抛进山洞。

另一个汉子被点了穴道，动弹不得，正自惴惴不安，只见珊瑚拔出一把湛蓝的匕首，已是走到他的面前。珊瑚将匕首在他面门一晃，冷冷说道："这是童进的毒匕首，想必你认得吧？你若要活命，乖乖听我吩咐。"抓起那个汉子，低声说道："孟钊在什么地方？你带我去。"匕首贴着他的背心，然后解开他的穴道。

这汉子在毒匕首威胁之下，怎敢不依，默默地点了点头，便向前走。他怕撞见同伴，专拣偏僻小径，后园的防范本来较疏，这汉子又善知趋避，果然没有惹出麻烦，走了一会，那汉子停下了脚步，指着前面一幢房子，说道："孟钊就在这里了，我可以走了吧？"珊瑚道："你急什么，给我歇一会儿吧。"再次点了他的穴道，独自向前走去。

珊瑚心里也是忐忑不安，阔别多年的孟钊就快要见面了，"钊哥肯不肯相信我，会不会仍似从前那么听我的话？我要他将耿照放了，要他们两人做好朋友。钊哥要是真心实意地爱我，他应该听信我的话！唉，就不知他是不是变了？"这时她已进了院子，正自胡思乱想，忽听得有个娇滴滴的声音叫道："钊哥！"这声音正是在一间房子里传出来，房中有摇曳的烛光，纱窗上映出两个人影。珊瑚心上似坠了一块石头，直往下沉，她偷偷绕到后窗，只见房中男女二人，男的果然是她多年来日夕思念的"钊哥"，女的似个丫环装束的少女，相貌倒很俏丽，只是带着几分妖气。

只听得那丫环娇笑道："钊哥，我道你有这样好心，约我到此私会，却原来是向我探听消息。哼，要是我回去禀报小姐，就说是你引诱我背叛她，哈，我看你纵有主公撑腰，你也吃不了兜着走。"

孟钊左一个揖，右一个揖，嬉皮笑脸地对那丫环道："姐姐一向对我很好，我知道姐姐定会帮我的忙的。"那丫环道："那也要看是什么事情？"孟钊道："我也决不是要你背叛小姐，我只想知道小姐刚才做了些什么事情？她、她、她偷会了那小子没有？"

那丫环"噗嗤"一笑，说道："孟钊，你真是敬酒不吃吃罚酒，现在后悔了吧？小姐本来对你很有意思，你却爱理不理的，怎怪得她看上别人？好啦，现在她爱上了别人，你又急了。依我说，你也别三心两意啦，我听小姐说，你的心上人明天就会来的，你何必还要管小姐的闲事？"孟钊道："唉，难道你还不知那小子，他、他……"那丫环笑道："他把你的姑娘勾搭上了，所以你恨不得把

·183·

他置之死地，是吗？"

孟钊尴尬笑道："姐姐，你既然知道，那我也不必瞒你。不错，我以前是有过一个我心爱的姑娘，但那时彼此年纪都小，尚未曾谈到婚嫁之事。现在，她做下这样下贱的事情，你想我还能要她吗？"珊瑚在门外偷听，气得七窍生烟，几乎忍不住就要闯进去打他的嘴巴，但终于还是忍住了，心里想道："且听听他们再说什么。"

只听得那丫环笑道："我想，你也是不能要她的了。哈哈，这么一来，你岂不是两头都落了空了。"孟钊道："姐姐休得取笑。我给你说心里的话吧，那贱人我是决计不要的了，但这小子是我的仇人，我却不能任他逍遥自在，你想二小姐倘若真的给他骗上了手，岂不是给我留下了一个心腹大患。碧绡姐姐，你告诉我吧，二小姐是不是偷偷去会过他了？"

那丫环道："瞧你这么着急，我就告诉你吧，只怕你听了更要着急。二小姐不但到牢房里会过这小子，还准备明天就和他私奔呢！"孟钊吃了一惊，道："你怎么知道？"那丫环道："小姐一回来就叫我帮忙她收拾衣物，说是明天一早要出远门。她虽然没有和我讲明，但我瞧她的神色，她一面收拾衣物，一面笑个不停，我又知道她是刚从牢房里回来的，她想做些什么，我还有猜不中的吗？"

孟钊面色铁青，忽地咬了咬牙，向那丫环又作了一个长揖，说道："碧绡姐姐，请你帮我一个大忙，事成之后，我永远不会忘记你的好处？"那丫环歪着眼睛，盯着孟钊，似笑非笑地说道："你要我帮你什么忙呀？"

孟钊道："这是一包毒药，请你放在茶水之中，偷进牢房，将那小子毒死！"那丫环道："哎哟，原来你是要我杀人，这个忙我可帮你不得，给小姐知道了，我还能活命吗？"

孟钊笑道："我当然早已想好了，决不会连累你。事成之后，我马上去见二小姐，就说我是为了喜欢她才主使你下这毒手的，她要杀要剐，我独自担当。我知道她的脾气……"那丫环笑道："不错，小姐的脾气，可能一时发怒，打你几记耳光，但随后一想，反正姓耿那小子已是人死不能复活，你在旁边又一把眼泪一把鼻涕地向她求饶，讨她欢心，她不得已而思其次，多半就会与你覆水重收了。哈，你这个算盘倒是打得如意。"孟钊道："依你看，行得通吗？"那丫环冷笑道："行得通之至，但于我有什么好处？我犯得着帮你这个大忙？"孟钊涎着脸孔说道："姐姐，我早已说过，事成之后，我决不会忘了你的好处。我的心事，你还不知道吗？"那丫头伸出小指头轻轻戳了他一下，娇嗔道："你的心事，留着对小姐去说吧，我是下人，不配听你诉说心事。"孟钊忽地将她搂在怀中，在她的脸上就香了一下。

那丫环满面通红，甩开了孟钊的手，嗔道："你缠我作什么？给人看见了，那，那……"孟钊哈哈一笑，说道："姐姐，你担心什么？三更半夜，怎会有人到这里来偷偷看你，来、来、来，让我再香你一下。"那丫环道："你这样偷偷摸摸的，把我当作什么人了？我不来啦！"作势便要离开。

孟钊看出她似怒实喜，身形一晃，拦住她的去路，又作了一个长揖，笑道："碧绡姐姐，你现在知道了我的心事了吧？我欢喜小姐是假的，欢喜你才是真的。你给我办了这件事，我绝不会负你。我和小姐说去，将你也一并讨过来，那时你和小姐'姐妹'相称，平起平坐，那就不再是偷偷摸摸啦！你是小姐的心腹，她一定会答应我的。"那丫环"哼"了一声道："原来你是打这个主意，要我做小。"孟钊道："这是委屈了你，但只要我欢喜你，你做我的侧室不胜于随便配给一个下人么？"那丫环本来私恋孟钊，心中一想："男子汉一妻一妾，事属寻常，如今他为了除掉仇人，迫得娶小姐为妻，我总不能越过小姐，争正室的名分。他说得不错，只要他欢喜我，做大做小，又有何相干？总胜过于随便嫁给一个臭小子。"这么一想，心中已是愿意，低下头来，默然不语。

孟钊鉴貌辨色，知道这丫环已给自己说动了心，当下就把那包毒药，塞到她的手中，又亲了她一下，说道："事不宜迟，你赶快去吧。"

那丫环接过了毒药，说道："我假装送茶水，要是那小子不肯喝呢？"孟钊笑道："你不会灌他吗？你武功比他高明，冷不防点了他的穴道，还不任你施为？"那丫环迟疑了片刻，又道："这个时候，正是轮着刘彪看守牢房，要是他不卖我的账，不让我进去呢？"孟钊冷冷说道："把他杀了！"那丫环吃了一惊，道："把他杀了？他可是主公宠信的人啊！"孟钊笑道："你看主公对刘彪好些，还是对我好些？"那丫环道："府中这么多人，以你最得主公宠爱，那还用说？"孟钊道："对啦，有我和小姐给你撑腰，那你还怕什么？再不然就给他捏造一个罪名，说是他受了那小子的贿赂，要放他私逃，给你撞破，故此将他杀了。"那丫环道："这岂不太冤枉了刘彪？"孟钊笑道："你当刘彪是好人吗？他为了要那小子的宝剑，暗杀了丁立，这事情我早已知道了。咱们杀了他，既可以替丁立报仇，又可以将宝剑拿过来，正是一举两得。不必再犹疑了，去吧，去吧！"

珊瑚在外面听得毛骨悚然，要不是她亲自听到孟钊的这番说话，真是做梦也想不到，她曾经爱过的一个大好青年，竟会变得如此歹毒！心念未已，只听得丫环的脚步声，已走了出来。

珊瑚焉能容得她带了毒药去害耿照，立即从暗黝处一跃而出，伸指点她的肩井穴。那丫环的武功本来不弱，但她一来是作贼心虚，神思恍惚；二来她也做梦料不到会有人在暗中伏击，冷不防地就着了珊瑚的道儿。只听得"咕咚"一声，那丫环已被点中穴道，倒在地上，不能动弹。

孟钊听得外面声响，正想出来察看，说时迟，那时快，珊瑚先已进了房间，孟钊这一惊，非同小可，只道阴谋已经被人识破，登时动了杀人灭口的念头，呼的一掌，便向珊瑚击下。珊瑚单掌一立，划了一个圆圈，将孟钊的掌力化开，随手一带，孟钊身不由己地踉踉跄跄奔出几步。

孟钊站稳脚步，定神一看，珊瑚与他分别多年，且又戴上了人皮面具，仓卒之时，孟钊哪能认出，越发惊疑，"咦"了一声，连忙问道："你是谁？"

珊瑚捏着嗓子，阴声怪气地说道："你干的好事，我是来拿你的！"孟钊道："喂，你是新来的吗？你认不认得我？我是孟钊，我与你到主公面前分辩，主公也绝不会相信你的话。我与你无冤无仇，你何必与我为难？咱们交个朋友，只要你守口如瓶，以后总有你的好处。"原来孟钊见她"面貌"陌生，只道她是新近投到堡中的高手，堡中武士如云，有一两个新来的人自己不认得，那也不足为怪。堡中防备森严，孟钊根本就没想到能有外人偷进，更想不到就是珊瑚。

孟钊心里想道："堡中谁不知道我是主公最宠信的人，这厮新来，不认得我，也该听得伙伴说过我的名字。"他刚才与珊瑚交手一招，已知对方的本领胜过自己，要想杀人灭口，那是很难的了，因而便改了主意，动以利害，只望此人不声张开去，然后徐图后计。

珊瑚冷冷说道："我认得你是孟钊！"这时她心中痛苦已极，眼泪几乎掉下，只觉一片茫然，急切之间，竟不知该如何处置。

孟钊道："你既然知道我是孟钊，你卖不卖这个交情？"忽见对方似乎呆了一呆，孟钊心里暗暗得意："好，原来你也有点发慌了。"但见对方的眼光冷森森地盯着他，又似乎并不想卖这个交情，孟钊给她盯得心里发毛，陡地杀机又起，心想："这小子此际尚在犹疑不决，我可得先下手为强。"突然呼的一掌，又当头击下，这一掌用了十成功力，他是想趁着对方未曾防备，一掌就将对方了结。明知此举冒险，也顾不得了。

掌风扑面，珊瑚恰似在恶梦中给人惊醒，就在孟钊的掌风堪堪切到她的肩头的时候，她猛一侧身，双掌相交，"蓬"的一声，孟钊给震退两步。

这还是珊瑚手下留情，仅用了五成功力。孟钊不知厉害，心里想道："此人本领是比我高明，却也高明不了多少。碧绡懂得运气冲关之术，我只要支持一会，待她解了穴道，合两人之力，何愁对付不了这不知好歹的小子？"他已然偷袭在前，情知不能善罢甘休，当下横起心肠，又再施展公孙奇教会他的杀手招数。

珊瑚一来还未打定主意，二来也想看看分别之后孟钊到底学了些什么本领，于是不急于求胜，使出了一套护身掌法，一言不发，与孟钊哑斗。

孟钊也颇了得，一退一晃，把珊瑚眼神往上一领，连环步往前一冲，突然飞起一脚，珊瑚左掌一个"伏地斩虎"，孟钊右腿一收，左腿又起，连环飞脚凶猛非常，珊瑚也不由得退后一步。孟钊得理不饶人，快步抢进，足尖一勾，右臂一弯，呼地打出一拳。

这一拳是五行拳中的龙拳，拳力极猛，珊瑚横掌一挡，拳掌相交，掌心也微微感到疼痛。珊瑚随掌一拨，把孟钊的右拳黏出外门，顺掌一推，孟钊煞是溜滑，一个"狮子摇头"，突然改用"钻拳"，上击对手面门，这一拳有个名堂叫做"冲天炮"，珊瑚掌背一挥，改推为"挂"，用"崩掌"往外一挂，孟钊的拳头又给挂开。但孟钊的招数变化也极迅捷，蓦地翻身，双拳齐出，捣胁击肋，使出了五行拳中的虎拳和豹拳，珊瑚滴溜溜的一个转身，全避开了。孟钊打得性起，五行拳拳招全取攻势，一招未收，二招又到，连用"劈、钻、炮、横、崩"五字诀，脚踏五门八卦方位，着着进迫，他这套拳法，五行生克，疾如狂风，一拳接着一拳，端的有如长江大河，滚滚而上，也委实不可小觑。珊瑚暗暗喝彩，又是欢喜，又是感慨，暗自想道："他的武功确是比以前强得多了，可惜心术也变得坏了。"

孟钊久战不下，心中焦躁，霍地一个"凤点头"，两支短箭忽地从衣领内射出来，这也是他从公孙奇那里学来的暗器绝技，珊瑚不知他有这门本领，距离又近，猝不及防，险险给他射中。幸亏珊瑚轻功超卓，身手矫捷，就在间不容发之际，蓦地身躯后弯，双足钉牢地上，使出了"铁板桥"的上乘功夫，只听得"嗖嗖"两声，那两支短箭几乎是贴着她的面门射过，珊瑚眼光一瞥，只见那两支短箭，箭簇黑油油的，鼻端还闻到一股腥味，显然是毒箭无疑！说时迟，那时快，孟钊趁她还未能长身而起，倏地就是一招"弯弓射雕"，五指如钩，径向珊瑚胸膛插下，他五指一伸，骨节格格作响，珊瑚一听，就知是邪派中一种厉害功夫，倘若给他五指插下，马上就是开膛破腹之灾！

这一刹那，珊瑚也不由得怒气暗生，心里想道："他怀疑我是堡里的人，撞破他的私情，但即使如此，也不该这么凶狠，竟要取伙伴的性命！唉，他真是变得太坏了！"正是：

容颜未变心肠变，可堪重对旧时人。

欲知后事如何，请听下回分解。

第十二回　往事辛酸情若梦
新愁凄苦友成仇

　　说时迟，那时快，孟钊的指甲已触及珊瑚的胸膛，珊瑚心念电转，主意亦已打定，就在这间不容发的刹那之间，使出了蓬莱魔女所授的"弹指神通"，中指一弹，弹中孟钊的虎口，孟钊的一条手臂登时酸麻酸软，指尖虽然点中了珊瑚的胸膛，内劲已是使不出来。珊瑚倏地长身而起，双掌迅如疾风，施展大擒拿手法，把孟钊的胳膊扣着一扭，捉将起来，向前一掷，恰恰将他掷入那张有扶手的红木椅中，冷冷说道："你还要再打吗？还是歇一会儿吧！"

　　孟钊气喘吁吁，又惊又妒，心里想道："他是一个新来的人，怎的这样快便得到了主公宠信，居然传授了他这门功夫？"原来这"弹指神通"功夫乃是公孙奇的看家本领之一，孟钊几次想学，公孙奇尚未肯传授给他。孟钊见珊瑚会使"弹指神通"，便以为她是公孙奇新近收录特加宠信的人，自不免惊妒交并，却不知珊瑚是蓬莱魔女所授，而公孙奇却正是蓬莱魔女的师兄。

　　但如此一来，孟钊认定了珊瑚是"堡中的自己人"，料想他不敢将自己杀害，心神倒也定了许多，当下喘着气说道："兄弟，你对主人忠心耿耿，我不怪你。刚才我在屋子里和碧绡所说的话，想必你已听到一些了。"珊瑚道："不错，都听到了。"孟钊道："然则你应该知道是怎么一回事了。老实告诉你吧，姓耿那小子是主公有令由得我处置他的，这小子意图诱惑二小姐与他私奔，我为了不让二小姐上当，故此要提早将他除掉。你向主公告密，主公也决不会怪我。再说——"珊瑚冷冷地插口说道："再说你除掉那姓耿的，你就可以和二小姐成婚，变作主人的连襟了，是吗？"孟钊道："是呀，所以你实在犯不着与我作对，这于你有害无益。咱们不如交个朋友，以后彼此提携，我有好处，也决不会忘你。"

珊瑚淡淡说道："多谢，多谢。可惜我也是奉了主人之命，没法卖你这个交情。"孟钊道："你奉了什么命令？"珊瑚道："奉命来拿你这不义之徒。"孟钊叫道："我不相信！"珊瑚道："你知道我的主人是谁？我的主人嫉恶如仇，公孙奇他尚且要拿，何况于你？"

孟钊这一惊非同小可，颤声问道："你，你主人是谁？"珊瑚缓缓说道："你听着，我的主人正是你的主人的克星，笑傲乾坤、狂侠华谷涵是也！"原来珊瑚刚才偷听了园中那两个巡夜汉子的谈话，知道华谷涵已与公孙奇订下约期，不日就要到来，因此她灵机一动，便用华谷涵来吓吓孟钊，用意是想问出孟钊和公孙奇之间的关系。

孟钊见她武功如此高强，对她的谎话不由得不全然相信，心里倒抽了一口冷气，暗自想道："原来他是华谷涵的手下，怪不得他能偷进堡中，如入无人之境。"

珊瑚缓缓说道："我主人是个侠义为怀，宽宏大量的人。他这次到来，只要捉拿首恶公孙奇和公孙奇几个最宠信的心腹爪牙，你自己也承认你是公孙奇跟前最得宠的红人，而且还准备和他的小姨成亲的，那你还有何话说？"

孟钊叫道："冤枉，冤枉！"珊瑚盯着他问道："怎么冤枉？难道你刚才和那丫环说的都是假话？公孙奇若不宠信你，又怎会传授你的功夫？"孟钊道："好汉有所不知，我跟随公孙奇并不是甘心情愿的。"珊瑚道："难道是他强迫你做他的手下不成？"孟钊道："那也不是，但我是另、另有用心的。请好汉容我分辩。"珊瑚说道："好吧，反正我也不急，你就详细分辩吧。说说，你是何以要跟从公孙奇，怀的什么用心，随他做了些什么坏事？但你可得放明白些，我主人对你的来历已调查得一清二楚，你若有半句谎言，可休怪我手下无情！"

孟钊道："好汉请听，孟某决不敢有半句虚言。这事得从五年之前说起。五年之前，我是登州蓬莱乡下的一个乡民，我爹爹是个退休的镖师，我的邻家姓玉，玉老头也是一位退休的镖师。玉老头和我爹爹从前是同在一个镖局做事的，交情很好，两人同时退休，比邻而居。这玉老头没有儿子，只有一位姑娘。我与她情如兄妹，唉，我就是为了她才投到公孙奇门下的。"珊瑚道："这位玉姑娘就是你们刚才骂她作'贱人'的，说她明天就要来找你的那位姑娘吗？"孟钊颇是尴尬，点点头道："不错。但那时我怎会知道她后来会变得如此下贱？"珊瑚道："好，那位姑娘下不下贱，咱们暂时可以不必讨论。你只说，你何以为了那位姑娘而自愿作公孙奇的爪牙？是她要你这样做的吗？"

孟钊道："我爹爹退休之后，不久就死了。玉老头待我如同亲生儿子一般，教我武艺。有一天晚上，突然来了一伙强盗，把玉老头杀了，将他的家也放火烧了，我家和他家相邻，也被波及，一同烧了。"珊瑚道："那时你在哪里？"孟钊道："那时我还年小，心里害怕，我想倘若玉老头也打那强盗不过，赔上我一条小命，那也没有什么用处，我，我在邻家杀声冲天的时候，我，我就悄悄逃跑了。"珊瑚心里暗暗骂了一句："胆小鬼。"问道："后来又怎么样？"孟钊道："后来我回来一看，两家都已被烧成一片瓦砾，玉姑娘也不见了。我很是伤心，我就打算——"珊瑚问道："你打算怎么样？"孟钊道："我一来要找寻玉姑娘的下落，二来也打算为玉老头报仇。于是我就流浪江湖，意欲寻访名师，学成武艺。"珊瑚稍觉欣慰，心道："这小子倒还有点良心。"问道："就是因此，你投到公孙奇门下么？"

孟钊道："最后只能这样。"珊瑚道："你爹爹是著名的老镖师，生前交游广阔，你的父执辈也不乏有本领的高人，你要求师习技，尽可以投入名门正派，却何以定要跟随公孙奇？难道你不知道他是个无恶不作的魔头？"其实珊瑚也是丝毫不知公孙奇的来历，但见他的手下人个个行事狠毒，而且狂侠华谷涵又是他的对头，因此料想他绝不会是个好人。

孟钊叹了口气，说道："你有所不知，我当时何尝不是像你这般想法？你可知道杀害玉老头的强盗是什么人？"

这正是珊瑚几年来梦寐难忘，急欲查访的事情，连忙问道："是谁？"孟钊道："我先把我两次投师碰壁的经过说给你听，你就知道这强盗的厉害了。我爹爹有两个最要好的朋友，一个是南阳名武师霍恭，一个是长安震远镖局的总镖头铁拐仙娄子义。我先到南阳求见霍恭，我还未说，霍恭早已知道玉老头被害的事情，也知道了我的来意，他不但不敢收我为徒，而且还劝我切不可动报仇之念。后来我到长安去找娄总镖头，娄子义也是这么说。当时我一着急，就口不择言地说道：'娄伯伯，你和玉老前辈也曾是八拜之交，你以信义两字驰誉江湖，如今玉老前辈被害，你却置之不理，还劝我不要为他报仇，这对于江湖道义恐怕有点说不过去吧？'娄子义登时变了面色，过了好久才长长地叹了口气，低声说道：'你跟我来。'"珊瑚诧道："他要你到什么地方？"孟钊道："不是去什么地方，原来他对那个杀害玉老头的强盗恐惧之极，生怕隔墙有耳，泄漏风声。因此他将我带入内室，将门窗紧紧关闭，这才敢对我说出那个强盗的名字。"珊瑚听得呼吸紧张，迫不及待地又连忙问道："究竟是谁？"

孟钊见珊瑚如此着急的神气，也觉得有点奇怪，缓缓说道："你是狂侠华谷涵的手下，见闻必广，想必知道江湖上有四个大名鼎鼎的人物，合称'四霸天'？……"珊瑚吃了一惊，失声叫道："是四霸天中的哪一霸？"

孟钊出奇地瞅了珊瑚一眼，说道："是南霸天，绰号南山虎的南宫造。这南宫造本是一个独脚大盗，有一次玉老伯和我爹爹等七家镖头合保一支镖，被他所劫，当时七家镖头都给他打得大败，那支镖银也给他劫去了。可是那南宫造却也中了玉老伯的一枚暗器，南宫造生平从未吃过一次小亏，玉老伯和我爹爹已经因此退休，他还是不肯放过，寻到了蓬莱乡下，来报此仇，幸亏我爹爹早死，得以寿终正寝。玉老伯却在暮年，遭此大劫了！"

珊瑚本是戴着人皮面具，面上的表情看不出，可是她露出来的那对眼睛，眼中泪光莹然，孟钊却是瞧见了。不禁起了疑心，问道："足下可是与玉老头也有甚渊源么？"

珊瑚咽着眼泪说道："玉老镖头一生正直，义声久播，遭此横祸，识与不识，谁不悼念？"孟钊方始释然，心里想道："原来他们也是钦敬我们的玉老伯的，那么想来对我大约也不会怎样为难了。"

孟钊接着说道："那娄子义倒还念在世交之谊，见我漂泊无依，遂我把荐到洛阳龙门镖局里去做事，那是洛阳最大的一家镖局。我最初很不明白，他何以不肯将我收留在他的镖局，后来年纪稍长，懂事一些，也就明白了。"珊瑚道："不错，娄子义对那南山虎实在是畏惧得紧，他与玉老镖头又曾是八拜之交，已是怕受牵累的了，再收留你，不怕更惹出麻烦吗？不过这人虽然浪得侠义之名，他肯照顾你，倒也还算得有点良心。"孟钊听珊瑚的语气，似乎是越来越对他同情，心里暗暗欢喜。

珊瑚道："你既在龙门镖局做事，做得好好的，何以又会投到公孙奇的门下呢？"孟钊叹了口气，说道："看来这是命运注定了的，要是我不在龙门镖局做事，也不会遇上那公孙奇了。"他接下去说道："我在龙门镖局学师学了两年，第一次被派出去保镖，就碰上了一桩意外的事。"珊瑚道："是公孙奇劫镖？"孟钊道："不是，说起来是我们自己惹出来的。我第一次出师，当然还不能独负重责，我是跟副总镖头尹冲去历练的，尹冲交游广阔，武功很强，只是脾气有点暴躁。"珊瑚点点头道："他为人梗直，嫉恶如仇，这是我知道的。"孟钊道："可是也正因为他性情如此，那次就惹出麻烦来了。我们保那趟镖，一路平安无事，有一日到了南阳，忽然碰到一班江湖侠客，带头的人名叫宋金刚，他是南阳武学名家云仲玉的好朋友。他对尹冲说出了一桩骇人听闻的事情。云仲玉有个女儿名叫云紫烟，是峨嵋无相神尼门下，剑法精绝，也是江湖上一位有名的女侠。想不到竟有一个人敢迫她作妾，那个人登门造访，向云家父女出言侮辱，云家父女竟给他打得大败，那人声言非要云仲玉将女儿送给他作妾不可！"这件事情，蓬莱魔女曾对珊瑚说过，当年云紫烟就曾派了师妹，来求蓬莱魔女相助的。不过蓬莱魔女不愿说出公孙奇是她的师兄，故此略去了"那人"的名字。

珊瑚道："这事我也略有所知，敢情那人就是公孙奇？"孟钊道："不错，正是公孙奇。不过当时那班侠客却无一个知道公孙奇的姓名来历。要是知道，只怕他们也没有这么大胆了。"珊瑚眉头一皱，对他的想法很不以为然，却不作声。孟钊接着说道："这件事云仲玉本来不欲张扬出去，但任何秘密，总是不能遮盖的，他的几个最要好的朋友终于还是知道了。这宋金刚激于义愤，遂瞒过了云仲玉，纠集了一班朋友，来给他帮忙。"

孟钊往下说道："那魔头给了云仲玉十天期限，到期就要强讨他的女儿为妾。宋金刚得知这个消息，义愤填胸，连夜发出了英雄帖，邀请了许多江湖豪杰，到时埋伏在那魔头必经之路，拦途截击。我们来到南阳那天，正巧就是限期的前夕。

"我们的副总镖头尹冲和宋金刚见了面，听了这桩骇人听闻的事情，激于义愤，不待宋金刚出言邀请，便自告奋勇，愿为助阵。我和另外两个随行护镖的镖头，也只好唯他马首是瞻，随同大伙儿前往。

"在这班人中，有两个本领最高的人，是东海龙东园望的弟子，有好些人就是因为有他们二人助阵，才放心接下英雄帖的。

"到了那日，我们埋伏在一处险要所在，等候那魔头，从午时直到黄昏，兀是未见那魔头的踪迹，宋金刚正想派人去云家探听，那魔头忽然来了，只见他衣衫破碎，面有伤痕，垂头丧气，活像一个斗败的公鸡。

"众人见他这副神气，均是心想：'莫非云仲玉另外还有好手，早已给了他重创。那正好打落水狗了！'于是在宋金刚一声号令之下，群起而攻！

"那魔头双眼一睁，蓦地冷笑道：'鼠辈也来欺我，我正要杀几个人出出气！'狞笑声中，扑入人丛。看来他也不过二十多岁年纪，也不携带兵器，只是挥着一把折扇，出手却是凶狠之极，掌劈扇戳，群豪不是给他一掌击碎脑盖，就是给他扇柄点了穴道。给他掌力击毙的还好一些，给他点了穴道的，倒在地上呻吟呼号，更是惨不忍闻。霎时间脑浆涂地，血流成渠。这一役除了我和宋金刚和东海龙那两个弟子之外，其余的人，或死或伤，无一幸免！"

珊瑚诧道："宋金刚和东海龙那两个弟子凭着自身本领，得以逃脱，犹有可说，你的本事远远不及他们，何以也能幸免！"

孟钊满面通红，说道："我自知本事低微，当时不敢随大伙动手，躲在一角，装作被点了穴道，闭上眼睛。岂知那魔头厉害之极，打发了众人之后，突然一把将我抓起来，厉声喝道：'想装死么？'"

珊瑚正在为孟钊感到羞愧，只见孟钊面有得意之色，接着说道："我以为是必死无疑了，岂知那魔头望了我一眼，忽地嘿嘿嘿的怪笑了几声，说道：'你是孟钊？'真是奇怪，他竟然知道我的名字！

"那魔头说道：'我不但知道你的名字，还知道你的来历，你是想替玉老镖头报仇的是不是？玉老镖头有个女儿和你很要好的是不是？你的仇人是南山虎，你再学十年，也打他不过的。不如你跟了我吧，我有办法成全你的心愿！'"

珊瑚也不禁十分惊诧，心里想道："那时我跟随小姐还未多久，在江湖上还是个无名小卒，这魔头怎么就知道我的底细了？"只听得孟钊继续说道："我一时糊涂，听他说可以成全我的心愿，我就依从他了。后来我才知道，在他遭遇宋金刚这伙人围攻之前，已经到过云家，宋金刚所料不差，他在云家确是碰了劲敌，给那个人打败了。你当然知道这人是谁，我也不必说了。"珊瑚早就猜中，说道："不错，公孙奇给我主人逐出云家，他们就是那次结下梁子的。"孟钊叹了一口气，说道："我没有你这么好运道，要是我能有机缘碰到华大侠，我也不会跟随公孙奇了。"

珊瑚冷冷说道："公孙奇对你可很不错啊！"孟钊连忙说道："公孙奇对我虽然不错，但他每次出门，从来没要我跟随，我委实没有给他当过帮凶，干过坏事。我在堡中，所担当的职务只是给他掌管翰墨。"

珊瑚听了他的叙述，虽然相信他说的不是谎言，却也感到其中疑窦甚多，心里想道："孟钊临阵退缩，这魔头何以反而看得起他，对他这样宠信？"当下问道："你跟随了他这几年，那么他帮忙你完成心愿没有？"

孟钊道："南山虎在北方结怨太多，早已到江南做独脚大盗去了。报仇之事，只好暂且搁下。"珊瑚道："那位玉姑娘呢？是不是他答应代你寻访的？"孟钊道："不错，堡中有人已经遇见了她……"珊瑚道："那些人就是你的主人派出去的？"孟钊道："我也是今日方知。"珊瑚道："公孙奇何以对你的事这样热心？"孟钊道："这我就不知道了。"

珊瑚忽地笑道："我瞧，你投到公孙奇门下，替你玉老伯报仇倒还在其次，要借他之力，找寻那位玉姑娘却是真的。"孟钊给她说中心事，面上一红，说道："这两桩事情，在我都是同样重要。但既然得知她的踪迹，当然是想先见见她了。"

珊瑚心中稍稍欣慰，心里想道："孟钊毕竟还不算变得太坏，心中还惦记着我。"但今晚的所见所闻，她小时候从未曾注意到的，孟钊性格中卑劣的一面，却都已显露无遗，珊瑚百感交集，只觉眼前这个孟钊，声音容貌犹似当年，却似个陌生人了。

珊瑚想了一想，问道："现在你还想见那位玉姑娘吗？嗯，我已瞧出了你的心事，你是不是正在后悔？"孟钊叹了口气道："现在是见也好，不见也罢了。不错，我是为了她的缘故，以致误入歧途，投到这魔头门下，现在已是后悔莫及。"珊瑚冷笑道："你倒是推卸得一干二净，你自己就没有过错吗？"孟钊呆了一呆，原来珊瑚一直是捏着嗓子说话，这几句话却用本来的声音，孟钊一听这笑声好生熟悉，不禁大大惊疑！

珊瑚缓缓说道："你既然对我说了真话，我也不必假冒下去啦，我的主人不是华谷涵。"孟钊退后两步，嘶声说道："你、你、你是谁？"珊瑚道："你还认得我吗？"轻轻将面具揭下。

孟钊面上一阵青、一阵红，这刹那间两人都似乎僵直了。这些年来，他们都是渴望与对方重晤，也曾不止一次的想象过会面的情形，但这次相逢，却与他们想象的完全不同，没有拥抱，没有欢呼，也没有悲喜交集的眼泪。珊瑚心中所有的只是难以明说的怅惘，孟钊则是极度的尴尬。

过了半晌，孟钊吁了口气，说道："珊瑚，想不到你今晚竟会突如其来，与我开了这么一个大玩笑！"

珊瑚定下心神，平静说道："孟钊，我不是和你开玩笑来的。我来求你两件事情。"孟钊道："请说。你我之间用不上一个求字。"

　　珊瑚道："第一件事情，耿照关在什么地方？请你带我去，将他放出来。"

　　孟钊冷笑道："原来你不是为我，是为了姓耿这小子来的。"珊瑚道："随便你怎么说吧，他无辜地被你们囚禁，这都是我牵累了他，我不能坐视不救！"孟钊道："他是你的什么人？"珊瑚道："你管不着。不过，我可以告诉你，我们是光明磊落，绝不至于像你们所猜疑的那样卑鄙下流。"

　　孟钊道："此事慢一步说，第二件呢？"珊瑚道："孟钊，我感激你要为我父报仇，也感激你多年来寻访我的好意。现在我已经知道了仇人的名字，这冤仇我会自己去报，不必你费心了。你说是为了我而误入歧途，好，现在我所求的第二件事情，就是救了耿照之后，你和我们一同离开魔窟，从今之后，做一个正正当当的人！"

　　孟钊冷笑道："与你们一道离开，你是跟他还是跟我？"珊瑚抑住怒气，淡淡说道："我是弱不禁风的女子，一定要跟随男人、倚靠男人的吗？我有我的去处，他也自有他的去处。"孟钊道："那么咱们——"珊瑚道："你改邪归正，咱们自然还是朋友。"孟钊道："我与那丫环的说话，嗯，我说要向她小姐求婚，那是出于一时的愤激，不是真的。嗯，你、你不会疑心我吧？"珊瑚道："我才没有这么多工夫去疑心别人呢。"孟钊道："珊瑚，你就一点也不关心我了？"珊瑚正色说道："我正是因为关心你，才要你马上离开此地。再说一句心里的话，你是男子，将来总是要娶妻的，但我不希望你与这魔女成亲。你应该另选择个好人家的女子。"

　　孟钊道："记得咱们小时候也玩过小夫妻的游戏。——"珊瑚道："那是游戏。孟钊，我现在方始知道，咱们的性情旨趣，其实大不相同。嗯，小时候的游戏，那也不必提了！"

　　孟钊心思起伏不定，片刻之间，已转了无数念头，一时想道："珊瑚要我离开此地，乃是一番好意，我如今心愿已了，留在这儿也的确是没有什么意思的了。"此念方起，另一个念头又生，驳斥前一个念头："没有什么意思？不见得吧？你这是言不由衷！主人对你如此宠信，他的深奥武功，你只要学得十之一二，将来出去，就可以纵横江湖。""可是主人究竟是被正派人士所轻视的魔头，我依附于他，别人岂不是也把我当成妖邪一路？""管它什么正派邪派，我学了他的武功，不做坏事，那也就是了。""当今之世，武功高于我的主人的，只有狂侠华谷涵一人，还有，主母的武功听说也在主人之上，华谷涵即使真的到来，也决计敌不过他们夫妇联手。"

正邪之念在胸中交战，邪念渐渐占了上风，终于想道："珊瑚倘若愿意嫁我，那也罢了。如今她分明已爱上别人，我和她同走，那又有什么好处？二小姐的武功虽然不及她姊夫姊姊，想也相差不远，珊瑚是绝不能做我的妻子的了，我不如就弄假成真，要了二小姐吧。与她成亲，我的前程无限。"

珊瑚站在一旁，见孟钊眼光闪烁，久久不语，珊瑚心中有气，冷冷说道："怎么？你还舍不得离开这魔窟吗？时候已经不早啦！"

孟钊心意已决，嘿嘿地冷笑数声，说道："不错，时候已经不早了，你快走吧！天一亮了，难保你不给人发现，你本领再强十倍，也决计敌不过堡中的众多高手，那时我也难保护你了。"

珊瑚怔了一怔，道："孟钊，你要我走，你自己不走？"孟钊道："我为什么要走？你我已恩断义绝，你有你的耿公子，我跟你走作什么？"

珊瑚气得打抖，半晌说道："好，人各有志，你不走，我也不能勉强你。那么，我求你的第一件事情呢？耿相公关在什么地方，你能不能带我前往？"

孟钊冷笑道："我没有这个胆量，擅自带了外人去放堡中的囚徒。看在过往的情分，你有本领，你尽可以自己去找他，我不声张便是。"

珊瑚颤声说道："孟钊，你、你、你简直变得不像一个人啦！"

孟钊冷笑道："随便你怎么说吧。从今之后，你走你的阳关路，我走我的独木桥，我不求你，你也不必求我。"

忽听得有人哈哈笑道："好，孟钊，你说得好，这样的贱人理她干嘛？早就该赶她走了。"原来是那个名叫碧绡的丫环，已经自己运气冲开了穴道，回到房中。她吃了珊瑚的亏，气恨不过，笑声未毕，一掌就向珊瑚掴去。

珊瑚正自满肚皮没好气，见碧绡一掌掴到，身形不退不闪，反而跨上一步，双指一伸，对着那丫环掌心的"劳宫穴"，这"劳宫穴"是人身十二个"残穴"之一，倘被对方的内力封了穴道，气血逆流，一条手臂便要成为残废。碧绡这一掌倘若仍然按照原来的方位掴来，那就等于将劳宫穴送上去让她点了。

这碧绡是桑青虹的贴身丫环，武功委实不弱，心中一凛，变招奇速，掌风一偏，改掴为斫，横掌如刀，斫削珊瑚的小臂，哪知珊瑚早已料到她的后招，变招比她更快，双指一屈一伸，已是改为"二龙抢珠"的招数，倏地上移，贴近了碧绡的面门，作势就要挖她的眼珠。

碧绡大惊，霍地一个"凤点头"，只觉头皮一阵剧痛，她的眼珠是保全了，可是一缕青丝，已被珊瑚扯去。这还是珊瑚手下留情，并非真想挖她眼珠，否则焉能容她避过？

碧绡大怒喝道："孟钊，你还在袖手旁观？你究竟是要这贱人还是要我？"

孟钊正在为难，心里想道："事情已经闹翻，倘若任由珊瑚伤了碧绡，珊瑚固然难以逃出堡中，我也脱不了关系。倘不当机立断，相助碧绡，我的全部计划，就都要毁了。"

在他心中，正是邪念渐占上风，再给碧绡这么一喝，无暇考虑，双掌一立，立即斜身进掌，截住了珊瑚的攻势，沉声喝道："珊瑚你还不快走，在这里闹下去，只有你的吃亏！"他这一掌如封似闭，以守为攻，心中还是不愿意真的与珊瑚动手。

碧绡缓了口气，趁着珊瑚一愕之际，倏地一个转身，铮的一声，一枚指环脱手飞出，向珊瑚的面门疾射，原来她也想打瞎珊瑚的眼睛。

两人距离不过咫尺之地，这枚指环用急劲射来，本是极难避过，好个珊瑚，就在这间不容发之间，蓦地一个弯腰折柳，身向后弯，几乎贴着地面，硬生生地用"铁板桥"身法，避开了这枚指环，她双足钉牢地上，身形未曾恢复，双袖轻扬，又已拂开了孟钊的一掌。

碧绡也厉害得紧，指环一发，立即便是手脚兼施，趁着珊瑚未曾起立，一手便叉向珊瑚的喉咙，脚尖一起，又踢珊瑚的膝盖。

　　珊瑚见她招招狠辣，竟是立心要取自己的性命，不由得也是怒气陡生，蓦地长身而起，一托碧绡的脚跟，内力一起，碧绡翻了一个筋斗，头下脚上，在半空中居然又使出"夜叉探海"的招数，双掌斜斜劈下。珊瑚振臂一格，碧绡身子凌空，使不出力，双臂都给珊瑚拦过一边，珊瑚抽出左掌，就在她身形落下，脚下刚刚沾地的时候，用力一掴，清脆玲珑地狠狠打了她一记耳光！

　　孟钊左右为难，既担心珊瑚不能逃脱，更担心碧绡为她所伤，那时桑青虹发了脾气，只怕还要连累及他。一听得这一记清脆玲珑的掌声，不由得大吃一惊，无暇思量，"呼"的便是一拳捣出。

　　孟钊这一拳，正是公孙奇所授的龙拳杀手，用的竟是十分刚猛的拳力，珊瑚气怒交加，冷笑说道："孟钊，你好！"倏地一个转身，孟钊一拳捣空，身子前倾，珊瑚一咬银牙，一掌掴到他的耳根。

　　这一掌正要掴下，珊瑚蓦地芳心一软："宁可他无情，不可我无义！"心念一动，掌锋已移，从孟钊的肩头斜斜削过，连他的皮肉也没伤着。

　　碧绡吃了一记耳光，气得七窍生烟，喝道："孟钊，你还要放这贱人逃跑吗？哼，来人呀。"她一面大叫大嚷，一面抢着占了门口，与孟钊一前一后，将珊瑚夹在当中。

　　珊瑚冷笑道："你再骂一句贱人，我就再打你一记耳光！"反手一拍，将孟钊迫退，她自己则头也不回，径自向前直冲，手掌高高举起，作势又要打碧绡耳光。

　　碧绡吃过她的大亏，纵然气怒交加，究竟不无怯意，珊瑚径直冲来，碧绡不由自己地向旁边一闪，说时迟，那时快，珊瑚已抢到门外。

　　碧绡紧追不舍，孟钊也只好跟她追下，但他们二人忌惮珊瑚的厉害，却也不敢太过接近。碧绡大声唤人，一面施放暗器。

　　珊瑚挥袖拍打，头也不回，拍落了碧绡发来的两枚指环，三支袖箭。这时她已将到墙边，眼看就可越墙而出，忽地心想："耿相公还未救出，我怎可就一走了之？"此念一生，主意立改，不向前奔，反而回过身来。

碧绡吃了一惊，只听得珊瑚冷冷笑说道："你怕我逃跑么？我还不想走呢！"身形一掠，倏地一个"游空探爪"，便向碧绡抓下。原来她是想把碧绡抓住，迫她带路。

碧绡的武功本来比珊瑚也弱不了多少，因她一来对敌的经验远远不及珊瑚，二来先吃了亏，不免心怯胆寒，给珊瑚猛攻几招，手忙脚乱，孟钊只好帮忙碧绡招架，合二人之力，堪堪招架得住。

珊瑚喝道："孟钊，你再不退下，可休怪我手下无情。"孟钊心中一凛，进退为难。珊瑚欺身直进，倏地一招"饥鹰扑兔"，扭住了碧绡的手臂。

眼看碧绡就要落在她的手中，忽听得一声喝道："哪里来的妖女，胆敢到堡中放肆！"声到人到，端的是迅如闪电，只听得"刷啦"呼响，一条长鞭，已向珊瑚当头击下！正是：

伤心故友成仇敌，又见强人肆虐来。

欲知后事如何，请听下回分解。

第十三回 身无彩凤双飞翼
心有灵犀一点通

　　珊瑚心头一凛："这人来得好快！"她正扭住碧绡，一时间无暇闪避，就把碧绡往前一送，只听得"嗤"的一声，碧绡的衣裳被长鞭撕去了一幅，鞭势未停，仍然向前挥出，卷向珊瑚。

　　这人的鞭法端的是到了轻重随心，收发自如的境界，那么凶猛的鞭势，误碰着碧绡，竟然丝毫没有伤着她的皮肉，便能立即变招追击敌人，连珊瑚也觉意外。可是珊瑚的轻功也极了得，那人的鞭势虽然未衰，但究竟是给碧绡阻慢了少许，珊瑚身形疾起，已斜窜出三丈开外。

　　她落脚之点正在一丛玫瑰花的旁边，立足未稳，忽觉微风飒然，幸而珊瑚耳音聪敏，立时察觉，急忙往前一个滑步，说时迟，那时快，花丛中已窜出一人，却原来是个身长不及三尺的矮冬瓜，他伏在玫瑰丛中，就是准备突施袭击的。

　　这矮冬瓜身手却是十分矫捷，他使的是一对判官笔，珊瑚滑步急退，他居然不即不离，如影随形，便即跟上。珊瑚早已取出拂尘，一挥一拂，将那矮冬瓜的双笔荡开。就在此时，只听得鞭风呼呼，先前那人的长鞭又已追踪卷到。

　　这人却是个身长七尺的高个子，他人高鞭长，居高临下，以远攻配合矮冬瓜双笔的"近袭"，鞭法更见凌厉！

　　碧绡惊魂未定，扶着孟钊，娇喘吁吁，不敢上前参战，孟钊也乐得袖手旁观。碧绡定了定神，叫道："高林两位大哥，这女贼擅闯本堡，意图劫人，你们务必把她擒了！"那高矮二汉齐声答道：

"姑娘放心，她走不了！"

原来这高矮二汉乃是堡中有数的好手，高个子就姓高，叫做高出云，矮冬瓜名叫林深渊，他们二人是一对老搭档。

高出云的长鞭越展越快，呼呼风响，使出了连环三鞭、"回风扫柳"的绝技，卷起了一团鞭影，向珊瑚上三路打来，珊瑚使出蓬莱魔女所授的独门轻功，双肩一晃，脚尖一滑，身子旋风似的，随着鞭梢直转出去，鞭梢离她三寸，没有打着。矮冬瓜林深渊一个虎跳，双笔齐出，点她两足膝盖的"环跳穴"。

珊瑚怒道："你也看我的点穴！"拂尘一挥，运上内劲，尘尾竟是聚而不散，形如铁笔，与林深渊的判官笔碰个正着，竟然发出"当"的一声，林深渊也不禁心头一凛："这女娃子不但轻功绝妙，内功也这么了得！"他的一双判官笔竟给拂尘震歪，珊瑚用力一抖，尘尾倏地又再散开，根根如刺，万缕千丝的尘尾，倏然间好似变成了无数利针，齐刺林深渊的浑身穴道。这拂尘刺穴的家数，乃是公孙奇的父亲、蓬莱魔女的师父公孙隐所独创的，林深渊虽是公孙奇的手下，却也从未见过。

只听得"咕咚"一声，林深渊倒在地上，但却并非给珊瑚刺着了穴道，原来他因身材的便利，练成了一套巧妙的"滚地堂"的功夫（矮子最适宜练这种功夫），和身卧倒，一滚就滚出了两丈开外，脱开了拂尘笼罩的范围。

高林二人，高矮配合，训练有素，高出云一见同伴遇险，立即迈前一步，"刷"地一鞭打出，他人高腿长，一迈就是数尺，一招"神龙出海"，长鞭"呼"的一声，已打在珊瑚的前头，截住了珊瑚的去路，不让她追击林深渊。他的鞭法收发随心，一越过珊瑚的前头，将她阻了一阻，立即又倒卷回来，变为"枯藤缠树"，鞭梢向珊瑚的下三路卷到。珊瑚拂尘一展，缠上了他的长鞭。

高出云气力很大，但给珊瑚用上了一个"缠"字诀，再暗运内力一粘，他的长鞭竟然摆脱不开。高出云用劲一夺，反而越缠越紧，竟然给珊瑚扯得又向前奔出两步，几乎立足不稳。

说时迟，那时快，那矮冬瓜林深渊又已滚了回来，双笔贴着地面平伸，珊瑚一起步，他的判官笔就点向珊瑚脚跟的"涌泉穴"，点穴讲究是"迅速准确"四字，平常人卧倒地上，点穴法实难施展得开，但这林深渊与众不同，他以一身巧妙的"滚地堂"功夫，在地上滚来滚去，比站起来更灵活，那对判官笔专点珊瑚膝盖以下的"阳维"、"阴矫"两大经脉的十八处穴道，更是防不胜防。珊瑚抬腿一踢，险险给他点中"趾突穴"，珊瑚急忙变为"十字摆莲"，腿力跌荡，向旁边横扫，林深渊随势滚动，笔尖一翘，又几乎戳着了她脚跟的"涌泉穴"。珊瑚无可奈何，只得把拂尘一抖，放开了高出云的长鞭，仍以"刺穴"之法，再来对付这矮冬瓜，林深渊哈哈一笑，迅即滚开，高出云的长鞭立即配合，又打来了！

这高矮二汉，倘若是与珊瑚单打独斗，那是必败无疑。但现在他们二人联手，配合得丝丝入扣，妙到巅毫，却是把珊瑚缠得毫无办法，时间过一分，她的气力就多消耗一分，渐渐只有招架之功，毫无还手之力。只听得喔喔鸡啼，东方天际微露曙光，天色快要亮了。天亮之后，堡中高手起来，珊瑚就更难逃脱了。

珊瑚正在着急，忽见一条人影，疾奔而来，高声叫道："咦，瑚妹，是你吗？"转瞬之间，那人已是声到人到，珊瑚抬头一看，也不禁"咦"了一声，叫道："照哥，是你！"

原来耿照练了那大衍八式，打通了十二重关，功力已平增数倍。桑青虹也未料到他成功如此之速，她本来计划在天亮之时，来打开地牢，与耿照一同私奔的，她预算耿照在天亮之时，方可大功告成，哪知耿照在五更时分，便已功行完满了。

这时正轮到那鹰鼻汉子刘彪看守，刘彪有意令他多吃苦头，巡视牢房之时，将他百般凌辱，耿照一怒之下，便将刘彪击晕，顺手夺回了宝剑，逃出牢房。他本来不想多事，但听得这边厮杀，免不了看它一眼，却不料这一眼就看见了珊瑚。

耿照吃了一惊，再看一眼，这一眼又看见了孟钊和碧绡。耿照更是惊魂不定，连忙叫道："孟大哥，你怎么不上去帮忙她？"话犹未了，只听得孟钊大吼一声，已是振臂向他扑来！孟钊昨日与他平打，吃了点亏，但这时有碧绡在旁，他已是有恃无恐。耿照一个"游身滑步"，闪开了孟钊的一拳，恼道："孟大哥，你这人怎的如此不分青红皂白，不分缓急轻重？玉姑娘一心前来会你，她遭受围攻，你却袖手旁观，置之不理，反而要来打我！你即使对我有所误会，也该先止住你的同伴，让玉姑娘出来说话呀！"孟钊越打越凶，耿照大叫大嚷，他却是一拳重过一拳，哑声不响地接连打了一十三拳，耿照虽然没有给他打着，但由于不想还手，一味退让，他本是想冲过去援救珊瑚的，连让一十三拳，离开珊瑚更远了。

珊瑚大为着急，叫道："耿大哥，你赶紧自己走吧，不必管我！"她不知耿照已练成了上乘内功，估量他勉强可以应付孟钊，但倘若碧绡出手，那么，他就一定逃跑不了。

碧绡发了一声冷笑，得意扬扬地笑道："孟钊，你听见了吗？你这位心上人，她的心可并不是向着你，而是向着这姓耿的小子！你放心打他吧，他跑不了！"她身形一晃，截住了耿照的后路，手中扣着暗器，只待孟钊一个不敌，她就要放暗器伤人。

珊瑚与那高矮二汉对敌，本来就已处在下风，这时又在担心耿照的安危，一个疏神，那高个子的长鞭，已是乘虚而入，只听得"刷啦"呼响，长鞭刷过，把珊瑚的衣裳撕去了一幅，幸而她闪避得快，要不然这一鞭就是皮破肉绽之灾。

珊瑚着急，耿照更急，就在这时，孟钊大吼一声，又是一拳打到。耿照叫道："好，你不救她，我去救她！你让不让开？"一掌平推，只听得"砰"的一声，孟钊跌了个四脚朝天！

耿照这一掌，只用了三成功力，他新练成上乘内功，自己也不知道气力有多大，想不到这轻轻一掌，竟把孟钊摔得个头破血流，不禁呆了。

耿照正想说几句道歉的言语，说时迟，那时快，碧绡把手一扬，五枚指环，已是连珠价的向耿照打到，这指环是她所练的独门暗器，专打人身大穴，耿照手忙脚乱，只避过了两枚指环，还有三枚都打在他的身上。碧绡恶狠狠地喝道："躺下来吧！"

哪知耿照非但没有应声躺下，反而向前冲上了两步，原来他刚刚练成了上乘的内功，体内真气鼓荡，那三枚指环碰着他的身体，立刻给反弹回来，反弹回来的力道比碧绡发出去的力道更急，碧绡这一惊非同小可，连忙跳过一边，只听得叮叮叮连珠密响，那三枚指环打中了一块太湖石，火星迸现，石屑纷飞。

那三枚指环打中耿照的穴道，但打来的劲道给他本身的真力全挡了回去，自是毫无伤损，不过等于给小孩子抓痒一般，只是略微感到一阵酸麻，他向前猛冲几步，气血运行加速，这酸麻之感也立时消失了。孟钊只道他要冲过来施展杀手，吓得连爬带滚，远远躲开。耿照根本就不是想对付孟钊，他双臂一振，脚步不停，就向那高个子扑去。高出云见他一个照面就摔倒孟钊，又震飞碧绡的暗器，也是不敢轻视，长鞭一抖，用了十成气力，反手一鞭"回风扫柳"，打到了耿照的面前。珊瑚吓得慌了，叠声叫道："耿大哥，快走，快走！"拂尘一起，要抢上去缠高出云的长鞭，矮冬瓜林深渊早已滚到她的脚边，双笔平伸，点她腿弯的"鼠蹊穴"，珊瑚迫得将拂尘一拂，荡开他的双笔。

高出云的鞭法迅如闪电，一招"回风扫柳"，连环三鞭，一鞭狠过一鞭。耿照内功虽已练成，临敌的经验还很幼稚，招数也很平庸，而且他所会的只是剑法掌法，对这种精奇的鞭法却是见所未见，不知如何招架。他仗着家传的"蹑云步法"，闪开了两鞭，第三鞭却是再也闪避不开，只见那鞭梢抖动，恍如一条藤蛇，堪堪就要缠上他的颈项。这一鞭正是高出云得意的杀手鞭法，名为"锁喉咙"！

耿照心中一凛，倘若给他的长鞭缠上喉头，岂不是要立时气绝？百忙中无暇考虑，霍的一个"凤点头"，伸出手臂，硬抓长鞭。他是两害相权取其轻，宁可让对方的长鞭打断手臂，也绝不能让它缠着喉咙。

他这一来正巧应付对了，高出云鞭法精妙，当然不会给他抓着，长鞭见物即绕，倏地就缠上他的手臂，转了十几匝，将他的臂膊缠得结结实实。可是这一来耿照的内功立即有用武之地，高出云猛力一拉，耿照分毫未动，高出云却反而给他带动了几步。

高出云与林深渊本是一对配合得极好的老搭档，这时高出云的长鞭缠上了耿照，既不能将他拉倒，急切间又不能解开，只剩下林深渊一人对付珊瑚，却怎是珊瑚的对手？不过数招，珊瑚拂尘一展，尘尾散开，宛如千万根利针，将林深渊罩住，一齐刺下！

林深渊将身子缩成一团，使出"滚地堂"的功夫，活像一个皮球，刹那间就滚出数丈开外。可是他没有高出云的长鞭呼应，珊瑚可以毫无顾忌地放胆追他。林深渊的滚转虽然迅速，怎也快不过珊瑚的轻功，珊瑚身形一掠，尘尾如影随形，轻轻一拂，已拂中了他尾龙骨的"尾闾穴"。林深渊登时变作了一摊烂泥似的，再也不能动弹了。

珊瑚转过身来，正要相助耿照。只见耿照与高出云业已分开，高出云身似陀螺疾转，在地上直打圈圈，越转越快，忽地"咕咚"一声，倒在地上，原来高出云拉不倒耿照，反而给耿照的内力牵动。他是个武学行家，情知不妙，急忙松手，可是身上所受的那股力道，急切之间却是不能化解，由于运动中"惯性"的作用，身子兀是转个不休，终于支持不住。

珊瑚又惊又喜，急忙走上前去，替耿照解开缠在臂上的长鞭，问道："耿大哥，你受了伤没有？"耿照道："没有。"珊瑚吁了口气，说道："好，那么咱们走吧！"

耿照道："瑚妹，你怎么能走？"珊瑚道："我为何不能走？"耿照道："孟大哥在这儿呢，要走你也该和孟大哥一同走。孟大哥，我刚才摔了你一跤，并不是有意的，望你不要见怪。"碧绡正扶着孟钊，远远地躲在一边，孟钊见耿照向他走来，又气又怒又是惊慌，哼了一声，退后几步，却不敢骂。

珊瑚心中酸楚，又说了一声："耿大哥，咱们走吧！"眼光从孟钊身上移开，从此再也不瞧他一眼。耿照惊疑不定，问道："瑚妹，他、他不是你要找的那位孟大哥吗？"珊瑚摇了摇头，说道："不错，他的名字叫做孟钊，但已不是我所认识的那个孟钊了。"话声低沉，无限凄凉。

耿照莫名其妙，一片茫然。珊瑚又道："耿大哥，咱们走吧！"这是她第三次催促了，耿照茫然地只好跟着她走，刚走得几步，忽听得有个冷峭的声音说道："耿照，你好呀！就想走了吗？"只见花丛中走出一个白衣女子，正是那公孙奇的小姨桑青虹！

桑青虹在他们的前头一站，冷冷说道："耿照，你昨晚说过什么话来？你说和这位玉姑娘不过是兄妹之谊，哼，哼，好一个兄妹之谊！你要带她到哪里去？"珊瑚道："你胡说什么，我们是兄妹也好，不是兄妹也好，你管不着！"

桑青虹面似寒霜，冷笑说道："我管不着你却管得着耿照，耿照，你学了我的武功，是用来和孟钊抢女人的吗？"耿照又羞又气，说道："又不是我要学你的武功，是你迫我学的。"桑青虹冷笑道："真是笑话，手脚长在你的身上，你不练那大衍八式，我怎能强迫你练？好一个忘恩负义的东西！"

珊瑚柳眉微蹙，问道："照哥，你当真跟她练了什么功夫？"心想："照哥真糊涂，岂不知学了别派的功夫，即算未曾正式拜师，也得算是那一派的记名弟子，从此就要受那一派长辈管束的了？"

耿照急得大叫道："不是的，她是用诡计骗我上当的。"当时桑青虹是用"封穴逆息"的邪派手法，令得耿照真气逆行，浑身发热，神智迷糊，不知不觉之间，自自然然地就要练那大衍八式以求自解。但仓促之间，耿照却哪能说得明白？

珊瑚一时间也想不通何以用"诡计"可以使一个人练别派的武功，但她相信耿照，耿照说是"诡计"，那就定是诡计无疑。当下说道："你向这位姑娘发个毒誓，以后绝不使用从她这儿学来的武功。"珊瑚只道这"大衍八式"乃是武术的招式，故此按照武林规矩，叫耿照发一毒誓，永不再用，那也就等于宣告与那一派脱离关系，可以不再受她管束的了。

她哪知道"大衍八式"不是武术的招式，而是邪派内功中"导气归元"的八个图式，内功练成之后，举手投足，便会自然而然地运用出来，要制止也制止不了的。

耿照又是羞惭，又是气急，讷讷说道："这个，这个……"桑青虹笑道："这个毒誓你是发不出来的。"耿照愤然说道："好，你把我的功夫收回去吧！"桑青虹笑道："除非我把你杀了。否则焉能只收回你一部分的功夫，再不然，另外就只有一个法子——"耿照忙道："什么法子？"桑青虹道："你留下来，从此永远不能离开我。在我管束之下，你就不能擅用本派武功了！"说至此处，顿了一顿，回过头来，又对珊瑚说道："玉姑娘，你擅入本堡，按说我也不能任你要来便来，要去便去；但现在耿相公已是本派弟子，看在耿相公的份上，我卖个人情，放了你吧。你一个人走，或若和孟钊同走，都行！"

孟钊叫道："二小姐，你杀了我，我也决计不能再要这个贱人。二小姐，这小子也不是好人，你不要上他的当！"桑青虹微笑道："孟钊，多谢你的好心，我不必你来给我打算。好，玉姑娘，孟钊既然不要你了，你就自己走吧。"珊瑚见耿照不肯发誓，心中很是不满，这时也是气怒交加，拂袖便走。

耿照大叫道："你凭什么把我留下，你杀了我也不留！瑚妹，咱们一同走。"珊瑚见他坚决要与自己同行，不知怎的，心中感到一阵喜悦，想道："对，和这种妖女，讲什么武林规矩？照哥不肯发誓，其中定有道理。我答应过保护他的，岂能让他陷身魔窟？"她本是有几分男子气的巾帼英雄，想到自己有保护耿照之责，豪气顿生，不自觉地拉着耿照，便要硬闯过去。

桑青虹冷冷说道："好，你们要作比翼双飞，那就一个也走不了！"忽地伸手朝珊瑚面上一抹，珊瑚轻功已得蓬莱魔女的五六成功夫，早有防备，但桑青虹这一掌无声无息地突如其来，珊瑚侧身一闪，鬓角已给她冰冷的手指触了一下，登时头晕目眩，幸而她应变还算机警，一个"鹞子翻身"，立即倒纵出三丈开外，未曾给桑青虹的指力透入她的穴道，尚可支持。但如此一来，她与耿照也不得不分开了。

桑青虹这一抹不中，也觉有点意外，冷笑道："果然是个美人胎子，怪不得男人都着了你的迷汤！"妒火中烧，如影随形，又是一掌向珊瑚面门掴去，这一掌若然给她掴中，登时就可毁了珊瑚的月貌花容。

珊瑚大怒，拂尘一展，一招"千丝万缕"，也向桑青虹的面门拂来，这时两人距离不过咫尺之地，桑青虹也不敢让她拂中，当下张口一吹，尘尾登时飘散，可是由于她要运气抵御，那一掌的劲力就减了几分，珊瑚也从容地格开了。

桑青虹笑道："好，让你也见识见识我的点穴手法！"五指一拢，倏地疾弹而出，将珊瑚的"天璇"、"地阙"、"玉门"、"玄机"、"委中"五处大穴，都笼罩在她五指可及的范围之内，她五

桑青虹冷冷说道："好，你们要作比翼双飞，那就一个也走不了！"

指伸缩不定，难以捉摸，饶是珊瑚的点穴本领也得了蓬莱魔女的真传，急切间也不知该如何防御。她的拂尘被桑青虹一口气吹散，急切间也聚拢不来，难以防身。

耿照本来不想与桑青虹动手，但这时见珊瑚已是危机瞬息，一急之下，也就顾不得这么多了，当下大喝一声："撒手！"一掌就向桑青虹劈去。

桑青虹面色铁青，冷笑道："耿照，你好啊！你可知偷来的技艺打不到师父吗？"五指一收，化指为掌，也是一掌拍出，只听得"蓬"的一声，双掌相交，耿照只觉手心一凉，一股阴柔之极的力道，已被他的掌力化开，身不由己地倒退几步。

桑青虹也觉掌心一热，上身也不由得晃了一晃，这一掌未能把耿照击倒，也是大出她意料之外。原来耿照从小练的是正宗的内功心法，一练了那"大衍八式"，打通了经脉之后，真气流贯全身，内功的基础已是比桑青虹更为扎实。不过，桑青虹的上乘内功早已练成，论到运用之妙，那当然是比耿照胜过不知多少，所以较量之下，耿照还是要稍吃点亏。

桑青虹心中后悔："早知他如此负心，不该传了他大衍八式。"爱恨交并，追上去对耿照又是一掌。珊瑚喘过口气，立即转过身来，拂尘袭击桑青虹的后心大穴，桑青虹长袖向后一甩，右掌挥舞，仍向耿照疾攻。

耿照拼命挡了几招，越来越觉应付为难，急得连忙叫道："瑚妹！你快走吧！"桑青虹冷笑道："你们两人彼此爱护，好得紧啊！"瞬息之间，攻出七招，每一招都是指掌兼用，指尖点穴，掌心拍击，掌拍指击，都是攻向耿照意想不到的方位。耿照内功虽然练成，招数的精妙却是远远不如对方，他双掌齐出，抵御桑青虹单掌的攻击，兀是给迫得手忙脚乱。珊瑚这时要走，本来可以全身而退，但她又怎肯舍弃耿照，一走了之？那支拂尘，也攻得更急了。

桑青虹头也不回，反手挥舞长袖，抵敌那支拂尘，衣袖拂尘都是柔软之物，双方使出刚柔兼济的功夫，打得难分难解。但桑青虹以一掌一袖，分敌二人，仍占上风。耿照见形势危急，猛地张开双臂，便要抱住桑青虹的纤腰，原来他情知不敌，一急之下，索性使出这"奋不顾身"的"笨法子",只要一给他抱住,珊瑚就可以逃走了。

桑青虹面上一红,喝道:"你找死么?"掌心倏地往他胸膛印下,掌力将发未发之际,耿照的手指已触及她的纤腰,桑青虹忽地心头一软,按着掌力不发,改用指尖一戳,点中了耿照的麻穴。但她给耿照的手指触了一下,身形不免稍稍迟滞,只听得"嗤"的一声,背心一幅衣裳,已给珊瑚的拂尘撕破。

桑青虹大怒,回过头来,全力对付珊瑚,珊瑚虽得了蓬莱魔女的四五成功夫,却怎是她的对手。桑青虹双袖齐飞,一条衣袖与拂尘相抗,另一条衣袖,倏地从下面卷上来,卷着了尘柄,衣袖甩,尘柄撞中了珊瑚胁下的麻穴,珊瑚也不能动弹了。

孟钊刚才给耿照摔了一跤,头破血流,血虽止了,气还未消,气呼呼地过来,便要殴打耿照。桑青虹双眼一翻,冷冷说道:"你要打他,我就放开了他,让你们再打!"孟钊道:"二小姐,你不可上了这小子的当!"桑青虹道:"我自有主意,不必你为了我操心。"孟钊大是尴尬,只好讪讪退下。

桑青虹恨恨地盯了耿照一眼,一时间却是心乱如麻,打不定主意。忽听得她姐姐的声音说道:"妹妹,你干的好事!"只见一个妇人分花拂柳而来,正是她的姐姐桑白虹。

桑青虹不怕姐夫,对她的姐姐却是有几分顾忌,只好垂下手来,听她姐姐斥责。桑白虹面挟寒霜,冷冷说道:"妹妹,你以往怎么胡闹,我都可以任由你的性子。但这次你却是太过胆大妄为啦,你怎么可以把咱们传家之宝的大衍八式私传了外人?你可知道这大衍八式,我是连你姐夫也不传的?"桑青虹低下了头,说道:"我违反家规,业已做了出来,随便姐姐责罚吧。"桑白虹叹了口气道:"论理我本该废了你的武功,谁叫你是我的亲妹子?好吧,事到如今,我不杀你,就只好杀这小子了!"

桑白虹缓缓举起手掌,慢慢地向前推进,逐渐接近耿照的脑门。桑青虹忽地将姐姐抱住,说道:"姐姐,你还是责罚我吧!"桑白虹道:"你不肯让我杀这小子,你宁愿让我废了你的武功?"桑青虹道:"过错在我,是我迫他练这大衍八式的。杀了他那未免太不公平！"珊瑚心道："耿大哥果然没有说谎，是这妖女迫他练的。"她刚才未明真相，对耿照肯学桑家的功夫不免有点不满，现在听得桑青虹自己招认出来，是迫耿照练的，她这一点点不满，也就烟消云散了。

桑白虹笑道："你居然也讲起'公平'二字，这还是我第一次听到。好吧，只要你想得出一个恰当的处置办法，我就饶了他吧。"其实桑白虹也并不想杀耿照，她那一掌故意缓缓落下，就是准备让妹妹求情的。

桑青虹却想不出恰当的处置办法，一时恼怒，说道："这麻烦都是这妖女带来的，我先把她毙了！"一掌便向珊瑚击出，她这一掌快如闪电，与刚才桑白虹击向耿照的那一掌大不相同。

哪知她姐姐比她更快，她手臂一抬，掌力尚未发出，桑白虹已将她一把拉开。桑青虹诧道："姐姐，你怎么也不让我杀她？"桑白虹道："是你姐夫不许。这里发生的事他都已知道了，他要我提这两个人去问话。你若杀了这个女的，他一定杀那男的。"桑青虹道："哦，原来你早就打定主意，要交姐夫处置，那你还问我做什么？"桑白虹道："反正你也想不出恰当的处置办法，那就不如让你姐夫去发落吧。再说，你姐夫总是一家之主，你也不该太过拂逆他的意思。"桑青虹冷笑道："人人都说姐夫怕你，依我看来，却是你越来越怕姐夫了。"桑白虹道："胡说八道，我与你姐夫相敬如宾，说不上谁怕谁。"桑青虹暗暗冷笑，桑白虹又道："你倘要保全这小子的性命，我劝你在你姐夫面前，还是不要胡乱说话的好。"桑青虹冷笑道："好，你既然帮定了姐夫，那我就一声不响。"

孟钊听得她们姐妹的口气，对耿照都似颇为偏袒，心里又惊又恼，要想跟去，却又不敢。桑白虹道："孟钊，你也不必着急，主人总不会亏待你。你受了伤，让碧绡替你好好料理吧。"她交代了这么几句，随手一招，唤来了另外两名丫环，便扶着耿照、珊瑚二人走了。

公孙奇正在大堂里独自徘徊，见她们来到，笑道："很好，玉姑娘，你也来了。"他向珊瑚说话，脚步却朝着耿照走去，忽地一掌拍下，这一掌事先毫无征兆，突如其来，桑青虹想要拦阻已来不及，不禁失声惊呼。

耿照忽然觉得手足能够活动，原来公孙奇那一拍并非取他性命，而是替他解开穴道。可是由于这一掌突如其来，耿照却怎知他的用意？穴道一解，本能地便挥掌抵御。

双掌相交，毫无声响，耿照触着对方的掌心，只觉一团绵软，他所发出的那么刚猛的掌力，竟似泥牛入海，刹那间便都溶化在大海之中，公孙奇哈哈一笑，信手又点了耿照的穴道，说道："夫人，你们桑家的大衍八式，果然是神奇无比，这小子再练上十年，不难与你我比肩。他得了你们桑家的不传之秘，怪不得你要感到为难了。嗯，是杀他呢还是不杀？"原来公孙奇解开耿照的穴道，正是要试他的功力，一试就试出了耿照已练成上乘内功，虽然目前还未能给他伤害，但已是委实不容轻视。他聪明绝顶，当然也就立即猜到了，这是桑青虹私下传授耿照，而他的妻子则正在为此感到为难。

桑白虹心里暗暗叫苦，原来公孙奇当年受她诱惑，宁愿舍弃老父，与她私奔，这固然是由于他贪图外面的享受，不甘老父的拘束，但另一方面却也是为了想学桑家的武功。桑白虹姐妹的父亲桑见田是邪派中数一数二的人物，生前与公孙奇的父亲公孙隐并驾齐名，但若论到功夫的歹毒，桑见田尚在公孙隐之上。公孙隐少年时候曾受过桑见田的凌辱，自此与桑家结仇，桑见田虽然死了，他这口气尚未曾消。因此他为了公孙奇与仇人之女私奔，才会那样生气。

公孙奇想学桑家的武功，这心思他妻子当然知道。也正因此，桑白虹隐瞒了大衍八式，不肯教他，目的就是为了留着一手，以作为挟持丈夫之用。要知公孙奇的天资胜于妻子，他本身又有家传的武功，倘若再学全了桑家的功夫，桑白虹就再也不能制服丈夫了。公孙奇的手下人人以为公孙奇惧怕妻子，其实是为了这个原因，这原因也只有桑白虹自己明白。如今大衍八式的秘密已经泄露，桑白虹自是觉得不妙，只怕公孙奇要学，那就难以砌辞推搪了。

桑青虹道："姐夫……"公孙奇笑道："这小子心不向你，你还是要为他求情么？"桑白虹道："妹妹，听你姐夫处置。"桑青虹嘟着嘴儿，却也不敢不依。

公孙奇转过身来，说道："玉姑娘，你跟随柳清瑶不过四年，居然能够和高出云、林深渊二人打个平手，确实不错。你的功夫我是不用再试了。孟钊呢？"桑白虹道："孟钊正在养伤。"公孙奇道："玉姑娘，是你将他打伤的吗？"珊瑚闭口不答，桑白虹道："是这姓耿的小子将他打伤的。"公孙奇哈哈笑道："孟钊的一片相思要付之流水了。如今我才知道，原来玉姑娘爱的不是孟钊，而这位照相公，也愿意为玉姑娘拼命，看来是郎有情，妾有意的了。"

耿照要想辩解，苦于口不能言，珊瑚哑穴未封，可以说话，但她却不愿意说话。

桑白虹笑道："这只是你揣测之辞，玉姑娘心意如何，还应该问过她才好。"公孙奇道："不错，昨日我本来想把这小子交给孟钊，任由孟钊处置，如今玉姑娘亲自来了，事情又有了出乎意外的变化，对这小子的处置，当然应该由玉姑娘亲自决定了。"珊瑚正在心乱如麻，为耿照担忧，听了这话，不觉大为奇怪，"这魔头安的是什么心思？为何他对我似乎颇为尊重，居然肯让我处置此事？"桑青虹听了，却是大为着急。

只听得公孙奇接着说道："玉姑娘，这里有两条路任你选择，这位耿相公的命运，也就要看你如何选择而定了。"珊瑚这才知道，原来公孙奇所说的由她处置，也还是附有条件的。

公孙奇笑了一笑，接续说道："第一条路，你要是当真喜欢这位耿相公，我也可以让你们成亲，不过，你们成亲之后，却不能擅自离开本堡。也即是说，从今之后，我就是你们的主人，你们一切都得依从我的命令。你意下如何？"珊瑚一直默不作声，这时忽然抬起头来问道："第二条路又是如何？"耿照望了珊瑚一眼，他满腔忧愤，在眼光中表露无遗；但珊瑚却似心底有了主意，神情反见镇定了。

公孙奇道："第二条路是让你嫁给孟钊，这么样，这姓耿的就不能留在这儿。"桑青虹喜道："这样最好，你不杀他？"公孙奇道："我废掉他的武功，保留他的性命，让他逃出本堡。不过，这两条路要由玉姑娘选择，与你无干。你不必多出主意。"桑青虹叫道："姐夫，你这是分明要迫玉姑娘嫁给这姓耿的小子！"依她想来，珊瑚本来就已移爱耿照，与耿照成婚，又可保全他的武功，那岂不是正遂了他们心头之愿？珊瑚当然是要选择第一条路了。

哪知珊瑚却咬着嘴唇，似乎下了极大的决心说道："我愿意嫁给孟钊，但你们也得依从我一个条件。"公孙奇颇出意外，但他的用意只是想留下珊瑚，她嫁给谁人，公孙奇都是无可无不可。当下便立即问道："好吧，什么条件，你就说吧。"珊瑚道："不要废掉耿相公的武功，让他走吧。"公孙奇面色一沉，道："你可知道，他学了我岳家不传之秘的武功？我岂能让他带了这武功出去？"珊瑚冷笑道："我知道了，你们是惧怕他在十年之后，武功胜过你们！"

公孙奇极为自负，听了这话，纵声大笑道："我本是非废掉他的武功不可，但听了你这话，我倒可以重新考虑了。不过，夫人，这是你家的事情，我还得听听你的意思。"桑白虹望了妹妹一眼，说道："我听凭夫君的处置。"公孙奇道："好，那么我就让这位耿相公保存武功，不伤他一丝毫发。只是他从今以后，可不许再踏进本堡一步！"

公孙奇随即解开了耿照的穴道，淡淡说道："这儿没你的事了，你可以走了！"耿照本来盼望珊瑚与孟钊"有情人终成眷属"，如今得到这样的结果，自是满意不过，但他回头一望，忽见珊瑚眼眶红润，泪光莹然，却不禁心头一震，脚步登时似有千斤之重，再也踏不出去，不觉呆了。

耿照避开了珊瑚的目光，定了定神，心里想道："不对，珊瑚刚才不肯认那孟钊，对他似是甚为厌恶，她为了什么原因不爱孟钊，我不知道；但我总可以看得出来，她是不愿意嫁给孟钊的了。然则，她何以如今又突然改了主意？嗯，莫非这一切都是为了我么？"

珊瑚见他举步踌躇，大为着急，连忙说道："耿大哥，咱们从今之后，各走各路，你有你的去处，我有我的归宿。你还不走，留在这里做什么？"

耿照听了这话，登时明白，"呀，她果然是一片苦心，完全为我！"原来珊瑚情知不是公孙奇的敌手，她若选择第一条路，她与耿照就都要陷身魔窟，在他们看管之下，只怕插翼难飞！她想到耿照负有使命，要将父亲的遗书携到江南，岂可令他受自己的连累？因此，她为了成全耿照，只好佯允嫁给孟钊。她与耿照说的那几句话，就是点醒耿照，叫他记得他有他的去处。

公孙奇笑道："咦，你们两人怎么还是依依不舍？"耿照心中悲苦，咬了咬牙，转身便走。桑青虹忽地拦住门口，叫道："且慢！"耿照愕然道："你要怎么？"桑青虹向公孙奇道："姐夫，堡中之事，由你作主。但这姓耿的他不是堡中之人，他的大衍八式是我私相传授的，我有过错，我要补救，我可不能让他这样容易出去！"公孙奇道："哦，你要废掉他的武功？"桑青虹柳眉一竖，道："不废他的武功也行，他可得由我处置！"

珊瑚叫道："公孙堡主，你说的话算不算数？"公孙奇见她如此着急，大大起疑，冷冷说道："也好，耿相公，你且待一会儿。"珊瑚又叫道："公孙堡主，你出尔反尔，算得什么英雄？"公孙奇淡淡说道："玉姑娘，你别忙，我还有几句话要问，问清楚了就放他走。咄，姓耿的，你是什么人？何方人氏？父亲是谁？师父是谁？"

原来公孙奇派出手下跟踪耿照之时，虽对耿照也曾有过调查，但只打听到他的姓名，知道他曾在蓬莱魔女山寨中作过客，其他有关耿照之事，却是未曾打听清楚。当时公孙奇只是想以耿照为饵，将珊瑚引来，对耿照并不放在心上，所以也未曾仔细盘问。如今公孙奇见珊瑚如此着急地要耿照离开，不由得蓦地起了疑心。

耿照心头一震，暗自想道："这魔头不知与金人有无勾结，但总之不是好人，我的来历，岂能说与他知道？"要待措辞搪塞，但一来他不惯说谎，二来公孙奇问及他的父亲，父亲的名字岂能胡乱捏造？正在踌躇，盘算该如何回答，珊瑚忽道："公孙堡主，我有一事，先要请教。"公孙奇道："请说。"珊瑚道："这位耿相公是你答应让他走的，那么，你是不能将他当作囚犯的了？"公孙奇道："我是好好问他，也没动刑，谁说我将他当作囚犯？"珊瑚又道："你的命令，是不准他今后再踏进贵堡半步，那么，你当然也是不把他当作朋友的了?"公孙奇傲然说道:"不错,当今之世,够得上与我朋友相称的,本来就没有几人!"珊瑚道:"着呀,那么,他与你非友非敌,毫不相干,你何须问他来历?"

公孙奇怔了一怔,哈哈笑道:"玉姑娘,你辞锋锐利,果然不愧是柳清瑶亲手调教出来的女中豪杰!好,我就不盘问他了。但你们之事,与我无关,与孟钊却大有关系,你如今已答应下嫁孟钊,那么理该将孟钊叫来,三面言明,耿相公才好离开。"珊瑚又羞又恼,亢声说道:"公孙堡主,你是存心羞辱我吗?这话,你刚才可没有说过。"公孙奇道:"我刚才一时思虑未周,如今补救,还来得及。你和孟钊已定了夫妻名分,夫妻之间何事不可明言?何况耿相公是你的好友,也就应当是你丈夫的好友,你们夫妻俩送他一程,也是应该,此事光明磊落,焉能说是羞辱?"

公孙奇说至此处,便不再理珊瑚,径自向妻子问道:"孟钊伤得重吗?"桑白虹道:"摔破了头,并非很重。"公孙奇道:"好!"立即吩咐一个仆人:"你给我将孟钊叫来,叫他顺便将冀州的卷宗带来。"

原来孟钊颇通文墨,替公孙奇掌管文书。公孙奇曾叫手下将各地的成名人物编成名册,附有事迹;各地所发生的大事,也多有记载,与现代间谍组织所必备的档案差不多。

他听出耿照是冀州口音,所以便叫孟钊将冀州的"档案"调来,看一看冀州有没有姓耿的武林人物,希望从这档案中可以查到耿照的来龙去脉。

枝节横生,风波叠起,珊瑚、耿照均是忐忑不安,但既然还在公孙奇掌握之中,公孙奇执意如此,他们亦是无可奈何。桑青虹在一旁偷偷欢喜。

那仆人接了命令,匆匆便走。哪知刚走到门口,外面忽地有个人也匆匆跑进来,"砰"的一声,撞个正着,那仆人跌了个四脚朝天!

公孙奇喝道:"穆弘,你不在大门把守,失魂落魄地跑来干什么?"这穆弘抬起头来,满面鲜血淋漓,叫道:"主公,不好了!"
正是:

才伤情海风波起,又见寻仇怪客来。

欲知后事如何,请听下回分解。

第十四回　豪气干云来御敌
师恩深重护同门

珊瑚心中一动，暗自想道："莫非是笑傲乾坤狂侠华谷涵来了？"只听得公孙奇问那穆弘道："何事大惊小怪，是什么人来了？"他竭力装作神色自如，但声音亦已微微发抖，原来他也疑心是华谷涵来到，心想："为何没听见他的笑声？"

穆弘叩了个头，说道："外面来了个陌生汉子，要见主公，我们拦着他向他讨取拜帖，那人哈哈大笑，说道：'我平生从来不具拜帖！'大踏步便要硬闯进来，我们当然将他拦阻。他忽地冷笑道：'你们当真定要拜帖？好，那你就给我带去吧！'话声未了，反手便打了小的一记耳光。"

公孙奇惊疑不定，听穆弘所说的这人行径，有几分似是笑傲乾坤华谷涵，当下也顾不得生气，连忙问道："那么拜帖呢？"穆弘道："他说拜帖已印在小人面上。"

公孙奇道："你抬起头来。"仔细端详，只见穆弘面上伤痕遍布，纵横交错，公孙奇细心审视，看了好久，才看出那些伤痕虽然纵横交错，但却有轨迹可寻，似是顺着笔势，在他脸上剜出来的草书，隐隐现出"东园望"三字！

公孙奇吃了一惊，问道："他只打了你一掌？"穆弘道："不错，只是一掌。"心想："再打一掌，那还了得？"不解主人何以如此问他。原来穆弘自己尚未知道，那人只是一掌打下，在这极短促的时间之内，已用指力在他脸上划出了三个草字！

武功中本来有金刚指之类的功夫，指力刚劲的人，在石头上书写并不困难，但在一个人的脸皮上划出三个草字，那却是比在石头上书写，要难过十倍百倍。脸皮不比石头，其薄如纸，即使用刀剑划过，要划出三个草字，而又不伤及眼睛鼻子，已极困难，何况是用指力，又何况是在这么短促的时间之内？

不过公孙奇虽然暗暗吃惊，却也松了口气，心道："原来不是华谷涵，而是四霸天之首——东海龙东园望这老匹夫来了！"当今之世，公孙奇最最害怕的是华谷涵，对东海龙倒并不怎样恐惧，不过，东海龙露了这手神奇奥妙的功夫，公孙奇却也不敢有丝毫轻视。

穆弘又磕了个头，说道："求主公替小人出一口气。"公孙奇"哼"了一声，说道："你有眼无珠，滚下去自己敷药吧。"话虽如此，他心中亦自有气，心想："俗语说得好，打狗也看主人面，你伤了我仆人的颜面，那也就是存心损我的面子了。"

当下提一口气，朗声说道："原来是东海龙王驾到，请恕下人无知，切莫见怪。公孙奇在此恭候了！"他用的是传音入密的上乘内功，声震屋瓦，远远地传了出去。

忽听得一声长啸，宛若龙吟，震得众人耳鼓嗡嗡作响，心神不安，公孙奇夫妇与耿照等人，功力深厚，还不觉得怎么，珊瑚已自觉得有点儿晕眩，几个仆人，更是禁受不起，不由自主地随着啸声起舞。公孙奇心道："果然不愧是四霸天之首，他这长啸远胜于西岐凤的高吟，但若比起笑傲乾坤华谷涵的狂笑，却还似乎略逊一筹。"当下在每个仆人的身上拍了一下，说道："这里用不着你们伺候了，都给我退下去吧。"这几个仆人受了公孙奇这轻轻的一拍，心头一震，登时恢复清醒，身形也稳定下来，立即退入后堂，远远避开。公孙奇顺手又点了耿照的穴道。

啸声起时，远在堡门外面，啸声一停，只见一个虬须大汉，已大踏步走了进来。桑白虹起立说道："东园叔叔，许久不见了啊，什么风把你吹来的？"原来桑白虹父亲桑见田在生之时，东园望曾经到过，那时桑白虹还是十多岁的小姑娘。

东园望道："桑大小姐，恭喜你嫁得个好夫婿，可惜我事后方知，没赶得上喝你这杯喜酒，今日特来补贺。嘿嘿，惭愧得很，我可没有什么好的礼物带来啊。"

公孙奇道:"东园前辈,不必客气,你赏赐我仆人这份厚礼,已是给了我天大的面子,我还不知道怎样报答你呢。"

东园望道:"是么,我还嫌出手太轻了呢。我这不过是礼尚往来而已。比起你对我那个小徒的厚赐,那是自愧不如了。"眼看唇枪舌剑,已是箭在弦上之势,桑白虹笑道:"东园叔叔远道而来,纵有天大的事情,也请先坐下喝一杯茶再说吧。青妹,倒茶。嗯,东园叔叔,你上次到我家来,我这妹妹尚在襁褓之中,大约你未见过吧。"

说话之间,桑青虹已倒了满满的一杯茶,她心中有气,暗自想道:"我倒要试试你这老龙有什么本领,胆敢欺上门来。"她有意卖弄功夫,笼了双手,长袖一拂,已把那个盛满了热茶的茶杯卷了起来,说声:"叔叔,请用茶。"茶水没有溅出半点,平平稳稳地送到东园望面前。

东园望道:"不敢当,不敢当。"把手一招,手指并未接触茶杯,茶杯已是缓缓落下,他这一招,暗中已与桑青虹较上了内功,桑青虹猛地被他那股内功招引,不由自己地身向前倾,跨出一步,桑白虹连忙将妹妹扶住,笑道:"小丫头不知天高地厚,东园叔叔,你不必与她一般见识。请用茶吧。"

东园望将茶杯轻轻一放,说道:"这茶么慢慢再喝不迟,我是个急性子,心中有事,可得先向公孙世兄请教。"他只是那么轻轻一放,茶杯已是深陷桌内,杯口与桌面相平,茶水也没有溅出半点。虽说那是只银杯,但这份功力亦已足以震世骇俗了!

公孙奇道:"东园前辈有何见教?"东园望"哼"了一声,说道:"不敢当,东园望无德无能,怎配做你的前辈!"公孙奇淡淡说道:"东海龙王言重了。"武林中人将东园望称为"东海龙",有些人还加上一个"王"字,那是表示对他尊敬之意;但公孙奇从称他"前辈"而改呼绰号,虽然加上一个"王"字仍是表示尊崇,却总是有失敬意了。东园望更是心中暗怒,冷冷说道:"公孙先生,你口称前辈,眼中何尝有我东园望这个人?要不然你也不会将我的两个徒弟打得重伤了。"他改口称公孙奇"先生",正是针锋相对。

公孙奇道："哦，原来你是指那回事情。当时晚辈遭受围攻，出手难免稍重，不过对令徒已是留情的了。"言下之意，若不留情，你那两个徒弟焉能活着回去？

东园望面色铁青，正要发作，桑白虹说着："东园叔叔，这件事是他鲁莽了些。但你也不能怪他，他动手之时，并不知道其中有两位是你徒弟。事后知道，他很是懊悔。"桑白虹深知东园望之能，虽然并不怕他，但心想还是留着精神对付华谷涵的好，因此意图调解。

桑白虹又道："我们本该早早向叔叔请罪的，但叔叔远处海外，先父又没有留下叔叔的地址，以至拖延下来。直到上月西岐凤叔叔来了，我们才知道叔叔在东海的飞龙岛纳福，当下即已遣人送信至飞龙岛向叔叔道歉，这封信叔叔还没有见到吗？"

桑白虹已尽力转圜，哪知东园望的性子是老而弥辣，那封信他其实是早经过目的了，但他恼恨公孙奇出言不逊，却佯作不知，说道："有这回事么？我飞龙岛的规矩是这样的：别处遣下人送信来，我这里也由下人收阅，是主人送信来，那才由我收阅。不过这点小事，现在也不必追究了，反正我现在已到此地，那封信内容，公孙先生，你口述一遍。"这意思明显得很，那是怪公孙奇没有亲自登门赔罪，现在要他亲口道歉。

公孙奇怒气暗生，心想："我不过看在岳家份上，尊你一声前辈，你当我就当真是怕了你么？"盯了妻子一眼，对她的示弱表示不满，再转过头向东园望道："这封信是我一个下人起草的，底稿不在我这儿。东海龙王，你今日在我仆人面上，印了一张拜帖，这拜帖上只有尊姓大名，似乎也未合拜帖的规矩。请前辈另送一张拜帖来，然后我再叫下人将那封信的底稿与你交换，咱们的梁子也就可以哈哈一笑而罢了。前辈意下如何？"公孙奇的话意也很清楚，那是要东园望先向他送帖赔罪，他才肯向东园望道歉。

东园望长须抖动，霍地起立，大声说道："好，你嫌一张拜帖不够，我就再送一张给你！"

眼看双方如箭在弦，一触即发，桑白虹忽地轻移莲步，在东园望面前裣衽一揖，娇滴滴地说道："东园叔叔别生气，侄女给你赔罪来啦！"这一揖用的正是"大衍八式"中的一式"童子拜观音"，一股怪异阴柔的掌力，倏然间无声无息而来。原来桑白虹到底是爱护丈夫，情势既是难以善罢甘休，她便意图速战速决了。

东园望何等人物，焉能容得她的掌力袭上身来，他立时警觉，双掌一翻，一股纯阳的刚猛掌力也发了出去，哈哈一笑，说道："不敢当，还礼！"

双方掌力一交，桑白虹鬓边的玉蝴蝶微微颤动，心中一凛，想道："这老匹夫果然不愧是四霸天之首，掌力好生了得！"原来东园望的劈空掌力无孔不入，桑白虹的防御圈已给他突破了一丝空隙，波及了鬓边的玉蝴蝶。

东园望更是惊诧不已，他虽然略胜一筹，但这么刚猛的掌力发了出去，却被对方阴柔的掌力包住，就似陷入了一团棉花之中，竟是难以发挥，好不容易才能突破一丝毫空隙，但对方的掌力一分，立即又弥补了这个漏洞。东园望暗暗吃惊，也在心中想道："桑家的大衍八式，果然是奥妙神奇，人所难测。幸亏她还没有练到最上乘境界，要不然我当真要给她以柔克刚了。"

两股劈空掌力无声无息无影无形地暗斗，两人都有顾忌，一步一步地后退，距离拉开了一丈有余，但双方仍是感到对方掌力的重压，呼吸也渐渐紧张了。

公孙奇笑道："东园前辈，你如此多礼，我夫妻俩怎当得起？我这厢也给你赔礼了！"双掌一合，遥遥一揖，只听得"波"的一声，有如炸裂了什么东西，原来他用的也是阳刚掌力，两股刚猛的掌力碰撞，旗鼓相当，登时发出了巨大的声响。

桑白虹的压力一松，神色恢复自如，笑吟吟地说道："东园叔叔是长辈，长辈不肯收礼，晚辈只好奉陪了。"她吸了口气，裣衽又是一揖。

这时她和丈夫已是各自占了有利的方位，两股力道一刚一柔，分向两边袭来，东园望的功力比桑白虹稍胜一筹，与公孙奇则是半斤八两，但若论到内力的运用之妙，公孙奇夫妻却又都在他之上。公孙奇的刚猛掌力，似是大海潮生，一波未平，一波又起，一重重的力道不断地加上去，渐渐压得东园望透不过气力。桑白虹的阴柔掌力则如游丝袅空，水银泻地，逢隙即钻，侵袭穴道。东园望忽觉一股凉气直透心头，不由得机伶伶地打了一个冷颤。他若是和公孙夫妻单打独斗，或者可以打个平手，但如今力敌二人，那是强弱悬殊，决难应付的了。

公孙奇道："娘子，东园前辈是你世叔，请你做主，是送他回去，还是留他多住两天？"桑白虹笑道："东园叔叔远道而来，哪能让他立即回去，当然应该多留几天！"公孙奇道："好，东园前辈，那就请你容我稍尽地主之谊，留下来吧！"左掌一劈，右掌一推，掌力有如排山倒海而来，前推后挤，将东园望的退路全都封住。

原来他们夫妻俩的话，话中有话，"送他回去"的意思即是要取东园望的性命；"留他住下"的意思则是将他打伤，然后再给他医好。桑白虹主张采用后者，那是因为照江湖的规矩，似东园望这等大有身份的人，倘若受伤之后给敌人医好，那就是受了对方的恩惠，以后决不能向对方报复的了。要知东园望是四霸天之首，倘若公孙奇夫妻杀了东园望，其他三人定不肯善罢干休，公孙奇夫妻纵然不怕，也总是麻烦，因此桑白虹一想，还是将他收服的好。

东园望是个江湖上的大行家，当然知道他们夫妻的用意，不禁心头一凛："好阴狠的手段！"以他的身份，倘若真的给对方打伤，又让对方医好，以后就永也不能抬头做人，这当真是比杀了他还难过了。

东园望情知不敌，咬了咬牙，就想自断经脉而亡，但对方的掌力催迫甚紧，他的真力已全发了出去应付敌人，急切之间，要将真力撤回自断经脉，也不可能。

再过一会，东园望所受的压力越来越重，一股腥味冲上喉头，一口鲜血就要吐了出来，东园望不肯在敌人面前出丑，紧紧咬住牙关，把那口鲜血又吞下去，正待把真力慢慢收回，自断经脉，就在此时，忽听得一阵幽微的笑声似在远方摇曳而来。声音虽细，却是清亮之极！

笑声忽地拔高，宛若从天而降，倏地变为大声狂笑，当真是山鸣谷应，响遏行云。公孙奇面色大变，霎时间，只听得四面八方都是笑声，明明是一个人的笑声，却好似同时从许多不同的方向进了城堡，随着那笑声起处，四面八方，人声脚步声乱成一片，不问可知，那是因为各处的守卫都以为发现了敌人，空群出动了。

公孙奇夫妻心里一惊，劈空掌力不免稍稍减弱，东园望缓了口气，好生诧异："这是谁人？竟有如此超凡入圣的神通！"

公孙奇面色铁青，喝道："华谷涵你捣什么鬼，要来便来吧！愚夫妇已在此恭候多时了！"话声未了，只听得那笑声已到门前，宛如万马奔腾，千军赴敌，饶是东园望这等功力，也自觉得神摇魄动，暗暗吃惊。

忽地笑声戛然而止，就在余音袅袅之中，一个丰神俊秀的白衣书生走了进来，正是那笑傲乾坤狂侠华谷涵！

华谷涵笑道："东园先生，这位公孙堡主与小可有约在前，请恕小可僭越，要抢来接这一场了。"说话之间，他已走到三人中间，长袖一挥，将公孙奇的掌力隔断，他说话甚为得体，保全了东园望的颜面，东园望从容退下，好生感激。心中想道："原来他就是笑傲乾坤华谷涵，想不到如此年轻！我只道人言失实，却原来果然名不虚传！"

桑白虹道："久仰大名，拙夫也曾蒙指教，今日得华大侠光临寒舍，幸何如之！小女子这厢有礼了！"双掌一揖，合成一个圆圈，她的"大衍八式"，功力运用得神妙无比，她本来是与丈夫并肩而立，站在华谷涵的对面，这双掌一挥，一股阴柔的内力，已无声无息地绕过华谷涵的正面，突然从他背面袭来。这一种正面发掌而能袭击敌人后心的打法，乃是桑家的不传之秘，当真是天下无双，人间仅有！

若是换了另一个人，即使功力高于桑白虹的，突然受到这背后的攻击，也一定是防不胜防，非吃亏不可，但华谷涵是何等人物，衣袖一甩，斜斜地跨出一步，表面看来，是不敢受她的礼，故此避开，其实已是将她这股内劲暗中卸去。但桑白虹这一掌迫得华谷涵不能不立即闪避，华谷涵也禁不住心中一凛，想道："怪不得桑见田当年号称天下第一魔头，武学上果然是有独到之处！今日之战，倒是不容我掉以轻心的了。只不知这妖妇得了她父亲几成功夫?"

心念未已，公孙奇已是一声喝道："华谷涵，你今日欺上门来，来而不往非礼也，接招!"双掌借这一喝之威，猛地拍出。在桑白虹发掌之时，夫妻俩心意相通，公孙奇已料到他妻子发的是何种掌力，也料到华谷涵必定闪过右边，他这双掌就正是朝着华谷涵迎面打来，双掌齐发，掌力有如排山倒海。桑白虹身形不动，双掌一抬，招数已变，掌力分成两股从背后包过来，分袭华谷涵两胁要穴。

华谷涵哈哈笑道："江湖传言，贤伉俪联手，天下无敌，今日见识了!"倏地一个盘旋，长袖一挥，将桑白虹所发的两股掌力卷在一起，单掌拍出，又接着了公孙奇双掌的掌力。

只见他掌袖翻飞，狂飙骤起，公孙奇那么刚猛的掌力汹涌而出，却竟如泥牛入海，一去无踪，而桑白虹所发的掌力，却感到似乎是碰在铜墙铁壁之上，竟然给反弹了回来。

原来华谷涵竟是在同一时间，发出刚柔两种截然不同的内力，对公孙奇的是用"以柔克刚"，对桑白虹的却是"以刚破柔"，公孙奇还好一些，虽是被对方克住，尚足自保；桑白虹的武功虽然神奇，但内力修为，与对方相差甚远，却感到有点吃不消了。

桑白虹退了两步，笑道："笑傲乾坤，果然名下无虚，好厉害的金刚掌力!"华谷涵见她忽然稳住了身形，言笑自如，心里也好生诧异，仔细一瞧，这才恍然大悟，原来桑白虹退了两步，后背已靠着一根柱子，上乘武学中有一种"借物传功，移花接木"的功夫，可以将本身的内力传到一件物体之中，用以伤害敌人，是为"借物传功"，也可以将己身所受的敌方力道转移到另外一件物体上，是为"移花接木"。桑白虹自知功力不及对方，因此只能施用"移花接木"的功夫，背靠木柱，将华谷涵攻来的金刚掌力，转移到木柱上。这种功夫，华谷涵当然也懂，但却不及桑家秘传的神妙，心里想道："这妖妇可惜资质较差，内功始终练不到最上乘境界，功力比不上她的丈夫；但若论到武学的造诣，她却要胜过丈夫许多了。怪不得公孙奇当年受她诱惑，宁愿舍弃家庭，与她私奔。"

桑白虹以"移花接木"的本领，接去了华谷涵六成以上的内力，公孙奇登时转守为攻，相持片刻，两人的头上都冒出了热腾腾的白气。看来是半斤八两，哪一方想要取胜，都是不易。

桑青虹踏上一步，正要拍出一掌，助她姐姐，但她手掌刚刚扬起，东园望已拦在她的面前，说道："贤侄女，叔叔刚才接了你一杯茶，尚未还敬啊！"桑白虹喝道："青妹，退开，不用你多事！东园叔叔，请你也不要以大欺小。"东园望笑道："你们夫妻和华大侠比武，旁人自是不该插手。但倘若你们恃多为胜，那我也就顾不了以大欺小啦。"言下之意，只要桑青虹不插手，他也不插手。桑青虹自忖打不过东园望，只好讪讪退下。

其实此时东园望已受了相当严重的内伤，正凭着本身深厚的内功运气自疗，倘若真打起来，他还未必是桑青虹的对手。而华谷涵此时正全力与公孙奇夫妇相持，哪一方有人相助，哪一方便可以取胜了。但桑青虹却看不出东园望已受内伤，被他吓住。

再过片刻，忽听得"喀喇"一声，那根柱子当中断折，屋顶也塌了一块，瓦片纷落，尘土飞扬，随即又听得"叮"的一声，桑白虹头上的玉钗坠地。原来木柱已断，失了凭借，她身上所受的内力，无可转移，便波及了头上的玉钗了。

公孙奇自忖内力比不过对方，说道："华谷涵，咱们再领教你兵器上的功夫。你远道而来，咱们理该陪你打一场痛痛快快的。"华谷涵笑道："不错，我也很想打一场痛痛快快的，客随主意，你们要如何便如何吧！"

公孙奇虚拍一掌，"铮"的一声，解开了腰带，却原来他的腰带，乃是一柄软剑。与此同时，桑白虹也拔出了佩剑，她的佩剑更为古怪，剑尖上透出一层墨绿的光华。

华谷涵见多识广，一看就知是把淬过毒药的宝剑，却也不惧，当下哈哈一笑，取出一把扇子，轻轻一摇，说道："客不僭主，请贤伉俪进招吧。"

武林中原有"折铁扇"这门兵器，但华谷涵这把扇子却并非铁扇，而是一把雅致的湘妃竹扇，扇骨极薄，看来似乎吹弹得破。华谷涵书生打扮，丰神俊秀，配上这把扇子，自是更增几分"雅"气，但用来御敌，却是匪夷所思。东园望虽然已知道他的武功超卓，也不免为他暗暗担心。

公孙奇夫妻站好方位，布成犄角之势，公孙奇左手持剑，桑白虹右手持剑，说道："恭敬不如从命，华大侠接招！"双剑同时刺出，剑尖晃动，激动气流，嗤嗤声响，俨如两条毒蛇，突然窜出，择人而啮。剑气纵横，华谷涵全身的穴道经脉，都在他们剑势笼罩之下。

原来公孙奇夫妻这套剑法是专为对付华谷涵而设的，他们一持左手剑，一持右手剑，双剑合璧，可以同时在一招之内，遍袭敌人的奇经八脉，剑尖可以刺穴，锋刃可以切削，同时具有判官笔与宝剑的功能，当真是厉害无比。

华谷涵凝神应敌，一飘一闪，就在这瞬息之间，公孙奇的软剑倏地伸长，俨如一条白练，袭击华谷涵的阴维、阳维、阴矫、阳矫四脉；桑白虹的招数更为奇妙，短剑盘旋飞舞，宛如一条墨龙，凌空伸爪，疾刺华谷涵的任、督、冲、带四脉的奇经大穴。华谷涵是个武学大行家，知道只要他们夫妇双剑一合，虽然未必能制自己死命，但要解拆，那就难得多了。当下也不敢怠慢，折扇一挥，长袖飞舞，也同时发出两招，将公孙奇两夫妻隔开，不让他们双剑合璧。

只听得"叮"的一声，公孙奇的剑尖触着他的折扇，竟然穿不进去，反而给他的扇子轻轻一引，带过一边。

原来华谷涵的内功深奥神奇，早已到了随心所欲，运用自如的境界，他使出上乘的卸力消劲功夫，扇子一拨，便已轻描淡写地将对方的劲力化开。公孙奇的剑锋虽利，但触及扇子之时，劲力已消，也不过等于柔枝轻拂而已，还焉能将他的扇子刺穿？但公孙奇也好生了得，一觉不妙，立即收回，摆脱了华谷涵扇子上发出的粘黏之劲。

桑白虹的毒剑则被华谷涵的短袖荡开。华谷涵对付桑白虹的方法又有不同，他经过了刚才那一场比试内力，已知桑白虹武学的造诣颇深，招数也很奇妙，但内力却是较差。因而华谷涵也就不必用卸力消劲的功夫，干脆就来个硬打硬接，使出铁袖神功。

衣袖本是柔软之物，但经过华谷涵的内力运用，登时坚逾精钢，只听得"当"的一声，竟如金属交击，把桑白虹的宝剑荡开。他的"铁袖神功"已练到刚中有柔，柔中有刚的最上乘境界，与宝剑一碰，立即又趁势反弹，夭矫如龙，倏地又变成软鞭招数，横卷桑白虹的脚踝，桑白虹跃起闪避，宝剑下撩，当的一声，又碰了一下，这一下桑白虹身体离地，气力自是不能全部使出，只觉虎口发热，宝剑险些就要脱手飞出。

公孙奇大喝一声，长剑一指，一招"星海浮槎"，疾刺华谷涵带脉四穴，同时剑中夹掌，发出刚猛异常的金刚掌力。

这一招"星海浮槎"极为奇妙，剑花朵朵，宛如洒下了满天星雨，四面八方都是剑光人影。原来公孙奇领过一次教训学了一次乖，这次改用了游身晃斗，闪缩不定的剑法对付华谷涵，同时以刚猛的掌力荡开他的扇子，目的在不让他的扇子粘上自己的软剑，乘瑕抵隙，有隙即钻。

岂知华谷涵的内功轻功俱臻佳妙，打法也是不拘一格，他先赞了一声"好剑法"，随即笑道："来而不往非礼也，你也看看我的点穴功夫！"身形一晃，竟在剑光笼罩之中，倏地欺到了公孙奇身前，折扇挟着一股劲风，疾点公孙奇顶门的"百会穴"。这"百会穴"是人身死穴之一，公孙奇的长剑已攻出去，急切间撤不回来，只得将捏着剑诀的手指弹出，明知功力不如对方，手指可能断折，但为了救命，那也顾不得了。

桑白虹在半空中倒翻了一个筋斗，一招"鹰击长空"，毒剑向华谷涵背心插下，她刚刚受了华谷涵内力的震荡，居然立即又能使出如此凌厉的攻击招数，华谷涵也不禁暗暗喝彩："这婆娘果然了得！"桑白虹这一招攻得恰是时候，华谷涵反手挥袖，对正面敌人公孙奇的攻击就不能不略略放松，公孙奇霍的一个凤点头，在间不容发之间，避开了华谷涵的一击，连手指也保全了。

这几招兔起鹘落，惊心动魄，旁边观战的东园望一生不知经历过多少惊险的大场面，这时也看得目眩神摇，矫舌难下。但见华谷涵的身法宛如行云流水，忽攻忽守，倏进倏退，虽在凶险绝伦的搏斗之中，仍是不减其潇洒从容之态，东园望放下了心上的一块大石，暗自想道："笑傲乾坤已是胜算在握，看来最多半个时辰，公孙奇夫妻定然落败！"

哪知心念未已，忽见华谷涵眉头一皱，身法略见迟滞，若非东园望这样的高手也看不出来。公孙奇夫妻登时转守为攻，剑光大炽！但华谷涵长袖挥舞，仍然把他们隔开，不让他们夫妻俩双剑合璧。不过这时主客之势已变，华谷涵已渐渐落在下风，是否能将他们夫妻一直隔开，那却是难以逆料了。

再过片刻，只见华谷涵的眉心隐隐现出一丝黑气，淡得似有如无，若非东园望这样经验丰富、目光锐利的人，当真还不能发现。东园望不觉大为奇怪，他知道桑家有使毒的功夫，桑白虹现在所用的这把短剑就是毒剑，但他一直在旁边凝神观战，双方任何微细的动作都瞒不过他的眼睛，桑白虹用的虽是毒剑，却从未接触到华谷涵的身体，她也一直是凭着武功搏斗，并未发过暗器，也未撒过毒粉、放过毒烟，但华谷涵却又分明似有中毒的迹象，东园望百思不得其解。桑青虹冷笑道："东园叔叔，你紧张什么？你说过的话算不算数？"原来她是怕东园望上前插手。东园望"哼"了一声道："你们纵有千般伎俩，华大侠也未必会输。你瞧着吧！"

华谷涵虽然眉心隐现黑气，但双眼仍是神光奕奕，显然并未受到多大损伤，功力还是深湛之极。原来桑白虹擅于"隔物传功"，她的毒剑虽然未碰过华谷涵的身体，但却触着了他的衣袖，她一口气吹去，将衣袖上所沾的毒吹得向上蔓延，沾着了华谷涵的肌肤，本来以华谷涵的深厚内功，皮肤纵然沾毒，也决计侵不进他的体内，但桑白虹又用"隔物传功"的本领，内力从毒剑的剑尖上迫出，透过华谷涵的衣裳，催那股毒气向华谷涵身体侵袭，如此一来，华谷涵同时要应付两方面的进攻，又要运功御毒，纵有天大神通，也难照顾周全，终于侵进了一丝毒气。

华谷涵内功卓绝，侵进这丝毒气当然不能制他死命，但也总是受了一点影响。他以一敌二，本来只是稍占上风，如此一来，此消彼长，形势逆转，就变成是他屈处下风了。

东园望空在一旁着急，却是无计可施。一来他有话在先，只要公孙奇夫妇这边没人帮手，他也决不插手。他是何等身份，岂能自毁前言？二来他现在的功力，不过恢复三四成，还未必是桑青虹的对手，若是双方添人相助，对华谷涵反而不利。因而东园望只有希望华谷涵在功力未曾怎样耗损之前，速战速决，将公孙奇夫妻任何一个击倒。

但华谷涵却并不采取速战速决的方法，反而将招数放慢，但见他的折扇东指西划，宛如挽了千斤重物，举步维艰。公孙奇趁势狂攻，剑招有如暴风骤雨。东园望正在为他着急，忽听得"铮"的一声轻响，华谷涵的折扇已搭着了公孙奇的长剑，公孙奇连用几个手法都摆脱不开，转眼间双方的兵器——长剑与折扇便似胶在一起，彼此都不能移动。

原来华谷涵渐渐感到喉干舌燥，亦知不妙，久战下去，必会吃亏。但他经过了这两场激战，对公孙奇夫妻的武功深浅摸得比东园望更为清楚，深知双方相差不远，速战速决，决不可能。

要知单以功力而论，华谷涵单打独斗，自是可以胜过公孙奇或桑白虹，但他们夫妻联手，双方的实力便已相差不远，何况他们夫妻练成了这套剑术，乃是专门对付华谷涵的，只因华谷涵武功超卓，始终将他们夫妻隔开，这才削减了他们双剑合璧的威力；但倘若华谷涵全力抢攻，防守方面势必露出破绽，这就很可能给对方以可乘之机，一旦他们夫妻俩双剑合璧，华谷涵就更难支持了。华谷涵深通武学，想到了这层道理，决定了采用"半守半攻、个别击破"的战术，先行示弱，诱公孙奇来攻，然后突然以闪电的手法，用折扇胶着了公孙奇的长剑，加上了几分内力，令他再也摆脱不开。

桑白虹暗叫不妙，挥剑急攻，剑剑指向华谷涵的要害穴道，华谷涵施展铁袖神功，长袖飞舞，呼呼风响，将桑白虹挡在离身一丈之外。片刻之间，只见华谷涵、公孙奇两人的头顶都冒出热腾腾的白气，一颗颗黄豆般的汗珠从额角上滴下来，显然两人的内力都在一点一滴地消耗，所不同的是公孙奇以全力与华谷涵比拼内功，而华谷涵除了要损耗内力应付公孙奇之外，还要应付桑白虹的毒剑猛袭。

这样激烈的拼斗当真是危险非常，华谷涵对公孙奇主攻，对桑白虹主守，他七成功力用来对付公孙奇，可以稳占上风；但只剩下三成功力来应付桑白虹，却是微嫌不足，铁袖神功发挥得淋漓尽致，也只有招架之功。

桑白虹加紧运用"隔物传功"的本领，内力透过剑尖，将毒气迫入华谷涵体内，过了片刻，华谷涵的一处穴道被她攻破，又侵进了一丝毒气，迫得将用来对付桑白虹的三成功力又移了一成来抗毒疗伤，桑白虹一步一步迫近，到了他身前七尺之内。但另一方面，公孙奇亦已显出不支之象，汗下如雨，身子也似矮了半截，原来他以全力支撑，双足已把方砖踏碎，陷入泥中。

这形势摆得鲜明：倘若公孙奇的内力先被耗尽，华谷涵再对付桑白虹就可以轻易取胜；但倘若华谷涵抵御不住桑白虹，先中了她毒剑的话，那么就要一败涂地了。这胜败之间，相差不过毫厘，就看谁先得手了。东园望一生纵横湖海，胆气豪雄，号称"四霸天"之首，这时在旁边观战，却也不禁胆战心惊。

双方越迫越紧，眼看胜负就可分明，忽听得外面金铁交鸣之声，如雷震耳，不问可知是堡中来了强敌，公孙奇心中一凛，心念未已，只听得"砰"的一声，那是板门破裂倒塌的声息，敌人已攻入内院，公孙奇冷笑道："华谷涵，你好啊！真是英雄，真是好汉！原来还埋伏了这许多人！"话犹未了，只见一大群人已一窝蜂涌入。正是：

虎斗龙争犹未已，腥风血雨又吹来。

欲知后事如何，请听下回分解。

第十五回　欲图霸业挥神剑
##　　　初识佳人奏玉箫

　　这群人中有"风火轮"宋金刚，青海三马：马犇、马驰、马行，彝山双雄：娄师陀、盘大王，"关东铁汉"铁大鼎，东园望的大弟子杜永良等人，个个都是身怀绝技的成名人物。原来这些人都是公孙奇的仇家，他们从杜永良处得知消息，趁着东海龙来向公孙奇寻仇的机会，大举而来。无巧不巧，恰值华谷涵也是今日来到，其实华谷涵之来，这班人事先是并不知道的。

　　堡中的守卫因为华谷涵刚才的一闹，四处听得笑声，疑神疑鬼，也不知来了多少敌人，早已四处分散，搜索敌人，因此宋金刚这班人从正门攻入，竟然势如破竹，很容易地就攻到了内院。

　　这时形势非常明显，胜负无待卜龟，公孙奇夫妻已被华谷涵累得筋疲力倦，再加上这一大群龙精虎猛的生力军来到，公孙奇夫妻纵有天大神通，三头六臂，那也是性命难保的了。

　　宋金刚等人本以为这个时候东海龙大约还在与公孙奇激战之中，谁知到来一看，东海龙却站在一边，和公孙奇夫妻激战的却是一个少年书生，而且看来双方正是功力悉敌，都不禁大为诧异。

　　就在此时，华谷涵忽地哈哈一笑，说道："华某岂是以多为胜之人，公孙奇，咱们彼此同时收招吧！"公孙奇哪敢相信，心念方动，陡然间忽觉压力一松，华谷涵的扇子忽地移开，拨开了桑白虹的毒剑，跃出了圈子。公孙奇因为不敢相信，内力尚未来得及撤回，身向前倾，立足不稳，正好碰上马犇的长剑，"嗤"的一声，肩头的衣裳已被挑破，只差半寸，险些就要穿过他的琵琶骨，幸而公孙奇内功精纯，沉肩一引，这才把马犇凌厉的剑招化解了。

公孙奇夫妻又喜又惊，喜者是劲敌华谷涵竟不乘人之危，反而在胜利唾手可得之际走开；惊者是他们已累得筋疲力倦，而来的这一群人，又个个是江湖上一等一的好手。

桑白虹长袖一挥，遮拦着立足未稳的丈夫，毒剑倏地从袖底刺出，指东打西，剑尖刺向马犇的穴道，剑身平削马驰的手腕，倏地收剑，剑柄又撞到了马行的胁下。三马之中，马行本领最弱，"咚"的一声，肋骨已被剑柄撞折一根，翻了一大筋斗，幸而剑柄无毒，肋骨虽断，尚非致命之伤，公孙奇早已趁此机会，吸了口气，稍稍调匀了紊乱的内息，"呼"的一掌打出，碰着了盘大王的开山掌，双方都退后三步。

盘大王的掌力有开碑裂石之能，被公孙奇一掌震得几乎跌倒，吃惊非小。但他却不知，公孙奇比他吃惊更甚，原来公孙奇这一掌打出，发觉自己的内力，剩下的已不到三成了。

铁大鼎手持独脚铜人，一招"泰山压顶"，向着公孙奇的天灵盖猛磕下来，铜人的手臂又插到了公孙奇胁下，中指尖对着他的"愈气穴"。铁大鼎号称"铁汉"，这铜人用力磕下，没有千斤，也有七八百斤气力，而且不单是兵器沉重，他还可以用铜人点穴，兼有武学中"重、拙、巧"三者之长，当真是厉害非常，公孙奇挺剑一挡，"哇"的一口鲜血，喷了出来，摇摇晃晃，又退三步，看来已似步法凌乱，但却刚好避过了铁大鼎的铜人点穴。桑白虹抢上两步，挥袖拂开马驰的斫山刀，一剑刺出，刺中了铁大鼎的铜人，"当"的一声，火星蓬飞，铜屑纷落，这一剑将铁大鼎的猛劲引过一边，铁大鼎收势不及，身子倾侧，跄跄踉踉地奔出两步，也几乎跌倒。宋金刚双轮平举，挡住了桑白虹的毒剑，喝道："公孙奇，你已是网中之鸟，釜底之鱼，快快扔剑求饶，或者我们还可以从轻发落！"公孙奇厉笑道："大丈夫死何足惧，嘿嘿，只是你们这一班下三流的脚色，想要取我项上人头，只怕也没那么容易！"他嘴角满是血污，这一笑牵动脸上的肌肉，狰狞可怖，宋金刚也不觉心头微凛，只听得"嗤"的一声，公孙奇出剑如电，在杜永良的手臂划了一道伤痕，回剑又削到宋金刚的左肩，宋金刚双轮攻出，急切间未及回防，幸而他功夫老到，百忙中用"铁板桥"身法，双足钉牢地面，腰躯后弯，几乎贴着地面，只听得"刷"的一声，公孙奇的剑锋削过，将他的衣裳削去了一幅，却没伤着他的皮肉。

华谷涵道："东园前辈，我看这里的事，不必咱们理了。"东园望点了点头，叫道："永良，咱们走吧！"要知东园望是武林中顶儿尖儿的角色，他当然也不愿意做出有失身份的事情，趁此时机，以多欺少，故此叫他的大弟子随他回去。

杜永良中了公孙奇一剑，如何肯退？说道："弟子已与宋大侠他们相约，生死与共，患难同当，临阵退缩，舍弃朋友，是为不义。请恕弟子不能遵命了。"东园望道："好，那你自己可要小心了。"心里暗暗叹了口气。原来他已看出目前的形势，公孙奇夫妻在恶斗华谷涵之后，力竭筋疲，固然是性命难保；但困兽之斗，仍是极为凶狠，只怕群雄也难免死伤惨重。这杜永良是得了他衣钵真传的大弟子，他实在不愿见他丧命，但江湖上以义气为先，杜永良说的也是正理，东园望不愿勉强他，心里暗暗叹气，只好转过了身，低声说道："华大侠，咱们走吧！"就在这时，只听得一片金铁交鸣之声，震耳欲聋，原来是宋金刚与铁大鼎联手夹攻桑白虹，宋金刚的日月轮已锁着了桑白虹的剑尖，铁大鼎的铜人又在她的剑身上猛力一撞，桑白虹在连场恶斗之后，功力亦已削减了一半有多，挡不住两人的猛力，毒剑竟被震落！

宋金刚双轮推出，他绰号"风火轮"，出手自是快到极点，只听得"嗤"的一声，他日轮的轮齿，勾破了桑白虹的裙带，可是仍然给桑白虹避开了。宋金刚叫道："铁大哥，并肩子上啊！"

忽听得杜永良大叫道："铁大哥，你怎么啦！"只见铁大鼎状如醉酒，打了一个盘旋，铜人忽然脱手飞出，娄师陀、杜永良心知不妙，连忙抢来扶他，公孙奇一掌拍出，娄师陀给他打中，哇的一口鲜血喷了出来，幸而公孙奇功力只剩三成，要不然这一掌就能送他性命。

盘大王气力最大，连忙接下铜人，免得误伤同伴。宋金刚随即飞步上前，挡住公孙奇。就在这时，只听得铁大鼎一声厉呼，忽地拔出一支匕首，左手持刀，"喀嚓"一声，将右手手腕斩断，原来他与桑白虹硬拼了几招，被桑白虹用"隔物传功"之术，毒气已攻入他的腕脉，他只好采用"毒蛇啮臂，壮士断腕"的方法，以阻止毒气向上蔓延。

"隔物传功"甚是耗损真气，桑白虹虽然迫得铁大鼎"壮士断腕"，但她的功力又已减了一成，而且失了毒剑，形势更是不利。两夫妻背靠着背，抵挡群雄的围攻。

华谷涵、东园望二人见他们厮杀得如此惨烈，也觉目不忍睹。但以他们的身份，绝不能乘人之危，何况又已有话在前，自是不便相助宋金刚这一班人。华谷涵心中想道："这一班人除了宋金刚算得是侠义道外，其他诸人都是介于邪正之间的人物，也罢，就让他们自相残杀吧！"东园望心悬徒弟的安危，却是欲行又止，举步踌躇。

华谷涵道："东园前辈，还是走吧。"两人刚走到门口，忽听得背后有人叫道："华大侠救我！"却是个女子的声音！

原来珊瑚懂得"冲关解穴之法"，但公孙奇独门点穴的手法何等厉害，她运气冲关，穴道始终不解，不过已能开口说话。

桑青虹在旁监视他们，她正想加入战团，助她姐姐，听得珊瑚叫嚷，猛地起了杀机，一声狞笑道："已经迟啦！"倏地便是一掌击下，她正站在珊瑚的身边，华谷涵距离尚远，回身来救，已是不及。

眼看这一掌就要击碎珊瑚的天灵盖，忽听得呼的一声，耿照一拳捣出。原来耿照练了那"大衍八式"之后，功力已是胜过珊瑚，他虽然也是同样的被公孙奇点了穴道，但公孙奇点他的穴道用的是隔空点穴的功夫，内力并未深透，耿照的解穴本领虽然不及珊瑚，却比珊瑚先解开了穴道。

拳掌相交，"蓬"的一声，耿照给震得倒退几步，但在他倒退之时，也把珊瑚拉开了。桑青虹大怒，上前追击，华谷涵身形一晃，已拦在她的面前。

桑青虹正自一掌击出，眼看就要拍中珊瑚的后心，华谷涵忽地打开扇子，隔在当中。桑青虹这一掌，立心要取珊瑚性命，用尽浑身气力，即使是碰着一堵墙也会给她打塌，哪知华谷涵这一把薄薄的湘妃竹扇，竟胜似铁壁铜墙，桑青虹的掌心被扇子一按，竟不能再向前推动分毫，幸而华谷涵没有运劲反击，只是将她的内力卸开，否则桑青虹不死也得重伤。

桑青虹知道厉害，又惊又怒，急忙将掌力收回，斜跃一步，怒声说道："华谷涵，你说过袖手不管的，这话算不算数？"华谷涵笑道："这一场打斗我说过绝不插手，但这两个人是局外之人，你要加害他们，我可不能不管。"

桑白虹叫道："青妹，让他们走吧！"就在这时，只听得"刷"的一声，杜永良一剑削去，桑白虹霍地一个"凤点头"避开，但头上的一缕青丝已被他剑锋削断，随风飘散，有几条沾上了桑青虹的头面。

桑青虹虽然是舍不得让耿照离开，对珊瑚也是抱着满怀妒恨，但眼看姐夫姐姐已是岌岌可危，何况此际华谷涵又已出头庇护他们，自己亦是无计可施，权衡轻重，审度利害，只好抑下刁蛮的性子，恨恨地盯了耿照一眼，转过身相助姐姐。

公孙奇夫妇这时已是强弩之末，在群雄围攻之下，只有招架之功，毫无还手之力，桑青虹加入战团，也帮不了多大的忙，群雄分出马家三兄弟来阻截她。马家三雄的功夫，虽然没有一个及得上桑青虹，但他们兄弟配合有素，三兄弟布成了掎角之势，使用三种不同的兵器，同进同退，互相呼应，三兄弟联手合斗，三种不同的兵器，配合得丝丝入扣，登时将桑青虹围在当中，桑青虹无法突围，根本不能与姐姐姐夫会合。

青海三马拦住了桑青虹之后，群雄对公孙奇夫妻更是加紧进攻。铁大鼎裹好断臂的伤口，娄师陀调匀了内息，又再加入战团。这两人虽然是受了伤，但他们功力深湛，顽强之极，受伤之后，满腔怒气，切齿报仇，打得更猛。去了三马，补上这两个人，围攻公孙奇夫妻的主力，不是削弱，而是更加强了。

华谷涵扇子一指，解开了珊瑚的穴道，无暇问她来历，转身便走。耿照想起桑青虹对他到底是有过好处，这时眼见桑青虹性命难保，却不禁有点恻然，多看了一眼。珊瑚低声说道："耿大哥，不管你心意如何，此间之事，你我都是无能为力的了！"耿照默然不语，也只好转过了身，拉着珊瑚便走。

尚未走出大门，忽见一条人影，来得快极，华谷涵眼光锐利，看出是个背插拂尘的白衣少女，不觉心中一震，"是她来了!"

华谷涵心念未已，这少女已是闪电般地进了大门，眼看就要和华谷涵碰上，华谷涵迅即一个"移形换位"，巧妙闪开，只觉香风扑鼻，那少女轻轻"噫"了一声，已是擦肩而过。东园望在武林中辈分极高，是介于邪正之间的人物，脾气古怪，一向倚老卖老，心里却在想道："岂有此理，一个年纪轻轻的女娃儿竟敢横冲直撞，不把老夫看在眼里。我偏不让路，看你如何?"念头刚动，只觉微风飒然，陡然间一股力道涌来，原来是那少女的长袖挥出，贴着东园望的腰身轻轻一带，凭着东园望这等老练的功夫，竟然给她攻个措手不及，未能避开。少女那股力道用得恰到好处，东园望身不由己地转了一圈，让开了路。东园望转了一圈，身上所受的劲道也登时消失，稳了身形，毫无伤害。东园望心中明白，这少女只是要他让路，并未用内力震他五脏，否则自己早受重伤了。东园望的功力虽然未曾完全恢复，但也是一等一的功夫，竟禁不住这少女衣袖的轻轻一带，心中好生骇异!

华谷涵已看出来者是谁，刹那间心中转了几个念头，寻思："且看她如何? 不必忙着招呼，她终须要找我说话。"华谷涵冷眼旁观，珊瑚则已失声叫道："小姐，小姐，你来了呀!"原来来的不是别人，正是蓬莱魔女柳清瑶。

蓬莱魔女这时已看见珊瑚和耿照站在一道，心中也有点奇怪，但无暇多说，挥挥手道："你们且站过一边!"脚步不停，向前直走，前面宋金刚这班人围着公孙奇夫妇，激战正酣。

宋金刚认得蓬莱魔女，叫道："柳女侠，你来得正好。这魔头困兽犹斗，请你助一臂之力，早点收拾了他。"

公孙奇忽地也大声说道："师妹，你来得正好，快把愚兄杀了，一来成全你的威名，二来也省得愚兄受这班鼠辈的凌辱。愚兄死在你的手下，死也瞑目! 只是我的爹爹，以后可得拜托你照顾他的晚年了。"

蓬莱魔女在这一瞬间心情激荡之极，她明知师兄作恶多端，但念及师父对她的教养深恩，念及师父对这不肖师兄又恨又爱的心中隐痛，再听了公孙奇这番激愤而又辛酸的言语，她又焉能投井下石，与师兄作对。

宋金刚等人并不知道蓬莱魔女与公孙奇的关系，陡然听得公孙奇叫她"师妹"，都不禁吃了一惊。公孙奇也因心神不定，又给娄师陀刺了一剑，虽非要害，却是血流如注！

蓬莱魔女忽地缓缓说道："请诸位看在我的分上，各自回去吧！"

蓬莱魔女虽然名震江湖，但这一班人也非等闲之辈，其中只有宋金刚一人是和蓬莱魔女相识，其他人众，只是听过她的名字而未曾见过她的功夫，焉能给她一言吓退？人人心中均是想道："杀虎容易放虎难，公孙奇夫妻比猛虎凶狠百倍，今日放过他们，日后祸患无穷！"

彝山双雄娄师陀、盘大王性情最为暴躁，娄师陀"哼"了一声道："我们割了公孙奇的首级自然会走，不必你催！"口中说话，手底丝毫不缓，刷的一剑，就向公孙奇刺去；盘大王更是连话也懒得说，呼呼风响，金刀夹掌，早已是左攻公孙奇，右击桑白虹。其他各人，见他们二人动手，也一窝蜂地涌上，而且人人使出杀手绝招，意欲一举便将公孙奇杀了，那时造成定局，料蓬莱魔女也无可奈何。哪知蓬莱魔女出手更快，她一声冷笑，淡淡说道："诸位既然不卖我的面子，那就请恕我也不客气了。"话犹未了，拂尘一展，只听得"当当"两声，盘大王的金刀，娄师陀的长剑，同时给她卷去，盘大王那柄金刀，重七十二斤，飞上空中，"轰隆"一声，将屋顶撞穿，飞出了屋外。宋金刚大惊，慌忙后退，杜永良却还来不及收势，一剑刺到了蓬莱魔女胸前，蓬莱魔女心道："看他是东海龙弟子的份上，让他知难而退吧。"倒转拂尘，杆尖一点，正中杜永良的腕脉，杜永良虎口一麻，青钢剑也登时坠地。

蓬莱魔女滴溜溜一个转身，又杀入了青海三马那群人中，长袖一挥，"啪"的一声，打落了马驰的大斫刀，拂尘一展，卷去了马骉的长剑，纤足一起，又踢落了马行的判官笔。但见她衣袂飘飘，宛如穿花蝴蝶，举手投足，挥袖扬尘，无一不是恰到好处，只听得叮叮当当之声不绝于耳，转瞬之间，群雄的兵器尽都被她打落。公孙奇也看得好生惊骇，心中想道："我纵然没有受伤，也决不能似她这样，不费吹灰之力，就将这班人都打败了。她所使的功夫，有许多我也未曾学过，想来是我父亲晚年所创。哎，原来我家的武功，如此奇妙，其实并不输于桑家，可叹我见异思迁，反而让她一个外姓女子，全得了我家的真传了。"再看蓬莱魔女月貌花容，不知比他的妻子桑白虹胜过多少，心中不觉暗暗后悔。

桑青虹刚才被马氏三雄杀得香汗淋漓，如今一得解围，怒气未泄，刷的一剑，竟向失了兵器正在狼狈不堪的马犇刺去，蓬莱魔女喝道："住手！"拂尘一挥，桑青虹的剑尖被她一拂，歪过一边，但她的武功在群雄之上，蓬莱魔女那一拂，只用了三分功力，却还未能将她的青钢剑拂落。桑青虹使出"大衍八式"的上乘功夫，剑锋一颤，居然又刺过来。蓬莱魔女心中着恼，加了几分内力，拂尘一招"倒卷天河"，这才听得"当啷"一声，桑青虹的青钢剑，终于脱手坠地了。

桑青虹面色灰白，做声不得。桑白虹道："柳姑娘，我妹子不懂事，你看在她姐夫面上，担待些儿。多谢你解开了这场纷争，今日之事，过了便算。只要这里的列位英雄不再来找碴子，我夫妇俩也决不向他们算账便是。"原来桑白虹早已看出蓬莱魔女的心意，知道她只是为了同门的情谊，才保护公孙奇的，却并非完全站在公孙奇这边。桑白虹这番话其实是言不由衷，她已打定主意，只待过了今日之难，待他们夫妇养好了伤，便要一个个地报复。

蓬莱魔女道："师兄，你怎么说？"公孙奇声音枯涩，叫了一声："师妹……"底下的话未曾出口，忽地便一口鲜血喷了出来，身子晃了几晃，突然倒地。原来他内力消耗过甚，已呈油尽灯枯之象，恶斗一停，精神松散，便再也支持不住了。

蓬莱魔女大惊，连忙扶起她的师兄。就在此时，忽听得一阵狂笑之声，华谷涵朗声吟道："弹剑狂歌过蓟州，空抛红豆意悠悠。高山流水人何在？侠骨柔情总惹愁！"吟声清越，到了最后那一个"愁"字，声音已似在数里之外，原来当蓬莱魔女打落了群雄的兵器之时，华谷涵与东园望已飘然走了。这笑声、诗声，是华谷涵用

"传音入密"的上乘内功，远远送来的。

珊瑚叫道："小姐，这人就是你要找的那人，笑傲乾坤狂侠华谷涵！"蓬莱魔女呆了一呆，心头怅惘之极。她入门之时，早已看出华谷涵武功卓绝，心中已自思疑，如今听到了这笑声、诗声，不必珊瑚说明，她也已经知道是"笑傲乾坤"华谷涵了。

听他这一首诗，内中实似含有许多难言的情意。蓬莱魔女聪明绝顶，过耳即能背诵，她心中再次默念这一首诗："弹剑狂歌过蓟州，空抛红豆意悠悠。高山流水人何在？侠骨柔情总惹愁！"第一句似是说华谷涵之所以"弹剑狂歌过蓟州"，也正是为了寻觅她；二、三两句则是华谷涵自己慨叹"红豆空抛"、"知音难觅"；第四句以一个"愁"字了结，更是寄意遥深，似有无限衷情待诉。蓬莱魔女想起华谷涵送给她的那三件东西，想起了其中的那对联体孪生的红豆，不禁脸上泛起一片红晕。再想起自己的身世之谜，自己父母究竟是谁，是否还活在世上，这种种疑团，也只有向华谷涵才问得明白，她几乎就要追出门去。

可是就在这一瞬间，她也发觉她扶着的师兄，手足已经冰冷，她师父只有这个儿子，她又怎忍在这样危险的关头，坐视师兄死去？蓬莱魔女想起师父待自己的恩情，终于抑制下追华谷涵的念头。她扶起了师兄，手掌贴着他的背心，一股真气从她的内心大穴透了进去，过了半晌，公孙奇才睁开双眼，低声说道："师妹，多谢你啦！"

桑白虹在一旁默默地看着蓬莱魔女为她丈夫运功疗伤，内心却似一锅煮沸了的开水，十分激动，又似打翻了五味架，甜、酸、苦、辣，混在一起，说不出是什么滋味。惊惶、妒忌、感激、忧虑……种种情绪，互相纠结，刺得她的心头隐隐作痛。为丈夫的受伤而惊惶；为丈夫对蓬莱魔女所流露的情意而忧虑；对于蓬莱魔女的尽心尽力为她丈夫疗伤，则是又感激又妒忌。但此际她自己的功力尚未恢复三成，决无本领为丈夫运功疗伤，却只有倚靠蓬莱魔女了。

蓬莱魔女的心思却是单纯，她只是为了感激师父之恩，要救活师父的独生爱子。她根本就没有想到什么避嫌，更想不到师嫂会对她存有敌意。她全神贯注地为公孙奇运功疗伤，待到公孙奇苏醒过来，能够开口说话了，她才吁了口气。

宋金刚这班人早已走了，公孙奇道："师妹，我真是惭愧，我、我不知从哪里说起……"蓬莱魔女道："师兄，你能够知错就好。你现在不必思想太多，静心调治吧。我这里有几种药丸……"桑白虹道："我们有自炼的大还丹，柳姑娘不必你操心啦。"蓬莱魔女笑道："不错，我一时忘记了，你们桑家的大还丹是最好的补中益气的灵药。嫂子，请恕我不能久留，我把他交给你料理了。"公孙奇道："师妹，你就要走了？我爹爹他，他老人家怎么样？我想知道他的消息。"蓬莱魔女道："他老人家很好。师兄，我也有许多话要和你说，不过，不必急在此时，待你养好了伤，我会再来探望你的。"她治好了师兄的伤，心中想的已是另一件事情，华谷涵的影子在她脑海中重现，华谷涵的笑声在她耳边萦回，她是急着要去追赶华谷涵了。

珊瑚叫道："小姐，等一等我！"拉着耿照紧紧跟着蓬莱魔女，转瞬间已走得无影无踪。桑白虹冷冷说道："你的好师妹说过要回来探望你的，你不必呆呆地望出去的！"公孙奇瞿然一惊，连忙说道："娘子，你是从哪儿说起，我是感激她解救了今日之难，这干醋你吃得好没来由。"桑白虹冷冷一笑，心中自打主意。

蓬莱魔女走出了城堡，在孤鸾山下停下脚步，珊瑚追了上来，说道："小姐，我有事禀告……"蓬莱魔女道："你先回山去吧，你们的遭遇，待我回去再听你说。耿公子，我看你的武功已大大精进了，我不知道你何以得罪桑家，但我可以担保他们不会与你再为难了。我那支令箭，还在你身上吗？"耿照道："已给你师兄拿去了。"

蓬莱魔女无暇追究，另给了他一支令箭，说道："凭你现在的武功，再有这支令箭，此去江南，大约没有什么灾难了。好，祝你一路平安！"

珊瑚忽道："小姐，慢走！我要请你恕罪……"声音有点哽咽，蓬莱魔女愕然止步，回头说道："珊瑚，你有什么心事？"珊瑚道："小姐，请恕我不能服侍你啦，我，我不想回山了。"蓬莱魔女怔了一怔，望了耿照一眼，微笑说道："不是想和耿相公一道走吗？"珊瑚道："倒不是为了这个缘故，耿相公现在无需我来护送的了，但我已打听得我杀父之仇的消息，此人现在江南。"蓬莱魔女道："是谁？"珊瑚道："是四霸天中的南山虎——南宫造。求小姐允许我到江南报仇。"

蓬莱魔女与珊瑚名为主仆，情如姐妹，听了这话，既为她欢喜，也为她担忧，说道："南山虎的武功委实不弱，只怕你不是他的对手。"珊瑚说道："杀父之仇，不共戴天，纵然打不过他，也是要拼一拼的。"蓬莱魔女想了一想，说道："珊瑚，多谢你这几年来一直陪伴着我，现在你要为父报仇，我不能拦阻你，我没有什么东西送你，这本小书你带去吧。"

珊瑚接过来一看，原来是蓬莱魔女手抄的"天罡拂尘十八式"和"柔云剑法三十六式"，虽然不是蓬莱魔女的全部武学，却是她武学精华所在。拂尘本是柔软之物，但天罡拂尘十八式却是用的阳刚功夫，练成之后，可以把拂尘当作刀剑；"柔云剑法"则恰恰反其道而行之，练成之后，可以把百炼精钢的宝剑化为绕指柔，这样刚柔互易，端的是武学中罕有的功夫。蓬莱魔女道："你练了这两样本领，虽然也未必就一定胜得过南山虎，但料想他要伤你，那也很不容易的了。"

珊瑚喜出望外，但欢喜之中却带了几分感伤，不禁潸然泪下，说道："小姐，你待我这样好，我实在舍不得离开你，真不知如何报答你的恩情。"蓬莱魔女强笑道："傻丫头，天下无不散之筵席，但愿你了却平生大事，一去报了父仇，再找个如意郎君，将来你与妹夫同来见我，做姐姐的就欢喜无限了。"珊瑚忍了眼泪，也强笑说道："小姐，我也祝你早日了却心愿，见着送你红豆的人，小姐，我走啦！"

珊瑚与蓬莱魔女含泪告别，耿照意想不到珊瑚又与他同行，心头却是不由自己地感到喜悦，走到山坳，低声说道："瑚妹，我只道要与你分手了，谁知咱们又同往江南。你这次冒险而来救我，我粉身碎骨无以报答，将来你报仇的时候，有用到我的地方，我赴汤蹈火亦所不辞。"珊瑚嫣然一笑，说道："这些话到了江南再说吧。

让小姐听见了，她会取笑咱们的。"蓬莱魔女没听见他们的说话，但她从珊瑚、耿照的神情眼色之中，已然可以察觉他们二人已萌爱意，眼看他们的背影渐行渐远，不由得一阵欢喜，又是一阵惆怅。

蓬莱魔女心中想道："珊瑚的身世和我同样可怜，但是她却比我幸运多了，她有耿照陪她同往江南，我还在独自探索我的身世之谜。嗯，却到哪儿去寻觅笑傲乾坤华谷涵呢？"想至此处，脸上不觉微微发热，珊瑚临走时那句祝辞："祝你早日了却心愿，见着送你红豆的人。"似是一颗石子投进她的心湖，余波荡漾，久久未能平静。珊瑚这句话也揭破了她心底的秘密，这秘密是她自己也不敢触及的。——她去寻觅笑傲乾坤华谷涵，只是为了探索身世之谜吗？还是为了也要找个知心的人儿，就像珊瑚找到耿照一样？

"今日本来是踏破铁鞋无觅处，得来全不费工夫，意外地碰见了他，却谁知又当面错过了。"华谷涵的诗句："弹剑狂歌过蓟州，空抛红豆意悠悠。……"又一次地触动了她的情怀，"不论如何，追到天涯海角，我也要找着他。我要向他查询我的身世之谜，我还要向他问个明白，他送还红豆，临走狂歌，这、这究竟是什么意思？"

蓬莱魔女寻思："他是和东海龙一同走的，东海龙元气未曾完全恢复，我未必就追他们不上？"

走了一程，地上发现许多凌乱的足印，这是宋金刚这班人留下的。蓬莱魔女心想："华谷涵决不会与这些人同行。"于是改了一个方向，又走了一程，这回果然发现了一个异乎常人的大足印，但却没有发现另外的足印，这大足印决不会是华谷涵的。但蓬莱魔女一想，即明白了其中的道理，"华谷涵轻功卓绝，踏雪无痕，焉能在地下留下足印？东海龙身材高大，他的轻功虽也很好，但却是受了点伤，落步难免沉重，这大足印一定是东海龙的了。只要追上了东海龙，那就一定可以见着华谷涵。"这推论似乎不错，但蓬莱魔女却未想到，华谷涵和东园望也只是萍水之交，东园望虽然受了点伤，武功亦早已恢复了六七成，亦无需乎华谷涵保护。她只道他们二人是同来同去的，便下了决心，跟着这大足印追踪。

可惜蓬莱魔女先后为了救治师兄，以及和珊瑚谈话，已耽搁了不止一个时辰，她的轻功虽然远胜于东园望，但急切之间，却怎能追上？

蓬莱魔女跟着足印，穿山过岭，一口气跑了几十里路，足印到了平地，不久又到了大路。大路上来往人多，车轮的轨迹，健马的蹄痕，行人的脚印，重重叠叠，早已把东园望的脚印掩盖了，哪里还能分辨出来？

蓬莱魔女不肯死心，想道："听说东海龙每年要到泰山一次，他这次离开了海岛，很可能也要到泰山去住几天。我索性追到泰山去，若还不见，再出海找他。总要在他的身上追查出华谷涵的下落。"

蓬莱魔女一路追踪，不到两日功夫，已从商河县来到泰山脚下，走了七百里路程。这时已是暮霭苍茫，暝色四合、夜幕初降的时分了。蓬莱魔女在山脚歇了一会，正自寻思要不要待到明日上山，忽听得隐隐似有笑声，宛如游丝袅空，若断若续，随着山风送来，虽然不很响亮，但却甚为清晰，从这么高的山峰上传来的笑声，山下居然可以听到，显然是一个内功极其深厚的高人所发。

蓬莱魔女精神一振，心想："难道华谷涵已知道我追来了，发这笑声引我？嗯，若然不是笑傲乾坤，旁人也无如此功力。"于是不再踌躇，立即上山。

山间明月冉冉升起，抬头望去，峰峦隐约，俨如蒙了一层薄雾轻绡，泰山夜景，在朦胧的月色之下，更显得幽美无伦。过了"岱宗坊"，仰望泰山顶，浮云奇幻，变化万千。古人把它形容为"云以山为体，山以云为衣"，有时朵朵白云倏然飞出，似是把山峰拦腰切成两段，看上去好像山上有山，更属罕见的奇景。但蓬莱魔女却无心观赏，心中只是想道："云海茫茫，不知他藏身何处？"默念唐诗"只在此山中，云深不知处"两句，不禁一片惘然。

忽听得前面传来几种乐器混合的乐声，蓬莱魔女仔细一听，有清亮的声音，有激越的箫声，还有"咚咚"的铜鼓声，蓬莱魔女大为奇怪，心想："是谁夜间在此奏乐，若说是华谷涵和东园望，但听来又不止两种乐器，最奇怪的是还有塞外的笳声。这些人究竟是什么人物？"乐声越来越高，诸声杂作，恍如万马奔腾，千军赴敌，蓬莱魔女心头一凛，心道："这是一片杀伐之声，决非心性平和的隐士高人所奏。"但亦可以料想得到，这些人也决非寻常人物。蓬莱魔女好奇心起，不管其中有没有华谷涵，便循着乐声的方向寻去。

山路弯弯曲曲，过了"二天门"，远远望去，有五棵古松，老干苍虬，枝条茂密，遮住了月光。传说秦始皇曾在这里避过风雨，封这五棵松树为"五大夫"，"秦松挺秀"是泰山八大景之一。蓬莱魔女心想："这些人在秦始皇避过风雨的松下奏出杀伐之声，胸中抱负，实是不凡。"这时蓬莱魔女已隐约可以看出松树下人影幢幢，但因月色朦胧，古松的枝叶又极茂密，人数多少，却是看不出来。

蓬莱魔女施展绝顶轻功，借物障形，又走近了一段路，天空飞来一片浮云，遮着月亮，夜色如墨。乐声倏然停止，忽听其中一人哈哈笑道："我又得了一首新词，你们听听！"于是朗声吟道：

　　"停杯不举，停歌不发，等候银蟾出海。不知何处片云来，做许大通天障碍。虬髯捻断，星眸睁裂，唯恨剑锋不快。一挥截断紫云腰，仔细看嫦娥体态。"

蓬莱魔女听了这阕新词，也不禁吃了一惊，心想："好凶的口气！只因浮云蔽天，碍他赏月，他就恨不得要一剑腰斩紫云，好仔细看嫦娥体态。似他这等凶横霸道的，普天之下，只怕没有第二个了。"

在刚才月被云遮之际，蓬莱魔女施展绝顶轻功，飞身上了一棵古松。这时云开月现，蓬莱魔女轻轻拨开树叶，偷望下来，只见松树下约有十余名男子，有的武士装束，有的文人打扮，这些人排成两排，当中坐着一个中年汉子，身穿圆领窄袖五色绣龙的长袍，脚登鹿皮马靴，头戴一顶貂皮披风帽，相貌颇为威武，看他对这班人的神气，似是一个身份很高的贵人。他朗吟了这阕新词之后，哈哈大笑。

这些人拍手赞道："好词，好词！"有一个文士模样的人似是要卖弄学问，更摇头晃脑地说道："一挥截断紫云腰，仔细看嫦娥体态。真是奇句，奇句！想古来那些腐儒，也曾有过许多吟咏嫦娥的诗词，不是为嫦娥抒发幽怨，就是为自己空寄相思，哪里及得上主公这首新词的立意新奇，豪迈超俗。"又一个道："想古来吟咏嫦娥的佳句，首推李商隐的那首'云母屏风烛影深，长河渐落晓星沉。嫦娥应悔偷灵药，碧海青天夜夜心。'他就只知道怜悯嫦娥，却不懂如何去解嫦娥的寂寞。主公，你一剑截断紫云腰，仔细看嫦娥体态。嫦娥也一定很感激你了。"这些人谀辞纷进，大拍马屁，蓬莱魔女听了，颇觉作呕，但也不能不承认那人的新词，确是异想天开，奇句不凡。

那人哈哈笑道："不嫌我太粗鲁了么？"那些人又纷纷说道："主公是天下第一人，主公赏识嫦娥，嫦娥若是有知，也定感恩宠，说不定还要下凡来叩见主公呢。"

那人又哈哈笑道："你可知道朕生平有三个愿望。一愿国家大事，皆自我出；二愿亲自指挥将帅，讨平各国，将各国的君主，都俘虏来问他们的罪；三愿得天下绝色的女子做我的后妃。如今第一个志愿是已经达到了，第二个志愿嘛看来也总可以做到，只有第三个志愿，那却是可遇而不可求了！"

蓬莱魔女这一惊非同小可，寻思："听此人的口气，难道他竟是金主完颜亮？"

蓬莱魔女猜得不错，这人正是金国的当今皇帝完颜亮。此人是历史上有名的暴君，荒淫无道，无所不用其极。但野心却是极大，也颇有才情。

他这次来到泰山，是想学中国古代帝王的"封禅"之举。（羽生按：中国古代以为泰山最高。"封"为祭天，"禅"为祭地。到泰山来祭天地，是表示帝皇至高无上的尊严的一种仪式。）"封禅"既毕，这晚就在泰山赏月，蓬莱魔女恰好遇上。

那个最善于拍马屁的文臣说道："主公无须烦恼，依小臣之见，美人也并不难求。"完颜亮歪着眼睛问道："到哪里去求啊？"那人说道："江南素多佳丽，主公你兴兵灭了赵宋，那时江南的女子玉帛都属主公所有，还怕选不到绝色的美人？"完颜亮闻言意动，笑道："听说西湖风景绝佳，临安（今杭州）成了南宋京都之后又极是繁华，倘若得在西湖上拥江南佳丽，赏山色湖光，也是人生一大快事！"那文臣道："可不是么！南宋词人柳永有一首《望海潮》，把临安的风景人物写得美极了，主公不知可听过么？"完颜亮意兴更豪，说道："你唱来听听。"

那文臣轻捻沙喉，装模作态，曼声唱道：

"东南形胜，三吴都会，钱塘自古繁华。烟柳画桥，风帘翠幕，参差十万人家。云树绕堤沙。怒涛卷霜雪，天堑无涯。市列珠玑，户盈罗绮，竞豪奢。　　重湖叠巘清嘉。有三秋桂子，十里荷花。羌管弄晴，菱歌泛夜，嬉嬉钓叟莲娃。千骑拥高牙。乘醉听箫鼓，吟赏烟霞。异日图将好景，归去凤池夸。"

完颜亮哈哈笑道："好个三秋桂子，十里荷花！咱们今年就到临安过中秋，赏桂花去也！哈哈，我投鞭足以断流，何愁他天堑不能飞渡！"那些文臣武将欢声雷动，齐道："主公英武圣明，古往今来，无人能及，干戈一动，江南定可一鼓荡平！"完颜亮哈哈大笑道："但也不可太轻敌了，左仆射，你替朕起草诏书，回大都之后，立即征集各部精兵，克日兴师！"

蓬莱魔女听得大怒，寻思："这是极难得的机会，我且把这狗皇帝一剑杀了，也免得生灵涂炭。"猛喝一声："金狗看剑！"倏地从树上跳下，剑光如练，径刺完颜亮。

完颜亮吃了一惊，待看清楚了是个绝色女子，随即又哈哈笑道："美人何必到江南去求，这个女子就胜于月里嫦娥！你们将她拿下，却不可将她伤了！"

完颜亮的随身侍卫，都是一等一高手，怎容得蓬莱魔女杀到完颜亮身前，早就把她挡住。蓬莱魔女左手飞舞拂尘，右手挥动长剑，展开了"天罡拂尘十八式"和"柔云剑法"，在众武士包围之中，指东打西，指南打北，那些武士不敢伤她，却是吃亏，只听得"当当"两声，两名武士的长剑已给她拂尘卷去，紧接着刷的一剑，又一名武士给她利剑刺穿了咽喉。众武士见她如此厉害，无不大惊，但蓬莱魔女要想突围，一时间却也不易。

忽地有个武士叫道："我识得她，她是蓬莱魔女柳清瑶。各位小心了！"一条长鞭，矫如游龙，倏地从蓬莱魔女下三路卷来。正是：

惊见名山腾剑气，蓬莱魔女遇天骄。

欲知后事如何，请听下回分解。

第十六回　忍令上国遭胡辱
　　　　　拟绝天骄拔汉旌

　　这武士是四霸天中的"北芒狗"——北宫黝，他使的是连环三鞭，"回风扫柳"的绝技，端的十分厉害。蓬莱魔女冷笑道："好，我今日先杀狗，后屠龙！"她的拂尘和长剑应付众武士的各般兵器，已腾不出手来，北宫黝就是觑准她这个弱点，长鞭卷地扫来，攻她下盘，叫她无法招架。

　　哪知蓬莱魔女的内功已练到收发随心、摘叶伤人、飞花杀敌的通玄境界，就在长鞭卷到的那一刹那，她运了口气，柳腰轻摆，系腰的绸带忽地飞出，北宫黝的长鞭卷不着她的脚踝，她的绸带反而卷着了北宫黝的长鞭。

　　蓬莱魔女喝声："撒手！"移足就向鞭梢踏下。斜刺里一柄长枪闪电刺来，这人是金国的御林军副统领，出名的"闪电神枪手"，只听得"当啷"声响，蓬莱魔女一剑削断他的枪头，但他的枪尖却也先刺穿了蓬莱魔女的腰带，北宫黝解了束缚，长鞭已是倏的收回。

　　北宫黝的武功比起蓬莱魔女当然是相形见拙，但他名列"四霸天"，毕竟也是江湖上的一流高手，他加入战团，一条长鞭，神出鬼没，乘瑕抵隙，配合同伴的攻击，对蓬莱魔女也是增加了不少威胁。蓬莱魔女独力难支，包围的圈子越缩越小。

　　完颜亮哈哈笑道："这分明是蓬莱仙子，怎说是蓬莱魔女？"北宫黝退后数步，离开了蓬莱魔女长剑、拂尘的威胁，说道："主公明鉴秋毫，说得丝毫不错。这女子本来确是号称蓬莱仙子，只因她心狠手辣，江湖上才把她的绰号改了。"完颜亮笑道："朕不怕她心狠手辣，只要你们将她擒了，朕就重重有赏。"

那个善于拍马的文臣侍立在完颜亮身边，笑道："主公词中那两句佳句，微臣意欲妄改一字，那就完全切合了眼前的情景了。"完颜亮道："改哪个字呀？"那文臣道："将一个'云'字改为'裙'字，那就变成了'一挥截断紫裙腰，仔细看嫦娥体态'，嘻嘻，这岂不对了眼前的情景了？"完颜亮大笑道："妙，妙，你改这个字，俗到极了，却也有趣极了。但不嫌唐突了美人儿么？"

这两君臣肉麻当有趣，越说越下流。蓬莱魔女大怒，忽地背向那个绰号"闪电神枪手"的御林军副统领，背心突然向他撞去。那副统领已换过一杆长枪，这时正向蓬莱魔女刺来，但他却意料不到蓬莱魔女有此怪招，不由得心中一凛："我这一枪刺去，怕不把她搠个透明窟窿！"要知金主已有吩咐，是要将蓬莱魔女生擒，这副统领最多敢将她刺伤，却怎敢将她刺死？心中一凛，长枪闪电收回。哪知蓬莱魔女正是要他如此！

那副统领正待换招刺她脚跟，想叫她摔一大跤，哪知他号称"闪电手"，蓬莱魔女的身手却比他还快半分，就在这瞬息之间，蓬莱魔女已是刷的反手一剑，仍然滑步倒行，头也不回，长剑已是从胁底穿出，向后刺去，竟似背后长了眼睛一样，一剑就穿过了那副统领的喉咙！蓬莱魔女这一着看似冒险之极，其实她已是计虑周详，副统领那一枪即算不收回变招，刺着她的背心，她有护体神功，也不会致命，最多是受一点伤。蓬莱魔女本来就是拼着受一点伤突围的；现在由于这副统领心存顾忌，稍一踌躇，却先被蓬莱魔女杀了。蓬莱魔女则毫发无伤。

这副统领一死，登时也就打开了一个缺口，副统领两侧的武士虽然立即过来填补空档，但他们的武功比那副统领又差得多，蓬莱魔女运剑如风，刷刷两剑，瞬息间又杀了两名武士，身形一起，捷如飞鸟，人在半空，一招"倒卷珠帘"，左手拂尘，已是对准了北宫黝凌空击下！

北宫黝吓得魂飞魄散，长鞭一抖，急忙使出他最得意的一招绝招——"八方风雨会中州"，长鞭抖起了一圈圈的波浪，只听得

"呼"的一声，蓬莱魔女拂尘卷去，一下子就把他的绝招破了。北宫黝只觉手腕突然似是给利针一刺，不由得五指一松，说时迟，那时快，他那条虬龙鞭早已被蓬莱魔女卷去。蓬莱魔女喝道："狗才纳命！"身形落地，"呼"的一声，拂尘再展，北宫黝扑倒地上，和衣一滚，只听得"嗤嗤"声响，原来蓬莱魔女以上乘内功，力透拂尘，尘尾散开，千丝万缕，一齐罩下，那根根尘尾，都似变作了利针，把北宫黝的衣裳刺得千疮百孔，只是这么一招，就在北宫黝的身上添了数十处伤口，幸而北宫黝功力也颇不弱，他刚才那招"八方风雨会中州"，又稍稍消去了蓬莱魔女一点劲道，滚得又快，虽然被尘尾刺伤了几十处，却还未曾毙命。

蓬莱魔女心念要杀完颜亮要紧，无暇追击北宫黝，当下脚尖一点，身形再起，俨如鹰隼穿林，掠波飞燕，来势更疾，剑光如练，一剑就向古松下的完颜亮刺去。那些武士从背后追来，却哪里及得她的快捷。

只听得一声惨呼，血花飞溅，众武士大惊失色，蓬莱魔女却"噫"了一声，骂道："好狡猾的狗皇帝，看你逃到哪儿？"原来完颜亮见避无可避，急中生智，抓住那个侍立在旁的文臣，向前一推，挡了蓬莱魔女一剑，这文臣最善于拍马屁，这时却变成了替死的羔羊，哼也未曾哼得一声，就给蓬莱魔女的利剑，从前心穿过了后心。

蓬莱魔女何等快捷，如影随形，追上了完颜亮，立即又是一剑！

正在蓬莱魔女连环剑发之时，忽听得霹雳般的一声大喝："休得伤害我主！"斜刺里突然飞来了一团红云，遮在完颜亮面前，蓬莱魔女一剑刺去，只听得"当当"两声，宛如鸣钟击磬，震得人耳鼓嗡嗡作响，原来是一个披着大红袈裟的僧人，突然从完颜亮身旁扑出，展开双钺挡住了蓬莱魔女这雷霆万钧的一击！

蓬莱魔女心头微凛，暗自想道："这番僧功力不弱，看来绝不在四霸天之下，足可与我师兄比肩。想不到这狗皇帝还伏有能人未出，倘若再多一两个这样的高手，只怕我今日要想脱身也不易了。"

这红衣僧人乃是西藏密宗教祖的师弟，法号鸠罗法师，武功之高，西域无人能敌，完颜亮将他聘来，待以国师之礼，每逢外出，必定派他同行。他因为身份崇高，且又负有保护完颜亮的责任，所以在众武士围攻蓬莱魔女之时，他依然守护在完颜亮身边，未曾出手。

鸠罗法师虽然及时挡住了蓬莱魔女，可也吓出了一身冷汗。蓬莱魔女刚才那闪电般的一击，身法之快，大出乎他意料之外。要不是完颜亮抓着那文臣作挡箭牌，鸠罗法师已是迟了一步。只听得叮叮当当之声，不绝于耳，转瞬之间，蓬莱魔女的长剑，已与鸠罗法师的铜钹碰击了数十下，鸠罗法师双钹展开，将全身护得风雨不透，蓬莱魔女在急切之间竟是攻不进去，但鸠罗法师却也无力反攻。

众武士陆续赶到，又把蓬莱魔女围在核心。蓬莱魔女自出道以来，战无不胜，这次是第一次遭逢强敌，精神倍振，长剑夭矫拂尘飞舞，在围攻之下，兀是攻多守少，杀得众武士暗暗心惊。

完颜亮身上都沾满了血，他自己虽然没有受伤，亦已吓得魂飞魄散。忽见一条人影落在他的面前，他惊魂未定，又吓一跳。那人说道："奴才护驾来迟，主公受惊了。"完颜亮定下心神，这才知道来的是他的御林军统领檀道清。檀道清本来是参加围攻蓬莱魔女的，只因此际那鸠罗法师已亲自出手与蓬莱魔女恶战，完颜亮身畔无人防护，檀道清遂替代了鸠罗法师刚才的位置。

北宫黝爬了起来，他身上受创数十处，鲜血淋漓，甚是骇人。他摇摇晃晃地走到完颜亮跟前，跪下来奏道："这魔女十分厉害，奴才斗胆，请皇上另传圣旨，倘若不能生擒，也只好将她伤了。"

完颜亮刚才因为震惊于蓬莱魔女的绝世容颜，才下了只许生擒，不许伤她的命令。他初时以为蓬莱魔女只是一个孤身女子，本领再强也强不过他的众多武士，这才下了那道命令。如今他已见识了蓬莱魔女的武功，连他自己也险些丧在蓬莱魔女剑下，他纵然是好色如命，也不能不更改主意了。

完颜亮叹了口气，恋恋不舍地望了蓬莱魔女一眼，心道："想不到这样一个天仙似的人儿，竟是个杀人不眨眼的魔女，嗯，这一枝长满毒刺的鲜花，只怕朕是无缘攀折了。"当下只好改过命令，叫檀道清宣布。

檀道清大声说道："皇上有旨，这女贼最好能够生擒，倘若不能，也准许你们格杀！"其实这道命令即算不下，鸠罗法师也已拼着受责，要与蓬莱魔女拼个你死我活了。这道命令一下，他更加得了一颗定心丸。

完颜亮只道鸠罗法师武功盖世，这道命令一下，蓬莱魔女便难免玉殒香消，心中好生惋惜。哪知看了一会，只见蓬莱魔女越战越勇，他的那班武士，围着蓬莱魔女，走马灯似的乱转，竟然不敢迫近她的身前；鸠罗法师也似乎只有招架之功，而无还手之力。完颜亮的惋惜，登时变了惊惶。

原来那鸠罗法师武功虽然极高，但比起蓬莱魔女却还是稍逊一筹。蓬莱魔女此时已杀了五名武士，又重伤了北宫黯，御林军统领檀道清又因为要保卫完颜亮而不得不退出战团，檀道清和北宫黯是仅次于鸠罗法师的两大高手。这么一来，围攻蓬莱魔女的实力，虽然多了一个鸠罗法师，却少了两大高手和五名一等卫士，两相抵消，实力不是增强，而是反为削弱了。

鸠罗法师的内功与蓬莱魔女相比，尚相差不远，轻功却是大大不如。蓬莱魔女指东打西，指南打北，出手如电，招招凌厉，凶狠异常。鸠罗法师的铜钹只能保护自己，却不能兼顾众人。斗到紧处，蓬莱魔女看出一个破绽，倏地移形换位，突然间抢到了东北角，东北角那两名武士本来是因为胆怯才离得她远远的，想不到她突然其来，来不及招架，已给她一剑一个，都了结了。

鸠罗法师连忙赶来，蓬莱魔女闪电般杀了两个武士，一声长啸，转过身来，又和鸠罗法师相斗。众武士见她如此厉害，更为胆怯，不过片刻，又给她连杀三人！

眼看包围之势便要瓦解，鸠罗法师咬紧牙根，拼死苦斗。蓬莱魔女反手一剑，将背后的几名武士迫退，蓦地喝声："着！"脚尖一点，身形平地拔起，拂尘一展，已向鸠罗法师的顶门罩下，鸠罗法师也真不弱，霍的一个"凤点头"，立即便是一面铜钹向上空飞去，挡住了蓬莱魔女的拂尘。蓬莱魔女双腿一弓，一个筋斗向斜方落下，拂尘一拖，几根尘尾恰好从鸠罗法师的光头拂过，登时起了几道血痕，还幸蓬莱魔女的拂尘先给他的铜钹挡了一挡，只是余波所及，否则他早已是头破血流。

鸠罗虽然保了性命，但失了一面铜钹，防御的力量又减弱了许多。

御林军统领檀道清仗剑守在完颜亮面前，手心里捏着一把汗，本来他与鸠罗法师联手的话，足可与蓬莱魔女打成平手，但他不知蓬莱魔女是否还有同党，要想上前助战，又怕完颜亮遭逢不测，心上十五个吊桶七上八落，终是不敢离开。

完颜亮忽地叹了口气，自言自语道："可惜那人不在。那人若在，何愁此女不擒。"蓬莱魔女"哼"了一声，心中冷笑："你死在眼前，还想擒我？"刷、刷两剑，又刺伤了两名武士。

完颜亮叫道："朕把江山与你平分，你总可以满意了吧？哼，哼，你也未免太骄傲了！"蓬莱魔女冷笑道："我只要你的性命，谁要你的江山？"蓬莱魔女以为完颜亮这几句话是对她说的，一想却又觉得有点儿不对，她眼光一瞥，只见完颜亮仰面朝天，喃喃自语，看那神气，不似向她发话，却似向另一人求救，那人不肯答应，故而他许以重赏。

蓬莱魔女眼观四面，耳听八方，除了檀道清卫护着完颜亮之外，完颜亮身边已没有第二个武士，蓬莱魔女也察觉不到附近还有埋伏，心想："难道是完颜亮急得疯了，胡言乱语？哼，管他是真是假，纵有埋伏，我也不怕！"当下接连施展两招杀手，拂尘在鸠罗法师面门一晃，引开了他的目光，迅即一剑，刺向他左面空门，鸠罗法师只有一面铜钹，遮拦不住，这一剑正中他的肩头，只差一寸，就要挑穿他的琵琶骨。鸠罗法师中剑受伤，血流如注，迫得连连后退。蓬莱魔女打开了一个缺口，运剑如风，左荡右决，不过片刻，就杀出了重围。

蓬莱魔女正要向完颜亮杀去，就在此时，耳边忽听得一个声音说道："蓬莱魔女，你武功果然不错，但要想杀害大金皇帝，那却是万万不能！"音细而清，发话的人，就似贴在她的身边与她耳语！鸠罗法师与那班武士却似全无所觉，兀自大呼小叫，赶来阻拦蓬莱魔女。

饶是蓬莱魔女胆大包天，也不禁吃了一惊，她是个武学大行家，听得出这是最上乘的"传音入密"的功夫，发话的人，运用绝顶内功，将声音凝成一线，传入某一个人的耳中，只有那一个人才听得见，他旁边的人，即算距离很近，也是茫然不觉。

蓬莱魔女怔了一怔，鸠罗法师已拾起了刚才被打落的那面铜钹，退到完颜亮身旁，与檀道清站在一起，准备蓬莱魔女来攻。

空中飞来一片浮云，月光再被云遮，蓬莱魔女杀退了面前的武士，正自飞身掠起，忽又听得那声音在耳边说道："你还不罢手吗？我与你较量较量！"忽觉微风飒然，蓬莱魔女急展拂尘防护，只听得"叮"的一声，她头上一支玉簪，已给暗器打落！

蓬莱魔女有生以来，从未吃过别人半点儿亏，不禁又惊又怒，只听得那声音又在耳边笑道："怎么样，你敢来与我较量较量么？"蓬莱魔女从声音辨别方向，挥舞拂尘防身，身形疾起，就向那方向一剑刺去。

一剑刺空，月亮又钻出来了，蓬莱魔女已追进树林，但见月华如练，树梢风动，有几只乌鸦似是受了惊吓，"嘎嘎"地叫了几声，展翅飞起，却哪里有半个人影？

蓬莱魔女喝道："鬼鬼祟祟地暗中偷袭，算得什么英雄好汉？有胆的就出来斗斗！"那声音笑道："有胆的你追来吧！"蓬莱魔女听出那人不是用的"传音入密"功夫，距离最少在二三里外，寻思："这人分明是想引我离开，我可不要上他的当！"

这一瞬间，她转了好几个念头，正待回转那"大夫松"下，取完颜亮的性命，只听得那笑声又在前头，蓬莱魔女定了定神，心里想道："罢了，罢了，有这样的高手暗中助那金国狗皇帝，我今晚是难以杀他了。好，且待我看看这厮是什么人，如此可恶。"于是又再向前追去。

追了一会，蓬莱魔女心中又起了个疑团，这人能够打落她头上的玉簪，虽说一来是那时恰巧月被云遮，二来蓬莱魔女要分心应付其他强敌，但那人在黑暗里发出暗器，居然打得如此之准，这种上乘的暗器功夫，已经是罕见罕闻，蓬莱魔女心想："他为什么不乘机打我要害，却只打落我头上的玉簪？"

蓬莱魔女又再想道："这人不许我杀完颜亮，按说应该是金朝的鹰犬了。但以他的武功而论，只怕未必在我之下。他若出来，与鸠罗法师、檀道清等人联手，我决计斗他们不过，甚至逃脱也未必容易。他却又为何要引我离开，约我单打独斗？"如此一想，似乎此人又未必是金朝鹰犬。蓬莱魔女一路思量，那笑声在前头也不绝如缕。蓬莱魔女蓦地心中一动："难道是笑傲乾坤华谷涵，故意和我开玩笑来了？"但随即又想道："不对，不对。华谷涵的笑声实大声宏，听得出是正宗的最上乘内功，这人的'传音入密'功夫虽然也已到了最高境界，但却听得出是带着三分邪派的功夫，两人的声音也似乎并不一样。"蓬莱魔女心中又是失望，又是好奇。她本是追华谷涵而到泰山的，现在碰到了一个武功绝顶的高手，却又多半不是华谷涵。在此之前，她的心目之中，以为天下高手，撇开两三个已闭门隐居的前辈不算，除了华谷涵之外，就没有第二个人可以与她相比了，哪知今晚又碰到这样一个神秘人物，看来武功也不在华谷涵与她之下。"这是何等样人？具有如此武功，为何又要暗助那金国狗皇帝？"种种疑团，百思不得其解，心中好奇之念油然而生。……

好奇之念一生，蓬莱魔女心意立决，"不管他是不是华谷涵，我一定要查个水落石出！"于是施展轻功，继续追赶。那人亦似是知道她已追来，不必再行逗引，笑声也渐远渐寂了。

过了"五大夫松"，出了"中天门"，便是"快活三里"，这是泰山第二段路。"快活三里"的意思是登泰山只有这三里路最好走。蓬莱魔女转瞬走完这三里路程，仍是不见那人踪迹。再向上去，过"升仙坊"、"朝阳洞"等处，越上越高，山势也越来越险，走了一会，只见两侧陡峭壁立，这是泰山最险峻的处所——"南天门"，曲径盘旋，但从下望上，却又陡直如线。蓬莱魔女提防那人伏击，提心吊胆地走过了这段盘路，一点事情也没有发生，蓬莱魔女松了口气，哑然自笑，笑自己太过紧张。

登上了南天门，地势渐转平坦，登高纵目，四围景色，尽收眼底。月色澄明，向西远眺，是一片莽莽平原，白云深处，隐隐似有一条青白色的玉带，那就是黄河了。蓬莱魔女心道："登泰山而小天下，古人这话，真是说得不错。"默念唐诗"黄河远上白云间，一片孤城万仞山"句，在雄伟的景色之中，胸襟也不禁豁然开朗。天风吹过，松涛发声，蓬莱魔女瞿然一惊，"我是追踪那人来的，怎的却贪看景色了。"

忽听得树林中有琴声传出，蓬莱魔女悄悄走去，只见一个披着白狐裘的男子在树下操琴，蓬莱魔女心想："此人在泰山绝顶操琴，倒也算得是个高人雅士，却不知是否就是那人？"琴声忽而飘逸，忽而高昂，似是一个胸怀壮志却又不得已遁迹烟霞的英雄，在借着琴音倾诉心曲。

蓬莱魔女听得呆了，不觉现出身形，缓缓走去。那人却似视而不见，仍在全神贯注地操琴。蓬莱魔女心道："且不要打扰他。"遂停下脚步。

那人在弹得急处，在琴音高昂之中，忽地放声歌道：

"云青青兮欲雨，水澹澹兮生烟。

列缺霹雳，丘峦崩摧。

洞天石扉，訇然中开。

青冥浩荡不见底，日月照耀金银台。

霓为衣兮风为马，云之君兮纷纷而来下。

虎鼓瑟兮鸾回车，仙之人兮列如麻。

忽魂悸以魄动，恍惊起而长嗟！

惟觉时之枕席，失向来之烟霞。

世间行乐亦如此，古来万事东流水。

别君去兮何时还？

且放白鹿青崖间，须行即骑访名山。

安能摧眉折腰事权贵，使我不得开心颜。"

这是唐代诗仙李白《梦游天姥吟留别》长诗中的一段，蓬莱魔女听得心神俱醉，眼前的这个男子几似幻成了不食人间烟火的诗仙。忽听得铮的一声，琴弦断了。蓬莱魔女如在梦中醒来，正自心想："此人与笑傲乾坤华谷涵，倒是一对。"那人突然把琴一摔，竟号啕大哭起来。

蓬莱魔女倒给他吓了一跳，心想："难道是个疯子？"不禁问道："喂，你是谁？为何在此大哭？"那人道："我哭我的，与你何干？你又是谁？"蓬莱魔女道："我是大宋百姓，你意欲如何？"那人道："你知道我是谁？"蓬莱魔女道："你这人说话怎的如此糊涂？我若知你是谁，还用得着问你吗？"

那人脸上还带泪痕，却忽地又仰天大笑，蓬莱魔女道："你又笑什么了？"那人道："我笑你才是糊涂，你我素不相识，你既然不知道我是何人，又何必来关心我？叫我哭也不能哭个痛快。"蓬莱魔女气道："呸，谁关心你了？你尽管哭吧，哭死了也没人理你。"那人喃喃自语道："哭死了也没人理你。哈哈，天下之大，果然是没有一个人关心我的！"笑声一收，忽地又大哭起来。

蓬莱魔女心道："当真是个疯子！"要想离开，又自想道："却不知他是否就是刚才暗助完颜亮的人？若然是同一个人，他引我到此，就不该自哭自笑。"几次想要发问，但那人正哭得"热闹"，蓬莱魔女怕又遭他冷嘲，只好暂且忍着，心想："我且看你能哭到几时？"

那张琴摔在地上，已是片片碎裂。蓬莱魔女站在一旁甚是无聊，眼光触及这张破琴，她是个识货的人，一看就看出这是一张世所罕见、难以估价的古琴，心想："焚琴煮鹤，乃是大杀风景之事。哼，我最初还当他是个雅士高人呢。"不禁微噫一声："可惜，可惜！"

那人眼泪一收，忽地又哈哈大笑，朗声说道："可惜什么，一掷乾坤亦等闲，区区一张古琴，又有什么可惜了？哈哈，我以为你是个女中豪杰，却原来如此小气。好，你的东西我还给你吧，免得你心疼！"

蓬莱魔女正自心想："我有什么东西落在他的手上，这不是怪话么？"心念未已，忽听得暗器破空之声，银光一闪，一件物事已向她飘来！蓬莱魔女怒气暗生，只当是那人用暗器突然偷袭，当下便施展接暗器的上乘功夫，把手一招，双指一夹，把那件东西夹住。但觉虎口微微一震，这个人的劲道确是不弱。

月光下一看，蓬莱魔女不禁又怒又惊，却原来这人打来的"暗器"就正是她原来插在头上的那根玉簪。这时一切都明白了，这人不是别人，正是刚才暗助金主完颜亮，打落她这根玉簪的那个人。当时他一直未曾现身，只在月被云遮的那片刻之间，就把打落的玉簪偷走，这份身手，当真说得是神出鬼没！

蓬莱魔女喝道："好呀，果然是你！你为何助那狗皇帝？"那人冷笑道："宋朝的皇帝就很好么？"蓬莱魔女骂道："我现在知道你是谁了，你是狗皇帝的狗奴才！"那人冷笑道："我是何人，无需让你知道。你目中无人，我就看不顺眼！"

蓬莱魔女一怒，本来就要动手，心念一转，却又忍住，也自仰天长笑。那人道："你又笑什么？"蓬莱魔女道："我笑你不辨是非，不分黑白，只知责备他人。"那人道："哦，倒要请教。"蓬莱魔女道："说到狂妄，完颜亮这狗皇帝才是天下第一等狂妄之人，他要兴师灭国，吞并江南；他以为大宋无人，我就要杀杀他的威风。完颜亮狼子野心，令天下生灵涂炭，你不恨他，反来骂我，除非你真是他的奴才，否则又如何说得过去？"

那人神色黯然，忽地长叹一声，说道："金宋对立，干戈难免。不论是你是我，都无法挽回浩劫的了。我刚才这一场大哭，就是为此。你要刺杀完颜亮，我不怪你，但有我在此，却也不能让你得逞。"

蓬莱魔女听了这话，对此人敌意大增，但却也暗暗奇怪，心里想道："完颜亮是金国皇帝，此人若是金朝鹰犬，何以敢直呼其之名？"当下按剑说道："如此说来，你是决心为完颜亮卖命的了？"

那人冷冷说道："普天之下，谁也不能叫我为他卖命，我是但求心之所安。你我萍水相逢，我的心事碍难对你言说。"蓬莱魔女嗔道："谁要知道你的心事，我只要知道你是站在金国狗皇帝这一边的，那就够了。好吧，不必多言，看剑！"

那人退后一步，忽道："且慢！"蓬莱魔女道："你尚有何言？"那人道："我与你订个约如何？"蓬莱魔女道："什么？"那人道："你若胜得了我，任凭你去刺杀完颜亮，我撒手不管。可是倘若你输给我呢？——"蓬莱魔女截断他的话道："除非你把我杀了，否则我一有机会，还是要刺杀完颜亮。我大宋儿女与金国狗皇帝势不两立。我不与你订约！"

那人眉头一皱，随即大笑道："也好。那么咱们也就不必订约，就按江湖规矩较量较量。我要叫你知道，天下除了你和笑傲乾坤华谷涵之外，也并非就没人了！"

蓬莱魔女心中一动，"他也知道华谷涵的名字？"对此人身份，更觉神秘。但此时亦已无暇多问，拂尘一举，长剑一挥，便即说道："亮兵器吧！"

那人笑道："不必客气了，你是客人，先发招吧！"蓬莱魔女怒道："你要空手与我相斗？"那人取出了一支洞箫，笑道："你嫌我双手空空，好，我就给你吹一支迎宾曲子。"

箫声清冷，响遏行云，只吹了两下，又放下来道："迎宾曲子已奏，你这位贵宾还不来么？"

蓬莱魔女大怒，心道："你敢如此轻视于我！"当下也就不再和他讲什么江湖礼节，身形一起，天罡尘法发动，一招"倒卷星河"，尘尾散开，根根如刺，千丝万缕，就向那人当头罩下。

这一招"倒卷星河"乃是"天罡拂尘三十六式"中一招极厉害的杀手，尘尾散开，千丝万缕，那人整个身形，都已在拂尘笼罩之下，避无可避。但在这样危急的形势之下，他却好整以暇，从容不迫地把洞箫凑到口边，又吹将起来。

蓬莱魔女心头一震，忽觉一股热风迎面吹来，尘尾也登时给吹得散开。蓬莱魔女这一惊非小，心想："这人果然是已练成了登峰造极的邪派内功。"原来这洞箫中空，那人就是从洞箫中吹出一股纯阳罡气，将蓬莱魔女的拂尘吹散的。

那人笑道："我这支迎宾曲子尚未吹完呢！"箫声再起，如怨如慕，如泣如诉，蓬莱魔女听出他吹的是一首唐诗谱成的小曲，正吹到后半阕，曲辞是："少孤为客早，多难识君迟。掩泣空相向，风尘何所期？"辞意寄托遥深，既表示了结识佳客的喜悦，又表示了各怀心事，感伤时世的无限哀愁；最后归结为一层无可奈何的惆怅，因而问客人"风尘何所期？"这支曲子，极切合他们今日相遇的情景，那人借曲寄情，恰到好处。

蓬莱魔女眉头一皱，长啸一声，冷冷说道："势同仇敌，何来主客之谊？"刷的一剑刺去，登时把他的箫声打乱。

那人笑道："我这支迎宾曲子尚未吹
完呢!"

那人叹口气道："可惜，可惜!"横起洞箫一架，这支洞箫也不知是什么做的，只听得一片铿锵，蓬莱魔女的青钢剑竟给他荡开，虎口微微发热。那支洞箫却是丝毫未损。

　　蓬莱魔女这柄长剑虽非宝物，但以她深厚的内功，莫说是拿着一把剑，就是一根树枝，也可以将石头打裂，但现在碰上那人的洞箫，反而被他将长剑荡开。显然这人的功力，只有在她之上，绝不在她之下。

　　蓬莱魔女初逢强敌，精神陡振，青钢剑扬空一闪，剑尖晃动，闪起了朵朵剑花，俨如黑夜繁星，千点万点，洒将下来，一招之内，连袭那人的三十处大穴。那人赞道："好剑法!"只听得一片断金戛玉之声，叮当密响，就在这一招之内的瞬息之间，那人的洞箫已与蓬莱魔女的长剑接触了一十三下。

　　蓬莱魔女剑锋一转，拂尘再次拂到，这次她拂尘聚成一束，当作判官笔用，径刺那人的太阳穴，青钢剑刷地刺出，却用了一个"黏"字诀，要把那人的洞箫引开，"黏"出外门。那人又叹口气道："咱们点到即止，岂不甚好? 你却当真要与我拼命么?"他口中说话，手底却丝毫不缓，洞箫一举，一招"举火燎天"，将拂尘荡开，迅即换招横扫，与青钢剑一触，洞箫一旋一绞，又把蓬莱魔女那股"黏"劲解了。蓬莱魔女同时用两种兵器，一柔一刚，而且又随时可以刚柔互易，这本是武学中最上乘的功夫，却不料竟被那人轻描淡写地化解开了，不觉一片茫然。

　　那人笑道："投桃报李，请小姐也接我几招。"洞箫一挥，幻出了千重箫影，一口气攻出六招，连点蓬莱魔女三十六道大穴。蓬莱魔女以拂尘护身，以长剑攻敌，竭尽所能，将他这六招一一化解。那人赞道："好，蓬莱魔女果然是名不虚传!"蓬莱魔女却不由得暗暗自惭，心中想道："他从容应敌，而我却费了如许气力，才解了他这六招。"

　　蓬莱魔女好胜之念一起，将"天罡拂尘三十六式"和"柔云剑法"的精华尽数施展出来，拂尘或聚或散，剑势忽疾忽徐，身如流水行云，步似穿花蝴蝶，剑锋所指，嗤嗤有声，拂尘挥舞，飒飒风起。这两种刚柔相济的武林绝学施展开来，果然是非同小可。

那人只凭着一支洞箫，似乎渐渐遮拦不住，过了一会，蓬莱魔女已挽回颓势，又再转守为攻。

那人一声长啸，叫道："好，我也要抛砖引玉了！"横箫护胸，忽地一掌拍了出来，这一掌看似轻飘飘的若不经意，劲力却大得出奇，恰似暗流汹涌，突然涌来，蓬莱魔女用了千斤坠的重身法，仍不免微微一晃。

蓬莱魔女心道："此人功力在我之上，我必须速战速决。"柔云剑法一变，化为追风剑式，配合了拂尘进攻，两般兵器都用了阳刚之劲，招式更为凌厉，那人也一掌紧过一掌，掌风呼呼，荡得蓬莱魔女的拂尘飘飘，剑光四散。蓬莱魔女一阵狂攻，却是攻不进去。

两人越斗越紧，直打得树叶纷落，林鸟惊飞，只见斗转星横，玉兔西坠，不知不觉，已斗了相近百招。蓬莱魔女渐觉内力不加，暗叫不妙，只好更加紧进攻。那人却反而从容不迫起来，又把洞箫凑到口边，笑道："天下无不散之筵席，我既奏了迎宾之曲，如今是该奏送客之曲了。"一片凄凉悲感的箫声吹了出来。蓬莱魔女妙解音律，听得奏的是唐诗人李商隐的一首五言诗，诗道："凄凉宝剑篇，羁泊欲穷年。黄叶仍风雨，青楼自管弦。新知遭薄俗，旧好隔良缘。心断新丰酒，消愁又几千。"原诗本来不是作送客用的。但却暗合他们二人今晚的情景，看来那人仍是要借此曲来表达他的心境。蓬莱魔女听他吹到"新知遭薄俗，旧好隔良缘"两句，心中暗暗咕嗫，"这是什么意思？他是把我当作新知么？但'旧好隔良缘'又何所指？"

那人的箫声吹得极为伤感，似是惋惜和一个新相识的朋友，一相识便相离，而自己今后便似黄叶飘零，羁泊天涯了。蓬莱魔女本是对他怀着甚深的敌意，但听了他这哀怨的箫声，却是不由自己地也感到凄恻起来。

蓬莱魔女瞿然一惊，心道："莫要被他扰乱我的心神，令我糊里糊涂的输了。"当下一咬牙根，刷的一剑猛刺过去。正是：

一片情怀何处托，几多心事付箫声。

欲知二人胜负如何？请听下回分解。

第十七回　欲求知己箫声咽
　　　　　　为救红妆剑气腾

那人正吹到最后一个音节，似是连自己也沉醉在这乐声之中，被蓬莱魔女闪电般的疾攻几剑，不知不觉地退到了悬崖边缘，蓬莱魔女心想："你还不挥箫招架，那就是自寻死路了！"一曲已终，余音袅袅，那人的洞箫仍是放在唇边。蓬莱魔女出手何等快捷，就在那人正要将洞箫移开来招架的时候，已又是"刷"的一剑刺去。她面临强敌，一有了制胜之机，本能地就使出最厉害的杀手，剑势如虹，隐隐带着风雷之声，那人的掌力封闭不住，明晃晃的剑尖，倏然间就刺到了他的胸口。

那人一步踏空，忽地似断了线的风筝，飘飘荡荡，坠下悬崖！蓬莱魔女刚才和他恶斗之时，一心一意想的就是如何制他死命，但却想不到胜利来得如此容易，这一瞬间，她却禁不住大吃一惊，只觉心中一片茫然，竟是带了几分惋惜的情绪，险险叫出声来："呀，他就这么死了？"

幸而她没有叫出声来，就在这一瞬间，但见那人在半空中一个鹞子翻身，右脚在左脚脚背一踏，已是平平稳稳地落下来踏着了实地。只听得他朗声吟道："我自飘零湖海去，嗟君此别意何如？告辞了！"亢声长啸，展开了绝顶轻功，转瞬之间，背影在荒烟蔓草之间，月色迷濛之下，已变成了一个模糊的黑点，再过片刻，连那模糊的影子也不见了。但那啸声仍是远远传来，宛如神龙夭矫，飞出天外！

蓬莱魔女一片茫然，良久，良久，才定过神来，心里想道："此人武功实在我之上，看来他是有意让我的，却不知是何用意？

唉，完颜亮有了此人相助，我是绝不能再去刺杀他了。嗯，此人究竟是何等样人，真是难以猜测！"

蓬莱魔女独自沉吟，正要离开，忽又听得有轻微的声息隐隐传来，一听就知是有轻功高明的夜行人到了。蓬莱魔女瞿然一惊，沉思："难道是这怪人又回来了？怎的却是两个人的脚步声？"不暇思索，便即跃上一棵树上，细观动静。

月光下果然看见两个军官并肩而来，但刚才那人却并不在内。这两个人，一个是金国的御林军统领檀道清，另一个蓬莱魔女叫不出名字，只认得是刚才也和她交过手的金国勇士之一。武功之强，仅在鸠罗上人、檀道清和北宫黝之下。在完颜亮那群武士中，也算得是出类拔萃的了。

这两人来到了蓬莱魔女刚才和那人恶斗的场所，察看地上留下的打斗的痕迹，檀道清朗声说道："万岁有请，请公子容许我们拜见。"荒林寂寂，只有檀道清自己的回声。

檀道清叹了一口气，说道："呀，看来他还是不肯奉诏！"那武士却忽地惊叫起来！

檀道清道："何事大惊小怪？"那武士道："檀将军，你看这里，这崖边只有半个足印，这块土块缺了半边，是刚刚掉落的，哎呀，我看不妙，莫非是那人业已遭了蓬莱魔女的毒手了！"原来他正在悬崖的边缘察看刚才的打斗的痕迹，崖边只有半个足印，看得出不是女子的足印，故此他推想那人已被蓬莱魔女迫得坠下悬崖。

这推想本来不错，但檀道清却哼了一声，根本就不去察看，就冷冷说道："胡说八道，咱们的武林天骄，怎会输给别人？"蓬莱魔女这才知道那人号称"武林天骄"，心想："这称号倒是新鲜得很，口气却未免太大了。"

那武士很不服气，但檀道清是他顶头上司，他却不敢反驳，半响问道："檀将军，你见过这位武林天骄吗？"檀道清道："见过一面。"那武士道："我只是听说过他的事迹，檀将军，他的武功是否真有别人传说的那么厉害？依你看，鸠罗上人比他如何？"檀道清道："那就如溪流之比大海，萤火之比月光，根本不能相提并论。你别以为那魔女胜得过鸠罗上人就天下无敌了，咱们的武林天骄定然可以将她制伏。"那武士仍是疑惑不已，忍不住又道："但是你看这崖边的足印……"檀道清打断他的话道："足印安能据以推断，武林天骄武功深不可测，做事每每出人意表，你又焉知不是他将那魔女杀了，或是将那魔女擒去了。"

那武士道："这么说来，他现在已是去向皇上报功领赏啦，咱们还在这里等待什么？"檀道清冷笑道："武林天骄若是要向皇上领赏的人，他也就不会被称为'天骄'啦！你不知道——"说到一半，突然停止，那武士道："不知道什么？"檀道清道："不必说了，这些事情，你知道了反而不好。"那武士道："我也有点风闻，听说皇上是想用他而又怕他，这……"檀道清喝道："皇家的事情不是咱们可以议论的。"随即叹了口气，说道："武林天骄不肯露面，那咱们只有回去了。"

蓬莱魔女正想从这二人口中，探听那武林天骄的来历，如今见这二人就要回去，怎肯放过他们？当下一声冷笑，从树上一跃而下，说道："你们看我是谁？我还没有死哩！武林天骄是什么人，快说？"那武士吓得面如土色，心道："果然是她把武林天骄杀了。"

檀道清身为御林军统领，武功胆量当然都是远在那武士之上，蓬莱魔女虽是突如其来，大出他意料之外，他却也并未慌乱，倏地拔出长剑，刷刷两剑就向蓬莱魔女刺去，蓬莱魔女拂尘一绞，檀道清的长剑居然能够及时变招，避开蓬莱魔女拂尘夺剑的绝招，随即和蓬莱魔女展开迅速的对攻。

那名武士拔出了月牙弯刀，也上来助战，他自料必死，反而忘了害怕，高呼猛搏，竟然每一刀都是豁了性命的进手刀法。蓬莱魔女卖个破绽，让他一刀砍进来，待他砍到跟前，蓦地倒持拂尘，当作判官笔使，尘杆一点，点中了那武士膝盖的"环跳穴"，那武士的月牙弯刀停在半空，登时不能动弹。

檀道清一口长剑遮拦击刺，兀是酣斗不休，转眼又和蓬莱魔女斗了二十余招。斗到紧处，蓬莱魔女剑诀一领，突扑空门，檀道清反手一剑，只觉微风飒然，蓬莱魔女已自变招易位，剑尖在左侧晃动，指着他左肋的要穴，檀道清回剑一格，蓬莱魔女又到了他的右方，一缕青光，剑尖又已指向他的右肋要穴。檀道清运用几种身法，几种剑法，始终摆脱不开，蓬莱魔女总是抢快一步，剑尖指着他的要害穴道。

原来蓬莱魔女为的是留个活口，否则焉能容得檀道清拆到三十招开外？这时檀道清已被她完全克住，她的剑尖只要往前一送，便可要了檀道清的性命，檀道清喝道："你要杀便杀，却不下手，意欲如何？"蓬莱魔女笑道："檀将军，你服输了吧？看你也是一条汉子，我不想杀你。那武林天骄究竟是什么人，你把他的来历说了，我便放你回去。"檀道清怒道："大丈夫宁死不辱，我岂能在你剑底求饶？你要杀我容易，要我吐露半句却难！"忽地便要回剑自插丹田，蓬莱魔女拂尘一卷，把他的长剑夺出手中，但他的剑尖业已划破了自己的小腹，鲜血涔涔滴下。

蓬莱魔女见他如此刚烈，对他倒有几分敬意，有心让他逃走，便转过了身，不再理他，拂尘一拂，解开了那武士的穴道，剑尖指着他道："你虽未见过武林天骄，也听过他的许多事情，只要你将你所知道的对我说了，我便饶你一命。"那武士有了一线生机，心中动摇，踌躇片刻，嗫嗫嚅嚅地说道："我，我说……"刚吐出两个字，忽听得嗖嗖两声，蓬莱魔女拂尘一挥，将一枝袖箭拂落，但另一枝袖箭从不同的方向射向那个武士，蓬莱魔女却来不及扑打，只听得那武士一声惨呼，那枝袖箭已是穿过他的喉咙，活不成了。

蓬莱魔女骂道："岂有此理，我放你逃走，你却来坏我之事！你以为我当真不敢杀你么？"把眼望时，只见檀道清有如风中之烛，摇摇晃晃，断断续续地说道："大金国不能留这等没骨头的人，我是要你知道大金国也有好汉！"蓦地一口鲜血喷了出来，"卜通"便倒，原来他在射杀了那个武士之后，自己亦自震断经脉而亡！

血雨腥风之后，荒林又归于静寂，只留下地上两具尸骸。蓬莱魔女想要知道的武林天骄的来历，仍然是一个难解的谜！

蓬莱魔女这次登上泰山，本是为了追踪"笑傲乾坤"狂侠华谷涵而来，却不料碰上个"武林天骄"，一场激斗，倒把华谷涵暂时抛之脑后了。此际，激斗已过，华谷涵的影子重又泛上心头，蓬莱魔女不知不觉把两人连想起来："武林天骄知道笑傲乾坤华谷涵的名字，不知他们是不是相识的？他们二人的武功也不知孰高孰下？""武林天骄纵使不是金朝鹰犬，也是要保护完颜亮的人。听檀道清刚才和那武士的谈话，这'武林天骄'多半是金国的贵族。嗯，笑傲乾坤华谷涵是大汉男儿，江湖奇侠，他们两人决计不是一路的了。"但随即又想到："他们两人虽然不是一路，但想必华谷涵也会知道这武林天骄的来历，可惜华谷涵却不知在哪儿？"

想至此处，蓬莱魔女不由得一阵惆怅，她自己的身世之谜，父母存亡之谜，以及武林天骄来历之谜，这种种疑团，都要等待华谷涵来给她解开，但却偏偏无缘相见。蓬莱魔女寻思："檀道清也知道寻声觅迹，寻到此处，倘若是华谷涵在此山中，他听到武林天骄的啸声，岂有不引起好奇之念？岂有还不出来之理？想来定是不在泰山的了。"

蓬莱魔女怅怅惘惘，不知不觉已是天色破晓。她这时站在泰山之巅，只见一团团白云，聚集在一起，云中闪发白光，东方天色由朦胧逐渐变红，转眼间天际出现了一条闪动发亮的银线，那是数百里外的东海。眩目的半轮红日，突然从云雾中露出来了，映起了半天红霞，大地一片金黄的颜色。在泰山顶上看东海浴日乃是世上罕见的奇景之一。端的是：水面霞光，灿烂万道；旭轮突现，霄漠顿清。令人豁然开朗，胸襟顿广！

云雾散开，曙光一现，从山顶望下去，也见到了旌旗招展，蚂蚁也似的军队在山坡上移动。蓬莱魔女心想："原来完颜亮还带有御林军护驾的。想必是他受了昨晚的惊吓，要调动御林军在搜山了。昨晚行刺不成，今后要想刺杀他，那更是千难万难了。"

蓬莱魔女并不畏惧御林军的搜索，但见了完颜亮军容之盛，也不禁瞿然一惊。这时，她浴在金色的朝阳之中，目注东海，莽苍苍的祖国大地山河，奔来眼底，她心中那一些个人的烦恼，也就像云雾一般在阳光之下消散了。她瞿然一惊，忽地想道："金国要兴兵侵宋，这是何等紧要的大事！我怎能尽是想着自己的事情？嗯，这件大事，须得设法报个讯给南宋的朝廷才好。"她最初的计划，本是准备若在泰山寻不着华谷涵，就出东海访东园望，探听华谷涵的消息的，这时则在想道："东海之行，暂缓也罢。耿照、珊瑚正在前往江南，我得先追上他们。要是见不着他们，我就自己往江南一趟！"

蓬莱魔女心意已决，烦恼即消，将什么笑傲乾坤、武林天骄都抛过一边，胸中坦然，立即施展绝顶轻功，翻过了泰山的最高峰"玉皇顶"，从南面下山。那些蚂蚁似的御林军，还未曾爬到二天门。

蓬莱魔女趁着清晨时分，行人稀少，一口气跑了几十里路，过了泰安县境，将近徂阳，不知不觉已是日头近午，蓬莱魔女渐觉腹中有点饥饿，这才放慢了脚步。

到了一处三岔路口，忽见彩旗招展，唢呐沸扬，一队吹鼓手随着一顶花轿，"的的打打"的闹得正欢，但花轿中传出的哭声却极凄凉，吹吹打打的乐声也掩盖不了，组成了极不谐和的合奏。

蓬莱魔女心道："原来是娶亲的。新娘子怎的兀是哭个不停？唔，敢情她是不乐意这头婚事？"要知按照民间的习俗，新娘子出嫁之时，为了表示舍不得离开父母，总要大哭一场，但上了花轿之后，哭声就得停止，否则就犯了男家的喜庆之忌。这新娘子在花轿里大声号啕，哭得又那么凄惨，绝不似是故意装出来的；故此，蓬莱魔女就不免觉得出奇了。还有几件出奇的是，按照当地的风俗，新郎应该骑马来迎亲，女家的亲人也应该有人护送，但却只见吹鼓手和撑彩旗的人护送花轿。花轿前面，既没发现披红挂彩、骑马前导的新郎，花轿后面，也没有发现女家的人跟随。而那些吹鼓手和撑彩旗的个个都是健硕的汉子，连那四个轿夫，也是健步如飞。蓬莱魔女一看，就知道他们是练过一点功夫的人。山东向来"响马"（强盗）很多，民风好武，而且又是世局混乱的年头，乡下人多多少少练过一点功夫，这也不算奇怪。但吹鼓手、轿夫之类的人，在当时的民间，却是一向被视为"贱民"的，尤其是吹鼓手，多半是没气力或老弱的人才肯担当，而这一队吹鼓手，却个个都是壮汉，这就有点出奇了。

按照蓬莱魔女的脾气，若在平时她非得问个明白不可。但此际她心中有事，虽然觉得有点出奇，随即想道："八成是抢亲的吧？乡下习俗，男家出不起彩礼，或者女家拖延不肯嫁女，新郎派人去将新娘抢回来，那也是常有的事。至于新娘子乐意不乐意，那又是另一回事了。呀，女孩儿家命运总是操在别人手里，本来就很难找到称心如意的新郎，你哪管得了这许多？她乐意不乐意，正是一池春水，干卿底事？"蓬莱魔女这么一想，就自顾自地赶路，那队迎亲的行列，也走过去了。

蓬莱魔女和他们所走的道路不同，走了一会，经过路边一家茅屋，忽听得屋子里也有哭声，是个老婆婆的声音哭道："老汉啊，咱们的闺女被人抢去了。咱们都活不成啦。呀，不如就死了吧！"

随即听得"咚咚"两声，是拳头捶击板壁的声音，一个老汉喘着气说道："可恨！可恨！可恨俺有病在身，眼睁睁看着闺女被人抢去，如今是求生不得求死不能。老伴，我没气力上吊，你找条绳子来把我勒死吧！"那老婆婆尖声叫道："喜儿她爹！"抱着老汉放声大哭。

这茅屋千穿百漏，墙上裂开一个拳头般大的窟窿。蓬莱魔女从路边经过，不但可以听到屋内的哭声，还可以看得见屋中的情形。蓬莱魔女再也按捺不住，"砰"的一掌就推开板门，闯进屋内。

那老婆婆吓了一跳，叫道："大王，你走错了人家啦。"她只当来的乃是强盗，定睛一看，始知是个美貌的女子，但这女子又带有宝剑，不禁惊疑不定，哭声也不知不觉地停止了。

卧在炕上的那老汉说道："女大王，你来得正好，我早就不想活啦，不怕你笑话，我穷得买不起砒霜，屋内连绳子也找不到一根，就请你大发慈悲，将我一剑杀了吧！"

蓬莱魔女微笑道："我没有走错人家，你们却看错人了。我是来救你的，不是来杀你的。"那老汉怔了一怔，半晌说道："你是来救我的？呀，多谢你的好心。可是谁也救不了我啦！我的闺女被人抢去，我怎么还活得成？"

蓬莱魔女道："你别着急，你先告诉我，是谁抢了你的闺女，我马上给你要回来！"那老婆婆道："哪有这样容易的事情，她是给活阎罗抢去的，要不回来的啦！"

蓬莱魔女道："活阎罗是什么人？"那老婆婆道："他是个做过大官的人，养有许多打手的。姑娘，我不想连累你，你、你不用管啦。老婆子死了也感激你。"蓬莱魔女道："你不用怕，活阎罗碰上我，我也要剥他一层皮！你说清楚些，他姓甚名谁，家住哪里，怎的抢了你的女儿？我才好去找他算账呀！"

那老婆婆听蓬莱魔女口气如此之大，吓得呆了，结结巴巴说不出话来。还是那老汉有点见识，看出蓬莱魔女不是常人，心想："不管她有无办法，姑且一试，那也无妨。反正我是要死的了，出口怨气也好。"于是说道："这活阎罗姓严，名叫佛庵，以前做过莱州的知州的，他名字中有个'佛'字，对老百姓可是残暴不堪，因此人人都叫他活阎罗。"他喘着气一口气说了这么些话，咳个不停。那老婆婆倒了一碗水给他喝了，蓬莱魔女道："你歇歇再说。"那老汉道："不，你让我都说。我这口气已经忍了许久了。这活阎罗家里有几千亩田，不做官了，回到乡下，仍是作威作福，我家种了他几亩田，大旱失收，交不起租，利上滚利，他，他就硬要把我的女儿抢去做他的小老婆。我又得了病，不能做工。唉，唉，你说怎么还活得成？"

蓬莱魔女心中一动，说道："我刚才在三岔路口碰到一顶花轿，轿里那个新娘子哭哭啼啼，想必就是你的女儿了？"那老婆婆道："不错，就是那杀千刀的活阎罗刚才派了打手来抢去的。唉，苦命的女儿啊！"两夫妻抱头又哭起来。

蓬莱魔女道："别哭，别哭，这活阎罗住在哪里？"那老汉道："住在白沙村，就是三岔路左边那条路，大约走七八里，村子里最大的那座青砖屋，有围墙的就是了。"蓬莱魔女道："好，知道了。我这就去把活阎罗杀掉，接你的闺女回来。"那老婆婆吓得叫起来道："姑娘，这可不是当耍的，这，这要闯大祸的呀！我们死不足惜，别连累了姑娘你呀！"

蓬莱魔女正要跨出门槛，听了这话，又走回来，说道："对了，我还应当为你们安排一下。"说罢就在囊中掏出了一把银子来，那老汉只道蓬莱魔女不敢去了，要拿银子来救济他，心中虽然感激，可也有点失望，说道："姑娘，多谢你怜贫惜老，但老汉多活几年，也没什么意思了。还是请你将银子收回去，让老汉死了算数。"

蓬莱魔女道："你死了，你闺女回来可依靠谁呢？我又不能一直带着她的，你忍心让她再落到坏人手里吗？"那老汉怔了一怔，道："什么，你，你还是要去杀活阎罗，将我的女儿接回来吗？"

蓬莱魔女笑道："当然，我几时说过不去了？这里有三个元宝，另外五两碎银，老婆婆你赶快雇定一辆骡车等我，你闺女一回来，马上上骡车就走，走得越远越好。剩下的银子，你们留着医病，还可以做点小买卖，不必再种财主的田，受财主的气了。"说罢，扔下银子就走。那老汉见蓬莱魔女说得好像极有把握，似乎杀那活阎罗竟是可以不费吹灰之力，不禁半信半疑。喃喃说道："当真如此，那我们就是遇上了活菩萨了。老伴儿，那你就听菩萨的吩咐，去雇骡车吧。"

蓬莱魔女找到了严家那座青砖大屋，只见门口张灯挂彩，果然是办喜事的模样，大门两边还贴有一副红纸对联："喜有小星来伴月，愧无旨酒可迎宾。"这是将通用的娶新妇的喜联："喜有香车迎淑女，愧无旨酒奉嘉宾。"改了几个字，便成了纳妾的"喜联"。蓬莱魔女心道："可恨，可恨，强抢人家黄花闺女做小老婆，还居然这样开心，贴出这等臭气熏天、不伦不类的对联来。好，等会儿我看你是喜是悲？"当下，不通名，不送礼，一使劲儿的就往里闯。严家是个官宦人家，交游很广，家主纳妾，贺客盈门。蓬莱魔女衣饰不坏，更有一种威严高贵的气度，在门外迎宾的知客，见一个单身女子背插拂尘，既不似道姑，也不似富家小姐，很是觉得奇怪，但心想："老爷所结交的什么人都有，这女子昂然直入，看来大有来头……"这么一想，竟是不敢拦阻。

蓬莱魔女径行闯席，只见宾客满堂，红男绿女，好不热闹。这时恰正定好席位，宾客大致就座。蓬莱魔女一眼望去，但见首席上都是蟒袍玉带的官员，坐在主位的则是个头发斑白年近花甲的老头，襟上插着一朵红绸花，笑得合不拢嘴，想必就是那满心欢喜、等着做新郎的"活阎罗"严佛庵了。

蓬莱魔女目光向严佛庵那边射去，严佛庵的目光也正对着她射来，不由得蓦地一惊，他平生见的女子也见得多了，却几曾见过如此花容月貌的美人儿？暗自想道："这却是谁家的女子？比我抢的那个可要胜过百倍千倍！只不知是什么身份？"

金国的风俗，男女间的关防并不很严，男女客人混杂一堂并不稀奇，不过座位却是分开的。严佛庵见蓬莱魔女向他行来，心中又是欢喜，又是有点奇怪，忙站起来道："请恕老夫记性太坏，记不起是在哪儿见过的了？令尊可有同来么？"

蓬莱魔女心里暗暗好笑："你不是活阎罗，是活见鬼了。"有心作弄，信口说道："严大人，你贵人事忙，怎还记得我这个小丫头？你在莱州的时候，家父曾在你跟前当差，哈，你想起来啦？"严佛庵搔了搔头，突然作个恍然大悟之状，说道："哦，我记起来了，你是杨参将的女儿？"蓬莱魔女道："不错，老大人你的记性还不算太坏。"严佛庵手下只有个杨参将有个小女儿，自幼姿容出众，他不知是也不是，姑且一撞，想不到一撞就着，大为高兴，笑道："你那时还是梳着两条辫子的小丫头，现在呀，是越长越标致了，要不是你提醒来，我当真还不敢认呢。令尊大人呢？"蓬莱魔女道："最近天气不好，他的旧伤复发，起不了床。听说老大人纳妾，只好叫我代他前来道贺。"她心想做武官的人总难免受过伤，便信口开河，胡说一通。

这时仆人已在旁边等候上菜，严佛庵道："哦，原来如此。请到那边就座吧。难得姑娘你来，可要多住两天才好。管家的，你带这位姑娘到夫人那一席，叫夫人好生招待。"

蓬莱魔女心想："新娘子还未出来，我又正在肚饥，好，反正他是我手心上的蚂蚁，随时都可捏死他，且吃他一顿再说。"

严佛庵也并不是完全没有疑心，他也看得出蓬莱魔女身上藏有兵刃，但心想她是武官的女儿，年头不好，藏有兵刃防身那也不足为怪，何况她一个孤身女子，纵是刺客，那也济不了事。因此，他却是唯恐蓬莱魔女走了，心中在暗暗盘算，怎生把这美貌娇娥也弄到手中。

女客坐在另一边，严佛庵的正室是首席主人，陪着许多官太太。管家的把蓬莱魔女的坐位安排在主座旁边，严夫人有点诧异，心里很不高兴，蓬莱魔女却不理三七二十一，大马金刀地就坐下了。

严夫人扁了扁嘴，冷冷说道："我家老爷专爱弄一些骚蹄子上门，去年刚讨了一个，今年又讨了这个，现在又不知看上哪个了，真是缺德！"有个官太太劝道："你家老爷富贵双全，做了这么大的官儿，不多讨几个小的，也配不上他的身份。夫人，你就看开一点吧。我家老爷，官还没做得那么大，也讨了七个小的呢。"又一个官太太道："俗语说：'老尚风流是寿征'，但得你家老爷长命百岁，就让他多讨几个小的，服侍服侍你，也是你的福气呀！"这些官太太既要讨好严佛庵，又要奉承严夫人，说的都是一派肉麻的话。蓬莱魔女听得不耐烦，端起杯子说道："严夫人，你的话说得不错，真是缺德！我敬你一杯。"严夫人那几句冷言冷语，本是指桑骂槐，暗里讽刺蓬莱魔女的，她心里也确是害怕她的"老爷"看上蓬莱魔女，想不到蓬莱魔女却抓着她一句话柄，就向她敬酒，一句"真是缺德"，既骂了严佛庵，又似骂了她。严夫人满肚子是气，但她又要维持官太太的身份，却也不便发作，只好忍着气和蓬莱魔女干了这杯。

男客那边也正在起哄，原来是催"新娘子"出来敬酒，严佛庵捋须微笑道："小妾是个小户人家的女儿，不懂礼仪，等会出来，倘有礼貌不周之处，还要请列位大人多多包涵包涵。"那些官员轰然笑道："严大人果然是疼惜如夫人，还没出来，就先帮着她说话了。"严佛庵微笑挥手，吩咐管家道："既然各位大人这样赏面，你就催新姨太快点出来给各大人磕头吧。"

严夫人在席上气得吃不下东西，揉着心口说心气痛。蓬莱魔女心想："'新娘子'出来，我可就要动手了。这会儿可得多吃点东西。"她可不管什么礼貌不礼貌，端起杯子，提起筷子，旁若无人，就那么大吃大喝。同席的官太太们吓得呆若木鸡，心里都想："这么美貌的姑娘，却简直像个女强盗！"她们哪里知道，蓬莱魔女本来就是个强盗。

过了一会，那管家的出来，咕咕噜噜的在严佛庵耳边说了几句，严佛庵面上变了颜色，原来那"新姨太"在新房里哭哭啼啼，抵死也不肯出来。严佛庵忍着气沉声说道："你再去传我的命令，还不听话，就把她拉出来。"

严佛庵正在生气，忽听得有人报道："杨参将来了。"严佛庵怔了一怔，道："请他进来！"蓬莱魔女吃了一惊，随即想道："也好！待他揭开了我的谎话，我便提前动手。"匆匆忙忙地喝了几杯，又吃了一条鸡腿。

那杨参将来到严佛庵面前，行了一个官礼，说道："听得老大人纳妾，我特地从城里赶来。来得迟了，请老大人恕罪。"严佛庵道："你不是旧伤复发了么？听说起不了床，怎的好得这么快了？"

那杨参将呆了一呆，讷讷说道："老大人是听谁说的？"严佛庵知道事有蹊跷，悄声问道："你家小姐呢？"杨参将莫名其妙，说道："小女现在家中，改日再带她来拜见老大人、新姨太。"

严佛庵吃了一惊，心道："好个大胆的女贼，竟敢冒充杨参将的女儿，莫非是意图对我不利？"但他老奸巨滑，随即又想："此时若戳破她，在这喜筵之上，动起手来，未免大杀风景。"就在这时，只听得又有人高声报道："耿将军派辛大人送贺礼来了！"

严佛庵这一喜非同小可，连忙说道："快打开中门迎接！"心想："这女贼孤身一人，有何可虑？我还要纳她作新宠呢，可不能令她太难堪了。再说耿将军的人了，要是在这个当口闹出笑话来，那更不妙。反正她是个送到口的馒头，慢慢我再把她吞掉，还怕她飞了不成？"当下向那杨参将说道："我也记不起是听谁说的了，想是误传。好，好，你既然安然无事，那就恭喜了，就在这儿替我陪客吧！这位辛大人你也是相熟的。"

那管家的又来禀道："新姨太还是不肯出来敬酒。"严佛庵面色一沉，那管家的小声说道："她哭哭啼啼，硬拉出来，恐怕不好看。"严佛庵道："你告诉她，她若还执拗，不肯敬酒，我马上就派人把她父母杀了，看她还敢不敢抗令！"那管家应了一声"是"，严佛庵道："且慢，还有一件事情，你先去办。"在那管家耳边说了几句。

这时外面正奏起迎宾的鼓乐，宾客们听说"耿将军"派人送来贺礼，也都轰动起来，纷纷说道："严大人好大的面子！"鼓乐声中，严佛庵和那杨参将说的话，除了他们同席的客人之外，谁都没有听见。

蓬莱魔女正准备事情发作，却见那杨参将坐在严佛庵旁边，连看也不向自己这边看一眼，显然严佛庵还没有对他说破。蓬莱魔女艺高胆大，心想："这活阎罗不知打什么鬼主意？好，且不管他。这耿将军却不知是什么人物，他只是派手下人送礼物来，就弄得那么轰动，要是他亲自来了，那还了得？"

席上一位官太太道："严夫人，你家老爷真是天大的面子，娶个小老婆，居然惊动了耿将军送礼来，而且还派了他最亲信的记室（书记）辛大人亲来道贺！"另一位官太太道："这辛大人又是谁？"那官太太道："这位辛大人你不知道，他就是鼎鼎大名的辛弃疾呀，听我家老爷说他文武全才，填得非常好的词，甚至什么词呀诗呀，我可不懂，但他们男人人人赞好，想来一定是了不起的了。又听说他年纪轻轻，还未定亲呢，可不知谁家的小姐，有那福气？"严夫人笑道："可惜我没有女儿，王太太，你有几位千金，可不要错过此人。"那些官太太们相互笑谑，蓬莱魔女听了，可是吃了一惊。

原来辛弃疾（字幼安，号稼轩）的确是当时最有才华的北国词人，人们将他和北宋的一代文豪苏学士东坡相提并论，合称"苏辛"。蓬莱魔女不但久闻其名，而且也很喜欢读他的词，心中想道："他的词沉雄豪放，时怀故国之思，例如最近流传的他的一首新词：'郁孤台下清江水，中间多少行人泪。西北望长安，可怜无数山。青山遮不住，毕竟东流去。江晚正愁余，山深闻鹧鸪。'一片忠愤填膺之气，跃然纸上。如此之词，如此之人，他却怎样会替什么耿将军来到此间，向这个活阎罗送礼？这岂非不可思议之事？"

心念未已，只见那辛弃疾已走了进来，果然年纪很轻，大约只有二十多岁的样子，剑眉虎目，英气勃勃，背后跟着一个武士，比他还要年轻。再后面就是一队扛着贺礼的兵丁。那些官太太们啧啧称赏，"这位辛大人果然一表非凡！""难得他有潘安之貌，又有子建之才！"有的官太太甚至连带称赞他的从人，说道："你们瞧，他这个随从武士也长得挺俊的，真是有其主必有其仆！"

人人都注目辛弃疾，蓬莱魔女却更注意他那个随从武士。辛弃疾在这样一个场合出现，蓬莱魔女已是大大诧异，而那个青年武士随着他来，更是令蓬莱魔女惊奇不已！

你道个这武士是谁？原来正是耿照！蓬莱魔女几乎不敢相信自己的眼睛，暗自寻思："这事定有蹊跷！耿照怀着父亲的遗书，投奔南宋，他几次险死还生，报国之心，始终不改。他怎肯也来向一个伪官献媚？哎，看来他们定然是有所为而来了。"又想："我那珊瑚妹子是和耿照一道的，可不知她现在如何，等下倒要问问耿照。嗯，他来得正好，可以省得我多跑一趟江南了。"那严佛庵眉开眼笑的连忙站出来迎接，同席的一个现任知府凑趣说道："幼安兄来得好极了，严大人今日纳宠，新娘子迟迟未肯出来，请幼安兄写首新词代为催妆，那岂不妙哉！"那严佛庵连忙摇手道："张大人说笑了，岂敢，岂敢劳动幼安兄的大笔。"

辛弃疾道："耿将军听说严大人纳宠，有点薄礼送来，这是张礼单，先请严大人过目。至于催妆词么，那不是别人好越俎代庖的，请恕我不能从命了。"那些官员掩着嘴笑，笑那知府附庸风雅，不懂避忌。但因他是现任大官，却也不敢笑得大声。

耿照将那张礼单捧过头顶，依着官场礼节，屈了半膝，献给严佛庵。严佛庵道："承耿将军厚赐，真是太不敢当了！惶恐，惶恐！"正要接过礼单，耿照忽地大喝一声，礼单撕破，化为片片蝴蝶，空中飞舞，说时迟，那时快，就在这大喝声中，他已揪着严佛庵，一举手就将他擒了！

辛弃疾喝道："都不许动！哪个跑的，就把他一刀斫了！"他带来的那队兵丁，早已放下"贺礼"，掣出兵器，守着门口，监视全场。这"石破天惊"的意外事变突如其来，满堂宾客都吓得呆了！

那位"知府大人"抖抖索索地说道："辛、辛大人，这、这是什么意思？"另一个胆子较大的武官试探道："可是严大人有什么事得罪了耿将军了？但我们只是贺客，不该牵连我们吧？"辛弃疾冷笑道："耿将军说，你们平日鱼肉百姓，和这严佛庵一样，都是一丘之貉，你们还想走么？"那军官大叫道："怎么，我们也被捕了？"辛弃疾道："不错，从此刻起，你们不再是什么大人，是犯人了！来人，将他们都绑起来！"立刻有四名健卒应声而出，两个持刀，两个持索，分头去绑那些官员。

席上有个金国大官，官居"兵备道"之职，大怒说道："耿京虽然是节度使，但也总得守点王法吧？他未有圣旨，岂能擅捕朝廷的地方大员？这样胡作非为，敢情是想造反么？"

辛弃疾哈哈大笑道："不错，正是造反，我们汉人的地方，岂能任你们金狗来蹂躏？耿将军今日起义啦!"那个"兵备道"又惊又怒，手按剑柄，尚未拔出，辛弃疾已是"刷"的一剑刺出，喝道："先把你这金狗祭旗!"这一剑从前心穿入，后心穿出，登时将那个"兵备道"刺了个透明窟窿!

这时宾客们才明白是这么一回事情，人人吓得一佛出世，二佛涅槃。原来耿京以前本是金人在中原所立的傀儡刘豫手下的一个中级军官，刘豫后来失宠，被金国四太子兀术所废，耿京收容了刘豫手下一部分军队，又招集了许多草莽豪杰，自成一军，自封为"天平节度使"，金国为了笼络他，承认他这"官衔"，但要他奉金朝正朔。耿京其时势力未大，也只好对金人虚与委蛇，做名义上的金国大官。这次是辛弃疾极力劝他归宋，他最后才下了决定，高举义旗的。

严佛庵家中的武士不少，但见主人已落在对方之手，投鼠忌器，都是不敢轻举妄动。至于那些来喝喜酒的文武官员，更是面面相觑，做声不得，只好任从捆缚。

但就在此时，却忽地有个军官把桌子一掀，一个酒盅飞出，朝耿照面上一泼，辛弃疾一剑刺去，"喀嚓"一声，剑尖嵌入桌子。说时迟，那时快，那军官早已拔出腰刀，刷的一刀就向耿照斩下!

耿照霍的一个"凤点头"，避开了那被当作暗器的酒盅，但已泼了一脸酒，眼睛睁不开来。这军官出手如电，那一刀倏地就斫了到来。他竟然丝毫不把严佛庵的性命放在心上，根本就不理会严佛庵尚在耿照手中。

这一剑来得凶狠之极，耿照听那金刀劈风之声，心头也不禁微微一凛："想不到在此处竟也碰着一流高手!"在那人不顾一切的狠劈猛斫之下，耿照倘若把严佛庵当作盾牌，严佛庵自是难保性命，但那一剑劈下，余力未尽，耿照也难免受伤。在这瞬息之间，耿照无暇思索，只好先行避开。

那军官出手快极，竟是如影随形，跟踪追到，刷刷刷连环三剑，狂风暴雨般的猛攻过来，有一剑几乎贴着严佛庵的颈项刺到耿照的手腕，耿照连退三步，这才腾得出一只手来拔出宝剑，迎御敌招。

耿照是用右手抓紧严佛庵的，就在他腾出左手拔剑，缩回右手避招的那一刹那，右手的腕力稍松，严佛庵猛地挣扎，对面那军官的剑招又到，耿照一时之间难以兼顾，竟给严佛庵挣脱了他的掌握。

说时迟，那时快，那军官抖起一朵剑花，一招"白虹贯日"，剑锋径刺耿照胸膛，耿照横剑一封，同时举足猛蹴严佛庵的脑袋。不料那军官的剑法虚虚实实，变幻莫测，忽地中途变招，剑锋一转，倏然间改削耿照的双足，耿照急忙一个"游身滑步"，避招还招，脚尖踢那人的手肘，左手剑也横削那人的腰肋，好不容易才化解了那人的攻势，但严佛庵在地下一滚，早已钻入了人丛之中。

耿照左手使剑不便，被那军官迫得连退几步。耿照大怒，也学对方的办法，掀翻了一张桌子，挡了那军官一挡，立即剑交右手，一声大喝，便和那军官以攻对攻。

只听得"当"的一声，火花飞溅，那军官的剑刃损了一个缺口，可是却也未曾脱手。那军官喝道："好一把宝剑！"剑法丝毫不松，刷刷刷又是连环三剑，剑剑指向耿照的要害穴道，竟是以强攻抑制强攻。他的剑法轻灵翔动，耿照再想用宝剑来削他的兵刃，已是不能。

这一来双方都是暗暗吃惊，也都知道了彼此的优劣。耿照练了桑家的"大衍八式"之后，内功已到一流境界，功力要比对方高出一筹；但那军官的剑法却是比他更为精妙。那军官顾忌他的宝剑，不敢和他硬碰；耿照被他轻灵迅捷的剑法所制，要仗着宝剑护身，也不敢全力和对方抢攻。如此一来，一方是仗着宝剑之利和功力深厚，一方是仗着剑法精妙和经验宏丰，恰恰是八两半斤，旗鼓相当，打得难分难解。

耿照和那军官固然是各自暗惊，但还有一个暗暗吃惊的则是蓬莱魔女。这倒不是因为那军官的本领令得蓬莱魔女吃惊，而是由于他那一手精妙的剑法，蓬莱魔女蓦地想起一个人来！正是：

喜席筵前腾杀气，画堂红烛剑光寒。

欲知后事如何，请听下回分解。

第十八回　将军妙计除奸贼
妖女迷人脱楚囚

　　蓬莱魔女想起的不是别人，正是昨晚那个在泰山绝顶和她较量过的"武林天骄"！当时"武林天骄"是用一支洞箫和她比划，使出了许多种兵器的招数，其中有判官笔的点穴手法，也有长剑的击刺招数。

　　现在蓬莱魔女看这军官的剑法，其中几招竟是武林天骄的家数，而且看得出他的身法步法也有与武林天骄相似的地方。虽然，拿他来与武林天骄相比，那是如小溪之比大海，如萤火之比皓月，但从这两者之间的类似，却是可以确定他与武林天骄定有渊源。蓬莱魔女心想："难道他是武林天骄的弟子？不对，武林天骄比他还要年轻。但若是同门，何以两人的武功又相差得如是之远？嗯，或者他是得过武林天骄指点的吧？嗯，不管他与武林天骄关系如何，看来他或多或少总会知道一些武林天骄的来历。"

　　严佛庵一挣脱了耿照的掌握，他手下的武士再无顾忌，登时与辛弃疾带来的那帮人混战起来。那杨参将拔出腰刀与辛弃疾打在一起，严佛庵则被那几个"扛礼贺"的兵丁拦住，严家的教师爷和几个护院抢来保护，双方展开了激烈的恶斗。严家的教师爷原是江湖大盗出身，挥舞双刀，出手极狠。但那几个兵丁也不是寻常的士卒，他们都是经过辛弃疾训练出来的随从，武功底子固然不弱，对辛弃疾尤其忠心耿耿，虽然众寡悬殊，其中且有两个受了教师爷的刀伤，但仍然是浴血恶斗，誓死不退。

　　那严夫人吓得慌了，坐在席上，浑身发抖，不停地念道："阿弥陀佛，菩萨保佑，菩萨保佑……"蓬莱魔女忽地一声长笑，霍地站了起来，拿起了一碗红烧蹄子，"啪"地打在严夫人的面上，喝道："臭婆娘，看你还敢不敢乱骂人骚蹄子。你赶快给你丈夫念倒头经吧，我去超渡他了！"在那些官太太的尖叫声中，蓬莱魔女已是离席而起。

忽听得有人喝道："女贼休得逞凶！"嗖、嗖、嗖，三支飞镖射了过来，那是两个护院所发的暗器。原来刚才严佛庵吩咐那个管家，就是要他如此布置，安排了两个武功最强的护院来监视蓬莱魔女的。

蓬莱魔女怎会将他们放在心上，把手一抄，三支镖接在手中，反手一抄，品字形的都插在桌上，那些官太太吓得屁滚尿流，一个个变了滚地葫芦，有的四脚朝天，有的钻进了桌子底下。那严夫人更是吓得晕过去了。

蓬莱魔女哈哈大笑，那两个护院，一个抢枪，一个挥刀，急奔上来，蓬莱魔女不想取他们性命，懒得出手，只是滴溜溜一转，引得那两个护院跟着她直打圈圈，拿刀的那个护院给他同伴刺了一枪，他也一刀斫穿了同伴的额角，两个人都不约而同地倒在地上。

那教师爷大吼一声，手舞双刀斫来，喝道："好个大胆的女贼，你可知道我是谁？"蓬莱魔女笑道："不知道啊，贵姓大名？"那教师爷双刀指着蓬莱魔女，傲然说道："镇三山仇彪在此，快快束手受擒。严大人喜欢你，决不伤你性命。"蓬莱魔女笑道："什么镇三山仇彪，我可从没听过。"这仇彪在未入严府当教师之前，本是个江湖大盗，自以为名头甚响，哪知蓬莱魔女丝毫没把他放在眼内。

那教师爷大怒，喝道："你还想动手么？"双刀霍霍，立即便斫过来，一刀上手刀，削蓬莱魔女的肩膊；一刀下手刀，却是翻转刀背，磕蓬莱魔女的膝盖。意图斩伤蓬莱魔女非要害的部位，将她生擒，献与主人。

蓬莱魔女冷笑道："凭你这样的草包，也配与我动手？呸！"拂尘一起，当的一声，已把那教师爷的上手刀卷脱了手。那教师爷武功也还算不弱，一觉不妙，下手刀连忙缩回，他虎口酸麻，一条右臂已是不能动弹，大惊失色，颤声叫道："你是谁?"

耿照已看见了蓬莱魔女，大喜叫道："柳女侠，你也来了！你来得正好！"那教师爷近年虽已脱离黑道，但绿林中的朋友仍有来往，蓬莱魔女柳清瑶名震绿林，他如何能不知道? 一听得耿照说出"柳女侠"三字，更是吓得面无人色，失声叫道："你、你是蓬莱魔女?"

蓬莱魔女笑道："不错，镇三山仇大爷竟也知道我的匪号么? 真是不胜荣幸之至！"只听得"咕咚"一声，那教师爷已跪倒地上，向她磕头，连忙说道："我有眼不识泰山，求、求柳女侠饶、饶命！"

蓬莱魔女斥道："你不过是活阎罗的一条看门狗，也敢称作'镇三山'，没的丢尽绿林好汉的面子！我最看不起软骨头的狗东西，你求我饶命，我偏偏不饶。"拂尘一击，那仇彪还未叫得出声，已是头颅碎裂，一团烂泥似的倒下去了。

严佛庵这时当真是吓得"一佛出世，二佛涅槃"，缩低了头，举袖遮面，意欲从人丛之中溜走。蓬莱魔女笑道："活阎罗，这次是真阎罗有请你啦！你既然也号称阎罗，就去见见阴世的阎罗吧，还害怕什么?"一伸手就把他揪了出来。辛弃疾叫道："别忙把他弄死。"蓬莱魔女哈哈一笑，将"活阎罗"摔倒地上，自有兵丁过来，将他绑了。那杨参将倒是一员勇将，和辛弃疾打得旗鼓相当，有几个糊里糊涂的官儿不明就里，还在叫道："杨参将，这女子不是令千金么? 怎么反而帮了敌人? 你赶快制止她吧！"话犹未了，蓬莱魔女已是一掠而至，冷笑说道："我可不能让你占这个便宜，对不住，也只好让你去见阎罗王了！"拂尘一展，登时把那杨参将的穴道封闭，打得他七窍流血而亡。

蓬莱魔女道："耿相公，你去收拾那几条看门狗吧，让我来对付这厮。"那军官"刷"的一剑刺来，蓬莱魔女笑道："你的剑法很不错啊，但我要你三招之内，长剑脱手！"那军官也知蓬莱魔女的名头，最初听她一赞，心里甚为得意，暗自想道："怪不得这魔女名头响亮，倒真是个识货之人。"哪知蓬莱魔女接着说的，却是要在三招之内夺他兵刃。

那军官勃然大怒,喝道:"好个狂妄的妖女!好,你就试吧!"用足了劲道,长剑一抖,登时剑光闪闪,恍如黑夜繁星,千点万点,洒落下来!蓬莱魔女拂尘一展,说道:"好,这是第一招星汉浮槎!"拂尘到处,如汤泼雪,那军官的剑光被拂得四面流散,虎口也给震得隐隐作痛。

那军官大吃一惊,赶忙侧身一剑,使出了一招"弯弓射雕",剑直如矢,剑尖上嗡嗡有声,剑势比第一招更见凌厉。这一次蓬莱魔女倒持拂尘,只用尘杆一点,只听得"铮"的一声,那军官的长剑反弹回去,几乎伤了自身。蓬莱魔女笑道:"小心,只剩下一招了!"

那军官脚跟一旋,剑势划成了一道圆弧,剑光如环发出。这是他最后的一招剑法,名为"笼罩六合",攻守咸宜,将周围一丈之内封闭得风雨不透,心里想道:"看你如何能夺我的兵刃?"

蓬莱魔女见他连输两招,剑法仍是丝毫未乱,最后仍能使出这样精妙的剑招,心里也不禁暗暗赞了一个"好"字,想道:"看他这三招剑法,他与武林天骄定有渊源,可无疑义了!"

那军官心念未已,只见蓬莱魔女拂尘一举,突然就插入他的剑光圈中。拂尘是极柔之物,那军官怎也想不到她竟敢如此硬打硬拼,当下剑光一合,正要绞断她的尘尾。哪知蓬莱魔女的拂尘忽地变得如同铁笔,就在这刹那间,只听得当的一声,那军官的手腕寸脉下的"关元穴"突然似被利针刺了一下,说时迟,那时快,长剑已是"当啷"坠地。蓬莱魔女信手就用重手法封了他的穴道。原来蓬莱魔女用的是"天罡神拂"的武林绝学,拂尘虽是极柔之物,经过她的玄功运用,至柔也变成了至刚,同时她又飞出了一条尘丝,当作梅花针用,刺进了那军官的关元穴,那军官虽是本领高强,却怎禁得起蓬莱魔女双管齐下的武林绝顶功夫?

这时耿照早把严府那几个护院击倒,其他的家丁见主人已落在对方手中,教师爷和杨参将又都已被杀了,人人心惊胆战,哪里还敢再为严佛庵卖命,个个举手求饶。辛弃疾指挥随从,将严府的家丁驱过一边,又把赴宴的文武官员全都绑了。蓬莱魔女无暇盘问那个军官,先来与辛耿二人相见。

说将起来，蓬莱魔女这才知道，原来起兵抗金，自封"天平节度使"的耿京，便是耿照的叔叔。辛弃疾和耿照也是幼年同学，彼此知心，辛弃疾便是由于耿照的推荐，这才到耿京幕下，当了耿京的"记室"（书记）的。

　　耿照路过济南，顺道去探望叔叔和好友，这次见面，决定了耿京起义之事，耿照自是义不容辞，只好将行程暂为耽搁，留下来帮忙他们。他们打听得严佛庵已定好日子纳妾，济南、莱州的高级文武官员，十之七八，都会到严府道贺，遂定下计划，就在这日举事，分头进行。一方面由耿京进兵济南，发出讨金榜文，一方面由辛弃疾充当耿京的代表，到严府送礼，趁此机会，把严佛庵和那些大小官员，都拿下来。这样一来可削弱金军伪军的力量，二来可以抄没严佛庵的家财，移充军费。无巧不巧，恰遇蓬莱魔女，一举成功。这时辛弃疾正忙于处置那些被俘的官员，蓬莱魔女无暇和他多谈，当下笑道："你们是为着这老无耻的'新郎'来的，我却是为着那可怜的'新娘'来的。你们在这里上演'拷新郎'，我可要去见'新娘子'，上演'救佳人'了。"

　　蓬莱魔女闯进内院，吓得狗走鸡飞，但却不见人影，原来那些丫环婢仆，都已躲起来了。蓬莱魔女一个个房子搜查过去，到了一个房子，隐隐听得哭泣之声，蓬莱魔女赶忙一脚踢开房门，只见一个穿着新娘衣饰的少女，正在上吊。原来这可怜的少女，不知外面发生了什么事情，难得服侍她的那班伴娘和丫环们都逃跑了，无人看管，她本来可以乘机逃走，但她自思逃不出活阎罗的掌握，又怕连累了父母，左思右想，无计求生，因此在大哭一场之后，找到了一条绳子，便即悬梁自尽。

　　蓬莱魔女叫声"好险！"幸而那少女刚刚打好活结，正将脖子伸进圈中，蓬莱魔女连忙将那绳子扯断，将她解了下来。

　　那少女骂道："你也是女人，为什么却要帮那活阎罗来折磨我？我要死你也不许我死吗？"她还以为蓬莱魔女是活阎罗的家人。蓬莱魔女笑道："活阎罗倒是快要去见阎罗了。活阎罗死了，你就不用死了。快快抹了眼泪，随我出去，你爹娘在等着你呢。"

　　那少女吃了一惊，一时之间，还不敢相信，讷讷问道："你是谁?"蓬莱魔女笑道:"你不认识我,我却知道你。你是西头村的喜儿不是?我已经见过你的爹娘了,我是来救你出去的。"那少女半信半疑,蓬莱魔女道:"你还不相信,你随我出去看一看就明白了。"拖着她走,一踏出大堂,果然便见着辛弃疾的手下正在拷打那"活阎罗"。

原来他们正要查抄严佛庵的家产,他们事先已打听清楚,严家有个埋藏金银的宝库,此际将他拷打,就是要迫他供出这个宝库的所在的。严佛庵视财如命,抵死不肯透露。蓬莱魔女笑道:"待我来治他一治。"举起拂尘,在严佛庵身上只是轻轻一拂,严佛庵登时似觉有千百条小蛇钻进他的身体,到处乱啮,各处关节又痛又痒,全身骨头都似要松散一般。这种痛苦,实在是超过世上任何一种毒刑。严佛庵一向养尊处优,哪能禁受得起,登时痛得他在地下打滚,颤声叫道:"我、我愿招了。求、求女侠免刑。"蓬莱魔女道:"你把地点说出来,叫你的管家带他们去搬运。待他们确实找到了金库,我再免你的刑。"严佛庵不敢不依,只好一一遵办。

蓬莱魔女对那少女笑道:"你看见了吧,活阎罗现在快变成死泥鳅啦。你相信了吧?"那少女将"活阎罗"恨得如同刺骨,但这时见他在地下打滚嘶号,心中固然痛快,却也掩目不敢多看。

蓬莱魔女笑道:"你放心回去吧,活阎罗今后是再也不能为害你们了。"那少女惊魂稍定,这才跪倒地上,给蓬莱魔女磕头,说道:"多谢女侠救命之恩,请女侠赐示姓名,让小女子一生供奉女侠的长生牌位。"

蓬莱魔女大笑道:"你的好意我心领了,但你要将我当作菩萨一般来拜,那我可吃不消。免了,免了!"

蓬莱魔女一看,却不见耿照在场,那些被俘的官员也都不在。辛弃疾道:"我们要留在这里查抄活阎罗的家产,恐怕要费一些工夫。因此我叫耿兄先把这班官儿押回去。这班官员当中,有几位是现任的统兵官员,耿将军正有用得着他们之处呢。"蓬莱魔女有两件事情挂在心头,一是要与耿照叙叙别后的情形,问问珊瑚是否还和他同在一起;二是要盘问那个军官,想从那军官的口中,探听"武林天骄"的来历。当下问道:"刚才使得一手好剑法,被我所擒的那个军官呢？"辛弃疾道："也一同押解去了。"

蓬莱魔女吃了一惊，但随即心想："那厮已被我用重手法点了穴道，谅他武功虽高，也决难自己解开。耿照武功已是今非昔比，又有宝剑在身，想来也不至于路上失事。"但虽然如此，她仍是有点放不下心，本来她是想亲自送那少女回家的，这时也只得改了主意，向辛弃疾道："我想请你帮个小忙，派两名兵士送这位姑娘回家，可以吗？"辛弃疾道："当然可以。"问了那少女的住址，便选派了两名健卒，送那少女回家。

那少女还未出门，查抄严家金库的一个人已带了管家出来报喜，说是果然找着了金库，而且库藏之多，还出乎他们意料之外。就在此时，忽听得骇人心魄的一声尖叫！

原来那"活阎罗"抵受不了身上的奇痒奇痛，早已被折磨得奄奄一息，半死不活了。这时他听得一生搜刮的金银财宝，都已落在别人手中，痛上加痛，一声尖叫，等不及蓬莱魔女给他"免刑"，已是心脏爆裂而亡。

蓬莱魔女笑道："这是你自己赶着去见阎王，可怪不得我言而无信。"那少女目睹"活阎罗"惨死，虽然也有点害怕，但祸根已除，却可以更安心地回家了。

蓬莱魔女放心不下耿照，当下便对辛弃疾说道："这里没我的事了，我先走一步，赶上耿照，帮忙你们押解那些官儿吧。"辛弃疾道："我正担心耿照人单力薄，得女侠相助，那是最好不过。咱们到城里再叙吧。"回头便吩咐随从给蓬莱魔女备马，蓬莱魔女急着要走，笑道："不必坐骑！"身形一晃，已是出了大门，转瞬之间，不见踪迹。辛弃疾又是吃惊，又是佩服，心里想道："怪不得耿贤弟常常称赞她本领了得，说是那些江湖大盗，遇见了她，就如同耗子遇见了猫，我最初还不大相信，却原来果然是名不虚传！想不到巾帼之中，竟有如此人物！"但可惜蓬莱魔女轻功虽然卓绝，却终于还是慢了一步，耿照已经在路上碰到意外了！这是辛弃疾和蓬莱魔女都想不到的事情。

且说耿照押解那辆囚车，车中有十几个职位颇高的文武官员，那现任知府和那使得一手好剑法的军官也在其内。走了一程，忽听得前面马铃声响，一骑骏马，绝尘而来，不一会儿，就看得出坐在马上的是个刚健婀娜的少女。就在这同一时间，他和那少女同时叫了出来："连姐姐！""耿贤弟！"

原来这少女不是别人，正是他的义姐连清波。这刹那间，耿照不禁蓦然一震，心如乱麻。这连清波对他曾有救命之恩，但后来他又曾听到许多关于连清波的坏话，说她坏话的人，包括他所佩服的蓬莱魔女和他近日最亲近的珊瑚在内。他也知道了连清波在江湖上被人称为"玉面妖狐"。但耿照随即想道："连姐姐和蓬莱魔女的身份相同，都是强盗头子。她们利害冲突，结下冤仇，也难怪她们各自说对方坏话。而且蓬莱魔女指摘她的种种，也只是捕风捉影之辞，至今还未找到真凭实据。至于说到她那'玉面妖狐'的绰号，那柳女侠不是也被人叫做'蓬莱魔女'吗，妖狐、魔女都是不好的名称，但'蓬莱魔女'其实却是个巾帼英雄，焉知连姐姐也不是如此？无论如何，她总是对我有救命之恩，也与我有八拜之交，别人可以误会她，我却怎可以将她冷淡？"

心念未已，连清波已到了他的面前，勒住了坐骑，说道："照弟，你没有遭那魔女的毒手吗？唉，自从那日遭逢意外，我无时无刻不在悬挂着你！好在终于还是见着你了！"

耿照道："好在咱们都平安无事，我也可以放心了。"他正在暗自思量，要不要将别后的遭遇告诉连清波，连清波已在问道："照弟，看你这身装束，你是当了军官么？还是做了强盗？你押的这辆车子装的是赃物还是犯人？"要知囚车的式样和普通的车子大不相同，封闭得密不通风，驾车的又是两个兵士，所以连清波一眼就看得出来。

耿照说道："说来话长，我先问你，你去哪儿？"连清波道："前面那村子里有个做过大官的土霸，名叫严佛庵，人称'活阎罗'，他今日娶小老婆，我就是要到这活阎罗家里去的。"耿照吃了一惊，说道："去做什么？"连清波笑道："当然是去做生意啦！你忘记了我是个强盗头子吗？那活阎罗今日大宴宾客，这正是难得的机会，我要去洗劫严家，还要将他请来的那些贵客，都掳了去作肉票。"

耿照连忙说道："使不得，使不得！"连清波道："为什么使不得？那'活阎罗'作恶多端，我就是把他一刀杀了，也不为过。你却为何要劝阻我？哦，是不是你已当了金国的官儿，所以要保护严家，和我作对了？"耿照连连摇手道："不是，不是！你所想干的事情，早已有人在严家动手了。"连清波道："是谁？"耿照道："乃我的叔叔耿京派去的人。"连清波诧道："天平节度使耿京是你的叔叔？这么说，你是刚刚从严家出来的了？"耿照道："不错，在严家动手的我也是其中之一。还有，还有一位，你、你大约不想碰见的人，也在其中。"连清波眉毛一扬，尖声说道："你说的是谁？"耿照道："是蓬莱魔女！"连清波面色倏变，说道："哼，原来这女魔也插了一只手进来吗？照弟，你，你和她……"耿照道："其实蓬莱魔女并不是你们所说的那等杀人不眨眼的魔头，依我看来，她还算得是个侠盗。"连清波喘着气问道："照弟，你，你说实话，你是不是归顺了她，做了她的手下了。"耿照道："这却不是。但那次我被她所擒，倒反而因祸得福，这是真的。"连清波道："哦，竟是这样吗？她和你说了些什么话，怎么对待你，你这样帮她说话？"耿照道："说来话长，我此刻要赶着押这辆囚车回济南城去。不如咱们再另外约个地方，我和你细谈。"连清波道："这女魔头也要到济南吗？"耿照道："我也是刚在严家和她碰上的，还未来得及和她交谈。不过，她的一个心腹侍女现在济南，多半她也是会去的。所以我不敢现在就请你和我一同去。依我猜想，你和蓬莱魔女之间，多半是彼此有所误会，其实不应该敌对的。不过在误会未消除之前，双方还是避免见面为宜。"耿照这是完全为连清波着想，怕蓬莱魔女一见着连清波，就会动手伤她。连清波何等聪明，当然也明白了耿照的用心。她暗暗松了口气想道："还好，还不如我想像的那样糟糕。"

连清波道："这么说来，我所要掳的肉票，都已在你这辆囚车中了？"耿照道："我叔叔起兵抗金，连姐姐，你愿意助一臂之力么？"连清波道："这是应该的，但有那魔女在此，我却怎能与她共事？你不是也说我不宜与她见面吗？"耿照道："你们二人若能解开梁子，敌忾同仇，那固然最好；倘若暂时不能，那就留待以后再说。总之，我当稍尽绵力，为你们排解就是。不过，此刻你也可以助我叔叔一臂之力的，就不知你愿不愿意？"连清波道："怎么助法？"耿照道："囚车中这班官儿，我叔叔有用得着他们之处。连姐姐，我要向你讨一个情了。"连清波笑道："哦，你绕着弯儿说话，原来是要我放弃这些肉票。好，别说是为了抗金大事，就是单看你的情面，我也应该答应的。我做姐姐的难道还好意思向你做弟弟的来一套黑吃黑吗？"耿照听了，心中大为欣慰，想道："连姐姐果然是我道中人，也是中华的好女儿。柳女侠曾怀疑她是我们的敌人，这真是毫无根据的猜疑了。"

连清波道："但我也要向你打听一个人，你在活阎罗家里，曾否见到这么一个军官，三十岁上下年纪，身材修长，眉毛很浓，使一柄长剑的。要是他曾经出手的话，你可以看出，他的剑法还算得是很不错的。"耿照听了她的描绘，立即知道便是那个曾和他交过手的军官，怔了一怔，问道："不错，是有这么一个人，他是谁？"连清波道："他是我的哥哥。"耿照吃了一惊，道："是你的哥哥？怎么从未听你提过？"连清波道："不是一母所生的同胞，是我一个疏堂兄弟，他现在也是我的副寨主。"耿照更是吃惊，说道："这、这是怎么回事？他既然是你的兄弟兼副寨主，又怎会变成了金狗的军官？"连清波笑道："他这个军官是冒充的，是我派他到活阎罗家里'卧底'的，你懂得了吗？我们经常俘虏有伪军的军官，服饰甚至印信都是现成的，要冒一个军官，这还不容易吗？况且严家今日贺客盈门，想那活阎罗也不会仔细盘问。"

耿照吁了口气，说道："哦，原来如此。你是准备与他里应外合的。"心想："怪不得我捉着活阎罗的时候，他丝毫没有顾忌，要来强抢肉票。"连清波道："这个军官是不是你们也将他绑了？"耿照道："是啊，我不知他是你的哥哥，我还曾和他交过手呢。后来便是蓬莱魔女将他擒了。"连清波皱了皱眉，说道："这你不能怪他，他只知听我的命令。是我吩咐他务必要将那活阎罗捉回来的，他大约也不敢相信你叔叔的起义是真的，因此就只当作是两帮绿林中人，在互抢肉票了。好，现在我已向你说明底细了，这些肉票都让给你，可是我的哥哥，你总应让我带走吧？"

耿照好生为难，讷讷说道："这、这个，这个……"连清波面色一沉，嗔道："什么这个、那个的？干脆地说，你现在翅膀硬了，又有了那个魔女，眼中早没有我这个姐姐了，是吗？"叹了口气，声音渐转悲凉："你可还记得我从前是如何看待你么？我哥哥现在在你的囚车上，你从前也曾在过我所驾的骡车上，囚车骡车，那当然大不相同，不过，那次你若不是上了我的骡车，就要上了北宫黝的囚车了。这些事你还记得吗？唉，想不到你这样无情无义！"

囚车在向前行进，车轮滚动如飞，耿照的一颗心也似乎随着轮子滚动，眼中有泪如珠，泪水模糊中，眼前那辆坚固的囚车，变成了一辆破烂的骡车，一幕往事，再次在他心头闪过，那次他被"北神鞭"北宫黝打得重伤，幸亏连清波救他，给他打走了北宫黝，又向农家买了一辆骡车，带他同走，三天三夜，目不交睫，小心地照料他……

耿照心里想道："要是没有连姐姐，我早活不到今天了。既然他的哥哥，只是个冒牌的军官，放了他也没什么打紧。"又想："连姐姐的武功远胜于我，其实她要强劫囚车，我也没有办法。可见她还是顾念着姊弟之情。"想至此处，心意已决，抹了眼泪，说道："连姐姐，你别说这些伤心的话啦，做兄弟的怎能忘记你的好处。咄，停车！"最后这一句命令，却是向那两个驾车的士兵说的。

那两个兵士神色惊疑，说道："耿相公，这、这恐怕不大好吧？"话犹未了，那两匹马忽地屈下前蹄，伏地不动。连清波到了囚车旁边，跃下马来，喝道："耿相公的话你也不听，快打开囚车！"

耿照道："你们放心，有甚关系，我来承担便是。耿将军决不会怪责你们。"那两个兵士，知道他是主帅的侄儿，又见连清波出手便将两匹健马制伏得不能动弹，也是好生骇异，心想："既是有他出头担承，放就放吧，我们又何必得罪了这个女魔头？"当下其中一人抖抖索索地摸出了锁匙，打开了囚车。

连清波"噫"了一声，一伸手就将那军官抓了出来，有几个也想跟着出来，都被她推倒了。那两个兵士随即关上车门。耿照放下了心上的一块石头，想道："她果然只是要她的哥哥。"在此之前，他虽然相信连清波的说话，但总还有点儿不大放心，现在则是毫无怀疑了。

那军官双目怒视，却说不出话。连清波脸上也有诧异之色。原来那军官运气自解穴道，毫无效果，连清波试了两次，也解不开蓬莱魔女的重手法点穴。连清波恨恨说道："好狠的魔女！"耿照心中抱歉，说道："真是对不住了，我刚才实在不知，请大哥休要见怪。待我试试吧。"

耿照练成了"大衍八式"之后，内功已进入一流境界，一指点去，嗤然有声，力透指尖，只见那军官张开嘴巴，"啊呀"一声，手足已能活动。原来那军官也正在运气冲关，两股内家真力，里应外合，果然把蓬莱魔女的重手法点穴解了。

连清波暗暗吃惊，心里想道："幸亏我早已知道桑青虹曾把桑家的'大衍八式'私传给他，刚才没有鲁莽从事。这'大衍八式'当真非同小可。现在看来，他的功力果然是大胜从前，只怕只有在我之上，决不会在我之下了。"

那军官穴道虽解，手足也能活动，但仍是感到筋骨麻软，浑身乏力，对蓬莱魔女的点穴功夫，也是好生惊异。当下向耿照施礼说道："多谢耿相公相救。我怎敢怪你，我是恨那魔女。"连清波笑道："你们都不必客气了。他是我的义弟，你是我的哥哥，你们二人也就是兄弟一般。"那军官道："照弟要赶回济南，咱们不可再耽搁他了。"他脸上有几分惶惑而又焦急的神色，说了这几句话，便即匆匆上马，但他手足无力，一跨竟是跨不上马背，还是连清波把他拉上去的。

连清波道："照弟，你刚才说要另约个地方与我相会，那么就三天之后，我在大明湖畔的那座道观等你吧！"随即向那两匹驾车的健马各踢了一脚，那两匹马本是伏在地上不能动弹的，被她踢了一脚之后，长嘶一声，立即便能起来，又拉着囚车走了。

耿照虽然懂得一些点穴解穴的法门，但论到"杂学"的广博，他当然是远远不如连清波，例如连清波将这两匹健马制伏得妥妥帖帖，这一手点马匹"晕穴"的功夫，他就完全不懂。心里想道："幸亏连姐姐不是敌人，她只要是释放她的哥哥，并非截劫囚车。"

他一直以为连清波的武功远胜于他，却不知道他自己的内功早已在连清波之上，要是当真打起来，一个招数高明，一个功力深厚，当真还不知鹿死谁手。

连清波与那军官合乘一骑，她那匹坐骑是大宛良驹，驮着两个人仍是四蹄如飞，片刻之间，走得无踪无影，耿照怅然遥望，心里有几分欢喜，喜的是连清波安然无恙，今日又得重逢；但也有几分惶惑，惶惑的是他这次违背军中纪律，私自将那军官释放，这件事不知是做得对了还是做得错了？

心念未已，忽见一条人影，疾奔而来，耿照定睛一看，却原来是蓬莱魔女赶来了。耿照心想：好在连姐姐已经走了，要不然倒是一场麻烦。连忙迎上前去，说道："柳女侠，你来了？珊瑚也正在惦记你呢。"蓬莱魔女脚步一停，急不及待地便问道："路上没有出事么？"

耿照面上一红，讷讷说道："没，没什么事。"蓬莱魔女起了疑心，两道眼光如利剪、如寒冰，紧紧盯着耿照问道："当真没什么事吗？车中的囚犯一个也没有走失吗？"耿照给她盯得心里发毛，只好半吞半吐地说道："这囚车中有一个是不相干的人，经小弟查明之后，已把他放了。"蓬莱魔女诧道："有哪一个是不相干的人，你又怎么知道？"耿照道："就是那个、那个军官……"蓬莱魔女赶忙问道："究竟是哪个军官？"耿照好半天说得出来："就是那个被你所擒的军官。"

蓬莱魔女大吃一惊，沉声说道："你查明了什么？你怎么知道他不相干？"耿照倒不是想瞒骗蓬莱魔女，只是意欲拖延时刻，到了此时，无可再拖，只好咬着牙根依实说道："适才我、我碰到一个人，她是我平素相信的人，她说这个人，其实不是军官……"蓬莱魔女打断他的话道："且慢，你碰着的那个人是谁，怎么不说？"耿照涨红了脸，颤声说道："是小弟的义姐连清波、她、她……"蓬莱魔女又惊又怒，跳起来道："什么，是玉面妖狐连清波！咳，耿照，你、你好糊涂！"

耿照讷讷分辩道："连姐姐其实也是咱们同道中人，她只是带走了她的哥哥，并没有截劫囚车。我看你们多半是误会了。"蓬莱魔女哪有闲心听他分辩，再一次打断他的话道："你说什么？那军官是玉面妖狐的哥哥？"耿照道："不错，他是连姐姐派他到严家卧底的，并非真的军官。"蓬莱魔女"哼"了一声，板了面孔说道："耿照，你真是不识天高地厚，不懂分别黑白是非，你又上了那妖狐的当啦！"她斥了耿照几句，径自上前向那两个驾御囚车的兵士道："那妖女走的是哪个方向？"那两个兵士指着同一的方向道："那两个人合乘一骑，是刚刚走的。"蓬莱魔女是怕耿照不肯实说，才问那两个兵士的。如今见这两个兵士所指的方向相同，情知属实，心里想道："那军官被我用重手法点了穴道，谅那妖狐也无法解开。时间一久，他就要受伤。那妖狐岂能置之不理？尽管这是她力所不及，她也定要设法救治，在路上必然受到耽搁。我立即去追，未必就追赶不上。"蓬莱魔女想得不错，可惜她却不知，耿照早已把那军官穴道解开了。

蓬莱魔女面色稍稍缓和，说道："耿照，你现在还是糊里糊涂，待我将那妖狐拿了回来，再和你细说。"身形一晃，去势如风，径自向连清波逃走的方向，追踪去了。

耿照呆若木鸡，心中隐隐感到恐惧，心想："连姐姐当真是坏人吗？蓬莱魔女追上了她，会不会就把她伤了？唉，她们两人为什么要彼此敌视，误会得如是之深！"可怜他一点也不知道自己上当，还在替连清波害怕担忧。正是：

不识妖狐真面目，画皮未揭意迷茫。

欲知后事如何，请听下回分解。

第十九回　听鼓依稀闻叹息
　　　　追舟隐约见伊人

耿照没精打采地押解囚车前往济南，暂且按下不表。且说蓬莱魔女施展绝顶轻功，向连清波逃走的方向追去，追了一程，前面是一条泥泞的小路，马蹄痕迹分明。蓬莱魔女心中暗喜，想道："那匹马驮着两个人，在这种稀烂的泥路上，一定跑得不快，跟着这蹄印追下去，何愁追不到他们。"

蓬莱魔女提一口气，使出"八步赶蝉"的本领，脚不沾地，几乎是御风而行，转瞬间就走过了那条泥泞小路，弓鞋上不过沾了几片泥土。蓬莱魔女揩拭干净，再向前行，前面是比较干净坚实的黄土路，但那匹坐骑刚从泥泞的路上走过，所以仍是一步一个脚印，十分清楚。

可是蹄痕虽然分明，她却碰到了一个难题，原来前面还有一条岔路，而且两条路上都有马蹄痕迹。蓬莱魔女到了路口，仔细审视，两条路上的蹄印也是一般大小，看得出是同一骑马踩出来的。蓬莱魔女甚为纳罕，寻思："这妖狐不知弄什么玄虚？究竟她是向哪条路走了？"

蓬莱魔女略一犹疑，先向左边那条路追去，走出了六七里地，忽然不见了马蹄的痕迹，就似那一骑马到了此地突然消失了似的。蓬莱魔女更为纳罕，心想："我且回去向另一条路再追，我就不信那妖狐当真就会妖法。"她回到原来的路口，向右边那条小路再追，不料走了一程，又是如出一辙，马蹄的痕迹忽然又不见了。蓬莱魔女究竟是个江湖上的大行家，她呆了一呆，蓦地恍然大悟：

·297·

"我上了这妖狐的当了！"原来连清波在一条路上走了一程之后，便用厚布裹住马蹄，从路旁的草地回到原来的路口，再解开厚布，又从另一条路走了一程，然后再如法施为，一去无踪。待蓬莱魔女想出个中道理，她已是白费了许多时间，而且也还未知道连清波究竟是向哪条路走，当然是无法再追上连清波了。

蓬莱魔女大为懊恼，只好放弃追踪，心想："我且到了济南，见了耿照再说。"她白白走了几十里冤枉路，到得济南，已是二更时分。这时济南刚被耿京的义军攻占，防守得极为严密，四面城门都布满了兵士，每一个进出的行人，都要受到仔细的盘查。蓬莱魔女急着要见耿照，不愿多耽搁时候，她情知耿京叔侄和辛弃疾那些人，在攻占了济南之后，定是驻在府衙，心想："我且和他们开个玩笑，径自到府衙去做个不速之客。"当下施展绝顶轻功，飞身掠上城头，从一间间的民房上踏过，直扑府衙。守在墙头的那些兵士只觉微风飒然，从他们身边掠过，连蓬莱魔女的影子也未瞧见，只是觉得这阵风来得奇怪，却怎知已有人在他们众目睽睽之下，业已进城。

府衙里灯火通明，斗酒喧闹的声音喧腾于外，原来耿京正在大堂摆下庆功宴，大宴今日有功的将士。蓬莱魔女很容易就找到宴会的所在，在屋顶上望下去，只见一众军官划拳赌酒，笑逐颜开，好不热闹。当中坐着的是个中年将军，甚为威武，辛弃疾就坐在此人身边。蓬莱魔女心想："此人想必就是耿照的叔叔、义军的统帅耿京了，但却怎的不见耿照？"

心念未已，只见耿京站了起来，哈哈笑道："今日旗开得胜，攻下了济南，又抄没了那活阎罗的万贯家财，俘获了金虏的许多官儿，这都是靠了幼安（辛弃疾之字）的策划，功劳簿上，应该记上幼安兄的首功！"众军官纷纷举杯向辛弃疾祝贺。耿京又道："幼安兄文才武略都是出色当行，各位喝了这杯酒，请听听幼安兄刚刚填好的新词！"众人意兴更豪，纷纷道好。

耿京把手一招，唤来了几条关西大汉，各抱铁板铜琶，高声唱道："渡江天马南来，几人真是经纶手？长安父老，新亭风景，可怜依旧！夷甫诸人，神州沉陆，几曾回首？算平戎万里，功名本是，真儒事，君知否？……"

一曲未终，已是彩声四起，蓬莱魔女也忍不住大声赞道："壮哉，此词！"就在铜琶铁板声中，自屋顶一跃而下！

众军官哗然大呼，有几个胆子较小的，还未看得清楚，就在高叫："刺客！"说时迟，那时快，蓬莱魔女脚尖刚刚着地，便听得金刃劈风之声，有个军官已是拔刀向她斫来。

蓬莱魔女微微一凛，心道："耿京帐下果然人才甚多，这人的武功，就不在耿照之下。"辛弃疾连忙叫道："张都尉，住手！这位就是我刚才所说的柳女侠了。"那军官怔了一怔，立即收招。但仅仅在辛弃疾说这一句话的时候，也已连斫了六六三十六刀，刀法之快，实是难以形容。不过他的刀锋连蓬莱魔女的衣裳也未沾上，他心中的骇异也是更在蓬莱魔女之上。座上那一众军官，几曾见过蓬莱魔女这等美妙的身法？在蓬莱魔女闪避那六六三十六刀的那一瞬间，个个都是目眩神摇，紧张得几乎闭了呼吸，直到那军官收刀之后，众人才不约而同地吐了口气，突然间爆出了如雷的彩声！

辛弃疾从严家回来之后，早已把蓬莱魔女相助之事，对耿京以及同僚说了，这时他们知道来的就是蓬莱魔女，都是不胜欢欣。耿京亲自出来迎接，蓬莱魔女笑道："我无礼闯席，还望将军恕过。"耿京哈哈笑道："柳女侠是请也请不来的。多承相助，难得到来，请让我先敬一杯。"蓬莱魔女与耿京干了一杯，刚才那个与她交手的军官，也上来与她相见。

辛弃疾道："这位是步兵都尉张定国，张将军。"那张定国伸出手来，哈哈笑道："久闻女侠大名，如雷贯耳，今日一见，果然胜似闻名！"他伸出手来，这是要和蓬莱魔女拉一拉手，表示亲近的意思。虽说江湖儿女，脱略形骸，而这种礼节，也很普遍，但一般都是行于两个男子之间，若是一男一女，由男的先伸出手来表示亲近，这在江湖上却也是很少见的。

蓬莱魔女心中一动，暗自想道："是了，我刚才只是闪避他的快刀，未曾还过一招，想是他要试探我的武功深浅来着。"蓬莱魔女性情豪迈，也不放在心上，就大大方方地伸出手去，与他一握，果然感到对方的内力，透过掌心，攻击过来，试探她的虚实。蓬莱魔女玄功默运，将他攻过来的内力化解于无形，但见他一双眼睛骨碌碌地转动，神色似是惊疑不定，还自不肯放手。蓬莱魔女不觉有点不悦，心道："这人怎的如此不识进退？"当下略显本领，指尖在他掌心轻轻一颤。张定国登时似感到有一根细如游丝的炽热火线，从他的虎口钻入，又似一根无形的银针似的，刹那间就从虎口上升到肘端的"曲池穴"，刺了一下，张定国的一条臂膀登时酸麻，热辣辣的好不难受，吓得他慌不迭地松手，满面通红，连忙说道："柳女侠真好本领，佩服，佩服！"蓬莱魔女一笑说道："张将军的快刀，我也是佩服之至。"旁人见他们互相客气，还只道他们是为了刚才之事，各表惺惺相惜之意，蓬莱魔女美若天人，有不少人还暗暗羡慕张定国，羡慕他得到蓬莱魔女的垂青。却不知他们暗中又较量了一次内功，而且要不是蓬莱魔女手下留情，不愿他太难堪的话，只怕张定国已是不能动弹了。

坐定之后，蓬莱魔女便问耿京道："耿照回来了吗？怎的不见？"耿京道："他回来之后，又出去了。"蓬莱魔女道："有什么紧急的军情吗？"耿京道："这倒不是，他是为了一点私事。"蓬莱魔女怔了一怔，说道："私事？恕我冒昧，不知可以让我知道么？"

耿京喝了杯酒，笑道："这私事和柳女侠倒有点关系，当然应该让柳女侠知道。"蓬莱魔女更是诧异，不禁问道："是为了他私放那军官的事情吗？"这回轮到耿京有点诧异，问道："怎么，他放那军官的事情和柳女侠有什么相干吗？"蓬莱魔女道："这军官是我擒获的，只怕是一个相当重要的人物。耿照在路上碰到一个从前相识的女贼，浑名玉面妖狐的，他上了这妖狐的当，将那军官放了。这妖狐也是与我有点过节的。"耿京摇了摇头，说道："这件事他已向我禀告过了，不过我却不知其中还有这些内情。"原来在耿照的叙述中是把连清波说成个好人的，耿京不知相信谁的话好，只是心里想道："照侄说他们各不相容，这倒是真的。看来孰是孰非，只有待照侄回来之后，再查个水落石出了！……"

耿京接着说道："他放走那个军官之事，处置失宜，柳女侠责备他是应该的。但他这次回来之后，又再出去，却不是为了这件事情，确是完全为了私事。"这回轮到蓬莱魔女大感意外，说道：

"哦，不是为了这件事情？那还有什么事情是与我相干的？"

耿京笑道："我那照侄是和一位姑娘同来的，这位姑娘名叫珊瑚，听说是曾服侍过柳女侠的。"蓬莱魔女正自挂念珊瑚，连忙说道："不错，这位珊瑚姑娘是我的义妹，是我叫她送耿相公前往江南的。她在这儿吗？"耿京道："就是因为她今日突然离开，所以我那照侄去找寻她了。"

蓬莱魔女吃了一惊，问道："为什么这样巧，我一到来，她却又离开了？她是怎么走的？"耿京道："我也弄不清楚他们之间的事情。耿照和珊瑚姑娘住在同一个院子，他将囚犯点交给我之后，就回去看望珊瑚姑娘，珊瑚姑娘还没走了多久，听说他就匆匆忙忙地追着出去了。"辛弃疾道："这事我曾经查问过，听说在耿照未回来之前，有个人送一封信来给珊瑚姑娘，珊瑚姑娘就随着那人走了。耿照回来之后，知道这件事情，很是着急，他还带了那头虎头灵獒去追踪呢！"耿京笑道："也不知他们年轻人闹什么别扭，一个走一个追的，连一句话也没有留下，倒叫我们给他担心了。"蓬莱魔女诧异不已，心想："珊瑚为人爽朗，从那日在桑家堡的情形看来，她对耿照已是一往情深，纵然她和耿照闹了什么别扭，也决不会趁着耿照不在，一句话也没有留下便悄悄地离开的。嗯，这件事可真是有点古怪了！"因问道："给珊瑚送信的是什么人？"辛弃疾道："我也不清楚，我是听得伺候珊瑚姑娘的丫环说的。听说衣裳破烂，倒像个乞丐的模样。起初守门的卫兵不肯放他进去，他大叫大嚷，才惊动了珊瑚姑娘的。"蓬莱魔女更是奇怪，心想："珊瑚和丐帮的人可并不相熟呀？"又问道："虎头灵獒又是什么东西？"耿京道："是西域异种猎犬，我得了两头，分了一头给耿照的。这种猎犬鼻子最灵，善于跟踪气味去追寻猎物。要是耿照将那位姑娘的一件衣物给它嗅了，带着它追下去，那一定是可以追到的。他去了这么些时候，按说也应该早已经追上了。"

可是过了许久，耿照还是未见回来，已是三更时分了，一众军官都喝得酩酊大醉，庆功宴也宣告结束了。耿京皱了皱眉，说道："奇怪，怎么这个时候，还未见他们回来。柳女侠，你先歇息去吧。我和幼安在这里等候他们。"蓬莱魔女道："我不困，我陪你们等候吧。我不见着我那珊瑚妹子我也不能安心呢！"耿京道：
"也好，那咱们就再聊聊。"众军官陆续散去，耿京叫下人撤去酒
席，换上清茶，大堂中就只剩下他和辛弃疾和蓬莱魔女三人，三人
心里都是有点怔忡不安。

耿京道："我这侄儿年纪轻、见识少，有时难免糊涂，心地倒
是很纯厚的，就不知珊瑚姑娘看不看得上他？"蓬莱魔女笑道：
"这个么，元帅就不必为他们担心了，珊瑚是我的妹子，她的脾气
我是知道的，要是她不欢喜的人，她半句话也懒得多说。但对于令
侄么，我本来只是要她送到山东境内的，她却要一直送到江南呢！
她为了令侄，连我都抛弃了，说起来我倒真要妒忌令侄了。"耿京
哈哈大笑，说道："这么说，我这侄儿倒是福气不浅，但也得多谢
柳女侠。"蓬莱魔女道："多谢我作什么？"耿京笑道："一来多谢
女侠调教出这样一位好姑娘；二来多谢女侠对舍侄的好意，让珊瑚
姑娘与他同行，给了他一个好机会；三来，这是我要预先多谢的
了，待他们回来之后，我还要请柳女侠从中撮合，让他们早日成
亲，成亲之后，小夫妻闹闹别扭，那就无伤大雅了。"蓬莱魔女大
笑道："原来元帅是要我作个现成的媒人，别的媒我不会做，做这
个媒却是容易不过。"

他们故意找些开心的话来说，想冲淡不安的心情。但三更过去
了，不久，四更的更鼓也敲起来了，耿照和珊瑚仍是未见回来。这
时连蓬莱魔女亦已有点心慌，心想："不知出了什么意外的事情？
不如待我亲自去走一趟。"

耿京黯然说道："这时候还未回来，大约今晚是不会回来的
了。柳女侠先歇息吧。"蓬莱魔女道："元帅还有一头虎头灵獒，
请借来一用。"耿京道："柳女侠是要带虎头灵獒前往追踪？这个，
这个——"正自沉吟，话犹未了，忽听得"汪汪"的犬吠之声，
耿京大喜道："他们回来啦！"

蓬莱魔女却是好生诧异，暗自想道："怎么只是耿照一人的脚
步声？脚步又是这么沉重，难道是耿照受了伤了！"心念未已，只
见耿照已大踏步走了进来，怀中抱着一个少女，正是珊瑚。原来不
是耿照受伤，而是珊瑚受了伤了。

蓬莱魔女这一惊非同小可，上前看时，只见珊瑚双目紧闭，面如金纸，眉心却现出一团黑气。蓬莱魔女是个大行家，一看就知珊瑚是中了毒，吐了口气，说道："还好，中的毒还不算很重。"连忙从耿照手中接下珊瑚，一掌贴着她的背心，将本身真气贯输进去，助她驱毒，过了一支香时刻，珊瑚面色渐见好转，蓬莱魔女又取出一颗药丸，叫耿照拿来一杯热茶，撬开她的牙关，塞了进去，珊瑚喉头咯咯作响，手足微微颤动，蓬莱魔女说道："好了，好了，不久她就会醒来。幸亏她的功力已大有增进，拔毒清血之后，对身体不会有什么妨碍。"

众人放下心上的石头，蓬莱魔女也才有余暇向耿照问话，当下问道："这是怎么一回事情，我的珊瑚妹子，遭了谁的毒手？"

耿照颤声说道："桑家的小妖女桑青虹。"蓬莱魔女很是奇怪，沉吟说道："怎么是桑青虹？好端端的她为什么向我的珊瑚妹子下了毒手？你碰上了那妖女没有，把经过的情形说给我听听。"耿照与桑青虹的一段纠纷，蓬莱魔女尚未曾知道，耿照面上一红，也不好意思向蓬莱魔女细说，当下只是简简单单地将他到场之后的情形约略说了出来。耿照到场的时候亦已是桑青虹与珊瑚的一场恶斗将近结束的时候，桑青虹被珊瑚刺伤了好几处，但珊瑚也被桑青虹的毒掌击中，伤得更重，正自支持不住，幸亏耿照来得及时，才救了她的一命。桑青虹见耿照抱起珊瑚，不惜用身子来掩护她，气得面色铁青，但她这时受伤不浅，情知奈何不了他们，只好悻悻地大骂了耿照一场，便即走了，耿照念及她以前的一番情义，也不愿与她计较，一声不响，抱了珊瑚便即回来。可怜珊瑚受伤之后，又遭刺激，在他的怀中早已晕过去了。所以耿照对于珊瑚何以会被桑青虹骗来相会，也是毫不知情。

蓬莱魔女听了耿照的叙述，很觉奇怪，心里想道："这桑青虹是我师哥的小姨子，那日他们遭受围攻，还是我给他们解救的。她难道不知珊瑚是我的侍女？真是莫名其妙，岂有此理！"

心念未已，忽见珊瑚翻了个身，星眸半启，呻吟说道："水，水，我要喝水。"耿照正要给她拿来，蓬莱魔女道："且慢！"拦住珊瑚的右手，取出一枚银针挑破她的中指，只见一股黑色的血箭喷射出来，腥臭扑鼻，过了半晌，血色渐转鲜红，珊瑚的眼睛也张开来了。原来是蓬莱魔女用上乘内功给她推血过宫，将毒血都挤了出来，免留后患。

珊瑚眼睛一张，就看见蓬莱魔女，喜出望外，叫道："姐姐，这不是做梦么？"蓬莱魔女道："不是做梦，我和耿相公都在你的身边呢。妹子你吃了苦了。"耿照将煎好的一碗参汤给她端来，珊瑚失血甚多，身体虚弱，喝了参汤，精神这才渐渐恢复。

珊瑚说道："姐姐，我真是惭愧得很，我跟了你这么多年，自以为已熟悉江湖各种门道，哪知今次还是上了那桑家小妖女的大当。"蓬莱魔女道："你是怎么上她的当的？"

珊瑚道："那妖女派一个冒充丐帮弟子的人前来，带给我一个口信，说是耿相公在路上遭受敌人围攻，受了重伤，刚好他们路过，将耿相公救了出来，耿相公说出我的名字和地址，要我赶快去接他回来。"说到这里，蓬莱魔女插口道："你这么容易就相信了？"珊瑚道："那个人带有耿相公的信物，不由我不信。"耿照奇怪之极，问道："我有什么信物在他手里？"

珊瑚将衣袖一抖，"当"的一声，一件环状的饰物落在几上，乃是一枚玉玦。耿照大呼奇怪，原来这枚玉玦正是他的东西，当时的风俗，据说戴上玉制的饰物可以辟邪，这枚玉玦还是他的母亲在他几岁大的时候就给他佩上的，一直没有离开过，却不知怎的会落在那人手上？珊瑚笑道："我还以为是你送给那小妖女当作定情之物的呢。现在看来，这枚玉玦是几时失落的，你敢情也还未知道呢？"耿照在身上摸了一摸，说道："我没有送过东西给桑青虹，她倒是送过一样东西给我，那是一颗夜明珠，我也不是想要她的，只因当时我是被囚在石窟之中，要借它的光华，练那石壁上的大衍八式，后来就随手放在身上，准备还给她的。哪知随后就发生了群雄围攻公孙奇夫妇的事，而我又被公孙奇点了穴道不能动弹，直到柳女侠来了，方才给我解开穴道，我一直没有机会还给她。"珊瑚诧道："这些事情我早知道了，现在我和你说的是这枚玉玦，你却为何要连带提起她的那枚夜明珠？"蓬莱魔女忽地笑道："我猜到了几分了，是不是这颗夜明珠和那枚玉玦都不见了？"耿照一片茫然，讷讷道："是呀！真是奇怪，我记得昨晚临睡的时候还在身上的，真不知怎的忽然不见了？"珊瑚心中一动，问道："姐姐，你怎么一听见他说起这颗夜明珠，就想到这夜明珠也失落了呢？"蓬莱魔女道："我还想到了偷他这两件东西的是什么人。不过，还是请你把经过先说出来，然后我才可以知道我的猜疑对是不对？"

珊瑚急着要打破这个闷葫芦，于是便接下去说道："照哥以前在咱们山寨里养病的时候，我曾服侍过他，知道他有这枚玉玦，因此当我看见那个冒充丐帮的人，拿得出这件信物，就深信不疑。我急着要见照哥，就匆匆随他走了。

"哪知走到一处荒林，桑家的小妖女突然出现，指着我冷笑道：'你抢走了我的耿照，现在却要到我这儿来找回他吗？哈哈，你要再见到他，那除非是来世了。'话犹未了，立即便对我施展杀手。"说到这里，珊瑚固然是杏脸飞霞，耿照也是面红过耳。但蓬莱魔女却已是心中雪亮，明白了桑青虹何以向珊瑚下毒手的缘故。

珊瑚呷了一口参汤，接着往下说道："那妖女的武功本来高我许多，幸亏这个多月来，我勤练柳姐姐你传给我的柔云剑法和天罡拂尘三十六式，也颇有点进境，这才能和她打个平手。倘若不然，只怕等不到照哥赶来，我已丧在她的手上了。那妖女给我刺伤了好几处，终于用毒掌打伤了我，照哥业已赶到，后来的事情，想来照哥已经对你说了。"

蓬莱魔女听完了珊瑚的说话，笑道："我已猜到了八九分了。耿照，你还未知道吗？"

耿照呆了一呆，讷讷说道："知、知道什么？"蓬莱魔女道："是谁从你的身上取去了玉玦与夜明珠？是谁指使桑家那小妖女来害珊瑚？"耿照忐忑不安，避开了蓬莱魔女的目光，一时间竟不敢回答。

珊瑚听说还有个主谋害她之人，心中惊诧之极，急不及待，便即叫道："到底是谁？姐姐你就说了吧！"她还以为耿照确未知情。

众人的眼光都集中在蓬莱魔女身上。蓬莱魔女却看了一下耿照，然后缓缓说道："这人是玉面妖狐连清波！耿照，事到如今，你还相信她吗？"

其实耿照也已经猜疑是连清波了。昨晚临睡的时候，这两件东西还在身上，可知那不是很久以前失落的而是今天失落的了。要从他的身上神不知鬼不觉地偷去他的东西，除非是一个曾靠近他的身子而又是他毫不提防的人，而且这个人还得是个武林高手。具备这些条件而又是他今日所接近的人那就只有一个连清波了。连清波曾和他辔同行，曾在他手上接过囚车的锁匙，当他全神贯注给那军官解穴的时候，她又一直是紧靠在他的身边。有这许多机会，以连清波的身手，又在他毫不提防的情况之下，要偷走他身上的东西，当然是有如探囊取物。

珊瑚叹了口气，忧形于色地对耿照说道："我早说过这妖狐不是好人了，偏偏你却不肯信我的话！你是怎样碰见她上了她的当的？"耿照面红耳赤，只好将遭遇又说一遍，这一次是说得详细多了。

蓬莱魔女道："这妖狐正是因为珊瑚识得她的底细，怕有个珊瑚在你的身边，你就不会上她的当，因此使用借刀杀人之计。她将夜明珠拿去见桑青虹作为信物，又代桑青虹定计，叫人冒充丐帮弟子，将那玉玦拿来见珊瑚作为信物，她却躲藏起来，避免出头，以便以后在耿照面前还可冒充好人。她以为桑家那小妖女定可将珊瑚杀掉，哪知珊瑚的武功已是今非昔比，而耿照又得虎头灵獒之助，及时赶到，她的奸谋也终于给我们识破了。哼！这妖狐实在是一个最阴险的敌人，只怕其志不小，还不单单是想除掉珊瑚呢！"

蓬莱魔女这一番推测合情合理，又有那玉玦作为证据，不由得耿照不信，但心里仍是想道："连清波知道珊瑚是蓬莱魔女的侍女，她和蓬莱魔女是势不两立的仇家，因此意欲加害珊瑚，只怕也是有的。但若说她是和金房勾结的一个阴险敌人，似乎还未能找到真凭实据。"

蓬莱魔女接着说道："那军官是什么人现在我还未十分清楚，但我知道他决不是那妖狐的哥哥。我不妨告诉你们一件事情。"

当下蓬莱魔女将在泰山上碰见金主完颜亮的事情说了出来，听得众人目瞪口呆。辛弃疾拍案而起，愤然说道："岂有此理，完颜亮狼子野心，竟敢口出大言，要进兵江南，将中国灭了？哼，哼！

咱们偏叫他不能如愿！他能够投鞭断流，咱们也就能够叫他丧身鱼腹！"珊瑚却连声叹道："可惜，可惜！给那金狗皇帝逃了性命。"

蓬莱魔女道："要不是有那'武林天骄'暗中做完颜亮的保镖，我早已将这狗皇帝一剑杀了。"接着说道："那军官的身份来历，我虽然全无所知，但从他的武功家数看来，他和'武林天骄'定有渊源，殆无疑义。我正要从这军官身上，查个水落石出，谁知你却又上了那妖狐的当，将他放了。那妖狐为什么要编造谎言，救这军官，现在你总可以明白了吧？妖狐、军官与那武林天骄，身份高下，各有不同，但那是一条路上的人！"

耿照面上一阵青一阵红，心中难过已极，暗自想道："难道连姐姐当真是金虏的鹰犬？却为什么她当日又从北宫黝的鞭下救了我性命？但蓬莱魔女说得这样确实，却又不容我还有怀疑。"蓬莱魔女看耿照眼光流转不定，心头一动，说道："耿相公，你也不必太难过，只要以后不再上当，那就好了。你在想些什么？"

耿照愧悔交迸，终于咬了咬牙，说出来道："柳女侠，事情是、是我做错了，但、但还有一点希望，可、可以补救。"蓬莱魔女问道："怎么？"耿照道："那、那，那连清波与我相约，三日之后，在、在大明湖畔的一座道观与我相会。"蓬莱魔女道："三日之后，大明湖畔？咦，这大明湖不就是在济南城中的？这妖狐竟有如此胆量？"

耿照道："大约她、她是相信我不会伤害她的。但，但家国之仇是件大事，我也顾不得她对我有过好处了。事情是应该查个水落石出才行。柳女侠，到时我想请你同去，你先躲在一边，让我问她。"原来耿照还是有一两分怀疑，未敢全然相信连清波就是敌人。所以他没有跟着她们叫连清波做"妖狐"，而且又担心蓬莱魔女一见面便杀掉连清波，因此才要如此安排。

蓬莱魔女知他心中之意，笑道："耿相公，你放心，我不是胡乱杀人的。当然要问个明白。怕就怕那妖狐又是说谎，到时不来。"

珊瑚道："这妖狐只怕还有党羽，这几日耿将军只怕还得多加小心。"蓬莱魔女明白，珊瑚说的妖狐党羽，主要就是指那"桑家小妖女"桑青虹，但碍于她的面子，所以不好明说。蓬莱魔女心中也是难过之极，却不是为了桑青虹，而是为了她的师哥。"桑青虹与那妖狐有所勾结，唉，我的师哥不知是不是也与她们一路？"

耿京说道："玉姑娘说得是，我当然要多加小心，严防刺客，我也已经有了周密的布置了。"回过头来，忽地对辛弃疾说道："幼安，我与你相约一事，你意下如何？"辛弃疾道："请元帅示下。"耿京掀须笑道："这不是公事。我知道你酒量甚豪，我平日也爱喝两杯。从今日起，你我都不喝酒，到了临安，咱们再开怀痛饮如何？""临安"乃是南宋的国都，辛弃疾听了，大喜说道："元帅愿意南归投宋了？"原来辛弃疾早就劝过耿京归宋，只是耿京颇想拥兵自重，割据一方，不受南宋的约束，故此迟迟未决。

耿京说道："幼安，你的话我已反复思虑过了。你说得很有道理：'皮之不存，毛将焉附。'咱们举义，虽很顺利，但这点兵力，还不足以应付金国的大军，如今完颜亮已如箭在弦上，即将大举进犯江南，咱们率部南归，正可以更好地为国效力。我准备自请防守江防，倘若胡马渡江，我就当先打头阵。"辛弃疾道："南宋自岳少保（飞）被害之后，人心消沉，元帅起义南归，不但国家多了咱们这支军队，而且还可以大大振奋士气，当真是最好不过。"耿京接着说道："我还想请你代我写几封信，给与咱们有来往的义军首领，请他们早日准备，一到完颜亮兴兵侵宋之时，他们就在各处起事，或切断敌人的粮道，或骚扰敌人的后方，总之要配合大军，打得金狗手忙脚乱。这么一来，说不定咱们还可趁反攻，收复中原失地。"辛弃疾大为兴奋，说道："元帅策划周密，我预祝元帅成就千秋功业！这些信我马上就去写好。"耿京笑道："也无须如此急迫，天就快要亮了，天亮再写不迟。"歇了一歇，又笑道："所以我要与你相约戒酒，以免喝得糊里糊涂，误了军情。我就只是怕你没有酒喝，写不出好词。"辛弃疾笑道："我只怕没有豪情壮志，有豪情壮志，就可以写得好词，与酒何干？元帅放心，未到临安，我滴酒不沾便是！"耿京哈哈大笑。

蓬莱魔女也是大为高兴，说道："我若不碰见你们，本是准备前往江南报讯的，如今元帅亲自率部南归，那比只是派人报讯又强得多了。好，我也可以少走一趟了。"辛弃疾道："柳女侠与我们同去，岂不更好?"蓬莱魔女说道:"我留下来，也还有些事情可以做做。"耿照说道:"柳女侠是冀鲁绿林领袖，各处山寨，都听她的号令的。"耿京说道:"那么柳女侠留下来是更好了。你已经知道我们的计划，我也就不必另外给你发信了。"

蓬莱魔女之所以不往江南，其实还有一个原因，那就是为了她的师哥公孙奇。她要探个明白，公孙奇是否和金人也有勾结?

蓬莱魔女正自心事如潮，忽地感到外间似有轻微的声息，悚然一惊，正拟悄悄出去察看，耿照已在小声说道:"外面似乎有人!"原来他也听见了。

辛弃疾喝道:"外面是谁?"那人立即应声道:"是我。"走了进来，原来就是那个曾和蓬莱魔女交过手的张定国。

耿京诧道:"张将军还未睡么?"张定国道:"咱们刚刚打下济南，今晚大家喝酒，又都喝得醉了，末将放心不下，不敢安眠，是以陪同士兵巡夜。"耿京道:"哦，你一夜都未曾睡过觉么?太辛苦了!"张定国道:"元帅都未曾安寝，末将怎敢辞劳?"

耿京大为感动，拍拍张定国的肩膊笑道:"我有这样忠心耿耿的好部下，何愁金虏不平。张将军，你放心，有柳女侠在这儿呢，还怕刺客么?"张定国道:"总是多些小心，着意提防的好。"耿京哈哈大笑道:"诸葛一生唯谨慎，咱们当军人的，往往有勇无谋，鲁莽操切，更要记着这谨慎二字。"大大的夸耀了张定国一番。

蓬莱魔女本是有点疑心，但见张定国是耿京的爱将，耿京又正在对他夸赞，蓬莱魔女也就不方便再说什么了。心里想道:"张定国武功高强，他怕守卫防备不周，故而亲自守夜。今晚的庆功宴，军官们十之八九又确是都喝醉了，他放心不下，这也是情理之常。"

耿京抬头看看天色，笑道:"天已发亮了，你辛苦了一晚，现在可放心去睡觉啦。"张定国打了个"千"，说道:"是，请元帅也早点安歇。"

当下各人散去安歇，蓬莱魔女与珊瑚同住一间房间，就在耿照的隔壁，到得房间，已是天光大白。耿照喃喃自语道:"又是一天啦。"珊瑚笑道:"不错，再过两天你就可以见到你的连姐姐啦!你数着日子，当真是这么渴望见她么?"耿照满面通红，说道:

"瑚妹说笑了。"其实他的确是在想着连清波，在事情尚未水落石出之前，他的心头就似坠了一块铅块似的沉重，既怕连清波真是敌人，又怕万一只是误会，蓬莱魔女却把连清波伤了。他的心中似有十五个吊桶，七上八落，日子过去一天，他的心情就多沉重一分。

两天的时间，转眼即过。这两天中，金兵没有来攻，营中安然无事，珊瑚的伤也都完全好了，武功恢复如初。耿照与连清波之约，是这日中午时分，在大明湖畔相会，这日吃过了早饭，珊瑚笑道："你可以动身了，咱们不必同路，免得吓走了你的连姐姐。"耿照怔了一怔，道："你也去么？"珊瑚笑道："怎么，你怕我去碍你事么？"耿照红了脸道："瑚妹，别这样开玩笑啦，我是怕你精神不济。"

珊瑚笑道："这次又用不着我动手，我和柳姐姐同去，精神再差，也不至于遭受那妖狐的毒爪，不必你替我担忧。"蓬莱魔女道："你先走一步，我们随后就到。那妖狐约你中午时分相会，你就依时进那道观，也不必到得太早。以免有什么意外，彼此照应不及。"耿照应了声："是！"心里却想："柳女侠和珊瑚她们也未免太多疑了，清波若是有意伤害于我，早已不知有多少次机会可以下手了，还等到今天吗？"要知耿照如今虽然对连清波的身份已有所怀疑，但始终仍认定连清波是他的救命恩人，决非意图谋害他的凶手。

大明湖在城的南边，千佛山下，耿照吃了早点，步行到鹊华桥边，雇了一只小船，向对面划去。千佛山的梵宇僧楼、苍松翠柏，高下相间，倒影湖心，又有那初夏的丹枫，在朝阳下将湖水映得金碧，赛过工笔画图，端的是湖光山色，美不胜收。但耿照有事萦怀，却是无心欣赏。

时间尚早，且又刚是战事过后，游湖的客人极少，偌大的湖边，只有寥寥几只小船，在这美妙的画图中作为点缀。耿照悠然存思，茫然若梦，在船边看湖心的倒影，心头怅触，暗自想道："清波，清波，但愿你名副其实，是澄明似大明湖水的一片清波。唉，到底是清波还是浊流，等一会儿，也就可以全然分晓了。"正自胡思乱想，忽有橹声咿哑，一只小船，风帆疾驶，过了他的前头。耿

耿照眼光一瞥，隐隐看见舱中一个少女的背影，很是眼熟，心头一震，那小船已去得远了。

照眼光一瞥，隐隐看见舱中一个少女的背影，很是眼熟，心头一震，那小船已去得远了。那少女背向着他，两人都没有打过照面。耿照惊疑不定，心里想道："这是谁呢？怎的这样眼熟？该不会是她？是她吧？"转瞬间那小船已变成了一个黑点，在他目光所及的范围中消失了。连清波的影子也重新占据了他的心头，这是他今日最关心的事情，他已无暇去思索那似曾相识的背影是谁了。

小舟横过了大明湖，耿照打发了船钱，走上岸来，时间尚早，距离正午，大约还有半个时辰。耿照漫步从湖边走去，走到了历下亭前，亭子里悬有一副对联，写的是："海右此亭古，济南名士多。"这本是唐诗人杜甫《陪李北海宴历下亭》诗中的两句，本地人士觉得这两句诗正是合用，便拿来作了历下亭的对联。这历下亭是济南一处名胜，游人多喜在亭中歇息，欣赏山色湖光。耿照到了此地，也到亭中暂时驻足。

忽听得"咚咚"的梨花鼓响，原来有几个说书的江湖艺人，在亭子旁边摆开了摊子，敲起锣鼓，招徕观众。游客虽然不多，但过了一会，也有三二十人围拢了来，将清静的气氛破坏了。

耿照见时间还早，便也去听说书。说书的是个十七八岁的小姑娘，瓜子脸儿，长得倒还秀气。旁边给她弹弦子的却是个满脸疙瘩的山东大汉，弦子铮铮鏦鏦弹起，这姑娘便丁丁咚咚地敲响了梨花简，律吕调和，忽地羯鼓一声，歌喉遽发，如新莺出谷，乳燕归巢，声声宛转，字字清脆，抑扬顿挫，入耳动心。唱的是红拂慧眼识英雄，逃出相府，追随李靖的故事。红拂是隋末太师杨素的婢女，李靖向杨素献策，杨素不受，红拂其时侍立在旁，爱上他的轩昂气概，识得他是个英雄人物，当晚就女扮男装，逃出相府与李靖私奔，后来又结识了虬髯客，结为兄妹。李靖得虬髯客之助，终于成了唐朝的开国功臣，佐李世民成就帝业。这段故事，就是流传千古的"风尘三侠"的佳话。耿照听了，颇有感触，他虽然不敢自比李靖，但想起珊瑚的身份却与红拂有相似的地方，而珊瑚的侠气豪情，只怕也不在那古代侠女红拂之下。要知耿照并不痴呆，珊瑚与他一路同行，对他一片芳心，他也隐隐感觉到了。只因他心中还有所牵挂，所以一直不敢明白表示情怀。近来他正是为了这些儿女私情苦恼。

说罢了这段"红拂传"，这姑娘又说了一段"陈世美不认妻"的故事，这是发生在宋朝初年的事情，时间较近，故事家喻户晓，人人熟悉，听起来也更加有味。这说书的姑娘卖弄精神，将陈世美的寡情薄义，他妻子的痛楚辛酸，都刻画得淋漓尽致，转腔换调，百变不穷，宛转悲凉，曲尽其妙。弦声一止，听众都大叫起好来。

在叫好声中，耿照忽似隐约听得一声叹息，远远传来。耿照不觉又是心头一震，抬起头来，远远望去，只见一个少女的背影正没入竹林之中，正是他刚才在湖中所见的，那个似曾相识的背影！耿照夹在人丛之中，一时挤不出来，他本来要追上去看个明白的，但见那女的已去得远了，而且自己也有事在身，心里想道："未必真有这样巧，也许是个身材稍微相似的人，我自己疑心生暗鬼了。"他前后左右都是男人，记得也似乎没有女的来听过说书，那似曾相识的背影，大约是个路过此地的少女，远远听到几句唱词，勾起了自己的伤心之事，因而发出了这一声叹息的。

耿照这抬头一看，也看见了红日已到天中，不由得蓦地一惊，心里想道："我只顾着听人说书，却几乎忘了时间，误了正事了。"那大汉正托着盘子向听众收钱，耿照等不及来到身边，便掏出了几钱碎银子扔盘中，匆匆忙忙地走了。

走不一会，那道观已经在望，耿照放慢了脚步，心里又似有十五个吊桶，在七上八落了！正是：

旧梦尘封休再启，此心如水只东流。

欲知后事如何，请听下回分解。

第二十回　疑念冰消怜旧燕
　　　　　画皮揭破识妖狐

　　因为在耿照心里，他始终还未敢完全相信连清波就是敌人，他走近约会的地点一步，心里就多一分惭愧与不安，暗自想道："连姐姐相信我绝对不会伤害她的，所以她才敢约我在此处会面，可是我却告诉了她的对头。蓬莱魔女虽然是侠义中人，但她对连姐姐却是一向有偏见的。她虽然答应过我不先动手，但却难保她怒气一起，不就忘了？哎，要是她们一言不合，打将起来，我怎么办？""要是蓬莱魔女当真伤害了连姐姐又证实了不是敌人的话，我以后还怎能心安？"他越来越觉恐惧不安，心情混乱之极，一忽儿希望连清波不来赴会，一忽儿却又希望能快点见到她，弄个水落石出。终于他还是跨进了道观了。

　　殿上有几个小道士正在烧黄纸做法事，见有人来，便上前迎接，耿照掏出几钱银子签了香油，即道："我是来游湖的，到宝殿歇歇，观光观光。今日香客多么？"小道士答道："不多，总共还不到五个人。"耿照道："可有一位小娘子么？"那小道士好奇地看了他一眼，耿照脸上一红，说道："她是我的表姐，也是今日游湖，约好了在这里见面的。"那小道士向一个方向指了一指，说道："是有一位小娘子，向水仙祠那边去了，不知是不是你的表姐。那边的花卉这几日正开得茂盛，游客们都喜欢到那里看花。"耿照谢过了那小道士，心想："连姐姐当然不会与我在人多的地方见面，对了，一定是在那一边。"

　　耿照已知道连清波来了，心里更是"扑扑"地跳个不休，三步并作两步，便走了大殿，穿过回廊，到了一个园子里，园中珍品的花草不少，但却不见有游人看花。耿照定了一定心神，想道："蓬莱魔女和珊瑚不知来了没有？那么，她们大约还未曾到吧？"

园子的一角有间古庙，有个破匾，上题"古水仙祠"四个字，祠前一副破旧的对联，写的是："一盏寒泉荐秋菊，三更画船穿藕花。"耿照心道："这道观以前的主持倒是风雅得很。"但他此时的紧张心情却与对联所表达的闲逸情趣，相差极远极远。

耿照忐忑不安地走进了水仙祠，游目四顾，却还是未见连清波，心想："难道她不在这里？"正要再到别处去看，忽见一角罗裙，在帐幔后面露出来，随即听得环佩丁咚，一个少女的半边身子也已经露出来了，可以想像，她是因为颤抖得厉害，所以发出环佩声响。耿照急忙叫道："连姐姐，我在这儿！"他话声未了，只听得那少女已是一声尖叫，走了出来，耿照一见，呆若木鸡，半晌才叫得出来："是你？"那少女也喘着气，颤声叫道："果然是你！"

这少女不是别人，正是耿照的表妹秦弄玉！耿照在湖上曾见过她的背影，在历下亭前听说书之后，曾听过她的叹息，背影似曾相识，声音也似熟人，当时耿照已隐隐起了疑心，但却不敢相信天下有这样的"巧事"，还以为是自己"疑心生暗鬼"，所见的只是个身材与他表妹相似的人。哪知天下竟有这般巧事，站在他面前的是个有血有肉的人，是他所爱过的，而又恨过的人，不是梦也不是幻影！他和他所爱过的而又恨过的表妹，在这里陌路相逢了！

这刹那间耿照是呆若木鸡，秦弄玉也是心痛如绞。在那一声尖叫之后，大家也都是心乱如麻，茫然不知所措！在耿照这方面来说，秦弄玉是杀了他母亲的仇人，在秦弄玉来说，耿照是杀了她父亲的仇人，现在又知道多了一件事情，知道耿照对她无情无义，旧仇加上新恨，她又该怎么办呢？

他们二人也因为突然看到对方而大感意外。耿照心想："是偶然相遇的呢，还是她已经知道我会到这儿，因而藏在这里等我的？听她那声'果然是你'，似乎她已知道了我今日的行踪？但也似乎是她听得别人这么说而她还未敢十分相信，因而到这里来以求证实？为什么连姐姐不来，却是她来了？"秦弄玉则在想道："果然是他，果然是他在这里和另一个女人约会！他杀了我的爹爹，与我一分开就把他置之脑后，似此寡情薄义，我岂能还把他认作表哥？"

本来在那一场意外的惨变之后，他们二人都是同样的矛盾心情，一方面是把对方当作仇人，一方面却又对旧日之情忘怀不了。因而双方都在竭力掩盖心底的创伤，避免想起这件事，避免谈起这件事，也避免和对方再次相逢，要在心上抹去对方的影子！

可是，不知是造化弄人，还是有人故意安排，他们逃避不开，终于还是在这里陌路相逢了！刹那间心底的创伤再被撕开，他们的心头都在流血，灵魂都在战栗！是爱？是恨？是要报仇？还是要求谅解呢？

耿照经许多磨炼，还比较冷静一些，秦弄玉则被极度的痛苦所煎熬，已陷入了半疯狂的状态了，蓦地把心一横，叫道："耿照，你好，我与你一同死！"铮的一声，一枚透骨钉射了出来，距离这么近，而且耿照又是在精神恍惚的时候，本来是非中不可，但却不知怎的，只听得"铮"的一声，微风飒然，透骨钉在耿照的身边飞过，却并没有打着他。原来秦弄玉在发暗器的刹那间，终是心中不忍，把准头打偏了。

耿照再也忍受不住，叫道："弄玉，咱们是不是还可以谈谈？"话犹未了，只听得秦弄玉一声长叹，叫道："好，我就让你称心如意吧！"

秦弄玉掌心还扣着一枚透骨钉，她这句话一出口，掌心已是移到自己的胸前，透骨钉对准了胸口的"璇玑穴"猛地一戳！

就在这性命俄顷的瞬息之间，猛听得"叮"的一声，秦弄玉的透骨钉脱手飞去！就在这同一时候，耿照也失声惊呼，猛地跳上来抱住了秦弄玉。

秦弄玉叫道："放开，放开！我死了不正是遂你所愿么？你为什么不让我死？"她用力挣扎，但耿照哪肯放手？秦弄玉在他强有力的臂膊中，心情混乱之极，有说不出的痛苦，但也似有说不出的舒服，只觉四肢乏力，身子软绵绵地倒在耿照怀里。

忽听得有人说道："秦姑娘，你用不着死。我看，你是上了当了。"声到人到，只见人影一晃，屋子里已多了两个人，正是蓬莱魔女和珊瑚。原来她们早已伏在梁上，刚才发生的一切，她们都已看在眼中，秦弄玉那枚拿来自杀的透骨钉，就是被蓬莱魔女打落的。蓬莱魔女是以最上乘的内功，飞出了一条拂尘的尘尾，在她的虎口刺了一下，令她的透骨钉脱手飞出，但秦弄玉却不知道这是蓬莱魔女所为，还以为是耿照做的手脚。

耿照是早已知道蓬莱魔女会来的，所以并不怎样惊奇，但这时他正把秦弄玉抱在怀中，突然看见蓬莱魔女与珊瑚来到，也不禁感到有点难以为情。秦弄玉可是大大惊奇，暗自想道："这女子是什么人？她怎么知道我是姓秦？她又为什么说我上当，这是什么意思？"她蓦然看见两个陌生人，更是难以为情，用力一挣，耿照也正好在这时松手，秦弄玉身体失了重心，踉踉跄跄地转出几步，蓬莱魔女走上前去将她扶住。

珊瑚一声不响地看着他们，心中有几分惊奇又有几分妒忌，她所见的情形令她百思不得其解，暗自想道："这女子最初想杀照哥，后来又想自杀，为什么？看来她似是照哥的仇人，但照哥却又为什么把她抱在怀里？在照哥凝视着她的眼色之中，为什么似有愤恨又似有爱怜。"这时秦弄玉已离开耿照的怀抱了，但珊瑚冷眼旁观，耿照的眼神却始终未离开秦弄玉，他似乎想说什么又说不出来。珊瑚来到他的身边，他也似视而不见。珊瑚吸了一口凉气，心里更不舒服了。

珊瑚捡起了那枚透骨钉，送到蓬莱魔女面前，说道："你瞧，这是一枚喂有剧毒、见血封喉的透骨钉。"蓬莱魔女看了一眼，说道："我知道，好狠毒的妖狐！"珊瑚冷冷说道："那妖狐没来，却是她来了！"言下之意，直指秦弄玉是妖狐同党。蓬莱魔女却笑道："这里面大有文章，你且少安毋躁，今日总会查个水落石出便是了。"珊瑚将那枚透骨钉在秦弄玉面门一晃，峭声问道："你是谁？你为什么要用这样狠毒的暗器来害耿照？"

秦弄玉冷笑道："你这样关心他，想必是和他很要好的了？哼，哼，那你为什么不问他去？你问问他，我为什么要杀他？你问问他，是我狠毒还是他狠毒？"蓬莱魔女忽地笑道："珊瑚，你看不出她打耿照的这枚透骨钉是故意打歪的么？看来，她最初是想杀耿照，但最后却还是狠不起心肠。她意图自杀那却是真的。"

珊瑚回过头来，只见耿照仍是呆若木鸡，原来他也正在心里琢磨："为什么弄玉说我狠毒？不错，我失手杀了她的父亲，但她却是先杀了我的母亲的。为什么她竟是如此这般理直气壮的样子，只是一味指责我呢？她既然与我势不两立，却又为什么终于手下留情放过了我？"

珊瑚疑心大起，问道："耿照，你是认识她的，她是你的什么人？"耿照再也忍受不住，掩面哭道："从前我是知道她的，现在我也不知道她是什么人了。你别问了，我难过得很！"珊瑚心中一震，想道："难道他们的情形，也是像我和孟钊一样？"不禁也伤感起来，掏出手帕，轻轻替耿照拭了眼泪。

蓬莱魔女柔声说道："姑娘，你听我说几句话好不好？"秦弄玉冷冷说道："我落在你们手里，要杀要剐，悉听尊便，你要审问我么，那可是办不到。"

蓬莱魔女微笑说道："你不说我也知道你是谁了，你是金刚手秦重的女儿！"秦弄玉心想："你们和耿照相熟，知道我的名字那也没有什么稀奇。"心念未已，却忽听得珊瑚"啊呀"一声叫了起来："怎么，她原来是秦重的女儿？"

蓬莱魔女又道："我还知道，在你爹爹被仇家杀害的前夕，曾接了一封书信，这是桐柏山李寨主派人送来的，这李寨主是抗金的义军首领之一。"

此言一出，秦弄玉可就禁不住大吃一惊了，心想："这个秘密是耿照也还未知道的，她却怎么知道？"

蓬莱魔女又道："你可知道这封信是谁叫李寨主写的吗？"秦弄玉本来是打定主意不回答她的任何问题的，这时却不知不觉反问道："难道是你吗？"蓬莱魔女点点头道："不错，你爹爹和我的师父是老朋友，我小时候也曾见过你的爹爹，知道你爹爹的为人。李寨主要人相助，我想起你的爹爹，他又谈起和你的爹爹也是朋友，只是不知你爹爹的下落。刚好你爹爹的下落，我的手下已访查到了，因此我就授意要李寨主写这封信。你要是不相信，信中的内容我还约略记得。"

当下将内容一一说了出来，除了几个字眼记得不周全之外，几乎是通篇背了出来，听得秦弄玉目瞪口呆。

蓬莱魔女继续说道："那送信的走了之后不久，又有两个金国军官到你家中，是也不是？"秦弄玉道："不错，这件事情，你也知道了？"蓬莱魔女道："送信的人在路口遇上这两个军官，很不放心，因此又偷偷折回去，那两个军官在你家逗留了一会子，放下了礼物，就出来了。那送信的人这才敢离开。这又是怎么一回事情？"

秦弄玉道："那两个军官是金国皇帝的御前侍卫，他们是来请我爹爹出去做官的，他们不知怎的打探到我爹爹就是当年威震江湖的金刚手，要请我爹爹当他们禁卫军的教头。我爹爹怕当场拒绝，会惹起麻烦，因此假意答允，收下了他们的礼物。第二天一早，就叫我的师哥将金狗送来的金银绸缎，散给村里的贫民。"秦弄玉所说的那个师哥，就是耿照那天早上所碰见的，那个挑着两个箩筐的李家骏，秦弄玉所说的和李家骏所说的完全相同。耿照的心扑扑乱跳。

蓬莱魔女问道："那天晚上，你离开过家里没有？"秦弄玉此时对蓬莱魔女已是深信不疑，蓬莱魔女问什么她都如实回答。当下说道："那晚上我和爹爹商量今后的行动，一晚都没睡过。"蓬莱魔女道："这么说，你是一步也未离开过家里了？"秦弄玉道："爹爹和我商量好明天一早，就弃家远走，随后就收拾行装，还要安排一些未了之事，哪有工夫离开。咦，你是谁？你为什么要这样问？"

蓬莱魔女道："我是什么人，等下你就会知道。我之所以要这样问你，那是因为就在那一天晚上，蓟州城里发生了一件大事，你可知道么？"秦弄玉茫然说道："什么大事啊，我一点也不知道。"

蓬莱魔女所说的那件大事，秦弄玉毫不知情，耿照却是明白的，那就是指他家中发生的事了。他的母亲和家人王安、小凤，都被人暗杀，王安、小凤中了透骨钉，母亲被点了"笑腰穴"气绝而亡，随后金兵就到他家里捕人，他靠了连清波之助，这才逃了性命。

透骨钉是秦家的独门暗器，点"笑腰穴"的手法，也是秦家的独门手法，而且据连清波的说法，她那晚来到他家，看见一个少女的影子正从他家溜出，从连清波所描绘的那少女的形貌，与秦弄玉又十分相似，因此耿照一直以为杀害他母亲的凶手，就是他的表妹。

可是现在听了秦弄玉的说法，他以前所确信的种种证据突然都给戳破了，种种疑团，长期来令他百思不得其解的疑团，也突然间全都揭开了，他不禁心头大惊，暗自想道："怪不得表妹她那日早上没有赴我之约，原来是因为前一天晚上，她家里也发生了这许多事情。他们也正要弃家远走。她那天晚上未离开过家门半步，那么杀害我母亲的决不可能是她了？"

本来他那日遇上李家骏之后，心里已隐隐起疑，但只凭着李家骏一面之辞他还不敢完全相信。他家破人亡，这刺激实在是太大了，莫说是李家骏的话，即算是表妹当时向他剖白，他也不敢完全相信的。但现在蓬莱魔女说出了内中的隐秘，她与秦弄玉决不能预先约好口供，再拿她们二人所说的与李家骏所说的对证，三方面说的相符，真相也就一点一滴的显露出来，终于豁然大白，这可由不得耿照再不相信了。

耿照一片茫然，猛地想道："这么说来，我姨父非但不是私通金虏，而且是个大节凛然的义士了。我、我当真是杀错了人？"就在此时，只听得蓬莱魔女问道："秦姑娘，我只有一事还未明白，杀你爹爹的究竟是谁？"秦弄玉泣不成声，蓦地一指耿照说道："是他！"几乎就在同一时候，耿照也蓦地站起身来，大声叫道："是我！"倏然拔剑出鞘，叫道："表妹，是我错了，我对不住姨父，对不住你！"一剑就朝着自己的胸口猛刺！

只听得"当"的一声，蓬莱魔女一展拂尘，已把耿照的宝剑打落，说道："你们都错了，杀你爹爹的决不是耿照。"

秦弄玉愕然望着蓬莱魔女，心想："这是我亲眼见到的，怎说不是他？"但她心里却又希望真的不是耿照，所以没有立即反驳，只盼望蓬莱魔女说出理由。耿照却已是陷入半疯狂的状态，大叫大嚷道："杀人偿命，是我杀的，是我杀的，我杀错了人，只有用我的血才能洗去我罪孽！"

蓬莱魔女道："你静下来，我只问你一句话。"珊瑚捉住耿照的手，把他按下来，低声说道："你就听听柳姐姐的话吧。"珊瑚这时也是一片茫然，心情非常混乱。

蓬莱魔女道："你的武功比你的姨父如何？"耿照道："差得很远！"蓬莱魔女道："那你又怎能杀得了他？你记得你从前也曾对我说过杀了秦重之事，我当时就大起疑心。不过，当时你没有说出秦重是你姨父，也没有说出这许多细节。现在我不但敢确定不是你，而且说不定我还可以给你们查获真凶！你将当日动手的详细经过，对我说吧。"

耿照疑信不定，说道："我的武功是远不及姨父，但他却确是死在我的剑下的。因为他那时正要夺我的宝剑，误撞在我的剑尖之上。"蓬莱魔女道："他当时用的是哪一招？"耿照道："我说不上来。"秦弄玉道："我还记得，我爹爹使的是一招拂云手，手指已勾着了他的剑环。"蓬莱魔女又对耿照说道："你说不出对方的招数，你当时自己用的是哪一招，总还记得吧？"耿照道："我当时用的是一招自固我围。"蓬莱魔女沉吟半晌，说道："破绽就在这里了。"

蓬莱魔女拿了耿照的宝剑交给珊瑚，说道："你使一招自固我围。"随即问耿照道："自固我围是一招防身剑法，只能保护自己，不能伤害敌人的，对也不对？"耿照点头道："不错，当时我被姨父的掌法罩住，已是只有招架之功，毫无还击之力。"蓬莱魔女道："好，你瞧着。"一掌打出，珊瑚横剑一封，蓬莱魔女右手已托起她的肘尖，左手的小指又勾着了她的剑环。

蓬莱魔女保持着这个式子，回头问秦弄玉道："我这招拂云手用得对也不对？"秦弄玉大为惊佩，说道："一点不差。这是我们家传的擒拿手法，你却用得比我爹爹还好。"蓬莱魔女道："这招拂云手是要夺对方的宝剑的，现在我已勾着剑环了，顺着这个势子，我当然是要向后拉，重心在上身，腰板也是后仰的，对也不对？"秦弄玉道："你是个大行家，这擒拿法的诀窍，你比我说得清楚多了。"

蓬莱魔女道："可是你爹爹当时却不是这样，依耿照所说，他是撞在耿照的剑尖之上的，照这样说，他的身子就是向前倾跌而不是后仰的了。"耿照不禁叫道："是啊，他当时确是这样。"蓬莱魔女道："这不是很奇怪么？拂云手的式子是向后仰的，他为什么突向前倾呢？"秦弄玉喃喃说道："是啊，的确奇怪，为什么会这样呢？"蓬莱魔女道："依我猜想，那是因为另有高手隐伏一旁，暗中弄鬼的缘故。"耿照与秦弄玉不约而同，齐声问道："怎么弄鬼？"蓬莱魔女叹口气道："秦姑娘，你将来去收殓你爹爹的骨殖，不妨仔细留心，我敢断定，你爹爹膝盖的环跳穴上定然有一枚小小的梅花针，他是被梅花针打中了环跳穴，膝盖酸麻，不由自己地便向前倾跌的！"

秦弄玉呆若木鸡，过了半晌，忽地悲声叫道："照哥，是我错怪你了，你没有杀我的爹爹。"耿照也叫道："玉妹，是我错怪了你了，你没有杀我的妈妈！"两人都是泪眼模糊，不知不觉的双手紧紧相握。珊瑚在一旁又是欢喜，又觉心酸，惘惘然暗自想道："我只道他们与我的情形相似，哪知却完全两样。耿照和这位秦姑娘是青梅竹马之交，我和孟钊也是自幼一同游乐，两小无猜的好友，这一点是相同的。但孟钊长大之后，变了坏人，与我已是情性不投，志趣不合；这位秦姑娘则仍是好人，现在他们误会已经消除，看来更是心心相印了！"珊瑚的性情本是开朗豪爽，但她这时心头怅惘，固然也为耿照与秦弄玉的误会冰消而欢喜，但也禁不住为自己的遭遇而感伤。她惘惘然看了看耿照，又看了看秦弄玉，只觉一片空虚，自己也不知道如何自处？

秦弄玉忽地甩开耿照，跪下来就要给蓬莱魔女磕头，蓬莱魔女衣袖轻扬，秦弄玉只觉一股大力托住了她，跪不下去。蓬莱魔女道："你有什么话尽管说吧，我怎能受你的大礼。"秦弄玉从耿照的称呼中已知道蓬莱魔女的姓氏，当下说道："柳女侠，你明察秋毫，想必知道杀害我爹爹的凶手是谁了，求你指点迷津，让我知道仇人的名字，我和我死去的爹爹，都会感你大恩。"

蓬莱魔女道："你爹爹是我的长辈，你的仇人也就是我的仇人。秦姑娘，我先问你一些事情，看我猜测对是不对。"

秦弄玉听她口气，似已是胸有成竹，便凝神静听她问话。蓬莱魔女说道："你遭了惨变之后，便去投奔天宁寺，是么？"秦弄玉道："不错，天宁寺的老方丈和我爹爹是方外之交。李寨主送来的信，也是约我爹爹先到天宁寺，然后他再派人来接的。可是我却未曾到天宁寺——"蓬莱魔女道："那是因为你在路上碰到一个女子，她假装强盗，要劫你的东西，迫你发出了透骨钉，然后对你说天宁寺的和尚都已给人杀光了，叫你赶紧离开，是吗？"秦弄玉诧道："一点不错，你怎么知道？当时我信了她的话，因为她的武功远胜于我，要杀我易如反掌，无须骗我。柳女侠，你这样问，莫非她所说的是假的么？"

蓬莱魔女道："她说的话一点不假。你可知道她是谁？她是我的一个丫环。"秦弄玉道："当时她好似行色匆匆，没有来得及和我说其中缘故。她为何要劝我速赶离开？最初又为何要假装强盗劫我？柳姐姐，你可以为我破此疑团么？"

蓬莱魔女道："那是因为有人假冒你，把天宁寺烧为平地，将寺中的和尚杀个精光。我那丫环迫你发出透骨钉，这才知道你并不是真凶。"这段故事，耿照在蓬莱魔女初会连清波之时，蓬莱魔女叫她的丫环出来作证，已听过了。那丫环就是名唤明珠的那一个，她和珊瑚、玳瑁与另一个名叫绛烟的同是蓬莱魔女的贴身侍女。秦弄玉这时才知道内里因由，惊诧无比，叫道："有这样的事情？那是什么人，为何要假冒我干下这等十恶不赦之事？"

蓬莱魔女道："我现在可以断定，这个冒充你杀害天宁寺和尚的凶手，也就是杀你爹爹的凶手了。"说至此处，耿照心头大震，因为蓬莱魔女是一向指责连清波就是杀害天宁寺和尚的凶手的，耿照也曾为此事和蓬莱魔女争辩多次，他始终不敢相信，但现在却不能不有几分相信了，心里想道："这真是越来越离奇了，清波竟然不单是杀害天宁寺和尚的凶手，还是杀害我姨父的凶手？唉，这可叫我相信谁的说话呢？"心念未已，只听得秦弄玉迫不及待地已在叫道："这凶手究竟是谁？"

蓬莱魔女道："你别着急，等下你自然就会明白。你不去天宁寺，改向另一条路走，后来在路上又碰到了什么？"秦弄玉道："碰到一个金国军官，他知道我的姓名来历，说我是违抗朝廷命令的秦重的女儿，要拿我去问罪。"蓬莱魔女微有诧异神色，说道："是个军官么？"似乎这件事情，稍稍出乎她的意料之外，秦弄玉道："不错，是个军官，这军官手使长鞭，十分厉害，只一鞭就把我的佩剑卷去，再一鞭便将我打伤。"耿照失声叫道："这军官是北宫黝！"秦弄玉道："咦，你怎么知道？"耿照喘着气急忙问道："后来怎么样？"

秦弄玉道："后来幸亏碰到一位女侠，她把那北宫黝赶跑，将我救了。这位女侠是——"蓬莱魔女笑道："这位女侠是连清波。这回总猜中了吧？"秦弄玉道："哦，这些事情你都知道了？连女侠想必也是你的朋友吧？"

蓬莱魔女道："让我把你后来的遭遇说出来吧，看是对也不对？连女侠给你医好了伤，对你十分体贴，你无家可归，就在她的寨里安身。"秦弄玉道："她还与我结为姐妹。"珊瑚忍不住叫道："这妖狐笼络人的手段，真是有她一手！"秦弄玉瞪了珊瑚一眼，很不高兴地问道："你说什么，谁是妖狐？"蓬莱魔女摆一摆手，说道："且别岔开，后来你把你过往的遭遇都对你的连姐姐说了？"秦弄玉道："她是我的救命恩人，我用不着瞒她。"蓬莱魔女拿起了那枚透骨钉，说道："你们秦家的透骨钉本来是没有毒的，这是你的连姐姐后来放在毒药里淬过的。"秦弄玉道："不错，但不是很久以前的事情，这是今天早上才放在毒药里淬的。"蓬莱魔女道："为什么她要这样？"秦弄玉望了耿照一眼，嗫嗫嚅嚅的一时说不出来。

蓬莱魔女将透骨钉晃了一晃，说道："是你连姐姐叫你到这里来的？"秦弄玉已感到有点不对，点了点头。蓬莱魔女道："你事前已知道耿照要到这儿？你的连姐姐叫你用毒钉打他？"秦弄玉道："不完全对。连姐姐并没说明这个人就是耿照，也没有叫我用毒钉打他。"蓬莱魔女道："她怎么说？"秦弄玉道："她说有那么一个人，约她到此地会面，这个人对她，对她很好，但她却总觉得有点可疑，她怕上了圈套，因此叫我前来看看动静。她还说这个人也许是你认识的……"蓬莱魔女道："你还未知道耿京起义的事情？"秦弄玉道："哦，耿京起义了？这我可还未知道。"接着说道："连姐姐大约也未知道，所以她叫我用毒药淬过暗器，预防在济南城里会碰上敌人。后来我见了他、他，一时忍不住怒气，就发出毒钉了，唉，幸亏我没有真个打着他！咦，照哥，你、你怎么啦？"

耿照面色惨白，忽地向自己的胸口猛打一拳，叫道："我该死，我该死！我当真是错把仇人当作恩人！"蓬莱魔女按着他的拳头，说道："好了，你终于明白了！"秦弄玉已隐隐感到不对，茫然问道："照哥，你明白了什么？"耿照喘着气颤声叫道："玉妹，你还不明白么？你的连姐姐也就是杀你爹爹的仇人！"秦弄玉陡然一震，呆若木鸡，过了许久，才喘着气问道："这是怎么回事？你怎么知道的？"

耿照道："我的遭遇，有许多与你相似，我也曾碰到北宫黝，被打得重伤，也是那、那妖狐将我救了，她也与我结为姐弟。今日是她约我到这儿来的，她要你到这里来，使的是借刀杀人之计！"当下将他与连清波从相识到结拜的一切经过，都说给秦弄玉听，只听得秦弄玉浑身发抖，又是恐惧，又是愤恨，切齿说道："天下竟有这样阴险的人！要不是柳女侠今日在场，只怕咱们死了还被蒙在鼓里！"蓬莱魔女笑道："也幸亏秦姑娘那枚毒钉，没有真个打着耿照，要不然就真是死无对证了。"秦弄玉满面羞惭，噙着泪说道："照哥，是我错怪了你了，你能原谅我么？"两人的手又不知不觉地紧紧握在一起，耿照说道："不，都是我的不好，是我先错怪了你的。"蓬莱魔女笑道："不，你们都说错了，都是那妖狐的不好！她使的这条借刀杀人之计毒辣无比，不论是你杀了耿照，或是耿照杀了你，都可以如她所愿！"秦弄玉回想起刚才之事，心想："照哥的武功远胜于我，倘若他当时一见我就立即动手，要取我性命，实是易如反掌。他当时心中认定我是他的杀母仇人，却还不忍下手，嗯，原来，原来……"秦弄玉想到耿照原来对她实有深情，悲伤之中，也不禁有点甜丝丝的感觉。珊瑚看了他们两人的模样，感怀身世，既为他们欢喜，也为自己悲伤。

秦弄玉抹了眼泪，忽道："照哥，这么说来，那妖狐既能冒充我去杀天宁寺的和尚，只怕也能冒充我去杀你的母亲，这一层你可想到了么?"耿照心头一震,猛地跳起来道:"不错,不用猜疑了,决然是那妖狐!玉妹,咱们是同一仇人!"

蓬莱魔女道:"报仇之事,以后慢慢想法,好在你们都已明白,要报仇也就不是难事了。咱们现在回去吧,耿将军恐怕已等得心焦了。"耿照道:"玉妹,你还没有见过我的叔叔,他见了你一定很高兴的。"

一行人走出了水仙祠,蓬莱魔女打开角门,笑道:"好在那一锭元宝的香油钱见了效,那道士果然没有放进闲人来打扰咱们。"原来蓬莱魔女是预先买通了观中的道士,要他紧闭角门,不放闲人进来的。就在她说话的当儿,只见刚才领了她香油钱的那个道士已笑嘻嘻地走来。

那道士谄媚笑道:"小姐和相公们难得出来一趟,不多叙一会?"蓬莱魔女"噗嗤"一笑,说道:"我们常常出来的,湖也游了,花也赏了,还不回去,难道在你这道观里过夜么?"那道士见蓬莱魔女放言无忌,不似个大家闺秀,猜不透她的身份,心想:"一定是那话儿了!"打了个稽首,说道:"是,是!"接着便丑表功地献殷勤道:"今日好在游客不多,有几个要到这边来看花的,小道推说水仙祠正在修葺,都婉转地推辞了。"蓬莱魔女知道他还想讨赏,怕了他的啰唆,立刻便掏出一锭银子,说道:"好,多谢你啦。再给你添一点香油钱。我们不打扰你了。"那道士接过银子,眉开眼笑,兀是剌剌不休地说道:"小姐的吩咐,小道敢不尽心?这位相公高姓可是一个耿字么?"耿照不耐烦说道:"不错,我是姓耿,怎么?"心里有点暗暗奇怪,这道士如何知道他的姓氏?道士眨了眨眼,笑道:"有个军爷来找耿相公,我说是有这么一个人来过,但早已走了。那军爷说:'好,要是这位耿相公再来,你告诉他,叫他立刻回去。'哈,我可不敢打扰耿相公!"原来这道士以为耿照和蓬莱魔女是在这里幽会的,其他两个女的大约是给他们把风。他还猜想耿照是军中的文职官员,蓬莱魔女多半是官家眷属,来此私会情郎,却怕给人发觉,故而要许他重赏,请他莫放进闲人。他自以为替耿照掩饰得好,实在还想多讨一点赏钱。

耿照可是大吃一惊,连忙问道:"那军官呢?"道士笑道:"那军官早已走了！这话可是真的。"耿照道："叔叔派人找我回去，不知什么事情？"无暇与那道士磨牙，急急忙忙便走，那道士好生失望。

路上不便施展轻功，坐船回去要比陆路上走快一些，好在游客稀少，湖边歇着的游艇很多，耿照立即雇了一只小船，再次横过大明湖。

他来的时候是一个人，现在回去却多了三个女的，尤其是秦弄玉又已回到他的身边，半日之间，这变化可实在是太大了。耿照看看表妹，再看看珊瑚，心中百感交集，只觉人生的变幻，处处出人意表。

秦弄玉轻声说道："你叔叔见你久未回来，心中挂虑，故而派人找你，那也是人情之常，未必就有什么紧要之事。照哥，你我分手之后，你遭遇如何，还有许多未曾讲的，趁此余暇，我先听听你的吧。这位柳女侠我已知道了，这位姑娘，我还未请教。"珊瑚与她通了名姓，耿照说道："我多亏这位玉姑娘，方得逃脱了好几次危难。"当下将蓬莱魔女怎样救他上山，后来珊瑚又怎样护送他来到此地，等等事情，都对秦弄玉说了。

秦弄玉热泪盈眶，说道："玉姐姐，你真是肝胆照人的女中豪杰！嗯，你与照哥义结金兰，那也就是我的姐姐了，请受小妹一拜。"珊瑚连忙将她扶起，还了一礼，说道："秦姐姐，你受尽苦难委屈，我却不知，适才错怪你了！"两人的手握在一起，只觉对方的手心都是一片冰凉。秦弄玉心想："这位玉姑娘千里迢迢，出生入死，护送照哥，对照哥实是恩重如山。看她对照哥关切的神情，也似早已有了情愫？唉，纵然照哥对我仍是一片情深，但我却不愿他做个忘恩负义之辈，我该如何自处呢？"珊瑚心想："这位秦姑娘是他的青梅竹马之交，如今误会冰消，旧燕归来，我插在他们中间，算是什么？"耿照心想："难得她们一见如故，亲如姐妹。要是我们三人，永远都能这样，那就好了。唉，她们为什么忽然都不说话了？"三人各怀心事，默默无言，不知不觉，小船如箭，已是过了湖心。

这时已是夕阳西下的时分，那千佛山的倒影在大明湖里，楼台树木，格外光彩，湖面一层芦苇，一片芦花映着带水气的斜阳，好似一条粉红色的绒毯，做了湖里青山的垫子，端的是奇景妙绝，艳丽无俦。蓬莱魔女忽地"咦"了一声，说道："这芦花的倒影，怎么会是红的？"耿照怀着心事，一直没有注意，这时一看，果然如此，连千佛山的倒影也似蒙上一层红晕，茫然说道："这是夕阳的返照吧？"蓬莱魔女道："不对，夕阳也不会红得这样深浓！"

说话之间，小船又走了一段，距离对岸渐渐近了，蓬莱魔女站在船头，举目遥观，忽地叫道："你们来看，那边似是起火！"只见千佛山的一处所在，黑烟袅袅上升，云霞染得似一匹鲜红的锦缎！

耿照大吃一惊，说道："起火的地方，正是府衙的所在！"船到了岸，一行四众，连忙疾跑回去，就在街道上施展轻功，也顾不得行人注目了。

好在街上的店铺几乎家家闭户，行人绝少，不怕碰撞，但这样反常的情形，更引起他们的不安，大家都隐隐感觉定是有什么大事发生！

耿照等人一口气奔到府衙的原址，不由得大家都呆了！却原来那偌大的一座节度使衙门，已是烧成一片瓦砾，火倒是救熄了，周围还有许多浑身湿透拿着水桶的士兵。

一个军官叫道："好了，耿相公你回来了！"耿照认得他是叔叔的旗牌官，连忙问道："发生了什么事情，我的叔叔呢？辛将军为什么也不见？"那旗牌官猛地眼泪双流，悲声说道："元帅被刺死了！"这一声有若晴天霹雳，把耿照震得呆若木鸡！蓬莱魔女道："你缓一口气，这是怎么回事？元帅是给谁刺死的？"正是：

不防调虎离山计，变生肘腋丧元戎。

欲知后事如何，请听下回分解。

第二十一回 峡谷交兵擒叛将
囚车审贼问妖狐

旗牌官道:"张都尉反了!"耿照双眼火红,叫道:"是张定国?"旗牌官道:"不错,他冒称奏事,刺死元帅,纵火焚衙,现在已带领叛兵出城去了。"原来这张定国乃是耿京心腹将领之一,身居步兵都尉要职,他入衙奏事,耿京自是未加防备,不料就遭了毒手。这张定国也就是蓬莱魔女那晚来见耿京之时,曾用快刀伸量过蓬莱魔女的那个军官。

蓬莱魔女顿足叹道:"咱们又中了那妖狐调虎离山之计!"不必蓬莱魔女解释,耿照心中已经雪亮,连清波今日约他相会之事,若不是连清波与张定国早有勾结,预先说给他知道,张定国怎敢发难?张定国就是趁着耿照、蓬莱魔女与珊瑚等人离开了抚衙,这才敢大胆行凶的。

耿照道:"辛将军呢?"旗牌官道:"辛将军出城追反贼去了。"耿照道:"走哪道门?"旗牌官道:"走的西门。"耿照无暇多问,立即要了四匹坐骑,说道:"先擒拿反贼,再料理妖狐!"跨上坐骑,立即驰出西门,直追下去。

天色渐渐入黑,他们快马疾驰,终于到了一座山边,只见前面火把蜿蜒,大军正靠着山边列阵,原来辛弃疾也已经追上了张定国。张定国据险扼守,两军隔着山谷对峙,眼看就是一场大大的厮杀!

耿照这几骑与大军会合,军士都认得他是元帅的侄儿,让开了路,耿照走到最前一列,只见辛弃疾正在马上扬鞭,指着那边叛军的阵地大喝道："反贼张定国出来！"

叛军据着山头，黑压压的一大片，人数竟似比辛弃疾的队伍还多。忽听得号角齐鸣，叛军打出一面大旗，旗上斗大的一个"张"字，张定国骑着一匹高头大马，走出军前，也在马上扬鞭，指着辛弃疾喝道："你我多年袍泽，何苦萁豆相燃？不如彼此合兵，共图大事！"

辛弃疾大怒骂道："你跟了元帅多年，元帅待你不薄，为何将元帅杀了？如今还与我论袍泽之情么？"他越说越是激昂，蓦地提足了气，大声叫道："那边兄弟听着，张定国弑主帅，叛国投敌，你们都是有血性的好男儿，怎可以跟随反贼？你们想是一时糊涂，受了张定国的煽惑，如今悔过，也还未迟。快来吧，咱们仍是手足！"

耿照加了一句："罪在张定国一人，倘有谁杀了张定国，重重有赏，就让他替张定国做步兵都尉！"

张定国是军中第一员勇将，他的部下都知道他的厉害，谁敢杀他？可是辛弃疾义正辞严，确实也打动了不少人的心，有一队叛军，忽地哗变，果然纵马奔了过来。

张定国把手一挥，前排的弓箭手绷紧了弓弦，张定国喝道："毙了他们的坐骑！"一声令下，箭如雨落，那队叛军个个都跌下马来，变了滚地葫芦。原来张定国训练的这三百名神箭手，人人都有百步穿杨之能，一排箭射出去，箭无虚发，但却只是射毙马匹，没有伤及马上的人。张定国大喝道："快快回来，可免处罚，若敢抗令，这一次就要射人了！"那队叛军见神箭手如此厉害，只得垂头丧气地重行归队。

张定国哈哈笑道："幼安，你捏造谣言，意图摇动我的军心，这未免太卑劣了吧？"辛弃疾大怒道："你杀了主帅，叛国求荣，铁证如山，人所共睹，还能够抵赖么？"张定国也蓦地提足了气，大声叫道："那边兄弟听着，不错，我是杀了元帅，但你们可知道我为何杀他吗？这都是为了你们的缘故！"辛弃疾这边的士兵纷纷骂道："胡说八道！""放屁，放屁！"但也有许多人觉得出奇，挤上来要听他说些什么。

张定国内功虽未到达上乘境界，功力亦颇不弱，提足中气将声音远远地送出去，在无数人的喝骂声中，他的说话仍是字字清楚，只听得他接着说道："咱们为什么要跟随元帅，一来是为了咱们不愿忍受鞑子的气，元帅可以率领咱们抗击鞑子；二来咱们也是图个'有福同享，有祸同当，大称分金，小称分银'，快快活活地过一个下半世，对也不对？"耿京所纠集的义军固然有许多是爱国的志士，但也有许多本来就是各处的草寇，随意抢掠，快活惯了的。张定国这番话说中他们的痒处，心想："他说的倒也不错呀！"骂声就渐渐地减弱了。

张定国得意洋洋地接下去说道："元帅率领咱们举义，这事做得很对，可是他也要率领咱们投奔赵宋官家，这事你们想必也早已风闻了。他是准备明天就颁发军令，要咱们渡过长江，听候赵宋官家的收编的。这件事依我张某之见，那就是做得大大错了！咱们现在可以免了受鞑子的气，却又为何要自钻圈套，受那赵宋官家的气？做一个不受拘束的绿林好汉，大碗酒、大块肉、大称分金、小称分银，不好得多么？我就是因为屡次劝告，元帅不肯依从，为了兄弟的缘故，这才迫不得已将他杀了的！"

辛弃疾大喝道："胡说，胡说！朝廷纵有不是，但现在是什么时候，咱们岂能不同赴国难，共抗金兵？你投降敌人，这就罪该万死！"辛弃疾是主张率兵投奔南宋共赴国难的，但这些大道理一时却难以对士兵解释得清清楚楚，倒是他指摘张定国投敌叛国这几句话，简单有力，可以说动人心。但他话声未了，张定国也已在大声喝道："胡说，胡说！"

张定国提高嗓子将辛弃疾的声音压了下去，"胡说，胡说，有什么证据说我叛国投敌？不归顺赵宋官家就不能杀敌了吗？哼，赵宋官家还正在向金人求和呢，他们又何尝是真正抗敌？岳飞那么一个忠肝义胆的大忠臣，不也是被奸臣害了？弟兄们跟我走吧，我带你们打鞑子，而且又可以不受拘束！"

耿京部下本来良莠不齐，但爱国之心却是人人有的，一听张定国仍是主张要打鞑子，对他杀主帅之事，就宽恕了几分。尤其那些原是草寇出身的，自从接受了耿京的指挥之后，对军纪的束缚，平素已经很不习惯，隐隐不满，听了此话，都不禁暗自想道："张定国说的可真不错呀，跟了他可以不受拘束，一样是打鞑子，何乐不为？"竟然有一小队士兵就跑了过去。这还是因为耿京生前以忠义服人，辛弃疾在军中也甚有威望，有些人心里虽然动摇，但总觉得这样过去对不起死去的元帅，对不起辛弃疾，这才欲走还留，要不然跑过去的只怕更多。

辛弃疾的亲军都动了怒，张弓搭箭，也要射那些叛变的士兵，辛弃疾暗暗叹了口气，摆了摆手，止住那些弓箭手，心里想道："这都怪我平日未能好好地教导士兵，以致他们受了张定国的煽惑。"

辛弃疾明知张定国包藏祸心，说的一片假话，但苦于没有证据，张定国又能说会道，却是无奈他何。本来辛弃疾文武全才，要辩论也绝不至于输给张定国，但在战场上又岂能容你从容辩论，士兵对大道理也没有耐心去听。而张定国却摸透了草寇出身的士兵心理，三言两语就打动了他们。就在辛弃疾踌躇之际，又有一小队士兵跑到张定国那边去了。辛弃疾大为着急，看眼前的形势，除非是能够立即拿出张定国叛国投敌的证据，否则只怕过去的人越来越多，军心也会瓦解。

就在此时，忽听得张定国那边，蓦地有个人暴雷似的一声大喝，斥道："妖贼花言巧语！"举起了大斫刀一刀就向张定国劈下，辛弃疾认得此人是骑兵统制秦浩。这人乃是辛弃疾的好友，辛弃疾对他的依附张定国本来大惑不解，这时方始恍然大悟，原来秦浩正是要伺机揭破张定国的奸谋，并将他杀掉的。

秦浩突如其来，在张定国背后举刀劈下，眼看那一刀就要将张定国劈个身首异处，辛弃疾也正在欢呼，哪料就在这千钧一发之际，只听得"当"的一声，张定国身旁的另一个军官忽地一举手就把秦浩的大斫刀，夺了过来，掷落山谷，说时迟，那时快，秦浩还来不及和他扭打，已给他一把抓住，高高地举了起来，一个旋风急舞，摔到了对面的石岩上，只听得一声厉叫，秦浩已是变成了一团肉饼！

辛弃疾又惊又怒，又觉得奇怪，要知秦浩也是一员勇将，武艺高强，在耿京军中，仅次于张定国而在其他将领之上，但现在不过一个照面，就给那个军官杀了，连还手也来不及，这当然大大出乎众人意料之外。辛弃疾暗自想道："看来此人武功，还远在张定国之上，军中有这么一个人，怎的我以前从不知道？"他和张定国双方各占一个山头，中间隔着一条山谷，虽有火把照明，看得毕竟不很清楚，那军官摔死了秦浩，已退入人丛之中，一声也没作响。辛弃疾凝神看他的背影，似乎在他所认识的同僚中并没有这么一个人。

张定国哈哈大笑，扬起马鞭，指着辛弃疾道："你在我身边埋伏了奸细，就以为可以暗算我吗？哼，那不过是白送一条性命罢了！哼，谁敢意图加害我的，秦浩就是你的榜样！"

辛弃疾心伤好友惨死，气得怒发冲冠，抢起一杆长枪，骑着无鞍烈马，就冲出去，大怒喝道："奸贼下来与我决一死战！"张定国笑道："你不是我的对手，我也不想伤你性命，你还是过来与我合伙吧。"辛弃疾舞动长枪，已冲过了山谷的中央，将张定国的几个前哨士兵挑开。张定国笑道："幼安，你不听良言，我只好对你不客气了，放箭射他！"一声令下，千箭齐发。辛弃疾的卫兵大队冲来，保护主帅。但张定国占了地利，居高临下，他的那一营神箭手，又个个有百步穿杨之能，箭无虚发，辛弃疾这队卫兵还未冲到山边，已是伤亡过半。

辛弃疾舞动长枪，泼水不进，倒没有受着箭伤，可是他护人难护马，坐骑却给射翻了。张定国喝道："幼安，你悔已迟矣！"亲自掷出一支梭标，他腕力沉雄，梭标掷出，呼呼风响，眼看就要把辛弃疾钉在地上。

蓦地银光一闪，只听得"当"的一声，原来是耿照及时赶到，一剑将那支梭标打落。耿照换了匹马，将辛弃疾扶上马背，说道："幼安，不必和这奸贼硬拼。柳女侠自有办法对付他。"辛弃疾见卫兵伤亡过半，情知自己不退，他的卫兵也绝不肯退，只有累他们更受伤亡，只好按下怒气，下令退回原来阵地。

耿照与辛弃疾并辔而行，低声说道："幼安，你可听得秦浩的那句话么？他骂张定国花言巧语，看来已是知道他与金虏勾结的内情。"辛弃疾叹口气道："可惜他来不及揭露那恶贼的奸谋，已是以身殉国了。"耿照道："柳女侠已决意去查个水落石出，吾兄不必担忧。"辛弃疾听了一喜，但仍是不敢放心，说道："柳女侠虽然武功卓绝，但对方千军万马，她却怎近得张定国身边？要冲过这条峡谷就很困难，莫要累她也送了性命！"

耿照沉吟道："柳女侠这么说，想来一定是有她的办法。"话犹未了，忽听得对面山头喊声如雷，那是惊惶失措、诧异之极的一片喊声。辛耿二人抬头看时，只见一团黑影，流星陨石一般，正自从对面山峰坠下，又俨如一头大鸟，突然张翅扑了下来！

原来这正是蓬莱魔女凭借她的绝顶轻功，绕过一座山头，到了张定国那边山上，从一处峭壁上突然跃下，这么一来，就可以避免通过峡谷，正面冲锋，但却也是险到了极点！

张定国等人正在那峭壁之下，那层峭壁拔地而起，不下二三十丈，从顶至底，天然如峭，毫无借力攀援之处，莫说下面尖石如笋，又有敌人狙击，即算只是一片平坦的草地，从这样高处跳下来，只怕也要摔成肉饼。张定国做梦也想不到，蓬莱魔女竟有这么大胆，居然敢从这个猿猴也难攀援的峭壁上跳下来！

张定国那一营神箭手久经阵仗，虽惊不乱，在周围军士一片惊叫声中，那一营神箭手的三百枝弓箭是一齐射出。好个蓬莱魔女，在半空中施展绝技，左足在右足脚背上一踏，突然斜掠出去，避开了乱箭的攒射，十枝箭倒有九枝落在她的后面。但三百枝箭毕竟未能尽数避开，仍然有二三十枝射到她的身边，但也给她展开拂尘全部打落了！

神箭手的第二轮弓箭还未射出，说时迟，那时快，只见蓬莱魔女头下脚上一个筋斗将身形翻转过来，霎眼间已抓着了张定国那支二丈多高的帅旗旗杆，避免了从高处落下的反震之力。

那营神箭手发一声喊，第二轮弓箭射出，但业已错过时机，迟了片刻，就在此时，只听得"喀嚓"一声，蓬莱魔女已腾出手来，拔出宝剑，将旗杆当中斫断，脚踏实地，就将那面大旗挥舞起来，经过她内功的运用，这面大旗，就似一面硕大无朋的盾牌，乱箭一碰到大旗，纷纷四下荡开，倒把张定国的随从亲军，伤了不少。

蓬莱魔女旋风似的扑到了张定国身边，大旗一卷，把他的卫士卷翻了十几个，忽地一条长鞭卷地扫来，蓬莱魔女将大旗一抛，腾身跳起，长鞭从她脚底扫过，她已到了那个军官身边，冷冷地"哼"了一声："原来是你！"

　　这军官正是摔死秦浩的那个人，他这时已认出是蓬莱魔女，这一惊非同小可，但明知不敌，也要死里求生，他的长鞭急切之间，撤不回来，立即一个"魁星踢斗"，双足连环踢出，左掌又横掌如刀，一招"玄鸟划沙"，疾切下去，这双足一掌，具见功力，的确是上乘功夫。但碰上了蓬莱魔女，却比他更要高强，只是一飘一闪，他的连环飞腿已是扑空，蓬莱魔女一声喝道："还想逃么？"只一抓就抓着了他的虎口，他那招"玄鸟划沙"还只使到一半！

　　就在此时，张定国的快刀正自劈来，他料不到那军官只是一个照面便已落在蓬莱魔女掌握之中，这一刀劈来，势捷力沉，收不住手，眼看就要斫在那军官身上。

　　蓬莱魔女好不容易才擒得一个活口，哪肯让这军官被他斫死，就在这间不容发之际，蓦地将那军官一抛，拂尘一展，当的一声，将张定国的长刀卷出手中，倒转拂尘，尘杆一点，已是点中了张定国的麻穴。

　　这几招快如电光石火，蓬莱魔女抓着了张定国，被她抛起的那个军官还未落地上，蓬莱魔女抢上两步，恰好将那军官接住，周围虽有张定国的十来个卫士，都已吓得慌了，哪敢阻拦？

　　那一营神箭手散成扇形围着了蓬莱魔女，正自张弓搭箭，第三轮弓箭还未射出，蓬莱魔女已把张定国举了起来，冷笑说道："你叫他们射吧！"张定国吓得魂不附体，连忙叫道："快快放下弓箭，退出十步！"

　　蓬莱魔女一手抓着一个，飞身一跃，足尖在一处凸出的石笋一点，再一跃已飞上了一座三丈多高的石台之上，她一手提着一人，少说也有二百来斤，居然还能施展这等精妙绝伦的"登云纵"轻功，把张定国的部下看得目瞪口呆！张定国虽有几个心腹武士，但莫说他们投鼠忌器，即算他们毫无顾忌，要想救人，也是没有这样的本领了！

蓬莱魔女先把张定国放下，张定国叫道："柳女侠，有话好说。"蓬莱魔女冷笑道："等下自然要与你好好说的，现在还未轮到你呢。"她把张定国放在石台上，一足踏着他的胸口，教他丝毫也不能动弹。腾出手来，搜那军官，搜出了一面金光灿烂的腰牌，于是一手拿那金牌，一手提那军官，高高举起，朗声说道："你们看，这是什么？这是在金国内廷可以通行无阻的金牌！这人是谁？这人是金国狗皇帝的御前侍卫北宫黝！"她内功深厚，将声音远远送出，两面山头的士兵都听得清清楚楚！

　　此言一出，全军沸腾，有的喝骂，有的议论，有的惊诧，有的还在表示怀疑。但一班比较高级的军官，都知道金国的御前侍卫，人人有这样的一面金牌，而且北宫黝是大名鼎鼎的"四霸天"之一，他们虽然没有见过，也曾听过他的名字。

　　蓬莱魔女把北宫黝高高举起，让兵士们都看清楚了，这才说道："你们有谁以前可曾见过他么？他是不是你们的长官？"士兵们都不认得北宫黝，心里俱是想道："奇怪，这人的确不是咱们的长官，他是怎么来的？他冒充军官，混到这儿，即使不是金国狗皇帝的御前侍卫，那也一定是敌人的奸细了！"这么一想，兵士们都停止喧哗，对蓬莱魔女的说话信了几分。

　　蓬莱魔女解开了北宫黝的穴道，将他推到石台前面，抓着他的背心，喝道："北宫黝，你来这里做什么？快说！"北宫黝身为"四霸天"之一，自忖必死，不想辱没了身份，硬起头皮充作好汉，傲然说道："我落在你这魔女手中，早已不打算活着回去了，要杀要剐，随你欢喜，三刀六洞，俺绝不皱眉，大丈夫宁折不弯，你想套出我的话来，那是休想！"说罢，胸脯一挺，倒颇有点视死如归的气概。

　　蓬莱魔女冷笑道："你当真绝不皱眉？好，我倒要试试你是怎么样一条好汉？"五指轻舒，在北宫黝的背心一拂，这是蓬莱魔女"罡气刺穴"的绝技，一拂之下，北宫黝只觉体内有如千万条小蛇乱窜乱咬，浑身穴道刺痛难当，四肢百骸，也似就要松散一般。这痛苦难以形容，惨不堪言，赛过任何一种酷刑！饶是北宫黝铜皮铁骨，也禁受不起，野兽般地嗥叫起来："你好狠毒，这样的来折磨我？快，快一刀把我杀了吧！"他痛苦难熬，说到后来，已是上气不接下气，声音断断续续，蓬莱魔女笑道："你说不说，你不说我还有比这更厉害的毒刑，叫你一套一套地消受！"北宫黝实在硬不下去，只得呻吟叫道："柳女侠，你高抬贵手吧，我说，我说了！"

蓬莱魔女在他的背心拍了一下，稍稍减轻他的痛苦，喝道："说！倘有半句虚言，管教你求生不得，求死不能！"北宫黝汗流满面，苦笑说道："柳女侠，在你的面前，我还敢不说实话吗？"当下面向下面的士兵，说道："实不相瞒，我是来这里做监军的。"蓬莱魔女道："奉谁之命？"北宫黝道："奉金主完颜亮之命。"蓬莱魔女道："张定国如何与你们勾结？是谁替他接头，你这监军，完颜亮吩咐你如何做法，都给我详细说！"北宫黝道："是谁接头，我委实不知。我只负责监视张定国的行动，要他遵守金主的命令，执行计划。"蓬莱魔女道："什么计划？"北宫黝道："我们要张定国刺杀耿京之后，仍然准许他打出抗金的旗号，号召各处与朝廷（指的是金国朝廷）作对的绿林前来归附，然后开到金国大军埋伏之地，一网打尽，愿意投降的可以收编，不愿投降的尽杀无赦。大功告成之后，金主答允封张定国做山东的藩王！"

士兵们听了这一番话，个个都又惊又怒，骂声四起："狗娘养的张定国，如此毒辣，竟想斩尽杀绝，用咱们的颈血染红你头上的乌纱！""这狗贼不是人，一刀将他杀了吧！"蓬莱魔女道："暂且留他的狗命，待祭了元帅，再开刀给元帅报仇！"放下了北宫黝，将张定国抓了起来，喝道："张定国，你还有何话可说？"

张定国惨然一笑，亢声说道："大丈夫不能流芳百世，亦当遗臭万年，我是成则为王，败则为寇，如今落在你们手中，还有何话可说！"忽听得"勒"的一声，只见他嘴巴张开，鲜血汨汨流出，竟已把舌头咬断了。原来他见北宫黝已和盘托出，无可置辩，自知犯了众怒，决计难逃一死，又怕蓬莱魔女也用酷刑来向他迫供，因此把心一横，咬断舌头，意图自尽，免得多受折磨，他被点了穴道，四肢无力，但牙齿的劲道却还是有的。

蓬莱魔女大怒，在他下颚一捏，张定国嘴巴大张，半截舌头吐了出来，嘴巴再也不能合拢，蓬莱魔女冷笑道："你想免了刑场上一刀之苦，哪有这样便宜？辛将军，请过来！"辛弃疾不带护从，单骑驰上山头，向原来的叛军高声说道："如今已是水落石出，叛贼也受擒了，此次叛乱，罪在张定国一人。你们不愿意跟我的，可以散去。"叛军人人愧悔，齐声呼道："我们愿意拥戴辛将军，请辛将军收容我们，将功赎罪。"一场眼看无可收拾的叛乱，就这样出乎意外地轻易平息了。

蓬莱魔女将张定国抛下石台，说道："辛将军，这叛贼交给你看管。"有许多士兵跑了过来，就要咬张定国，辛弃疾连忙阻止他们，说道："他弑了主帅，叛国投敌，理该明正典刑，以告慰元帅在天之灵。"好不容易才把愤怒的兵士们劝阻下来，但张定国也已被咬了好几口了。辛弃疾冷笑道："张定国，你现在知道了么，你在众人眼中不过是一条狗，你想遗臭万年，也还够不上呢！"当下唤来了一辆敞篷的粮车，权改作囚车，把张定国五花大绑，押上囚车。

蓬莱魔女冒险成功，当然高兴，但却也有点失望，因为她有几个疑团是想从张定国的口供中得到答案的，但现在张定国咬断舌头，已是不能说话了。蓬莱魔女心想："好在还有一个北宫黩，可不能让他自尽了。"北宫黩受了她罡气刺穴的酷刑，气息奄奄，蓬莱魔女是个武学行家，见此情状，已知他即欲自尽，亦已无能为力，他是连咬断舌头的气力也没有了，但他内力深厚却也还不至于毙命。

这时两边山头的队伍已经会合，耿照、珊瑚、秦弄玉等人也已过来，秦弄玉见了北宫黩，大喜说道："那日我离开天宁寺之后，在路上碰到的军官，正是此人。"蓬莱魔女笑道："我正是要留着他让你审问。"她也招来一辆敞篷的粮车当作囚车，将北宫黩提上囚车，耿照、珊瑚、秦弄玉等人也都坐在车上。

辛弃疾传下将令，大军开拔回城，蓬莱魔女迫不及待，在囚车上便抓起北宫黩问道："连清波是什么人？快说！"

北宫黩翻着死鱼般的一对眼睛，显出惶惑的神情，半晌说道："谁是连清波，我不知道这个人。"耿照怒道："你还装什么蒜？那日你在三槐集将我打伤，正要捉我去领功的时候，有个女子到来，将你赶跑，这件事难道你就记不得了！"北宫黝道："哦，原来你说的是这个女子。"耿照道："我正要问你，你是不是和她串同了来玩这套把戏的？"秦弄玉也道："你睁眼瞧瞧，你还认得我么？"北宫黝苦笑道："认得。姑娘你莫怪我，我追捕你那是奉命而为，不得不然。"秦弄玉道："我不是和你算这笔旧账，我只是问你，那日之事，是不是你和连清波串同了的。"北宫黝叫起撞天屈来，说道："这么说连清波是你们的自己人，却怎的颠倒说是我与她串同？我罪在不赦，但求少受折磨，多一条罪名本不在乎，但我却实在不认识什么连清波，连浊波！"

蓬莱魔女皱了皱眉，打量了北宫黝一下，见他一副惶惑的神情，却不像是假装的，心里想道："他已被我惩治得吓破了胆，谅他也不敢说假话。他和张定国那样重大阴谋都已说了，还在乎揭露连清波的真相？敢情他当真是不知道这妖狐的秘密？这妖狐暗中给金国做奸细，连作为御前侍卫的北宫黝也瞒过了的？"珊瑚不肯信他，说道："小姐，他不肯说实话，你再用刑。"北宫黝吓得连忙叫道："我所知道的全已说了，若然那女子就是连清波，那么我也就见过她两次，两次都在她手下吃了大大的亏。事情经过，耿相公和这位秦姑娘都是知道的了。还有，据我所知，我们派在蓟城的武士也是她杀的。"珊瑚怒道："你这是什么实话，你这是替她遮瞒身份？"北宫黝苦笑道："那么你是强迫我编造谎话了？"蓬莱魔女道："珊瑚，不要迫他。这里面只怕另有文章，那妖狐连他也瞒过了？"耿照听了，不觉心中又有点思疑不定，暗自想道："若说连清波是金国的奸细，为何她又敢杀金国的武士，又两次折辱了北宫黝？北宫黝而且是死也不承认与她串同？"但他虽然是有这一点点思疑，究竟与以前大不相同，从前他一直认为连清波是同一路的人，碰到表妹之后，真相一点一点揭露，他业已明白连清波实是奸猾无比，现在所未敢完全断定的只是她是否金国的奸细而已。

蓬莱魔女道："好，妖狐的事我暂且撇下不问。反正这妖狐的尾巴已露出来了，不必问这北宫黝，我们也知道她是什么东西了。北宫黝，我现在要问你另一个人，这个人你一定应该知道的！"北宫黝道："谁？"蓬莱魔女道："武林天骄！"北宫黝似乎吃了一惊，

说道:"武林天骄?你要问他?"蓬莱魔女道:"不错,我要知道他的真名实姓,什么身份?"正是:

妖狐露尾何须问,只有天骄尚系心。

欲知后事如何,请听下回分解。

第二十二回　半阕新词儿行泪
一般心事两逃情

北宫黝再次现出迷茫的神色，喃喃自语道："武林天骄？武林天骄！"蓬莱魔女皱眉道："怎么？难道你还没有听过他的名字？"北宫黝道："武林天骄的大名如雷震耳，金国的武士只要是上得台盘的人物，私下里都会谈及这位武林天骄，他的事情我也有所闻，可是，可是我却不知从何说起？嗯，武林天骄，武林天骄！笑傲乾坤！"他突然把"武林天骄"与"笑傲乾坤"连起来说，蓬莱魔女听得莫名其妙，说道："武林天骄与笑傲乾坤有何关系？他们并不是同一个人呀！"

北宫黝道："我当然知道他们不是同一个人，但他们的身份却有一点相似的地方，因此我就把他们连起来想了。我这么说，可以使得你容易明白。"蓬莱魔女道："好，那你就说吧，他们有哪点相似？"北宫黝说话一多，精神已是有点支持不住，上气不接下气。蓬莱魔女一掌贴着他的背心，真气输送进去，大大减轻了他的痛苦，说道："你只要尽说实话，或者我可以饶你一死！"

北宫黝精神一振，说道："在你们汉人中，武林第一高手是笑傲乾坤，对不对？"珊瑚"哼"了一声，意似不以为然。蓬莱魔女却道："不错，他的本领是比我高明，珊瑚你别打岔。"北宫黝才瞿然省起，连忙说道："柳女侠，这只是我耳食之言，以前我未见过你的武功，只是听得人家那么说，把笑傲乾坤抬得太高了，你别见怪。"蓬莱魔女道："我已经自认不如他了，怎会怪你呢？我不要你恭维，只要说实话，我就高兴。"

北宫黝定下了心，继续说道："我听说笑傲乾坤近年来名头很大，中原的武林高手大概都听过他的名头，对他佩服得很，但却很少人知道他的实姓真名，对吗？"蓬莱魔女道："不错，但这与武林天骄又有何关？"北宫黝道："武林天骄的情形也正是如此，金国武士都公认他是武林第一高手，人人对他都是敬畏万分，可是却不知道他的真实名姓。"蓬莱魔女道："哦，原来是这一点相同。"未免有点失望，闹了半天，连武林天骄的姓名，仍是不知。只听得北宫黝又道："很少人知，当然也还是有人知道的。"蓬莱魔女忙道："是谁？"北宫黝道："据我所知，有两个人是知道武林天骄的底细的，一个是金国御林军统领檀道清，另一个就是皇上，不，完颜亮了。"北宫黝是完颜亮的御前侍卫，称完颜亮为"皇上"已成习惯，一时改不了口，蓬莱魔女也不骂他，说："好，完颜亮大约是不会对你说的，檀道清是你的顶头上司，总会对你说过吧。"北宫黝道："我在檀道清眼中是个外人，我几次向他问及武林天骄的名字，他总是要我别多管闲事。"原来北宫黝既非汉人亦非金人，而是奚族人，故而他自认在金主的御前侍卫中，他是一个"外人"。

那檀道清就是因为那晚（蓬莱魔女初遇武林天骄那晚）在泰山上败在蓬莱魔女手下，蓬莱魔女要他供出武林天骄的底细，他坚不肯说，因而自杀了的。蓬莱魔女颇为懊恼，只听得北宫黝说道："檀道清已死，那武林天骄姓甚名谁，恐怕只有、只有完颜亮知道了。"珊瑚"哼"了一声道："那你这番话不是白说了吗？"

蓬莱魔女道："名字没有什么紧要，你不知道，也就算了。你的同僚既然常常谈及武林天骄，那么或多或少你总会知道一些关于他的事情，他是什么身份？"北宫黝道："他们谈的多半是关于武林天骄的神奇武功，至于他的来历，也并不怎么清楚。"珊瑚怒道："又不清楚，那么你清楚的是什么？"蓬莱魔女道："对，你知道多少就说多少吧。"北宫黝道："我只知道一点，武林天骄是皇……是完颜亮切齿痛恨的一个人。"蓬莱魔女怔了一怔，诧异已极，心想："我那晚行刺完颜亮，功败垂成，都是因为有个武林天骄在暗中保护完颜亮的缘故。完颜亮却怎的会痛恨他？"因问道："你是怎么知道的？"

北宫黥道："完颜亮为什么恨他，原因我不知道。但我知道完颜亮曾几次三番派人去杀武林天骄。"蓬莱魔女大大惊奇，诧道："有这样的事？"北宫黥道："金国武士素来佩服武林天骄，谁都不愿与他作对，可是上命差遣，身不由己，却又不能不去。据我所知，已经去了三批人，说也奇怪，那些人去了之后，就如泥牛入海，杳无踪迹，从此音讯全无，人当然也不再回来了。也不知他们是给武林天骄杀了，还是因为不愿与武林天骄作对，因而逃到远方，藏匿起来了？现在的金国国师鸠罗上人，他有两个师弟，就是因为奉命去追查这些武士的下落，连带这两个人也失踪了。鸠罗上人不是金国人，他为了两个师弟失踪之事，对武林天骄又忌又恨，他自动请求派去查缉武林天骄，就在柳女侠你那晚大闹泰山的第二天，他就动身了。鸠罗上人自负得很，不过金国的武士对他却并不佩服，人人都说他的武功比起武林天骄，就似小星之与日月争光，太不自量了！"蓬莱魔女笑道："这我早已知道。"

北宫黥尽其所知，将有关武林天骄的事情，都一一说与蓬莱魔女知道，可惜他所知有限，仍然未能摸清武林天骄的底细。蓬莱魔女正在寻思还有什么事情要向他查问，忽听得一声长啸，宛如龙吟，蓬莱魔女吃了一惊，心道："这是何人？难道是笑傲乾坤？"但她再听了一声，啸声的功力虽然深厚，比之笑傲乾坤华谷涵，那还是差了一截，正在思疑，已有军士前来报道，说是有个人求见耿照，话犹未了，只见一人一骑，已驰到跟前，原来是东海龙东园望。东园望翻身下马，说道："柳女侠你也在这儿，这更好了。"

耿照暗暗纳罕，寻思："我与他素不相识，他却怎的突来找我？"要知东海龙是武林前辈，耿照不过是初出道的少年，虽说不久之前，耿照在公孙奇家中曾见过东海龙，但那时耿照已被公孙奇点了穴道，而东海龙则是向公孙奇寻仇，他匆匆而来，匆匆而去，根本就未曾与耿照交谈半句。耿照知道是他，他却未必知道当时有个耿照，所以实在说不上相识。蓬莱魔女柳清瑶也觉他的话里有因，颇感疑惑。当下耿柳二人同时尊了他一声"东园前辈"，正要问他来意，东海龙忽地一声喝道："抬起头来！"耿照不觉愕然，蓬莱魔女却知道这一声就是为北宫黥而发，心里想道："他来得正好，我正愁不知如何处置北宫黝，不如就让他领去管教吧。"

原来北宫黝生平最怕的就是这位大哥，他一见东海龙来了，就立即低下头来去，瑟缩一旁，岂知仍是逃不开东海龙的眼睛，只好抬起头来，嗫嗫嚅嚅地叫了一声："大哥。"

东海龙面色铁青，"哼"了一声，冷冷说道："谁是你的大哥，北宫黝，你还有面见我？"北宫黝颤声说道："大哥恕罪。"东海龙戟指骂道："你的所作所为，我都已知道了。你可知道人家叫你做什么？人家叫你做北芒狗！把你看作一条金国的看门狗！英雄侠客原不是人人可以做的，我也不期望你做什么英雄侠客，但大是大非却总是要顾的，一个人也总得有几分骨气的，你不怕辱没祖宗，自甘作狗，我这个曾被你尊为大哥的，脸皮却给你剥光了！"北宫黝被他骂得抬不起头，脸上一阵青一阵红，低声说道："大哥，我知错了。"东海龙又骂道："我也曾有信给你，劝你回头，又托过朋友劝你，你却屡劝不醒，阳奉阴违，越陷越深！你知道什么？哼，你这次与张定国勾结，又害死了耿元师，端的是丧心病狂，天理难容！"东海龙越骂越气，双眼火红，忽地一掌击下，将北宫黝的天灵盖击碎，蓬莱魔女想要阻拦，已来不及！

蓬莱魔女本来还有些话要问北宫黝，她也料想不到东海龙突然便将把弟打死，但人已死了，也只好算了。心里想道："那北宫黝之罪，实也该死。东海龙虽然暴躁了些，但他大义凛然，却是教人佩服！"当下叫兵士将北宫黝的尸体抬下去，与东海龙重新见过了礼，问他来意。

东海龙道："我这次是替华大侠华谷涵送信来的。"蓬莱魔女上次苦苦追踪，就是为的想见华谷涵一面，岂知连他的消息也得不到半点。如今忽然碰到了东海龙，当真是"踏破铁鞋无觅处，得来全不费工夫"。连忙问道："华大侠呢？他在哪儿？你们是几时分手的？他托你送信与谁？"

东海龙说道："华大侠早已渡过长江，前往江南了。"蓬莱魔女道："哦，他也前往江南，却不知为了何事，前辈可有知闻？"东海龙道："华大侠途中打听到一个极秘密的消息，据说金主完颜亮就要兴兵犯宋，准备今年在临安过中秋。"蓬莱魔女问道："什么时候知道的?"东海龙说了这个消息,见蓬莱魔女和耿照都并不怎样惊异,好似已经知道了的,心里倒也有点奇怪,当下说道:"上月十四那晚,我和他在泰山的玉皇观住宿,玉皇观的主持泰清道人是我的老朋友。我这次在桑家受了伤,华大侠以前与我并不相识,但他却不但以他的绝顶内功为我疗伤,还放心不下,一路送到泰山。当真是古道热肠,令人铭感。"蓬莱魔女这才知道他们两人并非深交,心里有点失望,暗自想道:"这么说来,我所要查询的事情,那还是非见到华谷涵不可了。"

东海龙接着说道:"那晚我和泰清道长相逢,在云房作长夜之谈,华大侠独自到玉皇顶赏月。我们正谈得高兴,华大侠忽地从外面跑来,立即催我下山,说是再逗留此地,只怕会有麻烦。我奇怪极了,心想以华大侠的武功,还怕谁来?但他说得这样紧迫,我也无暇细问,只好随他下山。下山之后,他这才告诉我,原来金国的皇帝完颜亮也在山上,随从的高手甚多,他虽然不怕,但打将起来,却怕连累了泰清道人,我的内伤亦未完全痊愈,于我亦怕不利,因此才匆匆拉我下山。"蓬莱魔女在泰山碰见完颜亮那晚是上月十五,心里想道:"原来他是早我一日到泰山的,不知他可曾见那武林天骄没有?他这样匆匆走避,除了照顾东海龙之外,莫非也是为了武林天骄的关系?"

东海龙继续说道:"华大侠又说,他出去赏月的时候,发现了完颜亮的随从,暗中还偷听到一个消息,那就是金国即将兴兵犯宋的消息了。因此他就在泰山脚下,与我相约,彼此分道扬镳,他前往江南报讯,我则来此拜会耿京将军。华大侠还亲笔写了一封信,叫我面呈耿将军的,哪知我来迟一日,耿将军已被奸人所害了!有人告诉我,耿相公是耿将军的侄子,这封信只好交给耿相公了。"耿照这才知道东海龙来找他的原因。

耿照拆开了信,原来华谷涵从前也曾见过耿京,知道耿京有待机报国之志,他写这封信的时候,还未知耿京已决意举义,这封信就是通知耿京这个消息,并请他立即举义,扰乱金人后方的。耿照热泪盈眶,说道:"多谢华大侠一副热肠,多谢老前辈远道传书,我叔叔虽然壮志未酬,便遭惨死,但华大侠信中所期望于他的，他都已经做了。"东海龙这时才看出耿照似曾相识，说道："耿相公，咱们好似是在哪里见过的？"

耿照道："老前辈真好眼力，老前辈那日驾临桑家堡，斗公孙奇夫妻，晚辈也曾在场。"东海龙道："对了，你提起桑家堡之事，我倒想起来了。柳女侠，华大侠托我带个口信给你，就是关于公孙奇那厮的。"蓬莱魔女诧道："华大侠怎知道我在这儿？"东海龙道："这事说来有点曲折，还是从耿相公身上说起吧。华大侠虽然也没见过耿相公，但他却是知道耿相公的，金虏朝廷在各处通衢大道都悬挂有你的图形，缉拿你呢。"耿照道："华大侠曾见过我的叔叔，想必是叔叔对他提过我的名字，他见了那'缉拿叛逆耿照'的悬赏，猜想我一定会投奔叔叔这儿。"东海龙道："不错，他不但知道你，还知道你和珊瑚姑娘同行。他对我说，你见了耿照，可以托他将口信带给珊瑚姑娘，再由珊瑚姑娘带给柳女侠。想不到柳女侠就在这儿，可不必这样辗转相托了。"蓬莱魔女笑道："原来如此！"这才明白东海龙刚才来到，一见她面就嚷道："你在这儿，这更好了！"的意思。当下便即问道："华大侠托你带的什么口信？"

东海龙迟疑了一下，说道："华大侠说，那日他是看在柳女侠的面上，放过了公孙奇的。他说公孙奇误入歧途，越走越远，听说最近还与玉面妖狐有所勾搭，只怕柳女侠还未知道。公孙奇的事情华大侠是不能多管了，他——"蓬莱魔女道："他是要我来管这桩事情？"东海龙道："他没有这么说，他只是要我将这消息带给你。"蓬莱魔女咬着嘴唇道："我知道了。"心里难过得很，暗自想道："桑青虹突然在此出现，与妖狐同在一起，我已经有所怀疑，想不到果然证实了。但愿我师兄只是上那妖狐的当，并非甘心投敌。要不然可令我难为了。"想起恩师只有这个独生儿子，不觉心乱如麻。

东海龙道："好了，我的信已经带到，我也该走了。耿相公，请你在令叔灵前，代我上一炷香。北宫黝为非作恶，我早已知道，他是我的义弟，我未能及时管教，以致酿成今日的大错，我实在无颜在他灵前告别了。但请你告诉他，我已经亲手将北宫黝击毙了。"耿照含泪说道："老英雄大义灭亲，家叔泉下有知，也定然高兴的。"又道："我们辞灵之后，明日义军就要撤过江南，老前辈可否留在军中，助我们一臂之力？"东海龙道："我不惯军旅的拘束，过了些时候，我或许也会前往江南，那时再来拜访你们。"蓬莱魔女问道："老前辈何以这样匆匆便走？"东海龙道："我三弟西岐凤与一个仇家约会，只怕有性命之忧，约会的日期不久就到，我可得先去助他一臂之力。"耿照、珊瑚二人在途中碰见过西岐凤，对此事略有所闻，蓬莱魔女则还是第一次听到，不觉心下骇然。

原来在"四霸天"之中，虽以东海龙居首，武功也最为了得，但却还有几分邪气；而西岐凤则文武兼资，所到之处，解难扶危，当真可以称得是游侠一流的人物，武功也不在东海龙之下。蓬莱魔女心想："武功得胜过东海龙、西岐凤的只是有限几人，这西岐凤的仇家却不知是何等样人，他们二人竟要合力对付，还愁不能取胜？难道又是像武林天骄那样的奇人？"但这类武林仇冤，当事人不说，旁人却是不便多问。

东海龙叹了口气，说道："我的三弟四岐凤行侠仗义，胜我多多。但二弟南宫造却又是个不成器的东西，虽然还不至于像北宫黝那样沦为金人鹰犬，也是作恶多端。听说他现在江南做独脚大盗，我此次与三弟赴仇家之约，是否保得住性命回来，还未可知，要是我不幸身亡，就请耿相公给我带个信儿给华大侠，请他代我管束管束我这二弟。耿相公此去江南，料想迟早会见得着华大侠的。"耿照道："邪不胜正，老前辈此行，定卜逢凶化吉，可以无忧。至于老前辈的吩咐，我自当记在心上。"珊瑚心想："这南山虎南宫造是我的杀父仇人，你不清理门户，我也要为父报仇的。"但她听东海龙的口气，对南宫造似乎多少还有点姑息的意味，他只是请华谷涵代为"管束"，并非请华谷涵"诛凶"，珊瑚心有不满，因此也就不愿将自己报仇之事和东海龙说了。

东海龙去后，珊瑚忽地笑道："姐姐，你一直在探听华谷涵的下落，如今已经知道他的确实消息了，何不与我们也同往江南？玉面妖狐虽然可恨，但不妨暂搁一边，待咱们从江南回来之后，再料理她不迟。"蓬莱魔女双颊微现红晕，摇了摇头，说道："我不是为了玉面妖狐，我是为了公孙奇。我要阻止他上妖狐的当，此事刻不容缓，等下待我辞灵之后，我就要动身往桑家堡了。"珊瑚说道："这公孙奇反正已是个坏人，小姐，你又何必为他多费心力？"蓬莱魔女苦笑道："江湖上人人当我是个魔女，难道你也以为如此么？"珊瑚道："我知道小姐还有菩萨心肠，但……"蓬莱魔女打断她的话道："你既知道，那就不必多说了。菩萨普渡众生，难道我就不应去拯救一个公孙奇。"珊瑚听她这么说，只好默不作声，心里还暗暗在奇怪。她却不知公孙奇乃是蓬莱魔女的师兄。

一行人回到济南，辛弃疾督促兵士，立即搭起灵堂，大厅上设起耿京的牌位，耿京的属下都换了白衣，前来致祭。耿京没有儿子，由耿照披麻戴孝，以侄代子，在灵前答谢。午时一到，灵堂外三声炮响，辛弃疾亲自行刑，将张定国处死，端了三木杯血酒进来，在耿京灵前洒了，悲声说道："元帅，你的大仇已报，请你在九泉之下瞑目！"灵堂内人人掉泪，个个伤心。

耿京生前的卫士将一把宝剑双手捧起，说道："辛将军，这是元帅的宝剑，遗赠将军，请将军仗此宝剑，扫平金虏，恢复中原。"辛弃疾拔剑出鞘，"喀嚓"一声，将香案一角斫了，亢声说道："元帅吩咐，弃疾决不敢忘！倘有二心，有如此案！"回头叫那卫士道："取纸笔来！"挥毫落纸，嗖嗖有声，片刻间已成了一阕新词，说道："耿元帅，你赠我佩剑，我无以为报，谨以芜词一阕，奉献灵前。元帅呀，你与我到临安开怀痛饮之约，我还没有忘记，可惜你已不能践约了！明日我就与弟兄遵承遗志，横渡长江，请元帅英灵庇佑！"当下捧起词笺，悲声念道："将军百战身名裂，向河梁，回头万里，故人长绝。易水萧萧西风冷，满座衣冠似雪，正壮士悲歌未彻。啼鸟还知如许恨，料不啼清泪长啼血，谁共我，醉明月！"慷慨悲歌，听得人人感泣。

耿照拭了眼泪，说道："辛大哥，你领了元帅佩剑，以后这副重担，就得你来挑起了。还望节哀。"一众军官都在灵堂，当下众口一辞，就在灵前推举辛弃疾作为主帅。大事已定，宾客一一辞灵。

蓬莱魔女向辛耿二人告别，辛弃疾道："这次敉平乱事，全仗柳女侠鼎力相助，以后还望柳女侠同心为国，图复中原。"蓬莱魔女道："将军放心，待你们王师北返之日，我定与义军前来迎接。"话中之意，已表示了要执行耿京生前与辛弃疾所定下的计划，发动各处义军，在敌后接应。只因人多口杂，故此不便明言。辛弃疾听了，大为欣慰，一再致谢。

珊瑚道："我送柳姐姐一程。"耿照因是代替孝子的身份，要在灵前答谢宾客的致祭，不便送行，便在灵前洒泪别过。

送了一程，蓬莱魔女道："妹妹，你回去吧。"珊瑚道："时候尚早，不必着忙。姐姐，你传我的天罡拂尘三十六式和柔云剑法，有些地方，我还不大明白。"蓬莱魔女道："你说吧，是哪几招？"蓬莱魔女边行边说，详细给珊瑚讲解其中奥义，不知不觉，已离城有十多里，珊瑚所要问的，也都已问了。蓬莱魔女笑道："你悟性过人，熟习了这天罡拂尘三十六式和柔云剑法，尽可以对付那南山虎。送君千里，终须一别，日头已经过午，你不怕耿照惦记你吗？你还是回去吧。"

珊瑚忽道："姐姐，我不回去了。"蓬莱魔女怔了一怔，说道："怎么你不回去了。"珊瑚道："我已经留了一封信给耿照，告诉他我要跟随姐姐，不能与他同行了。"蓬莱魔女皱眉道："怎么，你不想到江南报那南山虎杀父之仇么？"珊瑚道："杀父之仇，怎能忘记？姐姐，我在此与你分手，分手之后，我就要前往江南了。"蓬莱魔女愕了一愕，说道："那你又说要跟随我？这是怎么回事？"

珊瑚"噗嗤"一笑，扮了个鬼脸，说道："我不是这么说，他怎会相信我呢？"她虽然装出顽皮的神态，面上带着笑容，但却是苍白的笑容，笑声中也带着凄凉的意味。蓬莱魔女恍然大悟，说道："哦，原来你是避开耿照，单独前往江南。"珊瑚低下了头，说道："不错，我是不能再和他在一起了。我不愿他多所猜疑，所以捏造出一个离开他的借口。"蓬莱魔女茫然问道："你为何如此，耿照他待你不是很好么？"珊瑚道："正因为他待我太好了，他待我一直就似亲生的兄妹一般，我不愿他因我难为。"蓬莱魔女轻轻叹息，说道："我明白了，你不但是为了耿照，也是为了成全别人。但你心里不难过吗？"

珊瑚眼角有晶莹的泪珠，说道："姐姐，你别劝阻我了。我的确是难过的。可是，我倘若不离开耿照，有人会比我更难过的。秦姑娘的身世和我一样，都是父母双亡的孤儿，但她比我更可怜，我还有你这么一个姐姐，还有玳瑁、明珠等一众姐妹。她却只有耿照一个人是可以倚靠的了。她和耿照是青梅竹马之交，对耿照是深情一片，姐姐，难道你还看不来吗？他们经过了许多苦难，几乎反目成仇，如今才得误会冰消，重新相聚，我怎好还插在他们此间？”

蓬莱魔女默然无语，眼角也有点潮湿了。珊瑚道："姐姐，你以为我做得不对么？换了你，你怎么样？"蓬莱魔女紧紧握着她的手，说道："妹妹，你真是个好姑娘。不错，换了我我也会这样做的。"珊瑚看了看天色，抑泪笑道："好了，这回我可真得走了。姐姐，我盼望你也早日能到江南。那笑傲乾坤华谷涵现在正在江南呢。"

珊瑚抄另一条路走了，她不走回头路，为的是要绕过济南，取道前往江南。蓬莱魔女目送她的背影，直至不见，怅然久之，这才独自前行。走了一会，忽听得马铃叮当，有一骑马追赶上来，骑在马上的是个少女，远远地就扬声叫道："柳女侠，请等等我。"蓬莱魔女不觉又是一怔，说道："咦，秦姑娘，你怎么也来了？"

秦弄玉翻身下马，到了蓬莱魔女跟前，说道："珊瑚姐姐回去了么？"蓬莱魔女顾全珊瑚的心意，不想说穿，便点点头道："早回去了。你在路上没有碰见她么？"蓬莱魔女知道她是来追珊瑚回去的，正想替珊瑚砌辞掩饰，说她是抄小路回城。秦弄玉已露出欣悦的神气说道："幸好她没有碰上我。我是抄小路来的，我不想给她看见。"蓬莱魔女诧道："为什么？"秦弄玉道："因为我不想回去了。"蓬莱魔女更是惊奇，问道："这却为何？"秦弄玉道："柳女侠，我会告诉你的，我先求你一件事情，你可肯答允么？"

蓬莱魔女道："你要什么，尽管说吧。"秦弄玉道："我求你收我做你的丫环。"蓬莱魔女道："秦姑娘，你折煞我了。你的父亲和我的师父是同一辈的朋友，咱们只能以姐妹相交。"秦弄玉道："我的杀父之仇，全凭你的指示，才知道真正的仇人，我身受的不白之冤，也是全蒙你的昭雪。柳女侠，你对我的大恩大德，我是粉身碎骨，难以为报。你就让我替代珊瑚姐姐，在你的身边服侍你吧。"说罢，就向蓬莱魔女盈盈拜下，蓬莱魔女衣袖一展，发出一股柔和的力道，将她扶住，说道："这个决不敢当。即使是珊瑚，我也从没有将她当作丫环看待。秦姑娘，你和耿照同年生的，是也

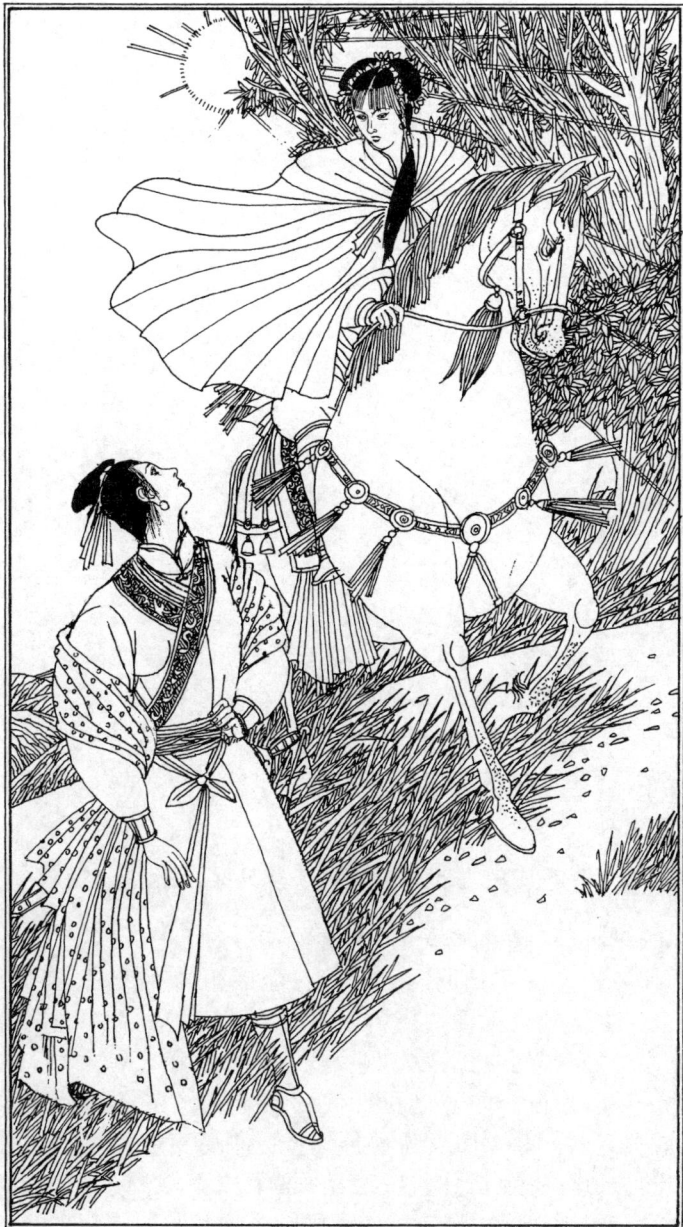

蓬莱魔女说道："咦！秦姑娘，你怎么也来了？"

不是？"秦弄玉听她突然提起耿照，不明其意，怔了一怔，说道："不错。"蓬莱魔女道："这么说，我比你痴长两岁，我且妄自尊大，你就叫我一声姐姐吧。"秦弄玉道："柳女侠，你对我太好了。"叫了一声"姐姐"。蓬莱魔女这才受了她的一拜。

秦弄玉道："姐姐，你不要我做你的丫环，请你也让我跟随你吧，我已经是无家可归的人了。"蓬莱魔女道："你不是还有个表哥吗？你应该跟随耿照，为什么要离开他呢？"秦弄玉眼圈一红，说道："我不愿令他难为，我在他的身边，非但我自己心中不安，他将来也会后悔的。"蓬莱魔女听她说的话和珊瑚一模一样，心里已明白了，大为感动，轻轻地抚摸她的头发，柔声说道："妹妹，你有什么心事，对姐姐说了吧。"

秦弄玉眼角沁出晶莹的泪珠，说道："我已反复思量过了，唯有我离开他，我才能无愧于心。"蓬莱魔女道："你这是为了珊瑚吗？"秦弄玉道："为了珊瑚姐姐，也是为了他。珊瑚姐姐对我表哥恩深义重，我现在也已经知道了，珊瑚姐姐的身世与我一样可怜，也是个无父无母的孤儿，我不能让她难过。"她拭了眼泪，继续说道："姐姐，我想跟随你还有一样私心：现在我已知道了我的杀父之仇，但自恨武艺低微，只怕不能亲手报仇。姐姐，你就让我服侍你，闲时我也可以跟你学学武功。"说罢又要下拜，蓬莱魔女将她扶起，说道："不要如此，好妹妹，你听我说。我说珊瑚已经回去是骗你的，她没有回去，她是独自走了。因为她的想法和你一样，她也不愿意令你伤心，决意离开耿照了。"秦弄玉"啊呀"一声，心中一片茫然，登时呆了。蓬莱魔女轻轻将她扶住，接着说道："好妹妹，你要跟我在一起，我很感激，但我不能让你如此，你静下来好好想想，别辜负了珊瑚的心意，还是回去吧！"说到此处，忽地出手如电，点了秦弄玉的穴道，转眼间不见人影。

秦弄玉这才恍然大悟，原来蓬莱魔女点她的穴道，其实正是以本身的绝顶内功，替她打通了三焦经脉，这经脉一通，以后修习上乘内功，便可以事半功倍。秦弄玉又是感激，又是迷茫，心中想道："珊瑚姐姐走了，柳女侠也走了。我呢？我应该往哪儿去？"当真是天地茫茫，却不知何处是可以安身立命之所？她翻来覆去地想了又想，终于还是决定了不变初衷，想道："我不能让照哥被骂作忘恩负义之人，我若是不离开他，珊瑚姐姐是决不会回头的了。与其三人不幸，何如让我一人把愁苦独自承当？唉，柳姐姐，你对我的恩义，我是永远不会忘记，但你叫我回到耿照那儿，这番好意，我却是只能心领了。"秦弄玉心意已决，便跨上白马，单骑北走。她准备将父亲迁葬之后，再去找那玉面妖狐报仇。

暂且按下秦弄玉、珊瑚等人不表。且说蓬莱魔女回去探望她的师兄，一路上也是怅怅惘惘，难遣愁怀。走了两天，已到了孤鸾山下，公孙奇夫妇所住的桑家堡，就在这山中了。这时已是二更时分，月淡星稀，夜色朦胧，蓬莱魔女心道："我要查访真相，今晚月色朦胧，正好行事。免得惊动众人。但我单独见师兄呢还是也见师嫂？嗯，这师嫂是大魔头桑见田的女儿，只怕未必与我们一样心肠？师兄误入歧途，多半就是因为她的关系。"蓬莱魔女小时她师兄对她甚好，因此蓬莱魔女对师兄也总是宽恕多些，不肯相信她师兄已坏到不可收拾。

这孤鸾山山形陡削，但也难不倒蓬莱魔女，她施展轻功，片刻之间，已上到半山，茅草高逾人头，山风吹来，猎猎作响。蓬莱魔女正自心中思想，夜色迷朦中，忽见峰顶似有一溜轻烟，转瞬即逝。蓬莱魔女大吃一惊，心道："难道是我眼花了吗？谁人如此本事？"心念未已，忽听得"嘎"的一声，原来是一只夜枭，从她头顶飞过。蓬莱魔女哑然失笑，心道："我还当是笑傲乾坤或是武林天骄呢。"想起了笑傲乾坤华谷涵，又不禁心下黯然。她与华谷涵几次失之交臂，如今一南一北，又不知何日相逢了。她一见风吹草动，立即便会想起"笑傲乾坤"，那当然是因为在她的心中，时刻都在思念着华谷涵的缘故。但说也奇怪，"武林天骄"处在她的敌对地位，她也会不时地想起他来。而且每每在想及"笑傲乾坤"之时，同时也就想起"武林天骄"。

不消多久，蓬莱魔女已翻过了孤鸾山主峰，从另一边溜下，悄悄地进入桑家堡，堡中武士虽多，却没一人发现她的踪迹。正是：

苦心一片何人识，为报师恩到此来。

欲知蓬莱魔女见了公孙奇之后如何？请听下回分解。

第二十三回　毒药甜言求秘笈
诡谋巧计套奸徒

　　蓬莱魔女此次是旧地重来，路途已熟，不需多久，便找到了公孙奇的卧房，只见房中灯火通明，纱窗上现出一个人影，正是她的师兄。蓬莱魔女心道："原来师兄还没有睡，却不知师嫂是否也在里面，怎生想个法儿引他出来才好。"心念未已，忽听得桑白虹的声音喘着气说道："我看这药我不吃也罢，吃了也不会好的。我吃了这么多天，丝毫也没起色。"

　　蓬莱魔女施展绝顶轻功，倒挂屋檐，贴近窗子张望，只见桑白虹躺在床上，脸儿朝外，向着她的丈夫。她病容满面，灯光掩映之下，更显得一片枯黄。床前有张小几，几上有碗汤药，热气腾腾，想是公孙奇刚刚给她端来，等待冷却的。蓬莱魔女心道："是了，她那日大战群雄，内伤不浅，想必是过后就大病起来了。"但也有点诧异，心想："但她内功深厚，和我师兄也差不了多少，我师兄当日所受的伤比她更重，怎的我的师兄已经痊愈，她却病得这样沉重？"

　　公孙奇笑道："虹妹，你怎的这么心急，常言道得好：病来如大山，病去似微尘，哪有这样快好的？你放心，我已经把卢大国手请来了，在他手下没有医不好的病人。"桑白虹道："卢大国手的医术我知道他是好的，但我只怕病入膏肓，纵有仙丹也难救治了。"公孙奇道："你别胡思乱想，自己吓自己。"桑白虹道："我不是胡思乱想，你想咱家自炼的大还丹，乃是最好的医治内伤的灵药，你吃了见效，我吃了却仍是病体依然，这不是我的气数当尽了么？再说，卢大国手的药，我也吃了好几天了，我真是不耐烦再吃下去了。"公孙奇道："卢大国手说，你是伤了肝脏，大还丹虽能补中益气，却不能修补肝脏。因此他要用疏导调补的良药给你调治，不能心急，要连续吃药，再吃半个月，你就可以好了。"桑白虹道："哎哟，还要半个月，那烦死了。你不知道我心里有多气？"公孙奇笑道："我知道，你们桑家在武林称雄数十年，从没折过威风。那天，东园望、华谷涵相继而来，甚至连宋金刚这班家伙，也居然敢登门找到咱们的头上来，你心里当然是有气的。但好在半个月转眼即过，待你病好之后，咱们就去找宋金刚那班人算账，然后再一个个地收拾东园望和华谷涵。"

桑白虹忽地靠着床壁，抬起身来，凝神望着丈夫说道："你提起那日之事，怎么漏提了一个人？"公孙奇道："谁呀？"桑白虹冷冷说道："还有谁呀？你的师妹柳清瑶。"公孙奇道："她那日是来相助咱们的，可并非咱们的仇人。"桑白虹道："我知道。但既说起那日之事，恩人仇人都该提起才是。我问你，你心里感不感激你这位小师妹？"

公孙奇道："我这小师妹是个孤儿，我爹爹将她抚养大的，她帮我那是理所当然，说不上什么感激不感激。"桑白虹冷笑道："哦，原来你们早已是一家人了，至亲之人，患难扶持，纯出自然，我提起'感激'二字，这倒是我说错了话了。"公孙奇瞧她神色不对，忙道："虹妹，你——"桑白虹道："别忙，我再问你一句，倘若我病死了，你就该娶你的小师妹了吧？"公孙奇面色一变，随即苦笑道："虹妹，这都是你不放心的缘故，你若能心境宽舒，病也就容易好了。"

蓬莱魔女听了，又是气愤，又是为她师兄难过，心里想道："师嫂真是以小人之心度君子之腹，竟在背后含血喷人，污蔑于我，哼，要不是她尚在病中，我就打她两记耳光！我师兄也真可怜，好好一个名家子弟，却被这妖女勾引私奔，一步步变得坏了。他对师嫂倒是体贴入微，师嫂却还要这样气他。"蓬莱魔女暗暗为公孙奇感到不值，对桑白虹也就更憎厌了。

桑白虹道："我就是放心不下。哦，这么说来，你对我并非假情假意，当真是望我病好的么？"公孙奇道："好，我向你发誓，我对你倘有三心二意，叫我不得好死！"桑白虹脸上露出一丝笑容，伸手掩着他的嘴，说道："好了，我相信你便是，不必发誓了。"

公孙奇扶他妻子躺下，说道："为了教你放心，我将心事都对你说了吧。我本来要找师妹帮忙咱们报仇的，你既是不放心，我以后再也不见她了。"桑白虹道："那又何必。"公孙奇道："我要为你挣一口气，咱们不用外人相助，也报得了仇。"桑白虹叹了口气，说道："但求你对我永不变心，这仇么不报也就罢了。你我联手都打不过那笑傲乾坤华谷涵的，你不找师妹帮手，那除非是你回到你父亲身边，求他饶恕，再学全他的武功，但你家与我家乃是世仇，你父亲可以宽恕你，却决不会宽恕我，我知道他是不肯让我踏进你的家门，做他的媳妇的。我宁可不报仇，不愿失了你。"

公孙奇轻轻抚摸妻子的头发，柔声说道："你放心，我怎肯舍得离开你呢？但我已想过了，不必求我爹爹出头，也无须请我师妹帮手，咱们就可以打败那华谷涵！"桑白虹道："我可没有这把握。"公孙奇道："不，咱们两家的武功若能融会贯通，何惧那华谷涵。我练了那大衍八式之后，自觉功力已增进了不少，可惜你不让我早练……"桑白虹打断他的话道："你别怪我，我爹爹临死时候吩咐过我，桑家的武功是决不外传的。"公孙奇笑道："女婿又不是外人，要是你爹爹在生，现在就不会这样说了。"桑白虹道："我就是见你待得我好，所以这几年我已经违背了我爹爹的吩咐，传了你一些武功了。"

公孙奇笑道："那些可算不得是什么上乘的武功。"桑白虹道："大衍八式你也已经练了，你还想要什么？"公孙奇道："我想练你们桑家的两大毒功——腐骨掌和化血刀。"桑白虹吃了一惊，说道："什么？你想练这两门功夫？这个，这个——"公孙奇弯下腰，在妻子颊上轻轻亲了一下，柔声说道："虹妹，我已经发过重誓了，你还不相信我么？你怕我练了你们桑家的武功，就会抛弃你么？唉，你每多烦恼，甚至弄出病来，这都是你不能放心的缘故。咱们本来可以过得更快活的，只要你减少猜疑！"

蓬莱魔女偷听至此，心里很不舒服，暗自想道："我只道他们夫妻十分恩爱，却原来彼此猜疑。夫妻本应推诚相向，师嫂却似守财奴般守着她的武功，留为缚住丈夫之用，心胸也未免太狭窄了！"又想道："师兄也未免太没男子气了，为何要觊觎别人的武功？咱们本门的武功，绝不在桑家之下，你若然都已精通，一生便已受用不尽。又何须去练这种妖邪恶毒的功夫？"

桑白虹却似很受感动，说道："官人，你听我说，我不是吝不肯传，只怕这两门功夫，你练了反而不利，你知我爹爹是怎么死的？"公孙奇诧道："你爹不是病死的么？"桑白虹道："我爹爹就是因为练这两门功夫，一不小心，败血而亡的。这两大毒功，非同小可，练的时候，危险得很。我也一直不敢练。"公孙奇道："但咱们要打败华谷涵，就非练这两大毒功不可。你让我试试吧，也许我凭着我本门的正宗内功，可以克制得住毒性。"桑白虹沉吟不语，公孙奇又道："我也是为了你的缘故，试想咱们融会了两家之长，再夫妻联手，天下还有何人是咱们敌手？你也不必受人欺负了。"桑白虹神情委顿，半晌说道："官人，你容我仔细想想好吗？这两大毒功太过厉害，可不是闹着玩的。当然你一定要练，我也不会吝啬，但我对这练功的奥秘，我自己也未深明底蕴，先得推究一番。"

公孙奇虽然有点失望，但已知道妻子已给他说动，迟早会得到这两大毒功，眼角眉梢，也不自禁露出一丝喜色，当下端起药碗说道："咱们只顾说话，药已凉了，你喝了吧！"桑白虹将药碗一推，说道："且慢！"公孙奇诧道："怎么？"桑白虹道："我还想问你一句话，我妹妹哪里去了？"公孙奇道："喝了再说吧。"桑白虹道："不，我一直记挂着她，你又不肯和我说，我闷在心头，难过极了。我要你说了再喝。"公孙奇笑道："青虹大约是追耿照那小子去了。"桑白虹道："是谁给她通风报讯的？"公孙奇道："这个，这个——她精灵古怪，耳朵长着呢。我怎知她从哪儿打听到那小子的消息？"桑白虹道："你别瞒我，是不是玉面妖狐来过咱们这儿？"

公孙奇苦笑道："我怕你又瞎起疑心，所以没告诉你。不错，她是来过了。"桑白虹道："你当真没有和她勾搭？"公孙奇佯怒道："你把你丈夫当成什么人了，这妖狐人尽可夫，你丈夫还未至于这么下贱！"公孙奇一发脾气，桑白虹反而赔笑道："我知道你不会。但这玉面妖狐委实不是什么好东西，我不愿意你和她来往。"公孙奇道："她只是来找青虹的。第二天青虹就悄悄和她走了，连我也未曾告诉。"桑白虹道："她不是只单找妹妹吧？你和她不是曾在密室里谈过两次吗？谈的什么，可以告诉我吗？"

公孙奇吃了一惊，心道："不知是哪个多嘴的丫环偷偷告诉了她？"只好说道："没谈什么，她只是来告诉我关于耿照的消息，她知道耿照偷了咱们的大衍八式，问我要不要将耿照逮捕回来。我记得你曾说过，看在妹妹的份上，你不愿意理会这事了，我就这样告诉她。大约她因为见我不理，后来又将这消息告诉妹妹，妹妹对那小子不肯死心，就跟她走了。我怕你病中多担心事，所以没有告诉你。"

桑白虹冷冷说道："怕还不仅仅这样简单吧？"公孙奇道："那你以为还有什么？"桑白虹道："我怕你受她怂恿，做出了不好的事情。"公孙奇道："你又来了，唉，你总是不能放心你的丈夫。"桑白虹摇手道："不，不，我不是这个意思。"公孙奇道："那又是什么意思？"

桑白虹道："我在担心，担心你受她怂恿，做金朝的鹰犬！"公孙奇面色一变，说道："你真爱胡思乱想，没这回事！"

桑白虹道："没这回事就好了。你还记得么，那回北宫黔来咱们这里，他透露口风，说是金主完颜亮想请你出山，做什么龙骑都尉，马上就给我赶跑了。我就是不愿意你做金朝的官，和北宫黔、玉面妖狐这些人混在一起。"公孙奇低声说道："我知道你的心意。"

桑白虹提高声音说道："你还有不知道的呢，我爹爹人称大魔头，他也是强盗头子。但他只不肯做一件事情，他生前对我说，什么坏事都可以做，就是不能做金人的官，因为一做了金人的官，稍微有点骨气的都不会跟你了，那时你想做强盗头子也不可得了。咱们的手下，大半是我爹爹的旧部，只要他们知道你与那妖狐往来，他们也会对你离心的。所以我不单是怕你受那妖狐勾引，而是怕你坏了咱们的基业，你可得仔细想想才好。"公孙奇出了一身冷汗，说道："虹妹你说得对，你放心，我也不会做那样傻事的。"蓬莱魔女听了桑白虹这一席话，大感意外，暗自想道："我只道是师嫂带坏我的师兄，却原来她也有几分正气。虽说是为了本身利害，但也算难得了。"如此一想，对师嫂的恶感也就减了几分。公孙奇又端起药碗说道："药都凉了，你可真得喝了！"

桑白虹道："唉，我可实在不想喝。"公孙奇道："不喝病怎会好呢？虹妹，就算是为了我的缘故，你也喝了吧！"桑白虹道："我有个奇怪的感觉，我这病是医不好了的。（公孙奇插口道：'胡说。'）但你既然定要我喝，那我就喝了吧。"

药碗已端到唇边，桑白虹正待张嘴吃药，忽有件意想不到的事情发生，只听得"叮"的一声，接着"当啷"声响，那药碗突然从公孙奇的手上掉了下来，裂成八块，汤药泼了满地，地上起了一层淡淡的紫气。

这一瞬间，公孙奇吓得呆了。桑白虹道："咦，你怎么啦？这药不喝也罢，何必难过？"她在病中耳目不灵，还当是公孙奇失手打破了药碗。

蓬莱魔女这一惊可比她的师兄更甚，她听得出那"叮"的一声，声音极为微细，乃是梅花针之类的暗器打着了药碗，但因药碗随即坠地，药碗碎裂的声音便将它遮掩过了，桑白虹闻得药碗碎裂之声方始惊起，根本就没察觉是有人用暗器将药碗打破的。

这一瞬间，蓬莱魔女当然也知道了另有个人，也似她一样，在向这房中偷伺。这人用极微细的暗器，竟打破了公孙奇手中的药碗，事前公孙奇丝毫也没发觉，连蓬莱魔女也是事发始知另有一人在暗中埋伏，这人武功之高，那也就可以想见了。"谁人有如此武功，他为什么要打破药碗？""以那人的武功之高，他若要用梅花针偷袭，尽可射入公孙奇的穴道，但他只是打翻药碗，可见用意只是在阻桑白虹吃这碗药。为什么？哎呀，莫非……"蓬莱魔女心念电转，一瞬间想到了许多事情，但想至此处，已不敢再想下去，她可得先看看这是个什么人？当下立即一个"鹞子翻身"，从"珍珠倒卷帘"的姿式变为"一鹤冲天",飞身上了屋顶,夜色迷朦,星光黯淡,哪里看得见什么人影?

就在这时,桑白虹已在叫道:"外面有人!"挣扎欲起,公孙奇蓦然一醒,心神稍定,倏地一个转身,长袖一挥,扑灭了那层淡淡的紫气,立即破窗而出。桑白虹诧异万分,看着他的背影,喃喃自语:"这是什么原因?他为什么如此惊恐?"要知公孙奇并非初出道的雏儿,他是屡经大敌的江湖上一流人物,即使发现有敌人来到,也不该如此惊慌的,而且他也没有向妻子交代一句话,就匆匆破窗而去,这也令得桑白虹多了一层思疑。当下,桑白虹就挣扎下床,察看究竟。

按下桑白虹慢表,且说公孙奇追出来的时候,蓬莱魔女已藏到一块假山石后。她是想等候那另一个人出来,而且她也不愿引起桑白虹的猜疑,故而不想在这时候便与她师兄会面。

公孙奇跳上那座假山,周围一望,不见有人,却也并不声张,一溜烟就跑了。他料想不到蓬莱魔女就藏在一块假山石后。

蓬莱魔女伏地听声,辨出了师兄所走的方向,待他走了一会,这才施展绝顶轻功,向那个方向追踪,远远地只见那师兄的背影走进一间房子。

这是公孙奇自己的书房,他点燃灯火,翻开抽屉,翻出了一本手抄的小册子,纳入怀中。这是他十年来偷学到的桑家武功,最近所得的"大衍八式"也在其内,只因这些武功乃是东鳞西爪,并非连贯起来的整套东西,因此他要运用自己的聪明才智,加以整理,仔细琢磨,因而这本册子,不单纯是他所偷学的武功的记载,其中也有他自己的研究心得。

蓬莱魔女借石障形,从后窗偷望进去,只见她的师兄绕室彷徨,似乎正有重大的心事委决不下。原来公孙奇此际正在寻思:"白虹是用毒的大行家,她若起了疑心,定然能够发现。唉,刚才我为什么不即杀了她?"他突然起了杀机,自己也觉得有点吃惊,随即想道:"我怎么可以有这个念头?她究竟是我的妻子,而且我若是下手杀她,这可就要声张起来了,这堡中多半是她父亲的旧人,事情发作,我虽不惧,但我在这里的基业可就要毁了。何况还有两大毒功的练功秘诀，我也还没有到手。"想起了这两大毒功，他不知不觉地喃喃自语，说出声来："我走呢还是不走？"原来他作贼心虚，一怕桑白虹发现他的阴狠手段，二怕刚才打碎他手中药碗那人乃是桑白虹暗中埋伏窥伺他的人，事情已然发作，他在这堡中是站不住脚的了。但随即又想道："不对，这人的武功十分高强，只有在我与白虹之上，堡中诸人，谁有这样本领？嗯，这也难说，她父亲是一代武学大师，往来的朋友，焉知没有本领极强的人物？说不定是她哪位世交叔伯，一向隐藏身份，在这堡中，连我也不知道？今晚他已经破我的计谋，出头示警。"公孙奇不断寻思，疑神疑鬼，既不敢回去杀桑白虹，又怕刚才打破他药碗那人，追来与他算账，而且即使那人不来，他也料想事情定会发作，他妻子决不肯与他甘休，左想右想，彷徨无计，终于还是决定一走了之。就在他准备开门的时候，忽听得门环轻轻碰了两下，那是有人在外面敲门，公孙奇大吃一惊，喝道："是谁？"把门拉开，藏在门后拔剑出鞘，准备那人一踏进来，他在门后一剑就刺过去。哪知那人进来只说了一声："是我！"公孙奇这一剑登时刺不出去了，进来的不是别人，正是蓬莱魔女。

公孙奇抹了一额冷汗，插剑入鞘，说道："师妹，原来是你？你怎么来了？倒把我吓了一大跳！"

蓬莱魔女冷冷说道："平生不做亏心事，半夜敲门也不惊。你做了什么亏心事了？"公孙奇道："哦，刚才发梅花针的那个人就是你么？"心中又惊又喜，暗自想道："师妹决不会是白虹暗中埋伏来窥伺我的，只要不是白虹的人，那我就不用害怕了。从日前之事看来，师妹对我也似乎并非全无情意。"

蓬莱魔女既不承认，也不否认，只是冷冷地盯着她的师兄，追问道："你给师嫂吃的是什么药？"公孙奇讷讷说道："是补中益气汤。"蓬莱魔女双眉一竖，冷笑说道："你休骗我，补中益气汤泼在地上，会有一层紫气的么？"公孙奇把心一横，说道："师妹，你已然识破，我也不妨对你直说，那不过是汤药中加上一小撮闽南桃花溪的百年茉莉根。"蓬莱魔女吃了一惊，失声叫道："闽南桃花溪的百年茉莉根，这还说不是毒药么？"

闽南桃花溪在武夷山的九疑谷，遍地桃花之外，溪畔还有野生的茉莉，溪水蕴藏有桃花瘴，毒性甚烈，茉莉根受溪水的滋养，也含有毒质。但经过了百年之久，瘴气都已去尽，研成粉末，无色无味无臭，即使是用吸毒的至宝玉蟾蜍来验，也验不出它是毒药。而且因为经过了百年，毒性已减，只能慢慢致人于死，死后也无丝毫中毒的迹象。宋代开国之初，宋太宗就曾用这种毒药暗害了后蜀降王孟昶，其后秘密流传于外，许多人都知道了。所以蓬莱魔女虽然不是使毒行家，也曾听过"闽南桃花溪百年茉莉根"这个毒药的名字。

公孙奇尴尬笑道："我并不是想要她性命，这茉莉根是慢性毒药，她内功造诣甚深，不会就死去的。我只要得到她那两大毒功，我就不会再用此药了。"蓬莱魔女道："要是她始终不将那练功秘诀交出来，那你不是要继续用药，把她毒死了？再说，她中毒已深，即使你停止用药，那她也要长年卧病在床，不能复起了。"蓬莱魔女把公孙奇问得哑口无言，他原来的打算，实在就是这样。

蓬莱魔女冷笑道："你使用这种慢性毒药，然后再假情假意地服侍她，原来就是要骗取她的武功？"公孙奇道："她是用毒的大行家，用这种毒药，才不至于给她发觉。"蓬莱魔女哼了一声说道："还有，你还想继续役使她父亲的旧属，称霸江湖，所以必须让她死后，尸体上毫无中毒的迹象，这才能使得她的部下不起疑心，仍然跟你？"公孙奇给她说中了心事，只好默不作声。

蓬莱魔女毛骨悚然，想不到师兄如此恶毒，又是伤心，又是愤激，心想："我只道师嫂不是好人，却原来师兄比她更坏百倍！"公孙奇忽道："师妹，你不知道，我实在后悔得很！"蓬莱魔女道："你后悔什么？"

公孙奇道："我悔不该当年离开你们，和这妖妇私逃。"蓬莱魔女本来也是一直把桑白虹当作"妖妇"的，但此时此际，这"妖妇"二字出自公孙奇之口，她听来却是刺耳非常，心里大大不以为然，不禁勃然作色，说道："师嫂对你实在是情深义厚，你怎么可以这样骂她？好坏你们都做了一场夫妻，你就连这一点夫妻之情都没有了么？"

公孙奇嬉皮笑脸地说道："师妹，你不知道，我本来不打算和她做夫妻的。我当年血气方刚，受不了她的狐媚手段，被她勾引私奔，现在是越想越觉不值。我只说一件小事情给你听，你也会感到可笑了，她年纪本来比我大，但她却一直要我将她唤作'虹妹'。你说可笑不？哼，不瞒你说，我早就讨厌她了！"蓬莱魔女心道："你不知道，我听了你这话，我也是多么讨厌你！"但因公孙奇毕竟是她师兄，她还在想怎样好言相劝，而不愿即时破脸。

公孙奇机灵之极，察觉师妹面色不对，又叹口气道："我娶了这个妻子，弄得我有家难归，爹爹不认我作儿子，师妹，你和我的情分也断了。唉，想起咱们从前所过的日子，你叫我怎不悔恨，怎不伤心？"说着，居然掉下两滴泪来。

蓬莱魔女本已对师兄充满恶感，但听了这一番话，想起师父对自己的恩情，而师父又只有这一个儿子，不禁也起了悽恻之情，当下说道："师兄，师父虽然不满意你做的事情，表面上虽然是口口声声不认你做儿子了，但他老人家心里却还是挂念你的。他一喝醉了酒，就会叫你的名字，这是我知道的。师兄，你若痛改前非，我一定给你向师父说情，连师嫂也一起接回去。至于我，我是一向把你当作师兄的。"

公孙奇苦笑道："多谢师妹，师妹，我知道你对我好，只要咱们的情分还在，那我也没有这么伤心了。但你说把、把那贱人也接回去，那就不必了。你想，事已如斯，我和她还能再做夫妻吗？师妹，只要你还是像往日一样对我，我马上就跟你走。她的什么毒功秘诀，这里桑家堡的基业，我统统都可以不要了！"蓬莱魔女听出他话里有话，怔了一怔，蓦地变色，说道："师兄，你这话是什么意思？"公孙奇笑道："师妹，你是绝顶聪明的人，你还不明白？我把那闽南桃花溪的百年茉莉根弄来，给你师嫂吃，一半的原因也是为了你啊！"

蓬莱魔女气得说不出话来，正要发作，忽听得外面似有脚步声响。公孙奇吃了一惊，作手势指那书橱，示意叫蓬莱魔女暂避一避。蓬莱魔女心想："我且看来的是谁？"当下就依从公孙奇的意图，躲到书橱后面，外面已轻轻响起了敲门声，公孙奇道："来啦!"手心里捏着一根毒针,便去开门。

公孙奇只道是妻子前来问罪,心中打定主意:"我且先听听她来意如何,要是未曾发觉,我就找个借口,解释刚才之事,再骗她那两大毒功的神功秘诀;要是她已经发觉,知道我在她汤药中加上了闽南桃花溪的百年茉莉根,哼,哼,那就没话好讲,只能将这根毒针刺进她的天灵盖了。舍弃这里的基业虽然有点可惜,但得了师妹,一切都可以补偿了。师妹比她貌美,比她高强,师妹又是绿林领袖,比桑家堡这点基业更是大得多。好,一意这么办了。"他想得如意,似乎十拿九稳,师妹定然从他,一切都可以在所不顾。但,虽然如此,他和桑白虹毕竟是做了将近十年的夫妻,一旦要下毒手,他捏着毒针的那只手,仍是不禁微微颤抖,手心也淌出了冷汗。

公孙奇轻轻把门拉开,只见一个披着白狐裘的女子走进门来,笑道:"公孙奇,原来你躲在这里,好不容易才找到你。"公孙奇怔了一怔,道:"原来是你,你怎么又来了?"来的不是别人,正是那玉面妖狐连清波。蓬莱魔女躲在书橱后面,暗暗欢喜:"踏破铁鞋无觅处,得来全不费功夫。好个妖狐,这次可是你自投罗网,逃不脱我的手心了。且先听听他们说些什么,看看他们之间还有什么秘密?"

连清波格格笑道:"你以为是谁?你不说我倒忘了,我上次是几时来过的?"公孙奇皱眉说道:"我可没工夫和你说闲话!"连清波道:"好大的架子,翻脸就不认人了么?喂,我当真是忘记了咱们几时会过的了,你不可以告诉我么?"

公孙奇背向书橱,料想蓬莱魔女瞧不见他的面部表情,便连连向连清波打了几个眼色,示意屋内有人,叫她赶快走开,同时心里又很奇怪:"她怎的尽是找些闲话来说?她是个精明仔细的人,上次几时会面她怎的也会忘记?就是忘记了也没什么打紧,为何老是发问?"当下只好说道:"我也不很记得清楚,大约是上月十二、十三吧!"

连清波竟似不懂他的眼色,说道:"好,那么已过了一个多月了,咱们上次商谈之事,你已经准备好了没有?"公孙奇道:"什么准备好了没有？我根本不知道你说的什么？"又接连打了两个眼色。连清波道："你想想看，我上次和你说的什么？"公孙奇恼道："你真是无理取闹，快走，快走！"

连清波反而大马金刀地坐了下来，说道："我好辛苦才来一次，哪有这样容易走的？你放心，我周围巡视过了，外面没有人。你赶快说吧，你把准备好的计划告诉我，我马上就走！"公孙奇气得七窍生烟，心里骂道："你号称妖狐，怎的这样愚蠢，连我的眼色也会意不来？哼，你是真的愚蠢呢，还是有心要我出丑？"

公孙奇眉头一皱，计上心来，说道："清波，你知不知道，我的妻子正恼你呢，她的病已经好了！"用意是要把连清波吓走，哪知连清波双眉一竖，仍是坐着不动，却冷笑说道："我知道她是个醋娘子，但我来得光明正大，怕她何来？哼，你要是怕她，那你就更不宜拖延时候了，快快把你的计划告诉我，我好回去复命，你也可以省了嫌疑。"

公孙奇道："你知道她为何恼你？她恼你怂恿她的妹妹出走，要找你算账呢！什么计划不计划的，我全不懂，我只知道你上次到来，为的是要青虹和你去找那姓耿的小子，这件事我倒是无可无不可，但我的妻子却是大不高兴。你可得当心点儿，惹翻了她，我也没法保护你的。"心想："我已经说得这样明显了，难道她还不会意吗？"公孙奇这番话也是有心说给蓬莱魔女听的，好撇清他与连清波之间的关系。

哪知连清波依然还似不懂，说道："那个姓耿的小子，他的事我才管不着呢！"公孙奇跺脚道："你不是来通风报讯，叫青虹去将耿照捉回来的吗？她碰着了耿照没有，为何不与你一同回来？"连清波面向书橱，蓬莱魔女从缝隙偷看出来，见她的面色，倒似是怔了一怔，这才支支吾吾地说道："唔，不错，不错，青虹是追那姓耿的小子去了，她武功高强，不用我帮她手。所以我和她出了商河县境，我就让她独自去了。"她顿了一顿，接着说道："你不要节外生枝，咱们话回正题吧。你不是说要投效朝廷，但因为时机未到，北宫黥的意思，也只是要你暗中出力吗？北宫黥想知道你的计划，叫你详细地回报他！"蓬莱魔女听到这里，疑心大起。第一，连清波分明是在济南途中见过耿照，还骗了耿照，救了那个被俘的军官。桑青虹也分明是和连清波一同到了济南的。第二，北宫黝被擒，她在济南，不该不知道，怎的还说了北宫黝等着回报？心里暗自寻思："她的话中露出许多破绽，都与事实不符。我师兄既是与她同谋，她在我师兄面前，还用得着说假话吗？还有，听她一路说来，似乎在想套取我师兄的口风，这又是什么道理？她和师兄的对答之间，也有许多不接头的地方。咦，真是古怪，叫人猜想不透。唔，玉面妖狐，著名狡猾，莫非她已知道我躲在这儿，有意说出一些假话？"但随即又觉得自己这个猜想，也还是有几点站不住脚，连清波若是察觉有人埋伏房中，何以还流连不走？而且她也不该老是迫公孙奇说出什么计划，难道不怕泄漏了秘密么？蓬莱魔女心细如发，旁观者清，听出他们的对答有许多不接头的地方。公孙奇虽是聪明，但因他心中焦急，恨不得连清波早走，却未曾发觉她话中的破绽。

公孙奇思疑不定，心中想道："难道北宫黝当真是等着回音？但她上次和我密谈，却是压根儿未曾提过北宫黝的，怎的平空多钻出一个人了？哼，岂有此理，我的身份在北宫黝之上，我即算投顺朝廷，也只有金主完颜亮才配管我，他北宫黝是什么东西，也想骑在我的头上，以顶头上司自居？"原来连清波上次来做说客，拉拢公孙奇归顺金朝，是奉了金国御林军统领檀道清之命，还带了金主完颜亮的"密诏"，以金主完颜亮的名义来进行的。要他暗中效力，剪除绿林中抗金的豪杰，并在金兵大举侵宋之时，由他去攻袭两股义军的山头，表面上装作是绿林火并，实际是牵制义军的兵力，使他们不能"扰乱"金兵的后方。事成之后，金主完颜亮默许公孙奇在山东自立为王，金国官军与他可以订立互不侵犯之约。

连清波上次是直接传达完颜亮的"御旨"，公孙奇觉得完颜亮很看重他，欣然答允。但这次连清波却说是奉了北宫黝之命，来向他索取什么"计划"，这就等于无形中降低了公孙奇的身份，公孙奇自是大不高兴，心中想道："北宫黝是什么东西？他不过是完颜亮的一名御前侍卫，也配给我下令？他的把兄东海龙我尚且不放在眼内，难道反而要向这条北芒狗卖账？"

公孙奇想至此处，不觉暗暗恼怒，这时连清波的眼光正注视着那个书橱，公孙奇心头一动，随即想道："我师妹是北五省绿林盟主，只要她肯嫁我，我一样可以自立为王！"原来公孙奇此人野心极大，但求能称霸绿林，占据一方，随心所欲，事齐事楚，他倒并不在乎。

连清波见他沉吟不语，说道："怎么，难道你不信任我么？"公孙奇疑心忽起，寻思："上次她只是说完颜亮许我便宜行事，官军可以在暗中帮我一把，让我可以吞并其他山寨。至于什么详细计划，她可并没有要我呈报。那样的机密大事，她都可以与我商量，她又是有完颜亮'密诏'的，我怎会不信任她？"他人极聪明，登时从连清波这一句话看出破绽。

当下公孙奇冷冷一笑，说道："你是要我捉拿耿照的计划么？青虹已经去追踪了，我再添多几个人帮她追捕就是。这个，北宫黝也要知道吗？"

连清波诧道："你说什么？"公孙奇道："你上次和我谈的，不就是这个计划吗？"连清波更是惊诧，说道："我说的是关于你投顺朝廷的事情！"

公孙奇道："你哪里说过这种事情？我公孙奇打家劫舍，坐地分赃，也不知什么朝廷不朝廷的？哼，你究竟是什么人？到这里胡说八道！"

连清波叫道："你说什么？你想想看，你有没有弄错？"公孙奇道："我说你才是弄错了，跑到这儿胡说八道！"连清波站了起来，退后一步，厉声说道："哦，原来你是压根儿没有归顺朝廷的意思！"公孙奇道："你再啰唆我就要对你不客气了！"他说这两句话的时候，悄悄地对连清波又使了个眼色，原来他的心思未定，要知他虽然自己觉得有七八分把握可以获得师妹，只要获得师妹，他就可以完全不理会连清波，不必走连清波给他安排的道路，但毕竟师妹还没有答应嫁他，他心里还想给自己准备一条后路，因而也就不想对连清波太过绝情。他一面作势要驱逐连清波，一面给她打个眼色，就是为了这个缘故。

连清波忽地笑道："哦，这么说来，或许倒真是我弄错了。你既然没有投顺朝廷之意，那我只好走了。"

蓬莱魔女躲在书橱后面，听到此处，也是思疑不定，暗自寻思："原来我的师兄虽然误入歧途，与这妖狐也有来往，却倒还不是叛国投敌！但这又焉知不是他们故意一唱一和，有心在我的面前说的假话。"这时连清波正要跨出房门，蓬莱魔女岂能容她就此走掉？蓦地一声冷笑，从书橱后面出来，冷冷说道："玉面妖狐，你看看我是谁？你还想跑得了吗？"

在蓬莱魔女意料中，这玉面妖狐一见是她，定然惊惶失色，哪知连清波的态度却大出她意料之外，只见她在门口立定，"噗嗤"一笑说道："你是桑家嫂子吧？我早知道你躲在这里了！我又没有勾引你的丈夫，你干吗要发这样大脾气。我们说的话你都听见了，该知道我是为了正事来的吧？公孙大哥，你是否瞒着嫂子的？好，嫂子你既然出来了，那咱们就挑明来说吧，我先想问你一句，你丈夫不肯投顺朝廷，这是他自己的意思，还是你的主张？"

连清波竟然把蓬莱魔女误认作公孙奇的妻子桑白虹，蓬莱魔女初是惊诧，继之恼怒，只道玉面妖狐故意戏弄她，气得满面通红，一声喝道："好个妖狐，你死到临头，还敢对我污言秽语，我先把你宰了！"声到人到，拂尘一展，立即便向连清波当头罩下！

连清波这才大吃一惊，叫道："什么，你不是……"话犹未了，只觉一股劲风，已是迎面扑来，连清波衣袖一拂，荡开了蓬莱魔女的拂尘，但听得"嗤嗤"声响，虽是荡开了蓬莱魔女的拂尘，但她的衣袖也已给拂尘撕成片片，一条欺霜赛雪的玉臂上起了十几道血痕！双方交了这招，连清波固然是心头大震，蓬莱魔女也是诧异非常！

要知蓬莱魔女与玉面妖狐是曾经交过一次手的，蓬莱魔女对这敌人的武功深浅，知道得清清楚楚，玉面妖狐的武功虽然不弱，比起她来，毕竟还是相差很远，但现在玉面妖狐居然能用衣袖荡开她的拂尘，这可就大大出乎她的意料之外了！虽说这一招也还是连清波吃了大亏，但比之上次交手，却不知高明了多少了！蓬莱魔女大为诧异："想不到隔别不过半年，这妖狐的武功竟尔精进如斯！"

蓬莱魔女见玉面妖狐武功了得，大是今非昔比，不敢怠慢，出招更狠，暗运内力，拂尘闪电般的扫去，尘尾根根竖起，恍如千百根利针，根根向玉面妖狐刺下。公孙奇吓得慌了，连忙叫道："师妹手下留情，放过她吧！"

但见拂尘过处，声如裂帛，玉面妖狐的另一条衣袖又已化作了片片蝴蝶，随风飞舞，剩下了两条肤光如雪的臂膊，已无衣裳遮蔽。蓬莱魔女冷笑道："师兄，你还替这妖狐讨饶？这妖狐为虎作伥，到处残害我大宋英豪，今日撞在我的手上，我不将这妖狐宰了，难消我心头之恨！"说时迟，那时快，第三招又已发出，连宝剑也拔了出鞘，左手拂尘，右手长剑，同时齐下杀手！

连清波忽地叫道："你，你弄错了！……"可是她的话声未了，蓬莱魔女的剑尖吐出一缕青光，已刺到她的背后。连清波一个"细胸巧翻云"，在间不容发之际，箭一般的射出门外。但饶是她身法如此迅速，也不过仅仅避开了蓬莱魔女的剑招，左臂光滑的皮肤上却又已添了十几道血痕，骨头都给拂尘扫得隐隐作痛！

玉面妖狐逃得快，蓬莱魔女也追得急，两人几乎是首尾相衔，如影随形，霎眼之间，蓬莱魔女的剑尖又已指到她的背心。这玉面妖狐的武功也真不弱，就在蓬莱魔女的剑锋堪堪要刺中她身体之际，她反手一格，"当"的一声，竟把蓬莱魔女的青钢剑架住，她手中业已多了一样兵器。

这是一支笛子，笛身用名贵的建漆漆得鲜红夺目，在月光中可以瞧见人影。上面刻有刀法精细的春山牧牛图，牧童、横笛、青山、云树，在月光下也隐约可见。画的线条嵌成石绿色，题字嵌成赤金色，笛尾是一段象牙，使整支笛子显得十分古雅。蓬莱魔女吃了一惊，心道："这支笛子可是人间罕见的宝贝！如此古雅的笛子，只合在高人隐士的手中，这妖狐用来当作兵器，却是大大的不配了。"

但更令得蓬莱魔女吃惊的却还不是这支笛子本身，而是她的精妙招数，她把这支短笛使开，指东打西，指南打北，居然有若流水行云，毫无黏滞，招招都是指向对方的要害穴道，瞬息之间，连拆了蓬莱魔女的九招十七式！

最最奇怪的是：玉面妖狐的点穴家数竟是与"武林天骄"颇

为相似，不过一个用的是箫，一个用的是笛而已。这种奇妙的点穴神招绝非半年之内所能学会，蓬莱魔女奇怪极了，不禁想道："上次在天宁寺废墟之战，这妖狐与我生死相搏，何以不使这套功夫？当时她已有性命之忧，论理是该使出自己最得意的本领才对。还有，她从前用的兵器乃是青剑红绸，现在却改用一支笛子，兵器的性质，也是毫无相似的地方。"同是一个玉面妖狐，武功却是前后判若两人，饶是蓬莱魔女绝顶聪明，也是百思莫得其解。

蓬莱魔女把心一狠："管它这么多，她是玉面妖狐，总没有错！"正要痛下杀手，忽地想道："她刚才为什么说我弄错了？"随又想道："这妖狐狡猾非常，我斥她为虎作伥，她大约是还想狡辩。哼，你这妖狐骗得别人，可骗不了我！任你如何狡猾，今日也是要取你性命的了！"要知连清波的来历，蓬莱魔女虽然还未完全清楚，但她的恶迹，蓬莱魔女已是查悉甚多，今晚又亲见她来充当说客，口口声声要公孙奇投顺金朝，对这"妖狐"的说话，蓬莱魔女还焉能相信半分？当下心意已决，再也不去琢磨连清波的那句说话，立即痛下杀手。

连清波的点穴招数虽然奇妙，毕竟还是不如蓬莱魔女。蓬莱魔女一发了狠，天罡尘式、柔云剑法，同时展开，一刚一柔，攻如雷霆疾发，守如江海凝光，连清波的笛子点不到蓬莱魔女身上，蓬莱魔女的长剑却是欺身直进，招招紧迫，越来越见凌厉，不过片刻，连清波全身都已在她的拂尘与剑光笼罩之下，进既不能，退亦不得。

公孙奇赶了出来，看得胆战心惊，但却已不敢再为连清波讨饶，就在此时，只听得蓬莱魔女大喝一声："着！"拂尘一裹，连清波的那支笛子脱手飞出，说时迟，那时快，蓬莱魔女的剑尖已指到了她的心口。

就在这千钧一发，性命俄顷之间，忽听得"叮"的一声，不知何处飞来一粒石子，竟把蓬莱魔女的剑尖荡歪少许，连清波身法何等快疾，趁此稍纵即逝的时机，一个"倒踩七星"，倒纵出一丈开外。

蓬莱魔女心头一凛，喝道："好呀，原来你这妖狐还有同党！"

话犹未了，只见一条黑影，倏然而来，已是拦在她与连清波之间。蓬莱魔女刷的一剑刺去，那人笑道："真是人生何处不相逢，想不到咱们今日又在这里遇上了！"蓬莱魔女在瞬息之间，疾攻七招，那人竟是兀立如山，丝毫未动，蓬莱魔女这时才看得清楚，原来此人不是别个，正是与她在泰山玉皇顶上交过手的那个"武林天骄"！正是：

　　造化弄人缘未了，人生何处不相逢。

　　欲知后事如何，请听下回分解。

第二十四回　来何汹涌须挥剑
去尚缠绵可付箫

　　蓬莱魔女气往上冲，喝道："好呀，又是你！"上次给他救了金主完颜亮，这次又给他救了玉面妖狐连清波，两次都是功败垂成，坏在武林天骄的手里，蓬莱魔女自是气恨之极，一认出是武林天骄，立即痛下杀手。

　　蓬莱魔女深知武林天骄的本领高强，这一招几乎是使出浑身的本领，与他相拼。只见她尘剑兼施，拂尘散开，万缕千丝，宛如在武林天骄的头顶撒下一张大网；青钢剑也同时刺出，其直如矢，径取武林天骄胸口的"璇玑穴"。这两招同时并用，乃是"天罡尘式"与"柔云剑法"的精华所在，端的是奥妙之极，威力无穷！

　　武林天骄竟是依然神色自如，笑道："上次我一曲未终，殊属遗憾；今日有幸重逢，你再听我吹一支曲子如何？"洞箫凑到口边，一声清越的箫声飞了出来，气流激荡，把蓬莱魔女的拂尘吹了开去，随即听得"当"的一声，蓬莱魔女的青钢剑砍中他的玉箫，也给他的玉箫弹开了。

　　武林天骄的玉箫没有离开他的口边，但蓬莱魔女狂风暴雨般的剑招，竟给他随意挥洒，一一化开，每一剑都恰恰给他的玉箫挡住，他的玉箫家数虽是与玉面妖狐的古笛家数同源，差异不大，但他运用的神妙，功力的深厚，却不知比玉面妖狐高出多少倍，蓬莱魔女可以制伏玉面妖狐，对武林天骄却是一筹莫展！武林天骄不但挥箫拒剑，举重若轻，而且箫声也从未间断，蓬莱魔女的拂尘被他吹得尘尾飘飘，缕缕散开，"天罡拂尘三十六式"施展开来，已是不成招式!

武林天骄吹的乃是唐诗人陈子昂的《登幽州台歌》,这首歌很短,总共只有四句:"前不见古人,后不见来者。念天地之悠悠,独怆然而涕下!"悽怆激越,当真是响遏行云,令人不知不觉之中受了箫声的感动,蓬莱魔女大吃一惊:"想不到他的箫声还有这许多妙用!"连忙强摄心神,正拟再施展生平所学,与他一决雌雄,武林天骄已吹到最后一个高音,忽然拔了一个尖儿,似一根钢丝抛入天际,蓬莱魔女不觉心头一震,说时迟,那时快,武林天骄已突然反守为攻,玉箫挥舞,忽地在一招之间,遍袭蓬莱魔女的奇经八脉,蓬莱魔女迫得使出"登云纵"的绝顶轻功,平空拔起,一个倒翻,向后方纵出了三丈开外,虽然是避开了武林天骄这一击,但高手过招,给敌人迫得一退三丈,已经可以说得是落败了。

蓬莱魔女一片茫然,但那武林天骄却没有乘胜追击,反而后退,他也像蓬莱魔女那样,就在那瞬息之间,也突然使出了"登云纵"的绝顶轻功,一个倒翻,向左斜方倒纵出三丈开外,恰恰落在公孙奇面前,玉箫一个盘旋,竟似闪电般的手法,突然向公孙奇点到!

公孙奇家学渊源,他的父亲公孙隐乃是不世出的武学奇才,只有桑白虹的父亲桑见田生时,能与他抗手,虽说公孙奇因与桑白虹私奔,未曾尽得他父亲的衣钵真传,但所具的一身上乘武功,已是非同小可。与桑白虹成亲之后,桑家的武功秘奥,他也略有所窥,尤其是最近又学了桑家的"大衍八式",融合了两家之长,武功更是大大地精进了。

"武林天骄"闪电般的攻来,却也未能将公孙奇立即点倒,就在武林天骄的玉箫堪堪点到他胸口的时候,只见他身形一仰,腰向后弯,脚跟一旋,玉箫几乎是贴着他的面门扫过,陡然间一缕青光飞起,只听得"当"的一声,他已拔剑出鞘,格开了武林天骄的玉箫。他闪招、拔剑、长身、还击,四个动作,一气呵成,武林天骄也不禁暗暗赞了一个"好"字,心想:"他的武功虽还比不上他的师妹,但在武林中能胜过他的,恐怕也只是有限的几个人了。"

说时迟,那时快,武林天骄挥舞玉箫,已把公孙奇前后左右的退路全都封闭，公孙奇虽不至于在数招之内见败，但全身穴道，都已在武林天骄卷起的千重箫影笼罩之下。

公孙奇又惊又急，连忙叫道："你弄错了！连姑娘是，是……"他心想这"武林天骄"在他师妹剑下救了连清波的性命，当然是连清波这一边的人，他正想向武林天骄说明连清波是他的朋友，话犹未了，武林天骄已是"哼"了一声，冷笑说道："你才弄错了，枉你一身武功，却不学好！"他口中说话，手底丝毫不缓，只听得一片断金戛玉之声，就在这说话的时间，他的玉箫已插进了公孙奇剑光封锁的圈子，直指到了他胸前的璇玑穴，公孙奇哪里还能分神说话，连忙横剑护胸，瞬息之间，玉箫金剑，已碰击了十七八下！公孙奇虎口酸麻，眼看就要遮拦不住。

蓬莱魔女正想上去帮她师兄，忽听得一声惊呼，在花树丛中，突然现出一个人影，不是别人，正是公孙奇的妻子桑白虹。

武林天骄摇了摇头，说道："嫂子，公孙奇如此对你，你还怜惜他么？"桑白虹指着公孙奇骂道："怪不得我的病迟迟不好，原来是你存心害我，竟然在我的汤药中放下了闽南桃花溪的百年茉莉根！好在我命不该死，倒要看看你这副黑心肠是怎么生的！"公孙奇叫道："娘子，念在——"底下那"夫妻之情"四字未曾出口，又已被武林天骄的攻势迫住，只能全神招架了。桑白虹冷笑道："我若不是念在夫妇之情，早已任凭恩公将你杀了！"蓬莱魔女听得桑白虹对武林天骄称作"恩公"，颇为诧异，她这时也已看得出来，武林天骄的攻势虽然凌厉，却仍是手下留情，并无取公孙奇性命之意。

蓬莱魔女怔了一怔，随即恍然大悟："是了，我在孤鸾山上所见的那个影子，以及刚才用暗器打碎药碗的那个人，原来就是这武林天骄！他本来就不是想取我师兄性命，而只是为了救我师嫂来的。但他却怎么会知道我师兄蓄意谋害师嫂呢？是偶然撞上的呢还是有心来的？"

武林天骄道："好，他是你的丈夫，我不便越俎代庖，随你怎样处置他吧！"桑白虹恨声说道："我不要这样的丈夫，从今之后，我只当是他死了！"走上前去，"呸"的啐了公孙奇一口，恨恨说道："公孙奇，你好，你好！"接着噼噼啪啪，连打了公孙奇四记耳光！公孙奇被武林天骄的攻势迫住，那一口唾涎和四记耳光，全都不能闪开。

蓬莱魔女心道："以师兄的所作所为，受这四记耳光，责罚还是轻了。"本来以她的本领，若与师兄联手，尽可胜得武林天骄，也尽可拦得住桑白虹，免使她的师兄受辱，只因她也不齿师兄所为，故而袖手旁观。

桑白虹打了丈夫四记耳光，回过头来，忽地对蓬莱魔女冷笑："丈夫我不要了，这桑家堡我也不要了。你要是欢喜你的师兄，我就都送了给你吧！"长袖一挥，扭头便走。蓬莱魔女又羞又气，追上前去，叫道："师嫂，慢走！我不是你所想的这样的人，你听我说。"话犹未了，桑白虹已在骂道："谁是你的师嫂！"双袖一扬，一团彩色的烟雾从袖管中飞出，蓬莱魔女知她是个使毒的大行家，虽然不惧，却也不能不立即避开。星光黯淡，烟雾弥漫，桑白虹的影子已在烟雾中消失。

远处忽有笛声传来，音细而清，如怨如慕，如泣如诉，武林天骄道："好，咱们一同走吧！"将洞箫凑到口边，也吹了起来，与那笛声相和。

蓬莱魔女心道："看来这武林天骄并不全是坏人，但他却是玉面妖狐的同党，是金主完颜亮的保镖。这就是我的敌人了！"这时武林天骄已放开了公孙奇，向着桑白虹所走的方向追去。蓬莱魔女飞步赶上，挺剑喝道："你究竟是什么人？"

武林天骄箫声不断，却加快了脚步，蓬莱魔女起步在后，追不上他，距离越来越远，只听得他洞箫吹奏的乃是当代词人陆游的一道《沁园春》词，词道："孤鹤归来，再过辽天，换尽旧人。念累累枯冢，茫茫梦境，王侯蝼蚁，毕竟成尘。戴酒园林，寻花巷陌，当日何曾轻负春。流年改，叹围腰带剩，点鬓霜新。交亲散落如云，又岂料而今余此身。……"一曲未终，人影已是杳然，余音袅袅，细若游丝，也几乎听不见了。蓬莱魔女一片茫然，心道："这是他借此词而自诉身世心事吗？"

公孙奇神情沮丧，在月光下更显得脸色发青，蓬莱魔女对他是又气又恼又有几分可怜，回头说道："师兄，你知道错了么？"公孙奇举起袖子，抹去了脸上的唾涎，恨声说道："我早已知道错了，我错在不该娶这妖妇。哼，此仇不报，何以为人！"蓬莱魔女气往上涌，双眼一瞪，说道："你这是什么话，你还要报仇！你要报什么仇？你下药害你妻子，若说报仇，应该是师嫂向你报仇！"

公孙奇吃了一惊，心道："糟糕，我只道这小师妹心里是喜欢我的，不料她也帮起那贱人来了。却不知她这话是否出自真心？"偷偷望过去，只见蓬莱魔女那两道目光，有如寒冰利剪，冷峻非常，公孙奇只感到一股凉意直透心头，从蓬莱魔女这充满责备的目光，不需她再说半句，公孙奇已知道师妹是极之不齿他的所为了。

公孙奇蓦地想起一事，说道："师妹，你只道我对不起她，却不知她也对不起我！"蓬莱魔女道："她有什么对不起你？要不是她阻住武林天骄，你今晚已有性命之忧！她打的四记耳光，你自己想想，是该打不该？"公孙奇又羞又愤，但为了要获得师妹的同情，只好强忍怒气，装出一副可怜的样子，苦笑说道："师妹，夫妻之间打打骂骂，本来也属寻常。但她打我耳光，却是打给别人看的，哼，我明白她的用心。"蓬莱魔女道："你这话是什么意思？"公孙奇忽地移转话题，说道："你可知道那武林天骄是什么人？"蓬莱魔女本不满意他移转话题，但这武林天骄的来历，却是她长久以来渴欲知道的，不禁问道："你这么说，敢情你知道他是谁了？"公孙奇双眉一竖，咬牙说道："从前我不知道，现在我知道了，这武林天骄就是那贱人旧日的情郎！"

蓬莱魔女吃了一惊，连忙峭声斥道："住口，你怎可如此含血喷人？师嫂对你是情深义重……"公孙奇淡淡说道："师妹，你的武学造诣在我之上，难道你看不出那武林天骄的家数么？"蓬莱魔女又是一怔，问道："怎么？"公孙奇道："武林天骄的家数脱胎自桑家的上乘武功，其中有几招就是从大衍八式变化来的。"蓬莱魔女见过桑白虹的武功，也见过耿照所用的大衍八式，刚才已略有所疑，此时听师兄这么一说，不由得心里想道："确是不错。但经过武林天骄的变化运用，却是比桑家的原来武功高明多了。倘若这武林天骄当真是大魔头桑见田的弟子，那么得这大魔头衣钵真传的，就不是师嫂而是这武林天骄了。"当下问道:"他们的家数相同,这又怎么样了?你怎可据此,就可推断他们之间有什么私情?"

公孙奇冷笑道:"师妹,你瞧这武林天骄的相貌,是不是像个胡儿?"当时在中国的北方,汉胡杂处,彼此通婚,汉人胡人,本不容易分别,但蓬莱魔女从北宫黩的口中,早已知道武林天骄是金国武士引以为荣,最最崇拜的人物,而且他又曾经暗中保护过金主完颜亮,当然是金人无疑。当下说道:"不错,他本来是个胡儿,还用说么?"公孙奇道:"着呀,如此说来,他怎会是我岳父的门下?我岳父虽然是个无恶不作的大魔头,但他一生却是痛恨金人的,他生前曾定下戒条,严禁部属做金人的官,这想必你也听说过的了?"蓬莱魔女想起桑白虹在密室中告诫她师兄的说话,心道:"是呀,师嫂不准她丈夫与玉面妖狐往来,为的就是禀承她父亲的遗训。如此说来,桑见田确是不会收一个胡人作为弟子,尤其这武林天骄更多半是金国的皇族中人。"

公孙奇接着说道:"还有一层,我爹爹与桑家乃是世仇,他心目中最大的强敌也就是我那死鬼岳父,这也是你知道的了。强仇大敌,必须知己知彼,我爹爹对桑见田的一切情形,当然了如指掌,桑见田倘若有这么一个武功高强的徒弟,我爹爹还会不知道么?但我爹爹可从来没有提过桑见田有这么一个传人!"他说到后来,已是直呼岳父之名,越说也越得意了。

蓬莱魔女心想:"不错,我一向只知道桑家的武功只传给两个女儿,从没听说桑见田还有徒弟。我师父对桑家一切极为留心,即使是桑见田秘密收徒,瞒得过别人,也未必瞒得过我师父的。我师父交游广阔,所交的又都是江湖上的奇人异士,武林天骄技成已非一日,倘若他当真与桑家有甚渊源,我师父岂能不得一点风声?"蓬莱魔女最初未经深思,还有点怀疑"武林天骄"是桑见田的弟子,如今层层剖析,最初的想法,已是站不住了,因而心中也就更感到"武林天骄"的来历神秘。

公孙奇得意洋洋,往下说道:"师妹,以你这样聪明,难道还不能识破其中疑窦?武林天骄从何获得桑家的武功?我岳父不会传给他,传给他的人,除了桑白虹这贱人还有哪个?老实说在那贱人与我成婚之前，我早已知道她有个情郎的了，但直到今天，我才知道是哪一个！不但如此，还有好些蛛丝马迹，那贱人在婚后也与情郎暗中互通声气，我就是怕她与情郎暗中联手，暗害于我，我才先下手为强的！"其实只有"武林天骄"的家数与桑家的武功颇有相同之处，这一点乃是真的。其他一切，都是无中生有！公孙奇绝顶聪明，想为自己的罪行开脱，同时也是为了想骗取师妹的信任与同情，信口乱捏了一大段说辞，但说来头头是道，蓬莱魔女也不禁信了几分。

蓬莱魔女心里想道："师嫂出身邪派，在婚前行为不大正当，或许也会有的。婚后不知如何，但就我刚才所见，她对师兄却是深心相爱，并无虚假。"当下说道："师兄，你不要胡乱猜疑，你们已经是相近十年的夫妻了！……"公孙奇打断她的话道："这不是猜疑，这是事实。"蓬莱魔女道："有什么真凭实据你已拿到了手中么？"公孙奇冷笑道："还用得着什么证据？那武林天骄今晚到来，又和她一同走了，这就是证据！师妹，多谢你好言相劝，但请你设身处地替我想想，这样的夫妻还能做下去么？我与她已是恩断义绝，师妹，你能原谅我过去做错的事，仍像从前一样对待我么？你可知道，我是一向喜欢你的啊！"

蓬莱魔女勃然变色，厉声说道："师兄，不管如何，你对妻子下这毒手就是不该！我和你是师兄妹，我受你爹爹抚养之恩，一向也愿意把你当作哥哥看待，但倘若你做出天理难容的事情，我认得你，我的宝剑却不认得你！"公孙奇面色灰白，讷讷说道："师妹，你，你，你就一点不念从前的情分？"蓬莱魔女正色说道："我就是因为念在师兄妹的情分，想你做个好人。你过去做错的事情就让它过去吧，今后可要堂堂正正做一个人。"公孙奇道："你要我怎么样做？"蓬莱魔女道："回去见你爹爹，禀明一切，你爹爹会原谅你的。然后你要找回师嫂，向她认罪。依我看来，只要你真诚悔过，她也会饶恕你的。你不必担心你爹爹不许她进门，我会替你们说好话的。师嫂对你一片真情，你若对她三心二意，甚或还想谋害她，那我就第一个先不饶你！"公孙奇颤声道："这个，这个——"蓬莱魔女道："我言尽于此，听与不听，这就由得你自己了！师兄，我望你好自为之！"说完便去，再不回头。公孙奇呆若木鸡，心里想道："这可真是两头不到岸，赔了夫人又折兵了！唉，我该不该听她的话，回不回家呢？"

蓬莱魔女走出了桑家堡，也是心事重重，暗自思量："师兄的话不知是真是假？但师嫂与那武林天骄同走，总是令人放心不下。她未必与武林天骄有什么私情，最少在婚后不会。但只怕她不知道武林天骄的身份，那就可能像耿照从前一样，糊里糊涂，给敌人利用了，自己也不知道。"再又想道："好在我师兄倒并非叛国投敌，我却可以放下一重心事。这里的事情既了，我应该到江南走一趟了，不论于公于私，我都应该见见笑傲乾坤。但在去江南之前，我可先得回山寨安排一下，好在金兵侵宋之时，冀鲁的绿林好汉，也可与义军呼应。"主意打定，蓬莱魔女就兼程赶路，向北而行。她为了赶路，也为了便于施展轻功，不走大路，专抄山间的小路行走，免得惹人注意。她脚程快速，不过几天工夫，已到了冀鲁交界的山道上。

山风吹来，蓬莱魔女吸了一口，不觉眉头一皱，暗自沉吟："奇怪，这风中怎的有一股腥味？"朝着那股风向走去，只觉前面黑压压一片危崖，峥嵘兀立，崖上大红的山茶花正在盛开，而那股腥味也越来越浓了。到了此刻，蓬莱魔女已可以肯定这是血腥的气味，心里想道："是谁在这里杀了人？而且看来不只杀的一个！倒要上去看看。"

蓬莱魔女施展绝顶轻功，脚点危石，手攀藤蔓，转眼之间，就上了那座危崖，途中还随手摘了一朵茶花。

上面倒是一块平地，蓬莱魔女定睛一瞧，这一惊端的非同小可，只见那块草坪上，东南西北四方，各有一堆乱石，乱石上各有三颗人头，正中间有块形如镜台的圆石，石上也有一颗人头，共是一十三颗人头！

蓬莱魔女身为冀鲁的绿林领袖，剑底也曾诛过不少奸邪，只是发现人头，还不会令她吃惊，令她吃惊的是，这些人头竟有许多是她认识的人，而且还有几个是向她纳贡、依附于她的山寨寨主！

蓬莱魔女可以看出，这些人头，都是给人用药水炼过的，面目完整，神情如生，只是比生前缩小了一半有多。蓬莱魔女一路看过去，心里越来越是惊疑，"只就我所认识的这几个人而论，快马韩的五虎断门刀是武林一绝，铁拐李的乱披风拐法也曾纵横绿林，还有跳虎涧的柳麻子和饮马川的杨大眼也都是一方之霸，这些人武功委实不弱，怎的都给人杀了？"再看到正中间圆石上的那颗人头，更是吃惊，那是山东绿林大豪、新任一股义军首领的褚大海，此人不但武艺高强，而且性情豪爽，任侠仗义，素为绿林好汉推重。蓬莱魔女崛起之后，他起初不服，后来见蓬莱魔女力抗金兵，行事磊落，武功又是世所罕见，这才心悦诚服地与蓬莱魔女深相结纳，自愿做她的部属，蓬莱魔女也很敬重他，不敢以部属看待，而尊他以大哥之礼，因此这褚大海实际上就等如蓬莱魔女在山东的副手。此际，蓬莱魔女见褚大海也被杀害，不由得又是伤心，又是愤怒，心想："凶手把这些人头摆在此处，不知是何用意？可能会有人来，我且在此守候。求褚大哥在天之灵庇佑，让我捉着凶手，替你报这血海深仇。"当下将褚大海的人头拿了下来，用一件衣裳包好，其他的人头，她就无法一一收拾了。

树林里远远传来悉悉索索的声音，与风刮茅草的声响并无多大分别，但蓬莱魔女是个江湖上的大行家，一听就知是有轻功高明之士来到，心想："我且看看来的是谁，有何动作？"

她拾起人头，跳上了一棵大树，借那繁枝密叶，掩蔽着身体，过了一会，果然看到有一个人从树林里走出来了。

来的是个面色焦黄的干瘦老头，脚登六耳麻鞋，身披黄麻大褂，和他的面色配合，一片深黄，就似一段枯萎的树枝，直挺挺地竖在四面山花之中，色泽显得非常的不调和，令人看了一眼，就觉得心里厌烦。

这枯瘦老头步出树林的时候，发出一声狞笑，显得十分得意的样子，目光缓缓地从一堆堆的人头上扫过，忽地"咦"了一声，双眉倒竖，这时他已发现失去了中间的一颗人头。

蓬莱魔女心道："这些人多半是他杀的了。"从树叶缝中望下去，只见这怪老头脸色黄里泛红，显得气怒不堪，两个太阳穴高高坟起，蓬莱魔女心中一凛，想道："此人内功深湛，倒不可轻敌了。"正待现出身形，却见那怪老头戟指骂道："哼，居然还给他的党羽漏网一人，到此捣乱。好呀，你把褚大海的首级拿去，我就要你的首级也不能保全。"飞起一脚，"轰隆"一声，将那块大圆石踢得四分五裂，聊泄心头之恨。

蓬莱魔女本待下去，但听了那怪老头的自言自语，却又不禁起了好奇之念，"他这话是什么意思，他以为是谁的党羽？好，我且再看一会。"

心念未已，忽听得一声长啸，剑器铮鸣，有人朗声吟道："宝剑欲出鞘，将断佞人头。岂为报小恩，夜半刺私仇。可使寸寸折，不能绕指柔。"弹剑悲啸，宛若龙吟，走出树林，是个英气勃勃的中年汉子。蓬莱魔女心道："壮哉此人，看来他是自知不是这老头的对手，但却下定决心，要决一死战了。"

那怪老头仰天大笑，说道："西门先生果是信人，依时来了。请你先会会你的朋友，老朽不敢慢客，把他们先请来了。"那汉子虎目蕴泪，在每一堆人头之前作了一个长揖，悲声说道："列位大哥，西门业拜谢你们高义，请稍待须臾，西门业拼了这颗头颅，倘若报不了仇，就来陪你们了。"蓬莱魔女这才知道是四霸天中的西霸天——西岐凤。蓬莱魔女想起当日在济南道上，东海龙曾和她提及此事，说是西岐凤已约好日期，与一个极厉害的对头决战，想不到日期就是今天，地点就是此处，恰恰给她碰上了。

那怪老头大笑道："西门业，你也算得还有自知之明，老朽定然成全你的心愿，让比你和你的朋友团聚。但你还有一个党羽呢？何不叫他出来，成全你们的义气，也省得老朽多费一番工夫。"言下之意，即是要将西门业与他的朋友一同收拾。西门业倒怔了一怔，随即亢声说道："西门业并无约人助拳，这些朋友，义薄云天，都是闻风来的。今日之事，不是你死，便是我亡，西门业死则死耳，岂能向你示弱？宁可死后让朋友给我报仇，如今却定要单打独斗，与你一决存亡！来，来，来！你有本领就把我的首级取去吧！"

蓬莱魔女心道："人言四霸天中，西岐凤最有侠气，今日一见，果然名不虚传，他面临大敌，视死如归，确是高傲得紧！今日他与仇家在此约会，他是正主，我若此时下去，抢在他前头，反而显得是我轻视他了。好，我且让他先打一场，泄泄他胸中的怒气。有我在此，谅这老怪也要不了他的性命，到了紧要关头，我再出来，挑明了是给褚大哥报仇，将这梁子接了过去，就不至于坏了江湖规矩了。"蓬莱魔女主意打定，仍然隐伏不动，静观其变。

那怪老头阴恻恻的皮笑肉不笑地说道："好，西门业真有你的，看在你这点义气份上，我可以饶你同党一命，但我劝你还是把他先请出来的好，你不要准备交代交代后事么？你当然知道，我金某纵横半世，从来没有人能在我手底逃得性命！"西门业怒极气极，反而仰天长笑，亢声说道："金超岳，休得猖狂，我西门业本来就不打算活着回去，但你也休想毫无损伤，我劝你也早作万一准备，立下遗嘱的好。"那老头大笑道："哈，原来你是立心与我拼命了，只怕你虽有此心，却难如所愿。好，你要拼命，那就动手吧！"他口里虽然出言调侃，心中却也颇有几分忌惮，要知西岐凤在四霸天中虽然排名第三，武功却不在老大东海龙之下，尤其一手西岐剑法，更是出色当行，这老头心想："西门业口出此言，莫非他已练成了什么两败俱亡的武功，这倒不能不小心在意了。"

蓬莱魔女这才知道怪老头的名字，饶她武功绝世，也不禁微吃一惊，心道："原来是祁连老怪金超岳，他居然还活在人间。怪不得西岐凤抱了必死之心，褚大海等人也丧在他的手下了。"

三十年前，在金国还是四太子兀术掌兵，与南宋名将岳飞对垒的时候，兀术手下，有一名武士，本来的姓名已无人知道，他因金兵屡败在岳飞手下，遂把自己的姓名改为金超岳，以国号为姓，以"超岳"为名，即是要超过岳飞的意思，这金超岳的武功也的确高强，金兀术好几次死里逃生，都是仗着他的力量。后来有一次他碰到岳飞手下的勇将杨再兴，在"小商河"一场恶战，给杨再兴一枪戳破他的肚皮，杨再兴也受他甩手箭所伤，杀不出重围，在小商河桥下殉国。人们都以为这金超岳也必然死了，哪知他却还没有死，不过他医好伤之后，兀术已经失势，他的武功也没有恢复，遂遁入祁连山中，被人称为"祁连老怪"，最初十多年中，还曾经有过两次下山，后来就生死不明了。他最后一次下山，有碰过他的人说：他的武功不但已经恢复，而且还胜过当年。当时蓬莱魔女的师父公孙隐曾动过念头，想到祁连山将他除掉，只因祁连山在金国腹地，公孙隐单骑匹马，一时不敢鲁莽从事。……

其时四霸天中的东海龙已经成名，其他三人则还是初初出道，公孙隐想约东海龙前往，正要起行，消息传来，说是这金超岳已经死了，公孙隐遂罢此行。此后，就果然没有再听到金超岳的消息，中原的武林豪杰，都以为这死讯是真。又过了几年，公孙隐的另一个世仇桑见田亦已去世，公孙隐这才闭门封刀的。时光流转，江湖上的后起人物，十九连金超岳的名字，都不知道了，但蓬莱魔女因为她师父当年有过这段往事，师父曾向她提过，因而得知这"祁连老怪"的来历。心里想道："原来这老怪居然还没死掉，今日陌路相逢，我可要为恩师了他当年心愿了。"

蓬莱魔女心念未已，只听得西岐凤已在朗声说道："你远来是客，出招吧！"金超岳大笑道："好个西岐凤，在我面前也这样傲慢么？也好，我就成全你吧！"

眼看双方如箭在弦，就要动手，忽听得又是一声长啸，宛若龙吟，震得树叶纷落，林鸟惊飞，金超岳道："好，你的同党来了，那正是最好不过！"西岐凤叫道："大哥，这不关你的事！……"话犹未了，只见东海龙已到了场中，他背着一个大麻袋，淡淡说道："三弟，你还认我是大哥不是？你若还当我是你大哥，你的事怎能与我无关！"

金超岳冷笑道："东园望，听说你当年想约公孙隐那老儿到祁连山找我，如今你来得正好，也省得我到东海去回拜你了。你们别争论了，一齐上吧。"

西岐凤道："大哥，别的事我听你的，这次是我与这老怪有约在先，你可得成全做兄弟的声名。大哥，你不是与笑傲乾坤有约吗？我认为你不宜在这里多耽搁了，还是赶快前往江南吧！"原来西岐凤暗暗自忖，只怕两兄弟联手，也未必是金超岳对手，与其连累东海龙陪同送命，不如自己独自承当，故此出言暗示，他提及东海龙与笑傲乾坤之约，实即是点醒他的大哥，若然他有不测，便请大哥代求笑傲乾坤给他报仇。

东海龙当然听得懂把弟话中之意，但他怎忍见把弟独自送命，当下一笑说道："你没有听见吗？十七年前，我已经是准备与这老怪交手的了。可惜那次这老怪诈死，未如所愿。但虽未成行，我与金老怪一决生死之约，是早已定下了，远远在你之前！"西岐凤想不到他大哥也抬出江湖规矩，重提这段旧事，一时做声不得，心里暗暗叫苦。

金超岳满面通红，原来那次误传他的死讯，的确是他自己故意散播出来的。为的是他那时尚有两门极厉害的武功未曾练成，恐怕不是公孙隐的对手，故而诈死避战。当下他听了东海龙的刺讽，恼羞成怒，一声冷笑说道："公孙隐这老儿死了没有？"

东海龙道："死了怎么样？没死又怎么样？"金超岳道："死了我就挖他的坟；若还没死，我宽限你们三个月，让你们请那老儿来此，再一同领死。"东海龙哈哈大笑，金超岳一瞪眼道："你笑什么？"西岐凤抢着说道："好笑啊好笑，你要见公孙前辈，那除非是来世了！"东海龙倒不觉怔了一怔，随即明白他把弟的用意，西岐凤故意闪烁其辞，那是有心让金超岳认为公孙隐已死了的。但这几句话也可以解释为金超岳将在此战丧生，焉能还留得性命与公孙隐相见？东海龙也不禁大笑起来，暗暗佩服把弟回答得妙。

蓬莱魔女听见金超岳那些狂妄的说话，却是怒气勃发，倘若不是为了顾全江湖规矩，顾全西岐凤与东海龙的声誉，（他们与这老魔头有约在前，倘若旁人拦在他们的前头，纵是助拳，亦属不敬。），她早就想跳了下去，将那金超岳刺个透明窟窿。但蓬莱魔女在发怒之余，却也不禁想道："西岐凤故意让这老魔头误会我恩师已死，这当然是不想拖累于他，难道这老魔头当真就那么厉害？西岐凤竟然害怕连我的恩师都不是他的对手么？"

金超岳自大惯了，果然没有想到西岐凤话中的另一种含义，只当是公孙隐果然已经死了，当下冷笑说道："好，你们如今只有一个办法可以免死了，只要你们带我去挖那老儿的坟墓。"东海龙掩鼻叫道："是谁放屁？好臭，好臭！"金超岳怒喝道："东园望，你上来！我让你三招！"西岐凤叫道："让我先来！"金超岳双掌一错，冷笑道："先来后来，都是难免一死，你们不必争了，要就一齐上吧!"

东海龙忽道:"且慢,我有一件礼物先要送你!"金超岳怔了一怔,跟后说道:"哦,对了,你把褚大海的人头拿到哪里去了?快快拿出来吧,等会儿你好与他作伴。"他见东海龙正在解开麻袋,只道东海龙是要拿出褚大海的人头。

东海龙将麻袋一抖,淡淡说道:"来而不往非礼也,你将我三弟的朋友请来,我也将你的两位高足和七名帮手请来了!"只见倒在地上的是九对尚有血迹殷红的耳朵,不问可知,这是新割下来的了。原来金超岳虽然艺高胆大,无须约人助拳,但他却不能不准备临时有什么事情发生,例如附近的绿林好汉闻风而来之类,是以他除了在路上把自动来给西岐凤助拳的人尽都杀了之外,还派了两个弟子会同七个金国军官,在这座山的四周巡逻,以防意外变化,想不到这些人也被东海龙杀了。(这也就是蓬莱魔女踏进此山,一路无人拦阻的缘故。)

金超岳见了这九对耳朵,气得七窍生烟,再也顾不得还端什么武林前辈的身份,一声大喝,猛地就向东海龙扑来。

东海龙笑道:"三弟,这你可该让我了!"一声喝道:"来而不往非礼也,还招!"疾的转身,双掌拍出。原来他正是要激怒金超岳,引他先动手的。

西岐凤叫道:"大哥,别碰他的手掌!"东海龙运足了劲,哪收得住,"蓬"的一声,双掌已是互相碰击,东海龙只觉奇寒彻骨,对方的手掌简直不似血肉之躯,比冰雪还要冻上数十百倍。

金超岳也不禁晃了一晃,心里好生骇异:"想不到这厮也练成了混元一炁功,果然不愧是四霸天之首,倒不可太轻敌了。"

说时迟,那时快,金超岳左掌扬起,又已拍来,东海龙不敢硬接,退后三步,还了他一记劈空掌。金超岳冷笑道:"你以为不碰上我的手掌,就可以躲过了吗?哼,我教你知道我这阴阳二气的厉害!"

金超岳掌力一吐,一股劲风扑面而来,登时把东海龙裹住。单是发掌成风,那还不足为奇,内功有了几分火候的都可以办得到,最奇怪的是他这股掌风,竟是热呼呼的,触体如熨,东海龙刚以劈空掌力荡开他这股热气，他右掌拍出，登时又是一团冷气袭来，虽然没有触着他掌心所感到的那样奇寒彻骨，也是十分难受！

原来金超岳这一冷一热的奇功，名为"阴阳五行掌"，乃是将两门最厉害的邪派功夫，合而为一，苦练了三十年，这才练成功的。邪派中威力最强的阴煞掌力名为"修罗阴煞功"，纯阳掌力最厉害的则是"雷神掌"。"修罗阴煞功"练到最高境界，发掌则可令对方血脉凝结；"雷神掌"练到最高境界，掌风一触，则可令对方如受炮烙之刑。但这两门功夫，单练一种，要练到最高境界，也得花三十年以上的功力，练功途中，还有走火入魔的危险。金超岳以偶然的机遇，获得了这两种练功的秘诀，他取舍为难，鱼与熊掌，意欲兼得，而人生有限，又哪有六十年的寿命，可以让他练成两样奇功？因此他就贪图速成，兼收并练，每一样都只练到第七重境界，（最高的境界是第九重，到了第七重之后，每进一重，练功的困难就要增加一倍。）这样虽未能登峰造极，但却可以免去走火入魔的危险。把这两样奇功，练到了第七重境界的，普天之下，仅他一人，因而他虽然未能达到最高境界，自信已是天下无敌，也正由于他有了这样的自信，他才重踏江湖，再助金主，妄图杀尽所有的抗金豪杰。

也幸而他两样功夫都未练到最高境界，东海龙还可勉强抵挡，东海龙的混元一炁功也有三十年以上的功力，虽然及不上这两门邪派奇功的歹毒，却是正宗内功，掌力雄浑纯厚，金超岳在一时之间，竟还无奈他何。

但时间一长，强弱就渐渐分了出来。一来金超岳的本身功力确是比东海龙胜过一筹，二来他这"阴阳五行掌"乃是邪门之极的绝世奇功，东海龙第一次遇到，根本就不知该如何应付；三来东海龙初上场时，曾硬接对方一掌，身上中了寒毒，过后又受一冷一热，冷则极冷，热则极热的阴阳二气所包围，饶是他内功深厚，过了三十招之后，已是觉得体内寒冷难禁，而体外皮肤却又是如受火熨，牙关打战，而同时又是大汗淋漓，混元一炁功的功力，也就越来越弱了。

东海龙苦苦支撑，激战之中被金超岳迫得他又硬对了一掌，这一掌是与金超岳的左掌相碰，登时半边身子，似放在蒸笼之中，火气攻心，舌焦唇燥！东海龙眼前金星乱冒，连忙叫道："三弟，快走！你代我去见笑傲乾坤吧！"

刚才他们兄弟二人争着与金超岳对敌，这倒还不单单是为了顾全江湖规矩，不愿以二敌一的缘故，而是预防不测，好歹也有一个人逃生。但如今西岐凤眼见他的大哥已是危在须臾，他又焉能舍之而去。当下亢声说道："这老魔头是应金国狗皇帝之请，来剪除咱们大宋豪杰的。他不单单是我的仇家，也是大宋男儿的公敌，何须与他讲什么江湖规矩？大哥，咱们一场兄弟，生则同生，死则同死！"拔剑出鞘，银虹疾绕，拦腰便斩！

金超岳冷笑道："对啦，我早就叫你们一齐上的，你本该早早听我的话才是。何必还要找什么借口？"双掌一分，左劈西岐凤，右劈东海龙。

西岐凤朗声吟道："少年十五二十时，步行夺得胡马骑。射杀山中白额虎，肯数邺下黄须儿。一身转战三千里，一剑曾当十万师！……"金超岳大笑道："你挡我双掌还挡不了，还说什么曾当十万师？这儿又不是比诗词歌赋，你念什么鸟诗？没的惹人讨厌！"话犹未了，忽觉一片清风吹拂，一丝丝暖气相继侵来，风虽不劲，气虽温和，但却有令人软绵绵、懒洋洋的感觉。金超岳这才大吃一惊，喝道："你捣什么鬼？"连忙振起精神，凝神对付，加强了阴阳二气，使得那清风暖气根本吹不进来。

原来西岐凤也练有一门正宗内功，名为"太清气功"，与东海龙的"混元一炁功"异曲同工，"混元一炁功"力量威猛，而"太清气功"则是一片柔和，更容易侵袭敌人。他借朗吟而使出太清气功，倒不单单是为了扰乱敌人注意而已。金超岳不知他的"太清气功"奇妙之处，几乎着了道儿。西岐凤趁此时机，刷刷刷，连环发剑，气流激荡，嗤嗤有声，竟突破了金超岳阴阳二气的包围，取得了先手攻势，把金超岳迫得退后了几步。东海龙所受的压力减轻，得有余暇默运玄功，将体内的火毒寒毒，驱出了不少。

蓬莱魔女见西岐凤一出，便扭转了形势，心中快慰，想道："这西岐凤果然名不虚传，看来还似在他大哥东海龙之上。要是他们二人能够取胜，那我就不出手去分他们的功劳了。"蓬莱魔女眼力本来甚高，但这次却是看得有点差错。在"四霸天"之中，西岐凤是唯一正派侠士，东海龙则在邪正之间，西岐凤行为侠义，涵养又好，因而所练的内功的确是比东海龙更为纯正，但论到功力的威猛，却是所有不如东海龙了。他们两兄弟的本领，只能说是各有擅长，难分高下。西岐凤之所以一出场便能扭转形势，一来是他的"太清气功"出其不意，慑住了敌人，取得了先手；二来则因为先有东海龙的一场猛战，多少消耗了金超岳的几分功力。

东海龙得到了喘息的机会，混元一炁功的威力渐渐又见增强，与西岐凤联手，双方已有攻有守，成了均衡相持的局面。西岐凤剑招催紧，以太清气功配合他独创的西岐剑法，将金超岳的攻势消解了十之六七。东海龙则从侧翼助攻，牵制金超岳的掌力。

但金超岳的功力毕竟还是胜过他们一筹，这时他对太清气功已有防备，西岐凤攻不进去，过了三十招之后，西岐凤也遭到了东海龙先前所遇的危险，在金超岳阴阳二气不断侵袭之下，身受一冷一热的煎熬，迫得要运功同时御寒抗热，太清气功也就相因而减弱了。不过，因为西岐凤的内功较为纯正，比东海龙也较能支持，同时他所学的武功，又较为广博，不但内功深湛，剑法也极精妙，他的太清气功虽然逐渐减弱，仍可勉强支持，而剑招则丝毫未缓。因此他虽然已遭危机，表面上却还看不出来。

旁人看不出来，西岐凤自己却是心中明白。忽地一咬舌头，叫道："大哥，你快走！"一口鲜血喷了出去。说也奇怪，他这一口鲜血一喷，功力竟似陡然加强，一声长啸，剑招有如暴风骤雨，杀得金超岳连连后退。金超岳双掌所发的热风冷气，也被他这一声长啸，荡得向四边散开！蓬莱魔女这时方始大吃一惊，心道："难道是我走了眼了？西岐凤未见输招，怎的便甘冒性命之危，使用这种邪派的天魔解体大法？"原来西岐凤这咬破舌头，乃是将全身的精力凝聚起来，作最后的一掷，这么一来，功力可以突增一倍，但本身的元气，也大受损伤，要是不能即时杀了敌人，终必被敌人所杀！又即使能杀了人，过后自己也要大病一场！蓬莱魔女想不到西岐凤所练的是正派内功，竟然也懂得这种邪派大法？尤其想不到的是他竟然未露败象之时，忽然施展出来！要知蓬莱魔女早已随时准备下去相助，只因看得差错，以为他们二人联手，多半可以取胜，故而不想分功。要是他们早露败象的话，蓬莱魔女也早已下去了。如今眼睁睁地看着西岐凤自损元气，使用"天魔解体大法"，要阻止已来不及！正是：

与敌偕亡拼一死，不辞碧血染黄砂。

欲知后事如何，请听下回分解。

第二十五回　亦狂亦侠真豪杰
　　　　　能哭能歌迈俗流

　　西岐凤使出"天魔解体大法"将全身精力凝聚起来，作最后的一击，这刹那间，他"太清气功"的威力，陡然增强一倍，果然功效立见，把金超岳双掌所发的热风冷气，荡得向四边散开。但金超岳虽然连连后退，脚步仍是十分沉稳，他将阴阳二气撤回护身，只守不攻，周围俨如堆起了一堵无形的墙壁，西岐凤的太清真气竟然攻不进去。西岐凤心头一凉，想道："我已竭尽所能，依然杀不了这祁连老怪。再过片时，我的功力消失，势将落在他的手中，大丈夫岂能生而受辱？"当下牙根一咬，就要自断经脉而亡。

　　就在这刹那间，西岐凤身边的一块石头突然移开，"蓬"的一声，飞出了一团烟雾，烟雾中金光闪烁，西岐凤与东海龙大叫一声，同时跌倒。只见那"石门"开处，窜出了两个人来，当前一人是个长发披肩的女子，不是别人，正是那玉面妖狐连清波，那团毒雾就是她发出来的。原来她和另外一个人早已埋伏此间，下面是个地洞，用大石堵住洞口，她从缝隙看出来，见金超岳连连后退，却不知西岐凤元气已伤，只道金超岳势将不敌，故而移开大石，现出身形，同时也就发出她的独门暗器——最歹毒的毒雾金针烈焰弹，在毒雾之中混杂着许多细如牛毛的梅花针，东海龙、西岐凤二人元气已伤，吸了毒雾，穴道又着了几口梅花针，当然是禁受不起了。他们二人吸了毒雾，昏昏迷迷，神智虽然尚未消失，但气力已是提不起来，西岐凤即欲自断经脉，亦已不能。

　　金超岳哈哈笑道："赫连郡主，原来你早已到了，其实你无须出手……"话犹未了，忽听得一声喝道："无耻妖狐，偷施暗算，有我在此，决不能让你得意，快来纳命！"声到人到，正是蓬莱魔女！

原来在连清波偷发暗器的时候，也正是蓬莱魔女从树上跳下来的时候。蓬莱魔女本是要来阻止金超岳伤害西岐凤、东海龙的，不料变出意外，这二人已是受了伤，她见了连清波，不由得怒火勃发，就舍了金超岳，先取玉面妖狐。

连清波与金超岳距离有六七丈地，蓬莱魔女突然扑下，快如闪电，大出金超岳意料之外，说时迟，那时快，蓬莱魔女已到了她的跟前，青钢剑寒光一闪，已向着她的胸口刺到。此时，金超岳尚在数丈之外，一时不及赶来，除非是发出劈空掌力，才可以攻击蓬莱魔女，但蓬莱魔女已到了连清波身边，他若是发出劈空掌力，只怕连清波也要受伤。

同时从那地洞之中窜出来的还有一个军官，手持一柄长剑，奋力一架，"嚓"的一声，居然把蓬莱魔女的青钢剑架住，蓬莱魔女一看，认得这人就是那日在"活阎王"家中与耿照对敌，后来被她所擒，后来又在押解途中，被连清波救走的那个军官。

蓬莱魔女一声冷笑道："这回你可没有这么好运道了！"出手如电，只听得一片断金戛玉之声，一句话未曾说完，双方的长剑已碰击了七下，到了第七下，"当"的一声巨响，那军官的长剑折为两段，蓬莱魔女的剑尖指到了他的胸口，只要往前一送，就可要了他的性命，忽地心念电转："这人与武林天骄大有渊源，且别忙取他性命，留下来好查问武林天骄的来历。"剑尖在他胸口的"璇玑穴"一点，力道用得恰到好处，皮未破，血未流，已是点了他的穴道。

蓬莱魔女制伏了那个军官，脚步不停，便向玉面妖狐追去，玉面妖狐喝声："照打！"一扬手，"蓬"的一声，烟雾迷漫，她的独门暗器毒雾金针烈焰弹再度发出，蓬莱魔女冷笑道："米粒之珠，也放光华！"拂尘一挥，劲风呼呼，那团浓烟烈焰，连同烟雾中的数十口梅花针都反射回去。玉面妖狐身形一晃，斜窜出数丈开外，避开了浓烟烈焰，但仍然有十几口梅花针射了回来。玉面妖狐吃了一惊:"这魔女的内功竟然精进如斯,比起上次在天宁寺之战,又强得多了。"连忙一个"大弯腰,斜插柳",身子矮了半截,长袖一挥,有几口梅花针从她头顶飞过,余下的却钉在她的衣袖上,未伤及她的身体。

玉面妖狐这手破解暗器的功夫,也可算得上乘本领,但蓬莱魔女却是感到有些奇怪。她奇怪的倒不是因为玉面妖狐这手功夫的奇妙,而是因为她所用的各种武功,与几天前在公孙奇家中用过的武功大不相同!上次玉面妖狐用的是一支玉笛,点穴法精妙绝伦,但自始至终却未曾用过暗器。

蓬莱魔女暗自想道:"奇怪,怎的她的步法与家数全都变了?但却与再上一次在天宁寺相遇的时候相同。难道她的武学竟是如此广博,每一次都能使出一套截然不同的武功?"她心里暗自琢磨,脚步却丝毫不缓,三伏三起,飞箭一般连续射出,霎眼间已追到了玉面妖狐背后。

玉面妖狐原也知道暗器伤不了蓬莱魔女,只是想阻她一阻,以利自己逃走,哪知蓬莱魔女一挥手就破了她的暗器,如影随形又缠上了她,迫得她不能不回身应战。

玉面妖狐反手一剑,与蓬莱魔女碰个正着,"当"的一声,玉面妖狐虎口酸麻,但蓬莱魔女随之而来的拂尘一击,仍然给她避开。蓬莱魔女连进三招,玉面妖狐脚踏五行八卦方位也连避三招,但有一次仍是不能不硬接蓬莱魔女的长剑,这一次蓬莱魔女的内力更强,震得玉面妖狐虎口迸裂,沁出血来,青钢剑都几乎拿捏不稳!蓬莱魔女取得了压倒的优势,但心里却是越来越感到诧异!

要知蓬莱魔女是个武学的大行家,不但从招数上可以看出前后的异同,内力上的轻微差别她也可以感觉得出,她与玉面妖狐交手三招之后,心里不由得想道:"奇怪,怎的这妖狐的内力也似比上次减弱了少许?相隔不过几天,难道在这几天之中她曾碰过什么强敌,受了内伤?但看她步法轻灵,却又不似受了内伤的模样?"

心念未已,忽觉冷风飒然,背心的"灵台穴"突然似被一股寒流透进,饶是蓬莱魔女功力深湛,也不禁微微一抖。蓬莱魔女正自使到一招杀手,尘剑兼施,拂尘罩住了玉面妖狐的身形,青钢剑闪电般的向前疾刺，眼看这一剑就可以戳穿玉面妖狐的琵琶骨，但由于这微微一抖，剑尖刺歪，只在玉面妖狐雪白的手臂上划开了一道五寸多长的伤口。

"当"的一声，玉面妖狐扔剑便跑，蓬莱魔女却不追赶，回过头来，冷笑说道："好，好一个背后偷袭的功夫！"却原来是那祁连老怪金超岳已经赶到，使出"玄阴指"的隔空点穴功夫，向蓬莱魔女戳了一指。

金超岳在武林中的辈分极高，只因急于要救玉面妖狐的性命，无可奈何，才只得偷施暗算，他满拟这一指就可以点倒蓬莱魔女，哪知蓬莱魔女非但没有受伤，还能够将玉面妖狐伤了。金超岳心里一惊，暗自想道："我三十年没有下山，想不到后辈中竟是能人辈出！这女娃子年纪轻轻，居然也受得起我第七重的修罗阴煞功！"

金超岳满面通红，打了一个哈哈，掩饰他的窘态，说道："我看你本领很是不错，有心试一试你的功夫。嗯，你姓甚名谁，师父是哪一位？"

蓬莱魔女运气三转，早已把侵进体内的阴煞之气驱出，神色自如，走上两步，拂尘一指，淡淡说道："你先通上名来！"金超岳见她神色自如，更是诧异，说道："你不是早已藏在那棵树上的吗？难道你不是与西岐风约好了的，还不知道我的名字？"蓬莱魔女道："我与西岐风素不相识，更没有听过你的名字。"金超岳道："你这女娃子分明是撒谎了，你没有听到他们与我说话么？"蓬莱魔女道："听不清楚。你快快报上名来，须知我剑下不杀无名之辈！"

金超岳笑道："你这女娃子倒是骄傲得紧，那你听着，我的名字你没听过，你师父想来不是无名之辈，他总该知道的。我乃三十年前，纵横大江南北的金超岳是也！"蓬莱魔女忽地噗嗤一笑，说道："不对！"金超岳道："什么不对？"蓬莱魔女道："你的名字不对！"金超岳诧道："你这是什么意思，我的名字有何不对？"蓬莱魔女慢条斯理地说道："你叫做什么名字都可以，就是不能叫做金超岳！"

金超岳冷笑道："你这小娃娃懂得什么，我起这个名字其中大有道理。"蓬莱魔女道："不如我给你改一个名字吧。"金超岳怒道："岂有此理，我这名字有何不对？你又要给我改作什么？"蓬莱魔女缓缓说道："不对就是不对，你试想想，你名叫金超岳，却连岳飞手下的一员将领都超不过，还有何面目再用此名？想当年杨再兴在小商河桥下，一枪挑破你的肚皮，你居然没有死掉，也算得你运气好了。你就该韬光养晦，躲在那祁连山里学学缩头乌龟才是，你却还要出来兴风作浪，这不是太不识时务了吗？须知一个人总不能尽是倚靠运气啊！"金超岳被她揭开疮疤，气得哇哇大叫，喝道："住口！"蓬莱魔女却并不住口，继续往下说道："我看你的名字应该改作金服宋才对，大宋的英雄儿女，超过你的人不知多少，你还是改作金服宋吧！"

东海龙哈哈笑道："好，说得好，改得妙！"他与西岐凤受伤之后，双双盘膝打坐，运气疗伤，本不宜于开口说话，但他听得蓬莱魔女妙语如珠，把祁连老怪大大奚落了一番，却是禁不住又是大笑，又是赞好。蓬莱魔女听得他的笑声中气不足，却不由得心头一凛，想道："东海龙的内伤很是不轻，想来西岐凤也不会好得多少。我今日一战，是只许胜，不许败的了！若然败了，他们二人的性命也就休矣！"

金超岳怒极气极，却反而仰天大笑道："原来你这小娃儿也识得老夫的来历，不错，老夫生平是曾经只有一次输过给那杨再兴，但如今杨再兴早已骨头变灰，你们的大元帅岳飞，也早已埋骨西泠，你们宋朝，还有何人可以服我？"

蓬莱魔女冷笑道："杀鸡焉用牛刀，服你何须大将？我出门的时候，我师父对我说，有这么一个狂妄老贼，自称金超岳的，从前怕我找他晦气，诈死埋名，听说他现在又出来了，你要是碰上他，就把他揪来见我，让我好好地教训教训他！"金超岳怔了一怔，喝道："你是公孙隐的徒弟吗？那老儿还没有死？"蓬莱魔女笑道："他老人家健在，你又该诈死了吧？"金超岳大怒道："我暂且不杀你，你把你师父请来。"蓬莱魔女笑道："你耳朵聋的吗？你没听见我刚才说了，我师父吩咐我揪你去见他，你要见他，容易得很，乖乖随我走吧！咄，你还不束手就擒？"

金超岳气得七窍生烟，喝道："我不与小娃儿斗嘴，好，你既要为你师父替死，我就成全了你吧！"双掌一圈，疾的拍出，先是左掌拍出一团热风，跟着右掌发出一股冷气。蓬莱魔女以巧妙的身法避开正面，拂尘一挥，劲风呼呼，敌住他的阴阳二气，登时大战起来。

蓬莱魔女右手挽了个剑花，一个"玉女投梭"平刺出去，这一招平淡轻舒，看似毫不着力，但剑尖刺到之处，却"嗤嗤"有声。原来她用的"柔云剑法"也是武学一绝，威力之强，绝不逊于她左手拂尘的"天罡三十六式"。这柔云剑法，柔中寓刚，轻灵翔动，内中却蕴藏着强劲的真力。那"嗤嗤"声响就是她剑尖突破对方的阴阳二气，气流激荡，发而为声的。

金超岳吃了一惊，"想不到这女娃子年纪轻轻，武学造诣已然如此超卓！罢了，罢了，公孙隐的徒弟尚且如此，我要胜过公孙隐只怕还得回山再练几年了。"蓬莱魔女尘剑兼施，指东打西，指南打北，着着抢攻，虽然一时间还攻不破金超岳的防御，但已是打得难分难解，金超岳丝毫也占不了她的便宜。

金超岳默运玄功，将"阴阳五行掌"的妙用尽数发挥，在身体周围，俨如堆起了一堵无形的墙壁，蓬莱魔女的剑尖刺到离身三尺之处，就给反震回来，那"嗤嗤"声响，似炒熟的黄豆爆裂一般，越来越密，双方都是暗暗吃惊！蓬莱魔女心想："这祁连老怪的功夫果是邪门，我若然不能速战速决，只怕受不了他阴阳二气的寒热煎熬。"金超岳心想："我倘若容她过了百招之外，颜面何存？久战下去，对我亦是不利，须得想个法子速胜才好。"要知金超岳已恶战了一场，尤其被西岐风的"天魔解体大法"耗了他不少真力，功力已是减弱了三两分，他也怕防御万一有疏，被蓬莱魔女乘隙攻进。

双方都是抱着同一心思，意图速战速决，双方遂越打越快，也越来越见紧张！激战中金超岳忽然卖了个破绽，侧身发掌，左胁露出"空门"（武学术语，防御不到之处是谓空门）。蓬莱魔女明知他是诱敌之计，但恃着自己剑招迅捷，意图速战速决，将计就计，刷的一剑，就从空门刺进，剑锋中途一转，"嗤"的一声，却攻到了金超岳的右胁，一剑穿过了金超岳的衣襟，在他胁下划开了一道伤口。

金超岳喝声："着！""铮"的一声，在她剑尖脊上弹了一下，这是邪派"雷神指"的绝顶功夫，蓬莱魔女只觉虎口一热，登时似是受了火烙一般，全身发滚。原来金超岳见热风冷气，伤害不了对方，故而冒险使出了"隔物传功"的绝技，他"雷神指"所发出的热毒，已从蓬莱魔女的剑上传进她的身体，热力非但不会即时消散，而且还在扩大！这一来，双方虽然都是吃亏，但金超岳所受的外伤不重，蓬莱魔女被他的热毒侵进，所吃的暗亏却是更大。说时迟，那时快，就在蓬莱魔女抽剑退步，换过一个方位，正要再攻之时，金超岳又是一掌拍出，这一掌用的却是"修罗阴煞功"的掌力，奇寒之气，猛地袭来，刺体裂肤，厉害之极！蓬莱魔女不由得又是机伶伶地打了一个寒噤！

金超岳哈哈笑道："你这个小娃儿知道厉害了吧，你拜我为师，我可以饶、饶……""饶你不死"四字还未说得完全，忽觉微风飒然，原来是蓬莱魔女默运玄功，将拂尘一抖，飞出了几条尘尾，当作暗器使用，似利针一样向金超岳射来。本来金超岳以阴阳二气护身，等于在身体周围堆起了一堵无形墙壁，任何暗器都是伤他不了。但他一时松懈，以为蓬莱魔女业已受伤，得意忘形，哈哈大笑，这一笑真气渲泄，防备就没有那么严密了。那几条尘尾细若游丝，有隙即人，竟然穿过了那堵"无形墙壁"射到了他的面前。细若游丝的尘尾无声无息，若是换了别人，决计发现不来。幸亏金超岳是以阴阳二气护身，那几条尘尾突破气流，射进来的时候，有一点点微风，既不冷也不热，和金超岳以阴阳二气激荡而成的寒风冷气大不相同，金超岳立时警觉。

也幸亏金超岳发现得早，那几条尘尾本是要射他双眼的，他倏的一个"凤点头"，尘尾从他侧面射过，但虽然没有射瞎他的双眼，有一条尘尾已把他的左耳穿了一个小孔！

金超岳气得哇哇大叫，立时加强功力，阴阳五行掌的妙用尽数发挥，左掌拍出的是第七重"修罗阴煞功"的掌力，右掌则掌指兼施，以"霹雳掌"与"雷神掌"发出热风，向蓬莱魔女猛攻。

寒热交煎，把蓬莱魔女迫得连退几步。

本来在金超岳恶战一场之后，蓬莱魔女的功力与他已是不相上下。但如今蓬莱魔女身中热毒，要分出几分功力驱毒疗伤，此消彼长，就渐渐感到应付为艰了。

双方越战越烈，蓬莱魔女只觉全身发滚，体外却又是寒气侵肤，几乎忍不住就要发抖，蓬莱魔女暗叫不妙，寻思："如此下去，只怕再过五六十招，我就要败给这祁连老怪了！我是走呢还是不走？"要知蓬莱魔女若是趁早抽身，凭她的绝顶轻功，要逃出性命，总还有几分机会；但她若这么一走，东海龙与西岐凤二人那就必然要丧命于金超岳之手了！

西岐凤看出蓬莱魔女的危机，叫道："柳女侠，留得青山在，不怕没柴烧，请你到江南给我们带个口讯吧！"蓬莱魔女心意踌躇，金超岳大喝道："还想走么？"寒飙卷地，热浪弥空，顿时把蓬莱魔女的退路全都封住。

正在这形势紧急万分之际，忽听得一缕箫声，抑扬顿挫，远远传来，渐来渐近，箫声也越发清亮，吹的是一支唐诗谱成的小曲，"岐王宅里寻常见，崔九堂前几度闻。正是江南好风景，落花时节又逢君。"

箫声美妙，令人精神一爽。但蓬莱魔女却又不禁暗暗吃惊，心知是"武林天骄"来了！

蓬莱魔女寻思："不知武林天骄来意如何，倘若他是来助这老怪的，我与东海龙、西岐凤就要命丧此间了。"要知蓬莱魔女曾与武林天骄两度交手，武林天骄对她都似无甚敌意，每次都是点到即止，随即一走了之，令得蓬莱魔女根本摸不到他的心意。但这武林天骄毕竟乃是金人，蓬莱魔女正自处在下风的时候，见他突如其来，心中总是惴惴不安。

箫声越来越见清亮，转眼间只见那武林天骄已现出身形，走到场中。蓬莱魔女心里怔忡，不知不觉招数一乱，露出了好大的破绽。但说也奇怪，那金超岳竟也露出惊愕的神情，似是比她还要心里不宁，本来蓬莱魔女已露出破绽，这正是金超岳乘虚进击的大好时机，他却似熟视无睹，双掌拍出的力道反而比前减弱。时机稍纵即逝，蓬莱魔女迅即弥缝破绽，转守为攻，抓紧先手，登时把颓势挽了过来。

箫声拔高，当真是声如金石，响遏行云，金超岳更显得焦躁不安，步法也有点乱了。蓬莱魔女本来可以趁此时机逃走，但她见此情形，心里甚为奇怪，一时又不想逃了。

箫声忽地戛然而止，武林天骄走到了那军官的面前，停了下来，玉箫一指，解开了那军官儿的穴道，笑道："你这几年倒混得很得意啊，做起官来了，看你的顶戴，职位还不小呢！是游击将军吗？"蓬莱魔女眼观四面，耳听八方，见武林天骄解开了那军官的穴道，心里又不禁一惊："果然他们是自己人！他救了这个军官，下一步大约是要把东海龙、西岐凤缚起来了？"

心念未已，忽见那军官打了个千，满脸尴尬的神情说道："多谢少主人搭救！"忽地把他的顶戴摔开，锦袍撕下，惶然说道："请少主人治罪，小的以后再也不敢私逃啦！"武林天骄淡淡说道："这也没有什么，人望高处，水向低流，你做游击将军，当然比跟我做书童好得多！"那军官越发惶恐，忽然噼噼啪啪，左右开弓，接连自打几记耳光，说道："请少主收留，我还是愿意跟你。我的性命是少主救的，少主你要再取回去，我也甘受无辞，只求少主不要将我摒弃。我一时做错，悔已莫及，官场上的气，更不好受，还是服侍少爷的好。求少爷饶了我吧。"

蓬莱魔女这才知道，原来这军官乃是武林天骄的书童，他那一身武艺大约就是陪伴武林天骄习武之时偷学来的。心里想道："听这口气，武林天骄很不高兴他的书童做金国的官，而他自己却又暗中做那金主完颜亮的保镖，这倒真是奇怪了。"心念未已，只听得武林天骄又问道："你不是和赫连郡主一起的吗？她呢？"

那军官道："赫连郡主已经走了。她、她给那魔女刺了一剑。"显然是想挑起他少主人对蓬莱魔女的敌意。武林天骄眉头一皱，说道："这可真是不巧得很，每次都是我一到来，她就走了。"转过头来，蓦地沉声说道："你既然愿意仍旧跟我，以后就别再多管闲事！你回去吧，这里用不着你了！"那军官吓得诺诺连声，连忙退下。

蓬莱魔女疑心大起，"原来那玉面妖狐复姓赫连，还是什么'郡主'。赫连乃是胡姓，她是胡人那是无疑的了。但金国的王族之中，却似乎没有'赫连'这个姓氏，她这'郡主'却又是谁封的？"这还不算奇怪，还有另一个更大的疑团，蓬莱魔女接着想道："不过是几天之前，这武林天骄与那玉面妖狐还在我师兄家中，同来同去，怎的他现在却在叹息机缘不巧，碰不上那玉面妖狐？难道是两个人么？但那日我听得那妖狐和公孙师兄所说的话，却又分明是那个与北宫黝勾结，又陷害过耿照的那个玉面妖狐连清波？"饶是蓬莱魔女聪明过人，见多识广，这时也是百思莫得其解。

蓬莱魔女正在胡乱猜疑，只见那武林天骄已向东海龙与西岐凤走去，不由得大大吃惊："要是武林天骄心怀恶意，这可如何是好？东海龙、西岐凤二人，即算没有受伤，也未必是他的对手，何况他们现在正自运功疗伤，又正是到了紧要的关头！"她心里一慌，招数登时乱了。幸好那金超岳也似乎正在分出心神，注意武林天骄的行动，又错过了一次可以轻易取胜的时机。但虽然如此，蓬莱魔女在心神一乱的那刹那间，拂尘封闭不严，却被一丝阴煞之气，又侵进了她的穴道，蓬莱魔女打了一个寒噤，登时清醒，连忙加紧施为，弥缝了露出的破绽。

武林天骄面带笑容，一步步地往前走去，这时已将要到了东海龙与西岐凤的面前。这二人并排坐在地上，正自默运玄功，身上所受的寒毒热毒虽然未能驱除尽净，功力已稍稍恢复了几分，见武林天骄走近，不约而同地突然四掌齐发，他们都是武林中一等一的角色，尽管只是剩下几分功力，两人联手发出的内力，仍是足以裂石开碑，伤人有余。

武林天骄笑道："两位不必多疑，我是给你们治伤来的。"

他神色自如，笑容未敛，在掌风激荡之中，霎时间就到了东海龙面前。东海龙哪肯相信，正要跃起拼命，但武林天骄比他更快，一手已搭上他的肩头，西岐凤一时心意未决，此际见把兄被来人制住，方自吃惊，武林天骄的另一只手又把他按住了。

在这瞬间，东海龙只觉一股暖流，从他背心透入，在他体中流转，直往丹田，登时似是猪八戒吃了人参果一般，八万四千个毛孔，无一个毛孔不舒服！东海龙被金超岳的"修罗阴煞功"掌力打伤，身上着的是阴煞之气，这般暖流流经之处，寒意顿消，东海龙再以本身的内功配合，不消片刻，所着的阴煞之气全部驱出，登时精神大振，功力恢复如初。

西岐凤则是被金超岳"雷神指"的指力所伤，身上着了热毒，在这瞬间，他则觉得一片清凉，也是舒服之极，过了片刻，他体中的热毒亦已全部消解，功力恢复如初。

他们这才知道武林天骄的确是以本身的上乘功力，给他们驱毒疗伤。这武林天骄能够双掌同时运功，各生妙用，寒毒热毒，一举尽消，这等神奇奥妙的内功，饶是他们二人都是武林中一等一的角色，也觉得简直是难以思议，不禁又是佩服，又是惊奇！

武林天骄微微一笑，说道："两位再各自运功三转，那就可以永除后患了。"不待他们说出"多谢"二字，已自离开，缓缓向蓬莱魔女与金超岳恶斗的地方走去。

金超岳一直留意着武林天骄的行动，见他走来，不由得面色铁青，冷冷说道："檀贝子，你意欲如何？"武林天骄笑道："金老先生，你也可以歇歇了。"

蓬莱魔女这才知道"武林天骄"的姓氏，心道："原来他还是金国异姓藩王的贝子，怪不得那次他在泰山顶上，要在暗中保护完颜亮了。"金国的"贝子"有两种，一种是宗室亲王的儿子，一种是异姓藩王的儿子，"檀"姓乃是金国著名的"华姓"（高门贵族的姓氏），金国有好几代皇帝的皇后就是娶于"檀"家，这一姓的族人在金国中居高位掌大权的很多，例如金主完颜亮以前的御林军总管檀道清，现任的燕云十六州兵马大总管檀道隆都是。檀道隆这一家是受封为藩王的，这武林天骄既被称为"贝子"，想必是檀道隆的兄弟了。蓬莱魔女心头一凛，暗自寻思："他是金国的贝子，那是绝不会助我的了。他要这老怪歇手，莫非他是有意和我三度较量么？"

金超岳听了这话却是又惊又怒，沉声说道："檀贝子，你与皇上纵然意见不合，却怎可胳膊反向外弯？这魔女是金国的大敌，你知不知道？"武林天骄叹了口气，说道："你们只知与汉人为敌，国事就要坏在你们这班人手上！"金超岳喝道："好，这么说，你是意图叛国，助这魔女了？"武林天骄冷笑道："我不与你一般见识，我劝你住手，这是一片好心，你可知道么？我才没那么些闲工夫与你较量呢！"

金超岳心上一块石头放下，寻思："到底他还是金国的贝子，不敢吃里扒外。哼，哼，只要他不出手，我已是胜券在握。"

武林天骄似是知道他的心意，一声冷笑道："你以为你准是柳女侠的对手么？我劝你住手，是怕你折了金国武人的颜面，也是为你着想。你这一大把年纪了，若然败在一位年轻姑娘的手下，你不害臊，我也为你难过！你却不识我这一片好心，反而当作恶意么？"

金超岳气得七窍生烟，纵声大笑道："檀贝子，你号称武林天骄，我金某也不是无名之辈！你莫在门缝里瞧人，把人瞧扁啦。你就骑着驴儿看唱本，走着瞧吧！请站远一些！我倘若容得这女娃子过得百招，你就把我的'金'抹掉！"

武林天骄淡淡一笑，说道："好，我就走着瞧吧。我倒愿你得胜，只看你自己能不能够争气了！"背负双手，抬首望天，果然远远地离开他们。

蓬莱魔女只道武林天骄袖手旁观，是有心看她出丑，登时被激起满腔怒气，一意争雄，长剑翻飞，拂尘挥舞，拼了性命，与金超岳对抢攻势。蓬莱魔女凭着一股锐气，强攻猛打，令得金超岳也不禁心头一凛，"这女娃子身受热毒，居然还能够如此强攻，倒是不可小视！"

金超岳为了要在武林天骄面前争一口气，当下也是全力施为。右掌以"霹雳掌"与雷神指兼施，左掌拍出"修罗阴煞功"的掌力，寒风热浪，迫人而来。武林天骄袖手旁观，他去了顾忌，攻势也比刚才大大增强了。

蓬莱魔女毕竟是功力稍逊一筹，且又身受热毒，一方面要抵御金超岳所发的寒风热浪，一方面要运功驱毒，尽管竭尽所能，终是力不从心。但她凭着一股锐气，着着抢攻，表面却还看不出败象。

东海龙与西岐凤已是完全复原，不知不觉地就走了近来，他们都是第一流的武学造诣，看出了蓬莱魔女已是危机暗伏，久战下去，

武林天骄的箫声抑扬顿挫，与蓬莱魔女的
招数，若合符节。

定必吃亏，东海龙暗暗着急，心里踌躇，意欲上前相助。

武林天骄忽地走到他们面前，笑道："这场比斗，在当今之世，也算得是难得一观的了。两位请与我同赏妙技吧！"话中之意，即是不许他们"搅局"，要他们似他一样，袖手旁观，武林天骄曾为他们驱毒疗伤，江湖上讲究的是恩仇二字，因此东海龙虽然跃跃欲动，但被他一拦，却也不敢与他翻脸，硬冲过去。

西岐凤心思比较细密，却是纳罕非常，暗自寻思："这武林天骄救了我们，听他口气，也是帮着柳女侠的。却又为何这样忍心，要看着柳女侠受那老怪所挫，拦阻我们出手助她？真不知他是何用意？"

蓬莱魔女越打越急，拂尘忽聚忽散，或如天女散花，或如草圣挥毫，变化纵横，难以名状。金超岳的招数却似乎慢了下来，一掌一掌地缓缓发出，但掌风激荡，那"轰轰"之声，宛如海潮怒啸，夏日闷雷，更是惊心动魄。东海龙、西岐凤看得目眩神摇，但却也更为蓬莱魔女担心，他们看得出来，蓬莱魔女急着抢攻，那是因为敌人的掌力太强，迫得以攻为守的。但如此一来，更是消耗真力，只恐难以为继，待到再衰三竭之时，就要给敌人乘虚而入了。

东海龙看得血脉贲张，暗暗准备，到了紧要关头，就要不顾一切扑上前去相助，即使武林天骄拦阻，那也是在所不顾的了。

就在东海龙正自紧张万分，手心捏着一把冷汗的时候，武林天骄却是意态悠闲，击节赞道："妙呀，妙呀！攻似雷霆疾发，守如江海凝光，似此武林绝技，真是人生难得几回见？我也来凑趣凑趣，给你们吹一支曲子助兴吧。"箫声吹出，顿挫抑扬，时而清轻，时而浑厚，或如鹤唳长空，或如惊涛拍岸。东海龙更是着急，心想："人家已在舍死忘生，他却偏有这些闲情逸致？"西岐凤较为冷静，却听出这箫声与蓬莱魔女的一攻一守，若合符节，心里暗暗纳罕。

说也奇怪，箫声吹起之后，斗场的形势便登时变了。蓬莱魔女已是意态从容，拂尘挥舞，俨如流水行云；剑气夭矫，宛若游龙戏凤。身法是轻盈美妙，招数是挥洒自如。与刚才那一派急迫忙乱的情形，简直是判若天壤！另一方面，金超岳却是神色沉重，双掌连连拍出，相衔如环，热浪寒风，弥空匝地，东海龙等人站在离他们七八丈之远，也自感到一寒一热，交错袭来。东海龙是个武学行家，看得出金超岳已是心慌意乱，连真气也不能完全凝聚了。故而他的寒风热浪，才会四溢出来。也就是说他的阴阳二气，不能集中来对付蓬莱魔女了。

原来武林天骄的箫声藏着无上妙用，他的箫声与蓬莱魔女的一招一式，都暗暗合拍，等如指挥她作战一般。蓬莱魔女听了精神一爽，箫声与她的心灵相合，她的奇招妙着，也就层出不穷！但另一方面，金超岳却是被这箫声搅乱了心曲，心头越来越感到烦躁，精神内力都渐渐感到难以集中。金超岳想不到武林天骄用这等意想不到的妙法暗助蓬莱魔女，但这时双方正自斗到紧张之极，武林天骄又不是公然出手相助，莫说金超岳已不能分神说话，即算能够，他也是敢怒而不敢言！

激战中忽听得金超岳大吼一声，原来肩头上已着了蓬莱魔女的一剑！金超岳大吼道："好，檀贝子，你好！"倏地一掠数丈，和身滚下山坡，如飞逃了！

武林天骄冷冷说道："我早说过你打不过人家，你偏不信，现在如何？你自己技逊于人，怨得我么？"东海龙拍掌大笑道："祁连老怪，你还是听柳女侠的吩咐，今后将名字改过来吧！金超岳是应该改为金服宋了！"他心思没有西岐凤那么细密，虽觉箫声起后，蓬莱魔女就占到上风，这情形有点奇怪，但一时之间，却还未想到这正是武林天骄的箫声暗助之功。武林天骄淡淡一笑，说道："金国宋国，各有能人，只宜问善恶是非，择其善者而从之，却不必定要谁折服谁。"东海龙这才想到武林天骄是金国的贝子，自悔失言。

蓬莱魔女心里当然明白，暗暗叫了一声"惭愧"，又不禁一片茫然，不解武林天骄何以暗中助她？她回过头来，只见武林天骄似笑非笑，双眼正自向她望来。蓬莱魔女面上一红，本来她是应该向人家道谢的，但在这样尴尬的情况之下，却怎生说得出口？

东海龙、西岐凤双双向蓬莱魔女道谢，蓬莱魔女面上更红，说道："你们该谢的不是我，这，这是——"一个"他"字未曾出口，武林天骄忽地说道："此间事情已了，恕我失陪了！"

蓬莱魔女怔了一怔，只听得武林天骄曼声吟道："千里黄云白日曛，北风吹雁雪纷纷。莫愁前路无知己，天下何人不识君。"吟声甫歇，箫声再起，武林天骄已是下山去了。

西岐凤喃喃说道："这武林天骄真是个奇人，难道他真的是金国的贝子？"蓬莱魔女呆了一呆，忽地身形疾起，跟踪追去。她心里有无数疑团，非向武林天骄问个明白不可，一时间也就顾不得失礼，忘了与东海龙、西岐凤二人道别了。

蓬莱魔女深知武林天骄的轻功不逊于她，只怕追他不上，当下使出全副本领，一口气追过山坳，只见武林天骄却在前面缓缓而行，蓬莱魔女心道："啊，原来他早已料到我会追来，竟在这里等我。"她本要出声呼唤的，一时间却心乱如麻，不知如何开口。

武林天骄已是转过头来，笑道："柳女侠，你打得还未尽兴，还要与我再度交手吗？"蓬莱魔女道："你不是我的敌人，最少今天不是，好端端的我何必与你厮拼？"武林天骄笑道："着啊，你现在也该知道了吧，并非金国的人就都是你的敌人？"蓬莱魔女面上一红，说道："多谢你吹得好箫，要不是有你相助——"武林天骄截住她的话道："你也帮助了我，咱们是彼此相助。"蓬莱魔女怔道："怎么？"武林天骄正容说道："我也讨厌那祁连老怪，我主现在正重用他，这不是我国之福，而是我国之祸。但我却不好与他动手，我也未必就能胜得了他。今日你将他打得狼狈而逃，也正是替我出了一口闷气。"

蓬莱魔女道："你不怕他在你们皇帝面前告你一状？"武林天骄笑道："我早就是皇上密令要缉拿归案的钦犯了。"蓬莱魔女道："为什么？"武林天骄道："因为我一向就反对完颜亮做皇帝。"蓬莱魔女想不到他说得如此坦率，怔了一怔，笑道："你这人的行事真是怪得出奇！"武林天骄道："你是指我在泰山阻你杀他之事么？这其实也没有什么奇怪，我反对他做皇帝这是一回事，但我金国的皇帝绝不能让你杀了，从前你们的徽钦二帝被金国所掳，你们宋人认为是莫大的耻辱，要是我们的皇帝被你杀了，我又怎能不认为是耻辱呢！"蓬莱魔女道："你们金国来占我们宋国的地方，杀戮我们宋国的百姓，我们可没有侵犯你们丝毫！"

武林天骄深深叹了口气，说道："这就是我为什么要反对完颜亮的地方了。他不止是只图蚕食，而且是意欲鲸吞，他已定下了今年中秋，要到你们南宋的京都临安欢度佳节，这你也是知道的了。"蓬莱魔女大感意外，说道："想不到在这件事情上，你和我竟是相同，一样的反对你们的皇帝。"

武林天骄神色惨然，又叹了口气，说道："完颜亮大动干戈，你们宋国的百姓固然是大受其害，我们金国的百姓又何尝有什么好处？他们还不是一样的会妻离子散，田园荒芜！"蓬莱魔女越听越觉惊奇，对武林天骄的敌意也就在不知不觉之中，烟消云散，武林天骄越说越是沉痛激昂，"穷兵黩武者其国必亡！你是听过完颜亮所发的三愿的了，他一愿'国家大事，皆自我出'；二愿'帅师伐国，执其君长，问罪于前'；三愿'得天下绝色而妻之'。荒淫无耻，专制残暴，再加上穷兵黩武，一应俱全！尤其是他是有着几分才情、几分霸气的皇帝，带来的祸患就一定比一个才具平常的皇帝更大！我只怕金国就要断送在完颜亮手上。"说到伤心之处，眼泪簌簌地掉了下来！

蓬莱魔女完全没有想到，武林天骄和她初次交谈，竟会披肝沥胆地向她倾吐衷曲！在此之前，武林天骄在她心中是一个谜，是一个怪诞离奇，难以索解的人物，顿时间，她全都明白了，他的哭笑无端，他的狂歌寄意，他的凄凉沉郁的箫声，他对自己忽敌忽友的举动……在从前她处处感到奇怪的，如今全都明白了。这一切原来都是有所为而发，并非只是佯狂！蓬莱魔女心情受了他的感染，黯然无语，怔怔地望着他，一时间竟不知说些什么话好。武林天骄面带泪痕，忽地又纵声笑了起来，说道："你瞧我多糊涂，我还没有问你的来意，尽是和你说这些徒增烦恼的国家大事。好，现在轮到我来问你了，你追上前来，既不是要和我动手，那又是为了什么？"

蓬莱魔女定了定神，说道："多谢你对我说了这许多心里的说话，这正是我想要知道而不敢冒昧动问的。要是你一直不说，只怕我也一直会把你当作敌人呢。"笑了一笑，接着说道："现在我想问你一件私事，不知你也可肯告诉我么？"武林天骄道："请说。"

蓬莱魔女道："你和我的师嫂可是相识的？她如今是在哪儿？"武林天骄笑道："那晚我突然在桑家堡出现，救了你的师嫂，你觉得奇怪，是么？你师兄心怀不轨，我料想他在老羞成怒之下，定然在你面前含血喷人了？"武林天骄料事如神，蓬莱魔女暗暗心折，但以"家丑"不便外传，却不好将她师兄对她纠缠的事情明白说出，脸上泛起了一片红晕。武林天骄说道："这件秘密我可以告诉你，我和你师嫂素不相识，但说起来她是我的师姐，我到桑家堡去是为了两件事，其中之一，就是想见一见这位从未见过面的师姐。"蓬莱魔女怔了一怔，问道："难道你真是桑见田这老魔头的徒弟？"武林天骄道："不，桑见田是我的师叔。"蓬莱魔女甚为诧异，她父亲和桑见田做了一世对头，却从不知道桑见田还有师兄。

武林天骄想了一想，接着说道："我先给你说一个故事，大约在四五十年之前，那时还是宋、金、辽天下三分之局，互相攻战。宋、金联盟灭辽，那是以后的事。当时金国有一个武林奇人，他父亲是金人，母亲是宋人，他自己的妻子则是辽人。他目睹三国纷争，杀戮无已，甚是伤心。于是遂不问世事，遁迹山林，先后收了三个徒弟。他的父母妻子都是出自武学名家，因此他一身武功，兼有宋、金、辽三国武学之长，他要把武功分给宋、金、辽三国的杰出武林之士，这也是他的一点心事，不分畛域，兼收并容，意图使他的三个弟子，将来可以为三国的武林保存一点友谊。因此，他这三个弟子，一个是辽人，一个是金人，一个是宋人。宋国那个弟子乃是带艺投师的，他就是你的师嫂的父亲桑见田了。"

蓬莱魔女道："哦，原来如此，那么，你——"武林天骄道："我师父就是那个金国弟子，我以偶然的机缘，得遇我的师父，此事不必在此细说。且说那三个弟子技成之后，各自归国，不久，他们的师父也去世了。不久，金、宋联盟灭辽，随后金、宋又成大敌，大势如此，虽有有识之士，也无可挽回。辽国被灭，宋国受侵，两国之人，当然都是对金国恨如刺骨，那辽国弟子和宋国弟子处此情势之下，都不敢泄漏出自己的师父乃是金人。"蓬莱魔女这才恍然大悟，怪不得连她父亲也不知道桑见田师承之秘。

武林天骄续道："我师祖收徒之时，只问资质，却忽略了徒弟的人品。宋、辽两国那两个弟子，后来都成了作恶多端的大魔头。"

蓬莱魔女心道："桑见田虽然作恶多端，大节尚是无亏。"当下笑道："那么说，你师祖所收的三个弟子，只有你的师父才是好人了？"武林天骄笑道："我师父也是带着几分邪气的，要不然，他就不会收我做弟子了。不过他还不至于像我那两个师叔那样胡作非为而已。"蓬莱魔女道："他收你为徒，这又关乎什么正邪了？"武林天骄道："你不知道我是金国的贝子么？一般正派的高人隐士，大都是不愿沾惹官宦之家，怕人家说他们趋炎附势的。但我的师父却不是这样想法。他反对朝廷的穷兵黩武，但仍然收我为徒，他是希望我他日掌权，能改变朝廷的政策。他却没想到以我一人之力，如何能够扭转这既成的局面？完颜亮因为我反对他，早就把我列为钦犯了，如何还能容我掌权？"蓬莱魔女暗暗嗟叹，心想："怪不得武林天骄见解超越常人，原来是受了他师父的熏陶。"

武林天骄续道："回过头来再说你的师嫂吧。我虽然从未见过她，但我却早就知道在宋国之桑见田这个师叔。我师父临终吩咐，也曾嘱咐我要访寻分处宋、辽两国那两个师叔的后人。我就是因此而到桑家堡的，恰巧遇上你师兄暗害妻子之事，我当然不能不出手了，事情的经过就是如此，你明白了么？"

蓬莱魔女道："我师嫂现在哪儿？"武林天骄答道："你是想再见她么？"蓬莱魔女道："师嫂对我误会很深，不过我还是想劝她和我师兄和好。"武林天骄道："这恐怕很难了，我想你师兄曾对她下过如此毒手，她能不心寒？"蓬莱魔女黯然无语，武林天骄又道："不过你也用不着多担心事，你师嫂虽然对你误会一时，但如今却已经是明白了。"他说话之时，微笑一笑，蓬莱魔女道："明白了什么？"武林天骄笑道："她明白你心上另有人在，决不会看上她的丈夫。"蓬莱魔女面上一红，她给说中了心事，又是在初相识的武林天骄面前，当真甚是尴尬，发作不是，不发作又不是，只好佯嗔说道："我师嫂总是爱胡猜乱想！"

武林天骄道："你还想见你的师嫂么？"蓬莱魔女道："怎么？"武林天骄道："你若想见她，再回转桑家堡，或者可以碰上。"蓬莱魔女又惊又喜，说道："你刚才说他们很难和好如初，何以我师嫂又肯回家？是不是回心转意了？"武林天骄道："她未必肯与你师兄重做夫妻，但也总还有夫妻情分。她不愿你师兄身败名裂，想回去制止他胡为。同时，也想出一口怨气。"蓬莱魔女道："我师兄怎的会身败名裂？"武林天骄道："你师兄已在暗中接受了完颜亮的封号，意图在山东裂土称王，你不知道么？"蓬莱魔女大吃一惊，这才知道那晚她所听到的密室私谈，玉面妖狐说的是真，而她师兄在她面前推得干干净净，那却是假的。

　　蓬莱魔女心乱如麻，暗自想道："师嫂能制止得了他吗？他们夫妻已闹得不可收拾，师兄也未必肯再听师嫂的话。""恩师若是知道了这件事情，不知如何痛心？唉，我该不该让他老人家知道？""要是迫得我非大义灭亲不可，我又如何下得这个绝情？"武林天骄似是知道她的心意，笑道："你师嫂的武功虽然是略逊于你的师兄，但她手上却握有两件法宝，可以制伏你的师兄。"蓬莱魔女道："可是那两大毒功秘诀？"武林天骄道："不错，你师兄娶你师嫂，用心就在偷学桑家的武功，如今他已偷学了十之七八，但那两大毒功未曾到手，他总是不能不有所顾忌。"蓬莱魔女道："但师嫂也未曾练过，难道她说的不是实话。"武林天骄道："那倒不假。要练那两大毒功，须得我师祖所传的独门上乘内功心法，桑师叔也没有得到传授，因此他后来勉强练那两大毒功，终于走火入魔。"蓬莱魔女道："这么说，纵然那两大毒功秘诀在师嫂手上，也是无用之物，怎能说是可以制伏我师兄的法宝？"

　　武林天骄笑道："但我师祖的上乘内功心法却传给了我的师父。原来他老人家晚年的时候，已看出桑师叔心术不正，所以虽然传给了他两大毒功，却没有传给他内功心法。我师祖的三个弟子，除了共同修习本门的一般武学之外，以性之所近，又各有专长。我师父长于内功，桑师叔偏学使毒，还有一位师叔则精于招数。我师祖胸中所学，无所不包，最初是依各弟子性之所近，各自传授的，后来发觉桑师叔心术不正，悔已无及，那两大毒功秘诀已经传授，不便收回，只好将练功的心法勒而不与，改付我的师父，以留他日制他之用。你明白了么？"蓬莱魔女道："哦，我明白了，你已经将那练功心法交与了我的师嫂？"武林天骄点了点头，说道："你师嫂已打定了主意，要是制止不来，要是你师兄仍然对她寡情薄义，她就要用化血神功，令你师兄终身残废，永远不能再背叛她！"蓬莱魔女打了个寒噤，但随即想道："这样也好，终身残废，也还胜于身败名裂。"

武林天骄笑道："你还要到桑家堡见你师兄吗？"蓬莱魔女心意踌躇，说道："我现在也说不定，怎么？"武林天骄道："你始终是要到江南去的，是么？"蓬莱魔女此际对武林天骄已是无所顾忌，不愿隐瞒，便即说道："不错，你有什么话说？"武林天骄神情颇为怪异，目光闪烁不定，如有所思，忽地握着蓬莱魔女的手问道："你现在是把我当作敌人，还是当作朋友？"蓬莱魔女生性豪迈，朗然笑道："你和一般金人不同，咱们可以交个朋友！"双手和他牢牢相握。武林天骄说道："那么我拜托你一件事情。"

蓬莱魔女道："请说。"武林天骄缓缓说道："你此去江南，倘若见到了笑傲乾坤华谷涵，请代我向他致意。我和他有一局未了的残棋，看来是不必再下了。唉，你就把我这一句话告诉他吧。"声音低涩，说来似有无限伤感。

蓬莱魔女怔了一怔，道："你们两人是相识的？"武林天骄道："岂止相识，他这次前往江南，还是因我而起。"蓬莱魔女诧道："因你而起？但据我所知，他是得了金人即将南侵的消息，要赶去江南报讯的。"武林天骄笑道："这消息是我告诉他的。"蓬莱魔女想起了东海龙所说的，那晚他和华谷涵在泰山上所遇，恍然大悟，说道："哦，原来华谷涵在泰山上也曾见到你了？"武林天骄笑道："不错，我与他相遇，就是在和你相遇的前一晚。他本想约我在泰山绝顶比剑的，得到了这个消息，剑也不比，匆匆便走了。"

蓬莱魔女双颊晕红，说道："其实我和华谷涵还未算得相识……"武林天骄纵声笑道："人之相知，贵相知心。华谷涵心上有你，你心上有他，这就已经是胜过相识了。我这话说得不错吧？"笑声甚是凄凉，松开了蓬莱魔女的双手。蓬莱魔女给他说中心事，脸上更红，说道："你这话也说得不错。我和你也是在今天才算相识的，但不是已像多年的朋友了么？我对你们两人，都是当作一样的好朋友。"蓬莱魔女是带有几分男子气的性情中人，她这话倒并非只是为了替自己解嘲，而是真正的出自肺腑。

武林天骄忽又纵声笑了起来，再一次地抓起蓬莱魔女双手，说道："如此说来，我和他那局残棋，还是大有可为了？"蓬莱魔女愕然挣脱他的双手，说道："我不知道。我只知道我是应该前往江南了。"武林天骄叹了口气，苦笑说道："不错，江南江南，隔着长江；金宋之间，隔着的无形天堑比长江更难逾越，谁叫我是金人呢？这局残棋即使还有可为，我也没有勇气再下了。"

说到后来，笑声更显得凄怆，是哭是笑，已难分辨！武林天骄忽地说道："对，我也该走了！"怆然吟道："知我者谓我心忧，不知我者谓我何求。悠悠苍天，彼何人哉？"在带哭带笑的声中，已撇下蓬莱魔女独自走了。蓬莱魔女一片茫然，呆呆地望着他的背影没入林中，自己似乎还有一些话要与武林天骄说的，一时间只觉脑子里空荡荡的，也不知要说什么，想要再追上去，双脚已是不听使唤。

远远箫声再起，蓬莱魔女听得出他吹奏的是温庭筠的一首诗，这首诗的题目就叫做《赠知音》。诗道："翠羽花冠碧树鸡，未明先向短墙啼。窗间谢女青蛾敛，门外萧郎白马嘶。残曙微星当户没，澹烟残月照楼低。上阳宫里钟初动，不语垂鞭过柳堤。"缠绵悱恻，无限心事，从箫声中透露出来。正是：

不尽低回游子意，几多幽恨付箫声。

欲知后事如何，且听下回分解。

狂俠天驕魔女

梁羽生作品集

31

梁羽生

貳

中山大學出版社
SUN YAT-SEN UNIVERSITY PRESS

图书在版编目（CIP）数据

狂侠天骄魔女/梁羽生著. -- 广州：中山大学出版社，2012.11
（梁羽生作品集）
ISBN 978-7-306-04373-3

Ⅰ.①狂… Ⅱ.①梁… Ⅲ.①侠义小说－中国－当代 Ⅳ.①I247.5

中国版本图书馆CIP数据核字（2012）第276595号

广东省版权局版权合同登记图字：19-2012-053号、19-2012-051号

朗声图书

本书版权由传慧出版有限公司授权广州市朗声图书有限公司在中国大陆（不包括香港、澳门、台湾地区）专有使用

敬告读者

　　为了维护读者、著作权人和出版发行者的合法权益，本书采用了新型数码防伪技术。正版图书的定价标示处及外包装盒上均贴有完好的防伪标签。刮开涂层，可见到一组数码，您可以通过两种途径查验真伪。

1. 拨打全国免费电话4008301315，按语音提示从左到右依次输入相应数码并按#键结束。
2. 扫描防伪标上的二维码，按提示输入相应数码。

　　读者如发现盗版图书，可向当地"扫黄打非"办公室、新闻出版局、公安机关、市场监督管理局等部门举报，或直接与我们联系。

　　联系电话：020-34297719　13570022400

　　我们对举报盗版、盗印、销售盗版图书等侵权行为的有功人员将予以重奖。

广州市朗声图书有限公司

目 录

第二十六回　惘惘情思困魔女
重重迷雾隐妖狐

　　月坠幽林，残星明灭，晨飙动野，百鸟离巢，东方现出一片鱼肚白，不知不觉，已是天将破晓的时分了。温庭筠那首"赠知音"，写的正是"晓别"情景，武林天骄显然是心有所感，特为自己吹奏这一支曲子的。余音袅袅，随着晓风飞散，但曲中那一片无可奈何的伤离惜别之情，却是吹不散、荡不开，兀自在蓬莱魔女耳畔萦回，心头缭绕！

　　蓬莱魔女一片茫然，凝眸处四野清寂，武林天骄的影子早已在她眼前消失了。蓬莱魔女情思惘惘，暗自想道："他把我当作知音，唉，我却怎能接受他这番情意？"

　　武林天骄的影子消失了，笑傲乾坤的影子却泛上了心头。顿时心乱如麻，端的是剪不断，理还乱，怅怅惘惘，难以自休！蓬莱魔女本来是巾帼须眉，具有豪情壮志的女中豪杰，这时却是一片迷茫，不知情怀何托？深深地陷入了感情苦恼之中。

　　朝阳从密云之中钻出来了，揭开了笼罩大地的夜幕，周围景物，豁然开朗，蓬莱魔女吸了一口晓风，精神顿爽，暗自想道："武林天骄之谜已经揭开了，笑傲乾坤却仍然还是一团谜，不知何日方能揭开？我是应该尽早了结此间之事，前往江南了。"蓦地想起："武林天骄托我问候笑傲乾坤，我却只知武林天骄是金国的檀贝子，还未曾问他的名字呢。"

　　想至此处，瞿然一惊，神智清醒，这才忽地又想了起来："我忘记问他的岂只他的名字，还有一桩重要的事情，我竟也忘记问他了。他既然不赞同金主南侵，却又为何与玉面妖狐那样亲近？玉面妖狐不正是为着完颜亮奔跑，到处拉拢武林人物，为虎作伥的吗？我师兄就是受了她的毒害的了。以武林天骄的为人，怎么会和她交上了朋友的？"还有，玉面妖狐的武功家数，次次不同；金国贵族中没有"赫连"这个姓氏，武林天骄在和他仆人的谈话之中，又何以将她称为"赫连郡主"，玉面妖狐的来历端的如何？这种种都是难以索解之谜。

这种种疑团，在蓬莱魔女追赶武林天骄之际，本来都是准备好了要问他的。但后来两人一见了面之后，武林天骄先是剖露自己的心事，随即谈及她师兄师嫂的纠纷，跟着又提起了笑傲乾坤，这一些更是蓬莱魔女所关心的，不知不觉就把玉面妖狐之事置之脑后了。如今才想起来，武林天骄早已是走得不知去向了。

蓬莱魔女暗自思量："算了，妖狐之事暂且搁过一边。我还是先办自己的正经事要紧。先回山寨安排一下，再往江南揭那笑傲乾坤之谜。他是唯一知道我身世秘密的人，揭开他的谜，也就是揭开我自己的身世之谜了！这才是我最迫切需要知道的事情！"

蓬莱魔女心意已决，便即调匀气息，施展轻功，迎着朝阳，匆匆赶路。说也奇怪，她身上所受的热毒，本来还没有驱除净尽的，所以她才要调匀气息，准备一面赶路，一面默运玄功，驱毒疗伤，但真气一运，脚步一迈，立即发觉自己竟是精力充盈，功夫非但没有减退，反而胜似从前。运气驱除热毒之时，本来应该有一种消渴烦躁之感的，这时亦已爽然若失！蓬莱魔女初时有如坠入五里雾中，莫名其妙，但她毕竟是个武学大行家，从真气运转所得的奇妙之感，立即恍然大悟，"哦，原来是武林天骄所弄的神通，他刚才和我双手紧握之时，已在我不知不觉之中，以真气输进，助我打通了奇经八脉，把热毒都驱除净尽了。"不禁又是感激，又是佩服，但想到自己竟然未曾发觉，不禁又是面红。原来以蓬莱魔女的武学造诣，虽说及不上武林天骄，也差不了多少，本来是应该可以发觉的，但在武林天骄紧握她双手之时，她正自心头惘惘，意乱情迷，真气输入的刹那间，那一点点微妙的感觉，当时就被忽略过去了。

蓬莱魔女功力既已恢复，当下便即兼程赶路，不过三日工夫，便横过了鲁西八百里山区，回到了自己的山寨。她离开的期间，寨中事务，由心腹侍女玳瑁代为主持。一去数月，此际归来，玳瑁率领大小头目出来迎接，相见之下，都是喜不自胜。

蓬莱魔女巡视一遍，见寨中一片兴旺气象，各项事务，玳瑁都处理得井井有条，更为高兴。坐定之后，对玳瑁笑道："好妹子，多谢你啦。我去之后，寨中可曾发生过什么事情么？"玳瑁说道："正要禀告小姐，发生了一件极为奇怪的事情，山寨几乎遭到覆灭之危，幸而逢凶化吉，遇难成祥，有人意外相助。"蓬莱魔女吃了一惊，说道："有这样的事情？是什么人助了咱们？你把经过详细道来。"玳瑁笑道："小姐，你再也意想不到，这个帮助咱们度过险难的人，不是别个，却是那玉面妖狐！"

蓬莱魔女几乎不敢相信自己的耳朵，睁大了眼睛，叫道："什么？是玉面妖狐！"玳瑁道："是呀，当时我们也不敢相信呢，但后来事实证明，她说的都是事实，的确是咱们的恩人。"蓬莱魔女心急如焚，叠声说道："究竟是怎么一回事，快说，快说！"

玳瑁说道："有一晚，我已卸衣上床，但还未曾睡着，忽觉微风飒然，窗门打开，我连忙跳起，只见有一个人已进入我的房间，那晚月色很好，一眼就认出了是玉面妖狐！"蓬莱魔女从玳瑁刚才的说话中，虽然已知道玉面妖狐是来助她的，而玳瑁此际也好端端在她的面前，可知当时并无危险，但听到这里，仍是禁不住心头怦怦跳动，心想："玳瑁武功远不及那个妖狐，要是妖狐那时下了毒手，咳，这可就真是不堪想象了！"

玳瑁接着说道："当时我认出了玉面妖狐，这一惊端的是非同小可，立即便一剑向她刺去，她架住我的青钢剑，却不还招。"蓬莱魔女忽地问道："她用什么兵器架住你的剑？"玳瑁说道："是一支笛子，也不知是什么做的，我使尽气力劈下去，她的笛子竟然毫无伤损。"蓬莱魔女点了点头，说道："我见过她这支笛子，那的确是件宝物。你继续说吧。"心里想道："这一次她又是用笛子了。真是奇怪，每当她用剑的时候，总是在做着坏事，用笛子的时候，即使不是在做好事，也总是叫人捉摸不透，不敢断定她是好是坏。比如那次在师兄家中，她是用笛子的，但她又是与武林天骄同来，救出我的师嫂的。同是一个人，怎的有时好，有时坏，这却是什么缘故？"

玳瑁继续说道："她架住我的剑，并不还招，却笑了一声，说道：'玳瑁姑娘，你别害怕，我不是来害你的，我是来救你的。'我当然不会相信，骂道：'胡说八道，我有什么危险，要你来救？'我要抽剑刺她，但她的笛子却似有一股黏力似的，我的青钢剑被她黏住，竟是不能移动。我大为着急，立即发啸示警，叫姐妹们前来帮我。"

蓬莱魔女有八个侍女，八人中以珊瑚、玳瑁武功最强，其他六人，虽然稍逊一筹，也颇不弱。蓬莱魔女道："后来怎样？她们能否及时赶到，围住了那玉面妖狐？"

玳瑁说道："脚步声已经可以听到了。但那、那玉面妖狐既不向我攻击，也不逃步，却滔滔不绝地说出一番话来。"蓬莱魔女道："她说什么？"玳瑁说道："她说金国的冀鲁招讨使兀哈赤元帅已查知小姐你离开了山寨，要趁机'袭灭'咱们，已定下了明日晚间，前来偷袭。她未曾说完，明珠、绿云等一众姐妹，都已来到。将她围了起来。这时她不得不移开笛子迎敌，就在屋顶上和我们交起手来。"蓬莱魔女松了口气，说道："你们六人，若然依照我布下的阵法，那是绝不会输给玉面妖狐了。"原来蓬莱魔女上次临走之前，也曾顾虑到玉面妖狐会来捣乱，传给众侍女一个"六合剑阵"，完全是针对玉面妖狐的武功家数而设的。

玳瑁说道："她一面抵御我们的攻击，说话却没有终止。她说：'信不信全凭你们，但这关系你们一寨存亡，我却不能不告诉你们。官军定下的计划，是明日晚间三更时分，先用三百名精选的武士，都是善能纵跃，武艺高强的人，从你们后山那条猿啼谷小路摸来，一摸进山寨，就举火为号，里应外合，攻破你们的山寨。正面的大股官军，兵分三路，一见火起，便立即上山。'""猿啼谷"形势险峻，猿猴也难攀缘，故有"猿啼谷"之名，山寨各处防御严密，只有"猿啼谷"那一处，因为形势奇险，一向认为敌人绝难从该处攻来，所以简直没有什么防守。

蓬莱魔女心头一凛，暗暗叫了一声"惭愧"，想道："攻其无备，出其不意，敌人这个行军计划的确是狠毒无比，我对山寨的防备，计虑未周，倒真是百密一疏了。"

玑瑁接着说道："她言之凿凿，不由得我们不半信半疑，但想到她是恶名昭彰的玉面妖狐，我们总是疑多于信。于是我就发动阵势，把六合剑阵一步步地收紧，将她困在核心。说道：'你要我们相信，那也不难，委屈你在山寨里暂留几天，倘若真有其事，事情过了，我们自会放你。笛子抛下来吧！'"这即是说要俘虏玉面妖狐，留作对证。蓬莱魔女点点头道："对，你处事很有分寸，是该这么办。"

玑瑁说道："惭愧得很，我们虽是全力施为，却依然困她不住。她听了我的话后，冷冷说道：'信不信全在你们，你们要把我留作俘虏，这可不能！我也还有事情，请恕失陪了！'我们的阵势步步收束，她的笛子挥舞起来，也骤然加紧，所出的招数，都是我们意料不到的，不过数招，唉，惭愧得很，我的虎口竟就给她点中，剑即坠地，给她打开了一个缺口，突围而去了！"

蓬莱魔女道："你不用惭愧，这是我的六合剑阵，有个大大的破绽。我设的这个剑阵，是完全针对玉面妖狐的武功家数的，但我当时只知道玉面妖狐的一套武功家数，却不知道她还有另外一套。她改用笛子，难怪你们在一时之间，不知如何应付了。"

玑瑁说道："她突围之后，却也并不立即走，在屋顶上抛下一个纸团，说道：'你们不信，再看看这个！你们愿否化祸为福，那就全看你们自己了！'她跑了之后，我拾起纸团，打开一看，却原来是一道行军密令，是金国的招讨使兀哈赤给本城兵备道的，果然是兵分三路的指示，连进军的路线都绘在上面。上面还有招讨使的大印，那是很难假冒的了。当下，我就和众姐妹商议，认为宁可信其有，不可信其无。有备无患，总是好的。但我们也怕中她调虎离山之计，好在按照官军的计划，他们是先来奇袭'猿啼谷'，那里形势奇险，他们来的三百武士，我们只需用百数十人，扼守山头，就可制他死命。于是我们也针对官军那个计划，作下布置。

"第二晚三更时分，月暗星稀，扼守山头的弟兄，果然发觉有一队官军，偷偷地进了猿啼谷。弟兄们毫不声张，待他们爬上了半山，这才把大石树木滚下，又用煮沸的热油浇他们，这三百名武士，就似老鼠掉进了油锅，不是给热油浇得皮焦肉烂，就是给石头树木压得手断脚折，三百武士，非死即伤，没一个逃脱。我们消灭了后顾之忧，立即又出动全寨弟兄，给官军的中路来个反奇袭。可笑他们还在等待山寨火起，一点也没防备我们会突然来攻。"

蓬莱魔女听得眉飞色舞，说道："这一仗是大获全胜了？"玳瑁说道："不错，这一路敌军正是那兵备道本人率领的，给我们打他个措手不及，全军覆没，连那狗官也成了我们的俘虏。敌军中路覆没，左右两路，不战而溃！这一次敌人动用的兵力，比我们多出两倍有余，我们以少胜多，实在是侥幸之极！说来都是靠了那、那玉面妖狐暗通消息之功。"听得出玳瑁对连清波已是甚为感激，因此当她说这"玉面妖狐"绰号之时，心中已是感到不妥，但一向说惯了嘴，又是当着蓬莱魔女的面前，故而一时间改不了口。

蓬莱魔女也是惊诧之极，心念一动，忽地问道："你们可曾问了那狗官的口供？"玳瑁笑道："问了。说来可笑之极，他还不知他们元帅给他那道密令已被人偷了。当我拿出那道密令给他看的时候，他才大吃一惊，嘴巴张大得合不拢来，慌慌张张地往怀里摸掏。原来他在传达了行军部署之后，就把这道密令藏在贴身的衣袋里，根本就想不到会有失的，因此也就没有再拿出来看过。"

蓬莱魔女喟然叹道："如此说来，这妖狐非但不是咱们的敌人，反而是咱们的恩人了？"玳瑁道："可不是吗？打了胜仗那晚，寨里大开庆功宴，姐妹们都说，只怕以前对这妖狐是有所误会了，咱们受了她的大恩，可惜请不到她来喝一杯庆功酒。可巧，就在说这些话的时候，她又来了！"蓬莱魔女诧道："她又来了？这次来做什么？只是为参加咱们的庆功宴吗？"

玳瑁说道："不是，她没有进来，只在寨门外把一封书信交给守门的弟兄送来给我。我连忙追出去，她已经走得远了。只听得她在山下用传音入密的功夫对我说道：'玳瑁姑娘，到了今日，你应该相信我了。信中所说的事情，你需小心防备，但只可告诉柳女侠，对旁人都不必张扬。'说了之后，声影俱杳。我追了一程，追不上她。"蓬莱魔女连忙问道："信呢？"玳瑁道："在这里。"蓬莱魔女连忙接了过来，打开一看，益感诧异。

信上写的寥寥几行，说道："公孙奇与金虏暗通款曲，意图有所不利于义军，此人切不可轻信。请转告柳女侠。"

蓬莱魔女问道："那一天是什么日子？"玳瑁道："上月初三。"蓬莱魔女一算日期，是在她到桑家堡之前的五日，心里想道："看来她早已知道公孙奇是我师兄，但却想不到在桑家堡会碰上我。故而先给山寨送信，提醒玳瑁防备，并劝我不可上当。

"但她那次在桑家堡，却是以北宫黥代表的身份，去见我的师兄，向他索取密谋破坏义军的计划的，这又是什么缘故呢？"玳瑁见她低首凝思，面色不定，心里也有点奇怪。

事情像是一团迷雾，但蓬莱魔女用心思索，终于在茫无头绪之中找到了一点线索，"那夜玉面妖狐与我师兄在密室商谈，言谈之中，露出许多破绽，常常是彼此的说话接不上头。嗯，莫非玉面妖狐是假冒北宫黥代表的身份，套取师兄的秘密？北宫黥在临死之前，曾向我供出他所知道的一切，我师兄是否被金主收买，他毫不知情，也没提到曾派玉面妖狐做代表的事。谅这北宫黥在完颜亮手下，不过是个二等角色，真有这等机密之事，也不会让他主办。我师兄是个绝顶聪明的人，敢情当场就识破了玉面妖狐乃是假冒，故而对她丝毫不假辞色，当时连我也给骗过了。"再四推敲，只觉唯有这样的解释，才比较合理。"那么这玉面妖狐究竟是好人还是坏人？"

蓬莱魔女又再思量："这次她暗通消息，令我阖寨弟兄姐妹化险为夷，说来当然应该是我们的大恩人。可是她串同张定国，谋害义军主帅耿京之事，也是铁证如山，决难狡辩的。还有许多其他罪恶的勾当，也都有证据，指明是她干的，这又如何解释呢？只是她谋害耿京这桩事情，其罪就足以死有余辜了！能因她这次功劳，就饶了她吗？功罪、善恶、好坏，都同在一个人身上，如此矛盾，如此离奇，当真是令人百思莫得其解！"

玳瑁说道："小姐，敢情你还是在疑心这玉面妖狐？说实话，我也是有点疑心，深感捉摸不透，天宁寺那件案子……"蓬莱魔女道："不只是天宁寺那件案子！她还有更大的罪恶！"玳瑁一脸惶惑的神色，问道："那么我们应该是怎样对待她？把她当作敌人还是当作恩人？请小姐指示。"蓬莱魔女道："这很难说，对这玉面妖狐，我是下了决心，要查她个水落石出的。在水落石出之前，你们还是要对她小心为妙。尤其在她不是用笛子做兵器而是用剑的时候，更要小心！"玳瑁大感诧异，问道："为什么？"蓬莱魔女道："此时我也无暇细说，而且，我也还弄不清楚呢。此人似乎是个两面人，在用剑的时候，就是恶面孔、坏心肠了。所以你们的六合剑阵，还要加紧操练。"玳瑁奇怪极了，但蓬莱魔女既然说不出所以然来，她也只好应了一声"是"。

蓬莱魔女又道："还有，山寨的防备以后还应该更周密些，不可再有玉面妖狐偷偷到了你的房中，你才发现，这样的事情发生！"玳瑁满面羞惭，说道："我防范不周，很是惭愧，以后大约不会再有这样的事情发生了。我已经在山寨各处重要处所，布下机关，有人踏进，就会铃声大响。有些地方，墙壁里还装有暗箭。"

蓬莱魔女笑道："好，你很干练，今后我离开了山寨，也可以放心了。"玳瑁诧道："小姐，你刚刚回来，怎么又提到离开了？"

蓬莱魔女喟然说道："我何尝不想和你们多聚些时，但国难当头，我已是席不暇暖了。金国即将大举侵宋，我这次回来，就是为了此事，和你们先作安排的。待这里布置停妥，我又要前往江南了。玳瑁，冀鲁两省绿林，唯咱们山寨的马首是瞻，今后的担子更重，这副重担，就要由你来替我挑起了。请受我一拜！"玳瑁连忙跪下，说道："小姐为国奔劳，婢子不能追随左右，也自当尽我本分。请小姐快快吩咐，别折杀婢子了。"蓬莱魔女双手将她扶起，说道："金主完颜亮已定好秋风一起，就要兵渡长江，他狼子野心，妄图在临安过中秋呢。到时你要联络各处寨主，扰乱敌人后方，切断他的粮道，务必令完颜亮渡江之梦，成为泡影。今晚我写好几封书信，你拿我的令箭，把书信分送给几个最靠得住的寨主，想他们见了我的亲笔书信以及令箭，定会依计而行。"当下又叮嘱了几件应该注意的事情，玳瑁一一记在心上。

蓬莱魔女把那几封书信写好，已是将近五更时分，搁下纸笔，毫无睡意，顿时间又是心事如潮，她打开华谷涵送给她的那个盒子，将那对连体孳生的红豆拈了起来，怔怔地出了一会神，跟着又把玉面妖狐留下的那封信再看了一遍，怔怔地又出了一会神，暗自想道："华谷涵已到了临安，辛弃疾所率领的义军此际想也已经渡过长江了。我稍微耽搁几天，再赶去和他们相会，也还不迟。腾出这几天时间，我应该再到桑家堡一看。公孙师兄丧心病狂，竟接受了金主封号，意图裂土为王，并将有所不利于义军，此事关系重大，虽说已有师嫂去制止他，我总是放心不下。"又想："师嫂是武林天骄的师姐，或者可能知道玉面妖狐的底细，我定要查个水落石出，才得安心。嗯，即算师嫂依然对我有所误会，我也是要去见她一见的了。"主意打定，这才闭目养神，稍息了片刻，便听得雄鸡报晓，天色已白。

蓬莱魔女将书信与令箭交给玳瑁，又和她巡视了一遍山寨，见一切布置周密，心中已无牵挂，便即下山。

一路无事，三日之后，蓬莱魔女又到了孤鸾山下，桑家堡也已隐约可见了。这时已是黄昏时分，蓬莱魔女心想："还是等到晚间，悄悄地进去较好。"于是缓步上山，暮色苍茫中，只见孤鸾山那座山峰，形似一头张开双翼的怪鸟，在黑暗中俯瞰猎物，蓬莱魔女心头怅触："师兄当日抛家背父，与师嫂私奔，何等情浓，岂知今日仍是难偕白首！难道果真如珊瑚所说，这孤鸾山的名字大是不祥？"随即哑然失笑："这是他们志趣不投，却关这地名何事？但志趣相投，便能成就美满姻缘么？"蓬莱魔女本不是多愁善感之人，但不知怎的，一上到这孤鸾山上，便觉得心事重重，愁思难遣！

笑傲乾坤的影子蓦地泛上心头，接着又是武林天骄的影子。笑傲乾坤曾在这孤鸾山上狂笑高吟，武林天骄也曾在这峰头飞出一片箫声，奏过缠绵悱恻的曲子。蓬莱魔女第一次到桑家堡碰见了笑傲乾坤，第二次碰见了武林天骄，如今是第三次旧地重来，不自禁地就想起了这两个人来。她想起了笑傲乾坤无限伤感的高吟："弹剑狂歌过蓟州，空抛红豆意悠悠。"她想起了武林天骄满怀心事的低奏："我自飘零湖海去，嗟君此别意何如？"这两个人虽未明言，但蓬莱魔女已是可以深深感到他们的情意。她知道笑傲乾坤是和她志同道合的，虽然彼此还未有过交谈。但武林天骄则向她倾吐过心中的衷曲，经过了那一次深谈，似乎武林天骄更亲近得多，而笑傲乾坤虽说她知道是志同道合，但却还似一团迷雾。这两个人在她心上，究竟孰轻孰重，连她自己也难分别！

蓬莱魔女是女中豪杰，但也还是个少女，"哪个少女不善怀春？"她有时也会想起自己的终身大事的。此际，她在孤鸾山上触景伤情，就不知不觉地从师兄师嫂的婚姻不如意，引起感触，想到了自己在爱情上的遭遇了。师兄师嫂是因志趣不投而演成悲剧的，但笑傲乾坤和武林天骄都可以说得是侠义中人，与她志趣相投的了，她却要选择谁呢？在理智上，她偏向于笑傲乾坤，在情感上说，她又似乎更靠近武林天骄。终于总是感到深深的苦恼。

月影西移，不知不觉已是三更时分，蓬莱魔女好不容易才收束了心猿意马，定了定神，心道："是时候了，该进堡中一探了。但愿能碰见师嫂。"武林天骄的影子蓦地又在她眼前摇晃，她想见的是师嫂，但这时却又不自禁地想起了武林天骄。这刹那间，她也蓦地发觉自己心底的秘密了。原来她之渴望要见师嫂，除了要解决师兄的事情，除了要打听玉面妖狐的来历之外，原来心中还隐隐藏着一个希望，希望从师嫂口中，更知道多些关于武林天骄的消息。这希望隐藏心底，平时她自己也不会想到的。如今发现了心底的秘密，不由得面泛红潮。

就正在蓬莱魔女意乱情迷之际，忽听得一声凄厉的尖叫，划破了夜空的寂静，令人毛发悚然。这是她师兄公孙奇的叫声！蓬莱魔女心头一震："这是突然受到重伤，绝望之极的临死呼叫！哎呀，难道是我师嫂已对师兄下了毒手了？"她想起武林天骄曾对她说过，她师嫂已下了决心，倘若师兄不受她的约束，她就要用化血神功令师兄终身残废！蓬莱魔女虽然不值师兄所为，但听到这个叫声，仍是不禁大为震动。这时她已进了堡中，连忙施展绝顶轻功，向这声音的方向赶去。正是：

堪嗟情海风波险，变化离奇不忍看！

欲知蓬莱魔女师兄是否给她师嫂打死，请听下回分解。

第二十七回　孽债犹怜薄幸汉
狠心竟害枕边人

　　园中小楼一角，灯火犹明，那是她师兄的卧室。断断续续的叫声又从这卧室中传出来了："虹妹，虹妹，你下毒手，我不怨你，但在我临死之前，你也不出来见我一面么？咱，咱们毕竟是十年夫妻，你竟不来和我诀别？"声如三峡猿啼，哀怨欲绝，令人酸楚。蓬莱魔女心里一沉，"果然是师嫂下了毒手了！"心念未已，只见一条人影，疾若流星，从蓬莱魔女前头那假山飞过，霎眼间便上了楼台，不是别人，正是蓬莱魔女的师嫂桑白虹，她被丈夫凄楚的呼唤叫出来了。

　　蓬莱魔女武学深湛，从声音可以察觉伤势，暗自想道："听师兄的声音，虽然中气已衰，但似乎还未伤及脏腑。"心中燃起一线希望，寻思："师嫂的原意，本是在迫不得已之时，至多令师兄终身残废的。但愿她不改原意，那么师兄虽然残废也胜于身败名裂。师嫂是爱之深，恨之切，但想来决不至于就忍心取了丈夫的性命。"又再想道："师嫂迫不得已下手惩戒了她的丈夫，心中也定是十分难过。我师兄此时真情流露，并不恨她，还对她念念不忘。可见他还不是坏到透顶，对师嫂也原来还有一片深情！说不定他经过这次教训，从此就悔改前非。嗯，他们夫妻此时定有一番说话，我可不好打搅他们了。"于是蓬莱魔女停下脚步，隐身在假山石后，遥遥观望。

　　且说桑白虹进了卧室，只见丈夫躺在床上，面如金纸，气若游丝，脸上的肌肉都痉挛了。桑白虹又是惊奇，又是心痛，叫道：

"大哥，你——"公孙奇眼中蕴着泪光，说道："虹妹，你对我说一声，你还是爱你丈夫的。那我就死也瞑目了。"

桑白虹步到床前，神情惊骇，急声叫道："不，不！大哥，大哥，这不是我，这不是我……"公孙奇道："你说什么？"桑白虹道："这不是我下的毒手！"公孙奇苦笑道："这不是你下的毒手？虹妹，我过往对不起你，曾经想谋害过你，就是你下的毒手，我也死而无怨！"桑白虹是又着急，又感动，心想："他终于悔悟了。"说道："大哥，此时无暇追查凶手，待我先给你拔毒疗伤吧。"公孙奇怔怔说道："虹妹，原来当真不是你吗？"桑白虹道："当然不是我！倘若是我，我也不会来了。"公孙奇脸上现出一丝微笑，说道："不管是谁，我心中都不会恨他。因为我若不是这次受伤，你也不会出来见我的了。"桑白虹道："哦，原来你早知道我回到家里了。"公孙奇道："夫妻心灵相通，我怎会不知道呢？虹妹，你肯原谅我，我真是高兴得很。"桑白虹的眼泪也一颗颗滴了下来，说道："大哥，你知道悔过，那就好了。你别要挣扎起来，让我先给你看看。哎呀，这人好狠！奇怪，奇怪！你是怎么中了他的毒的？"

你道桑白虹何以连呼奇怪，原来她看出了丈夫所中的毒，乃是一种名为"虺蜮神砂"的剧毒暗器，这种暗器要用一百种毒虫研成粉末，和砂炼成。桑白虹的父亲桑见田生时是使毒大师，并世无伦，"虺蜮神砂"就是他著名的十二种毒药暗器之一，炼砂之诀，乃是他家的不传之秘，只有大女儿桑白虹得其所传，连小女儿桑青虹都是不知道的。

桑白虹怔了一怔，心道："怪不得他以为是我下的毒手。"还有一样奇怪之处，因为这种毒砂分量很轻，不能及远，最少要在一丈距离之内，才有把握打中敌人。公孙奇身具上乘武功，在刚中神砂的时候，只要一记劈空掌发出，在这短距离之内，除非对方是武林天骄、笑傲乾坤这流人物，否则一定会给他的劈空掌击倒。桑白虹心想："习武之人，受到突如其来的攻击，反击敌人乃是一种本能。难道大哥在那刹那间，还有空暇思索是谁打他的，因而迟疑不敢还手？又即使如此，但在这样一丈之内的距离，难道他竟看不出不是他的妻子吗？"

公孙奇断断续续地呻吟道："哎哟，哎哟，我、我浑身发痒，好不难受。不过，不过，也高兴得很，我毕竟知道不是你下的毒手了。当时，我一中暗器，身上的痛苦倒没有什么，心中可是伤痛到了极点，我一直以为你潜回家中，是要向我报复，我也一直在等待着你的报复，这是我罪有应得，死而无怨。但当我身中你的暗器时，我还是心头有如刀绞，痛惜咱们的夫妻之情。好了，好了，现在毕竟知道不是你了。"桑白虹听了这番说话，感动非常，心中想道："原来如此。他当时心中伤痛，神智已经昏迷，怪不得看不出那是别人了。""嗯，这个人又是谁呢？他怎么懂得使用我家的独门暗器？"

公孙奇说了这一串说话，早已是上气不接下气，额角的汗珠，黄豆粒似的一颗一颗地滴下来，脸上的肌肉也痉挛得几乎扭曲变形了。桑白虹心中充满怜惜，早已把一切仇恨抛进东洋大海，她眼中蕴着泪珠，柔声说道："大哥，你中了暗器，以为是我，不肯还手，只此一点，我已经可以完全原谅你了。你别说别动，我来给你治伤。"

伏在外面假山石后的蓬莱魔女，听了这番说话，也是惊奇之极，心道："原来不是师嫂下的毒手！"她心思细密，立即想道："这暗算师兄的人，一定还藏在堡中。我师嫂给师兄治伤，只怕他又来暗算，我一定要给他们防护。"她悄悄走近几步，在楼下埋伏，手中捏着一把石子，目不转睛地注视着她师兄的卧室，只要一发现敌踪，她便要立下杀手。从纱窗上望进去，只见她的师嫂已弯腰立在床前，看得出是正在给她师兄治伤了。

蓬莱魔女一面是紧张的戒备，一面又有轻松的愉快，心道："师兄师嫂和好如初，我也可以放下一重心事了。"

别种毒药暗器都有解药，只有这"虺蛎神砂"之毒，却是要靠手术治疗的。当下，桑白虹掌贴丈夫伤处，默运玄功，推拿有关穴道，一面柔声安慰她的丈夫道："若是感到疼痛，你别害怕。大约只需一盏茶的时刻，我就可以把虺蛎神砂吸出来了。"

肌肤相接，桑白虹只觉掌按之处，热得烫手，心里颇为奇怪，

"虺蝎神砂"的毒性，初着体时，全身发热，但很快就会过去，渐渐转为冰凉了。大哥中这毒砂，最少也过了半支香时刻，为何此刻还是热得骇人？难道那人所配制的虺蝎神砂，和我家所传的又有不同？她推拿了几下，又觉得丈夫的肌肉颇有弹性，本来习武之人，肌肉是比常人更富于弹性，但中了虺蝎神砂毒后，弹性就必然消失的。桑白虹更感惶惑："难道中的不是虺蝎神砂？但其他的迹象，却又分明是中此毒。这是什么缘故？"

正在心头惶惑，捉摸不定之际，忽听得公孙奇一声冷笑，忽地长身而起，桑白虹道："大哥，你、你痛……"她还以为是丈夫痛得难受，跳起身来，哪知话犹未了，公孙奇已是出指如电，倏地就点了她的穴道，冷笑说道："你潜回家中，暗地里算计我，你当我是傻瓜吗？哼，现在我也让你尝尝暗算的滋味！对不住，这两大毒功秘诀，我可要不问自取了！"一把揪住妻子，迅即就剥去了她的上衣，在她的贴身衣袋，搜出了那本毒功秘笈，哈哈大笑，啐了妻子一口，说道："你把丈夫当作外人，将这秘笈视如宝贝，连丈夫也不肯给。好，你就滚吧，如今我也不要你这妻子了！"

桑白虹这才知道上当，气得双眼发白，几乎失了知觉。原来公孙奇的那些"中毒迹象"都是假装出来。他内功深厚，要令全身发烫，肌肉痉挛，都非难事。但他对于"虺蝎神砂"的特殊毒性和中毒之后的现象，知得还不很周全，故而也还露出一两处马脚。可惜桑白虹被丈夫"深情脉脉"的言语所骗，发现了疑点，也依然对丈夫毫无防范。

公孙奇尽情将妻子侮辱了一番，正要一掌将她推出。屏风后忽地跃出一人，冷冷说道："捉虎容易放虎难，你还要顾念夫妻之情，给自己留下心腹大患吗？"话声未了，已是把手一扬，嗤嗤嗤三枚毒针，射进了桑白虹的背心大穴。这人正是玉面妖狐连清波！

当那三枚毒针射来之时，公孙奇本已扬起衣袖，想要把毒针拂开的，但听得连清波"捉虎容易放虎难"那句话，不禁呆了一呆，略一迟疑，那三枚毒针都已射进去了。公孙奇面色灰白，颓然坐下，喃喃说道："白虹，白虹，你别怨我！"

玉面妖狐媚眼流波，娇声笑道："大丈夫何患无妻，你怕没人喜欢你吗？"公孙奇在她一笑之下，销魂荡魄，哀寂之容，顿时收敛，抓着了连清波的手，吃吃笑道："你肯赔我一个妻子，我也就不怪你了。"

桑白虹一声厉叫，一口鲜血喷了出来，声音中充满怨毒，叫道："公孙奇，你、你好！你这妖狐，我、我恨、恨不得食你的肉，我、我死不瞑目，死不瞑目呀！"原来她被毒针刺进穴道，剧痛攻心，以毕生功力，作临死前的挣扎，竟把穴道解开了。忽地在地上一滚，张口一咬，咬着了玉面妖狐的脚踝。

玉面妖狐用力一蹬，骂道："好狠的妖妇，临死还敢伤人。"桑白虹中了毒针，已无法凝聚功力，被玉面妖狐蹬一脚，登时又再跌倒，血如泉水般的喷了出来。玉面妖狐"嗖"的拔出佩剑，冷笑说道："免得你受苦，我超渡了你吧！"

公孙奇转过了脸，玉面妖狐挽了朵剑花，却停在半空，未即刺下，冷笑道："公孙奇，你舍不得吗？"公孙奇道："毕竟是一场夫妻，总也有点难过。你，你就赶快下手吧，早点了结，免得我多受折磨。"玉面妖狐嘿嘿笑道："真是个多情夫婿，嘿嘿，既然如此，你何必与我合谋？哼，哼，我偏要你受点折磨，你若是真心喜欢我，我要你亲手了结这个贱人！你杀不杀她？"公孙奇道："哎呀，你别难为我了！"玉面妖狐道："好，你不下手，咱们就一拍两散！"公孙奇无可奈何，接过利剑，闭了眼睛，正要一剑向他妻子的心胸刺下，忽听得铮铮两声，一枚石子荡开了公孙奇的剑尖，另一枚石子则向着玉面妖狐打来，玉面妖狐扬袖一拂，这枚石子的力道大得出奇，这一拂仍然阻不着它的去势，玉面妖狐的额角给石子打个正着，登时也是血流如注。还幸亏她这一拂减弱了石力的劲道，要不然已是头破脑裂之灾。

这一刹那，公孙奇吓得呆了，长剑当啷坠地，只见蓬莱魔女已从窗口闯进，戟指骂道："你，你、你不是我的师兄，你是禽兽！做出这等伤天害理的事情，天道难容！"她激动之极，声音都颤抖了！

玉面妖狐背靠墙壁，壁上忽地现出一道暗门，原来她这几天一直就是躲藏在复壁之中的，这道暗门和复壁是桑白虹离家之后，公孙奇才作的秘密布置，所以连桑白虹也不知道。这次她潜回家中，暗中监视丈夫，却想不到玉面妖狐早就藏在她丈夫的房中，而且也在暗中监视她了。公孙奇假装中毒诱妻，就是玉面妖狐给他出的主意。

玉面妖狐想要从暗门溜走，蓬莱魔女怎能容她？她比玉面妖狐更快，拂尘一展，已是闪电般的击下，玉面妖狐不敢背向着她走进暗门，只好回过头来招架。

只听得"刷"的一声，玉面妖狐的衣袖被拂尘一扫，已是片片碎裂，雪白的手臂上现出了几道血痕。玉面妖狐疾退几步，一把金针撒出，蓬莱魔女冷笑道："你用毒针害死我的师嫂，好，我就叫你尝尝自己毒针的滋味！"拂尘一挥，呼呼风响，十枚中有七八枚反射回去，余下的也都给拂尘打落了。

公孙奇展开折扇，当中一隔，叫道："师妹手下留情！"他的武功虽然不及蓬莱魔女，也还差得不是太远，那一把金针射到了折扇上，发出了一连串爆豆似的声响，纷纷落在地上，蓬莱魔女斥道："滚开，谁是你的师妹！"话虽如此，蓬莱魔女到底还是看在恩师份上，不愿对师兄即下杀手，所以只是叫师兄"滚开"。

玉面妖狐叫道："事已如斯，你还想你的师妹嫁给你吗？"说时迟，那时快，蓬莱魔女身形一侧，已从公孙奇身旁掠过，拂尘再展，向玉面妖狐追击。公孙奇咬一咬牙，折扇一合，突然向蓬莱魔女的后心大穴点下。

蓬莱魔女一觉微风飒然，知道是师兄偷袭，心中又是伤痛，又是气愤，但也只得放松了玉面妖狐，反手一拂，尘扇相交，蓬莱魔女未用全力，双方的招数都给对方化解了。

蓬莱魔女柳眉一竖，冷冷笑道："公孙奇，你、你当真要给这妖狐陪葬？"她实在还不忍翻脸无情，声音都已有点颤抖了。公孙奇何等聪明，听出了师妹还有几分情分，这刹那间，他已转了无数次念头，要是他立即表示悔过，愿从此洗心革面，料想蓬莱魔女会饶恕他。但如此一来，他梦寐以求的荣华富贵、功名事业，也都要付之流水，以后只能跟随蓬莱魔女走同一条道路了。而蓬莱魔女又是决不会爱上他的。

这是两条道路的抉择，这是人兽关头，可惜公孙奇利令智昏，终于想道："要是她还没有发现今晚之事，我还可以骗她。如今她亲眼看到我杀害妻子，她纵然饶我，也一定是鄙视我的为人了。我还能指望她爱上我么？我跟随她，至多是在她手下做一个头目，受她管束，遭她鄙视，一世也抬不起头来。但我若和连清波一条路走，我还可以在绿林中称霸一方，说不定借助金人之力，还有裂土封王之望。大丈夫岂能俯仰随人，不思青云直上？何况连清波的美貌，也并不输于师妹！"思念及此，心意立决，冷然说道："师妹，你都不肯认我作师兄了，还多说作甚？从今之后，你走你的阳关路，我走我的独木桥，我不管你，你也别再管我了吧！"蓬莱魔女气往上冲，不由得怒声说道："你既执意叛国投敌，那就是国人皆曰可杀的了。我为什么不能管你？"但话虽如此，她还是未下杀手。公孙奇趁她未有防备，折扇一张，倏地向她面门一拨。就在此时，玉面妖狐拾起地上的长剑，也已一剑向她刺来。

公孙奇情知不是师妹的对手，故此猝然发难，意图侥幸，纵然不能制胜，也可引开师妹的视线，好让玉面妖狐逃走。哪知蓬莱魔女武功已臻化境，眼看折扇就要扑到她的面门，她忽地身形一仰，硬生生使出了"铁板桥"的功夫，双足钉牢，腰躯后弯，只听得"叮"的一声，玉面妖狐一剑刺来，公孙奇这一扇也恰好从她面门上掠过，却和玉面妖狐的青钢剑碰上了。

说时迟，那时快，蓬莱魔女拂尘一扬，蓦地长身而起，拂尘裹住了玉面妖狐的长剑，飞足又踢公孙奇的手腕。公孙奇用"盘龙绕步"的身法，绕过侧边，折扇用力一拨，劲风发出，尘尾飘散，那拂尘收束的力道已被卸去几分，玉面妖狐也非弱者，趁势用个"夜叉探海"的招式，长剑往前一送，解开了拂尘的缠绕。

蓬莱魔女气怒交加，喝道："好个妖狐，你还想逃吗？"佩剑铿然出鞘，一手挥舞拂尘，一手展开剑式，使到疾处，拂尘有如黑云压顶，剑气宛若玉龙夭矫，将公孙奇与玉面妖狐的身形都罩在千丝万缕的拂尘与寒气森森的剑光之下。

玉面妖狐忽地笑道："柳清瑶，你和武林天骄的交情很不错啊，说来咱们也不是外人，何必苦苦相迫？"蓬莱魔女斥道："无耻妖狐，谁和你是一路人？莫说武林天骄不是和你一路，即使你是他的朋友，我也不能饶你！"口中说话，手底丝毫不缓，运剑如风，刹那之间，连攻了六六三十六剑，玉面妖狐竭尽所能，全力防御，挡开了三十五剑，最后一剑终于未能闪开，"当"的一声，剑尖已被蓬莱魔女削去。幸亏公孙奇的折扇当中隔开，替她挡过了蓬莱魔女的第三十七剑。

蓬莱魔女心里也不禁起疑。寻思："这妖狐要和我套交情，论理应该提出她对我阖寨之恩，助我山寨逃过危难之事。她不此之图，却要借重武林天骄，转弯抹角地来套交情，这不是轻重倒置了吗？嗯，难道来向玳珂暗通消息的那个'妖狐'，不是同一个人！"

公孙奇道："师妹，你不看武林天骄的情分，难道我爹爹的情分你也不顾了？"蓬莱魔女又气又恨，又是悲痛，说道："公孙奇，你若还记得你的爹爹，你怎可这样辜负他的期望？倘若你爹爹在此，他早已把你打死了。"但蓬莱魔女虽然硬起心肠，心里不住地自己对自己说道："他已是叛国从贼的敌人了，决不能放过他。"但终是心中悲痛，攻势不由得略略一缓。公孙奇何等机灵，一见有机可乘，折扇疾挥，把蓬莱魔女也迫得退了一步。玉面妖狐立即飞身掠起，"砰"的一声，击碎了窗户，从窗口跳了出去。蓬莱魔女大怒，追上去就是一剑，但终是迟了一步，未刺着玉面妖狐，却刺了掩护玉面妖狐的公孙奇。

只听得一声低沉而又急促的尖叫，突然间爆发出来，却不是受了伤的公孙奇的叫声，而是桑白虹惊惶失措，不由自主地呼喊。她心中本是充满了对丈夫的恨意，但不知怎的，到了这紧要关头，眼看着丈夫就要丧命在蓬莱魔女剑下，她仍是不由自主的发了惊呼！

蓬莱魔女瞿然一惊，心道："不好，还是救师嫂要紧！"心如乱麻，第二剑就没有再刺出去，公孙奇已是在他妻子的惊叫声中，跟在玉面妖狐后面，也从窗口跳出去了。蓬莱魔女望着他们二人的影子在黑暗之中消失，心中一片茫然。她没有再刺一剑，是为了看她恩师的情分？是为了还顾念同门之谊？是为了免她师嫂再受刺激？是为了急着要先救师嫂的性命？还是这种种因素都有着一些？总之在这瞬间，她也像她师嫂一样，情绪错综复杂，心中难过非常。蓬莱魔女定了定神，回过头来，见了她师嫂那个模样，心神刚定，又不禁大吃一惊，桑白虹原来的样子虽说不上怎样美貌，但却是体态丰盈，肌肤红润的，但如今蓬莱魔女眼前的师嫂，却是个皮肤起褶，形容枯槁，消瘦不堪，难看已极的一个小妇人！从她中了毒针之后，还不到一支香的时刻，在这短短的时间，她简直是完全变了样子！玉面妖狐那毒针的厉害，可想而知！

桑白虹用颤抖的声音，断断续续地说道："清瑶妹子，我错怪你了。你快过来，我有心腹话要和你说。"蓬莱魔女将她扶起，一掌抵着她的背心，说道："别忙说话，你要把一切事情抛之脑后，养好了伤再说。"

蓬莱魔女默运玄功，一股真气输进她师嫂体内。桑白虹挣扎了几下，似乎添了一两分活力，声音比前稍微清亮，但却更觉凄凉，说道："多谢你了，但还是没有用的。"抖抖索索，从怀中摸出一只哨子，约有五寸来长，黑黝黝的，也不知是什么金属。蓬莱魔女道："师嫂，你要什么？"桑白虹道："我要了结此间未了之事。"

桑白虹正把那哨子凑到口边，眼光一瞥，忽见在她脚边有一只玉钏，这是公孙奇当年送给她的定情之物，她本是套在臂上的，如今她肌肉消瘦，这玉钏不知不觉地褪落下来，她一直未曾发觉。几颗泪水从她干涩的眼中滴了下来，桑白虹蓦地把那玉钏拾起，使一把劲，摔出了窗外，顿时间心如刀绞，人也累得气喘吁吁。蓬莱魔女道："师嫂，你这是何苦来呢？还值得为这薄幸人生气吗？"

桑白虹道："我没气力了。你替我吹这哨子，三长两短，连吹三遍！"蓬莱魔女怕她多说话伤神，虽然不懂它的作用如何，却也不愿多问，接过哨子便吹。

桑白虹在一旁急促地喘气，呼出来的口气热得骇人。蓬莱魔女吹了三遍，放下哨子，忙又出掌，抵着她的背心，以真气输送进去。桑白虹道："清瑶妹子，你别浪耗功力了，我已不中用的了。鸟之将死，其鸣也哀，人之将死，其言也善，请你听我临终一语。"蓬莱魔女察觉她的脉息已乱，心跳也在若断若续的状态之中，知她所言不假，自己给她输送真气，也只能让她暂延残喘，要想保存她的性命，那是千难万难的了。

蓬莱魔女心头沉重之极，低声说道："师嫂说吧，我听你的。"桑白虹脸上露出一丝笑意，缓缓说道："我的遭遇，你已看见了。天下男儿多薄幸，女子择人而事，需要特别小心！我师兄对你衷心爱慕，我知道这是真的。我但愿你也成为我的师嫂，我就可以放心了。那、那笑傲乾坤，不是你的良配，你嫁了他，只怕将来要会后悔！你肯听我的劝告吗？"

蓬莱魔女怔了怔，她感谢师嫂在这弥留的时候，还关心她的终身大事，但也不禁起了疑心，暗自寻思："师嫂为什么作这样的劝告？只是因为武林天骄是她的师兄吗？但她为什么要说华谷涵的坏话？怎见得华谷涵不是我的良配？听她的口气，竟似认为华谷涵也是个薄幸男儿，她何所见而云然？"要知在蓬莱魔女心目之中，刚好和她师嫂所想的相反，尽管在感情上她比较接近武林天骄，但在理智上她却更相信华谷涵，觉得华谷涵似乎更适宜于做她的配偶。这些日子来，她也一直感到感情的苦闷，武林天骄，笑傲乾坤，这两个人在她心中的分量，连她自己也难以分别孰重孰轻。听了师嫂的话，她心情一片混乱，但为了不想令师嫂失望，她只好含糊其辞，这样答道："师嫂，我会记着你的劝告，好好考虑的。"

桑白虹对这答语虽然不很满意，但她已没有精力再多说了，她自知去死不远，只得赶快再说第二件事情，"你要告诉我的妹妹，叫她千万不要上她姐夫的当，设法将那毒功秘笈夺回，立即焚毁，免得留在世上害人。"蓬莱魔女道："你放心，我会助你妹妹一臂之力的。"

桑白虹正想说第三件事，只听得楼下已是人声嘈杂，脚步声呼喝声乱成一片，桑白虹霍地站了起来，叫道："你们快来！"话犹未了，只听得轰隆一声，房门踢破，进来的是四个老头，手中都执着兵器，向蓬莱魔女怒目而视，但似乎投鼠忌器，因为蓬莱魔女还在扶着桑白虹，他们不敢即行攻上。

桑白虹连忙说道："这位是柳女侠，害我的人不是她，她是救我的，我死之后桑家堡上下人等，都要听她的吩咐！你们快来见过新主人！"

这四人惊疑不定，面面相觑，一时间，谁都没有说话。桑白虹喘着气却带笑说道："刚才这哨子是我教她吹的，你们还有什么疑心？"此言一出，这四个老头再也没有怀疑，登时一齐跪下，向蓬莱魔女行参见主人的大礼。

原来这四人乃是桑家老仆，曾跟随桑见田数十年，得过桑见田的传授，而且在桑见田临终之时，还有遗命托孤，请他们照顾桑白虹、桑青虹姐妹的。这四人对桑白虹最是忠心，桑白虹也自小就把他们当作叔叔看待，从来没有端过主人的架子用哨子呼唤他们。

蓬莱魔女刚才吹的那个哨子乃是千年犀角，声音特异，是专为召唤他们才吹的，那样的吹法——三长两短、连吹三遍——也只有桑白虹才懂，那是桑见田临终之时，将哨子与吹哨的方法一同授给桑白虹的。

这四个人最初还有怀疑，以为桑白虹是受了挟持，被迫出此。这时他们已看出了桑白虹受伤极重，绝计无力吹那哨子，始信她所言是实。要知她若不是出于自愿，即使受了挟持，也无须教蓬莱魔女吹那哨子。

蓬莱魔女慌道："这如何使得？"衣袖一卷，发出一股潜力，阻止那四人下跪。桑白虹道："好妹子，你忍心让桑家堡落在恶人之手么？"蓬莱魔女瞿然一惊，心道："不错，我若是不安置她这班旧属，他们就要被玉面妖狐所用了。"一迟疑之间，那四个老头都已行过礼了。

行过了礼，为首的老头连忙问道："大小姐，伤你的人是谁？我们誓必为你报仇！"第二个道："姑爷刚才已经走了，他说的又不一样，这究竟是怎么回事？"桑白虹道："他说了什么？"那老头道："他说小姐已被一个女贼害死，这女贼就是，就是——"眼望蓬莱魔女，没有再说下去，蓬莱魔女柳眉一竖，气起来道："他竟敢诬指我是凶手！"那老头惶恐之极，忙再跪下，说道："现在我已经知道姑爷说的是假话了，但我却不明白他何以要说假话？我只是转述他的话，请主人恕过。"桑白虹咬牙说道："因为害我的人就是那玉面妖狐！"这四人不约而同的"啊呀"一声叫了出来，吓得呆了。桑白虹提了口气，说道："今后你们都听这位柳女侠的命令，报不报仇，怎样报仇，柳女侠自有主意，你们可以不必多管。

我最恨的是那妖狐！"蓬莱魔女暗暗叹了口气，心道："到了这个田地，师嫂还是顾念着丈夫，怕这四个人找他算账。听她口气，她分明是暗示我只可找那妖狐，唉，若论起罪恶，师兄之罪实不下于那玉面妖狐，又教我如何能放过了他？"

桑白虹说了这一连串说话，已是风中之烛，摇摇欲坠。蓬莱魔女连忙将她抱起，桑白虹又挣扎着问道："他、他还说了些什么？"

为首的老头道："姑爷神色仓皇，和一个女子匆匆出走。他说小姐被害死，敌人太强，难以抵御，要我们放一把火，将这桑家堡烧了，并叫堡中人众，在各处点起火头之后，立即撤离，由我率领，先找一个地方避难。日后他自然会来找我们，那时再商量给小姐复仇的大计。"桑白虹气得两眼翻白，恨声叫道："公孙奇，你好狠毒！"蓬莱魔女也是毛骨悚然，"想不到师兄卑鄙狠毒，竟至如斯！他是怕我追来，将他惩处，所以不敢亲自放火，却命令手下行此毒计。这四老是桑家忠仆，他们放火要是给我发现，我将他们杀了，就正合师兄心意，免得他日东窗事发，这四老要为他们的小姐报仇。要是我不发现呢，那就连我和师嫂一同烧死！即使我能逃出火窟，师嫂不能行动，那是必死无疑了！"

那老头续道："幸亏姑爷说了之后，匆匆便走，没有亲自督促我们动手。我一想，小姐即使已被害死，我也应该见她一面，决不能就把她的尸体毁灭。何况这桑家堡是老爷数十年心血之所聚，我也不能就一把火将它焚了。因此，我想了又想，终于没有接受他的乱命。我们拼着一死报主，正待来看小姐，可巧那哨声就响了。"第二个老头道："那女子想必就是玉面妖狐了。她还给了我们一把毒针，叫我们若是见到柳女侠出来，就用毒针乱射。我们那时未知底细，还以为柳女侠真是害死我们小姐的凶手。幸亏我们到来的时候，柳女侠正扶着小姐，我们这才不敢下手。"原来玉面妖狐虽然来过几次，但每次都是半夜潜来，除了公孙奇和他几个心腹之外，其他人都未见过。蓬莱魔女上次来到桑家堡给公孙奇解围，将群雄逐走，因而这四老认得她，也识得她的厉害。

桑白虹双眼翻白，忽地一口鲜血喷了出来，叫道："你告诉我的师兄，这妖狐，这妖狐……"话未说完，一口气已经断了。蓬莱魔女连忙运掌抵她后心，在她耳边喊道："师嫂，你还有什么要吩咐我的？"桑白虹身体抖动了一下，似是记起一件紧要之事，眼皮睁开一线，说道："我，我忘了告诉你，你、你爹爹还在人间。"声音断续，细如蚊叫。蓬莱魔女心头一震，叫道："什么？他，他在哪里？"忽觉桑白虹全身冰冷，气息毫无。蓬莱魔女再把真气输送进去，她也全无反应，原来早已死了！

蓬莱魔女是个弃婴，一直不知自己父母的名字。自从她懂事以后，无日不以自己的父母为念，她的师父公孙隐也曾为她多方查探，总是得不到半点消息，也不知他们是否还在人间？想不到此际突然从桑白虹口中，第一次听到她爹爹还活着的消息，只可惜桑白虹已经死了，她已是不能再向桑白虹多问半句了！正是：

言犹未尽幽冥隔，更向何人探隐情。

欲知后事如何，请听下回分解。

第二十八回　变生肘腋情何忍
祸起江心事更奇

　　蓬莱魔女忽然听到父亲还活在人间的消息，心中的震动可想而知，但随即发现了师嫂的死亡，这一个震动又比前一个震动更甚！师嫂是死得如此不值，是死在充满怨恨、绝望与哀伤之中，当真说得是死不瞑目！因此尽管师嫂之死原在蓬莱魔女意料之中，蓬莱魔女仍是不禁深深哀悼，突如其来的惊喜也就给这深沉的悲痛所掩过了。蓬莱魔女只好把父亲的事情暂搁一边，先来料理师嫂的后事。

　　那四个老头没有眼泪，但一脸悲愤的神情，可要比号陶大哭更要令人难过。他们又一齐跪了下来，同声叫道："请主人给我们的小姐报仇！若有差遣，赴汤蹈火，粉骨碎身，均所不辞！"

　　蓬莱魔女将师嫂的尸体放下，扯过一床棉被掩盖了她，想到师嫂是死在同床共枕的丈夫手中，而害死她的丈夫，却又正是自己恩师的独生子，蓬莱魔女心中的痛苦比这四老更甚！过了好一会子，蓬莱魔女才稍稍定下心神，说道："我会给师嫂报仇的，你们起来，听我的吩咐。"

　　四老听得蓬莱魔女答应报仇，各自叩了三个响头，这才号陶大哭起来，蓬莱魔女待他们哭得够了，说道："这还不是悲伤的时候，你们听我的话，赶紧办几件事情。"

　　为首的老头拭去了脸上的泪痕，说道："请主人吩咐。"蓬莱魔女说道："第一件，你们赶快给小姐料理后事，早早将她埋葬，让她入土为安；第二件，料理了丧事之后，由你暂时代行堡主之权，将堡中人众招集前来，告诉他们，这桑家堡是不能再住了，他们若有愿意跟你们走的，你就带他们离开，若是不愿意跟你们一起的，你们就给资遣散，让他们自寻活路。"

四老在这堡中住了几十年，不无依恋之情，为首的老头说道："主人要我投奔何处，我们一意遵命。但这座桑家堡经营了几十年，也可以作为基业，抛弃了不可惜吗？"蓬莱魔女道："我不能长住这儿，我等下就要离开了。我离开之后公孙奇和那妖狐定会重来的。"四老面面相觑，心中均想："我们虽是恨不得杀那妖狐，但柳女侠不在这儿，只怕我们伤不了她，先就要被她杀了。"蓬莱魔女取出一支碧玉短箭，说道："这是我的令箭，你们持此令箭，率领众人，在丧事过后，立即投奔我的山寨，求见玼瑈姑娘，她现在是给我摄行寨主之职，她见了这支令箭，自会收容你们的。我告诉你们，据我所知，那妖狐是金虏的奸细，公孙奇也已向金虏卖身投靠了。我们是抗金的义军，不久就将与金虏有一场激战。你们加入义军，也就是替你们的小姐报仇了。当然对那妖狐，我还是会找她算账的，但却不必你们动手了。"

四老齐说道："执戈卫国，正是我等所愿。老主人在生的时候，也曾屡次告诫部属，不可做金人的鹰犬。想不到姑爷丧心病狂，一至如斯，不但违背了他岳父的遗嘱，连我家小姐也害死了。"蓬莱魔女见这四老忠心耿耿，且又深明大义，甚是欢喜，说道："你们料理了小姐的丧事，便即起程吧。义军纪律严明，有些人怕受不住，若有不愿跟随你们同走的，也不必勉强他们。但也要劝告他们，只可洗手归田，不可再跟从公孙奇作恶，否则给我知道，定杀不饶。"为首的老头应了一声，恭恭敬敬地接过令箭。

忽听得有急促的脚步上楼而来，未曾进门，便先叫道："主公，主公，他们要杀孟钊，求你、求你——""啊呀"一声，突然停住，原来已被为首的老头揪了进来。这人是个丫环，手上拿着一只玉钏，她见四老和蓬莱魔女都在房中，主母又躺在床上，状如死尸，难看之极，单单不见主人，不禁惊惶失措，吓得呆了。

四老认得她是二小姐桑青虹的贴身侍女碧绡，桑青虹离家追踪耿照，未有带她同行。为首的老头喝道："碧绡，你慌慌张张闯来作甚？快快叩见主人！"

蓬莱魔女是知道珊瑚和孟钊一段关系的，听得孟钊的名字，心中一动说道："不必难为她，让她说吧，孟钊犯了何事？"碧绡见四老将蓬莱魔女称作主人，看主母的模样，又似已经死了，未明底蕴，惊惶之极，跪下来抖抖索索地说道："孟钊在园中放火，他、他说是奉了主公之命的，旁人却不信他说，要、要拿他处死。我因此来求主公给他证明。"原来孟钊今晚本是在堡门外值夜的，公孙奇逃跑出去的时候，遇见了他，又叫他回园中放火，给堡中的护院发现，这些人除了公孙奇夫妇之外，只信四老所言，怎肯相信孟钊？何况又是放火烧堡这样的大事？当下便立即把他包围起来，孟钊平日恃着公孙奇的宠爱，和下人多不和睦，那些人找着他放火的证据，都不相信公孙奇会下这道命令，便要将他拿来处死！孟钊着急，和他们动手，形势危殆，也无暇仔细分辩了。碧绡和孟钊原有私情，见孟钊受攻，只听得他说是奉主公之命而点火的，却还不知公孙奇业已逃走，便急急忙忙地跑来向公孙奇求救了。

蓬莱魔女心想："孟钊心术不正，但一来未曾做过什么恶事，二来他和珊瑚好歹也曾有过一段交情，看在我珊瑚妹子的份上，姑且饶了他这一遭吧。"当下便吩咐四老中的一个道："这事确是公孙奇要他干的，他奉乱命，虽有不是，也不能单怪责他，你出去叫他们将孟钊放了吧。"

那老头道："启禀主人，孟钊这小子是公孙奇的心腹。"蓬莱魔女叹口气道："我也曾帮过公孙奇呢。在今日之前，谁知道他是如此人面兽心？而且公孙奇的亲信在堡中想还不少，也不能一一诛了。还是把他放了吧。"那老头应了声"是"，不敢再说。

蓬莱魔女忽道："且慢！"那老头刚刚迈出一步，连忙回过身来，碧绡刚自暗暗欢喜，不觉又是心头一沉，卜通通地乱跳，只见蓬莱魔女两道目光在她面上盘旋，冷冷问道："你很喜欢孟钊，是也不是？"碧绡心想："我和孟钊要好之事，瞒得过这魔女，也瞒不过这四个老头。"便硬着头皮说道，"是。所以我才来给他求情。"

碧绡这一坦率自承，正对了蓬莱魔女的脾气，蓬莱魔女把手一挥，说道："好，你就随孟钊走吧！只有一样，以后可不许再做公孙奇的奴才。你叫孟钏找个正当的营生，以后也不必再在江湖上混了。"碧绡大喜过望，叩头说道："多谢主人宽宏大量，我们一定听你的吩咐。"为首的老头道："要不要把孟钏带来，你再问他几句，也好让他向你道谢。"他是意欲提醒蓬莱魔女，即使放走孟钏，也该盘问他的口供。要知孟钏是公孙奇心腹，说不定还可以盘问出一些秘密。蓬莱魔女心绪不宁，思虑未周，也无工夫盘问，挥手便道："不用了。让他们早早走吧。咦，碧绡你怎么还不起来？"

碧绡讷讷说道："这个玉钏……"原来她手上拿的这个玉钏，正是桑白虹刚才从窗口摔下去的那个玉钏，也即是公孙奇给她做定情之物的那个玉钏，碧绡在楼下拾到，玉钏上已沾了许多尘土，黯然无光。蓬莱魔女厌烦之极，脾气突然发作，说道："让这玉钏和公孙奇都给我滚了吧，别再拿来令我生气了！"碧绡心道："好，你不要正好，便宜了我！"连忙将玉钏藏好，跟那老头便走。蓬莱魔女心头烦乱，匆匆将她遣走，想不到后来从这玉钏上又生出祸事，那是后话，按下不表。

碧绡走后，蓬莱魔女吁了口气，心道："如此安排，也好了结珊瑚妹子的一重心事。"随即瞿然一惊："这孟钏虽无大过，但心术不正，已现端倪。日后他不知会不会变作第二个公孙奇？若是那样，我意欲成全他们，却反而是害了这丫头了。"但此际，蓬莱魔女已是心力交疲，虽然想到这层，也无暇多理闲事了，心想："这是那丫头自己愿意的，是好是坏，由她去吧。"

蓬莱魔女回身一拜，垂泪说道："师嫂，恕我不能送你了。你的冤仇，我会替你昭雪的。你好好安息吧。"她满怀悲痛走出了桑家堡，这时已是曙光微露的时分了。

蓬莱魔女吸了一口晓风，头脑稍稍清醒下来，想道："我爹爹还在人间，但天地茫茫，却不知他身在何处？可惜师嫂已是一瞑随尘，不能再向她打听了。"

淡淡晨曦，烟笼雾锁，孤鸾山在晨曦中，似蒙了一层薄轻绡，更带着几分神秘，那形似怪鸟张翼的山峰，也似俯瞰人间，作着无情的嘲讽。在这孤鸾山上，笑傲乾坤曾狂笑高吟，武林天骄也曾箫声寄意。蓬莱魔女昨晚来的时候，经过此山，曾生过许多感触，如今又过此山，不止怅触依然，心中的伤感也更多了。她为师嫂之死而哀痛，又为师嫂临终所吐露的消息而迷惘，迷惘惶惑之中，她又一次的想起武林天骄与笑傲乾坤来了。

"师嫂已死，我是不能再向她打听我父亲的消息了。不知她怎么会知道我父亲还活在人间？武林天骄是她的师兄，师嫂的消息不知是不是从他那儿来的？即使不是，师嫂知道的事情，想必武林天骄也有所闻？他上一次与我无所不谈，却又为何不见提起？难道这消息是他们最近才得到的？但这武林天骄行踪无定，却到哪里去找他？"

蓬莱魔女从武林天骄再想到笑傲乾坤，"不知华谷涵是否知道我父亲还在人间？但从他送给我的那几样东西，显然他是知道我的来历的，最少也会知道一些关于我父亲的事情。"华谷涵送给她的那个金盒还藏在她的身上，她已经看过不知多少次了，现在又再一次打开来看，金盒里三样东西，第一件是一张残旧的黄纸，纸上有她的生辰八字，蓬莱魔女心想："这生辰八字除了我师父之外，只有我父亲才能知道。从前我未知道父亲还活在人间，对华谷涵何以会得到我的生辰八字，百思莫得其解。咦，难道是我爹爹给他的？"第二件是沾有几点血渍的破布，蓬莱魔女心想："这又是什么意思？我以前曾疑心破布上是我爹爹的血渍，他是个会武功的人，给仇家害死，留下血衫，要我给他报仇。但如今他既还活在人间，这当然是猜错了。不知爹爹何以要他送来？"随即又想："是否爹爹叫他送来，这也还是我的猜疑。总要见了他才能知道。"第三件东西就是孖生红豆，华谷涵的诗句"弹剑狂歌过蓟州，空抛红豆意悠悠"忽地又似在她耳边响了起来，蓬莱魔女面上一红，便不再看，把那金盒藏好。

突然间蓬莱魔女又想起了师嫂临终的叮嘱，"她为何说笑傲乾坤与我并非良偶？她若只是为了想撮合我与她师兄的姻缘，也无需说华谷涵的坏话呀？难道华谷涵也像我的师兄，是个薄幸男子？"华谷涵是行事光明磊落的大侠，满腔热血的爱国男儿，这些，蓬莱魔女绝对没有半点疑心，但对于他用情是否专一，蓬莱魔女与他未曾有过交往，那却是不敢肯定了。

武林天骄渺不可寻，那只有先到江南寻访笑傲乾坤了。笑傲乾坤华谷涵虽然也是居无定所，但辛弃疾和耿照带领的义军此时已在江南驻扎，料想华谷涵必定要和他们互通消息，只要找到义军，也就不难知道华谷涵的下落了。蓬莱魔女心中想道：“匈奴未灭，何以家为？我虽然只是一介女流，也当有男子的气概。管他华谷涵薄幸与否，这却与我何关？我此去江南，于公是助他同抗金虏，于私是查问我身世之谜，至于儿女私情，尽可以置之脑后。”想至此处，豪情勃发，烦恼顿消。于是仍依原来的计划，兼程前往江南。

　　一路无事，她脚程迅速，半月之后，已是到了长江岸边的采石矶，从这里渡江，对岸便是南宋所辖的疆土了。蓬莱魔女是北国长大的女儿，第一次来到长江之滨，放眼望去，只见大江东去，滚滚奔流，心道：“长江天堑，果然名不虚传。”默念苏东坡名句：“大江东去，浪淘尽，千古风流人物。故垒西边，人道是，三国周郎赤壁。乱石穿空，惊涛拍岸，卷起千堆雪。江山如画，一时多少豪杰。……”顿觉胸襟开阔。

　　金宋两国大体上以长江为界，南北对峙，烽火连绵，战乱时作，临江的两岸人家，早已十室九空，要找一只船也不容易，蓬莱魔女沿着江边走去，走了十多里路，仍是不见帆影，正自焦躁，忽听得橹声咿哑，芦苇丛中有一只小船摇了出来。想是船家怕金兵骚扰，故而把船只密藏，待见有客人来到，这才从芦苇中出来的。

　　蓬莱魔女大喜道：“船家请行个方便，渡我过江。”把舵的艄公是个浓眉大眼满面虬须的汉子，仔细地打量了蓬莱魔女一番，问道：“就只是小娘子一个人么？”蓬莱魔女道：“不错。”那艄公道：“小娘子因何一人渡江？”似乎颇有顾虑，不敢立即答允，蓬莱魔女道：“你别多管，我多给你船钱便是。”那艄公道：“不是小人多管，要是碰着了金国的水师查问，小娘子你独自一人，出了事情，小人担待可不起。”蓬莱魔女道：“有何意外，我也决不怪你。”那艄公道：“我渡你过江，我也冒着很大的危险，你肯出十两银子吗？”蓬莱魔女立即掏出一锭元宝，说道：“这是十六两重的一锭元宝，你拿去吧。”那艄公接过元宝，在手上一拨，眉开眼笑道：“好，难得小娘子如此慷慨，小人就拼着担当一点风浪，送你过江吧。小娘子，你贵姓啊？"蓬莱魔女颇为讨厌他的啰唆，但有求于他，却不便现于辞色，当下随口答道："我姓柳。"一纵身就上了船。那只船还未靠岸，距离约有二三丈远，蓬莱魔女一跃上船，船身晃也不晃，那艄公望了蓬莱魔女一眼，神情颇是诧异。

武林中有个戒条，说是武功有如钱财，不可随便在人前露眼，但蓬莱魔女露了这手惊世骇俗的轻功，倒不是忘了这个戒条，而是有意如此的。她见那艄公神色诧异，心中想道："让你知道我不是寻常女子，也好去了你的顾虑。"

那艄公道："小娘子坐稳，开船啦！"提起一杆黑漆漆的篙来，在岸边一点，小舟如箭，破浪前行，转瞬间已到江心。蓬莱魔女心头微凛："想不到这艄公也不是等闲之辈，我倒要小心了。"原来蓬莱魔女武学深湛，早就看出这艄公是练过武艺的"会家"，但却还未想到这艄公的本领，尚在她估计之上。从那艄公以铁篙开船的功力看来，起码有十年以上的内功根底。

蓬莱魔女艺高胆大，虽多了几分小心，却也不怎样在意，心想："即使你是贼船，我也不惧。"当下淡淡一笑，说道："艄公，你气力可不小啊。"那艄公道："小人是靠气力吃饭的，在这兵荒马乱的年头，也多少得练一点防身本领。"蓬莱魔女心想："不错，他若不是有这一身本事，又怎敢在长江撑船。我实是不该太多疑了。"

艄公叫道："浑家（妻子），你出来见见客人。"后舱钻出一个妇人，约有三十多岁年纪，一双眼滴溜溜地在蓬莱魔女身上打了一转，福了一福，说道："小娘子，你真是好胆量，一个人横渡长江。"蓬莱魔女道："我急着过江投亲，也顾不得那么多了。好在你们夫妻都这么了得，搭上你们的船，我也可以安心了。"蓬莱魔女一眼看出这妇人的武功，更在她丈夫之上，索性一口就给她道破。那妇人也暗暗吃惊，心想："她自称姓柳，莫非就是那名震北国的蓬莱魔女柳清瑶？眼光好不厉害，我倒不可鲁莽从事了。"

那妇人道："今天风大浪大，逆水行舟，要到对岸，只怕要个小半天工夫。小娘子，我给你弄点吃的好吗？舱里还有几尾鲜鱼，可以做菜。"蓬莱魔女道："多谢了，我还不饿，不必费神。"那妇人道:"对岸未必找得着人家,我看你还是在船上吃了饭的好。"蓬莱魔女见她盛意拳拳,说道:"也好,那我就叨扰你了。"

那妇人进了后舱,片刻又再出来,说道:"小娘子,你若口渴,这里有茶。"将一个茶壶放在蓬莱魔女身边,回舱去弄饭。

蓬莱魔女正感口渴,倒了一杯热茶,在鼻端一闻,只觉一股清香,却香得有点古怪,蓬莱魔女心里冷笑,想道:"我正想知道你们的底细,且喝你这杯茶试试。"

蓬莱魔女一口喝下,面色陡变,喝道:"岂有此理,你们竟敢害我!这杯茶我还敬了!"中指一伸,一条水线从她指端激射出来。原来蓬莱魔女早有防备,一喝下去,知是毒茶,立即默运玄功,把毒茶从中指射出。

蓬莱魔女年纪轻轻,内功却早已到了上乘境界,除非是有孔雀胆、鹤顶红、苗山阴风洞的黑心莲、闽南桃花溪百年茉莉根之类的剧毒之物,方能致她死命,一般的药物,决不能使她中毒。这杯毒茶下的是那艄公秘制的蒙汗药加酥骨散,虽然也很厉害,但蓬莱魔女早有防备,喝了下去,只不过等于喝了一杯普通的热茶。丝毫没有受到伤害。

当下她默运玄功,将毒茶迫成一条水线,从中指指端激射而出,船舱与船头约有七八尺距离,那艄公霍地侧身,饶是他闪避得快,头面上也已溅上了几点,热辣辣的好不难受。说时迟,那时快,蓬莱魔女剑已出鞘,向那艄公扑去。

艄公这一惊非同小可,提起铁篙一挡,"喀嚓"一声,铁篙被削去了一截。蓬莱魔女使的本来不是宝剑,但经过她的内功妙用,居然一样削铁如泥,那艄公更是吃惊,暗暗叫苦。

瞬息之间,蓬莱魔女连攻七剑,那支铁篙给她削得寸寸缩短,只剩下小小一节。那艄公把铁桨一扳,船身打了个横,蓬莱魔女一剑刺出,剑尖略歪,"嗤"的一声,剑光从那艄公头顶削过,乱发蓬蓬,登时随着剑光飞起。

蓬莱魔女心道:"可不能将他杀死,杀死了他,可没人给我驾船。"她的剑法收发随心,手腕一抖,剑尖恰好指着那艄公的咽喉,却没有将它割破,喝道:"你服不服?还想不想再打?说吧,你为什么意图害我?"

那艄公狡狯之极,一听就知蓬莱魔女有所顾忌,不敢杀他,便即叫道:"柳女侠,你把剑拿开,我说,我说。是有人指使我的……"蓬莱魔女道:"是谁? 快说!"那艄公趁她说话的当儿,忽地一个倒翻筋斗,跳下长江。

蓬莱魔女此时若是一剑刺出,早已要了那艄公的性命,但她有所顾虑,稍一犹疑,那艄公已是头下脚上,一个倒栽葱冲入江心。蓬莱魔女喝道:"要想逃么? 起来!"疾的伸手,便抓那艄公的脚跟。

忽觉背后暗器破空之声,原来是那艄公的妻子已经出来,人还未到,暗器先发,蓬莱魔女运起护体神功,叮当几声,将三枚钢镖、两支甩手箭全都震落! 但在这刹那,她要运功抵御暗器,手上那一抓的劲力不免便要稍稍放松,那艄公以全身的重量冲下,蓬莱魔女抓他不牢,竟给他潜入水底去了。

那妇人冷笑道:"好个蓬莱魔女,果然名不虚传,但在这水上,却还轮不到你来逞能!"蓬莱魔女霍地转身,喝道:"好,我倒要看你有什么能为?"在这一转身间,左手也已把拂尘取下,一招"万缕千丝",便要施展拂尘拂穴的绝技,制伏这个妇人。

就在此时,小船忽地向上抛起,打了个转,船尾变作了船头,船身倾向,几乎就要覆没在风浪之中。原来是那艄公在水底弄的手脚,他趁着一个浪头打来,将船底一托,推得它团团乱转。

蓬莱魔女那一招拂出,登时失了准头;只听得竹木碎裂的格格声响,原来是拂尘扫着了板壁,打碎了好大一块。那妇人笑道:"有胆的你就把这船拆了吧!"蓬莱魔女瞿然一惊,心道:"毁了此船,我胜也是败了。"要知她不懂水性,在这大江之上,第一要保存此船,第二还得有人给她撑船。这么一来,蓬莱魔女便不得不有所顾忌,既不敢使用杀手,也不敢运足功力。许多在陆地上可以使用的厉害打法,在这小船上都不能使用。

蓬莱魔女感到有点儿晕眩,连忙用重身法定住船身。那妇人使一对分水蛾眉刺疾攻几招,蓬莱魔女兀立船头,一步不移,挥剑将她的招数一一化开。这妇人的本领比她丈夫高明得多,但比起蓬莱魔女还是差得太远，若不是蓬莱魔女有所顾忌，焉能容她拆过十招。

那妇人过了十招，忽地笑道："好，在这船上算你本事高强，我可要失陪啦！"蓬莱魔女喝道："往哪里去？"振臂一挥，"当"的一声，将那妇人的一支蛾眉刺削断，施展绝顶轻功，一个"移形换位"，已截住了那妇人的去路，教她不能跳下水去。

蓬莱魔女的轻功已到了随心所欲的境界，虽然是在狭窄的船舱之中，也是运用自如，但见她身形一飘一闪，每一次都是恰到好处地拦在那妇人面前，教她根本不能走出船舱之外。可是蓬莱魔女这么一动手，她既要施展精妙的轻功，就不能同时再用"千斤坠"的重身法定住船身，风浪袭来，加上那艄公在船底弄的手脚，小船颠簸不休。

那艄公露出头来叫道："浑家，何必在船上与她争胜，下来吧！"蓬莱魔女冷笑道："有那么容易让你走么？"拂尘一展，"呼"的一声将那妇人的另一支蛾眉刺也夺出了手，拂尘再展，眼看就要将她手腕卷着，忽觉背心一片冰冷，原来是那艄公抄起了一片江水，向她泼来。

蓬莱魔女从未在水上打过，陡觉背心一冷，依照在陆地上养成的习惯，只道有人在后方偷袭，本能地就反手一招，哪知这只是江水泼上，背后根本无人。待到她猛然一省，再发招攻那妇人之时，那妇人已趁此时机，一拳打碎板壁，跳到水里去了。

那妇人在碧波中载浮载沉，仰面向蓬莱魔女打了个招呼，格格笑道："你问我有什么能为，现在我就把给你看。你有本领，可跳下来与我再斗三百回合么？"蓬莱魔女气得七窍生烟，可是拿她毫无法子。转眼间，那艄公夫妻二人已经潜入水中，不见了踪影。

船上那支铁篙已被蓬莱魔女削成几截，不能使用，划船用的桨也早被艄公抛下水去，那妇人跳下去时，又把摇船用的橹也折断了。也即是说，驶船所需的一切用具，尽已毁坏无遗，其实，即使完整无缺，蓬莱魔女也不懂得使用。

一个浪头打来，船身侧过一边，蓬莱魔女连忙用"千斤坠"的重身法定住，刚得平衡，又一个浪头从相反的方向打来，船身又侧过另一边，蓬莱魔女不断地移动脚步，使船身稳定。但她的内功虽然深厚，究竟敌不过风浪的巨大威力，正是扶得东来西又倒，小船在风浪之中不住地颠簸浮沉。蓬莱魔女船头纵目，但见滚滚长江，烟波浩荡，望不尽头。离对岸也不知还有多远。蓬莱魔女吸了一口凉气，寻思："这可如何是好？难道我柳清瑶今日竟要丧身鱼腹之中？"

心念未已，在风浪中忽又听得叮叮的凿木之声，蓬莱魔女大吃一惊，俯身察看，只见船舱已裂开了一个小孔，江水汩汩流入。蓬莱魔女大怒道："下三流的小贼，不敢明刀明枪的交战，却来用这等卑鄙的手段！"

那艄公露出头来，哈哈笑道："你要明刀明枪的交战吗？那就下来吧！咱们是各展所长，你不怨水陆两路的本领没有学全，却来怪我！"蓬莱魔女气得柳眉倒竖，忽地拂尘一指，暗运内功，几根尘尾如箭射出，但江中风大，那艄公人又机灵，见她拂尘一起，连忙又沉入水中，饶是如此，也仍然有一根尘尾，从劲风中飞来，刺了那艄公一下，刺着的是艄公尚未完全浸入水中的耳朵，幸而劲力已被风力对消，犹如强弩之末，但艄公的耳朵也似被利针穿过一般，那艄公猛的游开，叫道："哎哟，好厉害！"从此潜入水中，不敢再在船边露头。

艄公两夫妻加紧在船底刺钻，船底板裂开的小孔渐渐扩大，片刻之间，船舱中已是一片汪洋，船身渐渐下沉。蓬莱魔女气极怒极，心道："我纵丧身鱼腹，也得泄一泄这口怒气，绝不能让你们如此洋洋得意。"就在此时，一个浪头打来，蓬莱魔女猛的脚跟一旋，借着那股风力，因势利用，将船身打了个横，离开了原来的位置。蓬莱魔女抓紧时机，运足了十成掌力，向水面一拍。这一拍登时令得波翻浪涌，只听得闷雷似的"哎哟"一声，原来那艄公正在船底，船身荡开，他未曾及时游开，被蓬莱魔女的掌力所震，在水底晕了。小船被风浪震撼，下沉的速度更加快了。那妇人托起她的丈夫，用"蹬水法"远远地离开了小船，向对岸游去。到了估量蓬莱魔女暗器决计打不到的地方，这才回过头来恶狠狠地骂道："算你这魔女够狠，就让你和长江的大鱼斗狠吧！便宜了你，不需再买棺材啦!"

小船渐渐下沉,但天色却有好转,本来是阴霾四合的天空透出了阳光,江心泛起一片金碧,耀眼生辉。片刻间,风势缓和,波澜不兴,水平如镜,上下天光,一碧万顷。日暖风和之下,长江景色,壮丽无俦,可惜蓬莱魔女已到了生死关头,哪还有心情欣赏?

舱中已满满是水,蓬莱魔女鞋袜尽湿,水还在不断的灌进来,渐渐浸到了她的腰部,湿透了她的紫罗裙。蓬莱魔女心头一片冰凉,寻思:"难道我就束手待毙不成?"

心念未已,忽见上游现出一片帆影,有一只大船正自向这边驶来。蓬莱魔女有如困在沙漠中的旅人,突然碰到了骆驼队经过,这一喜非同小可,连忙运一口气,以"传音入密"的内功,将声音远远送出,叫道:"快来救人哪!"这还是她生平第一次叫人救命,想到自己纵横江湖,今日却着了两个小贼的道儿,要叫人救命,不禁又是欢喜,又是惭愧。

那只大船越来越近,但在距离还有二三十丈之外,忽然停止,只见那艄公的妻子拖着她的丈夫,已游到船边,船上有个人哈哈笑道:"韩三娘子,你们夫妻俩怎么弄得如此狼狈?"那妇人跳上了船头,将丈夫放了下来,向蓬莱魔女这只正在沉下的小船一指,纵声笑道:"我当家的虽然吃了点亏,但毕竟也弄翻了大名鼎鼎的蓬莱魔女!"

蓬莱魔女不由得又是蓦地一惊,想不到那船上的人,竟是和艄公夫妇一路的,这一来当真是求生的希望也断绝了!

船头上有个黄衣汉子,年约五旬,目光炯炯,蓬莱魔女在小船上挣扎的情状,已尽入他的眼中,他哈哈一笑,拈须说道:"二哥端的是神机妙算,这魔女果然自投罗网了。不错,你们吃点亏可算不了什么,你瞧,这魔女比你们还要狼狈!"那妇人道:"舵主你这只船可别要再靠近了,那魔女的确是厉害得很呀!"黄衣大汉笑道:"韩三娘子,你们夫妻俩也算是长江一霸,怎的今天却给这魔女吓破了胆了?我倒想会会这位大名鼎鼎的魔女,试试她的功夫呢。"那妇人道:"老爷子,这又何必——"那黄衣汉子笑道:"你的话也对,咱们只是要把这魔女弄到手中,可犯不着在这时候和她争强斗胜。韩三娘子，你扶你当家的进舱去歇歇吧。等下待我把这魔女拿来，博大家哈哈一笑。"

那黄衣汉子估量了一下距离，将船再驶前数丈，哈哈笑道："柳清瑶，你不用害怕，等你喝饱了江水之后，我自会救你。"随即吩咐手下道："你们准备下水救人，但时候可要拿捏得准，等她溺得差不多了，最好是半死不活的时候，才把她救上来。不可太早，也不可太迟，咱们要拿活的，可别让她送命。哈哈，这样美貌的姑娘，若是做了鱼腹的点心，这不太杀风景了吗？"

那盗魁的手下轰然大笑，蓬莱魔女怒火冲天，拾起一截断篙，用力掷出，骂道："江湖上有你们这班无耻狗贼，当真是丢尽了绿林好汉的体面，有胆的敢来交战，我杀你们一个不留！"两船距离在二十丈开外，蓬莱魔女的那截断篙，打不得那么远，但也差不了多少，只听得"咚"的一声，那截断篙正好落在船边，浪花飞起，溅了那黄衣盗魁满头满面。盗魁手下，骇然躲避，那艄公的妻子连忙说道："舵主不要中她激将之计。"那黄衣盗魁"哼"了一声，意似不忿，忽地又仰天大笑道："蓬莱魔女，你如今已是网底之鱼，还逞什么威风？你当你还是北五省的绿林盟主么？你有本领，就插翼飞过来吧。"

这时蓬莱魔女那只小船已沉没了十之七八，她施展轻功，单足立在船篷之上，忽地心中一动，想道："你说我插翼难飞，好，我就飞给你看！反正一死，不如就拼了个死，冒一冒险！"盗魁那句说话，无意中提醒了蓬莱魔女，蓬莱魔女眉头一皱，登时人急计生。

只听得"轰隆"一声，蓬莱魔女一掌击碎了船舱的板壁，拾起了七八片破板，突然纵起，身似离弦之箭，已离开了那只小船。那只小船受了她一掌之力，下沉加速，也就在她离开的时候，完全沉没了。

那盗魁笑道："你这魔女急着要去喂鱼吗？我可不能容你这样轻易死去。"二十多丈宽的水面，虽然风浪不大，但任凭绝顶轻功，那也是决计不能一跃而过的，故此那盗魁以为蓬莱魔女是意图自尽。

哪知话犹未了，只见蓬莱魔女在半空中一个翻身，抛下了一片木板，落下来时，脚尖刚好点着那片木板，只是借着这一"点"之力，登时身形又再腾起，轻功之妙，当真是难以思议！

黄衣盗魁这一惊非同小可，连忙喝道："放箭！"蓬莱魔女在半空中又是一个翻身，手挥拂尘，将乱箭拂开，说时迟，那时快，又已抛下一块木板，她挡箭、抛板、翻身下落，在箭如雨下的情况中，脚尖仍是不偏不倚地踏着了那片木板，霎眼间，又"飞"起来了！

蓬莱魔女手中拿着七块破板，只用了五块，就已"飞"过了那二十多丈宽的水面，身形如箭，扑上了那只大船！

船头上的四名大汉，两柄大刀，一对护手钩，一根铁索，同时斫、刺、挥扫，蓬莱魔女喝道："下去喂鱼吧！"只听得"当当"两声，她拂尘一带，那根铁索碰着了大刀，护手钩也飞了出去，使护手钩和使铁索的同时跌翻，那两个使大刀的一个被蓬莱魔女踢落，一个被她的拂尘扫着胸膛，四条大汉，竟是在一招之内，果然如蓬莱魔女所言，都跌下江中了。

黄衣盗魁暴喝一声，掌力疾吐，要趁她立足未稳，将她劈下水去。蓬莱魔女喝声："来得好！"拂尘搂头一罩，左手长剑亦已倏地出鞘，一招"玉女投梭"，刺那盗魁的膝盖，这一招是攻敌之所必救，那黄衣盗魁慌不迭地缩脚闪避，说时迟，那时快，蓬莱魔女已在船头站稳了脚步，拂尘挥舞，又把两名盗党打得胸骨碎裂，跌下江中。

只听到"咔喇"一声，原来是那盗魁的掌力震断了船桅，一面大帆落下，船只受了风力，侧过一边。蓬莱魔女心道："这厮功力委实不弱，倒不可小觑了！"那盗魁以最刚猛的混元掌力，乘着蓬莱魔女身子悬空的时候袭击，仍未能伤损蓬莱魔女分毫，反而给她在一招之内，迫得退入舱中，心中更是吃惊。

说时迟，那时快，蓬莱魔女一上了船立即如影随形，跟踪迫击。那盗魁喝道："好呀，我拼着毁了这只船，与你拼了吧！"反手一掌劈出，"呼"的一声，船舱板壁破裂，江面无风，但那只大船在掌力震撼之下，却似在大风大浪之中挣扎一般飘摇不定。

蓬莱魔女"飞"过了二十多丈宽的水面，身形如箭，扑上了那只大船。

蓬莱魔女冷笑道："好极了，你既舍命，敢不奉陪！"蓬莱魔女刚才在那小船上对付那对艄公夫妇，由于心有顾忌不敢全力搏斗，反而着了道儿。如今她上了大船，暗自寻思："这盗魁功力不弱，要擒他实是不易，好，我这条命就算是拾来的，伤得一个便是一个，也不必顾虑有没有人给我驾船了。"当下，把心一横，也是全力施为，招招都使杀手。

　　掌风剑影之中，乒乒乓乓之声震耳欲聋，船上的桌几板凳等等物事，打得一团稀烂，船篷被掌风揭去了一大块，哗啦啦的倒塌下来，船舱板壁四面打开了天窗，这大船本有十多廿个盗党，在这场恶斗之中，个个吓得心惊胆战，哪敢插手，纷纷跳入江中，其中有几个跳得慢的，受了蓬莱魔女的剑伤，鲜血染红了江面。

　　艄公这时已醒了过来，与妻子齐声叫道："舵主走吧！"黄衣盗魁道："你去调人，我与这魔女是不死不休！"其实他口出壮言，心已微怯。只因他已被蓬莱魔女的拂尘罩着，倘若回身跳水，定被拂尘内力所伤，是以只能力战，等待强援，要想逃走，那是决计不能了。

　　蓬莱魔女一个"移形换位"，拂尘仍然罩着那盗魁的身形，"刷"的一剑却已向那妇人刺去，那妇人用分手蛾眉刺一挡，这回蓬莱魔女是用了全力，那妇人焉能抵敌，"喀嚓"连声，两支蛾眉刺同时削断。艄公将妻子猛地一拉，"卜通"跌入江中，蓬莱魔女主要是对付那个盗魁，一招杀不了那个妇人，也就无暇追击。艄公夫妇一走，空荡荡的大船上就只剩下蓬莱魔女与那盗魁了。

　　蓬莱魔女大显本领，剑招催紧，左右穿花，指东打西，指南打北，剑光如练，霎时间将敌人前后左右的退路全都封闭，拂尘又罩着他的身形，喝道："你是何人？既然知道我柳清瑶的名字，为何还敢拦江截劫？你如今知道厉害了么？快快投降，饶你不死。"

　　那黄衣盗魁虽然心有怯意，但他是长江霸主的身份，却也不肯示弱，哈哈笑道："你在北道称雄，我在长江也不是无名之辈，你当我是没脊骨的小贼么？岂能向你投降，你别得意，你以为你准能胜我，难道我就没有厉害的手段了么？"蓬莱魔女"刷"的一剑刺去，削下了那盗魁的一截袖子，喝道："你还不通名领死？"那盗魁道："好，你洗耳恭听！"趁着蓬莱魔女剑招略缓，双臂箕张，向外一展，倏地一招"苍鹰展翅"，便要擒拿蓬莱魔女手腕。这一招擒拿手使得险到极点，也凶到极点，蓬莱魔女正要听他通名，冷不防几乎着了道，幸在她步法轻灵，应变迅速，一觉不妙，倏地转身，只听得"嗤"的一声，接着又是"刷"的一响，蓬莱魔女的一幅衣襟被那盗魁撕破，那盗魁的左臂却被蓬莱魔女的利剑划破了一道五寸多长的伤口，两相比较，当然是那盗魁大大吃亏，但蓬莱魔女本来可以不用吃亏，却几乎受了暗算，心中更为气怒，冷笑喝道："我剑下不杀无名之辈，今日权且破例一遭！"言下之意，既把那盗魁当作无名小贼看待，又声言要取他性命，那盗魁听了，也是气得七窍生烟，骂道："蓬莱魔女，你死在临头还敢逞强？待我给你念往生咒的时候，再告诉你我的名字，让你做个明白的鬼魂，那也不迟。"蓬莱魔女冷笑道："且看你有什么厉害手段？"寻思："最多又是故技重施，击破这一只船。那也算不了什么，极其量同归于尽，你还得死在我的前头。"蓬莱魔女豁着玉石皆焚，攻势更紧，尘剑兼施，俨如长江大河，滚滚而上，杀得那盗魁只有招架之功，毫无还手之力。但在激战之中，蓬莱魔女仍然眼观四面，耳听八方，只见江面上盗徒争先逃命，耳中也没有听到凿凿的声音，心中暗暗奇怪，"除了凿船，他们还有什么伎俩？"她哪知道，这只大船甲板坚厚，潜在水底凿船，最少也得花一日时间才能弄穿，盗徒当然不会出此下策。

激战中那盗魁又着了蓬莱魔女的一记拂尘，饶是他练有金钟罩的功夫，黑渗渗的胸膛上也现出了通红的几道血痕，眼看就要毙命在蓬莱魔女尘剑之下，忽听得号角呜呜，长江上突然来了十几只大船，船头上旗号鲜明，竟是金国的水师。这一队水师远远地将他们这只船围着，却不过来。一个娇滴滴的声音笑道："蓬莱魔女，你不想在长江里洗个澡吧？还不快快弃剑投降？"原来正是那玉面妖狐，她也在金国的水师船上。正是：

妖狐潜入江南境，掀起长江一片涛。

欲知后事如何，请听下回分解。

第二十九回　楼船要挟胡儿锐
水战初扬大汉威

　　蓬莱魔女大怒道："原来你还是金虏的走狗！"刷的一剑，便要取那盗魁的性命，忽听得呜呜声响，敌船的弓箭已经射来，这是金国巧匠打造的神臂弓，利用机关弹簧之力发箭，可以射出数十丈远，蓬莱魔女拦在船边，封住那盗魁的去路，背心对着敌船，却正好做了敌船的箭靶。

　　蓬莱魔女拂尘反手一挥，拂落了射到背后的几枝利箭，那盗魁猛地咬破舌头，喷出了一口鲜血，施展邪派内功中的"天魔解体大法"，掌力陡然增了一倍，蓬莱魔女既要腾出一只手来拨箭，剑上的劲道就减了几分，那盗魁的掌力陡然增强一倍，蓬莱魔女的剑尖竟然给他震歪。说时迟，那时快，盗魁趁此时机，已脱出了蓬莱魔女剑圈的笼罩，"卜通"跳入江心，蓬莱魔女拂尘凌空击下，"啪"地打中了那盗魁的背心，可惜那盗魁的大半个身子，已浸入水中，只是尘尾的一部分碰着了他，他背上皮开肉烂，却依然泅水逃了。

　　那盗魁游到中途，亦已气力不支，叹口气道："韩三娘子，你害了我了！"敌阵中几个金国水军赶来，将他救起，那盗魁振臂一挥，喝道："滚开，我不要你们救我！"可是他受伤不轻，心中又正在气怒烦恼，挣扎了一会，仍然被那几个水军捉着，送上了敌船。船上的一个金国将军哈哈笑道："赫连郡主，这都是你的功劳，既可除去蓬莱魔女，又收服了长江一霸，哈哈，当真是一举两得！"那盗魁双眼翻白，已经晕了过去。连清波道："叫人好好服侍他，这人对咱们大有用处。"

蓬莱魔女颇觉意外，寻思："原来金国的水师，不是这盗魁召来的，倒是我错怪了他。但他为何要处心积虑地在长江上设下圈套陷害我？我与江南的绿林人物，素来是风马牛不相及，按说也不会结下这个仇家？"

敌船的神臂弓络绎不断地射来，蓬莱魔女无暇再去寻思，先要对付这射来的乱箭。幸在敌船不敢过分迫近，神臂弓射来的劲道到了蓬莱魔女这只船上，也已成了强弩之末，蓬莱魔女挥舞拂尘，将乱箭纷纷打落，敌船上虽有数十把神臂弓发射，一时之间，倒也无奈她何。

蓬莱魔女不甘束手待毙，也曾想过扑上敌船和敌人拼命。可是这形势与刚才不同，刚才只是对付盗魁的一只船，现在却是一整队的金国水师，倘若她仍用前法，以木板作为垫脚，飞渡江面的话，神臂弓从四面八方射来，焉能抵挡？

蓬莱魔女正在踌躇未决，那将军已在喝道："放火烧船，看这魔女可有三头六臂？"

一声令下，敌船上登时射出了数十支火箭，其中一支，正巧落在船头的风帆之上，登时烧了起来，江面风大，火势蔓延极是迅速，转瞬间只听得噼噼啪啪的声响，木头也已经着火燃烧了。

风帆着火，一条火舌卷来，蓬莱魔女挥剑斩断桅杆，提起断篙，奋力一挑，将那面着火的风帆抛入江心，但她的衣袖亦已被烧毁了一大片，幸而扑灭得快，身上未曾着火。船上最易着火之物乃是风帆，抛下风帆，火势较缓，但船头船尾都已起火，蓬莱魔女只是单身一人，顾此失彼，焉能扑救？何况她还要腾出手来应付敌船的乱箭！

烟渐浓，火渐大，烟雾弥漫，熏得蓬莱魔女也不禁连声咳嗽，玉面妖狐纵声笑道："蓬莱魔女，你想不到也有今日吧？"那将军忽道："可惜，可惜，这如花似玉的美人儿！听说她还是咱们皇上想要的美人儿呢！"玉面妖狐笑道："哈，你还有怜香惜玉之心，那还不赶快过去救她？"那将军叫道："你还不赶快跳下水去，难道当真要给火烧焦么？"原来这位将军对蓬莱魔女也有几分害怕，只怕距离一近,就要给蓬莱魔女所伤,故而意欲待她掉到水中,失了本领之后,才把她救起。玉面妖狐格格笑道:"对,待到火上身后,看她跳是不跳?咱们且等着大饱眼福,看看美人出浴吧!"船已着火,那将军料想蓬莱魔女无路可逃,已是瓮中之鳖,当下把手一挥,停止了乱箭发射。

蓬莱魔女气得七窍生烟,寻思:"我决不能落在敌人之手,受金虏所辱!"心中正起了自尽的念头,忽听得金鼓之声,震耳欲聋,金鼓声中,长江浪涌,一大队战船,在上游疾驶而来,中间一只楼船打出宋国的旗号,另一面大旗,也高高竖在楼船之上,绣着斗大的一个"虞"字!

蓬莱魔女精神陡振,打消了自杀的念头,心道:"人言南宋积弱,兵疲将寡,不堪一战,但看这队水师,军容之盛,却也不弱于金虏!"蓬莱魔女不懂战术,但看这队战船已对金国的水师采取了包围态势,两翼包抄,越迫越近,金国的船只队形已乱。

金国那将军的笑声顿时收了,气狠狠地骂道:"又是虞允文这小子来与咱们作对!"一声令下,火箭纷纷射出,都对准了虞允文那只"帅"船!

蓬莱魔女心道:"这位虞允文将军能令敌人畏惧,想来不是平庸之辈,但金虏的火箭厉害,却不知他可能应付得了?"她一面提起舱中所存贮的食水,泼灭蔓延到她身边的火头,暂救一时,一面目不转睛地注视着虞允文那只"帅"船。

只见一位将军,兀立在船楼上,年约三旬,面白无须,一派儒将风度,神色自如,看那些火箭纷纷射来,一声笑道:"儿郎们显显本领,也叫金狗见识见识咱们神箭手的手段!"一声令下,楼船的弓箭也纷纷射出!

宋军射出的弓箭是用人力发射的,射程之远,劲道之强,当然不及金国水师所发的"神臂弓",但却准确非常,一枝铁箭碰一枝火箭,金国水师向虞允文帅船射来的火箭,都在半空中便给对方的箭碰个正着,落下长江。波心流火,蔚为奇观。蓬莱魔女暗暗喝彩,心道:"虞允文的神箭手果然名不虚传,如此本领,在江湖好汉中也不多见,难为他训练出这么多的神箭手来!倘若南宋官军都是这样的精兵悍卒，何愁金虏不灭？"

那金国将军大怒喝道："待我来，看箭！"亲挽五石强弓"嗖"
的一箭射出，他是金国著名的勇士，腕力强劲，还胜于"神臂
弓"，宋军所发的神箭有两枝先后碰着他的箭头，却未能将之碰
落，那枝箭仍然不偏不倚地对准楼船的虞允文射来。

虞允文身边忽然窜出一个少年军官，拔剑一挥，只听得"喀
嚓"一声，已把金国将军那枝箭削为两段。这军官随手取过一把
铁胎弓，喝道："金狗，你也接箭！"弓如霹雳，箭似流星，"嗖"
的一声，也对准了金国的帅船射去。

蓬莱魔女又惊又喜，原来这少年军官不是别人，正是耿照，耿
照练过桑家的"大衍八式"，内力沉雄，这一箭隐隐带着风雷之
声，劲道之强，又远在金国将军之上。

那将军大吃一惊，正要拔剑抵挡，忽听得声如破竹，原来耿照
那枝箭，却不是射他，而是射他船的帅旗，一箭射中旗杆，帅旗登
时倒了。说时迟，那时快，就在金军惊惶喊叫声中，耿照的第二枝
箭又已射出，这一枝箭对准了敌帅的咽喉。但不知怎的，就在他将
弓弦拉紧，将箭发出的一刹那，忽地"噫"了一声，手指微颤，
这一枝箭就射不到敌船，而在中途掉下了。原来在那一刹那，他眼
光一瞥，瞧见了敌船上玉面妖狐连清波的背影，不由得蓦地一惊，
这枝箭就失了准头了。

虞允文喝道："来而不往非礼也，发炮！"宋代已有制作简单
用火药发射的火炮，但操作麻烦，携带不便，军中并不常用。虞允
文叫手下所发的"炮"，却不是"火炮"而是"石炮"，名为"折
冲机"的一种发射器，机关一扳，可将大石打出，在当时也算得
是一种攻坚的利器了。

只听得"轰隆"一声，大石落下，将金国帅船的船顶击破了
一个大洞，又有两块大石落在船边，将浪花激起丈许多高，这只帅
船虽然甲板坚厚，体积巨大，也不禁在风浪之中飘摇。金国将军吓
得慌了，连忙叫道："开船！""帅"船上咚、咚、咚打起了收兵
鼓，虞允文的船队乘势攻击，登时把金国的水师冲得七零八乱，有
些船只被俘，有些则被击沉，但玉面妖狐所在的那只帅船，却争先

逃了。

这时蓬莱魔女那只船已是火光融融，火舌从四边卷来，蓬莱魔女提起舱中所贮的食水，一桶一桶地朝火头浇去，在她站立的数尺方圆之内，积水数寸，一时尚未着火，但火势正旺，相形之下，无殊杯水车薪，济得甚事，不消多久，舱中所贮的食水都已用完，火势仍在蔓延不已，船舱甲板亦已烧裂，江水也灌了进来，在水火夹攻之下，这只大船渐渐倾侧下沉。蓬莱魔女叹了口气，已是无能为力，心道："我得见官军打了一场胜仗，死也值得了。"

正在这性命俄顷之际，烟雾弥漫中，忽见一只牛皮筏子，疾如奔马，逐浪而来，筏子上只有耿照一人，大声叫道："柳女侠，接着!""呼"的一声，一条数丈长的铁链抛出，蓬莱魔女疾忙抓着铁链，就似荡秋千似的，倏地从火焰之中腾起，耿照将铁链一收，蓬莱魔女在半空中一个转身，已是轻轻巧巧地落在耿照的船上。原来耿照认出了是蓬莱魔女，在帅船上放下这只筏子，急忙赶来的。这条铁索是帅船上系锚的铁链，三丈多长，数十斤重，幸亏耿照近来功力大增，这才使得它动。

蓬莱魔女死里逃生，惊喜交集，道："幸亏碰上了你，辛将军呢?"耿照道："辛大哥正在临安等候皇上召见。义军奉命驻扎江阴。这里采石矶驻扎的是虞允文将军的部队。"蓬莱魔女道："你怎么不与义军一起，却到了虞允文军中?"耿照道："我是奉命带了一队人来跟虞将军学习水战的。义军从前只会在陆地上打仗，若不加紧熟习水战将来怎能在长江拦击敌人?"蓬莱魔女面上一红，说道："不错，我今日吃此大亏，都是不识水性之故，今后我也可得好好地学学了。"

耿照道："柳女侠，你是怎地碰上了敌人的? 你这条船似乎不是金国水师的船只?"蓬莱魔女道："我是先误上了贼船，后来又受到金虏的包围。"当下将经过说了一遍，耿照诧道："这么说来，你是碰上了长江著名的水贼闹海蛟樊通了。你怎么和他结上了梁子了?"蓬莱魔女道："我也是莫名其妙。这樊通是什么人，和金虏有勾结的吗?"耿照道："这倒不是。他们是长江最大的一股水寇，正舵主是闹海蛟樊通，副舵主是翻江虎李宝。他们这一股专在江面上劫掠客商的船只，平日若是碰上了金宋两国的水师，水师势力比他大时，他们就闻风而逃，若是只碰到水师的零星船只，他们就不管是敌国或是本国，都要掳船抢人的。不过，近来长江风声骤紧，人人都知道金国即将倾国南侵，江上的客商船只差不多都已经绝迹，这樊通找不到生活，和金人勾结，那也是说不定的。"蓬莱魔女暗暗纳罕，心道："难道这些水寇把我当作寻常的客商行劫？但他们却又分明知道我身份来历的呀。我与这樊通无冤无仇，他却要把我置于死地，这可真是奇怪了。"

蓬莱魔女道："什么闹海蛟、翻江虎暂且不必理他，那玉面狐妖也在敌船之上，你可见到了么？"耿照面上一红，说道："见到了。"蓬莱魔女道："那还不赶快去追？"耿照道："虞将军已率水师追击了。我和你先上帅船见虞将军吧。"牛皮筏子轻便迅速，趁着顺风，不一会就追上了虞允文的大船，船上放下绳梯，将他们扯上去。

虞允文甚是欢喜，说道："柳女侠，久仰大名，今日幸会。日前幼安（辛弃疾）兄路过，曾与小可相会，盛赞女侠忠肝侠骨，本领高强，今日一见，果然名不虚传。"虞允文谦和有礼，毫没将军架子，蓬莱魔女也暗暗心折，说道："朝廷有虞将军在，何愁胡马渡江？"

虞允文哈哈笑道："我闻金主亮曾出大言，说他有百万精兵，投鞭足以断流，天堑何难飞渡？我倒要看他如何飞渡，我只有一万数千乌合之众，他若渡江，我倒要碰一碰他那百万大兵。"

蓬莱魔女道："虞将军无乃过谦，你手下士卒，无不以一当百，怎说是乌合之众？"耿照笑道："虞将军此言倒并不假，这一万数千之众，的确是七拼八凑集成一军的。说起这支军队凑合的经过，还当真是令人又好笑、又痛心呢！"蓬莱魔女道："怎么？"耿照道："自从金国即将南侵的风声传出，原来的江防军各地将领，十之七八，弃军而逃，好在士兵倒是同仇敌忾，大都集结不散，要求抗金。虞将军将他们收编，又招集了好些义民，这才凑成这支军队的。朝廷还诸多掣肘，虞将军的处境，也实是艰难呢。"虞允文正容说道："忠君报国，死而后已。耿兄不可妄论朝政，只求尽其在我！"

　　原来虞允文是个进士出身，在南宋朝廷做个不大不小的官儿（礼部郎官），这次金人南侵的消息传来，许多畏敌如虎的大臣，都主张"浮海"逃避，但也幸有一些坚决主张抗敌的忠臣，力陈不可逃避，其中就有虞允文所上的一疏（奏折），详举金兵必败的理由（金主暴虐，民心不附，劳师远征，师出无名，骄兵必败，长江水战，以其所短，攻我所长，等等……）南宋高宗皇帝赵构虽然也有与敌妥协之心，但因金人渡江，这是威胁到他生死存亡的问题，因而方在抗敌一派的催动之下，勉强起而备战。派大将刘琦为江淮制置使，并调虞允文做随军参赞。虞允文本无实职，手下亦无军队，这次他编散兵游勇，招集义军，训练成一支精锐的水师，事先还是未曾请准过朝廷的。朝中权贵，不满他自作主张，又以小人之心度君子之腹，防他争权夺利，故而对他诸多掣肘，这也不必细表了。

　　蓬莱魔女心头沉重，暗自寻思："小朝廷到了这样紧急的关头，还不思振作，反而对公忠报国的前敌将领诸多掣肘，当真是可叹可恨！好在小朝廷虽然腐败，百姓们却都是好样的。保家卫国，也只有靠老百姓自己的力量了。"

　　耿照道："柳女侠今日遇上的就是那闹海蛟樊通。"虞允文道："哦，是他吗？这么说，是他投降了金虏了？"蓬莱魔女道："这厮已被金虏俘去，投不投降，尚未可知。"虞允文道："这股水寇，我早想招抚，若被敌方捷足先登，这倒是一个心腹之患。"

　　说话之间，忽听得前头金鼓齐鸣，杀声震耳，耿照大喜道："敢情是已追上了金虏的帅船了？"虞允文亲击进军鼓，水手们都加了把劲，楼船鼓浪疾驶，不一会便已赶上前队，只见被宋国水师船只包围在江中心的，竟是七八条破船，有的被烧去了船篷，有的被碰损了船身，桅断橹折，看得出是在遇上宋国水师之前，已曾发生过一场战斗。但中间一条船还比较完整，船上一面大旗也仍在迎风招展，那是一面黑色大旗，甩金线绣出一条长蛟，一头猛虎。耿照叫道："这正是樊通、李宝这一股盗船！"

　　虞允文站到船头，喝道："鸣金收兵，不许将他们的船只毁了。"以宋国水师的力量，此时若要击沉这七八条破破烂烂的盗船，那是易如反掌，但主帅号令已下，他们只好暂且收兵，停止攻击。

虞允文道："请你们的舵主出来答话。"那盗魁站出船头，惊疑不定，说道："我今日已陷入你们包围之中，你尽管借我颈血，染红你头上乌纱，但要我李宝向你屈膝求饶，那是万万不能。"虞允文道："李舵主，你别多疑，我今日不是来缉捕你的，我只问你，你们今日倾巢而出，意欲何为？"李宝道："这是我们的家务事，元帅你可以不必多管。总之，我们决不是来对付官军的。"虞允文道："你们刚才是和金国水师打了一仗吗？"李宝道："不错，难道你以为我们是给金虏助战的吗？"蓬莱魔女站出来笑道："我知道你们的家务事，你是来接应你们的舵主的，我正要向你请教，我柳清瑶与你们江南的黑道英雄，素无仇冤，你们的舵主为何要设下圈套害我？"蓬莱魔女平平静静的说话，用的却是传音入密的内功，声音不大，但却震得对方的耳鼓嗡嗡作响，李宝大吃一惊，说道："原来你就是蓬莱魔女柳清瑶。我们当家的可并没有说起是对付你。我只知道他是碰上了厉害的对头，故而前来接应。"说到此处，蓦地喝道："我们当家的是不是给你杀了？我李宝虽然不是你的对手，也情愿死在你的剑下。想你大名鼎鼎，也不至于要官军助阵，来，来，来！你我就来比划一场吧！你是要我过去还是你自己过来？"

蓬莱魔女心道："这厮倒是个汉子。"哈哈一笑，说道："我与你无冤无仇，好端端的和你打什么架？"李宝怔了一怔，喝道："我们当家的不是给你杀了么？"蓬莱魔女道："他是被金人掳去了。"李宝吃了一惊，道："当真？"蓬莱魔女道："他在被俘之前，我还听得他叹了口气，自言自语地说了这么一句……"李宝忙问："说的什么？"蓬莱魔女道："说什么韩三娘子害了他。"李宝陡然一震，又惊又怒，"哼"了一声骂道："好个韩三娘子，我、我……"忽地又叹口气，说道："虞将军，我李宝今日已落入你的掌握之中，我也不作逃生之想了。虞将军，你可肯放我这边的一条小船回去，让他们带我的命令，回去遣散我水寨的弟兄么？这于你于我，都有好处，你杀了我，已足够请功领赏，我遣散弟兄，也免得连累多人。"

虞允文笑道："当然可以……"李宝大喜，立即吩咐他身边一个头目道："你回去叫弟兄散伙，今后也别再干这没本钱的买卖了。你找到三哥，要他与那韩三娘算账，我是不能亲手料理她了。"那头目应了一声，跳过另一条小船。

虞允文道："我的话还未曾说完呢！"李宝双眼一翻，说道："怎么？虞将军你是要反悔前言，赶尽杀绝？"虞允文站在船头，亲把令旗一挥，高声叫道："让开条路，把他们都放过去！"这一下大出李宝意料之外，愕然说道："虞将军，你、你要放我？"虞允文道："不错，我不只是放你一条船回去，我是让你们全部回去，决不损你们一条船，伤你们一个人！"李宝茫然说道："虞将军，你为什么肯如此开恩？"虞允文道："今日你们也打了金虏，咱们既是有共同的敌人，那也就不必自相残杀了。你们走吧！"一声令下，宋国水师的船只两面分开，果然让出了一条水道。

李宝自分今日必是全部被歼，决无幸理，哪知虞允文竟然下了这样的一道命令，轻轻易易地就放过了他们，李宝热泪盈眶，突然在船上"卜通"跪下，向虞允文叩了三个响头，说道："多谢将军不杀之恩，异日必将图报！"虞允文道："李舵主请起，只要你以后仍是与我同仇敌忾，那也就是报答了，去吧！"

这七八条盗船去后，虞允文手下的军官纷纷问道："元帅为何不趁此机会，将这股水寇一鼓尽歼？""即使是要收编他们，也该趁此大好机会，迫令他们投降呀？"虞允文笑道："昔日诸葛亮对孟获七擒七放，'南蛮'遂不敢复反，我今日不过一擒一放而已。你们要知道这些人都是硬汉子，即使能迫令他们投降，他们也不会心甘情愿为我所用。是以以力服人，不如以德服人。要他们服服帖帖地自行投顺，不更好吗？"

众军官叹道："元帅高瞻远瞩，确非我辈可及。"但经过这么一番延阻，金国的水师早已走得远了，虞允文虽然打了胜仗，但从总的兵力说来，金国在长江上的水师力量，还是比虞允文大得多。虞允文准备尚未充分，决战时机未到，也不敢偏师深入，追得太远，当下鸣金收兵，返回基地。

这一战击沉了金国五条战船，杀伤敌人数百，虽是小胜，但宋师在屡败之余，得此一捷，士气大振，当晚摆下了庆功宴，蓬莱魔女也做了庆功宴上的上宾。

虞允文举杯向一众军官说道："只要咱们不怕敌人，敌人就怕咱们，经此一役，你们也可以知道了，金虏虽强，也并非不可战胜的。今日咱们不过牛刀小试，他日金虏南侵，愿诸君更立大功，打到江北，与中原父老一同，再开更大的庆功宴。"军官欢腾奋发，齐声说道："不错，我们一定追随元帅，继承岳少保的遗志，直捣黄龙！"蓬莱魔女这才明白，虞允文开此庆功宴，意义还不仅仅在于祝今日之小捷，而在鼓舞军心，戳破"金兵不可战胜"的神话，心道："这虞允文真有大将之风，看来比耿京还胜一筹。"

但在酒酣耳热之际，蓬莱魔女也听到军官们一些愤懑的说话，指摘朝廷的腐败，权贵的横行，而且"主和"的"议论"，也还没有完全被压下去，就在不久之前，还有一个金国的使臣到临安诱降，受到宋高宗非常优厚的礼遇。

第二日蓬莱魔女便向虞允文辞行，虞允文知道耿照与她相熟，便命耿照代送一程，又为蓬莱魔女准备了干粮和过关的文书，亲自送出辕门。

蓬莱魔女这时方始有机会得和耿照单独相处，在路上问耿照道："你到了江南之后，可见过华大侠华谷涵吗？"耿照道："没有见过，但我知道他的消息，想必此时还在临安。"接着说道："他是上月中旬到临安的，金人南侵的消息，就是他托现任的江淮制置使刘琦代为密报朝廷的，刘琦本来举荐他，他不愿为官，始终不肯露面。后来刘琦奉命赴江淮督师，临行前和他见过一次面，他说在临安还想逗留一些时候，等待辛弃疾来了再定行止。"蓬莱魔女放下心上的石头，寻思："我只要到了临安，总不难找着辛弃疾和华谷涵了。"问道："这刘琦是你的虞将军的顶头上司，此人如何？"耿照道："在南宋的许多将领之中，算得是个庸中佼佼、铁中铮铮的人物。"

谈了一会，耿照忽地讷讷说道："柳女侠，我也想向你打听一个人。"蓬莱魔女道："可是要问你的珊瑚妹子？"耿照道："不错，她那日不辞而行，留书与我，说是要跟随你的，怎么不见她与你同来？"

蓬莱魔女叹口气道："珊瑚的心事你还不明白？她是为了要成全你和秦姑娘，故而借辞出走，只怕她今后也不会见你了。"耿照神色黯然，唔然说道："珊瑚妹子对我如此体贴入微，真是令我又是难过，又是感激。"蓬莱魔女道："秦姑娘我也见过了。"耿照又是心头一震，连忙问道："她和你说了些什么？"蓬莱魔女道："她的心事正与珊瑚一样，那也不必细说了。"耿照眼圈一红，低声说道："都是我的不好，害了她们了。"蓬莱魔女道："这也怪不得你，她们两人在我的面前，也没有埋怨过你一句半句。"耿照黯然叹道："唉，这都是造化弄人。只不知今生今世，我还能够再见她们么？"蓬莱魔女道："这个我或者可以帮你个忙，只是我先要问你一句，你心里打的是什么主意？要知道你只可以娶一个人为妻，另一个人就只能当作姐妹了。"蓬莱魔女说得非常坦率，耿照心乱如麻，一时之间竟不知如何回答。要知耿照本来是与秦弄玉心心相印，虽未明言，却早已是情丝暗系了的。但经过了几场意外的变故，误会重重，情侣变作了仇家，而在这段时间之中，珊瑚闯进他的心中，在不知不觉之间，两人的情苗又已暗暗茁长，待到他和秦弄玉误会冰消，这已经茁长的情苗，也很难说要拔除便能拔除了。

耿照黯然无语，良久，良久，方始说道："我不知道。但我情愿终身不娶，将她们两人都当作姐妹一般。"蓬莱魔女微唔道："这么说，我也很难给你们解开这个结子了，只好听其自然吧。"因此，蓬莱魔女也就不把珊瑚已到江南的消息透露，免得更扰乱耿照的心神。

两人分手之后，蓬莱魔女从耿照的事情联想到自己身上，心道："他是被命运所播弄，我却是自己委决不下。唉，看来我也只有学他一样，终身不谈嫁娶，以丫角终老江湖了。"武林天骄与笑傲乾坤的影子，相继在她心头泛起，眼前摇晃，蓬莱魔女惘惘独自赶路。蓬莱魔女有虞允文给她的文书，通过关卡，一路无甚麻烦。过了几天，便已进入内地。江南山清水丽，天下闻名，蓬莱魔女放目浏览，但见田亩纵横，港汊交错，平畴远山，云影波光，处处如画。蓬莱魔女长处北国山区，初次见识江南的水乡情调，忧郁的心境也稍稍宽舒。但来到江南，却有一样不便，在北方，一个单身女子出门，很是寻常，在南方却是少见，尤其像她这样装束，腰悬佩剑，肩插拂尘，道姑不像道姑，卖解不像卖解，更为惹人注目，有时在凉亭小歇，还会有人来问长问短。这一日，她正在路上行走，忽听得马铃声响，回头一看，只见是两个雄纠纠的武夫坐在马上。

那两武夫看见蓬莱魔女这样的装束，踽踽独行，也似颇为诧异，忽地打一个唿哨，把胯下的坐骑催得更快，来势如风，竟是向蓬莱魔女直冲过来。按说有妇孺在路上行走，骑马的应该小心谨慎，最少也该放缓马蹄，让对方有余暇闪避才对，但这两个人竟似有心要碰翻蓬莱魔女似的，横冲直撞毫无顾忌。蓬莱魔女大怒道："岂有此理，是这样骑马的吗？"说时迟，那时快，那两匹马已是一阵风似的驰到面前，这才"刷"的一鞭打下，喝道："闪开！"蓬莱魔女焉能给他打中，身形一晃已是斜窜一丈开外，那两骑马从她身边擦过，马上的武夫哈哈大笑。他们哪里知道，蓬莱魔女是不想惹事，所以才没有惩戒他们。

但这么一来，蓬莱魔女也不由得动了火气，心想："我初到江南，不想多惹麻烦，你却以为我怕了你们不成，好，好歹也让你们知道一点厉害。"取下拂尘，迎风一挥，暗运内力，将几条尘尾甩出，经过她上乘内功的运用，这几条细如游丝的尘尾，去势如矢，其利如针，恰恰射中那两骑快马的臀部。这一下，当真有如给利箭射中一般，两匹坐骑"蹦"地跳了起来，冲到了路旁的水田里去，登时把那两个武夫掼下马来，幸而他们骑术精良，在栽下马背之际，连忙勾着踏蹬，这才不致全身坠下水田，但身上也已沾满了淋漓的污泥浊水，其中一人，头下脚上，脚勾着踏蹬，大半个头颅，已浸入水田，更为狼狈。蓬莱魔女哈哈笑道："你们的骑术真是精妙得很啊，怎么跑到水田里去了？"那两个武夫情知受了蓬莱魔女的暗算，但是怎么样的"暗算"，他们却还莫名其妙，心中大惊，不敢还嘴，慌忙翻过身来，骑上马背，费了不少气力，那两个骑客哼也不敢再哼一声，便自去了。

蓬莱魔女心头得意，不自禁的笑个不停，忽听得"咦"的一声，只见又是一匹快马驰来，马背上坐着的是个魁梧的中年汉子，穿的是南方汉人的服饰，体格却似北方的大汉。

蓬莱魔女以为这人是跟刚才那两个武夫一路的，怒气又起，心里想道："岂有此理，一个去了，一个又来，专欺负人，我偏不让路，看你怎样？"索性站到大路当中，不料这个汉子却有礼貌得多，在距离数丈之外，便即放缓马蹄，目不转睛地注视着蓬莱魔女，蓬莱魔女倒有点不好意思，心想："他既不是找我生事，我就让他一让吧。"脚步稍稍移开，走过一旁。但那骑马到了她的身边，却忽地停下，那大汉和颜悦色地问道："小娘子姓甚名谁，可肯赐告么？"

这人口音特别，似是刚刚学会一种语言似的，一个字一个字地吐出来，生硬粗涩，听来甚为刺耳。蓬莱魔女殊觉讨厌，白了那人一眼，冷冷说道："各走各路，非亲非故，你问我则甚？"那汉子道："听小娘子的口音似乎不是江南人氏，敢情是刚从那边来的？"马鞭一指，指着长江对岸，脸上露出一丝诡异的笑容。蓬莱魔女道："你管我是从哪里来的？"那汉子道："在这个纷乱的年头，小娘子一人渡过长江，佩服佩服！"蓬莱魔女疑心陡起，道："你啰里啰唆，要干什么？"那汉子又道："小娘子武功很不错啊，刚才那手拂尘刺马的功夫，真是令小可大开眼界。"蓬莱魔女心头微凛，"这人武功倒也不弱，居然看出来了。"说道："要不是没有半点防身本领，岂不更给狗贼欺负了？咄，你是哪条线上的朋友，打开了天窗说亮话吧！"

蓬莱魔女只道他是绿林中人，故而用上了黑道的"切口"，那汉子却愕了一愕，说道："什么叫做线上的朋友？小娘子可休怪我啰唆，只因我见小娘子这身武功，又是从江北来的——"蓬莱魔女喝道："怎么？"那汉子迟迟疑疑地说道："小可在那边有位好友，或者小娘子也许认得，是以冒昧攀谈。"蓬莱魔女道："是谁？"那汉子道："檀公子檀羽冲。"蓬莱魔女怔了一怔，道："什么檀羽冲？没有听过。"那汉子大是失望，又似乎有点后悔的神气，连忙说道："既然小娘子不识此人，那就请恕小可鲁莽多问了。告辞！"拨转马头，立即便走。

蓬莱魔女心头一动，忽道："且慢，你这厮是干什么来的？"那汉子瓮声瓮气学蓬莱魔女刚才的说话，"各走各路，非亲非故，小娘子既不愿赐示姓名，那又何必问我？"呼的一鞭，催促坐骑，如飞赶路。

蓬莱魔女喝道："给我停下！"拂尘一挥，重施故技，将尘尾当作梅花针射出，但却不是射马而是射人！原来蓬莱魔女越听越是起疑，寻思："这人打听'那边'的朋友，说话又带着金人学讲汉语的腔调，莫非乃是金虏，假冒汉人？"在这金兵即将南侵的时候，有个如此行迹可疑的敌国之人潜入江南，蓬莱魔女自是不禁惊疑交并，故而出手便是绝招，意欲以"拂尘刺穴"的功夫，将他制伏！

尘尾细如游丝，无声无息，那人却似背后长着眼睛似的，反手一掌，十几条尘尾已是随风飘散，那人叫道："喂，我可没得罪你啊！"说时迟，那时快，蓬莱魔女已从路边随手捡起几颗石子，喝道："真人面前不说假话，你还想装傻吗？哼，你潜入江南，意欲何为？"声出石发，连珠炮似的向那人打去！

石子不比梅花针之类的细小暗器，打出去的劲道当然大得多，隐隐挟着风雷之声。那人也不禁心头一凛，说时迟，那时快，第一组的三颗石子，已是连翩而至，那人骑术精妙，一个"镫里藏身"，避开了第一颗，反手接了第二颗，接是接住了，虎口却给震得火辣辣地作痛，几乎就要裂开，那人大吃一惊，第三颗就不敢用手接，霍地一个"凤点头"，待要避开，哪知蓬莱魔女，手法奇妙无比，她运用了两道劲力，石子到了那人头顶，后劲方始发作，忽地往下一沉，斜掠而过，那人低头闪避，依然闪避不开，呼的一声，把他的阔边帽子打落！这还是他闪避得快，要不然只怕额角也要给石子打穿。

这刹那间，蓬莱魔女也不禁陡然一震，原来那人的阔边帽子打落之后，头上还有一顶帽子，是一顶紧窄护头的皮帽了。正当仲夏时节，江南天气炎热，决计没有人戴这种皮帽子的！这一来不啻证实了此人不但是从江北来的，而且还不是汉人！因为只有从西北来的辽金等国之人，他们原来是游牧民族，平日习惯了戴这种紧窄的皮帽子御冷防沙，才会常年四季戴在头上。

蓬莱魔女喝道："好呀，原来你是金国奸细！"第二组三颗石子紧接飞出，那人大叫道："你，你是蓬莱魔女么？住，住手！"但他话声未了，蓬莱魔女的石子已经打出，那人心头火起，寻思："好横蛮的一个魔女！容我分辩得来，在这大路之上，行藏也已经破露了。罢、罢、罢，碰上了这样满不讲理的魔女，我只有远而避之！"轻轻一拍马腹，那匹马是久经训练的千里良驹，登时放开四蹄，疾走如风！

蓬莱魔女虽然用足了气力，但距离远了，这三枚石子只有一枚打到，其他两枚都在那人的坐骑后面掉了下来。打到那人背后的那枚石子，因为距离太远，劲力已消，给那人的马鞭一打便打落了。蓬莱魔女这时亦已看出，那人的坐骑正是金国高级军官惯常乘坐的那种，从塞外来的大宛名驹！

蓬莱魔女轻功再高，也追不上日行千里的骏马，追了一程，空自累得一身大汗，那一人一骑早已踪影不见。蓬莱魔女放慢脚步，暗自寻思："追是追不上了，且待到了临安，再告诉辛弃疾，叫他小心防备潜入江南的金国奸细。"冷静下来，再又想道："我曾在泰山之巅，袭击过金主完颜亮，金国的高级军官识得我的名号那也不足为奇，江湖上的武功高强的女子本来没有几个，那人见我露出的几手本领，猜也猜到了。但他却向我打听什么姓檀的朋友，这却奇怪了。那檀羽冲又是什么人呢？"正是：

相逢疑是曾相识，辗转知交问姓名。

欲知后事如何，请听下回分解。

第三十回　岂是个郎真薄幸
　　　　　何来玉女总关情

　　蓬莱魔女轻轻念着檀羽冲这个名字，蓦地心头一动："他说的这个檀羽冲莫非就是武林天骄?"

　　蓬莱魔女想起了上次在玉龙山上碰见武林天骄之时，那祁连老怪金超岳曾称呼武林天骄为"檀贝子"，后来武林天骄暗助于她，将金超岳逐走，与她一路同行，向她倾诉衷曲，也曾透露过自己是金国贵族的身份。可惜蓬莱魔女当时却忘了问他的名字。

　　蓬莱魔女暗自寻思："那人所说的檀羽冲，九成是武林天骄了。檀家是金国的贵族，金主完颜亮以前的御林军总管檀道清，现任的燕云十六州兵马大总管檀道隆都是金国赫赫有名的人物。那人与檀家相熟，当然是金国的高级军官无疑。"再又想道："倘若他所说的当真就是武林天骄，我对他倒是过于鲁莽了。但武林天骄是反对金兵侵宋的，这人若是他的朋友，志趣总不会截然相反，他却又为何潜入江南? 难道他另有图谋，并非来做奸细?"

　　蓬莱魔女狐疑不定，续向前行，天气炎热，走了一会，喉干口燥，颇是难受，正巧路边有个茶亭，蓬莱魔女便进去歇脚。

　　卖茶的是个老者，还有一个十二三岁的小姑娘，是他的孙女。蓬莱魔女腰悬佩剑，肩插拂尘走进茶亭，那女孩子出奇的怔怔地望着她，那老头也有点诚惶诚恐的神气，蹑手蹑脚地走过来招呼，给她拂拭座位，泡了一壶好茶，又端来八式糕点，显得既是殷勤，又透着害怕。蓬莱魔女心想："这大约是因为我这身装束的缘故，敢情他是把我当作女强盗了? 嗯，到了临安，倒要换过装束才是。"

蓬莱魔女喝了口茶，只觉满口清香，登时生津解渴，赞道："好茶!"又吃了两件糕点，也是十分美味可口。见那女孩子望着她，畏畏缩缩的不敢过来，蓬莱魔女便招手叫她过来，和颜悦色地将糕点递给她吃，那女孩子迟疑了一会，渐渐似乎觉得这个女人并不是怎么可怕了，她虽是卖茶女儿，但却难得一尝这些美味的茶点，终于接受了蓬莱魔女给她的东西。

蓬莱魔女问道："小姑娘，你叫什么名字?"那女孩子道："我叫小眉。"蓬莱魔女笑道："好秀气的名字，你们店子里卖的茶点也真是好吃，我从来还没有吃过这样好的呢。这些糕点的名字我也不知道呢，你可以告诉我么?"那女孩子恢复了活泼的神态，话也多起来了，咭咭呱呱地告诉蓬莱魔女道："这是核桃酥，这是百花糕，这是莲蓬糖藕……泡的这壶茶是龙井茶。这还不是最好的呢，听说苏州的糕点那才是好吃呢。可惜我也没有吃过，我们是间小小的茶亭，卖不起高价的茶点。"那老头子也带着几分高兴而又惶恐的神色说道："小店子实在没有好东西，你老人家满意，我就放心了。"

蓬莱魔女叹道："你们江南人真会享福，平常也喝这等好茶，将美味的糕点当作零食。"那女孩子抿嘴笑道："这是雨前采摘的龙井茶，我们一年也难得泡它几次的。这几式糕点，我们是备来敬奉上客的。乡下人苦得很呢，他们平常路过，喝的是不用花钱的粗茶，吃的是一文钱一个的人饼。"蓬莱魔女道："哎哟，这么说来，你们对我是特别招待了。"那老头子道："贵客路过，我们是请也请不到的。我们店子小，就只能拿出这点东西，你老海涵。"蓬莱魔女笑道："我哪里是什么贵客，你老人家太客气了。"她一面赞赏，一面心里奇怪："他们为什么如此殷勤，还有点害怕的模样?是把我当作女强盗呢，还是当真将我当作贵客，希望我多给茶钱?"

说话之间，又有两个骑马的武士路过，那两个武士望进茶亭，见了蓬莱魔女，也似乎颇为惊异，微微"噫"了一声，勒住了马僵，却没有下马。那老头子连忙出来招呼，一个武士道："我们忙着赶路，不进来了。你给我盛满这个葫芦。"另一个道："再给我们两盒核桃酥。"那老头子唯唯答应，却拿了四盒核桃酥来，说道："我给你们泡的是龙井茶，两盒核桃酥恐怕不够，你老欢喜，多拿两盒去吧。这是小的一点孝敬。"那武士道："知道了，别啰唆。"两武士再望了蓬莱魔女一眼，立即策马前行，只见他们就在马背上将葫芦塞子拔开，把茶倒进口中。蓬莱魔女心道："这等鲸吞牛饮，简直是糟蹋了好茶。咦，他们为什么一文钱也没有付？这老头子本小利微，怎生赔累得起？"

　　蓬莱魔女起立说道："我也要走了，该多少钱？"那老头道："我给你包起这几式糕饼，你路上用吧。"蓬莱魔女道："也好，一并算钱，该多少钱？咦，你怎么老是不说呀？"那老头子道："你老人家说笑话了，我怎敢要你老人家的钱？这是小的一点点孝敬。"蓬莱魔女笑道："我又不是女强盗，要你什么孝敬。你老人家逢人孝敬，说句笑话，你这小店也孝敬不起。"那老头子满脸惶恐的样子，见蓬莱魔女已掏出银子，连忙说道："你是千柳庄的客人，我怎敢收你老的钱，庄主知道了会怪责的。"

　　蓬莱魔女怔了一怔，愕然问道："什么千柳庄，我从来没有听过。"那老头子也不禁愕然，说道："你老人家当真不是千柳庄的客人？"蓬莱魔女道："当然不是。"那老头子还是不敢受钱，蓬莱魔女把那锭银子放进女孩子的衣袋，笑道："多余的给小妹妹买点心吃。这千柳庄是怎么回事？为什么是千柳庄的客人你们就不敢收钱？"那老头子嗫嗫嚅嚅，想说又不敢说的神气。

　　那女孩子说道："姑姑，你是个好人，我和你说。这千柳庄的庄主名叫柳元甲，周围方圆数十里的田地都是他的。他手下有几百名家丁，个个如狼似虎……"那老头子吓得变了面色，道："嘘，小眉，你别胡乱说话。"那女孩子道："怕什么，这位姑姑又不是他们的人。姑姑对咱们这么好，咱们也应该提醒她。"蓬莱魔女道："老丈，你别害怕，我是外路人，和千柳庄风马牛不相及，绝不会泄露你们的言语。在这兵荒马乱的年头，出门人最怕碰到横祸，小妹妹，你要提醒我什么，说吧。我非常感激你。"

　　老头子这时也似乎相信了蓬莱魔女不是坏人，低声说道："小眉，你到亭边瞭望，多留点神，一见人来，马上出声。姑娘，你仍然坐下来假装喝茶，我和你说。"蓬莱魔女暗暗赞叹这老头子小心谨慎，但从这也可以见到，那千柳庄的庄主平日是如何霸道横行。

那老头子捧着一碟糕饼，站在桌边，低声说道："今日是柳元甲的六十大寿，千柳庄要欢庆三天，许多三山五岳的人马都会赶来给他贺寿的。"蓬莱魔女道："他充其量是个乡下的大财主，为什么会有三山五岳的人马给他贺寿？"那老头子压低声音说道："听说这柳元甲是江洋大盗出身，他在外面发了财回来买田地的。姑娘，你是个单身女子，即使会武功，也该小心些儿。姑娘，你——"蓬莱魔女知道他的疑虑，笑道："老丈，我这身装束，难怪你会起疑。我爹爹是在长江边驻防的一个军官，我学过一点武艺，这次是奉父命回家接我母亲的。"那老头子道："姑娘，你虽是官宦人家的女儿，但那些强盗无法无天，要是对你起了歹念，那可就要吃眼前亏了。你走西边的一条小道吧，可以避开千柳庄贺寿的一干强盗。"蓬莱魔女道："多谢老丈指点。哦，我明白了，那柳元甲不许你收他客人的茶钱。"那老头子叹口气道："千柳庄账房吩咐下来，在这三日之中，要是碰到有武士装束的，有说外路口音的，都不许怠慢，不许收钱，事情过后，赔了多少钱，到他家账房去结账。话是这么说，谁敢到他家账房去讨账呢？"蓬莱魔女道："可恶，可恶！"掏出了一锭元宝，说道："你本小利微，赔累不起，多谢你的指点，咱们交了个朋友吧。"那老头待要推辞，蓬莱魔女道："你别推来推去，要是有人路过，见着了反而不好。"那老头子这才感激万分地收下了，说道："姑娘，记紧我的话，走西边小路。"蓬莱魔女道："那么千柳庄是在东边的什么处所了？"那老头子道："是在东边一个山谷之中。"蓬莱魔女道："那座山何名？你告诉我，我就更会小心趋避了。"那老头道："叫蟠龙山，离此三十里。"蓬莱魔女再多谢了一句，便即离开那间茶亭。

但蓬莱魔女并不依从那老头子的指点，她向西边走了一程，便即折转来向东边走。

蓬莱魔女暗自寻思："我初到江南，人地两生，且去凑个热闹，看看江南的绿林道上，有些什么人物。刚才那个乔装汉人的金膘，乃是向东边走的，说不定也是到千柳庄祝寿？我初渡长江，就遭到水寇暗算，原因何在，说不定到千柳庄也可以听到一些消息，发现一点端倪。只是我是按照江湖规矩、光明正大地登门求见呢？还是悄悄地前往探庄？"这时已是黄昏时分，暮霭沉沉，蓬莱魔女想了一想，心道："这柳元甲不过是个绿林恶霸，不值得我给他送一张拜帖。"主意已定，便即东行，趁黑探庄。

一路行来，倒没有再碰到江湖人物，想来要去贺寿的，也早已到了千柳庄了。走了三十里光景，果然看见前面有一座山，蓬莱魔女问了一个路边放牛回家的童子，那牧童道："不错，这就是蟠龙山了。你是到千柳庄贺寿的不是？快快入山去吧！"神色之间，对蓬莱魔女甚是讨厌，但又似乎是因为害怕千柳庄的人，所以不得不答。

蓬莱魔女进了一道狭长的山谷，两边山峰壁立，遮住天光，更见幽暗。蓬莱魔女走了一会，忽见前头有个女子的背影，一眼望去，竟是似曾相识。看她疾走如风，几乎脚不沾地，用的也正是上乘轻功。

蓬莱魔女心头一动，蓦地想起了一个人来，连步施展"八步赶蝉"的绝顶轻功，追到六七丈距离之内，再凝神看去，越看越像，心想："咦，怎么玉面妖狐也到此间来了？她的轻功竟然精进如斯！"原来那女子的背影极似玉面妖狐，但轻功之高，却在蓬莱魔女所认识的玉面妖狐之上。蓬莱魔女曾见过玉面妖狐两种不同的配备，一个是用剑的"玉面妖狐"，一个是用笛子作兵器的"玉面妖狐"，但不论是用剑的或是用笛子的，轻功都逊于面前这个女子。

这时已是黄昏过后，夜幕初降，谷中又特别幽暗，虽然有一弯新月，几点疏星，也是看得朦朦胧胧，很不清楚。蓬莱魔女以武学行家的眼光，也只看出前面这个女子身上藏有兵器，却不知是短剑还是笛子。

蓬莱魔女与玉面妖狐仇深似海，既有所疑，焉肯放过？心道："不管她是用剑用笛，只要她是玉面妖狐，我就先把她拿下再说。"当下在地上拾了两颗石子，使用弹指神通的功夫，"嗤"的一声，将一颗石子弹了出去。

那女子倏地回头，喝道："谁恶作剧？"这颗石子在那女子头顶上空飞过，却没有打着她。原来蓬莱魔女正是要引她回头，好看清她的面貌的。这一回头，果然真是"玉面妖狐"。

蓬莱魔女一看清楚，怒火勃起，更不答话，第二颗石子立即跟着发出！

蓬莱魔女这颗石子打出，用了八成以上的功力，隐隐挟着风雷之声，那少女听风辨器，便知这颗石子是朝着她胸前的"神庭穴"打来，不禁吃了一惊，"这婆娘好不厉害，黑夜之中，认穴竟是不差毫黍，想不到千柳庄中，竟有如此这般人物，倒是不能不小心了！"

蓬莱魔女动作快极，石子一发，身形也立即随之而起，闪电般的向那少女扑去。她是立意要擒玉面妖狐，故而不许她有喘息的机会。哪知人在半空，只听得"铮"的一声，那枚石子已是反弹回来，来势急劲，竟是不弱于她。蓬莱魔女也不禁心头一凛，寻思："难道是我看错人了，玉面妖狐怎的竟有如此功力？"心念未已，那枚反弹回来的石子，已是打到她的胸前，蓬莱魔女听风辨器，这枚石子竟然也是朝着她胸前的"神庭穴"打来！这枚石子是反弹回来的，认穴一样不差毫黍，难度之大，比蓬莱魔女刚才这一发还要超过几分。

蓬莱魔女身子悬空，使出平生绝技，拂尘一展，将那石子拂了开去，身形仍是丝毫未缓，半空中一招"鹏搏九霄"，已是向那少女凌空击下。

忽见一道银虹，倏然迎上，铮铮数声，震得耳鼓嗡嗡作响，那少女退了三步，蓬莱魔女已是落下地来，百忙中略一俯视，只见剑身上已给划开了一条短短的裂痕，虽然只有一两分长，裂痕也并不深，不过如同指甲刮损硬纸一般，但已可以看出对方用的乃是削铁如泥的利器。

以蓬莱魔女的功力，对方若不是与她旗鼓相当，纵有削铁如泥的利器，也决不能伤损她的佩剑。因为强弱悬殊，双方兵器一碰，弱者一方的兵器不是震落，劲力也已给对方抵消，还焉能发挥利器之长？如今蓬莱魔女的佩剑给划开了一道浅浅的伤痕，蓬莱魔女立即也摸到了对方的深浅，对方的功力只比她略逊少许，但对方有削铁如泥的利器，蓬莱魔女也决计没有取胜的把握了。

那少女动作也快到极点,她退了三步,趁着蓬莱魔女佩剑受伤,一怔之际,立即反扑过来。蓬莱魔女拂尘挥去,只见寒光闪处,一蓬尘尾,随风飞起,但随即便是"当"的一声,原来蓬莱魔女已是默运玄功,将拂尘聚成一束,形如铁笔,硬砸刀锋,那少女的宝刀,已是削它不断。

蓬莱魔女剑招随发,一招"玉女投梭",刺那少女胁下的"愈气穴",她的拂尘已缠上那少女的宝刀,所刺的方位乃是在刀长之所不及,满以为可以成功,哪知那少女的宝刀忽然弯了过来,将她的青钢剑荡开。这时蓬莱魔女方始看清楚了,对方用的乃是一柄月牙弯刀。

这刹那间,蓬莱魔女不由得陡然一震,暗暗叫了一声"奇怪"!那女子何等机灵,趁她心神分散,劲力微松,一招"神将卷帘",振臂挥刀,又解开了拂尘的缠绕。

蓬莱魔女诧异极了,把眼望去,分明是"玉面妖狐",但这次她不是用剑,又不是用笛,用的却是一柄式样古怪的月牙弯刀,而招数之妙,功力之高,又远在用剑与用笛的"玉面妖狐"之上。

蓬莱魔女暗自寻思:"这妖狐用的兵器怎的每次不同,最先用剑,后来用笛,现在又发现有用刀的了。次次不同,后来居上,用笛的胜过用剑的,用刀的又胜过用笛的,难道这妖狐有无数化身?或者每次相逢的都并非同一个人?"

心念未已,那少女又已闪电般的扑到,一招"平沙落雁",刀锋横抹过来,蓬莱魔女喝道:"且慢!"那少女不理不睬,刀锋闪电般的劈到蓬莱魔女面前,蓬莱魔女心头火起,想道:"你即使不是玉面妖狐,出手如此狠毒,我也容你不得!"她怎知道,那少女是把她当作千柳庄的人,而且是蓬莱魔女先用石子打她,又怎怪得她恼怒。那少女也是同样心思:"我与你素不相识,你一出手便是如此狠毒,不管你是否千柳庄的人,我也容你不得!"

两人同样心思,出手各不相让,蓬莱魔女待她刀锋劈到,沉声喝道:"你当我怕你不成?"拂尘一挥,长剑跟出,长剑用的是柔云剑法,和对方的刀尖一触,立即生出一股粘黐之力,将那女子的弯刀引出外门,说时迟,那时快,拂尘又已在对方的刀背上重重击下。用的是"天罡拂尘式"中的重手法，拂尘虽是柔软之物，经过她内功的运用，击在刀背之上，竟如金石相触，铿锵有声！

那少女刚才吃了一次亏，极力要避免给她拂尘缠绕，哪知仍是躲避不了，她的宝刀被蓬莱魔女的剑"吸"住，再受拂尘一击，几乎把握不住，要脱手飞去，蓬莱魔女何等迅速，拂尘倏地散开，已缠上了她的刀柄。

蓬莱魔女双管齐下，也依然没有把对方的宝刀打落，心中亦是好生骇异，正要运足十成功力，将对方的宝刀夺了过来，那少女已是先发制人，刀口下沉，刀尖突然转了个弯，径点蓬莱魔女膝盖的"环跳穴"，她这弯刀式样古怪，故而招数与一般的尖刀截然不同，蓬莱魔女初次与她相遇，尚未能完全适应，想不到她的弯刀竟然会从意想不到的方位戮来，冷不防几乎着了道儿。

幸而蓬莱魔女身法轻灵，临危不乱，就在对方的刀尖和她的膝盖只差半寸之际，蓬莱魔女一个滑步回身，已是斜窜出一丈开外，但这么一来，拂尘也只能松开，夺不了对方的宝刀了。

蓬莱魔女惊疑之极，趁着双方分开之际，连忙问道："你姓甚名谁，来此何为？"那少女怒道："岂有此理，你连我姓名都不知道，便下杀手？你认不得我，我认得你，废话少说，看刀！"刀光电掣，刷地又劈过来！

这少女声音清脆，虽然带怒说来，依然十分好听，蓬莱魔女不禁心头一动，暗自思量："听这口音，倒是北国姑娘，但与玉面妖狐的声音，却又似乎两样。咦！莫非当真是两个人，她却怎么又说认得我呢？"但高手搏斗，岂容说话分神，那少女刀锋已到，蓬莱魔女只好凝神应敌。

那少女刀法奇幻，最古怪的是她这把月牙弯刀既可当作护手钩使，刀尖还能用来刺穴，一件兵器，兼有刀、钩、笔三种兵器之长，若非蓬莱魔女惯经大敌，功力又比对方略高，几乎应付不来。

这时双方已斗了五十来招，时间一长，蓬莱魔女更仔细地看清楚了对方的模样，这少女面貌和玉面妖狐连清波十分相似，但仍然可以看出不同之点，一是她的面貌较为清秀，身材也较为瘦削；二是她的年纪看来二十还未出头，也似乎要比玉面妖狐年轻几年。蓬莱魔女暗自吃惊，心道："糟糕，我当真是看错人了！"但那少女刀光挥霍，攻得正紧，蓬莱魔女哪能分心说话？原来那少女认定蓬莱魔女是千柳庄在途中埋伏的高手，她所说的"我认得你"，乃是识得蓬莱魔女是何等身份的意思，并非当真知道蓬莱魔女的姓名来历。

蓬莱魔女却误解了她的话意，心里想道："这女子与玉面妖狐如此相似，看来多半乃是姐妹。哼，即使她不是玉面妖狐，但她既然认得我，还是招招杀手，立意要取我的性命，那就当然也是和玉面妖狐同一路的人了。"

少女的刀法固然奇幻无俦，但蓬莱魔女的"柔云剑法"和"天罡尘式"也是武林绝学，更加她的功力也比对方略高，过了五十来招之后，已是紧握先手，渐占上风。那少女也不由得怯意暗生，心里想道："糟糕，想不到我一到江南，便逢劲敌，连一个小小的千柳庄，也有如此扎手的人物。看来我要杀她灭口，那是决计办不到的了。再战下去，千柳庄的人，再多来几个，岂不更要吃亏？"双方各有心思，正在激斗之中，忽听得有一丝幽微的笑声，音细而清，俨如游丝袅空，自天而降。这刹那间，蓬莱魔女不由心头一震，惊骇莫名，原来这是一种最上乘的"传音入密"的内功，可以将声音远远送到，而且若非对方也有相当的功力，也是听而不闻。但蓬莱魔女之所以震惊，还不仅仅是由于发现此处有人能用"传音入密"的功夫，而是由于这特殊的笑声！

这是笑傲乾坤华谷涵的笑声！蓬莱魔女惊喜交集，心中想道："难道他发现了我，故而以笑声报讯，传音呼唤我么？"正拟也以"传音入密"的内功相应，心念未已，忽听得笑声中夹着极幽微的话语："阿霞，快来！"不错，华谷涵是在唤人，但却不是唤她，华谷涵是在向一个名叫"阿霞"的女子召唤！

那少女口唇开阖，将声音凝成一线送出，说道："噢！来啦！"声音也是微细之极，若非懂得"传音入密"的功夫，决计听不到她说的什么。

那少女声音送出，立即虚晃一刀，转身便逃。她跑得飞快，但仍是小心翼翼地提防，不时回头张望，提防蓬莱魔女追来，只见蓬莱魔女站在原处，动也不动。她只道蓬莱魔女是有所忌惮，怎知蓬莱魔女此时正是一片茫然，哪里还有心思追她？

转眼间那少女已跑得没了影子，蓬莱魔女定了定神，恢复了清醒，想了一想，渐渐也就明白了。

事情并不难猜，华谷涵使用"传音入密"的功夫，那是不愿让别人察觉，想必他是和那少女一同来此探庄，分道而行，彼此约定，用"传音入密"之术互相联络的。那少女的名字中定然有个"霞"字。但华谷涵不叫"霞姑娘"，却将她叫做"阿霞"，显然是很亲近的人，才会如此称呼。

蓬莱魔女哑然失笑，心里又不免有点酸溜溜地暗自想道："我刚才还只当他是召唤我？其实细听他的笑声，便该知道他最少离此一里之外，当然看不到这边，怎会发现我呢？但我现在已经发现他了，我又该当如何？"

蓬莱魔女奔波万里，来到江南，为的就是找寻华谷涵，弄清楚自己的身世之谜，也好了却相思之愿。但却想不到在这样的情形下发现了他，蓬莱魔女却不由得心意踌躇，茫然若失了。

蓬莱魔女暗自思量："这女子九成是玉面妖狐的姊妹，华谷涵却怎的和她如此亲近？"华谷涵决计不是玉面妖狐这一路人，这一点蓬莱魔女是相信得过的，正因为如此，蓬莱魔女更觉得事有可疑，百思莫解！

蓦然间，蓬莱魔女又想起她师嫂桑白虹临终的说话，师嫂劝她嫁给武林天骄，并且说笑傲乾坤华谷涵虽然侠名素著，但却怕并非良偶！蓬莱魔女当时还当是师嫂因为与武林天骄说辞，不怕贬抑了笑傲乾坤。现在看来，敢情师嫂所说当真是有几分根据，并非全无所指？蓬莱魔女又不禁心中酸楚，暗自思量："莫非这个名叫阿霞的女子，就是笑傲乾坤心上之人？他为色所迷，也就顾不得她是玉面妖狐的姊妹了？"想至此处，蓬莱魔女几乎就要回头……

山风吹来，夜凉如水，蓬莱魔女心头的郁闷烦躁，也似被这一阵风吹散了，停下步来，又不禁哑然失笑，暗自想道："我是做什么来的？不是为了侦查那可疑的金国奸细，和会会江南的绿林人物吗？我当初来时，并未想到这里会遇上笑傲乾坤，我又岂可因这偶然的事情，打消我原来的计划？"再又想道："华谷涵和我不过是个慕名的朋友，彼此还未曾正式见过面呢。那次在桑家堡碰头，我一来，他就走，一句话都未曾交谈，说来根本未算得上是已经相识。他和那'阿霞'是亲近也好，是疏远也好，却又与我何干？"这么一想，登时打消了回去的念头，续向前走。

但，虽然如此，蓬莱魔女仍是不免有点怅惘，华谷涵送她那只金盒，藏在她的身上，盒中有着一对红豆，这一对红豆，曾经撩起过她多少情思？情思惘惘之中，华谷涵那两句诗："弹剑狂歌过蓟州，空抛红豆意悠悠。"尚依稀在她耳边余音袅袅。蓬莱魔女心里叹了口气，想道："他有了心上之人，却又为何送我红豆？即使他为人如何正派，却总是用情不专了。唉，不过好在我还未受他的骗，管他是薄幸也好，真情也好，我决意不再理会他也就是了，又何必多管他的事情？"可是，当真以后就可以不再理会华谷涵的么？"我父母的下落，我身世的疑团，可还要等待华谷涵来解答呢。也罢，见还可以见他，当作一个普通朋友也就是了。"

蓬莱魔女正自心事如潮，左思右想，忽听得有脚步声匆匆而来，有人说道："你没有听错吗？真的是金铁交鸣之声？"另一人说道："决没听错，快快去看。"前面那人道："来的若是敌人，决不会未曾进庄，便先动手。今日来祝寿的各路好汉都有，说不定客人之中本有宿怨的，碰上了头，自己打起来了。"后面那人道："你这样猜想也很合理，不过总要去查究查究。"蓬莱魔女这才知道，她刚才和那女子一场恶斗，已经惊动了千柳庄的巡夜人。蓬莱魔女瞿然一惊，心道："千柳庄虽不是龙潭虎穴，但我孤身探庄，可总得分外小心才对，可不能再分心神想那些无谓之事了。"她轻功超卓，听得那两人的脚步声大约还有十数丈的距离，立即飞身上树，那两人从树下经过，丝毫没有发觉。

蓬莱魔女续向前行，借物障形，蛇行龟伏，一路上避过几拨搜查的人。这条山谷狭窄幽深，走了七八里路，才到庄前。只见千柳庄依山修建，山坡上下，柳树如林，山冈秀草没胫，山上还有一个小湖。蓬莱魔女心道："此地风景如此秀丽，可惜庄中住的却是一个恶霸。"当下就跳上一棵柳树，准备从一排排的树梢飞过，偷入庄中。

蓬莱魔女飞身上树，俨如一叶飘坠，落处无声，树枝都纹丝未动。她以"金鸡独立"之势，脚尖轻点树梢，独立枝头，翘首四望，先察看周围形势。只见西北角上，树木婆娑，繁枝密叶之中，透出点点星星灯火，又隐隐听得管弦丝竹，细乐声喧。蓬莱魔女心道："是了，那边想是花园，这千柳庄庄主正在园中夜宴。"

心念未已，忽见一棵柳树，无风自摇，倏然间一条黑影腾空而起，一溜烟地直奔西北角而去。蓬莱魔女眼利，眼光一瞥，立刻发觉这个背影正是日间曾向她盘问过的那个金国汉子，那个她疑心是奸细的人。

蓬莱魔女吃了一惊，心道："果然他也来了。但他为何也要如我一般，潜行入庄？"蓬莱魔女未摸清这人底细，又疑心他是武林天骄的朋友，一时之间，倒也不敢造次，暗自思量："他潜行入庄，看来不是千柳庄一伙的了，不知有什么图谋？我若是现在追上去拿他，只恐打草惊蛇，两人行藏都要败露。若然他并非奸细，我岂不坏了他的事情？而且我也还不宜就在此时露面。"蓬莱魔女盘算得失，遂打定主意，不先惹事，伺机侦察。

转瞬间那条黑影已没入繁枝密叶之中，蓬莱魔女施展绝顶轻功，从一排排的柳树梢头飞过，当真是轻如柳絮，翩若惊鸿，宿鸟无声，片叶不落，人不知鬼不觉的悄悄地就到了西北角的围墙之上。

下面果然是一座大花园，园中正在夜宴。这花园依山修建，占地甚广，亭台楼阁，假山树木，星罗棋布，端的是气象不凡。园中灯光相映，花影缤纷。原来在园子当中，几百株柳树上，都用各色绸绫纸绢及通草为花，粘于枝上，每一株又悬有一盏纱灯。园中有条人工开凿的小河，东西横贯，两边石栏上又挂有数十盏水晶玻璃的各色风灯，点的如银光雪浪，明如白昼。

当中有一片广场，两边摆有兵器架子，是千柳庄的练武场。场上临时搭有一座戏台，正在演戏。但台下却没有人。原来在广场周围，有许多亭子，每一个亭子里都摆有一桌酒席，客人们正在一面喝酒，一面看戏。蓬莱魔女心道："这柳元甲倒是真会享受。如此排场，公侯人家，也比他不上。但却不知哪个是他？"

幸亏山坡的一角，树上却没有点灯。想必是因为离园中心太远，所以布置也就较为疏简。但还是有几个家丁模样的人，来往巡逻。蓬莱魔女摘下一片树叶，轻轻一弹，将一头大鸟惊起，引开了那几个家丁的注意，立即便从树上溜下来，躲到一座假山背后。那几个家丁做梦也想不到，就在这霎眼之间，已经有人偷偷进了花园。

蓬莱魔女藏好身形，只听得一片乱哄哄的闹酒之声，"祝柳翁福如东海，寿比南山，这一杯酒请你干了。""柳翁，我这一杯酒是代表太湖十三家兄弟敬你的，你焉能不喝？""太湖王寨主的酒你已喝了，饮马川的酒你若不喝，那不是厚此薄彼了吗？"蓬莱魔女把眼望去，只见一大群人正挤在中间的一个亭子里，围住一个清癯的老者敬酒，看情形这老者自是做寿的主人柳元甲了。亭中酒杯纷举，喧喧嚷嚷，亭外还不断有人络绎而来。

柳元甲笑道："多谢各位好朋友盛情，只是我酒量再好，也难以和各位一一干杯，不如彼此各尽三杯，好吧？"众人嚷道："柳翁海量，即使不能每人干杯，最少也要一席一杯！"有个客人醉态可掬，还在手舞足蹈嚷道："柳翁，你就帮帮我的忙吧。我和人赌了一千两银子，赌你不会喝醉。你就显显神通，让他们大开眼界吧！"柳元甲笑道："这不是要我献丑么？宁可你输这一千两银子算我的好了。"那客人说道："柳翁，我知道你有这个本领，输一千两银子事小，却别要我输了这个面子。"

喧喧嚷嚷之中，忽听得一个十分刺耳的声音说道："让我来做个调人吧。今日柳翁华诞，各方豪杰，不期而会。我有一个提议，不如由诸位各显一项绝技，作为祝寿的礼物，这不是比敬酒更有意思么？"蓬莱魔女听得心头一震，原来说话这人，正是祁连老怪金超岳。蓬莱魔女暗自寻思："我只道柳元甲是雄霸一方的大豪，哪知还不仅如此简单，他竟是私通金国的一个大奸贼！嗯，我这次倒是料敌不足，轻入虎穴了。"接着想道："不知笑傲乾坤华谷涵可也来了？他若在此，可以对付这个祁连老怪。但还有那个名叫'阿霞'的女子，和那个金国汉子，却还不知是敌是友？今日之事，是吉是凶，实难预测了！"

金超岳此言一出，宾客纷纷叫好，但却有人说道："这么多人，若然各显绝技，这一席酒，岂不是要喝个三天三夜？"又有人道："献技祝寿，这意思倒是不错，但却有点不大公平……"这人话犹未毕，金超岳已接着笑道："我的话尚未说完呢。礼尚往来，客人献技之后，主人当然也得露他一手，让我们瞻仰瞻仰柳翁的绝世神功！"柳元甲笑道："金老哥，说到绝世神功四字，只有你老哥可以当之无愧。你给我脸上贴金，却叫我怎敢承受？"

蓬莱魔女吃了一惊，心道："这老怪眼高于顶，即使他要谄媚主人，也无须奉送这样的一顶高帽？难道这千柳庄庄主果真是具有绝世神功么？"正是：

豪气干云心要细，须知处处有能人。

欲知后事如何，请听下回分解。

第三十一回　百步传杯惊四座
一枝秃笔戏渠魁

　　宾客们也都暗暗吃惊，心中俱是想道："这姓金的老头儿不知是从哪儿钻出来的，柳庄主竟对他如此恭敬，甘拜下风？即使这是柳庄主的谦虚，也无须如此过分。难道这老头儿当真是具有绝世神功，足以与柳庄主并驾齐驱？"原来这些人都不知道金超岳的来历，见柳元甲请他坐在上座，早已是觉得稀奇了。这时又听得柳元甲对他如此奉承，更是惊异，好几个客人便不约而同地说道："今日幸会高人，务必要请金老先生也露一露绝世神功，好让我们开开眼界。""金老先生，你别似姜太公封神，只忘了自己了。"金超岳笑道："这是柳庄主和我开玩笑的说话，可当不得真。不过各位既然盛意拳拳，小老儿自然也该敬陪末座，请各位指教。这献技祝寿之议，是小老儿所倡议的，就当作是抛砖引玉吧。"

　　柳元甲和金超岳都答应了，众宾客意兴更豪，太湖十三家的总寨主王宇庭说道："今日之会，江南的各路英雄好汉，差不多都已齐集于此了。人人都有惊人技业，若然每人都练一手功夫，虽然可以大饱眼福，但只怕这一席酒当真要喝个三天三夜了。不如就席次安排的位置，分为东南西北四区，每区推出一人作为代表，给柳庄主献技祝寿，诸位意下如何？"众人都说此法甚好，西区的客人便即异口同声地叫道："我们这一区当然是由王寨主代表祝寿，请王寨主当仁不让。"王宇庭哈哈笑道："这可不是叫我作法自毙了么？"宾客叫道："王寨主，你这话可说得有欠思量了，大伙儿拥你出来向柳庄主献技祝寿，这是光彩得很啊。"不是西区的宾客也叫道："是啊，咱们都素仰王寨主神针刺穴的稀世功夫，你一来给柳庄主祝寿，二来也让我们见识见识，这正是一举两得啊！王寨主你就别推来让去了。"蓬莱魔女心道："这厮擅长的功夫名为'神针刺穴'，那想必是打梅花针的高手了。"王宇庭推辞不掉，笑道："小弟这点微末之技，本是不敢献丑，但为了向柳庄主略表敬意，也只好拿出来博柳庄主哈哈一笑。小弟刚才说错了话，自罚三杯。"

东边一个和尚站起来笑道："你们怎么找到出家人身上了？"东边客人乱哄哄地嚷道："龙隐大师，你的无相掌力人人都知道是神奇莫测，但究竟是如何神奇，我们却还有待见识，王寨主都已答应，你也不好推辞了。""你不出去，咱们这一区就没人给撑面子了。"这和尚推辞不掉，只好走出场来。蓬莱魔女从假山背后偷窥出去，见"龙隐大师"浓眉大眼，满面横肉，心道："看来是个不守清规的凶僧。但这无相掌力到底是怎么样的，我却也没有听过。等下倒要仔细一瞧。"

东西两区都是一致推举某一个人，南区却提出两个人来，起先提出的是"闹海蛟"樊通，樊通连连摇手，说道："我二哥在此，我焉能僭越？"众人吃了一惊，心道："樊通威镇长江，却不曾听说他有结义的兄长？"问道："樊舵主的二哥是……"有几个知道的连忙说道："南宫先生也来了么？啊呀，樊舵主何不早说？鼎鼎大名，如雷贯耳，可惜尚未识荆，快请出来相见。"跟着便有人介绍道："南宫先生便是名列中原四霸大之一的南宫造前辈。他来到江南也有好几年了，平时无缘拜谒，今日真是幸会了。"蓬莱魔女这才知道，原来樊通的把兄就是南山虎南宫造。心道："他是珊瑚的仇人，等下我倒替珊瑚妹子多加注意，摸一摸他的武功底子，好叫珊瑚妹子得报大仇。"南区离蓬莱魔女藏身之所较近，蓬莱魔女看见樊通的神情似乎颇为沮丧，又不禁心中一动，想道："这厮被金国水师掳去，想必他是因为曾受此辱，故而直到如今，还似个斗败的公鸡。金虏将他放了出来，看来多半是他已经对金虏臣服了？但他这副神气，却又似为了曾受挫折而耿耿于心，而不是真正的心悦诚服？这厮在长江上将我谋害，敢情是因为南宫造的缘故？"接着又想："樊通的二哥是南山虎，大哥却又不知是谁？东海龙和南山虎早已分道扬镳，邪正殊途，谅来这个大哥决不是东海龙。"

"南霸天"南宫造的名字一提出来，果然人人都识，便都改口推举南宫造做南区的代表。原来南宫造到了江南之后，虽有几年，干的也是黑道营生，但他却从不"安窑立柜"（纠众占山，自为寨主之意），而是独往独来，做个独脚大盗。江南的绿林中人久闻其名，却很少人曾见过他。

南宫造站了出来，是个短小精悍的汉子，声音却如洪钟，说道："樊贤弟，你怎的把这差事推到我的身上来了？座中多少高人……"樊通道："二哥，我是想趁此机会，请你和江南同道见一见面。而且你武功远胜于我，你不出来，却反而要小弟献丑么？"南宫造笑道："你我弟兄，你何必在众位朋友面前，给我脸上贴金？再说武功深浅还在其次，我却是个外路人呢。"众人纷纷说道："南宫先生，你这话就不对了。你虽然不是江南人氏，但到了江南，也就是咱们一个路上的朋友了。何分彼此？"樊通也说道："今日到来祝寿的人，也不尽是江南豪杰。二哥，你就爽爽快快地出去吧。"众人早已听出那金超岳不是南方的口音，心想："樊通话语所指，莫非是说那姓金的老头子？"但因金超岳是首席贵宾，樊通既不指明，众人也不便多问。

北区的意见一致，众人都道："咱们这一区的代表自是非文先生莫属！"人选已经提出，却不见那个"文先生"露面。

有个人道："文先生在那边，咦，他在那里看什么？文先生，快来，快来！"蓬莱魔女躲在假山背后，只见有七八个人一窝蜂地向她藏匿之处跑来，蓬莱魔女吃了一惊，心道："难道他们已然发现了我？"

只见这些人在这座假山前面停下，说道："文先生，你怎么喝酒喝到一半，却跑到这儿来爬山了？有什么好看的？"叫了几声，才听得一个声音说道："啊呀，你们是在叫我吗？对不住，对不住，我看得出神，竟没听见。"蓬莱魔女这才听出这个"文先生"原来就在假山的另一面，和她不过隔着一块石头。蓬莱魔女又不禁吃了一惊，心道："这个人是什么时候爬上来的，我竟然没有发觉？"

那些人道："文先生，有什么好看的东西，你看得这样出神？"那人摇头晃脑地说道："铁划银钩，有劲，有劲！"那些人才发现他是欣赏石壁上的书法，都笑了起来，说道："你真是个书呆子，今日是以武会友，你却有这般闲情逸致，独个儿来这里欣赏壁上的题字。快下来吧。"

蓬莱魔女躲在后面，看不到前面的情景，对这个"文先生"也只是闻其声而未见其人，心道："原来这假山前面的石壁上敢情是嵌有什么古碑，这书呆子跑到这儿欣赏书法。哼，却不知他是真的还是假的？不过，他若是发现了我，他怎么没有出声？"

那些人簇拥着这个"文先生"回到亭中，蓬莱魔女从石隙里看出去，这才看见了那人的正面，是一个年约三十左右，恂恂儒雅的书生。只听得他笑道："你们推我出去，我的本领嘛，写一副对联，作一篇祝寿的四六骈文，或者还勉强可以凑合，说到要表演什么绝世神功，那你们可是找错人了！"众人哈哈笑道："文先生，我们正是想见识见识你的写字作文，只要你出去就行，不管是写对联也好，作寿文也好，我们大伙儿都给鼓掌。"那人笑道："你们既然这样捧场，那我只好出去了。"随即有人向主方通报道："北区代表已经选出，是铁笔书生文逸凡。"柳元甲笑对金超岳道："这位文先生游戏风尘，是江南的一位奇人，却非绿林人物。金老前辈可以和他结交结交。"金超岳点点头道："哦，是铁笔书生文逸凡么？我也曾听过他的名字。你们江南倒是有不少人才啊！"

蓬莱魔女听得柳金二人对这铁笔书生都似甚为推崇，好生诧异，因而对文逸凡适才的那番举动，也增加了怀疑了。她仔细留神这个文逸凡，心想："他号称铁笔书生，想必是会使判官笔的高手，却怎的不见他身上藏有兵器？"

这时正是七月天时，天气炎热，这文逸凡身上穿的只是一件薄绸长衫。一般通用的判官笔最短的也有二尺八寸，即使是藏在宽袍厚服之内，也不容易瞒过武学行家的眼睛，何况是一件薄薄的绸衫。所以蓬莱魔女一眼望去，就可以断定他身上是任何兵器都没藏有。

广场上那一台戏早已停演，献技祝寿的代表鱼贯进场。计有东区的龙隐大师，南区的"南山虎"南宫造，西区的太湖十三家总寨主王宇庭，北区的"铁笔书生"文逸凡，再加上一个祁连老怪金超岳，总共是五个人。至于主人柳元甲，则要等待客人"献礼"之后，他才出来"还礼"，故而不必忙着出场。

龙隐大师、南宫造等人拱手说道："金老前辈远道而来，份属贵宾，请先显露绝世神功，让我辈开开眼界。"金超岳道："客不僭主，各位都是江南英俊，我初到江南，还来不及一一拜会，已是深感不安，如今还怎可失礼？"金超岳这番话说得很是谦虚，其实却是打定主意，先看一看这班江南武林中顶儿尖儿的人物本领究竟如何，再来一个技压当场，将他们收服。

四个代表之中，只有南宫造稍微知道一点金超岳的来历，他可不敢说破，当下连忙恭恭敬敬地说道："金老前辈太客气了，但金老前辈既是如此吩咐，我等恭敬不如从命，就请你老人家多多指点吧。"龙隐大师心里想的是"人敬你一尺，你敬人一丈"。当下也就笑道："这话说得有理。名角儿应唱压轴戏，金老先生自当留在后头。"王宇庭意颇不悦，却不言语。那文逸凡更妙，独自在一边负手徘徊，口中念念有辞："平平仄仄平平仄，仄仄平平仄仄平。"王宇庭道："咦，你念什么？"文逸凡道："我想做一副对联，还未有腹稿，你可以指点我么？"王宇庭大笑道："这个么，我是一窍不通。你用到'指点'二字，那简直是挖苦我了。"他们二人一唱一和，隐隐对南山虎刚才的说话加以嘲讽，也透露出对金超岳不服气的意思。金超岳心里想道："等下叫你们知道我的厉害，看你们还敢倨傲？"

南山虎讪讪说道："若无异议，咱是就按着东南西北的次序出场吧，龙隐大师，咱们先看你的。"龙隐大师也想缓和气氛，便笑道："好，我这个跑龙套的先出场。"龙隐大师站到场心，搓搓手道："练什么呢？好，有了，请给我拿两板水豆腐来。"众人笑道："龙隐大师，你是个狗肉和尚，却怎么要吃起素来了？"龙隐大师笑道："这豆腐可不是拿来吃的。我要生的水豆腐。"谈笑之间，已有人将水豆腐拿来。两板豆腐共有三十二块，龙隐大师指着一块方形的大石头说道："劳驾，劳驾，请你把这些豆腐一块块拿出来，铺在石上，小心点儿，别碰坏了。"

柳家那家丁小心翼翼地将一块块豆腐摆在石上，刚好铺满。龙隐大师向四方作了一个罗圈揖，说道："小僧给诸位练一套掌打豆腐的功夫，倘有失手，请诸位不要见笑。"此言一出，满园宾客无不纳罕，窃窃私议："掌打豆腐是什么功夫？豆腐何堪一打？这不是开玩笑吗？"话犹未了，只听得龙隐大师大喝一声，呼的一掌就向豆腐打去，在众人惊异声中，迅即收掌，退过一边。

豆腐是一碰即烂的东西，当龙隐大师那一掌打下的时候，谁都以为这几十块豆腐，必定是一团稀烂的了，哪知定睛看时，只见豆腐仍是平平整整地摆在石上，没有一块移动。龙隐大师叫那个家丁过来，说道："你把豆腐收拾起来，看看可有哪块是碰坏了？"那家丁又小心翼翼地将一块块豆腐从石上取下，收拾起来，说道："禀大师，每一块豆腐都是完整无缺，可是，这、这、这石头——"龙隐大师一笑说道："你退下去吧，让大家看个仔细！"

宾客们争着拥到场边来看，只见那块大石已是裂成四块，恰如刀切豆腐一般！登时喝彩之声，如雷震耳，有识货的人更在大声叫道："好一个无相掌力！"要知用掌力震裂大石，不足为奇，奇在摆在石上的豆腐没有一块破烂，他那刚猛的掌力竟是透过豆腐传到石上去的。

蓬莱魔女心道："原来这就是无相掌力，看来也不过是隔物传功的巧妙运用而已。这和尚倒是有点小聪明，想出了用豆腐与大石来作陪衬，大收惊世骇俗之效。不过，话说回来，这和尚的内功虽然距离登峰造极的境界还远，但也已经是得了上乘内功的心法了。"

龙隐大师在彩声中洋洋得意地退下，跟着是南宫造登场。南宫造的名气更大，人人都睁大了眼睛，挤到场边，要看看这位名列中原"四霸天"的人物，又有什么"霸道"的功夫，可以盖得过龙隐大师？

南宫造却不站在练武场的中心，而是走到离场边七尺左右站定，抱拳一揖，说道："请这一面的朋友让开一些，最好是闪过两边，让出中间这一条路。对、对，行了，行了，多谢各位帮忙。"

从他正面让开的人心里暗暗嘀咕："场子这么宽广，你不在场中施展手脚，却跑到场边来练，倒要看看你有什么惊人武功，偏有这许多造作？"

众人等着他的惊人表演，哪知南宫造却平平淡淡地说道："我给各位练一套黑虎拳，拳脚生疏，请各位多多包涵。"语毕，便规规矩矩地一招一式地练起来。

黑虎拳是一套很普通的拳法，稍为学过武功的人都会识得。只见在南宫造手上使了出来，也没有什么特别之处，只是拳风呼呼，显得功力颇深而已。

不到半支香的时刻，这一套黑虎拳已经打完，南宫造收拳说道："献丑了，请各位指教！"场内群雄无不诧异，窃窃私议道："这样就算数了吗？威名赫赫的南山虎只打一套黑虎拳？""这套拳谁不会打，要你这么郑而重之地出来表演？哼，简直是莫名其妙！"

千柳庄庄主柳元甲忽地朗声说道："南宫舵主这手黑虎偷心、百步神拳真是打得妙极了，佩服，佩服！我赔上两棵柳树，却能大饱眼福，那也是值得之至了。"群豪大吃一惊，心道："妙处在什么地方？何以柳庄主如此称赞？赔上两棵柳树，那又是什么意思？"

众人思疑未已，忽见对着南宫造正面的两棵柳树，距离场边约有七丈之遥，忽地无风自摇，树叶纷落，片刻间，轰隆一声，竟是同时倒了下来。

柳元甲笑道："待我再来画蛇添足，讲一讲南宫舵主这手'黑虎偷心'的妙处吧，你们过去看看，用刀划开树皮，看看里面的树心，是不是已经烂了？"众人过去一看，只见树干外表毫无损伤，但切开一看，树心却已中空，就似给白蚁蛀烂一般，这才人人瞠目，吓得矫舌难下。那些刚才被南宫造叫他们避开、心里暗暗嘀咕的人，这也才明白，原来是南宫造怕劈空拳力误伤了他们。

南宫造也是吃惊不小，心想："千柳庄主果然名不虚传，竟识得我这套神拳的秘奥！"原来这套黑虎拳乃一位少林寺前辈神僧所创，流传已久，遂变寻常，却不知这套拳法的妙处，不在招式，而在使拳时内力的运用，这其中的秘奥，却是早已绝传的了。所以人人以为"黑虎偷心"是黑虎拳中的一招，殊不知这个名称还包含了这一拳打出之后，神功妙用的后果，当真可收"偷心"之效。

南宫造的父亲是少林寺的俗家弟子，在藏经阁中偷得正宗黑虎拳的秘典，逃出寺来，开宗立派，这套正宗黑虎拳遂成了他家的不外传之秘。南宫造的父亲早已死了，南宫造以为普天之下，只他一人懂得黑虎偷心的神拳妙用，不料给柳元甲一口道破，他焉得不惊？

柳元甲心道："南宫造是名列中原"四霸天"的人物，他来到江南之后，独往独来，对江南同道，颇有轻视之意，好，趁这个机会，我可得叫他知道天外有天，人外有人。将他收为我用。"当下又朗声说道："多谢南宫舵主的礼物，我敬南宫舵主一杯！"话说之后，便将一杯盛得满满的酒杯，遥掷出去！

众人仰首而观，只见那只盛得满满的酒杯，从亭子中飞出，向着广场，杯口朝天，平平稳稳、缓缓飞来，就似有一只无形的手掌，把它托着似的。柳元甲所在的亭子，与南宫造所在的广场，两者之间，距离少说也有百步之遥，那只酒杯恰恰地飞到了南宫造面前，南宫造把手一招，说道："多谢庄主赐酒！"酒杯似是受什么力量所阻，停了一下，这才缓缓地落到南宫造手上，杯中的酒，只是溅出两滴，倘非特别留意，还真看不出来！

场中掌声雷动，这百步传杯，飞觞敬客，杯中美酒，只是到了客人手中，才溅出两滴，如此功夫，当真是罕见罕闻，比起南宫造神拳伤树的功夫，可又要难得多了。

客人们还未知道这一杯酒所蕴藏的功力，若然知道，更要佩服得五体投地。原来南宫造那一招手，为的就是要消去柳元甲加在酒杯上的力道，哪知接到手中，仍似千斤重物压下一般，他的手腕，给震得不禁微微一抖，正是因此，杯中的酒，才会溅出两滴的。试想南宫造能以劈空拳力伤残柳树，这是何等功力？却不能完满地接下柳元甲从百步之外飞来的酒杯，柳元甲的百步传杯，这又是何等功力？

蓬莱魔女是武学大行家，当然能看得出其中妙处，饶是她艺高胆大，心中也不禁骇然，想道："怪不得祁连老怪对柳元甲那等推崇，原来他果然是具有绝世神功！这百步传杯的功夫，我也可以做得到，但却不能在飞出百步之后，还有如此力道，足以令像南山虎这样的人物，也输了一招！南山虎的神拳伤树，也算得是上乘内功了，不过若是与东海龙、西岐凤二人相比，那还是要稍差一些，珊瑚妹子练了我的柔云剑法和天罡拂尘三十六式，大约还可以勉强和他周旋。"

南宫造虽是输了一招，但旁人十九看不出来，也都给他喝彩。南宫造自己却感到又是羞惭，又是惊惧，连忙下场，去向柳元甲敬酒。在柳元甲面前，他再也不敢卖弄功夫，当真是心服口服了。

文逸凡道："王寨主，轮到你了。"王宇庭走到场心，笑道："柳庄主，这满园子的绢花，好看极了。我想请你赏赐几朵，回去给小女儿们玩玩。"

原来在园中的几百株柳树上，都有绢花作为装饰，用上好的绫绸，扎成各种各式的花朵，神态极妍，教人骤眼一看，分辨不出是真花还是假花。每棵柳树上又悬有一盏纱灯，灯光花影，烘托出说不尽的富贵豪华气象。

柳元甲笑道："王大哥，你看有哪朵合意的，你就摘下吧。"众人见王宇庭不练功夫，却讨绢花，都觉得有点奇怪。

王宇庭道："请哪几位朋友随我看花，帮忙选择。"众人都想见识王宇庭的奇技，猜想他必是借摘花为名练一种功夫，于是一拥而上，随在他的身后。王宇庭一路看一路品评，和众人选了十八朵绢花，这十八朵绢花分缀在十八棵树上，东南西北，四方都有，王宇庭请随行的朋友在十八朵绢花上一一做了记号，他却并不即时摘下，选了十八朵绢花之后，便拍拍手笑道："够了，够了，若再贪得无厌，那就杀风景了。"他谢过了帮忙他挑选绢花的朋友，便独自回到场中。

有人问道："王寨主，你练的是什么功夫？"王宇庭笑道："我不会什么功夫，只能给各位凑个热闹，刚才各位帮我选了十八朵绢花，多谢各位盛情，我就摘下这十八朵绢花，带回家吧。"众人都是一怔，心想："摘花这是什么功夫？他要摘花，刚才又何以不摘？"只听得王宇庭接着说道："我要同时把这十八朵绢花摘下，倘若漏了一朵，自愿罚酒三杯！"此言一出，场内群豪，这才耸然动容，心中俱是想道："原来他是要如此摘花，但这十八棵柳树分在四方，他难道能同时长出十八条手臂，将这十八朵绢花一同摘下？"

　　众人正自思疑不定，只见王宇庭仍然站在场心，忽地向周围作了个罗圈揖，登时金芒耀目，四面八方，嗤嗤声响。众人连忙藏头缩颈，防给暗器误伤。片刻之后，王宇庭哈哈笑道："这十八朵绢花已经摘下来了，请各位看看，可是刚才做了记号的那十八朵绢花？"

　　园中到处是人，这十八朵绢花从十八棵树上落下，早已有人把每一朵花拾了起来，凑齐一数，不多不少，刚好是一十八朵！每一朵花上，都有刚才所做的记号。

　　柳家家丁将十八朵绢花放在金盆之内，送进场来给王宇庭，登时又是彩声如雷，人人叫好！原来这些绢花都是用细如香鸡脚的铁线系在枝头的，王宇庭向四方撒出了一把梅花针，每一支梅花针都恰好穿过了一条铁线，将一朵绢花打落，梅花针还钉在铁线上，绢花本身丝毫没有伤损。他同时用十八支梅花针，打落分散四方，缀在十八棵柳树上的绢花，已是难到极点，而每一支梅花针的力道又用得如此恰到好处，刚刚穿过铁线却未掉落，这就更是匪夷所思了。众人哪曾见过如此神奇的暗器功夫，纷纷赞道："王寨主的金针刺穴，当真是妙绝人寰！""看了王寨主的暗器功夫，什么'百步穿杨'，那已是不值一晒了。"蓬莱魔女也自暗暗佩服，心道："原来江南的武林之中，也有这许多奇才异能之士，并不输于北方高手呢。我今晚可得特别小心了。"

　　王宇庭笑道："好的还在后头呢，诸位留点气力喝彩。"众人更是兴奋，叫道："是啊，现在该看文先生的了。"文逸凡在江南的名气比王宇庭更大，人人都知道他是个游戏风尘的奇士，武功极是深湛，但究竟深湛到什么程度，却没人说得出来，说来说去，也只能说是"深不可测"而已。如今轮到了他上场，未曾"亮相"，已是掌声四起，议论纷纷，"前面三场，一个胜似一个，且看这位铁笔书生，又有何等神奇本领，盖得过前面三人？""难得有机会看他表演武功，'深不可测'也总可以测到一点儿了。"

　　文逸凡苦着脸走出场来，说道："我给你们硬推出场，这可真是丑媳妇不得不见翁姑了。他们几位都有惊人的武功，我却连三脚猫的功夫都没一套，叫我练什么呢？"有人说道："文先生不必客气，当然是练你的看家本领啦。"文逸凡笑道："我的看家本领么？待我想想，我有什么看家本领？我只读过几天私塾，写文章写不满三百个字。嗯，有了，有了，今天是柳庄主的六十华诞，我勉强凑合一副寿联，给寿翁祝寿吧。"刚才北区宾客推他出来的时候，他早就说过只能写副对联，当时大家都以为他是说笑，不料他如今当真要写对联。

柳元甲道："老朽贱辰，若得文先生赠联，那更是增光不少，便请文先生大笔一挥吧。"文逸凡道："我随身没有携带纸笔，请柳翁借我一管狼毫。"柳元甲有点怀疑，问道："文先生，你要什么笔？"文逸凡道："当然是写字用的毛笔啊！我只会写字，不懂刻印，不用毛笔，难道还用铁笔么？"众人最初也似柳元甲一样心思，以为他号称"铁笔书生"，想必是要用判官笔来表演他的看家本领，哪知他一本正经地索取毛笔，看来当真是要书写对联。

柳元甲命人取来了许多毛笔，文逸凡选了一支大号的狼毫，说道："对联该写大字，写大字也容易藏拙。我就用这支特大的狼毫吧。"那家丁迟迟疑疑地说道："文先生上台上写吧，那儿有桌子，我给你铺纸磨墨。"文逸凡道："不必。我写字要写擘窠大字，你这张纸不够长，我也不必用墨。"众人都有点奇怪，哪见过写字不用纸也不用墨的。

柳元甲道："贵福，你不懂就不要打扰文先生，文先生欢喜在哪里写就在哪里写吧。"那家丁垂手说道："是，请文先生自便。"

文逸凡提起狼毫，说道："我这副对联想写在假山石壁上，柳庄主，你可讨厌我污损了你的名园胜景么？"

柳元甲道："得文先生墨宝留存，足为此园生色，那是求之不得的事！"

文逸凡自言自语道："且待我找一块平整的石壁。"走出了练武场，摇摇摆摆，东张西望，最后笔直地向蓬莱魔女躲藏的那座假山走去。蓬莱魔女吃了一惊，心道："是了，他刚才已经发现了我，却不声张，原来是等到这个当儿，众人要他表演武功的时候，他才来当众逞能，找我的晦气。好，你来意不善，我也不是好吃的果儿，且看你把我怎样？"手中紧紧捏着拂尘，只待文逸凡一有恶意的举动，她就要先发制人。

文逸凡在假山前面停下脚步，负手昂头，意态闲适，有人说道："文先生，这块石碑你不是早已看过半天的了，还看得不够吗？"有一个识得这块古碑的人说道："这是颜鲁公的真迹，文先生，你是有意和颜鲁公比比书法吧？可惜石壁上空地无多，恐怕不够你写一副对联了。"原来千柳庄的庄主柳元甲颇喜附庸风雅，他造了这座园子，搜集了许多石碑，点缀园林，颜真卿（鲁公）是唐代的书法大家，他也用重金购了他的一块碑刻，就嵌在这座假山的石壁上。

文逸凡笑道："这个我还有自知之明，岂敢不自量力？要与颜鲁公比书法就等于要与柳庄主比武功一般，谁能如此狂妄？我是在揣摩颜鲁公的钩勒之法，想模仿他的书法而已。君不闻乎，取法乎上，仅得乎中，取法乎中，仅得乎下。我的字写得不好，更要取法乎上了。"他酸溜溜地说了一段话，听来似是对柳元甲推崇备至（将他的武功比作颜鲁公的书法），但又隐隐似含有讥刺之意，柳元甲心里暗暗嘀咕，强笑说道："文先生，你别挖苦我了。大伙儿等着看你的书法呢，你可以动笔了吧？"

文逸凡道："再看一会，就来，就来！"就在这时，蓬莱魔女忽听得耳边有个声音说道："山石后这位姑娘听着，我佩服你的大胆，但却怕你白白送了一条性命，等下柳元甲就要出场，若给他发现了你，你就插翅难逃。待会儿你趁他们都在注意我的时候，你悄悄地溜走了吧！"文逸凡用的是"传音入密"的内功，除了蓬莱魔女之外，无人听见。蓬莱魔女这才知道文逸凡是对她一片好意。心道："这么看来，我今晚可以减少一个劲敌了。"她暗暗感激文逸凡的好意，但却决意要看到终场。

文逸凡回过头来，说道："临渴掘井，已来不及。好吧，我这丑媳妇只好见翁姑了。对面这块石壁倒还平整，我就在上面写副寿联，博柳庄主和诸位哈哈一笑。"对面这座假山虽然不高，也有七八丈高，众人都道："且看他在石壁上如何题字？莫不成要担一张长梯来？"议论声中，只见文逸凡跳上一棵柳树，这棵柳树正好对着石壁。

文逸凡轻轻巧巧地落在一条横伸出来的柳枝之上，这条柳枝不过手指般粗细，文逸凡竟然盘膝坐了下来，柳枝只是轻轻地抖动了一下，随即静止，好像附在柳枝上的不是一个人而仅是一只蜻蜓似的！文逸凡虽然不是个大块头，但整个身体的重量，没有一百斤，也有八九十斤，他若是单足站立，还不足为奇，现在却是坐在枝上，全副身体的重量都由一条柔枝承担，柳枝仍是保持着平直的横伸姿态，丝毫没有弯曲，这等奇妙的轻功，众人几曾见过，先就喝起彩来。

文逸凡吮啜狼毫，笑嘻嘻地说道："我只读过几天私塾，肚里实在没有几滴墨水，起初以为凑合一副对联还不太难，哪知搜尽枯肠，竟是难以凑合得对景的联语，须知这副对联既要含有祝寿的意思，又要切合今天的盛会，这可就难以落笔了。没有办法，我自己想不出，只好胡乱用前人成句，凑合一副吧，若是凑得不应景，甚或杀风景，还要请寿翁见谅，诸位也不要见笑。"众人都急于要看他的铁笔神功，都道："文先生不要客气，快快写吧。"

文逸凡端正身形，作个准备挥毫的姿态，柳枝往下一沉，随即弹起，文逸凡提起笔来，迅速地在石壁上端一笔拖过，登时只见石屑纷飞，壁上现出一划，随即又是一划一撇一捺，写成了一个"天"字。

刚才那三场表演，龙隐禅师的"无相掌力"，南山虎的"神拳伤树"，王宇庭的"飞针摘花"虽然也都是罕见的功夫，在蓬莱魔女眼中，也还算不得怎么了不起，如今看了文逸凡这手功夫，这才禁不住暗暗吃惊。要知文逸凡用的并不是"铁笔"，而是一支普通写字用的狼毫，但一到他的手中，"毛笔"竟然胜于"铁笔"，入石三分，这是何等功力！这手功夫和蓬莱魔女的天罡拂尘功夫有相似之处，蓬莱魔女也能以尘尾当作暗器伤人，同样是以"至柔化至刚"的上乘内功，但狼毫比拂尘更小更难运用，蓬莱魔女心道："若要我用拂尘在这石壁涂抹，或者勉强可以写成字体，但要像他这般笔笔均匀，入石三分，那却未必办得到了。"心中暗暗自愧不如。

柳枝上下起伏，转瞬间文逸凡已把上联写好，众人一看，只见"天增岁月人增寿"七个大字，这是普通人家最常用的春联，众人都以为下联必然是"春满乾坤福满门"，心里均是想道："这文逸凡随便挪用一副春联，确也是偷懒取巧了。但联中有个寿字，也还算得是含有祝寿之意。"众人主要是看他的武功，不是看他的文才，文逸凡这手功夫，连蓬莱魔女都暗暗佩服，这些人更是不用说了。因此不待他写出下联，全场已是彩声雷动！

文逸凡搔了搔头，自言自语道："下联可没有现成的句子，说不得只好胡诌一句了。"也不见他起立纵跃，身形不变，陡然间就移到了第二枝柳枝，仍然是盘膝而坐，提起狼毫，就在另一面石壁上振笔直书，嗖、嗖、嗖石屑纷飞，片刻间已把下联写出，众人一看，只见是七个大字，"你有藤牌我有枪"。

众人初时都以为下联应是"春满乾坤福满门"，岂知一变变成了"你有藤牌我有枪"，有识之士，不由得面面相觑，不知是喝彩好还是不喝彩好。蓬莱魔女几乎笑出声来，心道："妙呀，好一个你有藤牌我有枪！且看柳元甲的老面皮怎挂得住？"文逸凡拍一拍手，跳下树来，掷笔笑道："天增岁月人增寿，你有藤牌我有枪。对是对得不很工整，却大约还算得是应景吧，诸位看看如何？"

柳元甲怒气暗生，心道："岂有此理，我待你如贵宾，你却来与我开这个玩笑。什么'你有藤牌我有枪'，这不分明是说不管我做的什么，你都要与我作对了？"但他是江南的武林领袖，又是主人身份，心中虽然蕴怒，却是不好发作。

场中这班三山五岳人马，识得文墨的人，毕竟不是很多，有几个满肚草包的冒失鬼，充作解人，还在指手划脚地嚷道："好，这副对联写得真好！上联'天增岁月人增寿'，这是给主人祝寿。下联更妙，'你有藤牌我有枪'，连咱们这些宾客都说在里面了，咱们今日来此，一来是为柳翁贺寿，二来也是以武会友，各有各的功夫，这可不是'你有藤牌我有枪'么？哈，哈，真是切题得很，应景非常！"这一些冒失鬼也不去留心察看柳元甲的面色，就噼噼啪啪地鼓掌叫好，还有一些懂得联语含义的，只因对柳元甲心怀不满，也借此机会，故意装作不懂，也跟着喝彩叫好。不过，彩声疏

天增歲月人增壽

春滿乾坤

转瞬间文逸凡已把上联写好，众人一看，
只见是"天增岁月人增寿"七个大字……

疏落落，比起文逸凡刚写好上联之时所得的彩声，那是差得多了。

金超岳冷冷说道："文先生，你写这副对联，是什么意思，我倒要请教请教。"

文逸凡道："我只求对得起，可不管什么意思没意思！你以为是什么意思？"金超岳道："那么你对得起柳庄主吗？"文逸凡道："我已是用尽心思给他写寿联了，别人是否认为对不起我不知道，我只求对得起自己。"金超岳忽地"哼"了一声，道："你有藤牌没有？"文逸凡双眼一翻，道："金先生，你的枪法似乎还得练练。"

金超岳少时曾给岳飞手下的大将杨再兴一枪挑破他的肚皮，文逸凡这话无异揭了他的疮疤，金超岳闻言大怒，正要向文逸凡挑战，忽听得柳元甲哈哈大笑，已是走出场来。

金超岳心想："柳元甲亲自出场，定是要这厮好看（即当场出丑之意），我乐得在旁边拍手称快。"要知金超岳奉了金主元颜亮之命，到江南图谋大事，若非迫不得已，他也不愿暴露身份。刚才文逸凡那几句话语带双关，似乎已知道了金超岳的来历底细，金超岳也实是有几分顾忌。

文逸凡也在想道："难道柳元甲就要当众与我翻脸？"心念未已，只听得柳元甲笑道："文先生的书法一定是精彩绝伦的了，可惜我老眼昏花，看不清楚，且待我走近去仔细瞧瞧。拜读，拜读。"这副对联，宾客们都在议论纷纷，柳元甲却佯作视而不见，听而不闻，要走近去仔细瞧瞧，他这举动，出人意料之外，文逸凡也不觉怔了一怔，不知他打的什么主意。

柳元甲并不奔跑，但脚步一迈，就是七八尺远，从从容容，一步一个足印，笔直地向着那座假山走去。文逸凡蓦地一惊，想道："藏在假山背后的那个女子不知走了没有？"

柳元甲走到蓬莱魔女藏身的那座假山前面，抬头看了看颜鲁公的碑刻，随即便转过身来，指着对面的石壁道："文先生的大作是在这壁上吗？"文逸凡写的擘窠大字，每个字都有尺许粗细，决没有看不见之理，众人都觉奇怪，说道："不错，就是在这石壁上面。"

柳元甲叹了口气，说道："我真是老了，不中用了，站在这下面，还是一点也看不见，嗯，只好爬上去看了。"他说"爬"，其实却是一跃而起。喝彩声中，只见他身形拔起，飞上柳梢。文逸凡刚才是在半空中一个回旋，才落在柳条之上的，而柳元甲却像抛起了一根棍子似的，直上直落，也是学着文逸凡的模样，盘膝坐在一枝柳枝之上，柳枝摇也不摇。看来他的姿势不及文逸凡美妙，但场中的武学名家心里却都明白，这样的直起直落，柳枝上所受的压力要大得多。即使不能据此便说他的轻功强过文逸凡，但至少他这个动作却是要比文逸凡刚才做的难度更大。

柳元甲挥袖向石壁一拂，凑近去仔细瞧瞧，诧道："文先生，你到底有没有在这石壁上写字，我怎的还是瞧不见呀？"说了这一句话，便放开柳枝，跳下树来。

这一刹那，满园宾客都是瞠目矫舌，呆若木鸡，就似变戏法似的，转眼之间，石壁上的那副对联，十四个擘窠大字，消失得无影无踪。在柳元甲面前的，不过是一块光滑的石壁！

众人呆了一呆，随即也就明白，这是柳元甲大显神通，施展绝世神功，用衣袖将文逸凡这十四个擘窠大字"抹"去了！正是：

铜刀遇着铁砧板，你有藤牌我有枪。

欲知后事如何，请听下回分解。

第三十二回　各显神功来贺寿
忽闻狂笑慑群豪

文逸凡挥毫刻石，柳元甲就振袖抹平，当真是各有千秋，难分高下。文逸凡也不由得暗暗佩服，但这么一来，谁都知道他们二人是暗中较量上了，人人提心吊胆，生怕闹出不愉快的事情，一时间竟然忘了喝彩，过了好一阵子，才响起寥寥落落的掌声。

金超岳巴不得他们二虎相斗，冷冷说道："这可真是你有藤牌我有枪了，文先生，这枝狼毫未成秃笔，你可要再题一副对联么？"

柳元甲意态从容，回到场中，拱手说道："我年纪大了，眼力不好，文先生，你另选一个日子，给我写副对联，让我挂在书房里就近欣赏可好？"文逸凡哈哈一笑，说道："不错，这园中已有颜鲁公的书法，我实是不宜再在此地献拙了。"柳元甲道："哪里，哪里。文先生，你是我最佩服的一个朋友，你肯赐我墨宝，那就是给了我的面子了。"两人虽然针锋相对，但亦已有惺惺相惜的意思，气氛是缓和多了。

金超岳见闹不起来，甚是没趣，柳元甲笑道："金大哥，现在该看你的压轴戏了。"金超岳道："珠玉在前，我焉敢献丑？不过既然来到一场，结识了许多新朋友，也该向朋友们略表敬意。大家的酒已喝得差不多了，功夫我拿不出来，就向朋友们敬一杯茶，解解酒吧。"

今日来到千柳庄祝寿的一众宾客之中，最受注意的除了文逸凡之外，就是金超岳。他是首席贵宾，又是大家不知来历的一个陌生人，而柳元甲适才在言谈之中，又对他推崇备至，因而他受注目的程度，还在文逸凡之上，众人都想看他表演的是什么功夫，如今听他说是要出来敬茶，众人都不觉有点诧异，心想："难道他在敬茶这个题目上还能变出什么花样？至多不过如柳庄主的百步传杯，但这也就不新鲜了。"

众人正在疑猜，只见金超岳已走出场心，缓缓说道："柳庄主，我对你们江南人士喝茶的讲究，真是佩服之极。你刚才席上谈及，要喝好茶，除了茶叶之外，还得讲究烹茶的雨水，你说到最好的是——"柳元甲道："你不提起，我倒几乎忘了。谈到烹茶的用水，大概人人都知道临安灵隐寺虎跑泉的泉水乃是上品，可惜此地离临安尚有数百里之遥，虎跑泉的泉水难以运来。不过，我还有一类烹茶的用水，只怕比虎跑泉还胜几分。"此话提起了众人兴致，问道："那是什么？"柳元甲道："那是我去冬在蟠香寺收的梅花上的雪，埋在深深的地窖之中，周围堆着冰块，现在虽是三伏天时，那一瓮梅花枝上的雪，还没有融化，拿来烹茶，香沁脾腑，最妙不过。"

场中喜欢喝茶的客人早心痒难熬，忙道："既有如此梅花香雪，敢请庄主便赐佳茗。"柳元甲道："我正想拿来与诸位品评，如今酒已微醺，也正是细赏香茗的时候。"客人道："先让我们见识见识那瓮梅花香雪。"柳元甲道："这我也想到了。我有龙井茶中的上品'老君眉'，水一沸便即冲茶，趁热喝下，最饶佳趣。若是在厨房里端出来，送到此间，茶冷香消，味道便减了。好，我叫他们将那瓮梅花香雪拿来，就在这园子里烹茶。"众人都拍手道妙。

不多一会，家丁已把那瓮梅花香雪扛来，金超岳道："请柳庄主准我借花献佛，向各位朋友敬茶。看来各位都想早尝佳茗，如今生火烹茶还嫌慢了。不如由我代为调弄如何？"柳元甲已知他是要借这题目炫露神通，笑道："金老先生不用生火，便可烹茶，咱们在未饱口福之前，便可先饱眼福，这最妙不过。"便叫家丁，将那瓮梅花香雪扛到场中，放在金超岳面前。众人听说金超岳不用生火便可烹茶，更感兴趣，心中俱是想道："难道他还会魔术不成？"

金超岳道："还请借一只盆子。"柳元甲早已知道金超岳是要如何表演，说道："也已准备好了。是一只白玉盆。"叫两个家丁

508

将那只玉盆抬到场中，只见比普通的洗身盆还大，玉似羊脂，洁白无瑕，众人目眩神迷，啧啧称赏，都道："皇宫内库，也未必能有如此宝物！"但却不知金超岳要这只盆子做什么。

金超岳将那瓮梅花香雪倒在玉盆之中，刚好盛满，雪块果然还有一小半未曾融化，盛在玉盆之中，玉盆香雪，相得益彰，围在场边的人，都似乎嗅到梅花的香味，感到冰雪的凉意。异口同声赞道："香茶未喝，暑气已消，妙极，妙极！"

众人凝神注目，看金超岳如何无火烹茶，只见金超岳伸出中指，在盆中一插，轻轻拨弄雪块，说道："好冻，好冻！"片刻间，只见盆中雪块，尽都融化，再过一会，便冒出了热腾腾的白气，不到半支香时刻，一大盆水都已煮沸，发出了嘶嘶声响！原来金超岳练有雷神指的功夫，竟以内家的纯阳真气，"煮沸"了这一大盆雪水！众人哪曾见过这等奇妙的神功，都吓得目瞪口呆，矫舌难下！文逸凡心道："这老怪虽然狂妄，倒也名不虚传。看来他要胜我，固然不易，我要胜他，也未必能够，也罢，今晚且不斗他，待我见了笑傲乾坤华谷涵再作区处。"

哪知文逸凡无心斗这祁连老怪，这祁连老怪金超岳却先向他挑衅了。

金超岳取了一只玉杯，放了一撮"老君眉"，左手在盆子上方虚空一抓，只见一股沸水似喷泉般冒起，射进那玉杯之中，水平杯面，还高出少许，却未溢出。金超岳擎着玉杯，面向文逸凡说道："文先生文武全才，金某佩服得紧，先敬文先生一杯！"轻轻一弹，玉杯向着文逸凡飞去，他暗中运上内劲，只要有谁触及这个杯子，杯中的热茶就要倾泻淋下，教那人当场出丑。

文逸凡双手笼在袖中，根本不去接这玉杯，却自言自语地冷冷说道："可惜，可惜！糟蹋了这瓮梅花香雪，这虽不是'老娘的洗脚水'，洗手水也怎能喝了？""叫你吃老娘的洗脚水"，这是江湖上一句侮辱人的粗话，泼妇和男人对骂时候用的。文逸凡借用这句粗话，虽然不是用来骂人，但却表示，这一盆水是金超岳的洗手水，用来泡茶，对他实是不敬，他也坚决不喝。

说也奇怪，那只玉杯飞到文逸凡面前，忽似被一只无形的大手挡住，停了一下，突然便转了方向，斜飞出去。原来是文逸凡暗中吹了口气，使出上乘的借力化劲功夫，教那玉杯改了方向。

金超岳勃然变色，正要发作，忽听得柳元甲哈哈一笑，说道："我是一个粗人，不比什么文人雅士，要讲究什么洁癖，待我喝了。"把手一招，玉杯平平稳稳地落在他的手心，杯中的热茶却形成了一股水柱，冒了起来，柳元甲把口一张，俨如长鲸吸川，顿时间把那杯热茶喝得干干净净。

有主人亲自出来为他解窘，金超岳也就不便再与文逸凡吵闹，当下冷冷说道："柳翁，待我还你瓷梅花香雪，省得被文先生责怪。"说罢，抱起那只盛满沸水的玉盆，缓缓走到柳元甲跟前，只见那盆沸水，已成了一盆雪水，结起了冰来。这次他用的是"修罗阴煞功"，一抱玉盆，奇寒之气便透过玉盆传进水中，他的"修罗阴煞功"已练到第七重，令沸水结冰，易如反掌。

冰水弄沸，沸水再又还原凝结成冰，这两手功夫，一寒一热，一正一反，相辅相成，当真是足以震世骇俗，众人也不禁都喝起彩来。文逸凡虽然不惧，却也有点吃惊，寻思："素闻雷神指与修罗阴煞功乃是邪派两大奇功，想不到这老怪竟然都练成了。"文逸凡虽然见多识广，识得两大奇功，但却不知金超岳对这两样功夫，都只是练到第七重，距离登峰造极还远。

柳元甲笑道："两位都是我的好朋友，可别为这点点小事动了意气。难得各位不吝奇技，柳某多谢各位的大礼了。"说罢，便叫家丁将那玉盆扛下，吩咐他们将炭火煮沸，泡茶敬客，然后缓缓走出场心，柳元甲这一出场，登时全场悚动。人人注目而观。

要知当"献技贺寿"倡议之初，柳元甲已有言在先，"礼尚往来"，在客人"献礼"之后，他自当出来"还礼"。客人"献礼"即是"献技"，主人"还礼"当然也是拿出他的本身绝技。如今四区的宾客代表和首席贵宾都已先后"献礼"，轮到做主人的柳元甲出来"还礼"了，柳元甲是江南武林的泰山北斗，他一出场，声威自更盖过别人，人人都是凝神静气，注目而观，要看他这出"压轴戏"唱的什么？

其实柳元甲已先后露过两手绝世神功了，一手是"百步传杯"，慑服南山虎；一手是挥袖抹石，技压文逸凡。但如今是他正式出来"还礼"，想必还有更厉害的震世骇俗的功夫，因而宾客们也怀着更紧张的心情，都涌到场边来看。

不料柳元甲却不献技，只见他摸出了几张柬帖，仰天打了一个哈哈，缓缓说道："老朽贱辰，辱承各位贺临，招待不周，还望恕罪。"宾客们怔了一怔，道："柳翁何用再三客气？"心想："这些客套的说话，他开席之初早已说过的了，怎么说了又说？他一向也不是这样婆婆妈妈的，难道一个人年纪老了，就当真难免啰唆？"

柳元甲把柬帖晃了一晃，仍然慢条斯理地缓缓说道："这不是客气。老朽在江湖上混了几十年，也交了许多朋友。多蒙朋友们抬举，给我几分面子，这次从各方赶来为我做寿，厚谊隆情，我焉能不深深感激？但正因为朋友众多，难免因无心之失，有漏发了请柬的。我知道有几位朋友，如今已在这园子里面，只是还不见露面，想必是因为责怪我做主人的失礼，没有亲去邀请他们，故而来到此间，也不出来相见！如今老朽补发请柬，请这几位朋友，不管是相识的也好，不相识的也好，既然一场来到，便请给我几分薄面，恕我简慢之罪，出来一见，同喝几杯！"

说到这里，众人才知道原来已有几个人藏在园中，都不禁大吃一惊。想道："不知是些什么人，竟敢到柳家捣乱？"又不禁暗暗惭愧，这么多人，竟无一人发觉，要待主人说破了，方才知道有人潜入园中。而且还不只一个！

就在众人惊惶失色之际，柳元甲说到"补发请柬"四字，已把那几张请柬朝空一撒，说也奇怪，那几张请柬撒到空中，登时分开了不同的方向，向四方飞去，众人也才看清楚了共是四张。柬帖比酒杯更不受力，柳元甲竟能当作暗器发出，这比"百步传杯"的功夫，又难得多了！

其中有一张请柬朝着蓬莱魔女藏匿的方向飞去，蓬莱魔女咬了咬牙，心道："你既发现了我，虎穴龙潭，我也要闯你一闯！"正要从假山背后出来，忽听得一阵笑声，有一个人已先她而出！

那笑声有如金锵玉振，清峻非常，突然间又如万马奔腾，千军赴敌，山鸣谷应，响遍行云，笑声中隐隐含着鄙夷杀伐之声，骇人心魄！那些功力稍弱的只觉耳膜有如给一根利针刺了进去，不由自己地骇极而呼；功力较高的也给震得耳鼓嗡嗡作响！十个人中倒有九个不约而同地掩上了耳朵。

这刹那间，蓬莱魔女也是心头一震，她并非禁受不起这人的笑声，而是因为这人不是别个，正是笑傲乾坤华谷涵！

也不知华谷涵是从哪里钻出来的，只见他人在半空，白衣飘飘，手摇折扇，宛如乘虚御风，冉冉而降！刹那间，怪事发生，柳元甲刚才撒出的请柬本是向四方飞去的，这时忽地从四个方向对着华谷涵飞来，华谷涵把手一招，转眼间，那四张请柬，已聚成一叠，落在华谷涵手上。他下坠之势甚速，但脚未沾地，请柬已到了他的手中，众人也直到他已落到地上，这才看得清楚。太湖十三家寨主王宇庭吃了一惊，心道："幸好我刚才没有发出梅花针，否则可要当场出丑了。这人接暗器的功夫，当真是世间罕见！"

蓬莱魔女芳心历乱，又惊又喜又是不知所措，顿时间思如潮涌，一片茫然。暗自想道："华谷涵果然是到了这儿了。我是出去呢还是不出？""他那个'阿霞'呢，难道不是和他同在一起的么？却也还未见现身？""柳元甲撒出的四张请柬，想必是一张给他，一张给我，一张给那'阿霞'，还有一张则是给那不知来历的胡儿了。如今华谷涵将四张请柬都接了下来，那两个人也未出现，看来华谷涵是有意把事情包揽到自己身上，他知道我也来了么？"这刹那间她转了好几个念头，终于决定了暂且躲藏，先看看华谷涵的来意。她刚才生怕孤立无援，如今华谷涵已经出现，她心里也安定许多了。

华谷涵落在场中，正好在柳元甲面前。他笑声已然停了，但余音袅袅，犹自在园中回响。柳元甲本来一直是气度雍容，这时也不禁微微变色。要知华谷涵刚一出场，已显露了两手绝世神功，狂笑慑敌、空中取柬，笑声中显露的深厚内功，柳元甲也不禁为之心折，这也还罢了，柳元甲那四张请柬，本是当作暗器发出的，被他在半空中一招手就全取了过来，无形中柳元甲已是输了一招。

文逸凡道："柳庄主可认识这位贵客吗？——"正要给他们介绍，柳元甲已哈哈笑道："来的敢情是笑傲乾坤华谷涵、华大侠么?"原来他虽然不认识华谷涵,却也听过他的名字。从这功力深厚之极的狂笑,柳元甲已猜想到来的何人。

"笑傲乾坤华谷涵"这个名字一说出来,场中登时又是一阵骚动。

要知华谷涵虽然是一直身在北方,这次也还是初到江南,但他这几年来名头极响,早已远播江南。他的真姓名"华谷涵"三字,容或知者无多,但"笑傲乾坤"、"狂侠"之名,在江南武林人士中,只要是稍微有点分量的人物,已可以说得上是谁个不知、哪个不晓!如今"笑傲乾坤"突如其来,而且看这情形,分明是想与柳元甲作对,来给柳元甲祝寿的客人,焉能不人人惊诧?登时窃窃私议之声四起。"咦,想不到笑傲乾坤竟是个白面书生,看来最多不到三十岁,便竟有如此功力!""笑傲乾坤之笑,果然是名不虚传,幸亏我早早堵了耳朵。""笑傲乾坤也未免太狂妄了,竟敢到千柳庄来狂笑逞能,实是太过目中无人,轻视了咱们江南的英雄豪杰!""谅这笑傲乾坤本领再强,也定然胜不过咱们的柳庄主,你们睁大眼睛看吧,看他能狂到几时?"发表这些议论的人,大都是柳元甲的心腹,别有用心,想以地域之见,挑拨众人对笑傲乾坤华谷涵增加恶感。

就在众人注目而观,要看柳元甲如何对付华谷涵之际,只听得华谷涵微笑道:"大侠之名,愧不敢当,我华谷涵只不过尚能分清是非,认得黑白罢了。柳庄主你在江南德高望重,还望你多多指教。"话中有话,似有意又似无意地刺了柳元甲一下。柳元甲心中打了个"突","难道这笑傲乾坤已知道了我的秘密,识破了我的图谋?"碰了一个闷钉,却还不敢当真发作,当下仍然装作和颜悦色,一副好客的姿态说道:"华大侠,客气了。多蒙大驾光临,何幸如之!还有几位朋友呢?为何不都出来见面?"

蓬莱魔女藏在假山石背后,听到此处,心头一跳。只见华谷涵将请柬一扬,淡淡说道:"柳庄主才是太客气了,华某只是一人,柳庄主却发来了四张请柬,我接了请柬,怎敢不来拜见?这里是否还有未露面的朋友,华某不知,也不敢越俎代庖,替他们答复。只是据我猜想,也许是他们还未接到请柬,故而不便扰席吧?柳庄主何妨再发请柬去催?"

柳元甲面上一红,冷冷说道:"得华大侠到来,我已是大感荣宠,也不必再等待别人了,咱们先亲近亲近! 多谢你的光临!"

说罢伸出手来,便要与华谷涵拉手。要知柳元甲那四张请柬,原是分发四人的,却不料给华谷涵以上乘的内功,神奇的手法,在半空中一招手都取了去,柳元甲说来已是输了一招,以他的身份,若然再发"请柬"那就是有失面子了。故而他索性直接便向华谷涵挑衅,表面是以礼相迎,实则是暗试华谷涵的功力。

众人也都知道他们这一拉手便是暗中较量内功,这一瞬间,全场鸦雀无声,都在凝神屏息地看他们孰强孰弱,有甚奇功,生怕走漏了一眼。只见华谷涵缓缓伸出手来,也笑着说道:"不速之客,多谢庄主慷慨招待。"漫不经意地便与柳元甲双手相握。

双方一握便即分开,并无什么特别的举动。只见华谷涵神色自如,笑吟吟地站在当地,柳元甲也是满面堆欢,那神气就似当真是竭诚欢迎一个新朋友一般。较量的结果,众人一点也看不出来,都在暗暗纳罕,"难道他们当真只是礼貌的拉手,并没有运功较量?"

这些人哪里知道,柳华二人虽然表面神色自如,心中已都在暗暗吃惊。原来柳元甲刚才那一握,已是使出了极霸道的大乘般若掌力,专伤对方的奇经八脉,但掌力发出,却似泥牛入海,一去无踪,既不觉对方运力反击,甚至连反震的力道都没有。他的拇指已微微触着华谷涵的虎口,可以感觉得到华谷涵脉搏的跳动,脉息也很正常,并无加速或散乱。柳元甲要试对方的功力,一点也试不出来,心中不由得大吃一惊,"这笑傲乾坤果然是深不可测!"他虽是有意较量,但表面上毕竟是礼貌的握手,握手总不能相持太久,何况他心中也微有怯意,一试试不出来,便也只好放开了。

华谷涵心里也在暗暗叫了一声"侥幸",原来他以最上乘的内家气功护着脏腑,同时暗中使上了化劲卸力的功夫,但在那一握之际,心头仍是不禁感到隐隐作闷,似被一块千斤大石压着心房。华谷涵心里自思:"要是他迟些放手,可就迫得我非运功反击不可了。一运功反击,双方就决不能轻易分开,那时可不知鹿死谁手了。"华谷涵握手之后那一阵笑声,正是借此以散发胸中闷气,不过柳元甲却看不出来,还只道是华谷涵占了上风,对自己显露傲态。心里有一点吃惊,更有几分气愤,心想:"你这小子如此骄狂,我定要拼着平生所学,与你周旋一下。"他以为是自己吃了亏,哪知华谷涵也以为是自己吃了亏。其实这次较量,公道说来,双方乃是平手。

柳元甲道:"难得华大侠到来,请入席喝杯淡酒,咱们交个朋友。"心中却在盘算如何对付华谷涵。此言一出,首席主座之旁,立即有人腾出,虚位相待。

华谷涵听了柳元甲邀他上坐,忽又哈哈大笑,柳元甲道:"华大侠可是不屑与老朽结交吗?"华谷涵道:"实不相瞒,我不想坐上首席,一是不敢,二来也确是不屑。不过,却并不是对柳庄主有所不屑,其中另有原因。"既"不敢"而又"不屑",听来甚是矛盾,众人都觉诧异。柳元甲道:"这是什么意思,倒要请华大侠指教了!"

华谷涵缓缓说道:"想小可不过一介布衣,焉敢上坐?"柳元甲眉头一皱,未及说话,文逸凡已在那里说道:"华大侠,你这说话可当罚了。到此与会的朋友,个个都是江湖上响当当的汉子,谁又有一官半职?柳庄主也不是势利人,难道要当大官的才能坐首席么?"华谷涵哈哈一笑,说道:"文先生,你说得有理,可惜却得罪了人了。"文逸凡道:"得罪了谁?"华谷涵道:"你是真个不知还是假作不晓?"文逸凡双手一摊,说道:"真的不知,你快快指点迷津,免得我无心得罪了人。"文逸凡插科打诨,就似与华谷涵合演双簧一般,其实他是早已知道华谷涵意何所指的了。

华谷涵又是哈哈一笑,折扇一指,说道:"你是得罪了首席贵宾了。"此言一出,柳元甲绷紧了脸,金超岳眉头打结,双眼一瞪:"你这是什么意思?"文逸凡装模作态地打量了金超岳一下,说道:"哎呀,你是说我得罪了金老先生了?我有什么说话得罪了他?"华谷涵道:"你可知道这位首席贵宾是什么身份?"文逸凡道:"不知!"华谷涵道:"不错,你和我都是布衣,但这位贵宾却是金国的国师!"文逸凡叫了一声"呵哟!"对金超岳便是兜头一揖,说道:"原来你是金国国师,这可真是大大失敬了!"文逸凡并非真的不知，但在华谷涵未到之前，他却是有所顾忌，未敢便即揭穿金超岳的底细。

金超岳怕文逸凡那一揖是偷施暗算，连忙闪过一边，却不知文逸凡故意装模作样，乃是想引起众人注意，其实并无暗算。果然这"金国国师"四字，先后在华文二人口中道出，场中登时似煮开了一锅沸水似的，沸沸扬扬，嘈成一片。有的不信，有的半信半疑，有的是柳元甲的心腹，默不作声，有的碍于柳元甲的面子，只敢窃窃私议。但也有一些正直之士，已在破口大骂。

金超岳面色大变，喝道："住口，胡说！"华谷涵摇了摇折扇，冷冷说道："你不是金国的国师吗？或者你觉得金国国师的身份是可耻的么？要不然为何不许我说！"转过身又对柳元甲道："柳庄主，你现在当已明白我所说的'不敢'与'不屑'了。我是布衣，不敢与国师并坐首席；但我也是大宋男儿，不屑与敌国国师为伍！"这几句话说得痛快淋漓，许多人都禁不住鼓掌叫好。

柳元甲绷紧了脸，说道："今日是我寿辰，朋友们给我祝寿，只讲私谊，不谈国事。你指金老先生是国师身份，是与不是，我也不知。但此地是千柳庄，我是主人，我喜欢请哪个做我首席贵宾，你管得着么？你不给面子我的朋友，那也就分明是在侮辱我了。好呀，笑傲乾坤，我倒要向你请教请教！"

华谷涵轻摇折扇，微笑说道："柳庄主肯予赐教，幸何如之？那就请与这位金国国师、祁连老怪，一齐上吧！"柳元甲双眉倒竖，脸如涂朱，喝道："什么？你敢小视于我？"试想：柳元甲是何等身份，焉能以二敌一，与金超岳联手来夹攻华谷涵？华谷涵面不改色，淡淡说道："不敢。但柳庄主你虽然是只讲私谊，我华某人却或须先分敌我，敌我不两立，正邪难共存，我绝不能将这位金国国师放过一边，置之不理，你若看不顺眼，那只有与他同上了！"话语说得分明，他是定要先斗金超岳，柳元甲要嘛就袖手旁观，要嘛就并肩齐上。他绝不能舍了金超岳来先斗柳元甲。

这番话说得辛辣之极，教柳元甲发作也难，不发作也难，要知柳元甲虽是与金超岳有所图谋，但绝不愿秘密公开暴露，所以对金超岳的身份一直还要隐瞒。如今华谷涵口口声声的是"金国国师"、"分清敌我"，柳元甲若是助金攻华，那不是表明站在敌国这一边了？何况以柳元甲的身份，也绝无以二敌一之理。

场中这班江湖豪客对柳元甲素来畏服，但民族气节多多少少总还是有的，听华谷涵说得大义凛然，有一些人已禁不住轻轻鼓掌。柳元甲面上一阵红一阵青，唯恐失去人心，更多几分顾忌。柳元甲的心腹则在人群中展开游说，说来说去，也无非两点，一是动以地域之见，说华谷涵乃是"强宾压主"，藐视江南武林；一是恃着证据尚未确凿，说华谷涵的话乃是信口胡言，不可轻信。

正在闹得不可开交，文逸凡忽地拦着柳元甲道："柳庄主还请三思！"柳元甲道："何事三思？"文逸凡道："既有四张请柬，便须三思而行。这位金先生固然是你请来的贵宾，但这位华大侠也是你发帖请来的朋友呀！"柳元甲正是想把事情缩小到"私谊"范围，文逸凡则怕华谷涵吃亏，故而迎合他的心意，指出双方都是他请来的朋友，教他容易落台。但"四张请柬"这一句话，却还是暗暗刺了柳元甲一下。

金超岳倒是满心希望柳元甲出头，他好坐山观虎斗的。可是柳元甲已踌躇不前，而华谷涵又是咄咄逼人，已直接向他挑战。他若不上去应战，什么面子都掉尽了，他岂能当着江南的武林人士，失了体面？当下把心一横，心想："凭着我的阴阳二气，两大奇功，未必便输给这笑傲乾坤！"心念未已，华谷涵折扇一张，已到了他的面前，冷冷说道："这里是大宋地方，容不得你立足此地，你不敢应战，就快给我夹着尾巴滚吧！"金超岳大怒道："谁还怕你不成！"呼的便即一掌发出！

金超岳掌力一吐，登时热风呼呼，热浪四溢，在这场边围观的宾客也觉触体如烫，惊叫声中，纷纷后退。华谷涵却是动也不动，只折扇轻轻一拨，一股热风已是向金超岳反吹过来，热风中却又有一丝清凉的凉意，令人觉得十分受用。金超岳大吃一惊，心道："这小子的内功倒是古怪，莫要着了他的道儿！"一声大喝，左掌相继发出。这一次掌力一吐，却是寒飙卷地，登时似从炎炎的夏日一步踏进肃杀的寒冬，那些在场边驻足围观的宾客已经是退后数丈了，兀自感到冷风扑面，冷气侵肌，功力较低的竟禁不住浑身发抖，牙关格格作响。转瞬间场边的观众已是寥寥落落，十之八九远远走开，只有十来个功力最高的还在离场三五丈内。

原来金超岳这一冷一热的奇功，名为"阴阳五行掌"，乃是将两门最厉害的邪派功夫——"雷神掌"与"修罗阴煞功"合而为一，苦练了三十年这才练成功的。他刚才右掌发的是雷神掌，如今左掌发的则是修罗阴煞功。

华谷涵一个转身，折扇又是轻轻一拨，一股冷风登时又向金超岳反吹过来，冷风之中却又有一丝丝暖气混了进来，令人如受春风吹拂，舒服非常，不由得神思困倦，就似想去睡觉似的。

金超岳这一惊更是非同小可，华谷涵这把折扇，不但将他的阴阳二气扇开，而且还能颠倒阴阳，运功反击。两招一过，金超岳已试出华谷涵的内功比他纯正深厚，当真是他平生所从未遇的劲敌！

华谷涵也在心头微凛，暗自想道："这老怪果然名不虚传，非同小可。他的内功虽不及我的纯厚，却比我霸道多了。幸亏他这两门邪派奇功，尚未练到登峰造极，要是给他练到第九重，我今日绝难应付。"原来他虽然能扇开对方的寒风冷气，却不能全部驱除，因此也还要运功抵御。

金超岳猛地一咬舌头，舌头一痛，登时精神抖擞，睡意全无，一掌紧似一掌，向华谷涵展开猛烈的攻击，华谷涵衣袂飘飘，折扇摇摇，也以最上乘的内功展开反击，两人打得难分难解。

战到紧处，华谷涵蓦地一声长笑，笑声宛若龙吟，绵绵不断！金超岳双掌应敌，当然不能腾出手来堵塞耳朵，以他的功力也无须堵塞耳朵，但那笑声入耳，却也禁不住心头颤震，颇有点神魂不属的感觉。与此同时，又觉对方反击的力道越来越大。邪派中本有呼魂摄魄之术，但华谷涵之狂笑，却不是邪术，而是一种上乘的内功，不但可用笑声慑敌，而且可以增补真实的功力。笑声中忽听得有人大叫一声，"卜通"跌倒！

这个人却是在场边观战的南山虎。原来南山虎与金超岳早有勾结，趁着双方激战正酣，偷偷发出一拳，意欲暗助金超岳一臂之力。宾客们大都站在远处观战，注意力全部集中在华谷涵与金超岳身上，对南山虎的举动，谁也未曾留意。

南山虎这一记百步神拳，用的是达摩秘传的"黑虎偷心"绝招。威力本是非同小可，刚才他表演"神拳伤树"，用的就是这一绝招。哪知华谷涵眼观四面，耳听八方，他一出手，华谷涵已是有所准备，棋高一着，轻描淡写地就把他的拳力反震回来。南山虎的百步神拳伤不了敌人，反而伤了自己。口喷鲜血，跌倒地上，伤得还当真不轻。

龙隐大师与南山虎乃是一党，跳出场中，大怒叫道："岂有此理，我的南宫兄弟袖手旁观，你为何暗算于他？"他不说南山虎暗算华谷涵，却颠倒过来说华谷涵暗算南山虎，实是想借口助拳，文逸凡按捺不住，冷冷说道："龙隐大师，南宫舵主是否袖手旁观，你看清楚没有？"柳元甲忽道："文先生，梅花香雪泡的老君眉正在茶香水滚，你喝杯茶去吧。品茗观战，岂不悦目赏心，何必自家人伤了和气？"把文逸凡硬拉下去，文逸凡还不想与柳元甲翻面，哈哈一笑，说道："好好，柳庄主我就依你之言，来个袖手旁观。且看龙隐大师的无相掌力，又是如何了得？哼，哼，只怕多上一人，也未必是人家对手。"

龙隐大师又羞又气，却已无暇与文逸凡斗嘴，踏入场中，强辞夺理地说道："我这双眼可没有盲，谁先出手，难道我还看不清楚？南宫兄弟遭人暗算，你要胳膊外弯，我可不能不为咱们江南武林争一口气。"华谷涵大笑道："你不是眼盲，你是心盲！好吧，不必假借什么借口了，有屁就放，有功夫你就施展吧！"

龙隐大师老羞成怒，绕场疾走，便向华谷涵发掌，他每发一掌，立即便转换方位，教华谷涵反震回来的掌力，打不到他的身上。

这么一来，华谷涵既要正面对付金超岳的阴阳二气，又要默运玄功，抵抗龙隐大师的无相掌力，一时之间，倒也奈何龙隐不得。但他仍是衣袂飘飘，折扇轻摇，神色自如，似乎根本不把龙隐大师的无相掌力放在心上。不过，场中高明之士，如柳元甲、文逸凡等人，却已看得出来，在龙隐大师未出场之前，是华谷涵大占上风，出场之后，已给金超岳扳成平手。

蓬莱魔女躲在假山背后观战，看得又惊又喜。惊者是敌众我寡，喜者是华谷涵始终还占上风。

华谷涵的笑声在蓬莱魔女耳边回旋，蓬莱魔女浮想连翩，蓦地想起武林天骄来了。她想起武林天骄箫声退敌，助她战胜这祁连老怪金超岳之事。箫声笑声，异曲同工，狂侠天骄，难分高下。蓬莱魔女芳心缭乱，暗自思量："这两人都是差不多一般年纪，差不多一般武功，一个是对我已倾衷曲，一个是对我暗示相思，造化弄人，真是何其凑巧！""当日我独战祁连老怪，有人暗中相助，今日华谷涵以寡敌众，我岂能袖手旁观？他如今虽然暂占上风，但千柳庄中高手如云！这庄主的武功，看来就只有在金超岳之上，绝不在金超岳之下。"蓬莱魔女从石罅望出去，只见柳元甲已离座而起，面似严霜，正自一步步走来。

蓬莱魔女心道："看这情形，柳元甲似乎想要出手。若等他出手，我出去已经迟了！"正要跃出，忽见柳元甲绕过场边，就似随意散步一般，又不似要入场参战了。

蓬莱魔女暂时再隐身形，看那柳元甲的来意。心里又复想道："华谷涵也未必没人帮手，他不是和他那个'阿霞'同来的吗？那女子的武功也不在我之下，何以至今还未见露面？"想起那个"阿霞"，心里莫名其妙地起了一丝妒意，但仍是想道："不管那阿霞是否他带来的帮手，不管她是否会出来助战，我总是不能袖手旁观，让华谷涵吃亏。华谷涵是大宋男儿，我助他不是为了私情，而是为了公义。"但她虽然尽量想把"私情"撇开一边，却忽地不由自己地又想起了师嫂的临终遗言，"师嫂说他不是个靠得住的男儿，莫非就是指他和'阿霞'之事？"这个想法，今晚已不止一次地苦恼过她了，如今目睹华谷涵在场，在她即将出去助战的时候，不禁又一次地为这"阿霞"苦恼了。"倘若他们真是情人，我先出去，阿霞会不会心生芥蒂？不如让她先出去吧？且再暂待片时，看她到底出不出去？"

就在蓬莱魔女为这"阿霞"而伤脑筋的时候，忽听得华谷涵又在叫起"阿霞"的名字来了，他用的仍是"传音入密"的上乘内功，只有内功造诣和他约略相当的人才听得见。蓬莱魔女凝神静听，只听得华谷涵叫道："阿霞，秘密已知，你们快走，不可露面，我随后就来！"

　　蓬莱魔女怔了一怔，心想："阿霞果然是在此间。他只叫阿霞，难道他不知道我也在此？阿霞与我交手之事还未对他说么？他应该想得到这是我的？"心念未已，忽见柳元甲已到了两座假山的中间，仰天打了个哈哈，朗声说道："这几位朋友还不肯出来么？我柳元甲再来促驾了！"蓦地双掌齐出，惊天动地般的"轰轰"声响中，两面假山，都塌下了一块大石！正是：

　　神功裂石催魔女，掀起风波又一场。

　　欲知后事如何，请听下回分解。

第三十三回　故扇遗钿尘漠漠
残笺红豆意悠悠

　　柳元甲是因见金超岳战华谷涵不下，以自己的身份，又不便以众凌寡，出手助金，是以有意引起混战，把华谷涵的同党追赶出来，料华谷涵不能不救，这样混战一起，他就可以名正言顺地与华谷涵动手了。

　　两边山石倒塌声中，三条黑影同时飞起，左边的是蓬莱魔女，右边的是那黑衣少女和那神秘胡人。柳元甲震塌山石，紧接着双手齐扬，十二枚金钱镖分向两边打出。只听得"哎哟"一声，那神秘胡人似乎着了一下，叮当之声不绝于耳，刀光霍霍之中，那黑衣少女把余下的五枚金钱镖全都打落。问了一声："不碍事么？"一手拖着那个男的，俨如比翼鸟双飞出林，越过假山，掠过柳梢，眨眼间就跳过了围墙。

　　柳元甲微微一凛，"这女子武功好生了得！这男的虽是稍逊一筹，亦非泛泛。他穴道已被我钱镖打中，居然还能施展上乘轻功！"左边的只有一个蓬莱魔女，右边的却有男女两人，柳元甲自是较为重视右边的两人，无暇去看蓬莱魔女是否受伤，便去追赶右边的这对男女。

　　哪知他身形方起，便听得嗤嗤声响，劲风缕缕，似有数十口利针，从四面八方同时向他射来。若非柳元甲"听风辨器"之术已到了炉火纯青境界，这轻微的"嗤嗤"声响，夹在山石倒塌声中，几乎不能分辨。柳元甲不禁又是心头一凛，颇觉惊异，"这是什么暗器，似乎比梅花针还要细小，劲力却是不弱？"

柳元甲转身挥袖，登时卷起一股狂飙，定睛看时，只见又是一个黑衣少女，身在半空，正自手挥拂尘，向他凌空击下。原来正是蓬莱魔女，以内力将一蓬尘尾，当作暗器发出，向柳元甲阻击。至于柳元甲向她发出的那六枚钱镖，则早已给她打落了。

饶是柳元甲身怀绝世神功，亦不禁吃了一惊，大感意外。要知柳元甲有飞花摘叶、伤人立死之能，满拟这十二枚钱镖，便足以将敌人全部打下。哪知对方竟是一个强似一个，那男的中了钱镖，还能脱跑，那女的则把他的五枚钱镖，全部打落，而蓬莱魔女，则又比那一男一女，更要胜过一筹，不但打落他的钱镖，而且出手还敬！

蓬莱魔女也是吃惊不小，柳元甲挥袖卷起那股狂飙，不但将她的几十根尘尾反射回来，且似天风海雨，迫人而来，迫得她在半空中翻了一个筋斗，但蓬莱魔女虽是吃惊，却也并不惧，借着那股劲道，一个倒翻筋斗，登时在半空转过方向，避开了柳元甲随之而发的一掌，说时迟，那时快，她又是一个鹞子翻身，左手拂尘，右手长剑，已同时向柳元甲展开了猛烈的攻击！

柳元甲大袖一扬，尘尾四散，先把蓬莱魔女"天罡尘式"的一招杀手破了。蓬莱魔女俯冲而下，势捷如电，举剑便斩敌手脉门，柳元甲身躯半转，大喝一声："着！"突飞一掌，蓬莱魔女急撤招时，饶是她身法奇快，手腕亦已给对方的指尖拂了一下，火辣辣作痛。蓬莱魔女大怒，青钢剑向前一领，剑锋一颤，伸缩不定，招里藏招，式中套式，暗藏着几个变化，此时蓬莱魔女正如风中摆柳，身躯摇晃不定，柳元甲只道她是被自己的掌力所震，一时轻敌，长臂一伸，便要夺她的剑，哪知蓬莱魔女这个身法正是配合她的精妙剑招，蓦地也是一声喝道："着！"柳元甲察觉不妙，肩头一晃，蓬莱魔女已是抢了先手，刷的一剑向他退处刺去，"嗤"的一声，柳元甲的长衫下摆给她一剑穿过，撕去了巴掌大的一幅！蓬莱魔女挺剑再刺，柳元甲猛喝一声，反手一掌，掌风劲疾，蓬莱魔女的剑点竟给震歪，知是难以力敌，身形急起，疾如飞鸟，飒声又窜上了假山。

这几招迅如电光石火，惊险绝伦，蓬莱魔女被柳元甲手指拂了一下，柳元甲则被她的利剑刺穿长衫，比对之下，自是蓬莱魔女吃亏较大，但柳元甲以江南武林领袖的身份，在众目睽睽之下，被一个年纪轻轻的少女刺破衣裳，却更自觉难堪。一怒之下，运足了十成功力，人未追到，"砰"的便是一记劈空神掌。这一掌直打得那假山的山尖也摇动起来，假山不比真山，山尖乃是用石块叠起布成景致的，山石一松，登时倒塌，碎石纷飞，在柳元甲掌风激荡之下，变成了无数暗器！

蓬莱魔女立足未定，迫得又跳起来。好个蓬莱魔女，在这性命俄顷之际，也显出了超卓非凡的功夫，但见她人在半空，拂尘挥舞，将碎石四面荡开，虽有几块仍是打到她的身上，她有沾衣十八跌的上乘内功，几块小小的碎石，打到她的身上，劲力立即便给卸去，石子也跌了下来，对她自是毫无伤损。

蓬莱魔女左足在右足脚背一踏，半空中一个"鹞子翻身"，又已飞到了第二座假山山头，冷笑说道："你不怕毁损你园中景物，就尽管打吧！"话虽如此，对柳元甲掌力之雄浑，也是暗暗吃惊。

柳元甲布置园林，花了许多心血，损毁了一座假山，亦是有点心痛。当下不再以掌力攻山，如影随形，跟着也扑上那座假山，便以小天星掌力配合大擒拿手法，与蓬莱魔女的拂尘长剑相斗。柳元甲虽是占了上风，一时间却也还未足以制胜克敌，但见掌影翻飞，剑光缭绕，打得难分难解。

园中这一班江湖豪客见一个少女竟与柳元甲似乎打成平手，无不啧啧称奇，纷纷探问："这女子是谁？"

"闹海蛟"樊通忽道："二哥，这妖女就是蓬莱魔女了！"越众而出，厉声喝道："天堂有路你不走，地狱无门你偏进来！在长江上你毁船伤人，给你侥幸逃了性命，如今竟敢又来千柳庄胡闹，哼，哼，我倒要看你长的是否三头六臂？"

蓬莱魔女是北方绿林中顶儿尖儿人物，名气之大，不下于笑傲乾坤，樊通一说出了这个名字，场中这一班江湖豪客都是耸然动容，"哦，原来她就是蓬莱魔女！""最多不过二十岁吧，北方的绿林兄弟怎的都奉她为尊？""她来到江南，意欲为何？难道偌大的北五省地盘，她还嫌不够？"要知在绿林中各有各的地界，不能逾越，蓬莱魔女以北方绿林一个领袖的身份来到江南，江南的绿林中人自是不能无所怀疑，以为她是意欲扩展地盘，侵入江南地界。

南山虎振臂而起，喝道："好个蓬莱魔女，你杀了我的四弟，我与你誓不两立！你在北方，欺压绿林，我敌不过你，哼，哼，你来到江南，还敢这样目中无人？"他刚才用百步神拳暗袭华谷涵，受了反震之伤，伤本不轻，但仗着功力深湛，又得了龙隐大师给他一粒治伤圣药小还丹，居然在不到一支香的时刻，便已好了七八分。说话的声音，甚是宏亮。

绿林人物最忌人犯入地界，因此绿林的头面人物，踏入另一方地界，必须向当地领袖，递个拜帖，表明来意无他。俗语说的"强龙不压地头蛇"，就是这个道理。蓬莱魔女不是不识这个规矩，但蓬莱魔女素性不喜张扬，而且她此次到来，于公是为了助宋抗金，于私是为了暗访笑傲乾坤，于公于私，都不愿暴露自己的身份，免得惊动四方，她本意是待公私诸事，作个了结之后，再拜访几位江南的绿林领袖的，不料今晚私探千柳庄，为势所迫，却先和江南的武林首领交上手了，这样一来大招众人之忌。

太湖十三家总寨主王宇庭眉头一皱，说道："有柳庄主出手，自是无须咱们相助。不过，咱们也不能让这魔女逃了。咱们多留点神，她打不过柳庄主，要逃跑的话，咱们就帮忙拿人吧！"当下便有几个武功最好的舵主随他出去，南山虎与樊通当然也在其中。其他的人，眼见蓬莱魔女与柳元甲打得如此激烈，武功之强，他们做梦也没有见过，情知插不进手，便只有在旁边摇旗呐喊，虚张声势。

蓬莱魔女正自苦战不休，已感有点难以支持，见王宇庭又率众上来，心里不由得大为着急。就在这时，忽听得华谷涵一声长笑，蓬莱魔女耳边又听得他低声说道："柳女侠，你把这老贼引开，我就来了！"

华谷涵既以笑声慑敌，同时在笑声中又杂以"传音入密"的上乘内功，与蓬莱魔女通话，功力之纯，确是世间罕有，蓬莱魔女也自叹不如。但却瞒不过柳元甲。用"传音入密"通话，双方功力须得大致相当，方能听见，柳元甲功力与华谷涵是在伯仲之间，略高于蓬莱魔女，蓬莱魔女听见，他当然也听见了。

蓬莱魔女心道："不错，场中以这老贼武功最高，我将他引开，华谷涵即使不能扫荡群丑，要突围决非难事。"心念方动，正要施展轻功，柳元甲已似知道她的心思，大袖翻飞，忽地向东南西北连发四掌，掌力有如排山倒海，从四方八面攻来，堵塞了蓬莱魔女的退路，蓬莱魔女虽然不至即时落败，但已不敢冒险再用轻功。

蓬莱魔女挥舞拂尘，消解柳元甲的掌力，右手长剑，指东打西，指南打北，着着抢攻，柳元甲"铮"的一声，弹开她的长剑，忽地也用"传音入密"的内功，声凝如线，送入她的耳中，"你叫什么名字？"蓬莱魔女名播大江南北，但她的真名知道的却并不多，不过，虽然不多，也总是有人知道。友人这一方面不说，敌人方面，玉面妖狐连清波，已死的北宫黩等人，就都知道她的真实姓名。激战中柳元甲突然要她通名，蓬莱魔女心里好生奇怪，暗自想道："南山虎既知是我杀了他的把弟，与北宫黩当然是一向有往来的了。樊通那日也曾叫出我的名字，柳元甲何须急急知道我的姓名，事后不会向他们打听吗？"激战中她也无暇通名，挥尘舞剑，攻得更急。

华谷涵仰天大笑三声，一声比一声高亢，笑到了第三声，龙隐大师忽地一声尖叫，脚步踉跄，耳鼻流血，晃了几晃，便一跤跌倒，原来他已被华谷涵的笑声散乱心神，真力再也不能凝聚，华谷涵将他最后所发的那一掌"无相掌力"反震回来，把他震得重伤。

金超岳大吃一惊，说时迟，那时快，华谷涵挥扇一拨，将他的阴阳二气反拨回来，呼呼呼连发三掌，全力抢攻，金超岳缺了帮手抵挡不住，连忙后退。

华谷涵一声长啸，身形疾起，便如鹰隼穿林，倏地飞过两座假山，径奔柳元甲扑去，大约还有十数丈之遥，忽地在一座假山下面，突然出现七个汉子，齐声喝道："华谷涵往哪里走？你想会我们师父，先得过我们这关！"

这七个汉子乃是柳元甲的徒弟，各用不同的兵器，刀、枪、鞭、剑、链子锤、判官笔、护手钩，从七个不同的方位，同时向华谷涵展开了攻击！他们每个人的功力都是不如华谷涵甚远，但他们联起手来，布成的"七煞阵"却是十分厉害！

华谷涵利于速战速决，但却又不想多伤性命，当下折扇一举，左点"虚白"，右点"精促"，意欲以迅雷不及掩耳的手法，先点倒两名弟子，打开缺口。他这里刚刚出手，蓦地金刃劈风之声已袭到背后，华谷涵斜身滑步，避开这柄长剑，折扇仍然向那两个弟子点去，他动作虽然快到极点，但在斜身滑步之际，毕竟也略略受阻，就在这一瞬之间，那两个弟子已绕到两侧。前面一支判官笔横伸过来，把他的点穴招数解了。

说时迟，那时快，一柄链子锤，一对护手钩已从两侧攻来，背后那柄长剑剑气森森，几乎就似黏在他的背心，紧追不舍，但华谷涵步法奇妙，剑锋总是差了半寸，没有沾着他的衣裳。华谷涵在四面围攻之下，勃然大怒，折扇一挥，"当"的一声，将那柄链子锤拨开，链子锤荡了一圈，恰巧撞着左边的那对护手钩，将那对护手钩也荡开了。华谷涵反手一弹，喝声："撒手！"这一弹正中剑脊，嗡嗡之声，震耳欲聋，持剑那弟子倒退三步，但人未跌倒，剑也居然没有撒手。原来他的另外两名师兄弟已各自伸出一臂，抵着他的肩膊，以三人的内力，抵消了华谷涵这一弹的力道。

这七名弟子功力虽是不如华谷涵远甚，但却也不是无能之辈，若放在一般的武林人物之中，他们还当真可以说得上是第一流的功夫，与南山虎、龙隐大师等辈，也相差不了多少。更兼他们各自使用不同的兵器，华谷涵要对付七种不同的招数，也是煞费心神。几招一过，华谷涵尚未能打开缺口，那七煞阵已经合围，刀枪鞭剑，盘旋飞舞，判官笔乘瑕抵隙，链子锤上空砸下，护手钩卷地锁拉，七种兵器，此去彼来，首尾相衔，风雨不透，已把七煞阵的威力发挥得淋漓尽致，将华谷涵困在核心。

这一边华谷涵陷入重围，那一边蓬莱魔女也摆脱不了柳元甲。这一边金超岳赶来要对付华谷涵，那一边，王宇庭、南山虎、樊通等人，也赶过去要对付蓬莱魔女。王宇庭这一干人起步在前，这时业已赶到那座假山脚下。

蓬莱魔女暗暗叫声："苦也！"要知她与柳元甲单打独斗，已自感到吃力，这些人再一合围，那可真是插翼难飞了。蓬莱魔女心道："我决不能落在敌人之手，宁可拼个两败俱伤！"拂尘聚成一束，猛地向柳元甲一敲，右手青钢剑也闪电般的配合刺出，她深知柳元甲功力在她之上，这两招未必就能伤得了柳元甲，说不定因为自己全力猛扑，攻守自是不能兼顾，还要反受敌人之伤，但事到其间，也顾不得这么多了。

柳元甲焉能给她刺中，就在这电光石火之间，也使出了卓绝的功夫，"铮"的一声，把蓬莱魔女的青钢剑弹开，大袖飞扬，又把蓬莱魔女聚成一束的尘尾拂得飘飘四散。这么一来，蓬莱魔女要把拂尘当作判官笔的功用已经消失，由于她抢攻太急，身向前倾，左胁已露出"空门"（武学术语，防守粗疏之处是谓空门），只要柳元甲一掌击下，蓬莱魔女只怕不死也得重伤。说也奇怪，柳元甲这时非但不向前追击，反而脚步一个踉跄，作出受对方反震的模样，斜窜三步，回掌护身，故意让开一面。他们是以最上乘的武功搏击，快如闪电，旁人哪里看得出其中的奥妙，还只道是柳元甲果然吃了一点小亏，王宇庭、南山虎等人大惊，连忙涌上。

蓬莱魔女心里可是自己明白，不由得暗暗奇怪，"怎的这老贼好似有意放我逃走？"但这时形势危急，她亦已无暇深思，柳元甲身形一让，掌力撤开，她已立即使出"一鹤冲天"的轻功，飞身斜掠，半空中一个筋斗翻了下来，落下假山。

迎面就碰上了南山虎、樊通二人，蓬莱魔女冲着樊通冷笑说道："樊舵主，恭喜你在金房手中保了性命，你如今是奉谁之命来了？"樊通内愧于心，满面通红，不敢应战，转身便逃。南山虎则已是一拳捣出。蓬莱魔女怒斥道："你也配称南山虎么？你只是一条金房的走狗！"拂尘一挥，已缠上了他的手腕，轻轻一抖，南山虎跌了个四脚朝天。南山虎刚才被华谷涵震伤，尚未完全恢复，此时伤上加伤，登时又是一口鲜血喷了出来，蓬莱魔女冷笑道："我要取你狗命，易如反掌，但我不杀你，还有人要向你报仇！"一脚把南山虎踢开，飞身再起，跳上墙头。

这时华谷涵被困在"七煞阵"中还未到半支香时刻，华谷涵聪明绝顶，时间虽然不长，却已看出了这"七煞阵"奥妙所在。原来这"七煞阵"是按着"八卦"的方位布置的，即坎、离、兑、震、巽、乾、坤、艮八门，其中"离门"乃是"生门"，"震门"乃是死门，那七个弟子占了七门，只把"死门"空出来让华谷涵占领，占着"生门"的那个弟子乃是七人中的主脑，阵势由他指挥，无论如何变化腾挪，总是要把华谷涵困在"死门"之内。华谷涵看出奥妙，蓦地冲着那"生门"弟子一声长笑，那弟子心头一颤，脚步一个踉跄，华谷涵全力向他攻去，同时运起护体神功，让左侧的一根钢鞭打到他的身上，"生门"那弟子怎禁得他全力的一击，登时整个身子似皮球般的抛了起来，华谷涵立即抢占了"生门"位置。

正要破阵突围，忽觉劲风呼呼，寒飙热浪，同时袭到，华谷涵一扇拨去，只见祁连老怪金超岳已补上那名"生门"弟子的空缺，正自挥扇猛攻，磔磔怪笑道："好个笑傲乾坤，你如今已是釜底游鱼，我看你还敢骄狂么？"原来金超岳早已来到阵前，只因七煞阵在转动之际，苍蝇也飞不进去，故而直到华谷涵摔开那名弟子，他才能补上空缺。金超岳为了要除心腹之患，难得有个七煞阵能困得住华谷涵，他深知时机稍纵即逝，也就顾不得金国国师的身份，甘愿与柳元甲的弟子为伍，联手来围攻华谷涵了。

劲敌又来，也就更激起了华谷涵的斗志，华谷涵仰天大笑道："我是大宋男儿，天生傲骨，我正要笑你这苍髯老贼，皓首匹夫！你身为金国国师，却要躲躲藏藏，不敢承认你是金国之人，这才是真的羞耻！哼哼，你这金狗潜入我大宋疆土，大宋的英雄儿女，岂能任你横行？你才是真的釜底游鱼，处处都有一把烈火等着烹你！"这一番话义正词严，说得金超岳面红耳赤，说得柳元甲那六个弟子也暗暗羞惭。金超岳老羞成怒，喝道："华谷涵，我不与你斗口，且看今日谁是釜底之鱼！"金超岳武功自是胜那原来弟子十倍，他一补上空缺，华谷涵要想突围，谈何容易？

这一边华谷涵正在苦斗，那一边蓬莱魔女已自跃上墙头。正要翻身跳出园外，王宇庭喝道："同道远来，敬请留步！"一把梅花针撒了出来，他的"神针刺穴"乃是武林一绝，能把暗器中最细小的梅花针打出十丈开外，黑夜刺穴，百不失一。

蓬莱魔女头也不回，挥舞拂尘，反手一拂，说道："多谢王寨主好意，小女子这厢还礼了！他日若有机缘，当再到太湖专程拜谒。"说话之时，早已暗运玄功，将数十根尘尾甩了出去。

拂尘的尘尾是目力也几乎难辨的柔丝，比梅花针那是更要细小得多了。蓬莱魔女把它当作暗器射出,当真是无声无息,防不胜防。幸亏王宇庭是江南首屈一指的暗器名家,听风辨器之术已到最上乘的境界,尘尾射来,虽是无声无息,那拂尘抖动之时,却有些微声响,王宇庭立刻听出那几十根尘尾是分向四方射去,射向自己这一方约有十数根之多,又分成两翼抄来,不论是自己向左或是向右躲闪,都会给射中穴道。王宇庭心里吃惊:"这魔女的暗器功夫,竟然还在我之上!"立即朗声说:"厚礼愧不敢当,多谢了!"脚尖一点,施展"一鹤冲天"的轻身本领,平地拔高三丈,随即一个"展翼翻云",倒纵出六七丈外,这才避开了这一蓬尘尾的袭击。

王宇庭是江南第一暗器高手,他避得开蓬莱魔女的尘丝攒射,其他的人可遭了殃。只听得惊呼骇叫之声四处纷起,随王宇庭来围堵蓬莱魔女的那些什么寨主舵主之类,全都给她射中了穴道。

蓬莱魔女朗声笑道:"再过一个时辰,你们穴道自解。请恕小女子失陪了。"笑声中飞过围墙。却就在这时,忽听得"呼"的一声,柳元甲身形骤起,宛如飞鹰逐兔,如影随形地也跟在蓬莱魔女背后,飞过了围墙!

这一下倒是颇出蓬莱魔女意外,不由得又是吃惊,又是诧异,心想:"他刚才不是有意让我一招,放我过去的吗?何以如今又追来了?"心念未已,忽听得华谷涵又用"传音入密"的内功将一句话语送入她的耳中:"不论这老贼说些什么,你都不要相信!"蓬莱魔女甚是不解,心想:"这是什么意思?华谷涵你也未免太顾虑了。我也不是小孩子了,难道还上敌人的当么?"看看那柳元甲已将追到身后,蓬莱魔女无暇推敲话意,便即发力狂奔,转瞬间电逐风驰,已离开千柳庄远了。

华谷涵见柳元甲已追了出去,而自己尚未能突围,自是大为着急。但他惯经阵仗,胆大心细,虽急不乱,反而人急智生。原来金超岳的本身武功,虽胜于原来占在那"生门"上的弟子十倍,但对"七煞阵"的妙用,却还未曾参透,他占在"生门",本应是由他来指挥阵势的,但他未悉秘奥,如何能够指挥?那六个弟子,只好按着阵图各自为战,金超岳也稍微懂得一点"五行八卦"的生克之道,初时还若合符节,时间稍长,便给华谷涵瞧出了破绽。人急智生，突然身形一转，引得"离"、"兑"两门的弟子前来攻他，他却向金超岳虚发一掌，这一掌虚虚实实，打得恰到好处，金超岳双掌划了一个圆圈，一齐推了出去。这一招本来是破解华谷涵攻势的一招高招，但他不懂阵法奥妙，却不知不觉踏出了"生门"，只听得"砰砰"两声，和那两个追击华谷涵的弟子碰个正着，这两个弟子怎禁得起金超岳的"雷神掌"与"修罗阴煞功"，一个如浇沸汤，一个如坠冰窟，同声惨呼，齐跌出去。这一跌不打紧，七煞阵是首尾相衔，结成连环的，这两名弟子一跌倒，等于在阵中安下了两块绊脚石，后来的人，也跟着跌跌撞撞，不是跌倒，就是撞着了金超岳的掌力，华谷涵无须自己动手，这七煞阵已是瓦解冰消，只剩下金超岳一人尚未受伤，茫然四顾。

华谷涵哈哈大笑，脱了重围，顾不得再和金超岳纠缠，便连忙去追赶蓬莱魔女。金超岳一败再败，剩下单身一人，也自不敢去阻拦华谷涵了。

华谷涵冲出了七煞阵，蓬莱魔女却还未能摆脱柳元甲的追逐，论轻功两人是在伯仲之间，蓬莱魔女起步在先，还稍占一点便宜，但柳元甲气力悠长，双方的距离终于越拉越近，追到十里之外，相差已不过数步。

蓬莱魔女知道跑不过他，一咬牙根，"刷"的便是反手一剑，心想："如今只是这老贼一人，与其给他消耗气力，不如与他拼了。只要支持得到五十招开外，华谷涵也总可以赶到了。"

"刷"的一剑刺空，柳元甲根本不接这招，"嗖"的便从她身边掠过。蓬莱魔女吃了一惊，怕他乘机反扑，剑式急换，一招"横云断峰"，先护己身，再窥敌意。柳元甲却并不出手，使出"移形换位"的轻功身法，嗖地掠过，已是拦在她的前头。

柳元甲喝道："且慢动手，我只问你两句说话！"蓬莱魔女横剑护身，左手拂尘飞舞，眨眼之间，已使出天罡尘式的三招杀手，柳元甲一步不退，大袖连挥，将她的天罡尘式尽都破解。

柳元甲偷空一掌拍出，把蓬莱魔女迫退一步，趁她未及换招，便即问道："你是不是叫做柳清瑶?"蓬莱魔女记着华谷涵的那一句话："不论这老贼说些什么，你都不要相信。"但心想："我的真姓名对他也不是什么秘密，反正他又已知道了。好，且听他再说什么，我只给他个不理不睬，也就是了。"当下尘剑兼施，迫柳元甲也退了一步，蓬莱魔女这才傲然说道："不错，我就是柳清瑶，你知道我的名字，又待如何？"

柳元甲道："好，再问你一句，你的生辰八字，是否：甲午、丁卯、辛亥、庚辰？"此言一出，恰如在蓬莱魔女头上响了一个焦雷，蓬莱魔女不觉心头大震，心道："我的生辰八字，他怎么知道？"要知蓬莱魔女是公孙隐收养的一个孤儿，她父亲只是留下一张字条，写下她的姓名和生辰八字。依此推断，除了她的师父之外，知道她的生辰八字的，不是他的父亲，还有谁人？不错，华谷涵也是知道她的生辰八字的，在华谷涵送来的三件礼物中，其中有一纸残旧的黄笺，写的就是她的生辰八字，但以华谷涵的年纪，绝不能是她父亲，她也正是为了打破这个哑谜，才到江南来寻访华谷涵的。

如今她的生辰八字，却突然从柳元甲口中说出来了，柳元甲和她又正是同姓，蓬莱魔女大惊之下，呆若木鸡："莫非，莫非，他、他就是——"心中乱成一片，不敢再想下去。

柳元甲蓦地一声长叹，说道："清瑶，你还不知道我是谁吗？天可怜见，咱们父女今日重逢了！"

晴空霹雳，突如其来，蓬莱魔女的心灵受到极大震撼，登时一片茫然，也不知是真是幻，是喜是悲？刚才还给她骂作"老贼"的人，竟是她的父亲，当真是难以想像，就在蓬莱魔女茫然无措的时候，柳元甲忽地以闪电般的手法，一指点了她的穴道。

就在这时，只听得一声长啸，随着是华谷涵的似哭似笑的狂吟之声："弹剑狂歌过蓟州，空抛红豆意悠悠。高山流水人何在？侠骨柔情总惹愁。"蓬莱魔女口不能言，心中明白，这是华谷涵追踪而来，以狂吟示意，想她发啸回应，好让他循声觅迹，赶来相助。

柳元甲把蓬莱魔女一手提起，挟于胁下，躲入山坳，才过片刻，只见华谷涵白衣飘飘，在大路上展开"八步赶蝉"的绝顶轻功，几乎是脚不沾地，御风而行。一面跑一面叫道："柳女侠，柳女侠！你听见我么？记住，别上这老贼的当！"

柳元甲突然从山坳扑出，怒声喝道："岂有此理，华谷涵你到我千柳庄胡闹也还罢了，为何离间我们骨肉！"声到人到，呼的一掌，已是向华谷涵凌空击下。

蓬莱魔女给柳元甲所点的是"晕睡穴"，本来这穴道一被点中，立即便要不省人事。只因蓬莱魔女功力深湛，一时间却还未曾完全消失知觉，心中迷迷糊糊地想道："华谷涵为何再三嘱咐，他究竟是不是我的父亲？"迷糊中只听得"蓬"的一声，柳元甲与华谷涵已交了一掌，蓬莱魔女是被柳元甲挟在胁下的，受了这一震荡，真气散而不凝，柳元甲的点穴功力登时见效，蓬莱魔女终于精神涣散而沉沉入睡，在沉睡前的那一瞬间，隐隐约约似乎还听得华谷涵似是和柳元甲争吵，但却听不清他们说的是些什么了。

柳元甲以单掌之力对付华谷涵，本来是要大大吃亏，但他挟着一个蓬莱魔女，激战中华谷涵却怕误伤了她，不能不处处小心，招招顾忌。这么一来，本来是不利于柳元甲的因素却反过来变成了不利于华谷涵了。

柳元甲以大擒拿手法配合小天星掌力，连解了华谷涵七招，到了第八招，突然卖个破绽，华谷涵反手一勾，一掌劈去，这一掌攻击柳元甲的左胁空门，本是一招极为精妙狠辣的招数，哪知柳元甲一个"盘龙绕步"，脚跟一转，方向变换，他挟着的蓬莱魔女也转了过来，颈部恰好对着华谷涵的掌心，这一掌若然击下，岂不是要把蓬莱魔女的天灵盖打成粉碎？华谷涵大吃一惊，连忙收掌。正拟变招攻敌下盘，免得误伤蓬莱魔女。柳元甲已是"砰"的一掌，击中了他！

高手决斗，哪容得有一丝犹豫，半点分神？华柳二人，功力悉敌，只争毫黍，如今被柳元甲抢制先机，"砰"的一声，先击中了华谷涵。这一掌蕴积着柳元甲数十年的功力，饶是华谷涵也禁受不起，登时整个身子，抛了起来，飞出数丈开外。好个华谷涵，在半空中一个鹞子翻身，居然并未跌倒，而是平平稳稳地落下地来，不过他虽然仗着护体神功，没有受到致命之伤，真气亦已损耗不少。

柳元甲哈哈大笑，背起蓬莱魔女，已是疾走如飞，待得华谷涵站定身子，回头望时，柳元甲已是踪迹不见了。华谷涵大怒骂道："让你这老贼暂且得意，终须有人向你算账。"柳元甲在一里之外，

柳元甲捧着金盒，凝视着蓬莱魔女，冷冷
说道："那么你对你自己的身世来历，是早已
知道的了？"

听得他的骂声，也不禁心中一凛，心道："这笑傲乾坤果然名不虚传，受了我这一掌，居然只是略受轻伤，还有如此深湛的功力！"但他心中的惴惴不安，还不仅仅是因为华谷涵功力深厚的缘故，而是因为华谷涵所说的那一句话。柳元甲暗自寻思："笑傲乾坤要找什么人来向我算账？他不过是个二十多岁的年轻人，难道他会知道当年那桩秘密？嗯，想必是他要求请他的师门前辈来向我寻仇吧，我可不必瞎猜疑了。"柳元甲已经俘获了蓬莱魔女，也就无心再去追杀华谷涵了。这一来是因为华谷涵仅受轻伤，虽然在此消彼长的情况下，柳元甲有把握可以克敌制胜，但也总得在百招开外，那时蓬莱魔女只怕也会醒来，难保不夜长梦多，变生意外？二来更值得柳元甲顾忌的是，与华谷涵同来的那一男一女，都是一等一的高手，尤其是那个名叫"阿霞"的女子，即使比起柳元甲来，也差不了许多，柳元甲也需提防他们会闻声回来，与华谷涵合力斗他。柳元甲当下想道："我意外得回了失去的清瑶，这笑傲乾坤，以后再慢慢设法对付也还不迟。"

蓬莱魔女就似做了一个恶梦似的，昏昏沉沉之中，有幢幢黑影到她的面前，似是华谷涵在捧着金盒向她微笑，忽地华谷涵身边又多了个人，是那个名叫"阿霞"的女子，与华谷涵肩并着肩，两颗头几乎靠在一起，也在向她发出得意的微笑。蓬莱魔女正自心酸，眼前两个人影，忽地合成了一个人，却是柳元甲在向她微笑了，蓬莱魔女想要叫嚷，想要问他："你究竟是不是我的父亲，你究竟是不是我的父亲？"却是叫不出来。陡然间柳元甲的笑容变成了狞笑，手中似乎拿着一柄利剑，在向她刺来。蓬莱魔女大叫一声，"硼"地跳起，就在这时，只觉有一只大手将她扶着，是柳元甲的声音说道："瑶儿，好了，你醒来了！"

阳光耀目，幻影顿消，蓬莱魔女从恶梦中醒过来了，但眼前的景象却依稀还似梦中，是柳元甲站在她的面前，但手中拿的不是利剑，而是金盒，正是华谷涵送给她的那只金盒！

蓬莱魔女发现自己是躺在一张床上，房间里只有柳元甲和她，看来是柳元甲早已把她带回了千柳庄，过了一个晚上了。蓬莱魔女试一运气，功力依然，并无异样。她坐了起来，心中一片茫然，呆呆地望着柳元甲，不知说些什么话好？眼前这个人是谁，当真就是自己的父亲吗？她没有勇气发问，"爹爹"二字，也还不敢冒昧就叫了出来。

柳元甲徐徐地打开那个金盒，问道："这是谁给你的？"蓬莱魔女道："是华谷涵。"柳元甲身躯一颤，神情很是古怪，似是有几分诧异，更有几分惊恐，从盒子里拿出了那张八字，两道目光凝视着蓬莱魔女，冷冷说道："那么你对你自己的身世来历，是早已知道的了？"蓬莱魔女道："我什么也不知道！"自伤身世，眼角不禁沁出晶莹的泪珠。

柳元甲吁了口气，冰冷锋利的目光一下变得十分慈祥，他举袖给蓬莱魔女抹去泪珠，柔声问道："华谷涵对你说了些什么？"蓬莱魔女道："这盒子是他派人送来的，我还未有机会问他。"柳元甲放下那张八字，又拿起了那对红豆，说道："这是什么意思？华谷涵送你这对红豆，是不是已经向你求婚了？"蓬莱魔女满面通红，说道："没有，这对红豆是我小时候自己从树上采摘下来，当作玩物的。我也不知华谷涵是怎么得来的，更不知道他用意如何。"柳元甲似是放下了心头一块大石，微笑说道："还好，你未曾上了华谷涵的当。"

蓬莱魔女忍不住迟迟疑疑地问道："柳，柳庄主，你，你怎么知道我的生辰八字？"柳元甲说道："你叫我什么？哦，敢情你还不相信我是你的父亲？"他放下那对红豆，最后拿起了那片沾有几点血渍的破布，说道："当年我将你抛弃路旁，是将一件破旧的长衫将你包起来的，这片破布，是我从长衫的背心撕下的一幅，准备留作他年相认的凭证。想不到这片破布竟给华谷涵偷了去。不过，依我推想，我那件长衫，你总还保留着吧？你将这片破布对过没有，是否刚刚和那件长衫可以凑合？瑶儿，你还不认你的爹爹么？"

柳元甲说得证据确凿，蓬莱魔女已再也没有怀疑的余地，对父亲的多年孺慕之情，不禁突然爆发出来，声泪俱下，抱着柳元甲叫道："爹爹，爹爹！"正是：

破布残笺留在证，空遗红豆意悠悠。

欲知后事如何，请听下回分解。

第三十四回　魔女伤心谈往事
金宫盗宝话前因

　　柳元甲替蓬莱魔女抹了眼泪，缓缓说道："你一定怪我为什么要抛弃你吧？这件事要从二十年前说起，那时你还是未满周岁的婴儿，我和你的母亲，咱们一家三口，住在河南伏牛山下一个小村子里，我以医术维持生计，过得虽然不很宽裕，却很平静，那是我一生最快乐的时光。"蓬莱魔女插口问道："河南伏牛山下，那不是在金国统治下的地方吗？"柳元甲道："不错，咱们本来不是江南人氏，这里的家业，是我渡江之后，才逐渐兴置的。说下去你就明白了。"

　　柳元甲喝了口茶，接续说道："可惜这样欢乐的日子过不了多久，有一天，忽然有一件意想不到的事情发生，完全改变了我的生活，咱们一家人家散人亡的遭遇也由兹而起。金国的鞑子皇帝下了密令，访寻武学名家与医道高明之士入京，我的武学与医术都薄有微名，因而也受到了邀请。"

　　蓬莱魔女道："你去了没有？"柳元甲道："去了！"蓬莱魔女变了面色，颤声说道："你为什么不逃？"柳元甲道："你母亲不懂武功，你又是刚出世未久的婴儿。"蓬莱魔女道："你是为了顾全我们母女，以至不惜丧了自己的名节么？"柳元甲道："这是原因之一，但还不是最主要的原因，说老实话，是我自己愿意去的。"蓬莱魔女又羞又气，含着泪涩声说道："是你自己愿意去的？是为了贪图禄位？是为了怕死贪生？"柳元甲道："都不是，应召的那些人倒是有许多是为了贪图禄位和怕死而去的，但我却不是。"蓬莱魔女大感惶惑，问道："那又是为了什么？"

柳元甲道："因为我探听到了鞑子皇帝要邀请这一些人的原因。这件事发生那年，距离'靖康之耻'刚满十年，'靖康之耻'你知道吗？"

蓬莱魔女道："这是中国所受的奇耻大辱，我怎能不知？那一年金虏攻破汴京，掳走徽钦二帝，宋室因此被迫迁江南。"柳元甲道："金虏不但掳了徽钦二帝，还席卷了宋宫宝物，其他的也还罢了，其中却有两件世上无双的国宝，一件是'穴道铜人'，铜人身上刻有最详细的穴道部位，经络分明，任何武学典籍与医书，关于穴道的研究，都没有这个'穴道铜人'的详细精微，因此这个铜人对于武学医学，都有极大的价值。武林中人，杏林国手，梦寐以求的就是能见一见这个铜人。"

蓬莱魔女道："你是被这个'穴道铜人'吸引去的？"柳元甲道："再说另一样国宝。宋太祖赵匡胤不但是本朝的创业之君，同时也是一位武学高手，这，你应该是知道的了？"

蓬莱魔女道："太祖长拳与二圣棒在江北也极是流行，鞑子武士也都是公然练习，如此称呼，并不避忌的。"太祖长拳即是赵匡胤当年雄称江湖的一套拳术；至于"二圣棒"的得名则包括赵匡胤的弟弟赵匡义在内，他们兄弟二人都长于杆棒，赵匡义后来弟继兄位，是为宋太宗，故此与赵匡胤合称"二圣"。

柳元甲点点头道："宋太祖不但拳棒双绝，内功的造诣也很不凡。"蓬莱魔女道："这是一定的了，若无深厚内功作为基础，任何兵器也不能发挥出大威力来。"柳元甲道："宋太祖的武功得于华山隐士陈抟的传授，陈抟在当时被人当作神仙一流人物的，其实他也是个凡人，不过因为德高望重，出尘绝俗，而且又与太祖有过这段渊源，故而受到世人极度的推崇。陈抟将他的内功心法写成了一篇《指元篇》，附在拳经之内，都传给了宋太祖。"

蓬莱魔女道："你所说的宋宫的第二件宝物，就是指这拳经、心法么？"柳元甲道："不错。可惜自宋太宗以后的历朝皇帝，都耽于逸乐，无心练武，以至这拳经、心法，尘封大内之中，等于废纸。却便宜了金虏，在攻陷汴京之后，搜劫大内宝物，将陈抟毕生心血所著的武功秘笈与那穴道铜人，都搬到金国去了。"

柳元甲叹了口气，继续说道："我不忍见这两件宝物，落于敌人之手，是以甘受屈辱，自毁名节，装作心甘情愿、贪图利禄的小人，应金主的礼召，进入宫廷。"

蓬莱魔女道："鞑子皇帝请你们这班人去，与那两件宝物有何关系？"

柳元甲道："穴道铜人复杂精微，若能推究清楚，对于针灸疗法，以及武功上点穴的运用，都有神奇的效用，金虏当然也明白这点，但他们得了宝物之后，经过十年，集合他们本族的聪明才智之士，费尽心血，日夜琢磨，却还是未能尽悉其中的秘奥。还有那本拳经、心法，拳经也还罢了，陈抟内功心法所载的《指元篇》，也是极为深奥，他们同样弄不明白。是故金主要颁下密令，不论汉人、金人或是辽人，只要是武学名家、杏林国手，便都在网罗之列。目的就是要这些人帮他研究，为他效劳。"

蓬莱魔女道："鞑子皇帝就敢这样相信你们吗？"柳元甲道："他当然也有一套毒辣的手法，我们入宫之后，均被隔离，每个人都有几名大内高手严密监视。而且他也没有将拳经、心法的原本给我们过目，至于穴道铜人更是不肯让我们去摸一摸了。"

蓬莱魔女道："铜人不许你们摸，拳经不许你们看，这又叫你们如何进行研究？"柳元甲道："他们倒是聪明得很，将那穴道铜人，绘成图解，分为十二经筋、十五脉络，共廿七个部位，廿七张图解，每人只得一份。拳经、心法也是如此处理，拳经割裂为八篇，那《指元篇》内功心法，却因互有关联，只能分为上下两篇，都是另抄副本，分发各人。我因武学医学，两俱擅长，侥幸分得了《指元篇》的上篇，还有拳经的一部，以及穴道铜人中手少阳经脉的图解，所得已是远比同伴为多，但也还不到全部的十分之一。各人均被隔离，彼此间不许来往，每个人又被几名大内高手严密监视，那自是不怕我们串通作弊了。"

蓬莱魔女道："金虏防范如此森严，那你的图谋岂不是要落空了？"柳元甲笑道："俗语说的是道高一尺，魔高一丈，在我们来说，却是魔高一尺，道高一丈。他有他的鬼门道，我们也有我们的巧办法。我有几个志同道合的朋友，都是为了同一目的，接受金主邀请的。进宫之后，虽说形同囚禁，彼此隔离，极难见面，但也总还有那么一两个机会，例如在什么庆典之中，可以见上一见的。我们早已有了准备，将金虏分发给我们的又再另抄了一个副本，秘密收藏在御园中一个所在，例如某一块假山石下，某一株大树的树窿，做了记号。到了好朋友有机会见上一面时，只须说一句普普通通的寒暄说话，别人听来毫不会起疑的，只有我们才知道的隐语，我们就可以交换所得了。我们极力装作对金虏忠诚，将研究的结果，半真半假，也写了出来，'呈报'上去，骗取他们的信任。我因为成绩特别好，后来他们又将穴道铜人的三份表解，委托给我研究，只可惜那《指元篇》的下半篇，却始终未得。我在宫中小心忍耐，除了原来的朋友外，又结了几个新知，在彼此试探，明白了对方心意之后，也用那个秘密方法进行交换，到了年底，我已到手了穴道铜人的十三张图解、三篇拳经，一篇内功心法了。也就在这个时候，监视我们的大内高手，已似有了觉察，看得出他们是隐隐起了疑心。"

蓬莱魔女虽然明知柳元甲后来是逃了出来，但听到这里，也不禁焦急问道："那你们怎么办？"

柳元甲道："我们几个志同道合的遂提早发难，趁着一个风雨之夜，杀了那些甘心为金虏利用的伙伴，抢了他们的抄本，冲出宫去。唉，但究竟是寡不敌众，在大内高手围攻之下，和我同时逃难的良友，一个个都被他们或杀或俘，只剩下我一个人，杀了金虏十八名高手，侥幸逃得出宫。"

蓬莱魔女泪盈于睫，又喜又悲，不由自己地靠近父亲，哽咽说道："爹爹，原来你是具有如此苦心，孩儿错怪你了。"这是她第二次叫出"爹爹"二字，第一次叫时，还有几分勉强，这一次却是出自衷诚，孺慕之情，溢于辞表。柳元甲浓眉一展，轻轻抚摸着蓬莱魔女的头发，柔声说道："好女儿，只要你谅解为父的苦心，我这许多年所受的苦楚也值得了。"

蓬莱魔女想起不久之前，还把自己的父亲骂为"老贼"，不禁暗暗羞惭，心中想道："我以往一直羡慕耿照有那么一个好父亲，却原来我的父亲所作所为，与他的父亲竟是不谋而合，一般的仁人志士之心！他深入虎穴，忍辱深谋，终于逃出牢笼，并还锄奸诛敌，更是令人可敬可佩！"羞愧当中，突然间她不由自己地想起了华谷涵那句叮嘱："不要相信这老贼所说的话。""华谷涵为什么要这样说呢？大约他对我爹爹的往事未曾清楚，以至错疑了好人吧？"这时她不是不相信柳元甲的说话，而是不相信华谷涵的说话了。但华谷涵这句说话，毕竟在她心上留下了一丝阴影。

柳元甲接着说道："我逃出大都（金京）之后，日夜兼程，赶回故里，幸好你们母女无恙，正在家中盼我归来。

"我应召入宫之后，地方上的金虏爪牙，也并没有放松对咱家的监视，我逃回的当晚，就给他们发现了。我背负着你，杀出重围，连夜逃亡，意图渡过长江，逃回故国。可是你母亲不会武功，跟不上我的脚程，那是无须说了，这万里奔波之苦，就不是她一个弱质女流所能挨的。

"我拖妻带女，一路上又不断有敌人追踪，杀了一批随着又来一批，走了半月！还不过只是到了山东境内，未过泰山，你母亲已是遍体鳞伤，又害了病，她不忍拖累我，有一日走过一条河边，她突然就投水死了。"

蓬莱魔女听到此处，再也忍受不住，号啕痛哭起来，喊道："妈，你好命苦，都是女儿累了你了。"柳元甲见她哭了起来，怔了一怔，这才突然想起，自己也该表示伤心，于是揉了揉眼，挤出了几颗眼泪，陪蓬莱魔女哭了一场，但他这悲伤不是发自内心，倘若蓬莱魔女保持着平时的冷静，定能瞧出破绽，可是蓬莱魔女此时正沉浸在极度的悲痛之中，哪里还能仔细分辨柳元甲这副急泪，是真哭还是假哭了。

哭了好一会，柳元甲道："好在咱们父女今日得以重逢，你母亲在九泉之下亦当瞑目了。"蓬莱魔女要想知道后来的事，也就渐渐收了眼泪，听她父亲再说下去。

柳元甲抹了眼泪，往下说道："福无双至，祸不单行，就在你母亲死去这晚，追骑又到，这次来的是金国四大高手，厉害非常，我一手抱你，单掌应敌。一场苦斗，金国四大高手，二死二伤，我身上也伤了七处，几乎变成了血人。幸好你没有受到伤害，强敌也终于给我击退了。

"可是我已受了重伤，无力再保护你了，倘若追兵续到，父女俩只怕要同归于尽，我左思右想，也曾想到闯进一个村庄，找个人家，托人抚养。但我浑身浴血，若然闯进人家，势将引起惊恐，那家人家也势必要追查我的来历，他们又岂肯收容一个来历不明的遁逃者的女儿？

"我思之再三，只有一个听天由命的法子，趁着夜晚，将你放在路旁，希望明早行人路过，发现了你，或者有人会动恻隐之心，将你收留。附近有间破庙，无人看管，我在那里偷了纸笔，匆匆写下你的名字，出生的年月日时，再加上几句哀恳过路的仁人君子将你收留的说话，便脱下长衫，把你包裹起来，放在路旁。那时你正在熟睡之中，一点也不知道你狠心的爹爹竟抛弃了你。瑶儿，你怪我么？"

蓬莱魔女不禁再次哭了出来，说道："爹爹，你爱护我无微不至，也只有这样，才有希望保全两人的性命，女儿感激你都还来不及呢，怎会怪你。"

柳元甲叹了口气，说道："我当时也是这样想法，但虽然如此，当我将你放下之时，心中那份难过可就不用提啦，简直比利刃剜心还更痛楚！"说着，说着，已是泪流满面，几乎泣不成声。（这次他早已有准备，哭得很是"自然"，不似上次那副急泪的突如其来了。）

两父女对泣一会，这次却是蓬莱魔女掏出手绢，替柳元甲抹去了眼泪，问道："后来怎样？你如何脱险逃到江南？"柳元甲道："我将你放在路旁，走了几步，回头看看，又走回来，在那件长衫上撕下一片破布，准备将来留作对证，这才狠起心肠，离开了你。我是金国的钦犯，在那张纸上，不能留下我的名字，父女即使他日重逢，你也不会知道我是你的父亲，唯一的指望，就是靠这破布残笺，作为证物了。唉，二十年来，我无时无刻不在思念，不知你落在谁家？不知今生今世，能不能再见到你，这希望极是渺茫，想是老天怜念我爱女之情，今日竟在无意之中，将你送回来了。"

蓬莱魔女道："我也是得老天垂佑，收留我的那家人家，对我爱逾亲生，说来也是凑巧得很，那人像爹爹一样，是身具绝世神功的武林高手，他收了我做徒弟，身兼养父与师父的职责。"柳元甲道："这人是谁？"

蓬莱魔女道："你们同是武林高手，想必彼此知名。他是公孙隐。"柳元甲身躯微微一颤，似是颇感意外，失声说道："哦，是公孙隐！"蓬莱魔女道："爹爹，你认得我的师父？"柳元甲道："见是未曾见过，但二十年前，他名震大江南北，武林中人，奉他为泰山北斗，谁不知晓？那次金国的鞑子皇帝，邀请武林高手，本是以他为首。听说他就是因为逃避征召，弃家远走，从此销声匿迹的。他还活着吗？"蓬莱魔女道："他老人家然虽是年过七旬，但精神健铄，称得起是老当益壮。只是他寡居无伴，晚景却甚凄凉。爹爹，待这场战事过后，稍得太平，女儿想把他老人家请来，与爹爹同住，也好让女儿得以侍奉你们二老，稍尽孝道。爹爹，你说可好？"柳元甲神色似乎有点不大自然，苦笑说道："好虽是好，但不知何日得见太平？这事留待以后再说吧。"蓬莱魔女道："好，那么爹爹你再续说你的遭遇吧。女儿在师父家中之事，等下再向爹爹详说。"

柳元甲仿佛有点精神不属，呆了一呆，问道："我刚才说到哪里？"蓬莱魔女道："说到你将我放在路旁，独自一人，负伤而走。"

柳元甲接续说道："我独自一人，负伤而走，一路上的食宿等等问题，那就简单多了。日间我躲在山洞里，晚上方始赶路，说来也真够运气，以后就没有再碰上追兵。我渐渐养好了伤，终于在一个月之后，偷偷渡过长江，来到江南。唉，想不到一到了本国的疆土，又碰上了倒霉的事情。"蓬莱魔女推算了一下时间，说道："那时还是秦桧这个奸贼当权在位吧？"

柳元甲道："不错，我来到江南这一年是绍兴十四年。距离岳少保被害，还不过三年，秦桧正得皇上重用，官居宰相，进魏国公。他当年与金兀术勾结，害死岳飞，此事到如今是人人知道的了。但那时我刚从金人统治之下来到江南，对国家大事，懵然无知。怎料得到南宋朝廷，竟是权奸当道、忠良退避的一副乱糟糟的局面。

"我那时正当盛年，抱着一腔热血，想把我所得的穴道铜人图解，归还大内，这图解虽不齐全，也是尽了我当子民的一点忠心。我还想投军执戟，为国驰驱。于是我到临安府求见府尹，意欲禀报这件秘密，请他转达九重。哪知这府尹是秦桧的奸党，一听说我是从金国逃来，问了我的名字之后，突然就一拍惊堂木，指我是个奸细，叫公差把我锁了起来，当天就打进黑牢去了。"蓬莱魔女道："天下竟有这等狗官！"柳元甲笑道："不过说起来我也还要多谢他呢。"

蓬莱魔女道："这等既糊涂又无耻的狗官，对爹爹还能有什么好处，要多谢他？"柳元甲笑道："正是因为这狗官糊涂，只听说我是从金国逃来，意图投效朝廷，就把我拿下来了。要是他一开首先以礼待我，问明我的来意，我一定会把秘密说出来，穴道铜人的图解也会交给他了，我本来就是请他呈报皇上的啊。他这么一来，倒让我保存了我所得的宝物了。岂不是要多谢他么？"蓬莱魔女道："与其交还皇上，也不过是令这宝物尘封大内之中，倒不如爹爹留下来自用了。"心想："怪不得爹爹的武功如此高强，原来他得了十三张穴道铜人的图解，又得了陈抟的内功心法——半篇《指元篇》，经过了二十年的勤修苦练，自是足以称霸武林了。"

柳元甲接着说道："我被押进监牢，这才知道我是犯了当时的流行罪。"蓬莱魔女诧道："只听说有流行病，还有流行罪么？"柳元甲道："这流行罪也就是爱国罪的别名，孩子，你初到江南还未懂得。"蓬莱魔女叹了口气，说道："我懂得了，朝廷畏敌如虎，凡敢倡言保国抗敌者，就会给加上罪名。"柳元甲道："现在已是好得多了，当时还严重呢。那时秦桧害了岳飞未久，群情愤激，秦桧一意通敌主和，不惜与民为敌，缇骑四出，凡有口出怨言，或密谋抗金的都立即逮捕。监狱里关满了人，在我那号监房里就有这样几个犯了爱国罪的太学生（宋代教育制度，在京师设立的最高学府称国子监，在国子监就读的士子称太学生）。我也是进了监狱之后，听得同狱难友谈论，这才知道，像我这样从金国逃回，而又扬言抗金的义民，实是最犯朝廷之忌。"

两父女相对叹息了一会，柳元甲接着说道："后来出狱之后，我又知道，原来金国的密使，早已到了临安，将我的名字通知秦桧，请秦桧转饬属下，将我访拿。我这么一来，等于是自行向临安府投到了。那临安府尹，将我打进监牢，本是等待禀报了秦桧之后，第二天就移解给太师府，让秦桧把我当作一件礼物，送回金主的。我在监牢里知道了南宋小朝廷的真相之后，哪里还能忍受，当晚就杀了狱卒，越狱而逃。"

柳元甲长长叹了口气，说道："从此之后，我对国事心灰意冷，索性就做起江湖大盗来。我逃出金国皇宫之时，曾顺手盗了金宫的一些珍珠宝贝，十余年来，干那黑道的营生也所得不菲，因而在三年前金盆洗手，扩建了这座园林。我虽不敢说富堪敌国，也差可比拟王侯了。哈哈，想不到我有钱有势之后，昔年要缉捕我的官府中人，如今是唯恐巴结我都巴结不到了，当然也更没有谁敢追问我的来历了！哈哈，哈哈，哈哈！"

这笑声是得意的自豪，也是愤慨的发泄。蓬莱魔女呆了一呆，忽道："爹爹，你有钱有势，官府中人固然是都来巴结你了，但老百姓对你却是怨声载道呢！"柳元甲笑声一收，眉头略皱，问道："你路上听到了什么？"蓬莱魔女道："他们说你的手下几百家丁，个个如狼似虎，欺压小民。"柳元甲道："哦，有这等事？也许是我一时失察，驭下不严，有那么几个奴才，借我的名头招摇，恃势凌人，也说不定。以后我严加整肃，也就是了。你还听到什么？"蓬莱魔女道："这周围百里之内的田地、当铺都是你的，你的总管说一句话就是圣旨一般。"柳元甲道："这又怎么了？"蓬莱魔女道："你收取贵租，盘剥重利，小百姓是苦不堪言。这些事情，爹爹难道也不知道，听从手下胡为，向来不管的么？"柳元甲甚是尴尬，打了个哈哈，说道："瑶儿，你要知道，我是做了十几年强盗头子的，我的手下弟兄不少，金盆洗手之后，靠我食饮的少说也有千人。我虽然也颇积有货财，但我既严禁他们再去抢劫，长此下去，也不难坐吃山空。我薄置田产，经营典当，那也无非是为维持生计，出于无奈的啊！"蓬莱魔女道："爹爹要顾手下兄弟，也得要顾小民生计，否则岂不是有背侠义之道，反而变成恶霸了？"柳元甲更是尴尬，只好用笑声掩饰窘态，哈哈笑道："爹爹纵是不材，也不至于做个恶霸。但既有此等弊端，我也须当加以改善。田产典押都是有人专职经管的，明日我亲去查账，若有不当之处，自当改订则例，务求当赎公平，田租合理，那也是了。哈哈，怪不得你今晚闯进千柳庄来，敢情是听了这些怨言，要为民除害来了？你爹爹还不至于像你想象那样的凶横霸道呢。"蓬莱魔女道："爹爹力抗金虏，金宫盗宝，杀敌锄奸，不愧是个英雄豪杰，女儿佩服得紧。只求爹爹在大节无亏之外，也能顾全小节，那就是个完人了。"柳元甲这才松了口气，笑道："我渐入老境，精神不济，行事乖谬之处，想来也是难免的。你来得正好，有见得到的地方，可以随时提醒我。"

蓬莱魔女道："爹爹，请恕女儿冒昧，要问爹爹一桩事情，这可是与大节有关的了。"柳元甲皱眉道："哦，是与大节有关的？你又听到了什么了？"蓬莱魔女道："这不是听来的，是女儿昨晚亲眼见到的。爹爹，你为什么款待那个金国国师金超岳做你的首席贵宾？"

柳元甲道："他当真是金国的国师么？笑傲乾坤华谷涵与我作对，焉知道不是他的谎言？"蓬莱魔女道："不，我知道得清清楚楚，这祁连老怪确实是金国国师。"

柳元甲怔了一怔，道："你怎么知道？"蓬莱魔女道："我还曾和他交过手来。他杀了山东义军首领褚大海，又要杀中原四霸天中素有侠名的西岐凤，被我撞上，我对他的身份来历，已是查得清清楚楚。"当下将那日撞见金超岳的情形，约略说了一些，但却瞒过了武林天骄以箫声助她之事。蓬莱魔女之所以瞒住此事，倒不是为了面子，而是为了武林天骄也是金人，而且还是金国的贵族。说将出来，免不了要大费唇舌，解释一番。她正急于要盘问父亲与金超岳的关系，自是暂时不要涉及武林天骄为宜。

柳元甲倒有点怀疑，道："你能是那祁连老怪的对手吗？"蓬莱魔女淡淡说道："这老怪的阴阳二气虽然厉害，也未见得就胜得过女儿。那时他是在大战东海龙与西岐凤之后。"她所说的也是实情，以她的本领确是勉强可以和金超岳打成平手。柳元甲一想，金超岳在大战东海龙、西岐凤之后，给蓬莱魔女打败也有可能，同时他心里也有一些顾忌，便不再盘问下去了。其实蓬莱魔女之所以知道金超岳的身份来历，都是武林天骄告诉她的。倘若柳元甲锲而不舍地追问下去，问她何以得知，蓬莱魔女就要难以回答了。

柳元甲沉吟说道："这么说来，笑傲乾坤之言是真，金超岳果然是国师的身份了。"蓬莱魔女道："当然是真，怎会有假！"柳元甲道："以金超岳过去在金国的地位与所具的本领，他不出山则已，一出山自必要给金主重用，不是国师，也是高官，这一层我其实也是早已想到的了。"说到此处，已是不由他不转了口风。

蓬莱魔女道："爹爹既知道他不是一个普通的金国武师，何以还以首席贵宾之礼款待？"柳元甲忽地又哈哈笑道："瑶儿，听说你已是北五省的绿林盟主，也应该有点识见了。一个人行事，岂能只是有勇无谋？"蓬莱魔女道："哦，莫非爹爹在这件事也是另有用心？"柳元甲哈哈笑道："不错，我正是因为他不是金国的普通人物，才特别款待他的。你想，以他这样的人物，潜入江南，当然定有图谋！我要杀他容易，但杀了他却从何探听他的秘密？故而我必须先以礼相待，待探听到了他的秘密之后，那时杀他不迟。不料给笑傲乾坤来了这么一闹，却使我的打算全都落空了。"蓬莱魔女吃了一惊，道："这老贼已经不在千柳庄了么？"柳元甲道："你想，他若果真是金国国师身份，被人揭露之后，还敢再在此地停留么？当然早已跑了！"蓬莱魔女大是失望，连声说道："可惜，可惜！"

柳元甲道："现在该说到你的事了，你此来江南，又是为何？"

蓬莱魔女略一迟疑，说道："我师父自从将我收养之后，即到处托人查访，想知道爹爹是谁，住在何方，因何缘故，抛弃骨肉。我懂了人事之后，也在明查暗访，渴欲知道自己的生身之谜。长江以北，打听不出，是以来到江南。"柳元甲道："哦，原来你是来找寻我的，这些年来，我也找得你好苦！"两父女又不禁相对默然。

蓬莱魔女暗叫了一声"惭愧"，心想："爹爹，不是我有心瞒你，实在是我也给你们弄得糊涂了。不知你们何故互相仇恨？更不知他为了何故，叫我不可相信你的说话？"要知蓬莱魔女此来江南，原是要找寻华谷涵的，由于华谷涵送她那只金盒，她也一直以为在这世上只有华谷涵一人知道她的生身秘密，是以要向华谷涵探问。哪知尚未有机会与华谷涵交谈，她已是父女重逢了。柳元甲说得铁证如山，不由她不相信柳元甲是她父亲，因而对华谷涵那一句话也就不由得疑心大起。她一想到父亲与华谷涵既是互相仇视，因而也就不想再提她本来是要找华谷涵探询身世之事了。

柳元甲道："除了找我之外，也还有别的事吧？"蓬莱魔女又是略一迟疑，心想："爹爹是抗金义士，说也无妨，何况早已有华谷涵与辛弃疾先后来到江南报讯，金兵即将南侵之事，也不是什么秘密了。"当下便依实说了出来，告诉柳元甲她是想到临安去见辛弃疾，与辛弃疾商量，如何与南宋的官军配合，阻挠金国南侵。

柳元甲大喜道："瑶儿，你真不愧是我的女儿！这也真是武林佳话，咱们父女都是绿林盟主，又正是志同道合之人！"蓬莱魔女道："那么金虏若是南侵，爹爹你也要率江南豪杰，起而抗敌了？"柳元甲哈哈笑道："这个当然。我虽然金盆洗手，也不能坐视胡马渡江，若到其时，说不得我也只好自毁闭门封刀之誓了。"

柳元甲歇了一歇，又道："北五省的绿林是否都听你的号令？"蓬莱魔女道："十之七八，女儿可以指挥得动。"柳元甲道："你离开山寨之后，谁人代你之位？"蓬莱魔女道："是一个心腹侍女，她为人精明干练，可以放得下心。"

柳元甲摇头道："阻止金人南侵，这是一件何等重要的大事，你让一个侍女替你代行盟主职权，这如何教人放心得下？你离开之前，可曾有了周密的安排么？让爹爹与你参酌参酌。"蓬莱魔女心道："爹爹你也忒轻视我了，我岂能没有妥善的安排？"正要说出，不知怎的，陡然间想起了华谷涵来，华谷涵的影子出现在她的面前，似乎是在向她说道："你为什么不听我的叮嘱，轻信这老贼之言？"

蓬莱魔女心头一凛，暗自寻思："华谷涵也许是胡乱猜疑，有所误会，但我总还是以小心为妙。这些秘密的安排，也没必要让我爹爹知道。"于是改口说道："风云变化，难以预测，事先实是难作安排。我那侍女，精明干练，我已由她便宜行事，随机应变。"

柳元甲摇了摇头，说道："唉，你真是少不更事。你那侍女纵然怎样精明干练，也不过是个侍女，能有多大见识？她的武功威望更谈不上，又如何能够服众？这必须想个补救的法子才好。"

蓬莱魔女只得问道："爹爹有何高见？"柳元甲道："和金兵作战，非同小可，不能全靠血气之勇，也不能凭借乌合之众，必须有老成持重，善于用兵的人材。"蓬莱魔女说道："这样的人才，一时难找。只好让他们一面打仗，在打仗中慢慢学会用兵吧。"

柳元甲笑道："这就更是小孩子的说话了，金虏以倾国之兵南侵，还等得你慢慢学吗？我倒有个补救的法子，可以助你一臂之力。"蓬莱魔女喜道："爹爹既有妙策，何不早说？"

柳元甲道："打仗最紧要的是人。我的大弟子宫昭文是将门之后，熟读兵书，他以往做我的助手，战无不胜，确是一个人才。我还有六个弟子，武功智计也颇不弱。我的意思是叫我的大弟子宫昭文率领同门，潜往江北，助你们抗击金兵。你写一封亲笔书信，给宫昭文带去，让你那位代摄盟主的侍女听令于他，到时由他主持军事，调度北五省听你号令的各路义军，共襄大事，你看可好？"

蓬莱魔女心道："合力抗金，自是多多益善。但若所托非人，太阿倒持，祸害也是不少。我爹爹虽然极力推荐那位大师兄，但我并未深知其人，却是不敢放心。但若严辞拒绝，又恐辜负了爹爹的一番好意。"心乱如麻，转了好几次念头，最后说道："爹爹愿意遣人相助，那是最好不过。孩儿现下精神困顿，诚恐思虑不周，待到明日，我再修书如何？"柳元甲听她已然答允，也就不便太过催迫，于是说道："你昨晚折腾了一晚，也是太过累了。你就好好歇歇吧，明日修书，也还不迟。你可以想得周全一些，有什么要吩咐你那侍女的，都写上去。好，就这样吧，我明早再来看你。"

柳元甲走后，蓬莱魔女静了下来，独自凝思，渐渐又多了几分疑心。第一件就是那祁连老怪金超岳的事情，蓬莱魔女心里想道："爹爹说是想探听他的秘密图谋，故而以贵宾之礼相待。这话也说得通。可是当时的情景，爹爹却是全力在庇护他，显得和他十分亲近，难道这也为了掩人耳目？"

第二件是华谷涵和那金盒，这也是令蓬莱魔女百思莫得其解的事情。据柳元甲所言，那金盒乃是他的东西，内中珍藏着那片沾有血渍的破衣和写着她生辰八字的黄笺，正是留作父女相认的证物的。蓬莱魔女不禁心里想道："我爹爹从前并不认识华谷涵，昨晚华谷涵到来的时候，还是那铁笔书生说出他的名字，我爹爹方知他是何人。然则华谷涵又从何得知我爹爹藏有这个金盒？再说华谷涵与我爹爹的武功不相上下，他又焉能穿堂入室，予取予携，将爹爹所珍藏的金盒，如此轻易地盗去？"再又想道："我爹爹行同恶霸，华谷涵昨晚闯到千柳庄来，或许也是像我最初一样，未曾深切明白我爹爹的为人，未曾知道他过去的经历，以致有这场误会？但他又何以两次传音，叫我不可相信爹爹的说话？依此看来，他又似乎并非只把我爹爹当作一个寻常的恶霸？"

　　蓬莱魔女正在苦思难解，不知不觉已是黄昏时分，有个丫头端了饭菜进来，说道："小姐午睡过了？"蓬莱魔女道："我一直未曾歇息。"那丫头道："老爷有点事，请小姐一人用饭。"饭菜倒很丰盛，只是蓬莱魔女有事于心，胡乱吃了一顿，却是食而不知其味。

　　那丫头收拾了碗碟之后，又拿来了文房四宝，说道："老爷说小姐等下要写一封信，叫我拿纸笔给你，墨也磨好了。老爷说请小姐早些安歇，养好精神，好写这一封信。"蓬莱魔女道："我知道了，多谢你服侍周到。我可真有点渴睡了。"那丫头将文房四宝摆在书桌上，又燃起了一炉安息香，这才向蓬莱魔女告退。

　　蓬莱魔女关上房门，看了看那铺好的纸，磨好的墨，不禁又是思如潮涌。她刚才答应写这封信，其实乃是缓兵之计，有意拖延，好腾出时间冷静思索，如今却已是越想越觉可疑。

　　蓬莱魔女心中想道："爹爹好像十分重视我这封信。本来他要派人去协助玳瑁，那也是一番好意。但却又为甚要我把大权交给那个什么宫师兄？我又怎放心把北五省的义军交给一个不知底细的人调度？咦，我爹爹极力主张我写这一封信，要作如此安排，莫非、莫非是另有用心？"

　　蓬莱魔女想至此处，不由得瞿然一惊，冷汗沁沁而出，登时睡意全消。心中只是想道："我爹爹是抗金义士，他、他大约不会是骗我上当的吧?"但她这么想了,也正是她对这个意外相逢的爹爹,已是隐隐起了疑心。蓬莱魔女独自凝思,不觉已是二更时分,月光透过纱窗,蓬莱魔女倚窗遥望,神思恍惚,心乱如麻。

神思恍惚中,华谷涵的声音又似在她耳边叮嘱:"不论这老贼说些什么,你都不要相信!"蓬莱魔女瞿然一惊,蓦地想道:"不对,这里面定然有些不对,却不知是谁错了?我一定要找着华谷涵,当面向他问个明白。他是知道我生身秘密的唯一一个人!"像过往的习惯一样,蓬莱魔女一想起笑傲乾坤,跟着就会想到武林天骄,这次也不例外,笑傲乾坤的影子从她眼前晃过,武林天骄的影子立即就从她的心头泛起。

蓬莱魔女再次想道:"不对,知道我生身之谜的,也不见得就只是笑傲乾坤一人。"她想起师嫂桑白虹临终那一句没有说得完全的说话,第一个告诉她,她父亲还活在人间的消息的是她师嫂,她师嫂是怎么知道的?知道了多少关于她父亲的事情?蓬莱魔女已是无法再问她的师嫂了。可是她的师嫂也是武林天骄的师姐,是那一次武林天骄将她救走之后,她在武林天骄那里养好了伤,再回到家中,第二次受到丈夫暗算,在毕命之际,才向蓬莱魔女吐露出这个秘密的。可以推想得到,她父亲在生的消息,多半是她师嫂从武林天骄那里听来!

蓬莱魔女心里想道:"若是我推想不错,这世上就最少有两个人,知道我的身世之谜,一个是笑傲乾坤,一个是武林天骄。唉,只是笑傲乾坤已经难找,武林天骄远在长江以北,他又是金国的贝子,那就更是难有机会见面了。"本来柳元甲说得出蓬莱魔女的生辰八字,又说得出那片沾有血渍的破布的秘密,蓬莱魔女已是无可置疑。但她想起了父女相见之后的种种可疑之点,即使她仍然相信柳元甲是她父亲,但对柳元甲的其他说话,已是不能完全相信,这时她心中盘桓着两个疑问:"究竟柳庄主是不是我的父亲?究竟他是好人还是坏人?他说的他那一段过去的经历,是真的还是假的?"蓬莱魔女心想:"要打破这两个闷葫芦,恐怕只有去问笑傲乾坤或是武林天骄了。"

蓬莱魔女正自神思恍惚,心如乱麻,忽听得一缕箫声,若断若续，飘入她的耳中，她凝神静听，蓦地跳了起来，叫道："奇怪，武林天骄怎么到这里来了？"她最初还以为是自己心有所思，致生幻觉，但如今已是听得分明，确实是武林天骄的箫声！

蓬莱魔女精神陡振，取了拂尘佩剑，立即便推开窗子，跳了出去，循着箫声，追踪觅迹。到了园中，忽听得轰隆一声，接着是她父亲的声音喝道："你们是什么人，因何三更半夜到我千柳庄来？"

蓬莱魔女远远望去，只见一棵柳树之下，站着两人，不但有武林天骄，还有一个手持长笛的女子！正是：

疑云心上起，又闻玉笛暗飞声。

欲知后事如何，请听下回分解。

第三十五回　索书不觉生疑虑
　　　　　问讯何从煞费神

蓬莱魔女又是一惊，玉面妖狐怎也来了？这女子的相貌和连清波简直一模一样。昨晚和笑傲乾坤同来的那个名叫"阿霞"的少女，虽然相貌也似连清波，但多看两眼，就可分别；这个持笛的女子，蓬莱魔女已是第二次和她相遇了，兀是不能分别她是真连清波还是假连清波。

本来蓬莱魔女也早已有了疑心，心想："敢情玉面妖狐和这持笛的女子乃是一对孪生姐妹？用剑的那个行为邪恶，乃是真的玉面妖狐，用笛子的这个却是正派中人，是玉面妖狐的姐妹。"不过，这只不过是她的假设，假设未曾证实，她也不敢断定是假是真。

武林天骄背后那座假山塌了半边，显而易见，是柳元甲用掌力摧毁假山，迫他们现身的。蓬莱魔女虽然是急于要与武林天骄相见，但此时此际，她的爹爹已经发现了武林天骄，且又正在向他喝问了，蓬莱魔女又怎好出来？她总不能当着柳元甲的面，问那武林天骄，柳元甲是不是她的父亲？何况还有一个真假未分的"玉面妖狐"在武林天骄身边。

心念未已，只听得武林天骄已在说道："你这一记劈空掌功力大是不凡，想必你就是千柳庄的庄主柳元甲了？"柳元甲哈哈一笑，说道："原来你这个胡儿也知道柳某的名字吗？不错，老夫行不更名，坐不改姓，柳元甲是我，我便是柳元甲！你们是来找我的么？"那持笛的女子忽地"噗嗤"一笑，说道："行不更名，坐不改姓？只怕未必是真的吧？姓柳大约不假，但二十年前，你也是用的这名字么？"蓬莱魔女听到此处，心头不禁"卜通"一跳，但随即想道："爹爹在金国闹出了天大的案子，来到江南又做了绿林大盗，他换个假名，那也是情理之常，不见得就是骗我？只是他刚才为什么不对我说出换名之事，嗯，也许是父女初会，要说的事情太多，这等细微末节，一时忘了？"

蓬莱魔女距离他们有十数丈之遥，柳元甲又是背向着她，蓬莱魔女自是看不见他脸上的神色，但却听得出他的声音有点微颤，喝道："你这话是什么意思？"

那女子笑道："没有什么意思，不过是提醒你二十年前的旧事罢了。"柳元甲喝道："怎么？有话快说明白！二十年前你们还是吃奶的娃娃，知道什么？"

武林天骄道："不错，我们当然不会很清楚柳庄主的旧事，可是柳庄主你却忘记了，你还有一位老朋友呢！实不相瞒，今晚我们来到宝庄，并不是我们有事要来找你，而是受了庄主那位老朋友所托，向你问一句话的！"柳元甲颤声喝道："你说的是谁？要问的又是什么？"

武林天骄道："那人托我问你，十三张穴道铜人图解，半篇《指元篇》内功心法，经过了这二十年，你早已揣摸熟透了吧？也应该是物归原主的时候了！"

柳元甲喝道："你到底是奉谁之命来的？"武林天骄道："你自己明白！"柳元甲道："你是金国的什么人？"武林天骄道："金超岳是不是在你这儿，你叫他出来，他自会告诉你。"柳元甲道："你的耳朵倒是很长，不错，金超岳是到这儿给我拜寿来了，可惜，你的消息还是不够灵通，他早已走了。"武林天骄道："那就不必多废话了，那两样东西，你还是不还？"

柳元甲惊疑不定，冷冷说道："我与阁下素昧平生，也不知阁下从哪里听来这些捕风捉影之谈，什么铜人图解，内功心法，我根本不知你说的什么？"

武林天骄也不觉有点惊疑，心道："难道是找错了人？"那持笛的女子冷笑道："柳庄主名震江南，却想不到竟是个善于撒赖的泼皮无赖！好吧，你既推得一干二净，我就只好回去叫物主亲来和你说话了。"

柳元甲须眉怒张，蓦地喝道："千柳庄是什么地方，可容得你说来便来，说去便去么？"五指如钩，倏地一弹一抓，在电光石火之间，遍袭那女子的十处穴道。以他的功力，若然给他抓着，即使是最上乘的闭穴功夫，那也决难抵御！

哪知武林天骄也早已有了提防，就在柳元甲使出并世无双的点穴功夫这一刹那，武林天骄的玉箫亦已同时挥出，闪电般的凌空点下，疾点柳元甲任、督、冲、带四脉的奇经大穴。他的点穴手法虽然不及柳元甲的奥妙精奇，但却是更为狠辣，倘若双方招数用实，那女子固然要伤在他的指下，柳元甲被玉箫点中，奇经八脉受伤，只怕也得耗了十年功力。

柳元甲武功确是有惊人的造诣。就在这双方同时发难的一刹那间，蓦地身形拔起，竟似陀螺般的一拧过来，五指分成五股力道，改抓为弹，向武林天骄插下。

武林天骄的玉箫给他指力凌空一抓，登时失了准头，说时迟，那时快，柳元甲左掌又已拍下，用了八成的金刚掌力！武林天骄倏地变招，玉箫指向柳元甲的脉门，左掌也用了小天星掌力，硬接了柳元甲一掌！

刚才武林天骄的玉箫是分点对方任、督、冲、带四脉，劲力分散，故而不敌他的指力，如今是只点他脉门的一处要穴，劲力凝聚，柳元甲也不得不全力应付，奇妙的点穴招数也就施展不来。只听得"蓬"的一声，彼此都给对方的掌力震退三步，同时武林天骄的玉箫也给弹开。

武林天骄倒退三步，纵声笑道："铜人图解的'惊神指法'，果然是世上无双的点穴功夫！"柳元甲心头一凛，"他识得惊神指，那确是见过那人的了。早知如此，我实不该用这路功夫，如今已泄了底，那是非杀他不可了！"一声大吼，第二招闪电般的跟着发出，这一次是双掌齐挥，左掌用的是绵掌击石如粉的绝世神功，右掌则是最猛烈的金刚掌力，一掌阴柔，一掌阳刚，而且都到了极高的境界，蓬莱魔女远远望见，也觉心惊。

武林天骄一个盘龙绕步，身形一侧，玉箫一指，先化解了他的绵掌掌力，左掌则使出四两拨千斤的"卸"字诀，轻轻一带，但听得"砰"的一声巨响，柳元甲一掌拍空，那刚猛无伦的金刚掌力又打塌了半座假山，山石滚下，轰轰之声，震耳如雷。

那少女见柳元甲如此厉害，也自吃惊，叫道："师兄，怎么啦？"意思是问他有无受伤，要不要相助？她素知武林天骄极为骄傲，决不肯以二敌一，是以她刚才脱险之后，未敢即上，助他夹攻。

武林天骄吸了口气，大声笑道："没什么，我还想见识见识柳庄主《指元篇》上的内功心法呢！"那少女听这笑声中气充沛，果然是毫无受伤的迹象，这才放下了心。

那少女固然吃惊，殊不知柳元甲却比她吃惊更甚，心中想道："想不到后辈中竟是人才辈出，昨晚那个笑傲乾坤，居然和我打成平手，今晚这个小子，也绝不在笑傲乾坤之下，甚至招数还更精奇，我只道学成了两门绝世神功，已足可以天下无敌，哪知接连两晚，竟奈何不了两个后生小子。"心怀妒忌，杀机更起，一掌紧过一掌，狠斗武林天骄。

蓬莱魔女心道："原来这女子乃是武林天骄的师妹，这么说，那就绝不是玉面妖狐了。"但这时她亦已无暇推究这持笛少女的身份，另一个更重大的疑问已又上了心头，"武林天骄说的那人是谁？我爹爹的十三张铜人图解与半篇《指元篇》内功心法，难道当真是自那人手中取来，而不是从金宫所盗的么？爹爹说的过去之事，是不是骗我？若是骗我，他又怎知那片破布的来历？他又怎说得出我的生辰八字？"刚才武林天骄质问柳元甲之时，柳元甲一直含糊其辞，没有承认武林天骄所说的事实，但不知怎的，蓬莱魔女却是隐隐感觉到武林天骄比她爹爹更可以可信。

蓬莱魔女正自心思不定，忽听得有人喝道："不能放这两个金国小贼逃了！"花树丛中假山石后，登时窜出了四条汉子，这四个人是铁笔书生文逸凡，太湖寨主王宇庭，还有南山虎南宫造与龙隐大师。

南山虎振臂大呼："我识得这两人身份，这厮是金国的贝子，金国武士捧他为武林天骄。那女贼是助纣为虐的玉面妖狐。"武林天骄是金国第一高手，玉面妖狐也早已是恶名远扬，文逸凡等人见闻广博，虽然不识他们，这两个名字却是听过的，南山虎一将他们的来历揭穿，文逸凡等人都是又惊又怒。王宇庭喝道："好呀，大胆的金狗竟敢潜入江南，照打！"文逸凡来得更快，一声喝道："你这小贼有何本领，敢称武林天骄？"话声未了，一对判官笔已是向着武林天骄身上招呼！另外一边，龙隐大师则向着那持笛的女子扑去。

王宇庭一把金针撒去，武林天骄将玉箫凑到口边，"呜"的一声吹出，但见金星闪烁，那一大把金针全都吹落，俨如黑夜繁星，千点万点，飘洒下来！与此同时，文逸凡只觉一股热风，从对方洞箫吹出，触面如荡。

文逸凡吃了一惊，心道："武林天骄果然名不虚传，竟已练成了纯阳罡气！"但他功力深湛，却也不惧，衣袖一拂，拂起一股气流，抵消了那股热风，双笔一个盘旋，合成了一道圆弧，仍然向着武林天骄戳去，左笔拖过，袭击武林天骄阴维、阳维二脉四穴；右笔拖过，袭击阴硚、阳硚二脉四穴。两笔同时点四脉八穴，当真是罕见罕闻的点穴功夫，与柳元甲五指抓十穴的功夫，有异曲同工之妙。

武林天骄一个转身，食指一弹，将一支判官笔弹开，另一支判官笔倏然从他胁下穿过，"嗤"的一声，已撕开了他的一幅衣襟，幸而未伤着皮肉。这并非武林天骄抵敌不住文逸凡的双笔点穴，原来柳元甲此时也并没袖手旁观，武林天骄是什么身份，在他倒无关重要，但他所怕的是，武林天骄可能将他最忌惮的对头引来，是以立心将武林天骄置于死地，遂不顾武林盟主的身份，就在文逸凡向武林天骄猛扑之时，他也同时发掌向武林天骄袭击。武林天骄要同时避开双笔一掌，他的玉箫又要用来吹散王宇庭的金针，在这样三面攻击之下，仅不过毁了一幅衣襟，武功之强，已足以震世骇俗！即使是柳元甲、文逸凡二人，也不禁暗暗吃惊！

另一边，龙隐大师向那女子扑去，发出了无相掌，南山虎也跟着攻来，发出了百步神拳。那女子在掌力激荡之下，拳风虎虎之中，秀发飘飘，却是傲然不惧，冷笑斥道："胡说八道，谁是妖狐？"南山虎又是一拳捣来，喝道："你这妖狐还想赖么？"那女子怒道："你们既是蛮不讲理，我也懒得与你们分辩。"她被人误会当作"玉面妖狐"已非一次，自知也难分辩，当下只好展开家传绝学，还击敌人。

只见她踏着九宫八卦方位，把一支笛子舞弄得出神入化，龙隐大师在片刻之间，闪电般地攻了六六三十六掌，竟是连她的衣角都未沾上，反而好几次险被她的笛子点中穴道。幸而龙隐大师的无相掌力也有了几分火候，这是佛门三大神掌（般若掌、金刚掌、无相掌）之一，练到最高境界，掌力发出，无声无息，动念伤人，龙隐大师虽然远远未到如此境界，但用于防守，亦已绰绰有余，那少女的笛子每次都是将要点中他的穴道的时候，便给他的掌力荡开。

那少女忽地一飘一闪，倏地从龙隐大师身旁穿过，笛子向南山虎点到，南山虎的百步神拳，利于远攻，不利近守，被那女子一轮急攻，手忙脚乱。

太湖十三家寨主王宇庭见武林天骄已被文柳二人联手所困，无须自己插手，而且这三人都是一等一的上乘武功，他要插手也插不进去，当下心想："武林天骄名头虽大，玉面妖狐恶迹更多。"见龙隐大师与南山虎战那女子不下，遂转过方向，解下软鞭，加入战团。王宇庭虽是远不及武林天骄、柳元甲等人，但与龙隐大师却是伯仲之间，比那持笛的女子也相差不远。他这条软鞭长达一丈有余，鞭风呼响，卷地扫来，对那女子来说还当真是个劲敌，十数招一过，那女子的步法渐渐给打乱，陷入了苦战之中。

另一边，武林天骄力敌文、柳两大高手，更是惊险绝伦。柳元甲掌劈指戳，招招都是向着武林天骄的要害痛下杀手，文逸凡的双笔盘旋飞舞，笔尖所指，也都不离武林天骄的三十六道大穴。但武林天骄虽是屈处下风，也并非只有招架之功，平均在十招之中，他也能还击三招。他招数精奇，每每出人意表，不还击则已，一出手还击，即使是柳元甲、文逸凡这等具有上上武功的人物，也不能不暗暗吃惊，须得小心防备。

蓬莱魔女看得惊心动魄，想要出去劝解，但武林天骄是金国贝子身份，她要给他开脱，一时之间又怎能说得明白？何况还有那个持笛的女子，她虽然已知不是"玉面妖狐"，但也还未曾知道她的身份。蓬莱魔女正在踌躇，不知如何处理，忽听得"嗤"的一声，武林天骄的衣裳，又被文逸凡的铁笔撕去了一幅。

蓬莱魔女再也忍耐不住，心想："不管别人怎样猜疑，无论如何，也不能让我爹爹把武林天骄伤了。"

正在蓬莱魔女从假山背后跳出去的时候，忽听得武林天骄冷笑说道："素仰铁笔书生是江南一侠，怎的如此不明事理，听信奸言？"

文逸凡怔了一怔，道："我怎的不明事理，倒要请教？"柳元甲心头一凛，喝道："你这胡儿，还想花言巧语么？看掌。"武林天骄一个"倒踩七星步"，玉箫横挥，步法轻灵，招数巧妙，在间不容发之际，卸去柳元甲的掌力，倒退三步，嘿嘿冷笑。文逸凡喝道："你是金国的贝子，潜入江南，意欲何为？江南豪杰，岂能容你！你笑什么？"他话虽如此，但双笔却是虚晃一招，并未点下。显然是武林天骄那几句话，已引起了他的疑心。

武林天骄仰天笑道："金国也未必个个都是你们南宋的敌人，这且不说，我只问你，你们怎知我是贝子身份？"武林天骄的身份是南山虎揭破的，此言一出，文逸凡果然疑心大起，心道："对呀，南山虎怎能知道？"要知武林天骄虽是名震大江南北，但武林中人却极少知道他的贝子身份，文逸凡是个聪明人，当然便会想到，倘若他身份是实，能知道他身份的人，必是和金国王族有点关系，至少在王族之中，有人是他的好友的了。

南山虎涨红了脸，叫道："我当然知道，我当然知道！"但从何知道，他一时间却说不出来。武林天骄哈哈大笑，接声说道："不错，你当然知道。因为你的把弟北宫黥是我国的大内侍卫，你一直和他暗通消息的，是么？"南山虎大叫道："岂有此理，你，你，你胡说八道，乱造谣言！"声音已是微微颤抖，而且他只知咆哮，旁人一听，就知他实是心虚。

那持笛女子趁着南山虎慌张之际，倏地一个飞身箭步，绕过了龙隐大师，笛子一挥，点中了南山虎的"委中穴"，南山虎的拳力正要发出，穴道一麻内力发不出去，反震回来，登时一个倒栽葱，跌出了一丈开外。王宇庭连忙将他扶起。这么一来，就只剩下龙隐大师一人，对付那个女子了。

柳元甲喝道："文兄，别相信这胡儿的挑拨离间！"猛地又是一掌劈出，他用力虽猛，心中却是松了口气，"幸亏他只是揭破了南山虎的秘密，未涉及我！"但也正因如此，他怕武林天骄再说出什么"不中听"的话来，故而这一掌便尽了十成功力，要把武林天骄毙于掌下。

武林天骄叫道："云妹，走吧！"随即回头笑道："柳庄主，自有人来与你算账，我可要少陪啦！"笑声中玉箫点出，与柳元甲的掌心一抵，借着他那股猛劲，身形如箭，倏地飞过围墙。龙隐大师挡不住那个女子，被那女子一招迫退，就在武林天骄身形飞起之时，那女子也跟着他越过了围墙。

柳元甲正要去追，忽听得呼的一声，扭头一看只见另一条黑影，也正在越过另一处围墙。

柳元甲就听得后面似有声息，只道是自己的门人弟子赶来捉贼的，加以他那时正在全力去对付武林天骄，所以没有特别留意。如今见这条黑影倏地飞出围墙，轻功之高，决非他的弟子辈所能比拟，这才把眼望去，这一看登时令他心头大震，呆若木鸡。

这黑影不是别人，正是蓬莱魔女。她有满腹疑团，非向武林天骄问个明白不可。是以在武林天骄逃走的时候，她也当机立断，冲出了千柳庄，拼着受父亲怪责，以后再慢慢解释。但她却不能立即去追踪武林天骄。因为柳元甲、文逸凡等人正在那边，她若从那个方向追去，只怕会被父亲拦阻，耽误她的行事。故而她从相反的方向越过围墙，武林天骄既在附近，她只要逃出了千柳庄，便有找得见他的希望，总胜于自己一个人呆在庄中发闷。同时她也想到，倘若父亲向她追来，那对武林天骄也有好处，武林天骄就更可以安全脱险了。不知怎的，蓬莱魔女对武林天骄的暗里关怀，这份感情，竟还似胜于她对柳元甲的父女之情，她实是不愿武林天骄落在她父亲手中。

柳元甲是江湖上的大行家，一看出是蓬莱魔女，呆了一呆之后，也隐隐猜到了她的用心，这一惊当真是非同小可，心里自思："清瑶、她、她和这武林天骄竟是交情不浅的朋友？她从那边越过围墙，显然不是助我追贼，而是引我追她！"但尽管他猜到蓬莱魔女的用意，却仍是不能不抛下了武林天骄，改了方向，急忙去追赶蓬莱魔女，要知武林天骄对他虽是关系重大，但究竟还不及蓬莱魔女。他正哄得蓬莱魔女相信，要在她身上实现一项重大的图谋，如何可以放走了她？何况，倘若让蓬莱魔女见着了武林天骄，对他更是大大的不利。

蓬莱魔女的轻功与柳元甲乃是在伯仲之间，她出了围墙之后，柳元甲才掉转头来追她，一时之间，怎追得上？

两父女都是一等一的轻身功夫，不消片刻，已是把千柳庄远远抛在后面。柳元甲以传音入密的内功，叫蓬莱魔女回来，叫了几次，蓬莱魔女却都似听而不闻，没有回答。她起步在先，两人之间的距离，始终保持着一里有多，沿途又是崎岖的山地，处处有树木山石挡住视线。柳元甲凭着卓绝的听声本领，可以辨别出蓬莱魔女逃走的方向，却看不见她的背影。

正在追逐之间，忽听得衣襟带风之声，一条黑影从柳元甲身边掠过，拦在他的前面，叫道："柳翁，你怎可如此行事？请听一言！"这人是铁笔书生文逸凡，他的武功比之柳元甲略有不如，但若只论轻功，他却要比柳元甲稍胜一筹。

柳元甲正愁追不上蓬莱魔女，被文逸凡拦住去路，自是大为着急。但他深知这铁笔书生文逸凡的脾气，文逸凡虽然玩世不恭，好开玩笑，但一旦认真起来，却是丝毫也不含糊，宁死不屈，宁折不弯，什么人他都敢碰！柳元甲知道若不说个明白，要这铁笔书生让路，除非赢得了他这对判官笔。柳元甲即使可以赢他，只怕最少也得千招开外！同时，文逸凡的这几句没头没脑的说话，也令柳元甲暗暗吃惊，心道："不知这酸丁又知道了什么？"只好自叹晦气，停下脚步，没好气地说道："柳某行事有何不当之处，还请文兄明白指教。"

文逸凡慢条斯理地说道："前面这个女子是不是蓬莱魔女？"柳元甲道："不错。"文逸凡道："听说她是北五省的绿林领袖，是也不是？"柳元甲道："是呀！这却与老兄有何相干？"文逸凡道："这就是你的不是了。你不去捉拿金国的贝子，却来追赶同道中人，这不是轻重不分本末倒置了么？虽然她来到江南，未曾向你先递拜帖，是她失礼，但你也不该气量如此浅窄呀！外侮当头，南北绿林，虽有疆界之分，也该和衷共济，你却放过敌人，来与同道为难，焉能令人心服？"

柳元甲给他弄得啼笑皆非，心道："原来酸丁并非知道内情，却以为我是一山不能同藏二虎。"原来前晚柳元甲将蓬莱魔女捉回家中，走的乃是后门，并没经过宴客的花园，所以所有前来贺寿的宾客，都不知道他们有"父女相认"之事。

文逸凡道："你笑什么？我说得不对么？"柳元甲道："对极，对极！但你却不知其中另有隐情，误了我的事了！"文逸凡道："有何隐情，可得闻乎？"柳元甲皱了皱眉，只得说道："她是我的女儿。你知不知道？我只想追回我的女儿，岂是与她为难？"文逸凡"呵呀"地叫了起来，说道："蓬莱魔女就是你的女儿？这可真是意想不到！她既是你的女儿，为何又从千柳庄跑了出来？她还未曾知道你是她的父亲吗？"

这种种复杂的内情，柳元甲一时间怎能说得清楚？而且文逸凡也并非他的心腹之交，他也不愿意向文逸凡披肝沥胆，毫不隐瞒。

当下柳元甲冷冷说道："文兄，你也问得太多了。待我找回女儿，再和你说吧！"他凝神一听，又不禁顿足叹道："文兄，你真是误了我的事了。她如今最少已在十里开外，再也追不上了！"

文逸凡满面尴尬，做声不得，前面蓬莱魔女已是鸿飞杳杳，声影俱无，但后面的脚步却响了起来，原来是龙隐大师与王宇庭二人赶到。

他们二人不敢追那武林天骄，故而也向这条路来。王宇庭道："可惜让那武林天骄跑了，柳庄主你追的是什么人，比那武林天骄更关紧要么？"蓬莱魔女的身法太快，刚才在园中越过围墙的时候，他们虽然也见着了蓬莱魔女的背影，却还未认得是谁。

文逸凡道："柳庄主是追他的女儿，说来也好教两位惊喜，柳庄主的女儿正是那北五省的绿林领袖蓬莱魔女。"王宇庭果然大为诧异，连声说道："这可真是意想不到！意想不到！"那龙隐大师却并不怎么惊异，说道："原来柳庄主已见着了你那多年失散的女儿。柳庄主不用烦忧，令嫒既来到江南，迟早总会知道你是她生身之父。王寨主，你我也可以为柳庄主尽一点心。叫手下兄弟多加留意。"听来好似他早已知道柳元甲有一个失散的女儿，这女儿就是蓬莱魔女似的。文逸凡不觉起了疑心，"龙隐大师和柳元甲的交情并非深切，他却怎的似是颇为知道柳元甲的家事？"

柳元甲淡淡说道："也不用这样惊师动众，多谢两位有心，只暗中访查，也就是了。"

文逸凡望了龙隐大师一眼，忽地问道："南宫舵主呢，怎不见他？"龙隐大师与南山虎南宫造交情颇厚，故而文逸凡向着他发问。

龙隐大师沉吟未答，王宇庭已先笑道："南宫舵主发了一顿脾气走了。"文逸凡道："咦，他发谁的脾气。"王宇庭笑道："正是发你的脾气。"文逸凡道："咦，我几时得罪他了？"王宇庭道："他说武林天骄捏造谣言，将他指责，你却似乎是相信了武林天骄的说话，当时柳庄主和他全力相斗，你听了他的话，却停手旁观，让他得以胡说八道。南宫舵主也是位成名人物，气量却如此浅窄，也实是出我意料之外。"

文逸凡哈哈一笑，说道："哦，原来如此，他是怪我不阻止武林天骄说话，那我倒要去找着南宫舵主，向他赔罪了。"原来文逸凡确是对南山虎有了疑心，他说话是去找他赔罪，真正的意思却是要去查根问底，求个水落石出。

柳元甲如何不懂得文逸凡的意思，怔了一怔，连忙说道："文兄，这些小事，何用介怀！难得你到我千柳庄来，我还未尽地主之谊呢，你再多住几天吧。"

文逸凡道："柳庄主，我糊涂误事，令你们父女见面不能相认，实是抱歉。我也有责任给你找寻女儿。别的能为我不如你，跑跑腿的差事，自信还可胜任。"说了这话，一声："少陪！"便即展开绝顶轻功，如飞跑了。柳元甲暗暗叫苦，心道："这酸丁爱理闲事，没的给他越理越出麻烦！"

柳元甲担着几重心事，首先是蓬莱魔女的逃跑；其次是武林天骄来替人讨还秘笈，而那个人正是他生平最顾忌的人；再其次是文逸凡的爱管闲事，只怕也会给他惹出更多的麻烦。任柳元甲如何神通广大，总不能有三头六臂，同时料理三桩事情，对付三个武功与他不相上下的人，只有先回千柳庄，暗中再作安排，暂且按下不表。

且说蓬莱魔女摆脱了柳元甲之后，到离庄二十里之外，然后兜个圈子，折回来寻觅武林天骄，她一路用"传音入密"的内功呼唤，总听不到武林天骄的回答。蓬莱魔女不敢在千柳庄附近多作逗留，只好跟着武林天骄逃走的方向一路追踪。

自从到了千柳庄之后，两日来所发生的事情，每一件每一桩都是出人意外。有父女的意外相逢，有华谷涵的传音告诫，有金超岳在千柳庄的突然出现，有武林天骄的半夜登门，向她爹爹代人索书。这种种事情，每一样又都藏有许多疑团，令蓬莱魔女百思不得其解。

蓬莱魔女远离了千柳庄，摆脱了柳元甲之后，精神的纷扰也摆脱了许多。冷静下来，暗自想道："华谷涵与武林天骄都是与我爹爹作对的，尤其是武林天骄向我爹爹索书之事，所说的言语和我爹爹的自述又大不相同。这种种可疑之点联结起来，只怕这位柳庄主即使真是我的父亲，其中也定然还有隐情。唉，我只道身世之谜已经揭开，谁知还是一团迷雾！"她渐渐连柳元甲究竟是否她的父亲，也有点怀疑起来了。

蓬莱魔女再又想道："上次武林天骄助我胜了那金超岳之后，曾向我倾吐心事，但却没有提起我爹爹在生之事。这事后来从师嫂口中才说出来。武林天骄当时为什么不告诉我呢？是他当时还未知道？抑或是他因为我爹爹是个坏人，不愿意让我知道？但师嫂所得的消息显然是从他那里来的，师嫂为什么又肯告诉我呢？嗯，最后还有一个可能，那就是柳元甲根本不是我的父亲了？但我爹爹有破布为凭，残笈作证，又怎能不是我的父亲？"蓬莱魔女但觉疑雾重重，越想越是糊涂。

蓬莱魔女再又想到与武林天骄同行的那个女子，"这女子和玉面妖狐多半是孪生姐妹，至于那个与华谷涵同行名叫'阿霞'的女子大约也是她们的妹妹。奇怪，玉面妖狐臭名昭彰，素为武林人士所不齿，她的两个妹妹却是武林天骄和笑傲乾坤的朋友。"想至此处，不知怎的，心中突然有一丝酸溜溜的感觉，脸上也不禁发烧了。

要知蓬莱魔女虽然在武林中叱咤风云，但却是个初涉情场的女子，而且正陷在难于抉择的苦恼之中。一个笑傲乾坤，一个武林天骄，在她心中的位置实是难分轩轾。这两个人都是超迈俗流的豪杰，一个曾以红豆暗寄相思，一个更曾向她明言心事。这两个人不但武功相若，年貌相当，还有许多不约而同的巧合之处。他们都是知道蓬莱魔女身世之谜的人，如今他们各自和一个女子同行，这两个女子又恰巧是一对姐妹。前几天，蓬莱魔女初探千柳庄那晚，曾因笑傲乾坤和那"阿霞"同在一起，而引起心情的波动；而今她又为武林天骄和那"阿云"的形迹相亲而感到抑郁于怀了。"情似游丝无定，芳心知属谁家？"蓬莱魔女发现了自己心底的秘密，脸上发烧，情怀怅怅，过了一会，忽地不禁哑然失笑："吹皱一池春水，干卿底事？管他们和什么人同行？"话虽如此，"春水"毕竟是已被风吹皱——蓬莱魔女本来平静的心湖也总是荡起了涟漪了。

蓬莱魔女施展绝顶轻功，一路追踪，不知不觉已是漏尽更残天将破晓的时分，离开千柳庄估计最少也在五十里之处，兀是不见武林天骄的踪迹。蓬莱魔女心里自思："我索性径赴临安，先去见辛弃疾。即使在路上碰不上武林天骄，也总可以从辛弃疾那儿，查访笑傲乾坤的消息。这两个人只要见着一个，我的身世之谜也就可以揭开了。"

主意打定，蓬莱魔女趁着天未大亮，前面正是一个小镇，便到镇中，找着了一间当铺，进去盗取衣裳。原来她因为装束特别，（女装佩剑，单身一人，行走江湖，在江南甚是少见。）一路上受人注目，所以想改换男装。当铺里故衣最多，可以选得合适的衣裳。

蓬莱魔女神不知鬼不觉地偷进那间当铺，扭烂了库房的铁锁，挑选了两套合身的男子衣裳，穿上一套，另一套留作替换，在镜前一照，好一个俊俏儿郎，蓬莱魔女不觉在镜前失笑。笑自己雌雄莫辨，也笑自己以绿林盟主的身份来做小偷。正在得意，不料天已大明，当铺的伙计已来到库房巡视，惊得忙叫"捉贼"，蓬莱魔女信手点了他们的穴道，大笑而去！

　　蓬莱魔女因为白天不方便在路上施展轻功，又到大户人家盗了一匹马，这才离开了那个小镇。一路快马疾驰，到了中午时分，那匹坐骑并非骏马，已累得口吐白沫，蓬莱魔女也感到有点饥饿，正想找个人家买些食物，忽听得后面蹄声得得，有两匹快马疾驰而来，骑在马上的是两个军官。正是：

　　外侮当头仍不悟，缇骑四出捕忠良。

　　欲知后事如何，请听下回分解。

第三十六回　偏安犹作和戎策
　　　　　报国谁知犯佞臣

　　蓬莱魔女只道他们是有甚公事，故此赶路匆忙，本来也不怎样在意，那两个军官并辔驰驱，一路交谈，到了蓬莱魔女背后，话声还未中断，蓬莱魔女正巧听得其中一个军官说道："姓耿这小子真是害人不浅，累得咱们千里奔波。他迟不走，早不走，偏偏咱们来了，他就走了！"蓬莱魔女吃了一惊，连忙竖起耳朵，留心听他们说话。

　　那两个军官的坐骑比蓬莱魔女的快得多，话声未了，已是从她身旁越过，只听得前头那军官哈哈笑道："这是大好的发财升官的机会，你还埋怨什么？快点跑吧，别让人家把功劳都抢去了！"转眼间那两骑马已跑出了半里之遥，那两个军官的话声已是听不清楚了。

　　蓬莱魔女心头一震，暗自寻思："他们说的'这姓耿的小子'莫非就是耿照？听他们的口气似是去捉拿耿照的，耿照可犯了什么罪了，惹得官府捉拿？"

　　蓬莱魔女那匹坐骑跑不过那两个军官的骏马，她又不便在路上施展轻功，人急智生，拔剑出鞘，反手在马臀一刺，那匹马负痛狂奔，距离拉近，相距只有六七丈了，但那匹马疼痛一过，又慢下来，蓬莱魔女早已取下拂尘，趁着距离还不太远，拂尘扬空一抖，两根尘丝无声无息地就射了出去。

　　用尘丝当作暗器，这是蓬莱魔女的独门绝技，尘丝比梅花针还要细小，莫说是这两个军官，即使是第一流的高手，受到这突如其来的暗算也是难以察觉。蓬莱魔女射得巧妙之极，两根尘丝恰好射中了前面那两匹马的后腿关节，经过她的内功运用，两根细微如发的尘丝插进马腿之时，便似利针一般，那两匹骏马关节酸疼，后腿登时跛了，一跛一拐，走得比蓬莱魔女那匹坐骑更慢。

那两个军官大为着急，用力鞭打坐骑，大声斥责："该死的畜牲，还没跑上几里路，怎的就不肯跑了？"那两匹马哀声嘶鸣，越走越慢。那两个军官莫名其妙，正要下马察看，蓬莱魔女已赶了上来，朗声说道："两位大人请慢。"

那两个军官见她是个佩剑的"美少年"，气度高华，不似常人，心中惊疑不定，齐声问道："阁下是谁？有何贵干？"

蓬莱魔女笑道："大水冲倒龙王庙，自家人认不得自家人了？我与两位大人一样，是奉命去追缉耿照的。他不是在虞允文军中吗，两位怎么向这回头路跑？"

其中一个军官听他说得确实，信以为真，冲口便道："耿照早已不在虞允文那儿了，你来得正好，咱们一同追吧。"另一个军官却较细心，忙道："且慢！"

蓬莱魔女跳下马来，与那军官以礼相见，那军官道："你说你是奉命去追缉耿照的，是奉谁之命，可有海捕文书？"蓬莱魔女道："你又是奉谁之命？你先让我看了你的海捕文书，我再把我的与你看。此事关系重大，非是小弟多疑，你们不放心我，我也得知道你们的底细，才敢放心。"那军官道："这么说，你是真的有海捕文书的了？"蓬莱魔女道："这等大事，岂有虚言？"另一个军官道："文书上当真是写明捉拿耿照的？"蓬莱魔女已听出他的口气有点儿不对，但却不明白自己有什么破绽给他识破，顺口答道："当然是写得明明白白，要不然我怎敢到虞允文军中胡乱拿人？"

此言一出，那两个军官嘿嘿冷笑，骂道："你这小贼撒得好一个弥天大谎！快快给我招供，你是不是耿照的党羽？"两人同时拔出兵刃，倏地就扑过来。

蓬莱魔女本来是想套取他们的说话，多探听一些事实的，"软功"不成，只好硬来，她早已有所准备，敌一动，己先动，出手如电，左手拂尘，右手长剑，一招之间，同时向那两个军官使出

570

杀手。

左边那个军官武艺平常，怎挡得住蓬莱魔女精妙绝伦的天罡尘式？腰刀给拂尘一拂，登时脱手飞出，蓬莱魔女随手就点了他的穴道。

另一个军官可是高强得多，使的竟是"万胜门"正宗"乱披风"快刀刀法，但比起蓬莱魔女也还差得很远，那军官在瞬息之间，一口气斫了七七四十九刀，连蓬莱魔女的衣角都未沾着。蓬莱魔女喝声："着！"一剑削出，把他的衣服当中削下，分为两边，却没伤着他的皮肉，喝道："你服不服？"

忽听得"卜"的一声，那军官衣裳裂开之后，有一封朱漆文书掉了下来，那军官大惊失色，喝道："你敢毁坏圣旨！"蓬莱魔女一剑刺中他的穴道，冷笑说："什么圣旨，我倒要拿来看看。"

蓬莱魔女撕开信封，取出"圣旨"一看，只见上面写的是："义民耿照，献书报国，朕心嘉许，着即进京觐见，钦此。"

蓬莱魔女这才知道并非海捕文书，原来是自己刚才说错了话，怪不得那两个军官起了疑心。

蓬莱魔女更是如坠五里雾中，寻思："照这圣旨看来，皇帝老儿是因耿照献书有功，要招他去领赏的。何以这两个军官的口气，分明是当他强盗捉拿？"情知内里情由定然十分复杂，大路上不好盘问，便把这两个军官一手一个提了起来，立即施展轻功，跑到山上的丛林里去。幸亏路上恰巧没有行人，蓬莱魔女闪电般的击倒那两个军官，俘虏入林，没人瞧见。

蓬莱魔女选了一处地形险峻，常人难以攀登的危崖跳了上去，将那两个军官放了下来，喝道："你们是什么人？这圣旨是怎么回事？快说！"其中一个紧闭双唇，怒容满面，不肯言语，另一个则似乎怕死得多，颤声说道："他是内廷侍卫，我是禁军统领，这圣旨是他带来的，我不知情。"蓬莱魔女抖起拂尘，向那内廷侍卫一指，喝道："这圣旨是真是假？"那侍卫一脸倔强的神色，亢声说道："凭你也配问这圣旨的真假？要杀便杀，老子绝不皱眉！"蓬莱魔女冷笑道："凭你这块废料，也敢妄充好汉！"拂尘在他身上轻轻一拂，一拂之下，那侍卫仿佛给无数利针刺进他的穴道，再过

· 571 ·

一会，又觉仿佛有千百条小蛇在他体中乱啮乱咬，酸、痒、疼痛，简直非言语所能形容！身受之惨，胜过任何酷刑。那侍卫纵是铁铸的身子也禁受不起，登时哀号道："我说，我说！请好汉松刑。"

蓬莱魔女将拂尘移开，冷笑说道："实话招来，若给我听出有半字虚言，我叫你受七日七夜求生不得求死不能的磨折！"那侍卫松了口气，讪讪说道："这圣旨是真是假，我也不知。是洪公公交给我的。洪公公是司礼太监，外面呈来的奏章，内廷传出的圣谕，都是由他掌管收发的。"蓬莱魔女道："那洪公公怎样吩咐你？圣旨是召见耿照，为何你们的口气却是去将他缉拿？"那侍卫道："圣旨我不敢私拆来看，不知说的什么。但洪公公却是这样吩咐的，叫我将这姓耿的小子带到京师，立即送到太师府去。路上却不可让犯人知道，只说是皇上召他有赏。"蓬莱魔女道："为何要送到太师府去，这太师又是何人？"那侍卫道："我只知奉命行事，别的都不知情。太师就是当朝宰相魏良臣。"蓬莱魔女吃了一惊，道："原来是这老贼，他还没死？还居然做了宰相？"原来这魏良臣是秦桧的党羽之一，曾几次出使金国，代表秦桧"谈和"，然在爱国志士看来，实是乞降，是以蓬莱魔女知道他的名字。她之所以吃惊，并非为了魏良臣的宰相权势，而是吃惊于南宋皇帝，竟然在秦桧之奸大白于天下之后，依然重用秦桧的一党秉国当朝。

蓬莱魔女再向那禁军统领问道："你呢，你又是奉了何人之命？"那统领道："我是奉了顶头上司，禁军都指挥王大人之命。要我协同张侍卫办事，将那耿照骗到京师，交给魏太师。王指挥说，这姓耿的武功不弱，恐有意外，张侍卫一人对付不了。他还说这是绝顶机密之事，绝不可有半点泄漏。事情办得成功，重重有赏，办不成功，就要取我项上人头。……"蓬莱魔女不耐烦听他啰唆，问道："这王指挥是什么人？为何他要与魏良臣、洪太监等人陷害耿照？"

那禁军统领道："这位王指挥就是从前岳元帅手下的副统制王俊。"蓬莱魔女这一惊更甚，大怒说道："这奸贼坐享高官厚禄，居然又来陷害忠良！"拂尘一击，把一块石头打得火花四溅，石屑纷飞。

原来这王俊乃是当年帮同秦桧谋害岳飞的帮凶之一，本是岳家军中的副统制，屡犯军法，岳飞几次要治他的罪，为了宽大处理，希望他能改悔，一直没有从严惩处，王俊不但不知觉悟，反而怀恨在心。后来秦桧要谋害岳飞，想出了一条毒计，买通王俊，叫他诬告岳飞的副帅张宪和儿子岳云谋叛，借此牵连岳飞。王俊遂出头自首，说张宪欲据襄阳府叛变，他是参与谋叛的一人，现在幡然悔悟，向朝廷请罪。"风波亭"的冤狱就是由这一个"莫须有"的案子引起的。

蓬莱魔女强抑怒火，冷静下来，暗自想道："那洪太监是掌管宫廷的文书收发的，奏章都要经过他的手才送给皇帝，这么说来，耿照所呈递的他父亲那份遗书，只怕根本就未经皇帝老儿过目，而是被那洪太监私下扣留了。洪太监与魏良臣、王俊等人合谋陷害耿照，自必是因为这份遗书的关系，只不知书中有什么涉及他们，以致他们如此恐惧怀恨？莫非他们现今还是私通敌国不成？这事关系重大，内情复杂，我非得亲自到临安查个水落石出不可！"

那禁军统领见蓬莱魔女大发雷霆，吓得连忙说道："王俊因何要害耿照，我实是毫不知情。他是我的顶头上司，我只能听他差遣。"

蓬莱魔女道："你们到了虞允文军中，不见耿照，可知他是去了哪儿？"那统制道："听虞将军说，耿照已赴临安，正是在我们到达之前的一天动身。但我们从临安出发，却没有在路上碰上他，也许他走的是另一条路。故而这份圣旨，我们就没有交给虞允文，要留下来准备将来当面交给耿照。"

蓬莱魔女道："你们走回头路来追拿耿照，你们怎认得他？"心想耿照初到江南，这两个军官决计未曾见过耿照。那统领道："我们虽未见过耿照，但魏太师交下他的图形，要是碰上了一定会认得出的。"

说罢拿出了一张画像，蓬莱魔女一看，画的果然乃是耿照。蓬莱魔女又惊又怒，这画像不啻是个证据，证明魏良臣确是暗通金国，因为金国曾挂图悬赏缉拿耿照，这张画像和金国所挂出的耿照图像一模一样，即非原图，显然也是出于一人手笔。

蓬莱魔女再问：“你们刚才说怕别人抢你们的功劳，那么除了你们之外，魏良臣与王俊还有什么布置，还派了什么人去与耿照为难？”

那侍卫道：“除了我们之外，还有十二名禁军统领与七名内廷侍卫，都已奉派出来，留在沿途的各处关卡，协同当地的官兵，每日里搜查过往行人，严防耿照漏网。”蓬莱魔女大怒道：“好狠毒的布置！假传圣旨还恐有失，又来调派朝廷的军官给他们公报私仇！朝廷的官兵不用来抵御强敌，却用来对付忠君爱国的义士，哼，哼，这是什么道理？当真是令人又气又恨！”说得火起，左右开弓，噼噼啪啪地就打了那两个军官几记耳光。

那两个军官慌不迭地磕头求饶，叫道：“我们只知奉上司遣派，实是不明内情，求好汉饶命。”蓬莱魔女道：“你们若非奉命而为，我早已取了你们的性命了。但你们贪功图赏，行为卑鄙，这几记耳光也没有错打了你们。好吧，如今死罪免了，活罪难饶，我罚你们在这危崖上挨饥抵冷一日一夜！”

说罢便点了那两个军官的软麻穴和哑穴，叫他们不能叫喊，也不能动弹。蓬莱魔女用的是重手法点穴，要过了一日一夜之后，穴道方能自解。这危崖有十余丈高，谅这两人穴道解了之后，也无法自己下来，到时他们能否侥幸遇救，那就只好让他们听天由命了。

那两个军官的坐骑是久经训练的战马，兀自在山下徘徊不去，它们并没受伤，只是被尘丝刺了关节，如今酸麻已过，已可以行动如常，蓬莱魔女心道：“耿照比他们早一日动身，他的马一定不及这两个军官的马快，也许在今日还可以追得上他。”蓬莱魔女不便在路上施展轻功，又担心耿照在前途遇险，便换乘了一匹坐骑，立即赶路。暂且按下不表。

且说耿照前赴临安之事，原来耿照也正是为了打听他献书之后的消息而去的。他把父亲那份遗书交给辛弃疾，由辛弃疾又交给大将军刘琦代呈皇上。耿照自己则到虞允文军中学习水战，等候消息。水战的技术已经学得差不多了，消息仍是迟迟未来，耿照惴惴不安，故而赶赴京都，想请辛弃疾帮忙打听。他哪知道，刘琦倒是替他把那份遗书呈上去了，可惜却要经过洪太监的手转呈，洪太监私自拆开那份遗书，一看之下，大惊失色，便把那份遗书扣留不发，皇帝根本就看不到。原来耿照父亲这份遗书分两部分，一部分是敌情报告，例如金国的兵力布置，国中虚实等等。另一部分则是报告南宋有哪些私通金国的奸臣，这些奸臣有些已经死了，有些却还活着，魏良臣、王俊等人都在其内。洪太监是他们一党，当然要和他们设法谋害耿照了。

耿照毫不知情，日夜兼程，匆匆赶路，这一日进了天目山口，山口有一道关卡。

耿照以前在虞允文军中，虽然未受实职，但也是个军官身份，穿的是军官服饰，身上还有虞允文给他的"路引"，所以碰上关卡检查，丝毫也不放在心上，根本就想不到会有意外，只是当作例行手续而已。

路口的哨兵见他是个军官，甚为客气，问道："哪里来的？"耿照道："从采石矶来的。"采石矶即是虞允文水师驻扎之地，虞允文屡挫金兵，威名远扬，采石矶是个小渔村，也因此沾光，人人都知道这个地方了。

那哨兵吃了一惊，连忙叫道："张大人请来！"卡中一个军官急步奔出，那哨兵道："这位大人是从采石矶来的。"那军官问道："你是在虞将军帐下当差的吗？为何一人到此？"耿照道："我有点公事，要上京都。这是我的路引。"那军官接过一看，又惊又喜，说道："你就是耿照？你在虞将军麾下，官属何职？"耿照道："不错，我就是耿照，我是随辛将军的义军从江北来的，在虞将军那儿只是个客卿身份，算不得正式军官。"

那军官盘查清楚，放下了心，想道："原来并不是虞允文手下的军官，这倒可少了一层麻烦。"原来这姓张的军官正是王俊派出的禁军统领之一，奉命留驻这座关卡，等候捉拿耿照的。他只知捉到耿照此人，就可以领功邀赏，却不知耿照是什么身份。

那军官哈哈笑道："久仰大名，幸会，幸会，咱们亲近亲近。"耿照怔了一怔，心道："我才到江南，你怎的就会久仰我的大名？"但也只当他是句普通的客套说话，虽然觉得他说得不很恰当，却也不怎样在意，便伸出手来与他一握。

一握之下，耿照掌心如受针刺，又痛又痒，那军官笑声未绝，忽地"哼"了一声，说时迟，那时快，随即又是一掌打出，把耿照打出了一丈开外，但耿照只是脚步跄踉，未曾跌倒，那军官却"咕咚"一声，倒于地下。

　　原来那军官中指上套有一个毒指环，握手之时，指环上伸出一口毒针，耿照哪有防备，当场就受了暗算。但耿照练过桑家的大衍八式，护体神功已有了几分火候，一受暗算，立生反应，那军官一掌打在他的身上，虽然把他打出一丈开外，自己也给耿照的内力反震，变成了个倒地葫芦。

　　这一来两人都是大大吃惊，那军官爬了起来，大叫道："来人呀！"耿照喝道："我犯了什么罪了？你、你是朝廷命官，怎的向我下得这等毒手，这、这简直是江湖上下三流的勾当！"骂声未了，那军官已抄起一根钢鞭，向他打来。

　　这一鞭势捷力沉，径向耿照下三路扫来，耿照立足未稳，脚步一个跄踉，闪过一边，膝盖没给打着，脚跟却已给鞭梢扫了一下，他的护体神功只有几分火候，脚跟是他真气还未能运到的地方，这一下打得他痛得跳了起来，落下时已是一跷一拐。那军官得理不饶人，一个箭步赶了上来，刷的又是一鞭打出，这一鞭来势更猛，用的是"尉迟鞭"中的杀手鞭法，风声呼响，卷起了一团鞭影，将耿照的身形罩着，这根钢鞭长达一丈有奇，使出了这路鞭法，不论耿照避向哪方，都是难以避免给他打中。

　　耿照不由得怒从心起，在这性命交关之际，也顾不得什么朝廷的命官不命官了，掣出宝剑，一声喝道："你住不住手？"一招"八方风雨"使将出来，只见紫电腾空，银虹匝地，剑光四面展开，断金戛玉之声，不绝于耳，一刹那间，耿照的宝剑与那军官的钢鞭已接连碰击了十几下，军官的鞭梢给削去了一段，鞭身上也是伤痕累累，幸而那根水磨钢鞭重达七十二斤，耿照只能削去一段鞭梢，还未能将长鞭从中间削断。

　　耿照喝道："你们到底是些什么人，胆敢白日青天拦路打劫？我身上没带多余银子，要命倒有一条！"耿照做梦也想不到当朝的宰相和禁军指挥要谋害他，还只道这些人乃是冒充官兵的强盗。

那军官冷笑道："不要你的钱，也不要你的命，乖乖地抛下宝剑，跟我走吧，我亲自送你上京。"耿照怔了一怔，道："我何必你送？你若是好意，为何见面就下毒手？"

那军官哈哈大笑，说道："你到了京都，自会知道。我不给你刺上一针，你怎会听我的话？老实告诉你，这是见血封喉的毒针，任你内功深厚，不得解药，也至多一时三刻，便要毒发身亡，你还要顽抗吗？"

耿照大怒道："岂有此理，一派胡言！你分明是个无恶不作的强盗，哼，要我屈膝求饶，那是万万不能！呸，狗强盗，你不拿出解药，我就与你拼了。"冲上去抢剑便斫，那军官欺他腿已受伤，行动不便，只是一味闪躲，不和他真个交锋，想等待他毒发之时，便自可不费吹灰之力，将他手到拿来。

就在此时，关卡中的官兵已是倾巢而出，为首的是个手执丈二长枪的军官，这人是大内十二名头等侍卫之一，武艺在那禁军军官之上，见耿照不过是个乳臭未干的少年，那军官竟然战他不下，不禁心存轻视，意欲当众逞能，一马当前，抢起长枪，一招"毒蛇出洞"，向耿照当胸便刺！

耿照暗运真气，力透剑尖，搭上长枪，轻轻一带，卸去了对方那股刚猛的力道，喝道："撒手！"一招"顺水推舟"，青钢剑贴着枪杆，迅速地便向上削，这是短剑破长枪的一招巧妙招数，敌人若是不肯撒手抛枪，这一削便可以将他握枪的手指削断。

这军官身为头等侍卫，武功亦非泛泛，就在这危机瞬息之间，忽地将长枪变出了虎尾棍法，将枪尾一抖，抖起了斗大枪花，使出了虎尾棍法中的"圈"字诀，耿照削到一半，给他荡开，剑锋斜掠而出，"刷"的一下，虽没有削断那军官的手指，但剑锋过处，已裂开了一幅衣裳，在那军官的左肩上划了一道五寸来长的伤口。

使鞭的那个军官急忙一鞭打来，耿照举剑架开，两侧又有两个军士赶到，一个挥刀，一个挺矛，同时向着耿照斫刺，耿照一招"斗转星横"，反手一剑削出，只听得一片断金戛玉之声，震得耳鼓嗡嗡作响，那两个军官刀断矛折，给震得四脚朝天。但耿照的虎口也隐隐作痛，这并非这两个军士的功力比那头等侍卫还高，而是耿照所中的毒已经发作。

耿照毒虽发作，神智尚清，他看见这么多官兵从那关卡跑出来，已知绝不是盗徒冒充，禁不住一阵凉气透过心头，又是气愤，又是伤心。他历尽艰难，好几次险死还生，这才冲破重重封锁，来到江南，将父亲的遗书献给朝廷，自问有功于国，却想不到官军竟要将他杀害！

耿照一口悲愤之气咽不过来，眼睛发黑，右臂亦已麻木不灵。耿照心里想道："这样死去，也是个糊里糊涂的屈死鬼！不，我一定要冲出去，我一定要查个水落石出，是谁要把我置于死地？这是不是真的出于朝廷的旨意？"当下剑交左手，暗运真气抵御右臂毒气的上侵，稍稍好了一些，就以左手使剑，泼风地杀开一条血路。

可是他既要运气御毒，又是左手使剑，当然远远不及右手的灵活，他又不忍杀伤官兵，所用的战术只有两种，一是削断对方兵器，一是刺中对方穴道，点到即止，叫他失掉抵抗能力。但这么一来，他本身也要更耗精神，更费气力，不多一会，毒气又在渐渐扩散，左臂亦已有点麻木不灵了。

那两个军官看出他已是强弩之末，齐声喝道："好小子，你真的不要性命了吗？快快抛剑投降！"耿照此时神智亦已渐渐模糊，心中只是有一个念头，要冲出去！那两个军官大为着急，生怕他毒发身亡，难以交代，那使鞭的军官叫道："你把他的宝剑打落，我上去将他击倒！"那两个军官见耿照剑招使出，已是不成章法，料想可以将他制伏，便拼着冒点危险，冲上去擒他。

耿照眼睛发黑，只听得呼呼风响，那内廷侍卫一声大喝，抡起长枪向他挑来，耿照视力模糊，一丈之外的敌人，只能隐约看到一点影子，凭着听风辨器之术，以上乘武功的"卸"字诀挡了两招，忽觉膝盖一阵剧痛，不由得"咕咚"一声倒在地上。原来是那禁军教头绕到侧边，悄无声地一鞭打来，耿照所受的毒早已发作，目力耳力都受影响，听风辨器的本领，当然也大大减弱，他全神应付那杆长枪，已是有点力不从心，那使鞭的教头十分狡狯，在他们高呼酣斗之中悄无声地一鞭打去，耿照还焉能抵挡？冷不及地就给他一鞭打碎了膝盖了。

那两个军官哈哈大笑，争先恐后地便跑来要拿耿照，耿照心里叹了口气，正自想道："终于还是落在奸人手上，死不足惧，但却是可惜死得不明不白！"突然间，那两个军官的笑声忽地变为厉叫，接着听得"卜通""卜通"的两声重物坠地之声，显然是那两个军官已是在他的面前同时跌倒。

耿照大为惊诧，挣扎着爬起来，模糊中只见一团白影在官兵丛中穿来插去，追亡逐北，所到之处，如汤泼雪，裂人心肺的惨叫声此起彼落，不绝于耳！耿照心道："这人是谁，却来救我？"想要叫他不要滥杀无辜，声音竟已发不出来，他中的毒，毒气已将攻到心房，体力全已消失，只仗着一口真气，勉强护着心房，才不至于立时晕倒。

就在耿照摇摇欲坠之时，那白衣人来到了他的身前，一手将他拖住，朦胧中耿照认得是个女子，心头一震，"啊，原来是你！"这句话勉强叫了出来，细如蚊叫，那女子格格一笑，说道："你还认得我么？算你还有一点心肝。"背起耿照，如飞而去。耿照松了口气，也就迷迷糊糊的不省人事了。

且说蓬莱魔女快马赶来，到了天目山的关卡之前，正是那一场激战之后，只见遍地血腥，横七竖八的都是尸体。蓬莱魔女在路上已曾打听得耿照是向这条路来，见了这个情形，不禁惊疑不定。心里想道："看这情形，耿照在这里曾与官兵激战，那是无疑的了。但杀伤这许多人，却不似耿照作为。"她进关卡搜查一遍，一个活人都没见着，再到战场审视那些尸体，更是大大吃惊。那些人死状都差不多一样，不是咽喉被剑尖穿过，就是左右心房被刺个正着。可以看得出来，每个人都是被一剑毙命的。蓬莱魔女深知耿照的性格决不会这样残忍，而且这种狠辣的剑法，也决非耿照家传的蹑云剑法。蓬莱魔女心道："这是谁干的事情？他来相助耿照，应是侠义中人，却又为何会用这种邪派的狠毒剑法，将官兵杀得一个不留？"

蓬莱魔女蓦地想起一个人来，"莫非是玉面妖狐连清波？"但蓬莱魔女与玉面妖狐曾经几度交手，仔细回想，玉面妖狐使的又不似这路剑法。蓬莱魔女正自思疑不定，忽听得蹄声得得，有如骤雨，只见一骑骏马，正自从山坡上疾驰而过。

这匹马不走大路，似乎是有意绕过这座关卡，蓬莱魔女心头一动，仔细一瞧，认得马背上的骑士正是以前在路上碰见过的，向她查问武林天骄的那个金人，也即是那晚和那个"阿霞"一道偷进千柳庄，后来又一道离开的那个汉子。

这汉子骤然见着了蓬莱魔女，又见着了关卡前面的满地尸体，也是大出意外，吃惊非小，"呵呀"一声，叫了起来，连忙扬鞭催马，跑得更加快了。

蓬莱魔女叫道："且慢，我有话要和你说！"那汉子曾吃过蓬莱魔女的亏，哪肯听她的话？马不停蹄，绝尘而去，转眼之间，已自山路上绕过那座关卡，进入了森林。

蓬莱魔女只好上马去追，蓬莱魔女这次追他，倒并非存着敌意，而是想向他打听武林天骄或笑傲乾坤的下落。蓬莱魔女已知他是武林天骄的朋友，那晚他又曾与那个名叫"阿霞"的女子同进千柳庄，那么想必和笑傲乾坤最少也是相识无疑。

蓬莱魔女的坐骑是从那个内廷侍卫手中夺来的御厩良驹，登山涉水，如履平地，但那汉子的坐骑也是神骏异常，比起蓬莱魔女这匹坐骑有过之而无不及，他又是跑了一程，蓬莱魔女才随后追的，越追距离越远，幸而山路湿润，蹄痕分明，不致追错了方向。

翻过了一座山头，忽听得金铁交鸣之声，隐隐随着山风吹来，蓬莱魔女定睛看去，只见下面山谷之中，有两团白光裹着两条人影，正在厮杀，距离太远，是什么人，还瞧不清楚。

那汉子已到了山腰，扬声叫道："霞妹，别慌，我来啦！"蓬莱魔女心头一跳，"莫非就是那个阿霞？"纵马疾驰而下，到了半山，定睛看去，捉对儿厮杀的是一男一女，那女的果然就是"阿霞！"

蓬莱魔女心头大震，只一个"阿霞"，还未令她吃惊，那男的更出她意料之外，这时瞧清楚了，不是别人，正是她的师兄公孙奇。

那个名叫"阿霞"的女子，用月牙弯刀劈斫夹着刺穴，招数十分精奇，但却仍然不是公孙奇的对手，只见公孙奇的剑光已把她裹住，那女子只有招架之功，而无还刀之力。这时，那金国汉子，已到了谷底，拔出佩刀，便去助战。公孙奇哈哈笑道："清霞，我是你的姐夫，对你实是一番好意，你怎么不肯听我的话？"

蓬莱魔女听得那女子的名字叫作"清霞"，心里想道："果然是玉面妖狐连清波的妹妹。我师兄自称是她的姐夫，敢情是他谋害了妻子之后，已与那妖狐苟合了？"

连清霞气得大骂道："下流贼子，无耻奸徒，我不杀你，难泄心头之气！"公孙奇哈哈笑道："我倒是无意伤害你，你怎的发这么大的脾气，反而要杀起我来了，我配不起你的姐姐么？哈哈，小姨子，你还是对我好一点吧，你怎么能杀得了我呢？"连清霞给他气得七窍生烟，刀法急乱，公孙奇看出了破绽，一抓向她抓下。

那汉子正巧赶到，大怒喝道："闭上你的鸟嘴，看刀！"一刀斩下，公孙奇猛地缩手，侧目斜睨，嘻嘻笑道："你敢情是我霞妹的夫婿了？你我份属连襟，怎的你一见面便是这么的不客气？"连清霞与那汉子都是满面通红，双刀飞舞，联手而攻，着着都是进手的招数，恨不得把公孙奇宰了。

公孙奇笑道："霞妹，我看在你姐姐的份上，不想伤你。这人虽是你的女婿，究竟隔了一层，对不住，我可要拿他试一试我新练的功夫了！"话犹未了，倏地一掌拍出，那汉子的腰刀给公孙奇的软剑裹住，急切之间，抽不出来，"蓬"的一声，两人对了一掌，那汉子晃了一晃，连退三步，急汗如雨，面色都已变了。连清霞大惊道："宜哥，怎么了？"那汉子道："没什么！"咬着牙根，挥刀再上。公孙奇笑道："没什么？你这条小命保不住啦！霞妹，你另外找个男人吧。这人是个蠢材，配不上你，比他强过十倍百倍的人多着呢，我可以帮你挑选。"

连清霞又惊又怒，运刀如风，豁出了性命向公孙奇猛攻，公孙奇使出一路防身剑法，轻描淡写地将她的招数一一化开，另一只手在刀光剑影之中忽伸忽缩，仍在寻瑕抵隙，意欲向那汉子再击一掌。

正在这紧张的关头，蓬莱魔女已在山上疾驰而下，赶了到来。公孙奇认出了是她师妹，大吃一惊，连忙叫道："师妹，你来得好！这人是金国的将军，你把他拿来吧。"

公孙奇固然吃惊，连清霞与那汉子吃惊更甚，心中想道："糟糕，这恶贼一人已难应付，又来了他的师妹，这可如何是好？"

公孙奇知他师妹痛恨金人，想激起她的同仇敌忾，哪知蓬莱魔女已是深知他的为人，怎还肯上他的当？话犹未了，蓬莱魔女已自马上跃下，身形如箭扑来，冷笑说道："谁是你的师妹，你花言巧语，还想骗我吗？不错，我是要拿人，我是要把你拿下！"

蓬莱魔女尘剑兼施，左手是天罡尘式，右手是柔云剑法，拂尘笼罩，封闭了公孙奇的退路，青钢剑一招"星海浮槎"，抖起了三朵剑花，瞬息之间，连点公孙奇胸前的"璇玑穴"，胁下的"愈气穴"，膝盖的"环跳穴"。这三处方位联成一条斜线，蓬莱魔女一招连攻三处，剑如飞凤，斜掠而下，当真是奇妙无比。蓬莱魔女曾和师兄两度交手，对他的本领深浅已是了然于胸，他武功虽高，却还比不上自己，只道这一路剑法使出，至不济也可点中他一处穴道。

哪知公孙奇的武功也已是今非昔比，就在这危机瞬息之间，只见他也是剑掌兼施，"呼"地一掌拍出，把拂尘荡开，尘尾松散，接着只听得一片断金戛玉之声，公孙奇一招"大漠孤烟"使将出来，剑势斜飞，划了一道弧形，瞬息之间，和蓬莱魔女的青钢剑接连碰击七下，又把她那招"星海浮槎"解了。

蓬莱魔女吃了一惊，心道："相隔不过两月，怎的他的武功已是精进如斯！"公孙奇也是暗暗吃惊，心道："我练了桑家的大衍八式，又练了两大奇功，看来却还是胜不过师妹。"连清霞又惊又喜，想不到蓬莱魔女竟会帮她，她正要上前助战，忽见她那同伴跄跄踉踉地连退几步，面色灰白，摇摇欲坠。连清霞只好先过去看护他。

公孙奇对付师妹已讨不了好，更怕连清霞也来夹攻，哪里还敢恋战？叫道："师妹，你就不念同门之谊了么？"忽地刷刷两剑，猛攻过来，剑光飘瞥，似左似右，剑尖指向了蓬莱魔女的两面心房，这剑势凌厉之极。蓬莱魔女不得不撤回拂尘防守，公孙奇也明知这一招绝伤不了蓬莱魔女，正是要迫她防守，蓬莱魔女化解了他这一招，正要还击，公孙奇从她的拂尘笼罩之下脱了出来，已是如飞走了。

蓬莱魔女忽地心念一动："我怎么没想起他？"原来公孙奇这路剑法，专刺心房、咽喉，那些官兵就正是如此被人杀死的。蓬莱魔女心道："难道就是他杀尽官兵，他能有什么好心，一定是将耿照劫走，另有图谋了？"要想去追，但又不想抛下连清霞与那汉子，何况她也有紧要的事情要问他们，一时间踌躇未决，公孙奇已走得远了。

蓬莱魔女回过头来，只见连清霞正在将那汉子抱住，满面惶急的神情问道："宜哥，你怎么啦？咦，你的手掌，你的手掌怎的变成这个样子？"惶急之中显出无限情意，蓬莱魔女怔了一怔，恍然大悟："我只道她是华谷涵的密友，却原来她和这汉子才是一对情人！"正是：

如今始是明真相，却悔当初错怪人。

欲知后事如何，请听下回分解。

第三十七回　武学分传三弟子
奇能骇俗一神僧

　　那女子见蓬莱魔女已把公孙奇打跑，向她走来，有点不好意思，便把那汉子放下，换了一只手将他扶住，单掌平胸，柳腰微弯，向蓬莱魔女施了一礼，说道："多谢姐姐救助之恩，请问姐姐高姓大名。"那晚在千柳庄前，她虽然曾与蓬莱魔女交手，但因夜色朦胧，对蓬莱魔女的面貌还看得不大清楚，蓬莱魔女此时又是作男子打扮，她看看似曾相识，一时间却认不出来。不过她听得公孙奇唤蓬莱魔女作"师妹"，已知她是个女子。

　　蓬莱魔女笑道："那晚在千柳庄前我曾领教过姐姐的高招。我姓柳，名叫——"那汉子"啊呀"一声叫了出来，说道："敢情是柳女侠柳清瑶？檀公子早已与我说过了，那日路上相逢，我已疑是你了。可惜——"蓬莱魔女也自有点尴尬，笑道："那日都是怪我不好，鲁鲁莽莽的就和你动手了。你说的那位檀公子檀羽冲可是武林天骄？"那汉子道："正是。我和他一道渡江的。我不是汉人，也难怪柳女侠疑心。"他说话多了，气喘心跳，连连咳嗽。

　　蓬莱魔女道："你且慢说话，我给你看一看。"一看之下，不禁大吃一惊，只见那汉子的一只右掌，血色毫无，就像腊干了似的。蓬莱魔女这才知道公孙奇已经练成了一种最阴毒的邪派奇功——"化血刀"。蓬莱魔女暗暗叹了口气，寻思："桑家的毒功秘笈，到了我师兄的手中，以后又不知要害多少人了？还幸他现在只有五成火候，我须得早日将他制伏才好。唉，我师父只有他一个儿子，若是知他在歧路上越走越远，如今竟变成了邪派妖人，不知多伤心呢!"

原来"腐骨掌"与"化血刀"乃是桑家秘传的两大毒功,公孙奇之所以娶桑白虹为妻,主要就是为了盗取这两大毒功。那晚他与玉面妖狐害死了桑白虹之后,公孙奇便得到了这毒功秘笈。不过这两大毒功练起来危险得很,桑白虹的父亲桑见田当年就是因为练"化血刀"而致败血身亡的。功夫越深,危险越大,公孙奇凭着本身有正宗内功根底,练这毒功进步神速,但到了五成火候,已察觉有对身体不利的迹象,所以不敢往下再练。

"化血刀"是这毒功的名称,其实练的却不是毒刀而是毒掌,只因练成之后,掌劈赛如刀斫,给他"斫"中之处,血液受毒干枯,故而名为"化血刀"。幸而公孙奇只有五成火候,若是给他练到最高境界,"斫"中一处,毒素即可以迅速蔓延全身,一时三刻之内,便要成为"人干",死状之惨,实是难以形容。蓬莱魔女的师父公孙隐是一代武学大师,见多识广,他虽然不懂练"化血刀",却识得有这毒功,曾与蓬莱魔女讲过急救之法。

蓬莱魔女细察了那汉子的伤势,固然暗暗吃惊,但也看出了公孙奇火候不足,这伤还不是无可救治,松了口气,说道:"幸好你内功深厚,化血刀只是毒害了你的一只右掌,还未曾波及虎口以上。你将丹田真气,循着少阳经脉,运到虎口的关元穴,连转三转,使到新血冲下,冲开败血。霞姑娘,你也来帮忙帮忙。"蓬莱魔女与连清霞各出一掌,一掌贴着背心,一掌抵着胸口,各以本身功力,助他运气疗伤。她与连清霞都是身有上乘内功的人,加上了那汉子本身的功力,过了半支香时刻,新血果然源源注入掌心,蓬莱魔女用剑尖轻轻刺穿他的中指,把毒血渐渐挤出,毒血溅在青葱的野草上,野草都立即干枯。连清霞与那汉子都不禁怵目惊心,矫舌难下。

蓬莱魔女道:"毒血已排除净尽,以后就只需好好地调养了。你多吃点补血的药物,让身体尽快复原。还有,你这只右手,在这个月内,绝不能用来与人动武,也不能提举重物。"那汉子面有难色,连清霞柔声说道:"宜哥,这个月内,我绝不会离开你,你要办的事情,我也总可以助你一臂之力。"

那汉子对蓬莱魔女十分感激，说道："柳女侠，我真不知怎样谢你才好！"蓬莱魔女道："这算得了什么，你的好朋友武林天骄也曾助过我打败那祁连老怪。嗯，我还没有请教你们的姓名呢。"

那女子道："我复姓赫连，名叫清霞；他是我的表哥，复姓耶律，名叫元宜。"赫连、耶律都是辽国著名的大姓，蓬莱魔女道："哦，你复姓赫连？那么你们是辽国人不是金国人了？江湖上有个绰号玉面妖狐的女子，她名叫连清波，她、她是——"赫连清霞已知她想说什么，眉蹙神伤，黯然说道："她正是我的大姐，赫连这个姓氏一说出来，人人都知是个辽姓，容易惹人注意，我们也不愿意给人家知道我们是亡国之民，（按：其时辽国早已被金国所亡。）汉人有个'连'姓，所以我们碰到陌生人就改姓连了。"停了一下，很不好意思地接着说道："我和大姐多年不见，我也知道她这几年来行为很坏，这次我潜来江南，原因之一，就是要找我的大姐。柳女侠，你那晚一见我就下杀手，我知道你一定是把我当作我的大姐了。当时我未认识你，家丑不便外扬，所以没有向你解释。"

蓬莱魔女道："我有好些事情，想要问你。只是耶律大哥可得找个地方歇息才好。"

赫连清霞道："我也有些话要和你说，请到我的临时住址坐一坐吧。"扶了耶律元宜，往前带路，将蓬莱魔女带进一个山洞。

这山洞通爽干净，地上铺有两床锦褥，看来他们二人已在这里住了多天。蓬莱魔女道："你们不是和华大侠、华谷涵在一起的么？他到哪儿去了？"赫连清霞道："华大侠正是去寻找你的，他到临安去了。"蓬莱魔女道："他可曾与你说起我的什么事情？"赫连清霞笑道："他说姐姐是当今第一位女豪杰，他对姐姐佩服得紧。你们以前见过面么？"蓬莱魔女道："见过一次，未有交谈。"赫连清霞笑道："华大侠对你可是早已仰慕的了。那晚你与我动手，事后他知道了，他也猜到是你，叫我以后若然再碰上你，就不妨把真相告诉你，免得你误会我是大姐。姐姐，你看，你虽然未和他正式见过，他却早已把你当作好朋友看待了。"蓬莱魔女面上一红，说道："那晚你和他夜探千柳庄，他可有说起什么？比如柳元甲的身份，他可有提及？"赫连清霞道："奇怪，那晚他邀我夜探千柳庄，我说一个土霸做寿，有什么好看，他说这姓柳的庄主，只怕不仅是一个普通的土霸，他正是要去查究他的身份。姐姐，你现在也这么问，想必已另有所知，这柳元甲到底是什么身份？"蓬莱魔女好生失望，心想："我的身世之谜，原来华谷涵并未与她谈过。"当下说道："柳元甲是江南武林盟主，当然不是个寻常的土霸。"耶律元宜道："岂止如此，他和金国的国师金超岳还是好朋友呢。将来金兵万一渡江攻宋，只怕他会在江南内应。"蓬莱魔女心头一震，说道："你可拿到了什么凭据？"耶律元宜道："他那晚是怎样款待金超岳的，柳女侠，想必你也见着了，这不就是凭据？"蓬莱魔女心道："这个我爹爹已对我解释过了。"但耶律元宜虽然未能添上什么新的"凭据"，经过他这么一说，蓬莱魔女心上已是多了一个疙瘩。

蓬莱魔女道："耶律将军，你不是金国的军官么，怎的听你的口气，却似乎是助宋反金？"耶律元宜苦笑道："我辽国被金国所灭，我纵不肖，也绝不能屈膝事敌。我做金国的将军，那正是为了等待时机。我在金国，颇得信任，不瞒你说，这次我潜入江南，就正是奉了金国总帅完颜郑嘉努之命，前来刺探军情的。哈哈，这就是我报复的时机到了，我乐得在江南赏玩风景，将来回去，给他一个虚报军情，叫金兵一败涂地！"蓬莱魔女肃然起敬，说道："耶律将军原来是怀有如此苦心，那日我几乎坏了你的大事，真是惭愧得紧。"

蓬莱魔女转过话题向赫连清霞问道："玉面妖狐是你大姐，那么你还有没有其他姐妹？"赫连清霞道："我们共有姐妹三人，还有个二姐名唤清云。"蓬莱魔女道："她是不是惯用笛子作兵器的？"

赫连清霞道："不错，我们三姐妹的兵器各各不同，大姐用剑，二姐用笛，我用月牙弯刀。这么说，我的二姐，你也是见过的了？"蓬莱魔女道："在我师嫂家里见过一次，她是和武林天骄一同来的。那晚我师兄用毒药害我师嫂，幸得他们救了。"当下说了当晚的事情，叹口气道："可惜，我师嫂终于还是上了我师兄的当，她第二次回到家中，你的大姐和我的师兄，合谋将她害了。"赫连清霞低下了头，黯然说道："我大姐害死了你的师嫂，我，我真是惭愧得紧。"

蓬莱魔女道："龙生九子，各不相同。你姐姐做的坏事与你何干？我只是不明白，你们两姐妹都很好，何以你大姐却与你们完全两样？"

赫连清霞道："柳姐姐，你救了我和宜哥的性命，我们不能将你当作外人，我把我的身世对你说了吧。我给你先说一个故事。

"大约在四五十年之前，金国有一个武林奇人，他父亲是金人，母亲是宋人，妻子是辽人。那时，宋金辽三分天下，互相攻战，他甚是伤心，遂不问世事，遁迹山林，先后收了三个徒弟。一个是金人，一个是辽人，一个是宋人，一视同仁，不分畛域，按三个弟子性之所近，各各授以平生绝技。……"

这个故事，蓬莱魔女曾听武林天骄说过一遍，但却不知这故事与赫连这一家又有何关系，当下说道："那位奇人的金国弟子，就是武林天骄的师父；宋国弟子则是我师嫂的父亲桑见田。"赫连清霞道："哦，原来这故事你是早已知道的了？"蓬莱魔女道："不，并未完全知道。那辽国的弟子，我却不知是谁。"赫连清霞道："是我的父亲。"蓬莱魔女颇感意外，说道："哦，原来你和武林天骄、和我的师嫂，都是同一根源的师兄妹了。这可真不是外人了。"

赫连清霞点了点头，说道："我爹爹是辽国的羽林军统领，金国灭辽那年，我大姐七岁，二姐五岁，我才三岁。我爹爹誓死报国，事先遣散妻女，独自留在京都守卫。金兵大举入侵，破了我国京城，我爹爹虽具绝世神功，毕竟寡不敌众，可怜他浴血苦战一日一夜，杀了金国数百武士，终于筋疲力竭，死在敌人乱箭之下。

"我母亲带我们三姐妹回乡，兵荒马乱，不幸大姐又在途中失散。我和二姐跟着母亲，躲到深山，她母兼父职，白天教我们练武，晚上教我们读书，还教我们一不可忘了国仇，二不可忘记了要找回大姐。可怜她忧患余生，未曾得雪国耻，未曾得见大姐，就在今年春头过世了。

"我们两姐妹丧了母亲，正拟下山访寻大姐，可巧就有一个知道大姐消息的人来了。"

蓬莱魔女道："这人可是、可是笑傲乾坤？"赫连清霞道："不，是武林天骄。他是从宜哥那儿得知我家所在的。"

耶律元宜道："我和霞妹两家是世交。他爹爹是羽林军统领，我爹爹是副统领。金兵攻破我国京城之日，赫连世伯对我爹爹说道：'国破家亡，主辱臣死。要有人死节，也要有人复国。死节易，复国难，我是统领，理当效忠皇上，为国捐躯，就让我选择这条较容易的路吧。你比我坚毅，忍辱复国的艰难任务，就只有请你勉力为之了。'我爹爹在他劝说之下，假意投降了敌人，保全了羽林军的一部分力量。可惜在我爹爹在生之日，始终没有机会复国。我爹爹死后，我继承了他的遗志，也继承了他的爵位，做了金国的世袭龙骑都尉，开封府兵马总管。

"霞妹这一家人藏匿的地址，只有我和爹爹知道，我每年总要到山上几次，探望她们，告诉他们外间的消息。我爹爹是三年之前过世的，我做了掌握兵权的将军，就不能擅自离开职守了。武林天骄的堂兄檀道隆是金国兵马大元帅，正是我的顶头上司，我做了将军之后，不久，也和他相识了。渐渐，我们彼此知道了对方心事，我要复兴辽国，他则要挽救金国，免得金国在暴君的穷兵黩武之下，自趋灭亡。抱负虽不相同，但要推翻完颜亮的目的则一。

"我和檀公子做了好朋友，他有一天与我谈起他的师门来历，说是要去遍访他的同门，却不知辽国这一支人的下落。我见过霞妹的武功，不过她的武功是母亲传授的，她对自己的师承来历，也不清楚，只知是爹爹少时得自一个异人的传授，那异人收有宋、金、辽三个弟子。我听了檀公子的说话，两相符合，就把我记得的霞妹武功家数，练了几招给他看。檀公子一看，就说定是他的师妹霞妹无疑。因此，我也就把霞妹这家的藏匿所在告诉他了。"

赫连清霞接着说道："那日，他来到我家，最先见到我的二姐，一见就吓了一跳，嚷道：'你、你不是玉面妖狐？'二姐一听，登时起了疑心，盘问他谁是玉面妖狐，两人动起手来，檀公子才知不是。我二姐和大姐长得一模一样，比我更为相似，柳女侠，这是你早已知道的了。

"檀公子解释了这个误会，我们才知道大姐的消息，知道了她已变成了江湖上臭名昭彰的'玉面妖狐'，且又认贼作父，当然极是痛心。于是二姐留下我看家，她就跟了檀公子下山，找寻大姐。"

蓬莱魔女恍然大悟，心道："原来她的二姐乃是冒充玉面妖狐，意图套取我师兄和她姐姐之间的秘密的。怪不得在两人对话的时候，许多环节都凑合不上，教我师兄起了疑心。"耶律元宜道："听说檀公子也到了江南，柳女侠，你可知道他的行踪么？"蓬莱魔女道："前几天晚上，我在千柳庄还见过他，他却没有见着我，那晚他正是和赫连姑娘的二姐来找柳庄主的晦气的。"耶律元宜道："找什么晦气？"蓬莱魔女道："我也听得不大明白，只知他是受人之托，要向千柳庄的柳庄主讨还一本武功秘笈。你们可知道是怎么一回事吗？"耶律元宜诧道："檀公子与我无话不谈，这事他却从未对我说过。柳女侠，那晚你也在千柳庄吗，为何未曾与他们见面？"蓬莱魔女不愿说出她和柳元甲的关系，便含糊答道："不错，那晚我正巧路过千柳庄，远远看见他们和千柳庄的人打斗，我要过去帮忙的时候，他们已经走了。"赫连清霞道："可惜，可惜，原来二姐也到了千柳庄，要是她早来个两三天，我们就可以遇上了。"

蓬莱魔女道："我还想冒昧再问你一桩事情，你和笑傲乾坤华谷涵华大侠是怎么结识的？你二姐不是留你看家的么，你怎么又与华大侠同到江南来了？"

赫连清霞道："说起来我认识笑傲乾坤还远在认识武林天骄之前。这事须得从一个老和尚说起。"蓬莱魔女道："什么老和尚？"赫连清霞道："在我们隐居的那座山上，有座古庙，是以前山里猎人供奉的药王庙，连年战祸，壮丁抽调一空，山里猎人也不能免役，这座古庙年久失修，也根本没有什么香火了。但庙里却有个老和尚。这老和尚可有点古怪。"蓬莱魔女道："有些什么古怪？"

赫连清霞道："他从来不出庙门，长年在云房里打坐，有一个小沙弥服侍他，我小时候最顽皮，也常到庙里玩耍，只知有这么一个老和尚，但他总躲在云房里面，我也没见过他。听小沙弥说他是个残废人，已经半身不遂，不能行动了。后来过了几年，他的病忽然渐渐好了，有时我在庙里也能见着他了，但他从不张口说话，偶尔开口，也只是念经，神情十分肃穆，我可不敢惹他。他虽然能够走动，面上还带着病容，加上那肃穆的神情，令人看了有点害怕。

"又过了几年，大约在我十四五岁的时候，忽然有外面的人常来看他了，这人是个相貌俊雅的书生，一来就陪那老和尚下棋。这书生也极是古怪！"

蓬莱魔女心知她说的这人定是华谷涵无疑，心道："华谷涵有狂侠之称，在一个小姑娘眼中看来，当然是行为怪诞的了。但这老和尚却是什么人呢？华谷涵经常去拜访他，自必也是大不寻常的人物了。"

赫连清霞道："这书生的古怪，当真是令人难以想象，那么大一个人，就似小孩子一般。"这说话蓬莱魔女听来，倒是觉得又新鲜，又古怪，禁不住问道："怎么似小孩子一般？"赫连清霞道："他和那老和尚下棋，一会儿大笑，一会儿大哭，一会儿又饮酒狂歌，似哭似笑，哭笑不分，有一次我在旁边观棋，他们也不理我，那书生有一只角被老和尚的白子侵入，他忽地推棋而起，长叹一声：'偏安之局，终不可保！'竟然就大哭了一场，我从来没有见人哭得这样伤心的。我就上去替他下了两子，对他说道：'这局棋还可以挽救，你怎么就认输了？你看我这两颗黑子一下，这只角不是也可以保全了吗？书生大哥，你不用伤心啦。'那书生看了一看，收了眼泪，忽地又大笑起来，说道：'不错，不错。我可没有想到可以用围魏救赵之策，你来打我，我也可以跑去打你，你打你的，我打我的，这确实是个高明的战略。小姑娘，你的棋下得不错呀。'那老和尚每次和那书生下棋，任那书生哭哭笑笑，他总是不出声的，这次却开口了，说道：'老僧老矣，这局棋是应该由你们年少的一辈继续下了。'他举袖一拂，把全盘棋子尽都搞乱，那书生棋兴未已，就拉我陪他下棋。

"就这样，我和这书生交上了朋友。我说我可以陪你下棋，但你给我什么酬报？这回轮到那书生觉得奇怪了，他不住地打量我，说道：'你知道我是什么人吗？你要什么酬报？'我说：'我知道你是个读书人，我妈每天都要我做功课的，我陪你下棋，功课就没有工夫做了，这样吧，我陪你下一盘棋，你就给我做一道课题。'那书生笑道：'你今天要做什么功课？'我说：'我妈要我学做诗，今天你给我作两首律诗，不瞒你说，我连平仄对仗都弄不清楚呢。'那书生大笑道：'我道要什么酬报，原来如此，这个容易，容易！我替你作四首律诗，明天的功课，也可以交卷了。'我见那书生经常饮酒狂吟，猜想他必会作诗作词，果然不错，那晚我妈大大夸奖了我，说我进步神速，诗作得比姐姐还好了。她一高兴，就要当面考我，我通红了脸，只好把实话说出来，我妈起先是生气责备我一顿，说我不该请人做枪，欺骗了她，后来又高兴道：'难得有一个满腹诗书的饱学之士来到这儿，明天你请这客人到咱们家里来吃一顿便饭吧。我要瞧瞧他是什么人？从这两首诗看来，他倒似是个伤时忧国之士，但你也不要把咱们的身份泄漏了。'"

蓬莱魔女笑道："你们没有泄漏身份，笑傲乾坤华谷涵的身份，这一回大约是要给你妈妈看破了？"赫连清霞道："哦，原来你已猜到这书生就是笑傲乾坤了。他可是聪明得很，恰恰相反，我妈没有看破他，我们的底细却反而给他看破了。"

赫连清霞接着说道："那一晚他来我家作客，我还担心他疯疯癫癫的样子，会得罪了我妈，谁知他狂颜故态尽都收敛，对我妈毕恭毕敬，完全是守着小辈见长辈之礼，我妈也敬重他是个读书人，请他多指点我们姐妹的功课，他们二人谈得很是投机。"

"华谷涵说他不能在我家教馆，但答应时常来往，我妈说你肯指教小女，那就是她的老师了，我敬华先生一杯。我妈给他敬酒，我一看，不由得大吃一惊！"

蓬莱魔女道："你妈暗中较量他的武功？"赫连清霞道："不错，我妈以隔物传功的绝技，将酒杯递去，瞧他是否察觉？只要他一接到手中，我妈的内力就可以震伤他的手少阳经脉，令他残废。我不知妈为何如此，还来不及拦阻，华谷涵已经把酒杯轻轻巧巧地接到手中，神色丝毫未变，客气两句，就把这杯酒喝了。"

蓬莱魔女笑道："这么一来，他的上乘内功不是已显露出来了吗？怎说还没有给你妈看破？"赫连清霞道："他并没有显露上乘内功。当时我也很疑惑，席散之后，我妈对我说道：'我几乎误伤了华先生，原来他当真是不会武功的。'我疑惑道：'他不是把你那杯酒接下了吗？'我妈笑道：'若然他具有上乘内功，酒杯一触及他的手指，他就会立时生出反应，我也会立时察觉。但我丝毫未感到他的内功反击，一个人总不能拿自己的性命开玩笑，所以我才敢断定他不懂武功。'原来我妈的内力已到收发随心之境，微微一沾，察觉他不懂武功，就立即把内力收回了。他不但骗过了我，还骗过了我妈。"

说到这里，赫连清霞忽然杏脸泛红，接着说道："宜哥，你是不会猜疑我的。可笑我妈竟然还不知道我的心事，她以为我喜欢那华谷涵，对我说道：'这书生人品不错，但可惜不会武功。咱们要报国仇家恨，你们的丈夫非是武林人士不可。'我说就是他会武功，我也绝不会嫁他，我只是觉得这个人很好玩罢了。我心已有所属，还有谁好得过我的宜哥？"赫连清霞性子坦直，在人前也不掩饰，耶律元宜大为高兴，笑容满面。

蓬莱魔女道："你什么时候，发觉他会武功？"赫连清霞道："有一天他在庙里下棋出来，大约是下了什么妙着，津津回味得意忘形，在一棵大树下手舞足蹈，我恰巧在树后草丛里捉蟋蟀，看他似乎没有发觉我，我顽皮性起，就捉弄了他一下。"

耶律元宜笑道："你这顽皮的小丫头，怎么样捉弄人家了？"赫连清霞道："我捏了一团泥巴，悄悄地打去，打他腿弯的软麻穴，想叫他摔个四脚朝天。"耶律元宜摇头道："你真是淘气。"赫连清霞道："我可没有打着他。也不知他是有意还是无意，恰巧在那瞬间踏出了一步，那小泥团就落在他的身后了，他听得声响，回过头来，说道：'哎哟，你怎么这样淘气？瞧你的两只手这样肮脏，你也是十六七岁的大姑娘了，还像小孩子一样玩泥沙！'我很不好意思，就往家里跑。他忽然把我叫住，正正经经地对我说道：'霞姑娘，我走了之后，你若有什么事情，可到庙里求那个老和尚。'

"我和他已经很稔熟了，不觉有点惜别之情，连忙问道：'你又要走了？什么时候动身，到哪里去？你有家么？'这还是我第一次问及他本身的事情。他凄然说道：'我从来处来，也从去处去，有家亦无家，浮云游子意。人生知何似？飞鸿踏雪泥，鸿爪偶留痕，哪复辨东西？'这几句话像诗又像佛偈，我可听不懂。我想他大约是因为和那老和尚长日作伴，也学得满口禅机了。他说了这几句似诗似偈的怪话，便回那破庙去了。我刚刚捉弄了他，不好意思再去追问他。我便也回家，准备明天再去找他，给他送行。

"我回到家里，妈一见我，就吓了一跳，说道：'三丫头，你是怎么搞的？怎么你的头发都弄肮脏了？'我只道我的双手肮脏，不料我妈却说我头发肮脏，我连忙接过镜子一照，只见头发上满是泥沙！我妈沉着脸道：'你再顽皮，也不会把头埋到泥沙里去。是谁在你头发上撒了一把沙？'我呆了半晌，我在山上除了华谷涵之外，根本没有碰见第二个人，我大叫道：'一定是华先生！'我立即跑到破庙去找他，已经见不着他了。我想向老和尚打听他的消息，老和尚又已把自己关在云房里面坐禅，小沙弥说，他一坐禅，就似聋了瞎了一般，这叫做'入定'，你在他面前大叫大嚷，他也不会听见的。而且小沙弥也不肯放我进去骚扰他的师父，我只好快快回家。

"这么一来，我妈和我都知道华谷涵是具有上乘武功的了。我妈惭愧走了眼睛，当时看不出来。她着实把我埋怨了一顿，埋怨我不该用泥团打他，泄漏了自己的功夫，不过我妈也深信华谷涵是个好人，纵然知道了我们武学世家，也绝不会向外面张扬的。

"我心里却在记挂着华谷涵那句说话，他叫我有事可去找那庙里的老和尚。这是什么意思呢？我会有什么事情？那老和尚半死不活的，又能帮得了我什么忙呢？"

赫连清霞喝了口茶，接着说道："可笑我那时想得糊涂，我一点也没想到武功上头，我自作聪明，这样想道：'华谷涵大约是因为他不能再教我念书了，所以转托那老和尚帮忙我。要是我功课做不出来，可以向他请教。那老和尚相貌清癯，看来很有书卷气，多半也是个学问很好的人。唔，华谷涵那句话的意思一定是这样了。哼，那老和尚十天半月也不开一次口，古肃得令人可怕，我才不想向他请教呢。'幸喜在华谷涵走了之后，我妈加紧督促我练家传武功，倒不在乎我念不念书了。

"过了一年多，华谷涵始终没有再来过。宜哥，那时你已经做了什么将军，也没有再上山了。你可不知我多想念你呢！"

耶律元宜笑道："我三年没有上山，连华谷涵和你结识的事情也是后来才知道的。我还以为你忘记了我呢。"赫连清霞瞅他一眼，道："呸，你也这样想么？"耶律元宜连忙说道："我这是和你开玩笑的，你心里喜欢我，我怎会不知？"

赫连清霞道："可笑我姐姐也误会了我呢。华谷涵显露了武功之后，便一去不回，我不免和姐姐常常提起他，姐姐竟以为我是喜欢他了。那时我还未知道你是否真正喜欢我，怕姐姐笑我单思，也就不敢向妈和姐姐吐露心事。姐姐她误会我，我只是一笑置之。"说着，说着，又不禁笑了起来，"宜哥，你当真心里一点也没有芥蒂么？"耶律元宜大笑道："我要是有半点猜疑，后来我也不会与华谷涵成为好友了。"

赫连清霞是顺便向耶律元宜解释，蓬莱魔女听了，却是有点惭愧，同时也恍然大悟："怪不得我师嫂以为华谷涵是个用情不专的薄幸男儿，想必是从她二姐赫连清云那里听来了她妹妹这段事情。"

赫连清霞继续说道："我妈死了之后，武林天骄又来约我二姐下山找寻大姐，留我一人看家，我更是寂寞了，我想起那老和尚来，很想找他聊聊。除了寂寞之外，还有一个原因，因为那武林天骄和那老和尚似乎也是很要好的朋友。"蓬莱魔女心头一动，连忙问道："你怎么知道？"赫连清霞道："那次武林天骄在山上三天，就是住在那破庙里。我偷偷问过武林天骄，那老和尚端的是什么人？武林天骄也像华谷涵那样回答我：'小孩子别理人家闲事，但我和你姐姐走了之后，你若碰到什么应付不来的事情，倒可以请那老和尚帮忙。'这么一来，我才怀疑起来了，敢情那老和尚是个隐姓埋名的武林异人？华谷涵那句话的意思，指的不是功课，而是那老和尚的武功本领可以帮我的忙？"蓬莱魔女忙问："那老和尚果真是武林高手么？"

赫连清霞道："这老和尚身怀绝世神功，依我看来，只怕还在武林天骄与笑傲乾坤之上！"蓬莱魔女骇然问道："你见过他的武功了？"赫连清霞道："他不是专为演给我看的，这说起来又是一个故事。"蓬莱魔女道："对啦，你刚才说到想找那老和尚聊聊，可是他与你说起他自己的故事了？他究竟是什么人？"

赫连清霞发觉蓬莱魔女神色有异，不觉有几分奇怪，"她对这老和尚似乎比对笑傲乾坤还更关心！她为什么这样急于要知道那老和尚的来历？"当下继续说道："我想找那老和尚聊聊，但他整天把自己关在云房里面，我去了几次，没有见着，就懒得去了。他惜话如金，怎肯向我说他的来历？"蓬莱魔女大为失望，说道："然则你后来又怎样见到了他的本领？"赫连清霞笑道："柳姐姐，你别着急，我就要说到了。"

赫连清霞接着说道："我姐姐与武林天骄走了之后，大约过了半个月，有一天晚上，我在房内打坐练功，忽听得瓦面有悉悉索索的轻微声响，我家养有一只大花猫，我想莫非是这只花猫跑到屋顶去了，可真是淘气。心念未已，忽觉有一股异香，钻入鼻孔，令人懒洋洋的有说不出的舒服。我吃了一惊，我虽然没有江湖经验，但也听我妈说过，江湖上有一种下三流的采花贼专用迷香掳劫少女，莫非来的就是这种不要脸的淫贼？我运了口气，把浊气吐了出去，故意打了两个呵欠，接着发出鼾声。过了一会，果然听到外面有声音说道：'看这小妮子能有多大道行，何须这样小心谨慎？'另一个声音道：'咱们不是怕她武功，郑亲王吩咐，不许伤她的。打斗起来，就不好了。好，现在是时候了，听这鼾声，她已熟睡无疑。你们两人进去，把她装在这布袋之中吧。'我早有防备，那两人一进来，我就突然跳起，每人给他一刀！

"可惜我临敌经验不足，这还是我第一次和人动刀，我斫下一个贼人的手臂，第二个贼人却只被刀锋伤了一点，便逃出去了。我追上屋顶，只见有七八个人向我攻来，这些人都是金国的武士服饰。我爹爹是死在金狗手中的，这时我已知道这些人多半不是采花的采花贼了，但我更恨金国的武士，一交手就用最狠辣的刀法，每一刀都劈向他们的要害，转眼间又给我斫伤了两个人。

"有个武士似是他们的首领，大声叫道：'你是赫连家的三姑娘吧，你姐姐叫我们来请你的。'我分明听得他们刚才说的是什么郑亲王，哪肯相信他们现在的鬼话，何况我痛恨金狗，就算真是我大姐叫他们来的，我也非把他们杀个落花流水不可。那武士也几乎给我斫中一刀，他大叫道：'这小妮子不知好歹，大伙儿别再顾忌，杀了她由我担承！'"

赫连清霞接续说道："那头子振臂一呼，他手下的武士都发狂向我攻来，不消多久，我已是筋疲力倦，大汗淋漓，一个疏神，给一个武士欺到跟前，击了一掌，掌力委实不弱，我的护身真气，竟给他击散，背心如受铁锤，立足不稳，踏碎一片瓦，就从屋顶掉下去了。但那武士被我反手一刀，也削去了他的膝盖，他也骨碌碌地跌了下去，来不及再击我一掌了。

"那武士倒了下去，就爬不起来，我提一口气，却还可勉强支持，心想双拳难敌四手，只好逃了性命再算。哪知屋前屋后，还埋伏有人，我奋力冲杀出去，激战中身上又受了两处伤，幸喜不是伤及要害。

"那头子叫道：'暗青子招呼，不许用喂毒的。'他虽然下了格杀不论的命令，但还是想把我活捉最好，也幸而他们没使用喂毒的暗器，要不然我还能有性命在？

"我一面逃一面舞刀防身，背后暗器如蝗，纷纷向我攒射，我腿上又中了一枝甩手箭，我咬牙抵受，虽然还能继续奔跑，轻功已是大受影响。

"那头子叫道：'这丫头已受了伤，谅她逃跑不了。暗青子停发，将她活擒！'他们越追越近，我则越来越没气力，要想逃下山去，那是决计不能了。

"我正想横刀自刎，免得落在金狗手中，遭受侮辱。猛一抬头，看见山上那座破庙，蓦地想起笑傲乾坤华谷涵临别那句说话：'有事可到庙里求那老和尚帮忙。'此时我已是毫无办法，再也无暇思量那老和尚是否有能力帮忙我了，我有了一线希望，身上也忽地生出了力气，就急急忙忙向那古庙逃去。

"我前脚跨进庙门，他们也跟着追了进来。只见神案上一灯如豆，那老和尚正在神案之前，盘膝坐在蒲团之上，数着念珠念经。他面向神像，背向我们，那班武士气势汹汹地大叫大嚷冲了进来，他竟似视而不见，听而不闻，还在喃喃地念他的经。

和尚头也不回，发出念珠，就把这一大群
凶狠的武士，全都打死……

"我冷了半截，心想：'这老和尚病骨支离，看来只会念经，老焉能救我？没的反连累了他。'哪知心念未已，忽听得惊呼惨叫之声，不绝于耳，那些武士，一个个的都卜通倒地，我定睛瞧时，只见倒在我身边的那几个武士顶门上都开了一个小洞，嵌着一颗小小的念珠，血流如注，显是不能活了。我吓得呆了，这才知道那老和尚确是身怀绝技，武功之高，简直是匪夷所思，他坐在蒲团，头也不回，发出念珠，就把这一大群凶狠的武士，全都打死，一个不留，我连他发念珠的手法，也没瞧见，我本来已是筋疲力竭，见了武士们倒毙的惨状，一惊之下，便再也支持不住，双腿一软，倒下去了。"

　　蓬莱魔女连忙问道："后来怎样，这老和尚对你如何？"赫连清霞道："老和尚这才回过头来，只听得他声音充满愤激，恨恨说道：'我在荒山破庙里躲了二十年，你们还是放不过我！害死你们的是差遣你们的完颜亮，也是你们自己的功名利禄之心，可休怪老和尚大开杀戒了。'我很是奇怪，那些武士分明是来捉拿我的，怎的这老和尚却把事情扯到自己身上，言下之意，好似那些武士是冲着他而来？还有那些武士已透露出背后的指使人是什么郑亲王，而这老和尚却说成了是金主完颜亮，他从不离开庙门一步，又从何得知？

　　"心念未已，那老和尚已把我扶了起来，换了慈祥的面目，柔声说道：'赫连姑娘，老衲这回连累了你了，这班强盗是老衲的仇家，想必是你恰巧碰上他们，他们看出你会武功，就对你也下了毒手了。你别害怕，我给你治伤，你损耗的真气，老衲也加倍奉还于你。略表老衲的歉意。'说罢就把一颗药丸纳入我的口中，同时把手掌轻轻贴着我的背心。那颗药丸，果然是灵效无比，一服下去，痛楚立止。但背后心却有一股热气传了进来，疼痛一止，便即感到全身发滚。那老和尚移开手掌，道：'你用你本门吐纳之法，将老衲赠与你的真气纳为己用吧，这个老衲可不能帮忙你了。'"蓬莱魔女心想："怪不得赫连一家三姐妹之中以她武功最强，原来是得此奇遇。"

　　赫连清霞继续说道："我忙着运功收束真气，一时间也无暇与他说话。那老和尚将小沙弥唤了出来，说道：'你把这班强盗都收拾了吧，免得玷污了佛殿。'那小沙弥应了一声：'是。'拿出一个长颈瓶子，说道：'弟子早已准备好了。'瓶子里盛满了药粉，他在每一具尸体上撒了一撮，片刻之间，只见地上都是一滩滩的血水，十几具尸体连根骨头都没残留，全都给那小沙弥用药溶化。

"我一向知道这老和尚是个有道高僧，却不知他还有狠辣的手段，吓得我闭了眼，不敢观看。那老和尚道：'小姑娘，你别吃惊，不是老衲狠心，下得毒手，实是老衲身负家国深仇，若不是把金廷鹰爪毁尸灭迹，还有无穷祸患！这些人都是满手血腥，不知杀害了多少无辜百姓，你也不必为他们可怜了。'

"这时我已收束了真气，只觉精力充沛，有说不出的受用。我睁开眼睛，那小沙弥也已把污秽血渍扫抹干净，我没有那么害怕了，说道：'多谢老师傅救命之恩，我也是身负家国深仇，痛恨金贼，决不可怜他们。不过，有件事情，我可要对老师傅禀告，这班强盗是我的仇家，不是你的仇家，他们是来捉拿我的。'老和尚听了，神情似乎比我刚才还觉奇怪。"正是：

家国深仇留待报，身怀绝技一奇僧。

欲知后事如何，请听下回分解。

第三十八回　痴情何托怜娇女
毒计重施骗小姨

　　蓬莱魔女听到这里，心里也是极为奇怪，暗自寻思："这老和尚在荒山破庙里躲了二十年，柳元甲所说的金宫盗宝也正是二十年前之事；笑傲乾坤是这老和尚的忘年好友，武林天骄和他的交情也很不浅；笑傲乾坤叫我不可相信柳元甲的话，武林天骄则是替一个人向柳元甲索书；这老和尚身怀绝技，又有家国之仇……"这种种各不关联的事实凑合起来，串在一起，似乎可以得到一个结论，"嗯，莫非这个老和尚，他，他就是我的，我的……"但蓬莱魔女却不敢马上就作出这个结论，又自想道："柳元甲知道我的生辰八字，还有那破布残笺，这两件事又如何解释？我总得查个水落石出，才能知道哪一个真正是我爹爹。"

　　蓬莱魔女收束了纷乱的思想，听赫连清霞继续说话，"那老和尚很是奇怪，怔怔地望着我。我便将事情经过告诉了他，那老和尚苦笑道：'不管是你的仇家还是我的仇家，这件事情发生之后，老衲的行藏已经破露，这破庙是不能再住下去了。你也得赶快下山，不可再在这里耽搁了。'说罢，他叫那小沙弥草草收拾经卷衣物，便即飘然而行。"蓬莱魔女连忙问道："那老和尚走向何方，你可曾问他？"赫连清霞道："我想与他同走，那老和尚却说：'你不宜与老衲作伴，认得老衲的仇家很多，你与我同走，对你反而不利。好在这班强盗都已尽数除了，他们一时间未必就会继续派人前来捕你。你从未离开此山，江湖上没人识你，你的武功也很有根底了，敌人倘非一流高手，你也足可以应付了，你趁着敌人未有再来之前，快快走吧。'他不肯携我同走，我心里正在慌乱，一时间也就忘记问他的行止了。不过，他既然为的是远走避仇，我就是问他，他大约也不会告诉我的。"

赫连清霞说了半天，已是有点口渴，耶律元宜给她倒了一杯热茶，她喝了之后，继续说道："那老和尚吩咐我几句说话，便即携了禅杖，与那小沙弥匆匆走了。我这才看出，他双足不良于行，这二十年来，他以深厚的内功，自疗了半身不遂之症，但究竟还是未曾痊愈。但是他以禅杖代步，却是快得出奇，只见他禅杖在地上一点，便掠出数丈之外，双足根本无需着地。只听得禅杖触地之声，叮叮不绝于耳，转眼间已走得无踪无迹。那小沙弥飞跑追随，轻功也大是不弱。

"那老和尚走后，我回到家中，含着眼泪，把我从来未离开过的老家一把火烧了。我想来想去，只有下山去找宜哥。他是金国的将军，我躲到他的军营之中，那自是安全不过的了，我刚刚走到山腰，忽地见有一人迎面而来，令我又惊又喜。柳姐姐，你猜猜是谁？原来就是那笑傲乾坤华谷涵。"

赫连清霞接续说道："华谷涵的神色也是又惊又喜，一见面便大大夸赞我道：'你这顽皮的小姑娘这一年来倒是很用功啊！'我说：'你怎么知道？'华谷涵笑道：'你的功夫深浅，我还能看不出来吗？在这短短的一年之内，你武功竟尔精进如斯，当真是可喜可贺！'

"我听了暗暗好笑，他以为我是用功习武得来的本领，却不知实是出于那老和尚之赐。我暂不揭穿，先问他道，'这一年来你到哪里去了？今天才回来？'华谷涵道：'我去的地方多着呢，咱们到那庙里再说吧。'我说：'我不回去了。那庙里也没有人了。'华谷涵连忙道：'怎么庙里没有人了，那老和尚呢？对啦，你又为什么单独下山？'

"我这才把昨晚种种的离奇遭遇告诉了他。华谷涵很是失望，黯然说道：'我正有个好消息，带给老和尚，谁知他已经走了。'我忍不住好奇，问他：'那老和尚端的是什么人？你有什么好消息要带给他？'华谷涵笑道：'小姑娘总是好管闲事，你自己的事情已经够麻烦了，还是先管管你自己吧。如今你已是无家可归了，你怎么办？'我正为此事烦扰，便道：'我要到开封去找一个金国的将军，你可肯陪我同往？那人虽是金国将军，但却是好人。'

"华谷涵哈哈大笑，说道：'你要找的可是耶律元宜，不错，他是个好人，要不然你这个小姑娘也不会喜欢他了。但我却要劝你不要白走这一趟了，因为他早已经不在开封了。'

"原来华谷涵早已知道我和宜哥的事情，还知道宜哥奉了主帅之命，已潜入江南探军情。这消息是武林天骄透露给他的，据他说，他曾在泰山玉皇顶见过武林天骄。"

蓬莱魔女曾听得东海龙说过此事，不过当时说得语焉不详，如今经过赫连清霞的补述，才证实了华谷涵那晚所遇的确是武林天骄。蓬莱魔女心里想道："他们两人虽然曾有比剑之约，但武林天骄肯把这样机密的事情告诉他，可见他们二人也是惺惺相惜呢。"华谷涵与武林天骄曾经见面，对她并不是新鲜消息，但赫连清霞所说的另一件事情，可就大大地引起她的注意了，"华谷涵说有个好消息要带给那老和尚，莫非就是指他曾经送礼给我之事？或者是指他在桑家堡曾见过我之事？"

真相虽尚未明，但蓬莱魔女已是隐隐觉得，那老和尚一定和她有点关系。

赫连清霞道："就这样，华谷涵带我偷渡长江，直到那天晚上，他和我夜探千柳庄才见着了宜哥。"

赫连清霞说了半天，才把过去的事情说了个清楚，耶律元宜接着说道："后面这一段我替你说了吧。

"那一晚在千柳庄中，我和霞妹都各自接了柳元甲的一掌，我稍微受了一点内伤，得华大侠赠我一颗小还丹，也就没事了。霞妹功力比我深厚得多，照理更无妨碍，谁知她因内功正在精进之中，老和尚输进她体内的真气和本身的真气尚未能水乳交融，受了柳元甲的掌力之后，真气忽地逆行，虽然没受内伤，但倘若不找个静室，静坐运功，调匀气息，功力必将大受亏损。附近没有可以借宿的庙宇，普通的人家，又不适宜，最后找到了这个僻静的山洞。

"经过了数日的调治，霞妹已将真气纳入丹田，大功即将告成。但我们所携带的干粮已经吃光，因此由我出去采购粮食和一些日常用品，哪知就在我离开的这段时间，竟给公孙奇找上门来，发现了这个山洞。"

赫连清霞道："幸亏他到来的时候，我恰巧功行完满，倘若他早来片刻，那就不堪设想了。"

蓬莱魔女心感不安，歉然说道："惭愧得很，这公孙奇正是我的师兄，却使你们受了伤害。霞妹，你和他激战半天，可有影响？"赫连清霞笑道："我的大姐更是对不住你。要说到'抱愧'二字，我更无颜见你了。柳女侠还是你刚才说的那句话说得好，龙生九子，各各不同。是好是坏，只看本人。我不能为姐姐负罪，你师兄做的坏事，更是与你无关。公孙奇的本领确是厉害，我打是打不过他，但他的功力，比之柳元甲似乎尚有不如，我并没受伤，真气也能运用自如，可说完全没有影响。"

但蓬莱魔女不仅仅是为师兄抱愧，还为的公孙奇的父亲是她的恩师，眼看着师兄在歧路上越陷越深，这份难过的心情也就不用再提了。心里想道："师兄现在的功力，虽是比不上我的爹爹，（唉，柳庄主究竟是否我的爹爹呢？）但倘若给他练成了那两大毒功，只怕非但是我不能制伏他，即使笑傲乾坤与武林天骄出手，也未必准能赢他了。现在他毒功尚未大成，可是，唉，我又能把他怎样？要是他不听我的劝告，难道我还能把他杀了？"

耶律元宜道："山口那座关卡，死了那许多官兵，这是怎么回事？柳女侠，我在那里遇见你，你是否正在查究此事？"蓬莱魔女道："我有一位朋友在那里遇险，看情形是有人杀了官兵，将他劫走。我正在为此事伤神。"耶律元宜道："何以你知道是'劫走'，而不是'救走'？"蓬莱魔女便将心中怀疑之点说了出来，耶律元宜与赫连清霞异口同声说道："这么说，这一定是公孙奇干的好事了。"

蓬莱魔女听了，心中更是郁闷难宣，当下问道："你们行止如何？已否定夺？"耶律元宜道："霞妹已经痊愈，我们明天就准备回江北去了。目下军情紧急，金国大军即将南下，我须得早日回到军中，预作安排，以期有助于宋。柳女侠，你呢？"蓬莱魔女道：

"我想到临安去走一趟。"赫连清霞微微一笑，似含深意，说道："华大侠此际正在临安，但愿你们能够见面。"耶律元宜却忽地叹了口气，说道："檀公子也到了江南，可惜咱们却不知道他的行踪。柳女侠，请你代为留意，若是碰上了他，请你代我问候。"原来武林天骄也曾在耶律元宜面前，透露过一点他对蓬莱魔女的倾慕，这情形正如笑傲乾坤曾对赫连清霞透露心事相同。赫连清霞和华谷涵的交情好一些，所以她比较偏袒于华谷涵，心里希望蓬莱魔女能与华谷涵结合，而耶律元宜则与武林天骄的交情好一些，故比较偏袒于武林天骄，私心盼望蓬莱魔女能接受武林天骄的爱意。不过他是个男子，与蓬莱魔女又是初初相识，所以说话要比赫连清霞含蓄得多。

蓬莱魔女何等聪明，当然是闻弦歌而知雅意，但这正是她最感烦恼的问题之一，不便有所表示，实在也难作表示，当下脸上一红，说道："他们两位都是我的朋友，我会留意他们的行踪的。我还想探听耿照的下落，追查我那不肖的师兄，要先走一步，后会有期，告辞了！"

蓬莱魔女别过他们二人，趁着天色未晚，就向着公孙奇所逃走的方向，追赶下去。耶律元宜、赫连清霞在洞口向她挥手道别，蓬莱魔女无意中结识了他们，听到了许多她想知道的事情，心中端的是百感交集。

与赫连清霞的一席长谈，破解了她心中的许多疑团，玉面妖狐的家世来历，真假妖狐之谜，武林天骄、笑傲乾坤与她们的关系，他们夜探千柳庄的原因等等，她都知道了。但赫连清霞却也给她添上了一个新的疑团，一个新的烦恼，那老和尚是什么人？武林天骄代人向柳元甲索书，原书的主人是否就是那老和尚？要是那老和尚仍然留在原来的破庙，她还可以请赫连清霞带她去找，但如今那老和尚又已是不知去向了，倘若老和尚当真是她的爹爹，岂非父女重逢之望，又成泡影。

另一个烦恼就是公孙奇给她的了，那老和尚之事还可以在见到武林天骄或笑傲乾坤之后慢慢打听，但倘若耿照是落在公孙奇手中，救他出来，这却是急不容缓的事了。但公孙奇的武功如今已是与她约略相当，她要在公孙奇手中夺人，也殊无把握，何况还涉及她恩师的关系？耿照是否真的落在公孙奇的手中呢？

蓬莱魔女却不知道，耿照此时已经获救，但也是像她一样，陷入了感情的苦恼之中。

暂且按下蓬莱魔女不表，且说耿照那日在天目山的那座关卡之前，遭受暗算，身中毒针，在官军围攻之下，正自摇摇欲坠之际，忽地有个白衣人前来，将官军杀得一个不留，那时他已是迷迷糊糊，待到那白衣人将他抱起，他隐约认出是个女子，而且是个他所不愿意相见的女子，登时心头一震，就晕过去了。

也不知过了多少时候，耿照才似是从恶梦中醒了过来，只见阳光炫目，花香透窗，自己正躺在一张床上，床前的小几上烧着一炉安息香，对面是一张梳妆台，两侧是绿玉屏风，四壁挂有字画，看情形竟似是豪富之家千金小姐的闺房！

耿照咬了咬手指，很痛，绝不是身在梦中。"咦，我怎么到了这儿？这又是什么所在？"他定下心神，追思往事，渐渐恢复了记忆，想到了天目山口的那场恶战，想起了是个白衣女子将他救了出来，"唉，这不是梦了，难道当真是她，是她，又一次救了我的性命？"

就在这时，那白衣女子轻轻走进房来，又出现在他的面前了。这女子眉弯新月，嘴绽樱桃，在朝阳渲染之下，杏脸飞霞，更显得明艳动人，但她嘴角挂着的微笑，如怨如慕，似喜似嗔，却令得耿照蓦地一惊，不由得坐了起来，"啊呀"一声叫道："桑姑娘，果然是你！"这白衣少女不是别人，正是他所最不愿意见的——桑家的二小姐桑青虹。

桑青虹笑道："耿公子，你醒过来了，怎么样，觉得好了些么？"耿照吸了口气，只觉浑身酸痛，胸中气闷，但他却不愿向桑青虹诉苦，只是怔怔地望着她。桑青虹笑道："不认识我么？你以为救你的是谁？"到了此时，耿照不能不向她道谢了，只得说道："桑姑娘，真想不到又是你救了我的性命。"

桑青虹笑道："蓬莱魔女那个丫头呢？那个丫头名字是叫做珊瑚吧？怪好听的。她怎么不和你一道了？你想不到是我，那么你想到的是她吧？"耿照被她撩起了心中的伤痛，果然就想起了珊瑚来了，珊瑚的影子与秦弄玉的影子同时在他心头泛起，这两个他最是心中悬挂，急于想见的女子没有见着，却见着了他所要躲避的桑青虹。造化弄人，当真是人所难测。

桑青虹笑道："那丫头对你有什么好处，你对她念念不忘？你可知道，你这条小命是怎么保全的？"耿照道："桑姑娘，我多谢你救我的性命。但请你不要调侃我的朋友。"桑青虹"噗嗤"一笑，伸手一拉，三指就扣着了他的手腕。

耿照吃了一惊，要想挣脱，却没气力。桑青虹道："别慌，我给你把脉。"过了半晌，说道："你中的毒，厉害无比，幸亏你练过我桑家的大衍八式，人虽昏迷过去，真气仍是运行不息，护着心头。要不然，你焉能还有命在？你还记得当初我要你练这大衍八式的时候，你坚不肯练，后来我略施手段，教你练了，你不领我的情，反而骂我不该骗你练功吗？现在你可知道我这大衍八式的好处了吧？你还埋怨我吗？"

武林规矩，学了某一派的功夫，即算未曾正式拜师，也得算是那一派的记名弟子，从此要受那一派长辈的管束。耿照当初不肯要桑青虹所授的武功，就是为此。后来他被桑青虹用"封穴逆息"的邪派手法，令得他真气逆行，浑身发热，神智迷糊，不知不觉之间，自自然然地就要练那石壁上的"大衍八式"以求自解，这"大衍八式"不是武术招式，而是上乘内功中"导气归元"的八个图式，内功练成之后，举手投足，便会自然而然地运用出来，要甩也甩不掉了。

耿照这才知道是"大衍八式"保全了自己的性命，这"大衍八式"虽不是他自愿练的，但总是练了，这桑青虹是传授他图式之人，即使她不以师父自居，也可以根据武林规矩，算得是耿照的"本门"长辈，可以命令耿照听她的话了。何况她现在于耿照又有救命之恩，耿照心里即使有一百个不愿意，也不能和她反脸。耿照听了她的话，只有暗暗叫苦，心想："造化弄人，我又落在她的手里，受了她的恩惠，只怕更难摆脱她的纠缠，要任由她的摆布了，这却如何是好？"

桑青虹替耿照把了脉，接着说道："你已昏迷了两日两夜，虽得真气护着心头，我又给你服了解药，但你中的毒太过厉害，只是服药尚难拔除干净，必须再运玄功，方能奏效。你现在要听我的指教，让我助你一臂之力。"当下与耿照双掌相握，说道："你把那股真气自明夷穴开始，循中府、璇玑、长强、关元、玉堂、地藏而下，归回丹田，如此往复循环，运气七遍。你身中的毒素，便会蒸发出来。"耿照已无力自行运动，桑青虹紧握他的双手，以她本身的真气，从耿照掌心输入，助他运功。

耿照想起了家国之仇，想起了本身的责任，还有，他受朝廷军官暗算之谜，到底因何，也还要查个水落石出，只好让桑青虹助他，两人肌肤相贴，幽香微闻，耿照连忙按捺心神，如老僧入定，全神运功。真气循环往复七遍之后，耿照大汗淋漓，精神顿爽。桑青虹放开了手，笑道："尽管你对我不住，我对你总是好的。如今你已拾回了性命了，你如何对我，但凭你的良心吧。"

耿照好生为难，踌躇半晌，说道："桑姑娘大恩大义，耿某自是感激不尽……"桑青虹笑道："就只是空口道谢么？"耿照道："大恩难报，我也不知该当如何？但桑姑娘他日若有危难，我这条性命是桑姑娘给的，我也就能舍了性命报答姑娘！"这番话对耿照来说，已经是说得非常诚挚，但桑青虹听了，却是大不满意，冷冷说道："原来你是要等到我有危难的时候，才肯报答我。"耿照当然知道她想要的是什么"报答"，那是他不能给予的，他只好默不作声。

桑青虹道："你想想看，这大衍八式是我桑家不传之秘，我姐夫想学，我姐姐还不肯教他，我却为什么把来传与你？"这即是说，她对耿照，比姐姐对她丈夫还亲，她心目中早已把耿照当作她的什么人，也就可想而知了。耿照满面通红，讷讷说道："桑姑娘这，这……"想要婉拒这颗少女的芳心，却不知如何措辞方好。

桑青虹忽地面色一端，盯着耿照问道："你叫我什么？"耿照一怔，道："桑，桑姑娘，这，这又有什么不对了？"桑青虹冷笑道："你已学了我桑家的武功，还能称我做桑姑娘么？"耿照瞠目不知所对。桑青虹道："不错，你本来不想学的，但这大衍八式，如今已是与你凝成一体，即使你不甘心，你也是我本门的弟子了。除非你自断四肢，否则你一举手，一投足，就要用到我桑家的武功！"耿照欲哭无泪，恨不得立即死了，但想到他父亲当年如此忍辱负重，尚且要留有用之身，以图报国，他岂可为了这一点感情上的烦恼，便自轻生？只听得桑青虹接着说道："我与你年纪相若，不能做你师父，但依武林规矩，我入门在先，你最少也得称我一声师姐。"耿照心道："只是叫声师姐，那也算不了什么？"便道："师姐在上，请恕小弟病中不便行礼，病好之后，再给师姐磕头。"桑青虹这才展眉一笑，说道："磕不磕头，那也罢了。我来问你，你可知道，师弟应如何对待师姐？"耿照道："做小辈的应尊敬长辈。"桑青虹道："还有呢？"耿照道："应该听长辈吩咐。"桑青虹笑道："这就对了。那么以后你就该听我的话了！"耿照正色说道："师姐的吩咐，只要是不违正义，合乎道理的，小弟无不依从！"桑青虹面色微变，说道："哼，你还要和我讲价钱呢！"耿照道："倘若是要我做良心有愧之事，小弟宁愿给师姐处死，也决不能违心行事。"桑青虹忽地又格格笑道："也好，就是如此吧。师姐难道还能叫你做对不起良心的坏事么？"

刚刚说到这里，忽地有个小丫环进来报道："二姑娘，大姑爹来了。"桑青虹吃了一惊，道："姐夫他怎会寻到这儿？"

耿照曾在公孙奇手里吃尽苦头，听说是他到来，也是吃惊不小，桑青虹悄声说道："师弟，你别着慌，有我在这里护着你呢，我决不能让姐夫与你为难。你躺着不要出声，待我出去会他，瞒得过那是最好，要是给他发现，那也没有什么大不了的。我姐夫怕我姐姐，我姐姐要让我几分，所以他是不敢奈何我的。"桑青虹那次负气离家之后，不久，就为了追踪耿照，渡过长江，来到江南，家中发生之事，她毫不知闻；耿照虽曾和蓬莱魔女见过面，但因彼此匆忙，要说的事情很多，况且她和耿照也还不是深交，因此也没有谈及她师兄之事。可怜桑青虹只知道姐夫一向对她姐姐言听计从，奉命唯谨，却不知这个貌似畏妻如虎的丈夫，早已做了杀妻的凶手。

桑青虹走出客厅，只见公孙奇颜容憔悴，神色忧伤，桑青虹诧道："姐夫，你怎么啦？你不在家陪伴姐姐，来到江南作甚？是姐姐叫你来找我回去么？"公孙奇黯然说道："青妹，你躲在这里快活。可怜你姐姐想要见你，已是见不着你了。"桑青虹吃了一惊，道："你说什么？我不能见着我的姐姐？你是怕我不肯回家么？"公孙奇神色更是哀伤，也不知哪里来的一副急泪，哽咽说道："迟了，你回去也不能见着姐姐了。她、她已经死了！"

桑青虹尽管时时在她姐姐之前闹一点小性子，但姐妹之情，还是非常好的，骤闻噩耗，俨如晴天起了个霹雳，吓得呆了，过了半晌，大叫道："你说什么，我姐姐已经死了？"公孙奇道："不错，她早已在两个月前，与你幽冥路隔了！"桑青虹大叫道："我不相信，我姐姐是怎么死的？她身体强健，内功深湛，没病没痛，好端端的，怎么突然间就会死了？"公孙奇哭丧着脸道："说来也是我连累了她。华谷涵是我的大仇人，你是知道的，你去了之后，华谷涵邀了蓬莱魔女，再一次登门欺负咱家。你姐姐助我与强敌死战，不幸给华谷涵伤了奇经八脉，当晚就含恨而死了！她临终之际，念念不忘的，不是别人，就正是你！"

华谷涵那次上桑家堡与公孙奇算账，大战他们夫妇，后来蓬莱魔女来到给他解围，两师兄妹言语不和，蓬莱魔女马上又离开桑家堡去追踪华谷涵了。那次事件发生之时，桑青虹还在家中，见过华谷涵与蓬莱魔女的本领。公孙奇说是别人，桑青虹不会相信，说是华谷涵杀了她的姐姐，那就不由得桑青虹不相信了。华谷涵一人的本领已胜过她的姐姐姐夫，何况还有蓬莱魔女相助？桑青虹呆了半晌，这才蓦地哭了出来，叫道："姐夫，你要给我姐姐报仇！"

公孙奇道："我当然要替你的姐姐报仇的，但敌人实在太强，却不知你肯不肯依从你姐姐的吩咐？"桑青虹道："我武功远远不及姐夫，只怕做不了你报仇的帮手。但为了给姐姐报仇，我舍了性命也是愿意的。姐姐临终对我有何遗嘱？"桑青虹只道姐姐的遗嘱无非是要她协助姐夫报仇，不料公孙奇说出一番话来，大大出乎她意料之外。

公孙奇道："青妹，你暂且抑下伤心，听我细说。唉，这，这，这却不知从何说起？青妹，你可不要怪我唐突才好！"桑青虹拭了眼泪，双眼睁得又大又圆，望着她的姐夫说道："到底我姐姐是要我如何？"她对姐夫的话，实是莫名其妙。

公孙奇道："你别怪我唐突，我先问你，你一心一意要追那姓耿的小子，可找到了他没有？"桑青虹面上一红，道："没，没有。怎么样？"公孙奇道："这姓耿的有何好处，你对他如此痴心？据我们所知，这姓耿的实在是天下一个最薄幸的男子，本事低微，只是个偷香窃玉的高手。他和蓬莱魔女的丫头勾搭，而且还不止一个，另外还有一个他的表妹，也是他的情人。他对你只是假情假义，即使他对你敷衍，用意也无非要偷学你桑家的武功。你姐姐临终之时，一直以你为念，就是怕你上了这姓耿的当！"

桑青虹心里一片辛酸，她虽然不能同意对耿照的这番指责，但耿照另有心上之人，对她并无情意，这却也是事实。她呆了半晌，强抑辛酸，淡淡说道："咱们报仇之事，和这姓耿的又有什么相干？我喜不喜欢他，那是另一回事！只要能够给姐姐报仇，我性命都可舍弃，难道我就非嫁人不成？姐夫，你别再提他了。"

公孙奇抹去眼泪，笑道："只要你肯下这个决心，那我就不再提这姓耿的小子，和你好好商谈给你姐姐报仇之事。"

公孙奇顿了一顿，若有所思地望了小姨一眼，继续说道："敌人本领太强，你我就是拼了性命，也未必赢得了那华谷涵，何况他还有蓬莱魔女相助？这蓬莱魔女不错，她是我的师妹，但她如今已热恋上华谷涵，不惜和我作对。她本门武功在我之上，我若用本门武功替你姐姐报仇，那更是必败无疑的了。"桑青虹急道："这么说，难道这仇就不能报了？"

公孙奇道："你姐姐深知我的武功，当然也会想到了这一层。所以她临终之时，把你们桑家的两大毒功传了给我。"

桑青虹惊诧非常，说道："这两大毒功我姐姐也不敢练的，她传了给你？"公孙奇举起双掌，在桑青虹面前晃了几晃，说道："不信，你看！这是不是腐骨掌和化血刀的功夫。"

只见公孙奇右掌掌心如摊开了一团墨渍，"墨渍"由淡而浓，又由浓而淡，但淡至极处，掌心流转的黑气也还是隐约可见。桑青虹骇道："果然是腐骨掌的功夫，你已有了四成火候。"再看他的左掌，掌心红若涂朱，霎眼之间，由红转紫，浓到极处，再由紫转青，青中泛红，色素瞬息间变了三次。桑青虹更是骇道："姐夫，你练得真快，这化血刀的功夫已有了五成火候！"要知桑青虹自小见她父亲练过这两大毒功，她父亲虽然不许她练，但火候深浅，她却是一望便知。

公孙奇道："你相信了吧。你姐姐就是为了要我给她报仇，才在临终之际，将这两大毒功传给我的。"桑青虹哪里还有怀疑，但却叹口气道："姐夫，你可知道，我爹爹当年就是因为练这两大毒功，以至败血而死的？"公孙奇道："我知道。但我与你姐姐夫妻情重，她因我而死，我岂可爱惜自身？我非练这两大毒功，不能给她报仇，只好冒一冒性命之险了！"桑青虹眼眶湿润，含泪说道："姐夫，想不到你对我姐姐这样的好！"公孙奇道："我对你姐姐如何，你是应该知道的。我一向把她看得比我性命还更宝贵，要不是为了留这身子给她报仇，我早已追随她于地下了！"

桑青虹更受感动，若有所思，嘴唇开阖，似乎想说什么，却又没有说出来。公孙奇本要等她说话的，等得不耐烦了，忍不住便问道："岳父当年练这两大毒功，已练到八成火候，听说他临终之际，已参悟了克制练功时毒性反袭自身的法子？"桑青虹道："这是姐姐告诉你的吧？不错，我爹爹是参悟了克制毒性的妙法，但必须我本门的内功练到最上乘的境界，才能运用自如，否则凶险更甚，而且这只是我爹爹临终之时所'参悟'的，未经过实验，是否一定灵效，我爹爹也殊无把握。他因这两大毒功，太过狠毒，又因练时凶险太大，故而临终之时，曾郑重吩咐我们姐妹，不许我们练它。至于传给外人，那更是不许可的了。我姐姐没把其中的利害详细对你说么？"桑青虹受了姐夫的感动，不由得暗暗埋怨姐姐，觉得姐姐要丈夫以性命作为赌注来给她报仇，未免有点自私，虽然她自己也是愿意舍弃性命，给姐姐报仇的。

公孙奇道："你姐姐那时已命在垂危，当然不能细道其详了。但我早已说过，即便是送了性命，我也非练这两大毒功，给她报仇不可的。"

桑青虹道："姐夫，你当真要练？"公孙奇道："不错，你姐姐也知我心意已决，因此才要我来与你商量。不知你可肯听你姐姐临终的吩咐？"

桑青虹道："姐夫，你快点说吧，但能给我姐姐报仇，我无不依从。"公孙奇道："你姐姐要你帮我练这两大毒功。她，她有一个心愿，盼，盼你……"桑青虹道："什么心愿？姐夫？你为何吞吞吐吐？"

公孙奇脸上一红，好似怪不好意思地说道："我与你姐姐并无一男半女，你姐姐的心愿，她，她盼你，你我二人再续鸳胶，你做了我的妻子，一来可以助我练这两大毒功，给你姐姐报仇；二来将来生下儿女，也可承接咱们两家的香烟。"

原来公孙奇练那两大毒功，练到了四五成火候，发现凶险，不敢再练下去。他武学深湛，推究其中缘故，乃是因为自己运气的法门不对，欲竟全功，非得详参桑家的内功心法不可。他虽然也已练了桑家的"大衍八式"，这"大衍八式"是桑家内功的基础，用处当然很大，但这并不等于就是桑家的内功心法，它不过是桑家内功的扎根功夫，要练了这大衍八式，才能进一步参悟更微妙的内功心法。

桑家的内功乃是正邪两派之外，首屈一指的功夫，它揉合正邪两派，非正非邪，另辟蹊径，前无古人，其中精微奥妙之处，决非外人所能参透，即算有人讲解，也必须时刻在旁提示，否则练功运气之时，稍有不对，不但前功尽废，还会走火入魔。公孙奇是最会为自己打算的，固然他可以骗得桑青虹传他内功心法，但却怕她不肯尽心传授，或者因她本身武学造诣尚不够深，对其中精微关键之处，一时有想不到的，事先未能提示，到了练功之时，才发现不对，那时她不在旁，要想补救，可就难了。因此公孙奇想来想去，最好的法子莫如娶桑青虹为妻，桑青虹年轻识浅，比她的姐姐更易于受骗，何况自己的借口又是为她姐姐报仇，哪还怕她不肯尽心传授？

哪知公孙奇的算盘打得太如意了，反而功亏一篑。桑青虹本已相信了他，倘若他只要桑青虹传他内功心法，桑青虹当不吝惜，但如今他却是要她嫁他，桑青虹可不能不踌躇了。

这一瞬间，桑青虹又是羞惭，又是惊诧，这太出乎她的意外了，她绝对想不到她的姐姐要她嫁与姐夫。霎那间，她转了好几个念头，"听不听姐姐的话呢？""我嫁了姐夫，还怎好与耿照相见呢？"她想起了耿照的无情，想起了姐姐的恩义，姐夫风流潇洒，也可以算得是个"不错"的丈夫。但尽管她想贬低耿照，给自己嫁与姐夫找个借口，可是心底下终是舍不了耿照。她满面通红，好半天这才说道："姐夫，这，这，这，请恕我不能从命。"公孙奇眉头一皱，忽道："你不能答应，这可是为了那姓耿的小子么？嗯，是谁在你的房中？"正是：

　　如此鸾胶焉可续，小姨自有意中人。

　　欲知后事如何，请听下回分解。

第三十九回　暗把毒刀伤侠士
为持正义斗师兄

　　耿照毒伤已愈，功力未复，正在房中静坐运功，那"大衍八式"果然奇妙之极，气透重关，运行三转，出了一身大汗，登时便觉精神奕奕，便似未曾受伤一般。但他在受伤之后运功，呼吸的气息未免稍粗，公孙奇是个武学的大行家，他到来不久，在和桑青虹说话的时候，已察觉房中有人，而且从重浊的呼息中还可以分别出是个男子。

　　桑青虹大吃一惊，要想拦阻，已来不及。公孙奇一声奸笑，说道："你我是就来要做夫妻的人，我也无须讲究什么避忌了。"身形一起，倏地就闯进了桑青虹的卧房。

　　耿照从床上一跃而起，公孙奇狞笑道："好呀，果然是你这小子！"说时迟，那时快，已是张开手掌，五指如钩，一抓抓下！

　　桑青虹大叫道："姐夫，你、你要是杀了他，我、我……"话犹未了，只听得"砰"的一声，两人已对了一掌。

　　幸而耿照功力已复，而公孙奇又因有所顾忌，不敢将他杀死，这一抓只用了三分力道，意欲将他的琵琶骨捏碎，哪知耿照练了"大衍八式"，已是今非昔比，他双掌齐挥，全力拍出，荡开了公孙奇的一抓，不过倒退一步，公孙奇也晃了一晃。公孙奇冷笑道："我忘记你练过桑家的武功了。"左掌拍出，加了两分内力，耿照练成大衍八式，虽是功力大增，但比起公孙奇来，那还差得太远，公孙奇用到五成内力，他还焉能抵挡，只听得"蓬"的一声，已是跌了个四脚朝天。

桑青虹已然赶到，拦在两人当中，尖声叫道："姐夫，你不能在我房中下此毒手，他，他是我的师弟！"公孙奇笑道："你别慌，这小子还没死呢？怎么，你已认了他做师弟了？"桑青虹道："请你看在我的面上，饶了他吧。你要是杀了他，我，我……"公孙奇道："你怎么样？"桑青虹道："我，我也宁愿死了。"公孙奇道："你不想给你姐姐报仇了么？"桑青虹道："耿师弟和咱们报仇之事毫不相干，你为何定要杀他？"

耿照站起来叫道："桑，桑姑娘，你别相信你姐夫的鬼话！柳女侠决不会是杀你姐姐之人，那日她在桑家堡还救过你的姐姐呢。你姐夫和那玉面妖狐勾结，才真的不是个好东西。我看，你的姐姐多半是玉面妖狐害的。"耿照并不知道桑白虹受害的详情，但他一来相信蓬莱魔女，二来他自己被玉面妖狐害得极惨，而玉面妖狐与公孙奇勾结的事情，他却是知道的。他依理推测，猜想桑白虹是公孙奇所害，虽不全对，却已相差不远。

但他给蓬莱魔女辩护，只强调她不会是杀人凶手，却也说不出证据。桑青虹当然也不能这么轻易地就相信了他的说话。

不过桑青虹虽不信耿照的话，对他仍是爱怜备至，决不愿见他伤在公孙奇之手，连忙说道："耿师弟，你，你少说两句，快快走吧！"心里暗暗埋怨耿照不识时务，又惊又急，生怕耿照触怒了公孙奇。

话犹未了，只见公孙奇果然面色一沉，冷冷说道："青妹，你把这小子认做师弟，你还记得桑家的规矩吗？"桑家武功，不许外传，所以公孙奇当年以夫妻之亲，尚自要千方百计骗取桑白虹的传授。桑青虹当然知道这个规矩，怔了一怔，道："姐夫，桑家的规矩你就别管了吧。"

公孙奇板着脸道："你姐姐已经死了，我不管谁管？你姐姐一直怕你上这小子的当，哼，你现在果然是上他的当了！"桑青虹急忙扯着他的袖子，说道："姐夫，桑家的武功，你不是也练了吗？桑家这一条规矩，我姐姐也曾遵守的。"公孙奇怒道："这小子怎能与我相比，我是你们桑家的女婿，女婿份属半子，算得是你桑家的人。他是什么东西？"

桑青虹见形势危急，忙向耿照抛了一个眼色，叫道："耿师弟，你快说呀，你，你与我——"公孙奇圆睁双眼，喝道："什么，你们也已经是夫妻了么？哼，好不要脸！"桑青虹正是要耿照如此答复，好有个借口维护耿照，至于公孙奇什么要不要脸的指责，待耿照肯于认他们是夫妻关系之后，她自可以据理力争。哪知耿照是个行事方正的少年君子，也不知他是不领会桑青虹要维护他的心意，还是领会了却不愿说谎，只见他面上一红，非但不接下桑青虹的说话，反而向公孙奇大声说道："你休得以小人之心度君子之腹，我与桑姑娘清清白白，绝无半点私情！"

公孙奇侧目斜睨，翘起嘴角笑道："青妹，我看你可别痴心了。你是神女有心，人家可是襄王无梦呢！"桑青虹又惊、又气、又急、又伤心，但眼看公孙奇就要对耿照痛下杀手，心中又是不忍，连忙紧紧扳着公孙奇手臂，叫道，"姐夫，不可……"

话犹未了，公孙奇身子一拧，已是把桑青虹挣开，冷冷说道："看在你的份上，我可以饶这小子一命，但他所练的桑家武功，我却要给你讨回。只有这样，我才对得住你的姐姐！"所谓"讨回"，即是要把耿照的武功废了。他情知杀了耿照，桑青虹决不肯依他，倒不如把耿照变成废人，好断了桑青虹的念头，而又不至于太过伤心。

桑青虹大叫："耿师弟，跑呀，跑呀！"耿照也知事情危急，这才"砰"的一拳，击碎窗户，窜身飞出。可是他前脚刚到屋外，公孙奇已跟着他的后脚追来。

耿照的宝剑尚悬在腰间，桑青虹给他治伤之时，并未曾将它除下，公孙奇跟踪追出，耿照早已拔剑出鞘，一觉背后微风飒然，刷的便是反手一剑。

耿照家传的蹑云剑法本是以飘忽凌厉见长的上乘剑法，以往因他功力未到，剑法的威力也难以发挥，如今他已练了桑家的大衍八式，内力大增，自是今非昔比。公孙奇骈指如戟，正点向耿照背心的"大椎穴"，耿照反手一剑，恰对着他的手指削来，耿照用的剑又是把削铁如泥的宝剑，公孙奇虽不惧他，却不能不有几分顾忌，当下化戳为弹，"铮"的一声，把耿照的宝剑弹开。

耿照宝剑给他弹中，虎口倏地一阵酸麻，就在此时，桑青虹已然赶到，一把扯着公孙奇的衣角，叫道："姐夫，你饶了他吧，我、我愿意依从姐姐的话了！"公孙奇哈哈笑道："这么说，咱们就是夫妻了，你更不应阻拦我了，夫妻应该同心合力才是，你怎可以向外人？"桑青虹道："你放过了他，我以后再不见他，也就是了。"

公孙奇的用心只是在取得桑家的内功心法，听得桑青虹答应嫁他，目的已达，本来便想罢手，但转念一想，桑青虹是为了要救耿照才答应自己的，她对耿照的爱意实是深厚之极，谁能担保他们以后不再见面？耿照与蓬莱魔女又是相识的，若给他见过了蓬莱魔女再与桑青虹见面，岂不要把真相揭穿？纵使自己能言善辩，也总是麻烦。如此一想，恶念陡生，立即使出"沾衣十八跌"的上乘内功将青虹摆脱，冷冷说道："我又不是要取他性命，不过是要讨回你私授他的桑家武功而已，你何必这样袒护他？"说罢，左掌划了一道圆弧，"呼"的便向耿照击下。他说是不取耿照性命，其实却是要用"化血刀"的功夫暗害耿照，教他中了一掌之后，并不立时毙命，而是在三个月之后，败血身亡。他的"化血刀"已练到五成火候，倘若用尽了功力，可以令对方登时血液干枯，中掌之处，肢体僵硬，三天之内，便即死亡。但若只用一成功力，以毒质袭入对方穴道，中毒的迹象却不会显露，估量桑青虹也未必看得出来。

桑青虹给他震退数步，但因他不敢令桑青虹太过难堪，用的劲力恰到好处，没有将她震倒，桑青虹跄跄踉踉地又追上来，叫道："姐夫，你对我姐姐千依百顺，对我却一句也不肯听从，叫我如何能够甘心情愿地跟你？"公孙奇挥袖隔断她和耿照，柔声说道："青妹，我是为了你好。你姐姐也是为了你好，才千叮万嘱，叫我照顾你，不让你上这小子的当的。好吧，如今我就听你的话，既不杀这小子，也不把他弄成残废，只是消去他练了大衍八式之后所增的功力，好顾全你桑家的规矩，这你总可满意了吧？"

桑青虹道："我不相信，哪有消去他的功力，却能令他不受伤残之理？"公孙奇道："你桑家的大衍八式虽是神奇，我爹爹也是当世的武学大师，我的家传武功，其中精奥之处，你还未知道呢。不信你看!"口中说话，手底丝毫不缓，说话之间，掌劈指戳，已是闪电般地向耿照攻出了六六三十六招。桑青虹被他挥袖阻隔，又惊又急，却也无可如何，只是想道："但愿姐夫没有骗我。"要知公孙奇的父亲公孙隐，乃是武林中的泰山北斗，桑青虹的父亲桑见田一生与他不和，但即使是桑见田在生之时，对公孙隐也是极为佩服。桑青虹见道公孙家的家传武功，或者真有可以克制大衍八式、消去功力而不伤人身的妙法，对姐夫将信将疑，她哪知道，她姐夫的心肠歹毒，远远在她想象之外。

耿照心中倒是想道："我正后悔练了桑家的武功，要甩也甩它不开，倘若公孙奇当真能够给我消去，这倒是求之不得。"但他年来闯荡江湖，曾经历练，已不是像从前那样的天真了，他早已知道公孙奇与玉面妖狐乃是一路，认定他是坏人，对他的言语还焉能相信? 因此还是决不敢让公孙奇的手掌打到他的身上。

耿照舞起宝剑防身，他的蹑云剑法虽然也很精妙，却怎敌得过身兼两大名家所学的公孙奇。只因公孙奇要伤他而不现痕迹，功力必须用得恰到好处，而他又有宝剑防身，这才挡得三十六招。要是公孙奇毫无顾忌的话，早已在十招之内，将他杀了。

掌风剑影之中，忽听得"铮"的一声，耿照的剑把又给公孙奇一指弹个正着，耿照和他拆了三十六招，早已气力不加，这次再给弹中，已是禁受不起，"铮"的一声，宝剑便即脱手飞出。

公孙奇轻飘飘地正要一掌拍下，忽觉微风飒然，似有梅花针之类的暗器从背后袭来，不禁心头一凛："难道是我师妹已经追到?"连忙侧身闪开，但他也没有放松耿照，他左掌打不中耿照，右掌化掌为弹，力透指尖，一指弹出，耿照衣裳穿了一个小洞，虽没给指头触及，指力亦已透入了他的穴道。

耿照一个踉跄，向后跌倒。就在此时，一条人影已是从树林中如飞赶到，娇喘吁吁地叫道："休得伤害我的耿照大哥!"来的并非蓬莱魔女，却是蓬莱魔女的心腹侍女珊瑚。

珊瑚已尽得蓬莱魔女所传，所以也能用尘尾当作暗器发出，不过功力却是大大不如。公孙奇心道："原来是这丫头，却吓了我一跳。"以公孙奇此刻的本领，对蓬莱魔女尚且不惧，珊瑚自是更不在他心上了。珊瑚拦在他与耿照之间，他只是衣袖轻轻一拂，便把珊瑚的拂尘荡开。

耿照跌倒与珊瑚出现是同一时间的事情。桑青虹一见耿照跌倒，早已是吓得尖叫一声，便立即向他奔去，待她看清楚来人乃是珊瑚的时候，虽然亦是心头一震，却并没有停下脚步。

公孙奇正要向珊瑚施展杀手，忽见桑青虹向耿照奔去，心念电转，突然改了主意，荡开了珊瑚的拂尘，倏地一个转身，又抢过了桑青虹的前头，将她拦住。

桑青虹收势不及，跌入姐夫怀中，公孙奇在她耳边悄声笑道："人家的情人已经来了，已无需你献殷勤啦，你还过去，不害臊吗？"

珊瑚已是把耿照扶了起来，吓得花容失色，慌忙问道："照哥，你怎么啦？"耿照只是觉得胸部的"委中穴"略感酸麻，而且只是瞬息之间的感觉，如今早已过了。他试一试气，穴道并未受封，真气运行无阻，身体毫无异状，功力亦无减损，只道是他所练的大衍神功，果生奇效，公孙奇的点穴奈何不了，哪知公孙奇的歹毒指力早已透入他的穴道，以后方始慢慢发作，到了三个月后，便将是致命之伤了。

耿照又惊又喜，说道："瑚妹，我寻得你好苦。我没受伤，你放心吧！"他拾起宝剑，与珊瑚紧紧相靠，准备公孙奇再度扑来，他们两人便即并肩御敌。

公孙奇却并未扑来，只是对着桑青虹哈哈笑道："青妹，你听见了么？他并没有受伤，我不是骗你了吧？我本来要消去他练成大衍八式之后所增的功力的，看在你的份上，连这一点我也放过了。我没有动这小子一根毫毛，青妹，这你总可以满意了吧！"

珊瑚放下了心上的石头，但也感到十分意外，公孙奇哈哈一笑，又转过头来说道："珊瑚姑娘，我是你家小姐的师兄，清瑶虽是对我有所误会，我总不能不顾着师兄妹的情谊。就看在你家小姐的份上，我成全了你们二人吧。""成全"二字有正反两面的解释，可以是善意的"成全"，也可以是恶意的"成全"，那便是要取对方的性命了。珊瑚凤眼圆睁，拂尘一举，冷冷说道："好，你要如何，那便来吧！"公孙奇哈哈笑道："我若要取你们性命，早已取了。我是见你们二人诚心相爱，有意成全你们，你们走吧！"原来公孙奇目的已达，估量耿照在三个月之后，不死亦将残废，全身不能动弹，绝不能再来私会桑青虹的了。因此不如将他和珊瑚一同放走，便可以绝了桑青虹的痴念，这要比他用强迫的手段要桑青虹断绝耿照好得多了。

珊瑚、耿照二人不相信公孙奇有此好心，但不管他出自何因放走他们，这总是个脱险的机会。珊瑚道："好，照哥，咱们走吧。早早离开这是非之地。"话犹未了，桑青虹忽地喝道："耿师弟，我不许你和这贱人同走！"珊瑚怒道："你这妖女待要如何？"耿照忽地"卜通"一声，跪倒地上。

珊瑚大吃一惊，只道耿照中了暗器，心急未已，耿照已在地上磕了三个响头，说道："桑师姐，多谢你救命之恩，小弟粉身碎骨不足图报。请恕我不能随侍在侧，师姐的大恩大德，我只有铭记于心了。"

江湖上有句口头禅是："杀人不过头点地"，意思是即使是杀了人这样的大仇大恨，磕头赔罪之后，也应该可以得到对方原谅；反过一面来说，救人性命的德，身受者磕头谢恩之后，施恩者也不能对他有什么需索了。珊瑚这才明白，耿照之所以向桑青虹磕头，原来是向她叩谢救命之恩，并含有请她"高抬贵手"，放他过去的意思。

桑青虹受了耿照这三个响头，一时手足无措，心底但觉一片苍凉，她已知道耿照是决意离开她了，但却还不甘心让他就走，希望能够挽回，当下说道："起来，我只问你一句话。"耿照道："师姐有何吩咐？"桑青虹道："你既认我师姐，你就该听我的话。你也早说过唯我之命是听的了，你这么快就忘记了么？"耿照道："小弟怎敢忘记？"桑青虹道："那你又为什么不听我的话了？"耿照道："我说过，师姐的吩咐只要是合乎道理的，小弟无不依从。我和玉姑娘是结拜的异姓兄妹，我和她同走，并无不当之处，这是小弟的私事，请恕小弟难以接受师姐的管束。"公孙奇冷冷说道：

"你听清楚了没有？人家心目中只有这位玉姑娘呢！你虽然硬把人家认作师弟，可总没有人家结拜兄妹那么亲，你凭什么拦阻他们？"

桑青虹面上一阵青一阵红，是啊，耿照心中喜欢的并非自己，自己还凭什么去拦阻人家？还有一样，公孙奇虽说已答应放走耿照，但桑青虹也不能不提防夜长梦多，说不定她姐夫会突然变卦。

桑青虹呆了好一会儿，蓦地挥手，颓然说道："好，你们走吧！"耿照也怕夜长梦多，说声"多谢师姐恩德"，就与珊瑚手牵着手走了。

桑青虹目送他们二人的背影没入树林之中，心情落寞之极，最疼爱自己的姐姐已经死了，自己所欢喜的人又弃她而去，做人还有什么趣味？

桑青虹正自感伤，公孙奇在她耳边柔声笑道："青妹，还有我在你身边呢。咱们回家去吧。"桑青虹木然说道："回家？"公孙奇道："是呀，你我从此是夫妻了，桑家堡正等待你这位女主人呢。"原来公孙奇还有一个企图，桑家堡的四个老仆人已经走了，剩下的也多是桑见田的旧属，他希望桑青虹以桑家唯一后人的资格，替他收拾旧部，重整旗鼓，这样，就连桑家堡的基业也仍然可以保全了。

桑青虹脑袋里似是嗡嗡作响，一时间思路还未能清晰，茫然问道："姐夫，你说什么？"公孙奇笑道："青妹，你怎么还把我叫作姐夫？你不是已经答应了我么？"桑青虹道："答应什么？"公孙奇道："答应依从你姐姐遗命，与我续弦，我是你的丈夫，不是你的姐夫了！"

桑青虹虽是阅历无多，不识人心奸险，但经过了刚才这一段事情，她已隐隐感到公孙奇似乎不像从前那个姐夫，她从前的印象，公孙奇是一个对她姐姐百依百顺的好丈夫，但从现在亲身的感受，公孙奇却是软硬兼施，似乎总是要自己屈从他的意志，又似乎怀着什么不可告人的目的似的。桑青虹不知怎的，忽地对这个姐夫隐隐感到有点儿害怕了。

公孙奇笑道："别再想这姓耿的小子了，你我已是夫妻，从今之后，你的心目中只应有你的丈夫，不可再想第二个男子了。何况这姓耿的小子如此薄情，也不值得你再去怀念。"桑青虹呆了半晌，忽道："姐夫，不，不……"公孙奇皱眉道："还叫我姐夫，不什么？"桑青虹道："我有点害怕，我不想嫁你。"公孙奇道："害怕什么？"桑青虹道："害怕你欺负我。"公孙奇笑道："这怎会呢？我对你姐姐体贴得无微不至，你又不是不知道的。我将来对你，也一定像对你姐姐一样，做一个最好的丈夫。你还有什么不放心呢？"桑青虹退一步，避开他的爱抚，说道："姐夫，你另外找个人吧。"公孙奇道："怎么，你又改了主意了？你不想替你姐姐报仇了么？"桑青虹道："我把我桑家的内功心法，尽我所知，都写出来给你，你自己练吧。"公孙奇说道："这怎比得上陪着我练？何况你姐姐还希望你我生下一男半女好承继你桑家的香烟。"桑青虹满面通红，说道："姐夫，你暂且不要迫我，待我好好想想。"公孙奇道："对，你想想练这两大毒功多么危险，要是咱们不同心合力，怎练得成功，练这种毒功，须得最亲近的人在旁照顾，你不做我的妻子，万一我练功之时稍有疏虞，岂不前功尽弃？我练不成功不打紧，你姐姐的血海深仇可就难报了。你可要知道，你姐姐的两个仇人一个是笑傲乾坤华谷涵，一个是蓬莱魔女柳清瑶，都是厉害之极，武功远胜于我的仇人哪，你不助我练成这两大毒功，我怎样替你姐姐报仇？"桑青虹一想，姐夫说的也是实情，心里思量："姐姐一生疼我，我难道就不能委屈一下自己，助姐夫练功，给她报仇？"心中有点动摇，可是仍然感到对公孙奇似有难以名说的恐惧，正自反复思量难作决断的时候，忽听得一个女子的声音冷笑道："公孙奇，你真是不知羞耻，刚害死了姐姐，又来诱骗妹妹了！"

冷笑之声，初起之时，还似在里许之处，转瞬之间，便到眼前！公孙奇这一惊非同小可，抬头看时，只见一条人影疾驰而来，背插拂尘，腰悬长剑，可不正是蓬莱魔女是谁？

这一瞬间，桑青虹也吓得呆了，但仇恨之火，迅即燃起，桑青虹刷地拔出剑来，说道："好呀，你这狠毒的魔女，你杀了我的姐姐还想来杀我吗？我打你不过也要和你拼了，姐夫，上呀！"

蓬莱魔女身法如电，焉能给她刺中？一飘一闪，已是拦在她与公孙奇之间，喝道："公孙奇，你说她姐姐是谁杀的?"公孙奇骑虎难下，硬着头皮说道："清瑶，你放过了白虹的妹妹吧，你杀了她的姐姐，也已够了。"

蓬莱魔女又是生气，又是伤心，在此之前，她念在恩师公孙隐份上，对师兄还有几分情谊，几分姑息，想不到师兄竟是坏得不可救药，杀了妻子，反而诬陷她是凶手! 蓬莱魔女一气之下，闪开了桑青虹的一剑，立即说道："青妹，你要知道你姐姐的仇人是谁吗? 你的姐姐就是你的姐夫和玉面妖狐串同谋害的! 你别再糊涂，上你姐夫的当啦!"

此言一出，宛如晴天起了霹雳，平地响起焦雷，把桑青虹弄得心头大震。但她从来也不会想到姐夫会是杀害妻子的凶手，（要知在她印象之中，姐夫可一向都是对她姐姐千依百顺的"好丈夫"啊!）一时之间，她又焉能便即听信了蓬莱魔女的说话?

公孙奇也变了面色，陡起杀机，猛地喝道："清瑶，你含血喷人!"呼地便是一掌拍下，腥风扑鼻，掌力也有如排山倒海而来，蓬莱魔女早有防备，拂尘一挥，身形疾起，青钢剑亦已出鞘，一招"横云断峰"便截着他的掌势，冷笑说道："是谁含血喷人? 哼，你想杀人灭口，竟敢用毒掌对付我吗? 青妹，我给你证据!"

公孙奇一击不中，双掌迅即又平推过来，左掌是"腐骨掌"，右掌是"化血刀"，两大毒功，同时使用，饶是蓬莱魔女本领高强，一时间也自应付不暇，那"证据"也就拿不出来了。桑青虹喝道："你说，什么证据?"她口中说话，手底也没放松，仍然运剑如风，狠狠向着蓬莱魔女后心击刺，蓬莱魔女背腹受敌，桑青虹武功虽是与她相差极远，但她对桑青虹的攻击却只能闪避，不能还击，这么一来，桑青虹的攻击也就起了牵制作用，教她不能放手去全神对付公孙奇了。

公孙奇占了上风，得意笑道："青妹，你别信她胡说，她有什么证据?"着着进攻，掌力催得更紧了!

蓬莱魔女沉着应付，"听风辨器"，辨别桑青虹出剑的方位，步法轻灵，腾、挪、闪、展，将桑青虹的剑招一一闪开，左手拂尘护身，右手长剑攻敌，公孙奇稍稍占了一点上风，但要想突破她的

· 626 ·

防御，却也不能。蓬莱魔女心道："这两大毒功果然厉害，看来比祁连老怪的阴阳二气还要胜过一筹。幸在他的功力尚不够火候。可是我也只能勉力与他周旋，却腾不出手来，这却如何是好？"

蓬莱魔女人急智生，本来她的功力稍胜师兄，虽处下风，还足以从容应付，未曾觉累，她却暗运玄功，迫出了一身大汗，气喘吁吁，装作很吃力的样子，公孙奇得意笑道："柳师妹，咱们到底是有同门之谊，只因你迫我太甚，你无义我也只能无情了。你若肯发下毒誓，从今之后，金盆洗手，退出武林，永不管闲事，我也未尝不可以放你过去。"要知公孙奇也有顾忌，他深知师妹本领了得，轻功尤高，自己虽占了上风，只怕也未能轻易地杀了她，要是万一给她逃脱，那时她师兄妹之谊已绝，以后必出辣手报复，可是后患无穷。何况他还有更顾忌的是，他父亲最疼爱蓬莱魔女，过去还是靠着蓬莱魔女给他说情，他父亲才不追究他，只是不认他作儿子便算了事。倘若他即使真能把蓬莱魔女杀了，这事也不能永远瞒得过父亲，父亲知道之后，要取他性命，那时他还有何人说情？

公孙奇一来是自忖未必有把握杀得蓬莱魔女，二来顾忌他父亲知道，三来他虽然坏透，也还有一丝良心未泯，蓬莱魔女是自小和他一同玩耍的师妹，有一个时期他也曾对蓬莱魔女有过爱意，若是当真要取她性命，他也还有点于心不忍。有这三样原因，故而他想出这个主意，迫蓬莱魔女发誓退出武林，不再管他闲事。他知蓬莱魔女最重诺言，若肯应允，自己便可无忧，那是比杀她强得多了。

蓬莱魔女在生气之中也感到有一丝欣慰，心道："师兄总算还未良心尽丧，也罢，今次我且暂时不下杀手，给他一个悔改的机会，不过真相总是要揭穿他的。"当下作出沉吟的样子说道："公孙奇，原来你是怕我管你闲事？也好，待我思量一下。"

桑青虹不知公孙奇的打算，急道："姐夫，你只顾念师门之谊，却不想夫妻之情吗？如今有机会可以杀掉一个仇人，你怎么又要将她放过了？难道你当真有甚把柄被她拿在手里？"桑青虹攻得更紧，但公孙奇却以为蓬莱魔女已是强弩之末，只想迫她订城之盟，虽然并未停手，仍在进攻，但却未免稍稍有点轻敌。

蓬莱魔女蓦地笑道："青妹，你不知道，他正是有把柄在我手里!"笑声中倏地身形拔起,一招"鹰击长空",已是向公孙奇当头刺下!

剑势如虹,凌厉之极,公孙奇大吃一惊,双掌连忙推出,蓬莱魔女拂尘亦已扫下,用的是"天罡拂尘三十六式"中威力最强的一式"雷电交轰",拂尘本是极轻柔之物,经过她玄功妙用,当头击下,竟是"轰轰"作响,配合她右手的剑招,剑光电闪,当真便似雷电交轰一般!

公孙奇双掌之力,被蓬莱魔女那一拂抵消,就在这闪电之间,公孙奇只觉头顶一片沁凉,蓬莱魔女已脱出他掌力笼罩的范围,斜掠出三丈开外!这还不止,剑光过处,公孙奇的头发也削去了一片,公孙奇这才知道,师妹刚才还未用尽全力,她的气喘、汗流,不过是骄敌之计而已,自己即使步步小心,也还未必是她对手,如今稍一大意,当然就要大大吃亏了。

蓬莱魔女身形一落,立即腾出手来,摸出一只黑黝黝的哨子,说道:"青妹,你姐姐临终之时,将你付托给我,就是怕你上了姐夫的当!"桑青虹冷笑道:"我姐姐和你的交情有这么好?我不信!"蓬莱魔女道:"不信,你听这哨子!"呜呜地吹了起来,三长两短,接连吹了三遍,桑青虹听了,登时呆若木鸡。

原来这个哨子乃是她爹爹的遗物,留下来给她姐姐掌管的,这个哨子是通天犀的犀角所制,声音特异,她爹爹生前,就是用哨声来指挥下属的。这三长两短的吹法,只有她姐妹二人和桑家几个老仆知道。桑见田临终时,立她姐姐桑白虹为桑家堡的主人,将哨子移交给她,那意思即是等于把桑家堡的指挥权移交给他的大女儿了。但桑白虹做了堡主之后,却并不依照父亲生前的习惯行事,因为她父亲那几个老仆,都是原来在武林中颇有身份的人物,又是多年追随她的父亲,故而桑白虹待他们以伯叔之礼,从来没有端过主人的架子,也从来没有用过哨声指挥他们。她只是把哨子当作父亲的遗物珍重保藏,不但未用来指挥老仆,对桑家堡的任何人等都未用过,她和公孙奇结婚,是在父亲死了多年之后,故而连公孙奇也不知道有这么一个哨子。

公孙奇怔了一怔,喝道:"清瑶,你捣什么鬼?你哪里找来一个小孩子玩的哨子来吹，这算得是什么凭据？青妹，她是你杀姐的仇人，她想挑拨离间咱们，你可别相信她的胡说八道！"

但他吃蓬莱魔女一剑削去了一大片头发，锐气顿挫，心中虽是发怒，却已是不敢再扑向前，只是把眼睛瞅着小姨，看桑青虹如何行事？要是桑青虹仍然肯和他联手夹攻，有桑青虹从旁牵制，他还可以有一两分取胜的把握，又即使不能取胜，最少桑青虹也还是他的人。

桑青虹心头大震，呆了一阵，方始稍稍冷静下来，心里想道："这蓬莱魔女是怎么取得这个哨子的？若说是从我姐姐手中强夺，她又怎么识得用这哨子指挥的暗号？即使我姐姐是在她威胁之下，但倘若不是心甘情愿，我姐姐也不会向她吐露这个秘密呀！"这么一想，不由得对蓬莱魔女的话信了几分，但也还是有点怀疑，"桑家堡是我父亲传下的基业，我姐姐死了也还有我，她怎能把桑家堡轻易交给外人？"要知道哨子乃是代表一种权力，桑家堡的上一代传给下一代，谁人得了这个哨子，就是桑家堡的主人，故而桑青虹有此怀疑。桑青虹倒并非贪图要做桑家堡的主人，而是不敢相信姐姐会轻易把桑家堡"送"给蓬莱魔女。桑青虹哪里知道，她姐姐当时是在只剩下一口微弱的气息，根本无力吹这哨子的时候，请蓬莱魔女代她召集仆人的。蓬莱魔女也只知道这哨子是桑家的一个秘密，可以用作凭据，证明桑青虹的姐姐临终时是如何信任她，才把这个可以指挥仆人的哨子交给她，但可惜蓬莱魔女也是只知其一，不知其二，她还未知道这哨子是代表了权力的转移。

桑青虹将信将疑，一片茫然，一时之间，也不敢断定谁是杀她姐姐的凶手，但这哨子如今是在蓬莱魔女手上，是姐姐自愿给她的，这一点可以无疑！因此当桑青虹稍稍冷静下来之后，就不由得不对蓬莱魔女的说话多相信了一些，而禁不住用怀疑的眼光看她的姐夫了。

公孙奇何等聪明，一看桑青虹这一副茫然的神色，怀疑的目光，便知这哨子定有古怪，是他还未知道的秘密。他也看得出来，桑青虹已是对他隐隐起疑，不那么容易再骗她了。

蓬莱魔女拂尘一指，冷冷说道："你是怎么害死妻子的？是你来说，还是让我代你告诉青妹？"公孙奇已知桑青虹再不会帮他，只怕耽搁下去，待到真相大白，桑青虹还会与蓬莱魔女联手攻他，那时连自己的性命也怕要丧在蓬莱魔女剑下。三十六计，走为上计，当下一声冷笑，说道："青妹，你若是要相信仇人的说话，那也由你！"扔下了这句话，立即转身便逃。他走的不是大路，而是逃入林中，为的是怕在前头碰见耿照、珊瑚，稍有纠缠，也是对他不利。他目前最紧要的已是要逃脱性命，避免给蓬莱魔女追上了。至于其他的一切企图，那只有等待机会，将来再说了。

蓬莱魔女本来不想取他性命，而且她也还有另一件紧要的事情要向桑青虹查问的，因此也就没有去追赶公孙奇。

蓬莱魔女转过身来，笑道："青妹，你相信了我么？"桑青虹一副茫然的神色，半晌说道："这哨子、这哨子，我姐姐和你说了些什么？"蓬莱魔女也有点奇怪，寻思："她何以不急于查问她姐姐被害的情形，却先问起这哨子来了？"当下说道："对了，这哨子是你姐姐的遗物，你收回去吧。我还有许多话要和你说呢。"桑青虹怔了一怔，道："你肯将它还给我？"蓬莱魔女笑道："这是你家的东西，我要它做什么？"桑青虹收下了哨子，心里想道："这魔女大约是有求于我，却不知她求的什么？但她肯把哨子交我，显然她是无意占我的桑家堡了。"

桑青虹对蓬莱魔女又相信了几分，但她是邪派中人，对侠义的胸襟根本不能理解，何况她刚才还险些受了姐夫之骗，因此她对别人的好意，总是怀疑有什么企图，当下便道："你要说些什么？说吧。"

蓬莱魔女道："你姐姐被害之事，慢慢我和你说。我先问你一件事情。"桑青虹道："何事？"蓬莱魔女道："耿照是不是给你姐夫擒了，你可知道他在哪儿？刚才我远远听得这儿有金铁交鸣之声，和你姐夫动手的那人又是谁？"原来蓬莱魔女一路追踪，正是听到这边厮杀之声而急忙赶来的，可惜还是迟了一步，公孙奇伤了耿照之后，已经把他"放"走了。

桑青虹不觉有点酸溜溜的意味，心道："原来她是为耿照而来。那丫头是她的心腹侍女，她当然是要为她的丫环打算了。耿照本来喜欢那个丫头，如今又有蓬莱魔女给那丫头作主，他们的婚事自是水到渠成，我还有什么指望。"

不过桑青虹虽然心怀妒忌，她的本性也还不算很坏，蓬莱魔女将她从她姐夫的魔掌中救了出来，她也不能不有几分感激，当下就依实说道："耿照日前在天目山口遭遇官军围攻，是我将他救出来的。这笔账倒不能算在我姐夫头上。"蓬莱魔女吃了一惊，道："哦，原来那些官军都是给你杀掉的，不是你的姐夫。"心想："她小小年纪，竟是手段如此狠辣。我虽号称魔女，也还不是滥杀无辜。她姐姐将她付托给我，以后我倒要好好地教导于她了。"

桑青虹见蓬莱魔女面有不悦之色，冷冷说道："怎么，是我救错了么？"蓬莱魔女道："多谢你救了他。他的伤怎么样？"桑青虹道："刚才和我姐夫交手的就是他，他的伤当然是已经好了。"

蓬莱魔女又是一惊，道："他和你的姐夫交了手？糟糕，你快说，他现在怎么样了？"耿照的武功与公孙奇差得太远，蓬莱魔女是知道的，只怕他又受了公孙奇毒掌之伤。

桑青虹神色黯然，慢条斯理地说道："你不用担心，他早已走了，而且是称心如意地走了。"蓬莱魔女道："这是什么意思？"桑青虹道："你还不知道么？"蓬莱魔女道："知道什么？"桑青虹道："那丫头不是你派她做先行的么？"蓬莱魔女道："哪个丫头？"桑青虹冷冷说道："还有哪个？就是你所调教出来那位，那位才貌双全、与耿照称兄道妹的玉姑娘！"言语之中，充满醋意，蓬莱魔女喜道："哦，原来是珊瑚找着他了。"她听得珊瑚的消息，又惊又喜，一时之间，也无暇去细味桑青虹话中的醋意了。

桑青虹道："耿照毫发无伤，他是和你这位丫环一同走的，这还不是称心如意得很么？"蓬莱魔女听说耿照没伤，放下了心上的一块石头，但另外一块大石却又压上心头，她是怕公孙奇追上他们，再施毒手，或是把他们拿作人质，来要挟自己。她却不知，公孙奇也正怕被她追上，哪里还敢自己给自己制造麻烦？要知耿照与珊瑚的本领亦已不弱，以公孙奇的本领当然可以把他们活擒，但也不是在十招八招之内所能办到，公孙奇只道蓬莱魔女随后就会追来的，他当然是只顾逃命，甚至要避开耿照这一路了。

不过，蓬莱魔女即使知道公孙奇的心思，她也还是不敢完全大意的，公孙奇那两大毒功太过厉害，她总是要见着了耿照与珊瑚二人，才敢放心。于是连忙问道："他们走的是哪一条路？"

　　桑青虹指着正中的大路道："我姐夫是看在你的分上，将他们放走的，他们无须担惊害怕，当然是大摇大摆走的大路了。"蓬莱魔女怔了一怔，心道："我师兄能有这样好心？他连我都想置之死地，怎会看在我的分上放过他们？其中不知有什么古怪？"如此一想，更觉不妙，此时她早已听出桑青虹的醋味十足，但也无暇去开导她了。当下说道："好，我追上去看看他们。青妹，你等我们回来，我受了你姐姐重托，一定会好好照顾你的。"桑青虹淡淡说道："多谢了！"看着蓬莱魔女如飞而去，眼角不觉沁出两颗晶莹的泪珠。

　　且说耿照与珊瑚跑了一程，看看公孙奇并没追来，这才惊魂稍定，停下脚步。耿照情怀激荡，又是欢喜，又是感伤，他在秦弄玉与珊瑚之间，也是取舍为难，论到感情的深厚，他与秦弄玉是青梅竹马之交，当然不是珊瑚所能相比，但珊瑚对他的恩义——万里护送，几度患难相随——这也是他决计忘怀不了的！不过，尽管他有一份异常复杂矛盾的感情，他与珊瑚久别重逢，总是喜悦多于伤感。

　　耿照说："瑚妹，你怎的来到此间？"珊瑚道："我的仇人乃是江南一霸，我到处搜查他的行踪，偶然路过此地，想不到遇见了你。"其实珊瑚对耿照的行踪也很注意，她暗中一路追随，不让耿照发觉。耿照在天目山遇难与被桑青虹劫走之事，她都知道。但因她赶不上桑青虹的快马，今日方至此间。

　　耿照道："你那日不辞而行，令我很、很是难过。幸亏今日又得相逢，而且这么凑巧，你又一次在我遇难之时救了我，我真不知该如何感谢你呢！"珊瑚还未放心，问道："耿大哥，你当真没有受到暗伤么？"耿照深深吸了口气，道："当真是一点也没有。"珊瑚这才喜逐颜开，笑道："这不是我救你，倒是公孙奇这恶贼当真手下留情了。"耿照道："奇怪，这恶贼怎的强盗突发善心，猫儿不吃老鼠？难道真的是如他所说，他看在你家小姐的份上？"可怜耿照被人暗下毒手，自己一点也未知道。

珊瑚七窍玲珑，早已想到公孙奇手下留情的原因，心道："这贼子要娶他的小姨，恐防耿大哥作梗，故而让他与我同走，好断了他小姨的念头，这哪里是有什么好心了？"珊瑚可说是看透了公孙奇的心思，但可惜也只是猜中了一半，耿照所受的暗伤她可看不出来。

　　珊瑚在庆幸耿照没有受伤之余，却也不禁心中伤感，想道："公孙奇与那妖女都以为耿大哥是喜欢我，却不知他心上另有人儿。"耿照凝视着珊瑚的眼睛，笑道："咱们意外相逢，应该欢喜才对。瑚妹，你在想些什么？"珊瑚强抑心中的酸痛，笑道："我是很欢喜呀，但我遇上了你，却不能不想起另外一个人了。"耿照道："谁？"珊瑚道："秦姑娘呢？你为何不是与她一起？"耿照道："就在那日你走了之后，不久，她也像你一样，不辞而行了。"珊瑚道："你不知道她的行踪？"耿照道："她留下一信，说是要回家去安葬她的父亲。我却因有要事，只能先到江南。"

　　珊瑚神色黯然，她本是有心成全秦弄玉与耿照的，想不到秦弄玉也是她一样心思，暗自想道："回家葬父，这只不过是一个借口而已，看来秦姑娘也是有意要离开耿照，好成全我的。唉，这可叫我越发心里不安，我是决计不能跟着耿大哥了。"耿照听得珊瑚提起他的表妹，不觉心如乱麻，一时之间，竟不知说些什么话好。珊瑚道："耿大哥，你上哪儿？"耿照道："我要往临安访辛弃疾，你和他是相熟的，咱们一同走吧。"

　　珊瑚忽道："请恕我不能陪伴你了。"耿照惊道："这却为何？"珊瑚道："我已打听得我仇人的踪迹了。我父仇未报，哪有闲情游玩京都？"

　　耿照道："上个月我曾碰到柳女侠，她也曾谈起你报仇之事。你的仇人是——"珊瑚道："就是四霸天中的南霸天南山虎。"耿照道："南山虎在四霸天中排名第二，武功想必很是高强。你的杀父之仇也已忍了这许多年，不如再等些时，待我到临安见过辛大哥之后，再与你同去。"珊瑚道："你不是江湖中人，不知江湖规矩。杀父之仇，必须是做儿女的亲自报的，碰上这种事情，双方的亲友，谁都不能插手。要是父仇可以请人代报，我早已央求我家小姐了。"耿照红着脸道："我只是放心不下……"珊瑚道："你尽可以放心，小姐已把天罡拂尘三十六式和柔云剑法传了给我。倒是我对你有点放心不下，你欠缺江湖经验，人又太过忠厚，不识人心奸险。"耿照道："好在此去临安不过三百多里，我处处小心便是。"珊瑚沉吟半晌，说道："你如今已练会了桑家的大衍八式，武功今非昔比，只要公孙奇不再与你为难，我也可以放下了一半心事。好吧，咱们都各自有事在身，早晚终须一别，耿大哥，你多多保重，小妹就此告辞了。"

珊瑚固然是为了要寻觅杀父的仇人，但此时她离开耿照，更大的原因则是为了不愿在情海中越陷越深，也为了要成全秦弄玉与耿照的一段姻缘。但虽然她已决定牺牲自己，心中究属悲酸，转过身来，泪水已自夺眶而出，她不想给耿照知道，笔直便走，竟自不敢回头一望。

耿照心中也是充满惆怅，但在这样情势之下，除了和珊瑚分手，还能有什么两全其美之法？他送别了珊瑚，也不禁想起了他的表妹秦弄玉来，她们是同一天离开自己的，如今和珊瑚虽是匆匆一面，到底也算是见着了，和表妹却还不知相见何时？

耿照怅怅惘惘，走了一程，忽听后面有人追来，是一个女子的声音，叫着自己的名字，迷茫中耿照还以为是珊瑚回来，回头一望，却原来是蓬莱魔女。

耿照又惊又喜，说道："柳女侠，你也来了？"蓬莱魔女道："咦，怎么只你一人，珊瑚呢？"耿照道："她刚刚走了不久，你要想见她，趁早还可以追上。"蓬莱魔女想了一想，已是明白了珊瑚的心事，喟然说道："她是但求心之所安，就让她独自走吧。"耿照细味"但求心之所安"这一句话，这也才对珊瑚的心事恍然大悟，心道："珊瑚可以求心之所安，我却是心里不安了。"

耿照正自心里不安，蓬莱魔女已到了他的面前，向他仔细打量，忽地问道："耿公子，你究竟有没有受伤？"耿照颇是奇怪，道："没有呀！"蓬莱魔女道："当真没有？让我看看。"拿起他的右手，就给他把脉。正是：

哪识魔头施毒手，灾星已是暗缠身。

欲知后事如何，请听下回分解。

第四十回　应有豪情消芥蒂
　　　又来佞仆进奸言

　　蓬莱魔女替耿照把了把脉，脸上露出大惑不解的神气，叠声道："奇怪，奇怪，真是奇怪！"耿照才真正是觉得奇怪，他吃了一惊，连忙问道："柳女侠，我的脉象有何奇怪？我自己可并没觉得受了伤呀！"他还以为蓬莱魔女是发现他受了稀奇古怪的暗伤。

　　蓬莱魔女道："不错，你丝毫没有受伤。因此，我才会觉得奇怪。"原来蓬莱魔女虽是识得公孙奇那两大毒功，但却也还不是深悉其中的奥妙。公孙奇的"化血刀"倘若是下了重手的话，对方被斫中的部位血液干枯，那自是一望便知，如今他却是以指力透过耿照穴道，使耿照内脏受毒，要三个月之后方始发作的，这就连桑青虹也看不出来了，何况蓬莱魔女？耿照的身体毫无异状，脉息也很正常，蓬莱魔女的医学造诣亦只是普普通通，因此她在摸过了耿照的脉后，竟给这假象瞒过，以为耿照是当真没有受伤了。

　　耿照更是放心，笑道："这也没甚奇怪，公孙奇早就说过，他是看在你的分上，所以放了我与珊瑚的。"蓬莱魔女摇了摇头，说道："公孙奇已给我赶跑了，他刚才和我动手的时候，还曾经想用那桑家秘传的两大毒功将我置之死地呢，你说，我怎能相信他对你所说的话？怎能相信他有那份好心？"耿照笑道："不管他存心如何，或者，他不伤我，是另有用心也说不定？不过，反正我也没有受伤，那就算了。"

　　蓬莱魔女百思不得其解，心道："也对，反正耿照没有受伤，那就算了。"当下说道："耿照，你在天目山遇险与被救之事我都已知道了，你不必忙着告诉我，咱们先回去吧。"耿照道："回哪儿呀？"蓬莱魔女道："回去接桑青虹。"耿照吃了一惊，道："回去接桑青虹？我可是要赶着进京去见辛弃疾的。"蓬莱魔女道："我也是要往临安去的。可以让青虹跟着咱们同走。反正回去这一段路很短，也耽搁不了多少时候。"耿照更是惊奇，道："你要让桑青虹和咱们作伴？这个，这个，恐怕不大好吧？"蓬莱魔女笑道："我知道你的心思，你是怕她纠缠不是？这个你不用顾虑，我自会给你疏解的。要是你不愿意和她一路，我也可以让她和你分开的。你先进京，我在后面暗中照顾你，那就不怕公孙奇的暗算了。咱们分开走，我让青虹和我作伴。不过，无论如何，咱们现在总应该先回去接她，你和她之间的麻烦，也应该当面和她说个清楚，免得彼此心存芥蒂。要知从今之后，她就等于是我的妹子了，会常常跟着我的。你们见面的机会很多，彼此说个明白，也免得以后见面不好意思。"

耿照诧异不已，说道："公孙奇诬陷你杀了她的姐姐，她对你已是含恨在心，纵然你把她当作妹妹看待，她又怎能信赖你呢？"蓬莱魔女笑道："此事我早已向她解释清楚，水落石出了。"耿照道："她的姐姐端的是何人所杀？我怀疑是玉面妖狐，不知可对？"蓬莱魔女道："对了一半。另外还有一个凶手，正是她的姐夫。"当下将桑白虹被害之事告诉了耿照，接着说道："她姐姐临终之时郑重嘱托我照顾她的妹妹，生怕她上了公孙奇的当，如今我已然遇上了她，你说我怎能将她抛开不管？难道要让她再落在公孙奇的虎口之中吗？"

耿照这才明白蓬莱魔女何以对桑青虹如此之好，耿照本来就是个心地纯厚的人，尽管他心中另有所属，并不喜欢桑青虹，但桑青虹对他的种种好处，尤其是今番救了他的性命，他还是非常之感激的。此际，他明白了事情的经过，不禁为桑青虹洒下同情之泪，深感她的命运坎坷，觉得她很是可怜了。心里自思："即使我与她只是普通朋友，也应该去向她慰问，何况她还是我救命恩人？"于是就答应了蓬莱魔女，一同回去接桑青虹。

两人脚程迅疾，不多一会，已回到原来的地方，蓬莱魔女道：

"桑家的四个老仆如今在我的山寨里安身，我打算助她将来恢复桑家堡的基业。"但桑青虹已经不在那儿，想必是进屋去了，但见那间房子大门紧闭，蓬莱魔女便叫耿照上去拍门。

耿照虽说已同意与桑青虹会面，但心中还是忐忑不安："不知她可肯原谅我？我应该如何措辞呢？"他拍了几下大门，里面毫无反应，蓬莱魔女叫道："青妹，是我回来了！"仍然没有回声，蓬莱魔女甚是奇怪，心道："我已和她说得清清楚楚，马上就回来接她的，她难道又已走了？还是出了意外？"再叫两声，不见答应，蓬莱魔女只好破门而入，只见里面空空荡荡的，果然已是没有半个人影！蓬莱魔女的一番好意固是落空，耿照的惶惑心情刹然间也为恐惧所替代了。桑青虹是出了意外，还是她不愿再见耿照呢？她到哪里去了？

桑青虹到哪里去了呢？这儿需要交代一下。

且说蓬莱魔女离开桑青虹之后，桑青虹怅怅惘惘，回到房中，思如潮涌，蓬莱魔女揭破她姐姐被害的真相，这事太过出她意外，她还不能完全相信，心道："我不能听她片面之辞，我必须找着一个桑家堡的旧人，才能加以证实。"她正在这样想的时候，恰巧就有一个桑家堡的旧人来了。

这个人乃是孟钊。孟钊是公孙奇的心腹，担任他的"记室"（即书记），在桑家堡的时候，他曾对桑青虹大献殷勤，颇有非分之想，桑青虹不理睬他，后来他又勾搭上桑青虹的贴身侍女碧绡。桑青虹对他，一向都很讨厌，听得丫环禀报，不觉皱起眉头道："这小子来做什么？"丫环道："孟钊哭丧着脸，说是有一件非常紧要的事情，要当面禀告小姐。不过，小姐，你若是不喜欢见他，那我就叫他滚吧！"

桑青虹虽然讨厌孟钊，但她此时正想找一个桑家堡的人探听消息，心里想道："这小子虽是我姐夫的心腹，但也不妨问一问他，且看他对我姐姐之死，又是如何说法？"便道："也好，你就叫那小子进来见我吧。"

孟钊踏进房间，桑青虹还未曾开口问他，他就先哭了起来，说道："二小姐，请恕我给你带来一个坏消息，主母，她，她已经死了。"桑青虹淡淡说道："你就是为了此事来给我报讯的么？"孟钊见桑青虹并不如何伤心，登时露出了非常惊诧的神色，讷讷说道："二小姐，这事你、你早已知道了么？"桑青虹道："你不用管我是否知道，如今是我问你，你只须回答我的问话！"孟钊垂下手道："是。小的正是为了此事，来给小姐报讯！"桑青虹道："是你自己的主意，还是有人差你来的？"孟钊道："是有人叫我来的，但即使那人不是这么吩咐，我也会想到要来给小姐报讯的。"桑青虹冷笑道："差遣你来报讯的那个人，他自己早已来过了。好吧，你如今给我说实话，他……"桑青虹正要盘问孟钊，好拿他的口供来与公孙奇的说话对照，话犹未了，孟钊忽地颤声叫道："二小姐，你说什么，那个人，她、她怎能够来到此间见你？她是早已到了坟墓里去的了！"桑青虹吃了一惊，道："你说的是谁？不是你主人差遣你来的么？"孟钊道："是主母差我来的！"

此言一出，桑青虹更是吃惊，连忙问道："什么，是我姐姐叫你来的？"孟钊道："正是。你姐姐临终之时，咽着泪嘱咐我，要我务必给你送讯……"桑青虹心道："我姐夫这么说，蓬莱魔女又这么说，如今你这奴才也这么说了，哼，想你不过桑家堡的一个奴才。我姐姐会让你接受她的临终遗命？"心里既不相信，口中也便冷冷说道："我姐姐嘱咐了你什么？"孟钊道："主母要我把她被害的真情告诉你！"桑青虹道："是给笑傲乾坤与蓬莱魔女害死的不是？"她只道孟钊与公孙奇同一鼻孔出气，说话也必相同，哪知孟钊却连连摇手道："不是，不是！"桑青虹喝道："那么是谁？"

孟钊嗫嗫嚅嚅地道："我，我不敢说。"桑青虹道："为何不敢？"孟钊道："说了你也不会相信。"桑青虹喝道："信不信是我的事，快说！"孟钊身躯战栗，忽地似下定了决心，大声说道："杀主母的凶手，不是别个，正是主人！"说罢，冷眼偷觑桑青虹的神色。

桑青虹对这消息并不感到突兀，但因为孟钊是她姐夫的心腹，这消息从孟钊口中说出，桑青虹却不能不感到惊奇，脸上露出一片惶惑的神色。

孟钊连忙说道："主母就是怕你不信，她有一件信物给我，请

孟钊拿出一只玉钏道："主母就是怕你不信，将这件信物给我，请你过目。"

你过目。"说罢拿出了一只玉钏，这是公孙奇给他妻子的聘礼之一，桑白虹经常戴着的，桑青虹自然认得，当下接了过来，问道："我姐姐是在什么情形之下给你的，她和你又说些什么？"

孟钊流下了几滴眼泪，哽咽说道："这是主母临终之时交给我的。她说她与那贼子已是恩断义绝……嗯，这'贼子'二字指的就是主人了。我不敢以下犯上，我只是转述主母原来的言语。"桑青虹道："我正是要听我姐姐原来的言语，你无须忌讳，快说！公孙奇他杀了我的姐姐，还怕什么叫他贼子？"

孟钊接着说道："主母言道，她、她与那贼子已是恩断义绝，这个玉钏，她是绝不愿再戴着它，让它陪同入土了。因此，她把玉钏除了下来，一来是不愿睹物伤情，二来也好把与我给你做个信物。你看这玉钏上还有你姐姐的血渍！"

倘若孟钊单单凭着这个玉钏，桑青虹还未必会相信他，因为他是公孙奇的心腹，也可能是公孙奇交与他的；但如今孟钊是拿了这个玉钏来指证公孙奇是杀人凶手的，公孙奇绝不会差他来指证自己！因此尽管桑青虹初时对孟钊极是怀疑，到了此时，却不能不相信了他的说话。她哪里知道，公孙奇杀妻的事实是真，但孟钊的说话却仍然是假。这玉钏是桑白虹在气愤之下，摔出窗外，给孟钊拾获的。

孟钊拭了泪珠，接着说道："小的多承主母信赖，粉身碎骨，不足图报，赴汤蹈火，亦所甘心！主母要我与你设法给她报仇，如今就听二小姐的吩咐了。"桑青虹道："且慢，我有事还要问你。"孟钊道："二小姐还不相信么？你姐夫表面对妻子恭顺，实在已是处心积虑，早已想谋杀你的姐姐了！"桑青虹道："我不是说的这个。据你说，我姐姐临终是你在她身边，除了你之外，还有没有别人？"孟钊道："哪有别人，就是小的一个！"桑青虹道："但我却听得有个人说，她当时也在我姐姐身边，她却没有提到你。"

孟钊道："你说的这个人，想必是蓬莱魔女了？"桑青虹道："不错。我听到的是：我姐姐临终之际，只有蓬莱魔女在她身边。"其实还有桑家那四个老仆当时也是在场的，但刚才因为蓬莱魔女无暇与桑青虹细说，是以桑青虹未曾知道，便以为只有蓬莱魔女一人。

孟钊眼珠一转，做出惊惶焦急之状，说道："二小姐，你可曾上了蓬莱魔女的当？"桑青虹道："上什么当？你不是说，我的姐姐不是蓬莱魔女所杀的么？"孟钊道："可是这魔女却另有用心。我将当日的情形说出来，你也可以想得到她是什么用心了。"桑青虹道："好，你说吧！"

孟钊早已打好腹稿，当下说道："这事还得拉远一点来说。不错，你的姐姐并非蓬莱魔女所杀，但却也不是与蓬莱魔女毫无关系。你的姐夫与蓬莱魔女是师兄妹，他表面和妻子十分恩爱，其实心中暗恋的却是这个师妹。二小姐，这你可想不到吧？"

桑白虹素来多疑善妒，生前为了窥破她丈夫暗恋蓬莱魔女之事，已不知和公孙奇吵斗过多少次了，作为桑白虹的妹妹，桑青虹当然是知道的。她听了孟钊的话，"恍然大悟"，说道："哦，我知道了。公孙奇就是为了这个魔女，这才对我的姐姐下了毒手的！可是据我所知，蓬莱魔女却不似喜欢他呀？"孟钊道："你姐夫是色迷心窍，他怎知道他这师妹后来会那样待他？他只是片面单思，便对妻子下了毒手，我想他如今也应该是后悔莫及了。"桑青虹打断了孟钊的"评论"，说道："蓬莱魔女后来怎样对他？闲话少说，你只是说当日的情形吧！"

孟钊道："那一日晚间，我忽被哨声惊醒，匆匆跑出去察看，只见杨大叔、何大叔他们一共四个人向主母所住的那幢楼房的方向跑去。我知定是出了事情，我受了桑家厚恩，自是不能坐视，便也跟着他们跑去。不料我还未追上他们，他们也还未曾赶到，就在园中那个荷池前面，便碰上主人了。奇怪的事突然发生了，我知杨、何、萧、李这四位大叔都是你们桑家几十年的老仆人，不料主人却突然向他们四位痛下杀手，哎呀，将他们全都打伤了！"

孟钊说得活龙活现，不由得桑青虹不信，她大惊之下，叫起来道："好狠毒的公孙奇！唉，这四个老仆对我姐姐忠心耿耿，我姐姐叫他们前来救助，却累他们受了横祸了！快说，后来怎么样？这四位老人家可是都丧在那贼子手下了？"孟钊道："第二件奇怪的事接着发生，临时来了救星，这四位老人家虽是受伤，却幸得保存了性命。"桑青虹道："是谁救了他们?"孟钊道："是蓬莱魔女!"

桑青虹刚刚得过蓬莱魔女的救助,虽然两人仍是格格不入,但心里对她已是多少有了几分好感,便道："这魔女倒是有点儿侠义心肠,她不耻她师兄所为,救了咱家这四位老仆,那也并不奇怪。"

孟钊叹了口气,说道："二小姐,你若是这么想,那就错了。"桑青虹道："难道这魔女是别有用心?好,你说下去吧,后来怎样?"

孟钊叹过了气,接着说道："蓬莱魔女现身之后,把主人打得大败而逃,主人中剑受伤,逃出了桑家堡。蓬莱魔女也不去追赶他,却独自走上主母的楼房。"桑青虹道："哦,这么说,她是曾经和我的姐姐见过面。"

孟钊道："不错,但主母临终的时候,却只是小人在她身旁。"桑青虹道："那时你也跟她上去?"孟钊道："不,这些事来得太过意外,我不明底细,怎敢露出行藏?主人伤害那四位大叔之时,我是匿在假山石后,吓得呆了,直到蓬莱魔女走了之后,我才敢出来。"桑青虹道："哦,蓬莱魔女只是进去一会,便又走了?"孟钊道："大约是半支香的时刻,蓬莱魔女便匆匆走了。看情形她是去追赶主人。"桑青虹道："别把那贼子再称作主人了。"孟钊道:"是。小人称呼惯了,一时改不了嘴,请二小姐宽恕。"桑青虹道:"那魔女走了之后,你怎么样?"孟钊道："我知道定是出了事情,那魔女走了之后,我便上楼去探望主母。我未经传唤,私自闯进主母的房间,实是无礼得很,但那时也顾不了这许多了。"桑青虹道："没人再追究你这些小节了。快说下去吧,那时我的姐姐如何?"

孟钊又挤出了两滴眼泪,哽咽说道："可怜主母已是面如金纸,一息奄奄。幸亏她知道我一向对她忠心耿耿,对我还能相信。她一见我进来,脸上露出了一丝笑容,叫我在她身边坐下,叫我不可白费力气救她,只许我听她说话。"桑青虹心道："大约是我姐姐伤得太重,已知回生乏术,故而急着交代后事。但她却怎么这样相信孟钊?"

孟钊接着说道："主母将她遭受主人,不,遭受那贼子毒手之事告诉了我，嘱咐我两件事情，要我牢牢记着转告你的。"桑青虹道："哪两件事情？"孟钊道："一是给她报仇，二是要你当心，不可上了蓬莱魔女之当！"桑青虹道："哦，姐姐怕我上当？蓬莱魔女有什么可疑之处给她看破了？"孟钊道："据主母说，蓬莱魔女见了她之后，就声言给她报仇，但却要向她索取你们桑家的武功秘笈。"

桑青虹心想："我道蓬莱魔女有如此好心，原来如此。她也是像她师兄一样，觊觎我桑家的绝世武功。"连忙问道："我姐姐可曾上了她的当？"孟钊说道："主母老练精明，她知道那么嘱咐你，她自己还能上当？她当时假装昏迷过去，蓬莱魔女在她身上搜不出什么武功秘笈，便拿了那个哨子走了。"

孟钊编造的那个长篇故事有真有假，两三成真，七八成假，正因假中有真，而且合情合理，连每一个小节都照顾周全，等于给桑青虹心中的疑问一一作了解释，不由得桑青虹不信！桑青虹心道："怪不得那哨子到了她的手中，原来是我姐姐曾在遭难之时吹过那个哨子召集仆人，蓬莱魔女那样聪明的人，当然知道了这哨子的用处，并牢牢记下了如何吹法了。哼，这魔女虽不是杀害我姐姐的凶手，用心却也是奸险无比！"孟钊的厉害就正在此等地方，他并不把蓬莱魔女完全说成坏人，却使得桑青虹自然而然地在听了他的"故事"之后，对蓬莱魔女生了恶感。

此时桑青虹心上只有一个疑团，她望了孟钊一眼，淡淡说道："孟钊，公孙奇一向把你视同心腹，何以你不帮他，反而效忠主母？"孟钊突然满面通红，现出忸怩的神态，嗫嗫嚅嚅地说道："奴才不敢说。"桑青虹道："为什么不敢说？"孟钊道："我、我、我怕二小姐你听了，生、生气，我、我担当不起！"桑青虹道："我只要你的真话，决不怪责你便是，你放胆说吧！"孟钊低下了头，轻声说道："奴才的心事二小姐想必也约略知道了？奴才是癞蛤蟆想吃天鹅肉。明明知道是得不到的，但只要能为我敬慕之人稍尽一点心意，我此生也是可以无憾了。而且主人虽是待我好，我总是桑家的仆人，我只知道要效忠主母和你二小姐。主母她、她也是知道，知道我这个心事的。奴才这点痴心，求小姐鉴谅，小姐你若生气，打我，骂我，杀了我，我都甘心领受！"

桑青虹杏脸飞霞，有几分着恼，但也有几分欢喜，要知她刚刚受了耿照的冷淡，正在感到羞辱，心中也正是对耿照由爱生恨，失意非常的时候。想不到世上竟然有个男子，将她视作天人，对她倾慕备至，虽说这人是个下人，但却也多少满足了她的自尊。何况孟钊出身也并不低微，他是名武师之后，还曾经是珊瑚的情人，而珊瑚正是桑青虹当作情敌的。少女的心理就是这样奇妙，桑青虹本是对孟钊殊无好感，但他来得正是时候，话又说得恰到好处，桑青虹听了，反而对他起了怜悯之情，同时又为珊瑚的旧情人对她如此倾倒而骄傲，因此尽管她还是不爱孟钊，但对他已是改了观感，不似从前那样讨厌他了。

桑青虹似喜似嗔，看了孟钊一眼说道："多谢你对我两姐妹忠心耿耿，有一些话本来不是你应该说的，我也不怪责你了，以后不可再说。"孟钊道："奴才知道。奴才不过是表明心迹而已。"桑青虹道："你这次对我桑家立有大功，你本来是我姐夫的记室，亦非一般仆人可比，以后可不必再自称奴才了。你年纪比我大，我应该叫你一声孟大哥。咱们彼此以平辈之礼相待。"孟钊大喜，却仍然作出惶恐的神气说道："这不是折煞了小的么？奴才不敢！"桑青虹道："孟大哥，你再客气，那就是与我见外了。改过称呼，我还有话要问你呢。"孟钊垂手说道："是。桑、桑姑娘。"

桑青虹道："孟大哥，那四个老仆人呢，是否还在桑家堡？"孟钊道："那四位大叔都给蓬莱魔女带走了。"桑青虹道："哦，带走了？她是什么用心？那四个老仆人又怎肯听她的话？"孟钊道："她救了这四位大叔，又声言要给咱家的主母报仇，他们当然是依从她了。她是什么用心，我不敢妄自猜测。"桑青虹想了一想，自言自语道："一个人说这话市恩于我家老仆，看来也无非是想将来并吞咱们的桑家堡，最少也是要桑家堡归附于她。"孟钊道："对，主母也正是这样想的。"

桑青虹沉吟不语，孟钊说道："本来这魔女武功高强，她觊觎桑家堡基业与武功，不惜与她师兄反目，要为你的姐姐报仇，你也可以假手于她，报这大仇的。只不过这代价却是太大了。"桑青虹忿然道："咱们自己设法报仇，决不受她恩惠，也免得受她挟制。

我也告诉你实话吧,这魔女刚才来过了,她还想要我跟随她呢。"当下将刚才发生之事,大略告诉了孟钊,孟钊道:"桑姑娘,你可愿跟随她么?"桑青虹想起蓬莱魔女是去追寻耿照,而耿照又正是与珊瑚一路,越想越不是味儿,心道:"莫说这魔女别有用心,即使是一番好意,我也不能跟随她,看着她的丫环与耿照卿卿我我,我好好一个桑家堡的主人不做,难道却要做她的侍女么?"妒火中烧,立即咬牙说道:"我就是死了,也绝不会跟随这个魔女。孟钊,如今只有你是忠心于我的了,你可得给我出个主意,教我报仇。"孟钊见桑青虹完全堕入他的算中,大喜过望,但神色仍是丝毫不露,说道:"小的本领低微,只怕帮不了小姐什么忙。幸亏主母早有指点,而又机缘凑巧,如今却是有个报仇的法子了。"桑青虹道:"我叫你不要再自称小的了。孟大哥,有何妙法,你快说吧。"孟钊从怀中掏出一本薄薄的小册子,递给桑青虹道:"桑姑娘,你看这是什么?"桑青虹打开一看,立即就叫起来道:"这是我爹爹的笔迹。"

孟钊道:"你再打开看看。"桑青虹看了几页,越发惊诧,手指颤抖,几乎掌握不牢,心道:"这莫非是我爹爹的那两大毒功秘笈?!"原来这毒功秘笈由她的姐姐桑白虹保管,她也从未见过。桑白虹是怕她不知利害,见了要练,所以根本就不让她看。

桑青虹正在惊诧,孟钊已然说道:"二小姐,这是你爹爹的毒功秘笈,你当然是知道的了。要给你姐姐报仇,可就得指望它了!"桑青虹其实并不知道这秘笈是真是假,但她认得是她爹爹的笔迹,书中写的又正是练那"化血刀"与"腐骨掌"的法门,她哪里还有半点疑心,当然就以为这是她爹爹所传的那本毒功秘笈了,哪想得到是孟钊与公孙奇串通了伪造一本假的骗她?

桑青虹又惊又喜,连忙问道:"这毒功秘笈,你从何处得来?"孟钊道:"主母曾向我提及这毒功秘笈,说是已给公孙奇抢去,但他不知桑家的内功心法,最多不过练得五六成功夫,但这五六成功夫已足以称霸武林,无人能敌了。所以若要制他,除非是桑家的人,也练这毒功秘笈,练到十成功夫,那么以毒制毒,便可以制他死命。我知道了这件事情,便伪装仍是忠心于主人,跟随公孙奇这贼子。"桑青虹道:"哦,你是从公孙奇那里偷来的?"孟钊道:"幸亏这贼子对我毫不起疑,终于给我得手。"这一番话说得令桑青虹半信半疑,但是孟钊本来是公孙奇的心腹,他说是用尽心机盗取来的,却不由得桑青虹不相信了。

桑青虹道:"孟大哥,你冒了性命之危,给我桑家盗回秘笈,大恩大德,请受我一拜。"孟钊装模作样地叫道:"这、这、这不折煞了小人了?"还礼之后,说道:"桑姑娘,你得回这毒功秘笈,想来咱们是可以无须借助外人之力,便可报仇了?"桑青虹迟疑片刻,说道:"我爹爹曾有遗命,严禁我们姐妹练这两大毒功。唉,但是事到如今,我要给姐姐报仇,也只得、只得⋯⋯"原来桑青虹之所以迟疑,还不仅是为了她父亲的遗命,而是因为练这两大毒功太过危险,她虽然识得桑家的内功心法,心里也着实害怕。怕自己功力未到,稍一不慎,便要反遭其害。

她话犹未了,孟钊忽地"卜通"跪倒,桑青虹吓了一跳,连忙将他扶起,说道:"孟大哥,你这是干嘛?"孟钊道:"二小姐,我对你是一片忠心,不知你可肯把我当作自己人一样?"桑青虹道:"你如此苦心为了我们姐妹,我对你当然是推心置腹,绝无见外之意!"孟钊道:"只要二小姐相信小人,小人也就不避嫌疑,大胆说了!"正是:

一计不成生二计,可怜孤女总难逃。

欲知后事如何,请听下回分解。

第四十一回　秘笈甜言谋大利
金圈铁笔斗名山

桑青虹道："你有话但说无妨，我还能不信你么？"孟钊作出一副感激涕零的模样，说道："小姐对小人如此推心置腹，小人就是肝脑涂地，亦是心甘情愿的了。想这两大毒功非同小可，听说老主人当年就是因为练这两大毒功，以致走火入魔的。小姐千金之躯，实是不宜尝试，不如由小人冒一冒这个险，倘若侥幸练成，由我破那贼子的毒掌，小姐从旁便可伤他。小姐当不至于疑心小人是意欲骗取桑家这两大毒功吧？"桑青虹呆了一呆，心道："原来我所顾虑的他也早已想到了。难得他对我竟是这样死心塌地，甘愿为我牺牲。"要知孟钊是先把"毒功秘笈"交了给她，然后才提出代她练的，桑青虹自是不会怀疑他企图骗取武功。

桑青虹呆了一阵，忽地紧紧握着孟钊双手，说道："孟大哥，你对我这么好，我真不知如何报答你。有个秘密，你也许还未知道，我爹爹晚年已想出了法子消除练这两大毒功的祸害，给我们留下了一套内功心法。不过，我也得对你说实话，这是未经过实际试验的，成与不成，我也不敢说确有把握，不过，懂得这套内功心法，练那两大毒功，成功的机会总是要大得多了。我、我本来不想你代我冒险的，但我又不想违背我爹爹的禁令。唉……"孟钊连忙抢着说道："小姐你肯给个机会让我为你效劳，这是小人天大的福气！莫说还有练成的希望，即使当真有杀身之祸，小人曾蒙小姐青眼，也不枉这一生了！"桑青虹听了孟钊这番"痴情"的说话，不禁大为感动，紧握着孟钊的双手，说道："孟大哥，难得你有这番好意，我也不想辜负你的心事，那你就代我练吧。你练功之时，我和你作伴。我将这套内功心法传授给你。"说罢，将那本"毒功秘笈"又交回给了孟钊，孟钊大喜过望，接过"秘笈"，说道："小姐，多谢你对我如此信任，小人赴汤蹈火，在所不辞。"桑青虹低声说道："孟大哥，你别再小的小的自称了。从今之后，我是把你当作哥哥看待。要是能报了姐姐的大仇，我、我一定不亏负你的。"说到此处，双颊晕红，言语中已有事成之后，以身相许之意。孟钊禁不住心中怦然而动，几乎就要把实话说了出来，但随即想道："公孙奇厉害无比，我若背叛了他，立有杀身之祸。何况桑青虹也并非十分美貌，她给我的好处也没有公孙奇给我的多，我跟随公孙奇练成了绝世武功之后，何愁找不到比桑青虹更漂亮更本事的妻房！"

原来孟钊是与公孙奇串通了来骗桑青虹的。公孙奇老奸巨猾，他早已定下两套办法，第一套由他先来行骗，失败之后，又再利用孟钊出马，实行第二套办法。

公孙奇聪明绝顶，他得了那本毒功秘笈之后，用心模仿桑见田的笔迹，不消多久，居然给他模仿得惟妙惟肖，他伪造一本假的秘笈，就叫孟钊利用这本假的秘笈来向桑青虹行骗。不过在假的当中，那练功法门也有两三成是真的，所以桑青虹看了才一点也不起疑。他伪造的秘笈，假中混真，真中渗假，倘若有人依他的法门练功，不过三月就要走火入魔。他将假的"秘笈"交与孟钊拿去行骗，当然是为了提防孟钊背叛他了。饶是如此，他还未完全放心，在孟钊临行之时，他又用"化血刀"在孟钊背心大穴拍了一掌，要是孟钊在三个月的期限之内不回来见他，便要毒发身亡。

孟钊也有孟钊的打算，自从他被珊瑚唾弃之后，他不去仔细想想自己何以被人唾弃的原因，却反而怨恨耿照"抢"了他的情人，但他自知本领低微，决计不是耿照对手，要报复也无从报起。公孙奇知他心事，答应他若是事成之后，就收他为徒，传他绝世武功。这么一来，孟钊对他自是矢忠不二了，何况他还被公孙奇"斫"了一刀"化血刀"。

孟钊对桑青虹所说的那番谎话，就是他与公孙奇两人合编出来的。公孙奇情知桑青虹见过了蓬莱魔女之后，他自己是凶手的事实，决计不能再瞒得过桑青虹了，因此索性叫孟钊在桑青虹面前指责他是凶手，这一招果然巧妙无比，骗得桑青虹再也没有半点疑心。

他们的计划就是由孟钊完全骗到了桑青虹的内功心法之后，就拿去献给公孙奇。这样虽不及有个桑青虹在旁陪练的好，但总胜于得不到内功心法，自己瞎摸。至于孟钊，当他和桑青虹一起的时候，他可以装作练功，其实并不真练，反正桑青虹也未练过这两大毒功，不会知道真假。孟钊可以推说资质鲁钝，这两大毒功复杂深奥，练三个月未见成效，那也是毫不稀奇之事。

且说桑青虹听信了孟钊的谎话，对他是感激无比，不但答应授他内功心法，而且隐隐有以身相许之意。孟钊大喜过望，诚恐夜长梦多，连忙说道，"虹妹，既然那魔女说过还要回来，那咱们可要赶快离开此地了。"桑青虹嫣然一笑，说道："孟大哥，你说怎么，我今后都会依从你的了。好，这就走吧。"说到此处，忽地顿了一顿，然后问道："哦，还有一事，未曾问你，碧绢这丫头呢？她不是跟着你的么？"孟钊面上一红，说道："可怜这丫头命薄，她已经病死了。其实我并非有意于她，只因她是小姐的心腹，我才与她亲近的。这些事慢慢我再向小姐详细陈说，如今还是赶快走吧。"桑青虹笑道："你不必解释，我对你的心事完全明白，我也不会怪你。"

其实碧绢乃是给孟钊害死的，但桑青虹对孟钊已是样样相信，死了一个丫环这样的"小事"，她哪里还会再向孟钊追究？不过主婢一场，也多少有点惋惜之情而已。

桑青虹此时便似漂流在水中的一根芦苇，无可依靠，逐浪随风，但求有人拉她一把，她便心怀感激，视同知己了。因此尽管她还不是真的爱上了孟钊，但却在六神无主的精神状态之中，不自觉地把今后的命运交到了孟钊手上。

当下，桑青虹携那两个贴身侍女，也顾不得收拾东西，匆匆忙忙地便跟着孟钊走了。

待得蓬莱魔女与耿照回到这间屋子，早已是室空人去！蓬莱魔女叫了一声："苦也!"说道:"要是让青虹再次落入她姊夫之手,却教我如何对得住她的姊姊?"耿照道:"也许还未走远,咱们再去搜搜。"

桑青虹与孟钊早已走小路去得远了,蓬莱魔女在大路上追赶一程,不见踪迹,只得颓然而返,说道:"四野茫茫,却不知她落在何方?说不定她不是落在公孙奇身上,而是存心躲避我们,那就更难寻觅了。"耿照也是慨叹不已,但他有更紧要之事在身,却已是无暇抽出更多的时间去寻觅桑青虹了。

蓬莱魔女自己也有许多事情要办,权衡轻重,当前最紧要最迫切的一件事也正是要护送耿照,前往临安。于是说道:"青虹之事,暂且搁它一搁。我本来也要到临安见辛弃疾的,咱们就一路同行吧。照弟,你可知道朝廷的军官,为什么要暗算你吗?"耿照道:"我正是百思不得其解,柳女侠这么问,想必是已知道内情,还请赐告,以释疑团。"蓬莱魔女道:"内情我也还未十分清楚,不过,那背后主使之人,我已是查出来了。"耿照道:"是谁?"蓬莱魔女道:"是当朝宰相魏良臣和禁军统领王俊。另外还有一个当权太监和他们勾结。这些人处心积虑,要把你置之死地。"耿照骇然道:"我与这些当朝权贵风马牛不相及,他们何以要谋害我?"蓬莱魔女道:"我也不知其中缘故。但我却知道这些人都是秦桧生前的党羽,推想起来,想必是你父亲那封遗书,惹出了祸来了。"耿照道:"那封遗书我是托辛大哥转托刘锜密呈皇上的。辛大哥决计相信得过,刘锜也是一位忠心为国的将军,怎会有失?"蓬莱魔女道:"宫廷黑幕重重,外人实难猜测,且待我到了临安之后,再给你查究吧。"当下将那日她擒获两个追击耿照的军官之事,告诉了耿照,说道:"我迫问了他们的口供,从他们的口供听来,你的处境实在危险得很。你必须小心在意才好。"耿照这才知道蓬莱魔女与他同行,实是存有保护他的用心。大为感激,连忙道谢。

蓬莱魔女道:"追拿你的这些军官虽是为虎作伥,但念在他们乃是身不由己,奉命而为,咱们也无谓多所杀伤。"耿照道:"不错,冤有头,债有主。咱们要算账也只能找幕后主使之人。"蓬莱魔女道:"咱们不走官道,绕过城池,避开关卡,可以从栖霞岭偷进临安。"

计议已定，便即起程，果然一路之上再也没有碰到麻烦，第三日薄暮时分便已踏上栖霞岭。相传岭上多桃花，每当春暖花开，山色如凝霞，是故得名。此时已是初秋时分，桃花当然是不见了，但林木森森，洞壑玲珑，山泉清冽，奇石嶙峋，名山胜景，仍是处处如画，目不暇接。从山上高处望下去，白茫茫的一片西湖，亦已奔来眼底，白堤苏堤就像两条玉带，横贯湖面。蓬莱魔女叹道："人云西湖风景甲天下，果是不差。怪不得完颜亮这厮起了投鞭渡江之志。"耿照笑道："东南形胜，三吴都会，钱塘自古繁华。柳永的一首《望海潮》，写尽西湖景色。但我总嫌它是靡靡之音。料想辛大哥对此湖山，又当有若干新词，可以胜过柳永的了。"蓬莱魔女默念"山外青山楼外楼，西湖歌舞几时休？暖风熏得游人醉，直把杭州作汴州"这一首诗，不觉百感交集，神思惘然。

两人一面欣赏湖光山色，一面感慨南宋小朝廷贪图逸乐，不思振作，兴致为之大减，正在相对无言，忽听得对面的一个山峰，隐隐传来金铁交鸣之声，蓬莱魔女皱眉道："不知是什么江湖人物，在此厮杀，当真是渎犯了名山胜景，咱们过去看看。"这时已是将近黄昏时分，暮霭含山，两人施展上乘轻功，悄悄地从林木之中穿过，到了对面山头，凝眸一看，只见有个文士模样的中年人，正在与三条大汉，打得十分激烈。

那文士模样的中年人用一对判官笔，对方三条大汉，却用的是一式兵器，左手握短刀，右手拿着一只金钢圈，身材相貌都差不多。那文士的一对判官笔盘旋飞舞，点穴的招数奇妙绝伦。但那三条大汉亦是不弱，他们右手那只金钢圈正是克制判官笔的武器，只要给他圈子套着，判官笔非脱手不可；左手那柄短刀，则用做近身搏斗，忽而从圈中穿出，忽而从正面劈来，招数也是武林罕见。蓬莱魔女看得出来，倘若单打独斗，对方那三条大汉，无一是他对手。但如今他们是联手围攻，三柄短刀，三只金钢圈同进同退，配合得妙到毫巅，那中年文士却是不免稍稍屈处下风了。

耿照道："这几个人的兵器好古怪，柳女侠可知他们的来历么？"蓬莱魔女这时已看得清楚，脸上现出颇为诧异的神色，说道："这三个人我不知道，那文士我却认得。奇怪，他怎么也来到此间了？"

耿照道："这人是谁？"蓬莱魔女道："是铁笔书生文逸凡。"文逸凡在江南大名鼎鼎，耿照虽未会过，却也听过他的名字，当下说道："听说此人倒算得是江南的侠义道，咱们要不要上去助他。"蓬莱魔女沉吟片刻，说道："且慢。"她心里自思："当日在千柳庄中，他曾暗中护我，我又曾眼见他与金老怪不和，看来他这侠名不是虚声。论理我该助他一臂之力，但他是江南武林中顶儿尖儿的人物，如今他也还未有落败的迹象，我若冒昧上去，说不定他反不高兴。还有一层，他是我'爹爹'的朋友，我要是给他发现，只怕还有麻烦。"要知蓬莱魔女对柳元甲的身份已有怀疑，柳元甲是否她的父亲，她亦已不敢断定了。因此在水落石出之前，她实是不愿回千柳庄与柳元甲相见，也不想给柳元甲的朋友发现。

正因为有这考虑，蓬莱魔女就打定主意，倘若文逸凡打得过那三个汉子，她就不出手了。不过，她也是个善恶分明的女侠，为个人的考虑虽有，究属其次，倘若文逸凡当真落败之时，她是决不肯袖手旁观的。

蓬莱魔女暗自思量："这人骄傲得紧，须得用个什么法子助他，才不伤他颜面？"只见那三个汉子功力竟是极高，金钢圈呼呼挟风，沙飞石走，砸到之处，岩石碰上了一点边，也登时石屑纷飞。蓬莱魔女大为诧异，"哪来的这三个汉子，竟与铁笔书生旗鼓相当？以他们此等功力，我用尘尾作暗器发出，那也是难以伤损他们了。"

心念未已，忽听得文逸凡喝道："萨老大，你找错人啦，我与你们兄弟有什么过不去的？"年纪最长的那个汉子冷笑道："谁叫你请酒不吃吃罚酒？'笑傲乾坤'潜入江南，我只知道你是和他相熟的朋友，你不助我，自是助他，哼，哼，我还能让你向他通风报讯么？"蓬莱魔女突然听这汉子提起"笑傲乾坤"的名字，不禁吃了一惊，心道："怎的华谷涵在江南也有这许多仇家？嗯，我正要打听他的下落，却不知原来这文逸凡和他也是好友。"对这铁笔书生的好感又多了几分。

文逸凡纵声大笑道:"萨老大,你把我文某当作什么人了?我文逸凡岂是出卖朋友之人!嘿嘿,我倒想喝一喝你们这杯罚酒!"判官笔一紧,左笔横拖,右笔直刺,双笔倏地划了一道圆弧,只听得当当之声,不绝于耳,他竟是在一招之间,连攻萨氏三雄,迫退了老二老三,右手判官笔又在一招之间,连刺萨老大的七处穴道。蓬莱魔女暗暗赞好,心道:"铁笔书生果然是名不虚传,他的点穴功夫,足可以与武林天骄匹敌。当今之世,点穴功夫胜得过他们的,恐怕也只有我的爹爹了。"

萨老大阴沉沉地说道:"好个惊神笔法!姓文的,你既立意要喝这杯罚酒,伸量我们,我们也就不和你客气啦!"一声长啸,萨老二、老三两侧袭来,两柄短刀都是从圈中伸出,以金钢圈掩护短刀进攻,近身肉搏,宛如毒蛇吐信,刺铁笔书生文逸凡的双胁。文逸凡知道萨氏三雄之中,老大最强,对这两翼的侧袭,不敢全力应付,当下一笔横胸,滴溜溜一个转身,荡开两柄短刀,身形未定,人已转到萨老大身前,一招"李广射石",右手笔其直如矢,径向萨老大插去,萨老大蓦地喝声:"撒手!"金钢圈突然抛出!

耿照看得奇怪,悄声问道:"怎么倒是这姓萨的撒手呢?"话犹未了,蓬莱魔女已是"啊呀"一声,叫道:"不好!"急忙跳了出去。

只见萨老大抛出的那个金钢圈已是套在文逸凡的右手笔上,风车般地急剧旋转,钢铁摩擦,轧轧作响,火星都溅出来了。

说时迟,那时快,老二、老三的短刀又已从两侧刺来,萨老大的那柄短刀亦已当胸劈到!老二、老三虽说功力稍低,亦非寻常之辈,文逸凡左手那支判官笔无论如何也要应付他们,而且最少也得用上一半以上的气力。这么一来,他的右手笔已是难以消解金钢圈剧烈旋转所发生的强猛力道!他甩不开圈子,手腕也有给金钢圈碰折之虞,无可奈何,只好当机立断,连忙五指松开,只听得"当"的一声,金钢圈仍然是套着那支判官笔,却已飞上了半空!

文逸凡不但双笔点穴是门绝技,轻功亦是极高,就在萨老大一刀劈下,间不容发之际,倏地脚跟一旋,身形如箭,向后窜出。他在抛出一支判官笔之后,等于减轻了负担,左手那支判官笔力量大大增强，后审之时，用力一划，萨老二、老三那两柄短刀也给震落，饶是他们躲闪得快，萨老三的肩头已是被笔尖划过，虽非重伤，也沁出了血珠。

萨老大喝道，"姓文的，往哪里走？"文逸凡只剩下一支判官笔，自知决计抵敌不了萨氏三雄，心中暗暗叫苦。

蓬莱魔女来得恰是时候，她审身出林，正好碰着那金钢圈迎面飞来，她拂尘一展，卷下了判官笔，尘杆横挥，击落了金钢圈，身形一掠，已拦在萨老大与文逸凡之间。

蓬莱魔女冷笑道："不害臊么？你们三个打人家一个，分明已是输了招了，还要死缠不休！好，你们既是不知进退，待我来教训教训你们！文先生，请你暂且歇歇，让我也来松松筋骨。"说话之间，把那支判官笔交回了文逸凡。

文逸凡自从成名以来，从未受过如此挫折，接过了判官笔，心里十分难过，本来就想走的，但因他曾经答应过柳元甲给他找回女儿，如今既已见了蓬莱魔女，事情尚未交代，自是不能一走了之，只好等待蓬莱魔女和萨氏三雄这一场的结果了。

其实文逸凡固然是受了挫折，那萨氏三雄也吃了他的亏。比对起来：萨老大的一个金钢圈和文逸凡的一支判官笔同时脱手，但另外萨老二、萨老三的短刀也被震落，萨老三还受了一点微伤，正如蓬莱魔女所说，文逸凡还可以算得是赢了招的。但文逸凡是江南武林中数一数二的人物，一旦受挫，便自觉分外难堪了。

萨老大给蓬莱魔女这么一说，也不禁涨红了面，甚是难堪。蓬莱魔女刚才所露的那手天罡尘式，卷笔击圈，也令他暗暗吃惊。当下萨老大睁大了双眼盯着蓬莱魔女喝道："你是何人，胆敢替文逸凡接这碴儿，伸手管我们萨氏三雄的事情？"

蓬莱魔女哈哈一笑，正想发话，忽听得"当"的一声，原来是那萨老三和耿照交上了手。萨老三刚刚被文逸凡震退数步，且受了伤，满腔怒气正自无处发泄，这时耿照刚好从林中跑出，对着他的方向，萨老三大怒喝道："你这乳臭未干的小子也敢来多管闲事？"举起金钢圈，倏地就对着耿照当头砸下。

耿照见他凶神恶煞般地跑来，也早已拔剑出鞘，一招"横云断峰"向上横截，萨老三在他们三兄弟之中，功力最弱，耿照练了"大衍八式"之后，内力却已是大大增强，但虽然如此，萨老三还是稍胜一筹，耿照一剑劈去，与金刚圈硬碰硬地接了一招，登时火星飞溅，金铁交鸣之声震得耳鼓嗡嗡作响，耿照虎口裂开，血珠沁出；萨老三也给震得摇摇晃晃，倒退三步。

蓬莱魔女情知耿照不是萨氏兄弟的对手，叫道："照弟退下！"随即冷冷说道："你们听清楚我的话没有？你们自称萨氏三雄，我如今就要看看你们究竟是英雄还是狗熊？快快拾起你们的兵器，我绝不乘人之危，我让你们摆好了阵式再动手。"

蓬莱魔女这话说得尖刻无比，萨老二、老三勃然大怒，齐声喝道："哪里来的女贼，胆敢如此目中无人？"萨老大忽地说道："你可是北五省的绿林盟主，人称蓬莱魔女的柳清瑶么？"蓬莱魔女来到江南之后，曾与江南的武林人物交过几次手，首先是在长江大败"闹海蛟"樊通，一剑单身，杀退数百水寇，击毁两艘盗船；后来又在千柳庄大显身手，力敌群雄。这两桩事情早已是轰动江南，威名远播了。萨老二、老三一听得他们大哥说出"蓬莱魔女"的名字，不禁都是大惊，气焰登时减了。

蓬莱魔女淡淡说道："不错，你们既是知道我的名字，可还要我动手么？"萨老大一言不发，先去把那个被蓬莱魔女击落的金钢圈拾了起来，面向文逸凡说道："文先生，你我的兵器同时出手，这一场算是扯了个直，要是你不服气，咱们尽可约期后会。不过你倘若要趁这机会报一箭之仇，也尽可现在就上，连同这位朋友，咱们一对一再见过输赢。"原来萨老大最担心的是铁笔书生文逸凡中途插手，虽则蓬莱魔女说过要一人上阵，并且讲得清清楚楚是要文逸凡让她打这一场，但文逸凡未曾明白表示态度，萨老大总是难免有所担忧，是以他先用言语挤兑文逸凡，用意其实即是迫他袖手旁观。至于他扯上耿照，说什么以一对一的说话，那却是拿作陪衬，故示大方、豪气的了。

文逸凡哈哈一笑，说道："萨老大，要是你们能在柳女侠手下逃得性命，什么约期后会的说话再说也还不迟。"言下之意，即是表示有蓬莱魔女出手，他们三兄弟已是必败无疑，他自然不会乘人之危。

萨老大放下了心上的石头，冷冷说道："好，君子一言，快马一鞭。我们有没有机会再会阁下，那是以后的事了。这位朋友呢？"金钢圈一指耿照，蓬莱魔女不待耿照答话，已自冷笑说道："哪有这许多废话，你们再多三个兄弟，我也只是一人。"

萨老大心里生气，但却是哈哈笑道："蓬莱魔女，你是北五省的绿林盟主，我们三兄弟么，在江南也不是无名之辈，你既要掂量我们，我们也只好领教你的高招了。胜败未定，谁也不必目中无人。"他心里生气，但却也有几分欣幸，几分兴奋，心想："幸亏这魔女心高气傲，否则别说文逸凡插手了，她若与这使剑的小子联手，以二敌三，只怕我们也难应付。这魔女的身份比华谷涵的身份又更重要，倘若我们能将她一举除掉，这功劳就更大了。"萨老大虽然震于蓬莱魔女之名，但他自恃他们三兄弟刀圈配合，妙到毫巅，出道以来，从未败过，所以还在打着如意算盘，满肚密圈。

这时，萨老二、老三也已拾起他们被文逸凡震落的短刀，三兄弟站了一个品字形，凝神注视蓬莱魔女，候她出招。江湖规矩，主须让客，这萨氏三雄是江南大有身份的人物，不愿抢先出手。

蓬莱魔女冷冷一笑，将拂尘朝天一拂，喝道："领情了，出招吧！"这拂尘朝天一拂，击向虚空，可以说是她已出了招了，但实在却是让回对方先占出招之利，"礼貌"之中暗含藐视。萨老大以强敌当前，十分持重，他的两个弟弟已是按捺不住怒气，齐声喝道："你这魔女欺人太甚！"金钢圈套着短刀，已从两翼猝然袭来！

这两人猝然发难，攻势极猛，哪知蓬莱魔女出手比他们更快，她是"敌不动，己不动，敌一动，己先动"。萨老二、萨老三的短刀一亮，刚自圈中穿出，蓬莱魔女已是拂尘一展，后发先至，朝着萨老二的虎口拂来，萨老大叫声"不好"，横肱一撞，力度用得恰到好处，把老二撞过一边，却没受伤。萨老大金钢圈一举，正要还招，蓬莱魔女蓦地一个转身，迅逾飘风，又已到了萨老三身边，一招"天河织锦"，尘尾散开，万缕千丝，向萨老三当头罩下。

萨老三霍地一个"凤点头"，蓬莱魔女忽觉背后金刃劈风之声，萨老大的金钢圈亦已砸到，萨老二的短刀跟着刺来，幸而他们来得及时，蓬莱魔女这一招杀手才未敢使满。但饶是如此，只见蓬莱魔女拂尘向上一提，萨老三的一丛头发已被她绞脱，便如乱草蓬飞，随风飘散，萨老三的头皮也被撕去了一小片，沁出了血丝。蓬莱魔女拔身一耸，陡然飞起，萨老二的短刀从她鞋底划过，萨老大一招"举火燎天"，金钢圈向上便砸，蓬莱魔女喝声："来得好！"身形落下，佩剑已是出鞘，左手拂尘，右手长剑，拂尘卷去，萨老二的短刀缩回，长剑一挑，"当"的一声，却和萨老大的金钢圈碰个正着，萨老大连退三步，蓬莱魔女已是站稳身形。

但蓬莱魔女站稳身形，萨氏三兄弟亦已布成合围之势，老二、老三受了教训，再也不敢鲁莽冒进，由萨老大从正面主攻，他们二人从旁配合，三个金钢圈旋转如飞，波浪般一圈圈地向前推进，三柄短刀则如毒蛇吐信，伸缩不定，待机而啮。蓬莱魔女心道："他们的圈里套刀招数果然奇妙，怪不得铁笔书生文逸凡也要在他们手里吃亏。"

萨老大沉稳进击，强夺先手，金钢圈劈面砸来，蓬莱魔女身形微晃，长剑一招"金针度劫"，剑尖从萨老大肋旁倏然穿过，虽未刺个正着，萨老大已是吃了一惊，说时迟，那时快，蓬莱魔女的拂尘又已荡开萨老三的短刀，右手青钢剑的剑尖指到萨老二的"期门穴"，她在一招之间，向萨氏三兄弟同时使出杀手，迫得他们又不得不再次转攻为守，但蓬莱魔女也未能将他们联防之势击破。

双方越斗越烈，金光闪烁，剑气纵横，远远望去，就似一道银虹在金色的波浪之中翻腾穿刺，那柄拂尘，又似乌龙探爪，压在金波银虹之上，盘旋飞舞。双方的攻守都是快到极点，人影都已分辨不清。这一场恶战直看得耿照目定口呆，动魄惊心，暗暗为蓬莱魔女担忧。文逸凡却约略可以看出蓬莱魔女是踏着九宫八卦方位，在敌人环击之下，进退自如，稳稳握了先手（主动），已是立于不败之地。

文逸凡平生自负，此际对蓬莱魔女也不禁暗暗心折，想道："怪不得北五省绿林推她为首，原来果然是有过人的本领。柳元甲这老儿倒是真好福气，有一个这样本领高强的女儿！哎呀，不妙，她武功越强，只怕祸患越大。"

你道文逸凡何以有此想法？原来文逸凡对柳元甲早已有所怀疑，他自愿出来替柳元甲寻找女儿，也是别有打算的。这时他已无心观赏这武林中难得一见的恶斗，只是低下头来暗自寻思："我虽未拿获柳元甲私通金国的真凭实据，但他与金国的国师金老怪交往如此亲密，无论如何，总是难以自圆其说。金国大军渡江在即，倘若他们两父女来个里应外合，这可如何是好？闻说北方的武林人士，也有不少是受了金虏的威胁利诱，暗地里卖身投靠了的。她以北五省绿林盟主的身份，独自潜入江南，此事亦是可疑。莫非她与她父亲早已串同，有了预谋，此次特来与父亲同商'大计'？"

　　文逸凡越想越疑，蓦地一咬牙根，心道："常言道得好，量小非君子，无毒不丈夫。何况此事关系大宋存亡，我虽然未有他们两父女通番卖国的实据，但既有可疑之处，就不可不防！我宁可冤枉了他们，也绝不能教他们的奸谋实现！罢，罢，不如趁这机会就除了她，也等于是斩断了柳元甲的一条臂膊！"

　　耿照正在看得出神，忽听得耳畔似有异声，回头一看，却原来是文逸凡正因心里紧张，不自觉地咬得牙齿格格作响，脸上的肌肉也绷紧得似拉满了的弓弦，耿照见他这副样子，吃了一惊，就在此时，文逸凡已是跨出一步，但也似乎心里还在踌躇，这一步是慢吞吞地跨出去的。

　　耿照慌忙将他拦住，说道："文先生，柳女侠的脾气我是知道的，她说一是一，说二是二，你就让她代你报仇吧。"原来耿照只道文逸凡的咬牙切齿，乃是为了刚才所吃的亏，因此痛恨敌人，想上去助蓬莱魔女一臂之力。这时蓬莱魔女已是完全占了上风，连耿照也看出来了，但他却以为文逸凡尚未看出，生怕文逸凡上去帮忙，蓬莱魔女反而不悦，令他难堪。

　　文逸凡呆了一呆，好半晌才弄清楚了耿照的意思，不觉脸上一红，想道："不错，大丈夫理当恩怨分明，她如今乃是替我对付敌人，我岂可在她背后插上一刀？我即使是要除她，也不应该在这个时候。"这么一想，便即把跨出去的脚步又缩回去，将错就错，一笑说道："老弟，你眼力果然高明，柳女侠的确是无须咱们相助了。"蓬莱魔女做梦也想不到文逸凡曾起过除她的念头。她全神贯注地对付萨氏三雄，对文逸凡的言语行动，根本是视而不见，听而不闻。

其实蓬莱魔女与铁笔书生乃是各有所长，但她对萨氏三雄却稳占上风，好像比铁笔书生文逸凡高明许多，这是因为两个缘故，第一，萨氏三雄对了文逸凡一场，精神气力耗损不小，萨老三还受了一点轻伤。蓬莱魔女以逸敌劳，自是占了便宜；第二，蓬莱魔女武学深湛，人又聪明之极，萨氏三雄最厉害的本领乃是他们三位一体、配合得妙到毫巅的神奇招数，蓬莱魔女在旁边先看了一场，对他们的看家本领已是心中有数，因此一交上手便能应付裕如，招数上也并不吃亏。但虽然如此，她以一敌三，而能稳占上风，那也是极不容易的了。

萨氏三兄弟配合有素，虽露败象，招数仍是丝毫不乱，三个金钢圈首尾相连，俨如布起了一道铜墙铁壁，守得极为沉稳，他们那三柄短刀还不时似毒蛇吐信一般，从金钢圈中伸出来攻击。文逸凡此时已打消了乘机暗算蓬莱魔女的念头，在旁全神观战，只见那萨氏三雄固然是大汗淋漓，蓬莱魔女的俏脸也已是白里泛红，看得出她的真力亦已消耗不少。文逸凡不禁心中一凛，"如此下去，只怕要两败俱伤！"他心里刚自暗暗叫了一声"不好"，却忽地又哑然失笑，"这有什么不好？她是柳元甲的女儿，若当真是与萨氏兄弟两败俱伤，这正是我求之不得的事，也省得我多费气力除她。"

心念未已，忽见蓬莱魔女剑法一变，脚踏九宫八卦方位，指东打西，指南打北，那柄拂尘也挥舞得矫若游龙，配合剑招，向那萨氏三雄频施杀手。原来蓬莱魔女此时已是摸透了对方的路数，想出了破敌制胜的方法，她以一柄拂尘对付萨老大，七成以上的剑招却用来攻击萨老三，意欲先击破最弱的一环。她的轻功远较萨氏兄弟高明，使出奇诡莫测的剑法，指东打西，指南打北，果然不过片刻，便把对方的步法打乱，使得他们三兄弟各自为战，再也不能似初时之配合得妙到毫巅了。

激战中，只听得"当"的一声，萨老三手腕中剑，短刀坠地，萨老大金钢圈火速砸来，蓬莱魔女长剑一指，碰着金钢圈的边缘，剑锋反弹，蓦地反向萨老大腋下的"期门穴"刺去，"嗤"的一声，把萨老大的衣襟划破，幸而他躲闪得快，剑尖未曾刺正穴道。萨老大一声胡哨，短刀飞出，蓬莱魔女退后三步，横剑一削，将迎面飞来的短刀削为两段，但萨氏三雄已是一同退下，如飞疾走了。

蓬莱魔女要盘问他们与华谷涵结仇的缘故，不肯就此放过他们，大喝一声："往哪里走？"登时使出绝顶轻功，飞身掠起，向他们扑去。

蓬莱魔女获胜之后，一时也是过于轻敌，以为萨氏三雄已是黔驴技穷，故而放胆追去。哪知萨氏三雄还有最后一手绝招，而蓬莱魔女的飞身扑击也正是犯了武学之忌。就在她凌空扑下之际，萨老大猛地喝道："咱们与她拼了！"三兄弟同时扬手，把金钢圈飞了出去。

这一手绝招名为"三转法轮"，只见金光灿烂的三个圈圈，风驰电掣般地向蓬莱魔女飞来，一上一下一中，上面这个金刚圈套向她的颈项，下面这个金刚圈套向她的脚踝，中间这个金钢圈则砸向她的背心，就像他们在平地作战一般，三个不同的方位，配合得妙到毫巅！

但若是在平地之上，蓬莱魔女还可以从容应付，此时她身子悬空，却是极难闪躲，而且金钢圈又是沉重的兵器，不比普通体积微小的暗器容易击落。

眼看金钢圈便要套上，就在这性命俄顷之间，蓬莱魔女使出卓绝的惊人功夫，身子一翻，身形拳曲，蓦地剑尖向上一指，"叮"的一声，恰恰碰着金钢圈的边缘，将它挑高少许，一个筋斗翻了过来，弓鞋一蹬，又把下面这个金钢圈撑开少许，蓬莱魔女身子悬空，就在上下两个金钢圈的缝隙中穿了过去，撑开的缝隙，恰恰容得下她打侧的身形。

但还有后面那只金钢圈亦已飞到，蓬莱魔女拂尘反手一挥，刚刚打出，文逸凡早已叫道："柳女侠，你已胜了这场，穷寇莫追，让我与他们再决雌雄吧！"蓬莱魔女的拂尘未曾卷上，文逸凡已飞出一支铁笔，将那只金钢圈打落。

萨氏三雄在与蓬莱魔女交手之前，早已说过，他们与文逸凡之间的账还未算了，只不过暂作扯直，未见输赢，以后还要约期再斗的。如今文逸凡是在蓬莱魔女获胜追击之际出手的，虽然来得匆促，但却不算违背他的诺言，并非联手对敌。他特别揭明这点，一来是维持自己的身份，二来也顾全了蓬莱魔女的面子。

萨氏三雄在金钢圈飞出之际，亦已想到这最后一招虽然厉害，但也未必就伤得了蓬莱魔女，他们的目的与其说是反击，毋宁说是掩护逃走，所以，他们金钢圈一脱手，脚步亦已是疾走如飞，对文逸凡的"叫阵"根本就没有回答。

蓬莱魔女落下地来，只见那三只金钢圈还在地上滚动，轰轰之声，震得耳鼓都嗡嗡作响，辗过之处，留下了约莫三寸来深的轨迹。过了好一会，这三只金钢圈各自碰上了岩石，才停止转动，倒了下来。蓬莱魔女见了如此威力，心中也不禁骇然。正是：

霍霍剑光寒敌胆，金圈铁笔两争雄。

欲知后事如何，请听下回分解。

第四十二回　错疑侠女拼生死
始识奸谋辨友仇

　　蓬莱魔女对文逸凡好生感激，暗自想道："要不是铁笔书生这飞笔一掷，我那悬空一拂，只怕未必能消解萨老大从背后砸来的那只金钢圈的猛势，即使我不至受伤，只怕最少也要损耗一年功力了。"但蓬莱魔女功力虽未受损，亦已疲累不堪。此时，在恶斗过后，蓬莱魔女真是恨不得立即找个地方休息，静坐吐纳，好恢复精神。不过，她却尚未有空闲休息，于理于情，她还必须与文逸凡叙话。

　　这时，文逸凡也已拾起了他那一支铁笔，来到蓬莱魔女面前。蓬莱魔女笑道："文先生，多谢你助了我一臂之力，咱们虽然未能截住那三个恶贼，却也缴获了他们的兵器，哈哈，这三只金钢圈最少有五成金子，咱们也发了点小财了。"

　　文逸凡好像并不欣赏她的风趣，神情淡漠得很，冷冷说道："我也多谢你替我接了这场。'一报还一报'，咱们算是扯了个直，彼此不必领情。"

　　蓬莱魔女怔了一怔，心道："一报还一报，这算是什么话？这铁笔书生，那晚在千柳庄之时，对我暗中关顾，甚是热心，怎的此时在我助他脱险之后，却反而这样的冷淡起来了？嗯，难道他是因为曾吃了萨氏三兄弟的一点小亏，自觉无颜，故作倨傲么？这样的骄傲也未免太过了！"蓬莱魔女是有点儿不悦，但她毕竟是个性情豪迈的女中英杰，也不怎样放在心上，当下说道："不错，同道中人，彼此相助，理所应当，不值挂齿。我想请问文先生，萨氏兄弟是何等样人，听他们的口气，他们是要去寻找笑傲乾坤华谷涵，似乎意欲对华谷涵有所不利，这又是怎么回事？"

文逸凡仍是那副淡漠的神气，说道："你问我的事情，我也正要查究。至于那萨氏兄弟是何等样人，柳盟主，你是北五省的绿林盟主，可不是江南的武林盟主，对江南的武林人物，似乎不必太过关心。"蓬莱魔女又是一怔，心道："这铁笔书生怎的越说越不客气了？青枝绿叶，同是一家，武林一脉，江湖豪杰，何分江南江北？"

蓬莱魔女正想发话，文逸凡已又抢先说道："我倒想先请问柳姑娘一件事情，不知柳姑娘可怪我冒昧？"蓬莱魔女道："我决无地域之见，文先生要问何事，我若知道，自当回答。"文逸凡道："请问柳姑娘与千柳庄柳庄主是怎么个称呼？"蓬莱魔女更是不悦，心道："这铁笔书生也未免太好管闲事了？"当下说道："不知文先生何以要知此事？"文逸凡道："柳庄主正要寻觅你，据说你是他女儿？"蓬莱魔女只得说道："不错，柳庄主正是家父。文先生可是受了家父之托，故此要我证实我是他女儿么？但请转告家父，我暂时是不想回千柳庄的了。"

要知蓬莱魔女虽然业已发现柳元甲的若干可疑迹象，与他是否父女，她自己也还不敢断定，但这些有关她生身之谜的疑团，总不便与一个初初相识的人倾谈，何况在她心目之中，文逸凡乃是柳元甲的好友，她又怎能向文逸凡说柳庄主"似乎"是我的父亲，但我还不敢断定呢？是以她只好不加一句解释，承认她是柳元甲的女儿了。

文逸凡心头一震，寻思："她果然是柳元甲的女儿，宁枉毋纵，这可迫得我非除她不可了。"但他并未拿到柳元甲"父女"通敌叛国的铁证，却是不便就用这个题目，"名正言顺"地声讨其罪，当下，想了一想，又再问道："你为什么不回千柳庄？"

蓬莱魔女本已有几分不大高兴，听他问个不休，心中更是咕嗫："这铁笔书生怎的如此啰唆，令人讨厌！"她生怕文逸凡继续纠缠，劝她回千柳庄去，于是不自觉地便眉头一皱，淡淡说道："回不回去，这是我私人的事情，对不住，我还有点事情，请恕失陪了!"心想:"你不肯告诉我笑傲乾坤的消息,我只有自己到临安向辛弃疾打听了。"

哪知她刚刚迈出脚步,文逸凡忽地身形一晃,已是拦在她的面前,叫道:"且慢!"蓬莱魔女愕然止步,峭声说道:"文先生有何指教?"

文逸凡铁笔一指,说道:"不敢。我倒是想请柳盟主指教!"蓬莱魔女面色一变,说道:"这是什么意思?"文逸凡打了一个哈哈,说道:"柳姑娘,你是北五省绿林盟主,来到江南,上次在千柳庄稍露身手,技压群雄,文某十分佩服。可惜上次我未有机会向你讨教,如今幸得相逢,想柳盟主也不会吝惜几招?"

蓬莱魔女只道文逸凡是要为江南武林争个体面,寻思:"我只道这铁笔书生乃是侠义中人,却原来也是如此量窄?"便道:"我来到江南,并非以北五省绿林盟主的身份而来,未及具备拜帖,拜谒江南的武林前辈,实是抱歉之至,容后补过。文先生铁笔点穴的绝技,我是十分佩服,甘拜下风。请恕我有事在身,不能奉陪了。"文逸凡早已亮出双笔,拦住去路,说道:"你有什么事如此急急?无论如何,也得请你指教几招!我最讨厌虚伪的客气,彼此未经较量,谁要你甘拜下风?"

蓬莱魔女气往上涌,几乎就要骂了出来,"你这酸丁才是讨厌!岂有此理,纠缠不休,难道我还怕你不成?"蓬莱魔女也是心高气傲之人,当下忍无可忍,便即说道:"文先生既是定要伸量于我,那便请文先生赐教吧。咱们点到即止,胜败都只是乐个哈哈!"

文逸凡道:"好说,好说!但既经交手,自当各展所长。柳盟主,你大可不必客气!"笔尖一起,嘶嘶带风,一招"直指天南",已是双笔齐出,疾点蓬莱魔女的"云台"、"璇玑"、"气海"、"涵谷"四处大穴!

蓬莱魔女大吃一惊,不仅是为了文逸凡铁笔点穴的神妙,而是因为他所点的这四处穴道,都是人身的死穴!蓬莱魔女本以为他是同道试招,最多不过好强争胜而已;哪知他一上就施杀手,竟然是要性命相搏的神气!

蓬莱魔女吃惊之下,也给他激起了怒火,心道:"岂有此理,我给你助阵，击败了那萨氏三雄，你反而恩将仇报，竟想伤我性命！不给你一点厉害瞧瞧，你只当我柳清瑶是好欺负的了。"

剑光笔影之中，只见蓬莱魔女柳腰轻摆，使了"风飐落花"的身法，文逸凡的一对判官笔几乎是贴着她的肋旁穿过，却没刺着，说时迟，那时快，蓬莱魔女已如蜻蜓点水，海燕掠波，绕到文逸凡侧面，文逸凡双笔点穴，蓬莱魔女立施反击，青钢剑扬空一闪，抖出了三朵剑花，剑尖晃动，似左似右似中，左刺"白海穴"，右刺"乳突穴"，中刺"伏兔穴"，剑势之飘忽奇诡，当真是难以捉摸。但她剑尖所刺的这三处穴道，两处是麻穴，一处是晕穴，却并非致命之所。

文逸凡也不由得赞一声："好！"左笔一抬，一招"倒打金钟"，横砸出去，脚下也同时踏出"移形换位"的步法，绕过一边，只听得"当"的一声，铁笔与青钢剑相交，溅出了火花点点，但饶是文逸凡解拆得宜，闪得又快，蓬莱魔女的剑锋趁着那一荡之势，倏然划到，随在那"当"的一声之外，接着"嗤"的一响，文逸凡的衣襟仍是不免给她的剑锋刺穿了一个小洞。

按理说文逸凡已是输了一招，就该罢手，蓬莱魔女正想说声"承让！"哪知文逸凡双笔挟风，又已是迅雷闪电般地朝着蓬莱魔女戳下，比前一招更为凶狠，更为凌厉！

蓬莱魔女刚刚被他的铁笔硬碰了一下，虎口尚自隐隐作痛，恼怒之下，拂尘一甩，要把文逸凡的一支判官笔卷出手去，哪知力不从心，竟是卷它不动，文逸凡的另一支判官笔疾地点来，蓬莱魔女"霍"的一个"凤点头"，避是避开了，但听得"叮"的一声，蓬莱魔女绾发的一枚玉蝴蝶却已被他的笔尖挑落！

文逸凡叫道："衣破钗坠，各不吃亏，再来，再来！"揉身复上，运笔如飞，笔笔指向蓬莱魔女的三十六道大穴！蓬莱魔女气怒非常，却也只好小心招架。

十余招一过，文逸凡越来越狠，杀得蓬莱魔女只有招架之功，竟无还手之力。论本领其实是蓬莱魔女还胜过铁笔书生一筹的，只因她在恶斗了萨氏三雄之后，已是精疲力竭，未得时间休息，怎禁得起立即又来一场恶斗？铁笔书生文逸凡虽然也经过了一场恶斗，但他在蓬莱魔女接手之后，却得有时间休息，气力虽未完全恢复，毕竟是比蓬莱魔女好得多了。

耿照初时也以为他俩只是较技试招，越看越觉得情形不对，慌了起来，连忙叫道："两位都是自己人，何必如此认真？两位试了这许多招，不分上下，我看也可以罢手了。"

文逸凡"哼"了一声，道："谁和她是自己人？你要是瞧着不服气，你也和她并肩子上吧！"文逸凡丝毫不知耿照来历，把耿照当作蓬莱魔女的党羽，亦即是和柳元甲同属一路的人。耿照一出场时，曾与萨老三对过一招，文逸凡看出他的武功，虽然亦非泛泛，但比起他来，那还差得太远，在蓬莱魔女已是力竭精疲的情形之下，添多这么一个耿照，也算不了什么，故而他索性把耿照也卷入旋涡，出言向他挑战。

耿照却不愿糊里糊涂卷入旋涡，他呆了一呆，又是惊奇，又是气愤，半晌说道："文大侠，你，你这话是什么意思？难道你不知道柳女侠是什么人？她是北五省的绿林盟主，她……"正要说出她是在敌后抗金的女英雄，忽地想起这是一个秘密，文逸凡在江南虽有侠义之名，但这不过是耳闻而已，他为人究竟如何？自己实未深知，蓬莱魔女的秘密身份该不该向他泄露，耿照就不由得不加以考虑，稍稍踌躇了。

文逸凡又是"哼"了一声，说道："她是什么人，只怕我比你还知得清楚。你若要给她助阵，那就快上！否则，你就夹着尾巴滚吧！"耿照大吃一惊，心道："怎么他知道了柳女侠是什么人，还要如此凶狠，看来已不是试招，而是要把她置于死地了。难道他——"耿照反而怀疑起文逸凡是私通金国的了。

蓬莱魔女冷笑道："如今我才知道大名鼎鼎的铁笔书生原来是这么样的一个大侠！真想不到你心胸如此狭窄，好呀，我今日算是认得你了！咱们就拼个死活吧，照弟，你走吧，你见了华大侠，可以告诉他，他交的是怎么样的一个好朋友！"

文逸凡心头一动，"哦，原来他们也是认识华谷涵的。她骂我心胸狭窄，这又是什么意思？"这一瞬间，他接连转了好几次念头，初时想待自己见到了华谷涵之后，查清楚了蓬莱魔女的底细，再决定是把她作友还是作敌，但又怕错过这一机会，蓬莱魔女若真是敌人的话，以后再想除她，那可是千难万难了。

文逸凡心念未已，蓬莱魔女已是剑招一变，招招抢攻，连施杀手。她是把最后的一点气力集中起来使用，拼着与文逸凡斗个两败俱伤，即使命丧他手，至少也要在他身上刺一两个透明的窟窿！

文逸凡在她强攻之下，无暇再去思索，急忙加紧双笔的招数，与蓬莱魔女又恶斗起来。他是个武学大行家，一看就看出蓬莱魔女是打着"两败俱伤"的念头，心想："我已是胜券在握，何必急于与你拼命？待你这一点气力都消磨尽了，还怕你逃出我的掌心？"于是转用以守为攻的战术，双笔盘旋飞舞，遮拦得风雨不透！蓬莱魔女一鼓作气，强攻不下，锐气便衰，不久又是险象横生，比前更甚。

蓬莱魔女正要咬破舌尖，强提真气，施展最后的几招杀手，耿照拔出剑来，也正想不顾一切，冲上去给蓬莱魔女助阵，就在此时，忽听得一个十分刺耳的声音叫道："住手，住手！文大侠，你怎么与柳女侠打起来了！"

蓬莱魔女抬眼望去，只见一个身高七尺，形容古怪的汉子，疾奔而来。蓬莱魔女认得这人，正是曾替华谷涵给她送礼的那个白修罗。

文逸凡怔了一怔，招数略缓，仍未停手，说道："白修罗，你主人呢？"

白修罗道："我兄弟二人，正是奉了主人之命，要分头去寻访你们二人，还有一位耿公子的。难得你们今日凑巧便在一起，快快住手，我主人有话，要我转告你们两位呢！"

话犹未了，只见又是一个怪人疾奔而来，和白修罗长得一模一样，不过白修罗是肤色如雪，后来这个怪人则是其黑如墨，蓬莱魔女虽未见过，也知道此人定是白修罗的弟弟黑修罗了。这两个怪人过去横行江湖，武功奇高，对黑道白道，全不卖账，后来不知怎的，给笑傲乾坤华谷涵收服，做了他的仆人，对华谷涵甚是忠心。

黑修罗胁下还挟着一个人，是以稍后才到。文逸凡看了，不觉大为惊异，原来黑修罗胁下挟着的那个人，不是别个，正是萨氏三兄弟中的萨老三。同时，文逸凡也注意到了，白修罗与黑修罗身上都受了几处伤，白修罗因为肤色如雪，鲜血染红皮肤，更是明显。想必他们二人是与萨氏三雄交手之时，所受的伤。

文逸凡心想："这两兄弟来得正好，且待问清楚了再说。他们是华谷涵的仆人，决没有与我作对之理。"当下便跳出圈子，但手中仍是提着双笔，注视着蓬莱魔女，小心戒备。蓬莱魔女不再理他，径向黑白修罗发话道："哼，你们的主人交的好朋友！"

黑白修罗不知内里情由，不敢答话，此时耿照已走过来，带点疑惑的神气，问道："两位说要找一个姓耿的，不知是什么人？"白修罗翻起一双白渗渗的眼睛，打量了耿照一下，见他的相貌、年龄与主人所说的甚为符合，便即问道："阁下高姓大名？"耿照道："小弟正是姓耿，单名一个照字。"白修罗哈哈笑道："这可真是巧极了，原来你就是耿照，我们所要找的那位耿公子就正是你了！"

文逸凡大吃一惊，呆了半晌，忽地"啊呀"一声叫起来道："你就是金虏所要缉拿的耿义士么？当真是失敬，失敬了！请恕文某有眼无珠，适才言语之间，实是太过无礼了！"原来文逸凡是江南侠义道的领袖人物之一，他对北方沦陷区的抗金动态，素来留意，耿照被金廷列为钦犯，绘了图形，在各处通都大邑悬挂，悬赏缉拿，南北虽因长江阻隔，消息难通，但这样轰动一时的大事，文逸凡当然是早已知道的了。不但知道，他还得了一张绘有耿照图形的赏格告示，所以他刚才已觉得耿照的相貌有点似曾相识，不过因为那张赏格，没带在身边，不能拿来对照，而且又正是在和蓬莱魔女激斗之时，无暇考查他的身份，是以虽有点疑心，却还不敢断定他就是耿照。

耿照淡淡说道："文大侠的侠义声名，我也是久仰的了，嘿嘿，久仰的了！大汉男儿岂能在金虏铁蹄之下忍辱偷生？一有机缘，自当尽忠报国，这是份所应为，值不得文大侠夸奖。晚辈如今归回故国，但愿得文大侠曲予优容，那已是感激不尽了！"耿照尚自有气，言语之中，隐隐含着讥刺。文逸凡心中暗暗咕嗫："他说的什么'曲予优容'之类的说话，那自是指我刚才对付蓬莱魔女之事了。这魔女与耿照一道，她又是笑傲乾坤的朋友，哎呀，这样看来，只怕我当真是冤枉了她了。"

白修罗莫名所以，笑道："三位想必是有些什么误会了？好在都是自己人，有甚结子，都可解开。今日真是般般凑巧，主人要我们向你们三位通报消息，对文先生并有请托，我们正愁你们三位各在一方，怕消息不能及时送到，谁知你们都已会在一起！更巧的是，与我们要办之事也有点关系的这个萨老三亦已落在我们手中了。"

文逸凡道："华大侠有何事要我效劳？"白修罗笑道："实不相瞒，敝主人因为文大侠是一位最热心的朋友，他正要请托你帮忙帮忙他的两位朋友。"文逸凡道："哪两位朋友？"白修罗哈哈笑道："文大侠还不明白吗？就是你眼前这两位朋友——柳女侠与耿公子。谁知你与柳女侠却先打了起来，这可真是大水冲倒龙王庙了！"

蓬莱魔女满不高兴，"哼"了一声道："我要他帮什么忙？"耿照心中一动，却道："官家的人要谋害我，是否华大侠已知内里情由，故此转托知交，给我帮忙？"白修罗道："这位萨老三是当朝魏太师的心腹，两位不知因何事得罪了魏太师，魏太师正在设想方法，要把两位拿解京师呢。此事让萨老三说个明白吧。"

黑修罗解开了萨老三的穴道，喝道："魏良臣名为良臣，实是奸臣，他派你们三兄弟出来，为了何事？快说！"萨老三冷笑道："我只佩服本领比我高强之人，我今日若然没有受伤，决不至于落在你的手中。嘿，嘿，你本领未必胜得过我，却要把我当作俘虏看待吗？你迫问口供，我偏不说！"萨氏三兄弟是江南武林中的一流人物，这次因为在苦斗蓬莱魔女之后，丢了兵器，力竭筋疲，这才败给黑白修罗，但黑白修罗也还要受了点伤，方能把萨老三擒获。萨老三心里自是极不服气。

黑修罗怒道："我可以把你放走，待你养好伤后，再与你较量较量。但我要知道的事情，却不能让你伤好之后再说！江湖汉子可得放漂亮一些，我给你敬酒你不喝，就只能请你吃罚酒了！我的分筋错骨手法，想你也知厉害！"

黑修罗言下之意，即是要与他公平交易，只要他肯吐出秘密，便可将他放走。这本来已是给了萨老三一个人情，但他说话太不客气，萨老三却咽不下这口气。可是黑修罗也说得清清楚楚，若然他不依从，就要用"分筋错骨"手法将他炮制，萨老三又气又惊，心里自思："'分筋错骨'比任何刑法都要残酷，倘若被他这么整治，那就当真是生不如死了。但我萨老三也是个响当当的汉子，若在他酷刑威胁之下低头屈膝，以后还有何面目行走江湖？"不过，他一想到这"分筋错骨"的厉害，又不禁心头战栗！是屈服呢，还是硬充好汉？一时之间，实是难以决定。

正在萨老三心意踌躇之际，文逸凡忽地微微笑道，"黑修罗，这位萨老三哥本是我的朋友，请你不必插手管这件事，让我和他说说。"

当下，文逸凡拍拍萨老三的肩头，笑道："我与你们兄弟交情本来不薄，我却不知你们已投到魏良臣门下，这次你们是奉命而来，我也不能怪你。我文某人的这双铁笔，生平还未受过挫折，今日却和你们兄弟打成平手，我对你们的金钢圈套刀的奇妙招数也是佩服得紧，决不敢把你当俘虏看待。你可愿顾念昔日交情，给老朋友说说实话，以释我心里疑团吗？"

萨老三正自害怕黑修罗的酷刑，又不甘太过屈辱，如今得文逸凡这么一说，替他保持了体面，正好借此自下台阶，当下便道："文大哥，多谢你把我萨老三当作朋友，你武功远胜于我，又是我佩服的人，我当然不能在我所佩服的朋友面前有所隐瞒，文大哥，你想要知道的，我都告诉你好了。"文逸凡道："很好，那就从今日之事谈起吧。"

萨老三道："并非我们兄弟和笑傲乾坤有甚冤仇，实不相瞒，这是魏太师的密令，要我们将他缉获，拿解京师的。"黑修罗禁不住又冷笑道，"凭你们这三块料子，就拿得了我的主人？"

这回萨老三倒没有给他激怒，平心静气地说道："黑修罗，你这话倒也不假。你两兄弟是他仆人，咱们彼此都是行家，说个实话，你两兄弟的武功未必胜得过我们三兄弟，但也可以算得上是江湖上的一流高手了。你们是他的仆人，已然如此了得，想来这笑傲乾坤自是有过人的本领。只是我门一来是从未会过笑傲乾坤，二来我们是端了别人的饭碗，不得不听别人指使，即使明知笑傲乾坤远胜我们，也是不能不来的了。"萨老三话中不但顾住了自己的身份，也捧了一捧黑白修罗，黑修罗怒气渐消，心道："这汉子虽是在权门充当打手，说的话倒也还算爽直。"

蓬莱魔女急欲知道内里情由，说道："萨老三，你无须多谈论武功了，先说说，那魏良臣为何要你们缉拿笑傲乾坤？"

萨老三道："还不只是要缉拿笑傲乾坤一人呢！"耿照笑道："还有我在内，是么？"萨老三道："不错，魏太师一共要缉拿三个人，除了你与笑傲乾坤之外，也还有你——柳女侠。"萨家三兄弟败在蓬莱魔女手下，萨老三对她比对文逸凡还更佩服，故而改口以"柳女侠"相称。

蓬莱魔女笑道："哦，想不到我来到江南，也惊动你们的太师了！这位名为'良臣'实为'奸臣'的太师，给你们的担子不也是太重了吗？"

萨老三道："魏太师说你们三人都是从北方来的，怕有奸细嫌疑，故而要将你们缉捕。要不然我们也不会随便听他差遣的。"

蓬莱魔女冷笑道："他才是有奸细嫌疑。"萨老三愕然瞠目，原来他们三兄弟本是江湖巨盗，最近接受了魏良臣的重金礼聘，倒不单纯是为了求取利禄，而是厌倦了强盗生涯，含有改邪归正的心意在内的。

文逸凡笑道："魏良臣是否私通敌国的奸臣，以后自会水落石出，暂且不必管他。笑傲乾坤华大侠绝非奸细，这是我可以担保的。好吧，你再说吧。"

萨老三继续说道："我们只是负责缉拿笑傲乾坤华谷涵。奉命捉拿这位耿公子的却是另外一批人，是由禁军都指挥王大人派出去的。"文逸凡吃了一惊，道："这王大人是否就是当年帮同秦桧谋害岳飞的那个王俊？"萨老三低下头道："这位王大人的名字是叫王俊，他曾与秦桧串通谋害岳飞之事，我最近进了魏太师的相府之后，才略有所闻。我只道他如今已是受了朝廷重用，也许，也许不至于通番卖国？"

文逸凡冷笑道："不至于？你可知道这位耿公子是什么人？他是金房所要缉拿的'钦犯'，王俊帮忙金房缉他，这还不是通番卖国？"

蓬莱魔女笑道："奉命缉拿耿照的，除了王俊的手下之外，还有听从洪太监指挥的一些内廷侍卫呢。"萨老三吃了一惊道："你怎么知道？"蓬莱魔女道："已经有一个内廷侍卫和一个禁军统领，是奉命缉捕耿照的，受到我的惩处了。那洪太监是司礼太监，当真是胆大包天，他还敢假传圣旨呢。"当下将她当日遭遇的那件事情说了出来，这是连萨老三都还未知道的，只听得他目瞪口呆。

文逸凡正色说道："萨老三，我看这事情已是明白得很了，王俊、洪太监和你们的魏太师都是一党，私通敌国，谋害忠良！"萨老三面色灰白，蓦地捶胸大叫道："这么说，我们三兄弟是糊里糊涂，受了魏良臣的利用了！我们还只道他是当朝宰相，我们投靠了他，乃是改邪归正呢。哎呀，我们变成了助纣为虐，残害忠良的帮凶，当真是没有面目再见江湖上的朋友了。"文逸凡松了口气，说道："好，但求你明白了就好。你们是一时上当，只要以后不再助纣为虐，江湖上的朋友也会原谅你的。"

蓬莱魔女道："你们三兄弟专责'缉拿'华谷涵，王俊与洪太监的手下负责'缉拿'耿照；那么，还有我呢？又是谁负责来'缉拿'我？"萨老三道："这个我就不知道了。不过，魏良臣有一封亲笔书信，是要我们送给千柳庄的柳庄主的，或许与你有关。"

蓬莱魔女这一惊非同小可，连忙问道："信上说的什么？"萨老三道："信在我大哥身上，我们也不敢私自拆开来看。"

白修罗忽地笑道："这封信已经在我这儿了！"原来白修罗善于妙手空空之技，他早已知悉萨老大身上有这么一封密件，是以在他刚才和萨老大交手之时，冒险欺身进搏，乘机将他身上的东西偷了过来，这封信就这样到了他的手中了。他也是因为如此冒险窃物，以致被萨老大打伤的。

蓬莱魔女接过信来，打开一看，只见上面写道："日前令徒宫昭文进京，已悉一切。元翁老当益壮，心雄万丈，良臣佩服无似。行见风云际会，建业江左，可为预祝也。兹有恳者，倾闻江北女飞贼匪号蓬莱魔女者潜入江南，将有所不利于你我，不得不防。元翁领袖武林，请多加留意。若能将此魔女拿获，荆棘剪除，前途当更平坦矣。至盼，至盼。"

蓬莱魔女看了此信，又惊又怒。这封信有若干不可解之处，例如"建业江左"，不知何指，宫昭文进京向魏良臣陈述的是什么事情，也不知道。但有一点是非常明白的，即魏良臣与柳元甲关系十分密切，从信中的口气揣度，似乎他们还有共同的利害，因而也就有了共同的计划。蓬莱魔女对信中所提及的这个宫昭文，也引起了一段回忆，她和柳元甲"父女相认"那晚，柳元甲曾向她建议，说是要派一个弟子到她的山寨去，替她代行北五省绿林盟主的职权，主持联络义师、抗击金兵的军事。这个弟子的名字就是叫做宫昭文。柳元甲要她写一封信与宫昭文带去给她侍女玳瑁，交代这些事情。

　　蓬莱魔女不觉出了一身冷汗，心道："幸亏我当时没有写那封信。"文逸凡站在旁边，也看到了这封信，大为惊诧，说道："你和柳元甲不是父女吗？魏良臣却请柳元甲来对付你，这可真是意想不到的事情！"文逸凡心里自思："从这封信看来，蓬莱魔女即使真是柳元甲的女儿，他们两父女也不是同一路的了！"

　　蓬莱魔女心里想道："这宫昭文见到魏良臣之时，想必是在我到千柳庄之前，否则这魏良臣就不会再叫柳元甲去留意我的行踪了。这魏良臣说我是阻碍他们前途的荆棘，这又是什么意思？难道我'爹爹'当真是与魏良臣串通一气，私通敌国的吗？这柳元甲究竟是不是我的爹爹呢？"

　　白修罗也看这封信，忽地叫起来道："原来如此，怪不得主人不放心柳女侠住在千柳庄了。"蓬莱魔女连忙问道："你主人说些什么？"

　　白修罗道："主人要我们先去找寻文大侠，见了文大侠之后，便托文大侠捎个口信与你。叫你速离千柳庄，不可上那柳元甲的当。"

　　蓬莱魔女道："他怕我上什么当？"白修罗道："主人没有明言，但他托文大侠捎的口信，其中还有这么两句话，说是不论柳元甲讲的什么，请柳女侠都千万不要信他。详情待你见了我家主人之后，他自会告诉你的。"文逸凡道："哦，原来你们主人托我办的就是这一件事么？"

　　白修罗道："另一件事，就是请你暗中保护这位耿公子。"黑修罗补充解释道："这两件事情我们本来不想麻烦文大侠的，但主人说，那千柳庄柳庄主的武功非同小可，我们兄弟决计不是他的对手，若是由我们送信，只怕一踏进庄就有不测之祸，更不要说能够会见柳女侠了。文大侠与柳元甲是熟人，可以随意进出，所以才想到请你代捎口信。至于保护耿公子之事，有文大侠暗中帮忙，我们再从旁协助，那自是稳妥得多。"白修罗笑道："这两件事情，我们以为还不知要经过多少奔波，方能办好。哪知我们今日刚出临安，你们都已到了这儿了。从这栖霞岭下去，不消两个时辰，你们已是可以到了西湖的岸边了。"

事情弄清楚之后，萨老三大为懊恼，捶胸说道："我们真是该死，该死！黑白修罗，我萨老三是个直性子的人，不瞒你们，刚才我还把你们恨得要死，如今倒是要拜谢你们的大恩了。"说了便做，果然向黑白修罗各自作了一个长揖。白修罗还了一礼，说道："不敢当。"黑修罗有点尴尬，还礼之后说道："俺老黑也是个鲁莽之人，适才对萨三哥诸多无礼，你不见怪，我已领情，谢恩二字，从何说起？"萨老三道："要不是我为你所擒，焉能弄明白其中真相？我们受了那魏良臣的指使，贸贸然去'缉拿'笑傲乾坤华大侠，只怕我们糊里糊涂地死在华大侠手下，还要落个不清不白、为虎作伥的罪名！黑大哥，你我之间的恩怨就此揭过，但黑大哥若然还要赐教的话，他日待咱们彼此养好了伤，我再来领教你的分筋错骨手！"

他刚才被黑修罗以酷刑恫吓，如今大事表过，"寻仇报复"之念是没有了，心中毕竟还是有点余怒未消。黑修罗哈哈笑道："我刚才用的那记擒拿手对付三哥固然狠辣，你打我这一拳也很不轻。咱们的本领彼此都见过了，还比试什么？三哥，你这爽直的脾气很对我的脾胃，咱们交个朋友吧。这是我主人配制的小还丹，疗伤益气，具有特效。要是三哥愿意交我这个鲁莽的朋友，便请赏面收下。"黑修罗这么一说，等于是给他赔了礼，萨老三有了面子，当下也就心平气和，接过了赠药，"不打不成相识"，以后他们萨氏三雄果然和黑白修罗做了好朋友。

蓬莱魔女将那三个金钢圈交回给萨老三，笑道："咱们如今也是朋友了，我不能发朋友的横财，这几十斤金子你拿回去吧。"萨老三接过了金钢圈，又是羞愧，又是感激，说道："多谢柳女侠、文大侠不加惩处，赐还兵器，我如今就去追寻我的两个哥哥，告诉他们真相。魏良臣这笔账，我们兄弟终须要与他算个清楚！"

白修罗道："萨三哥，小弟倒有一言相劝。"萨老三道："请指教。"白修罗道："这名为'良臣'的大奸臣，固然是可恨已极，但他身为宰相，咱们又未曾拿到他通敌叛国的实据，若是把他刺杀，只怕会引起内乱。最好是拿到证据之后，再揭发他，迫使皇上将他明正典刑。再者，他久蓄奸谋，防范当然也是甚为严密，你们兄弟要和他算账，自是应该，但还是不宜鲁莽从事。"蓬莱魔女摇头说道："想皇上把他明正典刑，只怕是妄想。秦桧不就是一个例子吗？他祸国殃民，残害忠良，不是也做了二十年宰相，享尽荣华？何曾见国家对他有半点刑罚？不过我也不赞成你们兄弟轻举妄动，待我到了临安，见了辛弃疾之后，再作计较吧。"原来蓬莱魔女自到江南之后，知道了南宋小朝廷许多苟安媚敌的事情，心里十分愤慨，她是暗中做了打算，准备去刺杀魏良臣的。她不赞成由萨氏兄弟行事，那是因为怕他们本领不够。不过，因为兹事体大，辛弃疾见识高明，她是一向佩服的，所以，她也准备到了临安之后，先去听取辛弃疾的意见。

白修罗道："咱们拿到证据，揭发了他，朝廷即使不加惩处，清议亦必不容。只要百姓知道了他们的罪恶，奸党就无法再欺骗国人，正气长，邪气消，更可以激愤人心，同御外祸。这不是比只刺杀一个魏良臣好得多吗？我本来也是不懂得这些大道理的，这是我主人华大侠的意思。"蓬莱魔女默然不语，心想："这也未尝没有道理，但眼看权奸当道，残害忠良，总是令人气愤不过。且待我见了辛弃疾，再问问他的意见吧。"

这些道理，蓬莱魔女一时间都想不明白，萨老三当然是更不用说了。但他也不知怎么样与白修罗辩论，便只含含糊糊地说道："你们的主人华大侠和柳女侠都是各有道理，你们的好意我也感谢得很。我不鲁莽从事便是。待我和大哥商量之后再行定夺吧。不过，魏良臣这笔账，我们兄弟是始终要和他算的。"当下，接过了金钢圈，便即走了。

萨老三走后，白修罗笑道："文大侠，你和柳女侠究竟是因何误会，如今也可以化解了吧？"文逸凡大是愧悔，忽地仰天大笑三声，接着左右开弓，噼噼啪啪，自己打了自己两记耳光，然后向蓬莱魔女深深一拜。蓬莱魔女倒是给他这些动作吓了一惊，侧身避开他这一礼，睁大了眼问道："文先生，这是什么意思？"文逸凡道："我如今只知柳女侠是巾帼英雄，深明大义的女中豪杰，有你到来，与咱们同御外祸，我焉能不大大高兴，至于这两记耳光，则是我自己惩罚我自己适才有眼无珠，得罪了你的！"文逸凡这么一说，蓬莱魔女倒是很不好意思，连忙给他还礼。

蓬莱魔女也多谢了文逸凡过去对她的好意，说道："文大侠，我也有不是之处，我错怪了你，我以为你是怀有地域之见，恼恨我不按江湖规矩，擅入江南呢。"双方把话说开，误会消除，彼此哈哈一笑。但蓬莱魔女的心情，仍是十分沉重，因为从几方面所知道的事情看来，虽还不能说是证据确凿，但柳元甲的通敌嫌疑，已是十分重大。蓬莱魔女心里自思："这铁笔书生之所以对我误会，完全因为我是柳元甲的女儿。我究竟是不是他的女儿呢？好在黑白修罗已到，我不久也就可以见到华谷涵，请他给我解答这个谜了。"

文逸凡道："你们从临安出来，那么华大侠是早已到了临安的了？"白修罗笑道："正是。可笑那魏良臣派人出去'缉拿'他，却不知我们的主人就在他的眼皮底下。"原来华谷涵交游广阔，在临安也有他的许多好友，魏良臣、王俊等人暗中调兵遣将的行动，他早已得到了消息。

白修罗道："天色已晚，咱们正好趁着天黑进城。文大侠，你若是没有别的事情，就一同走吧。"文逸凡沉吟半响，说道："我本来没有别的事情的，但如今却是有了。柳元甲是武林领袖，如今已发现了他是与魏良臣一党，可能做金虏南侵的内应，这祸患就太大了。我要去告诉太湖十三家总寨主王宇庭等人，叫他们不可上柳元甲的当。然后我还要再到千柳庄一趟，假作不知其事，察看他的动静。我也很想见见你的主人，不过权衡轻重，此事更是急不容缓。只有请你们代我告一个罪，事情过后，我便赶来拜会他。"白修罗笑道："可惜我要给客人带路，否则我倒很想随你去千柳庄一趟，会会那柳元甲老儿，看他到底是怀有什么绝世神功？"原来黑白修罗因为主人说他们绝非柳元甲的敌手，严禁他们私入千柳庄，他们心里还颇不服气呢。

文逸凡与众人挥手道别，独自走了。蓬莱魔女叹道："这铁笔书生古道热肠，确是无愧侠义之名。我和他也算得是不打不成相识了。"耿照和辛弃疾最是要好，先向黑白修罗打听好友的消息。白修罗道："辛将军在临安等候皇帝老儿的召见，我还未有机会拜见他，我们的主人也只是和他会过一次面。"耿照道："我还以为华大侠是和他同在一起呢。"白修罗笑道："辛将军起义归来，已是颇招权臣之忌。我们的主人又是被那魏良臣所要得而甘心的人，倘若两人同住一起，怎瞒得过奸党耳目，所以我主人与辛将军约定，若非要事，少见为佳。我们是借住在西湖旁边，小孤山下，一个不大不小的古庙之中。"他们脚程迅疾，说话之间，已是翻下了栖霞岭，西湖全景也已经在望了。蓬莱魔女心头不禁"卜卜"乱跳。正是：

山色湖光迷望眼，袖中红豆意中人。

欲知后事如何，请听下回分解。

第四十三回　谁施覆雨翻云手
巧布含沙射影图

　　要知蓬莱魔女与笑傲乾坤交谊虽不寻常，甚至可以说得是彼此都有爱慕之意，但却还未曾正式见过面，这次见面，不但将揭开她身世之谜，而且也将决定她的芳心谁属，蓬莱魔女怎能不情思缭乱？蓬莱魔女的习惯，想起了笑傲乾坤，就不知不觉地会连想起武林天骄，这次也是一样。在她即将会见笑傲乾坤的前刻，武林天骄的影子，又在她的心头泛起来了。蓬莱魔女暗暗盼望："但愿笑傲乾坤与我能情性相投，他毕竟是个汉人……"她正自胡思乱想，忽地被耿照的彩声惊醒，只听得耿照说道："柳女侠，你看好一片山色湖光，西湖风景甲天下，果然是名不虚传。"原来在她浮想连翩之际，不觉已是下了栖霞岭，到了西湖岸边了。

　　白修罗道："这条是苏堤，那条是白堤。从白堤过去，便是孤山了。咱们就走白堤吧。"蓬莱魔女定下心神，想起自己面对如此湖山，却为终身大事而烦恼，实是愧对西子水秀山灵，不觉暗暗面红，随口应道："你带路吧。"

　　这时已是午夜时分，昔人有诗道："湖光潋滟晴方好，山色空濛雨亦奇。若把西湖比西子，淡妆浓抹总相宜。"西湖不但是日间宜雨宜晴，晚上星月之下，更有一番清幽的情景，但见湖光如镜，云树朦胧，白堤上两边的杨柳低垂，也像睡去的样子。柳荫下不时可以发现画舫、渔舟，但因夜深人静，湖上却是一片清寂。只远处可见几星渔火，但也不知是渔舟还是夜归的游客。

　　这条白堤约有四五里长，他们若是施展轻功，不过半支香的时刻，便可走完这段路程，但他们面对湖山胜景，即使是最急于要会见华谷涵的蓬莱魔女，也不知不觉地放慢了脚步了。

耿照虽然也是初到，但他早已在诗书上认识西湖，这时兴致勃勃，不觉就指手画脚地讲起白堤上的名胜来历来，说道："这是断桥，白堤连接孤山，至此而断。民间传说中的白娘子与许仙相会，就是此处了。"又道："这堤名为白堤。一般人都以为是唐朝诗人白居易所筑，其实不然，这条堤在唐朝以前就有了。白居易曾在杭州做过三年刺史，为兴修水利，曾在钱塘门外的石函桥造过另一条堤，那条堤早已荒废，后人为了纪念他，却把这条堤叫做白堤。不过，白居易在《杭州春望》一诗中也曾提过咱们现在走的这条堤，诗曰：'谁开湖寺西南路，草绿裙腰一道斜。'因此将它叫做白堤，的确也和白居易有点关系。"

蓬莱魔女笑道："你的诗词掌故，倒是记得很熟。"正说话间，忽听得橹声咿哑，打破了湖面的寂静。那是一只装饰得颇为华丽的画舫，船头有炉香袅袅。

画舫中间有珠帘相隔，歌声透过珠帘，飞越湖面，传到了众人耳中，俨如新莺出谷，乳燕归巢，宛转悠扬，声虽不高，夜深人静，听得十分清楚，唱的是柳永的《雨霖铃》，已唱到最后一节，"今宵酒醒何处？杨柳岸，晓风残月。此去经年，应是良辰好景虚设。便纵有千种风情，更与何人说？"耿照心道："人言此词，宜于十七八岁女郎，执红牙板，低唱：'杨柳岸，晓风残月。'果然不错。"舱中情景虽不可见，耿照想来，执板轻歌者，必是玲珑娇小的歌女无疑。

蓬莱魔女却自想道："此人深夜荡舟，焚香听歌，端的是雅人雅事，莫非就是笑傲乾坤么？但他国事萦心，身为逋客，只怕未必有此清兴？嗯，说不定也许是什么豪门公子，游兴方酣，乐极忘归，夜以继日？"想到"山外青山楼外楼，西湖歌舞几时休"这两句暗讽南宋苟安的诗句，又不禁怃然兴叹。

他们正在揣度船中是什么人，小船已经靠岸，只见珠帘翠卷，一个肥得近乎臃肿的妇人娇声娇气地说道："多谢大和尚厚赏，小女子不送啦。"这妇人身材难看，声音却是十分好听。

这一下大出众人意外。耿照以为歌者是个娇小玲珑的少女，却想不到是个肥肿的女人。这也还罢了，最想不到的是有此"雅兴"的竟然是个大和尚，与蓬莱魔女揣度的什么豪门公子，墨客骚人，差了个十万八千里，蓬莱魔女不禁哑然失笑。

耿照与蓬莱魔女觉得滑稽好笑，黑白修罗见了那个和尚，却是面色倏变，这和尚肤色黝黑，高鼻深目，似乎是个番僧。蓬莱魔女察觉黑白修罗神色有异，正想问他，那和尚已在裂开大嘴笑道："哈，你们两兄弟也到了临安么？听说你们做了一个汉人的奴仆，却不肯替我大和尚执役，哼，哼，当真是岂有此理！"声到人到，双手齐扬，倏地向黑白修罗抓下！

白修罗一个筋斗，倒翻出三丈开外，避开了番僧一抓，黑修罗也是同样打个筋斗，要想避开，但他武功稍有不如，只听得嗤的一声，上衣已给那和尚撕破。黑白修罗的武功在江湖上也算得是一流的了，他们倒翻筋斗的怪异身法，更是武学一绝，想不到还是在这番僧手里吃了亏。蓬莱魔女不禁吃了一惊。

白修罗骇极而呼："柳女侠，快——"

那番僧飞身一掠，双手再抓，说时迟，那时快，蓬莱魔女已是嗖地拔出剑来，使出"移形换位"的上乘轻功身法，后发先至，拦在那番僧面前，喝道："哪来的秃驴！"刷的一剑便向番僧的脉门刺去！

蓬莱魔女用的是剑尖刺穴绝招，剑尖本来极为锋利，但使在这种上乘武学，练到随心所欲的境界，则可以不挑破对方的皮肤，而收点穴之效。原来蓬莱魔女之意不在伤人，而在制止这番僧向黑白修罗追击。

不料这番僧竟是个武学的大行家，蓬莱魔女因为是用剑尖刺穴，劲道须得恰到好处，不能太强，这番僧一听蓬莱魔女出剑无声，已知她是不想伤人，只图刺穴，立即喝道："哪来的臭丫头，好生无礼，拿过剑来！"竟不闪避，翻掌相近，双指一伸，便来硬抢蓬莱魔女的长剑。

只听得"呼"的一声，那番僧左掌劈下，右手双指便要钳着剑柄，指尖上翘，反戳蓬莱魔女的脉门，这一招两式使得狠辣无比，蓬莱魔女若不撤剑，一条臂膊便非得给他掌力硬生生"斩"断不可，这还不算，他点向脉门的指法，也是足以断脉分筋的金刚指法。

就在这惊险绝伦之际，蓬莱魔女显出了超卓轻功，不撤剑不跳跃，一个"滑步飘身"，鞋底竟似抹了油一般，在粗糙的路面"滑"出了一丈开外，那番僧的一掌一指全都落空，蓬莱魔女怒道："好呀，教你抢剑！"一招"横云断峰"，便向那番僧未及缩回的双指削去。她气那番僧太过狠毒，明知自己不想伤他，他却一出手便想令人残废，是以蓬莱魔女这一剑也便不再留情，心道："你想折断我一条手臂，我切了你的两只手指也不为过。"

那番僧也是真个了得，双指未及缩回，倏地便改指为弹，蓬莱魔女这一剑只是想削他手指，也未曾用尽全力，"铮"的一声，竟给那番僧以金刚指力弹开。

那番僧哈哈笑道："女娃子剑法不错，功力尚差，不如我把你收了做女弟子吧。"蓬莱魔女冷笑道："秃驴，教你知道厉害！"取下拂尘，尘剑兼施，长剑当胸疾刺，瞬息之间，连变八招，运剑如风，激荡气流，嗤嗤作响。那番僧大吃一惊，这才知道蓬莱魔女的功力，绝不在他之下！说时迟，那时快，就在那番僧步步后退之际，蓬莱魔女的拂尘已是当空拂下，饶是那番僧闪避得快，被她的尘尾从头顶拂过，几根尘尾拂中了他，光头登时现出几条血痕。

那番僧自到中原，未逢敌手，吃了蓬莱魔女这个亏，也禁不住无名火起，一个"盘龙绕步"，斜退丈许，已把袈裟脱了下来，大怒喝道："丫头无礼，胆敢冒犯洒家，叫你到西湖里去洗个澡。"袈裟一抖，就似一团黑云当头罩了下来，蓬莱魔女一剑刺去，"嗤"的一声，如中木石，竟然未能将他的袈裟刺穿。

番僧这件袈裟，也并非什么宝物，只不过普通布料，但经过他内功运用，居然能抵御刀剑，蓬莱魔女也不禁心头微凛，不敢小觑，心道："怪不得黑白修罗也怕了他，果然是有几分本领，但也未免太过狂妄了，哼，我不杀他，也要挫挫他的凶焰。"

蓬莱魔女剑法一变，只见四面八方都是剑光人影，一口青钢剑霎时间就似化成了数十百口似的，向那番僧展开了暴风骤雨般的攻击。同时以拂尘配合，起如鹰隼飞天，退如猛虎伏地，拂尘凌空击下，剑光便匝地卷来，蓬莱魔女轻功远胜于他，招数瞬息百变，暴风骤雨般的攻击一展开来，登时教那番僧前后左右上下全都受敌。番僧之所以能用袈裟抵御刀剑，乃是上乘武学中一种"卸劲运力"的功夫，对方的刀剑触着他的袈裟，他便以巧妙的手法将对方的劲道卸去，同时运力反击，是以虽有刀剑之利，也不能将他袈裟刺穿。但蓬莱魔女以迅捷无伦的招数向他攻击，却正好是他这门功夫的克星，教他防不胜防，蓬莱魔女的剑招每每从他意想不到的方位刺来，来得又是这么迅捷，而且是虚实莫测，有隙即钻，那番僧必须打点起全副精神，处处防备，登时落了下风。

那番僧退了几步，到了湖边，蓬莱魔女心道："好，你要我到西湖洗澡，我就请你下去喂鱼。"剑招正要加紧，那番僧忽地大喝："下去吧！"掌力骤发，势如排山倒海而来，原来他是有意将蓬莱魔女诱到湖边，再行全力反击。

那番僧已经知道蓬莱魔女的厉害，但也还是料敌不足，蓬莱魔女随着他的掌力疾转一圈，脚步歪斜，身形倾斜，看来就似要跌倒地上，就在耿照与黑白修罗惊叫声中，只见她拂尘反手一挥，"啪"的在地上一击，陡然间一跃而起，"刷"的一剑，便刺穿了那番僧的袈裟。原来那番僧以全力发掌，袈裟上的防御力道便相应薄弱，卸不开蓬莱魔女蓄劲猛刺的这一剑了。

那番僧大怒喝道："好，咱们再见个真章！"蓬莱魔女随着剑招而来的一招"天罡尘式"，却也给他的掌风荡得尘丝飘散，失了威力。双方再度交锋，番僧的袈裟已破，当作兵器的效用已减了几分，但辅以掌力，仍是和蓬莱魔女打得难分难解。

白修罗道："柳女侠，此地不宜久战，请恕我们两兄弟也要来凑凑热闹了。"他们是怕蓬莱魔女心高气傲，坚持江湖上以一敌一的规矩，所以才这么说的。其实，蓬莱魔女虽是心高气傲，但却并非骄狂之辈，也知以大事为重，她如今是身在南宋的京都，倘然恋战下去，一给官军发现，那可就是大事不妙了，因此便默不作声。

那番僧大怒喝道："好呀，你们两个竟然胳膊外弯，要与佛爹作对了？你们眼中还有个上下吗？"黑修罗怒道："笑话，你自号法王，我也自有我的主人，谁受你的管束？"白修罗却笑嘻嘻地道："对不住，你来到中华，难道还不知有句俗话叫做'来而不往非礼也'么？我们兄弟也不是有意与你作对，只不过一抓还一抓罢了！"黑修罗刚才被那番僧抓破衣裳，怒火正炽，一听他哥哥出言指点，立即冲上，叫道："不错，咱们给这秃驴错骨分筋！"

"错骨分筋"之技，是各种擒拿手中最厉害的一种手法，这两兄弟心意相通，互相配合，同时施展，更见凶狠。那番僧手上的袈裟，要抵御蓬莱魔女的利剑，只腾得出一只手来应付。

黑白修罗一人一边，攻他两胁，那番僧知道白修罗功力较高，怕护身的"金钟罩"功夫抵御不了他的分筋错骨手法，当下便放松了黑修罗这边，呼的一掌，先向白修罗拍去。

蓬莱魔女忙把拂尘一拂，将那番僧的掌力消去了一半有多，饶是如此，白修罗给他的掌力所震，仍是不禁跄跄踉踉地倒退数步，那一抓也就落空了。

黑修罗的那一抓却抓个正着，但手触之处，坚逾木石，只听得"卜"的一声，黑修罗连那番僧的皮肤也没抓破，手指却几乎拗折，痛彻心肺，大叫一声，慌忙跃开，败得比他哥哥更为狼狈！

不过黑白修罗虽然落败，那番僧也是有苦说不出来。表面看来，他一招便赢了黑白修罗两兄弟，赢得似乎甚是容易，其实这一招已是使出了他的浑身本领，他对付白修罗用的是金刚掌力，对付黑修罗则是运起"金钟罩"的护体神功，还加上了闭穴的功夫。饶是如此，因他两翼作战，力量分散，被黑修罗一抓抓着了他胁下的"愈气穴"，虽没受伤，真气也已散了，急切间哪能再凝聚起来？

蓬莱魔女不知他的深浅，见他只发一招，便击败了黑白修罗，而且，白修罗还是得她助了一拂之力的，只道那番僧的全数本领还未曾拿出来，大吃一惊，刷刷刷便是连环三剑向那番僧刺去，这连环三剑是蓬莱魔女的杀手绝招，用尽了全力的。蓬莱魔女若不是料敌过高，决不至于使出这样杀手。

这一来，那番僧吃的苦头可就大了，只听得"嗤"的一声，蓬莱魔女一剑戳破袈裟，余势未衰，仍然向他胸部戳来，那番僧无可抵御，这时他已退到堤边，在这性命俄顷之际，也算他武功真是了得，只见他双足一撑，如箭离弦，身形已是倒纵出去。但下面却不是平地，而是西湖！

那只小船尚在湖中，未曾远去，可是离岸边亦已有十数丈之遥，除非插翼能飞，否则即使绝世轻功，也绝不能一蹴即至。

耿照拍手笑道："柳女侠，你把他迫下西湖，当真是最妙不过！哈哈，大和尚，还是你下西湖洗一个澡，洗去你身上的骄气吧！"话犹未了，只见那番僧头下脚上，身形下沉，看看就要一个倒栽葱冲下湖心，忽地只见他把袈裟往下一拍，"嘭"的一声，水花四溅，就如击中实物一般，那番僧借着这一点反弹之力，身形居然又弹起少许，但还是够不上距离，小船上的舟子递出一支竹篙，那胖歌女在旁笑道："大和尚，你怎的变成落汤鸡啦？"番僧伸手一抓，刚刚够得上抓着竹篙，随即一个筋斗，便在船头落下。他以急劲的前冲之势，抓着竹篙，翻上船头，居然未将那舟子牵倒，功力之纯，也是足以惊世骇俗的了。

那番僧站稳之后，满面尴尬，笑道："我说过要再来看你，现在不是就来了吗？"他取过那支竹篙，亲自划船，小舟鼓浪而行，疾如奔马，转瞬间已从"里西湖"划出了"外西湖"了。

白修罗叹道："可惜，可惜，还是便宜了他！"要知当这番僧刚才身在半空中的时候，蓬莱魔女若发出暗器，即使不能取他性命，至少他也要掉下水去，真的变作落汤鸡了。蓬莱魔女是因为并非凭一己之力而打败了他，心里也有点儿惭愧，故而手下留情的。

蓬莱魔女道："这番僧是什么人？你们怎的惹上了这样厉害的对头？"白修罗道："这秃驴名叫竺迪罗，东天竺遮普郡人氏，遮普是天竺古王国戒日王朝的旧地，他便自称戒日法王。后来到了吐蕃（今西藏），做了金菩提寺的主持，结交吐蕃权贵，吐蕃国王待他以国师之礼。实不相瞒，我们兄弟，也是天竺籍人氏，我们祖父那代，移居吐蕃，在拉萨定居，传到我们兄弟，一向做珠宝买卖。竺迪罗在吐蕃开宗立派，说我们是他的国人，应该做他的助手，他迫我们削发为僧，在金菩提寺执役，替他办事。我们不愿为僧，更不愿为他执役，这才逃到中原来的。"原来黑白修罗之所以愿做华谷涵的仆人，除了佩服他的侠义之外，也有托庇于他的意思。他们深知竺迪罗的厉害，但见了华谷涵的武功，却知华谷涵的武功更胜于竺迪罗，这才心悦诚服，做他的仆人的。白修罗又道："这厮远在吐蕃，却不知怎的也到了此地，倒是奇怪。据我所知，吐蕃和金国倒是建有国交，与南宋却未闻曾通使节。"黑修罗道："可惜主人没有出来，否则更有这秃驴好看的了！"蓬莱魔女听了，不觉心中一动。

竺迪罗何以自西域远来，并在这战云弥漫之际，还有闲情逍遥湖上，中夜荡舟，把酒听歌？蓬莱魔女觉得此中定有蹊跷，不过，她此时也无暇仔细推敲了，因为，还有另一件更奇怪的事情，和她更有切身的利害关系。由于黑修罗的那句话，她蓦地想了起来。

蓬莱魔女连忙问道："你们住的地方是在山上还是山下？"白修罗道："我们寄居的那座寺庙，名叫古月庵，就在山腰，你瞧，已经可以看得见了。那里有个亭子，是西湖名胜之一，林和靖居士的'放鹤亭'。在亭子西边，林荫深处，隐约可见的那座建筑，就是古月庵了。"

小孤山以风景著名，但却并不很高，白堤四里多长，他们已走了三分之二的路程，在他们现在站立之处，已经可以看到山腰的放鹤亭，那么若是有人居高临下，从山腰上看下来，自必也可以见到堤上行人的影子。蓬莱魔女不由得心中想道："笑傲乾坤武功卓绝，耳力目力都远胜常人。他住得这样近，在这夜深人静之际，我们刚才那一场恶斗，怎的没有惊动他？他若是听到了黑白修罗的呼叫，为什么不下来一看？"

蓬莱魔女越想越是惊奇，问道："那庵里原来还住有些什么人？"白修罗道："有方丈古月禅师，有个小沙弥，有个别处来的挂单和尚，还有个香火和尚。"蓬莱魔女道："这些人会不会武功？"白修罗道："小沙弥与香火和尚，大约只会几路粗浅的拳脚，古月禅师却是个武学大行家，他和我主人切磋武功，我见他使过一套罗汉拳，功力大是不弱。那挂单和尚的深浅，我却不知。但我也曾偶尔听得他与我主人谈论武功，似乎也是个大行家。"黑修罗有点诧异，说道："柳女侠，你仔细问这些僧人的武功作甚？古月禅师是主人的好朋友，绝不会与咱们作对的。"蓬莱魔女未曾回话，白修罗已是恍然大悟，忽地失声说道："不错，此事确是可疑。"黑修罗道："什么可疑？"白修罗道："练过武功的人，容易警觉，绝不会熟睡如泥。咱们刚才那场恶斗，庙里的和尚怎的没有一人惊醒？连咱们的主人也没出来？"黑修罗道："你怎知他们没有惊醒？也许他们醒了却不出来？"白修罗摇头道："不会的。刚才那竺迪罗险险抓伤咱们之时，你我都曾大声喝骂，主人难道听不出咱们的声音？他轻功超卓，若是出来，早就该到了这儿了。哎呀，我看有点不妙，古月庵只怕出了什么事情。"黑修罗嘀咕道："咱们的主人武功绝世，他在庵中，还能出什么事情？"

话虽如此，也不免有点惊疑，于是由蓬莱魔女一马当先，众人也都无心再赏西湖夜景了，还有一里多长路程的白堤转瞬即已走过。白修罗带路上山，没多久，就到了古月庵前。

当时习俗，道观寺院等"善地"，为了与人方便，一般都是门虽设而常开的，古月庵也不例外，晚间大门也只是虚掩。但黑白修罗因为是带外人来到，蓬莱魔女又是北五省绿林盟主的身份，所以，白修罗仍然按照江湖规矩，向主人通报："柳女侠与耿公子都已来了，请主人出来相见。"

这一瞬间，蓬莱魔女心头有如鹿撞，卜卜乱跳。笑傲乾坤在庵中吗？他就要和自己见面了，该怎么说呢？自己的身世之谜能揭开吗？那种既朦胧又奇异的，只是彼此心领神会的相思，又该如何诉说？蓬莱魔女在兴奋之中，忽地又似乎有点什么莫名其妙地害怕，不由得蓦地一惊，心中想道："我渴欲会晤笑傲乾坤，为何到了此时，又有点怕见他了？噢，我是为了武林天骄？我该当如何，如何处置——？"原来在蓬莱魔女的内心深处，武林天骄仍是与笑傲乾坤占着一般分量，她实是未曾打定主意，不知对自己的终身大事，如何抉择？

蓬莱魔女目不转睛地注视门口，等待笑傲乾坤出来迎接，哪知过了许久，里面还是声息毫无。白修罗用的是"传音入密"的内功，他那么一通报，庵中若是有人，决不会听不见。这时蓬莱魔女也有点慌了，说道："庵中只怕当真是出了什么事了？不必按什么规矩了，咱们进去吧。"

进了大雄宝殿，只见漆黑一团，平日这佛殿供案上的油灯，本来是终夜长明的，也已熄灭了。白修罗正要点燃火折，忽地脚尖碰着一团东西，从触觉上立即知道是人，白修罗大吃一惊，他还未曾叫出声来，那耿照已先叫起来了，原来他也踢着一个尸体，几乎绊了一跤。

白修罗擦燃火石，点起火折，只见躺在地下的两个人，正是那小沙弥与香火和尚，他们的身体已经僵硬，显然不是被点穴道而是死了。白修罗无暇察看他们是如何死的，连忙带领蓬莱魔女，跑进内间，找方丈古月禅师与他的主人。

刚刚走出大雄宝殿，踏上回廊，忽地又见一个黑影，一足钉在地上，一足向前跨出，双臂箕张，作着扑击的姿势。白修罗拿火折上前去看，只见是那个外地来的挂单和尚，丝毫看不出伤痕，眼睛还是睁得大大的，好不骇人，白修罗尚未知他是死是活，大着胆子上前一推，叫道："喂，你怎么啦？"触体如冰，那挂单和尚应手而倒，原来也是早已死了的。

黑白修罗原本也是杀人不眨眼的魔头，这时也不觉骇极而呼："古月禅师，华大侠，华大侠！"当然是没有回声。华谷涵住在后进，白修罗先到了方丈室，这时也顾不得什么礼貌了，一掌推开房门，便进去看，只见古月禅师却是端端正正地盘膝坐在床上。

只见他低眉合十，神态安详，活脱脱一副高僧坐禅的图像。蓬莱魔女这一干人走了进来，他竟似视而不见，听而不闻，动也没有一动，白修罗松了口气，心道："幸好古月禅师未曾遇难。"上前叫道："主持上人，客人来了。这庵中出了事情，你知道吗？"古月禅师有如一尊石像，仍然纹丝不动。白修罗道："哎呀，这老和尚入定了。"他虽非佛门中人，却知得道高僧，闭关坐禅，可以到达人我两忘的境界，这种境界便叫做"入定"，往往两三天也不会醒来。

蓬莱魔女凝神注视古月禅师，忽地失声叫道："不对，不是入定，老禅师也被害了！"白修罗大吃一惊，叫道："什么？老禅师也被害了！"原来以白修罗的武功造诣，一眼就可以看出古月禅师

蓬莱魔女忽地失声叫道："不对，不是入定，老禅师也被害了！"

并没有被人点穴，而在他身上，也看不到半点伤痕。蓬莱魔女说他被害，白修罗虽知她武学深湛，一时间也是难以相信。

黑修罗叫道："老禅师几十年功力，本领何等高强，焉能如此轻易被人害了？哎呀，不好！果真是被人害了！"原来他一面说，一面上前要把古月禅师拉起，他也是像他哥哥一般，以为古月禅师是"入定"的，心想："庵中出了事情，拼着冒犯这位高僧，且把他唤醒再说！"哪知手指一触，其冷如冰，脉息毫无，"入定"决无如此现象，黑白修罗要想不信也已不能，古月禅师分明是死了多时了。

黑白修罗毛骨悚然，几疑置身恶梦之中。过了半晌，白修罗惊魂稍定，说道："柳女侠，你看看他是怎么死的？古月禅师武功之高，比我主人也差不了多少，我倒想知道那人怎生能害了他？"原来白修罗还存有万一的希望，希望蓬莱魔女看出他是中了毒，他两兄弟是解毒能手，可以及时急救。

蓬莱魔女也看不出他受的是什么伤，说道："这必定是有绝顶功夫的内家高手，以掌力震断了他的奇经八脉，外表是完全看不出来的。"白修罗仔细审视之下，也看出了古月禅师决非中毒，因为不论任何厉害的毒药，毒死之后，眉心至少也有一丝黑气，但古月神师却是神态安详，毫无异状，而且以他这样的武功，任何毒药也决不能一下子便将他毒毙，他临死之前，必会挣扎，哪还能盘膝端坐，有如"入定"？

白修罗喃喃说道："我不信世上有谁能有如此功力，居然能一举手就把古月禅师的奇经八脉震断，杀他于不知不觉之间？"蓬莱魔女听了此言，蓦地心头一震，暗自寻思："能有如此功力之人，以我所知，世上只有两人，一个是我师父公孙隐，他当然是决不会来到江南，暗杀古月禅师的。另一个人就是那柳、柳元甲了。他及不上我的师父，但以他的功力，只怕也还可以勉强做到。"

蓬莱魔女疑心方起，随又想道："不对，据铁笔书生所说，柳元甲那晚追不上我，已经回转千柳庄了。那晚他被铁笔书生缠住，耽搁了他一些时候，后来铁笔书生哄他，说是代他寻觅女儿，他还深信不疑，一再拜托呢。铁笔书生是亲眼看着他回去的，还能有假?"她又自问自答道:"焉知不是柳元甲老奸巨滑,故弄玄虚,他表面装作相信铁笔书生,托他觅我,转一个身,他又从另一条路追来,潜入临安,杀了古月禅师?""这假设虽有理由,也还不对。我走的这条路,是最短的捷径,柳元甲轻功还比不上我,更难及铁笔书生,我也是直到栖霞岭上才碰见铁笔书生的,他岂能走到铁笔书生的前头,便在这古月庵杀了人了?""还有一层,倘若是他,他到来之时,除非笑傲乾坤不在此庵,否则焉能让他得手?以笑傲乾坤的本领,即使不能赢他,也决不至于败在他的手里。唉,他究竟是不是我的父亲,有没有私通金国?如今又多添了一重疑案:他究竟是不是杀害古月禅师的凶犯?这重重迷雾,只有见了笑傲乾坤,才可以云开月现了。可是,看这情形,笑傲乾坤此际多半不在庵中,唉,我千辛万苦地来到临安,探求身世之谜,难道又是扑了个空,不能与笑傲乾坤晤面?"

蓬莱魔女为笑傲乾坤的下落不明而担忧,黑白修罗也想到了这一层了。白修罗蓦地失声叫道:"不好,古月禅师已死不能复生,咱们还是赶快,赶快找主人去!"要知黑白修罗深知古月禅师的武功,与他主人也差不了多少,不禁想道:"这人能举手就杀了古月禅师,只怕,只怕主人也不是他的对手,莫要连主人也遇害了?"他们想至此处,不禁冷汗直流,也顾不得给古月禅师料理后事了,急急忙忙便跑出方丈室,直奔华谷涵所住的房间。

房门大开,一眼便看得清楚,里面并没有人。黑白修罗稍稍宽心,华谷涵未曾遇害。蓬莱魔女却不禁心头如坠铅块,果然不幸给她料中,又是不见笑傲乾坤!

正自各怀心事,忽地听得一阵笑声,就似半空中降下来似的,声音越来越是高亢,听得出那是伤心、失望、激愤、鄙夷,种种情绪混合的狂笑!声音从远处自空而降,却震得他们耳鼓嗡嗡作响。蓬莱魔女心头大震,黑白修罗已是大声叫道:"主人还在,咦,他为什么跑上山头狂笑去了?"

众人不约而同地连忙跑出古月庵,从那笑声的来处上山。笑声未止,忽又听得一缕箫声,袅弱悠扬,从山上传来,狂笑之声虽然响彻行云,却也抑制不住箫声的清亮。箫声透着一片凄凉,似是无限委屈，无限伤心，而在无可奈何之中，又透着几分气愤。众人本来都是满怀焦急的心情，听了箫声，竟不觉神移意夺，为之黯然神伤！

黑白修罗用手指堵了耳朵，心神稍定，骇然叫道："这是武林天骄的箫声！"蓬莱魔女一片茫然，失惊无神地似是回答黑白修罗，又似是喃喃自语道："不错，是武林天骄！"蓬莱魔女不但听得出是武林天骄的箫声，还听出了他吹的是那熟悉的调子，他们第一次在泰山相遇时，他就曾向自己吹奏过的一首唐诗，"凄凉宝剑篇，羁泊欲穷年。黄叶仍风雨，高楼自管弦。新知遭薄俗，旧好隔良缘。心断新丰酒，消愁又几千。"这是唐诗人李商隐给一位朋友送行的诗篇。前面四句，正合武林天骄的身份，他不容于家国，挟剑漫游，曲高和寡，抱负难展，心情的寂寞凄凉，自是可想而知，是以"凄凉宝剑，羁泊穷年"就不啻为他写照了。后面四句，蓬莱魔女当初在泰山听他吹奏之时，曾为之引起惶惑，她猜想武林天骄是借此曲来表达他的心意，他和自己第一次见面之时，已是把自己当作"新知"看待了。然而"旧好隔良缘"又何所指？她一直还是未能透彻明白，只隐隐想到武林天骄是有对自己爱慕之心。（这猜想后来又经过一次见面深谈，是更进一步地证实了。但对于这一句诗的解释，她还是不便去问武林天骄，始终闷在心里。）

如今她听了笑傲乾坤的狂笑，随着又听了武林天骄的箫声，突然间心中已是透彻了悟，"是了，武林天骄实是早已对我有求凰之意，他以为我与笑傲乾坤乃是'旧好'，因而他自叹'良缘阻隔'，不敢对我启口求婚？""他怎知道情形刚刚相反，我与笑傲乾坤虽然是彼此慕名在前，但却是直到如今，还未曾与笑傲乾坤正式见过，严格说来，还未曾算得是'相识'呢！我与武林天骄却总算是交了朋友，与他相比，笑傲乾坤倒只能算是新知了。"

蓬莱魔女在笑声震撼心灵、箫声又轻叩心扉之下，怅怅惘惘，心如乱麻，竟不知"良缘"该系在谁的身上？

这两个人都似是上天安排定了，与她有着千丝万缕的关系，知道她的身世，甚至是和她的命运发生联系的人。她为了探求自己的身世，曾希望遇见两人之中的任何一个。却想不到如今两个人一齐遇上！"踏破铁鞋无觅处，得来全不费功夫。"但两个人一齐遇上，却倒叫蓬莱魔女感到为难了。她将如何抉择，如何安置那"第三个人"？

耿照纳罕道："咦，他们两人好怪！怎的在这山头，一个狂笑，一个吹箫？笑声如哭，箫声更是如怨如慕，比狂歌当哭，还更令人伤心！"白修罗忽地叫道："不对，主人的笑声中已含有杀意！"话犹未了，只听得笑傲乾坤狂笑道："非吾族类，其心必异。你杀了古月禅师，你始终还是金国的檀贝子！"正是：

非吾族类其心异！不由大侠暗疑猜。

欲知后事如何，请听下回分解。

第四十四回　愁听一曲箫声咽
骇见双雄剑气寒

　　这一句话恍如晴天霹雳，蓬莱魔女听到耳中，不由得蓦地呆了！"怎么古月禅师竟是武林天骄杀的？"只听得武林天骄峭声说道："大丈夫不能取信于人，还何必哓哓置辩？好呀，笑傲乾坤，你定要说是我杀的，那就算是我杀的吧！"语气十分冷傲，也隐隐透出伤心。从这些话语听来，华谷涵是早已为古月禅师被害之事，责问过武林天骄的了。此时已近尾声，华谷涵对他的辩解大约不能满意，而武林天骄也因此动了气，不屑再辩了。

　　笑傲乾坤冷笑说道："什么'算'是你杀的？以纯阳罡气闭穴断脉的功夫，天下除了你武林天骄之外，还有何人？"蓬莱魔女听了，更是吃惊，她是领教过武林天骄的罡气的厉害的，心里自思："我只道古月禅师是给掌力震伤奇经八脉，若然那样，柳元甲也还勉强可以做到。但若真是给罡气闭穴断脉的功夫弄死的，那就只能是武林天骄了。笑傲乾坤的武学造诣远远在我之上，他判断的当然比我准确。但武林天骄却怎会无端端地杀了古月禅师？他以金国贝子的身份，浪迹江湖，就是因为反对暴君，意图救国。完颜亮的穷兵黩武，他是一向深恶痛绝的。难道他会一改初衷，反而做了完颜亮的走狗，潜入江南，暗杀南宋的志士豪杰？"要知蓬莱魔女正是因为深深知道武林天骄的心事，对他的相信，实是不亚于对笑傲乾坤，所以她刚才在猜度疑凶之时，根本就未曾疑心到武林天骄身上。正如笑傲乾坤也是有本领可以杀害古月禅师的一个人，蓬莱魔女也根本不会疑心到他一样。

笑傲乾坤语气十分愤激，朗声说道，"你我相识不深，但亦属神交已久。我一向只道你武林天骄是金国一个见识超卓、出类拔萃的人物，谁知你依然还是金国的檀贝子，我算是识错了你这个朋友，从现在起，你我的交情一笔勾销！"话说至此，看来就要动手，忽听得一个苍老的声音说道："华大侠三思而行！"

蓬莱魔女又惊又喜，原来那是东海龙的声音。蓬莱魔女想道："东海龙也在此间，那就好了。他与西岐凤拼斗祁连老怪之时，是曾经得过武林天骄救命之恩的，想必会为他辩解？"心念未已，果然听见东海龙说道："华大侠，金国南侵之事，不就是他、他预先透露给你知道的吗？"

蓬莱魔女心道："呀，不错，提出这件事情，这是华谷涵亲身经受的，这话就更有力量了。可是、可是华谷涵也决非一个糊涂人，他为什么不想到这件事情？"

蓬莱魔女一面觉得奇怪，一面急步上山，她还差一小段路未曾赶到，已听得华谷涵在纵声狂笑！

东海龙与华谷涵的交情很深，但听了他的狂笑，却也有点怫然不悦，道："华大侠所笑何来，是老夫说错了么？"华谷涵道："不错，金国南侵的消息，他是曾向我预先透露。但金国调动百万大军，各处州县，处处征集民夫，南侵之事，又岂能长久瞒人耳目？即使他不预先透露，始终我还是会知道的！这不过是他骗我信他的手段罢了！"

东海龙皱眉道："华大侠，这个，这个……你还请再思，依我之见……"言下对华谷涵的意见实是不表赞同，他话犹未了，武林天骄早已按捺不住，也在冷笑说道："华谷涵，我只道你是汉人中的奇男子，谁知我也是识错人了。哼，哼，你简直是以小人之心，度君子之腹。我知道你非杀我不能甘心，你不过是心怀妒忌罢了！"

东海龙道："华大侠决不是心胸狭窄之人，檀公子，你这句话也是说得重了！"东海龙做好做坏，尽力设法调停，华谷涵却已在狂笑道："你是君子，我是小人？哈哈，你这君子，半夜三更，在魏良臣的密室里，干的什么？你以金国贝子的身份，却怎的又忽地变作了宋国太师的贵客了？你敢说你不是完颜亮的使者，潜入江南，策划阴谋，干那见不得天日的勾当么？"

武林天骄怔了一怔，怒道："华谷涵，你是白日见鬼！"华谷涵冷笑道："不错，但不是白日，是黑夜见鬼！虽是黑夜，我的眼睛可没有盲，你从太师府逃出来，你烧变了灰我也认得你！"

此言一出，东海龙不觉大为惶惑，他知道华谷涵是决不会胡乱赖人的，他说是亲眼见到武林天骄，那自是可以完全相信。东海龙不禁瞿然一惊，暗自思量："人心险诈，这武林天骄毕竟是金国贝子，我岂能完全相信他了？"他既是惶惑不安，犹疑不定，当下也就闭口不言。

蓬莱魔女比起东海龙来，虽是更为相信武林天骄，但听了此言，亦是十分惶惑，心道："且看他怎么解释？"谁知武林天骄根本不作解释，只是连连冷笑，峭声说道："你可以当着我的面捏造谎言，我还有什么可以和你说的？其实你也不必捏造什么借口，我索性揭穿你的底细吧。"华谷涵道："我有什么见不得人的底细？"武林天骄纵声笑道："不是见不得人，是说不出口，你是为了一个女子，所以非杀我檀羽冲不可！我说你心怀妒忌，并非是指你妒忌我的武功，你是妒忌我，怕我走在你的前头，先获得那位女子的芳心！哈哈，笑傲乾坤，我可没有说错你的心事吧？但，你、你……"话犹未了，华谷涵已是变了面色，大喝一声："闭上你的鸟嘴！"折扇一张，叫道："胡说八道，今日不是你死，便是我亡。接招吧！"

武林天骄横箫一吹，声如金石，似是要把满腔郁闷之气，都从洞箫中发泄出来。但这股气却是他上乘内功苦练而成的纯阳罡气，登时把华谷涵挥扇拂来的劲风解了。华谷涵更是气怒，冷笑说道："你用罡气闭穴的功夫杀了古月禅师，但要想伤我，只怕还不是那么容易！"他口中说话，已是以掌助攻，呼呼声响，接连发出两掌，前一掌掌力未消，后一掌掌力又到，便如后浪追逐前浪，汇合一起，浪头更高，掌力之强，当真是有如排山倒海，他以掌风扫荡武林天骄的罡气，折扇一合，却当作五行剑使，扇头点穴，扇身平削，折扇两边虽是无锋，经过他的玄功妙用，倘是给他削中，实是不亚利剑！在说那两句话的当儿，他已是扇掌并用，闪电般地攻出了七八招之多，招招都是杀手！

武林天骄对付他如此强攻，可不能再好整以暇地吹箫御敌了，他退后三步，双指一弹，一缕寒风在华谷涵掌风呼呼之下，无声无息地疾射过来，华谷涵掌力虽强，竟也抑制它不下。华谷涵盛怒之中，也不由得心底佩服，暗暗喝彩："好个般若神指！我华谷涵今日才是当真碰到劲敌了！"

武林天骄以指对掌，以箫御扇，一支洞箫使得有如神龙夭矫，解开了华谷涵折扇狂攻的杀手连环招数，形势才开始稳定下来。武林天骄凄然笑道："你我神交已久，我也早有以武会友之心，可惜这次不是切磋，而是拼命！也好，我已自知无缘，能为美人而死，也何尝不是佳事！"

武林天骄以笑声掩饰他的凄凉之感，华谷涵只觉入耳刺心，盛怒之中，也不由得有点抱愧。心中自问："我果真是为了蓬莱魔女的缘故，要杀他么？"在武林天骄未说穿他心事之前，他是连自己也未察觉这心底的秘密的。原来东海龙在受到祁连老怪挫败之后，来到江南，找着了华谷涵，华谷涵也从他口中，知道了蓬莱魔女与武林天骄的交情已非一日，当时华谷涵也不免有凄酸之感，每每在无人之处，黯然神伤。但却还没有因此而想与武林天骄拼命。直到今晚，他发现了武林天骄在太师府中出入的秘密，又认定了他是杀害古月禅师的凶手，这才狠起心肠，要取武林天骄性命的。但在这"因公杀敌"之中，是否也含有私情仇怨？那就连他也分别不清了。可是，笑傲乾坤虽然因心底的秘密被人揭破，有点抱愧，随即想道："即使我是为了蓬莱魔女的缘故，加倍恨他，但他也毕竟是金国的贝子，是我大宋的公敌，我杀了他，也绝对算不得是公报私仇。何须心中抱愧？"只是武林天骄的本领与他乃是伯仲之间，因此他杀机起后，恐防有失，遂更以全力狂攻！

东海龙惶然说道："檀公子曾于我有恩，华大侠，请恕老朽袖手旁观了。"要知此刻他们二人相拼，实已是敌国之争，与江湖上一般的寻仇殴斗，大大不同。若是普通的江湖殴斗，按照规矩，当然是以一对一，以他们二人的武功身份，也决不想别人插手帮忙，东海龙自无须因袖手旁观，而向华谷涵告罪，告罪反而是对华谷涵的不敬；但是敌国之争，那就大大不同了，杀敌除奸，还须讲什么规矩？论什么道义？华谷涵与檀羽冲正是功力悉敌，八两半斤，东海龙若然挺身相助，华谷涵一举手就可以把檀羽冲毙了。故此，东海龙"袖手旁观"之言一出，他们二人都颇感意外，也各自有一番心思。笑傲乾坤华谷涵想道："我虽无意要他相助，但这位老前辈平素是嫉恶如仇，杀敌恐后的。他如今却要袖手旁观，莫非是还不相信这武林天骄乃是大宋之敌？否则，岂能因个人恩怨，而不灭国仇？"武林天骄檀羽冲则是想道："我只道他会从中劝解，却不料他要袖手旁观。看来他至少也是对华谷涵的'鬼话'信了几分，否则，我对他有救命之恩，他实是不应如此！听他言语，他向华谷涵告罪，那当然是他认为华谷涵做得对，而他也本来是应该帮忙的了？嘿，嘿，我欲除暴政，阻止完颜亮南侵，欲与两国有识之士，共图此事，到头来却不容于本国，又见疑于宋人，悠悠我心，知我何人？"心中悲愤，不觉潸然泪下。但他心情一激动之后，招数也是愈出愈奇，越斗越勇。华谷涵暴风骤雨般的狂攻，竟是无奈他何，反而频频受他反击。

东海龙对目前的是非都不敢判断，蓬莱魔女被牵连在内，更感惶惑不安，她听了武林天骄的坦率陈辞，不觉呆了。武林天骄说的那个女子，不是指她还有何人？蓬莱魔女是又羞又喜又觉为难，羞的是武林天骄竟然毫不隐讳，直说出来，将她牵连进去。喜的是这两大高手，对她都是倾心恋慕。为难的是对目前之事，她不知该当如何？

蓬莱魔女一片茫然，但已身不由己，随着黑白修罗到了山上。武林天骄、笑傲乾坤都看见她了。这时两人正以全神拼斗，看见了她，虽然同样心头一震，却也是谁都不能分神向她说话。在这样情景之下，这两大高手也是同样尴尬，即使可以说话，也不方便说了。

蓬莱魔女默然无语，走到东海龙身边，东海龙从她的眼色之中，已知她难过之极，想向自己探询事情真相。东海龙低声说道："唉，我也不知此事端的如何？我不敢说武林天骄定是包藏祸心，助金灭宋，但我也相信笑傲乾坤决不至于捏造事实，诬赖好人。"

蓬莱魔女也是如此心思，不过，她要比东海龙更为相信武林天骄多些。在这样情形之下，她也只好默然无语，袖手旁观了。

这两大高手，各显神通，全力施为，实是非同小可，笑傲乾坤的掌力四面荡开，掌风呼呼，沙飞石走，六七丈内，都能波及，武林天骄玉箫吹出的罡气无声无息，威力也能到达数丈之外，触肤如炙，更是骇人。旁观者除了蓬莱魔女与东海龙可以不惧波及之外，连黑白修罗那等武功，也要远远避开，耿照的功夫逊于黑白修罗，更是不在话下了。

但耿照不知他们之间的过节，却是满腔激愤，心道："若容一个金国的贝子，在大宋京都来去自如，那还成什么话？"但耿照也知自己的本领与他们差得太远，想要插手，也插不进去，眼看武林天骄招招反击，笑傲乾坤脚踏九宫八卦方位，步步后退，似乎有点招架不住的样儿。耿照情急之下，忍不住就大声说道："柳女侠，你赶快出手吧！对付金狗还用得上和他讲什么江湖规矩么？"蓬莱魔女呆若木鸡，对耿照的说话似是听而不闻，其实却是心乱如麻，莫知所措，过了半晌，方始轻轻地叹了口气，仍然是一句话也没有说。

笑傲乾坤眼观四面，耳听八方，蓬莱魔女这一声轻微的叹息，落在他的心上，就像变作了一块千斤大石，压上他的心头，不由得心中想道："柳清瑶果然是对这鞑子有情，她不来助我，反而为他叹气！"失望之极，突然纵声狂笑，招数也突然一变，发狂般地强攻上去。原来他们二人功力悉敌，笑傲乾坤之所以步步后退，并非招架不住，而是蓄劲待发等待机会，给对方以致命的一击。如今他狂气一发，未等到有利的时机，已发动攻击了！

耿照骂的那"金狗"二字，武林天骄听进耳中，更是难过非常，难过之中，不由得也是心冷如冰，失意到了极点，暗自想道："这少年不知我是何人，更不知我的平生抱负，他骂我金狗，那也难以怪他。但清瑶她，她是深知我的心事抱负的，为何也不给我说半句话？唉，不错，不论我行径如何，和她是怎样的肝胆相照，金宋总是敌国，我在他们心目之中，也总是'金狗'了。她与笑傲乾坤是大宋的英雄儿女，良缘天配，我檀羽冲还能有什么痴心妄念？咳，那不是自讨没趣么？"想至此处，不由得悲从中来，侧目斜睨，眼光射向蓬莱魔女，蓦地就放声大哭起来！

这两人身具绝世武功，一个狂笑，一个大哭，相映成趣。可是谁都不会感到滑稽，黑白修罗与耿照连忙堵了耳朵，饶是堵了耳朵，这两大高手的一哭一笑，兀是震得他们耳鼓嗡嗡作响！

笑声愈高，哭声愈惨，树叶纷落，远处林间宿鸟，也惊得飞了起来！当真是风云变色，天地含悲，蓬莱魔女难过之极，几乎也忍不住潸然泪下。

武林天骄忽地收了眼泪，长叹说道："既生瑜，何生亮？笑傲乾坤，你的武功才学都胜于我，天生你又是汉人，我还凭什么与你争胜？罢了，罢了，这局棋已不能再下，我让了你吧！但愿你好好待她！"耿照大为奇怪，他虽然在武学上的造诣与这两人差得太远，但也看得出这两人正是功力悉敌，武林天骄并无落败的迹象，不知他何以便肯甘心认输？武林天骄所说的那个"她"，耿照也还未知道指的就是蓬莱魔女。耿照恐他逃走，连忙催促蓬莱魔女道："柳女侠，这厮只怕是想要逃了？你赶快去兜截他吧。咦，柳、柳女侠，你怎么啦？"只见蓬莱魔女泪光莹然，呆立有如一尊石像，身子纹丝不动，显然是毫无上前兜截之意，对耿照的说话，仍似听而不闻。耿照大惑不解，但一怔之后，骤然间明白了几分。

耿照不解武林天骄话中之意，蓬莱魔女则是深深明白的。武林天骄是因自知对她无望，故而自愿退走"战场"（其实也就是退出情场），"让"了笑傲乾坤的。他说的那句"天生你又是汉人"，这才是着重之点，这点是他的"致命伤"，是他无法与笑傲乾坤争胜之处，至于什么武功才学，那不过是说来陪衬的罢了。

笑傲乾坤当然也是懂得他话中之意的，他狂傲之气一发，怒道："谁要你让？"这时他也攻得正紧，一时间收不住招数，只听得"啪"的一声，笑傲乾坤的折扇已在武林天骄的肩头拍了一下。

这一拍用的是闭穴重手法，武林天骄有颠倒穴道之能，穴道未曾被封，但这一拍，他也是禁受不起，"哇"地吐出了一大口鲜血，身不由己地接连退出了六七步，惨笑说道："好，笑傲乾坤，你不愿与我并立于世，那就来取了我的性命吧！大英雄、大侠士，来呀，来呀！"就在他吐血的时候，蓬莱魔女也情不自禁地"啊呀"一声，叫了出来！

笑傲乾坤回头一看蓬莱魔女那惊惶的神色，也不由得蓦地呆了。他只道蓬莱魔女对武林天骄的情分远胜于他，这刹那间，他的伤心难过，实是不在武林天骄之下！他当然也知道武林天骄不弱于他，这一招并不是他真的输给自己，而是在心情绝望之下，无心恋战，这才让自己打中他的。笑傲乾坤是个骄傲得紧的人，一来是由于看了蓬莱魔女惊惶的神情，不由得他不愕然止步，自感辛酸；二来也觉得胜得不够光彩，"敌人"毫无抗拒之意，叫他去取他的性命，他又怎能下得了手？

这瞬时间，一个念头也突然从他心头掠过："这武林天骄若当真是要助金灭宋，儿女之情自当放在其次，他又为什么甘心让我把他杀了？"

武林天骄透着寒意的目光，缓缓地从蓬莱魔女面上掠过，落到笑傲乾坤身上，冷冷说道："华谷涵，你既不来杀我，恕我没工夫奉陪你啦！"话声一收，箫声再起，如怨如慕，如泣如诉，吹奏的是一首唐诗："蓬门未识绮罗香，拟托良媒益自伤。谁爱风流高格调？共怜时世俭梳妆。敢将十指夸纤巧，不把双眉斗画长。苦恨年年压金线，为他人作嫁衣裳。"这首诗寄托遥深，咏的"贫女"，实是"贫士"自况。而这"贫士"亦即是不为俗赏的"高士"，也就是作者的自况了。武林天骄借这首诗来发泄他无可奈何的凄凉况味，意思却更深了一层。他当然不是什么"贫士"，但他家国飘零，情场失意，一无所得，这凄凉的况味，却又正与诗中"贫女"的心境相同。他也正是自叹世无知音，无人赏识他的"风流高格调"，只落得孤影自伤，"苦恨年年压金线，为他人作嫁衣裳！"最后两句，是诗中的"点题"之句，也是武林天骄的"点题"自咏。他这凄凉之极的箫声，将这幽怨的诗篇吹奏出来，当真是有令天下有情人同声一哭之感。

武林天骄就在凄凉怨慕的箫声中下山去了。蓬莱魔女目送他的身影没入林中，不由得一片茫然，莫知所措。笑傲乾坤目送他的背影，也不由得呆了。他缓缓回头来，接触了蓬莱魔女的目光，顿时间心事如潮，竟不禁是悲从中来，难以断绝！

黑白修罗上前参见主人，说道："贺喜主人以绝世神功，打败了金国这不可一世的武林天骄！"笑傲乾坤神色黯然，缓缓说道："不，不是我打败了他，是他打败了我！他，他不过是仅仅身上受伤！"黑白修罗似解不解，愕然地望着笑傲乾坤。他们怎知华谷涵此时的心境？华谷涵自觉他是心上受伤，这伤比武林天骄身上所受的伤更重，他是在情场上给武林天骄击败了！

蓬莱魔女是懂得华谷涵话中含意的，她的心情也正是一片紊乱，究竟是谁赢得了她的芳心，这问题她自己也还未能详答！但她与笑傲乾坤乃是初会，她虽是豪迈脱俗的巾帼须眉，女中豪杰，究竟欠缺笑傲乾坤的那几分狂气，她当然是不方便一见面就向笑傲乾坤言道："不，你还没有给武林天骄打败！"何况她也还没有下了决心，立即就把她的芳心奉献给笑傲乾坤，承认他是个胜利者。

蓬莱魔女稍稍定了心神，上前说道："华大侠，今日幸得会面，多谢你的礼物了。"她不知说些什么才好，一开口就觉得是近乎客套，有点生疏。但她又能怎样表达自己的情感呢？笑傲乾坤是她"初相识"的朋友，又是彼此久已倾慕的朋友，这关系本来就是太奇怪也太不寻常的啊！

淡淡的月光之下，把华谷涵的面色映衬得更见灰白，只听得他带着十分苦涩的味道笑道："那些礼物，还提它作甚？哈哈，哈哈，唉，唉！"笑声凄苦，是哭是笑，实已难分！蓬莱魔女心乱如麻，不知要说些什么话好。华谷涵顿了一顿，忽地又朗声吟道："弹剑狂歌过蓟州，空抛红豆意悠悠。高山流水人何在？侠骨柔情总惹愁！"这是他第一次初见蓬莱魔女之时（那次没有交谈）曾唱过的一首诗，如今他再晤蓬莱魔女，又将这首诗再次地在她面前狂吟了。伤心酸痛之情，更是今胜于昔！

蓬莱魔女惶然叫道："华大侠，华大侠……"笑傲乾坤高亢的笑声，打断了她的话语，只听得他接着说道："既有今日，何必当初？我这是说我自己！呀，我早已知道是红豆空抛，愁肠自结的了！柳女侠，你既觅到知音，我也只有向你贺喜的份儿了。但请恕我不惯凑人热闹，你我这一见实在是已嫌多余！"蓬莱魔女谅解笑傲乾坤这份心情，但他的语锋咄咄逼人，蓬莱魔女听了，也是着实有点不大高兴，心道："你要我怎么样？难道要我立即与你订下终身？除你之外，难道我也不能再有知心朋友？"

笑傲乾坤伤心之余，狂气一发，哪还能保持着冷静的心情考虑自己的说话是否恰当，是否会使对方难堪？这时他心中只是想道："她的心已另有所属，我还留在这里做什么？多看她一眼，以后就多增一份相思，多增一份伤心！"想至此处，心意已决，无限凄凉地再看了蓬莱魔女一眼，转过头来，对东海龙说道："东园前辈，古月禅师的身后之事，就拜托你多多费心，帮忙料理了！呀，呀，我自飘零湖海去，只惭愧对故人情！"

蓬莱魔女连忙叫道："华大侠，请你慢走，我有一事还要问你呢！"华谷涵衣袂飘飘，身形如箭，说话之间，已到半山，远远地用"传音入密"的功夫，将声音送上来道："我已知道你要问的是什么了。你爹爹不是千柳庄的柳元甲，是大雪山的一个老和尚。他如今武功已经恢复，正在四海云游，查访你的踪迹。你们父女早晚必能见面。关于这老和尚的事情，你的知心朋友，比我知道得也许更多，你问他去吧！"

蓬莱魔女心头一震，她自从听了赫连清霞所说的那个故事之后，本来就已起了疑心，猜想那老和尚和她定有关系，如今果然从华谷涵的口中得到了证实。她第一次得知生身之父是谁，自是兴奋之极，渴欲知道更多消息，她轻功并不逊于笑傲乾坤，可是，在这样尴尬的情形之下，她又不大愿意去追赶笑傲乾坤。稍一犹疑，笑傲乾坤走得更远了。

只听得笑傲乾坤狂歌当哭，已是从山下传来，"弃我去者，昨日之日不可留，乱我心者，今日之日多烦忧，长风万里送秋雁，对此可以酣高楼……抽刀断水水更流，举杯消愁愁更愁，人生在世不称意，明朝散发弄扁舟！"这是唐诗人李白给一个红颜知己送别的名诗，原题为"饯别校书叔云"，笑傲乾坤将之发为狂歌，听在蓬莱魔女耳中，心头自是有说不出的滋味，是难过，是委屈，是失望，是伤心，她自己也分不出来！但笑傲乾坤狂歌当哭的这份心情，却是她能够懂得的，相思如水如愁，同样都是抽刀难断的啊！

武林天骄走了，笑傲乾坤也走了。武林天骄以箫声寄怨，自叹："苦恨年年压金线，为他人作嫁衣裳。"笑傲乾坤也以狂歌当哭，歌出他"抽刀断水水更流，举杯消愁愁更愁"的失意心情。而蓬莱魔女则在他们的歌声箫韵之中，同样地受到痛苦的煎熬！从前她是为了难以抉择而深感仿徨，如今这两人都已离她而去，她的相思尚还不知付托与谁？耳边余音袅袅，心中一片凄清，蓬莱魔女不禁痴了，呆呆地向山下望去。武林天骄早已不见，笑傲乾坤也只见一个黑点了。

黑白修罗大叫道："主公，等等我们！"他们也疾跑下山，追赶他们的主人去了。蓬莱魔女如同做了一场梦，在她来会笑傲乾坤之时，本是怀着许多梦想的，如今梦醒了，样样皆空！还幸得到了一个收获，她确实知道了生父未死，而柳元甲只是冒名顶替的父亲。可是她也仅仅知道生身之父已是削发为僧，就是赫连清霞所说的那个老和尚，别的就都不知道了。而这个老和尚如今又正是"云游四海"，父女能否相逢，也还渺不可期！

东海龙叹口气道："这两人都是狂傲的脾气，其中是非也真是难说得很呢！柳女侠，你也不用难过了，咱们可还有正经的事情要办呢。先得给古月庵那几个和尚下丧。"

耿照道："这是怎么回事？古月禅师究竟是不是那武林天骄杀的？"他看了蓬莱魔女对武林天骄那份神情，又听了东海龙说的什么是非难辨之语，不觉也有点怀疑了，不敢一下子就认定武林天骄乃是敌人了。蓬莱魔女心上也有一些疑团，问道："东园前辈，你和华大侠今晚不是在一起的吗？这事情是怎么起的，你可否说说，让咱们大家来参详参详。"

东海龙道："咱们边走边说吧。"说道："我比你们先来，但也不是和华大侠同来的。华大侠今晚到那魏奸臣（他有意把良臣的名字说成奸臣）的太师府夜探，这事情我却事先知道。柳女侠，他正是为了你而去冒险的啊。"蓬莱魔女诧道："怎么，是为了我？"

东海龙点点头道："华大侠得南丐帮李帮主之助，魏奸臣太师府的厮役之中就有丐帮弟子在内，加以花子们在临安的大街小巷酒楼茶肆到处穿插，哪一个角落不到，因之消息自是最为灵通，他们打听得魏奸臣派出众多武士，前往缉拿你与耿公子的消息，告诉了华大侠。华大侠昨日得知消息，立即就差遣黑白修罗出城，设法援救你们，但兀是放心不下，故此昨晚又亲往太师府中一探，他还准备演一出寄刀留简，恫吓魏奸臣的把戏呢。至于以后忽地在太师府碰上了武林天骄，这出好戏上演不成，却非始料所及了。"蓬莱魔女与耿照听得华谷涵对他们的事如此尽心，都是大为感激，尤其蓬莱魔女更是既愧且感，对华谷涵适才"出言无状"的不快之感，也就大大消灭了。

东海龙接着说道："我本来想跟华大侠一同去的，他怕人多反而不便，我自问本领也是远不及他，未必帮得了他什么忙，遂打消了同去的念头。我是在李帮主之处与他分手的，他走了之后，我就到古月庵来，准备等候他的消息。古月禅师是我二十年前相识的老朋友，我也想与他一叙契阔，做个长夜之谈，哪知我刚才来到，他已遭人毒手，如此飞来横祸，更非我始料所及了！"

蓬莱魔女听出了破绽，连忙说道："华大侠今晚夜探太师府，他是在太师府中碰见那条武功奇高的黑影的，要么这黑影就不是武林天骄，要么杀古月禅师的就不是他在太师府碰到的人。武林天骄只有一个，他总不能同时干两桩事情，既在太师府与魏良臣密谈，又来古月庵暗施毒手！"

东海东叹了口气，说道："恰恰相反，倘若那黑影是武林天骄的话，杀害古月禅师的就是同一个人了！"蓬莱魔女诧道："此话怎说？"东海龙道："我刚刚走到古月庵前，忽见一条黑影，捷如飞鸟，从庵中飞出，惭愧得很，我竟连那人身材相貌，一点也看不清。古月禅师本领虽是高强，轻功也决计难及那人。我一想不是古月禅师，便不由得大大吃惊，就在此时，华大侠已是如飞赶到，他来不及与我打招呼，便先进庵察看，我正要跟着进去，转眼之间，华大侠又已从庵内出来，这才向我说道：'古月庵四僧均已被害，追贼人要紧！'他顾不及再说多余的话，便直上孤山。我惊得呆了，心里还有点不大相信，遂亲自入庵去看个明白，他们的死状，你们都曾经见到，也不必我细说了。我看不出古月禅师是给敌人用什么手段弄死的，当下不敢移动尸体，准备等待华大侠回来，可以从他们的伤势查究凶手。这凶手瞬息之间，连杀四人，本领之强，世间罕有。我怕华大侠敌不过他，随即又赶上山去。"

蓬莱魔女只觉一股寒意透过心头，暗自寻思："若然如此，那确是武林天骄的嫌疑最大了。他曾与我披肝沥胆，难道都是骗我的不成？嗯，不对，不对！"她全神思索，忽地发觉有可疑之处，这"不对"二字，就不知不觉，说出声来。

东海龙愕然止步，道："有何不对？"蓬莱魔女道："武林天骄、笑傲乾坤这二人的武功是伯仲之间，各自心里也都明白。倘若那条黑影真是武林天骄，他被笑傲乾坤从太师府一路追来，经过古月庵，就应该远远避开才是。怎地还有闲工夫进庵杀人？要知古月禅师也非等闲之辈，他即使想杀古月禅师，也不宜在被华谷涵紧紧追踪的时候！难道他事前便想得到如此顺利，举手便能将古月禅师杀了？万一不顺利的话，他岂非要陷入重围，他怎会干如此笨事？"

东海龙道："照道理确是难以解释，但华大侠认得武林天骄，那黑影又确是从古月庵出来，除了武林天骄还有何人？何况以罡气闭穴断脉，又正是武林天骄的绝技？"

蓬莱魔女道："还有一层，他为什么要杀古月禅师？他若真是如华谷涵所说，潜入临安是有重大图谋，何必去杀一个方外之人？杀一个人也无补大局。难道只因为古月禅师是华谷涵的朋友吗？我怀疑这是有人嫁祸！"

东海龙叹口气道："这些道理我也都想到了，但我也曾眼见这条黑影，后来笑傲乾坤追到山上，便见着了武林天骄，前后相差不到一盏茶时刻，若然黑影另有其人，怎逃得这样快？逃得过华大侠的眼睛，也逃不过在山上的武林天骄的眼睛。"

蓬莱魔女也觉难以解释，东海龙又道："总之今晚之事，大是离奇怪诞，样样都似不合常理。不瞒你说，我也怀疑不定，所以，我刚才只好袖手旁观，这倒非只因为武林天骄曾于我有救命之恩呢！"

从山顶到古月庵不过里许路程，他们边走边说，不知不觉又已来到庵前。东海龙苦笑道："且把古月禅师收殓了再说吧。"他擦燃火石，点起一把火折，蓬莱魔女与耿照跟着进去。

庵中一共死了四人，小沙弥与香火和尚是死在大雄宝殿之内，尸体仍在原来的位置，未曾移动，东海龙道："这两个人可说是被无辜连累了。"

正想把他们的尸体移在一起，火折一照，忽地"咦"了一声，耿照方觉莫名其妙，忽听得蓬莱魔女"咦"了一声，声音比东海龙更为骇惧！耿照从蓬莱魔女所指的方向望去，不觉毛骨悚然，竟是不由自己地颤声叫道："有鬼，有鬼！"

东海龙在那两具尸体上发现可疑迹象，心中方自诧异，忽听得蓬莱魔女与耿照相继惊呼，连忙问道："你们又发现什么了？"说话之时，已把眼睛朝着他们的方向看去，这一看不由得把东海龙也惊得呆了，新发现的事件比那两具尸体上的可疑迹象，还更古怪得多。

你道他们发现什么？原来那挂单和尚的尸体已不见了。他们上次进庵之时，曾见庵中共死了四个和尚，小沙弥与香火和尚死在大雄宝殿之内，古月禅师死在方丈室内，那挂单和尚则是死在大雄宝殿后面的回廊上，而且是还未倒地，仍作着僵立之状的。如今从大殿的侧门看出去，一目了然，哪里还有那挂单和尚的踪迹？

蓬莱魔女道："难道咱们走后，又有人来过，把这挂单和尚的尸体移走了？"东海龙道："你去看看古月禅师的尸体还在不在？"蓬莱魔女片刻之后回来，说道："老禅师倒是还在房中，仍如原状。"她见东海龙还是俯着腰，在那两具尸体之前，似是正在用心审视，方才想起："方丈室不过咫尺之遥，他为什么不亲自去看？"问道："东园前辈，你又发现了什么？可是这两具尸体也有古怪？"

东海龙缓缓说道："正是有些古怪。他们不是给人用武功杀害的，是中毒死的。"蓬莱魔女又惊又喜，道："中毒死的？不是闭穴断脉之伤！"东海龙道："老朽虽然生平不喜使毒药，但对天下各种稀奇古怪的毒药，倒还知道一些，这两人中的是阿修罗花之毒，决没有看错！"蓬莱魔女道："阿修罗花？这名字好怪！大约不是中土所产的了？"东海龙道："阿修罗三字是梵文，佛经故事中，他是与天帝作对的恶魔，故此吐蕃（即今西藏）的土人又把这种花称为魔鬼花。"蓬莱魔女道:"那么这种花是在吐蕃才有的了?"东海龙道:"不错,只有吐蕃境内的喜马拉雅山上才有。用这种花的花粉配成毒药,可以杀人于不知不觉之间,要死后一个时辰,眉心上方始略现一丝黑气。但再过一个时辰,这黑气又会消失。所以,若中此毒,极难察觉。"

蓬莱魔女忙道:"咱们快去再看看古月禅师,看他是否也中此毒?"三脚两步,到了方丈室中,蓬莱魔女点燃油灯,仔细察看,可看不见眉心上有一丝黑气。东海龙在背后说道:"古月禅师确是闭穴断脉而亡的,华大侠没有说错!"蓬莱魔女心头如坠铅块,寻思:"若然如此,那么还是武林天骄的嫌疑最大了。"

东海龙接过油灯,又上前去看了一会,忽地说道:"我知道这个道理了!"蓬莱魔女莫名其妙,连忙问道:"前辈察出了什么道理?"正是:

谁施覆雨翻云手,搅起翻江倒海潮。

欲知后事如何,请听下回分解。

第四十五回　铸错已成甘自尽
　　　　　忏情今又惹相思

东海龙道：“你看这位老禅师已是死了多时，颜容尚自栩栩如生，只在太阳穴旁边有一点点青紫之色，肉眼几乎看不出来。”蓬莱魔女用心细察，果然如此，问道：“这其中又有何古怪？”东海龙取出一管银针，在古月禅师太阳穴旁边轻轻一插，银针中空，抽出了一滴黑色的血液。蓬莱魔女既惊且喜，说道：“这么看来，古月禅师也还是中毒死的了？华谷涵——”东海龙道：“华大侠也没有说错。古月禅师是先中了魔鬼花之毒，然后被人用闭穴断脉的功夫震伤奇经八脉而亡！可惜华大侠只看出后者，没看出前者。”

东海龙歇了一歇，继续说道：“据我猜想，古月禅师由于内功深厚，那魔鬼花之毒虽然厉害非常，能杀人于不知不觉之间，但古月禅师不比常人，中了此毒，却没有立即便死。于是他以上乘内功，闭目坐禅，与所中的剧毒相抗，意欲等待华大侠回来相助。哪知华大侠未曾回来，那凶手先自来了，乘他中毒之际，用闭穴断脉的功夫杀了他！老禅师内功深湛，在他死亡之前，已把毒质凝聚一处，上行至太阳穴附近，故而这一处的血液是黑色的，但因毒质蕴藏，眉心却没有现出黑气。”他一边说，一边用银针在古月禅师手臂上一戳，抽出的血果然是红色的。

东海龙叹道：“古月禅师内功之深，当真是世所罕见。要不是他早已中毒，那凶手纵有闭穴断脉的奇功，也决不能一举手便杀了他！”蓬莱魔女道：“依你看，下毒者与震伤他奇经八脉者是一个人还是两个人？”东海龙道：“这就非我所知了。但只有一点是可以确定无疑的……"蓬莱魔女道："是哪一点？"

东海龙道："庙中窜出的那条黑影，倘若真是武林天骄的话，他就不是下毒之人，他在那样短促的时间之内，至多只能震伤古月禅师的奇经八脉，决不能在下毒之后，再等到古月禅师坐禅之时才补下毒手。"蓬莱魔女道："以罡气闭穴，虽是武林天骄的绝技，但也未必世上就没有第二个人能够。"东海龙叹道："这凶手的武功决不在武林天骄与华大侠之下，倘若是另有其人，那就更可怕了！"

蓬莱魔女忽道："那外地来的挂单和尚，是个什么人，东园前辈可知道么？"

东海龙道："我曾听得古月禅师提过，只知道他是敦煌来的和尚，法名释湛，与古月禅师早就相识的。详细的来历，我就不知道了。这和尚沉默寡言，我知道他身有武功，但深浅如何，也还是高深莫测！柳女侠，你怀疑他是凶手？"

蓬莱魔女道："他的尸体离奇失踪，此事大是可疑！"耿照道："他不也是中毒死了的吗？"东海龙道："他因何而死，没见着他的尸体，我可就不敢断定了。"耿照道："但他总是死了。我曾碰着他的尸体，其冷如冰，显然已是气绝多时！"想起当时突然受惊的情景，犹自不禁心悸。蓬莱魔女沉吟半晌，说道："这个，这个，只怕其中有诈……"东海龙道："据我所知，天竺传来的一派内功，可以闭息多时，要诈死也非难事。但华大侠也是曾经进来察看过的，他的眼力何等厉害，若然诈死，岂能瞒得过他的眼睛？"

蓬莱魔女低首沉思，突然问道："东园前辈，你第一次进来之时，曾否注意此人？"东海龙道："我一发现他们三人已死，就赶紧去看古月禅师了，他是否诈死，我倒未曾详察。"蓬莱魔女道："是啊，想来华谷涵也是和你一样心思，最关心的只是古月禅师的生死，也就无暇详察他人了。"

东海龙忽地叹了口气，如有所思。蓬莱魔女道："前辈想及何事。"东海龙半晌道："没什么。不过我是在那黑影从庵中窜出之后，立即便进去的。那时古月禅师已经死了。而这位释湛和尚那时也还未失踪，虽然不知他是真死假死，总之他不可能是那黑影的

· 714 ·

了。嗯，武林天骄于我有恩，我也但愿凶手并不是他。"东海龙的话语前后不连贯，但意思是可以听出来的。既然两者不是一人，释湛禅师就至多只能是下毒的凶手，而非以闭穴断脉功夫杀古月禅师的凶手。这么样，武林天骄就仍然难以洗脱嫌疑。他说的那"我也但愿"四字，正是因他已感觉到蓬莱魔女似是竭力要为武林天骄洗脱嫌疑，有感而发的。东海龙对武林天骄颇有好感，但也不禁为笑傲乾坤叹气，心中想道："从柳清瑶对武林天骄的关心程度看来，只怕她对武林天骄的感情，也是更在笑傲乾坤之上了。"

蓬莱魔女心乱如麻，太师府中的那条黑影，古月庵中窜出的那条黑影，武林天骄，这三者究竟是三个人，是两个人，还是同一个人？再加上释湛和尚尸体的离奇失踪，当真是迷雾重重，令人难测。不过有一点她稍感安慰的是，有了释湛和尚的离奇失踪之事，武林天骄的嫌疑总是减了几分。

东海龙道："释湛若非诈死，那就是有人将他的尸体搬出去。这事情就更复杂，更奇怪了。"他看了看天色，接着说道："天就快要亮了。这许多离奇之事，今晚都凑在一起，一时之间，也实是难以参透。出了如此竟外，这古月庵我们是不便久留的了。快些给古月禅师收殓吧。"这古月庵中有人施舍的义棺，当下耿照便给东海龙帮忙，装了三具棺材，安置在大雄宝殿之内。

蓬莱魔女叹口气道："明日来烧香的善男信女，发现了这三具棺材，不知要多么惊诧？嗯，那挂单和尚与古月禅师，是个什么样的交情？"东海龙道："这个，古月禅师倒没和我说过。但华大侠住在他的庵中，而他也放心让释湛在此挂单，当然是相信得过，交情决非泛泛的了。"

东海龙钉好棺材，问道："柳女侠，你在临安可还需要逗留？"蓬莱魔女道："我与耿照还要会一会辛弃疾。东园前辈，你呢？"东海龙道："柳女侠，你若是没有别的事情，我倒有一事相求。"蓬莱魔女道："清瑶绵力所及，当效驰驱，请前辈吩咐。"东海龙道："实不相瞒，我这次来到江南，实是为了我那不肖的二弟。"四霸天中南山虎南宫造排名第二，东海龙口中所说的"不肖的二弟"，指的就是他了。

蓬莱魔女道："你说起来，我倒要告诉你一件事了。我在千柳庄曾碰见过你的二弟，他和那柳元甲、金超岳似是一路，只怕也有私通金寇的嫌疑。"东海龙叹口气道："岂止嫌疑，他结交了一股长江水寇，要待金虏南侵之时，作为内应。他早已另外拜了大哥，与我反而若不相识了。"蓬莱魔女心道："怪不得我在千柳庄之时，听得樊通称他二哥，原来他果然是另外有了一个大哥。"问道："他这大哥却又是谁？"

东海龙道："是一个隐名的魔头。我几经查探，只知那人是长江口外一个小岛的岛主。他们还有一个三弟，名叫樊通，手下有数千水寇。这帮水寇的首领，名义上是樊通，实际都是听那大哥指挥的。下月初五，他们都要在那小岛上集会，商议接应金兵之事。听说那魔头是个非同小可的人物，江南武林，陆路以柳元甲为领袖人物，水路就是那隐名的魔头了。我怕孤掌难鸣，这次本是想请华大侠相助的，岂料还未来得及和他一提此事，他已是走了。"蓬莱魔女慨然说道："下月初五，距今还有十八日之多，赶得及的。我会了辛弃疾之后，助你一臂之力便是！"

耿照忽道："我也愿意追随。"东海龙诧道："耿公子，你何必去冒此险？"蓬莱魔女微微一笑，说道："让他一同去吧。南山虎有个仇人，是他的好朋友。这人到了那天，多半也会到那岛上。"耿照果然是为了挂念珊瑚，因此不愿错过任何一个可以和她会面的机会的。耿照给蓬莱魔女说中心事，不觉黯然。

东海龙已钉好棺材，抬头一看天色，东方已现出鱼肚白，说道："咱们该拜别老禅师了。"点起香烛，正要叩头，蓬莱魔女忽地悄声说道："嘘，似是有人来了！"三人连忙躲藏起来，一观究竟。

只听得"卜"的一声，一颗石子落在石阶，这是夜行人"投石问路"的手法，东海龙与蓬莱魔女都是江湖上的大行家，决意静观其变，当然不露声息。

过了片刻，一个声音说道："你刚才不听见箫声笑声？武林天骄与笑傲乾坤早已走得远了。这庙里还能有什么人？进来吧！"东海龙认得是那挂单和尚释湛的声音，不由得心头怒起，想道："这

· 716 ·

秃驴果然真是诈死。古月禅师收留了他，他却恩将仇报，哼，这回我非叫他真死不可！且先看看和他同来的又是何人？"

另一个声音接着说道："笑话，你当我是怕了武林天骄与笑傲乾坤不成？不过你的主人既然是要斗智不斗力，我也只好从他。我投下这颗石子是想试探那女娃子在不在这古月庵内。"话声未了，两条黑影已越过围墙，落在大雄宝殿外面的天井。这另一个人也是和尚，正是被蓬莱魔女迫得他跳下西湖的那个番僧——竺迪罗。

释湛道："好，戒日法王，你把解药交给我吧。"竺迪罗道："你须得答应助我一臂之力，擒那女娃儿。"释湛笑道："戒日法王，你武功精强，又擅使毒，为何还对付不了一个女娃儿？"竺迪罗道："你不知道，那女娃儿虽非我的敌手，本领也很不错。普通毒药，对她未必生效，若用剧毒，我可还舍不得害死这美貌的娇娃呢。黑白修罗，我也想收服他们做我仆人，是以要你相助。"释湛道："看在你与我家主人的交情份上，我可以助你一臂之力。但你也必须卖我这个人情，把解药给我，还得给我瞒住主人。"竺迪罗道："知道啦，别啰唆了，见了古月禅师再说。"

蓬莱魔女大为奇怪，心道："这秃驴要讨什么解药，难道还能将古月禅师救活不成？他是个出家人，却又有什么主人，当真是稀奇古怪！"

那两个和尚走上台阶，一眼看见大雄宝殿内的三具棺材，吓了一跳。

竺迪罗道："不妙，看这情形似是有人来过了？"释湛面如土色，一言不发，三脚两步，疾奔进去。

古月禅师的棺材头立有灵牌，东海龙点的香烛也还未熄灭，释湛看了这个情形，惊异不定，喘着气叫道："把解药给我！"

就在说这话的时间，以迅捷无伦的手法，把棺材钉拔起，将棺盖揭开。

竺迪罗在一旁冷冷说道："用不着我的解药了！也好，我这解药珍贵非常，比魔鬼花更为难得，我自己也只有一颗，省下来更好！"释湛茫然松手，"砰"的一声，棺材盖上。释湛伏在地上，咚、咚、咚地叩了三个响头。

竺迪罗笑道："天下除了你的主人之外，想不到这老和尚也能受你三下响头，你也总算对得住他了。"释湛缓缓起立，走近一步，蓦地啐了竺迪罗一口，厉声喝道："你骗我，你是使了无可解救的剧毒，杀了古月禅师！"呼的一声，声出掌发！

只听得"镗"的一声，大雄宝殿的巨钟无人敲击，却突然响了起来，震得人耳鼓嗡嗡作响！原来竺迪罗见释湛神色愤怒，早防他突下杀手，为古月禅师报仇，一闪闪开，释湛的劈空掌力撞到了钟上，就如有人用锤敲击一般。

东海龙正是躲在悬挂大钟的横梁之上，借着一面匾额，作为遮掩，见此情状，也不禁暗暗吃惊，心道："这和尚的功力好纯，只有在我之上，绝不在我之下，看来是不用我出手相助了。"东海龙初时以为这释湛是害古月禅师的凶手，本拟杀他的，如今见他如此动作，情知其中定有蹊跷，遂决意再作旁观，让他和竺迪罗先打了一场再说，说不定还可以从这二人口中，探听得更多秘密。

东海龙以为这两个和尚必定有一场好斗，哪知心念未已，只听得释湛一声厉呼，"好，你下得好毒手！"已是倒在地上！

竺迪罗淡淡说道："你现在可知道我并不是说谎了吧？"东海龙和蓬莱魔女正想跃出，听他这句话说得甚为突兀，不觉都是一怔，暂且缩手。

释湛喘着气道："你这话是什么意思？"竺迪罗道："我在你身上下的毒，就是魔鬼花之毒，也就是古月禅师所受之毒，这种毒粉，常人中了，立时身死。但你现在可没有死，我问你，以你的功力，大约还能支持多少时候？"

释湛吸了口气，运功御毒，试探毒性，过了一会，缓缓说道："大约还可以支持一个时辰。"竺迪罗道："古月禅师的功力比你如何？"释湛道："当然是在我之上！"竺迪罗道："着啊！他的功力既是在你之上，当然不止支持一个时辰。可见他虽是中了毒，但致死之由，却并非是由于中毒。杀他的另有其人！好，现在我把解药给你，这解药本来是想让你给古月禅师的，你可以相信我不是骗你了吧？哈哈，为了要你相信，我不惜糟蹋了硕果仅存的一颗解药，也总算对得住你了。你答应助我擒那女娃儿，这诺言可不能反悔。"

竺迪罗拈出解药，走过去正要递给释湛，释湛蓦地跳了起来，却不接解药，叫道："且慢，你必须说个清楚，杀古月禅师的究竟是谁？"

这正是蓬莱魔女与东海龙所要找寻的谜底，两人都屏息呼吸，竖起耳朵，听竺迪罗答话。

竺迪罗笑了一笑，缓缓说道："凶手是谁，你应该猜想得到。天下虽大，除了你的主人，还有谁能有这本领，在举手投足之间杀了古月禅师？"

释湛面色灰白，喃喃说道："我的主人，我的主人？"竺迪罗道："当然是你的主人。古月禅师是给他用闭穴断脉的功夫杀的，你看不出来么？"释湛一声长叹，说道："罢了，罢了，古月禅师，我对不住你，我也不能为你报仇。我无意杀你，但我毕竟还是做了帮凶。我要想救你，而又心与愿违。我罪无可赎，只有相随你于地下了！"只听得"波"的一声，白光一闪，释湛拔出了一柄匕首，最后那一句话还未说完，已是把这匕首刺进自己的胸膛！

竺迪罗大吃一惊，叫道："释湛，你怎可如此？"他大惊之下，忘记了手上还拈着解药，扑上去要将释湛拉起，双手一伸，那颗药丸跌落地上，骨碌碌地滚到了神案底下。

竺迪罗眼光一瞥，只见匕首插在释湛的胸膛，只露出少许木柄，在中毒之后，再受如此重伤，纵有仙丹，只怕也难救活。竺迪罗弯下了腰，想要拾取解药，忽觉微风飒然，似有暗器射到。竺迪罗挥袖一拂，说时迟，那时快，只听得呼呼两声，蓬莱魔女从佛像后面跳出，东海龙也在同一时候，从梁上跳下来。

蓬莱魔女射出的两根尘丝给他拂落，剑诀一领，一招"玉女投梭"，剑光如练，便即向他刺来。竺迪罗腰板尚未挺直，以足作轴，倏地便转了一圈，蓬莱魔女刺得快，他也闪得巧，这一剑竟未能刺中。

竺迪罗腾地飞起一脚，踢蓬莱魔女持剑的手腕，蓬莱魔女焉能给他踢中，剑锋一转，拂尘呼呼风响，迎头罩下。竺迪罗挥袖拍出，解开了蓬莱魔女的天罡尘式。

东海龙心道："释湛不知是死是活，必须擒住一个活口。这秃驴武功极高，只怕柳女侠未必是他敌手。"权衡轻重，顾不得先去察看释湛的伤势，便上来给蓬莱魔女助攻。

东海龙是四霸天之首，所练的混元气功，也是武林一绝，一掌拍出，热风呼呼。竺迪罗还了一掌，两人都不禁晃了一晃。竺迪罗暗暗吃惊，心道："这老匹夫虽是不及这女娃儿，却在黑白修罗之上。想不到中土竟是藏龙伏虎，处处都有能人。"

他虽有魔鬼花配制的毒粉，但因解药已经失落，而对方蓬莱魔女的拂尘，每一拂都带着劲风，东海龙的掌力也是非同小可，生怕撒出毒粉，害不了人，反害自身，因而也就不敢使用。

耿照正是躲在神案底下，拾了那颗解药，一跃而出。蓬莱魔女叫道："照弟，把这位大师扶进去。"要知释湛已是死多活少，倘若再受误伤，那就连万一的希望都没有了！所以蓬莱魔女要耿照赶快扶他躲进后堂。

在掌风激荡之中，耿照虽然练过大衍八式，身形也禁不住摇晃，恍如置身惊涛骇浪之中，情知插不进手去，只得听从蓬莱魔女的吩咐，把释湛抱起，避进后堂。

竺迪罗喝道："往哪里跑？"他背向耿照，忽地反手一掌，劈空掌力，竟是对准了耿照的方向扫来，就似背后长着眼睛一般。幸而蓬莱魔女早就防他有此一招，忙把拂尘一挥，切断了竺迪罗的掌力，饶是如此，耿照也还是略受波及，身形一个踉跄，险险跌倒，跌跌撞撞地从死里逃生，进了后堂。

蓬莱魔女怒道："你这秃驴好狠，连同伴也要杀害！"刷刷两剑，迫得竺迪罗连退三步。

竺迪罗叫道："释湛，大丈夫死则死耳，你可不能丢了你主人的面子，泄漏机密。"东海龙运掌急攻，竺迪罗应付不暇，再也不能分神说话。

竺迪罗掌力沉雄，出手迅若雷霆，三十招之内，居然未露败象。蓬莱魔女大怒，把天罡尘式与柔云剑法的精妙招数尽数使出，一刚一柔，配合得妙到毫巅。剑光闪烁，似前忽后，似左忽右，就似有十几个人同时使剑向竺迪罗攻来，那柄拂尘，盘旋飞舞，紧紧罩着他的身形，更是厉害。竺迪罗在两大高手攻击之下，竭力支持，终是处在下风。

东海龙虽是较弱，混元气功发挥到了极处，掌力有如排山倒海，也足以裂石开碑。竺迪罗要用大部分的精神应付蓬莱魔女，一个照应不到，蓬的一声，便中了东海龙一掌，饶是他身有护体神功，也禁不住眼睛发黑，"哇"的一口鲜血喷了出来，摇摇欲坠！

蓬莱魔女要擒活口，一剑刺他穴道，竺迪罗武功也真个精强，在受伤之后，居然还能运用上乘的卸字诀，蓬莱魔女的剑尖沾着他的衣裳，竟自滑过一边。这也是因为蓬莱魔女要用剑刺穴，剑走轻灵，劲力不能用得太强的缘故。

东海龙道："柳女侠，别再手下留情，先把他打伤再说。"

蓬莱魔女运剑如风，剑剑指向竺迪罗要害，喝道："你还要顽抗么？赶快实话实说，还可饶你性命。"

竺迪罗纵声笑道："你们要想杀我，只怕也未必容易！"蓦地又是一口鲜血喷了出来，突然一掌向东海龙劈去，掌力大得出奇，东海龙竟给他震得接连退出了七八步，兀是未能站稳脚跟。

蓬莱魔女大吃一惊，恐防他向东海龙再下杀手，连忙尘剑兼施，刷刷刷连环三剑，疾攻竺迪罗要害，拂尘一展，千丝万缕，罩将下来，经过她的玄功妙用，便如无数利针，遍袭竺迪罗全身穴道。竺迪罗喝道："你当我当真怕了你么？"呼地一掌拍出，把蓬莱魔女的剑尖震歪，连环三剑，剑剑落空；大袖一挥，又把蓬莱魔女的拂尘也荡开了。蓬莱魔女大为惊异，心道："怎的这秃驴在受伤之后，功力反而更加强了？可真是邪门！"她摸不到竺迪罗深浅，一时间不敢鲁莽从事，缓了攻势，却展开身法，隔在竺迪罗与东海龙之间，防备他向东海龙追击。

哪知竺迪罗正是要她如此，蓬莱魔女攻势一缓，竺迪罗已腾出手来，把手一扬，只见一团烟雾突然飞出，烟雾中还杂着嗤嗤声响，这是竺迪罗的一种歹毒暗器，在烟雾掩盖下足射出了一把梅花针。蓬莱魔女急忙退后，闭了呼吸，挥舞拂尘，将黑暗中射来的梅花针打落。东海龙叫道："这秃驴要逃！"以混元气功发出劈空掌，劲风扫荡，把烟雾吹散，只听得竺迪罗的声音已从外面传来，哈哈笑道："洒家无暇陪你们玩耍，有胆的你们就追来吧！"他在烟雾掩护之下，早已逃之夭夭，去得远了。

蓬莱魔女见东海龙的劈空掌力不逊先前，知他没有受伤，放下了心。这时，他们一来因为摸不到竺迪罗的深浅，觉得他的武功太过怪异，追上去也未必就能将他活擒，二来也急于要给释湛施救，希望能留得一个活口，也就只好让竺迪罗逃走了。原来竺迪罗练有一门邪派的奇特内功，名为"天魔解体大法"，在自伤肢体之后，功力可以陡然增强一倍。他第一次吐血是因受了东海龙掌力之伤，第二次吐血却是他自己咬断一小片舌尖，施展"天魔解体大法"喷出的血箭。所以在第一次吐血后功力大减，而在第二次吐血后却又忽地增强，就是因为这门邪法的缘故。但因这门邪法，极伤元气，只能暂救燃眉之急，绝不能长久支持，故此他在一掌击退东海龙，打开缺口之后，便要急急忙忙逃走。他说是不怕蓬莱魔女，其实正是心中害怕。

蓬莱魔女与东海龙走进后堂，只见耿照盘膝坐在地上，释湛的身子则斜靠着墙，胸口插的那柄匕首尚未拔出，面上已无一点血色。

蓬莱魔女先问耿照道："不碍事么？"耿照吸了一口气，站起来道："幸没受伤。但这位大师，他不肯服药，唉，看这样子……"

原来耿照刚才受了竺迪罗掌力的余波，胸口发闷，也是有气无力。他盘膝而坐，乃是运那大衍八式，这才得恢复精神。

东海龙颇通医道，于耿照重浊的呼息中觉得有点不对，无暇多说，三指一扣，便搭上他的脉门，蓬莱魔女道："怎么？他可是……"东海龙松了口气，道："不错，你果然幸没受伤。但你可是身上有病么？"耿照诧道："病？我没有什么病呀！"原来耿照日前所中的公孙奇"化血刀"之毒，毒质深藏"隐穴"之中，未曾到期，外表是一点也看不出来的，但这次他因受了竺迪罗的劈空掌力波及，在运功调匀气息之时，就显得较常人稍为重浊了，而且呼出的气息也微带臭味，既然不是受伤，那就是有病的迹象了。

蓬莱魔女听了东海龙这么一问，瞿然一省，也不禁犯疑，心道："以耿照现有的功力，虽然不足以挡竺迪罗的一掌，但那一掌我已给他消去七分力道，余波所及，他还是险些跌倒，又要运功静坐，才能恢复精神，这可真是有点奇怪了，他本来是应该禁受得起的。"当下说道："也许你初到江南，不服水土，有了病也不自知吧？进城之后，请辛弃疾找个高明的大夫给你看看。"

东海龙心道："他是什么病，我也看不出来，想临安的那些大夫，未必便能高明于我。不过，他既然还能运用内功，即使有病，大约也不是什么重症。"东海龙根本就不知道有"化血刀"这种邪派毒功，他把过了耿照的脉，只诊断出他未受内伤，当下也就不放在心上了。

东海龙既然认为耿照的"病"无甚紧要，于是就把注意力移到释湛身上，释湛的伤势却是一眼就看得出来，他以匕首刺胸，直没至柄，伤得极重，所受的毒，身体无力抵抗，脉息已是细若游丝，纵有华佗再世，扁鹊重生，也是回天乏术的了。

东海龙叹了口气，骈指在他脑后的"风府穴"一戳，这是脑神经中枢所在，释湛还未断气，神经受了刺激，这作用便等于现代医术之给临死的人打"强心针"，可以令病人苟延残喘，获得片时清醒。

释湛缓缓张开双眼，东海龙在他耳边说道："释湛大师，你可有什么话要交代么？今晚到底是怎么一回事？"释湛断断续续地说道："戒日法王，他，他传来我主人的命令，要我这样做的。魔鬼花的毒粉，也是他交给我的。主人之命，我不敢违，但我实在是无意杀害古月禅师，所以我才把戒日法王找来，要他给我解药，唉，想不到的是我的主人还是对老禅师下了毒手，竟不让我知道！"他口中说的"戒日法王"即是竺迪罗，这是东海龙已经知道了的，当下连忙问道："你的主人是谁？"释湛缓缓说道："叛主乃是不忠，杀友乃是不义。我已负了不义的罪名，不能再犯叛主不忠之罪。我已以死自赎，请你们不要再迫我了！"

东海龙恳切说道："大师，我不是迫你。我们只是欲明真相，不想古月禅师枉死而已。……"话未说完，释湛已是眼皮阖下，寂然不动，东海龙一探他的鼻息，已断气了。

东海龙双手一摊，喟然叹道："费了如许心力，还是得不出结果。"蓬莱魔女道："也不是全无结果，古月禅师被害的内幕，已是逐层揭开了。"东海龙道："可惜那真凶还是隐在幕后!"

他们将竺迪罗与释湛所透露的零星片段拼凑起来，大致可以描画出一个事实的轮廓。那不知名的凶手利用释湛与老禅师的交情，派他到古月庵卧底，事先却不让他知道要他做甚，临时才叫竺迪罗代传命令，送来毒粉，叫他下毒，杀害庵中僧众，嫁祸于武林天骄。想是刚在下毒之后，华谷涵追踪那个黑影，已是来到了古月庵，释湛不敢便走，只好诈死，随即又是东海龙与蓬莱魔女等人相继进庵，可惜对他的诈死都未觉察。

释湛不敢违背主人命令，又不愿杀害老友。他自以为想出了个"两全其美"之法，待到众人走了，他便立即去找竺迪罗，以助他活擒蓬莱魔女作交换条件，向他讨取解药，哪知早在他诈死的时候，他的主人已以闭穴断脉的绝顶功夫，取了古月禅师的性命!

蓬莱魔女说道："从这些事实看来，给华谷涵从太师府中追出来的那条黑影，与庵中窜出的那条黑影，都是同一个人，也就是这位释湛大师的主人了。"东海龙道："不错，这个人可能是精于改容易貌之术，扮成武林天骄的模样，非常相像，以致连华大侠这等精明的人，也上了他的当。但这个人既非武林天骄，咱们却是添了一个真正的劲敌了!"

蓬莱魔女虽然也感到有了这么厉害的一个对手，实是堪忧，但武林天骄的疑凶之嫌，可以洗脱，她心上的一块大石头却是可以放下来了。

耿照叹道："我道那番僧有那么风雅，会得午夜荡舟？原来他是给释湛做接应的。可惜柳女侠在湖滨交手之时，未知他的来意，手下留情。"

蓬莱魔女道："这番僧万里远来，潜入江南，想来还不会就走，咱们以后再搜查他的踪迹吧。释湛已死，要知道谁是他的主人，只有着落在这番僧身上了。唉，可惜这些事实，不能让华谷涵知道。"言念及此，不觉黯然。

这时已是天光大白。东海龙道："咱们可应该走了。"

蓬莱魔女点了点头，正要动身，东海龙忽又说道："柳女侠，你等一等，你还不能这样就走!"

蓬莱魔女怔了一怔，愕然问道："什么事？"东海龙笑道："你这身装束，如何去得？"要知临安乃是南宋的京都，不比冀北平原可以由江湖人物驰骋。蓬莱魔女一个美貌女子，背插拂尘，腰悬长剑，一到市区，定然惹人注目，只怕大人小孩都要围上来看她，如何还能访友？蓬莱魔女苦笑道："这倒是我的疏忽了。只是如今仓猝之间，哪里去找男子的衣裳更换？"东海龙想了一想，说道："有了，华大侠的房间里想必还有他的衣服留下，你就暂且借用一套吧。他是住在方丈室后进东首的第一间房间。"蓬莱魔女粉脸微红，笑道："也只好如此了。"

　　东海龙道："这位释湛大师自杀殉友，虽然一时糊涂，也还算得是个义气深重的汉子，我给他收殓，等你们换装。"

　　蓬莱魔女进了华谷涵的房间，只见桌子上铺着一张纸，纸上墨渖犹新，写有几行诗句，"芳桂当年各一枝，行期未分压春期。江鱼朔雁长相忆，秦树嵩云自不知。"这是李义山一首赠别友人的诗，本是一首七律，但华谷涵只写了前面四句，就匆匆离开了。

　　蓬莱魔女看了这四句诗，不觉心头怅触，想道："这本是李义山写给他的一个'同年'的，（科举时代，同榜考中的士子互称同年。）他与那位同年，彼此欣慕对方的才名，结成知己，分手之时，依依不舍，故作此诗。华谷涵别的诗句不写，只写李义山这半首诗，看来真是含有深意。他与武林天骄齐名，'芳桂当年各一枝'，莫非就是隐含此意？但'江鱼朔雁长相忆，秦树嵩云自不知'不但只是伤别，还有一片迷茫怅惘的心情，这又似乎是对我而言了。"

　　蓬莱魔女想到华谷涵与檀羽冲本来可以成为好友，事实上他们从前也是彼此互相钦佩的，想不到如今竟忽而成了敌人，而自己插足其间，只怕也是造成他们变成仇敌原因之一。蓬莱魔女思念及此，也不觉怅怅惘惘，悲从中来，难以断绝。

　　朝阳已开始透进窗户了，蓬莱魔女瞿然一惊，心道："水流花落，各自随缘，只有任它将来如何变化吧。此地不宜久留，我是应该快些换装走了。"她选了一件长衫，披在身上，虽然嫌长了一些，衫角沾地，也还勉强可以相就。再找一方巾，盖在头上，遮过了头发，结成当时儒生所常戴的头巾，装束好了把拂尘藏在宽袍大袖之中，揽镜自照，已变成了一个俊俏的书生。

蓬莱魔女走出大雄宝殿，东海龙亦已把释湛的尸体装好棺材了。东海龙笑道："好，别人只会把你当作谁家的贵介儿郎，绝不会想到你是个纵横冀北的女侠了。咱们走吧！"

三人离开古月庵，来到湖边，湖上已有游人。蓬莱魔女眼尖，一眼望去，一只画舫中有一个胖胖的歌女，正是昨晚给竺迪罗唱曲的那个女子，蓬莱魔女道："照弟快走，别要给她认出了咱们。"耿照笑道："昨晚星月朦胧，她在湖中，谅也看不清楚，何况你又换了装？"话虽如此，小心为上，一行三众，还是加快脚步。但在湖滨，白日青天，虽然加快脚步，却也不便施展轻功。

那只画舫中有三个官员模样的人，其中一个道："我点一首前科状元公于湖先生的《西江月》。"南宋词风极盛，客人点唱，都是选些时人所作的新词。那歌女轻启朱唇，娇声呖呖地唱道："问讯湖边春色，重来又是三年。东风吹我过湖船，杨柳丝丝拂面。世路如今已惯，此心到处悠然。寒光亭下水连天，飞起沙鸥一片。"

耿照道："看来似是三个外地来的不甚得意的小官。点这阕词发发牢骚，故示高雅。"

蓬莱魔女叹道："金虏南侵在即，他们居然还有如此闲逸的心情，想要随遇而安，以'世路如今已惯，此心到处悠然'自鸣得意！张于湖有许多佳词，'六州歌头'中的'闻道中原遗老，常南望，翠葆霓旌。使行人到此，忠愤气填膺，有泪如倾。'忧民忧国，足以振奋人心，他们却不点唱。"耿照笑道："这些'雅'得俗不可耐的官员，但知醉生梦死，管他作甚？"众人加快脚步，那只小船也划到湖心，去得远了。但蓬莱魔女把眼望去，那三个官员立在船头，似乎还在朝着岸上看来。蓬莱魔女却也不放在心上。

走过了白堤，东海龙道："我要回去向丐帮的李帮主报告消息，不能陪你们去见辛将军了。"原来东海龙就住在临安南丐帮的总舵之内，昨晚华谷涵夜探太师府，东海龙来古月庵探听结果，这件事是告诉了李帮主的。故而东海龙要赶着回去，怕他等得心焦。蓬莱魔女道："既然如此，你把辛将军的地址给我。咱们再约个地方见面。"东海龙沉吟半晌，说道："李帮主古道热肠，本是个值得结识的汉子。但你以北五省绿林盟主的身份，潜入江南，却不方便到丐帮总舵，与一大群花子见面。这样吧，明日一早，你到六和塔脚下等我，我带李帮主来与你会见。六和塔在钱塘江边，月轮山上，远远就能望见，最易记认。"

说定之后，蓬莱魔女向东海龙要了辛将军的地址，便即分手。她改了男子装束，与耿照一同进城，果然没有惹出什么麻烦。辛弃疾在一条比较偏僻的横街，租了一间破落户的屋子。他们按址寻找，不多一会，也就找到了。正是：

公义私情两愁绝，武林奇女入京都。

欲知他们会见辛弃疾之后如何？请听下回分解。

第四十六回　金戈铁马悲慷气
裁剪冰绡血泪词

　　看门的护兵是以前服侍过耿京的马弁，认得耿照，不用通传，便带他们进去。那小护兵悄悄说道："辛将军这几天心里很闷，我见他常常一个人在屋子里踱来踱去，也不知想些什么，老半天不说话。茶不思，饭不想的，只怕要闷出病来。耿相公，你来得正好，劝一劝他。"

　　耿照走近书房，只听得铮铮声响，原来辛弃疾正在以剑击柱，按拍高吟，耿照小声说道："稼轩想是又得新词了。咱们且别扰乱了他的清兴。"

　　只听得辛弃疾声音高亢，那激昂慷慨，满腔悲愤的情怀都似要从词中发泄出来，唱道："千古江山，英雄无觅孙仲谋处。舞榭歌台，风流总被雨打风吹去。斜阳草树，寻常巷陌，人道寄奴曾住。想当年，金戈铁马，气吞万里如虎！"南宋偏安江南，正是三国时代吴国所占的疆土，辛弃疾将曹操侵吴，被孙权（仲谋）击败的故事，比拟今日的金兵南侵。缅怀古代英雄，而兴挥戈杀敌的壮志。激昂慷慨，令人热血沸腾。耿照忍不住大叫道："好，好词！"

　　辛弃疾倏然收剑，踏出房门，哈哈笑道："我道是谁，原来你来了。这位——"蓬莱魔女笑道："辛将军认不得我了？"辛弃疾定睛一瞧，大笑道："原来是柳女侠，你改了男子装束，我还只道是照弟结交的少年英雄呢。请进，请进。"

　　坐定之后，辛弃疾说道："华大侠前几天到过这里，还说起你们。柳女侠，你可见过他了？"蓬莱魔女黯然说道："见过了。他昨日已离开临安，我恰好赶上和他见了一面。"辛弃疾稍稍知道他们之间的事情，但也只知华谷涵是对蓬莱魔女私心爱慕，至于武林天骄的那段纠纷，他却是毫不知情了。他见蓬莱魔女神色黯然，还只道她是伤离恨别，心里反而暗暗为谷涵欢喜，想道："看来不只男的有心，女的也有意。"便安慰蓬莱魔女道："华大侠热心为国，四处奔波，令人敬佩。我和他已约好将来在军中见面，柳女侠也不愁没有与他会面之期。"

蓬莱魔女不愿多谈她私事，淡淡一笑，扭转话题，说道："大家都是执戈御敌，见不见面都是一样。辛将军，你词意沉雄，但却似颇有心事。这是何故？依我看来，今日并非没有孙仲谋这样的英雄人物，虞允文将军名副其实，当真是允文允武，辛将军，你自己也是文武全才，上马能杀贼，下马能草露布的英雄，比之孙仲谋，也只有过之，而无不及。何用慨叹？"辛弃疾喟然叹道："你太看重我了。柳女侠，但你却有所不知，朝廷之事，言之实是令人气愤。"

辛弃疾叹了口气，接着说道："金虏南侵的消息传来，最初廷议纷纭，主和派由魏良臣倡议，甚为得势。有请皇上迁都避敌的，甚至还有请皇上向金虏上表请罪的。后来文臣中的陈康伯，武将中的刘锜等等正直大臣，慷慨陈言，驳斥了主和谬论。皇上终于也明白了求和避敌，大宋即难免覆亡，这才起用刘锜为'江淮制置使'，备战待敌。

"如今全国人心振奋，主和派的气焰，是被压下去了。魏良臣连一个'和'字也不敢出口了。可是主和派诸人，仍是柄国当权，备战的将领，却受到诸多掣肘！

"即以虞允文将军的处境而论，他奉命守江御淮，单骑出京，收编散兵游勇，招募民兵，短短几月，即练成一支劲旅，朝廷应如何嘉奖才对，但主和派反而弹劾他，说他不该擅自收编其他将领的溃卒，有越职权，妙在那些畏敌如虎，闻风先遁的将领，十九躲到后方，甚至连人影也找不到，散兵游勇，总得有个安置。刘锜上表替虞允文辩解，皇上明白了实情，这才没有加罪于他。主和派弹劾不成，却又借口怕虞允文浮报兵额，要派什么点兵官去点过兵丁数目，这才能发足粮饷。在未清点名额之前，只能按所报的折半发给。拖延至今，这问题尚未解决，你说气不气人？"

耿照道："好在老百姓都非常爱戴虞将军，知他军粮不足，纷纷输粟劳军。当真是要粮有粮，要人有人。我在虞将军的帐下虽然时日无多，老百姓但求有人能够为他们抗敌，不惜毁家纾难的感人事例却见了不少！"

辛弃疾又道："再说到咱们这支义军，令叔临终之时，要我挑起这副担子。我带了这支义军渡江，请朝廷安置。朝廷如今还是未有明文发落。皇上召我进京奏对，只陛下召见了一次，说是叫我等待后命，至今一月有多，也还是没有下文。我又不敢擅自离开京都，回到军中，金虏南侵在即，我在这里度日如年，你说心不心急？

"这还罢了，前几日我听得风声，说是禁军都指挥王俊，正在多方活动，请皇上派他去收编这支义军，做这支义军的统帅！我不是想与他争权夺位，可是这，这个王俊，实在不是好人，你可知道……"

耿照不待辛弃疾把话说完，已是骇然说道："王俊？不就是从前诬告岳飞的那个坏蛋？"辛弃疾叹口气道："不是他还有何人？他内有司礼太监洪公公给他撑腰，外有魏良臣做他奥援，势力可还真不小哪！"耿照大怒道："他敢到咱们义军中做统帅，弟兄们先就把他宰了。"辛弃疾叹道："这可就要激起兵变了！"正自感到应付为难，说到这里，那小护兵进来禀报。

那小护兵呈上一张大红帖子，说道："刘大人到来拜会将军。"蓬莱魔女与耿照听得"刘大人"三字，都提起了精神，眼睛瞧着那张帖子。辛弃疾笑道："不是刘锜，是刘锜的侄子刘直夫。刘锜统兵在外，委他做'江淮制置使'的'京都留守'（等于现代的战区司令长官的驻京办事处主任之类职务）。此人年少得志，虽说是出于叔父提携，却并无纨绔子弟作风。他不但颇有干才，而且颇有几分豪情侠气，和我很谈得来。前几天我还曾在他家里痛饮一场，饮到酣时，纵谈国事，他也曾似我一样击剑悲歌。只不知他这次到来，是回拜还是有事？"

蓬莱魔女不想泄露身份，虽说这刘直夫不同于一般俗吏，见了面究竟也要多费解释，便与耿照回避到屏风后面。辛弃疾吩咐护兵请客。

刘直夫一走进来，便与辛弃疾作揖说道："稼轩兄，恭喜，恭喜！"辛弃疾怔了一怔，道："喜从何来？"刘直夫道："日前兵部尚书奉圣上面谕，议订你的官职，现在兵部授你为承务郎，参赞军务，正是分发家叔军中，兵部文书已经到达，要我催你克日赴任，你不是正为出处焦虑，在京中住得不耐烦吗？这回可遂你的志愿了。"

"承务郎"是个不大不小的六品官衔，由兵部直接委任，而无须由皇帝下诏，委任的文书也是由直属长官发，而非送给本人，刘锜不在京都，故此便由他的京都留守转达这道命令了。

辛弃疾沉吟半晌，说道："兵部文书就只是授我这么一个官衔么？还有没有其他命令？"刘直夫歉然说道："承务郎是委屈了吾兄大才，但这个六品官儿却是由圣上交由兵部议定的，与众不同，可见吾兄的名字，也早已留在帝心了。"刘直夫这些话当然是安慰辛弃疾的。要知辛弃疾率领义师来归，轰动朝野，论功行赏，至少也应该是个二品三品的将军，皇帝记得他的名字，那是当然之理，如今交由兵部议订，只给他一个六品官儿，那已是大大贬抑了他，决不能说是青眼有加了。

辛弃疾道："我不是嫌官大官小，执干戈而卫社稷，做个小兵，我也是乐意之极，何况还是追随令叔呢。只是我想知道我带来的这支义军，朝廷却作何安置？"

刘直夫叹了口气，说道："实不相瞒，家叔曾上过几封奏折，保荐吾兄作为统帅，所率的义军编为正式官军。如今兵部明令已颁，家叔此议已被废弃了。据我所知，关于这支义军，还有另外两种安排，正在等候圣上做最后的决断。"

辛弃疾道："哪两种安排？"刘直夫道："大臣陈康伯上疏，请圣上重用虞允文将军，赋予他以收编一切散兵游勇之专责，兼领这支义军，收编之后，拨归家叔节制。这是一种安排。第二种安排，是太师魏良臣上疏，奏请圣上，将禁军指挥王俊外调，统领这支义军。"

辛弃疾道："第二种安排，千万不可。义军兄弟，谁不知道王俊是曾做秦桧帮凶，谋害了岳少保的奸人？若他胆敢去接帅印，定然激起兵变！"

刘直夫道："朝中正直大臣，人人也知有这危险。但秦桧是当今圣上曾重用了十几年的宰相，他死后多年，党羽依然盘踞朝廷，大臣可以上疏反对王俊外调，但却不便向圣上提起这件旧事，作为反对王俊的理由。这么一来，大臣的反对，只怕就未必及得上魏良臣保荐的有力了。不过，圣上因为反对王俊之人甚多，如今也还在犹疑未决。"

辛弃疾叹气道："可惜我根本没有再次陛见的机会，否则必将犯颜直谏，痛陈利害！"刘直夫沉吟半晌，说道："机会也还是有的。吾兄虽是个小小的承务郎，由兵部直接委派，但却是由皇上交由兵部议订的，按规矩吾兄可以上个谢恩折。对这支义军该当如何安排，吾兄在折中也可以有所献议。吾兄是率领这支义军渡江南归之人，如今又不是为争官职，向圣上进言，或许能邀天听。"

刘直夫告辞之后，耿照与蓬莱魔女从屏风后面走了出来，耿照说道："这支义军是我叔父一手创立的，倘若落在王俊手中，我叔父也死不瞑目！"

辛弃疾击案说道："当然不能落在王俊手中，我拼了一死，也将直谏。在谢恩折中，不但要反对以王俊统军，我还要揭发奸臣误国之罪！"

蓬莱魔女叹气说道："辛将军，你勇气可嘉，但只怕你拼死进言，这一封谢恩折也未必能够上达天听。"

辛弃疾道："你怎么知道？"蓬莱魔女道："你想想看，耿照托你由刘锜进呈皇帝老儿的、他父亲那封遗书，如今是落得怎么个结果？"辛弃疾道："不错，我正在奇怪，这件事怎么这许久都没有下文？照弟，你这次进京为了何事？是否奉诏而来？"

耿照道："'诏'是奉了，可惜却是奸人所传的圣旨。"当下蓬莱魔女与他将日来的种种遭遇告诉了辛弃疾，蓬莱魔女道："我已查得实情，宫中的司礼太监那个叫做什么洪公公的，与魏良臣里外勾通，洪太监掌管奏章与圣谕的收发，你一个小小的官儿，所上的谢恩折，他给你扣留下来，皇帝老儿根本就不会知道！"

辛弃疾捶胸长叹道："国事如此，夫复何言！"耿照想起自己父亲的数十年苦心，付之流水，也是十分难过，更无言语可以安慰辛弃疾了。

蓬莱魔女若有所思，半晌忽道："辛将军，你写这封谢恩折吧，将耿老伯那封遗书被扣之事，也写进去。"辛弃疾诧道："你不是说我这个小小官儿的谢恩折，决难上达天听吗，何以你又主张我写？皇上看不到，那又有什么用？"蓬莱魔女道："我亲自给你送去！"

此言一出，辛耿二人都是大吃一惊。辛弃疾道："这个恐怕使不得吧？大内高手如云，禁卫森严……"蓬莱魔女笑道："你敢拼死上疏，难道我就不敢拼死送信？深宫大内，虽是禁卫森严，只怕也还未必能够阻拦于我！那些大内高手么！嘿，嘿！要想捉我杀我，只怕也不是那么容易！"

辛弃疾见过蓬莱魔女的本领，那次耿京被害，她帮忙辛弃疾擒拿那叛将张定国之时，张定国盘踞山头，居高临下，辛弃疾兵困峡谷，束手无策，当时就是由蓬莱魔女偷偷上了山顶，从数十丈的高峰，一跃而下，将张定国拿获的。以这等卓绝的轻功，蓬莱魔女刚才那一番豪语，确实也不是大言。

辛弃疾道："好，既是别无良策，也只好姑且冒险一试了。柳女侠，你慷慨任侠，请受辛某一拜！"蓬莱魔女笑道："彼此都是为了大宋兴亡，又不是你一个人的事，你何须拜我，赶快写吧！"

耿照给他铺纸磨墨，辛弃疾倚马才高，振笔疾书，洋洋数千言的一封奏折，不消一个时辰，也便写好了。说道："照弟，你再给我仔细参详参详，看看其中可有什么不妥之处？"

耿照道："吾兄这封奏折，犯颜直陈，痛陈利害，谋国之忠，溢于言表，不让贾长沙之流涕上疏专美于前，弟是不能更易一字的了。想皇上若非十分糊涂，读了也当感动。弟所虑的倒不是此疏……"

辛弃疾道："那是何事？"耿照道："皇宫广阔，房屋只怕不下千间，柳侠女又不熟悉宫中道路，怎知那皇帝老儿所在？"

蓬莱魔女道："那也只有见机行事，碰碰运气了。好运气未必碰得上，但也总好过不试。"

辛弃疾道："刘直夫曾入过宫禁，据说御花园中有座'翠寒堂'，倚山修建，前面是一个大荷塘，周围栽植修竹，是人间最妙的避暑胜地。如今炎夏未过，皇上多半是住在翠寒堂中。你只要能够找到那座翠寒堂，将这封奏折放在书案上，即使不见皇上，那也有让他过目的机会了。"

蓬莱魔女接过那封奏折，说道："有了这个线索，那就方便多了。如今天色不早，我先到皇宫附近蹓跶蹓跶，熟悉地形。"辛弃疾道："好，你无暇吃饭，我给你准备一点干粮。倘若碰到意外，吃饱了也好动手。"

蓬莱魔女道："照弟，今晚五更，我若是不能回来，你就不必再等我了。与东园前辈明早六和塔之约，你就单独去吧。也不必告诉他这件事情，免得误了他的正事。"她是顾虑东海龙性烈如火，若然知道此事，怕她陷在宫中，只怕也会闯进宫来，闹个天翻地覆，那就不但连累了东海龙，而且也会误了下月初五赴东海无名岛侦察奸人集会之事。

耿照含泪说道："柳女侠放心，小弟省得。"要知蓬莱魔女本领虽高，但此去实是吉凶难卜，蓬莱魔女说的这番话就是预防万一，先给耿照来个交代的意思。耿照只恨自己的本领低微，无力相助。

蓬莱魔女拿了干粮，与辛耿二人互道一声"珍重"，便即出门，这时已是天将入黑的时分了。

蓬莱魔女绕着紫禁城走了一周，走到了御花园墙外，好容易待到二更时分，便施展绝顶轻功，越墙而入。好在这晚碰巧月淡星疏，蓬莱魔女飞过围墙，俨如一叶飘坠，落处无声，巡逻的卫护，竟是丝毫未觉。但见层楼丛叠，假山亭阁，星罗棋布，一望无涯，虽然知道有个"翠寒堂"，却不知坐落何方？蓬莱魔女只好瞎闯。走到园中深处，巡逻的卫护越来越多，蓬莱魔女虽是技高胆大，也不能不分外小心。园中有许多苍松古柏，蓬莱魔女为了防人觉察，索性飞身上树，以绝顶轻功，从这棵树飞到另一棵树，似灵猿一般，在树上行走，找寻翠寒堂所在。

蓬莱魔女脚点树梢，"飞"过了十几棵松树，正自觉得这个办法巧妙，忽听得有人"噫"了一声，突然间一股劲风，从她身旁刮过，树叶纷纷落下。

蓬莱魔女刚刚落在一棵树上，连忙定着身形，屏息呼吸。只听得一个人笑道："上官将军，你也太过虑了。只怕是飞鸟吧？"另一个道："不对，不像是飞鸟的影子。"原来下面这两个人是宿卫军统领上官扶威与另一个御前侍卫。

蓬莱魔女听得他们的对话，知道他们也还不敢断定是人是鸟，便借着茂密的树叶掩蔽身形，依然不动声息。上官扶威道："小心为上，待我再打几掌试试。"

呼呼地接连发出几记劈空掌，蓬莱魔女周围那几棵松树，树动枝摇，树叶落了满地。

蓬莱魔女心头微凛，想道："我只道宫中卫护都是一些酒囊饭袋，却不料也还有如此能人！"这人的劈空掌力大是不弱，他以掌力搜索，只要打到蓬莱魔女这棵树上，蓬莱魔女就决难隐藏。是依然不露声息，还是冒险立即转移，蓬莱魔女正打不定主意，忽听得"吱"的一声，一条黑影从她旁边的一棵树梢跃过第二棵松树，转瞬之间，没入林中。

那御前侍卫笑道："原来是个猴子，和咱们开了玩笑。"上官扶威道："猴子都是饲养在猴山之中，周围都有铁网围住的，怎能在园中到处乱跑？"那侍卫笑道："上官将军有所不知，昨日那猴监饲猴之时，一不小心，给两只猴子窜了出来，尚未拿获，想来这只猴子就是从猴山逃出，在这里作怪的了。"上官扶威沉吟半响，摇了摇头，说道："不对，猴子在这么高的树上，影子似乎不应该有这么大！小心为上，咱们还是分头搜查去吧，要是偷进了刺客，事情可就大了。但也不必张扬，免得不是之时，惹人笑话。"上官扶威向那黑影逃走的方向追去，那御侍卫嘀嘀咕咕地说道："疑神疑鬼，何苦来哉？"自言自语，也自走开了。

上官扶威眼力很是厉害，但也还不敢十分断定是人非猴。蓬莱魔女却吃惊不小，原来她在树顶上比上官扶威看得分明，那的的确确是一个人而不是猴子。那人的轻功本领，只有在她之上，决不在她之下，正因为那人的本领太高，所以才令上官扶威也迷惑了。

蓬莱魔女心道："这人偷入宫中，不知所为何来？笑傲乾坤与武林天骄昨晚已经走了，料想不会再折回来，偷入禁苑，而且也不像他们两人的身材，哎呀，倘若是金国派来的奸细，这可就不妙了。"

正自疑心不定，忽听得有人似在她耳边悄悄说话，声音极细，却是听得清清楚楚。

这声音说道："从这里向西走，走过第三座亭子，折向东走，走过一座假山，再向北走，可以看见一个荷塘，荷塘对面，山脚底下，有栋房屋，那就是翠寒堂了。"

周围树木静止，杳无人影，那人是在远处，用"传音入密"的内功向她传话的。蓬莱魔女又惊又喜，惊的是这人的内功如此深湛，不但在她之上，只怕笑傲乾坤与武林天骄比起此人，也是颇有不如，喜的是，这人既然暗中指点她的路径，想必不会是敌人了。蓬莱魔女在惊喜之外，更有几分奇怪，猜不透这个陌生人怎会知道她是要寻觅翠寒堂？

蓬莱魔女无暇仔细推敲，当下就依着那人的指点走去，果然见到了荷塘。

荷叶田田，莲花朵朵，恍如翠盖红裳，微风吹过，一水皆香。蓬莱魔女暗自叹道："此地当真是仙境一般，这皇帝老儿也太会享福了。"

忽听得轻拢慢捻的琵琶声起，抬眼望去，只见翠寒堂外，临湖的一面平台，摆着堆满香花鲜果的几案，有个男子坐在当中，两个宫娥模样的女子随侍左右，其中一个手抱琵琶，正在开始调弄。

蓬莱魔女心道："这男的想必就是皇帝老儿了，亏他还有如此闲情逸致。"琵琶声初起如"间关莺语花底滑"，瞬息一变而似"幽咽流泉水下滩"，颇出蓬莱魔女意料之外，心道："怎的这乐声如此凄苦？"

手持拂尘的那个宫娥说道："皇上，这首词是谁作的？良辰美景，奏此凄凉曲调，是不是有点杀风景了？"这男子果然是南宋的天子赵构，他叹了口气，说道："你不必管，朕叫你唱，你就唱吧。"

那宫娥轻启朱唇，配合着乐声唱道：

"裁剪冰绡，轻叠数重，淡著胭脂匀注。新样靓妆，艳溢香融，羞煞蕊珠宫女。易得凋零，更多少无情风雨！愁苦。问院落凄凉，几番春暮？　　凭寄离恨重重，这双燕何曾，会人言语？天遥地远，万水千山，知他故宫何处？怎不思量？除梦里、有时曾去。无据，和梦也，新来不做。"

如怨如慕，如泣如诉，声声凄楚，赵构泪滴衣襟，蓬莱魔女也不禁心酸泪咽，想道："他在金虏南侵前夕，听他爹爹这首以血泪写成的亡国之词，看来倒是伤心人别有怀抱，并非全然糊涂。"

原来当年"靖康之耻"，徽钦二帝给金人掳去（宋徽宗赵佶是赵构的父亲，宋钦宗赵桓是赵构的哥哥），宋徽宗擅长文学，这首《燕山亭》词，就是他在被押赴燕京途中，自注"北行见杏花"而作的。这首词非常细致地描写了他的亡国哀思，初见杏花，就想起宫女，于是拿宫女来比杏花，都是"易得凋零"的，从宫女想起故国故宫，想凭双燕将这重重离恨寄回故国，可惜双燕是"何曾会人言语"，其实，即使双燕会人言语，但"天遥地远，万水千山"，它又怎知故宫何处？再想起"故宫"不能再回去了，连梦也恐怕梦不到了。当真是回肠荡气，不胜凄恻之至。

这首词写在二十年之前，宋徽宗早已死了，在金国统治下的沦陷区，这首词早已在汉人中私下传诵，但在江南则还是知者无多，更没人敢拿来演唱。蓬莱魔女心想："这皇帝老儿若是稍有心肝，听了他爹爹这首词，也该奋起抗敌。"

琵琶戛然而止，两个宫娥都是大为惶恐地望着赵构。

赵构深深叹了口气，说道："朕今晚在翠寒堂听你琵琶，乐声是欢快也罢，凄凉也罢，朕都算得是享尽了帝王之福了。只怕他日羁身异域，举目无亲，北国风沙之中，只能听胡雁的哀鸣。"那两个宫娥惶然伏地，说道："陛下何出此言？"赵构将她们拉了起来，缓缓说道："这首《燕山亭》词是太上皇北狩途中的御制，（按：徽钦二帝被金人掳去，当时宋人的谈话或文字记载，为之隐讳，美

宋帝赵构叹了口气，说道："你不必管，朕叫你唱，你就唱吧！"

其名曰'北狩'。)有人抄了一份给我。如今金主完颜亮扬言要到临安来度中秋，胡马窥江，战云已布，朕恭聆上皇御制，能不兴悲?"

蓬莱魔女心道:"原来这皇帝老儿乃是恐惧自己陷于父兄同样的命运。他不思报仇雪耻，却畏敌如虎，可堪浩叹!不过，只要他懂得伤心，也还不算是十分糊涂的昏君。"她在感慨之中又有几分奇怪，"是谁将他爹爹这首流亡词草抄来给他?朝中的文武大臣，未必有这么大胆?嗯，抄这首词给他的人也真是有心之人!"

那两个宫娥面面相觑，不敢言语。有个小太监上来俯伏说道:"陛下今晚到哪座宫中安歇，还是传哪位贵妃娘娘到翠寒堂来，夜已深了，请陛下降旨。"赵构叹口气道:"朕哪还有心思作乐?今晚朕留宿翠寒堂，什么人都不宣召。你们也不要来唠唠叨叨了，让朕安静一宵。"那小太监大气也不敢透，应了一声:"是!"便退了下去。赵构道:"你们吩咐小宫娥给我焚香备茶，朕今晚在书房独宿，你们也无须伺候。"那两个宫娥道:"早已安排妥帖了，夜已三更，皇上龙体要紧，有什么奏章，明日再看吧，请陛下早些安歇。"赵构道:"好，你们倒很会体贴朕，但也不必你们多话了。这就进去吧。"

那两个宫娥陪着赵构进去，之后出来了两个侍卫，在翠寒堂外面站班。蓬莱魔女心道:"皇帝老儿今晚独宿翠寒堂，这倒是个难遇的良机。"当下折了手指般大小的一节柳枝，用重手法掷入荷塘，发出轻微的声响，那两个侍卫耳目灵敏，听得声响，赶忙到塘边来看，笑道:"原来是风飘落叶。"

蓬莱魔女乘他们注意分散的时候，早已绕过荷塘，以绝顶轻功，悄无声地进入了翠寒堂。翠寒堂中的御书房有灯光透出窗纱，蓬莱魔女很容易地就觅到了所在。她伏在屋檐的凹槽中，以"珍珠倒卷帘"的身法，足尖勾着檐角，看进屋中，只见赵构果然是独自一人，在书房里负手徘徊。忽地自言自语道:"是打呢，还是不打!打了兵败被俘，只怕连一个'归命侯'都做不成!但若不打，束手就擒，那更是要与爹爹同一命运了!"

赵构自言自语了一会，忽地打开抽屉，拿出一张羊皮，羊皮上有点点斑斑的血渍，又自言自语道:"这的确是我哥哥的笔迹，唉，真想不到他死得这么惨！"他唉声叹气，脸上却殊无悲戚之容，眉宇之间，似还隐有喜色。

蓬莱魔女眼光锐利，她在窗纱上用指甲刺穿了一个小孔，偷窥进去，赵构背向她坐，那纸羊皮书却正好对着她。上面写的字虽是看不分明，但却可以看得出前面几行歪歪斜斜的字迹，鲜红刺目，乃是血写的草书，后面有十几行密密麻麻的蝇头小字，乃是墨写的楷书，显然不是同一个人的手笔。蓬莱魔女怔了一怔，随即恍然大悟："是了，送这纸羊皮书给他的人，也定然是抄他爹爹那首词给他的那个人了。这人在他哥哥的血书之后，又续写了那么一大段，告诉他哥哥是怎么死的。"

原来赵构的哥哥，就是宋钦宗赵桓，他与父亲徽宗赵佶一同被金人所掳，赵佶年老，经受不起折磨，在被囚之后的第五年，（南宋绍兴六年，金熙宗天眷元年)，病死"五国城"。赵桓却活到六十三岁，一直在过了三十多年的囚犯日子之后，其时已是完颜亮做了金国的皇帝，完颜亮生性残忍，在正隆六年，有一天忽然想起这个被囚了三十多年的宋帝，将他捉弄，竟然要这个六十三岁的老头，到校场去与另一个被囚的辽国皇帝耶律延禧赛马，完颜亮命手下用箭先后穿过耶律延禧与钦宗的心胸，钦宗坠马死，金主不准收尸，用马蹄践踏到泥中，作为葬礼。

宋高宗赵构有个心病，既怕金国兴兵灭他国家，但另一面又怕诸将北伐成功，将他哥哥迎接回来，那时他皇位不保，是以最如意的算盘乃是与金国讲和，使他得以在江南偏安，当初他以十二道金牌，将岳飞召回，后来又听从秦桧的主意，将岳飞杀掉，就是由于这个心病。

如今他知道哥哥确实已死，他的心病已经消了。想起他哥哥死得如是之惨，虽则遂了自己的心愿，却也不由得兴起兔死狐悲之感，思念及此，心意立决，猛地击案叫道："金虏欺我太甚，哼，哼，看来是非和他们一拼不可了！"

蓬莱魔女听了他这般言语，心头大喜，正想趁此机会，就进去把辛弃疾的奏折给他，并向他进言。忽听赵构"咦"了一声，又自言自语道："这并不是奏折呀，怎的也放在这里？"在书案上拿起了一本小册子来，看了一眼，惊诧之极，喃喃说道："孤臣耿仲遗书？这耿仲是什么人？怎的我不知道！奇怪，他的遗书怎么混在我案头的奏折之中？"

蓬莱魔女曾见过耿照父亲的遗书，当初耿照与玉面妖狐同在一起，被蓬莱魔女所擒，蓬莱魔女就是因为搜出这份遗书，而知他是忠义之士的。这时从窗孔偷窥进去，只见皇帝手上捧着的那本小册子，果然是和那份遗书一式一样。耿照的父亲名叫耿仲，这名字从皇帝口中念了出来，更是不会假了。

蓬莱魔女喜出望外，心道："这份遗书到了皇帝手中，这可就更好了。且不要骚扰他，待他看完了这份遗书，我再把辛弃疾的奏折送进去。"

赵构聚精会神地看了几页，忽然打了个哈欠，伸了个懒腰，那本小册子跌落地上。蓬莱魔女正自觉得有点奇怪："好端端的怎的突然打起瞌睡来了？他看了这份遗书，应该惊心动魄，分外精神才是。"

心念未已，忽觉一缕幽香，沁入鼻观，蓬莱魔女吃了一惊，只听得"蓬"的一声，已有一人破门而入，哈哈大笑。闯进御书房的这人，正是曾和蓬莱魔女两度交过手的番僧竺迪罗。

这迷香乃是江湖上常用的"鸡鸣五鼓返魂香"，虽然厉害，却是无毒。蓬莱魔女内功深湛，这种无毒的虽然厉害也还不是十分厉害的迷香，却迷不倒她。只是因她刚才全神贯注，观察皇帝的动静，却没提防竟有敌方高手突如其来，如今这竺迪罗已进了御书房，皇帝也已在他掌握之中，蓬莱魔女可就不便轻举妄动了。

蓬莱魔女心念电转："这厮用无毒的迷香，看来并非想刺杀皇帝，且看他如何？"只见竺迪罗站在赵构跟前，将他摇了一摇，赵构熟睡如泥，毫无反应。竺迪罗笑道："你这昏君在这翠寒堂中倒是会享清福。此时我要杀你，易如反掌。只是我主公吩咐，说正因为你是个昏君，就不许我杀你。这真是莫测高深，但主公既然这样吩咐，我只有依命而行。哼，哼，就让你这昏君多享几年福吧。"他咕咕哝哝，看来是因为他"主公"的这个吩咐，以至他不能杀掉大宋皇帝而震惊天下，深感遗憾。

竺迪罗不解他"主公"的用意，蓬莱魔女却是一怔之后，立即明白："这皇帝老儿一向是对敌求和的，敌人知道他并无大志，只恐刺杀了他，假如换了一位有作为的皇帝，更是对他们不利。这皇帝老儿倘若知道敌人是因为如此这般而不杀他，也当惭愧？可是敌人已不是想刺杀大宋皇帝，却又派这竺迪罗进宫作甚？"

蓬莱魔女这疑问立即得到解答。竺迪罗放开了赵构，眼光一瞥，看见地上的那份"孤臣耿仲"的遗书，登时又哈哈大笑起来！正是：

心怀故国多奇志，一片孤臣孽子心。

欲知后事如何，请听下回分解。

第四十七回　剑影刀光惊禁苑
菩提明镜了尘缘

　　竺迪罗哈哈笑道："我只道是搜遍深宫无觅处，哪知是得来全不费功夫！"蓬莱魔女这才知道，原来竺迪罗是来盗取耿仲的遗书的。这份遗书有助于宋国抗金，关系非小，怪不得在金主眼中，把它看得比大宋皇帝的首级更为重要了。

　　竺迪罗迈步上前，正要拾取这份遗书，蓬莱魔女一抖拂尘，玄功妙运，几根尘尾已从窗孔射了进去。翠寒堂的守卫都受了迷香晕倒，竺迪罗以为百无一失，所以径闯进房，未曾上屋巡视，哪知便百密一疏，受到了突如其来的袭击。

　　竺迪罗的手指还未曾触及那本小册子，忽觉微风飒然，手腕寸关尺脉，已给尘尾刺了一下，这根尘尾经过了蓬莱魔女的玄功妙用，宛如利针，竺迪罗虎口突然一痛，虽没受伤，也不由得蓦地一惊，连忙缩手，说时迟，那时快，蓬莱魔女已是从窗口跳入。

　　竺迪罗见是蓬莱魔女，又惊又怒，大吼一声，向赵构扑去，意欲把大宋皇帝作为人质。蓬莱魔女身法比他快捷，焉能容他得逞，早已拦在赵构身前，刷的一剑，疾刺而出。

　　御书房虽然比普通人家的一间房间宽广得多，但毕竟也还只是一间房间，四周又有书架杂物，剩下的地方也就有限了。竺迪罗的本领与蓬莱魔女也差不多，但在地方并不怎么宽广的房间中，他以空手应付蓬莱魔女的拂尘长剑，却是要稍稍吃亏。蓬莱魔女运剑如风，将他迫得步步后退。

　　竺迪罗退无可退，背心贴住墙壁，只听得"轰"的一声，墙壁裂开，按着他的身形，斧凿也没有这样整齐，竺迪罗已是身在书房之外。

蓬莱魔女将辛弃疾的奏折放在书桌上，便从缺口追出，大叫道："有刺客，有刺客！"

竺迪罗的轻功不及蓬莱魔女，转眼间被她追上，竺迪罗大怒道："你这臭丫头怎么老是与我作对？"蓬莱魔女冷笑道："你不是要活捉我吗，如今可是我要活捉你了！"

竺迪罗抖起袈裟，宛如一片红云，向蓬莱魔女当头罩下，蓬莱魔女施展天罡尘式，荡开了他这一罩，运剑如风，剑光霍霍，直卷过去。竺迪罗舞起袈裟，以上乘内功卸开她的剑势，交手几招，两无胜负。竺迪罗无心恋战，解开了蓬莱魔女的剑招，转身又逃。

蓬莱魔女喝道："还想逃吗？"身形一起，便如鹰隼穿林，倏地已越过了竺迪罗的前头，拦住他的去路。两人本领虽是半斤八两，但蓬莱魔女却胜在轻功，竺迪罗不论向哪方逃走，她总是抢快一步，拦在他的前头。

竺迪罗逃跑不了，怒道："好呀，我与你这臭丫头拼了！"回身猛扑，两人的本领各有所长，论功力是竺迪罗稍胜，论招数与轻功则是蓬莱魔女精妙许多，若然久战下去，蓬莱魔女以轻功消他体力，可操胜券，但在竺迪罗拼死狂扑之时，蓬莱魔女却被迫得转攻为守了。

不多一会，只听得人声脚步声嘈成一片，卫士们从四面八方跑来，纷纷叫道："快来拿刺客呀！""刺客在这儿了！"最先跑来的正是刚才发掌击树搜人的宿卫军统领上官扶威。蓬莱魔女暗暗欢喜："此人功力不弱，这番僧此番可是插翼难飞了！"

上官扶威见是两个陌生人在园中恶斗，倒不觉呆了一呆。转眼间卫士云集，七嘴八舌地问道："哪个是刺客？""捉哪一个？""这个是汉人，多半是那个番僧吧？"还有的道："焉知这两个不都是刺客？"上官扶威蓦地大喝道："把这两个人都拿下了！"要知他是身负保卫皇帝重责的宿卫军统领，深宫禁苑，半夜三更，偷进了两个陌生人，不管是否刺客，总是罪名非小。上官扶威为了万全之计，索性叫卫士一视同仁，将打斗双方都拿下来。这是他职责攸关，只能如此。

卫士们发一声喊，涌了上来，或攻竺迪罗，或攻蓬莱魔女。蓬莱魔女气得大骂：“你们好糊涂，这番僧才是刺客，我是捉刺客的人！”上官扶威道：“不管你是谁，放下兵器，束手就擒吧，你若不是刺客，审问明白了再放你！”蓬莱魔女怒道：“叫我放下兵器？那就是你们有心让这刺客跑了！我不动手，你们拿得了这个刺客？”

上官扶威自视甚高，“哼”了一声，怒道：“好狂妄的小子，胆敢小觑了大内宿卫，我倒要看看你有何等本领，偏要把你先拿下来。看掌！”蓬莱魔女一闪闪开，说道：“我本当教训教训你，只是怕伤了你却便宜这个番僧。”上官扶威发大怒，呼的一掌又再打来。蓬莱魔女拂尘一拂，消去了他的掌力，从两个卫士中间穿过，正要去攻竺迪罗，却又被几个御前侍卫拦住。

忽听得“喀喇”、“喀喇”接连两声，原来是两个侍卫的颈骨被竺迪罗以重手法硬生劈断！紧接着又是“卜通”、“卜通”两声，竺迪罗以袈裟卷起了两个御林军军官，摔得半死不活，打开缺口，立即逃跑。

蓬莱魔女大为着急，顾不得那么多了，只好挥动拂尘，拂了那几个卫士的晕穴，突围而出。只见上官扶威正在前面与竺迪罗交手，原来上官扶威也很不弱，一见竺迪罗杀伤人，立即抢上去堵截，但后面的卫士却赶不上他。

上官扶威虽然大是不弱，比起竺迪罗却是有所不如，两人“蓬，蓬，蓬！”连对三掌，上官扶威虎口酸麻，再被他袈裟一扑，不由得倒退几步，险险摔倒。竺迪罗顾不得伤他，又再逃跑。

幸好蓬莱魔女轻功超卓，及时赶上，挽剑刺他背心，竺迪罗知道跑不过她，只好回身应战。

上官扶威随后跑来，蓬莱魔女冷笑道：“这你可信了我的话吧？”上官扶威虽然很不高兴，但他吃过了竺迪罗的亏，却也知道了蓬莱魔女所言不假，倘非蓬莱魔女相助，确实擒不了这个番僧。只好低声下气地说道：“是我一时误会了，多谢壮士相助。待会儿擒了刺客，我定当禀报皇上，论功行赏。”心里却道：“待会擒了刺客，也得问你个私入禁苑的罪名。”蓬莱魔女是男装打扮，故此上官扶威口口声声称她"壮士"。也正因为他误会蓬莱魔女是个男人，又不禁心怀妒忌，怕蓬莱魔女力追刺客，是要抢他的官做。

蓬莱魔女道："谁稀罕你们皇帝老儿的封赏，废话少说，快快动手!"上官扶威听她语气间对皇上大是不敬，颇为疑惑，心道："这小子不知是什么人，既不稀罕封赏，却又肯为皇上尽力。"但如此一来，却也使他放开了顾虑，当下便挥掌助攻。

竺迪罗身陷重围，拼死力战。蓬莱魔女也精神抖擞，与他周旋。竺迪罗袈裟狂舞，俨似红云罩顶；蓬莱魔女运剑如风，便如白练横空；上官扶威虽然较弱，运起排山掌力，亦是呼呼风响。这三大高手都尽了全力厮杀，周围数丈之内沙飞石走，树叶摇落，宿鸟惊飞。侍卫们哪曾见过如此阵仗，十之八九情知插不进手，只好远远围住，呐喊助威。上前助上官扶威围攻竺迪罗的，只有四个本领最高的宿卫校尉与御林军军官。

但这么一来，却胜于不中用的卫士自相拥挤，竺迪罗对付蓬莱魔女与上官扶威之时，早已是险象环生，如今又添了四个强手，更是左支右绌，应付不暇。

刷的一声，剑光过处，竺迪罗的袈裟被蓬莱魔女戳穿一孔，威力大减。上官扶威跟着"嘭"的一掌打中他的肩头，上官扶威要雪刚才受挫之辱，这一掌打得委实不轻，他的手掌虽给竺迪罗的护体神功震得红肿起来，竺迪罗的一条肩胛骨亦已被他打碎，痛得更是厉害。蓬莱魔女紧忙再补一剑，这一剑又在他手臂上划开了一道五寸多长的伤口。

竺迪罗倒吸了一口凉气，心道："想不到我竟命丧于此。"正想自断经脉而亡，免得被擒遭辱，忽听一声长啸，远远传来。

这啸声震得众人耳鼓嗡嗡作响，蓬莱魔女吃了一惊："是谁有此功力，莫非就是我初进御园之时，暗中助我的那个人?"心念未已，只见竺迪罗喜形于色，也发了一声长啸，蓬莱魔女叫道："不好，有强敌来了! 快把这番僧先杀了吧，不必要活擒了!"

竺迪罗哈哈笑道："这时你们还想杀我? 你们已经是死到临头了!"话犹未了，只见附近松林之中，一条黑影已是倏地窜出，呼呼风响，人还未到，暗器先打了到来!

蓬莱魔女举剑一削，只觉那是一个软中带硬的东西，蓬莱魔女心道："这是什么暗器？"一削将之分为两半，却原来是一朵茶杯大的玫瑰花。

上官扶威一掌打落了另一朵袭向他的玫瑰花，花朵落地，花瓣仍然完整。就在同一时候，只听得两声惨呼，围攻竺迪罗的另外两个卫士已经倒地。还有一个御林军军官与一个校尉也发出了"哎哟"、"哎哟"的呼痛声！

饶是蓬莱魔女技高胆大，亦禁不住心头一凛，知道来人的功力胜过于她了。原来这人是用"飞花摘叶，伤人立死"的上乘内功，随手摘了六朵玫瑰花作为暗器的。不过，虽说是"伤人立死"，那也得看对方功力如何，所以在围攻竺迪罗的这六人之中，两个功力最低的确是立时倒地死了；另外两个则只是受伤：上官扶威可以劈空掌打落花朵，却不能使花朵受损；蓬莱魔女则一剑便将它削为两边。她之所以感到软中带硬，那是因为花朵上附有那人真力之故。

说时迟，那时快，那条黑影已似旋风般地扑到。这人以黑布蒙面，只露出一对精光闪闪的眼睛。那御林军军官与那宿卫校尉上前迎敌，那人冷笑道："你们也配和我动手？"人还在一丈开外，"扑""扑"两声弹指，上前迎敌的这两个人哼也不哼一声，登时也倒地了！

蓬莱魔女心头一震，叫道："你是昨晚冒充武林天骄的那个人！"原来他以弹指杀敌的功夫，正就是暗杀古月禅师的那手以罡气闭穴断脉的功夫。看他的功力，实是不在武林天骄之下！那人冷冷说道："女娃儿，好眼力！"一指向蓬莱魔女戳来。蓬莱魔女拂尘起处，发出劲风，消了那人的指力，虽是消了，那一缕寒风从蓬莱魔女脸庞刮过，也似严寒天时受霜风刮面一般，隐隐有点发麻。蓬莱魔女大怒，一剑削去，那蒙面人已缩了手指，转过方向，向上官扶威戳去。上官扶威力聚掌心，一掌拍出，只听得"扑"的一声，掌心鲜血淋漓。他以铁掌功夫硬接对方足以闭穴断脉的指力，只是受伤，那已很不错了。蓬莱魔女身形一晃，连忙拦在他与上官扶威之间，防他再下毒手。

那蒙面人挥袖拂来，蓬莱魔女挽了一个剑花，一招"玄鸟划沙"，斜削出去，一剑柔中带刚，一招之间，攻对方三处要害，那蒙面人竟不闪躲，赞了一个"好"字，依然挥袖拂来，只听得铿锵有声，蓬莱魔女削着他的袖子，竟似触着另一把刀剑一般，蓬莱魔女虽无怯意，也是好生骇异。不敢怠慢，忙以拂尘配合剑招，施展天罡尘式中的精妙杀手，尘尾聚成一束，当作判官笔使，攻他两胁穴道。那人双袖挥舞，劲风呼呼，把蓬莱魔女的拂尘荡得又再散开，蓬莱魔女尘剑兼施，瞬息之间，攻出了六六三十六招，那蒙面人或挥袖舞或发掌，瞬息之间，也是连发三十六招，将蓬莱魔女的招数一一破解。那蒙面人赞道："女娃子果是不凡，怪不得狂侠天骄，都要为你倾倒！"蓬莱魔女本是女扮男装，被他识破行藏，这还罢了，那人居然还识得她的来历，知道笑傲乾坤、武林天骄与她之间的纠纷，蓬莱魔女更是吃惊。但到了此时，她亦已知道这蒙面人是什么人了，这人是杀害古月禅师的凶手，是用阴谋诡计，挑起笑傲乾坤与武林天骄拼命的奸人。蓬莱魔女满怀愤怒，明知不敌，也是奋勇强攻。那蒙面人袖中出指，"铮"的一声，将蓬莱魔女长剑弹开，掌劈指戳，凌厉之极，蓬莱魔女强攻不逞，被他攻势所迫，也不能不连连后退。

竺迪罗叫道："别伤此女性命，最好是把她擒了。"那蒙面人哈哈笑道："戒日法王，你是个出家人，却也为这女娃着迷了么？"蓬莱魔女大怒，一个回身滑步，拂尘一扬，数十根尘尾都向着竺迪罗发出。竺迪罗这时正与上官扶威厮杀，他在受伤之后，只能略占上风，蓬莱魔女以尘尾当作暗器发出，手法巧妙非常，她所站的方位又在蒙面人的斜侧，蒙面人挥袖成风，虽把她那蓬拂尘尾打落了十之七八，仍有十几根射到竺迪罗身上。竺迪罗有护体神功，受伤之后，功力大减，射中他胸腹各处的尘尾，仍是伤他不得，但有三根尘尾，恰恰射中后脑，这是护体神功难以运到的地方，被尘尾刺进，不亚利针插入，竺迪罗痛得狂嚎，上官扶威一掌劈出，"砰"的一声，将他打得四脚朝天。

可是蓬莱魔女在偷袭竺迪罗之时，却疏忽了对上官扶威的防护，那蒙面人反手一指，发出了罡气闭穴的功夫，上官扶威打倒了强敌，正自喜出望外，忽觉胸口突然如受利剑所刺，痛彻心肺，也不由得厉声狂嚎，跌了个四脚朝天。卫护们忙过来把他救起，蓬莱魔女身形一晃，也拦着了那蒙面人与他再度交锋。上官扶威虽是不及蓬莱魔女等人，内功亦颇深湛，受伤虽重，不至殒命。

上官扶威身受重伤，仍是不忘职责所在，大声叫道："拿下刺客，拿下刺客！"竺迪罗翻身跳起，喝道："谁敢拿我？"砰、砰两声，把近身的两个卫士摔出一丈开外。卫士中窜出一人，大怒喝道："番狗敢出大言，我就来拿你！"这人正是蓬莱魔女初进御园之时，所见到的那个与上官扶威同在一起的御前侍卫，名叫韩重山，武功仅次于上官扶威，远远在其他卫护之上。

韩重山抖起一条一丈二尺的长鞭，呼呼呼卷起了一团鞭影，向竺迪罗扫了过来，竺迪罗伤得已是很重，跳跃不灵，用"擒龙手"要夺韩重山的长鞭，"擒龙手"本是一等一的上乘武功，可惜他在受伤之后，功力大减，已是不能运用自如，倒是韩重山的长鞭矫若游龙，刷刷刷几鞭打下，竺迪罗的身上登时添了几道血痕。

那蒙面人道："戒日法王，你先回去。我替你打发追兵！"一掌应付蓬莱魔女，另一只手反手一掌打出，相隔数丈开外，劈空掌力仍是恰恰打到韩重山身上，韩重山口吐鲜血，身躯也突然矮了半截，原来已是被劈空掌力打断了肋骨。韩重山一伤，另外的卫护人数虽多，已是谁也挡不住竺迪罗了。转眼之间，竺迪罗已是杀出重围，逃出去了。那蒙面人哈哈大笑道："深宫禁苑，在我眼中，也不过视同闲庭信步。你纵有千军万马，又能奈我何哉？"声如霹雳，掌似奔雷，呼、呼、呼、呼，向东南西北连发四掌，掌力有如排山倒海，汹涌而来，四周的卫士，焉能禁受得起？本领弱的给震得倒在地上打滚，本领高的也立足不稳，慌不迭地远远躲避，除了蓬莱魔女之外，在那蒙面人周围方圆六七丈内，已是无人能够立足！

蓬莱魔女大怒，豁了性命，运剑狂攻。那蒙面人叹道："可惜，可惜！你一个年轻貌美的姑娘，练成功了这一身本领，实是难得。我本来不想伤你，但擒你不易，留下你又总是祸患，没奈何也只得杀你了！"掌力摧紧，招招都是杀手！蓬莱魔女被那沉重如山的掌力压得胸口发闷，呼吸困难，招数渐渐施展不开，大有力不从心之感。

蓬莱魔女银牙一咬，正要施展两败俱伤的杀手，忽听得叮叮之声，来得有如暴风骤雨，那蒙面人似乎吃了一惊，连忙回掌防身，不敢再攻蓬莱魔女。说时迟，那时快，只见又是一个蒙面人从林中出来，这人撑着一根铁杖，他的右脚似是不良于行，只有左脚着地，右手撑着铁杖代步，铁杖在地上一点，人便跃出丈许，比双脚健全、轻功超卓的武林高手行动还迅捷得多。身形一现，只是眨一眨眼，便已来到，铁杖仍然点地，身躯微俯，已是发掌击敌，那蒙面人双掌齐出，挡他一掌，双方掌力一交，声如郁雷！

"蓬、蓬、蓬"三声郁如闷雷的掌声过后，先来的那个蒙面人身形摇晃，蹬、蹬、蹬连退三步，蓦地叫道："你，你，是你？你又再出世了？"声音颤抖，似乎甚是恐惧。后来的那个蒙面人冷冷说道："你猜到了我是谁？还要再动手么？"此人一开口说话，蓬莱魔女立即认得就是那个暗中指点她道路的异人，不由得又惊又喜。

先来的那个蒙面人一声长叹，道："果然是你，江南无我立足之地了！"转身飞跑入林。蓬莱魔女这时已调匀气息，正要去追，忽听得"叮"的一声，一腿微跛，手挟铁杖的那个蒙面人停在她的面前，一双炯炯发光的眼睛上上下下地打量着她。

蓬莱魔女以为这个跛足的蒙面人必定去追那个蒙面人的，却不料他突然拦住了自己的去路，正自一怔，还未来得及说话，这蒙面人已先问她道："你是男是女？"

这问题来得如此突兀，仓猝间蓬莱魔女不知所答。要知她女扮男装，当着这许多外人，实是不好意思公开承认。再说，在这个紧张的当儿，这蒙面人不去追拿贼人，却来问她这样一个问题，也实在是太过出她意料之外，令她莫名其妙。

蓬莱魔女刚自踌躇，不知如何回答，那蒙面人已不待她回答，倏地转过了身，铁杖点地，"叮叮"两声，人已到了林边，忽地又一回头，望了一望蓬莱魔女，叹口气道："菩提非树，明镜非台。了却尘缘，应无障碍。"这四句似是佛偈的言辞，从这蒙面人口中念出，蓬莱魔女不由得心头一震，失声叫道："你是谁？"

但听得铁杖"叮叮"点地，这蒙面人已是没入林中。蓬莱魔女赶忙去追。上官扶威伤得很重，挣扎着叫道："壮，壮士，请你留下，我给你请功封赏！"原来上官扶威接连听得两个蒙面人说她是女，他也看出有点不对来了。他最初本来怕蓬莱魔女抢他的官的，但若蓬莱魔女是个女子，这就完全不同了。上官扶威年过三十，尚未成家，碰上这样一位武林奇女子，即使他不敢存非分之想，也希望和她相识，得个亲近的机会。是以借着"请功封赏"为词，叠声请她留下。

　　蓬莱魔女根本就没有把上官扶威的说话听进耳朵，这时她心中所想的只是："这蒙面人是谁？"可惜她的轻功虽然出色当行，当今之世及得上她的可说是寥寥无几；但这个蒙面人以杖代步，铁杖一点地便是掠出数丈，蓬莱魔女使出全副本领，亦是望尘莫及，转眼之间，这蒙面人已是没入林中深处，连背影也看不到了！

　　蓬莱魔女一片茫然，心中只是想道："他是谁？他是谁？为什么他头上是有头发的？"原来她听了那四句佛偈之后，心中已是隐隐起了怀疑。

　　蓬莱魔女怀疑什么，原来她想起了赫连清霞以前对她说过的那个老和尚的故事。她怀疑这个蒙面人就是那个老和尚。

　　那个老和尚，据赫连清霞所说，是因为逃避金房追捕，遁迹空门的。赫连清霞很小的时候，那老和尚已在她隐居的山上了。即是说他遁迹空门，最少也有十多年将近二十年了。这老和尚一直是半身不遂，武林天骄、笑傲乾坤都曾上山探望过他，直到他离山之前的那一年，他的半身不遂才有起色，可以走动，但仍是不良于行。

　　如今这蒙面人也是一足不良于行，而用铁杖代步。这铁杖的样式也像是出家人所用的那种禅杖。还有一点，先来的那个蒙面人说他"又再出世"，这是一句江湖上的切口（术语），即是说一个人隐姓埋名，人人都以为他是早已死了的，后来又再出现，等于二度为人，又再出世。这种种都符合于那老和尚的情形，只有一点不符合的是这蒙面人有头发，但头发是可以长的，焉知他原来不是和尚？

　　蓬莱魔女早已怀疑赫连清霞所说的那老和尚是她爹爹。后来到了证实柳元甲是个骗子，是冒充她的父亲之后，她更可以肯定，除非她的爹爹不活在世上，否则就一定是那个老和尚了。亦即是说，蒙面人、老和尚倘是同一个人，那就是她的爹爹了。可惜追之不及，又当面错过了。

蓬莱魔女惘惘怅怅，难过了好一会，心里想道："虽然是当面错过，总胜于毫无踪迹可寻。我爹爹已到了江南，他武功盖世，他若知道我是他女儿，要来寻我，那是易如反掌。他刚才问我是男是女，想是他亦已怀疑我是他女儿了。可惜我当时没有答他。不过，即使他不来找我，他已然来到了江南，也总有见面的机会。既是追之不及，那只有先回去吧，辛弃疾和耿照也等得心焦了。"蓬莱魔女越过围墙，守卫御花园的卫士此时早知道宫中来了刺客，发现蓬莱魔女的黑影，纷纷用箭射她。蓬莱魔女对这些卫士的冷箭自是不放在心上，她展开了卓绝的轻功，越过围墙，没一枝箭射得中她。不消一个时辰，又回到了辛家。这时已是将近五更时分，辛弃疾的书房中灯光通明，原来他和耿照一晚没睡，还在守候消息。蓬莱魔女悄无声地从屋顶跳下，只听得辛弃疾正在吟哦："渡江天马南来，几人真是经纶手？"耿照笑道："稼轩兄可又得了新词好句么？我看虞允文和你就真是经纶手了！"蓬莱魔女接声说道："不错，如今形势已经大变，你和虞将军是可以施展抱负，大显身手了！"辛耿二人大喜道："柳女侠，你回来了？咦，你，你，怎么啦？"原来蓬莱魔女身上沾满了血迹，他们一见之下，不由得骤吃一惊。蓬莱魔女笑道："我没有受伤，倒是给你们带了好消息回来了！"

耿照道："什么好消息？"蓬莱魔女道："你爹爹的遗书，皇帝老儿已经看过了。辛将军的奏折，我放在他的书桌上，这时想必已经过目了。"当下将昨晚在宫中的所见所闻，一一说了出来，听得辛耿二人又惊又喜。蓬莱魔女道："看来这皇帝老儿虽是欲图苟安，但为势所迫，他父兄的命运也足为前车之鉴，胡马窥江，他还是不能不起而御敌的。他看了你爹爹的遗书和辛将军的奏折，即使还不能立即除掉魏良臣这班乱臣贼子，也应该疏远他们了。"辛弃疾道："但愿如此。"说至此处，已是天光大白，蓬莱魔女要赴东海龙与丐帮帮主之约，她昨晚后半夜的种种遭遇，便来不及细说了。当下即向辛弃疾告辞，便与耿照同赴六和塔的约会。

六和塔耸立在钱塘江边的月轮山上，清晨行人稀少，两人施展轻功，不消一个时辰，已到了六和塔下，只见宝塔巍峨，江潮澎湃，却是杳无人影。

蓬莱魔女诧道："此时已是日上三竿，怎的他们还没有来？"塔中忽然走出一个人来，约有三十左右年纪，穿着一身洗得很干净、但却有许多补绽的衣裳，一出来就问道："哪位是耿公子？"耿照道："不敢，小弟便是耿照。"耿照见他如此装束，又如此发问，料想是丐帮中人，多半便是丐帮帮主遣来的，因而并不隐瞒身份。

那汉子道："那么这位想必就是柳女侠了？"蓬莱魔女只觉这人似曾见过，但在何地何时见过，却想不起来。心道："照弟也未免太粗心了。但有我在此，也不怕他是坏人。"耿照已然承认了自己的身份，蓬莱魔女也就不加掩饰，径直问道："你是何人，怎的知道我们？"

那汉子道："我是丐帮的弟子，奉帮主之命在此相候。"蓬莱魔女道："你们的帮主和东园前辈呢？"那汉子道："他们有点事情，恐怕要过一会儿才能到来。两位请与我上这六和塔的最高一层，一来便于瞭望，二来也省得在外面惹人注意。"

耿照听他说得有理，笑道："你倒顾虑得很是周到。"正要举步，蓬莱魔女拦在他的面前，向那汉子问道："是因了何事，你们的帮主不能如期赴约？"

那汉子说道："柳女侠敢情是有见疑之意？这也怪不得柳女侠，我是个陌生人，柳女侠是应该问个清楚。好在有信物在此。"当下拿出一只金光灿烂的圈子，蓬莱魔女道："这不是萨氏三雄所用的金钢圈么？怎么到了你的手中，又怎么说是信物呢？"那汉子道："萨氏三雄昨晚深夜来到敝帮总舵，身负重伤，帮主与东园前辈正在给他们医治，故此不能即时到来。"

耿照失声叫道："哎呀，他们三兄弟怎么受伤了？"那汉子道："他们昨日大闹魏良臣的太师府，寡不敌众，拼死杀出重围，已是不幸中之大幸了。"耿照叹息道："萨氏兄弟倒是直性子的好汉子，可惜太鲁莽了些，文大侠也曾劝过他们的，他们仍是按捺不了火气。"那日萨老三发现是被魏良臣利用之后，曾口口声声说要会同两位哥哥，回去找魏良臣算账，如今这汉子说他们在太师府受伤，两相符合，耿照自是深信不疑。

那汉子说道："萨老三已将他与柳女侠化敌为友的经过对敝帮帮主说了，帮主因要给他们治伤，须得耽搁些时，恐防柳女侠久候，故此叫弟子前来禀告。但敝帮帮主也恐防两位见疑，故此借了萨老三的一只金钢圈作为信物。"丐帮的李帮主与蓬莱魔女素不相识，萨氏三雄则和蓬莱魔女交过手，他们的金钢圈乃是独门兵器，丐帮帮主借来当作信物，极为合情合理，连蓬莱魔女也有点相信了。

那汉子道："钱塘江边，人来人往，咱们在塔下等候，实是不便。两位请随我进去吧。"

蓬莱魔女正要举步，眼光一瞥，忽见第六层塔上，有个人影在窗口一闪即没，蓬莱魔女何等机灵，身形一晃，即拦在耿照面前，说道："且慢。"那汉子道："柳女侠有什么话进里面说吧。"蓬莱魔女道："你们有几个人来的？"那汉子怔了一怔，道："还有我的一个师弟，在第六层塔顶瞭望。"蓬莱魔女道："就只一个人吗？"那汉子道："哦，里面还有一个负责打扫的香火和尚，这人已受了我的赏钱，不碍事的。我本来叫他在底下一层给我们烹茶的，想必他做好了事，闲得无聊，也跑上最上一层看江景了。等下咱们可以将他遣开。"蓬莱魔女道："好像有点不大对呀，我瞧见第六层塔上有两个人影，都是有头发的。"其实蓬莱魔女看见的只是一个人影，她故意说是两人，乃是试探这汉子的虚实。那汉子眉头略皱，打了个哈哈，说道："恐怕是柳女侠眼花吧？"六和塔顶层离地有十数丈，他不相信蓬莱魔女看得清楚上面的人有没有头发，因而也就大了胆子反驳蓬莱魔女。

他驳得也很有理由，岂知蓬莱魔女本就是无中生有试探他的，早已从他的神情语气之间，瞧出破绽来了。蓬莱魔女突然又再冷冷地问道："你究竟是谁？"

那汉子吃了一惊，笑道："柳女侠也忒多疑了。我若非丐帮弟子，岂能知道你们今日是在此地与敝帮帮主相会?"蓬莱魔女冷笑道:"恐怕不是吧?"原来这时她已记起了是在什么地方见过这汉子的了。

昨日清晨时分，她从古月庵出来，经过白堤的时候，湖上已有游人，有一只画舫从湖心荡来，船头上坐着三个官员模样的人，其中一个正就是目前这个汉子。一个蟒袍玉带的官员，突然改成了乞丐装束，身上穿着补绽衣裳，因此蓬莱魔女虽是觉得似曾相识，却迟迟想不起来。但毕竟也还是给她识破了。

蓬莱魔女冷说道:"阁下是个官老爷，充作乞丐，未免有失身份了吧? 咄，你因何如此，快快道来!"那汉子给她识破，立即先发制人，蓬莱魔女话犹未了，他已把手中的金钢圈飞出。

蓬莱魔女身手何等矫捷，焉能给他打中，只听得"当"的一声，蓬莱魔女早已拔剑出鞘，将金钢圈挑开，她退步、闪身、拔剑，以至击落对方猛掷过来的金钢圈，四个动作，一气呵成，快如闪电。那汉子不由得大吃一惊，心道:"怪不得我师父吩咐说是只可智取，不可力敌。还要我会齐了六个师弟，才好用计赚她。"

蓬莱魔女也是微微一凛，她用剑挑开了金钢圈，虎口也有点隐隐作痛。可知这人的功力虽是在她之下，却也差不太远，比萨氏三雄是强得多了。

蓬莱魔女不敢轻敌，左手又取下拂尘。

当下尘剑兼施，便向那人展开攻击。那人也已抽出了一对判官笔，双笔一挥，隐隐挟着风雷之声，竟然冲破了她拂尘的封锁，一招"泣鬼惊神"，双笔横拖，疾点蓬莱魔女的四处大穴。蓬莱魔女青钢剑一招"横云断峰"，将他双笔拦过一边，拂尘一扫，那人使个"铁板桥"的功夫，双足钉牢地面，头向后弯，双笔力御单剑，避开了她这一拂，但当胸的一片衣裳给拂尘扫过，已片片碎裂。

那人固是心胆皆寒，蓬莱魔女也是吃惊不小。蓬莱魔女之所以吃惊，并不是由于那人的本领高强，那人虽非庸手，毕竟还是在她之下，这一招也是她大大占了上风;蓬莱魔女吃惊的是由于他神妙的点穴招数，这一招"泣鬼惊神"正是柳元甲"惊神指法"中的一招，不过柳元甲是以指点穴，这人用的是判官笔罢了。

蓬莱魔女未来得及喝问，塔上已"嗖嗖"地射下了暗箭，蓬莱魔女挥舞拂尘，将暗箭拂得纷纷坠地。耿照也舞剑防身，他用的是宝剑，箭杆一碰上他的宝剑，便截成两段，更是伤不了他。

　　那人趁着蓬莱魔女要防御暗箭，这才得以侥幸避过蓬莱魔女的杀手，当下长身而起，双笔飞舞，连连进招，与蓬莱魔女周旋。但蓬莱魔女兀是攻多守少。耿照正要上前相助，塔中已冲出了一大群人。

　　耿照一剑刺出，迎面飞来了一对链子锤，锤剑相击，"当"的一声，火花四溅。耿照用的是把宝剑，正要转过剑锋，削断对手的链子，一刀一剑，已从两翼袭来；蓬莱魔女运剑如风，直指那汉子的咽喉，那汉子失了暗箭之助，冲出来的这群人急切间未能赶到，抵敌不住蓬莱魔女迅捷凌厉的剑招，慌忙后退，蓬莱魔女刷的一剑，饶是他闪躲得宜，肩头已给剑尖划破。那人侥幸躲过了利剑穿喉之灾，吓出了一身冷汗，连忙叫道："布七煞阵！"蓬莱魔女无暇追击，拂尘反手一挥，给耿照解围，从两翼攻来的那一刀一剑，被她拂尘一挥一荡，相互交击，耿照趁着这个空档，早已脱出重围，与蓬莱魔女会合。

　　蓬莱魔女道："你跟着我的脚步，舞剑防身，不必攻敌。"从塔中冲出来的共是六人，连同那使判官笔的汉子，瞬息之间，已按着奇门八卦的方位，布成了阵势。七个人各用不同的兵器，刀、枪、鞭、剑、链子锤、判官笔、护手钩，从七个不同的方位，向柳耿二人展开了暴风骤雨般的攻击！蓬莱魔女心道："好，你要快攻，我就给你来个以快打快。"拂尘盘旋飞舞，护着全身要害，以闪电般的剑法，便向着面前的一个敌人猛下杀手，意图杀害一人，打开缺口，哪知对方的阵势转动，七个人如同一体，配合得妙到毫巅，蓬莱魔女这一剑刺出，"坎"位"乾"位的一鞭一剑亦已攻来，蓬莱魔女以拂尘招架，剑势略缓，七人中武功最高的那个使判官笔的汉子，已是一招"倒打金钟"，将她凌厉无比的剑招解了。蓬莱魔女使出浑身解数，兀是不能冲出重围。

　　蓬莱魔女猛地省悟，拂尘一挥，荡开了那人双掌，厉声喝道："你是柳元甲的大弟子宫昭文么？"原来这"七煞阵"，正是千柳庄的弟子从前曾用过来对付笑傲乾坤华谷涵的那个阵势，蓬莱魔女是见过的。这汉子的判官笔点穴手法，蓬莱魔女也看出了是柳元甲的真传。她知道柳元甲最得力的大弟子是宫昭文，柳元甲曾向她推荐，要她请宫昭文去协助玳瑁，代她指挥北五省的绿林好汉的，故此她料想这汉子必是宫昭文无疑。

这汉子果然是宫昭文，他给蓬莱魔女一口道破来历，怔了一怔，随即哈哈笑道："柳师妹，你好眼力。师父正要找你回去，我是来给你促驾的。"蓬莱魔女气得柳眉倒竖，喝道："你是来给魏良臣送信的不是？你这贼子，谁是你的师妹？"宫昭文道："你误会了。这事咱们罢手之后，我可以和你细说。你不认同门，难道你生身之父也不要了么？"

蓬莱魔女怒道："你们这群无耻的贼子……"气得说不下去，"刷"的一剑，便刺宫昭文肩后的"风府穴"，她拿捏时候，恰到好处，宫昭文刚自她的面前掠过，她的剑尖便指到了他的后肩，若然单打独斗，这一剑非中不可，但七煞阵首尾呼应，攻守有度，配合得天衣无缝，浑如一体，蓬莱魔女这一剑刺出，宫昭文两侧的师弟亦已掩杀过来，一刀一剑加上一对判官笔，三般兵器，三股力量，合而为一，把蓬莱魔女这一招解了。

蓬莱魔女在追击宫昭文，对方也在切断她与耿照之间的联系，蓬莱魔女听得背后金刃劈风之声，连忙转身给耿照解围，只见耿照额上的汗珠似黄豆般大小，一颗颗滴下。蓬莱魔女吃了一惊，心道："他怎的功力如此不济？前两天东海龙说他身有病征，怕是受了暗伤，当时诊断不出，如今看这迹象，竟似是真的了？"蓬莱魔女暗暗担忧，只好展开拂尘，兼护耿照。

宫昭文冷冷说道："师妹，你听信奸人挑拨，不认生身之父，不认同门师兄，我也无可如何，只好将你请到师父跟前，让师父和你说了。"蓬莱魔女大怒道："你们才是奸人！"使开了天罡剑的杀手招数，指东打西，指南打北，锐不可当。宫昭文的几个师弟同声说道："大师兄，只怕生擒不易！"宫昭文"哼"了一声，道："那就不必顾忌，尽可把她伤了。师父面前，有我担待。"原来柳元甲冒认蓬莱魔女生身之父的这个秘密，只告诉了大弟子宫昭文一人，其他门人，却都是不知的。柳元甲也曾吩咐过宫昭文，倘若蓬莱魔女已经识破他的骗局，不能再行哄骗的话，那就只管把她杀了。

双方越斗越烈，这"七煞阵"是按着"八卦"的方位布置的，即坎、离、兑、震、巽、乾、坤、艮八门，其中"离"门乃是"生"门，"震"门乃是"死"门，"巽"门乃是"伤"门，宫昭文这方七个人占了七个门户，阵势转动，或空出"死"门，或空出"伤"门，要把柳耿二人迫进死门或者伤门。蓬莱魔女那晚在千柳庄曾见过笑傲乾坤如何破阵，识得此中奥秘，招招抢攻，力图抢占生门，可惜耿照功力不济，配合不上，好几次都是功败垂成。

蓬莱魔女心中焦虑，想着："久战下去，只怕照弟难以支持。"正在吃紧，忽听得叮叮之声，远远有几条人影奔来，蓬莱魔女又惊又喜："难道是昨晚那蒙面人来了？"心念未已，来人已近了，共是四人，前面的是个老叫花，后面的是东海龙，中间夹着的那两个人则是萨氏三雄中的老大老二。蓬莱魔女稍稍失望，但心知这老叫花必是南丐帮的李帮主，失望之中也是欢喜。东海龙大叫道："柳女侠，请恕我来迟了！"倏地加快脚步，跑到了最前面来。

东海龙大吼一声，恍如晴天起了个霹雳，浑身排山掌力，便向这七煞阵冲击，宫昭文倒转阵势，要把东海龙也卷入阵中，蓬莱魔女出剑如电，剑剑直指要害，将宫昭文紧紧盯住，教他腾不出手来去应付东海龙。这七煞阵以宫昭文为主体，宫昭文一被盯住，阵势的变化便不能运用自如，只听得"砰砰"两声，宫昭文两侧的师弟已被东海龙的掌力击倒，蓬莱魔女迅速占了"生"门，七煞阵登时瓦解。

蓬莱魔女一招"白虹贯日"，青钢剑当胸刺去，宫昭文还了一招"双龙出海"，双笔抵御单剑，堪堪可以招架，蓬莱魔女喝声："着！"拂尘一挥，宫昭文分出一支判官笔招架，蓬莱魔女用了个"卸"字诀，拂尘轻轻一带，将他那支判官笔带过一边，力透剑尖，那一招"白虹贯日"劲疾如箭，刷地刺到了宫昭文胸前的"璇玑穴"。这"璇玑穴"乃是人身死穴之一，倘被蓬莱魔女的剑尖戳上，宫昭文内功再好，也要命丧当场。

这刹那间，蓬莱魔女忽地心念一转，想道："那封信我还有许多不明白之处，须得留下这个活口，盘问口供。"蓬莱魔女想到的那封信，即是魏良臣托萨氏三雄送给柳元甲的那一封，其中若干地方，如魏良臣预祝柳元甲"建业江左"这些字句，蓬莱魔女猜想到其中定有重大阴谋，但他们的具体安排，外人却是难以知道。宫昭文是柳元甲的心腹弟子，故此蓬莱魔女才临时变计，想留下活口，迫他供出奸谋。

但蓬莱魔女这一着却是错了，要知宫昭文的武功虽不如她，但也差不太远，蓬莱魔女正要改刺他的麻穴，剑势稍缓，宫昭文霍地一个"凤点头"，双笔奋力一挡，身形已是倒纵出数丈开外。七煞阵虽然瓦解，但他还有四个师弟在场，未曾受伤，这四个人合力将蓬莱魔女挡住。

丐帮帮主李元冲喝道："你这厮胆敢冒充我帮中弟子，吃我一拐！"宫昭文双笔交叉刺出，只听得嗤嗤两声，火花飞溅，宫昭文虎口酸麻，一支判官笔脱手飞出。但虽是脱手飞出，势道仍是十分凌厉，原来这是他败中求胜的一招绝招，名为"飞管惊神"，中者立死，李元冲识得厉害，只好横拐迎击，将它击落。宫昭文不敢恋战，"嗖"地从李元冲身旁掠过。

东海龙加入战团，呼呼数掌，将围攻蓬莱魔女的那四个人打退，蓬莱魔女道："不必伤这四人性命，擒那姓宫的贼子要紧。"眼看就要追上宫昭文，忽见前面尘头大起，一彪人马已是冲杀到来。萨老大浑身浴血，咬牙切齿地指着一个军官道："这厮便是奸贼王俊！"正是：

三字狱成千古恨，人人切齿骂奸臣。

欲知后事如何，请听下回分解。

第四十八回　力诛奸贼消民愤
堪笑庸医断症难

这王俊乃是当年帮同秦桧谋害岳飞的帮凶之一，如今魏良臣当政，他更得到重用，官居禁军都指挥之职。蓬莱魔女听说是他，心头火起，撇开了宫昭文，竟然孤身仗剑，便杀入了官军阵中。

王俊率领的是数百骑禁卫军劲卒，铁蹄驰骤，狂风暴雨般地卷来，倘若换了个武功稍弱的人，莫说对敌，只怕逃得稍慢，也已在铁蹄践踏之下丧生了。蓬莱魔女展开了绝顶轻功，见隙即钻，杀入官军阵中，铁蹄驰骤，连她的衣角也没碰着。王俊大骇，喝道："放箭！"蓬莱魔女挥舞拂尘，冲开箭雨，转眼之间，离王俊已不过是十数步之遥。

王俊曾是岳家军中的骁将，膂力委实不弱，虽是养尊处优多年，功夫也还经常操练，见蓬莱魔女杀近，乱箭阻不住她，便夺过一员裨将的长矛，喝道："哪里来的发疯女人，给我倒下！"长矛对准了蓬莱魔女掷去，蓬莱魔女一声冷笑，插回拂尘，空出了一只手来，避过矛头，抓着杆柄，唤声："着！"呼的一声，王俊应声倒于马下，可惜准头稍偏，矛头戳穿他的小腹，只差几寸，没有插中他的心脏。

蓬莱魔女喝道："你这奸贼，我须饶你不得！"挺剑上前，便要取他首级。王俊周围的几个军官，跳下马来，将她拦住。这几个人是禁卫军中的勇士，王俊特地选来作为自己的护卫。其中两人使的是溜金锏和青铜锏，都是重兵器，蓬莱魔女的青钢剑在近身搏斗之下，被重兵器克制，一时间冲不过去。王俊的卫士早已把他扶上马背，拨转马头便跑。待到蓬莱魔女刺伤两个军官，冲出缺口之时，王俊早已跑得远了。

主将负伤而逃，官军登时大乱，顾不得追擒敌人，都跟着王俊一窝蜂地撤退。蓬莱魔女追之不及，连呼可惜。东海龙笑道："这奸贼中了你这杆长矛，不死也必重伤。他还要当义军的统帅？今生可是休想了！柳女侠，咱们现在已经脱险，先给萨老大、萨老二治伤吧。"

蓬莱魔女回过头来，只见萨老大正自从地上拾起那只金钢圈，放声哭道："三弟，你死得好惨！"蓬莱魔女大吃一惊，这才知道萨老三已经死了。

原来萨氏三雄都是火爆的性子，虽然文逸凡曾一再地劝他们不可鲁莽，他们的一口怨气却是难以咽下，三兄弟会合之后，便径回太师府准备暗杀魏良臣。而这时宫昭文恰巧在太师府中。宫昭文是来京给柳元甲送信，魏良臣将他留下，授他以四品武官之职的。蓬莱魔女那晚所见的游湖的三个官员，便正是他和魏良臣的两个手下。

宫昭文所乘坐的那只画舫，恰巧就是竺迪罗坐过的那只，那晚竺迪罗被蓬莱魔女打落西湖，幸亏船中的歌女抛出一块木板给他垫脚，这才得以免做落汤鸡的。竺迪罗走了不久，宫昭文和那两个官儿来雇了这条船，那歌女把这当做奇闻异事，告诉了他们。宫昭文听说竺迪罗是被一个女子打落西湖，已猜想到这女子多半就是蓬莱魔女。故此他雇了这条船之后，就一直在湖中打转，和堤岸保持着不远不近的距离，等候蓬莱魔女出来。

第二日清晨，蓬莱魔女和东海龙等人从古月庵出来，走过白堤。这时蓬莱魔女已换了男装，但她和东海龙约定在六和塔下相会的这些言语，宫昭文武功深湛，听觉灵敏，却都给他听见了。

宫昭文赶回太师府，正好萨氏三雄也在那时来到，同受魏良臣的召见。宫昭文先禀报了所见所闻，请魏良臣派兵协助他围捕蓬莱魔女与东海龙等人。萨氏三雄本来就是满肚皮怒气，听得他们又要害人，登时忘记了文逸凡叫他们不可轻举妄动的劝告，便即动手。意图先杀了魏良臣，再向蓬莱魔女报讯。

萨氏三雄以前未曾与宫昭文会过，不知他的厉害，一动起手来，有宫昭文保护着魏良臣，他们不能即时动手，转眼间太师府的卫士已是纷纷赶到。一场混战，萨老三当场毙命，老大老二也被宫昭文所伤，拼死杀出重围。

　　萨氏兄弟赶去向丐帮报讯，这一边魏良臣与宫昭文也定好计划，由宫昭文率领六个师弟至六和塔埋伏，准备计擒蓬莱魔女，冒充丐帮弟子，将她诱入塔中。倘若蓬莱魔女不中此计，他和六个师弟布成七煞阵，料想也可以有胜无败。另外一路则由王俊率领禁卫军精锐，捉拿前往六和塔赴约的东海龙与丐帮帮主李元冲。

　　萨氏兄弟受伤之后，跑得不快，未到丐帮总舵，在路上便遇上东海龙与李元冲，刚刚说得清楚，王俊追兵亦到。东海龙这一行人且战且走，赶来与蓬莱魔女相会，东海龙先助蓬莱魔女破了七煞阵，蓬莱魔女随后也杀入官军阵中，重重伤了王俊。也幸亏她伤了王俊，这才退了追兵。

　　这时萨老大拾起了他三弟的那只金钢圈，不禁放声痛哭，东海龙劝慰他道："君子报仇，十年未晚。王俊如今已受重伤，魏良臣奸谋败露，看来他这权位也保不久长了。你们还怕没有报仇的机会吗？现在该是先养好你们的伤要紧。留得青山在，哪怕没柴烧。"萨老大满腔悲愤，说道："只恨我们以前是非不明，误投奸相，受人利用，害人害己。如今我们是只求赎罪，并为三弟报仇了。"东海龙颇精医术，萨氏兄弟伤得幸而不算太重，东海龙替他敷好了伤，蓬莱魔女说道："你们要想将功赎罪，目下倒有一个机会。"

　　萨老大道："请柳女侠吩咐，愚兄弟是赴汤蹈火，在所不辞。"蓬莱魔女道："你可知道有个慷慨任侠，精忠报国的奇男子辛弃疾么？"萨老大道："辛将军率领义师渡江，振奋人心，朝野钦佩，他的大名，妇孺都知，我只恨无缘一见。"蓬莱魔女道："他现在尚在京中，朝廷授他以承务郎之职，命他参赞刘锜军务，在这两日就要动身赴任了。我怕他受奸臣妒忌，在路上加害于他，你们可愿意做他随从，护他上任么？"萨老大喜道："若得给辛将军执鞭随镫，这是最好不过的了。但我们没有荐书，自行投效，只怕他怀疑我们来历不明，不肯收留。"蓬莱魔女笑道："这个你们无须顾虑，这位耿公子是辛将军最好的朋友，他可以给你们荐书。"

耿照激战之后，浑身乏力，胸口也烦闷不堪，本来正在调匀呼吸，但听得蓬莱魔女要他写荐书，便振起精神说道："我行囊之中带有纸笔，现在便可以把荐书给你们。"他打开行囊，手指动作不灵，微微颤抖。

东海龙一直在注意他的面色，见他如此，"咦"了一声，说道："耿公子，且慢，我给你把一把脉。"蓬莱魔女吃了一惊，连忙问道："有什么不妥？"东海龙替耿照把脉之后，缓缓说道："耿公子，这封书信你不用写了。"

耿照惊愕无比，说道："我并没受伤啊，现在虽是有点疲劳，这封信总还是有气力写的。"东海龙道："我知道你有气力写这封信，但你患有怪病，只怕经不起海上波涛，你是不能和我们一道航海的了。不如你和两位萨兄都陪辛将军上任吧。在陆上骑马，对你的病影响较少。我给你十颗安神补气的药丸，你每三日服一颗，这个月之内料想可以保得你的病不至恶化。你再访医求治。"

耿照道："我是什么病？"东海龙道："我就是因为诊断不出，所以只得作这样安排。"李元冲道："两位萨兄的伤势如何？"东海龙道："他们受的只是外伤，倒无大碍。敷了我的药，明日最少便可好个七八分。"李元冲道："好，那么今日耿公子与两位萨兄请到舍下暂歇一日。我把京中最负盛名的两位太医绑来，要他们给耿公子看病便是。柳女侠，你把辛将军的住址给我，我派人暗中保护他。待到明日有个分晓之后，耿公子与两位萨兄再去见他。"耿照面有犹豫之色。蓬莱魔女说道："你的身体要紧。我若见了珊瑚，以后自会带她来到刘锜军中访你。"原来耿照本来是准备和蓬莱魔女、东海龙二人前往长江口外的一个小岛，侦察一帮水寇的聚会的。这帮水寇以南山虎及一个不知名的神秘人物为首领，珊瑚与南山虎有杀父之仇，耿照就是希望在这小岛上能碰见她的。但如今东海龙诊出他患有怪病，经不起海上波涛，这计划只能更改了。

耿照颇为惆怅，但转念一想，即使自己到了那个小岛，对珊瑚也是无能相助，倒不如和辛弃疾一同投军，既可以报国杀敌，又可以兼顾友谊了。

李元冲道："我已给你们在长江口准备好了出海的船只，到时你们交出这只铁指环，我帮中的弟子便自会给你们安排一切了。"东海龙与蓬莱魔女急着要赶往那个小岛，当下接过李元冲作为信物的指环，便即告辞。

耿照与萨氏兄弟则跟随李元冲回转丐帮总舵，丐帮果是神通广大，不须多久，便把两个太医"请"了来。李元冲便叫他们入房看病。

这两个太医，一个姓黄，一个姓陆，吓得直打哆嗦。原来他们是给丐帮弟子捉上了马，便飞驰而来的，他们只道是受了强盗的绑架。

李元冲笑道："两位先生休得惊慌，我若不是如此请你，你们的架子很大，出门就要八人大轿，岂不是把我的病人耽误了。这里是黄金百两，给你们二人，待这位公子病好之后，再给你们每人百两。"

黄陆两太医这才知道是被"请"来看病，他们虽是太医，但给皇帝诊病，所得的赏赐也不会超过黄金百两，不觉转惊为喜。

李元冲道："你们用心看病，医好给你们黄金，医不好要你们的命！"黄陆二人吓了一跳，但一看耿照气色不坏，心里都是想道："这小子大约只是伤寒感冒之类的小症，一剂不好，两剂也就好了，乐得受了下来。"便拍起胸口应承道："是，我们一定用心，包你医好。"

黄太医先行诊脉，诊了半天，不觉眉头打结，说道："陆兄，你来诊吧。"陆太医诊了半天，也是不觉眉头打结。李元冲道："怎么？他到底是什么病？"

黄陆二人面面相觑，又是好半天说不出话来。李元冲喝道："到底怎么？"黄太医道："陆兄，请你断脉。"陆太医道："不，黄兄，你年高德尊，小弟不敢僭越。"李元冲大不耐烦，给了两人纸笔，说道："不必你推我让了。你们各自断脉，各自拟方。"

这两位太医医术其实也不算坏，但耿照是受了公孙奇的"化血刀"之伤，他们如何诊断得出？哆嗦半天，这才各自拟出一条药方。

李元冲拿来一看，不觉也是眉头打结。他不懂医术，可是这两张药方的断脉和用药却都不同，一个说是什么心火旺盛，一个说是什么脾虚肝风，所拟的药方没一味是相同的。李元冲道："到底是哪一种病？你们再仔细会诊。"两位太医都要面子，各自给自己的拟方晓晓置辩，用了许多阴阳五行的中医术语，听得李元冲头昏脑胀，李元冲道："好，让他轮流吃你们的药，要是医不好，你们也别想回去了。"

黄陆两太医吓得面如土色，不约而同地跪倒地上，急急忙忙地叩头道："大王饶命，这位相公的病我们实在是诊断不出，金子我们也不敢要了！"李元冲顿足道："该死，该死！你们说得那样有把握，却原来都是庸医！"李元冲连声骂他们"该死"，不过是一时气急，冲口而出的习惯用语而已，这两个太医只道李元冲当真还是要杀他们，吓得浑身颤战，叫道："大王，你千万不可杀了我们，不可，不可杀了我们！"李元冲又好气又好笑，有意再逗逗他们，说道："为什么杀不得？你们身为太医，却不会医病，留下来又有何用？"那两个太医叩头有如捣蒜，说道："大王，你杀了我们不打紧，可是皇上的病却没人医了。我们明日还要入宫替皇上看病呢！这位相公的病我们没有把握医好，皇上的病，我们却是会医的。"

他们这一说，倒是颇出李耿二人意外，李元冲心道："当今皇上虽是昏庸，但金寇南侵在即，皇上在这个时候可是千万死不得的。这两个太医既会医皇上之病，可也别要当真把他们吓坏了。"耿照心道："这皇帝老儿，大约是那晚给刺客吓病了的。"当下便替那两个太医说情道："死生有命，药石无灵，那也不能怪罪医生。帮主放他们回去吧。"李元冲一笑说道："好，看在这位相公给你们说情，这一百两金子你们也不用交还了，就给你们压惊吧。"那两个太医正在抖抖索索要把金子掏出来，听得此言，大喜过望，心道："每人有五十两金子压惊，受这一场惊吓，倒是值得之至。"忙再叩头道谢。李元冲无心再与他们歪缠，当下便叫帮中弟子，仍用快马，将他们送回住家。

送走了黄陆二人之后，李元冲道："这两个太医是临安最有名的医生了，他们都不会医，却不知到何处再访名医了。"耿照倒是胸中坦然，说道："我已说过死生有命，也就不必太过费神访医了。好在我有东园前辈所赐的丸药，一月之内，病情也不会加剧的。既然这是怪病，说不定到时还有变化，听其自然吧。"耿照练了大衍八式之后，精神奕奕，李元冲看他毫无病容，对东海龙的诊断也是有点将信将疑，心道："说不定也许是东海龙诊断错了。"便道："既然如此，但愿公子吉人天相，早占勿药。"

过了一晚，萨氏兄弟的伤口已是复合，功力也恢复了七八成。耿照便带了他们去见辛弃疾。看门的护兵是耿照叔父以前的马弁，见耿照到来，说道："辛将军奉召入宫去了。耿相公你和这两位客人在书房待一会吧，主人一早去的，料想很快就要回来了。"耿照大是惊奇，心道："皇上有病，怎的还召见稼轩？他又不过只是一个小小的承务郎。"但这谜底不久便即揭开，他们在书房刚刚坐定，辛弃疾也回来了。

辛弃疾见耿照去而复回，还带了两个陌生人同来，也是颇感意外。耿照笑道："等会儿再说我的事情。稼轩，你是奉了皇上之召，入宫觐见么？"辛弃疾道："不错，这事真是大大意想不到！"耿照道："是呀，皇上不是生了病么？"辛弃疾更是诧异，说道："你的消息倒真是灵通，你是从哪儿听来的？"耿照道："是两个太医说的。那么，皇上得病这消息是真的了？"辛弃疾笑道："半真半假，亦假亦真！"耿照诧道："此话怎说？"辛弃疾道："皇上装病，骗魏良臣入宫探病。昨日就在病榻之旁，将魏良臣拿下了！"

原来高宗赵构顾忌魏良臣的势力太大，不敢在朝堂上公然下旨拿他，因此才设下这条妙计，骗他单身入深宫探病，这才能不费吹灰之力，将他拿下的。拿下之后，立即由宿卫军统领上官扶威领兵去围太师府，将太师府的武士全部收编，拨到御林军去充当中下级军官。这些武士不过是求功名利禄，魏良臣已然倒台，他们反而因祸得福，做起朝廷的正式军官，自是求之不得。因此上官扶威进行得非常顺利，转眼间就把魏良臣的势力瓦解冰消。

耿照大喜道："皇上这回可真是乾纲独断。这奸贼杀了没有？"辛弃疾道："没有。"耿照道："不错，马上就杀，还是太便宜了他。应该将他私通金虏的罪状公布天下，再明正典刑。"辛弃疾道："他私通敌国的秘密皇上是已经知晓，但却不会公布了。皇上已准他'告老还乡'。当然这是给他面子的一个做法。"

耿照愤然说道："这样的奸贼，还要给他面子？那么这奸贼的党羽呢，有没有清除？"辛弃疾叹口气道："皇上能做到这一步，已是很不容易了。你要知道，他这次是被迫抗敌的，那些主和的臣子，他还要留待后用呢。魏良臣一来是因为势力太大，二来是因为通敌罪证确凿，皇上才不能不断然处置他的。"耿照道："但魏良臣不除，岂不是仍要留下无穷后患？"辛弃疾笑道："这个你倒不用担忧，皇上已赐他喝了一杯毒酒，一月之后，定然无疾而终。这是上官扶威告诉我的，魏良臣还未知道呢。"

耿照听得骇然，说道："有这样的毒酒，能不知不觉地杀人于一月之后？"辛弃疾道："上官扶威讲得十分确实，谅是不假。"耿照心想："天下能有这种毒酒，莫非我的怪病，也是中毒？"

萨老大、老二听到这里，猛地击案叫道："痛快，痛快！可惜，可惜！"辛弃疾愕然道："两位壮士可是与那奸贼有仇么？怎么又是痛快，又是可惜？"耿照这才得有机会把萨氏兄弟的来历告诉了辛弃疾。

萨老大道："可惜我未能亲手杀这老贼。"耿照道："如今若要杀他，那是易如反掌。但咱们还有更大的仇人，这老贼反正是不能活过一个月的了，咱们犯不着为他补上一刀而误了大事。"萨老二怔了一怔，道："还有什么更大的仇人？"耿照道："即将渡江的金寇，岂不是咱们更大的仇人？"萨老大拍掌道："着啊，耿老弟说得对，咱们如今是私仇已了，应报公仇了。辛将军，请准许我们给你执鞭随镫。"两兄弟一同跪下。

辛弃疾不待他们膝头着地，便连忙将他们扶了起来，说道："报国杀敌，凡是大宋男儿，都该引为己任。何分彼此，论甚主从？来，来，来！辛某今日幸得结识两位豪杰，咱们且同来痛饮几杯！"这时已是近午时分，大家的肚子也都有点饿了，那小护兵早已备好酒菜，当下便端上来。

辛弃疾举杯说道："干了此杯，我再告诉你们一个好消息。"

耿照道："是啊，你还未曾说到皇上召见你的事情呢？"干杯之后，辛弃疾道："皇上已看了你爹爹的遗书和我的奏折，已准了我的奏了。"耿照道："可是关于义军的安排么？"辛弃疾道："正是。本来大臣廷议，对义军有两种安排。第一种安排是大臣陈康伯的主张，请皇上重用虞允文将军，赋予他以收编一切散兵游勇之责，兼领这支义军。第二种是魏良臣的主张，要将禁军都指挥王俊外调，统领这支义军的。如今皇上听了我的进言已决意采用陈康伯的主张，由虞允文统领这支义军，王俊是再也不能和他争夺统帅之位了。"耿照笑道："王俊如今也不知是死还是活呢？即使魏良臣不倒台，他也是做不成统帅的了。"当下将昨日蓬莱魔女重伤王俊之事，告诉了辛弃疾，辛弃疾连呼"痛快"！众人又干了几大杯。

耿照道："皇上一定是对你大为嘉勉了，你的职务可有调动么？"辛弃疾有点不好意思，说道："皇上已决意分出一部义军，驻守江阴，改任我为江阴签判，仍然参赞军事。"耿照是官家子弟，懂得官制，笑道："恭喜，恭喜，升了一级，是五品官了。但皇上也忒小气，我还以为你最少应该是个三品的总兵呢。"辛弃疾道："我倒不在意官的大小，江阴是封锁长江口的要隘，金寇一旦渡江，咱们驻守那儿，正有用武之地。嗯，皇上还问起你呢。"耿照诧道："皇帝老儿问起我了？他怎知道有我这个人？"辛弃疾道："进呈你爹爹的遗书之时，刘锜有一道附折，说明这份遗书是你带来的。我也向皇上奏明说这支义军是你叔叔手创。皇上当时叫我将你找来，准备也封你一个官职。可惜我当时不知道你会去而复回，只好留待后议。如今你可愿意请求皇上召见么？"

耿照笑道："你别给我招惹麻烦，要是皇上以后向你查问，你也只是推说找不着便了。"辛弃疾道："这支义军是你叔叔一手创立的，你却不肯分挑担子？"耿照道："同样是在军中效力，受了官职，那就反而受了拘束了。你要指挥军事，不得不有个官衔。我的文才武略，都是远不及你，倒不如做个客卿身份，行事方便一些，说不定对你更有帮助。"两人是至交好友，彼此不用客套，辛弃疾也深知耿照的性情，当下哈哈笑道："既然如此，我就不勉强你了，让你乐得逍遥吧。但我给你遮的，这三杯酒你可要与我喝了。"众人都喜报国之愿可酬，开怀痛饮。

辛弃疾这个"签判"，虽是个不大不小的官儿，却是皇帝下旨要吏部兵部会同委派的，两部的办事人员，不敢稽延，立即遵办，当日就把辛弃疾上任所需的关防印信，以及兵部授他参赞江阴军事的文书都送了来。第二日辛弃疾、耿照、萨氏兄弟，还带了那个小护兵，一行五骑，便即动身。萨氏兄弟经过两日的调治，外伤也都好了。

一路平安无事，耿照担心的意外都没发生，心想："大约金国派来的竺迪罗、金超岳等人，被江南豪杰发觉他们的身份之后，已是立足不住，滚回江北去了。"但一路东行，所见的弃家内迁的难民也就越多，辛耿二人，不胜慨叹。

这日到了一个属于丹阳县治的小镇，天色已近黄昏，辛弃疾道："赶不到县城了，就在这里歇宿一宵吧。从这里抄捷径走，到江阴不过一百多里，明日绝早动身，不必经过县城，晚上便可到江阴了。"

萨老大道："我有个金盆洗手的绿林朋友，是丹阳县人，只不知他住在哪条乡下，要是打听得出，倒不妨到他那里住宿。"辛弃疾说道："多结识一位朋友，固然是好，但军情紧急，咱们明早便要急着赶路，我看还是在这里歇宿一宵算了。"辛耿都是不爱多管闲事的人，也多少知道一点绿林禁忌，既是决定在小镇找寻客店，也就不再打听萨氏兄弟这位朋友是谁了。

这小镇已是靠近前方所在，十室九空，一片荒凉，好不容易找到一间小小的客店，只剩下两间房子，勉强可以将就。辛耿二人同住一房，萨氏兄弟另外一间房，小护兵在大堂打地铺。众人为了要起早赶路，吃过晚饭之后，一早便睡。

可是睡得太早，一觉醒来，还只是午夜时分。耿照便不再睡，静坐练那大衍八式，只觉真气运转之际，似乎稍有阻滞，但除此之外，并无异状。耿照心道："不知是什么怪病？但只要它不在这一个月内发作，我也就可以安心杀敌了。"练了一会功，忽听得有一缕箫声，隐隐传来。

箫声如怨如慕，如泣如诉，耿照妙解音律，听得出奏的是一首词，而且还正是辛弃疾今年春间的作品《念奴娇》。词道："野塘花落，又匆匆过了，清明时节。划地东风欺客梦，一枕云屏寒怯。曲岸持觞，垂杨系马，此地曾经别。楼空人去，旧游飞燕能说。闻道绮陌东头，行人曾见，帘底纤纤月。旧恨春江流不尽，新恨云山千叠。料得明朝，尊前重见，镜里花难折。也应惊问：近来多少华发？"此词以曲笔抒情，词意双关，既是伤离恨别，怀念故人；又是对南宋舍弃国土，南渡偏安的感慨。

耿照只听了几个音节，不觉神思恍惚，一片迷茫。忽听得辛弃疾"咦"了一声，说道："想不到这里倒有个知音之人。"原来辛弃疾也不知什么时候醒来，坐在床上。辛弃疾是当时一大词家，每有新词，即万人争诵，有人吹奏他的新词，原也不足为怪；但在这接近前方，一片战时气氛，荒凉冷落的小镇里，三更半夜，居然还有人有此闲情，而且箫声十分美妙，词中所蕴藏的感情，在箫声中表达无遗，显然是个知音，辛弃疾也不能不感到有些惊异。

辛弃疾发出惊异之声，耿照则在迷茫中给他惊醒，但仍是神思恍惚，茫然地望着窗外。辛弃疾笑道："偏安之耻，即将前雪。此人大约还未知道皇上已决心抗敌，可惜咱们不便深夜访客，与他一谈。咦，照弟，你怎么啦？你怎么好似呆了？"

一幕前尘往事在耿照脑海之中重现，他离家南下那天，到姨父家中与表妹秦弄玉告别，秦弄玉在花圃之中曾唱过这一首词。如今虽是吹箫而非清唱，但他表妹也素擅吹箫，而这箫声，也正是他听惯了的表妹所吹的腔调！

秦弄玉与他的重重误会早已消除，但秦弄玉为了成全他与珊瑚，重逢之后，却又不辞而行，直到如今，还未见面。耿照听了箫声，不觉悠然存思，茫然若梦，呆了好一会子，蓦地想道："莫非表妹也来到了江南？今晚也正在追忆旧情，怀念于我，吹箫的就正是她？"

耿照从窗口望出去，在这小客栈的对面，似是一个大户人家的花园，树木高出墙头，浓绿之中隐现着红楼一角。那一缕箫声，就是从花园之内传出来的。耿照泪影模糊，幻出了他表妹白衣如雪的倩影，在月夜之下，倚楼吹箫……

辛弃疾的问话，令他在幻梦之中醒了过来。耿照定了定神，忽地说道："我倒想做个不速之客，去访那吹箫之人。"辛弃疾诧道："我只是说说笑的，你却当真了？这不太冒昧了吗？何况咱们明早还要赶路，你又不知那是什么人家？"

耿照道："不碍事的，我只是过去偷偷一看，倘若不是，我就悄悄地回来，也不惊动她了。"他神思恍惚，心中只有一个秦弄玉的影子，与辛弃疾说话，不知不觉之间，就把心中所想的说出来了。辛弃疾莫名其妙，怔了一怔，笑道："不即什么？哦，你是要瞧他是不是可以一谈的高人雅士？"耿照所想的其实只是要去看看是否秦弄玉，他不愿耽搁时候，听得辛弃疾误会他的意思，也就不加解释，支吾以应。辛弃疾是个豪爽的人，见他执意要去，也就不再阻拦，当下笑道："也好，良夜何其，若然邀得高士夜谈，也是一大雅事。但你可不要吓坏人家了。"他深知耿照轻功不凡，对他越垣夜探，倒也并不担心。

耿照悄悄地出了客栈，走到那家人家墙外，忽地不由得又是一阵迷茫："我见了表妹，却又如何？能留得住她吗？"他心中有个秦弄玉，眼前却又幻出另一个少女的影子，那是珊瑚。要知上次在误会冰释之后，秦弄玉仍是不辞而行，就完全是为了珊瑚的缘故。耿照知道，除非是自己已经决定舍弃珊瑚，对秦弄玉表明此意，并与她即订鸳盟，或者可以将她留住。可是，秦弄玉固然是他青梅竹马之交，珊瑚对他可也是情深意重……

忽地那箫声再起，幽怨的箫声令他心弦颤抖，极是不安，自思自想道："耿照啊，你怎能做个负义之人？你与表妹虽未定婚，也早已是心心相印，不待言宣的了。珊瑚待你再好，你也不该移情别向。而且姨父虽然不是你亲手所杀，也是因你而死。你若是不娶表妹为妻，姨父九泉之下，也难瞑目。"思念及此，心意立决，纵身跳上墙头。

这围墙不过一丈多高，耿照本以为毫无问题，可以一纵即上的。哪知竟然差了那么几寸，一足踏空，出乎意外地跌了下来，幸而耿照应变得快，立即以手撑地，一个鲤鱼打挺，便翻起身来，并没摔伤，只是也已弄出了一点声响。

耿照心里苦笑："看来我真是患了怪病，功力竟然还不到从前的七成了。"当下凝神运气，蓄好精神，再用力一跳，这回是跳上去了，但亦不禁有点气喘。

耿照在墙头上看过去，看得更清楚了。园中一座小楼，楼上倚着栏杆的，果然是个长发披肩，手里拿着一支洞箫的女子。虽然还未看得十分真切，不知是否秦弄玉，但是个女子，那已是毫无疑问的了。

耿照心头狂跳，立即便跳下去，脚步踏得很重，刚好踏着地上一根枯枝，发出了"嚓"的一声，将那根枯枝踏断了。耿照还未走得两步，忽觉微风飒然，一条黑影已是向他扑来。

耿照期期艾艾地道："我，我是……"是什么呢？这家是什么人家，他不知道；那女子是否秦弄玉，他也还不知道。若说是来访的人，一时之间哪里讲得明白。那人也没有耐心听他解释，耿照一个"我"字刚刚出口，那人已破口骂道："你这王八羔子！"声到人到，双臂箕张，以泰山压顶之势，掌劈耿照的天灵盖。耿照是书香门第，几曾听过如此粗言相骂，不由得心中有气："岂有此理，即使你把我当作盗贼，也不该出口伤人。"哪知那人不但"出口伤人"还要"出手伤命"，这一掌若是给他劈中了天灵盖，耿照还焉有命在？处此情形之下，耿照只好不再打话，赶紧还招。

耿照侧身一闪，还了一招"大鹏展翅"，也是双臂箕张，但却是擒拿对方的双腕，用意只在扭住对方，叫他不能攻击，而不是像对方一样，出手便是取命的凶招。

但如此一来，一个是绝不留情，一个是心存顾忌，后者当然便要大大吃亏。那人是个浓眉大眼的粗豪少年，看来年纪比耿照也大不了几岁，武艺却很是不凡。耿照的手指已抓着他的手腕，但因气力没有用足，给那少年双臂一振，登时挣脱，耿照跄跄踉踉地倒退两步，说时迟，那时快，那少年已在喝道："给我倒下！""啪"的一掌，打中了耿照。耿照早已练成了"大衍八式"的上乘内功，如今功力虽然只及原来的七成，还是相当深厚，中了这掌，晃了两晃，居然并未倒下。

那少年见耿照招数精妙，中了一掌，又没倒下，也是大大吃惊，更不敢怠慢，趁耿照身形未稳，急步跨上，又是一招"斜挂单鞭"，猛切耿照脉门。

耿照还了一招"惊飚卷雪"，身形摇摇晃晃，就似杨柳在风中摇摆一般，却正好配合他这拳势，那少年的掌缘差半寸没切着他的脉门，只听得"嗤"的一声，衣袖已给耿照撕去了一幅。这还是耿照手下留情，要不然早把那少年的手臂扭脱臼了。

那少年顽强之极，吃了点亏，出手更凶，竟不退后，倏地便化掌为拳，变招"横身打虎"，肘锤向耿照肋下一撞，耿照跳跃不灵，又给他撞中。这一下比刚才所受的一掌更重，痛得耿照双眼发黑。

耿照在对方暴如风雨的攻击之下，无法解释，只好把心一横，想道："没法子，只能把他击倒再说了。"当下力贯掌心，还了一招大衍八式的招数，"蓬"的一声，双掌相交，那少年虽是功力不弱，却怎敌得桑家秘传的"大衍神功"，"咕咚"一声，登时四脚朝天。

耿照使了这招，登时身子也似虚脱一般，浑身乏力，他正要去把那少年扶起，忽听得一个苍老的妇人声音喝道："你这小子胆敢伤害我儿！"

声到人到，一股令人感到窒息的掌风已是迎面扫来，耿照听这掌风，已知对方功力奇高，远远在己之上，即使自己功力丝毫未损，也是决计不能抵挡对方这凌厉的一击。耿照心中一凉，心道："我命休矣。"但习武之人，防御敌人攻击，乃是出于本能，所以耿照明知不敌，也仍然出掌防御。

就在这性命俄顷之间，忽听得一个女子尖声叫道："妈，手下留情！他，他是……"声音尖锐颤抖，显得无限惊惶。那女子飞快奔来，一面跑，一面叫，但亦已是迟了些儿，她那个"妈"字出口之时，只听得"蓬"的一声，双掌已是碰在一起。还幸那妇人的武学造诣早已到了能发能收，随心所欲的境界，双掌一交，掌力未吐，便立即收回，但饶是如此，耿照在力尽精疲之际，亦是禁受不起，只觉得天旋地转，眼前金星乱冒。耿照一咬舌尖，提起精神，尽力维持自己不至昏倒。因为，他已听到了表妹的声音了，但他心里也在惊疑："为何表妹叫这妇人做妈？难道只是声音相似的女子？"他要亲眼再看一看，究竟是不是表妹。

那老妇人道："他是谁？"那女子道："他，他是我的表哥！"耿照抬眼望去，只见那女子已跑出花径，看得清清楚楚了，果然是他的表妹秦弄玉，那支洞箫也还在她的手中。

那少年一个"鲤鱼打挺"翻起身来，叫道："什么，是你的表哥？我只道是仇家呢！"那老妇人松了口气，说道："霆儿，你没受伤？"与此同时，秦弄玉也在问道："表哥，你有没受伤？"那少年同时听到这相同的两句问话，心里不禁酸溜溜地想道："你只是记挂你表哥有没受伤。唉，尽管你把我的娘认作干妈，与你的表哥相比，我毕竟还是外人！"耿照这时，惊喜交集，心中就如波翻浪涌，也不知想的什么，只是本能地叫出了"表妹"二字，眼睛一黑，就晕倒了。

迷迷糊糊中，忽听得有一个粗豪的声音说道："好了，醒过来了。你不用担忧啦！要不然我的罪更大了！"粗豪的声音中也明显地带着几分妒意。秦弄玉道："霆哥，这是误打误撞，我又没有怪你。你别多心。"她口中向那少年说话，双手则把耿照扶了起来，显然她的注意还只是放在耿照身上，故而虽是与那少年说话，却没有面对着他。

耿照慢慢张开眼睛，秦弄玉喜道："好了，果然是醒过来了。表哥，你看你眼前是谁？"她要试试她的表哥，神智是否已经清醒。

耿照张眼一看，只见自己是处身在一间雅致的房间中。除了表妹与那少年，那老妇人也在房内。正是：

乍醒几疑身是梦，风霜历尽又重逢。

欲知后事如何，请听下回分解。

第四十九回　欲逞强横凌弱寡
偏工心计骗红妆

耿照道："表妹，我想得你好苦，我正是因为听得你的箫声，冒昧闯来的。在下耿照，这位大哥高姓大名，适才我是多有得罪了。"耿照于人情世故，不甚通晓，又因情不自禁，一开口便是向表妹倾吐思念之情，然后才是向那少年赔罪，那少年更不高兴，哼了一声，冷冷说道："我姓孟名霆，耿大哥你本领非凡，我很佩服。以后还得多多请你指教。"

耿照听出有点不对，怔了一怔，心道："这姓孟的外貌粗豪，气量却似有点浅窄。"正想说几句客气的话，那老婆婆忽地盯着他说道："你可是桑见田的徒子徒孙么？"耿照不禁又是一怔，连忙说道："不是。"那老婆婆道："既然不是，你何以又会桑家的大衍八式？"耿照满面通红，讷讷说道："是我无意中与一个、一个朋友切磋武功，练上手的。我、我开头实在不知道这是桑家的大衍八式。"耿照与桑青虹的一段纠纷，是他生平最引为尴尬之事，故此吞吞吐吐，不敢和盘托出，但他说的，却也是实言。那老婆婆哪肯相信，淡淡说道："大衍八式是武林绝学，桑家秘传。你那位朋友倒很慷慨啊，肯把这等上乘的内功心法传了给你。你那位朋友是男是女，姓甚名谁？你和桑家当真是一点关系都没有么？"耿照心道："表妹正自疑我用情不专，我与她之间的裂痕也尚未弥补，如今一见面又怎好再提青虹的事情？纵然我是问心无愧，只怕她也不能见谅。"但他又不擅于砌辞说谎，张大了口，一时之间，竟是不知如何回答。

秦弄玉确是有点疑心,但她不忍表哥受窘,更怕孟家母子对耿照有所不利,心道:"表哥想是有难言之隐,不愿说与外人知道。"忙替耿照解围道:"我与表哥自小同在一起,他的事情,我都知道。他的武功出自家传,什么桑家,我是连听也没有听过。"

那老婆婆似笑非笑地说道:"你可从来没有和我提及有这一位表哥。"秦弄玉杏脸飞霞,说道:"妈,我不以为这是什么非说不可的事情,前几天我的精神也还未好,所以就没有提及了。"那老婆婆对秦弄玉很是疼爱,不愿令她太过难堪,当下便笑道:"我也不是想探人隐秘,既然耿公子不肯说出贵友名字,那也就算了。好了,你们表兄妹意外相逢,我老人家可不应打扰你们,你们就先叙叙吧。"

秦耿二人经那老婆婆这么一说,倒是有点不好意思。耿照见秦弄玉颜容憔悴,果是像久病初愈的模样,终于还是他先开口问道:"表妹,你的身子可是有点不大舒泰?"秦弄玉道:"这位孟老太是我干妈。我正是病了一场,多亏干妈给我医好的。"

耿照道:"你们是怎么相识的?"秦弄玉接着说道:"干妈于我不但有治病之德,还有救命之恩呢。那日我偷渡长江,好不容易找到一只小船肯渡我过去,不料那又是一只盗船。幸好巧遇干妈,也是同乘这只盗船。"孟老太笑道:"那艄公瞧我这老太婆没有油水,不肯渡我。是你的表妹好心,给我出了十两银子的船钱,他才肯让我上船的。"耿照道:"钱财不可露眼,想必是强盗见财起意,船到中流,就来谋害你了。"孟老太笑道:"你表妹长得如花似玉,强盗还要将她献给什么大王,做压寨夫人呢。"秦弄玉面上一红,说道:"那日大风大浪,盗船上有一个掌舵的艄公和一个撑船的助手,那艄公刚一露刀指吓,就给干妈抢过他的刀来,一刀劈死。那撑船的助手却已跳下水去,将小船弄翻。"耿照道:"这是水贼惯用的伎俩,那日柳女侠渡江,也曾着了道儿。"秦弄玉道:"哦,你与柳女侠已经会面了。珊瑚姐姐呢?可是与她一起?"耿照道:"不在一起。嗯,还是先说你的事情吧。"提起珊瑚,耿照心里就不禁一片烦乱,即使没有孟家母子在此,他也不知如何与表妹说珊瑚之事才好。

孟老太似乎很为注意，忽地问道："这位珊瑚姑娘是不是姓玉的?"秦弄玉道："不错，妈，你识得这位姑娘?"孟老太道："如果是玉珊瑚，那就是我一位老朋友的女儿了。她很小的时候，我见过她。"珊瑚的父亲生前是著名镖师，交游广阔，孟老太的丈夫生前也是江湖上的成名人物，识得玉家父女不足为奇，秦弄玉也就不放在心上，接着说道："船翻之后，幸好干妈精通水性，把那水中的强盗也杀了。她把小船翻转过来，将我救起，亲自掌舵，渡过长江。我喝了几口水，又经不起大风大浪，船未上岸，已病倒了。后来我就住在干妈家中，亏得她给我尽心调护，今日方始病好。"

秦弄玉说了这段遭遇，便即住口，其实还有一件事情，她藏在心中，不便说的。她在孟家养病之时，孟老太的儿子孟霆，日日在她病榻之前服侍她，向她大献殷勤。秦弄玉不是个糊涂的姑娘，早就看出孟老太的意思是想要她做媳妇的了。

耿照连忙向孟老太道谢。孟老太淡淡说道："我对你毫无恩德，你向我道谢作甚? 我救的是我的干女儿。"耿照本是替表妹道谢，给她这么一说，底下的话已是不好意思再说出来，不觉满面通红。孟老太忽道："弄玉，你有几个表哥?"秦弄玉愕然道："就是这一位表哥。妈，你这话是——"孟老太道："好，那么现在来的不是你的表哥了!"陡地喝道："咄，我孟家又不是客店，什么王八羔子，也在三更半夜闯来!"

孟老太这句话颇有指桑骂槐之意，耿照听在心里，满不是味儿，心道："你这不是怪我冒昧闯到你家里来吗?"心念未已，只见孟老太已抄起一根拐杖，嗖地窜出，身形如箭，越过栏杆，便从楼上跳了下去，兵器碰击之声，随即也从楼下传了上来。

孟霆吃了一惊，心道："妈居然要用起她那根龙头拐杖，敢情当真是劲敌来了。"瞬即之间，只听得叮叮当当之声，有如鸣钟击磬，震耳欲聋。孟老太的拐杖是重达四十八斤的铁杖，听这碰击之声，对方所用的似乎也是金属兵器，发出的声响甚为古怪，比钟声更为清越，但每一下的金铁交鸣之声，又令人感到十分沉重，就似敲在心上一般。孟霆武学已有相当造诣，听了一阵，心道："毕竟是妈占了上风。"他本想下楼助战的，也就改了主意了。心道：

"那人能抵挡妈的铁拐，我下去也插不进手。听来妈已占了六成以上的攻势，大约也无须别人帮忙了。"孟霆耳朵听声，辨别交战双方的强弱，眼睛却还在偷偷注意秦耿二人。原来他实是不放心让秦弄玉单独和耿照相对，脚步就像坠了铅块一样，想移动也移动不开。

耿照也竖起耳朵来听，忽地跳起身来，秦弄玉道："不妨事的，干妈这根拐杖曾打遍大江南北……"耿照道："有点不对，我去看看。"秦弄玉怕他刚刚醒转，气力未曾恢复，有甚闪失，赶忙便扶着他。

耿照道："不用搀扶，我走得动。"孟霆心里酸溜溜的，说道："表妹真会体贴表哥。耿大哥，你应该领受她这番好意才对。"秦弄玉面上一红，松开了手。就在这时，只听得兵器碰击之声，越来越密，人在楼上，似乎也感到了震动。孟霆大吃一惊，听得出对方攻势加强，他的母亲已是改取守势，当下顾不得讥刺耿照，连忙也走了出去，倚着栏杆，看下面的交战情形。

只见那人是个五十左右的虬须汉子，一手拿着一只金光灿烂的圈子，一手拿一把光芒闪闪的短刀，招数十分奇特，短刀如灵蛇吐信，时不时地从金钢圈中穿出攻敌，孟老太的铁拐碰着他的金钢圈，便发出震耳欲聋的响声，看来孟老太的沉重的铁拐，克制不了对方的金钢圈，最多不过是功力悉敌，对付对方短刀的攻势，那就有点应付不暇了。

耿照叫道："萨大哥，住手！"原来这人是萨氏三雄中本领最强的萨老大。辛弃疾因为久久不见耿照回来，放心不下，叫萨老大过来探听的。

耿照虽是用力叫喊，但铁拐与金钢圈的碰击之声如雷震耳，他的声音被双方兵器的碰击声音所淹没，萨老大竟似不曾听见，仍未住手。

耿照心道："伤了萨老大固然不好；这孟老太于表妹有恩，伤了她我也难堪。"心中着急，一按栏杆，便跳下去。

秦弄玉与他并肩而立，见他突然跳下，吃了一惊，失声叫道："表哥！"跟着也跳下去。她本是担心耿照跌倒，却未想到自己也是病体初愈，气力不加，脚尖着地，陡地一震，禁不住一个趔趄，自己先跌倒了。孟霆大惊，紧跟着也连忙跳下。

耿照有大衍神功的底子，歇了这一阵子，精力恢复了几分，反而比表妹强些，一着地便站稳了脚步，听得表妹惊呼，赶忙回臂一抱，恰恰将秦弄玉抱个正着。孟霆正跑过来要将秦弄玉扶起，不料慢了一步，秦弄玉已在耿照怀中。孟霆见此情状，那只手伸出去不是，缩回来也不是，心里一股酸味，大是尴尬。

耿照道："表妹，可摔着了？"秦弄玉满面通红，说道："多谢表哥，没事。"挣脱了耿照的怀抱。

耿照正要跑过去说明真相，劝双方罢战，只听得"轰"的一声，孟老太一拐扫过去，将一块太湖石打得四分五裂。萨老大赞道："好一招伏魔杖法！"他本来可以趁此时机，将金铁圈横砸过去，孟老太招数使老，拐杖未及收回，不死也要重伤。但萨老大的金钢圈举在空中，却未落下。

孟老太怒道："谁要你让？接招！"萨老大退后一步，忽地叫道："且住！你可是孟振的婆娘？"孟老太怔了一怔，道："你是谁？"萨老大哈哈一笑，将金钢圈一晃，说道："江湖上使这兵器的没有几人，孟大哥没有和你说过我们兄弟吗？"

孟老太瞿然一省，说道："你是萨氏三雄中的老大、老二？"萨老大道："我正是老大萨刚。嘿、嘿，我今晚倒是误打误撞，撞着了大嫂了。我只道你们是住在乡下，却原来就住在这个小镇，当真是踏破铁鞋无觅处，得来全不费工夫了。孟大哥呢，在不在家？"孟老太道："先夫过世已两年了。但先夫在日也曾提过那年在青州得你们兄弟之助，今日巧遇，请进寒舍一叙。老身还要请教，你既不知此处便是我家，深夜到来，却又为了何事？"

这时，耿照、秦弄玉、孟霆三人已是一齐来到。萨老大笑道："耿相公果然是在这儿。孟嫂子，我是找这位耿相公来的。怎么，耿相公，你和孟家原来也是相识的吗？"耿照道："我也是误打误撞，在此处巧遇了我的表妹。"萨老大诧道："你的表妹？"他以为秦弄玉是孟老太的女儿，不解他们一个天南，一个地北，怎么会有亲戚关系。耿照道："我的表妹是孟老太的干女儿。她父亲秦重是我姨父。"萨老大这才清楚其中关系，哈哈笑道："这可真是巧遇了！"

孟老太将萨老大请进客厅奉茶，坐定之后，说道："你们萨氏三雄听说一向是形影不离的，老二、老三呢？若在此地，何不也请过来一见？先夫虽然去世，老身也该为他谢一谢你们当年相助之德。"江湖人物，素重恩仇，是故孟老太有此言语。萨老大叹口气道："我的三弟已遭横死。我和二弟早已不干这刀头舐血的生涯了。这次我是与二弟护送一位辛大人赴任，路过贵地的。"

萨氏三雄是黑道上鼎鼎大名的人物，当年的名头，比孟家夫妻还要响亮。孟老太听了诧道："这位辛大人是什么官儿，差得动你们兄弟。"萨老大笑道："官并不大，只是一个五品官阶的江阴签判。但这位辛大人的名声，却是通国皆知的。"孟霆道："敢情是率领义军渡江的辛弃疾、辛将军么？"萨老大道："正是这位辛将军。"孟老太道："原来是他，怪不得你们兄弟愿意为他执役。但他功大官小，却是令人意想不到。"

萨老大道："辛大人奉命参赞江阴军务，手下正要得力之人相助。我冒昧问问嫂子，你们母子如今可还干不干绿林营生？"孟老太叹道："先夫过世之后，我早已心灰意冷，金盆洗手了。江湖上风波险恶，小儿本领尚未学成，我也不放心让他到外间闯荡。"萨老大道："既如此，侄儿可想图个出身么？"孟老太道："你的意思是要小儿跟随辛大人，图个军功？"萨老大道："不错。这位辛大人不比寻常官儿，跟他当差，绝不至于受官场的肮脏气。而且如今金虏南侵在即，你们这儿离江阴不过二百余里，早晚会做战场。即使不是为了图个功名，也该执戈御敌。"孟老太道："你的话说得很有道理，我也多谢你肯提携侄儿。但一来我已是风烛残年，母子相依为命；二来料想你也知道，你孟大哥干了几十年刀头舐血的生涯，不免也结下一些厉害的仇家，你侄儿本领还未学成，我必须在闭眼之前，多教他一点防身本领。不怕你萨老大见笑，我是自知没有几年阳寿的了，人老志短，实是舍不得让儿子离开。金兵若然杀来，那时我们母子再作打算吧。"

孟老太只有这一个儿子，舍不得让他离开，那也是人之常情，萨老大不便勉强，当下说道："军情紧急，我们明日一早，便要护送辛大人起程前往江阴，如今得见嫂子，已了心愿，请恕我们要告辞了。"

耿照心中七上八落，终于鼓起勇气，说道："孟老太，多谢你照顾了我的表妹。她无亲无故，我想请她与我同赴江阴。"孟老太愕然道："你是要她明早便跟你走？"耿照道："正是此意。现下兵荒马乱，结伴同行，也好有个照料。"孟老太道："你可知道你表妹是病体初愈么？"

耿照道："江阴离此处不过二百里，我们一路可以在驿站换马，明日一早动身，晚上也可以到了。表妹虽是新病初愈，在马背上一日，总还可以经受得起吧？"孟老太道："你们辛大人可有带家眷同行么？"耿照道："没有。"孟老太道："那么她一个孤身女子住在官衙，也是很不便啊。倒不如在我这儿，彼此还有个照料。我是她的干娘，怎说得上她是无亲无故？"

耿照想不到孟老太如此不通情理，心道："若是表妹允婚，我到了江阴，就与她成亲，夫妻之亲，难道不亲于你这个干娘？"可是这些说话，他可没有那么厚的脸皮说出来。

萨老大虽是不知道耿照与秦弄玉的关系，但听了耿照的说话，看了秦耿二人的神情，也料到了几分，心道："孟大嫂也是忒不识趣，人家表兄表妹，看来亦已是情投意合，你只可成全他们，怎可以将他们分开？"看不过去，当下便插嘴道："辛大人虽然没携家眷，但官衙之中，总还有同僚眷属，使唤丫头，秦姑娘也不怕没人作伴。再说秦姑娘也不是普通女子，她一身武艺，难道还怕她不会照料自己吗？咱们还未曾问秦姑娘的意思呢，依我说呀，他们年轻人的事情，就让他们自己作主吧。"

萨老大所说的话在情在理，孟老太不觉老羞成怒，说道："我是一片好心。萨老大你这么说，倒像我是强留秦姑娘了。"萨老大心道："可不是吗？我看你就正是存着私心。"但他与孟老太是初次相见，却也不便坦率地直指其非，只好笑道："孟嫂子，你爱护干女儿那是人情之常。但这位耿相公是她的表哥，要照顾表妹，那也是人情之常。"

孟霆冷冷说道:"妈,你别多说了。人家表兄表妹,当然是亲上加亲。你只不过是干娘,总是疏了一层……"

秦弄玉眼中蕴泪,说道:"孟大哥,你不要这么说。干娘救了我的性命,医好了我的病,待我有如亲生儿女,我是感激得很。但我、我……"孟老太道:"对啦,你自己的意思怎样?是愿意留在干娘这儿还是跟你表哥?"

秦弄玉心中乱成一片,想道:"我本是想成全表哥与珊瑚姐姐,但若留在干娘这儿,只怕又摆脱不了孟大哥的纠缠。"她刚才的语气,本来已想拜辞干娘,跟随耿照同去的,但被孟老太这么单刀直入地问她,她毕竟是个少女,脸皮薄嫩,一时间又不好意思明言心事,只觉左右为难。

正在局面尴尬,大家都在等待秦弄玉说话的时候,忽听得呜呜呜三声响箭,一长两短,孟老太面色倏变。萨老大悄声说道:"是你的仇家来了么?"

孟老太道:"这是飞龙岛的鸣镝,岛主料想不会亲临,来的多半是他的使者。"萨老大不禁大为惊异,心道:"孟家在绿林中的地位也算得是第一级的了,这飞龙岛主却是何等身份,只派使者前来,就能令到孟嫂子吃惊?"

孟老太低声说道:"这飞龙岛主是长江两岸水陆两路的黑道大哥,这两年才崛起的,你大约还未知道。"萨老大道:"你和他有什么纠葛?"孟老太道:"目下尚未知道他的来意如何,你们暂且躲一躲吧。我不想与他结怨,倘若当真是非动手不可之时,那时再请你老大助拳。"

萨老大、耿照、秦弄玉、孟霆四人都躲进厢房,只剩下孟老太一人留在客厅。只听得她连发三次啸声,也是一长两短,啸声过后,便听得有人朗声说道:"飞龙岛使者多谢孟舵主接见。"响箭与孟老太的啸声都是暗号,飞龙岛的使者,接江湖规矩,先发响箭通报,等待孟老太的答复,然后再进入孟家,看来已是给了孟家几分面子。

只见两个大汉走入客厅,其中一人手里拿着一枝漆得通红的令箭,说道:"这位想必是孟大嫂,请你接绿林箭。"孟老太道:"先夫已经过世，你们的岛主还未知道么？"那使者道："孟舵主去世，你和令郎可还在啊。"孟老太道："先夫去世之后，我也早已金盆洗手了。这绿林箭请恕我不能接下。"

那使者哈哈笑道："孟大嫂，要改邪归正了么？但你们孟家在绿林混了几十年，说句笑话，也就等于是在绿林中有了户籍了。孟舵主去世，你和令郎也还要应卯的。岛主的绿林箭，我看你不接下也得接下。"

孟老太心中有气，但一时之间，也还未拿得定主意是否翻脸，当下说道："不知你们的岛主传这绿林箭是为了何事？"

那使者道："岛主已定下日期，下月初五在飞龙岛召集江南绿林道上的头面人物聚集。一来是彼此商量，金兵渡江之后，咱们绿林人物是该如何应付；二来也得推定一位绿林盟主。今天已是廿八，离会期还有七天。你和令郎可得在这两天内动身，就以这支令箭为凭，到了长江口外，自有我们的船只带领你们往飞龙岛。"

耿照在厢房里听得他们的谈话，心道："原来东园前辈所尚未查明的那个神秘人物，与南山虎、樊通结拜的那个'大哥'，就是飞龙岛主。南山虎私通金国，这飞龙岛主料想也不是好人。柳女侠和东园前辈正要赶去粉碎他们的奸谋，却不知孟老太是否已知道他们的底细？且看她如何应付？"

孟老太道："听说南山虎是你们岛主的结拜兄弟，这次盛会，他一定是在场的了？"那使者道："不错，南舵主就是这次英雄会的发起人之一。孟大哥生前和南舵主交情不小，就看在南舵主份上，嫂子你这次也该来捧捧场啊。"要知南山虎在江南道上，已纵横了十有余年，飞龙岛主则不过是这两年才稍稍露面的，江南的绿林人物，自是识得南山虎的多，那使者见孟老太问起南山虎，只道南山虎与孟家夫妻定有交情。

哪知孟老太却道："你错了，我们当家的生前胆子小，只敢做些小买卖。南山虎是黑道上响当当的角色，我们怎么高攀得上？我们与他是各走各的道，素不相识！"

耿照听到这里，心道："原来这孟老太也已知道南山虎的底细了。要不然她不会这样说的。听她的语气，似是耻与南山虎为伍，嗯，她虽是不通情理，但在这大义上头，倒也不愧是女中豪杰。"

那使者怔了一怔，道："怎么？你们竟是素不相识的吗？然则孟嫂子又何以有此一问？"孟老太淡淡说道："随便问问，不可以么？"

那使者大是尴尬，咳了一声，说道："咱们还是话说回头，言归正传吧。这枝绿林箭请嫂子接下！"

孟老太冷冷说道："我当家的生前，在江湖上也是独往独来，做的独脚强盗，从不受人号令的。我老婆子虽是无能，先夫的这点志气，还是不敢坠了。请恕老婆子不识抬举，这枝绿林箭你带回去吧！"

那使者又惊又怒，站起来道："你，你抗不奉命？"孟老太道："我还要告诉你们，我已金盆洗手，不再是绿林中人了。以后你们少来登门啰唆。请吧！"端起茶杯，也站了起来。端茶乃是送客的表示。

那使者大怒道："你这老婆子当真是不识抬举，竟敢抗命！"拿起茶杯就摔。

孟老太说道："怎么，你们不喝了这杯茶再走吗？"说话之时，茶杯也已掷出，只听得"当"的一声，两个茶杯碰个正着。使者那个茶杯给撞了回来，仍然端端正正地摆在原来桌子的位置，杯中的茶水，也没有溅出半点。孟老太的茶杯则在空中打转，孟老太衣袖一卷，将茶杯取了回来。不声不响，冷冷地看着那两个使者。

这一手上乘内功一显，登时把那两个使者镇住，不敢发作。持着绿林箭的那使者面上一阵青一阵红，蓦地把那枝箭往桌上一插，说道："奉不奉召任凭于你，我只是来传绿林箭之人。告辞了。"

那两个使者走后，萨老大从厢房出来，哈哈笑道："孟大嫂，真有你的。哈哈，干得好！"

孟老太道："你孟大哥生前恩怨分明，飞龙岛主与孟家风马牛素不相涉，那也罢了。但南山虎却是你孟大哥的仇人，我老婆子无能为他报仇，已然抱愧，怎还可以听他号令？南山虎如今是飞龙岛主的副手，飞龙岛主这次召开英雄会，分明是想同道推戴他为绿林盟主，事若成功，南山虎也就高高压在我们头上了。我老婆子若也

那使者面上一阵青一阵红，蓦地把令箭往桌上一插，说道："奉不奉召任凭于你，我只是来传绿林箭之人。"

随众推戴，岂不愧对先夫？"

耿照只道孟老太是因为知道南山虎私通金国的底细，这才拒绝参加此会的，谁知她却不是为了大义，而是为了私仇。但转念一想，只要孟老太不与南山虎同流合污，结果也还是一样。

萨老大吃了一惊，说道："孟大哥，他、他是——"只道孟振之死与南山虎有关。孟老太道："你孟大哥倒是真的与南山虎素不相识。他是病死的。"萨老大诧道："然而这仇又是从何结起？"孟老太道："你孟大哥素重义气，他有一位好友为南山虎所杀；他自己的嫡亲侄儿，也给南山虎迫得弃家而逃，不知流浪到什么地方去了。你孟大哥生前有件心事，一是为友报仇；一是找寻侄儿。但南山虎到了江南之后，他们始终未曾碰上，他的侄儿，也始终未曾找到，可说是死不瞑目。"

这故事耿照似乎是在哪儿听人说过，不禁心中一动，低首冥思："天下难道当真有如此巧事？"

萨老大身上有事，自忖不能为孟家报仇。而且这种私仇，若非主家邀他助拳，他也犯不着卷入漩涡，因此也就不仔细查问。不过，他却为孟老太担忧目前之事，当下说道："你拒接绿林箭，那飞龙岛主岂不是要与你为难，此地还能立足吗？"

孟老太哈哈一笑，说道："我老婆子一生闯荡江湖，如今虽是年纪老了，志气也短了，但也还不至于恋这点家业。飞龙岛主目下正忙于他的大事，料想也还不至于就来管这点鸡毛蒜皮的小事。不得已时，我老婆子毁家远走，再入江湖，那也算不了什么。"

萨老大是想劝她带了家人到江阴，那么一来可以暂避风头，二来也可以让耿照与秦弄玉相聚。待到蓬莱魔女从飞龙岛回来，那时飞龙岛之会的结果也就可以揭晓了。到时再定应付的方策也还不迟。这是两全其美的法子，耿照的心里也正有这个意思。

但他们两人的心思，都还未来得及开口说出，忽听得花园中似是有物坠地之声，声音虽然微弱，但落在孟老太、萨老大这等行家耳中，已知是有轻功颇为高明的夜行人来到。孟老太眉头一皱，说道："难道那两个使者去而复回？还是飞龙岛另外派人来了？怎么来得这样快呀？"

萨老大等人依然退入厢房，孟老太提起龙头拐杖，将门打开，冷冷说道："两位请进。"

只见来的乃是一男一女，都不过是二十上下年纪。孟老太怔了一怔，放下拐杖，说道："你们是谁，到此作甚？哎呀，你、你是！"那男的道："二婶，我是孟钊。我的二叔呢？"

孟老太又惊又喜，说道："侄儿，我找得你好苦。你二叔已经过世了。这位是，是玉姑娘吧？"孟钊面上一红，说道："不是玉姑娘，是桑姑娘，也是你的侄儿媳妇。"孟老太见桑青虹长得很美，更是喜欢，一手拉住一个，眉开眼笑地说道："阿钊，原来你已是成家立室了，这我可就放了心啦。"蓦地心头一凛，说道："桑姑娘，你是哪里人氏？"

桑青虹叫了一声"婶婶"，淡淡说道："我自幼在孤鸾山下桑家堡中长大，我爹爹是桑见田，二婶，你在江湖走动，想必也听过我爹爹的名字。我如今是无家可归，钊哥带我来投奔你啦。"原来桑青虹在情场失意之后，得到孟钊安慰，感激他的"情义"，糊里糊涂地就和他成了婚。但她以桑家堡二小姐的身份，下嫁孟钊，心里总还是有点感到委屈，偏偏孟老太一见面又把她误认做"玉姑娘"，她当然是更不高兴了。

她怎知孟老太将她当作"玉姑娘"，内里实有情由。原来孟钊的父亲和玉珊瑚的父亲是在同一间镖局做事的。两人交情很好，上了年纪之后，同时退休，又比邻而居。当时孟钊与珊瑚还是几岁大的孩子，亲友们知道这两家交情的，都认定这两个孩子是未来的夫妻。孟玉二老也有此意，不过因为孩子还小，既是比邻而居，就无须亟亟定亲，是以未曾开口罢了。

孟钊之父与孟老太之夫孟振是嫡亲兄弟，但两兄弟志趣不同，一个做了镖师，一个却做了大盗，一个在北，一个在南，亲兄弟竟是十年难见一面。这也是孟振不愿让他哥哥难为的缘故，他哥哥在长江之北保镖，他就跑到江南黑道干活。最后一次见面是在十四年前，之后不久，孟振的哥哥逝世，再过两年，玉老头也遭了凶杀。最后那次兄弟会面，孟振是和妻子一同去的，见过玉珊瑚。

南山虎本是在长江以北横行的独脚大盗，有一次劫孟玉二老所保之镖，镖银是劫走了，但南山虎也中了一枚暗器。孟玉二老退休之后，南山虎仍然不肯放过，赶到邛莱乡下杀了玉老头，那时孟钊的父亲已死，但屋宇也一同被焚。孟钊就是因此流浪江湖，终于投到桑家为仆的。而南山虎也因怕两家的镖行朋友报复，逃到江南为盗。

　　且说孟老太听得桑青虹自陈来历，这真是她意想不到的事情，不禁大大吃惊，也大大欢喜。正是：

　　古云齐大原非偶，魔女为妻祸未央。

　　欲知后事如何，请听下回分解。

第五十回　惊人傲骨扬英气
绝世神功克毒刀

　　要知桑见田生前乃是名震天下的大魔头，死后遗下桑家堡给他两个女儿承继，大女儿桑白虹又把公孙奇招赘进来，桑家堡势力大大扩张，比桑见田生前还更兴旺。声威赫赫，当真如日在中天，江湖上谁个不知，哪个不晓？

　　孟老太做梦也想不到自己的侄儿居然会做了桑家堡的姑爷，而桑青虹说出那句"无家可归"的说话，也是令她莫名其妙，一时又惊又喜，"啊"的一声，张大了嘴巴，后面的话，急切间竟是说不出来。孟老太并不是个眼孔小、未见过世面的女人，这实在是由于桑家堡的名头太大了。

　　孟钊道："公孙奇害死了她的姐姐，侵夺了桑家堡，所以我和她来投奔婶婶，婶婶不必惊疑。"其实孟钊是和公孙奇串通了来骗取桑家的内功心法的，他也是有点害怕桑家老仆与他为难，识破他的骗局，故而他来投奔叔叔，不过是为了找个地方躲藏，也便于安顿桑青虹而已。同时他娶了桑青虹之后，他自己也得有个地方安住，才好专心练桑家的上乘武功。

　　孟老太惊喜交集，心道："侄儿娶了这大魔头的女儿，不知是祸是福？但无论如何，这总是孟家一件极有面子之事。""光荣"之感盖过了恐惧，孟老太定下了神，叫道："霆儿，出来见你哥哥、嫂嫂。秦姑娘，你是我的干女儿，也出来行个见面礼吧。哈哈，萨老大、耿相公，大家都请出来、出来，我老婆子今晚家人团圆，一定要请你们喝几杯才放你们走。"

耿照心头扑扑乱跳，心道："这真是意想不到的事，桑青虹和孟钊竟然成了夫妻。这也好，好过她上了公孙奇的当。只是——我见她呢，还是不见？柳女侠受了她姐姐临终之托，要照顾她，但她如今已是有了安身立命之所了，我也不必再劝她去依靠柳女侠了吧？孟钊从前把我恨如刺骨，只道是我抢了他的珊瑚，如今他已娶了妻子，这仇恨也该过去了吧？嗯，从他对待珊瑚的事看来，他的心术似乎也不很好，珊瑚其实并非只是为了我的缘故而不要他的。唉，他心术好不好，与你何干？你何必为青虹担忧？"

这刹那间，耿照神思不定，心里倏起倏灭地转过了无数念头。他与孟桑二人都有过一段瓜葛，若然见面，实在大是尴尬。但耿照又是个心地纯厚的人，尽管他一向害怕桑青虹的纠缠，但对桑青虹的终身幸福仍是不能无所关心，因此，又想把蓬莱魔女对她的好意转达。他心思不定，不觉闪闪缩缩，不敢一步就跨出房门。秦弄玉见他面色苍白，身子摇晃，不禁吃了一惊。

秦弄玉只道耿照是激战之后，元气伤损，精神不支，吃了一惊，连忙将他扶住，低声问道："表哥，你怎么啦？"

桑青虹听得孟老太提起一个"耿相公"，心头一震，把眼望去，正瞧见耿照在门边闪闪缩缩，而秦弄玉也正在挨近去扶他的情景，不由得倏地柳眉一竖，冷笑道："耿公子，你怕和我见面么？出来！"

此言一出，众人都是大吃一惊。只见桑青虹已走上前去，哈哈笑道："巧极啦，巧极啦，耿公子和玉姑娘都在这儿呀！"

孟老太莫名其妙，说道："这位不是玉姑娘，是我的干女儿秦姑娘。"话犹未了，桑青虹已到了秦弄玉面前，上上下下地打量着她，忽地作出惶然的神气，笑道："对不住，我看错人啦。原来耿公子你又换了一位姑娘了，我还只道是玉珊瑚呢。秦姑娘，你别见怪。"原来桑青虹是成心讽刺耿照，发泄一口醋气的。

秦弄玉对耿照与珊瑚的事情，早已知道，她本来就是想成全他们二人的。但听桑青虹如此说话的语气，任谁也听得出来，她和耿照之间也一定有点瓜葛纠缠。秦弄玉无端端地受了羞辱，又是伤心，又是生气，她病后身子虚弱，不由得双手一撒，就似风中之烛，摇摇欲坠。本来是她扶着耿照的，如今反过来要耿照扶着她了。

孟老太脸上变了颜色，涩声说道："侄少奶，你识得这位耿公子的吗？他是你们桑家的什么人？我刚才见他会使你们桑家的太衍八式，还问过他，可是耿公子说他与你们桑家毫无关系。"

桑青虹冷笑道："毫无关系？他的大衍八式，就是我传他的！婶婶，你别拧着眉毛，瞪着眼睛，我和他的事情，你的侄儿都是一清二楚的。我知道他有了玉珊瑚之后，早已与他一刀两断啦。你的侄儿是知道了这些事情，然后向我求亲的，要不然我怎会做你的侄儿媳妇？"

要知桑青虹是大魔头的女儿，父亲死后，又不用她当家，一向是给宠惯了的，当真是任情纵性，高兴怎么做便怎么做，喜欢怎么说，便怎么说，哪理你什么长幼尊卑？何况她嫁与孟钊，只是为了一时的失意无聊，对这个丈夫实在并未怎么放在心上。她气恼孟老太刚才错把她当作玉姑娘，如今为了向耿照出一口气，就索性把事情都抖出来，也气一气孟老太。对丈夫她都不在乎，对丈夫的婶婶当然更是不放在眼内了。

这一番说话惊得众人尽都呆了，场面尴尬之极。孟老太气得死去活来，心道："要是我的侄儿娶的是玉姑娘，孟家也不会这样丢脸、受气啦。哼，都是这姓耿的小子不好，抢了珊瑚，也害了我的侄儿。"

桑青虹是初入门的侄儿媳妇，又是大魔头桑见田的女儿，因此孟老太虽然给她气得死去活来，却是不敢、也不方便向她发作。

孟老太把一腔怒气都移到耿照身上，"哼"了一声，心道："你这小子抢走了我侄儿的好媳妇，如今又想来抢我的媳妇啦。"当下板着脸孔，冷冰冰就朝着耿照说道："耿公子，你表妹是我干女儿，你与我却是非亲非故，你今后别要再上我孟家的门！"

耿照呆了一呆，愤然说道："好，我走，我走！表妹，你——"秦弄玉难过之极，颤声说道："妈，我表哥有什么地方得罪你啦？我表哥的人品我是知道的，他——"说到这里，措辞甚感为难，尽管她相信得过表哥，但一来她不知道桑青虹与耿照之间的事实真相，二来她若是为耿照辩解，那岂不是要说桑青虹自作多情了？

孟老太更是气恼，峭声说道："秦姑娘，你喜欢你的表哥，要跟他走，我也不敢留你！不过，我可是为了你好，请你再三思而行！"桑青虹冷笑道："她喜欢跟这风流浪子，婶婶，你又何必多费唇舌劝她？"

秦弄玉"哇"的一口鲜血吐了出来，耿照怒道："你们何必把她迫成这样？表妹，你谢过干妈，咱们一同走吧。"

秦弄玉柔肠寸断，心想若是留在孟家，和这泼辣的桑青虹朝夕相对，怎受得了？何况还有孟霆的纠缠？但在这样的尴尬场面之下，要她跟着耿照出门，她也还是感到进退为难。

孟老太见秦弄玉口吐鲜血，心里也颇有悔意，但她要维持自己的尊严，仍是冷冰冰的不肯说一句安慰的话。

萨老大道："孟嫂子，何必这样？留得一线，日后也好相见嘛！"孟老太道："萨老大，你于先夫有恩，我感谢你。但我孟家，却不欢喜外人扰乱。"

萨老大见孟老太无可理喻，他也急着要回客店，便道："嫂子，既然如此，那我也告辞了。"

耿照替秦弄玉抹干了嘴边的血迹，低声说道："表妹，此地你怎么还可再留？"秦弄玉心意已决，甩开耿照的手，说道："干妈，多谢你这半月来照顾的恩德。你的大恩大德，我是难以报答了。"跪下去给孟老太磕了一个响头。

孟老太又是气恼，又是心酸，拧过了脸，不受她这个大礼。萨老大忽道："孟嫂子，这枝绿林箭，你准备如何处置？"

在这样尴尬的气氛之下，萨老大突然问了这么一句和当前的事毫不相干的说话，孟老太正自一肚皮没好气，拔起绿林箭道："你问这个干吗！"便要将箭折为两段。

萨老大忽道："孟嫂子，你不要，给了我吧。"孟老太怔了一怔，道："你要这枝绿林箭？"萨老大笑道："你不接我给你接，我也领你的情，岂不是两全其美？"孟老太欠了萨老大之恩，正愁无可报答，听说他想要这枝绿林箭，便交了给他，也不去问他的用意。

萨老大道："多谢，多谢。孟嫂子，你的干女儿跪久啦。"原来秦弄玉未得她干娘理睬，兀是跪在地上，不敢起来。

孟老太也觉有些过分，心肠一软，回过头来叹了口气，将秦弄玉扶起，说道："秦姑娘，你喜欢这样选择，你要走，我老婆子也不便勉强你了。你的病还未大好，可得好好保重。"秦弄玉眼眶红润，说道："干娘，你也保重。"萨老大笑道："天下无不散之筵席，好了，可以走了吧？"这时已是天蒙蒙亮的时候了，萨老大怕辛弃疾在客店里等得心焦，赶着要走，他已是先跨出了客厅了。

耿照正要跟着他跨出客厅，孟钊忽地拦在门口，冷冷说道："且慢！"

耿照愕然道："孟大哥，你有何指教？"就在此时，忽地隐隐听得有一声长啸，远远传来。萨老大吃了一惊，他听得出这是他兄弟的啸声，他们兄弟曾经约定，谁人若遇意外，即以啸声示警的。那间客店与孟家相距不远，用上传音入密的功夫，啸声可以相闻。

萨老大道："耿相公，不着紧的事情以后再说吧。"他却未想到，这是孟钊与耿照有意为难，而非耿照要与孟钊多说闲话。

萨老大展开轻功，越墙而出，只道耿照随后就可跟来的，哪知孟钊却不肯放耿照过去。

孟钊双掌一错，淡淡说道："不敢，不敢。我孟钊正是想请你耿公子再指教个一招半式！"耿照急道："这却是为什么来由？请恕我无暇奉陪啦。"

孟钊冷笑道："为甚来由？你忘记了在桑家堡打我的一掌了么？孟某领受了足下的恩惠，武功幸有寸进，今日相逢，岂能不请足下再予指教？哼，你无暇奉陪也得奉陪！"

耿照这才知道他是记着当日桑家堡的一掌之辱，皱眉道："孟大哥，当日便算是小弟不是，如今给你赔罪啦。"

孟钊道："谁要你赔罪！你不必害怕，咱们只是较量较量，一掌还一掌而已，我不要你性命。"双掌平胸推出，已是抢先向耿照发招。

耿照是个内心强傲的人，给孟钊迫得没法，心中也是有气，而且孟钊这一招"双撞掌"向他平胸推来，势道凌厉，若然不接，胸骨只怕要给他打折。耿照无可奈何，双眉一轩，说道："孟大哥苦苦相迫，小弟只好从命了。"单掌划了一道圆弧，便即还招。

孟钊与桑青虹成亲之后，也练了桑家的大衍八式，而且还骗取了练那两大毒功的内功心法，武功当然也是今非昔比，但他练的时日还短，论到基础之坚实深厚，尚不足与耿照比肩。不过耿照因受了毒伤，功力已减了几分，此消彼长，却恰好是旗鼓相当。

双掌相交，"蓬"的一声，孟钊倒退三步，耿照晃了一晃。桑青虹道："以己之长，制敌之短。你从前是怎么输的，现在就怎么赢回来。"

孟钊大吼一声，退而复进，左拳右掌，呼呼挟风，掌劈面门，拳打肋胁。耿照使出"蹑云步法"，避招还招，不道孟钊竟似早已料到他的身法，拳头虚晃，蓦地便踢出连环飞脚，正是朝着耿照闪躲的方向。耿照身躯一斜，掌削他的膝盖，那一脚已从他的腰胁擦过，虽没踢个正着，亦已隐隐作痛。孟钊接着一掌，恰好又与他的掌心碰个正着。这一次对掌，耿照是在躲闪之中出掌的，下盘不稳，吃了点亏，轮到他连退三步，孟钊则不过只晃了一晃。

原来耿照的内功是桑家的大衍八式，拳掌招数，则还是他家传本领。他耿家是"蹑云剑"的一脉嫡传，招数以轻灵翔动，步法以灵活见长，缺点是下盘不够稳固。从前在桑家堡，孟耿二人第一次对掌之时，孟钊曾以伏虎拳法占了上风，后来是耿照得了桑青虹的指点，才打败他的。如今桑青虹倒转来指点她的丈夫了，耿照的功力胜不过孟钊，若然仍依旧法，站着不动，与他硬拼，时间一长，必然落败，所以明知对方是攻击自己的弱点，也不能不与孟钊游斗。

孟钊一占了上风，下手便毫不留情，趁着耿照立足未稳，又扑上来。他的拳脚招数，曾得过公孙奇的指点，非比寻常，以伏虎拳，配合了鸳鸯连环腿，拳打南、脚踢北，按着五行八卦方位，拳脚的方向相反，耿照不论走到哪个方位，都要碰上他的拳脚，也即是孟钊每一招都得了先发制人之利。

秦弄玉看得心惊胆战，只好向孟老太求情道："干娘，你叫他们别打了吧。我表哥他刚才曾晕了过去，如今精神似乎也还未复原的呢。"桑青虹冷笑说道:"秦姑娘,你可不必为他这么着急,我的钊哥不会要他性命的。再说,你心上有他,他心上也还未必有你呢。"秦弄玉又是着急,又是气恼,眼中含泪,几乎哭了出来。

孟老太心道:"刚才我的霆儿也曾被他击倒地上,却不见你如此关心。"孟老太也想看看他侄儿这些年来练了些什么本领,当下便淡淡说道:"彼此切磋武功,事属寻常。谁胜谁败,不过落个哈哈,你也不必太认真了。"可是她说得轻松寻常,场中的孟钊,却是认真得很,几乎招招都是杀手!

激战中只听得"咚"的一声,耿照中了一拳,孟钊得意笑道:"你知道厉害了么?认不认输?"耿照咬实牙根,呼呼还了两拳,他怒火中烧,尽力而为,虽是强弩之末,竟也把孟钊迫退两步。秦弄玉颤声叫道:"表哥,你,你就……"话犹未了,孟钊早已退而复上,"蓬"的一脚,又踢中了耿照的腰胯,耿照晃了两晃,似是摇摇欲坠,但却没有倒下,只见他双眼火红,孟钊踢的"鸳鸯连环腿",左脚踢中,右脚跟着续来,耿照"哇"的一口鲜血吐了出来,却毫不退缩,一掌就朝着他的膝盖削下,孟钊胜算在操,倒不愿和他硬拼,一个"十字摆莲",脚尖划了一道圆弧,迅即收回。耿照掌法精妙,但跳跃不灵,一掌削过,只是稍稍擦着他的膝盖。但饶是如此,孟钊也已感到火辣辣地作痛。

孟钊怒道:"好呀,你这小子还要倔强。我非打得你跪下求饶不行!"登时拳掌兼施,狂风暴雨般地狠狠扫来,攻势比先前更凌厉几分了。

秦弄玉知道表哥的倔强脾气,决计难以叫他认输,只好忍着羞辱,求孟老太道:"孟大哥说是要还他一掌,如今已是还了一拳一脚了。"

桑青虹刚才怀着一肚皮怨气,指点丈夫痛打耿照,但如今耿照当真已是受了痛打,桑青虹爱恨交织,又不禁失声叫了出来。她跨出两步,想把丈夫拉开,但想到孟钊毕竟已是做了她的丈夫,若然帮着情郎,拉开丈夫,纵然她一向不把这丈夫放在眼内,也觉得有点难以为情。她听得秦弄玉已在求她婶婶,第三步就不再跨出去了。

孟老太也觉得孟钊实是"过分"了些，本来也想出声喝止的，但见桑青虹如此神态，显然是对耿照还有无限情意，孟老太又不禁心头生气，想道："这小子是该受顿痛打。"登时板起了脸孔，对秦弄玉的说话，只当是听不见。秦弄玉又是气急，又是伤心，心道："原来干娘对我施恩，不过是为了自己打算，并非真的疼我。"

孟钊大喝道："给我跪下！"一招"弯弓射雕"，双臂横伸，将耿照的双掌封住，叫他无法招架，一脚就向他膝盖踢去。他气量浅窄，刚才膝盖险被耿照掌锋削着，这回就有意踢碎他的膝盖骨头，叫他非跪倒不行。

秦弄玉一声惊呼，跳出去正要拉开耿照。忽听得一个柔媚的声音说道："耿相公，你别害怕，这人无礼，我叫他给你磕头！"声到人到，只听得"咕咚"一声，跪到地上的果然是孟钊而非耿照。他是给一个突如其来的女子点中了膝盖的"环跳穴"，不由自主地跪下的。

耿照脚步未稳，怔了一怔，猛地叫道："你这妖狐！"声音中充满气愤，一掌就向那女子打去。就在此时，秦弄玉与桑青虹也都大声喝骂，双双拔出剑来，向那女子攻击。原来这女子是"玉面妖狐"连清波。

秦弄玉是为了杀父之仇，桑青虹则为了连清波是公孙奇的情妇，公孙奇害死了她的姐姐，实是连清波的主谋，因此不约而同地拔剑向连清波攻击。

秦桑二女切齿报仇，剑势来得凌厉之极。耿照使出大衍八式，虽属强弩之末，亦是不可小觑。那女子连忙叫道："你们都认错人啦！"可是三方面的攻势都已是如箭离弦，她这一句话哪里拦阻得住？

那少女无可奈何，只得还手，她身法也是快到了极点，只见她一飘一闪，耿照一掌打空，她已掣出了一口月牙弯刀，"当"的一声，恰恰迎上了秦桑二女的兵刃，把她们的双剑荡开。

耿照这时已看出那女子似乎比连清波年轻一些，又见她使的月牙弯刀，蓦地想起了蓬莱魔女和他说过的赫连一家三姐妹的故事，不禁失声叫道："你是赫连清霞！"他给孟钊伤得很重，本来就已是筋疲力竭的了，这时一发觉不是仇人，劲一松，气一散，登时支持不住，"咕咚"一声，倒了下去。

就在此时，一个浓眉大眼的汉子也跑了进来，大呼小叫地嚷道："这些是什么人，你和她们交手？"这人是赫连清霞的情侣耶律元宜。原来他们急着北归，日夜赶路，恰巧经过此地，听得厮杀之声，进来探视的。他们与耿照曾见过一面，当时耿照是在天目山上的关卡受官军围攻，正在全神应敌，哪有余暇注意过途之人，是以他们认得耿照，耿照却认不得他们。

孟老太大怒道："岂有此理，我孟家又不是开客店的，什么人都胡闯进来！"提起拐杖，就要去打耶律元宜，赫连清霞叫道："宜哥，快把耿公子救了出去！"

耶律元宜亮出佩刀，刀锋一偏，将孟老太的龙头拐杖带过一边，他使的是上乘武功的"卸"字诀，但孟老太拐重力沉，虽是八成以上的力道已给卸开，耶律元宜仍然不禁退了一步。

孟老太拐杖被带过一边，身体失了重心，也险些栽倒，大怒之下，用千斤坠的重身法站稳了脚步，拐杖舞得呼呼风响。她的拐杖长达八尺有余，耶律元宜的佩刀不过二尺八寸，以短敌长，甚是吃亏。耿照倒在地上，正是在他们两人的中间，耶律元宜抢不过去，而孟老太的拐杖纵横挥舞，却很有一个失手打中耿照的危险。

赫连清霞喝道："你们住不住手？"秦弄玉此时亦已看出她不是连清波了，便即退过一边。桑青虹却仍在冷笑道："你是玉面妖狐的妹妹吧？姐妹一丘之貉，总也不是好人。玉面妖狐杀了我的姐姐，我就杀她妹妹，这又有何不可？管你是好是坏？"口中说话，剑招丝毫不缓，满肚皮怨毒之气，似乎都要发泄在赫连清霞身上。

赫连清霞顽皮刁钻，脾气也是不容别人欺负的一个姑娘，她听了桑青虹骂她，眉毛一拧，便回骂道："胡说八道，你更不是好人，给我撒手！"月牙刀划了一道弧形，向桑青虹劈去，桑青虹看她这一刀的来势乃是斜劈自己的肩膊，便还了一招"金雕展翅"，青钢剑向左斜方削去，解招还招。这本来是一招上乘的精妙剑法，哪知赫连清霞的月牙刀是弯的，使出的招数与一般刀法不同，中途一个拐弯，那新月形的刀尖，突然从桑青虹意想不到的方位刺来，刺桑青虹的穴道，桑青虹忙不迭地回刀招架，已是慢了一步，只听得"当"的一声，桑青虹的剑柄已给她的弯刀勾住，夺出手去。桑青虹一个"风飐落花"的身法，斜飘出六七步之外，穴道未给刺中，亦已吓出了一身冷汗。

赫连清霞笑道："凶婆子，你也撒手吧！"一个盘龙绕步，到了孟老太身边，呼呼呼连劈三刀，刀法快如闪电。孟老太功力深厚，身手却不如她灵活，而且她还要分出精神对付耶律元宜，登时给杀得手忙脚乱，只听得"嗤"的一声，刀光过处，孟老太的衣袖竟也给赫连清霞削去了一大幅，但她的拐杖没有给打落，败得总算不及桑青虹之狼狈。

孟老太给赫连清霞迫开，耶律元宜这才得有机会，把耿照背了起来，立即便向外跑。孟老太大怒道："小贼，往哪里跑！"龙头拐杖打出，直捣耶律元宜的背心，赫连清霞抢刀架住，孟老太冲击三次，冲不过去。她堵不住大门，耶律元宜早已背着耿照越过围墙了。

秦弄玉不知耶律元宜是何等样人，怎放心耿照被他"劫"走，连忙便追。孟霆叫道："玉妹，你身体要紧！"他是怕秦弄玉新病初愈，孤身追"敌"，危险太大，连忙也赶上去，想把她拉回来。哪知孟钊还躺在地上，他一不小心，踢着了孟钊，孟钊"哎哟"地大叫起来，孟霆也跟跟跄跄的立足不稳，赫连清霞突然到了他的身边，横足一勾，"叽"的一声笑道："你也倒下吧！"孟霆果然应声倒下，与孟钊滚作一团。

孟老太只道儿子遭了毒手，这一惊非同小可，她赶到之时，赫连清霞早已出了大门，孟老太忙着把儿子扶起，看他有没有受伤，当然也顾不得追赶敌人了。

秦弄玉追上去叫道："你是什么人，快把我表哥放下！"耶律元宜在前头停下了脚步，赫连清霞在后面追了上来，笑道："耿公子是你表哥吗？"耿照受伤不轻，但神智尚还清醒，便即说道："表妹不必担心，他们是柳女侠的朋友。"赫连清霞笑道："还是让他为你代劳，背你的表哥吧。"秦弄玉放下了心上的石头，这才向耶律元宜道谢。耶律元宜道："耿相公，你住在哪儿？我送你回去。"

耿照道:"我就住在对面这家客店。"赫连清霞惦记着蓬莱魔女,问道:"柳女侠呢,是否也在此地?"耿照道:"不,她到另一个地方去了。"

耶律元宜与赫连清霞有要事在身,必须早日赶回江北,听说蓬莱魔女不在此地,也就无心再向耿照查根问底。耶律元宜看那客店的围墙不过一丈多高,笑道:"咱们不必拍门了,我把你悄悄送回房中,免得惊动了酣睡的客人。"

走到了那条街道,离客店还有十数步之遥,忽听得有刀剑碰击的声音,正是从那客店隐隐传了出来。耿照吃了一惊,心道:"怪不得萨老大听得他兄弟的啸声,匆匆便赶回去,原来是来了敌人。"他受了重伤,但听声辨器的本领还在,听得出对方只有一人,使的似是刀剑之类的兵器,所以和萨氏兄弟的金钢圈相碰,发出了悦耳的金属声响。耿照稍稍宽心,想道:"萨氏兄弟是江湖上一等一的角色,兄弟联手,对付一人,料想不至于落败。"

耶律元宜也是心中一凛,笑道:"这可真是巧了,又碰上了一场厮杀。这三个人的武功听来实是非同小可,似乎还在那孟老太之上,耿相公,咱们待一会儿,待到那些人打出一个结果,散了之后,再进去吧。"

耿照虽然不很担忧,毕竟也还是挂虑着辛弃疾的安全,当下说道:"我的一位好朋友在这店中,看来这贼人是冲着他来的,现在正和他的两个随从交上了手。咱们还是过去看一看吧。"

耶律元宜自己有要事,不大愿意卷入漩涡,说道:"好,那咱们就过去先看一看。耿相公,你受了伤,还是不必忙着进去。"

这间小客店建筑简陋,那面土墙也有许多年月了,墙上受风雨侵蚀、白蚁损蛀,有许多大大小小的窟窿。耶律元宜等人到了后墙,将耿照放了下来,各人都找了一个合宜的窟窿,将眼睛贴上去看里面的情景。

耿照本来不很担心的,这一看,登时把他吓得呆了,原来和萨氏兄弟交手的不是别人,正是那蓬莱魔女的师兄公孙奇!

耶律元宜、赫连清霞二人吃惊更甚,要知耶律元宜是曾经吃过公孙奇的大亏，险些在他毒掌之下丧生的。他虽然恨极了公孙奇，但自忖自己加上了赫连清霞，也决计不是人家对手，何况还要照顾耿照。

耶律元宜抽了一口凉气，皱皱眉头，说道："耿相公，这人是江湖上最为心狠手辣的魔头，咱们还是暂且避开了吧。你的朋友未见在场，想来他也早已溜了。"耶律元宜不知道耿照的朋友是什么人，但萨氏兄弟的独门兵器金钢圈他却是认得的，料想不是耿照所说的那位少年将军。

耿照甚是为难，要知他与耶律元宜不过是萍水相逢，初初相识，还谈不上什么交情。耶律元宜之所以救他，不过因为彼此都是蓬莱魔女的朋友而已。萨氏兄弟更是间接而又间接的朋友，耿照岂能要耶律元宜为毫不相干的人拼命，来这样一个不情之请？但耿照却又怎能在萨氏兄弟危难之中，弃之而去，只求苟免？虽然他自己业已是受了重伤。

正自进退为难，忽听得辛弃疾焦躁的声音说道："耿照怎地还不见回来？"原来辛弃疾早已在场，他是站在墙边一棵黄皮树下。由于墙外的人，从窟窿看入来，只能看到院子里正面的景象，辛弃疾站立的地方，是侧边的"死角"，所以，耿照等人看不见他。

就在此时，只听得"刷"的一声，萨老大的肩头中了一剑，连忙叫道："辛大人，你赶快逃吧，你身负重任，不可再顾我们了。"

公孙奇哈哈笑道："你还能逃到哪里去？你们的坐骑早已被我毒毙了。我杀了你们两个，再去追他，谅他也逃不出我的手心。姓辛的官儿，我看你也是个有胆气的男子，反正你是逃不了的，不如你就讲点义气，自己束手就擒，我倒可以饶了你这个随从，否则你们一个也休想活命！"

原来公孙奇暗中一直是跟踪着孟钊夫妻的，孟钊骗得桑青虹委身下嫁，本来就是公孙奇所策划的毒计，用意只是在骗取桑家的内功心法，好让公孙奇练成那两大毒功。在孟钊来说，他虽然一步登天，做了桑青虹的丈夫，其实不过是公孙奇的一个工具，一切都要听命主人。孟钊记性甚好，桑青虹每次给他讲解了桑家的内功心法之后，他就一字不漏地转告公孙奇，要知公孙奇既是暗中跟随着他，一日之中，他总能找到个借口，离开桑青虹片刻，与公孙奇会面。

这次孟钊来投奔叔叔，公孙奇当然也随着他来，而且他还是先到孟家，察视了孟家的情形的。他到孟家之时，刚好听到耿照劝他表妹同到江阴，相助辛弃疾之事。公孙奇听得辛弃疾也在此地，不觉大喜，心中想道："金人恨这辛弃疾有如刺骨。金主完颜亮答应让我在山东自立为王，我若能将辛弃疾活擒，送给完颜亮，这就是一个天大的礼物了！"

这小镇上的客店没有几间，公孙奇很容易地就找到了辛弃疾的所在，幸而有萨老二拼命抵挡，不多久，萨老大又已回来，两兄弟联手与他苦斗，辛弃疾这才未曾遭他毒手。

萨氏兄弟以短刀配合着金钢圈，两兄弟攻守呼应，有如一体，公孙奇的毒掌难以打到他们身上，只好用剑攻击他们。公孙奇武功远在他们兄弟之上，斗到了五十招开外，饶他们兄弟配合得妙到毫巅，也只能有招架之功，而无还手之力了。

且说耿照在墙外偷窥，见萨老大中剑受伤，兀是苦战不退；又听得公孙奇咄咄逼人，定要生擒他的好友辛弃疾，不禁怒气填胸，忽地"蓬"的一拳击出，将那面土墙击穿了拳头大小的窟窿。

耶律元宜大吃一惊，道："耿公子，不可鲁莽。"便要拉他逃跑，耿照道："耶律大哥，多谢你救命之恩，今生我是无可报答的了。目下之事，与你无关，你们走吧。请别理我！"耶律元宜拉着他道："你要怎么？"耿照毅然说道："这恶贼如此猖獗，耿某岂能不为国尽忠，为友尽义？"原来他自忖跳不过这一堵墙，一时情急，便要将墙打塌，硬穿进去。他有大衍神功的底子，虽然业已受了重伤，这一击使尽了浑身气力，仍是不可小觑。不过，也只是打开了拳头大小的窟窿，要想打塌这堵土坯，那还是力所不及。

耶律元宜也是个性情中人，侠义之心陡然被他激起，一时血脉贲张，竟把本身利害抛之脑后，突然反手一点，点了耿照的麻穴，制止他的鲁莽，说道："秦姑娘，你与你表哥逃跑，让我来对付这个恶贼！霞妹，你助我报这一掌之仇！"赫连清霞道："好，元哥，你说怎么便怎么吧!"两人一声长啸,双双跃上墙头。

公孙奇眼观四面,耳听八方,早听出了土墙外面的这几个人的声音,哈哈笑道:"清霞妹子,你怎的老是与你姐夫作对,你不怕我再给你的宜哥一掌么?还有耿照那小子呢?是不是不敢进来了?"

公孙奇知道赫连清霞本领不弱,若给他们和萨氏兄弟联手,自己虽然不惧,究竟亦是有点麻烦。当下抱定了个速战速决的战术,口中说话,手底丝毫不缓,"刷"的剑光一闪,倏地便指到了萨老二的咽喉,萨老二慌张疾退,萨老大的金钢圈连忙砸下,哪知公孙奇这一招乃是虚招,迫退了弟弟,好单独对付哥哥的。他背后就似长着眼睛似的,倏地使出一招"星横斗转",头也不回,剑柄向后一撞,萨老大受伤在先,闪避不灵,正正撞中了他腰肋的"愈气穴",闷哼一声,便倒下了。萨老二发觉不妙,回身攻来,公孙奇剑走轻灵,只是一剑,剑尖又刺中了他的穴道。

这几招快如电光石火,耶律元宜还未越过墙头,萨氏兄弟已然一齐倒下。公孙奇的目标是在辛弃疾,无暇伤害萨氏兄弟,立即便向辛弃疾扑了过去。

这时耶律元宜、赫连清霞刚好跳下,脚步也还未稳,眼看公孙奇的大手已堪堪抓到了辛弃疾面前,要跑过去援救,那是无论如何也来不及的了。

辛弃疾兀立如山,双眸炯炯,毫无惧色,横剑当胸,厉声斥道:"你是金人还是宋人?"凭着公孙奇的武功,要杀辛弃疾那是易如反掌,但说也奇怪,公孙奇给他这么一喝,却不禁倏然一窒。他畏惧的不是辛弃疾那柄长剑,而是辛弃疾那股正气。俗语说"邪不胜正",公孙奇虽然早已丧心病狂,但面对着大义凛然的辛弃疾,他就不能不为这股浩然正气所慑了。

但也不过是窒了一窒,他那邪恶的念头,毕竟还不是辛弃疾一句"当头棒喝"所能喝醒,一窒之后,仍然一抓向辛弃疾抓去,不过,他可不敢正面与辛弃疾的目光相对,而是侧身向辛弃疾发招了。

辛弃疾的长剑给他用"空手入白刃"的功夫打落,眼看再一抓就要抓着。就在这千钧一发之时,忽听得"呼"的一声,公孙奇突然感到一股大力向他袭来，公孙奇眼观四面，耳听八方，但却还未发现敌人，这股力道已然袭到，而且大得出奇，显然是功夫在他之上。

公孙奇大吃一惊，他本领确也不凡，在突然遇袭的情况之下，居然临危不乱，使出了上乘的卸力功夫，掌心一翻，将那股力道引过一旁，但饶是如此，也禁不住斜窜三步，才稳得住身形。

耶律元宜莫名其妙，"咦"了一声，心道："怎的这恶贼却乱抓一气？"正要趁此机会，赶去救援，心念未已，忽听得"叮"的一声，一条人影，捷如飞鸟般地越过墙头，正好落在辛弃疾面前，拦住了公孙奇。耶律元宜定睛一瞧，这才看清楚是个跛了一腿的老和尚，他挟着一根拐杖，那"叮"的一声，就是拐杖触地所发的声音。

赫连清霞大喜道："宜哥，这和尚就是我说的那个和我们同住在一个山上的老和尚了。有他来了，可用不着咱们出手啦。"

就在赫连清霞说话的时间，公孙奇早已刷的一剑向那老和尚刺去，他用的这招也用得真损，是向着老和尚那条跛足刺去的，老和尚哼了一声，斥道："年纪轻轻，心术太坏！"杖头一翘，恰恰碰着公孙奇的剑锋，"当"的一声，公孙奇虎口受震，长剑险险脱手，不由自己地又退了三步。

公孙奇又惊又恐，喝道："你是何人？"那老和尚叹了口气，说道："你认不得我，我却知道你的来历。看你使的这一掌一剑，正是我一位老朋友的平生绝技。咄，看你年纪不会超过三十，你一定是公孙隐的儿子了？可叹！公孙隐竟生下你这样一个不肖的儿子！"

那老和尚只从他发的两招，就认出了他的家数，公孙奇更是吃惊，他吃惊的不但是老和尚本领高强，还因为那老和尚是他爹爹的朋友。

公孙奇暗自寻思："倘被爹爹知道了今晚之事，他定然不能饶我。这老和尚我非杀他灭口不可。"趁着那老和尚说话的当儿，突然扑上，闪电般地便是一掌拍出！他深知这老和尚的本领远胜于他，因此，唯有出奇不意地用毒掌偷袭，才有制敌于死命的可能。

这老和尚行动不便，必须用拐杖代步，才能施展轻功。公孙奇这一掌闪电般地打来，他果然来不及闪避，也来不及举起拐杖招架，只好发掌相迎，一切都如公孙奇之所料。

但公孙奇料不到的是，这老和尚功力之高，还在他想象之上，双掌相交，只听得"蓬"的一声，公孙奇的身子，登时似皮球般地抛了起来，直撞到了墙上。这面土墙，本来就给白蚁蛀空了的，经不起他这一撞，轰隆一声，登时塌下了一大幅，秦弄玉与耿照还在外边，幸亏不是当着倒塌之处。

这老和尚喝道："自作孽，不可活！你别以为你练成了桑家的化血刀，就可以任意作恶了。我看在公孙老儿的份上，如今饶你一命，你若仍然怙恶不悛，终须受到报应！"

耿秦二人见土墙突然倒塌，公孙奇飞了出来，大吃一惊，连忙双剑刺出，公孙奇闷哼一声，鞋尖朝着秦弄玉的剑尖一点，秦弄玉的青钢剑脱手坠地，公孙奇借着这一点之力，半空中一个筋斗，落下地来，已在三丈开外。身形一稳，立即便又拔腿飞奔了。

原来公孙奇受伤亦已不小，心里想道："那老秃驴受了我的毒掌，料他也不能活命。且待我养好了伤，再来收拾这几个小子。"他为了逃命要紧，因此也就无暇去伤害耿照了。

秦耿二人从缺口跳了进来，辛弃疾又惊又喜，道："照弟，你回来了。"耿照道："稼轩兄，你没事么？"辛弃疾道："幸亏了这位大师。"

正要上前道谢，只见那老和尚取出一管银针，摇了摇头，叹口气道："桑家的化血刀竟给他练到了第七重的功夫了。早知如此，我至少应该废去他的武功，免得他多害人。"

耿照曾听蓬莱魔女说过"化血刀"的厉害，大惊问道："大师，你着了化血刀么？"

那老和尚道："不错。但他的化血刀要想伤我，尚还不能。"将银针在中指一刺，点点腥黑的血液，滴了下来，阶前有一蓬乱草给毒血溅上，绿草也登时枯萎。众人见此形状，都是不禁相顾骇然。

赫连清霞上来施了一礼，说道："老和尚，你那日救了我的性命，我还未曾谢你呢。这位耶律大哥，他是——"那老和尚笑道：
"我已知道他是谁了。武林天骄正在隔江等着你们，你们快快走
吧，别在这里多耽搁时候了。"辛弃疾见是两个胡服少年，不觉有
点惊愕。

耿照说道："这两位是柳女侠的朋友，小弟刚才遭逢强敌，就
是多蒙他们相助，才得脱险的。"辛弃疾方始去了疑心，抱拳与他
们重新见过了礼。耶律元宜取出一面绣有雄鹰的小旗，说道："这
是小弟的旗号，他日若在沙场相遇，请你认明旗号，说不定彼此可
以有个相助。"辛弃疾愕然道："壮士，你是……"耶律元宜道：
"金主完颜亮与我有家国之仇。我的来历，你将来问柳女侠便可得
知，此时无暇多谈了。"辛弃疾收下那面小旗，耶律元宜与赫连清
霞便匆匆走了。

那老和尚忽地双眸炯炯，盯着耿照，问道："你说的柳女侠，
她叫什么名字？"耿照道："便是人称蓬莱魔女的柳清瑶。"那老和
尚似是吃了一惊，说道："你是几时与她相见的，如今她又到哪里
去了？"

耿照心道："这老和尚将公孙奇打跑，想必与柳女侠亦是相识
的，告诉他料也无妨。"便道："十天之前，我与柳女侠还同在临
安。后来分道扬镳，我随辛将军来江阴，她则与一位老前辈往长江
口外的飞龙岛去了。"

那老和尚道："你与她曾同在临安，那时她是否男子打扮？"
耿照诧道："你怎么得知？"那老和尚叹口气道："这可当真是当面
错过了！"耿照心中一动，道："大师，你可就是柳女侠在皇宫所
遇的那第二个蒙面人？"那老和尚道："不错。哎，那时我是俗家
打扮，她则穿男子衣裳，彼此都错过了！"耿照道："大师，你已
经找了柳女侠多时了吗？你是……"

那老和尚道："往事恍如隔世，老衲不愿多提。耿居士，今日
你我相逢，亦是有缘，你知不知道，你已受了重伤？"耿照道：
"大师法眼，明鉴秋毫。晚辈刚才与人相斗，是曾受了点伤。不
过，现在已经好多了。请大师先救这两位吧。"萨氏兄弟给公孙奇
点了穴道，仍然躺在地上不能动弹。耿照深知公孙奇点穴的厉害，

自忖没有本领给他们解穴，故此求这老和尚相助。

秦弄玉心思细密，想道："照哥所受的伤，人人都可以看得出来，为何这老和尚却郑重地问他知不知道？"连忙问道："老禅师，你看他受的是什么伤？"

那老和尚替萨氏兄弟解开穴道，说道："耿公子，你受的伤，比他们两位重得多。你受的是公孙奇化血刀之伤！"耿照吃了一惊，道："我刚才并未曾与他动手！"那老和尚道："让我替你把一把脉。"一摸耿照脉搏，不觉皱了眉头说道："你是两个月之前受的伤，是谁给你医的？"耿照心道："我上次与公孙奇交过几招，并没给他打中身体，而且那也只是上个月的事情。这老和尚眼力虽然很是厉害，却也还不是看得很准。"

但耿照却不便说他看得不准，只回答他的问题道："是东园前辈给我医的。"那老和尚道："东园前辈？是不是东海龙？"耿照道："不错。大师可是和他相识？"那老和尚道："三十年前，见过一面。他是否给你服了阳和固本丹？"耿照道："东园前辈给我十颗药丸，说是功能补气安神，叫我每三日服一颗，如今已是服了三颗了。却不知是否就是阳和固本丹？"

那老和尚叹口气道："错了，错了！"耿照怔了一怔，道："东园前辈给错药么？"那老和尚道："他给你的是阳和固本丹，但可惜药不对症！"耿照半信半疑，心道："我每次服了药丸，精神都好一些，他怎的却说药不对症？"

那老和尚接着说道："东海龙医道本来也很高明，但看来他却不知道你是受的化血刀之伤。这阳和固本丹功能固本培元，若用来医治寻常的内伤，那是最好不过的灵药，但用来医治毒伤，毒质给药力凝聚丹田，服药之时，你会觉得很好，这个月内，你的病况也不会恶化，但毒气凝聚丹田，即使保得住性命，也难免终身残废。"

辛弃疾、秦弄玉都是大吃一惊，辛弃疾道："大师能洞悉病源，想必会医，请大师慈悲则个。"

那老和尚稍稍踌躇，然后说道："耿公子受的伤，老衲自当尽力。耿公子，你受的伤，依老衲判断，是公孙奇以指力透入你的穴道，并未接触你的身体的。应该在三个月之后，毒发身亡。如今你

· 812 ·

服了三颗阳和固本丹，毒质凝聚，外弛内张，毒发的日期要提早一个月。幸亏你今日碰上了老衲，要不然再过几天，那就进入第三个月，无法医了。"耿照仍然是疑信参半，说道："如此厉害？可是我受的伤是……"那老和尚道："如今我已知道其中缘故了。你是在一个月之前受伤，但因服了东海龙之药，毒发要提前一个月。所以老衲初初给你诊脉的时候，误会你是两个月前所受的伤了。"耿照见他说得如此确凿，这才完全信服，不禁骇然，连忙求治。

那老和尚道："我先用银针刺穴之法给你拔毒，但因毒质已有大部凝聚丹田，却不能拔除净尽。随后我还要授你一种内功吐纳之法，才可以得免后患。"耿照料不到因祸得福，连忙给那老和尚磕头。那老和尚道："我给你传功，是为了治病。你我并无师徒之份，你日后成为武学高手，只须紧紧记着'侠义'二字，也就算是报答了老衲了。"原来老和尚所准备授与耿照的吐纳法，乃是一种上乘内功，而他又不想收徒，所以刚才曾稍稍踌躇。

那老和尚将耿照扶了起来，就在这时，听得一片嘈杂的人声、脚步声。正是：

治病传功何所望？只需侠义作酬劳。

欲知后事如何，请听下回分解。

狂俠天驕魔女

梁羽生

叁

翰舍圖書　中山大學出版社　SUN YAT-SEN UNIVERSITY PRESS

图书在版编目（CIP）数据

狂侠天骄魔女/梁羽生著. --广州：中山大学出版社，2012. 11
（梁羽生作品集）
ISBN 978-7-306-04373-3

Ⅰ.①狂… Ⅱ.①梁… Ⅲ.①侠义小说－中国－当代 Ⅳ.①I247.5

中国版本图书馆CIP数据核字（2012）第276595号

广东省版权局版权合同登记图字：19-2012-053号、19-2012-051号

朗声图书

本书版权由传慧出版有限公司授权广州市朗声图书有限公司在中国大陆（不包括香港、澳门、台湾地区）专有使用

敬告读者

为了维护读者、著作权人和出版发行者的合法权益，本书采用了新型数码防伪技术。正版图书的定价标示处及外包装盒上均贴有完好的防伪标签。刮开涂层，可见到一组数码，您可以通过两种途径查验真伪。

1. 拨打全国免费电话4008301315，按语音提示从左到右依次输入相应数码并按#键结束。
2. 扫描防伪标上的二维码，按提示输入相应数码。

读者如发现盗版图书，可向当地"扫黄打非"办公室、新闻出版局、公安机关、市场监督管理局等部门举报，或直接与我们联系。

联系电话：020-34297719 13570022400

我们对举报盗版、盗印、销售盗版图书等侵权行为的有功人员将予以重奖。

广州市朗声图书有限公司

目　录

第五十一回　遍访天涯寻弱女
横跨怒海会伊人

　　原来是店主与一些客人出来观看究竟，他们是早被惊醒了的，直到厮杀之声沉寂了许久之后，才敢出来的。

　　萨氏兄弟受的只是外伤，穴道解开之后，已能行动自如，他们阅历极丰，老于世故，不待客店主人发问，便先迎上去道："是昨晚来了贼人，意图抢劫我们的官长，已经给我们打跑了。毁坏了你们的地方，这损失我们的官长答应赔偿你们。"掏出了一锭元宝，足够修补那面土墙之用，给了店主。店主又惊又喜，要知朝廷命官若是在他店中受劫、受伤，关系可是不小，如今萨老大以官长随从的身份，丝毫不加追究，反而代长官赔偿银子，店主人可说是因祸得福，大喜过望。

　　这时已是天光大白，在这客店投宿的客人，见发生了如此意外之事，生怕受到牵累，纷纷离开。萨老大拉着店主人问道："你们镇上可以买到马匹么，我们的坐骑坏了。"那店主人道："这个……现在兵荒马乱，有马的人家，也要留着逃难，恐怕很难买到。"

　　萨老大掏出了一把金子，说道："我们愿意出比平常多三倍的价钱，你知道哪家人家有马匹的，请他出让。"萨氏兄弟本是江湖大盗出身，出手豪阔之极，店主人看在钱的份上，奉命唯谨，便带他们出去选购马匹。萨老大又吩咐店中伙计，说是他们的官长需要歇息，不许骚扰，这才与店主人一同出去。辛弃疾暗暗好笑："他们做我的随从，没受我半点好处，却反而累他们替我赔钱了。"

　　店主和客人都走光了，店子里一片清静，倒是便利于那老和尚替耿照疗伤。当下，进了辛弃疾的房间，老和尚叫耿照躺了下来，取出一管银针，便即动手替耿照刺穴拔毒。

耿照道："多谢老禅师大恩大德，未曾请教法讳，不知如何称呼？"那老和尚笑道："我早已忘掉我的名字了，好吧，你就称我为无名和尚吧。"耿照满腹疑团，心道："这老和尚可真是古怪。他对柳女侠似乎甚是关心，却怎的我从未听得她提过曾认识这么样的一个老和尚？"原来蓬莱魔女与耿照虽然交情不浅，但因无甚渊源，所以从未和他提过自己的身世，这老和尚的故事，耿照也未听过。

老和尚刺了耿照十三处穴道，最后刺破他的中指，挤出了几滴俨如浓墨的血液，腥臭扑鼻，辛弃疾、秦弄玉二人在旁观看，不禁相顾骇然。那老和尚随后说道："你练过桑家的大衍八式，内功已有根基，想必知道运气之法，如今我传你另一种吐纳功夫，你每日练三次，持之以恒，可以与你原有的内功配合，不但可以免除毒伤的后患，而且在几年之后，可以练成正邪合一的内功，不难成为当世一流高手。"当下传了口诀，并详释其中奥义，耿照记性甚好，听了两遍，已是熟记心中。

那老和尚拿起拐杖，意欲告辞，耿照想起一事，忽道："大师，请暂留步。弟子还想请教……"那老和尚道："你有什么地方还不明白么？"耿照道："不是。弟子想向大师打听一个人。"那老和尚道："哦，你要打听一个人？谁？"耿照道："武林天骄。"那老和尚微有诧意，说道："你也识得他么？"耿照道："不。弟子是代朋友打听的。"那老和尚道："什么样的朋友？何以他要打听武林天骄？"似乎有点怪耿照多事。耿照道："就是柳清瑶柳女侠。"那老和尚颇感意外，失声说道："清瑶，她已经见过武林天骄了么？他们的交情如何？为什么她要访查武林天骄的下落？"

耿照道："我不知他们是什么时候相识，也不知他们是何等样的交情。但我知道她在临安之时曾碰到一件意外之事。她的两位朋友在孤山打了一架，此事似乎与她有点关系，事后那两人都飘然远引，不辞而别。柳女侠心里甚感不安……"那老和尚连忙问道："其中之一想必是武林天骄了？另一个是谁？"耿照道："是笑傲乾坤华谷涵、华大侠。不知老禅师可曾相识?"

那老和尚似乎吃惊不小,眉头拧成一线,说道:"笑傲乾坤与武林天骄打起来了?这是怎么一回事情?"耿照将那晚的事情尽他所知的都告诉了这老和尚,然后说道:"柳女侠见他们两人伤了和气,很是惋惜。华大侠当晚力证武林天骄是杀害古月禅师的凶手,柳女侠当时没有为他辩解,但过后她与东园前辈反复推敲,她是不相信武林天骄会下此毒手的,可惜武林天骄走得不知去向,她已不能向他问个明白了。柳女侠虽没对我说过,但我知道她对这两位朋友都很关心。老禅师既是知道武林天骄的消息,可否说与我听,让我转告柳女侠。"

那老和尚忽地悠悠叹了口气,自言自语道:"这可真是意想不到之事,倒教老衲为难了。"耿照莫名其妙,不知笑傲乾坤与武林天骄打架,却何以会令得这老和尚为难。那老和尚歇了一歇,缓缓说道:"怪不得笑傲乾坤日前见过,一句话也没有提及清瑶。好吧,关于他们两人的消息,让我亲自去告诉清瑶吧。耿相公,多谢你对清瑶的关心。老衲告辞了。"拐杖在地上一点,飞身从窗口跳出,转瞬间已是踪影不见。

耿照疑团满腹,说道:"这老和尚可真怪,听他的语气,竟似是柳女侠的亲人。"辛弃疾道:"简直就是父亲的口吻。你可知道柳女侠的身世?"耿照道:"这恐怕不可能吧?我听得珊瑚姑娘说过,柳女侠是个被抛弃的孤儿。父亲多半是已经死了。"辛弃疾道:"乱世最多意外之事。说不定她父亲还在人间,正是出家做了和尚。"

秦弄玉道:"这老和尚倘若真的是柳姐姐的父亲,那就真是太好了。"众人正在议论,只听得门外马嘶,辛弃疾道:"萨老大兄弟回来了。照弟,你今天可以走得了么?"耿照吸了口气,舒舒筋骨,笑道:"我精神爽利,气力充沛,似乎更胜从前。咱们这就走吧。"辛弃疾行李简单,拿起就走。军情紧急,他要赶着上任,耿照既然可以动身,他也就不想耽搁,等待萨氏兄弟进来了。

出了店门,只见萨氏兄弟带了五匹马回来,虽然比不上他们原来的军马,也很壮健。辛弃疾笑道:"萨老大,多亏你办事得力,咱们今晚可以赶到江阴啦。"他不知道，萨老大是花了五十两金子的高价才买来了这五匹马的。

那店主人道："你们原来那四匹坐骑呢，如何处置？"萨老大道："就烦你把它们杀了，免得它们多受苦痛。但千万记着，这马肉不能吃，吃了会害死人。你把它们埋了吧。这一锭银子给你做酬劳。"原来他们那四匹军马给公孙奇下了毒，奄奄一息，萨老大已经去看过了。

萨老大道："那老和尚呢？"耿照道："走了。"萨老大道："可惜，可惜。这老和尚绝世武功，我生平从未遇过如此高人，我也还未得向他道谢，向他请教，他就走了。"耿照道："这老和尚大约要到飞龙岛去走一趟。"萨老大笑道："他一个出家人，也要去凑这场热闹，会会江南黑道上的人物么？"耿照道："不，他是要去会柳女侠。此事甚奇，咱们路上边走边说吧。"

萨老大道："我也有一件事情要告诉你，好，也在路上说吧。耿相公，恭喜，恭喜，我刚才还担心你今天不能骑马呢。"原来萨老大武学深湛，早已看出耿照不但痊愈，而且双眼神光湛然，内功显见是比从前更胜一筹了。

出了这个小镇，耿照道："萨大哥，先说你的事情。"萨老大道："我以为你不会这样快就治好了的。在买了马匹之后，我曾抽空到孟家走了一趟，想向孟大嫂辞行。只见大门打开，我进去一看，院子里停着一辆驴车，昨晚和你打架的小子似是伤了腿，正在慢吞吞地跨上驴车。他那浑家在旁边服侍他。我一问，原来孟家母子已先一步走了。那小子似是满肚皮闷气，对我直瞪眼睛，叫我告诉你，他和你这笔账非要算清不可，叫你当心。这小子令人一见就起憎厌，不是看他已受了伤的缘故，我当真想再揍他一顿。当下我一笑置之，孟大嫂既然弃家避仇，见不着她，我也就走了。耿相公，这小子和你结了些什么深仇大恨，如此恨你？"耿照道："他是公孙奇的仆人，我也不知道他为何恨我，大约是因他主人缘故，敌视我吧。"其实耿照当然是知道个中原因的，不过他不想和萨老大说罢了。

耿照念及桑青虹对他的情意，心中想道："我只道青虹终身有靠，谁知仍是所托非人。"不觉怅然。要知耿照虽然不能接受她的情意，但总还是盼望她前途幸福，有个美满姻缘。想到孟钊品格如此卑下，怎不叫他为桑青虹惋惜？

萨老大道："现在该你说那老和尚的奇事了。"耿照将刚才之事说了一遍，萨氏兄弟也不禁大为奇怪，怀疑那老和尚即使不是蓬莱魔女的父亲，至少也是个非常亲近的人。萨老大笑道："柳女侠与那老和尚都要到飞龙岛去，这一场热闹可真有得好瞧了。说不定是先演一场大打山门，然后还要再来一场父女相会。"萨老二道："孟家嫂子把那飞龙岛主说得非常了得，若是碰上了那老和尚不知如何，可惜这一场热闹咱们是看不着了。"

一路无事，当晚果然便到了江阴。江阴知州早已接到驿报，知道来的是辛弃疾，自是大为欢喜。论官职，签判是佐助知州的僚属，但辛弃疾名动朝野，江阴知州对他也是十分钦仰，不敢以僚属之礼相待，亲自出迎。签判本无特设的官衙，但一来因为辛弃疾兼职参赞江阴军务，二来知州又对他十分钦仰，是以早为他备好了一座官邸，供他使用。耿照、萨氏兄弟等人都搬了进去。

第二日，辛弃疾便即正式接任视事，江阴属下的各地团练乡勇的首脑人物，得到辛弃疾来此参赞军务的消息，早已不待他用文书相召，前两天便都聚集江阴，辛弃疾一视事，他们便纷纷前来请见了。辛弃疾问了各地江防情形，拟了军事上的应兴应革计划，并抽了一班乡勇，驻扎城中，由他亲自练兵。虽然忙个不停，但办事却是意外的顺利。江阴以往并无特派的军事长官，一向由知州兼理，如今辛弃疾来此参赞军务，名为"参赞"，实际已是全权主持。

不过数日，诸事已是井井有条，耿照等人都宽了心，为他高兴。耿照武功虽高，但对于军事却是外行，也不长于事务，帮不了辛弃疾什么忙，每天只在衙门里与表妹练武。

秦弄玉重会耿照之后，精神舒畅，歇了几天，身体已是完全恢复。一晚，与耿照在后园练武，耿照练了大衍八式，秦弄玉也练了一套"蹑云剑法"，耿照笑道："玉妹，想不到你剑术精进如斯，使的剑招也遒劲有力，比以前强得多了。"

秦弄玉道："这都是拜柳姐姐之赐。"将当日蓬莱魔女如何给她打通三焦脉之事说了，耿照道："怪不得你的内功也是突飞猛进。柳女侠对咱们的恩德，咱们真是不知如何报答了！"

秦弄玉若有所思，忽地说道："照哥，我与你商量一件事情。"

耿照道："什么事情？"秦弄玉道："我与柳姐姐许久未见，十分思念。如今你我已经身体复原，辛将军这里暂时又用不着我们，我想，我想和你到飞龙岛去走一趟。"

耿照心头一震，半晌说道："玉妹，这个，这个——恐怕还要三思而行。"

秦弄玉道："你有什么顾虑？"耿照讷讷说道："一动不如一静，你又不是惯经风浪的。以咱们的武功，到了飞龙岛，也未必帮得上柳女侠什么忙，何况，这里，这里，辛将军……"

他正要再堆砌一些理由，秦弄玉忽地"噗哧"一笑，打断了他的话道："照哥，你这些理由都是找来的借口，我明白你的心事，我知道你顾虑什么。"耿照甚是尴尬，勉强笑道："你明白什么了？"

秦弄玉道："我知道珊瑚姐姐定然会到飞龙岛去，向南山虎报她杀父之仇。你是不想与我一起，在那儿碰上了她。"

耿照正是有此顾虑，他怕再次卷入感情的漩涡。要知珊瑚曾与他千里同行，好几次在他遭遇危难之时，舍身相救，实可说得是情深义重，意气相投。尽管他如今已有了取舍，但总是不能忘怀。在目前的情形之下，见了珊瑚，除了引起彼此的伤感之外，那还有些什么好说？何况他也怕她们二人，见面之后，再一次地演出以前的一幕，彼此退让，避开了他。这就真是"相见不如不见"了。

耿照给表妹说中心事，默默不语。秦弄玉叹口气道："照哥，这就是你的惜了！"耿照茫然道："我怎么错了？"

秦弄玉缓缓说道："大丈夫当有光风霁月的胸怀，珊瑚姐姐曾护送你千里长途，恩义如山，如今她去报杀父之仇，你怎可置身事外，全不理她？咱们武功虽不高，但事急之时，也总还可以助她一臂之力。何况，咱们只要尽一番心意，总胜于袖手旁观。咱们三人之间的事情，以后还可以慢慢商量，你也不必怕我小心眼儿，就不敢去见珊瑚姐姐。"

耿照给她说得面上一阵青、一阵红，其实他也何尝不在想念珊瑚？这几日来，他每念及珊瑚即将孤身犯险，而自己却袖手旁观，也何尝不内疚于心？

耿照踌躇片刻，心意已决，说道："你说得不错，飞龙岛上，敌众我寡。虽有柳女侠、东园前辈等人去了，但多一个人帮他们就多一分力量。不过，不过这里虽然暂时无事，也总得提防军情有变。我不知辛大哥有了些什么布置，能不能放我离开此地十天八天？总得问过他方可以定夺。"

正说到这里，忽见萨老大匆匆而来，说道："辛将军正在找你，原来你们是在这儿。"耿照道："辛将军找我何事？"

萨老大道："听说是采石矶虞将军那儿有人来。"萨老大所说的"虞将军"即是虞允文，耿照叔叔耿京所创建的这支义军如今就是由他指挥的，耿照初到江南之时也曾在他军中做过水师见习，听说是他派有人来，大喜道："原来虞将军已经与辛大哥联络上了，有他们同心合力，守着江防，何愁金寇南侵，只不知他是来报甚军情？"

当下耿照便与萨老大去见辛弃疾，秦弄玉以为他们有军机大事要商，问候了辛弃疾之后，便要告退，辛弃疾笑道："此事与耿照有关，你也可以听得的。而且我也还想问一问你的意思呢。"

耿照诧道："是甚事情，与我有关？"秦弄玉也甚奇怪，说道："我对于军国大事是一点也不懂的，哪有什么主张？"

辛弃疾笑道："秦姑娘，耿照的身体已经完全复原了没有？你给我说实话。"秦弄玉道："比从前还强壮得多。那老和尚所授的内功心法的确是功效非凡。"

辛弃疾道："好，是你说的，我就信了。有件差事，我想叫照弟去办，他身体好了，我就放心让他去了。"

耿照道："我以身许国，赴汤蹈火，在所不辞，大哥尽管吩咐。"

辛弃疾道："虞将军使人来，谈及两件事情，第一件是想调你去帮他的忙，统率那支义军，如今已是正式编为官军，号称飞虎军了。"耿照吃了一惊，说道："我哪里挑得起这样的担子，我又没学过兵法。"辛弃疾笑道："你跟着虞将军，慢慢也就可以学会了。虞将军说这支义军本是你叔父创建，我既不能去助他统带这一支军队，那就只有你最合适了。不过，这事还可以稍迟一步，第二件事情却是要马上动身的。"

耿照道："可是军情有了变化，金寇在哪里渡江了？"

辛弃疾道："这倒不是。金寇如今已集中北岸，形势的确十分紧张。不过他们正在大举征调民夫船只，大约总还得一个月的准备工夫，才能大举渡江。这件事情是要比防御金寇渡江更危险的。"

耿照道："是什么事情？"辛弃疾道："虞将军得到消息，水寇樊通在长江口外一个小岛招集黑道人物聚会，日期定在本月初五。今天正是初一，还有四天就是会期了。"耿照道："怎么是樊通？哦，我明白了！"笑道："虞将军的消息还没有我知得详尽呢。他们这个会的盟主是飞龙岛主，飞龙岛主与南山虎、樊通是结义兄弟，樊通只是老三。大约因为他在长江为寇历史长久，所以由他出面。"辛弃疾以前也曾听得萨老大谈过这一件事，点点头道："不错，这么看来，那个什么飞龙岛主与樊通所召集的群寇之会，实在就是一桩事情。"

辛弃疾接着说道："虞将军送来了一份水域图，原来那飞龙岛离咱们这儿很近，从江阴城外的荻港开船，顺风三日可到，逆风顶多也不过五日。虞将军的意思是想我选派一个机灵勇敢的人，到那飞龙岛去探听消息，看那帮水寇意图如何，是否与金人有所勾结，参加聚会的首脑是哪些人等等。此事乃是深入龙潭虎穴，非同小可，照弟……"

耿照大喜道："我去！大哥，实不相瞒，我刚才正是与玉妹商量此事，就是你不叫我去，我也要去呢！"

辛弃疾道："秦姑娘，你们经过许多磨难，方始重逢，你放心让他去吗？"

秦弄玉道："为国家出力，不单是男儿的事情。我正要向将军请令，我也想与照哥同去。"

辛弃疾喜道："难得秦姑娘深明大义，此事乃是深入龙潭虎穴，危险非常，我的意思本来也是想派两个人一齐去，好有个照应，说句泄气的话，有一个失陷了，也还有另一个回来报讯。不过，秦姑娘……"

秦弄玉道："正是因为危险，我才要与照哥同去。"

萨老大道："辛将军，依我之见，还是让我们兄弟去的好。耿相公还有重要的事情需要担当。那支义军，虞将军不是要他去帮忙统带吗？"

辛弃疾道："我的意思是要你与耿照一道去。你的兄弟留在这儿，我身边也需要一个得力的人相助。飞龙岛之事，乃是当务之急，耿照回来之后，再往虞将军那儿，也还不至于耽误。"这只是表面的理由，原来辛弃疾乃是顾虑到事情危险，只怕有甚不测之祸，萨氏三兄弟已有一人为国捐躯，他不忍再把他们两兄弟一同遣去。当然，他也爱惜耿照，不过，总要有个取舍，因此，他决定萨老大与耿照同去，耿照有胆有识，虽然稍欠机灵，性情却是十分沉毅，可以担当大事，而萨老大则江湖经验十分丰富，可以补耿照之不足，所以辛弃疾经过了周密的考虑，下了这样的决定。

萨老大深懂人情世故，也体会到辛弃疾这番用意，心里十分感激。辛弃疾已然下了斩钉截铁的命令，他也就不再为兄弟争去了，当下和耿照一同接过令箭。

秦弄玉嚷道："我也一定要去。"心中想道："照哥倘若有甚危险，难道我还能独自活吗？"她要与耿照"共死同生"的心意，虽没说出口来，但辛弃疾已是从她的神色语气之间，深深懂得。当下说道："好，难得你们都是赴义恐后，那么你们三人就一同去吧。"

计议已定，辛弃疾便拨了一条镶有甲板的小船给他们，第二日一早，便即开船。

第一天天朗气清，波平浪静，航行很是顺利。萨老大是水陆俱能，操舟有如策马，船遇顺风，如箭疾驶，比马还快。耿照在虞允文军中当过水师见习，也懂得驾驭船只，不过不如萨老大的纯熟，他们两人便轮流掌舵。秦弄玉帮不上忙，在船头观赏海景，只见阳光之下，波涛不兴，海面似抹了一层金色的锦缎。天空是沙鸥翔集，水底是各种怪鱼游泳，有一种飞鱼，还能跳出水面，似鸟儿一样在空中飞舞片刻，然后再钻进水中。秦弄玉看得啧啧称奇，笑道："上次我渡江之时，遇上狂风大浪，弄得我躲在舱里发闷作呕，如今才知道海上的景致，原来这样好看。"萨老大笑道："要是天气变坏，海上的波涛，那是要比长江的更为险恶呢。"秦弄玉道："我经过了那次晕船，多少有了点经验，再遇风波，大约不至于那样难受了。当然，最好还是不要碰上的好。"

第二天有一点风，但却是顺风，秦弄玉也不觉得怎么，她闲着无事，有时还磨着耿照教她驾船的技术。到得黄昏时分，萨老大取出水域图一看，笑道："明天若然也是这样顺风，就可以提早到飞龙岛了。"耿照想起即将见到珊瑚，心里是一则以喜，一则以惧。

第三天上半天也还是风平浪静，航行很是顺利，哪知到了中午时分，天色突变，转眼之间，旋风卷起海浪，将他们这只小船抛上抛落，萨老大吃惊道："不好，咱们碰上了海上的大风暴了！"

片刻之后，阳光顿敛，天黑沉沉，浪涛似一个个小山般打来，萨老大与耿照合力掌舵，小舟仍是东倒西歪，起落不定。秦弄玉倒在舱中，已是要想呕吐，幸亏萨老大早准备有预防晕浪的药丸，给她服下，她昏昏思睡，这才减少了难受的感觉。

耿照道："风向如何？"萨老大叹口气道："这是逆风，船不翻已是大幸，能否如期到达飞龙岛，那更是要听天由命了。"

忽见一只大船驶来，船头张着一面大旗，绘着骷髅，在阴沉的天色之中，波涛大作的情况之下，更显得狰狞可怖。萨老大吃了一惊，说道："快拨转船头，避开他们。"

耿照道："怎么，遇上盗船了？"心想："这本是水寇聚会，遇上盗船，何足为奇？"萨老大道："这不是普通的海盗船只，这是长江水寇首领闹海蛟樊通的座船，咱们虽是他的客人，但在这里遇上了总是不好，宁可碰上他的手下，不能会他本人。"要知萨老大那日取了孟老太的那枝令箭，本来就是准备到飞龙岛之用的，若是碰上樊通与飞龙岛主的下属，见到这枝令箭，当然会以礼相待，将他们引进。但若是遇到他们本人，他们请些什么"客人"，当然心中有数，一见是两个陌生的面孔，自必会加以盘问了。

耿照与他合力扳过船头，转舵向另一个方向前进。但风狂浪猛，哪容得他们操纵如意，一个山头般的大浪压来，将他们的小船抛起，俯冲而下，再被急流一卷，只见那面骷髅旗就在眼前，他们要想避开那只盗船，岂知距离更加近了。

耿照道："要是当真无法避开，我上盗船与他们厮杀，你照料秦姑娘，赶快逃走。"他是准备牺牲自己，掩护他们，以免表妹落在贼人手中。

萨老大忽道："咦，有点不对。且慢，且慢！"

耿照道："怎么？"萨老大道："明日便是群寇聚会之期，樊通是主持人之一，他应该在飞龙岛上接待宾客，怎有闲情出海？而这只船却似远航归来。"

耿照道："你又说这面旗帜乃是他的座船标志？"萨老大道："我明白了。看来是他手下用他的座船去接贵宾的。"

耿照精神一振，说道："倘若不是樊通本人，那么，咱们就不用惊惶了。你有飞龙岛主的令箭。"萨老大道："不错，但却不知是什么有来头的贵客，樊通要用自己的座船接他。"

说话之间，那只张着骷髅旗的大船，与他们的距离已是不过十数丈之遥，推波助澜，把他们这只小船打得更是飘摇不定。就在此时，忽听得一个娇滴滴的声音叫道："那不是照弟吗？咦，照弟，你们这只小船要沉啦，快快上我们这只大船！"

声音入耳刺心，耿照大吃一惊，抬头看时，只见那盗船船头上站着一个少女，正是玉面妖狐连清波！

更令耿照吃惊的是，只是连清波也还罢了，在她旁边还有一个身材高大的老人，那是金国的国师、"祁连老怪"金超岳！耿照这才明白，怪不得樊通要用自己的座船去迎接他们。

金超岳哈哈一笑，说道："祁连郡主，原来这小子就是耿照吗？他父亲曾受我们大金的恩典，他竟敢杀了蓟州的守备，偷来江南，与我们大金为敌。哼，哼，也当真是太过胆大妄为了。"

连清波娇声说道："国师，你不要吓唬他，他是我的好朋友。"金超岳道："好，看在郡主你的份上，他只要乖乖地来投顺咱们，我也未尝不可饶他。"

连清波招手叫道："照弟，你上船来吧！你已知道我的来历，我也不想瞒你。我是大金皇帝御赐的郡主。但如今你是有性命之危，金国师即使不与你为难，你们的小船也禁不起这场风浪。恩怨暂且撇开，我对你总是一番好意，你不必我去扶你上船吧？"

耿照气得眼睛发黑，正要破口大骂，秦弄玉早已替他骂了出来："你，你这妖狐，你害得我们还不够吗？你简直是人面兽心！"

原来秦弄玉在昏昏沉沉中听得连清波的声音，蓦地一惊，突然醒了，她怀着血海深仇，如今面对仇人，焉能不气怒交加？也不知哪里来的一股气力，她爬了起来，就走出船头来了。

耿照见她颤巍巍的模样，脚步也似站立不稳，吃了一惊，连忙说道："玉妹，你回去。待我来对付她。"

连清波冷笑道："秦姑娘，你这么快就忘记了你的杀父之仇，竟与仇人卿卿我我了？"

秦弄玉气得大骂道："妖狐，你还想骗我？你才是我杀父的仇人！照哥，你的母亲也是她害死的，咱们绝不能放过她了！"她太过冲动，话犹未了，哇的一口鲜血吐了出来。

连清波面色陡变，哈哈笑道："哦，原来你们都知道了？好吧，且看你们如何对付我？"

金超岳道："这小子不识抬举，还与他多说作甚？郡主，你要活的还是死的？"连清波道："还是活的好。"金超岳大笑道："郡主毕竟还是个有情有义之人。"大笑声中一条长绳蓦地飞出。

绳子缠上了船头的桅杆，惊涛骇浪之中，耿照这只小船竟给他拖得向大船靠近。耿照拔出宝剑便斩，金超岳左手一挥，"呼"的一声，又是一条长绳飞出，夭矫如龙，耿照一剑削空，"啪"的手臂已着了一下，宝剑跌落，幸而没有给他缠上手腕。

萨老大喝道："老怪休得逞能！"双手齐出，抓着了两条绳子，双方较量内力，萨老大稍逊一筹，小船仍是给他拖得缓缓向前靠近，但萨老大用千斤坠的重手法定着身形，却也还能站稳脚步。

幸亏耿照的功力已是今非昔比，要不然着了那一下只怕手臂也要折断，如今却不过稍感疼痛，并未受伤。耿照拾起宝剑，刷刷两剑，将那两条绷紧了的绳子斩断。

小船失了牵力，一个浪头打来，登时抛起，秦弄玉立足不稳，便要跌倒。耿照连忙将她抱进舱中。

萨老大突然失了重心，饶是他使用了千斤坠的重身法，也不禁在船头上打了几个盘旋才稳得着身形。那一边金超岳双手所发的力道突被截断，却不禁"咕咚"一声，屁股着地，坐在船板上了。

这时正碰着一股逆流，耿照那只小船落了下来，被水流一冲，倒是离开那只大船远了。金超岳站了起来，大怒说道："追上去，撞沉它！"

樊通那只座船有三十二个水手，一齐划桨，疾如奔马，冲开逆流，追上前来。

耿照道："拼了吧！"放下秦弄玉，拔出宝剑，准备两只船一靠近，便跳上大船厮杀。萨老大沉声说道："不能！"耿照道："难道眼睁睁地给它撞沉，葬身鱼腹？"萨老大道："要拼也不是这样拼法。"说话之间，那只盗船已经追了到来，相距不过数丈。

以金超岳的本领，本来可以居高临下，跳落他们这只小船。萨老大与耿照都已筋疲力竭，决非他的对手，要活捉也非难事。

但在这狂风骇浪之中，金超岳也怕有失，万一落在海中，那不是自找晦气？故此他仍然按照原来的计划，叫水手加紧划桨，要撞沉这只小船。

连清波道："他们这只小船看来不久也要沉了，不如尾随着它，待它沉了，再把这几个人捞上来。活的总好过死的。"要知樊通这只座船比耿照那只小船大十倍有多，以泰山压顶之势撞过去，只怕小船要片片碎裂，船上的人只怕也难以幸存。

金超岳笑道："郡主，你别忘了咱们在今晚要赶到飞龙岛呢，明天就是会期了。还是快快了结省事。再说，你若收留这个小子，只怕公孙奇……哈哈，只怕公孙奇也不愿意呢！"

连清波面上一红，说道："国师说笑了。我只不过想为皇上生擒钦犯而已。"金超岳道："还是赶到飞龙岛要紧，不能为这小子的死生多耽搁时候。"连清波道："好，那就随国师的主意吧。"说时迟，那时快，大船小船又靠近了许多，几乎已是首尾相衔，连清波叫道："耿照，你死亡已在指顾之间，还不听我劝告吗？"

耿照正要不顾一切，跳上大船，忽听得萨老大叫道："用重身法在左舷站稳！"突然拨过船头，不向前逃跑，反而向大船的船尾部分撞去。

只听得"轰隆"一声，激起了数丈高的浪柱，这一刹那，这只小船陡地抛了起来，就似腾云驾雾一般，上了半天。萨老大站在右舷，耿照站在左舷，都以千斤坠的重身法稳定船身，小船兀是东歪西倒，但也幸而萨老大预先吩咐，有了准备，各在一边，定着船身，才不致有覆舟之险。

瞬息间，小舟已在几个洪峰之上滑过，这次他们是顺着水流，狂风催浪，也催送小舟，当真有一泻千里之势，不消多久，浪没有这么大了，小舟稍稍稳定下来。耿照抬眼望去，只见那只大船远远的只剩下一个黑点，似乎在海面打着圈圈。

萨老大吁了口气，说道："算是过了一关了，你快去看看秦姑娘。"

只见秦弄玉面如白纸，手足冰凉，耿照惊道："玉妹，你怎么啦？"秦弄玉颤声道："我倒似好了一些，胸口没那么闷了。就是觉得有点冷。"

幸好这时风力已大大减弱，小船也过了水流湍急之处，渐渐慢了下来，没那么颠簸了。秦弄玉虽说无事，耿照却很不放心，叫道："萨大叔，请你进来看一看秦姑娘。"

萨老大察看水纹，知道无甚危险，暂时不用掌舵。他稍通医理，进去给秦弄玉把了把脉，笑道："秦姑娘身体不适，还是因为晕浪与精神疲倦所致，并非受了内伤。她刚才是一时激怒，口吐鲜血，吐血之后，胸中积闷发散，对身体只有好处，没有坏处，耿相公倒可放心。"

耿照放下了心上的石头，发觉小船走得很慢，不觉又有点忧虑，说道："他们那只大船比我们快得多，难关还是没有渡过。咦，怎的不见他们追来？"原来他凝眸远察，却连那只大船的影子都看不见了。

萨老大笑道："他们决计赶不上我们了，如今他们即使不是丧身鱼腹，只怕也要比咱们狼狈得多。"

耿照诧道："为什么？"萨老大道："咱们的船只虽小，船头却是包着铁甲的，刚才那么一撞，我是对准他们船尾最薄的那一部分撞去，少说也要撞他一个窟窿。"耿照这才明白，适才两船遭遇之时，萨老大何以禁止他跳上大船冒险，原来他是深明双方船只的构造，早已成竹在胸。

耿照喜道："倘若如此，那就真是邀天之幸了。萨大叔，你歇一会，我替你掌舵。"这时小船又有倾侧摇荡的现象，但萨老大察看水纹，却知正是顺流而下，论理不该有此现象，心中甚感诧异。

秦弄玉道："照哥，给我一口水喝，我口渴得很。"

耿照抬眼一看，这才发现盛有淡水的皮袋，以及贮备的粮食都已无影无踪。原来在刚才两船相撞，他们这只小船被抛起之时，船中的一切杂物，都已被风浪卷去。船中空荡荡的，除了他们三个人之外，是再也没有一件东西了。

耿照暗暗叫苦，忽听得秦弄玉道："那不是水吗？"只听得汩汩声响，原来他们的船，右侧的船舱板壁也给震裂了一个小孔，海水正在渐渐地侵进来。秦弄玉神智还不是十分清醒，只道那是皮袋的水泻在地上。

耿照这一惊非同小可，无物可以堵塞，只好伏下去用掌封住小洞，说道："这可怎么办？玉妹，这是侵进来的海水，不能喝的。"秦弄玉定了定神，这才弄清楚了是怎么一回事情。

秦弄玉叹口气道："照哥，都是我累了你了。"耿照微微一笑，说道："你还记得大明湖畔那次，你要与我同归于尽吗？那时你我倘若真是同时死了，你心中充满恨意，我死了也不得安宁；如今最多也不过一个死，情景可是大大不同了，你为我感到歉意，我更为你感到欢喜。"耿照处此绝境，自忖难以生还，因此顾不了萨老大在旁，便说出了心中言语。秦弄玉苍白的脸上泛起一圈红晕，嗔道："照哥！这个时候你还有心情说笑。"她似嗔实喜，脸上晕红，心中无限甜意。

萨老大道："还有一线希望，你我必须打起精神，掌稳了舵，堵住漏洞，只要碰上渔船经过，就有救了。此时万万松懈不得。"耿照道："是，玉妹，你忍着些儿。"这时船舱板壁的缺口已是渐渐扩大，耿照一掌难以封闭，索性把整个身子堵上去，忍受那海水入侵的压力。秦弄玉口渴如焚，但见耿照如此情形，心想照哥所受的痛苦比我更大，也就不觉得怎么难过了。

风暴过后，暝色四合，在海上又过了一个白天，明日就是飞龙岛的会期了。但这时萨耿等三人死生难卜，萨老大的水域图也早已湿成一团，无法展读，不知航线对是不对，只好都不管了。

一弯眉月，似是从海中升起，这时已是风平浪静，月色柔和，"海上生明月"，本来是诗人咏叹的幽美境界，但这时他们在死亡线上挣扎，心情却是极不安宁。

他们在海上经过大风浪，经过大厮杀，又漂流了整整一天，没水喝，没东西吃，秦弄玉本来就已晕浪，不用说了；萨耿二人，饶是耿照以身体堵住缺口，又冷又饿，又要抵受海浪冲击的压力，初时还有痛苦的感觉，渐渐连感觉也麻木了，似乎身体已在僵化，脑中空荡荡的，但觉一片茫然。

萨老大也渐渐没有气力把船，忽听得耿照呻吟之声，他回头一看，只见耿照似是瘫在船上，身子被水冲开，原来那缺口愈来愈大，耿照已是挡不住水力的冲压。萨老大这一惊非同小可，要去抢救，祸不单行，他把舵不稳，轰隆一声，又撞着一块礁石，小船搁浅，船板破裂，海水大量灌了进来，小船渐渐下沉。

耿照一咬舌头，陡地振作精神，抱起了秦弄玉，但这时哪还有逃生之望？耿照苦笑道："玉妹，咱们不是同年同月同日生，这回却是同年同月同日死了！"

眼看就要同归于尽，就在这千钧一发之时，忽听得风帆猎猎，一只快船箭一般地驶来，靠近了他们这只小船，有个女子的声音说道："将他们救起来。"船中走出六个少女，两个拉一个，把他们三人都拉上了她们那一条船。正是：

却喜沉舟凶化吉，风波过后玉人来。

欲知后事如何，请听下回分解。

第五十二回　若有情时来入梦
于无声处起沉雷

　　船中挂有官纱灯笼，房舱布置得似富贵人家小姐的闺房，珠帘半卷，檀香缕缕，透过帘栊，令人精神一爽。耿照等人上了这条船，当真是有如脱苦海而登仙境，几疑身在梦中。

　　一个少女从舱房走出，问道："你们是些什么人？"耿照抬头一看，不由得大吃一惊，秦弄玉则已叫了出来，猛地骂道："你这妖女，你……"原来站在他们面前的少女，竟是与玉面妖狐连清波一模一样。

　　丫环骂道："岂有此理，我们的小姐救了你，你还骂她。"那少女怔了一怔，随即微笑道："你们不要怪她，她想必是神智还未清醒，唉，这么娇弱的一位姑娘，泡在水里全身都湿透了，这可怎么了得，快扶她进房间里替她换过一身衣裳。"

　　耿照定了定神，他起初以为是赫连清霞，但赫连清霞比连清波小了五岁，口音形貌仔细一认，便知不是。这女子和连清波差不多年纪，简直就是她的化身。不过，她手中是拿着一支笛子，和连清波的装束完全不同，而且她端庄的神态，也绝不是连清波可能假冒的。耿照虽是惊疑不定，但心中想道："管她是谁，这次绝处逢生，也只有靠她救助了，看来她也不似怀有恶意。"当下悄悄在秦弄玉耳边说道："她不是妖狐。"秦弄玉气息奄奄，有气没力，骂了两句，已是骂不下去，听了耿照的说话，她情知耿照绝不会骗她，心头一松，也就不再挣扎，让两个丫环，将她扶进舱房。

　　萨老大在三人之中功力最深，江湖经验也最丰富，此时他虽然也是有气没力，但神智却十分清醒。凭他的理智判断，他立即便可断定这少女绝不是连清波。要知连清波所坐的那只大船，即使不至于沉没，也绝不会赶在他们的前头，而且还有余暇容她换过装束，换过座船。

萨老大道："请问这里是什么地方？"那少女道："这里是飞龙岛，你们是些什么人？"萨老大又惊又喜，想不到随波逐流，居然走对了航线，走到了飞龙岛来。当下便拿出了那枝令箭，说道："我们是接了岛主的绿林箭，来此参加英雄大会的。"

一个丫环道："哦，你们是岛主的客人，令箭倒是对了。但我们不是接待客人的，却不敢将你带到岛上。好在南宫舵主的船就在附近，我送你们到他船上，让他招待你们吧。"这一个丫环说得委婉一些，另一个丫环插口道："不错，我曾听得知客的李大哥说过，令箭对了，也还要经过盘问，才许踏上岛上的。他们是怕有人拿了令箭，假冒客人的身份。"耿照听了大吃一惊，心道："她们说的南宫舵主，定是南山虎无疑。这回可真是刚脱灾难，又落虎口了！"

耿照正自忧心忡忡，那少女忽道："不必将他们送去了。你不见他们快要冻得僵硬了吗？船上没有姜汤给他们沐浴更衣，南宫舵主的船虽然离此不远，送过去也得耽搁好些时候，救人要紧，我带他们回去，有什么事情由我担待好了。"那几个丫环见他们持有岛主的令箭，又有小姐出头为他们担当，谁也不敢多话，连声应道："是！"掌舵的、划桨的各就各位，便要开船。

那少女道："且慢，我还要问你们一件事情。你们在海上可碰见一艘张着骷髅旗的大船？"萨老大怎敢实说，含糊答道："今日海上起了风暴，天色沉暗，我们虽碰上几条船，距离太远，也看不清楚是否挂有骷髅旗。"那少女沉吟半晌，自言自语道："岛主也另外派了几条船出海接应了，若有意外，那也是急不来的。好吧，先把你们带回去再说。"这才下令开船。

上了岸，那少女换乘一辆马车，叫耿照等三人和她同坐，两个丫环驾车，其他四个丫环另乘一辆较小的马车，便把他们载回自己的住处。丫环们都有点奇怪，心想："这女的也还罢了，小姐何必把两个男人带回去要我们服侍？就近把他们交给哨所的弟兄救护，虽然地方没那么舒服，但却可免了许多麻烦，不更好吗？"但她们却也不敢干涉她们的小姐。有几个丫环自作聪明，见耿照相貌颇为英俊，只道小姐看上了他，相互作会心的微笑。

耿照等人躲在那少女的车上，一路上自是无人盘问。那少女将他们带回自己的住址，秦弄玉实在太过疲劳，心情松懈之后，在马车上便已昏昏睡去。那少女也不惊动她，悄悄地叫丫环抬她到内房让她安睡。然后吩咐另外的丫环道："给这两个人准备姜汤沐浴，再照他们的身材，给他们找两套男子衣裳。然后再给他们准备稀饭、小菜。"丫环们领了命令，分头办事。

耿照、萨老大洗了一盆滚热的姜汤，精神稍稍恢复。丫环请他们在外院的一间房间进食，热腾腾的稀饭，配上可口的小菜，对他们来说，胜过了海味山珍。萨老大笑道："饿得过度，不宜多吃，适可而止。"话是如此，他们每人还是进了三大碗。半饱之后，不觉昏昏思睡。

萨耿二人得此奇遇，心中也着实有许多疑问。但因有丫环在旁边服侍，却是不敢畅所欲言。吃过稀饭之后，耿照打了几个呵欠，很希望那丫环叫他们去歇息，那时他与萨老大就可以私自商量了。虽然这时他们也实在有点渴睡，并非做作。

不料那丫环却道："这位相公，我们小姐请你去见她。"耿照吃了一惊，道："就只叫我一个人吗？"

那丫环道："是。请相公随我来。"耿照无可奈何，只好随着那个丫环，走进内院。途中耿照问道："你家小姐，可是岛主的女儿么？"那丫环道："不是。是外地来的客人。"耿照听她以客人称那少女，问道："那么，你们不是她带来的了？"那丫环道："我们本来是服侍岛主夫人的，如今奉命来伺候这位小姐，也就等于是我家小姐了。"耿照道："你家小姐姓……"那丫环抿嘴一笑，说道："小姐姓甚名谁？她既然请你前来会晤，自会亲口告诉你的，你急什么？"说话之间，已到了绣房外面。那丫环敲门报道："婢子奉命将客人请来了。"房中传出那少女的声音道："好，请他进来。你可以不必在此伺候了。"那丫环应道："是。"推开房门，让耿照进去之后，她随手把门掩上，便自走了。

耿照惊疑不定，说道："多谢小姐救命之恩，不知有何赐教？"那少女微笑道："耿相公，你的胆子也真不小啊！"

耿照听她一口说出自己的姓氏，大吃一惊，跳将起来，不自觉地手摸剑柄。那少女笑道："耿相公，你不用惊慌。我若是有加害之意，还何必救你？你是抗金义士，我佩服你还来不及呢！请坐。"耿照听她这么一说，这才恍然大悟，想必她曾见过金国悬赏缉拿自己的图形。

耿照稍稍安心，但还是疑团满腹，问道："你是谁？你将我唤来，这——"那少女笑道："耿相公，你大约十分惊诧我的相貌和你认识的一个人相似吧？我们姐妹自小就很相似的。我就是你们所骂的那个'妖狐'的妹妹。"

原来这个少女正是赫连家三姐妹中的二姐赫连清云。她自从与武林天骄分手之后，武林天骄去临安寻觅蓬莱魔女，她则走遍江南各地，找寻她的大姐赫连清波。后来，她探听到确实的消息，知道飞龙岛主招集群盗聚会，将迎接金超岳与她姐姐来做贵宾，她就先来飞龙岛相候。她的相貌和姐姐一模一样，不必她说出姓名，飞龙岛主已经知道她是赫连清波的妹妹了。飞龙岛主正要结纳她的姐姐，因此待她优礼有加。拨了一幢房子给她，还送了几个丫环给她使唤。明日就是会期，派去迎接金超岳与她姐姐的那条船入黑都还未到，故此赫连清云也驾船出海，准备接她姐姐，不想姐姐未接到，却接到了耿照等人。

耿照听了她自报姓名身份，不禁又是暗暗吃惊。赫连清云似是知道他的心意，笑道："我姐姐的行事，我也略有所知。我们姐妹自小分散，不料她误入歧途，我此来用意，正是要找到她劝她改邪归正的。耿相公，你们骂她'妖狐'，莫非你们与她之间也有甚仇冤？可以看在我的分上，将它化解吗？"

这一问耿照实是难以回答，赫连清云于他有救命之恩，但她的姐姐却于他有杀母之恨，父母之仇，不共戴天，如何可以化解？

耿照想了一会，委婉说道："请小姐见谅，在下实是有难言之处。倘是小姐不能容我，我也任凭小姐处置。"

赫连清云叹了口气，说道："耿相公既有难言之隐，那也就不必说了。我姐姐的所作所为，原是难以教天下英雄见谅。你是抗金义士，不论如何，我总是把你当作客人看待，请勿多疑。"

　　赫连清云光明磊落，耿照深为感动，一揖到地，说道："既然如此，小可告退了。"赫连清云道："我想多耽搁耿相公片刻，请问耿相公是否从临安来？"耿照道："不错。小姐可有何事垂询？"赫连清云道："我想向你打听一个人，柳清瑶柳女侠听说与耿相公相熟，不知她可在临安？"耿照道："不错，我在临安的时候她也正在临安。但现在也已经离开了。"赫连清云道："我有一位姓檀的师兄上个月赶往临安找她，不知他们可曾见面？耿相公知否？"

　　耿照知她所说的师兄乃是武林天骄檀羽冲，说道："他们见过了面，但还没有交谈又分手了。"赫连清云诧道："哦，有这样事情？这——"耿照不愿谈论别人私事，而且他对蓬莱魔女与华谷涵二人的情怨纠纷，也只是略有知闻，并不十分清楚，于是说道："这个我也不知其中原因。"

　　耿照以为她还要追问事实经过的，赫连清云却是如有所思，半晌说道："时候不早，耿相公连日劳累，请早安歇。明朝一早我要去会岛主，也许不再与你相见了。我有一事奉劝，我不知你此来目的如何，你也不必告诉我，但请你多加小心，切勿轻举妄动。"耿照道："是。小姐好意，耿某感激不尽。"赫连清云将原来带领耿照前来的那个丫环唤来，仍然叫她带耿照前去安歇。

　　耿照见是单独一间房间，问那丫环道："与我同来的那位萨大叔呢？"那丫环道："我只道他是你的下人，已另外给他安排了住处了。这是小姐吩咐的，婢子不敢擅作主张。如今午夜已过，耿相公，你若不是有紧要事找你同伴，那就早些安歇吧，反正明早便可见面。"耿照听她如此说，也不愿因此小事再去见赫连清云，便道："好，这里没事了，你也早去安歇吧。明早若我不知醒觉，请你叫我。"

　　丫环去后，耿照和衣而睡，辗转反侧，难以入梦。心里自思："倘若玉面妖狐今晚回来，她知道我就在此处，她妹妹能拦阻她不害我吗？"一时又想起了明日也许便可见着珊瑚，不觉心事如潮。

但耿照日间在狂涛骇浪中挣扎了一整天，毕竟是太疲劳了，恐惧的心情也抵挡不住倦意的袭击，思路渐渐模糊，终于沉沉睡去。

　　也不知过了多久，忽听得咚咚鼓响，耿照给鼓声惊醒，跳起身来，望出窗外，只见已是日上三竿。

　　昨晚服侍他的那个丫环推门而进，笑道："相公醒来了，请用早点。"拍一拍手，另外两个丫环端了八式点心，一锅稀饭进来，又给耿照递了一条洒了香露的毛巾。

　　耿照匆匆擦了把脸，连忙问道："刚才那鼓声是——"那丫环道："今日岛主召开英雄会，击鼓聚集群英。"耿照道："哦，英雄会已经开始了？"那丫环道："不错。但小姐吩咐，相公精神未曾恢复，今日还是请你留在这里再歇一天吧。"

　　耿照道："不，我要去的。和我同来的那位萨大叔呢？"那丫环笑道："你要去也不必如此匆忙，吃了早点再去吧。"耿照道："那位萨大叔——"那丫环道："你先用早点。嗯，我们小姐对你真是照料周到，生怕饿坏了你呢。她一早出门，也没忘记吩咐我们给你准备点心——"

　　耿照无心听她说话，狼吞虎咽地把几碟点心一扫而光，唏哩呼噜又喝了两大碗稀饭，那丫环在旁边掩着嘴笑。

　　耿照抹了抹嘴，说道："好，现在我是遵命吃过早点了，你可以说了吧，那位萨大叔究竟如何？"那丫环笑道："也没什么，那位萨大叔已出去了。他精神很好，你不用担心。"耿照道："他怎么不等我？"那丫环道："这我怎么知道？或者他是不愿惊醒你吧。"

　　耿照忙又问道："那位秦姑娘呢？"那丫环道："我是奉命来伺候你的，那位姑娘昨晚和我们小姐同寐，伺候她的另外有人，我不知道。"

　　耿照心急如焚，也顾不得礼仪，便往外跑。那丫环道："相公，你是要找那位秦姑娘吗？我替你去先问一声，看看她起床没有？"耿照边跑边道："不用了，我自己去叫她。"那丫环摇了摇头，心道："看来他的心上只是记挂着他的那位秦姑娘。倘若我们小姐真的是看上了他，那可是不幸之至了。"

这幢房子共分三进，有中门隔断内外，耿照要闯进去，却给一丫环拦住。耿照道："我昨晚来过的，我想找那位秦姑娘。"那丫环沉着脸道："昨晚是小姐请你来的。今日你是自己来的。没得小姐允许，请恕我不能让你踏进此门。"心中甚怪耿照不懂礼貌。

其实耿照不是不懂礼貌，他是害怕一件事情，害怕玉面妖狐已经到来，秦弄玉落在她的手中。他不便向丫环打听，给她一顿抢白，不觉脸上发烧，只好停下脚步，说道："那么就请姐姐代我请她出来吧。"

耿照以为自己不进去，只是请那丫环代唤，她总可以答应了。哪知这丫环摇了摇头，斩钉截铁地吐出两个字："不行！"

耿照怔了一怔，道："为何不行？"那丫环道："小姐刚刚吩咐，不许任何人进房去打扰她。"耿照大吃一惊，连忙问道："你们的小姐不是一清早就出去了吗？哪里又来的小姐？"那丫环淡淡说道："就是又来了一位小姐！她是我们小姐的姐妹。"

耿照这一惊更是非同小可，就在此时，忽听得里面传出一声尖叫，正是他表妹秦弄玉的声音。

那丫环道："相公，你、你不能……"原来耿照已从她身边窜过去，硬往里闯，那丫环赶来拦阻，一面叫嚷，耿照反手一指，点了她的穴道。

耿照"砰"的一掌打开房门，只见一个女子面床而立，背向着他，背影与玉面妖狐十分相似。她的表妹则正在欠身而起，脸朝着他，脸上惊骇的神色还未消逝。

耿照正要冲过去，就在此时，只听得那女子笑道："秦姑娘，不用惊慌，是我！分手尚未十天，你就不认得我了吗？"

秦弄玉化惊为喜，说道："霞姐，原来是你。"那少女道："耿相公，我正想叫丫环去请你呢，你已先来了。"这少女回过头来，正是赫连家三姐妹中最小的那个赫连清霞。

原来赫连清霞那日与耿照等人分手之后，便随同耶律元宜一同渡江，到了江北，武林天骄恰巧早一天走了，碰不上头。

耶律元宜本是奉了金国元帅完颜郑嘉努之命，往江南探听宋国虚实，既然碰不上武林天骄，就回到军中缴令。他拣了一些已成事实、可以公开的消息，例如魏良臣被黜，虞允文兼统义军这些消息报告了郑嘉努，郑嘉努也接到了其他探子的报告，核对属实，对耶律元宜大为嘉奖。

郑嘉努不知他在暗中策划恢复辽国、密谋反金，只道他受了金朝的高官厚禄，确是矢志效忠。他回到军中，席未暇暖，郑嘉努又差他到飞龙岛去，做金国的耳目。因为虽有金超岳以国师的身份前往，但正因为他是国师，身份崇高，不必向郑嘉努报告，郑嘉努也只是知道有此一事，还未与金超岳接过头，故此郑嘉努又把耶律元宜作为自己的心腹派去，其中也含有监视金超岳的作用。要知郑嘉努与金超岳彼此在金主完颜亮之前争宠，本来就是早已勾心斗角了的。

耶律元宜与赫连清霞也是在海上碰上风暴，拂晓时分方到。赫连清霞的相貌与两个姐姐亦甚相似，上岸之后，立即便有人告诉她，她的二姐赫连清云正在这儿。

耶律元宜留在宾馆稍息，赫连清霞便来找她姐姐。不料赫连清云已赴飞龙岛主之约，离开住所，两姐妹没碰上头。但赫连清云早已对侍女有了交代，她的一众丫环也知道她的姐妹要来。赫连清霞相貌与姐姐相似，那些丫环也不知她是主人的姐姐还是妹妹，见她有岛上的头目陪来，料无假冒，当然殷勤奉侍，将她请进内房。

秦弄玉睡在赫连清云的房间内，清霞见了，意外的欢喜，丫环告诉了她昨晚的事，清霞便吩咐丫环不许放人进来。她自己在床前守候。秦弄玉一醒，最初也是把她误认作玉面妖狐，以致失声尖叫。

且说耿照见表妹安然无恙，又与赫连清霞意外相逢，也是欢喜无限。但他已无暇叙话，连忙问道："玉妹，你身体如何？"秦弄玉试试运动手足，笑道："好得很，就是气力差些。"耿照道："你快吃些东西，咱们好去赴会。"

赫连清霞道："早预备好了。"递过了一盅鸡汤，笑道："你身子尚还虚弱，不宜用饭。我叫她们用两只土鸡给你熬了这盅鸡汤。"秦弄玉多谢了她的细心照料，喝了鸡汤，匆匆梳洗，便与耿照、清霞一同出门。

赫连清霞笑道："耿相公，你一定是心急闯进来，委屈了这位姐姐了。"耿照替那丫环解开了穴道，赔礼道："我赶着赴会，姐姐恕罪。"那丫环本是满肚皮闷气，但得了主人的妹妹向她慰问，又受了耿照的赔礼，深感荣宠，化怒为喜，忙道："折煞了婢子了。小姐、相公，你们回来吃中饭吗?"赫连清霞一笑道："不必等候我们了。"行前带路，匆匆赶赴会场。

岛上有一座山，会场就在山下的一大片草地上。只见黑压压的草地上坐满了人，围成了三个圈圈，山坡上也站了不少人。赫连清霞小声说道："我与元宜是以金国主帅的使者身份来的，不能让人家知道我们的真正意向。等下倘是有甚事情发生，我也只能假作置身事外，你们要原谅我才好。"耿照道："这个我懂，我们也只是来探听消息，非到必要之时，绝不出手。"赫连清霞道："如此，我们分头进去。"赫连清霞进去，在前排特别为宾客设置的座位找着了耶律元宜。耿照二人则在山坡上挤进了人丛之中。

这时樊通正在说话，说到了最后一段，道："飞龙岛主是此会主人，现在就请岛主与大家见面，商量大计。"与会群英有一大半是未见过飞龙岛主的，当下人人注目，候他出场。耿照小声问旁边的人道："刚才樊舵主说了些什么?"那人道："他说金兵渡江在即，请咱们长江南北、水陆两路的各方豪杰共商大计，先要推定一位盟主。嘘，别说话了，岛主出来啦!"

场中有一块光滑如镜台的大青石，约有二丈来高，只见那飞龙岛主乃是个髯须如戟的粗豪汉子，飞身跳上石台，缓缓走了几步，走到中央立定，石台上留下了鲜明的足印，靠近石台的人可以看得十分清楚，每一个足印的深浅都是一般。

在石头上踏出足印并不十分困难，但这块石台，光滑如镜，离地面又有二丈多高，飞龙岛主是用轻身功夫跳上去的，轻功火候稍差，就未必能够立足得稳。这也罢了，难的是他既用轻功，而又能在石上踏出足印。

要知以武学常理而论，施展轻功，脚尖沾地之时，力度必须用得十分巧妙，讲究的是轻灵迅捷，脚步决不能踏得重了。但在石上踏出脚印，则又非用重身法使出内家真力不行。如今飞龙岛主在石台上踏出的每个足印都是一般，可见他的轻功身法与千斤坠的重身法，已是到了炉火纯青之境，在那脚尖沾地的瞬息之间，便可以立即转换，这种本领就是世所罕见的奇功了。有些只知其一，不知其二的人，看见他使出的功夫与武学常理相反，都不禁瞠目结舌。武功高明之士，则不禁大声叫好。他的党羽，轰然喝彩，那更不在话下了。

飞龙岛主待喝彩的声音平静之后，向四方作了一个罗圈揖，说道："多谢各位赏面，光临敝岛。如今金兵渡江在即，樊舵主说得对，必须先推定一位盟主，才能应付此一非常的变局。我现在就提出一个人来，这位老英雄德高望重，我说出来，大家一定心服！"

接到飞龙岛主令箭，来此聚会的群豪，人人都以为飞龙岛主是想盟主自为，只等旁人推戴的。哪知他却先自提出，推戴别人。这倒是颇出众人意料之外的事情，众人都在凝神静听，听他要提的是何人。

只听得飞龙岛主缓缓说道："这位老英雄就是千柳庄的柳庄主。"柳元甲本来是江南的武林领袖，但他的名字，若是由别人口中提出，那就毫不稀奇，由飞龙岛主提出，不知内幕的大部分与会群豪，则仍是十分意外。

飞龙岛主的党羽与柳元甲的一干亲信，是知道今日的安排的，都在欢呼鼓掌，不知内情的其他人，有些人本来是佩服柳元甲的也在随声附和，另外有些人则怕飞龙岛主是在故意试探他们的心意，不敢作声。

飞龙岛主似是知道他们的心意，哈哈笑道："柳老前辈是宗某最佩服的人，他这些年隐居林下，宗某则在江湖胡混，浪得虚名。有些兄弟，或者有所误会，以为我想做武林盟主，其实我每有大事，都是要请教柳老前辈的。尤其今日处此非常变局，更非请柳老前辈出山不行！"

柳元甲本来是德高望重的武林领袖，群雄听得飞龙岛主对他推崇备至，不似假意奉承，那些原来心存顾忌的人，也就敢于鼓掌欢呼了。

柳元甲缓缓走出场心，也不见他作势跳纵，身子就笔直地

"飞"上石台，这手炉火纯青的轻功，实是武学之士梦寐以求的境界，而在他不过是轻描淡写地施展出来，丝毫也不显得有"卖弄"的成分。比之飞龙岛主刚才的做作，虽然同样是演出了绝世神功，而他的身份却又是高了一筹了。

柳元甲捋捋胡子，哈哈笑道："宗岛主盛情可感，只可惜老夫老矣，无能为矣。我看这盟主一席，还是该宗老弟义不容辞，老夫愿尽绵力，辅助盟主。"

樊通说道："柳庄主和宗岛主不要彼此推让了。依我之见，处此非常局面，应该有正副盟主，管辖水陆两路，才好照顾全局。咱们就公推柳庄主做正盟主，宗岛主做副盟主，兼做水路的总舵主。诸位想必赞同？"

两家的党羽都在叫道："好，好，正该这样。"柳元甲满面堆欢，说道："各位以大义相责，我只好为宗老弟分担重责，替各位尽力了。不过，今日群英毕集，若是有更适当的人……"樊通叫道："柳庄主毋再推辞，我们都是一致拥戴你老。谁还能与你老争这一席盟主呢？"

话犹未了，忽听得有人高声叫道："且慢！"群豪愕然，目光齐集，向那人望去，原来是铁笔书生文逸凡。

柳元甲打了个哈哈，说道："对啦，我们怎能忘了文大侠了？文大侠的武功人望……"

文逸凡也是哈哈一笑，立即打断他的话道："请勿误会。我不是来与你两位争盟主来的。我只是有一事在心，非得先向柳庄主请教不可。"

柳元甲心道："谅这酸丁也不敢与我为难。"当下说道："请教不敢。文大侠请说。"

文逸凡道："刚才樊舵主说得好，金寇南侵在即，这是个非常的变局，必须应付得宜。请问金寇若然渡江，柳老英雄是准备如何应付？这件大事，必须先说清楚，这才好定盟主之位。各位以为可对？"

与会群豪，不乏热血满腔的爱国之士，听了这话，都在说道："不错，不错，言之有理。咱们先听柳庄主的主张。"

柳元甲料不到文逸凡临时有此一招，但他毕竟是老奸巨猾，镇定如恒。打了个哈哈，说道："兹事体大，文老弟不问，我也想与各位商量的了。依我之见，咱们是既要为自己打算，也要为老百姓打算才是。盗亦有道，难道咱们还能趁着兵灾，骚扰百姓么？"

文逸凡道："话说得不错，但不知柳庄主是怎么样为老百姓打算？"

柳元甲手捋长须，沉吟片刻，缓缓说道："这个么？依我之见，也不外乎'保境安民'四个大字。古语有云：'兵凶战危'，一旦打起仗来，胜也好，败也好，总是苦了百姓。如今金宋两国的大动干戈，看来是难以避免的了，咱们只能稍尽绵力，减少灾祸。我以为不如在咱们的地盘之内，另树一帜，两不偏帮。人不犯我，我也不必犯人。咱们水陆两路，有三十三家兄弟，凑合起来，兵力虽是不及金宋两国，也很不弱了。料想他们也得对咱们顾忌三分。诸位若是赞同此议，合力同心，我就致函两国主帅，申明此意。在咱们地盘之内，他们假道可以，但必须秋毫无犯，也不能在咱们的地盘内打仗。"

说到这里，太湖十三家总寨主王宇庭问道："那不等于是自成一国了么？"

柳元甲道："要这么说，那也可以。俗话说得好：时势造英雄，何况诸位本来就是英雄，岂能终生在见不得天日的黑道上厮混？所以我说，趁此时机，做一番事业，既是为老百姓打算，也是为咱们自己打算了。"

飞龙岛主拍掌道："盟主高瞻远瞩，确非吾辈可及！宗某唯盟主马首是瞻！"两家党羽，摇旗呐喊，喝彩奉承，自是不在话下。

耿照心道："怪不得魏良臣给这老贼的那封私函，预祝他什么'建业江左'，原来是包藏着这么样天大的祸心！"

文逸凡"哼"了一声，正要说话，忽听得有人纵声长笑，把场中那些阿谀奉承的声音压了下去，群雄抬眼望时，只见一个白衣少年，从山坡跃下，在空中翻了个筋斗，落在场中，当真是有如天外飞来，震慑全场。在柳家庄见过此人的失声叫道："哎，是笑傲

只见笑傲乾坤从山坡跃下，在空中翻了个筋斗，落在场中，有如天外飞来，震慑全场。

乾坤来了！"

只听得笑傲乾坤华谷涵朗声说道："这不是保境安民，这是祸国殃民！诸位都是大汉男儿，金寇南侵，是要灭咱们的国，毁咱们的家，奴役咱们的父老兄弟！有血气的男儿，安能置身事外？倘是和金寇也讲什么互不侵犯，那岂只是开门揖盗，简直是助纣为虐了。再说，你要保境安民，但金寇灭宋之后，可容得你苟安一隅之地么？那时你们是不是也打算跟这位柳庄主做金寇的奴才？"

这一番话激起了群豪同仇敌忾之心，有人把性命置之度外，对柳元甲就骂了起来，有的较为"客气"，也在说道："不错。柳庄主，你这话是有欠思量了！"柳元甲与飞龙岛主的部下，有的不敢作声，有的则在给他强辞争辩，场中吵成一片！

柳元甲拍了一下手掌，用"传音入密"的功夫冷冷说道："别吵，别吵！我只想问华先生一句话。华先生，你是以什么身份来参加此会的？这是咱们江南的绿林之会，包括长江南岸水陆两路的英豪。其他的江湖人物，则都是由主人邀请的。你一不是绿林中人；二未得主人邀请。我们的事情，何用你来插嘴？"

华谷涵冷笑道："你们商议的有关国事，我是一个百姓，我就可以说话。"

柳元甲"哼"了一声道："你不请自来，藐视主人，无礼孰甚！我们的英雄会不许外人参加，这里也就不许你说话。把他轰了出去！"

飞龙岛主早已蓄势待发，听了此言，把手一扬，呼的一声，便向华谷涵抓去。双方距离还有数丈之遥，华谷涵展开折扇，轻轻一拨，只听得发出闷雷也似的声响，两人中间的泥土沙石，突然如遇飓风，卷起了漫天尘雾。双方较量了内家真力，表面上不见输赢，但飞龙岛主胸口作闷，他已是自知稍逊一筹。

柳元甲的大弟子宫昭文率领六个师弟，对华谷涵采取了包抄形势，双方剑拔弩张，正要大打出手，忽听得鼓乐之声大作，场中让出一条路来，原来是金超岳和连清波来到。

他们坐的那条船，昨日被萨老大的船撞穿船舱，幸而船大人多，在众人抢救之下，一时不致沉没。后来得遇飞龙岛派出去迎接他们的船只，终于安然抵达。虽是迟了一些，但却来得正是时候。

当日曾在千柳庄给柳元甲祝寿的人，认得金超岳，不禁窃窃私议。其他不知道金超岳身份的人，纷纷向知道的人探询。一时大家的注意力又都转移到金超岳身上。华谷涵和飞龙岛主、宫昭文等人，也暂时住手。但华谷涵在强敌包围之下，需要全神应付，对金超岳的来到，也只能暗中戒备，而不能冲出去与他骂战了。

金超岳曾在笑傲乾坤手下吃过点亏，一见是他，心头火起，和柳元甲见过了礼，便道："又是这小子来捣乱吗？我今日来到，没备礼物，就把这小子拿来当作见面礼吧。"金超岳深知飞龙岛主之能，自忖他若出战，只要有一个飞龙岛主相助，擒笑傲乾坤便非难事。

柳元甲道："不敢有劳金先生，有宗岛主坐镇，他闯不过我门下弟子的七煞阵。"原来柳元甲是怕金超岳出场，更会引起众人的议论。

宫昭文正要将阵势合围，忽又听得有人叫道："且慢！"声音清脆，竟然是个女子。众人抬头看时，只见山头上一个少女手挥拂尘，俨若御风而降！正是：

冲破波涛来赴会，兴亡哪得不关心？

欲知后事如何，请听下回分解。

第五十三回　劫火未消来异士
神功无敌慑群魔

　　这女子不是别人，正是蓬莱魔女柳清瑶。

　　柳元甲从宫昭文那次铩羽而归的报告，早已知道蓬莱魔女识破他的奸谋，不再认他为父。但却还未知她究竟知道了多少。

　　柳元甲心头一震："她敢单身到此，莫非是有恃而来？"但心中虽是隐隐恐惧，仍是装作笑脸说道："瑶儿，我找得你好苦。我给你引见各位英雄。这是小女——"

　　蓬莱魔女柳眉倒竖，戟指便骂："老贼！"华谷涵忙以传音入密的内功说道："不可动气，先说大事！"

　　蓬莱魔女点了点头，冷峻的声音接着说道："老贼，你骗我上当的私仇，以后再和你算账。今日我可不许你欺骗天下英雄！"柳元甲面色倏变，喝道："瑶儿，你疯啦！"柳元甲认她作女儿，她则指着柳元甲骂老贼。不知底细的人，都是大为骇异。

　　樊通面色一沉，上前说道："柳姑娘，你若是以柳庄主千金的身份而来，我做世伯的自当招待。但你如今不知受了何人蛊惑，不认父亲，我就只能公事公办啦，这是我们江南的绿林之会，你是以什么身份来的？"

　　铁笔书生文逸凡忽地纵声笑道："樊舵主，你这是明知故问了。咱们今日之会，也包括长江北岸的水陆英豪不是？柳女侠是北五省的绿林盟主！"

　　与会群豪，有好些是早已知道蓬莱魔女的身份，不知道的也听人说过北五省的绿林盟主是个少女，只不知道就是她而已。登时有半数以上拍掌欢呼，表示欢迎。

樊通面色灰白，犹自强辞夺理地大声说道："长江北岸的同道可以参加，那只是指沿岸一带而言。金国治下的北五省可不在邀请之列。绿林中疆界分明，我们江南的绿林道要推举自己的盟主，可不欢迎江北的什么盟主来管我们的事情！"

太湖十三家总寨主王宇庭站出来说道："樊舵主此言差矣！红花绿叶，本是一家，江北江南，何分彼此？樊舵主你刚才说得好，如今金寇南侵在即，咱们正要同心合力，应付这个局面，北五省的绿林盟主肯屈驾来此，正是请也请不到的呢！"蓬莱魔女拂尘朝着金超岳一指，冷笑说道："这位是金国的国师，他怎么也来参加你们江南的绿林之会了？"

群豪刚才互相探询，十有八九已知金超岳是什么人了，但这"金国国师"四字第一次从蓬莱魔女口中公然说出，还是不免全场骚动，大众哗然。

柳元甲连忙说道："我刚才不是说过我的主张吗？咱们只求保境安民，对交战双方都是只求人不犯我，我请金先生前来，不过是让他知道我们的意思罢了。"饶他极力诡辩，声音已是微微发抖。

飞龙岛主见柳元甲下不了台，帮腔说道："柳庄主的主张就是我的主张。我忝属地主，我喜欢请哪一位客人，不容外人过问。谁要是看不顺眼，缴出令箭，离开便是。但未曾经我允许的，嘿，嘿！我这飞龙岛虽不是金城汤池，也决不能容外人要来便来，要去便去！"言下隐隐含有胁迫之意。

铁笔书生文逸凡哈哈笑道："柳女侠虽是不速之客，但她可是北五省绿林盟主的身份。宗岛主先前不是也说过今日之会要集思广益吗？北方的绿林同道前来，咱们若是摒之门外，那岂不是显得咱们江南的豪杰气量太窄了么？"

太湖十三家总寨主王宇庭接着说道："不错。我想：金国国师都可以来此参加咱们的绿林之会，柳女侠是北方的绿林盟主，那更是可以的了。我们正想听听柳女侠的高见！"

文逸凡是侠义道中的领袖人物，王宇庭在绿林中的地位更是非同小可，飞龙岛主近年的势力虽然大大扩张，论声望也还稍不如他。飞龙岛主听了他们两人的说话，心知他们不过分攻击邀请金超岳之事，已经是给了柳元甲与自己的面子，一时也就不敢做声了。

蓬莱魔女笑道："容许我说话了么？好，那么我就坦诚相告我今日的来意。"

这两句话一说，登时全场肃静无声。蓬莱魔女声音转为高亢，说道："北方的绿林豪杰，身在绿林，心怀故国。金寇一旦南侵，我们定然奋起杀敌，令他处处难行。我此来就是要求江南豪杰，与我们同心合力，共抗金虏！保境安民的谬说，华大侠已予痛斥，说得很清楚了。想诸位都是黄帝子孙，大宋的英雄儿女，岂能为虎作伥，反助敌人？亡国之惨，北方的百姓曾经身受，恨不得早日驱逐金虏，光复神州。诸位难道反而愿意身受亡国之苦么？"

这一番话说得群豪热血沸腾，轰然叫道："不错。北方的兄弟都已起来抗金了，咱们岂可置身事外，甚而为虎作伥？"

王宇庭大声说道："天下绿林都是一家，要应付目前的危局，咱们也不能再分南北了。我倡议就奉柳女侠做我们的盟主！"文逸凡首先鼓掌赞成，但也还有许多人在柳元甲的积威之下，不敢表示意见。飞龙岛主的党羽则鼓噪反对，不在话下。

蓬莱魔女道："不，我们只是愿与南方的绿林同道结盟。江南的绿林盟主，我是决计不敢担当。依我之见，最适宜的莫如王寨主。"

柳元甲被冷落在台上，大是尴尬，不由得老羞成怒，杀机陡起！

柳元甲陡地喝道："你这不孝女儿，气死我也！自古有道，忠臣出于孝子之门，天下哪有不孝父母而能为国尽忠的道理！你老父在此，这里没有你说话的余地，还不快快给我跪下！"

蓬莱魔女大怒道："老贼，你……"正想把真相和盘托出，指斥柳元甲的奸谋，柳元甲已从台上跃下，"呼"的一掌，就向蓬莱魔女拍了过来！

柳元甲已知蓬莱魔女不能再予利用，这一掌全力施为，掌力有如排山倒海，汹涌而来，蓬莱魔女挥舞拂尘，兀是不能抵消他的掌力，只觉胸口俨如压上了一块石头，哪里还能再说半句说话？

文逸凡大喝道:"柳元甲,你好不要脸,你……"柳元甲"哼"了一声道:"狂徒无理,胆敢辱我!把他也拿下了!"

文逸凡大怒道:"要拿下的是这金国国师!"金超岳冷笑道:"好,有本领你就拿吧!"连环双掌拍出,左掌发出的掌风如寒飙刺骨,右掌发出的掌风如热浪炙人,一冷一热夹攻之下,文逸凡登时也不能说话。

王宇庭义愤填胸,明知自己的武功与柳元甲差得太远,拼了性命,振臂疾呼:"他们是否父女,咱们不去管它。但柳女侠所说的却是为国为民的大义,柳元甲即使真的是她父亲,也不能杀她灭口,请天下英雄主持公道!"

柳元甲道:"岂有此理,我管教我的女儿,要你主持什么公道?我的保境安民的主张,又有什么不对了?"远远地一指遥戳,使出凌空点穴的功夫,王宇庭只觉人中的闻香穴一麻,登时也变了哑巴。

太湖的十三家寨主一齐出来,说道:"王总舵主,道不同不相为谋,咱们回去各行其是!"这十三家寨主见首领被辱,人人怒愤,但他们想到是在人家的势力之内,处境极危,说话的语气,不敢太过决裂。只求保得总寨主平安离开飞龙岛,至于蓬莱魔女是死是生,他们已无力顾及了。

哪知他们想各行其是,飞龙岛却容不得他们。这时宫昭文已展开了"七煞阵",将笑傲乾坤困在阵中,飞龙岛主腾出身来,嘿嘿冷笑:"我早已说过,我这飞龙岛不能随便让人要来便来,要去便去。我是唯柳盟主的马首是瞻,诸位背叛盟主,我可不能与诸位客气了。哪一个要离开的,都给我拿下!"

飞龙岛主属下有十二个大头目,个个武功高强,不必岛主亲自出手,由他们对付这十三家寨主已是绰绰有余。这么一来,局势更是不可收拾,大分裂,大混战,已是无可避免了!

王宇庭人中的麻痒稍减之后,嘶哑着声音说道:"大丈夫当为玉碎,不作瓦全,屈膝事仇之事,咱们是决计不能做的!飞龙岛主,你要留我们,除非是把我们尽都杀了!"这几句话说得大义凛然,不属于千柳庄与飞龙岛的各路豪杰,振臂齐起,都是说道:

"不错，大丈夫死则死耳，焉能受人胁逼？姓柳的，姓宗的，你不怕天下英雄唾骂，我又何惧血溅尘埃！"群雄激怒，对柳元甲的敬畏，早已变为愤恨，径直地以"姓柳的"相呼了。

柳元甲冷笑道："王宇庭，你好大胆！"使出凌空点穴的功夫，又是一指遥戳过来。太湖西洞庭山李寨主挡在总寨主身前，被他一指点倒。

蓬莱魔女武功不及柳元甲，但相差亦非太远，岂能容柳元甲腾出手去对付王宇庭？当下，将生死置之度外，刷刷刷连环三剑，剑剑指向柳元甲要害。柳元甲权衡利害，也是先擒蓬莱魔女要紧。便让飞龙岛主去对付群豪。

飞龙岛主笑道："你们要死，可没那么容易！"一声胡哨，调来了大批挠钩手，由他手下的十二个大头目率领，分成了十二个小队，布成阵势，围困群豪。要知王宇庭这班人都是绿林中的一寨之主或头面人物，倘若把他们尽都杀了，他们的部下必定与飞龙岛誓不两立，故此在飞龙岛主的如意算盘，上上之策，最好是把他们捉住，胁迫他们的部下。群雄有若干人被挠钩手捉去，兀是前仆后继，且战且走。

笑傲乾坤踏上飞龙岛之后，虽然未曾与蓬莱魔女交谈过一句话，但见她怒斥柳元甲，矢志抗金，已知她素心未改，对她的疑虑也已一扫而空。他急于去救助蓬莱魔女，在"七煞阵"中大施刚勇，宫昭文全力施为，兀是困他不住。华谷涵大笑声中，出手如电，击倒了他的一名师弟。

飞龙岛主喝道："姓华的，往哪里走！"身形疾起，堵住了七煞阵的缺口，一招"裂石开碑"，向华谷涵当头抓下！

华谷涵折扇一挥，只听得"嗤"的一声，折扇被他的指甲抓破了一道裂缝，但这一抓却也被他的折扇荡开了。

飞龙岛主使的是"大力鹰爪功"，华谷涵竟然用一柄竹制的折扇把他荡开，功力之高，实是足以震世骇俗。但飞龙岛主能够将他的折扇抓破一道裂缝，亦大是不弱了。

飞龙岛主填上了七煞阵的空缺，他对七煞阵的阵法又是尽皆知悉的，配合了宫昭文等人施展起来，威力比之原来何止增强一倍。

华谷涵登时从上风变作下风，自顾不暇了。

另一对铁笔书生文逸凡对祁连老怪金超岳，也是十分吃紧，险象频生。

双方都有独到的武功，但金超岳的"阴阳五行掌"乃是将两门最厉害的邪派功夫合而为一，左掌是"雷神掌"，右掌是"修罗阴煞功"。倏而一掌劈来，热浪四溢，倏而一掌发出，冷气侵肌。文逸凡练的虽是玄门正宗内功，毕竟还未曾到达登峰造极的境界，在寒热夹攻之下，既要运功抵御，又要应付对方的杀手招数。数十招过后，只觉得胸口烦闷，牙关打战，而又大汗淋漓。

文逸凡暗叫："不妙。如此下去，即使还可以支持几百回合，过后只怕也要大病一场。"战略一变，陆地以攻为守，一对判官笔指东打西，指南打北，猛袭金超岳的三十六处要害穴道。文逸凡的轻功远在金超岳之上，配合了他神奇莫测的点穴招数，攻得金超岳也有点手忙脚乱，非得将掌力撤回防守不可。这么一来，攻守易势，文逸凡虽然还是稍处下风，已是没有刚才那样吃紧。

华谷涵、文逸凡在敌人围攻之下，虽然未脱险境，也还可以勉强自保。蓬莱魔女则已到了性命难保的关头。

本来若论本领，蓬莱魔女也早已到了一流境界。武林中可以与她并肩的寥寥可数。但她的对手实在太强，这就难免相形见绌了。

柳元甲的内功固是深湛之极，点穴的手法更是世上无双。蓬莱魔女掌剑兼施，以天罡拂尘三十六式和柔云剑法攻他，刚柔互济，变化神奇，这已经是武林中罕见罕闻的功夫了。哪知柳元甲双手空空，对付她的两般兵器，使出的功夫更是神奇。只见他大袖飞扬，宛如鹏鸟展翼，挥袖卷起的狂飙，把蓬莱魔女的拂尘吹得飘飘四散，转眼之间，蓬莱魔女的天罡三十六式，尽都被他破解。

柳元甲占了上风，越攻越紧。袖中藏指，倏地弹出，"铮"的一声，正中蓬莱魔女右手长剑剑脊，蓬莱魔女虎口发热，脚步踉跄。

柳元甲喝道："还不撒手！"铮的又是一指弹出，蓬莱魔女连退三步，仍是紧紧握着宝剑。她素性好强，柳元甲要夺她宝剑，她偏偏不肯放手。哪知这正中了敌人之计，她要运功紧握剑柄，防御便难以周全。柳元甲大袖虚拂，引开她的目光，蓦地，欺身一戳，点了她的穴道。

柳元甲哈哈大笑道："看你这好强的丫头，你还敢不认父亲么？跪下！"大笑声中再出指点她膝盖的"环跳穴"。意欲迫她跪下，她不能言语，一旦屈膝，旁人只道她当真是认了父亲，战意即使不登时瓦解，也要涣散无疑。

就在此时，柳元甲的手指即将戳出之际，忽听得铁杖触地的叮叮之声，来得快极！

柳元甲面色倏变，如遇鬼魅，不由自己地向后直退，一颗颗黄豆般粗大的汗珠，突然间"涌"了出来，身穿的青布长衫无风自皱，显然他的身体也在发抖！

本来那人来得虽然快到极点，但柳元甲就在蓬莱魔女面前，也还有足够的时间可以整治她的；但这个人是他平生最害怕的人，是他只要一听到他的名字，就魂梦难安的人，是他自以为已经害死了的人。却不料在今日这样的大场面中突如其来，他焉能不闻声落魄？在骤然吃惊的情况下，他向后直退乃是一种不自觉的本能反应，哪还能分出心神去整治蓬莱魔女？

这一刹那，柳元甲与蓬莱魔女都是心头大震。柳元甲心道："我只道是武林天骄吓我，谁知他真的活在人间。这可如何应付……"蓬莱魔女心道："是谁能把这老贼吓得面无人色？哎呀！难道是，是……"她被点了穴道，看不到背后，但听到了铁杖触地的叮叮之声，已猜想到是什么人了。

两人心念未已，那突如其来的怪客，已到了他们中间，是一个相貌清癯的老者，一足微跛，以杖代步。蓬莱魔女认得是她在御花园遇见的那个给她解围的蒙面人，耿照认得是救了他性命的那个老和尚。相隔十余日，这老和尚已蓄起短发，似乎是在"还俗"了。

那怪老头子举起拐杖，指着柳元甲缓缓说道："你是她的叔父，你要把她当作女儿看待，那也未尝不可。但我还未死，你却大可不必冒充她的父亲。"拐杖反手一点，解了蓬莱魔女的穴道，说道："瑶儿，今日咱们是阖家团圆了，你来见过你的叔父。"

蓬莱魔女知道这次绝不会认错父亲，不禁"哇"的一声，哭了出来:"爹爹!女儿好苦!女儿不能认这个叔父!"这老头子是她父亲,她是早已猜想到的了。猜想不到的是,柳元甲竟是她的叔父。她本来要父亲杀掉柳元甲的,知道是她叔父之后,这话就说不出口了。

这老头子叹了口气,说道:"元甲,论你的所作所为,你是禽兽不如,我本当杀你,但我在空门二十年,而今虽然还俗,也还是皈依佛法,佛法慈悲,你当年害我,我也还没丧命,三房只剩你一个人,咱们毕竟是同一个曾祖,我就饶了你吧。瑶儿不肯认你,那我是无法勉强的了。"蓬莱魔女松了口气,原来柳元甲是她父亲的堂兄弟,不是亲兄弟。

蓬莱魔女道:"爹爹,私仇可以不报,正义必须伸张。他如今是欲勾结金寇,叛国求荣。他还未悔改,你怎能就饶了他?"

这老者面色一沉,目光如剑,盯着柳元甲道:"此话可真?"柳元甲连退三步,不敢回答,王宇庭叫道:"令嫒之言,一点不假。今日与会的天下英雄,俱可作为见证!"

这老者双眸炯炯,霎时间低眉菩萨变成了怒目金刚,峭声说道:"你杀嫂害兄也还罢了,叛国附敌,却大是不该!我柳元宗没有你这个弟弟……"拐杖缓缓举起。

柳元甲道:"大哥息怒,小弟知错了!"柳元宗道:"知错就好,你给天下英雄赔罪,叫你这些狐群狗党放下兵刃。"

柳元甲道:"是。我先给大哥赔罪。"弯腰合掌,忽地大喝一声,双掌齐发,猝击柳元宗下盘。他蓄势而发,掌力有如排山倒海。柳元宗跛了一腿,下盘不固。他攻击的又正是柳元宗的弱点,当真是狠毒之极!

柳元宗"哼"了一声,骂道:"畜牲!"铁杖点地,身形疾起,一掌拍出。

双方掌力相撞,发出了闷雷也似的声响。站在旁边的蓬莱魔女,也觉得立足不稳,不禁退了两步。

柳元宗以单掌对付他堂弟双掌之力,旗鼓相当。柳元甲趁着他还在用铁杖支地,身子悬空之际,蓦地又化掌为指,五指轻舒,一齐戳出,如弹琵琶,一招之间,遍袭他足少阳经脉的十处穴道。

柳元宗拢指一划，只听得嗤嗤声响，柳元甲似皮球碰在墙壁上一般，弹了回来，但他的身法仍是最上乘的轻功，只见他一个筋斗倒翻，使出"覆雨翻云"的身法，斜斜掠出三丈之外。看来是一个还击得妙，一个是躲闪得宜。但武学高明、眼光锐利的场中几位高手，包括蓬莱魔女在内，已看出了是柳元甲技逊一筹，他的青布长衫上已现出了五个指头戳破的小窟！

柳元宗冷冷说道："你的穴道铜人的三十六种指法还未学得到家，希夷老祖的《指元篇》，你也还未找到下半篇吧？"

柳元甲面色灰白，叫道："大哥不肯见谅，咱们只好各行其是了！"他门下弟子众多，在他驱使之下，登时布成了合围之势，各式各样的暗器，冰雹一般地飞来。飞龙岛主也在叫道："用毒箭将他们射杀！"

金超岳掌力催紧，正要对铁笔书生痛下杀手，准备杀了文逸凡之后，与柳元甲联手对付他的哥哥。柳元宗大袖挥舞，近身的暗器、毒箭给他拨得纷纷坠地。铁杖一点，叮的一声，到了金超岳面前，冷笑道："二十年前，柳某人侥幸在你们围攻之下未死。难得你今日也来了。你的阴阳五行掌练成功了么？柳某再来领教领教！"铁笔书生跃出数丈开外，金超岳双掌立即便移转方向，向柳元宗打来。

金超岳掌力一吐，登时热风呼呼，热浪四溢。柳元宗铁杖支地，一掌拍出，一股非常柔和而又非常坚韧的内力，便似撒下了一张无形的大网，慢慢向中心收束，任金超岳的掌力有如惊涛骇浪地卷将过来，也被这张无形的大网包没，威力发挥不出。金超岳喝道："好！"左掌相继发出，这次掌力一吐，却如寒潮疾涌，登时似从炎炎的夏日一步踏进肃杀的隆冬。

柳元宗长须飘拂，头上发散出热腾腾的白气，只见他那根铁杖，已入地数寸，脚步却未曾移动分毫。金超岳攻过去的修罗掌力，竟似冰雪在和煦的阳光之下渐渐消融。

金超岳暗叫"不妙！"，一咬牙龈，拼着耗损元气，将双掌的威力发挥到了十足，一冷一热，合而为一，寒潮热浪，涌将过来，冲破了柳元宗掌力的包围。

柳元宗的铁杖又陷地数寸，头上的白气也更浓了。蓬莱魔女在旁边看得惊心动魄，要知金超岳的内功虽然还不及柳元甲的深厚，按说更比不上她的父亲，但他这一冷一热的奇功，却是两门极厉害的邪派功夫，十分霸道，以前笑傲乾坤与他对掌，虽然稍胜一筹，过后也有好几天不舒服，险险生病。她那次战胜金超岳，则是全靠武林天骄的暗中相助。蓬莱魔女心中想道："爹爹年迈，功力或者胜过武林天骄与笑傲乾坤，气血则定然不及少年人的旺盛。只怕这一场较量的结果，即使打败了金超岳，也得大病一场。"

蓬莱魔女担心老父，正拟上前相助，忽见她父亲展袖一拂，单掌自左至右地划了半道弧形，登时发出了闷雷似的声响，金超岳的身躯似皮球般地抛了起来，在空中接连翻了几个筋斗，"哇"的一声，喷出了一口鲜血，这才双足落地。

原来柳元宗是以登峰造极的内功使出个"引"字诀，把对方发出的两股掌力，牵引过来，令它们相撞对消。金超岳的掌力一被消解，哪还挡得住柳元宗的掌力。幸亏他功力还算深厚，虽是内伤不浅，还不至命丧当场。

蓬莱魔女又惊又喜，过去问道："爹爹，你没事么？"柳元宗微笑道："祈连老怪这点伎俩如何伤得了我？我总算报了二十年前的一掌之仇了。"原来他当年给金超岳率领十八名金国高手围攻，寡不敌众，他那条腿就是给金超岳打成残废的。

不过柳元宗虽未受伤，也禁不住微微气喘，他望过笑傲乾坤那一边，笑傲乾坤在七煞阵中还未曾冲得出来。柳元宗道："我给王寨主开路，瑶儿，你去助华世兄吧。飞龙岛主武功不俗，切不可轻敌了。"

蓬莱魔女听得这"世兄"二字，从她父亲口中吐出，怔了一怔，随即恍然大悟，心道："哦，是了，原来华谷涵与我家乃是世交，我的年庚和那幅染有爹爹鲜血的破旧衣裳，想必是爹爹给他的了。我爹爹是托他打听我的下落，以这两件东西作为信物。"不但如此，她还猜想得到父亲的另一用心，闺女的年庚是不能随便给与外人的，"莫非，莫非是我的爹爹已把我的终身……"蓬莱魔女明白了她爹爹的用意，不禁脸上一片晕红。

但这时已不是她害羞的时候，她心中还有一些疑团也无暇去仔细推敲了，当下便挥尘舞剑，匆匆赶去解救华谷涵之危。

宫昭文是柳元甲的大弟子，已得了乃师的七八成本领，他主持的"七煞阵"威力之强，比起华谷涵第一次在千柳庄所遭遇的七煞阵不可同日而语，更加上有个也是精通阵法的飞龙岛主相助，阵势合围，当真是有似铜墙铁壁，华谷涵左冲右突，杀不出来。正在最危急的时候，忽见蓬莱魔女杀到，华谷涵精神大振，一声长笑，折扇一拨，拨开宫昭文等人同时攻来的三般兵器，稳住了脚步。

蓬莱魔女运剑如风，冲入了"七煞阵"，飞龙岛主双钩一拦，运足了内力，"当"的一声，竟把蓬莱魔女的长剑弹开。

飞龙岛主喝道："贱婢，你也来找死么？"蓬莱魔女大怒道："我非杀你这绿林败类不可！"拂尘一挥，将侧面攻来的一柄长刀卷出敌手，一招"白虹贯日"，青钢剑又朝着飞龙岛主疾攻过去。宫昭文要转动阵势去围困蓬莱魔女，却被华谷涵紧紧钉住。他们二人合力同心，由蓬莱魔女与飞龙岛主单打独斗，华谷涵对付其他的人，登时把这七煞阵的部署打乱。

飞龙岛主以为蓬莱魔女比较容易对付，一上来便施杀手，他的武功也确是十分了得，双钩一个盘旋，倏如双龙出海，把蓬莱魔女的青钢剑卷在当中。他这双钩有锁拿兵刃的一路招数，正是克制刀剑的一种奇门兵器，双钩交锁，便要钩夺蓬莱魔女的长剑。

哪知蓬莱魔女的剑法是柔中寓刚，与各家剑法都不相同，手腕一翻，青钢剑突然反弹起来，刷的一下，又从双钩交锁之中，递出招去。

飞龙岛主左钩一指，右钩一拉，将蓬莱魔女的剑引出外门，蓬莱魔女的拂尘已是当头罩下。

这一招是"天罡拂尘三十六式"中的精妙杀着，拂尘聚成一束，竟是如同判官笔一般，"当"的一声，把飞龙岛主的一柄胡钩敲得下沉数寸，说时迟，那时快，蓬莱魔女剑光一闪，直指他的咽喉！

飞龙岛主的武功的确是不同凡俗，蓬莱魔女剑尖指到他的咽喉，他双钩已来不及遮拦，就在这千钧一发、性命俄顷之际，他忽地把口一张，"喀嚓"一声，竟用牙齿把剑尖咬住。

蓬莱魔女的剑刺不进去，正要再加把劲，飞龙岛主的双钩已是左右齐来，刺她腰胁，蓬莱魔女一柄拂尘，左挥右拂，堪堪化解了他的三招杀招。但以一柄拂尘对付双钩，却是甚为吃力，剑尖上的力道便难免松了下来。

飞龙岛主狠劲一咬，蓬莱魔女手腕一颤，抽出宝剑，荡开他的双钩。只见飞龙岛主"呼图"一声，嘴巴张开，吐出了两枚牙齿、一股血箭，血箭中还冲出一枚亮晶晶的碎片，原来蓬莱魔女的剑尖，已给他咬断，吐出来当作暗器，反打蓬莱魔女。

蓬莱魔女见他如此凶顽，也不禁吃了一惊，不自觉地退了两步，衣裳被他喷出来的鲜血染得点点斑斑。

飞龙岛主断了两枚牙齿，也是暗暗胆寒，不敢恋战，他把蓬莱魔女迫退，趁着华谷涵未曾杀到，立即跳出圈子。

笑傲乾坤一声长笑，一掌将宫昭文的一个师弟打翻，折扇一挥，又在宫昭文的肩头划了一道伤口，宫昭文也急急忙忙逃走，"七煞阵"登时瓦解。

蓬莱魔女定了定神，骂道："恶贼，可恼！"还想去追飞龙岛主。华谷涵见她身上点点斑斑的血迹，大吃一惊，道："怎么，你受了伤了？"蓬莱魔女道："伤倒未受，只是我这把剑却给他咬断了剑尖，不能用了。"华谷涵笑道："这恶贼咬断剑尖，失了牙齿，也算得是大大吃亏了。就让这无耻之徒去吧。今日敌众我寡，咱们须得保护众人脱险，尽快离开此岛。"

蓬莱魔女见华谷涵对她关怀备至，芳心一荡，却又不禁感到有点茫然。她总是习惯将笑傲乾坤与武林天骄连在一起想的，此际笑傲乾坤在她面前殷勤问候，而周围又正是一片血雨腥风，但武林天骄的影子仍是突然在她心头一晃。

华谷涵道："恭喜你们父女重逢，咱们去与他会合吧。"

蓬莱魔女道："是。"两人并肩杀出。蓬莱魔女与他靠得很近，心头扑扑乱跳，"不知我的爹爹是否已把我许配于他？"

忽听得"轰隆"一声，原来是柳元甲已到了山上，将一块大石头向王宇庭那一班人抛下，东海龙飞身赶到，双掌把那石头推过

· 858 ·

一边，幸喜没有打伤一人。

可是飞龙岛的这帮人与柳元甲的党羽，也纷纷撤上山去，跟着柳元甲将石头乱打下来。

这是两峰夹峙的一个山谷，谷底是块盆地，进口处却只是一条狭窄的羊肠小道，整个地形，就似一个喇叭。飞龙岛这班人抢着先占了两边山头，将石头打下，登时打得鬼哭狼号。王宇庭这一方要冲出去的，被乱石打伤打毙的固然不少，柳元甲这方还未来得及走上山的，也有许多人被自己人乱石误伤。当下群豪争着要杀出那条狭窄的通道。

柳元宗大怒道："元甲，你简直是丧心病狂！"飞龙岛主磔磔狞笑道："谁叫你们不服从柳盟主的命令？"柳元甲叫道："各家寨主留下，你们的从人我可以放走。大哥，你要走也可以，侄女留下来！"言下之意，即是要扣留这些人作为人质，若不依从便将一网打尽。

笑傲乾坤与蓬莱魔女到了柳元宗面前，柳元宗无暇叙话，立即便吩咐他们道："你们带一小队人攻上山去，赶跑敌人，掩护兄弟们冲出峡谷。"这次应邀赴会的各路英雄，连同各家寨主的随从，将近千人；飞龙岛与千柳庄这两帮合起来则有四五千人；客人虽然人数较少，但本领高强的人却是甚多，当下立即选出几十个轻功超卓的头目，由华谷涵、蓬莱魔女率领，分成两队，攻上两面山头。

柳元宗铁杖一顿，猛地喝道："叫你们也尝尝石头的滋味。"他用的是佛门"狮子吼"功，乱石滚下的轰轰隆隆的巨响竟也淹没不了他的声音。

山头的群盗被柳元宗的"狮子吼"功震得耳鼓嗡嗡作响，尽管他们占尽优势，也禁不住有了几分怯意。柳元宗抄起一把石子，双指连弹，石子一颗颗地直飞上山头。那里正有六七个飞龙岛的大头目将巨石推下，他们做梦也想不到柳元宗竟有这样的弹指神通，把石子打上数十丈高的山头。除了一个最为机灵、立即和衣滚下背面的山坡之外，其余几个头目都给石子打中了穴道，骨碌碌地滚下山来，登时给乱石压毙。

柳元宗喝道："谁再掷石伤人，我就打谁！"本来掷石伤人的群盗有数千之多，柳元宗实是打不胜打。但群盗被他所慑，倒有一半人不敢再掷石头。不过一会，笑傲乾坤与蓬莱魔女亦已分头攻上，驱赶群盗，那另一半人也顾不得再掷石头了。

群豪高呼酣斗，冲出峡谷，山上山下，都展开了混战。

耿照也秦弄玉也并肩杀出。耿照挥剑扫荡飞来的碎石，掩护表妹。石雨稍止之后，他游目四顾，看见许多认识的人，但却没有他所要找的珊瑚。

秦弄玉道："珊瑚姐姐难道没有来？她矢志报仇，照理是应该来的。"耿照道："奇怪，连南山虎也一直不见露面。唉，还有萨老大也不知到哪里去了？"正是：

红颜知己心悬挂，血雨腥风目忧惊。

欲知后事如何，请听下回分解。

第五十四回　清浊两分心自苦
　　　　　恩仇惧了意难忘

　　秦弄玉道："咱们冲出了峡谷，倘若珊瑚姐姐陷在这儿，那可就失了照应了。咱们回头再找她吧。"耿照以宝剑开路，本来只差一段路就可以杀出谷口的，闻言不觉踌躇。

　　秦弄玉道："柳女侠已经从山上杀下来了，咱们前去与她会合。请她帮忙寻觅珊瑚姐姐。"耿照见不着珊瑚，心里也是忐忑不安，想了一想，说道："柳女侠领袖群雄，她要为大众着想，越早离开险地越好。这件事情不必麻烦她了。咱们回去自己找吧。"

　　话犹未了，忽听得天崩地塌似的，山谷里响起巨大的雷声，震耳欲聋，原来飞龙岛主早已在谷口两边的山峰上堆积了许多巨木，这时预先埋伏在山峰上的人，斩断了系着一堆堆巨木的粗缆，千百根巨大的木头滚了下来，堵塞了那狭窄的喇叭形的谷口！秦耿二人，只因稍一踌躇，已被关闭在峡谷之中。

　　出口道路断绝，要冲出去，除非翻过山头。但飞龙岛的人扼守山上，且有无数碉堡，乱箭从碉堡中射出，要从山下攻上山头，翻山越岭，谈何容易？这次赴会的各家寨主，各路英雄，连同部属，将近千人，其中虽然不乏轻功超卓、本领高强之士，究竟也还是少数，岂能只顾自身，忍令大众成为瓮中之鳖？于是有的从山下杀上去，想要拔除碉堡，打开一条生路；有的却从山上杀下来，这些都是身为一寨之主的人物，杀下来为的是照顾他们的部属。混乱中步骤不能齐一，伤亡是越来越多。

　　山上碉堡星罗棋布，要想一一拔除，那是决难办到。即使只是拔除冲要之地的数十个碉堡，恐怕也得伤亡殆尽。柳元宗叫道："咱们的人先集合起来，再想办法。"山上山下，都在展开激烈的混战，客方人少，要集合起来，急切间也是难以做到。

秦耿二人回头杀入重围，秦弄玉忽道："照哥，你看那边山坳，那女子是不是——"耿照道："是谁？"他只道秦弄玉发现的是珊瑚，哪知跟着她所指的方向看去，不觉吃了一惊，只听得秦弄玉尖声叫道："是那妖狐！"这时他也看得清清楚楚了。

玉面妖狐赫连清波本是与金超岳一同来的，金超岳受了伤，早已逃进山头的碉堡养伤，连清波独自一人逃上山去，这时还在半山。她似乎听得秦弄玉的叫声，向她这边看了过来，发出了一声冷笑，叹口气道："是你来自投罗网，我也救不了你了。"脚步不停，仍然向前行去。

秦弄玉与她有杀父之仇，咬牙说道："照哥，咱们追上去与她拼了。"耿照道："我也想报仇，但这一大段距离，如何追得她上？追过去危险太大。依我看——"

秦弄玉道："你看如何？"耿照道："留得青山在，哪怕没柴烧？"言下之意，即是劝秦弄玉不可轻举妄动，先要保全自己，脱了今日之险，再徐图后计。秦弄玉道："就这样放过了她不成？"正在踌躇，忽见一个女子，翠带风飘，手持玉笛，从山坳闪出，与赫连清波迎面碰个正着。秦弄玉道："咦，这不是昨晚救了咱们的那个女子么？"耿照道："不错。她是妖狐的妹妹赫连清云。"秦弄玉念及赫连清云的救命之恩，说道："也罢，看在她妹妹份上，今日暂且不与她算账。"

且说赫连清波突然看见一个相貌与自己十分相似的女子迎面而来，怔了一怔，赫连清云道："姊姊，你还认得妹子么？可怜我们找得你好苦！"

她们三姊妹的父亲本是辽国的羽林军统领，金国灭辽那年，她们父亲誓死报国，事先遣散妻女，独自留在京都守卫。母亲带她们三姐妹回乡，途中碰上乱兵，赫连清波就在兵荒马乱之中失散。

那一年赫连清波七岁，清云五岁，清霞三岁。七岁的孩子多少也懂得一些人事了，何况她们姊妹相貌十分相似，赫连清波见了妹妹，在她张口叫"姊姊"之前，早已知道她是妹妹了。当年姊妹失散的一幕往事，登时在她脑海中重现出来。

赫连清波又惊又喜，道："呀，原来你们还活在人间！你是二妹还是三妹？母亲呢？她可还健在？"

赫连清云道："我是清云。妈已在今年正月去世了。她临死还惦记着你。要我和三妹务必把你找回来。大姊，这里不是说话之所，你和我一同走吧，翻过山头，快快离开此地！"

赫连清波想起了母亲，还依稀记得她小时候母亲是怎样疼爱她，不觉心里一酸，说道："我不能给娘送终，很是难过。好在我如今已有安身立命之所，你不必走了，就跟我吧！"

赫连清云道："姊姊，你有什么安身立命之所？"赫连清波道："我如今已是金国的郡主，你们无依无靠，正好跟我共享荣华！"言下极为得意。

赫连清云叹口气道："大姊，你知不知道——"赫连清波道："知道什么？"话犹未了，忽见又是一个相貌与她相似的少女，从树林中跑出，接声说道："爹爹是被金寇杀死的，你知不知道？你还甘心为虎作伥么？"

赫连清云道："三妹，你也来了。有话好好地说，对大姊不可如此无礼。"

赫连清波皱了皱眉头，道："哦，你是清霞。爹爹死了，此话可真？你是哪儿来的消息？"赫连清云道："城破之后，爹爹浴血苦战一日一夜，杀了金国数百武士，可怜他寡不敌众，终于死在敌人乱箭之下。"

赫连清霞道："爹爹的部下有逃出来的，把这消息传到乡间，还说金国要搜捕爹爹的家属，我们逃上山去，在荒山上过了十五年。"

赫连清波道："我知道的和你们不一样。爹爹在城破之日，知道天命归于大金，就交出兵权，愿意做个百姓。他还写了一张劝谕百姓安分守己的告示，盖有他的官印。这是我后来亲自见到的。金国皇帝对他优礼有加，也没有说要逮捕家人。"

赫连清霞怒道："这是一派谰言，爹爹的部属亲眼看他被金兵的乱箭射杀的。爹爹是铁铮铮的汉子，岂能投降敌人？"

赫连清波冷笑道："焉知那报讯的人说的不是假话？"赫连清霞道："那是跟随了爹爹数十年的老家人！"

赫连清云道："你们且慢争执。大姐，依你说，爹爹城破未死，还受金主优待，那么，你可曾见到他了？"

赫连清波道："我失散之后，碰上金国的追兵，主将是金国的一位王爷，他收养了我。三月之后，我随他班师回到本国京城，不幸得很，爹爹恰巧在几天之前逝世，但他们还曾开棺，让我看过爹爹的遗容，这还有假吗？"

赫连清霞冷笑道："你这是活见鬼了！"赫连清云也极是怀疑，说道："此事蹊跷，你当真看得清楚，确是爹爹？关于爹爹为国牺牲之事，我也曾听得金国一位贝子说过，他所说的和咱们那个老家人说的，完全相同！"赫连清波眨眨眼睛，道："你所说的这位贝子，想必是武林天骄檀羽冲。你可知道，他是想和当今的大金皇上争夺皇位的？"其实武林天骄只是反对金主完颜亮的暴政，并无争夺王位的企图。赫连清波听信金国贵族对武林天骄的诬蔑，将之转述，这也是不相信武林天骄的意思。

赫连清云道："以武林天骄的身份以及他与咱们两家的渊源，我相信他说的绝非假话。但这也无须争执，我只要问你，你确实是看到了爹爹遗体，看清楚了是他？"

赫连清波给她这么一问，倒不敢斩钉截铁地说个"是"字了。原来她那时只是个七岁大的小女孩，别人揭开棺盖，她闻到尸臭，根本就不敢走近去看。只是远远地看了一眼，似乎很似她的爹爹。

赫连清波本是个绝顶聪明的人，此事在她长大之后，也曾隐隐感到怀疑，但她已经安于荣华富贵，也就不愿意去查根究底。此时，被她妹妹一问再问，心里不禁想道："不错，要找一个人冒充爹爹还不容易，我不是也曾冒充过秦弄玉，杀过天宁寺的阖寺僧众吗？"

赫连清云猜得不错，金国的种种布置乃是欺骗她的姐姐的。不只是欺骗她的姐姐，而且是欺骗辽国的百姓。

她们的父亲，确是如那老家人的报道，是在城破之后，激战一日一夜，杀了数百金国武士，力战不屈而死的。正因如此，金国官方深怕他的英勇事迹传扬开去，激愤民心，增强抵抗，因此施用阴谋，找一个相貌与她们父亲相似的人冒充，向外宣扬，她们的父亲已经投降。至于辽国御林军统领的印信，则是他们缴获的。人都可以假冒，假的布告盖上真的印信，更是可以假冒了。

真相当然不会没人知道，但谣言多少也收到一点效果。不过这种以假当真的手法，只能欺骗一时，久了就会给人拆穿的。例如如何让这冒牌将军在公众地方露面，就是一个难以应付的问题。初时还可推说他在养伤，日子久了，总不能让他永远都不露面。金国官方为了不让秘密泄露，待到京城秩序大致恢复之后，索性一不做二不休，把这个冒牌将军也拿来毒死，然后给他隆重开丧。

无巧不巧，赫连清波恰又落在金国主帅檀道隆的手中，做了他的义女。檀道隆知道了她的身份之后，告诉金国皇帝。君臣合谋，索性再来一个骗局，将赫连清波封为郡主，说是以酬她父亲降金安民之功。实则是拿来做个榜样，以招降辽国的文武官员，表示金国对降臣之"宽厚"，没有儿子，连女儿也可受封郡主。

金国的这种做法，可说是"便宜"了赫连清波，也可说是害了她的一生。她从小就过这种"尊贵"的生活，久受熏陶，不知不觉，越来越是恋慕虚荣，死心塌地受敌人利用了。

且说赫连清波被妹妹追问得难以回答，刹那之间，心中转过无数念头，尽管她也相信了妹妹的说话，怀疑金国是她杀父之仇了，但终于还是想道："金国对我可并不薄，我身为郡主，何等尊荣？若然跟这两个妹妹过亡命生涯，那不是太不值得么？"

赫连清云见她眼神不定，叹口气道："姐姐，你还是下不了决心么？"赫连清波把心一横，说道："下什么决心？休说你这只是一种怀疑，即使爹爹当真是战死的，战争中伤亡也是难免。如今天命归于大金，宋国亡在旦夕，咱们女流之辈，难道还能与它作对么？我劝你们不如跟我的好。"

赫连清霞在三姐妹中年纪最小，性也最刚，赫连清波话犹未了，她已勃然大怒，"呸"地啐了赫连清波一口，骂道："你、你、你，这样的话你也讲得出口么？你认贼作父，我们也不能再把你当作姐姐了！"赫连清波面色灰白，又是气愤，又是羞愧。

赫连清云道："三妹，你少说一句。"正想对姐姐再作一次最后的劝告，赫连清波银牙一咬，已是冷冷说道："你不认我做姐姐，我也不稀罕你这个妹妹。不过，咱们究竟是一母所生，我放你过去，你快快走吧！"

赫连清霞怒道："我要你放我过去？你既然要做金国的郡主，我就不领你的情！"赫连清波道："你要怎么？"赫连清云忙道："大姐，这是人兽关头，你再三思！三妹，你也别说气话，让大姐先想一想。"赫连清波道："我不用再想……"

她们是在山坳险峻之处说话，站在一块形如刀口，横空突出的岩石上，飞龙岛的人撤退上山，都不敢从这儿经过，所以，她们说了相近半支香的时刻，都没有人前来打搅。

可是却有暗中注意她们的人，赫连清波正在说话，忽听得有人笑道："赫连郡主，怎么你们姊妹在吵架么？"

来的不是别人，正是柳元甲。赫连清波大为惊恐，心想："好在我没有答应跟她们同走！"但她究竟也还有点姐妹之情，忙向她的两个妹妹抛了一个眼色，示意她们快走。

可是已来不及了！柳元甲倏地就来到她们中间，他眼光何等锐利，一眼就认出了赫连清云两姐妹，都是曾经到过他的千柳庄的，哈哈一笑，说道："原来你们是赫连郡主的妹妹，以前光临敝庄，我真是失敬了！姐妹总是团聚的好，你们还何必跑呢？"双臂倏张，倏地一招"左右开弓"，左抓赫连清云，右抓赫连清霞。

两姐妹也早有准备，齐声喝道："老贼，我与你拼了！"赫连清云挥出玉笛，点他"肩井穴"，赫连清霞拔出月牙弯刀，斩他双腿，弯刀刀尖，又刺他膝盖"环跳穴"。

这块石头，四个人在上面站立，已经是没有多余的地方，动起手来，那更是间不容发。柳元甲大喝一声，竟然不理赫连清云的笛子点穴，伸手便抓她的琵琶骨；对赫连清霞的弯刀，则腾地飞起一腿，踢她手腕。

柳元甲使出了上乘的闭穴功夫，赫连清云笛子点中了他的"肩井穴"，"扑"的一声，一股力道反震回来，柳元甲已是一抓抓到。赫连清云笛子点穴无效，难以护身，只得把全身功力凝聚掌心，硬接他一掌。赫连清霞虎口没给踢中，但月牙弯刀却给他踢出手去，柳元甲大喝道："下去！"左掌拍出，赫连清霞失了兵刃，也发掌相迎。柳元甲双掌分敌赫连清云两姐妹，三人就在悬岩之上搏斗。幸亏柳元甲曾经过一场与他堂兄的恶斗，柳元宗虽是手下留情，他也耗了几分功力，还未曾完全恢复。赫连两姐妹以二敌一，恰恰是旗鼓相当，谁都不能把对方推下悬岩。

这形势惊险绝伦，只是柳元甲身躯微弯，力向外推，双足牢牢钉在地上，但背后已是毫无凭借的虚空；赫连两姐妹各自在他一边，清云右脚脚跟已露在横空巨石之外，清霞更险，一只左脚已无立足之点，只能撑着一根石笋。她们的全身气力，都集中在右手掌心，与柳元甲对抗，虽然还空下一只左手，已是不能运劲伤害敌人。

这块石头之上，还有一个赫连清波，在这样形势之下，只要她向柳元甲轻轻一击，就可以把他打下悬岩。相反来说，若是她帮助柳元甲的话，也可以不费吹灰之力地把两个妹妹杀掉。

三个人的性命都操在她的手中，是顾念姐妹之情呢，还是只顾自己的富贵荣华而助纣为虐？赫连清波踌躇不决，善恶交战于胸，瞬息千回，竟茫然不知所措！柳元甲与赫连姐妹都是全神应付对方，在性命俄顷之间，反而心无杂念，丝毫也不知道害怕了。

这情形却急煞了耿照与秦弄玉二人，他们本要下山去的，忽回头见此情形，都吓得一颗心都似乎要从体腔内跳了出来。两人只交换了一个眼色，不待商量，便不约而同地向前冲去。从他们起步之点到那块岩石，要经过好几个险峻之处，要杀退无数敌人，只怕在他们远远未曾到达之前，那一边早已决了雌雄，判了生死了。他们跑去救人，实在是于事无补。但在此时此际，他们也无暇考虑了。

忽见一条人影，捷如飞鸟地向那危崖奔去，是个女子冷峻的声音："老贼敢尔！"她来不及跳上那块石头，在危崖之下，手臂已经扬起！

这女子不是别人，正是蓬莱魔女柳清瑶。她把堂叔柳元甲斥为"老贼"，显得她的心中已是愤怒到了极点。她正在扬起拂尘，施用她的独门功夫，把数十根尘尾，当作暗器射出。

柳元甲眼观四面，耳听八方，若在平时，他当然不怕蓬莱魔女的袭击，但在此际，他只要给一根尘尾射中，立即就有杀身之祸。尤其蓬莱魔女的尘尾都是向他面门射来，射瞎眼睛，后果更是不堪设想！

柳元甲识得侄女的厉害，当机立断，陡然间双掌一松，身形后纵，赫连两姐妹的掌力去了障碍，都攻到了他的身上。

柳元甲也真了得，只见他在半空中一个"鹞子翻身"，蓬莱魔女射来的尘尾根根落空。但虽然如此，柳元甲被清云姐妹掌力的冲击，额角也碰着了岩石，头破血流。他手按石笋，又是一个翻身，越过危岩，跳上了山坡去了。赫连清波呆了一呆，不敢再与她的两个妹妹说话，也跟着柳元甲跑了！

赫连清霞拾起月牙弯刀，跃下危岩，喜极而呼："柳女侠，多谢你啦！这是我的二姐清云。"赫连清云也跳了下来，面对着蓬莱魔女，只觉她容光照人，不禁有点自惭形秽之感，怔了一怔，心道："蓬莱魔女果然名不虚传，不但武功绝世，而且美若天人。怪不得武林天骄檀羽冲也要为她倾倒！"跟她妹妹，说了一声："多谢。"

蓬莱魔女笑道："清云姐姐，你救了我阖寨弟兄，我还未曾多谢你呢。"她指的是赫连清云从前在她离开山寨之时，给玳瑁报讯，因而得以击败金兵的偷袭之事。赫连清云淡淡说道："金寇灭辽攻宋，乃是你我共同的敌人，彼此相助，理所当然。报一个讯，毫不费力，值不得姐姐一提。"

蓬莱魔女无暇叙话，把手一指，说道："那边有条小路，可以翻过山头。老贼已经打跑，这正是你们脱险的绝好时机。咱们后会有期。"原来蓬莱魔女与东海龙潜入此岛，走的正是这条偏僻的小路，地势虽然险峻，但以赫连姐妹的轻功，料想可以通过，故此指点她们。

各家寨主以及他们的随从，正向山下聚集，为了减少伤亡，他们是不能率领部属越山逃走的，蓬莱魔女身为北五省的绿林领袖，来到此地，遇上危难，当然也得与江南同道，共死同生。

赫连清云道："我姐妹俩身份已经暴露，也不怕与这班贼子作对了。柳女侠不顾自己，我们也甘愿执鞭随镫。大伙儿一齐往山下闯吧！"于是蓬莱魔女仗剑开路，又从山上杀下。

且说耿照、秦弄玉二人，见她们已经脱险，放下了心。正想过去与她们相会，但距离颇远，山上山下，正是一片混战，蓬莱魔女也未曾发现他们。耿秦二人刚转过一个山坳，便给六七个人堵住了去路。

这几个人是飞龙岛的小头目，武功平平常常，但耿照不愿滥开杀戒，只是施展蹑云剑的飘忽剑法，转眼之间，已刺中了三四个敌人的穴道。余众惊呼而逃。

耿照正要大步下山，忽见那几个逃走的敌人又回过身来，就在这时，只听得有个粗豪的声音喝道："好呀，你这小子胆量可真是不小，在长江淹你不死，居然又敢到飞龙岛来了！天堂有路你不走，地狱无门你偏进来！哈哈，这回是定要你来得去不得了！"

声到人到，来的正是长江水寇的领袖人物——闹海蛟樊通。他是听得手下头目的呼叫，赶忙过来，发现了耿照。

樊通是飞龙岛主与南山虎的把弟，三兄弟中他本领最弱，但比之耿秦二人，却还是高强得多。

樊通使的是柄铁桨，比普通划船用的桨短，但也有七尺来长，比秦耿二人所用的青钢剑长了一倍有多。声到人到，铁桨挟风，一招"翻江倒海"，朝着耿照的天灵盖便击下来。

耿照还了一招"横架金梁"，"当"的一声，火花四溅，他用的乃是宝剑，樊通的铁桨损了一个缺口，但他桨重力沉，却把耿照的虎口震得隐隐作疼。秦弄玉一招"大漠孤烟"，剑直如矢，刺樊通小腹。这一招是她家传"蹑云剑法"的精妙招数，剑势凌厉之极。可惜还是出手稍慢，剑尖堪堪刺到之时，樊通已是把铁桨挡在身前，剑尖刺中铁桨，一股大力反震回来，秦弄玉打了两个盘旋，险些立足不稳。

樊通大喝一声，铁桨横扫出去。耿照平剑拍下，他身具"大衍神功"，虽然还是不及樊通，但已把他的猛劲卸过一边，秦弄玉这才没有给他所伤。

秦弄玉气力不济，轻功却是甚高，滴溜溜一个转身，"风飐落花"，剑光闪烁，倏忽之间，在樊通的身前、身后、身左、身右，一口气刺出了八剑，每一剑都是乍发即收，虚虚实实，避免和他的铁桨硬碰，但只要他稍一疏神，"虚"招又立即可以化为实招。

樊通抡圆铁桨，全身遮个风雨不透。但他攻守兼顾，对耿照的威胁也就减了几分。可是桨长剑短，耿照与他正面对敌，掩护秦弄玉的侧攻，双方兵器，仍是难免有时碰上。耿照功力不及樊通，时间稍长，渐渐气喘汗流。

樊通手下的头目招来了一队挠钩手，在数丈之外封锁了耿秦二人的退路。他们插不进手，但对樊通却有很大帮助。要知秦耿二人长于轻功，本来打不过樊通，还可以逃走的，但如此一来，他们若是转身一逃，数十柄挠钩便会一拥而上，即使耿照的宝剑可削挠钩，但樊通随后赶上，只怕他还未能削断几柄挠钩，便要给樊通的铁桨打成肉饼。

在这样险恶的形势之下，耿照只好豁了出去，拼死苦斗。再过十余招，耿照气力不支，招架也有点招架不来了。

樊通哈哈大笑，一声喝道："好小子，想要性命，抛剑磕头吧！"耿照大怒，力透剑尖，刷的又是一剑。他用的力大，反弹之力也大，樊通铁桨护身，俨似盾牌，反手一按，把耿照震得脚步踉跄，连退三步。

樊通喝道："好，你不肯投降，我要你的命！"铁桨挟风，仍是那招"翻江倒海"的杀手，朝着耿照的天灵盖击下。耿照初交手时，还勉强可以招架，如今气衰力竭，哪里还能抵御？眼看性命不保……

就在这千钧一发之际，忽见一道金光，疾如闪电，但不知从何处飞来，倏然间就和樊通那柄铁桨碰上。金铁交鸣，"当"的一声巨响，震耳欲聋，樊通那柄铁桨飞上了半空。

樊通大叫一声，身不由己地抛了起来，半空中一个元宝翻身，恰恰向着那队挠钩手冲击过去。这几下连续性的动作来得太快，那队挠钩手陡遇意外，见是有人冲来，也来不及看清是谁，数十柄挠钩便都伸了出去，勾拿来人。

樊通大喝道："你们瞎了眼吗？"双臂一振，反手一拉，勾到他身上的三柄挠钩折为六段，还有两个挠钩手给他拉得四脚朝天，碰得头破血流。但樊通的手脚也被钩尖刺入，挠钩折断之后，钩尖还是深陷肉中，血流如注！

金光落下，却原来是一个金光灿烂的圈子，它与铁桨对撞之后，余势未衰，兀是在地上滚动，碾过之处，泥土飞溅，石子裂开，轰轰之声，震得山鸣谷应。那队挠钩手几曾见过如此威势，人人都怕给这圈子碰上，哄然四散，樊通更是狼狈，和衣滚下山坡。那金钢圈碰上了岩石，滚动方才停止。

耿照又惊又喜，叫道："萨大叔！"来人已到了他的身后，拍了拍他的肩膊。耿照回头一看，果然是萨老大，但见他身上一点点斑斑的血迹，头面也是一片血污。

耿照惊道："萨大叔，你怎么啦？受了伤了？"萨老大跳过去拾起了金钢圈，说："没什么，快随我来！"耿照满腹疑团，萨老大一早失踪，如今突然出现，"他去了什么地方？有什么急事要这样催我快跑？"这许多疑问，也只好暂且闷在心中，跟着萨老大先跑了。

飞龙岛那班人十之八九已撤退上山，萨老大走的那条路山势又极险峻，根本无人堵截。这时蓬莱魔女、笑傲乾坤所率领的那两队好汉，也都已到了山下与群雄会合了。可是萨老大却并非向他们聚集的那个方向跑去。

耿照道："萨大叔，柳女侠在那边呢！"萨老大把手一扬，"嗤"的一声，发出了一支蛇焰箭，一溜蓝火升上空中，萨老大大叫道："向这边来！"蓬莱魔女正与群雄商议如何冲出峡谷，突然发现了蛇焰箭的讯号，看清楚是耿照、秦弄玉与萨老大三人，蓬莱魔女心中一动，说道："萨老大是绿林的老前辈，他发这蛇焰箭招唤我们，其中必有缘故。"便带领众人，向他们那个方向杀过去。

耿照道："萨大叔，他们来了，咱们可要过去接应？"萨老大道："等不及他们来了，你赶快和我去救人。"

耿照吃了一惊，问道："救谁？"萨老大急声说道："你跟着来便是。你不认识的人，无暇与你细说了。"说话之间，他已迈开大步，超越了耿照十数丈之遥。耿照猜想是个绿林中的重要人物，便不再问，连忙追赶。

耿秦二人跟着萨老大走进一处荆棘丛生的荒谷，他们轻功虽然不弱，也觉难行。幸而耿照持有宝剑，仗着宝剑开路，这才亦步亦趋地跟上了萨老大。

忽地隐隐听得似是有金铁交鸣之声，耿照四顾无人，而这声音郁闷，就似在他站立的地底下传出一般，方觉奇怪，忽见萨老大停下脚步，说道："到了！"

耿照朝着他所指的方向看去，只见在一处高逾人头的荆棘茅草丛中，露出一个洞口，当着洞口的荆棘已被折断，茅草亦被斩除，想必是曾经来过的萨老大与他的朋友所为。耿照心道："原来飞龙岛上还有一个这样秘密的山洞，若非萨老大指引，决难发现，却不知是谁人在洞中受困？"当下便舞剑防身，随着萨老大冲进山洞。秦弄玉也跟了进去。

洞中光线黯淡，人影幢幢。好在耿照是自小就练过暗器的人，视力要比常人好得多，聚拢目光，一眼看去，已看出了两方形势。是两个尼姑装束的光头女子与一群贼人厮杀。一个是捉单厮杀，另一个则在挥舞拂尘，堵截一群要攻过来的强盗。

堵截群盗的那个中年尼姑也还罢了，捉单厮杀的那个少年尼姑，耿照一看就觉得非常眼熟，再看一眼，禁不住心头大震，又喜又惊，失声叫道："珊瑚！"就在这时，萨老大也在叫道："贤侄女放心，大伙儿都来了！"

这少年尼姑正是玉珊瑚，与她厮杀的那个人则是南山虎。珊瑚左手拂尘，右手长剑，南山虎则只是一双空手。但他打出了罗汉神拳，拳风虎虎，却把珊瑚迫得近不了身。

耿照便要挺剑上前，助她杀敌。萨老大道："耿相公，你给她压阵。我侄女要亲报父仇！"耿照瞿然一省，应道："是！"站在数丈之外，剑尖对准南山虎的后心，却不动手。萨老大与秦弄玉则助那中年尼姑，冲击群盗。

耿照虽然并不动手，但给南山虎的威胁却是甚大。珊瑚得了蓬莱魔女的真传，天罡尘式与柔云剑法，都使得出神入化，只差功力稍欠而已。南山虎心神一乱，登时便给珊瑚反客为主，占了上风。

要冲过来的那群强盗，其中本领最强的是龙隐大师，萨老大举起金钢圈便与他硬碰。龙隐大师的禅杖有五六十斤，打出来的力道本是非同小可，但萨老大外家功夫登峰造极，却比他还要高强！

金铁交击，当当之声，比敲起大铜锣还更震耳，尤其是在山洞之中，声波碰着四面石壁，反射回来，回声隆隆，震耳欲聋，有好几个贼人，耳膜震裂，发声狂呼，抛下兵器便跑。

两人各以气力硬拼，力强者胜，力弱者败。转眼之间，龙隐大师那根禅杖已是弯曲如环，那形状和一个缺了口的金钢圈也差不多了。萨老大哈哈大笑："好呀，咱们就使相同的兵器，再斗几十回合！"金钢圈滴溜溜一转，猛地套着了杖头，龙隐大师哪还有气力和他斗几十个回合？一声厉呼，他那根弯曲了的禅杖已是被萨老大猛力一拉，脱手飞去！身形不稳，立向前倾，恰好凑上了秦弄玉的剑尖，一剑穿心而过！

那中年尼姑挥舞拂尘，内功的精妙，更在萨老大之上，但因她是出家人，心有慈悲之念，拂尘挥出，或是卷对方的兵器，或是拂对方的麻穴，只是要敌人消失战斗的能力，轻易却不施展杀手。山洞中的群盗亦非太多，大约有几十个，一见龙隐大师死于非命，跟着又有数人被拂中麻穴倒地，余众纷纷逃跑。

南山虎饶是个杀人不眨眼的魔头，也自慌了。就在此时，只听得山洞外面的人声、脚步声，已是似潮水一般，越来越近。南山虎心道："那魔女与我大师兄来到，只怕我死无葬身之地。"奋力一拳，将珊瑚冲开几步，转身便逃。

他这一转身，恰好碰上了耿照，他也早就想好了应付之法，一转身便是"虎尾脚"交叉踢出，跟着迅速一拳，这一拳双腿，乃是他平生绝学、杀手神招，他知道耿照武功不算太强，只道这一下便可制他死命。

哪知耿照是今非昔比，他得了柳元宗所传的内功心法，与他原有的大衍神功结交，比从前至少强了一倍。南山虎双脚踢来，耿照一个盘龙绕步避开，宝剑已是刷的刺出，南山虎的百步神拳之力，只是将他的身形冲击得晃了一晃，却未能将他冲退，他这一剑仍然是径疾如矢，刺中了南山虎的手腕，南山虎大叫一声，斜跃三步，珊瑚赶上，振臂一剑，南山虎未及回头，这一剑已是穿过他的腰腹。

珊瑚拔出长剑，说道："爹爹，女儿今日报了仇了！"正要去割下南山虎的首级，蓬莱魔女等人已是涌入山洞。

东海龙走在前面，南山虎奄奄一息，尚未气绝，滚到了他的脚边。东海龙心殊不忍，道："你这是自作孽，不可活。来生好好做人吧。玉姑娘，请看在老夫份上，赐他一个全尸。"轻轻给南山虎加上一掌，免他再受苦痛。南山虎气绝身亡。

珊瑚走上前来，合十说道："贫尼妙真，多谢耿相公。"她以前与耿照万里同行，一直是兄妹称呼，如今一个是削发为尼，一个是与未婚妻子同来，在这样的境遇下重逢，真是恍如一梦。珊瑚低声说出"耿相公"三字，声音已是不禁微微颤抖。

秦弄玉叫道："珊瑚姐姐，你，你，怎可削发为尼？"紧紧握住她的双手，珊瑚淡淡一笑，合十说道："从来处来，向去处去，各有前因，随缘而住。造化安排，莫招烦恼。"似偈非偈，似答非答。耿秦二人都是聪明人，不必她再加解释，已是明白了她削发为尼的用心，两人都是不由自己地感到一片辛酸，一阵难过。

蓬莱魔女和王宇庭等十数家寨主，都已走了进来。她见珊瑚削发为尼，也是好生诧异。但这时大事要紧，却是无暇问她，先朝着萨老大说道："萨老前辈，这里是怎么回事？"

要知对蓬莱魔女而言，当前最紧要的事情，乃是如何率领众人突围脱险。南山虎尸横地上，她一看就知是什么事情，但她那一句问话却是另有意思，心里想道："萨老大是绿林前辈，做事当知轻重。若然只是为帮珊瑚报仇，他不该发出蛇焰箭讯号，把众人都招了来。"

这时群雄络绎进入山洞，有好些人把荆棘斩下，扎成火把，点燃起来，洞中景象已是看得清清楚楚。这一瞬间，众人都不禁发出惊喜赞叹的声音。

只见洞中无数千奇百怪的石笋，如珊瑚、如玛瑙、如宝石、如白玉，给神工鬼斧雕塑成如狮、如虎、如美女、如夜叉等等景物，奇丽无比。

但惊喜赞叹，瞬息即过。群雄身处险境，关心的毕竟还是如何脱险，景物虽然奇丽，他们也是无心欣赏的了。这山洞一眼望不到头，也不知有多深多大。各路英雄，各家寨主以及他们的部属，在混乱中大约伤亡了三成以上，这时还有六七百人，都已进了山洞，也不觉得怎么拥挤。大家心里都有同一疑问：萨老大将他们招来，这是什么用意？

萨老大在众人眼光注视之下，把声音提高，一个个字清清楚楚地说道："这山洞的另一头通到海滩！"

此言一出，群雄都是喜出望外，轰然欢呼！谷口被封，有了这么一条捷径，他们就不必冒着重大伤亡的危险，攻上山头，找寻出路了。

珊瑚与那中年尼姑到了蓬莱魔女身旁，蓬莱魔女无暇问那中年尼姑是什么人，赶忙打过了招呼，便即仗剑开路。至于萨老大是怎么样发现这个山洞的，她更无暇问了。

原来萨老大昨夜经过海上的风涛，虽然也很困倦，但他毕竟是个绿林的老前辈，江湖的大行家，身入虎穴，岂能安枕无忧？打坐了两个时辰，恢复了精神之后，天还未亮，他就悄悄溜了出来，察看岛上地形。

今日之事，早已在柳元甲与飞龙岛主意料之中。他们的计划就是先以利诱，再以威迫，群豪若然还是不肯服从，就把谷口堵死，将他们一网打尽。但这周密的计划之中却有一个"漏洞"，"漏洞"亦即这个山洞。

这山洞是岛上土人，以前当做避难之用的，洞口故意种上荆棘，年深月久，高逾人头，外人很难发现。飞龙岛主也是在大会的前几天，因为要围困群雄，对全岛地形作了一个详细的勘探，这才发现这个山洞的。

时间短促，洞又太大，要将这洞堵塞，已来不及。于是临时作个安排，由南山虎与龙隐大师带了一部分喽啰，看守此洞。料想如此隐秘，群雄也未必能够发现。派人看守，不过是预防万一而已。

哪知无巧不巧，萨老大在今早天蒙光的时候，溜出来察看地形，却碰上了南山虎手下的两个头目。这两个头目正要到那山洞去担当守卫。

他们已知今日可能会有一场恶战，以为奉命驻守山洞，那是最安全不过的了。于是一路眉飞色舞，忍不住和同伴谈论。却不料萨老大跟在他们后面，将他们的说话都听去了。

萨老大这一惊非同小可，他不知被邀请来与会的群雄住在什么地方，时间急迫，也无暇去找群雄报讯。于是只好暗暗跟踪那两个头目，先探听清楚，这个唯一可以令群雄脱险的山洞的所在。

萨老大本来不想进入那个山洞的，他远远跟踪那两个头目，看见他们进了山洞之后，正想回头，却不料又碰上了珊瑚与那中年尼姑。萨老大和珊瑚的父亲乃是至交好友，她父亲被南山虎害死之后，珊瑚与他还曾见过面的。那中年尼姑，萨老大则不认识，珊瑚说是她师父，萨老大虽觉有点诧异，也无暇细问根由了。

珊瑚一知是南山虎看守那个山洞，坚持要进去刺杀仇人。萨老大一想，如今有了两个帮手，倘能把南山虎除掉，那也可减少意外的变化。否则若任由他们在洞中布置，只怕又要给群雄增加了脱险的障碍。于是同意了珊瑚的主张。

却不料洞中除了南山虎之外，还有龙隐大师与几个武功颇高的头目。一场混战，萨老大受了点伤，杀了对方几个头目，一看形势，珊瑚与那中年尼姑勉强可以支持，而这时他又听到了惊天动地的大石滚下，堵塞谷口的声音，知道外面群盗已经施展辣手，时机紧促，只好抽出身来，向外间报讯。

且说群雄听得另一边洞口竟是通向海滩，这当真是绝处逢生，人人喜出望外。洞中残敌，都已逃走净尽，一路前行，再无阻碍，洞长约六七里，不过半个时辰，就走到了另一边的出口。

只见海阔天空，惊涛拍岸。出了山洞之后，横在他们面前的果然是一望无际的大海，而海滩上也并没有敌人埋伏。可是群雄一见这个景象，都不由得暗暗叫苦，一天的欢喜，都化为乌有。

你道为何？原来在港湾停泊的船只，一只都不见了。没有船只，仍然是插翼难逃！

群雄都是又惊又怒，王宇庭道："飞龙岛主使的好个阴毒手段，把咱们的船也都开走了，他要围困咱们，咱们可不能束手待毙！”

就在此时，只听得有人哈哈大笑，山头上出现了一队贼兵，飞龙岛主与樊通二人站在前面，立足危崖，向他们纵声狂笑。

王宇庭道："咱们与他拼了！"飞龙岛主大笑道："不怕死的你就攻上来吧！"把手一挥，箭如雨落！

临海这一面山势更陡，要攻上去谈何容易？只怕未到半山，就要伤亡殆尽。飞龙岛主等人所在的山头，离地数十丈高，群雄所发的箭射不到他们，他们居高临下，乱箭射将下来，群雄却是只有挨打的份儿，毫无还击的力量。

幸好距离太远，贼众射下来的乱箭，难以取准，群雄受伤的也并不多。可是如何脱困，则是束手无策矣。文逸凡大叫道："是好汉子下来决一雌雄！"飞龙岛主笑道："是好汉子你上来分个胜负！"文逸凡气怒交加，就想凭着绝顶轻功，冒险上山，与他厮拼。蓬莱魔女道："文大侠不可中他激将之计，咱们这边，即使有几个人可以攻上山头，但毕竟还是寡不敌众，枉自送命。"

飞龙岛主大笑道："你们也知道害怕了么？我并不想要你们的命，你们抛下兵器，一个个上来，我决不伤害你们。你们肯依从柳盟主的，我会好好款待你们。不肯依从的，我们也不勉强，只委屈你们当几天俘虏，待大事定了，便释放你们回去。"

王宇庭冷笑道："你想我们跟从你卖国求荣，那是做梦！大丈夫死则死耳，死得轰轰烈烈，胜于你苟且偷生！"

飞龙岛主大怒道："好吧，你们自己求死，那我就成全了你们吧。我也不来杀你，就让你饿死滩头。哼，哼，这样的死法，滋味可不好受呢！也不见得是什么轰轰烈烈。"

王宇庭道："柳女侠，与其饿死，倒不如真个与他拼了。"商议未定，忽听得华谷涵道："你们瞧，那是什么？"正是：

山重水复疑无路，柳暗花明又一村。

欲知后事如何，请听下回分解。

第五十五回　不觉坐行皆梦梦
无端啼笑尽非非

　　众人随着他所指的方向看去，只见海上点点帆影，渐渐豁然显露，竟是一大队船只，乘风破浪而来。王宇庭道："难道他们想来个水陆夹攻？"华谷涵道："未必是飞龙岛的船只。他们将停泊港湾的船只都开出去，用意就是困毙咱们。他们自以为胜算在操，何须再出此下策，不怕咱们抢他的船吗？"王宇庭道："但看来又不似是官军的船。在金寇即将渡江之际，朝廷的长江水师全力防御敌人还怕不够，怎会拨出船队到这儿来？"

　　议论未定，那一大队战船已经迫近海岸，有五六十只之多，其中有十几只还是太湖各家寨主来时所乘的座船。王宇庭怒道："这一定是飞龙岛的贼子所为，掳了咱们的船只，如今又开回来攻打咱们了。"

　　蓬莱魔女道："王寨主，你看那一面旗。"只见当中一只大船越众而出，船上张着一面大旗，用金线绣出一头猛虎，迎风招展，十分抢眼。王宇庭道："这是翻江虎李宝的旗帜。翻江虎李宝与闹海蛟樊通乃是长江上合股的水寇，同是一丘之貉。好，只怕他不来，他来了，咱们即使抢不到船只，好坏也杀他几个解恨。"

　　话犹未了，船队已经靠岸，只见当中那只大船，突然又扯起了一个长江水师的旗号，罩在翻江虎的旗帜之上。船头站着一个戎装佩刀的军官，正是翻江虎李宝。蓬莱魔女与耿照都曾在长江上见过他的，认得确实是他。

　　众人正在惊疑不定，只听得李宝朗声说道："各位不用惊疑，俺李宝是奉了虞将军之命，前来迎接你们的！"王宇庭道："只怕有诈，虞允文将军在采石矶，离这儿远着呢！他怎知道咱们在这儿受困？"耿照道："不，虞将军早已得到讯息，知道飞龙岛群雄聚会之事。"蓬莱魔女也道："我看决不是假！"

李宝不带随从，便跳上岸来与群雄相见，说道："柳女侠也在这儿，我的心迹想来柳女侠是知道的了。俺李宝昔日是长江水寇，如今是虞将军麾下的裨将。虞将军早已料定有今日之事，密令李宝前来接应。请恕来迟了！"

原来李宝那次在长江碰上虞允文的水师，本来难逃覆败，虞允文却不损他们一条船，不伤他们一个人，晓谕了他们要共抗金寇的大义，就把他们全都释放回去。李宝深受感动，后来就与虞允文暗通款曲，终于弃暗投明，接受了虞允文的收编。这次他奉了密令前来，一路上仍然打着翻江虎的旗号。他本来是樊通的合股兄弟，飞龙岛之会，他也接有请帖的，所以船队浩荡而来，并没受到拦阻。

到了飞龙岛的海域十里之内，两方的船队方才碰上。李宝出其不意地发动攻击，一举击溃了飞龙岛的船队，将各家寨主被劫的船只也抢了回来，及时赶到。

飞龙岛主定下周密的计划，本以为可以一网打尽，哪知半路里突然杀出个李宝，接应群雄，不由得咆哮如雷，戟指大骂。樊通道："且待我劝一劝他。"站上一块高耸的石头，扬声说道："二弟，你我合伙了十多年，江湖上讲的是义气为先，你怎可吃里扒外，反助外人。这——"飞龙岛主沉不住气，接过话来就骂："这、这不是卖友求荣么？"

李宝朗声答道："你说我卖友求荣，我说你才是卖国求荣！大哥，你我也曾在长江上抗过金兵，说到'义'字，应以大义为先！你本是一条好汉，如今与这班卖国奸徒同流合污，有何面目以对天下英雄？樊大哥，请你再思三思，回头未晚！"

樊通那日在长江被金国水师所擒，只因贪生怕死，一念之差，变节投敌，其实也是内疚于心。如今听了李宝一番言语，不由得愧悔交并，神色沮丧，竟是说不出话来。

飞龙岛主忽地发出一声冷笑，樊通猛地回头，只见飞龙岛主面似寒霜，阴狠的眼光正在对着他。樊通吃了一惊，道："宗大哥，我——"飞龙岛主道："你怎么啦？你结拜的好兄弟！哎，小心，站稳了！"掌心一翻，一股劈空掌力陡然发出，樊通一个筋斗，从石头上摔了下来，嘶声叫道："你好狠！韩三——娘子……"底下的话未能说出，已是碰在尖削的石笋之上，登时气绝身亡。

李宝嗟嗟太息，说道："樊大哥，你死得太不值了。你好好去吧，这两个陷害你的仇人，做兄弟的必定尽力为你报仇便是。"旁人听不懂樊通临终的言语，李宝则是心中明白。他第一句"你好狠"骂的是飞龙岛主，第二句，"韩三娘子"则是指一个布下圈套陷他于不义的恶毒女人。这人以后再表。

救群雄脱险紧要，李宝无暇伤感，便与众人上船。蓬莱魔女父女与耿照、秦弄玉、珊瑚、萨老大等人，同上李宝的那条船。笑傲乾坤与铁笔书生文逸凡是好朋友，两人多时未见，文逸凡拉他一道，上了太湖十三家总舵主王宇庭的那一船。群雄为了预防在海上还有意外，高手不能都在一条船上。柳元宗虽然很想笑傲乾坤与他同乘一船，但见他已被文逸凡拉去，也就不便把他拉回来了。

众人匆匆忙忙上船之后，萨老大道："侄女，你那师父呢？"原来那中年尼姑并没有与珊瑚同上这一条船。

秦弄玉自从见了珊瑚之后，一直拉着她的手不放，与她叙话，珊瑚见了他们二人，也是心神恍惚，一片茫然。所以那中年尼姑是什么时候离开她们的，她也毫未发觉。这时听了萨老大问她，方始瞿然一惊，游目四顾，果然不见了师父。

珊瑚暗暗诧异，心道："师父在这里没有熟人，怎的不与我同上这一条船？难道——"心念未已，只听得萨老大说道："人多忙乱，一个招呼不到，就分散了。好在这不是各自逃难，你师父总是在咱们的船上，上了岸自然可以见面，现在也不必忙着去找寻她了。玉侄女，咱们将近十年不见了吧？你叔叔可把你想苦了。咱们找个地方说话去。让他们两小口子也单独叙叙吧。"

萨老大只知道耿照与秦弄玉是未婚夫妻，却不知珊瑚与耿照也有过一段儿女私情。他见珊瑚削发为尼，甚是诧异，心中有许多疑团，要问珊瑚，故此就把她拉开了。

这一队船只都已开拔，珊瑚不知那中年尼姑上的是哪一条船，要找也无从找起。同时她也不愿多与秦耿二人同在一起，自招伤感，于是便和萨老大走开。

他们上的这条船是李宝的座船，也是全队船只中最大的一条船，上中下有三层之多。秦弄玉叹了口气说道："珊瑚姐姐为你削发为尼，我心里难过得很，只觉对不住她。"耿照道："事难两全，这样也好。你我成婚之后，再劝她还俗。"秦弄玉面上一红，黯然说道："我也想过无数次了，姻缘之事，再让给别人也是让不来的，也只好如此了。咱们找柳女侠去。"耿照笑道："他们父女相逢，定有许多话说。咱们也不必忙着去打扰她。"

耿照猜得不错，蓬莱魔女此时正是与老父静室私谈。李宝早已知道他们父女是劫后重逢，特别给他们父女安排了一间船楼上的房间，让他们歇息。

柳元宗听女儿说了在千柳庄受骗的经过，苦笑道："我一生的经历，元甲已经替我说了个七八成了。金宫盗宝，江湖避祸等等情事，都是真的。只是这些都是我的经历，他却对你冒充是我罢了。不过，他却瞒着了后来的一段情事，我如今对你补说吧。"

柳元宗想起痛心的往事，眼中含泪，说道："这些事情我本来不愿提起，但你是我唯一的女儿，我应该让你知道咱们的国仇家恨，也让你知道你妈是怎样死的。

"元甲说得不错，当时我拖妻带女，一路不断有金寇追踪。但他却漏说了一人，当时一同走难的，还有他自己。"

柳元宗接着说道："元甲是我堂弟，自小聪明，他的武功就是我亲自传授的。我在金宫盗宝，杀了金国十八名大内高手，这是抄家灭族之罪。因此当我弃家出走之时，元甲也随我同行，一来是为了避祸，二来给我做个帮手。当时，他倒是慷慨激昂，心怀故国，愿与我共死同生的。

"追兵杀了一批又来一批，随后来的一批是金国四个御林军军官，厉害非常，我抱着你单掌应敌，金国四个高手，二死二伤，给我和你妈击退了。但我身上也伤了七处，几乎变成了血人。你妈伤得比我更重，我还可以走路，她在受伤之后又病倒了。所幸的是你和元甲都没有受伤，我们夫妇知他本领不济，每一次和追兵接战，都是极力掩护他的。

"那一次恶战之后，元甲忽地问道：'哥，你和嫂子都受了伤，要是再有追兵到来，如何应付？'我不知他的意思，叹口气道：'那只有听天由命了。先得找个地方暂躲几天，待我和你嫂子养好了伤再走。这几天内，可得靠你多多照应啦。'

"他是知道我平素倔强的脾气的，听我说出了这么丧气的话，立即知道我已是伤得很重。当下突然反脸，一手抓着你的母亲，说道：'哥，不是做兄弟的不照顾你，我可不愿跟你们一同送命！逃生的机会微乎其微，与其三人都死，不如走出一人，日后还会有给你们报仇的机会。哥，你们留在这里吧，把那穴道铜人图解与《指元篇》给我。'

"我本来也曾想过这个主意，但他抓着你的母亲，来威胁我交出这两件武功秘笈却是我绝对意想不到的。我这才知道他是人面兽心，在困难最严重的时刻，真面目就露出来了。我虽是受了重伤，他对我也还有点忌惮，怕我不肯应承，因此抓了我的妻子来威胁我。

"我呆了半天，知道他已是无可挽回了，我心中难过之极，只好说道：'也罢，你说得不错，我逃生的机会微乎其微，与其这两件武功秘笈给敌人再抢回去，不如现在就给了你。但愿你学成绝世武功之后，可要用来对付敌人。'

"元甲得遂心愿，便即走了。可怜你妈受了重伤，又遭了这场侮辱，伤心气愤之下，一病不起，当天就死了。

"元甲走了，你妈死了，我自忖无力保护你，只好脱下长衫，把你包裹起来，放在路旁。希望有过路的仁人君子将你收留，果然皇天不负苦心人，你碰上了天大的造化，巧遇了武林的大宗师公孙隐，将你拾了回去，收为徒弟。"

听到这里，蓬莱魔女有点诧异，说道："爹，我的遭遇你也知道了？"

柳元宗点了点头，说道："华谷涵早已和我说了。我曾托他访查你的下落，交给他两件东西作为证物，他不是已经给了你么？"

蓬莱魔女脸上飞红，说道："爹，你给他的可就是女儿那张生辰八字和当年包裹我的那件长衫上的一幅破布？"柳元宗道："一点也不错。你没有仔细问他吗？"

蓬莱魔女道："他是差遣他的仆人白修罗当作礼物给我送来的。后来我和他也曾见了几次面，但来去匆匆，未得和他详谈。爹，你、你为什么把我的八字交给外人？"

柳元宗笑道："谷涵可并不是外人。他的父亲华紫桐是我的好朋友，当年金国的鞑子皇帝用威胁利诱的手段，网罗天下的武学名家、杏林国手帮他研究那穴道铜人和陈抟的武学秘笈。我和他就是抱着同一目的，要想把穴道铜人的图解与《指元篇》盗回来，因而应了鞑子皇帝之聘混入金宫的。

"后来他们从金宫逃走之时，在大内高手围攻之下，唉，只剩下我一人侥幸逃脱，华紫桐和另外几个一同逃走的朋友，则都是被杀被俘了。华紫桐是为了掩护我而给杀死的，我欠他这份恩情无可报答，他有一个儿子，就是华谷涵，我只希望将来可以在他儿子身上，报答他了。

"可是当时我也受了很重的内伤，只得逃入深山，削发为僧，一来养伤，二来避人耳目。饶是如此，我侥幸保存了性命，也终于落了个半身不遂，不能亲自去访寻朋友的遗孤了。

"过了十多年，想不到有一天，华谷涵却找到了我。原来他长大成人之后，学成了家传绝技，为了要打听他父亲的消息，是死是生，因而也在到处找寻我。可怜他从我口中听到的只是他父亲的死讯。而我未能报答他，还要麻烦他给我办事。

"那时我的半身不遂之症还未治好，只好托他代我访查你的下落。我把你的生辰八字交给他作为证物，其中正是有着一片深心，你竟未能领会么？"

蓬莱魔女脸红直到耳根，原来她父亲果然是有将她许配给华谷涵的意思。她父亲还未知道，华谷涵除了把那张生辰八字和那幅血衣作为礼物之外，他自己还加上了一件礼物——一双红豆。那就是说，华谷涵不但领会了她爹爹的意思，他自己也借这双红豆表示了本人的心意，愿与她联姻的了。

柳元宗哈哈笑道："男大当婚，女大当嫁，这有什么可害羞的？"蓬莱魔女低声说道："爹，现在正是国难当头，咱们父女也是刚刚在劫后重逢。这事暂且搁下，以后再谈吧。"柳元宗怔了一怔，随即又笑了起来。蓬莱魔女道："爹，你笑什么？"

柳元宗道："我笑你们年轻人都是一样脸皮嫩薄。我把你的生辰八字交给谷涵，本来是要他亲自去送给你的，他却派仆人送去。据你所言，后来你们也曾见了几次面，他都没有和你细说根由。他是个聪明人，难道不能领会我的用意？不知是故作糊涂还是为了害羞？不过，你也说得对。匈奴未灭，何以家为？暂且搁下，待这场战事过了，再提婚事也好。"

蓬莱魔女芳心历乱，情思迷惘。她是习惯了把笑傲乾坤与武林天骄连在一起的，他父亲提起了笑傲乾坤，她又想起了武林天骄来了。这两人武功相若，性情相似。但相同之中又有不同。笑傲乾坤是更多几分倨傲，而武林天骄则更为纵性任情。论相知的深浅，她与武林天骄更深一些；但她与笑傲乾坤则同是汉人，今后并肩御敌，也必将更为接近。他父亲属意笑傲乾坤，她也几乎就想答应的了，但武林天骄的影子毕竟还是不能在她心头抹掉，因而她一时间也还未能作出最后的抉择。

她是知道笑傲乾坤何以没有对她细说根由的缘故的。起初他是误会自己包庇师兄公孙奇，后来则完全是为了武林天骄的缘故，他以为武林天骄已获得了她的心。但这些曲折复杂的恩恩怨怨、儿女私情，即使是在老父面前，她也不便和盘托出。

蓬莱魔女心中想起了武林天骄，口中不说。可是她的父亲却先说了。

就在蓬莱魔女胡思乱想的时候，她的父亲忽地叹了口气，接着说道："说来惭愧，我纵横半世，劫后重生，却欠下了两个后辈的恩情，未能报答。一个是谷涵，另一个却是金国的少年侠士。"蓬莱魔女不觉冲口而出，接声问道："爹，你说的这人，可是，可是武林天骄？"

柳元宗道："不错。瑶儿，我知道你已经见过这个人了。是么？"蓬莱魔女道："爹，你欠了武林天骄什么恩情？"

柳元宗道："我这半身不遂之症，就是多亏了他，才能够这样快好的。要不然只怕还要再过十年。"蓬莱魔女诧道："武林天骄懂得医道的么？"

柳元宗道："这倒不是。他有个师父是金国人。嗯，说到这里，我可先得给你说一个武林奇人的故事。"蓬莱魔女笑道："爹，这故事我已听人说过了。有个金国的武林奇人，他收了三个弟子，一个是宋人，一个是辽人，还有一个是他本国金人，这人就是武林天骄的师父。"柳元宗怔了一怔，"哦"了一声，道："原来武林天骄将这个秘密也对你说了。"心想："如此说来，瑶儿与檀羽冲的交情也很不浅了。"

柳元宗接下去说道："武林天骄师徒继承师祖遗志，反对本国暴政。当金国皇帝礼聘天下武学名家入宫之时，他们并没有应诏。

"那穴道铜人的图解共有二十七张，陈抟的内功心法《指元篇》也分为上下两篇。我只到手了穴道铜人的十三张图解和《指元篇》的上篇。

"我逃走之后，武林天骄的师父自行投到，愿意助金主研究这两大武学的秘奥。他是本国人，金国皇帝当然是信任他了。不料他把剩下的十四张图解与《指元篇》的下半篇拿到手之后，在一个晚上突然卷宝潜逃。原来他也是别有用心，为了不愿见这两大武学秘笈落入坏人手中，助纣为虐，因而屈志入宫的。

"他知道我的事情，很想与我见面，使穴道铜人的图解与《指元篇》合成全璧。可惜天不假年，他未曾找着我，便逝世了。

"我隐居在荒山古刹，附近有一家也是避难入山的人家，这一家复姓赫连，正是那位武学奇人所传的辽国一脉。男主人战死之后，他的妻子携了两个女儿避难荒山。我知道她们身怀武功，她们却未看破我的行藏。

"武林天骄檀羽冲受了师父遗命，要找寻宋辽两国同门，有一天终于找到了这个山上，认了他的两个师妹。其时华谷涵早已走了，他们两人在这山上并没碰头。

"他听说古庙里有我这么一个古怪的老和尚，前来求见，第一次我闭门不纳，第二次他深夜前来窥探，我行动不便，正在禅房打坐，我只道他是金虏鹰爪，当下使出最上乘的隔空点穴功夫，指力透过窗纱，点他穴道。

"他并没有给我点倒，可是也已半边身子酥麻，好一会才能复原。但这一下我也泄了底子。我使的点穴功夫是从穴道铜人的图解来的，他立即便知道了我的身份。

"于是他说出他师父生前渴欲与我一见的心愿，末了他说他要为师父了却心愿，愿意把剩下的十四张图解与《指元篇》下篇都赠给我。

"我本是不相信的，可是他已把东西抛了进来，我把图解与《指元篇》打开一看，一看就知的确是真，这才相信了他。我和他也结成了忘年之交。

"我正需要这《指元篇》下篇的内功心法，来自行治疗半身不遂之症，乃接受了他的赠与。果然不到三个月，我的宿疾霍然而愈，除了一腿微跛之外，已是可以行动如常。"

蓬莱魔女道："怪不得武林天骄曾到千柳庄向柳元甲索取秘笈，说是受了你的委托，原来你们有这段渊源。"柳元宗道："他对我倒是一片好心。"说至此处，忽地长长叹了口气。

蓬莱魔女道："爹爹为何叹气？"柳元宗道："檀羽冲也是后辈中出类拔萃的俊杰，文才武功都不弱于华谷涵，只可惜他是金国人！"他长长叹了口气，忽又喃喃自语道："也幸亏他是个金人。"

蓬莱魔女怔了一怔，她爹爹可惜武林天骄是金国人，这层意思她是懂得的，但为什么跟着又说"也幸亏他是个金人"呢？她怔了一怔之后，随即恍然大悟，"不错，幸亏他是个金人，才减除了爹爹许多烦恼。要不然，他们两个都曾对爹爹有恩，只怕爹爹也难以抉择，不知要把我许配谁了？"思念及此，不觉惘然。

柳元宗也是若有所思，眼睛望着他的女儿，忽道："我听得耿照说，华谷涵与檀羽冲在小孤山打了一架，当时你也在场，这是怎么回事？"

蓬莱魔女粉脸泛起一片红晕，说道："这是为了一个误会。"柳元宗"哦"了一声道："什么误会？"蓬莱魔女道："古月庵的古月禅师被人暗杀，是给人用闭气断脉的功夫致他于死的，华谷涵怀疑这个人是檀羽冲。那晚华谷涵夜探魏良臣的太师府，又发现一个很似檀羽冲的人从太师府出来，因此越发怀疑他了。"当下将那一晚所发生的事情，原原本本地告诉了父亲。只是隐瞒了他们二人都曾向自己表示过爱意，因而在当晚的言语之中，也都是双方隐含妒意的事情。蓬莱魔女心中明白，这才是他们两人之间最大的误会，他们都以为自己爱上了另一个人。

柳元宗道："这倒是华谷涵的不是了。他认错了人，那人是冒充武林天骄的。"

蓬莱魔女道："这人是谁?"柳元宗道："就是你那晚在御花园碰见的那个蒙面人。"

蓬莱魔女喜道："果然如我所料，好在爹爹知道其中底细。要不然檀羽冲可就含冤莫白了。这个蒙面人是何等样人物?"

柳元宗见了女儿如此神情，心里又是暗暗地叹了口气，想道："看来瑶儿对檀羽冲的感情，只怕最少也不在对华谷涵之下。"当下说道："这人名叫完颜长之，本是金国的御林军统领，后来辞了官职，销声匿迹二十年。"

蓬莱魔女道："这却为何?"柳元宗道："他躲在金宫中苦研穴道铜人的图解与《指元篇》的内功心法。他是御林军统领，当年网罗天下武学名家，研究这两大武学秘笈之事，就是由他主持的。我们每个人分得的都是割裂的断简零篇，只有他抄有全份副本。他现在重出江湖，来到江南，想必是自以为已学成了，所以再出来为本国效力。"

蓬莱魔女道："怪不得他会闭穴断脉的功夫，某些武功路数也与檀羽冲相同，原来都是从那两大武学秘笈来的。"

柳元宗笑道："可惜他还未学得到家。他以为我早已死了，哪知我还活在世上。那晚他和我交手三招，始知他的所学未足。"蓬莱魔女道："怪不得他那么惊慌，说什么江南已无他立足之地。"柳元宗道："此人武功深湛，又长智计，他逃回江北，助金主为虐，终是一个大患。他虽未学得到家，但当世可以制伏他的，恐怕也只有我和你的师父公孙隐二人。还有一个人，现在武功不及他，将来可以胜过他的，就是你的师兄公孙奇。"

蓬莱魔女不觉黯然，说道："可惜我那师兄也没走上正路。唉，只怕将来最大的祸患，还是我这师兄。偏偏他又是我师父独生儿子，我真不知道该怎样处置他。"

柳元宗道："半个月前，我在江阴附近的一个小镇曾碰上他，我知道他是公孙隐的儿子，才没下杀手。待这次战事过后，我准备去拜访你的师父，一来谢他这些年养育你的大恩，二来，我想，他儿子这件事也不好再瞒他了……"蓬莱魔女插口道："我师父性情刚直，若是知道他这些事情，只怕会一掌毙了他。但他只有这个儿子，毙了之后，必将悔恨终身，我、我又觉得不忍。"柳元宗道："这就是我为什么要亲自拜访你师父的原因了。我可以劝他废了他儿子的武功，但留下来续他家香火。"蓬莱魔女叹口气道："也恐怕只有这样，才是两全之策。"

柳元宗也叹口气道："可惜我也是来迟一步，误了许多事情。例如谷涵与羽冲的事情，我若是早到临安一天，他们就不至于有小孤山上的那一场打斗了。"这两人于他都有恩惠，他耿耿不能忘怀的也就是他们两人失和的事情。

蓬莱魔女道："好在如今已是水落石出，上岸之后，你就可以和华谷涵说个一清二楚的。"柳元宗"嗯"了一声，道："是只好如此了。"心中却在想道："只怕误会虽可消除，他们两人还是不能和好。"

他们两父女一席长谈，不知不觉已从白天到了黑夜，李宝禁止人打搅他们，晚饭也是送进房中给他们的。经过了这席长谈，长期来存在蓬莱魔女心中的许多疑问都已得到了解答，许多错综复杂的因果关系，也都理清了来龙去脉，吃过晚饭之后，蓬莱魔女心中有事，便请父亲早些安歇。她独自出甲板上溜达，借那清冷的海风，吹散她心中的烦闷，好让自己冷静下来，仔细想想。

这一晚月色很好，月光下看大海扬波，惊涛骇浪，恰似跃起玉龙，卷起千堆雪，这景象端的是雄奇之极。但蓬莱魔女的心情却仍是不能平静，涛声入耳，忽地竟仿佛变成了笑傲乾坤的狂吟："弹剑狂歌过蓟州，空抛红豆意悠悠。"一个浪头过后，又似武林天骄的箫声呜咽，吹奏出令她心弦颤抖的古诗："凄凉宝剑篇，羁泊欲穷年，黄叶仍风雨，高楼自管弦……"

蓬莱魔女正自怅怅惘惘，忽见一个白衣女子，倚着船舷，正是珊瑚，面向着她。蓬莱魔女与她情如姐妹，只是上船之后，一直未有机会与她倾谈，此时方始相见。蓬莱魔女瞧她头上牛山濯濯，心中恻然，走过去道："妹子，你怎的削发为尼啦？"

珊瑚道："小姐，请恕我不能服侍你了。我、我烦恼太多，无从解脱，想来想去，还是把这三千烦恼丝付之并州一剪的好。"

蓬莱魔女心里一片辛酸，颇有同病相怜之感。想道："珊瑚是逃禅，也是逃情。唉，她与我都是同样地受到情孽牵连之苦。"

蓬莱魔女轻轻拉着她的手，说道："妹子，你为了解除烦恼，暂且削了头发也好。我爹爹也是做了将近二十年的和尚，如今方始还俗的。"

珊瑚叹口气道："小姐，你爹爹是因为还有你这个女儿，自该还俗重聚天伦之乐。我在世上已无一个亲人，我是决心不还俗的了。"

蓬莱魔女道："你是立誓不嫁人了。嗯，也好，这也乐得个清净。不过，我可不赞同你从此遁入空门。"

珊瑚道："我身在空门，对尘世之事，也并不是就此全不理会的。小姐，我并没忘记你要我行侠仗义的教导。"

蓬莱魔女微喟道："我也曾起过削发为尼的念头，但不是这个时候。也许待我年纪老了，我会与你在青灯古佛之前，再来作伴。"

珊瑚笑道："小姐，你千万不可起这个念头。我是命薄如斯，无话可说。你有当今之世文才武艺最超卓的两个少年任凭你选，你若削发为尼，只怕笑傲乾坤与武林天骄都不肯依你！"

蓬莱魔女粉脸微红，经珊瑚这么一说，她心中更觉烦恼，说道："妹子，别提这个了。我还未问你呢，你那师父是什么人，你是几时拜她为师的。"

珊瑚若有所思，半晌说道："小姐，你不想我提那两个人，可是我还是不能不提。这——"蓬莱魔女嗔道："我是问你师父的事情，你怎么又把话头拉回来了？"

珊瑚说道："小姐，我正想告诉你。我这师父法名慧寂，但她俗家身份，却是武林天骄的姐姐。"

蓬莱魔女颇感意外，问道："你是怎么遇上她的？"

珊瑚道："那日我与耿照在公孙奇的魔掌下逃了出来，我知道他是来江南找他的秦姑娘的，他们是青梅竹马之交，早已是心心相印的了，我插在他们中间算什么呢？因此我又和他分手了。这件事，耿照大约已经对你说过了吧？"

蓬莱魔女道："说来凑巧，你那日走了不久，我也碰上了耿照，并赶走了公孙奇。我正想问你后来的事情。"

珊瑚道："公孙奇被你赶跑，但他却又赶上了我。我这才知道，原来他并不是有心放我走的。当时他要逼婚他的小姨桑青虹，有意让我与耿照同走，以断绝他小姨的念头。到我单独一人走路之时，他又追上来了。

"他要用'化血刀'伤我，幸亏小姐你传了我三十六路天罡尘式，他的毒掌一时之间，尚未能打到我的身上，可是也危险极了！

正在我性命俄顷之间，忽听得一缕箫声，从山上飘下！"

蓬莱魔女道："是武林天骄到了？"

珊瑚道："不错。是武林天骄到了！可是就在武林天骄将到未到之际，那贼子猛发三记劈空掌，将我打得重伤晕倒，人事不知。后来才知道若不是武林天骄恰好及时赶到，我已在他毒掌下丧命了。"

蓬莱魔女叹口气道："我真是惭愧，有这样的师兄。后来怎么样？"

珊瑚道："后来，我也不知过了多久，醒来一看，已是身在庵堂之中，武林天骄与一个中年尼姑在我身边，这尼姑就是武林天骄的姐姐，也就是我现在的师父慧寂神尼了。"

蓬莱魔女道："武林天骄是金国贝子——他的姐姐怎么到江南来当了尼姑？"

珊瑚道："他们姐弟二人，情感极好。武林天骄反对金主暴政，金主要拿他问罪。派来拿他的那个人，正是他的姐夫。"

蓬莱魔女道："她知道这件事情，定是伤心透了。"

珊瑚道："她的丈夫自知不是武林天骄对手，要设计诱捕。他准备用一种极厉害的麻药混在酒中，给武林天骄喝下。可是这件事必须假手于他的妻子才行，因为他做了大官之后，他们郎舅二人，已是久不往来的了。

"他妻子见丈夫忽然要请她弟弟，起了疑心，再三盘问，她丈夫终于说出这个秘密，并加以解释，说是用意只在使她弟弟改邪归正，担保可以劝金主不伤他弟弟的性命。又说此事若然成功，他可以有大大的富贵与妻子同享。夫妻如一体，希望她为了丈夫的功名，暂且委屈她的弟弟，助他实行诱捕之计。"

蓬莱魔女道："她姐弟手足情深，定然是不肯依从的了？"

珊瑚笑道："不，她在丈夫面前，倒是一口应承了。"蓬莱魔女诧道："怎么……"珊瑚道："她知道若是不肯应承，丈夫定然把她囚禁起来，不让她与弟弟暗通消息，然后再施毒计。所以她佯作依从，去请弟弟……"蓬莱魔女笑道："哦，原来如此。就此她一去不回？"珊瑚道："不，她虽然很是伤心，但也还舍不了丈夫。她通知了武林天骄之后，若无其事地回来，稳住她的丈夫。到了约好的那天，她丈夫不见武林天骄到来赴宴，大为着急，要她去催。她这才把实在情形告诉丈夫，告诉他，她的弟弟早已走了。"蓬莱魔女道："她丈夫怎样？"

珊瑚叹了口气说道："她丈夫听了大怒，大骂妻子误了他的前程，说是有负皇上所托，降罪非轻。既是拿不到她的弟弟，就要把她缚去向金主请罪！她伤心到了极点，这才知道在她丈夫心中，夫妻之情竟是远不及功名利禄的诱惑。绝望之下，束手就擒。"

蓬莱魔女道："怎的束手就擒？这样的丈夫，不要也罢。"

珊瑚笑道："她甘愿束手就擒，但她丈夫还未来得及缚她，武林天骄已经跑来将他姐姐救出去了。原来武林天骄也早已料到会有此一幕，他其实还没有逃走的。"

珊瑚接着说道："经此一事，他们夫妻已是恩断义绝。武林天骄的姐姐心如死灰，好在她没生儿子，无所牵挂，她不愿再见丈夫，从此削发为尼，远离伤心之地，来到了江南。有个释湛和尚是武林天骄的旧友，又是江南佛门硕德古月禅师的知交，经过古月禅师的安排，她在天目山的一座尼姑庵出家，后来就做了主持。"蓬莱魔女道:"原来武林天骄姐弟与古月禅师、释湛和尚有这么一段渊源。这两人都已被人害死了,他们知道了么?"

珊瑚道:"都知道了。"接着说道:"回头再说我的事情。我受了公孙奇所伤,幸亏武林天骄的姐姐给我小心医护,我病好之后,就拜她为师,跟她做了尼姑。"

蓬莱魔女道:"她可知道你的来历?"

珊瑚道:"我都告诉她了。师父知道了我的身世,又知道我是你的侍女之后,对我更是怜爱有加。原来她也有着一重心事。"

蓬莱魔女面上一红,说道:"我猜得到她的心事。"

珊瑚笑道:"小姐,我也知道你的心事。我已隐约向师父透露,说是你心中恐怕早已属意他人。但她深知她的弟弟对你相思之苦,还是念念不息,曾一再托我把她弟弟的情形告诉你呢。"蓬莱魔女脸上发烧,但也禁不住问道:"武林天骄怎么样了?"

珊瑚道:"也没什么,只是他从临安归来之后,病了一场,就在他姐姐庵中养病。我给他侍奉汤药,有那么两天,他病得迷迷糊糊,不省人事,老是叫着你的名字。"

蓬莱魔女听得武林天骄如此痴情,心里也不觉一片辛酸,好生难过,问道:"他的病好了没有?"珊瑚道:"身体的病是治好了。心上的创伤,这可就难说了。他姐姐曾给他百般开解,但他病好之后,也还是形容憔悴,终日不言不语。我也不敢和他提起你的名字。"

蓬莱魔女轻轻叹了口气,心道:"都是我的不好,累得他们二人,都是如此烦恼。可是我又有什么办法安慰他们,我总不能同时嫁给他们二人?"只觉心如乱麻,难以自解。

珊瑚接着说道:"在他病中,耶律元宜曾来看过他,告诉他飞龙岛主定期大会群雄之事。他病好之后,就离开慈云庵,说是要到飞龙岛来会会江南的武林朋友。"

蓬莱魔女诧道:"那何以今日却没见着他?他是和你们同来的吗?"

珊瑚道:"不是。他单独一人走的。他走了之后,我忽然想起飞龙岛之会,南山虎多半在场,而小姐你也很可能潜来赴会。我一来是为了报仇，二来也想和你见上一面。我就和师父说了我的心事，向她告辞。

"我知道此会危险极大，本拟独自来的。不料我师父听得我说你或许也会赴会，她也要与我同来。她说她也想见一见你，看看你是何等样人，令得她弟弟如此倾倒。"

蓬莱魔女粉脸微红，笑道："既然如此，你师父又何以不上这一条船？"

珊瑚道："是呀，我也弄不明白。在海滩上她起初本来是和我同走，后来不知怎的，我也没有留意，却不知她上了哪条船了。我这师父为人很好，但她也是个红颜薄命之人，性情也就难免有点怪僻，她的心意、行事，有时我也猜想不透。"

刚刚说到此处，忽听得有啸声隐隐传来，沉郁苍凉，令人也不禁有"悲从中来，难以断绝"之感。蓬莱魔女怔了一怔，低声说道："这是笑傲乾坤的啸声。"

甲板上有人走来，是蓬莱魔女的父亲柳元宗。柳元宗笑道："瑶儿，夜已三更，你还没睡？"

蓬莱魔女道："爹，你听，这可不是华谷涵的啸声？"柳元宗道："不错，是他的啸声。这么晚他还未睡，豪兴也是不小呢。"扣舷也自微吟道："短发萧疏襟袖冷，稳泛沧溟空阔。尽挹西江，细斟北斗，万象为宾客。扣舷独啸，不知今夕何夕？"吟罢也发出了一声高亢清冷的长啸，隐隐与华谷涵的啸声相和。蓬莱魔女笑道："爹爹，你可要惊醒别人了。"

柳元宗笑道："今日江南豪杰破了奸贼的阴谋，你我又得父女重逢，我心里高兴得很。谷涵在那边扣舷独啸，想必是豪情万丈，因此我也不禁与他相和了。你说得对，斗转星横，已是三更过了，咱们不该惊醒别人，你也早些安歇吧。"

蓬莱魔女心道："爹爹满怀高兴，他只道华谷涵也是与他一样心情。把他那苍凉沉郁的啸声，都当作豪情胜慨了。"她是懂得华谷涵的心情的，但她不愿父亲为儿女之事忧伤，因此也没有说破。可是这一晚她在船上卧听风涛之声，却是整晚不能入梦，华谷涵在另一条船上，也是整晚不能成寐。

那尼姑冷冷笑道："人家都称你为笑傲乾坤，原来你也还有自知之明。"

他与好友铁笔书生文逸凡同在一条船上，文逸凡不知他的心事，话题老是绕着他与蓬莱魔女的事情。文逸凡最爱管闲事，他夸赞了蓬莱魔女，又怂恿笑傲乾坤向她求婚，他自告奋勇，愿意给他们作伐，把笑傲乾坤弄得啼笑皆非，心情越发沉闷，只好顾左右而言他。好不容易等到文逸凡睡了，他自己却是辗转反侧，怎么样也睡不着。

华谷涵披了衣裳，悄悄起来。他满怀心事，也想到船边吹吹海风，看看海上的夜景。

涛惊波紧，华谷涵的心情也似随着海浪翻腾，一幕幕的往事翻上心头。送金盒以红豆寄相思，桑家堡的初次相会，小孤山上与武林天骄的一场恶斗，在他们旁边的，那蓬莱魔女的茫然不知所措的目光……往事历历，如在目前，这些都是他与蓬莱魔女遇合的情景。可是在他与蓬莱魔女之间，偏偏又插进了一个武林天骄！

笑傲乾坤倚舷看月，心道："海上生明月，天涯共此时。情人怨遥夜，竟夕起相思。可叹我如今与她同在海上，并非天涯，却也是对月怀人，这相思欲寄无从寄！"

正自怅怅惘惘，忽听得一个女子的清冷声音说道："这位可是华大侠么？幸得相逢，请恕贫尼冒昧了。"

华谷涵抬头一看，只见一个中年尼姑在他面前。华谷涵认得她是与蓬莱魔女那个心腹丫环同在一起的尼姑，有点诧异，心道："难道是柳清瑶有什么心腹说话，透露给她的丫环知道，她的丫环又告诉了这个尼姑，要与我说的？"当下还了一礼，说道："小可正是华谷涵，大侠二字，愧不敢当。"要知华谷涵虽是性情狂傲，但对一个初次见面的陌生尼姑，总不能不谦虚几句。

想不到这本来平常的客套说话，却引起那尼姑的讥刺。她冷冷地笑了一笑，说道："人家都称你为笑傲乾坤，原来你也还有自知之明。"正是：

直道相思了无益，未妨惆怅是清狂。

欲知后事如何，请听下回分解。

第五十六回　海上狂歌伤逝水
山头怅立盼归帆

　　笑傲乾坤怔了一怔，剑眉一扬，说道："我不配称大侠，但于侠义之道，却是不敢有违。不知我做错了什么事情，致遭大师讥刺？"

　　那中年尼姑道："你为了一个女子，公报私仇，于友不义。如此心胸狭隘，这是侠义所为么？"

　　笑傲乾坤心头一震，变了面色，说道："你是指我在小孤山上，与武林天骄动手这回事情？"

　　那中年尼姑道，"不错。武林天骄本来是你的朋友不是？"

　　笑傲乾坤叹口气道："本来是的。但他也是金国的贝子，那一天，我，我……"这其中错综复杂的缘由，笑傲乾坤一时间不知从何说起。

　　那尼姑冷笑说道："你怎么啦？你要说是误会不是？"笑傲乾坤道："正是。我，我因为他是金国贝子，总提防他对大宋不利，恰巧那晚又发生了几件意外的事情，我误会他是另一个人。"

　　那尼姑道："你说是误会，我说你分明是怀恨在心，在找个借口除去你的眼中钉、心头刺，我说你这是以怨报德！"

　　笑傲乾坤面色大变，不觉愤然说道："大师，你也未免把华某说得太过不堪了！我自问还不是这样的小人！请问我是怎么以怨报德了？"

　　那尼姑道："金人南侵之事，是武林天骄最早告诉你的不是？"笑傲乾坤道："不错。"那尼姑道："你自命是为国为民的侠士，那么他告诉你这个消息，使宋国及早有所防备，这对宋国百姓来说大有好处，对你来说，也该算是大恩大德了吧？"笑傲乾坤心头刺痛，一想确是自己理亏，只得低声说道："你说得对，我的确不应该对他怀疑的。这是我一时糊涂，我并非有心，有心……"

那尼姑冷冷一笑，又打断他的话道："有心无心，这只有你自己知道。你把他打得重伤，则是事实。好，我再问你，你刚才说你误会他是另一个人，那么你已知道那晚的那个蒙面人不是他了？"

笑傲乾坤颓然说道："知道了。但也是昨天一位老前辈告诉我，我才知道的。我，我后悔已迟！"

那尼姑辞锋咄咄，又迫紧了一步，说道："很好，那我问你，武林天骄的本领比你如何？"笑傲乾坤道："不相上下。"那尼姑道："那蒙面人呢？"笑傲乾坤道："未经较量，深浅难知。但看他那等身手，倘若当真较量，只怕我也未必胜得了他。"那尼姑冷冷说道："着呀，那么倘若那晚武林天骄与那蒙面人联手，你华大侠早已活不到今天啦。他宁愿单打独斗，而且手下留情，让你打得重伤，你也早该知道他是冤枉的啦。你惭愧不惭愧？"

笑傲乾坤给她说得面上一阵青、一阵红，问道："你是谁？怎的这许多事情，你全都知道？"

那中年尼姑道："还有你不知道的呢！柳清瑶的父亲，当年在金宫盗宝，受了重伤，半身不遂，二十年来，未曾医好，为什么今年突然好了？你可知道这是谁的功劳？"

笑傲乾坤茫然道："难道也是檀羽冲给他治好了的？"他知道柳元宗这廿年来苦练内功，想以上乘内功，打通奇经八脉，自疗这半身不遂之症，功效虽有，但直到去年秋天，最关紧要的阴维、阳维两道经脉，尚未打通，估计最少还得三年。所以他对柳元宗复原得如此之快，也颇感奇怪。但他也知道，武林天骄并不懂得医术。

那中年尼姑淡淡说道："柳元宗的病症虽不是他用医术治好的，但也差不了多少。檀羽冲是把他师父留给他的，那十四张穴道铜人图解，和《指元篇》的下半篇，都送给了柳元宗，柳元宗这才能够在三个月的时间之内，打通了阴维、阳维经脉，行动恢复如初！"

笑傲乾坤吃了一惊，要知那穴道铜人图解与《指元篇》乃是武林人士的稀世之珍，当年汉族的英雄豪杰，费了不知多少心力，才由柳元宗盗出金宫，而所得的也还不到一半。倘若这尼姑说的是真，那么这个恩德，可比檀羽冲用医术医好柳元宗更大得多了，岂只是"差不多"而已。

那中年尼姑冷冷说道："你不相信么？好在她爹爹就在船上，明天上了岸，你就可以亲自问他！嘿嘿，她爹爹是你世交，原来这件事情，他也还未曾告诉你呀！"

柳元宗一心想把女儿许配给笑傲乾坤，为了免他多心，这件事情确实未曾告诉他。其实若由柳元宗亲自告诉他还好一些，此际笑傲乾坤从旁人口中知道之后，却不禁更多猜疑了。心里想道："这么说来，他们父女重圆，这都是出于武林天骄之赐了。他们对武林天骄还有不感激的吗？嗯，柳伯伯不告诉我，莫非是有意把女儿许配于他，却不愿在事成之前让我知道？"

笑傲乾坤难过之极，颓然说道："不必问了，我相信你的话。但你怎么每一件事情，都知得这么清楚，你究竟是谁？"

那中年尼姑这才说道："我是檀羽冲的姐姐。我还知道我弟弟一心一意地爱她，她和我的弟弟也早已心心相印！怎么？你是妒？是恨？还是难过？你那日要杀我弟弟，如今我伤了你的心，你也尽可杀我泄愤！但我说的都是事实，事实你是抹不掉的！"

笑傲乾坤神态如狂，蓦地一声长啸，惊得海鸥远飞，浪花高溅！

这中年尼姑（慧寂）当然是明知笑傲乾坤不会杀她，但在笑傲乾坤突然狂啸之下，也不禁吃了一惊，不由自己地退了一步。

笑傲乾坤狂啸过后，嗒然若丧，缓缓说道："你回去告诉你的弟弟，这一局棋我是自愿输给他了。"声音沉闷，无限苍凉。

慧寂是有心助她弟弟争胜情场的，她最初本来是想借珊瑚的关系，求见蓬莱魔女，为她的弟弟暗通款曲；但后来一想，与其游说蓬莱魔女，不如行个"釜底抽薪"之计，激使笑傲乾坤退出情场。如今笑傲乾坤亲口说出自甘推枰敛手的说话，这意思已经是非常明显，今后不再与武林天骄争夺蓬莱魔女了。慧寂目的已达，便合十说道:"早抽慧剑,早除烦恼。华大侠毕竟是个有大智慧的人。如此,贫尼告辞了。"

慧寂心满意足而去,剩下笑傲乾坤扣舷独啸,一片茫然。

文逸凡听得啸声,赶忙出来看他,接着王宇庭也来了,只道是发生了什么事情。

文逸凡笑道:"谷涵,你独自在这里发什么痴?我还只道你碰上什么意外呢?"

华谷涵这才如梦初醒,说道:"没什么,我一时兴起,发出啸声,惊动你们两位了。"

文逸凡瞧他有点神色不对,问道:"你可是心里有什么不舒服么?"华谷涵道:"没,没什么。我只是在看波翻浪滚,颇感于人事无常。"

文逸凡怔了一怔,笑道:"这无端怅触,却为何来?"心中隐隐猜到几分。王宇庭是个粗豪的江湖汉子,却不会体味华谷涵的话意、心境,当下也笑道:"没有什么就好。夜已三更,你再发啸,那就要惊醒全船人了。"

就在这时,柳元宗的啸声也远远传来,隐隐可闻。王宇庭笑道:"柳老前辈也是豪兴不浅。你明日再和他切磋内功吧,如今,可是应该睡了。"心想华谷涵行为古怪,这"狂侠"二字,果然是名不虚传。

柳元宗的啸声充满欢愉,华谷涵听了,心中更为难受。想道:"他们父女重逢,这都是多亏了武林天骄!"刚才慧寂对他说了那许多话,有两件事情最令他抱愧、伤心,一是武林天骄慨赠武学奇书,医好了柳元宗,姑不论是为了私情还是由于侠义,总是难能可贵之事,相形之下,他不禁暗暗抱愧于自己的心胸狭窄;二是她所说的蓬莱魔女与武林天骄早已"心心相印"的这一句话,他在小孤山上也早已有此感触了,如今再听武林天骄的姐姐说了出来,这一份难过伤心,就更不用提了。这一晚他也是似蓬莱魔女一样,卧听涛声,整夜未曾合眼。

只觉舟如奔马,原来这一晚恰遇顺风,就在他思如潮涌之中,他们这个船队已是顺流而下,一晚之间,航行了三百里的海程。

第二日中午，船队驶入了长江口，陆路的各家寨主、各路英雄在此上岸，各奔前程。水路的各家寨主则仍留在船上，计划分为两股，一股随王宇庭回太湖，联结太湖十三个水寨共抗金兵，一股协助李宝，在长江游弋，与虞允文的水师作桴鼓之应。

　　蓬莱魔女父女与耿照、秦弄玉、珊瑚等人都在此上岸。秦弄玉想邀珊瑚同往江阴，珊瑚道：“不，我已是佛门弟子，我当随我师父。”秦耿二人明白她的心事，也只好听她去了。

　　珊瑚找着了她的师父，说道：“师父，你不是要见一见柳女侠么？她就在那边，我和你过去与他们父女叙叙再走吧。”慧寂道：“不必了。我已经解开了心上的一个结，用不着再见她了。”珊瑚怔了一怔，心道：“她解开了什么结？”眼光一瞥，只见笑傲乾坤默默地在人群中随众而行，神情显得十分落寞。珊瑚七窍玲珑，心中登时明白了几分，心道：“这个结师父说是解开，但只怕在小姐心上还是难以解开吧？情之为物，犹如乱丝，剪不断，理还乱，用外力去解情人的心头之结，岂能轻易解开？”她从蓬莱魔女的身上想到自己，伤感不已，当下不愿多说，便与师父走了。

　　就在这时，柳元宗也已看见了笑傲乾坤，说道：“瑶儿，你如今该与他以兄妹之礼相见了。”蓬莱魔女道：“是。”她虽然还未作出最后抉择，但对笑傲乾坤的一向爱护她的情意，也是心中有感，愿意与他接近，至于以后如何，再听其自然的。所以她父亲一说她便应了，丝毫也没有想到要避开笑傲乾坤。

　　可惜她虽是这么想，笑傲乾坤却立定了主意，要避开她。

　　柳元宗满面堆欢，上前说道：“贤侄，多谢你为我寻觅女儿，听说你们已经见过，但瑶儿从前还未知道你我两家的渊源，如今是知道了。你们重新见过兄妹之礼吧。瑶儿，上来拜见世兄。”

　　蓬莱魔女敛衽一礼，说道：“多谢世兄几次暗中相助之恩。多谢、多谢你的礼物。”说到“礼物”二字，想起他送来的那双红豆，不觉脸上泛起红霞。

　　笑傲乾坤见她提及自己所送的“礼物”，脸上又是如此神情，心中也不禁怦然一动，但随即想道：“她早已属意武林天骄，华谷涵啊华谷涵，你可莫自作多情，自招烦恼了！”当下还了一礼，淡淡说道："我并没有帮上什么忙，但好在你们父女今日已得重圆，我也算是有了个交代，不致内疚于心了。柳老伯没有别的吩咐了吧？请恕小侄失陪了。"

柳元宗怔了一怔，心道："谷涵何故如此神情落寞，难道他还不知道我的心事么？"听他有告辞之意，连忙说道："华贤侄，你没有什么紧要的事吧？虞允文将军在采石矶，正是要人相助，你就和我们同去如何？"虞允文要人相助，那是真的，但柳元宗也是有意给他一个机会，让他与自己的女儿接近。

笑傲乾坤迟疑道："这个，这个——"柳元宗笑道："我与你父亲生前乃是八拜之交，咱们就似一家人一样，你们如同兄妹，也不必避嫌。咱们一路同行，也正可以借此机会，切磋武功。"

笑傲乾坤道："多谢老伯好意。但小侄已与一位朋友有约，虽不是紧要之事，但我已答应了他，也不可言而无信。只有留待他日，若有机缘，再来向老伯领教了。"

柳元宗甚是不悦，但华谷涵既是如此说了，他总不成将他拉住，只好说道："既然如此，你的事情了结之后，还望你早日到采石矶一叙。瑶儿，送你大哥一程。"

华谷涵道："不用了。柳姑娘，有一事我甚是不安，要向你告罪。那日在小孤山上，我言语无礼，如今已是知道其错在我，请你恕过。"

蓬莱魔女甚是尴尬，勉强笑道："过去了的事情还提它做什么？"笑傲乾坤道："不错，柳姑娘既不介怀，那我也就可以安心走了。"回身一揖，立即前行，追上了铁笔书生文逸凡。文逸凡诧道："你，你怎么跟我来了，你应该和柳家父女在一起的。"笑傲乾坤道："别多问，我和你比赛轻功，我敢说你比不过我！"文逸凡只好发力追他，柳元宗隐隐听得他们争吵的声音，但他们轻功何等了得，转瞬之间，影杳声消，已是去得远了。

蓬莱魔女一片茫然。她知道华谷涵是对她有所误会，认为她已经选择了武林天骄，所以对她难以谅解。但她也是个心高气傲的人，何况又是女孩儿家身份，怎能没有一份少女的矜持？她当然也不便就坦直地对华谷涵解释，说是自己其实还没有作最后的决断。

柳元宗摇了摇头，叹口气道："真不知你们少年人闹些什么？谷涵也未免性子太急了。"

原来柳元宗本是打算为笑傲乾坤与武林天骄二人做个调人的，他并不知道他们纠纷的症结所在，只道是因为武林天骄乃是金国的贝子，故此笑傲乾坤把他当作敌人。他准备在路上与笑傲乾坤说明真相的，却不料笑傲乾坤匆匆便走，根本就不让他有细谈此事的机会。

蓬莱魔女目送笑傲乾坤的影子没入林中，心中也是一片茫然，甚为难过，说道："爹爹，让他去吧。女儿愿意一生陪伴爹爹，这婚事么，不提也罢。"

柳元宗心中一动，说道："谷涵刚才提及小孤山之事，他似乎已经明白真相，要不然以他的脾气，不会随便认错的。可是他对你道歉，说什么言语无礼，冒犯了你，这究竟是怎么一回事情？"

蓬莱魔女不禁面上一红，支吾说道："没，没什么，他、他以为我偏袒了武林天骄。"柳元宗昨晚与女儿谈过之后，已明白了两三分，刚才听了笑傲乾坤赌气的说话，又多明白了五六分，如今再听女儿这么一说，内里情由，已是明白了七八分了。柳元宗不觉又是长长地叹了口气，说道："你们的事情真是令我心烦，也罢，这是你自己的终身大事，只能让你自己拿定主意了。但你说什么终身不嫁，这却是孩子的说话。"

蓬莱魔女笑道："咱们父女生离了近二十年，今日幸得团圆，我正要承欢膝下，补偿你所受的苦难，你就让我多陪伴你几年，不很好吗？"她一来是想消解她父亲心里的愁烦，二来这也确是出于她肺腑的说话。骨肉之情乃是至情，听得柳元宗老泪纵横，而又破涕为笑，揽着他的女儿，说道："不错，我得回女儿，已是夫复何求。但你总不能陪我一辈子，所以我还是盼望你早点拿定主意。不过，你若是现在心中烦乱，那就随你喜欢，暂且将儿女之情，撇开不理，待战事过了再去想它也好。"他终于也明白了他女儿的心事了。

蓬莱魔女哄得她父亲欢喜，但她自己心中的烦闷却是并没解消。笑傲乾坤临走之时提到武林天骄，她又不禁想起了珊瑚告诉她的事情了，"珊瑚说武林天骄也是要来飞龙岛赴会的，而且是比她们早一日动身。不问可知，他来赴会至少有一半原因是为了见我。可是，何以在飞龙岛上没有见他？他到哪儿去了？"

蓬莱魔女怎会知道，武林天骄此时正在附近的一座山上，盼望她的归来。不过他只想远远地看一看她的影子，便已心满意足，他却是不打算与她会晤的了。

不错，武林天骄初时打算到飞龙岛去，是为了她；但后来改变了主意，也是为了她。

原来他在觅舟出海之时，蓦然想起，若是往飞龙岛参与此会，固然可能见着蓬莱魔女，但也可能碰上了笑傲乾坤！飞龙岛之会关系重大，笑傲乾坤交游广阔，定然得到风声，焉有不去之理？

他想起了那日在小孤山上的情景，当他与笑傲乾坤动手之时，蓬莱魔女在一旁是何等痛苦，这样的一幕难道还能让它重演？

波涛澎湃，心事如潮。武林天骄在海边徘徊终日，终于下了决心，"不，不能让它重演！""一个是我所倾心的红颜知己，一个是我所佩服的道义之交。与其三个人都受创伤，何如让我一人默默忍受？"

他决意打消了飞龙岛之行，本来就想回转家乡，从此避开与蓬莱魔女、笑傲乾坤相见的了。可是紧系在他心上的那缕情丝，还是剪不断，解不开，心中想道："飞龙岛我是不去的了。但我也要看到他们平安归来，我才能放心离开。"就是怀着这样的心情，他躲在附近的山头，日夜盼望着海中帆影，盼望着能看到笑傲乾坤与蓬莱魔女渡海归来，只要能远远地看她一眼，看到她的影子，那也就心满意足了！

这一日他在山头上远远看到海中帆影，不觉坐立不安，船队渐渐向岸边靠拢了，至多一个时辰，蓬莱魔女就可能从这山下经过了，"她是否已与笑傲乾坤言归于好，一同归来呢？""这船队打着宋国的旗号，往飞龙岛赴会的则都是江湖汉子，不知那帮人是否就在这些船上？哎，蓬莱魔女该不至于在岛上遇险吧？"

他心中烦躁不安，于是走入林中吹起箫来，想平静自己的心情，待半个时辰之后，再上山头瞭望。蓬莱魔女、笑傲乾坤若在船中，那时也应该上岸了。

一曲未终，忽听得一个冷冷的声音说道："檀公子好个闲情逸致啊！"武林天骄吃了一惊，箫声戛然而止，回头看时，只见是一个四旬开外的青衣汉子，双目炯炯有神，手里拿着一根青竹杖。全身上下一片青色，给人一种阴森的感觉。

以武林天骄的武功，虽说他心神不属，但这人到了他的面前，他才发觉，则这人的本领至少也不在他之下了。

武林天骄一惊之后，定睛一瞧，又是一怔，失声说道："你是完颜将军么？"

那青衣汉子冷冷说道："檀公子，你还记得我？"原来这人正是从前做过金国御林军统领的完颜长之。当年广邀天下武学名家，入金宫研究那两大武学秘笈之事，就是由他主持的。

武林天骄道："完颜将军，你来江南作甚？"完颜长之冷笑道："这句话该我问你，你是金国的贝子，偷偷来到江南，干些什么？"

武林天骄道："我无官无职，我喜欢到哪儿便到哪儿，你管得着？"完颜长之道："你是金国的贝子，我就管得着！金宋乃是敌国，你放着好好的金国贝子不做，又不侍奉皇上的差遣，你私自逃奔敌国，简直是形同叛逆，我不该管你么？"

武林天骄道："我根本就不赞同你们穷兵黩武，侵人国土，我也并不把宋国当作敌国。"完颜长之喝道："檀羽冲，你反啦？"武林天骄道："完颜长之，你是利禄熏心，导君于暴虐。这一场仗打下来，对宋人固是祸害，对咱们金国的老百姓又有什么好处？"

完颜长之冷笑道："原来你果然是背叛皇上，私通敌国！哼，你是不是把《指元篇》的下半篇抄本送给柳元宗了？"武林天骄道："那本是他们宋国陈抟的遗著，即使我送给了柳元宗，那也是归还宋人。柳元宗给你们害得家破人亡，我给他送书治病，老实说，还是给你们赎罪呢！"

完颜长之大怒道："你私通敌人，证据确凿，居然还是你有理了？好，你有理你向皇上说去！"要知完颜长之最恼怒的就是这件事情，他苦心攻研那两大武功秘笈，自以为已有所得，可以天下无敌了，哪知柳元宗也得了全本，本领在他之上。宋宫一战，害得自己狼狈而逃，有辱君命。追源祸始，这都是武林天骄送书与柳元宗之故。他这一口怨气，当然也就要发泄在武林天骄身上。

武林天骄剑眉一扬，亢声说道："我不去又怎么样？"完颜长之冷笑道："你若还是金国贝子，我敬你几分。如今你已是背叛皇上，私通敌国，早已不把你自己当作金国贝子了，你以为我还能对你客气么？"

武林天骄冷笑道："好呀，完颜将军，那你就动手吧！"

完颜长之道："你不束手就擒，还要我动手么？好，别人怕你武林天骄，我偏要看你是如何'骄'法。哒，接招！"手中青竹杖一举，只见一片青绿的竹影，霎时间就似有七八个完颜长之，从四面八方攻来，同一时间，袭击武林天骄的奇经八脉！

武林天骄玉箫一挥，也幻出了一片碧绿的箫影，只听得叮叮之声，不绝于耳，霎眼之间，完颜长之那根竹杖已与他的玉箫碰击了三十六下，竹杖未能打碎玉箫，玉箫也未能折断竹杖。

武林天骄玉箫一吹，"呜"的一声，吹出了一口罡风，炙人如烫！完颜长之扬袖卷起一股冷风，与他的罡气抵消，身形一个盘旋，身法快到极点，一绕就绕到武林天骄背后，挥杖点他的大椎穴！

武林天骄头也不回，横掌如刀，一招"玄鸟划沙"，已是反手削出。完颜长之哼了一声，竹杖点地，一个盘旋，闪过了一边，冷笑说道："好一个闭气断脉的功夫，你会难道我不会么？来而不往非礼也，你也接我一招！"五指收拢，扬空一划，只听得嗤嗤声响，武林天骄腕脉隐隐酸麻，连忙默运玄功，一口罡气吹出，消解了对方袭来的阴力，但亦已禁不住微微气喘，退了三步。

完颜长之哈哈大笑道："你识得厉害了么？"双方使的都是闭气断脉功夫，但完颜长之神色自如，丝毫无损，显然是比武林天骄还胜一筹。

武林天骄横箫格开他的竹杖，蓦地喝道："你、你是杀害古月禅师的凶手！"要知古月禅师死于闭气断脉，这功夫只有柳元宗与武林天骄懂得，当时武林天骄尚未知完颜长之亦已学成，销声匿迹二十年之后，又再从金宫出来，偷到江南，所以当时没有想起是他。

完颜长之大笑道："你现在才知道么？"武林天骄大怒道："岂有此理，你光明正大地去杀古月禅师那也罢了，为何冒充作我，鬼鬼祟祟地前去害人？"完颜长之笑道："我还冒充你去会了宋国的魏良臣，故意让那笑傲乾坤发现呢！"武林天骄气得七窍生烟，骂道："你是金国的一个将军，却干下这等嫁祸于人的卑鄙行径，你不害羞，我也为你害羞！"完颜长之大笑道："兵不厌诈，我正是要你不容于宋国的武林豪杰，那也是为了救你，免得你与敌人勾搭，要你回到正路来啊，你不知感激，颠倒骂我，当真是不知好坏！"

武林天骄气得说不出话，玉箫挥舞，连下杀手。完颜长之冷笑道："檀贝子，你要拼命？那你可也休怪我手下无情了。"青竹杖指东打西，指南打北，招招都是指向武林天骄的要害穴道。

武林天骄对《指元篇》的内功心法与"穴道铜人图解"的点穴功夫，学得不如完颜长之的深厚，但他的师门武功，精深博大，也是极上乘的武功，以博对专，两相比较，各有所长，论理也可以与完颜长之打成平手。

但可惜他是在害了一场大病之后，身体虽已复原，精神却非充沛。在完颜长之狂风暴雨般的攻击之下，过了五十余招，渐渐感到气力不继，应付艰难。

眼看败象已露，险象环生，忽听得一声高亢愤慨的笑声，震得树叶纷落，林鸟惊飞，笑傲乾坤突然来到，后面还跟着一个铁笔书生文逸凡。

原来他们从山下经过，听得高呼酣斗之声，上山来察看究竟的。武林天骄与完颜长之的对话，他都听见了！正是：

重重迷雾随风散，月现云开始得明。

欲知后事如何，请听下回分解。

第五十七回　岂为私情忘大义
愿随一麾渡长江

　　笑傲乾坤喝道："原来你这厮是杀害古月禅师的凶手!"完颜长之一抖竹杖,冷笑道："是又怎样?"笑傲乾坤折扇一指,点向他的要害穴道,喝道："我杀了你!"

　　完颜长之竹杖一圈,将"惊神指法"使将出来,这是最上乘的点穴功夫,而以杖代指,又比只用手指点穴厉害许多。笑傲乾坤的点穴功夫比他稍逊一筹。只听得"嗤"的一声,笑傲乾坤的衣裳穿了一个小洞。

　　完颜长之哈哈笑道："你要杀我,最少还得再练十年!"话犹未了,笑傲乾坤已是倏地移形换位,折扇如刀,欺身直进,朝着他的手腕,闪电般地就横削下来!

　　原来笑傲乾坤在点穴这门功夫上虽是技逊一筹,但他的内功造诣,却比完颜长之较为深厚,完颜长之竹杖戳破他的衣裳,却未能将他点倒。他闭了穴道,默运玄功,硬接了完颜长之一杖,杖尖虽是触及他的身体,不过是隐隐作疼而已,并无大碍。

　　笑傲乾坤的折扇可以当作判官笔使,也可以当作五行剑运用,这一招"横云断峰",削他腕脉,却是五行剑的招数。以笑傲乾坤的功力,折扇削下,赛如利刃,若是给他削中,腕脉非断不可!

　　完颜长之识得厉害,焉能给他削中?身形不变,陡然间已是向后滑出数步,挥袖一拂,一股劲风向他卷来,要把他折扇卷出手去。而且在百忙中还横挥竹杖,架开了武林天骄的玉箫。

　　笑傲乾坤折扇张开,迎风一拨,恰恰抵消了对方那股真力,两股劲风相撞，化成了一根风柱，方圆数丈之内，沙飞石走，尘土弥空，就似碰上了龙卷风一般。

双方交手数招，彼此都知道是各有所长，至多是只能打成平手，谁都杀不了谁。可是目前的形势已是变成了完颜长之以一敌二，武林天骄虽然气力已衰，但他那身深奥的武功，以及暖玉箫中吹出的纯阳罡气，还是一个极大的威胁，更何况还有一个铁笔书生文逸凡在一旁虎视眈眈，随时可能扑来。完颜长之自知今日决计讨不了好，登时打定了三十六计，走为上计。

完颜长之武功也确是高强，在两大高手夹攻之下，居然能够脱出身来。只见他竹杖一带，使了个"黏"字诀，把武林天骄的玉箫引过一边。武林天骄气力不加，玉箫几乎把持不定。笑傲乾坤挥扇削去，完颜长之竹杖一竖，带着武林天骄的玉箫，与笑傲乾坤的折扇碰个正着，借力打力，迫得笑傲乾坤向侧面移开一步，武林天骄大怒，玉箫摆脱了对方粘黏之力，"呜"的一口罡气吹了出来，完颜长之闷哼一声，稍稍受了一点内伤，但已是一个鹞子翻身，身子腾空，纵出了数丈开外！

文逸凡大喝一声，双笔飞出。完颜长之人在半空，使不出气力，只能运用上乘武学中的"卸"字诀，竹杖轻轻一掠，"叮"的一声，一支判官笔给他拨转了方向，向另一边飞出。但第二支判官笔却只是准头稍偏，笔锋贴着他的一条臂膊擦过，刮去了他好大一片皮肉，但却没有伤着骨头。完颜长之大叫一声，半空中一个"云里倒翻"，落下山坡，转瞬之间，已是跑得无踪无影。文逸凡见他受伤之后，还能施展"八步赶蝉"的上乘轻功，也是不禁骇然。

武林天骄收了玉箫，说道："多谢华兄拔刀相助。"他见笑傲乾坤乃是与铁笔书生作伴，却不见蓬莱魔女同行，心中疑虑重重，却又不便一见面便开口动问。

笑傲乾坤哈哈一笑，说道："小孤山上我冤枉了你，如今咱们是恩怨两清，你不必谢我，我也无须负疚了。"笑声故作豁达，却也带着无限苍凉。

武林天骄怔了一怔，道："华兄既然明白了那是奸人拨弄，过去的事，那就不用再提了。华兄可是从飞龙岛回来？大伙们都平安吧？"

笑傲乾坤淡淡说道："你是记挂着柳清瑶吧？你等着和她相见吧，恕我失陪了！"

武林天骄忙道："华兄，且慢，我有话说。"但急切之间，却又不知如何启口。

笑傲乾坤纵声笑道："檀公子，你无须再说，这一局棋我已自甘推枰敛手，向你认输，你还不心满意足吗？"

武林天骄道："华兄，你错了！我根本就不想和你赌这局棋。柳女侠、她、她与你乃是……""珠联璧合"四字未曾出口，笑傲乾坤已经又是一阵狂笑打断了他，说道："你还何必假惺惺，你托人给我传话，你们之间的事情，你的心事，我都已一清二楚。你放心，我今后是漂泊江湖，再也不会插足你们之间，让你讨厌的了！"

武林天骄诧道："这，这是什么话……"话犹未了，笑傲乾坤已是说道："你的话等着向你的心上人说吧！"一声长笑，身形疾起，已是如箭下山！文逸凡叫道："华兄，华兄！你们闹的是怎么一回事？"笑傲乾坤头也不回，只听得他朗声吟道："浮云游子意，落日故人情。挥手自兹去，萧萧班马鸣。"吟声渐远渐寂。文逸凡虽未完全明白，却也知道是为了蓬莱魔女，三人之间的情孽纠缠。这是天下最难解开的纠缠，他一个局外人又帮得了什么忙？文逸凡只好叹一口气，飞快地追赶笑傲乾坤。

武林天骄大病之后，激战一场，早已气力不加，要追也追不上笑傲乾坤了。

武林天骄一片茫然，心中想道："华谷涵说我托人给他传话，这是怎么一回事？难道有谁恶作剧，故意挑拨是非了？但听那华谷涵的言语，虽是满腹牢骚，却也似诚心向我认错？这么看来，那冒名传话的人，又似乎不是存有坏心，要拨弄他与我不和了？"武林天骄想来想去，就是想不到是他姐姐。而他的姐姐，也确实没有挑拨是非，只是利用笑傲乾坤的"傲气"，把真相说明，令他自觉羞惭，退出情场的。

武林天骄难过了一会了，心道："我自问于心无愧，华谷涵不肯谅解，那也是无可如何！嗯，我见柳清瑶呢还是不见？要是她真的是喜欢我，我，我又何必理会旁人？"心乱如麻，就想下山，忽地脸上发烧，心中想道："檀羽冲啊檀羽冲，你曾经亲口向华谷涵许下允诺，甘愿让他的。如今也不知他是因何离开蓬莱魔女，真相未明，你就乘虚而入，这岂是大丈夫所为？嗯，即使他们之间有什么误会，他们毕竟志同道合，又都是汉人。唉，谁叫我不是汉人！"想至此处，只觉悲从中来，难以断绝，取出玉箫，把满腔的抑郁牢骚从箫声发泄。

且说蓬莱魔女为了少女的矜持，不愿追赶笑傲乾坤，与她父亲故意稍微放慢脚步，当他们从山下经过之时，正好听到了武林天骄这一曲箫声。

箫声如怨如慕，如泣如诉，是感慨也是自伤。蓬莱魔女心头一震，她听得出武林天骄吹的正是他们初次相遇之时，他为她所奏的那支曲子，用李商隐的一首诗所谱的曲子："凄凉宝剑篇，羁泊欲穷年。黄叶仍风雨，高楼自管弦。新知遭薄俗，旧好隔良缘。心断新丰酒，消愁又几千？"

"武林天骄就在山上，是见他呢，还是不见？"顿时间蓬莱魔女也不觉心乱如麻，茫然不知所措。柳元宗似是知道女儿的心事，说道："这是武林天骄的箫声。他于我有恩，和你也是朋友。你只要心地光明，又何必怕去见他？"

柳元宗已是看透女儿的心事，知道女儿在听到箫声之后，若然不见一见武林天骄，心中定是不安，尽管她不一定就是属意武林天骄，但总是有着一份深厚的友情。不过，他在话语之中，却也非常含蓄地提醒女儿，不要为情所累，仍然是稍稍偏袒笑傲乾坤的。

蓬莱魔女本是七窍玲珑，但此时她心乱如麻，却没有领悟她父亲话中的深意，一听父亲说得有理，立即便道："爹爹既是要去见他，女儿自当陪同前往。"心想："不错，无论如何，武林天骄总是个好朋友，我也未曾许配与笑傲乾坤，何须避嫌！"

柳元宗一声长啸，用传音入密的内功叫道："是檀公子吗？"便与女儿施展轻功，一同上山。

箫声飘散山巅水涯，兀自余音袅袅。但待得柳元宗父女赶上那座山峰，却只见空林寂寂，四野茫茫。武林天骄人影已杳。

原来武林天骄站在山上，从高处望下来，他看见蓬莱魔女，蓬莱魔女却没看见他。他看蓬莱魔女果然是无恙归来，心头大石放下。他本来只是想远远地看一看蓬莱魔女的，如今目的已达，心满意足，便悄悄地溜走了。

山高林密，以武林天骄的轻功，地上也没留半个足印，不知他走向何方？

蓬莱魔女幽幽叹了口气，心道："这两个冤家都是一样的性情！"

柳元宗也很难过，却劝慰女儿道："待战事过后，总会找得着他们。咱们还是赶往采石矶吧。"

山风过处，卷起松涛，听在耳中，如闻战鼓。蓬莱魔女瞿然一惊，心道："不错，目前正是烽烟处处，胡马窥江之际。干戈未静，岂能只是挂念儿女私情？"凭高望远，江南的沃野平原奔来眼底，视野广阔，胸襟也顿开朗了。蓬莱魔女笑道："爹爹，女儿想起来了，金主完颜亮说过想到江南来度中秋佳节的，如今已是没几天了。咱们可得赶快去助虞允文，叫他非但渡不了江，还要把他们的中秋节变成超幽节。女儿只是想以身报国，还有就是陪伴爹爹。除此之外，女儿也没有闲工夫去想它了。爹爹说得对，咱们还是赶快赶路吧！"

柳元宗舒了口气，笑道："清瑶，你真是我的好女儿！"他本来担心女儿为此悲伤的，如今雨过天晴，他放下了心上的石头，便与女儿翻过山头，续向前行。

他们父女施展了上乘轻功，不怕山路崎岖，便抄最短的小路赶往采石矶，平地上的八百里路程，走山路不过五百里，第三天中午之前，已是赶到了采石矶头虞允文的军营。

蓬莱魔女曾在虞允文军中住过两日，她渡江之初，在长江遭遇与金国有勾结的水寇，还是多亏虞允文的水师搭救的，而她也曾与虞允文的水师在长江上共同作战。虞允文的卫兵还认得她。因此，无须盘问，卫兵便给她传报。虞允文听说是她父女到来，喜出望外，立即便请他们到帅帐相叙。

柳元宗与虞允文见过了礼，刚刚自报姓名，虞允文笑道："柳老前辈丹心为国，惊天动地的英雄事迹，我早已听得华大侠说过了。今日得老前辈到来相助，真是求之不得！"原来华谷涵早已由辛弃疾的介绍，在未赴飞龙岛之前，已见过了虞允文。

蓬莱魔女急不及待，坐下之后，便探问军情。虞允文笑道："我正是有事要与柳女侠商量。"

蓬莱魔女道："我懂得什么，敢劳虞将军下问？"虞允文笑道："柳女侠不必故谦，你是北五省绿林豪杰的盟主，正要你出主意呢！"蓬莱魔女心道："想必又是华谷涵多嘴，说出我的身份了。"

虞允文接着说道："目前金国大军已在北岸结集，听说完颜亮也亲自来了。只怕就在这几天便有一场大战。"蓬莱魔女笑道："那我可来得正是时候了。虞将军有什么差遣，我赴汤蹈火，在所不辞。"虞允文道："我奉命守江御淮，应付金寇渡江，我是早有了准备。但敌众我寡，欲操必胜，那还得江北的义军配合。"

蓬莱魔女道："江北的各路义军，也早有了准备，只不知目前情况如何。"蓬莱魔女渡江南来之前，虽说是早已有了周密的布置，但总难免有点放心不下。心想虞允文或者会知道北岸义军的动态，希望能听到一些消息。

虞允文道："正巧你们那边，昨日有个人来，这人还是你的好朋友呢！我要和你商量的，就是怎样和北岸义军配合的问题。先请你的朋友来再说。"当下向一个护军吩咐了几句。蓬莱魔女听不懂军中术语，料想他是叫护军请那个人来。

蓬莱魔女心道："虞将军说这人是我好友，却是谁呢？"正在猜度，只见一个少女已揭开帐幕，和蓬莱魔女打了一个照面，两人都不禁惊喜交集，叫了起来。一个说道："小姐，这可好了，见着你了！"一个说道："明珠，原来是你！是玑瑁叫你来的吗？"原来这个女子乃是她的心腹侍女之一，名唤明珠，蓬莱魔女临走之前，将山寨的事情交给玑瑁，叫明珠做辅佐的。

明珠说道："正是。各路义军都已从各方赶来，在长江北岸会合了。但却有点困难，玑瑁姐姐叫我过江求援。"

蓬莱魔女连忙问道："什么困难？"明珠说道："各路义军首领

倒是忠勇奋战，决意要在金寇后方干他一场。可是这些首领，你也知道他们都是草莽英豪，比不上官军的纪律，玳瑁姐姐虽然代摄你的盟主职权，可是，可是……"

蓬莱魔女道："哦，我明白了！他们不听号令，不甘心让玳瑁指挥，是么？"

明珠说道："一方面是群龙无首，谁也不肯服谁；一方面玳瑁姐姐她也有点胆怯，恐怕挑不起这么重的担子。这不比往常的应付金寇'围剿'，这是要在敌后的一场大战。玳瑁姐姐她也没有指挥这么大兵力的经验。所以她叫我渡江，找小姐回去。要是找不着小姐，就请虞将军派人帮她指挥，南北两岸，义军与官军的联络，也得早早商量妥当。"

蓬莱魔女听了明珠的禀报，心急如焚，恨不得插翼飞过长江，当下说道："我放心不下的正是这件事情，既然如此，明日我就过江，请虞将军拨一条小船给我。"

虞允文沉吟半晌，说道："本来柳女侠亲自回去，那是最好不过。可是，我只担心，担心一样——"蓬莱魔女道："担心什么？"虞允文道："柳女侠，你是在北方长大的，只怕不大懂水性吧？"

这正是蓬莱魔女弱点所在，当初她南来渡江之时，就因为不懂水性，吃了樊通的大亏。她面上一红，说道："我本来不懂水性，但这次前往飞龙岛，经历过海上风波，也比较习惯了。明珠在海上的经验比我更少，不是也来了吗？我只要你给我一条小船，一个熟练的舟子。"

明珠说道："小姐你有所不知，我这次偷渡长江，亦是九死一生。来的四个人，中途碰到金寇的船只追击，其他三个人都牺牲了。我们的小船被敌人击沉，有两个人战死；我和另一个受伤的兄弟夺了敌人的一条小船，那位兄弟忍着伤痛给我操舟，到了南岸，他也伤重不治了。"想起那几个为她英勇牺牲的伙伴，不禁潸然泪下。

明珠抹了眼泪，接着说道："如今金寇大军云集，江面的布防，只怕比我来的时候更为严密了。他们以水师封锁长江，要想偷渡，难上加难。唉，小姐……"她偷渡长江，本是为了要把蓬莱魔女找回去的，但身经了危险之后，却又不能不为蓬莱魔女担心；可是北岸的义军，却又确是急需蓬莱魔女回去；明珠心中忐忑，急切之间，也不知是劝阻小姐的好，还是鼓励她回去的好。

蓬莱魔女柳眉一竖，毅然说道："不管如何危险，我都得回去。这一战关系太大，我岂能只是考虑个人的安全？"

虞允文击节赞叹道："壮哉此言！柳女侠既有如此雄心，我自当尽力设法，让你安渡长江。"原来他已想到了一个计策。

柳元宗道："虞将军老谋深算，愿闻妙计。"虞允文道："这一段江面，敌我隔江对峙，战线长达数十里。明日午夜时分，我在上游佯攻，柳女侠你这条小船就在下游偷渡。我叫两个最熟悉长江水道的水手给你操舟。明天是八月初十，即使有月亮也只是一弯眉月，你们趁着天黑偷渡，那就安全多了。"

柳元宗道："这计策很好，瑶儿，为父的和你一同渡江！"蓬莱魔女本不愿连累锋镝余生的老父，再与她同冒这样大的危险，但想到这次渡江关系太大，而父亲又下了决心，她也就不再反对了。

计议已定，第二日虞允文把那两个水手找来，介绍给蓬莱魔女相识。身材魁伟的那个名叫李吉，短小精悍的那个名叫王祥。这两人原来都是"翻江虎"李宝的部下，李吉还是李宝的堂侄。他们在长江上做了十多年的水寇，不但深谙水性，而且对这一段百数十里的长江水道，熟悉得就似自家门前的道路一般。

虞允文交代了这两人之后，命他们退下，对蓬莱魔女说道："这两个人忠心耿耿，你可以放心。你渡江之后，赶紧把各路义军联结起来。金寇声言是要到江南来过中秋，说不定在这几日就要大举进攻。但我自信可以守得住长江，决不至在中秋之前让他们得逞。我计划在八月十四反攻，已约好了李宝在山东海面策应，希望你们北岸的义军，也在同一天发动，扰乱敌人后方，和我们配合。"蓬莱魔女心想，明晚若是偷渡成功，还有三天工夫，时间是仓促了些，但无论如何，也得做到。当下说道："将军放心，我只要不死，一定遵令而为。"虞允文道："好，祝你今晚一帆风顺，平安渡江。你们现在可以走了，先到渡江的地点准备，一切有王祥、李吉给你们安排。"

蓬莱魔女谢过了虞允文，便与她爹爹以及明珠，随同李吉、王祥出发。明珠因为要给蓬莱魔女带路，义军是分散了隐蔽在乡村的，非她带去寻觅不可，故此一同回去。

这晚天公作美，是一个阴霾遍布的天气，没有月亮，也没有星星，对寻常的舟子来说，这是一个最坏的天气，决不能冒险开船的。但对他们来说，却是一个最适宜偷渡的天气。

到了二更时分，李吉、王祥带领他们下船，这两人真不愧是最高明的水手，在风浪之中，小船稳稳地向前疾驶，赛如奔马。最妙的是，他们只是竹篙轻轻一点，便能够把小船操纵自如，竟没发出丝毫声响，小船就似贴在水面滑行一般。蓬莱魔女心想："我在陆上可以施展踏雪无痕的轻功，这两人的操舟技术，也可以算得是水面上的上乘轻功了。"

他们开船不久，已是三更时分，虞允文的水师在上游发动佯攻，用"折冲机"发出石头炮弹，数千军士摇旗呐喊，引得金国的舰只大部开来，防备宋师偷袭。蓬莱魔女等人在下游也隐隐听得呐喊的声音。

沿途虽碰上几艘金国的巡逻船只，但在黑夜之中，他们还未分别出来的是否是自己人，王李二人操纵的小船，已是无声无息地轻舟疾过了。只有一次，有艘金国的战船，打起火把，喝问口令，但王李二人诈作听不见，绕道避开，黑夜如墨，江面辽阔，船上的人略有疑心，但也无可奈何。

轻舟逐浪，乘风疾驶，过不多久，已隐约可以望见对岸。蓬莱魔女松了口气，心道："谢天谢地，大约可以平安上岸了。"心念未已，忽觉小舟倾侧，似被一股激流卷进了一个喇叭形的港汊。李吉悄声说道："不要惊慌，咱们寻觅一个偏僻的地方登岸。"原来他是有意将小船开进这个港汊的。要知金国水师沿岸驻防，越近岸危险越大，李吉、王祥熟悉这里的水道，知道这港汊狭窄，水流湍急，金国的战舰开不进来，危险便可大大减少。

小船钻进了芦草丛中，船身也渐渐稳定了。夜色如墨，但岸上那连绵不断的篷帐，黑压压的如一大片丛林，还是可以看见。李吉叹了口气，小声说道："还有一盏茶的时光就可以上岸了，今晚渡江，总算是有惊无险。"

话犹未了，一阵风过处，忽听得芦草猎猎作响，蓬莱魔女还以为是风吹草动，不怎么在意。李吉、王祥却停了划船，小声道："有人来了，伏下身来。"

突然间也是一只小船从芦草中钻出，无声无息，显得那船上的舟子也是高明之极。李吉拨转船头，正要躲开，只听得"嗤"的一声，一道蓝色的火焰已从那只小船上射出，是一个妇女的声音喝道："来的是谁？"

柳元宗当机立断，一记劈空掌发出，将那支蛇焰箭打灭。但在这火光一闪之间，船上的那个妇人已看见了驾船的李吉、王祥。蓬莱魔女目光锐利，从船舱中望出去，也认出这个女人正是她当日初次渡江之时，在长江上遭遇的那个贼船婆娘。

那婆娘冷笑道："原来是你们两位，来这里做什么？"李吉道："韩三娘子，请看在往日之情，放我们过去。"

蓬莱魔女听得"韩三娘子"这个名字，不由得蓦地心头一动，记起了在飞龙岛上，那"闹海蛟"樊通临死之时，显得无限悔恨，所咒骂的就是这个韩三娘子！那时蓬莱魔女虽然不明真相，但从他的口气之中，也可以隐隐猜测得到，樊通之所以失身投敌，多半是被这韩三娘子所累。

蓬莱魔女心道："向这贼婆娘还求什么情？"果然便听得韩三娘子又冷笑道："你们不是跟随李宝投降了官军么？嘿嘿，你们害死了樊通，不顾江湖义气，还有脸向我求情？你船上藏的是什么人，说出来，我或许可以放你们过去。"

李吉、王祥在这危急的关头，哪有心情和她争辩，拨转船头，立即便逃。那韩三娘子驶船技术不在他们之下，紧紧追来，冷笑道："你们还想逃么？"摸出号角便吹！

韩三娘子那只小船虽是紧紧跟在他们后面，但也有十数丈之遥。夜色如墨，芦苇又密，蓬莱魔女纵有极高明的暗器功夫，也是无可奈何。

号角呜呜声响，划破了江面的寂静。但也只是吹了两下，只听得"蓬"的一声，江心突然涌起巨浪，那号角声也顿然静止了。

原来是柳元宗听声辨向，以绝顶神功，向韩三娘子那只小船发出了一记劈空掌！

柳元宗只恐摧毁不了她那只小船，掌力是打在她船头的水面上，以柳元宗的绝顶神功，这一下劈空掌击在水上，登时就似掷下了千斤大石，激起数丈高的水柱，韩三娘子冷不及防，饶是她最擅操舟，也已把持不稳，突然受震，号角脱手飞出，人也跌倒了。小舟失了掌舵的人，被巨浪一冲，整个翻转过来，登时沉没。

蓬莱魔女刚刚松了口气，李吉忽地叫道："不好！"只听得韩三娘子一声冷笑，那笑声已似到了她的船边。蓬莱魔女蓦地一惊，这才省起韩三娘子精通水性，有极高明的潜水功夫，上次她渡江之时，误搭贼船，也是在把韩三娘子打落水之后，给她在船底做了手脚，凿破船板，险险令她葬身鱼腹的。敢情这一次又是故伎重施！

柳元宗的绝顶神功只能施之陆上，在水上也是像他女儿一样，毫无办法。他不懂水性，倘若是用劈空掌功夫打下去，掌力打到深水以下，未必能把韩三娘子震伤，而激起的波浪，自己这只小船先要沉没了。

李吉道："我下去对付这贼婆娘！"跳下水去，只见波浪翻翻滚滚，既听不到兵器碰击之声，黑夜中连水底的人影也瞧不见。只是从波翻浪滚的情形，可以想象得到，他们在水中拼斗，非常剧烈！

王祥看出情形不对，说道："柳女侠，你们用重身法稳住这只小船！""卜通"一声，也跳进水去，与李吉联手，合斗韩三娘子！

波翻浪滚，比前更为厉害，柳元宗父女一个站在船头，一个站在船尾，使出千斤坠的重身法定住船身，小船兀是倾斜颠簸。蓬莱魔女手心捏了把汗，默默祷告，求上苍保佑王李二人打胜。

忽见江面上现出一道长长的水纹，似是有一只无形的巨手将一条白线拉过对岸，蓬莱魔女正自不知吉凶如何，忽听得"噗嗤"声响，王李二人已分开波浪浮了上来，上半身冒出水面。蓬莱魔女大喜道："你们胜了？"李吉道："不错，那贼婆娘已给我们赶跑了！"声音微颤，缓缓向小船游来。柳元宗精于医道，一听他们的声音，心头不觉一沉，连忙把竹篙伸出，将他们拉了上来。只见王李二人浑身染血，果然都是受了重伤，李吉伤得最重，胸膛给韩三娘子的分水刺划开了三道伤口。

柳元宗道："两位躺下，我给你们敷药。"李吉道："时机紧急，顾不得这么多了！"一上船便抢去掌舵，王祥也咬着牙根抵痛，抓了一杆竹篙立即划船。

柳元宗以轻巧的手法，将他们湿漉漉的衣裳撕开，蓬莱魔女与明珠同时帮忙，在他们的伤口上敷上了金创药。

只听得报警的角声呜呜吹起，原来是金国的水师发现了韩三娘子射出的那支蛇焰箭，此时正在向着这边赶来。几十只船的船头挂起了瓦风灯，已经照见了他们这只小船！

港汊狭窄，大船进不了口，折腾了一会，才调来几只小船。王李二人驶入芦苇丛中，使尽了浑身气力，可惜受伤之后，终是气力不加，速度自不及追来的小船。

柳元宗摸出了一把铜钱，用金钱镖的手法，反手发出。腕力惊人，打得又准确之极，那几只追来的小船，最近的距离也在十丈开外，最远的几乎有三十丈，但船头上的瓦风灯，却给他的铜钱"扑"地打灭了一盏，"扑"地又打灭了一盏，片刻之间，几只小船上的十几盏瓦风灯全部熄灭。王李二人在芦苇中把小船绕了个弯，追兵失了灯火，看不见目标，在芦苇丛中乱闯，王李二人已是悄无声息地把小船划到岸边。

但岸上也是人马喧腾，想是得到了水上的讯号，也正在向着这边跑来。柳元宗正待把王李二人抱起，但王祥、李吉二人已是不约而同地跳进了水中，李吉冒出半个头叫道："你们赶快上岸，我不能连累你们！"追来的小船，听得声音，又飞快向这边划来。

蓬莱魔女潸然泪下，但她既不能下水将他们拖起来，形势又是极端危急，小船距岸还有数丈之遥，只好当机立断，与父亲托起明珠，先把明珠抛上岸去，他们二人随即也跟着跳上。李吉嘶声叫道："柳女侠，请告我家舵主，务必把那韩三娘子除去！"蓬莱魔女回头一看，只见水上两个漩涡，正卷起一片红浪。原来是王李二人，不愿遭擒、被辱，已在水底自戕。

蓬莱魔女难过之极，但这时也已没有余暇给她悲伤了，她心中暗暗发誓："李宝杀不了那贼婆娘，我也必定杀了她给你们报仇！"当下，三人展开了轻功，避过了正面而来的那队骑兵。

虽然未曾脱险，但到了陆上，三人都是精神陡振，镇定了许多。明珠轻功稍差，但有蓬莱魔女带着她，也能跟上。

三人东躲西闪，刚刚绕过一重营帐，东方已是曙色初开，迎面忽地碰上了一小队巡逻的金兵，喝道："是谁？口令！"柳元宗一掠数丈，迎了上去，天色还未大亮，但他认穴不差毫黍，片刻之间，已是把那十几个人全都点了穴道。

前面那队骑兵听得喊声，忙折回来，发现十几个逻卒倒在地上，吃惊非小，大呼小叫道："贼人在这一边，在这一边！""在哪一边？怎的不见？""咦！身上没有血迹，受的是什么伤？怎的不醒？""看看咱们的人还有救没有？先搜查贼人要紧，若是刺客，惊动了皇上，这罪可就大了！"纷纷扰扰，七嘴八舌各有主张。

柳元宗父女与明珠三人，早已拐了个"之"字路，又绕过一重营帐。蓬莱魔女听得那些人言语，心里想道："完颜亮果然是到了这儿，哼，哼，他竟敢'御驾亲征'来了！"

"当，当，当！"有人敲着大锣叫道："来的只是几个小贼。各守营盘，不许自将惊搅！巡逻队进行搜捕！"原来金国的前路指挥怕是虞允文之计，派一小股人潜来捣乱，随后大举进攻，若然乱了阵脚，便正中敌方之计了。

好在他有这个顾忌，要不然各营士卒尽都出来，柳元宗等三人纵有天大神通，也是插翼难逃。

柳元宗眼看天色就要大白，巡逻队已经出动，四面兜截，天亮之后，实是难以躲藏。他一看，附近有个馒头形的小山丘，虽非山高林密，树木倒也不少。柳元宗当机立断，说道："上那山丘，人少，就杀过去；人多，就躲起来。山上比平地容易掩藏！"蓬莱魔女道："是！"拉着明珠，助她一臂之力，展开绝顶轻功，转瞬间，便上了山。天色尚未大亮，山中有树木遮光，比平地当然更沉暗得多。那些巡逻队伍，竟然没有发现他们。

山中黑影幢幢，柳元宗内功深厚，目力异乎常人，定睛看去，只见每隔十来步远，便有两个全身披甲的卫兵并立站岗。柳元宗心头微凛，想道："这里岗哨如此之密，难道是主帅的营帐所在?"但既来之则安之，说什么也只好闯过去。

柳元宗悄声说道："从树上过去!"树木虽非茂密，但每两棵树之间的距离，至多也不过四五丈，凭着他们父女的绝顶轻功，从这棵树跳过另一棵树并不困难，只是明珠较弱，但有蓬莱魔女拉她一把，也可以勉强跳得过去。

他们捷似猿猴，轻如落叶，无影无声，那些站岗的卫士做梦也想不到有人就从他们的头顶飞过。

山高不过数十丈，不多一会，就到了山顶。这时早已是天光大白，一轮红日且已从东方升起了。一到山顶，近接着满天阳光，眼界豁然开朗，柳元宗一眼望去，不由得大吃一惊，暗暗叫苦!正是：

避他鹰犬追踪急，却到龙潭虎穴来。

欲知后事如何，请听下回分解。

第五十八回　立马投鞭言炎炎
挺身抗暴气昂昂

　　只见剑戟如林，戈矛耀日，一排排的披甲武士，在山上隐隐列成阵势，正中插着一杆三丈来高的杏黄大纛，武士们列成的阵势，看得出就是拱卫这杆大纛的。

　　柳元宗吃了一惊，心道："这是天子的仪仗，难道……"心念未已，只听得士兵们齐呼"万岁"！一座帐篷开处，一个披着金色袍甲、威风凛凛的中年汉子，在卫士们簇拥之下，缓缓走了出来。果然是金国的皇帝完颜亮！

　　蓬莱魔女热血沸腾，手摸剑柄，手指微微颤抖。柳元宗悄声说道："瑶儿，不可造次。小不忍则乱大谋！"蓬莱魔女瞿然一惊，登时冷静下来。心中想道："不错。我这次回来，是要聚集义军，在金虏的后方，与宋国的大军配合作战的，这责任何等重大！若然此时跑出去行刺完颜亮，成功也还罢了，倘有失手，插翼难逃，岂不坏了大事？而在剑戟森森的拱卫之下，要刺杀完颜亮也是谈何容易？"

　　幸亏他们藏身的那棵大树，枝繁叶茂，距离那些兵士，也还有数十丈之遥，兵士们全神注意的是保卫皇帝，怎想得到在满山遍布岗哨的情形之下，有人已经偷偷上了山，藏在树上？

　　蓬莱魔女在树叶缝隙里看出去，只见完颜亮登上一座石台，眼望前方，也不知他是否看到了长江的波涛澎湃？

　　过了半晌，完颜亮缓缓说道："昨晚战事如何？江面似乎看不见敌人的舰队？"

一个将军模样的人站了出来，说道："禀告陛下，昨晚那些南蛮子只是趁着黑夜，出来捣乱，发了一阵石炮，摇旗呐喊了一会，也就退了。我方损失轻微，只是被打坏了几艘船，需要修补。"

完颜亮哈哈笑道："人人都说虞允文是个将才，依朕看来，也是不济事！他只敢虚张声势，偷袭一下，岂敢与朕正面交锋？"

那将军大拍马屁道："陛下天纵圣明，智勇双绝，莫说虞允文，就是岳飞重生，也不能是陛下对手。"

又一个将军道："咱们的兵马比他们多了十倍，他们若敢与咱们硬碰，那就正应了一句俗话，是以卵击石了。陛下，咱们的大军如今已经齐集，就是等待陛下的御旨渡江了！"

完颜亮道："这个，我已早有安排。到临安过中秋嘛，也许来不及了，但总可以渡过长江，在江南欢度佳节。"

将士们听了他的"豪语"，又是山呼："万岁！"完颜亮拍了拍掌，止了喧哗，又向那将军问道："听说昨夜有敌人偷渡过了江，是什么人，人数多少，已经捉到了没有？"那将军惶恐说道："还没有。不过陛下放心，几个小贼，总是逃不了的。"

完颜亮"哼"了一声，说道："几个小贼，究竟是多少个？两个、三个？还是五个、六个？几十万大军，连几个小贼都捉不到！甚至连确实的数目都不知道！贼人的模样都说不出来！要你们何用？"

那将军惶恐万状，跪下来不敢言语。旁边闪出另外一个将军，说道："陛下息怒，我倒是查问清楚了。偷渡的那只小船，两个舟子已经死了。另外三个人上了岸。"完颜亮怒气稍减，说道："是什么样的三个人？"那将军道："是两个女子和一个老头。"

柳元宗听得声音好熟，定睛望去，认得这人正是他的那个老对头完颜长之。原来完颜长之乃是宗室，比完颜亮长一辈，是完颜亮的疏堂叔叔。这次他从江南回来之后，完颜亮已恢复他原来的官职——御林军统领，并加"太子少保"衔。

完颜亮心中一动，转怒为喜，说道："究竟是皇叔能干。但你昨晚不是一直在这山上的么，几时下过去查问了？"

完颜长之道："我正要启禀陛下，我收录了一个女贼，本是长江水寇，投降了咱们的那个樊通的手下，名叫韩三娘子。昨晚韩三娘子碰上了敌人的那条船，那两个舟子就是她杀死的。可惜她现在受了重伤，不能来见皇上。"其实王祥、李吉这两个舟子，乃是自杀的。不过，韩三娘子虽然冒领功劳，她所报告的却确实是第一手材料。

完颜亮道："哦，那么，这韩三娘子认得那三个人吗？那两个女的是年轻的还是年老的？"

完颜长之道："黑暗之中看不清楚。不过，据韩三娘子说，那两个女的从体态看来都很年轻，她怀疑其中的一个是蓬莱魔女。这个魔女听说是北五省的绿林领袖，武功很是高强。"

完颜长之怕完颜亮不明白，要给他详说蓬莱魔女的身份。

完颜亮却已微微一笑，说道："这魔女朕是早已见过的了。那次朕在泰山封禅，这魔女跑来捣乱，可惜没捉着她，这次可不能容她跑掉了。"

说罢，忽的朝着那仍然在跪着的将军斥道："起来！你下去传令，务必要捉到那两个女的。只许生擒，不许伤了她们！你在御营挑选一百名最好的武士，捉不到人，你别回来见我。"

原来完颜亮那次见过蓬莱魔女之后，对她的美色念念不忘，因此听说是她来了，心里是又惊又喜。想道："即使这魔女本领再高，在几十万大军围捕之下，她也是插翼难飞。待捉到了她，朕叫皇叔废去她的武功，就不怕收她作为妃子了。"

那将军站了起来，但仍是伛偻着腰，声音颤抖，说道："陛下，这，这……"完颜亮喝道："你听清楚了命令没有？快去！"那将军似乎想说什么，却又不敢向完颜亮禀告，只好用求援的眼色抛给站在一边的完颜长之。

完颜长之道："启禀陛下，那魔女的本领很是厉害，陛下只许生擒，不许伤她，恐怕，恐怕很难。"完颜亮道："我知道她的本领厉害，但再厉害也厉害不过我的百万大军吧？"完颜长之道："不错，倘若发现了她，大军一拥而上，不难将她踩成肉饼。但难在不许将她弄伤。不能伤她，咱们的人就要伤亡多了。"

完颜亮怒道："你们一众将士，出发之前，都曾宣誓效忠于朕的。既是赴汤蹈火尚且不辞，如今去捉一个女子，反而害怕伤亡了？麻将军，我叫你挑选一百名勇士，就是准备这一百人都死光了，也要把那魔女捉来的！"

完颜长之这时已猜到了完颜亮的心意，暗自想道："当将士的，冲锋陷阵，为国捐躯，那是份所应为。但为了一个女子，却要葬送无数勇士，岂不教将士寒心？"心中不忍，说道："陛下，不如让我去吧。"他自忖拼着受点伤，有把握可以活捉蓬莱魔女，免得众多武士伤亡。

完颜亮双眼一翻，说道："皇叔，你别忘了你是御林军统领，你的职责是保护我的，你不能离开我的身边。好了，不必多言，麻将军，朕限你在午时以前，将那魔女带到，否则提头见我！"完颜亮因为完颜长之是皇叔身份，不便对他大发脾气，对那姓麻的将军他可就不客气了，发出了最严厉的命令！

那将军见皇上动怒，吓得面色灰白，只好叩头说道："奴才领旨！"当下便挑选了一百名武士，立即下山。这一队人恰巧从蓬莱魔女躲藏的那棵树下经过。蓬莱魔女暗暗好笑："我就在你的眼前，你没发现，这可活该你倒霉了。"

完颜亮道："皇叔，你刚才说的那个什么韩三娘子，你给我重重犒赏她。"完颜长之道："是。陛下，这韩三娘子倒是有心为咱们大金效力。她还有一条妙计，可以助咱们渡江，一举尽歼虞允文的兵马。"完颜亮诧道："她一个女流之辈，有甚力量，可助咱们渡江？"

完颜长之道："她熟识长江水道，据她说，每年八月十五前后几天，长江潮汐比平时大得多，她可以给咱们带路、领航，在一个最适宜的地方，黑夜渡江，杀敌人一个措手不及！只是她现在身受重伤，非得赶快给她医好不可。"完颜亮道："好！传旨叫御医去给她治伤！"完颜长之道："她，她还有话说。"

完颜亮道："她怎么说？"完颜长之道："成功之后，她要求陛下一件事情。"完颜亮道："什么事情？"完颜长之道："她不愿无功受禄，要事成之后才说。但却须陛下御旨许诺，灭宋后允她所求。"完颜亮笑道："这婆娘倒是古怪，但却也公平。好，咱们就当买卖做吧。你对她说，朕允她所请就是。"

完颜长之怔了一怔，道："要是她所求之事，是咱们难以办到的，这——"完颜亮大笑道："灭宋之后，朕富有四海，天下之事，哪有朕办不到的。除非她要天上的月亮！孤王的宝座！但谅她是个女流之辈，也决不至于要裂土封王。"完颜长之道："这个谅她不敢。"完颜亮道："好，那还怕什么答应她？嘿，嘿！何况权柄操在咱们之手，倘若她真敢提出什么非分的要求，咱们不会——嘿，嘿！'喀嚓'一刀，把她杀了？"

完颜长之心道："一国之主，岂能失信于妇人。"但完颜亮已然如此说了，他也只好说道："陛下圣见，非臣可及。当今最最紧要之事，是如何渡江，这韩三娘子能为咱们带路，陛下先下御旨，允她所求，令她一心一意为陛下效力，确是上上之策。"完颜亮笑道："现在最紧要之事，是赶快把她医好了！"当下立即传令营中太医，由完颜长之的护兵带他去给韩三娘子治伤。

蓬莱魔女气得七窍生烟，心中想道："这韩三娘子助纣为虐，竟要带敌人渡江，真是万死不足以偿其辜！"恨不得一箭把那太医射死，叫他救不了韩三娘子。可是在这样剑戟森严的防护之下，她纵是满腔愤恨，也只能强忍住气。

只听得完颜亮又道："那婆娘说八月十五前后，长江潮汐异于常时，最利渡江。但我要知道得更切实一些，什么时候起潮？"

完颜长之道："这个我倒问过她了。是八月十三月亮起时。不过，在什么地方最宜偷渡，却还须她领航、带路。"

完颜亮道："好，那咱们就在八月十三晚上三更时分渡江。你马上叫人传下密令，叫各营总兵准备！"

在完颜亮周围的都是他最亲信的心腹将士，他颁下密令，自是无须顾虑会泄漏出去。

却不料隔"邻"有耳，躲在树上的蓬莱魔女已是听进耳中，心里又喜又惊，要知此刻已是八月十一日的早上，距离完颜亮所要渡江的时间，不过是三个白天和两个半晚上了。而虞允文与她约好，由义军与南岸官军配合出袭的时间，却是八月十四的白天。

蓬莱魔女心急如焚，想道："时间紧迫，我必须把这消息送出去，否则差了那么半天，可能就误了大事！"

完颜亮定期在八月十三午夜偷渡长江，现在是八月十一日早晨。那么，在这三天之内，蓬莱魔女至少要做到下列三件事情：一、找到玳瑁；二、与各路义军的领袖会合；三、派人送信给虞允文，要他提前半天发动攻击。而第三件事情又必须在第一件事情成功之后，才能找得到人送信。在这么短的时间之内，要做到这三件事情，一定要机缘凑巧，处处顺利，否则稍有阻碍，就要前功尽弃！

时间这样紧迫，但现在他们却还被困在山上，根本无法脱身。蓬莱魔女几乎想不顾一切，硬闯出去。但山上有金国最精锐的羽林军武士千人，山下更有数十万大军，硬闯出去，无异自投罗网！

蓬莱魔女正自心中焦急，只听得完颜长之又道："还有一个喜讯，禀报陛下。"完颜亮道："什么喜讯，仔细道来。"

完颜长之道："柳元甲是江南一霸，水陆两路的黑道人物，都奉他为主的。如今咱们已与他接洽好了，只等陛下定夺。"

完颜亮道："他提出了什么条件？"完颜长之道："咱们一旦渡江，他就在江南作为内应。他准备打出保境安民的旗号，在他力所能及的地盘之内，不许宋国官军通过。"

完颜亮道："很好，咱们有几十万大军，不必他出兵助战，只是这样已经大大有助于咱们灭宋了。"

完颜长之道："还不止呢，他现在身任江南的武林盟主，还有一位副盟主是飞龙岛的一股水寇头领，实力比从前投降咱们的那个闹海蛟樊通更大，他也与咱们约好了，咱们几时渡江，他就与咱们配合，在水上接应。"

完颜亮道："这更妙了，马上派人给他送信，叫他在山东海面攻击宋国水师。这里的采石矶之战，有咱们对付虞允文已足够了。朕所忧虑的是他们东面海上的援军。"

完颜长之对完颜亮的残暴寡恩虽然微有不满，但对他的战略部署，却甚佩服，由衷赞道："陛下指挥若定，恰如六辔在手，一尘不惊。今番定可以并吞南宋了。那飞龙岛主有众逾万，虽然还不算很强，但在水路截断宋国援军，最少也可以阻迟他们几天。那时咱们早已渡过长江，大功告成了！"

完颜亮道："他们要咱们答允什么条件，你还未说呢。"

完颜长之道："柳元甲想请陛下把两淮南北的地区让他割据。他愿对金国纳贡不来朝，听调不听宣。"

完颜亮道："哦，这么说，他是要自成一国，自立为主，只做咱们的藩属了？"

完颜长之道："不错，他的意思正是这样。两淮南北是江南最富庶之地，陛下圣意如何？"

完颜亮道："当然答允他！"完颜长之道："是。我懂得陛下意思了。权柄操在咱们手上，渡江之后，赏罚还不是由得咱们？"

完颜亮道："不，这次的赏是真的。渡江之后，让他为王！"

完颜长之自以为懂得了皇上的意思，听了完颜亮这番话，大惑不解。完颜亮哈哈笑道："运用之妙，存乎一心。柳元甲的身份与那韩三娘子不同，对付他们也自当因人而施。江南未定，对这样的人需加笼络，待到天下都是大金的之后，那时再设法除他不迟。汉高祖刘邦与项羽争天下之时，韩信求汉高祖封他为假齐王，汉高祖索性封他为真齐王。但韩信最后还是免不了未央宫的一刀。汉人的史事，也可以供咱们学到一些东西的。皇叔，你身为大将，也该多读史书。"

蓬莱魔女听了这番议论，也自不禁有点不寒而栗，想道："完颜亮之残暴阴狠，实是人间少有！可恨我那丧尽良心的叔叔，竟然受他利用，助纣为虐。"

完颜长之大为佩服，说道："陛下天纵圣明，文事武功，都足以震古烁今，这番定然一举荡平江南！"

完颜亮哈哈笑道："朕刚才做了一首诗，念给你们听听！"独立石台之上，顾盼自雄，半晌，手指前方，朗声吟道："万里车书尽混同，江南岂有别疆封？提兵百万西湖上，立马吴山第一峰！"

诗意是说天无二日，民无二主，不能容南宋与大金并立。吴山是南宋首都临安（今杭州）内的一座山，"提兵百万西湖上，立马吴山第一峰。"那已是把临安当作囊中之物，准备进军之后，在吴山立马庆功了。就诗论诗，气概倒是十分豪迈。

完颜长之等一众将士齐声欢呼，立即就把他们皇上这首诗唱起来，完颜亮拔剑斫石，纵声狂笑！蓬莱魔女气得心肺欲炸，想道："完颜亮你如此狂妄，我倒要看你横行能到几时？你要立马吴山，只怕先要葬身鱼腹。"

完颜亮的将士正在欢腾，忽见一个军官骑马上山，完颜长之喝道："圣驾在此，什么人胆敢骑马！"那军官翻身下马，膜拜说道："臣前路指挥使哈尔盖有紧急事情禀报，请皇上恕罪。"

完颜亮斥道："何事大惊小怪！难道南蛮子敢渡江来攻咱们不成？"

哈尔盖颤声说道："军情倒没有什么变化，只是、只是——"完颜亮厉声道："只是什么？"他做了一首自以为"气吞牛斗"的好诗，正在飘飘然接受臣下的颂赞，这个时候，当然不喜欢有人来败坏他的"豪兴"。

哈尔盖讷讷说道："昨晚偷渡的那几个敌人，有人看见是向着这个方向逃跑，只怕、只怕已经上了这座山了。奴才怕万一是刺客，惊、惊动了圣驾！"

原来这哈尔盖以"前路指挥使"的身份，昨晚亲自率领巡逻队搜查。但因这座山是他们的皇帝"驻跸"之地，在别的地方他可以随意搜查，这个地方，他的手下却是不能随便上来的，必须禀明皇上，才敢搜查。

昨晚负责值夜的侍卫长大吃一惊，道："哈将军，是你亲自看见的么？你拿得准刺客当真是上山了？这山上五步一岗，十步一哨，我就不信刺客能够上来，而居然没有给人发现！"要知倘若哈尔盖所说是真，这侍卫长就难逃"守卫不严"之罪。

哈尔盖虽然怕结怨于侍卫长，但更害怕敌人潜伏山上，查了出来，这天大的关系他可担当不起。只好硬着头皮说道："奴才昨晚率领巡逻队四处兜截，那几个黑影到了这山下就没了踪影，只怕、只怕多半是藏匿此山了。"

完颜长之深知蓬莱魔女的轻功本领，说道："既然如此，总是小心谨慎的好。还是搜一搜吧！"

完颜亮这一惊亦是非同小可，但随即想道："这么多人，又有

蓬莱魔女又惊又喜，只见这个挺身而出，
挡住金兵的少年，果然是武林天骄。

皇叔在此，怕她什么？"于是哈哈笑道："朕正要活捉那个魔女，她若当真是自投罗网，朕正是求之不得！山下有人把守了么？"

哈尔盖道："奴才所部的三千铁骑，已把这座山团团围住了！"

完颜亮大笑道："好，这一回可要叫她插翼难逃！立即搜查！"

蓬莱魔女暗暗叫苦，完颜亮的手下，能够纵高窜低的能人不少，这一搜他们决计难以藏匿。蓬莱魔女银牙一咬，正要请她父亲与她一同冲出，忽见父亲摇了摇头，示意叫她不可妄动。蓬莱魔女心道："难道束手待毙不成！"这时完颜长之与哈尔盖已率领武士，列成队形，就要向两边伸开搜索了。

就在此时，蓬莱魔女忽听得似是有人在她耳边低声说道："伺机向西北逃！"正是武林天骄的声音。他用的是上乘的"传音入密"内功，人却不知躲在何处。他用"传音入密"的功夫，对方至少要与他功力相若，方能听见。

蓬莱魔女又惊又喜，但却不知他所说的"伺机而逃"，这一"机会"从何而来？心念未已，只听得完颜长之已是猛地喝道："林子里是谁？"原来他的功力与武林天骄乃是在伯仲之间，后者的"传音入密"功夫，可以瞒得过别人，瞒不过他。但因武林天骄所在之处离蓬莱魔女较近，离他较远，所以蓬莱魔女听得字字分明，而完颜长之则是隐约感到有人藏在林中，悄悄说话，至于说的什么，却是听不清楚。

武林天骄一声长啸，挺身而出，朗然说道："你们都没长眼睛吗？我就在这儿，你们还要到哪里搜索？"

武林天骄这一骤然现身，自完颜亮以下，人人都是大吃一惊。完颜亮喝道："还不快快给我拿下！"众武士惊魂稍定，发一声喊，登时如潮涌上，将武林天骄团团包围。完颜长之不敢离开皇帝，取出了一对判官笔，仍然在完颜亮身边，担当保护之责。

武林天骄不慌不忙地举起玉箫，凑到唇边，"呜呜"地吹了两声，纯阳罡气从暖玉箫中吹出，威力惊人，只见在他面前的一棵大树，树叶纷纷坠下，转瞬之间，只剩下光秃秃的树枝。本领较弱的武士，耳膜如受利针所刺，慌忙把双手掩住。

武林天骄放下玉箫，淡淡说道："皇上，这些年来，你派人到处找我，如今我自己来了，你就不能容我说几句话么？"随即玉箫一挥，双目横扫包围他的那群武士，接着说道："我不想伤害本国弟兄，但你们若是强来，我也只好被迫自卫了！请你们稍待片时，容我把话说了，我甘愿束手就擒！"

武林天骄在金国是一个传奇人物，对他的武功，有许多夸张的迹近神奇的传说。尽管他与金主完颜亮作对，但金国的武士，却十居八九是对他暗暗佩服的。此时见他又露了这手惊人的功夫，一时之间，竟是无人敢上。

完颜亮听得他口称"皇上"，怒色稍霁，说道："檀羽冲，你心目中原来还有君父么？我只道你是丧心病狂，自绝于国人的了？好，你既然还有一点良知，我就容你说几句话！"

武林天骄剑眉一竖，朗声说道："我此来只是劝你一句话，古人说要'悬崖勒马'，我是劝你'临江勒马'，早早回头！"

完颜亮大笑道："我灭宋已在旦夕之间，你却劝我临江勒马！我不依你，你又如何？"

武林天骄冷冷说道："你不听我所劝，那就是丧心病狂，自绝于国人了！我只怕你未能渡江，已是身败名裂！"

完颜亮心中怒极气极，却发为狂笑道："你休道天堑不能飞渡，我投鞭足以断流！我为大金混一天下，功业震古烁今，国人对我歌功颂德还来不及呢，你居然敢诽谤于我。"

武林天骄以更响亮的笑声压过了他，说道："你悉索敝赋，妄图侵宋，未见其利，先见其害。即使你能吞并江南，对老百姓又有什么好处？老百姓早已民穷财尽了！何况前有虞允文扼守长江，后有老百姓的民军，义旗纷举，你把国运作孤注一掷，必败无疑！你说什么功业彪炳？依我看来，只是痴人说梦，水月镜花！"

完颜亮大怒道："住口！"武林天骄不理不睬，滔滔不绝地说下去道："再说，你以为你有百万大军，就足以投鞭断流了吗？咱们的士兵与宋人无仇无恨，背井离乡，冒葬身鱼腹之险，所为何来？他们根本不知为何而战，岂肯为你尽力！"

完颜亮道："哼，哼！你敢煽惑军心，背叛朕么？你身为金国之人，竟诅咒金师，盼它全军覆没么？"

武林天骄道："我正是为了爱护金国，才来劝谏，请皇上临江勒马，转祸为福。那时金国百姓，才会真心歌颂陛下功德！请陛下三思！"

完颜亮冷笑道："檀羽冲，在你之前，也有许多人劝阻朕兴兵伐宋，你可知道他们的下场如何？"

武林天骄淡淡说道："我知道那些人都给你杀了。连你的亲生母亲，因为你妄图侵宋之事，说了你几句，也给你毒死了！我今日敢来劝谏，性命早已置之度外！"

完颜亮尽杀劝谏诸臣之事，人所共知；但他毒死母亲，却是外人还未知道的秘密。武林天骄说了出来，把完颜亮气得浑身发抖。一众将士听了也暗暗寒心。完颜亮怒气稍过，才说得出话来，冷笑道："你造谣诬蔑，诅咒王师。好，我现在不杀你，待我渡江之后，我要你亲见我的胜利，我才拿你祭旗！叫你自知愚蠢，死得瞑目！"

完颜亮正待发令将他活擒，忽听得山下人声喧闹，完颜亮抬头望去，只见一个军官驰马上山，大声禀报道："那两个女贼，已经发现了！"

这军官是哈尔盖的副将，奉命领兵包围此山，防备藏匿山上的敌人逃跑的。但如今已在山下发现了他们皇上所严令捕拿的两个"女贼"，所以他们必须赶紧上来请示，是该遵守原来的"将令"包围此山呢，还是遵奉皇命去追捕"女贼"呢？

蓬莱魔女听了，大为奇怪。心道："哪里又来的两个女贼？"

心念未已，只听得武林天骄哈哈笑道："完颜亮，你以为你聪明得紧么？嘿，嘿！饶你再聪明，你也须中了我调虎'围'山之计！"他故意更改一字，把三十六计的"调虎离山"说成了"调虎围山"。

完颜亮本是一心一意要活捉蓬莱魔女的，只因武林天骄突如其来，他的注意力才暂时移转。如今听得手下禀报是在山下发现了"女贼"，又听了武林天骄这一番讽刺的说话，蓦然一省，不由得面色大变，喝道："檀羽冲，原来你是与那魔女串通了的！"

武林天骄大笑道："不错，你这才知道上当了么？嘿，嘿，要不是我有心让哈尔盖这蠢材瞧见一点影子，我怎能把你这三千铁骑引来！"

哈尔盖大惊失色，心道："原来我们的人，昨晚发现有人上山，竟是武林天骄故意布下的疑阵。上山的是他，不是那两个女贼。我却把三千铁骑都调来包围此山，这可真是中了他调虎'围'山之计了！"自完颜亮以至哈尔盖等人，此时尽都"恍然大悟"；却哪里知道，这才真正是武林天骄的"故布疑阵"，他们的"恍然大悟"，恰巧又正是"误入迷途"。

完颜亮大怒，指着哈尔盖骂道："蠢材，还不赶快下山，飞骑追捕！呆在这里做什么？"哈尔盖忙应道："是！"抢着跨上一匹战马，疾马下山，率领他原来围山的三千铁骑，追赶"女贼"。

完颜亮发了命令，随即纵声笑道："檀羽冲，朕还是要笑你是个蠢材，你故布疑阵，只是能骗得过哈尔盖一时而已。在朕的铁骑追捕之下，你的心上人始终逃不过朕的掌心！哼，你使的什么巧计，也不过是自投罗网而已。""把他拿下！待那魔女擒来，叫他知道朕的厉害！"那班武士虽然敬畏武林天骄，但主子已经下了命令，非立即活擒武林天骄不可，他们只好豁出性命，一拥而前。

武林天骄蓦地飞身疾掠，从众武士头上飞过，径向完颜亮扑来。完颜长之双笔齐出，喝道："你好大胆，冒犯皇上！"武林天骄横挥玉箫，将完颜长之双掌架开。他们功力悉敌，武林天骄固然不能前进，完颜长之也不能将他迫退。那一班武士只恐武林天骄伤了皇上，慌忙又跑过来，将他团团围住。场中登时乱成一片。

躲在树上的柳元宗悄声道："时机到了，跑！"展开绝顶轻功，一溜烟地向着西北角疾奔。蓬莱魔女带着明珠，紧紧跟在父亲后面。此时蓬莱魔女对武林天骄，当真又是感激，又是心伤。她知道武林天骄是有意牺牲自己，救她们父女脱险。可是她有大事在身，却只能自顾逃跑，不能兼顾武林天骄了。

蓬莱魔女使出"八步赶蝉"的绝顶轻功，虽然拖着一个明珠，仍是迅逾飘风。那些武士都在用神对付武林天骄，十之八九，毫无发觉。有几个人发现了他们，但只是一晃眼间，蓬莱魔女等人已是翻过山头，在他们眼前消失了。

完颜亮站在高处，隐隐还可看见一团白影。他虽然看不清楚蓬莱魔女的形貌，但看到了衣袂飘风，也大致可以分辨出是两个女子。这一下，完颜亮才当真，恍然大悟：又上了武林天骄的当了！

完颜亮气得七窍生烟，大喝道："务必拿下，死活不论！活擒封万户侯，格毙赏黄金千两！"

武林天骄知道蓬莱魔女已经脱离险地，心上放下了一块石头，遂纵声笑道："完颜亮，你连一个女子都奈何不得，还做什么吞并江南，统一天下的春秋大梦？你要杀我，我让你杀好了。我是金国的大好男儿，恨的只是暴君，我决不与本国弟兄拼命。嘿，嘿，你杀了我，我也不过在黄泉路上先走一步而已，只怕你将来的下场，比我还更不如！"说罢，哈哈一笑，停止抵抗，束手就擒。

完颜亮怒极气极，说道："你求速死，朕偏不如你心愿！你敢小看我，好呀，我就留着你慢慢折磨，叫你亲眼看到朕'立马吴山第一峰'之后，再挖掉你的眼珠，叫你求生不得，求死不能，今生今世，永远做个贱奴！"

蓬莱魔女已经翻过了这座山头，但武林天骄的话语，随风吹送，她还是隐约可闻，不禁心中痛如刀割。柳元宗知道女儿的心情，低声劝慰她道："瑶儿，你要记住你肩负的重担！只有打赢了这一场仗，彻底击败了完颜亮，这才是救了宋国的百姓，也救了金国的百姓。也只有这样，才是报答了檀羽冲救命之恩。"

蓬莱魔女吞下了眼泪，说道："孩儿理会得。"但她虽然懂得这个道理，悲痛仍是不易消除，心中想道："檀羽冲舍身救我，我却不能救他。今生今世，只怕是永远不能报答他了。"

她因距离太远，完颜亮后来说的那段话，她没有听见，只道武林天骄落在完颜亮的手中，已是必死无疑。

背后忽地传来一阵呐喊声，原来是有一班武士，兀自想擒住蓬莱魔女领功，紧紧追来。

蓬莱魔女瞿然一惊，如在恶梦中醒来，知道已是没有时间容她悲伤了。于是强抑悲伤，加快脚步，那班武士，怎赶得上她，转瞬之间，已给她远远甩在后面。正是：

休夸天堑能飞渡，一女挥刀胆已寒。

欲知后事如何，请听下回分解。

第五十九回　刁斗风生来侠女
　　　　　　胡笳声动聚群豪

　　翻过山头，走了一段羊肠小径，沿途虽然经过十来个"哨岗"，但那些站岗的卫士，焉能是柳元宗父女的对手，幸而柳元宗不想伤人，只是把他们点了穴道，要不然他们连性命都难保全。

　　山路越来越是险窄，穿过了一个山坳之后，前面已无哨岗。但见山坡上满是荆棘，瘦石嶙峋，寸草不生。柳元宗迈开大步，就从荆棘上跨过。明珠的轻身功夫较弱，要飞越这一大片荆棘，稍有困难。蓬莱魔女不想耽搁时间，双臂贴着明珠，轻轻将她一带，衣袂迎风，嗖嗖嗖，一口气飞掠过一片荆棘，转瞬间已到山下。

　　柳元宗父女松了口气，抬头一望，这才知道了武林天骄指点他们向这个方向逃跑的原因。原来因为此山的西北面地形险峻，而又寸草不生，不但这一面山上的哨岗较少，山下也没有兵营。金国的骑兵多，安营立寨之处，必须是多有水草之地。而且这一面的地形，也不宜大军驻扎。

　　原来围山的三千铁骑已经撤走，再也无人阻拦。柳元宗当先开路，向着田野疾跑。但也还未能立即跑出长江北岸金国大军的防区。

　　只见东南面烟尘滚滚，健马嘶风，一大队金国的骑兵，正在向前追逐。前头是两骑骏马，跑得非常之快。大队的金国骑兵，采取扇形的包抄之势，但最近的前锋，和那两骑马的距离也还在十丈开外。

　　蓬莱魔女道："咦，马上的似是两个女子！"定睛看去，隐约可以认得是赫连清云和赫连清霞两姐妹。转瞬之间，她们那两骑快马已过了视野之外，远远看去，平原上只见两个黑点。后面那一大队骑兵仍然紧追不舍。

蓬莱魔女恍然大悟，原来敌人所说的那两个"女贼"，就是赫连姐妹，是她们替代自己，引开了金国的追兵。这一巧妙的安排，当然是武林天骄所出的主意了。

蓬莱魔女又是感激，又是担心。心想道："赫连姐妹的坐骑虽快，但却怎能摆脱金国的大队追兵？"

心念未已，忽又听得号角齐鸣，隐隐听得东面的金兵喧哗之声，柳元宗凝神一听，说道："那些金虏说是发现有敌人来袭！"不久，南面、西面也响起了号角声、金鼓声，那两面的金兵，也在喧哗叫嚷，说是发现敌人，"战场"上登时混乱，追赶赫连姐妹那队骑兵不知来了多少敌人，不敢离开大营太远，连忙回头。

蓬莱魔女笑道："好了，赫连姐妹和咱们都可以脱险了！"

柳元宗父女放下了心上的石头，由明珠在前带路，一口气跑出了十里路程，回头一望，并无追兵，这时他们已远离了金国大军的营地，才算是真正脱险了。

蓬莱魔女放慢脚步，让明珠喘过口气。走了一会，蓬莱魔女张目四顾，忽然"噫"了一声，说道："奇怪！"

柳元宗道："何事奇怪？"蓬莱魔女道："偷袭金军的是哪路人马？怎的来无踪去无迹的，此事不是太奇怪了吗？"

要知南岸的宋军隔着一条长江，若是宋国发动攻击，一定是在水上交锋，绝不能突如其来。所以唯一的可能，只有是小股的义军，来偷袭金国大营。但若然如此，必定是达成了破坏的任务之后，便要立即撤退的，可是他们一路行来，却没有碰见一个义军，四面张望，甚至连一匹马的影子都看不到。

柳元宗想想也觉奇怪，笑道："既是猜想不透，那就只有到了义军的营盘，再问个明白了。"

说话之间，忽听得马铃声响，前面突然出现了一小队金国骑兵。柳元宗一看不足十骑，随手便抓起一把石子，正要发石伤人，蓬莱魔女急忙叫道："爹爹住手，来的是朋友！"

柳元宗愕然住手，转眼之间，那小队骑兵，已经到了他们面前，为首的那个军官，不是别人，正是耶律元宜。

耶律元宜跳下马背，说道："恭喜，恭喜，柳女侠，你脱险了！"听他说话，早已知道了蓬莱魔女被困之事。

耶律元宜是辽国志士，辽亡于金之后，他伪降金国，图谋恢复大辽。他是赫连清霞的情人，与武林天骄也是至交好友。这些事情，蓬莱魔女都是早已知道了的。但见他还有七八骑金国武士随行，却也还不禁有点惊疑不定。

耶律元宜笑道："这些人都是我的心腹，并非金人，有话但说无妨。"

蓬莱魔女道："我们的事情，你怎么知道的？怎的打这里来？"

耶律元宜道："武林天骄昨晚就是住在我的帐中。昨晚你们偷渡，给人发觉，我也曾假意帮忙哈尔盖搜索。武林天骄定下计策，让清云、清霞两姐妹冒充你们主婢的身份，引开金国追兵，我怕她们有什么危险，假作追捕，护送了她们一程，这才绕道回来。"蓬莱魔女恍然大悟，说道："刚才金军在四面发现'敌人'，敢情也是你们弄的玄虚？"

耶律元宜笑道："正是。我叫手下偷偷地在四个营帐里点起火来，然后又叫他们在四处奔跑乱嚷，假报军情，引起混乱，要不然赫连姐妹还真不容易逃脱呢！"

蓬莱魔女道："幸亏有你暗中相助，要不然我们也难逃脱呢。只是，你也忒大胆了！"

耶律元宜笑道："人多众乱，哪能查究出为首捣乱之人？而且我也早有准备了，我立即离开营地，随着哈尔盖追踪'女贼'，就是为了避免嫌疑。"

蓬莱魔女叹了口气，说道："你们冒这么大的危险，救了我们父女，我们实是感激不尽。唉，只可惜——"

耶律元宜听了几句，已知她要说的是谁，吃了一惊，连忙问道："不错，我正要问你，武林天骄是怎么了？"

蓬莱魔女黯然说道："他已被完颜亮所擒，如今生死未卜。"

耶律元宜想了片刻，说道："只要不是当场格杀，倒还有一线生机。"

蓬莱魔女道："何以见得？"耶律元宜道："完颜亮自大成狂，妒忌之心极重。武林天骄在金国素著声望，武士们对他尤为佩服。完颜亮是容不得别人在任何一方面高过他的，所以，即使武林天骄不反对他，他也是早就把武林天骄当作眼中钉、肉中刺的了！"

蓬莱魔女道："这么说来，武林天骄还焉有生还之望？"

耶律元宜道："正是因为完颜亮妒忌心重，他非得把武林天骄压下去不可。他以为他这次必定可以并吞南宋无疑，我料他由于此念，多半会把武林天骄留下不杀，待他'成功'之后，再当众折辱武林天骄，好显出自己见识高明，才华卓绝，无人能及。嘿，嘿，只要武林天骄还未丧命，我就有机会可以救他了！"耶律元宜"追随"了完颜亮多年，倒也算得是摸透了完颜亮的脾气。

蓬莱魔女半信半疑，但心中总是多了一层希望。于是说道："如此只有全仗将军为他尽力了。"

耶律元宜哈哈一笑，说道："我与他也是情如兄弟，不须女侠多嘱咐了。"蓬莱魔女给他一笑，不觉杏脸泛红。

耶律元宜似乎想起了一件重要的事情，肃容问道："柳女侠从江南来，想必是见过虞将军的了？义军派遣使者渡江与虞将军联络之事，柳女侠知道了么？"

蓬莱魔女笑道："我正是从虞将军那儿来。这位明珠妹子，就是前两天渡江的义军使者，如今又随我回来了。耶律将军，你怎么也知道这事？"

耶律元宜喜道："这就好了。我昨天才见过玳瑁姑娘，正有一件疑难之事。"

原来耶律元宜蓄意与义军联络，来个里应外合，与虞允文配合，击败金军。赫连清云与玳瑁有过一段渊源，就秘密地给他引见。

耶律元宜以金国高级军官的身份，行动比较自由，他遂假借巡视外围阵地的名义，由赫连清云带引，神不知鬼不觉地偷偷会见了玳瑁，可是因为明珠还没回来，双方如何具体配合，玳瑁还不能给他以确切的答复。

耶律元宜谈过他与玳瑁相会的事情之后，对蓬莱魔女说道："完颜亮渡江在即，目下最紧要的事，是约好一个日期，三方面同时发动，一方面是宋国水师渡河攻击；一方面是义军攻他后方，我再从中里应外合，三方面夹击之下，完颜亮必败无疑。但时间必须配合得准确，否则就要功亏一篑了。你们从那边来，不知可与虞将军约好了么？"

蓬莱魔女道："日期是约好了，但情况临时有变，我也正有一件疑难之事，要与耶律将军商量。"

耶律元宜道："有天大难事，我也是赴汤蹈火，在所不辞。"

蓬莱魔女道："完颜亮已决定八月十三晚上三更提前渡江，虞将军所定的时间却是八月十四日间。当务之急，就是必须设法通知虞将军，咱们也将时间提早。"

耶律元宜道："好，这件事情就交给我办好啦。我今晚就派人渡江向虞将军送信。"

蓬莱魔女正愁期限短促，往返需时，得耶律代办此事，大喜过望。当下说道："这就最好不过了！咱们便约定在后晚二更时分，同时发动吧。"

耶律元宜道："好，后晚我以三支响箭作为讯号，你们向我这边攻来，咱来个里应外合。擒贼擒王，出奇兵先打完颜亮的御营。同时，我也想法救出武林天骄。"

蓬莱魔女与他商量定妥，正要告辞，耶律元宜蓦地想起一事，说道："你们是急着回到义军之中吧？玳瑁姑娘的地址已经改了。"

明珠诧道："改了，改在什么地方？"

耶律元宜道："改在天柱山下一个山村。"当下说了地址。

明珠颇有点感到疑惑，原来她们这部义军驻扎之处地形甚好，距离金军的驻地也近一些。如今改了地方，虽然更为隐蔽，但距离却是稍远，利于防守，不利出击。但她知道耶律元宜决不会虚报消息，当下就谢过了他，按址去找寻玳瑁，心中的疑惑，也只有等到见了玳瑁之后，再问个明白了。

蓬莱魔女道："耶律将军，你肩负重担，回去须得多多小心。"一行三人遂与耶律元宜分手。

路上明珠说起她心中的疑虑，蓬莱魔女也觉得临时更改总都的地址，其中必有缘故。于是三人加快脚步，赶往那个山村。

柳元宗等一行三人，展开了"八步赶蝉"的超卓轻功，疾如奔马，不到两个时辰，跑了一百多里，中午时分，便赶到了那个山村。村头有把风的逻兵，认得蓬莱魔女，又惊又喜，慌忙上来迎接，说道："寨主，你回来了，这可好啦！"

蓬莱魔女问道："有什么事情发生么？"那逻兵道："没有。但各家寨主，各路头领，正在咱这儿集会。寨主，你回来得正是时候！小的给你备马。"

蓬莱魔女说道："不必，你也用不着声张，惊动众人。"那逻兵本来要发响箭报讯的，听得蓬莱魔女如此言语，便即停止。当下给蓬莱魔女指明了路向。明珠吁了口气，说道："还好，没发生什么意外。但只怕玳瑁姐姐，服不了众家寨主。"蓬莱魔女道："所以我不想让他们知道，且看看他们闹些什么？"

蓬莱魔女心急如焚，恨不得一步赶到。刚刚转过山坳，忽见有两人迎面而来。这两个人相貌都很特别，一个是铁塔般的黑汉子，只有一条臂膊；一个是熊腰虎背，魁梧奇伟的红面汉子，手上拿着两只铁轮。两人都是跑得气呼呼的。蓬莱魔女虽然忙着赶路，但一见了这两个人，却不由得不停下了脚步。

原来这两个人都是各领一路的义军首领，和蓬莱魔女也都是早就相识了的。独臂汉子是"关东铁汉"铁大鼎，红面汉子是"风火轮"宋金刚。这两个人又都是公孙奇的仇家，当年曾由宋金刚倡首，招集了许多江湖好汉前往桑家堡寻仇，正巧碰上蓬莱魔女，后来就是蓬莱魔女给公孙奇解了围的。那一战，宋金刚受了重伤，铁大鼎则中了桑青虹的毒功，自己用匕首切断了一条臂膊，才保全了性命。

这一次，他们又巧遇上蓬莱魔女了。蓬莱魔女连忙问道："怎么你们两位不是来此聚会的么？是不是已经散了？却怎的只见你们两位出来？"

宋金刚气呼呼地说道："盟主，你若是顾全绿林道义，就让我们过去！你若是只知祖护师兄，就把我们擒下！"宋金刚在北方绿林中的地位极高，仅仅次于蓬莱魔女，但也还是蓬莱魔女属下，按理应该以盟主之礼见过蓬莱魔女的，如今他连应有的礼貌也顾不到，可以想见，他是忙着逃命。

蓬莱魔女大吃一惊，说道："什么，公孙奇那奸贼是在这里么？你们放心，有我在此，他决不敢动你们毫发！"

宋铁二人听得蓬莱魔女把公孙奇称作"奸贼"，颇为惊诧，但却也稍微安定了下来。

宋金刚道："公孙奇早已来了！"蓬莱魔女道："他来干什么？"宋金刚冷冷说道："他来干什么，盟主你还能不知道？"

蓬莱魔女柳眉一竖，道："我怎么会知道了？"宋金刚也觉惊诧，说道："公孙奇不是你请他来的么？他带了桑家堡旧部，也是号称一路义军，说是要与咱们共同抗金。"

蓬莱魔女跌足道："这是假的！"

宋金刚见她完全表明了态度，这才放下心上的石头，说道："老实说，我们也信不过他，但义军抗金，是来者不拒，我们又没有任何证据，可以证明他与金虏勾结，何况他又是你柳盟主的师兄，谁敢拒他参加？"

蓬莱魔女无暇多说，连忙问道："他在哪儿？"

宋金刚道："他现在正在聚义厅中与群雄集会。我们与他有仇，不敢与他同席，也不愿与他为伍！"

蓬莱魔女道："好，他来得正好，我这就去擒他，你们也不必走了，就在这里静候消息吧。"

蓬莱魔女匆匆便走，连明珠也抛在后头。柳元宗则紧紧跟在女儿后面。玳瑁的临时"总舵"设在一家地主人家，这家人家在战火未起之前，早已全家逃了。这人家占着村中最大的青砖房屋，蓬莱魔女已听得那逻兵说过，一看就知道了。

蓬莱魔女到了门前，守门的是她旧日的侍女，一见了面，也是又惊又喜，说道："小姐，你来得正好！"

蓬莱魔女悄声说道："里面情形如何？"那侍女道："刚才有位姐姐来说，说是里面争吵，还没出事。"

蓬莱魔女道："好，你不必声张，我进去看。聚义厅在哪边？"

蓬莱魔女问个明白之后，两父女立即飞身上屋，从屋顶过去。为的是不想打草惊蛇，叫公孙奇有逃走的机会。

临时所设的聚义厅，就是原来这家人家的客厅，前面有个院子，围以短墙，从墙头上看进去，已经隐约可以看见厅中集会诸人，公孙奇果然是坐在当中，代盟主玳瑁反而坐在一旁，蓬莱魔女心道："公孙奇这厮居然一来便敢喧宾夺主，真真可恶！这次说不得只好废去他的武功了，事后再求师父谅解吧。"

院子有棵槐树，高逾墙头。蓬莱魔女就借这棵槐树作为遮掩，在墙头上暂且驻足，观察里面情形。正好听得公孙奇在大声说话，他声音高亢，把会上诸人嘈嘈杂杂的声音都压了下去。只见他指着玳瑁说道："你不知道我是你的小姐的师兄么？"

玳瑁道："是又怎样？"公孙奇冷冷一笑，说道："那你还好意思替代你家小姐当这盟主么？快把令箭交出来！"

玳瑁面色一端，说道："我只知依从小姐的命令，小姐叫我暂摄此位，我只有尽力而为！你要令箭，可有小姐的命令？"

公孙奇道："笑话，我是你小姐的师兄，要什么命令？我不是早就对你说得清清楚楚了么？你家小姐赶不及回来，我们师兄妹在江南已经见了面，是她请我火速回来，代她做这盟主的！"

玳瑁冷冷说道："口说无凭，必须有我家小姐手书的命令，我方能信你！"

公孙奇双眉倒竖，怒声说道："玳瑁，你是什么东西？你也不想想，你只是一个丫头，岂能当这盟主？"他所求不遂，索性撕破了脸，揭出玳瑁的身份，将她侮辱。

玳瑁泪珠儿在眼眶打转，竭力忍住，站了起来，峭声说道："不错，我是一个丫头，但小姐信得过我，她把这重担交托给我，我就只有鞠躬尽瘁，死而后已！为国效劳，人皆有责！难道也要讲什么身份吗？"她神色凛然，声音越来越是响亮。本来她已是有点想哭了的，说到后来，义愤填胸，英姿飒爽，再也没有楚楚可怜的模样了。蓬莱魔女躲在墙头，将聚义厅中的情形看得清清楚楚，听了玳瑁这番话，心里暗暗赞道："玳瑁不畏强梁，当真不愧是我的好妹子。"

东海龙的大弟子杜永良也是一路义军的头领，看不过去，立即也站起来道："据我所知，玳瑁姑娘和柳女侠是姐妹相称。但此事无关宏旨，目下金寇就要渡江侵宋，当务之急，是咱们要同心戮力，共抗金寇！此时争权夺利，岂不教天下英雄笑话？我拥护玳瑁姑娘！过去我与公孙堡主曾有点过节，但而今大敌当前，我也愿意与公孙堡主尽弃前嫌，携手抗金！"

"青海三马"马奔、马驰、马行也都站起来道："杜大哥之言有理！我们青海三马也是与杜大哥同一主张，愿意听代盟主玳瑁姑娘的调度！"他们三兄弟过去也是与公孙奇结过冤仇的，当年围攻桑家堡，也有他们三人在内。不过他们以国家大事为重，却不愿避开，教公孙奇得逞。

公孙奇心里实是怒极气极，以他的本领，本来可以一举而尽毁杜永良与"青海三马"，但他也是城府极深的人，目前他要的是盟主之位，杀人泄愤，对他有损无益。于是按下怒气，反而哈哈笑道："杜舵主，你们也未免把公孙奇看得太小了！我岂是为争权夺利而来？"

"青海三马"中的马老大是个憨不畏死的人，公孙奇笑声未已，他便起而言道："公孙堡主，你若然不是为争权夺利而来，却为何又定要玳瑁姑娘让出盟主之位？"

公孙奇侃侃言道："我正是为了要抗击金寇，担起更重的担子，这才不避嫌疑，不畏讥笑，请玳瑁姑娘让出这盟主之位的。试想目下金国大军百万，旦夕就要渡江，这是何等艰危的局势！指挥各路义军的盟主，是不是应该选个适当的人？玳瑁不过一个小小的丫头，力不足以服人，德不足以服众。叫她率领义军，做咱们的头儿，应付如此险恶的局面，这不是儿戏吗？我并非要当盟主，但却必须另推盟主，诸位也都是一方之雄，难道就甘心受一个丫头指挥了？"

与会的各路义军首领虽然都是为抗金而来，但十之七八，都是强悍不驯的草莽豪强，蓬莱魔女在的时候，他们畏惧蓬莱魔女，不敢存有异心，如今蓬莱魔女不在此地，他们却是各不相让，谁也不肯服谁，形成了"群龙无首"的局面。公孙奇这一番挑拨的说话，正好打中了他们的心。当下有许多人便自嚷："不错，是该另选一位领头大哥，暂摄盟主之位！"另外这些人中也混有几个公孙奇的党羽，同声嚷道："公孙堡主武功盖世，有德有才，又是原来盟主的师兄，由他来代盟主，最是适合不过！咱们不必争论了！"

公孙奇私通金国之事，与会各人均未知道。蓬莱魔女则是早就知道的，但她从前为了顾念师兄妹之谊，只想暗中制止，也未公开揭发，所以玳瑁也还未知。

公孙奇这几个党羽发话之后，会场更是混乱不堪。有好些人自忖无能来当盟主，心想让给公孙奇来当也好，竟也随声附和。

杜永良见形势紧迫，急得站起来大叫道："现在是什么时候？现在是大敌当前！岂可先自乱了自己的阵脚？只怕咱们议论未定，敌人兵已渡河了！依我说，就是要选盟主，也该等到过了这一仗之后！"

公孙奇的党羽喝道："胡说，胡说！咱们就是要新盟主率领咱们打好这一仗！""青海三马"叫道："要新盟主也不能要公孙奇！"那些人大喝道："那你要选谁？除非蓬莱魔女如今在此，否则这盟主不让公孙堡主来做，还有谁人能做？"

公孙奇知道杜永良是反对自己的主要人物，恶念陡生，混乱中便要对杜永良暗下毒手。

就在此时，蓬莱魔女忽地一声长笑，飞过墙头，进了大厅。尘尾一甩，几条尘丝射向公孙奇的手腕。公孙奇刚要使出隔空点穴功夫，伤害杜永良，听得笑声，微风飒然，已经射到。公孙奇一惊，慌忙缩手。

玳瑁喜极而呼："小姐，你回来了！"公孙奇也赔笑道："师妹，你回来了？有话好说，何必动气……"话犹未了，蓬莱魔女已是厉声骂道："奸贼，你敢假借我的名义，到此行骗，胡作非为！我认得你，我这剑不认得你。"

蓬莱魔女此言一出，全场轰动，杜永良道："哈，原来这厮说你叫他回来代做盟主，这是假的！"玳瑁道："小姐，他还逼我交出令箭呢！"马奔嚷道："盟主斥他奸贼。哼，公孙奇，你是不是私通金虏了？"

公孙奇面上一阵青、一阵红，他起初还抱着一线希望，希望蓬莱魔女顾念师兄妹之情，不要当众拆穿他的假面具，哪知蓬莱魔女竟是大义凛然，径斥"奸贼"，毫不留情。

公孙奇老羞成怒，冷笑说道："柳清瑶，你就不念你是在我家长大的了？我爹爹——"蓬莱魔女斥道："住口！你爹爹快要给你气死啦，你还敢提到他老人家！也罢，看在恩师份上，你自废武功，省我动手！"

公孙奇纵声笑道："柳清瑶，你要废我武功？好，你容我再说一句！"蓬莱魔女道："还说什么？"公孙奇踏上两步，说道："爹爹当年本是有意将你配与我的。如今我妻子没了，你我正好再续前缘！"

蓬莱魔女大怒，一声断喝："无耻奸贼！"拂尘一展，使出了"天罡尘式"的杀手"裂石崩云"，立即便向公孙奇横扫过去。

这一下若然给她拂尘扫着，公孙奇的琵琶骨便要寸寸碎裂。这是公孙奇的家传武学，他岂有不知之理？原来他是有意激怒师妹，以便取得有利机会，一举制胜。

高手比拼，最忌心躁意浮。公孙奇身手何等矫捷，一见师妹上他的当，发怒猛攻，左肋已是露出"空门"，立即一个盘龙绕步，骈指如戟，点她胁下的"愈气穴"，冷笑说道："你要废我武功？哈哈，还是让我先废了你的武功吧！"

哪知蓬莱魔女正是要他如此，她深知公孙奇两大毒功的厉害，恐防一举制伏不了，他就伤害众人，故此佯作动怒，卖个破绽，料准了他必要如此进攻。

说时迟，那时快，只见剑光一闪，公孙奇双指堪堪点到，蓬莱魔女已是陡地反手一剑！

只听得"铮"的一声，公孙奇大笑道："你精乖我也不笨，你还以为我是旧日的吴下阿蒙么？"他改戳为弹，"铮"的一声，正正弹中了蓬莱魔女的剑脊。蓬莱魔女虎口一震，剑虽没有脱手，虎口已是热辣辣的，如受火烙一般！

饶是蓬莱魔女技高胆大，也不禁心头突震，猛吃一惊！公孙奇的功力本来是不及她的，如今却已是胜过她了。原来公孙奇通过孟钊之手，骗得了桑家的内功心法，那两大毒功，都已练到八成火候，本领突飞猛进，迥非昔比。他使出"隔物传功"的本领，一指弹中蓬莱魔女的剑脊，所用的就正是两大毒功之一的"化血刀"。幸而"隔物传功"毕竟是隔了一层，蓬莱魔女还可以勉强抵受，不至于即遭毒手。

公孙奇与师妹交了一招，已探测出对方深浅，心中大喜，"桑家内功心法果然奇妙，嘿、嘿，我的毒功虽未大功告成，亦已经胜过这丫头了。从今之后，我是不必再害怕她啦！"他"得理不饶人"，呼呼几掌，欺身进迫，要想一鼓作气，活擒师妹，慑服群豪，登上盟主的宝座。

但蓬莱魔女虽然技逊一筹，相差也还不远。仗着轻灵迅捷的身法，腾、挪、闪、展，公孙奇在瞬息之间，连攻七掌，蓬莱魔女就连退七步。公孙奇的双掌始终沾不着她，但她也只有招架之功，谈不到阻拦他了。蓬莱魔女退了七步，公孙奇已是抢到了门边。

"青海三马"见蓬莱魔女形势不利，登时热血沸腾，按捺不住，攘臂而起。三兄弟不约而同地跑了出去，要想夹攻公孙奇。这三兄弟都是耿直的莽夫，他们明知公孙奇的本领比他们不知高强多少，但愤气填胸，蛮性一起，生死存亡，早已置之度外。

公孙奇哈哈大笑："不要命的就来吧！""青海三马"正在向他冲去，谁也没有因他的恫吓止步。忽地，就在这霎那间，"青海三马"都感到一股柔和的力道，将他们轻轻一带，三兄弟都是身不由己地被这股力道带过一边，接连退了五六步。三兄弟大为惊诧，他们丝毫不感痛苦，显然并未受伤。若说这是公孙奇的劈空掌将他们震退吧，公孙奇却怎会手下留情？

"青海三马"立足未稳，便即回头望去，只见在他们与公孙奇之间，有一个短发萧疏的老者，一足微跛，挟着一根铁拐。将他们轻轻带开的这人，果然不是公孙奇！

原来柳元宗之所以不立即出手，是为了保护众人，他恐防公孙奇发了兽性，不分青红皂白，乱伤聚义厅中的群雄。公孙奇则因为在未见柳元宗之前，自忖可以活擒师妹，所以他也根本没考虑到要伤人、逃命。

如今公孙奇追逼师妹，接连踏出七步，已是到了门边，与厅内的群人有一段距离了。柳元宗见时机已至，这才骤然现身，一面截断公孙奇的劈空掌力，一面将"青海三马"拉开。

公孙奇发现了柳元宗，他是在柳元宗手下吃过亏的，这一惊也是非同小可！

柳元宗沉声说道："回头是岸。公孙奇，你还不回头？"用的佛门"狮子吼功"，其他人并不觉得怎么，在公孙奇听来，却如雷鸣狮吼，不由得心头一震。

但公孙奇自忖聪明，误入歧途，已是越陷越深，不能自拔。虽有柳元宗狮子吼功的"当头棒喝"，他也是不能回头的了。

公孙奇心头一震之后，随即却是想道："我两大毒功已经练成，这老匹夫也未必便能胜我。哼，哼，要我束手就擒，我毋宁身败名裂！"

柳元宗大袖一挥，隔开了公孙奇与她女儿。公孙奇蓦地回头，一声冷笑："回头你又如何？"

柳元宗念了一声"阿弥陀佛。回头便好！"公孙奇倏地便是一掌打来！

柳元宗挥袖一拂，只听得声如裂帛。柳元宗的半截衣袖化成了片片蝴蝶，随着公孙奇的掌风飘散四方。柳元宗这一拂之力，刚好与公孙奇那一掌之力抵消。

公孙奇大喝道："再接我这一掌！"他见单掌所使的"化血刀"伤不了柳元宗，这次竟是拿出了全副本领，双掌齐出，左掌是"化血刀"，右掌是"腐骨掌"，两大毒功，都使上了。

柳元宗铁拐支地，单臂一个"临江截壁"，横架公孙奇双掌。只听得"蓬"的一声，如击木石！公孙奇一个踉跄，身形闪跌，已是出了大门，但却并没有真个跌倒。

柳元宗只觉臂上如有虫行蚁走，麻痒痒的好不难受。心中也不禁微微一凛，想道："这厮练成了两大毒功，果然今非昔比。老衲是不能手下留情了！"原来柳元宗是因为看在旧友公孙隐的份上，还不愿对公孙隐的儿子痛下杀手，不过，他那单臂一架，也已经用上八成功力了。在他以为，八成功力，已足以废去公孙奇武功，哪知公孙奇如今本领之强，已是超出了他的估计。

说时迟，那时快，柳元宗如影随形地跟着公孙奇出了院子，举起手中铁拐，点他背心的"风府穴"。这一次柳元宗已是用到九成以上的功力，不敢有丝毫大意。

公孙奇听得背后风声，也已解下了围在腰间的软剑，反手一剑，"当"的一声，剑杖相交，火花迸发！

公孙奇大叫一声，"哇"的一口血吐了出来，软剑脱手飞去。但见他趁着那身形前倾之势，脚步不停，倏地一个"黄鹄冲霄"，已是越过了墙头！原来以他现在的功力，虽然比不上柳元宗，但也还勉强可以挡他的雷霆一击了！他虽口吐鲜血，受了点伤，却依然还可以施展上乘轻功，匆匆逃走。

柳元宗本领虽是高强，但因跛了一足，必须铁杖点地，才能施展上乘轻功，如今他用铁杖打落公孙奇的软剑，一物不能两用，公孙奇趁他铁杖还未落地，已是飞过墙头。柳元宗落后一步，追之不及。他记挂着女儿，公孙奇既然出了这个院子，也就只好由他去了。

柳元宗回过头来问女儿道："你觉得如何？"蓬莱魔女道："没什么，只是胸口有点作闷。"柳元宗一掌贴着女儿背心，以内家真力，助她推血过宫，蓬莱魔女运气三转，吐出了一口浊气，胸中烦闷之感登时消失。

蓬莱魔女道："好厉害的毒功！爹爹，你有无受伤？"柳元宗道："尚无大碍。"默运玄功，一支血箭从中指头喷射出来，色浓如墨，腥臭扑鼻。流出了一小茶杯的腥血，血色方转鲜红，柳元宗这才敷上了止血的药。众人看了，无不骇然。

柳元宗道："公孙奇这两大毒功已练到了八成火候，他身兼父亲公孙隐、岳父桑见田两大名家的武学，正邪两派的上乘武功合而为一，倘若再练成了这两大毒功，我也未必能胜他了。不过，目前他给我震伤，至少也得三五日方能恢复，暂时却可无忧。"

柳元宗父女回转聚义厅，只见厅中多了四个老头，上前迎接，同声说道："多谢主人又一次来救了我们。"原来这四个老头，乃是桑家旧仆，桑见田死后，由他们协助桑白虹当桑家堡执事的，桑白虹以长辈之礼相待，身份颇高。桑白虹临死将桑家堡交与蓬莱魔女，蓬莱魔女怕公孙奇会加害他们，故而叫他们躲来山寨，也好给玳瑁做个帮手的。

这次他们随同玳瑁来到此间，不料他们的旧主人公孙奇也闯来开会。他们怎敢让公孙奇看见？直到公孙奇给赶跑之后，他们方敢出来。他们曾领受主母临终的遗命，故而对蓬莱魔女以"主人"相称。

蓬莱魔女拦阻他们，不许他们行主仆之礼，说道："四位老人家不必多礼，你们都在这里，这好极了。我正有一事，用得着你们。"桑家四个老仆都道："主人有什么吩咐，我等赴汤蹈火，在所不辞。"

蓬莱魔女道："玳瑁，你先说说，公孙奇是怎么来的？他带领的部属，住在什么地方？"

玳瑁说道："公孙奇带领那支人马，约有千人，其中大部是桑家堡的旧人。他们前日突然来到，不知怎的，给他知道我的所在，公孙奇便来访我，说是要与我们共同抗金。我不敢信任他，只好虚与委蛇，待他走后，我便从原来的住处搬来此地。"

蓬莱魔女说道："好，你处事机警，做得很对。"此时，明珠与宋金刚、铁大鼎三人已经来到。宋金刚听说公孙奇已被赶跑，对蓬莱魔女的疑虑早已一扫而空，当下问道："盟主，你斥公孙奇这厮做奸贼，这厮可是与金虏当真有了勾结的么？"他刚刚来到，只知大概，未知其详。

蓬莱魔女道："不错，公孙奇私通金虏，意欲在山东自立为王。牵线的人就是那玉面妖狐连清波。以后你们可得防范这两个人，切不可上了他们的当。"

公孙奇那几个党羽吓得面如土色，慌忙跪下，说道："这些事情，我们都是被瞒在鼓中，一无所知。我们只知道公孙奇是盟主的师兄，所以刚才随声附和，拥戴那厮，这都是因为盟主未曾回来，我们不明真相之故。"

蓬莱魔女也不敢完全相信他们，当下说道："只要你们以后与大伙儿同心抗敌，我也绝不会对你们无故起疑，有所歧视。但目前你们必须听我的调度。"这几个人忙不迭地都道:"盟主之命,岂敢不遵。我等但求洗脱嫌疑,感恩不尽。"

蓬莱魔女说道:"我这个调度是为了便于用兵,并无他意。你们的所部,人数不多,应该集结起来,拨归铁大鼎统率。铁大鼎,你现在就与他们同去收集队伍,限你明日午时整编完竣,听候命令。"蓬莱魔女如此安排,两面兼顾,倘若那些人当真只是一时受了欺蒙,他们在铁大鼎指挥之下,可以有立功机会,洗脱嫌疑;但倘若他们存有异心,铁大鼎性烈如火,武功高强,他们的部队已被收编,在铁大鼎管辖之下,料想也做不出坏事。

铁大鼎明白盟主的用意,说道:"盟主放心,弟兄们都是矢志抗金的,即使有几个败类,也成不了气候,我一查出,就把他们宰了。当然,若是自问清白,也就不必惊扰。我这个人最是公平不过的。"接了命令,便与那几个人退下。

玳瑁接着说道:"我那时尚未知公孙奇与金虏有所勾结,但对他已是不所无疑。我心想义军总部给他知道总是不妙,因此立即搬移。随即我便秘密招集各路义军首领到此集会,并没通知公孙奇的。却不知怎的,又给他打听到了,我们刚刚聚集,他便突然闯来。"

蓬莱魔女道:"底下的事情我已知道,你不必说了。我现在只要知道,他带来的那支人马,现在何处?"

玳瑁说道:"就驻扎在总部原来所在的那个山村。"

蓬莱魔女对那四个桑家老仆道:"好,现在用得着你们了。"说罢,掏出一只黑黝黝的哨子。

这只哨子约有五寸来长,黑黝黝的,非金非铁,乃是千年犀角所制。蓬莱魔女递给那为首的老仆,道:"你拿去吧。你们本是桑家堡的旧人,有了这只哨子,更可以省却许多唇舌了。"那老仆慌忙跪下,恭恭敬敬地接过哨子。

原来这犀角哨子,乃是桑家堡老堡主桑见田的遗物。声音特异,桑见田在生之时,就是用这只哨子来招集手下人的。吹的方法,也有规定,是三长两短,连吹三遍。桑见田临终之时,将哨子传给大女儿桑白虹,让她执掌桑家堡。桑白虹后来遭了毒手,临死之前,又把它传给了蓬莱魔女。因为这只哨子有这么一个来历,所以谁的手里拿着这只哨子，懂得那固定的吹法，谁就可以行使桑家堡主人的权力。

桑家这四个老仆当然识得哨子的来历与用途，因此一见蓬莱魔女掏出了这只哨子，也就立即明白了蓬莱魔女的用意。蓬莱魔女是要他们去招降桑家堡的旧属。公孙奇带来的人马，十之七八是桑家堡旧人，将他们收抚之后，其他人等，势薄力单，势必要随同他们归附义军。

蓬莱魔女说道："公孙奇受了伤，怕我们追捕他，多半不敢回到原来往处。不过，也不可不做万一的准备。"说到这里，回头对她父亲说道："爹爹，你和这四位大叔走一趟吧。"柳元宗笑道："我巴望不得碰上公孙奇，那么，我就可以为我的老朋友管教管教他这不肖的儿子了。"

桑家四个老仆得到柳元宗与他们同行，自是无须顾虑碰上公孙奇。当下，接了命令，便即起程。

蓬莱魔女道："好，你们本来是到此会商的，现在继续开会。"

各家寨主，各路义军头领齐声欢呼，一致表示拥戴蓬莱魔女回来重当盟主。

蓬莱魔女问道："你们可曾谈到了军事的部署么？"玳瑁答道："此会一开，公孙奇就一直逼我让出代盟主之位。其他的事情，根本就没有谈及。"

蓬莱魔女道："好，那么秘密就不怕泄漏了。咱们现在立即部署进攻！"群豪个个热血沸腾，但也不无有点顾虑，纷纷问道："进攻？金国的军力比咱们大了十几倍啊！不过，咱们本来是要来拼命的，盟主既然有令，我等粉身碎骨，也是在所不辞。"

蓬莱魔女笑道："咱们是打有把握的仗，并非做无意义的冒险牺牲。"当下，将怎样与宋国大军配合作战的具体方案提了出来，群雄这时才知道胜利确有把握，兴奋百倍。

蓬莱魔女请宋金刚与杜永良分担左右两翼的指挥，当下约定后日晚间更鼓一起便同时出击。正是：

壮志饥餐胡虏肉，笑谈渴饮匈奴血。

欲知后事如何，请听下回分解。

第六十回　挥剑已寒奸贼胆
挑灯夜话女儿心

　　会议结束，已是掌灯时分。军情紧急，会议当中，各人都顾不得吃饭，只以大饼充饥，会议结束之后，也就各自赶回原地，部署后晚的出击。

　　群雄散后，玳瑁说道："小姐，咱们要不要立即迁移？公孙奇已经知道这个地方——"蓬莱魔女道："完颜亮准备后晚渡江，料想他不会分散兵力来对付咱们。不过，多加小心，总是好的，你叫他们增强岗哨吧。"玳瑁应了声"是"，遂将当值的头目唤来，发下命令。

　　诸事料理妥当，玳瑁这才松了口气，想起这些天来所受的委屈和困难，不觉潸然泪下，说道："小姐，幸亏你回来了，要不然我真不知道怎样应付这个局面呢。"

　　蓬莱魔女轻轻搂着她的肩头，柔声说道："妹子，多亏了你了。你应付很是得宜。我让你挑这样重的担子，未能早日赶回，实是过意不去。请受愚姐一拜。"

　　玳瑁慌忙跪下去道："小姐折煞我了。"蓬莱魔女将她扶起，说道："从今之后，你我以姐妹相称。我比你大一岁，你应该叫我姐姐才是。"

　　玳瑁感激涕零，说道："小姐——嗯，姐姐，我想问一问你——"蓬莱魔女微笑道："说吧。"玳瑁说道："姐姐，你在江南，可曾见着珊瑚姐姐？"玳瑁与珊瑚感情最好，早就想问了，如今才有这个余暇。

蓬莱魔女黯然说道："她做了尼姑了。此事话长，待咱们打完了这一仗，我再和你说吧。"

蓬莱魔女因她提起珊瑚，不觉因珊瑚而想到珊瑚的师父——武林天骄的姐姐，再想到了武林天骄，心里有说不出的难过。

心念未已，只听得脚步声响，柳元宗笑着说道："瑶儿，我给你带来了一位稀罕的客人，你看看是谁？"

说话声中，一行人走了进来，前头是柳元宗，后面是桑家堡的一位老仆，中间却是一位胡服少女，不是别人，正是赫连三姐妹中，最小的那个赫连清霞。

蓬莱魔女大喜道："赫连姑娘，什么风把你吹来了？你二姐呢？"

赫连清霞道："二姐没与我同来。嗯，你们的事先谈吧。"

那桑家老仆说道："禀告主人，事情很是顺利。公孙奇不出所料，果然没有回去。我们一到，吹起老主人的哨子，对桑家堡的旧人揭发了公孙奇的真相，那些人都愿意听从命令，不再跟从公孙奇了。还有一些原来不是桑家堡的，也都愿意弃暗投明。这个哨子，请主人收回去吧。"

蓬莱魔女道："这是你故主之物，我拿着也没用处，就送给你，让你约束下属吧。"那老仆大为惶恐，说道："这怎么成？小人有天大的胆子，也不敢要这哨子！"蓬莱魔女道："为什么？"那老仆诧道："主母移交这哨子之时，还未曾说过它的用处么？"蓬莱魔女道："我只知道它可以招集你主人的旧属。另外还有什么用处？"那老仆道："这哨子等于是皇帝的国玺，谁拿了它，谁就是桑家堡的主人。"

蓬莱魔女这才恍然大悟，心道："怪不得桑白虹交给我时，那么郑重其事；而后来桑青虹见了这个哨子，又是露出那么惊奇的神色。"于是说道："原来如此。只是你主母虽然故世，还有你们的二小姐呢。也罢，就由我暂时保管，待将来还给你们的二小姐。"

那老仆道："桑家堡这支人马如何处置？"蓬莱魔女道："原地驻扎。后晚更鼓起时，听候命令出击，由左路统领宋金刚指挥。"

那老仆接了命令退下，蓬莱魔女这才对赫连清霞说道："今朝早多亏了你们姐妹了，不是你们引开了金国的追兵，我只怕很不容易脱险呢。"赫连清霞道："哦，你已经知道了？"蓬莱魔女道："我碰上了耶律元宜，那时他刚刚送走了你们姐妹，回到中途。"赫连清霞道："宜哥他还说了一些什么？"蓬莱魔女道："你要知道什么？"赫连清霞道："他有没有提及一些事情，嗯，关、关于我的事情。"蓬莱魔女不知所措，含糊答道："他称赞你机灵，这次的事情，和他配合得很好。"赫连清霞好似满怀心事的样子，低头不语。

蓬莱魔女知道她定是有些事情，不愿意当众来说，于是说道："你吃过晚饭没有？"赫连清霞道："我在槐树庄吃过了。槐树庄就是桑家堡那支人马驻扎的地方。我来找玳瑁姐姐，在那里遇上你的爹爹的。"接着笑道："想不到你的爹爹就是我的老邻居，从前我和你说起他来，还口口声声称他做老和尚呢。如今他还了俗了，我可不能再叫他做老和尚啦。"

蓬莱魔女笑道："多谢你告诉我爹爹的消息。那时我也还未知道你说的老和尚就是我的爹爹呢。"

明珠出来报道："小姐，房间已经给你收拾好了。赫连姑娘的房间——"蓬莱魔女说道："霞妹子，你不嫌局促，就与我同房吧，时候已晚，你也该歇息了。"蓬莱魔女是想找个机会与她单独谈心，赫连清霞明白她的心意，笑道："姐姐不嫌弃我，我也乐得亲近姐姐。"蓬莱魔女笑道："瞧你这小油嘴儿，怪不得我爹爹喜欢你。"蓬莱魔女的父亲曾指点过赫连清霞的武功，十分夸赞她的聪明，所以蓬莱魔女这么说。赫连清霞笑道："姐姐，你认我做你妹子，我这个做妹子的可要向你讨见面礼的啊！"蓬莱魔女笑道："可惜我的功夫不配教你。"

两人进房之后，卸下了装，蓬莱魔女先上了床，赫连清霞却还在倚窗遥望。蓬莱魔女道："咱们也学古人来个抵足夜谈吧。咦，霞妹，你有什么心事，又是在想念你的宜哥了？"

赫连清霞性情坦率，叹了口气，说道："我是在挂念着宜哥。柳姐姐，你心上就没有挂念的人么？"蓬莱魔女怔了一怔，一时间不知如何回答。

赫连清霞忽道："姐姐，我想问你一件事情，你可别怪我冒昧。"蓬莱魔女道："什么？"赫连清霞道："你是不是真的喜欢武林天骄？"蓬莱魔女满面通红，半晌，说道："我不知道你说的'喜欢'是什么意思。檀公子救我脱险，我是很感激他的。"赫连清霞道："那么你不想嫁给他了？"

蓬莱魔女想不到她问得如此坦率，说道："我没有想过。我拈刀弄剑惯了，我想女子也并非一定就要嫁人。"赫连清霞笑道："姐姐，你是在骗我。你一定曾经想过这个问题的。姐姐，你是不是心中另有他人？"

蓬莱魔女佯作着恼，说道："女孩儿家老是谈论嫁不嫁人，害不害臊？咱们不谈这个——"赫连清霞"噗哧"笑道："姐姐假正经！男大当婚，女大当嫁，这有什么害臊的？我知道你口里不说，心里可在想着呢！好吧，你说不谈这个，那你要谈什么？"

蓬莱魔女给她弄得啼笑皆非，又是喜欢她天真烂漫，又有点怕她寻根究底，说道："我想问你，你二姐为什么不到我这里来？她是我们山寨的恩人，和玳瑁她们都是早已熟识的。前天她不是和你的宜哥来过一次的吗？怎么今天她却不陪你来了？"赫连清霞一本正经地说道："我的二姐恼了你，她不高兴见你。"蓬莱魔女怔了一怔，笑道："我可没有得罪你的二姐啊，她为什么恼了我了？"

赫连清霞道："她恼你没有良心，檀羽冲对你这么好，你却欢喜他人。你可知道檀羽冲是我们的师兄，我们当然是帮着他的。"

蓬莱魔女叹了口气道："此事不知叫我怎么说才好。霞妹，你恼不恼我？"

赫连清霞道："有一点儿，可没二姐恼得厉害。瑶姐，我知道你喜欢的是华谷涵。华谷涵一向对我也很好的，所以你嫁给华大侠也好，嫁给我师兄也好，我都一样高兴的。只是我却认为你不该作弄我的师兄。我是有话便说的人，你别见怪。"

蓬莱魔女道："我正是喜欢有话便说的人。但你说我作弄你的师兄，那却是冤枉我了。"

赫连清霞道："你要是不喜欢他，就应该让他早些知道。似如今这样，你即使不是有意作弄他，那也是害了他了。"

蓬莱魔女心头隐隐作痛，黯然说道：“你说得不错，这都是我的罪过。但我也有我的为难之处，难以和你说得明白。嗯，如今我只盼他能够平安脱险，我心里才得安宁，也才能表白我的心迹了。霞妹，你能够原谅我么？”

赫连清霞道：“我知道你是性情中人，绝不会故意作弄我的师兄。我说过我只是有一点儿恼你，要不然我怎会上你这儿？”

蓬莱魔女忽地心头一动，暗自想道：“她的二姐为何那样恼我？莫非、莫非——”她是过来人，隐隐猜到了赫连清云的心事，心道：“敢情赫连清云的心事，武林天骄毫不知道？连她妹妹也蒙在鼓中？”

蓬莱魔女“发觉”这个意外的秘密，心中又是辛酸，又是欢喜，问道：“那么，你二姐上了哪儿？”

赫连清霞道：“二姐是去找檀师兄的姐姐——慧寂神尼去了。她要恳求慧寂神尼救她兄弟。”

蓬莱魔女道：“耶律元宜已经在设法营救了。他是最适当进行营救的人。慧寂神尼武功虽高，要进百万军中救人，恐怕于事无补，反而有害。”

赫连清霞道：“我也劝过二姐，可是她不愿意来求你，只有去求檀师兄的姐姐了。嗯，如今已经知道，完颜亮后晚就要发兵渡江，宜哥要救人，必须在这期限之前。二姐即使一路无阻，顺顺利利地见着慧寂神尼，也是赶不及的了。可是宜哥虽然设法营救，只怕，只怕也大不容易。”

蓬莱魔女恍然大悟，“原来赫连清霞来我这儿，是打算求我去救武林天骄的。”当下说道：“你的宜哥有什么为难之处？”

赫连清霞望向窗外，半晌不语，蓬莱魔女拉着她的手道：“霞妹，我要救檀公子之心与你一般。有什么困难，请你不必隐瞒，我力之所及，定必助你。”

赫连清霞回过头来，缓缓说道：“姐姐，你给什么见面礼与我？”蓬莱魔女怔了一怔，笑道：“怎么忽地又扯到见面礼来了？我爹爹他可以教你武功，我可是不配教你的啊。”武林中人讨的“见面礼”，习惯所指，便是武功。

赫连清霞道："见面礼并非就一定要的是武功呀。"蓬莱魔女笑道："我只怕别的东西你不放在眼内。好吧，你不要武功，要的什么？"

赫连清霞道："听说你们绿林中人经常备有一种易容丹，可以变换面貌的。是么？"

蓬莱魔女道："你要易容丹作甚？"

赫连清霞道："我想乔装打扮，扮成男子，重回金国大营。但我怕有人认得我，非得变换面貌不行。"

蓬莱魔女吃了一惊，道："你要回到你宜哥那儿？"

赫连清霞道："不错。我、我放不下，他，他独自一人……"

蓬莱魔女笑道："这一战过后，你们就可以相见了。只这几天的相思之苦，你也不能忍受？"

赫连清霞嗔道："姐姐，人家着急，你却拿来取笑。我这是为了正经事儿，我怕宜哥独自一人，坏了大事。"

蓬莱魔女道："什么大事？现在只有咱们两人，你可以说了吧？"

赫连清霞这才说道："宜哥有一个计划，要在金宋战事一起之时，活捉金主完颜亮！这计划除了我们姐妹二人知道之外，还有檀师兄也是参与密议的。

"我们本是藏在宜哥营中，只等时机一到，便即发动。但想不到昨晚出了你这桩事情。檀师兄知道你被困在山上，山下是百万大军。他要助你脱险，不能不临时改变计划。本来他是不可以露面的，为了你的缘故，他只好亲自出马。而我们姐妹，也听从了他的布置，冒充你们主婢，引开金兵。

"如今檀师兄已是遭擒，我们姐妹也离开了。唯一行藏尚未破露的，只有宜哥。

"宜哥是摸准了完颜亮的脾气，料他不会在渡江之前杀害檀师兄，所以才向你担保，说是他有办法营救檀师兄。

"可是完颜亮帐下高手如云，只他的叔叔完颜长之一人，武功就远在宜哥之上。宜哥孤掌难鸣，怎不叫人担心？

"檀师兄在金主渡江之前，性命或许可保，宜哥也或许可以救出他。但宜哥独自一人，要按照原来的计划活捉完颜亮——那恐怕是绝难办到了。弄得不好，连檀师兄也未必救得出来。你说，该怎么办？"

"该怎么办？"赫连清霞这句问话就像一颗石子投入了蓬莱魔女的心湖，本来就不平静的心湖，更给它冲击得波翻浪涌。

"武林天骄为了我的缘故，落在完颜亮手中，耶律元宜孤掌难鸣，我岂能置之不理？何况这不单单是为了救武林天骄！"蓬莱魔女想了又想，终于缓缓说道："霞妹，我不能让你一人冒险，我和你一同去！"

赫连清霞喜出望外，说道："姐姐，你也要去？可是，可是——"

蓬莱魔女道："怎么，你不欢迎我与你结伴同去么？"

赫连清霞道："不，不。我给你说了实话吧。我到这儿，本来是想求你帮助的。但到这儿之后，我可又不敢开口了。你是众人拥戴的义军盟主，你怎能擅自离开？我也不应将义军的盟主拉走。姐姐，你肯同去，在我是'固所愿也，不敢请耳！'可是，这里的事情你怎么办？"

蓬莱魔女道："这里的事情，我自有安排，你就不用管了。我只问你，你有没有把握混进金国的军营？有人盘问，你怎么应付？我只怕弄得不好，反而连累了耶律元宜。咱们是胆欲大而心欲细，百万大军可也不能视作等闲的啊！"

赫连清霞说道："金国的百万大军在长江北岸布防，绵延数十里。倘若不明虚实，那的确是危险重重，插上翅膀，也飞不进去的。但我知道宜哥的驻防之地，可以从一条山路走去。我还有一面巡逻队军官的腰牌，可以应付盘查。我怕的只是有人认得我，因为我们姐妹，今早冒充你们主婢引开金兵之时，曾在百万军前露面。所以我才要乔装打扮，最好能够易貌改容。"

蓬莱魔女道："好，你既然很有把握，我也有把握把你变作另外一个人。你现在安心睡觉吧，明早醒来，你就要自己认不得自己了。"

赫连清霞满心欢喜，酣畅地睡了一觉。第二日一早醒来，蓬莱魔女已经准备好了男子的衣裳，给她打扮。

赫连清霞道："你果然有易容丹，哈，这真是太神奇了。"原来在蓬莱魔女给她化装之后，她揽镜一照，只见镜中人影，是个俊俏的少年，脸型也都已改变，果然连自己都几乎认不得了。

蓬莱魔女笑道："还稍嫌俊俏一点，不似一个大兵。"又把一枚易容丹化开，给她敷上一层油膏，粉脸略带了几分古铜色，倘若是在黑夜之中混进金营，估量也可以蒙混得过去了。

赫连清霞道："好，现在该轮到你打扮啦!"蓬莱魔女手中拈着一颗易容丹，却似若有所思。

赫连清霞道："姐姐，你教我如何使用这些油膏丸散，我来给你装扮。咦，你在想些什么?"

蓬莱魔女笑道："没什么。我虽有易容丹，但我可从来没有扮过男子。扮作男子，走一步路都得留神露出破绽，我受不了拘束。好好一个女孩儿家，却掩藏了自己的本色，学做男人，这不是有点好笑么?"

赫连清霞道："但这是为了大事呀!"蓬莱魔女笑道："不错。所以我也只好甘心受这个拘束了。"当下教晓赫连清霞如何调配那些药品，教她给自己化装。

蓬莱魔女并没有吐露出她心中的秘密，原来她是在这个时候想起了笑傲乾坤。她记得她第一次去访寻笑傲乾坤的时候，珊瑚、玳瑁也曾劝她改装扮成男子，在江湖上行走可方便得多，她不肯依从。后来笑傲乾坤知道这件事情，曾对她说过一句笑话，赞她不肯掩藏女儿本色，也就是英雄本色了。

如今，她为了武林天骄，却不能不改装了。虽然情况不同，但她还是不禁勾起往事，想起了笑傲乾坤。

这两个人在她心中的位置，曾经起过许多次变化。最初是难分轩轾。后来她听了父亲的劝告，比较偏向于笑傲乾坤;后来笑傲乾坤负气离开了她，到了前晚，又发生了武林天骄不顾性命、助她脱险之事，这件事情，使她大受感动，两人的位置，又在她心中颠倒过来，武林天骄的分量是大大加重了。但想不到的是，昨晚与赫连清霞一席深谈，蓬莱魔女却又发现了一个秘密，赫连清霞的二姐清云十分关心武林天骄，甚至为了武林天骄而恼怒蓬莱魔女。这种感情，似乎不是普通的师兄妹的感情所能解释的了。蓬莱魔女是过来人，隐隐猜到了赫连清云的一份心事。虽然只是猜度，但蓬莱魔女相信是：虽不中亦不远矣。这么一来，她的心情，又发生了一度变化。她打定了主意，这次去营救武林天骄，是为了报恩，同时也是为了"了结这一段相思"，她要让武林天骄明白，他们只能是好朋友，好让武林天骄另配良缘。

赫连清霞哪里知道她的这些心事，嘻嘻哈哈地给她化好了装，两人又在房中练习男子的走路姿态，看看已没有什么破绽，就手挽着手，一同去见蓬莱魔女的父亲。

柳元宗突然看见两个陌生人进他房中，怔了一怔，道："你们找谁？"蓬莱魔女噗嗤一笑："爹爹，你不认得我了？"

柳元宗这才知道是女儿与赫连清霞，哈哈笑道："你们怎么这样顽皮，改了装来戏弄我？"蓬莱魔女道："爹爹别怪，女儿是有正经事儿要和爹爹商量呢！"

蓬莱魔女把耶律元宜的计划与他目前的处境，一一告诉了父亲。柳元宗道："这么说来，你们乔装打扮，敢情是要混进金营，助耶律元宜一臂之力了？"

蓬莱魔女道："不错。女儿并不仅仅是为了去救武林天骄。想目前，金国大军百万，虎视江南，咱们各方合力，为的就是要打胜这一场大战。倘若能够活擒金主完颜亮，胜利就更有把握。而且咱们可以事半功倍，双方士卒，也可以减少许多伤亡！如今有耶律元宜作为内应，这是千载一时的机会，女儿以为决不能错过！"

柳元宗沉吟道："这计划攸关大局，时机也确是不应错过。但你是义军盟主——你一去，这里群雄无首，却怎生处置？"

蓬莱魔女道："所以女儿才来与爹爹商量，请爹爹代我做这义军盟主。"

柳元宗笑道："原来你是打着这个主意。但我二十年来陪伴古佛青灯，久已不理尘世之事，只怕挑不起这副重担子了。"

蓬莱魔女笑道："爹爹，你当年威震天下，与我的师父一般，同是武林中的泰山北斗。你来当这盟主，只有比女儿更为适当，谁敢不服？何况也只是几天的工夫，各路大军的部署，昨日也都会商好了。明晚更鼓一起，他们各依原来的计划出击便行。我想大约也不会有什么意外。

"爹爹，你隐姓埋名，在荒山古寺过了二十年，为的不就是等待有朝一日，一雪国恨家仇吗？如今时机已到，难道你反而消失了当年的豪气雄风？"

柳元宗哈哈大笑，说道："知女莫若父，知父也莫若女。好，我算是给你说动了。想当年，我进金宫盗宝，身闯虎穴龙潭，也从未想到艰难二字！做几天盟主，那又何足道哉！女儿，爹爹刚才是和你说笑的，这担子你卸下来，为父的不给你挑还有谁挑？"

蓬莱魔女道："好爹爹，我早知道你会答应的，所以我昨晚才一口应承清霞妹子呢。"

柳元宗道："但盼你此去能够事事顺利，救出檀羽冲。只是，你——"

蓬莱魔女知道父亲的隐忧，粉脸微红，轻声说道："女儿之事，女儿也已有了主意，爹爹不用担忧。"

柳元宗道："好，有了主意就好。我知道你比男儿更强，我可以放心你的。"

蓬莱魔女叫人将玳瑁唤来，玳瑁见她们这副打扮，也很惊诧。

蓬莱魔女把一些应该交代的事务，交代了玳瑁，叫她协助柳元宗，明晚按原定计划进行。诸事料理妥当，便与赫连清霞悄悄离开。

蓬莱魔女不想惊动众人，吩咐玳瑁不可声张，便与赫连清霞从后门出走，悄悄离开。她已经改容易貌，谁也认不出她就是盟主，沿途的几个义军岗哨，见她持有令箭，稍加盘问，便即放行。

黄昏时分，开始走进金军防区，两人藏匿树林之中，待到天已经黑下来了，方始出动。由赫连清霞带路，抄一条险峻的山径，前往耶律元宜的驻地。

她们二人都是一身上乘的轻功，这一条路上巡逻的士卒不多，赫连清霞根本不必用到腰牌，就避开了。

两人走了一会，山路越行越险，这段路程，连一个巡逻的士卒也不见了。赫连清霞悄悄说道："翻过这个山头，下面便是宜哥的军营了。"蓬莱魔女从高处眺望下去，只见火光点点，有如黑夜的繁星，一座座的营帐，在江边连绵伸展，望不尽头，那些灯光，就是从各个营帐之中透出来的。蓬莱魔女见了这个阵势，也暗暗有点心惊，小声笑道："霞妹，幸亏有你带路。他们经过前晚的一场惊扰，今晚的防范又严密多了。各处军营，都没有熄灯灭火，当真是个枕戈待旦的光景。"赫连清霞道："到了宜哥的驻地，虽有盘查，也不碍事了。"

话犹未了，忽地隐隐似闻脚步之声，蓬莱魔女心头一凛："这两人轻功不弱，他们却不似有意施展轻功，但也走得颇为迅速，而且发出的声音也比常人轻得多，委实不可小觑。"要知蓬莱魔女是个武学的大行家，从脚步声中，就可以判断来人武功的深浅，正因来人不是在施展轻功，而她却听出了是上乘的轻功功力，这两人的功夫就更是非同小可了。

赫连清霞稍后亦已发觉，立即手按刀柄，意欲跃出。蓬莱魔女把她一拉，悄声说道："不可打草惊蛇，伏下来！"

两人伏在茅草丛中，不多一会，那两人的脚步声已是越来越近，连说话的声音也听得见了，只听得其中一人哈哈笑道："戒日法王，原来你也吃过那魔女的亏。这魔女可真是一朵带刺的鲜花呢，莫说是你，我们的皇上可也给她扎了手！前晚一场大闹，终于还是给她逃跑了！"声音铿铿锵锵，恰似一面破锣。

蓬莱魔女心道："原来是这两个秃驴。"原来声音似破锣的这个人，乃是金主完颜亮的"护驾法师"，法号鸠罗，蓬莱魔女第一次在泰山碰上完颜亮之时，曾和他交过手的。

那个"戒日法王"来头更大，他是吐蕃国的国师，也就是蓬莱魔女曾经在西湖白堤上碰见过的那个番僧竺迪罗。

鸠罗法师武功虽然不弱，也还罢了；这竺迪罗却是一个非常厉害的人物，他的武学是天竺一派的秘传，又善于使毒。那次古月庵古月禅师的被害，就是他和完颜长之合谋，嫁祸于武林天骄的。

蓬莱魔女心中想道："这秃驴以吐蕃国师的身份，到了南宋首都，如今又来到此地，不问可知，定是对宋国大大不利的了。完颜亮身边又多了一个能人，对我们的营救武林天骄，也是大大的不利。嗯，倘若我与清霞联手，杀不了他，至少可以令他受伤。但这么一来，我们的行藏也要破露了。"

蓬莱魔女心念未已，竺迪罗与鸠罗法师已经越走越近，而且他们正在谈论着蓬莱魔女前晚的事情。

只听得竺迪罗哈哈笑道："法师说笑了。小僧也是出家人，出家人四大皆空，哪能贪恋美色？我此来只是为贵国效劳，岂有他图？"

鸠罗法师笑道："我不说穿你的心思也就是了，你可也不必和我高谈佛法了。哈哈，说什么四大皆空，我还指望你提携我呢！你和皇叔是方外至交，他日我大金统一天下，你也不必做一个西域小国的国师啦。"

竺迪罗笑道："你是皇上的护驾法师，我也还要请你多多照应。那个金老怪我瞧着不顺眼，先得把他挤掉。"

鸠罗法师道："金老怪屡次吃了败仗，最近他去了一趟飞龙岛，又受伤回来，皇上很是不悦。他这国师，我看也是做不长的了。你放心，他这位子终须是你的。只是目前有件事情，皇叔可还得请你帮忙。"

鸠罗法师说的"皇叔"即是完颜长之，蓬莱魔女心道："完颜长之与竺迪罗乃是知交，有什么事情，何以却要鸠罗法师代表？"

竺迪罗果然说道："是呀，我正想问你，你邀我到耶律元宜的营中，是为了何事？这是皇叔的意思吗？"

鸠罗法师道："不错。只因皇叔是御林军统领，必须时刻陪着皇上，这件事说来话长，他还没有机会找你密商，而时机又必须立即动手，所以他才要我邀你同去。"

蓬莱魔女吃了一惊，只听得竺迪罗已把她心中的疑问说了出来，道："动手什么？"

鸠罗法师道："皇叔请你助我除掉耶律元宜，但必须杀他于不知不觉之间，决不能叫人发现他是给咱们杀死的！"

竺迪罗笑道："这个容易，但这却是为了什么？"

鸠罗法师道："这个——咦，有什么不对吗？"声音忽地停止，原来这时，他们正走到蓬莱魔女身前丈许之地，竺迪罗突然停下了脚步。

竺迪罗陡地喝道："什么人躲在草丛里？出来！"

赫连清霞大吃一惊，蓬莱魔女却在她的手心轻轻捏了一下，示意叫她不可妄动。蓬莱魔女是个江湖上的大行家，听得竺迪罗这么呼喝，立即知道他其实并未发现她们藏身之处，否则这距离只有丈余之遥，他只要拨开茅草，便能发现，何须大呼小叫？

鸠罗法师道："师兄，你怎么知道草里有人？"

竺迪罗道："我听得似乎有点声息。"

原来竺迪罗内功深厚，听觉特灵，蓬莱魔女与赫连清霞的呼吸虽然加以控制，缓慢而又微弱，但还是瞒不过他的耳朵。

那一大丛茅草高逾人头，蓬莱魔女与赫连清霞此时又屏息呼吸，鸠罗法师丝毫也听不出来。

鸠罗法师笑道："怕是你的错觉吧，我怎么没听见一点声音？"他有事在身，言下之意，实是不愿到茅草丛中搜索。

竺迪罗也有点怀疑，不敢肯定草中确是有人。他想了一想，随手取出了一把梅花针，说道："好，管他是人是兽，我把它赶出来再说！""呼"的便是一把梅花针，向乱草丛中撒去！

但这把梅花针却没有射中她们，而是射到她们的后面去了。原来她们的呼吸气息轻微，竺迪罗根据一般人的呼息轻重来判断，听声测远，判断错了。他这把梅花针打到了三丈开外，却不知她们就在他的面前。

这把梅花针没打着她们，却误伤了草丛中的一条青蛇，给梅花针一刺，嗖地窜了出来，正对着赫连清霞的藏身之处。

赫连清霞生平最怕毒蛇，吓得几乎就要跳起，幸亏蓬莱魔女早有提防，及时地按住了她，折了一支儿寸长的茅杆，轻轻一挑，把那条青蛇挑起，青蛇箭一般地在草丛中游走，这次却是对着竺迪罗游过来了。

青蛇似乎知道竺迪罗是它的仇人，昂起蛇头，向着竺迪罗嘶嘶喷气。竺迪罗笑道："原来是一条长虫，倒是我瞎疑心了。"拔出戒刀，一刀把那条青蛇斩为两段。

鸠罗法师笑道："如何？我说这草丛里怎能藏有个人？巡逻的士卒无须躲藏，敌人则怎敢上到这儿。快三更了，咱们赶快去吧，否则恐怕耶律元宜已经睡了觉了。"

竺迪罗有点不好意思，说道："可恼这条蛇儿，倒把咱们的话柄打断了。你刚才说到哪儿？对啦，为什么要把耶律元宜暗中除去，你给我说说。我虽然不大明白贵国的事情，与这位耶律将军也没见过面，但却听说他似乎很得你们皇上的宠信呢！"

鸠罗法师道："就是因此了。简单地给你说吧，皇叔怀疑他是奸细，但怕皇上宠信他，不肯将他除去。"

竺迪罗吃惊道："耶律元宜胆敢私通敌国么？"

鸠罗法师道："虽无实据，却是可疑。前晚有两个女子，冒充蓬莱魔女主婢，引开我们的追兵；军中又有人散播谣言，说是义军偷袭，并且在好几处营帐纵火，引起了一场大大的虚惊，以至那魔女在混乱中逃走了。这种种可疑的事故，皇叔认为定是有人在幕后指使的，而嫌疑最大的就是耶律元宜！因为他本是辽国王族，部属又都是辽人。非我族类，其心必异！但查不到实据，又不能将他无故拿办。所以皇叔才要法王帮忙，不着痕迹地将他除去！"

竺迪罗道："哦，原来如此！但此事未得你们皇上的许可，日后——"

鸠罗法师笑道："你放心，日后即使皇上知晓，也决不会加罪于你的。皇叔要除去暗藏在军中的祸患，也都是一心为了大金。皇上总会知道他的忠心的。皇叔他若不是有十分把握，怎敢请你下手？"

其实还有一个秘密，鸠罗法师未肯明白地向竺迪罗说出来。原来这件事情，并非完全瞒着金主完颜亮。完颜亮其实对于耶律元宜亦已颇有猜疑，但他怕公开地杀了耶律元宜会摇动军心。因为在他的军队中，虽然主力乃是金人，但其他各族也占了不少，有的是原来的降卒，有的是被他强迫征来。若然无故杀了耶律元宜，军队中不是金籍的战士，定然不服，说不定还会引起兵变。所以完颜亮必须谨慎从事，他可以默然同意他的叔父暗杀耶律元宜，而不能由他亲下命令。

竺迪罗也是个满腹心机的人，听得鸠罗法师说到这里，心中亦已雪亮，当下哈哈笑道："你要杀人不露痕迹，这个容易！包在我的身上，略使一点毒药，就可以叫耶律元宜一命呜呼，任何人都不能看出他是受毒死的！”

两人在大笑声中，又走过了蓬莱魔女躲藏之处，距离约有十数丈之遥了。但他们这些话语，蓬莱魔女与赫连清霞都已听得清清楚楚。

蓬莱魔女深知竺迪罗使毒之能，从前古月禅师那么深厚的武功，就是因为先中了竺迪罗的"魔鬼花"之毒，完颜长之才能够将他暗杀的。

赫连清霞更是吃惊，悄悄问道："怎么办？不如由咱们先杀了这两个秃驴？"蓬莱魔女心意踌躇，忽地就在此时，起了一阵大风。

蓬莱魔女眉头一皱，计上心来，寻思："先阻他一阻再说。"抄起一颗石子，施展"弹指神通"的功夫，便即向前弹出。

这时正是狂风大作，沙飞石走的时候，她这一颗小小的石子，杂在风沙之中飞出哪能分别出来？鸠罗法师行走之间，忽觉脚跟一麻，不由得一跤摔倒。山路崎岖，这一摔竟变作滚地葫芦，在那险峻的斜坡上骨碌碌地滚了下去。原来他正是给蓬莱魔女这颗石子弹中了脚跟的麻穴。蓬莱魔女在黑夜之中认穴不差毫黍，所用的力道又恰到好处，鸠罗法师只道是偶然给狂风刮来的石子打中他的麻穴，哪想得到是有人暗算？

竺迪罗吃了一惊，慌忙扑下去将他拉起，下面是石笋嶙峋的山谷，幸亏抢救及时，要不然这一跌实是不堪设想。

鸠罗法师道："晦气，晦气！恰恰给石子碰着了麻筋。可得歇一歇才能走啦。"竺迪罗虽觉此事太巧，但也没疑心，说道："好，我给你揉搓揉搓。"

蓬莱魔女悄声说道："咱们抢在他的前头，先去报讯。"这时竺迪罗还在山坡上给鸠罗法师揉搓麻筋，医治伤足，蓬莱魔女、赫连清霞二人已经施展绝顶轻功，毫无声息地从上面这条山路走过去了。

转瞬间走到山下，正是耶律元宜的驻地，警卫的士兵，穿梭来往，守备严密。但她们二人穿的是巡逻队的服饰，又有腰牌，沿途自无拦阻。赫连清霞还告诉那些士兵，说是山上发现两个人，不知是否敌人，叫他们小心戒备。竺迪罗是新来的，赫连清霞料想士兵们没见过他；鸠罗法师虽是完颜亮的"护驾法师"，兵士们也未必认得。虽然他们必然能够找到证明，最后也终须要让他们通过，但能够阻得一些时刻，也是好的。

两人走到耶律元宜的营帐，叫人进去禀报。耶律元宜刚要睡觉，听说是哈尔盖（巡逻队的长官，金国的左路指挥使）派了两个人来，有军情要向他禀报，耶律元宜只好暂且不睡，接见他们。心中则是大大惊奇，寻思："哈尔盖与我各领一军，互不统属，深夜派人来此，是何缘故？只怕不是禀报军情，而是怀疑我这里藏有奸细吧？"

耶律元宜见了二人，觉得这两个人竟是"似曾相识"，却想不起是在哪儿见过的，心中正自狐疑，赫连清霞已上前行过军礼，说道："哈将军有秘密军情，要我们前来禀报！"

她行礼的时候，悄悄地掏出一个指环，套上中指，在耶律元宜面前一晃。正是：

指环为证相呼应，掀起长江浪拍天。

欲知后事如何，请听下回分解。

第六十一回　侠女巧谋逃毒手
灵堂奇变困魔头

　　耶律元宜一见，欢喜得几乎要叫出声来。原来这指环乃是他送与赫连清霞的定情之物，一见了这个指环，当然便知道了来者是谁了。

　　耶律元宜抑住心中的激动，说道："左右退下。与我紧守营门，任何人不许进来！"他身边的卫士，只道这两人当真是来禀报秘密军情的，诺诺连声，慌忙退下。

　　耶律元宜这才喘了口气，说道："清霞妹子，你好大胆。这位是——"赫连清霞笑道："这位是柳女侠。哈，你都认不得我们了！"

　　耶律元宜又惊又喜，道："你们怎么来的？还有二姐呢？"

　　赫连清霞道："这些不太紧要的事情，都留待以后再说——"

　　耶律元宜见她神色惊惶，说话又慌慌张张的，便笑了一笑，轻轻抚拍她道："有什么大不了的事情，你们到了我这里，天大的事情，我也得给你们担待下来，不用惊慌。"

　　赫连清霞道："不是我们的事情，是你的事情。竺迪罗与鸠罗法师要来取你性命。竺迪罗是使毒的高手，你得赶紧设法应付。"

　　赫连清霞撮要把听到的说话告诉了耶律元宜。耶律元宜皱眉道："只是要杀掉这两个秃驴，那倒不难；可这么一来，咱们马上就得反出金营，可就不能再救武林天骄啦！明晚配合宋军、生擒完颜亮的大计，也就都要给毁啦！"

　　赫连清霞焦急万分，说道："这怎么办？那两个秃驴就要来的了！"

蓬莱魔女筹思已熟，笑道："不妨事，咱们可以来个将计就计。"

耶律元宜道："怎么将计就计？"

蓬莱魔女道："你先服下这粒药丸，待那两个秃驴来了，你佯作不知，要恭恭敬敬地接待他们。那秃驴定要暗中下毒，倘若给你发觉，你也不能声张。仍然要装作毫不知情，放大胆子，让他下毒。比如说，他是要敬你一杯鸩酒，你也得喝了。至于怎样将计就计，待他们走了，咱们再说。没时间啦！"说罢掏出一颗碧绿色的药丸。

赫连清霞放心不下，说道："这是什么药丸？竺迪罗既是天下有数的使毒高手，定必有非常厉害的毒药，要他的独门解药才行。你这药丸难道能解百毒？"

蓬莱魔女笑道："你尽可放心，包在我的身上，绝不让那两个秃驴伤了你宜哥一根毫发就是！"

耶律元宜慨然说道："只求大事可成，我又何惧以身试毒！柳女侠既有妙策，咱们就不必再考虑啦！"

刚说到这里，便听得今晚轮值的营中"都护"在帐外高声报道："鸠罗法师和另外一位大和尚求见将军，让不让他们进来？"

不出赫连清霞所料，这两个和尚果然是一路受到盘查，此时才到。营门的守卫，遵守耶律元宜的命令，不让他们进去。幸亏这个值夜的都护是个中级军官，认得鸠罗法师，这才替他禀报。不过他也只是认得鸠罗法师，却不认得那个吐蕃国的国师竺迪罗。

耶律元宜说道："既然是皇上的护驾法师来了，自当以礼相见。打开中门，请他们进来。"

蓬莱魔女、赫连清霞二人退藏帐后，耶律元宜另外唤来了心腹亲随伺候，他刚刚服下了那颗药丸，鸠罗法师带领竺迪罗，已在哈哈大笑，揭帘而入。

耶律元宜站起来道："法师深夜到来，有何指教？请恕小将未曾出迎。这位大和尚是——"他虽然早已知道竺迪罗的身份，但因未曾见过，故此仍佯作不知，有此一问。

鸠罗法师道："好教将军得知，这位大和尚是咱们的国宾，吐蕃国的国师戒日法王。"

耶律元宜故作一惊，说道："啊呀，这真是折煞小将了。我还未曾拜见法王，倒教法王劳步，罪过，罪过。"

竺迪罗道："将军不用多礼。小僧观光上国，意欲结识上国英豪。久慕将军威名，特来拜访。"

鸠罗法师道："戒日法王是来与咱们皇上商谈两国结盟之事的，皇上已请他留下来相助咱们大金了。"

竺迪罗道："大金德威远播，泽及各国。小僧得效驰驱，深感荣宠。听说耶律将军是辽国王族，哈哈，咱们都是外臣，而得皇上录用，这倒是一样的呢！"

耶律元宜心里暗骂，"你这无耻秃驴，谁与你一样。"但口中却不得不道："好说。请两位上人用茶。"

那亲随端来了三杯刚泡好的茶，鸠罗法师笑道："法王正是因为与将军身份相同，所以第一个就来拜访将军。同时也是奉了皇上之命，来视察各营防务。深夜打扰将军了。"

耶律元宜道："请两位上人多多包涵，在皇上跟前美言两句。"

鸠罗法师笑道："将军军令森严，我们都几乎进不来呢，佩服佩服！"

耶律元宜道："交兵前夕，防卫不得不多加小心，得罪了两位上人了。请用茶。"

鸠罗法师有意和耶律元宜说些闲话，分散他的心神，好让竺迪罗施展手脚。

竺迪罗一抖袍袖，端起茶杯，僧袍的宽袖，遮着耶律元宜的目光，说声："请！"就在说话的当儿，小指尖一弹，指甲中预藏的毒粉，已弹入了耶律元宜面前的那一杯茶！

这手法巧妙无伦，莫说在一旁伺候的那个亲随，丝毫也没察觉；连耶律元宜，早已在暗中加意提防的，也只是觉得他这个端茶的动作有点异乎寻常，也看不到他已经把毒粉挥入自己的茶杯，不过他虽然没有察觉，也想得到竺迪罗这个动作，定是在他杯中下毒。

耶律元宜依从蓬莱魔女的吩咐，佯作不知，端起茶杯，把满满的一杯茶一口喝了。他明知喝的乃是毒药，虽说有蓬莱魔女的安排，心中亦总是难免有点惴惴不安。

鸠罗法师与竺迪罗也同时把茶喝了。鸠罗法师道："谢茶。哎呀，已是三更时分，我们该回去了。"营中更鼓，正报三更。

耶律元宜笑道："难得两位到来，多坐一会。"

鸠罗法师道："我们还要巡视别处地方，将军也该早些安歇了。"

耶律元宜道："如此，我明日再回拜两位上人，请两位在皇上面前多说两句好话。"

竺迪罗道："当然，当然。咱们今后都要彼此提携。"心中则在暗笑："你明日要来回拜？哼，哼，等到你再世为人吧！"

耶律元宜送出帐外，走回来的时候，只觉已有点儿晕眩，脚步也有点虚浮。那亲随道："将军，你怎么啦？"耶律元宜道："没什么，稍觉劳累，不要紧的，你不必在这里伺候了。"那亲随应了声"是"，便即退下。

赫连清霞与蓬莱魔女躲在帐后，赫连清霞一直紧握剑柄，手中又扣着暗器，防备意外，直到那两个和尚走了，方始"吁"了口气，揭开帐幕。蓬莱魔女和她一同走了出来。

蓬莱魔女端起烛台，走到耶律元宜面前，仔细地看了一眼，说道："果然所料不差，是中的魔鬼花花粉之毒。"

赫连清霞听说过魔鬼花的厉害，道："你怎么知道？"蓬莱魔女道："你瞧他的眉心。"赫连清霞凝神注视，果然发觉耶律元宜的眉心，有一道淡淡的黑气。

蓬莱魔女道："是魔鬼花之毒，那就不要紧了，我有他的独门解药。"前文业已交代，原来那次竺迪罗毒害古月禅师，用的就是这种毒粉，后来竺迪罗再用这毒粉毒古月禅师的好友释湛和尚，释湛迫他交出解药，未曾服下，便已身亡。这解药却落在蓬莱魔女手中。

耶律元宜服下解药，便即盘膝静坐，用本身内功助药力的运行。赫连清霞怀着忐忑不安的心情，在旁伺候，只见耶律元宜眉心的那道黑气，越来越淡，不过一盏茶的时分，已经淡到看不见了。

赫连清霞知道解药已经奏效，方始放下了心上的石头，笑道："柳姐姐，假如那秃驴另用一种毒药，将他当场毒毙，那岂不是危险得很？"

蓬莱魔女道："他们奉了完颜长之的意旨，要丝毫不着痕迹地除掉你的宜哥，岂能让别人知道是他毒杀的？所以使用的毒药，必定是待他们走后方才发作。魔鬼花之毒可以令人在毒毙之后，丝毫不露中毒的痕迹，我也曾见过他使用这种毒药害人，所以断定他今晚必然也是使用这种毒药。"

赫连清霞道："你第一次给宜哥服下的那颗药丸又是做什么用的？"

蓬莱魔女道："那是我爹爹制炼的辟毒丹，若是比较寻常的毒药，服了辟毒丹便可预防。而且，若是碰上了极厉害的几种毒药，它虽然不能解毒，也可以使得中毒不至太深。我让你的宜哥服下，这正是预防万一，即使他不用魔鬼花之毒，也还可以有挽救的机会。"

赫连清霞十分感激，说道："柳姐姐，你计虑周详，真可说是万无一失。我刚才的忧虑，倒是多余了。"

说话之间，耶律元宜已是行功完毕，哈哈一笑，站起身来，说道："这解药果然效验如神，如今我神清气朗，连睡意都消失了。"

蓬莱魔女笑道："耶律将军，你如今却是应该死了！"

赫连清霞怔了一怔，正待要问："这是什么意思？"耶律元宜领悟得快，已在哈哈笑道："你是教我诈死？"

蓬莱魔女笑道："不错。你已经中了竺迪罗之毒，哪能不死？这就是我所说的将计就计了。"

耶律元宜道："这道理我懂得，但怎样将计就计，还得请柳女侠细道其详？"

蓬莱魔女道："你营中可有巧手工匠？"

耶律元宜道："正有一个人称赛鲁班的工匠。"

蓬莱魔女道："这就更好了。你叫他雕一个木人，和你一模一样的。再叫他给你造一副棺材，将你的假身放入棺中，明日一早，立即叫你的亲信向完颜亮报丧。当然，还得准备灵位香烛等物，在营中布置灵堂。除了你信得过的将领之外，风声绝不能泄漏！"

耶律元宜笑道："满营都是我的心腹，这场丧事，一定可以假戏真做，风光热闹，包无破绽。"

当下耶律元宜便把最亲信的几个将领和那个"赛鲁班"招了进来，面授机宜。"赛鲁班"是工匠班头，手下有一班小工匠。接过命令，连夜在山上找木取材，赶制桐棺。"赛鲁班"则精心雕刻那个木人，完工之后，给木人穿上衣服，戴上假发，面部再涂上油彩，果然是栩栩如生，与耶律元宜一模一样。

天亮之后，一切都已布置妥当，在营中设了灵堂，点起香烛，耶律元宜手下的军官也都穿上了临时赶制的孝服，气氛十分肃穆。于是一面派人向金主完颜亮报丧，一面由副帅吴哥儿出面，向阖营兵士，宣布主帅暴病身亡。兵士们信以为真，哀声不绝。轮流至灵堂吊祭。

不久那报丧的使者回来，耶律元宜在密室接见，蓬莱魔女、赫连清霞二人躲在幕后，吴哥儿则陪同主帅，细问那使者报丧的详情。

那使者笑道："完颜亮果然丝毫也不起疑，他还说要亲临御祭呢！"

耶律元宜喜道："真的?"

那使者道："岂有戏言？哈，不过完颜亮也真会做戏呢，他听了将军的死讯，也不知哪里来的一副急泪，居然簌簌地掉了下来。说是将军有功于国，出师未捷，便先死了，他非常哀悼。他决定亲来吊祭，以示对将军的荣宠。"

吴哥儿笑道："这场戏是演给咱们看的，他要笼络军心。让咱们辽国的士兵，继续为他卖命。"

那使者笑道："可是他也露出一点破绽，咱们的将军'暴病身亡'，他只是叹息'天有不测之风云，人有旦夕之祸福'，连是什么病也不问一声。"

耶律元宜道："这么说来，竺迪罗下毒之事，想必是已经告诉了他，他当然就不觉得惊异了。这且不管他，咱们只准备他来便是。他什么时候来?"

那使者道："午时驾到。"

耶律元宜道："另外还有什么说话？"

那使者道："他'令'吴将军暂时掌管本营指挥使的印信。听候圣旨。"

吴哥儿道："这是他还要另选一人来当统帅。但这也是后一步的事情了，不必管它。对付了完颜亮，咱们也早已反出金营啦！"

使者告退之后，蓬莱魔女与赫连清霞出来，大家都是欢天喜地，笑不绝口。赫连清霞连声赞道："柳姐姐真是女中诸葛！"原来完颜亮要来"御祭"之事，也早已在蓬莱魔女的意料之中。

蓬莱魔女说道："也不可高兴得太早了，须得完颜亮当真来了，才能作算。"赫连清霞笑道："他都亲口对咱们的报丧使者如此说了，皇帝'金口'，焉能更改，哪有不来之理？"蓬莱魔女道："总是小心谨慎，思虑周详为妙。"吴哥儿道："不错，咱们是要作最好的准备，最坏的打算。"蓬莱魔女道："即使是完颜亮当真来了，也不能过早露出痕迹。耶律将军，这就要看你的布置了。"耶律元宜笑道："我懂得，我会吩咐心腹将士，个个装出满面哀容。紧张的心情，决不可见之神色。待他进入灵堂，一声号令，乱刀就杀了他。"蓬莱魔女道："好，但愿将军此次，一举成功。报辽国之仇，除宋国之患！"

蓬莱魔女与吴哥儿虽然比较慎重，主张小心从事，但也认为完颜亮多数会来，满心欢喜，不在话下。

眼看午时将到，耶律元宜一切布置妥当，又在蓬莱魔女设计之下，打扮成一个在灵堂执事的小校，用易容丹化装，改容易貌，混在一众执事之中。

午时刚报，只见营外望风的旗牌官匆匆进来报道："来了，来了！"吴哥儿喜道："带了多少人来？"旗牌官道："只看见三骑快马。"吴哥儿道："那是何人？"旗牌官道："还未清楚。"吴哥儿道："后面有无大队跟随？"旗牌官道："不见尘土飞扬！但当中一骑，擎着黄盖，却是皇帝执仗！"吴哥儿道："赶快再去报来！"

金主完颜亮若来"御祭"，虽然不至于带大队人马，但也决不止只有三骑。众人均在猜疑，忽听得营门外的仪仗队已在奏起肃客的鼓乐，那是专为皇室所奏的鼓乐，那三骑马来得太快，旗牌官未及再报，他们已经来到了。

耶律元宜吃了一惊，心道："难道完颜亮当真敢轻骑而来？"心念未已，只见那三个人已在本营将校簇拥之下，进入灵堂。耶律元宜一看，暗暗叫苦。哪有完颜亮在内？这三个人是御林军统领完颜长之、戒日法王竺迪罗与"护驾法师"鸠罗上人。

完颜长之道："接圣旨！"以吴哥儿为首的一众执事只好跪下，听他宣读。完颜长之展开诏书，朗声念道："奉天承运大金皇帝诏曰：指挥使龙骑将军耶律元宜为国勤劳，英年早逝。朕方期与将军牧马江南，浑一天下；天下佑我，遽丧股肱。朕心震悼。特遣御林军统领皇叔完颜长之奉旨吊祭，如朕亲临。钦此！"众人听了这道诏书，十分失望，但却也松了口气。

完颜亮没有亲来致祭，众人虽然失望，但好在他也并没起疑，当真把耶律元宜当成已经死掉，故此派遣皇叔做他代表。这场戏虽然临时换了角色，大老倌没有出场，但也可以说是"假戏真做"了。

完颜长之宣读了诏书，吴哥儿等人上前答谢，免不得说了些"浩荡圣恩，存殁均感"之类的言语。

完颜长之道："耶律将军为国驰驱，不幸英年早逝，皇上如丧股肱，叫我来略表体恤将士之意，这都是应该的。还望各位也能够善体皇上之意，继承将军遗志，一同为国效力。"吴哥儿等人当然诺诺连声，心中则都在想道："不错，我们是要为国效力，可是要我们的'国'乃是大辽，不是你们大金。"

完颜长之又道："我与耶律将军的交情各位都是知道的，我此次一来是代皇上致祭，二来也是为我自己要与好友诀别。不知棺材已经钉上没有，我想瞻仰一下将军遗容，稍尽心事。"

此举早已在众人意料之中，吴哥儿道："多谢皇上皇叔对我们的将军荣宠备加，但只怕亵渎了皇叔。天气炎热，恐有秽气。"

完颜长之道："我与耶律将军相交至好，哪里忌讳这些。"

吴哥儿道："皇叔高义，我们做下属的也都感激。既然如此，自当遵从皇叔意旨。"当下便叫人打开棺盖，请完颜长之"瞻仰遗容"。

完颜长之道：“请启棺让我瞻仰遗容。”

棺盖一启，一股臭味便冲了出来。原来这都是预先布置好的。本来人死了不过半天，不应就有尸臭，但因是"毒死"的，中毒而死的人，肌肉容易腐烂，这尸臭就必然是应该有的了。棺中不但撒下了气味与尸臭相同的药材，而且鼻孔还洒了几滴狗血，看起来就似七窍流血一般。

竺迪罗也跟在完颜长之身后"瞻仰"，见此形状，吃了一惊，心道："莫要惹起众人的疑心才好。"连忙轻轻碰了一下完颜长之。

其实只要完颜长之用手一摸，立即就可以发现那是个木人。但手摸尸体，这是大失礼貌的举动，完颜长之也不敢用手去摸。他见"尸体"果然是耶律元宜，又闻到臭味，哪里还有丝毫疑心，看了一眼，便叫人把棺材钉上了。

吴哥儿道："我们的将军本来是好好的，真想不到突然便暴病而亡，也不知是何缘故？使我们也来不及和将军说一句话。"竺迪罗生怕他们怀疑，连忙说道："是呀，我昨晚还曾与将军晤谈，想不到今朝便成永诀。但天有不测风云，人有旦夕祸福。彭祖高寿，颜子早夭，这都是大限注定的。各位也不必太过伤心了。"

吴哥儿等人越发假戏真做，涕泪交流地哭道："将军待我们恩重如山，情如骨肉。如今竟是死得这样，这样……嗯，这样的不明不白，教我们怎不伤心？呜，呜！"灵堂上下，登时哭声一片。

竺迪罗暗暗心惊，想道："什么不明不白？哼，听来他们已是疑心及我了。还幸这死鬼来不及和他的部属说一句话，便即毒发身亡，他们纵有疑心，亦是无奈我何。这吴哥儿，待事情过了，慢慢再收拾他。今日是好汉不吃亏，可得早走为妙。"但他是"客卿"身份，不便说话，当下暗暗向完颜长之抛了一个眼色。

完颜长之也作出一副哀痛的神色，说道："耶律将军为国栋梁，如今英年早逝，莫说你们伤心，皇上也有如折股肱之痛。但人死不能复生，渡江在即，还望诸位节哀为国。尤其是你，吴将军，你是要挑起耶律将军遗下的这副担子的，你更应该保重身子。吴将军，请起来吧，我还有话和你说呢。"

吴哥儿抽抽噎噎地爬了起来，抹了抹眼泪，说道："我正感到德薄能鲜，将军一死，我不知如何是好。请皇叔赐与教言。"

完颜长之道："吴将军，客气了。皇上的意思，是要你暂掌印信，待平南之后，将军积下功劳，再真除（即正式任命）指挥使之职。你从现在起就可以接管印信，皇上不另颁御旨了。"

吴哥儿道："我只怕担当不起。"

完颜长之道："皇上也虑及在这战火即将大起、军务繁迫之时，怕你一人吃力，他会派一个监军来协助你的。这只是权宜之计，望将军善体皇上的意思，不可多心。我先告诉你一声。待监军来了，你们便要调赴前方了。所以耶律将军的丧事，最好是今日办妥，早早入土为安。"

吴哥儿道："卑将蒙皇上恩宠，不次超擢，谢恩还来不及呢，怎敢多心。皇叔吩咐，自当遵从。但不知皇上派的是哪位监军？"

完颜长之道："这个皇上还没有和我说。依我想来，当然是最适当的人了。吴将军，可是你心目中有什么人要想推荐么？"

吴哥儿怕引起猜忌，忙道："卑将只知听皇上调遣，岂敢多言？皇上圣明，安排的当然是最恰当的了。"

完颜长之道："好，那你就不必管监军是谁了。早早安丧了耶律将军，等候接钦使大驾吧。"

完颜长之交代了正事，一副急泪又掉了下来，抚棺说道："耶律将军，请恕我皇命在身，不能送你入土了。"假意哭了一会，作了"诀别"的仪式，便与竺迪罗及鸠罗法师走了。

这三个人一走，在"灵堂"充当"执事"的将校们才松了口气，曾经诈哭的纷纷举袖抹去眼泪。赫连清霞"噗嗤"笑道："宜哥，你就在他们身边，眼看着他们对你的灵位行礼，口口声声把你当作死人，真难为你居然忍受得了，没有笑出声来。我刚才都险些笑了。"

蓬莱魔女笑道："怪不得我刚才听你哭笑难分，幸亏大家都在乱哭一通，他们也没心神注意及你。但霞妹，你以为他们是当真向你的宜哥行礼么？你才不知道那个皇叔多狠毒呢！你揭开棺盖瞧瞧！"

赫连清霞诧道："难道这里面还有什么古怪？宜哥，我怕'尸臭'，你揭开来瞧瞧你自己的尸体吧。"

耶律元宜也给引起了好奇之心，当下用金刚指力，拔起铁钉，揭开棺盖，只见那假人还是好端端地躺在里面。耶律元宜道："柳女侠，并不见有什么古怪呀？"蓬莱魔女道："你试一试轻轻手触木人。"

耶律元宜依言一试，就似碰着了朽腐的木头一样，触手之处，登时粉碎。转眼间那木人便似遭受了"支解"，碎裂成无数小块！

耶律元宜咋舌道："要是里面躺的是我，这回可真是粉身碎骨了！"

这棺材是坚实的上好桐木所制，完颜长之在行"诀别"礼的时候，曾经手抚桐棺，哭了几声，想不到他就乘机做了手脚。但棺材丝毫无损，里面的木人已给他震得触手如粉，这种"隔山打牛"的掌力，委实是令人吃惊！

赫连清霞道："柳姐姐，你怎么知道？"

蓬莱魔女道："我曾和他两度交手，看他手抚桐棺，便知他存心不良，定是要使用隔山打牛的掌力。我猜他是恐防咱们有甚玄虚，故此暗碎尸身，预防万一。"

耶律元宜叹口气道："这事真是糟透了！"

蓬莱魔女道："不过，有坏处也有好处！"

赫连清霞道："你们打的什么哑谜？他打碎木人，也没伤及宜哥，糟也糟不到哪里去？柳姐姐，你说的'好处'、'坏处'又是什么，我都听不明白。"

蓬莱魔女道："你的宜哥平白'死'了一场，却未能把完颜亮引来。以往他可以指挥使的身份，出入御帐，如今他已然身死，连骸骨都粉碎了，还怎能公开露面？又怎能营救武林天骄？这不是弄巧反拙了么？"

耶律元宜道："好在经此一来，他们更相信我是必死无疑，决计不能再活！我的安全倒是可以无需顾虑了。"

吴哥儿道："纵然他们不起疑心，可是他们要派个监军来管束咱们，这也分明是不信任咱们了。"耶律元宜冷笑道："完颜亮不过是要笼络咱们替他卖命罢了，他几时信任过咱们辽国人？"

吴哥儿道："监军一来，咱们的行动就要处处受到监视，耶律将军又不能公开露面，这可如何是好？”

众军官七嘴八舌地议论，有的嚷道："不如就反了吧！"

耶律元宜道："迟早是要反的，但此际却非其时。出了今日之事，完颜亮还能不防范咱们吗？咱们这两三万人马要冲出百万大军的包围谈何容易？"

吴哥儿道："完颜亮所下的命令是今晚三更大军渡江，咱们可以趁那个时候杀出金营。"

耶律元宜道："可是咱们的计划本来是要活捉完颜亮，配合宋军和义军的攻击的，这么一来，咱们的计划也就落空了。何况还有檀公子呢？咱们就不去救他了么？"

众人议论纷纷，却都想不出一个恰当的办法可以两全其美。眼看日影渐渐西移，申时已过，还有一个时辰，就要开始天黑了。

蓬莱魔女尤其焦急不安，她是知道宋军与义军的计划的，虞允文的水师在长江布下阵势，也是准备在三更时分，避实捣虚，渡江攻击；义军则是她自己下的命令，要在二更时分，大举杀来。三面配合，务求一举击溃金国的主力。

可是他们如今却在这里束手无策，缺少了耶律元宜的配合，即使不能影响最终的胜负，至少也要令两方将士，增加许多倍的伤亡！只有两三个时辰的准备时间了，能有什么奇迹出现么？

吴哥儿道："那监军不知什么时候来，咱们须得早为之计。"耶律元宜叹口气道："事到如今，也只好兵来将挡，水来土掩了。把这棺材抬出去'下葬'，别露出破绽，就等那监军来了。"

众人钉上棺盖，正要"出葬"，忽听得营门外又奏起鼓乐，耶律元宜惊疑不定道："又是什么皇室中人来了？"

话犹未了，只见旗牌官进来报道："赫连郡主驾临，请吴将军出营迎接！"

蓬莱魔女吃了一惊，道："赫连郡主？那不就是玉面妖狐赫连清波吗？"

耶律元宜苦笑道："正是清霞的大姐赫连清波！她受完颜亮封为郡主，算是金国皇室中人了。嗯，她带了多少人来？"

那旗牌官道："有一队戎装女兵，约十余人。另外还有个男子，与她一同骑着马走在前头。"

吴哥儿冷笑道："端的什么臭架子？大不了是个假郡主，完颜长之还是个真皇叔呢！完颜长之替他们的皇上亲临祭灵，也未曾要我出营迎接。哼，哼，这假郡主竟然比真皇叔还要威风！"他明知赫连清波是赫连清霞的姐姐，但气她不过，还是禁不住发了一顿牢骚。

耶律元宜懂得金国朝廷的仪礼，沉吟说道："不对。"吴哥儿道："什么不对？"耶律元宜道："依此看来，只怕她不是吊丧的，那情形就两样了。完颜长之说明了是代皇上祭灵，当然不能要主家依军礼开营迎接，所以径到灵堂。她，她——"

吴哥儿道："不是吊丧，来做什么，你以为她——"耶律元宜道："你就暂且委屈一些，打开营门，按军礼迎接她吧。不过，也不必着急，你需要换过戎装佩剑，骑马出迎。我也不知她来做什么，趁这时候，待我出去张望一下。"

赫连清霞道："你莫要给她认出了。"耶律元宜笑道："我混在小校之中，偷偷到营门张望一下，料她认我不出。"

吴哥儿脱下"孝服"，换上戎装，耶律元宜已经回来。说道："她们刚到营门。霞妹，你猜那男的是谁？"

赫连清霞道："敢情不是太监就是什么臭官儿，我才懒得管她的事呢！"那次在飞龙岛上，她劝不醒大姐，心中又是气恼，又觉羞耻，早已不愿意把赫连清波当作她的姐姐了。但虽然如此，究竟还是不能毫不关心。

耶律元宜苦笑道："你都猜错了，那男的是公孙奇！"

赫连清霞吃了一惊道："是这魔头陪她来么？哎呀，只怕来意不善！"

蓬莱魔女起初也是大吃一惊，但随即镇定下来，说道："好，来得正好！"

吴哥儿不知道公孙奇的厉害，道："这是什么人，怕他何来？"

耶律元宜道："他是这位柳女侠的师兄。"蓬莱魔女此时仍是女扮男装，但因在灵堂中的一众军官都是耶律元宜的心腹，也就不必再隐瞒了。

蓬莱魔女咬牙道："不，这贼子已经撕破脸皮，公然投敌，早已不是我的师兄了。"

吴哥儿无暇细问缘由，说道："好，她既然要我开营迎接，我就出去看她来意如何？"耶律元宜也杂在随从之中，陪吴哥儿同出营门。

赫连清霞留在"灵堂"，惴惴不安地悄声说道："柳姐姐，公孙奇的毒功厉害，咱们只怕不是他的敌手。你可是想趁这机会擒他么？"

蓬莱魔女笑道："这件事情来得意外，但焉知不是意外之福？"赫连清霞诧道："此话怎说？"蓬莱魔女道："山重水复疑无路，柳暗花明又一村。咱们现在的处境不是看来无路可走了么？难得他们就在此时送上门来，咱们倒有了一线生机，可以盼望柳暗花明了。"赫连清霞道："你是要在他们身上做文章么，但这文章却怎生做法？我大姐十分精明，公孙奇的毒功又那么厉害！"蓬莱魔女笑道："事急马行田，我意欲行使险招，咱们合计合计（商量）。"

她们二人在"灵堂"内商量什么，按下慢表。且说吴哥儿打开营门，骑马出迎，刚刚行过军礼，称了一声"郡主"，客套的话还未及说，赫连清波已是格格一笑，说道："吴将军，从今日起咱们是汗马相依的袍泽啦，我奉了皇上之命，来做你们的监军。这是皇上所赐的虎符，请你验看！"金国的虎符功效等于皇帝的调兵印信，监军配戴虎符，有如皇帝亲临，可以指挥统兵的将帅。

双方都下了马，典印的宫娥交上虎符，吴哥儿验过无误，心中大大吃惊，连忙双手捧还，说道："想不到郡主来做监军，恕小将有失迎迓了。"这才明白，赫连清波为何要他以军礼出迎。

赫连清波笑道："将军不必多礼。皇上因为我本属辽人，我家与耶律将军又是世交，耶律将军不幸逝世，皇上想来想去，想不到更合适的人，才叫我来监军。我一介女流，本来不敢接这虎符，但想到你们阖营将士，都是本国弟兄，倘若换了他们的人来做监军，只怕你们受气。因此我也就不自量力，权充此职了。吴将军，咱们都是自己人，今后还望将军戮力同心，辅助皇上。平了南朝，辽国可以建为'藩国'，那时将军也少不了一个裂土分茅的藩王。"

赫连清波的父亲本是辽国以前的御林军统领，耶律元宜的父亲则是副统领，所以赫连清波说了这番话。完颜亮要她来做监军，目的就在于利用她的身份，安抚辽国军心。辽、金、西夏等国女子与男子一样骑马射猎，参与征战，所以用女子来做监军，虽属于"破格用人"，但也算不得特别稀奇。

赫连清波当然体会得到完颜亮的意思，是以与吴哥儿说话，口口声声说是"自家人"，对他大加笼络。吴哥儿心中暗暗骂她无耻，口头上却还不能不奉承一番。

赫连清波道："公孙副使，上来见过吴将军。"

公孙奇上来大模大样地唱了个喏，却受了吴哥儿一礼。吴哥儿心中有气，寻思："哪里钻出来的这个副使？"

赫连清波道："你们二人以后多多亲近。"吴哥儿道："公孙大人是新来的吧？咱们似乎未曾会过。"他看出公孙奇是个汉人，很是奇怪，何以他一来就得重用。

赫连清波身后的宫娥"噗嗤"一笑，说道："这位公孙大人是我们的郡马，昨日刚成婚的，你当然没有会过。"

吴哥儿吃了一惊，道："恭喜郡主大婚，请恕小将不知，未备贺礼。"

赫连清波心中得意，忸怩作态，脸上飞起了一片红晕，说道："这是皇上的意思。皇上很赏识他，说是要成就一段烽火姻缘，留为佳话。我奉旨完婚，军旅中不拟铺张，是以未发请帖。且待平定南朝之后，再请将军补喝喜酒。"

原来公孙奇因前日一役，假面具已给蓬莱魔女当众撕破，再也不能在汉人面前冒充英雄豪杰，只好投奔金营。金主完颜亮要笼络他，赫连清波早已失身于他，也怕夜长梦多，意欲定下夫妇的名分，双方都有意思，于是一拍即合，由完颜亮"御旨赐婚"。

公孙奇野心不小，他本拟仗金人之力，在山东自成一国，"自立"为王的。如今失意来归，只得了一个"监军副使"，心里很觉委屈。但却指望在灭了南宋之后，他"夫凭妻贵"，还有封王之望。故此对赫连清波百依百顺，就像他从前对桑白虹一样。他自恃武功卓绝，又有"郡马"的身份，自是不把吴哥儿放在眼内。

耶律元宜心里很是难过，想道："霞妹与她这个大姐虽然早已断了姐妹之情，但总还希望她有回头悔改之日。如今她竟嫁了这个魔头，只怕更难回头了。嘿，怪不得她敢来做监军，原来是仗着有这个大魔头撑腰。"想到公孙奇的厉害，给他来到军营，无异心腹之患，以后恐怕更难动弹。

耶律元宜心念未已，赫连清波已说到了他的身上，道："吴将军，如今公事已经交代完毕，该说到私事了。耶律将军是我世交，他未曾下丧吧。请引我到灵堂一拜。"

耶律元宜心里暗暗叫苦："这妖狐极是精明狡狯，倘若她也要开棺一视，棺中木人已成粉碎，事情马上就要发作，这可如何是好？"

吴哥儿也想到了这一层，但却是无法推辞，只好带领他们二人进入灵堂。那班宫娥则留在外间一个帐幕。

赫连清波道："哦，已经钉上棺盖了，咱们夫妇上一支香，略表寸心吧。"原来她已经知道了完颜长之掌震桐棺之事，这次不过想走个"过场"而已。正是：

卖国求荣来吊丧，愧对灵堂一支香。

欲知后事如何，请听下回分解。

第六十二回　虎穴闯来饶胆气
　　　　　豹房相会表心情

　　公孙奇捧了三炷香，心道："世上的事情真有些出人意表，我本是要杀他的，如今却给他上香来了。这小子也算运气，要是他当时丧在我'化血刀'之下，今日焉能死得如此风光？清波有个妹妹是跟他的，可惜如今也不知哪里去了？这个妹妹长得比她姐姐还要标致，这小子无福消受，我倒怎生想个法儿，把她弄到手才好。"

　　正自胡思乱想，忽听得赫连清波尖声叫道："妹妹，你——"公孙奇又喜又惊，"原来就在这儿，这可真是天从人愿了！"刚要回头，却不料就在这一刹那，他足踏的那两块方砖突然沉下，裂开了一个窟窿。原来这正是蓬莱魔女临时所布的"机关"，算准了他们要到灵前上香，预先把砖头挖松，然后运用内功做了一番手脚，叫他一踏上便即碎成粉末，坠下窟窿。公孙奇本领高强，这个小小的"机关"本来无奈他何，但一来他做梦也想不到会在金国的军营遭受暗算，二来也想不到他的师妹会在这儿。在毫无防备的情形之下，方觉不妙，拔足已迟，半截身子陷入了窟窿之内，与此同时，赫连清波也着了道儿。但因为她是跟在公孙奇后面，——她要表示尊敬丈夫，在"官式"场合，她是"监军"，公孙奇是她"副使"，当然由她领头；到了私人场合，她就让丈夫走在前头了——公孙奇双足踏上"机关"，她只是足尖碰着松了的砖头，未曾坠下。她那一声尖叫，是因为看见她的妹妹清霞突然在她身旁出现的缘故。

　　公孙奇大吼一声，三支香反手甩出，双足一纵，拔身而起。但蓬莱魔女身法何等矫捷，公孙奇一失足之时，她已在灵幔后面如箭射出，拂尘一挥，一根尘尾射中了公孙奇的"愈气""环跳""伏兔"三个穴道，前两个是麻穴，后一个是"残穴"，可令他筋脉伤残。

公孙奇武功当真是非同小可，那三支香从他手中甩出，赛如短箭，蓬莱魔女挥动拂尘打落了两支，另一支香却射中了在旁边"陪祭"的吴哥儿，香头在他手臂上竟插进了几分，灼伤了他一片皮肉。

蓬莱魔女打落了两支香，前扑之势稍为受阻，就在这一瞬之间，公孙奇已经跳出了窟窿。他内功确是深湛之极，三处穴道被蓬莱魔女的独门暗器射中，居然并未摔倒，也未伤残。不过两处麻穴的筋脉也已感到一阵酸麻，急切之间，气血不能畅通，跳跃不灵，武功也受了影响。

说时迟，那时快，蓬莱魔女已是尘剑兼施，左手拂尘，右手长剑，一齐向公孙奇攻到，拂尘罩着他的身形，长剑霍霍展开，马上便是一招三式，剑尖刺穴，剑柄撞腰，刃口又削向他的膝盖。

公孙奇霍地一招"弯弓射雕"，左掌如弓斜劈，右臂如箭直挺，中指一弹，"铮"的一声，正中蓬莱魔女剑脊。

掌风激荡，尘尾飘散，登时把蓬莱魔女的一招"天罡尘式"破了。可是那中指的一弹之力，却不过把剑尖稍稍弹歪，并未能将蓬莱魔女的长剑打落。

原来公孙奇前日与柳元宗硬拼了一掌，元气颇为耗损，经过了两日的调养，虽然并无妨碍，但却只是恢复了七成功力。他练成了桑家的内功之后，与他本门的内功合而为一，本来胜过了师妹，但也胜不了多少。如今减了三成功力，穴道又受了伤，气血一时间未能畅通，此消彼长，蓬莱魔女已是反转来胜过他了。

蓬莱魔女手腕一翻，剑走轻灵，一招未收，次招续发，剑剑不离他的要害穴道；公孙奇要使用毒掌的功夫，但蓬莱魔女以拂尘护身，公孙奇此际的功力，只能勉强将她的拂尘荡开，却打不到她的身上。公孙奇虽有"隔物传功"的本领，但"隔物传功"，力量更弱，公孙奇功力已及不上师妹，无法对她造成伤害。

更令他吃惊的是，他已经知道了对手是谁。蓬莱魔女此时还是男子装束，但她那柔云剑法与天罡尘式却是公孙隐的独门武功，公孙奇当然认得他家传的功夫，甫一交手，便知道了这个"男子"是他师妹。不由得想道："师妹既在这儿，他们父女重逢之后，形影不离，她的父亲想必也已来了！"当今之世，公孙奇只害怕两个人，一个是他自己的父亲公孙隐，另一个就是蓬莱魔女的父亲柳元宗。但他自己的父亲，他料想碰上了也未必就会杀他；碰上了柳元宗那就难说了。他接连两次吃过柳元宗的大亏，对柳元宗更是心怀恐惧。

心里一慌，招式更乱。蓬莱魔女一招"龙门鼓浪"，刷，刷，刷，连环三剑，公孙奇双掌封闭不住，意欲跳跃避开，但膝盖的穴道受伤，筋脉还在酸麻，跳跃不灵，避开了两剑，逃不过第三剑，这一剑正好又是刺中他的膝盖，公孙奇再也支持不住，"卜通"倒地。幸而蓬莱魔女还是手下留情，仅是以剑尖刺了他的穴道。要不然，若是施展杀手的话，这一剑早已穿过了膝盖，令他残废了。

另一边赫连清霞也已把她的姐姐制伏。赫连清霞早已抹去了面上的油彩，露出了本来面目，赫连清波骤然碰上了她的妹妹，也是吃惊不小。赫连清霞曾得过柳元宗的指点，三姐妹中，年纪以她最小，本领则以她最强，赫连清波一着慌，就给她用小擒拿手法扣着了脉门，再也不能动弹了。

赫连清波道："三妹，你如此胡作非为，不怕招来阖营覆灭之祸么？"赫连清霞冷笑道："你以为完颜亮就是安如磐石，可以永远保你荣华富贵了么？我一门忠义，爹爹是以身殉国的英雄，母亲是含辛茹苦，抚养我们成人，教导我们以身许国的女杰，我没有你这样腆颜事敌的姐姐！辽国的好男儿，也没有像你这样贪生怕死的人！"

赫连清波冷笑道："你可别忘了你的宜哥，他是金国的指挥使，生荣死哀，刚受了皇上的'御祭'的啊！他忠于大金，你却要煽动他的下属造反，他在九泉之下也不能瞑目。你要累他也遭受戮尸之祸么？"

耶律元宜哈哈一笑，露出了本来面目，道："你看我是何人？

我的尸体也早已受戮了。嘿，嘿，完颜亮害不死我，如今我可要去杀他啦！"

赫连清波目瞪口呆，半晌，叹了口气，说道："我一生自负聪明，不料今日却落入你们的陷阱。罢，罢，你不念姐妹之情，那就把我杀了吧！"

这一边，赫连清波向她妹妹求情；那一边，公孙奇知道他师妹的脾气，求情也没有用，索性挺起胸脯说道："好，我死在你的手上，总算值得，胜于让外人杀了。好，你就用我爹爹教过你的武功来杀我吧！"

蓬莱魔女怒道："公孙奇，你还知不知道有羞耻二字？我与你同样学的武功，如今我是义军盟主，你却变作了敌人的走狗！亏你还敢提起你的爹爹！"话虽如此，但她念及恩师只有这一个儿子，提起剑来，却毕竟下不了杀手。

耶律元宜想起那一掌之仇，怒气勃发，抢了随从小校的一根皮鞭，照着公孙奇的头面，狠狠地抽了一顿，骂道："奸贼，你也有今日！""扑"的一声，皮鞭打断，公孙奇有"护体神功"，并没重伤，但也给打得面目青肿，头破血流。

蓬莱魔女道："请将军看在我的分上，暂且饶他一命。事情过了，我将他押给他的父亲发落。"

蓬莱魔女走过去帮忙清霞将她姐姐捆了起来。蓬莱魔女想起她那许多挑拨离间，陷害忠良的事，也忍不住怒气勃发，斥道："玉面妖狐，看你如今还能陷害人么？"

赫连清霞叹了口气，说道："论理她该处死，但我妈临死之时，……"说到这里，眼圈一红，说不下去。蓬莱魔女知道此事，她母亲的遗嘱是要她们两姐妹找回大姐的。赫连清霞说不下去，一半是由于伤心，一半则是不便向蓬莱魔女求情。

蓬莱魔女道："赫连清波，看在你妹妹的份上，我给你一个悔改的机会。但现在可还不能放你。"说罢叫耶律元宜取来了粗大的铁链将他们两人缚在柱上，又给他们戴上数十斤重的铁枷，料公孙奇纵有天大的神通，要挣脱这样沉重的枷锁，亦是不能。

耶律元宜叫一众军官退下，只留下吴哥儿、蓬莱魔女与赫连清霞三人。蓬莱魔女道："武林天骄囚在什么地方?"赫连清波道："御营豹房之内。""何人看守?""八名金帐武士。"

蓬莱魔女起了疑心,问道："完颜亮就放心只让八名武士看守他么?是否已把他打成残废了?"赫连清波道："这倒不会,但竺迪罗已给他服下了酥骨散。武林天骄多好的武功也使不出来啦。完颜亮要留下他慢慢折磨。"

蓬莱魔女暗暗叫苦,再问她道："要怎样才能探访他?"赫连清波道："须得皇上的允准。柳女侠,我劝你打消了救他的念头吧,你虽然本领非凡,但要救武林天骄,可是千难万难,只怕还要赔上你一条性命!"赫连清波如此劝说,却并非出于好心。她知道蓬莱魔女的脾气,越是困难,越要冒险。故此她用"激将"之计,正是生怕蓬莱魔女不去。心中想道:"她这一去,无异自投罗网,山上有三千御林军,有完颜长之、竺迪罗等许多好手,这魔女即使有三头六臂,也是无济于事,乐得让她遭殃。"

哪知蓬莱魔女胸中早有成竹,当下冷笑说道:"多谢你的好心了。只要你所说的不是虚言,待我回来便即放你。现在暂且借你的衣裳饰物一用。"当下取下了赫连清波所戴的珠宝饰物,剥下她外面的衣裳,把另外一件衣裳给她披上。耶律元宜也依法炮制,剥下了公孙奇的衣服。

赫连清波带来的那班宫娥,也早已被军官们制伏,囚在外面的一座帐幕。蓬莱魔女走到那儿,挑选了一名身材与她相同的宫娥,与她换了衣裳,扮作那个宫娥的模样,回来再给赫连清霞打扮。

赫连清霞与她姐一般相貌,只身材略矮一些,蓬莱魔女给她把鞋子垫高几寸,穿戴上"郡主"的衣饰,活脱脱就是一个赫连清波。

两人从静室走了出来,耶律元宜笑道:"霞妹,你这个郡主是像到极了,包保完颜亮也看不出来。我这个郡马可并不怎样像。"赫连清霞道:"你不必去见完颜亮,黑夜之中可以蒙混过去。"

这时已是初更时分,事不容缓,众人便按照商定的计划而行。赫连清霞扮作"郡主",带了一个贴身的"宫娥",便即乘坐赫连清波原来的坐骑,去见完颜亮。

完颜亮颁下的命令是定在三更渡江，此时前头部队已经调动，开赴江边，准备下船。沿途大军拥塞，赫连清霞虽是"郡主"的身份，各个带队的军官见她们两骑马到，便即让路，但毕竟还是阻延了不少时候，到了完颜亮御营所在的那座山下，已是将近二更了。

幸喜站岗的军士都认得这个"郡主"，无须盘问，便放她们上去。可是当她们到了"行宫"，求见完颜亮之时，却又碰上一点小小的意外。

那守值的军官恭恭敬敬地向赫连清霞行过了礼，问了她的来意，却皱起眉头说道："郡主，你这个时候来得不巧，皇上正在大发脾气，我，我不敢替你通报。皇上的脾气你是知道的，他一发脾气，哪个倒霉的人碰上了，可能就要遭殃！"

赫连清霞道："但我有紧急事情，必须觐见！"那守值军官道："我看你还是暂待一时，待皇上脾气过了再说。"赫连清霞道："我这是紧急军情，一刻也不能拖延！"

那军官搓搓双手，说道："这怎么办？好吧，我请哈将军出来，让他给你作主。"完颜亮暴虐成性，一不高兴，便要杀人，这个职位低微的军官，实在没有这个胆量，在完颜亮发脾气的时候，跑到他的跟前。

赫连清霞无可奈何，只好说道："好，那你赶快去请哈将军。"那军官却又说道："我不能擅离此地，我是奉令守门的。要等里面有人出来，我才能叫他给你去请哈将军。"

赫连清霞道："好，我自己进去，皇上怪罪，我自己担当！"那军官大惊失色，颤声说道："郡主，你不怕怪罪，小人，小人却是担当不起，这，这，这……嗯，好了，哈将军来了。"长长地吁了口气。原来哈尔盖是今晚的"值殿将军"，他听得外面有喧哗之声，其中的一个声音且是女子，便出来察看。

哈尔盖与赫连清波是时常见面的，十分熟识，但他也认不出这个"郡主"乃是假冒，见了赫连清霞，便即笑道："郡主，你来得正好。"

赫连清霞道："他却说我来得不巧呢！听说皇上正在发脾气，

是么?"哈尔盖道:"他不懂的,就因为皇上发脾气,你来了可以哄他喜欢。进来吧!"原来赫连清波人既美艳,又善奉承,平日很能讨得完颜亮的欢心。守值的军官不知道,哈尔盖却是知道的。

赫连清霞早已向耶律元宜探听清楚"觐见"的规矩,当下,叫假扮宫娥的蓬莱魔女留在外间廊下候她,便与哈尔盖走进完颜亮行宫中的"御书房",这是完颜亮临时召见大臣的地方。

哈尔盖叫个小黄门(太监)进内禀报,坐定之后,赫连清霞问道:"皇上发的什么脾气?"

哈尔盖道:"郑亲王在山东海上吃了败仗,已经以身殉国了。"郑亲王完颜郑嘉努是金国第二号人物,这次金国南侵,完颜亮自兼统帅,郑嘉努是副帅,分兵二十万,楼船三千艘,取海道进攻南宋,准备在连云港(今江苏境内)登陆,与完颜亮渡江的大军策应。

赫连清霞听得郑嘉努阵亡,又惊又喜,却只装作惊惶的神态问道:"郑亲王统率的是水师精锐,宋国只有虞允文是个劲敌,他的兵力已全部放在此地守江,郑亲王怎的会遭遇这样的意外之败?我们还以为他可以一帆风顺,毫无阻碍地直捣江南呢!"

哈尔盖叹了口气,说道:"皇上和我也何尝不是如此想呢?哪知宋国不只一个虞允文是咱们的劲敌,那些土匪,更是可怕!"

赫连清霞故作惊诧道:"什么?土匪?郑亲王碰到的竟不是南宋官军,而是土匪么?土匪也能打败了咱们的二十万精锐水师?"

哈尔盖道:"那不是普通的土匪,是两股水寇结合的匪帮。一股是以前和'闹海蛟'樊通合伙的那个'翻江虎'李宝,樊通投降了大金,他却去归顺了虞允文,接受了虞允文的指挥,在山东海上截击郑亲王的船队。另一股是太湖的十三家水寇,奉王宇庭为首,也从太湖倾巢而出,到海上助战。还有一个能人,叫做什么'笑傲乾坤'华谷涵的,也在这帮水寇之中。郑亲王的水师刚到灵山卫(今山东境内靠近青岛的一个海港)这一段海面,就和这两股水寇碰上了。一场激战,初时胜负未分。后来那个笑傲乾坤跳上了郑亲王的帅船,把郑亲王和护卫他的数十名武士全都杀了,结果——唉,那就不必提啦!总之是弄了个全军覆没!郑亲王船上逃出了两个水手，这才带来了真实的消息。郡主，你可不要把这消息泄漏出去，皇上恐怕影响军心，渡江之前，不许各营将帅知道。"

赫连清霞道："是，这个我自然懂得，不劳将军吩咐。"心里几乎要笑出声来。

蓬莱魔女有上乘的内功造诣，听觉比常人灵敏得多，她在外面走廊等候，虽然距离颇远，对"御书房"中的谈话，却是听得清清楚楚，心里也高兴得几乎要笑出来。想道："叫你们金寇知道我们汉人老百姓的厉害！你把我们的义军骂作土匪，骂作水寇，哼，哼，你们才是最凶横的强盗呢！"在高兴之中，她的心情也有些激荡，她想不到的是，在此处竟也听到了笑傲乾坤的消息。

蓬莱魔女心里想道："他当日不肯与我一路，却原来早已准备了有今日这番作为，并不仅仅是为了赌气。"但她在高兴之中，也有几分惆怅，"这两人虽然一金一宋，处境不同，却都是当世的好男儿，可说得是'一时瑜亮'。他们本来应该是一对好朋友的，而今为了我的缘故，闹得不和，我却怎生再给他们拉拢？倘若华谷涵知道我今日来救武林天骄之事，不知会不会更增误会？他纵有几分妒意，但也是个有见识的人，想来该不至于吧？""嗯，我如今正是身处虎穴龙潭，还不知能不能见着武林天骄呢？人未救出，就思量要给他们做鲁仲连了，这不是太可笑了么？"

正自胡思乱想，忽听得御书房里传来完颜亮的笑声，原来他已经从寝宫里出来了。

赫连清霞心头鹿撞，扑扑跳动。完颜亮是有两个随从陪伴着的，左面是御林军统领完颜长之，右面是新来的吐蕃国国师竺迪罗，这两个人的武功都远胜于她，她要想在这两人面前劫持完颜亮那是千难万难，必须另生他策，或许还有一线希望。

完颜亮笑道："郡主不必多礼。你昨日成婚，洞房未暖，今日就做监军；如今征袍未卸，又到这儿来了，当真是为国勤劳，可堪嘉奖。要是人人似你，朕还有什么担忧的？郡马呢？"

赫连清霞道："我这个监军来了，他做监军副使的自当留在军中。陛下渡江在即，胜利可期。不知何事担忧？"

完颜亮见了这个假郡主果然颇为高兴，但也还不能掩盖他对军事失利的火气，给赫连清霞一问，不禁又发作起来，"哼"了一声道："朕想不到郑亲王如此脓包，朕把二十万大军付托与他，他竟然给两股水寇打败，闹了个全军覆没！他死了不打紧，我原定的两路攻势，如今却似一个人折了一条臂膊了。"

赫连清霞笑道："陛下不必担忧，要担忧也不必担忧郑亲王这一路。他既然脓包，死了本来就不打紧。陛下天纵圣明，如今御驾亲征，只要杀败了虞允文，江南还不是陛下囊中之物？今晚这一仗才是最紧要的，陛下独竟全功，岂不是更显明陛下圣明英武？"

赫连清霞这一番"别出心裁"的恭维说话，完颜亮听了果然极为受用，哈哈笑道："好呀，你这张小嘴儿真会说话。"蓦地心头一动，敛了笑容，说道："你说不必担忧另一路，那么在这个战场上是不是还有可以担忧的？对啦，你说有军情禀报，究竟是何事？"

赫连清霞道："吴哥儿众将有谋叛之意，好在未曾成事，但也必须早防。是以我不能不赶来禀报。"

完颜亮吃了一惊，道："有这等事？朕待吴哥儿不薄，升他做了指挥使，他还不感恩图报么？"赫连清霞道："耶律元宜暴病死后，他属下将官颇有怀疑主帅是给毒死的，苦于看不出迹象，不敢公开来说，但流言蜚语，已是传遍军中。"

竺迪罗冷笑道："我用的魔鬼花之毒，死了毫无异象，他们找不到证据，流言蜚语，能奈我何？"

完颜亮"哼"了一声道："军心不稳，对朕已是隐忧。"心道："他们奈何不了你，但怨恨于朕，那更是大大的不妙！"但因竺迪罗是"客卿"身份，完颜亮要给他几分面子，不便当场指责。竺迪罗听出了完颜亮弦外之音，大是尴尬。

完颜亮面色一沉，道："怎么找到的？"

赫连清霞道："皇叔代皇上御祭过后，他们因为在开棺时闻到臭气，疑心越重了。于是请来了军中的大夫，又再开棺，准备验尸，这次棺盖一开，可就糟了！"

完颜亮道："怎么样？"

赫连清霞道："根本用不着验尸，就知道他们的主帅是被害死的了。棺中的尸体似给刀斧手乱斩了一通似的，碎成了十七八块。"

完颜亮道："这是怎么回事？"

完颜长之大惊失色，连忙跪下磕头请罪，说道："是臣当时为了预防万一，用内家掌力，隔棺震碎耶律元宜的尸骸。"

竺迪罗为了要推卸责任，说道："中了我的魔鬼花之毒，哪还有能够救活之理。皇叔，你本来应该相信我的。"

完颜亮道："你们不必互相埋怨了，事情已经发作，只有早早设法弥补，才是上策。后来怎么样？"

完颜长之是完颜亮最得力的一条臂膊，又是他的叔父，完颜亮虽然心中不满，也不能就责备他。

赫连清霞道："他们发现之后，群情汹涌，吴哥儿在部下众将包围之下，也有了谋反之意。但兹事体大，他们还不敢公然声张、马上发动。就在这时，臣妾奉命去做监军，对他们大加笼络。吴哥儿当我是自己人，把这件事情告诉了我，他是想说动我参与他们举事的，我虚与委蛇，劝他们暂缓举事，骗得他们相信，留下郡马，我才能回到陛下这儿。"完颜亮十分仔细，立即问道："你怎么骗得吴哥儿相信？"

赫连清霞道："吴哥儿想要知道处死他们主帅这件事情，是出于皇上的意思，还是皇叔瞒着皇上干的？倘若是皇上的意思，他也想知道，皇上是只想诛锄耶律元宜一个人，还是想把辽国旧臣一网打尽？"

完颜亮恍然大悟，道："哦，朕明白了。吴哥儿还舍不得他那份荣华富贵，故而要请你来探明朕的真意，以定对策。倘若他知道朕只是要除掉耶律元宜，他就不谋叛了？"

赫连清霞道："皇上明察秋毫，吴哥儿的心思确是如此。他相信我会帮他的忙，所以才肯放我出营。因为我一来是辽国人，和耶律元宜是世交，二来我把郡马留下，即使我不为了辽国将士，也得顾虑郡马的安全。"

赫连清霞说得合情合理，不由得完颜亮不信，当下沉吟说道："只要吴哥儿未有决心背叛，这还易办。"

赫连清霞道："可是他的部下很有些人是主张激烈的，只怕、只怕吴哥儿为势所迫，若不及早处置，就要闹了出来！"

完颜亮道："我们三更时分就要大举渡江，现在已是将近二更，有一部军心不稳，此事非同小可，当然要及早处置！卿等有何高见？"

赫连清霞道："陛下神机妙算，无人能及。臣妾不敢妄奏。"

完颜亮眉心露出杀气，眉毛拧成一股，脸上那冷酷的笑容，更是令人心悸。只见他眼光从赫连清霞身上移开，注视到完颜长之身上，淡淡说道："皇叔，这就用得着你了。"

完颜长之吓得心惊胆战，忙又跪下磕头道："祸由臣起，请杀微臣给他们辽国旧部谢罪，此祸自可消除！"

完颜亮哈哈笑道："皇叔误解朕的意思了。朕岂肯自折股肱，讨好降卒？朕是要命你杀人，不是要杀你。你可敢么？"

完颜长之如释重负，忙道："皇上有命，赴汤蹈火，在所不辞。"

完颜亮道："你领一千御林军，即时驰赴该处，假作传旨要该营开拔，移往内地防剿乱匪。进营之后，召集一众将官，杀掉那些意图谋叛的。吴哥儿可以暂时留下，放在你掌握之中，有一千御林军，你够用了吗？"

完颜长之道："营中已有郡马坐镇，杀几个叛将，一千御林军已是够用有余。"

完颜亮道："好，那就去吧。但郡主却不便此时前去，留在这里听候捷报吧。大军渡江，随时可能有紧急军情，需要朕躬亲处理，你留下来，也好助朕一臂之力。"

赫连清霞用"调虎离山"之计，遣走了完颜长之，心中暗暗欢喜，寻思："目下计划已成功了一半，剩下的只是如何骗取竺迪罗的解药了。"

完颜亮道："皇叔领军前去，定可擒拿叛将，敉平祸乱，御妹不用担忧。"

赫连清霞道："臣妾不是担忧皇叔不能平乱。"

完颜亮道："然则你愁眉不展，却又是为何？哦，敢情你是担忧郡马，他困在叛军之中，事情一闹起来，对他不利？"赫连清霞道："不是臣妾夸耀夫婿，郡马他武功高强，不在皇叔之下，也用不着我替他担忧。"

赫连清霞道："臣妾是担忧武林天骄。"

完颜亮道："武林天骄早已被囚，还有什么要担忧的？"

赫连清霞道："但那魔女还未就擒，只怕会来劫狱。而檀羽冲号称'武林天骄'，武功又确是非同小可。一旦那魔女前来劫狱，他们里应外合，几个武士，只怕看守不住。"

完颜亮哈哈笑道："原来你是顾虑这个。这你倒可以放心。莫说这里防范森严，那魔女倘敢再来，便是自投罗网；即使她劫了狱，也还是无济于事。武林天骄她是无论如何也不能带走的。"

赫连清霞故作惊诧道："陛下神机妙算，臣妾却还是不明。何以那魔女就是劫了狱也不能劫走囚徒？"

竺迪罗得意洋洋地说道："郡主有所不知，是贫僧略施小计，在茶水中混了酥骨散，叫那武林天骄服了。他纵有天大武功，也是施展不来的了。那魔女纵然劫了狱，她总不能背着一个大人，在三千御林军之下，逃得下山！"

完颜亮蓦然想起，说道："这事朕记得似乎曾经告诉过你，你怎么忘了？"

赫连清霞道："不错，陛下是曾说过，但臣妾依然放心不下。因为臣妾新近知道一桩事情，情形就可能有了变化了。臣妾只道陛下重新有什么安排，……"

完颜亮迫不及待地打断她的话道："你知道了什么新的事情？"

赫连清霞道："那日与那魔女一同出现的那个老头，是她父亲！"

完颜亮道："这又怎样？"

赫连清霞道："那魔女的父亲名叫柳元宗，听说就是二十年前在金宫盗宝的那个漏网汉人。如今他们父女会合，如虎添翼，岂可不防？"

完颜亮心头微凛，却道："柳元宗本领再高，谅也不能就把檀羽冲劫走了。朕叫他们多加小心便是。"

赫连清霞道："柳元宗不但武功高强，医术之妙，更是天下称一。倘若给他劫狱得手，解了武林天骄之毒，以他们父女的武功再加上了个武林天骄，只怕三千御林军也未必就能拦得住他们！"

完颜亮道："戒日法王，着了你的酥骨散，是否必须你的独门解药？"

竺迪罗道："除非他有天山雪莲，还得再加上几样珍贵的药品。我不相信那柳元宗就能备齐这些药品，何况他也不知道武林天骄中的是什么毒，焉能对症下药？"

完颜亮皱了皱眉，说道："但这么说来，总是不能十分保险的了。"

赫连清霞道："是呀。而且据我所知，内功练到了上乘境界，懂得逆运经脉之法，即使着了酥骨散之毒，暂时消失功力，但还是可以慢慢恢复的。"

完颜亮道："但朕又不想即时把他杀了。郡主，听你说来，你倒像是个使毒的大行家？你几时学的这个本领？"

赫连清霞作出尴尬的神情，红晕双颊，低下了头说道："陛下请恕郡马欺君之罪。"

完颜亮道："什么？郡马什么事情瞒了朕了？"

赫连清霞道："郡马其实是曾经有过妻子的。他的前妻是二十年前武林中最负盛名的大魔头桑见田的女儿。不过他妻子已死，我既然嫁了他，也甘愿嫁鸡随鸡，不想再追究他的往事了。"

完颜亮哈哈笑道："原来是这么一回事。郡马是个有大本领的人，前妻既死，又无子女，你做续弦，稍稍委屈一些，那也算了。这么说来，你可有什么更好的方法整治武林天骄？"赫连清霞道："臣妾正是受了郡马的嘱托，前来献药。他给我的这种毒药，功效与酥骨散一般，世上无药可解。要解必须用他的独门刺穴之法。这刺穴之法，又是有正有反，可以解去毒性，也可加强毒性。这刺穴之法，郡马也授与我了。"

赫连清霞胡扯一通，骗得完颜亮十分相信，大喜说道："你既有整治武林天骄之法，比用酥骨散还要高明，朕可以安枕无忧了。那你就去豹房迫他服药吧。"

竺迪罗素来自负使毒的本领，赫连清霞若是说的别人，他定然不信。但她说起了桑见田的名字，竺迪罗不能不信了。桑见田生前是天下第一使毒高手，竺迪罗虽未见过，却也深知。公孙奇曾是桑见田的女婿，竺迪罗也隐有所闻。当下便道："原来使毒这门学问还有如此奇妙的药物与刺穴手法。请陛下准许贫僧与郡主同往，让贫僧也长长见识。"

赫连清霞听得此言，正合心意，说道："有法王这样的大行家同去，那是最好不过。法王不用过谦，郡马对法王的毒功也是久已闻名，素来佩服的。他说法王的毒功与桑家的毒功各有所见，倘有机缘，他还要向法王领益呢。如今倒是我先有机缘了。"这番话恭维得体，挽回了竺迪罗的面子。竺迪罗自是十分受用。

完颜亮用人之道，一向惯用权术，即使是最亲信的人，他也不能全然放心，要找另一个人互为牵制。因此他也愿意竺迪罗陪同前往，听得赫连清霞如此说了，就装作无可无不可的神气点了点头。

赫连清霞暗暗欢喜，心道："想不到事情竟是出乎意外的顺利。"哪知走出了御书房之后，却碰到了另一个意外——并不顺利的意外。把她的一团高兴，化作烟消。

蓬莱魔女本是在书房外的走廊等候她的，如今却是人影杳然，不知去了何处？

赫连清霞不由得心中七上八落，暗暗叫苦。要知此际完颜亮身边，已无高手，剩下的只有一个鸠罗法师，有几分本领，但也不是蓬莱魔女对手。赫连清霞原来的打算，是要蓬莱魔女趁此时机去擒完颜亮的，挟持了完颜亮，武林天骄之困不解自解。这是上上之策。退一步说，即使此计不成，有蓬莱魔女与她一同对付竺迪罗，那也可以更有把握制伏竺迪罗，迫他交出解药。但如今蓬莱魔女不知去向，这如意算盘可就打不通了。

赫连清霞不知蓬莱魔女是自己走开的，还是给人发现了秘密？她"做贼心虚"，不敢向卫士查问，到了这样关键的时刻，只好硬着头皮，单独与竺迪罗前往豹房。只盼在冒名顶替的秘密还未揭穿之前，可以骗得竺迪罗的解药。

蓬莱魔女是去了什么地方呢？

花开两朵，各表一枝。且说蓬莱魔女在走廊上正自徘徊，御书房中的说话，她已听得清清楚楚，心中也是暗暗欢喜，就在此时，完颜长之领了圣旨出来，这晚是八月十三，月色相当明亮。蓬莱魔女已经闪过一旁，躲在树影之下，但完颜长之目光一瞥，还是看见了她。

完颜长之心头一凛，喝道："是什么人？出来！"蓬莱魔女只得出来向完颜长之请了个安，说道："婢子是伺候郡主的贴身宫女。"故意捏着嗓子说话，连声音也改变了。

蓬莱魔女身上穿的是宫装，面貌也已扮作那宫娥模样。完颜长之哑然失笑，心道："这宫女的身裁体态，和那魔女倒是甚为相似。但谅那魔女有这胆量，也没这神通，冒充得了郡主的贴身宫女。"正是：

巧画双眉闯宫禁，谁能识此一英雌？

欲知后事如何，请听下回分解。

第六十三回　红颜忍睹英雄泪
黑手高悬霸主鞭

　　完颜长之是个心思缜密、颇为机警的人，要是让他有多余的时间，仔细盘问，定然可以看出蓬莱魔女的破绽。但此际他奉了圣旨，急着要赶去处置辽军"叛将"，却是没有这样的余暇了。当下想道："皇上在御书房处理军国大事，这宫女虽是郡主的贴身丫环，也不宜让她在此逗留。小小的女娃儿不知天高地厚，倘若给她偷听了什么军机秘密，泄漏出去，祸患非小。宁可得罪郡主，总是谨慎为妙。"

　　蓬莱魔女正自忐忑不安，只听得完颜长之说道："你懂得规矩么？"蓬莱魔女吃了一惊，道："奴婢不知何处有失规矩？"完颜长之道："郡主没有吩咐过你么？你应该在宫门之外伺候。出去，出去！"完颜长之是皇叔身份，别人不敢驱赶郡主的丫环，他却无须顾忌。也幸亏他行色匆匆，未暇推究，只道是"郡主"恃着皇上爱宠，一时疏忽，思虑未周，便带了贴身丫环进来。

　　完颜长之既然下了命令，蓬莱魔女没有办法，只好走出宫门。完颜长之吩咐守门的卫士道："等下郡主启驾，你再唤她伺候。"这样一吩咐，蓬莱魔女就是想等完颜长之走了之后再返回，也不可能了。

　　虚报军情，调走完颜长之的计划，乃是蓬莱魔女与赫连清霞共同设计的。但其后赫连清霞哄骗竺迪罗与她同往探监之事，却是赫连清霞的临机应变，自出心裁，蓬莱魔女并不知道。

　　蓬莱魔女不知内里情形，不由得心头焦躁，暗自想道："清霞妹子单独一人，是决计不能劫持完颜亮的了。但无论如何，也总还得救武林天骄。冒了这么大的危险进来了，岂能一事无成，白走一场？"

蓬莱魔女在宫门外独自徘徊，想来想去，兀无良策。忽见有个少年军官走来，两只眼睛就似定在她的身上似的，见蓬莱魔女抬头向他张望，似乎有点尴尬，搭讪道："你是和郡主同来的吧？怎的在这儿走来走去呀？"原来这个军官是给蓬莱魔女的美色所迷，见她低头走路，就大了胆子，向她偷看。

蓬莱魔女灵机一动，说道："你可知豹房在什么地方？"那少年军官怔了一怔，说道："你要去豹房干吗？"蓬莱魔女道："郡主命我去探视一个犯人。"

那军官道："可是武林天骄？"原来赫连清波日前曾去看过武林天骄，这个少年军官恰巧那日当值，知道这件事情。

蓬莱魔女说道："不错。郡主此际正在陪伴皇上，故而叫我代她探视。转达郡主的几句说话。"

那少年军官忖度："武林天骄本是皇族子弟，想是郡主得了皇上的授意，要想方设法，劝他顺从皇上。嗯，他们皇族的事情，我官小位卑，不宜多问。"不过，他虽然对于蓬莱魔女的"宫娥"身份没有怀疑，也相信了她的说话，但心中却还另有一个疑问，是以一时间支支吾吾，不敢立即领她前往。

蓬莱魔女已猜到他心中想的什么，眉头一皱，说道："皇上正在忙着。郡主传进去，要我前往豹房看那位檀公子，皇上只是说了一个'好'字，便给我一件东西，叫我领旨前往。皇上忘记叫人陪我，我也是一时糊涂，出了宫门，才想起豹房在什么地方，我都还没知道呢。"

那少年军官道："哦，原来你已经得了皇上御旨的。"蓬莱魔女道："没得皇上的允可，我怎么敢去？我想找一个人带我去，偏偏那些内廷侍卫，都是各有职守的，不能擅自离开。"说到这里，微微一笑，道："将军高姓大名，你可肯给我带路么？"

蓬莱魔女说的理由本来不算充分，但也有几分道理，可以自圆其说。那少年军官一来是因为已经知道蓬莱魔女的"身份"，他是看着她随着"郡主"来的，对她没丝毫怀疑。二来他也是巴望不得有此"艳遇"，可以陪伴一个漂亮的宫娥，还可以讨好郡主。于是立即欣然说道："我叫麻翼赞，也是宫门侍卫，好在我恰巧此时散值，你随我来吧。"

不多一会，麻翼赞带她到了一座牢房。原来金宫中的所谓"豹房"，即是专指皇帝私设的"刑房"，皇帝到什么地方，只要他认为有此需要，便在那地方设立"豹房"，故此有别于固定地址的天牢与任何监狱。

麻翼赞大献殷勤，找到了豹房的总管，替蓬莱魔女说明了来意。但武林天骄是完颜亮亲自指派了八名亲信武士看管的，豹房的总管也不敢作主，只能将她带到监禁武林天骄那间囚房的门口，将她交给了那位轮值的武士队长。

那武士队长道："你来探视檀羽冲，可有皇上的允可？"

蓬莱魔女道："有皇上给我的一道虎符，可以代替圣旨。"那武士道："拿出来看！"

蓬莱魔女拿出了从赫连清波身上搜来的那道虎符，心中忐忑不安，不知这道虎符，能否发生效力？

那武士队长是完颜亮的随身侍卫，识得"虎符"，这虎符的功用，等于上方宝剑，可以调兵遣将的。如随便拿它交给一个宫娥，作探监之用，是未免太过"隆重"了一些！

但以蓬莱魔女的"身份"——郡主的心腹侍女，又有内廷侍卫麻翼赞陪她同来，这武士队长却怎敢有丝毫的怀疑？他验过了虎符，心中想道："现在正是大军出击之际，皇上忙着调兵遣将，哪有工夫亲写圣旨，随手给她一道虎符，也是有的。但皇上肯把虎符随便交给一个宫娥，也可见得这个宫娥是深受郡主宠信，连皇上也知道的了。"

这武士队长自作聪明，给蓬莱魔女想出一个合情合理的"理由"，不禁对蓬莱魔女刮目相看，肃然起敬。交回了虎符，说道："如此，请随我来。"叫手下打开牢门，便要陪蓬莱魔女进去。

蓬莱魔女小声说道："郡主要我给他传话，我只怕要与这个犯人多谈一会。你不要让别人进来。"

那武士队长怔了一怔，说道："是。但愿你劝得檀公子回心转意，顺从皇上。"原来他早已从麻翼赞口中，知道了这"宫娥"的"来意"，麻翼赞也是根据自己的意思忖度的，他要在同伴面前炫耀自己知道机密，当真的说了出来，这武士队长也就信以为真了。武林天骄本是金国武士崇拜的偶像，这武士队长颇为他得罪了皇上而惋惜，这番话确是出于他的真心。他知道武林天骄的倔强脾气，有第三者在旁，只怕劝告更不方便，于是他答应了蓬莱魔女，不放别人进入，连自己也不敢进去了。

蓬莱魔女进了囚房，聚拢目光，只见武林天骄戴着枷锁靠着墙壁，蓬莱魔女向他走去，他竟似视而不见，听而不闻，头也没抬。

武林天骄只道是看守的武士，根本不予理睬。他本来是准备牺牲了的，这几日来当真是形如槁木，心似死灰。但盼少受折磨，已不存生还之望。

蓬莱魔女又是欢喜，又是悲伤。轻轻地走到了武林天骄身边，在武林天骄身边低声说道："你睁开眼睛，看看是谁来了？"

武林天骄蓦地听得这个熟悉的声音，大吃一惊，跳了起来，叫道："你——"蓬莱魔女连忙掩着他的嘴巴，悄声说道："不错，是我！小声点儿！"

武林天骄定睛看去，黑暗中看不清楚蓬莱魔女的面貌，隐约只分辨得出是个宫娥打扮的女子。但蓬莱魔女的声音他还是认得的。

不过这件事来得太过稀奇，武林天骄半信半疑，还不敢就完全相信这是蓬莱魔女，禁不住再问一句道："你，你究竟是谁？"蓬莱魔女微微一笑，在他耳边吟道："凄凉宝剑篇，羁泊欲穷年。黄叶仍风雨，高楼自管弦。……"

武林天骄惊喜交集，禁不住轻声接着念道："新知遭薄俗，旧好隔良缘。心断新丰酒，消愁又几千。"蓬莱魔女笑道："这你可相信了吧？"原来这是他们在泰山初会之时，武林天骄用箫声寄意，所曾吹奏的一首诗。

武林天骄道："咱们是在梦中么？清瑶，你怎么来的？"

蓬莱魔女道："说不了这许多了。羽冲，咱们得想个法儿逃走。"

武林天骄道："不行啊，我中了酥骨散之毒，寸步难行。"

蓬莱魔女拔出藏在身上的宝剑，斩断了武林天骄的镣铐，说道："你试服我这颗丸药。"

武林天骄道："这是解药么？竺迪罗怎会给你？"

蓬莱魔女道："这是我爹爹自制的辟邪丹，或许能使你恢复几分功力。"

武林天骄道："你冒了这么大的危险来看我，我非常感激。但我不能连累你，你，你还是赶快走吧！不必试了。"

蓬莱魔女道："我知道你的顾虑，你是怕即使恢复几分功力也帮不了我的忙？"武林天骄道："你要知道这里有完颜长之、竺迪罗等许多好手，还有三千御林军，咱们摆明了阵仗，是决计闯不出去的。你现在是冒充宫女吧？趁他们没有发觉，溜走还来得及。清瑶，你来看过了我，我已经心满意足，死无遗憾了。"

蓬莱魔女听了他情意绵绵的说话，心中很是难过，暗自想道："他还是如此痴情，却叫我怎好启口表白我的心意？"原来蓬莱魔女是打算撮合他与赫连清云，希望他与笑傲乾坤释嫌修好，从今之后，三个人永为知己。

但时机紧迫，已不容蓬莱魔女再想别的事情了。看守的武士们虽然不敢进来，却还是在外面巡逻。蓬莱魔女听得他们的脚步声走来走去，灵机一动，计上心头，说道："羽冲，我有个妙计，咱们不必硬闯。你先服了这颗丸药，待会儿我叫那队长进来，点了他的穴道，你穿了他的衣裳，把斗篷遮过面孔，黑夜之中，别人未必便会那么细心。"

武林天骄道："总是太过冒险。设计虽妙，未必行得通。"

蓬莱魔女道："无论如何，试了失败，也总好过不试！羽冲，我心意已决，你倘若不跟我走，我就在这儿陪你，咱们一同死吧！"蓬莱魔女说得斩钉截铁，武林天骄无可奈何，只好服下那颗丸药。

武林天骄试着运行内息，只觉胸腹间似有一颗珠子滚动，内力在一点一滴地凝聚，但要恢复三成功力，只怕也得一个时辰。蓬莱魔女道："怎么样，好点儿吧？"

武林天骄苦笑道："清瑶，你不能在这里耽搁太久的，我看你还是先走的好。"蓬莱魔女道："不，要走咱们一同逃走。"武林天骄道："时间无多了，我想向你探听一个人。"蓬莱魔女怔了一怔，说道："出去再说吧。"武林天骄道："不，我只要知道他的消息。你能够告诉我吗？"

蓬莱魔女进这牢房已有一支香的时刻，眼睛渐渐习惯于黑暗了。她身有上乘内功，目力本就强于常人，只见武林天骄在说这几句话的时候，目不转睛地看着她，神情非常诚恳。

蓬莱魔女低声道："你是说华、华谷涵吗？"武林天骄道："不错，华大侠怎么样了？"蓬莱魔女道："听说是在山东海上，与王宇庭他们在一起。日前打了一个胜仗，把完颜郑嘉努杀了。"

武林天骄说道："清瑶，请你听我劝告，你已经来看过我了，你应该去华谷涵那儿。"

蓬莱魔女一时间不知如何回答。武林天骄道："请你相信我，这是出于我肺腑之言！绝不是对华谷涵存着妒意，说的什么反话。"

蓬莱魔女心弦颤抖，脸上一片晕红，说道："我希望你也能够活着去见华谷涵，你们两人都是我最要好的朋友，请你相信我，这也是出于我肺腑之言！"

武林天骄大为感动，却苦笑道："只怕我出不去了。但只要你们两人得到幸福，我此生已无遗憾。"

蓬莱魔女道："不，你一定要出去的。耶律元宜也在等着你出去呢。你忘了你的抱负么？你不是要推翻暴君，救民于水火的么？现在正是时机了！只要有一线可以逃走的希望，你就不应在这牢中坐以待毙！"

这番说话比刚才所说的儿女私情更震撼武林天骄的心。武林天骄瞿然一惊，说道："多谢你提醒了我，好，那就依你计而行吧。"

蓬莱魔女正想把那队长叫来，忽听得门外又有人声，听得出是有两个人正在走来。

这两个人不是别人，正是赫连清霞和竺迪罗。

那武士队长看见了"郡主"到来，颇为惊诧，说道："郡主你也亲自来了？"

赫连清霞道："怎么？我不能来么？皇上要我来的，你是不是还要圣旨?"那武士队长行过了礼,讷讷说道:"卑职不敢。但你的侍女如今正在里面。她说是替你来的,我以为你不会来了。"

竺迪罗大吃一惊,叫道:"郡主,这、这是——哎哟!"赫连清霞出手如电,骈指一戳,点中了他的"魂门穴"。

"魂门穴"是人身十二个麻穴之一,倘被重手法点了穴道,多好武功也是不能动弹。赫连清霞一举奏效,心中大喜,如影随形,跟踪扑上,一式"龙形穿掌",抓向竺迪罗的琵琶骨,便要把他拿下。

不料竺迪罗十分机警,在听到那武士队长说有个宫娥在里面之时,已知有了意外,只是还不敢断定是否"郡主"主谋而已。他有运气闭穴之能,一觉不妙,便闭了全身穴道。因此虽然给赫连清霞点中了穴道,只是略感酸麻,并没倒下。他故作摇摇欲坠之态,正是要诱敌来攻。

赫连清霞那一式"龙形穿掌"刚要搭上竺迪罗肩头,竺迪罗蓦地一声大喝,反手便是一掌,掌力未收,双指斜势一勾,又反扣赫连清霞的脉门。

赫连清霞内力远不及竺迪罗,但竺迪罗也有点顾忌,不敢便下杀手。要知"郡主"是完颜亮宠爱的人,竺迪罗只是个客卿身份,所以他这一招反手擒拿,目的只是在于把"郡主"擒下,交给完颜亮处置。

这一突如其来的意外事件,吓得那几个看守监牢的武士不知所措,武士队长连忙拦在他们中间,叫道:"郡主、法王,这是怎么回事,有话好说!"赫连清霞正被对方的内力震得立足不稳,眼看就要给他抓着脉门,这武士队长这么一来,恰好替她挡了一招。只听得"砰"的一声,武士队长那魁梧的身躯被竺迪罗的掌力震得似皮球般地抛了起来。赫连清霞则闪过了一边,"嗖"地拔出了贴身所藏的月牙刀。

赫连清霞的月牙刀可以兼作刺穴之用,招数奇幻无比,月牙刀一出手,便把身旁的两个武士刺翻,刷、刷、刷向竺迪罗连劈三刀,竺迪罗没带兵器,脱下了身上的袈裟,袈裟一抖,俨似铺起了一片红霞,荡开了赫连清霞这迅捷无比的连环三刀。大叫道:"这郡主定是假的，你们不要害怕，快快把她拿下。"

那武士队长本领不弱，虽被抛起，却没受伤，脚尖着地便即弹了起来，又再向前冲去，叫道："不管她是真的假的，咱们奉命看守，有人劫狱，便该拿下。"赫连清霞已经刺翻了两个武士，这队长当然知道她是意图劫狱的了。

赫连清霞叫道："姐姐出来！"一言提醒，那武士队长连忙叫道："快去捉那宫娥，守着钦犯！"竺迪罗反身一脚，砰的便踢开了牢门。

蓬莱魔女早已守在门边，竺迪罗一只脚刚踏进来，蓬莱魔女"刷"的一剑便刺他膝盖。蓬莱魔女心思灵敏，一计不成，又生一计，想到了要活捉这竺迪罗，迫他交出解药的计划。

竺迪罗做梦也想不到一个"宫娥"会有如此高强的本领，饶是他闪躲得快，也还是着了道儿。只听得"嚓"的一声，竺迪罗一招"十字摆莲"，飞脚踢出，他没踢中蓬莱魔女，蓬莱魔女的剑尖已在他的小腿划开了一道伤口。但可惜差了点儿，未能刺中他膝盖的穴道，给他的只是皮肉之伤，这也是因为蓬莱魔女志在活擒，未下杀手的缘故。

竺迪罗与蓬莱魔女曾经几次交手，接了一招，已知她是谁人，心里又惊又怒，一声大吼，抖起袈裟，向蓬莱魔女横扫过来，喝道："好大胆的魔女！来人哪！"两人功力本是在伯仲之间，竺迪罗受了点伤，略逊一筹，但急切之间，蓬莱魔女也不能将他擒下。竺迪罗的袈裟舞得呼呼风响，荡开了蓬莱魔女的拂尘，又解开了她两记凌厉的剑招，从她身边窜过。

蓬莱魔女喝道："往哪里走！"追上去一剑刺他背后的"风府穴"。竺迪罗反手一展袈裟，蓬莱魔女玄功默运，抖动拂尘，射出她的独门暗器。牢房黑漆，尘尾射出，无声无息，竺迪罗武功再高，也闪躲不开，他那袈裟只荡开了蓬莱魔女的青钢剑，却未能全数拂落射来的尘尾，肩头上着了两根，宛如利针刺体，关节处又痛又麻！

蓬莱魔女运剑如风，正要再刺他的穴道，忽听得背后金刃劈风之声，原来那武士队长也窜了进来了。

这武士队长的本领远不及蓬莱魔女，但他身为队长，当然亦非庸手，虽然相差甚远，却也还可以抵挡几招。蓬莱魔女身躯半侧，挥动拂尘夺他手上的大斫刀，心力稍分，竺迪罗已是脱出了她剑势笼罩的范围，飞快地向墙角那团黑影扑去。

竺迪罗是自知受伤之后，决计抵敌不了蓬莱魔女，故而打了一个如意算盘，要把武林天骄擒拿在手，作为要胁。他知道蓬莱魔女是来救武林天骄的，只要武林天骄在他手中，蓬莱魔女就绝不敢用强。待得后援的武士到来，便可反败为胜。

且说武林天骄服了辟邪丹之后，内力正在一点一滴地凝聚，此时已恢复了两分功力，但要用来对抗竺迪罗，那还是差得太远。

幸在竺迪罗也只是志在擒人，不敢伤害武林天骄的性命。他只道武林天骄着了他的酥骨散之毒，没有他的本门解药，一点气力都使不出来。是以全无顾忌，冲到了武林天骄面前，伸手便抓！

武林天骄抓起铁链作为兵器，一招"霸王鞭石"，横扫敌腕，他气力虽然还未恢复，但武学的造诣却比竺迪罗高明得多，竺迪罗猛力的一抓，抓着了铁链的一端，给他用了一个"卸"字诀，铁链轻轻一带，竺迪罗不由得身躯倾侧，那股猛力扑了个空，险险栽倒。

竺迪罗吃了一惊，想不到武林天骄居然还能动手。但竺迪罗亦非泛泛之辈，身形转了半圈，立即稳住。他接了一招，已知对方虚实，不过恢复两成功力而已。当下一手抓着铁链，一掌便击下去。这一掌击在铁链中间，教武林天骄再也不能运用"卸力消劲"的功夫，意图将武林天骄虎口震裂。

武林天骄冷冷说道："大和尚，你的隔物传功还未学得到家。"端坐地上，向后一靠，他后面是一根石柱，铁链擦着了石柱，只听得"轧轧"声响，火星蓬飞，竺迪罗的内力，被武林天骄也用"隔物传功"的本领，转移到了石柱之上。

这么一来，便似应了一句俗话——"蜻蜓撼柱"，竺迪罗内力再强，也绝不能撼动一根石柱。武林天骄丝毫未受伤害，反而是竺迪罗的虎口给震裂了。

"喀嚓"一声，铁链中断，竺迪罗脚步一个趔趄，正要再扑上去，忽觉背后有金刃劈风之声，原来蓬莱魔女已经把那武士队长击倒，赶来解武林天骄之危。

竺迪罗受伤在先，又给武林天骄消耗了他许多内力，还怎能打得过蓬莱魔女，不过几招，蓬莱魔女"刷"的一剑，便刺中了他的"肩井穴"。蓬莱魔女的剑尖刺穴，劲度用得恰到好处，比重手法点穴还胜几分，竺迪罗"卜通"倒地，再也不能动弹了。

赫连清霞在牢门外与五个看守武士恶斗，也已杀伤了其中二人。蓬莱魔女出去助战，转眼之间，将另外的三人也都击倒。

赫连清霞道："檀师兄怎么样了？"蓬莱魔女道："没受伤，你快进来！"原来那豹房总管已闻警报，招来了一队卫士，此时已经赶了到来。

赫连清霞进了牢房，蓬莱魔女迅即在里面把牢门关上，这牢门是几寸厚的铁板铸造的。蓬莱魔女笑道："他们要想破门而入，至少也得半个时辰。咱们先取解药。"任那些卫士擂门打骂，都不理睬。蓬莱魔女在竺迪罗身上搜出许多丸散，却不知哪一种才是对症的解药。

蓬莱魔女道："你的性命在我手中，说出解药，换你性命！"

竺迪罗闭口不言。蓬莱魔女道："你别梦想做金国的国师了。完颜亮覆亡就在今夕，你听听罢，我们的大军已经杀来了！"

竺迪罗是武学深湛之士，善于伏地听声，此时他躺在地上，穴道虽然被封，功夫并未消失。凝神细听，果然隐隐听得山下金鼓交鸣，两军厮杀之声。听这声音，似乎是在五六里之外。金国的百万大军，在这段江边布防，绵延数十里，纵深十余里，在十里之内传来的厮杀声，也足以说明金国的第一道防线已被敌方突破了。

但竺迪罗仍是闭口不言，赫连清霞不禁怒道："你这秃驴当真是至死不悟，要给完颜亮做陪葬么？"

竺迪罗冷冷说道："完颜亮待我以国师之礼，我纵死何辞，岂能受人威胁？"

蓬莱魔女冷笑道："完颜亮待你以国师之礼？好，你听听他们说些什么，我倒不想杀你，但只怕完颜亮却要把你置之死地呢！"

擂门打骂的声音忽地停止，只听得那个豹房总管的声音说道：

"不必顾虑，放火烧吧！"那武士队长道："放火烧这牢房？但戒日法王也在里面呢！听说他是要做咱们大金国的国师的。"

那豹房总管道："皇上说两害相权取其轻，若给那魔女救出了武林天骄，祸患更大。如今咱们正在与宋军决战，绝不能让敌人在咱们心腹之地闹事，给咱们多添麻烦了。莫说竺迪罗还未曾正式受封，即使已经是真的国师，也只有将他一同烧死！"

那武士队长道："哦，这么说，原来这是皇上的主意？"

那豹房总管道："我行事一向谨慎，当然是请示过皇上，才敢叫你们动手。时间无多，别啰唆了，快放火烧吧！"

那武士队长是因为敬重武林天骄，还想保全他的性命，所以不忍放火烧的。他提出竺迪罗来，不过是作个借口而已。但他虽然敬重武林天骄，转念一想，蓬莱魔女武功极为厉害，倘若不用火攻，破门而入，凭着人多，虽然可以活擒屋内的这几个人，但手下武士亦难免有所死伤，甚至自己亦未必能保全性命。在这利害关头，他当然也只有牺牲武林天骄，"谨遵皇命"了。

那武士队长道："好，既有皇上的御旨，那就放火吧！放火！"

这座牢房周围是数丈高的青砖围墙，上端开有小小的铁窗，转眼间浓烟已是从铁窗透入，呛得竺迪罗连打喷嚏。

蓬莱魔女道："我们可以突围而出，或许还能死里逃生。竺迪罗，你却只有在这里任凭他们烧死了。"

竺迪罗并非不怕死，不过是为了顾住身份，未到最后关头，不肯轻易屈服而已。如今听得完颜亮要把他也一同烧死，不禁又惊又怒，说道："好，完颜亮既然如此待我，我对他还有什么指望？这是解药，你们拿去！"

竺迪罗指出了对症的解药，蓬莱魔女大喜，忙给武林天骄服下。过了片刻，但见武林天骄顶门上冒出丝丝白气，蓬莱魔女疑心不定，问道："有没有效？"武林天骄点了点头。

蓬莱魔女知道确实是解药之后，便替竺迪罗解开穴道。竺迪罗却是忧形于色，说道："只怕——"话到口边，又吞了回去。蓬莱魔女道："只怕什么？"

此时火势已经越来越大，整座牢房都在火海之中了。只听得梁摧栋折之声，牢房随时都可能倒塌。房中烟雾弥漫，更是令人难受。

着了酥骨散之毒，虽有对症解药，也得半个时辰才能恢复功力。竺迪罗担忧的就是时不我予，只怕武林天骄所服的解药未曾奏效，他们已丧身火窟之中。但若没有蓬莱魔女与武林天骄联手相助，竺迪罗独自一人，又绝不能闯出这个火窟。

竺迪罗没有回答，蓬莱魔女已经知道他担忧的是什么了。但此时着急也着急不来，蓬莱魔女只有站在武林天骄身边，替他拨散烟雾，免得影响他的呼吸。

"轰隆"一声，屋中的大梁折断，正从他们的头顶落下来，竺迪罗双掌运力，将那两段大梁推开，木头撞在墙上。厚厚的砖墙也给火烧得快要融了，给大木一撞，登时裂开了一个缺口，足可以容得两个人并肩通过，火焰登时也从缺口冲了进来。

武林天骄忽地一跃而起，说道："柳女侠，我和你比比掌力!"原来武林天骄因为先服了一颗辟邪丹，已恢复了两三分功力，再有对症解药，见效就快得多。至今不过一支香时刻，功力已是完全恢复，无须半个时辰了。

蓬莱魔女怔了一怔，立即明白他的意思，说道："好，霞妹，你随着来!"与武林天骄双掌同时发出，只听得呼呼风响，当中卷来的火舌竟给他们联手的掌力荡开!

竺迪罗抖起裟裟，恍如一片红云，推挤开两旁的火焰。蓬莱魔女与武林天骄当中开路，火头冒起一丈多高，反烧回去，吓得那一大群武士纷纷躲闪。

蓬莱魔女喜出望外，不但是由于已夺得了一条生路，更高兴的是武林天骄痊愈之后，功力便即恢复，不逊从前。这几个人都是一身上上的轻功，只是脚尖微微着地，恍如蜻蜓点水，转眼之间，已闯出了火场。地底虽然烧得滚热，但他们一掠即过，也不过感到脚板微烫而已。

可是一闯出火墙，却又碰到了"人墙"了，御林军的军官，与完颜亮跟前的武士，十九都已调来，数百人布成了方阵，把武林天骄等人重重围困，当真是水泄不通。就在此时，只听得有十分刺耳的笑声，完颜亮在侍卫簇拥之下，也来到了现场了。

完颜亮冷笑道："檀羽冲，你倒是艳福不浅啊，居然有赛似天仙的美人儿，舍了性命前来救你。可惜你还是翻不过我的掌心！"

蓬莱魔女怒道："狗嘴里不长象牙！"拂尘一卷，夺了一个武士的长刀，反手一抖，长刀化作一道银虹，越过人墙，向完颜亮笔直飞去。但距离究竟是远了一些，飞刀掷到，已是强弩之末，给完颜亮的"护驾法师"鸠罗上人双钺一合便打落了。

完颜亮哈哈笑道："真想不到你这样千娇百媚的美人儿，竟是北五省的强盗头子。你以为凭着你手下的乌合之众，就可以和我作对了吗？告诉你吧，你今晚派来捣乱的六七股强盗，都已落进我的网中，给我重重围困了！你想与我作对，那是做梦！我看你不如就做了朕的妃子吧，做朕的妃子，有享不尽的荣华富贵，岂不胜于当一个女强盗多多！"

蓬莱魔女骂道："完颜亮，你死到临头，还不知道，还敢猖狂！"完颜亮大笑道："看在美人儿的份上，我许你诅咒我，我可还要保全你的性命呢。""你们小心点，别伤了她的性命。有谁能活捉这个魔女，封万户侯！"

蓬莱魔女展开了暴风骤雨般的剑法，那些武士一近她的身前，便给她刺中穴道。但对方人数太多，杀散了一批，还有一批，重重围困，蓬莱魔女要想突围而出，也是难于登天。

赫连清霞与蓬莱魔女并肩应敌，众武士不明就里，仍然把她认作"郡主"，无不惊诧。他们也都知道这个"郡主"是皇上宠爱的人，动起手来，也多少有点顾忌。哈尔盖到完颜亮跟前请示道："郡主谋叛，皇上是要她死还是要她活？"

完颜亮又冷笑道："赫连清波，朕待你不薄，你是亡国贱人，朕封了你做郡主，你不感恩图报，居然也作起反来！哼，哼，敢情你也是看上了檀羽冲了？论理你该碎尸万段，姑念你往日功劳，立即投降，还可以免你一死。"

完颜亮直到此时，还未看出赫连清霞是个假冒的"郡主"。赫连清霞受不了他的侮辱，本想说明自己的身份，将他臭骂一顿，但转念一想："让他误会也好，可以断了姐姐的后路。"

众武士听得完颜亮这么一骂，放大了胆子来捉赫连清霞。赫连清霞舞起月牙刀，劈翻了几个武士，指着完颜亮骂道："你对我有何恩德可言？你杀了我的父亲，却布下骗局，损毁我父亲的名誉，诬他是投降的，你当我不知道么？"完颜亮面色倏变，冷笑道："好，你既然知道，那你就休想活了！"

赫连清霞与蓬莱魔女背靠着背，拂尘翻飞，剑气如虹，刀光似雪，敌人从哪方攻来，都给她们杀退。武林天骄那支玉箫，在他被擒之初，已给缴去，只凭双掌应敌，虽是空手，却也无人近得了他。但他不愿多伤本国武士，只是施展擒拿手法，把攻到身前的武士摔翻，或者夺去对方的兵刃，令他知难而退。金国的武士，对武林天骄本来就颇敬畏，又见他如此厉害，更是不愿与他为敌。初时还有几个贪功图赏的人意欲擒他，给他摔翻之后，其他的人，便只是虚张声势，围着他呐喊了。不过既有完颜亮在场坐镇，他的手下当然也不能轻易让他们突围。

还有一个竺迪罗，则给隔开一边。武士们不知他与武林天骄已经化敌为友，碍于他是客卿身份，不敢强攻。但他既然是同武林天骄一同冲出来的，武士们未摸清底细之前，也不敢放他出去。

完颜亮道："戒日法王是自己人，他是受了那妖女之骗的，你们不可攻他。"围攻竺迪罗的武士遵命住手。完颜亮接道："法王请助朕一臂之力，把那蓬莱魔女拿下，朕立即封你国师。"

其实完颜亮对竺迪罗也不是没有疑心，不过他急于要活捉蓬莱魔女，是以许以高位，意图分化敌人，引诱竺迪罗再给他效忠。

竺迪罗一声长笑，说道："多谢陛下的重赏了。贫僧侥幸没给烧死，这国师之位却是不敢贪图了。请陛下准许贫僧回国。"

完颜亮怔了一怔，哈哈笑道："法王想是有所误会了。朕岂能将你一并烧死？朕早就吩咐了他们，烧毁豹房之后，立即便抢救法王的。你及时脱险，那更好了。请法王休生异心，朕今晚还要多多倚仗呢！"

竺迪罗已看穿了完颜亮的狠毒心肠，哪里还肯上当，冷冷说道："陛下将士如云，能人无数，哪里在乎一个化外野僧？贫僧得全首领已是万幸，还望陛下放贫僧回国。"

完颜亮面色一变，说道："好，你既然不愿留在此处，我也不便强留了。请你回去之后，在你国国主之前，代表朕的心意，愿两国永远修好。儿郎们，闪开条路，让法王下山。"

竺迪罗走出人堆，合十说道："贫僧告辞了！"刚走得几步，话犹未了，完颜亮忽地喝道："放箭！"手下五百张"神臂弓"同时射出了喂毒的利箭，箭如雨下。竺迪罗只道他碍于吐蕃国与金国的邦交，不敢杀死他的，哪知完颜亮还是下此毒手。可怜竺迪罗武功虽然高强，却怎能抵挡几百张神臂弓的攒射？

竺迪罗抖起袈裟，乱箭四面荡开，但肩腰腿腹，还是接连中了几枝，这些箭都是在鹤顶红（一种极厉害的毒药）中淬炼过的，只中一枝已不得了，何况是接连中箭，遍体鳞伤？

竺迪罗大吼道："完颜亮，你、你好狠毒！"吼声初起，宛若雷鸣，但说到最后的"狠毒"二字，已是声嘶力竭，变作哀鸣了。完颜亮哈哈笑道："你善于使毒，朕只不过以其人之道，还治其人之身而已！"

竺迪罗眼睛发黑，叹口气道："报应，报应！但我却不应死在你的手下！"说话之间，前心又中一枝，竺迪罗护体神功已散，蹦地跳起一丈来高，尽了最后一点气力号叫道："完颜亮，你好狠！我身为厉鬼，也要找你算账！""砰"地跌落地上，气息已绝。

完颜亮冷笑道："不是朕心狠手辣，你既然对朕起疑，朕岂能放你回国，在吐蕃大汗面前饶舌？"

竺迪罗曾与完颜长之合谋害死古月禅师，武林天骄等人对他本来颇有恨意，但见他如此下场，也不禁好生慨叹，转而痛恨完颜亮了。

完颜亮又纵声笑道："你们看见了竺迪罗的下场没有？你们若再负隅顽抗，竺迪罗就是你们的榜样！"

武林天骄怒道："大丈夫死而何惧，我纵然死了，也绝不能降你！"蓬莱魔女则冷笑道："完颜亮，你也是死到临头的了。人生总有一死，但只怕你身死之后，还要遗臭万年，受人唾骂。"

完颜亮大怒道："好呀，你这样不识抬举，朕也不能爱惜你了。儿郎们放手杀吧，活的拿不了，死的也要！"

混战之中，神臂弓不能使用，武林天骄等人倒是不必提防毒箭。但那些武士在完颜亮亲自督促之下，却不能不卖命进攻，武林天骄等人虽然暂时还可支持，但亦已渐渐感到力力不加。

这时已是三更时分，蓬莱魔女心道："虞允文在长江上不知打得如何？但盼他能够火速渡江才好。那几路义军也不知突围了没有？金鼓之声沉寂，唉，只怕有点不妙。"蓬莱魔女心悬两地，大为焦急。

心念未已，忽听得轰隆轰隆之声，宛若雷声隐隐，远远传来。陡然间，只见东方天际，又似窜起了数十百道金蛇，火光照亮了半边天。

完颜亮眉头一皱，惊疑不定。就在此时，后路将军兀赤儿匆匆跑来，上气不接下气地叫道："陛下，陛下，大、大事不好了！"

完颜亮大吃一惊，故作镇定道："何事慌张？从容禀来！"正是：

风雷震荡惊雄霸，举眼长江浪拍天。

欲知后事如何，请听下回分解。

第六十四回　投鞭天堑人何在
　　　　　立马吴山梦已空

　　兀赤儿喘过口气，说道："咱们渡江的船队已陷入宋师包围，只，只怕凶多吉少！"完颜亮半信半疑，说道："这怎么会？咱们的兵力十倍于宋军，只是渡江的战船就有三百来艘，虞允文的水师，全部调来，也凑不到这个数目。只有咱们包围他，他怎么可以包围咱们？"

　　兀赤儿道："陛下有所不知，……"只说了一句，声音忽地颤抖，直打哆嗦。原来完颜亮正瞪着眼看他，兀赤儿蓦地想起，完颜亮一向是自负"圣明"，说他"有所不知"，岂不是得罪了他？因此见他眼睛一瞪，吓得不敢往下再说。

　　轰隆轰隆之声，接连不断，越发听得清楚了，完颜亮斥道："有话实说，还等什么？是好是坏，朕不怪你。"

　　兀赤儿这才敢接下去道："陛下有所不知，咱们的船队是那韩三娘子领航的，所走的水道十分险恶，水流湍急，江面又窄，宋国水师预先埋伏，中流截击，用石炮打沉了咱们许多战船，这还不打紧，他，他们还用火攻，今晚正刮西北风，前面战船被焚，江面阻塞，后面的船只不能通过，要掉头逃走也来不及了。陛下，你瞧火光，长江上空，半边天都烧红了。今晚，只，只怕咱们的船队要全军覆没！"完颜亮这才知道，原来天空中窜起的数十百道"金蛇"乃是宋军所发的火箭。

　　完颜亮大怒道："该杀的贼婆娘，竟敢来做奸细！可恨完颜长之昏了头脑，竟相信这贼婆娘！快把她抓来杀了！"他只顾大发脾气，

·1025·

却忘了韩三娘子是给他"领航"去了。

完颜亮痛骂韩三娘子，其实却是冤枉了她。她领航的那条水道，本是一条渡江捷径，地点又较偏僻，宋军平时是没有注意的。韩三娘子早已探听清楚，那个地点，宋军的防守力量最薄，所以才敢夸下海口，带金兵夜袭，定保一举成功。哪知耶律元宜预先把这秘密送过江去，让虞允文得以从容布置，金军偷渡，就正好是自投罗网了。

兀赤儿讷讷说道："那贼婆娘正在船上，也不知她的船毁了没有。急切间却是难以抓得着她。"

完颜亮怒道："好，抓不着她，就把完颜长之叫回来，是他担保的人，朕要问他的罪。"

话犹未了，忽听得金鼓雷鸣，大队骑兵驰骤的马蹄声踏得山摇地动。兀赤儿叫道："不好了，陛下快逃吧。宋兵杀来了。"完颜亮一声不响，蓦地拔出佩剑，一剑把兀赤儿斩为两段，喝道："岂有此理，你这厮敢动摇我的军心。长江水战纵然失利，宋军也绝没有来得这样快的道理，不许慌乱，先把这几个叛贼杀了！"

完颜亮挥剑斩了兀赤儿，发下命令，坚不许退。他手下的心腹武士，当然不敢先逃。按理说长江水战方酣，宋军也的确没有这么快来到之理，可是那万马奔腾的声势，在这座山上的一众将士又确确实实可以听觉感知，无论如何也是禁不住心惊胆战了。蓬莱魔女等三人精神陡振，彼此照应，虽然气力渐渐不佳，那些已经惊慌了的武士们，要想擒杀他们，一时间却也是不能了。

忽见尘土飞扬，御林军纷纷闪开，月光下只见一骑白马，如飞来到。完颜亮方吃一惊，心道："难道当真是敌人杀到？"他身边的护驾法师鸠罗上人眼利，已经看出了来者是谁，高声说道："陛下安心，是皇叔来了！"

话犹未了，那骑白马已在完颜亮前面停下，那人跳下马来，果然是完颜长之。完颜亮怒气勃发，骂道："长之，你累得朕好惨，你知罪么？"

完颜长之道："老臣护驾来迟，累陛下受惊了。"蓦地扬起马鞭，朝着赫连清霞一指，说道："这妖女是假冒的郡主，臣没有察觉，罪该万死。"

完颜长之并不知道完颜亮是怪罪他另一件事情，口口声声"请罪"，完颜亮听了，惊上加惊，情知必有意外之变，无暇再追究他"误信"韩三娘子之事，连忙问道："你怎么知道？"

完颜长之道："不但这郡主是假冒的，耶律元宜也没有死，如今他正率领叛军向这边杀来。请皇上示下，是守是退？"

完颜亮大惊道："有这样的事？你见着了耶律元宜？"

完颜长之道："臣奉命去擒拿叛将，到了耶律元宜原来的营地，他的部队已开拔一空。臣知有变，急速赶回，山下碰上叛军，这支叛军正是耶律元宜指挥的，他烧变了灰，我也认得！臣勇战突围，赶回护驾，并向陛下请示。"

完颜亮这才知道杀来的不是宋军，心中稍稍松了口气，但祸起萧墙，里应外合，大事总是不妙了。完颜亮又惊又怒，说道："先守一阵，鸣鼓招集援军。叛贼只有三万人，咱们在这山下的留守部队还有十万之众。守不住再退。你先给朕把这假郡主、假宫女和檀羽冲一并杀了，不杀他们，难泄心头之恨！"完颜亮固然是大大吃惊，蓬莱魔女也有点惊疑不定，心道："公孙奇与那妖狐哪里去了？难道竟逃脱了不成？"她与耶律元宜的计划，本来是留下一部分兵士看守原来营地的，耶律元宜带兵来攻这一座山，照理不会带着囚犯同行，但据完颜长之之言，那座营地已是空无一人，这就和他们原来布置的情况不符了。

完颜长之振臂大呼："为国效忠，此其时矣！儿郎们，随我上！"武林天骄冷笑道："你这是什么为国效忠？你这是为无道的昏君效忠！完颜亮残暴不仁，刻薄寡恩，连自己的生母也敢毒杀的，这样的昏君，你们想想，可值得为他效忠吗？"

完颜长之骂道："你口出污言，污蔑皇上，罪该碎尸万段！"武林天骄道："你逢迎昏君，助纣为虐，更是罪不容诛！"完颜长之大怒道："乱刀把他杀了！"一马当先，刷的一鞭便向武林天骄扫去。

那些武士们都是完颜亮所蓄的死士，可是也有过半数的人想道："是啊，檀羽冲说得不错，这样的昏君值得我为他卖命么？"他们不敢反叛，却也不肯尽力，只是虚张声势，呐喊助威。

但也有一半人恐怕宋国大军杀来，更是难逃生命，心中想道："皇上要杀了这三个人才肯撤退，有皇叔助阵，杀这三个人总容易一些。还是早点了结此事吧。"还有一些武士则是浑浑沌沌，只知奉命唯谨的人，随着完颜长之鼓勇攻击。

武林天骄手中没有兵器，不敢硬接完颜长之的水磨钢鞭，百忙中身形一晃，随着鞭梢直转出去，鞭梢离他数寸，竟是没有打着。武林天骄在躲闪的当儿，还用大擒拿手法，夺去了两个杀到他跟前的武士的大刀和长矛，吓得那两个武士慌不迭地后退。

完颜长之一击不中，鞭若灵蛇，倏地便转了方向，使出"连环三鞭""回风扫柳"的绝技，向赫连清霞扫了过来。

赫连清霞抵挡不住，手忙脚乱，蓬莱魔女反手拂尘一挥，替她荡开了完颜长之的鞭梢。完颜长之认出了是适才的"宫娥"，"哼"了一声道："好大胆的魔女！"霍地用个"怪蟒翻身"，连人带鞭急旋回来，又向着蓬莱魔女打到。

蓬莱魔女武功本就略逊于完颜长之，此时激战之后，气力不加，拂尘挥出，力不从心，缠上了鞭梢，反而给完颜长之将她拉得身向前倾，堪堪就要跌倒。

武林天骄大喝道："撤鞭！"声到人到，一掌劈下。完颜长之识得厉害，身形一塌，鞭梢滴溜溜地从蓬莱魔女背上卷过，说时迟，那时快，反手一鞭横扫，正好迎上了武林天骄的肉掌。武林天骄为了要给蓬莱魔女解困，这一招是欺身进击，用得险极。鞭长手短，武林天骄的身形在鞭势笼罩之下，避无可避，只好凭着一双肉掌硬接。两人武功本是半斤八两，但武林天骄也是久战之后，气力不加，再加上空手接鞭，更是吃亏。只听得"刷"的一鞭扫过，武林天骄的手背上起了一道血痕。

完颜亮喜道："皇叔加一把劲，你把檀羽冲杀了，朕就把他这件宝物赐你。"完颜亮所说的"宝物"，原来就是武林天骄那支暖玉箫，武林天骄那日被擒，卫士将他的玉箫收缴，献给了完颜亮的。当时完颜长之在旁，颇有欣羡之色，完颜亮自是知道他想得到这支玉箫。他是皇叔身份，官职亦已做到了御林军总管，给他升官反不如给他这支玉箫实惠，更能讨他欢喜。恰巧完颜亮将这支玉箫带在身旁，此际就拿出来作为悬赏。

蓬莱魔女运剑如风，回身疾刺，与武林天骄联手，合力挡住了完颜长之的攻势。可是在完颜长之指挥之下，武士们蜂拥而来，早已把他们围在核心，包围圈子越缩越小，刀枪剑戟，从四面八方刺到，稍一不慎，就有血染黄沙之险。

山下金鼓喧天，那是大军的厮杀，比山上更为激烈。督战的龙骑将军哈尔盖抽空回来报道："贺喜皇上，叛军已在山腰被截住了，如今援军已经赶到，正在合围。"

完颜亮雄心复起，哈哈笑道："胜负兵家常事，长江水战，纵然一时失利，朕也还有数十万大军，正好诱虞允文渡江，一鼓歼之。你去传朕命令，火速清灭叛军，立即到江边布防，准备迎击宋军。功成之后，人人有赏。"哈尔盖应声"是！"飞骑再去督师。

完颜长之恃着人多势众，勇猛进攻，武林天骄手背受伤，擒拿法已不及从前灵活，激战中被一个武士挑了一枪，幸而只是枪尖擦过，伤了一些皮肉。蓬莱魔女气力不加，激战中也着了完颜长之的一鞭。武林天骄黯然说道："柳女侠，我很惭愧，连累了你了。我对不起笑傲乾坤，你们本来应该是在一起的。"蓬莱魔女道："还未绝望，不必灰心，檀羽冲，你是个好朋友，我很感激你。谁也别说连累谁了，咱们靠拢些迎敌吧！"武林天骄得了蓬莱魔女的鼓励，精神复振，彼此向对方靠近，与赫连清霞三个人背靠着背，不让敌人有乘隙各个击破的机会，奋力抵挡。

完颜亮拿起那支暖玉箫，呜呜吹了两声，声音高亢，那震天价的金鼓之声也掩盖不住。完颜亮哈哈大笑，朗声吟道："白刃交兮宝刀折，两军蹙兮生死决。鹿死谁手，还未可料呢！虞允文，你就来吧！"他还在做着扭转败局，"提兵百万西湖上，立马吴山第一峰"的美梦。

忽听得有人"噫"了一声，武林天骄心头一动，百忙中抽眼望去，只见有两个军官，正在向完颜亮所在之处跑去。看前头那个军官的背影，竟似乎是个熟人！

完颜亮身边的内廷侍卫长檀道雄喝道："什么人？站住！"那前头的军官道："有紧急军情禀报皇上！"檀道雄听他声音清脆，有类女子，动了疑心，喝道："跪下禀报！"那军官道："是！"屈下半膝，突然脚尖一踢，将身前持矛监视的卫士踢了一个筋斗，一跃而起，剑已出鞘，如箭离弦，"刷"的就朝着完颜亮当胸刺下！

完颜亮颇有膂力，危急中挥动手上的暖玉箫一格，这玉箫是件宝物，"当"的一声，箫剑相触，火花四溅，军官所使的青钢剑损了一个缺口，玉箫却没损坏。但完颜亮的蛮力究竟比不过对方的内家真力，玉箫虽没损坏，却已脱手飞去。那少年军官一把抄到手中，一招"夜战八方"，横剑扫荡，荡开了同时向他攻来的刀枪剑戟，左手的玉箫，使出了点穴的招数，直指完颜亮胸口的"璇玑穴"。

可惜这军官一击不中，已经慢了一步，完颜亮避过一旁，檀道雄早已拔出佩刀，抢上来站在完颜亮刚才所站的位置，檀道雄是武林天骄的疏堂叔叔，素来对完颜亮忠心耿耿的，他家传武功非同小可，一刀劈出，虽也未能将军官的玉箫打落，却震得他虎口阵阵酸麻。

说时迟，那时快，鸠罗上人也已把双钹打来，鸠罗上人武功更强，这少年军官双拳难敌四手，眼看双钹一合，不死亦伤。忽地一条人影杀了进来，快逾旋风，将那少年军官一推，一件黑忽忽的兵器已向鸠罗上人打到。这人是那少年军官的同伴，披着一件斗篷，遮过了面孔。宽大的斗篷披在身上，作战本来不甚方便，但他的行动却很俐落。

鸠罗上人双钹打空，自将碰击，声如破锣，震得人耳鼓嗡嗡作响。百忙中一个"盘龙绕步"，想要避开，肩上已是着了一下，饶是他功力深厚，亦觉痛彻心肺，肩衣片片破裂，就似给软鞭扫过一般，原来这中年军官使的竟是一柄拂尘，经过他内力的运用，聚成一束，比软鞭威力更大。

檀道雄挥刀力战，鸠罗上人站稳了脚跟，与他联手应敌，这才把那两个军官阻住。完颜亮身边的武士也纷纷涌上，把他们包围起来。

完颜亮惊魂稍定，定睛一看，失声叫道："好大胆的叛贼，哎哟，你，你是什么人？"原来这少年军官虽是男子装束，但相貌却与赫连清波一模一样。

这少年军官喝道:"昏君,你不认得我,我认得你!你害我爹爹骗我姐姐,今日我是来报父仇来了!"原来这少年军官正是赫连清云乔装打扮,那中年军官则是武林天骄的姐姐慧寂神尼。

完颜亮脱险之后,心情轻松了些,笑道:"原来又是一个郡主的妹妹,三姐妹这么相似,倒是难得。嗯,你这女娃儿听朕说,朕念你年幼无知,只要你归顺于朕,朕也封你一个郡主。你见过你姐姐没有?你姐姐深受朕恩,对朕是矢志效忠,你难道不知道么?怎能说朕骗她?"

赫连清云冷笑道:"完颜亮,不管你威胁也好,利诱也好,你今日总是难逃性命的了!我即使杀不了你,也自有人杀你!"

完颜亮面色一沉,喝道:"不识抬举,将她一并擒下,待朕发落!"

完颜亮身旁一个军官说道:"皇上,你瞧那个人也好像是个女的。"完颜亮道:"不错,是有点像。奇怪,她为什么把斗篷遮着面孔。穆将军,你把她的斗篷挑开,耍她一耍,让朕瞧瞧。"这个军官是御林军的副统领穆亦欣,家传枪法,武艺高强,完颜亮见檀道雄战不下那个披着斗篷的女子,是以叫他上前相助。

穆亦欣有意逞能,提枪出阵,喝道:"兀那婆娘,为何藏头遮面,不敢见人么?"慧寂神尼一声不响,待穆亦欣一枪挑到面前,忽地拂尘一挥,缠着了他的枪尖,冷冷说道:"你瞧瞧我是谁?我只怕你不敢见我!"说话之时,一手已把斗篷卸下,就用来当作兵器,荡开了檀道雄斫来的大刀。

慧寂神尼根本没有乔装打扮,她只不过外面披着一件男子的斗篷,里面仍是尼姑装束。穆亦欣看见了她的庐山真面,大吃一惊,颤声说道:"羽英,是你!"

慧寂神尼冷笑道:"不错,是我!我侥幸没给你害死,今日你还要杀我邀功么?"

原来这穆亦欣本是慧寂神尼的丈夫,他曾设计要妻子计擒武林天骄,事败之后,又要杀妻子来表明心迹,以求见谅于完颜亮。慧寂神尼后来得弟弟救走,而穆亦欣也因此得到完颜亮的重用,官升御林军副统领。

慧寂神尼当日意冷心灰，抛家远走，在江南的栖霞寺里削发为尼，本来不想向丈夫报仇了的。可是如今在此意外相逢，勾起心头旧恨，她却是忍不住一腔怒火了。

慧寂神尼的武功比不上她的弟弟"武林天骄"檀羽冲，但却要胜过她的丈夫不知多少，她初时故意藏着几分本领，不让她丈夫看破，待到穆亦欣要来枪挑她的时候，她才使出全副武功。

慧寂神尼这拂尘一绕，用的是内家上乘的"借力打力"功夫，穆亦欣禁受不起，虎口一麻，长枪脱手飞出！穆亦欣吓得魂飞魄散，叫道："娘子留情！"慧寂神尼斥道："负心贼子，我与你还有什么夫妻之情！"拂尘一扫，扫得穆亦欣面上开花，皮开肉绽。但虽然如此，她毕竟未下杀手。

穆亦欣以手掩面，吓得魂飞魄散，没命飞逃，脸上鲜血直淌。完颜亮骂道："脓包！"可是他已顾不及把穆亦欣拿来问罪了，穆亦欣一跑，慧寂神尼打开了一个缺口，围攻的形势已经有了变化。

慧寂神尼施展出全副本领，杀得檀道雄步步后退。鸠罗法师稍微好些，但亦是仅有招架之功。赫连清云不用对付两个强敌，精神大振，运剑如风，专刺对方的关节要害，转眼间刺翻了几个武士，杀得他们不敢向前。而赫连清云则要杀开一条血路，扑向完颜亮。

完颜亮身边已是没有几个得力的武士，吓得慌了，连忙叫道："皇叔，回来！"完颜长之这边却是占尽了优势，御林军中的好手大半在他这边，武林天骄等人又是激战多时，已成强弩之末，眼看再过些时，就可将他们拿下。但完颜亮已是叫他回去保驾，他焉能违背，心中只有暗叫"可惜！"

完颜长之抽眼一看，完颜亮那边虽然形势不利，但赫连清云要想杀到他的跟前，总也还得要些时候。完颜长之咬了咬牙，心念一转，发了全力，向武林天骄突施杀手，冀图一击成功，杀了武林天骄再去保驾。

蓬莱魔女一招"玉女投梭"，欺身直进，剑刺完颜长之腰胁的"愈气穴"，这一招是攻其必救的精妙招数，凌厉非凡，但也是用得险极。要知蓬莱魔女的气力已是远远不及对方，这样的欺身近搏，若然一击不中，只怕就要给完颜长之雄浑的掌力所伤。但为了解武林天骄性命之危，蓬莱魔女也是顾不得了。

双方都是冀图一击成功，完颜长之一刀劈出，蓬莱魔女这一剑亦只是刺到了他的前面。完颜长之大吼一声，长刀斜削，立即回身发掌，刀掌并用，同时对付武林天骄、蓬莱魔女两大高手。

武林天骄虽是强弩之末，功力也还不弱。完颜长之保命要紧，击向蓬莱魔女那掌，用到了七成功力。幸而如此，武林天骄才能空手对付，只听得"铮"的一声，武林天骄使用"弹指神通"的功夫，恰恰弹中了完颜长之的刀背。但完颜长之的掌力亦已把蓬莱魔女震得踉踉跄跄摇摇欲坠，接连退出了六七步，但虽然如此，完颜长之的七成功力，也还未足以令蓬莱魔女受伤。而且完颜长之还给她的剑尖在腰部割开了一道浅浅的伤口，虽然不算得怎样受伤，但比对起来，总是他较为吃亏了。

就在此时，忽听得有人叫道："姐姐，我来了！"来的又是一个金国服饰的少年军官，呼的一声，人还未到，就抓了一个武士，向完颜长之掷来。

完颜长之反手一推，用一股巧劲，将那个向他掷来的武士像皮球般抛过一边，虽不怎么费力就解了这招，却也吃了一惊，心中想道："他们不知还有多少党羽混在我军之中？这人能够使用大摔碑手抓起人来当作武器，功力虽不及我，也是很不弱了。"他自忖不能在短时间内擒下武林天骄，又怕完颜亮身边也有对方的"奸细"，出其不意地偷袭他的"皇上"，于是只好抛下武林天骄这边的敌人，匆匆忙忙赶去救驾。

蓬莱魔女大喜叫道："珊瑚，你也来了！"原来这个杀进重围接应她的少年军官，正是她从前的侍女珊瑚乔装打扮。

珊瑚本来已是拜在慧寂神尼门下，削发为尼了的，这次赫连清云求慧寂神尼出山相助，珊瑚也跟了来。她与蓬莱魔女一向情同姊妹，故此上山之后，赫连清云去行刺完颜亮，她则先来与故主会合。完颜长之赶到完颜亮这边，登时扭转了劣势，一口刀架住了慧寂神尼的拂尘，还有余力不时向赫连清云发掌，赫连清云抵敌鸠罗法师已经吃力，何况还有许多武士向她围攻，不觉手忙脚乱，几个回合过后，已是险象环生。

武林天骄这边，去了一个强敌，多了一个帮手，却是力量大增，杀得众武士纷纷后退，没多久就杀了出来，赶过去援助慧寂神尼。

他们这一来正是时候，赫连清云眼看抵敌不在，鸠罗法师的双钺已夹着她的长剑，而檀道雄的大刀又正向她斫来。

武林天骄使出"空手入白刃"的功夫，双指贴着刀背一推，把檀道雄的大刀推开，说道："叔叔，何苦还助这个昏君？"蓬莱魔女却不打话，一剑指到了鸠罗法师的咽喉。鸠罗法师曾在蓬莱魔女手下吃过大亏，见她杀来，吃惊不小，连忙松开双钺，放过了赫连清云，先招架蓬莱魔女的杀手。

檀道雄骂道："我檀家世受国恩，没有你这个叛臣逆子！"武林天骄道："叔父此言差矣，完颜亮暴虐无道，穷兵黩武，不但祸害邻邦，咱们的金国也要给他陷入万劫不复之地。推倒暴君，也正就是救金国的百姓。"檀道雄骂道："我不听你的歪理，你为叛贼，我做忠臣，不必多言，看刀！"他只知一片愚忠，执迷不悟，竟然叔侄交锋。

武林天骄顾念叔侄之情，却不敢放手厮杀，檀道雄挥刀猛斫，武林天骄空手抵挡，险险给他斫中。蓬莱魔女眉头一皱，说道："我来给你打发这老糊涂。"斜刺里一剑削去，"当"的一声，削去了檀道雄的刀头。武林天骄连忙说道："手下留情，别伤了我的叔叔。"蓬莱魔女道："我省得，你去助你姐姐吧。"

完颜长之这时正在使到一招"横扫六合"，长鞭挥舞，呼呼风响，鞭梢俨似毒蛇吐信，闪缩不定，既似打向慧寂神尼，又似打向赫连清云。

慧寂神尼将尘尾聚成一束，当作判官笔使，还了一招"举火燎天"，完颜长之的长鞭倏地转了个方向，不与慧寂神尼交锋，闪电般地便向赫连清云打下，将虚招化作了实招。数人中赫连清云武功稍弱，完颜长之是意欲先击破最弱的一环。

他的鞭一丈多长，慧寂神尼的拂尘只有二尺六寸，鞭长拂短，一招挡空，已是难以照顾赫连清云。眼看赫连清云就要伤在他的鞭下，武林天骄飞身掠至，长袖一挥，使了个"化"字诀，卸去完颜长之打来的六七分劲道，只听得"嗤"的一声，武林天骄的袖子化作了片片蝴蝶，手臂又起了一道血痕，但完颜长之的长鞭毕竟也给他荡开了。

赫连清云吓得"哎哟"一声叫了出来，武林天骄微笑道："不要紧，只是受了一点轻伤。"赫连清云面上一红，低声说道："多谢师兄相救。你的兵器，收回去吧。"把那支夺自完颜亮手中的暖玉箫交还给武林天骄。

武林天骄与她目光一触，只觉她目光之中，散发着喜悦的光辉，又似含有几分哀怨，但在这样的激烈战斗之中，武林天骄也无暇推敲了。他得回了自己的暖玉箫，精神陡振，立即跨上前去，与她姐姐联手迎战完颜长之。慧寂神尼道："你应该多谢清云二妹，是她马不停蹄，披星戴月，赶来向我报讯的。"武林天骄应道："是。姐姐，你也辛苦了。"不解他的姐姐何以在这百忙之中，却说了这么一段不是必须要即时说的"闲话"？但武林天骄是个绝顶聪明的人，怔了一怔之后，也恍然如有所悟了。

原来赫连清云私心恋慕这位师兄，由来已久，后来知道了武林天骄为蓬莱魔女害了"相思病"的事，心中难过之极，这段相思只好埋藏在内心深处，不敢向人吐露。她的性情与三妹赫连清霞的性情刚刚相反，清霞开朗爽直，有话就说，心事从不瞒人；清云却是矜持含蓄，不轻易表白自己的心事。不过，尽管如此，由于她对武林天骄的处处关心，慧寂神尼与她的妹妹还是识破了她的心事。这次赫连清云上山之后，见到武林天骄与蓬莱魔女并肩作战，彼此救护，只道他们相爱已深，心中更为伤痛，已打定了主意，只待事情过后，倘使自己侥幸不死，也要跟慧寂神尼削发为尼了。不料后来武林天骄也来救她，同样的也是为了救护她而受了伤。赫连清云这才感到师兄对她也并非全不关心，而在激战之中，与同伴本来就应该互相救护的。这么一想，幽怨也就减了几分了。蓬莱魔女眼观四面，耳听八方，慧寂神尼与赫连清云的说话与神情，她都看在眼内，听进耳中，心里暗暗欢喜，想道："清云对她的师兄果然是情深一片，但愿她能够替我把结解开。"心中欢喜，精神抖擞，剑招使得出神入化，檀道雄遮拦不住，只听得"嗤"的一声，剑光闪处，从他胸口剖下，肌肤已感到剑气的沁凉，却不疼痛。原来蓬莱魔女这一剑使得恰到好处，恰恰把他的上衣从胸口至小腹之处，当中"剖"开。蓬莱魔女冷笑道："檀将军，你还要再打下去吗？"

檀道雄是卫士之长，出身贵族，久作扈从，一向是注重仪表与尊严的，他不怕伤在蓬莱魔女剑下，但却怕蓬莱魔女挑了他的衣裳，这等于是剥掉他尊严的外衣，叫他在下属面前，变成笑话。当下又羞又怒，只好退出，赶紧另换戎装。

檀道雄一退，武林天骄已无顾忌，他得回暖玉箫，使来得心应手，姐弟二人合战完颜长之，杀得完颜长之也步步后退。

但御林军的高手与完颜亮的身边侍卫有数百人之多，这时都已围拢了来。武林天骄等人左冲右突，仍然是难以突围，更不用说接近完颜亮了。

完颜亮担心的却是宋国大军杀来，不住地派人去催前方将官速报军情。就在此时，山下金鼓之声复振，完颜亮正自心慌，探子回来报道："皇上安心，耶律元宜的叛军已给赶了下山，我们的援军陆续来到，如今正在包围他们。"

完颜亮道："好。江上战事如何，宋师已经登陆没有？"那探子道："这个，这个——战场混乱，人马挤拥，小的通不过去，也找不到江防的指挥使，情形却是不明。"完颜亮听得不妙，心中焦急，挥手道："快去打听，叫一队御林军给你开路。"

那探子刚走了不久，只见一个人飞奔而来，快得难以形容，完颜亮身边的卫士喝道："什么人，站住！"完颜亮圆睁双眼看去，登时化怒为喜，喝道："不可无礼，这是郡马。""郡马，你脱险了。赫连郡主呢？"

来的正是公孙奇，他顾不及行跪拜的君臣大礼，便即得意洋洋地禀报道："小臣只是一时失察，误中叛军的诡计而已。我要来就来，要走便走，千军万马，能奈我何！郡主一时未能赶来，请皇上恕罪。"

原来公孙奇有自解穴道之能，蓬莱魔女也是一时大意，以为用了重手法点穴，又把他们用粗重的铁链缚在柱上，即使公孙奇能够自解穴道也要几个时辰，解开穴道也不能挣脱枷锁，哪知公孙奇已练成了正邪合一的内功，今非昔比，蓬莱魔女走后不到半个时辰，他就暗运玄功，把穴道解了。

公孙奇有件家传宝物，是把百炼精钢的软剑，不用之时，可以束在腰间，作为腰带。当时蓬莱魔女急于夜闯金主御帐，临走匆忙，一时疏忽，未曾搜去他的这条"腰带"。

公孙奇戴着枷锁，但手指还能活动。自解穴道之后，使用软剑削断手镣、劈开脚铐，又替赫连清波去了枷锁，以他们二人的武功，守卫焉能阻拦得了，当然是给他们逃跑了。

但赫连清波却不敢立即来见完颜亮，她已知道她的三妹清霞冒充她的身份，图谋行刺金主，并救武林天骄。金主完颜亮喜怒无常，只怕会因此降罪于她。另一方面，她看了战场形势，亦已隐隐感到大事不妙，遂乃意存观望，请丈夫先去看看风色，再行定夺。反正她与公孙奇也不过是利害结合的夫妻，夫妻之间，其实并没多少真情挚爱。

且说完颜亮见公孙奇脱险归来，喜出望外，目前他正要能人相助，也就无暇细问情由了。当下说道："爱卿来得正好，替朕把这几个叛贼擒下。"

公孙奇也正是要报师妹那一剑之仇，领了"御旨"便即上前，朝着蓬莱魔女冷笑说道："好呀，柳清瑶，你既不念师门恩义，也可休怪我手下无情了！"软剑一抖，刷的便是一招"南斗七星"，剑尖上抖起了七点寒光，一招之间，连刺蓬莱魔女七处穴道。

蓬莱魔女还了一招"临江截壁"，封闭得风雨不透，只听得叮叮之声，不绝于耳。刹那之间，双剑已经碰击了七次。蓬莱魔女只觉虎口隐隐发麻，一来是因为她气力不加，二来也是因为公孙奇十分狠毒，竟然使出了"隔物传功"的本领。

完颜长之得了公孙奇这样有力的帮手，精神大振，又杀上来。武林天骄道："柳女侠，你来帮帮清云二妹，让我对付这厮。"武林天骄是个武学的大行家，眼睛一瞥，已知道蓬莱魔女不是公孙奇的对手。完颜长之虽然也很厉害，但他没有毒功，让蓬莱魔女与赫连清云联手，总可以对付得了。

武林天骄一个"移形换位"，挡在蓬莱魔女面前，玉箫一指，恰好迎上了公孙奇的剑招。两人是第一次交手，武林天骄经过一番剧战，功力不到七成；但公孙奇前日受了柳元宗的一掌，也耗了三分元气，未曾恢复。两人恰是功力悉敌。公孙奇使出"化血刀"的毒掌功夫，剑中夹掌，荡起了一片腥风，武林天骄将暖玉箫呜的一吹，一股纯阳罡气吹了出去，公孙奇只觉暖洋洋的，几乎提不起劲来，吃了一惊，慌忙镇摄精神，默运玄功。他的毒掌腥风刚好给武林天骄的纯阳罡气化解，而两人的内功造诣，又恰好在伯仲之间。是以各显神通，仍然是打成平手。正是：

顺逆不分为虎伥，武功纵好臭名扬。

欲知后事如何，请听下回分解。

第六十五回　黷武穷兵终授首
苟安畏敌撤雄师

另一边，完颜长之已在狠狠地向赫连清云发动猛攻，丈许长的钢鞭打得呼呼风响，卷起了一团鞭影，赫连清云的身形都已在鞭影笼罩之下。赫连清云横剑护胸，斜斜削出，这一剑她倒是看得很准，攻中带守，意欲削去完颜长之的鞭头。可惜她力不从心，只听得"铮"的一声，她的青钢剑反而给钢鞭荡过一边，门户大开，完颜长之喝道："撒手！倒下！"长鞭俨似毒蛇吐信，刷的就向她脉门抽击下来。

堪堪就要打着，蓦地里只见银光一闪，蓬莱魔女斜刺掠来，右手剑一招"横架金梁"，替赫连清云挡了这招。左手拂尘一卷，随即把鞭梢缠上，叫他不能左右摆动，伤及赫连清云。

赫连清云喘息稍定，平剑一拍，剑锋就沿着长鞭上削，也喝了一声："撒手！"完颜长之急忙抽出长鞭，给她们迫得连退几步。

赫连清云低声说道："多谢姐姐。"她见蓬莱魔女如此舍命救她，心中甚是感动，暗暗道了一声："惭愧！我刚才还妒忌他们，她却对我毫无歧视。"

两人联手，稍稍胜过完颜长之，但她们还要对付四面八方围攻的武士，仍是不能突围，只杀得个难分难解。

这时东方已现出一片鱼肚白，天色快要亮了。长江上被焚毁的战船余火未熄，就似衬起半天红霞。完颜亮立在山头，远远望去，看见自己多年经营的水师毁于一炬，艨艟巨舰，沉没江心，不禁气沮神伤。蓦然间，只见江心现出一条银练，微闻声响，一霎眼已是白浪滔天，潮声似是春雷乍响！摇撼山谷！

完颜亮心道："乱石穿空，惊涛拍岸，卷起千堆雪。长江潮果是壮观，可惜我今番折了水师，已是不能乘风破浪了。"他想起苏东坡这几句词，蓦地又想到前面两句，"大江东去，浪淘尽千古风流人物。"看来竟似是为自己今日写照。他平生自负英雄盖世，思念及此，不觉更是神伤。

转眼曙光已现，朝阳初出，山下的景物看得比刚才又清楚些了。只见旌旗招展，人马奔驰，战场的情形似乎有点不对。陡然间，只听得金鼓声惊天动地，完颜亮吓得慌了，自言自语道："这是长江的怒潮，还是宋军擂起的进军鼓？"猛地喝道："左右，还不快去报来！"

话声未了，只见尘土飞扬，有一小队军马已经冲上山来，这队人马既不是金国兵士，却也不是宋国服饰，穿的都是普通百姓的衣裳，似是"乌合之众"，但行动却极矫捷，来得也极凶猛。在最前头的竟是一个短发萧疏的老头子，挟着一根拐杖，似是跛了一足的模样。

这跛了一足的老头儿挟着拐杖，却比常人快了不知多少，只听得叮叮之声，宛如琵琶急奏，他每一下拐杖在地上一点，便即向前飞掠数丈，山上那么多精锐的御林军，竟是拦他不住。

蓬莱魔女大喜叫道："爹爹！"原来来的正是她的父亲柳元宗。柳元宗选了一百名轻功了得武艺高强的好汉，在大混战之中避开敌人的主力，抄小道杀了到来。

公孙奇一见是柳元宗，吓得魂飞魄散，他几次吃了柳元宗的大亏，如今功力尚未完全恢复，如何还敢恋战，当下虚晃一招，转身便逃，武林天骄一击不中，已是追之不及。

完颜亮大怒道："脓包，脓包，你们都是脓包！还不赶紧给我把这老头儿拿下！"

回身又指着公孙奇骂道："临阵私逃，亏你还敢自夸是南朝第一好汉？你还想做朕的郡马么？"公孙奇逃命要紧，只当听而不闻，心道："这郡马做不做也罢。"有几个碍着去路的武士，还给他击倒了。

完颜亮空自大发脾气，他的手下却是无法阻拦柳元宗，更不用

山上混战，长江上金国战船尽被焚毁，已是火光冲天。

说将他"拿下"了。柳元宗挥舞铁拐，夭矫如龙，杀得围攻蓬莱魔女的那些武士纷纷躲避，完颜长之身为御林军统领，只得拼命抵挡，柳元宗道："好，咱们是老对手了，再来较量较量！"呼地一拐扫去，隐隐带着风雷之声，完颜长之使了一招"枯藤缠树"，长鞭卷着了铁拐。柳元宗大喝一声："撒手！"只听得"逼扑"连声，那条精钢所打的长鞭，竟然当真便似枯藤一般寸断折。完颜长之自知不是对手，也只好不顾面子，转身便逃。

蓬莱魔女连忙问道："爹爹，咱们的义军怎么样了？"柳元宗道："虞将军的水师已经上岸，咱们的义军得到他们接应，也已突围了。"赫连清霞记挂着耶律元宜，问道："山下战事如何？"柳元宗笑道："你看，你的宜哥已经来啦！"

只听数千名士兵齐声呐喊："休要放走了昏君！"耶律元宜带领前锋部队，一马当先，已经杀上山坡，那斗大的帅字旗在山顶也可以看得见了。金国的败军像潮水般涌上山来。

完颜亮见只是耶律元宜这支"叛军"杀来，还想下令叫完颜长之收集败兵，用御林军压阵，拼命抵挡。令还未下，只见前路指挥哈尔盖丢了盔甲，狼狈非常地逃了回来，顾不及行君臣之礼，气急败坏地叫道："陛下，不好了，宋国大军已经渡江，向这里杀来了！"完颜长之道："胜负兵家常事，陛下请移圣驾，回去重整旗鼓，卷土重来。"纠集伤亡过半的御林军，保护完颜亮且战且走。

耶律元宜大喝道："昏君往哪里跑！"挺枪拍马，挥军追杀。

完颜亮吓得叠声说道："快击聚兵鼓，召集援军速来救驾。"话犹未了，只听得山下杀声震天，都是叫道："休要放走了完颜亮！"放眼望去，宋国的旌旗已是在战场上到处临风招展。远处长江水面，也是千帆齐发，宋军正在陆续渡江。

完颜亮顿足叹道："虞允文水师不满十万，怎的却有如此声势？定是你们诳报军情，叫朕低估了敌人了。咳，真是天亡我也，天亡我也！"可惜完颜亮到了身败名裂之际，还不懂义师无敌，侵略必败的道理，不肯自责，尚要怪部下、怨苍天。其实宋军确是不满十万，此际已经渡江的且还只是三成。但金军舰队覆灭之后，已是士无斗志，宋国渡江军队虽少，但有各路义军配合，又有耶律元宜这一支

· 1043 ·

"叛军"内应，一旦杀过江来，声势便显得十分浩大，金军士无斗志，望风披靡。

完颜长之道："陛下不用担忧，老臣愿保圣驾下山。"话犹未了，耶律元宜已经挥军赶至，打着宋国旌旗的军队，也已经杀上了半山。檀道雄喝道："放箭！"他手下尚有几百名"神臂弓"射手，一声令下，强弓硬弩，纷纷向耶律元宜攒射，把他周围的将士，射倒了一排。

耶律元宜怒道："来而不往非礼也，还射！"他手下将士用的是普通弓箭，威力不如神臂弓，但一来士气旺盛，二来人数众多，个个争先，人人奋勇，千箭如蝗，还射过去，登时把"神臂弓"的气焰压下，完颜亮的神箭手被射杀了不过十多个，其余的不是弃弓而逃，便是不敢恋战，曳弓后退了。战场上决定胜负终归是要靠人，不是凭借武器。

耶律元宜夺过了一把神臂弓，喝道："完颜亮，你也领教领教我的箭法。看箭！"嗖、嗖、嗖三箭连珠射出，他膂力惊人，三枝箭都射到了完颜亮身前，可是都给完颜长之挥刀打落。

柳元宗一声不响，随手拾起几颗石子，就向完颜长之打去，他是以绝顶内功发出暗器，劲道比耶律元宜所发的神臂弓还要厉害，一轮石子，把完颜长之打得手忙脚乱，自顾不暇。

只听得弓如霹雳，箭似流星，耶律元宜"嗖"的又是一箭，这一箭正中完颜亮后心，登时将他跌下马来！

完颜长之大惊，正要跑去救驾。乱军中忽地钻出一个军官，喀嚓一声，手起刀落，就把完颜亮的脑袋斫了。

这一刀突如其来，谁也意想不到，待到完颜亮身旁的卫士如梦初醒，哗然大呼之时，那人已取了完颜亮的首级，上马疾驰去了。完颜长之听得卫士的呐喊，方始发觉，吓得心胆俱裂，慌忙取过两枝长矛，向那人后心掷去，那人头也不回，反而噼啪两刀，把两枝长矛全都打落。完颜亮一死，一向军纪森严的御林军亦已溃不成军，战场上人仰马翻，抛戈弃甲，那人早已消失在乱军之中，不知去向，完颜长之哪里还能找得着他？

耶律元宜又是诧异，又是惋惜，说道："这人不知是谁，身手如此了得。只可惜我不能亲手割下完颜亮的首级，却给他取去了。"赫连清霞笑道："宜哥，是你把这昏君射杀的，你已经雪了国恨家仇，也应该满意了。"

这时已是天色大白，一轮红日从云层中现了出来，驱散了满天云雾，照明了大地山河。朝阳之下，金鼓声中，只见一个斗大的"虞"字帅旗，迎风招展，原来正是虞允文亲自率领宋国的前锋杀到，与耶律元宜的辽军，柳元宗的义军，三方面的队伍都在山头会合了。

蓬莱魔女大喜，便与父亲一同上前，与虞允文相见，虞允文得知完颜亮已死，遂传下将令，暂在山顶扎营，待两岸大军渡江之后，再清扫战场。要知此时双方兵力，金军还是数倍于宋军，倘若穷追，难免困兽之斗。罪魁祸首，只是完颜亮一人，完颜亮已死，自可网开一面。

但宋军虽然没有穷追，金国的溃军自相践踏，死伤亦是不少。虞允文立马山头，扬鞭叹道："逆亮大言炎炎，要想投鞭断流。如今兵未渡江，已是身首异处。可为穷兵黩武者戒！"

这一战虞允文以文人督师，以少胜多，建立了使敌军"樯橹灰飞烟灭"的奇功，足可与周郎赤壁之战比美。而击败侵略，保卫国家，这一战的意义更大，又远非赤壁之战可比了。后来南宋词人张孝祥（于湖）有一首《水调歌头》，写采石矶之战，赞虞允文道：

"雪洗虏尘静，风约楚云留。何人为写悲壮？吹角古城楼。湖海平生豪气，关塞如今风景，剪烛看吴钩。剩喜燃犀处，骇浪与天浮。　忆当年，周与谢，富春秋。小乔初嫁，香囊未解，勋业故优游。赤壁矶头落照，淝水桥边衰草，渺渺唤人愁。我欲乘风去，击楫誓中流。"

此词写宋军大捷，"雪洗虏尘"之后，凯歌高奏、笑看吴钩的场景与豪情。词中把虞允文比作赤壁破曹的周瑜，淝水歼秦的谢玄，而勋业尤有过之。尽管"矶头落照"，"桥边衰草"，古人已成陈迹，但他们以弱胜强的抗敌精神还在鼓舞着今人。词雄意深，不愧是一首传诵千古的名作。

闲话表过。且说虞允文与柳元宗父女见过之后，耶律元宜等人也来相见。虞允文知道完颜亮是给耶律元宜射杀的，大为欣慰，奖饰有加。耶律元宜道："金主无道，四海同仇，岂只宋辽两国之人恨之切骨，即金国治下的有识之士，也是要矢志推翻暴君的。这次我能够射杀完颜亮，得一位金国好友的帮助很多，此人见识超卓，文武全才，元帅可想见见他么？"

虞允文大喜道："有这样的人，如何不见？他在哪里？"耶律元宜道："就在此地。檀师兄，檀师兄，请过来。"连叫数声，不见回答。

耶律元宜道："奇怪，刚才还和我一起的，却去了哪里了？"叫人分头去找，不一会，赫连清霞回来报道："有人看见他已下山去了。"耶律元宜怔了一怔，道："下山去了？怎么和我也不先说一声？"赫连清霞道："他连他的姐姐和我的姐姐都没有告诉，就一个人悄悄走了。"

原来武林天骄在完颜亮被杀之后，心中一片茫然，说不出来是欢喜还是悲伤，或者是既有欢喜也有悲伤。暴君受诛，他平生志愿既达，自是欢喜；但眼看着战场上金国大军人仰马翻，自相践踏，伤亡遍野的惨败景象，又禁不住心头作痛，泪眼模糊，想道："完颜亮穷兵黩武，固是罪有应得，但可叹的是吾民何辜，被他连累，亦受此荼毒！"要知他毕竟还是金国的贵族，虽然推翻暴君是他的志愿，但在本国大败之后，他还怎能有什么心情与对方的主帅相见，饮宋国的庆功酒，听宋军欢奏凯歌？

另一方面，他也为了私情烦恼。他是个聪明人，蓬莱魔女的心事虽然还没有向他表白，他也已经知道了。而赫连清云对他的一片情意，经过他姐姐的点破，他也已经明白了。心中想道："柳清瑶与华谷涵本来应该是一对的，我也早已向华谷涵许了诺，让他赢这局棋了的，那么还何必插足其间？还何必令柳清瑶为难，要她开口和我来说？"

但他对蓬莱魔女倾心已久，如今虽然决定退出情场，心中总还不免隐隐有所伤感，又自想道："清云虽然对我有情，她也是一个女中豪杰，但我此时却哪有心情再谈儿女之事？"国有怆怀，私情招恼，武林天骄不觉意冷心灰，情思惘惘，不但不想见虞允文，连蓬莱魔女与赫连清云都不想再见了。于是遂一声不响，悄然而行。

虞允文叹息道："可惜如此英雄，竟是无缘相见。不过两国干戈未息，他是金人，处境亦是为难，也不必强求相见了。"

慧寂神尼道："二妹，我和你去寻他。"赫连清云脸上晕红，低声应道："是。"便向众人告辞。珊瑚也跟着师父走了。

武林天骄不辞而别，蓬莱魔女也不禁有点黯然，心中暗暗为赫连清云祝福，"但愿他们师兄妹能结连理，不要再生枝节了。"

俗语云"兵败如山倒"，当真是一点不假。金国的百万大军，在长江北岸布防，绵延数十里，水师虽然覆灭，损失还未到一成。但完颜亮一死，这消息便似插上了翅膀似的，不到半天工夫，已是传遍军中。百万大军，全线溃退，直属的长官都约束不住，士兵们有自相践踏、冤枉死掉的，有趁机逃亡、自寻活路的。到得傍晚时分，沿岸三十里之内已无敌踪。南岸的宋军除了留守的队伍之外，也都过了长江，与北岸的各路义军会合。

虞允文一面整顿队伍，一面羽书告捷，并请求朝廷派兵增援。要知他们几部分的兵力合起来也不过十多万人，这点兵力，若要大举北伐，恢复中原，还嫌不够。

金国的军队退到五十里之外，阵脚才稍为稳定下来。完颜长之与檀道雄两人联合统军，在建康（今南京）外围地带，布下防线。百万大军，伤亡逃散的占了半数，但剩下来的也还有四五十万之多。

虞允文援军未到，只能逐步推进。完颜长之在金军中颇有威望，檀道雄又是个老将，处事稳重，以新败之余，不堪再战，遂下令坚守。一连六七天，双方仅是有些小接触，但宋军也继续向前推进了数十里。

再过几天，消息传来，金国已立完颜亮的兄弟完颜雍（即金世宗）做皇帝，并派出一支二十万人的援军，赶来协助完颜长之，图谋反攻。敌方已有增援消息，虞允文的求援奏折，却还未能回报。不过，援军虽然未来，老百姓来投军的却是日渐增多。

这一日蓬莱魔女以义军首领的身份，正在虞允文帐中议事，大家都为援军久无消息而焦心，忽见中军进帐报道："钦差大人到！"虞允文大喜，连忙摆设香案，恭迎钦差，跪接圣旨。

接了圣旨，虞允文不觉面如土色，原来这道圣旨，是要他立即退兵，恢复原来状态，仍然与金国划江而治的。圣旨大大褒奖了虞允文，但退兵的命令，却非常严峻，限他三日之内，撤过长江。

虞允文道："如今正是千载一时之机，趁此一举恢复中原，如何可以退兵？"钦差笑道："这是皇上的旨意，朝廷大臣也多认为是圣虑周详的明智决定。将军理宜遵奉，不可孤行！"

虞允文愤然道："恕我愚昧，实是未明圣上退兵之意。不知大人可肯见告，开我茅塞否？"

这钦差与虞允文同是一榜出身的进士，颇有私交，当下笑道："虞将军，我老实对你说了吧，你是想恢复中原，救民水火，皇上却怕招惹强敌，只想保他半壁河山。皇上认为你的采石矶之捷，只是一时侥幸，倘再贪功，深入敌国，一旦全军覆没，如何是好？不如现在便即退兵，以长江作为天堑，可保江山。金虏水师已经覆灭，大败之后，料他也不敢再来渡江攻我，至少咱们的偏安之局，是可以无忧了。"

虞允文道："现在士气民心两皆可用，只要朝廷大举增援，乘胜追击，直捣黄龙亦非难事！怎见得就一定败给敌人？但若错失时机，恢复中原就无望了。偏安之局，保得一时，保不得长久！"

钦差道："你说得有理，但和我说可没有用。皇上限你三日之内退兵，你回朝之后，再和皇上说吧。"

虞允文叹了口气，不再言语。送走了钦差之后，蓬莱魔女从屏风后面出来，虞允文苦笑道："你都听见了么？这次得你们义军之助极大，可惜我却要辜负你们的期望了。"

蓬莱魔女气愤填胸，说道："将军，咱们不要朝廷增援，也未必就不能战胜敌人。这几天来，老百姓来投军的，不是一天多过一天么？中原父老，盼望祖国旌旗，如大旱之望云霓，旌旗所指，义军定然闻风景从，要人有人，要粮有粮！"

虞允文苦笑道："我岂能违抗圣旨？"

蓬莱魔女道："岳少保（飞）前车可鉴，元帅不怕重演'风波亭'的悲剧么？"

虞允文道："岳少保当年尚不敢抗旨，何况于我？如今朝中已无秦桧，风波亭的冤狱料想是不会有了。即使有，我是大宋忠臣，也只有听从皇上的旨意，怎可妄图逃避。"要知虞允文虽然是个文武全才、胆识俱备的名将，但毕竟也还是个封建皇朝的进士，"忠君"的观念，岳飞不能打破，虞允文也是不能打破。

蓬莱魔女知道劝他不转，只好回去说与义军的各路首领知道，商量今后的方略。

圣旨限虞允文的军队三日之内，撤过长江，日期匆促，虞允文无可奈何，送走钦差之后，当日便下令退兵。

宋军义军，同感悲愤，甚至有痛哭流涕，卧道攀辕的。但退兵已成定局，亦是无可挽回。义军有一部分愿意随虞允文渡江，做他的部属。其他的则各归原地，仍奉蓬莱魔女为盟主，耶律元宜则自成一军，遁入山区，继续进行他们的复国计划。

蓬莱魔女心头有一大事未了，诸事交待之后，说道："爹爹，女儿想再去一次江南。"

柳元宗微微一笑，说道："好。你也该去见见华谷涵了。但爹爹这一次可不能再陪你啦。"

蓬莱魔女给父亲说中心事，面上一红，说道："爹爹为何不去？"

柳元宗道："我与尘世隔绝了二十年，故交旧好都以为我是早已不在人世了，如今我再世为人，理该去探访几位老朋友了。你与谷涵言归于好之后，可到阳谷山光明寺找我，寺中方丈是我的老友，我即使不在他那里，他也会知道我的行踪的。到时我再替你们主持婚事。"柳元宗通达人情，知道他们二人会面，定有许多儿女私话要谈，自己同去，对他们反而不便。

蓬莱魔女双颊更红，说道："爹爹言早了。嗯，爹爹，你也可以去找一找我的师父，他隐居在首阳山下的采薇村。公孙奇的事情，就由你斟酌和他说了吧。"

柳元宗道："我和你师父神交已久，在我金宫失事之前，早已想和他会面的了。他倘若知道你是我的女儿，也一定非常高兴的。可惜他那不肖的儿子败坏了他的家风，由我把这消息带给他，却是未免令他难堪了。"

父女商量定妥，蓬莱魔女便随虞允文渡江，宋师渡江之日，各路义军首领与许多老百姓都到江边送别。老百姓多年盼望，方始得见"王师"，如今"王师"南撤，又把他们留在金虏统治之下，重陷水深火热之中，送别"王师"，江边泣声一片。

虞允文听得哭声，心如刀割，长长叹了口气，自觉无颜以对父老，一声长叹，遂吩咐开船。

长江波涛澎湃，同船的将官指点江心，眉飞色舞地忆谈他们当日在此尽歼金国的水师之战，但大捷的豪情，却也掩盖不了他们今日南撤的悲愤了。

虞允文倚船独啸，唱起苏东坡《赤壁怀古》一词："大江东去，浪淘尽千古风流人物。故垒西边，人道是，三国周郎赤壁。乱石穿空，惊涛拍岸，卷起千堆雪。江山如画，一时多少豪杰。……"一阕词未曾唱完，已是有泪潸然，声音嘶哑。他的心头，也正是似长江般波涛澎湃，思如潮涌。

蓬莱魔女安慰他道："将军此战，功业彪炳，远胜周郎。他年重整旌旗，还有渡江之日。"

虞允文回头抹了眼泪，苦笑说道："但愿如此。"但他也知道，在朝廷只求偏安、但愿"和戎"的政策之下，自己班师回朝之后，能够保全功名已是侥幸，再想渡江恢复中原，那恐怕是今生无望了。

蓬莱魔女道："元帅奉命班师，山东李将军那儿不知可有什么消息？听说他和太湖王宇庭那一支义军联合，在海上也打了个大大的胜仗，杀了金国的亲王副帅完颜郑嘉努。这一支人马，现在却是如何？"

蓬莱魔女所说的"李将军"即是旧日的长江水寇"翻江虎"李宝，从前和"闹海蛟"樊通并驾齐名，结为兄弟，合成一伙；后来则各走各路，分道扬镳。樊通降金，李宝归宋。因为李宝是由虞允文招安的，所以算是虞允文的部属。但他未受朝廷正式官职，这"将军"二字只是蓬莱魔女的顺口称呼。

蓬莱魔女打听李宝的消息只是一个借口，实在却是要打听笑傲乾坤华谷涵的消息。华谷涵与王宇庭在一起，并与王宇庭一道参加了山东海上之战，完颜郑嘉努就是给他杀的。蓬莱魔女那日冒允宫娥，在完颜亮的"金帐"之中，曾偷听到这些战报。

虞允文听她提起李宝，不觉又是长长叹了口气，说道："李宝所受的委屈比我更大，说起来我也觉得愧对于他。"

蓬莱魔女吃了一惊，连忙问道："怎么样了？"

虞允文道："他受了我的招安，本是想图个正途出身，为国效劳的。他在山东海上大破金兵，我给他向朝廷报功，请朝廷授他官职。哪知朝廷的命令，却说他们是水寇，不能录用。姑念他们破敌有功，不予袭灭，限令他们自行遣散，回乡为民。这道命令抄了两份，一份给我，作为兵部的照会。一份给统管江淮各路兵马的'制置使'刘锜，要他监视李宝所部，限期执行兵部的指示。如今限期已过，消息尚未报来。但李宝此人，深明大义，想必不会违抗朝廷的旨意。"

蓬莱魔女顿足叹道："朝廷如此害怕百姓自组的义军，这不是自坏海上长城么？李宝算是你的部属，朝廷可以令他解散，但王宇庭那一支人马呢？"

虞允文道："王宇庭是未受招安的太湖水寇，朝廷没有明文处置。但我想刘锜是个比较识得大体的人，想必不会与王宇庭发生冲突。多半也是令他们自行遣散。"

蓬莱魔女叹道："朝廷下一道遣散令，那是容易得很，但却不知寒了多少义士之心！"

虞允文道："可不是吗？但朝廷旨意已下，我们做臣子的只好以后伺机劝谏，目前却是不便妄自议论了。"

蓬莱魔女心里想道："不知华谷涵与王宇庭如今是否已经回了太湖？我且到太湖去打听打听。王宇庭是太湖十三家的总寨主，即使华谷涵不在那儿，我也该去拜访他的。"

蓬莱魔女打定了主意，渡江之后，便与虞允文告别，独自一人，径往太湖。

太湖两岸，是江南鱼米之乡，蓬莱魔女一路行来，只见田亩纵横，港汊交错，波光云影，浅山如黛，一派水乡情调，景色处处迷人。蓬莱魔女上次到江南是匆匆来去，这次才比较有闲心浏览，她是北国长大的姑娘，初次见识江南景色，心中又是欢喜，又是担忧，暗自想道："幸亏这次有采石矶之捷，保住了江南半壁河山。但小朝廷只求偏安，只怕终须有日，还是拦不住胡马渡江，把这大好河山，践踏在铁蹄之下。"

她急于会见笑傲乾坤，一路不停，经过苏州，也不留宿。这日到了苏州之东四十里的木渎，已经是湖滨地区，一眼望去，可以看见烟波浩森的太湖了。

蓬莱魔女满怀喜悦，轻声低念："弹剑狂歌过蓟州，空抛红豆意悠悠。高山流水人何处？侠骨柔情总惹愁。"这是笑傲乾坤为她所写的诗句。蓬莱魔女心中想道："从前是过蓟州，如今是我来太湖找你了。这次你的红豆可不用空抛啦。侠骨柔情也不见得就要和'愁'字牵连，不能自解的啊！"想至此处，心中喜悦，脸上一片晕红。

可惜她的喜悦，不久就给一个出奇的景象所引起的惊疑替代了。越近太湖，路上行人越少，行了十里光景，才见一片水田上有人割稻，稻色青黄，看来还未曾全熟。

蓬莱魔女颇感诧异，心想："为什么这些人要匆匆收割，难道江南的水稻与江北的旱稻不同，未熟就可以收割的么？"正想去问，路上又来了一伙人，看是一家大小的模样，携带有鱼网鱼叉船帆等等鱼船工具，那是一家渔民在搬家。

蓬莱魔女禁不住上前问道："你们在太湖打鱼不是好好的么？怎的却要搬到别处去呀？"那些人见了她也好生诧异，一个似是一家之主的中年渔民道："姑娘，听你的口音敢情是外路人？你上哪儿去啊？"

蓬莱魔女道："不错，我本是长江北岸的。这次虞元帅打了胜仗，我随着官军渡江，免得官军撤退之后，要受金虏重来凌辱。我家有个远亲，从前是在太湖西洞庭山山下打鱼的，音讯隔断已有二三十年！这次我是想去探听一下，要是他们还在原地，我就可以有个依靠了。"

那渔民道："可怜，可怜。但姑娘，那个地方可是去不得了！"

蓬莱魔女道："为什么去不得？"

那渔民道："湖中有水寇盘据，你一路上没听人说么？"

蓬莱魔女道："听是听说的。但我也听说这些水寇其实比一些官军还好得多，只打劫富户，不欺负穷人的？"

那渔民叹口气道："不错，从前是这样的，但现在可不同了。"蓬莱魔女道："不是劫富济贫么？"那渔民道："富劫不劫我们不知，穷家小户可先受了劫了。打鱼的要交渔税，种田的要纳田租。我们家一条渔船，碰上旺季，每天约莫可打鱼百斤，碰上淡季，那就说不定了，十天打不上百斤也不稀奇。如今要交的渔税是十天三百斤黄鱼按时价折成银子缴纳，我们实在缴纳不起，只好搬家了。"

他们是在田头说话，田中正在收割的一个农夫道："田租也不轻呀！一亩水田要三担谷子，今年收成虽好，一亩田也顶多是可以收割五百斤谷子，交了租，哪还够吃？没奈何，我只好未熟就割，收得几成是几成，割了就逃！"

蓬莱魔女诧道："怎么他们的行事忽然变了？"渔民、农夫一齐叹气道："谁知道呢？要是还像从前那样就好了。"

蓬莱魔女惊疑不定，心道："不知王宇庭回来了没有？莫非是他的不肖部属，趁他外出的时候，便与老百姓为难？"

那渔民道："姑娘，我劝你还是往别处走吧，这太湖是不好去了。"

蓬莱魔女道："我远道而来，总得见我亲人一面。我是个走难的孤女，也不怕强盗打劫。两位的好意我心领了。"

蓬莱魔女刚转过身，那渔民"啊呀"一声，拖男带女，拔步飞奔。那农民呆了一呆，也随即叫道："稻子不要了，快逃，快逃！"原来他们见蓬莱魔女一个年纪轻轻的姑娘，那么大胆，不觉起了疑心，只怕蓬莱魔女是水寇的党羽，回去将他们的话禀报首领，大祸就要降临他们头上。

蓬莱魔女见此情景，也猜想得到他们是有了误会，心道："我给他们解释，他们也未必就肯相信。还先是去探个清楚再说。唉，倘若是王宇庭的部属胡作非为，败坏了他的名声，他可真是不值了。"

蓬莱魔女走到湖边，高声叫道："有船吗？"过了半晌，只见芦苇中有一只小船划了出来，说道："姑娘，你上哪儿？"

蓬莱魔女一看，只见是个形容猥琐的舟子，貌虽不扬，眼神却是很足。蓬莱魔女是个武学行家，一看就知此人练过武功。这舟子双眼紧紧盯着她，脸上也有一些诧意，但却没有问她来历。蓬莱魔女此来的目的是要见王宇庭，本来就想搭他寨中船只。但这时情况已经有变，蓬莱魔女却不禁稍稍有点踌躇，心道："王宇庭若未回来，他的部属胡作非为，既敢欺压百姓，难道就不会欺负我么？莫要又重蹈那次在长江之中，被韩三娘子暗算的覆辙。"

那舟子道："姑娘请上船呀！"蓬莱魔女心道："且和他打开了天窗说亮话，看他如何？"蓬莱魔女身上背插拂尘，腰悬长剑，因在路上怕人注目，是藏在衣服里面的，此时她上前几步，柳腰轻摆，故意把剑鞘露出些儿，说道："我要到湖中的西洞庭山，不知你敢不敢去？"西洞庭山乃是王宇庭的总舵。

那舟子怔了一怔，忽地哈哈笑道："姑娘必是柳女侠了，此行是要见我们的王寨主吧？"舟子一口道破蓬莱魔女的来历，倒是颇出她意外，说道："你是谁？你认得我？"

那舟子道："我是寨中一个微不足道的小头目，不过因为常在寨主身边伺候，也曾听过柳女侠的大名。柳女侠，你是北方同道的盟主，红枝绿叶，都是一家，小的理该参见。"

蓬莱魔女道："不用多礼。这么说，你们的寨主是已经回来的了？"

那舟子道："早回来了，昨日还曾提起柳女侠呢。"

蓬莱魔女道："哦，他与谁说及我了？"

舟子道："和笑傲乾坤华谷涵、华大侠！华大侠说柳女侠在虞元帅那儿，虞元帅如今已经撤兵，不知柳女侠行止如何，很是挂念。寨主叫华大侠多留两天，说是柳女侠多半会上咱们这儿。寨主还吩咐我们特别留神，接柳盟主的大驾。嘿，嘿，寨主果然料事如神，昨天说的，今天你老人家就来了。"

蓬莱魔女听他说得如此确凿，不觉喜出望外，再无疑心，暗自想道："他知道我的事情，又说得出笑傲乾坤华谷涵的名字，料想不是假冒王宇庭的亲信了；我不该以貌取人。"这舟子獐头鼠目，蓬莱魔女最初一眼见到他，就有说不出的一种憎厌之感，但如今听说他是王宇庭的亲信，对之已是顿然改了观感。

那舟子恭恭敬敬地说道："正好顺风，柳女侠请上船吧。"蓬莱魔女一来已无疑心，二来她自从那次在长江遭遇翻船的暗算之后，一有机会，就学驾船和游泳的本领，本领虽不高强，但在风平浪静的湖中，料想也能对付，有恃无恐，遂与那舟子上船。

风送轻舟，疾如奔马，转眼已到湖心，蓬莱魔女站出船头，只见万顷茫茫，水天一色，太湖七十二峰迤逦迎来，有如翡翠屏风，片片飞过。水色山光，烟岚横黛，船行湖上，人在画图中！蓬莱魔女是人逢喜事精神爽，对此湖山分外欢。心道："太湖景色，果是名不虚传！"正在欢喜赞叹，忽地想起一事，不觉又略有所疑。正是：

湖光山色虽然好，只恐人间祸患多。

欲知后事如何，请听下回分解。

第六十六回　湖海有心随颖士
女床无树可栖鸾

你道蓬莱魔女何故起疑？原来在这一望无际的太湖之上，却看不见一只渔船。

蓬莱魔女想起路上所见的事情，不觉略有所疑，寻思："王宇庭既然早已回来，为何渔民还不敢出来打鱼？他的不肖部属对老百姓横征暴敛，也不知他知道了没有？"忍不住就问那舟子道："你们的寨主回来多久了？"那舟子道："也有三四天啦。"蓬莱魔女"哦"了一声，点了点头，不再言语。心中想道："原来也只不过是三四天，敢情那些渔民曾受骚扰，还是惊魂未定。"

蓬莱魔女虽然不再言语，但脸上神色很不自然，那舟子已似有所觉，笑道："柳女侠在路上可是曾看到了一些不顺眼的事情？"

蓬莱魔女本是想见了王宇庭的面才问他的，但这舟子既然问起，她也索性敞开来说，道："不错，是见了一些令人气愤的事情。有一家渔民，说是有人迫他缴纳重税，他扶老携幼，举家逃亡了。还有一家农人，稻子未熟，就先收割。为的也是不堪重税之苦。咱们绿林好汉，既然打出替天行道的旗子，岂可学那官府所为，也一般欺压百姓？但不知这些事情，你们的寨主回来之后，可曾知道？"

那舟子哈哈笑道："柳女侠，敢情你以为这些事情是我们干的么？"

蓬莱魔女诧道："不是你们的人，难道是外来的绿林中害群之马？"

那舟子道："倒也不是外来的。但就这太湖之中，便有几十家大大小小的寨主。王寨主是十三家较大的总寨主，还有一些小寨寨主并非归他统属。平时王寨主在家的日子，他们多少有点顾忌，不敢放肆。王寨主离开之后，他们就胡作非为起来了。王寨主如今正要整顿他们呢！"

蓬莱魔女道："哦，原来如此。绿林中良莠不齐，也是有的。"她却不知，那舟子止是怕她起了疑心，不肯再往西洞庭山。

舟行不久，西洞庭山的主峰已经在望，此山虽远不及五岳名山之高之大，但悬崖峭壁，奇石嶙峋，却也予人以崔嵬万丈的感觉。蓬莱魔女随那舟子舍舟登陆，心中松了口气，暗自笑道："我刚才还怕他在湖中暗算，原来果然不是坏人。"至此，她更相信这舟子是王宇庭的亲信头目，对他所说的一切，都毫不怀疑。这舟子带蓬莱魔女上去，只见山下田亩成行，山上尽是果树，浓荫相接，花果飘香。蓬莱魔女心道："王宇庭叫部属开荒种果，自种自收。把西洞庭山建成花果山，不用百姓养他，这办法倒是不错。"可是一路行去，却又见到有许多果树，树断枝折，或花叶飘零，只剩下光秃秃的树枝的。看这情形，很像是经过了一场兵灾。

蓬莱魔女道："怎么？最近曾有官军来过吗？"那舟子叹口气道："说起来也是我们江南绿林之耻。我刚才不是说过太湖还有一些小寨寨主各自为政的吗？平时他们势力单薄，不敢不听我们王寨主的号令，这次王寨主率领十三家兄弟出海助朝廷抗击金兵，留守的人数无多，他们就乘机造反啦。他们要攻占西洞庭山，另立太湖盟主，不许王寨主回来，幸喜留守的弟兄据险固守，他们才不能得逞。"

蓬莱魔女道："绿林中的害群之马，是要好好整顿才对。我以前在北五省也曾经过一番整顿的工夫，杀了好几个横行霸道、为害百姓之辈，北五省的绿林才走上正道的。你们经过这场叛乱，说来虽然令人痛心，但也未始不可以变作好事。"

那舟子道："柳盟主说得对。我们寨主回来之后，也已经开始清理门户，把那几个为首闹事、祸害百姓的寨主拿来问罪啦。"

说话之间，已碰上巡山的喽兵，有个喽兵嬉皮笑脸地吹了一个口哨，道："王大哥，哪里抢来的这个漂亮雌儿？"那舟子喝道："不可无礼，这是咱们总寨主的好朋友，北五省的绿林盟主柳女侠来了！"那喽兵吃了一惊，道："什么？是，是，是柳盟主？"那舟子道："还不赶快去禀报瓢把子？"那喽兵道："是，是，是！"慌忙飞奔上山。

那舟子很是尴尬，一副惶恐的神情说道："这是新来的弟兄，爱说笑话，不知轻重，不识分寸，但却是并无坏意的。柳女侠，你别生气。"蓬莱魔女道："我怎会与他一般见识？你以后劝他改过便是，也不必禀报你们的寨主了。"心中很是不快，想道："这个小喽兵我当然不会把他难为。但他们纪律不严，却是一大隐忧。见了王宇庭，须得叫他多注意这一方面。对新来的未经训练的弟兄，也不能就叫他们巡山。"

不久，到了山上大寨，却不见王宇庭出来迎接，蓬莱魔女心想："或许他正有要紧的公事，也罢，我是行客，本来该拜候主人的。"但她以北方绿林盟主的身份，正式来此拜山，王宇庭不打开寨门，亲自迎接，总是一件有失礼仪之事，蓬莱魔女虽不计较这些，也给王宇庭找了个可以原谅的借口，但仍是不免有点觉得奇怪。

那舟子和值日的大头目说了几句黑道"切口"（术语），南北的黑道切口本是大同小异，但他说的是苏州土话，北方长大的蓬莱魔女却听不懂。心想大约是要他去催促王宇庭快来迎接的意思，那头目果然说道："柳盟主莲驾光临，敝寨上下均感荣宠，寨主与华大侠已在里面恭候了，请柳盟主到聚义厅会晤。"

蓬莱魔女听那头目特别提及华谷涵在里面候她，心头不禁扑扑乱跳，暗自想道："是了，想是华谷涵对我误会甚深，不愿意见我。王宇庭一直在里面劝他，如今才劝得他回心转意，但仍是不肯出来接我，却要我先去见他。嗯，华谷涵呀华谷涵，你也未免太骄傲了！"

要知他们二人虽然早已是彼此倾慕，但却从未有过单独相对，深谈心事，因此若论与蓬莱魔女相知之深，笑傲乾坤尚不如武林天骄。如今蓬莱魔女是来决定终身大事的，而彼此的误会又未曾消除，在这即将见面之际，蓬莱魔女怎能不芳心撩乱，又喜又愁，诸多猜忖？

王宇庭没有亲自出来接她，蓬莱魔女最初还是有点疑心的，虽然她也替王宇庭找到一个解释，猜想他是正有要紧公事，但这个"理由"总是不大站得住脚。如今她乱想胡思，诸多猜忖之后，认定是由于华谷涵的缘故，对王宇庭这个有失常礼的举动，反而没有疑心了。

蓬莱魔女随那头目踏进了聚义厅，只见偌大的一个聚义厅，竟是空荡荡的并无一人。那头目道："柳女侠请坐一会，我立即去请寨主与华大侠出来。"

本来她以北方绿林盟主的身份来到，王宇庭应该招集寨中有地位的头目，在聚义厅中介绍给她认识才是。如今的情景，却似邀她在密室会谈，不过把聚义厅权充密室罢了。

这本是不合绿林规矩的事，但蓬莱魔女却又想到了另一边，心道："王宇庭是他的好朋友，料想已知道了我们的事情。他如此安排，那是要让华谷涵和我先有个私下说话的机会。也好，这样的安排倒可以免去我许多尴尬。反正我是要与华谷涵说个清楚的，人多在场，那就不好说了。我也没有什么紧要的公事，先私后公，或许难免有人笑话，那也顾不得了。"

蓬莱魔女正在胡思乱想，忽听得有个熟悉的苍老的声音笑道："清瑶，想不到咱们一家子又见面了。你爹爹好吗？他怎么没来？你既然来到，就在这里住下来吧。胜于跟你的爹爹东飘西荡，在金国的地方，时刻又要提心吊胆，不得安宁！"

蓬莱魔女这一惊非同小可，来的哪里是什么王宇庭，却是她的叔叔柳元甲。柳元甲后面跟着一个人，这个人当然也不会是笑傲乾坤华谷涵了，而是那为虎作伥的飞龙岛主宗超岱。

原来飞龙岛主事败之后，在飞龙岛上已不能立足，遂听从柳元甲之计，把部属化整为零，带到了常州集中。常州靠近太湖，柳元甲和常州团练使王大信一向是有勾结的。

太湖当时属于常州府治，柳元甲要飞龙岛主把部属秘密移集常州，为的就是要与常州团练使王大信合谋霸占太湖。

原来太湖物产丰饶，一向是常州租税来源最大的地方，也即是贪官污吏利数所在。但自从王宇庭占据太湖，做了十三家总寨主之后，太湖两岸五十里之内，地主逃亡一空，官府也不敢前来征粮，湖中的鱼税，更是无法征收了。

在这样的情形之下，柳元甲、飞龙岛主与王大信谋夺太湖，利益一致，一拍即合。双方议定，由王大信借出官家船只，并护飞龙岛主的部属，假借官兵名义，进剿"湖匪"。夺了太湖之后，田租鱼税的收入，两方平分。

其时朝廷已经有令，要王宇庭所部义军遣散为民，王大信若能攻下太湖，便可以截断王宇庭的归路，向朝廷领功。江淮制置使刘锜虽然是个比较有良心的将领，不愿意残害助朝廷抗金的义军，但也不敢阻挠王大信的行动。

王宇庭留守太湖的喽兵不到两成，而且多是老弱之辈，飞龙岛的悍匪与柳元甲的党羽却都是善战的亡命之徒，人数也比太湖留守的喽兵多得多，一战之下，喽兵虽然激烈抵抗，终是众寡不敌，几乎全部牺牲。柳元甲与飞龙岛主图谋得遂，霸占了太湖。

给蓬莱魔女驾船的那个舟子正是飞龙岛主的亲信头目，在飞龙岛上见过蓬莱魔女的。他认得蓬莱魔女，蓬莱魔女却不认得他，给他巧言骗过，落了圈套。

前因表过。且说蓬莱魔女正在满怀柔情，准备会见华谷涵的时候，却突然见着了她最痛恨的柳元甲与飞龙岛主，当真是大出意外，这一惊自是非同小可。

但蓬莱魔女惯经风浪，虽是意外受惊，却还不至于惊惶失措。说时迟，那时快，只听得"铮"的一声，她已拔剑出鞘，并取下拂尘，拂尘一甩，一丛尘尾就似利针一般地向前射出。

蓬莱魔女深知柳元甲武功了得，飞龙岛主亦非庸手，她的独门暗器，未必伤得他们，用意只是想掩护逃跑。她的轻功在叔父之上，只要逃得出去，便有生机。

哪知柳元甲也早料到她有此一着，就在蓬莱魔女仗剑要闯出去的时候，只听得"蓬蓬"之声，不绝于耳，一刹那间，聚义厅的八扇大门，都已给人从外面关上。

柳元甲哈哈笑道："好侄女，咱们总是一家人，关上了门，有话好说。你不远千里而来，岂能一来就走？"

蓬莱魔女按剑斥道："你这卖国求荣的奸贼，谁和你是一家人？我爹爹饶你不死，只望你革面洗心，谁知你依然是倒行逆施，变本加厉！你还有羞耻之心没有？"

柳元甲哈哈笑道："好侄女，你错了！王宇庭不服朝廷号令，拒不奉行遣散之谕，我把他所盘据的太湖夺回来归还朝廷，正是为朝廷立功啊！嘿，嘿，不瞒你说，我要做官的话，随时可以做大宋的高官。你要爱国，还得跟我走呢！"

蓬莱魔女气往上冲，骂道："你简直是颠倒是非，混淆黑白。奸臣当道，遂教你小人得志！好吧，我今日着了你的道儿，反正也不打算活着出去了。你要怎么样？来吧！"

柳元甲冷笑说道："随便你怎样骂我，你总是我的嫡亲侄女，我还能难为你么？但我也要劝你识点时务，我对你是一番好意，你可别把叔叔当作仇人！"

飞龙岛主嬉皮笑脸地一揖说道："柳女侠才貌无双，宗某一向敬佩，今日天缘凑巧，把你送到此间，宗某当真是盼也盼不到的。无论如何，都要请你留下了！那华谷涵有什么好处？不过是个风流浪子而已，这种人最不可靠，柳女侠我劝你不要再想他了！"

蓬莱魔女气得满面通红，怒声斥道："下流胚子！"

柳元甲哈哈一笑，说道："好侄女，宗岛主说得不够明白，我替他说了吧。依我之见，宗岛主要比华谷涵强得多了。俗语说，男大当婚，女大当嫁，我是你的叔父，你的终身大事，我也可以替你作得了主。你们一个是我侄女，一个是我忘年之交，我也很想你们结为夫妇，百年偕老。"

蓬莱魔女气炸了心肺，厉声骂道："住嘴，你们简直是衣冠禽兽！"刷的一剑，便向飞龙岛主刺去。

飞龙岛主拔出判官笔一架，"当"的一声，蓬莱魔女剑尖给他弹开，趁势剑锋一扬，又刺他手腕，这两招迅若电光石火，杀得飞龙岛主手忙脚乱。

柳元甲一记劈空掌扫出，荡歪了蓬莱魔女的剑点，飞龙岛主退了两步，抹汗笑道："好厉害的新娘子！成婚之后，你可不能这么凶啊！"

柳元甲沉声说道："清瑶，叔叔的话说了算数。你不依从也得依从，今日一定要你嫁给宗岛主，你若不听话，更要难堪！宗贤侄，放胆上前拿她！挫挫她的威风，才好教她做你新妇！"

飞龙岛主道："是。叔叔美意成全，小侄感激不尽。柳姑娘，你若还不肯依从，说不得我冒犯你了。"

飞龙岛主仗着有柳元甲撑腰，大胆再攻。双掌一分，左点期门穴，右点精促穴。这一招两式的点穴手法，使得还当真不弱，足见功夫！

蓬莱魔女知道飞龙岛主有意激怒她，反而沉住了气，待得双笔堪堪点到胸前，这才蓦地喝道："着！"剑把一翻，一招"横云断峰"疾削出去，只听得一片断金戛玉之声，飞龙岛主双笔笔尖，竟都被她削断！蓬莱魔女剑势未衰，剑尖直指对方虎口的关白穴，还了一招更厉害的刺穴剑法！

飞龙岛主这一惊非同小可，要知高手比斗，最怕是料敌不准，失之毫黍，差以千里。飞龙岛主从前曾与蓬莱魔女交手两次，虽然稍有不如，但也差不多可说是功力悉敌，绝想不到有一招便给对方削去笔尖之理。这一下大出意外，在蓬莱魔女精妙无俦的剑招之下，已是无法闪避。

柳元甲笑道："不用害怕，上去拿她！""嚓"的一声，发出一枚铜钱，就在蓬莱魔女的剑尖只差毫黍，就要刺着飞龙岛主虎口的当儿，铜钱恰恰碰着剑尖，将她的剑点荡歪，失了准头，刺了个空。

可是柳元甲亦禁不住心中微凛，暗自想道："想不到这贱婢的功夫，比起在千柳庄时，竟是高明了这么多了！看来只怕非我亲自出手不行！"

原来蓬莱魔女自从父女团圆之后，得她父亲以陈抟遗书《指元篇》中的上乘武学相授，她本来早已到了一流境界，如今精益求精，强上加强，当然是远胜于飞龙岛主了。但，虽然如此，飞龙岛主本来也还可以抵敌个三五十招的，他又失在恃有强援，而不知对方的武功已经突飞猛进，故此竟然只是照面一招，便给削去笔尖。

飞龙岛主虽然锐气稍折，但得了柳元甲全力相助，胆子又大起来，挥着一双铁笔，再次上前抢攻。当然这次是谨慎了些，不敢似刚才的妄进了。

柳元甲在一旁凝神观战，每到紧要关头，就用金钱镖荡歪蓬莱魔女的兵器，这么一来，差不多是等于两人合力来斗蓬莱魔女，蓬莱魔女当然是大大吃亏，只有飞龙岛主打她，没有她打飞龙岛主的份儿。

飞龙岛主占尽上风，大大得意，又出言调戏道："柳姑娘，你我终归是要做夫妇的，你要打丈夫，婚后再打吧。日子正长着呢，如今可不要打了，别误了佳期。"柳元甲也加把口道："对，清瑶，我劝你还是听话的好，否则只有更加难堪，更吃苦头。哼，待到生米煮成熟饭，看你还飞？"

柳元甲心计之毒，无与伦比。要知"贞节"乃是古代妇女最重视的东西，蓬莱魔女若是给他们活擒，失了贞节，依柳元甲的如意算盘，那蓬莱魔女也只好逆来顺受，被迫与飞龙岛主成亲了。到了那个地步，柳元宗也只好来认"亲家"，不便再与他们作对了。这不是比杀了蓬莱魔女更好百倍么？

蓬莱魔女又气又恨，破口大骂："你们简直是一群衣冠禽兽。"柳元甲哈哈笑道："好侄女，我给你找了一位如意郎君，你应该感激为叔的才是，怎的你倒骂起我呢？随你怎么骂吧，我说出的话，非得做到不可，你不依从，也得依从。"双指疾弹，嘶嘶数声，又发出了几枚钱镖。

蓬莱魔女人急计生，本来她是以一剑应敌，以拂尘护身的，柳元甲武功虽然比她高明，但钱镖之力，也只能荡歪她的剑点，却打不到她的身上。此时柳元甲连发三枚钱镖，想把她的青钢剑打落，蓬莱魔女故意卖个破绽，让一枚钱镖打着她的身体，"哎呀"一声，扔了宝剑，便向后倒。

仓卒之间，飞龙岛主不知是计，大喜之下，扑过去伸手便抓，他还害怕蓬莱魔女万一给打中了死穴，必须及早解救，免得失了一个如花似玉的娇妻。

柳元甲怔了一怔，暗自寻思："这贱婢武功不弱，怎的会有此失？莫非有诈？"心念一动，连忙叫道："小心。"

饶是他立即见机，出声警告，也已迟了。话犹未了，只听得"喀嚓"一声，飞龙岛主的一条手臂已给蓬莱魔女硬生生拗折。他们两人是近身扭打，柳元甲的钱镖绝技，也无从解救。

飞龙岛主大吼一声："好狠的妖女。"倒纵出三丈开外，一跤摔倒地上，手臂脱臼，鲜血淋漓。

柳元甲又惊又怒，说道："宗岛主，你别着急，我亲手捉了这贱婢，务必叫她做你的妻子。"声到人到，五指一划，使出最上乘的点穴功夫，一招之间，遍袭蓬莱魔女七处大穴。

蓬莱魔女喝道："来而不往非礼也，柳元甲，你的惊神指法还未学得到家。"五指一拢，手法与柳元甲一模一样，同时弹出，柳元甲吃了一惊，连忙闪开，蓬莱魔女一跃而前，闪电般地抓起了刚才投在地上的宝剑。

柳元甲一惊之后，这才恍然大悟是中了蓬莱魔女的虚声恫吓的退敌之计。原来这"惊神指法"乃是最深奥的点穴功夫，变化又非常繁复，蓬莱魔女其实是只知姿势，未曾真个学会。但她知道柳元甲这门功夫，是从"穴道铜人图解"上学来的，学得未全，危急之时，大胆吓他一跳，果然见效。

但柳元甲是个武学的大行家，蓬莱魔女对他的虚声恫吓，只能收效一时，绝不能再次使用。柳元甲发现了破绽，一退复上，冷笑说道："不错，我的惊神指法是未曾学得到家，且看你学全了没有？"五指疾弹，激荡气流，嗤嗤作响，又来点蓬莱魔女的穴道。

好在蓬莱魔女已经拾起了宝剑，尘剑兼施，拂尘护身，长剑攻敌，一招"玄鸟划沙"，剑光挥了一道弧形，横削出去，冷笑说道："你有你的打法，我有我的打法，看你的指头碰得过我的剑锋么？"

柳元甲有空手入白刃之能，但蓬莱魔女的剑法精妙狠辣，他可不敢尝试，当下改点为弹，"铮"的一声，弹中剑背。他的功力高于蓬莱魔女，但也高不了许多，只凭一指之力，可还不能把蓬莱魔女的长剑打落。

蓬莱魔女借他这一弹之力，剑势偏斜，刺他胁下的"愈气穴"。这一招刺穴剑法是从惊神指法之中变化出来的，以剑代指，较易运用，而劲道的凌厉，比之用指点穴，那是厉害多了。

柳元甲恐防有失，不敢再试弹指神通的功夫，改用劈空掌力，呼呼两掌荡开蓬莱魔女的剑锋，退后几步。

蓬莱魔女紧迫不舍，连环七剑，剑剑直刺柳元甲的要害。她知道内力不及叔父，久战绝非其敌，只有希望速战速决，趁自己稍占上风的时候，以闪电般的剑法刺伤对方，或许还有一线生机。

柳元甲冷笑道："好个狠辣的丫头，居然要和叔叔拼么?"蓬莱魔女骂道："我没有你这样玷辱祖先的叔叔!"剑招催紧，越发凌厉。柳元甲大怒道："好呀，你既然狠起心肠，不认家人，可也休怪我掌下无情了。"骤然间掌力一发，势道有如排山倒海而来。原来他初时是由于害怕哥哥的报复，而且又是想迫使蓬莱魔女与飞龙岛主成亲，故而不敢把她打伤，只想把她活捉。

但到了此际，他看得出蓬莱魔女已是拼着豁出性命和他决个生死的了，他若不是施展全力，只怕反而要伤在蓬莱魔女剑下。

蓬莱魔女的本领虽然胜于从前，但论到功力之深厚，究竟还是不及叔父。而且她又是在经过一场剧斗之后，气力颇有损耗，此消彼长，双方的距离，当然是差得更远了。

柳元甲全力施为，当真是非同小可，举手投足，隐隐带着风雷之声。蓬莱魔女就如一叶轻舟，在惊涛骇浪之中挣扎，十数招过后，已是吁吁气喘，香汗淋漓，剑招发出，亦已力不从心。

当蓬莱魔女与柳元甲恶斗的时候，飞龙岛主则在给自己治伤。他手臂拗折，还好只是外伤。他忍着疼痛，把脱臼接好，敷上伤药，撕下一幅衣襟，自行包裹。此时正盘膝坐在地上，运气调元，精神开始渐渐恢复。

蓬莱魔女也曾动过念头，要趁飞龙岛主功力未复之前，把他活擒，作为人质。可惜她自己亦已力不从心，好几次想冲过去，都给柳元甲的掌力迫退。

飞龙岛主裹好了伤，精神也恢复了几分之后，忍不住破口大骂："好狠的妖女，气死我也！今日我不让你吃点苦头，难消我心中之恨！"

柳元甲笑道："宗老弟不必气恨，我把这丫头交给你，你爱怎么折磨就怎么折磨她吧，平平你的气。嘿，嘿，夫妻之间打是恩爱骂是疼，也不必怎样放在心上了。"

飞龙岛主道："让我亲自拿她！"他看出蓬莱魔女已是气衰力竭，强弩之末，自忖可以对付得了，要想挽回面子。

柳元甲笑道："好，就让你挫挫她的威风，杀杀她的气焰。"说话之间，已是左掌右指，接连地猛攻几招。蓬莱魔女此时气力不济，招架得十分吃力，眼看就有给他点中穴道之危。柳元甲也正是想点了她几处麻穴，才放心交给飞龙岛主的。

蓬莱魔女气恨交进，心中想道："与其落在他们手里，不如死了的好！"眼前的形势，她已是决计难逃魔掌，不由得起了宁死勿辱的念头。

蓬莱魔女正想回剑自戕，就在这千钧一发之时，忽听得"轰隆"一声巨响，屋顶突然裂开了一个大洞，一块磨盘似的大石掉下来！屋顶洞穿，砖头泥土同时纷落如雨！

这块大石正巧朝着飞龙岛主当头压下，飞龙岛主功力虽然不弱，但只有一条左臂可堪使用，推不开那块巨石。"轰隆"一声，巨石压在他的身上，还幸他伏在地上，单臂尽力支持，稍稍消去几分压力，虽然受了重伤，而且终于还是给石头压着身子，但没给大石砸成肉饼，已是不幸中之大幸了。

这一个突如其来的变化，令得柳元甲大吃一惊，仓促之间，无暇思索，只好暂且放松蓬莱魔女，赶过去先救飞龙岛主。他的脚步刚离开蓬莱魔女，只听得又是"轰隆"一声，第二块大石头又砸了下来，这一次是对准了柳元甲抛掷了。看来在屋顶的那个人，已是看清楚了下面的情形，时间算得很准。

柳元甲大吼一声，双臂一振，以金刚掌力拍出，磨盘大的石头给他双掌一拍，竟然裂成八块！石头的爆裂声震耳如雷，石屑泥土，弥漫如雾。可是在震耳如雷的声音之中，蓬莱魔女仍然能够清晰地听到那个人的说话。

那人是用"传音入密"的内功叫她快逃,声音非常熟悉,蓬莱魔女只听了两个字就听出是东海龙的声音,大喜过望,连忙吸一口气,使出"一鹤冲天"的绝顶轻功,平地拔起数丈,从屋顶裂开的地方冲了出去。

柳元甲大吼道:"东海龙你敢到这里捣乱!"东海龙道:"老贼,你不服气就出来较量较量!"

东海龙是四霸天之首,武功非同小可。柳元甲以金刚掌力击碎他所抛掷的石块,虎口亦感微微酸麻。柳元甲自忖他可以胜得了东海龙,但加上了一个蓬莱魔女,他就未必能是他们的对手了。何况来的又不知共有几人,倘若西岐凤也与东海龙同来,那就更加不好对付。

飞龙岛主给大石压着胸口,此时正在痛苦呻吟。柳元甲与飞龙岛主乃是狼狈为奸,需要互相利用的。倘不把他胸口的大石立即移去,只怕他有性命之忧。柳元甲一来不明敌人情况,有所顾忌;二来也不能让飞龙岛主死去。无可奈何,只好咽下口气,先把飞龙岛主救起。

东海龙哈哈笑道:"你不敢出来,那就恕我不奉陪了。哈哈,今天砸了你这老贼假仁假义的招牌,痛快呀,痛快!"大笑声中,与蓬莱魔女走了。

寨中虽有数千悍匪,但因柳元甲在关上了"聚义厅"的大门之后,已以为是瓮中捉鳖,手到拿来。他用武力把自己的侄女迫嫁,究竟不是什么光彩的事情,所以预先曾有命令,在关上大门之后,不许旁人走近。这"聚义厅"的位置正好是在一个悬崖的下面,他们也料不到竟然有个精通水性的东海龙,偷渡过太湖,登上了西洞庭山,居然抱了两块大石,从悬崖跳下,把这座建筑牢固的聚义厅砸开。

待到寨里的大小头目、一众喽啰发觉此事,追出来时,东海龙与蓬莱魔女已经施展绝顶轻功,攀登危崖,上了山巅了。众喽兵乱箭射去,十九射不到那么远,偶有几枝射到他们背后,也给蓬莱魔女挥尘拂落。

山道有些巡逻的喽兵,闻声跑来,东海龙喝道:"不怕死的就来!"信手抓起一块石头,以混元掌力一捏,把手一扬,碎石如雨,打得那些喽兵抱头鼠窜。

东海龙前头带路,不消多久,已经翻过山头,到了岸边,四顾无人,蓬莱魔女吁了口气,说道:"侥幸是逃过了一关了。可我不精水性,却怎生逃出太湖。"东海龙笑道:"不用惊慌,我在这芦苇丛中藏有一条小船。"

东海龙惯经大海风波,深通水性,善会使船,这小舟在他操纵之下,疾如奔马,一会儿就摆脱了追兵。

两人这才有余暇叙话,蓬莱魔女谢过了东海龙相助之德,笑问他道:"东园前辈,怎的这样巧,你也到这儿来了?"

东海龙道:"我是给王宇庭踩道(探听虚实)来的。"原来官军攻占太湖的消息,王宇庭已经知道,但还未知道是柳元甲与飞龙岛主这一帮人假冒官军,和常州团练使王大信串通,狼狈为奸,干出的勾当。

王宇庭这支义军为国效劳,大败金兵,到头来却落得个如此下场,连"老家"都给官军占去。听到了这个消息,无不人人悲愤,恨不得立即赶回太湖,与官军厮拼。

王宇庭也想夺回太湖,但却不愿意在大局尚未安定之际,便与官军大动干戈,使金虏坐收渔人之利。而且倘若是一路打回去,他们这股义军必然要遭受官军围攻,只怕也是寡不敌众。

王宇庭与群豪会商之后,决定先派一个人回去打听消息,做好"知己知彼"的工夫,才好商量对策。这个人必须是精通水性而又武功高强的,王宇庭自己不方便去,东海龙此时尚留在义军之中,未曾回家,便自告奋勇,愿意帮王宇庭这个忙。

东海龙需要替王宇庭打听明白三件事情,一是留守的十三家弟兄,情况如何?全都伤亡了还是有部分逃出来?或是还有人匿伏在山上?二是其他的各个小寨寨主,是投降了官军,还是尚在抵抗?王宇庭希望东海龙给他联络,最好到时能作里应外合,逐出官军。这虽然也难免干戈相见,但却不是大规模的战事;三是查清楚是哪一部分的官军。王宇庭和江淮制置使刘锜已有默契,知道刘锜是不想"消灭"他的。因此他虽然未知真相,亦已隐隐猜到了是地方武力所为，可以尽可能的不将事件扩大。

东海龙精通水性，自驾一叶轻舟，神不知鬼不觉地趁着一个月黑风高之夜潜入了太湖。当蓬莱魔女到来之时，他已留在太湖七日了。太湖七十二峰都已踏遍他的足迹，许多家未肯降服官军的寨主，他也有了联络，这些寨主每人或多或少有一百几十条船，在太湖中和飞龙岛主的部属玩"捉迷藏"的游戏，太湖三万六千顷，飞龙岛主力量虽是比他们大得多，却也不容易"清袭"他们。

东海龙任务完成，正想回去。恰巧这日就碰上蓬莱魔女到来。东海龙在西洞庭山曾匿伏数日，深知地形，故此能够出其不意地一举救了蓬莱魔女。

东海龙说明了经过，笑道："也幸亏你和那老贼打了一场，否则我还没有这样容易得手。"

蓬莱魔女问道："与王宇庭一起抗击金兵的还有李宝这支义军，他们怎么样了？"东海龙道："朝廷下令要他遣散，他拒不奉令，已经率领所部出海，准备在海外占岛为王了。"

蓬莱魔女又问道："还有前来助战的各路英雄呢？"东海龙道："停战之后，大都是各回原地了。也有几个与王宇庭交情最好的朋友留下来的，例如铁笔书生文逸凡就是其中一个。"

蓬莱魔女道："你们这次在海上大捷，杀了金寇的郑亲王，这一场仗打得真是漂亮得很啊！"

东海龙道："啊，对了。你提起这件事，我还有个消息要说给你听，让你高兴高兴。笑傲乾坤华谷涵华大侠不是你也熟识的朋友么？金寇的郑亲王就是他杀的。"

蓬莱魔女兜了这么一个大圈子说话，目的就是想打听华谷涵的消息，至此顺理成章地问道："华谷涵走了没有？"

东海龙道："华大侠本来是同王宇庭一起回来的。有一日在路上碰见一个道姑，拉他出来说了几句话，他就改变了主意，独自北行，过江去了。"

蓬莱魔女道："那道姑是不是法名慧寂？"东海龙道："不错。柳女侠认识她的么？"

蓬莱魔女道："她是我一个朋友的姐姐。嗯，华大侠到江北为了何事？东园前辈可知道么？"

东海龙道："听说他是去拜访一位隐居多年的武林前辈公孙隐。"东海龙尚未知道公孙隐就是蓬莱魔女的师父。

蓬莱魔女心道："不知武林天骄的姐姐和他说了一些什么？他去找我师父，目的只怕是在于打听我的下落。但愿他能够在我师父那儿碰见我的父亲。"想起南辕北辙，好事多磨，不觉情怀怅怅。

蓬莱魔女意欲北归，可是眼前太湖之事还不能丢开不管。当下问道："王宇庭现在留在何地？"东海龙道："他与十三家寨主暂时驻足沐阳，部属则已分散匿居，等候我的消息。可是我还要先到江阴一转，再去沐阳。"

蓬莱魔女道："可是去拜会辛弃疾么？"

东海龙道："正是。辛弃疾是江阴通判。对官场的消息比较灵通，他是热心帮忙义军的。王宇庭要我到他那儿和他商量商量。这也是华大侠的主张，华大侠和辛弃疾是好朋友，他还有一封亲笔书信交我带去呢。"

蓬莱魔女道："辛弃疾和我也很相熟，我陪东园前辈到江阴一趟吧。"

江阴与常州相距不过百余里。上岸之后两人兼程赶路，第二天中午时分便到了。正是：

欲求一见仍难见，天妒多情故折磨。

欲知后事如何，请听下回分解。

第六十七回　心事浩茫连广宇
情怀萧索觅伊人

　　到了江阴，正要打听通判衙门所在，忽见两骑马从街道那头走来，骑在马背上的是一对年轻男女，男的是军官服饰，女的是官眷打扮，见了他们，都是"啊呀"一声，显出了意外的惊喜，立即下马，抢来迎接，男的说道："柳女侠，我们正盼着你呢！"女的则更是亲热地说道："柳女侠，什么风把你吹到这儿来了？"原来这一男一女，正是耿照和他的未婚妻秦弄玉。

　　蓬莱魔女见了他们，也是意外的欢喜，问耿照道："刘锜不是保举你去统领你叔父原来那支义军，要你到采石矶助战，听虞允文指挥的么？我在采石矶一直到大破金兵之后，还未见你这支援军来到，这是怎么回事？你怎的还留在江阴？"

　　耿照叹口气道："刘锜的保举，朝廷只采纳了一半。朝旨准我以'参军'的名义暂掌一军，但却不许我带这支军队去增援虞允文。我不愿意投闲置散，几经请求，后来得到主帅刘锜的同意，才调到江阴来助辛弃疾驻防。金兵大举南侵之时，也有小股敌人沿江窜扰，给我们打退了。算是多少为国家出了点力，但比之你们在采石矶的大捷，我们却是甚为惶愧了。"

　　蓬莱魔女道："这都是朝廷的处置，不关你的事，你已经尽了你的职分了。可叹的是小朝廷只求偏安，令多少英雄无用武之地！"

　　寒暄过后，蓬莱魔女说明来意。耿照道："我刚好是从辛大哥的衙门出来，他的衙门，转过这一条街就到了。我带你们去。"蓬莱魔女道："你不是另外有事？"耿照苦笑道："我现在除了每天督促将士操练几个时辰之外，就闷得发慌了。"秦弄玉笑道："他闲着无聊，这几天正在跟他辛大哥学做诗填词呢。"

蓬莱魔女道："那也很好，你将来也可以做个像辛弃疾那样的文武全才的儒将。"耿照笑道："那可差得远呢！朝政如此，老实说，我也有点意冷心灰，不想再当什么劳什子的将军了。依我的志愿，我倒想像你们一样，做个江湖侠士。"

谈笑之间，已到衙前。耿照是熟人，无须通报，便领他们进去。只听得吟声琅琅，辛弃疾正在书房朗诵他的新词。耿照低声笑道："辛大哥兴致倒好，咱们且别扰了他的清兴。"

只听得辛弃疾朗吟道："征埃成阵，行客相逢，都道幻出层楼。指点檐牙高处，浪涌云浮。今年太平万里，罢长淮千骑临秋。凭栏望，有东南佳气，西北神州。"这首词正是辛弃疾为此次宋军的大捷而赋的。大意是说两淮地区，今年料想不会有兵祸了，地方上也应该可以安心建设了。可是登楼四望，东南虽是一片大好气象，西北神州却还未恢复啊！

听至此处，蓬莱魔女不觉一声长叹。辛弃疾大开房门，"啊呀"一声叫道："柳女侠，是你来了！怎的还在外头，请进来坐呀！"

蓬莱魔女笑道："打断了将军的词兴了。"辛弃疾也笑道："都是幸亏你们在采石矶一场大捷，我在这里才得以安心填词。柳女侠，你刚才听词兴叹，是何缘故？莫非我这首词有什么不妥之处么？"

蓬莱魔女叹道："词是好词，可惜当前世局，却不如将军所想的那么美好。只怕就是今年，也未必能够就如将军所说的太平万里呢。"辛弃疾道："朝廷只思偏安，虞元帅已给召回，这些事情我都知道了。但金主完颜亮亦已被杀，金国目前正在忙于收拾败局，今年总不至于再来南犯了吧？"

蓬莱魔女道："外祸暂缓，内忧续长。朝廷怯于对付外敌，却勇于残害义军。刚刚打了一场胜仗，如今又来要'袭匪'了，老百姓哪能够有好日子过啊？"

辛弃疾骇然道："我只是听说朝廷下旨叫李宝所部的义军遣

散，这个措施我已经认为不对了，难道他们还要把义军当匪来袭么，这，我尚未有所闻。柳女侠，你听到了什么消息？"

蓬莱魔女道："我不是耳朵听来的，是亲眼见到的。太湖已被官军夺了，如今正在重税盘剥渔民呢。将军还未知道吗？"辛弃疾道："这是最近发生的事情吧？前日有一位常州来的朋友谈及，他知而不详。听他说又似乎是太湖'群盗'的火并。"

蓬莱魔女道："真相是官军勾结了外地来的绿林败类，夺了义军的太湖。这位东园前辈知道得最是清楚。他就是替太湖十三家寨主王宇庭来见将军，向将军讨教的。他还带了一封华谷涵给你的亲笔书信。将军，你不怕给人加以'通匪'之罪吧？"

辛弃疾哈哈笑道："柳女侠，你也忒小觑我了。王寨主是我素来佩服的豪杰，即使朝廷将他当匪，我也愿意与他结交。何况华大侠又是我的知己朋友，朋友有事，理当分忧。东园前辈，请你将事情说个明白，咱们从长计议。"东海龙交了华谷涵那封书信，待辛弃疾看过，这才说道："我已经知得清楚，这是常州团练使王大信与柳元甲、宗超岱两股绿林败类互相勾结，干出来的勾当。"

辛弃疾沉吟道："柳元甲这名字好熟！哎，他不是富甲一方的、什么千柳庄庄主吗？"

东海龙道："不错。他表面是个富豪，实际却是私通金虏，坐地分赃的大盗。如今他的奸谋已给江湖豪杰揭发，他就索性与飞龙岛主宗超岱明目张胆地走在一起了。那飞龙岛主更是个叛国通敌的败类。"

东海龙把常州团练使勾结绿林败类强占太湖的事情说了之后，辛弃疾蹙眉道："有此等事，这可真是官匪不分了！"耿照更是气愤，拍案骂道："岂有此理！飞龙岛主该杀，柳元甲和王大信更该杀！辛大哥，这桩事情，咱们可不能袖手旁观。"

辛弃疾是朝廷命官，顾虑未免多些，苦笑道："愤激无济于事，此事还得从长计议。"

耿照道："依大哥之见如何？"

辛弃疾道："这里面有好几个为难之处。你要知道，王宇庭在咱们看来，是个侠义英雄，他占据太湖，总胜于让贪官统治；但在朝廷看来，普天之下，莫非王土，王宇庭盘据太湖，抗租抗税，这却是国法所不容，朝廷之叛逆。如今王大信用官军的名义占了太湖，'名正言顺'。对朝廷来说，他正是立了大功呢。二来朝廷已有令遣散义军，王宇庭重返太湖，那就是有违圣旨，你我除非决心造反，否则怎能以现任官的身份助他？三来常州团练使与我并无统属关系，论官衔他还比我大些，我也不能管他。所以即使不想惊动朝廷，此事也不能私了。"

耿照道："难道就让那些奸徒得意不成？"

辛弃疾道："为今之计，只能禀明两淮制置使刘锜，那王大信是归他管辖的，咱们揭发他与叛贼勾结之事，让刘锜处置。"

耿照道："既是有刚才所说的那几个为难之处，刘锜难道就无顾忌，敢于秉公办理了么？他虽然比较正直，毕竟是个大官，舍得了那顶乌纱么？"

辛弃疾颓然道："这可就难说了。"

耿照道："而且即使刘锜处罚了王大信，太湖也是不能交回给王寨主的了。"

东海龙道："我此来只是想听听辛将军的高见，并无勉强辛将军出兵相助之意，辛将军同情我们，我们已是感激不尽了。"辛弃疾本来也曾是个任侠少年，与江湖豪侠的气质颇有相近之处的，但如今为了身份地位不同，却不能不诸多顾忌。听了东海龙之言，不由得面上一红。

耿照忽道："我倒有一计。"

辛弃疾道："那好极了。你意如何？"

耿照道："我不想当官，以我的性情，这个'参军'再当下去，也只有闯祸。但在我弃官之前，却要整治那些贪官一下。这一计就叫做：以其人之道还治其人之身。我也打出官军旗号，前往常州，把那王大信拿来问罪。再助王宇庭夺回太湖。事成之后，我弃官而逃，做个江湖游侠，遂我初愿，岂不快哉！"

辛弃疾沉吟道："这个，只怕、只怕朝廷会治你以擅杀官吏之罪，你弃官潜逃，也免不了要给朝廷缉捕。"

耿照笑道："这我可顾不了许多了，做逃犯我是做惯了的，从前我还是金国的钦犯呢。将来倘若再做本国昏君的钦犯，滋味虽然难受一些，也算不得怎么了。我所怕的只是恐防连累了你。"

辛弃疾激于义愤，慨然说道："好，你的办法倒是个快刀斩乱麻的痛快办法，你既然下了决心，我不阻挠你了。你可以弃官，我也可以弃官！"

耿照道："这倒不必。朝廷上也总得有几个正气的人，除非迫不得已，我不赞成你也弃官。"

事情算是商量定妥，东海龙是个江湖豪侠，当下也不再说客气的套语，站起来便是一个长揖，道："多谢耿少侠仗义相助，辛将军的鼎力帮忙，我出来多日，要赶回去禀报王寨主了。"

双方约定，由王宇庭到江阴会合，然后向常州秘密进兵。到了常州，双方再分头办事，王宇庭主攻太湖，耿照则担当拿办王大信的任务，并制止他所统带的常州团练私助飞龙岛主那一帮人。

秦弄玉道："柳姐姐，难得你到这儿，这回咱们可以多聚几日了。反正王宇庭是要到这儿来的，你就留在这儿等他吧。"蓬莱魔女却不过她的情意，说道："既然如此，我就不去沐阳了。请东园前辈代我向王寨主问候。"

送走了东海龙之后，蓬莱魔女想起一事，问道："萨家两兄弟呢？他们可还是跟随辛将军么？"

辛弃疾道："他们是仗义佐我防守江阴，如今战事已过，他们已离开了。"

耿照道："他们是前天走的，临行之时，曾和我谈起太湖之事，我听他们的语气，似乎也是想到太湖去探听消息。"

蓬莱魔女道："这两兄弟倒是热心人，武功也很不弱，但愿他们还会回来，将来王宇庭重夺太湖，他们也可以相助一臂之力。"

谈了一会儿闲话，辛弃疾对朝政也发了一通牢骚，耿照与秦弄玉便邀蓬莱魔女到他们的住所歇息。耿照从前本是与辛弃疾同住的，因为现在已任参军，另有衙署，不再住在辛弃疾的通判衙门了。

到了耿照的住处，蓬莱魔女才有余暇畅谈别后经过，说到珊瑚在采石矶一现之后，终于还是随慧寂神尼遁迹空门，耿秦二人都是不禁嗟叹。

秦弄玉叹道："我与照哥都是恩仇未报，甚觉羞惭。对啦，说起仇人，我可要问一问那玉面妖狐了，这妖狐如今下落如何？"

蓬莱魔女道："说来惭愧，这妖狐与我那不肖师兄已经结成夫妻，在采石矶大战的前夕曾经给我所擒，皆因我一念之慈，没有当场将他们处死，后来又给他们逃跑了。"

耿照叹口气道："她与公孙奇这贼子做了夫妻，倒是同恶相济，得其所哉了。只是如此一来，我们的血海深仇，那就更难报了。"

蓬莱魔女道："我爹爹已去访我恩师——公孙奇的父亲公孙隐去了。有他们两位老人家出头，定能收拾这不忠不孝的贼子。剩下一个妖狐，孤掌难鸣，你们的仇也就不难报了。"

提起了她的爹爹和公孙隐，蓬莱魔女不由得又思想起笑傲乾坤华谷涵也正是去访寻她的师父公孙隐的。她恨不得早日赶去与他们相会，可是如今却是相隔数千里之遥，而她又不能抛下太湖之事不管。

蓬莱魔女若有所思的神气给秦弄玉察觉，笑问她道："柳姐姐，你有什么心事？"蓬莱魔女道："没什么。嗯，沐阳离此多远？"

耿照道："原来你是记挂着王宇庭何日能够赶到此地，是么？沐阳离此倒不远，只不过三四日路程。可是王宇庭要集合他的部下，而大部队潜来，又必须晚间行动，加上东海龙回去报信的时间，他走得快，算是两天吧，那么你若要等王宇庭来到，最少恐怕也得在十天开外了。"

秦弄玉笑道："这不正好吗？咱们可以和柳姐姐多聚几天了。嗯，柳姐姐，我还以为你是别的心事呢，却原来你一心一意，都是为国为民，倒教我感到惭愧了。不过，话说回来，你也应该为你自己的终身大事打算打算了。"

蓬莱魔女双颊晕红，道："我正想问你们几时请喝喜酒呢，你们别把火头烧到我的身上来。"

话虽如此，其实蓬莱魔女想的正是自己的终身大事。她一算时间，待到王宇庭来，还要去夺取太湖，事情了结恐怕至少也在一个月之后了。华谷涵绝不会在她师父家中逗留这许多时候的，他行踪无定，将来只怕更难寻觅了。

可是秦弄玉那番说话却也令她感到几分惭愧，公事当前，她只好把私事暂时抛之脑后。

想不到两天之后，却又有人带来了新的消息。这一天她正在后园指点秦弄玉与耿照练武，门子进来报道："萨大爷、萨二爷带了一位姓文的客人求见相公。"

耿照喜道："他们兄弟果然回来了，这姓文的又是谁呢？"蓬莱魔女心念一动，道："我也出去看看。"

出去一看，却原来是铁笔书生文逸凡。见面之下，皆大欢喜。文逸凡笑道："柳女侠，我猜想你会在这儿，果然不错。"蓬莱魔女、耿照齐声问道："你们却怎么走在一起来了？"

文逸凡道："我们是在太湖遇上的。王寨主见东园前辈许久未归，特叫我去打听消息。"

蓬莱魔女道："东园前辈在太湖中藏伏了七天，他是在踏遍七十二峰之后才离开的。可惜你来迟了两天，要不然倒可以在这里会面。"

文逸凡道："我都知道了。我正是在你们出事之后的第二天潜入太湖的。"

耿照道："一路没有遇险么？"

文逸凡道："没有。幸亏遇见了萨家昆仲，是他们驾舟送我去的。"

萨老大道："我们进了太湖，和好几位舵主都见了面了。文大侠更是胆大，还独自上了西洞庭山，探了敌人的巢穴呢！"原来萨氏兄弟精通水性，而文逸凡则特长轻功。是以他们进了太湖，遂分工合作，由文逸凡去探敌方总舵，萨氏兄弟则与尚留在太湖的各家寨主联络。萨氏兄弟是绿林前辈，水陆两路都有熟人，那些寨主之中就有好几位是他们的老朋友。

蓬莱魔女连忙问道："可打听到什么消息么？"

文逸凡折扇一摇，缓缓说道："柳女侠，你们那日一闹，可真是不错呢！吓得他们风声鹤唳，哈哈，连柳元甲这老贼——对不住，我可要骂你的叔叔了。"

蓬莱魔女笑道："我早已不认他做叔叔了，尽骂无妨。这老贼怎么样了？"

文逸凡笑道："这老贼逃了！"

蓬莱魔女怔了一怔，道："怎么逃了？我还以为我要与他再次交手的呢。他害怕什么？"

文逸凡道："他害怕你的父亲向他兴师问罪，当晚就连夜逃了。当然他对飞龙岛主不敢明言，而是骗他，说是去邀请能人的。这消息我是从他的弟子交谈之中偷听来的。千柳庄原来的人如今由他的大弟子宫昭文率领，但宫昭文亦已心惊胆战，在和他师弟的谈话中已透露出要想逃走之意呢。"

耿照大喜道："去了这个老魔头，王寨主要夺回太湖，那就更容易了！"

蓬莱魔女道："飞龙岛主如何？"

文逸凡道："这贼子受伤不轻，如今正在调治。那晚我本来可以将他刺杀的，但一想他反正孤掌难鸣，也就不必打草惊蛇了。"

萨老大道："太湖的各家寨主我都联络好了，将来只要王寨主一回来，他们就立即起事，里应外合。"

文逸凡笑道："太湖之事，柳女侠你是不用担心了。你和令师公孙前辈有许多年没见面了吧？"

蓬莱魔女心头一跳，知道文逸凡这句问话只是一个引线，要把话头从她师父引到华谷涵的身上。

蓬莱魔女答道："自从我出道之后，就没有见过他老人家，算来也有六年了。"

文逸凡道："那么你现在应该去看看他了。太湖之事，有我们这些人，料想足可以对付得了飞龙岛主了。"

耿照不知就里，说道："我们正想留柳女侠多住几天呢，文先生，你不给我们留客也罢了，怎么反劝她走呢？她已经六年不见师父，再多几天，又有何妨？"

文逸凡笑了一笑，说道："耿少侠有所不知，公孙前辈只怕是有紧要的事情等着她回去!"

蓬莱魔女吃了一惊,心道:"我只道他要说的是华谷涵的事情。难道当真是我师父有事,不是为了华谷涵?"连忙问道:"是什么事情?"

文逸凡道:"我也不知其详。我只知白修罗曾经来找过王宇庭,打听你的下落,说是你师父有事,要找你回去。那天我恰巧不在王宇庭那儿,第二天回来才知道的。"

白修罗兄弟是华谷涵的仆人,但他们兄弟本身也是武林中的成名人物,与华谷涵的主仆关系只是名分上的,与一般的主仆关系不同。华谷涵在江南助王宇庭抗金之时,他们兄弟奉华谷涵之命,仍留在江北协助义军。

蓬莱魔女挂念师父,顾不得避忌,便爽直地问道:"听说华谷涵已去找我师父,白修罗和他主人会过面没有?"

文逸凡道:"他是在华大侠渡江之后的第五天来的。据他对王宇庭所说,他还未曾见着主人。本来你的师父也要他代为报讯,请华大侠去的。但华大侠既然已经去了,他就只须打听你的下落啦。"

蓬莱魔女听了惊疑不定,暗自沉思:"这么说来,我师父还未曾与华谷涵见面,他并非为了华谷涵而催我回去的了。但他为什么又要把华谷涵也找去呢?我在师门之时,可并没有听说他和华谷涵有甚交情。华谷涵见我几次面,也没有提过他与我师父相识。"

蓬莱魔女说出了华谷涵的名字之后,秦弄玉与耿照作会心一笑,说道:"既然如此,我们也不便强留柳姐姐了。但愿后会有期,早早听到柳姐姐的好消息。"

蓬莱魔女听出她语带双关,面上一红,可是她心急如焚,也无暇再与秦弄玉说笑了,当下便道:"太湖之事,有照弟帮忙,又有文大侠等一众豪杰都去,我还有什么不放心的?辛将军那儿,请照弟代我道歉,我不去辞行了。"于是蓬莱魔女便在当日离开江阴。

蓬莱魔女兼程赶路,不过几天工夫,便从江阴来到了当涂县的采石矶,她是怀着重温旧梦,凭吊往日战场的心情,特地选了这个地点渡江。

虞允文的大军早已南撤,采石矶恢复了它从前的面貌——一个冷冷清清的渔村。其时金宋两国已经议和，和约虽然未曾签订，长江南北已是恢复了交通，两岸逃避战祸的人家也都陆续回来了。蓬莱魔女并不怎么费力就找到了一只小船送她过江。

时节已是秋尽冬初，长江有着不大不小的风浪。蓬莱魔女倚舷举目，纵览江天，默念老杜的诗："风急天高猿啸哀，渚清沙白鸟飞回。无边落木萧萧下，不尽长江滚滚来。万里悲秋常作客，百年多病独登台。艰难苦恨繁霜鬓，潦倒新停浊酒杯。"不禁心头怅触，暗自想道："我除了不似杜甫当年的老病之外，这忧时伤国的情怀却是相同。"

那舟子倒是兴趣很高，口讲指划地和蓬莱魔女谈说当时的战争，说虞元帅怎样在长江火烧敌舰，大破金兵；怎样午夜渡江，奇袭制胜；怎样两军决战，射杀完颜亮等等。好像当时常见的"说书人"一般，向听众讲英雄们的传奇故事，添加了不少自己的想象，说得津津有味。他怎知道，在他舟中这个女子，就是当日参与这场大战的巾帼英雄。他所讲的事实，都是蓬莱魔女所曾身经目击的。

蓬莱魔女不禁神驰往事，心中又在默念张于湖吟咏采石矶之捷的《水调歌头》："雪洗虏尘静，风约楚云留。何人为写悲壮？吹角古城楼。湖海平生豪气，关塞如今风景，剪烛看吴钩。剩喜燃犀处，骇浪与天浮。……"想起多少英雄血洒长江，如今换来的仍不过是偏安之局。"赤壁矶头落照，淝水桥边衰草，渺渺唤人愁。我欲乘风去，击楫誓中流！"心中想道："多少英雄空有击楫誓中流之心，可惜却是英雄无用武之地。"思念及此，不觉喟然兴叹。那舟子讲得兴高采烈，见蓬莱魔女却似心神不属的样子，不觉愕然问道："小娘子不欢喜听这些故事么？"蓬莱魔女道："不是的。我有我的心事。"那舟子自作解人，说道："是啊，听小娘子的口音是江北人，这次是战后重返家园吧？但愿你的亲人都还健在。"蓬莱魔女道："多谢贵言。"那舟子叹了口气，又道："可惜中原未复，小娘子回去仍是在金虏管治之下过着苦日子，怪不得小娘子心里愁烦了。其实你可以等大局再安定一些才回去的。我渡过不少客人，但你还是在战后第一个渡江的女子。"

说话之间，忽见一只小船在他们不远之处经过，船头把舵的竟然是个女子。

蓬莱魔女抬眼一看，不由得又惊又怒。原来这驾舟的女子不是别人，正是在长江上两次暗算过她，而在采石矶之战中，又曾给金寇做过向导的那个韩三娘子！

舟子正在说到蓬莱魔女是战后第一个渡江的女子，忽见韩三娘子所驾的这只小船，疾如奔马，破浪而来，不觉愕然，呆了一呆，说道："咦，这船娘哪里来的？如此本事！老汉撑船撑了几十年，只怕还不如她！她那舟中也是一位女客。嘿，嘿，今天可真是巧了，渡江的全是女子。"

蓬莱魔女刚才只注意韩三娘子，听了舟子的话，仔细一瞧，才发觉舱中也有一个女子的背影，而且似曾相识。

韩三娘子那只小船忽地放慢速度，与蓬莱魔女这只船并头前进，相距约有六七丈之遥。两人打了一个照面，韩三娘子哈哈笑道："真是人生无处不相逢，柳大盟主，今天咱们可又碰上啦！"

韩三娘子不提旧事犹可，一提旧事，不由得蓬莱魔女气上加气，怒上加怒！上一次蓬莱魔女的船就是在这一段江心给韩三娘子弄翻的，送她渡江的王祥、李吉两人，还因此送了性命。蓬莱魔女曾经发过誓为他们报仇的。

此时仇人相见，分外眼红，蓬莱魔女斥道："贼婆娘，还王祥、李吉的命来！"取出拂尘，迎风一甩，数根尘尾，如箭射出。可惜江中风大，而尘尾不过是根柔丝，打到韩三娘子船上，已经失了准头。可是这几根尘尾还是发出嗖嗖声响，在船篷上戳了几个小孔。韩三娘子见蓬莱魔女的内功如此厉害，也不禁变了颜色。

韩三娘子船中那个"女客"忽地转过脸来，"格格"笑道："柳清瑶，你嫂嫂在这里呢！我好歹是你师嫂，你怎可对我的朋友无礼！"这"女客"是"玉面妖狐"赫连清波。

舟子颇有江湖经验，听得她们这些说话，隐隐感到不妙，连忙说道："你们是些什么人？你们都是一伙的吗？"

蓬莱魔女无暇答这舟子，骂道："你这妖狐，我恨不得把你碎尸万段。"

赫连清波笑道："很好，那就请过来动手吧！嘿，嘿，只怕你力不从心。"

韩三娘子道："来而不往非礼也，柳清瑶，你也接接我的暗器。"一扬手三柄飞刀同时掷来，飞刀是分量较重的暗器，在江上交锋，比之蓬莱魔女的尘丝，威力当然是大得多了。

三柄飞刀中有一柄，竟然是飞来斫那舟子的，舟子大叫道："哎呀，你们是女强盗！"蓬莱魔女接了两口飞刀，一纵身又把第三柄飞刀踢落。

赫连清波道："好俊的接暗器功夫，再接这个！"双手齐扬，十二枚透骨钉乱箭般射到。赫连清波的暗器功夫比韩三娘子高明得多，这透骨钉又是极歹毒的暗器，专打人身穴道。当年秦弄玉的父亲秦重，就是给她用透骨钉暗算，这才误伤在耿照剑下的。

蓬莱魔女不敢轻敌，就用接下的那两口短刀招架。一阵断金戛玉之声响过，十二枚透骨钉都给她打落。

可是就在她抵挡透骨钉的当儿，韩三娘子转过船头，划到她这只船的后面，觑个真切，对准那舟子的后心，猛地又发出一柄飞刀。

蓬莱魔女腾不出手来给那舟子招架，只听得一声惨呼，那舟子已是倒了下去，鲜血染红了江面。

蓬莱魔女骂道："好狠的贼婆娘，我不杀你，誓不为人！"韩三娘子哈哈笑道："柳清瑶，陆地上由你逞能，在水上就由不得你吹大气了！"一扬手又是一柄飞刀，这柄飞刀却并不是向蓬莱魔女掷来的，只听"喀嚓"一声响过，蓬莱魔女船上的那枝桅杆已是给她斩断，风帆卸了下来，这只小船在急流中登时变作无头苍蝇似的，团团打转。

蓬莱魔女大怒，沉住了气，用"千斤坠"的重身法定住船身，猛地把刚才接下的那两柄飞刀反打回去。

这两柄飞刀是蓬莱魔女运足了内力发出的，急劲非常，韩三娘子刚听得暗器破空的呼啸之声，飞刀已经来到。韩三娘子情知不能抵挡，百忙中"卜通"地跳下江中，饶是如此，她露出水面的一片头发还是给飞刀削去。

玉面妖狐格格笑道："柳清瑶，你师嫂在这里呢！"双手齐扬，十二枚透骨钉乱箭般射到，那郑三娘子也发出了三柄飞刀。

另一柄飞刀直飞进船舱，赫连清波吓得慌了，她不会潜水，不能似韩三娘子般跳下水去，只好拔剑招架，"当"的一声，剑尖竟给飞刀削断，飞刀余势未衰，插进赫连清波身体，离心房只有数寸之处。也幸亏她拔剑挡了一挡，否则还焉有命在？

虽没丧命，伤得亦已不轻。韩三娘子在水底把船推开十数丈，到了蓬莱魔女任何暗器打不到的地方，这才像落汤鸡般地跳上船来。只见赫清连波已是倒在血泊之中，断断续续地发出痛苦的呻吟。

韩三娘子伤了一个得力的帮手，心中想道："我已杀了这魔女的舟子，还何必再去斗她？且让她在这江上自生自灭！"当下给赫连清波敷上了金创药，然后站出船头朝着蓬莱魔女冷笑道："你姑奶奶没工夫陪你戏要了，柳清瑶，你别得意，迟早你也要掉下江心喂鱼！"说罢，便驾驶小舟，扬帆自去！

蓬莱魔女这才有工夫察看舟子，一探鼻息，可怜这舟子早已是气绝多时了。

心头如同包着一团火似的，蓬莱魔女又气又恨，将卸下的风帆包裹了舟子的尸体，指着江水发誓："舟子大叔，我知道你死不瞑目，但你不会白死的，终须有日，我要把那两个害人的贼婆娘除去，为你报仇！"

但韩三娘子那只小船早已去得远了，江面上只见一个黑点，渐渐连这个黑点也不见了。摆在蓬莱魔女面前的难题却是如何救自己脱险，渡过长江？

大战之后，长江南北交通虽然恢复，但商旅还是裹足不前，往往三天两日才有一两只小船渡江。偏巧今天的情形也是这样，蓬莱魔女抬眼望去，只见天连水，水连天，辽阔的江面，只有蓬莱魔女这只小船在风浪之中挣扎。

在这样的情形之下，蓬莱魔女必须靠自己的力量划过长江。

幸亏在最近这半年来，蓬莱魔女因为屡次在水上吃亏，下了决心补救自己的弱点，已经学会了一点操舟的本领，也稍微懂得些水性。当下蓬莱魔女拿起染红了舟子鲜血的篙桨，第一次在风浪之中实习她学来的本领。

可是桅杆已给韩三娘子飞刀斩断，风帆张不起来，这只有名无实的"帆"船失了风帆，非但不能利用风力，反而常给一阵狂风吹得它东漂西荡。蓬莱魔女也未怎样懂得掌握水流的方向，好几次被卷入漩涡之中，费了好大的气力才挣扎出来。

蓬莱魔女靠着勇气和毅力支持自己，耐心地和风浪战斗，比一般舟子花多了三倍的时间，终于将小船靠了岸。而且是被水流冲到下游一个荒凉偏僻的地方靠岸的。这时天已入黑，月亮也升起来了。

但毕竟是靠岸了，蓬莱魔女感到异常的喜悦，这是她好几次渡江都未曾体验过的感情，因为这是她自己在艰苦之中靠自己的双手把舵渡过来的。蓬莱魔女吁了口气，心里想道："那贼婆娘诅咒我掉下江心喂鱼，倘若是在半年之前，只怕就要当真应了她的话了。我是应该学会在水上陆上都能够应付敌人才行。以后我还要学会在大风大浪之中游泳。"

这时她才感到腹中饥饿，初冬时节，江风吹来，身上也感到一丝凉意。蓬莱魔女是身具内功的人，如今也感到又饿又冷，那当然是因为劳累过度，精神不济了。

蓬莱魔女上得岸来，心里想道："须得找个人家投宿才行。"偏偏这是个渺无人烟的地方，蓬莱魔女拖着疲乏的脚步，走了许久，还未找着人家。正是：

战胜狂风和巨浪，女中豪杰渡长江。

欲知后事如何，请听下回分解。

第六十八回　陌路相逢施毒手
敌营隐伏报深仇

　　蓬莱魔女正在焦急，忽见对面来了一人，帽檐压得低低的，月淡星稀，距离尚远，一时间看不清他的面貌。蓬莱魔女大喜，快步上前，正拟向他问讯，忽地发现这人似曾相识。

　　蓬莱魔女心头一凛，连忙止步。只见那人把毡帽一揭，露出了庐山真相，哈哈笑道：“师妹，你好啊！别来两月，我可是无时无刻不在想着你呢！”

　　陌路相逢，冤家路窄。此人不是别个，正是蓬莱魔女的师兄公孙奇。

　　倘若是平常时候碰上他也还罢了，此时蓬莱魔女正是饥寒困顿，恨不得快些找到一个地方躺下去睡它一觉的时候碰上，这可真是太巧了。饶是蓬莱魔女素来胆大，也不禁“啊呀”一声叫了出来。

　　公孙奇也“哎呀”地叫了一声，说道：“师妹，你形容憔悴，是经不起风浪，生了病么？”蓬莱魔女强摄心神，嗖地拔出剑来，斥道：“公孙奇，你拦住我的去路，意欲何为？”

　　公孙奇反而踏上一步，笑道：“啊，对了。你今日是风浪渡江，辛苦了，辛苦了！师妹，你是要找个地方投宿吧？正好愚兄在此处也有个住所，咱们是一家人，不用客气，你就到愚兄下处，暂且歇歇吧！”

　　蓬莱魔女道：“不要你假惺惺，走开！”

　　公孙奇又纵声笑道：“走开？你说得这么容易？”

蓬莱魔女把心一横，生死置之度外，淡淡说道："好吧，那就拼个你死我活吧！"

公孙奇笑道："这又何必？不过，你既然假装糊涂，我也只好与你打开天窗说亮话了。咱们虽然很多过节，但毕竟是师兄妹，我岂能与你兄妹相残？我是怕你遇险，一心一意来寻找你的，好不容易找着了你，怎能容你走呢？你的命我是不要的，我只要你的人！"

蓬莱魔女大怒道："瞎了你的狗眼，看剑！"

公孙奇一闪闪开，又打了个哈哈，说道："师妹，你枉为绿林盟主，难道连黑道的规矩都不懂了？"蓬莱魔女怔了一怔，姑且暂抑怒火，说道："怎么，你还与我论哪门规矩？"

公孙奇道："杀人偿命，欠债还钱。但我不想要你偿命，只要你赔我一个人。"

蓬莱魔女道："你这是什么意思？"

公孙奇大笑道："这，你还不明白么？你今日做了什么事情，你杀了师嫂，我没了妻子，你不该赔我一个么？嘿，嘿，咱们师兄妹正好亲上加亲啊！"

蓬莱魔女气炸了心肺，厉声斥道："狗嘴里不长象牙。今日不是你死便是我亡！"抢上去又是一剑！

公孙奇挥袖一拂，用了个"引"字诀，把蓬莱魔女的青钢剑带过一边，冷笑说道："你眼中没有我这个师兄，今日就叫你知道我的厉害。哼，哼！看你还有什么狡计可以逃脱？我非得亲手将你擒了不可！"采石矶大战前夕，公孙奇曾被师妹设计所擒，至今引为奇耻大辱。是以言辞吐露，定要出这口气。

蓬莱魔女已拼着豁了性命，反而镇定下来，一招"春云乍展"，解了公孙奇那股黏劲，剑锋划了一道圆弧，拂尘也同时挥出，转瞬之间，与公孙奇对抢了十几招攻势。公孙奇但凭一双肉掌，对付她的两般兵器，一时间竟也占不到便宜。

蓬莱魔女心想："他说我杀了他的妻子，不知是真是假？那妖狐是受了我飞刀之伤，但当时还没有毙命的，难道回家之后，当真是伤重不治了？若然属实，则我今日纵然死在他的手下，也对了本了。"

激战中，公孙奇蓦地一掌拍出，掌风隐隐带着血腥的气味，冷笑说道："柳清瑶，我劝你不要倔强了，乖乖地顺从了师兄吧。桑家毒功的厉害你是早就知道的了，这滋味可不好受啊！你要多吃苦头么？"

蓬莱魔女骂道："公孙奇，你简直禽兽不如！"一个"细胸巧翻云"倒纵出一丈开外，先避开他的毒掌。

蓬莱魔女在风浪中挣扎了一天，未曾进过饮食，饶是她的内功深厚，毕竟不是铁打的身子，精神已感不支。此时她使出超卓的轻功，公孙奇的毒掌她是避开了，可是脚尖沾地之时，却不禁一个趔趄，险险栽倒。

公孙奇哈哈大笑，扑过来就要点她穴道。蓬莱魔女倏地一个翻身，喝道："你来吧！"剑尖抖起三朵剑花，疾刺公孙奇胸前的"璇玑"、"玉衡"、"天柱"三处要穴。

公孙奇是个武学的大行家，一看就知是厉害非凡的上乘刺穴手法。而且这一路刺穴手法竟是公孙奇前所未见，只知其妙，不懂解法的刺穴功夫。

原来这是蓬莱魔女得自父亲所授，并非师父武功，所以公孙奇不懂。上乘的刺穴功夫虽然也要使用内力，但却不需如使剑运掌那样用力。

公孙奇掌法已到收发随心之境，心头一凛，立即收回。哈哈笑道："你已是网底之鱼，就让你多挣扎一些时候吧。"

公孙奇有了顾忌，不敢近身缠斗，毒掌也就打不到蓬莱魔女身上。可是他立即改用劈空掌力，在距离十步之外发掌，腥风毒气，仍然是扑鼻攻来。蓬莱魔女气力不济，自不能施展轻功躲避。数十招之后，不觉头晕目眩。

正在危急万分之际，忽听得公孙奇厉声喝道："什么人？"话犹未了，只见一条黑影，如箭飞来，人未到，掌先发，但那股掌力，却是向着蓬莱魔女打来！

蓬莱魔女正被公孙奇的劈空掌力压得透不过气，忽地又感到一股掌力袭来，不由得大吃一惊。但奇怪得很，这股掌力，虽然力道甚强，却是柔和之极，蓬莱魔女蓦地感到身子一轻，虽然身不由己地给那股掌力推开数步，却登时感到呼吸畅通，有说不出的舒服。

蓬莱魔女也是个武学大行家，一怔之后，恍然大悟，原来此人是以极巧妙的内家掌力，一招两用，既替她隔断公孙奇的劈空掌力，同时将她推开数步，使她脱出了公孙奇毒掌所及的范围，免得她遭受伤害。

蓬莱魔女诧异之极，心道："什么人，竟有如此本领？"她起初还以为不是武林天骄就是笑傲乾坤，哪知抬眼望去，只见是个年约三十左右的身材魁伟的中年汉子，初冬时节，只穿一件单衣，衣衫上有许多补绽，脚蹬六耳麻鞋，似是个流浪四方的叫花子模样。蓬莱魔女看清楚了这人的模样，越发感到诧异，这人似是在哪里见过似的，但到底是在什么时候什么地方见过的，蓬莱魔女却怎也想不起来！

心念未已，只听得那人已在峭声说道："你问我是什么人吗？我只是个路见不平，好管闲事的无名小卒，你欺负女子，我瞧不顺眼！"

公孙奇冷笑道："好，你好管闲事，你要充当好汉，那就与我较量较量吧！"倏地欺身直进，朝着那人一掌劈下！

蓬莱魔女叫道："不可与他对掌！"但已迟了，只听得"蓬"的一声，双方已是对了一掌。那人不过身形一晃，公孙奇却已"登、登、登"地接连退了三步。

蓬莱魔女又惊又喜，要知公孙奇的毒掌厉害非常，据蓬莱魔女所知，普天之下，敢与公孙奇硬碰硬对掌的只有她父亲柳元宗一人，除了柳元宗之外，甚至连笑傲乾坤与武林天骄那等武功高明之士，也只是另用上乘的武功抵御他的毒掌，决不敢让他的毒掌触着身体的。但如今这人与公孙奇对了一掌，却未见有中毒的模样。

蓬莱魔女仍是忐忑不安，只怕那人是以深厚的内功强自支持，久战下去，就会毒发。心里想道："此人仗义救我，我决不能弃他而逃。且调养一下精神，也好助他一臂之力。"她刚才所受的只是公孙奇的劈空掌力，身上未曾中毒，但那毒气腥风，却也令她心头作闷，精神难振。

幸亏蓬莱魔女身上有她父亲给她的辟邪丹，此丹虽不能解

"化血刀"之毒，但蓬莱魔女也并非身上中毒，只是受了腥风毒气的影响，以至心头作闷；以此丹的功效，辟除毒秽，却是绰绰有余。蓬莱魔女服了一颗，立即神清气爽。

蓬莱魔女一面默运玄功，恢复精神，一面抬眼望去，只见公孙奇与那汉子面对面的站立，距离约有三丈之遥。公孙奇横掌如刀，目不转睛地注视对方；那汉子脚步不丁不八，一手握拳，另一掌则横在胸前，也是像斗鸡一般地注视对方。彼此都是一声不响，颇有点"万木无声待雨来"的味道。

蓬莱魔女是个武学的大行家，一看就知公孙奇左掌使的是"化血刀"，右掌则是"腐骨掌"；而那汉子则是在用"金刚掌"护身。双方都在蓄势待敌，等候时机，不敢先发。

蓬莱魔女心头一震，想道："公孙奇这两大毒功同时使用，只怕此人不能抵御。"心念未已，只听得公孙奇一声暴喝，闪电般地扑了上去，但见青光一闪，出乎蓬莱魔女意外，公孙奇竟然舍弃两大毒功不用，而是解下围腰的软剑，施展家传的柔云剑法。

原来公孙奇与那汉子对了一掌之后，发觉那汉子的掌力十分雄浑，自己发出的"化血刀"毒功，竟给对方的掌力迫了回来，要不是他已练成了桑家的内功心法，立即护着心房，只怕伤不了对方反而伤了自己。

公孙奇受挫之后，初时本来是想两大毒功同时使用，毙了对方的。但他见那汉子蓄势待敌之际，俨如渊停岳峙，气定神闲，丝毫也没有中毒的迹象，不禁又患得患失，踌躇起来，心里想道："我的毒功还差两分火候，倘若同时使用，虽然可以令得对方防不胜防，但我双掌的力量分薄，假如敌不过对方的掌力，我也势必要受重伤了。这是利害参半的打法，胜负难以逆料，还是不用为妙。"

也幸亏公孙奇患得患失，临时变计，不敢同时使用两大毒功，否则公孙奇固然难免受伤，那汉子的功力不过比公孙奇略高少许，也决难避免中毒。比较起来，还是公孙奇占了便宜的。

如今公孙奇舍掌用剑，那汉子倒是求之不得，公孙奇来得快，他也挡得快，只听得"当"的一声，火花飞溅，就在那一瞬之间，那汉子也闪电般地拔刀出鞘，一招"龙翔凤舞"，就把公孙奇的宝剑架开，冷笑说道："好，我就与你再较量较量兵刃上的功夫！"

公孙奇也不禁失声赞道："好一把宝刀！"要知公孙奇所用的软剑乃是可以化作绕指柔的百炼精钢，平时束在腰间，作为腰带，一解下来，就是一把锋利非常的宝剑。但他这把宝剑却削不断对方的刀，碰击之后，双方各无伤损，可见对方也是一柄宝刀，刀质至少不在他的宝剑之下。

引起公孙奇失声赞叹的，还不仅是对方刀质的本身，而且是在另一个意义上，那也是一柄"宝"刀。这口宝刀刀柄上镶有"猫儿眼宝石"，光华熠熠，只这一颗宝石，就可以价值连城！而那把刀鞘也是镂金刻玉的宝物！这汉子是叫花打扮，使的却是这样价值连城的宝刀，能不引起公孙奇的惊诧？

蓬莱魔女全神贯注看双方拼斗，最初还未曾注意这把宝刀；给公孙奇这一声叫好，才引起了她的注意。可是她除了注意宝刀的本身之外，更注意到宝刀的式样。那是金国贵族通常所佩戴的月牙弯刀。蓬莱魔女不禁疑心大起，"难道这汉子竟是金人？是和武林天骄一样，胸中另有抱负的豪杰？"

蓬莱魔女所注意的公孙奇也觉察了，略一踌躇，按剑喝道："你是什么人？"那汉子道："你管我是什么人？你不知道我，我知道你！你这通番卖国的败类，敢在这里横行，我就不能饶你！看刀！"蓬莱魔女听他这几句话的口气，又似本身便是汉人，决非金国贵族，否则不会骂公孙奇"通番卖国"。对他的身份越发感到难以捉摸。

心念未已，只见剑气如虹，刀光胜雪，双方已在大打起来，越斗越烈！公孙奇身具正邪两大武学名家之长，所用的又是家传绝学的柔云剑法，使来得心应手。这"柔云剑法"顾名思义是擅能以柔克刚，公孙奇再把桑家的"大衍八式"运用到剑法之上，威力更增，招数也更为奇诡。是以功力虽然稍稍不及对方，但激斗之下，却反而占了招数的便宜，渐渐抢得了先手，杀得那汉子只能招架。

蓬莱魔女凝神观战，忽地叫道："走坤方转巽位，刺他玉渊穴！"那汉子正被公孙奇的一招奇诡剑招杀得他不知如何招架，一得蓬莱魔女提点，立即依言行事，果然扭转了劣势，反守为攻。

蓬莱魔女自小跟随公孙奇的父亲，已尽得他家的武学真传，对这"柔云剑法"的精微之处，比公孙奇更为熟悉。这么一来，她虽然还未上前助战，却已等于与那汉子联手对敌了。

公孙奇大怒道："岂有此理，柳清瑶，你简直是胳膊向外弯！"蓬莱魔女冷笑道："胳膊向外弯？哼，刚才你还恨不得把我的脑袋斫了呢！""快，走离位，转坎位，剑刺天枢，掌击血海！"前一段话是答复公孙奇，后一段话是指点那个汉子。公孙奇又是羞惭，又是气愤，哑口无言。那汉子接连解了公孙奇几次险招之后，更占上风。

激战中那汉子蓦地喝道："来而不往非礼也，看刀！"霎时间刀光大盛，金铁交鸣之际，宛如繁弦急奏。双方都是一沾便即变招，快到极点。连蓬莱魔女这样武学根底的人，凝神看去，也是只见刀光，不见人影！

这汉子用快刀压住了对方，此时已是无需蓬莱魔女再加指点了。蓬莱魔女暗暗赞叹："这闪电般的快刀法，当真是武林罕见的功夫。要不是我亲眼见到，还不敢相信有人会使刀使得这么快的！看来除了几个早已成名的前辈之外，他与武林天骄、笑傲乾坤各具擅长，大可以鼎足而三了！"

公孙奇这才知道，对方在刀法上也有他独特的精妙造诣，实是与柔云剑法异曲同工，难分轩轾。刚才即使没有蓬莱魔女的指点，他用这路刀法也未必便会吃亏。

本领相当的对手，所争的只是谁人能占机先。这汉子由于得到蓬莱魔女的指点，占了机先，已是主客势易，杀得公孙奇只有招架之功。

不到一盏茶的时刻，那汉子已是劈出了九九八十一刀！在第八十一刀劈出之际，公孙奇无法闪开，也无暇一沾便即变招，只能硬碰硬接。只听得"当"的一声，震耳欲聋，公孙奇的宝剑已给他削去了剑尖！

双方的刀剑都是宝物，刀质剑质差不多的。如今公孙奇的剑尖被削，关系不在宝剑不及宝刀，而是因为那汉子的功力较高，而这一路快刀，使到疾处，力贯刀锋，劲道更胜过公孙奇的柔云剑法之故。

公孙奇毒功无效，如今又折了宝剑，黔驴技穷，哪里还敢恋战。当下撒腿便跑，却还扔下一句门面话道："今日有我师妹助你，暂且让你逞强，终须有日找你算账！"

这虽是"门面话"，但公孙奇却也是有他的打算，并非徒托空言的。他的毒功还差两分火候，自忖多则一年，少则半载，便可以炉火纯青，到了那时，他就敢于同时运用两大毒功，克敌制胜了。

那汉子冷笑道："很好。我随时等你寻仇。你不寻仇，我也要寻你呢！"他因为不知蓬莱魔女有否受伤，也就无暇去追公孙奇了。

那汉子把宝刀插入鞘中，回过头来，与蓬莱魔女行了个见面礼道："柳女侠，你好。"蓬莱魔女道："多谢好汉拔刀相助，我没什么，只可惜让那贼子跑了。请问好汉大名。"蓬莱魔女越看越觉得此人似曾相识，甚至他那柄宝刀，也好似在哪儿见过似的。心里怀疑不定，想道："他知道公孙奇的来历，又认得我，应该是个熟人。可我怎的想不起来？熟朋友中除了武林天骄与笑傲乾坤之外，又哪里还有似他这样武功高明之士？"

那汉子道："我姓武，名叫士敦。'士人'的'士'，'敦厚'的'敦'。柳女侠不必客气，我也幸亏得你指点，要不然我与公孙奇只怕还未知胜负谁属呢。"

"武士敦"，这可是个陌生的名字，蓬莱魔女大感诧异。人家认得她，她不认得人家。初次会面，又不便盘根问底。正自惶惑，那汉子似是知道她的心思，已在笑道："柳女侠记不起了么？咱们可是会过一面的呢！"

蓬莱魔女尴尬笑道："请恕我记性太差，真的是想不起了。不知曾在何处与武大侠会过？"

武士敦笑道："就在那边那座山头。两个月前的事情。"他所指的那座山头，正是采石矶大战之时，金主完颜亮扎营的地方。采石矶之战距今也正好是两个月。

蓬莱魔女恍然大悟，叫起来道："哦，原来你就是取了完颜亮首级的那位好汉！"当日在那座山头，两军混战，完颜亮中箭坠马，在保护他的金国御林军之中，突然有个军官手起刀落，一刀把他的首级割掉。金国御林军统领完颜长之飞矛掷他，也给他打落。这军官取了完颜亮的首级之后，在乱军中逃得不知去向。战事过后，蓬莱魔女等人都不知道此人是谁，纷纷猜测。这疑团，至今始解，原来就是武士敦。那柄宝刀原来也是完颜亮的佩刀，当日给武士敦顺手牵羊取了去的。

武士敦道："好汉二字不敢当。那日完颜亮先给你们射下马，我不过补上一刀，侥幸成功而已。"

蓬莱魔女道："要不是你这么一说，我还当真想不起呢。武大侠，你先后的装束可是差得太远了。"当日取完颜亮首级的是个军官，此刻的武士敦却是个叫花子打扮。不过他的衣裳虽然打了许多补绽，却看得出是件新衣，故意打上补绽的。

武士敦笑道："是么？我也不过还我本来面目而已。"

蓬莱魔女道："请问武大侠可是丐帮中人，尚帮主和你是怎么个称呼？"蓬莱魔女是绿林盟主，看了他如此装束，已知他定是丐帮的重要人物。

武士敦道："尚帮主正是我的恩师，但不幸已在月前逝世了。"丐帮帮主尚昆阳是武林前辈，平生侠义自持，很得同道拥戴。丐帮帮规是只许讨化，不许抢劫的。故此丐帮弟子与绿林中人，一般很少来往。纵有私交，也是各行其是。但虽然如此，由于彼此都是抗金的领袖，蓬莱魔女与尚昆阳也曾互通声气，有点渊源，听得他的死讯，好生叹息。但蓬莱魔女也有点觉得奇怪，心中想道："丐帮最高级的几个大弟子我都认识，虽然不算庸才，但论到武功，却是比武士敦差得太远了。这武士敦又曾杀了完颜亮，即使只是对丐帮来说，也是功劳极大。照理尚帮主死了，应该推他继任帮主的，难道是因为他在丐帮资历尚浅，丐帮中人恪于陈规，所以另选他人么？还有一层，丐帮老帮主逝世及今，未足一月，武士敦也该帮忙新帮主料理帮务才是，何以他却单独一人来到此间？"

但蓬莱魔女与武士敦乃是初次会面，却不便去打听人家帮内的事情。而且目前她最想知道的还是武士敦何以以丐帮弟子的身份，却混进了金国的御林军中，杀了完颜亮。当下，蓬莱魔女对尚帮主之死表示了哀悼之后，就问起武士敦这件事情。

武士敦道："咱们边走边说吧。柳女侠你未曾吃过晚饭吧？"蓬莱魔女是个爽快的人，说道："我今日在风浪中渡江，几乎整天没有吃过东西，正想找寻食物。你知道附近可有人家？"

武士敦道："我在这里有个住处，不过还有一段路程。要是你不嫌肮脏，就把这条羊腿暂且充饥如何？"打开了系在腰间的讨米袋，拿出了一条烤熟的羊腿，叫花子弄的烧烤食物，习惯是用烂泥巴包裹，就在田头野外烧起野火，埋在热灰之中弄熟的，和普通烧烤的方法大大不同。所以这条羊腿还沾有剥落的泥污和灰尘。蓬莱魔女笑道："好极了。我又不是公子小姐，哪有这许多讲究？"接过羊腿，便撕来吃，吃得津津有味。武士敦见她脱略形骸，也颇为欣赏，心道："怪不得像笑傲乾坤华谷涵那样眼高于顶的人，也为她倾倒。"

武士敦道："我本是南阳人氏，父亲是乡下教书先生。金寇攻下南阳那年，我才五岁。爹爹不愿做顺民，带了全家七口跟着一大群难民想要逃过江去。不料中途遇上寇兵，大肆杀戮，我的父母兄弟姐妹全给寇兵杀死。只剩下我一人，当时被刺了一刀，却未曾死。大约因为我是个孩子，寇兵不怎么注意，未补上一刀。才侥幸留下我一条小命。"

战乱中像这样家破人亡之事，几乎是无日无之，"寻常"得很的。但在有相同遭遇的人听来，却不禁特别难过。蓬莱魔女心中想道："我虽然也是家破人亡，自小死了母亲，失了父亲，不知生身父母。但幸而苦尽甘来，今日仍得父女团圆，却是比这武士敦幸运多了。"

武士敦继续说道："我侥幸未死，后来得一个过路的叫花子救我，给我治好了伤，叫我跟他讨饭。这叫花子是丐帮弟子，我跟了他几年，在一次丐帮聚会之时，他带我拜见帮主，请帮主收录我为本帮弟子。那年我只有八岁，在丐帮中是最小的一个弟子。又过了两年，帮主说我有学武的根骨，这才正式收我为徒。

"恩师知道我有血海深仇，决意成全我报仇的心愿。要我学金人的生活习惯、言语文字，到了十八岁那年，就叫我假充金人，趁着一次完颜亮招选御林军的机会，报名应试，我故意隐藏了几分本领，免得惹人特别注意，考了个第五名。本来当金国的御林军还要有家世和身份的说明的，好在我恩师交游广阔，在金国的志士之中也有他的朋友，经过恩师的安排，这一关也顺利地通过了。从此我就在御林军中当上了一个小军官。

"小军官还没有接近完颜亮的机会，这样一当就当上了十年，好不容易等到了采石矶之战，这个机会才等到了手，我手刃了完颜亮，这才发泄了十年来的鸟气，报了我忍受了二十三年的血海深仇！"

蓬莱魔女听得眉飞色舞，撕下了最后一片羊腿，喝彩道："好！你苦心孤诣，终报大仇！如此坚毅不拔的心志，当真是令人佩服！"武士敦黯然道："我得以报仇，都是靠了恩师的栽培。可惜我带了仇人的首级回去禀报恩师之日，却只能赶上最后一面了。他那时已病得很重，见了完颜亮的首级，一时欢喜过度，哈哈大笑，就在笑声中气绝而亡。"

蓬莱魔女安慰他道："我记得三年前是令师的七十大寿，他得享高寿，又得见爱徒雪了国恨家仇，如此一死，死无遗憾，他是可以含笑九泉了。但不知是谁继任帮主？"

武士敦眉头一皱，似乎不大愿意谈这个问题，说道："是我的一位大师兄继任。这位大师兄对我有点小小的误会，也许将来还要请柳女侠帮我一个忙。"蓬莱魔女道："力之所及，决不敢辞。武大侠请说。"

武士敦道："此事说来话长。我的住处已经到了。柳女侠不嫌委屈，便请在小处歇脚，容我细道其详。"蓬莱魔女抬眼望去，看到山上的一间石屋，屋中有灯光明亮，蓬莱魔女眼光锐利，还看见屋中隐隐有个人影，竟然似是个女子的背影。

蓬莱魔女压根儿就没想到武士敦的住处会藏有女人，见此情形，不禁愕然止步。要知丐帮虽然不禁婚嫁，但在武士敦的情形却又不同。他十八岁投军，当了十年金国的御林军军官，未曾结婚，一回本帮，又逢恩师丧事，在这一段期间，也不可能结婚。丐帮习惯是不收女弟子的，但这个女子与武士敦同居一处，三更半夜尚自亮灯等他回来，显然关系很不寻常。蓬莱魔女虽然是个脱略形骸、不拘小节的女中豪杰，见此情形，也不由得皱了眉头，心中想道："难道这武士敦竟是个行为不端的人？"

心念未已，只听得武士敦已在笑道："柳女侠，今晚真是巧遇之至，你有一位好朋友在我这儿，你想不到吧？"

蓬莱魔女此时也发觉屋中女子的背影似是熟人，一时间却想不起是谁，大为奇怪，正要动问，武士敦早已扬声叫道："紫烟，你看看是谁来了？"

屋中女子飞跑出来，与蓬莱魔女打了一个照面，两人都是又惊又喜，"啊呀"一声叫了出来，来不及说话，就紧紧地拥抱在一起。

两个好朋友意外相逢的兴奋心情稍稍过了之后，那女子道："柳姐姐，四年不见，想死我了！"蓬莱魔女道："云姐姐，你也是的，这四年你躲到哪儿，也不来看一看我？"

原来这女子乃是蓬莱魔女最要好的一个朋友，南阳武学名家云仲玉的女儿云紫烟。

她们两人不但是好朋友，且还有过一段特别的交情。四年之前，正是蓬莱魔女开始当上北五省的绿林盟主，威名远播江湖的时候，她的好朋友云紫烟却碰上一个飞来横祸，有一个恶人向她无理纠缠。这个恶人不是别个，就是蓬莱魔女的师兄公孙奇。

公孙奇要迫云紫烟做他姬妾，但却不用强抢的手段，而是到云家公然提出，要云仲玉把女儿送上门来，举行"纳妾"的仪礼的。他并声明，倘不答应，就要一路纠缠，令云家父女无法在江湖立足。这对于久享盛名的武师云仲玉，当然是一个天大的侮辱！

云仲玉父女败在公孙奇的手下，公孙奇限令云仲玉在十天之内，把女儿心甘情愿地送来。云仲玉邀了许多好友与公孙奇拼斗，结果又是败得一塌糊涂。

云紫烟并不知公孙奇是蓬莱魔女师兄，派了一个师妹，向蓬莱魔女求救。蓬莱魔女匆匆赶来，但也还是迟了一天，过了公孙奇所定的十天期限。

蓬莱魔女惴惴不安，以为云紫烟已给她师兄掳去，即使不然，最少也是受了一场侮辱。哪知云家父女满面笑容地出来迎接她，向她道谢之后，说道："好了，好了，那恶贼已经给人赶跑了，从今之后，他是不敢再来纠缠我们了。但你拔刀相助的高义，我们还是一样铭感于心。"

蓬莱魔女当时听了，大为惊诧，忙向云紫烟询问，是什么人有那么大的本领，能够将公孙奇赶跑。这才知道是一个少年书生，就在那千钧一发之时，忽然不请自来，用一把折扇，把公孙奇打败，要公孙奇立下誓言，从今之后不许再骚扰云家，这才将他放走的。当日的情形当真是险到极点，公孙奇已经把云家邀来助拳的亲友全都打伤，云仲玉也正要横剑自刎了，要是那书生来迟一步，真是不敢设想。这书生打败了公孙奇之后，仰天大笑，也跟着走了。云家父女还来不及问他的姓名，事后云家的一位朋友，因为曾听过一位老前辈谈过笑傲乾坤的行径，这书生所用的折扇、年貌，以及潇洒不羁的风度，样样都与那位老前辈所说过的笑傲乾坤相符，这才猜想到定是笑傲坤华谷涵。

蓬莱魔女第一次听到笑傲乾坤华谷涵的名字，就是从云紫烟口中说出来的。

如今蓬莱魔女在一别四年之后，与好友意外重逢，想起四年前的旧事，当年她还是初次知道有华谷涵其人，而今则已是心心相印的知己，自己也正在为着寻觅他的下落而奔走风尘，思想起来，不禁心间怅触。同时蓬莱魔女也恍然大悟，问道："你们来到此间，可是为了追踪公孙奇这恶贼？"

云紫烟道："不错。正是因为丐帮弟子发现了公孙奇的行踪，我要武大哥来给我报仇的。柳姐姐，想不到这贼子是你师兄，但你好几次要大义灭亲的事情，我们也知道了。"

蓬莱魔女叹口气道："我早已不把这贼子当作师兄了。我此次北归，其中的一个原因，就是为了要去禀告恩师，请他处置这个逆子的。不过公孙奇如今已练成了桑家的两大毒功，本领亦已是今非昔比了。"

武士敦说了刚才和公孙奇动手的情形，云紫烟听说公孙奇已经逃跑，也不禁大叹可惜。

蓬莱魔女笑道："你们知道了我的情形，我还未知道你们的因果呢！云姐姐，你瞒得我好苦，一直不让我知道你有这一位武大哥。你们是几时'孟光接上了梁鸿案'的？"

云紫烟面上一红，说道："姐姐别取笑，我们也正有为难之事呢。进屋子去再说吧。"

云紫烟也是个性情豪爽的女侠，虽然难免有点害羞，但仍是把他们之间的事情，毫不隐瞒地向蓬莱魔女说了。

原来他们是同邑人，而且两家还是邻居。云紫烟的父亲是名武师，武士敦的父亲是乡下教私塾的先生，两人虽是一文一武，倒是意气相投，甚为相得。武士敦比云紫烟年长三岁，武士敦家破人亡那年，武士敦五岁，云紫烟才是两岁。

两家在战祸之中失散之后，经过了十三年，云仲玉才打听得武士敦的下落，知道他做了丐帮帮主的弟子。

云仲玉是武林名宿，与丐帮帮主尚昆阳同一辈分，颇有交情。有一日听得尚昆阳说起他最得意的"关门弟子"是南阳人氏，云仲玉心中一动，叫来一认，果然是故人之子。

云仲玉见故人之子已经长大成材，当然大为高兴，想起往日与他爹爹的交情，又怜悯他家破人亡的遭遇，遂起了将女儿许配于他之意。自此之后，云家父女时常来探望武士敦，在云仲玉有意安排之下，两个少年人日益亲近。那时云紫烟正是年方十五，情窦初开，对这位本领比她高强得多的"武大哥"极为崇拜，和他在一起就觉得开心。也许她还不懂得这就是爱情，但在别人眼中，他们早已是情投意合的"小两口子"了。

云仲玉曾经几次向尚昆阳提起给他们定亲，奇怪的是尚昆阳反而诸多推搪。直到有一天，云仲玉酒后发了怒气，质问尚昆阳是否认为自己的女儿配不上他的爱徒？其时别无旁人在座，尚昆阳这才把真正的原因告诉他。原来尚昆阳已经安排好了，武士敦就要趁今年金国招选御林军的机会，冒充金人，前往投军，以便伺机刺杀金国的皇帝，报家国之仇的。但武士敦此去，成败未可知，甚至能否活着回来，亦属渺茫。而且即使能活着回来，也不知是何年何月？尚昆阳是为了怕误了他女儿的青春，这才推搪婚议的。

云仲玉听了大为感动，更决意要定这门亲事。当下两个老人就把女儿、徒弟叫来，由尚昆阳咱与他们说个明白，问他们的意思。尚昆阳是怕只由父亲作主，事后女儿或有后悔。哪知云紫烟年纪虽小，深明大义，又加以一向崇拜、爱慕这位"武大哥"，所以反而比她父亲还要坚决，事关终身大事，她也顾不了害羞，当场就发下誓言，誓等武士敦回来，非武士敦不嫁。武士敦感于他们父女之诚，于是这件婚事遂定夺了。

但武士敦混入金国的御林军中，这是一件非常私密的事情，此事在丐帮之中只有帮主尚昆阳和另外一位长老知道，丐帮之外，就只有云仲玉父女知道了。云家父女当然要守口如瓶，云紫烟也不敢让外人知道她的这位未婚夫。即使是对着最知己的朋友如蓬莱魔女者，她也不敢吐露半句。

自从武士敦投军之后，他们就没有再见过面。到了第六年，发生了公孙奇迫害他们父女的事情，事情过后，云仲玉一气成病，第二年就病死了。

云紫烟不愿留在伤心之地，同时也怕公孙奇再来找她麻烦，遂离开家乡，到峨眉山跟她师父无相神尼，深造武功，再学了三年之后，这才回来的。她回来之后不久，恰巧武士敦也大功告成，刺杀了完颜亮，回来找她了，两人一别十年，至此方才重见。正是：

历劫了无生死念，经霜方显傲寒心。

欲知后事如何，请听下回分解。

第六十九回　青衫忍湿英雄泪
黑手高悬霸主鞭

　　蓬莱魔女听了他们这段悲欢离合的故事，又是感动，又是喜欢。感动的是他们相爱的坚贞，喜欢的是好友终身有托。当下笑道："愿天下有情人都成了眷属；是前生注定事莫错过姻缘。你们等待了十年，如今已是苦尽甘来了。我也就等着喝你们的喜酒啦。"

　　云紫烟双颊晕红，却苦笑道："哪里就谈得到这个？柳姐姐，你不知道武大哥他正有为难之事呢。"

　　蓬莱魔女道："武大侠，照你们的帮规，你是要为恩师服孝一年吧？十年都已经过了，那也不在乎多等一年了。"宋代崇尚儒家，很讲究葬丧之礼，儒家对于父母，是要守三年丧礼的。武林中人，父母与师父的地位相等，但丐帮注重"心丧"，却不似儒家之讲究表面形式，不过也多少受了当时习俗的影响，所以师父死了，规定弟子要服孝一年，一年之内，不许婚嫁。蓬莱魔女正在与云紫烟谈到她的婚事，只道她是有着这重心事，故此随口将她打趣。

　　云紫烟红了脸道："柳姐姐，我是和你说的正经事儿。这件事情，对于武大哥来说，比我们婚姻之事，更重十倍！"在知己面前，云紫烟一着急，也就顾不得害羞，坦率地说了出来，也不避忌"婚姻"二字了。

　　蓬莱魔女听她说得这样郑重，倒是不禁有点惊愕，连忙问道："是什么大不了的事情，武大侠看得这样紧要？"

　　武士敦叹了口气，说道："柳女侠，你提起我的恩师，我是有苦说不出口。我、我已经不是丐帮的弟子了。"

蓬莱魔女怔了一怔，道："你离开了丐帮？"

武士敦道："不是我自己离开的，我身受师父大恩，怎能离开丐帮？我、我是给逐出本帮的弃徒！"

蓬莱魔女大吃一惊道："这却为何？"

武士敦道："我带了完颜亮的首级回来禀告恩师，恩师死后，大师兄未曾接任帮主，就在灵堂之内，宣告将我逐出丐帮。"

蓬莱魔女惊愕不已，连忙问道："这是什么道理？照理说，你杀了金国皇帝，这是一个极大的功劳，丐帮应该立你为帮主才是，怎能反而将你驱逐出帮？"

武士敦苦笑道："问题就出在完颜亮的首级上。"

蓬莱魔女道："我越听越糊涂了，完颜亮的首级有何不对？"

武士敦道："不是完颜亮的首级不对。是因为丐帮之中，从没有一个人见过完颜亮的，谁也不能分别是真是假。大师兄说我是不知从哪里胡乱取来的一个首级，诳报功劳，意图欺骗本帮，掩饰自己的罪过！"

蓬莱魔女道："还有什么罪过？"

武士敦道："我在金国御林军中当了十年军官，这都是奉了师父之命，也是由我师父安排的。但帮中上下，却没人知道我是负有秘密任务，只知道我是做了金虏的官。大师兄因此给我加上了一条天大的罪名，说我是贪图富贵，背叛本帮。如今看到金国战败，完颜亮战死，一看大势不好，这才捏造功劳，用假首级冒充是完颜亮，回来行骗。"

蓬莱魔女道："你回来的时候，不是见过你师父的么？当时有无旁人？"

武士敦道："当时大师兄也是在场的。但师父见了完颜亮的首级，就笑死了。他安排我去刺杀完颜亮这个秘密，他并没亲口说出来。"

蓬莱魔女道："但你师父当时的态度，已足以证明你不是叛徒。要不然他早已叫人将你拿下了，还会那样高兴么？"

武士敦道："话是不错，我也曾据理力争。可是师父当时是在病中，大师兄说师父病中神智不清，相信了我的假话，这才高兴的。而他则因我从前是最得师父宠爱的徒弟，他虽然知道我拿来的是'假首级'，但也因师父是在病中，所以不愿当面戳破，以致师父伤心。总之，说来说去，师父既没有亲口证实我是奉命而为，我也拿不出别的人证物证，他们就不能相信我，始终认为我做了金虏的军官，就是贪图富贵，背叛本帮。只把我驱逐出帮，已经是格外宽容了。"蓬莱魔女道："你帮中不是还有一位长老，知道此事的么？"

武士敦叹口气道："这位长老倒是还在世上，只是亦已年老多病，似乎有点神智不清了。我的大师兄去问他，说了半天，他却记不起当时是否曾有此事，结果还是不能证实。"

蓬莱魔女大起疑心，心里想道："这样重大的一件事，即使如何老得糊涂，也不会忘记的。莫非其中另有别情？"

武士敦道："知道这个秘密的，除我之外，只有四个人。帮内是帮主和长老，帮外就是紫烟和她的父亲。帮主和紫烟的父亲已经死了，长老不肯作证，剩下一个紫烟，帮中许多人知道她是我的未婚妻子，未婚妻子当然不能当作证人！"

蓬莱魔女道："你的大师兄是风火龙吧？从前我也曾见过一面的，只是不大清楚他的为人，还正派么？"

武士敦道："大师兄一向的行事倒是公正平直，颇得帮众拥戴的。"

云紫烟目光中流露出求助的神情，望着蓬莱魔女。蓬莱魔女却在低首沉思，一时没有说话。

云紫烟道："柳姐姐，你是有要事在身吧？"蓬莱魔女道："云姐姐，你别误会我是借口推搪。武大侠砍下完颜亮的脑袋，这是我亲眼见到的，莫说他是我的姐夫，即使是个素昧平生的人，我知道了他的这个冤枉情事，也该义不容辞地给他作证。但就只怕我单独去会他的师兄，也未必有用。"

云紫烟道："柳姐姐，你是北五省的绿林盟主，一言九鼎，风火龙可以不相信别人，难道还能不相信你吗？"

蓬莱魔女道："这里面有一层顾忌，丐帮与绿林素来各行其是，很少往来的。正因为我是绿林盟主，若是由我出头作证，只怕反而惹了嫌疑。"

云紫烟一时不解，问道："什么嫌疑？"

蓬莱魔女道："有一句话不知我该不该说？"

武士敦眼睛一亮，说道："莫非柳女侠怀疑我的师兄……"

蓬莱魔女道："不错。依我看来，只怕风火龙是蓄谋将你陷害，立心逐你出帮的。因为你杀了完颜亮，这是不世奇功，若然他不一口咬定首级是假的，给你加上个叛帮求荣的罪名，恐怕丐帮的弟子，就要拥戴你做帮主了。"

武士敦本是个精明干练的人，要不然他焉能混在敌人心脏的御林军中，十年没有出事？蓬莱魔女所怀疑的他也早已想过了，不过他不忍说出来而已。他这个大师兄，除了贪图权位之心较重之外，别的行为倒没有什么不端之处。为了顾全大局，武士敦也是不愿引起丐帮的分裂的。

蓬莱魔女接着说："所以若是由我出头作证，只怕风火龙更要犯疑，说是武大侠要请绿林撑腰，谋夺帮主之位。而丐帮又是一向提防绿林中人插手管他们帮中事务的。"

武士敦叹口气道："其实我决无要当帮主之心，只是想洗此不白之冤，得以重回丐帮，报丐帮对我的深恩而已。"

蓬莱魔女道："若要洗此不白之冤，必须当众表白。我意欲邀请当日在场目击的人，包括武林中的老前辈，以及在江湖上久享盛名的侠义之士，都来给你作证。但不知你们的丐帮大会，何时召开？"丐帮惯例，接任的新帮主必须召开一次大会，在会上由长老正式宣布，通过这个仪式，新帮主才算得本帮公认，而新帮主就任之后，也需要重新分配本帮职务，故此蓬莱魔女有此一问。

武士敦道："我被逐出帮，帮中事务，不复与闻。但事有凑巧，前几天我碰见一位远地来的本帮弟子，与我从前十分要好的，他尚未知我已被逐出帮，透露了一点风声。但我却只知地点，不知日期。"

蓬莱魔女问道："什么地点？"

武士敦道："首阳山上。"

蓬莱魔女有点诧异的神色，道："什么？就是凉州境内的首阳山么？"

武士敦道："不错。据那位朋友说，帮中已有通告，凡是五袋以上的弟子，都要到首阳山聚会。那日我在路上遇见他，他还问我是不是要到首阳山的呢？这位朋友是七袋弟子，在一个偏僻的边城当舵主，是十年以前从总舵调去的。他还未知道我混入金国御林军中的事情，以为我最少也是五袋以上的弟子了，故而有此一问。我不想骗他，坦白地告诉了他，我已是本帮的弃徒。他倒是相信我的，很为我叹息了一番。可是恪于帮规，他知道我被逐出帮之后，当然就不再告诉我聚会的日期了。"

丐帮的所谓几袋弟子乃是用来区分级别的，五袋以上算是高级。天下的叫花子不知几十百万，所以丐帮"大会"只能由五袋以上的弟子参加。

蓬莱魔女道："奇怪，为什么要定在首阳山上？你可想得到其中缘故？"

首阳山在今甘肃省陇西县西南，乃是商朝遗老伯夷、叔齐隐居的地方，他们因为商亡之后，不肯降周，"不食周粟"，故而到首阳山上采薇（一种野菜）过日的。山下有个"采薇村"，正就是如今蓬莱魔女的师父公孙隐隐居的地方。

首阳山地处西陲，交通不便，按说丐帮的大会应该在中原举行才是。如今新帮主要远远地跑到首阳山去召集他就任之后的第一个丐帮大会，未免令人觉得出乎常理之外。

武士敦道："我见弃本帮，不便再问其中缘故。我也觉得有点奇怪，或者是有意挑选这么一个偏僻的地方，避免金虏的耳目吧。"

蓬莱魔女心中想道："我师父隐居采薇村，与外界隔绝多年。丐帮到他那儿举行大会，想来只是一个巧合，大约不至于和他有甚关连？"蓬莱魔女本来是要回去见她师父的，因此丐帮大会在首阳山举行，对她来说，却是最好不过，她可以不用耽搁时间，两桩事情都可以在一处来办。而且在师父之处还可能见着她的爹爹。这两位老人虽然在江湖上销声匿息多年，但在二三十年前，却是名震武林的泰山北斗，提起他们的名头，丐帮中老一辈的料想人人知道，而且她的爹爹也是当日曾目击武士敦砍下完颜亮首级之人，正可以请他们两位老人家同赴丐帮之会，给武士敦说情、作证。

当下蓬莱魔女把她的计划说了出来，说道："我现在就赶往首阳山，沿途我还可以传绿林箭，邀请当日在采石矶之战中的许多位义军领袖、江湖上成名的英雄都来给你作证。总可以给你洗刷这不白之冤！"

武士敦一揖到地，说道："柳女侠，多谢你鼎力帮忙，大恩不言报，我武士敦只有铭记于心了。"

蓬莱魔女连忙还礼，说道："今晚，不是你拔刀相助，我早已遭了公孙奇这贼子的毒手了。"

武士敦道："柳女侠，你在路上有事要办，我是丐帮弃徒，也不便早去赴会，另外我与紫烟也还有一点私事要料理，大约要迟两天才动身。"

蓬莱魔女道："好，那么你们到了首阳山之时，可先到山下的采薇村找我。村头有一家人家，门前有一棵大树的，那是我师父的隐居之所。"

云紫烟道："哦，原来你的师父就是住在首阳山下的，那真是最好也不过了。"这不是寻常的客套说话，要知武士敦已被逐出丐帮，失去了参加丐帮大会的资格，倘若冒昧前往，只怕要给新帮主轰他下山。如今在山下有个落脚之处，又可以仰仗公孙隐之力，先作疏通。随着公孙隐上山，那就方便多了。他之所以不敢提前赴会，也是怕在路上碰到太多的丐帮弟子，倘若不予谅解，很可能把他赶回。所以宁可落后两天，等待帮中较重要的人物都走了之后，他才随后赶去。

武士敦谢过了蓬莱魔女，笑道："你们姐妹久不见，也该让你们叙叙体己的话了。我去找点食物，准备柳女侠明早动身。"

武士敦走后，蓬莱魔女笑道："你这位武大哥对你真是体贴。"

云紫烟道："对了，咱们是该叙些体己的话儿了。柳姐姐，你有了合意的人没有？"

蓬莱魔女双颊晕红，说道："没有。"

云紫烟笑道："你别瞒我，我都已知道了。我们前几天才见了笑傲乾坤华谷涵呢！"

蓬莱魔女禁不住冲口便问："真的？他说了什么来了？"心想："华谷涵与云紫烟不过一面之交，难道就会把心事向她言说？"

云紫烟道："原来华大侠和武大哥还是好朋友呢。那一日我们在路上碰见他，他们两人打了一个照面，突然哈哈大笑，就打起来！"蓬莱魔女诧道："好朋友怎么见面就打？"

云紫烟道："当时我也奇怪，也还未知道他们是好朋友，我就上去与华大侠相认，劝他们住手。华大侠哈哈一笑，说道：'小武，你的本领可是大大的长进了呵！'武大哥也笑道：'彼此彼此，都不用客气。咱们隔别了十年有多，打起来还是平手。'

"后来我听他们叙旧，这才知道华大侠的父亲生前和尚帮主乃是知交，他们二人小时候曾有一段时间常常见面，也常常闹着玩打架的。可惜我从前不知道他们有这段交情，华大侠也不知道我与士敦订有婚约。那次华大侠救了我们父女，我还未曾向他道谢呢。"

蓬莱魔女道："武大哥可曾和他说起丐帮之事？"

云紫烟道："华大侠已经知道尚帮主去世的消息。武大哥告诉他如今已经不在丐帮，华大侠只是哈哈一笑，淡淡说道：'不做丐帮的弟子又有什么打紧？不一样可以行侠仗义？何须如此烦恼？好，咱们谈别的事情，恼人之事，再休提起！'他非但没有问武大哥何以被逐出帮的原因，还把他的话头也打断了。武大哥当然也不便再提啦！"

蓬莱魔女心中起了一阵疑云，暗自想道："这可不大似华谷涵的平日为人。"

云紫烟接着说道："当时武大哥也有点尴尬，但事后推想，华大侠多半是已经知道了他被逐出丐帮的原因，对他也是相信的；可是一来因为华大侠不是当日在场之人，与你不同，你可以作证，他是不能作证的。二来丐帮的事情，也不容毫无关系的外人干涉。华大侠自忖帮不上忙，就只好不谈此事了。而武大哥当时要告诉他这件事情，不过因为彼此份属知交，这才谈起，倒也并无向他求助之意。"

武士敦那样的推想当然是合情合理，可是蓬莱魔女仍是不能尽释所疑，心里想道："华谷涵一向是个喜欢打抱不平的热心人，从前他和云家父女素不相识，也曾帮了他们的大忙，把云姐姐从公孙奇的魔爪之下救出。如今是他的好朋友遭了不白之冤，何以他反而漠不关心？即使帮不上忙，也应该代想办法，却怎能摆出一副置身事外的态度？莫非他另有打算，未到时机，不便先说？"

云紫烟笑道："他没有再问丐帮的事情，倒是问起你来了。"

蓬莱魔女心头一跳，道："问我什么？"

云紫烟道："他已经知道你我的交情，问我有没有你的消息。我看他对你这样关心，也就猜想得到你们的交情非同泛泛啦。"

蓬莱魔女心道："原来如此。我道华谷涵怎能与他们一见面，就把心事向他们诉说呢？原来是云姐姐听言察色，猜想到的。"她给云紫烟套出了她心中秘密，虽然以她们姐妹般的交情，让云紫烟知道也没什么，但在云紫烟含笑注视之下，也不禁羞红了脸。

云紫烟接着说道："他听说我自从那次之后，就没有和你再见过面，也不知道你任何消息，很是失望，后来就走了。"

蓬莱魔女道："他可有说他上哪儿？"云紫烟道："他说他是去阳谷山光明寺。他还告诉我们，说是你有可能在这十天之内渡江北返，请我们代为留意，要是碰上了你，或知道你的行踪，就叫我们代为传送这个消息，让你知道他的去处。"蓬莱魔女听了这个消息，不觉又是颇感意外。

蓬莱魔女心里想道："据东海龙所说，华谷涵与他分手之时，曾对他说明是要去找我的师父的，怎的又临时改变了主意了？"

阳谷山光明寺的方丈明明大师是蓬莱魔女父亲的老朋友，他们父女分手之时，她父亲也曾吩咐过她，说是他要先往光明寺，再赴采薇村，若他女儿北归之时，可以先到光明寺打听他的行踪，顺便拜访前辈高僧。阳谷山在山西，首阳山在甘肃，相距一千多里，但却是在一条路上，只需多走几十里山路而已。蓬莱魔女心想："莫非华谷涵也已知道了我父亲的行踪，急于先去会他？但他一直是在王宇庭的义军之中，半个月前才离开的，他又怎能知道我父亲的消息？他又何以不径赴采薇村等我父亲？明明大师生平足不出寺，不是爹爹说起，我也不知道有这么一位前辈高僧。难道华谷涵与他也是忘年之交？"

不过更感意外的却是，华谷涵要云紫烟把他的行踪告诉她。当日华谷涵是负着气离开她的，后来蓬莱魔女从东海龙口中知道，华谷涵曾在路上遇见武林天骄的姐姐慧寂神尼，慧寂神尼拉他到路边说了一些话。说些什么，东海龙不知道。华谷涵就是在碰见慧寂神尼之后，才决意渡江北上的。猜想也许与慧寂神尼这一席话有关。不过，华谷涵却没有要东海龙代传消息，甚至他在东海龙面前，从没提过她柳清瑶的名字。

　　蓬莱魔女感到意外，也感到喜悦，这件事情表明了华谷涵心上还牵挂着她，而且也谅解她了。要不然以华谷涵的骄傲，绝不会先向她表示愿与她相晤之心。

　　云紫烟似乎猜到她的心事，笑道："我看华大侠对你很是有心，你怎么样？你们两人正是天造地设的一对，可不要错过姻缘了。"

　　蓬莱魔女双颊晕红，低声说道："还远着呢，哪里就谈得到这个？"想起云紫烟与武士敦虽然好事多磨，但却比她的情况单纯得多，心中不无感慨。

　　第二日一早，武士敦打猎回来，三人饱餐野味，武士敦又送了一袋干粮给蓬莱魔女，准备她在路上找不到人家之时食用，蓬莱魔女与他们约好在采薇村见面，便分手了。

　　蓬莱魔女受人之托，忠人之事，决意要帮武士敦的忙，但她却抽不出空先回山寨。她想起宋金刚家住六合县（今安徽境内）西乡，靠近金江北岸，宋金刚是江湖上的成名人物，又是当时的一路义军首领，曾参与采石矶之战，便兼程赶路，先去找他。

　　百多里路程，蓬莱魔女无须在路上施展轻功，惹人注目，只是稍微加快脚步，当日天未入黑，便赶到了，宋金刚见她突如其来，又惊又喜。

　　宋金刚又惊又喜，说道："柳女侠，什么风把你吹来的？大伙儿都在盼望着你。你这次可以住个三五天吧？桃兄弟、卫兄弟他们都是在附近一带的，比较住得远的是韵二哥，也不到三百里路程，如果你可以住个三五天，我就马上派人请他们来和你见面。"

　　蓬莱魔女笑道："对不住，我马上就要走的。但你所说的这几位兄弟，我也正要你去替我知会他们一件事情。"

宋金刚道："好的。但你总要喝一杯茶才走吧。请进里面说话。"宋金刚是个江湖豪侠，见蓬莱魔女行色匆匆，也就把一切客套的说话全都免去，开门见山地便问她因何而来。

坐定之后，蓬莱魔女说道："我是想请你代约一些朋友，前往首阳山聚会。其中有些是江湖好汉，有些是绿林豪杰。江湖好汉方面由你具名发出英雄帖；绿林豪侠方面，请你代我传绿林箭。这件事情，待大伙儿在首阳山见面之后，我再详谈。你总可以相信我吧。"

宋金刚是一庄之主，手下有数百壮丁，几十匹好马，邀人之事，交给他办，正是最好不过。但因为此事涉及丐帮内部废立之事，蓬莱魔女不愿引起太多的猜疑，所以需要暂时保守秘密。

宋金刚哈哈笑道："盟主言重了。你的吩咐，我自当遵办。只不知你要邀请哪一些人？"宋金刚并非绿林中人，但因他是曾受过蓬莱魔女指挥的一路义军领袖，故而以下属自居。他也深知江湖上有许多禁忌，蓬莱魔女既然这样说，他也不便多问，当下取来纸笔，便记下蓬莱魔女所说的那些人名字。

蓬莱魔女看过名单无误，说道："首阳山下有个采薇村，村里有一家人家，门前有棵大树，那是我师父公孙隐所居之处，你通知他们，先在那儿会齐。"

宋金刚大为欢喜，说道："原来令师公孙前辈就住在那儿。我在二十年前曾有幸见过他一面，也曾受过他的恩惠的。如今正好趁此机缘去拜见他。柳女侠还有什么吩咐吗？"

蓬莱魔女道："不敢。我想知道一些别后情形，你们各路义军怎样安置了的？你可以扼要告诉我么？"

宋金刚叹口气道："金宋如今正在谈和，义军得不到王师的支援，只好暂时遣散，各自回家务农，以求生计。但还是互通消息的，如果你们绿林豪杰要几时再举义旗，盟主你只须派个人来传令，我一定再集义军，执鞭随镫！"

蓬莱魔女道："这个待咱们会齐以后再作商量，还有什么消息么？"

宋金刚道："没有什么大的消息。只是我前两天看见一个意想不到的人从这里经过。"

蓬莱魔女问道:"是什么人?"

宋金刚道:"柳女侠,你还记得在采石矶之战中,对完颜亮倒戈却转过来帮助咱们的那个金国贝子吗?原来他就是大名鼎鼎的武林天骄,在金国百姓之中最受崇敬的一位英雄。战事过后,我才打听到的。"

宋金刚一点也不知武林天骄与蓬莱魔女的关系,还怕她不知道武林天骄是谁。蓬莱魔女怔了一怔,又惊又喜,问道:"你所说的前两天碰上的那个'意想不到的人',就是武林天骄么?"

宋金刚道:"不错。那日我在屋后的山上教几个徒弟练习轻功,忽然发现一人一骑,从山下经过。我首先注意的是那匹马,真是一匹人间罕见的骏马,最初发现之时,估计总在六七里外,从山顶望下去,只见一个黑点,转瞬之间,便似旋风般的疾驰而来,不到一盏茶的时刻,就从山下经过了。我这才看得清楚,就是那日曾和你一同作战的那个武林天骄。他虽然是金人,但也是金国反抗暴政的志士,我认为是可以做咱们的朋友的。当时我就想叫住他,与他结识。可是又觉得冒昧了些,正自踌躇,他那匹马已经去得远了。"

蓬莱魔女道:"是向着哪个方向走的?"

宋金刚道:"是向着江边走的。这两天我叫门人留意,可还没发现他,也不知他回来了没有?"

蓬莱魔女道:"既然没有再发现他,那也就算了。以后总还有机会可以相识的。"

蓬莱魔女说得很平淡,心里却是起了一阵波动。她从前的习惯,每逢想起了笑傲乾坤,就会连同想起了武林天骄。直到她暗自决定了终身大事,决定了只把武林天骄当作她的一个知己朋友之后,武林天骄在她心中的地位才比不上笑傲乾坤,对他的思念也就稍减了。可是武林天骄毕竟还是一个她最知己的朋友,因之听到他的消息,自是分外关心。心里想道:"不知他是否要渡江寻我?当日他为了避嫌,是决意不再见我的了。若他还愿意见我,那一定是他已经与笑傲乾坤先见了面,两人已言归于好,彼此谅解。噫,也许他根本就不是来寻找我的,我胡思乱想作甚?唉,我只盼他与赫连清云能成为鸳侣，与我们永远保持友谊。"蓬莱魔女心中的"我们"不用说就是包括了笑傲乾坤的，想至此处，双颊不觉微晕。

宋金刚当然不知道蓬莱魔女这些心事，当下说道："柳女侠说的是。反正这也不是什么重要的消息，让他过去也就算了。结识武林天骄之事，以后再找机会也还不迟，但因此提醒了我另一件事。"蓬莱魔女道："你又想起了什么事了？"宋金刚道："柳女侠，你没有坐骑，赶路很不方便，我想送你一匹，虽然比不上武林天骄的坐骑，也还可以将就使用的。"

蓬莱魔女性情爽朗，与宋金刚也用不着客气，便即笑道："白天在路上是不便施展轻功，我正想找匹坐骑代步呢。你肯送给我，那是最好也不过的了，好，我就领你的情啦。"

两人分手之后，蓬莱魔女骑上宋金刚送她的坐骑，继续赶路，宋金刚说的"可以将就使用的坐骑"，其实已是千中挑一的骏马。这一天工夫，就跑了三百多里。

一路上果然碰到许多大大小小的叫花子，但品级最高的也不过六袋弟子，蓬莱魔女与丐帮甚少往来，所认识的不过是几个首脑人物，路上碰上的这些叫花子，也不知道她就是名震江湖的绿林盟主，虽然见她腰悬宝剑、背插拂尘，一个年轻女子，单骑独行有点奇怪，但丐帮弟子，走遍天下，什么奇怪的人物没见过，倒也没有特别在意。双方各走各，蓬莱魔女自顾赶路，也没有和他们搭讪。

过了几天，蓬莱魔女马快，已走了一千多里路程，碰见的叫花子也渐渐稀少了。这一日她正在一片一望无际的草原上放马疾驰，忽听得前头有厮杀的声音，走近去一看，只见有三个金国武士与两个老叫花在草原之上浴血激战，地下有五具尸体，三具是丐帮的，两具是金国武士的。那两个叫花子身上都受了好几处创伤，就似两个血人一般，眼看就要支持不住。

蓬莱魔女义愤填胸，厉声喝道："金狗休得行凶！"飞骑便冲上去。其中一个光头武士，突然回过头来狞笑道："好呀，原来是你这个魔女又来多管闲事，我正要找你算账呢！来，来，来！咱们再来较量，分个强存弱亡！"

这武士不是别人，正是完颜亮从前的国师金超岳。

金超岳与蓬莱魔女曾经两度交手，第一次蓬莱魔女因得武林天骄的暗助，打败了他；第二次就是三个月前在飞龙岛上的那一战，两人不过斗了十数招，蓬莱魔女的父亲柳元宗就替下女儿，一掌将金超岳打得重伤。是以采石矶之战，金超岳还在养伤期中，未能参加。但他也因此幸而逃了一条性命。

　　金超岳养伤三月，早已恢复如初。他与蓬莱魔女仇深似海，如今狭路相逢，一见蓬莱魔女单骑独行，并无她的父亲陪伴，登时放下了心，决意要报前仇，立即便来迎战蓬莱魔女。

　　可是金超岳也没有放过那两个老叫花，迎战之前，反手一掌，用到了八九分功力，先把那两个老叫花打得重伤倒地。

　　蓬莱魔女大怒，嗖的飞身下马，拂尘一扬，发出她的独门暗器，把十几根尘尾当作梅花针，向金超岳那两个伙伴射去。那两个武士此时正在要制伏那两个已经重伤倒地的乞丐。金超岳发出了一记劈空掌，荡开蓬莱魔女的暗器。可是也还有一个武士给她的尘尾射进了穴道。

　　那两个老叫花功力甚高，虽受重伤，尚未断气，趁此时机，突然双双跃起。给蓬莱魔女射中穴道的那个武士正在摇摇欲坠，瘦的那个老叫花一扑上去，一把将他箍住，五指如钩，已是紧紧叉住他的喉咙。蓬莱魔女正想叫道："留活口！"话未出口，只听得"砰"的一声，胖的那老叫花与另一个武士撞个正着，双方都是头破血流，倒在地下，动也不能动了。

　　金超岳反手一掌，意欲把那个瘦的老叫花打死，以解同伴之危。说时迟，那时快，蓬莱魔女亦已飞身赶至，出手如电，刷的一剑，疾刺金超岳胁下的"魂门穴"。金超岳迫得移转掌力，先解蓬莱魔女的剑招，双方都是不由自己地退后三步，避开对方的锋芒。

　　被叉住喉咙的那个武士，喉头发出咕咕几声响，两眼翻白，寂然不动。叉他喉咙那个老叫花发出一声裂人心魄的厉笑，说道："我也总算对了本啦！"笑声中双手仍然紧紧扼住对方的喉咙，却已跟着倒下去了。

　　草原上就只剩下了金超岳与蓬莱魔女两个活人，金超岳狞笑道："好，他们都死了倒也干净，咱们可以免受干扰。来，来，来！你我也来决个你死我活！"狞笑声中，双掌一圈，疾的拍出！

金超岳练的是"阴阳五行掌"的功夫，一掌拍出，登时寒风挑地，冷意沁肌。蓬莱魔女拂尘一挥，也带起了一股劲风，反而向前迫近了两步。金超岳心头一凛，想道："这魔女的功力竟是大进了。"喝道："好！你再接一掌！"左掌一扬，随着又激起了一股热风，炙人如烫。蓬莱魔女冷笑道："你双掌齐出，又能奈我何哉？"拂尘扫荡对方的阴阳二气，右手已是挽了个剑花，一招"春云乍展"，欺到金超岳身前，便刺过去。

这一招平淡轻舒，看似毫不着力，但剑尖刺出，却"嗤嗤"有声。原来蓬莱魔女自父女重逢之后，得她父亲传授上乘的内功心法，功力已是百尺竿头，更进一步。内力直透剑尖，那"嗤嗤"声响，就是她剑尖戳破了对方的阴阳二气所构成的无形的包围圈，气流激荡，发而为声的。

金超岳打起了全副精神，双掌挥舞，把阴阳五行掌的妙用尽数发挥，寒风热浪，迫人而来。宛如大海狂潮，一个浪头过了又是一个浪头。周围方圆十丈之内，沙飞石走。蓬莱魔女那匹坐骑也似识得厉害，早已远远跑开。

蓬莱魔女在寒热交攻之下，也不禁汗出如雨，心里也是有点惊诧，"这老怪病了一场，功力竟是丝毫未减。"蓬莱魔女也使出了全副本领，右手是柔云剑法，柔中寓刚，轻灵翔动；左手是"天罡拂尘三十六式"，拂尘起处，劲风如削。尘剑兼施，不论是尘式，或者剑招，全都蕴藏着强劲的真力。

两人棋逢对手，不知不觉，已是斗到百招开外。蓬莱魔女固然大汗淋漓，金超岳亦已吁吁气喘。他这"阴阳五行掌"的功夫最耗真气，打到百招开外，尚还未能取胜，不由得心头震恐："这样下去，即使我最后可以得胜，只怕又要大病一场。"

激战中金超岳急于求胜，忽地使出险招，"铮"的一声，在蓬莱魔女剑脊上弹了一下。这是"隔物传功"的上乘内功，蓬莱魔女的长剑给他以"雷神指"的指力弹中，一股热气，登时传到她的虎口，浑身发烫。

幸在蓬莱魔女今非昔比，虽然觉得很不好受，可还经受得起。

金超岳冒险进招，防守不免较疏，露出了老大一个破绽。蓬莱魔女身手何等矫捷，几乎就在同一时刻，猛地喝一声："着！"刷的一剑，迅如闪电，已是刺中了金超岳！

这一剑蓬莱魔女用的是她父亲所授的刺穴手法，本是要刺金超岳胁下的"愈气穴"的，金超岳身有护体神功，剑尖着体，给他的反弹之力弹得滑过一边，刺歪少许。但虽然如此，这独门的刺穴手法，即使不是刺正穴道，亦已破了他的内家真气。金超岳就似一只戳破了的皮球，泄了气了。

金超岳大吼一声，转身便跑。他真气已泄，居然还能健步如飞，功力之深，蓬莱魔女也不由得为之惊骇。

蓬莱魔女吁了口气，暗暗叫声："侥幸！"原来蓬莱魔女在他阴阳二气寒热夹攻之下，打到后来，亦已渐渐感到精神不济，倘若再过百招，她即使能够胜得了金超岳，自己也不免大病一场。

此时金超岳负伤逃跑，以蓬莱魔女的轻功，本来可以追得上他的。但一来那几个叫花子不知都死了没有，蓬莱魔女想着救人要紧；二来蓬莱魔女此时亦已是强弩之末，也担心金超岳还有接应的党羽，追上去只怕两败俱伤。

蓬莱魔女调匀一下气息，知道并无内伤，便立即过去察看那五个丐帮弟子的生死。

一看之下，不由得大大吃惊。这五个丐帮弟子都是在丐帮中地位很高的人物，其中四个是七袋弟子，还有一个是八袋弟子，而且是蓬莱魔女认识的人，前丐帮帮主尚昆阳的师侄龚浩。他的师父是尚昆阳的大师兄，他又是师父的大弟子，故此年龄不过比尚昆阳小十来岁，是一个将近六旬的老人了。武士敦则是尚昆阳的关门弟子，虽然同一辈分，相差却三十岁有多。丐帮的九袋弟子只有四人，第二代中的八袋弟子以龚浩为首，亦即是他在丐帮中的地位名列第五。丐帮是天下第一大帮，金国的武士除非是在战场上交锋，否则是不敢轻易与丐帮结仇的。"金超岳为什么要袭击龚浩呢？"蓬莱魔女怀着疑团，连忙去探龚浩的鼻息。正是：

江湖处处多凶险，奇案而今又一桩。

欲知后事如何，请听下回分解。

第七十回　青竹杖中藏秘密
光明庙里见奇情

　　一探之下，不由得叫声："苦也！"龚浩的气息已是微若游丝，几乎不能觉察了。蓬莱魔女是个武学的大行家，跟着父亲也多少学了一点医学，审视之下，知道龚浩已给金超岳的掌力震断心脉，纵有华佗再世，扁鹊重生，只怕也难救治。

　　蓬莱魔女叹了口气，再去察看那四个七袋弟子，更是糟糕，龚浩还有一丝气息，那四个弟子却是体冷如冰，早已死了多时了。

　　蓬莱魔女心里想道："龚浩的性命是保不住了，但好坏也得让他多活片刻。"当下把一颗"小还丹"纳入龚浩口中，将他扶了起来，手掌贴在他背脊的"大椎穴"上，默运玄功，一股内力输送进去。

　　"小还丹"功能补气培元，作用等于千年老参，虽不能起死回生，却可以令在弥留状态的病人苟延残喘。"大椎穴"是人身三阳经脉汇聚之点，受到外力的刺激，可以暂时复苏。

　　过了一会，龚浩身躯微微颤抖，果然慢慢睁开了眼睛。蓬莱魔女说道："我是柳清瑶，龚老前辈还认得我么？"龚浩缓缓点了点头，眼光中露出惊喜的神情，表示认得蓬莱魔女。

　　蓬莱魔女连忙加强输送内力，待得龚浩呼吸的气息隐约可闻，便问他道："龚老前辈，你可有什么事情需要交代？"时间紧迫，蓬莱魔女不能再用空言安慰，只能开门见山地问他了。

　　龚浩伸出颤抖的手指，吐出微弱的声音，断断续续地说道："这支打狗棒，请、请你交给武士敦。"他所指的方向，有一支碧

· 1121 ·

绿色竹棒，那是叫花子随身携带，对付恶狗用的。刚才他与金超岳激战，给金超岳将他的打狗棒击飞，恰好落在一个岩石缝中。

龚浩费尽力气说出了"武士敦"这三个字，还怕蓬莱魔女听不清楚，又挣扎着把手指在地上划字。蓬莱魔女连忙说道："是尚帮主的关门弟子，最近被你们驱逐出帮的那个武士敦么？我和道他。我和他是好朋友。"

龚浩露出欣悦的神情，接着说道："这是我师父要我给他的，你、你到首阳山去，找着他，告诉他，有非常、非常、重要……"说至此处，已是不能成声。蓬莱魔女忙再输送内力，问道："有什么重要东西？在哪儿？"可是龚浩说了这许多话，已是油尽灯枯，蓬莱魔女的内力也不能给他续命了。他把头一低，眼皮合上，已是溘然长逝。

蓬莱魔女道："好，龚老前辈，你放心去吧，你所托的事情，我一定给你办到。"

蓬莱魔女放下了龚浩，过去将那支打狗棒取了出来。打狗棒给岩石擦伤一道裂痕，幸喜尚未破损。

蓬莱魔女早就疑心武士敦之被逐出帮是另有隐情，丐帮中的首脑人物，未必人人同意此事。只可惜龚浩已死，未能够将他要说的话说完。

这支打狗棒是大巴山中一种特产的竹子，坚韧异常，若用普通的钢刀，砍一刀也不会砍断的，竹色也碧绿可爱。但除了这两个特点之外，也没有什么古怪的地方。蓬莱魔女心里想道："龚浩临终说的那半句话，指的不知是重要的事情还是重要的物件？他托我把这支打狗棒交给武士敦，也不知是何用意？不错，打狗棒是丐帮弟子的一种标记，可以解释为送了打狗棒给武士敦，就是承认他仍是丐帮弟子。可是这必须得帮主同意才行，私相授受有什么用？"

蓬莱魔女想不出所以然来，把这支打狗棒把玩了一会，也看不出有什么特别古怪之处。心里想道："反正我将来会在首阳山与武士敦见面，这个疑团早晚总会揭破。龚浩郑重托付，我只须将他这支打狗棒交到武士敦手中就是。"

蓬莱魔女把打狗棒收了起来，跨马登程，继续赶路，一路没有歇息，黄昏时候，已进入河南的伏牛山区，蓬莱魔女在山上找到一个破庙，这是一个香火冷落的药王庙，山门破烂，泥墙剥落，屋顶穿漏，庙里也没庙祝，但却正好省了蓬莱魔女求宿的麻烦。蓬莱魔女把马匹放在庙外，让它自行寻觅草料，便在庙中打开了随身携带的轻便卧具，倒头便睡。那支打狗棒则随着包袱，放在她的身旁。

　　蓬莱魔女实在是太疲倦了，一躺下来便睡着了。也不知睡了多少时候，梦中好似有人在她耳边叫道："醒来，醒来!"同时手臂上也好似给人打了一下似的。

　　蓬莱魔女蓦然惊醒，忽地嗅到一股异香。蓬莱魔女是个大行家，立即觉察乃是迷香，心中又是好气，又是好笑，想道："不知是什么黑道上的下三门人物，暗算竟然算到我的头上来了。我是绿林盟主，若是当真着了小贼的暗算，这可真是天大的笑话呢。我且先别声张，倒要看看是什么人来了。"

　　蓬莱魔女含了一颗"辟邪丹"，仍然假装熟睡。过了一会，只听得有人细声说话："已经过了一盏茶的时刻了，可以动手了吧?"另一个道："这魔女的武功十分厉害，还是小心些儿，再待一会的好。"蓬莱魔女听得出这两人是躲在屋顶悄悄耳语，说话的声音比蚊叫还细，不过由于蓬莱魔女内功深湛，听觉比常人敏锐十倍，却是听得清清楚楚。

　　蓬莱魔女又惊又怒，心道："原来他们还是知道我的来历的。哼，这就不是普通的小贼了。"心念未已，只听得屋顶上的一个人又在说道："不如就干爽一刀把这魔女杀了，省得多做许多手脚!"

　　另一个说道："不行! 帮主的命令只是要取回这支打狗棒。"先头那个人的声音又道："其实依我看来，还是喀嚓一刀杀了干净，也免得秘密泄了出去。"他的同伴似乎有点动怒，斥道："胡说! 帮主也不怕泄漏秘密，要你替他担忧? 你知道这魔女是什么身份? 她是北五省的绿林盟主! 你要想闯下滔天大祸么?"先头那人道："正因为她是绿林盟主，仇人定必不少。咱们是丐帮弟子，谁能疑心是咱们杀了她?"他的同伴道："若要人不知，除非己莫为。你下毒手，最少有我知道。我就要告发你! 你怎可以起这个歹毒的念头? 你心里还有帮规没有?"

先头那人似乎是着了慌，连忙分辩道："我其实只是为了帮主着想。咱们偷了打狗棒，这魔女能不疑心是咱们丐帮所为么？那时她来找帮主的麻烦怎么办？"

他的同伴道："打狗棒是咱们丐帮的东西，咱们取回来是名正言顺。这魔女即使找上门来，帮主也自有言辞对答。帮主是为了避免与她动武，也不愿与她撕破了脸硬讨，才要咱们来偷窃的。但却并不害怕秘密泄露。你懂不懂？"先头那人这才说道："懂了懂了。请你恕我适才无知，乱出主意。你只当我没有说过那些话，帮主面前，切莫提起。"他的同伴笑道："只要你打消这个念头，我又何必害你？"

蓬莱魔女弄明白了这两个人的来历，不禁大感意外，心里想道："原来竟是奉了丐帮新帮主风火龙之命而来的两个丐帮弟子。论理说，风火龙若是用丐帮帮主的身份，光明正大地向我讨回他帮中之物，我倒是很难拒绝。但他使出这种江湖上下三门的手段，却是令人不齿了。"又想道："这支打狗棒虽然是他帮中长老之物，却并非法杖可比。又不是什么了不起的宝贝，何以风火龙看得如此紧要？好，我偏不交还丐帮，看他们如何取去。"心念未已，只听得屋顶上那两个人说道："是时候了吧？""好，可以动手了。但还是要小心些儿，切莫惊醒了她！"蓬莱魔女暗地冷笑，只等他们下来。但那两个人却没有下来。只听得有轻微的声响，原来是那两个人揭开瓦片，从屋顶破洞之处，吊下一支渔竿。

这晚有点朦胧的月色，好在蓬莱魔女自小练习暗器，有在暗中视物的本领。只见渔竿一端的钓钩，在黑暗中闪了一闪，"刷"的一声，就勾着了她身旁的那支打狗棒。这个下手的丐帮弟子是个惯家，手法当真是快捷无伦，纯熟之极。

蓬莱魔女蓦地冷笑道："小贼，偷东西么？给我放下来！"一扬手，把她的青钢剑飞了出去，割断渔竿的钢线，打狗棒掉下地来。蓬莱魔女顾念丐帮的面子，不愿揭破对方的来历。蓬莱魔女只道她出声之后，那两个人定必飞逃，不料结果却并非如此。

就在竹棒坠地之时，忽听得"蓬"的一声，一团火焰随之而降，登时将那支打狗棒卷在熊熊烈焰中。与此同时，另外一支火箭

蓬莱魔女蓦地冷笑道："小贼，偷东西么？
给我放下来！"一扬手，飞剑割断钓竿的钢线。

则在朝着蓬莱魔女射来。

屋顶的两个丐帮弟子，一个是要杀蓬莱魔女的，另一个则是要救蓬莱魔女的。前者的暗器刚打出手，后者便即喝道："不许伤人！""叮"的一声，发出了一颗铁莲子将火箭打歪，一溜火光在蓬莱魔女侧边飞过，火星都没溅着她的衣裳。

蓬莱魔女冷笑道："谅你也伤不了我。"呼的一记劈空掌发出，将屋顶揭去了一大块，连同那支还带着火光的蛇焰箭，都给她的掌力从缺口送了出去。不过，蓬莱魔女一来看在丐帮份上，二来对方也有一个心肠好的，是以蓬莱魔女不愿玉石俱焚，她听得出那两个人是躲在屋顶的某一个方位，她的劈空掌却是朝着另一个方位打去。但尽管如此，那两个丐帮弟子在屋顶上亦已是立足不稳，慌忙跳了下来，没命奔逃。

蓬莱魔女顾不得追人，先去救火，幸喜这支打狗棒倒是很能耐火，蓬莱魔女很快把火扑灭，竹棒尚未烧毁。不过竹棒上本来是有一道裂痕的，经过了这一烧，竹棒两面烧焦，裂痕也更深更大，变了一道五寸多长两寸多阔的，好像给人用小刀剖开的一道裂缝了。

蓬莱魔女提起竹棒检查，忽然发现一件奇事，原来这支竹棒是中空的，在裂缝处露出一个纸头，已经有点烧焦了。蓬莱魔女小心翼翼地将纸头拉了出来，一看，乃是卷成指头粗大的一卷文书，幸喜只是烧焦了一点纸头。

蓬莱魔女正要打开来看，就在此时，忽听得一声骇人心魄的呼叫救命之声，蓬莱魔女心头一震，暗地叫声："不好！"忙把文书纳入怀中，背起包袱便追出去。

这包袱倒没有什么重要的物事，只是几件替换的衣裳和日常应用的一些东西，但丢了也很不方便，所以蓬莱魔女随手将它带走。

想不到在她弯腰拿起包袱之时，忽觉眼睛一亮，又发现了一件古怪的东西，是一颗亮晶晶的珠子。

从这颗珍珠的光泽看来，最少也值几百两银子。但蓬莱魔女不知见过多少奇珍异宝，一颗小小的珍珠，当然不会放在她的眼内。她所以感到奇怪的是，这颗珍珠并不是她的，在这破庙里却哪来的珍珠？

蓬莱魔女一怔之后，随即恍然大悟。她想起自己在熟睡中惊醒之时，似乎是有蚂蚁在她手臂上咬了一口似的，她就是因此惊醒的。一醒之后，便嗅到丐帮弟子的迷香了。在发觉这颗珍珠之前，她一直没有余暇推究这件事情，只道是朦胧中的错觉。如今方始恍然大悟，是有心人在暗中救她。将这颗珍珠轻轻打在她的身上，把她惊醒的。要是没有这颗珍珠，她早已着了丐帮弟子的道儿，性命或可无忧，那支打狗棒却必定给他们盗去了。

是谁有这样阔气把珍珠当作暗器？这个人救了她又为什么不肯现身与她相见？这不是古怪得很么？

蓬莱魔女蓦地想起一个人来，心道："是了，一定是他。除了他也没有别的人会把珍珠当作暗器，而且有那么高明的轻功！"

蓬莱魔女所想到的"他"乃是武林天骄。

要知武林天骄乃是金国贝子，又是从来不用暗器的，想是他仓卒间找不到合用的东西，例如小石子之类，就随手把身上当作饰物用的珍珠摘下一颗，打进来了。也说不定他是有心留下标记，好让蓬莱魔女知道是他的。

蓬莱魔女心里想道："不知他走了没有？但倘若他还未走远，他也一定会听到有人叫喊救命的。说不定他现在早已经到了出事的地方了。"

蓬莱魔女心中思索，脚步则已走出庙门。但见星河黯淡，月色朦胧，四围静悄悄的，哪有一个人影？连她的马也不见了。

蓬莱魔女吃了一惊，心道："这匹坐骑十分得力，若是给那两个臭叫花害死了，却是可惜。"

但蓬莱魔女终于在一条山溪之旁，找到了她的坐骑。那匹马并没给人害死，也没受伤，只是躺在地上，好像睡着了一般。但听得蓬莱魔女的脚步声，却还能抬起头来望着主人喘气。原来它是着了迷香，跑了一段路，就晕过去的。马抵抗迷香的能力比人强，过了这许多时候，没有解药，它也开始醒过来了。蓬莱魔女用冷水浇它，又把一颗辟邪丹纳入它的口中，不多一会，这匹马已是精神抖擞，恢复如初。

那一声叫喊"救命"的声音是从西北方传来的，蓬莱魔女跨上马背，便向那个方向跑去。跑了一会，风中闻得一股血腥气味，蓬莱魔女暗叫不妙，下马找寻，到了血腥气味浓烈之处，拨开茅草，赫然发现一具尸体！

此时已是东方大白的清晨，那尸体身躯俯伏，背上插着一柄尖刀，蓬莱魔女看得分明，这人正是不同意同伴伤害她的那个丐帮弟子。

死因很是清楚，那凶手是怕他同伴告发，就在同伴背后偷偷插上一刀的。蓬莱魔女十分难过，心道："我早该想到有此一事的，一时疏忽，却叫好人丧了命了。"但从这一件事，也可以推断得到，设若救她的那个人是武林天骄，则武林天骄此时也早已下了山，走得远了。否则以他的本领，跟踪着这两个丐帮弟子，焉能容许有此事发生？

蓬莱魔女掩埋了这具尸体，心中想道："为了那支打狗棒，已经死了六个丐帮弟子了。如今我倒要看看打狗棒中那卷东西了。为什么金超岳要截杀龚浩，为什么风火龙要派人盗它，或者都可从那卷文书找到答案。"

蓬莱魔女小心翼翼地打开那卷文书，幸喜只是纸头烧焦一些，纸上文字虽然稍稍熏黄，每个字都还看得清楚。

蓬莱魔女看了之后，不禁倒抽一口冷气，呆了好一会子。心道："原来是这么回事！怪道风火龙要陷害武士敦，要抢回这支打狗棒！"

原来蓬莱魔女所看到的正是前丐帮帮主尚昆阳在得病之后所写的一封亲笔书信，这封信是写给他的大师兄鲁阳戈的。这鲁阳戈也正是武士敦所说的，那个在丐帮中除了帮主之外，唯一的知道武士敦所负的秘密任务的那个长老。

这封信是尚昆阳留作凭证用的，信中首先说明武士敦之混入金国御林军是奉他之命，其次说明，倘若武士敦当真能够刺杀了完颜亮回来，丐帮帮主之位就该由武士敦继承。尚昆阳是恐怕到了其时，他自己已经死了，所以留下亲笔书信，交给长老保存，作为证明。信中最后还说，即使武士敦不能刺杀完颜亮，他回来之后，也该承认他的功劳，让他做个九袋弟子。帮中弟子若有怀疑，就由长老在丐帮大会上宣读这封信。

龚浩是这位鲁长老的大弟子，蓬莱魔女把几件有关之事组织起来一想，整个事情就明白不过了。鲁长老在他做帮主的师弟死了之后，自己也得了重病，同时也由于已知道风火龙要夺位的阴谋，故而不敢将这秘密抖露。他因为病重不能参加首阳山的丐帮之会，于是叫大弟子龚浩把藏有帮主亲笔信的打狗棒拿去，设法交给武士敦。

蓬莱魔女弄清楚了丐帮这件事情，心中不胜感慨："风火龙本来也算得是个响当当的汉子，却为了贪图权位的一念之私，把自己变成了个卑鄙小人了。""若只是意图争夺帮主之位，排挤师弟，事情还小；最怕他不择手段，以求一逞，那就更不可饶恕了。"

蓬莱魔女隐隐感到一个危机，不由得悚然震恐。一个疑问蓦地在她心头升起，"金超岳之截杀龚浩，是不是为了这支打狗棒的呢？不错，龚浩是丐帮的八袋弟子，但也还不是十分重要的人物，金超岳何以要单单截杀他？看来多半是为了此事了。但金超岳又何以会知道这件秘密？是不是风火龙和他串通了的？"

尚帮主的亲笔信交给风火龙的大师伯鲁阳戈保存，鲁阳戈将它藏在打狗棒中，这是非常秘密的事情。风火龙以继任帮主的地位，探听到这个消息，已不知要费了多少心力了，但以他的地位，还不算稀奇。金超岳是丐帮的敌人，也知道这个秘密，那就是不可思议的了！

可是从那两个前来盗取打狗棒的丐帮弟子口中，蓬莱魔女又知道风火龙曾经严令那两个弟子"只许取物，不许伤人"的。再从他处置武士敦这件事情来看，固然他是只手遮天，欺骗帮众，陷害师弟；但也只是把武士敦驱逐出帮而已，并没将他杀害。似乎风火龙也还不是丧尽良心的穷凶极恶之辈。

到底风火龙是否曾与金超岳串通？蓬莱魔女作了正反两面的推断，兀是不能确定。但兹事体大，蓬莱魔女却不能不作预防，心想："丐帮是天下第一大帮，若任由风火龙阴谋得逞，后患无穷！倘若他再与敌人勾结，那更是不堪设想！"

蓬莱魔女藏好那封信，盘算好如何对付风火龙的事情，便跨马登程，续向西行。

路上没再碰见丐帮弟子，也没见着武林天骄。不过，蓬莱魔女向路边茶亭的人打听，说了武林天骄的模样，却知道是有这么一个人骑着白马，早已过去了。

这个消息证实了昨晚藏在暗中将她惊醒的那个人是武林天骄了，蓬莱魔女收起那颗珍珠，心头不觉有丝惆怅。虽然她对自己的终身大事早已有了抉择，但与武林天骄过去的一段友情，总也是不能忘怀的啊！良友避面，情何以堪？但她知道武林天骄的坐骑乃是一匹日行千里的宝马，要追也是追不上的了。

蓬莱魔女按照原来的计划，先上阳谷山探访光明寺的方丈明明大师，打听她父亲与笑傲乾坤的行踪。一路无事，这一日终于来到了阳谷山，已经是开始落雪的初冬时节了。

蓬莱魔女因为明明大师是她的父执尊长，为了表示尊敬，上了阳谷山，便即下马步行。雪下得正紧，地上已似堆琼砌玉，天空仍在吐絮飘绵。蓬莱魔女本是北国长大的姑娘，如今从江南回来，重见她所熟悉的雪景，自有一种亲切之感，喜悦之情。

"景物依稀似旧时，故人零落各分飞。"蓬莱魔女心中默念这两句诗，不觉忽生怅触，浮想连翩。武林天骄与笑傲乾坤，一个是她平生知己，一个是她心上之人，她是多么渴望与这两个人重聚啊！"如今武林天骄在哪儿呢？""这次总可以见着笑傲乾坤吧？"一次两次错过见面机缘，直到如今，她还未曾有过与笑傲乾坤倾诉衷曲的机会，造化弄人，何其太忍，她自思自想，亦不觉自笑自伤了。

不知不觉雪已止了，满山银白，树上的枯枝也披上新装，凝结枝头的雪花砌成各种美丽的图案，比真花还更好看。蓬莱魔女不觉又想起唐人岑参的诗句："北风卷地白草折，胡天八月即飞雪。忽如一夜春风来，千树万树梨花开。"诗人的想象多么美妙神奇，把一场大雪造成的枝头雪景，比作一夜春风催开的万树梨花。当真是令人从冷寂中看到生机，从萧索里感到春意。

皑皑的白雪净化了蓬莱魔女的心境，她忘掉了感伤，陶醉于银花雪浪的琉璃世界，独自踏雪前行。

山上的光明寺已经可以看见了，白茫茫的雪海里忽然映出一片耀眼的鲜红，原来就在光明寺的旁边，有几十树红梅，开得如胭脂一般，映着雪色，分外鲜艳，赛似画图！

"好一幅雪里红梅的天然图画！"蓬莱魔女一边赞叹，一边走去。就在此时，忽又听得一缕箫声从梅花丛中飞出，如怨如慕，如泣如诉！

这刹那间，蓬莱魔女不由得蓦然呆了。是武林天骄么？是造化再一次戏弄她，她这次是为着笑傲乾坤而来，造化小儿却有意教她与武林天骄先碰上么？

心念未已，只听得又有妙曼的歌声替代了箫声，唱的是唐代大诗人杜牧的一首绝句："青山隐隐水迢迢，秋尽江南草未凋。二十四桥明月夜，玉人何处教吹箫。"这是少女的歌声！这个少女而且已从花树丛中走出来了，只是她一个人，并没有武林天骄。蓬莱魔女又喜又惊，连忙跑上前去握着那少女的双手，说道："怎么，是你？你怎地也会走到这儿来的？檀公子呢？他是不是也已来了？"

原来这少女不是别人，正是赫连清云。她吹的是她那支古笛，并非玉箫。笛韵箫声，精于音律者本来可以分辨得出，但蓬莱魔女刚才一心想着的只是"笑傲乾坤、武林天骄。"遂把赫连清云的笛韵，错作武林天骄的箫声了。

赫连清云笑道："柳姐姐，我倒是知道你会来的，不过却料不到你来得这样快！"蓬莱魔女怔了一怔，正想问她如何知道，赫连清云忽地扬声叫道："大姐，客人来啦，快出来吧！"蓬莱魔女又是一怔，道："怎么，你的大姐也在这儿？你们已经和好了？"

蓬莱魔女只道清云所说的"大姐"是玉面妖狐赫连清波，是以感到奇怪。

赫连清云噗嗤一笑，说道："这个大姐不是我那不仁不义的姐姐。我，我是和他的姐姐一同来的。"说到一个"他"字，双颊微晕，蓬莱魔女这才知道她说的"大姐"乃是武林天骄的姐姐慧寂神尼。

心念未已，只见光明寺中走出一个尼姑，果然是慧寂神尼。

慧寂神尼也在笑道："柳女侠，我们等你已等了好几天了。你想不到我们就住在这儿吧？"

蓬莱魔女确实是意想不到慧寂神尼会住在一个和尚庙中，光明寺的方丈明明大师虽然是一个可以做得她祖父的老人，且又是高僧身份，但佛门最重清规，僧尼有别，尼姑住在和尚庙中，总是一件奇怪的事。

蓬莱魔女心道："也许她们与明明大师有甚渊源。他们是世外高人，原也不必拘泥于小乘佛法。"便道："这可真是巧极了，我正是来拜访明明大师的。你们怎么知道我会来的?"

慧寂神尼道："你的来意我都已知道了，请进寺中说话。"

蓬莱魔女跟随她们进寺，却不见明明大师出来，连一个小沙弥也没见着。这光明寺是明明大师三十年前将一座荒山古庙改建的，早已断绝了香火的了。寺中建筑除了供奉弥勒佛的正殿之外，也只不过几间房子。明明大师避世隐居，没收徒弟，没有职司打扫的小沙弥都不足为奇。所奇的是这座光明寺地方甚小，她们进来，明明大师是应该听得见的，却何以一直没有出来? 而且从她们的说话之中，明明大师也应该早已知道她是他老朋友的女儿，也在等着她来的。

蓬莱魔女坐定之后，忍不住便问道："明明大师可在寺中? 请你们给我通报一声，就说是柳元宗的女儿前来拜谒。"

慧寂神尼笑道："反正你已来了，也不必这么着急谒见明明大师了。你想探听的事情，我可以代明明大师回答。咱们难得有此机缘聚会，我也有话和你说呢。"

蓬莱魔女诧道："我要探听的事情，你们也都已知道了?"

慧寂神尼笑道："连你胸中的疑问我都可以替你解答。现在我就按照你所想知道的先后，依次答复你的问题。第一件你所想知道的是笑傲乾坤来过了没有? 第二件我们为什么住在这儿? 第三件明明大师何以直到如今未出来见你? 是不是这样?"

蓬莱魔女给她说中心事，双颊微晕，点了点头，说道："还有我的爹爹呢? 不知也来过没有?"

慧寂神尼道："你爹爹没有来过，笑傲乾坤则是已经来过了。"

蓬莱魔女不觉有点诧异，光明寺的明明大师是她父亲的老朋友，他父亲还俗下山，重涉江湖之后，就一直想去探访这位老朋友的，却苦于没有机会。这次他前往首阳山，只须绕一段路，耽搁一两天工夫，就可以来光明寺一行了。而且他事前也对女儿说过是必定先往光明寺的，还吩咐女儿可向明明大师打听他的行踪呢。"为什么爹爹临时改变了行程的计划?"蓬莱魔女颇感意外，疑虑顿生。

慧寂神尼似是连她这点心事亦已觉察，笑道："你爹爹武功绝世，决不至于有意外发生。他是在路上碰见了笑傲乾坤，遂托笑傲乾坤来光明寺代他向明明大师致意的。据说首阳山你师父那儿有紧要的事情等着他，他要绕道固原顺便了结一重公案，再往首阳山，故此就不能在光明寺耽搁时间了。他准备在从首阳山回来之时，再来探访明明大师。"

蓬莱魔女稍稍放了点心，暗自想道："我师父那儿有什么要事？莫非就是与丐帮聚会之事有关？"

慧寂神尼说道："首阳山的事情与固原的什么'公案'，我是出家人，不想多管闲事，笑傲乾坤没说，我也没有问他。不过，笑傲乾坤这次一来，我们姐弟和你们之间的一重'公案'倒是了结了。"说至此处，笑了一笑，道："我这才知道，柳姑娘，你真正喜欢的心上人是笑傲乾坤，不是我的弟弟。从前我莫明所以，做了无聊之事，曾与笑傲乾坤说了一些不该说的话，我已经向他道歉了。"

赫连清云也红了脸孔，握着蓬莱魔女的手道："我从前对你也有点儿误会，柳姐姐，我也向你道歉。"

胡女性情爽直，慧寂神尼出了家也还是这样性情，不避忌谈男女之事。蓬莱魔女却稍稍感到一点尴尬，笑道："事情都已经过去了，那就不必提了。嗯，这么说来，你是在采石矶战后，第二次见到笑傲乾坤了。"

慧寂神尼道："不错，第一次是在江南道上，那时他还与王宇庭他们同在一起的。想不到前几天又在这里会面。我这才知道他离开王宇庭的义军之后，曾托人向你送信，故此估计你在这几天也会来到。"

蓬莱魔女道："笑傲乾坤见着了明明大师么？"要知笑傲乾坤到光明寺是专为拜访明明大师而来的，慧寂神尼却一直没有谈及，蓬莱魔女自是感到有点蹊跷。

慧寂神尼道："没有。他已经托我转告明明大师了。"蓬莱魔女道："明明大师是到别处去了么？"慧寂神尼又是答了两字："没有！"正是：

深闭禅关因底事？高僧只在此山中。

欲知后事如何，请听下回分解。

第七十一回　问罪魔头来古刹
闭关高士练神功

　　蓬莱魔女诧道："既在寺中，何以不见。"

　　慧寂神尼道："因为明明大师正在闭关练功，要到今晚子时，方能功行圆满。笑傲乾坤来的那天，他正在紧要关头，我们不敢惊动他，是以未曾相见。"

　　"闭关练功"是佛门武学中练最上乘内功的秘法，练功时视而不见，听而不闻，严禁外界一切骚扰。因此这种练功，危险性极大，必须有人"护法"，以防外敌入侵；而且偶一不慎，还有走火入魔之险。

　　蓬莱魔女解开了一个疑团，又生了另一个疑团，心中想道："明明大师是前辈高僧，武学修为，人所罕及。且又是遁世隐居了几十年，与世无争，与人无尤，为何还要冒险闭关练功？"

　　慧寂神尼道："还是让我依次回答你的问题吧。把你的问题解释清楚，你也就会明白了。

　　"第二个问题是：我为什么住在这儿？"

　　说到此处，慧寂神尼喟然叹道："你可知道明明大师是我的什么人？"

　　蓬莱魔女当然不会知道，也不便乱猜，慧寂神尼已接下去自问自答道："明明大师是我的公公！"

　　这一答倒是大出蓬莱魔女意料之外，心道："原来如此，怪不得她当然是无须避嫌了。"

　　慧寂神尼叹了口气，继续说道："我那寡情薄义的丈夫名叫穆亦欣，是完颜亮生前的心腹武士，他要谋害我们姐弟，终于与我仳离。这些事情，听说三妹已经告诉你了？"

蓬莱魔女默默点了点头，不便多言撩起她伤心之事。

慧寂神尼苦笑道："我如今已是勘破色空的出家人，也不怕重提伤心之事。明明大师是我公公，但穆亦欣则并非他的亲子。明明大师削发之前，本是武林高手，平生行仗侠义，决意不仕朝廷的。他没有子女，他的一位好朋友临终时将儿子托他抚养，作为他的义子，这个孩子就是我日后所嫁的那个无良心之夫穆亦欣。

"明明大师因为他是好友遗孤，难免放纵了些。穆亦欣练成武艺，贪图名利，离开义父之后，便奔走权贵之门，使劲地向上爬，终于做到了完颜亮的御前带刀侍卫，后来又出任御林军的副统领。他一意逢君之恶，在他手下，不知陷害了多少忠良。

"我是他的妻子，但他所做的坏事，我却是毫无所知。直到他设谋要利用我陷害我的弟弟之时，我才看清了他的本来面目。

"但他做的事情，我的公公则是知道的。也正因此，他一气之下，遂削发为僧，意冷心灰，再也不问世事。

"我与穆亦欣夫妻变作仇人之后，一来是在家乡难以立足，二来也不愿留在伤心之地。这才只身逃到江南，在栖霞岭玄女观出家的。"

慧寂神尼幽幽叹了口气，接下去说道："我以为从此可以不涉红尘，哪知还是卷进了风暴。完颜亮兴兵侵宋，我的弟弟反对他的穷兵黩武，为他所囚。清云给我报讯，我不能不赶到采石矶救他。后来的事，你是已经知道的了。"

慧寂神尼在采石矶曾与蓬莱魔女并肩作战，又碰上她的丈夫穆亦欣，穆亦欣为她所伤，终于在乱兵中战死。这一段经过，既然蓬莱魔女也是在场之人，慧寂神尼就略而不谈了。

慧寂神尼喝了口茶，继续说道："那无义之人死了之后，我与二妹（赫连清云）找寻我的弟弟，没有找着。却意外地碰上笑傲乾坤，得知我的公公是在阳谷山光明寺做了和尚。但笑傲乾坤却未知道明明大师就是我的公公。

"金国暴君已除，我在江南又过不惯，遂决意重回本国。穆亦欣虽然对我无情无义，但他的义父却是我所尊敬的公公，我想我应当把这件事情告诉他，求他饶恕。他失了义子，年老无依，我也应当以媳妇的身份侍奉他。就这样，半个月前我与二妹来到了这儿。来得恰是时候。"

慧寂神尼歇了一歇，悄悄地抹去了她眼角的泪水，接着说道："我公公没有责怪我，反而安慰我。他说他早已料到穆亦欣多行不义，必定难得善终。这应怪他做义父的不善管教，小时候太过放纵了他。他也慨叹是名利二字害了他的义子，令他陷入歧途，不能自拔。但清者自清，浊者自浊，虽是父子夫妻之亲，也是挽救不来的。叫我也不要为这件事情太伤心了。我勘悟了色空，过去之事，也就当它是浮云逝水了。"

蓬莱魔女听了她的故事，心中却是不禁感触兴叹，她的师兄公孙奇所走的道路，不也正是与穆亦欣大同小异？只怕穆亦欣的下场就是她师兄未来要蹈的覆辙！

慧寂神尼说道："我谈自己的事情谈得太多，现在应该谈到我公公的事情了。

"我为什么说来得恰是时候呢？因为我公公是正要想闭关练功，我和二妹一来，就恰巧赶得上给他充当'护法'了。"

蓬莱魔女问道："明明大师武学深湛，为何还要闭关练功？"

慧寂神尼道："我公公说是有一个强敌已知他的踪迹，已放出风声，要来找他。他近年精研佛法，在武学的修为上不免松懈了些。是以要闭门再练一种绝世神功！"

蓬莱魔女大为骇异，问道："这强敌是谁？明明大师要这么郑重地对付他？"

慧寂神尼道："我公公没有说出此人名字，他不知是怕我恐惧，还是别有顾虑，不愿我知道此事底蕴。只说这是他在俗家时候一点小小的过节，那人只是找他，我只须给他'护法'，不须插手。"

慧寂神尼说道："公公的用意我明白，他的那个对头，一定非常厉害，怕我不知轻重，胡乱出手。但倘若那人当真来了，我岂能置身事外？"

赫连清云道："一到今晚子时，明明大师功行圆满，就不怕了。最怕的是在这期限之前，明明大师尚未能开关迎敌的时候，强敌就来！"

慧寂神尼道："大约不至于有这样巧吧？咱们给他老人家护法已有十多天了，一直平安无事。难道就只这最后一天过不了关？"

赫连清云道："凡事总是从最坏处设想的好。说不定真有这样巧呢？"说着话眼睛望着蓬莱魔女。

蓬莱魔女立即说道："我留住这儿一晚，明天才走。两位姐姐可欢迎我么？"

赫连清云喜道："这就最好也不过了。说老实话，这正是我所盼望的，但只怕柳姐姐赶着要往首阳山，所以不敢挽留。"

蓬莱魔女道："明明大师是我爹爹的好朋友，我既然刚好碰上这件事，做小辈的，理当稍尽'护法'之责。"

首阳山那边风云正紧，蓬莱魔女不是不挂虑她的恩师，也不是不急于去见她的爹爹与笑傲乾坤，但她如今已经确切知道了笑傲乾坤的消息，笑傲乾坤已经先走了三天，此时想必早已到了首阳山，会见了她的师父了。有他们两人同在一起，天大的事情也可以应付。比较之下，明明大师这边的事情却是更需要她相助的。

慧寂神尼道："好，柳女侠肯留下来，我也安心了。但愿今日平安无事，咱们可以畅叙一天。对啦，我也想问问柳女侠，可有我弟弟的消息？"

蓬莱魔女迟疑了一会，说道："据宋金刚说，他似曾见着你的弟弟骑马南行，那是半个多月之前的事情，他的马跑得极快，也许现在早已回来了。"蓬莱魔女怕引起她们的误会，将自己那晚得到武林天骄暗中相助之事略过不提。而且，那一晚用珍珠做暗器惊醒她的那个人，她一直未曾见到，虽然根据迹象推测，十九是武林天骄，究竟尚未能完全确定。

慧寂神尼道："哦，是这样吗？那想必是他以为我还在栖霞岭，故此渡江觅我。"其实慧寂神尼听说弟弟南行，心中也曾想到恐怕是为了蓬莱魔女而去的，但她也不愿意在赫连清云心上抹上阴影，故而为她弟弟"开脱"。赫连清云却是爽朗地笑道："可惜你们没有碰上。檀师兄与华大侠、柳姐姐本来是好朋友，要是咱们能聚在一起，那多好啊！"

慧寂神尼笑道："既然知道他的行踪，日后总可以见着他的。二妹，你也不用担心了。柳女侠，你一路劳碌，先歇一会，说不定今晚还有事呢。"蓬莱魔女养好了精神，吃过了晚饭后，就与慧寂神尼、赫连清云三人一同守夜。直到二更，仍然没有事情发生。

慧寂神尼吁了口气，说道："还有一个时辰，就可以平安度过了。"

话犹未了，忽听得一声长啸远远传来。蓬莱魔女是善于听声辨向的大行家，这啸声初起之时，少说也在五六里外，刹那间，回声还未过去，连踏在雪地上轻微的脚步声响，蓬莱魔女也可以听见了。

蓬莱魔女听出发啸的虽是一人，但脚步声却有两种，倒是颇感意外，连忙悄声说道："你公公的对头还邀有一个武功极高的帮手，咱们先躲起来，相机行事。"她们三人，早已商量好了几个对敌方案，如何"相机行事"，那是不必细说了。

她们刚刚躲好，那两个人亦已推开了寺门，走了进来。来人先发啸报讯，再从正门进入，那是表示明人不做暗事之意。

这晚月色很好，在大殿与寺门之间，有个天井，空庭积雪，雪月交辉，蓬莱魔女躲在暗处张望出来，看得很是清楚。

这一看连蓬莱魔女也不禁心头狂跳，来的乃是一老一少，年轻的那个不是别人，正是蓬莱魔女的师兄公孙奇。她与公孙奇才不过是半个月之前交手的，如今又在这里碰上了。

年老的那个则是个身材高大的驼背汉子，只见他踏过铺满积雪的天井，一步一步跨上台阶，雪地上竟然没有留下一个足印。

蓬莱魔女心里想道："这驼背老人其他的武功不知，但只看他这'踏雪无痕'的轻功，就已在我之上，纵不能说是盖世无双，当今之世，能与他相比的，恐怕也只是有限几人了。公孙奇大约是充当他的帮手来的，我或者可以勉强抵敌公孙奇；但慧寂神尼与赫连清云却如何打得过这驼背老人。说不得只好选择时机，冒险行事了。"

心念未已，这两人已进入大殿。驼背老人哈哈笑道："明明大师，老朋友来拜访你啦！何不出来一叙？"

明明大师此时正在功行即将圆满的关键时刻，对外间一切，听而不闻，当然没有回答。

公孙奇道："莫非是这老和尚听得风声，早已离开此寺，躲避他方？"

那驼背老人摇了摇头，道："不会的。明明大师绝不是怕事之人，我不信他出了家就改了原来的性格。"

公孙奇道："天有不测之风云，莫非这老和尚已圆寂了？"那驼背老人道："这个可能倒是大些。但我好不容易找到这儿，即使是圆寂了，我也要'瞻仰'他的法体。"驼背老人正要破门而入，进内搜查，忽地似是发觉什么，突然停下脚步。就在此时，公孙奇也猛地喝道："什么人躲在这儿？给我滚出来吧！"

就在此时，只听得"轰隆"一声，横梁悬挂的一口大钟突然掉下，公孙奇正好从这横梁底下经过，但他机灵之极，早已有所觉察，有所提防，不待大钟罩下，先就一掌拍出，"当"的一声，震耳欲聋，那口大钟给他的掌力一推，如受巨锤打击，从他的头顶上空飞了过去。与此同时，躲在梁上的赫连清云亦已跳了下来，一扬手，就是三柄飞刀。

驼背老人喝道："不用躲了，都出来吧！"说时迟，那时快，蓬莱魔女与慧寂神尼一同现出身形，各自打出了独门暗器，蓬莱魔女是一蓬尘尾，当作梅花针来使；慧寂神尼是一串念珠，以"天女散花"的手法，长串佛珠，一出了手，便即散开，颗颗打向对方穴道。但蓬莱魔女的尘尾是射向公孙奇，慧寂神尼的念珠则是打那驼背老人。

原来这是她们三人预先商量好了的计划，只待敌人走到那口大钟底下，便由赫连清云发动，跟着三人一齐出手，以暗器奇袭强敌。

可惜计划虽好，却稍稍出了一点意外。赫连清云因为心情紧张，呼吸的气息粗重了些，先给公孙奇发觉，以致赫连清云不能不提前发动，时间扣得不准，大钟也就罩不着公孙奇了。还有一个她们始料不及的是：来的不止一个敌人，而是两个。因此在她们齐发暗器之时，就各自认定目标，而不是集中攻击一个敌人，慧寂神尼因为要保护公公，她认定驼背老人是"正点儿"，公孙奇只不过是驼背老人的帮手，故此她的那串念珠，临时改了主意，不打公孙奇而打那驼背老人。

倘若她们的暗器是集中攻击公孙奇的话，公孙奇即使不受重伤，至少也要给打中一两处穴道，纵有自行解穴的功夫，那也得在一个时辰之后，才能恢复功力了。如今她们力量分散，却给了敌人各个击破的机会。

驼背老人冷笑道："米粒之珠，也放光华！"把手一招，说也奇怪，那一串念珠，本来已在空中散开，从四面八方打来的，给他这么轻轻一招手，念珠竟然又再聚拢，都朝着他的手心落下。与此同时，公孙奇也挥袖卷去了蓬莱魔女的一蓬尘尾，又打落了赫连清云的三柄飞刀。

大钟还未落地，驼背老人又加上了一掌，当的一声，大钟去势更疾，朝着蓬莱魔女立足之处飞来。

蓬莱魔女使出上乘内功中的借力功夫，身形一闪，横掌一抹，用的全是柔劲，掌缘在钟上轻轻一抹一推，那口大钟立即改了方向，并没有发出响声，就向旁边飞过，平平稳稳地落在地上了。可是蓬莱魔女虽然能够推开大钟，看似不费气力，其实却给驼背老人那股内家真力，震得胸口气血翻涌，不由自己地在地上接连转了两圈。

驼背老人"噫"了一声，似乎也是有点诧异。问道："你们是些什么人？"

蓬莱魔女未曾开口，公孙奇已在冷笑说道："师妹，你倒是很会躲在暗处放冷箭啊！嘿，嘿，你学了我家的本领，却拿来暗算于我，你不觉得过分了么？还有你，清云二妹，你竟然也要用飞刀杀我，难道你忍心要你姐姐守活寡么？"

驼背老人道："哦，原来这女娃儿就是你的师妹，身为绿林盟主，外号人称蓬莱魔女的么？这么说，倒是自己人呀？"

公孙奇道："不错，她们一个是我师妹，一个是我小姨。可惜我把她们当作自己人，她们却把我视同仇敌。"

蓬莱魔女柳眉倒竖，斥道："公孙奇，你这为虎作伥的奸贼，居然还有脸皮与我说理？不错，我是学了你家的武功，连偷施暗算的本事也是向你学的！所不同的是我暗算的是丧尽天良的奸贼，你暗算的却是好人，甚至是你的亲人、恩人！"

公孙奇喝道："住嘴！"

蓬莱魔女冷笑道："我说得不对么？你的妻子桑白虹不是你暗害了的么？你偷学了她桑家的两大毒功，还将妻子杀害，只举这一件事情，就足够说明你丧尽天良了。你还敢颠倒过来说我！"

公孙奇变了面色，连忙说道："老前辈别听她的胡说八道。她不认师兄，她与我有仇，她是含血喷人！"声音微微颤抖，似乎他很害怕蓬莱魔女揭他的底，尤其杀害妻子这件事情，似乎更是害怕这驼背老人知道。

驼背老人淡淡说道："你们师兄妹的纠纷我没工夫理会。你我既然联手，你以往的事情，我也不会追究你的。你们说够了吧，也该轮到我说正事了。明明大师何在？是他叫你们在此埋伏的么？嘿，嘿，这可不大像他为人，自己不敢出头，却叫小辈为他送死。"

慧寂神尼挺身而出，说道："明明大师是得道高僧，早已泯了争竞之念、恩仇之念。是我们不愿意外人扰乱他的清修，是以特地替他谢客。总之，明明大师是不见你们的了，施主你请回吧！"

驼背老人打了个哈哈，说道："笑话，笑话！明明大师可以不见别人，怎能不出来见我？你是他的什么人，要你替他出头说话？"

公孙奇道："她是武林天骄的姐姐。却不知她与明明大师也有什么关系？"

公孙奇不知，这驼背老人却是知道。他打量了慧寂神尼一下，蓦地又笑起来道："哦，原来是穆夫人。你杀了丈夫，却来投靠公公了。"

慧寂神尼冷冷说道："你知道的那位穆夫人早已死了。我是法号慧寂的比丘尼。"

驼背老人道："好，你既出了家，就不该再跳进是非场中。念珠还你，你自去念经礼佛吧。"把手一扬，一串佛珠带着刺耳的破空之声，向慧寂神尼飞去。

这串佛珠本来已是散开一颗颗落在他的手心的，如今不过是说几句话的时间，他已把佛珠重新串起，又再当作暗器打出了。手法之快，真是难以形容。

慧寂神尼见这佛珠连成一串，并非用打穴的手法打来，知道驼背老人是意欲试她的功力。她不敢硬接，当下把拂尘一扬，消去了对方的几分劲道，拂尘卷上了那串佛珠。但，虽然是消了几分劲道，那串佛珠挂在她的拂尘上还似坠着千斤巨石一般。这一刹那，慧寂神尼也不禁胸中气血翻涌，险险栽倒。幸亏蓬莱魔女在她身边，掌贴她的背心，一股内力传了过去，这才稳定了她的身形，取回那串佛珠。

慧寂神尼呼了口气，说道："不错，出家人是绝不无故挑惹是非。但若有邪魔外道入侵，即低眉菩萨也会变成怒目金刚！"

驼背老人大笑道："那也该是明明大师来做怒目金刚。难道你还要抵挡我么？"

慧寂神尼道："明明大师不愿外人扰乱他的清修。你若定要在佛门闹事，我虽然力不敌你，也决不能容你胡为！"

驼背老人向蓬莱魔女一指，说道："你呢？你是绿林盟主，也要来充当佛门的护法么？"

蓬莱魔女道："明明大师是我爹爹的好朋友，你要来干扰他老人家，我理该为他驱敌。好，你就先来闯我这一关吧！"

驼背老人双眼一翻，又是微微一噎，说道："你的爹爹，嗯，就是当年大闹金宫的那个柳元宗吗？"

蓬莱魔女道："不错，原来你也知道我爹爹的名字。"

驼背老人点了点头，说道："我也听说柳元宗已经重现江湖，还了俗了。怎么，他若有意给老朋友助拳，为什么不亲自来此？"

蓬莱魔女道："你这就不必管了。我爹爹不与等闲之辈交手的。你胜得我再说。"

驼背老人又是哈哈一笑，说道："我不怕你是绿林盟主，也不惧你的爹爹。但你虽然身为绿林盟主，毕竟还是我的小辈。我与你交手，胜之不武。你识趣的快走吧，别要迫我伤你，叫人笑我是以大欺小。"话虽如此,其实驼背老人对柳元宗确是有几分顾忌。蓬莱魔女武功不同凡俗,他自忖倘若动手他虽然可以胜得蓬莱魔女,但却难保不令蓬莱魔女受伤。伤了蓬莱魔女,那就只怕柳元宗不肯与他干休了。

公孙奇道:"太老前辈("太"是胡姓),你不屑与小辈动手,她是我的师妹,我却正要擒她。你就把她交与我吧。"

驼背老人心中想道:"听说柳元宗在金宫获得武学奇书,这魔女是他女儿,想必已得她父亲传授。趁这机会,让公孙奇试探她的虚实,看看她学了些什么稀世武功,对我倒是大有好处。"于是说道:"好,那就有劳公孙世兄了。"

蓬莱魔女道:"小妹把重担留给两位姐姐了。"这话的意思即是要慧寂神尼与赫连清云保护明明大师,由她独战公孙奇,不管胜败如何,都不可上来助战。

蓬莱魔女交待完毕,便即上前迎战公孙奇,冷笑说道:"公孙奇,你比完颜亮如何,完颜亮手握百万大军,只因作恶多端,死无葬身之地。你经过采石矶这场教训,却至今仍未自知悔过么?此去采薇村不过三日路程了,我劝你只有回家向你父亲请罪,这才是你唯一的生路!"

蓬莱魔女倒是一番苦口婆心,却不料公孙奇陷溺已深,迷途难返,他最最害怕的就正是他父亲知道他投敌的罪行,蓬莱魔女说的正是触了他的大忌!

公孙奇解下腰间软剑,脸上倏然变色,说道:"柳清瑶,你是不是要到采薇村去的?"蓬莱魔女道:"是又怎样?你倘能痛切悔改,我倒可以在恩师面前,代你求饶。"

公孙奇蓦地冷笑道:"你还想到采薇村去吗?哼,我可不能容你在我爹爹面前拨弄是非!你既无情,我亦无义,明年今日就是你的忌辰了!"

公孙奇杀机陡起,剑中夹掌,一出手就是最厉害的邪派毒功。

一掌打出,腥风扑鼻,蓬莱魔女口中含了辟邪丹,兀是觉得胸口作闷。蓬莱魔女拂尘挥舞,拂开了这股腥风;与此同时,双方的宝剑亦已碰上,"叮"的一声,蓬莱魔女打了一个盘旋,剑锋斜削而出，公孙奇则退了一步，横剑当胸，封着蓬莱魔女的攻势。呼、呼、呼！瞬息之间，又是接连打出三掌。

公孙奇以毒功为主，以剑法为辅，紧紧进逼，蓬莱魔女以攻为守，施展腾、挪、闪、展的小巧功夫，不敢让他毒掌打中。但虽然没给打中，那扑面而来的掌风，却也厉害非常，竟似无形有质一般，向她施以重压。蓬莱魔女胸口烦闷，有增无已！蓬莱魔女这次是在公孙奇练成毒功之后，第三次的交手，比前次感觉难受得多。

蓬莱魔女暗暗吃惊，心道："只不过半个月的工夫，他的毒功竟然厉害了这么多，内功造诣也是大胜从前了。"原来公孙奇利用孟钊与桑青虹的关系，把桑家的内功心法全骗到手，邪派内功，见效极速，更兼他有家传的纯厚内功作基础，正邪合一，练成了那两大毒功。功夫已胜过了当年的桑见田。

蓬莱魔女剑法倏地一变，瞬息之间，踏遍了八个方位，向公孙奇刺出了九剑，剑剑指着他的要害穴道。公孙奇从未见过如此复杂而又古怪的剑法，大吃一惊，给她迫得连退八步。好不容易用劈空掌力辅以柔云剑式才能够堪堪化解。

原来蓬莱魔女这套剑法是她父亲所授。她父亲柳元宗在金宫得了穴道铜人的十三张图解，学成了天下最精妙的点穴功夫。柳元宗又精益求精，把点穴的"惊神指法"化到剑法上来，创了这套"惊神剑法"，用剑代指，可以在一招之间，遍袭对方的奇经八脉。蓬莱魔女跟父亲学了这套剑法，这次还是第一次使用。

公孙奇家传的柔云剑法本来也是极其精妙的一种剑法，但因柔云剑法他与蓬莱魔女都很熟悉，两人倘是使用同一样的剑法谁都不会占到便宜。如今蓬莱魔女改用公孙奇从未见过的"惊神剑法"，公孙奇一时之间不知如何应付，便只有招架的份儿了。

蓬莱魔女反守为攻，招招进迫。公孙奇招架不来，只好运用他那非常霸道的邪派内功，加强掌力，荡歪蓬莱魔女的剑尖。几度争持，才扳回了平手的局面。

但一心难以二用，公孙奇既要默运玄功，加强劈空掌之力，他那两大毒功却就难以发挥得淋漓尽致了。蓬莱魔女有了喘息的机会，按照父亲所授的内功心法，运气三转，气达重关，胸中烦闷之感渐渐消失。

驼背老人看了蓬莱魔女这套剑法，也不禁暗暗惊心，心中想道："以我的功力，胜这魔女大约还不很难，但倘若是换了一个功力比她高的人使这套剑法，我就一定要吃亏了。嗯，应该如何破解这种刺穴奇招呢？"驼背老人当然想得到这套剑法是柳元宗所创，自从他知道柳元宗再次"出世"之后，亦已准备在无可避免之时与柳元宗一战的，如今他惊奇于这套剑法的威力，自忖毫无破解的把握，焉不心焦？

驼背老人聚精会神地观看，暗自思索破解之方，不知不觉入了迷。直到蓬莱魔女循环反复地使了三遍这套剑法，已是过了半个时辰，将近子时了。

这破庙屋顶有两处穿漏未补，如同开着天窗，驼背老人偶一抬头，只见月亮已到天心，清辉如水。驼背老人蓦地吃了一惊，心道："我怎能把正事忘了？"

慧寂神尼与赫连清云在明明大师的禅房之外把守，丝毫不敢松懈。忽听得驼背老人哈哈一笑，说道："明明大师是不是就在这禅房之内闭关练功？"他是个武学的大行家，根据今晚的种种迹象推测，终于给他猜着真相。慧寂神尼听他一口道破，这一惊非同小可。

慧寂神尼当门一立，拂尘一指，沉声说道："不许进去！"驼背老人哈哈笑道："明明大师真也看得起我，竟要练功对付我么？嘿，嘿，原来你们两个是给他护法来的。但凭你们两个女流之辈，又焉能阻拦得我！"

驼背老人笑声未止，赫连清云也发出了充满鄙夷的冷笑之声。驼背老人双眼一翻，瞪目说道："你这女娃子又笑些什么？"

赫连清云道："我笑你以武林前辈自居，却原来胆小如鼠！"

驼背老人怒道："我怎么胆小了？"

赫连清云道："不错，明明大师是在闭关练功，而且功行即将圆满。有胆的你就该等待明明大师开关出来，与他光明正大地较量！你现在硬闯进去，意欲何为？我们两个'女流之辈'，或许不在你的眼内，但我们却是不畏强敌，誓死与你周旋。死了也不能让你用卑鄙的手段，暗害明明大师。"

驼背老人本来自负，给她说得面上一阵青一阵红，但转念一想，倘给明明大师练成绝顶神功，只怕自己难以抵敌，难得有此机会，岂能平白放过？

这瞬间驼背老人转了几个念头，终于邪恶之心，盖过了他由于自负而产生的羞耻之感，冷笑说道："你们怎知我是要暗害明明大师？我是来探望老朋友的，他闭关练功，我正好给他护法。"

慧寂神尼道："你这话只能骗骗孩子。"

驼背老人老羞成怒，说道："你们不相信那有什么办法？我没工夫与你们纠缠，快快让开，我见了老朋友一面就走。否则你们可休怪我下手无情、欺负小辈。"驼背老人既知明明大师功行即将圆满，这机会端的是稍纵即逝，他更是不肯放松了。

驼背老人口中说话，脚步不停，便要强行闯进。慧寂神尼冷笑道："好个不要脸的老前辈！"拂尘一展，拦着他的去路。驼背老人喝道："你找死么？"掌挟劲风，倏地就是一把抓去。

慧寂神尼只觉劲风扑面，掌未着身，胸口已似给巨石所压。说时迟，那时快，赫连清云亦已出手，挥笛疾点驼背老人腰胁的"愈气穴"。驼背老人反手一弹，铮的一声，弹开她的玉笛，但抓向慧寂神尼的那一抓，已是准头略偏，慧寂神尼一闪闪开，绕过侧边，拂尘一挥，尘尾散开，又再向他拂到。与此同时，赫连清云亦已退而复上，挥笛攻来。

慧寂神尼本领不如她的弟弟武林天骄，但也算得是武林中的一流高手。尤其她的拂尘拂穴功夫更是武学一绝。哪知驼背老人竟不躲闪，依然追击赫连清云，背向慧寂神尼。他穿的是一身宽袍大袖，只见他衣裳鼓起，就似涨满的风帆一般。"蓬"的一声，慧寂神尼的拂尘已拂着他的背心。

背心的"大椎穴"是人身死穴之一，内功高明之士，倘被击中，也有性命之忧。不料那驼背老人以真气鼓荡衣裳，慧寂神尼的拂尘拍击下去，只听得"蓬"的一声，声如击鼓，拂尘四散，竟被荡开。驼背老人的衣裳，连一片布也没破裂。

驼背老人在前后夹攻之下，不理会慧寂神尼的袭击，瞬息之间，已是向在他前面的赫连清云连发三招。赫连清云玉笛翻飞，招数奇幻之极，驼背老人三次抓空，竟然未能夺得她手中玉笛。

驼背老人道："好，原来你这女娃子竟是三和逸士辽国一脉的武学真传。但可惜你火候未到，至多能接我十招。"三和逸士即是当年将武学三分，传给金、宋、辽三国弟子的那位武林奇人，辽国一脉的嫡传弟子就是赫连清云的父亲，这一脉以招数奇幻见长。

慧寂神尼拂穴无效，倏地改变打法，玄功一运，将尘尾聚成一束，当作判官笔使，点戳驼背老人的三十六道大穴。这么一来，攻击的面虽然不如施展拂穴功夫之广，但力道却强劲得多。驼背老人不能不分出精神应付。

驼背老人急于要闯进禅房，不耐纠缠，杀机陡起，喝道："你们退不退下？可休怪我手下无情了！"忽地反手一挥，掌力有如排山倒海，震得慧寂神尼摇摇晃晃，几乎立足不稳。驼背老人喝声"撒手！"长袖一卷，卷住了慧寂神尼的拂尘。

蓬莱魔女正在与公孙奇恶斗之中，但她眼观四面，耳听八方，一见慧寂神尼这边情形不妙，倏地腾身飞起，也是一声喝道："撒手！"身形一掠，脚未沾地，已是向驼背老人刺出八剑，电光石火之间，遍袭他奇经八脉。

驼背老人最顾忌她这刺穴的"惊神剑法"，迫得腾出手来应付，呼的一记劈空掌将蓬莱魔女推开，蓬莱魔女在半空中一个筋斗倒翻回来，刚好又接上了公孙奇的剑招。

慧寂神尼侥幸脱险，吓出了一身冷汗。心中祷告："我佛慈悲，子时快到。让我公公练成无上神功，逐走这个魔头。"赫连清云也吁了口气，心道："要不是柳姐姐猛古丁地给他这一下子，莫说十招，只怕我接他五招也难。"

驼背老人虽然一掌击退了蓬莱魔女，但对她轻功之妙，剑招之辣，也不禁有点骇然。他要防备蓬莱魔女再来突袭，对付慧寂神尼与赫连清云的精神就不免减了几分。慧寂与清云稳住了脚步，连忙并肩作战，进退如一，两人合力抗击，居然又可以勉强支持了。但蓬莱魔女却是吃了点亏，她刚才身在半空，给驼背老人那一掌之力，震得她胸口气血翻涌，虽没受伤，元气亦耗损不少。公孙奇的内力本来就胜过她，再加上这么一来，此消彼长，公孙奇已是从平手的局面转为招招抢攻！

公孙奇运足功力，施展家传的柔云剑法，剑尖上就似悬了千斤重物一般，东一指，西一划，招数越来越是缓慢。但每出一剑都蕴藏着一股柔劲。蓬莱魔女那快如闪电的"惊神剑法"竟然给他克制，渐渐施展不开。原来这两种剑法乃是互为生克，倘若功力相差不远，"惊神剑法"招数奇幻，以快打慢，可以稍占便宜，但如今此消彼长，公孙奇的功力胜过蓬莱魔女已不止一筹，他的柔云剑法把"以柔克刚"的作用发挥得淋漓尽致，蓬莱魔女就不免要屈居下风了。

蓬莱魔女缩小圈子，苦苦支撑，步法剑法仍是丝毫不乱。但公孙奇一占得上风，毒掌的威力也渐渐增强。蓬莱魔女要运功抵御毒气的侵袭，更见吃亏。不过片刻，已是在公孙奇的剑光笼罩之下，只有招架之功，毫无还手之力了。

驼背老人也是眼观四面，耳听八方，一看这个形势，蓬莱魔女只能自保，他已是无须提防蓬莱魔女再来突袭。顾忌之心一去，便即全力施为，又对慧寂神尼频施杀手。

慧寂神尼与赫连清云合力抗拒，勉强拆了几招。驼背老人大喝道："穆夫人，你再不让开，我可要请你去会你的丈夫了。"双掌猛地一推，掌力有如排山倒海。慧寂神尼的拂尘脱手飞去，禁不住连退了六七步，"哇"的一口鲜血喷了出来！

就在此时，忽听得禅房内有异声发出，初起时宛若游丝袅空，音细而清，忽而一个拔高，竟似龙吟大泽，虎啸空谷！

驼背老人大吃一惊，原来这是闭关练功，功行圆满前一刹那的预报。静坐修炼上乘内功，有四个境界。第一关是"风"，静坐中陡觉"万窍洒洒生清风"，这是真气开始在体内畅通的阶段。第二关是"喘"，练功者觉得真气充满体内，处处是气，便自然而然地要发出深长而急促的呼吸，但与普通的喘气不同，并无难受之感，而是喘得安适愉快。第三关是"气"，坐中因喘息而发奇声，这便是气达重关，功行将满的境界。清诗人龚定庵有夜坐诗云："万一禅关砉然破，美人如玉剑如虹。"说的大抵就是这个境界的迹象与感受了。

驼背老人大惊之下，顾不得再去追击慧寂神尼，便要闯进禅房。蓦地"叁"然一声，啸声突然中断。禅房中的明明大师已过了第四关通"息"的阶段。所谓通息，即是神功已成，转为和平宁静的气息。

驼背老人连忙收了脚步。就在此时，只见禅房已是打开，明明大师口宣佛号，说道："善哉，善哉！佛门之内何来杀伐之声？各位可看在老僧面上，暂停片刻么？"明明大师缓缓地走出来了。

驼背老人早已住手，但公孙奇正使到"化血刀"的毒掌功夫，眼看就可以把蓬莱魔女毙于掌下，却是不肯罢休。

明明大师嗅了嗅那毒掌所发的腥风，寿眉一皱，念了声"阿弥陀佛"，合十说道："佛门干净之地，难容秽气。请施主给老衲几分面子，敛手也罢。"

明明大师这边遥遥合十，公孙奇那边所发的毒气腥风已是反卷回去。公孙奇吸进自己所发的那股腥毒之气，不由得大吃一惊，连忙住手，跳出圈子。随即默运玄功，总算他对桑家的内功心法，已有八成火候，当下长长呼了口气，把吸进去的毒气又都呼了出来，但虽然如此，也兀自感到头晕目眩，好不骇然。心中想道："怪不得神驼乙休那么高的武功对这老和尚也是心怀戒惧，果然是非同小可。也幸亏我已练成了正邪合一的内功，要不然就险些是害人不成反害己了。"

殊不知公孙奇固然是骇然震栗，明明大师也不禁心头微凛。原来他是为了憎恶公孙奇使用邪派气功，有心让他吃点苦头，才试用他新练成的无上神功的。虽然所发的不过三四成功力，但公孙奇居然能够抵受得住，没有给他掌力迫回去的毒气所侵害，也算是极为难能的了。

那驼背老人是深知公孙奇的本领足以充当他的副手，才邀他来的。此时见明明大师举手之间，就轻描淡写地迫退了公孙奇，心中更增戒惧。暗自想道："只怕我今日是难以讨了好去，但既然来了，也只得一试。"他心中骇惧，神色却是丝毫不露，淡淡说道："恭喜大师，又练成一项绝世神功。"

明明大师道："原来是乙休兄，别来无恙。不知何事光临？"

驼背老人翻出一双白瘆瘆的眼珠，眼中似含怒火，说道："廿年来托庇平安，没病没痛。就是让人嘲骂几声老残废，那也早已听惯了。"明明大师歉然道："当年之事，老衲也很是后悔。乙休兄此来，可是要向老衲兴师问罪么？"

驼背老人道："过去之事你不愿提，我也不愿再提。但又不得不提。这个结是否能够解开，就全要看你了。"

明明大师叹了口气，说道："世网撄人，无由自解。好吧，老衲也早已等待你来的了。你要怎么样解开此结，就请说吧。"

驼背老人道："我此来一是为公，二是为私。公私两事，若能得到你圆满答复，你我还是老朋友。"

明明大师微有诧意，说道："怎么，你还是因公而来的么？老衲遁迹空门，久已不闻世事，乙休兄你怀着公事，走入佛门，那不是走错地方了吗？"

驼背老人："你虽然削发为僧，也还是金国之人，国主有命，你总不能不接吧？"

明明大师漠然说道："我跳出红尘，已成化外。王法嘛，也未必就管得到我的身上。接与不接，还得由我。"

驼背老人哈哈笑道："明明大师，你别拒绝得太快了。你还未知道国主之命是什么呢？"

明明大师道："好，那你就说吧。出家人只知皈依我佛，恕我不摆香案恭接圣旨了。"

驼背老人道："新君即位，但国师之位仍是虚悬。皇上意欲请你出山，做大金国的国师。我知道你无心富贵，但这可是极大的光荣啊！你愿不愿意？"

明明大师道："不是有了个金超岳做了国师么？"

驼背老人道："一朝天子一朝臣，金超岳是完颜亮的国师，现在当然轮不到他了。皇上知道你武学精湛，又是得道高僧，素为国人景仰，所以才要我来聘请你去辅助他的。这是别人求也求不到的，你到底愿不愿意？"

明明大师淡淡说道："多谢好意，我不愿意！"

驼背老人道："这却为何？"明明大师道："人各有志，名利于我如浮云，国师于我如粪土。我早已是四大皆空，没来由做什么国师，招什么烦恼？而且我也不是做国师的料子，金超岳之类倒是适合的，要不然，就是你乙休兄也挺合适。"

语含讥刺，驼背老人面色一变，随即打了个哈哈说道："可惜皇上不是请我。这么说，你是不愿辅佐皇上的了？"

明明大师道："我说一不二。难道还要我再说一次么？"

驼背老人道："明明大师，请恕我坦率问你：你不愿辅佐皇上，是否要跟柳元宗他们一起，助宋反金？"

明明大师道："我不欢喜受人盘问！"

驼背老人道："我只是请你看在老朋友份上，答我一句！你不是也意欲与我解开此结么？"

明明大师道："好，为了你有个交待，我就回答你吧。老衲只知青灯礼佛，过去三十年没下过山，今后也是不会下山的了。你可满意了吧？"驼背老人熟知明明大师的性格，明明大师不会去当国师，这早在他意料之中。他所要的正是明明大师这一句话。当下喜出望外，道："此话当真？"

明明大师道："出家人不打谎语。哪能有假。"

驼背老人道："好，那么这个结是解开一半了。现在公事已了，我该和你说说私事了。"

明明大师神色黯然，说道："私事么？不说也罢！"

驼背老人道："老实说，我这次上山，公事还在其次，这件私事我却是非向你问个明白不可的。"明明大师无可奈何，道："好，那就请问吧！"

驼背老人斜眼瞅着明明大师，一个字一个字地吐出来道："小铃子来过你这里没有？"

明明大师面色一沉，道："你这话是什么意思？"

驼背老人缓缓说道："十年前她背我私逃，我直到如今还未找着她的下落。我以为她会来投奔你的，至少也要来见你一面的吧？"

明明大师眉宇间现出一丝迷茫的神色，但瞬息归于平静，漠然说道："你们不知道我早已出了家么？"

驼背老人冷冷说道："我知道，她也知道。你是为她出家的。"

明明大师道："乙休兄，这话似乎不是你应该说的！"他虽然是有数十年修行的高僧，但说这一句话的时候，声音也高亢了些，而且微微颤抖，显得心情颇为激动。

驼背老人仍然在瞅着他冷笑道："出家人不打谎语，你敢说这不是事实么？"

明明大师喟然说道："好，你既然猜疑不息，那我就跟你说个明白吧。三十年前，我出家之初，确是有几分为了要逃避你们，但也不全然是为了你们。出家之后，我早已勘破色空，割断红尘，昨日之我，已经死了，我还焉能再招烦恼？"

明明大师一口气说了一大段话，驼背老人眼珠转动不定，对他的话似乎是将信将疑。明明大师歇一口气，接着说道："乙休兄，你今日远来，老僧给你说个偈吧：世法如梦如幻，如露如雪，如镜中花，如热时炎，如水中月。执象以求，咫尺千里。无嗔无猜，免招烦恼！"

驼背老人道："我还不想出家呢，你就不必对我说什么偈语了。我只干脆问你一句：你当真不知道小铃子的消息么？"

明明大师见对方不受点化，仍是苦苦追问，心中不觉有点难过，说道："我既没见过她，也不知道她的消息！你若要瞎疑，那也只好任由于你！"驼背老人道："好，那就恕我来扰了你的清修了。多谢你的指教，告辞了！"

慧寂神尼与蓬莱魔女只道这驼背老人乃是知难而退，心中都在庆幸可以避免一场恶斗。公孙奇则好生失望，心道："想不到这神驼乙休，也是雷声大、雨声小，见对方练成神功，就连试也不敢试了。"原来公孙奇与驼背老人乃是受了金主之命，来试探明明大师的态度的，倘若试出他稍有不满朝廷之意，就要他们把明明大师杀掉。试探的结果，明明大师虽然不肯接受国师之命，但也许下允诺，绝不下山。论理驼背老人是可以据此回报，不必动手的。不过在公孙奇心里，却因明明大师是柳元宗的好友，心里还是希望神驼乙休把他杀掉，但他们两人联手是否就能把明明大师杀掉，公孙奇也殊无把握。于是转念又想："也好，只要这老和尚不下山，不插手首阳山那件事情，我也可以少了许多顾忌了。"正是：

高僧说法图消孽，岂料凶顽未肯休？

欲知后事如何，请听下回分解。

第七十二回　疑雨疑云谈旧事
　　　　　亦真亦幻溯前情

　　各有各的心思，心念未已，只见驼背老人在说出"告辞了"三字之后，忽地向明明大师深深一揖。表面是行告别之礼，实际则是施展他最阴狠的暗算！

　　一揖之下，寒飒陡起！蓬莱魔女与慧寂神尼站在两旁，也自觉得有一股刺骨的奇寒，要不是她们内功颇有根基，几乎不能抵受。

　　蓬莱魔女突然受袭，吃了一惊，斜跃三步。但她深知明明大师的内功远胜于她，她既然能够抵受，料想明明大师也不至于受到什么伤害。虽然她是站在旁边，而明明大师则是当着正面。

　　驼背老人作了一个长揖，明明大师仍似一尊佛像似的兀立不动，既不还"礼"，也不闪躲。蓬莱魔女是个武学的大行家，知道明明大师并无还击，心中气愤，叫道："大师，你不知道他是暗算你吗？你是出家人慈悲为怀，我可不能让他逞凶肆虐！"

　　蓬莱魔女嗖的拔剑出鞘，就在此时，忽见明明大师向她摆了摆手，蓬莱魔女此时也正自朝着明明大师看去。她本来以为明明大师不至于受到伤害的，哪知道一看之下，不由得又是大吃一惊！

　　只见明明大师一只左眼泌出血水，明明大师一声苦笑，闭上眼睛，看情形这只眼睛已是瞎了！

　　驼背老人冷笑道："礼多人不怪，我再为小铃子向你道谢！"蓬莱魔女未及过来，驼背老人已是又再一揖。

　　明明大师蓦地喝道："一掌还一目，你也应该可以满足了！你还要怎地了？老衲债已清偿，可不能容你再在这佛门立足了！"

公孙奇此时也正要发动攻击，配合驼背老人的偷袭。忽觉一股冷风利箭般地向他射来，原来是明明大师使出上乘内功，将驼背老人向他袭击的那股力道转移了方向。

公孙奇识得厉害，连忙一个"鹞子翻身"，倒纵出数丈之外，出了庙门。

蓬莱魔女刷的一剑刺出，慧寂神尼则赶忙去扶住明明大师。

蓬莱魔女这一剑眼看就可以刺到驼背老人，忽地似有一股无形的潜力把她的剑尖拨开。只见明明大师合十说道："冤家宜解不宜结。由他去吧！走！"

说到一个"走"字，蓬莱魔女、慧寂神尼与赫连清云三人都未觉得怎么，但听在驼背老人耳中，却是如同霹雳。原来明明大师是施用佛门的"狮子吼"功，对他做当头棒喝！他的声音凝成一线，只送入驼背老人耳中，旁人并无影响。

驼背老人心头一震，这才知道明明大师练成了无上神功，果然是比他高强得多。明明大师既然让他毁了一目，未曾还手，他怨气一泄，怯意便生。果然如奉纶音，连忙逃走！

慧寂神尼也是个武学的大行家，学过佛门的内功心法，知道明明大师用的是"狮子吼"功。明明大师既然能够运用这样高深的内功，当然是不会受到内伤的了。但慧寂神尼翁媳关心，仍是禁不住要问一声："公公，你没事么？"

明明大师道："幸喜我刚练成了'金刚不坏身法'，要不然决不能抵御那人的玄阴指力。如今我舍弃了一只眼睛，将从前恩怨一笔勾销，倒也心安理得！"

蓬莱魔女等人都不禁骇然，原来"玄阴指"乃是从"修罗阴煞功"演变而来，这是一种非常难练的邪派功夫，能够发出一种阴寒的掌力或者指力，令人血液冷凝，伤人于无形。如今明明大师并不运功反击，任由对方施展，要"舍弃"一只眼睛便是一只眼睛，决不容对方任意伤害。这"金刚不坏身法"的神奇功力，也真是令人难以思议了！

但明明大师毕竟还是毁了一只眼睛，慧寂神尼撕开一条手帕，给明明大师抹去眼角的血水，敷上金创药，包扎起来，忍不住心中气愤，说道："公公，你忒也心地慈悲了。"

明明大师道："慧寂，你也已是佛门弟子了。难道不知我佛慈悲，割肉喂鹰、舍身救虎的故事么？"

慧寂神尼道："但佛祖也曾教导他的弟子，要以'大雄大无畏'的精神，扫荡一切害人的邪魔！"

明明大师道："我只求心安理得，化解一重冤孽。那两人或是邪魔，或者不是邪魔，我年纪老迈，已没有精神追究了。不过，假设他们仍然无恶不作，这世上也还有人能够制伏他们，老衲也不想多事了。"

蓬莱魔女很不同意这种见解，不过明明大师是前辈高僧，蓬莱魔女又觉察到他的情绪有点激动，不便和他辩论。但一时间却也忍不住好奇之心，问道："大师与那驼背老人又有什么冤孽？"心想："那驼背老人分明是个大魔头，难道明明大师还能做了对不起他的事？"

明明大师叹了口气，说道："这件事情也不知是我对不起他还是他对不起我？我本来很不想再提的了，你既然问起，我就说吧。

"我也曾喜欢过一个女子的，那是许久、许久以前的事情了，那女子就是乙休口中所说的'小铃子'。不幸后来发生了一宗悲剧，在这悲剧之中，乙休变成了驼背，我做了和尚，而小铃子的遭遇则最可悲，做了乙休的妻子，夫妻不和，终于出走，至今不知下落。呀，她失踪的事情，我也还是刚刚知道的。这宗悲剧，呀，这宗悲剧——"

说至此处，明明大师连那只未曾受伤的眼睛亦已闭上，话声突然中断，恢复了盘膝静坐的姿势，闭目沉思。一幕幕的往事，在他心头重现。他眼前也幻出了一个年轻美貌的姑娘——小铃子。

小铃子现在也许是个鸡皮鹤发的老太婆了，但在明明大师和她相识之时，她还是一个未到二十岁的小姑娘，名叫聂金铃，因为她的说话，也似清脆的铃声一样悦耳，人人都叫她做小铃子。

小铃子年纪虽轻，在江湖上已是有点名气的女侠，追逐在她裙下的颇不乏人，明明大师也是其中之一。

那时的明明大师还未出家，他的俗家名字名叫匡扶。他是金国人，却因不满朝廷，在江湖上做了个劫富济贫的侠盗。

匡扶比小铃子年长十岁，当时的武功，在江湖上也已是第一流的了。小铃子初时将他当作大哥一样看待，匡扶也像对小妹妹一样爱护她，在闯荡江湖的生涯之中，曾好几次助她免除险难，渐渐日久情生，但也还未到"水到渠成"的境地，两人只是心心相印，未订鸳盟。

就在两人情意日增之际，小铃子的裙下又添多了一个角逐之人，这人便是今日的驼背老人。可是那时他既未驼，亦未老，相反的却是个风度翩翩的美少年。

这美少年名叫乙休，是金国官宦人家的子弟，却有一身上乘的武功，当时正在游历四方，不知怎的在一个偶然的机缘中，给他结识了小铃子，从此对小铃子大为倾慕，参加追逐。

乙休比小铃子不过年长三岁，两人的年龄才貌，都比匡扶更为"登对"，匡扶初时不禁有点自惭形秽之感，但渐渐看出，小铃子与乙休的志趣似乎不大相投，小铃子虽也与他交游，但一颗心还是向着匡扶。

小铃子的感情偏向匡扶，乙休不久也看出来了。他为了得到小铃子，竟然使出卑劣的手段，做了一件匡扶梦想不到的事情，在一个风雨之夜，利用迷药，把小铃子奸污了。

事后，小铃子痛不欲生，拿起剑就与乙休拼命，乙休只好暂且躲避。小铃子赶跑了乙休，自觉无颜再见匡扶，也躲了起来不再在江湖露面。

匡扶找到小铃子家中，从她的女仆口中，得知当晚所发生之事，那女仆很害怕她的小姐因此自寻短见，还央求匡扶给她家小姐报仇。匡扶大怒之下，四处寻觅乙休，终于有一天得到一个友人供给的线索，在一个山村找到了乙休。

乙休当然知道匡扶是来找他算账的，却一点也不惧怕，反而得意大笑，一见面就说道："匡扶，你来迟了。小铃子早已是我的人了，朋友之妻不可欺，我不愿你心里难过，劝你还是快快走吧。今后你也别想再见小铃子了。"

匡扶在怒气头上，根本就不去盘问乙休，二话不说，就要取他性命。两人恶斗一场，乙休毕竟功力较弱，打不过匡扶，给匡扶一掌打断了他的脊梁骨。

匡扶正要再补一掌，取他性命，就在此时，又一件意想不到的事情发生了。

屋子里突然有一个满面眼泪的女子跑出来，扑在乙休身上，哭喊道："匡大哥，不，不要，不要杀他。我，我对不住你，我已经嫁了他了！"

这女子不是别人，正是匡扶所要寻觅的小铃子！

匡扶在为她报仇，而她则早已做了仇人的妻子！匡扶哭笑不得，只好咽下眼泪，悄然离开。

原来在匡扶寻找乙休报仇的时候，乙休已先他一步，找着了小铃子。乙休少年英俊，又善言辞，跪在小铃子面前，百般哄骗，再四求饶，口口声声是为了爱她，一时理智昏迷，才做出冒犯她的事。他发誓做小铃子裙下不二之臣，只求小铃子原谅他的过错。

小铃子也是一时意志不坚，自念受了他的污辱，自己是决计不能嫁给匡扶的了，乙休虽然手段卑鄙，毕竟也还是由于爱她而起，生米既已煮成熟饭，自己的终身也只有付托与他了。就这样，一个纯洁无邪的女侠，竟然嫁给了一个卑污邪恶的魔头。

这件事情过后，匡扶痛心之极，遂遁迹山林，从此终身不娶。但他也还未立即出家，他是在他义子穆亦欣走上歧途之后，他先后受了两重刺激，这才万念皆灰，削发为僧的。

匡扶变成了和尚，乙休则变成了驼背。乙休本来是个风度翩翩的美少年，给匡扶打断脊梁骨，变成了驼背的丑八怪，他对匡扶的痛恨自是可想而知。

乙休的残废，不但是影响了他的身体，又影响了他的性情。他本来就与小铃子志趣不投，残废之后，性情暴躁，两人更是时常争吵。乙休自惭形秽，往往要用虐待小铃子的手段来发泄他的郁闷，小铃子终于受不了他的折磨，离他而去。

明明大师遁迹空门，本已是心如止水，不料乙休今日一来，不啻在他平静的心湖投下了巨石。他第一次在分手三十多年之后，听到了小铃子的消息，不禁更为小铃子的遭遇而感到可悲了。

三十多年的往事一幕幕从明明大师心中流过，他眼角不由自己地沁出了一颗泪珠，像是从一个恶梦之中醒来，张开了他那未受伤的眼睛，茫然四顾，"小铃子在哪里呢？"小铃子的影子已消失了。他喃喃自语道："这宗悲剧，这宗悲剧，……"但对这宗悲剧，他还怎能再说下去？

慧寂神尼、蓬莱魔女与赫连清云，都是曾在情场中受过折磨的人，一见明明大师如此神情，不必他说已是明白他的心境。慧寂神尼悄声说道："人我两忘，色空并遣。尘缘已断，不提也罢。公公你累了，进去安歇吧。"明明大师叹了口气，说道："不错，过去的是不必再说了。"

蓬莱魔女上来拜见明明大师，说明来意。明明大师得知她是故友之女，十分欢喜。说道："你的父亲和你的师父都是老衲俗家时候的老朋友，那时你还没有出世呢。日子过得真快，晃眼便是三十年了。你是去首阳山见你师父么？"蓬莱魔女道："不错。我爹爹也会到那儿的，回程我们再来拜见大师。"

明明大师道："那么你就赶快去吧，首阳山那边既是有事情发生，你早日见了师父，也好安心。"

蓬莱魔女道："大师，我还想请清云姐姐和我同去。"赫连清云明白蓬莱魔女的心意，是想和她一同去碰机会，说不定在首阳山上也可见到武林天骄。因为蓬莱魔女从宋金刚那儿得到的消息，武林天骄是去了一趟江南又回来了。倘若他得知丐帮在首阳山聚会之事，想来也会到那儿找寻朋友的。

赫连清云当然愿意与蓬莱魔女同行，但却没有立即答应。明明大师道："你们去吧。有慧寂陪我就行了。我虽然瞎了一只眼睛，但乙休亦已知道我的本领，谅他是不敢再来的了。"

明明大师既然没有受伤，赫连清云也就放心离去。此时已是东方既白，赫连清云遂与蓬莱魔女拜别明明大师，一同上路。

蓬莱魔女有宋金刚送给她的骏马，两人合骑，仍可日行三四百里。从光明寺所在的阳谷山到首阳山不过一千多里路程，第三日中午时分，已是遥遥可见了。

这三日来她们感情又进了一步，从前的嫌隙早已消除。赫连清云笑道:"但愿这一去两人都可见着,更愿他们也像咱们一样,重新做个好朋友。"赫连清云性情坦率,想到什么就说什么,她说的"他们"当然是指武林天骄与笑傲乾坤。蓬莱魔女回想往事,却不禁双颊微晕,说道:"我也但愿如此。好!咱们催马走快一些,还可以赶得及到我师父家中吃晚饭。"

这时已进入山区,估计路程,到首阳山下的采薇村,不过百里路了。不料正在行走之间,忽听得暗器破空之声,迎面飞来,蓬莱魔女挥尘拂落,却原来是块石头,那块石头没打着她们,却打伤了马足。蓬莱魔女、赫连清云飞身下马,只见在她们面前已出现了两个人,正是那神驼乙休与公孙奇!

原来公孙奇亦已料到蓬莱魔女定然随后就来,他最害怕的就是师妹在他父亲面前揭发他的罪行,别的或许还可饶恕,他私通金国之事,倘若给他父亲知道,性命定然不保。故此他有心放慢脚步,等候蓬莱魔女前来,中途拦击。

蓬莱魔女又惊又怒,喝道:"公孙奇你好大胆,敢在你的家门行凶,不怕气死你的父亲?"公孙奇笑道:"还有一百多里呢,你就是喊破喉咙,我爹爹也不会听见的。"

公孙奇声到人到,一股腥风,毒掌拍出;蓬莱魔女一个盘龙绕步,瞬息间已是踏过了九个方位,刺出了连环九剑。

公孙奇大笑道:"你的惊神剑法又能奈我何哉?"笑声中只听得一片金铁交鸣之声,公孙奇掌劈剑戳,竟然把蓬莱魔女这一招九式、复杂非常的剑法尽都化解!

原来在这三天之中,公孙奇与神驼乙休对"惊神剑法"已经进行了研究,剑法的精奥之处,他们虽然尚未能心领神会,毕竟也揣摩了几分。公孙奇家传的柔云剑法本来不在"惊神剑法"之下,他第一次之所以吃亏,那是因为从未见过的关系,如今已摸到了几分深浅,当然就可以从容应付了。不过,他也只是能够"化解",并非能够"破解",而且还要加上掌力作为辅助,这才能够从容应付的。

十数招一过,公孙奇隐隐占了一点上风,但要想取胜,还是大不容易。蓬莱魔女固然难奈他何,他也奈何不了蓬莱魔女。

驼背老人忽地说道:"老夫可没工夫久候,让我替你打发了吧。"迈步上前,竟然不顾身份,大袖一扬,便向蓬莱魔女骤下杀手。

蓬莱魔女使出绝顶轻功,一个"细胸巧翻云"避开了驼背老人这"铁袖功"的一拂。避是避开了,但劲风扑面,遍体生凉,胸口竟似受了千斤巨石所压,几乎喘不过气来。

赫连清云挥舞玉笛,在蓬莱魔女与公孙奇之间挡了一挡。公孙奇笑道:"你是我的小姨子,我看在你姐姐的份上,不忍伤你,你可别来自讨苦吃。"赫连清云骂道:"好不要脸,谁与你这贼子攀亲认戚?"口中说话,手底丝毫不缓,拼命与公孙奇纠缠,不让他去追蓬莱魔女。赫连清云的招数以奇幻见长,公孙奇的本领虽然胜她许多,也不能不稍有顾忌。

蓬莱魔女喘过口气,也骂那驼背老人道:"枉你是武林前辈,竟无半点羞耻之心!明明大师慈悲为怀,甘弃一目,放你过去。你就该自知悔改,还敢在这里行凶?"驼背老人狞笑道:"老夫意欲如何便要如何,你这女娃子敢来教训老夫!"狞笑声中,已追上了蓬莱魔女,一指点出。蓬莱魔女只觉冷风如箭,不由自己地打了一个寒噤。说时迟,那时快,驼背老人已欺到她的身前,迎头便是一掌。蓬莱魔女拂尘一个"雪花盖顶",右手长剑一颤剑尖,对准了驼背老人虎口的"关元穴"。她的"天罡拂尘三十六式"与"惊神剑法"都是武学中不传之秘,驼背老人识得厉害,连忙变招。可是蓬莱魔女的功力毕竟与对方相差甚远,十数招之内是可以抵挡的,时间稍长,就应付得极为艰难了。

公孙奇急于了结,一掌荡开赫连清云的玉笛,身形掠了过去,竟然与驼背老人联手夹攻他的师妹!

驼背老人已堵塞了蓬莱魔女的退路,公孙奇一掌劈去,眼看就可以把师妹毙于掌下,忽觉微风飒然,原来是赫连清云亦已赶到,挥笛点他背心的"风府穴"。

"风府穴"是三阳经脉汇聚之处,赫连清云这一招正是攻敌之所必救。公孙奇只得窜过一边,随即回身运剑,架住赫连清云的玉笛。

蓬莱魔女道："云妹，不必顾我，你快走吧！"可怜她在驼背老人掌力压迫之下，短短的两句话说来已是吁吁气喘。

赫连清云哪里肯走？说道："瑶姐，你怎能说这种话？我岂是临危背义之人？今日之事，咱们生则同生，死则同死！"不顾性命，狂挥玉笛，拼死缠着公孙奇。

公孙奇怒道："二妹，你再不知进退，可休怪你姐夫手下无情了！"蓬莱魔女叫道："云妹，我感激你的好意就是了。你送命无益，还是赶快走吧！"话犹未了，那驼背老人忽地冷冷说道："公孙奇你不忍下手么？我给你打发！"只听得"蓬"的一声，赫连清云已给他的掌力震翻，倒在数丈之外！

蓬莱魔女这一惊非同小可，说时迟，那时快，驼背老人又已回过身来，对她再施杀手，公孙奇的毒掌亦在同时拍出，两大高手的掌力会合一起，劲道之强，当真是有如排山倒海。

就在这危机瞬息之间，忽听得"叮叮"的铁杖触地之声，来得快速无比，驼背老人大吃一惊，叫道："来者是——"一个"谁"字尚未出口，只见来人已现出身形，接声斥道："岂有此理，你这驼子，竟敢欺负我的女儿！"来的不是别人，正是蓬莱魔女的父亲柳元宗！

柳元宗声到人到，挥杖猛击，公孙奇在他手下吃过大亏，不敢硬接，闪过一旁。驼背老人呼地一掌拍去，柳元宗的铁杖劲疾如矢，来势丝毫不缓。驼背老人的掌力荡不开他的铁杖，吃了一惊。连忙化掌为抓，一招"龙口捋须"，抓着杖头，左手骈指如戟，使出"玄阴指"的功夫，冷风如箭！

柳元宗铁杖往前一送，驼背老人拿捏不住，连忙松手，倒纵出三丈开外，叫道："柳兄，且别动手，这是误会。"柳元宗那一杖给驼背老人用"卸"字诀化去了几分力道，竟然伤不了他，也有点诧异，心道："这驼子的功力比起三十年前，也是大不相同了。"不过柳元宗自忖，还是可以胜他。但因他试出了驼背老人的功力远在他女儿之上，却不禁为女儿担心，不知女儿受伤没有。柳元宗喝道："什么误会？"提杖又要打去。驼背老人道："我不知她是令媛，我给你赔罪便是。"柳元宗大怒道："你和公孙奇这小贼在一起，竟敢说不知是我女儿？"公孙奇见驼背老人露出怯意，生怕驼背老人弃他不顾，不待柳元宗铁杖打来，早已慌忙逃走。

驼背老人听得柳元宗说话的声音中气充沛，心中也不禁暗暗吃惊。原来他刚才曾使用了"玄阴指"的功夫，偷袭柳元宗的穴道，他之所以没有立即逃走，就是要试探柳元宗有没有受伤的。他是个武学的大行家，一听柳元宗开口说话，便知他内力充盈，毫无受伤迹象。

驼背老人倒吸了一口冷气，心中想道："想不到三十年后，柳元宗的功力也还依然胜我一筹。三十六计，只有走为上计了。"当下虚晃一招，转身便跑，说道："柳兄既不肯见谅，小弟只有待柳兄怒气过了，再来赔罪。"

柳元宗记挂女儿，顾不得追赶敌人，回过头来，只见女儿还在地上打着圈圈。原来蓬莱魔女刚才受了两大高手的掌力震荡，尚未能定着身形。

柳元宗连忙过去扶着女儿，道："瑶儿，你怎么啦？"蓬莱魔女吐了口气，道："好厉害，幸亏还没受伤，哎呀，云妹可是受伤了！爹爹，我不打紧，你赶快去看看她。"

柳元宗医道高明，一搭女儿的腕脉，亦已知她没有受伤，放下了心，便去察看赫连清云的伤势。

赫连清云晕倒地上，人事不省。柳元宗将她扶起，掌心贴着她的背心，一股柔和的内力输送进去，给她推血过宫。过了半支香时刻，赫连清云"哇"的一口瘀血吐了出来。柳元宗吁了口气，说道："幸亏未曾震断心脉，还可救治。"

柳元宗将一颗"小还丹"纳入赫连清云口中，这是医治内伤的圣药，又过了半支香的时刻，赫连清云这才悠悠醒转，叫了一声"瑶姐"。

蓬莱魔女道："那两个恶贼已给我爹爹赶跑了，云妹，你安心养伤。"赫连清云谢过了柳元宗救命之恩，叹口气道："我可拖累了你了。你还要赶着去见你的师父呢，别为我耽搁得太久了。"

蓬莱魔女道："哪儿的话。你舍身护我，我还未向你道谢呢。见师父慢一步也不迟。"赫连清云道："不，公孙奇这贼子赶在你的前头，恐怕他又有什么阴谋诡计。还是早点儿见着你的师父，才能安心。我现在好得多了，请你扶我上马。"

柳元宗一想，丐帮之事也是急不容缓，便道："好，此去采薇村好在也不过百里之遥。你小心照料赫连姑娘，到你师父家去养伤。"

蓬莱魔女与赫连清云合乘一骑，但因赫连清云刚在受伤之后，蓬莱魔女怕她不胜颠簸之苦，只好策马慢行。柳元宗不用施展轻功，只是迈开大步，已能跟上。

蓬莱魔女这才得有空暇，将光明寺发生的事情说与父亲知道。柳元宗又惊又喜。喜者是故人无恙，惊者是神驼乙休与公孙奇同在一起，此时前往首阳山，只怕定有重大的阴谋。

不久天色已晚，幸好这天晚上有月亮，宋金刚所送的这匹坐骑又是匹素有训练的战马，虽然山路崎岖，晚上也能赶路。

蓬莱魔女要保护赫连清云，在崎岖之处必须专心注意控制坐骑，只有到了稍为平坦的地方，才能分出心神，与父亲说话。柳元宗听她说了别后的经过，好生感慨。尤其有关柳元甲的那个消息，令他更为难过。柳元宗叹了口气，说道："祸福无门，唯人自招。他如今已是丧家之犬，但愿他从此能够革面洗心，还有一条生路。"蓬莱魔女恨恨说道："他对我也下得毒手，当真是人面兽心，无可救药！这次他被逐出太湖，我看他在江南站不住脚，一定是逃到北方，公然投敌。"柳元宗道："若然如此，我从前已饶了他两次，第三次是再也不能饶他的了。"

蓬莱魔女讲完了自己的事情，说道："爹爹，你别后又是如何？"

柳元宗道："我访了几位老朋友，也遭遇了一些事情。最令我欣慰的是谷涵贤侄与我已经重会。"蓬莱魔女道："这我已经知道。"柳元宗笑道："我知道你已经知道，可是也还有你未曾知道的。"蓬莱魔女道："什么？"

柳元宗道："他很是后悔，说是没有领会你的好意，那次拒绝与你同行。他也很后悔那次与武林天骄发生误会，在小孤山上动手伤了武林天骄之事。他在我面前，当然不便说得十分明白，但我已知道他对你确实是很有情意。"蓬莱魔女脸上飞起一片红云，心中却是甜丝丝的，半晌说道："爹爹，别只是谈我的事了。听说你这次绕道固原，是为了要了结一桩公案。究竟是何公案？"

柳元宗道："这事说来话长，和丐帮今次之事是有点关连的。"说至此处，抬头望望前面，笑道："不知不觉，已经到了。这桩公案，不久你就会明白的，到了你师父家中再说吧。"蓬莱魔女出了师门七年，今日重临旧地，又是欢喜，又是感伤，心道："但不知公孙奇这贼子已经见过他父亲没有？"抬头望去，只见师父家中，隐隐有灯光透出，蓬莱魔女喜道："师父在家，却不知何以这么晚了，他还未睡？"此时已是月过中天，将近四更的时分了。

蓬莱魔女把赫连清云抱下马背，便去扣门。赫连清云经柳元宗推血过宫之后，在蓬莱魔女抱持之下，在马背上已经舒舒服服地睡了一觉，此时醒了过来，问道："哦，已经到了么？咦，你敲门敲了这许久，怎的不见有人答话？"

蓬莱魔女也觉奇怪，当下朗声说道："师父，我和爹爹来看你了。"一掌推开大门，走了进去，只见厅中灯火未灭，杳无一人，她师父竟不在家。还有华谷涵本来是说好在她师父家中等候他们的，此时也没有见到他的影子。

蓬莱魔女惊疑不定，说道："这一大支牛油烛不过才烧了半截，显见前不久屋内还有人的。这里又不似经过打斗的模样，人到哪里去了？奇怪！"

柳元宗道："你师父武功盖世，又是与华谷涵同在一起，他们两人联手，天下有谁能敌？这层倒是不必顾虑。"

蓬莱魔女道："明枪易躲，暗箭难防。我倒不怕敌人明来，只怕我的恩师受骗。"柳元宗道："你是指他那宝贝的儿子？"蓬莱魔女道："是呀。我师父虽说嫉恶如仇，早已不认这不肖之子，但公孙奇毕竟是他的独子，父子乖离，我师父内心也是很痛苦的。公孙奇能言会道，我就担心不知是公孙奇说了些什么花言巧语，我师父给他骗走了！"

柳元宗道："这也很有可能，倘若只是你师父一人在家的话。不过，有华谷涵在此，这就不同了。华谷涵是知道公孙奇私通金国之事的，你师父别的可以饶恕，但若是知道儿子叛国投敌，他总不能饶恕吧？"

蓬莱魔女道："就不知华谷涵是否已经来了？说不定他也在路上出了意外呢？"柳元宗道："这是你关心过甚，就难免往坏处设想。我想不至于这样巧吧。好在灯火既然未灭，咱们至多等到天亮，总可以等着消息。现在最紧要的是先找个地方安顿赫连姑娘。"

蓬莱魔女面上一红，说道："是。我看看我旧日那间房间是否还在，让云妹住我的房间最好。"

蓬莱魔女点燃了一支油烛，打开了她从前所住的那间房间，只见一切布置都是原来模样，而且打扫得干干净净，连床铺被褥都是换过新的。看来她师父早已得知她就要回来，故而作了准备。

蓬莱魔女放下了心上一块石头，想道："这么看来，我师父定然是见过华谷涵了的。要不然他不会知道我会回来。"

蓬莱魔女把赫连清云放在床上，柳元宗重新给她把脉，换药，说道："脉搏比前平和，三日之后，大约就可以起床了。赫连姑娘，现在你可以抛开忧虑，安心睡一觉了。"

蓬莱魔女浏览房中景物，摸摸这个，摸摸那个，心中有说不出的欢喜与感伤。一别七年，风光依旧，就似昨日出门，今日回来一样。蓬莱魔女坐到梳妆台前，"开我东阁房，坐我旧时床，当窗理云鬓，对镜贴花黄。"小时候念过的《木兰辞》，此时忽在心头流过。她虽然不似花木兰的百战归来，但这几句木兰辞却恰似为她今日写照。

往事如烟如梦，此时却忽地都上心头。她想起了少年情事，想起了与师父相依为命的一段日子，想起了师兄公孙奇曾教过她武功的童年。她慢慢拉开了一只抽屉，眼光落在一件东西上，不觉痴了。正是：

旧梦尘封今再启，几多幽怨上心头。

欲知后事如何，请听下回分解。

第七十三回　怅我知音何处觅
喜他红豆不空抛

　　这是一个黄杨木雕的小盒子，是她小时候自己所做的手工，盒中本来藏有两颗孖生的红豆的，红豆上还有她的指甲痕，是她亲手从枝头摘下来的。红豆本名"相思豆"，但她那时年纪还小，根本不懂得什么叫做"相思"，只是觉得这两颗连体孖生的红豆好玩，就把它采下，珍藏起来。后来不知怎的连红豆连盒子失了，她也并不怎样放在心上。后来到她出了师门，做了绿林盟主，事务纷繁，人长大了，小时候的玩物也就更加忘了。

　　直到两年前的一天，笑傲乾坤华谷涵派人送她一个金盒，盒中有三件礼物，其中之一，就是这对孖生的红豆，这才重新勾起她的记忆。

　　华谷涵所送的那三件礼物，一是她父亲手写的她的生辰八字；一是染有血渍的破布；一是这对红豆。每件礼物，都藏着一个谜，令她当时百思莫得其解。后来她们父女重圆，前面两个谜是已经解了，但最后一个谜依然未解。

　　她小时候失落的玩物，怎的会到了华谷涵手中，又给华谷涵当作礼物送回来呢？她几次与华谷涵见面，都是匆匆分手，未及详谈，这件"小事"也始终未问过他。

　　蓬莱魔女掏出华谷涵送她的金盒，将那两颗红豆把玩一会，又再放回自己所做的那个黄杨木雕的小盒子中，心道："红豆我是失而复得，只不知失去了的人，能否重来？"想起红豆寄托相思之意，不觉惘然。

"弹剑狂歌过蓟州，空抛红豆意悠悠。高山流水人何处？侠骨柔情总惹愁！"难道华谷涵这首诗竟成"诗忏"？当真是"红豆空抛"，当真是"总惹愁"么？

正在蓬莱魔女情思惘惘之际，忽听得一声长笑，远远传来，笑声清亮，顿挫抑扬，若有节拍。蓬莱魔女又惊又喜，道："爹，这回可找着他了。你听，这不是华谷涵的笑声？"话犹未了，只听得又有一缕箫声，俨若从天而降，摇曳生姿，音细而清，"插"入笑声之中，丝毫也不为华谷涵的狂笑所扰乱！

赫连清云本来已是阖上了眼睛睡觉的，一听箫声，倏地便似从梦中惊醒，坐了起来，眼中放出喜悦的光芒，说道："姐姐，你听！这不是武林天骄的箫声？"柳元宗道："赫连姑娘，你别下床，我出去看。"携了女儿，出了客厅，这才一皱眉头，悄声说道："我以为他们两人是早该谅解了的，怎的却在较量内功？难道又失和了？"

蓬莱魔女也听出了他们是以箫声笑声较量上乘内功，双方正自不分高下。蓬莱魔女亦是惊疑不定。

忽听得箫声笑声，同一时间，戛然而止。笑傲乾坤与武林天骄手携着手走进门来，看他们亲热的神情，便似亲兄弟一般，哪里有丝毫敌意？

几许风波，几番离合，江南朔北，万水千山，又是几番寻觅？正以为红豆空抛，却不料侠踪忽现，而且是两个人同时出现在她的面前，这刹那间，蓬莱魔女的惊喜可想而知，一时间她也不知说些什么话好。

她曾衷心盼望过这两个人和好如初，也曾不止一次想象过与他们二人会面的光景，甚至还曾经有过多余的忧虑："不知他们能否尽消芥蒂？而自己周旋在他们二人之间，第一次见面之时，或许也会感到一点尴尬？"想不到他们现在忽然来了，来得这样意外，又是这样自然。他们两人脸上的笑容，像是一股清新的风，把蓬莱魔女多余的忧虑吹散了。

笑傲乾坤与武林天骄见着了蓬莱魔女，两人也都是怔了一怔，但蓬莱魔女之来，早已在他们意料之中，是以虽然怔了一怔，却也

笑傲乾坤与武林天骄手携着手走进门来，
看他们亲热的神情，哪里有丝毫的敌意？

并不怎么惊诧，一个说道："啊，清瑶，你来了！"一个说道："柳姑娘，路上辛苦啦！"两句简简单卑的问候说话，却藏着各不相同的复杂感情。笑傲乾坤是第一次亲切地叫她的名字，显示出对她已是完全谅解；武林天骄则改口称她"柳姑娘"，那是愿意自居于朋友的地位了。而他那句对蓬莱魔女的慰问"路上辛苦啦"，也暗示了他就是那个曾经暗中相助蓬莱魔女脱险之人。

　　这样的会面比蓬莱魔女所能想象的还要圆满，她本来是个爽朗大方的女中豪杰，既觉察到笑傲乾坤与武林天骄的芥蒂已经消除，她的紧张情绪也就过去了。但在此时，她却无暇再说应酬的套语，紧张的情绪一过，立即便问："公孙奇这贼子来过没有？"

　　笑傲乾坤诧道："公孙奇？没有呀！"

　　蓬莱魔女道："那么另外有个驼背老人来过没有？"

　　武林天骄答道："你说的是神驼乙休吗？也没有呀！"

　　这次是轮到蓬莱魔女诧异了，"那么我的师父呢？他到哪儿去了？我还以为是公孙奇将他骗走的呢。"

　　笑傲乾坤道："丐帮明日一早，在首阳山上召开大会。丐帮内定的新帮主风火龙与他帮中的长老联名，送来了拜帖，请公孙前辈务必今晚上山，以便明早参与他们丐帮之会，做他们特邀的贵宾。丐帮是天下第一大帮，用了最隆重的礼节发出邀请，公孙前辈，自是不能拒绝。"

　　武林天骄接着说道："公孙前辈是二更上山的，我们送了他一程，归途中看见月色很好，华兄一时兴起，邀我比试内功，想不到你们已经来了。你们倘若来早一个更次，还可以见着你的师父的。"

　　蓬莱魔女放下了心上的石头，但却也感到有点蹊跷！

　　柳元宗道："你们是几时来的？"

　　笑傲乾坤道："我来了已经三天，檀兄则是昨天才到。"

　　柳元宗道："你们见过了风火龙没有？"

　　笑傲乾坤道："尚未见过。丐帮的首脑人物是在我之前，早已上了首阳山了。他们正在进行招集大会，我是他们帮外之人，按照江湖规矩，须得避嫌，不便上去相访。"

　　柳元宗沉吟半晌，说道："这就有点奇怪了，按说丐帮消息灵通，且又是山下山上之隔，丐帮中人也当知道你们是在这山下的采薇村的。为什么他只是邀请公孙隐却不邀请你们？"

蓬莱魔女道："是呀，我也正为此感到蹊跷。丐帮的惯例，一向是不邀请外人参加他们本帮的大会的。若说他们这次是为了要推立新帮主，才邀武林同道作为见证，那又不应只邀请我师父一人。你们正在这儿，照理风火龙是应该懂得做做这个顺水人情，连同邀请你们才是。"

要知公孙隐固然是武林前辈，但华檀二人也是江湖上极负盛名的人物，尤其华谷涵与丐帮更有师门的渊源，丐帮既然破例邀请宾客，这样的两个人正是想请都请不到的人物，如今丐帮却只送来了一个请帖，这岂不是出乎情理之常？

武林天骄道："也许因为公孙老前辈是地主的关系。他不邀请我们，我们当然不便与公孙前辈一同去了。"

笑傲乾坤笑道："我估计你们在这一两天也会到了，乐得留守此处等候你们。"

武林天骄道："听说我姐姐在光明寺，柳姑娘曾见着她么？"

蓬莱魔女搔了搔头，笑道："你瞧我多糊涂，我早应该告诉你了，却只顾着和你们说话。我不但见了你的姐姐，还见了另一个人呢，这人就在这儿，现在正等着你去看她。"

武林天骄怔了一怔，道："是谁？既在这儿，却为何不见出来？"蓬莱魔女道："她受了点伤，你别担心，她现在已经没有什么危险了。不过，也还未能下床，你赶快去看她吧。她在我从前住的那间房子。"

武林天骄猜到了几分，连忙进去。笑傲乾坤不知就里，以为是哪位武林同道受伤，也想跟去。蓬莱魔女摆了摆手，低声笑道："别去打扰他们！"

武林天骄走到房门口，轻咳一声，只听得一个熟悉的声音道："是谁？"武林天骄早猜到了是赫连清云，但此时听得她的病中的声音，仍是不禁又惊又喜。

武林天骄应了一声："是我。"揭开门帘，便走进去，只见赫连清云已经坐在床上，面如黄纸，但两只眼睛仍是秋水一般的明亮，放出喜悦的光芒，定着神看他。

武林天骄又是怜惜，又是惭愧，低声说道："云妹，你受苦了！伤得如何？"赫连清云眼角有晶莹的泪珠，说道："想不到咱们还能在这里会面，我是来找你的，你知道么？"喜悦与辛酸交织，化成了一颗颗的泪珠，滴在笑靥如花的脸上。赫连清云第一次向她所喜欢的人倾诉相思，此时此刻，她只想说出心里的话，却忘了自己的伤了。

武林天骄一直不知道这个小师妹暗中恋慕着他，到了采石矶之战那天，方才看出几分，但那时他在失意之余，仍是心如槁木。此刻，他听到了赫连清云真挚的心声，却不能不为她的深情感动了，不知不觉之间，两人的手已经握在一处，武林天骄用衣袖轻轻给她拭去了脸上的泪珠，在她耳边低声说道："云妹，我辜负了你，但愿以后能弥补我的罪过。"

屋外是严寒的雪夜，屋内则是春意融融。在这里是赫连清云与武林天骄的情意绵绵，在那里则是笑傲乾坤与蓬莱魔女的心心相印，满天云雾都在他们相视一笑之中消散了。

他们都有许多话要说，可是万语千言，却又不知从何说起。

柳元宗忽地笑道："现在已过了三更，你们也应当走了。"

蓬莱魔女一时不明父亲之意，怔了一怔。柳元宗道："你不是为了丐帮之事而来的么？"

蓬莱魔女瞿然一惊，恍然大悟，说道："哦，不错。丐帮之会明日一早举行，风火龙虽没邀请咱们，咱们也该做个不速之客的，此时是应该走了。"

柳元宗笑道："不是'咱们'，只是'你们'。我还要留在这儿一会，待我再给赫连姑娘看一次病，要是她的病情没有变化，我才能够放心离开。"其实赫连清云早已脱了危险，她有武林天骄看护，也无须柳元宗再加照料的了。柳元宗是有意给笑傲乾坤一个机会，让他陪伴女儿的。

蓬莱魔女双颊微晕，说道："既然如此，我们就先走一步。爹爹，你可要快些来啊！"

天上飘下鹅毛雪花，两人踏雪而行，身上微感寒意，心中却是暖烘烘的。笑傲乾坤向来狂放，此时他第一次与他所倾心的人单独相处，不知怎的，却感到了局促不安，不知说些什么话好，好不容易才找着一个话题，问道："清瑶，你是为丐帮之事而来的么？这么说你是见过了武士敦与云紫烟的了？"

蓬莱魔女道："不错，我此来一是为了拜见恩师，请恩师亲自处置他那不肖之子；二来也是为了替武士敦洗雪冤情。你是知道武士敦这件冤枉的，可曾告诉了我的师父么？不知武士敦可来了没有？我是告诉了他我师父的这个住址的。"

笑傲乾坤道："武士敦未曾来过，但他那件冤情我则已经告诉了你的师父了。"

蓬莱魔女道："你们以为风火龙此人如何？"

笑傲乾坤道："以他往日的为人而论，倒还不失'侠义'二字，但他这次诬陷武士敦，却不能叫人原谅了。看来他是贪图权位，以至利令智昏，故此不惜千方百计，将他师弟驱逐出帮。"

蓬莱魔女道："我也是这么想。但我师父既然知道这件事情，他怎能坦然接受风火龙的邀请，不起怀疑？"

笑傲乾坤道："丐帮是天下第一大帮，这张请帖又是由风火龙与他帮中的几位长老联名发出的。你师父纵然对风火龙有点怀疑，也不能不给丐帮面子。丐帮中人十九是侠义之士，风火龙即使心怀叵测，料想也不敢在大会之中，对你师父有所不利的，这点你倒可放心。"

蓬莱魔女道："我师父可想为武士敦洗雪冤情？"

笑傲乾坤道："我们是相信武士敦的，但可惜毫无证据，如何可以为他洗雪？而且这毕竟是丐帮的内争，外人也不好干预。"

蓬莱魔女道："倘若这不是内争呢？我倒有一点证据。"

笑傲乾坤骇然道："什么？难道风火龙为了篡夺盟主之位，竟不惜勾结敌人？你有的是什么证据？"蓬莱魔女道："我有风火龙的师父前丐帮帮主尚昆阳当年的亲笔书信，这封信是由他们帮中的一位长老保存，证明武士敦是奉他之命投入金国御林军中，伺机刺杀金主完颜亮的。这封信由那位长老的弟子带来，意欲在首阳山大会中揭明真相。不料中途遭人截杀，杀他的那个人就是以前金国的国师金超岳。无巧不巧，恰好给我碰上，这封书信到了我的手中。"笑傲乾坤大惊道："有这等事？这么说风火龙当真是私通外敌了？"蓬莱魔女道："我也不敢断定。后来我在古庙夜宿，又碰上两个丐帮弟子前来谋夺此信。他们先用迷香，我假作不知偷听他们谈话。其中之一说出是奉风火龙之命，但风火龙却是不许他们杀我的。我是金国所欲得而甘心的钦犯，倘若风火龙确实投了敌人，似乎不应下此禁令？"

笑傲乾坤道："或许这是他良心未曾尽丧之故。但事情还未到水落石出之时，我们也不能过早便下断语。好在你既有这封书信，就可以在丐帮大会中理直气壮地向风火龙质询了。"

蓬莱魔女点头道："不错，且待到大会再说吧。"两人谈了正事之后，开了话头，笑傲乾坤已减了几分拘束，说话也渐渐流畅了。

蓬莱魔女又与他说了武士敦与云紫烟的故事，此时雪已止了，满地清辉，寒林寂寂，笑傲乾坤若有所感，忽地对蓬莱魔女凝眸一笑。

蓬莱魔女怦然心跳，稍稍避开笑傲乾坤凝视的目光，低声说道："你笑什么？"

笑傲乾坤道："可笑我那时候并不知道你是云紫烟的好友，也不知道你第二天就会来到她家。"

蓬莱魔女道："要是知道呢？"

笑傲乾坤笑道："那就不会匆匆而走，连名字也没留下了。我走早一天，却阻迟了咱们几年会面。造化弄人，岂不可笑？"

蓬莱魔女道："哦，你在那时已经知道了我，要找寻我么？"

笑傲乾坤道："我早已知道你了。你是什么时候知道我的？"

蓬莱魔女道："就是那次在云紫烟家中，我才第一次知道你的名字。你当时虽然没有留名，但云老伯和他的几位朋友已经猜想到是你了。"

笑傲乾坤道："那么我知道你可要比你知道我早得多了！"

蓬莱魔女道："我知道你早就见过我的父亲。"

笑傲乾坤笑道："比你知道的更早。我在见着你父亲之前，已经从你师父口中，知道你是一个又淘气、又聪明又好逞强的小姑娘了！"

蓬莱魔女道："哦，你是早就认识我的师父，而且在我师父家中住过的么？"

笑傲乾坤道："我还偷了你的一样东西呢，说是偷，其实也是你师父送给我的。后来我把你的东西又当作礼物送还给你，你可觉得奇怪么？"

蓬莱魔女嫣然一笑，打开金盒，取出那两颗连体孖生的红豆，说道："原来如此，怪不得我小时候亲自采摘的红豆怎会到了你的手中。你是怎么发现的？连我自己也忘掉是在几时遗失，掉落在什么地方的了。"

笑傲乾坤道："我在你师父的书房翻书，无意中在书橱发现的。我正在把玩之间，你的师父进来看见，他认得这是你小时候手做的黄杨木雕盒子，盒中的红豆还是你七岁那年骑在他的肩膊上采下来的。由于这对红豆，勾起了他的谈兴，那晚他滔滔不绝地和我谈了许多关于你的事情。他说他本来有个儿子的，但儿子不肖，如今在这世上，他最疼爱的人就只是你了。他希望我们相识，因此把这对红豆送给我，叫我拿作凭证，好去见你。你手做的盒子他则留下来，放回你的房中。他要你房间的一切东西都按照愿来的样子，以慰他对你的思念。"

蓬莱魔女不禁热泪盈眶，说道："师父这样疼我，我真不知道该如何报答他。"

笑傲乾坤道："他对我的好意，我也不知道该如何报答。你想来也会明白的，他把你的红豆交到我的手中，这对红豆在我心中所占的分量，该是如何重大！"

蓬莱魔女红晕双颊，低声说道："我明白。"

是的，她不但明白笑傲乾坤的缠绵情意，也明白了师父的一番心事。师父把她手摘的红豆交给了笑傲乾坤，这用意不言可喻，就似她父亲把她的年庚八字交给笑傲乾坤一样，都是想把她付托与笑傲乾坤，撮合他俩的姻缘。想来师父和笑傲乾坤的说话还不止这些，但他不好意思全盘托出，只能婉转表白心事。

笑傲乾坤轻轻念道："红豆生南国，春来发几枝。"只念了头两句，就没有往下再念了。蓬莱魔女粉脸更红，这一首诗的后面两句是："劝君多采撷，此物最相思。"笑傲乾坤大约是怕"唐突佳人"，所以没有往下再念。

笑傲乾坤笑道："古人只知红豆生南国，却不知北国也有。"

蓬莱魔女道："本来是不会有的，但在这首阳山下有一个葫芦形的山谷，谷中有个温泉，地气温暖。我师父从南边带来了相思树的种子，撒在温泉附近，本是随便试试的，不料竟然生长起来，结出了缀满枝头的红豆。"

笑傲乾坤笑道："可见相思的种子，不论在江南或在漠北，只要有适宜的土壤，就一样可以结果开花！"不知是有意还是无意，他把"相思树"的"树"字省去，遂说成了是播下"相思的种子"了。蓬莱魔女的脸上也烧得更红了。

不知不觉之间，笑傲乾坤已是捏着她的掌心，对着她又是凝眸一笑。

蓬莱魔女道："你又笑些什么？"

笑傲乾坤道："我笑我过去太傻，总是不明你的心意，无端端自己招惹了许多烦恼。"

蓬莱魔女道："我第一次渡过长江的时候，我很担心我经不起风浪，但不久我就喜欢上那波涛起伏的味道了。转而一想，倘若是波平浪静，一帆风顺，恐怕反而会减了几分兴味。"

笑傲乾坤是个绝顶聪明的人，蓬莱魔女的言外之意，他当然一听便懂，笑起来道："不错！不错！人生的意境也该如此。有波涛起伏才有无穷的回味。比如我在孤鸾山下狂歌而过之时，怎想得到有今晚踏雪同行的境遇？"

两人的性格并不完全相似，但有一点相同的是，两人都是有着一股洒脱的豪情。笑傲乾坤感到两颗心灵渐渐融洽之后，不知不觉之间，恢复了原来的狂放。

蓬莱魔女"嘘"了一声道："别笑得太大声了，快要到山顶啦。"

两人纵目一观，只见山上已有幢幢的黑影，此时已是残星明灭的五更时分，丐帮中人已开始出动布置会场了。丐帮是天下第一大帮，料想无人敢来骚扰他们的大会，故此防范不很森严。他们两人展开绝顶轻功上山，路上虽碰见几个巡逻的丐帮弟子，但既非一流高手，也就不能发觉他们。

此时已近山顶，蓬莱魔女不敢露出声色，改用"传音入密"的内功，将声音凝成一线，送入笑傲乾坤耳中，悄悄问道："咱们怎办？"

本来以丐帮的地位以及他们的身份，他们是该以礼求见的。但一来丐帮大会没有邀请他们，他们"不请自来"，已是失礼；二来风火龙的底细未明；三来武士敦亦未见到。有此三项原因，过早露面，实是不宜。笑傲乾坤想了一想，也用"传音入密"的内功答道："还是先看看再说吧。"

山上有个大草坪，草坪上黑影幢幢，可以断定这个草坪就是会场所在。笑傲乾坤道："不必走得太近了，咱们就在树林里埋伏吧。"选择了一株参天大树，两人施展轻功，跳了上去。这株大树枝繁叶茂，恰好可以隐蔽他们的身形。大树在树林深处，离那草坪约有三里之遥，他们藏在树上，可以俯视全场，但在下面草坪的人，除非是早已知道，特别留心，否则即使是一流高手，也决难察觉他们的踪迹。

草坪上的人越聚越多，不久曙光渐露，只见山中云气弥漫，颜色变幻不定，起初是白茫茫一片，转眼间已透出橙色的光芒，再一转眼，满天的云彩如着火烧，变成了眩目的朱霞，一轮红日，在云层中整个露了出来。顿时便似揭去了一层薄雾轻绡，地上景物，豁然显露。

只听"咚、咚、咚"三通鼓响，"蓬、蓬、蓬"三下锣鸣，这是宣告大会开始的信号，群丐欢呼喝彩，如雷震耳。原来丐帮有个代代相传的惯例，每次新帮主即位的大会，都要由一个懂得天文的老人选择日期，大会也必须是天一亮便即开始。假如那天有太阳出来的话，这便是吉兆，象征新帮主如旭日初升，丐帮兴旺可期。相反，倘若天阴下雨，那便是不吉之兆了。所以必须由善观天象的人选择日期。旭日既升，会场中的人物当然是看得更清楚了。蓬莱魔女在树顶纵目遥观，凝神细察，只见草坪当中的一块石台上站着一个年约五旬，虬髯如戟的叫花，蓬莱魔女认得是风火龙，在风火龙上首客位之处，站着的则正是她的师父公孙隐。

蓬莱魔女已有七年不见师父，此时一见，不禁大起孺慕之情，目光舍不得离开她的师父。仔细看时，只见师父两鬓如霜，比起她七年前拜别师父之时，已不知添了几多白发，有了衰老之态了。蓬莱魔女不觉心底发酸，暗自想道："师父和爹爹是上下年纪，却显比我爹爹衰老多了。这当然是为了担忧他那不肖之子以及思念我的缘故。"

蓬莱魔女又再用眼光去搜索公孙奇，但因人多拥挤，找来找去也找不着公孙奇的影子，也不知他是来了没有？蓬莱魔女想起师父对她的深恩厚义，心里怔忡不安，想道："我师父只有这么一个儿子，倘若公孙奇来了，我该不该当面揭发他的罪行呢？"

蓬莱魔女心念未已，场中忽然鸦雀无声，原来风火龙已上了石台，开始向帮众说话。

只听得风火龙声音微带颤抖，缓缓说道："本帮不幸，老帮主在三月之前已去世了。帮主在生之日，未曾指定继位人选，临终之际，也未留下遗言。因此我秉承长老之命与同门之托，今日招集五袋弟子以上的本帮大会，公推一位足孚众望的新帮主。"

蓬莱魔女在树上聚拢目光，仔细看去，只见风火龙形容憔悴，说话之时，不但声音颤抖，而且是一副气沮神伤的模样。蓬莱魔女起初心想："这风火龙倒会做戏，生怕别人不知道他的伤心。"忽而转念一想："风火龙的目的是要做新帮主，他是最接近老帮主的一个人，为什么不可以捏造老帮主的遗言？哦，或者他已有十足把握，料定帮众必然会推戴他，所以乐得做得光明磊落一些？但他这副神气却又似乎有点不对？"

蓬莱魔女正自心里悬疑，笑傲乾坤忽地在她耳边悄悄说道："风火龙似乎是有点难以察觉的暗伤！"蓬莱魔女是个武学大行家，跟她父亲又多少懂得一点医学，刚才她听了风火龙说话的声音，心中也曾闪过这个怀疑，但以风火龙武功之高，地位之尊，他又怎会受了暗伤的？一个具有上乘内功的人受了暗伤，本来极难察觉，是以蓬莱魔女虽有怀疑，却也不敢断定。但现在笑傲乾坤也是如此说法，笑傲乾坤的武学造诣比她高深得多，想来是该比她看得更准的了。

蓬莱魔女的思路迅即被场中嘈嘈杂杂的声音打断，丐帮的弟子，没有一个人察觉风火龙身受暗伤，他们最关切的是新帮主的人选，此时有许多人从四面八方嚷起来道："风香主是老帮主的大弟子，这许多年来，都是他协助老帮主的，老帮主去世，当然是应该风香主继任。""风师兄，老帮主虽没指定人选，那是因为他仓猝去世之故，其实我们都已知道，他平日早已属意于你啦！""对啦，由你继任，那是再也适当不过，你不必再推让了。"

风火龙做了一个手势，止了群丐的喧哗，说道："本帮是天下第一大帮，必须有非常之人才能担当非常的重任。我是德薄能鲜，帮忙老帮主料理一些杂务还勉强可以，说到要我做帮主嘛，那是万万不行，你们且别嘈吵，听我一言。关于帮主继任人选，朱长老和我也曾有过商量，你们如果没有适当的人选，就由我们提出一个人来，这个人包保胜我十倍！"

风火龙此言一出，全场都是大感意外。连蓬莱魔女也是惊疑不定，听风火龙的说话十分认真，又不似作伪。蓬莱魔女突然闪过一个念头："难道他是受了良心责备，自知愧悔，要把帮主之位让回给武士敦不成？"外人都觉惊疑，丐帮的弟子当然是更感惶惑了。他们想来想去都想不出有谁比风火龙更适当的。有个丐帮弟子忽地心念一动，不知不觉地说出了"武士敦"的名字。

风火龙倏地变了面色，喟然说道："你说的是武师弟么，可惜——"

话犹未了，风火龙后面的一个老叫花忽地走到前头，扬起手中的打狗棒指着那人沉声喝道："不许再提这个叛徒的名字！这厮叛帮投敌，欺师灭祖，早已被逐出帮，这是他罪有应得，又有什么可惜的？风师侄，当日处置此事，就是由你执行帮规的，你又怎么还可称他师弟？"风火龙惶然说道："是。是小侄失言了。那么现在就请朱师叔来给大家推荐新帮主吧。"

指责风火龙的这个老叫花不是别人，正是前任帮主尚昆阳的师弟，丐帮现存的三位长老之一，江湖上人称"朱砂索命掌"的朱丹鹤。

丐帮的另外两位长老，一个因年老多病，一个因要看守老家，都不能来参加大会。在场的辈分最高的丐帮弟子，就是这位朱长老朱丹鹤了。因此在场的丐帮弟子，都不能不对他尊重几分。

武士敦被逐出帮之事，丐帮五袋以上的弟子人人知道，但知道其中真相的却无一人。虽然有几个武士敦旧日的好友，深知他的为人的，觉得此事可疑，但大多人则以为武士敦确是贪图富贵，做了金国的高官。故此朱丹鹤一站出来指责，也就没人敢再提武士敦的名字了。

经过这场小小的纷闹，全场又再恢复了平静。此时丐帮弟子，人人都怀着好奇的心情，想知道朱长老要给他们推荐的新帮主究是何人。蓬莱魔女则更加感到奇怪，从这场纷闹中，她看出了风火龙的态度，风火龙对武士敦的态度，竟似乎是还有一点同门之情。

朱丹鹤站上石台，但他想了一想，却说道："风师侄，此会由你主持，还是请你给大家引见新帮主吧。"

坐在贵宾席上的公孙隐武学深湛，他是察觉到风火龙身受暗伤，但究竟受的什么伤，伤的程度如何，他也看不出来。公孙隐暗自想道："莫非风火龙是自知内伤严重，或有残废之虞，故此要推位让贤？"

朱丹鹤说话之后，风火龙笑道："此事是为了本帮的兴旺，其实朱师叔不必避嫌。好吧，师叔既然避嫌，那就由我来说。"众人对风火龙的话都是莫名其妙，蓬莱魔女则隐隐感到风火龙的笑乃是苦笑，他的这番说话也似乎有点无可奈何的味道。

风火龙重新站到台前，说道："我说过这位新帮主包保胜我十倍，这不是我故意贬抑自己，而是确实如此。第一这位新帮主英年有为，今年不过三十岁，却已是名震武林，第二这位新帮主是武学名门子弟，他的父亲是当今武林中首屈一指的人物。第三他又曾建有极大的功勋，足以表率群伦。"说话刚刚告一段落，台下群丐已是纷纷叫道："是谁？是谁？"正是：

避位让贤徒谎语，引狼入室事堪悲。

欲知后事如何，请听下回分解。

第七十四回　偷天换日欺豪杰
覆雨翻云祸丐帮

　　蓬莱魔女心头一震，暗自想道："当今的武林人物，有谁能具备这三个条件？他们是绝对不会推戴武士敦的。而且即使武士敦也还欠缺一项，他的父亲早已死了。"

　　笑傲乾坤在她耳边悄声笑道："倘若你是男子，你倒足够这三个条件，可以当得丐帮帮主。"这话虽是说笑，却也半点不假。蓬莱魔女不过二十多岁，早已当了绿林盟主，当然可说得是名震武林；她是柳元宗之女，公孙隐之徒，父、师都是当今武林中首屈一指的人物；她曾率领义军与虞允文配合，在采石矶击败了完颜亮的百万大军，当然可以说得是建有极大功勋。但这话从反面来说，也即是普天之下，根本就没有一个男子具有这三个条件，可以当得丐帮帮主。

　　风火龙在群丐争问"是谁？是谁？"的喧闹声中挥了挥手，提高了声音说道："各位要问这位新帮主是谁么？咱们今日之会请有一位贵宾，也是破了惯例所请的唯一贵宾，想必大家都知道公孙前辈吧？请公孙前辈先出来与大家一见。"

　　公孙隐愕然说道："我可是年将七十的老头儿啊！"

　　朱丹鹤笑道："我们当然不敢委屈老前辈做我们的帮主。但在新帮主即位之前，却必须请你老人家会会敝帮弟子。因为你老人家是新帮主最尊敬的人。"

　　与会的都是丐帮五袋以上的弟子，即使未曾见过，也都知道公孙隐的大名，但却不知他与新帮主有何关系？这些丐帮弟子，一来是为了表示对武林前辈的尊敬；二来也是怀着好奇心理，于是不约而同地都站了起来，向公孙隐致敬。公孙隐满腹疑团，只好站到台前，与众人见面，连声说道："不敢当，不敢当！"

这幕演过之后，风火龙这才缓缓说道："咱们所要推戴的新帮主，就是公孙前辈的公子，也即是这十年来威震江湖的桑家堡堡主公孙奇。"

此言一出，全场惊愕。一时间谁都没有作声。公孙奇私通金国，做了金国郡马之事，知道的人很少，丐帮弟子也不知道。但公孙奇行为邪恶，这却是很多人知道的，所以就不能不感到惊愕了。但为了顾着公孙隐的面子，是以暂时都没作声。

公孙隐也是大感意外，惶然说道："这怎么可以？这怎么可以？"但在这突如其来的情况之下，他也不便立即当众指责他的儿子。

有几个丐帮弟子隐忍不住，大着胆子说道："公孙堡主虽是年少有为，但他是帮外之人，怎能做得本帮帮主？"

风火龙哈哈一笑，说道："公孙师弟是朱师叔新收的弟子。这正是我为了本帮大计，特地邀请他加入本帮的。公孙师弟，请出来与同门见面！"

丐帮弟子这才恍然大悟，原来刚才风火龙说的朱长老"避嫌"乃是这个意思。因为公孙奇是朱丹鹤新近收录的弟子，故而朱丹鹤不便说话，须得风火龙来加以推戴。

蓬莱魔女也恍然大悟，原来风火龙、朱丹鹤之所以邀请她的师父，作为丐帮大会的唯一贵宾，乃是为了拥立公孙奇之事作一伏笔。他们要借重公孙隐的威望，减少帮众对公孙奇的反对。

只有公孙隐莫名其妙，心中想道："丐帮是天下第一大帮，挑选继任帮主，这是应该何等慎重的事！武功固然要出类拔萃，人品更必须众所同钦。我这不肖之子为何给他们看上？难道是奇儿这几年的行为已经改了？他们说奇儿建有极大的功勋，却又不知何指？"

风火龙既把新帮主介绍出来，朱丹鹤也就不必"避嫌"了，当下得意洋洋地说道："新入帮的弟子就做帮主，这确是从所未有之事。但为了光大本帮，又必须找一位最合适的帮主，这也就不妨打破陈规。公孙奇是名门子弟，身兼两位武学大宗师的衣钵真传，更难得的是他今年不过三十，正是英年有为。而本帮处在目前这种青黄不接，风雨飘摇之际，正需要有能力、较年轻的帮主领导。风师侄有见及此，故所以请他入帮。而老朽也就不辞'难以为师'之诮，收他为徒。其实我是不配做他的师父的。"言语之间，对公孙奇推崇备至，根本不像师父介绍徒弟的口气。

风火龙、朱丹鹤相继说话之后，公孙奇就在众目注视之下，从人丛中走了出来。只见他已换了一身叫花子的打扮，穿着故意打上补绽的新衣裳，手提打狗棒，走到朱丹鹤的身前。

朱丹鹤道："先去见过你的父亲。"公孙奇向朱丹鹤行了一礼，恭恭敬敬地应了一个"是"字，就走到公孙隐面前，忽地双膝跪下，眼中含泪，叫了一声："爹爹!"接着说道："孩儿不肖，这许多年来未能侍奉爹爹，求爹爹见谅。"

公孙隐本来是早已不认这个儿子了的，但此时见儿子含泪跪在自己的面前，不觉感到一阵心酸，但仍是冷冷说道："你也自知不肖么？你自问配不配当丐帮帮主?"

公孙奇故作惶恐之状，不敢答话。朱丹鹤从旁劝解道："公孙前辈想是对令公子过去的某些行事有误会了，其实他是另有隐衷的。我敢担保他绝非不肖，否则我们怎会拥戴他做我们的帮主?"

朱丹鹤这一番话说得公孙隐将信将疑，如坠五里雾中。心中想道："难道他当真是另有内情，而我反而是不明真相?"

笑傲乾坤悄悄说道："公孙奇倒是很会做戏。"蓬莱魔女道："咱们要不要下去揭发他?"笑傲乾坤道："再等一会。"

蓬莱魔女心中好像有十五个吊桶，七上八落。公义私情，交战于胸，一时间也是决断不下。为了公义，她是应该当众揭露公孙奇的罪行；但这样做的话，就等于往师父心上刺上一刀，却又叫她如何下得了手?

公孙隐却如堕入五里雾中，他只有这一个儿子，他私心是希望儿子的确已经改过，朱丹鹤的说话是真；但他回想儿子过去的所作所为，没有一样不是令他失望，他又相信儿子不过。

公孙隐正想向朱丹鹤细问其详，就在此时，场中忽掀起了骚动。有两个巡山的七袋弟子气急败坏地跑到风火龙面前说道："禀告香主，武士敦和几位客人来到，我们曾予拦阻，但武士敦坚决要来参加大会，我们不便动武。如何处置，请香主示下！"

朱丹鹤"哼"了一声道："武士敦居然还有脸皮再到丐帮？哼，把他——""拿下"二字未曾出口，风火龙已先说道："师叔暂且息怒。先问问那几位客人是谁？"

那两个巡山弟子禀道："是宋金刚、杜永良、萨氏双雄和青海三马等人。"朱丹鹤冷笑道："武士敦竟想挟外人以自重么？哼，请来的也不过是些二流角色。"其实宋金刚等人在江湖上也是很有声望的人物。地位不过稍逊于各派掌门与各大帮主而已。朱丹鹤为了要排斥武士敦，故意贬低他们。

公孙隐佯作听不见朱丹鹤这些话，大声说道："啊，原来是宋金刚和萨老大、萨老二来了吗？这几位老朋友我都差不多有二十年没见面了，倒是想念得很。"

风火龙道："他们既是公孙前辈的朋友，理该以礼相请。"朱丹鹤面色铁青，却不说话。

公孙隐道："我有一句话不知该不该说？"风火龙道："老前辈客气了，有话尽管吩咐。"

公孙隐道："不敢当。论理我是不敢干涉贵帮事务，但我想贵帮既然请我作客，其他客人似乎也不宜拒绝。武士敦因何事被贵帮所逐，我不知道。但他今日是以客人身份前来，照江湖规矩，似乎也该一视同仁。"其实公孙隐对武士敦的事情是略有所知的，所以他才委婉地替武士敦说情。

风火龙问那两个巡山弟子道："武士敦对你们怎样说？"那两个弟子道："武士敦说他虽然被逐出帮，但老帮主总是他的恩师，老帮主至死之时也承认他是弟子。今日之会固然是拥立新帮主，但也是哀悼他的恩师。那么就不论当他是客人也好，当他是弃徒也好，总之都是不能拒绝他进场的了。"

风火龙道："看在他对师门情重，朱长老你以为——"朱丹鹤道："师门二字，不许再提。只当他是客人身份招待。"

朱丹鹤迫于无奈，只得答应，心有不忿，又补上一句："这都是看在公孙前辈的份上。"公孙隐淡淡一笑，说道："是么？那就要多谢朱长老给我面子了。"

说话之间，宋金刚、武士敦这一行人已在群丐注目之下走进场来，奉命做知客的弟子对宋金刚与萨氏双雄等人殷勤招呼，就只是对武士敦一人不理不睬。

武士敦看见公孙奇在场，颇感意外，但他此时，无暇节外生枝，便佯作视而不见，怡然自得地走到风火龙面前，恭恭敬敬地叫了一声："大师哥，小弟特来道贺。"他还以为风火龙已经当了帮主。

风火龙用重浊的鼻音"唔"了一声，含含糊糊地算是答应了。朱丹鹤变了面色，厉声斥道："武士敦，你早已被逐出帮，还有什么资格来与本帮香主称兄道弟？"

武士敦道："今日新帮主继任，我正是要来辩白冤情，请新帮主收回成命。"

风火龙道："那你就该向新帮主去说，不必和我啰唆。"

武士敦大吃一惊，连忙问道："新帮主是谁？"

朱丹鹤抢着说道："新帮主是谁，与你无关，你早已铁案如山，还有什么可以辩白？"

武士敦道："我当然是有了足够的翻案凭据，才敢来此，按照帮规，我也有权在本帮大会之中，向新帮主申诉！"

宋金刚与萨老大说道："我们是特地向贵帮的新帮主道贺来的，不知贵帮主可肯赏面赐见？"他们以客人的身份求见帮主，于理于情，主人都是不能拒绝。

朱丹鹤只好含糊说道："新帮主是推定了，但尚未接任。各位稍待如何？"

朱丹鹤正在考虑好不好下令驱逐武士敦，武士敦又紧紧追问："新帮主既然推定，那就没有隐瞒的必要，为什么你们不许我和他说话？"

风火龙咬了咬牙，说道："好吧，你既一再追问，那就告诉你吧。新帮主就是名震江湖的昔日的桑家堡堡主，公孙奇公孙大侠！他是新近入帮的朱长老的弟子。"

武士敦怔了一怔，忽地"哈，哈，哈"地大笑三声！

朱丹鹤怒道："狂徒，你笑什么？"要不是朱丹鹤深知武士敦的本领已得他师兄衣钵真传，而且天赋异禀，青出于蓝，丐帮上下，无人是他对手，朱丹鹤早已要动用武力了。

武士敦威严的眼光移到公孙奇身上，仰天大笑道："大侠？堡主？嘿、嘿、嘿！哈、哈、哈、哈！你们还忘记了替公孙奇再加一个尊号呢！"风火龙道："你这话是什么意思？"武士敦道："你难道尚未知道？公孙奇还是金国的郡马大人！"此言一出，登时全场震动。

武士敦剑眉倒竖，虎目含威，厉声斥道："你私通金国，已成公敌，还焉能做得丐帮帮主？"

朱丹鹤喝道："住口，不许你含血喷人！"一掌挥出，要把武士敦推开。武士敦兀立不动，冷冷说道："朱长老，你是真的不知还是假的不知？你要知道，倘若让一个金国郡马做丐帮帮主，那就不仅仅是丐帮受害了！凡属武林同道，都绝不能容许此事发生！你是我的师叔，我不敢与你动手。但你倘若定要包庇奸徒，将我赶走，那我也只能拒不从命了。"

朱丹鹤的"朱砂掌"过去也曾驰誉武林，但这一掌还未碰着武士敦的身体，已隐隐感到一股阻力，朱丹鹤深知武士敦的本领，不由得心中一凛，想道："我年纪已大，非复当年，倘若这一掌推他不动，我的面子可丢尽了。罢，罢，罢！他毕竟是我的晚辈，我胜之不武，不胜为笑。且让公孙奇去对付他吧。"这一掌终于不敢打下，缓缓收回。

在全场骚动之中，公孙奇却是神色自如，淡淡说道："请各位想想，我爹爹在此，我若是私通金国，我还敢来见我爹爹吗？风师兄你们总是信服的吧？倘若我来历不明，风师兄又焉肯再三推辞，定要把帮主让给我做？不过，我也不怪武士敦，他是自己想当帮主，当然要攻击我了，其实，我倒并不在乎当个帮主，只是武士敦乃是本帮叛徒，他摭拾流言，将我倾陷。他要当这帮主，却也万万不能！"

帮众不明真相，听了公孙奇的说话，倒也觉得似乎"言之成理",尤其是他提到他爹爹在场这一点,更能说服众人。要知公孙隐乃是嫉恶如仇的老前辈,大家都是想道:"不错,倘若公孙奇确是私通金国,他爹爹怎会放过他?他有天大的胆子也不敢来的。但现在公孙隐却是由他师父与风火龙联名邀请,来做贵宾,这事情公孙奇当然预先知道,他仍然敢来,可见是胸中坦然的了。"

真相未明,是非难辨,丐帮弟子的喧闹停了下来,本来要斥骂公孙奇的,也不敢贸然开口了。公孙隐见儿子神色自如,也是半信半疑,只好不说话。

武士敦气得七窍生烟,正要揭发公孙奇的罪恶,朱丹鹤已经说道:"不错,武士敦乃是本帮叛徒,他如今又不肯以客人自居,竟敢侮蔑本帮帮主,干涉本帮事务,这样的恶客,丐帮碍难招待。武士敦,你走不走?"

在朱丹鹤的发号施令之下,丐帮的八个大弟子都已拥了上来,对武士敦采取包围态势,眼看就要动用武力,忽听得一个清脆的声音说道:"且慢动手,我可以证明武士敦不是叛徒!"只见有两条人影,飞鸟般地落下场心,前面的是蓬莱魔女,跟在后面的是笑傲乾坤。

公孙奇见蓬莱魔女终于赶了到来,不由得心头一震,脸上变色。但也不过瞬息之间,他又恢复了一副有恃无恐的神气。

蓬莱魔女先去见过师父,公孙隐欢喜得老泪纵横,说道:"瑶儿,你才来么?你来了这就好了。我们正苦于不明真相,你知道什么消息,快快说吧。"公孙隐对儿子的一举一动,一直都是密切地注意着的,公孙奇那一瞬间所现出的惊惶神色,亦已收入他的眼帘。公孙隐不由得暗暗起疑:"阿奇为什么好像害怕他的师妹?"

公孙隐所说的"真相",那是指武士敦与公孙奇两人之事的,蓬莱魔女当然听得出他的意思。可是蓬莱魔女见了师父脸上的泪水,心中却是不由得一阵辛酸,十分难过,暗自想道:"公孙奇的罪恶就让武士敦揭露吧,我只给武士敦作个证明,也就是了。"

蓬莱魔女与笑傲乾坤的身份,丐帮是无人不知,因此他们入场之后,群丐都是肃静无哗,静观变化。

风火龙以接待贵宾之礼见过蓬莱魔女,但却冷冷说道:"柳女侠，你怎么能给武士敦证明?"

朱丹鹤说话更不客气:"柳女侠，你是绿林盟主。绿林与丐帮向来是河水不犯井水，丐帮清理门户，驱逐叛徒，这是丐帮的事情。外人怎能来给他证明?"

蓬莱魔女道:"这个要给武士敦证明无辜的人，其实并不是我而是贵帮的老帮主。不错，清理门户是你们的事，我不过来替贵帮的老帮主说明真相而已。待我说了之后，要是你们仍然认为应该驱逐武士敦出帮，那也是你们的事。"

风火龙听得蓬莱魔女这么一说，已知那件秘密已给蓬莱魔女发现，他作贼心虚，不敢多话。朱丹鹤虽是长老，但蓬莱魔女抬出了他的师兄尚老帮主，登时也把他的气焰压了下去，只好默默闪开，让蓬莱魔女上台。

蓬莱魔女跳上石台，取出了那根打狗棒扬了一扬，说道:"你们想必认得，这是你们夏长老的东西，夏长老本来是叫他的弟子龚浩拿来给武士敦作证的，龚浩在路上给金国的鹰爪孙杀了，那日恰巧给我碰上，这支打狗棒落在我的手中。你们请看，棒内有个秘密。"

说到此处，忽地有股冷风"嗖"的射来，笑傲乾坤站在台前，挥扇一拨，喝道:"是谁敢施暗算?"这是隔空点穴的绝顶功夫，指力激起冷风，能伤人于不知不觉之间。笑傲乾坤挥扇解了这人的偷袭，身上也是微感寒意，不由得好生诧异，公孙奇与朱丹鹤都在台前，毫无异动，而且在众目睽睽之下，料他们也不敢胆大妄为。那么这个偷袭的究是何人，竟有如此功力?

蓬莱魔女则是知道此人是谁的，但事有缓急轻重，蓬莱魔女此时已是无暇追究偷袭之事。她必须赶快给武士敦证明，免得夜长梦多，又生变化。

当下蓬莱魔女立即将打狗棒中所藏的密件取出，朗声说道:"这是你们老帮主写给夏长老的一封亲笔书信，尚老帮主早已料到今日之事，故而留下这封书信，来给武士敦作个证明的。"说罢，就展开信笺，大声朗诵。在她朗诵之时，公孙隐也站到台前，为她保护。

这封信包括两点主要内容，一是说明武士敦是为了报家国之仇，奉他（老帮主尚昆阳）之命，投入金国御林军，伺机刺杀完颜亮的。二是预先立下的遗嘱，声明倘若武士敦大功告成，就由武士敦继任帮主。

蓬莱魔女念完之后，把那封信递给风火龙，说道："请你给贵帮各位香主、舵主、堂主传观，看看是不是你们的老帮主笔迹？"在众目睽睽之下，而且又有公孙隐在旁，蓬莱魔女料想不论是风火龙或是朱丹鹤，都是决计不敢把这尚老帮主的遗书撕毁。

朱丹鹤面色铁青，风火龙则勉强地作了一个尴尬的苦笑，把信收下，说道："不错，这是我的师父老帮主的亲笔手书，各位都已经听得很清楚，不必再传观了。"

风火龙面向帮众证实了这封书信乃是真的之后，便转过身来，向武士敦道："武师弟，我不知你是奉了师父之命的，委屈了你，请贤弟恕罪。"

武士敦道："那么，风师兄是许我重回本帮了？我先得声明，我只是想重回本帮，并非想来抢夺帮主之位。"

风火龙道："武师弟既是奉命而为，并非叛国投敌，当然可以重回本帮。至于帮主之事，咱们可以另行计议。"

武士敦杀了完颜亮之事，丐帮中只有十数个首脑人物知道，但因当时朱丹鹤、风火龙都说这个首级是假，他们也就不敢相信这首级是真。要知完颜亮是一国之主，拥有百万大军，一个小小的御林军军官，根本就没有接近他的机会，又怎能轻易将他刺杀？他们因此而怀疑武士敦意图冒功求进，实在也颇有理由。

蓬莱魔女本来就要跟着证明武士敦是杀了完颜亮之事，但转念一想，此事反正是总要提起的，待他们丐帮中人先行查问此事，自己再来作证，也还不迟。倘若急于要为武士敦证实这项大功，反而可能给丐帮怀疑自己是要来助武士敦争夺帮主之位。

风火龙在群丐议论纷纷之中又再登台，朗声说道："武师弟的事情已经解决，不必再议。今日之会，最最紧要的还是推戴新的帮主。"

此言一出，台下议论纷纷，有的说道："据说完颜亮是武士敦杀的，却不知是真是假？倘若是真，就应该由武士敦继任帮主才对。"有的说道："公孙奇也不知究竟是否金国郡马。朱长老和风香主说他建有极大功勋，也不知是什么功勋？"有的说道："两人都是还有可疑之处，为了减少纠纷，不如仍然由风香主升任帮主，顺理成章，最为妥当。"

风火龙道："公孙师弟，你应该说话了。"公孙奇在议论声中跳上石台，朗说声道："请各位暂时安静，让我表明心迹。"他使出上乘内功，将声音送出，就似在各人耳边说话一般，大草坪上站在最外一圈的丐帮弟子，都听得清清楚楚。丐帮五袋以上的弟子都是武学行家，公孙奇这一下"先声夺人"倒赢得了很多人的佩服，登时全场鸦雀无声。

公孙奇缓缓说道："我是新入本帮毫无资历的弟子，帮主之位，我是绝不敢坐上去的，但既然有了涉及我的流言，我也不能不趁此机会稍加辩解。请问武师兄，你说我是金国郡马，不知配给我的郡主是哪一位？"

武士敦道："这位郡主么，说来在座的各位贵宾，各位同门，想必也有许多人认得。她就是江湖上臭名昭彰的玉面妖狐，真名实姓叫做赫连清波。玉面妖狐本是辽国御林军统领之女，亡国之后，投降敌人，受完颜亮策封为郡主的。"

此言一出，全场又不禁哗然，纷纷叫道："竟是这个妖女么？"有的人是见过公孙奇与玉面妖狐在江湖上一同出现的，更禁不住就发言质问："公孙奇，你与那妖女究竟有何关系？为什么你们曾经同在一起，快快从实道来。"

公孙奇神色自如，不慌不忙地说道："不错，玉面妖狐的确是我的续弦妻子；我也的确曾经做过金国的郡马！但请各位暂息怒气，这是有原因的！"台下纷纷喝问："什么原因？""什么原因？"

公孙奇故意歇了一下，这才说道："玉面妖狐就在这里，各位要不要见她？"

此言大出众人意外，认得玉面妖狐的连忙四面张望，但在场的除了蓬莱魔女之外，却并没有第二个女人。众人纷纷问道："在哪里？在哪里？"公孙奇一声长笑，说道："就在这里！"蓦地从背囊中取出一个人头，当众一晃，说道："各位看清楚了，这可是如假包换的玉面妖狐了吧？她是我亲手杀的！"这颗人头用药水浸过，缩小似拳头大小，但仍是栩栩如生，见过玉面妖狐的人，都认得的确是玉面妖狐的首级。

公孙奇这一"怪招"，不但群丐惊愕，连蓬莱魔女也是大感意外，想不到公孙奇下得如此毒手，竟然把玉面妖狐也都杀了，思之不禁毛骨悚然。

公孙奇在群丐惊愕之中，把玉面妖狐的首级放在台上，得意洋洋地说道："各位大概可以明白了吧？我之所以要娶玉面妖狐为妻，就因为她是金主完颜亮所策封、所宠爱的郡主，我只有当了金国的郡马，才能有接近完颜亮的机会。"

朱丹鹤立即接下去说道："我刚才所说的新帮主曾建有极大功勋，指的也正是这件事情。采石矶战后，金京突然传出完颜亮暴毙身亡的消息，其实所谓'暴毙'就是给人刺杀，这也差不多是尽人皆知的公开的秘密了。刺杀完颜亮的人是谁呢？就是公孙奇！"

他们两人的说话说得合情合理，群丐不明真相，十居八九，都是相信无疑。心中俱是想道："原来如此，我们倒是错怪了公孙奇了。"于是禁不住便向公孙奇纷纷欢呼。

风火龙说道："公孙师弟刺杀完颜亮有功，便依老帮主之命，也该由他继任帮主。各位大概也应无异言了吧？"

公孙奇连忙装出一副惶恐的神气，摇手说道："我但求一众同门明白我的心迹，于愿已足，帮主之任，我是决计不敢担承的。"

他越是推辞，群丐越是表示拥护。异口同声地都是说道："谁杀了完颜亮，谁就当本帮帮主，这是老帮主的遗命，也是我们的要求。理该如此，不必推辞！"

群丐不明真相，蓬莱魔女是明白的。她知道公孙奇与玉面妖狐乃是相互利用，这才结成夫妻的。完颜亮死后，玉面妖狐失了靠山，也就是失了利用价值，公孙奇为了取信于人，就索性杀了玉面妖狐，最后一次地利用她的首级了。玉面妖狐固然阴狠毒辣，到底还是敌不过公孙奇。蓬莱魔女心中想道："玉面妖狐固然死不足惜，但公孙奇要利用她的首级谋夺丐帮帮主之位，这更是一个极大的阴谋，倘若任他得逞，祸患不小！"

蓬莱魔女再也忍耐不住，待群丐欢呼之声稍稍小了一些，便走上前去，厉声斥道："公孙奇，你、你好无耻，完颜亮是你杀的么？"

公孙奇道："师妹，你，你怎能说出这样的话来？完颜亮不是我杀，又是谁杀？"他装出一副极其惊愕的样子，倒好像受委屈的是他了。公孙隐是相信蓬莱魔女的，一听了蓬莱魔女那番说话，不由得面色灰白，便要发作。朱丹鹤在他身边，连忙劝道："公孙前辈，徒弟虽亲，到底不及儿子亲。你也不能偏信徒弟的说话。"公孙隐听了朱丹鹤的话，又看了公孙奇这副满怀委屈的样子，不由得心软几分，他本来要骂的"畜牲"二字，到了舌头也吞了回去，心中想道："难道这其间还有什么误会，且听一听这畜牲有何分辩？"

公孙奇反过来诘问蓬莱魔女，蓬莱魔女是箭在弦上，不得不发，大义当前，也顾不得师门私情了。于是斩钉截铁地说道："完颜亮是武士敦所杀，这是我亲眼见到的！"

蓬莱魔女此言一出，恍如石破天惊，群丐都是惊疑不定。公孙奇与武士敦都说完颜亮是自己所杀，那么两人之中，必定有一个是说谎的了。依常理推论，公孙奇身为郡马，接近完颜亮的机会较多，他说的也似乎较为合情合理。但武士敦有蓬莱魔女给他来作证明，蓬莱魔女是绿林盟主身份，她说是亲眼见到的，难道她也会伙同了武士敦说谎？群丐不明真相，有如堕入五里雾中，谁都不敢作声。

公孙奇仍是神色自如，"哦"了一声说道："你亲眼见到的？这就怪了。师妹，请问你是在什么地方见到的？"

蓬莱魔女道："在采石矶的一座山头上。那是金主完颜亮驻营的地方。"

公孙奇道："当时是怎么个情形？"

蓬莱魔女道："北岸义军与渡江的宋军配合，攻上那座山头。完颜亮败走，在乱军中被武士敦所杀。武士敦当时是金国御林军军官的身份，随同'护驾'的。"

公孙奇拖长了口气，一字一句地说道："哦，是在乱军中杀的？那么，当时你们的人想必还未追上完颜亮吧？要不然就用不着假充金国御林军军官的武士敦来杀他了。"

蓬莱魔女道："是还未曾追上，但我们看得清清楚楚，身穿龙袍的完颜亮先是给乱箭射下马来，紧跟着在给他护驾的御林军中，就跳出一个军官，一刀斫了他的脑袋。这军官并不是你，是武士敦！"

公孙奇微笑道："我当然不会是那个军官。但我只怕你还是看错了人！"

宋金刚、杜永良、青海三马等当时曾在场目击的人，都按捺不住了，一齐站了出来，说道："柳女侠所说的情形，当时我们也都是亲眼见到的。若说她一人看错，难道我们也都眼花不成？"

朱丹鹤咳了一声，缓缓说道："我不是信不过绿林的柳盟主，更不是信不过列位英雄，但其间只怕还有可疑之处。"他把"绿林的柳盟主"这几个字，故意说得响亮了些。蓬莱魔女心中一凛，暗自想道："若说可疑，这朱长老倒是最为可疑。丐帮与绿林素来两不相混，丐帮中人说不定对我也隐有猜疑，猜疑我是想扶植武士敦以谋兼并丐帮，我就不方便说话了。"

宋金刚是个直心肠的老英雄，听了朱丹鹤的话，愤然说道："还有什么可疑？"朱丹鹤又咳了一声说道："我早说过我不是怀疑列位英雄，宋庄主可不要误会才好。各位也请稍安勿躁，请让我先说一段故事。这是楚汉相争时的一个有趣的故事。也许在座诸位，有不少人也曾听说书人说过的。"

在这样紧张的关头，朱长老突然有此"闲情逸致"，要说一段楚汉相争的故事，众人都是莫测高深。

朱丹鹤打开葫芦，喝了一口茶水，清清喉咙，然后模仿说书人的口吻说道："话说当年楚汉相争，起初汉王刘邦是屡战屡败。有一次刘邦被项羽围于荥阳，城中粮草断绝，指日可下。项羽要刘邦亲自出城投降，方允解围。

"刘邦无法可想，遂与臣下商量，有个将军，名唤纪信，面貌与刘邦略有几分相似，愿意冒充刘邦出降，替他一死。

"到了约定的日期，纪信穿上龙袍，高头大马，前呼后拥地出来。走在前面的执着旌旗羽葆作为前导，后面的则高擎大纛，遮掩汉王。楚国官兵见了如此排场，全副仪仗，又加以纪信貌似刘邦，谁都没有疑心坐在马上的是个假的汉王。

"结果纪信当然是难逃一死，但刘邦扮作平民，却从另一个城门悄悄溜走了。这段故事，便叫做纪信替死。"

宋金刚道："朱长老，你说这个故事是什么意思？"

朱丹鹤道："项羽手下的官兵与刘邦屡次交锋，认得刘邦的人不知多少，但在那样情形之下尚自分辨不出真伪，那么你们又怎么知道当日在乱军中的那个完颜亮就一定是真的无疑？何况完颜亮的情形还与刘邦有所不同，刘邦是崛起行伍之中，亲自带兵打天下的，认得他的人多；完颜亮则是继承他父亲的皇位，自幼生长在深宫的。只怕一个小小的御林军军官，也未必就能够经常见到他吧？若只是见过一面两面，在那种乱军溃败的情形之下，又怎有余暇分辨完颜亮的真假？"

朱丹鹤能言善辩，他又是丐帮在场的唯一的长老，帮众少不了都尊敬他几分，听了他这番言辞，许多人都是想道："不错，说不定是武士敦杀错了人；也说不定是柳清瑶等人看错了人，他们只见武士敦杀了一个穿龙袍的家伙，就当作他杀的是完颜亮了。倘若武士敦一直不知真假，那还情有可原，倘若他事后明知是杀错了人，还要回来向老帮主报功，那就是存心欺骗了。"

群丐窃窃私议，武士敦按捺不住，出来说道："我当时曾携有完颜亮的首级，献给恩师，恩师逝世之后，这颗首级不知风师兄还有保存否？若有保存，拿来一看，便知真假。"

宋金刚道："不错，这里见过完颜亮的不只一人，倘有首级在此，我们可以仔细认。天下没有相貌完全相同的人，现在又不是在乱军之中，我们有的是时间看个清楚。我相信我们总可以分得出真假的。"

蓬莱魔女心想："他们作贼心虚，哪还有不把首级毁了的道理？"哪知心念未已，朱丹鹤已是说道："这好极了，我早就预防会有纠纷，那颗首级已带来了！"正是：

假作真时真作假，奸徒诡计最多端。

欲知后事如何，请听下回分解。

第七十五回　肯为私情饶逆子
　　　　　只因大义责同门

　　宋金刚大喜道："首级既然在此，便请取出让我们一看。"

　　风火龙道："请大都三位香主出来，一同参加辨认。"大都（今北京）是当时金国的首都，丐帮在那里立有香堂，设有正香主一人，副香主二人。完颜亮在大都做了十四年皇帝，也曾出巡过许多次，故此这三个香主都是认得完颜亮的。

　　朱丹鹤待到那三位香主到了台前，参加辨认的一众英雄也都围拢了来，他这才取出那颗首级，朗声说道："请各位看清楚些，这是不是完颜亮的脑袋？"

　　众人凝神观看，从首级上隐约看得出完颜亮的影子，但面部干枯，凹凸不平，肌肉虽未完全化掉，已有几分似骷髅模样，和完颜亮生前的面目当然也就相差颇远，只能说是有三分相似。

　　在这样情形之下，就只能凭参加辨认之人来作判断了，你可以说是完颜亮的首级，也可以说不是完颜亮的首级。

　　武林中本来有防止尸体腐烂的药料，也有制炼首级的方法。但此时距离完颜亮之死，已有四个多月，宋金刚等人心里想道："或许是风火龙、朱丹鹤二人保存得不好，忘记时时加上防腐的药料，以致首级变形，也是有的。"

　　宋金刚等人明知完颜亮是武士敦杀的，他们也都是怀着给武士敦作证的目的而来，因此在看了首级之后，异口同声地说道："不错，这是完颜亮的脑袋。"他们一心一意要助武士敦，仓猝间却想不到朱风二人会玩弄什么手段。

武士敦本人却是有怀疑的，这颗首级他曾经用本帮秘传的药方浸炼过，按说不会这样快便变成半个骷髅。武士敦动了疑心，跟着想到一件他最不愿见到，连想也不敢一想的可怕之事，不由得面色"刷"的一下变得灰白。他动了一动嘴唇，要想说些什么，但终于还是忍着不说。要知道这颗首级当时是风火龙接了过去，后来交给朱丹鹤保管的。这两个人，一个是他的师兄，一个是他的师叔，倘若他说出可疑之处，万一并不是如他所想，那就要使得丐帮发生最严重的分裂了。何况现在宋金刚等人又都说了这颗首级是真，他更不愿意在这个时候横生枝节。"且看看他们等下如何？"武士敦心想。

此时，宋金刚等人已退了一步，只有蓬莱魔女与丐帮的那三位香主还在台前，将那颗首级反复观看。蓬莱魔女怀疑不定，看了一会，忍不住说道："这首级恐怕有点不对！"

此言一出，宋金刚等人相顾失色，心中俱是想道："柳盟主要我们来作证明，怎的她却反而说这首级是假？这岂不是帮了武士敦的倒忙了？"

心念未已，只听得那三个香主跟着便道："不错，柳女侠也看出了么？这颗首级是假的！"

丐帮这三个香主为人正直，素有侠义声名，帮外帮内，人所同钦，所以大家都相信他们绝不会乱说假话。他们的话不假，这颗首级就当然是假的了。

群丐议论纷纷，比较忠厚的人说道："武士敦果然杀错了人，他杀的只是完颜亮的替身。"有等刻薄的人则径直说道："只怕未必是无心之失，你怎知道武士敦不是为了想做帮主，遂明知其假，也要当作为真？"言之下意，竟然怀疑武士敦是胡乱找一个相貌与完颜亮相似的人杀了，拿来欺骗本帮。

风火龙站上石台说道："好，不论武士敦是否有意欺骗本帮，总之，他这颗首级是假的了。公孙奇，你说你杀了完颜亮，你有没有证据？"

公孙奇应声说道："我也有一颗完颜亮的首级！"

风火龙说道："你也有首级这就最好也不过了，拿出来请众位英雄也认一认是真是假!"

公孙奇得意洋洋地在草囊里又拿出一颗首级,说道:"各位请看,这是真的还是假的?"

群雄相顾愕然,这颗首级保存得很好,神情栩栩如生,的确是如假包换的完颜亮的首级。

丐帮那三个香主首先说道:"一点不错,这颗首级才是真的!"群雄默不作声,首级传到了蓬莱魔女手中,蓬莱魔女摆了摆手,缓缓说道:"不必看了,是真的!"

武士敦面色铁青,心中痛如刀割。他不但是伤心自己受到冤枉,更伤心的是自己一向敬爱的师叔、师兄竟然与公孙奇狼狈为奸。

这两颗人头,真的变了假,假的变了真,如此离奇之事,只能有一个解释,那就是风朱二人与公孙奇串通,把武士敦那颗真的掉换了。

他们为什么要这样做呢?也只能有一个解释,他们已经与公孙奇走上同一条路;私通金人,阴谋篡夺丐帮权位!

武士敦最初被逐出帮的时候,只以为师兄是要排挤他,自为帮主;到了他们要推戴公孙奇做帮主的时候,他也还以为师叔师兄只是受了公孙奇的欺骗,却还未敢猜疑他们是串通了的。但如今掉换首级的事情发生,那就再也没有怀疑了,朱丹鹤、风火龙已经不是他的师叔师兄,而是他的敌人了!

这也正就是武士敦刚才最最害怕,最最担心的事情!

但问题的焦点在于,他们掉换首级之事,只有武士敦一人心知肚明,说出来丐帮的弟子怎能相信?他有什么办法可以指证他们的奸谋?没有确切的证据,只是各执一辞的争论,即使蓬莱魔女请来了天下英雄,只怕也帮不上他的忙。

朱丹鹤哈哈笑道:"现在是水落石出,无可争辩了吧!"

公孙隐老怀弥慰,心中想道:"阿奇毕竟还是我的儿子。他过往纵有千般不是,只凭他杀了完颜亮的这一件功劳,已是足以将功赎罪了。"

就在朱丹鹤的洋洋得意与公孙隐的无声窃喜之中,风火龙在台上缓缓说道："如今既已水落石出，遵奉老帮主的遗命与一众同门的公意，理该请公孙师弟接任本帮……""帮主"二字尚未出口，蓬莱魔女忽地叫道："且慢！"风火龙愕然道："柳女侠有何话说？"

蓬莱魔女道："公孙奇那颗首级不假，但只怕这件事情有假！"蓬莱魔女想到若任由公孙奇当上丐帮帮主，后患无穷，遂毅然把一切顾虑抛开，出头干预。

朱风二人都是变了面色，风火龙避开了蓬莱魔女的目光，声音微带颤抖说道："柳女侠，你这是什么意思？"

蓬莱魔女道："当日我不但看得清清楚楚完颜亮并无替身，而且在完颜亮被杀之前，公孙奇早已逃了。"

朱丹鹤冷笑道："乱军之中，你就看得这么清楚？依你说完颜亮被杀之时，公孙奇并不在场，然则他那颗首级又从何而来？"

蓬莱魔女冷冷说道："这个正是我要向你们两位提出的问题。"

朱丹鹤面色铁青，瞪着蓬莱魔女道："柳清瑶，你说话清楚一点！"

蓬莱魔女道："朱长老，你还嫌我说得不够明白么？公孙奇是你弟子，武士敦所杀的完颜亮那颗首级又是由你带来，那么，何以真的变了假，假的变了真？不请你朱长老解答还有何人能够解答？"

朱丹鹤恼羞成怒，大声说道："岂有此理！你说这话，难道是我将这两颗首级掉换不成？"

蓬莱魔女冷冷说道："这也恐怕只有你朱长老知道。"

此言一出，群丐大哗。要知蓬莱魔女虽然也是他们所佩服的人，但朱丹鹤毕竟是他们的长老，没有确切的证据，他们又怎能相信他们的长老会做出掉换首级的这样卑污之事？

风火龙道："柳清瑶，你以绿林盟主的身份到来，我们尊敬你。但你倘要含血喷人，丐帮可就不能再把你当作客人了。"

朱丹鹤见形势有利于己，遂收起怒容，反而装出宽宏大量的气度说道："柳清瑶，我看在你师父、师兄的份上，你这无中生有的污言，我不与你计较。但我也要问你们一个问题。"说至此处，面向武士敦道："士敦，云紫烟是不是你的未婚妻子？"

云紫烟是江湖上著名的女侠，她的父亲云仲玉生前又与丐帮都有深厚的交情，所以丐帮弟子识得她的人很是不少，但却不知她就是武士敦的未婚妻子。朱丹鹤说了出来，群丐都是颇感兴趣，却又不解何以他们的长老节外生枝，叙此题外的话。

武士敦也是有点诧异，当下说道："不错，云姑娘与弟子是有婚姻之约，而且这还是恩师当年在弟子奉派入大都之前，替弟子做主定下的婚事。不知有何不对？"

朱丹鹤道："我并非说你不对，我只是要问清楚这件事实。"说罢又转身向蓬莱魔女道："柳盟主，听说你和云紫烟是义结金兰的姐妹，是么？"

蓬莱魔女听他改了称呼，不称"女侠"，而称"盟主"，已知他心怀叵测，有意挑拨是非，却也不惧，立即回答道："结拜的仪式是没有的，但我与云女侠的确是情如姐妹。你要说我们是金兰好友，那也可以。"

朱丹鹤点点头道："这就对了。各位都已听得清楚，来龙去脉既已分明，我也就不必再问了！柳盟主，绿林中唯你马首是瞻，我们丐帮的事情，我们自己却会处理。请你也不必多管了。"

朱丹鹤的说话非常阴毒，言下之意，人人都可以领会得到，那是指蓬莱魔女乃是为了私情，故而偏袒武士敦，甚或企图要通过武士敦来控制丐帮，把丐帮变作绿林的附庸。但最阴毒的是他没有说明出来，教蓬莱魔女无从分辩。

蓬莱魔女气上心头，心道："事到如今，他们是迫得我非把公孙奇通敌的罪恶全都揭发不可了！"但心念方动，眼光瞥处，见她师父公孙隐面色灰白得似是怀着惴惴不安的心情正在等她说话，蓬莱魔女又觉于心不忍。

其实公孙隐大义凛然，他是决不会包庇儿子的。但父子骨肉之亲，在这是非未决之际，他当然也就不能不特别紧张，以至激动的心情在他面部表露无遗了。从蓬莱魔女站出来指证公孙奇的时候开始，他已隐隐感到儿子与风朱二人定有见不得天日之事，风朱二人所说的一切好话，只怕都是替他儿子文过饰非的。

蓬莱魔女尚自踌躇未决，群丐受了长老的挑拨，已是哗然叫嚷："不错，不错，丐帮之事，我们自己会管。柳清瑶，你还是回去管你的绿林吧。""不管完颜亮是谁杀的都好，我们的帮主必须是全心全意为了本帮，决不能让一个倚仗外人势力的人，来做本帮帮主!"蓬莱魔女一咬牙根，正要说出。忽听得一声长啸，将群丐的喧哗压了下去。群丐抬头看时，只见又来了一批客人，为首的竟是四霸天之首的东海龙。东海龙的武功也许还不能算是顶尖儿的角色，但他的辈分高，名望大，与丐帮的老帮主又是知交，身份远在宋金刚等人之上。群丐见他到来，当然不能不恭恭敬敬地迎接。

蓬莱魔女暗暗欢喜，心里想道:"东海龙不属于中原武林的任何一派，但与各大门派以及绿林丐帮又都有交情，尤以和丐帮的渊源最深。像他这样超然的身份，由他忠告丐帮，那是最合适不过的了。我不方便说的话，都可以让他来说。"

东海龙在海外称雄，足迹虽然也常履中原，但却从未到过黄河以北。朱丹鹤见他突如其来，心中暗暗嘀咕，但却不得不装出笑容与东海龙招呼，说道:"东园兄，是什么风把你吹来了? 同来的还有这许多朋友，真是令敝帮增光不少。"

东海龙打了个哈哈，说道:"朱长老，你嫌我们来得人多么? 我们来的不过一小半而已，还有一大半的人未曾进山呢!"

风火龙、朱丹鹤二人都是吃了一惊，心想:"东海龙出名的爱管闲事，他大举而来，难道是知道了什么秘密，要来兴师问罪?"

朱丹鹤不觉面色一沉，立即说道:"敝帮今日之会只是为了推定继任的帮主，不敢惊动帮外的朋友，所以未曾遍发请帖邀请武林同道。但朋友们既然来了，我们也自当稍尽地主之谊，不知东园兄的那许多贵友，为什么不肯进山? 可是嫌我们礼仪不周了?"

东海龙道:"我们知道这是贵帮帮内之会，我们不请自来，先自失礼。但我们甘冒失礼之嫌，却是为了一件紧要的事情来的。有些朋友未曾进山，也和此事相关。"

朱丹鹤道:"什么事情，请东园先生明告!"由称"兄"而改称"先生"，两人的说话已到"短兵相接"的地步，朱丹鹤的面色也越来越是难看。

东海龙朗声说道:"我是来给贵帮报个信儿的。不知各位知道没有，在大足峡之中，埋伏有金国的数百武士，武士的首领就是金国的皇叔、前御林军统领完颜长之!"

大足峡是首阳山对面的一个山峡,离他们开会之处,约是三十多里山路,可以封锁首阳山的出口,群丐听得大足峡有金国伏兵,登时全场耸动。

东海龙道:"但各位不必惊慌,大足峡的伏兵已有我的二弟西岐凤和另外许多朋友监视着他们了。他们监视你们,我们又在暗中监视他们,有什么风吹草动,我们的人先就与他干上。大足峡离此三十多里,即使我们的人敌不过他们,最少也得一个时辰之后才能来到。目前最紧要的事情,恐怕还是要把混进贵帮的奸细先揪出来!"

此言一出,群丐大哗,都道:"什么?我们帮中有敌人的奸细?"朱丹鹤板起面孔,沉声说道:"东园先生,你何所见而出然?"

武士敦忽地站出来说道:"我可以证明本帮定有奸细!"

朱丹鹤板起铁青的面孔斥道:"武士敦,你离开本帮十年有多,你知道什么?你能作什么证明?哼,哼,你弄来了假首级冒功之事,我还没有治你以应得之罪呢,你又想在帮中兴风作浪、挑拨是非么?"

可是因为东海龙带来的消息实在惊人,全场震动,群情汹涌,已非朱丹鹤的"长老"威严所能镇压。在武士敦说了那句话后,群丐纷纷嚷道:"是谁?是谁?""快把奸细指出来!"朱丹鹤对武士敦的斥责,亦已淹没在声音的海洋之中了。

风火龙见这情形,不让武士敦说话已是不行,只好示意叫他上台。武士敦跳上了台,摆了摆手,群丐的嘈声这才平静。

公孙奇心里捏了一把汗,想道:"倘若他敢公然指摘我是奸细,我就一掌将他打死,至多拼着与他同归于尽。"继而又想:"但我身为郡马之事,我已'辩白'了。除此之外,我并没把柄捏在他的手里,怕他何来?且看他说的什么,要是我辩得过他,我也不必与他同归于尽。"

公孙奇正自患得患失,惴惴不安,武士敦已经开始说话了。

只见武士敦的目光从朱丹鹤、风火龙两人面上扫过,最后落在公孙奇的身上，缓缓说道："潜伏在帮中的奸细是谁，我还未知得十分清楚。但各位想想，咱们来到这样偏僻的地方举行大会，这样秘密的消息，身为金国皇叔的完颜长之怎能得知？不是本帮有奸细与他私通，他会恰恰选择了今日的日期，来到大足峡埋伏吗？就凭这一件事情，便可以证明本帮定有奸细！"

其实武士敦业已怀疑朱凤二人是奸细，但因为尚未抓到确实的把柄，碍于朱丹鹤的"长老"身份，不便立即指出。不过，他说的这一段话，亦已暗示了这消息是本帮的重要人物泄漏出去的。

群丐都道："有理！有理！""是呀，咱们在这里开会，金狗怎能知道，一定要把奸细揪出来！"有的并且向武士敦要求："武士敦师兄，你说你还未知得十分清楚，那么总是知道几分的了。你猜疑是谁？"大家争着发言，嘈成一片。

武士敦尚未答话，公孙奇忽道："这事不难查个水落石出，清瑶师妹，我问你一句话。"

公孙奇的矛头突然移转来指向蓬莱魔女，蓬莱魔女十分愤怒，心道："你要恶人先告状，那我也没办法，只能揭发你了。"

公孙奇道："清瑶师妹，你又何以知道丐帮今日在此开会的？"

蓬莱魔女按下怒气答道："是武士敦告诉我的。我是为了替他辩白冤情而来。东园前辈与宋庄主等众位英雄，也是我发了英雄帖邀请来的。怎么样？"

公孙奇淡淡说道："没怎么样。我不过是要想知道这消息是如何泄漏的而已。"

风火龙道："武士敦，当时你不在本帮，这消息又是谁告诉你的？"

一个六袋弟子站出来，说道："是我在路上碰见武师兄，告诉他的。当时我并不知道他被逐出帮。好在他现在亦已重回本帮了。香主若要怪责，可怪责我。"

蓬莱魔女道："一众英雄是我邀请来的，可都是自己人！他们绝不至于把消息泄漏给敌人知道！"言下之意已是指出潜伏在丐帮中的奸细另有其人，这条线索不应该纠缠在武士敦身上。

公孙奇道："当然，当然。我怎能怀疑列位英雄？可是据我所知，却有一个不是'自己人'的金国贝子就在此山之中，此人名叫檀羽冲，外号武林天骄，听说柳师妹和他交情很好，是也不是？"

武林天骄是反抗本国暴君的志士，此事一众英雄是知道的。但丐帮的弟子知道的却非常之少，那些不知道武林天骄底细的人，一听说他是金国"贝子"都是不禁哗然。

蓬莱魔女气得变了面色，正想辩明是非，但群丐厄声未已，一时竟不容她开口说话。

公孙隐忽地大喝一声："住口！"指着儿子道："檀羽冲是我请来的客人，住在我的家里。与你的师妹无关，你有话只管问我！"

蓬莱魔女松了口气，有了师父出头说话，这可比她开口好得多了。

群丐相顾愕然，公孙隐决不会私通金人，这是每一个人都可以相信无疑的。所以他一出来说话，就等于给武林天骄作了最有力的保证。

公孙奇面上一阵青，一阵红，表情尴尬之极，讷讷说道："爹爹息怒，孩儿并、并不知道！"

公孙隐道："哦，你是当真不知道么？那我就告诉你吧，武林天骄是金国志士，和完颜亮一直是作对的。所以虽然是金国贝子的身份，却也算得是咱们的自己人。"公孙隐尚未能断定儿子是真的不知抑或假的不知，故此他虽然心有怀疑，面有怒色，一时尚未发作。

宋金刚也道："采石矶之战，武林天骄帮了义军许多忙，我们都可以作证的。"风火龙打圆场道："公孙师弟不知此人底细，既然有公孙前辈和列位保证他，那也就不必追究了！"

蓬莱魔女接声说道："此时此地，就有一个金国的鹰犬，这却是必须追究的！"

此言一出，全场又是哄然，群丐纷纷叫道："是谁，是谁，快揪出来！"

蓬莱魔女道："就是刚才暗算我的那个人！他一定是改装换服混在你们之中，但他是个驼子，并不难于发现。你们看看，有驼子在你们身边没有？"

蓬莱魔女从她所受的玄阴指力，早已知道刚才暗算她的那个人是神驼乙休。

场中的丐帮弟子不约而同地都看了看身边的人，却是谁也没有发现蓬莱魔女所说的那个驼子。

丐帮遍布天下，参加此会的诸弟子从各地而来，地北天南，凑在一起。有许多还是互不相识的。陌生者互相注视，见对方不是驼子，便放了心，在这紧张忙乱之际，却是不容他们仔细盘问对方了。相识的互相注视，则都忍不住感到滑稽，大笑起来。

朱丹鹤面色一沉，说道："闹得不成话啦！哪来的驼子？哼，捕风捉影之言，也信得的？"这话表面听来是禁止弟子胡闹，其实却是责备蓬莱魔女。尤其那"捕风捉影"四字，更是十分明显地指斥蓬莱魔女说的乃是无稽之谈，无理取闹。

风火龙道："既然没有发现什么金国的奸细，咱们办正经事要紧。金国的武士在大足峡埋伏，为的是对付咱们丐帮，咱们丐帮可不能倚靠外人抵御，弟子们都到大足峡去，杀退金兵吧！"

蓬莱魔女一听这话，就知风火龙是想转移目标，好让神驼乙休在混乱之中溜走。可是这话听来"光明正大"，丐帮弟子却给风火龙的话煽动起来，认为他说的有理，于是纷纷应道："不错，不错。先杀退敌人，再追查奸细。倘若是有奸细的话。"

蓬莱魔女怎容他们的奸谋得逞，立即用上乘内功，将群丐嘈声压下，叫道："不能让奸细溜走。我负责把这奸细找出来。"

朱丹鹤道："哼，你是什么人？本帮弟子岂能容你一个个查问？绿林中可以任你施为，丐帮的事还轮不到你管！"

朱丹鹤以长老的身份，公然与蓬莱魔女撕破了脸，事情闹得更僵。有些丐帮弟子已开始离场。有些较识大体的弟子，不愿与绿林盟主闹翻，他们也想揪出奸细，以除后患，这些人仍然站在原地不动。

正在闹得不可开交，忽听得有一个响亮的声音道："请丐帮众位豪杰且慢离场。"声音远远传来，人还未见。丐帮中不乏武学行家，一听就知道这人是个内家高手，"传音入密"的功夫比公孙奇刚才所显露的还要深厚得多。

众人俱是一怔，心道："这人是谁?"心念未已，只听得"叮叮"之声，有如暴风骤雨，转瞬间，已见着了两个人的身形到了山上了。这两个人一老一少，老者一足微跛，用一根铁杖辅助；跟在他后面的少年，手中拿着一管玉箫。有若干认得这少年的丐帮弟子吃了一惊，失声叫道："咦，这少年不就是武林天骄么?"

这些人话声未了，忽见本帮中七袋以上的弟子与风火龙、朱丹鹤二人都恭恭敬敬地起立，个个都是又惊又喜的神气说道："来的可是柳英雄么?"要知柳元宗是三十年前名震天下的英雄，丐帮中老一辈的人，很多是认识他的。柳元宗中年遁世，除了一足微跛之外，相貌并无多大改变。

丐帮内外，一众英雄，对柳元宗不论是识与不识，至少都知道他的名字，听过他的故事，对他十分佩服的。是以一听说来的这个跛足老者是柳元宗，全场都是又惊又喜，一齐肃立，表示敬意。

柳元宗缓缓说道："不错，难得各位丐帮旧友还记得故人。柳某侥幸逃过了金房爪牙，又苟活了二十年。今日特来拜访贵帮帮主!"

柳元宗与武林天骄偕来，一个是武林中的泰山北斗，一个是江湖上的传奇人物，风朱等人所受的震动可想而知。朱丹鹤强作镇定，说道："不敢，不敢。本帮的新帮主尚未推定。"

柳元宗道："好，那我就拜会风香主也是一样。"柳元宗与丐帮老帮主尚昆阳交情极深，当年风火龙以尚昆阳大弟子的身份，和柳元宗也曾经见过不少次的。风火龙惴惴不安，说道："老叔说到'拜会'二字，小侄如何担当得起?"连忙上前迎接。

柳元宗哈哈一笑，说道："你这'老叔'二字，我也是担当不起，但你既然还记得我与尊师的交情，那我也就不枉此行了。"话中有话，风火龙更是吃惊，讷讷说道："不知柳老前辈今日到来，有何指教?"

柳元宗抓着风火龙的手，摇了一摇，这是武林中通行的平辈见面礼节，旁人只道柳元宗是为了表示客气，把风火龙当作平辈看待。以柳元宗这么高的身份，即使是心怀鬼胎的朱丹鹤，也决不会以为柳元宗是要借着握手的礼节来暗算风火龙的。

两人手掌一握，风火龙却觉得一股热力从掌心透入，突然间只觉精神一爽，怔了一怔，随即恍然大悟，原来柳元宗不是暗算他，而是给他治病。

　　柳元宗说道："指教不敢，但尊师逝世，老朽赶不上吊丧，有几句话却是想与风香主说说。"朱丹鹤惊疑不定，竖起耳朵要听柳元宗和风火龙说些什么，但只见柳元宗嘴唇微微开合，朱丹鹤那么尖的耳朵也是一个字也听不见。

　　朱丹鹤是个武学大行家，当然知道柳元宗是用最上乘的"传音入密"功夫，对风火龙说话。"这老头儿为什么不肯让我听见？"朱丹鹤是越发惊疑了。他心中忽地想到一个"逃"字，但眼光一瞥，只见自己身旁，一左一右，两旁站立的是武士敦与武林天骄二人，武士敦的功夫他已试过，虽是他的师侄，本领却胜于他，武林天骄名震江湖，料想只有比武士敦更为厉害。朱丹鹤一惊之下，不敢轻举妄动。

　　群丐根本就不知道柳元宗曾用了"传音入密"的内功，正自心想："他有什么话要和我们的风香主说呢？却又为何迟迟不说？"心念未已，只见风火龙面上倏然变色，似是下了很大决心的样子，忽地又上了石台。柳元宗未曾开口，风火龙却要当众说话了。

　　众人都觉有异，场中肃静无哗。只听得风火龙缓缓地说道："有两件事情，我必须告诉各位。第一件：那颗真的完颜亮首级，本来是武士敦交来的，老帮主归天之后，由我保管，是我以假换真，把真的给了公孙奇，却把公孙奇交来的假人头当作是武士敦'冒功'的'罪证'。武士敦并无欺骗本帮，犯了欺师灭祖的大罪的是我！但我是被朱长老胁迫的，主谋是朱长老！"

　　此事早在蓬莱魔女、笑傲乾坤等人意料之中，但对于丐帮弟子来说，却是一件做梦也想不到的事情，群丐都惊得说不出话。

　　朱丹鹤面如死灰，强自作态，破口大骂："风火龙，你、你胡说！"可是声音已颤抖不堪了。武士敦在他身旁冷冷说道："风师兄还未说完呢，朱长老，你就安静点吧！"朱丹鹤身边，左有武士敦，右有武林天骄，朱丹鹤触及武士敦愤怒冰冷的目光，吓得再也不敢说话。

风火龙瞪了朱丹鹤一眼，说道："朱师叔，事到如今，我是不能不说真话了。否则我的罪孽更重，死了也无面目见我恩师。

"第二件，这会场中的确是有一个奸细混在其间。他是公孙奇带进来的。刚才暗算柳女侠的是他，半个月前，用玄阴指力伤了我的也是他。我不知道他是汉人或是金人，也不知道他是否金国的奸细，但要使公孙奇篡夺本帮帮主的阴谋，则是朱长老和这个人迫我和他们同谋的。

"这人究竟是什么身份？什么来历？他们想把持丐帮，存的什么心肠？这几个问题，我不能代为回答，只有请朱长老和大家说个明白了！"群丐从惊愕之中清醒过来，蓦地爆出如雷的吼声："朱丹鹤，你说！快说！"群丐盛怒之下，早已不管他什么长老不长老，而直呼其名了。

风火龙何以会忍受朱丹鹤的胁迫呢？原来他最初是自己想当帮主的，为了这一念之私，遂一口咬定武士敦交来的人头是假，并把武士敦驱逐出帮。同时要把他师父所留的遗书搜出来烧毁。

朱丹鹤知道了他这个隐秘，有一日就邀他到密室谈话，用他这个阴私作为要挟，迫他让位给公孙奇，否则就揭露他，叫他做不得人。风火龙并不知道公孙奇通番叛国的事实，但公孙奇行事邪恶，并非正派中人，他则是知道的。初时他还坚持不允，不料朱丹鹤在密室中早布下了埋伏，正当争论未决之际，公孙奇与神驼乙休突然从复壁之中跳出，风火龙猝不及防，受了神驼乙休的玄阴指所伤。

受了玄阴指之伤，倘无他本门解药，必将身受极大痛苦而亡。在这利害关头，依从了他们，则可以保全性命、颜面，否则死了也还是身败名裂。风火龙一时把持不定，竟然投降屈服，从此任由他们的指使了。

风火龙本来不是奸恶之徒，在丐帮中也一向得人敬重，此次只因一念之私，想当帮主，做了亏心之事，反而落入了朱丹鹤的圈套，叫他在罪恶的泥沼中越陷越深，一步错步步皆错。风火龙每当清夜自思，亦是睡难安枕。但他还未知道朱长老与公孙奇是通番卖国之人，也即是说，对于这件罪恶的严重性，他尚未曾完全认识。

到了今日的丐帮大会，宋金刚、武士敦、蓬莱魔女、东海龙等人相继出来指控，公孙奇虽然百般狡赖，蓬莱魔女也还没有彻底剥开他的画皮，但风火龙从蓬莱魔女、武士敦等人所揭发出来的事实，已经可以断定公孙奇是金国奸细，甚至朱长老也是通番卖国之人了。

风火龙越听越心惊，也越来越感愧悔。他要想说出真相，但因利害攸关，一时之间，依然踌躇难决。后来，直到柳元宗来了，用"传音入密"的功夫，在他耳边说了两句话，他才下了决心。

柳元宗说的是什么呢？第一句是："我可以治你内伤，保你性命。"第二句是："人兽关头，从速抉择；如今悔过，尚未为晚！"

这两句话从一个前辈英雄口中说出，旁人虽然听不见，风火龙却如受了当头棒喝，一方面是感到老前辈的"与人为善"的菩萨心肠，一方面是更感到自己的罪孽深重，愧悔难堪。终于正义战胜了邪恶，他还未尽泯的良心，迫他说出了实话。

且说风火龙说出了实话之后，群丐纷纷起哄，包围了朱丹鹤要他招供。就在此际，在朱丹鹤身旁，监视着他的武士敦与武林天骄二人突然受到了暗袭！

武士敦所受的是公孙奇的袭击，武士敦十分机警，一觉腥风扑鼻，立即闪开，人未转身，便是反手一掌。武士敦的功力与公孙奇在伯仲之间，但因公孙奇的毒功在上次与他交手之后的这一个月来，又加深了一重，故此武士敦虽然解开了他的"化血刀"，却无力"保护"朱丹鹤，朱丹鹤年老气衰，吸了毒气，摇摇欲坠。同时周围的丐帮弟子，也有好几个人因受了公孙奇的掌力而震倒。

暗算武林天骄那人则根本没有露面，这人的功力比公孙奇更高，武林天骄只觉一股冷风如箭射来，饶是武林天骄这么本领高强的人也不禁机伶伶打了一个冷战，给他迫得闪开正面。公孙奇与这个人是同时发难的，朱丹鹤刚刚中毒，立即又受了那人的暗算，登时一声厉呼，"卜通"倒地，晕过去了。

武林天骄叫道："凶手是神驼乙休！"蓬莱魔女喝道："奸细往哪里走！"拔剑便追乙休，笑傲乾坤眼睛望着公孙奇，但心中随即想道："这人不需我去惩治他。"脚步随着心念而转，于是跟着蓬莱魔女，也去追赶神驼乙休。

公孙奇正要逃跑,忽听得一声喝:"畜生,气死我也!"声音中充满了气怒悲苦之情,追来的不是别人,正是他的父亲公孙隐。

原来一众英雄都知道公孙隐大义凛然,决不会包庇儿子,故此大家都是不约而同地把公孙奇留给他的父亲惩治,对他的监视也就不免疏忽了些。公孙奇之所以能在众目睽睽之下偷袭得手,与及蓬莱魔女、笑傲乾坤等人都只是去追神驼乙休而放过他,也都是为了这个缘故。

公孙奇吓得魂飞魄散,心道:"我命休矣!"说时迟,那时快,公孙隐已追到他的背后,长须抖动,颤声喝道:"畜生,还不给我跪下?你要我亲自动么?"

公孙奇给他一喝,心胆俱裂,他知道落在父亲手里,必死无疑,意图侥幸,竟然回手招架,同时连忙叫道:"爹爹,看在妈的份上,饶了我吧!"

公孙隐妻子早死,生前对这唯一的儿子是疼如宝贝的,临死时还再三叮嘱丈夫,说是自己不能再照料儿子,要公孙隐早日续弦,把儿子抚养成人。公孙隐听了她一半的话,没有续弦,父兼母职,把儿子养大。公孙隐就是因为妻子死得早,每因念及亡妻,不忍将公孙奇责打,以致小时候娇惯了他。

此际公孙奇在性命关头,搬出死去的母亲作为"护符",正要击中公孙隐感情的要害。但公孙奇怕父亲一掌把他打死,所以必须招架一下,才有说话的机会。他知道父亲的内功深湛之极,当世高人,堪与他父亲比肩的恐怕也只有柳元宗一人。所以他这一下招架,倒是没有伤害父亲之意。

公孙隐本来就已是伤心到了极点,听了儿子一句"看在妈的份上",再也忍受不住,陡然间"哇"的一口鲜血喷了出来。两父子双掌一交,"喀喇"声响,公孙奇一臂脱臼,公孙隐却倒了下去。他不是给儿子击倒的,而是给自己的感情击倒的!可怜他早已是心碎神伤了!

可是他虽然不是给儿子击倒,但心碎神伤倒下之后,还哪有精神运气抗毒?公孙奇的毒掌也终于还是伤了他的父亲。公孙隐一口鲜血狂喷出来,人也就昏迷过去了。

倘若没有公孙奇那句话激动他的感情，他那一掌全力打下，公孙奇必然毙命无疑。如今公孙奇一臂折断，却幸而保全了性命。公孙奇逃命要紧，不管他父亲是死是活，忙即冲出人群，他单掌狂挥，仍是十分厉害，丐帮弟子如何能够阻拦?

就在公孙隐追上儿子那时，蓬莱魔女与笑傲乾坤也追上了神驼乙休，但奇怪得很，这神驼乙休却似变了一个人的，背部并不佝偻，只是显得比常人臃肿一些，面貌也不像他往常模样。正是:

揭破画皮分泾渭，要存正气在人间。

欲知后事如何，请听下回分解。

狂俠天驕魔女

梁羽生作品集
33

肆

梁羽生

翔聲圖書　中山大學出版社
SUN YAT-SEN UNIVERSITY PRESS

图书在版编目（CIP）数据

狂侠天骄魔女/梁羽生著. --广州：中山大学出版社，2012. 11
（梁羽生作品集）
ISBN 978-7-306-04373-3

Ⅰ.①狂… Ⅱ.①梁… Ⅲ.①侠义小说—中国—当代 Ⅳ.①I247.5

中国版本图书馆CIP数据核字（2012）第276595号

广东省版权局版权合同登记图字：19-2012-053号、19-2012-051号

朗声图书

本书版权由传慧出版有限公司授权广州市朗声图书有限公司在中国大陆（不包括香港、澳门、台湾地区）专有使用

敬告读者

为了维护读者、著作权人和出版发行者的合法权益，本书采用了新型数码防伪技术。正版图书的定价标示处及外包装盒上均贴有完好的防伪标签。刮开涂层，可见到一组数码，您可以通过两种途径查验真伪。

1. 拨打全国免费电话4008301315，按语音提示从左到右依次输入相应数码并按#键结束。
2. 扫描防伪标上的二维码，按提示输入相应数码。

读者如发现盗版图书，可向当地"扫黄打非"办公室、新闻出版局、公安机关、市场监督管理局等部门举报，或直接与我们联系。

联系电话: 020-34297719　13570022400

我们对举报盗版、盗印、销售盗版图书等侵权行为的有功人员将予以重奖。

广州市朗声图书有限公司

目　录

第七十六回　群雄纷起诛奸细
　　　　　一死何辞谢本帮

　　倘若不是因为武林天骄身遭暗袭，从所受的玄阴指力断定这人就是神驼乙休，蓬莱魔女只怕还当真不敢认他。就是此际，蓬莱魔女也还是有点怀疑："怎的这老残废忽然又能够挺起腰板了，驼背怎么能够医好的，这个人究竟是不是神驼乙休。"

　　风火龙大叫道："我说的那个奸细就是此人，决不可放过他！"蓬莱魔女心道："不错，不管他是否乙休，总之是不可放过他！"蓬莱魔女轻功超卓，风火龙话犹未了，她已经追到那人后面，刷的就是一剑刺去。

　　笑傲乾坤亦已赶到，却从侧面包抄过来，折扇一挥，扇出一股劲风，抵消了这人的玄阴指力。这人知道笑傲乾坤是个劲敌，不能不全神应付。蓬莱魔女出手如电，他虽然明知蓬莱魔女那一剑已从背后刺来，也是闪避不开了。

　　只听得"喀嚓"一声，说也奇怪，蓬莱魔女那一剑刺到了他的身上，竟然不似血肉之躯。蓬莱魔女方自一怔，只见那人衣裳破裂，一块木板掉了下来。

　　原来乙休在背后缚了一块木板，空隙处填上棉絮，所以显得身形臃肿，但却掩了他的驼背。乙休是怕人认出了他的庐山真貌，故此特别化装了来的。

　　蓬莱魔女这才恍然大悟，心道："怪不得刚才谁也没有发觉他是个驼子。"

　　乙休被拆穿了伪装，情急拼命，掌劈指戳，猛攻蓬莱魔女。蓬莱魔女与笑傲乾坤联手，本来可以胜得过他，但他的玄阴指力十分厉害，却也不是三五十招之内便能将他制伏。

刚刚斗了几招，蓬莱魔女已听得师父的凄厉叫声。此时正是公孙隐吐血倒地，公孙奇开始冲出人堆的时候。

蓬莱魔女这一惊非同小可，她只道师父已遭了公孙奇的毒手，师恩深重如山，救师父当然紧要过追凶手了。

蓬莱魔女只好放松乙休，连忙跑回去看她师父。

朱丹鹤刚刚着了暗算，接着又是公孙隐吐血倒地，场中登时大乱。一众英雄与丐帮弟子，有的忙着去救公孙隐，有的忙于要设法保全朱丹鹤的性命，（因为他还没有吐出口供，此事关系丐帮极大，丐帮弟子当然不能让他轻易便死。）有的则忙于去追赶公孙奇，武士敦也是去追赶公孙奇的一个。

乙休挟数十年深厚的邪派内功，功力还稍稍在笑傲乾坤之上，笑傲乾坤给他猛攻几招，不由得不退了几步。

乙休冲了出来，哈哈笑道："大金武士是我请来的，如今你们已是瓮中之鳖，釜底之鱼，死到临头，还想来难为我么？"果然他的笑声未了，便听得号角声响，从山上望下去，已经看得见奔驰而来的金国骑兵了。

风火龙忽地大声叫道："本帮弟子，听我一言！"骚动的情形稍稍安定下来，只听得风火龙接着说道："我只因一念之差，引狼入室，罪无可恕，愧对同门。如今本帮面临灾祸，请武士敦师弟从速接任帮主，以补我过。武师弟才能胜我十倍，必能光大本帮。请想我不能再为本帮效力，把重担子都推给你啦！"

柳元宗在他身边，听到最后两句，心头一动，正自觉得他话中有"不吉之兆"，还未来得及阻拦，只见风火龙已是一口鲜血狂喷出来，在石台上倒下去了。原来他是在愧悔交集的心情之下，用上乘内功，自断经脉，了结自己的生命的。柳元宗在他身边，本来是防备有人暗杀他，特地保护他的；但却想不到他会自杀。风火龙以上乘内功自断经脉，纵有华佗再世，扁鹊重生，那也是无可救治的了。

丐帮那三位老香主忙跑过来，说道："风香主，人孰无过，过

· 1216 ·

而能改，善莫大焉。你何苦如此?"柳元宗一掌按在他的后心，将真气输送进去。风火龙脸上现出笑容，低声说道:"你们愿意饶恕我，我很欢喜。但我已是不能饶恕自己了。"说了这两句话，便即气绝。风火龙初时还未完全知道朱丹鹤、公孙奇、乙休等人的底细，也即是尚未完全认识到他自己所参与的罪恶的严重性，故而还有意图苟活之心，受了他们胁迫;待到公孙奇面目完全揭露，乙休的金国奸细身份也证实之时，他自觉无颜苟活，便决心一死以谢本帮了。

武士敦眼看就要追上公孙奇，但忽然发生了这个变故，他只好回来。丐帮上下，一致拥戴他继任帮主，在这样紧急的情形之下，无暇举行什么仪式，武士敦立即行使帮主职权。

武士敦在金国御林军中混了十年，懂得军事。金国那队武士是一路厮杀来的，和他们厮杀的是西岐凤率领的一部分赴会群雄，虽因众寡不敌，堵截不了，给他们杀上山来，但估计时间，至少也还得有一顿饭的工夫，才能杀到此地。当下武士敦便即发号施令，叫本帮弟子力持镇定，布阵迎敌。

柳元宗放下风火龙，走下台来，正自想道:"是该先去追捕乙休呢，还是去看看公孙隐? 公孙隐内功深厚之极，想来总还可以支持吧?"心念未已，只听得女儿已在叫道:"爹爹快来!"

原来公孙隐的内功虽然深厚之极，但他遭受了这样重大的刺激，早已是心伤欲碎，根本就没有求生之念，哪里还会运功驱毒，蓬莱魔女与武林天骄各以上乘内功，替他推血过宫，但由于公孙隐本身的真气不能凝聚，在体内四处乱窜，非但不能收内外协调之效，反而成了障碍，抵消了蓬莱魔女与武林天骄给他医治的外力。蓬莱魔女束手无策，唯有向父亲求援。

柳元宗替公孙隐一把脉息，不觉皱了眉头，蓬莱魔女哽咽说道:"爹爹，你一定要救活我的师父!"

柳元宗道:"好，我尽力而为。你叫谷涵回来!"柳元宗功力与公孙隐相当，当下用针灸疗法，刺激公孙隐相关的穴道，随即运用绝顶内功，为他推血过宫，让他体中的毒气缓缓发散。可是柳元宗虽然使尽平生本事，内功、医术全都用上，也只不过能够减轻他中毒的程度而已，却不能代他收束真气。要知双方功力相当，倘若柳元宗以外力强施，公孙隐一样有性命之忧。是以问题的关键在于公孙隐必须本身有求生的意志，否则即使柳元宗有天大神通，也是无济于事。

华谷涵赶了回来，正好公孙隐在金针刺激之下，刚刚醒转。柳元宗道："公孙大哥，我求你一件事情，你必须帮我的忙。"

公孙隐苦笑道："我现在还能帮得你什么忙？"

柳元宗道："我是特地为了这件事情，万里迢迢赶来求你的。这件事情，是除了你之外，就没有第二个人可以替代的。"

公孙隐与柳元宗同是武林中的泰山北斗，彼此慕名了数十年，今日方始会面。而柳元宗和他说的第一句话，就是求他帮忙，公孙隐虽然心如槁木，也自感到这是一生中最大的光荣，当下侠义之心一起，便即说道："只要我做得到的，我一定帮你的忙。请说吧。"

柳元宗道："瑶儿是我生的，但却是你教养成人的，你对她的恩义胜于我这个生父多多，所以她的事情，必须由你作主。我今日到来，就是求你允许她与谷涵的婚事，并为他们主持婚事的，你可肯答应么？"

公孙隐坐了起来，面带笑容，说道："我早已有这个意思了，我怎能不答应？"

华谷涵道："公孙前辈，我也想求你答应我一个请求。"

公孙隐道："哦，你已经得了娇妻，还有什么事情需要求我？"

华谷涵道："我自幼父母双亡，多承你老人家青睐有加，又把爱徒许配与我，大恩难报，我与清瑶想长依膝下，作为你亲生的子女一般。只求你的答应。"

公孙隐又惊又喜，说道："这我怎么敢当？"话犹未了，他们两人已是双双跪下，蓬莱魔女说道："师父恩重如山，我是自小就把师父当如父亲的了。如今不过正个名分而已，你老人家不答应，我们就不起来。"

公孙隐泪盈于睫，一手一个，将他们拉起，喃喃说道："想不到我失了一个儿子，却得回了两个儿女。"

柳元宗见他滴出眼泪，这才放下了心上的一块大石，心道：

"只要他心有寄托，我也就有把握可以挽救他的性命了。"

俗语说：心病还须心药医。柳元宗之所以能够挽回公孙隐的性命，用的就是"心药"。

由于儿子不肖，公孙隐在这世上最疼爱的人就只是蓬莱魔女了。他对于蓬莱魔女的确是兼有师父与父亲的感情的。但因他所受的刺激（儿子叛国通敌）太过重大，一时遂至万念皆灰，断绝了求生的意志。柳元宗看出"病因"，故此"对症下药"，在他昏乱之中，用蓬莱魔女来唤起他的求生意志，同时也转移了他在感情上所受的刺激。

柳元宗微笑道："公孙大哥，请让小弟给你治病。瑶儿还要等你给她主持婚礼呢，你可得好好保重身子才行。"当下，掌贴他的后心，一股真气输送进去，公孙隐有了求生的意志，也自行收束真气，于是两大高手功力就是相辅相成，而不是相抗相拒了。

此时公孙奇已用毒掌打死了好几个丐帮弟子，逃至山腰。那队金国武士从山脚杀上来，与他的距离已经不远了。但因一众英雄与丐帮弟子动了公愤，仍然穷追不舍。

公孙隐神智清醒之后，所得众人的骂声，声声都是骂他儿子，他一气之下，跳了起来，说道："我一定要把这畜牲亲手处死！"但他的功力尚未恢复，一怒之下，真气走入岔道，刚刚跳起，咕咚一声，又跌倒了。柳元宗连忙将他扶起，说道："公孙大哥，恕我直言，你就比如是没有这个儿子，当他是死了吧。何苦来由为他生气？"公孙隐气呼呼地道："我不会给他气死的，我不需要你们都来照料我，快快去给我拿这孽畜！"武林天骄道："我和谷涵同去。"立即飞步奔前，原来他已经看见山坳处有两个少女跑来，其中之一，正是赫连清云。因此无须公孙隐吩咐，他也是要赶着去救援的了。柳元宗要给公孙隐治病，不能离开，蓬莱魔女既舍不得离开师父，也不愿亲自去伤公孙奇。她就留下来协助父亲，从旁照料。

公孙奇一臂脱臼，只剩下一条左臂可以使唤，他的轻功虽然不弱，但群雄的暗器，从他背后纷纷打来，他必须挥剑拨打，当然也就影响了他的轻功。武林天骄施展"八步赶蝉"的功夫，迅即越过众人，与公孙奇的距离越来越近。

公孙奇暗叫"不妙"。他深知武林天骄的功夫远非群丐可比，自己只剩一臂，决计打不过武林天骄。就在此时，忽见两个女子从山坳出来，正好挡住他的去路。

这两个女子，一个是赫连清云。另一个则是云紫烟。赫连清云的伤已经好了，今朝武士敦与云紫烟一同到公孙隐家中，后来武士敦与武林天骄先走一步，她与云紫烟随着而来，但因她们轻功较弱，赫连清云又是刚刚伤好，故而现在才到。

公孙奇哈哈笑道："你们这两个雌儿来得正好！"当下插剑归鞘，身形一掠，倏地就到了二女身旁，施展大擒拿的手法。要知赫连清云是武林天骄的师妹，云紫烟是武士敦的未婚妻子，公孙奇只要随便擒住一人便可当作护身盾牌，不但可以脱险，而且可以用来威胁群雄了。

公孙奇虽然一臂脱臼，但独臂使出的擒拿手法，仍是十分凌厉。他知道云紫烟武功较弱，第一招先向云紫烟发出。

哪知云紫烟自从那次受辱之后，回到师父无相神尼门下，又苦练了五年剑术，早已是今非昔比。此时仇人见面，分外眼红，骂声"奸贼"，竟然毫不躲闪，便是刷的一剑，还刺过去。

这一剑刺胸截肋，剑势遒劲，是一招拼着与对方同归于尽的杀手绝招。公孙奇也不由得心中一凛："这雌儿的剑术远胜从前，倒也不可太过轻敌了。"

但云紫烟虽然远胜从前，毕竟还是比不上公孙奇。公孙奇融会正邪两派的最上乘武功，招数已到收发随心的境界。就在双方即将碰上之际，公孙奇已是身移步换，倏地绕到了云紫烟的侧边，避开了两败俱伤的局面。他脚步未停，招数不变，仍然是那一式擒拿手法，不过抓向云紫烟的部位，则与前不同而已。

云紫烟一剑刺空，变招已来不及。倘若是单打独斗的话，必将落在公孙奇手上无疑。但好在有个赫连清云在她身边，一见不妙，立即舍命扑来，解云紫烟之危。

赫连清云这一招更是使得毒辣，她手挥玉笛，打公孙奇那只脱了臼的手臂，而且是对准了碎折的关节骨缝之处打下去的！

公孙奇手臂只是脱臼，续筋驳骨，还不很困难。但倘若手臂给打断分成两截，那么要想断臂再续，就极不容易了。公孙奇当然不敢给她打中，只好闪开。说时迟，那时快，武林天骄已经赶到。

公孙奇大喝一声，袖子一挥，劲风呼呼，就在武林天骄只差几步就可以赶到之际，倏地使出铁袖神功，向赫连清云卷去。赫连清云毒伤初愈，气力未曾恢复，百忙中一个"鹞子翻身"，向后倒纵，但虽然没有给他袖子卷着，却也给那股劲风震翻。"砰"的一声，在半空中一个倒头筋斗，跌了下来。

武林天骄这一惊非同小可，玉箫一指，一口炙热的罡气，从箫管之中吹出。公孙奇发出毒掌，腥风罡气，两相抵消。公孙奇只剩一臂，不敢恋战，转头便走。

武林天骄急于救人，也无心去追，连忙跑过去将赫连清云扶起。幸亏赫连清云刚才闪躲及时，虽摔一跤，却没受伤。此时武士敦亦已赶了到来救应了。

云紫烟叫道："大哥给我报仇！"武士敦"呼"的一掌打出。丐帮的大力金刚掌功夫乃是武林一绝，武士敦的师父尚昆阳生前曾有"天下第一掌"之称，武士敦天生异禀，掌力之强不亚于师父盛年。公孙奇右臂脱臼之后，一直未得空暇敷上金创药，刚刚又与武林天骄交了一招，牵动伤臂，伤口扩大，鲜血已在汩汩流出。公孙奇只得强运邪派玄功，封闭穴道，暂止血流，拼命逃跑。此时二人之间的距离在十丈开外，公孙奇想不到武士敦的劈空掌力打得这么远，只顾运功闭穴止血，而未能及时防御。只听得"蓬"的一声，公孙奇给武士敦的掌力震翻，变作了滚地葫芦。

赫连清云一推武林天骄道："我没受伤，你快去擒奸贼！"武林天骄在武士敦前面，距离公孙奇不到五丈。他放开了赫连清云，展开八步赶蝉的功夫，几个起伏，已是追到了公孙奇背后，公孙奇尚在地上打滚，当然跑不过他。

眼看武林天骄就可以把公孙奇手到擒来，忽见一骑快马飞奔来到，马上的军官竟然是金军的主将，具有皇叔身份的完颜长之。

完颜长之喝道："檀羽冲，你身为金国贝子，何等尊荣，竟与群丐为伍，羞也不羞？"口中喝骂，手上已在张弓放箭，他是金国数一数二的高手，若只论功力之深，他还要比武林天骄稍胜一筹。只听得弓如霹雳，箭似流星，武林天骄只差一步就可以抓着公孙奇，利箭已经射到。武林天骄挥箫拨箭，箭虽拨落，虎口竟也隐隐发麻。

武林天骄冷笑道："丐帮豪杰，都是响当当的汉子，我与他们为友，胜于你陪伴暴君，为虎作伥！"完颜长之怒道："我以为你只是不服前皇，才犯上作乱的。哪知你竟是甘为叛逆，我非杀你不可。"弓弦三响，连珠三箭射来。说时迟，那时快，武士敦亦已赶了到来。

武士敦迈步上前，噼啪两刀，扫落了两枝箭，第三枝箭来不及用兵器打落，引身一闪，这枝箭几乎是贴着他的身旁射过。原来武士敦的内家真力胜于武林天骄，而身法灵活则有所不如。故所以他能够打落两枝，不感吃力，但却险被第三枝箭所伤。

完颜长之见他面不红，气不喘，心中也自一惊："这臭叫花气力倒是很大。"武士敦险给射中，大怒喝道："来而不往非礼也，你也接我一刀！"一把匕首掷出，但却不是向马上的完颜长之飞来，而是瞄准了马脚贴地扫去，完颜长之俯伏雕鞍，长鞭一撩，因部位不对，功力难以尽量发挥，鞭梢虽然卷着了匕首，但马腿已给刀锋划伤。他的坐骑是久经训练的战马，登时人立长嘶，不敢再向前跑。

完颜长之吃了一惊，心里想道："下马步战，我与檀羽冲不过打个平手，加上这个臭叫花，我是必败无疑。好汉不能吃眼前之亏。"此时，金国的大队武士已将随后赶到，完颜长之遂勒住马头，不再前进。武士敦与武林天骄各自保护未婚妻子，也急忙回来与大伙会合。

公孙奇在地上打了几个滚，那队金国武士的"先行"已经赶到接应，完颜长之皱眉道："公孙郡马，你何以如此狼狈？"公孙奇虽然已经杀了受封为金国郡主的妻子，但金国的新皇帝既然还要利用他，所以仍然保留他这"郡马"的尊号。

公孙奇不待人扶，一个"鲤鱼打挺"跳了起来，一看武士敦等人已经走回去了，方始放下了心，暗暗叫声"好险！"他仗着邪派的护体神功，刚才又应变得宜，是以只是给武士敦的掌力震翻，而没有受到内伤。但虽得侥幸脱险，在完颜长之面前出乖露丑，也不禁羞得满面通红。

公孙奇驳上臼骨，敷了金创药，气呼呼地说道："不必提啦，大事已经坏了。不但我这个丐帮帮主做不成，朱丹鹤也已经给他们擒去了。"完颜长之道："风火龙呢？"公孙奇道："这老杀材更糟，他临时反悔，把事情都抖了出来，不待别人杀他，自己就自尽了。丐帮是再也钻不进去的了，如今是用计不成，只能动武了！"

原来完颜长之在大足峡设下埋伏，是作了两种打算的。倘若原来的计划能够顺利进行，公孙奇当上了丐帮帮主的话，他就按兵不动，作长远的打算。以后可以借助于公孙奇之力，诛锄更多的抗金义士。倘若计划失败，他得到讯号，便即发兵攻来，先把聚会的丐帮弟子一网打尽。至于公孙奇是否牺牲，则已不在他考虑之内了。完颜长之这个恶毒的主意，是连公孙奇都未知道的。不过，他聪明绝顶，此时见完颜长之领兵杀来，当然心中亦已明白。但此时他已走到绝路，再也无法冒充是抗金的英雄，他既然没有悔过求饶或一死谢罪的勇气，也就只有完全投靠敌人这一条路了。

不过，完颜长之却不是接到讯号赶来的，（因为朱丹鹤在最紧要的关头已给武士敦等人监视，无法发出讯号。）而是给西岐凤等一众英雄发现了他们埋伏的秘密，迫得他们不得不提早发动的。也正由于他们提早发动，及时杀到，公孙奇才得侥幸逃出一条性命。

此时乙休也已逃回本国的队伍，于是完颜长之便即发动进攻。那边武士敦亦已会合了大伙，严阵以待。

赫连清云跟着武林天骄跑到草坪，石头上赫连清波那颗首级，还摆在那儿。赫连清云一眼看见这颗首级，不由得心头一震，失声说道："这不是我的姐姐吗？是你，你们……"武林天骄道："不是我们杀的，是公孙奇这奸贼杀的。他要借你姐姐的首级取信于人，谋夺帮主大位。"

赫连清云与赫连清波虽然早已是姐妹殊途，分清泾渭，但目睹如此惨状，也不禁心中悲愤，咬牙说道："我姐姐固然是罪有应得，死不足惜，但却不应该由公孙奇这奸贼来杀她！"上前收了赫连清波的首级，正要寻觅蓬莱魔女，却已听得蓬莱魔女惊叫之声。

原来公孙隐看见武士敦等人回来，知道公孙奇已经逃脱，今后他这不肖之子，将公然与敌为伍，变成了国人皆曰可杀的奸贼了。公孙隐一世英雄，怎忍得了有如此一个不肖之子，败尽他的门风，丢尽他的面子。他正在一口气转不过来，赫连清云那几句话又恰恰在此时让他听见。公孙隐接连受了重大的刺激，一口真气走入岔道，登时又晕了过去。蓬莱魔女就是因为她的师父再度晕倒而惊叫的。

柳元宗将本身真气输送进去，在公孙隐耳边低声说道："公孙大哥，别忘了你答应我的诺言。清瑶的婚礼还待你主持呢！"

公孙隐倏地张开眼睛，叫道："气死我也！"一口鲜血喷了出来，吓得蓬莱魔女张皇失措。柳元宗摇了摇手，示意女儿不可惊惶，说道："公孙大哥，留得青山在，哪怕没柴烧。你先要保重身子才好。"公孙隐的心情，柳元宗是明白的。公孙隐是为了自己不能惩治不肖之子而伤心，故而柳元宗劝他保重身子，正是对症下药的言语。

公孙隐叹了口气，说道："谷涵，你过来！"笑傲乾坤上前叫了一声："爹爹！"公孙隐道："我答应把瑶儿嫁给你，你也必须答应我一件事。"笑傲乾坤道："请爹爹吩咐。"公孙隐道："我已是不能亲手惩治这个畜牲了，你们夫妇成婚之后，必须为我完成这个心愿。"原来公孙隐虽然给柳元宗鼓起求生的意志，但已经走火入魔，今后将半身不遂，不能行动了。他知道蓬莱魔女念在他的情分，未必下得决心杀公孙奇，故而郑重地嘱咐笑傲乾坤，把这件任务交给他。笑傲乾坤道："爹爹，你安心养伤。这件事我会给你办到的。"此时，金国武士已经杀上山头，公孙隐道："好，你们都去迎敌吧。不能因为我的缘故，累了大家。"柳元宗道："你一世英雄，也决不能落在敌人手中。"不由分说，把公孙隐背了起来，公孙隐还想说话，柳元宗已抢着道："谷涵的武功制伏不了公孙奇，今后还得你多传授他们夫妇的武功呢。你不保全自己的性命，又怎能指望谷涵给你完成心愿？"公孙隐这才没有话说，索性闭上眼睛。他是不愿意看见他的儿子跟着敌人一道杀来。

但公孙奇却并没有再杀回来，他一来是怕他父亲，二来断臂待续，因此乘了一匹快马，自己先跑回去养伤了。神驼乙休只是受了一点轻伤，仍然跟随完颜长之杀来。完颜长之杀上山头，立即喝令放箭。他带的这班武士，都是经过挑选过的好手，人人武艺高强，用的是当时最犀利的一种武器——神臂弓。

一声令下，千箭如蝗，神臂弓所发的箭可以射到三十丈开外，丐帮弟子有十数人登时中箭身亡。

武士敦大怒道："来而不往非礼也，就只你们会放冷箭么？"信手拾起地上一块石头，用力一捏，石头碎成十数块，把手一扬，用"天女散花"的手法打出，这把碎石也飞到数十丈开外，打死打伤了十几个金兵。

可是丐帮这边，有武士敦这等功力的人，不过寥寥数人，而对方却有几百张神臂弓，两边箭石交锋，丐帮这边自是大大吃亏。

武士敦急忙改变队形，用人自为战的办法，各自找寻隐蔽的地方，或躲在岩石之后，或藏在大树之上，双方用暗器互相攒射。

普通的暗器，不如神臂弓射得这么远，丐帮仍是不免吃亏，但改换了战术之后，伤亡已是大为减少。丐帮弟子与一众英雄都怀着满腔怒火，只待敌人接近，就冲出去与他们肉搏。

可是完颜长之却勒住了战马，金国的武士也都在三十丈之外停止前进，只用神臂弓发箭。武士中有数十名神箭手，丐帮弟子一在隐蔽的地方露出头来，就有中箭的危险，激战之下，丐帮弟子又有十数人伤亡。柳元宗、武士敦等人也飞石打伤了对方十几个神箭手。双方伤亡的人数倒是差不多相等，但敌众我寡，倘若如此相持下去，丐帮这边却是禁不起伤亡的消耗。

武士敦站在高处，严密注意敌方动态，只见金军的队形向两面作扇形展开，转眼间就似一条长蛇把山腰圈住，看来是要把山顶上的人团团围困，来一个瓮中捉鳖的战术。武士敦心道："好呀，他们的胃口倒是不小，竟想把我们一网打尽么？但他们的兵力分散布防，却也正有利于我们从一点突围了。"

武士敦正要下令突围，忽地心念一动，又再想道："完颜长之是金国的名将，难道他想不到兵力分散的弊病？莫非他是另有所恃，诱使我们上钩？"

心念未已，只听得山脚也有厮杀之声，原来是西岐凤率领的那班好汉，被一队金兵围在山下。西岐凤这方人数不多，只有四五十个，包围他们的金国武士，有一百多人，平均是敌三我一。西岐凤无法突围，但金国的武士在他们负隅顽抗之下，也不能将他们消灭。好在完颜长之主要的目的是要歼灭山上的群雄，故而没有抽出更多的兵力去包围他们。

东海龙与西岐凤情如手足，见他在山下受围，勃然怒道："咱们不能坐以待毙，冲出去与他们决一死战吧！"在他振臂一呼之下，不属于丐帮的各路英雄纷纷响应，武士敦虽然觉得敌人企图未明，冲出去可能上当，但也不便阻拦，只好率领丐帮之中七袋弟子以上的高手，给冲出去的群雄压阵。

东海龙取了一杆长枪，一马当先，冲上前去，长枪舞得呼呼风响，向他射来的乱箭，都给他长枪拨落。宋金刚等一众英雄，紧紧跟在他的后面，冒着箭雨冲锋，虽然又死伤了几人，但双方的距离，已是越来越近。

转眼间已冲到金军阵前，一个军官是金国著名的勇士，不识得东海龙的厉害，自恃本领，拍马迎来，东海龙大吼一声，长枪飞出，从这个军官的前心射入，后心穿出，登时人仰马翻，死于非命。金军阵脚摇动。

神驼乙休跟在完颜长之身边，见东海龙来得凶猛，怒道："待我去收拾这糟老头儿。"完颜长之微笑道："不必与他们逞血肉之勇。"此时一众英雄都已杀到，眼看双方就要短兵相接，完颜长之忽地将令旗一展，喝道："用火烧他！"

金军两翼分开，中间现出一队黑衣武士，人人手上抱着一个长可一丈的圆筒，黑黝黝的也不知是什么东西。众英雄方自·怔，陡然间只听得呼呼风响，火光耀眼，每一个圆筒都喷出了火来。登时就似有数十条火蛇，吐出火舌，择人而噬。众英雄猝不及防，许多人身上着火，烧得焦头烂额。东海龙在地上一个打滚，扑灭了身上的火焰，跳起身来，抢了一个喷火筒，也向金军射去。可是他一个人究竟是敌不过数十条火蛇的扫射，其他的人抢不到喷火筒被烧伤的已经不少，只得退后，离开了喷火筒所能及的范围。

完颜长之吹起号角，正面的金军以喷火筒开路，步步挺进。围绕着山腰的各处金军也都放起火来。

原来这喷火筒乃是完颜长之的又一"秘密武器"，玉门关外，盛产石油，在地底下涌出来，当地人称为"黑水"（其时还未知道"石油"这个名词），完颜长之利用这种"黑水"，叫巧手匠人制成了喷火筒，火力可以射到三丈开外。完颜长之这次是意欲将首阳山上的群雄一网打尽，故此最初只是用神臂弓射着阵脚，而不肯马上便用火攻。他是要等待包围圈完成之后，才动用喷火筒，叫山上各处起火，把山顶变成火海。这样部署，山上的人不论从哪一个方向冲下来，就都要受到火海所阻了。

可是由于东海龙等人冲来，他们的"火攻"只能提前发动。山后还有一个缺口，金军未曾占领，亦即是包围圈的一环尚未完成。武士敦当机立断，马上叫丐帮弟子从后山这缺口冲出，他自己则与笑傲乾坤等人去抢救陷入火网的群雄。同时，山脚被包围的西岐凤这一班人，也需要他们前去解围。

喷火筒在山上使用最为见效，山上草木茂盛，着火即燃，但也有一个毛病，前面一着了火，后面的金军也就不能前进了。

武士敦把朱丹鹤挟于胁下，喝道："谁敢挡路，不是你死，便是我亡！"一众英雄之中，以他的掌力最为雄浑，当下选择了火势较弱的地方扑去，呼呼几记劈空掌打出，把一股火焰打得火舌反吐，转过方向燃烧，吓得附近的金军纷纷躲闪。

跟在他后面冲击的有十几个丐帮中的六袋、七袋弟子，这些有丰富对敌经验的丐帮高手，想出了一个暂时救急的灭火之法，他们都是背着一个讨米袋的，此时就把泥土塞满袋中，抱着泥袋，在火上滚过去，只要火势不是十分旺盛的地方，给泥袋一压，火苗便给扑灭。这个方法虽然只是在火势较弱的小面积见效，但毕竟也闯出了一条路。

武士敦手起掌落，打翻了几个武士，东海龙扑灭了身上的火焰，大吼一声，须眉怒张，跟着冲进敌阵。他的混元一炁功足以开碑裂石，也是厉害非常。丐帮高手与江湖好汉两股人会合，拼了性命，杀入金军队伍之中，势如猛虎下山，蛟龙出海。喷火筒与神臂弓都是利于远攻的武器，一到近身肉搏，便毫无作用，此时只是各凭本领的决斗了。

武士敦正向前闯，忽觉一股冷风，如箭射来，饶是武士敦功力深厚，也自感到透骨的寒意。武士敦一掌拍出，只见来的乃是神驼乙休。乙休喝道："你挟持师叔，犯上作乱，若不放人休想活命！"欺身直进，掌劈指戳，截住了武士敦的去路。

武士敦知他玄阴指的厉害，横掌护胸，暗运玄功，便要用大力金刚掌与他硬拼，但他胁下挟了个人，不及乙休的灵活，他掌力未吐，乙休已闪到他的侧边，倏地一指，竟然是向着朱丹鹤的天灵盖戳去。朱丹鹤被武士敦倒挟胁下，脑袋下垂，乙休身躯高大，要弯下腰来，指尖才能戳着他的天灵盖。

武士敦大吃一惊，这才知道乙休是要想杀人灭口。在这千钧一发之间，武士敦左臂挟人，无法解招，只得一个旋身，拼着背心受他一指，保全朱丹鹤的性命。

双方动作都快，眼看乙休的手指就要戳着武士敦背心的"大椎穴"，这是人身十二死穴之一，倘给他一指戳中，武士敦纵是内功深厚，着了他的玄阴指力，只怕不死也得重伤。就在此时，忽听得"叮"的一声，柳元宗背着公孙隐，铁杖在地上一点，一掠数丈，及时赶到。他背了个人，依然能够使出最上乘的轻功，人在半空，铁杖已是一招"鹰翔隼刺"，杖尖也是点向神驼乙休背心的"大椎穴"，即以其人之道还治其人之身。

此时乙休若然要伤武士敦，自己也必将毙在柳元宗杖下。乙休平生最忌的就是柳元宗，在这性命交关之际，当然是先要保命，不敢伤人了。

乙休武功也委实了得，在这危机相扣，眼看就要两败俱伤之际，一个"细胸巧翻云"，居然躲过了柳元宗杖击之灾。他一跳开，武士敦的危机也就不解自解了。

柳元宗道："武帮主，你身负重任，先冲出去，让我来对付这厮。"笑傲乾坤、蓬莱魔女相继杀到，柳元宗道："快快跟上武帮主，给他掩护。小心，别让敌人杀了朱丹鹤。"蓬莱魔女应了一声："女儿懂得！"几个起落，追上武士敦，完颜长之恰好纵马过来，长鞭打出，想把武士敦背负的朱丹鹤卷走，蓬莱魔女拂尘一展，缠着鞭梢，笑傲乾坤立即上去抢攻。完颜长之是金国数一数二的高手，倘若单打独斗，蓬莱魔女未必是他对手，但如今有一个笑傲乾坤助她夹攻，而笑傲乾坤的本领则是与完颜长之不相上下的，完颜长之不敢恋战，连忙收回长鞭，拨转马头便走。

武士敦等人冲了过去，神驼乙休恶念又生，心中想道："当今之世，武功胜于我的只有三个人。一个是光明寺的明明大师，他已经发誓不再下山，今生是不会与我为敌的了。一个是公孙隐，这老儿受了他儿子的气，身又着了毒掌，如今已是半死不活。剩下的一个就只是柳元宗了。这老贼做了二十年和尚之后，武功更胜从前，真正与他较量，我恐怕是打他不过的。但现在他背着公孙老儿，必须分神照顾，我正好趁此时机，将这两个劲敌一并除去！"

乙休刚才用声东击西之法，袭击武士敦所挟的朱丹鹤而大占上风，要不是柳元宗赶来，他几乎可以把武朱二人都置之死地。如今柳元宗背着公孙隐，情形与武士敦之要保护朱丹鹤一样，乙休尝过甜头，遂想依法炮制，一退复上，避免与柳元宗正面交锋，专门袭击背在他背后的公孙隐。

柳元宗一足不良于行，在平地上的纵跃功夫不及乙休灵活。倘在平时，他有铁杖为辅，三十招之内，一定可以胜得乙休，如今背了个人，虽不至于给乙休迫得手忙脚乱，但也须要小心谨慎，处处提防了。

有几个年纪较轻的金国武士不知柳元宗的来历，不识他厉害，抢刀动枪，也来助攻。柳元宗大吼一声，铁杖横扫，只听得一片叮当声响，刀枪纷飞，霎时间就有了十几个金国武士倒了下地。攻击他的只有四五个人，何以却有十几个倒地？原来另外的人，是因为与他的距离太近，本身又无内功根底，是以给他的佛门"狮子吼"功震倒的。

但乙休却趁此稍纵即逝的时机，绕到柳元宗背后，使出玄阴指的功夫，一指向公孙隐点去，他怯于柳元宗的厉害，不敢太过迫近，但双方的距离也不到五尺。玄阴指力射到了公孙隐的身上！

公孙隐打了一个寒噤，忽地反手一掌，喝道："无耻老贼，胆敢欺我！"神驼乙休只道公孙隐已半死不活，玄阴指力发出，正自得意，哪知对方的掌力，骤然间竟似排山倒海而来，乙休大叫一声，"哇"的一大口鲜血狂喷出来，身躯腾起，倒纵出数丈开外。

原来公孙隐虽因走火入魔，半身不遂，但半身不遂，只是不能走动而已，他数十年的功力，却依然还在的。这数十年的功力用来驱毒，减了几分，但即使减了几分，也还要胜过神驼乙休。公孙隐恨极了乙休，当乙休与柳元宗交战之时，他已默运玄功，将毕生功力都聚于掌上。待到乙休偷袭，他这一掌打了出去，乙休与他的距离不到五尺，如何能够抵挡？还算乙休本领不弱，一受掌力，立即倒纵出数丈开外，幸得不死。但身受震荡，落下之时，已不能平平稳稳着地，而是一个倒栽葱地冲下来了。完颜长之的卫士连忙将他抢救，无人敢再拦阻柳元宗与公孙隐了。

公孙隐打出了这一掌，消耗真力过甚，也咯了一口血。柳元宗道："公孙大哥，你怎么样？"公孙隐笑道："只不过加上一点点伤而已，算不了什么。那老残废伤得比我更重，吐的血比我更多。我料他不到一个月后，决计不能起床。"柳元宗听他说话的声音，知他所言不假，虽受内伤，并非严重，对他的深厚神功，也是深深佩服。

完颜长之手下武士，是布成了一字长蛇阵围住山腰的，群雄从一点突破，他的兵力不能迅速集中，喷火筒又不便使用，因为山上已经起火，倘若用了喷火筒，山下也要起火，岂非连自己也要被包围在火海之中。故而只能让他们突围而去。

但完颜长之仍然不肯死心，一面传令，把兵力集中，准备去追；一面叫神箭手改用神臂弓射杀正在向山下奔逃的群雄。

武士敦、东海龙等高手殿后，掩护突围，以劈空掌力，扫荡乱箭，虽然也不免有点伤亡，但没多久，已是逃出了神臂弓的射程之外。此时完颜长之的兵力尚未集中。

西岐凤那一班人在山脚被围，东海龙道："趁完颜长之未曾追下，咱们赶快去给他们解围！"群雄加快脚步，疾冲下去，不料到了山腰，忽见山下尘头大起，又来了一彪军马。武士敦大吃一惊，说道："金军续有后援，咱们背腹受攻，如何是好？只有拼一死战了！"

武林天骄笑道："武帮主不用忧心，你看清楚那个旗号。"那彪军马风驰电掣般地赶到，一声呐喊，竟向包围西岐凤的那队金国武士冲杀。只见那面大旗，用金线绣出一头飞虎，打出的是"耶律"两个大字的旗号。武士敦道："这是何方部队？"武林天骄笑道："这是我的好朋友耶律元宜的辽军。"

原来耶律元宜这支辽军，自从在采石矶反金之后，趁着完颜亮新死，金国政局动荡的时机，由耶律元宜率领，流窜数千里，由长江北岸窜至陕甘山区，最后遁入祁连山安营立寨。经过一年多的休养生息，创伤渐复，战斗力更见增强。祁连山与首阳山相距一千余里，这次完颜长之率队西来，给耶律元宜派在地方上的细作察知行踪，报与耶律元宜知道。完颜长之是金国的擎天一柱，难得他这次孤军西来，故而耶律元宜得知消息，立即发兵追踪，意欲将他歼灭的。

辽军赶到，恰是时候，一轮冲杀，山下那队金国武士，抵挡不住，四散奔逃。西岐凤之围已解，丐帮、辽军与各路英雄三帮人马会合一起，在人数上已经比金军略占优势。

完颜长之不愧大将之材，集中了兵力之后，以一队藤牌军做前锋，掩护前进，神箭手居中，用神臂弓射住阵脚，队形严整，虽败不乱。丐帮这边，因有数十人受伤在先，此时也必须分出人力，照料伤者。完颜长之这队金军，并非寻常军队，个个都是千中选一，武艺高强的武士，一轮混战，终于给他们的强弓骏马，夺路突围。耶律元宜虽然未得达成歼灭敌军之愿，但却给丐帮与群雄解了围，也就不再去追击敌军了。

赫连清霞与耶律元宜同来，赫连清云、武林天骄二人上前与他们相见，姐妹会面，又是喜欢，又是感伤。喜欢的是离乱之后，姐妹都各自找到了归宿；感伤的是她们的大姐死在公孙奇之手，虽说咎由自取，但死在公孙奇之手，究竟令人感到不值。

此时武士敦一面令人接应从后山冲出的丐帮弟子，一面整顿队伍，检查伤亡，并商量今后行止。

耶律元宜说道："完颜长之突围而去，只怕要调动大军来围歼咱们，此地不宜久留。必须趁他们的大军未曾聚集之前，化整为零，火速撤退。"武士敦道："吾兄所见甚是，但我还有点事情，须在这里多住一日。你们的队伍人多，先撤退吧。"

赫连清霞对姐姐微微一笑，说道："二姐，我想请你和檀师兄都到祁连山去，咱们姐妹也好相聚些时。我的事情还得由你作主呢。"说到此处，忽地在姐姐耳边低声说道："你的事情也得有个着落了，最好咱们姐妹是在同一天……"

赫连清云满面飞红轻轻啐了一口，道："不识羞的丫头。好，依你就是。"两姐妹与武林天骄便一同去向蓬莱魔女辞行。笑傲乾坤在蓬莱魔女身边，与武林天骄相视而笑，莫逆于心。

耶律元宜这支辽军走后，武士敦请八袋弟子中的赵固代为执行帮主职务，带领丐帮弟子南归。正是：

血雨腥风都过后，晴天丽日照红妆。

欲知后事如何，请听下回分解。

第七十七回　至死始知多罪孽
此生深悔少思量

　　此次前来参加丐帮大会各路英雄，受伤的亦很不少。一般轻伤的都已走了，但伤得较为严重的却必须觅地疗伤，其中就包括有东海龙、宋金刚、杜永良、青海三马等成名人物。东海龙与宋金刚被火烧伤，幸在他们功力深湛，敷上了汤火药，可无大碍。青海三马与杜永良是被神臂弓射伤的，则必须给他们拔箭、刮毒，神臂弓的伤害力比普通弓箭大得多，医好之后，恐怕也难免残废。

　　火伤、箭伤还是属于外伤的范围，还有几位受内伤的更是严重。公孙隐是内伤加上走火入魔，本来极是严重，但他本身功力也是极为深厚，如今他已有了求生的意志，已是可以确保性命无忧了。

　　另外一个伤得最重的则是朱丹鹤，他接连两次受了神驼乙休玄阴指的袭击，至今仍是昏迷未醒。武士教就是为了他的缘故，要等待柳元宗将他救醒，盘问他的口供，故而不能立即与丐帮弟子南归。

　　这些需要觅地疗伤的人，暂时就住在公孙隐的家中。

　　到了公孙隐家中之后，柳元宗要替公孙隐再把一把脉。公孙隐道："不，你还是先救活朱老贼紧要，这厮固然死有余辜，但却不能让他那么轻易地就死了。"

　　柳元宗把过了朱丹鹤的脉，摇了摇头，说道："他所受的阴寒之毒已经深入膏肓，要医好是没有希望的了，但可以令他苏醒片时。"当下取出金针，在他后脑的"悬枢穴"猛扎一针，朱丹鹤果然大叫一声，醒了过来。

武士敦道："朱丹鹤，你是本帮长老，地位何等尊崇，本帮有何对你不住，你因何要私通金房，倾覆本帮？"

朱丹鹤嘿嘿冷笑，说道："武士敦，算你运气好，你已经做了帮主，而我则反正是要死的了，我何必答你的话？"

武士敦大声说道："不错，你是要死的了，我们光明磊落，决不用可以救活你的说话来欺骗你。但一死也有荣辱之分，今日这场大战，丐帮弟子死的就很不少，他们之死，就是重于泰山！至不济就如风火龙吧，你临死忏悔，吐露真情，也可以得帮中一众弟子的原谅。你若至死不悔，我们就只能当你是一条狗的死掉了！你想想，你曾是丐帮长老，你也曾经是被江湖好汉尊敬的武林前辈，却为何变节投敌，非但身败名裂，而且对不住列祖列宗，死了也要永远受人唾骂！你说出来，或者还可以减轻你的罪过！说！你是怎样勾结金房的？说！你还有什么同谋的党羽没有？"

武士敦这番义正词严的话，对于临死的朱丹鹤确是一个重大的刺激，胜于用什么甜言蜜语诱供，更胜于用什么严刑拷打迫供。朱丹鹤瞪着双眼望了武士敦一会，终于说出一句话来："嘿，嘿，你们都错了！"

武士敦喝道："什么错了？"朱丹鹤纵声笑道："你们以为我是什么人？我根本就不是你们汉人，我是金人！你们骂我通敌叛国，根本就没有骂对！嘿，嘿，武士敦，我的情形正是与你一样。你以汉人假冒金人混入了御林军，我则是以金人假冒汉人混入了你们的丐帮。不过，你的运气好，你刺杀了完颜亮，你成功了。我的任务却没有达成，我要谋夺丐帮帮主之位，第一次是我自己败给你的师父尚昆阳，第二次是我的徒弟公孙奇又败了给你。两次都是功败垂成，这一次比上一次败得更惨。哼，哼，这是我们的运气不如你们，功亏一篑，夫复何言！"

众人听了这番说话，都不禁相顾骇然。想不到朱丹鹤竟是混入丐帮的奸细，数十年来竟然无人发现，给他篡据了长老的高位。武士敦更是吃惊，心里想道："幸亏我师父那一封预先留下给我证明的书信，是交给鲁师伯而不是给他。要不然只怕我早已在金京被捕了。嗯，这么看来，师父虽然没发现他是奸细，也早已知道他是不可靠的了。"

朱丹鹤看了看众人相顾骇然的神色，又得意大笑起来，说道："我们虽然是两次失败，但却也不是毫无成绩。这几十年来，丐帮与江湖上的各大帮派都不大往来，日益疏远，尤其是与绿林中人，更是彼此猜忌，'丐帮绿林，两不相混！''丐帮弟子不许与绿林中人有甚私交！'这两条虽然没有明文规定，悬为厉禁，但也已经成为丐帮弟子所要奉行的戒律了。你们知道这些主张是谁提出来的吗？嘿，嘿，就是我，朱丹鹤！是我坚持丐帮应该'各人自扫门前雪，不管他人瓦上霜'的！嘿，嘿，争帮主我虽然是争不过尚昆阳，但我这些主张，却说服了多数人同意。尚昆阳在长老会中争不过我，他不同意，也是无可如何了！"

众人听得毛骨悚然，丐帮中人更是如梦初醒，这才知道了朱丹鹤孤立丐帮的阴谋，知道了朱丹鹤挑拨丐帮与绿林不和的毒辣手段，心里都是想道："这厮虽没能够篡夺帮主之位，但这几十年来，丐帮受了他的影响，这祸患也真是不小了！"

武士敦冷笑道："朱丹鹤，你错了！"

朱丹鹤正在得意，双眼一翻，问道："我又怎么错了？"

武士敦道："你说你的情形与我相同，其实完全两样！我是为了正义的事业，为了要对宋、金两国百姓都有好处，才冒充金人去刺杀完颜亮的。而你却只是一个助纣为虐的狗奴才而已，岂敢与我相比！你以为你我的失败成功都只是由于运气么？不，不，在我是得道多助，在你则是众叛亲离。今日的丐帮大会，不是非常明显地说出了这个事实，作出了对比么？哼，哼，你还有什么得意？你还以为自己是什么英雄么？不，不！你只是一条狗熊！"

朱丹鹤混进了丐帮，虽然位居长老，地位崇高，但在他来说，却总还是觉得"壮志未酬"。既不能作为一帮之主称雄江湖，又不能作为一个"胜利的英雄""凯旋回朝"，故此他在临死之际，吐露真相，这并非是出于忏悔的心情，而是要自夸"功绩"，自鸣得意。不料给武士敦一顿义正词严的大骂，登时有如一盆冷水浇头，令他气焰顿消，他自以为是"聪明机智"的事绩，在别人眼中，却只是把他当作一条糊涂透顶、助纣为虐的狗奴才。他第一次想到了正义与邪恶的分野，想到了在人生的道路上的大是大非的问题，可是这已经太迟了。

在众人愤怒的目光注视之下，朱丹鹤叹了口气，喃喃自语道："或许是我错了，嗯，我是个狗熊，我竟然是个狗熊么？"两眼翻白，口吐泡沫，当真像一条狗似的死去了。

武士敦道："可怕，可怕！"停了一停，接着对旁边的两个丐帮弟子解释道："可怕的不是朱丹鹤，而是我们太过精神松懈了。应该懂得：暗藏的敌人，没有拿着刀枪的敌人，比拿着刀枪与咱们厮杀的敌人更为可怕，更应防范。"

丐帮弟子都是心头沉重，朱丹鹤之死令他们如梦初醒，想到许多从未想过的事。武士敦缓缓说道："朱丹鹤混进本帮，这固然是一件坏事，但也未尝不可变为一件好事。经过这个教训，我们总可以变得聪明些了。"

黄昏时候，天气忽然起了变化，雷鸣电闪，来了一场大雷雨。武士敦笑道："好，这场大雷雨正好冲洗了我心头的积闷。"柳元宗也笑道："这场大雷雨真是来得合时。山上的大火可以不致成为灾祸了。一场大雨之后，道路泥泞，完颜长之要想调集大军赶来，也势将受到阻碍了。"

这一晚柳元宗目不交睫，整整忙了一晚，替受伤诸人拔箭、敷药、疗伤，幸喜这些人都是有武功根底的，柳元宗的医术又极高明，到了第二天，所有受伤的人病情都有好转，在同伴照料之下，陆续离开。大雷雨过后，这一日天色很好。

武士敦与云紫烟最后也走了。蓬莱魔女劝公孙隐道："师父，你也不宜再留在家中了。"公孙隐茫然道："我去哪儿？我不想变作你们的累赘。"

柳元宗道："我倒想到一个最好的去处。阳谷山光明寺的明明大师是我的好友，也是你的好友，咱们到他那儿去，你可以安心静养，我也可以得到机会，咱们三个老头儿相聚相聚。"

公孙隐道："好倒是好。只是清瑶与谷涵的婚事如何？我本来想在家里替他们举行盛大的婚礼的，如今却是不能够了。咱们躲到明明大师那儿，难道叫他们在和尚庙里成亲么？"

蓬莱魔女面上一红，说道："师父，我们并不急于成家。"公孙隐笑道："你还没有问过谷涵啊，你不着急，你怎知他不着急？谷涵，你已经等了她许多年了，倘若再因我的缘故，耽搁你们的婚事，我心也有不安。你看，如果——"公孙隐的意思是，如果华谷涵想要成婚，如果不嫌婚礼草率的话，那就多留一日，让他们成了婚再走。

华谷涵笑道："我已经等了这多年了，再等一些时日，又有何妨？干爹，我们等你身体好了，再来给我们主持婚事，那不是喜上加喜么？"

公孙隐苦笑道："我这半身不遂之症，恐怕是不会好的了。不过现在成婚也确是草率一点，那就先离开这里再说吧。谷涵，你还未成亲就很听瑶儿的话，这，我倒是很欢喜的。"

蓬莱魔女道："我身为绿林盟主，这一年多来，却是东奔西走，未曾回过山寨，绿林中的事务，也很少过问，虽说有个玳瑁代劳，我也应该回去了。"言下之意，是以公事为重，儿女之情不妨暂搁的意思。

公孙隐哈哈笑道："匈奴未灭，何以家为？这本是男子汉的抱负，难得你是女子也有如此抱负，就听从你自己的意思吧。不过也不能拖得太久了。"

柳元宗道："当年我也是半身不遂，现在虽然走路还是不大方便，但总是可以走了。对治疗半身不遂之症，我多少有点心得。听说明明大师新近练成了一项无上神功，咱们三个老头儿聚在一起切磋内功心法，说不定对你的复原可以加快许多，用不着像我这样久的。咱们可以一年为期，到时候不论你是否已经完全恢复，我都陪你到瑶儿的山寨去，替他们完婚。公孙大哥，这样办，你不必再担心事了吧？"

公孙隐喜道："这是最好不过的了。好，咱们走吧。"

蓬莱魔女早已替师父收拾好了东西，包括他一生心血的武学著作在内。于是一行四众，便即登程。仍然由柳元宗背负公孙隐。

公孙隐离开老家，颇有感触，说道："我隐居采薇村已有将近二十年了，足迹不出首阳山外。当年我是为了不肖之子，心灰意冷，这才不问世事的。不料我不管外间之事，外间的事却要管到我的头上。我只恨我当年没有早早处置那个畜牲，到头来几乎给他害得我身败名裂。唉，现在我已经明白，凡事都不能只用躲避的办法。"

这番话听来似是伤感，却也是策励自己的意思。柳元宗暗暗欢喜，心想："只要这老头儿保持这样心境，那就更有把握助他早日复原了。"

他们都是一身超卓的轻功，一路无事，不过三天，便赶到了光明寺。

明明大师与这两位老朋友隔别多年，想不到他们一同来到，相见之下，皆大欢喜，明明大师武学深湛，一看就知公孙隐乃是"走火入魔"因而患上半身不遂之症。当下合十问道："公孙施主，你的玄门正宗内功，早已到了炉火纯青之境，何以却会走火入魔？柳兄，听说你出了家又还了俗，但你这次重入佛门，老衲虽然不要迫你二次剃度，也要留你多住些时了。"

公孙隐叹道："大师问起由来，唉，这，这真是一言难尽。"柳元宗却笑道："大师，你不让我住，我也要在你这儿最少住上个一年半载呢。闲话少说，听说你新练成了一项无上神功，对于打通奇经八脉之法，可有超越前人的妙悟么？"

这三人都是当世顶儿尖儿的武学大师，但柳元宗之所以一见面便与他谈论内功，还不仅仅是由于共同的兴趣，而是急于知道有没有更快的办法，可以治好公孙隐的半身不遂。

明明大师当然知道他的用意，笑道："老衲天资愚钝，内功心法虽有一点新的领悟，却怎敢说是超越前人？柳兄，听说你得了希夷老祖的《指元篇》，这是前辈武学秘典中最难得的上乘心法；公孙施主的玄门内功，老衲也是早就佩服了的。咱们三个老头儿难得相聚，老衲也正要向两位请教呢！"柳元宗哈哈笑道："都是老朋友了，还用说什么客套的话儿？咱们就切磋切磋吧。"

这三个武学大师，一谈起上乘内功，就谈得滔滔不绝，彼此论难，奥义杂陈，连笑傲乾坤与蓬莱魔女这等有很深造诣的人，在一旁也是听得半懂不懂。

慧寂神尼将蓬莱魔女拉了出来，笑道："让他们三位老人谈个尽兴吧。我只想问你，你和清云二妹一同去的，怎么，你如今又换了一个同伴回来了？你是'孟光早已接了梁鸿案'啦？"这句话的意思，即是问他们是否已订鸳盟。

蓬莱魔女面上一红，笑道："清云二妹已经不用我陪她啦，今后自有你的弟弟照顾她了。你这个做姐姐的等着喝你弟弟的喜酒吧。嗯，对不住，我不知道你这个出家人戒不戒酒？"

慧寂神尼喜道："原来如此。恭喜恭喜，你们都是有了着落了。到了你们大喜之日，我就是破戒为你们喝一杯酒也是不妨。对啦，我还没有问你，我的弟弟，他与清云却去哪儿？"

蓬莱魔女道："他们到祁连山耶律元宜那儿去了。清云的三妹清霞是和耶律元宜在一起的。听说他们的好事亦已近了。"当下将在首阳山会见武林天骄、耶律元宜等人的经过告诉了慧寂神尼，慧寂神尼越听越是欢喜。

慧寂神尼道："你这次可以多住几天了吧？"蓬莱魔女道："还不一定。不过，大约不会少过三天。"慧寂神尼正想问其所以，只听得柳元宗已在叫他女儿道："瑶儿，你师父叫你。"

蓬莱魔女走回屋子，只见公孙隐精神焕发，她父亲也是脸有喜容。心想一定是他们三人切磋最上乘的内功心法，已有新的发现。

柳元宗果然说道："不出我之所料，你师父在一年之后，就可以到你的山寨去为你们主持婚礼了。"蓬莱魔女面上一红，说道："祝师父早日恢复健康。"

公孙隐微笑道："我也但愿你们早日成家立室。咳，不过在这一年当中，难保你们不遇上、不遇上那个畜牲，我以前曾吩咐过谷涵了的，你们倘若遇上那个畜牲，不必等我处置，你们就要替我清理门户。我想趁这几天你们都在这儿，把我平生的武学都传给你们。即使仍然克制不了那两大毒功，也总可以令你们多几分取胜的把握。"

蓬莱魔女这才明白，师父叫她进来，是要她与华谷涵一同受教，多学一些可以对付她师兄的本领。蓬莱魔女可以想得到师父的心情，他要假手于徒弟与干儿子为他除掉亲生的儿子，内心将是如何沉痛？蓬莱魔女很感难过，说道："师父，你老人家精神还未怎么恢复，这个——"公孙隐道："不，你不必为我顾虑，我志已决，你要用心学会我的功夫，免得耽搁你的行程。"蓬莱魔女心中难过，但想到"大义灭亲"四字，也只能默不作声了。

公孙隐在蓬莱魔女出师以后这七年当中，在武学上深入钻研，又有了不少新的心得，虽然未必胜得过蓬莱魔女父亲的所学，但却是最适合用来对付公孙奇的。因为公孙奇尽管是练了许多邪派功夫，但他的武学基础却总还是家传本领。

一代武学大师的平生心血，其深奥可想而知。蓬莱魔女与笑傲乾坤整整学了三天，对其中的妙处还未能完全心领神会。不过，好在蓬莱魔女对本门武学已有很深的根底，记熟了口诀，懂得了原理之后，假以时日，总不难勘透精微，是以公孙隐在倾囊传授之后，也就不再多留他们了。

蓬莱魔女与慧寂神尼同住一个房间，临行之日，慧寂神尼忽地想起一事，说道："柳女侠，我想拜托你一件事情。"蓬莱魔女道："姐姐不必客气。做得到的我一定效劳。"慧寂神尼道："我想托你去打听一个人，我是因为你来到这儿才想起她的。这个人和你的关系比我更深，料想你一定也惦记着她的。"蓬莱魔女怔了一怔，道："是谁？"慧寂神尼笑道："就是你从前的贴身侍女玉珊瑚。她是经我给她剃度出家的，在佛门的名分上，也算得是我的记名弟子。"

珊瑚、玳瑁二人是蓬莱魔女最亲信的侍女，名为主仆，实如姐妹，尤其珊瑚，更是自小与她作伴，和她一同长大的。故此蓬莱魔女听得慧寂神尼提起珊瑚，便连忙问道："她怎么样？出了什么事了？"

慧寂神尼笑道："你别紧张，没怎么样。我只是想你去看一看她。"蓬莱魔女道："她在哪儿？对啦，我正想问你，她为什么不跟随你？"慧寂神尼道："她本来是随我在栖霞岭出家的，后来我到这里来侍奉我的公公，她也离开了江南，说是要回她的家乡打一个转，然后再到光明寺探我。要是光明寺可以容她的话，她就在光明寺出家。如今已是半年有多，尚未见她来到，是以我有点放心不下。她的家在登州筇莱乡下。"蓬莱魔女道："我知道的。"慧寂神尼道："你们这次回去，倘若顺路的话，请你去探听一下。"蓬莱魔女道："就是不顺路我也一定去的。"接着笑道："慧寂姐姐，请恕我说实话，我是不赞同她出家的。要是我劝她还俗，你不会怪我吧？"慧寂神尼笑道："我的出家是无可奈何，珊瑚年纪轻轻，红颜少女，就要随我青灯礼佛，我也为她感到可惜的，不过，我劝不醒她而已。要是你能够劝她还俗，我是求之不得。"

蓬莱魔女谈完了珊瑚的事情，拾好行装，便去和师父告别，并向明明大师辞行。笑傲乾坤也已在那儿等着她了。

公孙隐是知道蓬莱魔女以绿林盟主的身份，需要早日赶回山寨的，他也不愿意耽搁他们的行程，但临别之际，仍是不禁老泪潸然，一手拉着一个，说道："但愿你们早日为我了却心愿。我半身不遂，不能送你们了。"他说的"了却心愿"，一是指公孙奇的事情，一是指他们的婚事。蓬莱魔女与笑傲乾坤都是明白的。

蓬莱魔女道："师父放心，我们在山寨等你老人家来。反正也不过一年，我们就可以见面了。"

柳元宗与慧寂神尼给他们送行，送了一程，蓬莱魔女道："不敢有劳姐姐远送，请回去吧。"柳元宗道："对啦，慧寂，你先回去，我再送他们一程。"慧寂神尼看看他们父女似是有私事要说，便与蓬莱魔女互祝"珍重"，挥手道别。

慧寂神尼走后，蓬莱魔女道："爹爹还有什么要吩咐女儿？"

柳元宗若有所思，半晌说道："你们这次回去，要经过固原吧？"

固原是在洛阳北面二百里左右的一个地方，蓬莱魔女道："正要经过那个地方。"她蓦地想起一事，问道："对啦，爹爹，听说你上次在往首阳山之前，曾到固原说是要了结一桩公案？"

柳元宗道："不错，但这桩公案并未了结。"蓬莱魔女道："什么事情，爹爹可以告诉我吗？"

柳元宗黯然说道："你二叔在固原有一头家。"蓬莱魔女怔了一怔，道："二叔？哦，你是说那、说那无恶不作的柳元甲么？我可不愿意再叫他做叔叔了。"

柳元宗道："咱们柳家出了这么一个败类，我也是很痛心的。但清者自清，浊者自浊，这也是无可奈何的事。唯其他是柳家的人，我更需要早日处置，作个了断。"

蓬莱魔女道："我明白了，爹爹上次到固原去，可是为了大义灭亲，要去将他除掉？"

柳元宗道："我听说他已潜回江北，很可能是回去他在固原的那一头家，因此我想去考查一下，要是他已经悔改，我可以留他一命，否则我就废掉他的武功。"蓬莱魔女知道父亲总还是多少念及与柳元甲昔日的兄弟之情，所以他预拟的最厉害的惩罚，也只是"废掉他的武功"。

柳元宗继续道："除此之外，我还想给他的妻儿作个安排，免得他的儿子走上父亲的邪路。"

蓬莱魔女诧道："他在固原，原来还有妻儿的么？怎的一个在江南，一个在江北，相隔数千里之遥，并不住在一起。"

柳元宗道："这件事也是我再次出山之后，新近才打听到的。据说元甲的妻子本来是江南的一个女盗，元甲初到江南那几年，凭着武功，成为了绿林之雄，那时他还未曾与官府勾结，和金虏私通之事，更是绝无人知，以至让他欺世盗名，更进一步而变成了江南众望所归的武林盟主，那个女盗就是在这个时间嫁给他的。后来不知怎的，他们已经生下一个儿子，他的妻子却突然在儿子周岁之日，携儿出走，从此就没有再回过江南。我怀疑他的妻子很可能是看出他的本来面目，不愿同流合污，故而携了儿子，走到远处安家的。当然，其中的详细内情，我还不是怎么清楚。"

蓬莱魔女道："柳元甲可知道妻子在固原的消息？"她因为不愿意称柳元甲做叔叔，故此直呼其名。

柳元宗道："这件事我也未能打听出来，元甲曾是江南的武林盟主，在北方的耳目也很灵通，想来是应该知道的。"

柳元宗接着说道："他给江南豪杰群起而攻之后，已变成了丧家之犬。他的妻儿离开他也已有十年了，不管他们夫妻之间是否曾发生过重大的争执，但他到了这个境地，料想一定会到固原去探望他的妻儿，以求复合。我就是为了这个缘故，要到固原去看一看。一来是要考查元甲的行径、心迹，二来也要看看他妻儿现在的情形如何。元甲罪大恶极，但他儿子却是无辜，不应受他所累。要是这个孩子可以造就的话，我是愿意将他教养成材的。"

蓬莱魔女道："爹爹说得有理，父母有罪，原与孩子无关。但不知爹爹到了固原，结果如何？可曾见着那对母子？"

柳元宗道："我只打听得他们是住在固原城北约五十里外的一个村子里，那是一条山沟里的村子，名字却叫做平野村。我到了那个村子，先打听有没有姓柳的人家，回说是没有。"蓬莱魔女道："那女盗既是鄙弃她的丈夫，想来是不肯用夫家的姓氏了。也或许这个家本来就是她的母家。"

柳元宗道："那女盗本来姓石，我再打听姓石的人家，却不料姓石的有四五家之多。这几家人家都是祖居此地，并非外地搬来的。我为了谨慎起见，只得一家家前往拜访，前面三家都不是，到了最后一家，无人应门，我跳进去一看，里面空无一人。也不知他们是得知风声，预先躲避，还是本来就早已离开了的？我向这家的邻人查问，他们说这家人家只有三个人，两个女人和一个孩子，平素深居简出，究竟他们何时离开，邻人也不知道。"

蓬莱魔女道："多出的这个女人是谁？你有没有打听柳元甲到过这个村子里没有？"

柳元宗道："这家的两个女人，一个是中年妇人，另一个是年老的嬷嬷，给她当奶妈的。我说了元甲的形貌，村里的人都说没有见过。但那孩子却是十岁左右，与元甲那个孩子的年龄相符。这个村子里的人似乎不大喜客，我四处打听，初时还不怎么，后来就有人反过来问我，说我是个'白撞'，不知怀有什么用心，要将我驱逐出村。"

蓬莱魔女笑道："乱世坏人多，也难怪他们对你起疑。但从你扑了个空的这件事看来，却可能有两种不同的情形。假如那家人确是柳元甲的妻儿，她们是有心躲避你的话，那么他的妻子就是与丈夫一路的了。若是另有原因离开，那又另当别论。"

柳元宗道："我当时已被村人驱逐，而且我也要急着赶到首阳山去，不能在这村子里多耽搁时候，因此也只好离开了。希望你们这次到固原去，能够探出结果。”

蓬莱魔女道：“我会小心探查的。”

柳元宗道：“你们两人联手，即使碰上了元甲，大约也不至于吃亏了。但你们可不要吓坏了那小孩子。比如说你们要和元甲动手的话，最好是不让这小孩子瞧见。免得他把你们当作仇人，就不肯跟从你们了。待到收养之后，再慢慢教导他。”

蓬莱魔女道：“爹爹想得周到，女儿会谨慎从事的。”

柳元宗交代了这件事情，笑道：“谷涵，我把女儿交给你啦，你可要好好照料她。”叮嘱一番，父女便即分手。

笑傲乾坤道：“清瑶，你有这样一个好爹爹，我真是羡慕。”蓬莱魔女嫣然一笑，说道：“不也是你的爹爹么？”笑傲乾坤心里甜丝丝的，说道：“瑶妹，真想不到如今咱们成了夫妻，当年我送你红豆之时，还不敢存此奢望呢。”蓬莱魔女杏脸飞霞，“啐”了一口道：“瞧你得意的样儿，也不害臊？还未拜堂呢，就说什么夫妻了？”笑傲乾坤道：“你总是我的人了吧，难道还跑得了？”蓬莱魔女道：“那也不用老是挂在口头上啊！嗯，你说我跑不了么？我就跑给你看！”

笑傲乾坤笑道：“哎呀，果然跑了！瞧，我把你捉住！”两人施展轻功，风驰电逐，直跑到山下，笑傲乾坤抓着蓬莱魔女的袖子，蓬莱魔女笑道：“别闹了，咱们说正经话儿。”

笑傲乾坤道：“什么正经话儿？”蓬莱魔女道：“咱们商量怎么去捉柳元甲？老实说，我还有点担心，恐怕咱们未必降服得了他呢。”笑傲乾坤道：“也还未知道柳元甲是否就一定在固原呢？”蓬莱魔女道：“咱们先作好准备，免得临时乱了步骤，不好些么？”笑傲乾坤道：“好，我先听你的。你说。”蓬莱魔女道：“以咱们现在的本领，两人联手，要胜过那老贼大约不难，要活捉他只怕还不容易。还有，他的妻子也不知是否帮他，他妻子的武功深浅如何，我们也不知道。爹爹又希望咱们最好不要在他家中动武的。有这几桩为难之处，咱们此行，恐怕还未必顺利呢。”笑傲乾坤道：“那么依你之见如何？”蓬莱魔女道：“我倒想有一个办法，你看可不可行？我爹爹当日在固原，是光明正大地登门拜访的，那是因为他一来尚未知道哪一家人家才是，二来他以大伯的身份，也不好意思偷入弟妇的家。但咱们不同，咱们现在已经知道哪一家人家了，咱们可以在晚上偷偷地去。你设个法儿引柳元甲出来追你，我去和他的妻子说明真相。柳元甲自恃武功，他多半会追你的，而他的妻子要保护儿子，则多半会留在家中。这计划大约行得通吧？"

笑傲乾坤说道："好，你出的这个主意很好，咱们就是这么办吧。至于怎样引那老贼出来，到时临机应变。"

蓬莱魔女回思往事，颇有感触，说道："谷涵，当年我受那老贼欺骗，幸亏你提醒了我。后来，我为了找你打听身世之秘，找得好苦。现在咱们才得在一起。"笑傲乾坤道："这半年来，我万里奔波，南北寻觅，都是为了你的缘故，你知道么？"蓬莱魔女道："我也何尝不是如此？为了找你，我从洞庭湖跑到了首阳山。好几次以为可以见着都没见到。那时我心中的苦楚，恐怕你想也想不到呢！"说至此处，不觉又是满面飞红。笑傲乾坤笑道："换你心，为我心，始知相忆深。好，现在咱们可都不用受相思之苦了！"

他们来的时候是只影孤身，情怀萧索。如今回去，则是联袂同行，风光旖旎。情景大异，苦乐悬殊，一路上说不尽的密爱轻怜，那也不必细表了。

这一日到了固原，他们是算准了时间的，三更时分，便去夜探柳元甲妻儿所住的那家住宅。这一晚无月无星，正是最适宜于夜行人的活动。

这是一座孤零零的靠山建筑的住宅，与相邻的人家距离颇远，山坡上有一棵大树正在屋后，笑傲乾坤与蓬莱魔女攀上树顶，借着茂密的枝叶遮身，准备在入屋之前，先窥探动静。他们都是一身上乘的轻功，丝毫也没有弄出声响。

从树上望进去，只见有一间房子，灯火未灭，窗上隐约现出两个人影，一个是老婆婆，一个是中年妇人。蓬莱魔女心道："这个老婆婆想必就是给她家当奶妈的那个老嬷嬷了。村居习惯，一般人都是睡得很早的，怎么她们过了三更，还未去睡，却不知柳元甲这老贼在不在这儿？"

心念未已，只听得那中年妇人幽幽地叹了口气，那老婆婆道："小南睡着了没有？"中年妇人道："睡着了。"回了一句话，又低头做她的针线。

那老婆婆道："瑛儿，你还在伤心么？事情都已经过了十年了。"中年妇人道："妈，我是知道他的为人的。他这次回来，一定是因为在江南受了挫折，已到了穷途末路的境地，这才想到要来找我们母子的。"

老婆婆道："哦，你可是怪我把他赶走么？"中年妇人道："我怎敢怪妈？我知道妈是为了我好。可是小南自周岁之后就没有见过父亲，我、我——"

老婆婆道："你有点不忍于心，想让他们父子见上一见，是么？唉，俗语虽有说'浪子回头金不换'，但我不相信这个人是个到了晚年，还会回头的'浪子'。我老实告诉你，去年我出了一次远门，就打听到他不少劣迹，不过，我为了怕你伤心，不告诉你罢了。"

中年妇人道："我和他做了几年夫妻，早已看穿了他的假仁假义的面目，我是伤心透了才离开他的。妈，你不告诉我，我也知道这个人是绝不会做出什么好事的。"

老婆婆道："是呀，那你何必还牵挂他？你早已告诉小南，他的爹爹已经死了，那就更不可让他见着父亲了。瑛儿，长痛不如短痛，当年你立得下决心离开他，做得很对。那么今后就更不要受他欺骗了。天下男人，都是口蜜腹剑，靠不着的。一刀两断，干脆利落，可以少却许多烦恼。"中年妇人听了这番言语，低下了头，不再说话。笑傲乾坤捏了一下蓬莱魔女手心，在她耳边悄悄说道："这老婆婆一定是在少年时候吃过男子的亏。"

蓬莱魔女偷听了她们的谈话，这才知道这个老婆婆的身份，原来她不是奶妈，而是这中年妇人的亲生母亲，也即是柳元甲的岳母了。蓬莱魔女心里想道："这老婆婆虽然是对男子存着偏见，但听她说话，却还不失为一个明白道理的人。原来柳元甲果然来过这儿，是给她赶跑的。嗯，她既然对柳元甲深恶痛绝，这事情就好办了。"

蓬莱魔女正想下去，只听得那中年妇人又叫了一声"妈！"那老婆婆道："瑛儿，你怎么啦？有什么话要和妈说？"

那中年妇人的声音充满惶惑，说道："妈，那日来的那个跛足老者是谁？为什么咱们要躲避他？"

不问可知，这妇人口中的"跛足老者"，指的就是蓬莱魔女的父亲了。蓬莱魔女心里一动，她正想知道这个原因，就决定再听下去，暂不露面。

老婆婆淡淡说道："我不是早已经告诉了你的？不为什么，我就是不想见这个人。"听来她的女儿已是向她问过不止一次的了。

她女儿道："妈，你为什么不想见他，总得有个因由的嘛。"

老婆婆道："你一定要打破砂锅问到底，我就告诉你吧，他是柳元甲的哥哥柳元宗。"

中年妇人吃了一惊，道："就是那个二十多年之前，名震武林的那个柳元宗吗？听说他早已死了，却原来还活着么？"显然这个中年妇人尚未知道柳元甲对他哥哥的亏心之事，也未知道柳元宗又已出山。

那老婆婆道："不错，就是这个人了。从前我和他是同一辈分的，你嫁给他的弟弟，我却变成了他的长辈。你想我见他不是有点尴尬么？而且我也不知道他来找你，是怀的什么用意？"

她女儿道："这有什么关系？我虽然从没有见过这个大伯，但我也听得江湖上的老前辈说过，柳元宗当年可是一位名副其实的大侠，和他的弟弟大不相同的。难道你是怕他偏袒弟弟，来欺压咱们？咱们不明他的来意，那就正该见一见他，听听他的来意啊！"

蓬莱魔女也觉得那老婆婆的"理由"实在不成其为"理由"，心中越发疑惑，暗自想道："对啦，她为什么要避开我的爹爹，这其中定然另有隐情。"

那老婆婆道："我不是怕柳元宗的武功，我就是不要见他！不单是他一个人，所有我从前相识的人，我是一个都不要见！"

她女儿道："妈，我闷在心里已经多年了，今晚一定要请你说说原因。我是你唯一的女儿，为什么你的事情却总要瞒着我？妈？你可知道我失掉你的宠信，比我失掉丈夫更要伤心！"

那老婆婆颤声道:"瑛儿,你,你要知道什么?"

她女儿道:"我的爹爹究竟是怎么样的一个人?不错,我小时候你是曾经对我说过他已经死了,可是你却从来没有和我谈过任何一件有关爹爹的事情,过年过节的时候,你也从来没有为爹爹烧过一支香。为什么,为什么你总是要避免提起爹爹?"

老婆婆默不作声,却急地转了个身,背向女儿,面朝窗外,如有所思。她是不敢接触女儿的好像要搜索她灵魂深处的目光么?她是遥望远方,遥盼远人或遥思远事么?

她女儿道:"妈,莫非,莫非你也是和我现在一样,我在哄骗小南,你也在哄骗我?我的爹爹,其实——"

那老婆婆沉声说道:"嚛声!"就在此时,躲在树上的蓬莱魔女与笑傲乾坤忽觉微风飒然,突然有暗器向他们打来!

原来此时天色已变,本来是无月无星,天黑沉沉的,此时忽然云开月现,那老婆婆瞧见了他们在地上的影子。

蓬莱魔女与笑傲乾坤都在全神贯注地听她们母女谈话,料不到暗器突然打来,要躲避已来不及!

笑傲乾坤伸指一弹,"铮"的一声,把暗器弹开,这才知道是一枚指环。弹是弹开了,但笑傲乾坤却也感到了虎口酸麻,指头痛得有如给石头砸了一下似的。蓬莱魔女机灵一些,暗器来时,她扳了一条树枝向那暗器一弹,"喀嚓"一声,一条普通蜡烛般粗大的树枝,竟给一枚小小的指环打断!

这一下不由得他们心中大为骇异,要知道他们躲在树上,距离老婆婆的那间房子有四五丈之遥,那老婆婆并未推开窗门,指环是穿破窗纱射到树上的!他们虽然知道这老婆婆是柳元甲的岳母,必定懂得武功,但却绝对料想不到她有这么深厚的内力,而暗器的手法又是如此神奇!

说时迟,那时快,屋中的母女二人已是从窗口跳了出来,老婆婆道:"瑛儿回去,你妈虽然年老,这两个小贼谅还对付得了!"口中说话,人已越过墙头,发出了一记劈空掌!

满天枝叶纷飞,笑傲乾坤与蓬莱魔女跳了下来,饶是他们都有一身上乘的内功,给这老婆婆的掌力一震,胸口如受重压,虽不至于不能呼吸，也是很不舒服。蓬莱魔女连忙默运玄功，吐出浊气，心中想道："要不是我学了爹爹的内功心法，只怕这一记劈空掌力，我已是抵挡不起了！"

笑傲乾坤道："老妈妈息怒，我有话说！"老婆婆瞧了笑傲乾坤一眼，忽地怒声说道："岂有此理，你这油头粉面的小子，我一见你就生气！"不由分说，就是猛的一掌！正是：

只为情场曾受创，平生最恨少年郎。

欲知后事如何，请听下回分解。

第七十八回　同命相怜嗟母女
　　　　求荣不惜劫妻儿

　　老婆婆这句话奇特之极，她不骂别的，一张口就骂笑傲乾坤"油头粉面"。不错，笑傲乾坤是个英俊的美少年，但他也是个武林中人交口称誉的正派侠士，有生以来，还从来没有人这样骂过他。"油头粉面"这四个字加在他的身上，当真是令他啼笑皆非。

　　可是时间已不容他与这老婆婆争辩，这老婆婆掌力一发，便似排山倒海般狂涌过来。笑傲乾坤一个"盘龙绕步"，闪开正面，随即一招"神龙摆尾"，双掌一挡，化解对方掌力。但饶是他解拆得宜，也不禁连退三步，略感呼吸不舒。

　　蓬莱魔女道："老前辈，你怎能不分青红皂白，就张口骂人，动手打人？他不是歹徒，他是和我——"话犹未了，老婆婆已是向笑傲乾坤连劈三掌，一掌紧于一掌，当真是有如长江大河，滚滚而上。蓬莱魔女见笑傲乾坤形势危急，只好出手相助，四掌齐推，这才消解了老婆婆的掌力。但在她凝神发掌之时，她的说话就不能不突然中断了。

　　蓬莱魔女一停止说话，这老婆婆立即继续骂道："你这小妮子懂得什么？越漂亮的男人心肠越坏，你还要护着他？哼，这等油头粉面的少年，我一见就生气！你快快滚开，否则我连你也伤了！"这老婆婆的内功，差不多已是到了登峰造极的境界，她力敌两名高手，竟然还是能够一面动手，一面骂人，而且骂得滔滔不绝。

　　笑傲乾坤笑道："老妈妈，你这话可不能一概而论！"老婆婆斥道："油头粉面就必定是油嘴滑舌。我不听你的，总之你不是好人。接招！"一招"白猿探路"，合着双掌，倏然一分，双"剪"笑傲乾坤两肩，倘若给她"剪"着，以她的功力，笑傲乾坤的琵琶骨必将破碎无疑。笑傲乾坤见她使出如此辣招，大吃一惊，再也笑不出来。百忙中连用"三环套月"、"风拂垂杨"两招，再加上蓬莱魔女从旁牵制，这才堪堪把老婆婆的这一招杀手化解开去。

原来这老婆婆在少年时候上过一个美少年的当，以至心理失常。今晚她给女儿触及了心头的隐痛，勾起了心头的旧恨，如今她是要把这一腔怨气，都发泄在笑傲乾坤身上。她越打越是火起，在她眼中的笑傲乾坤已变成了昔日曾经欺骗过她的那个美少年了。

蓬莱魔女人急计生，抽了个空，忙用"传音入密"的内功叫道："二婶，我是柳元宗的女儿！你不是要知道我爹爹来意的么？如今我就是代我爹爹来和你说的！"蓬莱魔女已经知道屋中的女人与柳元甲并非夫妻一路，故而愿以婶婶相称。

不料她刚说出"二婶"两字，这老婆婆已是发出了一连串的冷笑声，老婆婆的功力比她高，笑声扰乱了她的话语，蓬莱魔女虽然把要说的话讲完，但屋中的女人却只听到"二婶"两字。

柳元甲的妻子听得蓬莱魔女叫她"二婶"，不觉怔了一怔，心中想道："哪里钻出来的这位侄小姐？"要知她退出江湖已经十年有多，蓬莱魔女身为绿林盟主则还未过五年。柳元甲之妻所知道的只是柳家的往事，对近事则毫无所知。她只道大伯柳元宗早已全家遭害，怎想得到今晚来的这个女子竟是柳元宗的女儿，而且又是绿林盟主？

民间的习惯，较为亲近的晚辈，通常都是称前辈为叔、伯与婶婶的。柳元甲的妻子心中想道："莫非他们是元甲派来的人？元甲心还未息，要他的手下前来窥伺？"

此时蓬莱魔女与笑傲乾坤联手，与那老婆婆已打了将近半支香的时刻。柳元甲的妻子不由得好生惊异，心想："当今之世的前辈高手，能够抵敌我的母亲的也不过寥寥数人，怎的这两个年轻男女却是这么了得！"她最害怕的一件事就是柳元甲要抢她的儿子，如今她既然疑心蓬莱魔女与笑傲乾坤是她丈夫派来的人，她当然也就不敢离开屋子了。

那老婆婆似是要防范蓬莱魔女再与她的女儿通话，掌力越发催紧，叫蓬莱魔女无法分神。但她对蓬莱魔女只是掌力加强而已，对笑傲乾坤则更为狠辣，所使的杀手，十之七八都是攻向笑傲乾坤。

笑傲乾坤向蓬莱魔女使了一个眼色，两人心意相通，同时反守为攻。笑傲乾坤取出折扇，倏地一张，拔出一股冷风。蓬莱魔女五指一拂，瞬息之间遍袭那老婆婆的七处穴道，这一招点穴功夫，是柳元宗所授的世上无双的"惊神指法"。

那老婆婆的武功虽然差不多已是登峰造极，也不禁吃了一惊，只得斜闪两步，以铁袖神功化解蓬莱魔女的点穴，说时迟，那时快，笑傲乾坤的折扇倏张倏合，小小一柄扇子使出了五行剑的招数又兼有点穴的手法，也是在瞬息之间，遍袭那老婆婆的七处要穴，把这老婆婆又迫得退后三步。笑傲乾坤一声笑道："后会有期，暂且失陪了！"原来笑傲乾坤与蓬莱魔女见这老婆婆步步紧迫，他们是不想与这老婆婆拼命的，只怕打她不过，遭她毒手，因此，只好各出绝招，以求脱身。把老婆婆迫退之后，二人立即飞逃。

老婆婆大怒，还想去追。她女儿已在窗口叫道："妈妈，得饶人处且饶人。这两个小子咱们虽然还没有知道底细，可是他们也没有得罪咱们啊！"这老婆婆呆了一呆，夜风吹来，老婆婆清醒了些，才发觉自己刚才的暴怒失常，是有点不合情理，不觉哑然失笑，心道："怪只怪这小子长得俊，我把他当作了害我的那个人了。"当下止步不追，只远远地扬声说道："什么后会有期？你们还想再来？哼，你们再来我就打断你们的腿！"

两人逃入树林，喘息过后，不禁相视而笑，不约而同地说道："这老婆婆好凶！"

笑傲乾坤笑道："你听见她说的最后那一句话没有？她说咱们再去，她就要打断咱们的腿呢。这事怎么办，咱们撒不撒手？""撒不撒手"即是还管不管的意思。

蓬莱魔女道："好不容易找到了她们，哪能就此撒手不管？最少我得和柳元甲的妻子说个清楚。还有，柳元甲曾经回来看过她们，说不定她们也可能知道这老贼的去向。"

笑傲乾坤懂得她的意思，说道："不错，柳元甲老奸巨滑，比公孙奇更难对付，若是任由他与金虏勾结，也是一个极大的祸患。倘若能够探出他的下落，把他除去，咱们也可早日安心。只是这老婆婆一见咱们就要驱赶，却焉能容得你向她的女儿细问其详？"

蓬莱魔女道："奇怪，这老婆婆武功如此高强，在武林中却是籍籍无名？她应该是与我的爹爹，我的师父同一辈的，他们也从没说过有这样一位前辈女杰。她躲避我的爹爹，想来其中也是定有因由。"笑傲乾坤道："这老婆婆定是少年时候吃过男子的亏，心灰意冷，退出江湖，故而无人知道。"蓬莱魔女道："我也是这样想，但却不知道这人是谁？"

笑傲乾坤笑道："你怀疑是你爹爹吗？我想决不至于。"蓬莱魔女"啐"了一口道："你说到哪里去了，我怎能猜疑我的爹爹？我爹对我妈情深义重，我妈死后，他做了二十年的和尚，要不是知道我还活在人间，他还不肯还俗呢。"

笑傲乾坤道："我也说决不至于。但你以为她躲避你的爹爹，却是为了什么？"蓬莱魔女道："我猜想不透。不过依我看来，我爹爹可能知道她当年之事。这只有问我爹爹才能明白了。"

笑傲乾坤道："难道咱们再回转光明寺问你爹爹吗？"

蓬莱魔女道："当然不能这样耽误行程。嗯，我倒有个办法。这老婆婆只是痛恨男子，对我似乎还客气一些，待我单独前去，再试一试如何？"

笑傲乾坤道："我不放心。这老婆婆有点疯疯癫癫的，要是她突然发起疯来……"蓬莱魔女笑道："这都是因为是你这油头粉面的小子惹她发疯的！"笑傲乾坤佯怒道："好呀，你拿了疯妇人的话来骂我，看我不撕破你小嘴？"两口子正在打情骂俏，蓬莱魔女忽地"嘘"了一声，悄悄说道："别闹，像是有人来了。"

笑傲乾坤亦已听到山脚下有轻微的脚步声，遂与蓬莱魔女跳上一棵大树，这时天上乌云尽散，月色明亮，隐约可以看见两个影子，其中有个身材高大的驼背老人更是引人注意。笑傲乾坤大吃一惊，说道："一个是柳元甲，一个是神驼乙休！"

蓬莱魔女道："咦，果然是这两个老贼！他们走在一起，咱们怎办？"要知神驼乙休的武功更在柳元甲之上，蓬莱魔女与笑傲乾坤联手，可以制伏得了柳元甲，也可以稍稍胜过乙休。但如今是柳元甲与乙休同在一起，他们就决计打不过这两个老贼了。

笑傲乾坤道："柳元甲把这老贼请来，想必是要这老贼给他助阵，好让他夺回孩子的。咱们且先看看动静。"

蓬莱魔女道："不错。那老婆婆也非易与之辈，想必还有一场好戏可看。倘若他们真的打了起来，咱们倒可以助那老婆婆一臂之力。"

柳元甲与乙休已经走上山坡，山坡上的一条小路就是通往老婆婆那间屋子的。蓬莱魔女与笑傲乾坤躲在树上，停止说话，屏息呼吸。柳元甲与乙休正好从大树底下经过，他们心中有事，并未发现树上有人。

柳元甲向前一指，说道："她们就是住在这间屋子。"乙休道："多谢你给我带路，倘没有你，我真想不到她们是躲在这荒僻的山村。嘿，嘿！今天总能找着她了！"

柳元甲哈哈笑道："最想不到的是你我相识多年，却不知原来竟是翁婿！岳父有事，小婿理当效劳。岳丈大人何须客气？"乙休似乎有点尴尬，说道："是呀，老朋友变了翁婿，这可真是再也滑稽不过的事。但我有你这样一位贤婿，可也心满意足了。"柳元甲道："可惜咱们一家子还不知能不能团圆呢？"

蓬莱魔女几乎不敢相信自己的耳朵，此时柳元甲与乙休已经走过，蓬莱魔女悄声问道："他们说的什么？他们竟然是翁婿吗？"笑傲乾坤笑道："这也没有什么值得奇怪的，老夫少妻之事，世间在所多有。"蓬莱魔女道："话是不错。但我还是意想不到。唉！这两母女嫁的都是老奸巨滑的大坏蛋，母女同命，这不是太可悲了吗？"

话犹未了，只听得那老婆婆的声音喝道："你这两个小子真的是不知死活，还敢回来么？哼，看我打不打断你们的腿！"原来这老婆婆听得屋后面的山路上有人走动的声息，还以为是笑傲乾坤与蓬莱魔女去而复来。

老婆婆挟了一根拐杖，从后门飞跑出来，上了山坡，正好与乙休打了一个照面。老婆婆如遇鬼魅，登时呆了！

乙休笑道："咱们都老啦，再不是什么小子了，小铃子，但你在我的心目中还是当年那个小铃子！唉，小铃子，这些年来我找得你好苦！如今端的是苍天不负苦心人，终于还是让我见着你了。过了这么多年，你的心头之气也该平下了吧？我是来向你请罪的。咱们老夫老妻可应该团圆了！"

蓬莱魔女这才恍然大悟，原来这个老婆婆就是明明大师所说的那个"小铃子"！

月光下只见老婆婆白发如银，乱草般地散乱开来，无风自抖。蓬莱魔女看不见她脸上的神情，却可以想得到她心中的气恼。"小铃子"这样的昵称，用在一个鸡皮鹤发的老婆婆身上，蓬莱魔女乍听之初，不禁大有滑稽之感，但蓬莱魔女随即想起明明大师在提起他的"小铃子"之时，那一片又痛苦又深情的黯然神色，蓬莱魔女又不禁深深地为老婆婆感到难过了。明明大师那日没有讲出来的心头隐痛，蓬莱魔女也顿然明白了。

那老婆婆呆了半晌，忽然一顿拐杖，怒声说道："你害了我的一生，我已经认命了，你还不许我过一个安静的晚年么？哼，小铃子？小铃子早已给你害死了！我不要见你！你是人面兽心的畜牲！"

乙休变了面色，说道："小铃子，当初是我做错了事，但后来你不是也甘心情愿嫁了我么？俗语说得好，一夜夫妻百夜恩，咱们可是做了好几年夫妻的啊！"

老婆婆气得话声颤战，说道："我只恨当初吃了你的亏，把持不定，无可奈何地依从了你。哼，你还敢提起旧事？那几年我吃了多少苦！"

乙休道："小铃子，即使我有千般不是，也总有好处吧。我没打你，没骂你，何曾给你吃了什么苦了？"

老婆婆提起了拐杖，指着乙休冷笑道："你的所作所为比打我骂我还要令我难过百倍！我最痛恨的事，你就偏偏去做。嘿，嘿！你现在已是新皇帝的新国师啦，你还来找我这老婆子做甚？"

乙休道："找你去同享荣华富贵呀！小铃子，你在这山沟里受苦多年，如今我贵为国师，你也该让我有个机会为你尽点心事了。"

老婆婆道："我才不稀罕这样的荣华富贵，我也不是你的小铃子，你给我滚！"

乙休面色越来越是难看，说道："你不是我的小铃子？嘿，嘿，你是还未忘情于你的那位明哥吧？可惜他已经做了和尚，他也不能再要你啦！"

老婆婆颤巍巍地举起拐杖，喝道："你再多说半句，我，我与你拼了！"

乙休连忙闪开，冷冷说道："好，不说就不说。你不愿跟我，我也不勉强你。但我的女儿，你总该还给我吧！"

老婆婆道："你的女儿？你没有女儿，你休想从我这里把她抢走！"

乙休冷笑道："我没有女儿？难道她不是我生的吗？"

老婆婆道："她的爹爹早已死了。你懂不懂，我不能让她有一个给人鄙视的爹爹，你是活着也好，死了也好，总之我是在我女儿的心中把你埋葬了！"

乙休怒道："小铃子，你做得未免太过分了吧？你我夫妻失和，你怎能欺骗女儿说我已经死了？"

柳元甲忽地上前，向那老婆婆行了个礼，说道："岳母大人在上，小婿参见。咱们都是一家子，有事总好商量。请你们两位老人家别再争吵了。"柳元甲年已六旬，乙休与那老婆婆也不过六十多岁年纪，比他大不了几岁，他口口声声，自称"小婿"，听得那老婆婆起了鸡皮疙瘩，又是讨厌，又是气愤，忍不住举起拐杖就要打他。柳元甲倒纵避开，说道："岳母大人，请容小婿说话。"乙休在旁冷笑道："当真要打，你恐怕还不是我们翁婿对手吧？"

老婆婆大怒道："滚开，你们翁婿是一丘之貉，你们就狼狈为奸吧。你岳父认你，我可不能认你！"

柳元甲笑道："古语有云：在家从父，出嫁从夫。岳母大人，你不认我不打紧，只要瑛妹认我就行。嘿，嘿，你的女儿嫁了我就是我的人，我如今要会妻儿，可由不得你拦阻了。"

柳元甲说了话，就要跑进那间屋子，老婆婆喝道："你这泼皮无赖，吃我一拐！"柳元甲一招"天王托塔"，以裂石开碑的掌力化解这一招，但饶是他内功深厚，也拨不开老婆婆的拐杖，眼看就要给老婆婆狠狠地打他一拐，乙休一指戳出，一股冷风箭射去，老婆婆的功力虽然要比柳元甲稍胜两分，但在她与柳元甲相持的时候，却禁不起乙休的玄阴指力，虽不至于便受内伤，也不由得机伶伶地打了一个冷战。她要运功抵御乙休的玄阴指力，杖头的劲道一松，柳元甲已是脱身而去。乙休哈哈笑道："贤婿，你尽管去接你的妻儿，我来对付这个泼妇。"

原来乙休自从在首阳山吃了柳元宗的亏之后，自忖单打独斗，决胜不过柳元宗，但倘若能够夫妻复合，那就多了一个大大得力的帮手，不但不用再惧柳元宗，普天之下，也无人能胜得过他们夫妻联手了。因此他这次与柳元甲同来，是打好了如意算盘的，第一步动之以情，希望这老婆婆再次上他的当；倘若这一步棋子走不成功，那么第二步就用武力硬来，由柳元甲去劫夺妻儿，只要柳元甲能带走她的女儿，这老婆婆爱女情深，不怕她不就范。

老婆婆无法阻拦柳元甲，一腔怒气，不由得都发泄在乙休身上，大怒骂道："好呀，你害了我一生，我还未曾与你算账，你却又来抢我女儿，哼，哼！今日不是你死，便是我亡！"挥杖痛击乙休，两人登时动起手来。乙休的本领稍有不如，但他毕竟是与这老婆婆做了几年夫妻，彼此熟知对方的武功。既然相差有限，老婆婆要想胜他，也就很不容易了。

他们是在屋后门的山坡上厮打，乙休缠着那老婆婆，柳元甲便向那间屋子跑去。还未跑到，后门忽地推开，一个女人走了出来，正是他的妻子。柳元甲呆了一呆，只听得他的妻子已是尖声叫道："妈，你们的话我都听见了！"声音哽咽，无限凄楚。

蓬莱魔女从树上望下去，这时才看清楚了她这"二婶"的容貌。只见她荆钗裙布，淡扫娥眉，年纪大约是三十开外，未到四旬。虽是徐娘半老，而风韵犹存。此时她脸有泪痕，更增了几分楚楚可怜之态。端的是个美人胚子。

蓬莱魔女只是震惊于她的美貌，神驼乙休则从她的身上看见了他这当年的那个"小铃子"的影子，这个他从没见过的女儿，简直就像是她母亲的化身，两母女长得一模一样。这刹那间，神驼乙休也不禁动了父女之情，叫道："瑛儿，你知道我是谁吗？我是——"话犹未了，那老婆婆疾风暴雨般地一阵乱拐打下，将乙休的话头打断，迫得他倒退三步，老婆婆一面重拐打去，一面喝道："不许你说！"

那中年妇人泪珠晶然，说道："我知道你是谁！"但她却没有叫出"爹爹"二字。

柳元甲迈上一步，说道："阿瑛，咱们的孩儿好么？我来接你们了。"伸手要抓他的妻子，那中年妇人如遇鬼魅，急忙闪开，忍不着失声喊道："妈，你女儿的命好苦！"

那老婆婆一顿乱拐迫退了乙休，回身一掠，已是到了女儿跟前，将女儿拥入怀中，说道："别怕，别怕，妈在这儿，谁敢碰我女儿一下，我就和他拼了！"

乙休跟着过来，冷冷说道："在家从父，出嫁从夫，金铃，你怎么可以不让他们夫妻说话。"

那老婆婆对乙休的话不理不睬，只是拥着她的女儿说道："瑛儿，都是妈的不好，早知如此，妈当年应该留你在妈身旁，不让你到江南去的。"那中年妇人哽咽说道："怪不得妈，都是女儿有眼无珠，上了坏人的当！"

上文表过，这老婆婆名叫聂金铃，四十年前与明明大师本来是一对情投意合的爱侣，后来着了乙休的迷药，受他污辱，无可奈何，嫁给了乙休的。

聂金铃嫁后三年，身怀有孕，此时她早已看清楚了乙休的面目，夫妻的感情已是坏到无可收拾的地步，聂金铃不愿她将来的女儿有这样一个父亲，怀胎三月，便跑了出来。这时她也知道了她旧日的爱侣早已削发为僧，她不愿再去扰乱明明大师的清修，遂去投奔她一位姓石的义姐，便是这家人家。她的女儿出世之后，做了这家人家的义女，聂金铃不愿要她父亲的姓，将她女儿取名石瑛。她让女儿改姓，一来是为了憎恨乙休，二来是为了报答她的义姐，三来也是希望躲过乙休的侦查，让他永远不知道石瑛是他女儿。

石瑛的义父义母是江湖游侠，在江南的侠义道上也有他们的朋友。石瑛长大之后，聂金铃便拜托她的义父把她带到江南去。聂金铃的用意是想女儿远远地离开生身之父，二来也好让女儿在江湖历练一番，养成独立能力。临行前夕，做母亲的且曾叮嘱女儿，叫她留心物色佳婿，最好在江南成家立室，不必再回北方。倘若女儿有了归宿她也愿意到江南安享晚年。

石瑛到了江南，不久便成为艳名远播的女侠，不知多少英雄豪杰追逐在她的裙下。但她一个也不合意，却偏偏选中了一个比她年纪大二十多岁的柳元甲。

柳元甲当时已是江南的武林盟主，用假仁假义的手段笼络了一班豪杰，不是深知他的底细的人，谁都把他当作一个英雄人物。他虽然比石瑛大二十多岁，但当时也不过是四十多岁的中年人，他为人又极工心计，起初是以长辈的身份接近石瑛，渐渐就大献殷勤。他对少女的体贴入微的手段，更不是一些年轻小伙子比得上的。日子一久，石瑛不由得不上了他的圈套，由于崇拜"英雄"的心理，也由于感激他的"照顾"，竟然嫁了给他，陷入了与她母亲相同的命运，终于也是携儿出走，回转北方，母女外孙，相依为命。

书接前文，且说聂金铃正在拥着女儿，两母女心伤泪咽。乙休冷冷说道："今日一家子团圆，你们还哭些什么？金铃，你不愿与我破镜重圆，那也罢了。瑛儿有她的丈夫，你怎可禁止她夫妻相会。"伸手便要拉开他的妻子。老婆婆拥着女儿，一拐打出，喝道："老匹夫，气死我也，你敢碰一碰我的女儿，我就与你拼了。"柳元甲笑道："岳父岳母，你们老夫妻，何苦见面就骂，动手就打？好吧，岳母既然不肯听小婿之劝，小婿只好先讨回妻子了。"石瑛喝道："滚开！"一抖手飞了三把飞刀。

老婆婆的本领高于她的丈夫，但石瑛的本领却是远远不如柳元甲。三柄飞刀都给柳元甲打落。

柳元甲笑道："我可不愿与娘子动手。好吧，我且待你气平下来再说，我先去看看我们的孩子！"

石瑛大为着急，连忙追上去道："我决不能让你抢我的孩子！"老婆婆也要过去阻拦，但却给乙休缠住，一时之间不能脱身。

柳元甲笑道："娘子，你不想我使用硬功，那么咱们夫妻俩就该好好地谈一谈了。"

石瑛心乱如麻，想了一想，说道："好吧，你要说些什么，到那边去说吧。"柳元甲笑道:"进屋子里坐着舒舒服服地说不好吗?为什么要到林子里去。"

石瑛一掠云鬟,低声说道:"孩子睡了,别惊醒他。"柳元甲见她说话平和,心中甚是欢喜,想道:"看来她似乎尚有夫妻之情,倘得她心甘情愿地与我言归于好,那可胜于强迫多了。"

石瑛抹去泪痕,平平静静地走入林中。老婆婆叫道:"瑛儿,不可再上坏人的当!"石瑛道:"妈,孩儿自有主意。"柳元甲笑道:"我们夫妻的事,岳母大人,你可不用费神多管啦!"老婆婆气得七窍生烟,但给乙休缠住,却是无可奈何。

石瑛在前,柳元甲在后,走过蓬莱魔女与笑傲乾坤藏身的那棵大树,蓬莱魔女心想:"却不知我这二婶是作何打算,我倒不便立即动手。"石瑛走过那棵大树十多步路,这才停了下来。

柳元甲嬉皮笑脸作了个揖,说道:"请娘子念在夫妻之情,与我回去。岳母执迷不悟,以后咱们慢慢劝她。"他一把年纪,向年轻的妻子打恭作揖,形状甚是难堪。

石瑛脸上木然毫无表情,淡淡说道:"你为什么要来接我?当真是为了夫妻之情么?"柳元甲矢天誓日地说道:"怎么不是?夫妻总不能一辈子不和的,是不是?"

石瑛道:"不对吧?你是因为在江南立不住足,这才想到要找我们母子的吧?"

柳元甲怔了一怔,心道:"她躲在荒谷之中,我只道她已是不闻外事,却怎的还是消息如此灵通?"当下说道:"娘子,你既然知道,那我也不必瞒你,江南那些武林人物,受人挑拨,另奉铁笔书生文逸凡作为盟主,都背叛我啦。但只要咱们夫妻和好,再打天下,又有何难?"

石瑛道:"你不是一向自夸在武林中,德高望重的吗?怎的江南的侠义道却要叛你?"

柳元甲苦笑道:"娘子,你不用挖苦我了。可是,我即使不配做江南的武林盟主,你我夫妻,却倒是一条路上的了。"

石瑛冷冷说道:"你这话是什么意思?"

柳元甲说道:"你现在已经知道你的父亲是谁了,你父亲是金国国师，你根本就不是汉人，难道你还能和江南的一班所谓侠义道混在一起吗？我与你的爹爹来此，就是想让你知道你的本来身份，接你出去同享荣华的。”

石瑛道："哦，这么说你对我倒是一番好意了，真是多谢你啦！"

柳元甲眉开眼笑地道："谁说不是呢？你以前不知自己是什么人，跟着一班所谓侠义道反金犹有可说。如今你已知道你是金国国师之女，却何苦还在这荒谷里受苦？你想想值得吗？"

石瑛道："好，你容我想想。"手托香腮，似作沉思之状，却忽地一抖袖子，一蓬金芒突然从袖管中射出来！

这一蓬金芒乃是石瑛苦心所练的梅花针，针尖上含有剧毒，敌人若给射中，见血封喉。

原来石瑛见柳元甲与乙休同来，她的母亲只能抵敌乙休，看来是无法顾全她们母子的了。石瑛不愿儿子被柳元甲抢去，因之早就存了与柳元甲一拼之心。

但她也还不忍立下杀手，故此一再用言语试探，试探她的丈夫有无悔悟之心，结果是证实了她母亲的话，她的丈夫果然是坏到无可收拾，不但是自己甘心依附暴君，为虎作伥，而且，还劝她同流合污。石瑛灰心已极，这才发出暗器，拼着与柳元甲同归于尽！

石瑛当然知道她的丈夫武功高强，绝不是普通暗器所能对付，但她这蓬梅花针是藏在袖管之中的，梅花针是极细小的暗器，她假作轻掠云鬟，突然间出其不意地发射出来，事先毫无征兆，无声无息，料想柳元甲武功再高，至少也有一两支射中。

她却没想到她的丈夫机警之极，她虽然尽力抑制自己，不露神色，但当她立下决心，准备与丈夫同归于尽的那一刹那，她的眼睛还是不自觉地透露出来，柳元甲一接触到她这悲愤怨毒的异样眼光，心中一凛，登时拔起身形。石瑛的金针射出，他的双脚已经离地尺许。

就这尺许的距离，柳元甲已免了杀身之祸。柳元甲一身深厚的内功，倘若毒针是射中他的眼睛或者是射中他的咽喉，他有可能毙命，射着他的身体却是无妨。因为他的身形已经拔高了尺许，只听得"嗤嗤"声响,柳元甲的衣裳上插满了梅花针,但在咽喉以上,却未中一支。

柳元甲玄功一运,他身穿的那袭青袍,登时就似涨满的风帆鼓起,梅花针插满他的衣裳,却没有一根能刺着他的皮肉。他一抖衣裳,身形一落,满身的梅花针也都跟着抖落了。

柳元甲冷笑道:"小贱人你下得辣手,我也不能和你客气了!"石瑛毒针无效,方自一呆,柳元甲已以迅雷不及掩耳的手法,点了她的穴道。

柳元甲扬声笑道:"岳母大人,你的女儿已经愿意跟我回去了,我劝你也不要和岳父闹啦!"话犹未了,忽觉劲风飒然,笑傲乾坤与蓬莱魔女从那棵树上双双跳下,箭一般地向他射来。

柳元甲笑声顿敛,喝道:"什么人躲在这儿?"蓬莱魔女喝道:"老贼,你看看我是谁?我是还没有给你害死的柳清瑶!"声到人到,挥剑便攻柳元甲。笑傲乾坤过去解开了石瑛的穴道,立即也加入战团。

柳元甲倒抽了一口冷气,但一看他堂兄并没同来,这才减了几分惊恐,勉强打了个哈哈说道:"原来是清瑶侄女,咱们都是一家人,有话好说。"

蓬莱魔女骂道:"谁和你是一家人?你和乙休才是一家,和完颜亮才是一家!"挥剑如风,剑剑直指柳元甲的要害!

柳元甲又惊又怒,气得"哇哇"大叫:"无礼小辈,胆敢目无尊长!"大袖一挥,荡开蓬莱魔女的拂尘,"呼"的一掌拍出。他与蓬莱魔女、笑傲乾坤都曾数度交手,知道蓬莱魔女功力较弱,是以立意先击破较弱的一环,这一掌全力施为,掌力有如排山倒海,打得沙飞石走,周围数丈之内,树叶纷落如雨,林鸟惊飞。

哪知蓬莱魔女今非昔比,这一掌只能令她身形摇晃,却不能将她击倒。蓬莱魔女身形一晃,随即借着对方攻来的掌力,倏地身形平地拔起,一招"玉女投梭",挽了一朵剑花,凌空刺下,斥道:"什么尊长?我认得你,我的宝剑认不得你!"

笑傲乾坤也在同时发动攻势,折扇一指,以闪电般的手法,刹那之间,遍袭柳元甲的十三处大穴。柳元甲脚踏五行八卦方位,双掌如环，使出平生本领，化解对方攻势。但饶是他化解得宜，也禁不住步步后退，只听得"嗤"的一声，衣袖已被蓬莱魔女的剑锋削去了一截，"肩井穴"也险被笑傲乾坤的折扇点中，肩背一阵酸麻。

石瑛是给柳元甲用重手法点了穴道的，此时穴道虽解，血脉一时间尚未畅通，正倚着大树调匀气息。柳元甲歹念再起，蓦然一个倒纵，反手抓出，意欲拿住他的妻子作为盾牌。

幸而蓬莱魔女甚为机警，见他肩头一耸，已识破他的恶毒心肠。他快蓬莱魔女更快，飞身一掠，恰恰拦在石瑛面前，一剑就朝着他的手腕切下。笑傲乾坤也是如影随形，跟踪急上，挥扇点他背心的"悬枢穴"。这是人身死穴之一，柳元甲纵有闭穴功夫，也不敢让笑傲乾坤点中。

柳元甲武功委实了得，就在这危机瞬息的刹那，脚尖尚未着地，已是硬生生地把身躯扭转，斜窜出数丈开外，避开了利剑切腕之危。笑傲乾坤的折扇也差了三寸，点了个空。

石瑛气得双眼翻白，骂道："你，你简直是畜牲！"蓬莱魔女与笑傲乾坤联手夹攻，把柳元甲困在当中，再也不让他有偷袭石瑛的机会。

蓬莱魔女道："二婶不必气恼，我们绝不容他再欺负你了。我是你大伯柳元宗的女儿，奉了爹爹之命，特来探望你的，咱们才是真正的一家人。"

石瑛又是伤心，又是感动，眼泪夺眶而出，哽咽说道："多谢你啦。我，我不愿再看见他了，任凭你们怎样处置他吧！"掩面大哭，飞快地跑回家去。

柳元甲抓不着妻子，图谋不遂，已无斗志。他本来就难敌二人，此时斗志一失，更是招架不住，只想脱身。

蓬莱魔女哪肯让他逃跑，左手拂尘，右手长剑，使得凌厉无前，当真是有若神龙夭矫，雄鹰展翼。她的"天罡拂尘三十六式"也还罢了，那手"惊神剑法"，是跟她父亲新近练成的最上乘的刺穴剑法，却正好是柳元甲的克星。若不是因为她功力稍差，不必笑傲乾坤帮忙，柳元甲已经不是她的对手。

柳元甲倒抽一口冷气，心道："若不拼着耗点元气脱身，只怕这次真会八十岁老娘倒绷孩儿了。"激战中他为了躲避蓬莱魔女的刺穴剑招，左肩又给笑傲乾坤的折铁扇重重地敲了一记。饶是他练有护体神功，这一下重手法也敲得他疼痛难当。

柳元甲蓦地一声大吼，一口鲜血喷了出来，便似一枝血箭似的向蓬莱魔女射去，蓬莱魔女吃了一惊，侧身一闪，脸上溅着几点血点，竟然火辣辣作痛。笑傲乾坤见多识广，知他是要施展邪派的"天魔解体大法"伤人，忙把折扇一张，给蓬莱魔女拨开血箭。柳元甲双掌齐推，掌力大得出奇，笑傲乾坤与蓬莱魔女都不禁退后几步，说时迟，那时快，柳元甲已是突破包围，如飞逃跑，下山去了。原来他这"天魔解体大法"极伤元气，只能在最危急之时用来救急，却不能持久的。

笑傲乾坤扶住蓬莱魔女，说道："想不到这老贼还有这么一招，瑶妹，你没事么？"蓬莱魔女道："没事。只可惜让他跑了。"笑傲乾坤道："他跑得了今次，跑不了下次。下次若再碰上咱们，我有办法破他这招。好，你既然没事，咱们该去助那老婆婆一臂之力啦。"蓬莱魔女笑道："那老婆婆骄傲得紧，她的本领也胜过她的丈夫，恐怕她未必乐意咱们去帮忙她呢。"

话犹未了，只听得乙休一声厉叫，原来他见柳元甲已经败走，心里一慌，他本来就打不过他的妻子，心里一着慌就更加抵挡不住，给老婆婆在他背脊上重重打了一拐。

老婆婆喝道："这次我饶你性命，你给我滚开，以后可别让我见着！"原来她这一拐虽然打得很重，却也颇有分寸，只是令他受伤，并未将他的背梁打断。

乙休如奉纶音，忙不迭地飞跑。蓬莱魔女与笑傲乾坤因为是老婆婆有言在先，放乙休逃跑的，当然也就不便去追击了。

老婆婆见他们二人走来，不觉有点尴尬，当下淡淡说道："你们救了我的女儿，我以后会报答你们。你们还来缠我做什么？"

蓬莱魔女道："聂老前辈，你打了神驼乙休一拐，已经是帮了我们的大忙了。刚才我们未得你的允许，擅自闯入贵府，还望老前辈恕过。"老婆婆听她叫出了自己的姓氏，虽然知道蓬莱魔女是柳元宗女儿，也不禁吃了一惊，说道："哦，你已经知道我是谁了？"

正是：

旧梦尘封休再启，此心如水只东流。

欲知后事如何，请听下回分解。

第七十九回　末路穷途求故友
勾心斗角杀连襟

　　蓬莱魔女躬身答道："我来此之前，曾到光明寺见过明明大师。明明大师曾说及聂老前辈。"

　　那老婆婆呆了一呆，枯皱的眼角忽地有了晶莹的泪珠。刚才她与乙休生了那么大的气，无限伤心，却始终没有流过一滴眼泪。如今听得蓬莱魔女提起了她的旧时情侣，却是禁不住眼泪盈眶了。

　　老婆婆呆了一呆之后，喃喃说道："明明大师？哦，他还记得我？他还希望知道我的消息？你是受他之托，来此打探我的下落么？"这老婆婆重温旧梦，一往情深，错将蓬莱魔女认作是明明大师派来探访她的人。蓬莱魔女不知如何回答才好。

　　可是这老婆婆并不等待蓬莱魔女的回答，忽地又十分激动地叫了起来："不，不！我不要见他，也不要见你！凡是认识他的人我都不要见。你们给我走，走！"

　　蓬莱魔女这才明白，为什么上次她爹爹来时，这老婆婆也是避而不见的原因了。她是不愿意再看见旧日相识之人，以免触及心头的隐痛。

　　蓬莱魔女正自不知如何是好，那中年妇人走了出来，说道："妈，你怎么又发起脾气来了？柳姑娘可并不是他们一路人，她和咱们可是真真正正的一家人呢！妈！天快亮了，孩子也就要醒了。你别吵吵嚷嚷的让他听见。"

　　那老婆婆道："瑛儿，我知道。唉，今晚我几乎保护不了你们母子，我很惭愧。柳姑娘，你们今晚帮了我的大忙，我要再次向你表示感谢。请原谅我是老糊涂了。"她伤心稍过，神智清醒过来，人也比较正常了。

石瑛说道："妈，我有点害怕，怕他们还会再来。你却还要赶柳姑娘走。"

蓬莱魔女道："二婶，我正是要来和你商量这件事情。我爹爹现在光明寺，还有我的师父公孙隐也在光明寺和他们同住。有他们三位老人家坐镇光明寺，任何坏人都决不敢到光明寺骚扰的了。我爹爹的意思，想你们搬到光明寺去与他同住。他也好尽一点做大伯的职责，把侄儿教养成人。"

石瑛把眼望着母亲，说道："妈，咱们这儿是不能再住的了。我也想孩子有个安身之处，妈，你的意思——"

老婆婆幽幽地叹了口气，说道："光明寺我是不能去的。你们母子去吧，我，我护送你们上山，我就了却心事了。"

石瑛懂得母亲的心情，心中极是难过，说道："妈，这些事咱们慢慢商量，那么，咱们趁早动身了。咦，孩子已经醒了。"屋子里隐隐传来孩子呼唤"妈妈"的声音。

蓬莱魔女心事已了，想道："这孩子年纪还小，她母亲是隐瞒着他的身世的。我若是以堂姐身份见他，可不方便说话。"于是说道："那么，我们也告辞了。"

蓬莱魔女与那老婆婆分手之后，心中甚为感慨，说道："这儿的事情了结，咱们该到登州寻找珊瑚妹子了。嗯，老天爷真是太不公平，为什么许多才貌双全的女子总是遭到不幸？像这位聂老婆婆母女竟然都是同一命运，用'鲜花插在牛粪上'这一句话也还不足以形容她们的遇人不淑呢！还有我那珊瑚妹子……"

笑傲乾坤打断她的话笑道："珊瑚的情形和聂氏母女可不一样，耿照是本来有了意中人的，可不能责他对珊瑚薄情。"

蓬莱魔女道："话虽如此，但珊瑚要爱的人爱不着，她不想爱的人却偏来纠缠她。这也不是殊堪浩叹么？嗯。难道当真是红颜多薄命？"

笑傲乾坤笑道："这么说来，你该是很幸运的了？当今之世，你是才貌无双，你可没有薄命呀！"

蓬莱魔女"啐"了一口道："你是夸赞我呢还是夸赞你自己？好不识羞，我遇上了你就是我的幸运了么？"

笑傲乾坤道："好，那么是我的幸运好不好？"蓬莱魔女杏脸飞红，佯嗔诈怒，说道："你再说不正经的话儿，我不理你了！"

笑傲乾坤道："我夸赞你，这是最最正经的话儿。"蓬莱魔女道："我不喜欢听。"笑傲乾坤笑道："我知道你心里喜欢听的。"蓬莱魔女顿足道："你再说，我可当真不理你了！"

笑傲乾坤一笑改转话题，说道："你说的那个珊瑚不想爱的人是孟钊吧？听说孟钊已经骗得公孙奇的小姨嫁了他，想来他不会再纠缠珊瑚的了。"

蓬莱魔女叹口气道："这结果更坏，我的师嫂临终之时，是曾托我照料她的妹子的，我却不能阻住青虹这桩婚事，真是愧对我这死去的师嫂了。你可知道孟钊是公孙奇的心腹下人，我怀疑公孙奇之所以能练成那两大毒功，就是靠了孟钊去骗取桑家的内功心法的。"

笑傲乾坤道："天下不平之事极多，咱们也只有尽力之所及替天行道罢了。话说回来，公孙奇比柳元甲比乙休都还要阴险，他那两大毒功若是练到足够火候，咱们要想除他，恐怕还不大容易呢。"

蓬莱魔女明白笑傲乾坤的心意，他是怕她念在恩师的情分，不忍与自己合力除掉公孙奇。笑傲乾坤是希望最好能够在公孙奇的毒功还未练到登峰造极之前，趁早将他除掉的。

蓬莱魔女给他触动又一桩心事，不觉神色黯然，再也提不起兴致与笑傲乾坤说笑了。

笑傲乾坤道："好，咱们不要再谈公孙奇了。待到当真碰上他时再说吧。咱们说些高兴的话儿。"几经哄骗，才使得蓬莱魔女化悲为喜。两人一路说说笑笑，终于到了登州，这时已经是春暖花开的清明时节了。

蓬莱魔女知道珊瑚的老家是在筇莱乡下，黄昏时分，进了那个村子，在村口遇见一个放牛回来的牧童，蓬莱魔女便向他打听。

那牧童道："哦，原来你问的是玉家姑姑，我知道她。她回来已有一个多月了。你从这里向南走，走不多远，在山边有一座房子，围墙有火烧过的痕迹的，那就是她的住家了。"蓬莱魔女道："不知她可在家？"牧童道："她回来之后，几乎是成天躲在屋子里很少出门的。今天我没有碰见过她，想必是会在家中的吧。"

蓬莱魔女谢过了那个牧童，便与笑傲乾坤按照牧童的指点走去，果然找到了那座房屋。蓬莱魔女笑道："这回可要比找我那二婶顺利多了。"

不料在敲门之后，却没有听到里面有人回答。蓬莱魔女用传音入密的内功叫道："珊瑚妹子，是我来啦！"估量珊瑚即使是住在深院内宅，也该听得见了。但等了一会，里面依然是毫无声息。

蓬莱魔女道："奇怪，珊瑚是决不会躲避我的。难道当真有这么巧，我们一来，她又走了？咱们进去看看。"

两人越墙而入，只见屋子里打扫得干干净净，但却杳无人影。其中有间房子房门虚掩，从窗口看进去，见有罗帐低垂，看这布置应是珊瑚的卧房。

蓬莱魔女推门进去，点燃了桌上的油灯，只见这间房子纤尘不染，床上的被褥叠得整整齐齐，显然是有人住的。

蓬莱魔女道："看来珊瑚是还未离家，可能刚好是出门子去了。她回来已有一个多月，心情也该好了一些，出去走动走动了。好，咱们就在这里等她回来，让她惊喜一番。"

紫檀桌上有个笔架压着一纸诗笺，墨渍犹新，蓬莱魔女拿起一看，写的却是五代词人冯延巳的一首词。词道：

"几日行云何处去？忘却归来，不道春将暮，百草千花寒食路，香车系在谁家树？　　泪眼倚楼频独语，双燕来时，陌上相逢否？撩乱春愁如柳絮，悠悠梦里无寻处。"

词中表达的是一片无可奈何的寂寞情怀，这当然是珊瑚借古人的这一首词来排遣自己胸中的愁绪了。

笑傲乾坤笑道："强将手下无弱兵，你这侍女却原来也是文武双全的才女呢。只是她尘根未断，却怎能做一世尼姑？"

蓬莱魔女道："我这珊瑚妹子本是一个退隐的老镖头的女儿，她爹爹在她小时候曾请过一个老夫子教她诗书的。她读的书可能比我还多呢。我一直不赞成她削发为尼，这次我一定要劝她还俗。"

两人谈谈说说，不知不觉，天色已晚，一弯眉月也已照上纱窗了，但珊瑚还未回来。蓬莱魔女正自心焦，笑傲乾坤忽道："你听，她回来了。咦，她怎么不走正门呢？"

　　蓬莱魔女凝神一听，果然听得有夜行人越墙而入的声息。蓬莱魔女悄声说道："来的不是珊瑚。珊瑚的轻功已得了我的六七分本领，要比这人高明得多。"笑傲乾坤是个大行家，说道："不错。此人轻功杂而不纯，大约是个邪派中的二三流人物。咱们且别声张，看他来意如何？"当下一口气吹熄桌上的油灯，便与蓬莱魔女靠近窗边，窥伺那人行动。

　　油灯刚刚吹灭，那人的脚步声已走上厅堂。天上有一弯眉月，月照空庭，厅堂上虽不至于黑漆一团，但也相当幽暗。不过笑傲乾坤与蓬莱魔女都练有夜眼，只要有些微光线，就可以在暗中视物。

　　蓬莱魔女甚是诧异，说道："来的是孟钊。咦，他怎么不与桑青虹一起，却偷偷来到珊瑚家中。他不怕他妻子知道？"笑傲乾坤道："这不来得正好吗？咱们可以从他身上追查公孙奇的下落。"蓬莱魔女道："我师嫂托我照顾青虹，青虹给他骗婚，我也要着落在他的身上，把青虹找回来。好，且看他有何动静？"他们两人用上乘的内功将声音凝成一线，在暗室中任意交谈，珊瑚的卧室有一面窗口正对着厅堂，但坐在大厅上的孟钊因为本领与他们相差太远，却是毫无知觉。

　　孟钊躲在厅堂一角，坐在一张太师椅上面朝外向，动也不动，如有所待。蓬莱魔女道："看这光景，他是在等待珊瑚回来。奇怪，他怎么知道珊瑚不在家中，又怎么知道珊瑚定然还要回来？"

　　过了一会，听得大门打开的声响，有个女子走了进来，手上提着一个篮子，果然正是珊瑚。

　　珊瑚却不知道孟钊坐在她的客厅，骤然看见一个黑影站立起来，吓了一跳，立即从篮子里抓起一件东西，便打出去。孟钊叫道："别打，是我！"嗤嗤两声，暗器插在孟钊面前的一张桌子上，却原来是两支香。蓬莱魔女很是欢喜，心中想道："这丫头离开我两年有多，功夫非但没有丢荒，反而大有进境了。她篮中盛有香烛，想必是扫墓回来。"

珊瑚又好气又好笑，斥道："起来，我不要看你这个丑态。你得罪了桑青虹，你向她磕头去，我才没工夫理你们的闲事呢。"

孟钊仍是直挺挺地跪在地上，不肯起来，说道："玉姑娘，你非救我不可！唉，你不知道我与青虹名是夫妻，实则她从未把我当作丈夫看待，平时要打便打，要骂便骂。这回她还要杀我呢！"

珊瑚道："哦，原来你是受了娇妻的气到我这儿诉苦来了。你娶了桑家的二小姐，理该受点气的。哼，你给我滚开！你们夫妻吵架，我管不着，我也管不了！"

孟钊忽地噼噼啪啪，左右开弓，自己打了自己两记耳光，说道："不错，你责得很对，当初我是不该妄图高攀，娶了这个妖女的。但这次她可是当真要想杀我，并非闹着玩的！玉姑娘，我以前对你不起，但求你看在我爹爹的份上，救我一命！"

珊瑚冷笑道："你还记得你的爹爹？"

孟钊眼泪簌簌落下，说道："玉姑娘，今天你去扫墓，我也躲在坟场。你祭了你爹爹的坟，又祭了我爹爹的坟，我都看见了。我知道你还念着两家的交情，我今晚才敢到这儿来求你的。当今之世，也只有你才能够救我的命了。"

珊瑚听他说到两家死去的老人，心中一软，说道："好吧，你起来吧，我有话问你。"

孟钊又磕了个头，这才起来，说道："多谢玉姑娘救命之恩。"

珊瑚道："且慢，我还有话问你，你可老老实实地回答！"

孟钊道："姑娘请问，孟钊决不敢有半句欺瞒。"

珊瑚道："桑青虹这次为什么真的要杀你？我不信她仅仅是为了不满意你做她丈夫。"

孟钊讷讷说道："这里面有个，有个原因。"

珊瑚峻声道："什么原因，从实道来！"

孟钊面色苍白，神情极是难堪，但终于还是说了出来。"这，这也是我的不对。我，我不该骗了她们桑家的内功心法，私自送给了公孙奇让公孙奇练成了桑家的两大毒功。这件事，最后给青虹发觉了，她生气得不得了，非要杀我不可。幸亏我及早知道风声，要是走慢一步，今天我就没命见你啦。"

珊瑚气得面色铁青，说道："活该！你也不想想你这是助纣为虐！公孙奇练成了那两大毒功，给武林带来了多大的祸害！"

孟钊颤声说道："是，是！但我后悔已经迟了。就是如此，还不仅仅是青虹要想杀我呢！如今江湖上的侠义道，也有许多人知道我、我是公孙奇的、的走狗，那些人也都不会放过我的！"

珊瑚气往上涌，冷笑说道："哦，原来你是被迫得走投无路，才跑到小庙里烧香的。可惜我只是一尊小庙里的菩萨，法力有限，不能度你超生！你对公孙奇忠心耿耿，为什么不去救他庇护？"

孟钊给她骂得面红耳赤，说道："玉姑娘，我，我已经知错了，只要你肯救我，我是决不会依附公孙奇的了。"

珊瑚道："这么说，如果我不救你，你仍然是要做公孙奇走狗的了？"

孟钊连忙说道："不，不！这是我说错了话。我本是侠义门风，难道我就全然不知羞耻么？我不能让人家一直把我当作公孙奇的走狗看待，所以我才决心改邪归正，来求你的。"

珊瑚点燃了桌上的油灯，仔细打量了孟钊一眼，心道："看他神色，倒似有点诚意。但却也还不是完全悔悟。"

珊瑚放下香篮，缓缓说道："人最怕没有羞耻之心，你还懂得知耻，我也未尝不可原谅你的过错。但你可要说老实话，是不是公孙奇不要你了！"

孟钊满面通红，说道："当初是我的错，我妄想从公孙奇那儿得到好处，妄想公孙奇可以提拔我，使我成为桑家堡的半个主人，使我成为武林中的一尊人物。如今才知道完全错了。公孙奇，他，他只是想利用我来骗桑家的内功心法，我怎能依靠他，我也决不想依靠他了。"孟钊还漏了一点没说，他之所以要打算背叛公孙奇，那是因为公孙奇如今亦已成了武林公敌，自身难保之故。

这时，厅中已经点着了灯，蓬莱魔女看得更加清楚，她首先注意到的是珊瑚已经留了头发，不再是一个光头了。蓬莱魔女暗自笑道："原来珊瑚早已有心还俗，倒省了我一番唇舌了。"她又看到孟钊瑟缩一角，状甚惶恐不安。蓬莱魔女心里想道："孟钊虽然可恶，究竟还不是大奸大恶。他今日来向珊瑚求救，虽说是势迫如此，但也算得是有几分悔悟了。"

珊瑚也是同样的心思，于是说道："但愿你是真心悔改就好。可是我的力量有限，我如何能够救你？"

孟钊听得珊瑚已有答允之意，大喜说道："玉姑娘，只要你肯帮忙，我就有生路了。请你把我决意改邪归正之心，代为禀告你们的柳盟主。我愿意到她的山寨里充当一个小卒。"

珊瑚道："哦，你是想托庇于柳盟主。这本来很好，可惜我现在却不知她身在何方？"

蓬莱魔女心里暗笑："我就在你的卧房里呢。"她正想出声，笑傲乾坤忽地在她耳边悄悄说道："有一位武功非同小可的人物来了。留心！"话犹未了，只听得一声长笑，划破夜空，听得孟钊不由得打了个颤。笑声摇曳之中，蓦然间台阶上已出现了公孙奇的影子。

珊瑚大吃一惊，连忙拔剑，剑未出鞘，公孙奇已以迅雷不及掩耳的手法点了她的穴道。蓬莱魔女在珊瑚的卧房里，也未来得及出来。蓬莱魔女这一惊亦是非同小可，要知珊瑚已得了她的五六分本领，却给公孙奇一个照面便即制伏，公孙奇的功夫，显然是比两个月前在首阳山上与他们交手之时，又已迈进了一大步了。

笑傲乾坤轻轻一捻蓬莱魔女的手心，示意叫她不必忙着出去。蓬莱魔女登时会意，心里想道："不错，这正是一个机会，可以考验孟钊是否真的有了决心与公孙奇相绝。"公孙奇兼修正邪两派的上乘内功，功力之深，只有在他们二人之上，故此笑傲乾坤与蓬莱魔女在密室里也不敢私语。

公孙奇皮笑肉不笑地打了个哈哈，说道："孟钊，你想不到会在这里见着我吧？"

孟钊极力抑住心中的恐惧，不让它在神色上表露出来，说道："是啊，真想不到今晚能够巧遇大哥。自从采石矶战役之后，咱们失去了联络，我一直都在找寻大哥呢。"

公孙奇道："是吗？你真的还愿意跟随我吗？我也在找你，我却以为你在躲避我呢。"

孟钊道："哪里的话，小弟一直是唯大哥的马首是瞻。"话虽如此，声音已是不禁有点微颤。

公孙奇又是皮笑肉不笑地说道："哦，难得你对我还是这样忠心。但你来这里做什么？"

孟钊心道："我若说了实话，立即便有杀身之祸。珊瑚，只有请求你原谅我言不对心了。"他若有意若无意地把眼光从珊瑚面上掠过，然后说道："大哥，你忘记了她是蓬莱魔女最亲密的心腹侍女么？我要是将她弄到手中，嘿嘿，对咱们也有好处啊！"

公孙奇歪斜着眼大笑道："哦，原来你是打这门邪主意。青虹不要你了是不是？"

孟钊道："正是呢。青虹说我把内功心法私授与你，她要想杀我呢。大哥，你能不能给我挽回？"

公孙奇道："据我所知，还不只是青虹要杀你吧？"

孟钊道："是啊，江湖上有一班自称侠义道的人也意欲得我而甘心，大哥，我唯有托庇于你了。"

公孙奇道："你大概也知道对方是人多势盛，连我也是泥菩萨过江，自身难保了吧？"

孟钊给他说中了心事，但他也知道公孙奇是在用说话试探自己，当下说道："大哥练的那两大毒功，已经大功告成了吧？"孟钊恃着一点小聪明，也想与公孙奇勾心斗角。

公孙奇道："唔，你问这个干嘛？"

孟钊道："小弟是意欲为大哥分劳。大哥，你练成了桑家的两大毒功，天下无人能敌，自是不用担忧。但那班江湖上的侠义道毕竟是人多势盛，大哥，倘若有一个忠心于你的人做你的助手，不更好么？小弟只恨本领不济，所以，所以想请大哥加恩……"

公孙奇道："哦，原来你也想学这两大毒功？"

孟钊道："大哥从前似乎也曾答应过小弟的，只要大哥练成了那两大毒功，可以转授小弟。"

公孙奇打了个哈哈，说道："不错，不是你提醒，我几乎忘了。是呀，我还未曾酬谢你的功劳呢！"

孟钊道："小弟并无索酬之意，只是想为大哥分劳。望大哥明鉴此心。"

公孙奇似笑非笑地说道："好，很好。你这个主意打得真是不错。你倘若也练了那两大毒功，咱们就都是天下第一高手了。有两个'天下第一高手'同在一起，哈哈，还何须恐惧敌人，咱们是更可以横行天下了！"

孟钊听出公孙奇的语气不对，连忙说道："小弟决不敢想与大哥比肩，只是，只是——"

话犹未了，公孙奇已打断他的话道："只是为了你对我一片忠心，要为我分劳是不是？你这几句话我听得多了，就不知你是否真的忠心？孟钊，你现在是桑家堡的半个主人，和我称兄道弟，与往日大大不同啦！你还是一样对我忠心么？"

孟钊满面通红，连忙说道："这都是主人提拔之恩，当日也是主人要我改口相称的，其实孟钊并不敢高攀。"

公孙奇笑道："这只是小事一件，只要你对我忠心，兄弟相称又有何妨？但我要知道你是否忠心，我可要试一试你了。我要你做一件事情！"

孟钊心惊胆战，却不能不硬着头皮说道："但凭主人吩咐，赴汤蹈火，孟钊不敢推辞。"

公孙奇面色一端，说道："好，你给我把这丫头杀了！"指头指着珊瑚。

孟钊大吃一惊，讷讷说道："这，这个还请主人三思。她是你师妹的心腹侍女，留下她用处不更大么？"

公孙奇道："怎样对付柳清瑶，这是我的事情，不用你管。我说把这丫头杀了，你听不听我的吩咐？"

孟钊浑身直打哆嗦，终于鼓起勇气说道："我，我不能无缘无故地杀她！她是我小时候的好朋友，她又决不能伤害及你，何必杀她？"

公孙奇面色陡变，冷笑说道："果然一试便试出来了，你是个首鼠两端的小人！"

孟钊颤声道："主人，你、你这是什么意思？"

公孙奇冷笑道："什么意思？你自己应该明白！你到这里做什么？不就是要背叛我吗？嘿嘿，老实对你说吧，你们说的话我全都

只听得公孙奇哈哈笑道："孟贤弟，真想不到你还有这手。我答应和你做这桩买卖了。"笑声未了，突然一掌击下。

听见了!"

饶是孟钊如何奸狡,掩饰得好,这一下也不由得吓得魂飞魄散,面色登时刷的变成了白纸一般。其实公孙奇不过是吓吓孟钊,试探真伪的,并非真的听见他们说话。

公孙奇一看他的面色,便知所料不差,于是"哼"了一声,接着说道:"孟钊,你以为我真的已是到了众叛亲离、日暮途穷的境地,非你做我帮手不成么?我不妨告诉你,我已经练成了绝世神功,我即将开宗立派,我还有金国的新国师神驼乙休做我的靠山。"

孟钊颓然说道:"我知道你取得了桑家的内功心法,那是再也无需我了。"

公孙奇狞笑道:"不错,你到现在方才明白,已经是太迟了。哼,哼,你也不想想我公孙奇是何等样人?我若不是要用你去骗取桑青虹的内功心法,我岂能与你这厮称兄道弟?还让你做了桑家堡的半个主人?"

公孙奇声色俱厉,眼光中已是隐隐透出杀机,孟钊忽地也冷笑道:"公孙奇,你以为你当真已练成了绝世神功么?"

公孙奇手掌已经扬起,听了这话,不由得怔了一怔,手掌停在半空,不敢向孟钊拍下,说道:"孟钊,你这话是什么意思?你有多大的武学造诣,能够知道我的功夫是否练成?"

孟钊淡淡说道:"不错,我的武学造诣极差,但我却知道一个你所不知道的诀窍。"

公孙奇厉声道:"什么诀窍?"

孟钊道:"当然是桑家内功心法上的诀窍了。你不知道这个诀窍,你练成了那两大毒功,必将身受其害!"

公孙奇吃了一惊,心里想道:"孟钊此言,不知是真是假?按我练功的迹象而论,我自信已到了正邪合一的境界,可以消除后患的了。但他既然有此一说,我也姑且宁可信其有,不可信其无吧。"

顿然间公孙奇狰狞的面孔换上了一副笑容,哈哈笑道:"孟贤弟,真有你的,佩服,佩服!咱们现在好好谈吧。"

孟钊道:"你要知道这个诀窍,那也容易。你把练毒功的方法告诉我,待我练成之后,我再把那个诀窍告诉你。"

蓬莱魔女在密室里听到这里，心中不由得暗骂："这两人都是一丘之貉！不过公孙奇是大恶，孟钊是小奸而已。"她本来准备在紧要的关头出去救孟钊的，此时她以为公孙奇在孟钊威胁之下必将就范，而孟钊此人也不值得她的同情，因此也就放松了戒备了。

不料结果却是大大出乎蓬莱魔女意料之外。

蓬莱魔女心念未已，只听得公孙奇哈哈笑道："孟贤弟，真想不到你还有这手。很好，很好，我答应和你做这桩买卖了。"笑声未了，突然一掌击下！

这一掌不但是大出蓬莱魔女意料之外，连孟钊本人也是绝对意想不到。只听得孟钊大叫一声："公孙奇，你好狠！"胸口已是给公孙奇的掌力震裂，和身倒在血泊之中。

公孙奇闪电般地撕破了孟钊衣裳，掏出了一本小册子，得意之极，冷笑说道："不出我之所料，你果然有一份副本，嘿嘿，什么内功心法的诀窍，我还用得着你告诉我吗？"

但出乎公孙奇意料之外，孟钊在临死之前，虽然力竭声嘶，却也在冷笑起来："公孙奇，你错了！这个诀窍你是永远也不会知道的了！终有一日，你将走火入魔，受尽诸般痛苦，比我死得更惨百倍！嘿嘿，哼哼，哈哈！"

如哭如笑，声声惨厉，裂人心肺，饶是公孙奇恶胆包天，也不禁为之毛骨悚然，他在又惊又怒之下，一脚踢开孟钊的尸体，骂道："你捣什么鬼？好呀，你变了鬼恐吓我吧！"

就在这时，蓬莱魔女与笑傲乾坤一同从密室里跑了出来，可是已经迟了一步，孟钊被公孙奇打了一掌又踢了一脚，早已气绝了。

笑傲乾坤将折扇一张，向公孙奇扑去，蓬莱魔女则奔向珊瑚，这是他们在密室里商量好的，一个攻敌，一个救人。

公孙奇衣袖一拂，把笑傲乾坤的折扇引开，倏地一个转身，又迎上了蓬莱魔女。蓬莱魔女这时正要抓着珊瑚，给公孙奇掌力一震，竟不由自主地倒退三步，说时迟，那时快，公孙奇已是先把珊瑚抓着。

笑傲乾坤挥扇点他背心大穴，公孙奇也早已拔剑出鞘，反手一剑，解了他这一招。随即把珊瑚当作一面盾牌，向前面一推，喝道："柳清瑶，你敢动手，尽管刺吧！嘿嘿，你们躲在暗处想暗算我，我早已知道了！"

原来他们在密室里虽然屏息呼吸，但在刚才公孙奇与孟钊彼此勾心斗角之际，蓬莱魔女初意是准备也救孟钊的，故此到了紧张之际，就不自觉地手摸剑柄，发出了些微声息。公孙奇已经练成了正邪合一的内功，听觉极其灵敏，些微声息，他便立即察觉。

公孙奇是个非常阴深的人，一察觉屋中伏有高手，便故意装作与孟钊妥协的神气，以作缓敌之计，然后突然将孟钊打死，叫他们来不及抢救。公孙奇之所以如此，这是因为他一来恼恨孟钊反叛自己，二来他是料定孟钊抄有一本桑家内功心法的副本的，孟钊说的那个"诀窍"，若果是真有的，也必然在这副本上可以找到。但孟钊临终时说的那一段话却是他意想不到的。公孙奇此时的本领可以胜得过蓬莱魔女或笑傲乾坤，但同时对付两人，他却还未有把握。正是：

兔死狗烹何足惜？枭雄辣手不寻常。

欲知后事如何，请听下回分解。

第八十回　弱女飘零遭毒手
英雄奋起斗魔头

此时公孙奇拿着了珊瑚当作盾牌，已是有恃无恐。蓬莱魔女投鼠忌器，见公孙奇把珊瑚推到面前，只好慌不迭地连忙收剑。公孙奇哈哈笑道："柳清瑶，你既不念同门之义、往日之情，那就上来动手吧！"

蓬莱魔女骂道："公孙奇，你还算是个人吗？你用毒掌打伤你的父亲，如今又来欺负一个武功远不如你的女子。这算是什么行径？"

公孙奇冷笑道："你们才是打的如意算盘，你们想我把珊瑚放开，好让你们将我置于死地，哼，哼，天下哪有这样便宜的事情？嘿嘿，你们说我不是英雄，你们又何尝算得好汉？你们一个是北五省的绿林盟主，一个是名闻天下的大侠，却要以多为胜，这又是什么行径？好呀，有本领的咱们就一个对一个，决个荣辱死生！"

笑傲乾坤剑眉一挑，沉声说道："好，公孙奇，你把珊瑚放了，我与你单打独斗！"

蓬莱魔女斥道："公孙奇，你可知道我与谷涵是受了师父之命清理门户的，你是奸人逆子，人人得而诛之，你有什么资格与我们讲江湖上的规矩？"

公孙奇冷笑道："柳清瑶，我不与你斗口，你要与华谷涵联手杀我，那也行呀，只要你有本领。但只怕你们杀不了我，你这侍女的性命先要赔了。"

蓬莱魔女骂了一声："无赖！"但却也无奈他何，只好说道：

"你把珊瑚放了，我们也就放你！"

公孙奇笑道："这样交易倒还公平，但我怎能信过你们，好，你且待我想想。"

笑傲乾坤道："不行！瑶妹，不能就这样放过了他！公孙奇，你不是说要一个对一个么？我接受你的挑战，你放不放珊瑚？"

公孙奇大笑道："华谷涵，还是你有几分英雄气概，好，你既有胆与我单独较量，我可以接受你的条件。"

蓬莱魔女心里想道："这厮的武功比起两个月前在首阳山之时，又高了许多了。看来他说的已练成了那两大毒功，并非假话。嗯，只怕谷涵一人单斗，打不过他。"

蓬莱魔女心意踌躇，正想说话。笑傲乾坤已经说道："公孙奇，你把珊瑚放了。我姓华的说话算话，绝不会要清瑶帮手，你可以放心。"要知笑傲乾坤是个傲骨嶙峋的侠士，公孙奇既然说出要单打独斗的话儿，他即使没有把握取胜，也绝不能甘心退缩，让他耻笑。

蓬莱魔女深知笑傲乾坤的性格，他一言既出，那就是无可阻拦的了。因此当笑傲乾坤说话之后，公孙奇问她："柳清瑶，你怎么说？"蓬莱魔女也就立即说道："我也是这么说，你把珊瑚放了，我不插手就是。"

公孙奇道："好，君子一言，快马一鞭。咱们就这么说定了。华谷涵你与我上这山顶一决雌雄。"

蓬莱魔女道："且慢，你把珊瑚放回来，让我验过有否受伤。倘若你暗下毒手，我可不能与你甘休。"

公孙奇道："好，你我既然不能互信，那么就先小人而后君子，把话都交代清楚，再行动手吧。这半山上有座亭子，我把珊瑚放在这亭子中，柳清瑶，你待我们到了山顶才许上来，但却不许越过这座亭子。珊瑚我可保她毫发无伤，只是却要你替她解开穴道。你若耽误了解穴的时间，这就不关我的事了。我用的是家传的点穴功夫，我知道你是学过我家的独门解穴手法的。"

原来公孙奇是一个工于心计的人，他的独门重手法点穴功夫，必须在一个时辰之内解开，身体才毫无损害。倘若过了一个时辰，就有残废的危险。珊瑚被他点的穴道，已差不多有一个时辰了。这么一来，他在半山那座亭子放了珊瑚之后，蓬莱魔女就必须马上上去给她解开穴道，而要解这样的重手法点穴，至少也得半支香时刻。公孙奇自忖在这时间之内，他已经可以把笑傲乾坤置之死地，那时即使蓬莱魔女不守信约，要来夹攻，亦已迟了。

笑傲乾坤猜到他的心思，冷笑说道："公孙奇你这是以小人之心，度君子之腹。我既答应与你单打独斗，岂有中途反悔，再与清瑶联手攻你之理？"公孙奇笑道："我知道你是大侠身份，一诺千金。但在我来说，总是多加提防的好。反正你们是要回一个安然无恙的珊瑚，我没伤她分毫，那就是已经履行诺言了。"

笑傲乾坤冷笑道："谅你现在也不敢以毒掌伤她。好吧，瑶妹，咱们就照他所说的办。"蓬莱魔女知道笑傲乾坤的脾气，心里想道："华哥是绝不会要我帮手的了。他在光明寺学了我师父与我爹爹几种专门用来对付公孙奇的功夫，公孙奇的毒掌虽然厉害，也未必就伤得了他。"蓬莱魔女急于要回珊瑚，当下也就不在这小节上纠缠了。

公孙奇在半山的亭子放下珊瑚，便与笑傲乾坤一同上山。待到蓬莱魔女赶到那座亭子，他们也已上了山顶。蓬莱魔女一面用本门内功替珊瑚通解穴道，一面在亭子里遥观山顶上的搏斗。

只听得公孙奇哈哈一笑，说道："来吧！"双手一搓，掌心登时有如涂了一团浓墨，笑傲乾坤嗅到腥臭的味道心里也暗暗吃惊。

笑傲乾坤气沉丹田，玄功内运，说道："我不想占你便宜，你先发招。"公孙奇哈哈笑道："笑傲乾坤果然名不虚传，骄傲得紧！"大笑声中，一掌拍下。笑傲乾坤折扇一张，扇面迎上他的毒掌。

公孙奇的毒掌固然极其厉害，内功也十分了得，掌力一发，当真是有若排山倒海而来。笑傲乾坤心中一凛，想道："这厮的内功果然已练到了正邪合一的境界。"扇子一翻，扇面迎上毒掌，轻轻一挡，只觉虎口的"关元穴"微微一跳，但他的身子仍是纹丝不动，公孙奇却反而立足不稳，斜掠数步。

这一下公孙奇也不禁大感意外，心头一震。要知公孙奇的毒掌虽然厉害，但以笑傲乾坤的本领，只要不给他直接打着身体，便可无妨，故此公孙奇必须在功力上也能够胜过对方，才能充分发挥毒掌的威力，而公孙奇在练成了正邪合一的内功之后，自信也胜得过笑傲乾坤的，岂知交手之后，才发觉不如自己所期。

其实若论内功的造诣，这两人一个是玄门正宗，一个是正邪合一，比较之下，是公孙奇的内功霸道得多。两人若纯然是以内功搏斗，公孙奇加上毒掌的威力，笑傲乾坤最后总是难免受伤。但因笑傲乾坤得了公孙奇父亲公孙隐的指点，却占了知彼知己之利。公孙奇虽然兼修正邪两派最上乘的内功，但毕竟还是以他原来修习的家传内功为基础的，笑傲乾坤得了他父亲的指点，虽然不能胜他，却是可以化解他五成以上的威力。

公孙奇道："好，我看你能接我的几掌？"一个转身，再度扑上，双掌齐出，同时使用"化血刀"与"腐骨掌"的功夫，打得比刚才那招更为凶狠了。笑傲乾坤虽然早已默运玄功，抵御毒气，但吸进了公孙奇毒掌所发的腥风，仍是不禁感到阵阵恶心。

笑傲乾坤当然不敢让他真个打着，但倘若仍依前法，"卸力消劲"，却又不能同时化解他双掌齐出的两大毒功。好个笑傲乾坤，在这危险的关头，蓦地一声长笑，非但临危不乱，而且使出了以攻为守的奇险招数！

公孙奇双掌划了一个圆圈，右掌先行击下，笑傲乾坤不退不闪，折扇一合，便向他的掌心"劳宫穴"点去。这是柳元宗所授的世上无双的点穴功夫，公孙奇的"劳宫穴"倘被点中，真气散乱，便有走火入魔半身不遂之灾，那时公孙奇的左掌虽然可以打中笑傲乾坤，但那结果也不过是两败俱伤而已。

公孙奇练成了桑家的两大毒功，一心一意想要称霸武林，他却怎肯与笑傲乾坤两败俱伤？当下急忙化掌为指，"铮"的一声，弹开笑傲乾坤的扇头，又再斜掠数步。他忙于化解笑傲乾坤的点穴功夫，左掌也就打空了。

笑傲乾坤与他再度交锋，展开了游身缠斗的打法，一柄折扇，倏合倏张，忽而当作五行剑使，忽而当作判官笔用，招数神妙无方。公孙奇则以两大毒功配合上大衍八式与他相斗。双方都使出了平生所学，旗鼓相当，打得难解难分。

　　且说蓬莱魔女用本门内功替珊瑚通解穴道，珊瑚是被公孙奇以重手法点了七处大穴的，解穴颇费时间，也颇耗内力。蓬莱魔女累得香汗淋漓，好不容易把珊瑚所被封闭的经脉全部打通，已经是过了大约半支香的时刻了。

　　珊瑚在穴道被封的时间，身子不能动弹，心里还是明白的。公孙奇打死孟钊以及把她作为人质威胁蓬莱魔女等等事情，她全都知道。她身受公孙奇之害，因此穴道一解，不禁气得咬牙切齿地说道："柳姐姐，公孙奇这贼子早已与你断了同门之谊、兄妹之情，你还不忍下手将他除去么？我只恨自己本领不济，不能亲自报仇。"

　　蓬莱魔女道："不是我不忍下手，是我们与他约好了的，只能由谷涵与他单打独斗，我却不能越过这个亭子一步，当然也就是不能插手斗他的了。"

　　珊瑚道："柳姐姐，你不是教导过我们的吗，'遇文王，兴礼乐；遇桀纣，动刀兵'。与这等奸人贼子，又何须守什么信义？"

　　此时公孙奇与笑傲乾坤已经斗到百招开外，双方越斗越烈，笑傲乾坤因为要同时运功抵御毒气的侵袭，较为耗损真力，头上已是冒出了热腾腾的白气。

　　蓬莱魔女是个武学大行家，见此情形，心中暗叫"不妙！"暗自想道："谷涵即便不至于便输给他，但这样下去，只怕也要两败俱伤。"

　　蓬莱魔女听了珊瑚的话，思潮也自反复不定，但终于还是叹了一口气，说道："我若插手，只怕有损谷涵的声名。他，他的性情也不会喜欢我去助他的。"蓬莱魔女是绿林盟主的身份，说话素来是斩钉截铁。珊瑚听她如此言说，也就不好做声了。但蓬莱魔女虽然在再三考虑之后，决定不去，心中却不能不为华谷涵暗暗担忧。

　　蓬莱魔女在为华谷涵担忧，公孙奇此时却是在为自己担忧了。他初时以为在半支香的时间之内，一定可以将笑傲乾坤毙于掌下的，哪知结果还只是打成平手。此时珊瑚的穴道已解，蓬莱魔女是可以抽出身子来了。

　　公孙奇自己是个言而无信的人，他当然不敢寄望于蓬莱魔女信守诺言。他害怕蓬莱魔女上来夹攻，只好全力施为，希望尽快击败笑傲乾坤。

此时笑傲乾坤也是暗暗吃惊，他是用折扇抵挡公孙奇的毒掌的，这把折扇是用精铁打成，平时是触手冰冷的，如今则似是从洪炉里拿出来似的，触手如熨。笑傲乾坤心道："想不到这厮隔物传功的本领也如此厉害，再过些时，只怕这把折铁扇也要沾上剧毒。"笑傲乾坤知道久战下去对他不利，也只好加紧施为。

就在双方舍死忘生，全力拼斗的时候，忽听得马蹄声得得，有个女子骑着一匹骏马，从山下经过。

蓬莱魔女抬眼望去，不由得又惊又喜，原来骑马而来的这个女子，不是别人，正是她"踏破铁鞋无觅处"的桑青虹。桑青虹是为了捉拿孟钊追踪至此的。

桑青虹发觉山上有人打斗，勒住坐骑，抬头一看，见是公孙奇，又惊又怒，骂道："你这恶贼又到这里害人来了，我决不能让你凭借我家武功，横行无忌。"

蓬莱魔女连忙扬声叫道："桑姑娘，快来我这儿！"珊瑚穴道初解，行动仍然不便，故此蓬莱魔女不敢下山去迎接桑青虹。而且她是与公孙奇有约在先的，她不能越过这座亭子，因此她也不能上山去，在另一边山路拦截桑青虹。

桑青虹转过山坳，看见了蓬莱魔女在亭中袖手旁观，很是诧异，应了一声，问道："你看见孟钊吗？"蓬莱魔女道："孟钊已给公孙奇杀了。咦，青虹，你上哪儿？不要上山，来我这儿！"

桑青虹没有听从蓬莱魔女的说话，策马缓缓上山，公孙奇哈哈笑道："小姨，你应该感谢你的姐夫才对。你不是后悔嫁给孟钊的吗？我替你除去，岂不是正对你的心愿？哈哈，一朵鲜花，本来是不该插在牛粪上的。"他口中说话，手底毫不放松，仍然是在猛烈地攻击笑傲乾坤。

桑青虹上到半山，忽地叫道："走乾门，转巽位，点他血海穴！""唉，可惜没点着！再来！再来！快抢坎离位置，点他愈气穴！""对了！对了！血海穴与愈气穴是他的两处弱点。攻他这两处，攻他，攻他！"

原来桑青虹自己虽然不会这两大毒功，但这两大毒功是她父亲所创，她却是懂得其中奥秘的行家。她看了片刻，已知公孙奇练了她家的内功心法，尚差半分火候未曾炉火纯青，因此他的两大毒功也还不是无懈可击，只要有一个内力与他旗鼓相当的人，用重手法点了他的血海穴或愈气穴就可以将他制伏！

桑青虹之所以策马上山，就是因为要走得近些，看得较为清楚，这才可以临场指点。她见蓬莱魔女袖手旁观，以为蓬莱魔女还是把公孙奇当作师兄，故而两不相帮。桑青虹心想："她不帮华大侠，我却是非帮不可！"公孙奇害死她的姐姐，占了她的桑家堡，又串同孟钊，骗了她的内功心法，她恨极了公孙奇，即使冒点危险，也是在所不顾了。

当然以公孙奇的本领，笑傲乾坤要想点中他的穴道，亦非易事。不过，笑傲乾坤知道了这个制敌的诀窍，向他这两处弱点进攻，却是登时扭转了颓势，反守为攻。

公孙奇又惊又怒，心中想道："如今柳清瑶已是随时可以上来夹攻我了，又来了这个贱婢，久战下去，只怕我定是凶多吉少。"想至此处，恶念陡生！

此时笑傲乾坤正在倒转扇头，用重手法点公孙奇胁下的"愈气穴"，公孙奇一个"大弯腰、斜插柳"，突然伸手一抓，抓着了笑傲乾坤的扇头，左掌立即拍下，笑傲乾坤不能再用折扇遮拦，唯有硬接他的掌力，"蓬"的一声，两人交了一掌。

公孙奇这一招使得险极，要知掌心的"劳宫穴"虽然不是他的"罩门"，但也是一处重要的穴道，公孙奇在抓着对方扇头的时候，"劳宫穴"已是给笑傲乾坤点个正着。同时他们又硬拼了一掌，双方都是元气大伤。

不过因为公孙奇乃是毒掌，笑傲乾坤自是伤得更重。而且在受伤之后，还必须默运玄功，阻止毒气向上蔓延，侵入心脏。

只听得"当"的一声，笑傲乾坤将折扇坠地，一个倒纵，跃出数丈开外。公孙奇却是大吼一声，转身逃下山去。

蓬莱魔女这一惊非同小可，也顾不得什么诺言不诺言，立即上山去救护笑傲乾坤。此时他们两人的战斗已经告一段落，公孙奇亦已逃走，蓬莱魔女上去并非与笑傲乾坤联手攻他，其实也算不得是违背诺言了。

公孙奇放下了心头一块大石，心道："好在这贱婢不来追我。"原来他也伤得不轻，尤其是"劳宫穴"被点，内息已被打乱，真气涣散，此时若是蓬莱魔女追上去攻他，他绝非蓬莱魔女的敌手。但蓬莱魔女不知笑傲乾坤伤得如何，却又怎敢离开笑傲乾坤而去追他？

但公孙奇却并非只图逃走，而是向桑青虹所在之处跑去，桑青虹大吃一惊，连忙拨转马头，正要逃跑，公孙奇信手拾起一颗石子，双指一弹，石子打中马腿，那匹坐骑一声嘶叫，四蹄屈地。桑青虹这匹坐骑本来是日行千里的骏马，她刚才之所以敢上到半山，就是因为恃有这匹骏马，在紧要的关头可以逃跑的。却不料公孙奇竟敢使用险招，突然打伤了笑傲乾坤便来追她，她逃得慢了一步，给公孙奇飞石打了落马。

说时迟，那时快，公孙奇一个起伏，箭一般地跑到桑青虹跟前，桑青虹刚自一个"鲤鱼打挺"，跃起来待要逃跑，却已是来不及了。公孙奇一把就将她抓住。公孙奇虽然元气大伤，但武功还是远远在桑青虹之上。

公孙奇那颗石子也是打得恰到好处，他是打着那匹骏马膝盖的关节，骏马四蹄屈地，却没受伤，此时关节的酸麻已过，仍然能够站立起来。公孙奇抱起了桑青虹一跃上马，反手在马臀一拍，催得这匹坐骑四蹄如飞，绝尘而去。此时即使蓬莱魔女要来追他，也是追不上的了。

蓬莱魔女刚刚来到笑傲乾坤身边，桑青虹已被公孙奇劫走，两人都是大大吃惊，相顾失色。

公孙奇在马上纵声大笑："柳青瑶，华谷涵，你们学了我爹爹的武功，就以为可以制伏我么？嘿，嘿，这叫做痴心妄想！咱们青山绿水，后会有期，下次相逢，你们可以两人齐上，我叫你们知道我的厉害！"公孙奇俘虏了桑青虹，心中得意之极。要知他练桑家的内功心法，所差的不过半分火候，这次逃得性命，自忖不用多久，就可以练得炉火纯青，那时浑身上下，就再也没有可以让人攻击的弱点了。他心中又想："即使孟钊说的是真，桑家的内功心法之中还有一个诀窍是我未曾知道的，但我捉了桑青虹，也总可以从她的身上想法盘出这个秘密。哈哈，到了我的武功变成了天下第一之时，我还用害怕什么人？"他想到得意之处，一路笑声不绝。

公孙奇的笑声在山谷中回响未绝，人与马则早已出了他们视线之外。华谷涵恨恨说道："瑶妹，不必丧气，咱们这次栽了筋斗，下次再好好斗他一斗。你瞧，我不是仍然很硬朗地站着，并没有倒下去吗？"

蓬莱魔女心中颇歉意，说道："谷涵，我不该让你独斗公孙奇的，你受的伤怎么样？"

笑傲乾坤道："这厮的毒掌确是果然厉害，倘若我给他再打一掌，我恐怕就要倒下来了。只是一掌，我还可以禁受得起。瑶妹，你随身带有金针，请给我挑破这根指头。"说罢，伸出中指，只见中指一团紫黑，肿得有拇指那么粗。原来他是用上乘内功把剧毒都迫到中指指端。蓬莱魔女用金针给他挑破了指头，挤清了毒血，笑傲乾坤笑道："我虽然受了一点伤，但公孙奇伤得也不比我轻。这一场比武只能算是扯了个直，谁也没有吃谁的亏。"蓬莱魔女道："只可惜我太粗心大意，让他俘了青虹，却是愧对我那死去的师嫂了。"

珊瑚精力已经恢复，当下三人同回到珊瑚家中。孟钊的尸体还摆在那儿，珊瑚想到孟钊在公孙奇的威胁之下，仍不忍伤害自己，总算多少还有点良心，孟钊毕竟是她青梅竹马之交，珊瑚心中亦自不无伤感，于是在后园中掘了个坑，草草将孟钊埋葬，算是尽了一点心意。

此时已是清晨时分，蓬莱魔女帮忙珊瑚弄了一点早点来吃，珊瑚的神情仍然颇为沮丧。蓬莱魔女安慰她道："埋了孟钊，也就等于埋了你的过去。让一切伤心之事都埋葬了，你又走出空门，再入江湖，从头做起，这不很好么？"珊瑚点了点头，说道："柳姐姐，你说得对。"

蓬莱魔女笑道："这次咱们虽然受了一点挫折，但慧寂神尼给我的差使，我却是办到了。"珊瑚道："啊，你已经见着了我的师父了，什么差使？"

蓬莱魔女笑道："慧寂神尼不要你做记名弟子了，她要我劝你还俗呢。"当下说了光明寺之事。珊瑚听得慧寂神尼已有安身立命之处，大为安慰，说道："多谢师父还惦记着我，但我已经还俗了。"蓬莱魔女笑道："可不是吗？我本以为还要费一番唇舌的，谁知道你已经不用我劝了。珊瑚妹妹，是什么因缘使你雄心复活的？"上次珊瑚削发为尼，曾向蓬莱魔女表白说是因心灰意冷而出家，故此蓬莱魔女如此问她。"因缘"是佛家语，可以解释为人生的某种遇合，也可以直白的浅释为"原由"，但在俗人口中，却又与指男女之情的"姻缘"相通。蓬莱魔女妙语双关，本是带有点调侃她的意味。

不料珊瑚当真面上一红，半晌说道："盟主，属下有一件事情正想禀报你。"她改口以"盟主"相称，这是恢复了往日在山寨中，有"公事"要向蓬莱魔女禀报时的称呼了。

蓬莱魔女笑道："你是愿意跟我再当女强盗了？很好，我正要你做我的助手呢。但这里不是山寨，咱们不必拘礼于山寨的规矩。你我还是姐妹相称吧，你有什么事情要告诉我？"

珊瑚说道："这件事要从你在三年前叫我护送耿公子的那件事说起。"蓬莱魔女听她重提与耿照当年之事，不觉怔了一怔。要知珊瑚就是因为耿照另有一个意中人，以致心灰意冷而遁世逃禅的，蓬莱魔女只怕她重提旧事，难免伤心。但看了看她，却并无感伤的神色，这才放下了一重心事，微笑说道："怎么样？"

珊瑚道："那次我奉命出差，玳瑁姐姐曾托我一桩事情，查访她弟弟的消息。"蓬莱魔女道："哦，原来玳瑁还有一个弟弟，我却未曾知道。"

珊瑚续道："玳瑁姐姐是农家女儿，她爹娘是因为日子太苦，当时又在战乱之中，恐怕顾不了女儿，这才将她送给富贵人家当丫头的。后来那家人家给绿林好汉所劫，玳瑁才到了绿林之中，其后又几个辗转，才得有机缘跟随盟主的。"蓬莱魔女道："怪不得玳瑁不愿意提及她的身世，原来是有这一段伤心之事。她的弟弟怎么样？"

珊瑚道："当时她的爹娘留子不留女，玳瑁被送给人家当丫头之时，年方七岁，她弟弟只有五岁。世乱年荒的情况之下，经过了十几年，玳瑁不知她的老家是否还在原来乡下，故此托我查访。可巧她的乡下离我这儿不过二百里路。那年我护送耿公子之后，回程之时，曾到家中一转，也到过她的乡下。玳瑁姐姐只知自己姓陆，她父亲是个穷苦人，连名字都没有的。乡下人小一辈的叫他陆大叔，平辈的就只叫他老陆。要找这样的一个普通农家，可真难找。"

蓬莱魔女道："你找着了没有？"珊瑚道："我好不容易找到那个村子，一看只见满目荒凉，处处都是颓垣败草，原来这个村子经过兵灾，老百姓的房子都给烧光了。村中只剩下两座建筑牢固的地主人家的大屋，那当然不会是玳瑁的住家了。我还未死心，再到附近的村子打听，他们说那个村子从前是住有许多姓陆的人家的，像我所描述的那个'陆大叔'的农民就有十几个之多，经过兵灾，有的死，有的走，有的被金军拉去了当夫役，都不知道下落了。"

蓬莱魔女叹了口气，说道："玳瑁也忒可怜，这么说你是找不着她的弟弟了。"笑傲乾坤笑道："我猜她是找着了，要不然她不会特别提出这件事情来说。"珊瑚道："你们都猜对了一半。那次没有找着，这次找着了。"蓬莱魔女喜道："啊，找着了！怎么找着的？他人在哪儿？玳瑁知道了没有？"

珊瑚道："我这次回来，因为与玳瑁的乡下反正离得不远，就又去了一趟。这次村中多了一座新盖的土房子，我到的时候，房子的主人正好打猎回来，我就上去一问——"蓬莱魔女笑道："可巧就是玳瑁的弟弟了？"

珊瑚道："可不是吗？但起初还不知道是不是的，因为将女儿送给人家当丫头的'陆大叔'不只是他爹爹一人，后来说起了那天他和姐姐分手的情形，这是玳瑁告诉我的，他还隐约记得，这才知道是找到了正点儿了！"

蓬莱魔女道："他还在这儿吗？"珊瑚道："还在的。"接着说道："原来他在家破人亡之后，流浪江湖，也曾学了一身武艺，后来又参加了一支抗金的义军，所以一直没敢回乡。如今金国在新败之余，不敢像从前那样雷厉风行地'剿匪'，乡下稍微太平了些，他才回来的。"

蓬莱魔女道："他叫什么名字？"珊瑚道："他叫陆勉。"蓬莱魔女似乎觉得这个名字有点熟，但却记不起是在哪里听过的。珊瑚接着说道："他知了姐姐的下落，欢喜到不得了，希望也能够到咱们的山寨来为盟主效力，我擅自作主，替盟主答应让他入伙了。"

蓬莱魔女道："这正是最好不过了。那么你就带我去找他，叫他跟咱们一道走吧。"珊瑚道："不必去了。他说过今天要来看我的，再等一会，只怕就会来了。"

蓬莱魔女听她说起陆勉时的亲切的语气，恍道："哦，敢情你是为了他这才改变了出家的主意的？"

珊瑚面上一红，还未来得及说话，只听得已有敲门的声音，问道："珊瑚姐姐在吗？"珊瑚说道："你自己进来吧！"一个少年推门而入。

这少年正是玳瑁的弟弟陆勉，他见屋内有人，怔了一怔。珊瑚笑道："你来得正巧，这位姐姐就是我们的柳盟主了。这边这位是华谷涵华大侠。"陆勉喜出望外，连忙上前按绿林规矩行过参见盟主之礼。

蓬莱魔女是个武学行家，一看这陆勉目蕴精光，说话中气充沛，就知他内功颇有根底，只有在珊瑚之上，绝不在珊瑚之下，便问他道："你师父是谁？"陆勉道："家师复姓西门，单名一个业字。武林中人称西岐凤。"

蓬莱魔女喜道："怪不得我听到你的名字觉得好熟，原来是西岐凤的弟子。两年前，有一次我与你的师父及你的大师伯东海龙相遇，他们谈起各自的传人，你师父曾经提过你的名字。"

陆勉道："我怎能与大师伯的衣钵传人杜师哥相比？杜师哥是早已名满天下的英雄，我只是刚出道的雏儿。"蓬莱魔女道："你还未曾见过你的大师伯和杜师哥的吗？一年前的采石矶之战中，我曾与他们并肩御敌，得过他们不少助力的。"

陆勉道："还未曾见过。那次采石矶之战，我也参加了一支义军，义军的首领名叫刘侃。"蓬莱魔女道："哦，刘侃？这个名字我也似曾听过。但那次他好像并没有来到采石矶。"

陆勉道："不错。那次我们被金国的大军隔断，过不了淮西。我们的刘统领是早已想投到盟主麾下的，他也听得我的杜师哥杜永良当时是在盟主的指挥之下，统率一路义军的。他要我去与杜师哥接洽，可惜道路隔断，我还未曾到得采石矶，那场惊天动地的大战已经结束了。"

蓬莱魔女道："人无分男女，地无分南北，大家都是同心抗金，在哪里都是一样的。后来你们这支义军怎么样？"

陆勉叹口气道："宋军大胜之后，反而班师退回江南，又与金国媾和。义军失了依靠，军心涣散，受不了金国大军的压力，早已散了。但刘大哥还是在企图东山复起的。只要盟主有令，我可以设法与他取得联络。"

陆勉所说的情形是江北大多数义军的共同遭遇，蓬莱魔女叹道："南宋庸臣误国，君主也只图苟安，当真是令人可气可恨。我们当然是需要更多的义士再起抗金的，但也无须你马上就去替我奔跑联络。你们姐弟隔别了十几年，你还是先随我回山寨见见你的姐姐吧。"陆勉当然也是很想姐弟重逢，垂手答道："但凭盟主吩咐。"

于是四人同行，珊瑚与陆勉朝夕相处，形迹是更亲近了，蓬莱魔女看在眼内，好不欢喜。一路无事，这一日回到了山寨。玳瑁得到报信，率众出迎。

珊瑚低声笑道："你不认识姐姐了吗？还不快上去姐弟相见。"她是想令玳瑁得个"意外之喜"，故而自己不先说出。不料陆勉却似呆了一般，双眼睁得又大又圆，珊瑚随着他的眼光望去，只见玳瑁背后有个少年，是她不认识的。

蓬莱魔女走在前面，也看见了这个陌生少年，只道是个新入伙的头目，也不怎样在意。当下蓬莱魔女哈哈笑道："玳瑁，你瞧我带了谁人来了？"

蓬莱魔女所说的这个"谁人"，当然是指陆勉，她也想看看玳瑁还认不认识弟弟。但在玳瑁心中，却只道蓬莱魔女说的乃是珊瑚。

玳瑁大喜说道："珊瑚姐姐，你回来了？我也告诉你们一件喜事，我的弟弟也回来了。小毛，上去参见盟主。和盟主同在一起的这位姐姐就是我和你常说的那位珊瑚姐姐，我最要好的结拜姐姐。你也一并见过吧。"

玳瑁在那里喜孜孜地说话，蓬莱魔女与珊瑚可都是大吃一惊。珊瑚叫道："你有几个弟弟？"那少年已走上前来，玳瑁指着他笑道："你不是早就知道的么，我只有一个弟弟，他就是我的弟弟。咦，珊瑚姐姐，你怎么啦？"

珊瑚叫道："你的弟弟我给你带来了，怎么这里又有一个你的弟弟？"

玳瑁也是吃惊不小，说道："什么？这个人是谁？他也说是我的弟弟吗？"

陆勉面上变了颜色，指着那少年道："你，你，你这是怎么回事？你为何冒充是我？"

那少年陡地喝道："这人是奸细！"

陆勉又惊又怒，叫道："你，你说什么？哦，我明白了，你才是奸细！"

那少年上来要拿陆勉，陆勉也摆开了架势。蓬莱魔女喝道："不许动手！真的做不了假，假的当不了真。是非真假，总可以问个明白。玳瑁，你仔细认认，哪一个才是你的弟弟？"

玳瑁指着那少年道："我早已盘问清楚了，他是我的弟弟！"

此言一出，最吃惊的乃是珊瑚。她似是自言自语又似是向着玳瑁说话："不对吧，我不相信陆勉骗我！"

陆勉说道："姐姐，你给人骗了。这个人他和你说了些什么？"

玳瑁怒道："你想套问我的私事好来冒充么？我才不上你的当！"

那少年道："他是义军的叛徒，只怪我从前有眼无珠，还把他当作好朋友。好呀，你知我有个姐姐做盟主的助手，你就居然这样大胆，冒充我来行骗，我倒要问问，你这是何居心？"玳瑁给这少年说得火起，说道："对，先把他拿下，再拷问他！"

陆勉大叫道："且慢，我有话说！"

珊瑚道："玳瑁姐姐，你就让他说几句吧！"玳瑁道："好，你有什么话说，说吧！"

陆勉道："妈将你卖给王大户做丫头那天，妈拖着我送你过桥，过了那边桥头，你要抱我一抱，可是你抱不起我，摔了我一跤。你记不记得？"

那少年怒道："我和你在义军中是好朋友，这些事情都是我说给你听的。"

陆勉冷笑道："你才是真不要脸，我把你当作兄弟一般，将小时候的苦楚向你倾吐，你却拿来骗我姐姐！姐姐，你再仔细认认，你当真是一点也不认得你的弟弟了么？"

两人说着同样的话，争吵起来。蓬莱魔女道："你们别吵，让玑珺仔细再认。"

玑珺离家之时，她自己七岁，弟弟只有五岁。如今姐弟都已长大，小时候的相貌早已变了。她左面看看，右面看看，觉得这两个少年都似依稀有点她弟弟的影子，但"先入为主"，她还是比较相信先来的那个少年是她弟弟。

陆勉抓抓耳后腮，含悲说道："姐姐，你不认得了？但我还有话说。"

玑珺蓦地勾起久远的记忆，似乎她的弟弟小时候有这种抓腮的习惯。但一个人在焦急无策之时，也是常常会有这种抓腮的动作的，玑珺不能因此断定谁真谁假，当下说道："好，你还有什么要说，那就快说！"

陆勉道："这话我只能对你一个人说，你与我到无人之处去说！"

那少年叫道："你想要什么花招，姐姐，小心上他的当！"

玑珺想了一想，眼光露出惊疑不定的神气，却道："好吧，我就和你到那边说去。"她把手一挥，喽兵让开，腾出了一片无人地带。那少年似乎还想抗议的，但终于没有说话。

玑珺将陆勉带到树林旁边，停下来听他低声说话。蓬莱魔女捏着拂尘，全神贯注盯着那边，要知陆勉武功在玑珺之上，蓬莱魔女是恐防陆勉突然发难，将玑珺掳为人质。这宗"双包案"太过离奇，连玑珺都分不出谁真谁假，蓬莱魔女自是更难分了。但陆勉要玳瑁到无人之处说话，蓬莱魔女也就不能不对陆勉多几分提防。

另一个更提心吊胆的人乃是珊瑚。在玳瑁和陆勉说话的时候，她的手心一直是捏着一把冷汗！"如果陆勉是假的……"她简直不敢再想下去。她是在情场上失意了一次的人，如今好不容易才医好创伤的心灵，她是不能再经受一次打击的了。

陆勉与玳瑁说话的时间并不长，珊瑚却似在惊惶之中等待了漫长的岁月。正是：

孰假孰真心惴惴，双包案也太离奇。

欲知后事如何，请听下回分解。

第八十一回　骨肉团圆擒狡贼
幽林设伏破强胡

　　珊瑚正自捏着一把汗，只见玳瑁与陆勉已转过身走回来了。两人的面色都是一般沉暗。珊瑚的心里就似有十五个吊桶装在那儿，七上八落，没有勇气发问。

　　那少年道："姐姐，这厮说了些什么鬼话？……"玳瑁陡地喝道："谁是你的姐姐，你说的才是鬼话！"

　　此言一出，珊瑚大喜若狂，喘着气叫道："如何？我早知道陆勉是真的了！"那少年则是大惊失色，蓦地打出一把暗器，意欲打伤几个喽兵，乘乱逃走。蓬莱魔女早有防备，拂尘一展，将他所发的暗器全都卷去了。

　　说时迟，那时快，玳瑁与陆勉已到了他的身前。那少年喝道："你这小子用了些什么花言巧语骗我姐姐？"声音颤抖，显出已是色厉内荏。陆勉左掌拨开他的拳头，右掌五指如钩，劈胸便揪，喝道："这话我正要问你！"陆勉是西岐凤的弟子，招数精奇，内力浑厚，本来就在这少年之上，加以这少年作贼心虚，早失斗志，不过两招，便给陆勉揪住。玳瑁"啪"地打了他一记耳光，斥道："你还敢冒充我的弟弟？"

　　珊瑚喜孜孜地走上前来，握紧玳瑁的手道："恭喜姐姐，你终于认出了真的弟弟了。陆勉，你和姐姐说的是什么？怎能几句话就说得她相信了你？"陆勉笑道："我只说了一句话。"珊瑚惊喜交集，说道："是么？你真有本事！那是什么紧要的一句话？"玳瑁面上一红，道："他给我说的是外人绝不能知道的一件事情。"

原来玳瑁家境赤贫，六七岁的小女孩在家里是没有衣服穿的，她的胸部有一颗很大的黑痣，她的弟弟不懂事，觉得很出奇，以为姐姐有三个"奶头"，不明其故。有一天他问母亲，母亲骂他一顿，骂完了大哭一场，哭自己没钱给孩子缝衣服。父亲则劝慰母亲，说是还有人家比咱们更穷的，孩子连出门都光着身子呢。陆勉五岁，姐弟分手。五岁以前的事情，本来是很难记忆的。但这件事情，他却是印象深刻，所以直到如今，仍然记得。他和玳瑁说的那句话就是："姐姐你还记得我说你有三个乳头，挨母亲之骂吗？"

这少年还想巧辩，说道："这人我以前一直当他是知心朋友，姐弟之间的事情都告诉他的。姐姐，你不能只凭一两句话就相信他。"玳瑁气他不过，又打他一记耳光。说道："你再叫姐姐，我就打死你！"要知朋友之间什么话都可以说，但姐姐身上的私隐则绝不会对外人说的。

蓬莱魔女道："好了，现在该审问他了。这厮是什么人？"陆勉说道："他就是我们头领刘侃的弟弟刘滔。唉，我真想不到他会这样！"

陆勉自从出师之后，即投入刘侃这支义军之中，因此对于刘侃的弟弟刘滔，自然也是免不了有一份"念旧"之情。此时见他做出这种事来，又是愤怒，又是伤心，而愤怒伤心之中，又兼有几分惋惜。

刘滔人甚机灵，看出陆勉对他还有几分情分，连忙说道："陆大哥，我这次做的事固然是大大不该，但本来的用意却是好。"

陆勉道："此话怎说？"刘滔道："咱们的义军散伙之后，你和十多个同属登州籍的兄弟回乡，不是中途碰到了金国的散兵么？"陆勉道："不错，那十几个兄弟都英勇战死了，只我一人侥幸杀出重围。"

刘滔道："不，还有一个受了重伤的弟兄未死，后来他逃回来报讯。他不知道你已经逃脱，却以为你也战死了。"

陆勉道："这又怎样？"刘滔做出一个尴尬的表情，说道："我信以为真，以为你确实死了。我，我不合一时起意，动了这个糊涂的念头，遂冒充你的身份，投奔你的姐姐。因为你的姐姐是代行北五省绿林盟主的职权，我不想做一个普通的喽兵，我以为认作她的弟弟，就，就至少可以当上一个大头目。我，我承认是有点私心杂念，但用意也还是为了抗金。"

陆勉冷笑道："那么我今日已经回来了，你，你却为什么反指我是奸细？这不是有心要陷害我吗？"

刘滔双膝一软，"卜通"跪下，说道："求陆大哥看在我哥哥面上饶我一次。我，我是糊涂，我是不合。只因我怕大哥不会饶我，我才反咬一口的。"

陆勉"哼"了一声道："起来，我不要看你这副丑态。哼，你做了这样不要脸的事情，完全违背江湖道义，绿林戒条，只用'糊涂'二字，就想轻轻地推卸了罪名么？"

刘滔说道："是，我是犯了罪，愿受陆大哥严惩。"他听得出陆勉话语虽然严厉，却已似有恕他之意。

玳瑁做了一年多的"代盟主"，比她的弟弟精明干练得多，冷笑说道："姓刘的，你太不老实了。你想瞒过大罪，只认小罪，是么？"

刘滔作出惶恐的神气，说道："我做错的事，我都依实说了。"

玳瑁冷笑道："我的弟弟并不知道我是在这儿充当柳盟主的助手的，你却怎么会知道？这不是一个大大的破绽么？"

刘滔说道："这是我打听出来的。"

玳瑁道："向谁打听的？谁又能知道此事？"

刘滔讷讷说道："这个，这个，嗯，我听说你是丫头出身，我想起陆大哥的身世，我来试试的。"说话支吾，显然已是不能自圆其说。蓬莱魔女心中一凛，说道："这其中一定还有重大的阴谋！"

蓬莱魔女柳眉一竖，陡地喝道："这厮不说实话，推出去斩了"两名头目应声而上，钢刀架在他的颈项。刘滔吓得魂飞魄散，慌忙叫道："我说，我说！"

蓬莱魔女冷笑道："若有一字谎言，依然要你狗命，快说！"

刘滔喘过口气，说道："散伙之后，我哥哥意欲隐姓埋名，伺机再起，我却不甘回乡务农。于是我和哥哥分手，带了一小队无家可归的弟兄干那黑道营生。不幸碰上金兵'围袭'，我，我失手被擒。"

蓬莱魔女道:"被擒之后怎么样?"

刘滔说道:"他们知道我是个头目,将我独自审问,审问我的是个汉人。"

蓬莱魔女道:"哦,是个汉人?叫什么名字?"

刘滔说道:"这个汉人年约三十左右,面白无须,我不知道他是谁,但听得那些鞑子口口声声称他作'郡马',对他倒是十分恭敬的。"

蓬莱魔女吃了一惊,恍然大悟,道:"哦,原来是公孙奇!公孙奇怎么审问你,快说!"刘滔接着说道:"这郡马审出我是刘侃的弟弟,越发不肯放松。他要我将义军中重要的头目都给他招供出来,不论是公事或者私事,一概都要说给他听。"

蓬莱魔女道:"你说了没有?"刘滔苦着脸道:"在酷刑之下,我没有办法,只好招供。"

陆勉骂道:"该死!那么你连我们姐弟的私事,也都说给那狗郡马听了。"刘滔不敢做声,来个默认。玳瑁气他不过,"啪"地又打了他一记耳光。

蓬莱魔女道:"招供之后,公孙奇又怎么样?"

刘滔讷讷说道:"那、那狗郡马就把我放了。"

蓬莱魔女大怒道:"你骗鬼么?好,你不肯老老实实是不是?公孙奇会用毒刑,难道我就不会?"

蓬莱魔女提起拂尘,只是在他背上轻轻一拂,刘滔登时觉得浑身刺痛,就似有千百枚钢针刺进他的身体,痛苦难当,比任何毒刑都更厉害。刘滔嘶声叫道:"盟主松刑,我,我说了!"蓬莱魔女移开拂尘,说道:"再不实说,我还有十八种酷刑,叫你一样一样遍尝滋味!"

刘滔喘息过后,说道:"那狗郡马听我说了陆大哥姐弟之事,十分留意。玳瑁姑娘给盟主做助手的事情,就是他告诉我的。他说玳瑁姑娘九成就是陆大哥的姐姐。"

蓬莱魔女对玳瑁说道:"果然不出我之所料,是公孙奇安排的机关。"陆勉却不明白,诧道:"公孙奇又怎的会知道玳瑁是我姐姐？"

玳瑁说道："是这样的：我当丫头的那家大户人家，为富不仁，后来被绿林的好汉抄了家，我也被救了出来。公孙奇这贼子本来是盟主的师兄，其时盟主还是个未曾出道的小姑娘，她是她的师父抚养成人的。"陆勉听说公孙奇是蓬莱魔女的师兄，吃了一惊。蓬莱魔女笑道："我的师父是武林前辈公孙隐，令师西岐凤想来是应该对你说过的了。师父他老人家一生正直，也是痛恨这个逆子的。"陆勉知道个中原委，这才释然于怀。

蓬莱魔女接着说道："救了你姐姐的那位绿林好汉和我的师父是相识的，他因为流浪江湖，带一个小姑娘在身边很是不便。恰巧我的师父也有意思要找两个女孩子陪我读书、练武，于是便将你的姐姐接回家中。名义上是我的侍女，其实我们一直都是像亲姐妹一样的。"玳瑁插口说道："最早跟随盟主的两个侍女便是我和珊瑚姐姐，不过，珊瑚姐姐的情形又与我有点不同，她是自行投奔的。她爹爹是个镖师，在跟随盟主之前，已经是学过武艺的了。"陆勉微笑说道："珊瑚姐姐的家事，她早已对我说过了。"

玳瑁说道："我是到了公孙前辈的家中两年之后，公孙奇这贼子才离家的。所以公孙奇知道我的籍贯和我曾经做过丫头的经历。"

陆勉道："哦，原来如此。姐姐，你倒是因祸得福了。"说至此处，接下去再盘问刘滔道："公孙奇指使你来冒认我的姐姐，有何图谋？快说！"

刘滔面上一阵青，一阵红，想说又怕说的样子，蓬莱魔女提起了拂尘，说道："你是不是想再受酷刑？"刘滔无可奈何，只得据实说道："他要我到这里来做内应。他们打听得盟主还未回山，想要扑灭你们这个山寨，计划最近便要调兵前来攻打，到时由我里应外合，先把玳瑁姐姐俘虏，交给官军。"本来金军在新败之余，是无力扫荡各处义军的。但蓬莱魔女这个山寨不比一般，它是绿林之首，故而金国在新君即位，大局稍定之后，便想来拔这口"眼中钉"了。

但金军在新败之余，又不想牺牲太多兵力。这座山寨形势险峻，若是没有内应，很难攻打。

蓬莱魔女大怒道："好狠毒的手段，打得好一个如意算盘，哼，哼，公孙奇这贼子固然是丧心病狂，你这小子也是个为虎作伥的卑鄙小人！你这样的人留在世上有何用处？"刘滔吓得面如土色，连忙叫道："盟主，我说了实话，你应该饶恕我的！陆大哥求你看在我哥哥的情分，代我说一两句好话！"蓬莱魔女道："好，死罪免了，活罪难饶！"呼的一掌向他拍下。

陆勉只道蓬莱魔女要打杀刘滔，大吃一惊，失声叫道："盟主，手下留情！"话犹未了，蓬莱魔女已是在刘滔的背心狠狠击了一掌，刘滔闷哼一声，晕了过去。

蓬莱魔女笑道："你放心，他死不了。我这一掌只是废掉他的武功。他醒来之后，除了不能再使武功之外，一切都和普通人一样。"当下吩咐喽兵将刘滔拖走，待他调治好了，押他做苦工。将来找着他的哥哥，再交给他的哥哥处置。

蓬莱魔女重回山寨，阖寨欢腾。晚上摆下喜筵，兼为陆勉接风。席间陆勉与玳瑁各谈别后情事，都是不胜感慨。珊瑚说道："玳瑁姐姐，你虽然是父母双亡，却喜弟弟业已成人，而且又做了西岐风的弟子，成为了江湖上的一位英雄了，这是大喜之事呀，你苦尽甘来，还有什么可伤心的？"玳瑁给他说得笑逐颜开，说道："姐姐，前时你要削发为尼，我很是放心不下。如今喜得你重回山寨，我也敬你一杯。"

蓬莱魔女笑道："玳瑁，你还有一件大喜之事，你知不知道？"玳瑁怔了一怔，道："什么大喜之事？"蓬莱魔女道："你可知道珊瑚何故打消了遁入空门之念？"玳瑁道："不知。"蓬莱魔女笑道："你的弟弟知道，你问他吧。"此言一出，登时把珊瑚与陆勉羞得个满面通红。玳瑁恍然大悟，说道："哦，原来如此。珊瑚姐姐，你可要变成了我的弟妇了？哈哈，咱们亲上加亲，这真是天大的喜事了。"

事情既经说破，蓬莱魔女便道："男大当婚，女大当嫁。你们父母都已不在，我来替你做主，择日成婚吧。"绿林儿女，都带有几分豪气，珊瑚与陆勉也不扭怩作态，听凭了蓬莱魔女的主张。珊瑚还悄悄的和蓬莱魔女开了几句玩笑，说道："柳姐姐，你说男大当婚，女大当嫁。那么，你是我们的大姐姐，你呢?"蓬莱魔女也如实告诉她道:"我自有打算。最多迟你一年。"

席还未散，喽兵忽来报道擒获了一个奸细，原来是个冒充汉人的金兵，前来投奔刘滔的。不过他说的不是刘滔的名字，而是"你们盟主的弟弟"。喽兵已经知道刘滔是假，立即把他拿下，送来给蓬莱魔女审问。

一审结果，果然是派来做刘滔的助手，在山寨准备做"卧底"的。蓬莱魔女叫手下将他带出去关禁，然后与笑傲乾坤、珊瑚、玳瑁等人商议道:"咱们正好将计就计，将金兵引来，杀他一个痛快。金虏以为有人卧底，他们舍不得动用大军，仅仅对付一个山寨，因此必然是采用奇袭方法。咱们布置好了，定教他们一网成擒。"当下说出计划，珊瑚喜道:"好计，好计。最好是公孙奇亲自来。柳姐姐，你就可以省掉许多气力了。"

过后几天，陆续来了几个奸细，都为喽兵所擒。蓬莱魔女严加审讯，审出他们与官军秘密联络的方法，选择其中一个武功较高而又特别怕死的人，迫他服下毒药，恐吓他这毒药将在七天之内发作，若无她的独门解药，必将全身溃烂而亡。于是叫陆勉充当他的跟随，押着他到山下一个秘密机关去"通风报讯"，假称刘滔在山上一切都已进行顺利，布置妥当，只等官军前来夜袭，还送出了一份山寨的地图，当然这份地图也是假的。

其实不但地图是假，报讯是假，还有一样假的连那被迫报假讯的奸细也是有所不知，原来连那"毒药"也是假的。蓬莱魔女哪有什么毒药，她不过是用父亲秘传的一种点穴手法，在迫那人"服毒"之时，不知不觉地点了他的一处穴道，令他有晕眩腥闷的感觉，自以为真的服了剧毒而已。陆勉押他去报讯，本来极是冒险，但这奸细怕死，却给蓬莱魔女顺顺利利地完成了"反间"之计。

"万木无声待雨来"，这一天终于来了!这是一个月黑风高的晚上，二更时分，悄悄地来了一支金军，摸上山来。这支金军不过千人，但却是从金国御林军中精选出来的劲卒，由新任的御林军副统领檀世英统带，不远千里地从大都秘密行军来的。当然军中还有几个深通武功的高手同来。

这个副统领乃是将门之子，倒也曾熟读兵书，上到半山，山路是越来越险，已经可以望见山上建筑的堡垒了，但还是一点没遇到抵抗。这副统领不觉心有所疑，沉吟说道："这是号令北五省绿林的盟主的山寨，怎能如此防卫粗疏，莫非是诱敌之计？"他的一个部下自以为识得内情，笑道："绿林盟主本来是公孙奇的师妹，极为厉害的。但她此刻还未回山，这一年来，这个山寨都是交给她一个婢女执掌的。谅一个丫环之辈，识得什么用兵之道？"这些情形，统军的檀世英也是早已得到"情报"的了，当下说道："好，那就按照原来的计划，试放几枝响箭，看看咱们的人有没有接应？暂时不必躁进。"

响箭放了几枝，出来了一小队巡山的喽兵，迅即被金军杀得狼狈而逃。过了一会，只见一溜蓝色的火焰，升上半空，这是寨中的奸细与官军约好的讯号，射出的"蛇焰箭"。檀世英那手下喜道："咱们的人有接应了。"檀世英道："却还不知他们得手了没有？"话说没多久，山头上的火光也已经看得见了。檀世英大喜道："好，咱们的人得手了，趁着寨中群龙无首，马上进攻！"原来刘滔从前与公孙奇约好了的是，倘若他擒了玳瑁，就立即举火为号。这御林军哪里知道，这是"假放火"，并非山寨焚烧，而是山头的空地上烧了一大堆干草。当下这支御林军跟着蛇焰箭指示的方向，参考地图，杀上山去。

这条路是个喇叭形的斜谷，进口宽，越深入地形越窄，而坡度也越陡，山坡上的树木藤茅，交结纠缠，展布成一片绿海。这样阴森的林谷，日间已是令人心悸，在月黑风高的晚上，更似多了几分"鬼气"。御林军初时一鼓作气，吹起进军的号角，打响冲锋的战鼓，大呼小叫地杀将进去，不料待到整队都进入了这样斜谷，兀是未见对方接战，那股勇气，从盲乱的喊杀声中就渐渐变得云散烟消。檀世英嘀咕道："真是邪门！怎的既不见贼人，也不见有自己人接应？"

一鼓作气，再而衰，三而竭。经过三通鼓响，三番盲乱的喊杀之后，回答他们的还只是两边山壁的回音，恍恍惚惚，远远幽幽，声音从自己口中叫出又回到自己耳中，令人感到一种难以名说的奇幻与恐怖、午夜、幽谷、回声……把御林军战斗的勇气都消蚀光了！

而且初初进去，还不觉怎么，一攻上了斜坡，队伍想要通过，可就非得用马刀开路不可了。树木藤茅是那样浓密，枝桠交结，藤蔓纠缠，变成了就似陷人的软坑，拉不断，扯不开，斩不断，理还乱，要往前行进几步，也得费许多气力。

檀世英见此情形不对，猛然一省，当机立断，喝道："改后队为前队，鸣金收兵，速退，速退！"

可惜已经迟了，退军的命令刚刚宣布，顿然间只听得惊天动地的喊杀声爆发出来，淹没了他们收兵的鼓角声，树林中埋伏尽出，有的从乱石中跳出来，有的从茅草里跳出来，还有的从树上跳下来。黑夜里人影幢幢，但见刀光如雪……

一场混战在黑夜里的幽谷展开，金国的御林军中了埋伏，士无斗志，就似一群被关在笼里的老鼠，胡乱奔窜，挥舞刀枪，连在他们身边的是自己人还是敌人也不知道。

檀世英又惊又怒，叫道："公孙奇这小子搅什么鬼？说什么山寨的内应都已布置好了，哼，哼，这不是陷害咱们吗？"在他旁边的一个黑衣人说道："公孙奇这小子自己不来，我早怀疑是有鬼了。但这些草寇谅也奈何咱们不得，檀将军，咱们先杀出去，再找公孙奇这小子算账！"

话犹未了，忽听得有个清脆的少女声音斥道："金老贼，你来得好，还想走吗？"原来那黑衣人正是从前的金国国师金超岳，倘能把他杀了也可以出一口气。

金超岳听得蓬莱魔女的声音，这一惊非同小可，叫道："岂有此理，咱们被公孙奇这小子……""出卖了"这三个字还未曾说得出口，说时迟，那时快，蓬莱魔女已经来到。

有蓬莱魔女在此，他已是只能自保，不能再顾檀世英了。但他自恃武功，心想要战胜蓬莱魔女虽然不易，独自逃生，谅还可以。

哪知他刚刚转过身子要逃，只听得一声长笑，笑傲乾坤已是出现在另一面，封锁了他的退路。笑傲乾坤纵声大笑道："天堂有路你不走，地狱无门你偏进来！嘿，嘿，天罗地网已张开，你们哪一个还想逃跑得了？"

金超岳领教过笑傲乾坤的厉害，深知他的本领只有在蓬莱魔女之上，笑傲乾坤已经出现在他的前方，他还敢向前冲去？

急切间他正想选择一个有利的方向，蓬莱魔女轻功何等迅疾，说时迟，那时快，已是追到了他的背后。金超岳反手一掌，荡开她的拂尘，笑傲乾坤亦已大笑而来。

就在此时，檀世英身边的一个黑衣武士，忽地冲了上来大声喝道："我与你这贱婢有不共戴天之仇，好呀，今日陌路相逢，你吃我一掌！"

掌挟劲风，沙飞石走，声似郁雷，蓬莱魔女也不禁心头一凛，"想不到在金国御林军中还有如此一个高手！"她不想两面作战，用了个"风飐落花"的身法斜身闪开。

只听得"蓬"的一声，这一边蓬莱魔女闪开了黑衣武士的一掌，那一边笑傲乾坤却已及时赶到，与金超岳硬拼了一掌。

笑傲乾坤自从得了柳元宗与公孙隐各授以上乘的武功之后，早已是"百尺竿头，更进一步"。此时有心试试自己的功力，明知金超岳的阴阳五行掌，专伤奇经八脉，也硬接他的掌力。双掌一交，笑傲乾坤打了一个寒噤，但金超岳却"哇"的吐了一口鲜血！

金超岳过去也曾与笑傲乾坤交过好几次手，虽然每一次他都是输给笑傲乾坤，但至少也能打到百招开外，不料这次仅仅是一个照面，便给笑傲乾坤的掌力，震得他五脏六腑都似乎要翻转过来。他一口鲜血喷出，踉踉跄跄地往后直退。

笑傲乾坤打了一个寒噤，试出金超岳所练的"修罗阴煞功"似乎又进了一层，但自己本身的功力比对方增进得更多。笑傲乾坤哈哈笑道："你恶贯满盈，阎王老爷子要请你赴宴啦，你还往哪里跑？"一纵身便即追上了金超岳，伸手便揪。

金超岳沉声吼道："我与你拼了！""哇"的又是一口鲜血对着笑傲乾坤喷来，笑傲乾坤不愿溅上满身血污，侧身一闪。金超岳双掌齐推，那股力道竟然十分猛烈，笑傲乾坤的那一抓，本来要抓碎他的琵琶骨的，竟给他的双掌荡开，而且还禁不住倒退三步。

笑傲乾坤吃了一惊，好生诧异，心道："这老怪已给我打得连连吐血，怎的突然间又有如此功力，反而比刚才强了？"

　　原来金超岳用的是一门邪派奇功，名为"天魔解体大法"，这门功夫在自伤肢体之后，功力可以陡增一倍。金超岳因为已经给笑傲乾坤打伤在前，索性再咬破舌头，施展这门邪派奇功。

　　"天魔解体大法"本来最为耗损真力，使了这门功夫，过后必将元气大伤，至少大病一场，甚至半身瘫痪。但金超岳此时为了想保性命，只盼能把笑傲乾坤打跑再说，后果也就顾不得那许多了。

　　金超岳的"阴阳五行掌"，左掌使的是"修罗阴煞功"，掌挟寒飙，奇冷刺骨；右掌则是"雷神掌"的邪派功夫，掌力一发，热风呼呼，触人如炙。笑傲乾坤纵声笑道："黔驴之技，已尽于此了么？"在寒飙热浪之中，掌影翻飞，招招进迫，丝毫不让。他正是要借对方的"阴阳五行掌"来考验本身的功力。

　　笑傲乾坤缠上了金超岳，另一边，蓬莱魔女也和那黑衣武士作了对手。

　　黑衣武士使的是一根狼牙棒，棒重力沉，蓬莱魔女连刺三剑，竟然都给他的狼牙棒挡开。蓬莱魔女好生诧异，心道："这金狗的本领倒也很是不错，但我不认识他，却何以说是与我有不共戴天之仇？"

　　蓬莱魔女不敢轻敌，随即使用拂尘助攻，一招"天罗地网"，尘尾散开，向那黑衣武士罩下，黑衣武士一掌拍出，劲风呼呼，荡开她的尘尾，狼牙棒接着一招"横扫千军"再转而为"推波助澜"，"压"字诀与"转"字交替运用，竟然把蓬莱魔女迅捷无比的连环剑招也化解了。

　　蓬莱魔女"咦"了一声，连忙喝道："你是丐帮的什么人，为何投靠金虏，助纣为虐？"

　　原来这黑衣武士竟是用狼牙棒来使出丐帮的打狗棒法。打狗棒法本来胜在轻灵迅捷，变化奇妙，他这根狼牙棒少说也有六七十斤之重，以沉重的兵器而使轻灵的招数，其难可想而知。但这个黑衣武士把这柄粗重的狼牙棒使开，就似舞弄一根灯草似的，得心应手，毫不费力。蓬莱魔女看出他的家数，是以有此一问。

这黑衣武士"哼"了一声，狠声骂道："什么叫做助纣为虐？哼，哼，你这女贼不识顺逆，把丐帮当作什么英雄豪杰，在我眼中，不过是一群为非作歹的臭叫花而已，臭叫花若然碰上我的手上，我一个个都要打杀！"

看他这副咬牙切齿的神气，显然是和丐帮有什么大恨深仇。蓬莱魔女好生诧异，心中想道："本帮弟子决不能如此辱骂本帮，难道是我走了眼（看错）了？奇怪，但他这路棒法，分明却是打狗棒法。"

蓬莱魔女虽然有点惊疑不定，但那黑衣武士既已表明态度，蓬莱魔女怎能容得他侮辱丐帮？当下厉声斥道："管你是叛徒也好，或本来就是金狗也好，你既敢口出大言，和我们誓不两立。好吧，我就成全你的心愿，分个强存弱亡！"

蓬莱魔女气上心头，登时展开了凌厉无伦的攻势，尘剑兼施，剑剑指向对方的要害穴道，而那柄拂尘，也夭矫如龙，倏聚倏散，时而当作判官笔用，聚成一束，击他的天灵盖，时而作网状散开，把对方的身形全都笼罩在拂尘之下。

那黑衣武士拼命抵挡，大汗如雨，心中暗暗吃惊，"怪不得北五省绿林，肯受一个女子的管束，奉她作为盟主。原来果然是名不虚传，如此了得！"

但这黑衣武士虽然是给她杀得只有招架之功，并无还手之力，但毕竟也还有招架的本领。激战多时，不知不觉已斗了五十来招，那黑衣武士居然还能够勉强支撑，未曾落败。蓬莱魔女心想："这厮的武功出自丐帮已是无疑的了。看来他虽然比不上新帮主武士敦，但丐帮之中，除了武士敦，只怕也就要数到他了。"心中不由得稍稍动了"惜才"之念，同时也兴起了好奇之心，要想把他生擒，问个水落石出。

那黑衣武士看出有线生机，趁着蓬莱魔女未施杀手，招数略缓之际，突然一个倒纵，和衣就滚下山坡。山坡上茅草高逾人头，荆棘遍布，黑衣武士拼着给荆棘刺得皮开肉绽，也顾不得那许多了。他的动作也当真是快到极点，转眼就钻入了茅草丛中，不知去向。

蓬莱魔女瞿然一惊，悔不该手下留情，放走了一个强敌。她正想去拨草寻踪，耳边忽听到笑傲乾坤与金超岳高呼酣斗之声。

蓬莱魔女心头一凛："谷涵怎的还未曾打发这厮？"她听出这两人都似力竭声嘶，不禁大吃一惊，大感意外。当下，无暇追拿那黑衣武士，立即便跑过去看。

只见笑傲乾坤手挥折扇，衣袂飘飘，正在绕着金超岳的身子和他游斗。金超岳则狂呼猛扑，双臂箕张，手脚起处，全带劲风。蓬莱魔女在五六丈外，已感到那一股卷地的寒飙，骤然间又变为炙人的热浪。这正是金超岳那"阴阳五行掌"的妙用，发挥得淋漓尽致的时候。表面看来，还似乎是笑傲乾坤给他迫处下风。

蓬莱魔女一抖拂尘，正要过去夹攻金超岳。就在此时，忽听得笑傲乾坤一声长啸，身形倏起，倒纵出数丈开外，落地之时，脚步竟然未能站稳，又跟跟跄跄地倒退几步。

蓬莱魔女这一惊非同小可，忙把笑傲乾坤扶住，急声问道："你怎么啦？"低头看时，只见笑傲乾坤满身都是鲜血。

话犹未了，只听得金超岳发出一声裂人心肺的嘶叫，口中喷血如泉，身形摇晃几下，就似一根木头般地倒下去了。

原来，金超岳用的"天魔解体大法"太伤元气，当他最后一次用血箭迫退笑傲乾坤之时，本身亦已是到了油尽灯枯之境，终于狂吐鲜血而亡！

笑傲乾坤喘过口气，笑道："这老怪临死之前的一击倒也很是厉害，不过要想伤我，却还未能。你放心吧。"他身上的血是金超岳喷来的，并非他自己受伤。蓬莱魔女看清楚了，心上一块石头落地。

此时金国那支御林军已是伤亡殆尽，被俘虏的也很不少。主帅檀世英只剩下几个亲兵保护，且战且走。陆勉、玳瑁、珊瑚率领喽兵包抄，已切断了他的退路。

笑傲乾坤叫道："射人先射马，擒贼先擒王。决不能让这贼将跑了！"蓬莱魔女说道："不错，咱们这就过去拿他。料他已是瓮中之鳖，决计逃跑不了！"

不料笑傲乾坤口里大呼小叫，脚步却不移动。而且，非但他自己不走，还把蓬莱魔女一把捉住。

蓬莱魔女怔了一怔，正感莫名其妙；待要发问，只听得笑傲乾坤已又在纵声笑道："哈哈，公孙奇定的好个妙计，你们都已给公孙奇卖在这儿啦，还想逃么？柳盟主，今次论功，该数公孙奇最大，看来他是有诚意反正的了。"

蓬莱魔女恍然大悟，心道："原来谷涵是想使反间之计。不错，捉了一个檀世英算不了什么，倒不如把他放了，让他在金国皇帝跟前告公孙奇一状。"

蓬莱魔女领悟了笑傲乾坤的用意，也假意说道："论功行赏，慢慢再说。待我先把这贼将先拿下来。"当下扬声叫道："玳瑁、珊瑚，你们退下。我要亲自捉拿这厮！"

玳瑁、珊瑚正自力战不下，只道盟主亲自出马，定然手到擒来，于是立即让开，连陆勉也退下来了。

蓬莱魔女喝道："往哪里跑？"接上珊瑚的空档刷的一剑刺出。檀世英举枪招架，蓬莱魔女心里想道："我要放他，可也不能太露痕迹。"要知蓬莱魔女是北五省的绿林盟主，倘若使出的武功太过平庸，三招两式就让对方逃脱的话，只怕要给对方看出破绽。

檀世英本领倒也不弱，知道来的乃是绿林盟主，心头一凛，拼了一死，抖起碗口大的枪花，一招"乌龙绞柱"，接着变为"倒海翻江"，方圆数丈内，一片剑光枪影，沙飞石走，等闲之辈都踏不进这个圈子。

蓬莱魔女冷笑道："你这金龙十八变的枪法也算是过得去了，但要想在我手下逞能，却似乎还差得太远！"剑法一紧，紧紧裹着他的长枪，檀世英拆了十来招，枪法已是渐渐施展不开，心中吃惊不小，暗自想道："这魔女果然名不虚传，怪不得北五省的强盗肯服服帖帖地听她号令。"却不知蓬莱魔女还只不过是使出六七分本领。

蓬莱魔女容他过了二十多招，剑法一紧，力透剑尖，当的一声，拨开枪头，剑尖在檀世英的臂膊上划开了一道伤口，她用剑十分神妙，仅仅是挑破皮肉，恰到好处，却丝毫也没有伤着他的骨头。

檀世英大吼一声，长枪飞出，这是他的救命绝招，来势倒也不

珊瑚识破小姐的用意，微微一笑，低声说
道："还是让他走了的好。"

可轻视。蓬莱魔女侧身闪过，拂尘一挥，摔了檀世英一个筋斗。

蓬莱魔女这一招用得更是神妙，檀世英摔出三丈开外，虽然疼痛，却发现气力还在，并未受伤。檀世英连忙爬起来，三拳两脚打翻了几个来捉他的喽兵，也滚下山坡去了。

檀世英那几个护兵发一声喊，四散奔逃，可是他们却没有这么好"运气"了，蓬莱魔女一甩拂尘，抖落了十来根尘尾当作暗器射去，那几个护兵一个个都觉膝盖一酸，登时跪倒，给山寨的头目都捉了去。原来他们都是给尘尾刺中膝盖的麻穴。这一战檀世英带来的这支御林军全军覆没，就只逃跑了他本人。

陆勉叹道："可惜走了敌军的主帅。"珊瑚跟随蓬莱魔女多年，识破小姐的用意，微微一笑，低声说道："还是让他走了的好。"

蓬莱魔女下令清理战场，将俘虏押解回山。玳瑁喜孜孜地说道："这一战咱们山寨的威风大振，谅金虏以后也不敢对咱们小觑了。"蓬莱魔女道："胜不骄，败不馁。敌人虽然大败亏输，但咱们还是不能放松戒备。"玳瑁应了声："是。"她看见笑傲乾坤过来，便借故走开，去察看喽兵清查俘虏了。笑傲乾坤与蓬莱魔女并肩而行，轻声说道："你可知道这檀世英是什么人吗？"正是：

有心放虎归山去，另有天机袖里藏。

欲知后事如何，请听下回分解。

第八十二回　义释战俘归故里
欲诛首恶探魔宫

　　蓬莱魔女道："他年纪轻轻，就做到了金国的御林军副统领，想必是凭借父兄的余荫。他是济亲王檀家的后人么？"原来"济亲王檀家"乃是金国最显赫的一个家族，尤以军功最盛，金国的统兵大将，多是出于檀家。先祖檀道济曾在金国崛起之初，身为兵马大元帅，东征西讨，立下很大功劳，故此受封为"济亲王"。他的女儿亦被"册立"为金国的皇后。这是金国的"外姓"而受封为"亲王"的第一人。本来非皇帝本家的外姓，最多只能封王而不能有"亲王"之衔的，檀道济之所以得到"破格"受封，一来是由于特殊的军功，二来是由于有女儿做了皇后的关系。故此金主特别笼络他这一家，封后父为"亲王"，表示愿与檀家共享天下、同是一家之意。其后檀家人才辈出，如今身为金国两大元帅之一，与皇叔完颜长之共掌兵权的檀道雄也是檀家之人。

　　笑傲乾坤道："不错。论起排行，这檀世英还是武林天骄檀羽冲的兄弟辈呢。许多年前，我曾偷入大都（金国京城），探访羽冲，在他的家中也曾见过这檀世英一面。不过当时我冒充羽冲的门客，他也不知道我是何许人罢了。据我所知，檀世英虽然没有武林天骄那般见识，他走的也是他先人所走的路，以为世受国恩，就当效忠君主。不过为人却还相当正直。武林天骄在叔伯兄弟之中，也是和他的交情最好。所以，这次你放了他，正是一举两得。从公处说，是利用他来行使咱们的反间之计，从私处说，又送了武林天骄一个人情。"

蓬莱魔女听笑傲乾坤提及了武林天骄，不禁好生思念。要知她是个性情爽朗的巾帼须眉，素来是不拘泥小节的，对腐朽的礼法，也从来不放心上。此刻她虽然是身有所属，矢志与笑傲乾坤相爱，但对于与武林天骄的友情，她也还是像从前一样的十分重视。笑傲乾坤似乎猜到她的心意，笑道："羽冲是一位好朋友，只不知他现在如何了？待到山寨安定之后，我倒想再去一次大都探访他呢。"蓬莱魔女看出他已是全无妒意，展颜一笑，说道："这个以后再谈吧。"

回到了山寨，寨中喜气洋洋，已经摆下了庆功宴。蓬莱魔女又在席上宣布了陆勉与珊瑚的婚事，并正式向属下宣告，提升珊瑚与玳瑁作为副寨主，大家更是喜上加喜。

可是在酒席将散之时，却发生一件不大愉快的事。有个头目，赤着上身，背负一根木棍，自己反缚了双手，走上堂来，向蓬莱魔女跪下。这是"负荆请罪"的意思，自知犯了过错，来求寨主处罚的。

蓬莱魔女一看，认得是管厨的头目。山寨的厨房要供应数千人的膳食，故此在厨房执役的厨子、火夫与及一众杂工也有将近百人之多，统归这个头目管辖。

蓬莱魔女正在高兴，见他"负荆"而来，怔了一怔，却笑道："这次的庆功宴，你办得很不错啊。我还没有嘉奖你呢，怎的你却请罪来了？"

那头目跪了下来，说道："寨主日前拨交小人看管的那个奸细，小人看管不周，给他逃了。微功难补大过，特来请罪。"珊瑚吃了一惊，说道："就是那个冒充陆头领的奸细刘滔吗？"那头目道："不错，就是这个刘滔。小人忙于备办庆功宴，一时疏忽，没有盯紧他，也不知他是什么时候逃了，直到刚才方始发现，真是该死。"

原来刘滔只是被蓬莱魔女废了武功，其他一切都和普通人一样，气力也还可以做得粗活的。蓬莱魔女将他拨在厨房执役，做挑水砍柴的功夫。昨晚官军围山，寨中的喽兵几乎倾巢而出，厨房的工役也临时调充大寨的看守。待到打胜了仗，又立刻要备办五六百桌的庆功筵席，厨房的工役忙得不得了，刘滔就趁这个忙乱的时机，黑暗中悄悄溜走。

蓬莱魔女听了他的禀告，说道："你们忙了一个晚上，也够累的了。你虽然有看管不周的过失，亦属情有可原。刘滔这厮已给我废了武功，谅他也作不了什么祸害，逃跑了就算了。"当下将掌刑的头目唤来，说道："你给他记上一个小过，刑罚就可免了。"亲手将这管厨头目背负的木棍取了下来，仍然叫他回到庆功宴上。

蓬莱魔女是为了体恤部下，特别宽容。这样的处置也属合情合理。但却没想到这刘滔逃走了之后，却破坏了蓬莱魔女的一项计划，也给山寨带来了不少后患，这是后话，按下不表。

蓬莱魔女想起一事，吩咐陆勉道："这次拿获的俘虏，所有受伤的都要好好给他医治，切不可加以虐待。问他们的口供，也要出于他们的自愿，不可迫供。要知这些俘虏，多半也是金国的普通百姓。"陆勉是这次受指派为看管俘虏的人，当下接了命令，应道："属下遵命。"心中想道："我上山寨之前，在江湖上到处听人谈说咱们这位盟主的厉害，她的绰号又称'蓬莱魔女'，我只道她是如何心狠手辣，却原来恁地慈悲！"

山寨里有上好的金创药，过了几天，受伤的俘虏都已医好。蓬莱魔女吩咐陆勉将全部俘虏都押到山寨前的大草坪上，俘虏们惴惴不安，听候蓬莱魔女的审讯。这批俘虏有三百余人之多。不料蓬莱魔女也不加清点，就挥手道："把他们放了！"

陆勉吃了一惊，说道："好不容易擒获他们，又给他们医好了伤，怎的如今却把他们放了？"

蓬莱魔女道："咱们是仁义之师，不杀俘虏。我说放就放！"陆勉躬腰应道："是。属下遵命。"便即吩咐喽兵，给那些俘虏一个个松绑。但陆勉虽然如此做了，心里那还不是很服贴的，暗自想道："金虏捉了咱们的人，不是活活打死，就是迫做苦工，有如此优待的？咱们虽说是仁义之师，但这样对待俘虏，却也未免是太过宽容了！"

连陆勉都不服气，觉得蓬莱魔女的"宽容"出于"常理"之外，那些俘虏更是意想不到，如在梦中。只怕是蓬莱魔女使的什么手段，将他们戏弄的。前面已经解开捆缚的俘虏，最初还不敢马上就走。

蓬莱魔女微微一笑，说道："你们都是寻常百姓，家中都有父母妻儿，要是我不让你们回去，你们的家人不知怎样挂念你们呢？不错，在你们拿起刀枪打我们的时候，我们是不能不把你们当作敌人，是要将你们消灭的。但在你们已经放下刀枪，变成俘虏之后，我就只是把你们看作一般百姓，不再将你们当为敌人了。好好回家去吧。有哪个身上缺钱的，可以领五两银子路费。因为我不想你们下了山又抢掠百姓。"蓬莱魔女的寨规极严，擒获的俘虏是只许收缴他们的武器，不准没收他们的财物的。

那些俘虏见蓬莱魔女替他们想得如此周到，还怕他们缺钱，要发路费，这才相信蓬莱魔女是真的要释放他们，并非戏弄。

俘虏们感激涕零，一齐俯伏，说道："寨主再生之德，我们永远也忘不了。我们回去做个百姓，以后决不敢再来打你们了。"

蓬莱魔女又笑道："话可不能说得这么满，倘若你们的官府不许你们做个百姓，仍然要强迫你们回到军营，将来再差遣你们来攻打我们呢？"陆勉心想："对啦，这正是我所要问的说话。"

那些俘虏怔了一怔，但马上就有几个人同声答道："倘若真的有那么一天，要我们再来的话，我们就临阵私逃，说什么我们也不能再替我们的将军卖命，和你们打仗了。"另几个跟着说："我们不但自己逃，还会劝同伴也逃。寨主，你的好处，我们是一定会向相识的人说的。"

蓬莱魔女笑道："一点不错，咱们虽有金汉之分，但老百姓都是一家，只因你们的皇帝、你们的将军要打我们，这才变成敌人的。只要你们懂得这个道理，以后不再为皇帝将军卖命，这就行了。但你们也不必只是感激我，我希望你们以后对汉人也不要再欺侮了。好了，话已说得很清楚了，你们领了路费就回去吧。"

她一说不但俘虏明白，陆勉心中的别扭也解除了，想道："不错，留这几百俘虏迫他们替山寨做苦工对我们也没有多大好处，把他们放了，这好处可大啦。咱们的仁义之举，借他们的口传播出去，一传十，十传百，将来一定会有越来越多的人，不肯再糊里糊涂地为金国的皇帝、将军送死了。"

但陆勉虽然"想通"了，却还不是十分透彻，释放到最后几个俘虏的时候，又禁不住问道："这几个人是跟随檀世英的亲兵，也都释放么？"

蓬莱魔女道："我说的是全部释放，当然一视同仁。"亲手将那几个檀世英亲兵的绑也都解了。

笑傲乾坤看了蓬莱魔女释俘之举，心里也是十分佩服，想道："清瑶的武功也许比不上我，见识却是比我高明多了。怪不得她能当上绿林的盟主，当真是有领袖之才。"

但在释放到这几个檀世英亲兵的时候，笑傲乾坤却想起一事，笑道："我想和他们谈几句话，可以吗？"蓬莱魔女道："这可要问过他们。嗯，我们不是问你口供，你们愿说就说，不愿说也不勉强。"后面一段话是面向那几个俘虏说的。

那几个俘虏身为主帅的亲信护兵，心里本来都是惴惴不安，以为普通的兵卒可得释放，他们则未必能获宽容。如今喜出望外不约而同地说道："两位寨主请问，只要是我们知道的，我们一定据实禀报。"

笑傲乾坤道："你们的主帅有一个堂兄弟名叫檀羽冲的，你们可知道么？"那几个亲兵道："檀公子在我们金国被尊为'武林天骄'，我们的武士，没有不知道他的。至于我们则还认识他呢。"

笑傲乾坤道："那好极了。我想知道他最近的消息，你们可有谁知道？"一个经常在檀世英身边伺候的亲兵说道："小的曾听檀将军和老元帅说过这件事情。知道一点消息。"这亲兵口中的"老元帅"指的即是在金国掌握兵马大权的檀道雄，他是檀世英与檀羽冲的叔叔。

笑傲乾坤道："你们的老元帅怎么说？"那名亲兵道："檀公子因为反对前皇（完颜亮）的暴政，本来是被列为钦犯的。如今新主即位，老元帅向皇上求情，听说已经颁下了赦免令了。听老元帅说，他还要把檀公子接回家中呢。"笑傲乾坤道："他回去了没有？"这名亲兵道："我只是听说檀公子已经答应回来，但究竟回来了没有，因为我已被调遣出京，就不知道了。"

笑傲乾坤问完了有关武林天骄的消息，也就让那几个檀世英的亲兵走了。笑傲乾坤对蓬莱魔女道："想不到武林天骄会获得赦免。这么样他倒用不着四处逃亡了。"但蓬莱魔女却是毫无喜容，反有忧色。

蓬莱魔女沉思半晌，缓缓说道："只怕其中有诈。"笑傲乾坤道："他们叔侄虽然是各走各路，但檀道雄这个人倒还是相当刚直的。"蓬莱魔女道："他的叔叔或许没有害他之心，但新君完颜雍呢？"笑傲乾坤道："完颜雍是完颜亮的弟弟。完颜亮死了，本来不该是他继承皇位的，但因完颜亮失尽民心，国人太过痛恨他，累及了他的儿子。故此大臣不敢拥立太子而要拥立皇弟。完颜雍意外得到皇位，遂以清除前皇暴政为收揽民心之举，檀羽冲在金国的武士中颇有威望，完颜雍要笼络他也不出奇。"

蓬莱魔女摇了摇头，笑道："没有老虎不吃人的，也没有真正为了百姓的皇帝。不过有些皇帝的手段会高明一些而已。武林天骄虽然也还未算得是完全为了百姓，但总是站在百姓这一边。正因为他在金国武士中很有威望，你想完颜雍怎么容得了他？甚至我还怀疑他的叔叔也是为了迎合皇帝的意思，这才想方设法把檀羽冲骗回去的。"

笑傲乾坤如梦初觉，说道："你是比我看得深远许多，那么，依你之见，他们是串通了来害羽冲的了？"要知笑傲乾坤虽然觉得蓬莱魔女说的有理，但还是不敢相信檀道雄会害他的侄儿。

蓬莱魔女道："这就要看檀羽冲听不听话了。我看檀羽冲是不会听他们的话的。所以我就担心他这次若然被骗回去，即使不遭杀身之祸，至少也是要被软禁起来了。还有一层，耶律元宜如今已是举起反金的大旗，檀羽冲既是耶律元宜的好友，还和他有连襟的亲戚关系。金国皇帝若然利用檀羽冲不成，就下毒手也是可能的。"

笑傲乾坤想想有理，也吃惊起来，说道："既然是有这样的危险，我想替你去走一趟，到大都去打听打听，倘若檀羽冲当真是已经被骗回家，我就马上去劝他赶快和我逃走。"

蓬莱魔女道："你单独去？"笑傲乾坤道："你是绿林盟主，不宜深入虎穴，冒这个天大的危险。檀羽冲家里我是去过的，只要我小心一些，谅可平安无事。"蓬莱魔女道："你的情形和几年前也不同了。采石矶一战，你杀了金国的郑亲王，敌人也会更加注意你了。从前你只是江湖游侠，如今则是金廷重犯。树大招风，你到了金国京城，所遭的危险决不会少于我的。大都有完颜长之、神驼乙休等一等的高手，也实在不可太轻敌呢。"

他们二人正在议论未决，回到了聚义厅，玳瑁报道："桑家四老求见。"桑家四老是曾跟随桑家堡老主人桑见田的旧仆，在公孙奇杀了前妻桑白虹篡夺了桑家堡之后，他们投奔到这山寨来的。

桑家四老虽是桑见田的旧仆，但他们本身都是江湖上辈分甚高的人物，故而蓬莱魔女一向以长辈之礼相待，山寨中的大小头目对他们也是甚为尊敬的。蓬莱魔女听得四老求见，便即出迎。四老一齐俯伏于地，未说话，泪先流。蓬莱魔女忙令侍女搀扶，还礼说道："四位老人家何故如此？快快请起！"

四老中的老大桑志说道："听说二小姐已被公孙奇这贼子掳去，可是真的？"蓬莱魔女道："是真的。"桑志抿泪说道："老主人临死之时，将桑家堡和两位小姐托付我们四人。大小姐给公孙奇害了，如今二小姐又给他掳去。我们桑家堡一干旧人都是痛不欲生。此仇不报，我们活在世上又有何用？"老二桑行接着说道："桑家堡的旧人是差不多都走光了，但我们打听得公孙奇这贼子另外招集了一批江湖匪类，如今已是重占桑家堡，自为堡主，无恶不作。请盟主仗义伸冤，早日将这贼子铲除，为我们的两位小姐报仇，也为地方除害。我们这一干桑家堡旧人，都决心追随盟主，与这贼子一拼。"

原来在蓬莱魔女回山之时，他们早已有请蓬莱魔女助他们报仇之意，只因山寨一直忙于准备应付官军，故而直到今日打了一个大胜仗之后，他们才能向蓬莱魔女提出。

其实他们的来意，蓬莱魔女也早已明白，不过，从他们的口中更证实了公孙奇已经重回桑家堡而已。当下蓬莱魔女说道："我受了你们大小姐的重托，这仇我是一定要给她报的。但此刻山寨初安，若要发兵去攻打桑家堡则尚非其时。你们四人要去与公孙奇硬拼亦非善策。不如让我去先探个虚实，倘若能够将你们的二小姐救回固然最好，倘若不能，再作下一步安排。桑家堡旧人有一部分已随你们上山，但有一部分还流落江湖。请你们四位去招集他们，就在桑家堡附近的孤鸾山隐藏起来，待机而动。你们在那个地方几十年，地形极为熟悉。这是公孙奇新招的那班江湖匪类决计比不上你们的。"

四老听了蓬莱魔女这个照顾全面的计划，都是十分感激，齐声"遵命"。桑志说道："柳盟主，你为了我们桑家堡的事情，以万金之体，亲自去闯龙潭虎穴，我们实是碎骨粉身，亦难言报。这里有一份桑家堡的地图，请盟主收下、备用。"原来桑家堡里有许多秘密的建筑，外人是不知道的。桑家四老是有心人，故而早就准备了这份地图，正是留待蓬莱魔女今日之用。

蓬莱魔女接过地图，说道："公孙奇叛国投敌，不单单是你们桑家堡的仇人，我们都有责任除去这个武林公敌的。好，明日我就动身，请你们四位老人家回去吧。"桑家四老走后，蓬莱魔女便即与笑傲乾坤商量。

蓬莱魔女说道："公孙奇那两大毒功，只差一分火候，若不趁早除去，待他大功告成，要想除他，就更难了。而且桑青虹落在他的手中，我也是日夕提心吊胆，她一日不能脱出魔掌，我也就一日不得心安。我的意思是先除敌，后访友。探访武林天骄的事情，可以押后一步。"

笑傲乾坤说道："你说的有理。但此去桑家堡，是闯进他所盘据的虎穴龙潭，不比上次是在路上相逢，还比较容易对付。你是绿林的盟主，担负的责任太大，我不放心你冒这个险。"

蓬莱魔女笑道："你不放心我去闯桑家堡，我也不放心你独自潜入大都。这样吧，你陪我去桑家堡，随后我也陪你到大都访友。咱们戮力同心，祸福与共，那就大家都可以放心了。"

笑傲乾坤道："那你不是要接连冒两次危险了？"蓬莱魔女笑道："你也是一样啊！难道只许你行侠仗义，就不许我追随你吗？"笑傲乾坤十分感动，握着她的手笑道："我说不过你。别人是夫唱妇随，我是妇唱夫随。好吧，你要去哪儿，我都追随你好了。"蓬莱魔女脸泛红霞，"嘘"了一声，道："小心点儿，别胡乱说话，叫小喽兵在外面偷听了，岂不惹人笑话？"她口里责备笑傲乾坤，心中可是甜丝丝的。

第二日，蓬莱魔女将珊瑚、玳瑁、陆勉三人唤来，告诉他们此事。玳瑁说道："姐姐，你回来不过一个多月，又要走？如今各处的义军大都散了，万一有事，可不似从前那样容易得到支援，山寨这副重担，只怕我们挑不起来。"

蓬莱魔女说道："是的，自南宋战胜却反而求和之后，敌后的士气民心是受了一些影响，抗金的局面也似消沉了一些。但这只是暂时的现象。比如潮水，有涨有退。在金虏统治之下，绝大多数的老百姓是要抗金的，这就是一股不可抗拒的巨潮，即使在浪潮未曾卷起之时，也还是暗流汹涌的。当然，有高潮也有低潮，但低潮过后，再来的又必将是更大的高潮！金虏在采石矶大败之后，元气也未曾完全恢复，他们现在还要整顿内部，这些都是有利咱们的形势。嗯，看事情可不能单看一面啊。

"做事情的本领是锻炼出来的，玳瑁，过去一年，你代我做这绿林盟主，不是也做得很好么？如今有珊瑚和你分挑重担，还有你的弟弟也可以给你帮忙。你还害怕什么？"

蓬莱魔女一番言语，分析了大局，也谈到山寨的具体安排，登时令到玳瑁的怯意消除，心明眼亮。当下十分感激地道："多谢盟主的教言。但愿盟主此行，一切顺利。"于是蓬莱魔女与笑傲乾坤便在当日下山。

一路无事，这一日他们经过了孤鸾山，桑家堡就在山的背面。

蓬莱魔女有桑家四老所给的地图，早已熟悉地形，胸有成竹。决定在三更时分，夜探桑家堡。

这一晚天公作"美"，是一个月黑风高的晚上，寻常人眼中的坏天气，却正是最适宜于夜行人活动的时机。

星横斗转，夜渐沉沉，孤鸾山的顶峰，形似一头张开双翼的怪鸟，在黑暗中俯瞰猎物。他们攀上顶峰，往下一望，在黯淡的星光之下，桑家堡的城楼隐约可见，堡中的击柝声，也随着晚风隐隐传来。

笑傲乾坤道："桑家堡在公孙奇经营之下，防卫森严，比前更甚了。"蓬莱魔女说道："咱们不必从正面闯进,你随我来。"

蓬莱魔女引路,从孤鸾峰的侧翼而下,想起往事,笑道："谷涵,你还记得咱们就是在桑家堡初次见面的吗?那时咱们是各走各的,想不到如今却是在这里携手同行了。我还记得你在孤鸾山上狂吟,说什么空抛红豆意悠悠呢。"笑傲乾坤笑道："我说一桩可笑的心事你听。那时我从这孤鸾山经过,觉得这'孤鸾'二字很不吉祥,不知咱俩的事情,能否得如我的心愿。我心有所感,遂不觉发为狂吟了。"

蓬莱魔女"噗嗤"一笑道："想不到你这大侠客,也会相信这些忌讳。"笑傲乾坤笑道："当时我在患得患失的心情之下,碰上了这样犯忌的地名,也就难免惴惴不安了。不过这个地名却也有点巧合,你的师嫂桑白虹为公孙奇所骗,初以为可以同偕白首的,却不料竟丧在枕边人的手下。跟着来做桑家堡的主人的玉面妖狐赫连清波,也是得到了同样的结果。对她们来说,这地名却真是有点不祥了。"

提起了公孙奇害人之事,蓬莱魔女不由得恨上心头,说道："这是人的无良,不是地的不祥。哼,若不把公孙奇除去,还不知他要害多少人呢。玉面妖狐死不足惜,桑白虹却是无辜的,如今咱们是绝不能让桑青虹也像她的姐姐一般,为公孙奇这贼子所害了。"笑傲乾坤来时还有点担心蓬莱魔女会顾念师门之情,如今发觉她越来越是对公孙奇痛恨,这才放下了心事。想道："她毕竟是个明白大是大非的女中豪杰,我的顾虑倒是多余了。嗯,初时她还以为师兄还有可以挽救的希望,所以未能下得绝情。如今已知公孙奇无药可治,心中就只有痛恨了。"

蓬莱魔女加快脚步,将笑傲乾坤带到一座横空挺出的巉岩之上。原来桑家堡的一面,位置恰好在这座巉岩之下,从这儿下去,可以避开正面,而进入堡中的后花园。巉岩峻峭,猿猴也难攀援,所以下面的防务也不如正面的森严。这个情况是桑家四老所透露的。巉岩峭壁之上又恰好有一枝倒挂苍松,可以作为中途换足之用。

蓬莱魔女纵身跳下,拂尘一挥,搭着了苍松的枝藤,再一个

"鹞子翻身"，已是越过墙头，进入花园。回头一看，笑傲乾坤亦已跟在她的后面。

他们两人都是绝顶轻功，从那么高的石崖上跳下来，竟似一叶飘坠，无声无息。后园虽然也有巡夜的堡中好手，却是未曾发现。

花园到处有假山和花木，两人借物障形，蛇行兔伏地径往前行，碰上巡夜的人，避得开就避，避不开就以迅雷不及掩耳的手法点他穴道。于是者点倒了四五个人，行踪仍未破露。

蓬莱魔女从前来过两次，知道公孙奇的卧房所在，公孙奇就是在那间房子谋杀他的第一个妻子桑白虹的。蓬莱魔女心想："不知他换了房间没有，且先到那里看看。"

两人一路前行，只要再绕过一座假山，就到那幢楼宇了。就在此时，山坳忽地闪出两个人来，骤然见着他们，这两个人吃了一惊，张大嘴巴，便要喝问口令。

笑傲乾坤与蓬莱魔女焉能容许他们开口出声，就在他们张大嘴巴声音未曾吐出的时候，两人都是闪电般地扑将过来，一个对付一个，依法炮制，点对方穴道。

哪知这两个人的本领却远非刚才所碰到的那几个巡夜堡丁可比。蓬莱魔女拂尘一挥，那人居然还了一记劈空掌，蓬莱魔女一拂未曾拂着他的穴道，跟着一剑刺去，这才刺中了他的胁下麻穴，那人"哎哟"一声，"卜通"倒地。他虽然终是不敌蓬莱魔女，但也挡了两招，而且还能叫出声来，比起刚才那几个人口尚未开就给点中，本领当然是高得多了。

但蓬莱魔女也还是两招打倒对手，笑傲乾坤碰到的那个对手却更高明，笑傲乾坤连发三招，也还未曾将他打倒。

笑傲乾坤初时的心意是不想杀伤人众，故而用的不是重手法点穴功夫，待到那人解了一招，笑傲乾坤这才知道是个劲敌。接着发出两掌，已用到六七成功力，不料那人又居然接了他的两掌，身形只是晃了两晃。

笑傲乾坤从对方的掌力之中察知是个邪派高手，蓦地一省，喝道："原来是你，飞龙岛上你幸得不死，又到这里来与公孙奇狼狈为奸么。"口中说话，掌力已加到了七八分，掌心往外一推，那人大叫一声，喷出了一口鲜血，倒跃数丈，厉声叫道："堡主快来！"

原来这个与笑傲乾坤对掌的人乃是飞龙岛主宗超岱，给蓬莱魔女击倒那个人则是他手下的一个大头目。原来飞龙岛主在失了飞龙岛之后，最初是到太湖投奔柳元甲，后来太湖的根据地又给王宇庭这班人夺了回去，飞龙岛主无家可归，只好带领部属来桑家堡依附公孙奇，不惜自贬身份，做公孙奇的头号爪牙。

飞龙岛主本是名震江湖的盗魁，在武林中也算得是一等一的高手。过去，他也曾与笑傲乾坤、蓬莱魔女几度交锋，虽然他的本领比起笑傲乾坤是有所不如，但相差也不至于太远。想不到这次仅仅只能抵敌五招，便给笑傲乾坤的掌力震伤，这一惊自是非同小可，是以连忙跑开，传声报警。

蓬莱魔女上次在太湖的西洞庭山，曾受过柳元甲与飞龙岛主的欺侮，此时一见是他，怒从心起，身形一晃，立即便追过去，喝道："往哪里跑？"

蓬莱魔女闪电般的连环三剑，杀得飞龙岛主手忙脚乱，眼看就可以把他毙于剑下，忽听得劲风飒然，有人也是喝道："往哪里跑？"这人来得好快，声还未了掌力已似狂潮涌到，把蓬莱魔女的剑尖荡开，迫得她连退三步。

不问可知，来的这个人当然是公孙奇了。笑傲乾坤恐防有失，连忙上前相助。

公孙奇狞笑道："天堂有路你不走，地狱无门你偏来。好呀，你们自行投到，也省得我多费力气找你们报仇了。看你们今晚可还能逃跑得了么？"

笑傲乾坤道："很好，咱们在筇莱本来未曾打完，今晚我与你再决雌雄。清瑶，你就让我对付他吧。"话中示意，是要蓬莱魔女快去救人，他在这里缠着公孙奇。

不料公孙奇一个"移形换位"已先拦着了蓬莱魔女的去路，哈哈笑道："师妹，你不用枉费心机啦！我知道你是来探望青虹的，可是你大约还未知道桑青虹已经心甘情愿做了我的夫人吧？要是你想来认亲的话，我们倒可以以礼相待，请你到内堂相见。"

蓬莱魔女气得柳眉倒竖，喝道："胡说八道！"一剑就刺过去，同时左手的拂尘一展，也向公孙奇的天灵盖罩下来。

公孙奇冷笑道："你不认亲，可休怪我不客气了。"呼的一掌拍出，拂尘登时散开，剑尖荡歪，那一剑也刺了个空。

笑傲乾坤见势不妙，也顾不得以二打一之嫌，便即打开了铁折扇，挡在蓬莱魔女身前隔断公孙奇的掌力。

公孙奇傲然说道："华谷涵，你如今不是我的对手了，你不相信，我就教你知道我的厉害！"声出掌发，这一掌全力施为，比刚才向蓬莱魔女所发的两掌，又厉害了许多。

一掌打出，隐隐挟着风雷之声，掌风中带着淡淡的一股血腥味道，味道虽淡，但却是中人欲呕！

笑傲乾坤大吃一惊，原来笑傲乾坤从公孙奇所发的这一掌，已看得出他那两大毒功已经大功告成，练到了炉火纯青之境了！

笑傲乾坤默运玄功，闭了呼吸，不让毒气侵入。折扇一拨，化解对方的掌力，蓬莱魔女迅即一招"玉女穿针"，刺向公孙奇胁下的"愈气穴"。公孙奇长袖一挥，引开她的剑尖。蓬莱魔女使出"穿花绕树"的身法，一个"金鲤穿波"，从他掌底穿过。

但蓬莱魔女不过是向前跑了三步，假山上又跳下两个人来，拦住了她的去路。这两人一样的身材，一样的打扮，一样的兵刃——三尖两刃刀。不过一个是左手拿刀，一个是右手拿刀。这两人一跳下来，便齐声喝道："柳清瑶，到了这儿你还想摆盟主的架子吗？嘿，嘿，咱们哥儿俩给你贡献物来啦！"说话之间，双刀盘旋飞舞，俨如毒蛇吐信，赤练盘空，把蓬莱魔女的身形，罩在刀光之下。

原来这二人是一对孪生兄弟，哥哥名叫石攻，弟弟名叫石错。石家兄弟本是江湖大盗，早在蓬莱魔女未出道之前，他们已是横行冀鲁的了。他们在绿林中的地位是与"萨氏三雄"齐名的。后来蓬莱魔女做了盟主，石家兄弟不服，不肯纳贡加盟，但又自知斗不过蓬莱魔女，于是便在江湖上销声匿迹。蓬莱魔女只道他们已经"金盆洗手"，也就不去理会他们了。却不料他们是投奔了公孙奇。

这两兄弟的刀法配合得妙到毫巅，一攻一守，竟然化解了蓬莱魔女的连环三招。蓬莱魔女的武功虽然胜过他们，将他们杀退，却也不易。

公孙奇不去追赶蓬莱魔女，却用全力来对付笑傲乾坤。笑傲乾坤换过口气，折扇一合，点打公孙奇的穴道。这点穴的手法是他从柳元宗之处新近学成的，神妙无方。即使对方有闭穴功夫，倘被点中，也得耗损几分真气。

笑傲乾坤满以为公孙奇即使能够招架，至少也要闪开几步。不料公孙奇竟然寸步不让，一声冷笑说道："来而不往非礼也，就只你会点穴功夫么？好，让你也看看我的。"冷笑声中，迅即反手擒拿，双掌齐出。

这一招大擒拿手法更见凌厉，掌如刀，指如戟，笑傲乾坤上身的三处关节七个穴道全在他掌指擒拿之下。

双方的攻势都似惊雷骇电，两不相让，只听得"嗤"的一声，笑傲乾坤的铁折扇，竟然断了一根扇骨！

他们两人的功力原本是半斤八两，旗鼓相当的。公孙奇练桑家的两大毒功，笑傲乾坤也得到柳元宗与公孙隐这两位武学大师传授上乘的内功心法。桑家的两大毒功固然厉害，这两位武学大师的内功心法亦是非同小可，照理是应当可以应付得了的，但何以这次交手未久，笑傲乾坤就吃了亏呢？这其中有个缘故。

要知桑家的两大毒功是属于邪派中的绝顶功夫，邪派功夫讲的乃是"霸道"，比较易于速成。笑傲乾坤所得的两位武学宗师的内功心法则是最上乘的正派内功，属于"王道"，倘要练到炉火纯青，所需的时间可就要长得多了。因此目前的情形是：公孙奇的邪派功夫已经登峰造极，笑傲乾坤的正派内功则还差两分火候，功力已有"差距"，笑傲乾坤当然也就难免吃亏了。还有一层，笑傲乾坤为了不让毒气侵袭，正面交手之时是闭了呼吸的，有机会才能换一口气。这么一来，他又要分出一两分功力，就更是相形见绌了。

蓬莱魔女眼观四面，耳听八方，见笑傲乾坤输了一招，手中的折铁扇也被公孙奇折断了一根扇骨，不禁大吃一惊。她本来以为笑傲乾坤至少可以勉强和公孙奇打成平手的，所以她才敢于离开笑傲乾坤，准备先去搜查桑青虹下落，希望能够把桑青虹救得出来然后再回来助笑傲乾坤脱险。如今看见笑傲乾坤已经处在下风，只怕难以支持这许多时候，她当然是不敢抛下笑傲乾坤了。

石家兄弟的双刀盘旋飞舞，仍然紧紧缠住蓬莱魔女。蓬莱魔女拂尘护身，倏地喝道："着!"右手剑一招"龙飞九天"，猛施杀手。剑光当真是矫若游龙，凌厉无比! 石错本领稍差，只听得"当"的一声，三尖两刃刀脱手飞出。石攻的本领比弟弟强一些，兵刃没有脱手，但也给削去了一片刀尖。

蓬莱魔女迫退石家兄弟，立即回身，与笑傲乾坤并肩御敌，两个人使三件兵器，对付公孙奇的一双肉掌，这才压下了公孙奇的凶焰，扭转了颓势。

石错拾起了三尖两刃刀，兄弟二人又再跑来，要想加入战团。飞龙岛主吐了一口血，伤得还不算很重，此时吞服了一颗药丸，喘息已过，也在旁边虎视眈眈，蠢蠢欲动。

公孙奇哈哈笑道："笑傲乾坤不过是浪得虚名，柳清瑶的功夫是从我这儿学去的，更不是我的对手。你们站在一边看吧，用不着你们帮手!"

公孙奇有意炫耀本领，要手下人人对他心服。他自忖自己的两大毒功已经练成，笑傲乾坤虽然是与蓬莱魔女联手，他也可以对付得了。而且久战下去，对方多少也要受到毒气的侵袭，自己还有希望可占上风，倘若他能够单独一人打败笑傲乾坤与蓬莱魔女，那就不单只是可令手下慑服，也必将震动武林，而成为他企盼已久的"天下第一高手"了。

蓬莱魔女恐怕笑傲乾坤被公孙奇的言语激怒，乱了心神，悄声说道："沉着了气，咱们并肩一闯!"公孙奇哈哈笑道："你们还想逃吗?"正是：

豪气干云全不惧，龙潭虎穴去还来。

欲知后事如何，请听下回分解。

第八十三回　太惜佳人忘旧恨
　　　　　欣逢王府贺新婚

　　笑傲乾坤"哼"了一声，换过口气，冷冷说道："谁要逃了？"蓦然间与蓬莱魔女同时发动攻势，折扇一张，当作五行剑使，横削公孙奇手腕，公孙奇五指如钩，变招一拿，蓬莱魔女的青钢剑已是闪电般的连环三剑，剑剑直指他的要害穴道。公孙奇退了三步，说道："清瑶，我念在师兄妹之情，不想伤你，你的心中却只有一个笑傲乾坤，教我十分失望。嗯，你若还不知进退，胳膊老是外弯，我也就不能与你客气了。"

　　蓬莱魔女是想闯到那座楼前，好歹也要和桑青虹见上一面，这才肯离开桑家堡的，倒并非想现在逃走。但他们两人合力，也不过仅仅把公孙奇迫退三分，但立即遭受了公孙奇的反击。

　　说时迟，那时快，蓬莱魔女刺了三剑，公孙奇也还了三掌。三掌连发，俨然狂涛骇浪，前的浪头未曾消失，后面的浪头又涌了上来。但见掌影千重，沙飞石走，四面八方，都是公孙奇的影子，当真是有万马奔腾之势，千军陷阵之威。

　　蓬莱魔女胸口发闷，如受重压。笑傲乾坤蓦地一声长笑，恍如金玉铿锵，峭拔清越，震得众人都觉耳鼓嗡嗡作响。连公孙奇也不觉心神稍分，攻势减了两成，又退了一步。这原来是笑傲乾坤的独门绝技，他是以最上乘的内功发出笑声，足以震慑对方心神，可与佛家的"狮子吼"功比美。要知他号称"笑傲乾坤"，不只是指他的性格傲骨嶙峋，他的笑声也足以令敌手胆寒，傲视当世的。

　　笑傲乾坤为了扰乱对方心神，减轻蓬莱魔女所受的压力，不得已而发笑助功。他本来是应该闭着呼吸的，这么一来，却就不免吸进了一丝毒气了。他把公孙奇迫退一步，自己也受了一点毒气的侵袭，相比之下，还是得不偿失。

公孙奇心中却是暗暗吃惊，想道："我虽然不至于输给他们，但他们要想逃走，我只怕也阻拦不住。"当下把手一挥，喝道："敌人若逃，准你们用毒箭射杀！"

四面的假山上，登时出现了许多弓箭手，公孙奇手下武功最强的三个——飞龙岛主与石家兄弟也布成掎角之势，切断他们的后路，准备接应。以他们三人的武功，最少可以抵挡个十招八招，笑傲乾坤与蓬莱魔女若要逃走的话，先要冲过他们这关，冲得过去，也还要应付四面射来的毒箭。那是见血封喉的毒箭，以他们的功力，即使不至于毙命，但若给射中，最少也要运功御毒，那时公孙奇追上他们，他们还焉能抵挡？

笑傲乾坤与蓬莱魔女仍然紧紧与公孙奇缠斗，并不逃走，双方打作一团，毒箭当然不能发射。他们二人合力要略胜公孙奇少许，但在激斗中却难免要不断地吸进一些毒气，所以倘若久战下去，他们仍是吃亏。

双方打得天翻地覆，激战中公孙奇步步后退，不知不觉已到了那座楼宇前面。蓬莱魔女顾不得毒气的侵击，便用传音入密的内功叫道："青虹妹子，我们来了，你在不在这儿？"蓬莱魔女是想知道确切的消息，倘若桑青虹是在楼中的话，她更希望桑青虹能够见机而动，乘乱偷走。桑青虹熟悉堡中情况，公孙奇此际又已被他们绊住，只要桑青虹不是被点了穴道，还能走动的话，那么要逃出桑家堡也不是没有可能之事。

公孙奇冷笑道："你怎么叫她妹子，你应该叫她师嫂才行？"蓬莱魔女斥道："胡说八道，你作恶多端，还敢侮辱我的青虹妹子！"狠狠几剑，又迫退了公孙奇几步。

公孙奇双掌飞舞，化解了他们的攻势，纵声说道："清瑶，你不肯嫁我，就当青虹也不愿嫁我么？一枝草一滴露水，各个人各有姻缘。桑青虹心甘情愿做了我的妻子，你若不信，我就让她出来见你，也好教你死心。"

蓬莱魔女哪肯信他，恨他口齿轻薄，剑招越攻越紧。公孙奇忙于应付他们二人的联手攻势，一时不能分神说话。

可是公孙奇还未传声呼唤桑青虹，桑青虹已经出现楼头。

楼头挂有风灯，蓬莱魔女听得环佩叮咚，抬头一看，只见作贵妇打扮的桑青虹木然毫无表情，倚着栏杆，也正在朝她望来。

蓬莱魔女连忙叫道："青虹妹子，快快逃走！"

桑青虹开口说话了，声音冷得出奇："我为什么要跑？"蓬莱魔女吃了一惊道："你、你不想逃跑？"

桑青虹冷笑道："我是桑家堡的女主人，公孙奇是我丈夫，我为什么要放弃家业，抛弃丈夫，跟你逃跑？"

蓬莱魔女做梦也想不到桑青虹会说这样的话，一急之下，颤声叫道："什么，你当真是甘心情愿嫁给公孙奇这个贼子？"

桑青虹大怒道："你敢辱骂我的丈夫，你，你给我滚开！"

公孙奇大笑道："柳清瑶，我的夫人不愿与你攀亲认戚，你这该死心了吧？你还有什么脸到桑家堡来？不过，你既然来了，我也就不能让你走了。你对我无礼太甚，除非你磕头赔罪。"

桑青虹惊鸿一现，说了这几句话又躲进去了。蓬莱魔女气得发昏，公孙奇乘机反攻，一招凌厉之极的大擒拿手法，几乎抓着了蓬莱魔女的琵琶骨，幸亏笑傲乾坤及时招架，竭力替她解了这招。

笑傲乾坤在她耳边低声说道："定一定神，并肩闯！"蓬莱魔女蓦地一声叱咤，剑如练，向公孙奇分心便刺！

蓬莱魔女这一剑是蓄怒而发，好像要把胸中的气愤全都在这剑尖上发泄出来，剑势凌厉无比，一副豁出了性命的神气，令公孙奇也不禁吃了一惊！笑傲乾坤配合她的攻势也配合得妙到毫巅，折扇横挥，电光石火之间，遍袭公孙奇的七道大穴！

公孙奇对付他们二人本来就要稍处下风，此时给他们突然猛攻，公孙奇又不敢与他们拼命，百忙中无暇思索，只好立即退避，只听得"嗤"的一声，公孙奇的衣袖给蓬莱魔女的剑锋削断一截。说时迟，那时快，笑傲乾坤与蓬莱魔女已是双双跃出圈子，向前冲去。

要知蓬莱魔女乃是绿林领袖，自有当机立断之才，决非鲁莽匹夫可比。是以她虽然心中气愤，理智却绝不昏迷。她是为桑青虹而来的，桑青虹既然表明了态度，她留在堡中还有何益？他们临走之前发动的猛攻，不过是以攻势来掩护退却而已。

公孙奇瞿然一省，这才明白他们是意图逃走，并非拼命。可是省觉已嫌稍迟，笑傲乾坤与蓬莱魔女的身手何等矫捷，早已向公孙奇布置的第二道防线冲过去了。

公孙奇最得力的手下石氏兄弟与飞龙岛主截住他们的去路，布成第二道防线。笑傲乾坤蓦地一声长啸，说道："先拣软的吃！"蓬莱魔女懂得他的意思，立即与他配合，两人联手，向石氏兄弟扑去，却不理会飞龙岛主。

本来以飞龙岛主和石氏兄弟三人联合起来的力量，至不济也可以和他们周旋一阵，抵挡得十招八招的。可是如今笑傲乾坤与蓬莱魔女撇下了飞龙岛主，全力攻击石氏兄弟，石氏兄弟还焉有招架之功？

笑傲乾坤折扇一拨，石氏兄弟是一个左手刀一个右手刀互相配合的，给他一拨，双刀分开，联络已断。他们最厉害的也就是双刀配合的精奇招数，本身武功，却还未到一流境界。一给笑傲乾坤当中分开，蓬莱魔女立即乘虚而入，刷一剑，挂起了三朵剑花，老二石错膝盖的"环跳穴"，手腕的"关元穴"，肩头的"肩井穴"，同时一麻，登时倒下。

飞龙岛主是一流高手，在笑傲乾坤扑向老大石攻之时，他的一掌亦已同时向着笑傲乾坤击下，笑傲乾坤不理会他，拨开了石攻的单刀，一招迅猛无比的大擒拿手已抓着了石攻的手腕，将他擒了过来。只听得"蓬"的一声，飞龙岛主重重地在笑傲乾坤的背心打了一掌，笑傲乾坤身形摇晃，冲出两步。飞龙岛主却是咕咚一声，跌翻出三丈开外！原来笑傲乾坤自忖功力胜于飞龙岛主不止一筹，故而拼着受他一掌的。果然笑傲乾坤不过受了点伤，而飞龙岛主则吃亏更大，给他的护体神功震得个四脚朝天，爬也爬不起来了。

公孙奇本来预计这三个人最少可以抵挡片刻，以待合围的。想不到给笑傲乾坤用这个巧妙的法子各个击破。笑傲乾坤不过受了一掌之伤，却变本加厉地伤了他的两个最得力的手下，还把石攻也俘虏了。

公孙奇气得哇哇大叫：“你们想活着出去，万万不能！把人放下，立即投降，或许我还可以饶你们一命。”口中说话，脚步飞快赶来。

蓬莱魔女冷笑道：“我们偏偏要活着出去，看你怎么阻拦?”笑傲乾坤把石攻高高举起，作了一个旋风急舞，喝道：“华某光明磊落，桑家堡我要来便来，要去便去，何须倚仗人质脱身? 好，放还你的俘虏，接着!”一声大喝，将石攻猛的抛出。

公孙奇眼力何等高明，一看就知笑傲乾坤是使了上乘的隔物传功本领，将人当作暗器，向他飞来的。假如自己用掌力推开，两股力道在石攻体中相撞，石攻必死无疑。石攻是他得力手下，但公孙奇倒不是为了要保全部属，而是为了要收揽人心，倘若石攻死在自己手上，岂不是要令堡中人众，尽都寒心。是以公孙奇只得拼着耗损一些真力，将石攻接了下来。

公孙奇给他这么阻了一阻，与笑傲乾坤的距离已在十丈之外了。公孙奇大怒喝道：“放箭!”此时蓬莱魔女与笑傲乾坤正跑到四面假山的中间，四面箭如雨落，枝枝都是见血封喉的毒箭!

公孙奇又是得意地大笑道：“我这个园子里埋伏有一千张弓箭，你们要逃是逃不出去的了。要想活命，快快束手就擒!”公孙奇刚刚接下石攻的时候，虽然耗了几分真力，但从对方抛掷过来的力道，却知笑傲乾坤业已受伤，真力比他耗得更多。故此公孙奇得意非常，以为他们二人已是瓮中之鳖，即使不给毒箭射死，只要自己追到，也是手拿到来。

蓬莱魔女挥舞拂尘护身，笑傲乾坤则只是用一把小小的折扇保护面门，毒箭碰着他的衣裳，就纷纷落地，这是最上乘的“沾衣十八跌”的功夫。但他们虽然暂时可以避免受伤，由于要抵御毒箭的攒射，轻功总是难免受到影响，与公孙奇之间的距离又渐渐拉近了。而且毒箭不断地向他们追射，运用“沾衣十八跌”的功夫又是极耗精神，只要精神稍有不济，也难免不给毒箭射伤。

眼看距离已缩到三丈以内，公孙奇冷笑道：“还不肯低头认输么? 师妹，尤其是你，你月貌花容，死了不太可惜么?”蓬莱魔女蓦地喝道:"公孙奇,你倘不洗心革面,我们下次再来,定然取你狗命!"公孙奇哈哈笑道:"你们还想下次再来?哈哈,这不是做梦么?"哪知话犹未了,蓬莱魔女逃到一座假山脚下,那一面假山明明是没有山洞的,蓬莱魔女身子一贴,却突然钻进去了,跟着笑傲乾坤也"消失"了。

公孙奇追到假山脚下,只听得轧轧声响,山洞早已封闭。公孙奇暴跳如雷,叫道:"见鬼,见鬼!当真是见鬼了!"狠狠地击了几掌,打得碎石如雨,但他的掌力虽然霸道,却怎能攻破一座石山?公孙奇冷静下来,不由得心头战栗,"这座假山原来还有这个秘密,我做堡主的毫无所知,他们却反而知道了。"

原来这座假山乃是桑家堡的老主人桑见田在生之时建筑的,桑见田为了树敌太多,特地在假山底下凿了一条地道,可以通到外间,准备必要时逃走的。但他一生都没用过,这秘密也只有他的四个忠心的老仆人知道。这次桑家四老把桑家堡的地图献给了蓬莱魔女,连带告诉了她这个秘密。

笑傲乾坤与蓬莱魔女从容不迫地从地道逃出,到了孤鸾山上,料想公孙奇没有高手协助,决计不敢独自来追,便在密林深处歇息、疗伤。

刚才一场恶战,他们两人都受到公孙奇掌力所发的毒气腥风侵袭,幸而不是给他的毒掌直接打着,只是中了点毒,却无大碍。蓬莱魔女备有她父亲秘制的"辟邪丹",这是能解百毒的灵药,当下给了笑傲乾坤一颗,两人服药之后,盘膝静坐,不过一支香的时刻,药力运行,再用内功一迫,毒气便都散发了。

蓬莱魔女精神已经恢复,心中却仍是十分伤痛,叹了口气,说道:"想不到桑青虹竟会这样!"

笑傲乾坤道:"你不觉得太过奇怪吗?"

蓬莱魔女道:"是呀!桑青虹的姐姐给公孙奇害死,她是对公孙奇恨之入骨,誓要报仇的。怎的却会甘心情愿地再嫁给公孙奇?难道她是为了怕死贪生,在公孙奇淫威之下,迫于无奈,只好忍辱偷生么?"

笑傲乾坤道:"若然如你所说,她就不应该是心甘情愿的了。

但她说话的口气，却又似乎是心甘情愿的。清瑶，依我看来，此事大有蹊跷！"

蓬莱魔女静静一想，点了点头，说道："不错，此事确有可疑。我看她的'心甘情愿'是装出来的！但她为什么要这样呢?"

笑傲乾坤道："她知道咱们是来救她的，公孙奇的两大毒功已经练成，或者她是怕连累了咱们，故而故意那样说法，好让咱们死了心，赶快离开桑家堡。"

蓬莱魔女叹道："若然真是这样，她的命也就真是太苦了。第一次嫁孟钊，已经是匹配非人，第二次再嫁给公孙奇，比孟钊更坏百倍！唉！看来她并非怕死贪生之辈，却怎的会屈服于公孙奇淫威之下？如今她落到如此境地，当真是生不如死了！但我是答应了她姐姐照顾她的，如今却叫我怎生向她死去的姐姐交代?"

蓬莱魔女自怨自艾，笑傲乾坤安慰她道："你已经尽了心力了，她自己不争气，那也是无可奈何。不过此事我仍是有所怀疑，但愿她是另有作用。"

笑傲乾坤的猜测只中了一半，桑青虹的确不是贪生怕死，她也的确是不想连累他们二人，所以才假作出"心甘情愿"的样子，好叫他们赶快离开桑家堡。但她嫁给公孙奇却另有一个很重要的原因，这是任凭笑傲乾坤和蓬莱魔女怎么猜都猜不着的。原因为何，以后再表。

蓬莱魔女猜不出原因，无计可施，说道："青虹的事暂且不管，但公孙奇这贼子咱们可是不能不管啊！"

笑傲乾坤道："他的两大毒功已经炉火纯青，暂时咱们是难奈他何了，但咱们只要把你的师父和你的爹爹所传的内功心法练得更进一层，还是可以胜过他的。如今只好离开此地，先到大都探访武林天骄，回来的时候，再找公孙奇这贼子算账。到了那个时候，桑家四老想来也可以招集起桑家旧部，埋伏在这孤鸾山了。咱们两人只须对付公孙奇便行，事情也就容易解决得多了。"

这一次他们来探桑家堡，可说是毫无结果，所得只是一个伤心的消息。但事既如斯，蓬莱魔女也只好同意笑傲乾坤的意见，一片伤心，怅怅惘惘地离开了桑家堡。

他们两人武功高强，又是江湖的大行家，一路小心，直上金京，路上居然没有出过一点意外。待他们来到大都之时，北国也已经是春暖花开的时节了。

在进入大都的前一日，笑傲乾坤取出两副面具，说道："这是我昔年除掉江湖上的采花大盗沙痰子之时，获得的两副人皮面具，戴上了这种面具，再细心的人也分不出真假的。恰好这两副面具又是一男一女，当日我为了贪玩将它收藏，今日却正好可以派上用场了。"

蓬莱魔女笑道："我生平从未掩饰过本来面目，也讨厌人皮面具的腥气。但为了小心谨慎起见，也只好破例一遭了。"

大都是金国经营了多年的京城，热闹繁华，自是不在话下。每天进出京都的商贾官民，数以万计，笑傲乾坤与蓬莱魔女戴了人皮面具，扮成一对夫妇，随着四方商贾，混入大都，果然无人注意。

两人找个小客栈安顿下来，吃过了晚饭，便装作逛夜市的游人，向武林天骄所住的"济王府"走去。

"济王府"在京城东面，并非热闹的市区，但今晚却是出奇得很，他们隔着"济王府"一条街，已经看见火树银花，听见笙歌锣鼓。人流更是挤得出奇，都是涌向"济王府"那边去的。"车如流水马如龙"还不足以形容盛况。笑傲乾坤与蓬莱魔女都是暗暗纳罕。

他们两人混在拥挤的人群之中，远远望去，只见济王府灯饰辉煌，一队队宫灯穿梭来往，流星炮似的烟花此起彼落，满天都是奇丽夺目刻刻变幻的色彩。蓬莱魔女诧道："今晚不是'上元'吧？"旁边一个老者笑道："'上元'都已经过了，今年哪里还有'上元'？""上元"、"上巳"乃是当时盛行的两个热闹节日。"上元"即是"元宵"，在正月十五晚上举行灯会和花市，故此又俗称"灯节"。"上巳"则在三月三日，有"修禊"的风俗，百姓都到郊外踏青，并在河中洗濯，以除不洁。其时已是三月中旬，"上巳"已过去了。

蓬莱魔女笑道："我知道不是上元，但何以这里却是火树银花，灯光灿烂，一片元宵景色？"

那老者正要回答，忽听得銮鼓声喧天价响，震耳欲聋，那老者大声说道："小娘子，你快看热闹吧。舞龙的来了。嘿，比元宵热闹多呢！"锣鼓喧天之中，旁边的人大声说话，已是听得不大清楚，那老者当然不能向他们仔细解释了。

只见一条三丈多长的金龙从王府那边舞出来，"龙身"是锦绣缝制，"龙鳞"是一片片的金叶，"龙须"是一条条的珊瑚枝，"龙眼"是核桃大的玛瑙，在宫灯影照之下，发出绿幽幽的光。三十六名壮汉擎着金龙，夭矫起舞，踏着整齐的步伐，"金龙"一起一伏，端的就似是在海中吞波戏浪一般。

两旁还有二十四个提着宫灯的少女，随着金龙的进退，翩跹起舞。宫灯加上长圆形的白玉罩，罩里点燃着明晃晃的白蜡和红蜡，一样一半。二十四盏宫灯伴着金龙起舞，红白相映成一环，灯光投射在金龙的饰物上，更显得宝气珠光，富丽无俦。

銮鼓声稍微小了一些，蓬莱魔女叹道："这样一条金龙，不知要耗费多少人力物力？是谁家这样阔气？"旁边有人笑道："当然是济王府的了。小娘子你恐怕还不知道呢，单只金龙上装饰的金叶片儿，就是一百八十四两！除了济王府，谁还能有这样阔气？"这人和济王府中执役的一个工匠相熟，所以知得清楚。但他却不知道，那些"龙须"倒挂的珊瑚枝，以及作为"龙眼"的"猫儿眼"宝石玛瑙等等，更是比黄金值钱的宝贝。

蓦地又是銮鼓之声大作，旁边的人大叫道："看，比济王府更阔气的来了！皇叔代万岁爷给檀贝子来个麒麟送子啦！"只见一只通身绣的大麒麟，在街头的那边舞过来，蜷起一只前蹄，朝天张着嘴，嘴里含着一个碧莹莹的圆球，那是拳头大小的宝石，两只眼睛，光芒四射，就像活的一般。那个老者要表示他是个识货的人，锣鼓的点子一停，他就抢着说道："只凭麒麟口中的一块宝石，和这两粒夜明珠，可就把济王府的金龙比下去了。"

和济王府有点关系的那个闲汉驳道："说比下去可不见得，至多是各有千秋罢了。这条金龙有三丈多长呢，麒麟才不过一丈高。麒麟饰有宝物，金龙也饰有宝物。咱们都不是'波斯胡'（波斯胡是当时专做珠宝生意的外国人，故此民间惯称'识宝'的人为

'波斯胡'），谁又能断定金龙就比不上麒麟了。"

旁边有个少年帮那汉子道："这倒不错，金龙身长，麒麟身高，一长一高，很难比较。不过金龙要三十六个人舞动，麒麟却只须用二十四个人。"

那老者笑道："这个你们年轻人可就外行了，舞龙舞麟，人数的多寡还在其次，更紧要的是看他们的步伐和花式。你瞧人家是怎么舞弄这个麒麟的？金龙虽然舞得也好，但总还差那么一大截吧！"

蓬莱魔女与笑傲乾坤仔细看去，只见舞麒麟的二十四个汉子，都是精壮的年轻人，每人穿着一套紧身的兽皮马甲，勒着一条闪着银光的腰带，带面上是满嵌着一圈银星的。帽子是皮毛朝外的兽皮缝成，靴口也缀着一圈怒蓬蓬的兽毛。远远望去，简直就像一群出窝的猛兽。

打扮的新奇还不算，步伐更矫健得出奇，只见那只麒麟依照锣鼓点儿舞出种种姿态，时而腾跃如飞，时而伏在地上打滚。锣鼓的点子一变，咚咚不息的像一阵急雨，那麒麟就连续打翻，可是又那么样的恰到好处，没有一个人闪失一步，麒麟身上缀着的珠箔也没有掉下一片。二十四个人浑如一体，舞得令人眼花缭乱。

笑傲乾坤与蓬莱魔女都不禁暗暗吃惊，他们倒不是震惊于麒麟的宝气珠光，也不是欣赏那些人的新奇装束。而是这二十四名舞麒麟的汉子，他们可以看得出来，个个都是有一身武功的好手。想必是完颜长之从御林军中挑选出来的教头。

忽听一声长长的口哨儿，锣鼓点子打出颤抖而急促的"乱插花"，看热闹的人轰然叫道："看呀，五凤朝阳来了！"

只见济王府中舞出五只凤凰，每只凤凰从头到尾有七尺来高，凤身由各色珍珠和金叶裹成，凤凰中空，亮着数十盏宫灯，每盏宫灯又都是镂空的玛瑙做成的，装在凤腹之中，从里到外，映得通明。舞凤凰的却是五十名宫娥打扮的少女，踏着轻盈的舞步，舞动五只凤凰，彩凤随着她们的舞步搧动翼子、点头、摇尾，栩栩如生，似欲展翅高飞。

锣鼓的点子变为悠闲愉悦的"喜迎宾"，彩凤傍着金龙，龙凤双双，舞上去迎接麒麟。看热闹的人纷纷喝彩，说道："龙凤成配，迎接麒麟送子，难为他们想得出的好意头。嗯，只怕太子大婚也不过如是罢了！"

蓬莱魔女呆了一呆，拉着老者问道："是王府办喜事么？"那老者笑道："当然是办喜事了，要不然，怎会这样热闹？"旁边一个人道："你们是从外地来的吧，连济王娶亲这件轰动京都的大事也不知道。"笑傲乾坤笑道："正是从乡下来探亲的，不料路途阻塞，亲未探到，却先看到了王府迎亲，倒是适逢其会，让我们饱了眼福了。只不知娶亲的是哪一位？"

那老者笑道："还有哪一位，当然是檀贝子了。你不见皇上都给他们来个麒麟送子吗？除了这一位檀贝子，谁还能有这样天大的面子？"

笑傲乾坤道："济王府有好几位贝子的，是么？听你这么说，这位檀贝子还有点特别呢，却不知万岁爷何以对他另眼相看？"

旁边那人笑道："这位檀贝子的大名，天下无人不知。难道你没听说过'武林天骄'？'武林天骄'就是今日娶亲的这位檀贝子！"

那老者怕他还不明白，又加以补充，说道："你是乡下人，又没学过武，或许当真还不知道'武林天骄'吧？但反抗前皇的那位檀贝子，你总应该知道了？"

笑傲乾坤笑道："我虽然住得闭塞，武林天骄檀贝子我还是知道的。我只是不懂，这位檀贝子既然和皇家作对，当今皇上又何以对他如此宠爱？"

旁边那人笑道："你这乡下人真是糊涂，檀贝子是抗前皇的暴政，今上以皇弟得以继承大位，说起来檀贝子虽非拥立之人，却也有一份功劳呢。皇上即位之后，早已把檀贝子被前王定为'钦犯'的罪名除了。檀贝子的叔叔又是掌握兵权的大元帅，皇上趁檀贝子娶亲的机会，给他家一个天大的面子，这正是一举两得之事，一来酬劳檀贝子，二来也给了檀元帅的面子。你懂了么？"他不厌其烦地给笑傲乾坤解释一遍，卖弄自己所知之广。笑傲乾坤道："哦，原来如此。却不知是哪家的姑娘有这天大的福气，做了檀贝子的王妃？"

那人讪讪说道："这个，这个我也不大清楚了。但你管她是谁家的姑娘，这眼福是一世人也难得遇上一次的，你就瞧热闹吧。哎呀，我只顾和你说话，都几乎错过了，你瞧，那五凤朝阳，舞得多好！"笑傲乾坤道："是，是，这眼福真是几生修到，我得挤到前面去，近一些看得清楚一点。"

两人挤到前面，趁着锣鼓声喧，笑傲乾坤用传音入密的内功，在蓬莱魔女耳边悄悄说道："想不到咱们来得这么巧，碰上了羽冲的婚事。你以为这位新娘子——"蓬莱魔女道："那还用问，一定是赫连清云了。"笑傲乾坤道："你不觉得奇怪么？"

蓬莱魔女说道："是呀，我也觉得这桩婚事只怕内有蹊跷。赫连清云的妹妹赫连清霞和耶律元宜是一对未婚夫妇，他们的关系檀羽冲的叔叔和完颜长之这些人应该是早就知道了。他们二人如今正在拥兵自立，占山为王，图谋恢复辽国。自从金宋媾和，各地义军星散之后，耶律元宜这一股就是留在金国后方最大一股的抗金力量了。但今晚赫连清云却是羽冲的新娘子，而且还是由金主完颜雍为他们铺张婚礼的，若非有所图谋，完颜雍怎会如此做作？这件事实在太出情理之外！"

笑傲乾坤道："咱们姑且从另一方面设想，或者今晚的新娘子不是赫连清云，又或者这是完颜雍要笼络武林天骄的一种手法？"蓬莱魔女摇了摇头，说道："这两种假设都没理由。檀羽冲怎肯随便与另一个人成亲，完颜雍的度量再大，也决不能容忍拥兵与他对抗的敌人。凡是做皇帝的人没有不忌刻猜疑的，如今耶律元宜的大姨作了武林天骄的妻子，住在京城之内，他不害怕这可能是个心腹之患吗？"

笑傲乾坤道："好，那么咱们今晚就来得正是合时了，好坏咱们进去看个究竟，劝羽冲和清云趁早一走了之。"

蓬莱魔女苦笑道："王府面前人山人海，王府内面想来更是热闹，今晚的欢闹一定通宵达旦的了。众目睽睽之下，咱们纵有绝顶轻功，也是进不去的。"

王府门前的大街上歌舞喧闹，大门的守卫仍然毫不松懈。不过，这时已是将近三更时分，有些贺客不想在王府过夜的，陆续告辞回家。另外王府的仆役也有出出进进，或是护送客人，或是替府中的孩子买花炮的。不过这些仆役可以进出自如，闲人却是不能踏近王府门前。

笑傲乾坤道："你随我来。"其时正好有个大官兴尽告辞，王府开门送客，还有好几个王府仆役替他们鸣锣开道，但因大街上的人实在太过拥挤，鸣锣开道声中，就难免有点混乱。

笑傲乾坤故意挤到前面，在仪仗队的面前装作闪避不及，跌了一跤。前头那两个仆役扬鞭喝道："还不快快站过一边！"要不是因为办的喜事，他们的鞭子早已经打下去了。蓬莱魔女装作惶恐的模样将笑傲乾坤拉了起来，笑傲乾坤脚步蹒跚，与那两个仆役擦身而过，几乎碰着。那两个仆役看见蓬莱魔女相貌长得不错，喉中咕咕噜噜地骂了半句，也就没有再骂了。

蓬莱魔女认得那个送客的人正是武林天骄的堂兄弟檀世英，这个檀世英也就正是两个月前带领御林军攻打她的山寨的人，出了这个小小的"意外"，檀世英的目光也正朝着他们瞅来。

他们两人虽然戴了人皮面具，但身材体态是改不了的。檀世英蓦地觉得这两人"似曾相识"，不由得吃了一惊。但他正在代表主家送一个贵客，却又不便停留下来盘问他们。笑傲乾坤与蓬莱魔女穿的是普通金国百姓的服装，檀世英心想："王府里每天却有许多人进进出出，我见过一面而叫不出名字的多着呢，这也没有什么奇怪的。"想是这样想，但总觉得这两个人有点"奇特"。他心中方在思量，笑傲乾坤与蓬莱魔女早已挤进人堆了。

穿过了一条巷子，离开了拥挤的人群，蓬莱魔女吁了口气，笑道："幸亏檀世英没有认出咱们。嗯，这个东西怎么用法？"

笑傲乾坤掏出两个亮晶晶的铜牌，将一个交给蓬莱魔女，说道："这是王府中执役人等所用的腰牌，只要拿出来亮一亮，守门的卫士就会让你进去了。"原来这是他刚才和那两个仆役擦身而过的时候，施展妙手空空的手法偷来的。可笑那两个仆役毫无知觉的。蓬莱魔女道："万一盘问起来，咱们怎么说？"笑傲乾坤笑道："王府里的仆役，少说也有上千，今晚他们大办喜事，临时从各个王公府里召来帮忙的仆役也不知多少，都是凭着这个铜牌出入的，守门的哪里认得这许多。不过，为了小心起见，咱们可以走远一点，从后门进去。"

济王府横跨两条大街，占地数十亩，笑傲乾坤买了两盒流星花炮，绕过广场，走到后门，亮出腰牌，守门的看了看他手上拿的流星花炮，问道："你们是服侍哪位哥儿的？"笑傲乾坤笑道："我们夫妇是在东府顺大娘跟前听使唤的，顺哥儿吵着要放流星花炮，我们只好赶着给他去买。前门挤得水泄不通，我们宁可走远一点。"

济王府共有七房，"顺大娘"是武林天骄的奶妈，住在东府，她有一个小儿子，今年大约是十一二岁光景。笑傲乾坤以前在武林天骄家中作客的时候，和他们母子相熟。

王府中一个奶妈，在仆役中的"地位"已是非比寻常，所以她们也可以有自己的仆役。守门的听说他是给武林天骄的奶妈的儿子买花炮的，连忙说道："那么你赶快进去吧，小哥儿喜欢热闹，瞧着别人放花炮，自己没有，只怕要急得哭了。"

王府里面有里面的热闹，只说请来的戏班子就有十台之多，还有通宵不散的酒席，满园子锣鼓喧天，人来人往，闹哄哄的。蓬莱魔女道："苦也，若他们闹个通宵，咱们却怎好去找武林天骄？"

笑傲乾坤笑道："如今三更已过，闹新房的想来也该散了。我知道羽冲住的地方，他素来好静，是住在内花园里面的。今晚的新房多半就是在他原来的卧房，你随我来吧。"于是两人穿过闹哄哄的人堆，终于悄悄地溜到了寂静的内花园。

花园里两座假山之间，隐约可见小楼一角。园中月华如水，楼中烛影摇红，透出碧纱窗外。笑傲乾坤悄声笑道："不知他们睡了没有？想不到咱们竟会做个不速之客，来闯他们的洞房。"蓬莱魔女笑道："是呀，只怕他们也是做梦也想不到咱们会来的吧？"

园中寂静得出奇，连一个巡夜的人也没发现，这种"反常"的寂静，反而令人感到惶恐不安。蓬莱魔女不知怎的，忽地想起武林天骄以前喜欢吹奏的那首诗："凄凉宝剑篇，羁泊欲穷年，黄叶仍风雨，青楼自管弦。新知遭薄俗，旧好隔良缘，肠断新丰酒，消愁又几千。"心中想道："人生变化之奇，当真是往往出人意料之外。武林天骄以前反抗暴君，身为钦犯，本来是自分在江湖漂泊终老的了，怎想得到今晚却又在华堂锦帐之内做个新郎？他以前为我而失意狂歌，我也担心他无心再觅红颜知己，如今我倒是可以放下这重心事了。嗯，诗中的一句可要改为'旧好结良缘'了。但愿不要出什么意外才好。"天上月亮正圆，蓬莱魔女又想道："人月双圆，这本来该是'佳兆'，但他今晚是以'贝子'的身份，在金国皇帝为他铺排之下成婚的，玉堂金屋，锦帐明珠……这真太反常了，只怕，只怕……"笑傲乾坤似是窥察到她的心事，在她耳边说道："你可是为他担忧，怕的是：琼楼玉宇，高处不胜寒吗？好，那咱们就赶快去提醒他吧！"

他们在为武林天骄担忧，武林天骄此时也正在思念着他们。

武林天骄与赫连清云早已被送入洞房，此时闹新房的人也都已散了。武林天骄想不到婚礼如此铺张，尽管他不愿随俗，日间也不免要应酬许多宾客。此时他只感到头昏脑胀，耳边似乎还在响着喧嚣的闹酒声，想道："好了，好不容易如今已是酒阑人散，可以让我单独与云妹相对了。"

武林天骄轻轻揭开了赫连清云蒙头红帕，笑道："云妹，可累了你了！"

赫连清云星眸半启，笑道："也累了你了，嗯，这可真是想不到啊。我会在你的王府里与你成婚，如今我还似乎是在云端里飘着的，不知这是真是梦？"

武林天骄轻轻抚她的满头秀发，说道："你喜欢吗？"

赫连清云抬起头来，但见红烛光摇，眼前个郎如玉，心满意足地点了点头，说道："今日是咱们大喜之日，我怎有不喜欢的。只是说个实话，我可不喜欢这样铺张的婚礼，我也怕自己不习惯于做一个王府的王妃。"武林天骄点了点头，说道："我也不愿在王府里呆下去的，过了今晚，咱们就悄悄地出走，重入江湖吧！"

赫连清云笑道："这就最好不过了。是呀，咱们一同去探访清瑶姐姐可好？"

武林天骄正在思念着蓬莱魔女，蓬莱魔女是他生平的第一个红颜知己，是他曾经倾心过的人，这一段不寻常的交情，即使在他新婚之夜，也还是不能忘怀的。不过此时此际，他思念蓬莱魔女的这种感情，却也是早经升华了的，毫无杂念的净化感情。武林天骄面对着笑靥如花的新婚妻子，满怀喜悦地想道："一株草有一滴露珠，一把锁匙配一把锁。姻缘之事，当真是各有前因，丝毫也不能勉强的。我如今懂得了：清瑶只能是我的知己，云妹才是把整个身心都交付与我的妻子。嗯，如今我们都各有良缘，以后就更可以做心无芥蒂的知己了。人生得一知己，已足无憾。我檀羽冲何幸而得两个知己友人，还有一个全心体贴自己的妻子！"他心中所想的"两个知己"，那是包括了笑傲乾坤华谷涵的。

赫连清云悄声说道："檀郎，你想什么？"武林天骄笑道："我是在想，可惜华谷涵和柳清瑶不能请来喝咱们的喜酒。不知他们成婚了没有？咱们以夫妻的身份去探访他们，想来他们也不知该多欢喜呢！"

赫连清云笑道："是呀。想不到咱们还走在她的前面呢。今次咱们的婚事，也实是出乎我的意外，太过匆促了些。清瑶姐姐固然是请不到，连我的妹妹，也不能来喝我的一杯喜酒。"说至此处，歇了一歇，又笑道："不过，她若是和耶律元宜来了，看见咱们的婚礼是皇上替咱们铺排的，只怕会大为不满呢！"

武林天骄道："我也想不到皇上会对我如此之好的，或许他是想要笼络我吧。不过我也的确有这么一个心愿，要是皇上能够采纳我的主张，金、宋、辽三国都能和睦共处，天下如一家，这该多好！清瑶、谷涵他们是汉人，你们姐妹和耶律元宜是辽人，我是金人，那时我们三家人，都如兄弟姐妹，三个国家之间也都是玉帛往来，干戈停止。这才是我毕生最希望的事情。当年我的师祖曾怀有这个心愿，没有完成。但愿这样一个大同世界，能在我有生之年可以见得到。"

赫连清云苦笑道："檀郎，我只怕你的这个希望只是小孩子用一根芦管吹的泡沫。"

武林天骄道："天下的老百姓也都是如此想望啊！"

赫连清云道："就只怕皇帝和将军们不是如此想望！"说至此处，不知不觉打了个呵欠。

武林天骄笑道："洞房之夜，咱们还是莫谈这些杀风景的话题吧。你很累了，早点安歇吧。"赫连清云道："我不知是不是酒喝得多了，头有点晕。檀郎，你怎么样？"

武林天骄道："我的酒量比你好，但我的酒也比你喝得多。嗯，我也似乎很有了几分酒意了，咱们睡吧。"赫连清云脸上忽地现出一丝惶惑的神色，说道："我似乎觉得有什么不对。檀郎，且莫去睡！"正是：

古来泾渭难相混，纵是亲人也不容。

欲知后事如何，请听下回分解。

第八十四回　锦帐青锋疑是梦
琼楼玉宇不胜寒

武林天骄怔了一怔，说道："什么不对?"这刹那间，他也似乎感到有点异样了。

赫连清云道："檀郎，我想向你请教武功。你那般若掌力是怎样运功的? 你试给我看!"

在这洞房花烛之夜，新郎正在催促新娘子卸装就枕之时，新娘子却提出要与新郎演习武功，这本来是"不近情理"的一桩事情，但武林天骄此时也已隐隐感到有些什么不对，因而对赫连清云的要求也就不认为是怪异的了。

武林天骄惊疑不定，说道："好，我就试给你看!"随手抓起一个镇纸的铜狮子，用力一捏，只听得"当"的一声，铜狮跌下地来，原来是武林天骄的手指因用力捏这铜狮的关系，痛得手指都似乎要折断似的，不由得立即要把手指松开。

这一个出人意外的现象，不由得两人面面相觑，大惊失色!

要知以武林天骄的内功之强，用的又是足以开碑裂石的"般若掌"力，这铜狮本来应该给他捏得碎裂片片的，但现在铜狮无损分毫，而他的手指反而疼痛欲裂!

过了半晌，武林天骄在惶惑迷乱中稍稍清醒过来，不禁失声叫道："云妹，果然不对，咱们是受了暗算了! 奇怪，怎么会受到暗算的呢?"

赫连清云花容失色，说道："我的内力也是丝毫使不出来了。你想想看，是怎么受了暗算的? 莫非咱们今晚喝了毒酒?"

武林天骄喃喃说道："不会吧，我的叔叔怎会将毒酒害我？而且若是毒酒入喉，我也应该立时察觉了。"

赫连清云回想今晚的经过，不错，武林天骄是喝了许多酒，但并不是每一个普通宾客都有资格来和他们夫妇喝酒的，需要他们去敬酒的是宫中的司礼太监，那是代表皇帝皇后来贺婚的。还有就是几个近支王公。再还有就是武林天骄的几个长辈亲属。他们只是在给别人敬酒的时候才陪着喝，除此之外，他们并没有另外喝酒。但就只是陪这十多个人喝酒，武林天骄少说也喝了一壶了。新娘子喝得少些，大约也有半壶。

不过敬酒、陪喝，那是主客双方都在喝同一个酒壶的酒，酒又是武林天骄自己斟的，不可能有人在酒壶里装甚机关。倘若是毒酒的话，那么就应该是主客双方都中毒了。而且还有一层，武林天骄每一次的敬酒，因为敬的都是极有身份的人，他的叔叔每次也都是以"主婚人"的身份陪着贵客喝的。退一万步说，即使他的叔父要用毒酒害他，难道他的叔父就不怕自己中毒？又怎敢令皇上宠信的宫中最有权势的"公公"也喝毒酒？

可是他们如今的内力全已消失却又是铁一般的事实，这又该怎么解释呢？就在他们迷惑之时，忽听得有脚步声走来了。

济王府不比寻常百姓人家，王府内眷所住的地方，仆役人等，不奉召唤，是不许随便走进的。何况这是"贝子"新婚的洞房，此时又已是三更过了？寻常人家，还可能有顽皮的孩子来偷听新房，王府规矩森严，大人管束得紧，那是决不会有的。

赫连清云花容失色，颤声说道："檀郎，莫非是福无双至，祸不单行，他们，他们……"武林天骄苦笑道："如今咱们都已失了武功，若是有人要害咱们，那也是没有办法。"脚步声已停在门前，武林天骄不待他们敲门，索性就自己打开了。

抬头一看，只见来的两人，一个是主婚人身份的他的叔叔——金国兵马大元帅檀道雄。另一个是代表皇帝来给他们祝婚的，身为皇叔的御林军统领完颜长之。尽管武林天骄已准备接受任何可能的意外，但他的叔叔三更半夜来闯他的新房，这刹那间，他还是不能不大为惊诧。

武林天骄呆了片刻，好不容易才说出话来："皇叔大人，叔父大人，我想不到你们会在这个时候来的，请恕小侄失迎了。"

檀道雄道："好，你们还没有睡，我正有个喜讯要告诉你。"完颜长之也道："是啊，檀世兄，我是给你贺喜来的！"

武林天骄忍着心中的悲愤，说道："多谢皇叔来喝我们的喜酒，皇上和皇叔所赐的'恩宠'，我檀羽冲是毕生难忘！但这'喜'也已经贺过了，还有何'喜'可贺？"

完颜长之笑道："成家立业，成了家就该想到立业了。'洞房花烛夜，金榜题名时。'这是同等重要的两件喜事。你虽然没有'金榜题名'，但皇上即将赐你殊恩，更胜于金榜题名，我焉能不来道贺？"

武林天骄道："恕我不懂皇叔大人的意思，叔叔，我也正有一件事心里不明，要想请问叔叔，可惜这却不是一件喜讯。"

檀道雄道："我料到你会有此一问的。想来你也已经发觉了你的武功消失了，是么？这正是一件喜事啊！对于你，对于我们檀家，都是大有好处的事！"

武林天骄面色灰白，说道："这么说来，这是叔叔的预谋，有意要令小侄受害的了？"

檀道雄板起了脸孔道："我这是为了你好，怎是害你？"

武林天骄道："是好是坏，暂且不说。我只想知道我们喝的是什么毒酒？嗯，皇上是一国之主，叔叔是一家之主，倘若皇上和叔叔要赐我自尽，我也宁死无辞。但清云无辜，还望你们赐她解药。"

赫连清云道："不，咱们夫妻不能同年同月同日生，却得同年同月同日死，这正是我求之不得的事！"

檀道雄道："你们别胡思乱想，没有谁要害你们，你们喝的也不是毒酒！"

武林天骄半信半疑，说道："当真不是毒酒？那何以——"完颜长之笑着接下去说道："那何以你的武功会消失了？你别心急，坐下来，让我和你说个明白吧。"

完颜长之慢条斯理地说道："你今晚喝的这壶酒，的确不是毒酒。对常人来说，一点害处也没有的。要不然，你叔父怎敢喝它，王公公怎敢喝它？你想想，王公公那么一大把年纪，又没练过内功，若是毒酒的话，纵有解药，也是难免受害的啊！"

武林天骄听出了话中的破绽，心中一动，道："对常人没有害处，那么对不是'常人'又如何呢？哦，对了，皇叔大人，我记得你今晚可没有喝过我这一壶中的酒。"

完颜长之笑道："檀世兄果然聪明过人，已猜到了个五七分了，佩服、佩服！你喝的这壶酒么，毒是没有毒的，对任何人都一样。不过，若是内功高明之士喝了它，却有点小小的不同。"武林天骄剑眉一竖，涩声说道："什么不同？"

完颜长之淡淡说道："酒中并没有毒药，不过，也加进了一点点东西。这是天竺高僧竺迪罗从前献给前皇的一种奇药，名为'化功散'，常人服了，毫无害处。但身有内功的人喝了，他的本身功力就会全给化去。招数可以使得出来，内劲就一点也没有了。不过，这却并不是中毒，只是将他变为一个普通人而已，你明白了么？"

武林天骄满腔怨愤，望着他的叔父说道："叔父，侄儿做梦也想不到你，你——"檀道雄肃容说道："冲侄，你以为我是害你么？我这是救你。你以往行为乖谬，这都是因为你有一身武功的缘故。如今我们把你的内功化去，为的就是想你做一个安分守己的国之忠臣，家之孝子。我这份苦心，你是应该懂得的！"

武林天骄颓然倒在椅上，说道："叔叔，你将我的内功化去，倒不如将我一刀杀了。"

檀道雄"哼"了一声，说道："羽冲，你怎么还是想不通呢？好吧，就让我权充'生公说法'，点化你这块'顽石'吧。你以前恃着武功，犯上作乱，几乎给我家招来大祸。如今皇上恕了你的叛逆之罪，但倘若不化去你的内功，莫说皇上信不过你，我也是不能放心的啊。"

完颜长之接着笑道："檀世兄，你失了武功，'武林天骄'这名号是不能用了。但是，你却换回来一生的荣华富贵，这还不值得么？"

檀道雄柔声说道："冲侄，咱家世代为大将，就没出过宰相。

你文武全才，内功消失了，从此正可以专心习文。皇上答应让你先做一个御史大夫，将来拜相有望。这样的恩宠，对咱家可真是锦上添花，求也求不到的啊！出将入相谁不想？你还不心满意足，叩谢皇恩么？"

武林天骄忍着心头悲愤，打了个哈哈，说道："皇恩浩荡，我真是想不到皇上对我如此眷顾有加，不但不究我的过往，还要将我破格重用。我可真是应该感激涕零了！"檀道雄不知他说的乃是"反话"，掀须笑道："是呀。别说将来拜相有望，就是现在你一出身便是个御史大夫，这也已经是二品高官了！嗯，你现在懂得了皇恩浩荡，也该明白了为叔的苦心了吧。"

武林天骄道："都明白了。但无功不受禄，皇上赐我如此大恩，我就应该为皇上效'犬马之劳'才对。叔父大人，皇叔大人，你们说是吗？"

完颜长之哈哈笑道："檀世兄果然是聪明人，一说就明白了。好吧，你既然想到了这一层，那么我们也可以打开天窗说亮话，将我们今晚的来意坦白告诉你了。"

武林天骄作出"洗耳恭听"的样子，说道："小侄正要请皇叔大人指点。"

完颜长之说道："指点这不敢当。不过，这是皇上的意思，皇上要你给朝廷做到两件事情。"

武林天骄道："哪两件事？只要是我做得到的，我自当为皇上效犬马之劳。"

完颜长之笑道："这两件事对你来说，都是轻而易举之事。第一件——"说至此处，却把眼光朝赫连清云望去，然后接下去说道："听说王妃的令妹是在耶律元宜的军中，不知他们成婚了没有？"赫连清云道："我不知道，你们想打他们什么主意？"赫连清云心中有说不出的悲愤，也有说不出的厌恶。倘若不是为了顾全丈夫的面子，她早已破口大骂了。

完颜长之笑道："新娘子言重了。我们对令妹，甚至对耶律元宜也都是一番好意的。"

武林天骄轻轻捏了一捏赫连清云的手心，说道："云妹，咱们对尊长应该顺从，不可无礼。"赫连清云懂得丈夫的心意，想道："不错，且听听他们打算的是怎么样的阴谋诡计。"于是勉强赔了个礼，说道："请恕小女子无知。还望皇叔大人明示，是怎样的一番好意？"

完颜长之是瞧得出他们有点神色不对的，但心里想道："你们已在我的掌握之中，也不由得你们不答应了。"于是说道："这第一件事简单得很，就是要请你们替皇上招安耶律元宜。"

赫连清云道："哦，你们是要耶律元宜投降！可是，他若不肯答应呢？"

完颜长之道："他是你的妹夫，据我所知，他又是一向敬重你们夫妻的。有你们的亲笔书信，晓以利害，劝他归顺朝廷，他还有不答应吗？"

赫连清云道："怎样晓以利害？"檀道雄说道："皇上答允将辽国旧地划出一部设立中书行省，耶律元宜若然来归，就由他做这行省的'平章'（中书行省与平章乃是金国的政制、官制。'平章'这一官职，在中央则是宰相，在地方则是一个行省的最高政务官）。他不是要恢复辽国吗？这样也差不多等于是恢复了。金、辽一家，不分彼此，当然他还要上表称臣，但也等于是半个辽王了。他还能不心满意足么？"

赫连清云心道："这不过等于你们的皇帝派出去当傀儡的奴隶总管而已，说什么金辽一家？"武林天骄是曾幻想过宋、金、辽三国和好，天下一家的。他叔叔这番话不啻是对他作了个辛辣的讽刺。武林天骄苦笑道："耶律元宜并非贪图富贵之人，倘若他仍不心满意足呢？"

檀道雄"哼"了一声道："倘若他胆敢不从？皇上就要出兵讨伐他了。他的残兵败卒，不足五万之众，要想抵抗金国大军，无异以卵击石。成败枯荣，系于一念。只须你们善为说辞，晓以利害，若非下愚，焉有执迷不悟之理！"

完颜长之接着笑道："这也关系你们夫妻的利害。赫连姑娘如今是檀家的媳妇了，总不想妹子不得善终吧？劝得他们归顺朝廷，你们同享尊荣，这岂不是更好？"

赫连清云心道："怪不得皇上许我匹配檀郎，还替我们铺张婚礼，原来是如此用心的！"当下冷笑说道："我明白了。若是我不答应你们招降他们的话，大约你们就要将我当人质了。"

檀道雄变了面色，说道："赫连姑娘，你是我的侄儿媳妇，望你不要误解我们对你的一番好意，更不可辜负皇上的殊恩！你不为你妹子着想，也当为你丈夫着想！"

赫连清云双眼含泪，望了望她的丈夫。武林天骄道："清云不过是怕他们不肯依从而已。好，这件事暂且不论，还有第二件呢？请皇叔大人一并明示，好让我们从长计议。"

完颜长之道："也好，就都对你说明白吧，匪号'蓬莱魔女'的柳清瑶和那个'笑傲乾坤'华谷涵是你的好朋友，是吧？"

武林天骄淡淡说道："不错。莫非你又要我招降他们？"

完颜长之道："不是。我只要你将他们两人请来此地，与你相会！"

武林天骄道："哦，原来皇上还关心我的朋友，肯让我与良友相晤，这真是求之不得的了。但却不知请他们来作甚？"完颜长之冷笑道："你是真糊涂还是假糊涂？"

武林天骄道："请恕小侄不明，还望皇叔大人明以告我。"

完颜长之按下火气，说道："好吧，你既然装作不懂，那我也不妨和你打开天窗，说个亮话。蓬莱魔女是绿林的盟主，对咱们金国的祸害，比耶律元宜更大。如今她又与笑傲乾坤合在一起，而笑傲乾坤与南宋的抗金将领又是互通声气的。这两人不除，皇上岂能安枕，这两人料想是决计不会归顺我们的朝廷，所以必须你设法将他们引来，嘿，嘿，以后的事，那就不用你管了。"

武林天骄冷冷说道："原来你是要我设计，诱捕他们。换一句话说，也就是你要我出卖朋友了。"

檀道雄板起面孔道："君臣有义，父子有亲，长幼有序，夫妇有别，朋友有信，此五者是谓五伦。你熟读汉人之书，与朋友相交有信，这是好的。但你也该明白，即以汉人的道理来说，朋友也只是居于五伦之末！难道你把朋友的交情，看得比君臣之义，父子之亲更紧要吗？蓬莱魔女率领群盗，反抗朝廷，是咱们金国的大敌。

你即使不为一己的富贵功名着想，也该为皇上尽忠才对。怎能说是出卖朋友？"

赫连清云忍不住说道："叔叔，你说柳清瑶反抗你们的朝廷，这倒说得不错。但说她是你们金国的敌人，这就不尽然了。据我所知，她对金国的百姓，是一向秋毫无犯的。"

檀道雄一瞪眼睛，说道："皇上就是朝廷，朝廷就是国家。谁要是反叛皇上，他就是金国的敌人。"

武林天骄道："叔叔，你要我如何设法才能请得动他们的大驾？"

檀道雄道："我知道那笑傲乾坤曾在咱们家里住过，只需你写一封亲笔书信，我叫他所认识的家丁，送到蓬莱魔女山寨之中，他们知道你已在京城完婚，安然无事，你叫他们来补喝一杯喜酒，他们想必是会来的。"

武林天骄心中苦笑："谁说我们安然无事？"他缓缓转过了头，一对新婚夫妇眼光相接，两人都是流露出一派凄苦的神情。

檀道雄道："不管你认为是骗来也好，是请来也好。为国为家为你自己，你今晚都是必须作个抉择了。这封信你马上就给我写。"

武林天骄涩声说了个"好"字，走到床前的小几边。檀道雄以为他是去取文房四宝，不料他却突然从锦帐之中取下挂在床头的三尺青锋，檀道雄吃了一惊，喝道："你干什么？"说时迟，那时快，武林天骄已是一剑插向自己的胸口。檀道雄和他距离最近，但这个动作太出檀道雄意料之外，抢救已来不及。眼看就要锦帐青锋，血溅洞房。

檀道雄这一惊非同小可，只见那把三尺青锋，明晃晃的剑尖已经插进了武林天骄的胸膛。但奇怪的是武林天骄的身子不过颤抖一下，却并没倒地，也不见有鲜血喷出来。

完颜长之忽地笑道："檀元帅不必着慌，死不了的。"就在此时，忽听得"叮"的一声，武林天骄的宝剑掉下地来，随即"砰"的一声，房门也给人打开了。有两个人旋风也似的扑了进来。

原来武林天骄的功夫已经消失，气力还比不上一个普通汉子。他意图用剑自杀，但这一剑只不过刺穿了衣衫，剑尖划破了一点点皮肤，就已经乏力了。但伏在窗外偷看的笑傲乾坤与蓬莱魔女突然看见发生这个意外，一时间却没想到这层，本来他们还不想声张的，此时一惊之下，便立即闯了进来。笑傲乾坤发出一枚钱镖，将武林天骄的宝剑打落。

他们两人戴着人皮面具，新房里的四个人都认不出他们。他们闯进新房，立即分头行事，笑傲乾坤去救武林天骄，蓬莱魔女则扑向完颜长之。

檀道雄站得靠近武林天骄，他是身经百战的元帅，碰上意外，虽然吃惊，却不慌乱。拾起地上的宝剑，喝道："好大胆的贼人！"挥剑向冲上来的笑傲乾坤劈刺。

檀道雄是个大将之材，能指挥百万大军，也精通十八般武艺。但论到武学的造诣，他怎比得上笑傲乾坤？他又没有练过内功，他的武艺只适宜于阵上交锋，在近身肉搏之时，笑傲乾坤只需使出三分本领，他已是应付不来。

笑傲乾坤用了个"卸"字诀，长袖一拂，把檀道雄的宝剑引过一旁，檀道雄虎口酸麻，这才知这来人是个异人。檀道雄张开了口，正想叫人。说时迟，那时快，笑傲乾坤已以迅雷不及掩耳的手法点了他的哑穴。

另一边，蓬莱魔女亦已与完颜长之交上了手。完颜长之是金国的第一武学高手，自非檀道雄可比。蓬莱魔女刷刷刷连环三剑，都给完颜长之以空手入白刃的功夫一一解开了。但完颜长之要想抢她宝剑，却也不能。

蓬莱魔女从前曾与完颜长之交过两次手，当时蓬莱魔女还未曾得到她父亲授以上乘的内功心法，两次交手都是蓬莱魔女稍稍吃亏。如今她武功大进，三招一过，便即占了完颜长之的上风。

完颜长之觉得她这路剑法好生熟悉，不由得蓦地一惊，喝道："你是谁？"

蓬莱魔女笑道："你们不是要檀羽冲请我们来喝喜酒的吗？不劳你们费神，我们自己来了！"

赫连清云呆了一呆，大喜叫道："原来是清瑶姐姐！"

武林天骄如在梦中，几乎不敢相信自己的眼睛，也不由得大喜叫道："华兄，是你!"笑傲乾坤点了檀道雄的穴道，将他推过一边，笑道："羽冲兄，你受惊了。还好，我们赶得上来喝你的喜酒。"

完颜长之发觉是他们二人，这一惊非同小可，但他是金国第一高手，却怎甘束手就擒？当下"嗖"的劈面一拳，冲开蓬莱魔女的尘拂，反手一记擒拿，又解开了蓬莱魔女的一招刺穴手法。这一拳一掌使得凶狠无比，是他看家本领的败中求胜的绝招，虽然仍胜不了蓬莱魔女，也迫得她退了一步。

完颜长之身法也极端的快，一掌拍出，头也未回，一个滑步回身，已抢到了门口。原来他那两招凶狠的攻势，只是以攻为守，掩护撤退的打法。意欲趁着蓬莱魔女给他迫退一步之际，抓紧时机，夺门而逃。

哪知笑傲乾坤早已识破他的企图，他快，笑傲乾坤更快，先一步塞住了门口，折扇一扇一挥，立即便点他背心大穴。

完颜长之左掌一掠，施展分筋错骨手法，抓扇头、切腕脉，解招还招。笑傲乾坤冷冷一笑，反手一勾，完颜长之肘锤撞去，笑傲乾坤掌如雁翅，斜斜削过，也是同样的解招还招，反扭完颜长之肘部关节。

完颜长之身形一晃，肘锤撞空，忙出左掌帮忙，说时迟，那时快，笑傲乾坤的折扇已是倏地变招，扇头指向他掌心的"劳宫穴"。"劳宫穴"是手少阳经脉的枢纽穴道，完颜长之不敢给他点中，只得后退一步。一回头，只见蓬莱魔女明晃晃的剑尖已对着了他的胸口，蓬莱魔女是因不愿以多胜寡，故而虽然早已到了他的背后，但仍然是蓄势未发。

笑傲乾坤折扇一收，哈哈一笑，慢条斯理地说道："皇叔大人，你不是请我们来喝喜酒的吗？怎可对客人如此无礼？对不住，你若还要用强，我们可也不能客气了。"

完颜长之适才与笑傲乾坤闪电般的交手几招，虽是一瞬即过，但这几招之中，彼此都是使出了最高深的武学，双方的本领也都是在这几招中表露无遗的了。完颜长之占不到半点便宜，硬生生地给他迫退。这才知笑傲乾坤亦已是今非昔比，武功比蓬莱魔女还胜三分。从前他可以与笑傲乾坤打个平手，如今却是不由他不甘拜下风。

完颜长之自知决无逃得出他们掌握的希望，颓然敛手，但口气仍是很硬，冷笑道："你们想要怎么样？你们本领再强，也只是两个人。你们以为就可以保护你们的朋友逃出这个王府吗？好吧，有胆的你尽管杀我！"

笑傲乾坤笑道："不错，我们的确是难以逃出王府的。所以就要请你送我们出去了！"

完颜长之道："在众目睽睽之下，要我将你们送出王府？嘿，嘿，这真是异想天开！莫说我不能够答应你们，就是我肯，这也是办不到的事情。废话少说，干脆你们一剑将我杀了吧！"

笑傲乾坤道："我不但要你送我们出王府，还要你交出解药！"

完颜长之冷笑道："这更难了，你杀了我也办不到！好吧，我不妨告诉你们，御林军中的好手都在王府之中，即使你们能够以一当百，也是决计逃不出去的。你尽管把我杀了吧！"

蓬莱魔女杏眼圆睁，厉声说道："你当真不肯？"完颜长之道："不肯！"蓬莱魔女道："好，那我也不妨告诉你，我们也不杀你。你怎样对付别人，我们就怎么对付你！先废你的武功，再慢慢将你折磨！"

笑傲乾坤笑道："对，事到如今，请恕我们不能与皇叔大人讲什么江湖规矩了！"两人联同出手，完颜长之背腹受敌，不过数招，便给蓬莱魔女倒转拂尘，用重手法点了他一处穴道。

蓬莱魔女冷冷说道："穴道铜人的十三篇图解你是曾经学过了的，你应该知道惊神指法的厉害！现在我还没有废你武功，但我只需再用惊神指法续点你的'中府'、'天枢'、'愈气'三道大穴，你这一身武功就算完啦。"

笑傲乾坤接着说道："还要再加上利息！我接着用分筋错骨手法，扭断你七处关节，让你全身瘫痪，求生不能，求死不得！然后押你出去游街示众，嘿，嘿！我们大不了是拼一死，你这位皇叔大人、金国的第一武学高手可就要威风扫地，面子丧尽啦！这滋味对你来说，大约要比死更难受吧？"

完颜长之是个武学的大行家，当然知道他们不是虚声恫吓，饶他如何强作镇定，也不由得面色灰白，讷讷说道："你们这样狠毒！"

蓬莱魔女笑道："这也是跟你们学来的。废话少说，先把解药拿来！"

完颜长之苦着脸道："竺迪罗的化功散是没有解药的。你们知道，竺迪罗也早已给先皇射死了。"

武林天骄道："你们不必费神救我了，他说的是真话，这化功散是没有解药的，我认命啦，你们走吧。"武林天骄受了这个重大的打击，已是万念皆灰。

蓬莱魔女笑道："我们既然到了此地，岂能不管？你们也不必理会，事情都交给我办好了。"说罢，回过头来，对完颜长之道："好吧，没有解药，那就要麻烦你送我们出去了。我自有办法，令你不至难堪。"

完颜长之没有答话，却把眼睛望向檀道雄。

笑傲乾坤道："对啦，王爷是这里的主人，我们当然是不会忘记的。檀元帅，你不是也曾与皇叔大人合谋，要将我们'请来'的吗？好啦，现在我们要走了，可也得劳你的驾，送一送我们这两个客人啦！"

檀道雄被点的是麻穴，可以张嘴说话，但他却侧转了头，闭口不言。

蓬莱魔女道："哦，檀元帅不屑理睬我们，是么？很好，我也无须你的理睬，就让你见识见识我的手段吧！"

武林天骄心中难过之极，说道："涵兄，瑶姐，我不幸生在王家，这也是我应受的灾难，一切罪孽，我愿承当。请你们也不必难为我的叔父了。"武林天骄在他的叔父与皇帝串通之下喝了药酒，被化去了一身内功，早已心灰意冷。不过，尽管他对叔父有所怨恨，但他也是个自尊心很重的人，却不愿意蓬莱魔女在他的面前，折磨他的叔父。

檀道雄是个掌握百万大军的元帅，平时只有别人向他讨饶的人。此时听了武林天骄替他求情的说话，怒声说道："好吧，你这魔女有什么手段，尽管使出来吧。我家世受国恩，我生为大金忠臣，死为大金忠鬼，你杀我也好，折磨我也好，我檀道雄绝不一皱眉头！"他拼了一死，要做"忠臣"，表现得似乎比完颜长之更多几分英雄气概。

蓬莱魔女淡淡说道："我不杀你。我们只是从你的王府中大摇大摆地出去，嘿，嘿，我看你这个忠臣也就做不成了啦！"

檀道雄吃了一惊，道："什么？你们要陷害我？哼，皇上是不会相信你的！"

蓬莱魔女道："不会相信？你的王府防卫森严，我们怎么能够进来？又怎么能够从新房之中大摇大摆地出去，你有一张口会说话，我也有一张口会说话。你说我们是偷进来的，我说是你与我们串通了放我们进来，密谋造反的。倒要看看，你们的皇上相信谁？"

檀道雄又惊又怒，心里想道："皇上虽然授权我将他们骗来，可是必须有羽冲写的亲笔书信为凭，交给皇上过目的。皇上预计，即使他们上当，至少也是几个月之后才来的。怎想得到他们今晚就不请自来？皇上猜疑心重，这魔女是绿林盟主的身份，倘若她当真反咬我一口，当众声张，说我是与她同谋造反，这个，这个，只怕我当真是跳进黄河，也洗不清罪名了。"

檀道雄不怕死，不怕折磨，但却最怕受这"天大的冤枉"，死了也被当作"反贼"，而不能做个"忠臣"。他越想越惊，禁不住登时气馁，讷讷说道："你、你好狠毒！"蓬莱魔女笑道："这也不过是以其人之道还治其人之身而已。怎么样，王爷，你可肯屈驾了吧？"正是：

王府森严拦不住，但凭妙计制元凶。

欲知后事如何，请听下回分解。

第八十五回　侠女奇谋出王府
　　　老媪妙计赚城门

　　此时已是晓色云开，晨风拂槛的第二天的朝早。王府中欢乐闹通宵，此时也已是酒阑人散，笙歌尽歇了。这内花园是不准闲杂人等进来的。此时外间园子的戏班已经停演，放烟花的孩子早回去睡觉，闹酒的客人也早已醉倒，这内花园就更显得寂静了。就在这异样的寂静之中，笑傲乾坤与蓬莱魔女忽听得外间有杂乱的脚步声。脚步声很轻，似乎是怕惊醒房中的新婚夫妇。但他们两人是武学的大行家，听觉灵敏，远胜常人，却可以听得出来的是一大群人，已经进了这座内花园，但距离这座房子还在十数丈外。

　　蓬莱魔女靠着墙壁，凝神静听。江湖上的行家有种本领叫做"伏地听声"，蓬莱魔女更进一层，不须"伏地"，只须耳朵贴墙，便可以听得外间传来的声浪。只听得有一个人低声说道："不可惊动贝子，你给我仔细搜搜，假山洞里更要留意搜搜，看看有没有人藏在里面。"蓬莱魔女听出了说话的这个人是檀世英，吃了一惊。

　　此时完颜长之、檀道雄也似乎有所察觉了，但却不敢声张。蓬莱魔女悄声说道："你们的人来得正好，省得我要劳烦你们派人传令。好，你们照我吩咐的做。否则你们考虑后果吧。"

　　蓬莱魔女把要他们所做的事情刚刚说得清楚，只听得脚步声又近了许多。有一个人道："禀告三公子，园子都搜遍了，并无贼人。"跟着一个道："老王爷和皇叔大人也没找到。"这个人是刚刚进来，报告最新的消息的，檀世英沉吟半晌，说道："既然这样，没有办法，只好惊动贝子了。"

原来檀世英是因为昨晚送客的时候，碰见了蓬莱魔女与笑傲乾坤，当时来不及盘问，过后却起了思疑。要知他们两人虽是戴了人皮面具，容貌已改，但身材体态却改不了。檀世英虽然不敢断定就是他们，但总是有点疑心。故此他送客回府之后，便立即去找檀道雄与完颜长之禀告，不料又找不到这两个人，檀道雄由皇帝授意，与完颜长之合谋炮制武林天骄之事，这是一个最最机密的事情，檀世英虽是他的侄子，也未曾与闻，他怎想得到他的叔父是在他的堂兄新房之中？

不过，武林天骄与蓬莱魔女颇有交情之事，檀世英却是略有所知的。檀世英找不到叔父和皇叔，便带了十多名御林军中的高手，在王府四处，不动声色地搜查。此时他已经怀疑，笑傲乾坤与蓬莱魔女有可能是躲在新房之中了。

檀世英指挥手下围住新房，正要去敲门，只听得武林天骄喝道："是什么人？"跟着檀道雄在窗口伸出头来。

檀世英突然看见叔叔从新房中探出头来，吃惊不小。檀道雄也佯作诧异，喝道："世英，你这么早带这么多人到这里作甚？"

檀世英躬腰施礼说道："侄儿昨晚送客，碰着两个形迹可疑的人，恐防乃是奸人混入府中，故此搜查。惊动了叔叔了。"

檀道雄板起脸道："你们真是没事找事来理，如此大惊小怪。王府里里外外，多少守卫，怎能有奸细混得进来！"

檀世英满面羞惭，说道："是，是侄儿莽撞了。侄儿昨晚本想向叔父大人和皇叔大人禀报的——"

完颜长之哈哈一笑，跟着探出头来，说道："你找不着我，是么？我也在这里呢！有我在此，你还怕什么奸人混入？"

檀世英更是惊奇，说道："末将不知皇叔大人在此，惊扰了大人了。"檀世英是御林军的军官，完颜长之掌管御林军，正是他的顶头上司。

檀道雄道："你也来得正好，羽冲夫妇要入宫向皇上谢恩，我们也要陪他同去。你给我们准备车辆吧。"

檀世英恍然大悟，心中想道："原来你们是来催促新人上朝谢恩的，怪不得这么早来了。"外姓封王的王室贝子完婚，本来无须第二日就入宫"陛见",但武林天骄的情形却有不同,他极得皇帝"宠爱",这次的婚礼,又是皇帝替他铺排的,仪式与"太子大婚"相同,真可说是"不世之荣"的恩典。因为有此特殊情形,檀世英遂自作聪明,以为叔叔是要讨皇上喜欢,故而命令武林天骄入宫叩谢。此时已是天光大白,檀道雄与完颜长之一早来催促他们入宫,那也就不足为奇了。

檀世英连忙答道:"是,侄儿马上准备车驾。"

檀道雄道:"我们不须多人扈从,你只准备一辆大车就行了,你把车子停在后花园门口,免得惊动宾客。"

檀世英退后,檀道雄松了口气,回过头,对武林天骄与蓬莱魔女怒目而视,说道:"你们满意了吧?我可给你们害苦了!"原来他与完颜长之,一个是怕被诬"通匪",死了也做不得忠臣,一个是怕被废了武功,当众凌辱。故而只好服服帖帖地听从蓬莱魔女的指挥,做了她的傀儡。

蓬莱魔女笑道:"这是为了你们好啊。你们只要将我们送出了城,你们就可以回来了。没人知道我曾经与你们见过面的。"

笑傲乾坤笑道:"咱们还要改一改装,才能出去。"说罢,将人皮面具剥下,反转过来,弄皱了它,再行戴上,蓬莱魔女也依法施为,再戴上面具,形容显得苍老一些。赫连清云道:"我带你们进内换装。"

笑傲乾坤道:"好,瑶妹,你先换装吧。"说罢又回过头来问武林天骄道:"檀兄,你走得动吗?"武林天骄道:"我只是内功消失,普通人的气力则还是有的。"笑傲乾坤道:"檀兄,你这一走不知什么时候才能够回来,这府里有你挂念的人吗?"武林天骄怔了一怔,不知他说的是什么意思。笑傲乾坤道:"我记得你有位奶娘对你很好,这奶娘有个孩子今年大约十二三岁了吧?"武林天骄何等聪明,登时领悟,说道:"不错。我舍不得他们,待我去叫他们与我一同走吧。"

蓬莱魔女换了装束出来,笑道:"我像个农妇了吧?"她衣裳里塞了棉花,腰围显得粗大许多,她又作出笨拙的神态动作,因此,穿的虽是锦绣衣裳,但看来却酷似农家出身,初习豪华的妇女了。

笑傲乾坤笑道："好，扮得很好，在你身上已看不出柳清瑶的影子，但还有几分可以看得出你是昨晚在王府门前阻道的那个女人。好，这就恰到好处了。"蓬莱魔女道："好，现在轮到你啦。要不要我给你打扮？"笑傲乾坤笑道："不必，你还是陪伴两位大人，等下你要他们如何应付，该说些什么话，该做些什么事，都趁早交代个清楚吧。"笑傲乾坤是曾在这幢房子做过客人的，不须赫连清云带领，自己会进仆役房中换装，过了一会，他换了一套"上等仆人"的青衣装束，同样的内里垫了棉花，另外还用易容丹改变了皮肤的颜色，手脚看起来也粗糙了许多了。蓬莱魔女笑道："好，你也像个庄稼汉了。"

檀世英回来报道："车驾已停在后门，可以启程了么？"此时刚好武林天骄已和他的奶妈母子出来，遂应了一声，打开房门，一行人鱼贯而出。

檀世英看见笑傲乾坤与蓬莱魔女，依稀认得是他昨晚碰见的那两个人，不觉吃了一惊。檀道雄说道："皇后娘娘想留他们夫妇在宫多住几天。故而羽冲带了他奶娘的一家人入宫作伴。"

那奶娘早已从武林天骄口中知道原委，她是个见过大世的面的人，神态很从容，说道："这两人是我的侄儿、侄媳，他们刚刚从乡下来，承王妃看得起，收了我的侄媳做近身。连带我的侄儿也同沾恩宠，这次都可以入宫开开眼界。他们是乡下人，不懂礼节。三公子，你别见笑。"

贝子和新夫人奉召入宫，带几个下人服侍，这是必然的事，倘若没有，反而奇怪。

笑傲乾坤装作吃了一惊的神气，奶娘喝道："傻小子，还不上去参见小王爷？"

笑傲乾坤故意捏着嗓子，结结巴巴地说道："我、我怕、怕——"那奶妈也装作怔了一怔的神气，道："你怕什么？"

檀世英连忙打了个哈哈，说道："昨晚我们已经见过了。原来你是顺大娘的嫡亲侄儿，何不早说？我的卫士认不得你，几乎得罪了你，真是不好意思。"檀世英越看越觉得他们像是乡下出来的农家夫妇，心中不觉暗暗好笑，"我也忒多疑了。疑心生暗鬼，这话当真不错。这么样的两个人怎能是蓬莱魔女与笑傲乾坤？幸好昨晚没有闹出更大的笑话。"

檀世英是一面好笑，一面又有点惶恐。要知武林天骄的奶妈在王府中是很有地位头面的仆人，俗语说"打狗还看主人面"，檀世英生怕笑傲乾坤说出昨晚的事，引起武林天骄的不快。何况这两个人这次跟随武林天骄入宫，说不定还可以见到皇上和皇后娘娘呢。所以檀世英连忙打断笑傲乾坤的说话，不让他说出是"怕挨打"这三个字。同时向顺大娘赔礼。

武林天骄的奶妈笑道："哦，原来他们昨晚出去买花炮，是闯上了小王爷的驾了，他们刚从乡下出来，怪不得卫士们认不得他们的，小王爷，你可别这样客气，折煞了我们当下人的了。"

他们边说边走，已是快到内花园的后门，武林天骄笑道："顺大娘，别唠叨，快上车吧。"

檀世英忽道："叔叔，有两个人等着见你，有两件紧要的消息禀告。"

檀道雄恼道："你真没分晓，我哪里还有工夫会见客人？"

檀世英道："是，是。但这两个人，是叔叔你差遣他们去办事的，我以为正可以将他们带来的消息禀告皇上，领个功劳。他们已经在门口等，叔叔，你就问他们几句话吧，用不着耽搁多少时候的。"

檀道雄和完颜长之是被点了上身的软麻穴，但蓬莱魔女的手法恰到好处，他们的气力使不出来，但还可以像普通人一样行走。此时檀道雄已经走出后门，那两个人也见着了，檀道雄虽是心绪不佳，但见着了这两个人，也有点意外的惊喜，便招手道："好，你们探到了什么消息快说！"

檀道雄感到的是意外的惊喜，蓬莱魔女感到的却是意外的又怒又惊。

原来这两个人，一男一女，男的就是假冒玳瑁弟弟的刘滔。女的则是那个在采石矶给金军带路，又曾两次在长江上要害蓬莱魔女的那个韩三娘子。蓬莱魔女是曾发过誓要杀她的。

刘滔上来报道："小的奉命到蓬莱魔女寨中卧底，不幸被擒，但也侥幸逃得出来，还探听到了一个重要的消息。"

檀道雄道："什么消息？快说！"刘滔道："那魔女与她的情人笑傲乾坤已经离开了山寨，听说他们是要到桑家堡打一转，然后再来京都，这两个魔头来了，说不定会到王府骚扰，更说不定会入宫行刺。不可不防！"檀世英冷笑道："这魔女若然敢来，我正可以一雪前仇，报险谷中伏之辱。就怕她没有这个胆量来。"檀世英上次领兵攻打蓬莱魔女的山寨，乃是他在御林军任职之后，第一次作为主将统兵出战。初领千师，即遭全军覆没之耻，至今愤愤不平。可笑他和刘滔都不知道，蓬莱魔女就在他们的身边。

檀道雄打断他的话道："韩三娘子，你到桑家堡访问公孙郡马，可曾见着？"

韩三娘子道："见着了。他正在养伤，那件事刘滔和我也谈过了！只怕公孙郡马是受了冤枉的。"刘滔插口道："依我看来。一定是蓬莱魔女行使离间之计。"

韩三娘子道："这魔女不但武艺高强，而且诡计多端。我这次访问公孙郡马，还有一些关于她的事情，要想禀告元帅。"

韩三娘子说话之时，眼神一直注意着蓬莱魔女，原来蓬莱魔女痛恨这两人，在眼神中也不禁显露出来，她是戴了面具的，脸上的表情看不见，但眼神却是瞒不过别人，韩三娘子是老江湖，觉得她的眼光有异，禁不住起了疑心。

蓬莱魔女咳嗽一声，掏出手绢，掩着嘴巴假装揩抹口涎，悄悄地就用"传音入密"的内功，向赫连清云说了几句话。

韩三娘子正要继续说下去，赫连清云忽道："我们赶着进宫，不如就请你们两位同我们一起，也到宫里住几天吧。"

刘滔又惊又喜，说道："这个，小人怎配受此殊恩？"

武林天骄道："王妃的意思是想委屈你们两位做我们随从。我们这次入宫，只带了顺大娘和她的侄儿、侄媳，仆从也嫌不多，你们是叔叔的亲信，倘若不嫌委屈的话——"武林天骄说到这里，眼睛从韩三娘子与刘滔的身上转移，又看看他的叔叔。在旁人看来，他是向檀道雄征求同意。檀道雄却心知肚明，懂得他的意思。

檀道雄也怕韩三娘子起了疑心，万一知道了他是与蓬莱魔女同谋，对他可是大大的不利。无可奈何，只好遵照蓬莱魔女与武林天骄的暗示，说道："对，你们同去，我也好和你们在车上说话，免得耽误时候。"

刘滔是喜出望外，连忙说道："多谢王爷，多谢贝子的提拔。"

韩三娘子听说蓬莱魔女是顺大娘的侄媳，又听得檀道雄也叫她上车，心里的疑云登时消散，想道："这个乡下婆子，想是急于入宫一开眼界，恼我阻她的车驾。我也忒多疑了。"

这是一辆四匹马拉的大车，车厢宽敞，坐上十多个人还是舒舒服服。那四匹马更是王府中挑选出来的毛色相同的骏马，韩三娘子和刘滔上了车，坐在下首，檀道雄一声吩咐"起程"，坐在前面的两个御者抓起皮鞭，"呼啦"地扬空虚打一鞭，四匹骏马同时举步，步伐整齐，离开了济王府，奔向皇宫。

刘滔不知死活，他做梦也想不到能够陪伴贝子入宫，当作是天掉下来的"运气"，坐上了车，便以"丑表功"的姿态继续说道："小人这次在那魔女的山寨里吃尽苦头，不过，幸而探听到许多重要的消息，也算值得了，小王爷疑心公孙郡马与那蓬莱魔女串通，其实只是那魔女的反间之计，小人也已经将其中原委，报告了小王爷了。"蓬莱魔女那次将檀世英率领的御林军诱入险谷，却故意"透露"口风，说是由于公孙奇与山寨互通消息，才使檀世英全军覆没的。檀世英回来之后，果然起了疑心。故此，才有檀道雄派遣韩三娘子往桑家堡打探之事。

刘滔因为是由于自己被俘，蓬莱魔女将计就计，把檀世英诱入险谷的，故此他把"原委"二字轻轻带过，随即便道："小王爷刚才吩咐小人提醒元帅，见了皇上，给公孙郡马说几句好话。"

蓬莱魔女的"反间"之计败在刘滔手里，把他恨得牙痒痒的。心里想道："再过会儿，就要你知道我的厉害。"

韩三娘子接下去说道："是啊。公孙郡马的确是冤枉的。我到桑家堡，他正苦练那两大毒功，要我向王爷致意，说是他为大金效力之心，至死不渝。待他毒功完全练成，定当擒了蓬莱魔女，到大都献给王爷。"

檀道雄心中苦笑，也不知说些什么话好，只好"嗯、嗯"地虚应两声。心里想道："你我都已在这魔女掌握之中，还说什么大话？"

　　韩三娘子却怎么想到蓬莱魔女就坐在她的身边，继续说道："公孙郡马还打听到一个确实的消息，咱们派在丐帮中卧底的那个朱长老已经给丐帮破获，丐帮新帮主武士敦与那蓬莱魔女已经联手对抗朝廷，丐帮和绿林结合，这祸患就更大了，公孙郡马的意思，是想请皇上速发大军，拔掉蓬莱魔女的山寨，并将丐帮逐出黄河以南。在各地的叫花子，不管他是否丐帮，见一个杀一个，叫丐帮弟子无法在各地公开活动。"

　　蓬莱魔女心想道："好狠毒的计划，可惜你们是心有余而力不足！"蓬莱魔女心中痛恨，她那凌厉的目光不觉又透过人皮面具眼部的窟窿，向韩三娘子扫来，韩三娘子发觉了她那蕴怒的、寒冰利剪般的眼光，不觉打了个寒噤。

　　韩三娘子狐疑满腹，心想："这乡下婆娘的眼神好像练过武功。"韩三娘子不过是江湖上的二三流人物，本身的武学有限，却还不能从蓬莱魔女的眼神看出她是具有上乘内功。金国妇女很多会骑马射箭，练过一些普通的拳棒功夫也不出奇，但韩三娘子却是惊奇于蓬莱魔女眼光所蕴藏的怒意。

　　韩三娘子道："小娘子，咱们如今都在王府执役，我是新来乍到的，若有礼节不周之处，还望小娘子多多包涵。"她误会蓬莱魔女是妒忌她来争宠的，故此特地表示低头服小，并试探试探蓬莱魔女的口风。

　　这时，这轮马车已走出了王府所在的那条长街，正走到一处路口，向东面走可入皇城，向西面走就是出京城的西直门，那两个御者正要将马车驭往"东长安街"，笑傲乾坤忽地沉声喝道："且慢！"

　　那两个驾车的愕然回顾，说时迟，那时快，笑傲乾坤已以迅雷不及掩耳的手法点了他们的穴道。

　　笑傲乾坤跃上御者的座位，笑道："你们两位歇歇。"将那两个车夫推到后厢，笑傲乾坤选择街上少人之处下手，手法干净利落，马车又正在行进之中，是以街上虽有几个行人，却谁也没有注意到马车上发生的事情。就是刘滔在这片刻间，也只当笑傲乾坤是去替换御者，不知这两人是被点了穴道，推入后厢的。

韩三娘子可是大吃一惊，她比刘滔老练，此时已知不妙。但她也来不及张口呼叫，就在她方觉不妙之际，蓬莱魔女蓦地一声冷笑，已是一招"左右开弓"的点穴手法，不但点了韩三娘子的哑穴和麻穴，连刘滔的穴道也同时点了。

蓬莱魔女这才剥下面具冷笑说道："你们看看我是谁？"韩刘二人吓得魂飞魄散，喉头咕噜咕噜作响，有苦却是说不出来。

笑傲乾坤一个人虽然可以驾驭得了四匹骏马，但这轮马车却是有两个御者的，空着一个座位，总是有点碍眼。武林天骄的奶妈说道："小顺子，你去帮忙驾车。"

笑傲乾坤道："小兄弟，你照料得了吗？"小顺子有十二三岁年纪，但骨骼粗大，看来却像十五六岁的少年。他接过一匹马缰，笑道："我会驾御的。这四匹白马和我也很熟，我早就想驾驾这辆马车玩玩的了。包保你不会出事。"笑傲乾坤见他乖巧，很是欢喜，说道："好，那么，你听我的说话。"

马车飞快地向前奔驰，不多久就到了西直门。守城的兵士认得这是济王府的马车，觉得有点奇怪，"怎么换了一个新来的车夫？"幸好这奶娘的儿子平日好玩，这些士兵认识他的。这才减少了几分疑心，但还是拦着这匹马车。

檀道雄吓得心头狂跳，要知济王府的贝子昨日成婚，贺客盈门，至少也得两三日才散。他是王爷兼主婚人的身份，岂有第二日一早便和新婚夫妇出城之理？是以虽然只要他出一句声，便可通行无阻，但他却怎敢露面？同样的道理，武林天骄也是不能让士兵知道他和新婚妻子是在这马车中的。

幸亏那些士兵也不敢检查王府的马车，他们只是好奇，拦住小顺子问问而已。其中一个客气些，说道："小顺子，你和谁出城啊？原来的那两位驾车的大哥呢？为何要由你这'小不点'（孩子）送客？"这人以为是送哪一位外地的贵客出城。另一个则斥责小顺子道："小顺子，你好顽皮，为何偷驾王府的马车出来玩呢？"

这人和小顺子更相熟些，知道他的顽皮脾气，猜出他是瞒着王爷偷驾王府的马车。

小顺子一副"理直气壮"的神态挺胸说道："谁说我是偷驾的，我是送我的娘出城。"

那些士兵笑道："檀贝子是你娘奶大的，如今贝子新婚，你娘不在府中享福，出城作甚？你别打诳。"

顺大娘揭开车帘说道："小顺子没有打诳，是我出城。檀贝子体恤我，王府太热闹了，白天闹，晚上也闹，天天晚上闹得我不能安睡，看样子还要闹个十天八天。檀贝子怕我老年人受不了，准我回家探亲，顺便也好找几个小辈的亲人一同回到王府服侍他们新婚夫妇。王爷说：檀贝子是你奶大的，你就用王府的马车回家吧。我本来不想这样夸耀乡里的，可是王爷和贝子的一番好意，我老婆子又怎能推辞？"顺大娘故意装出老年人爱说话的习惯，唠唠叨叨地说了一大片。

那些士兵哈哈笑道："你老人家真好福气，带挈亲人都一同享福了！"兵士们见着确是王府的奶娘，说得又合情又合理，只有争着巴结，哪里还敢阻拦？

马车出了城，飞驰而去，到了十多里外，笑傲乾坤这才把马车停下，笑道："现在可以让王爷和皇叔大人回去了。"

檀道雄叹了口气，跨下马车，说道："羽冲，你自甘堕落，可别后悔。你这一去，咱们叔侄之情已绝，从今以后，你也休认是济王府的贝子了。"

武林天骄悲愤填胸，淡淡说道："皇上和叔叔对我的'恩典'，我是忘不了的。我只恨我生做贝子，如今得以一刀两断，这正是我求之不得的事情！"

完颜长之接着下车，赫连清云忽地一瞪眼道："清瑶姐姐，这样放过他，不是太便宜了么？"

赫连清云已知这次设谋陷害她的是檀道雄和完颜长之，她碍于丈夫的情面，不便斥骂夫家的长辈檀道雄，却把一腔怒气都发泄在完颜长之身上。笑傲乾坤也有意吓吓完颜长之，笑道："依你之见如何？"赫连清云恨恨地说道："不杀了他，至少也废了他的武功。

顺大娘揭开车帘说道："小顺子没有打诳，是我出城……"兵士们见着确是王府的奶娘，哪里还敢阻拦。

免得他再仗着武功害人！"

完颜长之吓得面如土色，蓬莱魔女笑道："念在他这次乖乖听话的份上，我已答应放他，就便宜他一次吧。也好叫他们知道，咱们绿林好汉是言出必行，不像他们那样是好话说尽，坏事做尽！"

蓬莱魔女一脚把完颜长之踢下马车，喝道："一个时辰之后，你穴道自解。爬回去吧！"

赫连清云兀是气愤难平，蓬莱魔女笑道："咱们的敌人是整个大金帝国，不在乎杀他们一两个人。他给我用重手法点了软麻穴，饶他内功深湛，穴道未通解之前，气力比普通人也还不如，让他一步步走回京城，也够他受的了。"赫连清云笑道："我明白你说的道理，你是绿林盟主，当然要顾诺言。但我却气他不过，吓一吓他，也是好的。"马车向前奔驰，离开了京城已有三四十里，车声辚辚之中，蓬莱魔女忽似听得远处隐隐有马蹄之声。

笑傲乾坤笑道："这两个人也可以打发了。"原来笑傲乾坤亦已察觉后面来了追兵。他们原来的计划是想把韩三娘子与刘滔押回山寨，审问他们的罪行，替受他们所害的弟兄报仇的。但如今察觉后有追兵，长途带着两个俘虏同行却是有许多不便，故而临时改变计划。

刘滔吓得面如土色，颤声说道："请柳盟主看在我哥哥份上，我哥哥可是抗金的义军首领。"蓬莱魔女冷笑说道："你的哥哥是你哥哥，你是你。善有善报，恶有恶报，各人做事各人担当。你的哥哥救不了你，你也连累不了你的哥哥！哼，上次我饶你一命，已经给了你一个机会改过自新，你却偷下山去，又来大都为虎作伥。我还能饶你吗？"蓬莱魔女越骂越气，剑光一闪，把刘滔的首级割了下来。

韩三娘子见刘滔被杀，吓得心胆俱寒，但她是老狐狸，临死还想砌辞哄骗蓬莱魔女，挽回一命，说道："柳盟主，你杀我一人没什么用，你若放了我，我可以给你招抚闹海蛟樊通的旧部。这么样，水陆两路的盟主你都可以当上了。"

蓬莱魔女道："你还提樊通？樊通受你之害，变节降金，身败名裂，临死之时，要我们杀你替他雪恨的，你可知道？"韩三娘子面如白纸，低下了头，讷讷说道："樊通当真是这么说的？"

原来韩三娘子乃是樊通的情妇，她瞒了丈夫与樊通私通，又瞒了樊通与金人私通。闹海蛟樊通与翻江虎李宝本来是长江两大股水寇的首领，结为兄弟，号称"长江两霸"的。韩三娘子做了金人的奸细，由她一手安排，离间了樊通、李宝的交情，又与金国的水师统领串通，通风报讯，让金国的水师得以奇袭成功，包围了樊通的船队，擒了樊通。然后又由韩三娘子诱迫樊通投降。当年蓬莱魔女第一次渡长江之时，就恰好碰上这桩事情。那次蓬莱魔女也几乎被韩三娘子所害，幸亏碰上了虞允文所率的宋国水师，赶来与金国的水师交战，她才能够死里逃生。樊通的结拜兄弟也就是在那一场战役中，投到虞允文麾下，从此与樊通各走各路的。樊通降金之后，权力尽被剥夺，他的部下被拨给另一个更忠实于金国的傀儡飞龙岛主。樊通身败名裂，一无所得，后悔莫及。后来在飞龙岛与江南群雄一战，樊通意欲弃金归宋，未曾见诸行动，已给飞龙岛主识破，立即将他杀害。樊通临死之前，对李宝与蓬莱魔女说出真情，要他们代为报仇，杀掉三娘子。

韩三娘子平生颇以自己的美艳容颜与狐媚手段而自负的，她只道樊通着了自己的"迷"，至死也不会醒悟。而今听了蓬莱魔女揭发了她这桩事情，又知道樊通临死的惟一遗言，竟然就是要杀她。韩三娘子又是羞惭，又是惊恐，又是伤心。饶她能言善辩，也只能低头认罪，再也说不出话来了。

蓬莱魔女冷笑道："樊通旧部早已投奔了李宝，还何劳你去'招抚'？"韩三娘子厉叫了一声，咬断舌头，意图自尽。蓬莱魔女不忍听她这惨厉的呼叫，说道："便宜你吧，免你多受折磨。"把剑一挥，便将她的首级也割了下来。

蓬莱魔女杀了刘滔与韩三娘子，马车继续往前奔驰。车上少了两个人，跑得也更快了。但总是跑不过官军的轻骑，走了一程，背后骑兵队，疾风骤雨般的蹄声越来越近。连失掉武功的武林天骄与赫连清云也都听得出是后有追兵了。

武林天骄苦笑道："我如今已经变成了废人，活在世上，又有何用？你们让我下车吧，他们要的是我，我可以替你们阻止追兵。"

笑傲乾坤笑道："檀兄，你素来豁达，人生一点点的磨折，算得了什么呢？我只问你：你是不是愿意把我们当作知己看待？"

　　武林天骄道："这还用说？你们这次冒险入京救我，檀某即使死了，也是感激你们的。"

　　笑傲乾坤道："着呀！那么我们若是临危负义，弃你不顾。又要知己朋友何用？"说话之间，追兵已到，只见领队的竟是神驼乙休与檀世英。

　　原来檀世英送走了叔叔之后，却起了点疑心。这疑心是由于武林天骄临时决定将韩三娘子与刘滔收作随从而起的。檀世英知道他堂兄的性格，素来憎恶反复无常的小人，而且他又是从来不摆"贝子"的架子，不要随从的。这次忽然破例收了两个随从，而且还要将他们带入皇宫，檀世英就不由不起疑心了，但当时他叔叔也帮忙说话，还找了一个借口，说是要他们两人在途中报告消息，以免耽搁时间，檀世英疑心他的堂兄，却不能不相信他的叔叔，是以事情真相究竟如何，他实是无法判断。

　　不过，他既然有了怀疑，为了谨慎起见，遂派几个心腹家人去打听，叮嘱他们只要打听那辆马车是否进了皇宫，却决不可以声张。

　　心腹家人回报，马车根本没有前往皇城，反而是出了西直门了，这时恰巧乙休以国师的身份，到王府道贺，也证实了他们未曾入宫，檀世英吓了一跳，连忙招集尚在王府的御林军官去追，乙休为了要讨好檀家，当然愿意自动帮忙。檀世英对乙休当然也不敢说出真相，只有伪称他的叔叔是受了敌方潜入王府的高手胁迫，至于奸细是谁，还没有查出。

　　途中，他们碰上了檀道雄与完颜长之，这两人给蓬莱魔女用"惊神指法"点了软麻穴，在路上只能一步一步地慢慢向前移动脚步，情形十分狼狈。乙休、檀世英见着他们，这才知道他们是受了笑傲乾坤与蓬莱魔女的胁迫的。檀道雄极是生气，发下严令，要他们追上那辆马车，将车上的人捉了回来，倘若不能生擒，死的也要！这就是说，准许檀世英将他的堂兄堂嫂在必要时也可以杀掉！

　　但檀道雄与完颜长之虽然是气极，他们却是有气无力，不能和御林军去追了，檀世英派几骑马护送他们回城，继续向前追赶。

乙休听说是笑傲乾坤与蓬莱魔女二人，心中不无怯意。不过他们有几十名御林军的高手，以众凌寡，自信也有把握可以执行檀道雄的命令。

这一队轻骑疾追，果然追上了那辆马车，蓬莱魔女此时已是无须再戴上面具，索性露出了本来面目，揭开车帘，指着檀世英斥道："你攻我的山寨，我已经饶你一命，你还要来送死吗？你的兄嫂坐车上，你下得辣手，就休怪我也下辣手。还有你这老不死的老混蛋，上次在固原你侥幸逃了一条性命，不知悔改，如今又要作恶了么？聂老前辈可以饶你，我可不能饶你！"

檀世英大怒道："上次我中了你的诡计，今日正要报仇！儿郎们，放箭！"正是：

清者自清浊自浊，可悲手足也无情。

欲知后事如何，请听下回分解。

第八十六回　举义旗英雄救友
丧天良逆弟追兄

　　原来檀世英也有他自己的打算。济王府共有三房，武林天骄是长房，檀道雄是二房，檀世英是三房，长房三房是侄辈，武林天骄和檀世英的父亲都早已去世，所以才轮到檀道雄填补他哥哥的缺，"世袭"亲王。金人的继承法和汉人稍有不同，汉人是"父死子继"，而金人则两者并行，不废"父死子继"，但兼采"兄终弟及"。爵位继承，若有子弟，子未成年时，则由弟继承，但叔父死了，这爵位仍要交回侄儿，所以檀道雄袭位"亲王"，武林天骄的地位仍是"贝子"，亦即是王位的继承人。檀道雄只有两个女儿，没有儿子，所以倘若武林天骄死掉，檀世英就可以顺理成章地当上"贝子"。如今檀世英奉了他叔叔的命令，在"必要时"可以杀掉堂兄，这一令正是他求之不得的，他恐怕将武林天骄捉了回去，万一武林天骄改了主意，依顺皇上，那时他的"贝子"就要落空，故而还没有到"必要时"，他已经下令放箭，想把武林天骄乱箭射死了。另外，他也忌惮蓬莱魔女的本领了得，不敢上前交锋。倘若能够将她一并射死，这正是一举两得的事。

　　蓬莱魔女怒道："檀世英，你真是利欲熏心，心肠好毒！"她挡在车厢外面，关上车门；挥舞拂尘，扫荡乱箭。乱箭如蝗，却没一枝能够射进车厢，碰着拂尘，便给扫落。

　　但这队御林军好手用的是长臂弓，强弓硬弩，乱箭纷飞，虽然伤不了蓬莱魔女与笑傲乾坤，却把拉车的四匹骏马全部射死了。幸亏笑傲乾坤站在车顶，用重身法定住车身，马车才不至于倾覆。

马车一停下来，这就更容易成为"众矢之的"了，蓬莱魔女的一柄拂尘，要扫荡连珠疾发不断射来的箭雨，也是极感吃力，势难持久。

武林天骄叹了口气，说道："别为了我连累大家。"要想打开车门，却给小顺子拦腰抱住。顺大娘劝他道："冲贝子，你弟弟不怀好意，你还不明白吗？你是我奶大的，我不能让你出去送死。再说，你舍了自身，他就会放过我们吗？我看这只是你的一厢情愿！冲贝子，你别出去，要死宁可咱们一同死！"武林天骄武功已失，气力比不上一个普通的人，小顺子年纪虽小，却是从小就练拳棒，武林天骄给他抱住，竟然不能动弹。武林天骄难过之极，幽幽地叹了一口气，说道："顺大娘，想不到整个王府，就只有你母子俩是我亲人，我活下去也是为了你的缘故，但从今之后，你可休叫我贝子了。就把我当作小顺子的哥哥吧。"

乱箭不停地飞来，笑傲乾坤大怒，接了两枝长箭，以指力还射回去，嗖嗖两声，檀世英左右的两个军官，给长箭穿过喉咙，登时坠马，笑傲乾坤的"甩手箭"竟比长臂弓的劲道还胜三分。

笑傲乾坤射死了檀世英左右的两个军官，大声喝道："小狗子，你再发箭乱射，第三枝箭我就射你。"檀世英吓得躲到后面，御林军中五个一流高手围拥着他。蓬莱魔女冷笑道："你要杀你的哥哥，我二人舍了性命，也能杀你！"

檀世英见识了他们的厉害手段，心中不寒而栗。不错，他的手下有几十名御林军中的高手，以众凌寡，可以稳操胜券。但若蓬莱魔女与笑傲乾坤当真是舍了性命，只要杀他的话，只怕他的手下也难以保他的性命无忧。除非他立即跑回京城，躲了起来，但若如此，以后他还有何颜面做御林军的主帅？（他现在是御林军的副统领，一心希望将来能够当上正统领的。）

檀世英假惺惺地说道："好吧，看在我哥哥的份上，暂停放箭。"将队伍摆开，把那辆车团团围住，而他自己则在一旁指挥，所在之处估量已是车上的暗器射不到的角落。

乙休低声问道："武林天骄夫妇是否已经废了武功？"檀世英道："叔叔刚才和我说了，决计不假。"

乙休胆子大了起来，他盘算一下双方的实力，对方只笑傲乾坤与蓬莱魔女两个人作战，他可以与笑傲乾坤或蓬莱魔女打成平手，这么多人对付另外一个绰绰有余，自是无须惧怕。

乙休胆气一壮，纵马上前，扬鞭说道："华大侠，柳盟主，咱们谈一谈。"笑傲乾坤冷笑道："今日你不死，便是我亡。要动手的尽管动手，有什么好谈的？"

乙休道："我们只是想请檀贝子回府，并非要杀你们两位，又何必拼个你死我活？"笑傲乾坤冷笑道："有我们在此，你要劫檀羽冲回去，除非你有本事，先把我二人杀了。"

乙休道："俗语说好汉不敌人多，你们即使拼了性命，也是保不了檀贝子的。不错，你们可以杀伤我们一些人，但你们这两条命也就白送了。依我之见，你们还是不要插手的好，檀贝子是皇上所重用的人，我们请他回去，也决不会伤害他性命。否则，哼，哼，激战起来，那就难说了。你们这辆车上的人，只怕全部难逃性命。你想保护朋友，却不是反而害了朋友吗？"

乙休说的也是实情，车上武林天骄夫妇的武功已失，顺大娘母子更根本不会武功。激战起来，蓬莱魔女与笑傲乾坤的确是难以照顾周全。但他们二人又岂能在敌人的胁迫之下屈服？

笑傲乾坤冷笑道："我一不怕恐吓，二不受你们的欺骗。不管你们说什么，我都是一个'不'字！你们要来，尽管来吧！"

乙休面色一沉，喝道："好呀，你敬酒不吃，要吃罚酒了，大伙儿上！"

笑傲乾坤纵声笑道："好，不怕死的你们来吧！我杀一个便够本，杀两个就赚了对开！"他用上乘内功发出狂笑慑敌，震得众人耳鼓嗡嗡作响。一个军官不知他的厉害，快马冲来，挺起长矛便刺，笑傲乾坤把手一抄，让过矛头，抓着矛杆，就把他拽下马来。笑声犹自余波震荡，那军官已是肝脑涂地，发出裂人心魄的惨叫，接上了笑声了。

乙休大怒，纵身而上，骈指戳出，一股冷风，如箭射来。笑傲乾坤折扇一挥，消解了他玄阴指力。紧接着"蓬"的对了一掌。笑傲乾坤兀立车前，寸步不移，乙休身形却晃了两晃。

乙休心中一凛，想道："相隔不过三月，这小子的武功竟然精进如斯。"不过，笑傲乾坤此时的武功虽胜过乙休，要想百招之内将他击败，还是未能。御林军高手见乙休抵挡得住笑傲乾坤，胆气复壮，四面八方攻来。蓬莱魔女挥舞拂尘，卷夺攻到身前的兵刃，同时运剑如风地阻击敌人。

檀世英远远地指挥，大声叫道："分出人来砸烂车子，车上的人，不管是谁，都给我杀掉。杀得一个我赏黄金千两！"他不敢只下令杀堂兄，索性许以重赏，车上的人，连老太婆（顺大娘）和小孩子（小顺子）在内，每颗人头都值千两黄金。

金国的御林军军令最严，檀世英一声令下，他的手下的军官一来是不敢不遵顶头上司的命令，二来又有重赏可得，于是个个拼命向前。

蓬莱魔女一个人只有两只手，饶她尘剑兼施，也是顾此失彼。激战中只听得"砰"的一声，一个军官飞出流星锤将马车砸了一个大洞。

武林天骄被小顺子紧抱住，挣扎着说道："你们还是让我出去吧！"

顺大娘笑道："我做梦也想不到我这条性命也能值得千两黄金，冲哥儿，咱们娘儿俩即使今日同死，对我来说，也是非常值得了。你不必怕连累我啦！"

蓬莱魔女大怒，暗运玄功，一甩拂尘，几根尘尾似梅花针的射出，用流星锤砸烂马车的那个军官正要去捉武林天骄，陡然间只觉双目刺痛，眼睛已给蓬莱魔女的独门暗器射瞎。

但蓬莱魔女虽然杀伤了几个敌人，形势还是岌岌可危，眼看御林军的好手蜂拥而来，即使她有三头六臂，也难保车内各人的性命了。

就在这最危险的时候，忽听得车马奔驰之声，一大队车辆在途上出现，竟然不顾这边有人厮杀，依然是熟视无睹地向前驰驱。

金国的京都是北中国的政治中心，也是商业中心。每天进进出出的四方商贾不知多少。有大帮客商成群结队而来也是常事。但在大路上有人厮杀的情形之下，他们竟然不怕殃及鱼池，大队车辆仍是浩浩荡荡地开来，这事就不大寻常了。

檀世英喝道："御林军在此捕盗，你们是什么人，快快停车！嚓！还不停车，我就要把你们当作盗党处置了！"

话犹未了，只见中间一辆大车，竖起一面大旗，旗上用金线绣着一头猛虎，斗大的"耶律"二字，耶律元宜陡然现身，跳下车来，跨上骏马，纵声笑道："我们岂只是盗党，还要造你们金狗的反呢！看你怎样处置我们？"

数十辆大车的人纷纷涌出，都是扮作客商的辽国武士，赫连清霞紧紧地跟在耶律元宜之后，挥刀杀入敌阵，叫道："柳女侠，我姐姐在这里吗？"

赫连清云听得妹妹的声音，喜从天降，忙在车厢里应声答道："三妹，我和你姐夫在这儿。你给我杀了那姓檀的小子。"

赫连清霞又喜又怒，喜者是她姐姐无恙，听她的话，已知她和武林天骄成了婚。怒者是檀家的人如此寡情绝义，尤其是檀世英竟然要来害他兄嫂。

赫连清霞道："宜哥，你给姐姐解围，我去杀那小狗子！"拨转马头，带领她手下四名女将，立即便向檀世英冲去。

檀世英有五个御林军中高手保护，见赫连清霞是个年纪轻轻的少女，并不放在心上，冷笑说道："你姐姐嫁给我的哥哥，我可不想再讨妹妹了。"

赫连清霞大怒，快马冲来，挥刀便砍，她的四名女将与那五名御林军高手混战起来。

有个御林军高手挡住檀世英面前，挥舞长鞭，想把赫连清霞拖下战马。赫连清霞骑术高明，一个"镫里藏身"，坐骑已向前疾驰而过，只见刀光一闪，那名军官的长鞭连赫连清霞的衣角都未曾沾上，脑袋已给她的月牙弯刀劈开两半。

檀世英大吃一惊，这才知道赫连清霞的厉害。说时迟，那时快，赫连清霞已是挥刀向他劈去，檀世英举枪一拨，"当"的一声，枪的红缨随刀光而落，另外两名御林军官赶忙过来替檀世英招架。檀世英吓得心胆俱裂，再也顾不得什么"将门之子"的体面，拨转马头，如飞逃回大都。他的坐骑是金主所赐的御马，日行千里，赫连清霞追他不上，恨恨说道："今日暂且让你这小子逃命，日后待我杀上你们的金殿，再与你们金狗算个总账。"赫连清霞再杀回来，那五名御林军高手，一死两伤，未死的也都跑了。

檀世英率领的这队御林军不过三五十人，耶律元宜这支人马则有数百之多，这么一来，登时主客势易，是他们反过来包围御林军了。

檀世英一跑，以乙休为首的包围马车的这一伙人亦也无心恋战，乙休着了笑傲乾坤一掌，大吼一声，转身便逃。耶律元宜拦不住他，这队御林军跟着乙休突围，但虽然是大队突围，死伤的亦已占了三成。

御林军尽都杀退之后，耶律元宜打开车门，将武林天骄扶下马车，赫连清云、赫连清霞姐妹相见，又是欢喜，又是感伤。姐妹俩拥抱在一起，赫连清云泪湿衣裳，说道："三妹，想不到还能见着你。这是在做梦么？你们是怎么来的？"

赫连清霞道："我们是特地为你来的。二姐，我非常担心你们上当，好了，现在总算没事了，咱们姐妹以后永远聚在一起，你别住在大都做什么劳什子的金国王妃啦。"

原来耶律元宜与赫连清霞这一班人，自从赫连清云跟武林天骄回家之后，便放心不下，经常派有暗探到大都打听消息。

武林天骄与赫连清云的婚讯一传出来，他们听得是金国的皇帝主婚，更是担忧不已，猜想得到其中定有阴谋诡计。于是他们立即采取相应的行动，耶律元宜挑选了几百名精悍的武士，扮作大帮客商，冒险前来大都。辽人与金人的体形差别不大，他们都懂得金国语言，一路之上，有惊无险地平安度过，终于在这里遇上从大都逃出的武林天骄。

赫连清云把她的遭遇也告诉了妹妹，苦笑说道："我怎么会做金国的王妃？檀郎从今之后，也不再是金国的贝子啦。他与檀道雄早已断了叔侄之情了。"

耶律元宜这支人马要北返他们原来的地方，他们在祁连山中聚集辽国旧部，已建立了一个不小的基业。但蓬莱魔女与笑傲乾坤则要南归，他们还要到桑家堡去打一转，准备会同桑家四老，再攻桑家堡，除掉公孙奇。然后再回山寨。

一方向南，一方向北，笑傲乾坤与耶律元宜走的不是同一条路。走了一程，就必须分手了。武林天骄夫妇跟谁走呢？蓬莱魔女邀请他们到她的山寨去住，赫连清霞却想姐姐和她同在一处。

武林天骄失了武功，万念俱灰，无可无不可。他昔日与笑傲乾坤齐名，而今自己失了武功，总是难免有几分伤感。笑傲乾坤安慰他道："清瑶的师父也失了武功，如今正在光明寺明明大师那儿，从头练起，依明明大师之见，他有上乘的内功根底，虽是从头练起，一年之后，也可恢复原来功力，你也何尝不可如此？"

提起明明大师，赫连清霞眼睛一亮，说道："对啦，姐夫，你姐姐就在明明大师那儿，你知道了么？"

武林天骄笑道："我怎能不知道？还是你的二姐陪着我的姐姐同往光明寺的呢。"

赫连清云知道妹妹的心意，说道："我们先到你那里，再麻烦你们送我们到光明寺。"

赫连清霞道："好，这样安排再好不过。我们一定照办。姐夫可以与家人团聚，又可以跟明明大师、公孙前辈深造内功，说不定一年之后也可以恢复武功呢。"

武林天骄苦笑道："我但愿下半生平安无事，一家快快乐乐地在一起，于愿已足。至于恢复武功，我已是不存这个奢望了。"

笑傲乾坤舍不得与好友分开，但为武林天骄着想，也是到光明寺最好，当下上前与武林天骄握手道别，笑道："我倒希望你恢复武功，一年后到我们的山寨来。"

蓬莱魔女接着笑道："武功不恢复也不打紧，你们可以与我爹爹一道来。"

武林天骄"咦"了一声，笑道："你们为什么定下这一年的期限，我两年之后，三年之后来就不行么？"

赫连清云笑道："檀郎，你聪明一世，可糊涂一时了，柳姐姐，你是不是要我们到时候去喝你们的喜酒？"蓬莱魔女笑靥如花，给他们来个默认。

武林天骄握着笑傲乾坤的手笑道："我们还没有请你喝喜酒

呢。不过，你们这杯喜酒我一定要去喝的，到时再借花献佛吧，华兄、瑶姐，恭喜你们啦。"

两方分手之后，武林天骄目送笑傲乾坤与蓬莱魔女的背影消失在黄沙滚滚的路上，心中不无感慨。想道："世事的变化，当真是出人意料之外。我这盘棋虽然输给了华谷涵，但这样的结局也是皆大欢喜了。"武林天骄得到一个全心全意爱他的妻子，和笑傲乾坤、蓬莱魔女又保全了真挚的友谊，心中充满幸福之感。这幸福之感也就冲淡了他失掉武功的悲哀了。

花开两朵，各表一枝。按下武林天骄这边暂且不表。且说笑傲乾坤与蓬莱魔女这对，和武林天骄分手之后，便兼程赶往桑家堡去。这一次他们大都之行，与武林天骄虽然只能相聚半日，但有了这样的结果，他们心中也是十分满意的了。

目前他们唯一的心事是：再到桑家堡能不能打败公孙奇，救出桑青虹。蓬莱魔女是始终不相信桑青虹是真的甘心情愿嫁给公孙奇的。

为了有充分的把握可以打败公孙奇，一路之上，他们加紧琢磨柳元宗所授的内功心法；公孙隐所指点的本门功夫，他们也反复练习，准备用来对付公孙奇。从上一次离开到他们再来，经过了两个月的时间，他们的本领又已是百尺竿头，更进一步了。

披星戴月，仆仆风尘，经过了长途跋涉，这一晚他们又来到了孤鸾山了，要进桑家堡，必须经过孤鸾山。

这一晚是个有点微雨月暗星稀的晚上，他们在二更时分入山，踏过了"孤鸾"的左"翼"（凸出的山嘴），进入了林深草茂的腹地，一路没有发现有巡山的人迹。

蓬莱魔女有点担心，说道："桑家四老不知是否在此山中？他们计划召集桑家堡的旧部，占据此山，监视桑家堡，这个计划也不知实现了没有？"

笑傲乾坤道："桑家堡的旧部散在四方，四老离山寨不过三个多月，恐怕还未必能够召集起来吧。有四老协助，咱们可以大张旗鼓地讨伐桑家堡，但没有他们，咱们虽然要困难一些，也可以去桑家堡探个虚实，有机会便除掉公孙奇，以咱们现在的武功而论，即使杀不了公孙奇，料想也不至于失陷在桑家堡。"

蓬莱魔女道："我不是怕势孤力薄，难闯虎穴龙潭，我是担心桑家四老遭了公孙奇的毒手，经过了三个多月，桑家堡旧部纵然不能齐集，也总该有一些人潜藏在孤鸾山，怎的如今兀未曾见着一个人影？这情形只怕有点不对？"刚说到这里，忽然隐隐听得了金铁交鸣之声。蓬莱魔女又惊又喜，说道："咦，那边似是有人厮杀，咱们过去看看。"

两人立即施展"八步赶蝉"的轻功，向声音传出的方向赶去，果然发现有四个人捉对厮杀。蓬莱魔女大喜叫道："两位公公别慌，我和华大侠来了。"原来厮杀的一方，正是桑家四老中的老三、老四——桑弘和桑毅。

他们来得正是时候，刚刚赶到，桑弘发出一声郁闷的呼喊，似乎是业已受伤。和他们交手的两个汉子，一个是短小精悍的汉子，使的却是一根又长又粗的铁杖；一个是身材高大的大汉，戴着蒙面巾，双手空空，没持兵器，但桑弘就是给他打伤的。

蓬莱魔女喝道："桑家堡的臭贼，吃我一剑！"不肯偷袭，先喝一声，倏地便如燕子掠波，剑光如练地向那蒙面人刺去。

就在此时，只听"当"的一声，桑毅手中的厚背斫山刀给那短小精悍的汉子一杖打飞，那汉子得理不饶人，手起杖落，竟然向着桑毅的天灵盖打下。

蓬莱魔女救人要紧，剑锋一转，向那短小精悍的汉子先刺过去，这一剑"攻敌之所必救"，刺那汉子的"愈气穴"。"愈气穴"是人身十二死穴之一。

那汉子身手极是矫捷，倏地一个翻身，杖尾一撩，"叮"的一声，竟然将蓬莱魔女的青钢剑撩开，就在此时，那蒙面汉子掌挟劲风，亦已向蓬莱魔女打来。

蓬莱魔女惯经大敌，早已料到对方前后夹攻。因而她也是攻守兼施，右手的青钢剑向前刺去，左手的拂尘则用来掩护。那蒙面人一掌打来，蓬莱魔女反手一挥，一招"移星换斗"的尘式拂了出去。这是"天罡拂尘三十六式"中的一招杀手，内力贯注，根根尘尾，变作利针，敌人倘若给她拂着，便有"分筋错骨"之灾。

不料那人功力很是不弱，呼的一掌，竟把蓬莱魔女的拂尘荡开，尘尾四散。这一掌虽然打不到她的身上，却是把她这招杀手解了。

就在此时，那短小精悍的汉子一招"举火燎天"，铁杖撩开蓬莱魔女的剑尖，接着又是一招"翻江倒海"，铁杖向她拦腰猛扫。

蓬莱魔女心头一凛，喝道："原来是你这漏网的金狗。好呀，有胆量的你这次可别逃了！"原来这短小精悍的汉子乃是檀世英手下的武士，那一次曾跟随檀世英来攻打蓬莱魔女的山寨的。在蓬莱魔女所碰过的金国军官之中，他是仅次于御林军统领完颜长之的第二名高手。但最令得蓬莱魔女惊异的还不是他的本领，而是他竟然会使丐帮的"伏魔杖法"。

那蒙面人的本领比这短小精悍的汉子似乎还要高强一些，使的竟是正宗的少林派大力金刚掌法。掌法雄劲，蓬莱魔女只以一柄拂尘对付他，颇有遮拦不住之势。

笑傲乾坤起初以为有蓬莱魔女去对付那两个敌人，已是无需他去助战。桑弘受伤不轻，是以笑傲乾坤先去给他疗伤。

桑弘是给那蒙面人打伤的，掌力震伤了内脏，吐出了两大口鲜血。笑傲乾坤用急救法点了他的相应穴道，先止了他的吐血。跟着把一颗"小还丹"纳入他的口中，这是柳元宗秘制的治内伤的圣药。桑弘喘过口气，说道："华大侠，你先擒奸细要紧。"

笑傲乾坤说了一个"好"字，一声长啸，立即加入战团。使铁杖的那个汉子正在使用"伏魔杖法"中"翻江倒海"的一招，向着蓬莱魔女横扫过去，笑傲乾坤打开折扇，在他杖头轻轻一按，喝道："撒手！"

这一杖之力何止千斤，但给笑傲乾坤一柄小小的折扇，轻轻一按，这股猛烈的力道竟然消失得无影无踪，原来笑傲乾坤用了个"卸"字诀，"四两拨千斤"，一举手就把他的力道化解了。但这人的武功也委实不弱，招数虽给笑傲乾坤破解，铁杖却未"撒手"。就在这时，只听得吆喝声脚步声纷至沓来，原来是桑家四老中的老大老二也都来了。

那短小精悍的汉子叫道："风紧、扯呼！"

蓬莱魔女喝道："岂有此理，伤了人还想跑么？"那个蒙面人奋力解了她的一招，笑道："你们人多，请恕我失陪了。"

桑家四老中的老四桑毅刚才给那短小精悍的汉子打落他手中的大刀，本已退过一旁，看似无事的，此时忽地摇摇晃晃地转了一圈，"卜通"一声，倒于地下。蓬莱魔女吃了一惊，以为他是受了暗算。四老中的老三桑弘，止了吐血之后，倚着大树喘气，也还未能走动。老大老二的吆喝声虽已传来，但人还未到，蓬莱魔女为了照顾伤者，只能让笑傲乾坤独自去追赶敌人。

桑毅不待蓬莱魔女扶他，自己已经爬了起来，苦笑道："这厮的杖力好厉害！幸喜我这几根老骨头还算硬朗。"原来那汉子所使的伏魔杖法，一招之中，藏有三重劲道，桑毅大刀脱手之后，用千斤坠的重身法定住身形，脚步仍然未稳，前面两重劲道他勉强可以抗拒，最后一重劲道却化解不了，以致终于跌倒。不过好在未曾受伤。

笑傲乾坤追上那两个敌人，扇交左手，划了一道圆弧，引开那个短小精悍的汉子的铁杖，右手一伸，五指如钩，使出了分筋错骨手法，便向那身材高大的蒙面人抓去。

蒙面人喝道："你莫要欺人太甚！"反手一掌，隐隐挟着风雷之声。笑傲乾坤心中一凛，想道："这厮的金刚掌力倒是不可小觑！"双掌相交，"蓬"的一声，蒙面人一个"倒踩七星步"，借着笑傲乾坤这一掌的震荡之力，倒纵出三丈开外。笑傲乾坤一掌震他不倒，自己的虎口反而有点火辣辣的感觉。原来笑傲乾坤的功力虽然是高于对方，但因他是掌扇兼施，同时对付两个强敌，故而接那蒙面人的掌力，就感到有点吃力了。那蒙面人与他对了一掌，也知道了他的厉害，不敢恋战。

短小精悍的那个汉子追上了他的同伴，两人疾逃下山，远远的同声喝道："笑傲乾坤，有胆的你到桑家堡来，咱们再较量较量！"笑傲乾坤自忖单独一个人决计胜不了他们，同时也记挂着桑家二老的伤势，便不去追。笑了一笑，说道："桑家堡我当然是要去的，你们可以报给公孙奇知晓，这次我是不会放过他的。你们要想给公孙奇陪丧，那也好，就在桑家堡等着吧！"笑傲乾坤用"传音入密"的上乘内功将声音远远送出，音量不大，却震得那两人的耳鼓嗡嗡作响。那两人暗暗吃惊，扔下了两句门面话，就头也不回地跑了。

此时桑家四老中的老大桑志，老二桑行已经来到。桑志看见桑弘受伤不轻，吃了一惊，问道："老三，打伤你的那个人是谁？看来不似是公孙奇。"要知桑家四老跟随桑见田数十年，虽然是桑家的仆人身份，但本领之高，在武林中早已挤进了一流好手之列了，倘若是公孙奇伤了桑弘，不足为奇，如今他却是给一个不知来历的陌生人所伤，桑老大就不能不感到惊诧了。

桑弘内功深厚，得笑傲乾坤替他闭穴止血，又吞服了小还丹之后，精神已经稍稍恢复，说道："今晚来的这两个人是咱们从未会过的，姓名来历不知道，但他们的门派却是瞒不过我的眼睛。"桑志道："是哪一派的？"桑弘道："打伤我的那个蒙面人，用的是佛门正宗的大力金刚掌功夫。"

桑志道："哦，那么这人是少林派的了。"桑毅接着说道："使铁杖打落我的砍山刀的那个短小精悍的汉子，用的却是伏魔杖法，看来应是丐帮弟子。"

桑志吃了一惊，说道："丐帮是天下第一大帮，少林是天下第一大派。这两大帮派都是光明正大，以'侠义'两字作为宗旨，领袖武林的帮派。却怎的出了这两个不肖的弟子，竟与公孙奇勾结，作了公孙奇的爪牙？"

桑行道："树大有枯枝，丐帮不是也曾出过一个身为长老的朱丹鹤，竟是金虏派来卧底的奸细吗？少林寺的俗家弟子中出了一个叛徒，那也不足为奇。"

蓬莱魔女道："使伏魔杖法的那个汉子，我倒知道他的来历。他是金国御林军副统领檀世英的随从武士。看这情形，公孙奇与金虏是勾结得更紧密了。"

笑傲乾坤道："丐帮这个叛徒，已经公然投敌，身份已露，祸患不大。丐帮帮主武士敦是我好友，我向他查问，一定可以知道那厮是谁。少林派的那个叛徒身份未露，倒是一个更大的隐忧。桑老前辈，依我之见，咱们应该派一个人去通知少林寺，一面准备攻打桑家堡。"

此时又已陆续有人来到了，都是桑家堡的旧部。桑老大桑志说道："华大侠之言甚是，让少林派自己派人来清理门户，那是最好不过，既显得咱们尊重他，又可以得少林寺一臂之助。二弟，明日一早，你就快马去少林寺求见方丈无碍禅师吧。三十年前咱们曾跟随老堡主到少林寺拜会过他，想来他还认得你的。"

当下桑志扶桑弘回去养伤，在路上向蓬莱魔女报告经过。原来他们已经招集了过半数的桑家堡的旧人，在这孤鸾山中埋伏起来了。人数约有一百多，经营了十几个住处，桑家四老住的是一个相当宽敞通爽的山洞。

桑志说道："我们在孤鸾山布置好后，桑家堡没多久就发现我们的踪迹，也曾几次派过人来侦察，不过，公孙奇却从未来过。"蓬莱魔女道："这却为何？公孙奇这贼子鹊巢鸠占，侵夺了桑家堡。按说他应该害怕桑家的旧人来给他'捣乱'，却怎的能容得下你们在他卧榻之旁窥伺？"桑志说道："最初我们也担心公孙奇这厮会自己来的，不过他却无暇及此，这里面有个缘故。"

蓬莱魔女道："什么缘故？"桑志道："公孙奇将自己关在静室之内，据说是正在加紧修练他那两大毒功。"蓬莱魔女道："你们是怎么知道的？"

桑志道："留在桑家堡的旧人虽然不多，也还有几个是和我们相熟，肯听我们的话的。"桑行接着道："他们秘密送出来的消息，据说公孙奇已委任从前的飞龙岛主宗超岱做桑家堡的总管，在他闭关练功的期间，任何人都不许去打扰他，桑家堡的事务，完全由宗超岱代为处理。"

蓬莱魔女道："你们的二小姐呢？"在桑家堡中，蓬莱魔女最挂念的是桑青虹，希望先能知道她的一点消息。

桑志叹了一口长气，说道："最初我们也不相信二小姐甘心从贼，现在看来，唉——"

蓬莱魔女吸了一口凉气，说道："怎么，她，她难道竟然忘记了杀姐之仇，真的愿意委身于公孙奇了？"

桑志道："恐怕正是这样。二小姐有个心腹丫环，名叫碧绡，以前遣散了的，如今又已回桑家堡服侍二小姐。她和我们已有联络，据她透露的消息，公孙奇闭关练功，谁也不见，只有二小姐陪伴他。听说还是二小姐指点他的练功秘诀呢。"

蓬莱魔女心里想道："公孙奇的两大毒功，本来只差半分火候，快要大功告成的了。我以为他对桑家的内功心法，早已尽窥秘奥，还何须如此苦练？这么看来，孟钊临死之言，说他还有一个最后的诀窍未曾知道，这也恐怕是真的了？"

但蓬莱魔女心里仍是不能无疑，又再问道："那个名叫碧绡的丫环，既然是小姐的心腹，你们的小姐可曾对她吐露过心事么？"

桑志道："听说二小姐自从嫁给原来的姐夫之后，就似完全变了个人。从前她的性子很野，半天也不能待在家里的。如今却是话也不喜多说一句，除了一两个心腹丫环之外，桑家堡的旧人都见不着她。本来她是桑家堡名正言顺的主人，桑家堡应该由她接管的。但她却也是把自己关闭起来，所以只能由新总管宗超岱掌权了，碧绡也难得有机会出来一次，她没有谈起二小姐可曾向她倾吐心事，只是说二小姐形容憔悴，看得出她心里很不快活。"

蓬莱魔女道："那么，她何以又甘心情愿地陪公孙奇，还指点他的练功秘诀？"

桑志叹口气道："奇就奇在这里，我们猜不着二小姐是何用心。但她是自己愿意嫁给公孙奇的，这却是事实。唉，不管如何，大小姐临终之际，是曾郑重嘱托我们，要照料二小姐的，我们实在不忍见她又落入公孙奇的魔掌！"

蓬莱魔女道："师嫂（桑白虹）临终之际，把桑家堡和她的妹子付托于我，救出你们二小姐之事，在我也是义不容辞。依我看来，青虹虽然是嫁给了公孙奇，在她心中，一定有极大的委屈，无论如何，我一定要去与她一会，探个水落石出。"

桑志沉吟说道："盟主，此事只怕还要从长计议，不可冒昧造次。"

笑傲乾坤道："你是怕咱们人力不足？桑家堡中，除了飞龙岛主之外，还有些什么能人？"

桑志说道："公孙奇意欲在毒功练成之后，开宗立派；又想挟党羽以自重，要挟金房让他划地封王。其志不小，他自从夺回桑家堡之后，就广招武林败类，其中邪派高手，很是不少。听说'崆峒二奇'也给他们罗致了。"

蓬莱魔女道："崆峒二奇？这两个是什么人？"她出道未够十年，虽然身为绿林盟主，熟悉江湖人物，但对于某些久已销声武林的老一辈的邪派人物，还未能尽都知晓。

笑傲乾坤道："这两个人的来历我倒知道。他们是前任崆峒掌门乌天柱的师弟，一个名叫蒙天庇，一个名叫劳天护。听说本领不在掌门师兄之下。但他们只是偶然在西南、西北一带边僻之地出现，足迹未到过中原的。正派中人，没有谁和他们交过手，因此他们的武功深浅究竟如何，也没有人知道。这两人二十年前早已销声匿迹，不过他们既有崆峒二奇之称，崆峒武功以邪怪闻名，也不可小觑了。"

笑傲乾坤接着道："那么说来，即以一流高手而论，桑家堡中，除了公孙奇之外，如今我们知道的也有了五个人。飞龙岛主、崆峒二奇和今晚遇上的两个人。咱们这边的力量，也嫌较弱。"

蓬莱魔女道："咱们既然来到，我不去见一见桑青虹，怎得安心？谷涵，你我暂且不作除掉公孙奇的打算，只去探探消息如何？咱们即使寡不敌众，难道跑还跑不掉吗？"

桑志道："听说自从你们上次闹了桑家堡之后，公孙奇彻查堡中的建筑，已经发现了他从前所未知道的秘密通道，尽都堵塞了。另外，还说在堡中设下一些秘密机关。依我之见，不如暂缓攻它。待到我的四弟伤好，咱也再请来一些能人里应外合，一举把桑家堡破掉。"

蓬莱魔女道："我是准备再请几位好友相助的，但这可以双管齐下，并行不悖。谷涵，明晚你陪我去夜探桑家堡，你该不会怕敌强我弱吧？"

笑傲乾坤笑道："你到哪里我就跟你到哪里！"他本来是主张慎重的，但却不愿违背蓬莱魔女的意思。正是：

要施伏虎擒龙手，不许妖氛覆武林。

欲知后事如何，请听下回分解。

第八十七回　两番堕涧怜孤女
三入龙潭战二奇

　　蓬莱魔女执意要去，桑家四老劝她不听，也只好罢了。

　　第二晚三更时分，笑傲乾坤与蓬莱魔女悄悄地偷入桑家堡，他们已经来过好几次，轻车路熟，毫不困难。此时他们的轻功又已比上次来时高明了不少，他们从山背进入后园，园中的巡逻虽然也比上次来时增加了不少，却给他们以绝顶轻功，神不知鬼不觉地瞒过了巡逻的耳目。

　　他们已经打听清楚，公孙奇仍然住在旧处，那是一座红墙绿瓦的楼房，很容易记认，楼前有一座假山。他们进了后园，一路借物障形，蛇行兔伏，到了那座假山，红楼已经在望，一直没有人发现。但不料就在他们绕过假山之时，忽地中了埋伏。

　　蓬莱魔女一步踏空，落脚之点，突然裂开一洞，原来是她刚巧踏着机关，幸而蓬莱魔女轻功超卓，造诣非凡，一觉有异，身形平地拔起，没有坠入陷阱。但她踏着机关，已是弄出声响。

　　就在此时，只听得公孙奇的声音从红楼中传出："蒙天庇，劳天护，你们给我看看是哪两个小贼来了？顺便给我打发了吧。我可无暇料理他们！"

　　红楼与假山之间，距离尚有百步之遥，公孙奇是将自己关闭在房内练功的，居然立即察觉外面的声响，而且他用"传音入密"送出去的声音，就似在他们的耳边说话一般。笑傲乾坤与蓬莱魔女听了他这"传音入密"的功夫，也不禁心头一凛，蓬莱魔女想道："这贼子得了桑青虹指点他的练功诀窍，果然又已是百尺竿头，更进一步。以他这样的造诣，只怕已不在我的爹爹之下！"

但最令他们吃惊的，还不是公孙奇的内功精进。而是他直呼"崆峒二奇"之名。试想"崆峒二奇"是何等身份？他们的辈分之高和桑见田、柳元宗等人同一辈的。如今公孙奇直呼其名字，那是将他们当作下属看待，而"崆峒二奇"甘愿做他的下属，这也可以见得，"崆峒二奇"早已慑服于他的惊世骇俗的本领。但即使如此，以邪派中两个辈分极高的高手，肯自居于仆从之属，这种事情，也还是大大出人意料之外。

公孙奇话犹未了，只听得两个苍老的声音同时应道："遵命！""崆峒二奇"果然立即现出身形，从假山上扑下来。

笑傲乾坤冷笑道："蒙天庇，劳天护，你们不在崆峒称尊，却到桑家堡来充当公孙奇的奴仆！嘿，嘿，当真是可喜可贺，贺喜你们得到了主子哪。""崆峒二奇"大怒道："我们喜欢怎么样便怎么样。我们的名字是你叫得的吗？""二奇"不知笑傲乾坤与蓬莱魔女是何等样人，立即分头向他们扑去。

扑向笑傲乾坤的是"崆峒二奇"中的老大蒙天庇，眼看双方就要碰上，笑傲乾坤倏地塌身斜步，双掌齐出，左手骈指如戟当作五行剑使，指尖直抵敌手额角的太阳穴，左腕一翻，又出一招"金龙戏水"，横掌如刀，惊雷骇电般地猛削蒙天庇的膝盖。

笑傲乾坤是个武学大行家，在未知对方虚实之前，功夫不敢用尽，但他这一招两式，包含了几个复杂的变化，招里藏招，式中套式，沉雄迅捷，兼而有之，等闲之辈，也不足当他一击。

蒙天庇确是名不虚传，武功奇诡，不负"崆峒二奇"的称号。他本来是疾如奔马地跑过来的，猝然遇到笑傲乾坤的袭击，居然能够立即凝住身形，就在那电光石火之间，陡的向后挪了一尺，笑傲乾坤的一掌一指攻到他的身前，就只那么一点毫黍之差，全落了空。

说时迟，那时快，只见蒙天庇双掌如环，滚斫而进。饶是笑傲乾坤见多识广，也未曾见过如此怪异的掌法！

但笑傲乾坤却也不惧，对方的连环掌虚实混淆，意欲混乱他的目光，叫他分辨不出攻势所向。笑傲乾坤根本就不理他的攻势，身形一起，猛地就向他的琵琶骨硬劈下来，掌力用到九成，恍若排山倒海般地径压下来，琵琶骨是人身要害所在，笑傲乾坤用的又是最刚烈的掌力，对方纵有护体神功，也难硬挡。琵琶骨倘被打碎，多好的武功，也要变成废人。

蒙天庇在对方强攻之下，不敢拼个两败俱伤。他的功夫也已到了能发能收之境，双掌向前滚斫之势，倏然变为向上接招。

只听得"蓬"的一声，蒙天庇双掌一合，夹着了笑傲乾坤的手掌。笑傲乾坤内力一震，蒙天庇虎口发热，"啊哟"一声，双掌连忙松开，退了一步。这次闪电般的交手，论招数是蒙天庇胜了一招，但论内功则是他输了一筹，稍稍吃了点亏。笑傲乾坤暗暗叫声"侥幸"，心道："倘若不是我得了三位前辈高人传授的内功心法，只怕今晚难免吃亏。"

笑傲乾坤这边略占上风，蓬莱魔女那边则打成平手，扑向蓬莱魔女的是"崆峒二奇"中的老二劳天护。他手上拿有兵器，这一对日月双环，在黑夜里发出闪闪金光。

日月双环是专门克刀剑的兵器，蓬莱魔女一剑刺去，劳天护双环一锁，要硬夺她的长剑。蓬莱魔女一声冷笑，拂尘抖开，罩他的顶门。蓬莱魔女的"天罡拂尘三十六式"，柔中寓刚，厉害无比。劳天护双臂一振，挥袖成风，荡开她的拂尘，但因他一方面也在用力夺她长剑，虽然能够挥袖成风，力道究嫌不足，肩头给尘尾拂过，虽然没有伤着要害，亦已是火辣辣作痛。蓬莱魔女的长剑被他双环一锁，也损了一个缺口。

一方中了敌招，一方兵器受损，算是拉了个直，两不输亏。劳天护大吼一声，双环平举，又再推压过来。他这日月双环有钩、夺、拿、锁、推、压、圈、转、盘、打十字诀，交互运用，循环反复，妙用无穷。蓬莱魔女失了一招，不敢轻敌，以天罡尘式与柔云剑法并用，柔云剑法每一剑都不用实，一沾即退，翩若惊鸿，指东打西，指南打北。劳天护的双环要再想锁住她的青钢剑，已是不能。蓬莱魔女那柄拂尘忽聚忽散，散开时千丝万缕，每一根尘丝都可以变作梅花针伤人。聚成一束时，又可以当作判官笔来点敌人的穴道。劳天护的双环克不住她的拂尘，反而给她的拂尘所克，转瞬之间，双方拆了十数招，仍然两不输亏。但蓬莱魔女已是稍稍占了一点招数上的上风。

忽听得公孙奇冷冷的声音又在楼中传出，"嘿，嘿！我当是什么人？原来又是柳师妹来了，陪你来的是华谷涵这小子吧？事不过三，前两次给你们侥幸漏网，这一次可不能让你们要来便来要去便去了。"

蓬莱魔女大吃一惊，公孙奇在密室中还未露面，只凭听风辨器之术，已听出来者是谁，本领之高，确是足以惊世骇俗，比起数月之前，也确是高明了许多，蓬莱魔女心想道："听他的口气，似是要出来。有崆峒二奇助他，今晚是决难讨好的了。"

蓬莱魔女此时已知公孙奇的本领远胜于她，但仍是不甘示弱，禁不住骂道："不错，是我柳清瑶来替师父清理门户来了，公孙奇你出来一战！"

公孙奇哈哈笑道："师妹有请，我还能不出来吗？"

笑声未了，忽听得桑青虹柔媚的声音说道："有崆峒二奇对付他们已经足够了，何须你亲自出手。你练功正到紧要关头，不可误了自己的功行。现在你应该收敛真气，打通十二重关了。嗯，你用心听我说说这个诀窍吧。"桑青虹的声音很小，但蓬莱魔女仍是每一个字都听得清清楚楚。心里甚为惶惑，暗自思量："青虹似是暗中维护我们，可是她传授公孙奇的练功秘诀又似乎并非假的，要不然公孙奇的功力怎会进得如此之快？她到底是意欲何为？是否真心向着公孙奇呢？呀，这真是叫人难以猜测！"

蓬莱魔女略一分神，青钢剑险险又被对方的双环锁着。此时，堡中人众已被惊动，有许多人已经跑来了。

笑傲乾坤道："瑶妹，不可恋战，咱们走吧！"他对付蒙天庇本来是稍占上风的，此时猛施杀手，登时把蒙天庇迫退几步。笑傲乾坤飞身一掠，折扇一按，把劳天护的日月环拨过一边，劳天护大惊之下，也急忙后退。

逼退了"崆峒二奇"之后，笑傲乾坤与蓬莱魔女立即施展绝顶轻功，向少人之处逃跑。途中遇上的敌人，能避则避，实在不能避开，就用闪电般的手法，或刺他们的关节，或点他们的穴道。

绕过了两座假山，忽见窄路上有两人把守，正是昨晚在孤鸾山中所遇的那两个汉子。笑傲乾坤狂笑说道："来而不往非礼也，昨晚你们伤了桑家四老，今晚我来要你们性命。哼，哼，你们不是说要在桑家堡中与我们较量较量的么？如今我们来了，有胆的你们别跑！"

笑傲乾坤用他本门的绝顶内功，狂笑慑敌，先声夺人。话犹未了，已冲到了那两个汉子的身前。这两人昨晚见识过他们的厉害，只道狭路相逢，笑傲乾坤与蓬莱魔女当真是要取他们性命，不敢接战，退过两旁，躲进了花木丛中。其实以他们二人的本领，即使打不过笑傲乾坤与蓬莱魔女，最少也可以接个十来招，那时"崆峒二奇"也可以赶到了。合四个高手之力，笑傲乾坤与蓬莱魔女想要突围，殊非易事。

华柳二人度过一重危机，松了口气，他们的轻功比"崆峒二奇"高明，不消片刻，已把他们远远抛在背后。

不料刚刚松了口气，忽又听得前方暗处，有个阴恻恻的声音冷笑道："柳清瑶，你这贱婢又来了么？嘿，嘿，你的叔父将你许配与我的，你是愿意与我成亲，还是愿意在我手下受死？"这是飞龙岛主宗超岱的声音。

蓬莱魔女大怒喝道："姓宗的，你别走！"飞龙岛主不及"崆峒二奇"，蓬莱魔女听得出该处只有他一人埋伏，若是她和笑傲乾坤联手，可以在"崆峒二奇"未曾追上之前，数招之内，就毙了他。笑傲乾坤刚才是吓退敌人，蓬莱魔女这次却非虚声恫吓，当真是要去杀那飞龙岛主的。

笑傲乾坤心中一动，连忙叫道："不可中了敌人激将之计！"蓬莱魔女去势如箭，不听笑傲乾坤劝阻。要知蓬莱魔女那次在太湖中的西洞庭山险些遭受柳元甲与飞龙岛主之辱，已是把飞龙岛主恨入骨髓，此时又听了他这番侮辱的话语，还焉肯饶过了他？

蓬莱魔女去势如箭，循声追迹，眼看就要跑进那假山边的暗角揪出飞龙岛主了，就在此时，忽地有暗器破空之声，向她打来。蓬莱魔女听声辨向，心中暗笑："这人的暗器准头也未免太差了。"

心念未已，那暗器已在她身旁三尺之处飞过，落在前面，只听得"轰"的一声，前面的假山一角，突然塌下，不用说是因为暗器恰巧触着了机关的。但这是"恰巧触着"的呢，还是发暗器之人"有意"给她破了机关的呢？

倘若不是有这枚暗器预先触发机关，蓬莱魔女闯到近处，假山一角方始倒塌的话，后果真是不堪设想。蓬莱魔女暗暗叫了一声"侥幸"，这时方始觉得自己的鲁莽。在"轰隆"的山石倒塌声中，饶她一身是胆，也不禁流出冷汗。想道："若非此人暗助，只怕我纵使不被山石活埋，也要受了重伤。园中既然发现机关，定然不只一处，我明敌暗，倒是非得分外小心不可！"

心念未已，忽又听得暗器破空之声，和刚才那枚暗器一样，"准头"极差，从蓬莱魔女左手方掠过。蓬莱魔女何等机灵，此时已可断定是有人暗中相助，这枚暗器是给她指路的。

蓬莱魔女与笑傲乾坤立即跟着这枚暗器所指示的方向飞跑，果然没有再误踩机关，在"崆峒二奇"等人未曾追上之前，他们已翻过墙头，逃入山中。孤鸾山已是桑家四老的势力范围，山上这股桑家堡的旧人熟悉地形，占了地利。公孙奇的手下可就不敢冒险深入了。

进入密林，两人解除了紧张的心情，笑傲乾坤笑道："今晚虽然一事无成，也总算把公孙奇的桑家堡搅个天翻地覆了。"蓬莱魔女抹去了额上的冷汗，笑道："只靠咱们的本领，只怕今晚还未能够有惊无险呢！那枚暗器来得好奇怪。你可注意到了？"笑傲乾坤道："看来在公孙奇的心腹之中，就有不顾性命的危险要帮助咱们的人。"蓬莱魔女道："不错，若非公孙奇的心腹，焉能知道园中的秘密机关。但只不知这人是谁？桑青虹一直在密室中陪伴公孙奇，未曾出过红楼，当然不会是她。"

二人回到桑家四老的住处，和桑志、桑弘等人谈起，也都觉桑青虹最是可疑，实是难明她的心迹。不过，至少有一点可以断定，她不是全心全意地站在公孙奇这边。要不然就不会在那最紧要的关头，设法阻止公孙奇出来了。至于那个偷发暗器的人，桑家三老（四老中的老二已去少林寺）也一致认为是暗助他们的人，但也同样地猜不出这人是谁。

蓬莱魔女闷闷不乐，说道："桑家堡聚集了这许多邪派高人，咱们的力量一时胜不过他们，再去也讨不到好处。公孙奇的毒功又将要大功告成，咱们难道坐在这里等他练好本领再来对付咱们？"

桑志道："二弟已到少林寺去了。柳盟主，你昨晚说要请几位武功高强的朋友前来相助，那就请你发下绿林箭，明日一早，我就派出人去，分头邀请吧。"

蓬莱魔女道："我的意思最紧要的是想请丐帮相助，对他们可是不便发绿林箭的。其他几个绿林中的高手，也不大好使用绿林箭调动他们。"

笑傲乾坤道："你留在此地协助四老，我去邀请武士敦如何？"

蓬莱魔女沉吟半晌，说道："好虽是好，但只怕公孙奇这贼子说不定什么时候会到这儿挑衅，咱们两人，还可抵挡，走了一个，就难应付了。经过昨晚这一闹，他已经知道咱们来到了孤鸾山，与桑家堡旧人同在一起。他对这儿，当然更是视同心腹之患，只怕不待他的毒功完全练成，他已是要提前动手，拔掉他所认为的眼中之钉，肉中之刺了。"

武学中修练上乘功夫的有两种情况，一种是"闭关练功"，练功期间，绝不能为外物所扰，也不能和别人动手，否则便有"走火入魔"、半身不遂之灾。一种是虽然也要在静室练功，但却不必等待功行完满，随时告一段落，也就随时可以和别人动手的。公孙奇昨晚曾在重楼之内，以"传音入密"的内功指挥"崆峒二奇"，又曾施以恫吓，说要出来对付蓬莱魔女。根据这些情形看来，似乎是后一种情况。蓬莱魔女在未摸清他的底细之前，自是必须加意提防，不放心让笑傲乾坤离去。

蓬莱魔女说道："不如再待两天。咱们既然可以断定，青虹即使是自愿嫁给公孙奇，但至少她还是不愿与咱们为敌的。希望在这三两天内，咱们能够找到一个机会，跟她联络。"

事情商量不出一个结果，只好依照蓬莱魔女的主张，暂时采取观望态度。

另外，他们还存有一个希望，希望知道昨晚暗助他们的那个人是谁。那人既然能够知道园中的秘密机关，想必是公孙奇的心腹。

说不定可以得他之助，透露一点桑家堡与公孙奇的秘密。

但怎样才能够与桑青虹联络上呢？那个人又是谁呢？他们虽然抱着希望，这希望也甚属渺茫。

想不到他们认为是渺茫的希望，第二天便成了现实。暗助他们的那个人是谁？这谜底也揭开了。

这天一早，桑家三老起来未久，桑志正在给桑毅换药，忽听得人声喧闹，说是捉到了一个从桑家堡来的人，是个女子，身份未明，不知是否奸细。

桑志连忙去看，只见他的手下背着一个年轻的女子已经来到，这少女满身血污，脸上没有一点血色。桑志一看之下，大吃一惊，失声叫道："这是碧绡！哎呀，她死了？怎么死的？柳盟主，华大侠，你们快快出来！"

将碧绡背来的那个手下说道："属下奉命巡山，看见这女子飞跑入林，有几个桑家堡那边的人正在追她。我们出来杀退了那几个人，这女子只说得一声'快送我去见柳女侠！'便晕倒了。不知死了没有？"

说话之间，笑傲乾坤与蓬莱魔女已经来到，蓬莱魔女接过碧绡，掌贴她的背心，一股内力输送进去，碧绡动了一下，蓬莱魔女在她耳边低声唤道："碧绡，是我来了，你还认得我吗？"

碧绡睁开双眼，见是蓬莱魔女，脸上露出笑容，断断续续地说道："小姐有封书信，在我身上，是给你的，小姐已经知道你的来意，她、她很感激你！"

碧绡说得很是辛苦，脸上则始终保持着笑容，断断续续地说了这几句话之后，如释重负的样子，安详地闭上了她的眼睛。蓬莱魔女一探她的鼻息，已经断了气了。

蓬莱魔女极是难过，但亦已无暇举哀，当下在她身上搜出了那封信，将尸体放了下来，便请桑家二老（桑志、桑弘）过来一同看信。

桑家二老又惊又喜，说道："果然是二小姐的亲笔字迹。"抽出信来，只见上面写的只是简简单单的几句话："一月之内，切勿再来。地图一幅附上，堡中机关均已注明。一月后来，定可如愿。

余事由碧绡代陈。"

桑青虹要碧绡"代陈"的是什么呢？是表明她的心迹？是补充信中未尽之意？还是另有其他在信上不便提起的事，可惜碧绡已经死了，不能再说话了。

蓬莱魔女叹了口气，心道："青虹一生没有交得知己的朋友，却幸而有个知心的婢子，不惜牺牲了自己的性命，给她送来了这一封信。"当下吩咐桑家堡的旧人将碧绡抬去举丧，便和桑家二老与笑傲乾坤回去共商对策。

桑青虹的心迹虽然不是从碧绡口中听到，但在她这封信上已是可以明显地看得出来。她是要在暗中相助，助他们攻破桑家堡的。另一个疑团也解开了，她果然不是甘心情愿地嫁给公孙奇！

但是，随着这封信而来的又有新的疑团。她为什么要郑重叮嘱，一个月之内叫众人不可再来桑家堡？

笑傲乾坤说道："看她信上的意思，一个月之后，她似乎有帮助咱们制伏公孙奇的必胜把握。这就叫我不解了，公孙奇的两大毒功即将炉火纯青，过了一个月，岂非更难制伏？"

蓬莱魔女道："这个我也猜想不透。咱们先看看这张地图吧。"地图上把桑家堡的各处秘密机关都用箭头指了出来，哪个地方有陷阱，哪个地方有千斤闸，哪个地方装有机关暗器等等，无不注得清清楚楚。熟记这份地图，自能趋吉避凶。

笑傲乾坤道："这份地图对咱们的攻破桑家堡大有帮助。可是碧绡之事已经败露，公孙奇何等机灵，难道他不会想到青虹身上，而且还会重新换过机关么？"

四老中的老大桑志，曾做过几十年桑家堡的总管，对建筑是个行家，懂得一些机关布置的学问，说道："这些机关，若要全部翻修，重新换过，至少也得几个月时间。还得那些旧工匠都还留在堡中才行。二小姐是约你们一个月之后再去，一个月的期间内，公孙奇至多能新添几处机关而已。这份地图还是很有用的。何况碧绡偷送地图之事，公孙奇也还未必知道。"

桑弘说道："所可虑者就只是咱们的二小姐，碧绡是她心腹侍女，私逃出堡，公孙奇虽然不知道她是为了何事，猜疑只怕是免不了的了。"

蓬莱魔女心思缜密，暗自想道："青虹敢使她的侍女偷送地图，想来也应准备好了万一碧绡出事的打算。"于是说道："你们在堡中不是还有熟人么？无论如何，设法探探消息，青虹若有危险，我与谷涵就拼着再冒一次险，重入桑家堡救她。成与不成，也尽我们一点心意。"

桑志道："碧绡舍了一条性命，带来二小姐的亲笔书信，为的就是阻止你们在这个月内再探桑家堡。我一定设法打听消息，你们可千万别要冒险。"

这次的打听消息很是顺利，傍晚时分，派出去与桑家堡旧人秘密联络的头目回来，说道："碧绡逃跑之事，堡中都已知晓了。二小姐曾为此召集堡中的丫环役仆，宣布此事，大骂了碧绡一顿。说是碧绡未得她的准许，私自回家探母，枉送了一条性命。叫众人引为鉴戒，以后若有事要出堡的话，必须得到她和宗总管两人的允可才行。"

桑志补充解释道："公孙奇篡夺桑家堡后，立下规例，婢仆下人虽是要听命主母，但若要出去，则必须经过总管。宗超岱在桑家堡的权力是比主母的权力还大的。"

蓬莱魔女道："青虹的这番做作，是演给公孙奇看的。她当然不是真骂碧绡。她这么做作，我想她的心里也是十分痛苦的。"

那头目道："二小姐是真是假，我不知道。但她整天还是陪伴着公孙奇，在静室里也还是有说有笑。据服侍她的小丫头透露，他们夫妻的感情似乎比以前还更亲热呢。"

笑傲乾坤道："公孙奇目前最要紧的是练成他那两大毒功，他要桑青虹指点他的练功诀秘，纵有猜疑，也必不至于便对青虹狠下毒手。如今咱们可以继续商量如何对付公孙奇了，青虹的信虽然说一月之后，咱们再去，定能如愿，但咱们还是要作没有意外助力的打算，照咱们原来的计划进行。"

从桑家堡打听来的消息，证实了桑青虹至少在目前尚无危险，大家便都松了口气。蓬莱魔女道："谷涵，我想过了，还是你留在此地的好。我明日下山。"

笑傲乾坤道："哦，你要以绿林盟主的身份，自去拜会新任的丐帮帮主，那我就不和你争了。"

蓬莱魔女笑道："话不是这样说。你的武功比我强，你留在这里协助桑家三老，我可以比较放心。我这次去找武士敦，同时也是想见一见紫烟姐姐，看看他们成婚了没有？"武士敦的未婚妻子云紫烟是蓬莱魔女十分要好的朋友，故而她有此言。

商量定妥，第二天一早，蓬莱魔女便即起程。丐帮是天下第一大帮，但没有固定的总舵的，幸而蓬莱魔女以绿林盟主的身份，在江湖到处都可以找到关系，下山之后的第三天，她就找到了一个主持某地分舵的丐帮七袋弟子，打探了确实的消息：武士敦和云紫烟正在南阳，南阳有云紫烟的老家，她父母早已双亡，但在老家仍有长辈亲属。武士敦这次陪她回去探亲的。可能就在云家举行婚礼，不过目前还未见有帖子发出。

蓬莱魔女听到了这个消息，很是欢喜。便即兼程赶往南阳。

这一日，蓬莱魔女自朝至午，赶了一百多里路，感到有点口渴，恰好路边有个茶店，她便进去喝茶，歇息一会，恢复疲劳。

茶店里先有两个客人，是一个发白如银的老婆婆和一个浓眉大眼的粗豪少年。少年的腰间隆起，显然藏有兵刃。老婆婆的座位旁边倚着一根龙头拐杖，漆黑发光，显然也是铁打的。北地民风好武，出门的人多数带有兵器，男女都习以为常，不足为奇，但一个上了年纪的老婆婆，使用铁打龙头拐杖在江湖行走，却是有点特别。故而蓬莱魔女不觉多看了她一眼。

这一看，蓬莱魔女看出了一点苗头，不禁多了几分诧异。原来这老婆婆年纪虽老，但双目有神，精光内蕴，落在蓬莱魔女这样的武学大行家眼中，一看就知道这老婆婆是内家高手，内功的造诣即使未如蓬莱魔女之达到一流境界，看这眼神，亦是很不弱了。

蓬莱魔女偷看这老婆婆，这老婆婆也在偷看她。两人眼光碰个正着；老婆婆脸上也现出几分诧异的神色，不过诧异之中，还含了几分怒意。只见她把茶杯在桌上一顿，"哼"了一声，说道："这条路上的野狗真多，好在我这老婆子有根拐杖，擅打恶狗。公狗不怕，母狗更不怕！"

蓬莱魔女一听，就知道这老婆子是绕着弯子骂她。不禁心里生气，想道："岂有此理，我与你素不相识，你怎的出口伤人？"那少年却听不懂这老婆婆的说话，诧道："妈，哪里有狗？我怎的没瞧见？"

　　老婆婆撇了撇嘴，说道："蠢小子，你有眼无珠！"少年恍然大悟，说道："妈，你说那个魔头还不肯放过咱们么？但听说他的老巢已给人捣了，如今也不知他到了哪儿，难道他还有工夫与咱们重算旧账。唉，大仗打过了，时势也好像太平了些。我还以为这次咱们可以回家了呢！"

　　少年这番话是用黑道的"切口"（暗话）说的，但却不知蓬莱魔女正是绿林盟主，任何一种黑道上的切口都瞒不过她。

　　不过，听这少年的口气，他也还未知他母亲所指的"母狗"就是蓬莱魔女。蓬莱魔女心中一动，想道："原来他们恐惧仇家，把我当作他们对头派来追踪的鹰犬了。这老婆婆武功不弱，她口中'魔头'自必是个厉害的人物，却不知哪一个？"

　　蓬莱魔女细心琢磨他们的说话，在他们的说话里透露出一个事实：这魔头的"老巢"是给人"捣"了的。蓬莱魔女心想："桑家堡并未曾给我们攻破，他们说的这个魔头，似乎不应该是公孙奇。"

　　蓬莱魔女猜疑不定，想要去与那老婆婆解释误会，但那老婆婆显明的对自己含有敌意，而她又没有指明来骂，要解释也不知从何释起？只怕越解释越是缠夹不清。蓬莱魔女是有事在身的，她的性子又不耐烦，心想："还是算了吧。我知道她骂错人也就是了，还值得与她计较么？"

　　蓬莱魔女喝了茶，吃了几件点心，精神已经恢复，正想离开，忽见外面又有两个人进来。那老婆婆小声说道："霆儿，你说不见野狗，野狗如今来了，等下我若打这两条野狗，你在一旁小心些，提防那个女的偷袭。"她还是怀疑蓬莱魔女是她仇家一路，但因发现了追踪他们的"正点儿"，所以说话客气了些，不再暗示蓬莱魔女就是鹰犬了。这么一来，蓬莱魔女又不想走了。她放下了茶杯，抬头一看，只见走进来的两个汉子，一式打扮，从服饰和相貌上看，都不似汉人。

这两个人走到了那张桌子，向老婆婆打量了一眼，说道："孟大娘，躲是躲不开的，我们也不将你为难，只要你们母子回去应卯。你们是愿意吃敬酒呢，还是罚酒？"那老婆婆冷冷说道："敬酒怎样？罚酒又怎样？"

为首那个人道："要吃敬酒，就接下这个铜牌，给主人服役三年。要吃罚酒，嘿，嘿，那就是要我们拘你回去了。"

老婆婆冷笑道："老婆子生平独来独往，从未认过主子！你的主子是哪一位？"

那人取出了两截断了的箭，都插在桌上，说道："孟大娘，你两年前抗命折箭，如今倘若再敢不遵，那就两罪俱发了！哼哼，你还认得这枝绿林箭么？"正是：

魔头气焰高千丈，号令强施压绿林。

欲知后事如何，请听下回分解。

第八十八回　大娘怒折绿林箭
　　　　　　妖女暗施蜂尾针

　　那老婆婆正眼也不瞧一下，淡淡说道："不错，这枝绿林箭是老婆子两年之前亲手折断的。这么说，你们是飞龙岛的人了？"

　　那两个汉子道："我的身份你管不着。我只问你今次接不接令？"

　　老婆婆爱理不理地道："你们来得未免不是时候了。"

　　那两个汉子拧眉毛瞪眼睛地道："你这话是什么意思？"

　　老婆婆道："俺老婆子早已金盆洗手，你若是十年之前找上门来，老婆子看在绿林同道的份上，或许会接下绿林箭。如今嘛，嘿，嘿！两年之前我都把绿林箭折了，何况如今？"

　　那两个汉子道："老婆子，你知道什么？如今不比前两年了。两年前你抗命折箭，飞龙岛主一时无暇管你，如今嘛，你若拒接铜牌，马上就要大祸临头！"

　　蓬莱魔女这才知道这老婆婆的对头原来是飞龙岛主宗超岱。但心里却有点疑惑，想道："这两个汉子似乎是西域胡人，不像是飞龙岛的人物？"

　　那老婆婆不理他们的恫吓，仍然淡淡说道："是么，但依老婆子看来，如今更不是时候！"

　　那两个汉子怒道："怎么不是时候？"看神气他们已经是给了几分面子，否则早已就想动手。

　　那老婆婆道："俺老婆子虽然孤陋寡闻，但似乎也曾听得江湖上的朋友传言，飞龙岛的老巢早已给人挑了，飞龙岛主变成了丧家之犬，'岛主'是早已做不成啦！你要我接绿林箭，等待你们的主子当上了绿林盟主的时候再来也不迟。否则至少也要恢复飞龙岛主原日的威风，那才好发号施令！"

那两个汉子冷笑道："你自认孤陋寡闻，的确一点不错。宗超岱如今是桑家堡的总管，比原日的飞龙岛主还要威风！这次我们要你接的是桑家堡的铜牌，跟我们到桑家堡去向总管请罪。"

那老婆婆怔了一怔，道："原来你们的主子不是飞龙岛主。"

那两个汉子道："我们的主人是桑家堡的堡主公孙奇！不过，我们也听宗总管的差遣。你们母子这次到桑家堡执役，就归我们的差遣。这是桑家堡的铜牌，你瞧个清楚！"

那老婆婆白发摇抖，显是怒极气极，冷笑道："原来飞龙岛主是桑家的奴才，你们又是奴才的奴才，我孟大娘岂是听凭奴才的奴才差遣的人？两年前我不接飞龙岛的绿林箭，如今也就敢不接你们桑家堡的令牌！"

老婆婆说话之时，把那面铜牌抓在手中，说话完了，掌心一摊，"当"的一声，放在桌上。只见那面铜牌，已变成了一个不大规划的带着棱角的圆球。

那两个汉子呆了一呆，但神色依然不变，为首的那个打了个哈哈，说道："倒也有几分本领。但只凭你这一点点功夫就不接桑家的令牌，那也未免太笑话了！"

老婆婆厉声说道："是笑话不是笑话，手底下见过方知，我这点微末之技，你老哥不放在眼内，那就请教你的吧！"

茶店的店主吓得浑身发抖，远远地打躬作揖道："求求你们，别、别在小店里动手。"

那两个汉子道："好，你既是决意不吃敬酒吃罚酒，我们只有奉命拘你回去。你要在哪里动手？"

老婆婆道："到外面打去！"

那两个汉子道："好，随你的便，谅你也跑不了，我们在外面先候了。"话说未了，只听得"轰隆"、"轰隆"两声巨响，墙上穿了两个洞，这两个洞都作人形，和他们的身材完全一样，原来是他们贴着墙壁，硬生生地就破壁而出的。

路边的茶店半边露天，内进的茶座，也是两面开门的，这两个汉子不走门户，偏要洞穿墙壁，分明是向那老婆婆报以颜色。

老婆婆心头微凛，想道："这两个奴才倒也不可小觑。"但虽是心头微凛，却也不惧。老婆婆悄声嘱咐儿子几句，便即拿起龙头杖，说道："店家，这面铜牌也值得二三两银子，够你修补墙壁了。我不接他的，就留给你吧。"

老婆婆拐杖一点，身形一掠，已落在路中。这次她并非有意炫耀，但这份轻功，却也足以惊世骇俗，就似从茶店里飞出去一般，那粗豪少年比不上他的母亲，换了两次步紧紧跟在母亲后面。

为首的那个汉子道："好，孟大娘，你不是说我不配差遣你吗？随便你骂我什么，奴才的奴才也好。就让你见识见识桑家堡中一个不成气候的奴才的本领吧！"

这汉子气这老婆婆轻视于他，挑这老婆婆动手，话一说完，亮出了一对日月双环，蓬莱魔女的座位正好倚窗观战，见这汉子亮出日月双环，不禁心中一动。

心念未已，双方已经交手，只听得叮叮当当之声，不绝于耳。老婆婆的龙头拐杖使出"苍龙出海"的招数，直捣过去，却给那汉子的双环一合，拐杖捣不到他的胸前，便给他阻住。但那老婆婆的拐杖立即抽出来，那汉子想把双环夹着她的拐杖将拐杖夺走的企图也落了空。

另一边，另一个汉子扑向那少年，少年横刀一立，一招"金雕振翅"斜削出去。这个汉子不用兵器，双掌如环，滚斫而进。使的是空手入白刃的功夫，但手法却与中原的任何一派都不相同。少年横刀疾劈，眼看刀锋就劈着那汉子的手腕，汉子骈指一推，贴着刀背，倏地反推回去。少年这一刀去势很劲，突然给反推回来，险险自己斫中自己的额角。

蓬莱魔女两面各看一招，已知道这两人的来历。心里想道："原来是崆峒二奇的弟子。看来他们的功夫已得了他们的师父七八成，只怕孟家母子不易应付。"

蓬莱魔女有心看一看孟大娘的武功，不想立即出手，看了几招，只见孟大娘的那根拐杖横劈直捣，夭矫如龙，劲风呼呼，招数与功力都是颇为不弱。与她做对手的那个汉子，日月双环的招数更为古怪，或圈、或锁、或压、或推，把孟大娘的猛烈的招数一一挡回去。不过，仍是孟大娘稍稍占了一点上风。

孟大娘这边稍占上风，另一边，她的儿子可差得远了，挡了几招，手忙脚乱。少年遵守刚才母亲的嘱咐，一见不妙，便使出一路护身刀法，同时向母亲靠拢。

孟大娘一声大喝，龙头拐杖反手一挑，突然舍了那个使双环的汉子，先救儿子之危，拐杖移转方向，攻她儿子的那个敌手，那个汉子双掌合抱了一个"太极势"，掌力牵引、激荡，把杖头推开。但他的功力究竟不如孟大娘，虽然解了这招，却也禁不住倒退三步。

两母子会合，并肩御敌。孟大娘的龙头拐杖指东打西，指南打北，接了对方两个高手七成以上的攻势。少年帮不了母亲多大的忙，孟大娘差不多是以一敌二，三十招一过，孟大娘渐渐招架不住，拐法散乱，顾此失彼，力不从心。

蓬莱魔女心道："待她略略吃点苦头，我再出手。"心念未已，只听得"当"的一声，空手的那个汉子突出怪招，双双如环地推进，欺到了那少年的身前，小指头只是轻轻一勾，勾着了刀环，把少年的朴刀勾脱了手，跌落地上。老婆婆大吃一惊，连忙护住儿子。

蓬莱魔女正想出手，忽见路上尘头大起，来了两骑快马，骑马的人是一对男女，男的"咦"了一声，叫道："玉妹，你看，那不是孟大娘吗？"女的快马争先，立即扬声叫道："干娘，让我来替你打发这两个贼子。"那男的也叫道："孟大哥，别慌，我来帮你！"原来这对男女，不是别人，正是耿照和她的表妹秦弄玉。

耿照自从弃官之后，与秦弄玉留在江南，双双行侠江湖，蓬莱魔女与他们许久未见，此时突然见他们出现，颇感意外之喜。

蓬莱魔女心里想道："一年多不见了，且看看他们的武功进境如何？"蓬莱魔女曾为耿照解决过几件为难之事，又曾指点过秦弄玉的武功，对他们一向是像弟妹一般爱护的。但她躲在茶店里观战，耿秦二人却尚未发现她。

耿秦二人来得恰是时候，双剑齐出，替孟家母子解了险招。秦弄玉道："干娘，你和大哥歇一会吧。我们若是不济，请你再来帮忙。"

孟霆和他们之间有过一段尴尬的事情，秦耿二人早已不放在心上了，但他则仍是芥蒂不消，他不愿要耿照助他，仍想奋战下去。可是他的兵刃给那汉子夺去了之后，腕臂也受了点伤，此时手腕已红肿起来，只有一条手臂可用。孟大娘瞪了他一眼，说道："霆儿，别逞强了。我给你敷伤。"将他拉下。

耿照舞起宝剑，剑光溜溜地转了个圆圈，把对方的日月双环碰了回去，蓬莱魔女好生欢喜，心想："耿照倒是把桑家的大衍八式练得有了八九分火候了。"耿照是桑青虹最初喜欢的人，可惜这只是单方面的相思，以致没有结果，桑家的"大衍八式"就是桑青虹私自偷传给他的。蓬莱魔女见耿照使出这"大衍八式"，想起桑青虹的不幸遭遇，其中一大部分的原因，未始不是失恋所致，故而一面是为耿照喜欢，一面也不禁有点为桑青虹感到难过了。

秦弄玉使的是她家传的"蹑云剑法"，"蹑云剑法"本是一门上乘剑法，以前只因秦弄玉本身功力尚浅，所以剑法的威力未能发挥，在江湖上碰到二流的角色，也往往吃亏。自从她得蓬莱魔女替她打通经脉，又指点了她的内功诀窍之后，如今经过了两年，果然是今非昔比。和她做对手的那个人，已得了"崆峒二奇"、"乱环掌法"的真传，在江湖上也勉强算得是一流好手了。秦弄玉使出"蹑云剑法"对付他，居然半点也不吃亏。

但耿秦二人使出全身本领，也不过仅仅能够与"崆峒二奇"的弟子打成平手而已。蓬莱魔女心道："他们的武功已大有进境，但即使孟大娘喘息过后，再来参战，要打败这两个人，只怕也还得半个时辰。我且助他们一臂之力，早早了结吧。"

蓬莱魔女不耐烦久候，于是随手将桌上的一根筷子拿了起来，折为两段，便当作暗器使用，打将出去。

蓬莱魔女的内功何等深湛，这两截断筷打出，无声无息，却蕴藏着极强的内力。当然，"崆峒二奇"的弟子亦非弱者，暗器袭来，他们也及时发觉了。但其时要躲避已来不及，使"乱环掌法"

的那个汉子因为蓬莱魔女射来的断筷并没有挟着劲风，心中不以为意，便伸手来接。

那汉子把手一抄，冷笑说道："米粒之珠，也放光华。哎哟，哟！"忽觉掌心剧痛，原来他虽然接着断筷，掌心却给刺穿。那半截筷子在蓬莱魔女手中射出，竟是胜于利箭。这汉子刚说得两句讥讽的说话，就禁不住疼痛，哀号起来了。

另一截断筷射向那个使日月双轮的汉子，这人武功较弱，双轮推挡，把筷子碰落。可是蓬莱魔女在筷子上蕴藏的内力，也把他的双轮震歪，耿照乘机一剑刺去，在他的臂膊上划开一道五寸多长的伤口。

这两个汉子受了一支断筷之伤，连发暗器的人是谁，都还未知道！但只凭这人的暗器功夫，已是在他们师父之上。这两个汉子情知碰到了武林中一等一的高手，禁不住心头大骇，连忙拔步飞逃。

秦弄玉叫道："柳姐姐，呀，你在这儿！"蓬莱魔女从茶店中笑吟吟地走出来，说道："这两个小贼，值不得追他。照弟，玉妹，你们怎么到这儿来了？"耿照与秦弄玉骤然见蓬莱魔女，喜出望外，连忙上来相见！

孟大娘已替她的儿子包好了伤，蓬莱魔女刚才用断筷伤敌的时候，也正是她刚刚站起想去助战的时候。故而蓬莱魔女这手惊人的绝技，她是看在眼中的。此时孟大娘又是惊骇，又是尴尬。心中想道："这个女子是谁，武功这么了得，糟糕，我刚才还骂了她呢！"

秦弄玉道："干娘，你刚才是和柳盟主在这茶店之内喝茶吗？"

孟大娘大吃一惊，讷讷说道："什么？这位是——"秦弄玉道："哦，原来你们还未认识。这位柳姐姐正是当今的绿林盟主，柳女侠、柳清瑶。干娘，你早已金盆洗手，不过，说起来，也还是同道中人。"

孟大娘倒抽了一口冷气，心道："原来是绿林盟主蓬莱魔女！我以前只道一个年纪轻轻的女子怎配当绿林盟主，什么'魔女'的称号，只怕也是言过其实的。不想她果然是有惊世骇俗的武功。见面还胜似闻名！"

孟大娘极是尴尬，上来施了一礼，说道："老婆子糊涂，不知是盟主驾临，说错了话，还望盟主不要见怪。"

蓬莱魔女还了一礼，笑道："我也不知你是秦家妹子的干娘，说起来，你是长辈，我没有及时助你，也望你不要见怪。"

秦弄玉不知她们之间的过节，接着向蓬莱魔女解释道："前两年我初次往江南的时候，不幸误搭了闹海蛟樊通这一股的贼船渡江。幸而干娘在这船上，救了我的性命。我在她家中养病，她认我作干女儿的。我的干娘也正是孟钊的婶婶。干爹已经去世，是绿林中的老前辈孟振。柳姐姐，你听人说过吧。"

蓬莱魔女笑道："这就越发不是外人了。你们的老家是不是在筇莱，邻居是一位姓玉的人家，主人是退休的老镖头的？"

孟大娘道："不错，柳盟主，你怎么知道？"蓬莱魔女笑道："玉家的小姑娘你可还记得？这小姑娘如今是我的副寨主，与我情如姐妹。"

孟大娘道："哦，你是说珊瑚这小妮子吗？这可真是她的造化了。"但喜欢之中掩不了惆怅的神情，接着叹口气道："珊瑚这小姑娘本来是要许配我的侄儿孟钊的，后来两家遭了意外的灾难，以至分开。孟钊阴差阳错，不知怎的，却娶了大魔头桑见田的女儿桑青虹。这个桑青虹比起玉姑娘可差得远啦！丈夫受她的气，固然不在话下，连我们做长辈的，她也全不放在眼中！"孟大娘曾受过桑青虹的气，及今思之，犹有余愤。

蓬莱魔女心道："他们本来不是一对佳偶，谁叫你的侄儿用卑劣的手段骗了青虹？"但孟钊已死，人死了也就不必再提了。蓬莱魔女不给青虹辩白，只是笑了一笑，道："青虹也是很可怜的。孟大娘，你只当没有这个侄儿和侄儿媳妇好啦。你上哪儿？"

孟大娘说道："柳盟主，你的良言劝告，恕我只能听你一半。桑家堡的二小姐我是不配做她的婶婶的。但我的亲侄儿，我怎能不认？我丈夫的大哥只有孟钊这个孩子，实不相瞒，我正是要去找他。"

蓬莱魔女只好把事实告诉她道："孟大娘，我本来不想惹你伤心。但事既如斯，让你知道也好。免得你枉费精神寻觅孟钊。"

孟大娘大吃一惊，说道："你是说孟钊，他、他已经——"

蓬莱魔女道："不错，他已经死了！"

孟大娘吼道："一定是桑青虹这贱婢将他害的！"

蓬莱魔女正色说道："不是。杀你侄儿的凶手是公孙奇。青虹也给公孙奇掳了。"蓬莱魔女不想引起孟大娘太多的误会，瞒着了桑青虹再嫁给公孙奇这件事。

孟大娘神气沮丧，说道："罢了，罢了，这仇我老婆子是不能替侄儿报了。"她的儿子孟霆怒道："不错，咱们是连公孙奇手下一个微不足道的奴才也打不过，但岂能就任凭大哥枉死，不报这仇？报不了仇，咱们也不能失了好汉本色。"

孟大娘沉吟半晌，说道："报仇也不能胡来，我想去请你父亲生前的几位好友。"

孟大娘之言，正合蓬莱魔女心意，说道："不错，你多邀几个人来，咱们可以合力攻打桑家堡。"

孟大娘道："江南的萨氏兄弟是先夫的至好，我准备先去邀请他们。"

蓬莱魔女道："萨氏兄弟还在辛弃疾那么么？"

耿照道："我走的时候，他们还在的。辛大哥组成了一支飞虎军，萨氏兄弟任军中教头，想必在短期内不至离开。"

蓬莱魔女道："孟大娘，你去会晤萨氏兄弟，请代我致意，并问候辛将军。这位辛将军是南宋小朝廷中，坚持抗金的少数将领之一，与武林朋友一向是肝胆相照的。"孟大娘道："我知道。所以我才敢以绿林人物的身份，去探访官军中的教头。"

蓬莱魔女接着说道："萨氏兄弟与江南的许多武林朋友相熟，倘若他们一时不能离开职守，你可以请他们介绍你去见江南的新武林盟主文逸凡。文逸凡与我的交情也很不浅的，你可以用我的名义，请他到桑家堡的孤鸾山一叙。"

孟大娘道："多谢柳盟主鼎力帮忙。"蓬莱魔女道："公孙奇已是武林公敌，咱们乃是戮力同心除此奸贼，谈不上是谁帮忙谁。嗯，这位孟大哥伤势如何？"蓬莱魔女之意若是孟霆伤重的话，就请他留下养伤。

孟霆面上一红，说道："不碍事。我随家母前往江南。"

孟大娘道："霆儿，过来向柳盟主和耿大哥道谢。"孟霆的神态甚是尴尬，在向耿照道谢之时，尤其如此。

原来当年秦弄玉在孟家养病之时，孟大娘很想秦弄玉做她媳妇，孟霆对她也是十分倾慕，时时献殷勤的。后来耿照来孟家接秦弄玉，孟氏母子方知秦弄玉早已有了心上人。当时曾经闹过一点小小的不愉快的纠纷。孟霆之所以坚持要母子同往江南，主要的原因也正就是为了避免与耿秦二人同在一起。

孟大娘过去曾对秦弄玉有所不满，但此时亦早已看开了，知道婚事不能勉强，于是说道："玉儿，你当日匆匆离开，干娘想给你一件礼物，还没有给你。"当下取出了一支碧绿的犀角，说道："这是通灵犀，任何毒药，只要将这支通灵犀一试，便会变成黑色，可以根据色泽的深浅，试出毒性的。干娘漂泊江湖，只怕不一定能喝你的喜酒，但愿你和耿公子早日……嘿，嘿，这是你的终身大事，害什么羞？嗯，我没有女儿，你就是我的亲女儿一般，这支通灵犀就权当我给你的压箱子的礼物吧。"这是北方的俗语，母亲在女儿出阁时，所给的最贵重的东西称为"压箱"。

这一下轮到了秦弄玉杏脸飞霞，但见孟大娘盛意拳拳，此情难却，也就只好收了下来。

孟家母子走后，蓬莱魔女笑道："怎么，你们还未成婚的吗？我可没有孟大娘的眼力，一眼就看出你还是闺女。"

秦弄玉满面通红，娇嗔说道："柳姐姐说话没好正经，亏你还是绿林盟主呢。"蓬莱魔女笑道："男婚女嫁，人生大事，有什么不正经的？"秦弄玉道："那么你呢？"蓬莱魔女爽爽快快地答道："半年之后，请你们喝我的喜酒。"耿秦二人是知道她与华谷涵的事情的，忙即向她贺喜。耿照道："华大侠呢？怎的你们不是同在一起？"

蓬莱魔女道："谷涵在孤鸾山。对啦，我正有几件事情要告诉你，咱们进这茶店谈吧。"

茶店主人惊魂初定，见蓬莱魔女回来，怔了一怔，战战兢兢地上来招待。蓬莱魔女说道："敌人已给赶跑了，你还怕什么？我的茶钱未付给你，当然是要回来。请你另沏壶茶，多拿几碟糕点。"

知友倾谈，清茶代酒。蓬莱魔女首先告诉他们关于玉面妖狐的结局，耿秦二人又是欢喜，又是遗憾。欢喜的是仇人已除，遗憾的是他们未得亲手报仇。

蓬莱魔女道："公孙奇杀了玉面妖狐也好。如此一来，他的阴毒险狠的手段就越发令人看得明白，甚至连他的'自己人'也寒心了。嗯，如今你们的仇人已除了，还等什么？"秦弄玉初时呆了一呆道："你说什么？"蓦地恍然大悟，嗔道："你又来了。"她给蓬莱魔女两番问起她的婚事，禁不住杏脸飞霞。但在娇羞之中，却又似是隐藏着心事。蓬莱魔女是过来人，看了她的神情，心中已有所悟。

蓬莱魔女问道："你们这次北来，可有何事？"秦弄玉道："为的就是来向你讨喜酒喝呀。"蓬莱魔女笑道："不单单是为来探我吧？"侧目斜睨，只见耿照的脸上也出现两朵红晕了。

秦弄玉终于说道："柳姐姐，听说你的侍女珊瑚已做了尼姑，是真的吗？但我刚才又好像听得你说她还是你的副寨主。"

蓬莱魔女哈哈笑道："原来你们是为了这个缘故，至今尚未成婚。"

蓬莱魔女一言道破了他们的心事。要知珊瑚对耿照恩深义重，与他的交情也非桑青虹可比。所以他对桑青虹并无"负心"之感，但对珊瑚之削发为尼，却深感内疚于心。

蓬莱魔女笑过之后，说道："不错，珊瑚是曾削发为尼，但如今则是准备做新娘子了。"

秦弄玉又惊又喜，说道："真的？"蓬莱魔女道："我骗你做什么？本来他们早就要成婚的，只因官军攻打山寨，我又外出，婚事才耽搁下来。你们若随我同往山寨，正可以赶得上喝她的喜酒。"当下将珊瑚与陆勉的事情告诉他们，听得他们皆大欢喜。

耿照解了心头之结，想道："珊瑚有了着落，我也可以心安了。"于是转换话题，向蓬莱魔女问道："柳姐姐，你刚才说及青虹被公孙奇所掳，这，这是怎么回事？"要知耿照虽然不爱桑青虹，但总是受过她的恩惠，对她不能无所关心。

蓬莱魔女叹口气道："珊瑚有了个好结局，青虹的遭遇可比她惨得多了。她不仅被掳，而且，而且被迫……"说至此处，神色惨然，不忍再说下去。秦弄玉已经明白，惊道："她是被迫做了她姐夫的继室么？有这样的事？"蓬莱魔女点了点头。耿照忍不住骂道："公孙奇真是畜牲！"

蓬莱魔女把两探桑家堡的所见所闻一一告诉了他们，说道："起初我还怀疑不定，不知青虹是否出于自愿，如今则已经可以断定，她之所以嫁给杀害姐姐的凶手，实在是有着无限的委屈，而且一定是别有用心的。虽然我不知道她的具体计划，但她的忍辱负重，定有图谋，这一点已是无可怀疑了。"

秦弄玉毅然说道："照哥，桑青虹于你有恩，如今她落在魔掌之中，咱们可不能坐视！"桑青虹与耿照的事情早成过去，所以秦弄玉早就不把桑青虹当作情敌了。

耿照是个恩怨分明的人，秦弄玉所说的正是他心里想的。本来他还有点顾虑秦弄玉或有误会，如今听得秦弄玉与他同心，大为欢喜，说道："不错，莫说咱们欠了桑青虹的人情，即使是个漠不相关的人，咱们也该为武林伸张正义的。公孙奇是武林公敌，咱们的力量除不了他，但也可以为大伙儿尽一点力。咱们这就到孤鸾山去，听华大侠的调度吧。"

蓬莱魔女道："桑青虹通知我们，是在一个月之后才约我们去再攻桑家堡。现在还有二十天的时间。你们可以绕道登州，到宋金刚那儿打个转，请宋金刚也代邀几位朋友同去。"宋金刚是武林中一位颇有威望的前辈，当年曾为了公孙奇威胁云家之事，召集过一班侠义道，替云仲玉、云紫烟父女出头，到桑家堡与公孙奇打过一场的。后来在采石矶之战，他也曾与蓬莱魔女并肩抗敌。

计议已定，蓬莱魔女与耿秦二人分手，约好了二十天后在孤鸾山再会，便即各自登程。

一路无事，三日之后，蓬莱魔女赶到南阳，云紫烟的家里她是去过的，这次旧地重来，无须向人打听。

到了云家，只见云家的大门紧闭。蓬莱魔女不禁有点诧异。这时已是将近午间的时分，按说一般民家，大门都是应该打开的了。蓬莱魔女心想："难道他们也碰上了什么意外？"

蓬莱魔女思疑不定，随又想道："以武士敦的武功而论，足可列入天下十大高手之内。邪派中人，胜得过他的，恐怕也只有神驼乙休与公孙奇而已。公孙奇如今正在桑家堡闭关练功，神驼乙休新任金国国师，也绝不会轻易离开大都。何况云紫烟也早已练成了她师门的'无相剑法'，他们二人联手，便是神驼乙休到来，也决计讨不了好去。他们何至于遭受意外，或许是他们不在家吧。"

蓬莱魔女根据常理推测，觉得无谓杞忧。但她是个胆大心细的人，却也不能不预防万一。于是不去拍门，使出最上乘的轻功，悄悄无声地便跳了进去。不管武云二人是否在家，先察看一个究竟。她和云紫烟是最要好的朋友，无须顾虑失礼。

云家的建筑是北方常见的那种"四合院"，前面是庭院，两边厢房，中间客厅，庭院是曲尺形，拐弯进去，对着厢房的后窗。

蓬莱魔女一跳进庭院，便已隐隐听得东面的一间房内有重浊的呼吸声息。蓬莱魔女吃了一惊，心道："难道是紫烟病了？"要知有上乘武功的人，即使是在睡着的时候，呼吸也是很轻的。呼吸重浊，除非是得了病。

蓬莱魔女正想贴窗偷窥，看看里面是谁。还差两步，未到后窗。蓦地里"喀啦"声响，梨花木的窗格片片碎裂，一股力道排山倒海地破窗而出，向她猛压。幸而蓬莱魔女早有提防，拂尘一扫，抵消了对方的一半劲力，随即一个"细胸倒翻云"倒跃闪开。蓬莱魔女又喜又惊，连忙叫道："武帮主，是我！"武士敦的金刚掌力威猛无比，蓬莱魔女一接触这股金刚掌力，已知是武士敦无疑。

武士敦掌力一发，立即喝道："好，有胆的你这次莫逃！哎呀，原来是柳盟主，真是天大的误会了，恕罪！恕罪！"他刚骂了一句，已听见蓬莱魔女的声音。

蓬莱魔女诧道："武帮主，你以为来的是谁？"武士敦道："请进来说。"蓬莱魔女见他神色不对，料知是出了事情，心里着急，不待他开门，便从破了的窗子跳入。

一看之下，吓得蓬莱魔女也不禁大吃一惊，同时也明白了武士敦何以有那样的误会了。原来她的好友、武士敦的未婚妻子云紫烟此时正躺在床上，面如黄蜡，气喘吁吁。她见了蓬莱魔女，双眼微张、嘴唇开阖，似乎是想打招呼，但却说不出来。

蓬莱魔女是个武学的大行家，这两年来又跟父亲学了一些医学，一看之下，已明究竟，连忙摇手阻止云紫烟说话，便问武士敦道："紫烟姐姐是中了喂毒的暗器，你正在运功为她驱毒么？"武士敦点了点头，说道："正是。毒性很厉害，我虽然把她救活过来，却还未脱危险。"

蓬莱魔女道："好，是怎么回事你等下再说。咱们先合力救治紫烟姐姐。你拿一杯水来，我这里有辟邪丹。"

辟邪丹是柳元宗秘制的灵丹，善解百毒，蓬莱魔女轻轻在云紫烟下巴一托，云紫烟嘴巴张开，武士敦把辟邪丹纳入她的口中，和水送下。过了半响，云紫烟喉头咯咯作响，蓬莱魔女与武士敦各出一掌，抵着她的背心，以本身真力，助她运气行血，同时令药力可以加速发挥功效。云紫烟吐出了两口腥气很重的瘀血，轻松许多，这才说出话来："柳姐姐，你怎来得这样巧？真是多谢你了！"

蓬莱魔女笑道："你别担忧，很快就会好的。你再忍耐些儿，我与士敦替你驱除余毒。你好了咱们再倾谈吧。"

武士敦与蓬莱魔女都是第一流的内功造诣，两人合力为云紫烟清除余毒，不过半个时辰，云紫烟大汗淋漓，体中余毒，都已随着汗水蒸发，脸色也渐转红润。但她出了浑身大汗，精神则是颇为困顿。蓬莱魔女点了她的昏睡穴，云紫烟便即呼呼入睡。本来一般的点穴，是多少都会令对方的身体受到损害的，只有柳元宗从"穴道铜人"所学的一种独门点穴手法，却可以给人治病。蓬莱魔女点了云紫烟的昏睡穴，正是助她酣睡以复精神。

云紫烟熟睡之后，武士敦放下了心上的一块石头，这才有空告诉蓬莱魔女。原来云紫烟是昨晚三更时分受人暗算的。

蓬莱魔女道："当时你们不在一起？"武士敦道："我在隔房。但那贼人是同一时候向我们暗算的。我及时发觉，未给伤着。可怜紫烟却遭了毒手。"

蓬莱魔女诧道："这贼人是何等样人？紫烟竟会遭了他的暗算？你也没捉住他？"

武士敦面有愧色，说道："说来惭愧，我连贼人的面都没见着。当时我正在静坐练功，尚未入睡的。我一掌打落他的暗器，随即向窗外连发两记劈空掌，只听得那贼人哼了一声，踏碎了两片瓦。但待我追出来时，他已是走得无影无踪了。当时我不知道紫烟遭遇如何，不敢再去追他。入房一看，紫烟已是着了一枚毒针。"说罢将那枚毒针取来给蓬莱魔女看，只见针如蜂尾，通体黝黑，制作极为精巧，针尖有孔，毒液就是从那小孔中注入人体的。饶是蓬莱魔女见多识广，也不知道是哪一家哪一派的暗器。

蓬莱魔女心里想道："这贼人的真实本领不知如何，但他能够接武士敦的两记劈空掌，只踏碎两片瓦，看来即使比不上武士敦，相差亦是不远。"

武士敦道："可惜我未得与这贼人见个真章，但他的别样功夫不知，轻功却是远远在我之上。柳女侠，请你从这个线索给我推究一下，邪派中的高手，有谁是轻功特别好的？"

蓬莱魔女道："邪派中人，大都行踪诡秘，我所知的亦属有限。"武士敦道："就你所知的而论，你以为嫌疑最大的是谁？"蓬莱魔女道："在江湖上露面的邪派中人，轻功最好的是一个采花贼，绰号'花蝴蝶'的孙灵飞。但此人轻功虽好，武功却也寻常。我本来有几次想除去他的，每次都因另有要事不克分身，才暂时容这小丑跳梁而已。昨晚暗算紫烟姐姐的人，能够接得下你的两记劈空掌力，孙灵飞是不会有这样本领的。除了孙灵飞，轻功内功都好的就只有一个公孙奇了。但公孙奇此刻正在桑家堡闭关练功，也不应该是他。"

对于这桩"无头公案"，蓬莱魔女也猜不出个所以然来。武士敦道："此人既然蓄意要来伤我性命，一次不成，想必还有第二次露面。咱们就待他自投罗网好了，不必费神再猜。"

蓬莱魔女道："我也向你打听一个人。这个人是丐帮弟子，伏魔杖法与金刚掌力造诣都很不错。虽然比不上你，也可以算得是个一流高手。"

武士敦道："是不是一个年约三十多岁的，短小精悍的汉子？"

蓬莱魔女道："正是。"武士敦道："你在哪儿碰上他的？"蓬莱魔女道：“第一次他跟御林军的副统领檀世英来攻打我的山寨，给我打败。第二次在孤鸾山上再度交手，他与另一个武功比他更强的高手同来，这一次，又给他侥幸逃脱。”

武士敦道：“这么说来，此人现在是投奔公孙奇，为虎作伥了。”蓬莱魔女道：“可不是吗？所以我要来告诉你。你知道他是谁？”

武士敦道：“他是朱丹鹤的儿子，朱丹鹤混入丐帮，做过长老。在他入帮之前，业已娶妻生子，但他却是瞒着帮众，不让别人知道他有这个儿子的。此事我也是最近方才打听出来。听说朱丹鹤偷偷将丐帮的武功传给儿子，还把丐帮的一些机密文件，如各地分舵首领的名单等等也给了儿子。他这儿子用的是他金国的姓名麻大哈，是金国的一名卫士，据说朱丹鹤私通金国，也就是由他的儿子暗中作联络的。如今他投到桑家堡，想必是担负金廷与公孙奇之间的联络任务。我正要为丐帮除此祸患，多谢你给我报讯。”

蓬莱魔女道：“我正是来邀请你们到桑家堡合力除公孙奇的呢，如此说来，正是一举两得了。”

当下蓬莱魔女将桑家堡发生的事情原原本本地告诉了武士敦。武士敦焦急道：“紫烟如今伤势还未好，会不会耽误你们的事情？”蓬莱魔女道：“还有半个月时间，紫烟姐姐三天内我想是可以好得了的，咱们用十天的时间，就可以赶回孤鸾山了。”

武士敦放下了一重心事，问道：“柳女侠，你是走路来的吧？”蓬莱魔女道：“是的，桑家堡旧人在桑家四老率领之下，在孤鸾山与公孙奇对峙，他们因为势孤力薄，采取的是隐藏骚乱的战术，故而大家都是没备马匹的。当然，我在下山之后也可以买一匹坐骑，但寻常的马匹，跑得未必比我快。走路还有一样好处，晚上也可以施展轻功，我是日夜兼程，赶到你们这儿的。”

武士敦道：“怪不得你来得这么快。从孤鸾山到这儿将近三千里，你只用十天工夫，轻功之高，当真是令人佩服！”

蓬莱魔女笑道：“每天不过走三百里路，算不了什么。三百里路，比较好的坐骑也可以走的。就只怕它不能连续走这么多天，所以我不用坐骑。”

武士敦道："我和紫烟回来之后，有几位朋友送给我们坐骑，都是能走长途的骏马。咱们回去的时候，换乘马匹，就可以更快些赶到孤鸾山了。"

蓬莱魔女正考虑到云紫烟病愈之后，恐怕还未能施展轻功，听得武士敦有足够的骏马代步，喜道："那就更好了。"

武士敦详细问了蓬莱魔女两探桑家堡的情形，说道："公孙奇的两大毒功已将练成，又有崆峒二奇、飞龙岛主、麻大哈等人为虎作伥，确是不容小视。嗯，还有一个你说是和麻大哈同在一起，却比麻大哈本领更高的人，这个是谁？"

蓬莱魔女道："这个人的大力金刚掌十分了得，他接了谷涵的十来招，虽然不敌谷涵，却也没有受伤，看来是少林派的俗家弟子，我已经请桑二老上少林寺报讯了。"

武士敦道："哦，原来是少林的叛徒。上月打伤杜永良，想必就是同一个人。"

杜永良是东海龙的大弟子，武功甚高，蓬莱魔女听说他被打伤，吃了一惊，细问来由。

武士敦道："杜永良上月到某处探询一支义军的下落，路上碰上此人，给他打了一掌，听说如今还在养伤。"

蓬莱魔女愤然说道："想不到在名门正派之中，也出了叛徒。"武士敦道："龙生九种，各各不同，在敌势披猖，国家多难的时候，一方面有不畏强暴，一心一意为国为民的英雄儿女；一方面也有贪图名利，认贼作父的无耻汉奸。这也不足为奇，但叛徒奸贼总是少数，咱们不必为此灰心。"蓬莱魔女道："你说的是。"

这一晚他们在云紫烟房中守护，一晚平安无事。第二日云紫烟一觉醒来，已好了一半。她是曾经受过公孙奇迫害的人，听说桑青虹如今也落在公孙奇的魔掌，更是不胜愤慨，恨不得立即赶到桑家堡去，报仇雪恨。

蓬莱魔女笑道："紫烟姐姐，你若想早日复原，那必须听我的话，安心养病，不可动怒，我担保你三日之后，便可恢复如常。"要如蓬莱魔女的父亲柳元宗乃是天下第一神医，自从她们父女团圆之后，蓬莱魔女不但得她的父亲传以上乘武功，还跟父亲学了一些高明的医术，故而她有把握断定云紫烟三日之后可以复原。

这三日中，武士敦与蓬莱魔女不分日夜，轮班给云紫烟看护，准备那个"飞贼"再来骚扰，结果却是平安度过，毫无意外。

三日之后，云紫烟果然恢复如常，于是他们便离开南阳，赶回孤鸾山去。

武士敦挑选的三匹坐骑，都是耐走长途的骏马，他们为了爱惜马力，尚未放尽，每天已可以走上三四百里。估计不到十天的工夫，便可以回孤鸾山。

那"飞贼"始终没有出现，一路上也没有碰到可疑的人。武士敦有点纳罕，也有点"失望"，心想或者是那"飞贼"识得厉害，知难而退。桑家堡大敌当前，武士敦也不急于报仇。贼人既没有出现，他也暂且把这事情搁在一边了。

连续三天，一路平安，但想不到第四天却出了一个意外。并不是在路上遭遇袭击，而是在一个小客店中受到暗算。这次，那贼人采取了另一种手段，不伤人而伤马。

前一日的晚上，他们在一个小市镇的客店投宿，晚上他们仍然是轮流守夜，不敢松懈的。这一晚也没有察觉有何风吹草动，不料第二日早晨，他们准备动身之时，却发现他们的三匹坐骑都已给人毒毙！

小客店的马厩是茅草木板搭盖的，很是简陋，但在院子的一旁，是靠着他们所住的客房的。他们晚上竟没有听到丝毫声息，这贼人的轻功之高，可想而知。

陪他们到马厩牵马的店主吓得面青唇白，生怕他们追究，讷讷说道："昨晚在小店投宿的客人，除了你们三位客官之外，只有两名住客，他们都是本地殷商，我都认得的。他们一早赶集去了，你们要不要找寻他们？"店主是既怕武士敦要他赔偿，又怕得罪本地客人的。

武士敦情知不会是店中人下的毒手，反而安慰店主人一番，说道："这都怪我们防范不周，不关你的事。"房饭钱给之外，武士敦另外还多加了一两银子，作为他埋葬三匹马的酬劳。武士敦特别交代这店主人，马肉有毒，绝不可食，只能埋葬。

三人离开了这个小镇，对这贼人的鬼祟手段都是痛恨不已，但对他的来去无踪的轻功也添多了几分戒惧。蓬莱魔女道："咱们只好走路了。紫烟姐姐，你不必心急。青虹是约一个月之后，但也没有约定确实日期，迟一两天回到孤鸾山，并无多大关系。"正是：

不但伤人又伤马，从来暗箭最难防。

欲知后事如何，请听下回分解。

第八十九回　两番毒手弥妖雾
三探魔宫下战书

　　云紫烟痊愈已经三日，不用坐骑，也可赶路，不过她的轻功却是不如蓬莱魔女，比起武士敦来也要略差一筹。蓬莱魔女为了迁就他们，只能施展五六分轻功本领，但虽然如此，也已经比常人快许多倍了。

　　蓬莱魔女一口气走了约莫五十里，已是将近中午时分，时序虽是暮春，中午的阳光也很炎热，云紫烟紧紧跟在她的后面，喘息之声隐隐可闻，蓬莱魔女放慢脚步，说道："紫烟姐姐，你病体初愈，赶路虽然要紧，也不可过劳了。前面有间茶店，咱们去喝口茶，暂歇一会吧。"

　　这是一间路边的茶店，卖茶的是个老态龙钟腰背伛偻的婆婆。大约是因为战乱之后而又地非要冲之故，茶店冷冷清清，没有一个客人。

　　平时热闹的路边茶店，大都是在铺面前安置一个大茶缸，炉火终日不熄，随时都有热茶可喝的。这间茶店想是为了生意不好，却是待到有客人来了，老婆婆才进内间用茶壶冲茶的。

　　老婆婆殷勤招呼说道："我刚才冲了一壶茶，只是现在恐怕已经冷了，我给你们把茶热一热吧。"武士敦道："不必费神，生水我们也一样喝的，冷茶更无所谓。"老婆婆道："大热天时，你们出了一身汗，喝冷茶会感冒的。你们若不是要赶路，还是老婆子给你们热一热吧。我正在煮午饭，炉火是现成的，用不了多少时候。对啦，你们恐怕未吃午饭，要不要我给你们弄点吃的。"上了年纪的老人，欢喜叨唠，可是对人却也特别体贴。

武士敦谢了她的好意，说道："不必张罗了，有炒米饼就拿两个来吧。我们身体都很好，不怕感冒的。"蓬莱魔女对这老婆婆的盛情难却，说道："不必烧滚，只要稍微热些就行。"

炒米饼是北方的茶店常备的东西，铺面就摆有现成的。在老婆婆把一盆炒米饼拿来的时候，蓬莱魔女隐约听得里面有悉索索的声音，蓬莱魔女故意走近厨房门口张望，只见一只猫正在捉盐蛇戏耍，老婆婆道："这只猫很顽皮的，可怜我没有多余的粮食喂它，把它饿坏了。"蓬莱魔女心中暗笑："这老婆婆怎会是坏人，我倒是疑心生暗鬼了。"

武士敦忽道："我还是先喝一碗冷茶吧。"老婆婆见他坚持要喝，说道："好，你是壮汉，喝冷茶或无大碍，两位小娘子可要喝热的才成。"云紫烟见他要先喝冷的，倒是有点诧异，当然她不是怕他感冒，而是觉得他一人先喝，对蓬莱魔女似乎不够礼貌。虽说蓬莱魔女是他们极好的朋友，不会计较这点小节。蓬莱魔女则是心中一动，想道："是了，武士敦为人谨慎，想是另有用意。"

那老婆婆倒了一碗茶出来，赔笑说道："生意不好，茶叶倒是地道的雨前茶。"

武士敦端起碗来，喝了一口，蓦地面色一变，冷笑说道："不错，是地道雨前茶。可惜你加了几味毒药，茶的香味可就差许多了！"

云紫烟大惊道："这是毒茶？"那老婆婆更是吓得呆了，讷讷说道："客官，你，你说什么？这是我亲自采摘的茶叶，观音菩萨在上，你别冤枉好人。"

武士敦不理她的叨唠，咕咕噜噜的索性把一碗茶全都喝光，冷笑说道，"教你见识我的本领，区区一碗毒茶，料想也还伤不了武某！""砰"的一声，把那茶碗摔得裂成片片，只见他中指一翘，突然一股碧绿的水线从他的指端喷出，热气腾腾的还带茶的香味。

原来武士敦早已起了疑心，是有心试她这碗毒茶的，他以绝顶内功将毒茶循着手少阳经脉从指端射出，本来是一碗冰冷的茶经过他本身真气蒸发，射出来时，已是变得热气腾腾。蓬莱魔女这才恍然大悟，心想道："原来武士敦是怕我们一同中毒，故而由他先尝。我若喝了这碗茶，虽然未必中毒，只怕也没有他这样功力。"

这刹那间，那老婆婆吓得呆若木鸡，蓬莱魔女冷笑道："老妖婆，你别装疯扮傻啦，我问你，我们与你何冤何仇，你为什么要暗中下毒？"

那老婆婆惊魂未定，叫道："这是怎么一回事？你们是变戏法的？别吓唬老婆子啦！"喝了的茶会从指端射出，这样的事，这老婆子活了几十年，莫说没有见过，连听也没有听说过。在她以为，武士敦若不是在变戏法，就一定是妖怪了。

老婆婆越想越惊，浑身直打哆嗦，要想逃走，双脚却是不听唤。蓬莱魔女见她如此神情，疑心大起，喝道："还想逃么？你再装糊涂，我就杀了你！"

老婆婆双脚一软，不由自主地"卜通"跪下，颤声叫道："观音菩萨保佑，女、女大王饶命！"她在武士敦怒目瞪视与蓬莱魔女的厉声斥责之下，已是吓得语无伦次。

说时迟，那时快，蓬莱魔女挥臂划一个圆弧，已是一掌向那老婆婆击下，云紫烟叫道："柳姐姐，不可，我看其中另有蹊跷！"

话犹未了，蓬莱魔女已是把那老婆婆扶了起来，说道："不错，不关这老婆婆的事。贼人谅还走得未远，待我去追！"

原来蓬莱魔女这一掌也是故意试那老婆婆的，她使出极厉害的杀手，倘若那老婆婆是懂武功的话，决不会不加抵抗。蓬莱魔女的武功早已到了收发自如的境界，一试出那老婆婆的确是丝毫不懂武功，便立即收回掌力，转而将她扶起来了。

蓬莱魔女把吓昏了的老婆婆交给云紫烟，立即便向屋后追去。事情已经可以判明，既然不是这老婆婆下的毒，当然就是他们对头所做的手脚了。此人想必是一直在暗中窥伺他们，在蓬莱魔女隐约听得厨房有声息的时候，想来也就是此人偷偷下毒的时候。下了毒就从厨房的后窗逃走的。

蓬莱魔女的内功造诣稍逊于武士敦，轻功的造诣却是十分超卓，远在武士敦与云紫烟之上，此时她为了急于追缉贼人，只得把武云二人撇在后面，单独去追。

蓬莱魔女使出"八步赶蝉"的绝顶轻功，一口气追出七八里路，果然发现前面有个人影，披一件黑色的斗篷，身材瘦小，跑得像一溜黑烟。

蓬莱魔女道："鬼鬼祟祟，算得什么好汉？有胆量的敢与我光明正大地较量较量么？"那人噗嗤一笑，捏尖了嗓子阴阳怪气地说道："这不是在较量么？有胆量你跟来好了。"这人口中说话，脚板却像抹了油似的，跑得更加快了。

蓬莱魔女冷笑道："好，我就与你比比轻功。"两人都加快了脚步，风驰电逐般地又跑了几里路，蓬莱魔女始终落后十数丈之遥，看来此人的轻功竟不在她下。

那人逃入林中，蓬莱魔女艺高人胆大，不顾"逢林莫入"的江湖经验之谈，仍然紧追不舍。追到了密林深处，那人忽地止步凝身，回过头来，笑道："好，咱们的轻功差不多，可以不必比了，你要比试什么功夫，划出道来，我一一奉陪！"

这人回过头来，蓬莱魔女瞧见了她的庐山真面，这才知道是个女子，年纪约和她差不多，脸似芙蓉，长眉入鬓，带着几分妖艳而又泼辣的邪气。

贼人竟是少女，这倒是颇出蓬莱魔女意外的事情。要知武林中具有上乘武功的女子寥寥可数，除了几位前辈高人如峨眉山的无相神尼、八卦掌掌门人沙凌丘的妻子尉迟翠英以及神驼乙休的前妻聂金铃等有限几人之外，小一辈的女中英杰包括赫连清云姐妹在内，恐怕都没有这个少女的本领。

蓬莱魔女怔了一怔，说道："你是谁？哪一派的？与丐帮有何仇恨，为何要暗算武士敦与云紫烟？"

那少女格格笑道："你不知道我，我却知道你，你是北五省的绿林盟主，以巾帼压服须眉，倒也算是个女中豪杰。今日既然恰巧碰上了，即使你不想与我较量，我也要与你较量的。我要教你知道，天下之大，女子之中，并非只有你蓬莱魔女就可以目空一切。好吧，咱们分个胜负再说，你何必絮絮不休问我姓名来历？"

蓬莱魔女心头火起，冷冷说道："你可知道，英雄豪杰，并不是只凭武功。不过，你既只知武功，定要与我较量，那就请吧！"

那女子道："好，那我就先试试你的柔云剑法！"蓦地脱下斗篷，一挥一卷，就像一大片黑云似的向蓬莱魔女当头罩下。

蓬莱魔女心道："她说得出我的剑法名字，我却未知她的家数。倒是不可小觑了。"要知高手比斗，讲究的是知己知彼，蓬莱魔女尚未知对方的底细，自是不能不分外小心，于是先出一招"春云乍展"，试探虚实。

剑光闪处，"嗤"的一声，剑尖刺着了斗篷，却给那少女轻轻一带，剑尖滑过一边。斗篷只是出现针孔般的剑痕，并未刺穿。斗篷扫荡的力道却似狂潮般涌到。

蓬莱魔女叹道："可惜，可惜！"身形一飘一闪，那少女的斗篷卷了个空，说道："可惜什么？"蓬莱魔女道："你的武功倒不错，可惜不肯学好。以你的所作所为，武功再好，也配不上称作女中豪杰！"

那女子冷笑道："我最讨厌欺世盗名的英雄豪杰。我不要听你的教训，我但知胜者为强！"

蓬莱魔女一声长笑，说道："你以为我当真是怕了你么？"拂尘一挥，解了斗篷的压力，运剑如风，刹那之间，闪电般地刺出了连环七剑。

这七剑势似疾风，但剑点落处，却是柔如柳絮。那女子斗篷翻飞，蓬莱魔女的长剑贴着她的斗篷，毫不受力。她的剑刺不穿对方的斗篷，对方的斗篷也卷不了她的青钢剑。

那女子心中一凛，想道："这魔女的柔云剑法果然名不虚传，'卸'字诀的运用出神入化，也是在我之上。"

斗了二十来招，未见胜负。那女子冷笑道："这样打法打到几时？有本领的你就与我见个真章！"

蓬莱魔女蓦地喝道："换过一件新的斗篷吧！"陡然间剑光如练，只听声如裂帛，少女的那件斗篷已给当中剖开了一道裂缝。原来蓬莱魔女刚才只是用游斗的方法试探对方虚实，待试出对方的功力与她差不多之后，又故意只用轻灵的剑法但凭"柔劲"来消耗对方的实力，引得对方全力相扑之际，才突然使出最凌厉的一剑。这一剑表面看来仍是柔如柳絮，其实是蕴藏内力，猛若洪涛。对方的斗篷已如风帆涨满，蓬莱魔女只一剑就把它戳穿了。

蓬莱魔女喝道："好，你说胜者为强，现在如何？"

那女子抛开斗篷笑道："并不如何，你侥幸胜了一招，难道你就以为已经胜了我么？"

蓬莱魔女道："好，你不服气，那就再来。换过兵器吧！"那女子双掌一拍，说道："我就凭这双肉掌，再与你见过高低。何需什么兵器！"声出掌发，竟来抢蓬莱魔女手中的宝剑！

蓬莱魔女长剑一圈，划了一道弧形，但却不是刺向敌人，而是迅即纳剑入鞘。不但纳剑入鞘，随即将拂尘也收起来了。蓬莱魔女不用兵器，让了对方一招，这才出掌应敌，淡淡说道："也好，我就与你较量较量掌法。"要知蓬莱魔女是绿林盟主的身份，对方既是不用兵器，她又岂肯占对方的便宜？

那女子冷笑道："好，你要逞能，可休后悔！"话犹未了，身形已扑上来，身手矫捷之极。蓬莱魔女喝道："来得好！"一个盘龙绕步，斜身一闪，疾用"斜挂单鞭"的掌式，猛切敌手脉门。那女子也喝了一声："来得好！"掌势如封似闭，突然一个"肘底看锤"，左拳右掌，刚柔并济，解了蓬莱魔女这一招"斜挂单鞭"。她这一变式，守中有攻，蓬莱魔女的掌缘未切着对方的脉门，对方的拳头已打到她的肋胁。

蓬莱魔女岂能让她打中，忙分左脚，一个滑步回身，便即避招进招，骈指如剑，戳向对方肘尖的"曲池穴"。那女子变招极快，一拳打空，立即横掌如刀，反削蓬莱魔女的膝盖。双方以攻对攻的又拆了一招，各无损伤，由合而分，各自退后一步。

不过这两招虽是各无伤损，蓬莱魔女却多闪避了一次，严格说来，是她在招数上输了半招。那女子笑道："柳大盟主，我看你还是用剑的好些！"

蓬莱魔女不理她的讥刺，仍以掌对掌，凝神应敌。两人再度交锋，那女子招招抢攻，掌法虚实相生，使得奇幻无比。转眼间，但见四方八面都是那少女的影子，掌影重重叠叠，连蓬莱魔女这样的本领，竟也分不清她是哪个方向攻来。但蓬莱魔女不为所动，双脚牢牢钉在地上，兀立如山，使用近身搏斗的小擒拿手法，见招拆招，见式拆式。

原来蓬莱魔女的"柔云剑法"与"天罡尘式"乃是两大武林绝学，但在掌法上的造诣却不如剑法尘式之精。这女子的掌法十分奇诡，和中原各家各派的掌法都不相同，蓬莱魔女识不破她的这路掌法，是以在开头百招之内，就难免有点儿相形见绌了。

蓬莱魔女好生诧异，心道："不知这女子是什么来历？"但过了百招，她渐渐摸到了对方的路数了。

蓬莱魔女蓦地一声长啸，喝道："你技只此么？看我的吧！"那女子正自一掌向她印下，蓬莱魔女倏地中指一翘，指尖对准了她的掌心的"劳宫穴"。那女子掌势一掠，避开点穴，蓬莱魔女立即抢了先手，掌指兼施，掌劈指戳。掌劈也还罢了，她的指法更是神妙无方，连指几下，对方的十三处大穴，都在她的点穴指法笼罩之下。那女子也是个武学行家，不禁大吃一惊。

原来蓬莱魔女使的乃是她父亲所授的"惊神指法"，当年她的父亲从金宫中盗出一十三篇"穴道铜人图解"，潜心研究了十年之久，才参透出这一套"惊神指法"的。这是天下第一等的点穴功夫。

蓬莱魔女使出"惊神指法"之后，登时主客势易，攻守逆转。初时是蓬莱魔女识不破对方的掌法，被迫得只有招架之功。如今则是那女子识不破她的"惊神指法"，只能招招退让，甚至连招架也感到为难了。

蓬莱魔女看出这个女子有逃跑之意，冷笑说道："你不是说要与我见个真章么？胜负未分，就想走了？"掌劈指戳，加紧施为，疾如暴风骤雨，把那女子的退路堵住。

那女子纵声笑道："我要来就来，要去就去，你拦得住么？对不住，你们人多，我少陪了！"

话犹未了，只见武士敦与云紫烟已经出现身形，正在向她们这里跑来。云紫烟喝道："好狠毒的妖女，你用暗器伤人，侥幸我还未死，如今特来领教你的暗器手段！我们决不倚多为胜，有胆量的你别逃！"武士敦则喝道："武某与你何冤何仇，你不说个明白，休想逃跑！"

那女子突然使出一个古怪的身法，从蓬莱魔女掌底"嗖"地穿过。这一招冒险之极，蓬莱魔女一指戳去，"嗤"的一声，戳穿了那少女的衣裳，那女子已倒纵出三丈开外。

蓬莱魔女疾忙追去，武士敦也飞身扑来。那女子把手一扬，喝道："你要领教暗器，暗器来了！"只听得"蓬"的一声，蓬莱魔女避开暗器，暗器落在地上，发出了一团烟雾，烟雾中金光闪烁。原来她的这个暗器名为"毒雾金针烈焰弹"，闪烁的金光就是暗器爆裂之后，飞出的一大蓬梅花针了。

蓬莱魔女轻功超卓，身形一掠，闪避出数丈开外。武士敦"呼呼"的发出两记劈空掌，扫荡烟雾。

烟雾迷漫中只听得那女子朗声说道："你们忙些什么，到了桑家堡我自会恭候你们。那时我也自会与你武大帮主算一算账！"

武士敦把烟雾扫荡尽净，恢复清明之后，那女子早已踪迹不见，不知她逃向何方。

蓬莱魔女说道："听来这妖女已知咱们的行止，她既然要在桑家堡等候咱们，咱们到了桑家堡查她的来历吧。"

武士敦问明了蓬莱魔女与她交手的经过，听说蓬莱魔女也要斗到百招开外，使出"惊神指法"方能稍稍占胜，对这女子的武功也不禁好生诧异。

蓬莱魔女道："她引我们到这密林较量，听她的口气，只是为了不服气我是绿林盟主。但对你却似有甚深仇大恨，不知这是什么缘故？"

武士敦也是十分诧异，说道："听你说来，这妖女的武功并不是属于中原任何门派，这就越发叫我猜想不透了。我与塞外关东各处的武林人物素无来往，更谈不上结仇。那些不属于中原门派的武林人物，或者因受金主所用，与丐帮为敌，但那是公仇，而非私怨。这妖女却似与我有甚私人仇恨，口口声声说是要找我算账，我也不知她要与我算的是什么账？"

云紫烟道："咱们虽然不知她的来历，但最少已经知道她是和公孙奇一伙的了。公孙奇阴谋篡夺丐帮帮主之位，功败垂成，全都是毁在你的手里，他当然将你恨如刺骨，这妖女和他一伙，怎知他们是什么关系？她来谋害咱们，说不定就是奉了公孙奇之命。总之，此事真相如何，到了桑家堡才能求得个水落石出。"

武士敦道："不错，大敌当前，咱们赶到了孤鸾山再说。"

一行三人，兼程赶路，一路之上，那女子并无再度出现，也没有发生其他的事情。这一日他们来到了孤鸾山下，正好是满了一月之期。倘若是骑马的话，可以早来三日。但如今能够不过限期，大家也都很满意了。

上山途中，蓬莱魔女发现前面有两个人，追上去一看，却原来是宋金刚和杜永良。双方都是不胜意外之喜。

宋金刚道："我是接了耿照的通知之后，便与杜贤弟结伴来的。想不到你们也是今日回来。"

蓬莱魔女与宋金刚见过了礼，便问杜永良道："听说你曾碰上一个少林寺的叛徒，受了点轻伤。我正想派人探访你呢。"

杜永良面上一红，说道："伤早已好了。那日我是寻访淮北的义军首领刘侃，途中遇上那厮的。我与那厮对了一掌，给他的金刚掌力破了我的混元一炁功，但他似乎也受了点伤，不敢追来。"杜永良是东海龙的首徒，混元一炁功可以及得上乃师的八成功力。

蓬莱魔女听他提起刘侃的名字，刘侃正是那个假冒玳瑁的弟弟，后来给蓬莱魔女处死的刘滔的哥哥。于是蓬莱魔女便问刘侃的下落。杜永良道："我受伤之后，回家休养了一个多月，已没工夫再去找他了。不过听说他这支义军早已解散，如今是躲在一个友人家里。盟主可要与他联络么？"

蓬莱魔女不想提及刘侃的弟弟的事，说道："我也只是随便问问而已。目下时机未到，且待桑家堡这桩事情过后，咱们再进行联络各处的义军首领。"

杜永良应了一个"是"字，问道："原来盟主也知道少林寺出了叛徒之事了？"

蓬莱魔女笑道："丐帮消息灵通，你的事，是武帮主告诉我的。不过，你所碰上的那个少林寺叛徒我也曾经与他交过了手。"

杜永良喜道："我正要找那厮报一掌之仇，柳盟主是在哪儿碰见他的？"

蓬莱魔女笑道："此人如今正在桑家堡。一个月前，我就是在这孤鸾山上和他交过手的。"当下将那晚的经过告诉了杜永良。

杜永良大喜道："如此说来，倒是可以省得我多费气力寻找他了。"

蓬莱魔女道："令师近况如何？去年我曾与他在太湖的西洞庭山会了一面，不知他可还是留在王宇庭那儿？"

杜永良道："家师助王寨主夺回太湖的霸权之后，漫游江南各地，听说他与江南的新武林盟主'铁笔书生'文逸凡甚为相得，两人结伴同游，乐而忘返。不过，最近他曾托人捎来信息，说是不久就要重履中原，意欲与西岐凤师叔一会。"

蓬莱魔女道："我日前遇见孟大娘，已托她到江南去邀请文逸凡了。尊师若是和他一起，想必也会与他同来，提早北游。"东海龙为人慷慨豪迈，古道热肠，蓬莱魔女对这位老前辈也是甚为挂念的。

谈起了西岐凤，杜永良想起一事，说道："我曾得家师告知，说是西门师叔有一位得意弟子名叫陆勉，已经学成出师，叫我照料这位师弟。可是我和陆师弟直到如今还未曾见过。柳盟主、武帮主消息灵通，可知江湖上已有陆勉此人出现么？"

蓬莱魔女笑道："你这位未曾见过面的陆师弟，此刻正在我的山寨之中，而且不久就将与我的副寨主成婚。待咱们破了桑家堡之后，请你到我山寨一趟，说不定正可以赶得上喝你师弟的喜酒。"

杜永良不胜之喜，说道："是哪位副寨主，珊瑚姑娘，还是玳瑁姑娘？"

蓬莱魔女道："你还未知道呢，你这位陆师弟和我的两个副寨主都是一家人了。他是玳瑁的弟弟，和他即将成婚的则是珊瑚。"

一行人谈谈说说，互相交换听知的旧友情况、江湖新事。不久就到了孤鸾山上。蓬莱魔女是旧地重来，无需觅人寻路，便径自带领武士敦、杜永良等人找到了桑家四老的住所。

这日刚好是满了一月之期，桑家四老正在盼望蓬莱魔女，蓬莱魔女果然依期回到，还请来了武士敦、宋金刚、杜永良等人。桑家四老皆大欢喜，连忙迎接。

蓬莱魔女见桑家四老齐集，也是大为欢喜，说道："原来桑二伯（桑行）已从少林寺回来了。三伯（桑弘）四伯（桑毅）也都恢复如初了。"

四老中的老大桑志说道："柳盟主，你暂坐一会，我去请华大侠过来。老二，你也去请少林寺高僧来与盟主相见吧。"

蓬莱魔女想起一人，说道："耿照与秦弄玉来了没有？请他们一同来吧！"

桑志道："耿相公和秦姑娘还没有来。"这一回答颇出蓬莱魔女意料之外。要知宋金刚是接获了耿照的通知之后，才约同了杜永良来的，如今宋杜二人都已到了，他们却尚未回来。蓬莱魔女心里想道："难道他们在路上又遇上什么事情以致耽误了行程？但邪派中的高手如今差不多都已聚集在桑家堡，想来他们在路上也不会遇到什么凶险吧？"既然还未知道他们耽搁的原因，忧虑也没有用，于是蓬莱魔女只好把耿秦二人之事暂放一边，问桑弘道："不知少林寺是哪位高僧来了？"

话犹未了，只听得有个宏亮的声音哈哈笑道："老衲来迟了。"话说曹操，曹操便到。只见桑行陪着一个老和尚已经走了进来。

桑行给他们介绍道："这位是柳盟主，这位是丐帮的武帮主。"

这老和尚虽是出家人，却有一股豪迈之气，不待桑行介绍他，便先说道："老衲弥度与柳女侠虽是初见，但说起来也有一段渊源。令尊三十年前曾到过少林寺与老衲见过一面，此事还是在令尊入金宫盗宝之前，柳女侠那时恐怕也还未曾出世呢。三十年来一弹指，人间几度沧桑！想不到今日得见故人之女，而少林寺想不到也竟然出了叛徒，以至有劳柳女侠费神传告，老衲实是不胜惭愧之至！"

蓬莱魔女虽然从未到过少林寺，但对于少林寺的几个高僧，却也是早已闻名了的。少林寺武功最强的四位高僧，第一位是达摩院长老本虚大师，第二位是少林寺主持本无方丈，第三位是监寺弥难禅师，第四位就是这位弥度大师了。本虚、本无是第一代，弥难、弥度是第二代。第二代中武功最高的弥难已提升为监寺，余下的十八个第二代弟子又号称"十八罗汉"，而弥度则是"十八罗汉"之首。少林寺乃是武林中的泰山北斗，故所以弥度虽然只是少林寺中的第四把高手，武功的造诣却足以与当世第一流的武学宗师抗衡。

蓬莱魔女听得是弥度大师，大喜过望，忙以晚辈之礼相见。见过礼后，说道："树大有枯枝，以少林寺僧俗弟子之多，有一两个不肖之徒那是寻常之事。只不知目前在桑家堡的叛徒是谁？"

弥度叹口气道："说来惭愧，正是我的监寺师兄的弟子。这不肖之徒名唤沙衍流，本来是弥难师兄一位故友的孤儿，想不到他跟弥难师兄学成了金刚掌之后，一出师门，不到两年，就贪慕荣华而变节了。弥难师兄不忍亲自诛他，老衲只好来替师兄清理门户了。"

说话之间，桑行把华谷涵也请来了。他与蓬莱魔女小别一月，此时重见，倍觉喜欢。

蓬莱魔女问道："这一个月来，桑家堡可有什么动静？"笑傲乾坤道："公孙奇在大举招降纳叛，这个月来，陆续有人投奔桑家堡。但公孙奇则始终未见露面，据说正在加紧练功。他的手下偶尔也潜入山中侦察，但一给咱们的人发现，就立刻退了。咱们这边严阵以待，他们那边也不敢来骚扰。大体来说，这一个月可以说得上是平静无事。"

蓬莱魔女道："可有桑青虹的消息？"除了策划如何对付公孙奇之外，蓬莱魔女最关心的就是桑青虹的安危了。笑傲乾坤摇了摇头，说道："也是毫无消息。"桑家四老中的老大桑志补充道："桑家堡中的旧人本来是与我们有联络的，自从碧绡偷出桑家堡来给咱们通风送讯的事件败露之后，桑家堡上下人等若要出外，必须取得总管宗超岳的允许，双方的联络就中断了。直到前日，才有人冒险捎个讯息出来，说是二小姐在十天之前就没有在桑家堡公开露面，连她的贴身丫环都没见过她。"

蓬莱魔女放心不下，说道："她上次送信，约咱们一月之后再去桑家堡，如今已满一月之期。我想明晚先去探个虚实。"

武士敦道："不妨双管齐下，一方面去探个虚实，一方面索性就给公孙奇下个战书。"

蓬莱魔女道："好。这封战书就由你我联名。你和他算丐帮的那笔账，我则代师清理门户。"蓬莱魔女估计一下双方实力，自己这边的人虽然还未到齐，但有少林寺的弥度禅师助阵，料想也不至于输给公孙奇了。摆开阵势向他挑战，一来显得光明磊落；二来可以有机会尽歼邪派；三来还可以试探公孙奇的两大毒功是否已经完全练成，要是他还未大功告成的话，一定不敢约期应战。

弥度禅师道："你们下战书的时候，给我也带一封信去。我这封信是代表少林派发出，向公孙奇索人的。"少林寺与公孙奇之间并无直接的纠纷，以弥度禅师的身份，也不适宜亲自潜入桑家堡。故而只能如此。但料想公孙奇一定不肯交出少林寺的叛徒，所以弥度禅师的做法乃是先礼后兵，这一封信也就差不多等于是战书了。

当下商量定妥，第二晚就由笑傲乾坤、蓬莱魔女与武士敦、云紫烟四人去探桑家堡，并给公孙奇下战书。

武云二人用一日的时间，将桑家堡的地图熟记心中，那份地图是上次桑青虹叫碧绡偷送出来，公孙奇在桑家堡中新设的机关埋伏，地图上都有注明。

这一晚他们四人由蓬莱魔女带路，便去夜探桑家堡。四人都是一等一的轻功，蓬莱魔女又是深明虚实，旧地重来，故此风不吹草不动地就悄悄进了桑家堡。

他们按照原定的计划，四个人分为两对，笑傲乾坤与蓬莱魔女这一对去给公孙奇下战书，武士敦与云紫烟这一对则在外间给他们把风、接应，并对桑家堡作一巡视，察看堡中虚实。

蓬莱魔女早已知道公孙奇的住处，她与笑傲乾坤施展绝顶轻功，避开巡逻的耳目，绕过一个荷塘，越过一座假山，假山前面，有座红楼，公孙奇的练功静室便是在这红楼之中。

上次他们三探桑家堡之时，便是在这假山前面遭到伏击的，这次他们也准备会有阻拦，但出乎他们的意外，他们越过了假山，一直到了红楼之下，兀是未发现埋伏。楼上悄无声息，也是毫无动静。

蓬莱魔女感到有点诧异，便与笑傲乾坤悄悄说道："咱们的轻功可以瞒得过别人，却瞒不过公孙奇。上次他都能够发现咱们，如今他的武功造诣只有比以前更高，却何以不见他有甚动静？"笑傲乾坤道："你是怕他楼中设有埋伏么？"蓬莱魔女道："咱们是来会他的，管他有没有埋伏？不过，咱们也该多些小心就是了！"

两人施展"一鹤冲天"的轻功，"飞"上楼上，径自进去，深入堂奥，也没碰见有丫环婢仆。

烛影摇红，从一个纱窗向着栏杆的房间里隐隐透出烛光，纱窗上现出公孙奇盘膝而坐的影子。

两人到后窗一看，只见公孙奇正在静坐练功，头顶上冒出热腾腾的白气。房间里只有公孙奇一人，却不见桑青虹。

公孙奇仍然闭目垂首，就像一尊石像似的，动也不动。似乎对外间的一切全无知觉。

华柳二人都是武学的大行家，一看就知公孙奇练功正在练到最紧要的关头。蓬莱魔女心里想道："桑青虹过去一直是陪着公孙奇练功的，不管她是真心也好，是假意也好，公孙奇练这两大毒功得她很大的帮助则是事实。但却何以此际在他练功的紧要关头，又不见有桑青虹在旁照料？难道是公孙奇已经发觉她对己不忠，不敢要她在旁照料了？"

"闭关练功"有两种情况，一种是练到紧要的关头，对外间的一切乃是视而不见、听而不闻的。一种是仍有知觉，但若在仓猝之间，来不及"散功"便和人动手，也有真气误走岔道"走火入魔"之险。如今看公孙奇的情形，似是前一种情况，若然如此，他们只要一进去偷袭，立即便可以致公孙奇死命！

但他们虽是与公孙奇誓不两立，却也不肯干这种偷袭的鬼祟勾当。于是蓬莱魔女先喝一声，划破了纱窗，这才把"战书"掷了进去。正是：

用心良苦人难识，只见魔头苦练功。

欲知后事如何，请听下回分解。

第九十回　宿怨难消迷不悟
重楼深锁意何居

　　公孙奇蓦地一声长啸，喝道："你们又来了么？我恭候多时了！"啸声中，只见蓬莱魔女掷进去的那封"战书"，未曾落地，就在半空中化成了片片蝴蝶！

　　一封书信分量极轻，蓬莱魔女能够把它当作暗器飞去，已经是足以惊世骇俗的功夫，哪知公孙奇更为厉害，一口气就把它吹得碎成片片，这分明是已练成了内功中最难练的"护身罡气"，比之蓬莱魔女的功力何止胜过一筹！

　　饶是蓬莱魔女技高胆大，也不禁大吃一惊。说时迟，那时快，就在这霎那之间，公孙奇盘膝而坐的姿势依然未改，人已离开了蒲团，"飞"了起来。只听得"轰"的一声，劈空掌震破了纱窗，公孙奇破窗而出，半空中一个"鹞子翻身"，这才伸直了身子，脚未沾地，双掌就分打两人！

　　蓬莱魔女不敢接他毒掌，百忙中来不及拔剑迎敌，只得挥袖遮拦。只听得"嗤"的一声，公孙奇五指如钩，抓裂了蓬莱魔女的衣袖。笑傲乾坤折扇一按，挡了公孙奇的一掌。蓬莱魔女禁不住掌力的激荡，倒退三步。笑傲乾坤使出"四两拨千斤"的上乘武学，但也只能化解对方的六七分掌力，禁不住身形一晃。

　　公孙奇追了上来，哈哈笑道："既然来了，何必就走？嘿，嘿，你以为我不知道你们来么？我只是怕你们逃跑！"口中说话，掌底毫不放松，瞬息间已是连发三掌！

　　蓬莱魔女用拂尘护身，以青钢剑使出最上乘的刺穴功夫，一招之间，刺公孙奇的九道大穴。公孙奇笑道："小师妹，你这惊神剑法虽是天下第一的刺穴功夫，却也难不倒愚兄了！"说话之间，五指连弹，只听得"叮当"之声不绝于耳，每一下都是恰恰弹中剑脊，破解了蓬莱魔女一剑刺九穴的绝招。而且在破解蓬莱魔女剑招的同时，左掌也以大擒拿手法拨开了笑傲乾坤的折扇，要不是笑傲乾坤变招得快，折扇都几乎被他撕破。

上一次笑傲乾坤与蓬莱魔女联手对付公孙奇还是他们颇占上风的，但这一次交手不到十招，却已是公孙奇大大占了他们的上风了！

蓬莱魔女这才恍然大悟，原来公孙奇已练成了绝顶的邪派毒功，这才有恃无恐地在他楼下毫不设防，有心诱他们上楼的。

蓬莱魔女也不禁疑心大起，想道："公孙奇布局诱我，难道桑青虹也是有心帮他，诱我上当的吗？"桑青虹那封信说得清清楚楚，她要华柳二人一月之后再来，"便能如愿"，这分明是说，她有把握可以助他们遂了除奸之愿。但如今他们依约一月之后再来，桑青虹却是躲了起来，不见露面。而他们却恰好碰上了公孙奇练那两毒功正是"大功告成"之际。

公孙奇连环发掌，一掌紧过一掌，不但掌力有如排山倒海，所发出的毒气腥风，也令人有窒息之感。蓬莱魔女已无暇思量，只好凝神应敌。

笑傲乾坤冷笑道："公孙奇，你自恃武功，就以为可以横行天下了么？"公孙奇傲然说道："不错，我正是要横行天下。"双掌齐发，掌力有如泰山压顶，迫得笑傲乾坤与蓬莱魔女又接连地退了三步，已近栏杆。

笑傲乾坤折扇一张，向公孙奇的面门一拨，这一招颇有戏侮之意，公孙奇怒道："你死到临头，还敢猖狂？"变掌为抓，倒要硬撕他的折扇。蓬莱魔女蓦地一剑刺出，这一剑指东打西，剑势奇幻无比。就在此时，笑傲乾坤的折扇也蓦然一合，扇头对准了公孙奇掌心的"劳宫穴"。

这正是华柳二人苦心所练的绝招之一，专门用来克制公孙奇的。一扇一剑配合得妙到毫巅，将公孙奇的十三处大穴全都笼罩在他们的攻势之下。

公孙奇是个武学大行家，一见他们使出最上乘的点穴功夫，急切间想不到破解之法，连忙回掌护胸，准备与他们硬拼一招。

公孙奇此时的功力已胜于华柳二人，他以双掌之力全都用来护身，便似在身前堆起了一道铜墙壁。蓬莱魔女一剑刺去，剑尖震得嗡嗡作响，竟是刺不过去，给他的掌力挡回了。

这一下双方都是大出意外。公孙奇想不到他们在败象毕露之际，居然能够突然反守为攻。他们也想不到苦心所练的绝招，依然克制不了公孙奇，只不过把他迫退一步。

笑傲乾坤乘他后退之际，松了口气，说道："公孙奇，你既然自恃武功，妄想横行天下，有胆的，三日之后，你到孤鸾山来，双方来一场会战。丐帮的帮主，少林寺的高僧都要和你一并算账！如今，我们可要少陪了。"

公孙奇哈哈笑道："原来你们是来下战书的。哼，你拿少林寺和丐帮吓人，岂能吓得倒我公孙奇？三日之后，我一定和桑家堡的弟兄到你孤鸾山赴约就是。不过，你们下了战书，现在就想逃跑，可也还没有这样便宜！小师妹，最少你得留下来与我叙叙旧情！"

说到"留下"二字，公孙奇蓦地又发动了攻势，五指擒拿，向蓬莱魔女胸口抓下。蓬莱魔女大怒，横剑削他手掌。笑傲乾坤也连忙使出"惊神指法"，扇头代指，点公孙奇腕脉。

公孙奇大喝道："下去！"掌力一发，犹如排山倒海，只听得"喀喇"一声，栏杆断折，笑傲乾坤果然立足不稳，一步踏空，从楼上跌下。公孙奇中指一弹，"铮"的一声，将蓬莱魔女的宝剑也弹出了手，一抓抓着她的衣袖。

笑傲乾坤在这危急之际，使出绝顶功夫，半空中一个"鹞子翻身"，缓慢了下坠之势，把手一伸，恰恰拉着了正在下坠的蓬莱魔女。只听得"嗤"的一声，蓬莱魔女的衣袖给公孙奇扯破，但却没有给他抓着。

公孙奇纵声笑道："哈哈，你们还想逃吗？"意态骄狂，不可一世，就好像华柳二人已在他的掌握之中。

蓬莱魔女与笑傲乾坤挽着手，俨如比翼双飞，在公孙奇的大笑声中，已是安全落地。他们是虽败不乱，"比翼双飞"这一招轻功尤其精妙绝伦，可以在半空中随时应付敌人的追击。

但公孙奇并没有立即跳下来，待到华柳二人脚尖着地之后，公孙奇也还没有扑下。蓬莱魔女立即拾起了青钢剑，与笑傲乾坤肩并着肩，准备迎敌。他们虽是输了一招，但并没有受伤，仍堪一战。

按说公孙奇既然口出大言，那是一定不肯放过他们的了。哪知公孙奇在狂笑过后，依然未见追来，却忽地一改腔调说道："念在师门的情分，我暂且饶你一次。你们走吧！"

这一下倒是大出蓬莱魔女意料之外，心想："这贼子狠毒无比，怎的忽然会如此好心？他刚才口口声声说是要拿我的，如今却又说是要顾全师门情分了。嗯，这其中定有跷蹊。"蓬莱魔女当然不会相信他的假仁假义，但也猜想不到其中缘故。就在此时，忽听得"嗤"的一声，一道蓝色的火焰，从园中的西北角升起，闪电般地掠过空际，一闪即灭。这是一枝蛇焰箭，夜行人惯常用来做讯号，以便与同伴取得联络的。

蓬莱魔女吃了一惊，说道："武大哥与云姐姐想必也是遇了强敌。"原来他们与武士敦早已约好，谁遭遇危险，就立即发出蛇焰箭报讯。

公孙奇既然不来追击，蓬莱魔女也就无暇追究原因，当下说道："公孙奇，你叛国投敌，杀妻伤父，你与我还有什么师门情分可言。战书已下，三日之后，孤鸾山再决雌雄！"公孙奇没有回答，楼头也不见他的影子，想必是又到他那练功静室去了。华谷涵道："咱们战书已下，话也送到，来不来是他的事了。咱们先去援助武大哥吧。"

武云这一路又碰到什么意外呢？花开两朵，各表一枝。且先说一说他们的遭遇。

且说武云二人在园中侦察虚实，兼替华柳二人把风，他们走到了一座假山附近，按照地图所示，假山内是藏有机关的，所以他们特别小心，准备绕过这座假山，然后去接应华柳二人。

远处有一两个堡丁巡逻，并没有发现他们。山上静悄悄不见人影，也似无人埋伏。哪知正当他们从数丈之外绕过假山之时，忽地

"轰隆"一声，假山塌了半角，一块磨盘似的巨石向他们当头压下。武士敦奋起神力，双掌一托，"轰"的一声，又把那大石抛开，就在此时假山上的乱箭已是纷纷射到！

武士敦喝道："鬼蜮伎俩，岂能奈我何哉？"使出金刚掌力，呼呼风响，乱箭落了一地。

假山塌下半角，缺口处突然跳出一人，是个短小精悍的汉子，手中所拿的兵器，却是一根又粗又长的铁杖。

这人跳了出来，怒气冲冲地道："你暗杀先皇，害我爹爹，巧取豪夺，当上帮主，这才是不折不扣的鬼蜮伎俩！好呀，今日相逢，吃我一杖！"声到人到，铁杖横挥，便是一招"乌龙摆尾"。

这一杖劲道颇为不弱，劲风起处，沙石纷飞。武士敦道："哦，原来你是朱丹鹤的儿子。你爹爹把丐帮的功夫偷传给你，可惜你这伏魔杖法，却也还未学得到家。"一掌劈出，硬碰硬接。那人心里想道："你也不过是血肉之躯，竟敢如此狂妄。"铁杖猛力扫去，想要一杖便把武士敦的手臂打断。眼看就要碰上之际，武士敦小臂划了半道弧形，掌势微弯，掌心向内，一招一引，掌心竟似生出一股吸力。那人杖头打歪，武士敦覆掌一按，只听得"当"的一声，已是把那人的铁杖拨过一边。武士敦用的这招名为"拨云见日"，乃是金刚掌中的一招杀手招数，这人也曾学过这招，但却想不到在武士敦手中使出，竟是如此变化莫测，威力惊人，禁不住心头一凛，倒退三步。

武士敦道："你的功夫虽未到家，练到这个地步，也是颇为不易了。你父混入丐帮，助纣为虐，阴谋倾覆本帮，身死名裂，罪有应得。但念在你年纪尚轻，恶行未著，只要你把你父窃自丐帮的东西交了出来，我可以饶你不死。"

原来此人正是丐帮长老朱丹鹤的儿子麻大哈，朱丹鹤冒充汉人，说混入丐帮，他儿子则在金国御林军中任职，用的是金人姓名。他们父子俩暗通消息，直至到朱丹鹤死后，这秘密才给丐帮查出。朱丹鹤曾把丐帮的几份秘密文件交给儿子，其中包括丐帮各地分舵的名册在内。按说他们父子同谋，罪行如此严重，依照丐帮帮规，这麻大哈也是非处死不可的。如今武士敦抱着与人为善之心，为他剖析是非，晓以利害，只要他交回那几份文件，便可饶他，实在是格外的开恩的了。

但麻大哈做了这许多年金国军官，只知为他的皇上尽忠，为他的父亲尽孝。岂是武士敦几句说话所能劝得他醒？他听了武士敦的说话，越发大怒，喝道："君父之仇，岂能不报？打不过你，也非要与你一拼不可！今日不是你死，便是我亡！"抢起铁杖，向武士敦猛击。武士敦摇了摇头，说道："好，你既然执迷不悟，那只好成全你了！"当下施展空手入白刃的功夫，仍用金刚掌力来对付麻大哈的伏魔杖法。

武士敦只凭着一双肉掌，对付麻大哈的铁杖，已是把麻大哈迫得只有招架之功。但武士敦要想把他生擒，一时之间，却也不能做到。

云紫烟提剑给武士敦掠阵，她见武士敦已是稳操胜算，当然用不着她上去帮忙了。就在此时，忽听得有个娇媚的声音笑道："两位果是信人，小妹也当一尽地主之谊了。"花树丛中突然窜出一人，正是那曾用毒针暗算云紫烟的少女。

云紫烟大怒，刷的一剑刺去喝道："好呀，今日你可别逃！"那少女笑道："我说过我在桑家堡等你来报仇的，我为什么要逃？"双掌一分，一招"乘龙引凤"，作势来托她的肘尖。云紫烟挥剑削下，那少女抢上一步，先发制人，便来点她的"曲池穴"，云紫烟退后一步，横剑一封，那少女虚发一招，将云紫烟的青钢剑引过一边，迅速侧身攻上，一招"手挥琵琶"，拨云紫烟的剑把。云紫烟再退一步，只所得"铮"的一声，这少女改抓为弹，已是把云紫烟的青钢剑弹开。

电光石火之间，双方交了四招。云紫烟虽没吃亏，却也给她迫退了两步。云紫烟禁不住吃了一惊，想道："怪不得那日柳姐姐与她斗了一场之后，也赞她是劲敌。原来她除了暗器功夫之外，掌法也居然这么了得！"

幸亏云紫烟在丧父之后，重入师门，在峨眉山无相神尼门下，又再苦练了五年剑法，要不然更难应付。那少女抢攻几招，云紫烟改采守势，防御得绵密非常，滴水不进。那少女赞道："好剑法！"

蓦地掌法一变，虚虚实实，变化莫测。顿时间，四方八面都是这少女的影子。云紫烟连遇了几次险招，险些给她把剑抢去。

这时两方的形势恰好相同。那一边是武士敦空手对付麻大哈，把麻大哈迫得只有招架之功。这一边是这少女以掌敌剑，也是把云紫烟迫得毫无还击之力。少女见麻大哈遇险，偷空向武士敦打出一把梅花针，武士敦的金刚掌正在发挥得淋漓尽致，少女的梅花针焉能近得了他？在离身一丈之外，都已给掌风扫落。不过要略分心神防备她一下，倒也让麻大哈得以喘过口气。这一边，云紫烟抓着时机，趁着那少女打出梅花针的那一瞬时，挥剑突围，虽然又不过数招，仍给那少女封住去路，但也稍稍解了困势。

麻大哈叫道："宝珠，不必顾我。你赶快把对手拿下！"麻大哈自忖还可支持一些时候，只要这少女能够将云紫烟活捉过来，他们立即可反败为胜。

那少女为麻大哈担忧，武士敦更是为云紫烟着急。武士敦初时本是想把麻大哈生擒，故而才空手应敌的，此时急于将他打发，刷的便拔出宝刀。

刀杖相交，只听得当的一声，火花四溅，麻大哈虎口酸麻，手中的铁杖几乎把握不住，吓得连忙退后。低头一看，那根铁杖已给宝刀削去了一截。

武士敦疾冲过去，刀交左手，一个"白猿探爪"，五指如钩，抓向那少女的后心。那少女竟似背后长着眼睛似的，斜身一闪，恰恰避开。武士敦道："烟妹退下，待我拿她！"

那少女道："丐帮帮主武功果然不凡，但你要拿我，只怕也不容易！"转过身来，手中已多了一件"武器"。她解下了束腰的绸带，当作软鞭来使。

武士敦道："好，那咱们就较量较量！"一刀劈去，少女的绸带夭矫如龙，在半空中一个转折，倏地就向武士敦面门"攒"来。武士敦要想一刀削断她的绸带，却连刀锋也没沾上。

那少女的内功造诣不及武士敦的深厚，但也很不凡。一根软绵绵的绸带，经过她内力的运用，竟然抖得笔直，带着劲风。倘若给它刺中眼睛，只怕也会刺瞎。

武士敦不敢怠慢，左手护着面门，伸指一抓。少女的绸带俨如毒蛇吐信，啮不着敌人，倏地又缩回去。武士敦快刀挥出，少女的绸带几乎是贴着他的刀背拖过，依然没有给他削着。

武士敦大怒，刀中夹掌，呼呼呼连发三掌。那少女不惧他的宝刀，却挡不住他的金刚掌力，叫了声"好厉害"，一个"黄鹤冲霄"平地拔起了三丈多高，避开了武士敦的掌力。武士敦反手一刀"举火燎天"，那少女半空中一个翻身，非常巧妙的用了个"黄莺落架"的轻功式子，轻飘飘地落在武士敦后面，武士敦连劈三刀都没劈着她，反手一掌也给她避开了。

论真实的本领，这少女自是不如武士敦；但若论轻功，武士敦却又比不上她。因此急切之间，武士敦竟是拿她没有办法。

麻大哈喘息稍定，退而复上，武士敦喝道："好，你来得好！"猛发三掌，将这少女迫退了三丈开外。武士敦一个箭步迎上了麻大哈，施展出闪电般的快刀法立即向麻大哈猛攻。麻大哈的轻功不及那个少女，只能举杖遮拦。双方以力斗力，当、当、当！三声巨响，震耳欲聋。麻大哈挡到第三刀，"哇"的一口鲜血吐了出来，铁杖脱手飞去。

武士敦正要扑过去一刀结束他的性命，就在此时，忽听得有苍老的声音说道："待我来会会丐帮帮主！"声到人到，是两个须眉皆白的老者，却原来是崆峒二奇到了。

那个少女使个巧劲，轻轻一掌，将麻大哈推开，避过了武士敦的猛扑。她不敢与武士敦硬拼，见崆峒二奇已到，便即退下，连忙去察看麻大哈的伤势。

跟着来的还有许多人，崆峒二奇的老大蒙天庇喝道："你们慌乱什么？有职守的各回原地，没职守的三人一队，到别处搜查去。"言下之意，此地有他们兄弟二人，已是足够应付。

蒙天庇遣散众人，换了副笑脸对武士敦道："久仰丐帮刀、杖、掌武学三绝，请帮主赐招！"丐帮以"泼风刀"、"伏魔杖"、"金刚掌"并称武学三绝。少林寺的七十二种绝技之中，虽然也有"大力金刚掌"这门功夫，但与丐帮秘传的"金刚掌"比较，也只能说是"各有千秋"，不能胜过丐帮。至于"泼风刀"和"伏魔杖"则更是丐帮独有,别派所无。丐帮是天下第一大帮,故此蒙天庇虽然辈分极高,对丐帮的帮主也不能不特别客气。

武士敦插刀入鞘,说道:"老前辈不用客气,贵派的乱环掌法,我也是久仰的了。高人面前,不敢藏拙,请老前辈指点。"说罢,掌心向内,划了一道圆弧,缓缓推出。武士敦见对方空手,故而舍刀用掌。但他先行出招,则还是谨守晚辈之礼。(武林规矩,长一辈的应让晚一辈的出招。)

这一掌去势缓慢,那是让对方有个准备的意思。蒙天庇道:"我这几根老骨头倒还硬朗,武帮主只顾打来!"武士敦道:"好,那就请指教了。"倏然间掌似奔雷,势如骇电,掌心向外一推,掌力便似排山倒海般地打去。蒙天庇双掌合抱,蓦地一拍,只听得"蓬"的一声,武士敦的手掌并没给他夹着,蒙天庇双掌迅速撤回,后退三步。骇然失色,说道:"金刚掌力,果然名不虚传!但来而不往非礼也,老朽还要请教一招。"原来蒙天庇那双掌的一合一拍,已是使出了他的看家本领,若是换了个功力稍弱之人,一条胳膊,就会硬生生给他拗折,但武士敦天生异禀,内功造诣又高。蒙天庇虽有几十年的功力,还是敌不过他。不过,武士敦所发的金刚掌力却也给他消解了一半,伤不着他。

蒙天庇尚有另外的杀手未曾使出,不甘认输。他以老前辈的身份,接招之后,也必须还招才能保持体面。于是双掌如环,滚斫而进。他这"乱环掌法"招数极为怪异,和中原各家各派的掌法都不相同。武士敦略占上风,却也不敢应敌。当下,双方各展平生所学,转眼间拆了十几招。蒙天庇胜在掌法怪异,武士敦一时捉摸不透。但武士敦则胜在功力较高,金刚掌以守为攻,以力降巧,蒙天庇连下几次杀手,也是无奈他何。

云紫烟仍然持剑给她未婚夫压阵。崆峒二奇中的老二劳天护说道:"这位姑娘是无相神尼的高足吧?无相神尼的佛门剑法,老朽久欲领教,未得机缘。今日便请姑娘指点几招吧!"

劳天护说得虽然"客气",其实就是要迫她动手。云紫烟见他一口道破自己剑法的来历,不禁心头一凛,说道:"长者有命,小辈也只好献拙了。"

无相剑法的奥妙之处在于虚实相生，令人捉摸不透。云紫烟"刷"的一剑刺出，劳天护心里想道："掌门师兄把无相神尼说得那么厉害，却原来她的独门剑法也属寻常。"云紫烟是晚辈又是女子，劳天护为了保持长辈身份，决意让她三招。当下脚踏五门八卦方位，斜身一闪，淡淡一笑，说道："姑娘，你尽量施展无妨。"言下之意，即是说她的剑法未曾曲尽其妙，表面是给对方"面子"，实际是自尊自大，也含有要"让招"之意。哪知话犹未了，云紫烟的招数使到一半，剑势突然一变，倏地就从劳天护意想不到的方位攻来。劳天护吃了一惊，连脚踏"坎"位，转出"离"方，这本来是极上乘的腾挪步法，不料云紫烟前招未收，后招续发，如影随形地又是一剑跟踪急刺，"嗤"的一声，戳穿了劳天护的衣襟。云紫烟"哎哟"一声，说道："得罪了！"

劳天护虽没受伤，但他以前辈自居，只不过两招，就吃了点不大不小的亏，已是禁不住又羞又恼。本来他是要让三招的，如今按捺不住，立即还招。

劳天护一个"盘龙绕步"，回转身来，双环并举，狞笑说道："我是有心试试你的剑法的，你以为你的剑法当真是了不得么？好，如今叫你知道我的厉害！"双环一推一压，猛地就扑过来。

云紫烟赢了一招，不免有点轻敌之意，心道："崆峒二奇，原来也只是浪得虚名。"当下笑道："老前辈不必生气，小女子多承相让，哪敢狂妄？"横剑一封，还了一招"长河落日"，意欲封住他的双环之后，后一招便是"大漠孤烟"，剑尖从他环中穿过，叫他吃个更大的亏。

哪知云紫烟的主意打得虽好，对方已是不为所算。劳天护的功力本来就远胜于她，他这日月双环的招数又是十分古怪。云紫烟使出了"长河落日"，根本就封不住对方的双环，也根本来不及变招，就给他的双环克住。只听得"当"的一声，劳天护双环一合，云紫烟的长剑险险给他夺出了手。

云紫烟连忙收剑倒纵，好不容易才躲过了对方的还击。云紫烟这才大吃一惊，知道崆峒二奇确是盛名之下，并无虚士。

劳天护出了口气，哈哈大笑，追上来道："小姑娘别走，你的无相剑法虽然火候未到，也总算是得了你的师父的真传了。你大约还有许多精妙的招数未尽施展吧？老朽还要请教几招呢。"云紫烟冷笑道："谁说我要走了！咱们也不过是彼此各胜一招。"反手一剑，双方又再交锋。

这一番再度交锋，双方都是不敢轻敌。云紫烟使出绕身游斗的战术，剑走轻灵，宛如蝴蝶穿花，蜻蜓点水，见隙即攻，一沾即退，避免给对方的双环锁拿。但劳天护究竟是功力较高，云紫烟的游斗战术只不过能够多支持一些时候，给敌人一些骚扰而已，整个局势还是未能扳转过来，云紫烟仍是处在下风。

武士敦猛的一掌把蒙天庇迫退，淡淡说道："乱环掌法，我已领教过了。如今我再领教贵派的兵刃功夫吧。烟妹，退下。我和你换一个对手。"

武士敦声到人到，拔出宝刀，立即便替云紫烟挡住了劳天护的日月双环。劳天护知他是丐帮帮主，见师兄给他打退，心中暗暗吃惊，硬着头皮说道："好，那我也就领教你的泼风刀法。"双环并举，使了一招"覆盖六合"的招数，锁拿武士敦的兵刃。日月双环本来是专克刀剑的一种兵器，但武士敦根本不理会对方的锁拿招数，提刀便斩，给他来个硬碰硬接。

转瞬之间，只听得一片断金戛玉之声，震耳欲聋。武士敦的"泼风刀"当真是快得难以形容，一口气就劈出了六六三十六刀。劳天护在他的奔雷骇电般的快刀之下只有忙于招架的份儿，哪里还能从容锁拿他的兵刃！

劳天护的功力高于云紫烟，但却不及武士敦，招架了这六六三十六刀，只觉虎口欲裂，双臂酸麻，日月双环都几乎把握不牢。蒙天庇赶了过来，说道："好，咱们就以二对二，再斗一场。也不必交换什么对手了。"蒙天庇情知师弟不是武士敦的对手，故而必须联手对敌。

劳天护不是武士敦的对手，但云紫烟也敌不过蒙天庇。这么一来，局面就刚好拉平。武士敦刀中夹掌，把崆峒二奇的攻势接了十之七八。云紫烟则以虚实莫测的无相剑法，从旁协助，以收牵制之功。但崆峒二奇同出一门，数十年来朝夕不离，有如一体，在武功上的配合却比武云二人紧密得多。因此虽然是平手之局，但他们却稍稍占了一点优势。

桑家堡中的巡逻插不进手，都各回原地去了。只留下麻大哈和那个红衣女子。红衣女子把麻大哈扶过一边，小声问道："你的伤怎么样？"麻大哈道："并无大碍，你去助崆峒二奇吧。咱们不能让人看小了。"那女子道："好，那么你先回去歇歇吧，待会儿我来给你报捷。"云紫烟看了他们如此亲密的神态，这才恍然大悟，原来他们是一对情侣。这个红衣女子之所以要来暗算他们，都是为了麻大哈与武士敦有仇之故。

红衣女子的武功甚为诡异，论本领也不在崆峒二奇之下。武云二人对付崆峒二奇已是感到有点吃力，再加一个强敌，就更是觉得应付为难了。

武云二人在对方三大高手围攻之下，武士敦要冲出去不难，但却没有把握保得云紫烟平安脱险。武士敦没法，只好与云紫烟背贴着背，坚守御敌，同时发出蛇焰箭报讯，向笑傲乾坤与蓬莱魔女求援。但蛇焰箭发出了约有半支香时刻，还未见他们来到。

且说华柳二人在见了武士敦求援讯号之后，便立即朝着蛇焰箭发出的方向奔来。正当他们施展绝顶轻功向前疾跑的时候，忽听得有人叫道："柳女侠！"是个女子的声音，声音极低，但蓬莱魔女已经听见。

蓬莱魔女回过头来，循声觅迹，在一棵大树后面，找到那个躲藏的小丫环。那小丫环道："二小姐叫你们今晚不可恋战，三日之后再来。她有一封信托你带给一个人。"

蓬莱魔女知道她是桑青虹的丫环，喜出望外，连忙问道："你们的小姐在哪儿？"那丫环道："小姐不能见你，你三日之后再来吧。"蓬莱魔女道："不，你必须告诉我！我是来救你们的小姐的！"那丫环心意踌躇，决断不下，蓬莱魔女怒道："你不想救你的小姐吗！快说，快说！我没工夫等待了！"那小丫环给她催迫，终于吐出了三个字道："抱虹楼。"

蓬莱魔女怔了一怔，要知桑家堡中的各处亭台楼阁的名称，她早已从桑青虹送出来的那份地图上得知，而且都已牢记心中的了。

但却想不起有一个"抱虹楼"。原来"抱虹楼"原名"挹芬楼"，公孙奇娶了桑青虹之后，这才把它改为"抱虹楼"的。桑青虹极为讨厌这个名字，故此她所绘的那份地图上仍然写的原名。但丫环们在公孙奇威迫之下，不许他们再说旧的楼名，叫开了便成习惯，此时冲口而出说的便是新的楼名了。

蓬莱魔女一怔之后，忙即问道："抱虹楼在哪儿？"那小丫环正要回答，就在此时，忽听得有人大喝道："敌人在这儿！"登时便有乱箭射来，蓬莱魔女挥舞拂尘，扫荡乱箭，可是那小丫环武功太差，全靠蓬莱魔女保护。乱箭如蝗。蓬莱魔女武功再好也是不能兼顾周全，那小丫环竟给一枝利箭穿过喉咙，想说的话哽在喉中还未曾说出就已死了。

伏兵杀出，为首的一个汉子洋洋得意地喝道："大胆贼人，居然敢闯到龙潭虎穴来了。哼，你们已是网底之鱼，瓮中之鳖，还不快快投降！"这人正是少林寺的那个叛徒沙衍流。

当蓬莱魔女和那丫环说话的时候，笑傲乾坤是在前面给她把风。笑傲乾坤见了沙衍流，心头火起，立即便现出身来，纵声笑道："什么龙潭虎穴，好小子，我正要揪你去见少林寺的弥度大师！"

沙衍流曾经在笑傲乾坤手下吃过亏，一见是克星来到，而且后面还有一个蓬莱魔女，不由得大吃一惊，心中想道："好汉不吃眼前亏，公孙堡主不在这儿，我何必和他们硬拼？"不敢接战，转身便逃。

蓬莱魔女不想滥开杀戒，但因那些人射死了桑青虹的那个小丫环，蓬莱魔女也禁不住心中气怒，决意要给他们一点薄惩，当下追了出来，接过了几枝乱箭，随接随发，还射过去。她的箭射得恰到好处，中箭之人，都是给射着手足关节之处，性命可以无妨，剧痛却是难当，一个个倒在地上打滚呼号。余人吓得魂飞魄散，又见首领已逃，谁还愿意拼命！于是一哄而散。

蓬莱魔女抓着一人，喝道："抱虹楼在哪儿？快说！"这个人似乎根本没有听过"抱虹楼"的名字，目瞪口呆，好半晌才胡乱地指了一指。蓬莱魔女怒道："你若敢骗我，我就杀了你！你说得清楚些，究竟是在哪儿！"那人吓得直打哆嗦，这才讷讷说道："什么红楼白楼，小人是委实不知。"蓬莱魔女气得"啪"的打了他一记耳光，骂道："不知道你何不早说！耽误了我的工夫！"一把将他推开。

笑傲乾坤说道："今晚你想去救桑青虹，恐怕是不能的了。她既然是约咱们三天之后再来，咱们就依她之约吧。桑家四老料想会知道抱虹楼所在，咱们回去之后，再向他们打听，也还不迟。"笑傲乾坤刚才在一边替她们把风，已听见那小丫环和蓬莱魔女所说的话。

蓬莱魔女瞿然一省，说道："不错，咱们先去接应武大哥和云姐姐吧。"

武云二人正在吃紧，蓬莱魔女与笑傲乾坤也来得正是时候。笑傲乾坤打开折扇，笑道："上次咱们还未分出胜负，我再来领教你们崆峒派的乱环掌法。"加入战团，选了"崆峒二奇"中的老大蒙天庇做他对手。

蓬莱魔女说道："云姐姐，你歇一会。"她却找上了那红衣女子，说道："咱们那日也还未曾分出胜负，你约我们到桑家堡来，我如今如约来了。你可别像那日的打未终场，又要溜走！"

云紫烟退过一旁，让蓬莱魔女与那红衣女子交手。武士敦则专心对付"崆峒二奇"中的老二劳天护。每边三个人，捉对儿厮杀，倒是十分公平。

但笑傲乾坤这边的三个人却都要比对手稍胜一筹。劳天护敌不过武士敦的神力，首先露出不支之态，蒙天庇应付笑傲乾坤的最上乘的点穴手法，也只有招架之功。红衣女子忽地笑道："我不能受你约束，你不许我走，我可偏要走了！"

红衣女子重施故技，把袖一扬，"波"的一声，发出了一团烟雾。"崆峒二奇"在这团烟雾掩护之下，与那红衣女子一同逃了。强敌已退，于是武、云、华、柳四人也就从容地走出了桑家堡。

出了桑家堡后，彼此交换所得的情况。总的说来，他们这次的夜探桑家堡，虽然是受了一点折挫，但亦已达到了目的：给公孙奇下了战书，也探听到了一些他们想要知道的事情。

不过，武士敦听说华柳二人败在公孙奇手下，还是惊诧不已，说道："这么说来，公孙奇的两大毒功是确实已经大功告成了。那么桑青虹只怕也是真心实意帮这贼子的了？她上次约你们一月之后再来，会不会是缓兵之计呢？那时，公孙奇的功夫尚未大成；如今你们依约而来，他的功夫却已是炉火纯青！"言下之意，当然是怀疑桑青虹是和公孙奇串通了来骗蓬莱魔女上当的。

蓬莱魔女说道："我最初也曾起过一丝这样的疑心。但如今我已确实知道桑青虹还是站在咱们这边的。至于她何以指点公孙奇的练功秘诀，这一点我虽然直到如今仍然弄不清楚，但我想其中一定另有蹊跷。"

云紫烟道："柳姐姐，你也是太容易相信人了。你怎知道桑青虹是向着咱们？"蓬莱魔女道："不是我轻信青虹，因为我又收到了她的一封信。"当下，将刚才遇见那个丫环的事情也告诉了武云二人。说道："我们在那座红楼上和公孙奇打了一场，桑青虹不在那里，可能是给公孙奇关在另一处地方。但想必这一打斗已是惊动了她，她知道我们来到，故而叫她的贴身丫环来与我们暗通消息。喏，这封信还在这里呢！"

笑傲乾坤道："对啦，把这封信打开看看，就清楚了。"不料蓬莱魔女把那封信拿了出来，正想拆开，却忽地"咦"了一声，说道："这不是给我的。对啦，我记起来了，那丫环是说过这封信是要我带给另一个人的。我打得昏了头脑，却把它当作是给我的了。幸好没有拆开。"云紫烟诧道："是给谁的？"月光虽然不很明亮，但也可看得出信封上所写的名字，蓬莱魔女拿给他们一看，笑傲乾坤道："哦，原来是给耿照的。"云紫烟和蓬莱魔女虽是姊妹般的知己，但因蓬莱魔女一向不好谈论别人私事，故而云紫烟尚未知道耿照与桑青虹的关系，于是问道："这个姓耿的是什么人？"

蓬莱魔女叹了口气，说道："耿照是桑青虹的第一个恋人。不过，她只是片面相思，耿照却已是另有佳偶的。想不到青虹现在还念念不忘于他。但就这一封信也可以证实，桑青虹并非甘心情愿嫁公孙奇的了。"因为这封信不是写给她的，蓬莱魔女不便拆开来看，只能代耿照收藏。正是：

自古红颜多薄命，深情难寄旧时人。

欲知后事如何，请听下回分解。

第九十一回　双凤楼头寻怨妇
孤鸾山上会群雄

云紫烟道："桑青虹是约你们三日之后再去么？"蓬莱魔女道："不错。"云紫烟道："一约再约，会不会又是圈套？"蓬莱魔女道："我相信这次一定能够得个水落石出。"言下之意，亦是相信桑青虹决不会骗她上当。云紫烟道："但咱约公孙奇比武的日期，不也是在那一天吗？这场比武，你和武大哥是咱们这边的主持人，你怎能分身来又去私会桑青虹？"蓬莱魔女道："比武是白天比的，当日若然得出结果，咱们打败了公孙奇的话，就可以杀到桑家堡去，救出桑青虹了。倘若当日胜负未分，晚上我再去探一探桑家堡。"云紫烟摇了摇头，说道："真不知桑青虹弄的是甚玄虚？"蓬莱魔女也不知她葫芦里卖的什么药，不过，蓬莱魔女始终是相信桑青虹决不会愚弄她。

一行人回到了孤鸾山，已是凌晨时分，桑家四老早已在那里等待他们。蓬莱魔女未曾报告经过，便先问桑老大道："耿照来了没有？"桑老大道："没有。但昨晚却另外有人来了。"蓬莱魔女道："什么人？"桑老大道："是公孙奇派来的人，答复咱们的战书的，他们的人是在四更时分来的。我知道了公孙奇已收到了你们送的战书，却不见你们回来，正在担心你们被困堡中，也正想派人再去探消息，好在你们就回来了。"

公孙奇的复信倒没有什么新鲜的东西，他本来已在口头上接受了蓬莱魔女的挑战的，派人送这封信来，不过是按照武林规矩，表示"礼尚往来"而已。信上约明：三日之后，在前山的草坪，双方会战。这封信是公孙奇亲笔写的，蓬莱魔女认得他的字迹。

这封信虽然没有新鲜的内容，但公孙奇反应得如此迅速，却也有点出乎蓬莱魔女意料之外。在桑家堡中，公孙奇占了上风之后，却没有追击他们，当时颇令蓬莱魔女大惑不解，如今才知道他是回去写这封信。

笑傲乾坤忽道："我不相信公孙奇当时突然罢手，为的就只是要赶回去写这封信。"笑傲乾坤与蓬莱魔女相处日久，早已心意相通，看她沉吟不语，已是猜到她想的什么。

蓬莱魔女道："那么你以为他为的是什么？"笑傲乾坤道："我也不能确实知道他为的是什么。不过，以公孙奇的为人，他若是有把握把咱们置之死地，他哪有放松之理？这一封复信，对他来说，应该是并非当务之急，迟一些再写又有何妨？所以我隐隐感到，只怕是公孙奇那两大毒功，只怕还有什么破绽？当然这也是我的胡猜。好在三日之后，咱们总可以弄个明白。"蓬莱魔女道："你说得有点道理。不过以他练功的进境如此神速，纵有破绽，三日之后，只怕也能够弥补了。"

桑老大道："公孙奇的党羽虽多，咱们这边的高手也不少。到时先剪除他的党羽，再合力诛他。"

蓬莱魔女心有所忧，但她不愿长敌人志气，灭自己威风，故而只是把忧虑藏在心中，没有说出。当下扭转话题，问桑老大道："昨晚公孙奇派来送信的是什么人？"

桑老大道："一个是桑家堡的总管——飞龙岛主宗超岱。"蓬莱魔女道："怪不得昨晚没有见着他，原来是送信来了。"蓬莱魔女对桑家堡的人第一个痛恨的是公孙奇，第二个就是飞龙岛主。

笑傲乾坤接着问道："另一个呢？"桑老大道："是一个不知名的瘦长汉子。这个人的本领不知，但轻功却是十分高明，尚在飞龙岛主之上。他把信送来，交代了两句，我们闻声出视，已是只能隐隐地见着他的背影。"

笑傲乾坤笑道："公孙奇招降纳叛，看来是聚集了不少邪派妖人。那也好，正可趁此机会将他们一网打尽。"

双方都在准备着三日之后的会战。桑家堡中的动态不知，但孤鸳山则陆续有各路英雄到来。东海龙、西岐凤与"铁笔书生"文逸凡三人在第二日联袂到来，珊瑚和陆勉也在第三日到达。原来陆勉听说群雄大会孤鸳山，想来会见师伯、师父，珊瑚与他同行，留下玳瑁看守山寨。陆勉是西岐凤的弟子，珊瑚与蓬莱魔女则是情如姊妹，相见之下，皆大欢喜。

耿照与秦弄玉这对仍是踪迹杳然，始终不见来到。蓬莱魔女与珊瑚单独相对的时候，把碰见耿照的事情告诉了她。珊瑚回念前情，仍不免有几分怅惘，不过，她对耿照的感情也只是一份知己的感情而别无他念了。她为耿秦二人祝福，也为他们迟迟未到而担心。

转眼已到了会战之期，蓬莱魔女估计一下双方的力量，对这一场会战，实是未有必胜的把握。要知公孙奇的两大毒功已经练成，纵然自己这边能够合力除他，只怕伤亡也在不少。不过，蓬莱魔女已打定了主意，倘若弥度大师打不过公孙奇的话，她就准备与笑傲乾坤联手斗他，至少也可以拼个两败俱伤。但却可以避免其他的人多受牺牲。

这日一大清早，双方人众依时到了约定的场所——前山的一片大草坪。两阵对圆，蓬莱魔女把眼望去，只见公孙奇以次，"崆峒二奇"，麻大哈、沙衍流、飞龙岛主及那个红衣少女都已来了。但就是不见桑青虹。

武士敦上前说公孙奇的罪状，公孙奇哈哈大笑道："今日之事，胜者为强，何须逞口舌之利？"武士敦怒道："好，如何斗法，你划出道来，我们一准奉陪。"武士敦明知公孙奇的两大毒功的厉害，但也打算与他拼个两败俱伤。

公孙奇朗声说道："你们那边多的是自称名门正派的好汉，我们这边也不乏各大门派之外的异士高人！趁此机会，正不妨彼此印证、印证！看一看到底谁是虚名？谁有实学？

若是诸位胜得过他们，我再轮流向各位得胜者领教。嘿，嘿，只要哪一位胜得了我，不劳各位处置，我立即自戕。可是，倘若我万一侥幸，你们都打不过我呢？那么，只要你们低头认输，我却不要你们的性命！嘿，嘿！你们没话说了罢？"说罢哈哈大笑，狂傲之极！

群雄这才知道，公孙奇要借此一战，称霸武林，无不气得七窍生烟。但也禁不住心中惴惴，均是想道："公孙奇若是没有几分把握，怎敢如此口出大言。"

武士敦怒道："好，让助拳的朋友先比，比过之后，不论谁胜谁败，都算了结。我只与你单打独斗，谁也不占谁的便宜！"蓬莱魔女也在同时说道："我与谷涵受了家师之命，要为师清理门户。公孙奇这贼子由我们与他一决存亡！"

公孙奇磔磔笑道："小师妹，咱们也不止交手一次了。还是让他们先比吧，你们不肯服输，待会儿我再与你玩玩！"

公孙奇这边先出来了两个人，相貌服装都是一模一样，一个左手持刀，一个右手持刀，两人并肩一立，同声说道："闲话少说，我们兄弟向各位英雄讨教！你们来一个也行，来十个也行，我们总是兄弟二人。"原来这两个人乃是江湖上颇有名头的巨盗石家兄弟，哥哥名叫石攻，弟弟名叫石错。兄弟二人一个用左手刀，一个用右手刀，练成了一套配合得天衣无缝的刀法，遇敌之时，总是兄弟同上的。

这两个人，名头说大不大，说小不小。论本领也只是介乎第一流与第二流之间。但正因如此，蓬莱魔女这边却难以挑出适当的人选。第一流高手不屑与他们对敌，但若是次一等的出去应战，又怕打不过他们。

蓬莱魔女正在思量叫谁去好，只见珊瑚与陆勉已是并肩走出，说道："请盟主准许我们先打这场。"蓬莱魔女心想："论武功，她与陆勉若与对方捉对儿厮杀，倒也并不吃亏。就只是怕应付不了对方训练有素，配合得宜的那套刀法。"但蓬莱魔女也不愿挫折珊瑚的锐气，当下说道："好，你们上吧。小心点儿！"

陆勉是初出道的"雏儿"，珊瑚虽是蓬莱魔女的副寨主，但人人知道她的出身只不过是蓬莱魔女的侍女。石家兄弟虽然不算是顶儿尖儿的人物，但兄弟联手，在江湖却也罕逢对手的，见到对方派出两个"小辈"，哪会放在心上？同时也有点生气，觉得对方是"轻视"了他们。

石攻横刀一立，冷冷说道："刀剑无情，咱们是点到即止，还是生死不论？"比武中赢了一招便即收手是为"点到即止"，但"生死不论"则是性命相扑，绝不留情的了。珊瑚气往上冲，淡淡地说道："随你的便！"石攻哈哈笑道："好，那就凭刀剑做主吧！"这即是"生死不论"的意思。石错加上两句话催促道："我们还想打下一场，你们快点进招吧！"言下之意，这一场他们乃是视同"儿戏"，认为他们必胜无疑，胜了之后，还要再找对方的高手比试。

珊瑚冷笑道："既然是生死不论，那么只怕两位没有机会再打下一场了。我让你们三招，也好叫你们死而无怨！"石家兄弟以前辈自居，让珊瑚出招。珊瑚口气却比他们更为狂傲！

石错大怒，喝道："不知死活的丫头，你要赶去见阎王，那就看刀！"两兄弟双刀齐出，嗖、嗖、嗖，连劈三刀，但这三刀乃是"虚式"，每一刀都几乎是贴着珊瑚的身体削过，却没有真个斫着她。原来石家兄弟自居于"成名人物"的"前辈"身份，岂能要珊瑚让招，但他们又不愿拖延时间，故而先发三招"虚式"。不过虽是"虚式"，也有着试探对方的虚实的用意，刀势极是凌厉，想吓得珊瑚狼狈不堪。哪知珊瑚却是神色如常，从容闪避。场中的武学高手都可以看得出来，即使石家兄弟这三招乃是真斫真劈，也是同样伤不着珊瑚。

珊瑚冷笑道："你们虚张声势，是自知技仅止此，还是怕我报复？好，再让你们一招！"石家兄弟大怒，双刀一抖，陡地合成一圈，俨如一道银虹，向珊珊、陆勉拦腰卷去，这一招可当真是杀手了。

石家兄弟的联手刀法也的确是名不虚传，双刀合璧，把珊瑚、陆勉的四面的退路全都封着。群雄虽然见过珊瑚的轻功本领，也不禁暗暗为她担心。

哪知珊瑚却并不施展轻功躲避，就在刀光罩体之时，只见她把拂尘一挥，一招"妙解连环"，就把对方双刀合璧的招数解了。群雄喝彩声中，珊瑚的左手剑也闪电般地随着拂尘而出，分袭对方二人。

石家兄弟心头一凛，想道："这丫头是蓬莱魔女亲手调教出来的，果然已得了那蓬莱魔女天罡尘式与柔云剑法的真传，倒是不可小觑了。这姓陆的小子却似无甚本领，咱们倒不妨先拣软的吃掉！"他们的刀法配得十分紧密，双刀一封，挡回了珊瑚的剑招，刀锋一转，便朝陆勉斫来。陆勉使的是空手入白刃的手法，但见刀锋斫来，却连忙手缩不迭，结果还是珊瑚替他解了这招。群雄都是不禁为他感到"泄气"，同时也觉得有点意外。

　　要知陆勉乃是西岐凤的弟子，西岐凤在"四霸天"中名列第二，内功外功都有极深的造诣，早已是公认的第一流高手。因此群雄看见陆勉的本领似乎平平无奇，都是颇感意外，"西岐凤的弟子怎的如此不济？"

　　石家兄弟双刀配合，越斗越狠，转瞬间只见四方八面都是刀光剑影。珊瑚挥舞拂尘护身，一口青钢剑抵住了石家兄弟的双刀，还兼顾了陆勉。陆勉亦步亦趋跟着她，始终未见他出手攻敌。石家兄弟乘瑕抵隙，处处找陆勉的破绽想先杀了他，但珊瑚却是处处顾着他，把石家兄弟的攻势差不多全接过去。石攻冷笑道："男子汉，大丈夫，躲在娘儿的屁股后面，羞不羞？有胆你接我两刀吧！"陆勉一声不响，由他嘲讽。笑傲乾坤在蓬莱魔女身旁笑道："珊瑚的眼力当真不错，似这样锋芒不露、大智若愚的少年人，只怕在千万人中也挑不出一个。"蓬莱魔女也露出欣慰的神情，说道："是呀，真不愧是西岐凤的弟子，涵养的功夫还在他的师父之上呢。将来的成就定然不可限量。"笑傲乾坤又笑道："我看你要多传授一点功夫给珊瑚了。要不然小两口子打起架来，恐怕珊瑚要吃亏的。"蓬莱魔女笑道："陆勉的脾气比珊瑚好得多了，就是珊瑚欺负他，我也敢担保他们不会打架的。"旁人听了他们的议论，都是大惑不解，心中俱是想道："听他们的说法，难道陆勉的武功还在珊瑚之上？"

　　此时双方已斗了一支香的时刻，陆勉仍是我行我素，靠着珊瑚替他掩护，他却一直未曾主动攻敌。石家兄弟的双刀指东打西，指南打北，越斗越见精神，珊瑚的一口青钢剑渐渐有些抵敌不住之势。

东海龙、西岐凤双战"崆峒二奇"。

群雄都在暗暗皱眉，有的且在窃窃私议："这姓陆的小子也未免太不争气了。""奇怪，华大侠和柳盟主都是武学大行家，却为何那样称赞他？"

就在众人窃窃私议声中，石家兄弟双刀合璧，又是一招极厉害的杀手，双刀扫荡，珊瑚的长剑竟然遮拦不住，石攻切断了他们的联系，石错突破缺口，刀锋直到陆勉的面门，喝道："看你这小子还躲得开？"

话犹未了，陡听得陆勉霹雳般的一声喝道："去！"场中除了十个八个一流的武学高手之外，别的人连陆勉的手法都看不清楚，只见陆勉就在那刹那之间，已将石错的身子高举起来，一个旋风急舞，就抛出了三丈开外！

石攻大吃一惊，说时迟，那时快，陆勉又已喝道："你也去！"一掌拍出，石攻只觉一股柔和之极但又难以抵抗的力道突然攻到，手上的钢刀竟然把握不住，当啷坠地！

石攻正要逃跑，陆勉一把就抓着了他的背心，喝道："念在你们兄弟尚非十恶不赦之辈，就饶了你们的命吧！"振臂一抛，把石攻也摔出了三丈开外，恰恰跌在他弟弟的身旁。两兄弟爬了起来，灰溜溜地走了。

陆勉以闪电般的手法，一举摔了两名好手。当真是静如处女，动如脱兔。不鸣则已，一鸣惊人！原来陆勉刚才的不露锋芒，乃是在留心观察石家兄弟的这套刀法，同时也是有意让石家兄弟对他存了轻敌之心，这才能够不发则已，一发必中。要知石家兄弟并非弱者，陆勉的武功其实也高不了他们多少，若非使用骄敌之计，胜虽可胜，却只怕还得打许多时候，而且也胜不得如此漂亮。

公孙奇见输了第一场，眉头一皱，正在盘算叫谁出去给他挽回面子，只见"崆峒二奇"蒙天庇、劳天护已经走出场来，朗声说道："我们也是师兄弟二人，特来向中原的武林高手讨教！"公孙奇松了口气，笑道："对啦，刚才那场只是小孩子的玩意，如今才算得是好戏开场！"

石攻石错是亲兄弟，蒙天庇、劳天护是师兄弟。但虽然都是兄弟联手，"崆峒二奇"比起石家兄弟却是不知高明了多少倍！"崆峒二奇"辈分极高，武功奇诡，武林中久已闻名，他们兄弟联手，足可以对付当世任何高手！

蓬莱魔女心想："我与谷涵联手，可以胜得他们。"但蓬莱魔女和笑傲乾坤都是准备在最后斗一斗公孙奇的，是以不愿先斗"崆峒二奇"。除开了他们两人之外，蓬莱魔女这边的高手，武士敦可以胜得过"崆峒二奇"中的其中一个，但却胜不过"崆峒二奇"联手，即使加上个云紫烟也还是胜不过"崆峒二奇"，故此武士敦也不愿出场。

东海龙哈哈笑道："二弟，你的徒弟打赢了一场，你这个做师父的也该露露面啦！"西岐凤笑道："不错，他们是师兄弟，咱们是异姓兄弟，正好比一比谁强谁弱。"两人手挽着手，一同下场。蓬莱魔女正是想请他们二人打这一场的，见他们不待相请，自告奋勇地出来，心中很是高兴，想道："这一场鹿死谁手，殊难逆料。不过他们二人纵不能胜，应也不会吃亏。"

双方都是武林中的成名人物，比武之前，先见过礼。东海龙笑道："你们想会中原的武林高手，我们却是来自海外与边陲的俗子凡夫，只怕要令你们失望了吧？"蒙天庇拱手说道："东园先生的混元一炁功，西门先生的太清气功，我们都是久仰的了。今日得会，何幸如之！"东海龙、西岐凤的辈分、名头都与"崆峒二奇"旗鼓相当，蒙天庇对他们自是不敢摆出老前辈的架子。东海龙大笑道："好说，好说。你们崆峒派的乱环掌法我也是久仰的了。不必客气，请进招吧！"

劳天护也道："不用客气，请进招吧！"双方立好"门户"（架式），东海龙面对蒙天庇，西岐凤则向着劳天护。东海龙、蒙天庇是以掌对掌，西岐凤则是亮出一柄软剑，来对付劳天护的日月双环。

双方各自说了一个"请"字。蒙天庇双掌合抱，先出一招，以太极图式的掌势，向东海龙推压。另一边，西岐凤的软剑一抖抖得笔直，也在同一时间，向劳天护点刺。武林规矩，长辈应让晚辈先行出招。若然是平辈比武，则先出招者是表示尊敬对方。如今他们两方，各有一人先行出招，那就刚好是扯了个直，完全是按照平辈的身份过招了。

蒙天庇双掌压到，东海龙一声长啸，单掌划了一道圆弧，掌心一翻，便劈出去。一掌劈出，隐隐带着风雷之声，方圆数丈之内，沙飞石走！蒙天庇道："混元一炁功果然名不虚传！"双掌蓦地一分，左推右挽，只听得"蓬蓬"两声，已是与东海龙对了两掌。他双掌所发的力道一推一挽，方向相反，但却又是相辅而成。东海龙那一股极为猛烈的掌力竟然给他化解于无形。东海龙一个"盘龙绕步"，右掌未收，左掌又发，呼呼风响，前一股力道加上后一股力道，就似后浪推前浪般地猛压过去。蒙天庇身形一晃，只见掌影重重，刹那间连发四掌，把东海龙第二次的攻势又再化解。第三个回合，蒙天庇不待对方出掌，先抢攻势，只见他脚踏五行八卦方位，登时四面八方都是他的影子，一口气连发八掌，俨如长江大河，滚滚而上。东海龙也不禁赞了一句："好个乱环掌法！"原来蒙天庇这连环四式，有个名堂，第一招是"太极图式"，第二招是"太极生两仪"，第三招是"两仪生四象"，第四招是"四象化八卦"。四个招式一气呵成，掌式一式比一式繁复，掌力也一浪高过一浪。四式连环发出，正是"乱环掌法"的绝妙神招，不传之秘。但东海龙却也傲然不惧，对方从四面八方进攻，他则仍是兀立如山，岿然不动。赞了一个"好"字，瞬息之间，就把对方的八掌全都挡回。

另一边则是西岐凤先行出手主攻，西岐凤生平对敌，极少动用兵器，场中的武林群雄，还是第一次见他使剑，大家更是注目而观。

只见他软剑一抖，抖得笔直，剑尖一点，抖起了七朵剑花，嗤嗤有声，场中的武学行家都不禁暗暗佩服。原来西岐凤是用"太清气功"来运使剑招，内力贯注剑尖，激荡气流，故而发出"嗤嗤"声响的。

劳天护心头微凛，心道："看来这西岐凤比东海龙更难对付。"当下使出了平生所学，不敢有丝毫大意，将日月双环迎了上去。

劳天护双轮旋转如飞，只听得"叮叮"之声，不绝于耳，刹那之间，西岐凤的长剑已和他的日月双轮碰击了七下。双方各退三步，谁都没有占得便宜。

蒙天庇突然一个"移形换位"，一掌向西岐凤打来。劳天护则补上他师兄的空档，双轮向东海龙攻去。双方都是联手对敌，临时换个对手，不算犯规。

西岐凤喝道："好，我也领教领教你的乱环掌法。"一剑削出，剑光如练，荡出一丈开外。蒙天庇双掌如环，倏然抢进，只听得"铮"的一声，剑光流散，西岐凤闪过一边，蒙天庇也退了三步。原来蒙天庇的指尖弹中西岐凤的剑脊，不料西岐凤的剑是把软剑，弹性极强，剑势一偏，依然向蒙天庇刺去。他这一顺势变招，出乎蒙天庇意料之外，故而给他迫退三步。不过西岐凤的软剑给他弹中在先，这一招只能算是平手。

东海龙对付劳天护则是硬碰硬接，呼呼呼连发三掌，掌力有如排山倒海。劳天护的双轮攻到他身前三尺之处，攻不过去，给他掌力震荡，双轮互相碰击，"当"的一声，震得劳天护耳鼓嗡嗡作响。蒙天庇忙抢过来，师兄弟又再换位变招。劳天护接上了西岐凤的剑招，蒙天庇则解开了东海龙的掌式。

"崆峒二奇"是师兄弟，数十年来形影不离，配合得自是较为紧密。东海龙与西岐凤则是各自为战，但他们都有一身精纯的武功，在配合上虽是稍有不如，却也并不吃亏。双方时不时交换对手，但东海龙仍是以对付蒙天庇为主，西岐凤则以对付劳天护为主。

东海龙须眉怒张，越斗越勇，手脚起处，全带劲风，神态威猛之极。西岐凤则是淡定从容，身随剑转，俨如流水行云，显得十分潇洒。笑傲乾坤暗地和蓬莱魔女说道："东园前辈火气太猛，倘若不能速战速决，只怕会要吃亏。"蓬莱魔女道："无妨。蒙天庇要想消耗他的功力至少也得在百招开外，那时西岐凤已经赢了。"此时，双方正在斗到紧处，表面看来，似是东海龙占了上风，西岐凤对劳天护则只是打成平手。但在第一流的武学大行家眼中，却已是可以看得出来，西岐凤更有胜利的把握。

果然话犹未了，只见西岐凤剑招倏变，剑光飞舞，宛如水银泻地，花雨缤纷。劳天护脚踏五行八卦方位，步步后退，虽然也还未露败象，但双轮的招数已是显然缓慢下来，给对方占了个七八成攻势了。西岐凤剑中夹掌，越攻越紧。东海龙则仍然是强打强攻，不过蒙天庇沉稳对付，东海龙却无可乘之机。

原来西岐凤所练的"太清气功"乃是玄门正宗内功，与东海龙所练的"混元一炁功"异曲同工。但"混元一炁功"力量威猛，而"太清气功"则是一片柔和，更容易侵袭敌人。"崆峒二奇"中的老二劳天护功力较弱，西岐凤剑中夹掌，使出"太清气功"，他初时还没有什么感觉，打得久了，只觉一阵阵清风吹拂，一丝丝暖气也相继侵来。风虽不劲，气虽温和，但却有令人软绵绵、懒洋洋的感觉。劳天护的日月双轮本来是旋转如飞的，不知不觉之间，渐渐缓慢下来。

劳天护感到不妙，暗暗吃惊，心中想道："这厮的太清气功果是防不胜防，久战下去，只怕我要吃亏。"

劳天护想要施展败中取胜的杀手，心念方动，招数未出，西岐凤已是制敌机先，妙着抢攻，只见他滴溜溜一个转身，顿时银光遍体，紫电飞空，剑花朵朵，恍如黑夜繁星，千点万点，洒落下来！

劳天护喝道："好，我与你拼了！"双轮飞出，两圈金光，向西岐凤的剑光罩下。这是"乱环诀"中最后一招败中取胜的绝招，名为"双环套月"，他的两个轮子里都有十二条牙形轮齿，飞出去套别人的刀剑，可以将对方的兵刃夺出手中。

双方各出绝招，刹那间只听得一片断金戛玉之声，满空飞舞的剑花突然凝聚成一道白光，而那两圈金光陡然飞了回去。劳天护将日月双轮接回手中，只见日轮断了三条轮齿，月轮断的更多，断了五条。原来西岐凤在那一招之间，单剑刺双轮，一招两式，剑尖穿轮而过，剑锋翻绞，一下子就把他这"双环套月"的招数破了，而且还断了他八条轮齿之多。出剑之快，招数之妙，当真是难以形容！

西岐凤倏地插剑入鞘，淡淡说道："多承让了一招，咱们可以收手了吧？"他毁了对方的兵器，不为己甚，只好插剑入鞘，"点到即止"，便即罢手，好让对方下台。劳天护嗒然若丧，无话可说。要知以他的身份，双轮被毁，本来就该马上认输的，但他乃是与师兄联手，要罢手必须得他师兄同意才行，他可不能单独作主。

不料西岐风话声未了，劳天护也正在朝他师兄那边望去，就在此时，忽听得蒙天庇也哈哈笑道："多承让了一招，不错，咱们是可以收手了！"只见蒙天庇背负双手，立在原地，东海龙却已跄跄踉踉地斜走三步，此际刚刚稳住身形。

原来东海龙见西岐风即将得胜，他一时心急，也想立即把蒙天庇打败，好同时得胜，一齐罢手。不料蒙天庇的功夫比他师弟可是老辣得多，东海龙一个蹿进，反而给他所乘，轻轻地一拨一带，借力打力，赢了东海龙一招，正是：

各逞神功施绝技，双雄恶斗正相当。

欲知后事如何，请听下回分解。

第九十二回　寄恨传书求一晤
　　　　　飞珠嵌壁显神通

　　这一招东海龙是输在轻敌躁进，蒙天庇则全靠见机得早，取巧成功，其实是赢得十分侥幸，并非本领胜过对方。但他赢了一招，却是事实。东海龙是何等身份，岂能与对方哓哓置辩？当下也哈哈一笑，说道："乱环掌法，名不虚传，佩服，佩服！好，我输了一招，我师弟赢了一招，这一场就算是打和了吧。"

　　东海龙愿意作和，"崆峒二奇"自是求之不得。但旁观群雄，却有不服的，说道："这一场作和的话，这可不大公平。东园前辈不过偶然大意，失了一次手而已。即使算是他输了这一招，但他并没跌倒，也算不得怎样吃亏。但劳天护的双轮毁在西门前辈的剑下，这个亏可吃得大了。两相比较，这一场应该是判作他们输了，才得公平。"

　　公孙奇"哼"了一声道："当事的东园先生都认作是打和了，你们啰唆什么？"东海龙哈哈笑道："崆峒派这两位朋友难得到中原一次，我与他们是以武会友，谁胜谁败，算不了什么，不必斤斤计较了。"东海龙平素嫉恶如仇，火气极大，但他却有个好处，对方若非十恶不赦之辈，他却肯予宽容。他情知"崆峒二奇"只是有点糊涂，给公孙奇所骗，为他效力，和一般甘心为虎作伥有所不同，是以他宁愿失招作输，反正西岐凤已经赢了劳天护，当作和局收场，大家不伤面子，也好让对方落台。

　　东海龙这么一说，连公孙奇那边的人都不由得暗暗佩服他的风度，孤鸾山这边的群雄当然也就不再说话了。

风波平息，双方再准备下一场的人选。公孙奇那边，那红衣女子正要出场，忽见一个瘦长汉子站了起来，笑道："师妹，你已经露了几次面了，这一场还是让给愚兄打吧！"他口中说话，身形已是如鹰隼穿林，海鸟掠波，一个起伏，就越过了红衣少女的前头，轻轻一落，已是气定神闲地落在场心。这一手轻灵利落的轻功身法，确是不凡，群雄也暗暗喝彩。

桑老大轻声对蓬莱魔女说道："这个瘦汉子就是三日前和飞龙岛主同来，给公孙奇送信的那个人。"

话犹未了，只听得那瘦长汉子已在朗声说道："西鄙散人古云飞来会列位英雄。古某的师妹曾蒙柳盟主赐教几次，可惜那晚柳盟主光临桑家堡，古某未得与柳盟主相会，实属遗憾。如今趁此机缘，古某拟向柳盟主请教梅花桩的功夫。"笑傲乾坤笑道："他的师妹比轻功输了给你，如今她的师兄也要在轻功上赢回你呢，你怎么样？"原来梅花桩的功夫乃是一种上乘轻功的较量。可是群雄却暗暗诧异，当地是一片大草坪，可并没有立了什么"梅花桩"。

蓬莱魔女正待回答，忽听得一人哈哈笑道："古朋友，别来无恙，还认得江南文某么？"大笑声中，只见一人捷如飞鸟，落在场中，轻功之妙，看来似在那瘦长汉子之上。这个人不是别个，正是新任江南武林盟主的"铁笔书生"文逸凡。

古云飞双眼一翻，说道："穷酸，你要与我较量？十年前，咱们——"文逸凡道："不错，十年前咱们打过一架，当时未曾分出胜负，今日正好再作较量！你要知道柳盟主是此会主持，倘若人人要向她讨教，她岂能分出身来？如今掉过头来，就让我这个穷酸向你讨教吧，想来我这个穷酸也还配得上与你比武！"文逸凡是江南的武林盟主，身份与蓬莱魔女相当，由他出场来替代蓬莱魔女，对方自是不会感到有失面子。

古云飞脸上热辣辣的，此时他也觉得一出场就向蓬莱魔女挑战之举是有点冒昧了，于是说道："也好，听说你当上了江南的武林盟主，武功想必大为长进了。我就向你再次讨教吧。"文逸凡道："长进倒没有，只是多学会了几手对付黄鼠狼放臭屁的功夫。不过，今日阁下是要与我在梅花桩较量，我这手功夫可就用不上了。"文逸凡说的话，众人都是听得莫名其妙，只有古云飞自己心里明白。原来十年之前他与文逸凡打了一架，本来是他要输招的，他仗着独门暗器毒雾金针，在毒雾掩护之下逃走。文逸凡赢了他一招却中了他一枚梅花针，这才算是打成平手的。文逸凡所说的"黄鼠狼放臭屁"，自然是暗讽他所放的毒雾了。

古云飞面上一红，说道："闲话少说，但我今日摆的梅花桩有点特别，咱们不比则已，一比就是死生各安天命的了。这个我可得先向你言明。"文逸凡笑道："任凭你刀山火海，我姓文的都一定奉陪就是。你的梅花桩呢？"古云飞冷冷说道："梅花桩来了！"

只见两个十多岁模样的童子，背上却背了一个比他们的身体还高的大皮袋，此时已走到了古云飞的旁边，那两个皮袋似乎颇为沉重，压得两个童子直不起腰来。不过他们的步履仍然是要比常人矫捷。

古云飞道："摆一百零八路奇门梅花桩。"那两个童子应道："是！"打开皮袋，原来皮袋里装的都是明晃晃的尖刀，那些尖刀的式样也很特别，约有三尺来长，两面都有尖刀的。那两个童子握着中间的刀柄，向地下一插，便竖起了一柄尖刀，不消多久，已把一百零八把尖刀插满地上，布成了梅花桩的阵势，明晃晃的刀尖，映日生辉，令人感到森森的寒意，当真就似是一片刀山。普通的梅花桩都是木头桩子。众人心想："怪不得他说他布的这个梅花桩是有点特别了。"

在这两个童子布梅花桩的时候，蓬莱魔女向西岐凤问道："西门前辈想必知道这姓古的来历？"西岐凤熟悉西域的武林人物，和文逸凡又是知交，蓬莱魔女看出了古云飞的武功不属于中原门派，蓬莱魔女心想：他既然与文逸凡结有梁子，西岐凤或者会知道这桩事情。是以蓬莱魔女向他发问。

西岐凤果然知道，说道："这个古云飞是西城灵山派的大弟子。灵山派介于邪正之间，很是特别。它分为南北二支，南支由和尚当家，北支由尼姑当家，都是住在灵鹫山上，一在山南，一在山北。南支的掌门是猛鹫上人，北支的掌门是青灵师太。南北二支都收俗家弟子，品流十分复杂。古云飞是猛鹫上人的首徒，这个红衣女子名叫上官宝珠，则是青灵师太的关门弟子。所以他们师兄妹的年纪相差很远。不过上官宝珠虽是关门弟子，却最得师父的宠爱，是青灵师太门下武功最高的一个女弟子。灵山派的武功特色是擅长各种邪门暗器，轻功身法也自成一家，很是不俗。

"十年前文大侠曾远游西域，惩戒了几个胡作非为的灵山派弟子。后来这个古云飞替师弟出头，找文大侠比试武功，听说那次是两败俱伤。古云飞逃回灵鹫山，文大侠不久也回转江南。他们的梁子就是这样结下的。"

蓬莱魔女道："原来如此。"心想："麻大哈是上官宝珠的情侣，由上官宝珠引出了灵山派来和丐帮作对，亦即是和中原的侠义道作对，咱们虽然不惧，却也是莫名其妙地多了一帮敌人了。须得想个办法和灵山派化解才好。可惜明明大师已立誓不再下山，否则他是前辈高僧，请他到灵鹫山一行，那个什么猛鹫上人、青灵师太想必要卖他的情面。"

蓬莱魔女尚未想出适合的调停人选，古云飞的那一百零八路"奇门梅花桩"的阵势已经布好了。

古云飞一个"旱地拔葱"，跳上了尖刀所布的梅花桩上，单足点在一柄明晃晃的刀尖之上，作了一个"金鸡独立"的姿势，傲然说道："请！"

要在这样的刀山上比武，轻功内功都必须炉火纯青才行，否则若是力度稍为用得大一些，脚板便有给尖刀刺穿之虞。场中的各路英雄，什么阵仗都是见过了的，可是就只这种比武方式，大家还是初次见到，虽然大家也都知道文逸凡轻功卓绝，仍是不禁为他暗暗捏一把汗。要知在梅花桩上的比武和在平地上的比武完全两样，这个梅花桩的阵势是古云飞摆的，古云飞当然练习有素，文逸凡却未必长于梅花桩的功夫。

众人心念未已，只见文逸凡把长衫一撩，也跳上刀山之上，却忽地叫了一声"哎哟！"身形晃了几晃。

众人俱是一惊，定神看去，只见文逸凡似踩在弹簧上似的，弓着腰"蹦"地跳了起来，手抚脚心，忽地又笑道："幸亏我的脚底皮厚，没给你的尖刀戳穿。好，你戳不破我的脚皮，我可要戳破你的面皮了。"原来文逸凡生性滑稽，喜欢嬉笑怒骂，游戏人间。虽然做了江南的武林盟主，性情仍是旧时一样。他是故意和古云飞开开玩笑的。

但他也不只是单纯玩笑，他这"蹦"地一跳，实是一手最上乘的轻功，只见他在半空中一个倒头筋斗翻了下来，已是足点刀尖，同样的也是一式"金鸡独立"的姿势，立在古云飞的对面。

古云飞喝道："好，我就领教领教你的判官笔的点穴功夫！"口中说话，身形却向后跃，落在左斜方的第五柄尖刀之上。文逸凡跟踪追去，笑道："为何不敢进招，怕我戳破你的面皮吗？"

古云飞蓦地喝道："看鞭！"把手一张，迎风一展，一条软鞭已是哗啦啦地直抖开来。原来他的这条软鞭名为"蛟筋虬龙鞭"，是用野人山中一种特别坚韧的藤，缠上蛟筋练成的软鞭，软中带硬，可当鞭用，也可当作棒使，不用之时，则缠在身上当作束身的围腰，是一样十分厉害的兵器。

古云飞的这条软鞭抖开来是一丈多长，文逸凡的判官笔则不过二尺八寸，所以他要先向后跃，把双方的距离拉开，这才可以便于他以己之长，攻敌之短。在梅花桩上过招，不比平地，想要近身缠斗，那是难上加难。鞭长笔短，古云飞在兵器上已是占了大大的便宜。

古云飞一声"看鞭！"那条软鞭旋风般的疾卷过来。古云飞的鞭法快，文逸凡的身法更快，鞭风人影之中，只见他身形一晃，已是随着鞭梢直转出去，那条软鞭"刷"的从他脚底下打过，却差几寸，没有打着。

说时迟，那时快，古云飞一鞭打空，鞭未撤回，后招续发。鞭梢一转，倏地又使出了"回风扫柳"的神鞭绝技，风声响处，卷起了一团鞭影，向着文逸凡闪避的方向猛扫。

文逸凡人在空中，看来已是无法避开，就在这危机瞬息的刹那，只见他蓦地在半空就是一个翻转，头下脚上，双笔一挑，"铮"的一声，把古云飞的虬龙鞭挑开。这一招攻得好，挡得妙，观战的双方，都情不自禁地发出了如雷喝彩声。

文逸凡身形一落，脚尖刚刚点着刀尖，古云飞使的是"连环三鞭"的招数，软鞭又打了到来。文逸凡也再次施展超妙的轻功，端的是有若"蜻蜓点水"、"海鸟掠波"，身形一晃，又到了第二柄刀尖之上。可是只听得"铮"的一声，他原来立足的那柄尖刀，已给古云飞的虬龙鞭打折。

文逸凡的脚尖刚刚点着第二柄刀尖，忽地觉得脚底虚浮，禁不住晃了一晃，险些跌倒。说时迟，那时快，古云飞的软鞭又到，文逸凡喝道："你捣什么鬼？"一提腰劲，使出"黄鹄冲霄"的绝顶轻功，凭空跳起两丈多高。只听得"喀嚓"一声，这一柄"刀桩"也跟着倒了。古云飞运鞭如风，下边的人只见一团鞭影掠过，这一柄刀便倒下，只道这柄刀是给他的软鞭打倒的。但文逸凡却知得清清楚楚，第一柄尖刀的确是给他的虬龙鞭打折，但这一柄尖刀却是自己倒下的。

文逸凡身形一起，俨如鹰隼穿林，径向古云飞扑去。古云飞的轻功也很不弱，立即斜跃避开，不与文逸凡正面交锋。待到文逸凡落在他原来所立的"刀桩"之上，他又已退到另一根"刀桩"，两人之间仍然隔着五根"刀桩"。群雄心里都是暗暗嘀咕："鞭长笔短，文大侠打不着人家，只有人家打他，这岂不是大大吃亏？"

心念未已，只听得文逸凡怪声唱道："有头皆可剃，无剃不成头，惯剃人头者，人亦剃其头。"众人俱是一怔，想不到文逸凡在这样性命相扑的时候，竟有闲情逸致来唱歌谣。也不懂他唱的这支歌谣又有什么意思？

文逸凡怪声一收，蓦地一喝道："来而不往非礼也！好，且叫你也知道我的厉害。嘿，嘿！我这就叫做以其人之道还治其人之身！"口中说话，身形便似"蜻蜓点水"般的向前掠去，只见他脚尖点处，刀光晃摇，转瞬间便有六七柄尖刀倒了下来，都是给他踩倒的。文逸凡身法快极，尖刀一倒，他的脚尖又已移到第二柄尖刀之上，故此尖刀虽倒，他却并没有跌下"刀桩"。根据在梅花桩上比武的规矩，只要不是跌下梅花桩，就不算输。

原来古云飞所布的这个梅花桩，的确是暗中捣鬼，内有玄虚。这个梅花桩用尖刀来代木桩，共有一百零八把尖刀，布成一百零八路"奇门梅花桩"阵势。其中却有三十六把尖刀只是轻轻一插，入土甚浅的。这么一来，亦即是说古云飞是在明处，文逸凡是在暗处，古云飞可以避开这三十六把虚插的"刀桩"，文逸凡在暗处可就难免要受到暗算了。

文逸凡识破了他的诡计，反而想出了破敌之法。要知他的判官笔短，敌人的鞭长，他要克敌制胜，必须和敌人近身搏斗。他想出破敌的方法，便索性把"刀桩"都踏倒它，教古云飞根本没有在"刀桩"上的立足之处。

古云飞又惊又怒，骂道："咱们说好了，是较量梅花桩的功夫的，你这是什么打法？"文逸凡大笑道："不管什么打法，总之是要把你打下梅花桩！我没犯规，你管不着！"话说之间，一百零八根"刀桩"已给踩倒了一百零六根，只剩下两柄尖刀还插在地上。

文逸凡哈哈笑道："看你躲到哪里去？我上你这儿来啦！""喀嚓"一声把他立足的那柄尖刀折断，身形疾起，扑向最后一根"刀桩"，也就是古云飞立足的那柄尖刀。

古云飞无处闪避，除非跳了下地，可是打梅花桩的规矩，一着地就得算输，他又不甘认输。

眼看文逸凡已经扑到，来抢他的"刀桩"，一柄尖刀之上，岂容两人立足？古云飞大喝道："我与你拼了！"抖起了虬龙鞭，呼呼地打了几圈，就似狂涛骇浪的向文逸凡卷去。文逸凡已经扑到他长鞭可及的范围之内，但身形尚在半空。

双方胜负，决于这最后的一招，彼此都是全力以赴。古云飞占了两个便宜：一是鞭长笔短，二是以逸待劳。他这一招名为"八方风雨会中州"，打了出去，方圆数丈之内都在他的鞭势笼罩之下。文逸凡人在空中，根本亦是无从闪避。

就在这电光石火之间，文逸凡喝道："着！"倏然间就抓着了鞭梢！这一招擒拿手法精妙之极，拿捏时候，不差毫黍。众人看得惊心动魄，几乎连气也透不过来。

古云飞惯经阵仗，亦非弱者，当机立断，猛地喝道："下去！"把软鞭一撒，跟着双掌一推。文逸凡刚刚抓着鞭梢，对方突然撒手，文逸凡果然便似流星陨石般从空中坠下。东海龙和他的交情最好，大吃一惊，叫道："糟糕，这酸丁可要输了！"

话犹未了，只听得文逸凡也是一声喝道："下去！"左手的判官笔掷出，射向古云飞的肩头。古云飞识得厉害，若给这支判官笔射中，琵琶骨必将洞穿，多好的武功也要成残废！此时哪还容得古云飞考虑输赢，只好立即跳下"刀桩"。

　　文逸凡在半中一个筋斗，翻过身来，阻慢了下坠之势。他在坠地的前一刹那，还把那支判官笔抄了回来，这才双足着地。此时古云飞已跌在地上，刚刚爬起。根据梅花桩的比武规矩：先落地者输，当然是古云飞输了。

　　古云飞满面羞惭地走回自己这边，群雄则是欢声雷动，庆祝文逸凡赢了这场。公孙奇冷笑道："胜负兵家常事，算得什么？最后赢的那才算赢！"言下之意，待他最后出场就定可以扫荡群雄，稳操胜算。武士敦忍不住气，便要出场向公孙奇挑战。

　　笑傲乾坤道："武兄且慢，待他出场再说。"蓬莱魔女忽地"咦"了一声说道："你看是谁来了。"

　　只见两骑快马疾驰而来，转瞬间已到了蓬莱魔女跟前，一男一女，双双下马，说道："柳盟主，我们来迟了！"蓬莱魔女又惊又喜，原来这对少年男女正是耿照和秦弄玉。

　　蓬莱魔女看见他们平安归来，放下了心上的石头，笑道："回来了就好了，路上的事，慢慢再说。有一件事我先要说给你听。"

　　蓬莱魔女正要把桑青虹那封信交给耿照，忽听得公孙奇喝道："好，姓耿的小子你来得正好！快过来！"

　　耿照怒道："公孙奇，你要怎地，要动手你就出来！"

　　公孙奇大笑道："你怎配与我动手？你还不明白么？我要你过来给我磕头！"

　　耿照大怒道："岂有此理，大丈夫宁死不辱，你武功比我高强，我宁可死在你的手下！"

　　群雄也都不齿公孙奇所为，纷纷喝骂："比武有比武的规矩，岂能恃强凌弱，侮辱别人！"

　　公孙奇朗声说道："各位有所不知，这并非我公孙奇欺负小辈，而是按照武林规矩，耿照小子理应向我磕头！"

　　耿照气得几乎炸了心肺，喝道："你这是什么理？"

公孙奇冷冷说道："你学了桑家的武功，你总不能否认吧？"耿照是曾经得过桑青虹传他的"大衍八式"，当下亢声说道："这又怎样？"

公孙奇冷笑道："你学了桑家的武功就是桑门弟子，我如今是桑家堡的主人，你就该向我磕头，行过参见之礼。并且还应该听我的命令，为我效忠！"

耿照怒道："胡说八道，放你狗屁。当年也并非是我想学桑家武功，是桑青虹骗我学的。你叫桑青虹出来。"

公孙奇面色一沉，说道："桑青虹是我的妻子，你难道不知道么？据我所知，你当年还曾经向青虹行过谢师之礼的，如今我是你的师公，你敢不听我的命令，我就要按照武林规矩，清理门户了。嘿，嘿，你过不过来？"桑青虹念念不忘耿照，这件事公孙奇早已恼恨于心，是以一见耿照，就立意将他折辱。

耿照岂甘受辱，大踏步走出场去，说道："你这贼子狗嘴里不长象牙，我不屑与你多说。要嘛你就叫桑青虹出场来和我说个明白，要嘛你自己出来与我决个胜负。"

公孙奇喝道："欺师灭祖，无法无天！好，不给你一点厉害，你也不知道害怕，沙衍流，你给我把这小子揪过来。"

沙衍流即是那个少林寺的叛徒，他看见师叔弥度大师在场，心里不能不有几分害怕，因此一直躲在人丛中不敢出头的。但此时公孙奇指名要他出去，他却是不能不硬着头皮出去了。沙衍流暗自想道："丑媳妇总得见翁姑，好在投靠了公孙堡主，公孙堡主也总得给我庇护。"沙衍流一出来，弥度大师果然立即发作，喝道："且住！"

沙衍流见了弥度大师，不能不躬腰答道："师叔有何吩咐？"弥度大师寿眉一竖，"哼"了一声道："你眼睛里还有我这个师叔吗？你跟我回去！"沙衍流嗫嚅说道："这个，这个可要先问过公孙奇堡主。"弥度大师道："好，公孙奇你怎么说？"

公孙奇道："大师的法谕我已拜读过了。我是有一事未明，要向大师讨教。请问大师此来，是只为了贵派的弟子呢？还是也想参加比武？"

弥度大师道："沙衍流是少林寺的弟子，他犯了本门戒律，我要带他回去交方丈处置。少林寺无意卷入纷争，但少林寺也决不怕事。公孙堡主既然出头说话，那么问到老衲要不要动武，那就全看公孙堡主了。"言下之意，十分明显：公孙奇若然拦阻他清理门户，弥度大师就只能和公孙奇动武了。

公孙奇淡淡一笑，说道："大师的意思，我明白了。那么，贵派的清理门户和此处的比武是两件事情，沙衍流如今是奉我之命去抓这姓耿的小子，这是桑家堡之事，与大师无涉。事情既是两桩，理该分别处理。待这件事情过后，公孙奇自会给大师回话，请大师少待如何？"

少林寺在武林中一向居于超然地位，弥度大师既然说过"无意卷入纷争"，公孙奇又这样回复他了，弥度大师自是不便立即动手。好在公孙奇已把事情揽到自己身上，弥度大师也就不争迟早了。于是说道："好吧，这一场比武老衲不管，等下老衲恭候施主回话。"

蓬莱魔女道："好，那么我也要问个明白，这一场算是比武还算是你桑家堡抓人？"

公孙奇道："小师妹，你这是什么意思？是比武又怎么样？是抓人又怎么样？"

蓬莱魔女冷冷说道："贼子听着：是比武的话，你们派出一个人，我们也可以派出一个人，不能任由你们指名挑战。你要抓人的话，好，那么我们也可以抓你的人。你说耿照是桑家堡的叛徒，好，这是非姑且不论，但沙衍流更是少林寺的叛徒。你要派沙衍流来'揪'耿照，我就更可以派人把沙衍流揪回来交给弥度大师。"

原来蓬莱魔女是害怕耿照打不过沙衍流。要知沙衍流的武功已得少林寺的真传，在武林中也算得是一流高手的了。耿照虽然学了桑家的"大衍八式"，功力毕竟尚浅，焉能与沙衍流对敌。

蓬莱魔女说了这话，正在考虑派谁出去与沙衍流对敌为适合，想不到耿照却是不知进退，自动请缨，立即说道："管他怎么样，耿某决不能受人欺侮，这一场我定要与他们决个雌雄。"

公孙奇哈哈大笑道："好，这正是周瑜打黄盖，一个愿打，一个愿挨。小师妹，你还有什么说的?"比武规矩，双方同意，旁人即不能阻挠。

蓬莱魔女心里暗暗叫苦，想道："照弟血气方刚，不畏强敌，精神可佩，但却是太鲁莽了。双方武功相差太远，这一场只怕是输定了。"少林寺的大力金刚掌乃是天下最刚猛的掌力，蓬莱魔女不仅担心耿照战败，还担心他有性命之忧。当下暗暗戒备，事急之时，只好不顾比武规矩，救他性命。

这一场乃是强弱悬殊的比武，大家都在为耿照担心，不料交手之后，却是大出众人意料之外。

沙衍流最初也是丝毫不把耿照放在眼中，侧目斜睨，冷笑说道："好小子，你的胆量倒不小呀。进招吧!"耿照道："你不是说要来抓我的吗? 有本领你就抓吧!"言下之意，竟是要让沙衍流先行动手。

沙衍流急于交差，懒得多说，果然一抓便向耿照搂头抓下，这一抓看似漫不经意，但却是招里藏招，式中套式的少林寺嫡传的大擒拿手法，对方极难招架。不是给抓着颈项，就要给捏碎琵琶骨。一般的武学之士，对付这样的搂头一抓，多是用"凤点头"的招数避开，但那样一来，琵琶骨就不可避免要给敌人抓裂了。

不料耿照并不闪避，只见他单掌画了一道圆弧，"啪"的一声，竟把沙衍流这一抓荡开。沙衍流这一抓是式中套式，一个侧身，"游龙探爪"，又向耿照前胸抓到。但耿照的"大衍八式"也是连绵不断地发出，只见他一个跨步进掌，这次是双掌合抱，形如太极图式，倏地一圈，反客为主，沙衍流若不是缩手得快，手肘先要给他折断。沙衍流"噫"了一声，退开三步。

耿照喝道："你不抓我，我可要来抓你了!"一招"弯弓射雕"左臂如弓，右掌骈指戳出，沙衍流喝道："好小子，叫你知道我的厉害!"使出了金刚掌力，一招"独劈华山"，右掌挟着一股劲风，当头打下!

刚才沙衍流所使的大擒拿手法，虽然精妙，还不是他的看家本领。而且初交手的时候，他因为不把耿照放在眼内，只是使出三四成功力，意欲生擒，避免伤命。如今使的却是最擅长的功夫，也是少林寺镇山绝技之一的大力金刚掌，用到了七八成功力，比刚才那一招当然是厉害得多。用武林术语来说，这一招双方才是"见个真章"了。

蓬莱魔女捏了一把冷汗，就在这电光石火之间，只见耿照双掌一立，脚踏中宫，左掌一横，右掌斜劈，用的是"力托千斤"的招数，横掌一托对方肘尖，再以一掌助攻。只听得"啪"的一声，沙衍流的这招"独劈华山"，竟然又给他化解开去。

这一招沙衍流攻得急，耿照解得妙，各不相让，见了"真章"，耿照身形一晃，歪歪斜斜地退了两步，但却并没有跌倒。看来虽然还是耿照稍稍吃亏，但他居然能够硬接沙衍流的金刚掌力，已是大出众人意料之外！

沙衍流的擒拿手抓不着耿照，金刚掌又伤不了他，老羞成怒，趁着耿照身形未稳，追上去又施杀手。耿照使出家传的"蹑云步法"，身形摇摆，脚步踉跄，活像一个醉汉一般。沙衍流闪电般的一掌劈出，掌锋几乎是擦着他的肩头削过，但却依然没有打着他。说时迟，那时快，耿照已是一个"盘龙绕步"，回过身来，还招反攻。右掌向外一挂，吸引沙衍流的目光，左拳翻起，倏地一招"羚羊挂角"，朝着沙衍流的面门猛击！这一招使得大胆之极，沙衍流也不得不倒退三步，这才得有闲隙发出一掌，格开了耿照的长拳。这几下子兔起鹘落，迅如疾风暴雨，双方都是有攻有守，攻守俱臻化境，说来是两不输亏。但人心都是同情"弱者"的，一见耿照有机会反攻，场中掌声雷动。

蓬莱魔女极感诧异，她是深知两方实力的，心里想道："沙衍流金刚掌的造诣已是第一流的功夫，我要胜他，也不容易。照弟怎的在这短短的半月之内，功力竟尔精进如斯！"半月之前，耿照和"崆峒二奇"的弟子交手，不过略占上风，那是蓬莱魔女亲眼见到的。如今他和沙衍流交手，沙衍流的功力不在"崆峒二奇"之下，而耿照居然可以和他打成平手，蓬莱魔女当然是不能不大为诧异了。蓬莱魔女心想："他耽搁了几天才回来，莫非就在这几天之内，他有了奇遇？"

蓬莱魔女猜得不错，耿照的确是有了奇遇，遇上异人，给他打通了奇经八脉，使得他的功力大大增强。这件事以后再表。

不过，除了他得着奇遇，功力增强之外，另外还加上一个原因，他才能够在稍处下风的地位，和沙衍流打成平手的。这原因是沙衍流的师叔弥度大师在场，弥度大师已经声言要把他带回少林寺去，按照寺规，清理门户。公孙奇能否庇护他，亦即是能否胜得过弥度大师，这还是一个未可知之数。沙衍流因此而难免心神不安，是以耿照才能够勉强和他打成平手。

可是耿照虽然大出众人意料之外地和沙衍流打成平手，毕竟还是略处下风，蓬莱魔女也仍然不能不为他提心吊胆。激战中，耿照突使险招，不知对方是故意露出破绽，诱他上当，一招"叶底偷桃"，欺身进迫，掌击"空门"。沙衍流大喝一声"着！"倏然间变斜劈之势为下斩，这一招名为"斩龙手"，乃是"金刚掌"中一招非常厉害的杀手！

此时已成了近身肉搏的形势，双方都是无可闪避。耿照大喝道："我与你拼了！"就在这电光石火之间，倏地变招，身形一斜，手腕一绕，把全身成了侧立的弓形，双掌平推出去。旁人不识得耿照这一招的奥妙，公孙奇则是知道的，经不住"啊呀"一声，身形登时就似箭一般地飞射出去。

原来耿照所变的这一招乃是"大衍八式"中最厉害的一招杀手，蕴藏着三重力道，专伤奇经八脉。

双方使的都是杀手，又都是采取攻势。近身肉搏，彼此也都是无法化解！这一招若然硬拼的话，结果将是：耿照的一条手臂会给对方的"斩龙手"硬生生地斩断，变为残废。但沙衍流给他伤了奇经八脉，则将无法医治，最多拖个一年半载，终必身亡。

沙衍流是公孙奇的得力助手，而且公孙奇还有一个不可告人的目的才答应"庇护"他的。这目的就是利用沙衍流来拆少林寺的台，以遂他成为武林盟主的欲望。

由于公孙奇必须"庇护"沙衍流，是以在他这生死关头，便立即抢出去救他。

另一方，蓬莱魔女也不能让耿照变成残废，笑傲乾坤与她心意相通，就在这一刹那间，他们两人也是不约而同地跑出去抢救耿照。

三大高手同时出马，身法都是快得难以形容。就在沙衍流和耿照即将碰上的这一刹那，只听得"啪啪"两声，掌风人影中，只见沙耿二人倏地分开，沙衍流向左斜方冲出几步，似陀螺般地转了两个圈圈，"卜通"跌倒地上。耿照向右斜方冲出几步，转了三个圈圈，同样的也是一跤跌倒。而华柳二人则已与公孙奇打在一起。

原来双方同时赶到，也同时采取了同一样的战略：一面攻敌，一面救友。蓬莱魔女一掌推开了耿照，公孙奇则一掌推开了沙衍流。使的都是巧劲，沙耿二人并无受到伤害，便即分开。但因他们都是正在用全力扑击对手，故而大家都是收势不住，双双跌倒。沙衍流功力稍厚，少转一个圈圈。不过既然是同时跌倒，这一场也就只能算是不分胜负了。当下秦弄玉跑出来将耿照扶了回去，那一边，飞龙岛主也出来将沙衍流扶了回去。

公孙奇一掌推开了沙衍流，一掌便向蓬莱魔女打去。笑傲乾坤折扇一指，疾点他的"劳宫穴"，公孙奇五指一拿，抓住扇头，"乓"的一声，便与蓬莱魔女对了一掌。他因为要分出六成以上的功力对付笑傲乾坤，与蓬莱魔女对掌的结果，便刚好扯了个直，蓬莱魔女退了三步，公孙奇身形一晃，也不由得不松开了右手。笑傲乾坤身手何等矫捷，一抽出了折扇，立即便是扇掌兼施，掌击他的胸膛，扇点他的要穴！

公孙奇身形未稳，"啪"的就是一弹指，弹开了笑傲乾坤的折扇。脚跟一旋，转了半个弧形，左掌拍出，又解开了笑傲乾坤击向他胸膛的那招"大手印"。

公孙奇被笑傲乾坤与蓬莱魔女连环攻击，刚与蓬莱魔女对掌过后，立即又解开了笑傲乾坤掌扇兼施的杀手，所能用得出来的最多也不过六成功力，却居然和他们二人打成平手，不见吃亏。群雄无不骇异！

当事的三大高手也是各自吃惊，公孙奇虎口隐隐发麻，运气三转，方能活动筋脉，心里想道："我的两大毒功虽然练成，他们二人联手对我，我只怕也还未有必胜的把握。"笑傲乾坤、蓬莱魔女与他对掌之后，胸口也是隐隐发闷，同样的也是运气三转才能消解。

弥度大师迈步出场，缓缓说道："华大侠，柳盟主，请让老衲与公孙施主先理一理过节如何？公孙施主，老衲在这儿恭候你的回话了。"公孙奇说过待沙衍流打过一场之后，便给他回复的。

公孙奇说道："沙衍流是少林寺的门徒，但也是桑家堡的人，如何处置他的事情，我当然应该尊重大师之意，但我却也不能不问个清楚，请问大师，大师口口声声说是要清理门户，却不知沙衍流犯了什么门规？"公孙奇的说话，听来好似"谦虚"，骨子里却是十分倨傲。

弥度大师寿眉一轩，淡淡说道："少林寺的门规，无须外人置喙。沙衍流，你出来！"沙衍流在师叔喝令之下，不敢不出。

弥度大师喝道："本门的三大戒律，你还记得么？"沙衍流迟疑了一阵，不敢回答。弥度大师喝道："你究竟记不记得？"公孙奇笑道："沙兄，你就回答你的师叔吧。"

沙衍流得了公孙奇的鼓励、撑腰，遂硬着头皮答："三大戒律，弟子岂能忘记。这三大戒律：一是不许欺师灭祖，二是不做鞑子的官，三是切戒杀害无辜。"

弥度大师冷笑道："亏你还记得，那你犯了没有？"

沙衍流道："弟子只是应了皇上之聘，与金国的各派武学名家聚过会，领过御宴，其后就来桑家堡了。算不得是在朝廷为官。其他一、三两条戒律，弟子更是丝毫无犯。应皇上之宴，亦不过是为了宏扬本派武功而已。请师叔鉴谅。"

弥度大师怒道："还说没犯，你三条全都犯了。你领了金宫侍卫之职，你当老衲不知道么？你是奉命到桑家堡协助公孙奇的，老衲也知道了。公孙奇是什么人？他是金国郡马，你为他效力，亦即是为鞑子皇帝效力，你还有什么好说的？"

弥度大师继续骂道："你犯了戒律，还倚仗外人撑腰，巧言蒙骗本门长辈，这就是欺师灭祖！你给鞑子皇帝当爪牙，又岂能不杀害无辜？三大戒律，你全犯了！还不快快跟我回寺领罪？"一番痛斥，把沙衍流骂得抬不起头来。

公孙奇忽道："弥度大师，此言差矣！沙衍流如今投奔了桑家堡，于理于情，我该为他说几句话。不知大师可肯容我说么？"

弥度大师"哼"了一声，道："我如何差了，倒要请施主指教。"

公孙奇道："你指责沙衍流所犯的罪，归根结底，其实最重要的就只是第二条，即指责他不该做鞑子皇帝的官。其他什么'欺师灭祖'，什么'杀害无辜'，都是从这一条引申的。对么？"弥度大师道："那又怎样？"

公孙奇奸笑一声，说道："请问大师，你们这条戒律是你们的开山祖师传下来的吗？"少林寺的开山祖师是南北朝时代梁武帝之时来华的天竺（今印度）高僧达摩，也当然不可能定下一条"不许做鞑子的官"的戒律。公孙奇这是明知故问。

弥度大师道："少林寺的戒律是历代祖师体察当时时势，创订下来的，不时有所增删，但在未变动之前，本派僧俗弟子，必须一体禀遵。'不许做鞑子的官'这一条，是老衲上两代掌门师祖所订。"原来弥度的上两代掌门师祖乃是百丈禅师，他本来是在江湖上行侠仗义的少林派俗家弟子，中年之后，才剃度出家。其时中国的北方已开始为金国所侵占，是以百丈禅师定下这一条戒律。

公孙奇冷笑道："这就着了。既不是贵派开山祖师传下，那就不能算是欺师灭祖。这一条只能算是你少林寺的寺规。但寺有寺规，国有国法，如今咱们都是大金皇帝管辖之下的子民，寺规国法不能兼顾之时，只有先从国法。沙衍流受皇上之聘，宣扬贵派武功，贵派只宜奖饬，岂应责罚？再说贵派认为沙衍流不该做鞑子的官，但贵派的开山祖师达摩老祖，他也是天竺人而非中国人，说来也是'鞑子'，你们少林寺僧俗徒众都是'鞑子'的门徒，你们数典忘祖，却来无理责骂沙衍流，这岂不是甚为可笑！"

公孙奇能言善辩，这一番话也当真是尽了"言伪而辩"的能事。弥度大师大怒道："你说我是可笑，我说你是可耻！达摩祖师来华，是弘扬佛法，普渡世人；传授武功，乃是作为护法之用。达摩祖师在中国传法、创派，对中国有大功而无一害，他也是当时中国人的好友。鞑子皇帝强占中国土地，残害中国百姓，岂能与达摩祖师相提并论！"

少林寺这位高僧平时一派慈和，发起怒来，却自有一股凛然之气，令人不敢迫视。公孙奇也不禁为之心悸。群雄听了弥度大师这番犀利的言辞，字字如刀，戳中公孙奇的要害，把公孙奇的邪说驳得体无完肤，都不禁为之拍手称快。

公孙奇打了一个哈哈，掩饰窘态，说道："善未易明，理未易察，各执一辞，难免柄凿，多辩无益，如今公孙奇只想请问大师意欲如何？"

弥度大师冷冷说道："我不是早已说得明明白白了么，少林寺的叛徒我要带回去交给方丈师兄处置！"

公孙奇道："我也早已说得明明白白，沙衍流投奔了桑家堡，我忝为堡主，决不能将他随便交给别人。"

弥度大师眉一挑，峭声说道："好，那我只好问公孙施主要人了！"公孙奇道："好。少林寺武功称雄当世，小可冒昧，正想借此机缘，向少林寺的高僧请教。待大师胜了在下，再把贵派弟子带去如何？"

说至此处，双方已是势成骑虎，非比武不行了。群雄都是大为兴奋，人人屏息而观。要看这位少林寺高僧如何与这大魔头比武。

耿照与沙衍流对掌过后，虽未受伤，气血亦觉不舒，此时正在秦弄玉护持之下，盘膝吐纳，调匀气息，活血舒筋。蓬莱魔女本来想把桑青虹那封信交给他的，却怕影响了他的心神，是以暂时不提。待到耿照调匀了气息，场中弥度大师与公孙奇的比武亦已开始了。

弥度大师守着少林寺高僧的身份，说道："少林寺是以佛法渡人，并非以武力服人。但施主既然定要以武功解决纷争，老衲也只好奉陪了。请施主划出道来。"

公孙奇笑道："大师武功卓绝，天下咸知。咱们总不能似市井之徒打架，一上来就拳打脚踢的。是以小可意欲先与大师文比一场，然后再来武比。文比这场，请大师自行选择，总之是各出看家本领，也就是了。"

弥度大师道："敬依方命。"说罢，面向对方石壁，取下挂在颈上的一串念珠，说道："老衲只知诵经念佛，如今就用这串念珠，博天下英雄一晒。"

只见弥度大师把手一扬，那串念珠飞了出去，宛如洒下了满天花雨。转眼间一百零八颗念珠都嵌在对面山峰的一块光滑如镜的石壁上，排出了整整齐齐的"回头是岸"四字。

念珠虽然并非一触即碎的东西，但也不是怎么坚硬的暗器，若是换了别人，用力把念珠摔到石上，那也是会碎的。但现在一百零八颗念珠却无一颗破碎，而且都嵌入石壁，排成字体。弥度大师内力之纯，当真是足以惊世骇俗！

老英雄宋金刚赞道："老禅师好一副菩萨心肠。但只怕是畜牲好渡人难渡。"铁笔书生文逸凡笑道："这四个字似应改为对牛弹琴。"

原来弥度大师飞珠嵌壁，还不仅仅是显示最上乘的内功而已，念珠在石壁上排出的那四个字——"回头是岸"，其实也是对公孙奇的点化。

公孙奇不理众人的冷嘲热讽，哈哈一笑，说道："飞珠嵌壁，少林寺的绝世神功果然名不虚传。我就借老禅师这串念珠，来个班门弄斧吧。"

众人一听，公孙奇竟是要借这串念珠来卖弄武功，不知他能变出什么花样？不禁都起了好奇之心，要看他怎样"班门弄斧"。

公孙奇在那石壁前面三丈之处立定，双手向空中一抓，说道："我这是班门弄斧，也是借花献佛，请老禅师哂纳！"只听得呼呼风响，嵌在石壁上的一百零八颗念珠都飞了出来，落到公孙奇的手中。公孙奇随接随发，那一串念珠又向弥度大师飞去。每一颗念珠都是丝毫无损，而且也是在空中排出了整整齐齐的四个字，这四个字是"我行我素"。

飞珠嵌壁固然是足以惊世骇俗，但如今公孙奇把嵌在石壁上的念珠再取下来，依然丝毫无损，这手功夫的"难度"即使不在飞珠嵌壁之上，至少也不在其下。群雄虽然鄙视公孙奇的为人，但对他这一手功夫却也不能不为之喝彩。

弥度大师收回念珠，也不禁吃了一惊。他这一串念珠本来是洁白无瑕的，如今收了回来，只见每一颗念珠都是黯然无光，带上灰中透黑的色泽。不问可知，显然是公孙奇在转手接发这串念珠的时候，已经使用上他的邪派毒功。

念珠此发彼收，不过是瞬息间事。旁边诸人，十九都未看出念珠已然变色。但场中的第一流高手，如笑傲乾坤、蓬莱魔女、武士敦、文逸凡、东海龙、西岐凤等人已是看出来了。这六大高手，也都是暗暗吃惊，心中俱是想道："论内功造诣，弥度大师未必输给公孙奇，但公孙奇的毒功如此厉害，却不知弥度大师是否能以绝世神功来抵御它了？"

弥度大师念了一声"阿弥陀佛"，说道："公孙施主既然不愿听老纳逆耳之言，那么老纳只好再与施主武比一场了。如何比法，就请施主划出道儿来吧。"

公孙奇淡淡说道："这一场武比，请恕小可狂妄，仍然是要向大师班门弄斧。大师是当世高僧，坐禅自是大师的看家本领，小可就向大师请教坐禅的功夫。"群众听了，都是不由一怔，心想这个"坐禅"却不知是如何比法？"坐禅"又如何能够较量武功？正是：

嵌壁还珠堪骇俗，且看魔掌斗高僧。

欲知后事如何，请听下回分解。

第九十三回　怅望关河空吊影
愁生故国念离人

众人正在窃窃私议，只见公孙奇以足为轴，在地上划了一个圆圈，说道："咱们都在这圈子内坐禅，我顺便领教领教老禅师的绝世神功。谁要是出了这圈子之外，就算输了。如此比法，不知老禅师可肯应承。"

众人这才知道，公孙奇原来是以"坐禅"为名，要在这圈子内与弥度大师对掌。这个圈子仅能容得两人盘膝而坐，比起掌来，根本就没有余地可容周旋，要想闪避，那是决计不能的了。公孙奇已练成了桑家的两大毒功，弥度大师必须在这圈子内硬接他的毒掌，这当然是弥度大师要吃很大的亏。众人俱是想道："这贼子的心计比他的毒掌还要狠毒！"

弥度大师有言在先，这场武斗，是任凭公孙奇划出道儿（出主意）的。而且以弥度大师的身份，当然也不能示弱。当下弥度大师寿眉一轩，朗声说道："施主意欲如何，老衲奉陪就是。请。"

两人进了圈子，盘膝而坐。公孙奇道："小可班门弄斧，请老禅师恕我冒犯了！"左掌一抬，一个"大手印"便向弥度大师胸膛印下。弥度大师和公孙奇的父亲公孙隐是同辈，公孙奇先行出掌，这还说得是按照武林中晚辈与长辈过招的规矩，可是按照这规矩，小一辈的为了表示尊敬长者，这第一招也多是"虚式"，或是为表示礼貌的"起手式"的，如今公孙奇一出手就掌击"洪门"（胸部），这却是对长辈的一种轻蔑。

公孙奇的用意当然是想激怒弥度大师，以便从中取利。弥度大师是有道高僧，丝毫不为所动，气定神闲地抬起掌来，就接了他的一掌。

双掌一交，弥度大师只觉掌心如熨，一股热气就似要从他掌心的"劳宫穴"攻进体内，弥度大师默运玄功，真气凝聚掌心，公孙奇登时也觉得一股无形的潜力，就好似要从对方的掌心涌出来似的，竟然把他的掌力迫回，公孙奇也不禁心头一凛："少林高僧的金刚掌力果然名不虚传！"

公孙奇右掌未收，左掌又起。他的右掌红若朱砂，左掌却是黑如浓墨，带着腥腐的气味。弥度大师以左掌又接下他的掌力。这次只觉他的掌心其冷如冰，弥度大师有数十年的童子功，金刚掌力又是纯阳的内功，但在化解了公孙奇的掌力之后，身体仍是微感寒意。原来公孙奇右掌使的是"化血刀"，左掌使的是"腐骨掌"，前者可令对方血液中毒，后者可令对方骨肉溃腐，而且掌力一寒一热，相辅相成，两大毒功互相配合，端的是厉害无比！场中识货的一流武学行家都是不禁相顾骇然，心中想道："幸亏是这位少林高僧，倘若换了场中的任何一位高手，只怕也决计接不了公孙奇同时使用的这两大毒功！"

只听得"蓬、蓬"数声，公孙奇左右开弓，连击三掌，弥度大师以金刚掌力一一化开。公孙奇突然双掌一压，他的掌心就似有一股无形的吸力似的，把弥度大师双掌吸住。三重掌力，排山倒海般地狂涌过来，一个浪头高过一个浪头。原来公孙奇发的这连环三招，有个名堂，叫做"龙门三鼓浪"，前一重掌力未消，又加上后一重掌力，端的是厉害无比。

弥度大师的金刚掌力本来是天下最刚猛的掌力，但在公孙奇三重的掌力冲击之下，也感到颇为吃力，只有招架之功，竟无还击之力。他的身形仍是纹丝不动，但僧袍却起了一圈圈的皱纹，就似风帆般的涨满起来。这显然是体内真气鼓荡的结果。场中不乏武学的大行家，见弥度大师应付得如此吃力，都不由得暗暗惊心。

群雄在替弥度大师担忧，殊不知公孙奇也在暗暗吃惊，原来他所练的邪派内功，乃是以霸道取胜的，强攻不进，也有再衰三竭之感。弥度大师的金刚掌力却是少林寺的正宗内功，霸道不如公孙奇，但纯厚沉雄，那却是公孙奇比不上他的。公孙奇心想："我若和他硬拼掌力，只怕持久不下，最后还是我要吃亏。好，我且尽量发挥化血刀与腐骨掌的两大毒功，看他能不能抵挡。"

过了一会，只见弥度大师头顶上冒出热腾腾的白气，越来越浓，转眼间就在这圈子的上空覆罩了一团浓雾。原来弥度大师正以最上乘的内功，将侵入他体内的毒气蒸发出去。但虽然如此，胸口还是不免有烦闷之感，要默运玄功，才能支持得住。

旁观的人，纷纷退后。原来那些功力较弱的人，呼吸了那股腥闷的气味，已是感到头昏目眩，不能不避到较远之处，呼吸一口新鲜的空气。

蓬莱魔女不禁忧心忡忡，说道："公孙奇这贼子的两大毒功如此厉害，只怕——"笑傲乾坤笑道："无妨，我看弥度大师还尽可以支持得住。"蓬莱魔女道："但只怕弥度大师胜了，也要大病一场。"

公孙奇也在心想："这老和尚的内功如此坚韧，只怕我纵能胜他，也要大病一场。不如拼着耗损一些元气，早些把他击败。"

群雄屏息而观，忽见公孙奇嘴角沁出血丝。血迹殷红，在浓雾笼罩之下也可以看得清清楚楚。群雄以为是公孙奇败象已露，不禁欢呼。

此时笑傲乾坤却是面色沉重，低声说道："不好，公孙奇这贼子用出了天魔解体大法，增强了他这两大毒功，只怕、只怕弥度大师是难以支持下去。"话犹未了，只见弥度大师身形摇晃，嘴角也沁出了血丝！

原来"天魔解体大法"乃是一种十分古怪的邪派内功，"施法者"在自残一部分肢体之后，可以将本身的功力至少增强一倍。公孙奇最先嘴角沁出血丝，就是他自行咬破舌尖，来施展"天魔解体大法"的。不过"天魔解体大法"虽然极为厉害，却也颇伤本身元气，所以非到必要关头，是绝不肯轻易施用的。

公孙奇的功力与弥度大师本来相差极微，加上他的两大毒功，已经是略占了优势的了。如今再使出"天魔解体大法"，功力陡然增强一倍，弥度大师当然更是禁受不起，是以他随后嘴角也沁出了血丝，但同样是沁出血丝，却又有所不同，公孙奇是自行咬破舌尖，弥度大师则已是受了内伤。

众雄还以为弥度大师与公孙奇是旗鼓相当，虽然也在担心他们两败俱伤，但还不是怎么特别为弥度大师忧虑。武士敦、笑傲乾坤、蓬莱魔女与文逸凡等人是第一流的武学大行家，却看出了弥度大师受了内伤，再战下去，恐怕就要遭受公孙奇的毒手。

他们虽然着急，却不能上前，要知弥度大师是武林前辈，少林高僧。以弥度大师的身份，岂能破坏了比武规矩，让别人坏了他的名头。

他们在比武之前，是讲好了谁先退出圈子，就当作输的。所以，以弥度大师目前的处境而论，只有自己退出圈子，甘愿作输，这才能保全他的性命。可是弥度大师却仍是强力支持，不肯退出圈子。

蓬莱魔女悄声说道："弥度大师不肯退出圈子，只怕有性命之忧，这可如何是好。咱们不如——"

话犹未了，忽见公孙奇双掌一收，突然站起身来，一步就跨出了圈子，冷冷说道："不必比了，谁弱谁强，你自己知道！"

这一下变化大出众人意料之外，心想道："难道是公孙奇手下留情，给这位少林高僧几分面子。"但以公孙奇的狠毒性情，与急欲称霸武林的野心而论，他已然可以打败弥度大师，却又怎肯手下留情？

公孙奇在临胜之际，突然罢手，这情形和上一次他在桑家堡夜战华柳二人，在抢得了攻势却又突然罢手的情形，如出一辙。因此，笑傲乾坤与蓬莱魔女更是大惑不解，感到其中定有蹊跷，却又猜不出一个所以然来。心中一片茫然。

但无论如何，公孙奇自己退出了圈子，总是输了。桑家堡的人惊疑不定，群雄看得惊心骇目，此时也才放下了心上的一块石头。

公孙奇不但"自行作负"，还匆匆忙忙地施展轻功飞跑，看情形似乎是要赶回桑家堡。看他满面怒容，又似是要马上赶回去和什么人算账似的。

飞龙岛主宗超岱是桑家堡的总管，见公孙奇弃众而逃，大为惊诧，连忙问道："堡主，你没有输，怎么——"公孙奇满面怒容，喝道："你给我抵挡敌人，不必再管我的事！"一把推开了飞龙岛主，径自奔回桑家堡。孤鸾山这边的武学高手都在注视着公孙奇的行动，见他健步如飞，却又不似受了内伤的模样。

就在公孙奇退开之后，弥度大师的身形突然向上抛起，他本来是盘膝坐在地上的，这一抛起，就似皮球般地抛出了圈子之外。原来公孙奇在临走之前所发的那一掌十分霸道，蕴藏着三重后劲，弥度大师筋疲力竭，只能消解两重，终于给他的最后一道劲力抛离圈子。笑傲乾坤与蓬莱魔女都是大吃一惊，顾不得去追赶公孙奇，连忙抢上前去，把弥度大师接了下来。

弥度大师叹了口气，睁开眼睛，涩声说道："公孙奇说得不错，老衲确是抵挡不了他的两大毒功。如今却是一个最好的时机，你们赶快趁此时机，追到桑家堡去，将这奸贼除了。"

笑傲乾坤与蓬莱魔女各在一边，扶着弥度大师的身子。笑傲乾坤手所触及的那半边身子只觉其冷如冰，蓬莱魔女手所触及的那半边身子则觉其热如火，以弥度大师内功的造诣之深，居然出现了如此现象，可知所中的毒实是不轻。华柳二人怎肯弃他不顾。当下他们各出一掌按着弥度大师的背心，用本身的真气输入弥度大师体内，想为他保存性命。弥度大师道："你们不必照顾老衲，快快去除奸贼。"

笑傲乾坤道："那贼子是否受了大师之伤？若然，迟些时候也是无妨。"要知以弥度大师的金刚掌力，倘若公孙奇是受了他的掌力之伤，绝非一两天之内便能复原。

弥度大师摇了摇头，说道："快去，快去！这是最好的时机，错过之后，天下无人能够除他。这贼子并非是受我之伤。"

弥度大师的回答大出华柳二人意料之外，笑傲乾坤大惑不解，惶然问道："这贼子不是受伤，那又何以是除他最好的时机？"

弥度大师吸了口气，缓缓说道："老衲也是只知其然而不知其所以然，只是从他最后所发的一掌看来，他似乎有走火入魔的迹象。桑家的内功心法十分怪异，若不立即去和他缠斗，他可能从容运功，导气归元，解除了这走火入魔之危！"

弥度大师说到此处，突然急声说道："快去！快去！你们实是无须照顾老衲了，老衲不成啦！"眼皮一阖，登时圆寂。原来弥度大师若得华柳二人之助，加上本身的功力祛除毒质，本来还可以延长五年寿命的，但他却不愿华柳二人多耗真气，是以在说明了其中的关键之后，便即自断经脉而亡！

华柳二人是武学的大行家，当然明白弥度大师是为了避免消耗他们的功力，故而不惜自我牺牲。他们明白了弥度大师的苦心，不胜感叹。但此时却不是哀悼死者的时候，笑傲乾坤道："瑶妹，咱们不能辜负弥度大师临终嘱咐，赶快去除那贼子吧。"

蓬莱魔女道："是。"正要起步，忽地想起一事，赶忙取出了桑青虹那封信，递给耿照道："照弟，这封信是给你的。"匆促之间，她亦无暇说明这是谁写的了。

公孙奇一走，桑家堡这边群龙无首，人心摇动，飞龙岛主是桑家堡的总管，只能替代公孙奇指挥，他安慰众人道："咱们的堡主神功无敌，弥度大师尚且毙命在堡主的掌下，何况他人。堡主不过是为了点私事，去去就来的，你们切不可慌乱。"他这么的一说，安定了一部分人的心，但更多的人都是想道："公孙奇若没受伤，在这决战的关头中，岂能只是为了一点私事弃众而逃。"这些人是倚仗公孙奇壮胆的，公孙奇一走，他们心里早已发慌，打定了"三十六着走为上着"的主意。

武士敦振臂大呼："咱们杀进桑家堡去！"群雄个个争先，登时展开了一场大混战。依附于公孙奇的邪派妖人，有一半悄悄溜走，但也还有一半抱着侥幸心理，服从飞龙岛主宗超岱的指挥，与群雄接战。

此时耿照已经调匀气息，恢复了精神。秦弄玉在他身边，珊瑚与陆勉也正过来与他们叙话。秦弄玉已经知道他们订了婚约之事，相见之下，不胜欢喜。他们来到耿照身边的时候，也正是蓬莱魔女把那封信交给耿照的时候。

耿照拆开这封信一看，大吃一惊。秦弄玉道："是谁的信？"耿照道："是青虹的信，你拿去看。"原来在这封信上，桑青虹哀求耿照在见信之后，立即前去看她，她说她有一点私事要拜托耿照。信中语气，极为哀苦，但求一面，以了心愿，颇有点诀别之意。信中附有她所居住的地图，原来她是被公孙奇囚禁在一座迷楼之中，那座迷楼就在桑家的"藏经窟"附近，耿照从前是曾经在那个石窟被关过多时的。故而桑青虹无须绘出桑家堡的全图，只说明了迷楼的所在和说明怎样进入迷楼的走法，料想耿照就一定可以找着她了。这封信的最后还以忏悔的口气求耿秦二人恕她以前的所作所为，给他们添了不必要的麻烦。最后还以非常诚恳的口气，为耿照与秦弄玉二人祝福，祝他们早成连理，白头偕老。

秦弄玉折好了信，交还耿照，说道："那你还不快去！"耿照道："是。咱们都去吧！"他和秦弄玉、珊瑚二人一同去找桑青虹，心中颇有感触，暗自想道："人生际遇之奇，往往出人意料之外。珊瑚已有了好的归宿，偏偏桑青虹却是一再的坠溷沾泥。不知她将来的结果又会如何？看她信中颇有诀别之意，难道她果真有性命之忧？"

此时双方已在激烈的混战之中，东海龙与西岐凤并肩冲入敌阵，东海龙哈哈笑道："蒙兄、劳兄，你们本是崆峒前辈，却何苦助纣为虐？但你们若一定要帮公孙奇这一小子，那么说不得我虽是败军之将，也只好与你们再打一架了。"

"崆峒二奇"行事任性，不分是非，但却颇重义气。东海龙刚才那一场自认输招，给了蒙天庇的面子，蒙天庇心里也是明白的。他们之所以依附公孙奇，有两个原因。其一是他们想把崆峒派的武功在中原发扬光大，公孙奇武功高强，又有"势力"，故而他们要仰仗公孙奇之助。另一个原因，则正是因为他们颇重义气，公孙奇投其所好，用手段拉拢了他们。

蒙天庇是人家敬他一尺，他敬人家一丈的脾气。东海龙这么一说，他不由得暗暗面红，心中想道："公孙奇弃众而逃，竟无片言交代。不管他是否受伤，总是对友不义。今日情势，看来只怕桑家堡难免要瓦解冰消，公孙奇是靠不住的了。东海龙说得对，我是武林前辈，倚靠一个后生小子，纵然能够发扬我派武功，别人也要看我不起。"

蒙天庇主意打定，便即拱手说道："东园先生，多谢你在我面上贴金，更多谢你的教言。好，就算是交了你这位朋友了。今日咱们是不打不相识，他日若有机缘相见，我再与老朋友切磋武功。如今则恕我们要失陪了。"蒙天庇是师兄，他说要走，劳天护当然是跟着他走。他们这一走，不用明言当然也就是接受了东海龙的劝告。东海龙目送他们飘然而去，哈哈笑道："前头自有大路，两位走得好！走得好！可是，我却还未能走呢。好啦，西岐贤弟，咱们失了对手，只能杀进桑家堡去，去会一会公孙奇了。"

另一对，武士敦与云紫烟也是联袂杀入敌阵。麻大哈与上官宝珠双双杀出，和他们交上了手。武士敦掌力沉雄，上官宝珠轻功超妙，武士敦占得上风。云紫烟以无相神尼的独门剑法则与麻大哈恰恰打成平手。武士敦打得兴起，双掌盘旋飞舞，不但迫得上官宝珠不能近身，连麻大哈也被笼罩在他的掌力之内了。武士敦喝道："麻大哈，我和你再说一遍，你父之死，实是咎由自取，怪不得我。我劝你一定要懂得大是大非，切不可执迷自误。否则我也只能对你不客气了！"

麻大哈沉声说道："杀父之仇，不能不报！"武士敦是个十分豪迈的性格，他是因为麻大哈作恶无多，而一身武功又得来不易，所以才有点怜惜他的。但如今既然劝他不醒，武士敦也就绝不婆婆妈妈了。当下武士敦"哼"了一声，喝道："好，那么你就报吧！"掌力一发，势如排山倒海，麻大哈禁受不起，接连地退了六七步，"哇"的一口鲜血，喷了出来。

人丛中箭一般地窜出两条大汉，一个喝道："我正想领教你丐帮的金刚掌力。"一个喝道："休得欺负我的师弟。"这两条大汉，一个是少林寺的叛徒沙衍流，一个是灵山派的掌门弟子古云飞。

沙衍流先到，"砰"的与武士敦对了一掌。沙衍流身形一退，古云飞的双笔随即点来。好个武士敦，脚步未稳，头也不回，反手一弹，"铮"的一声，又把古云飞的一支判官笔弹开了。

云紫烟一招"大漠孤烟"，将古云飞点向武士敦"笑腰穴"的另一支判官笔挑开。文逸凡从另一头赶来，哈哈笑道："原来你也会使判官笔，好，咱们再较量较量！"古云飞擅长的是软鞭功夫，刚才在"梅花尖刀桩"上比武，那条软鞭已给文逸凡夺去，这才改用判官笔的。他的判官笔功夫虽也不弱，却怎比得上号称"铁笔书生"的文逸凡？何况他最拿手的功夫都给文逸凡破了，又怎敢用次一等的功夫来对付文逸凡的看家本领呢？

文逸凡来得快，古云飞也走得快，只听得他扬声说道："君子报仇，十年未晚。师弟，师妹，走吧！"说到一个"走"字，身形已在半里开外。文逸凡哈哈笑道："灵山派的轻功另辟蹊径，确是颇有可观。我本来想与你再比一比轻功的，可惜我还要到桑家堡去走一趟。没奈何，只好等你十年后来报我的仇吧。"

他的师弟师妹，上官宝珠早已拉着麻大哈走了。灵山派这三名高手一走，桑家堡这边的力量更为削弱。不过他们三人之走却与"崆峒二奇"之走不同，"崆峒二奇"是与对方化敌为友之后飘然远引，灵山派的三大弟子则是扬言报仇，梁子依然未解。

沙衍流与武士敦对了一掌，震退三步，虎口隐隐发麻，不由得倒吸了一口凉气，心里想道："我只道在少林寺技成之后，一出寺门，便可技压江湖。哪知今日我接连的两战，第一战和一个武林后进的耿照不过打成平手。第二战更糟，只不过一个照面我便吃亏，我苦练多年的少林寺金刚掌力，竟敌不了武士敦所使的丐帮金刚掌力的一掌。看来天下英雄比我高强者还不知多少！不过，好在担当执法的弥度师叔已死，方丈和我的师父不会轻离少林寺，我可以暂时没有麻烦。且待我再苦练几年，若再练成了易筋经，那时再出江湖争胜，也还不迟。"沙衍流主意打定，于是他也走了。

不过，依附于桑家堡的各派妖人未走的也还不少，他们在飞龙岛主指挥之下，抵挡群雄的进攻。蓬莱魔女心头火起，说道："谷涵，你替我掠阵，我先杀了这厮出气。"两人施展绝顶武功，冲入敌阵，拂尘挥舞，长剑翻飞，折扇点穴，两个人三般兵器杀得群邪辟易。

飞龙岛主见华柳二人杀来，吓得心胆俱寒，连忙逃走。不料迎头碰上了武士敦，武士敦人未到，掌先发，一股劈空掌力俨如排山倒海般地涌来，震得他胸口隐隐作痛，不由自己地倒退三步。飞龙岛主识得武士敦的厉害，忙又掉头，改向西走。

蓦地里一声霹雳，东海龙喝道："往哪里走！"使出大捭碑手的功夫，一手一个，将桑家堡这边的两个人抓了起来。这两个人都是水牛般身躯的大汉，给他似抓着小鸡般的提起，双臂一振，就把这两条大汉当作"人球"抛出，向飞龙岛主撞去。

飞龙岛主不敢硬接，双掌一推，把这两个"人球"反抛回去。西岐凤从东海龙背后闪出，笑道："这两个人罪不至死，待我救了他们吧。"当中加上一掌，两条大汉从半空中分开，各坠一边。原来他们受了东海龙与飞龙岛主这两大高手掌力的挤压，本来是不能活命的，西岐凤当中加上一掌，却把那两股掌力对消了一半，这才能救了他们的性命，但虽得苟活，亦已气息奄奄了。

飞龙岛主一见是东海龙与西岐凤同在一起，阻住了他的去路，飞龙岛主自忖可以单独和他们当中的一个打成平手，却决计不是他们两人的对手，连忙又掉转了头，再向南走。

他这么两次掉头转向，笑傲乾坤已经赶到，身形一掠，越过他的前头，折扇一合，当作判官笔使，点向他的"华盖穴"。笑傲乾坤的本领更在东海龙与西岐凤之上，使的又是最上乘最狠辣的点穴手法，飞龙岛主焉敢闯他这关，忙又掉头北窜。笑傲乾坤哈哈一笑，收了折扇。原来他是有意把飞龙岛主迫得只有向北逃走的这一条路的。蓬莱魔女正在那个方向把关，准备迎击飞龙岛主。笑傲乾坤的本领本来可以结束飞龙岛主的性命，但他却要让给蓬莱魔女报仇。

蓬莱魔女厉声斥道："你这为虎作伥的臭贼，今日非杀你不可！"青钢剑寒光一闪，一招"玉女投梭"，直指他的咽喉。飞龙岛主一个斜身滑步，反掌荡开她的剑尖，蓬莱魔女又已展开"天罡拂尘三十六式"中的"背负南溟"，拂尘抖开如鹏翼当头罩下。飞龙岛主以双掌之力荡开拂尘，蓬莱魔女右手的青钢剑又已闪电般地刺到。

两年前在飞龙岛初会时，他们二人交手，那时已是飞龙岛主稍逊一筹。这两年来，蓬莱魔女得了她父亲传授最上乘的内功心法，本门武功又已精益求精，百尺竿头，更进一步，飞龙岛主当然更不是她的对手了。

飞龙岛主若然精力充沛，可以抵挡蓬莱魔女的三五十招，如今他在被杀得昏头转向之余,连十招都抵挡不到,便给蓬莱魔女一剑穿心而过,取了他的性命。

公孙奇一走,桑家这边本来已是群龙无首,如今替代公孙奇作指挥的飞龙岛主又丧命于蓬莱魔女剑下,桑家堡这班乌合之众,当然更是溃不成军,各顾各的夺路逃命,只恨爹娘少生了两条腿。

蓬莱魔女拭干剑上的血渍,笑道:"太湖之仇,今日始报,可也报得痛快!好,现在是该杀进桑家堡的时候了。咦,耿照呢?"要知蓬莱魔女杀进桑家堡的目的之一就是为了要解救桑青虹,但她却不知道桑青虹被囚之所,她料想在桑青虹给耿照的那封信中定有说明,但她刚才匆匆把那封信交给耿照,却还未得向耿照一问。

笑傲乾坤道:"有几个人已杀向桑家堡去了,似乎耿照也在里头。"蓬莱魔女道:"好,那么咱们就到桑家堡再说吧。公孙奇此际正在堡中,咱们须得快去,以免照弟遭他毒手。"

且说耿照、秦弄玉、陆勉、珊瑚四人自成一队,直奔桑家堡。耿照急于赴桑青虹之会,故此并不主动找人厮杀。桑家堡那些人忙于逃命,更不会主动的去拦阻他们。是以他们轻轻易易地便闯进了桑家堡。那时笑傲乾坤与蓬莱魔女以及东海龙西岐凤等人,还正在围歼飞龙岛主的主力。

留守桑家堡的人在此时亦早已得了失利的讯息,除了一部分桑家老仆和一小撮忠于公孙奇的党羽之外,其他人众,亦已十九散逃。在这大混乱之中,那两部分人又发生了内讧,桑家老仆都知道公孙奇是杀害他们主母的仇人,平日只是迫于公孙奇的淫威,才不能不表面装作服从,此时眼看"树倒猢狲散"的时机已到,于是和公孙奇的手下大打起来。这个形势,很有利于耿照他们的行动。他们闯进了桑家堡,两帮人正在打得难解难分,只有几个公孙奇的手下分出身来挡道。

珊瑚道:"你们快去找青虹姊姊吧,我和陆大哥给你们把风。"公孙奇那几个手下只不过是二三流角色,不过片刻,便已给陆勉与珊瑚击倒。

耿照是旧地重来,熟悉道路,他避免耽搁,绕过混战的场所,找寻桑青虹所在的那座迷楼。当耿照经过从前那座石窟之时,心中不禁无限感慨。桑青虹曾经在这座石窟之中，诱他学了桑家的"大衍八式"。也曾在这座石窟之中向他吐露无限痴情。尽管耿照不能接受她的爱意，却也不能不感激她的情意，感激她的情意，也就不能不更伤感于她目前的境遇。

秦弄玉忽道："照哥，你一个人上楼去吧！"原来过了石窟，那座迷楼是已然在望了。耿照怔了一怔，说道："你、你怎么不去？"秦弄玉道："她只是请你，并没有请我。有些话儿，她也许是不便当着第三者说的。你放心吧，我不会呷醋的。去吧！"说罢微微一笑。

耿照认清标记，飞身一跃，食指勾着一处菱形的栏杆，飞身越过栏杆，进入迷楼。这座迷楼机关遍布，若是误踏机关，便有性命之忧。

"迷楼"名副其实，回廊曲折，门户重叠，幸而耿照知道走法，这才不致会迷失方向。走了一会，只见面前有一座三丈多高的白玉屏风，拦着去路。耿照按照桑青虹信中所教的方法，将屏风左推三转，右推三转，再向中间朝上方轻轻一推，那座巨大的屏风轧轧旋转，转了一个弧形，现出一道窄门。耿照侧身而入，刚刚可以通过。耿照又依照青虹所教的方法，合上屏风。

耿照松了口气，因为照桑青虹的信上所说，进了这道窄门之后，里面已是再不设机关，无须提防了。只要再经过一道走廊，走廊尽头之处，便是桑青虹被囚的处所。

耿照刚踏上这道走廊，只听得在走廊那头，隐隐地传来了两声的呼唤："耿照，照哥！"声音幽怨，正是桑青虹的声音在呼唤着他。

耿照心中一阵酸痛，几乎忍不着就要大声回答，但恐怕这座迷楼中另外有人，想了一想，心道："还是见着了她再说吧。"于是抑制着情绪的冲动，继续向前行。

不料心念未已，蓦地里听得桑青虹一声尖叫："痛死我也！"耿照大吃一惊，只道桑青虹是已遭杀害，连忙飞跑过去，就在这一瞬间，耿照也还未来得及出声，随即又听得"呜哇"、"呜哇"两声，那是小儿的啼哭声！

此时耿照已到了那间房子的后窗，房内的人在这"紧张"的关头，丝毫也没察觉外面有人来到。里面一个妇人的声音笑道："恭喜小姐，是位少爷！"

耿照在窗外发了呆，想不到这么凑巧，正碰上桑青虹产子。耿照茫然不知所措，是的，他已经来到了桑青虹的身边了，只是一窗之隔，但耿照却是没有勇气推开。桑青虹刚刚生产，屋内又有产婆，他是一个男子，怎能进去？耿照是个守礼的人，连偷看他也是不愿为的。

但耿照也不能走开，桑青虹费了那么大的心力，才把一封密信交到他的手上，约他前来"见最后的一面"，而且还郑重地说明是有要事嘱托他的，他若然违背了桑青虹的嘱咐，这岂不是要令她遗憾终生。

进既不能，退亦不可。耿照只好伏在窗外，心乱如麻，也不知做些什么才好。

房子内桑青虹悠悠醒转，那产婆道："小姐，你看看，你的少爷好相貌，真像你！"桑青虹道："好，抱过来看看！"桑青虹伸出指头，拨弄婴儿的小脸，她自己的脸上也绽出一朵笑容。随即笑容忽敛，说道："抱开他，我不要看了！"原来产婆说这婴儿似她，但在桑青虹看来，这婴儿却是更似他的父亲——公孙奇。

桑青虹叫那妇人抱开了孩子，不由自己地叹了口气，她心中的情绪十分复杂，她痛恨公孙奇，可是这孩子却是她亲生的骨肉，她能够因为痛恨孩子的父亲而连带憎恶自己的孩子吗？

给她接生的那中年妇人道："二小姐，你不要胡思乱想。有了少爷，总好一些。"这妇人是她的奶妈，知道她的心事。

桑青虹半坐半躺地靠着床上，说道："奶娘，你给我打开窗子。"奶娘道："不，你刚在产后，不能招风。"桑青虹道："我想看看天色。现在是什么时候了？"奶娘朝窗一望，说道："日影西斜，快近黄昏了。"

桑青虹幽幽地又叹了口气，自言自语地说道："耿照，耿照，我的信你接到了没有呢，你怎么还不来呀？"耿照伏在窗外，心头怦怦乱跳，却是不敢答话。

奶娘摇了摇头，说道："二小姐，你的心事我明白。可是我劝你不要痴心盼望了。耿相公、他、他远在江南呢！水远山遥，人事多变，又怎知他、他……唉，二小姐，别多想了。我真担心堡主知道——"

桑青虹道："我并没有其他心思，我只是想见他一面。但恐怕他是不会来的了。奶娘，我求你一件事。"

奶娘说道："小姐，你吩咐吧，我一定给你办到。"

桑青虹指一指初生的婴儿，她的奶娘正在给婴儿喂奶。桑青虹道："我若果不幸死了，你带这孩子到江南去找耿相公，希望他念在旧日的一点情分，收留我的孩子。嗯，我还没有给这孩子起名呢？对啦，他应该跟我姓桑，继承桑家的香火。名字就叫弃恶吧。你懂得这个意思吗？我是要他弃他父亲之恶，跟耿相公做一个正人君子。"耿照听到这里，这才恍然大悟，原来桑青虹是要向他托孤。

奶娘说道："小姐，你要我做的事我会给你做的。但你却不必胡思乱想，你身体很好，像你这样刚刚生了孩子就能起床的产妇还不多呢。你会看到这孩子娶媳妇、生孙儿的。好日子在后头呢，小姐，你可千万别想到一个死字。我知道姑爷对你不好，但有了孩子，这又不同了。所以你好歹也要活下去。孩子跟着你，他也会成为一个好人的。"

桑青虹道："不，你不知道。我是活不长的了。可是我却并不是担心公孙奇这贼子害我，他，他也是活不长的了！"

奶娘吃了一惊，只道这是桑青虹的胡言乱语，一时不知如何答话。桑青虹又道："奶娘，你知道我一生最遗憾的是什么？"

桑青虹最遗憾的是什么？是遗憾不能嫁着自己所喜欢的人吗？是遗憾自己不够坚强，不能为姐姐报仇，反而给仇人玩弄吗？奶娘对她这个问题更是不敢回答了。

桑青虹自问自答道："我最遗憾的是什么？我个人的不幸太多了，遗憾也遗憾不了这许多。但我是汉人，这一生却没有为我的祖国尽过一点力，大宋在江南立国，我连江南的土地也没有踏过。耿相公当年冒尽险艰，投奔故国。我却在金虏的统治下能忍辱偷生，觍颜事仇。想想他人，想想自己，你说我怎能不羞惭无地！所以，正是因此，我才要你把这孩子带到江南，交给耿照。我不能让这孩子的将来，也有同我一样的遗憾。"

耿照伏在窗外，听了这一段话，大为感动。心里想道："原来青虹也不是一个浑浑沌沌，只知为了自己的女子。她醒悟得虽然迟了一些，但也还不算太迟。"

这一瞬间，耿照转了好几个念头，终于想道："青虹已萌死志，我一定要挽救她，我也不应该让她失望。这不是避嫌的时候，我也不能拘泥小节了。对，我应该进去，我应该进去和她相会！"

耿照提起了勇气，正想敲窗，告诉桑青虹他已经来了，然后等待那奶娘收拾房间，开门让他进去。不料就在他正要敲窗的时候，忽听得"轰"的一声，走廊那头的玉屏风被人冲开，公孙奇怒气冲冲地跑了进来。耿照大吃一惊，连忙又伏下去。他不是害怕公孙奇杀他，他是害怕公孙奇发现了他，连累了桑青虹。

原来公孙奇是已面临走火入魔的灾祸，他回到桑家堡后，是先到静室调匀了气息才来的。不过，尽管他已练成了正邪合一的内功，调匀了气息也只是能够将那即将来临的灾祸拖延一些时刻而已。

公孙奇此时怒火中烧，一心只是想找桑青虹算账，并没有发觉耿照，他跑了到来，"乒"的一脚就踢开房门。喝道："小贱人，你想我死，我可还没有死呢！这才是你最大的遗憾了吧？你以为你在那座屏风多加一道机关就能阻挡我吗？哼，你看我还不是进来了！我有本领能够进来，就有本领将你杀死，哼，我就是死了，也要你死在我的前头！"他骂声不绝地冲进房来，可是正当他举手要杀桑青虹的时候，那婴儿也不知是否为他所吓的缘故，"呜哇"、"呜哇"地又哭起来。公孙奇眼光一瞥，看见了这初生的婴儿，不觉呆了一呆，举起的手停在空中，打不下去。

桑青虹一点也不害怕，说道："我早准备了今天你来杀我的了，你杀吧！"

那奶娘连忙把孩子抱到公孙奇面前，说道："姑爷，恭喜，恭喜，是位少爷，你看多像你！小乖乖，别哭，别哭，你看，是你的爹爹来看你呢。姑爷，你有什么不快意的事儿！可也千万不要在孩子面前发气，他还是刚刚落地的呢，你可不能吓坏了他！"那奶娘唠唠叨叨地说了一顿，把婴儿交给公孙奇。公孙奇也不自觉地就接了过来，在满是杀气的面上，居然露出一丝笑容。

公孙奇接过孩子，亲了一亲，这一瞬间，他的心肠倒是软了几分，想道："这小贱人虽然可恨可杀，却是给我留下了一条根子。"但一想到自己即将走火入魔，只怕性命也难保住，纵有儿子，也是抵偿不了。想至此处，不觉又对桑青虹动了杀机。

那奶娘见公孙奇的面色阴晴不定，连忙堆起勉强的笑容，和公孙奇说道："请姑爷看在孩子的份上，我们的小姐有什么得罪姑爷之处，请姑爷也要原谅她才好。这孩子还得小姐抚养他呢。"

公孙奇侧目斜睨，冷冷地看了那奶娘一眼，说道："你对你们的小姐倒是很忠心啊！不错，看在这孩子的份上，说不定我也许会留你们小姐的一命的。但你这老虔婆知道了我家的丑事，我可不能让你活了。"那奶娘做梦也想不到公孙奇竟要杀她，张大了口，还未喊得出声来，已给公孙奇一掌照头劈下，取了她的性命。

桑青虹冷笑道："好威风，好狠毒，再狠毒些吧，把我杀了，把这孩子也杀了！"

公孙奇放下孩子，冷冷说道："我的孩子，我当然是不会杀他的，但你以为我不敢杀你么？你可知道孩子并非一定要你抚养才能成人。"

桑青虹道："我当然知道。所以我也早就有了安排，要把他交给别人抚养的了。"

公孙奇道："交给谁？"桑青虹道："交给耿照。怎么样，你拧眉毛瞪眼珠干吗？交给耿照你不舒服吗？耿照是好人，总比你好得多！"桑青虹乃是拼了一死，存心要气他。

公孙奇果然气得七窍生烟，骂道："小贱人，简直是不要脸的小贱妇。你陪着丈夫，心里却在想念第二个男人。"

桑青虹连连冷笑道："你才是不要脸，谁是你的妻子？你害死了我的姐姐，又来迫我。你以为我当真是心甘情愿做你妻子的吗？老实告诉你吧，我之所以苟活下来，一来是为了肚里有了这个孩子，我要把他生下来。二来，我要给我姐姐报仇，要给我自己报仇，这才装出奉承你的笑脸，叫你相信我是心甘情愿做你的妻子的，要不然你怎会上我的圈套？嘿，嘿，你现在可懂得了么？我压根儿就没有把你当作丈夫，我喜欢想那个男人，你怎么样？"

公孙奇大吼道："我把你杀了！"

桑青虹哈哈笑道："杀我？我早就准备让你杀了。不过，你可得快点动手才好。我知道你曾强运玄功，逆行经脉，阻延走火入魔的时刻。但也阻延不了多久的，最多不过半个时辰，你就要发作了。你杀了我，你也不过比我多活半个时辰而已。嘿嘿，杀啊，来杀我啊！"正是：

深仇难报拼同死，怨毒于人亦甚哉！

欲知后事如何，请听下回分解。

第九十四回　愧把深情怀故友
　　　　　　忍将毒手害亲儿

　　公孙奇怒极气极，却反而哈哈哈的大笑三声，说道："我一生智计过人，未逢敌手。想不到今日却折在你这小妮子手里，真是令我不能不佩服呀，佩服！好，咱们棋逢敌手，理该惺惺相惜，讲和了吧？我不杀你，你可有解除走火入魔之法么？"

　　桑青虹冷笑道："莫说没有，就是有我也不告诉你。"

　　公孙奇道："你再想想，我非但不杀你，而且我还可以让你跟你的心上人去双宿双飞，决不追究。不过，这次你可不能骗我，我也不怕你骗我。我会带你去找耿照，将你亲手交给他。你的方法若是不灵，嘿，嘿，我也自有我的手段炮制你们。"

　　桑青虹冷笑道："天下大约没有比你更无耻、更狠毒的人了。你还是赶快动手吧，否则你就来不及了。"

　　公孙奇狞笑道："来得及的，你不是说我还可以有半个时辰吗？好，我就与你比比狠毒吧。咱们夫妻一场，不得同年同月同日生，也得同年同月同日死。我现在要慢慢折磨你，就用'化血刀'与'腐骨掌'的两大毒功，叫你在半个时辰之内，形销骨毁，全身溃腐而亡。我会算准时候，叫你在黄泉路上只是比我先走一步。"说罢，双手作势，就要来扼桑青虹的咽喉。蓦地喝道："这是我给你的最后一个机会了，你答不答应我的条件？"

　　桑青虹冷笑道："你走火入魔而亡，死得不会比我更舒服的。来吧！"说完了话，索性闭上眼睛。

　　公孙奇道："好，你说我狠毒，你比我更狠毒。那也好，我就成全了你吧。"双掌如环，缓缓地向桑青虹的颈项移近。

耿照再也忍耐不住，"砰"的一拳，打开窗子，跳了进来，刷的一剑，疾刺公孙奇的后心大穴。

公孙奇冷笑道："果然不出我之所料，是你这小子伏在外边。"头也不出，反指一弹，"铮"的一声，把耿照的青钢剑弹出了手。

桑青虹蓦地一抬手，一蓬针雨，向公孙奇撒去。公孙奇哈哈笑道："我反正是要走火入魔的了。也不在乎你这几枚毒针。"桑青虹产后体弱，毒针射在公孙奇的身上，给他的护体神功弹落，没有一枚插进他的身体。

说时迟，那时快，公孙奇一个转身，"蓬"的又与耿照对了一掌。耿照右掌一圈，骈指点他穴道。公孙奇冷笑道："你在我的面前使这大衍八式乃是班门弄斧！"掌背微弯，一招"轻云出岫"引开耿照的右掌，倏地一变而为"弯弓射雕"的擒拿手法，登时把耿照抓住。耿照全身酥麻，动弹不得。可是公孙奇的穴道却也给他点个正着，虽然立即运气解开，但双腿也有僵硬之感。他给点着的穴道，是主管着足少阳经脉的。不但如此，而且与耿照对了一掌之后，公孙奇登时感到气血不舒。

原来耿照新近曾得异人传授，功力虽然还是远远不能与公孙奇相比，但亦已能够多少给他一点损害。而公孙奇已是即将走火入魔，必须全神贯注，默运玄功，方能勉强支持。故此他与耿照对了一掌之后，走火入魔的时刻，是更加速的就要到来了。

但，虽然如此，耿照毕竟是已为他所擒。公孙奇发出一声狞笑，将耿照提在床前，让他面对着桑青虹。公孙奇狞笑道："你的心上人来了，你该欢喜了吧。嘿，嘿，我先把这小子杀了，叫你瞧瞧他的惨状，然后再叫你与他做一对同命鸳鸯。"

桑青虹先是一声惨呼，垂泪说道："照哥，想不到我还是连累了你。"但在公孙奇的狞笑声中，桑青虹立即感到不应在他的面前表示怯弱，于是眼泪一收，脸上立即又绽出笑容，说道："是的，我十分欢喜。照哥，你毕竟是如约而来，我死也死得瞑目了。我连累你，是对不住弄玉姐姐，但公孙奇这贼子也决不能活命的，咱们无须别人来替我们报仇。"

耿照忍耐不住，"砰"的一拳，打开窗子，跳了进来，刷的一剑，疾刺公孙奇的后心大穴。

公孙奇冷冷说道："你们的情话留到黄泉路上去说吧。好，姓耿的小子，我先成全你啦！"

耿照道："大丈夫死则死耳，你要杀就杀，何必多言？"公孙奇道："你这小子倒是嘴硬，又居然还是拧眉毛、瞪眼珠地盯人。好，我先断你的舌头，再挖你的眼珠。"手掌把耿照的下巴一托，耿照不由自己地把嘴巴张开，舌头吐出。桑青虹闭上眼睛，说道："照哥，你先走一步了。"

公孙奇正要狠下毒手，忽觉微风飒然，手背突然似给利针刺了一下似的，公孙奇反手一掌，回过头来，只见蓬莱魔女早已穿窗而入，青钢剑剑尖吐出碧莹莹的寒光，指向他胸膛的"璇玑穴"。

原来蓬莱魔女与笑傲乾坤赶到了桑家堡之后，见着了秦弄玉，秦弄玉告诉她耿照已经上了迷楼。秦弄玉是看过桑青虹那封信的，于是又把怎样进入迷楼的方法告诉蓬莱魔女。秦弄玉因为耿照许久未出，正自担心，她自己不方便进去与桑青虹会面，正好让蓬莱魔女前去接应。笑傲乾坤留在外面，帮助桑家堡的旧人制伏公孙奇的党羽。堡中的动乱已经接近平定了。

蓬莱魔女来得正是时候，她进用玄功，将尘丝射出当作梅花针使用，恰恰及时地救了耿照的性命。

公孙奇掌背的穴道给她尘丝射着，心头也不觉一凛。原来以他的内功造诣，即使是真的梅花针，也不能刺穿他的皮肉的，但如今蓬莱魔女的一根尘丝，竟然能够刺进他的穴道，这就说明他的功力正在消失之中，也就是说走火入魔的危机又接近一步了。

公孙奇提一回气，心中想道："我必须赶快将这丫头制伏，要死也得多一个人陪我。"

公孙奇接近死亡，越发疯狂，反手一掌，荡开了蓬莱魔女的剑尖，回过头来，狞笑说道："好呀，你不顾同门之义，竟与这贱人串通来谋害我。可惜你来早了一步，我现在还有能力杀你，你知不知道？"说话之间，连环发掌，两大毒功，尽量发挥，毒气腥风，扑面吹来。蓬莱魔女弄到几乎不能呼吸，幸亏她口中早含了辟邪丹，而此时公孙奇的功力在减了几分之后，也胜不了她多少，故而她还可以支持。

蓬莱魔女拂尘一抖，万缕千丝，迎头下罩。公孙奇一招"拨云见日"，荡得尘尾飘散。突然化掌为指，"铮、铮、铮"三下，在她的剑脊上接连三弹，这一招险中求胜，具见功夫。蓬莱魔女虎口发热，青钢剑几乎掌握不牢。同时心头发闷，胸中气血翻涌。原来公孙奇是运用"隔物传功"的本领，毒质透过了蓬莱魔女的青钢剑侵入她的体内。

蓬莱魔女运功御毒，剑招稍缓。公孙奇喝道："撒手!"扬空一抓，抓着了蓬莱魔女的拂尘，这是他毕生功力之所聚，蓬莱魔女虎口被他的内力冲击，拂尘果然被他劈手夺去。

说时迟，那时快，公孙奇小臂一弯，掌式倏地变为"路转峰回"，从蓬莱魔女意想不到的方位打来。这是桑家"大衍八式"中的一个掌式，但在公孙奇手中使出，却比耿照不知厉害了多少倍，蓬莱魔女要想招架，已来不及。当下，拼着同归于尽，以攻对攻，闪电般地也是一剑向公孙奇刺去。

公孙奇那一掌先击中蓬莱魔女，按说以公孙奇的功力，同时又是使上了"化血刀"的功夫，这一掌击中了蓬莱魔女，蓬莱魔女不死也得重伤。可是，说也奇怪，这一掌打在蓬莱魔女身上，却是软绵绵的毫无力道。蓬莱魔女怔了一怔，只见公孙奇已似一团烂泥似的，瘫在地上。原来正在这关键的时刻，公孙奇的"走火入魔"已经开始发作了。

就在这刹那间，蓬莱魔女剑招如电，剑尖亦已触着了公孙奇的前心，只要稍一用力，就可以从公孙奇的前心插入，后心穿出，刺他一个透明的窟窿。但此时公孙奇已是毫无抵抗的能力，蓬莱魔女是个武学的大行家，当然也已看了出来：公孙奇是遭了"走火入魔"之危，变成了废人了。

若是在双方激战的时候，蓬莱魔女可以毫不踌躇地一有机会就一剑杀了公孙奇，但此时公孙奇已是毫无抵抗的能力，蓬莱魔女这一剑倒是刺不下去了。"不看僧面看佛面"，她想起了师门恩重如山，而且师父只有这一个儿子，于是她把青钢剑缓缓收回，说道："好吧，我让你自生自灭，不杀你了。你有什么后事要交代的吗？"

公孙奇道："你把我的孩子抱来，让我最后亲他一亲。这就是我要求你的唯一事情了。"蓬莱魔女见他说得可怜,遂把婴儿抱到他的面前,说道:"你可以放心,你的孩子我们一定尽心尽力地教养他,让他成为有用之人。"

公孙奇道:"多谢你了。不过这责任还是应该青虹多负一些。"桑青虹道:"我的孩子我自有安排,不必你管。"

蓬莱魔女只道公孙奇是出于父子天性,临死之前要亲一亲自己的孩子,故而丝毫不以为意。不料公孙奇突然伸出中指,在婴儿吹弹得破的脸上,"卜"地弹了一下。蓬莱魔女大吃一惊,连忙将孩子抱开,低头一看,只见婴儿的脸上,现出一个指头大小的黑纹。婴儿也因被他的父亲这么用力一弹,"哇"的一声,哭了出来。

蓬莱魔女又惊又怒,气得颤声骂道:"你,你这是干什么?虎毒不食儿,你、你简直是禽兽不如!"

公孙奇哈哈笑道:"我的孩子我也自有安排,谁说我是要害我的孩子?哈哈,柳清瑶你不懂,桑青虹是懂的。哈哈,桑青虹呀桑青虹,你的如意算盘是打不成了!"

桑青虹顾不得产后虚弱,连忙跳下床来,把婴儿从蓬莱魔女手中接过,看了一看,说道:"还好。孩子是中了他的'化血刀'之毒,但也还可以抚养成人。"说罢,长长地吁了口气。

蓬莱魔女大怒道:"你还说没有害这孩子?好,我不杀你,让青虹杀你!"刷地拔出剑来,把剑交给桑青虹。桑青虹是受害最深的人,故而蓬莱魔女要让桑青虹杀他。

桑青虹一手抱着孩子,一手持着长剑,在公孙奇三尺之外立定,剑尖指着公孙奇的咽喉,骂道:"你这贼子,你临死还要害我母子!"

公孙奇缓缓说道:"你错了,我只是要害你而已。你害我走火入魔,我就害你多受十八年的磨折,不过是一报还一报罢了。我平生从不吃人的亏,如今我报复了,你要杀就杀吧。我死在你的手上,也可以瞑目了。"说罢,又纵声大笑。

蓬莱魔女茫然不解,问道:"青虹,他说这话是什么意思?"桑青虹气得几乎说不出话,过了半晌,才断断续续地说道:"他,他是狼心狗肺,天下最狠毒之人,莫过于他!"

公孙奇道："清瑶，你不懂我告诉你吧。这孩子中了我的'化血刀'之毒，我的功力已消散了十之八九，他中的这点毒是死不了的。但也必须有人给他悉心调护才成。天下只有桑青虹懂得给这孩子化毒，所以这个人也就必须是桑青虹。她要传授这孩子的桑家内功心法，又要日日夜夜看护这个孩子，替他吮毒血换新血，要过了十八年，这孩子脸上的黑纹全消，方能永除后患。哈哈，这么一来，她想要把这孩子交给耿照也不成啦！"

蓬莱魔女这才明白公孙奇用心的险恶，不禁肌肤起栗，说道："师父一生侠义，想不到生下你这禽兽不如的不肖之子。好，青虹妹子，你要怎样处置他，都由得你了。"

公孙奇冷笑道："随便你们怎么说我，桑青虹要想把我的儿子交给耿照，那我却是绝不能叫她如愿！嘿，嘿！我反正是要死的了，但青虹你虽然害得我走火入魔，你至少也要受十八年的折磨。这一场斗智，还是我赢了你！哈哈，你杀了我算得什么，可怜你想死也不能够呢！青虹，快把你口中的毒药吐出来吧！"

蓬莱魔女大吃一惊，连忙问道："青虹妹子，你当真是服了毒药?"桑青虹面色灰白，张口吐出一颗蜡丸。

原来桑青虹早已料到公孙奇定要杀她，预先在口中含了毒药，这毒药是包在一颗蜡丸里的，她等耿照来，只待向耿照交代了后事，便咬破蜡丸，自行服毒。

桑青虹剑尖指着公孙奇的咽喉，只见公孙奇面如金纸，汗出如浆，脸上的肌肉都因痛苦而扭曲变形。他并不是害怕桑青虹杀他，而是由于"走火入魔"已经开始发作才这样痛苦的。

桑青虹的剑尖抵着公孙奇的喉头，倏地又把长剑抽回，恨恨说道："公孙奇，你害我多受十八年折磨，我最少也要害你多受三个月的痛苦。告诉你，你这走火入魔要三个月之后方始毙命，你已经无力自杀，只能忍受一天比一天更甚的苦痛！哈哈，我何必杀你，一剑杀了你，倒是便宜你了。"桑青虹发出了笑声，但这笑声却比哭还更凄惨，是的，她报仇成功了。但这成功的代价，却是太大了！

蓬莱魔女不忍目睹公孙奇的惨状，说道："不必再理他了，让他自生自灭吧。青虹妹子，我愿你活下去。你面色不好，上床去歇歇吧。"当啷一声，桑青虹手中的长剑坠地，蓬莱魔女拾起宝剑，插剑入鞘，扶桑青虹上床歇息。然后替耿照解开穴道。耿照目击这惊心动魄的一幕，一时之间，也不知和她们说些什么才好。

桑青虹叹了口气，说道："清瑶姐姐，你现在明白我的苦心了吧？我用半真半假的内功心法骗他，他练了之后，功力确是大增，因此他才会相信我的。却不知我已布下圈套，令他必定要在今日走火入魔！清瑶姐姐，你现在不怪我了吧？"

蓬莱魔女十分感动，说道："我怎会怪你，我从来都不怪你。我早知道你是另有用心了。这次多亏你给我们除了此贼，武林中人都要感谢你呢。"

桑青虹幽幽地又叹了口气，说道："人生得一知己，可以无憾，柳姐姐我现在才知道你是世上最明白我的人。可惜我本来想一死明志，现在却又是不能死了。"

蓬莱魔女道："把孩子抚养成人，十八年的辛苦也是值得的。青虹妹子，你放心，我们一定帮忙你照料这个孩子的。我想这桑家堡你是不能再住的了，我爹爹在明明大师那儿，你的同源异宗的师兄武林天骄和他的姐姐也在那儿，你不如也到光明寺去和他们同住。我爹爹颇通医学，说不定还可以帮你一点忙。"

蓬莱魔女只道桑青虹忧虑的是十八年的辛苦难挨，却不知还有更令她不寒而栗之事情。原来桑青虹要为这孩子化解体中毒质，她自己也必须练那两大毒功。她的内功基础是属于邪派一路，练那两大毒功，将来也难免有"走火入魔"的危险。亦即是说公孙奇目前的遭遇将是她十八年之后的遭遇，要死得和公孙奇同样的惨！但她为了必须抚养这孩子成人，却不能不接受这个悲惨的命运。她不愿蓬莱魔女为她伤心，这苦处她还不敢吐露出来，只能自己默默无言地抵受。当下桑青虹叹了口气，说道："我前生不知作了什么孽，今生要受这许多苦楚。但我非常多谢姐姐你给我的安排，我若能够住到光明寺里，也正好从此青灯礼佛，稍赎前愆。"

耿照在桑青虹房中本来就颇感尴尬，此时听得她母子已有安排，也就放下了一重心事，当下就想告退，但却还未想好如何措辞方才恰当。桑青虹忽道："耿大哥，你过来！"

耿照怔了一怔，走到床前，说道："姐姐有何吩咐？小弟倘有可以效劳之处……"桑青虹朝他望了一望，便即打断他的话道："你伸出手来！"耿照愕然伸出双手，桑青虹禁不住"咦"了一声。

耿照一时未解，蓬莱魔女则已懂得桑青虹诧异的来由，问耿照道："你刚才不是和公孙奇对了一掌么？"耿照道："不错，是对了一掌。"蓬莱魔女道："你觉得怎样？"耿照道："初时胸口有点儿不舒服的感觉，随即也就过了。"

蓬莱魔女道："这可当真是有些奇怪了。青虹妹子，你看他可有中毒？"桑青虹说道："我看不出他有中毒之兆。"

要知耿照与公孙奇对掌之时，公孙奇虽然是功力已经大减，但以耿照的原来本领，还是不足以抵御公孙奇的毒功的。但如今根据桑青虹的判断，则耿照竟然是没有中毒，这就不由得蓬莱魔女也大为诧异了。蓬莱魔女想起一事，说道："照弟，你今日在与沙衍流比武之时，和他打成平手。想不到你这一个月来武功竟是精进如斯！倒令我有点莫测高深了。这——"

耿照道："我正想禀告盟主，这次我在回孤鸾山的路上，曾遇到一位异人。他教了我一套逆行经脉的吐纳功夫。我没有中毒，也不知是否与此有关？"蓬莱魔女诧道："哦，有这样的事？那位异人是谁？"

耿照道："我也不知道这位老前辈姓甚名谁，是何等样人物？"蓬莱魔女道："那么他何以又会传你这种稀世奇功？"耿照吃了一惊道："这是稀世奇功吗？他要我学那套吐纳功夫的时候，只说是替我治伤的呢。"蓬莱魔女道："逆行经脉之法久已失传，据说是与达摩祖师同时的一位西域僧人所创的，其后列为西藏密宗的秘笈之一，至唐初就失传了。这套吐纳功夫虽然不是正宗内功，但因它是逆行经脉，与任何一种内功练法都截然相反，故此若用于解穴与御毒则最为有效。我爹爹知道有这种功夫，但他也不知当今之世还有谁人会这种功夫。那位异人是因何传你这套内功的？"

耿照道："事情是这样的：那一天我与玉姐因忙于赶路，错过宿头，找不着人家，只好在林间露宿。那晚月色很好，我们都不想睡觉，玉姐练了一套蹑云剑法，跟着她要我把大衍八式练给她看。我练了一遍，刚刚收式，忽听得有个阴阳怪气的声音说道：'你是桑家的什么人？'而后突然出现了一个相貌丑陋的驼背老人，也不知他是什么时候来的。"

桑青虹现出惊疑不定的神色，说道："这人一定是神驼乙休。他是一个无恶不作的坏人呀，怎会传你功夫？"

蓬莱魔女也感诧异，说道："青虹妹子，你识得神驼乙休的么？"

桑青虹道："他是我爹爹的朋友，我小时候他到过桑家堡几次的。我知道我爹爹是给人当作大魔头的，但我爹爹都说他是坏人，那么想来这个驼子一定是比我爹爹更坏的了。"

蓬莱魔女这才恍然大悟，心里想道："怪不得那次我碰着公孙奇与乙休同行的时候，公孙奇诚惶诚恐地请他原谅他杀妻之事，想来就是因为乙休是他岳父的朋友的缘故，所以他要求他谅解了。但神驼乙休的绝技乃是玄阴指，却没听说他会逆行经脉的功夫。"

耿照说道："不，不是这个驼子救我的。这个驼子几乎杀了我呢。教我的是另一个人。"桑青虹道："那又是谁？"

耿照接着说道："那驼子出现在我的面前，突如其来地这么问我，我吃了一惊，无暇思索，就回答他道：'我不是桑家的人。'他又问我：'那你和桑家有什么关系？'我答：'毫无关系。'"说至此处，面上一红，觉得有点愧对桑青虹。桑青虹说道："唉，你这么一说，他一定猜想得到你的来历了。"

耿照说："一点不错，那个什么神驼乙休听了我的说话，就忽地狞笑说道：'那你一定是公孙奇所说的那个姓耿的小子了！'这次他不待我回答，就突然向我一掌打来。我还掌抵挡之时，只见冷风如箭，奇寒透骨，不由得我浑身发颤，登时就晕过去了。"

桑青虹"啊呀"一声，连忙问道："后来怎样？"她明明知道耿照后来是安然无恙的，但听到紧张之处，仍是不禁神色惶然。

耿照道："后来我已是人事不知。到醒来的时候，那驼子已经不见，是另一位神情和蔼的青袍老人在我身边了。"

桑青虹越发诧异，说道："神情和蔼的青袍老人。哎呀，难道是青灵子还在人间?"

蓬莱魔女道:"青灵子又是谁?"桑青虹道:"也是我爹爹的一位朋友。但我可没有见过。我爹爹生前常常提起他的。据说我爹爹开始练那两大毒功的时候,他曾劝过我爹爹不要练,我爹爹没有听他的话,后来他就绝迹不到我家来了。我爹爹后来走火入魔,这才后悔当初没有听他之劝。"

耿照接下去说道:"我后来也是听得玉姐和我说的,这才知道,原来在我昏迷的时候,那驼子正要把我掳去,这青袍老人就恰巧在这个时候出现了。那驼子似乎很害怕他,一见他就跑。是这青袍老人把我救醒的。"

蓬莱魔女道:"这么说来,这位老前辈倒是一位古道热肠的人物。"

耿照道:"可不是吗,他把我救醒之后,说我是中了阴寒之毒,他可以教我一套吐纳功夫方能保全性命,我可一点也不知道这是稀世奇功,否则我还真不敢受他厚赐呢。我问他的姓名,他不肯说,但他却似乎知道我的来历,临走之时,说了几句很令我奇怪的说话,他说:'我知道你是要到桑家堡去的,有你去了,就省得我多跑一趟了。到了桑家堡,见着你所要见的人,你就会知道我是谁了。我传你的这套逆行经脉之法,将来也许还有别的用处,你可要牢牢记住。'我想要问他还有什么用处,可是他交代了这几句话,一个转身,便已走得无踪无影。"

桑青虹听他说到此处,不禁"咦"了一声,说道:"这位老前辈当真有鬼神莫测之机,难道他早已料到有今日之事?"

耿照初时不懂她的意思,怔了一怔,忽地顿然如有所悟,说道:"这套逆行经脉的方法其实也甚简单,我画有一张图解在这里,青虹姐姐,你拿去看看。它既然能解'化血刀'之毒,或者对你有点用处。"

桑青虹接了过来一看,喜出望外。要知她虽然自己没有练过这两大毒功,但却深悉其中的诀窍,她爹爹当年练功之时无法克服的危险,她也知道。而这套逆行经脉的吐纳方法,此是可以帮忙她练这两大毒功而避得过走火入魔之难的。桑青虹咽泪说道:"耿大哥你来看我，我已是感激不尽，你又送我这一份厚礼。"耿照笑道："我受你的恩惠太多，如今只不过是借花献佛。"桑青虹望了耿照一眼，拭去眼泪，说道："照哥，我还想求你一件事情。"

耿照道："请说。你要我做的事情我一定尽力去做。"桑青虹微笑道："也不是什么为难之事。这孩子十岁的时候，请你来看我们母子，我要这孩子拜你为师。"这话的另一面意思就是在孩子十岁之前，他们二人最好是避不见面。

蓬莱魔女懂得她的意思，心里想道："青虹真是用心良苦。十年之后，照弟和秦姑娘当然也早已是成家立室，有儿有女了。那时相见，自是不必避嫌。她的孩子拜照弟为师，他日自然也不至于误入歧途。"

耿照惶然道："我年轻学浅，如何就可以收徒？"蓬莱魔女笑道："十年之后，你必将是当世闻名的大侠了，如何不可以收徒？你学了桑家的武功，正宜借此报答。这是对两家都有好处的事。"耿照无话可说，当下只好点头答允。

殊不知蓬莱魔女固然猜得不错，也不过猜中了一半。桑青虹还有两个原因要她的孩子拜耿照为师的，一是由于她替孩子化毒之时，这孩子也必要练那两大毒功，拜了耿照为师，可以消解孩子未来的走火入魔之难，二是她把孩子付与耿照，她自己的感情也可以有了寄托。

公孙奇盘膝坐在一角，正自忍受那走火入魔的煎熬，但他对耿桑二人的对话，还是留心倾听的。听到此处，不觉叹了口气。心里想道："早知道青灵子有这个逆行经脉之法，而他又是乙休的友人，我就可以另打主意了。何至于落到如今的田地。"

桑青虹不理会公孙奇想些什么，听得耿照答应她的要求，心里十分高兴，说道："耿大哥，得你一诺千金，我母子感激不尽。秦姑娘来了么？"耿照道："她在外面等我。"桑青虹道："我要和你说的都已说了，没有别的事了。你在这里已久，也该出去了，免秦姐姐等得心焦。"耿照道："好，那么十年之后，我再依约到光明寺来访你就是。"桑青虹目送耿照的背影出了房门走过甬道，心里又是欣慰，又是感伤，一切恩怨情仇，半生的愁苦灾难，全付于这眼光一瞥之中，而这种种复杂的感情，也在这眼光一瞥之中全都升华了。

耿照走后，蓬莱魔女紧紧握着桑青虹的手，说道："青虹妹子，你如今已是摆脱了这个贼子，今后将是苦尽甘来，你也不用太难过了。"桑青虹道："柳姐姐，我不知该如何感谢你才好，这桑家堡……"蓬莱魔女截断她的话道："青虹妹子，我要送给孩子一件礼物。其实，这也是你们的东西。"桑青虹诧道："什么？"

蓬莱魔女取出那只犀角哨子，说道："这桑家堡我请桑家四老给你们看管，待孩子长大成人，你们可以重回故园。"原来这犀角哨子乃是桑青虹的父亲当年用来指挥他的仆人的，谁保有这个哨子，谁就是桑家堡的主人。

蓬莱魔女把这哨子交到桑青虹手上，说道："这是你姐姐临终之时交与我的，如今原璧归赵，也算作是了结我的一重心事了。"桑青虹眼中蕴泪，说道："今日大仇得报，我姐姐若然泉下有知，也当瞑目了。柳姐姐，你替我们夺回桑家堡，我是却之不恭，受之有愧。好，我替弃恶多谢你了。""桑弃恶"是她替自己的孩子所起的名字。

公孙奇在"走火入魔"发作之后，寒热交作，痛苦不堪。饶是他硬充好汉，此时也不禁发出呻吟。桑青虹既感痛快，又感厌烦，眉头一皱，说道："柳姐姐，你给我把他扔出去，我不要听他的鬼嚎。"

公孙奇呻吟道："师妹，看在我爹爹的份上，你做做好事，一剑杀了我吧！"

蓬莱魔女意殊不忍，说道："青妹，如何？"桑青虹咬牙说道："他害得我这样的惨，我不能便宜了他。柳姐姐，请你把四老唤来，把这贼子押到水牢里去。我至少要他抵受三个月的煎熬。"蓬莱魔女暗暗慨叹："怨毒之于人也亦甚矣哉！"但想到桑青虹受害的惨重，也就怪不得她是如此痛恨而定要报复了。

公孙奇冷笑道："好狠毒的贱人，但只怕不能如你之愿！"桑青虹道："你害我已经害得够了，如今你还有什么本领可以逃得过我的折磨？"

蓬莱魔女听得外间似有声响，喝道："是谁？"她虽然如此喝问，但也只道是桑家的旧仆赶来救他们的主人，说不定就是桑家四老。故此并不怎么在意。

就在这一瞬间，忽听得"呼"的一声，窗外面突然飞进一条绳索，卷着了公孙奇的身子，一下子就把公孙奇扯了出去。变出意外，在这瞬间，蓬莱魔女本能地要防护桑青虹母子，窗外那人的动作快如闪电，待到蓬莱魔女知道是怎么一回事的时候，那人已把公孙奇救出去了。桑青虹叫道："姐姐，快追，不要顾我。"就在此时，只听得脚步声人声纷然而来，是桑家四老的声音同声叫道："二小姐你没事么？"

是桑家四老跑来保护主人，蓬莱魔女可以放心得下。但桑家四老是从甬道跑来的，公孙奇则是被人从后窗扯了出去，方向相反，这个救他的人，当然不会是桑家四老。

蓬莱魔女无暇思索，挥展拂尘护身，青钢剑使了一招"夜战八方"，身剑合一，立即穿窗而出，要看这个把公孙奇扯了出去的是什么人。

蓬莱魔女穿窗而出，陡然间只觉一股大力推来，伏击她的人竟是一等一的高手！正是：

眼看元凶经入网，谁知平地起风波。

欲知公孙奇结局如何，请听下回分解。

第九十五回　祸根未绝群魔遁
世乱还须国手医

　　幸而蓬莱魔女早有防备，拂尘一展，将那股突袭她的力道解了一半，同时她那一招"夜战八方"的剑式，也向四面荡开，这才把那人迫退。但饶是如此，蓬莱魔女也要悬空翻了两个筋斗，方能脚落实地。

　　说时迟，那时快，蓬莱魔女脚步未稳，那人又已是一掌打来，而且哈哈笑道："好侄女，得饶人处且饶人，何况公孙奇还是你的师兄！"

　　与此同时，只见一个身材高大的驼子，把公孙奇背在背上，早已跳下楼头，到了园中了。这驼子远远地也在扬声笑道："有我在此，焉能叫你们如愿？"

　　原来用绳索把公孙奇扯出去的是神驼乙休，埋伏在窗外伏击蓬莱魔女的则是她的叔叔柳元甲。

　　柳元甲是害死蓬莱魔女母亲的仇人，而且他也是一样的通番卖国，罪恶并不在公孙奇之下。蓬莱魔女看见是他，心头火起，喝道："谁是你的侄女，我爹爹可以饶你，我可不能饶你！"一招"乱云飞度"，以"天罡尘式"中的一招精妙招数化解了柳元甲的掌力，同时右手的青钢剑也使出了"柔云剑式"，一招"春云乍展"，剑光如练，疾刺柳元甲的"璇玑穴"。

　　柳元甲哈哈笑道："怎么说咱们都是一家人，我并不想杀你，但你要杀我，那也是办不到的。"说话之间，接连使出"绵掌"和"斩龙手"的招数，把蓬莱魔女的柔云剑法和天罡尘式全都解了。

蓬莱魔女一声长啸，这啸声是向笑傲乾坤报警的。她这里啸声甫起，只听得笑傲乾坤已在纵声笑道："好呀，你这老贼要来给公孙奇作陪丧，那是来得再好也没有了！看你还能往哪里跑？"原来笑傲乾坤不待蓬莱魔女传音报警，亦已发现了神驼乙休了。而且笑傲乾坤亦已看出了公孙奇是失了武功，只还未知道他是否走火入魔而已。

　　蓬莱魔女听得笑傲乾坤已去追击敌人，心头一松，全神对付柳元甲，尘剑兼施，仍然以天罡尘式护身，但剑招则已变为她父亲所授的"惊神剑法"，这是从最上乘的点穴指法中变化出来的，以剑代指，招数更为凌厉，更为奇妙。这一套剑法正是柳元甲的克星。

　　柳元甲心中一凛，想道："这丫头得了她爹爹的传授，武功比半年之前，竟然又增进了这许多了！"不过柳元甲挟着数十年功力，招数虽然被蓬莱魔女克制，蓬莱魔女要想胜他，那也的确是大不容易。

　　但柳元甲自忖没有取胜的把握，而且他们此来的目的只是要把公孙奇抢走，目的已达，柳元甲便亦无心恋战，当下他以绵掌掌力解开了蓬莱魔女的连环三招，笑道："一家人何必再打？"身形倒纵，去势如箭，在蓬莱魔女的后招续发之前，跳下楼头。

　　蓬莱魔女怎肯将他放过？如影随形地跟着也追下去。柳元甲脚先着地，回身发出了一记劈空掌，"喀喇"一声，栏杆断折，这栏杆是藏有机关的，栏杆一折，乱箭纷飞。柳元甲发出了劈空掌，立即向前飞奔，蓬莱魔女身形尚在空中，只能挥舞拂尘，扫荡乱箭。待她落地之时，柳元甲与她的距离已有十数丈之遥。

　　就在此时，忽又听得一声长啸，宛若龙吟。这啸声中气充沛，内功之深，似乎还在笑傲乾坤之上。柳元甲大吃一惊，回头一望，原来是丐帮帮主武士敦来了。和他同在一起的还有他的未婚妻子云紫烟。原来武士敦是在指挥群雄，把公孙奇的党羽全部击溃之后这才匆匆赶来的，故而此时才到。

　　柳元甲老奸巨滑，登时想到了"声东击西"之策，猛的一掌却向云紫烟击去。掌力一发，隐隐挟着风雷之声。武士敦连忙遮在云紫烟身前，双掌平推了出去。只听得"轰隆"一声，双方功力相当，谁都占不了便宜。但余波所及，云紫烟仍然是禁不住身形一晃，摇摇欲坠。武士敦连忙将她扶稳，云紫烟道："我没事，你快去追。"但柳元甲却已趁此时机，又已跑开了十数丈之遥了。

武士敦胜在内功深厚，但轻功则非所长，发力飞奔，仍是追柳元甲不上。说时迟，那时快，蓬莱魔女已经赶来，说道："武帮主，请你去助谷涵拿那老驼子，公孙奇已经走火入魔，那老驼子把他抢去了。截住他们要紧。"此时笑傲乾坤已经追到了神驼乙休的背后，乙休背了个人，轻功自是稍受影响。武士敦看清楚了眼前的形势后，说了一个"好"字，便改向乙休追去。

蓬莱魔女口中说话，脚步丝毫不缓，锲而不舍向柳元甲追去，距离渐渐拉近。柳元甲喝道："你当真要与叔叔为难，可休怪我手下无情！"此时他正越过一座假山，反掌一推，把假山顶端的一块磨盘似的大石推了下来，向着蓬莱魔女当头砸下。

蓬莱魔女焉能给他砸着，侧身一闪，那块大石从她身边飞过。可是稍受延阻，柳元甲与她的距离又已拉开，转眼间已是越过围墙，逃出了桑家堡了。

柳元甲在外面扬声笑道："乖侄女，你还要与我比比轻功么？"蓬莱魔女的轻功胜过武士敦，也胜过柳元甲，但也只是仅胜柳元甲一筹而已。柳元甲气力悠长，倘若追出十里之外，追他不上，那就休想追上了。此时孤鸾山的一流高手都已到了桑家堡，外面的人，无人能够拦阻得住柳元甲。蓬莱魔女自忖追上了他，也无取胜的把握。于是只好忍了口气，回过头来，心想："走了一个老贼，可不能再让第二个老贼走了。公孙奇这贼子也不能让他们抢走。"此时笑傲乾坤已经与神驼乙休交上手了。

乙休看见笑傲乾坤追到，反手一指，冷风如箭。笑傲乾坤哈哈笑道："你的玄阴指能奈我何？"折扇一拨，只听得呼呼声响，两股风力互相激荡，谁都伤不了谁。

笑傲乾坤迈步欺身，折扇一合，扇头便点乙休后心的"志堂穴"。乙休化指为掌，反手一抓，这一抓使的是"大力鹰爪功"，一把将笑傲乾坤的扇头抓住。

乙休与笑傲乾坤曾经不止一次交手，自忖功力要比笑傲乾坤稍胜一筹，故而才敢用"大力鹰爪功"硬抓他的折扇的，果然一抓就抓个正着。乙休哈哈笑道，"你的折扇点穴又能奈我何？"哪知话犹未了，乙休突然似触电般的松开了手，"哎哟"一声，赶忙倒纵出数丈开外。

原来笑傲乾坤自从得了柳元宗和公孙隐两位武学大师的指点，融会了三家的内功心法（连同他家传的内功），功力已是大胜从前，而他的点穴手法又是柳元宗所授的天下无双的惊神指法，扇头一给乙休抓住，就顺势点他掌心的"劳宫穴"。乙休虽有封闭穴道之能，却也禁受不起。

但乙休的功力毕竟是十分深厚，虽然似触电般的不能不松开了手，也还没有给笑傲乾坤的点穴功夫伤及他的经脉，他默运玄功，真气一冲，解开了穴道。居然还能纵跃如飞。笑傲乾坤喝道："往哪里走？"如影随形，紧追不舍。

乙休与笑傲乾坤交了两招，阻延片刻，说时迟，那时快，武士敦亦已赶了到来，迎头将他截住。武士敦也是一声喝道："往哪里走？"人未到，掌先发，掌力有如排山倒海般地向乙休猛压过去。

乙休避开正面，挥掌击出，两股劈空掌力一碰，发出呼呼轰轰的声响，隐隐便似风雷之声。乙休身形摇晃，又斜跃出一丈开外，心中暗暗吃惊。原来武士敦的大力金刚掌乃是武林一绝，要不是乙休避开正面，只怕已受他的掌力所伤。

武士敦第二掌接着拍出，乙休躲在一块大石后面，武士敦掌力一到，石碎纷飞，那块数千斤重的石头也摇摇欲坠。但有大石给他挡住了，乙休却是毫无伤损。乙休喝道："来而不往非礼也，叫你也见识见识我的功夫。"双指连弹，玄阴指力分成三股射出。武士敦刚刚跳过大石，人在半空，被这冷风一射，不能不进掌护身，但护了上盘，护不了下盘，膝盖的"环跳穴"就似着了一枝冷箭似的，也不能不落下地来，乙休已向前奔出十数丈，脱离了武士敦劈空掌力所能到达的范围。他们这次交手两招，各自吃了对方的一点亏，可说是谁都没有占到便宜。武士敦运气一转，真气自丹田而下，贯串了足少阳经脉，登时也就把侵入"环跳穴"的阴寒之气驱出了。

武士敦膝盖微感酸麻，一时追不上乙休。但笑傲乾坤却又追上了。乙休背了个人，轻功毕竟是稍受影响。乙休掌劈指戳，化解了笑傲乾坤的几招攻势。武士敦追了到来，喝道："老贼，接掌。今日非与你决个胜负不可！"

乙休冷笑道："你们以多为胜，算得什么好汉？我还背了个人呢！"武士敦掌力将发未发，说道："你把公孙奇这贼子放下来，我与你单打独斗，见个真章。"乙休道："你倒打得好主意，我岂能把我的好友交与你们？"

蓬莱魔女此时已把柳元甲赶出了桑家堡，自忖追他不上，便回过头来，截住了乙休的去路。与华武二人形成了鼎足而立，包围乙休的形势。蓬莱魔女朗声说道："咱们今日乃是捉拿通番卖国的奸贼，和奸贼还能讲什么规矩。"

武士敦瞿然一省，说道："不错。你这老贼要把公孙奇带走，那是万万不能。"单掌划了一道圆弧，掌力发出，乙休退后几步，勉强化解了他的掌力，"卜"的一声，肩头却已给笑傲乾坤的折扇打了一下。饶是他练有护体神功，这一下也是痛彻骨髓。

蓬莱魔女劈头将他截住，挽了一朵剑花，分心便刺。乙休刚刚以劈空掌力荡歪她的剑点，说时迟，那时快，华武二人已是两翼齐上，三面包围之势已成。

乙休倒吸了一口凉气，心道："我想在公孙奇身上捞些便宜，想不到反而是给他连累了。"蓬莱魔女运剑如风，笑傲乾坤挥扇疾点，不过几招，杀得乙休手忙脚乱。还幸亏武士敦因见他们二人已把乙休困住，掌力只是蓄势未发，要不然乙休更难对付。

乙休正自心道："糟糕，糟糕！今番可是真的性命休也！"心念未已，笑傲乾坤的扇头已是指到了他的"太阳穴"。乙休正自化解蓬莱魔女的剑招，腾不出手来招架。这"太阳穴"乃是人身死穴之一，以笑傲乾坤的功力，点着了他的"太阳穴"，乙休也是非得丧命不可。

不料就正在乙休的性命已悬于俄顷之间，忽见青影一闪，一股力道突然撞开笑傲乾坤的折扇。一个青袍老人突然来到，"铮"的一声，又把蓬莱魔女的青钢剑弹开。

武士敦大吃一惊，连忙一掌向那青袍老人打去。青袍老人弹袖一拂，赞了一声道："丐帮的金刚掌力果然名不虚传！"但那青袍老人只不过晃了一晃，武士敦却退了三步。比较起来，还是那青袍老人的功力稍胜一筹。

青袍老人说道："乙休，你不听我的善言劝告，如今后悔了吧？我只能救你一次，你快走吧！"乙休道："是，多谢青灵师兄了。"笑傲乾坤给那青袍老人拦住，一时冲不过去。乙休背着公孙奇已是跳出了围墙。

笑傲乾坤怒道："好，我不管你是何等人物，你放走了这两个奸贼，我只问你要人！"折扇一合，欺身进招。他试过一招，已知对方一定是极有来头的武林前辈，于是后招续发，就越发抖擞精神，尽展平生所学。折扇一合一张，合起来时，当作判官笔使用，使的是天下无双的"惊神指法"，张开来时，当作月牙刀用，锋利的扇缘削对方腕脉。而那折扇的一拨，却又是公孙隐所传的内功，扇出一股如刀刮面的劲风，小小一柄扇子，在他手中竟然使出三种不同的上乘武学。那青袍老人"噫"了一声，长袖一抖，如灵蛇般地卷来，搭着笑傲乾坤的折扇。他所发的内力比笑傲乾坤更胜一筹，笑傲乾坤登时觉得他的那把扇子便似给巨石压住一般，三种最上乘的武林绝学都发挥不出。但笑傲乾坤也不是那么容易就会被他压服，当下内力直贯扇头，震得对方的衣袖如被风吹皱的一池春水似的，起了一圈圈的皱纹。

武士敦喝道："好功夫，我再领教你的一掌！"他这一掌与笑傲乾坤的折扇同时攻出，使的也是丐帮秘传的金刚掌中的杀手绝招，这一招有个名堂，叫做"龙门三叠浪"，三重掌力，狂涛骇浪般地涌来，一浪高于一浪。青袍老人又"噫"了一声，挥出左掌抵御他的"龙门三叠浪"，这一次因为他是同时抵敌二人，单掌之力，仅能消解"龙门三叠浪"中的前两重力道，蹬、蹬、蹬地退了三步。

笑傲乾坤的折扇摆脱了他袖子的压力，抢先攻上，扇头直指青袍老人背心的"大椎穴"，这一招点穴手法变幻莫测，对方若是反掌化解之时，又可以顺势点他的"曲池"、"阳谷"、"劳宫"等处穴道。青袍老人脚步未稳，即使能够抵挡，也是一定要被迫暂处下风的了。武士敦跟着再发一掌，青袍老人就一定抵挡不住。

蓬莱魔女本来是迎头截着青袍老人的去路的，她以拂尘护身，也正自使出一招"惊神剑法"，以剑尖刺穴，比之笑傲乾坤的折扇点穴，功力或有未及，而招数的凌厉，则更过之，这一招是同时遍袭青袍老人的九处大穴的。

青袍老人吃惊非小，不禁又是"噫"了一声，心道："三十年不出山，不料武林中竟然出现了这许多武学深湛的后辈。"正要冒险用"弹指神通"的功夫弹开蓬莱魔女的剑尖，蓬莱魔女忽地侧身一闪，青钢剑不是刺向青袍老人，而是"嗖"的从他身旁窜过，替他架住了笑傲乾坤的折扇，说道："谷涵，不可对青灵前辈无礼。"笑傲乾坤愕然收扇。武士敦的第三掌刚刚劈出，青袍老人只是化解他的掌力，当然是绰绰有余，当下挥袖拂出，立即将他的掌力消解了。蓬莱魔女道："青灵前辈，请恕我们不知，冒犯了老前辈了。照弟，快来！"

原来蓬莱魔女是听得乙休叫出了"青灵子"的名号，这才突然变招，不刺青灵子，反而替他格开了笑傲乾坤的折扇的。要不然，即使青灵子的武功再高，也绝难抵挡三大高手的同时攻击。

青灵子一声长叹，说道："长江后浪推前浪，世上新人换旧人。老夫只合名山老，倒真是：何必红尘走一遭了。"

耿照匆匆赶来，叫道："青灵前辈，你救了我的性命，又传授了我的稀世奇功，请稍留步，容晚辈叩谢。"

青灵子道："这只是一个机缘，我借你的手以报故人之德。你无须向我道谢，我也不必领你的情。"他口中说话，脚步丝毫不缓。但见一条青影，箭一般地越过围墙。说到最后一句，声音已似从山上传来了。

武士敦愕然道："这个青袍老者是什么人？怎的他救了乙休，又曾经救了你的性命么？"

耿照把日前与青灵子遭遇的经过告诉了武士敦与笑傲乾坤。蓬莱魔女说道："据青虹妹子说，这青灵子是他爹爹生前的好友。刚才听这青灵子的口气，似乎他曾受过桑见田的什么恩德，故而要利用照弟来助青虹妹子免那走火入魔之劫。可能是他以为桑见田的女儿必然已练家传的两大毒功，也可能是他已知道公孙奇和桑家二女之事，公孙奇立意要令青虹受难，都已在他意料之中。"

笑傲乾坤说道："这么说来，青灵子倒是个介乎邪正之间的人物，说不上是咱们的敌人，也说不上是咱们的朋友。不过，他既然有大恩于照弟，暗地里又帮了桑青虹这样大的一个忙。咱们确也不该与他为难。只是，唉——"

蓬莱魔女当然懂得他的意思，说道："咱们碍于他的情面，放走了乙休和公孙奇，这件事当然是一大损失。可是公孙奇已经走火入魔，不用咱们去杀他，他也已是废人一个了。"

武士敦道："只不知这青灵子与乙休是甚交情，倘若他为了乙休之故，又助公孙奇这贼子解除走火入魔之难，那么这祸根就仍然隐伏，只怕将来还是要有一场武林的浩劫了。"

蓬莱魔女道："听他责备乙休的口气，看来他也是不值乙休所为。若果他知道公孙奇毒害桑家二女之事，那他更不会帮助公孙奇的了。"

话虽是这么说，但乙休是叫青灵子作"师兄"的，尽管江湖上的称呼，对平辈有时也可尊称为"师兄"，但乙休和青灵子究竟是否"同门"，那却是他们所不能断定的。故而乙休会不会骗取青灵子的逆行经脉之法，去助公孙奇解除走火入魔之难，那也是谁也不能断定的。

武士敦笑道："以后的事情，以后再管。咱们今日消灭了公孙奇的党羽，又夺回了桑家堡，总算是大获全胜了。趁着各路英雄在此，正宜商量抗金大计。柳盟主，就请你主持此次盛会如何？"

蓬莱魔女道："不错，一人计短，二人计长。抗金大事，正宜集思广益。但却不必如此注重仪式，就在庆功宴上，大家商量商量吧。也不必推定谁是主持了。"

此时孤鸾山上桑家堡的旧人和前来助战的群雄都已来到桑家堡。于是当晚就大张筵席，款待群雄。席上蓬莱魔女宣布由桑家四老接管此堡，十八年后再交回桑家母子，此是顺理成章之事，桑家堡的旧人自是一致赞同。桑家四老提出自愿参加抗金事业，并扩充孤鸾山原来已略具规模的营寨，作为一个抗金的基地，与桑家堡配合，成为掎角相依之势。桑家堡在公孙奇窃据的时期，乃是敌人的巢穴，如今把敌人的巢穴，一变而为抗金的堡垒，群雄人人兴奋，欢声雷动。

蓬莱魔女道："自采石矶一战之后，由于赵宋小朝廷欲求苟安江南，战胜反而撤兵求和，以致金虏得以全力对付义军，咱们颇受了一些挫折。但战争总是有胜有负。一时的挫折算不了什么，最紧要的是不能令民气消沉。"好几位义军首领都道："是啊，我们所忧虑的就正是民气消沉。去年虞元帅在采石矶大破金兵，人心振奋，义军风起云涌。不料虞元帅大捷之后，反被金牌召回，义军所受的这个打击可真是太大了。许多人的确是因此而失望灰心，就好像是六月天时突然跌到冰窟似的，一下子就由火热而变为冰凉了。请问如何才可以重振民气?"

蓬莱魔女道："咱们应该和老百姓谈个透彻，赵宋官家所要保全的是他们一姓的尊荣，和老百姓本来就不能同心抗敌的。咱们应该靠自己的力量去打败金寇。假如能够使得大多数人抛掉了对官家的幻想，事情就容易办了。咱们可以选择敌人兵力较薄弱的地方，相机出击，先打几场小胜仗，鼓舞人心。积小胜而为大胜。最后就是各路义军联合起来，给金虏以致命的打击。"

武士敦道："丐帮弟子遍布天下，可以给各路义军担任联络之责。"

当下大家提出许多具体的办法，彼此举杯互祝，相期痛饮黄龙。这一次在庆功宴上共商大计，所收获的效果，比正式的会议还大得多。

第二日各路英雄各回原地。但武士敦与云紫烟却不准备回转南阳，而是计划到西北一行，巡视各处分舵，并请丐帮中硕果仅存的夏长老出山。

这位夏长老是前任丐帮帮主尚昆阳的师弟。去年在首阳山上公孙奇与武士敦争夺丐帮帮主之役，夏长老正在病中，他把师兄的遗书交给弟子龚浩，龚浩后来在途中给金国的鹰爪所杀，恰值蓬莱魔女路过，那封遗书落在蓬莱魔女手中。武士敦就是靠了这封遗书，才得以洗脱嫌疑，获得帮众的信任的。由于这件事情，蓬莱魔女也知道这位夏长老乃是守正不阿的一位老前辈。

武士敦提起了这位夏长老，蓬莱魔女想起往事，说道："夏长老的病好了么？丐帮是天下第一大帮，你新任帮主，我也在担心你缺乏可以助你整顿帮务之人，若得这位老前辈出山，正是最好不过。"

武士敦道："听说夏长老的病早已好了，大都（即今北京）本帮分舵的三位香主是他的弟子。实不相瞒，年轻一辈可以作我臂助的干材也并不缺乏。但以我的身份，却是不大方便进入金国的京都。故而我想借重这位夏长老给我在大都作个布置。这是准备日后若有事于大都之时，预先布下的一枚棋子。"

武士敦还有一个不便说出的理由，大都的三位香主在丐帮的资望比他深，他不愿意以帮主的身份派人去给他们传达命令。通过了他的师父，可以表示武士敦对他们的尊重。武士敦处事干练，对许多小节都是注意到的。另外，由于武士敦做了帮主之后，一直未得余暇去探他师叔的病，趁此机会，也正好去拜候师叔。

蓬莱魔女笑道："你和云紫烟姐姐本来是准备在南阳成婚的，这么一来，可不是把你们的婚期耽搁了。"

武士敦性情豪迈，笑道："我这是向你们效法，你们不也是先公后私么？我已经知道你们的婚期是在三月之后举行的了。待我回来，正好赶得上喝你们的喜酒。喝了你们的喜酒，我就请你们到南阳来作我们的宾客。"原来蓬莱魔女在首阳山那次事件过后，和她的师父说好是在一年之后与华谷涵成亲的，如今已经过了九个月，还有三个月就是婚期了。云紫烟从珊瑚的口中得知此事，是以武士敦也当然知道了。

蓬莱魔女笑了一笑，说道："原来你们打的是这个如意算盘，要我先替你们约好宾客。"要知武士敦刚才的那段话虽然没有明白说出，但已是在话语之中有所暗示：待蓬莱魔女与笑傲乾坤完婚之后，他和云紫烟也跟着回转南阳原籍完婚。蓬莱魔女的朋友大都也是武士敦的朋友，故而蓬莱魔女和他们开了几句玩笑。

蓬莱魔女想起一事，问道："对啦，我还没有问你，夏长老是住在什么地方?"武士敦道:"在固原境内的天狼岭。"蓬莱魔女喜道:"好,那就正好了。"

武士敦道:"什么正好?"蓬莱魔女道:"天狼岭与光明寺相距不过五六百里,桑青虹母子要到光明寺寄居,我的爹爹和师父都在那儿,还有武林天骄姐弟和赫连清云等人可以照顾她。我就只担心路上没人护送,如今你既然是要到天狼岭去,那就请你多走一程吧。"

武士敦笑道:"我正是想到光明寺去拜见三位武学宗师,顺便去探望武林天骄,看他的病好了没有?我和他的交情虽然不深,但那次首阳山的事,他曾经帮过了我很大的忙。我和他也算得是一见如故,意气相投的好朋友。"

蓬莱魔女喜道:"东海龙应西岐凤之请,将到塞外一游,他们也是要经过了光明寺的。有你们夫妇和他们二人护送青虹母子,即使碰上乙休和柳元甲,那也是足可以应付了。"

于是蓬莱魔女上楼去和桑青虹说明此事。桑青虹经过一晚的休息,气色很好。她是有武功根底的人,如今摆脱了公孙奇的魔掌,心情舒畅,已经可以下床走动了。当下蓬莱魔女替她收拾行装,桑家四老早已给她准备好了一辆马车,这是一辆四匹马拉的大马车,十分舒适。桑家四老因为有武士敦等人护送她两母子,他们就不用再抽出人来陪伴了。

耿照、秦弄玉等人都来送行,桑青虹看见他们,心里自是有许多怅触,但想到自己得有今日的结果,亦已算得是不幸中之大幸了。

蓬莱魔女道:"青虹妹子,你到光明寺见了你的师兄师嫂,请代我问候。"蓬莱魔女是个爽朗大方的女中豪杰,对于武林天骄过去倾慕于她的一段情事,她与笑傲乾坤之间也早已没有猜疑,故而她毫不避嫌地请桑青虹代为问候武林天骄、赫连清云夫妇。

笑傲乾坤笑道:"你的师兄经过了九个月的调治,武功即使未能完全恢复,想来也应该恢复了七八成了。请他不要忘了我们之约。"桑青虹道:"什么约会?"笑傲乾坤笑道:"你只须和他这么一提他就知道了。"原来当日在光明寺分手之时,笑傲乾坤是约武林天骄在一年之后来参加他们的婚礼的。蓬莱魔女粉脸微红，桑青虹一看到她的神情，心中亦已明白。笑道："我一定替你们把话带到，只可惜我是不能来喝你们的一杯喜酒了。"言下不禁黯然，心中想道："檀师兄（武林天骄）当年倾慕于柳姐姐，但他虽然不能如他心愿，如今和赫连师姐结了鸳盟，亦算得是美满姻缘，比起了我是强得多了。"

当下桑青虹和蓬莱魔女等人各道珍重，马车就上路了。耿照这对未婚夫妇目送车尘马迹渐行渐远，想起世事沧桑，变化难测，心中亦是怅然。

蓬莱魔女道："照弟，你不用赶回江南吧？"耿照说道："稼轩（辛弃疾的字）兄如今已是位列闲曹，也无须我去给他帮办军务了。如今我是闲云野鹤之身，往哪儿都可以。"蓬莱魔女叹道："栋梁之材，投闲置散；谄媚之辈，充塞朝廷。赵宋小朝廷只求苟安，实是令人可叹可恨。照弟，你既然不用赶回江南，那么请到我的山寨去住些时候如何？目下北方的形势是外弛内强，正在酝酿着巨大的风暴，说不定就将有你大显身手之时。"珊瑚也拉着秦弄玉的手道："秦姐姐，我也正想和你多聚些时，你就到我们的山寨去吧。"

耿照本来有点担心珊瑚心里还有芥蒂的，如今见她和秦弄玉情如姐妹，心里极为快慰，于是笑道："我只求有杀敌的机会，柳姐姐肯让我到山寨去效劳，我正是求之不得呢。"蓬莱魔女离开山寨已有数月，急于回去，当日便即启程。

他们三对情侣作伴同行，一路上谈谈笑笑，倒是颇不寂寞。这一次蓬莱魔女夺回了桑家堡，救出了桑青虹，又与群雄商定了抗金的大计，心中自是十分高兴。唯一令她还不能放下的心事只是给公孙奇漏网而已。蓬莱魔女倒不是一定要杀公孙奇，但却担心他给乙休救去，万一逃过了走火入魔之劫，又将成为武林的大患。

公孙奇究竟能不能逃过走火入魔之劫呢？花开两朵，各表一枝。暂且搁下蓬莱魔女等人回山寨之事不谈，且先说说公孙奇的遭遇。

话说当青灵子替乙休在桑家堡抵挡追兵之时，乙休背着公孙奇先出了桑家堡。急步飞奔，日落之前，已到了离开桑家堡三百余里的一座山中。乙休这才松了口气，发声长啸。他这里啸声一起，山中便有啸声相应。乙休循声觅迹，找到了一座山神庙，只见柳元甲已在那里等候着他。原来他们是约好了在此山相会的。

柳元甲道："想不到公孙世兄竟然遭了走火入魔之劫，但得以脱出敌人之手，也算是不幸中之大幸了。"公孙奇受了一日的煎熬，痛苦难堪，呻吟地说道："请柳老前辈救我。"乙休道："对啦，令兄是当今国手，老弟医道想亦不凡，又曾学过穴道铜人的图解，试试能否助公孙世兄脱难如何？"乙休本来是柳元甲的岳父，但因二人年龄相差不远，故而以"老弟"称他。

柳元甲叹口气道："只怕小婿也无能为力。"当下替公孙奇诊了一把脉，掌贴他的背心，试以本身真气助他推血过宫。公孙奇练了桑家的两大毒功之后，本身的功力比柳元甲更深，两人的内功并非同一路道，柳元甲掌贴他的背心，双方都受到对方内力的震荡，公孙奇汗如雨下，更觉痛苦。柳元甲连忙把掌移开。

乙休道："怎么样？"柳元甲道："恐怕无能为力。"公孙奇忍着了疼痛，说道："乙休前辈，那位青灵子前辈可是你的师兄么？"乙休道："不错。"公孙奇道："他有逆行经脉之法，可以解除我这走火入魔之难。前辈能否为我求援？"乙休道："你怎么知道？"公孙奇道："这是耿照那小子和青虹这贱人说的，想不会假。"

公孙奇分神说话，禁不住呻吟出声。柳元甲忽道："公孙世兄，我替你稍减痛苦。"突然骈指一戳，点了公孙奇的穴道。

乙休吃了一惊，说道："老弟，你不是点了他的死穴吧？"柳元甲笑道："你这么辛苦将他救了出来，我怎能把他弄死？"乙休松了口气，笑道："你说替他消除痛苦，我还以为你要让他长眠地下呢。其实他多些痛苦少些痛苦，我倒并不关心，只要他不死掉就好。"

柳元甲恍然若有所悟，却故意说道："岳父大人，公孙奇走火入魔已是一个废人，你还要拼着性命救他，这等侠义行为，小婿十分欣佩。"乙休哈哈笑道："我的用心，想来也不能瞒过贤婿。哈哈，老弟，咱们既是朋友又是翁婿，索性就打开了天窗说亮话吧。

肥水不流别人田，有好处也总不能少了你的。老弟，我正要请你帮忙。"乙休和柳元甲相识多年，直到最近才知道他是自己的女婿。而他的女儿又早已不认柳元甲为夫，故而乙休说到"贤婿"二字，不觉有点儿面红，终于还是改回他们平日的习惯称呼，叫柳元甲做"老弟"。

柳元甲却不怕面红，一本正经地说道："岳丈大人有何吩咐？"乙休凝神一听，说道："趁着青灵子还没到来，我把我的计划告诉你。"当下在柳元甲耳边悄悄地说了几句话，"如此如此，这般这般。"柳元甲老奸巨滑，和乙休正好是旗鼓相当，乙休的计划，其实也早已是在他意料之中的了。于是柳元甲微微一笑，说道："小婿省得。"便揭开神前的幕幔，躲了进去。他们的计划是什么，请恕作书人暂且卖个关子，以后再表吧。

柳元甲躲好之后，乙休纵声长啸。过了一会，只见一个青衣老人走入这座山神庙，正是他的师兄青灵子来了。

乙休施了一礼，说道："多谢师兄救助之德。师兄为小弟出山，小弟感激不尽。"青灵子皱了皱眉，说道："我也并不是只为了你的缘故出山。这个以后再说。我只问你，你为什么要费这么大的气力把公孙奇弄出来？"

乙休道："师兄，你可知道公孙奇是什么人么？"青灵子道："我怎么不知道？他是桑见田的女婿，又是给公孙隐逐出家门的逆子。"乙休道："着呀！那么，就只看在他是桑家女婿的份上，咱们不是也该救他么？"

青灵子"哼"了一声，说道："你知不知道桑见田的两个女儿都是给他害的，他毒死了发妻又强占小姨，似此恶毒行为，实是令人发指！你还说看在桑家的份上？"

乙休道："师兄，你是听谁说的？"

青灵子道："是耿仲的儿子耿照说的。耿仲生前与我虽然不是深交，但我却深知他是个正人君子，料想他的儿子也不会说谎。"

乙休道："照你这么说法，那么公孙隐素有侠义之名，声誉比耿仲更好。他的儿子也应该是个好人，你为什么不肯救他？"

乙休能言善辩，青灵子给他抓着话柄，一时无言可对。乙休笑道："师兄，你是只知其一，不知其二。"

青灵子道："好吧，就算'有其父必有其子'这句话不对，但事实总是事实，难道耿照是诬赖他的不成？我不敢说有知人之明，但一个人是好是坏，落在我的眼里，总可以看出几分。不论你怎么说，我还是相信耿照。"

乙休说道："耿照之言倒也并非全是谎话，但其中另有内情。不错，桑见田的大女儿桑白虹是给毒死的，但主凶却并非公孙奇，而是一个绰号'玉面妖狐'赫连清波的妖女。公孙奇年少风流，这妖女痴恋于他，公孙奇曾经做过对不起妻子的事那是有的。但在这妖女害死了桑白虹之后，公孙奇不久就醒悟过来，后悔得不得了，终于把那妖女杀了，替发妻报了仇。"

青灵子隐居了数十年方始下山，对这件事情，他只是听来的一鳞半爪，确是未知详情。乙休歪曲事实，轻描淡写地就把公孙奇的罪状减轻了。

青灵子道："那么青虹之事又是如何？"

乙休笑道："这可就涉及男女私情了。青虹本来属意耿照，但耿照业已定亲。是以青虹一气之下，才嫁了姐夫的。她嫁了却又后悔，当然也就对公孙奇不满了。"

青灵子道："那么，你那日想要谋害耿照又是为何？"

乙休道："就是想为公孙奇出一口气。其实那日我也并不是就要杀他，不过是意欲略施惩戒而已。"

青灵子"哼"了一声，冷冷说道："要不是我恰好在那时露面，他早已丧在你的玄阴指下了。那时，你为什么不向我解释？"

乙休道："请师兄恕罪，当时我见师兄怒气冲冲，恐怕难以获得师兄的谅解，是以只好暂且避开。师兄明鉴，耿照那小子其实是伤得并不算重。"

青灵子面挟寒霜，看了乙休一眼，摇了摇头，叹口气道："你的毛病始终未改，还是要文过饰非。"正是：

欲逞奸谋施诡计，能言鹦鹉毒于蛇。

欲知后事如何，请听下回分解。

第九十六回　难圆破镜终遗憾
　　　　　斗角勾心各逞谋

　　不过青灵子虽然是斥责他的师弟，但乙休替公孙奇的辩护，他倒是相信了几分。

　　乙休接着说道："师兄，公孙奇纵有不是之处，但他毕竟是桑家的女婿，是当今之世，唯一得了桑家衣钵真传的人。师兄念在桑老堡主昔日与我们的交情分上，似乎也该救他一命。"

　　青灵子默不作声，乙休又道："我与公孙奇是忘年之交，朋友间重要的是个'义'字，我无力救他，只能请求师兄给我帮忙。也请师兄看在家父的份上，帮小弟这一个忙如何？"

　　青灵子仍然默不作声，但看他低首沉思，已似是给乙休说得有些儿意动。

　　原来青灵子是个孤儿，蒙乙休的父亲收养，并立为掌门弟子的。他的年纪比乙休大差不多十岁，乙休父亲死的时候，乙休还未成年，青灵子受了师父的重托，悉心照顾这个师弟，教他武功，将他带大，等于是他的父兄一样。

　　乙休长大之后，恃着他家于青灵子有恩，渐渐就不肯听师兄的教导。青灵子也不便过分地管束他。乙休独自行走江湖，交了一班坏朋友，终于误入歧途。令得青灵子甚是心伤，却又无可奈何。

　　乙休用卑鄙的手段奸污了聂金铃，迫得聂金铃嫁他为妻，聂金铃旧日的情侣一气之下，把乙休打成残废，然后削发为僧，这个人就是后来成为武林三大宗师之一的明明大师。

　　这件事情发生之后，青灵子替他师弟医好伤，劝告他不要去向明明大师寻仇。其时乙休的玄阴指尚未练成，自己也不敢去向明明大师寻仇。但他对于师兄仍是阳奉阴违，多行不义。过后几年，聂金铃对这个本来不是自己愿意嫁的丈夫越来越是伤心失望，终于携了女儿弃家远走。而乙休在失意之余越发任性胡为，恶行也越来越多了。

青灵子以师恩深重，他的师弟闹到这个地步，他是不能不管了。于是再次出头，把乙休那班狐朋狗党赶跑，将乙休带回山中。乙休向他立誓，从此不再出山，这才免于受师兄的软禁。但两师兄弟也因此闹得很不愉快，乙休只答应遵守誓言，却不愿受他师兄管束。于是师兄弟分居，一个住在山南，一个住在山北，相隔数百里。

青灵子年少的时候，和桑青虹的父亲桑见田也是忘年之交，有一次青灵子受几个强敌围攻，还是桑见田给他解围，救他出险的。青灵子为人最重恩怨，是故对桑见田于他的恩德，也念念不忘图报。

桑见田在生之日曾与青灵子谈过他所练的两大毒功，其时桑见田虽然已创出一套内功心法，但还是担忧不能克服"走火入魔"之险。后来桑见田也果然是因为练这两大毒功，以至"走火入魔"而死的。

当年青灵子为了要报桑见田之恩，曾私下发愿，要钻研出一套可以补救那桑家两大毒功的功夫。而在桑见田死后，他果然也练成了逆行经脉之法，正可以克服练那两大毒功的危险。

桑见田虽然死了，青灵子报恩之念未忘。他这次下山，一来是为了找寻他的师弟，二来是想打探桑家堡的近况，想把这套逆行经脉之法传授给故人之女。

那日耿照和秦弄玉在林中练武，青灵子恰好经过，一看就认出耿照练的是桑家的"大衍八式"，遂怀疑秦弄玉是桑家的女儿，而耿照是桑家的女婿。可是桑家姐妹小时候青灵子都是曾经见过的，虽然隔了多年，依稀仍有一点印象，越看越觉不像。他心里怀疑不定，遂在旁边偷听他们谈话，秦耿二人的本领与他差得太远，却不知道有人躲在旁边偷听。

秦弄玉和耿照说起桑青虹之事，青灵子听了，这才知道桑家二女都是受到公孙奇之害。公孙奇声名狼藉，青灵子这次下山，也曾听到一些，当时并不放在心上，现在听说他是霸占了桑家堡的人，就特别留意了。

在秦耿二人的谈话中，青灵子又知道了耿照的来历，知道他是自己昔年钦佩的朋友耿仲的儿子。同时从秦弄玉调侃耿照的那些说话，青灵子也隐约猜到了桑青虹曾经私恋耿照。而耿照此次到桑家堡的目的是为了见一见桑青虹，他也知道了。

正是因此，故此当乙休要用玄阴指来伤害耿照之时，他遂现出身形，把师弟吓跑。救了耿照，并且把这逆行经脉之法传给耿照，以便借耿照之手，再传给桑青虹。他是以为桑青虹定然已练了那两大毒功的。

也正是因此，乙休诽谤桑青虹和耿照有"私情"的说话，他才会相信。而乙休歪曲事实替公孙奇减轻罪状的说话，他也就不免相信了几分。当然，他也知道师弟的为人，对他的话仍然不能无疑的。

但乙休抬出了自己死去了的父亲来压他，他想起了师门恩重，却是不能不卖乙休的账。同时，乙休劝他念在桑见田份上的这句话，也深深打动了他的心坎。因为公孙奇毕竟是桑家的女婿。

但由于公孙奇的声名狼藉，却令他不能就下决心。他想了一会，对乙休说道："我可以救公孙奇，但是你要答应我两件事情。"乙休喜出望外，连忙问道："哪两件事情？"

青灵子道："第一件事，你要随我回山，从今之后，可不要再出来胡闹。嗯，我们都是一大把年纪的人了，来日无多，做善事都还来不及呢，怎能再做恶事？难道你还想在江湖上争强夺霸吗？又难道你对明明大师的旧怨尚未能忘吗？你出来了这一趟应该知道，你的玄阴指虽然练成，但江湖上却又多了几许少年好汉？莫说明明大师不是你的玄阴指所能伤害得了，就说刚才你所碰上的武士敦和笑傲乾坤吧，你也未必就能胜得了他们。收拾起邪念歹心，还是跟我回山吧。"青灵子尚未知道乙休已经去过光明寺向明明大师寻仇之事，只是谆谆告诫，把乙休说得满面通红。

但乙休对他的告诫并不感动，反而嫌他啰唆。心里想道："不错，我现在的武功是不及明明大师。但你若给我那逆行经脉之法，待我再练成桑家的两大毒功，话可就不是这么说了。"

乙休满怀邪念，待青灵子的说话告了一个段落，便即说道："多谢师兄善言相劝，小弟怎敢不从。小弟但求救得公孙奇便于愿已足，以后也不会下山再管闲事了。那么请问师兄，第二件事你要我做的又是什么？"

青灵子道："这第二件事不是要你做的，是我要做的。我可以答应你救公孙奇，但我这逆行经脉之法只能给他消除走火入魔的痛苦，是否能让他恢复原来的功力，那就说不定了。"

乙休道："那也好呀。"心想："枉你与我做了几十年的师兄弟，却还未猜得到我的心思，我岂是要公孙奇恢复原来的功力。"

青灵子接着说道："你把公孙奇交给我，以后你就不必管了。我拼着耗一年功夫，给他消解走火入魔之难就是。"

乙休道："不敢有劳师兄，还是你把这逆行经脉之法教会我，待我救治公孙奇吧。这样也算是尽了我一分朋友的心事。"

青灵子道："不，你学这逆行经脉之法于你无用。公孙奇并非好人，我也不愿意你与他单独相处。你要知道，我救公孙奇只不过是看在你的爹爹和桑见田对我的情分。"

乙休好生失望，但他好在早已设计了另一套计划，当下也就不再强求，说道："既然这样，随师兄的意思就是。公孙奇忍受不住走火入魔的煎熬，已经晕过去多时了。师兄，你现在就救治他吧。"

青灵子并不知道公孙奇是给柳元甲点了穴道，信了乙休的话，只道他果然是晕了过去。心道："走火入魔初起之时，论理是不该发作得这样厉害的。难道是他功力不足，勉强练成的？"于是说了个"好"字，便弯下腰去想把公孙奇扶起来。

正当青灵子弯下了腰，要把公孙奇扶起来的时候，一件意想不到的事突然发生，乙休忽地骈指一戳，点中了师兄腰背的"愈气穴"。

青灵子做梦也想不到师弟竟会对他偷下毒手，在毫无防备的情形底下，即使他有多么深厚的内功，也不能够立即凝聚真气防护穴道。乙休的玄阴指力透过了他的"愈气穴",一股阴寒之气迅即攻了进去。青灵子打了一个冷战,在这刹那间,他几乎是呆住了,茫然的竟不知是发生了什么事情。

乙休一指戳出,躲在神座内的柳元甲也立即发动,撕开神帐,"呼"的一掌击下。柳元甲的"绵掌"功夫足可裂石开碑,青灵子身躯未曾挺直,背脊又着了一掌,青灵子"哇"的一口鲜血狂喷出来,跄跄跟跟地向前倾跌。就在他摇摇欲坠之时,柳元甲和乙休左右齐下,掌指兼施,又再向他的要害攻击。

青灵子大吼一声,身形蓦地转了过来,反手一掌,和柳元甲碰个正着,双掌相交,发出闷雷也似的声响。柳元甲掌心所触,只觉就似碰着了一块烧红的烙铁一般,柳元甲也不由得"哇"的一声大叫,倒退三步。想不到青灵子在受了重伤之后,居然还有如此功力。但乙休那一指却又点中了师兄胁下的"归藏穴"。"愈气穴"和"归藏穴"都是人身"死穴"。饶是青灵子功力如何深湛,两处死穴被乙休的玄阴指所伤,亦已是禁受不起,登时全身的血液都似乎就要凝固起来。

青灵子接连受了两指一掌之伤,可是这还不是给他最大的打击。令他受到致命的打击是:他的师弟,这是他代师传艺抚养成人的师弟,竟然接连两次向他偷袭,要把他置于死地。这刹那间,他全都明白了。他的师弟只怕偷袭尚未能制他死命,又勾结了柳元甲,用最阴毒最卑鄙的手段来谋杀他。刹那间,寒气直透他的心头,人心险恶,人心难测!这是他内心感到的寒冷,比乙休的玄阴指所发的阴寒之气更为寒冷。

乙休见青灵子一掌迫退柳元甲,倒是不敢立即向前。青灵子回过头来,嘶哑着声音说道:"师弟,你这是为了什么?"乙休武学深湛,一听师兄说话的声音,已知他是内伤极重,再也无能为力了。

乙休哈哈笑道:"师兄,你管束了我几十年,你也该歇息了。你的武功是我爹爹传的,如今也该一古脑儿还给我了。"青灵子双眼翻白,说道:"哦,我明白了,原来是你要我的逆行经脉之法。不错,我受了你爹爹的大恩,无以为报,你要什么我都可以答应你的。但你若是想练那桑家的两大毒功，对你却是没有好处。唉，但你既然想要，那你就拿去吧。反正我也阻挡不住你了！"

青灵子一声长叹，说道："好吧，你拿去吧。师弟，愿你以后好自为之！"双眼翻白，颓然倒下，脸上一派凄厉的神情，当真是死不瞑目。

乙休纵然是丧尽天良，此时也觉于心有愧，心虚胆怯，不敢正视他师兄的面目。当下，在他师兄身上搜出了一本武学秘笈，便连忙将他师兄的尸体踢过一边，扯下神前的帐幔，把青灵子的面孔盖住。

乙休将他师兄的这本武学秘笈一页页翻过，前面都是他的本门武功，不过也有青灵子数十年的心血在内，多了若干精微的变化。乙休好生欢喜，心道："这倒是一个意外的收获。"不过，这是他本门的武学，他不必急于细读，于是飞快地翻阅过去，翻到最后两页，才是他师兄完全自创的逆行经脉之法。

柳元甲笑道："这逆行经脉之法，不过两页，倒也简单。想来以我们的武学根底，用不了几天工夫，也就可以运用自如了。哈哈，配上了我这点粗浅的医道，何愁不把公孙奇玩弄于股掌之上？"原来他早已靠拢过来与乙休一同观看。

乙休哈哈笑道："当然少不了老弟的一份。"原来他们的计划乃是要用这逆行经脉之法来骗取公孙奇那两大毒功，柳元甲学过十三篇穴道铜人图解，两样配合起来，就可以将公孙奇完全控制，可以使他暂时解除走火入魔的痛苦，也可以令他的痛苦加剧。当然在他们的计划之中，是绝不会让公孙奇恢复原来的武功的。柳元甲恐怕乙休独占他师兄的武学秘笈，是以又故意地提醒了他一句。

乙休道："你瞧瞧，公孙奇的身上是否也有桑家的武学秘笈？若有，我们也就用不着他了，干脆将他弄死。"

柳元甲搜了一遍，笑道："不知是他来不及携带还是他根本就把桑家的武学秘笈毁了。"公孙奇最工心计，他们素所深知，是以有此猜想。

乙休笑道："饶他奸似鬼，总逃不过我们的掌心。毁了也是无妨。老弟，你先给他解了穴道吧。"穴道解开，片刻之后，公孙奇神智恢复，清醒过来，一眼看见地上青灵子的尸体，不觉大为惊诧。

乙休淡淡说道："老弟，你可知道我的师兄是怎么死的吗？"公孙奇何等聪明，稍稍一想，已经明白，说道："敢情是两位老前辈所杀？但，这，这却是为了什么？"其实公孙奇早已猜到了几分，不过是明知故问罢了。

乙休道："不错，是我们杀的。我师兄不肯把那逆行经脉之法交出来，我们杀他，这都是为了你的缘故。"

公孙奇道："两位老前辈对我如此大恩大德，我真不知如何报答。"乙休哈哈笑道："要报答么，那也容易。"公孙奇道："请老前辈明言，小可无不遵从。"心中却想："我早知你们是定有所求的了。要不然怎肯如此为我卖力？"

乙休道："我们用这逆行经脉之法，可以助你免除走火入魔之难，三年之后，你可以恢复原有武功。不过，我们也必须懂得你所练的那两大毒功，这才可以更有效地为你医治，这也都是为了你的缘故。"

柳元甲接着道："我们是先小人而后君子。你说是交换也好，但这却是对我们都有好处的。从今之后，我们是三位一体，患难同当的了。我们三人都练成了桑家的两大毒功，联起手来，岂不是天下无敌？"柳元甲更熟悉公孙奇的为人，知道乙休口口声声说的是为了公孙奇，公孙奇一定不肯相信。索性与他明言。当然柳元甲的说话亦只是貌作坦率，实则中藏欺诈的。

公孙奇忙不迭地点头道："当然，当然。莫说对我们都有好处，即使我公孙奇只能得回一条性命，也必须报答两位前辈救我之恩。好吧，我们就这么说定了。"

公孙奇口里是这么说，说得极为漂亮，心里却那么想："你这两个老贼竟想分享我这两大毒功，有那么容易？我不会弄假的吗？"

柳元甲好似猜到他的心思，接着说道："听说这两大毒功十分奥妙，我们集思广益，彼此切磋，说不定还可以青出于蓝，胜过桑见田当年的造诣。嘿，嘿，我们的本来所学，虽然各有不同，但经过我的揣摩，相信我也能懂得其中奥妙。"这话无异告诉公孙奇：

"你可不能想歪了心思，拿假的骗我，以我的武学造诣，是真是假，我是一定可以看得出来的。"

公孙奇道："是啊，这两大毒功的确是十分奥妙，我也还有未能参透周全之处，将来正好向两位前辈请教。"此话也无异告诉柳元甲："你放心，我绝不会拿假的骗你。"心中却在暗暗好笑："普普通通的武学当然骗不过你们，这两大毒功可就不同了。我尚且上了桑青虹这贱婢的当，难道你们的武学造诣就能高过我么？桑青虹怎么骗我，我就怎么骗你，我的骗术可以比她更高明！"

双方各怀鬼胎，于是乙休背起了公孙奇，便即离开这座神庙。他的计划是在回山苦练三年之后，再出来争霸武林，并报那明明大师一指之仇。柳元甲与公孙奇也是怀着同样的幻想。

乙休在他师兄身上搜出武功秘笈之时，青灵子早已断了呼吸，乙休以为师兄已是必死无疑，由于心虚胆怯，不敢作仔细的检查，就把他师兄的尸体踢开，用神幡盖着他的脸孔。此时他们匆匆地离开了这座神庙，乙休在踏出庙门之时，回头看了青灵子的"尸体"一眼，不由得有点内疚于心，自言自语道："人不为己，天诛地灭。师兄，你可休怪小弟的辣手！"

乙休以为师兄必死无疑，谁知青灵子却还没有死。

不错，青灵子的确是受伤极重，而当他倒地之时，乙休曾经探过他的鼻息，那时，他也的确是已经断了呼吸的。但他毕竟是个内功极为深厚的人，呼吸的暂时断绝，那是由于极度的悲痛与及怒火攻心所至。生机还是没有完全断绝的。其实当乙休尚未离开这座土地庙之时，他的呼吸已经恢复，不过因为气息太弱，乙休又用神幡蒙上他的脸，故此没有发觉罢了。

乙休与柳元甲走后，青灵子渐渐苏醒过来，脑中一片空白，过了好一会，才稍稍恢复记忆，一时也还未知道是否一场恶梦。他挣扎着想要起来，只觉浑身无力，就像坠入冰窟里似的，冷得他十分难受，不觉呻吟出声。这是由于乙休用玄阴指两次点着了他的穴道，阴寒之气从死穴之中侵入，而此时他的功力已是不足抵御了。青灵子这才知道并非恶梦，的确是受了师弟所害。

青灵子没有死，可是这一时的苏醒，也只不过是回光返照罢了。

且说蓬莱魔女与笑傲乾坤、耿照、秦弄玉、陆勉、珊瑚等人，一路上谈谈笑笑，很是热闹。这次除了逃脱了公孙奇之外，可说是大获全胜。但也正因为公孙奇是乙休和青灵子救走的，笑傲乾坤、蓬莱魔女二人还是不能不担着一份心事。

蓬莱魔女道："听桑青虹所说，这青灵子倒也不是坏人，可惜不知道他是住在哪儿，要不然我们倒不妨去拜访拜访他，顺便打听公孙奇的结果。"

笑傲乾坤道："你离开山寨已久，如今正是要与各方豪杰联络，重谋大举之际。玳瑁留守山寨，她可是挑不起这重担子的。"

蓬莱魔女笑道："我当然是要先回山寨，拜访青灵子之事，不过说说罢了。这样的武林异人，乃是可遇而不可求的。他日若有机缘，再去探访他吧。"

耿照说道："我受了他的厚赐，很是过意不去。也不知何日方能再遇，也好答谢这位前辈。"

蓬莱魔女道："这也是你的机缘，适逢其会，青灵子要借重你来报桑家之恩。"

耿照道："虽然如此，我还是要感激他的。"

他们在谈论着青灵子，却不知青灵子就在离他们不远之处。原来他们此时正经过那座山下，青灵子所在的山神庙就在这座山上。

笑傲乾坤忽道："咦，似乎是有什么人发出呻吟之声。"在这一行六众之中，他的内功最深，青灵子的呻吟虽然微弱，随着山风吹送下来，却也给他发觉了。

蓬莱魔女凝神一听，说道："不错，是有人在山上呻吟。"

珊瑚道："莫非是山上的一个猎人突然得了急病？"陆勉道："不，听来似是那人受了重伤。"此时他们已在上山，珊瑚和陆勉也听见青灵子的呻吟了。

蓬莱魔女道："不管这人是得病也好，是受伤也好，我们既然碰上，总要救他。"于是众人循声觅迹，找到了那座山神庙。

青灵子脸上还盖着神幔，他没有半点气力，肌肉也僵硬了，一幅霉烂了的神幔，盖在他的脸上，也抖脱不落。蓬莱魔女把神幔揭开，不由得大为惊诧。耿照吃惊更甚，"咦"了一声，叫出来道："这，这不是青灵子老前辈么？他怎的变成了这个样子了？"

笑傲乾坤把青灵子扶了起来，手指触着他的身体，只觉其冷如冰。笑傲乾坤大惊说道："他是受了乙休的玄阴指力所伤。奇怪，乙休不是叫他做师兄的吗？"蓬莱魔女愤然说道："柳元甲这老贼也是凶手，青灵前辈除了身遭寒毒之外，还受了绵掌之伤。"他们二人都是武学的大行家，一察看了青灵子的伤势，便知他受伤的由来。

蓬莱魔女跟她父亲学过一点医学，当下给青灵子把了把脉，笑傲乾坤问道："怎么样？"蓬莱魔女背着青灵子摇了摇头，悄悄说道："若是我爹爹在这儿，或者会有办法的。不过，我们试一试吧。"

蓬莱魔女用父亲所教的最上乘手法，在"伏兔"、"玉渊"、"大椎"三处穴道上，给青灵子推血过宫。青灵子"哇"的一口瘀血吐了出来。蓬莱魔女与笑傲乾坤各伸一掌向着他的背心，把本身真气输送进去。过了一会，青灵子忽地叹了一口长气，说道："你们其实是不必这样耗费精神的了。死生有命，老朽大限已到，迟走早走，在我都是无所谓的了。不过，我还是感激你们的。"青灵子得了他们输进体内的真气，稍稍有了一点气力可以说话了。但他自己也知道这是"回光返照"的现象。

蓬莱魔女说道："前辈大恩，无以为报。老前辈可有什么未了之事，要我们效劳的么？"蓬莱魔女自知无法救他，而且青灵子亦知自己的大限已到，武林中人性情豁达，是以蓬莱魔女也就不再忌讳了。她这几句话就是请青灵子"交代后事"的意思。

青灵子抬起头来，望了蓬莱魔女一眼，说道："你的爹爹可是柳元宗么？"他从蓬莱魔女救治他的手法，已是隐隐猜到了她的来历。

蓬莱魔女道："不错，正是家父。"青灵子又道："我有一事未明，我于你又有何恩？"

蓬莱魔女道："家师是公孙隐。公孙奇万恶不赦，我可以不认师兄，但不能不认师嫂。桑白虹逝世之前曾托我照顾她的妹子。前辈有恩于桑青虹，我也是感同身受的。"

青灵子道："哦，原来如此，你倒是一个很重情义的人。青虹的父亲于我亦有大恩，既然你与青虹有那样的关系，那么我可以放心托你了。"

蓬莱魔女道："老前辈尽管吩咐。"青灵子又叹了一口长气，说道："我这次很后悔救了公孙奇。"蓬莱魔女道："过去的事不必提了。老前辈说自己的未了之事吧。"

青灵子道："我说的正是由于我的过错，我所未能了结的事。乙休已然取去了我的武功秘笈，还有一个柳元甲是他们的帮凶，他们三人若然狼狈为奸，都可以练成桑家的两大毒功。"

笑傲乾坤与蓬莱魔女都是大吃一惊，心中想道："倘使公孙奇恢复了原来的本领，那已经是武林大患。乙休与柳元甲若也练成，只怕集各大门派的高手之力，也难以制止他们为恶了。"

笑傲乾坤问道："他们何时可以练成？"青灵子道："公孙奇在一年之后，可脱走火入魔之难，那时他便可以恢复原来的武功。乙休与柳元甲则必须公孙奇先教他们桑家的内功心法，对那两大毒功也需要从头练起，故而时间要用得多些。不过，以他们的武学造诣，大约有三年的工夫也总可以练成了。"青灵子所作的推断，是假设他们三人精诚合作的。青灵子当然不会知道，在他们之间实乃是勾心斗角，各怀鬼胎。

青灵子接着说道："是以你们若要防止他们为患武林，必须在一年之内处置他们，不过，我却希望你们能对我的师弟稍稍留情，只废去他的武功，让他得终天年吧。"青灵子临死还是顾念师恩，乙休谋杀了他，他仍然要替乙休求情。

一年的时间说长不长，说短不短。蓬莱魔女，笑傲乾坤若再加上了武士敦夫妇，在公孙奇未恢复本领之前，是可以将乙休与柳元甲除掉的。但人海茫茫，却不知他们躲在哪个隐僻的地方练功？

青灵子歇了一歇，脸上现出似是尴尬的神情，说道："柳女侠，我还有一件事情要拜托你。"

蓬莱魔女道："老前辈不用客气，吩咐便是。"青灵子道："说起这件事，我先要向你告罪。"

蓬莱魔女怔了一怔，道："此话从何说起？"

青灵子道："女侠有所不知，灵山派的女弟子上官宝珠是，是我的女儿。我直到最近才知道她助麻大哈向丐帮寻仇，得罪了武帮主，又得罪了柳女侠。刚才在桑家堡中使大力金刚掌的那位英雄是武帮主吧？这件事还请柳女侠原谅小女无知，并代为向武帮主说项。"青灵子是如今才知道蓬莱魔女是谁的，丐帮的金刚掌功夫则较易看得出来，故而他在桑家堡与武士敦对了一掌之后，已隐约猜到了他的身份了。

蓬莱魔女听说上官宝珠乃是青灵子的女儿，倒是颇感意外，心里想道："青灵子的武功这么好，她的女儿却不知何以要另拜别人为师？"蓬莱魔女曾经与上官宝珠几度交手，每次虽然都能获胜，但也只是稍占上风而已。不过，上官宝珠的武功虽然是邪派中的一流功夫，却不是属于青灵子这一家数。

时间已不容许蓬莱魔女向青灵子细问，当下答道："令嫒与丐帮其实并无直接的冤仇，武帮主是我们的好朋友，这一点误会一定可以化解的。老前辈放心。"

青灵子面上露出一丝笑容，说道："难得柳女侠如此热心，老朽的家事本来不应麻烦外人的，如今也只好一并拜托柳女侠了。"

蓬莱魔女道："些须小事，何足介怀。"她以为青灵子说的还是他女儿的事情。

青灵子接着说道："我是想请柳女侠给我报一个讯。柳女侠身为绿林盟主，事情想必很忙。这件事也无须马上就办，一年之内，柳女侠倘若能够为我代传此讯，我就感激不尽了。"

蓬莱魔女道："不知是要传给何人？"

青灵子道："我与令尊昔年曾见过一面，并无深交。但我知道他是个古道热肠的大侠，而且与明明大师相交甚厚。不知柳女侠可认识明明大师么？"

蓬莱魔女道："家父如今正是住在明明大师光明寺中。"

青灵子道："这就最好不过了。老朽逝世之后，请柳女侠告诉明明大师。这半边镜子请明明大师代送山妻。"说罢抖抖索索地在身上摸出半边破镜。

蓬莱魔女接过那半边破镜，心中颇有疑问，但却不便探询别人的私事。青灵子叹了口气，接着说道："此事说来话长，此时我亦无暇细说了。明明大师是知道我的事情的。我，我是怕她们母女误入歧途，而且若不早为之计，将来只怕还有一场灾难……"

说至此处，青灵子已是气喘吁吁，蓬莱魔女心想："反正明明大师知道，他实在是无须多说了。"当下说道："我一定替老前辈办到，老前辈放心、放心……""去吧"二字，她却是不忍宣之于口了。

青灵子吸了口气，却又挣扎着说道："听说明明大师曾发誓不再下山，要是他不能去的话……"蓬莱魔女立即说道："我去！"

青灵子道："好，柳女侠若肯为我到灵鹫山去走一趟，那我也就放心去了。"青灵子其实是请蓬莱魔女的父亲柳元宗去的，蓬莱魔女已然抢先许诺，青灵子也就无须多说了。当下徐徐阖上双眼。

蓬莱魔女轻声说道："老前辈放心去吧。"正要与笑傲乾坤商量为他办理后事。不料青灵子忽地又张开眼睛，说道："还有一件事我几乎忘了，耿少侠，你过来。"

耿照上前说道："晚辈深受大恩，老前辈有何吩咐，晚辈定当做到。"

青灵子道："你的大衍八式如今只有五分火候，必须再练三年，到了有七分火候之时，才能练得那两大毒功，否则你虽然懂得逆行经脉，也会有走火入魔之祸。紧记，紧记。"

耿照说道："前辈放心，我根本不想练那两大毒功。"

青灵子道："好，那我就无须为你担心了。"说罢，闭上了眼睛，这一次是当真"去了"！

耿照大为感动，说道："这位老前辈在临死之时，还记挂着别人的祸福，一定要把说话交代清楚。真是难得！可惜这样的好人，却给坏人害死！"

蓬莱魔女道："乙休害死他的师兄，真是禽兽不如。即使不是为了公孙奇给他救走，我也要为青灵子报仇，杀掉乙休这个老贼。"

当下众人合力在山上掘了一个土坑，把青灵子埋了。他们与青灵子虽然非亲非故，但眼看这一位武学大师身遭惨死，埋骨荒山，心中都是十分难过。

葬了青灵子之后，一行六众，继续赶路。路上笑傲乾坤说道："如今有两件事情要办了。一件是必须在一年之内，探听出乙休、柳元甲和公孙奇藏匿的所在，在他们未练成那两大毒功之前，将他们除掉。一件是给明明大师报讯。"

蓬莱魔女道："给明明大师报讯容易。爹爹三个月后，就要来我们的山寨。请他捎个信回去就是。明明大师若不肯下山，我就到灵鹫山去。倒是那三个贼子的行踪，却是不易打听。"

笑傲乾坤道："丐帮消息最是灵通，反正还有一年期限，待武士敦回来，咱们可以请他代为打听。"

蓬莱魔女忽地想起一事，说道："上官宝珠是灵鹫派的弟子。我听西岐凤说过灵鹫派的事情，据说灵鹫派分为南北两宗，南宗的掌门是猛鹫上人，北宗的掌门则是一个尼姑，法号青灵师太。"

笑傲乾坤道："不错。但这又如何？"

蓬莱魔女道："那个尼姑既然号称青灵师太，莫非她就是青灵子的妻子？夫妻分手之后这才出家的？"

笑傲乾坤道："你的猜测很有道理。看来这位老前辈定有一番伤心之事。好，这倒引起我的好奇心了。将来我陪你到灵鹫山走一趟吧。"正是：

人间多少伤心事，埋骨荒山恨不平。

欲知后事如何，请听下回分解。

第九十七回　塞外传书邀旧友
桃林练掌复神功

　　蓬莱魔女离开山寨三个多月，时序已从白雪纷飞的冬日转为莺飞草长的春天。这日他们一行六众，来到了金鸡岭下，从山脚望上去，只见山花遍地，万紫千红。山峰上挂下的瀑布，在丽日晴空飘洒着金色珍珠的泡沫。金鸡岭形势险峻，蓬莱魔女的山寨就在金鸡岭的主峰。山上有数千亩梯田，大致可以自给自足。蓬莱魔女的寨规最严，从来是不劫山下路过的客商的。所以山下并无巡逻的兵，山腰以上才遍设哨岗。

　　蓬莱魔女回到"老家"，又恰值风景绝佳的春日，精神爽快，一时兴起，说道："谷涵，我和你比试轻功。不必惊动巡逻的弟兄，且试试他们可能发觉？照弟、珊瑚，你们也跟着来吧。出其不意地到了大寨，给玳瑁一个惊奇。"

　　蓬莱魔女本来擅长轻功，父女团圆之后，又得她父亲所传的心法，轻功更是精益求精，已到了炉火纯青之境。笑傲乾坤的轻功稍逊一筹，亦自不弱。两人以"八步赶蝉"的绝顶轻功上山，越过了十几重哨岗，无人发觉。蓬莱魔女又是欢喜，又是担忧，而担忧的心情更多于欢喜。她欢喜的不过是个人的轻功有了进步，担忧的却是整个山寨的守卫问题。心里想道："山寨还须训练一些本领更高的兄弟，哨岗和巡逻也必须加强。否则倘有高手上山偷袭，我若不在寨中，岂不危险？"

　　此时蓬莱魔女正绕过了那道瀑布，大寨已经在望，心念未已，忽听得有声喝道："是谁？"两枝袖箭，跟着射到。听声音是个女子，颇为熟悉。

这两枝袖箭从十数丈外射来，劲道依然甚强，而且是对准了蓬莱魔女的两处穴道射来的，蓬莱魔女好生惊诧，心道："玳瑁的功夫还未到如此境界，这却是山寨里的什么人呢？"蓬莱魔女当然不会给她射中，拂尘一挥，就把这两枝袖箭打落了。那人已现出身来。

蓬莱魔女笑道："霞妹，原来是你。你几时来的，可真是稀客啊！"那女子也笑道："柳盟主，原来是你回来了。我这个客人倒是反客为主，来迎接你啦。"笑傲乾坤跟着上来，笑道："你用袖箭，可真是别开生面。"

这个女子乃是赫连清霞，她以前是没有到过蓬莱魔女山寨的。蓬莱魔女正想问她来意，忽听得响箭飞过，号角呜呜声响。赫连清霞道："还有别人和你们一同来么？"蓬莱魔女道："不错，耿照、秦弄玉这对，和陆勉、珊瑚这两对都一同来啦。他们想必是已经给逻兵发现了。"说话之间，玳瑁已经率众出迎，见蓬莱魔女和笑傲乾坤等人都已回来，喜出望外，说道："赫连姑娘来了两天了，正等着盟主回来。"蓬莱魔女道："好，咱们进里面说话去。弟兄们的参见之礼，可以免啦。"

坐定之后，蓬莱魔女道："光阴过得真快，大都（金京）一别，转眼又已是八九个月了。你姐夫好？"当日是赫连清霞和耶律元宜护送武林天骄到光明寺的，是以蓬莱魔女有此一问。

赫连清霞道："好。而且好得还出乎我意料之外。"蓬莱魔女笑道："此话怎说？"赫连清霞道："姐夫被他的叔父用化功散化去了他的内功，心灰意冷，本以为是难以恢复的了。后来你的爹爹和明明大师给他诊断，担保他一年之后可以恢复武功。"蓬莱魔女喜道："果然不出我之所料。"赫连清霞道："你还没有料中呢。三个月前，我又到光明寺看他一次，见他进境神速，据明明大师说，只怕用不了一年，他便可以恢复武功了。"蓬莱魔女大为欢喜，说道："那就更好了。"赫连清霞笑道："姐夫知道我要到你们的山寨来，托我捎话给你，说是一定可以来喝你们的喜酒了。"蓬莱魔女脸上飞起一片红霞，心中却是十分高兴。

闲话叙过，蓬莱魔女道："对啦，我还没有问你，是什么风把你吹来的？"探询她的来意。赫连清霞道："你猜。"蓬莱魔女道："是不是你们亦已佳期有日，来请我们喝喜酒的？"赫连清霞大大方方地说道："不是。我是来请救兵的。"

蓬莱魔女吃了一惊，说道："怎么？金虏已经出兵攻打你们么？"

赫连清霞道："这倒未曾。不过，我们已经听到风声，完颜长之认为我们是金国的心腹之患，准备动用御林军来攻打我们，并且还准备抽调幽州、兖州和济州的兵马合围。可能就在一两个月之内，向我们动手。"

蓬莱魔女道："你们在祁连山，与此地相距离数千里，这个——"

赫连清霞道："我知道要你们直接救援，实是不易。但元宜却想到一个办法。"

蓬莱魔女瞿然一省，说道："我也想到了，是不是要我们行围魏救赵之策？"赫连清霞道："正是。"

蓬莱魔女道："你来得正合时机，实不相瞒，我和中原的各路义军领袖已有联络，正拟在这两个月内，共图大事。有你们在北方配合，那就最好不过了。咱们是彼此呼应，说不上是谁救助谁。"

玳瑁说道："怪不得这几天已经有好几处派人来，和我谈举义之事。我因为兹事体大，盟主尚未回山，我一时不敢自拿主意。"

蓬莱魔女道："好，明日我会见他们。今后我把我们商量好的做法告诉你，要是我不在山寨，你和珊瑚也可以作主。"

玳瑁笑道："还有三个月，就是盟主的大婚之喜了。盟主刚刚回来，难道又会下山么？总要待我们喝了喜酒之后吧？"

蓬莱魔女道："目下风云急变，这可怎么说得定？"

赫连清霞想起一事，说道："你说到风云急变，我与元宜也正有同感。对啦，我正想告诉你一个消息。"

蓬莱魔女道："什么消息？"

赫连清霞道："蒙古出了个英雄，名叫铁木真（作者注：即后来的成吉思汗），统一了蒙古的各个部落，东征西讨，辟土开疆。

铁木真的父亲是给金兵杀死的，听说他计划联宋灭金，一来以报金人杀父之仇，二来也想入主中原，建立他的大帝国。"

蓬莱魔女沉吟半晌，说道："我听说蒙古兵很是残暴，铁木真的野心这么大，联宋灭金，恐怕只是利用宋国而已，未必就是宋国之福。"

赫连清霞道："元宜因此也是举棋不定，他托我问你的意思，咱们好不好与蒙古联络？"原来耶律元宜因为急于恢复辽国，铁木真虽然未有派人和他联络，他却颇有与铁木真先通款曲之意。

蓬莱魔女道："恕我直言，此事恐怕不可为。你们是想复国，蒙古却是想并吞中华，辽国故土当然也是包括在内的。若是让他得逞，将来只怕是以暴易暴而已。倒不如咱们靠自己的力量，推翻金虏的统治。"

赫连清霞道："那么若是蒙古进兵攻金，咱们应该如何？"

蓬莱魔女道："要先看他们对你如何？他若犯你，你就犯他。他不犯你咱们就乐得让金国和蒙古火并，咱们的兵少，恐怕也只能如此吧？"

赫连清霞道："多谢教言。柳姐姐不愧是盟主之才，果然是见识比我们高明得多。"蓬莱魔女道："我也只是就事论事而已，哪说得上是什么见识了。"

赫连清霞又想起一事，说道："柳姐姐和华大侠见闻广博，武林中人也相识得多。我想向你们打听两个人物。"

蓬莱魔女道："什么样的人物？"

赫连清霞道："是一男一女，都不过是二十来岁的年纪，本事可是相当高明。男的长得短小精悍，兵器是一根铁器，看来似是丐帮的伏魔杖法。女的是鹅蛋面儿，长眉入鬓，姿色俊俏。轻功非常之好。"赫连清霞仔细的描画了这一男一女的相貌和本领，蓬莱魔女已经知道一定是麻大哈与上官宝珠无疑。心里想道："青灵子托我将他的女儿引回正路，我正苦于无法知道他们的消息。"当下便问："你是在哪儿碰见这两个人的？"

赫连清霞道："在祁连山宜哥的营帐之中。"蓬莱魔女吃了一惊，说道："敢情是他们想行刺耶律元宜？"

赫连清霞道："可不是吗？幸好我的帐营与宜哥相邻，他们来的时候，我还没有入睡，帐幕上现出他们的影子，给我发觉了。好险，他们刚刚挑开宜哥的帐幕，正在发出毒针，给我一喝，那妖女可能是吃了一惊，毒针失了准头，没有打着宜哥。"

蓬莱魔女听了好生难过，心里想道："我只道麻大哈与上官宝珠在桑家堡一败之后，或者会知难而退，回灵鹫山再练功夫。哪知道她又是故伎重施，重演行刺武士敦的一幕。但行刺武士敦还可以说是为了情郎报仇，行刺耶律元宜则是甘心作金虏的鹰爪了。麻大哈在金虏的御林军中任职，想来这都是麻大哈拖她落水之故。"蓬莱魔女是曾经受了青灵子之托，要把他的女儿挽回正路来的，故此她听了上官宝珠又闯此祸，心里就不禁十分难过，生怕上官宝珠给麻大哈牵累，越陷越深。

赫连清霞看了看蓬莱魔女的神色，说道："柳姐姐，你认得这两个人？"蓬莱魔女道："不久之前，我还和他们交过手。等下我再给你说他们的来历。后来怎样？"

赫连清霞接下去说道："这女的武功很是厉害，我和她仅仅打成平手。那男的也不弱，不过轻功却差一些。宜哥也还未睡着，跑出来与他动手。过一会儿，营帐里的守卫都赶出来。惭愧得很，我缠不紧那个女的，给她脱出身来，用暗器打伤了两个卫士，就逃跑啦。这时大营的士兵都已醒了，乱箭纷飞，攒射他们。那女的轻功好俊，越过几重帐幕，竟没有一枝箭射得中她。那男的则中了两枝箭，但似乎中的不是要害。那女的还有一套本领，会放毒烟。也不知她发的是什么暗器，烟雾弥漫，他们就在烟雾的掩护下逃得不知去向了。我们的兵士却给她的毒烟昏倒了十几个人。"

蓬莱魔女道："珊瑚、玳瑁，若是这女的潜入咱们的山寨，你们可要小心了。她的轻功不在我之下，今日我越过几十重哨岗，巡山的弟兄们也没有发觉。"

玳瑁面上一红，说道："像盟主的轻功，普天之下，本来就没有几个人。我今后自当更加强警卫就是。"

蓬莱魔女道："我考察过桑家堡的机关，公孙奇用来为恶，咱们则可以用作正途，防备轻功高手潜入大寨。明天我把图样画给你。"

当下蓬莱魔女把上官宝珠的来历说与赫连清霞知道，赫连清霞嗟叹不已，说道："这么说来，看在她父亲的份上，咱们倒是不便太过与她为难了。柳姐姐，但愿你能劝得她醒悟回头。"赫连清霞的事情都已交代清楚，本来就要走的，但蓬莱魔女却要留她多住几天。

赫连清霞与蓬莱魔女性情相投，难得有这机会相聚，也舍不得马上分手，于是就很爽快地答应下来。不过因为耶律元宜也是急着要等她回去报讯的，因此她只能答应多留三天。

在这三天之中，蓬莱魔女日间巡视山寨，指点防务。晚间则与赫连清霞谈论江湖异事，切磋武功。很快的三天就过去了。

第四日赫连清霞告辞下山，蓬莱魔女一定要给她饯行。赫连清霞以盛情难却，只好多留半个时辰，喝过了饯行酒才走。不料席还未散，蓬莱魔女却接到一封意外的来信。

这是丐帮帮主武士敦的亲笔书信。丐帮有飞鸽传书，这封信是用信鸽带到邻近的丐帮分舵，由分舵的香主快马送上山寨的。

因为是飞鸽传书，所以只是一张纸条，寥寥数字。请蓬莱魔女或笑傲乾坤立即赶到天狼岭与他相会。当然若是能够两人同去，更是最好不过。

蓬莱魔女有点诧异，说道："武士敦不知有什么紧要的事情，要咱们赶去相助？"要知丐帮人才济济，武士敦本身的武功又是顶儿尖儿的角色，倘若不是碰上了为难之事，绝不至于要用飞鸽传书来请蓬莱魔女。

笑傲乾坤说道："我记得在桑家堡与他分手之时，他似乎说过想到天狼岭去请他们丐帮中的那位硕果仅存的夏长老出山。"

蓬莱魔女道："不错。但这件事情，咱们可帮不了他的忙呀。夏长老是他师叔，想来也不至于有令他难为之事。"

笑傲乾坤笑道："我不是诸葛亮，这个我可是猜想不透了。不过，以武士敦和咱们的交情，他有所求，咱们是一定要赴约的。"

蓬莱魔女道："当然，当然。"忽地想起一事，接着说道："聂老前辈母女所住的那条山村与天狼岭似乎距离不远？"蓬莱魔女所说的"聂老前辈"即是乙休的妻子聂金铃，她的女儿就是柳元甲妻子石瑛。两母女同一命运，都是不值丈夫所为，与丈夫分手了的。

笑傲乾坤道："不错，他们住的石家庄在天狼岭之南，距离大约不到二百里。"

蓬莱魔女道："说不定是乙休、柳元甲与公孙奇这三个贼子就匿伏在天狼岭。"

笑傲乾坤道："你的猜测有点道理。乙休要抢回女儿，柳元甲也想得回妻子，他们匿伏在距离石家庄不远之处，伺机而动，大有可能。如此说来，咱们须得同去，才能对付得了那三个贼子。"但蓬莱魔女却摇了摇头，说道："不，你在山寨留守，我一个人去。"

笑傲乾坤怔了一怔，说道："我以为还是我去的好。目下正是密云待雨，你是绿林盟主，理该坐镇山寨。"

蓬莱魔女道："我正想趁此时机，察看外间形势。顺道也好拜访几位义军领袖。你说得不错，目下正是密云待雨，依我看来，义师大举，至少也得在两个月之后。我到天狼岭打一个来回，大约也出不了一个月。"

珊瑚笑道："姐姐，你这次匆匆而来，匆匆而去，当真是席不暇暖了。但愿你如期归来，莫要误了你的佳期才好。"

蓬莱魔女笑道："你是怕我误了你的佳期吧？你放心，我一定会回来给你办喜事的。"原来蓬莱魔女早已与珊瑚说好，她们的婚礼将在同一日举行。到时由蓬莱魔女给珊瑚作主婚，待珊瑚成了婚礼之后，蓬莱魔女才与笑傲乾坤拜堂成亲，为武林创一佳话。

珊瑚面上一红，说道："咱们说正经的，这山寨之事——"笑傲乾坤也道："是呀，这副担子——"

蓬莱魔女笑道："就是要你们来挑呀。谷涵，你替我代行盟主之职。珊瑚、玳瑁辅助你。还有照弟也可以帮你们的忙。照弟曾在虞允文元帅帐下多时，又曾经作过飞虎军的统领，对行军用兵之道，想来也该是个大行家了。倘若在我离山的时间，有战事的话，照弟可以给你们作参谋。"

耿照说道："姐姐夸奖了。说到兵法，我只是粗通而已，怎敢说是行家？不过，若是有事，我当然要尽力而为。"

蓬莱魔女道："至于与各路义军联络之事，谷涵、珊瑚都是曾经参与桑家堡的群雄会的，应该怎么做法，你们就照大家商议好的办法做就是了。山寨的事，玳瑁多负点责，好在有什么应该注意的地方，我这几天也都对你说了。"

玳瑁忽道："柳姐姐，这次我想跟你出去。珊瑚姐姐对山寨的事务也很熟悉，多偏劳珊瑚姐姐一些，回来我再向你道谢。"

珊瑚如有所悟，笑道："咱们姐妹说什么客气话。对啦，你这几年都是困守山寨，没有到过外间，静极思动，也该下山跑跑了。此去天狼山，可以顺道经过你的家乡。"

蓬莱魔女看了她们说话的神气，心里想道："莫非玳瑁有什么私事，这几年来还没工夫去料理的？她对珊瑚说了却没有对我说。"但蓬莱魔女此时却无暇向她探询，当下说道："不错，我记得你的家乡在固原，正在天狼岭西南一百余里。咱们去的时候可能没有时间到固原了，但回来的时候，我却是可以和你一道回乡的。好，你就跟我去吧。"玳瑁得如心愿，大为欢喜。

各事安排妥当，蓬莱魔女笑道："霞妹，我本来是给你饯行的，如今我也要走了。"

赫连清霞喜道："我正舍不得离开姐姐呢，如今咱们又可以多聚几天了。"原来她们一个去天狼山，一个回祁连山，可以同行一千多里的路程，到南郑才分道扬镳。

笑傲乾坤、耿照、珊瑚等人送她们三人下山，临别之时，笑傲乾坤说道："武士敦是送桑青虹赴光明寺的，按说他一定是先到了光明寺，然后才往天狼岭。他应该见过武林天骄的了，却不知何以他的信中没有提及？"

蓬莱魔女道："那张字条是他匆匆忙忙写的，且又是飞鸽传书，当然只能是尽量简略的了。"

笑傲乾坤说道："咱们大家都在记挂着武林天骄，武士敦没有提及，可能是由于匆忙所致，但却教我放心不下。天狼岭离光明寺有千里路程，普通人要半个多月才能来回，但你们有三五天工夫就可以了。要是你们有时间的话，倒不妨到光明寺看看。"

蓬莱魔女道："如今山寨里的事情已经安排妥当，若是没有特别意外之事，我是可以放心到光明寺去走一趟的。我想，爹爹和师父若是见我突然来到，不知道该多惊喜呢。"蓬莱魔女也是记挂着武林天骄的，但笑傲乾坤已经说了，她就不必再提了。

笑傲乾坤与蓬莱魔女都在记挂着武林天骄。武林天骄的情形怎么样呢？花开两朵，各表一枝，现在就先且按下蓬莱魔女赴天狼岭之事慢表，先说一说武士敦和武林天骄会见的经过，以及这一个月来他们的遭遇。

且说武士敦、云紫烟这一对未婚夫妻把桑青虹母子送到了光明寺，那一日是中午时分到达的。武林天骄的姐姐慧寂神尼闻讯出来迎接，见了桑青虹极为欢喜。武士敦由于礼貌的缘故，当然要拜见明明大师。慧寂神尼说道："他和柳前辈、公孙前辈每一日都要在静室里做例行的功课，也一同钻研最上乘的武学。公孙前辈已经差不多可以痊愈了。你要拜见这三位武学大师，可得稍候些时，待我去看一看他们是否正在闭关练功？"

武士敦说道："既是如此，那就不必去扰乱他们的清修了。反正我还有几天逗留的，今晚待他们的功课完毕，开关之时，我再去拜见也还不迟。对啦，令弟怎么样了？清云姑娘也何以不见？"

慧寂神尼道："他们是到后山练武功去了。"武士敦大喜说道："令弟已经可以练武了么？那么，他的身体想来是早已复原了？"

慧寂神尼笑道："你自己去看看吧。我要接待桑师妹，恕我不能奉陪了。"慧寂神尼已知桑青虹的遭遇，对她甚为怜惜，当下就忙于安顿她们母子了。

武士敦与云紫烟信步向后山走去，此时正是暮春三月，江南花谢，北国正花开。山头白雪皑皑，山坡则是野花遍地。红里参白像大红玛瑙的是茶花，吐着金丝花蕊的是杜鹃花，青丝花蕊镶着乳白色花瓣的是报春花。密密丛丛，满眼都是。

云紫烟赞叹道："真是如入山阴道上，令人应接不暇。顾得看茶花，又顾不得看杜鹃花了。好美，好美！"武士敦笑道："还有更美的呢！"山风吹来，花香如酒浓。转过山坳，只见眼前万紫千红，原来是一片桃林。盛开的桃花，灿若云霞。云紫烟深深吸了口气，说道："这景色不亚江南，想不到野生的桃花也这么美！"

武士敦悄声说道："武林天骄正在桃林里练功夫，咱们走轻一些，别扰乱了他们。"云紫烟道："我怎么听不到声息？"武士敦道："你瞧那水中倒影。"有一条山溪穿过桃花，云紫烟凝神望去，只见溪水的上游，果然有一男一女的倒影。

两人放轻脚步，缓缓走入桃林。只见武林天骄果然是在林中空旷之处挥拳舞掌，赫连清云则倚着桃树旁观。云紫烟悄声说道："这套掌法姿势极为美妙，就不知他的功力恢复了几分？"原来武林天骄使出的这套掌法丝毫不带风声，令云紫烟捉摸不透。

桃林里一片嗡嗡之声，那是来采花的蜜蜂。武林天骄全神贯注地在练他的功夫，在桃树底下轻登巧纵，步如流水行云，双掌盘旋飞舞，令人看得目眩神迷。但在他双掌飞舞之中，树上的桃花没有落下一片，采花的蜜蜂也没有给他吓得惊飞。武士敦心里想道："内功精纯之士，发掌无声无息便可伤人，这本来是武学的一种上乘境界。但却不知武林天骄是到达了这个境界呢，还是由于病后体虚，以至发掌无力？不过，这套掌法的招数却确是精妙之极，人生罕得一见。"心念未已，武林天骄已收了拳脚。武士敦正要出去与他相见，忽听得武林天骄说道："云妹，你嫌群蜂喧闹，我给你惩戒一下它们。"随手在地上拔起一丛青草，揉碎了把掌一扬，只见满空飞舞的蜜蜂纷纷落地。

最上乘的武学本有"摘叶飞花，伤人立死"的功夫，用碎草打落群蜂，在武士敦这等高手看来，原也不足为奇。但武林天骄显露了这手功夫，最少可以证明他已是恢复了相当高明的内功了。

武士敦大喜，正想出声道贺。哪料还有更令他惊奇之处！此时赫连清云正在说道："这却是何苦呢，伤害了无辜的小生命？"武林天骄笑道："谁说我伤害它们了？"话犹未了，只见坠地的群蜂，又再纷纷飞起，初起时低飞无力，不过一会，也就恢复了原状，飞上桃梢了。

武士敦惊喜交集，不禁失声赞道："妙啊！"要知内家高手，用"飞花摘叶"的功夫，伤人不难，打死蜜蜂更不难。但难就难在武林天骄所用的内力恰到好处，把群蜂打落，却又都保全了它们

武士敦惊喜交集，不禁失声赞道："妙啊!"当下和武林天骄夫妻见面，不胜欢喜。

的性命。内功的造诣，当真可以说是已经到了炉火纯青之境。

武林天骄哈哈一笑，说道："教武帮主见笑了。"原来武林天骄亦已发觉了他们，当下双方出来相见，不胜欢喜。武士敦道："恭喜檀兄又练成了一项神功，不仅恢复了原来的本领，而且更胜从前了。"武林天骄道："这都是得三位老前辈指点之功。武兄新任帮主，何以有空来此？可是有什么紧要之事，要请哪一位前辈出山么？"

武士敦道："我是护送你的师妹上山来的。"武林天骄怔了一怔，道："我的哪位师妹？"武士敦道："你的师伯桑见田的女儿桑青虹。"武林天骄颇感意外，说道："怎么是她？不是听说她，她已经被公孙奇——"武士敦道："不错，她是被公孙奇用卑劣的手段强娶为妻，但这内中却还有复杂的因由。如今桑家堡已经被我们破了，你的师妹也可说是报了仇了。"武林天骄大为诧异，说道："这是怎么回事？'可说是报了仇'，这又是什么意思？"

武士敦笑道："稍安毋躁，且待我仔细道来。"当下就把桑青虹如何设计，假传"内功心法"，令公孙奇"走火入魔"之事与及他们怎样大破桑家堡的经过，原原本本地告诉武林天骄。武林天骄听了，又是欢喜，又是感伤，说道："桑师妹报仇报得痛快，只是她的命也未免太苦了。"赫连清云道："不过桑师妹如今亦算得是苦尽甘来，咱们也可以了结一重心愿了。"原来武林天骄的师祖传下三个不同国籍的弟子，武林天骄是金国弟子这支，桑青虹是宋国弟子这支，赫连清云姐妹是辽国弟子这支。师祖遗命，是要他们三支弟子将来能够聚在一起，为消弭三国之间的纷争而努力的。不过，他们的师祖武功虽然极高，这理想却不切实际。要知所谓"纷争"，实是金国的统治者推行侵略政策所致，断不是无原则的可以调解的。但，虽然如此，他们师祖的这个理想，却可以用于百姓之间，金、宋、辽三国的老百姓，绝大多数还是利害相同的。武林天骄在接受了许多教训之后，已经懂得这个道理。因此他多年来也曾奉行他师祖的遗命，去觅寻宋、辽两国的同门。如今他和赫连清云结为夫妇，辽国这一支已是和他合而为一。所不放心的只有宋国这一支硕果仅存的师妹桑青虹了。现在听得桑青虹已经脱出魔掌，来到此间，故此赫连清云也是和他一样欢喜，认为是了结一重心愿。

武林天骄点了点头，说道："不错，那么咱们现在赶快回去，看看桑师妹吧。"

于是一行四人走出桃林，向光明寺走去。走到洗剑池边，忽听得有个男孩子的声音说道："妈，婆婆为什么不来看我，下次你和她一同来好吗？"他的母亲说道："婆婆老了，怕出远门。再过几年，待你长大了，我和你回家去看婆婆。"那孩子道："我不相信，婆婆能够上山打猎，难道还不能够跑路吗？"他的母亲道："从咱们家里到这儿来，要走一千多里呢，怎比得上山打猎？你挂念婆婆，婆婆也挂念你的。她叫你用心跟伯伯练武，练好了武功，你就可以回家去看她了，用不着妈再背你。"那孩子道："是。妈，你几时再来？"做母亲的道："过两个月我再来看你。"那孩子道："听说有个云姐姐来了，你不等见了云姐姐才走么？"做母亲的叹了口气，说道："我、我本来应该见一见她的，但我等不及了。你给我向她道个歉吧。"那孩子道："这个姐姐我可是从来没有见过她的。"做母亲的笑道："傻孩子，你不认得她，大伯自然会说给你知的。好，我去啦！"

只见一个中年美妇走出树林，一个约莫十岁左右的孩子送她出来。那妇人道："小南，你回去吧？"她大约是怕孩子纠缠，一个转身便从石崖跃下，轻功身法，十分美妙。

武士敦悄悄问道："这女人是谁？"武林天骄在他耳边说道："这女人是乙休的女儿，柳元甲离弃了的妻子。"武士敦怔了一怔，就在此时，那中年美妇已经看见武士敦他们向她走来，不觉十分尴尬，说道："这位是云姑娘吗？可真是不巧，我、我就要走了。"云紫烟道："这位想必是石家婶婶了？清瑶姐姐很挂念你，叫我代为问候。"

原来这个妇人正是乙休的女儿石瑛（她用义父的姓氏，直到去年才知道生身之父是乙休的）。她的母亲聂金铃乃是明明大师少年时候的爱侣，后来上了乙休的当，没奈何才嫁给乙休的。婚后五年，乙休越来越坏，夫妻终于反目，聂金铃带了女儿寄居她的好友石家。石家没有儿女，把她的女儿认作义女。前几年石庄主夫妇双亡，聂金铃母女仍然在石家居住。

去年乙休与柳元甲找到了她们，恰巧蓬莱魔女奉了父命，与笑傲乾坤也来探访他们母女。乙休意欲与妻子破镜重圆，柳元甲也想得回儿子，正在纠缠不清。幸得蓬莱魔女与笑傲乾坤相助，这才把乙休与柳元甲赶跑。事后，蓬莱魔女取得她们母女的同意，由石瑛把儿子送到光明寺跟她父亲练武。聂金铃因为与明明大师少年时候有过那一段不寻常的关系，所以始终不肯到光明寺来。石瑛与母亲是同一遭遇，母女相依为命，她把儿子送来之后，仍然回去侍奉母亲，不过，每隔数月，总要来看儿子一次。

云紫烟早已从蓬莱魔女口中得知聂金铃母女之事，不过她并不知道石瑛就在这儿，而刚才到光明寺的时候，又因急于去看武林天骄，所以没有向慧寂神尼打听。慧寂神尼忙着招呼桑青虹，也就忘了向她说了。光明寺有数十间房子，分为五进。石瑛母子住在最后一进，待她出来会见桑青虹的时候，云紫烟与武士敦已经到后山去了。

石瑛知道云紫烟与蓬莱魔女情如姐妹，当然知道她的往事。她一来因为感怀身世之痛，不愿与知道她往事的人晤面；二来她与云紫烟只是一面之交，心中的难言之隐也不便向她吐露；三来她也的确是急着要赶回家去，所以才想避开云紫烟。不料仍然是碰上了。

云紫烟代表蓬莱魔女向她问候之后，说道："石婶婶不能多留一天么？"石瑛说道："不了。我有点事情，须得回去料理，十分抱歉。清瑶好么？"云紫烟道："好。她上个月破了桑家堡，已经回转山寨了。"石瑛问了几句关于蓬莱魔女的事情，说道："云姑娘可还要到清瑶那儿么？"云紫烟笑道："柳姐姐三月之后大喜，我当然是要去喝喜酒的。"石瑛道："要是云姑娘在这个月内见着清瑶的话，请她在婚期之前到我家里一趟，我有点事情要与她商量。"石瑛言辞闪烁，似有难言之隐。云紫烟因为与她并不相熟，不便探询，于是两人就分手了。

武士敦笑道："咱们过两天要到天狼岭去，离石家村不远，倒是可以去拜访她们母女，可惜她没有邀请咱们。"武林天骄道：

"哦，你们要到天狼岭去?"武士敦道:"丐帮有位夏长老住在天狼岭，我想请他出山。"武林天骄道:"石瑛是昨天来的，听说她在天狼岭上曾发现乙休和柳元甲的踪迹，石瑛当时躲了起来，幸亏没有给他们发觉。"武士敦道:"这件事情已经说给柳老前辈知道了么?"武林天骄道:"柳老前辈要伴公孙隐前辈养病，她不便打扰他们。这件事她是说给我姐姐知道的。"武士敦道:"哦，原来如此。"云紫烟道:"什么原来如此?"武士敦道:"想必是因为她发现了这两人的踪迹，所以才急着要赶回去帮她母亲。她怕这两个老贼会到她们家里骚扰。"云紫烟道:"咱们到天狼岭去请夏长老，正好趁这机会把这两个老贼除掉。听说石瑛的母亲聂金铃的武功不在乙休之下，咱们去助她一臂之力，除这两个老贼想也不难。"

他们四人回到了光明寺，明明大师、柳元宗和公孙隐已经做完了当日的功课，"开关"见客。武士敦参见了三位武学大师，并特别向公孙隐问候。公孙隐笑道:"我多得明明大师和柳兄的相助，半身不遂之症已是有望痊愈了。再过两个月，相信我可以去主持清瑶的婚礼。武帮主此次到来，可有什么消息见告么?"

武士敦道:"我是护送桑姑娘来的，正要禀告前辈。"公孙隐双眉一轩，说道:"哦，是桑青虹么?那么桑家堡怎么样了?"武士敦道:"柳女侠与谷涵兄招集群雄，上个月已经夺回了桑家堡，暂时交给桑家四老掌管。令郎——"公孙隐面色一沉，说道:"什么令郎?我那不肖之子，清瑶是否已经代我清理了门户?"公孙隐勤问外间的消息，其实就是想探听关于他儿子的事情。他一方面是痛恨这不肖之子，恨不得蓬莱魔女代他清理门户;但公孙奇毕竟是他唯一的儿子，他也不禁有点惴惴不安。总之，心情是十分矛盾。

武士敦道:"公孙奇练桑家的两大毒功，不慎走火入魔。但却给乙休救了出去，不知去向。"公孙隐已经不认逆子，武士敦只好直呼其名。武士敦人情练达，怕令公孙隐为难，所以他虽然知道公孙奇可能是与乙休同在天狼山上，却也不便向公孙隐吐露。天狼山与光明寺距离不到千里，公孙隐半身不遂之症在两个月后可以痊愈，他若知道逆子是在天狼山，到时要不要亲自去除逆子，这对他就将是一个难题了。是以武士敦宁可轻描淡写地说是不知道他们的去向。

公孙隐叹了口气，说道："天作孽，犹可活；自作孽，不可活。逆子作恶多端，也理该有此一报。"武士敦不便作声。公孙隐歇了一歇，说道："桑青虹呢？"

慧寂神尼说道："在我房中。她请我先行禀明，等候公孙前辈召见。"原来桑青虹因为与公孙奇有一段不正常的夫妻关系，殊觉尴尬，是以不敢就来拜见"公公"。

公孙隐说道："我不认儿子，媳妇还是认的。叫她明天抱了孩子来见爷爷吧。"公孙隐已知桑青虹是母子同来，他竟想不到桑青虹给他家留下了血脉，自己失了儿子却得回了一个孙子，心里十分高兴。

慧寂神尼说道："说起这个孩子，也真不幸。我想不到世上会有这样狠心的父亲。"

公孙隐道："怎么？我那逆子难道对他的亲生骨肉也、也加以毒害么？"

慧寂神尼道："正是。他给初生的婴儿沾上了毒质，必须青虹妹子给这孩子日夜调护，待他长大之后，才能逐渐化去。他是打定了主意要折磨青虹妹子一十八年。"

公孙隐咬牙道："这逆子真是丧心病狂。好，理该他受走火入魔之报。"

柳元宗道："待明日我去给这孩子诊治，说不定可以早些替他化去毒质，不必要等他到十八岁之时，就可以成为武林高手了。"柳元宗是当今国手，医道通神，他敢于说出这样的话，当然是有相当把握。众人听了，都为这孩子暗暗庆幸。

柳元宗不愿多谈公孙奇的事情，免得老朋友心绪不宁，于是转移话题说道："檀贤侄，听说你刚才出去练那套新创的落英掌法，进境如何？得心应手了么？"

武士敦道："檀兄的掌法何止得心应手，我刚才在旁偷看，令我惊佩不已。"当下将武林天骄在桃林练掌，桃花一瓣不落，而树上的群蜂却给他用草屑打落，这两样惊人绝技，说了出来。

柳元宗微笑道："恭喜，恭喜，如此说来，你的功力已是完全恢复了。落英掌法也已经练成了。"

公孙隐笑道："武帮主，你还不知道檀贤侄是多么用功，在病中也还不忘钻研武学呢。三个月前，他才开始走动的时候，每天在桃花林里散步，看桃花在风中飘落，在风中飞舞的姿态，便不断地琢磨一套掌式。从初练之时，桃花给掌风扫落，直至练成了每一掌打出都无声无息，枝头纹丝不动，桃花一瓣不落才算成功。"

武林前辈是最喜欢夸奖有武学天才而又能够勤学苦练的青年人的。不过武林天骄的落英掌法得到如柳元宗和公孙隐这样的武学大师夸奖，也可以说明他这套掌法的确是可以自创一家，造诣不凡的了。

武林天骄说道："两位前辈过奖了。这都是柳老伯给我费尽精神治病，和公孙前辈与明明大师的指点之功。"

赫连清云笑道："是呀，我当初还担心你一年之后还未必能痊愈的呢，想不到如今只是九个月的时间，你已经恢复了原来的功力了。"

武林天骄趁机会说道："我的病已经好了，我想明日和武帮主一同下山。"

赫连清云道："我们都在挂念着清瑶姐姐，早些到她的山寨去，也好帮忙她打点婚事。"

柳元宗掀须笑道："好，好。你们小一辈的气味相投，早日相聚也好。你告诉瑶儿，我和她的师父随后就来，一定能够如期赶到，给她主持婚礼的。"

于是第二日一早，武林天骄夫妻便拜别了三位武学大师，与武士敦、云紫烟一行四人，一同离开了光明寺。

路上，武林天骄说道："武帮主可是要先到天狼岭的，是么？可许小弟随行，趁趁热闹？"武士敦笑道："求之不得！"云紫烟道："我们正愁人手不足，有贤伉俪同往，就不怕对付不了那两个老贼了。"

武林天骄道："我卧病将近一年，只怕功夫都已荒废了，正想趁这机会找那两个老贼试试。"

武士敦道："檀兄客气了。你那新创的落英掌法，三位武学大师都赞扬备至，怎说是荒废了？"

武林天骄笑道："武帮主有所不知，我创这落英掌法，其中有个缘故。"

武士敦道："哦，这个倒要请教。"武林天骄道："三年前我在千柳庄曾与柳元甲交过一次手，虽然不至受他所伤，却也是我稍稍吃了点亏。这三年来，我一直在想用什么方法可以胜他。他的掌力沉雄，掌法绵密，我用玉箫点穴是攻不破他的。直到三个月前，我在桃林散步，才悟出一个道理，要破他的掌法，必须另辟蹊径，用轻灵飘忍的掌法，或者恰好可以克制他。因此苦思数月，才创出这套落英掌法。"

云紫烟笑道："原来你这套掌法是特地用来对付柳元甲这老贼的，这可不正好吗？天狼岭上已经发现了他的踪迹，可能他还未离开，此去正用得着。"武林天骄笑道："就是呀。要不是我知道天狼岭上发现了那两个老贼的踪迹，我还没有这样热心陪你们去走一趟呢。"原来武林天骄的性情十分好胜，他平生罕逢对手，若是输给什么人，必定要想法胜他。"在什么地方跌倒就在什么地方爬起。"他是在柳元甲的掌下吃了亏，故此就一定要和他对掌来赢他。武林天骄这几年经过许多锻炼，狂傲之气是减了不少，但内心的好胜却还是依然存在。

四人一路同行，谈谈说说倒是很不寂寞。千里路程，在他们以超卓的轻功赶路之下，不过三天工夫就到了天狼岭下了。

天狼岭十分险峻，主峰高插入云。此时虽是暮春时节，山头上仍是白雪皑皑，远望上去，就像神话中的琉璃世界一般。云紫烟赞叹道："江南的杂花生树，群莺乱飞固然是风景宜人。但此处的霜刀雪剑，玉宇琼台，却也是别是一番景色，既清丽而又雄奇。"武士敦笑道："别只顾欣赏景色了，咱们上山吧。"

上到半山，云紫烟已是有点"高处不胜寒"的感觉，但见山腰上有冰河交错，浮冰缓缓流动，在阳光之下，蔚成七彩，奇丽无俦。但浮冰在阳光之上消融，寒气也越来越重。

武士敦道："烟妹，你加一件衣裳吧。"正想把自己的皮外套脱下给她，忽觉冷风之中，有一股温暖湿润的空气扑面而来，给人的感觉登时就似从寒冬回到了和煦的春日。云紫烟笑道："这可有点像江南的暮春三月了，我可不用再加衣裳啦。"

赫连清云道："奇怪，这里的地气何以如此温暖?"走了不久，抬头一看，原来前面有一股喷泉，这是温泉，灼热的水花被风吹散，映着阳光，形成一圈圈橙色的、淡紫的和浅红的花朵，就像元宵佳节所放的烟花一般。温泉的泉水喷落在附近的一条山溪里，散发出一团团的白雾。那条山溪曲折如带，其中有一段是在参天的古树遮蔽下的。正是：

塞北江南景色殊，冰峰忽见桃源现。

欲知后事如何，请听下回分解。

第九十八回　竟有狂徒窥出浴
　　　　　　何来小子下游辞

　　赫连清云笑道："喷泉旁边的清溪倒是天然的浴池，我真想跳下去洗一个澡。"

　　武林天骄忽地"嘘"了一声，低声说道："那边似是有人，咦，好像还有人在溪中洗澡呢，我听得哗啦哗啦的水响。"

　　赫连清云道："真的有人洗澡，你不是骗我的吧？我刚刚动这念头，你就和我开玩笑了，是么？"

　　武士敦面色凝重，说道："我也听得有人说话，听这声音似乎还是相识的人。"

　　原来他们距离那个喷泉还有相当长的一段路程，武林天骄与武士敦内功深厚，听觉要比常人敏锐得多。清溪旁边有人说话，他们在这边已是隐约可闻。赫连清云与云紫烟却没有他们的功力，只听得见潺潺的水声。

　　武士敦这么一说，赫连清云才相信了，说道："那么，咱们过去看看。在这样险峻的高山上，一定不是寻常之人。"

　　武士敦道："不要走得太近，先看清楚了是什么人再说。"云紫烟悄声说道："是乙休和柳元甲么？"武士敦道："听来不是。其中一人似乎还是个女子。"

　　众人都起了好奇之心，于是走入密林之中，跳上一棵大树上，枝叶茂密，正好遮蔽身形。众人居高临下，向喷泉那边看去。此时不但看得见人，连声音也可以听得清楚了。

　　只见清溪之旁，有一个短小精悍的汉子，背向清溪，面前插着一根铁杖。清溪里果然有人洗澡，而且当真是个女子，她的头脸露出水面，正在和那男子说话。

云紫烟怔了一怔，悄声说道："想不到是他们二人。"赫连清云道："是什么人？"云紫烟道："这个女子是曾经用毒针暗算过我的人，那个男子是她的师兄。他们是灵山派门下。"

原来这一男一女正是麻大哈与上官宝珠。

武林天骄道："既是你们的仇人，你们还不过去？"

武士敦道："檀兄有所不知，这女子的父亲就是青灵子。柳女侠曾托人捎信给我，叫我对这女子手下留情的。"那日青灵子在桑家堡把乙休救走，武士敦是在场的。当时他虽然不知道青灵子的用意，但青灵子假耿照之手，传给桑青虹逆行经脉之法，可以令她将来免受走火入魔之苦，从这件事情看来，武士敦可以判断青灵子即使不是侠义之辈，至少也不会是个奸恶之徒。后来蓬莱魔女托丐帮的分舵，用飞鸽传书给他，武士敦才知青灵子是乙休的师兄，他之救走乙休与公孙奇，全部都是为了师弟的缘故，想不到后来却被师弟所害。

武林天骄曾听得明明大师提过青灵子之事，对青灵子的为人略有所知。此时无暇细问武士敦的原委，说道："既然如此，且听他们说些什么？"

只听得上官宝珠格格笑道："溪水暖和合度，洗得真是舒服。水里还有游鱼呢，我捉一尾给你，喷泉的泉水是灼热的，放进去把它煮熟，倒可以换换口味。"

麻大哈道："亏你还这样开心，咱们奉了师父师伯之命，到这里找了两天，还找不着那两个老家伙，却怎的回去复命？"

上官宝珠道："用得着你担什么心？我回去和妈一说，她绝不会责怪的。我叫妈自己来找。"

麻大哈道："你妈不是说过不下灵鹫山的吗？"

上官宝珠笑道："她想得到公孙奇那两大毒功，说过的话也可以收回的。我看你的师父也会来呢。"

麻大哈道："我的师父和你的师父各怀心病，这次咱们是各自奉命来打听公孙奇的下落的，假如将来他们自己来找，说不定还会因为要抢夺那两大毒功，翻起脸来呢。"

上官宝珠笑道："但他们却想不到咱们是早已串通好了，竟会结伴同来。你放心，我会劝我妈的。"

武士敦听了他们的谈话，已知道了一个大概。听来上官宝珠的母亲乃是麻大哈师父猛鸷上人的师姐。他们到这天狼岭来要找的"那两个老家伙"，一定是乙休和柳元甲无疑。

上官宝珠问道："狼牙峰上那间石屋，住的是什么人？你为什么要远远避开？你怎知道那两个老家伙不会藏在里面？"

麻大哈道："石屋里的人是丐帮的夏长老，一来他早已不过问丐帮的事务，咱们无谓惹他；二来他毕竟是我的长辈，你知道我和丐帮已经结了仇，何苦跑去见他？咱们两人虽然未必怕他，却也没把握胜他。他既然与世无争，撩拨他作甚？"

上官宝珠道："哦，原来是丐帮的夏长老。这么说来，乙休和柳元甲是不会躲在他那儿的了。"

武士敦心里想道："原来夏师叔就是在狼牙峰上，倒省得我多费力到各处峰头寻找了。"

心念未已，忽听得麻大哈喝道："什么人鬼鬼祟祟地躲在林子里？滚出来！"

武士敦吃了一惊，只当是已给他发觉，颇觉奇怪。因为他们藏得很好，距离又远，以麻大哈的本领而论，是不应该发现他们的。

麻大哈话犹未了，只听得一个人哈哈大笑，从清溪旁边的树林里走出来。这个人头带风帽，脚蹬马靴，披着白狐裘子，看装束是个蒙古武士。武士敦这才知道麻大哈并没有发现他们，而是发现此人。

上官宝珠刚刚浮出水面，仰起头来和麻大哈说话。那蒙古武士突然来到，上官宝珠又羞又恼，喝道："狂徒敢尔！大哥，快把衣裳给我！"

那蒙古武士走近两步，哈哈笑道："温泉水滑洗凝脂。哈哈，好一个天仙似的美人儿，好一幅清溪出浴的画图！"武林天骄在赫连清云耳边悄声笑道："想不到这个相貌粗鲁的蒙古武士，居然还会念一句唐诗。"赫连清云道："唏，蒙古鞑子欺侮女人，你还好笑呢！还不快去帮她？"武士敦道："麻大哈的武功不弱，蒙古武士未必斗得过他。"武林天骄笑道："那女子还未穿好衣裳，咱们怎好现在过去？而且人家是灵山派南支掌门的女儿，也不见得就非要咱们帮忙不可。"云紫烟道："不错，且让他们先斗一斗，斗不赢咱们再过去也还不迟。"要知云紫烟曾受过上官宝珠的暗算，害得她病了一场。虽说云紫烟看在蓬莱魔女的份上，可以不再计较旧仇。但她也不想马上就去向上官宝珠讨好。

他们在这里小声谈论，那一边麻大哈已是七窍生烟，怒火大发。"嗖"地拔起铁杖，上官宝珠的衣裳放在山溪旁边的一块石头上，他先把上官宝珠的衣裳一挑，叫道："师妹，接着！"随即一杖向那蒙古武士迎头痛击。

上官宝珠露出个头，伸双臂接了衣裳，她当然不敢上岸穿衣，只好潜入水中，借芦苇作为屏障，偷偷穿上衣裳。

麻大哈怒极气极，那一杖迎头击下，用尽了浑身气力。蒙古武士哈哈一笑，说道："想不到你这小子居然有两下子，这一杖的力道倒也不弱。是丐帮的伏魔杖法么？"麻大哈的父亲朱丹鹤本是金人，换了汉人的名字混入丐帮，做到丐帮长老的。麻大哈所使的这一招，正是他父亲私自传给他的，伏魔杖法中的一招杀手。

说时迟，那时快，蒙古武士话犹未了，麻大哈的铁杖疾击下来，距离他的天灵盖已是不到五寸。那蒙古武士居然并不闪避，也不亮出兵器招架，空着双手，就迎上去。这一下连武士敦也大感意外。要知伏魔杖法乃是丐帮的镇帮三大武功之一，杖法刚猛绝伦，以武士敦的功力，也未必就敢空手接麻大哈的一杖。想不到这蒙古武士居然如此大胆。

只见那蒙古武士一掌斜掠，拿捏时候，妙到毫巅，掌缘与铁杖一触，轻轻一带，铁杖已是歪过一边。原来他用的是上乘的"卸"字诀，四两之力能拨千斤。借力打力的功夫，武林的一流高手都是会的。但难就难在时间掌握得恰到好处，否则对付这样刚猛的伏魔杖法，差之毫黍，就要被打得头破血流了。这蒙古武士把"卸"字诀运用得如此神妙，武士敦也自愧不如，几乎赞出声来。

武士敦这才知道蒙古武士是一流高手，他最初以为麻大哈武功不弱，未必会输给这蒙古武士，如今也方始知道这估计乃是错误的了。但因麻大哈曾与父亲串同，偷窃丐帮的机密，而且又是金国的御林军官。虽说他们父子的阴谋早已给丐帮发现，麻大哈窃取的机密，对丐帮实际并无多大影响，但也毕竟是丐帮的对头。武士敦心想："让这厮吃点苦头也好。"

不料这蒙古武士的手段竟是十分狠辣，麻大哈吃的不仅是一点点苦头而已，几乎给他取了性命。只见这蒙古武士双掌齐飞，一掌拨开了麻大哈的杖头，一个迈步欺身，另一掌就向铁杖中间斩下。

麻大哈使的这一招伏魔杖法的杀手，乃是用尽了全身的气力。被蒙古武士以上乘的"卸"字诀把他的铁杖带过一边，身躯的重心已是不稳，再给他在铁杖中间一击，麻大哈虎口迸裂，铁杖登时"当啷"坠地。说时迟，那时快，这蒙古武士闪电般的双臂一伸，连武士敦都还未曾看得怎么清楚，麻大哈已是像一只小鸡似的，给他抓了起来。

本来武士敦看了他们交手一招之后，已经知道麻大哈不是这蒙古武士的对手的了。但麻大哈输得这么快，却也还是武士敦始料之所不及。原来蒙古人最擅长摔角之技，这个武士尤其是个中翘楚。故此一到近身肉搏，麻大哈仅是照面一招，便给对方举起。

上官宝珠在水底穿衣，自然要慢一些，一见麻大哈遇险，匆忙扣上钮扣，穿着湿漉漉的衣裳便跳上岸来。此时麻大哈已被那蒙古武士抓在手中了。

上官宝珠的暗器囊湿了水，但暗器却还可用，当下取出一件暗器，把手一扬，喝声："照打！"蒙古武士把麻大哈举起，挡在面前，哈哈笑道："你打！"

不料上官宝珠的暗器手法十分怪异，她打出的是一枚"九子连环子母弹"，母弹是酒杯大的一个圆球，在离开麻大哈身前三尺之处突然爆裂，九枚铁莲子升高尺余，飞过蒙古武士的头顶，忽地拐弯打了回来。西南苗民猎兽有一种特殊的器具叫做"回旋器"，或称"飞去来器"，打出去又可以飞回来，还可以拐弯打中目的物的。灵山派这子母弹的打法，便是从西南苗民的"回旋器"学来，但加以改进之后，则是比"回旋器"厉害得多了。九枚铁莲子拐弯打了回来，每一枚铁莲子都是打向蒙古武士背后的致命穴道。这么一来，决不会伤着麻大哈，而对蒙古武士则有极大的威胁。

蒙古武士不料她有此一着，他知道灵山派的暗器都是淬过剧毒的。饶是他内功深厚，也不敢让有毒的暗器打着他的穴道。

上官宝珠九枚铁莲子拐了个弯，从他背后打来，蒙古武士听风辨器，情知躲闪不开，无可奈何，只得放松了麻大哈，好腾出手来抵挡。

可是这蒙古武士心狠手辣，虽然是在无可奈何的情形之下迫得放开麻大哈，却仍然要令他吃个大大的苦头。只听得他大喝一声："去！"把麻大哈高高举起，作了个旋风急舞，竟然把他抛进了那灼热的喷泉之中。

蒙古武士抛开了麻大哈，头也不回，立即便是反手一掌，掌风呼呼，九枚铁莲了全都给他击落。

上官宝珠这一惊非同小可，心里想道："麻大哈不知是否给点了穴道，倘若他动弹不得，抛进了这灼热的喷泉，焉能还有命在？"连忙朝那喷泉跑去，叫道："麻大哥，麻大哥！"此时她已知道这蒙古武士的本领远胜于她，唯一的希望就是麻大哈没有受伤，他们二人联手，或者还有取胜的机会。

蒙古武士哈哈大笑，说道："小娘子，你这麻大哥才不惊人，貌不出众，有什么好？不如跟了我吧！"笑声中身形一晃，拦住上官宝珠的去路，一抓就向她抓下。

上官宝珠斥道："滚开！"只听得"刷"的一声，蒙古武士着了她的一鞭。原来她早就把软鞭卷作一团，握在手心，此时突然抖开，一鞭打下，快如闪电。蒙古武士冷不及防，着了她的道儿。饶是他内功深湛，皮肉却也不免受伤，手背上起了一条血痕。

蒙古武士老羞成怒，手背一翻，动作也是快到极点，上官宝珠的软鞭未及收回，已是给他一把抓着了鞭梢。蒙古武士冷笑道："野丫头不识抬举，我看得起你，是你的造化，你敢打我。好，打吧！我看你可逃得出我的掌心？"上官宝珠的气力不及他大，给他夺去了软鞭。但蒙古武士的一抓，却也落了个空。上官宝珠的轻功造诣极高，别的本领她不如这蒙古武士，但轻功却要胜这蒙古武士

· 1582 ·

一筹。

蒙古武士"咦"了一声，说道："你这丫头倒跑得好快呀，嘿，嘿，你喝我滚开，你自己反而先滚开了？羞不羞？有胆的你敢和我再试几招么？"

上官宝珠冷冷说道："有什么不敢，你以为我当真是怕了你么？"话声未了，把手一扬，一枚暗器在这蒙古武士的面前炸裂，登时飞出一团烟雾，烟雾中金光闪烁，发出"嗤嗤"声响。

原来上官宝珠情知打不过他，只有希望用暗器来侥幸取胜。是以她必须退开数丈，让两人中间有一段距离，才能使用暗器。她所发的乃是灵山派最阴毒的一种暗器，名为"毒雾金针烈焰弹"，不但烟雾有毒，而且其中有许多细如牛毛的梅花针，也是淬过毒的。

细如牛毛的梅花针裹在烟雾之中射出，叫人防不胜防。上官宝珠发了这样歹毒的暗器，满以为蒙古武士至少也要中她几支毒针，即使不能取他性命，也可以令他中毒受伤，知难而退。

哪知这蒙古武士的本领之高，竟是出乎上官宝珠意料之外。只听他一声长啸，那一团烟雾已是两面分开。接着呼呼风响，这蒙古武士连续地发出了劈空掌，掌力有如排山倒海，倒卷过来，那一团烟雾就像潮水一般，来得快，退得也快，上官宝珠反而给自己所发出的这一团烟雾笼罩了。那一把细如牛毛的梅花针，则早已在掌风之中化成粉末。

上官宝珠连忙以超卓的轻功，一掠数丈，脱出了毒烟的笼罩，可是已经吸进了少许，还未来得及取出解药，只觉头晕目眩，地转天旋，一跤跌倒地上。

蒙古武士哈哈大笑，说道："害人不成反害自己，倒省得我费许多气力。"要知上官宝珠倘若是只顾逃走的话，这蒙古武士未必追得上她。但如今她给自己所发的毒烟迷倒，蒙古武士自可以手到拿来。

蒙古武士正要上去擒拿上官宝珠，笑声未已，忽听得有人霹雳似的一声大喝道："欺负女流，要不要脸？"原来是武士敦与檀羽冲等人来了。武檀二人先到，赫连清云与云紫烟跟在后面。武林天骄道："谁去会他？"武士敦道："让我先试试他的掌力。"要知武士敦的大力金刚掌乃是武林一绝，平生罕逢对手，如今见这蒙古武士的掌力很是不凡，不由得见猎心喜，有意要和他较量较量。

这蒙古武士是个武学的大行家，一见武檀二人的身法，已知乃是一流高手，不由得心中一凛，想道："想不到这荒僻的天狼岭，竟是个藏龙卧虎之地，有这许多异士高人！"但这蒙古武士艺高胆大，虽然有点惊诧，却也并不怯惧，当下哈哈笑道："阁下既然划出道儿，小可敢不奉陪？发招吧！"

武士敦也不客气，单掌划了一道圆弧，一招"神龙摆尾"，便向蒙古武士的胸膛劈去。蒙古武士侧目斜睨，冷冷说道："原来阁下是丐帮高手。"当下右掌斜掠，左掌微弯，骈指如戟，指向武士敦肘尖的"曲池穴"。他这一招乃是攻守兼备的招数，右掌斜掠，用的是"卸"字诀，意欲以四两拨千斤的手法，借力打力。若然得手，左掌或用擒拿手法，或用点穴功夫，连接进招，便可以拗断敌人的手臂，即使临时有甚变化，也可以点中敌人穴道。刚才他对付麻大哈的伏魔杖法，就是用这一招的。他以为武士敦和麻大哈都是丐帮弟子，他这一招既然可以破解伏魔杖法，自必也可以破解丐帮的金刚手法，于是就依样画葫芦地使将出来。

哪知武士敦的功力岂是麻大哈所能相比，一掌劈出，俨如巨斧开山，铁锤凿石。蒙古武士右掌斜掠，想用"借力打力"的功夫，却只能卸去武士敦的三分力道。武士敦喝道："你单掌来接不成！"掌力未衰，荡开蒙古武士的右掌，依然向他的胸膛劈下。

蒙古武士赞道："好功夫！"右掌立即变招，横削出去。双掌如环，这才解开了武士敦这一招"神龙摆尾"的招数。在武士敦强劲的攻劲之下，他原来所打的如意算盘——用擒拿手来拗折对方的手腕或点对方的"曲池穴"，都落了空。

蒙古武士退后三步，说道："你是丐帮中的汉人吧？"武士敦道："是汉人又怎么样？"蒙古武士道："我国大汗正拟联宋灭金，你是汉族英雄，想必也是反金的了。我国大汗广招天下英豪，不如你就到我们那儿去，咱们共图富贵，你又可以为国报仇，岂不美哉？你若答允，我可以代铁木真大汗下聘。"

武士敦冷笑道："不错，金国乃是大宋的仇敌，但你们蒙古鞑子与金虏也同是一丘之貉，同样的狼子野心。哼，哼，我武某人岂能作你们蒙古鞑子的鹰犬？"

蒙古武士道："好，你既不肯为我所用，我只能杀你了！"声出掌发，猛地就扑过来。

武士敦大喝一声，双掌推出，骂道："你有多大本领，胆敢口出狂言！"四掌相交，发出闷雷也似的声响。这一次是双方各以全力相拼，武士敦只觉掌心所触，就似烧红的铁块一般，不觉吃了一惊，心道："这人的掌力好生怪异，莫要着了他的道儿。"当下默运玄功，身形滴溜溜地一转，摆脱了对方双掌。

蒙古武士笑道："怎么样，咱们才只拆了两招呢，你就要走了么？"话犹未了，他自己却蹬、蹬、蹬地接连向后退了三步。原来武士敦的大力金刚掌早已到了炉火纯青之境，运用之妙，人所难测。他所发的一掌，有三重劲道，收掌之后，第二重、第三重劲道这才发生效果。那蒙古武士识得他的掌法，却未深悉其中奥妙，饶是他功力深湛，也给这出乎他的意料之外的劲道震退三步。不过，他一来没有受伤，二来武士敦先退一步，虽然是稍吃点亏，也还可以说是未分胜负。

武士敦冷笑道："怎么，你也要走了么？咱们才拆了两招呢，再来，再来！"

武林天骄笑道："武大哥该让给小弟接这一场了。哼，蒙古鞑子，我告诉你，我是金人。"蒙古武士道："是金人又怎么样？"武林天骄道："你们要灭金国，我岂能容你横行？我要叫你知道，汉人中有英雄豪杰，金人中也有英雄豪杰，决不能让你这蒙古鞑子目中无人。"

蒙古武士纵声笑道："好，很好！我们的大汗正要灭金，你既自称是金国的英雄豪杰，我倒要看看你的本领了。"说罢，一掌就向武林天骄打去。

这一掌隐隐挟着风雷之声，委实不可小觑。幸而武林天骄见过他与武士敦对掌，心中有数，于是使出了新创的"落英掌法"，左一招"杨花扑面"，右一招"柳絮轻飏"，掌劲飘忽无方，当真是有若落英缤纷，瑞雪飘降。蒙古武士但觉四面八方，都有他的掌风

· 1585 ·

人影，不觉吃了一惊，喝道："你是谁？金国有一个人称'武林天骄'的檀贝子，敢情就是你吧？"

武林天骄道："不错，但那是武林朋友给我面上贴金，我可不敢以天骄自命。金国胜过我的英雄豪杰不知多少，我只是要让你知道，金国的人，宋国的人都是不好欺侮的！"武林天骄口中说话，手底丝毫不缓，接连攻了他一十八掌，这蒙古武士虽然功力深湛，但初遇"落英掌法"，却是不懂如何应付，给武林天骄迫得步步后退。

蒙古武士双掌平推，武林天骄的掌法告一段落，不愿硬接他的掌力，身形一飘一闪，迅速避开。蒙古武士喘过口气，说道："原来你就是武林天骄，果然名不虚传，算得是个好汉。但我有一事不明，倒要向你请教。"这蒙古武士口中说话，手底也是丝毫不缓。双掌如环，采取攻中带守的战术，虽然是步步后退，武林天骄却也攻不破他的防御。

武林天骄道："你有何事不明？"蒙古武士道："听说你是反对本国暴政的，何以却又要与我为难？俗语说得好，良禽择木而栖，忠臣择主而事。不如你归顺了我国大汗，将来灭金之后，可以封你作个藩王。"

武林天骄大怒喝道："住嘴！我反对本国国君，这是我们自己的事情，焉能与你们蒙古的侵略联在一起？檀某是顶天立地的男子汉，你敢把我当作卖国求荣之人么？"说话之间，双掌盘旋飞舞，接连又攻了六六三十六招。

那蒙古武士倒也不恼，哈哈一笑，说道："失敬，失敬。可惜，可惜！"武林天骄道："什么可惜？"蒙古武士道："失敬的原来你还是个爱国志士。可惜的是你贪了虚名，却失掉了藩王之位了。好，你既然要与我国为敌，我可不能与你客气了。又即使我今日杀不了你，将来你也难免死无葬身之地，你可不要后悔了。"

武林天骄大怒道："谁要你客气了？"掌法一变，有如长江大河滚滚而上。那蒙古武士拆了十来招，说道："比掌你胜不了我，我也胜不了你。不如再见个真章，我请教你的兵刃功夫！"说罢把掌一收，却取出了一对金环。

武林天骄道："好，比兵器就比兵器，谁还怕你不成？"取出一支玉箫，凑到口边就吹起来，箫声清冷，响遏行云。蒙古武士听了他的箫声，不觉心神为之一乱，急忙运气凝神，喝道："你敢藐视于我！"双环一个盘旋，立即就向武林天骄打去。

武林天骄道："不敢！"箫声蓦地转为高，从容地吹完最后一句曲调，这是唐诗中的一句——"一片孤城万仞山"。蒙古武士不懂唐诗，但觉箫声中似有森森的剑气，心神几乎又为之一乱。

蒙古武士双环连进三招，都给武林天骄以绝妙的轻功身法避开。蒙古武士喝道："你接不接招？"第四招使出杀手，双环影日，荡起一片金光，把武林天骄的身形都笼罩在金光之下，任他向哪边躲闪，都难免要受金环击顶之灾。

此时武林天骄刚好奏完一曲，玉箫一挥，登时幻出千重箫影，碧绿色的箫影反而把金光裹住，使的正是"紫府神箫"中的"一片孤城万仞山"的招数。原来武林天骄的师祖乃是个文武全才的异人，当年创这套"紫府神箫"的箫法之时，每一记招数都用一句唐诗为名，出招之时也都暗合节拍。武林天骄先奏此曲，倒不是轻视这蒙古武士，而是培养自己的感情，到兴会淋漓之际，再行出招，这才收得上乘武功中"心物合一，意与神会"之妙。

这蒙古武士也是个武学的大行家，在对方的千重箫影包围之下，虽然吃了一惊，却并不慌乱。赞道："好功夫！"力振双环，一片金霞从一团绿影中冲破出来，只听得断金戛玉之声，不绝于耳，就在这瞬息之间，蒙古武士的金环已与武林天骄的玉箫碰击了十七八下。武林天骄倒退三步，但蒙古武士头上的皮帽却给他的玉箫挑落。原来若论功力是这个蒙古武士较高，但若论招数，他却不如武林天骄之神妙。

蒙古武士突然把一只金环抛出，武林天骄听风辨器，知道这只金环飞来的劲道极强，不敢硬接，当下也使出上乘武功中的"卸"字诀，玉箫横挥，轻轻一带，金环登时改了方向，反飞回去。这蒙古武士在抛出金环的时候，腾出手来，呼的发了一记劈空掌。掌力有如排山倒海，汹涌而来。幸而武林天骄已经击退金环，随即又把玉箫凑到口边，吹将起来。

这一次他吹的不成曲调，但却吹出了一股热风。原来这暖玉箫是件宝贝，武林天骄默运玄功，从洞箫中吹出纯阳罡气，威力平添了两分。蒙古武士心头一震，连忙也要运功抵御他的纯阳罡气。这么一来，蒙古武士的掌力也就减了几分，在内功的较量上双方也扯个直了。正是：

天狼岭上双雄会，且看金环斗玉箫。

欲知后事如何，请听下回分解。

第九十九回　打狗棒中藏秘密
天狼岭上看奇花

这蒙古武士的飞环袭敌，发掌攻坚，本来是他最得意的平生绝技，不料却给武林天骄只凭着一支玉箫，就轻描淡写地将他的杀手绝招化解开去。双方以兵器较量的结果，还是分不出输赢。这蒙古武士本来以为凭着自己的武功可以压倒中原武士的，怎知在今日一日之内，他接连碰到的两个敌手——武士敦与武林天骄，他都占不到半点便宜。这蒙古武士锐气受挫，不觉有点茫然。

在武林天骄与这蒙古武士交手的时候，武士敦和云紫烟则忙着分头去救人。麻大哈给抛进灼热的喷泉之中，武士敦要设法将他捞上来。上官宝珠给自己所发的毒雾迷倒，云紫烟也要设法将她救醒。

云紫烟在上官宝珠的暗器囊中找到了几瓶丸散，不知哪样才是对症的解药。武士敦笑道："你等一会儿，自然有人会告诉你。"

麻大哈正在那喷泉之中挣扎，幸亏他未曾给点着穴道，双手紧紧抓着石壁凸出的棱角，这才没有沉到水底。可是他大半个身子泡在沸烫似的温泉中，温泉的热气又令得他的呼吸不舒，十分难受。幸好武士敦来得及时，倘若迟来片刻，他就要晕厥了。

武士敦以劈空掌力荡开喷泉口热腾腾的水蒸气，看清楚了麻大哈所在的方位，立即使出绝顶内功，虚空一抓，喝声"起！"麻大哈双手一松，登时被武士敦所发的这股力道吸了起来。可是却也只能上升三尺，不过上升三尺之后，武士敦的手臂已经可以抓着他的身子了，一抓着了他的身子，无需怎么费力就把他拉出了喷泉。

麻大哈出了喷泉，冷风一吹，片刻就恢复了清醒。他双眼一睁，看见是武士敦在他的旁边，不觉吃了一惊，讷讷说道："是你，是你救我？"

武士敦道："有话以后再说。你的师妹着了自己的毒烟，你快指出解药。"云紫烟已把那几瓶丸散摆在麻大哈的面前。麻大哈说道："用这羊脂瓶中的红色药丸，只须一颗便行。但在服食之前，必须给她推血过宫。这个，这个——"原来麻大哈刚刚苏醒，有气没力，不能替师妹推血过宫。但在他的心目之中，武士敦、云紫烟二人乃是仇敌，向"敌人"求助，他自己也觉得不好意思，故而讷讷不能出之于口。

云紫烟说道："好，我知道啦，我给她推血过宫。"

上官宝珠服下解药，过了一会，也醒了过来。她一有知觉，便张开眼睛叫道："气死我也！那蒙古鞑子呢？麻大哥，咱们联手把他干掉！"上官宝珠晕迷之后，初初醒觉，还未来得及看清楚周围的人物和情势，只道是麻大哈救她的。麻大哈被抛入喷泉之事，她一时也想不起来了。

蒙古武士把手一招，将飞出去的那只金环接回手中，朗声说道："青山处处堪埋骨。好，你们并肩子上吧，咱们决一死战！我宇文化及何幸，今日一日之内，得会你们两位金宋两国的大英雄。我即使死在你们手下，死亦可以无憾了。"这蒙古武士自报姓名，众人才知道他是复姓宇文，双名化及。

宇文化及说得豪迈之极，但内心却是颇有怯意，恐惧武士敦与武林天骄联手攻他。武士敦哈哈一笑，说道："武某有心与你一决雌雄，但你今日已打得累了，强弩之末，胜之不武。你去吧！"

宇文化及正好趁机自下台阶，当下，双环并举，荡开武林天骄的玉箫，说道："好，那么青山绿水，后会有期。他日相逢，我再向两位请教吧。"说罢，回身便走。只见他健步如飞，转眼之间，已是不见踪迹。武士敦与武林天骄对这蒙古武士的武功，也不由得不暗暗佩服。

此时上官宝珠已经完全清醒过来，一看麻大哈似落汤鸡的站在自己的面前，而扶着她的却是云紫烟，不觉大吃一惊，讷讷说道：

"是你，是你救我？"

云紫烟笑道："不，是你自己的解药救了你的。"上官宝珠道："你怎么知道解药？"云紫烟道："这是麻大哥告诉我的。"

上官宝珠一时还不明白，把眼望着麻大哈，满含诧异。麻大哈涩声说道："不错，你是云姑娘救的。我也是这位武帮主救的。不管他们是出于义侠心肠，以德报怨也好；或是出于化敌为友之念，市恩卖好也好。咱们总该感谢他们。"

上官宝珠做梦也想不到云紫烟会救她，纳罕问道："我曾用毒针伤过你，你为什么救我？"

云紫烟道："过去之事不必再提，你若是从今之后，不再与抗金的志士为敌，咱们就交个朋友。"

上官宝珠神态迷茫，再次把眼望着麻大哈，似乎是要麻大哈给她作主。

麻大哈冷冷说道："武帮主，我劝你不如一掌把我打死的好。我这条性命是你给我拾回来的，你打死我，我死而无怨。"

武士敦道："你这话说得太怪，我若要打死你，何必救你？"

麻大哈道："好，那么你莫后悔。你今日不杀我，他日我若有机会杀你，我可还是要杀你报仇的！"

云紫烟不觉有了气，说道："我的武大哥救了你，你还要杀他？你有良心没有？"

麻大哈道："我若有机会杀得武帮主，我会立即自尽，偿他一命，以报他今日相救之恩，这也算对得住他了。明人不做暗事，我的打算就是这样。杀不杀我，随你们的便。"

云紫烟道："你又何必定要害人害己？"

麻大哈道："君、父之仇，不共戴天。我是金国军官，我爹爹又是死在武帮主手上。此仇不报，何以为人？报仇之后，我即自尽。公义私恩，两皆了结。我认为我是只能如此做法，才能求得心之所安。至于上官师妹，她和你们，并无直接的冤仇，她喜欢怎么样做，随她的便。"

上官宝珠好生为难，她的武功虽然比麻大哈高出许多，但她少经世事，一向是对麻大哈服从惯了的。麻大哈要她为他报仇，她早已把此事当成自己的义不容辞的任务。于是她想了一想，说道："云女侠，我的麻大哥和你们作对，我也是要和你们作对的。你今日救了我的性命，他日倘若你落在我的手上，我可以饶你三次不死。"

灵山派本来是介乎邪正之间的一个武林宗派，上官宝珠的母亲脾气又极怪僻，是以上官宝珠也沾染了一身邪气，而另一方面，她又因少经世事，人甚单纯。她想出这个办法，自以为可以"两全其美"，既无负于师兄，而"饶云紫烟三次不死"，也可以无负于云紫烟救命之恩了。云紫烟听了，啼笑皆非。

武士敦道："麻大哈，你是在金国的御林军中任职吧？是几品武官？"

麻大哈道："五品带刀侍卫，你问这个做什么？"

武士敦冷笑说道："这位檀贝子想来你该认识，他是你们金国的贝子，可以继承亲王之位的。他现在就与汉人中的侠义道同在一起，反抗金国的暴政。事情要分清大是大非，仅知愚忠愚孝，只能说是糊涂。"

麻大哈道："人各有志，他是他，我是我。武帮主，你若怕我报仇，现在杀我，也还不迟！"

武士敦本来想尽最后的努力，说劝他一劝的，见他执迷不悟，也不觉心中有气，于是"哼"了一声，说道："好吧，我武某人做事，也是但求心之所安。你他日杀我也好，不杀我也好，都不放在我的心上。我既然救了你的性命，就决不能与你为难，你走吧。"

麻大哈道："多谢了。"上官宝珠服食解药之后，功力已经恢复，于是就与麻大哈携手同行，助麻大哈一臂之力。

云紫烟忽道："麻大哈，你等一等，有一件事，你恐怕还不知道。"

麻大哈并不停步，漫声应道："何事？请说！"

云紫烟道："你知道你爹爹是怎样死的？"

麻大哈道："我当日虽不在场，但也知道是武帮主所杀。你如此问我，难道还想为你的武大哥抵赖不成？"

云紫烟正要说话，武士敦已是很不耐烦，说道："不错，是我杀的。我等你报仇就是，去吧！云妹，你也不必多说了。"

云紫烟怔了一怔，似乎想说什么，却又忍住。

麻大哈朗声说道："多谢武帮主肯放我走，有生之日，必报盛德。"他这话含有两个意思，所谓"必报盛德"，其实乃是反话，即是要报父仇的意思。不过他在报仇之后，已决定自刎以报武士敦今日救他之恩，所以也可以当作正面的话来解释。他说的这两重意思其实也是重复他刚才说过的话。武士敦当然听得懂他话中含意，冷冷一笑，由得他去。

云紫烟忽地想起一事，叫道："且慢！"麻大哈傲然回顾，说道："你们后悔了，是不是？对啦，你们还是杀了我的好！"

云紫烟柳眉一蹙，说道："你莫多疑，谁要杀你？我有一件事情，要告诉上官姑娘。"

上官宝珠诧道："何事？"在上官宝珠心目之中，她曾用毒针打过云紫烟，云紫烟对她定无好感，这次救她，在她看来也是别有用心的。她实在不懂云紫烟何以会关心她。而且除了这件事情之外，她也想不出还有何事是与云紫烟有干连的。

云紫烟道："你可知道你的爹爹——"上官宝珠更是惊诧，不待她把话说完，并即问道："你说什么？我的爹爹？"

云紫烟道："不错，你的爹爹青灵子前辈，遭了他师弟乙休的毒手。临死之前，曾托柳女侠柳清瑶捎信给你妈，并托她照顾你，希望你慎交益友，不可误入歧途。"

上官宝珠面色倏地一变，说道："什么青灵子？我从来没有听过这个名字，哪里来的这个爹爹？我也不是小孩子了，要什么人照顾？"

这一次轮到云紫烟大为惊愕了，她知道其中定有隐情，说不定上官宝珠当真是不知青灵子是她的爹爹，要不然决无女儿不认父亲之理，但云紫烟却不便去探问别人的隐私。

麻大哈冷笑道："慎交益友？不可误入歧途？嘿嘿，那是说你误交坏人，是我把你引入歧途了！"

上官宝珠连忙说道："我可没有这个意思，管别人说些什么，麻大哥，你别多心了！"麻大哈此时已恢复了几分功力，上官宝珠与他手挽着手，助他一臂之力，两人施展轻功，急步而去。

武林天骄摇了摇头，说道："这姓麻的执迷不悟，亏你们有这许多精神去劝说他。"

云紫烟道："武大哥，为什么你不许我说明朱丹鹤之死的真相？"

原来朱丹鹤（麻大哈父亲的汉名）当日在首阳山之战，虽然是被武士敦所擒，但却不是死于武士敦手下的。

当时朱丹鹤被武士敦所擒，只是受了一点轻伤，本来不至于死的。但那次丐帮的纷争，是由于公孙奇要篡夺帮主之位而起。公孙奇与朱丹鹤、风火龙（武士敦师兄）等人串通，意欲陷害武士敦，好令公孙奇继承帮主之位。公孙奇见朱丹鹤被擒，恐防他把自己的奸谋和盘托出，是以趁着混乱之中，打了朱丹鹤一掌。朱丹鹤年老体衰，抵御不了剧毒，这才毙命的。所以朱丹鹤实在是死于公孙奇的毒掌之下。

刚才云紫烟本来要把真相说明，但武士敦却不许她说。云紫烟莫名其妙，故此要请武士敦解释。

武士敦道："那麻大哈既然一口咬定是我，又怎能相信咱们的说话？何况朱丹鹤罪大恶极，本来就是死有余辜，不过不应该由公孙奇杀他罢了。麻大哈执迷不悟，定要走上歧途，那也只好由他去吧。"

云紫烟叹道："我只是可惜上官宝珠。当初我以为她是个心狠手辣的妖女，如今看来，却是个未经世故的少女，可惜没有人带她走上正路。"

武林天骄道："麻大哈不足为患，我最担心的倒是那蒙古武士，此人武功极高，此次奉命前来，定有所图。蒙古的大汗铁木真雄才大略，他既夸下海口要吞金灭宋，倒是不可等闲视之。"

赫连清云道："却不知这个蒙古武士到天狼山作甚？难道他也要寻访乙休等人吗？"

武士敦道："待咱们见了夏长老，或者可以打听到一点消息。夏长老虽然是多年隐居，不问世事，但乙休、柳元甲与这蒙古武士等人在天狼山上出现，想来他总会知道。"武士敦已经从麻大哈的口中知道夏长老的住处，于是一行四众继续登山。

走过了喷泉。忽闻得风中送来的花香，云紫烟道："此处地气温暖，有花不足为奇。但这花香气清幽，沁人脾腑，却是少见，不知是什么奇花?"众人循着香风来处走去，只见山顶一处人家，是用山上的青乳石建筑的，与山顶的积雪相衬，色调十分谐和。石屋的后面是一个小小的花圃，围墙只有人高，花枝低桠，绿叶红花，隐约可见。花香就是从那里随风飘来。

武士敦道："想来夏长老就是住在这间石屋的了。你想知道这是什么奇花，等下可以请夏长老带你去看。"云紫烟笑道："这位夏长老倒是很会享福。可惜咱们都是世务纷繁，要不然选择一处好所在，结庐隐居，好友相邻，也是人生一乐。"

武士敦笑道："年纪轻轻，就想避世隐居?"话犹未了，云紫烟忽地"咦"了一声，跳了起来，说道："血，血! 咦，雪地上哪来的血迹?"

武士敦吃了一惊，连忙跟着血迹追踪，到了血迹最浓之处，只见积雪坟起，武士敦拨开积雪，发现两条大狼狗的尸体，这两条狼狗脑门都开了个洞，落在武学行家的眼中，一看就知是给内家高手用掌力震裂的。想来是这两条狼狗死了之后，天上下了一场大雪，掩盖了它们的尸体，狗血却渗透出来，化成了血水。

武士敦呆了一呆，说道："不好，这两条狼狗正是夏长老所养的灵獒。"原来"灵獒"乃是藏边出产的一种猛兽，是野狼与母狗交配所生的变种，似狼非狼，似犬非犬，可以说得是名副其实的狼狗。这种狼狗凶悍非常，但经过了训练，却又极通人性，所以又名"灵獒"。夏长老因为独居无伴，在藏边带了两条灵獒回来，加以训练，不但可以作伴，而且变成了他的两个最好的助手。它们可以看门，可以打猎，还可以拉车，拉着长老自造的木头车子，到树林里拾柴火搬到车上拉回来，完全不用主人在旁监督、指挥，它们自己就会完成这些工作。

这样凶悍而又经过武学名家训练的"灵獒"，武功稍差一点的碰上了它，都会给它咬死。来人不费吹灰之力，就把这两条"灵獒"击毙，武功之高可想而知。但这还不足以令武士敦惊骇，武士敦惊骇的是：这两条灵獒是在夏长老的门前给击毙的，倘若夏长老安然无恙，焉能容他击毙自己心爱的灵獒？所以这只有两个可能：要吗就是夏长老得了重病，否则就是夏长老受了重伤。

众人都是同样心思，于是连忙跟着武士敦走进那间石屋。武士敦正想通名求见，忽听得一个苍老的声音说道："你来了么？好吧，我正等着你来杀我。你可以不费吹灰之力将我杀掉。哼，哼，好威风呀好威风！"声音若断若续，上气不接下气，就像一个病入膏肓的老人，随时都可以断气的样子。

武士敦大吃一惊，顾不得礼貌，连忙推开房门，说道："夏师叔，是我！"只见夏长老躺在床上，面如黄蜡，眼睛尚未张开。

夏长老似是想张开眼睛，但力不从心，好一会儿才见他眯成一线，但仍然看不清楚面前的事物，有气没力地又断断续续地说道："你、你叫我师叔，你是谁？"

武士敦知他受了很重的内伤，当下不敢和他说话，先把他扶了起来，与武林天骄合力，各出一掌抵着他的背心大穴，以本身真气灌输进去，又过了好一会，夏长老的脸上才有了一点血色，缓缓的张开了眼睛。

武士敦道："弟子武士敦拜见师叔。"夏长老道："哦，原来是你。听说你已经继任了本帮帮主。好，很好，有你接任帮主，我可以放心了。"

武士敦道："这都是全靠师叔主持正义，小侄的沉冤才得昭雪。"说罢恭恭敬敬地给夏长老磕了三个响头。原来当年武士敦奉师父之命，投入金国的御林军中，伺机刺杀金主完颜亮。这个秘密只有他的师父尚昆阳和师叔夏振知道。尚昆阳预先立下遗嘱，声明倘若武士敦能够刺杀金主，成功归来，就由他继承帮主之位。这是尚昆阳恐防自己年纪老迈，万一不幸逝世，无人知道这个秘密，只怕丐帮弟子要把武士敦当作叛徒，故而预先立下遗嘱，以免口说无凭。这份遗嘱就由夏长老（振）保管。后来武士敦成功归来，恰值他师父尚昆阳逝世之日。尚昆阳的大弟子风火龙与朱丹鹤串通，陷害于他，果然引起极大的纠纷。其时夏长老正在天狼山养病，得知消息，遂遣弟子龚遂将尚昆阳的遗嘱藏在打狗棒中，携回丐帮，给武士敦作证。龚浩途中被金国武士所杀,几经波折,打狗棒落在蓬莱魔女手中,最后才在丐帮的大会上给武士敦洗脱冤情。所以这次武士敦前来天狼山,一来固然是有事要请夏长老出山,二来也是要来给他叩谢大恩的。

夏长老道:"我受了你师父的重托,这是我应该做的事情。但你这次万里远来,想必还有别的事吧。"

武士敦见夏长老刚刚恢复了两分精神,恐防他说话吃力,说道:"师叔,你先歇歇。待你养好了伤,小侄向你请教不迟。"

夏长老苦笑道:"我是受了混元一炁功掌力所伤,哪能够这样快就养好了伤?莫耽搁了你的正事,说吧。"

武林天骄忽道:"我这里有柳老前辈所炼的小还丹,据柳老前辈说,这小还丹功能固本培原,对医治内伤,最有功效。清云,你倒一杯水来。"

夏长老道:"柳老前辈?是不是在二十多年之前偷入金宫盗宝的那位柳元宗柳大侠?"

武林天骄道:"正是。柳老前辈不但武功绝世,而且医学也是当世一人。"

夏长老道:"我知道。那么你是他的什么人?"

武林天骄道:"我与他非亲非故,但承他青眼有加,将我视同子侄。"

武士敦道:"这位就是金国大名鼎鼎的'武林天骄',金国的贝子檀羽冲兄。他虽是金国的贝子——但却是反对本国暴政的。他是弟子的知交,这一年来他在光明寺和柳老前辈、公孙隐老前辈等人住在一起。"接着替赫连清云与云紫烟介绍:"这位赫连姑娘是檀兄的夫人,这位云姑娘是无相神尼的弟子。"赫连清云听了,加上一句:"也是武帮主的未来夫人。"

夏长老大为高兴,说道:"你有良师益友,又有无相神尼的弟子作你的贤内助,真是福分不浅。"

说话之间,赫连清云已经把水取来,夏长老服下了小还丹,果然见效甚快,只过了半支香的时刻,他的脸色已由苍白渐渐恢复了几分血色,精神也好得多了。

武士敦这才问道："夏师叔，伤你的是什么人？混元一炁功又是哪一派的功夫？"

夏长老说道："你们在这山上，有没有碰见一个蒙古武士——"

武士敦道："是不是复姓宇文，双名化及的那个蒙古武士？我们刚才正是碰着他，还和他打了一架。难道就是宇文化及——"

夏长老道："不错，我就是给这厮所伤。只恨我年纪老了，若是我年轻三十年，绝不能让他活着下天狼山。你们又是怎样碰着他的？如今他往哪里去了？"

武士敦将刚才的经过说了一遍，最后说道："可惜我不知道就是这厮伤了师叔，要不然我也不必顾什么江湖规矩，就与檀兄联手，定能把他除掉。"

夏长老叹口气道："还是让他走了的好。"武士敦怔了一怔，问道："为什么？"

夏长老说道："他走了，若有后患，最多是老朽承当。你们若杀了他，事情泄漏出去，麻烦可就大了。他的师父一定要找你们算账。"

武士敦道："他的师父是什么人？"

夏长老说道："他的师父是蒙古的国师，受蒙古大汗铁木真之封号称'尊胜法王'。中原的武林人士不知他的名头，但他的武功却是深不可测。三十年前我曾到过蒙古，那时我正在巅峰的时候，也只不过是和他的大弟子打成平手。尊胜法王有五个弟子，听说这个宇文化及乃是他的关门弟子。"

武士敦与檀羽冲听了夏长老这番说话，都不禁相顾骇然，心里想道："宇文化及是尊胜法王的关门弟子，已经这么了得，那么倘若是碰着了他的师父、师兄，岂不是更难应付？只怕非把柳老前辈与明明大师请出山不可了？"殊知宇文化及虽然是关门弟子，但他的武功，在同门之中却是坐第二把交椅的，只逊于他的大师兄。不过他的师父尊胜法王武功却确是深不可测，足以与公孙隐、柳元宗与明明大师等武学宗匠并驾齐驱。

不过，武士敦虽然是惊骇于尊胜法王的武功，但却并无怯惧之意。说道：“蒙古近年崛起，铁木真野心极大，从宇文化及所透露的口风，蒙古已是定下了吞金灭宋的计划，只怕丐帮迟早都要与他为敌。弟子若然碰上尊胜法王，打不过也是要和他打的，怕他什么祸患？”

夏长老笑道：“好，你有这番志气很好！那么我也做得对了！”

武士敦问道：“宇文化及这厮何以会来伤害师叔？师叔做对了的又是什么事情？”

夏长老道：“我也不知道这厮是怎的知道我的隐居之所的。他找上门来，先是来一套说辞，意图分裂我们的丐帮。他知这大都（即今北京）的本帮舵主是我的弟子，他要我写一封信给他，倘若将来蒙古发兵灭金，希望北方的丐帮弟子给蒙古效力，即使不愿效力，也绝不与蒙古作对。他以为丐帮是反金的，蒙古要灭金，丐帮理应与他们合作。”

武士敦道：“师叔怎么答复？”

夏长老道：“我当然拒绝了他。不错，我们是要反金，但却不等于就要受蒙古利用。若为上了他的圈套，那不就正如俗语所说：‘前门拒虎，后门进狼’了吗？只是以暴易暴而已！”

武士敦道：“师叔做得对。宇文化及这厮也曾向我与檀兄下过如此说辞，我们也是这样拒绝了他的。”

夏长老接着说道：“他劝说不成，马上就和我翻脸，动起手来。我受了他的混元一炁功掌力之伤，但我强行忍着，不让他看出我是受了伤。我以毕生功力，作最后的一击，用金刚掌力，也伤了他，终于把他吓走了。这是昨天的事情。我虽然伤了他，但我自知年老力衰，他受的仅是轻伤，以他的内功造诣，只须一天工夫，就可以养好伤的。而我受伤之后，却是动弹不得，连自杀也不能够。所以我是准备他今天来杀我的，却想不到你们恰好今天到来，把他赶走了。”

武士敦道：“等师叔养好了伤，我们一同下山。如今有了小还丹，想来用不了几天师叔就可以痊愈了。”

夏长老摇了摇头，说道：“不，我是决意不再下山的了。多谢你们的好意。但倘若尊胜法王要来找我晦气，那么下山不下山都是躲避不了的。"他懂得武士敦邀请他下山的意思,为的是要保护他,但却不便明言。

夏长老又道:"你远道而来,必然还有别的事情。我不下山,也可以办得到的,你说吧。"

武士敦道:"我正是想请师叔出山,同往大都,整顿北方的帮务。"

夏长老深通世故,一听就知道武士敦是因为新任帮主,恐防北方的丐帮弟子不肯服他。于是说道:"这个你放心,我把我的打狗棒给你,你拿到大都见你的曲师兄,他一定听你的吩咐。"原来丐帮中的八袋弟子以上,都有一根帮主所赐的形式特别的打狗棒,大都的丐帮分舵舵主曲山是夏长老的弟子,当然认得师父的打狗棒。武士敦若持夏长老的打狗棒去见他,那就等于是他的师父亲临了。

夏长老一说便做,把自己的打狗棒拿来给武士敦。武士敦躬腰谢过,说道:"小侄要等师叔伤好了才走,到时再把师叔的法杖带走不迟。不过,我还是希望师叔与我们一同下山。"

夏长老道:"我说过不下山就是不下的了。但你也无须等我伤好。我怕误了你的正事。"

武士敦道:"也不迟在这三两天。"夏长老道:"那么也好,你就陪我几天吧。自从那年你去大都之后,咱们就没有见过面,算来也有十几年了。"

他们说话的时候,云紫烟与赫连清云到厨房里去烧饭做菜,她们怕夏长老病体初愈,干饭难以下咽,还特别给他煮了一锅稀饭。

夏长老已有一日一夜滴水不进,此时恢复了几分精神,正自感到肚饿,笑道:"多谢你们了。"

云紫烟道:"米、菜、柴火都是现成的,我们不过举手之劳而已。"夏长老想起他的那两条"灵獒",不觉有黯然。原来他们吃的野味就是那两条"灵獒"猎回来的,烧饭的柴火也是它们拖回来的。

武士敦道:"明日请檀嫂子和紫烟陪伴师叔,我和檀兄出去搜查,看看宇文化及这厮走了没有,若然未走,我们就把他揪回来交给师叔发落。"

夏长老道："不必这样费力气了。他若再来，我已经有把握可以打败他了。"武士敦听了觉得有点奇怪。因为武功之道，必须有精神、气力来运用的，夏长老因为年迈，昨天才输给宇文化及，怎么今天又有把握可以打败他？但以夏长老的身份，是绝不会胡乱吹牛的，武士敦又是小辈，更不便多问。

吃完了饭，武士敦笑道："紫烟，你怎么好似神思不属的样子？连吃饭都好似无心。"

夏长老笑道："让我先猜一猜。云姑娘，你是不是觉得这里的花香有点奇怪？"

云紫烟道："正是。我在半山嗅到花香，只是觉得香气清幽沁人脾腑。但到了这里，花的香气也好像有点变了。清幽之中又似有点浓烈的酒味，这两种香气本来是相反的，却又混合在一起，叫人说不出是什么味儿。我刚才从走廊经过，越发感觉这种花香是清中有幽，令我奇怪极了。不过，这只是我的感觉，不知你们有否同感？"

云紫烟一说出来，武士敦和武林天骄都道："奇怪，确是如此。不知是一种花还是两种花？"

夏长老哈哈笑道："好，你们随我到花园去，我叫你们见识世所罕有的两种奇花。"

武士敦、云紫烟等人随着夏长老走进花园，首先映入眼帘是一树奇花，每朵花都有普通的茶杯大小，色泽鲜红如血，发出一股浓香。云紫烟吸了口气，皱着眉头说道："这花香是香极了，但却不知怎的，我闻了这花的香气，心中就有烦闷的感觉。"

夏长老笑道："幸亏你是在这花园之中，倘在别的地方闻着这种花香，只怕你会昏迷过去。"

云紫烟道："这是什么花，如此厉害？"

夏长老道："这花本名叫做阿修罗花，只是在喜马拉雅山的珠穆朗玛峰上才有的，是我将它移植此间，好几年没有开花，想不到昨晚下了一场大雪，今天它却开了。"

云紫烟道："哦，是今天才开的花？"夏长老道："我今日清晨才闻到这花特殊香味。当真是侥幸之至！"

赫连清云莫名其妙，说道："这花昨天开与今天开有何不同？何以今朝开就是侥幸？"

夏长老说道："这花可以制炼最厉害的迷香，内功造诣除非到了登峰造极的境界，否则闻了这种迷香，便会筋酥骨软，气力消失，任人所为。昨日宇文化及这厮在这里伤了我，若然这花是昨日开的话，他一定拼了命也要窃取阿修罗花的，那就不容易给我吓退了。阿修罗是梵语，即是'魔鬼'的意思，所以又名魔鬼花。尊胜法王见闻广博，据说他也曾到过珠穆朗玛峰寻觅此花。宇文化及是他弟子，想来是一定知道此花的来历的。幸好它昨天没有开花，这不是侥幸之至吗？"

云紫烟道："魔鬼花既然如此厉害，何以我们在这园中没有昏迷？"

夏长老道："你随我来。"走到一个池子旁边，池中尽是浮冰，冰层里却绽开一朵朵雪白的花。云紫烟一到池子旁边，登时闻得淡淡的幽香，精神为之一振，胸中的烦闷，也尽都消解了。

云紫烟道："这是莲花吗？"夏长老笑道："也可以说是莲花，但不是普通的莲花。它叫做天山雪莲。普通的莲花是夏天开的，天山雪莲则是在寒冷的高山上，在冰雪中绽开的。"

云紫烟曾听得师父谈过此花，说道："哦，原来这就是天山雪莲。听说此花能解百毒，可是真的？"

夏长老道："当然是真的。正因为园中有这天山雪莲，所以才把魔鬼花的毒香解了。这花只是蓓蕾初绽，倘若已然盛开的话，你连烦闷的感觉也不会有的。"

云紫烟道："这么说来，天山雪莲是比魔鬼花更难得了。"

夏长老说道："各有各的功能，都是世间罕见之物。你们来得适逢其时，老朽也可以借花献佛了。"

武士敦道："借花献佛。嗯，师叔的意思是——"

夏长老道："我的意思是想托你们把这两种奇花送给柳大侠柳元宗。一来是酬谢他的小还丹活命之恩，二来柳大侠是当今国手，这两种奇花在他的手上比在我的手上有用得多。"丐帮中人最讲究的是恩怨分明，武林天骄用柳元宗所赠的小还丹救活了夏长老，

"投桃报李"，故而夏长老要把阿修罗花与天山雪莲赠与柳元宗。

武士敦道："对，宝剑赠侠士，红粉赠佳人。这两种奇花正该送给柳老前辈。师叔，这一件事情我一定替你办到。"

夏长老说道："阿修罗花现在就可摘下了。但天山雪莲只是蓓蕾初绽，却必须再等两天，待它盛开。"

武士敦道："再多几天也是无妨。师叔，你安心养病，我们在这里替你看守花园。"

夏长老道："也好。我最担心的是宇文化及这厮去而复回，有你们在这里，就不怕他来侵犯了。"

武士敦道："师叔可知道神驼乙休与柳元甲这两个人吗？"

夏长老道："神驼乙休三十年前我曾与他见过，当时他的玄阴指还未练成，恶行也尚未昭彰。我代表你的师父去告诫他。他答应不与咱们丐帮作对，我也就没有和他动手了。但听说去年你接本帮帮主之任时，他却纠合了一些邪派妖人前来捣乱，是么？"

武士敦道："正是。"当下将首阳山那次丐帮大会的经过告诉了夏长老。

夏长老道："想来他当时的答应实是心有不甘，你师父死后，他以为丐帮无人，故而前来捣乱了。"

武士敦道："这是原因之一。更重要的原因是他已得金国国师的封号，故而立心要铲除咱们丐帮。"跟着把乙休、柳元甲与公孙奇等人勾结的事情，也都对夏长老说了。

夏长老接着说道："原来如此。柳元甲的名头我是听过的，却没和他会过面。不过我知道他是柳元宗大侠的弟弟。想不到兄弟二人，一正一邪，差别是如此之大。但你何以特别提出他们二人，来谈，可是有什么事情干连的？"

武士敦道："听说他们曾在这天狼岭上出现。"

夏长老道："是么？我却没有碰见他们，也可能他们根本不知道我是隐居此地。"

云紫烟笑道："有檀师兄和檀嫂子在这儿，即使碰上这两个老贼，他们也决不能讨了好去。就只怕他们和宇文化及联手，就有点难以对付。不过，宇文化及已给咱们吓走，想来早已下山去了。"

云紫烟只猜对了一半，宇文化及是要下山，但只是下到半山，又回来了。

花开两朵，各表一枝。且说宇文化及接连与武士敦、檀羽冲打了两场，都没有讨到好处，不禁气沮神伤，只好逃走。

不过，他却没有远去，而是躲在树林里面。原来他这次本来是想去再次向夏长老挑战的，他虽然不知道夏长老业已受了重伤，但料想夏长老年迈苍苍，即使他受的伤和自己一样，在一天的时间之内，他决不能像自己一样便即复原。故而他还在打着如意算盘，想等待武士敦与武林天骄等人走后，再去伤害夏长老。

不料他躲在树林里面，却看见武、檀等人走进夏长老那间石屋，这一下可把他的如意算盘打乱，有武、檀等人在那石屋，他当然是没有胆量再去的了。

他走出树林，刚要下山，一阵风吹来，送来了魔鬼花和天山雪莲的花香，这两种花的香气混在一起，但宇文化及还是能够分别出来。

宇文化及又惊又喜，又是后悔，心里想道："原来夏大老头儿的花园里竟有这两种稀世奇花，可惜我昨天不知道。千不该，万不该，刚才我不该贪恋美色，看那小妖女出浴。要是我不是因此耽搁，径直去找夏长老头儿晦气，我早就把他杀掉了。如今有武林天骄等人陪着这夏老头儿，这两种稀世的奇花，我只是可望而不可即了。今次到中原一趟，一事无成，却叫我有何颜面回去见师父和大汗。"

原来宇文化及这次是奉了铁木真大汗之命，前来中原，一来是探听金国的虚实，二来是替铁木真招揽能人，三来是替铁木真收买一些有势力的帮会，将来蒙古起兵灭金之时，可以作为内应。收买丐帮，便是其中最主要的目标。

当然宇文化及也知道丐帮是不能收买只能说服的，因此他才跑去见夏长老。却不料任他花言巧语，夏长老非但不肯听他，反而严词拒绝，以致弄到翻了脸动起手来。他又不能把夏长老杀掉。秘密已经泄露，杀不掉夏长老，就要留下无穷后患。

另外两件任务他也没有完成。金国的虚实，他所能打听得到的只是一些普通的情报。至于招揽能人，他看得上眼的如武士敦、檀羽冲等人非但不受他的招揽，反而变成了他的仇敌。

宇文化及心里想道："这山上我是不能再留的了。但好在我已发现了这两种稀世奇花，回去告诉师父，师父总有办法取得。这也算得是我的一件功劳。"

于是，宇文化及决意下山，赶回蒙古，不料刚下到半山，却发生了一件意外之事。他正在怅怅惘惘之际，忽听得有暗器破空之声。正是：

屡遭强敌谋难遂，忍舍奇花铩羽归？

欲知后事如何，请听下回分解。

第一○○回　祸生荒谷追穷寇
　　　　乐在天涯战恶风

人影未见，暗器先到。宇文化及听这暗器破空之声极为强劲，心中一凛，连忙拾起一颗石子，也用"弹指神通"的功夫将石子弹出。只听得"卜"的一声，两颗石子在空中撞个正着。宇文化及所发的那颗石子被击成粉碎，对方所发的那颗石子也被撞得失了准头，未到宇文化及的身前便坠下了。不过却并没有碎裂，显然这人的功力是比宇文化及更胜一筹。

宇文化及大吃一惊，骂道："什么人偷施暗算？"话犹未了，只见一个披着大红袈裟的番僧哈哈大笑地走了出来。

这红衣番僧翻起一双白瘆瘆的眼珠，滴溜溜的在宇文化及身上打了一转，阴阳怪气地笑道："我这颗小小的石子不过是试试你的功力而已，当真暗算，你还有命么？不过，你能够打落我的石子也算不错了。"

宇文化及面上一红，心里想道："这和尚虽然狂妄，但本领却确实了得。听他口气对我也不敢轻视，倒不妨与他交交。"于是问道："请问大师法号，何以要试在下功力？"

红衣番僧冷冷说道："你不知道我，我却知道你。你是不是叫做宇文化及，从蒙古来的？"宇文化及喜道："你既然知道我的来历，那就好说话了。"不料那红衣番僧面色一变，冷笑说道："谁与你套什么交情，好，你既然是宇文化及，我就没有认错人了。吃我一掌！"

红衣番僧出声掌发，一掌劈去，呼呼风响，宇文化及身形一闪，避开正面，连用"三环套月"、"风拂垂杨"两招，才堪堪地把对方的招数解开。但虎口亦已隐隐作痛。宇文化及又惊又怒，喝道："我与你素不相识，何冤？何仇？你为什么如此蛮不讲理？"

红衣番僧"哼"了一声说道："你欺负我的徒弟，还敢怪我不讲道理么？哼，你自恃武功，辱我门下弟子，我就非把你的武功废掉不可。"

原来这红衣番僧正是麻大哈的师父——灵山派南支的掌门人猛鹫上人。麻大哈与上官宝珠逃到山下，恰好遇上师父，免不了要请师父报仇。

猛鹫上人此次来天狼岭怀着两个目的，一来是为了打听乙休与公孙奇的下落，意欲取得桑家的两大毒功秘笈。二来是侦察他的徒弟，看他是否有背师的行为。原来猛鹫上人与北支的掌门人青灵师太面和心不和，多年来都是各怀心病的。猛鹫上人遣麻大哈往天狼山之后，放心不下，他听得消息，说是青灵师太也派遣了她的女儿上官宝珠前往天狼岭，他恐怕麻大哈若然取得那两大毒功秘笈，只怕会送给青灵师太，以讨好她们母女，故而自己亲自赶来。

猛鹫上人到了天狼岭，果然就遇上麻大哈与上官宝珠二人，猛鹫上人本来心中有气，可是一看他的徒弟已受了伤，而且他对青灵师太怀着心病，也不便在上官宝珠面前公然发作，于是只好隐忍不提。他盘问了麻大哈，知道了他们在天狼岭未找着乙休与公孙奇，他心上的一块石头先放下地。于是再问明了伤他的人是谁，便上山来了。

猛鹫上人其实并不知道宇文化及的来历，但见他穿着蒙古武士的服装，又试了他的功力，果是不凡，断定他就是打伤自己徒弟的人，一问之下，果然不错。猛鹫上人性情凶暴，别人欺负他的徒弟他认为就是看不起他，于是问明之后，立即便下杀手。

宇文化及功力稍逊一筹，但亦非弱者。猛鹫上人一掌伤他不了，宇文化及想要求和，刚刚说了两句："大师息怒，我并不知道是大师的弟子……"话犹未了，猛鹫上人喝道："好，你既然知罪。那就给我磕头！否则，我还是非把你的武功废掉不可！"

宇文化及几曾受过如此闲气，心中也不禁火起，冷冷说道：

"大丈夫宁教头断，不能折腰。我口头向你赔个礼已是给了你的面子了。你知道我是谁？"

猛鸷上人大喝道："管你是谁？"呼的一掌，又劈过来。这一掌他用上了八成内力，掌风呼呼，当真是有若排山倒海。宇文化及这次有了准备，真力凝聚掌心，使出了"混元一炁功"，硬接了猛鸷上人的一掌。

"混元一炁功"是宇文化及的师父尊胜法王所传的武林绝学，掌力之霸道足以与少林派的大力金刚掌抗衡，在邪派中乃是第一等刚猛的掌力，而且能伤奇经八脉，比正派中的大力金刚掌尤为阴毒。可是由于猛鸷上人的功力实在太高，双方对了一掌，"轰"的一声，宇文化及仍然给他震退三步。

猛鸷上人是占了上风，但对掌之后，他亦感到脉息受了对方掌力的震荡。猛鸷上人吃了一惊，连忙默运玄功，调匀气息。喝道："你这混元一炁功是跟谁学的？"

宇文化及冷笑道："天下有几人会使混元一炁功？"言下之意，猛鸷上人既然识得"混元一炁功"，就应该知道他的师父是谁了。

猛鸷上人心中一凛，想道："听说尊胜法王有个关门弟子，本领甚为了得，莫非就是此人？"瞬息之间，他心中转了几个念头，先是想与宇文化及讲和，但随即想道："尊胜法王若知我欺侮了他的弟子，只怕他也不肯干休。不如就把这厮杀了，免除后患。"于是猛鸷上人佯作不知，也不再问。迈步上前，猛的又向宇文化及施展杀手。这一次出手更为凌厉，双掌擒拿，宇文化及的七处大穴都在他的掌势笼罩之下。

宇文化及使出浑身解数，仍是有一处穴道避不开他的擒拿，只好再以"混元一炁功"与他硬拼一掌。双掌相交，"蓬"的一声，宇文化及倒纵出一丈开外，但觉胸中气血翻涌，好不容易才稳得住身形。

猛鸷上人跟踪追击，宇文化及忽地叫道："且慢动手，我知道你是谁了，你是灵山派南支的掌门猛鸷上人。"原来用一招大擒拿手擒拿对方的七处穴道，这是只有灵山派才有的独门武功。

猛鸷上人大为得意，哈哈笑道："算你有点见识，看得出我这一招大擒拿手法，但你知道我的来历又怎么样？"

宇文化及说道："我看得出你的来历，想来你也应该看得出我的来历。若是上人不嫌在下高攀的话，咱们倒不妨交个朋友。"

猛鸷上人"哼"了一声，说道："你倒说得容易，你打不过我，才与我套交情，你以为我会放过你么？"

宇文化及淡淡说道："不错，以你的本领，你可以把我杀掉。但你杀了我，你必有后祸。而且即使除掉这层不说，你要杀我，你至少也得耗掉五年功力。那时只怕你这掌门人的位子也坐不稳啦。"

宇文化及的混元一炁功能伤奇经八脉，倘若他拼死一斗的话，猛鸷上人的确是要大伤元气，说不定还不只耗损五年功力。猛鸷上人心里想道："这厮倒不是虚声恫吓，我若耗损五年功力，是斗不过青灵老乞婆的了。"原来灵山派自分为两支之后，彼此都想兼并对方，但由于猛鸷上人与青灵师太功力悉敌，彼此都不敢抢先发难。这就是他们二人各怀心病的由来。

可是猛鸷上人一来是为了面子攸关，二来也怕留下了宇文化及，将来宇文化及可能唆使尊胜法王出来与他为难。因此他还硬着口气，冷笑说道："你欺负了我的弟子，还要我把你当作朋友，天下有这样便宜的事？"

宇文化及笑道："我是误伤了你的两个弟子（他以为上官宝珠也是猛鸷上人的弟子），那是我事前不知他们的来历之故。我想送给你两件稀世奇珍，略表歉意。你意下如何？"

猛鸷上人道："什么稀世奇珍？"

宇文化及说道："阿修罗花与天山雪莲，这两样奇花，别人也许不知它的珍贵之处，你是一定知道的。"

猛鸷上人双目闪闪放光，说道："你有这两样奇花？我不相信！拿出来给我看看。"

灵山派擅于使用毒药暗器，这两样奇花，一样可以制炼极厉害的迷香，一样则是解毒的圣药。正合猛鸷上人之用。

宇文化及说道："上人想要这两种奇花，请随我来。"猛鸷上人随他走了一程，果然闻得阿修罗花与天山雪莲的香气。猛鸷上人又惊又喜，心里又是怀疑不定，突然停下脚步，说道："你既然发现此处有这两种奇花，为何你不自取？"

宇文化及说道："实不相瞒，这间屋子内有几个武林高手，我一个人敌不过他们，咱们二人联手，方始可操胜算。"

猛鹫上人道："是些什么人？"宇文化及道："一个是丐帮的夏长老，一个是新任丐帮帮主的武士敦，一个是在金国有武林天骄之称的檀羽冲。还有两个女的，尚未知道她们的来历，武功也很不差。"

猛鹫上人有数十年未曾下山，只知道夏长老的来头，当下哈哈笑道："夏振的功夫虽然不错，也还未算得武林中顶儿尖儿的人物。其他几个是他的晚辈，武功再高，料想也高不到哪里去。"

宇文化及道："上人不可轻敌。不错，夏振是年纪老迈，武功消退了。但武士敦与檀羽冲却是不能小觑，我和他们单打独斗，也只能堪堪打个平手。"

猛鹫上人冷笑道："这几个人是你的仇敌吧？哼，哼，原来你是借花为饵，要我助你报仇。"

宇文化及道："这是对你我都有好处的事情。不错，你是助我报仇，但我也助你取得这两种奇花，说不上是谁利用谁。而且，你我联手，把这几个人除掉，还有大大的好处。"

猛鹫上人道："还有什么好处？"

宇文化及道："想来你应该知道我的师父就是尊胜法王了？"宇文化及既然说出了本师的名字，猛鹫上人再不能佯作不知，便道："这又怎样？尊师武功盖世，我是仰慕已久，但我可不想向他讨取什么好处。"

宇文化及说道："我的师父已受铁木真大汗之聘，当上了蒙古的国师。"猛鹫上人道："哦，这个，我倒尚未知道。但这又怎样？"

宇文化及道："铁木真大汗雄才大略，不久就要起兵吞金灭宋，统一中华。实不相瞒，我就是受了大汗与师父的差遣前来金国，一来打探金国的虚实，二来给大汗招揽高人异士的。这几个人不肯受聘，定要与蒙古作对。上人若能助我除掉他们，功劳非小。那两种奇花自然归上人所有，另外大汗也必定厚礼上人，各种珍宝，随上人所欲。将来统一中华，上人可以做一个'汗国'的国师。上人要想光大贵派，这是个绝好的机会！"

猛鸷上人本来是还有些担心尊胜法王会对他不利的，听了宇文化及的说话，这才知道他们是要图谋大事，决不会计较这些小节，心上一块大石放了下来。于是哈哈大笑。

猛鸷上人哈哈笑道："老弟台，你何不早说。早知你是尊胜法王的弟子，又是替铁木真大汗办事的人，咱们就不致发生这场误会了。好，咱们今日算是应了一句俗话：不打不成相识。他日在大汗跟前，还得请你美言几句。好，咱们这就去吧。"

且说夏长老正在园中讲解那两种奇花的效用，忽听得外面的雪地上有轻微的积雪爆裂的声响，夏长老心中一凛，喝道："是什么人！"

话犹未了，只听得宇文化及大声笑道："夏老头儿，你真好雅兴，你的伤恐怕还未好吧，就在园中赏花了？可是你也太不够朋友了，园中有这两种稀世奇花，理该公诸同好才是。对不住，我擅自替你邀了一位朋友，如今我们是不请自来啦。希望你不把我们当作恶客。"

宇文化及说到"恶客"二字，猛鸷上人已是越过墙头。武士敦大喝一声："下去！"劈空掌发出，隐隐挟着风雷之声，掌力排山倒海般地向猛鸷上人涌去，猛鸷上人哈哈一笑，说道："丐帮的大力金刚掌确是不凡，但要想把我打出墙外，你却还差几分功力。不错，我是要下来啦！"笑声中脚已落地，进了花园。饶是武士敦艺高胆大，也不禁吃了一惊。心中想道："他居然没有还掌，就硬接了我的劈空掌力。看来是比宇文化及那厮，还要高明几分了。"殊不知猛鸷上人乃是故作从容，他受了武士敦的一记劈空掌，胸口也是有点隐隐作痛。不过，他的本领也的确是比宇文化及高明几分，受了掌力之后，立即默运玄功，依然行若无事。宇文化及跟在猛鸷上人身后，也越过了墙头。

猛鸷上人脚一落地，就朝着阿修罗花跑去，哈哈笑道："何必和他们多说废话，我不只是要赏花，还要来采花！"夏长老守护在花树之前，正要出招，武林天骄说："请让檀某替主人驱逐恶客！"

武林天骄声到人到，一招"分花拂柳"，双掌一虚一实地同时拍去，无声无息，掌力却是如狂涛突发般地卷来，猛鸷上人猝不及防，连忙后退三步，挥袖一拂，这才解了他的掌力。

猛鸷上人双眸炯炯，大声说："你就是号称武林天骄的檀羽冲吗？好，我让你三招，折折你这'天骄'的傲气。"

武林天骄冷笑说道："什么东西？胆敢狂妄！我只是一招就要你非还手不可。"他已知猛鸷上人的功力在他之上，他所创的"落英掌法"，用来对付功力差不多的如柳元甲之辈可以收效，对付功力比他高的猛鸷上人则必须另出心裁。于是舍掌用箫，暖玉箫"呜"的吹出一口罡气，迅即一挥，幻出了千重箫影。

箫影千重，变幻莫测。但猛鸷上人乃是一派的武学宗师，却看得出武林天骄这一招乃是同时指向自己的九处穴道。饶是猛鸷上人见多识广，也未曾见过如此奇妙的点穴功夫。原来这是武林天骄得自柳元宗所授的"惊神指法"，这是天下无双的点穴功夫，武林天骄以箫代指，又加多了许多变化，更见神奇。

猛鸷上人无法闪避，只好出掌相抗，他双掌一扬，使出"大擒拿手法"，掌风呼呼，不但抵消了暖玉箫中吹出的那股罡气，而且也是在同一招之内，抓向武林天骄的七处关节穴道。双方以攻对攻，猛鸷上人功力稍胜一筹，武林天骄展开了行云流水般的身法，在紧要的关头，一闪闪开，双方均无伤损。可是猛鸷上人大言在先，说是要让他三招的，如今却给他在一招之内迫得还手，在面子上已是先输了一招了。

那一边，武林天骄挡住了猛鸷上人，这一边，夏长老就向宇文化及迎上，厉声斥道："恶贼，你敢欺我老迈，我虽老迈，一样还可废你武功。好，今日须报你一掌之仇！"宇文化及哈哈笑道："老匹夫，你侥幸未死，还敢口出大言。好吧，你要送死，那就来吧。"

武士敦哪肯让夏长老去冒险，说道："师叔，让我来！"抢在夏长老前头，一招"横云断峰"，掌如刀劈，登时堵住了宇文化及的去路。夏长老深知他这位师侄之能，以夏长老的身份，也不便以二敌一，武士敦既然上前，他也只好让他了。

宇文化及与武士敦对了几掌，情知在掌力上无法占武士敦的便宜，便取出了日月双轮，说道："武帮主，我再与你比一比武器上的功夫。"

武士敦道："管你用什么兵器，我都是一双肉掌奉陪！"宇文化及双轮并举，一招"双龙出海"，平推过去。武士敦呼呼两掌，将他双轮拨开。

宇文化及在这日月双轮上曾下了十年苦功，双轮盘旋滚上，势如长江大河，滔滔不绝。武士敦使出了丐帮的武林绝学——大力金刚掌，使到兴酣之处，劲如骇电奔雷，也是厉害之极！论掌力武士敦稍胜一筹，但宇文化及却占了武器上的便宜，双方恰恰打成平手。

那一边武林天骄与猛鸷上人也展开了一场激烈非常的恶战。武林天骄以天下第一的点穴功夫对付猛鸷上人，猛鸷上人则使出本门的大擒拿手法。灵山派以轻功、暗器与大擒拿手并你三绝。猛鸷上人是掌门的身份，不屑使用暗器，这数十年来，他特别用心苦练的是大擒拿手法，早已练到了炉火纯青之境。双方以绝顶武学较量，在招数上谁也占不到便宜。但猛鸷上人功力较高，过了数十招之后，武林天骄却是自先额头见汗了。

赫连清云见丈夫陷于困境，拔出了月牙弯刀，说道："你是一派宗师，我们小辈向你请教，算不得是恃强欺弱，以众凌寡。"原来江湖上的规矩，平辈的只能单打独斗，倘若以二敌一，便是自贬身份。但猛鸷上人高于武林天骄夫妻一辈，晚辈与长辈交手，单打独斗，反而是轻蔑长辈的表现。不但可以以二敌一，以三敌一，以四敌一都可以的。赫连清云因为恐怕她的丈夫心高气傲，不愿要她帮忙，故而先交代几句。

猛鸷上人哪里把一个少妇放在心上，哈哈笑道："你们尽管都来，省得我费事。"赫连清云冷冷一笑，说道："是么？那就休怪小女子无礼了，看刀！我告诉你，我这一招刀尖要刺你的风府穴！"

双方交手，从没有先告诉对方自己要怎么出招的。猛鸷上人又是好笑，又是好气，冷笑道："好吧，我倒要看你怎样刺我的风府穴？"要知"风府穴"是在后心，敌人迎面出招，那是绝不能刺着

"风府穴"的。猛鹫上人只当她是胡说八道。

赫连清云把月牙弯刀划了一道圆弧，刷的向猛鹫上人劈去，武林天骄跟她配合，箫中夹掌，同时发出了一招"力劈华山"，掌力用到了九分。暖玉箫也同时点他胸前的"愈气穴"。猛鹫上人单掌接了武林天骄的掌力，左掌一伸，便要硬抢赫连清云的月牙弯刀。哪知赫连清云的刀法奇诡绝伦，刀锋一转，刀尖竟自转到猛鹫上人的背后，果然就是刺他的"风府穴"。

原来赫连清云的本领虽然不及丈夫，但他们是同派异流的师兄妹，差也差不到哪里。赫连清云的月牙弯刀式样特别，形如钩镰，她这套刀法是在光明寺的时候向柳元宗学的，糅合了本门的武功，这刀法就特别以奇诡见长。普通长刀刺不到敌人的背后，她的月牙弯刀，只要微一侧身，刀尖却正好可以刺到敌人背心的"风府穴"。

当然，若是单打独斗的话，赫连清云是决不能得手的。但此际，猛鹫上人要分出六七分精神、功力应付武林天骄的箫中挟掌，他那一抓抓空，力道可就荡不开赫连清云的月牙弯刀了。只听得"嗤"的一声，刀尖划破了他的衣裳，刺着了他的"风府穴"。

"风府穴"本来是人身死穴之一，但赫连清云的刀尖刺着猛鹫上人的"风府穴"，对他却是毫无伤损。原来猛鹫上人练有护体神功，赫连清云的功力不如丈夫，还够不上破他的护体神功。在刀尖触着猛鹫上人身子的那一霎那，他的背部肌肉突然凹陷半寸，就差那么半寸，已是消解了赫连清云的劲道。刀尖虽然触着身体，也不能伤人。但虽然如此，对猛鹫上人来说，这一招也是危险之极。死生之际，真可以说得是间不容发。

猛鹫上人大怒，呼呼两掌，左一招"五丁开山"，右一招"仙人指路"，猛攻赫连清云。武林天骄"呜"的一口纯阳罡气从暖玉箫中吹出，饶是猛鹫上人内功深湛，也觉触体如烫。猛鹫上人只得挥袖成风，抵消他的纯阳罡气。说时迟，那时快，武林天骄一招"斗转星横"，把玉箫当作判官笔使，又指到了猛鹫上人脑后下三寸的"玉枕穴"，"玉枕穴"是人身死穴之一，而且是最脆弱的一个部位。这一招乃是攻敌之所必救，猛鹫上人只好转过身来，对付武林天骄。那两招杀手，也就给赫连清云从容化解了。猛鹫上人力敌武林天骄夫妇，不免处于下风。但他功力深厚，七十二招大擒拿手法又极其厉害，武林天骄夫妇在急切之间也是胜他不了。

夏长老凝神观战，见武林天骄夫妇已是占了上风，武士敦和宇文化及也打成平手，这才松了口气。蓦地省起，说道："云姑娘，你去采那雪莲，我把这魔鬼花摘下。"夏长老是怕他们在激战之中，可能损伤这两种奇花，也怕他们续有党羽来到，为了谨慎起见，当然是先采下为宜。他知道云紫烟怕嗅魔鬼花的气味，故而叫她去采天山雪莲。

云紫烟道："天山雪莲，蓓蕾初绽，现在采下，不是太可惜了吗?"夏长老说道："有两朵已开了几瓣，先采下来，我将它养在冰魄瓶中，可以用人工方法将它催开。还有三朵含苞未放的，暂时不采。在湖边的假山洞中，有一支竹钩，你可以用竹钩把雪莲钩下来。但可要特别小心，别把它弄坏了。"

原来雪莲是在冰湖之中开放的，湖中浮冰片片，以云紫烟的轻功，踏在浮冰之上，也许勉强可以，但总是有几分冒险，夏长老怕她跌下湖中，因此还是叮嘱她用竹钩摘花较为稳妥。

魔鬼花已经开了的有十三朵，夏长老刚刚采了七朵，忽听得有人哈哈大笑，说道："我道是什么人在这里打架，原来是你这个狗肉和尚!"声到人到，是个身材高大的驼子，正是神驼乙休。

神驼乙休和猛鹫上人是旧相识，猛鹫上人一见是他，真是喜从天降，连忙说道："驼兄，你帮个忙，快抢天山雪莲和魔鬼花，咱们两人平分。"

乙休正是为了闻得这两种奇花的香气来的，大笑道："这个不用你说，我也会去抢的了!"

魔鬼花是长在树上的，采它不必怎么费力;采天山雪莲则费力得多。云紫烟小心翼翼地刚用竹钩摘下一朵，乙休就猛地向她扑来。乙休是个识货的人，知道雪莲更为难得，而且只有两朵，生怕云紫烟再摘下一朵之后，就要溜走，故而先向她动手。

夏长老大喝一声，截住了乙休，怒道："这花是我种的，岂能任你要取便取?"乙休冷笑道："原来你是主人，失敬，失敬!"蓦地一指点去。夏长老呼的一掌劈出，掌力大如指力，乙休身形一晃，从夏长老身旁掠过，哈哈笑道："原来是丐帮的夏老前辈，好，好，回头我再领教你的金刚掌法。对不住，你种的天山雪莲，我可要不问自取啦！"

夏长老年老气衰，在掌力上虽然稍占了一点上风，但给乙休的玄阴指一戳，却也不由得机伶伶地打了一个冷战，这霎那间，血液都似乎要冻得凝结起来。夏长老连忙默运玄功，气纳丹田，把体中所受的阴寒之毒炼化。回头一望，神驼乙休已经在冰湖之旁与云紫烟交手了。

云紫烟的本领自然是远不如神驼乙休，但她近年苦练无相剑法，在二三十招之内，却也还勉强可以抵挡。

夏长老识得玄阴指的厉害，自忖无法破他。叫道："武师侄，你去对付那老残废，让我来打发这厮。"武士敦与宇文化及正自打得吃紧，听得夏长老要来替他，吃了一惊，说道："师叔，你先歇歇。小侄若是不行，再请师叔接下。"要知夏长老昨日刚败在宇文化及的掌下，几乎送了性命，武士敦岂敢让他冒险？

夏长老顿足说道："这个时候，哪里还能再歇？你不快去，云姑娘只怕就要性命难保了！你放心，我已经跟你说过，我自有办法胜得这厮！"一面说话，一面就抢上前去，挥掌接过宇文化及的招数，不由分说地硬替了武士敦。

武士敦抬眼一望，只见云紫烟已给乙休迫得手忙脚乱，果然是非他马上去援救不可。武士敦心里想道："武学之道，相生相克。夏师叔深通武学，或者经过了昨日一败，他真的已想出了克敌制胜之道。"在这样紧迫的形势之下，已不容他多作考虑，只好让夏长老和宇文化及交手，自己则抽出身来赶去援救云紫烟。宇文化及笑道："你当真是寿星公吊颈嫌命长了。昨日一战，你还不知道我的厉害么？"夏长老淡淡说道："我正是要报你昨日的一掌之仇！"宇文化及大笑道："好，你不怕死，那就来吧！"正要收起日月双轮，与夏长老对掌，夏长老道："今日我与你较量兵刃。"抄起了打狗棒，便即进招。

宇文化及"哼"了一声，说道："随你的便。兵器没长眼睛，只怕你死得更快。"经过昨日一战，宇文化及已知道夏长老的功力虽深，但因年纪老迈，却没有足够的气力可以发挥，不论比什么他都可以稳操胜算。于是漫不经意地便把日月双轮向夏长老推去。

哪知夏长老举起了打狗棒，只是轻轻一拨，宇文化及的日轮已给荡开，"当"的一声，与月轮撞上。说时迟，那时快，夏长老的打狗棒已是闪电般地指向了他的胸前大穴。

宇文化及吃了一惊，连忙一个"鹞子翻身"，倒纵出三丈开外。夏长老跟踪追上，宇文化及用月轮护身，日轮反手推压，这一推一压，乃是他得意的杀手绝招之一，此时他已不敢轻敌，用足了气力，势道凌厉之极。哪知夏长老的打狗棒只是滴溜溜一转，轻描淡写地又把他这一推一压化解开了。

原来这打狗棒法乃是丐帮的决不外传之秘，与大力金刚掌及伏魔杖法并称"丐帮三绝"。大力金刚掌以刚猛见长，打狗棒法则以阴柔制胜。大力金刚掌还比较易练，打狗棒法则极难练到炉火纯青之境。打狗棒法分圈、转、推、磨、粘、引、勾、连八诀，纯以借力打力为主，八诀互用，神妙无方。既是以借力打力为主，本身就无须使用多大的气力。昨日夏长老猝然遇敌，又不知道对方的深浅，一时来不及用打狗棒，这才吃了宇文化及的大亏的。如今双方使用兵器，宇文化及可就要吃他的大亏了。

但宇文化及也是个武学大行家，接连吃了几次亏之后，蓦地一省，收起了日月双轮，说道："念你年纪老迈，我让你占一点便宜。管你用什么兵刃，我都是用一双肉掌奉陪。"原来他已看出夏长老的棒法的奥妙之处，自己若用兵器，反而给他可收借力打力之效。如今他改用劈空掌力，只要打狗棒点不着他的穴道，夏长老就无计可施，非得凭着本身功力和他硬拼不可。

夏长老心头一凛："这厮可也真够眼力，今日我是非与他拼个老命不可了。"原来夏长老另有个"两败俱伤"之法可以制敌，但非到极紧要的关头，是不轻易使出来的。当下夏长老神色不露，淡淡说道："好，随你的便，我这打狗棒一样打你。"

话虽如此，宇文化及改用了劈空掌力之后，夏长老的打狗棒要打到他的身上，那也是大不容易了。宇文化及的混元一炁功可以用来护身，也可以用来攻敌，掌力使开，周围三丈之内，如同筑起了一道无形的墙壁。夏长老的棒法纵然神妙，却近不了他的身。但宇文化及使用劈空掌力，也是有一利另有一弊。弊病在于他在三丈之外发出的掌力，对夏长老也同样地伤害不了。本来，夏长老的气力大不如他，若是双方硬打硬碰的话，夏长老必然支持不住。如今宇文化及怕了他棒法的神妙，不敢让他近身，夏长老就可以支持更多的时候了。

他们虽然不是近身搏斗，但也处处透着凶险。只要哪方稍有疏忽，另一方就可以立即欺身进招，取他性命。

这一边，夏长老与宇文化及打得难分难解。那一边武士敦也正在与乙休展开了一场恶战。

且说武士敦赶去援救他的未婚妻子，到得恰是时候。其时云紫烟和乙休已经斗了二三十招，气力渐感支持不住，乙休把她迫到了湖边，喝道："撒剑！"五指如钩，朝着云紫烟搂头抓下。云紫烟身形已在他掌势笼罩之下，除了一招脱手掷剑，迫退敌人之外，必然要给他挤下湖中。但若掷剑退敌，以乙休的本领也断不会受她所伤。退而复进，云紫烟依旧脱不开他的魔掌。

就在乙休大喝"撒剑"之时，武士敦也是一声喝道："看掌！"人未到，掌先发，武士敦的大力金刚掌何等厉害，五丈之外，遥遥一掌，掌力已及到乙休身上，乙休陡然一震，连忙闪开。云紫烟一招"玉女投梭"，剑尖划过，把乙休的衣袖划破了一条长长的口子。幸而乙休功力远胜于她，当她剑锋触及之时，衣袖一挥，消解了她的六七分劲道，这才只是给划破衣袖，没有伤着皮肉。

说时迟，那时快，武士敦劈空掌一个打出，人亦已赶了到来。挡在云紫烟前面，呼呼两掌，把乙休迫退。云紫烟惊魂稍定，想起刚才的险处，不禁出了一身冷汗。只觉手足无力，倚着山石歇息，她暂时只能袖手旁观，看武士敦与乙休恶战了。

乙休反手一指，一股冷风，如箭疾射。武士敦微感寒意，冷笑喝道："你的玄阴指又能奈我何哉？"武士敦正当年富力强，且又天生异禀，内功造诣，比夏长老还更深厚。乙休的玄阴指只能使他稍受影响，却是伤他不了。

但乙休挟着数十年功力，也是非同小可。他掌指兼施，寒风激荡，武士敦一面运气护身，一面以金刚掌应敌，双方旗鼓相当，恰恰打成平手。

武士敦记挂着师叔，说道："烟妹，你去助夏师叔一臂之力。"云紫烟练的是峨眉派的玄门正宗内功，歇了一会，行大周天吐纳之法，真气流转全身，气血畅通，精神已是渐渐恢复。当下答了个"是"字，便即向夏长老那边跑去。

可是她刚刚跑过一座假山，距离夏长老还有数丈之遥，忽地听得有人哈哈笑道："还好，我也赶得上这场热闹！"声音初发之时，在花园之外远远传来，说到了"热闹"两字之时，人已越过围墙，进入了花园之内了。

来的不是别人，正是乙休的女婿柳元甲。虽是女婿，两人的年纪可差不多，柳元甲的本领并不在他岳父之下。柳元甲进了围墙，张眼一看，只见园子里八个人，分成三处厮杀。夏长老这边的人，他全都认得。与武林天骄夫妻激战的那个猛骘上人，他也是早就认识的了，但宇文化及是何等样人，他却未知。正是：

天狼岭上群魔会，血雨腥风又一场。

欲知后事如何，请听下回分解。

狂俠天驕魔女

梁羽生作品集

34

梁羽生 著

伍

朗聲圖書　中山大學出版社
SUN YAT-SEN UNIVERSITY PRESS

图书在版编目（CIP）数据

狂侠天骄魔女/梁羽生著. -- 广州：中山大学出版社，2012. 11
（梁羽生作品集）
ISBN 978-7-306-04373-3

Ⅰ.①狂…　Ⅱ.①梁…　Ⅲ.①侠义小说－中国－当代　Ⅳ.①I247.5

中国版本图书馆CIP数据核字（2012）第276595号

广东省版权局版权合同登记图字：19-2012-053号、19-2012-051号

朗声图书

本书版权由传慧出版有限公司授权广州市朗声图书有限公司在中国大陆（不包括香港、澳门、台湾地区）专有使用

敬告读者

为了维护读者、著作权人和出版发行者的合法权益，本书采用了新型数码防伪技术。正版图书的定价标示处及外包装盒上均贴有完好的防伪标签。刮开涂层，可见到一组数码，您可以通过两种途径查验真伪。

1. 拨打全国免费电话4008301315，按语音提示从左到右依次输入相应数码并按#键结束。
2. 扫描防伪标上的二维码，按提示输入相应数码。

读者如发现盗版图书，可向当地"扫黄打非"办公室、新闻出版局、公安机关、市场监督管理局等部门举报，或直接与我们联系。

联系电话：020-34297719　13570022400

我们对举报盗版、盗印、销售盗版图书等侵权行为的有功人员将予以重奖。

广州市朗声图书有限公司

目　录

飞凤潜龙

第一○一回　长老自残施怪术
魔头得逞夺奇花

猛鸷上人连忙叫道："柳兄，这位是尊胜法王的高足，铁木真大汗的金帐武士，都是自己人。请你帮一个忙。"猛鸷上人被武林天骄夫妻攻得几乎喘不过气，好不容易才断断续续地把话语说得清楚。其实最需要帮忙的是他，只是他不好意思向柳元甲求援，于是抬出了尊胜法王与蒙古大汗的招牌，含含糊糊地只说请他帮忙，却不指明要他帮谁。从上下的语气听来，似乎是要他帮宇文化及，骨子里则是希望柳元甲前去帮他。

柳元甲随着乙休之后来到，对猛鸷上人等人来说，固然是喜出望外；但对柳元甲来说，他听了猛鸷上人这一番话，也是感到了意外之喜。你道为何？原来柳元甲自从他的哥哥柳元宗还俗之后，他自知罪孽深重，即使柳元宗肯饶他一命，蓬莱魔女也不肯放过他。柳元宗爱女情深，蓬莱魔女不肯放过他，柳元宗终须也会改变主意，取他性命的。当今之世，柳元甲最最惧怕的就是他的哥哥，这也是他要骗取公孙奇的毒功秘笈的原因之一。即使如此，他也怕练成了那两大毒功仍然敌不过他的哥哥。

如今他听得宇文化及是尊胜法王的弟子，又是铁木真大汗的心腹武士，不由得顿然一喜，心里自思："铁木真大汗是一位雄才大略的君主，将来代替金而兴的必定是他。当今之世，能够与我的哥哥匹敌的，也只有铁木真大汗的国师尊胜法王。我何不趁此机会结交此人，将来可以托庇于铁木真大汗与尊胜法王，那就不怕我的哥哥与笑傲乾坤这一些人了。何况这还是求得荣华富贵的好机会。"

此时云紫烟正向宇文化及杀去，柳元甲是个武学大行家，一眼就看出宇文化及对付夏长老可以稍占上风，若加上了一个云紫烟，他就决难抵御。于是柳元甲一跃而前，喝道："我不许你们以多为胜，你这丫头给我滚开！"呼的一掌，向云紫烟劈下。

　　柳元甲的大摔碑手比宇文化及的混元一炁还要霸道，幸而云紫烟的轻功不弱，给他掌力一震，登时一个"细胸巧翻云"，借着这股猛力，整个身子反弹起来，半空中一招"鹰击长空"向柳元甲刺下，柳元甲焉能让她刺中，左掌的劈空掌力接续发出，把云紫烟震荡出三丈开外！

　　猛鹫上人见柳元甲不来帮他，心头暗恨，想道："这姓柳的也不是好东西，只知趋炎附势。好，将来再慢慢地炮制他。"

　　猛鹫上人正自吃紧，武林天骄忽地放松了他，叫道："武大哥，咱们都来掉换对手。清云，你去与云姑娘联手；武大哥你来斗这个秃驴，我和这姓柳的老贼算一算账。"于是赫连清云和云紫烟合斗神驼乙休，武士敦则替换了武林天骄，与猛鹫上人交手。

　　猛鹫上人刚自松了口气，武士敦已是补上空档，呼的一掌打来。猛鹫上人"嗖"的窜起一丈多高，五指如钩，向武士敦的天灵盖抓下。武士敦喝声"去！"掌风震荡，猛鹫上人在半空中一个"鹞子翻身"，斜斜落下。武士敦也接连蹬、蹬、蹬地退了三步。原来猛鹫上人那一抓，乃是他的杀手绝招之一，五指鹰扬，冷风疾射，就似发出了五枝无形的冷箭，刺向武士敦的五处大穴。故而武士敦也不能不给他迫退几步，避开他的锋芒。

　　这一招双方都没有占到便宜。猛鹫上人"噫"了一声，似乎有点惊诧。两人一退复进，这次是猛鹫上人先行出招，一个"大擒拿手法"，双臂箕张，招里藏招，式中套式，猛扑过来。武士敦上半身的三处关节、七处穴道，都在他的掌指擒拿之下。这样复杂奥妙的大擒拿手法，倘若用普通的招数化解，无论如何总会有一两处防御不到的地方会给他抓着。武士敦喝声："好！"不退不闪，也不出招化解，却是和他对抢攻势，硬攻过去。只见他身形一斜，手腕一绕，把全身成了侧立的弓形，两掌平推似箭，力猛如山。掌力大如指力，这一下硬碰，倘若猛鹫上人不变招的话，虽然可以扭

武林天骄迎战猛鸷上人，武士敦则与宇文
化及恶斗。

伤武士敦的关节，但本身也必定要被武士敦的掌力震伤。

猛鸷上人不愧是一派的武学宗师，就在这双方都是如箭在弦，一触即发之际，蓦地化抓为劈，轩眉绕掌，双掌如环，一冲一绕，疾如闪电。在掌法之中仍然藏有擒拿手法，不过却是以掌力为主，左掌那一绕一扭，则是助攻了。

双掌相交，只听得"蓬"的一声，接着"嗤"的一响，猛鸷上人倒纵出一丈开外，武士敦则被他撕烂了一幅衣襟。原来武士敦是以双掌之力和他硬碰，而猛鸷上人则因用了擒拿手法助攻，故此在掌力的比较上稍稍吃亏。但他乃是掌指兼施，在招数上却又稍稍占了便宜。一个要倒纵退避，一个被撕烂衣裳，大家都吃了点亏，算起来还是打成了平手。

猛鸷上人倒吸一口凉气，心里想道："想不到这些后辈英雄，一个强于一个，当真是长江后浪推前浪，世上新人换旧人了。"

武士敦也是不由得不心头微凛，想道："这秃驴与武林天骄夫妇打了半天，居然还能够硬接我的大力金刚掌，我竟自讨不到他的半点便宜。"

双方都是不敢轻敌，交手的情形又与刚才大大不同。两人并不近身搏斗，猛鸷上人倒纵出一丈开外之后，就在原地发掌，一掌劈出，隐隐挟着风雷之声；武士敦双掌一合一张，也是遥遥发掌。两股掌力在中途一撞，登时卷起了一股旋风。

掌风激荡，沙飞石走。但在两人之间，却总是隔着几步距离，双方的拳脚都没有沾着对方的衣裳。虽然隔着几步，每一招数，又都是带攻带守，应付对方的。武士敦依然是用大力金刚掌，猛鸷上人则用七十二把擒拿手法配合着他的五禽掌，两人每一举手一投足，全都暗藏着几个变化。这样的打法比近身的搏斗还更凶险，除了比掌法之外，还含有较量内劲的功夫，因为距离数步，谁的内力充沛，掌风凌厉，谁就可以占到便宜。这种上乘武学的较量，若是哪一方稍有疏漏，对方只要身形微动，便可抢进身来，立下杀手。

猛鸷上人是一派宗师，有数十年的武学造诣，论火候差不多已到了炉火纯青之境。但武士敦则胜在年富力强，而且是天生异禀，在大力金刚掌上更有独到之处。是以他虽然比猛鸷上人小一辈，但打起来却是难分高下。猛鹫上人因为与武林天骄夫妇先打了一场，耗损的真力较多，这也是他的一个吃亏之处。

武士敦是以刚猛的打法对付猛鹫上人，另一边，武林天骄与柳元甲却又是完全不同的另一种打法。

柳元甲的功力不在猛鹫上人之下，他的绵掌功夫乃是武林一绝，柔中寓刚，有击石如粉之能。以往武林天骄与他几次交手，都是不免稍处下风，这一次武林天骄用新创的"落英掌法"来对付他，落英掌法轻灵飘忽，正是绵掌的克星。

柳元甲不知他新创的落英掌法的奇妙，见他上来，冷笑说道："你这小子，放着现成的贝子不做，却来武林争雄，几次三番与老夫捣乱。嘿嘿，可惜你还差几年火候，不配做老夫敌手。回去再练几年吧！"

武林天骄淡淡说道："是么？我只练了一年，但可以先让你三招。"武林天骄的脾气是别人骄傲，他则更为骄傲。

柳元甲大怒，左掌一晃，引开武林天骄的目光，右拳劈面捣出。武林天骄使出"风飐落花"的身法，柳元甲的右拳左掌全都打空。柳元甲心头微凛："这厮的轻功的确是大为精进了！"反手立即又是一掌，武林天骄腾身飞起，说道："还有一招，用心打吧。过了三招，就没有你的便宜了。"这一招他避得恰到好处，柳元甲的掌锋刚刚从他的脚下削过。

柳元甲也真厉害，算准了武林天骄落下的方位，抢过去先占了有利的形势，待他身形一落，柳元甲倏地平地拔起，便是一招"举火燎天"，掌插他的丹田要穴。武林天骄人在半空，谅他躲避不了。即使是用"鹞子翻身"的身法冲击下来，那也是势非还招不可了。

柳元甲是个武学大行家，不出他的所料，武林天骄果然是用"鹞子翻身"的身法；但出乎他的意料的却是：武林天骄并没还招。

一般的"鹞子翻身"是直线下落的，武林天骄的"鹞子翻身"却是斜飞出去，恰恰避开了柳元甲的这一招"举火燎天"。但虽是避开，他的丹田亦已被掌风所触，感到隐隐作痛。武林天骄心道：

"好在我只是说让他三招，再让多一招可就不行了。"要知柳元甲的功力尚在他之上，他让这三招实已是竭尽平生本领。为了争一口气，几乎伤在柳元甲掌下。

幸亏武林天骄这一年来，得了三位武学大师的亲传，内功心法早已参透，就在身形落地之时，他已是运气三转，真气直透丹田，登时痛楚消失。

柳元甲如影随形，跟踪追到。武林天骄喝道："三招已过，我还招了！"柳元甲是前辈身份，意欲让回三招，话未出口，武林天骄闪电般的一掌已是打了过来，这一掌无声无息，看似漫不经意，毫不着力，掌力一到，却似暗流汹涌，突如其来。

柳元甲大吃一惊，只好出招化解。武林天骄指东打西，指南打北，掌法轻灵飘忽，奇幻无方，叫他捉摸不透，一口气地连攻了十七八招。

柳元甲毕竟是个经验丰富的大行家，对敌人的掌法一时捉摸不透，便以绵密的掌法护身，只守不攻。待到武林天骄的落英掌法告个段落，柳元甲倏地猛施杀手，一招"金龙探爪"，刷地抓向武林天骄的面门，左掌则从肘底穿出，仍然是用绵掌击石如粉的功夫，但掌势则变为"印掌"，"印"向敌胸。这一下掌抓兼施，倘若给他得手，武林天骄不死也受重伤。

武林天骄一声冷笑，说道："老贼你再凶狠，亦岂能奈我何哉？"就在这危机瞬息之间，只见他身如彩蝶穿花，恰到好处地先避开了柳元甲的一抓。但柳元甲是一流高手，右手的一抓落空，左手的"印掌"依然"印"到，不过是改变了个方位而已。

柳元甲正以为对方无可逃避，武林天骄身形一转，轻飘飘地反手一掌，双掌一交，已是化解了柳元甲的掌力。原来武林天骄费尽心力，用一年的工夫，创出了这套落英掌法，就是为了要破柳元甲的绵掌的。柳元甲这招杀手，也早在他意料之中。

柳元甲这一惊更甚，这才知道武林天骄不但是轻功大进，内功也是远胜从前。要知他能够化解柳元甲的掌力，虽说是用个"卸"字诀的巧劲，但没有相当功力，还是不能化解的。轻功与内功的精进也还罢了，尤其令得柳元甲吃惊的是，武林天骄的落英掌法竟似是专克他的绵掌的，他每出一招，都似是在对方所算之中。

柳元甲经验宏丰，看破了这一点，登时改用另一种掌法。但他最擅长的乃是绵掌功夫，如今舍长用短，武林天骄就更是可以应付裕如了。不过，武林天骄的功力虽是大胜从前，比起柳元甲来还是稍逊一筹。好在他在掌法上占了便宜，双方恰恰打成了平手。柳元甲还给他迫得只能防守。

另一边，云紫烟与赫连清云双战神驼乙休，又是一种打法。她们二人的功力自是不及神驼乙休，但却也各有独门的武技。云紫烟的无相剑法得自峨嵋派无相神尼的衣钵真传，当年无相神尼面壁十年始创出这套剑法，以轻灵奇变见长，最适合于女子使用。赫连清云的弯刀点穴，也是武林一绝。

乙休要抢云紫烟已采下的那朵雪莲，一上来便对她猛施杀手。

云紫烟给他的掌力一震，跄跄踉踉地倒退数步，乙休正要向她抓下，忽觉背后微风飒然，赫连清云的刀尖从他意料不到的方位刺来，这一刀径刺他的背心的"风府穴"，正是攻敌之所必救。乙休反手一挥长袖，裹住了她的刀锋，喝声："撒手！"不料云紫烟刷的一剑，也是从他意想不到的方位刺来，乙休只得回掌护身，用到了八成功力，荡歪她的剑尖。可是这么一来，他的衣袖就裹不牢赫连清云的弯刀了。只听得"嗤"的一声，乙休的衣袖被削去了一截，赫连清云的刀尖往前一送，点着了乙休肘尖的"曲池穴"。还幸乙休闪避得快，刀尖点着，内力尚未能贯注，乙休功力深湛，立即运气解穴，这条手臂才不至于残废。但饶是如此，也已感到一阵酸麻。

乙休大怒，双指一弹，使出"玄阴指"的功夫，冷风如箭，向赫连清云射去，赫连清云机伶伶地打了一个冷战，但却也没有受伤。原来赫连清云这一年来在光明寺得有接近三位武学大师的机会，武学亦是大有增益，尤其在内功的造诣上更是大胜从前。虽不及乙休，却可以抵御他的玄阴指所发的寒气。乙休的玄阴指除非是触着她的身体，否则便不能令她中毒。

云紫烟的功力不及赫连清云，可是她身法轻灵，比赫连清云也更机警。一见乙休接着向她指来，立即一个"移形换位"，避开正面，而且马上便以奇诡绝伦的剑法向他的侧面袭来。乙休的一条左臂酸麻未过，只能以右臂发出玄阴指，威力自是打了几分折扣。云紫烟与赫连清云联手斗他，两人起初还是各自为战，渐渐就懂得配合起来。杀得乙休只有招架之功。乙休悔不该一上来就轻敌，给赫连清云先点着了他的"曲池穴"。如今只有暂且忍耐，先行防守。一方面默运玄功，希望在左臂恢复正常之后，再对她们施展杀手。

云紫烟挥剑急攻，赫连清云从旁侧袭，和她紧紧配合。乙休给她们迫得步步后退，强忍着气，心里想道："等下再叫你们知道我的厉害！"乙休的功力远在她们之上，虽然只是以单掌应敌，给她们联手迫退，但退而不乱，还可以应付得来。

夏长老以打狗棒法对付宇文化及，初时颇占上风，渐渐可就有点感到气力不济了。打狗棒法虽然不用怎样费力，但宇文化及的劈空掌十分强劲，他的棒打不到宇文化及身上，却必须运功抵御对方的掌力。夏长老毕竟是上了年纪的人，过了一百招之后，已是心跳加剧，气喘之声对方亦已可闻了。宇文化及哈哈笑道："老叫花，任你夸口，你总还是我的手下败将。"掌力加紧，越迫越近。

夏长老眼观四面，耳听八方，见武林天骄和柳元甲打成平手，武士敦与猛鹫上人也是旗鼓相当，云紫烟、赫连清云联手应付神驼乙休虽然暂时占了上风，但看来只是假象，久战下去，只怕她们还会败在乙休手里。夏长老咬一咬牙，心里想道："我今年已将近八十，多活也活不了几年，索性与他拼了。"

夏长老踉踉跄跄地连退几步，一口鲜血喷了出来。宇文化及哈哈大笑，身形一起，便要抓他的琵琶骨。哪料笑声未绝，夏长老陡地一声大喝，连人带棒旋风般的向他劈来。两人来势都急，登时撞上。宇文化及只道他已是气衰力竭，一掌便可将他打翻。哪知他全力打出的一掌，竟然连夏长老的打狗棒也荡不开，给他结结实实的一棒打个正着。这一棒的力道大得出奇，宇文化及大吼一声，血如泉涌，反而给夏长老打翻了。原来夏长老乃是用"天魔解体大法"来增强自己的功力的，这"天魔解体大法"本是邪派中的一种最奇异的功夫，在自残肢体之后，可以刺激本身精力，使原有的功力陡增一倍。夏长老并非出身邪派，但他少年时候曾远游西藏，机缘巧合，得一个红教僧人传他"天魔解体大法"，他当时由于好奇之念，便学了下来，数十年来从没用过。如今才是第一次使用。他咬破舌尖，使出这种邪派奇功之后，立即便用最刚猛的伏魔杖法，痛击宇文化及，宇文化及如何能够抵挡？

夏长老正要再打一棒，毙了宇文化及。忽听得"呼"的一声，猛鹫上人已似一头兀鹰般地飞扑过来。他是见宇文化及有性命之忧，特地扑过来相救的。武士敦也同时扑来，但武士敦的内功虽强，轻功却是不及猛鹫上人。结果还是猛鹫上人先到一步，就在夏长老举棒再打宇文化及的时候，猛鹫上人一抓就抓着了他的棒头。

猛鹫上人抓着棒头，正要施展大擒拿手法，不料夏长老的打狗棒往前一送，猛鹫上人登时像触电似的，慌不迭地松开了手。原来夏长老的功力已是增强了一倍，比猛鹫上人还要胜过一筹。猛鹫上人想要夺他的棒，反而给他的内力所震，若不立即松手，只怕经脉也要受伤。

但"天魔解体大法"最伤元气，而且效力只能维持片刻，这是非到最危险的关头不能用的，用了之后，本身不死也要重伤。夏长老虽然震退了猛鹫上人，本身亦元气大伤，"天魔解体大法"的效力登时消失。就在猛鹫上人刚刚后退之时，他又是一大口鲜血喷了出来，身子也似风中之烛摇摇欲坠了。第一次是他自己咬破舌尖喷血的，这次可是真的受了严重的内伤而喷血了。

武士敦大喝道："休得伤我师叔！"急步赶来。猛鹫上人突然见夏长老口喷鲜血，呆了一呆，立即抱起了宇文化及，叫道："扯呼！"飞身便即跃过了围墙。

原来猛鹫上人也识得"天魔解体大法"，但却是知而不详，他给夏长老震退之后，见他又吐鲜血，只道他是再次施展此法要来伤他，却不知"天魔解体大法"是只能用一次的。猛鹫上人正要倚仗宇文化及的关系，好结交尊胜法王并取得铁木真的信任，此时他当然是要把宇文化及先救出去了。其实他若果知道夏长老此时已是元气大伤的话，只须再打一掌，便可杀了夏长老。

宇文化及受了重伤，尚未昏迷，叫道："那两样奇花，那两样奇花……"说话之际，猛鹫上人已经背着他飞过围墙，说道："那两样奇花改日再取也还不迟。"

武士敦连忙扶稳师叔，只见夏长老面如金纸，气若游丝，武士敦这一惊非同小可，连忙给师叔推血过宫。

乙休哈哈笑道："何须改日，现在我就取它！"此时乙休正给二人迫他退至冰湖之旁，突然双掌平推，向云紫烟猛下杀手，此时他早已默运玄功，全身血脉畅通，左臂亦已恢复如常了。云紫烟挡不住他的双掌之力，连忙一个"细胸巧翻云"倒纵出数丈之外，"咕咚"一声，跌了下地，赫连清云大惊，连忙退后，跑过去保护云紫烟。

乙休迫退了这两名女将，哈哈大笑，飞身一跃，跳下冰湖，脚点浮冰，把另一朵已开的天山雪莲摘下。随即跳上岸来，又把树上剩下的六朵阿修罗花也全都摘了。他见猛鸷上人已走，而武士敦正在救治师叔，他自是要趁此时机，赶快掠夺这两种奇花，顾不得再去伤云紫烟了。夏长老嘶声叫道："去，快去，抢回这两种奇花！"可是武士敦岂能弃他而去？

柳元甲猛发一掌，以攻击掩护退走，武林天骄侧身避他这掌，柳元甲立即跟在乙休之后，两翁婿同时走了。武林天骄的本领与他不相上下，论功力还稍逊于他，自是阻他不住。

赫连清云扶起了云紫烟，问道："云姐姐，你怎么了？"云紫烟道："没什么，咱们快去看夏长老吧。"赫连清云见她果然没有受伤，这才放下了心。于是她们二人与武林天骄一同去看夏长老。

夏长老叹了口气，说道："唉，雪莲和魔鬼花都给他抢去了。魔鬼花落在他们手中，可是为害不浅。"武士敦道："但得师叔平安，东西失掉算得什么。他绝不是全部抢去，云紫烟已经摘下了一朵雪莲了。"夏长老道："你、你不知道，魔鬼花落在妖人之手，他们、他们可以……"话未说完，双眼已是翻白，说不下去了。

武林天骄连忙与武士敦合力给他推血过宫，说道："我还有一颗小还丹。"夏长老张开眼睛，说道："用不着了。武师侄，这打狗棒给你。我背囊里的七朵魔鬼花和那朵天山雪莲你给我送去，送给柳元宗。"

武士敦道："我会办到的。师叔，你宽心养病，服下这颗小还丹吧。"正要强使他吞服小还丹，忽见夏长老双眼一阖，武林天骄用手一探，夏长老气息已绝。原来夏长老自知元气大伤，即使服下了小还丹，也不过苟延残喘，多活十天八天而已。是以他不愿浪费这颗小还丹，自断经脉而亡。

武士敦虎目蕴泪，说道："师叔我一定给你报仇！"武林天骄劝道："夏长老年近八旬，临死尚打伤强敌，死得英雄，死得壮烈。这仇当然是要报的，吾兄却不用太过伤心了。"当下便在园中埋了夏长老。

武士敦说道："乙休、柳元甲二人既然是在此地，公孙奇一定也在这儿。咱们正好搜出他们的巢穴，将这祸根一并除掉。"

武林天骄说道："他们与猛鸷妖僧已经合在一伙，以咱们现在的人力，只怕还不能胜过他们。"武士敦虽然痛恨这班妖邪打死他的师叔，于公于私都要报仇；但他也是个干练精明，善于处事的一帮之主，心中悲愤，理智并未消失。想了一想，说道："你说得不错，夏师叔死了，现在乃是敌强我弱。暂时连这里咱们也不能住了。不过，咱们只要多一个高手相助，就可胜过他们。报仇虽然不必就在这一两天，但也不宜太迟，太迟他们若是离开了天狼岭，就不容易寻找了。"

武林天骄说道："公孙奇业已走火入魔，想来他们不会很快离开此地的。而且宇文化及受了重伤，至少也要在此地调养一两个月。我倒想起了一位高手，就住在这附近。"

云紫烟道："你所说的人可是前辈女侠聂金铃？"武林天骄道："不错。聂氏母女住在天狼岭之南的石家村，离此不过二百里。据说聂老前辈的武功不在她的丈夫神驼乙休之下。"武士敦道："就只怕她们母女对乙休与柳元甲尚有夫妻之情。"武林天骄说道："她们母女俩所配非人，同一命运。聂老前辈咱们虽然未曾会过，但她的女儿石瑛则是经常来往于光明寺与石家村的。石瑛曾向我的姐姐倾吐过心事，她说她的母亲一生被乙休所累，痛恨非常，发过誓愿，乙休若然再来惹她，她定然不肯把乙休放过。如今乙休和柳元甲选择了天狼岭作为藏匿之所，猜想他们对于聂氏母女尚未死心，将有所图。咱们去见聂老前辈，委婉陈辞，先打探打探她的口风，说不定她会助咱们一臂之力。"

云紫烟道："我听清瑶姐姐说过，这位聂老前辈武功虽高，性情却是十分怪僻。还不知她肯不肯见咱们呢，不过也不妨试试。"

此时已是第二日的清晨，他们埋葬了夏长老便即下山。二百里的路程，中午时分便走到了。武林天骄只知道聂金铃、石瑛母女是住在石家村，却未知她们的居处。他们在村口遇见一个牧童，便向这牧童询问。

牧童说道："哦，你们问的是聂老太太和石家的嫂子吗？她们的住宅是石家的古老大屋，屋背后靠着山，你们一直走到村尾，就可以找着。不过聂老太太是常年不出来的，石家嫂子则常常不在家。只怕聂老太太不会见客。"大约因为从来没有外人去拜访过聂家母女，所以这牧童觉得稀罕。

武士敦道："好，多谢你了。我知道她们在家。"武士敦与云紫烟到光明寺那天正碰着石瑛下山，相隔不过几天，料想石瑛定是在家中伴她母亲。

一行四人走到村尾靠山之处，果然看见那间古老大屋。武林天骄与赫连清云和石瑛相熟，便即叩门，通名求见。不料里面毫无反应，武林天骄再用"传音入密"的功夫，求见聂老太太，里面依然没有回声。

武林天骄道："不知这位聂前辈是不肯接见咱们还是当真的不在家了？既然来到这儿，就进去看看吧。"赫连清云道："这个恐怕有点冒昧吧？"武林天骄道："难道咱们白走一趟不成？武林中人不拘礼节，咱们和她的女儿又不是初交，她们总不成就会下逐客令？"

云紫烟道："我听说聂老前辈的性情极是古怪，她最讨厌男子，尤其讨厌长得俊秀的男子。去年清瑶姐与华谷涵去拜访她，华谷涵就几乎给她打破了头。"武士敦笑道："我可比不上华谷涵，俊秀二字和我可连不上。"

赫连清云笑道："武帮主毋乃太谦。不过聂老前辈既然是有这一怪癖的脾气，不如由我与紫烟姐先行进去代为陈辞。"武士敦道："也好，只要聂老前辈知道咱们的来意就行。"

过了一会，赫连清云与云紫烟仍然是从墙头跳出来。武士敦颇为失望，心想："聂家母女不肯开门见客，此事只怕是有几分不妥了。"武林天骄问道："交涉办得如何？"

赫连清云道："奇怪，她们果然是不在家里。但看她们的房中炉灰未冷，好像离开还没有多久。敢情是聂老前辈早已知道咱们要来，故意避而不见的。"武林天骄道："她不愿意相见，咱们也无谓勉强了，反正咱们也不过是试试而已。"

一行人走出山村，只见那个牧童还在村口的老槐树下。云紫烟道："哦，你还未回家？"那牧童说道："我是在等你们。"云紫烟道："有什么事？"牧童说道："你们没有见着那聂老太婆吧？"云紫烟道："你怎知道？"牧童说道："石嫂子刚才经过这里，留下一封信，要我交给你们。我想，假如你们已经见着了她，她也无须给你留信了。"

云紫烟大喜，谢过牧童，拆开那封信一看，只见那封信写道："诸君远来，盛情可感。瑛奉母命，难作畅谈，惭愧何似。家母有难言之隐，现已避地易居，不见外客。彼所愿见者，惟瑶姑一人耳。愚母女冤孽牵连，无由自解。天狼岭奸人隐伏，愚母女亦已早知。倘能请得瑶姑一来，是所深愿。"

云紫烟道："看这封信所说，聂家母女已知道乙休与柳元甲在天狼岭，想必是怕对她们有所不利，故而另易住址。但却不知她何以只肯见清瑶姐姐一人？"武士敦道："她说有难言之隐，只怕还有不足为外人道的内情。可惜柳女侠远在数千里外，她是绿林盟主，目下风云正急，只怕她不能抽身前来。"

武林天骄道："反正你要把那两种奇花交给柳老前辈，不如回光明寺一转，也用不了几天工夫。"天狼岭离石家村不过八百里路程，以他们的脚力，五六天工夫就可以打个来回。

赫连清云道："本来若能请得动柳老前辈，那是最好不过。不过柳元甲是他弟弟，只怕他下不了绝情。公孙隐前辈正为他的不肖之子患了半身不遂之症，如今练功自疗，又正在到了紧要的关头，绝不能再受半分刺激，因此公孙奇在天狼岭之事，是不能告诉他的。至于明明大师，他是发过誓不下山的，更请不动了。"

武士敦道："咱们对公孙隐与明明大师两位前辈，暂且不提天狼岭之事。先把雪莲与阿修罗花送给柳老前辈再说。"

他们回到了光明寺，先去见武林天骄的姐姐慧寂神尼。慧寂神尼颇觉意外，问道："你们怎么才去了几天，又回来了？"武林天骄把他们在天狼岭的遭遇告诉姐姐，接着说明了他们的来意。

慧寂神尼笑道："你们来得又巧又不巧。"武林天骄诧道："此话怎说？"慧寂神尼道："先说'不巧'的。公孙老前辈正在练他的少阳神功，练成之后便可打通奇经八脉，半身不遂之症也便可痊愈了。此时，他正在练功的紧要关头，明明大师和柳元宗老前辈都在帮他闭关练功，要一个月之后，方能开关。在这一个月中，他们是任何人也不见的，更莫说下山了。这可不是很不巧么？"

武林天骄道："既然如此，我们当然不便请柳老前辈下山了。那两样奇花，就留在姐姐这儿，待他们开关之日，再请姐姐交给柳老前辈吧。"

慧寂神尼收下了那两样奇花，接着说道："再说你们来得正巧之事。西岐凤前天上山来探你的病，你可想不到吧？"

武林天骄果然感到有点意外，说道："我和西岐凤虽然相识，却不很熟。真想不到他会来探我。可是有什么紧要之事吧？"

慧寂神尼说道："不错。俗语说得好：'无事不登三宝殿'。西岐凤当然是有所为而来。事情是这样的：东海龙和西岐凤都在耶律元宜的军中。他们打听得一个重要的消息，完颜长之准备动用御林军来攻打祁连山（耶律元宜的根据地），并且还准备抽调幽州、兖州和济州的兵马合围。可能就在这一两个月发生战事。"

武林天骄道："哦，他们是来请救兵的？"

慧寂神尼道："正是。但他们不知你的病好了没有，故此请西岐凤来探望你。清霞三妹的意思想请你们夫妇到祁连山住，一来可以姐妹相聚。二来可以帮她策划军事。她有一封书信托西岐凤带来的，清云弟妹不在这儿，我代她收下了。"

赫连清云看了妹妹的信，说道："他们那里军情紧急，我们当然应该去帮他们的忙。但行军用兵之道，却非羽冲之长，最好请得清瑶姐姐来给他们策划军事。"赫连清云不知她的妹妹赫连清霞已经去请蓬莱魔女了。

慧寂神尼道："西岐风听得你们夫妇已经下山去了，失望得很。他为着还要去请另外的人，留下书信，就匆匆走了。我正苦于无法把这消息送给你们，可巧你们又回来了。你们商量商量怎么办吧？"

武士敦道："离此地一百余里有个市镇，名叫始兴，镇上有我丐帮的分舵，咱们到那里去打听得确实的消息，再作决策如何？"丐帮弟子遍布天下，各地都有他们的分舵，消息最为灵通。这半个月来，武士敦仆仆风尘，忙于赶路，尚无暇到分舵联络，是以趁此机会要到始兴分舵去走一趟，一来打听消息，二来也可为丐帮如何配合耶律元宜的义军抗金之事，作一安排。

于是他们四人匆匆吃过斋饭，席不暇暖，又再下山。二百余里路程，他们中午动身，晚上三更时分便即赶到。始兴分舵的焦义舵主见帮主深夜到来，又惊又喜。

武士敦说明来意，问道："金虏要'扫荡'祁连山之事，你们可曾听得风声？"

焦义说道："我们也是昨天才知道的。管涔（地名，离始兴约三百里）的义军首领孟源得到消息，派人来和我联络。孟源的意思是想发动各路义军和金虏大干一场，他希望咱们丐帮相助，并给他们代传消息。我因兹事体大，不敢擅自作主，正要设法寻觅帮主，飞书请示，想不到帮主亲自来了。"原来丐帮有飞鸽传书，从上一分舵交下一分舵，传递消息最为快捷。故此孟源要央求丐帮给他们代传消息给各路义军。

武士敦道："首阳山之役，耶律元宜曾为咱们丐帮解围，于公于私，咱们都应该助他一臂之力。这样吧，明日你用飞鸽传书，替他们代传消息。并命丐帮弟子，集中在祁连山东南西北的四个要冲之地，有机会就切断金兵的粮道，扰乱他的后方。"当下把这四个地方的名字告诉焦义，焦义立即记下，拟好文书，武士敦过目之后，便叫他发了下去。

武士敦处理了丐帮的事务之后，说道："檀兄，现在说到咱们的事情了。我以为天狼岭之事与赴援祁连山之事可以配合起来办。

首先，我想用飞鸽传书，请柳盟主到天狼岭来与咱们相会。柳盟主的大寨在山东金鸡岭，到天狼岭来，以她的脚程大约要二十天，送信的时间估计是五天，总不会超过一个月。完颜长之要调动济州、兖州、幽州各路兵马，御林军还要从大都开发，至少也得在一个月之后，各路兵马才能会合来攻打祁连山。咱们和柳盟主在天狼岭除掉那几个奸贼，还可以赶得及赴援祁连山。本来若只为除掉几个奸贼，我是不敢请柳盟主的。但现在为了抗金的大事，这就不同了。咱们正缺乏指挥大军的人材，柳盟主乃是最适合的人选，当然，那几个奸贼不除，也是后患无穷，如今正好等她来一并解决。”

武林天骄道："好，最好把笑傲乾坤也一同请来。但我想请问，在这二十多天的时间之内，咱们做些什么？"

武士敦道："我本来是要到大都（金京）去会本帮的三位香主的，如今正好趁此机会顺便打探军情。烟妹，你跟檀大哥、大嫂到祁连山去，就留在那儿助耶律元宜一臂之力吧。"云紫烟怔了一怔，正想说话，武林天骄已抢着说道："这样安排好虽是好，但我想稍微变更一下。"武士敦道："怎样？"武林天骄道："我和你同往大都，她们两位女将同往祁连山。"

此言一出，赫连清云心头一震，正想说道："你怎么能去大都？"但见武林天骄辞意坚决，她是知道丈夫的脾气的，他除非不说，说了就一定要做，谁也阻拦不住。于是改口说道："好，你和武帮主同去，我也可以放一点心。"

赫连清云担忧的是：大都乃是金国京城重地，京中好手如云。武林天骄已与叔父闹翻，朝廷又再把他列名叛逆，他前往大都，危险实是太大。殊不知武林天骄正是因为这个缘故，才要和武士敦同去的。武士敦是丐帮之主的身份，又是当年刺杀金主完颜亮的"钦犯"，他往大都，所冒的风险更大。赫连清云担忧武林天骄冒险，武林天骄则更是不愿武士敦单独冒险。

武士敦性情豪迈，心中很是感激武林天骄的友谊，想道："朋友重义，我若是拒绝他，反而是不够朋友了。"于是哈哈笑道："好，咱们就联手一闯龙潭虎穴吧。"云紫烟道："你们二人联手，天下无人能敌。不过，金京好手如云，也不可太大意了。"武士敦道："这个当然。"

武士敦接着说道："此去金京，半个月可以来回，即使多几天耽搁，也总可以赶得上回到天狼岭与柳女侠相会。不过，为了防备万一的意外，焦舵主你多派本帮弟子，在天狼岭周围巡逻，假如我们不能如期赶到，你们见着了柳女侠，可以通报消息，叫她径自去找聂金铃聂老前辈。"

赫连清云道："要不要我们也赶回天狼岭？"武士敦道："你和紫烟还是留在祁连山的好，不必多跑一趟了。要是柳女侠如期赶到，她可以请得动聂老前辈，我们的力量就尽够对付那几个奸贼了。"

计议已定，于是第二日便即分道扬镳，两个男的前往金京大都，两个女的则同去祁连山。

武士敦与檀羽冲一路同行，一个是性情豪迈，一个是潇洒不羁，一路谈论武林人事以及平生抱负，意气相投，倒是颇不寂寞。

这日到了山西大同，大同离金京不过三百余里，以他们的脚程用不到两天工夫，一算时间，比他们预计可以抵达金京的时间还早一天。武士敦笑道："大同有一家酒楼，所酿的'竹叶青'最好，咱们反正不用忙着赶路了，就同往一醉如何？"

武林天骄笑道："好，这几天忙于赶路，嘴里淡出鸟来。我正想大吃一顿。"

两人走进市区，找到了那间酒楼，只见招牌上写的是"醉仙楼"三个大字，铁划银钩，遒劲有力。武林天骄道："这几个字倒是写得不俗。"武士敦笑道："可惜我是个俗人，你欣赏他的字，我只欣赏他的酒。听说这几个字是大同名士项慕白写的。此人诗崇李白，性又嗜酒，故此名号'慕白'。有一次他到这酒楼喝酒，对这酒楼自酿的'竹叶青'赞赏不已，认为是全国的第二名酒，仅次于贵州的茅台。那天他大醉之后，趁着高兴，就给主人写了这个招牌。"

武林天骄道："原来还有这样一桩雅事。好，你说得我也流涎了，咱们就进去喝个痛快吧。不过，要令你变成醉仙可就难了，只怕李白重生，也要拜服你的酒量的。"

不料上了酒楼，只见酒气氤氲，客人满座，竟然找不到一张空桌。武林天骄大失所望，说道："咱们来得不巧了。"武士敦深深吸了口气，说道："好香，既来之，则安之，等等何妨？"

　　武林天骄是贝子的身份，自有一种雍容华贵的气度。武士敦也是身材魁伟，气宇轩昂。酒家的主人一见就知道这两人不是俗客，连忙亲自招呼，给他们在角落里加了一张桌子。这是主人央求附近的几桌客人靠紧一些，临时挤出来的空位。主人十分抱歉，说道："我怕两位客官久等，没奈何只好如此安排，实在是怠慢贵客了。"武士敦笑道："我们是来喝酒的，不是来玩地方的。只要有酒可喝，挤一些还高兴呢。好，你给我们来一坛竹叶青。"主人道："是，是。嗯，客官，你说的是一壶还是一坛？"一坛酒最少乃是十斤，主人只道是自己听错了。武士敦笑道："不错，是一坛，要三十斤一坛的。"主人大吃一惊道："你们还有朋友未到？"武士敦道："就是我们两个人。主人，你放心，我们不会吃霸王酒的，先给你酒钱就是。这一锭元宝够不够？"主人眉开眼笑，接道："客官误会了，我不是这个意思，我只怕两位喝不了一大坛酒。至于酒钱么倒用不了这许多。"武士敦道："算了，有多就赏给酒保吧。"

　　武士敦乃是海量，平时可以多日不喝，但一喝起来，就非喝个痛快不可。起初他跟武林天骄一碗一碗地喝，喝了七八碗，武林天骄笑道："这样喝我可受不了，让我慢慢地喝吧，我再喝一碗也就够了。"武士敦道："好吧，酒宜随量。你够我不够，我可不客气了。"喝到后来，他嫌一碗一碗地喝太麻烦，索性捧起坛子往嘴里倒。武林天骄笑道："好，饮如长鲸吸百川。这一句老杜的名诗正好送给吾兄。"酒楼的客人几曾见过这样喝法，不觉都停下酒杯，看得呆了。正是：

　　饮如长鲸吸百川，敢称臣是酒中仙。

　　欲知后事如何，请听下回分解。

第一〇二回　大汗名王图霸业
　　　　　中原豪杰显雄风

　　靠窗的一张桌子，坐的是一男一女，看模样似乎是对夫妇。男的约有三十多岁年纪，一袭青衫，外表似个文弱书生，但双目炯炯有神，落在武林天骄的眼中，一看就知此人是练过内功的武林人物。女的二十多岁，荆钗裙布，姿容却是明艳照人。在武士敦与檀羽冲未来之前，酒楼上的客人都是注目于这个少妇。到了武士敦放怀豪饮之时，客人们的注意力才转移到武士敦身上。这对夫妇初时低斟浅酌，款款深谈，此时也惊奇于武士敦的豪饮，把目光向他们这边投来。那男的微微"噫"了一声，想站起来，那女的摇了摇头，低声说了几句话。武林天骄隐隐听得一句是："不好，这里不是说话之所。"声音极低，而且说的是江湖"唇典"（术语），武林天骄耳聪目灵，听到了这句话，不觉心头一动，遂也悄声对武士敦道："你可认得那边靠窗的那对夫妇吗？"

　　武士敦放下坛子一看，那男的似乎是在哪里见过，但却记不起来。武林天骄道："他们看你看得出神，好像是认识你的。"武士敦摇了摇头，说道："我可想不起来。也许是他们见我如此喝酒，感到惊奇才看我吧。嗯，我也应该收敛些了。"

　　武士敦不认得这对夫妇，对方却认得他。原来这个男的不是别人，乃是东海龙的大弟子西川剑客杜永良。女的是他的新婚妻子齐鲁大豪宋金刚的女儿宋巧儿。前年采石矶之战，蓬莱魔女作为义军的统帅与南宋的虞允文元帅配合，大败金兵。当时宋金刚就是一路义军的首领，他的女儿宋巧儿和杜永良都曾参与此役。武士敦在采石矶杀了金主完颜亮，杜永良夫妇曾经目击，故此发现他在此喝酒，不禁又喜又惊。不过，当时武士敦杀了完颜亮之后，便匆匆逃跑，杜永良夫妇只是认得他却未曾与他有过交谈，因此宋巧儿不赞成她的丈夫在这样的场合与武士敦招呼。

武士敦正在思索曾在哪儿见过杜永良，忽听得楼板蹬蹬作响，上来了两个武士，披着狐裘，头戴阔边的毡帽，一看就知是蒙古人。

这两个蒙古武士，一个髯须如戟，貌甚粗豪，一个却是白净脸皮，一副阴鸷的神气。这两个蒙古武士上了楼便即十分傲慢地叫道："谁是掌柜的，还不快快给找副座头（座位）！哼！你们懂不懂得招呼的？"

蒙古与金国虽然未曾开战，但边境的纠纷则常有发生。在铁木真未曾崛起，蒙古未曾统一之前，是金国强蒙古弱，金国欺凌蒙古。而现在则是形势刚好倒转，蒙古强金国弱，是蒙古意欲并吞金国了。由于这两国乃是世仇，故金人对蒙古人普遍都是没有好感。酒楼的主人听得这两个蒙古武士大呼小叫，忍着气上前和他们说话。虽然说话，但却是摆着一副冰冷的面孔。

酒楼主人淡淡说道："实在对不起两位客官，小店地方狭窄，你是看得见的，都坐满了客人了。不敢要两位客官久候，改日请早。"

那髯须如戟的武士"哼"了一声道："改日请早！你以为我们是没事的闲人，可以天天来你这酒楼等候空位子的吗？明天我们已在大都了，哪有工夫再来？"酒楼主人双手一摊，做了一个无可奈何的表情，说道："那就没有办法了。"

白净面皮的那个武士忽地冷冷说道："没有办法！为什么别人来了你又有办法？"侧目斜睨，眼角正是朝着武士敦与武林天骄那边瞟去，显然是针对他们二人而发。

酒楼主人吃了一惊，心里想道："刚才这两个鞑子又不在这儿，却怎的知道是我给那两位客官安排了座位？"当下说道："刚才还勉强可以挤得下一张桌子，现在哪里还能再挤？"

武林天骄听了这两个蒙古武士的说话，也不觉心头一凛，想道："难道他们是有意来向我们挑衅的不成？"仔细打量那两个蒙古武士，只见白净面皮那个武士双目炯炯有神，虬髯武士则两边太阳穴坟起，落在武林天骄这样的大行家眼中，一看就知这两人乃是武林高手。武士敦自顾自地痛饮，这两个蒙古武士在酒楼吵闹，他却似视而不见，听而不闻。

白净面皮的那个武士说道："好，你说找不到位子，我们自己去找。"

武林天骄准备他们前来挑衅，但这两个蒙古武士从他们这张桌子旁边走过，却并没有停留。

杜永良和宋巧儿正在注意这两个蒙古武士，只见这两人就朝着他们这边走来，而且在他们这张桌子旁边停下了。白净面皮的那个武士自言自语道："这张临窗的座头正好。"蓦地提高声音喝道："掌柜的过来！"

杜永良蕴怒道："你要干什么？"白净脸皮的那个武士指着他们这张桌子对掌柜的说道："你说没有位子，这里分明还有两个空位。快给我们添上两双筷子，拿一坛酒来。"掌柜的面有难色，说道："你们要搭这张桌子，也得请先问这两位客官愿不愿意呀！"

宋巧儿怒道："你这两个臭鞑子好没礼貌，谁与你们同桌，你当我们是好欺负的么？"

白净脸皮的那个武士说道："你们不愿意，那就请移过另外的位子去。这张桌子我们是要定的了。"

那个髯须武士更不客气，大马金刀的就坐了下来，嬉皮笑脸地说道："小娘子，你就陪我们喝喝酒又有什么打紧？哈，好香，好香！你可以先请我们喝一杯么？"

杜永良陡地站了起来，冷冷说道："好，我请你喝酒！"

武林天骄把眼望去，只见杜永良手执酒壶，朝那髯须武士的面门一推，壶盖早已打开，热腾腾的烧酒照头照面的就泼了过去。这还不打紧，杜永良执壶的姿势，酒壶的嘴尖对准了髯须武士的太阳穴，正是一招极厉害的招式。武林天骄一看看出了杜永良的家数，低声对武士敦道："原来此人是东海龙的弟子，且看这鞑子如何应付？"

话犹未了，只见那髯须武士大口一张，壶中泼出的热酒一滴不漏的给他吸进口中。杜永良的酒壶推了过来，也给他张口咬住了。武林天骄吃了一惊，心道："这人的内功造诣颇是不弱！"要知酒是泼来的，要一滴不漏地吸进口中谈何容易？而且杜永良以酒壶当作兵器，这一推之力不亚于铁锤击顶，壶嘴又是击他的穴道的，他只凭着牙力就咬住了壶嘴，令得对方的酒壶再也不能向前推进分毫，内力之强，胜过杜永良何止倍数？所以连武林天骄也不能不暗暗吃惊了。

宋巧儿见丈夫不敌，倏地抄起筷子就向那髯须武士的腕脉点去。面皮白净的那个武士也拿起了一双筷子，一夹就夹着了宋巧儿伸来的筷子，两人的动作都是快速之极。宋巧儿来不及撤筷，已给他的一股内力牵引得不由己地站了起来，身躯向他微俯。这武士龇牙咧嘴地笑道："小娘子，你男人向我的同伴敬酒，你也应该向我敬菜了。过来一点，咱们亲近亲近！"

杜永良见妻子受辱，气怒交加，用力把酒壶一扳，只听得"喀嚓"一声，髯须武士咬断了壶嘴和嘴尖，哈哈笑道："多谢你的敬酒。"大口一张，断了的壶嘴被一股酒浪冲了出来。这髯须武士是用内力把喝了下肚的热酒又喷了出来的。

杜永良霍的一个"凤点头"，断了的壶嘴几乎是擦着他的头皮飞过。但他避过了对方的"暗器"，却避不开对方喷来的"酒浪"，热辣辣的酒雨喷在他的面上竟然似沙石一般，打得他头面隐隐作痛，热濛濛的酒气令得他的双眼张不开来。杜永良给这"酒浪"一冲，生怕对方乘机便下杀手，只得一个"鹞子翻身"，从窗口跳了出去。

宋巧儿气得满面通红，一抖手松开筷子，拔剑就刺敌人，面皮白净的那个武士仍然用他那双筷子夹着了宋巧儿的剑尖，笑道："小娘子，你这样敬客不嫌有失礼数吗？咱们还是亲近亲近吧！"

这个武士正要用劲夺宋巧儿的剑，陡听得脑后风生，原来是武林天骄已然出手，也把一双筷子当作暗器，分打这两个武士。面皮白净的这个武士吃了一惊，情知碰到了高手，连忙把筷子松开，转过头来拨打"暗器"。

白净面皮那个武士举筷一夹，只听得"咔啦"一声，武林天骄飞出的那支筷子竟然给他夹断。可是他虽然夹断武林天骄的筷子，却也给武林天骄的内力震得他不由自己地连退三步，撞到了墙上，"轰隆"一声，墙壁给他撞裂，开了个洞，泥土砖屑，纷落如雨，楼中酒客，纷纷走避。武林天骄是用一双筷子分打二人的，这个面皮白净的武士用一双筷子来夹武林天骄的一支筷子，当然是占了便宜。但武林天骄有"飞花摘叶，伤人立死"之能，筷子从他手中飞出，胜似钢镖，这个武士居然能用双筷之力把他的一支筷子夹断，也是不大容易了。

宋巧儿抽出了青钢剑，情知自己的本领与这两个武士相差太远，她的丈夫已经跳下街心，于是宋巧儿也跟着跳下去，与丈夫会合。

武林天骄的另一支筷子打那髯须武士，那髯须武士挥袖一拂，"嗤"的一声，袖子洞穿，筷子从他额角擦过，钉在墙上。髯须武士险些受伤，大怒骂道："暗器伤人，算什么好汉？"

武士敦"哼"了一声，站起来道："你们欺负妇道人家，又算得什么好汉？好，你刚才'请'人喝酒，现在我也'请'你喝酒！"把口一张，登时也是一股酒浪喷将出来。武士敦是把大半坛子的竹叶青喝到了肚里再用内功将它迫出来的，这大半坛的竹叶青差不多有二十斤，比起这髯须武士刚才所喝的半壶酒多了十倍不止，这股酒浪也就大得惊人。髯须武士双掌拍出，风声呼呼，酒花雨点般的洒落。可是饶是这髯须武士的掌力刚猛异常，也只能把武士敦喷出来的匹练般的"酒浪"震成"酒雨"，身上仍然给溅上无数酒珠。他身上披的那件名贵狐裘，登时就似给铅弹攒击一般，被射穿成一个个小洞，有如蜂巢。武林天骄哈哈笑道："好，这正叫做以其人之道还治其人之身！"髯须武士给武士敦的酒浪一喷，只觉面前一片白茫茫的酒气，双眼也是睁不开，只得也像杜永良刚才那样，从窗口跳了下去。

杜永良夫妇正在街心，见这髯须武士跳下，杜永良喝道："好呀，你这鞑子无理欺人，如今也给别人打落下来了么。吃我一剑！"髯须武士双眼尚未能睁开，听得金刃劈风之声，反手便是一掌。杜永良的剑尖给他荡开，一个回身绕步，又从侧翼攻来。宋巧儿拔出柳叶双刀，与丈夫联手，合斗髯须武士。

酒楼上那个面皮白净的武士见同伴给武士敦的酒浪迫下街心，吃了一惊，心道："怪不得宇文化及吃了他的亏。"立即截住了武士敦，喝道："休得逞能，接我一掌！"左掌半弯，右掌划了道圆弧，平推而出。

武士敦吐气开声，一声大喝，掌锋便劈过去。面皮白净的那个武士左掌一招，右掌一按，双方掌力震荡，轰然有声。武士敦用的是"金刚掌"的功夫，掌力刚猛无比，但这蒙古武士双掌一合，居然把武士敦这股排山倒海般涌来的掌力化开。原来这面皮白净的蒙古武士内力虽然稍逊，但他却有独门的运劲功夫，双掌的掌力一刚一柔，互相牵引，恰到好处的便化解了武士敦打来的掌力。

武士敦右掌未收，左掌续发，前一重掌力加上后一重掌力，俨如长江大河滚滚而上，一个浪头高过一个浪头。蒙古武士双掌如环，解了几招，却也身不由己地又给武士敦迫到了墙边。

武士敦和他对了几掌，喝道："宇文化及是你何人？"原来他从这蒙古武士的掌力中发觉他也是练有"混元一炁功"的。这蒙古武士知道武士敦看出他的来历，遂也直认不讳，冷笑说道："你在天狼岭欺负我的师弟，如今我正是要为宇文师弟报一掌之仇！"

原来这面皮白净的蒙古武士乃是宇文化及的二师哥，名叫乌蒙。那髯须武士名叫术赤，是宇文化及的三师哥。武士敦与武林天骄上这酒楼喝酒的时候，他们刚好在对面街一条街上经过。他们是奉了铁木真大汗之命，作为蒙古的使者，前往大都，呈递国书的。

宇文化及受伤之后，在天狼岭疗伤，由乙休与柳元甲照料。猛鹫上人则往蒙古向尊胜法王报讯，恰巧在中途遇上乌蒙与术赤，故而他们知道宇文化及在天狼岭之事。而武士敦与武林天骄的形貌，他们也从猛鹫上人的描述中知道了一个轮廓。

这日他们在大同的街上经过，看见武士敦与武林天骄檀羽冲走上酒楼，武檀二人是有上乘内功的人，眼神与常人有异，乌蒙、术赤一看就知他们乃是高手，猛地想起猛鹫上人所描述的那两个人，当下就有几分疑心乃是他们。于是便也跟着上那酒楼。一见武士敦那样的豪饮，这是非有深厚的内功不行的，他们更可以断定武檀二人就是猛鹫上人所描述的那两个人了。

他们不敢一下子就向武檀二人直接挑衅，先拐个弯儿，去调戏宋巧儿引武檀出手，以便看看他们的深浅，武士敦一出手就把术赤迫下街心，乌蒙只好和他硬拼了。

尊胜法王门下五个弟子，大弟子武功最强，关门弟子宇文化及第二，乌蒙虽是宇文化及的二师哥，武功却只是第三。不过，他虽然比小师弟略逊一筹，由于他多了十年的火候，而运劲的功夫又极巧妙，故而武士敦要想胜他，却也是不大容易。开首十招，武士敦以大力金刚掌攻他，居然给他尽力化解，堪堪打成了平手。

两人这么乒乒乓乓地打起来，打得这座酒楼如遭地震，周围的桌子都给震翻，杯盆碗碟都给震碎，好好的一座酒楼，登时就似变成了一片瓦砾场。楼上的客人早已全跑光了，谁都没有付账。

掌柜和酒保瑟瑟缩缩地躲在一角，掌柜的连连作揖，颤声说道："客官要打架请换个地方吧，再打下去，小店可要完啦。"

武林天骄微微一笑，掏出一块金子，放在柜台上，说道："这金锭子给你，大约也够赔偿你们损坏的东西了。"接着又笑道："武兄，还是下去打吧，不然，倘若震坍了酒楼，我这锭金子可就不够赔了。"

大街上杜永良夫妇与那髯须武士打得正紧，髯须武士横掌如刀，劈、按、擒、拿，身随掌走，手脚起处，全带劲风。他是练有混元一炁功的，论功力尽管比不上武士敦，但却远胜于杜永良夫妇。不过杜永良是东海龙的大弟子，虽然还未算得一流高手，武功亦非泛泛。剑法走的是刚猛一路。宋巧儿的柳叶双刀一长一短，则以轻灵翔动，奇诡多变见长。他们两夫妇配合得宜，髯须武士虽然占了上风，一时间也还未易言胜。

武林天骄见杜永良夫妇吃紧，上前说道："这厮还和我有点小小的过节，请两位先让我斗一斗他。"双掌一晃，欺身直进，替下了杜永良夫妇。

髯须武士刚才在酒楼上吃了武林天骄小小的亏，此时见他来到，怒从心起，喝道："我正要找你算账！"武林天骄笑道："是么？嘿嘿，你不找我，我也要找你的，你不是说我只会暗器伤人么，好，如今我就来领教领教，看你到底有什么真实的本领？"

髯须武士强弓硬马，左面一拳，右面一掌，穿梭般打出去。武林天骄霍地晃身，从髯须武士身侧掠过，若不经意地轻飘飘地发出两掌。髯须武士大吼一声，所发的掌力竟然给武林天骄截住，就似汹涌的浪潮碰着了一道无形的防浪堤，给迫得倒退回去。

原来武林天骄这轻飘飘的两掌，看似漫不经意，其实却是他所创的落英掌法的精华。落英掌法善能以柔克刚，掌势柔如柳絮，而内劲所到，却如强弩穿心。还幸髯须武士的混元一炁功已颇有根底，这才得免受伤。

激战中武林天骄欺身直进，一招"弯弓射雕"，点向髯须武士的胸膛。这一招刚柔并济，似虚似实，似戳似按，来得迅如闪电，髯须武士躲闪不开，又捉摸不透他的指法，只得和他硬拼，心里想道："我拼着给你点中穴道，也要把你变成残废！"当下身形一侧，立即以最刚猛的掌力一掌切下。髯须武士打的是这样一个如意算盘：他有闭穴之能，即使是以武林天骄的功力，点着他的穴道，也只能令他受伤，不能致他死命。但掌力大于指力，武林天骄若是给他劈个正着，腕骨定将折断无疑。

髯须武士打的如意算盘，哪知武林天骄的落英掌法变幻莫测，他那里一掌切下，武林天骄的左掌已骤然从肘底穿出，猛袭对方右胁。髯须武士侧身发掌，右胁正是一个"空门"。髯须武士慌忙一个"大弯腰，斜插柳"，掌锋移转，暂解空门受袭之危。武林天骄一指疾点过去。髯须武士借他的掌力一震，倒纵出三丈开外，"砰"的一跤，跌倒街心。虽然跌倒，却避过了武林天骄点他穴道。他也只有这样应招，才能解救对方掌指兼施的攻袭。不过，虽没受伤，也是败得十分狼狈了。

髯须武士一个鲤鱼打挺，跳起身来，大怒喝道："今日不是你死，便是我亡。"拔出佩刀，就似一个受了伤的野兽似的，疯狂反扑。武林天骄笑道："你还不服输。也好，我就与你比比兵刃。"取下腰悬的暖玉箫，架开对方的佩刀。

武林天骄的玉箫点穴更是武学一绝，他的玉箫可以当作判官笔用，又可以当作五行剑使，还可以从箫中吹出纯阳罡气。髯须武士一刀劈下，箫剑相交，只听得"当"的一声，武林天骄的玉箫丝毫无损，髯须武士的月牙弯刀却已给他荡开，刀锋也损了一个缺口。

武林天骄笑道："知道厉害了么？"挥箫直进，步似蜻蜓点水，身如流水行云，衣袂飘飘，从容潇洒。玉箫所指，全是对方的要害穴道。髯须武士本来以为一刀可以劈碎他的玉箫的，此时才知对方的玉箫竟是一件宝物。兵器上吃了亏也还罢了，对方点穴手法的奇妙，更是难以抵挡。髯须武士使出浑身本领，只不过斗到三十招开外，便已手忙脚乱，败象毕露。

另一边，武士敦与乌蒙对掌，亦已渐渐占得上风。乌蒙的本领比髯须武士强得多，他双掌的力道一刚一柔，互为牵引，深得运劲卸力之妙。武士敦以金刚猛扑的掌力，虽然攻得他只能招架，但急切之间，却也还不能胜他。不过，暂时虽未能胜他，却已是稳占上风，胜算在握。

就在这两个蒙古武士将败未败之际，忽听得马蹄之声，来得有如暴风急雨。

武士敦抬头一望，却原来是一队金兵疾驰而来。领队的军官喝道："好胆大的强徒，竟敢殴辱蒙古友邦的使者。给我把这四个不知死活的强徒，统统拿下！"

他们在街心恶斗之时，街上的行人都已逃避一空，两旁的店户也都已关上店门。故此这队金兵在大街驰骋，全无障碍。不过武林天骄是在街道的一个转角之处与那髯须武士打斗的，金国领队的那个军官只瞧见他的背影，还未认出他是何人。杜永良夫妇在街口把风，金兵冲杀过来，先和他们交上了手。

武林天骄疾攻三招，把对方迫退三步。蓦地从暖玉箫中吹出一口纯阳罡气，热风如箭射出，髯须武士正在退而复进之际，给这口纯阳罡气吹个正着，触面如烫。髯须武士大吃一惊，怕被损害双目，慌忙闭上眼睛。武林天骄身手何等迅捷，喝一声："着！"玉箫已是点中他的"环跳穴"，髯须武士大叫一声，摔出了三四丈外，这一次是他给点中了穴道而摔倒的，比上次因为闪避而跌的一跤，自是摔得更远更重。饶他有闭穴之能，也是痛彻心肺，一时间哪里爬得起来。

武林天骄抬起头来，冷笑说道："好兄弟，你不在王府，来这里干嘛？哼，哼，你想不到在这里碰上你的大哥吧？我的'贝子'已经让给你了，你还要把我怎么样？"

原来这个领队的军官不是别人，正是济亲王檀道雄之子，武林天骄的堂弟檀世英，他是奉了金主之命，以三百里外郊迎的隆重礼节，来迎接蒙古的使者的。金主完颜雍继位未久，在采石矶大败之后，忙于整顿军事。因此，金国虽然与蒙古的邦交一向不睦，但完颜雍为了害怕蒙古的强大，害怕蒙古趁他新败之余进犯，故此不能不低首下心，讨好蒙古，命檀世英以最隆重的礼节，代表国君来作三百里外的郊迎。

檀世英骤然看见他的堂兄武林天骄，这一惊端的是非同小可！不但是由于他谋夺了堂兄的贝子之位而心中内疚，而且是由于他深知武林天骄的厉害，生怕武林天骄拿他报仇。当下檀世英连忙拨马避入一条小巷，他手下的御林军，也是人人都认得武林天骄，檀世英都已避开了，他们如何敢去捕捉武林天骄？金国士兵四面散开，武林天骄冷笑道："世英，你好自为之。念在兄弟之情，今日饶你一次。"抢了士兵的一匹马，杜永良夫妇也各自抢了一匹马，跟着武林天骄直冲出去。

武林天骄笑道："武帮主，不要恋战了。走吧！"他看出武士敦大占上风，而且以武士敦和他的身份，也绝不能以二敌一，故此武林天骄只是向他打个招呼，没有前去帮他。他以为武士敦已占上风，要摆脱敌人那是容易之极。不知事实却不似他料想的那样容易。

原来乌蒙的内力虽然是不及武士敦，但他运用内力的功夫却是十分怪异，双掌发出的力道一刚一柔，互相牵引，把武士敦的掌力牢牢吸住。故此武士敦虽然占了上风，但想要在急切之间摆脱他的缠绕却也不能。

武林天骄与杜永良夫妇夺了马匹，把金兵冲散，转眼间驰过长街。檀世英松了口气，这才敢从小巷中探首出来。此时那髯须武士在地上还未曾爬得起来，檀世英忙道："还不赶快给我过去请那位蒙古贵官过来，待我向他赔罪。"御林军的两个副统领忙过去将那髯须武士扶起，檀世英则带了他的十多名卫士上前，想要帮忙乌蒙擒拿武士敦。

武士敦的金刚掌力何等雄浑，乌蒙的掌力柔中寓刚，也是如暗流之汹涌，有极大的威力。这两大高手对掌，掌力激荡，寻常的人如何得近？檀世英的卫士踏近三丈之内的圈子，立即便给他们的掌力抛了起来，跌得头破血流，檀世英大吃一惊，连忙勒马。

就在此时，只见又有十多名蒙古武士跑到这条街上，其中一个似是官长模样的人喝道："岂有此理，这些女真蛮子居然敢殴辱我们的使者。不杀他们几个，他们也不知道厉害！"原来他看见金国的军官把那髯须武士从地上拉起来，又见金国的士兵在街上乱窜，只道这是地方上的驻军，来殴辱他们的使者的。髯须武士是给武林天骄点了穴道，摔在地上的，他似水牛般的身躯，有二百来斤重，两个金国的军官费了好大的力气才刚刚把他拖了起来，髯须武士跌伤了肋骨，满身沾血，难怪这个蒙古军官误会他是受了金兵的殴辱。

两名蒙古武士飞跑过去，不分皂白，就拔出长刀，把拖起髯须武士的这两名金国御林军的军官刺死，髯须武士穴道未解，咿咿哑哑的说不出话。金兵见蒙古武士胡乱杀人，大惊逃避。

另几名蒙古武士跑去要杀武士敦，踏进距离他们相斗之处的三丈之内，也给他们的掌力抛开，跌得头破血流。那蒙古军官大怒，其时正有一名金兵因为给杜永良刺伤了他的坐骑，控制不住，冲到这蒙古军官的身前，蒙古军官一把就将他揪下马来，高高举起，手臂挥了一道圆圈，将这金兵作了一个旋风舞，向武士敦掷去。

武士敦听得劲风呼呼，不用回头，已知是有重物掷来，而且力道非同小可。但武士敦却不躲避，心中想道："来得正好！"金刚掌力加紧地向乌蒙攻去。

"蓬"的一声，那抛来的"人球"压着武士敦的背脊，武士敦大吼一声，借着这股压在他身上的力道，加上他原来的掌力，登时把乌蒙震翻，摔出了三丈开外！

武士敦摔翻乌蒙，摆脱纠缠，立即就冲了出去。那名被当作"人球"的金兵摔在街心，变成了一团肉饼。那蒙古军官见武士敦给他用"人球"掷中，还居然能够打翻乌蒙，而且还能够健步如飞地冲了出去，心中也是十分惊诧，不由得"啊呀"一声叫了出来。

原来这个蒙古军官乃是尊胜法王的大弟子，名唤呼韩邪。尊胜法王门下，以他武功最强。这次奉派为铁木真的正使，他的师弟乌蒙和那名叫术赤的髯须武士则是副使。铁木真派尊胜法王的三个弟子作为使者，出使金国，原来就有让他们以武功震慑金国之意。

呼韩邪喝道："退下！"从两名蒙古武士的手中接过了他的师弟术赤，这才知道术赤是给人点了穴道。武林天骄的点穴手法乃是独门的重手法，呼韩邪也不知道如何解法，后来强用内力，替术赤推血过宫，这才解开了他的穴道。术赤固然是痛苦不堪，呼韩邪也累得满头大汗。

檀世英吓得面色如土，下了马战战兢兢地过来，躬腰说道："小官檀世英奉大金皇帝之命，恭迎贵使。"呼韩邪道："哦，原来你们是迎接我的？"此时乌蒙已经爬了起来，他伤得不如术赤之重，过来说道："他们是金国的御林军，和我相斗的这人是汉人，据说是丐帮的帮主武士敦。檀贝子率领的御林军的确是来迎接咱们的，与武士敦并不相干。"呼韩邪哈哈笑道："如此说来，倒是我误会了檀贝子了。恕罪，恕罪。"檀世英的父亲济亲王檀道雄掌握金国大权，他们父子的名字呼韩邪等人都是知道的，故而在檀世英自报姓名之后，呼韩邪与乌蒙也不能不对他客气一些。

檀世英诚惶诚恐地说道："贵使臣在敝国遭受冒犯，我们不能预为防范，贵使纵不怪责，我也自觉难堪。待我回到京师，禀明家父，将这大同府的官儿严办。还望恕罪。"呼韩邪哈哈笑道："那也不必了。我们的武士最佩服有本领的人，打架有输有赢，算不了什么。"说罢又问乌蒙道："伤了术赤师弟的又是个什么人？此人的点穴功夫也很了得。"乌蒙道："这人就是号称武林天骄的檀羽冲，听说和檀大人是一家人，是吗？"檀世英脸色青里泛红，尴尬之极，连忙说道："檀羽冲本是我的堂兄，他于国不忠，于家不孝，家父早已把这逆子乱臣逐出家门了。"呼韩邪道："听说令兄是贵国第一名武士，可惜我还未得见识他的本领。贵国高手不少，待到了大都，公事办完之后，我们倒想向贵国的高手讨教讨教呢。敝国民风尚武，经常有比武之会的。倘能在贵国开一个比武的盛会，咱们两国的武士有机会切磋切磋武功，这也是两国武林的佳话呢。还望檀贝子促成此事。"

檀世英道："贵使意欲以武会友，这个容易。进京之后，我请家父安排便是。"心里想道："这些蒙古武士骄傲得紧，正好借比武之会挫挫他们的气焰。他们连檀羽冲都打不过，想来绝不是完颜将军的对手。以武会友是点到即止的，挫折了他的气焰，却不致伤了他的脸皮。"要知呼韩邪的手下不分青红皂白就杀了金国御林军的两个军官，檀世英心里亦是很不舒服，只不过奉了金主之命，不能不对他貌为恭顺而已。他心目中可以胜过蒙古武士的"完颜将军"即是完颜长之，现任金国御林军的统领，也正是他的顶头上司。完颜长之是当今金国的第一高手，以前曾与武林天骄交过几次手，每次都稍稍占了一点上风，故而檀世英认为完颜长之若是和蒙古武士比武，定然可操胜算。却不知武林天骄的武功已是更胜从前，而刚才的那场打斗，呼韩邪却还未曾出手，武林天骄打败了呼韩邪的师弟，并不等于是打败了呼韩邪。真个较量的话，呼韩邪、完颜长之、武林天骄的本领各有千秋，鹿死谁手，殊未可料。后来那个金京的比武之会闹出偌大风波，这是后话，按下不表。

且说武士敦突围之后，一口气跑出了大同城外，只见武林天骄和杜永良夫妇正在路旁歇息，交谈甚欢。杜永良见他来到，站起来笑道："武帮主想来不认得我，我却认得武帮主。前年采石矶之战，武帮主手刃完颜亮，智勇双全，令我们好生佩服。想不到今日又有幸相逢。小弟杜永良，家师是——"武士敦不待他说完，便即哈哈笑道："我看杜兄露出的功夫，令师想必是东园前辈吧？杜兄的大名我也是久仰的了。这位娘子是——"杜永良道："她是拙荆宋巧儿，家岳是宋金刚。"武士敦笑道："这么说更不是外人了。贤伉俪上哪儿？"

武林天骄忽道："武大哥，你的面色有点不对。歇歇再说吧。"

武士敦笑道:"没什么紧要,我已经运气通关,不至于受伤了。嘿嘿,后来才来的那个蒙古军官本领最强,幸而他的掌力不是直接打到我的身上。"原来武士敦被呼韩邪抛出的"人球"击中,当时胸中亦自感到气血不舒,随着又一口气跑了许多路,故而面色就有点不对,给武林天骄看了出来。武林天骄听了他讲述后来的那一段突围经过,抱歉道:"我不知道蒙古武士中还有这么一个厉害的高手,没有接应武兄突围。惭愧,惭愧。"武士敦笑道:"略有风险,算不了什么。也幸而有那军官将金兵向我掷来,我才能借他的力震翻了我那个对手。这次前往大都,若有机会的话,我倒想找那蒙古军官较量较量呢。"

杜永良待他们的说话告一段落,才有机会答复武士敦刚才的那个问题,说道:"小弟正是从大都出来,要回转祁连山的。"

武士敦道:"这么说,杜兄是在耶律元宜那儿的了?"杜永良道:"我正是奉了耶律将军之命,替他到京城打听消息的。家师和西门师叔(西岐凤)都是在耶律元宜的军中。"武士敦笑道:"这可真是巧极了。日前尊师曾到光明寺找我,我恰巧在前两天离开光明寺,与尊师缘悭一面,却不料在这儿得以遇上杜兄。"

杜永良道:"耶律将军听得金虏有大举'扫荡'祁连山的风声,是以派人四方求援。家师往访武帮主,就是想取得丐帮之助。"武士敦道:"我已经传讯本帮各处分舵,到时定必来援。"杜永良道:"敝岳也已知道了消息,他联络了几支义军,可以在黄河两岸,牵制金兵。我们回到祁连山报讯之后,还要到敝岳那儿打一个转。"武士敦道:"好,有宋老英雄登高一呼,定必四方响应。义军的声势更浩大了。"杜永良的岳父宋金刚乃是北五省最负盛名的武林大豪,当年采石矶之战,蓬莱魔女就曾得过他很大的助力。

杜永良道:"另外,赫连女侠亲自到山东去访柳盟主,此时想必也已经到了。"武士敦笑道:"那更好了。我不知道你们已经有了人去,前几天我也用了飞鸽传书往请柳盟主呢。"接着问道:"杜兄刚从金京出来,可有什么新的消息?"

杜永良道:"我在大都已听得蒙古使者要来的消息,檀道雄与完颜长之因要迎接蒙古使者,对祁连山的军事行动,可能要延迟十天半月。"武士敦道："这样对咱们更有利，可以多些时间准备。刚才咱们碰到的那几个蒙古武士，想必就是和他们的使者同来的。我们到了大都，正好可以赶上热闹。"

杜永良道："还有一个消息，恐怕是与贵帮相关的。"武士敦道："什么事情？"杜永良道："金京借口要整饬市容，连日来大捕京城的花子。"武士敦怒道："哦，竟有如此之事！连叫花子讨饭也要管起来了？看来定是要对付我们丐帮，所以不分青红皂白，凡是叫花子它都要捉。好，我这次到大都，倒要认真地对付对付。"

杜永良道："武帮主这次前往大都，可切莫露出身份。风声正紧呢！"武士敦道："多谢杜兄关心。不过若说到危险，檀兄比我更冒风险，他是贝子的身份，刚刚又遇上檀世英这厮，他想必料得到咱们是往大都。"

武林天骄笑道："想不到咱们未入都门，行藏已经泄露。不过，越险越有意思。你说是不是？"

杜永良笑道："两位是艺高人胆大，想必也定能履险如夷。不过，为了谨慎起见，我想送两位一件小小的礼物。"说罢，拿出了两张人皮面具。

武林天骄笑道："这玩意儿倒有趣。"与武士敦各自戴了一张人皮面具，相对而视，见对方面目全非，都忍不着哈哈大笑。杜永良道："两位戴上了这人皮面具，即使是在闹市之中行走，也绝不会有相熟的人认得出来。"人皮面具制得十分巧妙，薄薄的一张贴着面孔，天衣无缝，丝毫不现皱纹，而且栩栩如生，若不说破，别人绝不知道是戴着面具。杜永良道："我与巧儿，就是仗着这人皮面具，在大都大摇大摆，逃过了鹰爪们的注意的。如今我们已经出了大都，用不着它了，正好送给你们。"武檀二人谢过了杜永良，便戴了人皮面具，径赴大都。

他们脚程快速，在檀世英那队御林军尚未回京之前，他们已是先进了都门。守城的兵士果然认不出"檀贝子"，他们混在客商之中进城，兵士全不盘问。

武士敦曾在金京住过十年，地方极熟。他们在酒家吃过了一顿丰盛的晚饭，逛了一会夜市，挨到三更时分，街上的行人已经疏落，武士敦这才带路，与武林天骄去找大都的丐帮分舵。

大都的丐帮分舵在天坛北面，远离市区。"天坛"是皇帝祭天之地，周围树木甚多，民居却少。丐帮买了一座破落户的住址，作为分舵的舵址，三位正副舵主以富豪的身份出现，所以在大都几十年，旁人都不知道这是叫花子的机关。

正行走间，忽听得树木丛中有人轻轻地拍了三下手掌，接着有两个人影出现，走在前面的那人也轻轻拍了三下手掌。树林里人声说道："是自己人。"这两个人就走过去了。

武士敦悄悄说道："事情恐有不对，且待我试它一试。"当下也轻轻拍了三下手掌。树林中人影出现，回了三下掌声，说道："过去吧。"

武士敦却不过去，走到那人身前问道："事情办得怎么样了？"那人说道："只跑了两个老叫花。古先生和我们的人都在里面。"武士敦道："好，我也进去，你在这里待一会儿。"出其不意地蓦地就点了那人穴道。

武林天骄道："是什么人？"武士敦道："尚未知道。看情形多半是分舵正被鹰爪偷袭。"

两人施展上乘轻功，悄无声地进入院子，只见屋顶上、花园里影绰绰的总有十多个人，武檀二人在那些人的身旁掠过，以迅雷不及掩耳的手法，都点了他们的穴道。那些人只道是自己人，毫无防备，给点了穴道，连哼都未曾哼得一声，就似着了定身法似的，呆若木鸡了。故而第一个人给点了穴道，第二个人丝毫也没发现，立即又给点了穴道。武士敦道："檀兄，你在外面搜查，看看还有漏网的没有。我进去看。"正是：

惊他魔影幢幢现，喜有英雄午夜来。

欲知后事如何，请听下回分解。

第一〇三回　新人辈出交英侠
毒计频施袭丐帮

　　武士敦悄悄地进了分舵的大堂，只觉有一股浓香，嗅了令人有懒洋洋的感觉。武士敦见多识广，知道是一种可以令人筋酥骨软的迷香。武士敦内功深湛，无须解药，运气一转，便即消除了烦闷之感。当下双足倒挂屋檐，从后窗偷望进去。

　　大堂灯火如昼，只见有十多个丐帮弟子，被反缚了双手，人人都是怒容满面。其中一个锦袍老者，武士敦认得乃是分舵的正舵主曲山。有两个金国的军官把守门口，另一个瘦长的汉子则正在盘问曲山。

　　曲山怒道："胡说八道，谁相信你的鬼话？"那瘦长汉子哈哈笑道："你还以为我骗你吗？试想若不是有你们的人向我通风报信，我怎能知道你们这个地方？你要知道这个奸细是谁吗？"曲山道："是谁？"那瘦长汉子一个个字地吐出来道："就是你们丐帮的帮主武士敦！"

　　武士敦大吃一惊，心道："我不除麻大哈，果然留了后患。好，且看这厮还要怎么诬蔑我？"原来这个瘦长的汉子不是别人，正是麻大哈的大师兄古云飞。桑家堡之役，古云飞败在文逸凡的判官笔下，与麻大哈一同逃走的。麻大哈知道丐帮的大都分舵舵址，想必是他已经告诉了古云飞。

　　曲山骂道："胡说八道！武士敦怎么不成器，也不会投降你们金虏！"

　　古云飞笑道："也不能说他是投降，他这是借刀杀人！"曲山道："武士敦身为帮主，他要借刀杀人？杀他的本帮弟子？你这鬼话，想来骗我？"

古云飞哈哈笑道："曲老头儿，你是真糊涂还是假糊涂？武士敦不把你除掉，他岂能安居帮主之位？"

曲山道："我碍着他什么了？"这次没有再骂古云飞，语气之间，似乎对古云飞的说话已相信了几分。

古云飞冷冷说道："你自以为对他没有妨碍，他却是把你当作心腹之患。你是夏长老的大弟子，排行仅次于尚昆阳的大弟子风火龙。尚昆阳去世之后，帮主之位本来应传给风火龙的，风火龙给武士敦所迫自杀而死，在丐帮的第二代弟子中，辈分最高的就是你了。你纵然不想与武士敦争夺帮主，但武士敦对你能不猜忌？至少他也怕你不听他的号令，还能够让你再做分舵之中地位最高的大都舵主吗？"

曲山道："好，就算是武士敦怀有异心，假手于你，要把我除掉。但你为什么要告诉我？"

古云飞道："我是不屑武士敦所为，所以想放你一条生路，只要你依从于我。"曲山道："你要我答应什么？"古云飞道："写一封书信，再把你丐帮的令符交给我。"

曲山道："写什么？"古云飞道："北方各处分舵唯你的马首是瞻，你给他们下一道命令，叫各分舵的五袋以上的弟子都撤过黄河以南。"

武士敦听到这里，心里暗骂："好狠辣的一条毒计！"要知北方的丐帮五袋以上的弟子都撤过黄河以南的话，各处分舵群龙无首，势将陷于土崩瓦解的境地，那也即是说要消失一支抗金的重要力量了。

曲山冷笑道："你与武士敦既然有那么深厚的交情，你何不求他下这道命令？"

古云飞道："实不相瞒，这也正是武士敦的主意。可是他一来怕北方的丐帮分舵不肯听命于他，二来他也不愿以帮主的身份公然下这道命令。"

曲山道："这真的是武士敦的主意？"古云飞道："武士敦要北

方的丐帮听命于他，只有将五袋以上的弟子召集了来，才能就近约束，各处分舵的舵主，他也能随意更换。你应该明白了吧！这是他整顿丐帮、肃清异己的唯一妙法。"

曲山说道："什么整顿丐帮，这分明是向你们金虏投降。无论你怎么说，我总不相信武士敦竟会如此！"

古云飞道："你相信也好，不相信也好，事实就是如此！在你以为这是投降，在他则只是想保全权位。你别以为他杀了完颜亮，就不能再向朝廷借刀杀人。你要知道今上是巴不得他杀了完颜亮的，要不然今上怎能以弟继兄？所以武士敦与官府串通，这一点也不稀奇。武士敦本来就曾经在御林军做了十年，多少朝廷的高官都是他的相识。"

古云飞所说的"朝廷"当然是指金国的"朝廷"，所说的"今上"，亦即是指金国的新君完颜雍。曲山道："哦，他不敢公然出卖本帮弟子，却要假手于我么？"古云飞道："这也不然。他实是要假手于我，把你们大都的三位舵主除掉的。这道命令，他也是要我迫你写的，写了之后，才把你们杀掉。不过，如今我为了替你们打抱不平，却愿意放你们逃生罢了。这道命令，你还是要写的。"

曲山怒道："大丈夫宁死不辱！不管是武士敦的主意也好，是你的主意也好，我就是不写！"古云飞笑道："你错了。你以为这是出卖本帮弟子，我以为你正可将计就计。你得到释放，可以率领北方的各分舵舵主向武士敦算账，废掉他的帮主，不是正可以出一口怨气吗？何况你们若不是这样做的话，武士敦也可以将各个分舵的所在都抖露出来，让朝廷一个个收拾。"曲山冷笑道："我不相信人心险恶，竟至于斯！除非是武士敦亲自到来，亲口向我说话。"古云飞笑道："武士敦又不在大都，即使他在大都，他也岂能亲口向你证实？"

古云飞笑声未了，蓦听得霹雳似的一声喝道："武某在此！"一拳打碎窗格，穿窗而入。人未到，掌先发，呼的一记劈空掌，震得古云飞立足不稳，踉踉跄跄的忙向后退。

那两个把门的武士乃是御林军中的高手，武士敦穿窗而入，脚未沾地，那两个武士已是双双扑来，两柄大斫刀疾斩他的双足。

武士敦双足一撑，"当"的一声，一名武士的大砍刀先给他踢得脱出手去。武士敦的鞋底亦给他的刀锋划破。但因武士敦的力道太猛。那人的刀锋刚刚碰上，便给他踢飞，是以只能划破他的鞋底，却丝毫也未能伤及他的皮肉。另一名武士正在他同伴的身后，那柄大砍刀飞了过来，他的刀方才劈出，吓得他连忙低头，举刀上磕，"当"的一声，他手中的大砍刀给飞过来的那柄刀一撞，也当啷坠地了。

前面的那个武士冲上前飞脚便踢武士敦的下盘，武士敦身躯一矮，右掌一个"伏地砍虎"，那武士的"鸳鸯连环腿"的招数倒也了得，右腿一收，左腿又起。武士敦一掌劈空，立即一拳捣出。那人穿的是镶着铁片的鞋子，恰恰踢着武士敦的拳头。这人虽是金国御林军中的高手，却怎敌得武士敦的神力？武士敦的拳头给他踢着，不过火辣辣的一阵作痛，那人的一条腿已是给武士敦打折，摔倒地上，杀猪般地大叫。

另一名武士忙抢上来，武士敦霍地转身，双掌齐出，这武士手法倒也颇为迅捷，上盘不动，下盘一换，居然化解了武士敦的一招。

武士敦追上前去，立即又是一拳，这一拳用的是"劈"字诀，势如巨斧开山，铁锤凿石，拳力极猛。那武士横掌一封，拳掌相抵，手心血肉模糊。武士敦随掌一拨，跟着便是一个"钻拳"，这一拳有个名堂，叫做"冲天炮"，"炮"打上盘，一拳便把这武士的下巴打得脱了肢，这名武士也跌倒地上，伤得比他的同伴更惨，只是惨叫一声，便晕了过去。

武士敦打翻了两个武士，古云飞方才稳得住身形。武士敦又是一拳拍去，古云飞怎敢与他交手，连忙闪身避开他的劈空掌力，从后窗跳了出去。

武士敦上前骈指一划，五指之力，不亚利刃，把缚着曲山的牛筋"割"断。曲山道："武帮主，快追奸徒！我会给他们解开捆缚。"此时曲山当然知道武士敦是受奸人诬陷的了。

古云飞轻功极好，武林天骄在外面把风，竟然截不住他。武林天骄怒道："往哪里走！"随手拾起一颗石子，便用"弹指神通"

的功夫，向他的后心发射。

古云飞听得石子破空之声，来势急劲，忙把判官笔反手一撩，"当"的一声，那颗石子碎成四块，不料石子虽然碎了，余力未衰，一块碎石，依然打着了古云飞，不过没有打正穴道就是了，古云飞一个踉跄，险些跌倒。说时迟，那时快，武林天骄已是如飞赶上，武士敦也赶了出来，两头兜截古云飞。

古云飞暗自叫了一声："苦也！"眼看难以逃脱，忽听得嗖嗖连声，只见有一大群人飞过了墙头，进入园中。这是一个月暗星稀的夜晚，影绰绰的一时间也看不清楚是什么人。

这些人一跳进来，立即便发暗器。武林天骄受暗器所阻，慢了一步。古云飞先到了墙边，他中了一颗铁莲子，但伤的却非要害。一条黑影扑上来喝道："是谁？"古云飞出手如风，立即点了他的穴道，在他的肩头一按，借力使力，把那人推倒，自己却飞过了墙头。

这一群不速之客约有十数人，分出两个人救护同伴，其他的人立即散开，作扇形包围，反而把武士敦与檀羽冲围在当中。

武林天骄避开暗器，凝神一看，只见来的是一群衣裳褴褛的化子。其中一个老叫花喝道："跑了的让他去吧，在这园子里的鹰爪，都给我拿下来。"武林天骄忙道："你们错了，我不是鹰爪。"

另一个老叫花喝道："你是谁？"武林天骄道："我是檀羽冲，我是和你们的帮主来的。"有人知道武林天骄的身份，嚷道："檀羽冲，那不是金国的贝子吗？你来这里作甚？"有的人则在喝道："什么帮主？武士敦这厮还有面目敢到这儿来见我们！"

武士敦露出身形，朗声说道："周、冯两位师兄，是我！你们误会了。"原来这两个老叫花正是大都丐帮的副舵周敢与冯遂。他们是在古云飞偷袭分舵之时，未曾给迷香薰着，逃出去的。他们逃了出去，火速的找了十几个丐帮高手，又赶回来。

武士敦正要辩白，周敢已是喝道："武士敦你勾结金虏还配做什么帮主？拿下！"

十几个丐帮高手，不由分说，一拥而上。

武士敦取出了夏长老给他的那根打狗棒，滴溜溜地舞了一圈，把攻到身前的诸般兵器荡开，叫道："你们不认我，这根打狗棒你们总还认得吧？"曲山、周敢、冯遂都是夏长老的弟子，周、冯二人当然认得他师父之物。按丐帮的规矩，武士敦持有这根打狗棒，就等于他师父亲临一样。

周敢喝道："暂且住手，且看他说些什么？"

武士敦道："不劳两位师兄费神，今晚来的鹰爪，除了那姓古的跑掉之外，其他的都已给我们拿下了。"此时丐帮弟子在园中搜索，已发现那班被点了穴道的金国武士。这班武士一半是武士敦点的，一半是武林天骄点的。周、冯二人当然看得出本门的点穴手法，武士敦无须多说，已是不辩自明。

周敢说道："帮主恕罪，我们错怪了帮主了。"武士敦道："敌人使用的反间之计，十分毒辣。要不是我恰巧来到，怎破得他的阴谋？这也怪不得你们。好了，咱们现在进去看曲舵主吧。"冯遂道："曲舵主怎么样了？"武士敦道："曲舵主与本帮弟子均无伤损，看守他们的那两个鹰爪，也给我打伤了。"周、冯二人又是欢喜，又是惭愧。说道："我们只道还有一场激战，难免互有伤亡的。幸亏帮主亲临，将这场大祸消弭于无形。"武士敦笑道："只我一人还是办不了，我也幸亏有檀大侠的帮忙。"于是众人又谢过了武林天骄，便一同进去。

曲山已经把大厅里被缚的丐帮弟子解开，这些丐帮弟子，功力较弱，着了迷香，筋酥骨软，脱绑之后，仍然不能行动。武林天骄道："我有柳老前辈所赠的辟邪丹，能解百毒。"取了出来，恰好每人可以分得半颗。药力稍嫌不足，但服下之后，手脚已是可以动弹，气力也在渐渐恢复。武士敦道："一个时辰之内，你们当可恢复原来的功力。这里已被敌人知晓，不能再待在这儿了。今晚就把分舵搬到别处吧。有适当的地方吗？"曲山道："西山卧佛寺的主持是我的好友，可以到他那儿暂避一时，再作后计。"

当下丐帮弟子立即去收拾必须带走的东西，曲山向武士敦谢过救命之恩，说道："帮主怎的来得这么巧？"武士敦道："我是特地来找你们的，想来这也是天意，教我恰巧撞上了这班奸徒。"当下将在天狼岭与夏长老会面的经过以及途中遇上杜永良夫妇等事，一

武士敦道："你们中了敌人使用的反间之计了！"

一告诉了他们。武士敦说道："我听得大都搜捕本帮弟子，已知分舵迟早有事，果然就在今晚碰上。"曲山道："却不知那姓古的如何知道这个所在？"武士敦道："他是麻大哈的师兄。麻大哈的父亲就是以前假冒汉人，混进咱们丐帮的那个朱丹鹤。朱丹鹤做到长老，他偷了本帮的秘密文件给了儿子。各地的分舵我都已通知他们转移了，只有你们这儿，却尚无法通知。"曲山道："我师父他老人家可好？"武士敦道："夏师叔已不幸去世。他是伤在蒙古的尊胜法王的弟子宇文化及之手的。"曲山等人听了都伤心下泪，当下接过了夏长老那根打狗棒，恭恭敬敬地磕了三个响头。说道："即便没有恩师遗命，我们也一定遵从帮主的调度。"

武士敦道："正是要请三位师兄，同商本帮大计。"曲山道："帮主不必客气，有话吩咐便是。"武士敦道："本帮从前定有三条禁令，一不当兵，二不做贼，三不许帮中弟子，与绿林中人有甚私交。"曲山道："哦，你说这三条禁令，这正是朱丹鹤这老贼以前倡议订的。那时你还未进帮呢。我记得当时开丐帮舵主大会之时，我的师父和尚老帮主都反对朱老贼这个提议，但多数舵主附和他，结果是采取了折衷的办法，由各个分舵的舵主告诫他本舵的弟子，要遵守这三条禁约，但却不列为帮规。禁约是暂时性的，并非永远都要遵守。以后的帮主，可以有权将它取消。所以连'禁令'都说不上，只能说是禁约。"

武士敦道："这件事情如今已经看得很清楚了，这是朱老贼的阴谋，要把本帮孤立，限制本帮的弟子参加抗金的义军。如今我已传令取消这三条禁约了。请曲师兄帮忙我向北五省的各处分舵舵主解释解释。"武士敦是考虑到只凭一纸命令取消，恐怕各分舵的舵主不能心服，故此要借重曲山在北方丐帮中的威望，派人去向各处分舵说个明白。

曲山道："大都的丐帮目前就正在遭受金虏的欺凌，丐帮弟子岂可不与江湖上的侠义道联手共抗强敌？帮主取消这三条禁约正合我心。我明日就派人到各处分舵去，传达帮主的意思。听说目前金虏正准备对祁连山动兵，帮主可是为了此事要号召本帮弟子与祁连山的耶律元宜配合，一同抗金么？"

武士敦道："不错。我已经用飞鸽传书，调本帮的弟子在一个月后，集中在祁连山周围的四个地方了。要是曲师兄能够和我同去——"曲山不待他把话说完，便笑道："反正我也不能在大都待下去了，正要到外地走走。不过，本帮的事务还须料理，哪些弟子该留在大都，哪些弟子应该疏散，都得有个安排。所以恐怕还要在大都耽搁三两天。难得帮主亲临，帮中弟子也该谒见。"武士敦道："我等曲师兄便是。谒见却可免了。"武士敦一算日期，多留三几天也还可以如期赶到天狼岭赴蓬莱魔女之约。

分舵的丐帮弟子已经收拾好必须带走的东西，于是连夜出走，把大都的分舵暂时搬到卧佛寺去。卧佛寺在西山山麓，离城约四十里。建于唐朝，原名"兜率寺"，寺中有檀木雕成的卧佛，因此后来改名卧佛寺。寺中的主持四空上人是丐帮前任帮主尚昆阳的老朋友，曲山带了武士敦去见他，四空上人十分欢喜，答应尽力帮忙丐帮。

一连两天武士敦都忙于与曲山一同料理帮务，武林天骄帮不上忙，这天晚上，独自无聊，看见月色很好，便出了卧佛寺，观赏西山的夜景。

卧佛寺后面有个幽静的去处，名叫"樱桃沟"，两山之间一个外广里窄的山沟，两边都是野生的樱桃树。有一条清澈的溪水从山沟里穿过，从卧佛寺可随脚底溪水走到这儿。一路上不知名的小花野草发出阵阵幽香，山中怪石如虎如狮如剑如戟。在月色朦胧之下，更显得景色清幽。

武林天骄独立峰头，静观山色，飘飘然有出尘之想。山风吹来，微带寒意，武林天骄遥望金京，心中生出许多感触，想道："此地无殊世外桃源，外面却是干戈扰攘。不知何日方得天下清平，同享太平之乐？"又想起自己离开王府，如今刚好一年。当时只道自己永无重归之日，不料如今相隔不过一年，又再踏入都门，京中景物依然，而金国的国运却已是渐趋没落了。"我从前只道推翻了暴君，百姓便可得享太平。却怎知完颜亮死了，完颜雍继位，一样是黩武穷兵。看来老百姓要想过好日子，仅仅推翻一个暴君还是不行的。"又想："金国从前侵宋，如今却在面临蒙古入侵的危险，难道当真是一报还一报吗？"自问又自答道："善泳者死于溺。这对喜欢穷兵黩武的帝王将相而言，他们之不得善终，原是应该的。可是要战争的是帝王将相，不是老百姓。老百姓何辜，受此荼毒！不过我是金人，为了金国的老百姓，我既要反对本国的暴君，也要反对蒙古的侵犯。"

武林天骄正自思如潮涌，忽听得人有朗声吟道：

"登高望四海，天地何漫漫！

霜披群物秋，风飘大漠寒。

荣华东流水，万物皆波澜。

白日掩徂辉，浮云无定端。

梧桐巢燕雀，枳棘栖鸳鸾。

且复归去来，休歌行路难。"

这是唐代诗仙李白的诗篇，却正合武林天骄此时的心境。诗中写一个志行高洁的君子，鄙弃荣华，宁愿在江湖终老。但国事颓唐，小人当道，君子失所，百姓流离，却不能不令他时生感慨，因而有"登高望四海，天地何漫漫"之叹。武林天骄最爱读李白的诗篇，他以金国贝子的身份，不见容于王室而要流浪江湖，他也正是以这首诗中的君子自况的。

武林天骄呆了片刻，心中想道："不想这山中也有高士。"抬眼望去，只见一个年纪大约不过十七八岁的少年，正自对面的山坡走下来。武林天骄不禁大感意外。在他想象中以为这个"高士"至少也应该是三十开外的中年人的。

武林天骄心道："此人年纪轻轻，怎的有这许多感触？"心念未已，只听得这少年自言自语道："这几天被爹爹关在书房念书，师父所教的功夫不知生疏了没有，且待我试试腕力。"当下随手拾起两颗石子，用"流星赶月"的手法打了出去。

两颗石子在空中撞个正着，"啪"的一声，变成粉碎，化作一团尘雾。武林天骄吃了一惊，心中想道："这少年的暗器功夫倒是不俗，我在他这般年纪的时候，恐怕也还未有他这样的造诣。这两颗石子是在打出了十丈开外的上空撞碎的，若不是内功已有相当火候，怎生能够？何况这又是在晚上打的。这晚月色虽好，但夜晚总是不如白天之容易瞄准，这少年能用后一颗石子恰恰打中前一颗石子，手法之妙，腕力之强，眼界之准，都可以算得是第一等的暗器功夫了。"

乱草丛中窜出一头小鹿，显然是给石子爆裂的声音惊跑的。这少年笑道："我本无心打猎，但你既撞了上来，也就怪不得我了。"拾起两颗石子又打出去。这一次的暗器手法更是奇妙，两颗石子同时打出，速度却是大不相同，第一颗石子飞过小鹿的前头，打了个圈，掉头飞回，第二颗石子这才追了上去。两颗石子一前一后，夹击那头野鹿，叫它进退不得，无处可逃。这少年是怕野鹿跑得快，两颗石子若然都是从后面打去，恐怕未必打得着它，所以才用一颗石子打过它的前头，再反射回来，与后面一颗石子夹击它。

武林天骄微微一笑，说道："何苦伤害一头善良的小鹿？"说话之间，已是使出了"弹指神通"的本领，把一颗石子弹了出去。

武林天骄是站在与这少年对面的山坡，石子打出，恰好碰着少年所发的第一颗石子，这颗石子给碰了回去，登时失了准头，本来若是任由它自己飞回去的话，是可以打着那头野鹿的，但给外力一个碰撞，这颗石子在野鹿的前方划了一道弧线，射上半空，却又恰好碰上了那少年所发的第二颗石子，两颗石子都化成了粉碎，但武林天骄那颗石子却是完好无缺地掉下来。

武林天骄现出身形，迎上前去。这少年吃了一惊，问道："你是谁？"武林天骄也问道："你是谁？"

这少年望了武林天骄一眼，心中疑惑不定，说道："你是女真鞑子么？"武林天骄穿的是他旧日在王府的衣裳，这山上一向又是少有外面的陌生人到的，是以这少年有此一问。他怀疑武林天骄是朝廷派来刺探卧佛寺的鹰爪。金人属于女真族，汉人是常常把他们所厌恶的金人骂为"女真鞑子"的。

武林天骄笑了一笑，眉头略皱，说道："不错，我是金人。但并非所有的金人都是你们汉人的仇敌，你这鞑子二字，骂得不对！嗯，你的功夫是谁教的？"

这少年"哼"了一声，说道："既是金人，半夜三更到这里来还能安着什么好心？哼，我的功夫是谁教的，你管不着。"

武林天骄见这少年对他深含敌意，心里想道："他不知道我的来历，也难怪他会如此。他想必是住在这附近的，我回去问问四空上人，当可知道他的底细。"于是笑了一笑，说道："你不说那就算了。我走啦。"

少年忽地喝道："慢走！"武林天骄道："怎么？"少年道："你往哪儿？"武林天骄笑道："你不许我管你，你却要管我？不过，说给你听也无妨，我上卧佛寺。"

少年刷的拔出剑来，喝道："卧佛寺岂能让你这女真鞑子胡乱跑的？我的武功比不过你也非要和你斗一斗不可！"说罢一声长啸，刷的一剑便向武林天骄刺来。

武林天骄有意看看这少年的剑术本领，于是也不向他解释，当下笼手袖中，挥袖一卷，便化解了少年的一招。

武林天骄的内功造诣早已到了一流境界，随便什么东西在他手里使用起来都有很大的威力。这衣袖的一挥一卷原是想这把少年的长剑夺出手的，但他怕伤了这个少年，所以只敢用五六分气力。

只听得"嗤"的一声，少年的剑锋一歪，把武林天骄的衣袖划破了一道裂缝。武林天骄心道："这少年的功力在我估计之上。好，我且不忙夺他的剑，且引他把剑法施展出来，看看他是什么家数。"

这少年的长剑给武林天骄挥袖拂开，心中又惊又怒，想道："可得早点把师父请来才好。"于是又一声长啸，使出更凌厉的剑招，闪电般地向武林天骄攻了七剑。

原来这少年认为武林天骄是金廷鹰犬，将有所不利于卧佛寺，是以他非要和武林天骄狠斗不可。他的啸声乃是向卧佛寺的四空上人报警的。

武林天骄使出了落英掌法，把气力用得恰到好处，化解少年的剑招。偶尔也突然攻这少年的要害，看这少年如何应付。

两人一口气斗了几十招，这少年的剑法沉稳狠辣兼而有之，而且往往有出人意表的招数。武林天骄甚是奇怪，心里想道："这少年的剑法和武林中各大门派的剑法都不相同，可以算得是自成一家的上乘剑法。他的师父不知是哪位世外高人。"要知武林天骄所学甚博，各家各派的剑法都瞒不过他。但如今试了几十招还是未能试出这少年的师门来历，自是不禁有些诧异了。

这少年也看出武林天骄是未尽全力，怒道："好，你敢将我戏耍，等下我要叫你后悔莫及！"武林天骄笑道："我和你又不是敌人，何必性命相扑？说老实话，你这样的年纪，有此本领已是很不错了。但我对你的话却有所不明，我为什么要后悔呢？"话犹未了，这少年忽地大叫道："师父，快来！"

武林天骄道："很好，我正想见见你的师父。"回头一看，只见四空上人满面笑容，已是出现在他们的面前。武林天骄这才恍然大悟，原来这少年乃是四空上人的俗家弟子。

四空上人笑道："檀大侠，我这徒弟的功夫还过得去吧？符儿，你还不赶快谢谢檀大侠的指点。"武林天骄道："令徒真是武学的奇才，年纪轻轻，本领已是十分了得。恭喜大师得了衣钵传人了。"四空上人笑道："他要传我的武学还勉强可以，要传我的佛学，那就难了。只能说是我的半个衣钵传人。"

这少年呆了一呆，想不到师父竟有一个"鞑子"朋友，满面尴尬地走了过来，向武林天骄赔了一礼。四空上人道："这位檀大侠便是外号'武林天骄'的檀贝子，檀羽冲。他为咱们汉人打抱不平，反抗本国暴君，连贝子也不做了。你怎的这样不知好歹，一来就把檀大侠得罪了。以后不许这样鲁莽。"

武林天骄笑道："不知不罪。我也正喜欢像令徒这样的热血少年呢。刚才我是有心引他把剑法施展出来的。"少年这才知道了武林天骄的来历，十分惶恐，讷讷说道："是我错了。以后我不会再把所有的金人都当作鞑子啦。"

四空上人道："我这徒弟名唤仲少符，他的爹爹仲太符是个饱学之士，不愿出仕金廷，在这山沟里隐居的。少符跟他爹爹在家读书，每隔三两天到卧佛寺一次，由我传授他的武功。"武林天骄道："哦，原来令尊就是仲老先生。闻名已久了。"

原来仲太符和耿照的父亲耿仲，当年乃是并驾齐名的名士。只是耿仲兼通武艺，而仲太符则专攻经史，不习武艺。后来耿仲为了苦心报国，屈志事金，做了一个不大不小的官儿。用了十多年的工夫，刺探了金国的许多机密，临死之时，这才把自己的苦心告诉儿子耿照，叫他把一封密折，带到南宋。耿仲当时决意出仕金廷之时，他的这番苦心是连好友仲太符也没告诉的。仲太符一怒之下，与耿仲割席断交，从此隐居在西山的樱桃沟。武林天骄曾听得耿照说过他这位世叔的名字，故此知道仲太符之名。

四空上人道："符儿，你怎的半夜三更出来?"仲少符道："我听说有许多叫花子到了卧佛寺，不知是什么事情，想来看看。"四空上人道："丐帮的武帮主正在本寺，是和檀大侠一同来的。你去认识认识武帮主也好，将来在江湖上可以有个照顾。"于是三人一同回转卧佛寺。

路上仲少符忽地问道："师父，我的本领可以行走江湖了么?"正是：

人在深山怀四海，少年壮志欲凌云。

欲知后事如何，请听下回分解。

第一○四回　飞书邀友同御敌
比武打擂各逞能

四空上人道："本领二字，难说得很。天外有天，人外有人，这是没有止境的。江湖上藏龙卧虎，能人甚多，胜过你的，当然不知多少。但你若是小心谨慎，也未尝不可到江湖走走，历练历练。怎么，你是有意下山了么？"

仲少符道："爹爹想叫我到江南找寻耿照大哥，为他代致歉意。"原来仲太符如今始知耿照携了父亲的遗折前往江南之事，对自己当年错怪老友之事，甚感内疚于心，但耿仲已死，自己是不能再起老友于地下，向他道歉的了，所以只能叫儿子去找耿照，重修两家之好。

武林天骄道："哦，原来你是想找耿照。耿照如今在蓬莱魔女的山寨，下个月或许会跟蓬莱魔女到祁连山。我和耿照也是很熟的朋友。"

四空上人道："这就再好不过了。符儿，我许你下山。过两天你就跟檀大侠同走吧。有檀大侠与武帮主照料你，我也可以放心。"仲少符得到了师父的答应，十分欢喜。

他们回到了卧佛寺，武士敦还没有睡，见四空上人回来，连忙问道："来了什么敌人？"四空上人说道："没有敌人。这是我的徒弟仲少符，他没有见过檀大侠，错把檀大侠当作了敌人了。符儿胡乱发啸报警，倒教我虚惊一场。"武林天骄笑道："四空上人的这位高足很是了得，刚才我还和他比了一场武呢。长江后浪推前浪，年少的英雄辈出，这真是可喜之事。"

武士敦笑道："檀兄，你喜欢比武，目下倒有一场大比武可以瞧瞧热闹。你有意思去趁这个热闹么？"武林天骄道："哦，你得到了什么消息？"

武士敦道："蒙古使者带来了铁木真的国书，要金国向蒙古称臣，并割让凉州与陇西三郡。金主完颜雍正在和朝臣商议，未肯依从。看来他是想推得一时便是一时。那几个蒙古使者在京中坐候，也不肯走。他们自恃武功，想以武力震慑金廷，于是建议要开一个比武大会，由他们会一会金国的高手。此会便由你的叔父济亲王檀道雄主持，凡是金国的人都可以进场。但却并非任何人都可以和蒙古使者交手，要先经过御林军统领完颜长之的考问，合格了才许上台。听说这是为了两个原因，一来完颜长之要亲自选拔一批武士，留为己用，二来他也怕有厉害的高手，误伤了蒙古使者，那可就闯了大祸了，所以上台之前，要经过他的考问。"

武林天骄怒道："好，蒙古使者如此目中无人，我倒要挫折挫折他们的威风。咱们先进场，假作是瞧热闹的，不经过完颜长之的考问。要是蒙古使者在擂台上已给打败，咱们就不用出手。否则我还是要替国人争一口气的。在这样的场合，完颜长之料也不敢赶我下台。"要知武林天骄虽然反对本国暴政，但在蒙古与金国之争中，他当然还是维护本国的。

武士敦道："我正是想在这场比武中掀起风波。不过咱们在进场之前还要办一些事，明天我去安排便是。"原来武士敦有个计划，不但要在比武中挫折蒙古使者的威风，而且要闹出事来，打乱完颜长之进攻祁连山的军事步骤。计划如何，后文再表。

武林天骄道："比武之会，何时开始？"武士敦道："后天开始。明天有整整一天给咱们安排，已足够了。"武林天骄道："要安排些什么？"武士敦道："大会规定，必须金人方能进去。而且还必须是被认为'良民'的金人。"武林天骄笑道："这可是他们自制麻烦了。大都的汉人会说我们女真话的很多；哪一个是'良民'，哪一个不是'良民'，完颜长之又怎能识别？"武士敦道："完颜长之是有办法的。他规定每个进场看比武的人都得具备一张证明，普通的居民由保长发给，在官府中做事的由长官发给，证明他是'良民'，这才可以进场。"武林天骄道："哦，原来还有这么些麻烦。"武士敦笑道："也不怎样麻烦。贪财的保长多着呢，明天我叫人去买几张证件回来，证件上预留空白，随便咱们填上什么名字。"

仲少符忽道："这样容易，我也想去看看热闹。武帮主，你可以给我弄一张证件，也带我进场吗？"武士敦道："不知令师意下如何？"四空上人道："好吧，让他去见识见识也好。"于是事情便这样决定下来，到时由武士敦与仲少符冒充金人，和武林天骄进场。武士敦第二日就去备办文书之事，并调动在大都的丐帮弟子，准备掀起一场风波。

武士敦与武林天骄戴上了人皮面具，比武之日，大摇大摆地进入会场，守门的卫士哪里知道他们的身份，一看他们的证件无误，就放他们进场了。武士敦曾在金京十年，女真话说得很流利，仲少符也可以混得过去，跟着武士敦入场，也没人对他起疑。

他们到场之时，台上正由那个蒙古的髯须武士与一个御林军军官比武，不到一盏茶的时光，髯须武士就把那个军官打下台来。武林天骄听得旁人谈说，知道这个髯须武士已经胜了两场，但他自恃勇武，却不肯休息换人。

武林天骄笑道："这厮那日给咱们打得狼狈不堪，如今却在这里逞能。"武士敦道："本领最高的是那个正使呼韩邪，咱们且不忙去打这个败军之将。"

说话之间，只见又一个御林军军官跳上擂台，武林天骄认得是御林军的副统领班建侯。武林天骄心想："班建侯只怕还不是这厮的对手，不过髯须武士要想胜他，也不会那么容易了。"

髯须武士哈哈笑道："对啦，你们早就该让班将军出场了。素闻贵国的两位御林军统领武艺高强，我就先会班将军再会完颜将军吧。"言下之意，金国的高手只有完颜长之与班建侯可堪一战，但班建侯也还不是他的对手，是以他早就准备在胜了班建侯之后，再战完颜长之。金国武士听他大言炎炎，无不气愤。

班建侯却是个稳重的人，沉住了气，说道："请贵使赐招。"髯须武士笑道："不必客气！"嗖的一拳便打过来。班建侯小臂一弯，使了一招"弯弓射雕"，左掌一托肘尖，右掌骈指如戟，点对方的胸膛。

髯须武士一个"狮子摇头"，拳头一晃，上击面门，这一招有个名堂，叫做"冲天炮"，是极为刚猛的拳法。班建侯掌背一挥，用"崩掌"往外一挂。髯须武士化拳为掌，形如雁掌斜掠，双方"乓"的对了一掌，各自退了一步。班建侯的右手双指点了个空。

班建侯心中一凛，想道："这厮的气力倒是不小。"髯须武士也是吃了一惊，知道班建侯的功力与他乃是在伯仲之间，要想克敌制胜，也怕不能单纯以力取胜。

班建侯采取小心翼翼的打法，"不求胜，先防败"。招数使得十分严密，髯须武士究竟是先打了两场，屡攻不下，气力不加，渐渐变成了强弩之末。武林天骄台下观战，心里想道："班建侯的功夫比前几年好得多了，看来他或有可胜之机。"

五十招之后，班建侯果然转守为攻，他的"五行拳"极为纯熟，用"劈、钻、炮、横、崩"五字诀，五行生克，变化无穷，拳拳有力。战到分际，班建侯突发一拳，用"劈"字诀，直劈下去。这一拳之力极猛，髯须武士横掌一挡，拳掌相抵，掌心疼痛，班建侯随掌一拨，把髯须武士的右掌引出外门，顺掌一推，髯须武士回掌已是不及，只好横肘一撞，化解敌招。班建侯"啪"的一掌"削"着他的臂弯，立即退回，说道："贵使还是歇歇吧。"原来他这一削本是可以"切"断髯须武士的一条臂膊的，但却怕伤了蒙古的使者，两国失和，事情非小，是以"点到为止"，立即收招。他叫对方"歇歇"，那是给对方的面子，好让对方下台的。

哪知髯须武士却不领情，"哼"了一声道："胜负未分，焉能罢战？"扑上前来，竟然是狂风暴雨般的猛攻。原来他看出班建侯不敢伤他，这次退而复上，就完全采取攻势，不再防守了。

班建侯忍住了气，只得见招拆招，见式拆式。他有顾忌，不敢伤敌；髯须武士则是毫无顾忌，招招都是杀手。这么一来，班建侯当然是大大吃亏了。

金国的武士看得都是气愤不已，有的忍不住出声叫道："班将军你不能老是退让啊！"班建侯苦笑一声，在髯须武士的攻击之下，连连后退。

髯须武士得理不饶人，蓦地喝道："谁要你让?"此时他已占得了先手攻势，脚跟一转，一个"怪蟒翻身"，轩眉绕掌，一个"冲天炮"，拳击班建侯下巴，班建侯臂膊往外一弯，待要化解他的招数。髯须武士喝声"着!"一冲一绕，疾如闪电般地抓着了班建侯的小臂，只听得"喀嚓"一声，班建侯的右臂关节已是硬生生地给他拗脱了臼，手臂吊了下来。痛得汗如雨下。他怕丢了金国武士的面子，咬实牙根，忍着疼痛，不哼一声，跳下擂台。金国武士，人人气愤，心里都在骂这蒙古鞑子太不要脸，可是蒙古势强，金国势弱，他们还不敢真的骂出声来。

髯须武士得意洋洋，在台上抱拳作了一个"罗圈揖"，说道："得罪，得罪! 小可侥幸胜了班将军，如今可得请完颜将军指教了。"完颜长之微微一笑，并不答话，却把眼睛朝着正使呼韩邪看去，笑道："令师弟胜得这场当真是不大容易啊?"这一句话包含了两重意思，一来是讥讽这髯须武士以无赖的手段取胜，二来是以表示自己不屑于和一个斗得疲了的人交手。

呼韩邪面上一红，心里怪责师弟不知进退，正想叫他下台，忽地有个魁梧汉子飞身跳上擂台，说道："完颜将军岂能占你的便宜，还是让我这个无名小卒陪你玩几招吧。"这人穿的是金国御林军的服饰，但却可以看得出是个汉人。

武林天骄认得此人乃是少林寺的叛徒沙衍流，心里想道："沙衍流的武功虽然比不上完颜长之，却比班建侯胜过不止一筹。若这髯须武士不知进退，就定要大吃苦头了。"原来沙衍流害怕少林寺的人捉他，索性逃到金国的御林军中，既可避难，又可当官。完颜长之正要招降纳叛，难得有个少林寺出身的人来投奔他，因此特地为他破除了御林军的旧例，御林军本来是只许金国人当的，完颜长之则让他以汉人的身份做了一个队长。

髯须武士不知沙衍流的来历，冷笑说道："你们的副统领都已输了，你是何人，敢来向我挑战?"沙衍流打了一个哈哈，说道："我说过我是个无名小卒，'挑战'二字言重了，我只是陪你玩玩的。不过，我虽是无名小卒，也不能占你便宜，十招之内，要是我侥幸还没给你打下擂台的话，我自己跳下去！"

这句话乃是"反话"，言下之意，是他自忖有把握可以在十招之内打败这髯须武士的。髯须武士不由得给他气得七窍生烟。

髯须武士在苦斗了班建侯之后，自己也知道气力不济，应该乘胜罢手，趁势收篷的。但因他有言在先，不得不向完颜长之挑战。他也料得到完颜长之为了保持身份，多半不会接战，这么样他便可以自下台阶了。

却不料斜刺里杀出一个沙衍流，反过来向他挑战，而且大言炎炎，话中之意竟是要在十招之内把他打败。髯须武士气得七窍生烟，心中想道："我虽然气力不济，但对付你这样的无名小卒，最不济也能接你十招。"

髯须武士大怒之下，吸一口气，喝道："好吧，既要较量，那也不必限定十招。"双掌相交，"蓬"的一声，髯须武士身形一晃，沙衍流倒退三步。表面看来，还是沙衍流稍稍吃亏。但髯须武士却是不由得心头一震。原来在双掌相交的那一刹那，他感到对方的力道如狂涛汹涌，迫得他几乎连气也喘不过来。但这股惊涛骇浪般的力道来得快退得也快，他一个运劲反击，对方便退下去了。髯须武士定下心神，暗自想道："对方的功力是高过我，但想必是他火候未够，功力虽高，却是后劲不继。"他作了这样的估计，登时精神复振，反过来想要一鼓作气，在十招之内把对方打下擂台了。

殊不知这是沙衍流欲擒先纵的战略。原来沙衍流也怕打伤了蒙古使者，闹出大事，讨不了好反而有罪。故此他必须把力道使得恰到好处，使对方不致受伤而自己又能取胜。不过，他也不想自己受伤，所以一开首便用到了八九分气力。好在他的武功造诣已是到了能发能收的境界，一发觉对方有禁受不起的迹象，便立即收回了几分力道，可是未能调教得恰到好处，是以倒退了三步。

沙衍流心头微凛，想道："尊胜法王的门下果然非同小可，这厮已连打三场，居然还有如此能耐。若然他气力丝毫未耗的话，鹿死谁手，殊未可料。"

沙衍流试探了一招，对髯须武士的虚实已是摸得清清楚楚，于是按照原定计划，和髯须武士交手。台下的观众跟着数道："第一招，第二招……"

沙衍流有意引发对方的内力，前面几招，让这髯须武士逞能。髯须武士发觉对方的力道是在逐步减弱，心中大喜，想道："这厮果然是后劲不继！"当下把混元一炁功运足，狂风暴雨般地猛攻，台下急速地数："第七招、第八招、第九招，哎呀，只有一招了！"

话犹未了，只听得又是"蓬"的一声，髯须武士蹬蹬蹬地连退三步，刚刚要稳住身形，却似给无形的巨手推了一把似的，接着又是蹬蹬蹬地连退三步，这样接连的退了三次九步，退到了擂台边缘，兀是未能稳住身形，一步踏空，四脚朝天地就跌下了擂台，恰好是第十招。

原来沙衍流最后这一招用的是"大力金刚掌"，少林寺嫡传的金刚掌乃是最刚猛的掌力，沙衍流使得恰到好处，一掌之中蕴藏了三重力道，髯须武士刚要站稳脚步，第二重、第三重力道相继发生作用，是以他身不由己地连退三次、九步，终于自己跌下了擂台。

金国武士在接连败了三场之后，人人都是心中气愤，如今才得沙衍流替他们赢回一场。沙衍流虽是汉人，但却也是他们金国御林军军官，算得是"自己人"。于是金国的武士都为他捧场，登时彩声如雷。有的还在大叫大嚷道："说十招就是十招，打得真是妙呀，妙呀！"髯须武士在地上爬了起来，幸好没有受伤，灰溜溜地溜进了后台。

喝彩声中忽听得一个人冷冷说道："沙大人好功夫，我也来领教领教。"声音似一枝利箭射出重围，满场的彩声竟然压它不下，刺得沙衍流的耳膜隐隐作痛。沙衍流心头一凛，睁眼看时，只见那人已上了擂台，是蒙古的副使乌蒙。乌蒙面白无须，身披锦袍，脚穿乌靴，不似武士，倒似文官。但他这手"传音入密"的功夫一露，沙衍流已知他的功夫远在适才那髯须武士之上。

比武的规矩，得胜的一方可以再打下去，也可以换人。但那髯须武士是连打了三场的，沙衍流不肯示弱，只好再打一场。心中想道："我只要保持得在百招之内不输给对方，也已是足够面子了。"

沙衍流道："贵使远来是客，请先赐招。"乌蒙微微一笑，说道："好，那我就不客气了。"他说话温文有礼，与适才那髯须武士的剑拔弩张之态大不相同。当下漫不经意地一掌拍出。

沙衍流看他这掌轻飘飘的似乎毫不着力，不知他是弄什么玄虚，当下还了一掌"白猿探路"，合着双掌，倏然左右一分，双"剪"乌蒙双肩。这一招是少林寺"罗汉掌"的精妙杀手，但合着双掌，也是表示向对方敬礼的意思。沙衍流已知他比那髯须武士高明，是以开首一招，就用足全力。

少林寺的"大力金刚掌"何等刚猛，这一掌发出，隐隐带着风雷之声。岂知乌蒙仍是漫不经意地随手一拨拨开，微笑说道："沙大人不必客气。"

掌力一碰，沙衍流只觉对方的掌上似乎有个吸盘似的，不但把他这股刚猛的掌力一举化开，而且还将他牵引过去。沙衍流大吃一惊，连忙用千斤坠的重身法稳住身形，但已是不由自己地打了一个盘旋。原来乌蒙练的是阴阳掌的功夫，掌力一刚一柔，互相牵引，甚为怪异。沙衍流的金刚掌虽是上乘功夫，却还未到一流境界，一比之下，就相形见绌了。

乌蒙冷冷说道："沙大人站稳了！"脚踏五行八卦方位，从"艮"位踏上"离"方，一记"铁琵琶"，手背向外一挥，迅如闪电般地向沙衍流面门搁来。这一招十分凌厉，而掌搁面门，对敌人又不啻为一种侮辱。沙衍流又惊又怒，可又不敢发作，只好沉住了气，连用"三环套月"、"风拂垂柳"两招，这才堪堪的把乌蒙的这一招攻势解开。台下的蒙古武士数道："第二招。"蒙古武士人数不多，嗓子却是十分响亮。

说时迟，那时快，乌蒙身形一晃，从"离"位奔"坎"方，呼的一声，双掌又向沙衍流夹击，掌力刚柔兼济，沙衍流身不由己的又打了一个盘旋。蒙古武士齐声叫道："第三招！"

沙衍流一被对方抢了先手，就只有招架之功。乌蒙攻势一发，俨如长江大河，滚滚而上。台下的蒙古武士口不停声地在叫："第四招、第五招、第六招……"激战中乌蒙使了一招"龙门鼓浪"，一招三式，向沙衍流猛攻，沙衍流见他来势凶猛，急退一步，左拳变掌向内一圈，右臂一滚一拧，用"鹤膊手"消解对方来势。哪知乌蒙掌法可刚可柔，右臂已被圈住，他却趁势一带，左拳疾发如风，一个"攒拳"，自右臂的勾手圈中直"攒"上来，冲击沙衍流的太阳要穴。沙衍流躲闪不开，肩头一转，"蓬"的一声，硬接了乌蒙这拳。乌蒙微笑道："对不住，你的琵琶骨没给打碎吧？"口中客气，招数却是狠毒之极，双掌一合，猛的又是一推。沙衍流挨了这拳，痛得眼前金星乱冒，气力已是使不上来，哪能够再接乌蒙的掌力，给他一推之下，向后急退。

他这一退和刚才那髯须武士又不相同，只见他身似陀螺，不停地旋转，一连转了七八个圈子，转到了擂台的边缘，仍是不能停止，于是也像刚才那髯须武士一样，"卜通"一声，跌下擂台去了。台下的蒙士哗然大笑，数道："第九招！"沙衍流把髯须武士打下了擂台用了十招，如今他给乌蒙打下擂台，只不过九招，败得比髯须武士更为狼狈。

乌蒙作了一个"罗圈揖"，说道："侥幸，侥幸。承让，承让。还有哪位要来赐教么？"金国武士都感颜面无光，眼中几乎要喷出火来。但见乌蒙如此厉害，却是没人敢上台去和他交手。

乌蒙慢条斯理地收了式子，转过身来，面向着完颜长之作了一揖，说道："久仰完颜将军武功盖世，不知可肯赏面赐教？"

完颜长之笑了一笑，站起身来，说道："好吧，我就陪乌将军走个十招八招。"

乌蒙心中一凛："难道他也想把我在十招之内迫下擂台？"乌蒙知道完颜长之是金国数一数二的高手，但却不相信他能够将自己在十招之内打败。当下抖擞精神，说了一句："请完颜将军指教。"便即进招。

完颜长之兀立如山，待乌蒙掌劈到跟前，这才轻轻地一指戳出。只听得"嗤"的一声，乌蒙连忙缩手，原来完颜长之曾练过穴道铜人的七篇图解，点穴的功夫天下第二（第一是柳元宗），这一指戳出，恰恰是对准了乌蒙掌缘的"冷渊穴"，这是手少阳经脉的起点，倘被点中，乌蒙这条臂膊势将残废。

乌蒙变招也好生迅速，立即五指合拢，教他点不着"冷渊穴"，使出了蒙古武士擅长的摔跤功夫，倏地从"劈掌"变为"勾手"，只要一抓一勾，就可将对方的中指拗折。但乌蒙变招固然迅速，完颜长之也并不慢，就在他化劈为勾的刹那之间，完颜长之一个"登山跨虎"，迈步向前，倏然间也已从"朝天一支香"的指式，变为"童子拜观音"的掌式，双掌合拢，硬劈乌蒙的拳头。

双方动作都快，此时正面相向，谁也不能闪开，乌蒙右拳一伸，左掌横扫，变成了"阴阳双掌"，"蓬蓬"两声，声如擂鼓，乌蒙退出了三步，完颜长之则只是身形一晃。

乌蒙心想："无论如何，不能给他在十招之内打败。"于是只守不攻，以脚跟为轴，转了一圈，消解了所受的力道。凝了身形，双掌合抱，注视对方的来势。

完颜长之心里暗笑："你想以静制动，对付沙衍流那还可以，对付我却如何能够？"当下掌指兼施，掌劈胸膛，指点脉门。乌蒙双掌划了一道圆弧，护着胸膛要穴。

乌蒙的掌力一刚一柔，互相牵引，对方若是以猛力进攻，反而会给他借力打力。但完颜长之乃是武学大行家，岂能为他所算？只听得"嗤，嗤"声响，完颜长之连戳三指，以指代剑，指法凌厉，力道却是凝成一线。乌蒙无法消解他的指力，不由得又是连退几步。金国武士看得眉飞色舞，人人喝彩。

转眼已过了六招，乌蒙心想："我只要再挡得四招，就满了十招之数了。"当下沉住了气，依然只守不攻。完颜长之一声笑道："乌将军请站稳了！"猛地一掌劈下，这一掌却是用的极为刚猛的力道。

乌蒙心里暗暗高兴，心想："你用猛力攻我，正着我道儿。"于是使出他最擅长的借力打力本领，双掌一牵一带，要把完颜长之反摔出去。哪知他双掌一出，对方的那股猛力却突然消失得无影无踪。

武学高手可以收发随心，乌蒙也勉强可以，但却不如完颜长之已臻化境。完颜长之所发的那股排山倒海般的掌力突然消失得无影无踪，这大大出乎乌蒙的意料之外。身体重心一失，急切之间收不住势，脚步不由得一个踉跄。说时迟，那时快，完颜长之顺手一指，闪电般地就点了他的穴道。这一招刚好是第八招。乌蒙刚才胜沙衍流用了九招，如今完颜长之胜他又少用了一招。

只见乌蒙就似一个醉汉似的，手舞足蹈，而且嘻哈哈地笑个不停。众人见他这个怪模怪样，又是惊奇，又是好笑。登时台上台下笑成一片。乌蒙转到了台边，依然是手舞足蹈，于是一跤就跌下去了。台下的蒙古武士将他扶了起来，纷纷问道："你怎么啦？"乌蒙双眼翻白，汗如雨下，但却不会回答，仍然是笑个不停。原来乌蒙是给完颜长之用独门手法点了他的"笑腰穴"。"笑腰穴"并非死穴，不过若然得不到解穴的话，笑个不休也会气绝而亡的。

　　台下的蒙古武士中也有懂得点穴的，但却解不开完颜长之的独门点穴手法。呼韩邪在台上面色铁青，叫手下扶乌蒙上来，在他后腰的"伏兔穴"一拍，乌蒙这才止了笑声。他的穴道是解开了，胸中的那口气却是难消，对完颜长之怒目而视。呼韩邪道："你不要在这里给我丢人现世了。"一把将他推入了后台。

　　完颜长之用的独门点穴手法，本来以为蒙古武士非求他解穴不行，他可以更赢足面子。不料呼韩邪居然能够解开他的独门点穴手法，完颜长之也不由得心中一凛，想道："听说这个呼韩邪乃是尊胜法王的大弟子，在同门之中，武功最高。果然非同小可。嗯，我也不该贪一时的痛快，折辱了他的师弟的。不过，他们目中无人，若不杀杀他们的骄气，也是不行。"要知完颜长之以金国御林军统领兼皇叔的身份，在这场比武中实是最感为难。一方面他不能示弱于人；但另一方面他又必须顾全大局，不能太过得罪蒙古使者。

　　呼韩邪把师弟推入了后台，随即又走出来，面若冰霜，冷冷说道："久仰完颜将军是贵国第一高手，果然名下无虚。我向将军请教请教。"完颜长之道："不敢当。令师徒武功绝世，我也是久仰了的。"呼韩邪道："好说，好说。咱们亲近亲近！"说罢伸出手来，与完颜长之行握手礼。

　　完颜长之情知他是借握手为名，试探自己的深浅，不愿示弱，便大大方方地伸手出去，与他一握。不料一握之下，双方都是缩不回去。原来他们的内力恰好是旗鼓相当，双方较量上了，谁先缩手，便要给对方的内力所毁，不死亦伤。

　　呼韩邪的混元一炁功早已练到炉火纯青之境，掌力一发，霸道无比。完颜长之气沉丹田，抱元守一，紧紧防御。双方一攻一守，呼韩邪力透掌心，俨如惊涛骇浪，一个浪头高过一个浪头，冲击完颜长之的手少阳经脉。但完颜长之守得极稳，却似江心巨石一般，不为惊涛骇浪所撼。而且他不仅仅是防守而已，还蕴藏一股随时可以反击的潜力。

不过片刻，双方都是额头见汗，心中暗暗叫苦。要知内功的较量最为凶险，双方若是旗鼓相当，就谁也不能罢手。呼韩邪的内力较为刚猛，完颜长之则较为精纯。完颜长之在未能消解对方的内力之前，若然缩手的话，经脉必将被对方震断。但若久战下去，呼韩邪则势将被对方的反击之力伤了内脏。

两人都是武学的大行家，这两败俱伤之局已成，他们心中也都是明白的。心中明白，而又没有办法挽救，其苦可知。本来，他们是借握手行礼为名来比拼内力的，是以脸上都装出一份笑容。如今他们脸上的笑容都好似变得"僵硬"了，看起来简直是比哭还要难受。台下的武士们莫名其妙，见他们握了手迟迟不放，人人感到诧异，窃窃私议之声四起。

忽听得一个人放声笑道："两位大人太多礼了。"台下的两国武士都是完颜长之与呼韩邪的部属，他们虽然窃窃私议，却谁也不敢大声地说出来。如今有一个人居然放声笑语，众武士都不禁愕然，想道："是谁这样无礼？"众目睽睽之下，只见一个书生模样的人已是在笑声中飞上了擂台。这一个人除了武士敦和仲少符认识之外，满场武士谁也不知道他是谁。大家都是更感诧异了。

武林天骄戴了人皮面具，飞上擂台。完颜长之也认不得他，只道他是呼韩邪的手下要来暗算自己的。呼韩邪也害怕是完颜长之的手下来施暗算。两人不约而同，都是心中一凛，喝道："什么人敢来捣乱？"但他们口中说话，手底却是不敢有丝毫放松，生怕被对方乘虚而入。高手比斗，哪容得心神分散？由于他们两人都有恐惧，登时都是汗如雨下。

武林天骄在他们面前站定，合掌一揖，说道："请两位大人恕我冒昧，小的这厢有礼了！"

他这合掌一揖，表面看来是向完颜长之与呼韩邪致敬，表明他并非"捣乱"，实在则是替他们解开这一两败俱伤的困局的。

完颜长之与呼韩邪的两股内力正在相持不下，得武林天骄所发的这股劈空掌力一撞，恰好起了缓和的作用，两人松了口气，双手自然而然的就分开了。

武林天骄的功力本来未必胜得过他们二人，但因用得恰到好处，却替他们消去了一场难以避免的灾殃。这么一来，完颜长之与呼韩邪都是不由得暗暗对他感激，又不由得暗暗惊异。呼韩邪心想："这人倒是公平得很，并没有偏袒哪方。只不知他是何来历？"暗暗起了延揽之心。完颜长之则在想道："看来他并非蒙古武士，但我手下有如此能人，我却怎的一点也不知道？"暗暗叫了一声"惭愧！"

武林天骄行了一礼，说道："我是金国一介小民，请两位大人恕小民无礼，小民有不情之请。"完颜长之道："你意欲如何？恕你无罪，说吧。"武林天骄道："小民不配上这擂台的，只因看了告示，知道今日之会，许可百姓参加比武，小人见猎心喜，是以冒昧上来，不知完颜将军可否准许小人向蒙古人讨教？"

完颜长之有意借这次比武之会选拔能人，不错是出过这个告示。但他也规定了若要上台和蒙古武士交手的话，必须经过他的考试和问话。但如今武林天骄突如其来，按规矩他是不能容许的。

但一来武林天骄于他有救命之恩，二来他也起了好奇之心，想看一看武林天骄的真实本领。于是便道："贵使臣意下如何？"呼韩邪也因武林天骄替他消解了一场灾难，对他颇有好感，于是哈哈笑道："今日之会，乃是以武会友，何须拘论是官是民？我正想遍会贵国高手，就请这位壮士赐教吧。"完颜长之道："好，蒙古贵人已经答允，那你就小心讨教吧。不可太放肆了。"完颜长之是怕武林天骄不知天高地厚，误伤了蒙古使者令他难为，是以话中向他暗示，那是要他"点到即止"的意思。完颜长之交代之后，退过一旁。

呼韩邪眉头一皱，笑道："壮士尽管把本领都使出来，不必有什么顾忌。"要知呼韩邪是极为自负的人，他听出了完颜长之话中之意，心中极是不悦。他知道武林天骄本领不凡，但他仍然以为自己可以取胜。而且从刚才武林天骄替他化解而并无偏袒任何一方的举动看来，他又认为武林天骄对他并无恶意，心想："此人身怀绝技，在金国未得一官半职，想必是对本国不满的了。我正好借此机会笼络他，令他为我所用。"他作了这样的估计和判断，就乐得表示大方了。

武林天骄哈哈一笑，说道："好，那么小人就拿三脚猫的功夫，来博贵人与天下英雄的一笑了。"说罢便与呼韩邪交手。开首一招，竟是完颜长之刚才对付乌蒙之时所曾使过的招数，是穴道铜人的"惊神指法"中的一招，骈指如戟，戳向呼韩邪的胸膛，一招之间，遍袭呼韩邪的七处大穴！同样的一招，他使得比完颜长之还要高明！正是：

昔日王孙归故国，金京来去几人知。

欲知后事如何，请听下回分解。

第一○五回 大漠称雄来汗使
金京争胜打擂台

呼韩邪喝声："好！"双掌如环，一分一合，使出了一招极厉害的大擒拿手法，也是在同一招之间，遍袭武林天骄的七处关节要穴！武林天骄衣袂飘飘，俨如蜻蜓点水，海燕掠波，一飘一闪之间，早已是移步换招，化解了对方的强攻，中指仍然对准呼韩邪的"愈气穴"。双方都是一等一的高手，一合即分，稍沾即退，招数都没有使老，以免为对方所算。但彼此乘瑕抵隙，却是比硬碰硬接的蛮打凶险得多。武林天骄占了先手之利，招招抢攻。呼韩邪见招化招，见式解式，虽不至于只有招架之功，但也给武林天骄迫得他不住退守。

转眼之间过了二十多招，呼韩邪兀是未能扳成平手。武林天骄的"惊神指法"越出越妙，也越来越狠，所指之处，不是死穴，便是残穴。呼韩邪沉住了气应付，可是心中亦不由得暗暗吃惊。心想："此人分明是想伤我性命，哪里是'点到即止'的比武？我可不能有丝毫大意了！"呼韩邪在吃惊之中，又觉得奇怪，心想："他的态度何以一变如斯？刚才他初上台时，本来有机会伤我的，他却并不偏袒任何一方，替我们化解，如今却又这样的性命相扑，是何道理？嗯，莫非是受了完颜长之的暗示？"想至此处，不禁向完颜长之怒目而视。

呼韩邪哪里知道，这并不是武林天骄的态度有所变更，而正是他的光明磊落之处。当呼韩邪和完颜长之刚才各以内力相拼之时，不错，武林天骄是大可以暗算他的，但武林天骄乃是明人不做暗事，他谨守着侠义道的规矩，故此替他们二人化解，并不暗助完颜长之。到了他和呼韩邪直接交手之时，这就不同了。此时他已把呼韩邪当作死敌，当然是手下绝不留情，招招性命相扑了。

完颜长之此时还未躲入后台，正在台边观战。呼韩邪向他怒目而视，完颜长之也是不禁又是吃惊，又是诧异。

完颜长之心中隐隐起疑，要知他和武林天骄本来是很熟的朋友，当武林天骄还是"檀贝子"的时候，他们是常相往还的。武林天骄说话的声音，尽管是捏着嗓子，也还是不能完全改变的。当时完颜长之已经觉得这个声音好熟，不过急切间想不起来；如今一看了武林天骄使出的功夫，完颜长之登时就恍然大悟了。

完颜长之的"惊神指法"是从"穴道铜人"图解中学来的，但他学得并不完全，后来那十三篇图解给柳元宗盗去了。当年金主完颜亮招集金国的一流高手，钻研穴道铜人的图解，武林天骄也是其中之一。完颜长之知道武林天骄比他领悟得多，而后来武林天骄又得到柳元宗的传授，十三篇图解都已学会。故此完颜长之一见武林天骄的指法比他高明，也就知道他是谁了。

完颜长之认出了武林天骄，这一惊非同小可，心里想道："想不到檀羽冲这么大胆，竟然敢来比武！糟糕，他若是伤了蒙古使者，这可就要闯出了大祸来，连我也受他牵累了。"完颜长之心情矛盾，极感为难。一方面他也是受不了蒙古人的气焰，希望有人出来给金国的武士挣个面子，出一口气，但另一方面，他更害怕武林天骄"闯出大祸"，连累于他。

完颜长之正自忐忑不安，忽地又发觉呼韩邪向他怒目而视，完颜长之更是恐慌，心想："檀羽冲丝毫不让，招招都是杀手。这哪里是比武，简直是性命相扑的决战了。呼韩邪向我怒目而视，一定以为是我授意他的，岂知我也是受苦说不出来。"完颜长之是个武学的大行家，看得出武林天骄已是逐渐取得上风，呼韩邪本领不凡，暂时还能招架，但久战下去，只怕终胫骨是避不开武林天骄的杀手。"我一定得想个办法出来，好让呼韩邪落台。"完颜长之心想。可是急切之间，他又哪里能想得出一个两全其美的办法？檀世英也在后台的角门观战，他悄悄使了个眼色，请完颜长之过来，和完颜长之咬耳朵说道："完颜将军，情形似乎有点不对。这个人，这个人好像是我的堂兄。"完颜长之道："不错，他正是檀贝子。"话出之后，方才想起，如今已是檀世英做了"贝子"了。

檀世英面上一红，说道："我并非想谋他的贝子之位，但他是国之逆臣，家之逆子，这次来打擂台，分明是包藏祸心，图谋不轨。此人若不早除，你我的锦绣前程，都给他断送。"

完颜长之怦然心动，说道："当务之急，是如何停止这场比武，檀贝子，你有什么主意？"檀世英道："你喝他住手。咱们暂且当作不认识他，诱他进后台，咱们乱刀将他宰了。"

完颜长之道："要是他不肯住手，那又如何？"

檀世英道："你出去把他们分开。你的武功在他之上，他若是不肯依从，你在他的背后给他一掌，一样可以令他毙命。"

檀世英说完颜长之的武功在武林天骄之上，这当然是奉承的说话，完颜长之自己明白，他现在的本领已是比不上武林天骄的了。

但檀世英的办法倒是可以行得通的，他若然肯偷袭武林天骄的话，那就等于是和呼韩邪联合起来对付武林天骄，武林天骄双拳难敌四手，纵然避得开他的偷袭，也避不开呼韩邪的杀手，一定会丧生在他们的手下。

但完颜长之毕竟是大将的身份，檀世英要他做这样卑鄙的勾当，他一时还是决断不下的。

一来武林天骄于他有救命之恩，刚才他与呼韩邪比拼内力之时，本来是要两败俱亡的，全靠武林天骄给他们化解了这场灾祸。倘若他出手偷袭，杀了武林天骄，这岂不是恩将仇报吗？二来更令他为难的是，蒙古与金如同敌国，他若帮忙敌人杀了本国武士所崇拜的"武林天骄"，这就要比"长敌人志气灭自己威风"还要严重，有失金国的体面还不打紧，只怕自己的手下也要不值他的所为！手下离心，那时只怕这御林军统领的宝座也坐不稳了。

正因为完颜长之有这许多顾虑，所以心中还是七上八落，一时决断不下。檀世英催促他道："完颜将军，不早下手，后悔不及！"完颜长之低声说道："我且再看一看。"

这一看只见擂台上的形势又已有变。呼韩邪突然采取攻势，双臂箕张，窜起一丈多高，一招"鹰击长空"，猛扑下来。四掌相交，声如擂鼓。武林天骄身形一晃，以脚跟为轴，转了一圈，这才消解了他的这股猛劲。呼韩邪如影随形，跟踪扑到，招招抢攻。完颜长之心里暗暗欢喜，想道："呼韩邪胜得了他，可就不用我出手了。"檀世英则暗中吩咐自己的心腹武士准备，准备武林天骄一败之后，立即将他拽入后台，活生生把他打死。

完颜长之是武学的大行家，但这次他却是走了眼了。他以为呼韩邪已经扭转局面，反败为胜可期，哪知这却是武林天骄的"骄敌"之计。

原来呼韩邪的确是力求一逞，希望败中取胜的。他这双掌猛扑，乃是想迫武林天骄与他比拼内力。比拼内力虽然凶险，但他自忖即使胜不了武林天骄，至少也可以支持一时半刻，那时完颜长之怕出祸事，必定会来给他化解，至不济也可挽回颜面，各自下台。而且比拼内力，还可以避免受武林天骄那出手伤残的点穴手法的威胁。

呼韩邪打得如意算盘，武林天骄却不为他所算。武林天骄并非怕与他比拼内力，但在未探知对方虚实之前，他却不愿孤注一掷。

武林天骄使出上乘的卸力化劲功夫，故意隐藏了自己的几分实力，不与敌人硬碰。一试之下，只觉敌人的掌力虽然极为霸道，但却有后劲不继的迹象。

原来呼韩邪的功力本是可以和武林天骄匹敌的，但因他与完颜长之先拼了一场，内力多少有了损耗，故此就显得后劲不继了。

武林天骄探明了对方的虚实，情知即使比拼内力，自己也可以稳操胜算，但他却采取了另一种打法。

武林天骄掌法一变，身如流水行云，指东打西，指南打北，任对方强攻猛扑，他却是衣袂飘飘，从容应付。他舍弃了凌厉的"惊神指法"改用他自创的"落英掌法"，这正是以柔克刚的有效战术。

两人越打越紧，只见满台都是武林天骄的影子。呼韩邪高呼酣斗，手脚起处，全带劲风！这一场精彩绝伦的恶斗，看得台下的两国武士都是眼花缭乱，屏息呼吸，简直连一根针跌在地下都听得见响。待到双方换招之际，这才爆出了如雷的彩声。

武士敦与仲少符混在人丛之中观战，渐渐也是看得全神贯注，心神如醉。后面的人群争着挤上前头，不知不觉之间，两人已是给后面涌来的人挤开了。

武士敦内功深厚，兀立如山，旁人挤他不动。仲少符却像一块不大不小的石头，还抵御不了浪潮的冲击。他给挤开了好几步，猛一回头，已看不见武士敦了。仲少符心里有点着慌，连忙用千斤坠的重身法定住身形，叫道："武帮主，武帮主！"恰巧这时正是台上两人换招之际，台下发出如雷的彩声，把他呼唤武士敦的声音淹没了。

忽地有个人不知是有意还是无意，突然把仲少符用力一撞，仲少符本来是用了"千斤坠"的重身法的，竟然给他撞得立足不稳，又跄跄踉踉的退了几步。旁边有个人将他一扶，说道："小哥儿，站稳了。"

仲少符扭头一看，只见是一个书生模样的人，眉清目秀，态度温文。仲少符未经世故，对他颇有好感，说道："多谢了！"但心里也有些儿奇怪，想道："那个撞我的不知是什么人，我用了千斤坠的重身法居然给他撞动，本领可是不小。这人看来是个文弱书生，但他一出手就将我扶稳，看来也是练过武功的人，造诣非比寻常。想不到在台下看比武的，也有这许多能人。"

那书生模样的人微微一笑，说道："这台上两人打得真是精彩绝伦，你可认得和蒙古使者交手的这个人么？"仲少符心中一凛，说道："我怎会知道？"那书生笑了一笑，又道："我听得你叫武帮主，这位武帮主又是谁？是什么帮的帮主？"仲少符瞿然一惊，这才省起自己说错了话，只好支支吾吾地说道："兄台听错了吧，我是说的傅庄主，是和我同来的一位农庄庄主。"

那书生笑道："兄台不必惊疑，说出来咱们或者还是朋友呢。你说的恐怕是丐帮的帮主武士敦吧！"仲少符究竟是年轻识浅，听这书生如此言语，心中想道："武帮主交游广阔，这人或者是他的朋友也说不定。"于是问道："兄台高姓大名，和武帮主有什么关系？"话犹未了，突然觉得胁下一麻。

仲少符张开了口，却是叫不出声，原来他已被点了麻穴和哑穴。那两个人挟持着他，挤在人丛之中，渐渐挤出了外面一圈，武士敦全神观战，竟没发觉。

台上武林天骄改用轻灵飘忽的"落英掌法"，和呼韩邪游斗，形势似乎比刚才稍微缓和，其实却是外弛内张，隐藏杀手。武林天骄所用的奇妙战术，完颜长之一时间还未看得出来，武士敦则因曾见过他的"落英掌法"，早已看出来了。

呼韩邪使了"鹰击长空"一招，将武林天骄迫退，抢得了主动，转守为攻，心中暗暗欢喜，想道："原来他果然是不敢伤我。"这一对掌，武林天骄未用全力，呼韩邪是察觉得到的。他怎知这是武林天骄的"骄敌"之计，只道武林天骄是顾忌他的蒙古使者的身份，只望求胜而不敢伤他。

呼韩邪得理不饶人，招招抢攻，心里想道："你手下留情这是你的事，我可不领你的情，不把你打下擂台，我焉能保持颜面？"

武林天骄正是要他如此，好消耗他的气力。呼韩邪攻击一发，俨如长江大河，滚滚而上。但武林天骄满台游走，衣袂飘飘，呼韩邪一口气攻了二三十招，却是连他的衣角也未沾上。呼韩邪渐渐觉得气力不加，心内暗暗吃惊："莫非这厮是施用诡计？他不罢手，再过三五十招，只怕我始终是难逃一败。"

心念未已，武林天骄突然欺身发掌，指东打西，指南打北，呼韩邪挡得了东面挡不了西边，"乒"的一声，肩头着了一掌。幸亏"落英掌法"是以轻灵飘忽见长，掌力并不十分刚猛，呼韩邪有护体神功，未受内伤。但饶是如此，他也不禁跄跄踉踉地连退几步了。

完颜长之希望武林天骄给他挫折呼韩邪的骄气，却又不愿武林天骄伤了他。如今武林天骄胜了一招，若然便即罢手，这正是最合他的理想。但台上两人却是彼此不肯罢休。

完颜长之走出去喝道："住手！"武林天骄哈哈一笑，说道："不错，点到即止，在下侥幸得贵人让了一招，是可以罢手了。"

他不说也犹罢了，这一说，呼韩邪的面子怎抹得下来？呼韩邪大吼一声，趁他收招之际，一掌就劈过去。哪知这是武林天骄有意布下的陷阱，武林天骄早已料到他有此一招，在收招之际，便准备好了"后发制人"的战术的。

就在这电光石火的刹那，武林天骄一个"旋转乾坤"，回过身来，只听得"喀嚓"一声，呼韩邪的右臂关节，已给他拗得脱了臼。

说时迟，那时快，武林天骄已是使出了擒拿手法，抓着了呼韩邪的双臂，将他举了起来，作了个旋风急舞，朗声说道："各位都看清楚了，这是他不肯罢手，并非我无理取闹！"

完颜长之大吃一惊，喝道："檀羽冲，你疯了！"骈指如戟，冲出去点武林天骄背心的"大椎穴"。武林天骄正在向台下说话，对完颜长之的偷袭，似乎未曾留意。这"大椎穴"乃是奇经八脉的中枢，倘被点着，多好武功，也难禁受。

武士敦一声大吼，跳上台来，来得恰是时候，挡住了完颜长之。完颜长之见他一掌打到，隐隐挟着风雷之声，不禁又是大吃一惊，生怕指力不敌他的掌力，连忙化指为掌，使出以柔克刚的绵掌功夫，接他一招。哪知武士敦的金刚掌力十分霸道，完颜长之的绵掌功虽然精妙，也只能消解他的五成力道。双掌相交，"蓬"的一声，完颜长之竟给震退三步。

完颜长之沉声喝道："武士敦，你好大的胆子，敢在京城胡闹！"武士敦戴着人皮面具，但完颜长之接了他的金刚掌力，已知他是何人。

武士敦哈哈大笑，索性除去了面具，说道："完颜将军。你以御林军统领的身份，竟然用这等卑劣的手段偷袭一个救过你性命的人，羞也不羞！"完颜长之面上一红，喝道："武士敦，你大逆不道，朝廷正要缉你归案，你还要来多管闲事？哼，哼，当真是不知死活了！"武士敦笑道："你们在大都欺压我的丐帮弟子，我正要来找你算账！我是明知山有虎，偏向虎山行。你要怎样，尽管来吧！"完颜长之偷袭不成，已是气沮，不敢和武士敦交手。

在武士敦截住完颜长之的这段时间，呼韩邪的两个师弟乌蒙和术赤已冲出台前，檀世英也率领了手下武士，把擂台围住，张弓搭箭，对准了武林天骄。

武林天骄把呼韩邪高高举起，横扫出去，喝道："有胆的就来吧！檀某若活不成，也总有这蒙古鞑子给我陪丧了！"呼韩邪给他用重手法扭脱了臼，饶是功力深湛，也痛得哇哇大叫。乌蒙、术赤见师兄落在他的手上，生怕他一发狠就要了呼韩邪的性命，心中有所顾忌，哪里还敢向前？

台下的金国武士，人人都是又吃惊、又兴奋。此时他们已经知道擒住了呼韩邪的人是武林天骄，不由得都是心头大快。武林天骄是金国武士所崇拜的人物，如今这个不可一世的蒙古使者折在他的手里，金国武士出了心头之气，都有"与有荣焉"之感。不但不愿与武林天骄为敌，而且有些武士还不禁为他喝起彩来！

在这样的形势之下，完颜长之纵有千军万马，也是无计可施，只好忍气吞声，说道："檀羽冲，你别胡来，有话好说。"武林天骄笑道："对啦，咱们还是好好地商量商量吧。你想怎样，我们先听你的。"完颜长之道："你把呼韩邪放下来，我放你们出去，绝不动你们分毫。"武林天骄摇了摇头，淡淡说道："哪有这样便宜的事？"完颜长之道："你要知道你们乃是钦犯身份，你若定要胡来的话，你以为你们可以逃得出大都么？"武林天骄冷冷一笑，说道："我们本来就是舍了性命来的，还会怕你的威胁么？不错，你的弓箭手都已对准我们了，只要一声令下，就可将我们射死。你要杀我们是容易的，但你们这位蒙古贵人可也活不成啦！你敢闯这个祸，就尽管杀我们好了！"

完颜长之怎敢闯这样大祸，连忙说道："好，那你说吧，你又打算怎样？"武林天骄道："这件事我也不能擅自作主，武帮主是来和你算账的，你该问问武帮主，待你们的账算好了，我自会放人。"

完颜长之无可奈何，只好向武士敦说道："请武帮主高抬贵手。"武士敦"哼"了一声，说道："高抬贵手？哼，你对我们的丐帮弟子，可是下得毒手啊！"完颜长之道："过去我对贵帮不住，那也是我必须听命朝廷之故。武帮主，过去的是非咱们暂且不论，只请武帮主启示下，咱们如何解这梁子？"

武士敦道："好，只要你依得我们两件事情，我们就放回这蒙古鞑子，咱们的梁子也就算解了。"完颜长之忙道："哪两件事？"

武士敦道："第一件事，你们在大都捉了我们丐帮的许多弟子，你把他们都放出来。你依得么?"完颜长之暗自思量，在监牢里的丐帮弟子约有千人之多，这是费了许多气力才拘捕来的。可是用一千个叫花交换一个蒙古使臣也还值得，于是说道："依得。"

武士敦接着说道："既然依得，限你在一个时辰之内，将狱中的丐帮弟子送到东门。"完颜长之道："第二件事呢?"武士敦道："你还要送我们出城，在城外五里之地，咱们换人。"

完颜长之咬了咬牙，说道："好吧，都依你就是。"立即下令，叫手下拿他的令箭，快马驰赴九城提督的衙门，吩咐提督释放狱中的丐帮弟子，送到东门。场中武林天骄挟着呼韩邪下了擂台，在完颜长之陪送之下，走出校场。檀世英不能不依从完颜长之的命令，把埋伏在台下的弓箭手撤退。眼睁睁地看着武林天骄出去，毫无办法，气得双眼发白，武林天骄从他身边走过，冷冷说道："世英，我把贝子让了给你，你好自为之。若然多行不义，可休怪我不顾兄弟之情了。"檀世英对武林天骄又恨又怕，不敢作声，灰溜溜地跑开。

武林天骄与武士敦出了校场，许多混在场中的丐帮弟子此时也露出了本来的身份跟他同走。完颜长之与乌蒙、术赤等蒙古武士随在后面，至于檀世英则是不敢同行了。他们走在街上，许多埋伏在大街小巷的丐帮弟子也都出来会合。这些人本来是准备若然场中发生打斗，他们就来接应的。现在事情出乎意外地圆满解决，他们得到了消息，遂执行第二套计划，和帮主一道，暂时撤出大都。这两套计划，都是武士敦预先安排好的。完颜长之这才知道武士敦今日来是有心和他"捣乱"，但呼韩邪在他们手上，完颜长之虽然气恼，也是无可如何。

武士敦以为仲少符一定是混在人堆之中，与丐帮弟子一同进退，因此也就没有特别查问。此时他是在完颜长之等人的监视之下走的，仲少符还没有暴露身份，武士敦当然也不想要他站出来和自己同行了。

到了东门，九城提督果把牢中丐帮弟子用马车都送了来，在那里等候他们了。这些丐帮弟子有些在狱中被打伤，有些不堪折磨而生了病，由壮健的同伴将他们背出城。

双方约好了在城外五里之地换人。武林天骄只准完颜长之与几十名蒙古武士出城，乌蒙道："我们怎么信得过你？"请求完颜长之把御林军带去。武士敦怒道："我们中原的好汉说话，说一句就是一句。你信不过，那么咱们的交易只有吹了。"完颜长之不敢多事，两方劝解，结果大家退让一步，武林天骄准他带一千名御林军出城"护送"。这样双方的实力大致相等，丐帮也不怕交人之后，御林军来攻击他们。

到了约定的地点，武林天骄哈哈一笑，说道："不劳远送，后会有期。你们蒙古武士要来比武，我是随时奉陪。"说罢，把呼韩邪放了回去。

乌蒙不会解"惊神指法"所点的穴道，连忙叫道："且慢，我们的师兄还没有恢复原状呢！"武林天骄笑道："脱臼可以接骨，我点的穴道，你不会解，完颜将军会解。"武士敦道："我们的丐帮弟子许多人都是未复原状，你们若是要我把原来的呼韩邪交给你们的话，你们也得把丐帮的弟子医好了再说。"完颜长之道："算了，算了，我会解穴。"乌蒙也怕再有变化，不敢作声。武林天骄哈哈笑道："你们自恃是尊胜法王的弟子，目中无人。如今你可知道金宋两国也并非没有能人了吧。嘿，嘿！哈，哈！这场比武，你们又是输了！"

武林天骄交人之后，与武士敦在大笑声中走了。这一边完颜长之则在替呼韩邪解开穴道。不料，穴道一解，呼韩邪却突然做出了一件非常出人意外的事情！

呼韩邪大笑三声，忽地拔出佩刀，一刀插入自己的腹中！完颜长之做梦也想不到他会自杀，抢救已来不及。乌蒙、术赤这一惊非同小可，赶忙将他扶住，大叫："师哥，师哥！你，你这是干嘛？"呼韩邪双眼圆睁，犹自狞笑说道："我绝不能让女真鞑子平白侮辱，誓必叫他们国亡家破！"乌蒙、术赤垂泪说道："师兄有什么遗嘱？"呼韩邪道："我有辱使命，无颜回国。你们归报大汗，请大汗速灭金国为我报仇！"说罢，亲自把血刀拔出，交给了乌蒙。

这一刀刺得太深，拔出之后，血流如注，不过片刻，气绝身亡！完颜长之不惜委曲求全，好不容易，才把呼韩邪换了回来，不

蓬莱魔女相助耿照，大破七煞阵。

料却落得如此收场。完颜长之不禁呆若木鸡，顿足叹道："罢了，罢了！"

乌蒙、术赤怒道："什么罢了？还不赶快追上前去，替我把檀羽冲和武士敦捉了回来？我要将他们剖腹剜心，生祭师兄！"

丐帮弟子的人数比御林军还多，而且金国的御林军也不愿追捕他们所崇拜的武林天骄。武林天骄与武士敦的本领又极高强，要将他们二人生擒谈何容易？

武林天骄朗声说道："这是你的师兄自己寻死，与我何关？嘿嘿，你们要想报仇，我奉陪就是！"乌蒙、术赤追了一会，见金国的御林军只是虚张声势，摇旗呐喊，却不肯向前，他们二人情知不是武林天骄的对手，只好退回。

武林天骄见追兵已退，松了口气，苦笑说道："想不到呼韩邪竟是如此烈性，这场战事恐怕是不可避免了。"武士敦道："蒙古早想并吞金、宋，统一中华。即使没有发生这件事情，他们也会南侵的。"武林天骄道："不错。但发生了这件事情，战争则是会提前爆发了。"武士敦道："反正是不可避免的，早来迟来都是一样。提前爆发，也有好处。完颜长之围袭祁连山的计划，恐怕只能放弃了。"

此时他们已是离开大都十多里了。武士敦这才有空查点自己的人，诧道："咦，仲少符哪里去了？"武林天骄道："仲少符年纪虽轻，人颇机灵，武功也很不弱，想不至于遭意外，或者是一时失散，跟不上大队吧？"

武士敦道："可是咱们却没工夫找寻他了。"要知武士敦与蓬莱魔女所定的约会还有十天就到期了，他们要赶到天狼岭去与蓬莱魔女相会，在大都是不能耽搁了。

当下武士敦吩咐大都分舵的舵主曲山将仲少符失踪的事告诉四空上人，并叫曲山留心寻找。另外又吩咐副舵主周敢率领大都的丐帮弟子前往祁连山。他和武林天骄则联袂往天狼岭去赴蓬莱魔女之约。正是：

塞外胡骑思逐鹿，中原又见战云低。

欲知后事如何，请听下回分解。

第一〇六回　玉女有情怜侠士
奸徒无义叛红妆

花开两朵，各表一枝。暂且按下天狼岭之会不表，且说仲少符的遭遇。

混战中，仲少符给那两人推推拉拉地拖出了校场，那两人离开人群，把仲少符拉入了一条僻静无人的小巷。仲少符已被点了穴道，只能任由摆布。

那个短小精悍的汉子笑道："咱们可不能把他扛出城去，还得做一番手脚。珠妹，施展你的看家本领吧。"那个相貌清秀的少年笑道："好，你看我的。"也不知他用的什么法儿，手掌只是在仲少符的鼻端一抹，仲少符只觉一缕幽香沁人如醉，迷迷糊糊起来，在这刹那，他感到似有一只麻袋向他当头罩下，登时就不省人事了。

也不知过了多久，仲少符悠悠醒转，只觉一团漆黑，用手一摸，才知是给装在一只麻袋里面。仲少符虽然有了知觉，但还是浑身乏力，不能挣扎，也不想说话。心里又惊又恼，想道："这两人不知是什么人，我与他们素不相识，他们何故这样摆弄我呢。"

心念未已，只听得一个少女的声音说道："这小子不知是什么人，糊里糊涂地给咱们捉了来，可是有点冤枉呢。"仲少符听得出这是那个相貌清秀的少年口音，刚才她在校场里是捏着嗓子装着男声说话的，现在恢复了女声，但还是听得出是同一个人。仲少符这才知道她是个女子，心里想道："我糊里糊涂。但你们既然不知道我是谁，却无故地把我拿来，这简直是太岂有此理了。"

那短小精悍的汉子的口音说道："管他是什么人，只要他是武士敦的朋友，咱们把他捉了来，也算是交了差了。"

那女子道："我可是不懂，为什么你不把这小子交给你们的御林军？"

那男子道："如果是由得我作主的话，我当然是要把他交给完颜长之的。大功劳没有，小功劳也可以领赏。可惜我的师父早有交代，不论捉到了谁，都要交给他的，而且还不许我让别人知道。"

那女子道："这却是为何？你的师父不是准备来受聘做金国的国师的么？完颜长之正要对付丐帮，你捉到了丐帮帮主的朋友，何以你的师父却要你秘密交给他？直接交给御林军不是更省事么？"

那男子道："你不知道，我的师父早已改变了主意了。他现在不想做金国的国师，却想为蒙古的大汗效力了。"

那女子道："铁木真答应他做蒙古的国师么？"

那男子道："不是，蒙古的国师早有其人，那是大名鼎鼎的尊胜法王。我的师父效忠蒙古，至多只能做尊胜法王的副手。"

那女子道："这我可真不懂了。为什么有国师不做，却要当人家的副手？"

那男子说道："你不明白，蒙古的国势如今是比金国强盛得多，人往高处，水向低流，我的师父也不能例外。"

那女子笑道："怪不得我妈说你的师父是个反复小人，相貌看似粗豪，内心实是奸险。"

那男子道："嘘，禁声！"那女子笑道："你怕什么，这里又没有外人。"她忘记了装在麻袋里的仲少符。

那男子道："你怎能在我的面前说这样的话？要是给我的师父听见，这可不得了。"

那女子道："听见了也不打紧，你的师父也知道我的母亲是常常骂他的。"

那男子道："你母亲骂得你可骂不得，你要知道咱们的事情还要他老人家点头答应呢。我告诉你一个好消息，我的师父已经回心转意了。"那女子顿足娇嗔："我不要听，嗯，麻大哥，我还是不明白。我的脾气是打破沙锅问到底的，我又要问你了。"

那男的笑道："好吧，你有何事不明，问吧！但可不许讲我师父的坏话了。"

那女子道："对不住我还是要问你师父的事情。他既然要效忠蒙古，那么咱们捉来的这个小子，为什么又不能交给蒙古人呢？蒙古的使者不是都在场么？"

那男的道："这有什么难明，我的师父要拿丐帮的人去做见面礼。倘若交给了呼韩邪，转了一手，就显不出是自己的功劳了。"

那女子道："你的师父心计真多！嘿，你别误会，我这可不是说你师父的坏话。"

那男的道："也幸亏没有交给在场的蒙古人。呼韩邪在擂台上给武林天骄擒了，武林天骄与丐帮乃是一伙，他们拿了呼韩邪作为人质，此时正在迫完颜长之换人呢。刚才咱们若是露了痕迹，丐帮的人焉能放得过咱们？"

那女子笑道："你又想捉武士敦，又怕武士敦。真是没用！"

那男的道："我现在的本领还打不过他，当然只能用暗算的法子。暗算不成，也就当然只好避而远之，不过此次不成，还有下次。有师父给我撑腰，我这个仇总是报得成的。"

原来这一男一女，正是麻大哈和上官宝珠。麻大哈的师父猛鸷上人已知武士敦与檀羽冲潜入了大都，因此派了几个弟子，由麻大哈率领，跟踪到大都来打听他们的下落，伺机活捉他们。灵山派擅于使用毒药、迷香，他们早已准备了是要施暗算的。灵山派分南北两支，上官宝珠的母亲青灵师太是猛鸷上人的师姐，两人面和心不和，各领一支。上官宝珠使毒的本领在灵山派第二代弟子中首屈一指，是以猛鸷上人虽不喜欢她的母亲，却也默许麻大哈带她同行。

麻大哈到了大都，恰逢比武之会，他预料武檀二人很可能到场观看比武，于是便与一众同门埋伏场中，伺机而动。结果是捉不到武士敦，却出乎意外地捉到了与武士敦同来的仲少符。

仲少符听了麻大哈和上官宝珠的谈话，这才明白了自己是遭受了无妄之灾，不禁大叹倒霉。心念未已，只听得上官宝珠笑道："这小子糊里糊涂地给咱们捉了来，也真算得是无妄之灾了。要是他知道个中原委的话，一定会骂咱们的手段太过卑劣呢。"上官宝珠好像知道他在想些什么似的，把他心中的话说了出来。

麻大哈道："骂自由他骂去，我为了向师父交差，也顾不得那么多了。"

上官宝珠道："但他与咱们无冤无仇，咱们这样地害他，于心何忍？"

麻大哈"哼"了一声道："你的心地倒是慈悲得紧，哼，你可知道'无毒不丈夫'这句说话？"

上官宝珠叹了口气，说道："你的师父要把他交给蒙古人作见面礼，万一蒙古人把他杀了，咱们这个孽可就造得大了。你笑我懦弱也好，我总觉得害了一个无辜的人心中实是难安的。不过，你既然定要如此，我也只好由你。总胜过捉到了武士敦。"

麻大哈怔了一怔，瞪眼说道："为什么？武士敦是我的仇人，难道你不想我报仇？"

上官宝珠道："但武士敦也曾是你的救命恩人，我记得你和武士敦说过这样的话：有朝一日，万一武士敦落在你的手里，你杀了他之后，就要跟着自杀的。你说这是恩仇俱了，这样做就对得住他了。可是我却不愿意你死去呢，所以我也就宁愿你不报此仇了。"

麻大哈纵声大笑，说道："宝珠，你也太天真了，你以为我是当真的么？"

上官宝珠道："什么？难道你这是骗武士敦的假话吗？"

麻大哈道："当然，我若不是这样冒充好汉，我还有什么面子。当时武士敦恩将仇报，释放了我，我不是这样说话，怎能落台？"

上官宝珠呆了半晌，说道："麻大哈，我，我想不到你竟是这样的人！"

麻大哈道："怎么，你后悔和我要好了么？哼，我若不把你当作知心朋友，我也不会把心腹之言告诉你的。"

上官宝珠道："我心里乱得很，你容我静想一会。"麻大哈又"哼"了一声道："想些什么？"过了好一会子，上官宝珠缓缓说道："麻大哥，我想再问你一桩事情。"

麻大哈道："你今天怎的这么多话，我还有事情要做呢。"言中已露厌烦之意。上官宝珠柳眉一扬，撅着小嘴儿道："好，你不想听我也不要问了。"麻大哈双肩一耸，作出一个无可奈何的神气，说道："好啦，好啦，别生气了。我磨你不过，你要问就问吧。"

上官宝珠道："你是金国人，又曾经做过御林军的军官的，如今你的师父帮了蒙古人，假如将来蒙古兴兵来打金国，你怎么办？那时你是跟你师父呢，还是和你师父作对？"

麻大哈怔了一怔，似乎是想不到她会提出这个问题，呆了半晌说道："未必就会打起来的。"上官宝珠道："如果打起来呢？"麻大哈道："那就到时再算了。金国是我父母之国，但师命亦是难违，所以我只能、只能……"上官宝珠道："只能怎样？"麻大哈道："我只能见机行事，顺势而为了。"上官宝珠道："我还是不明白你的意思，什么叫做见机行事，顺势而为？"麻大哈苦笑道："你真是打破沙锅问到底，非得我明白说出来不可么？好，那我就告诉你吧，到了那时，哪一边得势我就帮哪一边。"

上官宝珠道："哦，原来你也是像你师父一样，是——"麻大哈道："是什么？"上官宝珠道："不说了，说了你会生气。"原来她想要说的是："原来你也是像你师父一样，是个反复小人。"

上官宝珠虽然没有说出，但麻大哈已是明白，笑道："既然不是好话，我也不要听了。好了，我现在要出去看看了。你在这里看守这个小子，可不要跑开。我带东西回来给你吃。"原来这次是由他作为首领，率领同门到大都行事的。同门之中有几个还是他的师兄。只因他的师父认为他最能干，所以由他发号施令。他和上官宝珠逃到了这座破庙，他的一众同门，却还未见踪迹，是以他要出去探听，以便接应。

仲少符在麻袋里听了他们的谈话，心里想道："这个女的似乎心肠还好一些，这个男的却是阴险狠毒，坏得透了！可惜我不知着了他们什么道儿，力气都使不出来。要不然倒可以趁这个机会逃跑。"他试运真气，一点一滴地把真气力积聚起来。

麻大哈走后，上官宝珠芳心历乱，许多从来没想过的问题一霎时都想起来了。原来她之所以爱上麻大哈，只是因为她自幼与他相处，从来没有与第二个男子接近过的关系。后来她长大了，渐渐发觉麻大哈有许多令她不能满意的地方，但也还是对她百依百顺。可是到今天，她把麻大哈的面目看得更清楚了，心中可就禁不住有些儿动摇了，暗自想道："原来他也是个反反复复的小人，这样的人，我把终身付托与他，靠得住么？"

上官宝珠心里自思："他可跟他师父叛国求荣，将来若是另有好处，又何尝不可抛弃我呢？"想到终身大事付托非人，不禁悲从中来，难以断绝。

仲少符在布袋里听得她抽抽咽咽的声音，竟也不自禁地对她起了同情，忍不住就说："姑娘，你不要哭啦！"但他有气没力，话虽然说得出来，却似蚊叫一般，又因为隔着一层布袋，上官宝珠更是听得不清楚了。

但是上官宝珠虽然听不清楚，却也察觉了布袋中似有声息。上官宝珠吃了一惊，心道："这小子难道已经醒过来了？"于是走过去把布袋解开。

仲少符出声之后，心中也是蓦地一惊，想道："这女子心肠似乎是要好一些，但他们毕竟是同一伙的。她因何而哭，我也不知。我怎能就把她当作好人，谁知她是不是要来害我？"他本来是计划在自己气力恢复之后，再行破袋而出，伺机逃走的。但如今给上官宝珠发觉他已经醒了，料想上官宝珠定有防备，即使不是加害于他，也可能再用迷香将他熏倒。因此上官宝珠在给他解开布袋的时候，仲少符的心里着实是忐忑不安。

上官宝珠解开了布袋，仲少符装作仍然昏迷。他怕上官宝珠发觉他是弄假，屏息了呼吸不敢动弹。上官宝珠在他鼻端一探，吃了一惊，自言自语道："糟糕，糟糕！这布袋密不通风，时间太久，恐怕是把他闷死了！"

仲少符突然觉得一股辛辣的气味冲进鼻子，原来是上官宝珠给他闻了解药。仲少符不由自主地打了一个喷嚏，双眼也就睁开来了。

上官宝珠吁了口气，笑道："还好，还好。我只当你是断了气呢。"

仲少符诧道："你是给我闻了解药？"上官宝珠点了点头，说道："呀，你说话有气没力，一定是饿得软了？"仲少符道："你为什么将我弄醒，放我出来？"

上官宝珠不答这话，却对他打量了好一会，忽地笑道："原来你早已是醒了的，是不是？"仲少符见她似无恶意，便承认道："我听见你似在哭呢。你一哭我就醒了。姑娘，你为什么要哭？"

上官宝珠面上一红，说道："我也不管你是几时醒来的，你醒了就会更感到饥饿的，你先吃一点东西吧。"

上官宝珠把水壶给他，让他喝了两口水，又给他吃了两个大饼，仲少符吃了东西，精神好了许多，说道："姑娘，多谢你了。你，你为什么这样？"

上官宝珠仍然不答，却问他道："你叫什么名字，是武士敦的好朋友吗？"

仲少符道："我姓仲，伯仲的仲。名叫少符，多少的少，符咒的符。我还未够资格做武帮主的朋友，武帮主是我师父的方外之交。"仲少符见上官宝珠待他甚好，因此也就实话实说，并不隐瞒。

上官宝珠道："哦，你的师父是个和尚吗？"仲少符道："不错，我的师父是西山卧佛寺的主持四空上人。"上官宝珠怔了一怔，说道："啊，原来是四空上人！"仲少符见她神色有异，问道："姑娘知道家师？"上官宝珠道："我没有到过卧佛寺，但听人说过令师。"心里想道："母亲常说明明大师和四空上人乃是当世的两位高僧，这小子是四空上人的徒弟，想必是个好人。"

上官宝珠如有所思，过了一会，又问仲少符道："蓟州有位仲老先生，名叫太符，是你的什么人？"仲少符道："正是家父。但我们早已从蓟州搬到大都了。姑娘，你怎么知道蓟州有位仲老先生？"上官宝珠笑道："令尊是位有气节的读书人，武林中人也有许多人是知道他的名字而且佩服他的。"其实上官宝珠与武林中人甚少来往，关于仲少符父亲的事情也是她母亲告诉她的。她的母亲青灵师太和仲太符有过一段渊源，以后再表。上官宝珠不愿在仲少符面前提起她的母亲，因此就只说是听来的了。

仲少符听得她称赞自己的父亲，心里很是高兴，说道："姑娘，你把我捉了来我不怪你，但你可以代我托个人给我的师父报个讯吗？"上官宝珠听了他的话低首沉思，并不回答。仲少符瞿然一省，心中暗笑："我也未免太天真了。这姑娘心地虽好，毕竟也还是他们一伙，要将我捉去献给蒙古人的。我怎能托她报讯？"

上官宝珠抬起头来，缓缓说道："你的气力恢复了一些没有，再吃两个大饼。"仲少符实在肚饿，也就不客气地接了她的大饼，说了一声"多谢"。猛一抬头，只见红日当中，不觉有点诧异，心想："我在校场的时候，日头已经过午，难道现在已是第二天了？"上官宝珠似乎已知他在想些什么，笑道："此地已是离大都三百多里的地方了，你也已经在布袋里整整一天啦。"

仲少符吃完了大饼，说道："你要把我再装进布袋么？"上官宝珠忽地笑了一笑，说道："你如果已经走得动的话，就赶路吧。不必我再找人代你报讯了。"

仲少符吃了一惊，道："你放我走？"上官宝珠道："我与你无冤无仇，不忍害你。"仲少符倒不觉代她担心，说道："你放我走，你的伙伴回来了怎么办？"

上官宝珠心中极是混乱，但却也并没有向仲少符表露，咬了咬牙说道："我自会应付他的，趁他尚未回来，你赶快走吧！"

仲少符深深一揖，说道："多谢姑娘恩德，不敢请教芳名。"上官宝珠道："唉，你这人好婆婆妈妈，再不走就来不及啦。我复姓上官，双名宝珠。你走吧。"仲少符应道："是。日后上官姑娘若有差遣，我赴汤蹈火，在所不辞。"仲少符是个性情容易激动的人，此时倒是有点不忍撇下上官宝珠了，他心里自思："人家对我好，我就应该对她更好。她为我担当风险，放走了我，她的同伴回来，不知要如何难为她呢！"

仲少符踌躇不决，走两步，停一停，又回头望望上官宝珠。上官宝珠也不禁深为感动，心里想道："这小子倒是有良心的。麻大哈倘若因此而不理我，我也不会后悔了。"心念未已，忽地隐隐听得有脚步声音，上官宝珠大吃一惊，顿足叹道："糟糕，糟糕！我叫你走，你不肯走，现在可走不成啦。快快钻进布袋，今晚有机会我再放你。"

仲少符此时虽能行动，功力尚未恢复，如果打架的话，只怕连一个普通人也打不过，心想："也好，且待我养足气力，再帮忙她。"他只道上官宝珠是在麻大哈的威胁之下才作他的帮凶，却不知他们乃是情侣。

仲少符钻进布袋，上官宝珠匆匆地打了个结，只听得那脚步声已到门前，上官宝珠故作镇定，说道："麻大哥，你这么快就回来了？"

上官宝珠以为是麻大哈回来，不料话犹未了，只听得那人哈哈笑道："哦，你还在等着麻大哈么？可惜麻大哈却是只顾自己，他把你抛了，独自溜啦！"那人在大笑声中推开庙门，走了进来，双眼贼忒忒地盯着上官宝珠。

上官宝珠一看，只见来的是个魁梧的汉子，双眼朝天，相貌十分凶恶。上官宝珠认得他就是昨天在擂台上打败蒙古髯须武士的那个沙衍流。

上官宝珠道："你是什么人，来这里做什么？"沙衍流打了个哈哈，说道："我是你的麻大哥的旧同僚，奉命捉拿他的。他跑了，现在只好请你跟我回去交差啦！"

上官宝珠道："他犯了什么罪，你要拿他？"

沙衍流道："麻大哈犯的罪可多啦，第一、他保护主帅不力，吃了败仗，弃职潜逃。第二、他私投敌国，图谋不轨。第三、他捉了丐帮的人，私自带走，不肯交给官衙。因此檀副统领下了严令，非把他拿回去重重惩罚不可。"原来麻大哈本是檀世英的手下，那次他们夜袭蓬莱魔女的山寨，吃了败仗。麻大哈因恐檀世英怪责，不敢回去，准备立一两件功，这才回去请罪的。将师父请来做金国的国师，就是他计划中的一件"功劳"。不料猛鸷上人临时变卦，改投蒙古，令他的计划落了空。

昨日麻大哈与上官宝珠绑架了仲少符，逃出校场的时候，给沙衍流瞧见，于是沙衍流禀告了檀世英，檀世英就命令沙衍流带领多名武士去追捕麻大哈。沙衍流追到此地，适逢麻大哈出去寻找同门，双方遇上，麻大哈不敢与他对敌，仗着烟雾弹逃走。沙衍流叫手下追赶，自己则来搜索麻大哈昨日所绑架的人，他们以为这人是丐帮中的重要人物。

上官宝珠听了沙衍流的说话，好不气恼，柳眉倒竖，说道："即使是麻大哈犯了罪，关我什么事？"

沙衍流贼忒忒的一双眼睛盯着上官宝珠，忽地纵声笑道："我早已听说麻大哈有个非常漂亮的师妹，嘿，嘿，如今见了，果然名不虚传！你还说你没有关系？嘿，嘿，恐怕他就是因为你的缘故，这才宁愿有官也不做呢！"

上官宝珠又羞又怒，骂道："放你的屁，你要怎样？"

沙衍流笑道："我劝你不要惦记着麻大哈了！麻大哈碰到危险，就不顾你，实在不是个东西！你跟我走吧，我不会将你难为的。不仅不将你难为，还可能给你天大的富贵！"上官宝珠冷笑道："什么富贵，我不稀罕？"

沙衍流道："你听我说了再讲也还不迟。我们的檀副统领是贝子的身份，年纪不过二十多岁，就做到御林军的副统领。这样的人你说是不是点了灯笼也难找到的？"

上官宝珠冷笑道："他有他的富贵，与我何关？"

沙衍流笑道："檀贝子素来怜香惜玉，见了你一定喜欢。本来你与麻大哈同谋，麻大哈有罪，你也是个从犯。哈，但只要你得到了檀贝子的欢喜，那就非但没有罪反而有天大的富贵了。你是聪明人，这你还不懂吗？"

上官宝珠冷笑道："哦，原来你是想给你的长官拉皮条！"

沙衍流哈哈笑道："别说得这么难听好不好？你们昨日捉到的是什么人，现在哪儿？咱们把他带回去，也算你一份功劳。"

上官宝珠气得七窍生烟，斥道："好呀，你的算盘倒打得好！"蓦地金光一闪，一蓬梅花针就向沙衍流撒去。

沙衍流不愧是少林寺出身的高手，距离这样近，梅花针的数量又多，本来是非中不可的，他一跳跳起一丈多高，梅花针都从他的脚底射过去了。

沙衍流一个鹞子翻身，凌空扑下，说道："好狠的丫头，你不肯依从，对不住，我只好动粗了！"

上官宝珠亦非弱者，青光一闪，刀已出鞘，一招"举火燎天"，截斩沙衍流的手腕，沙衍流翻了一个筋头，脚尖一蹴，"当"的一声，把上官宝珠的柳叶刀踢得险些脱手，身形落地，立即进招。

上官宝珠虎口酸麻，心中一凛，想道："这人的功力在我之上，打恐怕是打他不过的了。但我若逃走，姓仲的这小子就要落在他的手中啦。"

灵山派弟子有两门看家本领，一是轻功，一是使用毒药暗器，上官宝珠得她母亲所授，尤为擅长。在室内搏斗，暗器不易施展，逃走还是有机会的。但她想起了仲少符适才对她感激的神情，又不忍将他抛下独自逃走了。

沙衍流似乎知道她的心思，呼呼呼呼，接连拍出四掌，掌力四面挤来，上官宝珠不由得打了几个盘旋，步步后退。沙衍流趁她无力反击之际，倏地就关上了庙门，哈哈笑道："你不用打逃跑的主意了，把那小子交出来吧！"眼光一瞥，瞧见墙角的布袋，沙衍流心中一动，说道："布袋里装的就是这小子吧？解开来给我看看！"

上官宝珠道："你打赢了我，再发施号令也还不迟！"沙衍流笑道："这还不容易！"一记劈空掌荡开了上官宝珠的柳叶刀，跟着就去抢那布袋。

上官宝珠举脚一拨，把布袋拨过一边，同时解下了束腰的绸带，迎风一抖，当作软鞭使用，向沙衍流扫去。沙衍流笑道："你宽衣解带做什么？我可是个不懂温柔的莽汉！"伸手抓她的绸带。不料上官宝珠的手法极为奇妙，绸带夭矫如龙，沙衍流一抓抓空，那条绸带竟然向他的鼻孔钻来。沙衍流突然闻到一股异香，心神一荡，连忙退后几步，默运玄功，这才消除了晕眩之感。原来上官宝珠这条绸带是蘸有药粉的，但因沙衍流内功深厚，药粉的效力尚不足令他昏迷。

沙衍流冷笑道："区区迷香，岂能奈我哉？你还有何伎俩，尽管使出来吧！"口中说话，手底丝毫不缓，使出少林寺真传的七十二把大擒拿手法，把上官宝珠迫得只有招架之功，更腾不出手来施放暗器了。此时沙衍流已试出了上官宝珠的虚实，掌力也加强了几分，绸带随着他的掌风飘荡，虽然没有给他抓去，却是难以发挥效力了。

上官宝珠心道："这厮本领高强，只可智取，不能力敌。"激战中突然掉转刀头，刀柄向外，刀尖对着自己胸口。

沙衍流只道她要自戕，他可是不愿意这美艳如花的少女自戕的。沙衍流吃了一惊，叫道："快别这样！"伸手夺她的刀。不料话犹未了，手刚伸出，突然间觉得掌心刺痛，原来上官宝珠这口刀的刀柄也是藏有机关，内贮毒针的。

上官宝珠笑道："你中了我的毒针，十二个时辰之内性命不保，快快回去交待后事吧！"笑声中反手就是一刀！

沙衍流大喝一声"撤刀"，右掌一挂，托起上官宝珠的肘尖，左拳翻起，一招"羚羊挂角"，恶狠狠地就照她面门打来。上官宝珠想不到他中了毒针之后，居然还使得出如此狠毒的招数，大吃一惊，慌忙闪躲。说时迟，那时快，沙衍流已是倏地变招，一记"手挥琵琶"，五指并拢，拂着上官宝珠的手腕，"当啷"一声，上官宝珠的柳叶刀果然脱手飞去。

沙衍流狞笑道："小小一支毒针能奈我何？只凭这支毒针，就想要我性命，那是做梦！不过你这丫头也是够狠的了，不给你一点苦头尝尝，你也不知我的厉害！"上官宝珠身形未稳，立即又是一把毒针撒去，冷笑说道："一支毒针你不害怕，就给你十支百支！"这次她是有备而发，毒针如网撒开，不论沙衍流向上跳跃或向旁边闪躲，都是难免要中几支。而且料想沙衍流在已经中了一支毒针之后，轻功身法，绝不能矫捷如前。

哪知沙衍流练的是少林派正宗内功，他中了毒针之后，立即闭了穴道，上乘的轻功虽然不能施展，一时间内力依然未减。就在上官宝珠撒出一把毒针的时候，沙衍流亦是一声大喝，双掌齐出。

少林派的大力金刚掌岂比寻常？沙衍流初时因为想要活捉上官宝珠，故而一直不敢使用，只怕打伤了她。此际他已中了毒针，必须速战速决，也就顾不得上官宝珠的死活了。掌风激荡之中，只见金光闪烁，那一大把淬过毒的梅花针纷纷坠地，没有一支打到他的身上。

上官宝珠晃了几晃，但还没有倒地。沙衍流喝道："好，打伤了你，再给你医！"划了一道圆弧，呼的又是一掌推出，这一掌的劲道又加了几分。上官宝珠连退几步，哇的一口鲜血吐了出来。

仲少符在布袋里面虽然看不见外面的情形，但也听见了上官宝珠吐血的声音。仲少符心急如焚，狠狠撕这布袋。可是他困在布袋之中，手脚不能舒展，难以用力，急切之间，哪能破袋而出。

布袋在地上滚动，沙衍流哈哈笑道："果然是那小子。"一迈步便踏下去。上官宝珠紧咬银牙，手中的红绸带用力一抖，抛了出去，缠着了沙衍流的腿。沙衍流大怒道："你这不知死活的野丫头还要纠缠！"使劲踢出，绸带寸寸碎裂，可是他那一脚也踏空了。布袋在地上滚过，恰巧触着了上官宝珠被打落在地上的那口柳叶刀。刀锋在布袋上划开了一道裂缝，仲少符指甲插进裂缝，用力一撕，把布袋撕开，跳了出来，立即便抓起了柳叶刀，向沙衍流斫去。上官宝珠叫道："你快跑吧，你打不过他的。"

仲少符道："打不过也要打！"说话之间，已是呼呼呼的连劈三刀。

沙衍流一个"盘龙绕步"，避开了第一刀，反手一弹，喝道："撤刀！"只听得"铮"的一声，仲少符劈来的第二刀，给他弹开，可是仲少符仍然紧紧握着刀柄。仲少符喝道："未必！"第三刀又斫过来。

沙衍流刚才那一弹用的已是上乘的佛门武学"一指禅功"，内力凝成一线，可以"隔物传功"，震荡对方的寸关只腕脉，许多江湖好手，都经不起他的一弹。他见仲少符年纪轻轻，满以为一弹之下，定可以把他的兵刃弹出去，哪知仲少符的兵刃非但没有脱手，还可以立即进招。沙衍流大感意外，满面通红，冷笑说道："你不撤刀，我就要你倒下！"陡地一声大喝，双掌齐出，痛下杀手，竟然施展了少林寺的镇山之宝——威猛无伦的大力金刚掌功夫。

刚才上官宝珠就是伤在他的金刚掌之下的，此时见他又用金刚掌伤害仲少符的性命，上官宝珠不禁失声惊叫！声犹未了，掌风刀影之中，只见仲少符疾退三步，哈哈笑道："你别吹大气啦，对不住，我还是没有倒下！"上官宝珠又惊又喜，倚着墙直喘气。

原来这倒不是因为仲少符的功力在上官宝珠之上，而是因为沙衍流中了毒针之后，这大力金刚掌的威力已是大大打了折扣，沙衍流虽曾口出大言，说是上官宝珠的毒针无奈他何，其实却是极有影响的。

而且还不仅是功力打了折扣而已，由于沙衍流，强运玄功，封闭穴道，防备毒气上升，侵入心房。故此就不能与对方久战，时间越久他中毒的危机就越大。可是仲少符年纪虽轻，却已得到了当代高僧四空上人的衣钵真传，沙衍流在中了毒针之后，想要将他击倒，谈何容易？不过，在沙衍流强攻猛打之下，仲少符暂时也只能采取守势，沉着应付。

仲少符本来是使剑的，如今用上官宝珠的柳叶刀，刀法非他所长，使来自是不能得心应手。这也是他不能不暂时采取守势的原因。

上官宝珠惊魂稍定，看出了这一点。仲少符的宝剑在他被擒之后，已被麻大哈缴去，放在一旁。

上官宝珠忍着疼痛，打了个滚，拿起仲少符的宝剑，叫道："接剑！"咬紧银牙，用力抛出。

沙衍流一个"横江截壁"，双掌一封，把仲少符迫过一边，争着就去抢剑。仲少符喝道："撒手！"一退复上，柳叶刀闪电般地劈斫沙衍流的手腕。沙衍流的手指已经触着剑柄，也不能不立即缩手，说时迟，那时快，那柄宝剑已是落在仲少符的手中。仲少符一刀一剑，如虎添翼，登时反守为攻。

激战中沙衍流忽地感到胸口烦闷，不由得暗叫"不妙！"要知他乃是一面作战，一面运功抗毒的，如今感到了胸口烦闷，这已是毒气逐渐侵入体内、向心房上升的迹象了。沙衍流寻思："我必须速战速决，十招之内，我若不能取胜，那就唯有三十六着，走为上着了！"

沙衍流虽是强弩之末，但这十招攻势仍是甚为凌厉。仲少符在他强攻猛扑之下，刚刚取得的一点上风又告消失，步步后退，似乎就要招架不住的样子。上官宝珠倚在墙角喘气，触目惊心，暗自想道："仲少符若是打他不过，我只有自尽而亡，以免受他所辱。诸天菩萨保佑、保佑……"

心念未已，忽见仲少符一个踉跄，接连退出了五六步，上官宝珠大吃一惊，就在这瞬息之间，只见沙衍流扑了上去，蓦地刀光一闪，沙衍流大叫一声，肩头上已是一片鲜红。

　　原来仲少符看出了对方乃是"回光返照"的现象，故意采取"以退为进"的战术，引他来追的。仲少符飞出了柳叶刀，接着便是反手一剑，沙衍流打落了他的刀，却避不开他精妙的剑招。他肩头上的重创，受的乃是剑伤。但因双方动作极快，在上官宝珠眼中，但见刀光一闪，沙衍流的肩头已是一片鲜红，看起来倒似是受了刀伤了。

　　仲少符如影随形，追上去又是一剑。登时攻守易势，轮到沙衍流给对方追击了。沙衍流不敢恋战，大吼一声，尽最后的气力，发出了一记金刚掌，荡开了仲少符的剑尖，一个倒纵，"乒"的一声，撞开了庙门，急忙飞跑。

　　上官宝珠挣扎着站了起来，一抖手从窗口打出了一件暗器，是个拇指般大小的弹丸，一打出去，便即爆裂，喷出了一团烟雾。这暗器名为"金针毒雾弹"。毒雾之中还杂有细如牛毛的梅花针，毒雾可以令人昏迷，梅花针也是淬过毒的，能伤奇经八脉，在屋内发这暗器，可能令自己人也要受害，故而上官宝珠要待沙衍流逃出外面之后，才用这最厉害的暗器伤他，免得他跑回去招集党羽去而复来。

　　饶是沙衍流跑得快，也给这一团毒雾罩着，又中了几枚毒针。上官宝珠叫道："倒，倒！"可是沙衍流也没倒下，只见他摇摇晃晃地从烟雾中冲出，居然还是脚不停步地飞跑，转眼间跑得无影无踪。

　　仲少符笑道："穷寇莫追，由他去吧。上官姑娘，你怎么了？"上官宝珠涩声说道："你别顾我，快快将他追杀，不能留下祸患！"

　　可是话犹未了，上官宝珠却是"咕咚"一声，先自倒下去了。

　　也不知过了多久，上官宝珠悠悠醒转，发觉自己竟是倒在仲少符的怀中，不禁羞得满面通红，要想挣扎，却哪里使得出气力？仲少符道："好了，你醒过来了！我刚才给你推血过宫，你吐出了许多瘀血，真是把人吓坏了。我、我怕地气潮湿，不敢把你放下。"

上官宝珠睁开眼睛，只见光线黯淡，已是将近入黑的时分了。上官宝珠又是感激，又是害羞，低声说道："你，你怎么还在这儿？"

仲少符道："你伤得这样重，我怎能离开你？你先别说话，我给你吃一颗药丸。"说罢，脱下了外衣，铺在地上，让上官宝珠躺下，随着把上官宝珠的水囊拿来，说道："这是我师父给我的小还丹，据说医治内伤最好不过。"

上官宝珠服下了小还丹，过了一会，精神渐渐恢复了几分，说道："仲少符，多谢你了。"仲少符道："多谢什么，咱们是同舟相济，患难相扶。若不是你用暗器打伤那厮，我也是逃不过他的魔爪的。"

上官宝珠道："有人来过没有？"仲少符道："沙衍流这厮一去无踪，敢情是中途毒发了。他的党羽也没有到这儿搜查，真是邀天之幸。"上官宝珠道："那么另外的人呢？"仲少符怔了一怔，说道："什么另外的人？哦，你是说你那个伙伴吗？他也没有来过！"

上官宝珠心中无限感触，暗自想道："麻大哈平日和我这么要好，想不到到了紧要的关头，他竟然只顾自己逃命，不来理我。倒是一个不相干的人，而且是无辜给我捉来的人，反而不怕危险，小心地看护我。"

仲少符忽道："上官姑娘，请恕无礼，我……"上官宝珠心头一跳，说道："你，你要怎么？"仲少符道："你受的外伤虽然不重，但也要敷药才好。"原来上官宝珠的背心给沙衍流抓伤，要敷上金创药，必须解开衣裳。上官宝珠明白了他的意思，心中暗笑："我倒是以小人之心度君子之腹了。"当下背转了身，说道："你这个人真是有点迂腐，这个时候，还讲什么避嫌呀？你撕开我背心的一片衣裳，敷药就是。你年纪比我小，我不客气就当作是你的姐姐好啦。"仲少符道："是。你待我这样好，我是巴不得有你这样的一个姐姐。"

上官宝珠道："我把你捉了来，你不恨我，反而感激我么？"仲少符道："我知道这不是你的主意，你是一片好心的。要不然你怎会放我呢？"上官宝珠道："那也值不得你要为我拼命啊。你知不知道，你守着我实在是危险得很呢？倘若沙衍流那班人再来，你就要给我连累了，你为什么不逃？"仲少符愠道："上官姐姐，你把我当作什么人，这岂是侠义道之所当为？"

上官宝珠哽咽说道："仲弟，你对我这样好，我是毕生也忘记不了。但我的伤不知要什么时候才好，这里是不能再留的了，我总不能拖累你呀。"

仲少符道："你当然不能在这庙里养伤，我带你走。"上官宝珠道："上哪儿？"仲少符道："你在我家中养病好吗？"上官宝珠道："你家住在哪里？"仲少符道："在西山。"上官宝珠道："是大都城外的西山吗？"仲少符道："不错。我的师父是西山卧佛寺的主持，也可以就近照顾你。"上官宝珠笑道："到你家养病虽然是好，可惜咱们是不能再回大都的了。你已经亮了相，金虏正要抓你，你这一回去，不就是自投罗网吗？"

仲少符想了一会，说道："我和你找武帮主去。"上官宝珠道："你上哪儿找他？"仲少符道："我知道他是要到祁连山去的，咱们也去吧。"上官宝珠沉吟半响，说道："在路上也难免有危险的，不过要比回大都好些。但我不能走动，这、这……"仲少符道："这个容易，我去找辆车子。"上官宝珠道："没有别的办法，也只能如此了。好吧，你快去快回。"仲少符应了一个"是"字，忽地面上一红，似乎想说什么的样子。上官宝珠道："你还不快去？"仲少符道："我怕你独自留在这儿，会有危险。"上官宝珠笑道："我不能走动，你若把我背出去找车子，那更引人注目，更招危险了。"仲少符道："上官姐姐，你在这神龛躲躲，生人进来，你不出声，他们未必会发觉你。不过，可又要请你、请你恕我无礼了。"说罢，将上官宝珠抱了起来，将她放在神龛的神像后面。上官宝珠与他肌肤相贴也禁不住满面通红，但心中却是对他十分感激。

仲少符走后，上官宝珠先思后想，越发觉得麻大哈不能与仲少符相比。麻大哈虽然是青梅竹马之交，但从今日之事看来，他这十几年的"情意"竟然都是假的。上官宝珠越想越不是味儿，不禁潸然泪下。"想不到仲弟和我相识不到两天，却是这么真心实意地待我！"她想到了仲少符对她的真挚，辛酸之中有了甜蜜，心里感到一股温暖。

正当上官宝珠芳心荡漾，思如乱麻之际，忽地听得有轻微的脚步声走到庙前。上官宝珠听得出那两人是用轻功悄悄走来的，不禁心头鹿撞。

"卜"的一声，从外面抛进了一颗石子，这是江湖上"投石问路"的方法，试探屋内有没有人的。过了一会，那两个人听不到声息，大约他们也是窥探过了，于是便走了进来。上官宝珠从神像背后偷偷望出去，只见是两个金国武士。

只听得一个武士说道："庙里没有人，看来那小子是已经走了。"另一个武士道："不见得，还是搜一搜吧。"

上官宝珠心头卜卜乱跳，只听得那武士笑道："乌大哥，你这样认真做什么？找不着那小子，这正是咱们的造化啊！咱们到这庙里看过，已经可以回去交差了，还搜它作甚？"姓乌那武士道："哦，萨老二，你的意思是——"姓萨的武士道："你想想，沙衍流的本领比咱们高强得多吧，他尚且受了重伤，要人抬回大都，咱们把这土地公公的一条手臂折断，拿回去作为证据，证明咱们曾到过这座土地庙搜查，也就可以交得了差了。"

听了这两人的谈话，上官宝珠可以料想得到，沙衍流走到中途已是毒伤发作给他们发觉的，沙衍流告诉他们是在这庙里出事，故此他们不能不来搜索。上官宝珠心里是又喜又惊，喜者是沙衍流已受毒伤，要人抬回大都，自己少了一个强敌。惊者是这两人要来折断神像的手臂，自己躲在神像的背后，焉能不给他们发现？这两人的本领虽然平庸，可是自己毫无力气，却怎生对付？

上官宝珠咬紧牙关，待那两个武士来拉开神幔，就一把金针撒出，冷笑说道："不知死活的狗贼，嘿，嘿，你们可着了我的道儿了，我这毒针见血封喉！"她是使出了最后的一点气力来撒出这把金针的。

那两人大吃一惊，连忙跑出庙门。上官宝珠正自暗道："侥幸！"不料忽又听得那姓乌的武士哈哈大笑，说道："萨老二，咱们现在可以放心进去捉人啦！那小子已经跑了，只有一个受伤的丫头，咱们还怕不能手到拿来吗？"原来上官宝珠所发的梅花毒针虽有几支打到他们的身上，但因气力太弱，梅花针连他们的衣服也未刺穿，这一来上官宝珠未能打伤他们，自己却露了底了。

那两个武士又再进来，上官宝珠道："好，你以为我伤不了你们吗？你可知道灵山派毒雾弹的厉害？"蓦地一团烟雾从神龛里散发出来。这两人吃了一惊，又忙逃走。

姓乌的那个武士逃出庙门，吸了一口新鲜的空气，忽地又在哈哈大笑，说道："萨老二，咱们中了那丫头的诡计了。她是虚声恫吓的，这并非毒烟！"

姓萨的那武士胆子较小，他逃得快，并没有吸进烟雾，说道："你怎么知道？而且，即使这一次不是毒烟，说不定下一次就是呢！"

姓乌的那个武士笑道："不会的。你想那丫头她自己已是受了重伤，她不能走出这个庙宇，若放毒烟，她自己就要首先中毒了。受了重伤的人，纵有解药，也是无济于事的！"姓萨的那个武士想了一想，胆气复壮，说道："不错，咱们进去拿人吧！"正是：

龙游浅水遭虾戏，虎落平阳被犬欺。

欲知后事如何，请听下回分解。

第一〇七回　满怀心事羞难说
一点灵犀已暗通

　　屋内浓烟未散，姓萨的那个武士道："待会儿再进去吧，反正她跑不了的。"姓乌的那个武士摇了摇头，说道："事不宜迟，迟恐生变。这烟是没有毒的，你怕什么？"姓乌的这个武士在御林军中地位较高，姓萨的只好听从他的主意。但烟虽无毒，熏目呛喉，也是很不舒服。这两个武士眯着眼睛，摸索进去。

　　忽听得车声辚辚，姓萨的那个武士道："乌大哥，你去看看，是什么人来了？"姓乌的道："不必理他，多半是赶集的乡下人。"话犹未了，马蹄声戛然而止，那辆车子正停在门前。

　　仲少符跳下马车来，见庙子里烟雾弥漫，大吃一惊，叫道："宝珠姐姐，你怎么啦？"上官宝珠用气力叫道："仲弟快来，把这两个鹰爪杀了！"

　　姓乌的那个武士正把神幔撕下，心里想道："我且把这丫头拿到手中，再去对付那个小子，也好叫他有所顾忌。"上官宝珠用尽最后一点力气把神像一推，姓乌的武士一招"天王托塔"，将神像抛开，可是气力已经给阻迟了片刻。姓萨的那个武士伸手一抓，"嗤"的一声抓裂了上官宝珠的袖子。说时迟，那时快，仲少符已是一声大喝，冲了进来，挥剑便刺。

　　姓萨的这武士胆小，他一想以沙衍流的本领也给这"小子"所伤，如何还敢抵敌？仲少符的剑未刺到，他已先自倒下，一个"鲤鱼打挺"，滚过一边。姓乌的那个武士将神幔向仲少符当头一罩，立即便是一招"叶底偷桃"，五指如钩，要用大擒拿手法抓裂仲少符胸膛。

仲少符抢过了神幔，反手一卷，那武士一抓抓空，反而给仲少符罩住。仲少符穿掌一格，扣着了那武士的脉门，"喀嚓"一声将他的手臂拗断。这武士杀猪般的一声惨叫晕了过去。姓萨的那个武士吓得魂飞魄散，站都站不起来，只知在地上打滚，刚刚滚出庙门，上官宝珠叫道："仲弟，不能让他跑了，必须杀掉！"仲少符应了声"是！"一剑刺下，剑尖点了他的"晕穴"，姓萨的这个武士也登时晕过去了。仲少符道："好，都了结了，咱们可以走啦！"原来仲少符一念慈悲，不愿杀人，只好把那两个武士击晕，骗过上官宝珠，保全了他们的性命。

上官宝珠惊魂未定，身子软绵绵地倒在仲少符的怀中。仲少符抱她上了马车，说道："我给你买了一套衣裳，在车厢里，你歇一会，试试合不合身？附近几个村子都是穷村，我好不容易才买得这辆马车，回来迟了，累你受惊，实在抱歉。"

上官宝珠哽咽说道："仲弟，你，你别说客气的话儿了，你对我这么好，我永远也不会忘记。应该抱歉的是我啊！"

仲少符笑道："咱们已经脱险，应该高兴才是，你怎么反而哭起来了。好吧，咱们走吧！"

上官宝珠心事如潮，随着马车的颠簸而起伏不定。她的这副眼泪还不仅仅是因为"感激涕零"而已，仲少符对她的体贴更显出了麻大哈对她的寡情，她想起了自己的终身大事，不禁悲从中来，难以断绝。

上官宝珠与麻大哈乃是从小就在一起长大的，从懂人事的时候起，十几年来，她除了麻大哈之外，从没有接触过第二个男子，在她的心中，早已认为自己"应该"是属于麻大哈的了。可是现在她与仲少符不过相识两天，这个"陌生"的男子却"突然"地闯开了她的心扉，进入了她的内心深处。

尽管她觉得仲少符要比麻大哈好得多，但她与麻大哈这十几年的感情，也不是立即便能连根斩断的，"麻大哈纵然寡情，我可不能无义。即使要与他分手，也得讲个清楚。他只顾自己逃生，抛下我不管，比起仲弟之甘愿与我同生共死当然是大大不如，但这还不是他立心抛弃我的，只要他以后对我好，我还可以原谅他。至于仲弟，我只能将他当作弟弟看待，可不应该另有杂念。"上官宝珠心想。但她随即又想："麻大哈能够原谅我吗？""我放了仲弟，又与仲弟作伴而行，他能不误会？要是他不体谅，那又如何？"上官宝珠心事如麻，越想越乱，受伤之后，精神不支，渐渐也就睡着了。

一觉醒来，揭开车帘一看，只见已是红日高照，是第二天的近午时分了。马车停在林边，仲少符在林中生了一堆火，正在烤一只鸡，见她醒来，仲少符笑道："我刚在路旁的农家买了一只鸡，还有一罐羊奶，羊奶已弄热了，你先喝吧。"

上官宝珠道："这是什么地方？"仲少符道："这里是青州地界，离大都已有五百里了。"上官宝珠吃了一惊，说道："你昨晚竟然一晚没睡，赶着马车，走了二百里的夜路吗？"昨日他们所在的那座土地庙是离大都三百里的，驾车的马并非骏马，一个晚上和一个上午走二百里，那一定是要马不停蹄的了。

仲少符笑道："不，清晨的时分，我也曾打了个盹。我是想离开大都越远越好，现在咱们是可以安心了。"上官宝珠道："唉，你也太辛苦了，一晚赶车。"仲少符道："算不了什么，昨晚月亮很好。嗯，现在鸡也烤熟了，你吃吧。"上官宝珠和着眼泪，喝了羊奶，吃了烤鸡，心中极为激动，想道："要是麻大哈不原谅我，我只好与他一刀两断了！"

吃过早餐，又再赶路，走了一程，忽听得后面蹄声急骤，有三骑快马追来！

前面的一骑人还未到，"嗚"的一枝响箭就射过来，厉声喝道："好小子，往哪里逃？给我停下！"这人不是别个，正是麻大哈。后面两骑，则是他的师弟。一个名唤苏赫，一个名唤博图。武林规矩是以入门先后为序的，麻大哈自幼跟随猛鹫上人，故年纪虽然较小，却是师兄。

仇人相见，分外眼红，仲少符想起被擒之辱，不由得怒火勃发，喝道："好呀，姓麻的，我正要找你算账，来吧！"麻大哈冷笑道："账当然是要算的，你把我的师妹怎么样了？先把这笔账算一算，我的师妹少了一根毫毛我就要你性命！"仲少符冷笑道：

"亏你还有脸皮问你师妹！你的关心未免太迟了吧？"麻大哈大怒道："你把她害了是不是？苏赫、博图，你们两人搜车，看看车上是谁？"他自己则提起了铁杖，要来打仲少符。

就在麻大哈挥杖欲击之际，上官宝珠蓦地揭开车帘，喝道："是我，麻大哈，你给我住手！"

麻大哈怔了一怔，说道："师妹，你受伤了！好，我给你报仇！"上官宝珠淡淡说道："你要给我报仇，那你就去找沙衍流吧！"麻大哈道："什么？不是这小子伤你的么？"上官宝珠道："伤我的人是沙衍流。这位仲少侠么，恰恰相反，他是我的救命恩人！"

麻大哈疑惑不定，双眼盯着了上官宝珠说道："这小子怎会变成你的救命恩人？他不是着了你的迷香装在袋中的吗？他要救你，先得从布袋中出来。是谁把他放出来的？"上官宝珠双眉一扬，说道："是我！"

麻大哈登时变了面色，说道："是你将他放出来，你又跟着他走？"上官宝珠淡淡说道："一点不错。我若是不是得他照顾，早已没了命。你不替我谢他，反而要打他么？"仲少符道："上官姐姐，我不要他道谢，我照料你只为了你对我好，与他无关！"

麻大哈咬了咬牙，说道："宝珠，你上了这小子的当了！苏赫、博图，你们来替我把这小子拿下。"麻大哈是想亲自打仲少符一顿泄愤的，但此际他更急于要去劝服上官宝珠，把上官宝珠的芳心再夺回来，这个差事却不是师弟所能替代的。

苏赫、博图正想摆脱这个尴尬的局面，仲少符年纪轻轻，他们根本就没把仲少符放在眼内，麻大哈改变命令，要他们去捉拿仲少符，他们正是求之不得。于是回转了头，双双扑上，一个亮出了虎头钩，一个抡起了藤蛇棒，夹击仲少符。哪知仲少符年纪虽轻，剑法却是极为精妙，苏赫的虎头钩先到，给他一招"横江截壁"，横剑一封，双钩拦过一边。博图的藤蛇棒打来，"当"的一声，和虎头钩碰个正着。

仲少符刷的一剑刺出，剑尖点向博图的脉门。博图棒重力沉，但身手却稍欠灵活，他的藤蛇棒碰着了同伴的虎头钩，一惊之下，急切之间已是来不及变招，眼看就要给仲少符挑了他的腕脉，幸亏苏赫的虎头钩顺势划了一道圆弧，反圈回来，替他化解了仲少符这招的攻势，但虽然如此，仲少符的剑尖划过，还是在博图的小臂上划出了一条血痕。

这一下不但是大出苏博二人意料之外，也是麻大哈始料之所不及。他以为有两个师弟去对付仲少符，即使不能手到拿来，也不会容许仲少符走到十招开外，哪知只是照面一招，他的一个师弟竟然先受了伤。麻大哈是要把仲少符拿去给蒙古人作见面礼的，他生怕仲少符伤了他的师弟之后便即逃走，这么一来，他虽然急于要重获上官宝珠的芳心，但更急于要把仲少符擒下，以免变生意外了。

博图轻敌受挫，咆哮如雷，他左臂受的只是轻伤，并无影响，当下，抡起了藤蛇棒，拦腰又扫过来，仲少符平剑一拍，卸了他的猛劲。另一边苏赫的双钩亦已攻到，虎头钩有克制刀剑之能，仲少符的剑尖险些给他钩上的月牙锁着，幸好仲少符应付得宜，使出精妙解数，一招"三转法轮"，剑锋翻绞，"当"的一声，削断了他钩上的两齿月牙，这才摆脱了他的纠缠。这几招迅如电光石火，较量之下，还是仲少符占了一点上风。不过由于苏博二人已经去了轻敌之心，仲少符要想速胜也是不可能的了。

麻大哈回过身来，铁杖一顿，冷笑说道："好小子，你已是瓮中之鳖，网底之鱼，还要逞能？"迈开大步，跑过去围攻仲少符。上官宝珠忽地一声喝道："麻大哈，你住不住手？你要杀他，先杀了我！"麻大哈回头一看，只见上官宝珠手中倒持利剑，明晃晃的剑尖正对着自己的咽喉，麻大哈大惊道："你干什么？"上官宝珠道："你再进一步，我便死在你的面前！"麻大哈心里酸溜溜的好不难受，苦笑说道："这是何苦？快快把剑收下！"上官宝珠道："你们让他走了再说！"麻大哈道："我答应你不伤他的性命就是。两位师弟，暂且住手！"仲少符叫道："上官姐姐，我决不走。要走咱们同走！"仲少符并不知道她与麻大哈乃是情侣，只道她是受了麻大哈的胁迫，决意要助她脱出魔掌。

上官宝珠极为感动，叹了口气，说道："仲弟，你还是走的好。你不知道——"仲少符道："我知道，上官姐姐，你是个好女子，何必和这些坏人混在一起？"仲少符不肯走，上官宝珠无可奈何。手中的利剑仍然贴在喉咙，心里则是乱成一片。苏博二人也仍然紧紧盯着仲少符，防他逃走，不敢放松。

上官宝珠道："仲弟，我不想拖累你，你还是走吧。"仲少符仍是摇头，坚决说道："不走！"上官宝珠又再劝说："仲弟，你有远大的前程，何苦为了我一个不相干的女子甘冒不测之祸？你知道他们是要拿你当作礼物送给蒙古鞑子的！"仲少符道："咱们已经结为姐弟，还怎能说是不相干的人？我打不过也要打！"仲少符因为刚才颇占上风，不免起了轻敌之心，以为对方即使再加上一个麻大哈，自己也未必就打他们不过。

麻大哈面色难看之极，不住地发出冷笑。上官宝珠不理会他，依然对仲少符柔声说道："仲弟，你听我说：你有你的家人、朋友，我有我的家人、朋友，咱们不过是萍水相逢，偶然相聚，就要散的。你我并不是一条路上的人啊！你明白没有？"仲少符道："我知道，但只要你摆脱他们，咱们就是一条路上的人！"

麻大哈忍无可忍，冷笑道："你们的情话说完了没有？宝珠，我现在只是问你一句话，你要我还是要他？"上官宝珠满面通红，说道："胡说八道，我和他只是姐弟之谊！"麻大哈见她剑尖指着咽喉，倒也不敢动粗，当下顺着她的口气便转圜道："宝珠，你骂我不打紧，只要你还记得咱们的情分。这么说，你和他是并无私情的了？"上官宝珠道："你自己心邪，仲弟救我，可是一片侠义心肠！"麻大哈道："好，好！侠义也好，心邪也好，既然你和他只是姐弟之谊，我也未尝不可原谅。你把剑放下，跟我走吧！"上官宝珠道："你答应我不再为难他了？"麻大哈道："当然，只要你跟我走！"仲少符道："上官姐姐，你当真是心甘情愿跟他走么？"仲少符从他们的谈话之中，已听出他们并非一般的师兄妹关系，不觉心里一酸，暗自想道："若然真是那样，倒是我不知趣了。"上官宝珠点了点头，说道："你放心，我的师兄是自小与我一同长大的，我跟他走，他不会难为我的。"

仲少符苦笑道："好，既是如此，那我放心了。"说罢，迈步便走。苏赫、博图紧握兵器，把眼望着麻大哈。麻大哈道："让他走！"苏博二人退过两边，让出了一条路。

麻大哈冷冷说道："宝珠，可以把剑放下了吧？别吓人了！"上官宝珠道："待他走过那边山坳，咱们再走！"她是怕麻大哈变卦，故而必须等待仲少符走得远了才肯把剑移开。但，虽然如此，戒备已是松了一些。麻大哈趁她把注意力集中在仲少符身上之际，突然出其不意地抢了她的宝剑，骈指一点，点了她的穴道。上官宝珠尖叫一声，倒了下去。知觉未失，却又不能动弹。麻大哈故意扯下车帘，冷笑说道："好呀，我要叫你亲眼看我怎样折磨这个小子，方能泄我心头之恨！"仲少符本来走得未远，听得上官宝珠的叫声，吃了一惊，愕然止步。

说时迟，那时快，麻大哈已然赶到，手挥铁杖，卷地扫来。这一杖猛烈之极，劲风起处，沙石纷飞！仲少符吃了一惊，心想："这矮子貌不惊人，气力却是好大！"剑杖相交，火星四溅，仲少符虎口隐隐作痛，急忙使个"黄鹄冲霄"的身法，身形平地拔起，麻大哈的第二杖打来，呼的一声，从他脚底扫过。麻大哈也吃了一惊，心想："这小子身手委实不弱，怪不得苏赫、博图会吃了他的亏！"

麻大哈的杖法是他父亲私自传授的丐帮的"伏魔杖法"，杖法一展，势如惊涛骇浪，滚滚而来，仲少符连避三杖，险象横生，拼着豁了性命，冒险抢攻，"刷"的一剑，一招"仙人指路"，疾刺麻大哈胁下的"愈气穴"。麻大哈立起铁杖，一个翻身，"乌龙盘树"，横扫仲少符中路，仲少符托地一跳，剑随身进，一招"李广射石"，指向麻大哈右肩，剑尖吐出碧莹莹的寒光，直刺麻大哈的"肩井穴"。麻大哈铁杖沉重，伏魔杖法虽然刚猛绝伦，却是不如仲少符的剑法灵活，他招数已老，来不及撤回，只听得"叮当"一声，仲少符的宝剑虽然给他荡开，但麻大哈肩上的衣裳也已给仲少符的剑尖挑破，只差半寸，险些就要戳穿他的琵琶骨。麻大哈退后两步，吓出一身冷汗。仲少符硬接了他的两招，胸口气血翻涌，也是暗暗吃惊。这么一来，双方都是各具戒心，不敢轻敌。

此时苏赫、博图二人亦已赶到，一左一右，侧翼助攻。仲少符和麻大哈只不过勉强能够打成平手，论真实的本领还是麻大哈稍稍胜他一筹。此时再添上苏博二人，仲少符使出浑身解数，也是应付为难。苏博二人刚才吃了他的亏，都是咬牙切齿，立心报复。苏赫的虎头钩有克制刀剑之能，尤其厉害。激战中苏赫的双钩盘旋飞舞，一招"回风扫柳"，在仲少符的小臂勾裂一道三寸多长的伤口，伤虽不重，亦已挂彩，鲜血染红了衣裳。麻大哈胜券在握，神色转为从容，笑道："这小子咱们是要交给师父拿到蒙古去作见面礼，可不能伤了他的性命！"苏赫、博图应了一个"是"字，步步紧迫，但已是避免施展杀手。也幸亏他们要想活擒仲少符，仲少符还可以周旋较多的时候。

上官宝珠给点了麻穴，身子不能动弹，眼睛还可以看得见。她见仲少符受了伤，不由得心痛如割，想叫叫不出声，眼中满是泪水，一滴一滴地沿着面颊流下来。

仲少符见此情形，心里又是酸痛，又是欣悦，想道："上官姐姐对我的关怀原来还是胜于对她的师兄。可惜我本领不济，却是自身难保了。"心念未已，只听得马铃声响，有两骑快马从路上经过。

骑在马上的是一男一女，看见树林里有人厮杀，不约而同地勒住了坐骑。那女的"咦"了一声，说道："照哥，你看这人是不是麻大哈？"那男的道："不错。被他们围攻的那个少年我也似乎是在哪儿见过似的，却想不起是谁？"话犹未了，只听得仲少符已在大声叫道："是耿大哥吗？小弟是仲、仲……"正要自报姓名，麻大哈连环三杖，打得仲少符手忙脚乱。只说出了自己的姓，胸中气血翻涌，"少符"二字哽在喉头，急切间说不出来。

那男的听了一个"仲"字，已知道他是谁了，登时又惊又喜，叫道："原来是符弟！"翻身下马立即跑去助战。

原来这一男一女，不是别人，正是耿照和秦弄玉。耿、仲二家本是通家之好，比邻而居，后来因为耿照的父亲出仕金国，仲少符的父亲不明他的苦心，这才与好友割席，易地而居的。耿照比仲少符年长五岁，仲家搬家那年，耿照十二岁，仲少符只有七岁，隔别了十一年，故此耿照乍见仲少符之时，已经是认不得了。

麻大哈去年在桑家堡的一战中，曾见过耿照的本领，见他来到，吃了一惊，心里想道："说不得只好先伤了这姓仲的小子了。

活的捉不了，死的也好。"他是想先击倒仲少符，再合力对付耿照。

麻大哈一招"毒蛇出洞"，杖尾起处，直取仲少符的"血海穴"，仲少符腰向后弯，铁杖掠面而过，当真是险到了极点！身形未定，麻大哈一招"横扫千军"，铁杖又已拦腰扫到，剑杖相交，"当"的一声，仲少符的宝剑脱手飞去。麻大哈举杖便戳他胁下的"愈气穴"。

就在这千钧一发之际，耿照已是如飞赶到，一剑拍下，压住了麻大哈的铁杖。耿照自从得了青灵子所传的运功秘诀之后，功力大增，比起在桑家堡斗沙衍流之时，又已是百尺竿头更进一步。他使的是桑家的"大衍八式"，隔物传功，麻大哈只觉一股大力涌来，登时虎口酸麻，好不容易使出了一招"夜叉探海"，这才把铁杖抽了出来，当然是无暇去伤害仲少符了。

秦弄玉挥剑敌住苏博二人，仲少符拾起了宝剑，上来助战。耿照道："符弟，你歇歇吧！这贼子不是我的对手！"仲少符道："不，我还可以再战。这位女侠，请你去照料上官姑娘，好吗？"他不知道秦弄玉是谁，只能以"女侠"相称。

秦弄玉在桑家堡的那一仗中是见过上官宝珠的，也知道她是麻大哈的师妹，此时见上官宝珠倒在马车上，头倚着车辕，眼中泪水打滚，向着这边凝视，好像是受了重伤。心中奇怪，不知是怎么一回事情，想道："她的父亲于照哥有恩，若是受伤，我倒应该救她。且过去看看。"过去一看，这才知道她不但受伤，而且给点了穴道。

秦弄玉解不开灵山派的独门点穴，只得守护在上官宝珠身旁。

仲少符得了耿照之助，精神抖擞，一口剑力敌苏博二人，攻多守少。耿照单独对付麻大哈，更是把麻大哈杀得手忙脚乱。麻大哈咬紧牙根，不惜消耗真力，把最凶狠的伏魔杖法施展出来，横挑直格，左挡右架，上下翻飞，一条镔铁杖宛似毒龙，张牙舞爪。但耿照运剑如风，鹰翔隼刺，不到半支香的时刻，便把麻大哈的凶焰压了下去。麻大哈倒吸一口凉气，暗自想道："今日只怕是难讨好处的了。三十六计，走为上计。可是我却不能便宜了这姓仲的小子，我捉不了他，反而让宝珠落在他的手上，这不是赔了夫人又折兵吗?"麻大哈气恨不过,心中暗暗盘算对策。

激战中仲少符卖了个破绽,博图恃着力大,以为有机可乘,立即挥棒猛击。哪知仲少符正是要他如此,博图欺身急进,仲少符一个闪身,青钢剑反圈回来,剑光闪处,血花飞溅,在博图的肩头划开了一道伤口。苏赫双钩刺到,仲少符反手一剑,又削去了他钩上的两齿月牙。

麻大哈见两个师弟即将落败,又惊又急,这么一来,心浮气躁,更是难以支撑。耿照趁势猛攻,接连几剑"狂风扫叶"、"高祖斩蛇"、"猛鸡夺粟"、"龙顶摘珠",指东打西,指南打北,把麻大哈杀得透不过气。麻大哈大叫一声,忽地一个倒纵,落在马车旁边,突然挥杖向秦弄玉袭击。

原来麻大哈是想把上官宝珠抢回去作为人质,他以为秦弄玉是个女流,容易对付。倘若能在三招两式之内把秦弄玉伤了,耿照必须照料他的未婚妻子,自己便可以抢回了师妹,逃之夭夭。

哪知秦弄玉这几年来勤练峨嵋派的无相剑法,剑术精妙,尤在耿照之上,不过功力稍逊而已。麻大哈在接连两场恶斗之后,气力不加,即使单打独斗,也未必是秦弄玉的对手,要想在三招两式之内伤她,当然更是梦想了。秦弄玉一声冷笑"来得好!"青钢剑扬空一闪,一招"玉女投梭",反刺过去,麻大哈身形未稳,一杖击空,只好挥袖拂挡。倘若他内力未曾消耗,还可以拂歪秦弄玉的剑尖,但如今他已是强弩之末,如何能够?只听得"嗤"的一声,秦弄玉的剑尖刺穿了他的衣袖,把他的虎口也刺伤了。

说时迟,那时快,耿照亦已赶至。麻大哈大吼一声,又是一个倒纵,斜掠出三丈开外。灵山派长于轻功,麻大哈急于逃命,已是顾不得抢他的师妹了。

耿照正要追去,麻大哈忽地把手一扬,发出了一枚烟雾弹,登时一团烟雾,扩散开来,遮住了耿照的视线。

苏博二人趁着烟雾弥漫之际,也乘机逃走,苏赫还打出了一把毒针。仲少符舞剑防身,耿照连发了三记劈空掌,掌风呼呼,把烟雾扫荡得随风而逝,但待到烟雾尽散之时,麻大哈、苏、博等人也早已不见踪影了。

仲少符本来是要去寻访耿照的，想不到在这样的境遇下相逢。双方都是欢喜得难以形容，敌人一退，这两个分别了十多年的儿时朋友就紧紧握着对方的手，仲少符道："耿大哥，多亏碰上了你！"耿照笑道："符弟，你长得这么高了！幸亏你还认得我，要不是你刚才叫我一声，我可还不敢和你相认呢。"仲少符道："两年前我看见过你的图像，要不然说不定我也认不得你的。耿大哥，认得你的人多呢，此地离大都不过五百余里，你在这条路上行走，可也太大胆了。"原来耿照因为是金国的"钦犯"，金国朝廷绘了他的图形在各地张挂，出了重赏要缉拿他，是以仲少符曾经见过。

　　耿照笑道："怕什么？我虽然是金虏的'钦犯'，但还不是最重要的'钦犯'，比我更重要的'钦犯'例如金国的武林天骄和丐帮的武帮主，他们还敢大摇大摆地进了京城，而且还大闹了校场呢。金虏目前头痛的事多着呢，他们要应付蒙古的进侵，又要对祁连山的辽国旧部动兵，对我们这些二三流的'钦犯'，那已是无暇'缉拿'了。"

　　仲少符怔了一怔，说道："武帮主他们大闹京城之事你已经知道么？"耿照道："不错。你也知道么？"仲少符道："当日我就是和武帮主同进校场的。"耿照诧道："那么，你怎的又在这儿，却与灵山派的上官宝珠同在一起？"仲少符道："说来话长，咱们回去看看上官姐姐再说，哦，原来你和我的上官姐姐也是认识的，这就更好了。"耿照听得他叫上官宝珠做姐姐，更为诧异，笑道："看你的武功，你并非灵山门下，却怎的和上官宝珠做了结拜姐弟了？好吧，咱们且先把你的上官姐姐救醒过来再说。"刚在此际，秦弄玉已在大声叫道："快来，快来！她的穴道，我解不开！"

　　仲少符曾跟四空上人学过解穴的本领，四空上人武学渊博，对正邪各派的点穴功夫都有研究，仲少符一看，说道："点的是'伏兔穴'，待我来解。"可是他按照师父所教的手法来解，都依然是解不开。上官宝珠脸上的肌肉起了一阵痉挛，似乎有点痛楚的感觉，仲少符连忙缩手，说道："师父没有教过我解灵山派的点穴功夫，可是我是按照正宗的解穴要诀解的，按说正邪各派所点的穴道都能解开，奇怪，却何以失灵了？"耿照忽道："符弟，你以内力拍她的环跳穴试试。"仲少符吃了一惊，说道："这不是令她的经脉逆行了吗？"

解穴的原理在于使血脉畅通，必须顺着经脉运行的路线，以内力刺激相应的穴道才能推血过宫。"伏兔穴"属于"厥阴脉"，"环跳穴"属于"阳矫脉"，经脉运行的路线恰好相反，以内力冲击"环跳穴"，那就是使"经脉逆行"，若依正宗的解穴要诀，非但不能推血过宫，甚至还会有性命之忧。是以仲少符听了耿照的话，惊疑不定。

耿照笑道："你试一试，即使不能通解穴道，我也敢担保没有后患。"仲少符心想耿照决无暗算上官宝珠之理，于是便大胆一试。一试之下，上官宝珠的被封闭的穴道果然立即解开，"嘤"的一声，坐了起来，说道："你是何人，你怎么懂得我灵山派的独门点穴功夫？"

仲少符道："他是我的耿大哥，金房所要缉拿的'钦犯'耿照就是他。我们两家乃是世交。"

上官宝珠道："蓬莱魔女大破桑家堡的时候，耿大侠，你是和她在一起的吧？"耿照道："不错。可惜当时在混战之中，我未得机会和上官姑娘说话。"

上官宝珠颇觉奇怪，心想："我与你素昧平生，你要和我说什么话？"于是说道："耿少侠，我和你们本来是作对的，这次多承你看在仲弟的份上，给我解了穴道，我是又惭愧，又感激。但我却不明白你怎么会知道我派的解穴的不传之秘？"

耿照笑了一笑，说道："不，我并非是为了仲弟的缘故才给你解穴的。我是为了报令尊的大恩，这解穴的方法也是令尊传授给我的。"

上官宝珠更是惊诧，道："你说什么，你见过我的父亲，我的父亲是谁？"

上官宝珠问得太怪，耿照怔了一怔，说道："令尊青灵子老前辈曾救过我的性命，又曾传我逆行经脉之法，令尊大恩，我无以为报，怎敢受姑娘之谢？"

上官宝珠道："你说的那个青灵子是什么人？他现在哪儿？"

耿照大为惊愕，说道："上官姑娘，你们父女大约是自小分开的吧？你没有见过令尊？呀，令尊不幸，已经死了。他是给他的师弟乙休害死的。"

上官宝珠道："不错，我自懂人事，就没有见过父亲。但我却没有听过青灵子的名字。我的父亲名叫上官复，听妈说，他是到海外去了，将来还会回来的。那个已经死掉的青灵子是谁，我一点也不知道。"耿照心想其中定有缘故，想了一想，说道："可能青灵子就是令尊的道号吧？青灵子老前辈临死之前与柳女侠说得清清楚楚，说你是他的女儿的。他还有信物交给柳女侠，托柳女侠上灵鹫山交给你母亲的呢！"

上官宝珠道："什么信物？"耿照道："半边破镜，背面镂有龙纹。"上官宝珠心头一震，想起了一件往事。记不清是多少年前的事了，那时她还是一个十分顽皮的小姑娘，大约只有七八岁吧。有一天她在母亲的妆台里东翻西抄，无意中发现了半边破镜，镜子背面有龙纹，她奇怪母亲为什么珍藏破镜，就拿去问她母亲，母亲面色十分难看，拿着破镜，看呀看的就流下了泪来。母亲没有告诉她这面破镜的来历，只是告诫她以后不可随便乱抄大人的东西。以后这面破镜就不见了。她虽然不懂事，但也知道母亲是因见了这面破镜而伤心，以后她也不敢和母亲再提起这面破镜了。

上官宝珠想起了这件往事，惊疑不定，暗自寻思："青灵子手上有这样的一面破镜，难道这个青灵子当真就是我的父亲？"但是其中还有许多难以索解之处，她想了一会，问耿照道："你说的这位青灵子老前辈是神驼乙休的师兄，是么？"耿照道："不错。他就是给乙休和柳元甲串同谋害了的。乙休那日潜入桑家堡，劫去公孙奇。不过，那时候你已经走了。你知道乙休这个人吗？"

上官宝珠道："乙休和我的师叔猛鸷上人是好朋友，曾上过几次灵鹫山的。但我的母亲似乎是很讨厌他，从来不肯与他见面。麻大哈知道乙休有个师兄，但却不知道乙休的这个师兄姓甚名谁。他是偷听猛鸷师叔和乙休的谈话，隐约知道一些。据他说乙休很忌惮他的师兄，而他的师兄乃是隐居在一个什么山上，许多年来，足迹未下过山的。我母亲说我的爹爹是到海外去了，如果母亲不是骗我的话，我的爹爹似乎又不应该是这位青灵子了。"耿照也是猜想不透，当下说道："柳女侠将来是会把这件信物送还你的母亲的，事情的真相如何，到时总可以明白。"

上官宝珠疑云满腹，恨不得马上回灵鹫山去问她母亲，但当她想到要回灵鹫山之时，心中又是不禁一阵辛酸，想道："回到灵鹫山，我怎能避免与麻大哈相见？唉，经过了今日之事，我和他相见，还有什么意思？"

耿照道："仲弟，你和上官姑娘又是怎样相识的？"仲少符望了望上官宝珠，笑道："可以告诉耿大哥吗？"上官宝珠满面通红，低头说道："你说好了。"仲少符笑道："我是给她捉来的，想不到却成了结拜姐弟。"当下把这两日来的遭遇都对耿照说了。

耿照喜道："这个麻大哈本来就不是好东西，上官姑娘，你这次和师兄决裂，我以为这倒是因祸得福呢。有一件事情我还要告诉你的，青灵子老前辈临终之时，曾拜托柳女侠务必找着了你，将他的遗言告诉你。"上官宝珠道："什么遗言？"

耿照似乎有点顾虑，迟疑片刻，说道："我只是把令尊的遗言原封不动地告诉你，这些话可能不大中听，你可不要生气。"上官宝珠是个七窍玲珑的人，猜到了几分，笑道："是责备我行为不当吧。其实我也知道江湖上的侠义道是把我当作邪派妖女的。"耿照道："也不尽然！"上官宝珠笑道："若是责备我的，我就更应该听了。但说无妨。"

耿照说道："令尊是、是怕你误入歧途，他要柳女侠将你带到正路来。他对你的终身大事很是关心，听他的口气，他对麻大哈是很不满意的，希望你不要和他混在一起。"上官宝珠面上一红，说道："我与麻大哈不过是同门关系，自小一同长大，比较亲近而已。哪就谈得上什么终身大事呢？"口里这么说，心里却是十分惭愧，想道："我现在才知道麻大哈的本来面目，虽然迟了一点，也算得是幸运了。"原来她虽然未曾与麻大哈谈及婚嫁之事，但由于除了麻大哈之外，她从无与第二个男子接触，故此在昨日之前，在她的心里，还一直以为自己的终身是非麻大哈莫属的。

上官宝珠听了耿照转述的"遗言"，心中很是感动，说道：

"我不知道这位青灵子老前辈是不是我的父亲，但不论如何，他这样关心我，我终是感激的。可惜我已不能再见他了。但我倒很想见见柳女侠，一来看一看那半边破镜，二来我也应该向柳女侠道歉，过去我辜负了她的好意，好几次冒犯了她。"

耿照道："你们本来准备上哪儿的?"仲少符道："想往祁连山去找武帮主。"耿照道："武帮主恰好和柳女侠有个约会，地点是天狼山，武帮主要先赴这个约会后才到祁连山去。咱们不如一同去天狼山吧。"上官宝珠喜道："这样最好不过，仲弟可以找着武帮主，我也可以见着柳女侠了。"

于是一行四众便即登程，仲少符驾驶马车，耿照骑马与他同行，两人在路上交谈，彼此询问别后的遭遇。仲少符这才知道耿照来到此地的原因。

原来耿照本是在蓬莱魔女的山寨的，蓬莱魔女与玳瑁离开了山寨没有几天，山寨接到消息，说是宋金刚的那路义军要一个懂得兵法的人帮忙，于是笑傲乾坤就叫耿照前往。

宋金刚的女婿杜永良往大都打探消息，迟迟未归，耿照到了宋金刚那儿，知道此事，便自告奋勇，要去接应。其时义军的军事行动尚未展开，故此耿照可以抽身前往。耿照未到大都，却碰上丐帮从大都撤退出来的弟子，知道丐帮大闹金京之事，又知道杜永良已经回去。所以他和秦弄玉也就回来了。

耿照说到此处，秦弄玉上来重新与仲少符行过相见之礼。秦弄玉笑道："仲弟，你不知道我是谁吧? 你小时候我见过你的，你忘记了。"仲少符想了起来，说道："哦，你是乡下住的那位秦家姐姐，是么? 我真的认不得了。"原来耿、仲二家是在蓟州城内比邻而居，秦家则是在城外的一个村子住的。秦弄玉的父亲是耿照的姨父，亲戚时常往来，作为耿家邻居的仲家，也就和秦家相熟了。不过仲少符年纪小，他七岁的时候就搬了家，对秦弄玉的印象则早已模糊了。此时提起，他只记得小时候是把秦弄玉叫做"乡下的秦姐姐"的，他小的时候从没有出过城，不知道"乡下"是怎么样的地方，时常好奇地向秦弄玉问一些有趣的问题，例如"种田是怎样种的，牛为什么会听人的话?""乡下的女孩子是不是和男孩子也打架的?"等等。逗得秦弄玉和耿照发笑。秦弄玉就把他叫做"邻家的多嘴的小弟弟"。

秦弄玉笑道:"我也认不得你了。不过,耿大哥是时时提起的。你们搬到了什么地方,是城里还是乡下?"

仲少符笑道:"我们搬到了山里去呢。在大都的西山居住,我拜了卧佛寺的方丈四空上人为师。十年来没有下过山。变成了山里的野人了。嘿,嘿,如今我是不敢再笑你是乡下的姐姐了。秦老爷子好吗?"

秦弄玉道:"我爹爹早已死了。"仲少符抱歉道:"对不住,我不知道。我爹爹时时挂念你们两家,尤其对耿伯伯之事抱歉,说是当年误会了他。要我见着了耿大哥务必替他谢罪。"耿照道:"这怪不得你爹,当年我也曾误会过我爹的。事情都过去了,也不必再提了。"

仲少符忽地笑道:"秦姐姐,你小时候不是把我叫做'邻家的多嘴的小弟弟'么?我现在又要多嘴了,不知我应该如何称呼你才合适?"秦弄玉怔了一怔,一时不明其意,说道:"你不是叫我秦姐姐么,又要怎么称呼?"仲少符笑道:"我就是怕这样的称呼错了。恐怕是应该叫做嫂子吧?"耿照与秦弄玉小时已有婚姻之约,仲少符是知道的。

秦弄玉面上一红,说道:"哦,原来你是绕着弯儿打趣我。"耿照道:"还早呢。明年你再叫她嫂子吧。"耿照倒是和他说了实话,仲少符忙向他们二人贺喜。

秦弄玉向马车一指,悄声说道:"我也要向你贺喜呢,你们订了……"仲少符吃了一惊,连忙"嘘"了一声,摇了摇手,随着揭开车帘一看,却见上官宝珠已经睡着了。秦弄玉道:"你怕她听见?"仲少符道:"我们相识不过两天,只不过是患难中结拜的姐弟,哪谈得到其他,给她听见了多不好意思!"

秦弄玉笑道:"人之相知,贵相知心。古人云:白头如新,倾盖如故。哪在乎相识时日的短长?你若不好意思和她去说,我替你做个媒吧。"仲少符满面通红,忙道:"秦姐姐快别说笑了。"话虽如此,仲少符心里却是突然有了奇异的感觉,本来他从没有想过他与上官宝珠将来要如何的，如今却是不能不想起来了。"她为了我与师兄决裂，我应该怎样好好待她呢？秦姐姐说人之相知，贵相知心，不在乎相识时日的短长，这倒是真的。我受麻大哈等人围攻之时，她为我那样着急，显然她对我的关心已在对她师兄之上，嗯，难道她，她……"仲少符面上发烧，回头看着车上的上官宝珠，只见她熟睡的面上绽出一朵笑容，似乎是在做着一个好梦。仲少符意乱情迷，连忙赶车前行，制止自己再想下去。

仲少符哪里知道，上官宝珠乃是假装熟睡的。他们的谈话，上官宝珠都已听见了。尤其是秦弄玉那番话语，每一个字都好似说到了她的心坎上。上官宝珠细细咀嚼"人之相知，贵相知心。"这八个字，不禁也是芳心荡漾，不能自休。但却是喜悦多于烦恼，她的心头热烘烘的，麻大哈给她的一些不愉快的回忆，就像是淡云遮盖不住燃烧的太阳。

上官宝珠心情欢畅，病也就好得多了。仲少符给她服的小还丹本是治内伤的圣药，郁闷一除，药力运行功效大显，第二日已经好了五六分。

这天傍晚到了蓟州，他们本来是可以绕道经过，不必进城的。耿照主张进城去住一晚。秦弄玉有点担心，说道："城里熟人太多，何必冒这个险？"耿照叹了口气，说道："在江湖流落了这几年，如今到了故乡，岂能过门不入？嗯，我也想医医我的思乡病了。"秦弄玉懂得他的心情，说道："好吧，那就去吧。"

进了城已是入黑时分，幸好没有遇上熟人。他们在横街冷巷，找了一间小客店投宿。要了两间房子，耿照和仲少符同房，秦弄玉则陪伴上官宝珠。

秦弄玉与上官宝珠并头而睡，细谈心事，不知不觉已是三更时分，忽听得有轻轻的叩门声，秦弄玉跳了起来，只听得是耿照的声音："是我。你们睡了没有？"秦弄玉穿好衣服，打开房门，耿照道："仲弟，你也进来吧。"原来耿照是和仲少符一同来的，仲少符躲在耿照的背后，一直没有作声，好像很难为情的样子。上官宝珠心头噗噗乱跳，她心中的疑问却已由秦弄玉说了出来："这么晚了，你拉仲弟到我们的房里来作什么？"这晚有半钩新月，耿照作了个手势，叫秦弄玉不必点灯，低声说道："我想回家去看一看，你陪我去，好吗？"

秦弄玉吃了一惊，道："你要回家？"耿照道："我想到妈的坟前撮土为香，祭告她在天之灵。"秦弄玉道："姨妈死了，我也应该到她墓前磕个头的。只是我和你去了，谁陪伴上官姐姐？"耿照笑道："当然有人。仲弟，你看护你的上官姐姐，不可离开这个房间，我们天亮之前，定然可以回来。"

仲少符满面通红，说道："我也应该去给伯母磕个头的，秦姐姐，不如你留在这儿，我和耿大哥去吧。"秦弄玉笑道："我和你的耿大哥去祭坟，你不能替代我的。"耿照说道："你的好意，我会替你禀告母亲的。他日有机会时，你再给她上坟吧。今晚你必须看护你的上官姐姐。"

仲少符一想，秦弄玉是以姨甥又兼未来媳妇的身份去祭坟的，她当然应该和耿照同去，可是让自己和上官宝珠独处一室，即使他胸怀磊落，也总是觉得难以为情。

上官宝珠坐起来说道："我已经好了，让仲弟和你们同去也不妨事。"秦弄玉道："不，你的伤虽然好了大半，武功尚未恢复。倘若有意外，叫我哪里找一个上官姐姐来赔给仲弟？"上官宝珠杏脸飞霞，嗔道："我和你说正经事，秦姐姐，你却又来取笑我了。"秦弄玉道："我说的是正经事呀。我们去了，这里虽然未必有事，但总是小心一点，提防意外的好。"耿照说道："江湖中人，哪能讲究许多细节？何况你们又是结义姐弟，曾同患难，更是无须避嫌！"仲少符一想若再推托，反而显得自己心有杂念，于是只好答应，说道："好吧，我留在这儿，但你们天亮之前，可一定要回来的呀！"秦弄玉笑道："当然。难道我还会丢下你们不成？"

此时已是三更时分，夜市早已散了。耿秦二人悄悄地回到耿照的故居，幸喜无人发觉。淡淡的月光之下，只见大门上还贴着封条，经过了五年，封条上的大红朱印也早已褪色了。耿照苦笑一声，便与秦弄玉施展轻功，跳了进去。

惨痛的往事重上心头，耿照想起了五年前出事的那个夜晚。那天白天，他到北芒山与秦弄玉约会，准备向秦弄玉告别，不料等不见秦弄玉，却碰上了早就在那儿埋伏的金国武士，一场厮杀，好不容易尽毙敌人，回到家时，却发现母亲已死在床上，脑门钉着一支透骨钉。这是秦家的独门暗器，他还因此而怀疑表妹是杀他母亲的凶手。却不知是玉面妖狐赫连清波所为。

耿照想起往事，紧握着秦弄玉的手道："当年我误会了你，接连做出许多错事，现在还是惭愧不已。"秦弄玉道："这都是玉面妖狐害我们的，现在仇也早已报了，你就想开点吧。"耿照道："我妈的坟现在不知怎么样了？我却实是难以心安。"

出事的那天晚上，耿照发现母亲惨死之后，不到半支香的时刻，金国的官兵就来围屋搜人，所以他只能把母亲草草地埋在后园，说是坟墓，其实只是黄土一抔而已。经过了五年的岁月，在耿照的想象中，以为这一抔黄土，定然已湮没在荒烟蔓草之中。

哪知到了后园，定睛一看，却不由得耿照不大为惊诧起来！只见当年他埋葬母亲之处，那一抔黄土已变成一座坟墓，而且还立有墓碑，上书"耿门楚氏之墓"。不错，园中到处是野草丛生，但在这坟墓的周围一丈方圆之内，却是一片净土。似乎不久之前，还有人来过扫墓。

耿照又是吃惊，又是欢喜，说道："奇怪，我们在蓟州并无亲友，却不知是谁肯冒这样大的危险给我妈妈建坟？"要知耿家是已经被抄了的，大门口还贴有官厅的封条，这人潜入耿家筑坟，倘被知晓，就是灭门之祸。

秦弄玉在朦胧的月光之下，仔细看那墓碑上的书法，觉得这笔迹有点儿熟识，但却想不起是谁。秦弄玉说道："这人想必是个熟人。"

耿照笑道："他知道我母亲的姓氏，当然应该是熟人了。只可惜不知道他是谁，却叫我无从道谢。"秦弄玉道："以后再打听吧。咱们先给妈上香。"

耿照说了个"好"字，当下撮土为香，拉了秦弄玉一同跪下，便在墓前禀告："妈，你生前的心愿是想要表妹做儿媳，今晚我和表妹给你叩头，让她叫你一声婆婆，你一定很欢喜吧！"秦弄玉满面通红，心中却是甜丝丝的，磕了三个响头，说道："婆婆，可惜儿媳不能奉侍你，但我和照哥必定遵从你生前的教导，继承耿家忠孝传家的家风，以慰你老人家在天之灵。"

耿照再禀告道："第二件事，妈，我要告诉你的，是你的大仇已经报了。仇人虽然不是儿子亲手所杀，你在九泉之下也可以瞑目了！"

耿照想起了玉面妖狐杀害他母亲的狠毒手段，余愤未息，恨恨说道："可惜我不能带了她的首级来祭奠。"

话犹未了，忽听阴恻恻的一声冷笑，有人说道："你报了仇，清波的仇却向谁报？嘿嘿，你以为这样就算了结了么？"

耿照、秦弄玉都是大吃一惊，不约而同地跳起来，向发声之处扑去。

只见一条黑影已经越过墙头，此时正在墓旁冷笑。是一个长发披肩的女子，穿着一身黑色的衣裳，手中拿着一条软鞭。这装束正是玉面妖狐赫连清波生前最喜欢的装束。

耿照乍眼一看，几乎以为是玉面妖狐又从坟墓里跑出来了。正是：

午夜坟前伤往事，惊心墓地现幽灵。

欲知后事如何，请听下回分解。

第一〇八回　坟碑知是何人立
　　　　　客舍难堪故侣来

　　秦弄玉打了一个寒噤，喝道："你是谁?"她提高了声音喝问，其实是给自己壮胆，声音已是不禁有点抖颤。

　　那女子阴恻恻地说道："我是索命无常，嘿，嘿，你抢了清波的情郎，她变了野鬼游魂，无依无伴，要我勾了你的魂去和她作伴的。"声到人到，刷的一鞭就向秦弄玉打来! 秦弄玉使了一招"长河落日"，青钢剑划了一道圆弧，圈削对方的长鞭。这一招剑法本来极是精妙，可惜秦弄玉惊魂未定，剑势圈得不圆，劲道也嫌不足，那女子软鞭一抖，一招"毒蛇吐信"，钻出了她的剑光圈子，"嗤"的一声，将秦弄玉的衣襟下摆撕去了一幅。这还是秦弄玉用家传的"蹑云步法"闪避得宜，这才侥幸没有伤在她的鞭下。

　　耿照大怒道："装神弄鬼，你想吓谁? 哼，就算你是玉面妖狐复生，也得吃我一剑!"那女子"哎哟"一声叫道："想不到你这样狠心! 不管怎样，清波姐姐对你总是付出过真情的。俗语说: 一死百了。清波姐姐因你而死，你居然还是不肯饶她? 哼，我也要为她抱不平了! 说不得只好请你去陪她啦!"

　　这女子鬼话连篇，可是她口中胡言乱语，手上的鞭法却是丝毫不乱。耿照的连环三剑竟给她用"回风扫柳"的鞭法连消带打，反攻过来。玉面妖狐生前最擅使鞭，曾胜过"四霸天"中号称"北神鞭"的北宫黝，在武林中号称一绝。耿照此时见了这女子的鞭法，不禁吃了一惊，心道："这妖女扮作玉面妖狐的家数，可真是有点邪门! 好在我是绝不相信鬼神的，否则还真会当她是玉面妖狐借尸还魂呢!"

耿照喝道:"你究竟是什么人?你再歪缠,可休怪我宝剑无情!"那女子噗嗤一声笑道:"你本来就是负心汉子,不用我说也知道你是无情的了。我替清波姐姐向你索命,你要知道我是谁,你到黄泉路问她去吧!"耿照怒道:"你一再戏弄,你当我是怕了你么?好,且看是谁索了谁的命?"使出了"大衍八式"中的一招剑式"星海浮搓",剑光似匹练般的向前卷去,力透剑尖,"喀嚓"一声,把这女子的鞭梢削去了一段。这女子也真了得,鞭梢被削,居然能够还招,以攻为守地虚晃一招,引开耿照的眼神倒纵出三丈开外。

秦弄玉已经看清楚了这女子只是扮作玉面妖狐生前的模样吓人,惊魂已定,追上前来,喝道:"你是玉面妖狐的什么人,不说明白,就想跑么?"说时迟,那时快,耿照亦已赶上,双剑合璧,前后夹攻,截了这女子的退路。

这女子哈哈一笑,说道:"谁说我想跑了?好呀,你们夫妻联手,难道我就没有人么?"

这女子笑声未绝,墙头上突然现出幢幢黑影,一个个捷如鹰隼地扑来,霎忽之间,已把耿秦二人围在当中。为首的一人接声笑道:"鼎娘,你这场戏演得精彩极了!但也应该到了煞科的时候啦!"耿照定睛一看,认得这人是柳元甲的大弟子宫昭文。

原来宫昭文早已做了金宫的侍卫,这女子名叫金鼎娘,是祁连老怪金超岳的女儿。金超岳曾经当过金国的国师,而玉面妖狐则是金主御封的"郡主",在金宫的时候,她和金超岳的女儿是常在一起的。她们二人经常切磋武功,故此金鼎娘懂得玉面妖狐的武功家数。不过玉面妖狐多在外面活动,而金鼎娘则一直是躲在宫中,是以不为江湖中人所知。

玉面妖狐与金超岳相继死后,金鼎娘嫁了宫昭文,夫妇同为金廷效力。这次是金鼎娘第一次随丈夫出来"办案",除了他们夫妇之外,还有五名金宫侍卫。他们最初的目标本来是追踪仲少符的,后来追到了将近蓟州之时发现了耿照,耿照是金廷钦犯,比仲少符重要得多,他们当然是要转移目标了。但他们是跟在后面追踪的,耿照这一行人早些时候进了城,在一个横街冷巷的小客店投宿,待到他们也进了城，追踪的线索已断。

蓟州是个大城，大大小小的客店少说也有几百间，要遍搜所有的客店实是不易。宫昭文颇饶智计，料想耿照到了蓟州，定然会回家一看，于是先到耿家埋伏，果然给他料着。

宫昭文等人一到，立即把耿照和秦弄玉包围起来。金鼎娘阴恻恻地笑道："这正是天堂有路你不进，地狱无门你偏进来！嘿，嘿，你们现在想逃跑也跑不成啦！"耿照大怒，一招"白虹贯日"，长剑刺胸，便下杀手。这一招是"大衍八式"中最凌厉的招数，耿照用上了内家真力，力贯剑尖，一剑刺出，嗡嗡作响。

金鼎娘不敢硬接，一个"细胸巧翻云"倒纵避开，笑道："当真要拼命呀？别忙，别忙，清波姐姐在黄泉路上等着你呢，你总可以赶得上和她相会的。"

宫昭文喝道："姓耿的小子休要逞能！"判官笔左右一分，左点"期门穴"，右点"白海穴"。宫昭文是柳元甲的大弟子，已得乃师衣钵之传，这一"惊神笔法"使得精妙之极。耿照不敢轻敌，用足内力，倏地变招，变为"横云断峰"的招数削出。

"当"的一声，火花四溅。宫昭文左手的判官笔和耿照的宝剑碰个正着，判官笔损了一个缺口。

但他右手的判官笔则几乎是擦着耿照的肩膊刺了过去，笔尖挑破了耿照的衣裳。两人都是晃了一晃，耿照也不禁大吃一惊。

双方见面一招，各有惊险，当真可以说得是旗鼓相当，功力悉敌。但宫昭文的判官笔被耿照的宝剑削了一个缺口，却是稍稍吃亏。

宫昭文喝道："布七煞阵！"和他同来的那五个侍卫已是各自站好位置，加上宫昭文和金鼎娘，七个人用七种不同的兵器，从七个不同的方位，同时向耿照与秦弄玉展开了猛烈的攻击。

秦弄玉的"蹑云剑法"以飘忽见长，虚实莫测，她觑准了一个使护手钩的汉子，一招"玉女投梭"刺去，剑到中途，剑锋倏地一转，又指向了一个使链子锤的汉子胁下的"愈气穴"，这一指东打西、指南打北的剑招，使得出神入化，受她攻击的这两个汉子本来最少有一个要中剑的，不料一剑刺出，阵势已转，另外两名侍卫从秦弄玉意想不到的方位攻来，登时化解了她这一招"玉女投梭"，原来那两个汉子已是绕到了她的两侧，要不是耿照给她荡开那双钩一锤，秦弄玉就非但伤不了对方，反而要给对方所伤了。

原来这"七煞阵"是柳元甲的镇山之宝，他门下诸弟子只有大弟子宫昭文会这阵法。"七煞阵"按着"八卦"的方位布置，即坎、离、兑、震、巽、乾、坤、艮八门，其中离门乃是"生门"，"震门"乃是"死门"。己方个七人占着七门，只把"死门"空出来让给敌人。敌人一被迫进死门，不懂阵法奥妙，那就是万难脱身的了。

以耿照和秦弄玉的本领，对付宫昭文夫妇，至多也不过是略占上风而已，加上了另外五名侍卫，他们已是难以抵挡，更何况宫昭文又布下了如此狠毒的阵势，不消片刻，耿秦二人已被困入"死门"。

耿照咬牙道："好，姓宫的，我和你们拼啦!"与秦弄玉背靠着背，拼死力战，对付四面八方而来的轮流攻击的敌人。幸在耿秦二人配合得宜，而那五名侍卫则是宫昭文临时训练的，对"七煞阵"的运用尚未十分纯熟，是以耿照虽被困入"死门"，暂时间还可支持，不过形势也是越来越为凶险了!

此时已是残星月灭的五更时分，耿照心中一动，想道："我和仲弟说好，五更时分就回去的。他等不见我们回去，不知多心焦呢! 他们会不会到这儿来找我呢?"仲少符本领不弱，若他来到，自然是个很好的帮手。上官宝珠的病情也是在好转之中的，昨日已经恢复了四五分，过了一晚，想来已经可以行动如常。上官宝珠擅于使用暗器，即使功力未曾复原，不能与敌人动手过招，但凭着她那各式各样古怪的暗器，若然到来，也是一个很好的帮手。不过这七煞阵实在太厉害，他们到来，是否便能反败为胜，耿照亦无把握。故此耿照心情甚为矛盾，又盼他们来，又希望他们能够避开。

耿照在家中遇险，盼望仲少符，他哪里知道，仲少符在客店中也遭遇了危险，同样的在盼望他回去解救。

花开两朵，各表一枝，耿照这边，暂且按下，先说一说仲少符在那客店中的遭遇。

且说耿秦二人走后，仲少符独自在房中，心头噗噗乱跳。上官宝珠"噗嗤"笑道："仲弟，你怎么不说话呀?"仲少符道："你好好地睡一觉吧，咱们说话的时候多着呢。"上官宝珠道："人有悲欢离合，月有阴晴圆缺。你怎能说得那样肯定，说不定明天我就和你分手了呢？"仲少符道："你不会的。"上官宝珠笑道："你怎么知道？"仲少符道："如果你要与我分手，你早就可以跟你师兄走了。"

上官宝珠芳心荡漾，说道："别提他了。仲弟，你过来。"仲少符道："上官姐姐，你要什么？"上官宝珠道："倒杯茶我喝。"仲少符想要擦燃火石，上官宝珠道："不可点灯。"仲少符蓦地省起，点着了灯，倘若给店中的旅客或是伙计，发现他是在上官宝珠的房中，孤男寡女，谁能相信他们不欺暗室？这嫌疑只怕跳到黄河里去也洗不清！仲少符脸皮发烧，连忙把火石收起，摸到了桌上的茶壶，倒了一杯茶递给上官宝珠。黑暗中两人的手碰着了，仲少符道："上官姐姐，你的手心好像发烫。"上官宝珠道："是么？不过我自己觉得我的病已经是好了。"仲少符道："还是好好保重才是，时候不早了，你睡吧。"

上官宝珠道："我不想睡。但是我却想问你……"仲少符道："问什么？"上官宝珠道："仲弟，秦姐姐在路上和你说了些什么来着？"仲少符道："没什么呀，你以为她和我说了什么话？"

上官宝珠默不作声，仲少符想起秦弄玉说要给他做媒的话，脸上更热辣，心跳也更加快了，不觉问她道："今晚你一直没有睡过么？"上官宝珠道："没有。"仲少符道："那么秦姐姐和你又说了些什么来了？"上官宝珠学他刚才的口吻道："没什么呀，你以为她和我说了些什么话了？"

仲少符也是默不作声，半晌，涩声说道："上官姐姐，你还是睡吧。你听，已经打四更了。"

仲少符背转了身，守在门口。心事如麻，不知不觉便听得五更鼓响，上官宝珠翻了个身，幽幽地叹了口气。仲少符回头道："你还没睡？"上官宝珠道："我睡不着。"仲少符道："呀，天都快亮了，你还在想些什么心事？"上官宝珠道："我是在想，他们怎么还不回来？"

仲少符道："原来如此，我还以为你是在想着你的师兄呢。不用担心，耿大哥说过天亮之前回来那就一定回来的。嗯，你听，这不是他们回来了吗？"

话犹未了，只听得"乓"的一声，房门已被踢开，有个人冲了进来，张口就骂："你们这两个狗男女干的好事！"仲少符大吃一惊，一股劲风已是迎面扑来！

　　仲少符不愧是名家弟子，猝然遇袭，虽惊不乱，一招"见龙在田"，双掌一挡，把对方那股金刚猛扑的掌力化开，这才知道是麻大哈。

　　麻大哈使的是大力金刚掌，火候未到，猛而不纯，被仲少符这么一牵一带，掌力打不到对方身上，自己却反而煞不住猛扑之势，向前一冲，险些跌倒。仲少符用的是以柔克刚的上乘掌法，可惜功力也嫌不够，虽然化解了麻大哈的七成力道，本身仍是不禁晃了两晃。否则他若趁势追击，早就可以把麻大哈击倒。

　　上官宝珠几曾受过这样的侮辱，一惊之后，气上心头，立即回骂："麻大哈，你这才是狗嘴里不长象牙！"

　　仲少符刚刚稳住身形，正要过去保护上官宝珠，忽觉劲风飒然，又是一条黑影窜了进来，冷冷说道："麻师弟，我来收拾这个小子。至于怎样处置那个丫头，那就是你的事了！"这人是猛鹫上人的掌门大弟子，麻大哈的师兄古云飞。

　　麻大哈妒火如焚，嘿、嘿、嘿的冷笑几声，就向上官宝珠走去。

　　上官宝珠又是伤心，又是气愤，说道："麻大哈，你也来欺负我了？"麻大哈冷笑道："你和这小子干的好事！哼，你既无情，焉能怪我无义？"上官宝珠气得声音打战，说道："好呀，麻大哈，现在我才算认识你了！我危难之时，你不理我。如今我受了伤，人家好心的照料我，你却反而含血喷人！你说的还是人话吗？"麻大哈冷冷说道："你骂够没有？乖乖地跟我走吧！"说话之时，已是走到床前，一手向上官宝珠抓去。

　　黑暗中忽见金光一闪，上官宝珠斥道："滚开，要我跟你，今生休想！"金光耀眼，好像一条彩色斑斓的长蛇突然从床上窜了出来。原来这是上官宝珠的一件独门暗器，名为"金蛇带"，是一条三尺多长，用金属制成的蛇形带子，带上有毒，打到人的身上，可以令人浑身发痒，四肢无力。

麻大哈以为上官宝珠病倒床上，已是失掉了抵抗的能力的，这一下奇袭，倒是颇出他意料之外。此时麻大哈正弯着腰向她打来，上官宝珠的"金蛇带"若是打他面门，非中不可。可是上官宝珠念着青梅竹马的交情，"金蛇带"打着他的面门，只恐把他的眼睛弄瞎，于是把"金蛇带"上扬之势改为下卷，改打他的脉门。

麻大哈身手不弱，上官宝珠这么略一迟疑，变招打出，可就给了他反攻的机会了。说时迟，那时快，麻大哈已是把手缩进袖管，长袖一挥，卷着了上官宝珠的"金蛇带"，上官宝珠病后乏力，"金蛇带"反而给他夺了过去。

麻大哈冷笑道："好狠呀，你这贱人！"他非但不感激上官宝珠手下留情，反而破口大骂。上官宝珠拔出了柳叶刀，喝道："麻大哈，是你迫我和你动手，从今之后咱们恩断义绝！"刀头上发出蓝湛湛的光华，麻大哈知道这是一把毒刀，上官宝珠拼了命向他斫来，麻大哈不敢空手夺刀，侧身一闪，上官宝珠从床上跳起，穿窗而出，她想引开麻大哈，好让仲少符单独对古云飞，那就有较多的机会可以逃走了。

上官宝珠的轻功比麻大哈高许多，若在平时，她是一定可以跑得掉的。但此际她功力未复，轻功已是大打折扣，麻大哈跟踪追出，一记劈空掌向她打去，上官宝珠刚刚跳出院子，脚尖沾地，那股劈空掌力已是打到她的身上。上官宝珠晃了两晃，一口鲜血吐了出来，强自支持，这才没有跌倒，麻大哈已经追上她了。

上官宝珠喝道："麻大哈，你敢伤我，我妈不杀了你才怪！"上官宝珠的母亲是青灵派北支掌门，手段毒辣，武林知名，连麻大哈的师父猛鸷上人也要怕她几分的。麻大哈一见上官宝珠口吐鲜血，心里不禁一惊，第二掌就不敢再打下去。

麻大哈不敢再使金刚掌力，改用擒拿手法来斗上官宝珠。上官宝珠发了狠，一口刀乱劈乱斫，她这口乃是毒刀，麻大哈不无顾忌，急切间竟是夺不下她的兵刃。但上官宝珠想要跑出这间客店，也是不能。她在受伤之后，轻功根本就不能施展，不到三丈高的屋顶也跳不上去了。

上官宝珠本来是想引开麻大哈的，力不从心，大为着急，只能希望仲少符赶快逃跑。心念未已，只听得"呼"的一声，仲少符从窗口跳了出来，可是仲少符却并没逃跑，他是来解上官宝珠之危的。

仲少符一剑向麻大哈背心刺去，麻大哈一跳闪开，冷笑说道："好呀，你们两个倒是同一条心，居然联手来对付我了。"说话之间，古云飞亦已追了出来，判官笔点向仲少符背心的"风府穴"。这是人身死穴之一，仲少符不能不回身招架。麻大哈立即反扑。

上官宝珠叫道："符弟，你赶快跑吧。他不敢把我怎样的。"仲少符道："不，咱们生则同生，死则同死！"奋力一剑，荡开古云飞的判官笔，但背脊却着了麻大哈的一抓，衣裳碎裂，登时起了五道血痕。幸而未抓伤他的琵琶骨，否则更是不堪设想。

麻大哈妒火攻心，又气又怒，纵声笑道："你们想做同命鸳鸯，我偏叫你们不能如愿！"麻大哈刚才来的时候，因为想要活捉上官宝珠，故此没有动用兵器，他的那根铁杖，是插在院子里一棵槐树旁边的。此时麻大哈拔起了铁杖，如疯似狂的就向仲少符猛击。

仲少符单独对付古云飞已是感到吃力，怎禁得起麻大哈又来夹攻，不过数招，已是险象环生。仲少符拼着豁了性命，奋力死战。古云飞笑道："师弟，这小子是师父要拿去给尊胜法王当作见面礼的呵，你可不要把他打死了。"麻大哈咬牙道："除非他立即弃剑投降，还得乖乖地给我磕上三个响头，否则我也顾不了这许多了！哼，管他是死是活！"仲少符怒道："放你的屁！大丈夫宁死不辱，死则死耳，岂能屈膝投降？"刷刷两剑，狠狠地向麻大哈反击，可惜力不从心，都给麻大哈架开，还险些给古云飞点着了他的穴道。

上官宝珠与仲少符相处的时日虽然不多，却已深知他的性格，他说了要与自己共死同生，那就是无论如何也不能劝他逃走的了。上官宝珠又是感激又是焦急，终于把心一横，说道："好，人生得一知己，同死何憾！"于是也拼着豁了性命，一口毒刀盘旋飞舞，狠攻麻大哈。她虽是气力不济，但凭着毒刀，麻大哈也不能不顾忌几分，在她牵制之下，麻大哈不能全力攻击仲少符，仲少符所受的压力略减，又可以勉强支持了。正是：

甘作鸳鸯同命死，人生知己最难求。

欲知后事如何，请听下回分解。

第一○九回　幻化妖狐施杀手
重逢故友说前情

　　他们在院子里乒乒乓乓的一场大打，把这旅店的客人都惊醒了，胆小的缩在被窝里不敢出头，但也有几个胆大的开窗偷看。麻大哈挥杖一击，仲少符闪了开去，"轰"的一声，铁杖击着了院子里那棵槐树。老槐树根深蒂固，粗可合围，没有给他击断，但树枝则纷纷断折，转瞬之间只剩下光秃秃的树干，残枝落叶，满空飞舞，声势也是极足骇人。麻大哈喝道："老子是江洋大盗，在这里作案，识趣的快快躲进被窝里去。谁敢多事出头，我这根铁杖可就要把他的脖子打断！"经他这么一喝，那几个胆大的客人也吓得连忙关窗，不敢再偷看了。

　　麻大哈心里想道："我虽然不怕这店子里的客人多事，但惊动了官府，却也不妙。这丫头舍了命护这小子，我可不能让她再纠缠下去了。否则天一亮事情就不好办啦。"要知麻大哈是畏罪潜逃的金国军官，他也是害怕御林军的高手来追捕他的。麻大哈喝道："宝珠，你再胡闹，可休怪我手下无情！"上官宝珠道："好，有胆你就打杀我吧！"话犹未了，麻大哈当真一杖就打下来，"当"的一声，上官宝珠的毒刀脱手飞出，麻大哈纵声笑道："我还舍不得杀你呢，哼，给我倒下！"上官宝珠晃了两晃，果然应声倒地。原来麻大哈使用的气力恰到好处，只是将她震倒，却没令她受伤。

　　仲少符这一惊非同小可，可是他在古云飞双笔笼罩之下，急切之间，却是冲不过去援救上官宝珠。

　　麻大哈正要去抓上官宝珠，忽闻得一丝淡淡的香气，麻大哈连忙闭了呼吸，挥袖一拂，跳过一边，然后笑道："宝珠，你这本门使毒的功夫怎么对我施展起来了。"原来上官宝珠爬不起来，自知已是无力抵抗，迫得使用毒药，她弹出一撮药粉，可以令人昏迷。但可惜她气力太弱，药粉还未沾着麻大哈的身子，已是给他衣袖一拂，随风飞散。

麻大哈也害怕上官宝珠的使毒功夫，不敢触着她的身体，当下将铁杖一举，向上官宝珠戳去。他是想用铁杖点上官宝珠的麻穴，用意只在不让她动弹，倒不是要伤害她的。

古云飞忽地喝道："来的是哪条线上的朋友？"麻大哈隐约也似听到一点声息，但他以为是哪个客人起来偷看，并不放在心上，铁杖仍然向上官宝珠戳了下去。

古云飞话犹未了，麻大哈的铁杖也还未曾戳到上官宝珠的身上，忽听得"哗啦"一声，一片瓦飞来，竟然把麻大哈的铁杖荡开，普通的一块瓦片，碰着铁杖无异以卵击石，但却居然能够把铁杖荡开，这人的内功之深也就可想而知了。

麻大哈大吃一惊，说时迟，那时快，屋顶上已经跳下两个人来了。前面的那个闪电般的就来到了麻大哈的面前，喝道："你这厮为何对师妹也施展毒手？好呀，碰上了我，可要叫你难逃公道！"麻大哈使出全身气力，用最刚猛的伏魔杖法猛击那人，那人将手中的拂尘轻轻一拂，拂尘卷住了杖头，麻大哈使了九牛二虎之力，铁杖竟是不能再向前移动半分。

麻大哈这才看清楚了来的竟是两个女子，用拂尘卷着他的铁杖的这个女子不是别人，正是他的对头克星蓬莱魔女。跟在她后面的那个女子则是她的心腹侍女玳瑁。

麻大哈这一惊更是非同小可，他曾屡次吃过蓬莱魔女的苦头，焉敢和她对敌？忙不迭地就抛了铁杖，跳上瓦面，一溜烟地逃之夭夭。蓬莱魔女忙于救护上官宝珠，也就顾不得追他了。

玳瑁见猎心喜，笑道："让我也试试新学会的剑法，喂，这位朋友你歇歇吧，这高个子让我打发好啦！"仲少符正在苦于无法脱身，得玳瑁前来替他，仲少符也就不再客气，连忙抽出身来，过去察视上官宝珠。

蓬莱魔女不认得仲少符，但见他一把将上官宝珠抱了起来，满脸惶急的神情，心中已是猜到了几分。上官宝珠被仲少符抱在怀中，满面通红，说道："仲弟，我的伤不打紧，你快将我放下，先谢谢恩人吧。这位恩人正是你想要拜谒的绿林盟主柳女侠！"

　　仲少符又惊又喜，放下了上官宝珠，说道："柳盟主，这可真是巧极了。上官姐姐和我正想到天狼岭去见你的呢！"蓬莱魔女怔了一怔，微微一笑，说道："我还未请教你的高姓大名，嗯，你怎么知道我是要到天狼岭去的？"

　　仲少符拍了拍脑袋，说道："我可真是乐得糊涂了。我姓仲，名叫少符，我是和耿大哥耿照同来的。耿大哥和我是邻居、世交。"

　　蓬莱魔女听了大为欢喜，心里想道："看这情形，他们似是一对情侣了。青灵子嘱托我要将他的女儿引上正路，我只怕她摆脱不了麻大哈，想不到事情有了这样意外的变化，她和麻大哈变成了敌人，和耿照的义弟却变成了情侣了。青灵子托我的两件事情，第一件已是不必我再费气力了。"

　　蓬莱魔女给上官宝珠把了把脉，说道："你不久之前曾受过内伤，是吗？好在旧伤已好，新创倒是无关紧要。我这里有上好的金创药，仲少侠，你给她敷敷。"

　　上官宝珠又是感激，又是惭愧，说道："柳女侠，我真不知该怎样报答你才好。我、我以前——"蓬莱魔女笑道："过去的事别再提啦。令尊是个好人，我也曾间接受过他的恩惠的。嗯，我曾受令尊之托，找着了你，我就放心了。"

　　蓬莱魔女看见上官宝珠脸上有惶惑的神气，遂问她道："你可是有什么想要问我？"仲少符笑道："上官姐姐，你的事情慢慢再谈吧。你瞧，这位姐姐使的好剑法！"

　　此时玳瑁和古云飞已经过了二三十招，玳瑁使出新学会的柔云剑法，与古云飞打得难解难分。

　　以古云飞的本领，本可以略胜玳瑁一筹的，但一来他已先打了一场；二来有蓬莱魔女在旁，虽然蓬莱魔女并不出手，古云飞心里亦有恐惧，暗自想道："麻大哈已经走了，有这魔女在此，我是决计讨不了好处。三十六着还是走为上着！"

古云飞以攻为守，双笔疾点玳瑁的"期门穴"和"白海穴"。玳瑁一个侧身，青钢剑轻轻一推，古云飞立即从空门抢出，哪知柔云剑法的精妙之处就是以柔制刚，古云飞这么使劲一冲，给玳瑁轻轻一推，借力打力，"当"的一声，双笔反打回来，古云飞的额角给笔尖挑破，血流如注。但古云飞的轻功甚是了得，受伤之下，仍然跳过了墙头。蓬莱魔女笑道："他已受了惩罚了。穷寇莫追，由他去吧！"

此时已是斜月沉西，曙光初现的黎明时分。蓬莱魔女道："你们不是说耿照也在这儿的么？怎不见他？"仲少符蓦然惊觉，说道："对呀，耿大哥说过至迟五更就会回来的，现在天都已经亮了，却还未回来，只怕是出了事了？"蓬莱魔女道："哦，他到哪儿去了？"仲少符道："他和秦姐姐回家去了。"

蓬莱魔女又惊又喜，说道："既然如此，咱们到他家里看看。上官姑娘，你走得动吗？"

上官宝珠本来已好了六七分，新受的外伤，并不严重，敷上了金创药，流血已止，站了起来，说道："柳盟主，你们尽快赶去，不必等我。我是走得动的，只怕追不上你们。"

蓬莱魔女到过耿家，不必仲少符带路，于是四个人分作两批，蓬莱魔女与玳瑁先走。仲少符在后面照顾上官宝珠。

且说耿照与秦弄玉被困在七煞阵中，正自脱身不得，眼看就要精疲力竭，伤在宫昭文的判官笔下。忽听得"嗖嗖"两声，两条黑影飞过墙头。耿照刚叫了一声"仲弟，……"蓬莱魔女接声笑道："是我！照弟，莫慌，待我来破他这七煞阵。"耿照看见是蓬莱魔女，大喜过望。

宫昭文领教过蓬莱魔女的厉害，见她突如其来，这一惊非同小可。金鼎娘未曾见过蓬莱魔女，见她闯阵，便即迎上前去。虬龙鞭一抖，向蓬莱魔女扫去。

一鞭打出，宛似平地上卷起了骇浪惊涛，一圈接着一圈的向蓬莱魔女卷去。这一招正是金鼎娘所学的"天龙鞭法"的精华所在，名为"八方风雨会中州"。当年玉面妖狐就曾仗这一招，打败过许多江湖的好手。

蓬莱魔女颇为奇怪，心想："难道她是玉面妖狐的师妹？"当下将拂尘一挥，说道："你的鞭法倒还不错，只可惜功力未够！"蓬莱魔女的"天罡尘式"乃是武林一绝，柔中寓刚，拂尘倒卷出去，隐隐挟着风雷之声！金鼎娘的软鞭，反而给她的拂尘卷住了。

　　金鼎娘禁受不起蓬莱魔女的内力，虎口一麻，软鞭登时给她卷去。只听得噼噼啪啪的一连串炒豆似的连珠密响，蓬莱魔女的拂尘抖开，那条软鞭已是断成了十几段！

　　宫昭文大吃一惊，冒险冲出"离门"，来救妻子。蓬莱魔女的本领远远在他之上，不过对他的惊神笔法却也不敢小视，当下反手一剑，解开了他双笔点穴的招数，身形一展，踏进巽门，拂尘仍然向金鼎娘罩下。

　　金鼎娘双掌齐发，这一次却是用的家传本领——"阴阳五行掌"的功夫，左掌发出一股热风，右掌却是一团冷气，她的功夫不过是五成火候，当然伤不了蓬莱魔女，不过却也荡开了她的拂尘。

　　蓬莱魔女恍然大悟，说道："哦，原来你是祁连老怪的女儿。你的父亲作恶多端，身遭惨死。你可不能再蹈他的覆辙了。"蓬莱魔女念在金鼎娘年纪轻轻，这身武功得来不易，因此，她本来是要连续使出三招杀手的，只使了一招，后两招便即缓发。

　　宫昭文叫道："退入离门，倒转阵势！"这"七煞阵"是按着"八卦"的方位布阵的，其中"离门"乃是生门，金鼎娘退入了"离门"，玳瑁跟着追来，已给旁边两个大内高手挡着。宫昭文接着也退入了"离门"。

　　"七煞阵"的阵势是必须按照一定的方位转动的，宫昭文刚才为了急于救妻，冲出离门，虽然不过交手一招，立即退回，但已乱了阵法。宫昭文要想倒转阵势，困着蓬莱魔女，急切之间，却是不能。

　　蓬莱魔女挥尘运剑，立即便闯"离门"，原来她曾经从华谷涵那儿懂得这阵法的秘奥，华谷涵当年在千柳庄吃过这七煞阵的亏，"吃一堑，长一智"，钻研出了破阵的诀窍。"离门"乃是此阵枢纽，蓬莱魔女倘能占据"离门"，这七煞阵便要土崩瓦解。

此时阵虽未破，阵脚已乱，耿照与秦弄玉本来已是被困"死门"的，此时亦已冲了出来，与蓬莱魔女会合。蓬莱魔女懂得破阵的诀窍，不待此阵合围，便即发动攻势。

蓬莱魔女径袭"离门"，按照阵势，把守"兑"、"震"两门的人应当从两翼兜上，但因阵脚已乱，一时未能合围，蓬莱魔女身手何等矫捷，身形一掠，已是掠过"震门"。"坎门"的那个卫士蓦地发觉蓬莱魔女到了面前，大吃一惊，慌慌张张的一刀斫去，蓬莱魔女喝声："撒手！"拂尘一绕，缠着刀柄，只是照面一招，就把那人的大刀夺出了手，一挥拂尘，大刀飞入"离门"，宫昭文双笔一架，大刀虽是给他打落，但亦身不由己地连连后退。说时迟，那时快，蓬莱魔女已从空档抢入"离门"。

耿照冲出，一个使狼牙棒的卫士挡着他的去路，蓬莱魔女叫道："走乾方，转巽位！"耿照依言移形换位，果然不费什么气力就杀了出来。把守"兑门"的那个卫士此时刚好转到他的前面，耿照使出"大摔碑手"，一抓抓着了这名卫士的后心，举了起来，一个旋风急舞，将这卫士扔入了"离门"，金鼎娘首当其冲，连忙闪避，这卫士给摔个半死，耿照随即也抢入了"离门"。

"离门"被占，"七煞阵"登时瓦解。金鼎娘慌忙逃跑，迎面碰上玳瑁，金鼎娘一掌拍出，使的是"修罗阴煞功"，金鼎娘的"修罗阴煞功"虽然不过五成火候，但玳瑁已是禁受不起，机伶伶地打了一个冷战，刺出去的一剑也就刺了个空。金鼎娘从缺口冲出。宫昭文用"惊神笔法"迫退耿照，秦弄玉一招"玉女投梭"向他后心疾刺，可惜还是迟了一步，剑尖刺穿他的衣裳，未伤着他。宫昭文紧跟着妻子，也逃出去了。

蓬莱魔女忙于破阵，无暇去追。当下将拂尘一甩，喝道："今次姑且饶你一命，但也不能让你走得这样容易！"宫昭文的身子刚刚飞过围墙，陡然觉得胁下一麻，就像给利针刺了一下似的。原来是蓬莱魔女飞出一根尘丝，当作梅花针来使。尘丝比梅花针更细，无声无息，但经过了蓬莱魔女的玄功运用，却比梅花针还要厉害。宫昭文给这根尘丝射入了胁下的"愈气穴"，真气一散，轻功登时失灵，从空中摔了下来。幸好是摔在围墙之外，金鼎娘将他背起，慌忙逃跑。

可怜那五名金宫卫士却是不能逃脱，转瞬间都已中剑倒地，血溅尘埃。玳瑁说道："可惜走了宫昭文。"蓬莱魔女笑道："他已给我射着穴道，至少也得养伤半月。金鼎娘必须给他治伤，今晚他们总是不能通风报讯的了。"

敌人死的死了，逃的逃了，一场血战，归于平静。耿秦二人与蓬莱魔女见过了礼，耿照说道："柳盟主，你怎么会到我家里来的？难道你有先知之能？"蓬莱魔女道："我到过你住的那间客店了，上官宝珠和仲少符随后就来。"耿秦二人听她说了经过，不胜欢喜。

蓬莱魔女道："我也应当给令堂上一支香。"当下撮土为香，在耿母墓前拜了三拜。耿秦二人墓旁陪礼。

行过了礼，蓬莱魔女道："三年前我路经蓟州，曾到过你的家里探望，那时好像还没有这座坟墓，是你托人营造的吗？"

耿照道："我在蓟州并无亲友，而且我又身为钦犯，怎敢连累他人？"蓬莱魔女道："我就是因为这样想，所以觉得奇怪。这么说，是什么人造的坟墓，连你也不知道的了。"耿照叹口气道："不知是谁甘冒这样大的危险，安葬我的母亲。我连恩人的名字都不知道，真是惭愧得紧！"

蓬莱魔女忽地喝道："谁躲在那儿？"只听得"咕咚"一声，一个人从墙头上跌下来，是一个约莫十五六岁的大孩子。这面墙是和邻家相连的，墙头野草丛生，耿照没有留意。蓬莱魔女则是眼观四面，耳听八方，见墙头野草无风自动，已知有人隔墙偷窥。

耿照"呵呀"一声叫了出来，慌忙过去将这少年扶起，说道："你不是钟家的小牛儿吗？跌伤了没有？"

小牛儿双手沾满污泥，拉着耿照咧开嘴说道："不痛，不痛。耿大哥，你回家了。难为你还记得我小牛儿。"耿照笑道："原来你们还没有搬走。我怎能不记得你这顽皮的小牛儿呢？"

这小牛儿是邻家的孩子，小时候很喜欢跟耿照玩的，耿照离家那年，他不过是十岁刚出头的孩子，现在则是长得和耿照差不多一样高的少年了。

小牛儿道："耿大哥，你们这一架打得多凶，我，我几乎给吓死了！我听到你的声音，不敢过来帮你，你不怪我吗？"原来他给隔邻打斗的声音惊醒，躲在墙后面偷窥，直到耿照大获全胜之后，才敢露面。

　　耿照笑道："你有这番心事，我已是很感激你了。小牛儿，我问你一桩事情，这坟墓是谁建造的，你可知道？"

　　小牛儿道："是李家哥哥建的，我也有份帮他的手呢。"耿照瞿然一省，说道："哦，你说的是李大哥李家骏？"

　　小牛儿道："不错。那时候家骏哥就住在我的家里，半夜悄悄地带着我爬过来建这坟墓。不过，我可没有做多少事情，只能替他堆堆土，搬搬石头。"

　　耿照笑道："原来是李师兄，我真是糊涂了，早应该想到是他的。"秦弄玉道："他平时不大说话，好像是很怕事的。我以为他早已跑了，谁知还留在这儿。难得他这样义气，真是令我料想不到。"原来这个李家骏乃是秦弄玉父亲秦重的弟子，又曾跟耿照的父亲读过书。所以和秦耿两人都算得是同门。

　　耿照叹了口气，对秦弄玉道："记得那日出事之后，我因为上了玉面妖狐的圈套，错把你当作杀母仇人，上你家去和你理论，在路上碰见李师哥，他正挑着两大箩银子。……"秦弄玉插口说道："那是金虏送来给我爹爹作聘礼的，金虏要请他出山当禁卫军的教头，送来了白银千两黄金百镒，还有其他珠宝绸缎，我爹爹佯作答应，那送礼的官儿一走，他就叫李师哥把银子挑到村里去分派给穷人。其他黄金珠宝则准备以后再到钱庄换掉。想不到你却因此而又起了误会，是吗？"耿照道："不错。但这事的真相，不久我也就明白了。玉面妖狐偷施暗算，假我的手杀了姨父，那时我几乎失了理智，出村时又碰上了李师哥，这才知道其中原委。我痛不欲生，急急忙忙去追赶你。"这件事耿照早已对秦弄玉说过，秦弄玉道："过去的事，你还一提再提作甚？"耿照道："今晚我才知道是李师哥替我母亲建坟，不由得又想起这件旧事来了。但还有一点我未曾告诉你的，李师哥当时还说有件事情要我帮忙，那时我已经差不多疯了，赶着去追你，并没有听完他的说话，却不知他要我帮忙的是什么事情。"

秦弄玉道:"我爹爹的后事也是他料理的,既然他还留在这里,咱们就一同去找寻他吧。一来要向他道谢,二来你也可以问他那件事情了。但却不知他是否还住在他以前的家里?"

小牛儿道:"家骏哥现在做了斩柴的樵夫,每隔三五天一次挑柴到城里来卖,我知道他已经搬到山里住了。"耿照连忙问道:"你可知道所在?"小牛儿道:"我只知道是在北芒山中,但我没有去过。"北芒山绵延百里,山深林密,山中猎户不止千家,要找寻一个隐姓埋名的人,虽然不至于难似"海底捞针",却也不是一件易事。耿秦二人有事在身,不能在蓟州久留,听了小牛儿的话,不觉黯然。

玳瑁一直在旁静听他们的说话,默不作声。蓬莱魔女眼光一瞥,忽见她眼角有晶莹的泪珠,蓬莱魔女怔了一怔,道:"玳瑁,你怎么啦?"

玳瑁抹干了眼泪,忽地说道:"耿大哥,你这位李师兄可是信州人氏?"

耿照诧道:"你怎么知道?"

玳瑁紧跟着又问:"令堂和令姨父也是信州人氏,对吗?"耿照道:"不错。你——"玳瑁又问:"李家骏大约是十多年前到蓟州来投奔你姨父的,对不对?"耿照更为诧异,说道:"一点不错,你和我的姨父和家骏哥都是相识的吗?"蓬莱魔女如有所悟,忽地问道:"莫非这李家骏就是你要寻找的人?"

玳瑁道:"不错,这李家骏,他,他正是我失散的表哥。"

原来玳瑁和李家骏,都是信州人氏,两家乃是中表之亲。玳瑁和他且还自小订有婚约。其后遭逢世乱,玳瑁的父母死于兵火之中,和表哥也失散了。那时玳瑁不过七岁,几经辗转,落到一个大户人家做了丫头。后来那大户被绿林好汉抄了家,玳瑁也被救了出来,因那好汉与蓬莱魔女的师父公孙隐相识,公孙隐正要为蓬莱魔女找个女伴,玳瑁这才变成了蓬莱魔女的侍女的。十多年来,玳瑁无时不在思念她的表哥,却苦于无法得到他的消息。她知道李家骏有个远房亲戚叫做秦重,却不知秦重就是耿照的姨父,也不知秦重是搬了家到了蓟州。

这次玳瑁跟蓬莱魔女下山，为的就是想趁这个机会，可以到各处去打听李家骏的消息。前几天她经过蓟州，曾到故乡探望，故乡相熟的人家早已毁于兵火，成了一片瓦砾了。玳瑁以为是找不着李家骏的了，不料踏破铁鞋无觅处，得来全不费功夫，在耿照的家中，却获得了李家骏的确实讯息，知道李家骏不但活在人间，而且还跟秦重练成了一身武艺，是秦弄玉的师兄。玳瑁之喜可知。可是在欢喜之中却也担着一重心事，时间紧迫，不知能不能够在北芒山上找得着他？

蓬莱魔女问明了玳瑁之后，很是替她欢喜，说道："我到天狼岭赴武士敦之约，无须你陪我去，你可以留下来寻找你的表哥。"

玳瑁踌躇未决，蓬莱魔女笑道："隔别了十几年，你怕认不得他了，是么？那也无妨，叫照弟和秦姑娘陪你去吧。天已亮了，咱们可以走了。"

耿照道："柳姐姐，你不是说仲少符与上官宝珠也都是要到我家里来的么？"

蓬莱魔女瞿然一省，说道："不错。上官宝珠伤病初愈，不能施展轻功。不过，这个时候也应该到了。难道路上又出了什么事情？咦，外面似是有人厮杀！"

众人赶忙出去，一看，只见大门之外，仲少符和一个身材魁梧的汉子正在恶斗。那个汉子不是别人，正是他们所要找寻的李家骏！

原来李家骏这天早上来找小牛儿，恰巧在耿家的大门前碰上了仲少符与上官宝珠。李家骏看见两个陌生的人要进耿家，只道他们是金廷的鹰犬，便即盘问他们的来历。仲少符焉肯对他实说，同样的也是怀疑李家骏是金廷鹰犬。双方一言不合，动手就打起来。

仲少符剑法精妙，李家骏则胜在气力沉雄，刀法也很不弱，双方旗鼓相当，打得难分难解。

蓬莱魔女等人出来之时，仲少符正使到一招"斗转星横"，倒转剑锋，自下而上地斜剖李家骏的小腹，剑尖指向他胸口的"璇玑穴"，剑柄又撞向他胁下的"愈气穴"，一招三式，同时攻向对方的三处要害，这是四空上人所传的佛门"伏魔剑法"中一招最精妙的招数，当真是厉害无比！李家骏喝道："好狠！"他的招数不及仲少符的精妙，百忙中不知如何破解，只好"以力降巧"，"呼"的一刀硬劈过去。仲少符的气力不及他，这一下各打各的，眼看就要两败俱伤。

上官宝珠大吃一惊，生怕仲少符被快刀劈中，难免性命之忧，急切间不暇思索，一蓬梅花针射了出去。她的梅花针是淬过毒的。

这一边玳瑁也是不由得吓得尖叫起来，想要跑过去把李家骏拉开，已是来不及了。

幸亏蓬莱魔女身手矫捷，来得正是合时，只见她拂尘一展，快如闪电，把那一蓬毒针拂得零星四散，没有一枚射到李家骏的身上。

上官宝珠怔了一怔，叫道："柳姐姐，你——"蓬莱魔女微微一笑，说道："都是自己人，这位李兄是耿照的师哥。"耿照也上前说道："师哥，你还记得小弟从前的邻居仲老伯吗？他就是仲家的小弟弟。"李家骏"啊呀"一声叫了起来，说道："真是料想不到，耿贤弟你回来了，还有仲家小弟弟也一同回来了，这不是做梦吧？"仲家父子搬离蓟州之时，李家骏刚到蓟州投奔秦重，他和仲家父子只见过两次面，那时仲少符年纪很小，只有几岁，隔别了这许多年，彼此都不认得了。

耿照道："青天白日，怎会是做梦？还有更巧的事情呢，你瞧瞧，这位姑娘是谁？"

李家骏听得玳瑁刚才那声尖叫，对她已是留心，只觉这女子十分眼熟，心中自然而然的似有亲人的感觉，但一时间却想不起来，寻思："她是谁呢，为什么对我这样关心？"

玳瑁心中酸痛，说道："骏哥，你连我也不认得了么，我是——"名字未曾说出口，李家骏已是"啊呀"一声叫了出来，立即冲上前去，紧紧地握着玳瑁的双手，叫道："玳瑁，你、你还活在人间！你长得这么高了！"他们是从小订婚的，李家骏长玳瑁三岁，被乱兵冲散之时，李家骏已有十四岁，玳瑁不过十岁刚出头，俗语说"黄毛丫头十八变"，李家骏怎想得到眼前这个标致的女子就是自己从前那个"乳臭未干"的未婚妻？而且他们是被乱兵冲散的，一个稚龄女子在那样兵荒马乱的年头，与家人失散，生存的机会实是微乎其微。故此李家骏虽然念念不忘"青梅竹马"的未婚妻，却不敢对她抱着生还之望。

正因为李家骏以为玳瑁早已不在人间，故此他虽觉似曾相识，却做梦也想不到是她。

劫后相逢，浑如一梦。两人喜极忘形，感极而泣，顾不得是在众人面前，不知不觉地便紧紧相拥了。蓬莱魔女笑吟吟道："乱世姻缘，每多奇遇。这正是：历劫了无生死念，经霜方显傲寒心。冬风尽折花千树，尚有幽香放上林。玳瑁妹子，我真是替你们高兴！"

玳瑁瞿然一省，说道："骏哥，你是来给师母扫墓的吧？"李家骏道："不错，我是来找小牛儿一同去给师母扫墓的。你知道照弟的家已被官府封了，我不能从大门进去，每次都是从小牛儿那边逾墙潜入的。"玳瑁道："小牛儿也正在墓园里呢，咱们都进去吧，你和照弟已有五年不见，你们两师兄弟也应该谈谈了。"

众人逾墙而入，重回墓园。李家骏在耿母墓前行过了礼，耿照答谢师兄代营母墓的大恩，便问李家骏道："当年我走得匆忙，你好像有件事情要和我说，是么？"

李家骏笑道："不只一件，是有两件事情要和你交代的。"耿照道："哪两件事情？"李家骏道："第一件是有一百两金子要交给你。"耿照怔了一怔，随即恍然大悟，说道："哦，可就是金虏送来给我姨父的那一百两金子？"李家骏道："正是。金虏送来的有白银千两，黄金百镒。银子我已经散给村里的穷人了，金子我却是不便拿到城里兑换。那天师父本来是叫我拿给你处置的，如今还藏在山上。"耿照苦笑道："如今我已是在江湖漂泊之人，我既不能在蓟州久留，将它分给穷人，我要这黄金复有何用？"

玳瑁笑道："不，还是有用的，宋金刚的那支义军正缺军饷，这一百两黄金，给了他们，用处可就大啦！"

耿照道："第二件事又是什么？"

李家骏道："师父生前，曾秘密结交各方反金的志士，本来是想联络好了，就起义的。只因发生了那件意外之事，那天他匆匆要走，将一纸名单交了给我，上面就是那些志士的姓名和地址，也是要我送给你保管的。这张名单，如今也还在我那儿。"

耿照大为后悔，说道："原来姨父也是如此苦心孤诣，可叹我当年还误会了他。"秦弄玉道："这件事，我也不知道。"李家骏道："那是师父因为你年纪较小，平时闲话家常，就无谓说了。他也是那天临走之时，才付托与我和照弟的。"

蓬莱魔女道："我们正要联结各方抗金的志士，这张名单很有用处。好，照弟你就跟你的师兄回去一趟吧。"

蓬莱魔女接着说道："近来局势虽然较为平静，但祁连山那边仍是随时可能有战事发生，你们在这里的事情办妥之后，立即到祁连山去。天狼岭之约，我独自赴会，你们不用去了。"

上官宝珠说道："柳女侠，我想跟你到天狼岭去，你肯要我作伴吗?"蓬莱魔女知道她是想向自己探询身世之秘，只怕有些说话是不便当众说的，于是说道："好吧，只是如此一来，你和仲少符可要暂时分手了。仲少侠，你放心得下吗?"蓬莱魔女早已看出他们是对情侣。

仲少符面上一红，说道："宝珠姐姐有盟主照顾，我还有什么不放心的?"耿照笑道："反正盟主赴了天狼岭之约也就要到祁连山的，暂时分手也不过是几天而已。"

李家骏道："小牛儿，你们恐怕也不能在这里住下去了。"小牛儿道："我正想和你说呢，你可肯带我出去?"李家骏道："你先和家人商量，搬出了城再说。"耿照道："这样吧，你安顿了家人之后，就动身到祁连山去，路上一定可以碰见义军的。你说出我的名字，义军会收留你的。这里五十两银子，给你路上使用。"小牛儿道："要不了这许多。"耿照说道："我知道你的家境并不怎么宽裕，我连累你们不能在此安居，这点银子你们搬家也要用的。"小牛儿十分感激，说道："耿大哥，难为你为我想得这样周到。"拿了银子，便爬过围墙去了。

此时天已大亮，蓬莱魔女等人计议已定，离开耿家，出了蓟州城，便即分道扬镳。耿照、秦弄玉、李家骏、玳瑁和仲少符五人随李家骏上北芒山取那名单与金子；蓬莱魔女带了上官宝珠往天狼岭赴武士敦之约。

路上蓬莱魔女才有余暇和上官宝珠说起她与青灵子相遇之事，上官宝珠从耿照口中已经知道了一个大概，此时听了蓬莱魔女所说的全部事实，心中更多疑惑，对于青灵子临终之际的遗言，也是极为感动。

蓬莱魔女道："我有一事未明，你何以不相信青灵子是你爹爹。"

上官宝珠道："不是不相信。只因我听得妈妈说过，我的爹爹是遁迹海外、还在人间的。却不知我的爹爹和那位青灵子前辈是否就是同一个人？听说青灵子前辈给了你半面破镜——"

蓬莱魔女道："不错。现在就交给你吧。"上官宝珠接过那半面破镜子仔细一瞧，果然是和她小时候在母亲妆台所见的那半面破镜相同。

蓬莱魔女道："令尊本来是要我将这半边镜子送还你的母亲的，如今给了你，你将来回山之时，就可以问个明白了。"

上官宝珠道："此去天狼岭须得几天工夫？"蓬莱魔女道："你的轻功现在已经恢复了五成，过两天就会完全恢复了。以咱们的脚程而论，到天狼岭去，依我看走个十天八天大约也可以到了。"

上官宝珠微微一笑，说道："如此说来，说不定咱们到了天狼岭就可以见着我的母亲了，用不着我再回去灵鹫山啦。到灵鹫山打个来回，至少也得半年呢。"

蓬莱魔女诧道："哦，你的母亲也要到天狼岭么？"

上官宝珠道："柳姐姐，你大约还未知道，神驼乙休和公孙奇就是躲在天狼岭上。"

蓬莱魔女本来亦是有此怀疑，如今从上官宝珠口中得到了证实，怔了一怔，问道："你怎么知道？令堂将有天狼岭之行敢情就是与此事有关？"

上官宝珠道："神驼乙休与我的师叔猛鸷上人相交颇厚，猛鸷师叔得知他们躲在天狼岭上的消息，曾派遣麻大哈去寻访他们。那时麻大哈和我还未翻脸，他瞒着师父，私自带了我去。猛鸷师叔其实是在觊觎公孙奇那两大毒功，所以才叫麻大哈先去打探他们的住址。他是准备在得到确实的消息之后，就要跟着去轧上一脚的。"

蓬莱魔女道："你已经把这件事情告诉你的母亲了？"

上官宝珠道："不错，这样一件大事，我当然是不敢瞒着妈的。妈和师叔一向是面和心不和，各怀心病的。妈要我打听到确实的消息之后，立即回去告诉她。妈也是想取得公孙奇那两大毒功。"

蓬莱魔女叹了口气，说道："原来还有如此这般复杂的勾心斗角情事，桑家那两大毒功真是害人不浅！"

上官宝珠面上一红，说道："妈是怕师叔得到那两大毒功，我们这一支就难免要受师叔所制，所以不得不参加争夺。"其实上官宝珠的母亲青灵师太乃是一个介乎邪正之间的人物，她擅于使毒，对桑家那两大毒功慕名已久，即使不是为了同门之争，她也是要想取得那两大毒功的。

上官宝珠接着说道："我离山已有数月，妈见我久不归来，一定会到天狼岭找我的。"

蓬莱魔女道："这么说，你们是已经到过天狼岭的了。可曾见着武帮主么？"

上官宝珠道："不但见着，而且我还多亏武帮主和云紫烟女侠救了我的一命。可惜那时我还在受着麻大哈的欺骗，对武帮主怀着敌意，他救了我的命，我却不肯听他的善言。"

当下上官宝珠将她在两个月前在天狼岭的遭遇一一告诉了蓬莱魔女。蓬莱魔女这才知道猛鸳上人早已到过天狼岭，同时也知道武士敦约她赴会的原因了。正是：

破镜难圆遗恨在，天狼岭上探奇情。

欲知后事如何，请听下回分解。

第一一〇回　明月有情堪作伴
　　　　　雪莲无主为谁开

　　蓬莱魔女心里想道："武士敦约我到天狼岭来，那一定是为了公孙奇的缘故了。"要知武林中的规矩，清理门户之事，外人是不便越俎代庖的。蓬莱魔女是公孙奇的师妹，武士敦要除掉公孙奇，当然是以请蓬莱魔女出来代师执行清理门户之事为宜。

　　蓬莱魔女屈指一算，从大破桑家堡到现在已有八个多月，公孙奇是在桑家堡被破之日开始遭受走火入魔之劫的，走火入魔比任何一种惨酷的刑罚还要厉害，"公孙奇受了这八个多月的折磨，即使还能活在人间，也应该多少有点悔意了吧？"蓬莱魔女心想。蓬莱魔女本是嫉恶如仇的性格，但公孙奇是她师父唯一的独子，蓬莱魔女念着师门的恩义，还是希望她的师兄有所悔改的。

　　上官宝珠道："据我所知，乙休和柳元甲这两个老贼都在天狼岭上，如今又多了我的猛鸷师叔和蒙古尊胜法王的弟子宇文化及，他们四个人一伙，都是想要公孙奇那两大毒功，利害相同，绝不能让别人把公孙奇除掉。看来咱们到了天狼岭，恐怕还有一场剧斗呢。"

　　蓬莱魔女已经知道武林天骄与武士敦同在一起，说道："他们有四个人，实力不会相差很远。若然不敌，我还可以就近请一位老前辈帮忙。不过——"上官宝珠道："不过什么？"蓬莱魔女叹了口气，说道："不过我却有点为难之处。到时再见机行事吧。"蓬莱魔女心目中可以帮忙她的那位老前辈，就是住在离天狼岭不到二百里的石家村中的聂金铃，聂金铃是乙休的妻子，又是她叔父柳元甲的岳母，聂金铃是否愿意出头，蓬莱魔女殊无把握。再加上她与公孙奇的一段师门恩怨，心中不免十分烦乱。上官宝珠亦知公孙奇是她师兄，听她这么说，也就不便再问下去了。

过了两天，上官宝珠伤病已愈，果然只不过用了八天工夫，就赶到天狼岭。

公孙奇遭受了八个多月走火入魔的灾难，目前是死是生，还是个谜。蓬莱魔女急于要会见武士敦，也急于要揭开这一个谜。

武士敦与武林天骄早已离开大都往天狼岭去了，这是蓬莱魔女知道了的。蓬莱魔女以为他们必然早已到了天狼岭等她，不料却是遍寻不见。

蓬莱魔女疑虑不定，心想："难道他们在路上又出了事情，遭了意外？还是他们躲在什么地方，我还未找到呢？"天狼岭山高林密，蓬莱魔女又怕他们尚未来到，不敢用啸声传音报讯。因为倘若他们未到，啸声一发，反而就要招来强敌了。

上官宝珠道："武帮主有个师叔在这儿，说不定他是在师叔家里。咱们不妨去看一看。"

蓬莱魔女想了起来，说道："不错，他的这位师叔是丐帮中硕果仅存的夏长老，隐居在这天狼岭上。武士敦本来是要请他下山的，不知他是否在家？你知道他的住址吗？"上官宝珠道："知道，是麻大哈告诉我的。我们寻找乙休的时候，曾经过他的门前。"

当下上官宝珠在前头带路，此时是初秋时节，山下残暑未消，山上却是白雪皑皑。怪石奇峰，在冰雪覆盖之下，恍如霜刀雪剑，玉宇琼台。蓬莱魔女笑道："这里倒是绝妙的避暑去处，你冷吗？"蓬莱魔女极为欣赏这冰天雪地的奇景，却担心上官宝珠病体初愈，耐不住山上的严寒。

上官宝珠笑道："不冷。前面还有奇景呢，过了这个山坳，就暖和了。"蓬莱魔女走过山坳果然觉得冷风之中似有一股温暖湿润的空气，把寒意冲淡了不少。抬头一看却原来有一个温泉，灼热的水花从温泉喷出，散发出一团团的白雾，水气在阳光下幻成七色的彩虹，端的是奇丽无俦。

上官宝珠道："那日，我就是在这里遇见武帮主和那蒙古武士的。"上官宝珠想起那日之事，自己在温泉旁边的清溪戏水，麻大哈在旁边给她守护，那时怎料得到会有后来的这场情变？上官宝珠不禁感慨万端。

过了温泉之后，狼牙峰上夏长老那间石屋已然在望，山风吹来，蓬莱魔女嗅到一股清香，香气当真是清幽之极，沁人肺腑。蓬莱魔女深深吸了口气，赞道："好香，好香！却不知这是什么奇花？"

上官宝珠道："是夏长老从天山绝顶移植到他园中的雪莲。"

蓬莱魔女吃了一惊，说道："是天山雪莲？"蓬莱魔女见闻甚博，平生却没见过天山雪莲，不过，也知道天山雪莲是能解百毒的奇花。

上官宝珠道："麻大哈学过丐帮的武功，算起来夏长老还是他的长辈。实不相瞒，我当时是想偷这天山雪莲的，但麻大哈不敢惹他师叔，我才把这意念打消了。"

蓬莱魔女沉吟片刻，说道："此事却是有点奇怪。"

上官宝珠道："什么奇怪？"

蓬莱魔女道："你不是说你的师叔已经上了山吗？你们灵山派的人擅于使毒，你知道这是天山雪莲，你的师叔当然也会知道，他为什么不来抢这雪莲？他们人多，夏长老武功纵好，也是抵敌不住的。"

蓬莱魔女不知，猛鸷和乙休等人已经是来抢过雪莲的了。他们来抢雪莲那日，麻大哈和上官宝珠已经下山，所以上官宝珠也不知道夏长老已经死在宇文化及之手。

到了夏长老的故屋，蓬莱魔女谨遵武林礼节，站在门前，以传音入密的内功，通知求见。过了许久，不见有人回答，上官宝珠道："夏长老想必是下山去了。"蓬莱魔女是个江湖上的大行家，心里想道："几个大魔头都在山上，夏长老按理不应轻易离家，留下这珍贵的雪莲无人看守。"

蓬莱魔女料想事情定有蹊跷，说道："咱们进去看看。"进了屋后面的花园，见有一座新坟，墓碑写的是"丐帮长老夏振之墓"八个大字，蓬莱魔女这才知道夏长老已经死了。

蓬莱魔女说道："看这情形，武士敦和檀羽冲是还未曾来到了。他们是比咱们早来两天的，却不知在路上又有了什么耽搁了？"

上官宝珠道："武帮主来了，一定会到这儿的。咱们就在这里等他吧。"

蓬莱魔女纵目四看，只见园中残花败叶，野草丛生，一片荒凉景色。但园中有个池塘，池中尽是浮冰，有三朵雪白的莲花在浮冰中绽开，十分清丽。那淡淡的幽香，就是从冰湖中来的。

上官宝珠道："这就是天山雪莲了，咱们来得合时，正好赶上雪莲开放，把它摘下来吧。"

蓬莱魔女道："这虽是无主之物，但咱们也不宜擅取，还是等待武帮主再摘吧。"

上官宝珠笑道："姐姐有所不知，雪莲盛开之后，最宜立即采下。否则过了三天，它就会枯萎的。开时采下，功效最大。"

蓬莱魔女一看，池边有支竹钩，正好作采花之用，便道："既然如此，我就替武士敦把它先摘下来。"心里却不禁有点疑惑，因为池边有竹钩，还有淡淡的足印，这足印绝不会是几个月前留下来的。

看这情形，一定有人经常到这园中查看，看这雪莲开了没有的。所以采花的工具就放在池边，准备随时可以采摘。

蓬莱魔女刚刚采下了三朵雪莲，果然便听得外面雪地上有窸窸窣窣的声响，来人用的似是"踏雪无痕"的轻功，但其中一人火候未到，不免有雪片破裂，发出了轻微的声响。倘若不是蓬莱魔女这样的武学大行家，还当真听不出来。

蓬莱魔女把雪莲交给上官宝珠，在她耳边悄声说道："你暂且躲一躲。"她是顾虑上官宝珠病体初愈，不宜与强敌交手。

只听得有个熟悉的苍老声音喝道："谁在里面？"来人本领高强，也听出了园中有人了。

声还未了，只见两条人影已经飞过墙头，落在园中，是一个青袍老者和一个蒙古武士。

这青袍老者不是别人，正是蓬莱魔女的叔父柳元甲。那蒙古武士则是宇文化及。

原来夏长老冰湖中的天山雪莲本来共有五朵的，上次他们来抢雪莲与魔鬼花之时，雪莲只有两朵已开，云紫烟摘了一朵，另一朵给乙休抢去。湖中还留下三朵只是蓓蕾初绽的雪莲。雪莲是必须在冰湖之中才能生长的，因此猛鹫、乙休、柳元甲、宇文化及等人每日轮流到这园中查看，只待雪莲一开，就要采下。今日正好轮到柳元甲与宇文化及前来，猛鹫上人与乙休则留守老巢保护公孙奇。

柳元甲看见蓬莱魔女站在园中，怔了一怔，随即哈哈笑道："原来是你，我早料到你会到这儿来的了。咱们毕竟是一家人，你对我纵有敌意，我却不愿将你难为，这湖中的三朵雪莲是你采去的不是？你把雪莲交出来，我让你走。"

蓬莱魔女斥道："你这老贼，谁和你是一家人？我爹爹手下留情，饶你一命，原望你洗心革面，重新做人。谁知你还是贼性不改，又要勾结妖人来作浪兴波，如今还想来抢雪莲。哼，我认得你，我手上的宝剑可不认得你！"

柳元甲笑道："乖侄女，何必这样生气？好吧，你不肯走，咱们就叙叙叔侄之情吧。"

蓬莱魔女柳眉一竖，厉声说道："你要怎样，并肩子上吧！"

柳元甲笑声未歇，陡地面色一沉，说道："清瑶，你要教训叔父，只怕还不配吧。你如今已在我的掌握之中，还敢猖狂，那只是自讨苦吃了。好，我先给点厉害让你看看！"说罢随手一劈，把一块假山石劈下来，就像快刀切豆腐似的，当中剖开两半，整整齐齐，割切的石面十分光滑。

有上乘内功的人，用掌力劈开石头并不难，难的是石头毫不碎裂，连石屑也没有半点。内家真力之用得恰到好处，这是蓬莱魔女也做不到的。

蓬莱魔女吃了一惊，心里想道："这老贼的功夫比起一年之前是高得多了。按说他已到了六旬开外的年纪，这样年纪的人，内功是很难增长的了。而他却进展如此之速，莫非他已练成了桑家的两大毒功？"要练桑家的两大毒功，必须练成桑家的内功心法。桑家的内功心法是桑见田当年穷一生心力，另辟蹊径所创的"正邪合一"的练功方法，极为霸道，最易见效。

蓬莱魔女虽是暗暗吃惊，却也不甘示弱。当下拔剑出鞘，一手执着拂尘，一手拿着剑，便要上前与柳元甲动手。柳元甲哈哈笑道："乖侄女当真要和为叔的动手么？"宇文化及蓦地抢上前去，截住蓬莱魔女。

宇文化及喝道："你目无尊长，以下犯上，情理难容。柳老前辈不屑与你动手，让我来教训你吧！"蓬莱魔女冷笑道："你这胡狗也配说什么情理？"宇文化及大怒，一掌就劈过去。

一掌发出，热风呼呼，就像从鼓风炉中喷出来似的。蓬莱魔女虽不畏惧，心中也是一凛，想道："这厮掌力好生怪异，莫要着了他的道儿。"当下默运玄功，将拂尘一甩，喝道："你这狗爪没用，亮出兵器来吧！"

宇文化及一掌击空，陡然间只觉掌心好像给利针刺了一下似的，原来是蓬莱魔女甩出的一根尘尾，刺着了他掌心的"劳宫穴"。经过蓬莱魔女的玄功运用，这一根细如牛毛的尘尾，不亚于一枚梅花针。

"劳宫穴"是人身大穴之一，倘被刺穿，内家气功就要给对方破掉。宇文化及练过铁掌的功夫，皮粗肉厚，幸而没给刺穿。但亦已不禁大吃一惊，慌忙缩掌，倒退三步。心里想道："听说这妖女是中原的绿林盟主，果然名不虚传。"

宇文化及一握拳，一伸掌，发出一缕青烟，蓬莱魔女那根尘尾被他的手指一搓，化成了飞灰。蓬莱魔女也吃了一惊，心想："这厮的纯阳罡气火候倒也不浅，不可小觑他了。"

宇文化及情知空手打不过蓬莱魔女，取出了日月双轮，喝道："好，我就与你较量较量兵刃的功夫。"月轮护身，日轮反手推压。这一推一压，乃是他得意的杀手绝招之一，劲道凌厉之极。

蓬莱魔女喝道："来得好！"刷的一剑刺出，其直如矢，看似平刺宇文化及胸口的"璇玑穴"，剑势却忽地中途一变，从宇文化及意想不到的方位突然刺到。宇文化及日轮已经推出，急切间只能用护身的月轮抵挡。他的变招也算得是机警快捷的了，可是由于他的气力大部分用在攻出去的那只日轮之上，急切间转换攻守之势，护身的月轮气力就嫌不足了。只听得"当"的一声，蓬莱魔女一剑插进他的月轮当中，一翻一绞，削断了两齿月牙。

宇文化及的日月轮本来是擅于克制刀剑的一种奇门兵器，不料锁不着蓬莱魔女的剑，反而给她伤了月轮，宇文化及又惊又怒，双轮并举，向蓬莱魔女猛攻。希望能够抢到攻势，就不用分心防守了。

殊不知他若然全力防守，还可以多支持一些时候，一展开了猛攻，却反而自促其败。蓬莱魔女的轻功远远在他之上，一柄剑指东打西，指南打北，轻灵翔动，矫若游龙，宇文化及想用双轮砸折她的宝剑，哪里能够？根本连她的剑尖都未碰着。但觉剑光飘瞥，剑花错落，四面八方都是蓬莱魔女的影子。

宇文化及给她转得头晕眼花，但见四面八方都是蓬莱魔女的影子，也不知哪个是真，哪个是幻，糊里糊涂的就猛扑过去。蓬莱魔女喝道："来得好！"身形平地拔起，一招"鹰击长空"，使出了"天罡尘式"中的杀手，拂尘凌空拂下，宇文化及用力太猛，收势不住，左手的月轮给她的拂尘搭上，只是轻轻一带，宇文化及已是身不由己地向前倾侧，月轮脱手，飞上半空。

柳元甲见他形势不妙，叫道："老弟歇歇，待我来教训这个丫头吧。"话犹未了，只听得宇文化及一声大吼，跌翻出数丈开外！原来蓬莱魔女这招"鹰击长空"，乃是招里藏招，式中套式，宇文化及的月轮一脱手，她的拂尘跟着就罩下来，一罩一提，宇文化及的一丛头发被她绞脱，痛不可当！本来他是要用"鹞子翻身"的身法倒纵出去的，抵受不住，在半空中先自跌下来了。

蓬莱魔女飞身扑去，柳元甲迎头堵截，两人身法都快！眼看就要碰上，柳元甲喝道："鬼丫头，你在叔叔面前还敢逞能。"大袖一挥，蓬莱魔女的拂尘反而给他拂得尘尾飘散。蓬莱魔女一剑刺过去，柳元甲中指一弹，"铮"的一声，又把蓬莱魔女的青钢剑弹开了，这两招解得妙到毫巅，蓬莱魔女连忙用个"风飐落花"的身法，一飘一闪，暂避他的攻势。

蓬莱魔女自从父女团圆，得她父亲传授上乘的内功心法之后，功力大为增进，和柳元甲已是相差不远。在桑家堡之战，她就曾经和柳元甲打成平手。不料如今相隔未到一年，柳元甲的功夫又再胜过了她，而且还不止胜过一筹！蓬莱魔女给他迫退，心头一凛，想道："这老贼果然是已经得了桑家的内功心法。"

柳元甲得理不饶人，呼呼呼呼，向东南西北四方连续发出四掌，掌力从蓬莱魔女的四周向中央挤来，蓬莱魔女被他的掌力所困，想要逃跑亦已不能。

柳元甲冷冷说道："鬼丫头，你是逃不过我的手掌心的了，天山雪莲拿出来吧。"右掌划了一个圆弧，作势向蓬莱魔女当头抓下。掌心红若涂脂，这是"化血刀"已练到了七成火候的征象。"化血刀"乃是桑家的两大毒功之一，公孙奇曾经花了几年工夫，尚未完全练成，如今柳元甲才不过八个月，便练到了七成火候，那是十分难能的了。

蓬莱魔女冷笑道："你专会偷人武功，羞也不羞？可惜你虽擅于偷盗，也还未曾学得到家。"刷的一剑刺出，抖起三朵剑花。这一招名为"三星聚会"，是惊神剑法中一招极为精妙的招数，可以同时刺对方三处穴道。柳元甲识得厉害，化抓为劈，横掌一扫，荡开蓬莱魔女的剑点，"哼"了一声，说道："不错，我是未学得到家，但要对付你这鬼丫头已是绰绰有余！"

柳元甲催紧掌力，每发一掌，隐隐挟着风雷之声。当真是有若排山倒海之势，风雷挟击之威。蓬莱魔女沉着了气应付，兀是好像狂风巨浪中的一叶轻舟似的，颠簸不已。好在她的惊神剑法能伤奇经八脉，柳元甲也不能不有几分顾忌，故此还能勉强支持。

上官宝珠躲在假山后面，这座假山是用一块块的太湖石堆砌成的，柳元甲掌力所及，假山的石基都受到了激烈的震动，假山上的碎石泥土更是簌簌落散。上官宝珠心里暗暗吃惊，想道："这样下去，只怕这座假山也会给他震塌。这老贼如此厉害，我出去也是无济于事，除非用毒药暗器伤他。可是我若使用毒药暗器，只怕柳姊姊也会受到误伤，这却如何是好？"

形势越来越是危急，眼看蓬莱魔女就要支持不住，上官宝珠忽地心念一动，想起了自己怀中那三朵天山雪莲，心中一喜，暗暗说声"有了！"就在此时，只听得"轰"的一声，假山上的一块石头滚了下来，露出了上官宝珠的半头秀发。

且说宇文化及跌翻地上，伤得颇为不轻，挣扎了起来，盘膝坐在地上，正自运气调元，他所坐之处正是面向假山，不过数丈之遥，忽见假山上的石头滚下，假山后面，露出了上官宝珠半头秀发。宇文化及吃了一惊，喝道："谁躲在那儿？"跳起来就要过去察看。

　　宇文化及话犹未了，上官宝珠喝道："你这贼子还认得我么？"不待他过来，立即出手。

　　上官宝珠所发的乃是灵山派一种最阴毒的暗器，名为"毒雾金针烈焰弹"，不但烟雾有毒，而且其中夹杂有许多细如牛毛的梅花针，也是淬过毒的。

　　宇文化及呼呼两记劈空掌发出，他的功力也确是不凡，受伤之后，居然还能够凭着劈空掌力荡开烟雾。可是毕竟是受了伤的缘故，功力打了几分折扣，虽然荡开了烟雾，却不能够尽数扫荡那一把细如牛毛的梅花针，左胁、小腹、膝盖都已着了一枚。

　　上官宝珠冷笑道："有本领你就再破解我的暗器吧，我可要告诉你，我的梅花针是有毒的，毒气攻上心房，你就要准备后事了！"

　　上次上官宝珠的"毒雾金针烈焰弹"曾被宇文化及所破，这次终于仍是用这门暗器伤了他，上官宝珠报了窥浴之仇，大为得意。

　　宇文化及喝道："好狠的丫头，这笔账我记下来了！"口中喝骂，脚板底则已是抹油逃走。只是他膝盖已着了一枚梅花毒针，刚跳起来，"咕咚"一声又跌下去。

　　柳元甲连忙跳出圈子，向上官宝珠遥发一掌。距离在数丈之外，但那股掌力已是足以阻止上官宝珠。上官宝珠在那股掌力的推压之下，不由得不倒退几步。

　　上官宝珠给柳元甲挡了一挡，宇文化及便有了逃跑的机会，只见他一个"鲤鱼打挺"翻起身来，以掌支地，闷哼一声，登时便像皮球般弹了起来，飞过围墙去了。上官宝珠想不到他在膝盖受伤之后，居然还能够利用掌心按地的弹力，施展轻功，眼睁睁地看着他飞出围墙，想发暗器都已来不及了。

　　三方面动作都是快如闪电，柳元甲转身发掌阻挡了上官宝珠；

宇文化及腾身飞起越过围墙；蓬莱魔女在这同一时间之内，亦已是运剑如风，一招"玉女投梭"，剑尖指到了柳元甲背后的"风府穴"。

柳元甲一个"大弯腰，斜插柳"，身形前俯，反手挥袖拂了蓬莱魔女的剑点。说时迟，那时快，上官宝珠亦已到来，把手一扬，一条五色斑斓的彩带便似毒蛇昂首一般，啮到了柳元甲的面门。

柳元甲喝道："米粒之珠，也放光华。"他身形未稳，双掌还要对付蓬莱魔女，只凭吹出一口罡气，居然把上官宝珠这条"金蛇带"吹开。可是他张口吹气之时，忽觉一股辛辣的气味直冲口鼻，非常难受。不消片刻，连喉咙里面都感到火辣辣的作痛了。

原来上官宝珠这件奇门暗器，有个名堂，叫做"金蛇带"，是一条三尺多长，用金属制成的蛇形带子。带内镂空，分为三节，每一节都贮有一种毒粉，药力各各不同，可以按动机关喷出伤敌。柳元甲如今所着的药粉，乃是苗山特产的一种药物，名为"天辛子"所制炼成功的。这是药性最为辛辣的药物，平常人沾上了一点，皮肤就会立即起泡，不久便要溃烂。是以柳元甲这样深厚的内功也感到辛辣难堪。他又不合张口喝骂，给药粉喷入了口腔，舌头和喉咙里的嫩肉乃是内功练不到的所在，当然是更感到苦楚了。

但这药粉也只是使柳元甲感到难受而已，尚未足将他制伏，柳元甲反手一掌，又把上官宝珠推开了。上官宝珠按动机关，第二种药粉喷出，和刚才那种药粉的辛辣气味完全相反，这次喷出的药粉带着浓烈的异香，吸了进去，令人感到非常舒服，随即就昏昏思睡起来，原来这是一种功效特强的闷香。

柳元甲是个大行家，吸进了一点闷香已知不妙，立即闭了呼吸。他内功深厚，闭了呼吸也可以支持一些时候，但毕竟也是受了一点影响，一身上乘的武功已是不及原来那样的可以运用自如了。

蓬莱魔女也吸进了一点闷香，但她练的是正宗内功，所受的影响不如柳元甲之大，只要放慢呼吸就可支持。这么一来，登时变成了此消彼长的形势，柳元甲在她尘剑兼施的攻击之下，已是只有招架的份儿。

上官宝珠按动机关，"金蛇带"一扬，"蛇"头昂起，喷出第三种药粉。柳元甲在蓬莱魔女猛攻之下，已是无法闪避，挥袖成风，虽然吹开了十之八九，毕竟也还沾上了一些。这种药粉着体即发奇痒，"痒"比"痛"更难抵受，柳元甲双手只想抓痒，但给蓬莱魔女迫得极紧，却又腾不出手来，当真是难受之极！

不消片刻，柳元甲已是再也忍耐不住，百忙中腾出左手抓了一抓痒处。蓬莱魔女身手何等矫捷，乘隙即进，刷的一剑，指到了柳元甲的前心，柳元甲疾忙后退。蓬莱魔女闪电般的连环七剑，柳元甲就接连地退出了七步。他们本是在冰湖之旁剧斗的，柳元甲退到了第七步，已是退无可退，一脚踏空，跌下冰湖。

柳元甲也是当真了得，只见他身形一起，便似掠波巨鸟一般，脚点浮冰，竟然"飞"过了这个冰湖。而且他还随手一抓抓起了一块浮冰，向对岸一洒。碎裂的冰片就似冰雹一般向着蓬莱魔女和上官宝珠落下。

蓬莱魔女挥舞拂尘，冰雹纷落，化成了濛濛的雾气，蓬莱魔女只是衣袖微湿，并没给他打着。上官宝珠身上则着了几点冰雹，只觉奇寒彻骨，不由得机伶伶地打了一个寒噤，不敢向前追去。转眼之间，柳元甲已是飞过冰湖，出了这个园子。

上官宝珠叫道："好厉害！"蓬莱魔女拉着了她，说道："你怎么了，没受伤么？"上官宝珠吸了口气，笑道："倒没受伤，只是冷得难受。你呢？"要知天狼岭高耸入云，高山上本来就比平地冷了几倍，上官宝珠的内功不及蓬莱魔女，身上的"冷渊穴"又恰恰被冰雹打着，当然觉得难受了。还好在冰片的力道不大，打着了"冷渊穴"只是令她感到奇寒彻骨，未至于受伤。蓬莱魔女助她推血过宫，上官宝珠自运真气，真气一转，下沉丹田，身体也就渐渐觉暖和了。

蓬莱魔女笑道："我倒没有什么，只是胸口有点发闷。"上官宝珠歉然道："你是吸进了我的闷香了。好在咱们有天山雪莲，你嗅一嗅花香，就会好的。"天山雪莲能解百毒，蓬莱魔女深深吸了一口花香，果然精神顿爽。

蓬莱魔女说道："武帮主与檀大侠未见到来，这里可是不宜久留的了。"上官宝珠道："不错，他们一定会去而复来的，要是他们把我的猛鹫师叔与神驼乙休都招了来，咱们就决计不是他们的对手了。可是就这样下山了么？"

上官宝珠是希望在这天狼岭上可以会见她的母亲的，就此回去，心实不甘。

蓬莱魔女说道："咱们去找一位老前辈，找着了再来，并非就此回去。"蓬莱魔女想找的就是住在天狼岭脚石家村中的乙休前妻聂金铃。

聂氏母女住的是一间古老大屋，蓬莱魔女到了门前，只见大门紧闭，门上有个掌印，入木三分。门前的一对石狮掉转了头，一只狮子断了耳朵，一只狮子裂了鼻子，额角也都凿穿。把一对本来是威风凛凛的石狮弄得形状十分可笑。蓬莱魔女吃了一惊，说道："看这情形，敢情是那老驼子已经来过了。"当下用"传音入密"的内功通名求见，半晌不见回答，蓬莱魔女与上官宝珠便即跳过墙头，径自进去。

只见屋内的杂物凌乱不堪，似乎曾经过一场激烈的打斗。蓬莱魔女惊疑不定，直奔后院，她是来过聂家的，知道聂老婆婆住的房间。房门虚掩，蓬莱魔女推门一看，哪里有半个人影，就在此际，蓬莱魔女忽地闻到一缕似香非香似臭非臭的气味，登时心头作闷，几欲作呕。

上官宝珠随后来到，嗅了一嗅，连忙拿出了天山雪莲，给了蓬莱魔女一嗅，蓬莱魔女对着雪莲深深吸了口气，烦闷之感，方才解除。

蓬莱魔女退出了聂金铃的卧房，问道："这是什么闷香，如此厉害？"屋内无人，这闷香当然是早就已经留在屋内的了。蓬莱魔女虽然不知道它已经留了多少时候，但闷香的气味迄未消散，而且以她这样深厚的内力也抵受不了这股闷香，那药性的厉害也就可以想见了。

上官宝珠道："这不是寻常的闷香，这是魔鬼花所炼的迷香。"蓬莱魔女道："魔鬼花？嗯，好怪的花名！"上官宝珠道："夏长老的花园里有两种奇花，一是天山雪莲，另一就是这魔鬼花了。那日给猛鹫师叔摘去了六朵，想来早已将这魔鬼花炼成了迷香了。魔鬼花本名阿修罗花，原产天竺，也是夏长老费了许多心力才移植成功的。魔鬼花的香气能令人筋酥骨软，力久不解，是天下最厉害的迷香。只有天山雪莲才能解它。"

蓬莱魔女道："原来如此。却不知聂氏母女是否已经遭了他们的毒手？"既然找不着她们母女，蓬莱魔女也就只好和上官宝珠出去了。

蓬莱魔女本来是想找聂金铃帮忙的，如今连聂金铃也遭了意外，反而要令蓬莱魔女为她担忧。蓬莱魔女心中闷闷不乐，出了聂家，想来想去，兀是想不出个好主意，不知是回天狼岭的好，还是留在石家村，待打听得聂氏母女的确实消息然后才走的好？

聂家的屋后是座高山，虽然不及天狼岭之高耸入云，也是甚为险峻。蓬莱魔女正自惘惘前行，忽听得一缕箫声，从山上随风飘来。箫声清冷，宛如游丝袅空，若断若续。蓬莱魔女听了又喜又惊！正是：

故人在何处？忽闻箫笛声。

欲知后事如何，请听下回分解。

第一一一回　破镜难圆犹有恨
画图传讯费思量

　　这是武林天骄的箫声。蓬莱魔女正是"踏破铁鞋无觅处"，如今"得来全不费功夫"，焉能不喜？但听这箫声宛如游丝袅空，若断若续，分明是有中气不足的征象，蓬莱魔女又不能不暗暗吃惊了。要知武林天骄是个内功深厚的人，他吹出来的箫声绝无中气不足之理，除非他正在和强敌搏斗，那人的本领在他之上，他的真气大受消耗之后才会如此。武林天骄那支暖玉箫是件宝贝，从箫中吹出来的罡气可以克敌制胜，故而武林天骄对敌之时常以箫声助攻，这是蓬莱魔女知道的。但如果对方的本领比他高强，他制不了敌人的话，自己便有可能反受内伤。

　　蓬莱魔女是个武学大行家，一听便明其理。一惊之下，连忙施展"八步赶蝉"的绝顶轻功，飞奔上山。山上雪滑，上官宝珠的轻功虽也很是了得，但在大病初愈之后，却赶不上蓬莱魔女，转眼间给她远远甩在后面。

　　蓬莱魔女上了山头，面前是一个形如笔架的山峰，到了这山峰中间的一个凸出来的坳口，仰头上望，已经可以看见峰顶的情况。

　　只见和武林天骄交手的是一个老婆婆，这老婆婆使的是一根龙枒杖。蓬莱魔女站立之处距离峰顶还有十数丈高，已是可以听得见沙飞石走的呼呼风响，搏斗的激烈可想而知。

　　峰顶上共有五个人，除了正在剧斗中的武林天骄和那老婆婆之外，还有三个人。站在武林天骄后面给他掠阵的是武士敦，在老婆婆那面的两个人，一个是身材高大的番僧，一个是白衣老者，这老者笼手袖中，意态悠闲地旁观，颇有几分儒雅之气。

看这情形，对乃是胜算在操，故而并不倚仗人多，就让这老婆婆和武林天骄单打独斗。武士敦是天下第一大帮——丐帮的帮主身份，对方既非群毁，他也当然只能给武林天骄掠阵了。

蓬莱魔女发出一声长啸，加快脚步，飞跑上去。此时武士敦亦已发现了她，这一喜非同小可，连忙叫道："柳盟主快来！"心里想道："柳盟主来到，以三对三，纵然未能取胜，也不怕他们恃众凌寡了。"

那老婆婆横杖一扫，隐隐挟着风雷之声。武林天骄举箫一架，只听得一片铿锵，武林天骄斜跃三步，反手一指，正要施展"惊神笔法"，用玉箫来代替判官笔点那老婆婆的穴道，那老婆婆却已是跳出圈子。

只听得那老婆婆阴阳怪气地说道："来的原来就是名震中原的绿林盟主柳清瑶么？俺老婆子倒想会会这位女中豪杰！"在她说话之时，那袖手旁观的白袍老者已是填上她的空档，挥袖一拂，便拂开了武林天骄的玉箫，轻描淡写地化解了他那一招点穴绝招。

蓬莱魔女暗暗吃惊，心道："哪里来的这几个武林高手，如此厉害！这老婆婆的功力已似比武林天骄稍胜一筹，那白衣老者的本领又还似在她之上，还有这未曾出手的番僧，看来也是一个劲敌。"要知武林中顶儿尖儿的高手寥寥可数，蓬莱魔女纵然不尽相识，亦知他们的家数来历。但这老婆婆和这白衣老者的武功她却是丝毫也看不出他们的门派渊源，心里自是不能不暗暗吃惊了。

上官宝珠此时尚未来到，蓬莱魔女心里自思："那番僧只怕就是宝珠的师叔猛鹫上人了。这老婆婆莫非，莫非就是……"她想起了一个人来，心中疑惑不定。

心念未已，这老婆婆已经到了她的面前，蓬莱魔女退后一步，老婆婆说道："柳女侠有何吩咐，俺老婆子让你划出道儿好了。"意思即是蓬莱魔女想要如何比试，她都可以奉陪。

蓬莱魔女道："老前辈肯赐教，晚辈理该奉陪。但晚辈尚未识荆，却是不敢冒昧。"蓬莱魔女的意思是即使要打，也不该糊里糊涂的就打起来。因此要请这老婆婆说个明白。

老婆婆哈哈笑道："以武相会，何必留名？我的名字说给你听，你也不会知道。你若不愿与我见个真章，咱们'点到即止'也行。俺老婆子只是想会一会后一辈的绿林盟主，并非是定要将你难为，你放心划出道儿来吧！"言语之间，傲气十足。

武林中人较技有两个方式，一个是必须分出胜败，死伤在所不论的，称为"见个真章"；倘若只是在招数上分出胜负，并不伤人的，或只是用文比来定强弱的称为"点到即止"。这老婆婆以为蓬莱魔女是心存畏惧，害怕受伤，故而如此说法。

其实这老婆婆也是有几分怯意，不想与蓬莱魔女"见个真章"。原来她和武林天骄斗了一场，甚是吃力。武林天骄的功力虽然稍逊于她，但武林天骄那变幻莫测的各种神妙武功却是非她所及。她一来是因为没有必胜武林天骄的把握，怕在猛鹫上人面前丢脸；二来她也是一向自负，以为在当今天下，她的武功纵然不能胜过所有的人，至少在女子之中已是无人能及她的了。因此当她知道柳清瑶是中原的绿林盟主之后，就存心要和她较量。由于这两个原因，她才舍了武林天骄，改斗蓬莱魔女的。不过，她也顾虑自己在斗了一场之后，未必就一定打得过蓬莱魔女，所以她也愿意只是"点到为止"。

这老婆婆是如此想，却不知蓬莱魔女并非是如她所想象的那样要自己"划出道儿"。蓬莱魔女微微一笑，说道："文比武比倒无所谓，不过，我有一件东西，想请老前辈认一认。免得有甚误会，那就不好了。"

老婆婆怔了一怔，说道："你这话是什么意思？"蓬莱魔女心想："我且试她一试。"于是拿出青灵子给她的那半边镜子，在老婆婆面前晃了一晃，说道："老前辈可认得这面镜子么？"

老婆婆变了面色，说道："这个破镜子你是从哪里得来的？"蓬莱魔女道："是青灵子前辈交给我的。"老婆婆道："你为什么要拿给我看？"蓬莱魔女诧道："这不是本来是你的东西吗？青灵子老前辈要我送还给你的呀！"老婆婆冷笑道："胡说八道。青灵子早知道我已经死了，他会要你将东西送给死人么？"

蓬莱魔女吃了一惊，心道："莫非这老婆婆是神经病？"心念未已，这老婆婆却又问道："你究竟知道了多少事情？"蓬莱魔女寻思："想必是他们夫妻之间的宿怨尚未消除。"当下说道："我并不知道你们当初是因何分手的。不过一死百了，青灵子老前辈生前纵有什么对不住你的地方，你也应该原谅他了。他临终之时，对你倒是义重情深，极为牵挂的，请你看在你们女儿的份上，……"

话犹未了，那老婆婆忽地喝道："住嘴，你以为我是什么人？你竟敢来侮辱我！"举起拐杖，突然就是一拐击下！

蓬莱魔女想不到她会突然动手，冷不及防，饶是闪避得快，亦已给她打着。只听得"当啷"一声，蓬莱魔女手上的那半面镜子给她打成粉碎！这老婆婆的武功已到了收发随心的境界，只打碎了镜子，却并未伤及蓬莱魔女。

蓬莱魔女不觉也自有气，一个倒纵跳出三丈之外，说道："夫妻总有夫妻之情，你怎么可以如此寡情绝义！"

和武林天骄交手的那个白衣老者忽地发出一声怒吼，喝道："美娘，你怎容得这妖女胡说八道？哼，哼！当真是岂有此理，岂有此理！"

蓬莱魔女运剑格开那老婆婆的龙头拐杖，向那白衣老者斥道："你是什么人，要你多管闲事？"

那白衣老者冷笑道："我是她的丈夫！哼，我好端端的在这儿，你竟敢诅咒我死了！"

那白衣老者冲出来要打蓬莱魔女，武林天骄奋力遮拦，竟是遮拦不住。

武士敦道："你们这种车轮战法不太公平。让我来会会这位高人。"武士敦内功深厚，金刚掌的威力无人可与比伦，他替下了武林天骄，"砰"的和那白衣老者对了一掌，白衣老者晃了一晃，不由得不倒退两步。白衣老者怒道："好，我就与你见个真章！"左掌划了一道圆弧，右掌穿出劈斫武士敦的胸口要害，一掌用的是阳刚之劲，一掌用的是阴柔之劲，刚柔合济，这才把武士敦接连三记的大力金刚掌解了。

这白衣老者的内外功夫都已到了炉火纯青之境，武士敦的金刚掌力虽然刚猛无伦，竟也难奈他何。不过白衣老者想要冲破他的掌力封锁，急切之间，亦是不能。

白衣老者虽然冲不过去，蓬莱魔女听了他的说话却已是大吃一惊，心里想道："难道我当真是错把冯京作马凉了？这老婆婆并不是青灵师太？"

心念未已，这老婆婆的龙头拐杖又打了到来。本来她与蓬莱魔女只是存着争胜之心，双方都是无甚敌意的；如今在这白衣老者催逼之下，老婆婆已是下手毫不留情，好像把蓬莱魔女当成了强仇大敌一样。

幸而蓬莱魔女也有了准备，凌空一跃，龙头拐杖"呼"的一声从她脚底扫过。说时迟，那时快，老婆婆一击不中，又把拐杖向前一指，杖尾起处，已是"毒蛇寻穴"的招数，直指蓬莱魔女的脐眼。蓬莱魔女见她出手如此狠辣，不觉也是动了怒气，说道："好，老前辈既然定要伸量我，来而不往非礼也，晚辈也只能舍命奉陪了！"一个倒翻，落在地上，老婆婆的拐杖掠面而过。蓬莱魔女不容她后招续发，立即剑随身进，还了一招"玉女投梭"，剑尖吐出碧莹莹的寒光，刺那老婆婆的"肩井穴"。"肩井穴"正当着琵琶骨锁肩之处，倘被刺穿，多好武功，也成残废。老婆婆招数已经使老，难以回杖护身，在这瞬息之间，只见她蓦然一抖，杖尾一翻，只是凭着那杖尾翘起的一点力道，就把蓬莱魔女的宝剑格开了。

这一招老婆婆险些给蓬莱魔女刺中，心里也是不禁吃了一惊，想道："怪不得中原绿林豪杰，肯让这样的一个女娃儿做他们的盟主。"当下不敢轻敌，把内家真力都使了出来。抡起龙头拐杖，呼呼轰轰，沙飞石走，声势的猛烈，俨如排山倒海，风雷交击。平常的人，休说吃她一杖，只受杖风震荡只怕也要五脏俱伤。蓬莱魔女仗着绝顶轻功，上乘剑法，也是只能闪展腾挪地招架，无法反攻。杖风震荡之下，蓬莱魔女身如一叶轻舟，在波涛汹涌、巨流急湍之中，震得飘摇不定，起伏回旋。激战中，一片叮叮当当之声宛如繁弦急奏，蓬莱魔女的青钢剑和龙头拐杖碰上，那老婆婆用"颤杖"的手法，闪电之间，便和蓬莱魔女的青钢剑碰击了十七八下。蓬莱魔女玉臂酸麻，但她的剑也未曾脱手，银牙一咬，想道："我若是只是闪让，倒教这老婆婆小视我了。"心念一动，剑招立变，把柔云剑法中的精妙剑招全都使了出来，左手又挥舞拂尘助攻，只听得飒飒连声，蓬莱魔女浑身上下，登时便似闪起了千百道冷电精芒，迫得那老婆婆眼花缭乱。在蓬莱魔女全力抢攻之下，双方打成了平手。

双方正打到吃紧之际，上官宝珠方才上气不接下气地赶了到来。

山上观战的那个番僧正是上官宝珠的师叔猛鹜上人。看见上官宝珠来到，猛鹜上人勃然大怒，喝道："你这贱婢还有脸来见我么？我问你，你为什么勾结外人，反而把麻大哈伤了？哼哼，你纵然不念旧情，也该顾着同门之谊！你伤了他，是何道理？你说，你说！"

可是上官宝珠并没回答，她对猛鹜上人的呼喝好像是视而不见，听而不闻。原来她的全副心神都给那老婆婆吸住了。上官宝珠喘过口气，惊喜交集地叫道："妈，快快住手！这位柳姐姐是我的救命恩人！"心里则在想道："妈怎的和师叔同在一起？却与柳姐姐打起来了？"猛鹜上人与她的母亲一向不和，这是她素所深知的。不过她的母亲分属师姐，猛鹜上人在表面上还不能不恭敬几分。如今猛鹜上人竟敢当着她母亲的面，对她破口大骂，丝毫也不留情面，这倒是大大出乎上官宝珠意料之外！

上官宝珠不理会师叔，那老婆婆也不理会她。上官宝珠叫她住手，她可并没有住手，不过招数稍稍缓慢几分。她把拐杖横架蓬莱魔女的宝剑，这才侧目斜睨，向上官宝珠发话。蓬莱魔女非常留意注视她神情的变化，只觉她的拐杖微微颤抖，但脸上的神色却是如常。只是当上官宝珠叫出一个"妈"字的当儿，她似乎是愕了一愕。

那老婆婆侧目斜睨，迎上了上官宝珠投射过来的目光，缓缓说道："小姑娘，你在叫谁呀？"上官宝珠大吃一惊，叫道："妈，你——"突然好似发觉有什么不对，一个"你"字声音摇曳，想说的话已是接不下去。

那老婆婆淡淡说道："你恐怕是认错人了吧？你的妈妈不在

这儿!"

这时上官宝珠方才发现,这个老婆婆和她的母亲相貌十分相似,但却是另外一个人。她说话的口音和她的母亲更不一样,一听就听得出来。

上官宝珠张大了嘴巴,说不出话。那老婆婆却微微一笑,说道:"你这小姑娘倒是怪逗人欢喜的,这个柳盟主是你的救命恩人吗?好,就看在你的面上,我也不能与她过分为难了。"说罢收回了拐杖,看神气,她似乎是想过去和上官宝珠说话。

这时猛鸷上人已然赶到,冷笑道:"你这丫头胡乱认娘,却不认师叔,当真是可笑可恼!我非得按本门戒律惩治你不可!"声到人到,一抓向上官宝珠抓下。猛鸷上人的大擒拿手何等厉害,眼看上官宝珠难逃他的魔掌,那老婆婆忽地遮在她的身前,拐杖一横,拦住了猛鸷上人,说道:"我虽然不是她的母亲,但看在她叫我一声娘的份上,你也就给我一个面子吧!"猛鸷上人愕然缩掌,说道:"好,看在你的份上,我不伤她就是,但我总还是要把她抓回去的。"

那老婆婆淡淡说道:"哦,真对不住,我倒忘记了她是你的师侄了。好吧,你要怎么样处置就怎么样处置吧!"老婆婆这么一说,倒是弄得猛鸷上人惊疑不定,暗自想道:"难道这丫头当真是她的女儿?"此时那老婆婆已经收回拐杖,不再拦他。但猛鸷上人却因心里惊疑不定,面对着上官宝珠,不知是抓她的好还是不抓的好。

武林天骄歇息已过,一声长啸,便到了猛鸷上人面前,说道:"欺负一个女娃儿算得什么本领?你我胜负未分,咱们再较量较量!"猛鸷上人正自下不了台,乘机便转移目标,怒声说道:"我本门之事与你何关?好,你既要多管闲事,那么咱们就见个真章!"他这话有一半也是说给那老婆婆听的。

猛鸷上人身形一转,化抓为掌,本来是要抓向上官宝珠的一抓改向武林天骄打来。武林天骄横箫护胸,一掌拍出,这一掌轻飘飘的若不经意,劲力却大得出奇,恰似暗流汹涌,突然涌来。猛鸷上人那一招势道极为凌厉的"鹰爪功"竟然给他荡开,饶是用了千斤坠的重身法仍是不免微微一晃。

原来武林天骄的功力虽然稍逊于白衣老者和这老婆婆，但与猛鸷上人却是不相上下。他所创的"落英掌法"善能以柔克刚，他与猛鸷上人虽曾数度交手，但这落英掌法却还是第一次使用。猛鸷上人不懂得如何破解，登时给他反客为主，抢了攻势。

武林天骄荡开了猛鸷上人的一抓，喝道："来而不往非礼也，还招！"玉箫一挥，幻出千重碧影，一口气攻出了六六三十六招，遍袭猛鸷上人的三十六道大穴。猛鸷上人使出了浑身本领，好不容易才应付过去，已是只有招架之功，并无还手之力了。武林天骄招数的精妙，那是世罕其伦的。

那老婆婆看着猛鸷上人处在下风，仍然袖手旁观。上官宝珠喘过口气，说道："老婆婆多谢你啦！"她越看越觉得这老婆婆似她母亲，而这老婆婆对她的态度又极慈祥，令她不自禁地起了亲热之感。

那老婆婆凝视着上官宝珠，伸出手去给她拢了拢乱了的头发，上官宝珠也不知不觉地偎在她的身旁，两人的态度都很自然，看在旁人的眼里，当真便似两母女一般。蓬莱魔女暗暗奇道："这老婆婆既然不是她是母亲，却为何对她如此亲热？"

那老婆婆微笑道："小姑娘，你叫什么名字？我很像你的亲娘吗？"上官宝珠道："我叫上官宝珠，老婆婆，你和我的妈妈真是相像极了。要不是——"老婆婆轻轻念了"宝珠"二字，说道："要不是，怎么样？说下去呀！"

上官宝珠道："要不是我早已知道我外公只有我妈一个女儿，我一定以为你和我妈是孪生姐妹了。"那老婆婆似是怔了一怔，吁了口气，笑道："哦，原来你妈是并无兄弟姐妹的。你见过你的外公吗？"看来她的神情倒似轻松了不少。上官宝珠道："我外公早已死了，外公家里的事情，都是妈告诉我的。"不解这个"陌生"的老婆婆何以会问及她的外公。

上官宝珠茫然不解，蓬莱魔女也是深感疑惑。起初蓬莱魔女以为这个老婆婆是宝珠的母亲，上官宝珠来到之后，她始知不是。接着她又怀疑这老婆婆和青灵师太是姐妹，如今从上官宝珠口里说了出来，她的母亲乃是独生女儿，这个假定又给推翻了。"奇怪，天下怎的竟有这样相似的人？"蓬莱魔女心想。

上官宝珠忽地抬头问道："老婆婆，你有女儿吗？"老婆婆望着她苦笑一声，说道："我是个没儿没女的孤老太婆。不，现在我倒有一个了。你不是叫了我一声'妈'吗？我就当你是我的女儿吧！"

上官宝珠跳起来笑道："好呀，那我就有两个妈了。难得两个妈妈又都是长得一模一样。好，我给你磕头。"那老婆婆架着她不让她行礼，神情有点尴尬，说道："我是和你说笑的，我哪有这个福气？"突然间脸上又恢复了原来的那种漠然神态。

上官宝珠道："你住在什么地方，你不会这样快走吧？"老婆婆道："你问这个做什么？"上官宝珠道："我妈来了，我可以和她一同找你。让她见一见相貌和她十分相似的人，她一定会又惊又喜的。"老婆婆缓缓地摇了摇头，说道："不，不必了。我、我就要走了。"

她们说话之时，那白衣老者和武士敦已经斗了二三十招。白衣老者不时向她们这边投目，神情很似不安。高手比斗，哪容得稍有分神？只听得"砰"的一声，白衣老者给武士敦击中一掌。白衣老者晃了一晃，面色苍白，叫道："美娘，你们的话说完没有？我可要走啦！你若是想留下来，我单独走也行。"

武士敦虽然击中了这白衣老者一掌，但也给他的内力弹开两步。显然这个老者并没受伤，他面色那样难看，并非是因为受了一掌的缘故。

老婆婆如梦初觉，把上官宝珠推开，说道："不错，咱们应该去找那老驼子啦！"猛鸷上人与武林天骄交手，此时正处下风，无心恋战，老婆婆与那白衣老者一走，他也跟着走了。三个人都是一等一的轻功，转眼间已是没入林中，不见踪影。上官宝珠怅然若失，好像做了一个离奇的梦。

蓬莱魔女道："好了，宝珠，你过来和武帮主、檀大侠重新见过礼吧。"

武士敦很是诧异，问道："你们两人怎么会在一起？那麻大哈呢？"上官宝珠杏脸晕红，说道："我和他早已分手了。"蓬莱魔女笑道："上官姑娘现在已经是自己人啦！告诉你们一个好消息，她和仲少符早已结为姊弟了。"当下将在蓟州碰到耿照和仲少符等人的事情告诉他们，上官宝珠也简单地报告了她与仲少符的遭遇。武檀二人自那日在金京大闹校场之后，一直为着仲少符的失踪担着心事，如今听了上官宝珠的报告，方始放下心上的石头，两人都是大喜过望。

蓬莱魔女道："我叫耿照与仲少符先往祁连山赴援，上官姑娘为了早日揭破她的身世之秘，跟我到天狼岭来。她的母亲青灵师太据说也是要到天狼岭来的。我们已经到过天狼岭了，并没有发现青灵师太。不料在这里却碰上了这个和她母亲相貌十分相似的老婆婆。"

上官宝珠说道："可惜那老婆婆走得太快，柳姐姐，那——"说至此处，声音顿止，眼光注视一个所在，忽地"咦"的一声叫了起来，"那半面镜子怎么都跌碎了？"直到此时，她方始发现草丛里的镜子破片。

蓬莱魔女道："不是跌碎的，是给那老婆婆打碎的。我保护不力，有负你爹爹之托，镜子交不到你母亲手上，真是对不住你们母女了。"

上官宝珠大为惊诧，说道："这怪不得你，我都以为她是我的母亲呢。你把镜子给她看，这是应该的，我就是奇怪，她为什么要打碎这半边镜子？当时她的神气如何？"

蓬莱魔女道："起初也似有点惊诧，随后就怒气冲冲地一拐杖打过来了。"上官宝珠惊疑不定，说道："这老婆婆真怪！她对我也是一会儿冷冷淡淡，一会儿又亲亲热热，真不知她到底是什么心思？最奇怪的是这镜子既然不是她的东西，她为什么又要将它打碎？"蓬莱魔女沉吟半晌，说道："我看这件事情只怕要等你的母亲来了，才能给咱们解惑了。"上官宝珠百思不得其解，缓缓地把那些破片拾了起来，用手巾包好，说道："恐怕也只能如此了。说不定我妈会知道她的来历。"这老婆婆虽然说是不认得她的母亲，但从这许多迹象看来，上官宝珠与蓬莱魔女都是有点疑心，疑心她们两人应该相识。

谈完了上官宝珠的事情，蓬莱魔女这才有空问武士敦道："听说你们早已出了大都，怎的这个时候才到？你们又是怎样碰上这老婆婆的?"

武士敦道："就是因为碰上这几个人，要不然我们在三天之前，已经到了天狼岭了。"蓬莱魔女道："你和他们在三天之前已经碰上了的吗?"武林天骄笑道："不错，就在此地打了三天三夜呢! 倘不是你今天来到，恐怕还要再打下去。"

蓬莱魔女道："敢情你们是要来石家村探访聂老前辈的，是么?"

武士敦道："不错。一个多月之前，我们曾到天狼岭搜查公孙奇这厮的下落，碰上了宇文化及和猛鸷上人这几个魔头，我的师叔夏长老就是死在他们之手的。这些事情，想必你已经知道了?"

蓬莱魔女道："宝珠妹妹与我说过你们与宇文化及遭遇之事。至于你师叔那儿，我前天刚去过，在他的坟前也曾上过香了。"

武林天骄接着说道："对方人多势盛，夏长老死后，我们已是难以在天狼岭立足，更谈不到去对付公孙奇了。当时我就想起聂老前辈住处不远，可以请她相助。"蓬莱魔女道："那么你们已经是来过一次的了，可见着了聂老前辈没有?"

武林天骄道："不料聂老前辈避而不见，不过在我们出村的时候，她的女儿石嫂子（即柳元甲之妻石瑛，因为她不愿别人将她的姓名与柳元甲相连，她的年纪比武林天骄也大不了多少，不愿以长辈自居。故此武林天骄习惯了称她为'石嫂子'。）却托了一个牧童捎了封信给我，说是她的母亲不见外人，除非是请得你来，她或者会见。信中又透露出她们有为难之事，只有你能相助。我们就是因此才用飞鸽传书请你来的。"

武士敦接下去说道："三天前我们路经此地，因为时候还早，遂再度入村，探访聂老前辈。事隔一月，希望她能改变心意，接见我们。即使不能，知道一点消息也是好的。"

"哪知我们刚刚到了前面的山坳，还未曾看见她的那间屋子，就碰上了猛鸷上人和那老婆婆和那白衣老者了。没有办法，只有接受他们的挑战。我们两个人和他们三个人轮流比武，一连打了三天三夜。幸而他们遵守单打独斗的规矩，打了三天三夜，还只能算是打了个平手。不过，他们多了一个人轮换，当然也是稍占便宜的。"

若不是你今日到来，久战下去，我们定然难免一败。"

蓬莱魔女道："我明白了，他们是要阻止你们到聂家的。看来就正是你与他们相遇那天，他们另外有人，掳了聂氏母女。"

武士敦吃了一惊，说道："什么，聂老前辈那样高强的武功，也给人俘虏了么？"武林天骄则问："你怎么知道，你到过她家了？"

蓬莱魔女道："不错。"当下将在聂家所见，一一的告诉了他们二人。

武林天骄道："哦，原来他们已经用魔鬼花制成迷香，怪不得聂老前辈也受了他们的暗算了。"

武士敦也道："是了，怪不得前天你和猛鸷上人作对手之时，我隐隐听得山下似有金铁交鸣之声，还传来了一声飘忽不定、似有如无的长啸，要凝神细听，才能听见。那是传音入密的上乘内功。"武林天骄道："是么？我那时正在全神应战，却是毫不知道。"武士敦道："现在想来，那一定是他们的人正在缚架聂氏母女了。她们着了魔鬼花的迷香，所以只是交手片刻，便遭所算。那声啸声，则是他们发出的讯号，报告同伴已经得手了。在那啸声传来之时，那老婆婆和白衣老者都是神色紧张、全副戒备的神气。"武林天骄道："你这一说，我也明白了。他们截住了咱们，在这里和咱们作车轮战，为的正是要阻止咱们前往赴援，以便他们的另一批人缚架聂氏母女。"蓬莱魔女道："绑架聂氏母女的人，不问可知，一定是乙休与柳元甲这两个老贼。哼，他们的计划倒是周密阴毒得很哪！"

上官宝珠神色黯然，半晌说道："这么说来，那老婆婆也是和他们一伙的了。唉，她怎的会和那些魔头混在一起的？"不知怎的，上官宝珠对那老婆婆已是发生了感情，把她当作了自己的一个亲人似的，因此虽然明知那老婆婆和猛鸷上人乃是一伙，但听得蓬莱魔女说了出来，心里仍是不禁十分难过。

蓬莱魔女道："你不要难过，事情总会查得个水落石出的。你的母亲不是就要到天狼岭来的么？刚才那老婆婆临走之时，说是要去找老驼子，这老驼子定是神驼乙休无疑。这亦是说，那老婆婆和那几个魔头都是要回天狼岭去的。"上官宝珠道："柳姐姐，你的意思是咱们也立即赶回天狼岭去？"蓬莱魔女道："不错。到了天狼岭，说不定你们可以母女相会。我们也可以搜查公孙奇和那几个魔头的踪迹。事不宜迟，否则只怕他们得手之后，就会离开天狼岭的。"

上官宝珠道："可是天狼岭山高林密，绵延百里，我和麻大哈曾在天狼岭寻找乙休的住址，找了半个月兀是毫无线索。"蓬莱魔女道："成功与否虽属渺茫，但咱们总要尽力而为。"

于是一行四众便即下山，一路上众人都是默不作声，觉得事情棘手。

非但是找不得到那几个魔头事属渺茫，即使已经打听出他们的住址，只怕也是难操胜算。对方有乙休、柳元甲和宇文化及三个高手，如今又加上了白衣老者和那老婆婆，公孙奇的武功是否恢复也未知道，即使未曾恢复，论实力也是不及对方。

正在走出石家村口之时，忽见一个牧童横吹短笛，骑牛而来，正是武檀二人上次碰见的那个替石瑛捎信的牧童。

武林天骄道："小哥，你好，你还记得我吗？上次咱们在这里相遇，如今又在这里相遇，真正巧极了！"

那牧童放下了笛子，嘻嘻一笑，说道："我是特地在这里等你们的。"武林天骄怔了一怔，问道："你怎么知道我们今日会来？"

那牧童笑道："你的箫吹得真好听，我听见你的箫声了。可是你们在山上和人打架，我不敢上去看。今日许久听不见箫声，料想你们这一架已经打完，所以我就先到这里等你。"他们相遇之处，乃是出村必经之路。

武林天骄道："哦，原来如此。但你在这里等我作甚，难道又是石姑姑有信托你来吗？"

武林天骄本来是当作玩笑说的，不料那牧童却一本正经地说道："不错，正是石姑姑有信给你！"

武林天骄惊喜交集，说道："真的？"那牧童已是把信掏了出来，满不高兴地道："谁还骗你不成。这村子里石姑姑对我最好，要不是为了她，我还不会在这里等你呢。"武林天骄连忙把信接了过来，信封上并没有写字，武林天骄一面拆信，一面说道："小哥，多谢你了。不是我不信你，我是想不到你的石姑姑还会有信给我的。"说至此处，武林天骄忽地"咦"的一声叫了起来，原来他拆开信封一看，里面只是一张图画，一个字都没有。

画面有五棵松树，松树后面是一大片荆棘，这样的构图在山水画中是从所未见的，毫无美感可言。而且笔迹凌乱，墨迹浓淡不一。看得出是匆匆画就，草草涂鸦，蓬莱魔女与武士敦看了，也都是不解其中之意。

武士敦连忙问道："你的石姑姑在什么地方？"那牧童耸了耸肩，说道："她早已不在家了，我怎知道她在什么地方？"武士敦道："那么她这封信是怎样交给你的？"那牧童道："是昨天一个小叫花交给我的。"

武士敦大为诧异，问道："这小叫花是谁？"那牧童道："我又没有问他名字，怎会知道。他昨天到村里来，说是要找我看牛的钟小三，他见着了我，匆匆的就把信给我，只说了一句：'你的石姑姑要把这封信交给上次来过的那两个外乡人。'只说了这么一句，他就走了。"

武士敦问不出个所以然来，只好谢过了那个牧童，一行四众，仍然按照原来的计划，重上天狼岭。

路上众人议论纷纷，都是深感诧异。按说聂氏母女若然已给捉去，石瑛这幅画又怎能传出来？在那几个大魔头监视之下，那小叫花又有什么神通可以给她带出这幅画呢？小叫花是什么人？这幅画又是什么意思？这种种问题，大家都是百思莫解。

上官宝珠忽道："檀大侠，请你把这幅画给我再看一看。"

上官宝珠把这幅画仔细地看了又看，忽地说道："嗯，我明白了！"蓬莱魔女大喜，连忙问道："你看懂了这幅画了？"上官宝珠道："画中之意，我依然未解。不过她所画的这个地方，我却是到过的，我想起来了。"武林天骄吁了口气，说道："只是知道这个地方，就有线索可寻了，这是什么地方？"上官宝珠道："这是在天狼岭北峰的一处所在。我还曾经在其中的一棵松树之下乘过凉的。"原来上官宝珠与麻大哈曾在天狼岭有半月之久，寻觅乙休的行踪，许多偏僻的所在，他们都曾到过，包括画中所画之处。不过也正因为他们到过的地方太多，所以上官宝珠一时想不起来。

第二天，他们回到了天狼岭，径上北峰。一路都没有碰到什么意外的事情，既没有遇上乙休那一伙，也没有见着上官宝珠的母亲。他们走到了那幅画中的处所，已经是三更的时分了。

这晚月色很好，众人凝神细察，眼前的景物与画中一模一样，五棵松树平排并列，枝柯交结，后面是一大片荆棘，藤蔓纠缠。那一大片荆棘是在一座如剑如戟的峭壁下面，峭壁上只有苍苔，滑不留手，看来只怕连猿猴也难爬上。

凝神细察之后，四人都是大感疑惑。石瑛送出这幅图画，当然是希望他们按图觅址，到此地来找寻她了。可是此地既无房屋，亦没发现岩洞，她在何处藏身，若说她并非藏在此地，却又何故将他们引来这样一个荆棘丛生的荒凉所在？

到底是蓬莱魔女心思较细，她用剑鞘拨开荆棘，终于发现了一个淡淡的足印，这足印只有四寸来长，显然是女子的小脚。而石瑛正是缠过足的小脚。

蓬莱魔女道："荆棘之中定有秘密，咱们再仔细瞧瞧。"众人披荆斩棘，到了尽头之处，又是大为失望。尽头处是一面峭壁，连裂缝都没有一个。

武士敦并不灰心，随手摇撼那些凸出来的岩石，忽然发现有一块石头有松动的迹象，武士敦道："这块石头不是连着石壁的，看来似是有人移来的。檀兄，你帮忙我推一推。"武檀二人合力一推，那块大石头骨碌碌地滚过一边，果然露出了一个洞口！

众人大喜过望，说道："聂氏母女一定是被囚禁在这洞中的了！"可是大喜过后，大家随即也就想到，聂氏母女若果是在洞中，那几个魔头当然也是在这里面，洞中说不定还有什么机关埋伏，在敌强我弱的形势之下，能够将她们救出来吗？蓬莱魔女道："好不容易才找到这个处所，不论事情如何艰险，好歹也是要进去看一看的了。"武士敦笑道："这个当然，难道咱们还能空手而回不成？"正是：

画图隐秘谁人识？异境天开洞府寻。

欲知后事如何，请听下回分解。

第一一二回　异境天开窥隐秘
奇情莫解斗魔头

　　洞口打开，月光照了进去，洞中景物，已是隐约可辨。众人一踏进去，登时就像进入了神话的世界！全世界的珊瑚、翡翠、琥珀、玉石似乎一下子"堆"到了眼前，说是"堆"，这只是霎时的印象，仔细看时，可就要惊诧于这天开异境，神工鬼斧、匠心独运的安排了。——那是石钟乳构成的各种奇景！那些千奇百怪的钟乳石，如珊瑚，如翡翠，如琥珀，如玉石，如玛瑙，如明珠，虽然不是真的，却比真的似乎还美，给神工鬼斧，"雕塑"得如狮，如虎，如美女，如夜叉，如高僧扶杖说法，如仙女翠带迎风……种种景物，奇丽无俦！在月色朦胧之下，更显得神秘幽美！

　　这刹那间，众人都是惊喜交集，上官宝珠更是忍耐不住，张口赞叹，几乎叫出声来。蓬莱魔女连忙将她的嘴掩住，在她耳边悄声说道："禁声！别忘记了洞中可能藏有敌人！咱们虽然避免不了要和他们动手，却不宜过早打草惊蛇！"

　　这神秘的岩洞幽深广阔，只是洞口的那个广场，就像一座宫殿一般，摸不着边，望不尽头。月光只能照进数丈之地，再进去就是黑黝黝的伸手不见五指了。上官宝珠悄声说道："里面还不知有多少奇妙的景物，我真想擦燃火石瞧瞧！"蓬莱魔女笑道："待咱们赶走了盘踞洞口的魔头，这个洞天福地就是咱们的了。那时你若欢喜，我可以陪你在这洞中住上一个月！"

　　武士敦拔出宝刀，宝刀发出的闪光照得见眼前尺许之地，众人小心翼翼地探索前行，行了约有一里多路，仍是未曾发现有任何的建筑物，也未发现人影。武林天骄道："这洞也不知有多大多深？奇怪，那几个魔头若是藏在洞中，为何不见有人巡逻？"蓬莱魔女道："想必是他们决计料想不到咱们会发觉这个的。这几个魔头都是一等一的武功，又由巨石封了洞门，自不怕有人偷进了。"蓬莱魔女猜得不错，但也是只知其一，不知其二。原来那几个魔头，此际正是各人忙着各人的事情。

再走了一里多路，面前出现两条岔道，原来乃是洞中有洞，东西各自一边。蓬莱魔女道："我和宝珠走东面，你们两人走西面。若是发现敌人，以啸声呼应。"力量分散，若遇强敌，自是不利，但好在是在岩洞之中，岩洞虽大，估量也不过是方圆数里，彼此照应，不过片刻也就可以到了。

花开两朵，各表一枝。武士敦与檀羽冲这一路暂且不表。且说蓬莱魔女与上官宝珠进了东面的"洞中之洞"，走了没有多久，就听到了有人说话的声音！果然是聂金铃在和神驼乙休说话！蓬莱魔女又惊又喜，悄悄地拉了上官宝珠一把，便即施展绝顶轻功，加快脚步进去！

洞中的钟乳石时不时有水珠滴下，发出"嘀嗒"的声响，里面的乙休等人，绝对想不到会有外人进来，加上这些"嘀嗒"的声响，又等于是给蓬莱魔女和上官宝珠作了掩护，纵有些微的声息也给掩盖过了。

陡然间眼前一亮。蓬莱魔女抬眼看时，只见前面有个石头搭盖的小房子，房中透出灯光。里面的人也可以看得见了，一边坐的是乙休和柳元甲，一边坐的是聂金铃这老婆婆和她的女儿石瑛。蓬莱魔女心里想道："这两对已经变成了仇敌的夫妻，想不到竟会在这秘魔岩里'团圆'，不知他们可有什么话说，倒不妨先听一听。"

石屋前面是一块巨大的屏风似的石壁，浅红色的石壁上出现一组乳白色的"浮雕"，中间仿佛有仙子一人，坐在汉白玉砌成的宝座上，冰纨雾鬓，长裙曳地，翠带迎风！当真是美到了极点，那神情、那体态，只怕是丹青妙笔，也画不出来！但在此时，她们二人已是无心欣赏，这块屏风似的石壁正好做了她们的屏障，可以让她们藏在后面，偷听屋中的谈话。

只听得乙休低声下气地说道："咱们都是六七十岁的人了，好坏也做过一场夫妻，如今到了暮年，还有什么仇怨不可解的？"

聂金铃冷笑道："你要与我作夫妻，莫说今生，来生也不要想！"

乙休苦笑道："想不到你竟是这样恨我。难道你还在念着、念着那人？可惜他已经做了和尚，变作了明明大师啦！"

聂金铃斥道："胡说八道！我是、我是在恨你，你也不想想你这许多年来做了多少坏事！"

乙休道："过去的已经过去了，我答应你从今之后改邪归正就是。往者已逝，来者可追，咱们还可以好好地过下半辈子。"

聂金铃不觉又是怒从心起，"哼"了一声道："你用这样的手段将我缚来，还要我和你过下半辈子？"

乙休赔笑道："你不要生气，我若不是如此，怎能请得你来？你又怎肯听我说话？只要你答应与我和好如初，我就给你解药。"

聂金铃道："我不答应！"乙休料不到她一口回绝，答得如此爽脆，倒是不觉一怔，急切间不知如何续下说辞。

柳元甲站了起来，走到石瑛面前，轻轻抚她头发，石瑛把手一推，斥道："走开！"可是她中了魔鬼花的毒，毒性未解，有气没力，哪里推得动柳元甲分毫。

柳元甲柔声说道："瑛妹，你纵使怪我，也应该看在咱们的孩子份上，小南好吗？听说你已经把他送到光明寺去了，是么？"

石瑛听他提起孩子，不觉心里一酸，说道："你可以放心，小南跟他大伯，比在我的身边要好得多。"

柳元甲听她口气有点松动，心里一喜，却装作很是为难的神气说道："你不知道，我的大哥对我有点误会，我的侄女更是把我当作敌人。"

石瑛道："那都是你的不好。"柳元甲道："谁是谁非，一时间也难说得很。我现在只是想和你说小南的事情。"

石瑛冷笑道："怎么，你怕你的哥哥害了小南么？"

柳元甲道："我的大哥是正直人，这决不至于。"石瑛道："你知道就好，那你还有什么顾虑？"柳元甲道："但我哥哥对我误解太深，小南在他身边长大，日后是只知道有大伯，不会知道有父亲了。"

石瑛眉毛一扬，说道："那你想怎样？"

柳元甲道："把小南接回来，咱们一家子团圆可不是好？"

石瑛道："那你就别作梦了。老实说我根本就不想让小南知道你还活在人间！"

柳元甲苦笑道："小瑛，你真的这样狠得下心？你不可以原谅我么？一家人何必弄得骨肉分散！"

石瑛心肠比母亲软，给柳元甲这么一说，不觉眼睛有点红润。乙休说道："是啊，瑛儿，骨肉之亲总是骨肉之亲。我纵然有愧为父之责，咱们总有父女之情。你就帮忙劝劝你的妈吧。父女、夫妻、母子阖家团圆，这是天大的喜事，全在你们的一念之间了。"

聂金铃忽道："乙休，你给我说老实话，你把我们母女绑架来，恐怕不单是为了家人团圆吧？"

乙休道："你以为我是想要怎样？"聂金铃道："恐怕还是为了你自己打算吧？废话少说，你从实道来！"

乙休笑道："你我几十年夫妻，我是瞒不过你。我的仇人很多，我现在虽然练成了桑家的毒功，只怕也是应付不了。但你我若是夫妻和好，咱们一家人同心合力，就可以天下无敌了！"

聂金铃道："你是要对付明明大师？你以为我会帮你？"

乙休道："我知道他曾经是你喜欢过的人，我怎会要你对付他？"

聂金铃道："我不怕你含血喷人，你是怎样想法那也只是你的事，我决不帮你。"

乙休道："不，不。我与明明大师的宿怨早已化解了。"

聂金铃道："那么你心目中的大敌是谁？是柳元宗么？因为他的女儿蓬莱魔女要杀你们翁婿，到了紧要的关头，柳元宗是会帮他女儿的。"

乙休道："说老实话，我对柳元宗的确是有点忌惮。不过，他不来犯我，我也不会惹他。但若你我联手，咱们就不用忌惮任何人了。"

聂金铃淡淡说道："可笑你们梦想天下无敌，却连自身的走火入魔的征兆也未能察觉……"

聂金铃淡淡说道："恐怕还不能算是老实的话吧？你想要无敌于天下，为的何来？"

乙休打了个哈哈，说道："我都对你实说了吧，这也是为了你的好处。你知道我已受了金主之聘，当上国师，树大招风，若然压服不了群雄，如何坐得稳这个位子？你我和好，一来可以阖家团圆，二来可以天下无敌，有什么不好？你们母女受苦了半辈子，下半世也应该享福享福了！"

聂金铃冷笑道："多谢，这个福我不想享。不过，依我看来，你也只是痴心妄想。什么功名富贵，转眼间就将云散烟消！"

乙休道："你我毕竟是数十年夫妻，你不帮我也还罢了，怎么诅咒起我来？"

聂金铃冷笑道："你以为这是诅咒么？你不出三个月必将走火入魔，哈哈，你还想天下无敌？"

乙休大吃一惊，叫道："你、你胡说八道！我好端端的怎会走火入魔？"

聂金铃淡淡说道："可笑你们梦想天下无敌，却连自身的走火入魔的征兆也未能察觉！不但是你，你的宝贝女婿也将在三个月内走火入魔！不信你们试运真气，玄关穴是不是有点隐隐作痛？你们彼此相对仔细瞧瞧，眉心是不是有一抹淡淡的黑气！"

乙休与柳元甲相对而视，彼此又试运真气，果然是如聂金铃之所言。翁婿都是大大吃惊，做声不得。聂金铃道："我着了你的魔鬼花之毒，武功虽失，但观察你们几时将要走火入魔的这点道行我还是有的。但愿我说得不准，否则你们必将遭受无穷无尽的痛苦，方能惨死！哼，我劝你们还是早些打点后事，别要费尽心思去计算人家了！"

乙休与柳元甲面面相觑，忽地不约而同地叫出来道："不好，咱们是受了公孙奇这厮的暗算了！"

聂金铃道："谁叫你们挖空心思去骗取他的两大毒功？你算计他，他也算计你，彼此同归于尽，嘿，嘿！这正是谁也怪不了谁！"

就在此时，忽听得一声裂人心肺的呼号，像是受伤野兽的狂嗥，不似人类的声音！蓬莱魔女躲在石屏风后面偷听，也不觉为之悚然心悸！公孙奇的声音完全变了，不过蓬莱魔女也还可以听得出是他的吼声。

乙休面上现出又是得意又是愤怒的神色，说道："公孙奇这小子如此狠毒，他活该多受点罪，好，咱们找他算账去！"

乙休与柳元甲怒气冲冲地走了出去，走得匆忙，忘记把灯火熄灭，但却随手在外面将房门反锁了。本来聂金铃母女已是武功消失，在这岩洞中插翼难飞，关不关门，都是一样。但乙休因为是去对付公孙奇，不愿意给她们看见，也不愿意听她们在旁边冷言冷语，所以还是把她们关在斗室之内，不让她们出来。

这间石屋有三间房子，乙休翁婿住在当中，聂氏母女与公孙奇各住一边厢房。乙休翁婿走出她们母女的房间，转一个身就走进公孙奇的房子。此时公孙奇的嗥叫还在断断续续之中。

他们虽然只是转了个身，却给了蓬莱魔女一个绝好的机会。就在这霎眼之间，蓬莱魔女一跃而出，悄无声地到了聂氏母女那间囚房的窗下。这个窗口是作通气用的，不到一尺高，只有五寸阔，是在石墙上凿开的一个洞口，武功多好也决不能从这个窗口进去。不过蓬莱魔女把脸贴在窗口，聂氏母女却是可以瞧见她了。蓬莱魔女也并不是想进去这间囚房的。

石瑛瞧见蓬莱魔女，大吃一惊。蓬莱魔女摇动手指，示意叫她们噤声。随即把两朵天山雪莲从窗口抛了进去。此时恰巧公孙奇的嗥叫之声又起，蓬莱魔女贴在窗口，把声音凝成一线，送进里面，说道："这是天山雪莲，可解魔鬼花之毒。"她用的是"传音入密"的内功，在公孙奇嗥叫的声音掩盖之下，乙休与柳元甲都是丝毫未觉。聂金铃拾起了天山雪莲，点了点头，表示她已经懂得了蓬莱魔女的意思，跟着把雪莲的瓣一片片剥下，送入口中。蓬莱魔女放下了心，便即贴着墙角悄悄移动，转到了公孙奇那间房间的后窗。

偷偷一望，只见公孙奇发似飞蓬，面如黄蜡，憔悴得不似人形。嗥叫声已经低沉下去，但那是力竭声嘶的表现。从那扭曲变形的脸部神态看来，显然他正遭受着更大的痛苦。蓬莱魔女虽然对他痛恨，见他如此形状，也不禁有点恻然。

公孙奇呻吟道："柳、柳老前辈，快、快快救我！"柳元甲发出嘿嘿的冷笑，动也不动。公孙奇叫道："你、你不肯救我，那就杀了我吧！"柳元甲笑道："杀你？没那么便宜！"

再过一会，公孙奇已是痛苦得不能呻吟，额上的汗珠似黄豆般大小，一颗颗滴下来。

乙休这才说道："贤婿！看来已是够他受了，别让他死去。"柳元甲道："好，我就对你再施恩一次。"以逆行经脉之法替公孙奇推血过宫，大约过了一盏茶的时刻，公孙奇长长地吁了口气，平静下来。

柳元甲皮笑肉不笑地说道："怎么样，今天好了点吧？"当然他是明知故问，故意气公孙奇的。

公孙奇愤然说道："不知小可在什么地方得罪了两位前辈，请柳先生明言。"柳元甲暗暗冷笑，心道："这话是什么意思？"公孙奇道："小可若是没有开罪前辈之处，何以你们将我戏耍？"柳元甲道："公孙兄何故竟出此言！"

公孙奇听言辨色，心中已知不妙。强作镇定，说道："小可有一事未明，两位老前辈说过，可以给我消除走火入魔之难的，现在医治了将近一年，何以我每次发作都是比上一次更为厉害？"

柳元甲冷冷说道："你要知道其中缘故？"公孙奇道："正是要向两位前辈请教。"

乙休按捺不住，冷笑说道："好呀，你要向我们请教，我也正是有一事未明，要向你请教！"

公孙奇横了心，说道："好，那咱们就打开天窗明说了吧，你要知道什么？"

乙休大声说道："你所传授的那两大毒功的内功心法，是真？是假？"

公孙奇道："你们两位说是给我治病，这又是真是假？"

乙休大怒道："这么说，你是存心报复的了？"

公孙奇道："不错。我早知道你们存心不良，要想骗取我的两大毒功，所以我也不能不使一点手段，保护自己！"

乙休气得七窍生烟，盛怒之下，一抓就向公孙奇抓去，喝道："好小子，你竟敢害我，我毙了你！"

柳元甲连忙把乙休拉开，说道："岳父大人息怒，公孙奇虽然是对咱们不住，但这事也还可以好好商量。"

公孙奇捧腹大笑，说道："你杀了我，使我免受走火入魔之苦，我正是求之不得。你们将来要死得比我更惨，我是无须请人报仇的了。"

乙休气得说不出话来，柳元甲却哈哈笑道："量小非君子，无毒不丈夫。公孙兄，真有你的。现在咱们是不打不成相识，倒是可以推心置腹地好好谈谈了。"柳元甲是一头老狐狸，比乙休阴沉得多。乙休得他一言点醒，立即把手缩回。

公孙奇占了上风，作出一副满不在乎的神气说道："好吧，你们要谈什么？"

柳元甲淡淡说道："你也别要得意。我们不杀你，但可以使你越来越为痛苦，叫你求生不得，求死不能，你要知道，你遭受了走火入魔之灾，本来早就应该死了的，是我费尽心力，才让你活到现在。因此，我也可以凭我的医术，延长你的死期，叫你受尽折磨，死在我们的后头！怎么样，你是愿意大家一同受苦而死呢，还是愿意大家都得免除灾难而生？"公孙奇听得毛骨悚然，但仍是强自镇定地冷笑道："废话少说，把你的条件提出来！"

柳元甲道："咱们公平交易，你把桑家的内功心法一字不瞒的写给我们，三个月之后，我们一定替你医好走火入魔的半身不遂之症。"乙柳二人懂得逆行经脉之法，这是乙休的师兄青灵子穷毕生心力，钻研所得，专为消除练那两毒功所引起的后患的。所以只要他们得了真正的桑家内功心法，就可以化解走火入魔之难。他们本身都有一身上乘的内功，而走火入魔的征象不过刚刚显露，"病向浅中医"，有三个月的时间已经是足够的了。

公孙奇冷笑道："你这主意倒是打得不错，不过，却谈不上是什么公平交易吧？"

柳元甲道："我以为公平得很，为什么你说不是公平？"

公孙奇道："我把桑家的真正内功心法写给你们，三个月之后，你们是无须顾虑再有走火入魔之难了。那时你们不替我医，我岂不是还要忍受走火入魔的折磨？"

乙休怒道："说来说去，你只是不相信我们。"公孙奇嘿嘿冷笑，说道："我受了一次教训，还不够么？"

柳元甲道："好，那么，你以为怎样才算公平？"

公孙奇道："你们先医好我的病，我才可以把真正的桑家内功心法告诉你。"

其实公孙奇对桑家的内功心法也未曾学得完全，那最基本的"大衍八式"他就没有学过。因此即使他尽其所知告诉乙柳二人，而乙柳二人也真的尽心替他医治的话，他们三人所受的深浅不同的走火入魔之难，还是不能完全消除的，只不过可以苟延时日罢了。

这其中的关键，乙柳二人固然不知，公孙奇也不知道。可笑他们还在你虞我诈，各有所恃似的要挟对方，同时又怕为对方所算。

乙休冷笑道："我们又怎能相信得过你？必须我们走火入魔的病象消除之后，证明你交出来的内功心法是真的了，我们才能给你医治。"

双方争吵，彼此都是不肯相让，正争吵间，忽听得"乒"的一声响，乙休回头一看，只见聂金铃、石瑛两母女走了出来。原来她们吃了天山雪莲，功力已经恢复，于是立即破门而出。

乙休大吃一惊，跳出来叫道："金铃，你们怎么走出来了？"

聂金铃淡淡说道："我不耐烦听你们争吵，我要与瑛儿回家了。"

乙休喝道："哪能走得这样容易？给我回去！"一抓抓去，聂金铃举起拐杖一扫，喝道："滚开！"乙休的手指一触杖头，登时如同触电一般，忙不迭地缩手。聂金铃的内力震得他的虎口隐隐发麻！

乙休方才知道妻子的功力已是完全恢复，这一惊更是非同小可。当下一声长啸，紧接着又是一掌。这一次却轮到聂金铃的拐杖给他的掌力荡开了。

原来他们夫妻俩的功力本是相差不远的，在乙休练桑家的两大毒功之前，聂金铃胜他少许。如今在乙休练了这两大毒功之后，情形恰倒转过来，是乙休胜她少许了。桑家的毒功是天下最霸道的功夫，练之不得其法便会走火入魔，但在走火入魔未发作之前，功力却是会突飞猛进的。幸而乙休只不过练了几个月，走火入魔的迹象也不过刚刚显露，要不然金铃更非其敌。

乙休定下了心，笑道："金铃，你的功力虽然恢复，也还是跑不了的。夫妻团圆有什么不好？回去吧！"说话之间，已是接连攻了三招，两记劈空掌，中间夹了一记玄阴指。玄阴指是他的绝技，在他全力施为之下，冷风如箭地向聂金铃射来，聂金铃也不禁机伶伶地打了一个冷战。

柳元甲把公孙奇反锁在石室之中，也跳了出来追捕石瑛。石瑛刚刚走出门外，险些给他抓住。聂金铃大怒，一个移形换位，躲开了乙休的攻击，冲过去喝道："你敢伤我的女儿！"迎头便是一拐。柳元甲笑道："岳母大人何必生气？我也只不过是想夫妻团圆罢了。"随手一拨，用了一个"引"字诀，竟然轻描淡写地就化解了聂金铃这一猛招，将她的拐杖拨过了一边。原来柳元甲因有正宗内功作为基础，所以在练了桑家的两大毒功之后，功力的增进比乙休更速，更是胜过了聂金铃了。

乙休哈哈笑道："不错，夫妻吵嘴，事属寻常；就是打上一架，那也不算什么。元甲，你去劝你妻子吧，但对岳母大人嘛，却是不可无礼！"柳元甲道："是。小婿不敢！"他们翁婿俩年龄相若，这么油嘴滑舌的一说，令人听了，只觉恶心。聂金铃骂道："不要脸！"柳元甲已是越过了她的前头，又堵住了石瑛的去路了。乙休也拦住了聂金铃，迫她交手。

石瑛的本领差得更远，不过几招，便给柳元甲迫得手忙脚乱。柳元甲笑道："娘子，有话好说，何必就要跑呢？是谁给你解药的，你可以告诉我么？"

话犹未了，蓬莱魔女一跃而出，应声说道："是我！"柳元甲做梦也想不到蓬莱魔女竟会找到这个秘密的所在，吃了一惊，不由得他不放松了石瑛，倒退两步。蓬莱魔女道："二婶，你歇歇。"刷刷刷连环三剑，向柳元甲疾刺。柳元甲凝神应付，见招解招，见式解式，把蓬莱魔女的招数尽数化解，定下了心笑道："你只认二婶就不认我这个二叔么？乖侄女，你不是我的对手的，快快向我赔罪，我还可以恕你。"蓬莱魔女斥道："我没有见过这么不要脸的老贼！看剑！"

蓬莱魔女"刷"的一剑刺出，立即倒纵开去，闪避对方的反击，同时扬起左手，喝道："看暗器！"柳元甲哈哈笑道："你还有些什么伎俩，尽管使出来吧！"他看出蓬莱魔女虚捏掌心，料她只不过是虚声恫吓。

柳元甲如影随形地正在扑去，忽听得"嗤"的一声，上官宝珠从石屏风后跳了出来，喝道："暗器来了！"柳元甲猝不及防，几乎给她的暗器打着。

柳元甲是正在张开口说话的，暗器虽然避开，却吸进了一股辛辣的气味。原来上官宝珠情知柳元甲内功深厚，寻常的暗器打着了他，亦是无济于事。她所发出的是一枚内里中空藏着毒粉的暗器，毒粉虽给柳元甲的掌风扫荡，却也难免吸进了少许。蓬莱魔女的口中则是含了一瓣雪莲的，不怕毒粉。

柳元甲大怒道："又是你这个鬼丫头！老夫岂惧你的暗器。"声到人到，一掌荡开蓬莱魔女的剑尖，一掌就向上官宝珠抓下。

上官宝珠险些给他抓着，幸亏蓬莱魔女解救及时，左一招"玉女投梭"，右一招"乌云罩顶"，尘剑兼施，全是攻向柳元甲的要害，柳元甲只好放松了上官宝珠，先解蓬莱魔女的杀手。

上官宝珠的本领虽不及蓬莱魔女，但亦是不弱。柳元甲要运功解毒，在她们联手夹攻之下，就只能勉强打个平手了。

蓬莱魔女这边稍占上风，聂金铃那边却是险象环生，她功力初复，抵敌不了乙休的玄阴指。

石瑛歇息已过，加入战团。乙休喝道："你这丫头只知有母不知有父么？你敢向你生身之父动手！"聂金铃笑道："你早已抛弃了我们母女，她不是你的女儿！"石瑛极是难堪，"哇"的一声哭了出来。

蓬莱魔女身形一掠，闪电般向乙休攻了一招，减轻了聂金铃所受的压力。柳元甲则向石瑛抓去，笑道："娘子，一家人何必厮杀不休，只要你我和好，你的父女之情也可顾全了。"石瑛一口闷气无处发泄，咬紧牙龈，便与上官宝珠双战柳元甲。她不愿与乙休动手，但对柳元甲则已是恨如刺骨，无所顾忌了。

两边形成了混战之局，蓬莱魔女居中策应，忽攻乙休，忽攻柳元甲，这样一来，双方才恰恰打成了平手。

蓬莱魔女正要发出啸声，把武士敦和檀羽冲叫来，却不料她心念方动，先听到了武士敦从远处传来的啸声！

　　武士敦和檀羽冲那边也遇上了强敌，蓬莱魔女不由得暗暗叫苦，想道："我这里还可以打成平手，他们那边却不知怎么样了？"蓬莱魔女无法抽身，只好继续恶斗。

　　数十招过后，聂金铃仍是精神抖擞，毫无疲态。乙休反而有了难以为继之感。激战中，聂金铃一拐横扫过去，乙休的劈空掌力竟然荡它不开。"卜"的一声，乙休的掌缘劈着了龙头拐杖，聂金铃身形一晃，跄跄踉踉地倒退了三步，但乙休的虎口亦是给震得隐隐发麻。原来以目前的功力而论，虽是乙休较高，但他的功力是在练了那桑家的两大毒功之后，才大大增进的，新增的功力究竟是不及聂金铃原有的功力精纯。故此打到了后来，此消彼长，就逐渐拉平了。

　　聂金铃冷笑道："你的真力耗得越多，走火入魔就将来得越早。休怪我没有预先警告你！"乙休笑道："多谢老伴儿的关心。但天有不测之风云，人有旦夕之祸福，若是当真如你所言，我也没有办法可想。唯有请你留下来作伴，以便照顾我了。"乙休装出一副满不在乎的神气，貌作轻松，其实心中已是有了几分怯意。

　　柳元甲一面运功解毒，一面挥掌力战，那股辛辣的气味在口腔里兀是未能消除，喉咙里好像有一团火似的，渐渐连丹田之中也好似有一股热气升起了，刺激得他好不难受。柳元甲心想："不知还有什么人进了这个岩洞，难道猛鹫上人和牟岛主夫妇竟也是碰上了强敌，自顾不暇么？否则他们应该听得见这里的厮杀之声，何以他们如今尚未来到？"

　　心念未已，忽听得"笃，笃"的拐杖点地之声，一个白发苍苍的老婆婆，已经出现在他们的面前，举起拐杖指着上官宝珠说道："怎么你这女娃儿又来了，你的胆子可真是不小啊！"原来这个老婆婆不是别人，正是她们前几天所碰见的那个相貌和上官宝珠的母亲十分相似的老婆婆。

　　这个老婆婆一出现，两方面的人心里都不禁紧张起来。蓬莱魔女是暗暗吃惊，想道："这老婆婆虽然对上官宝珠似乎很是不错，但却也毕竟是和他们一伙的，若然她与这两个老贼联手，我们只怕是难以应付了。"蓬莱魔女见过这老婆婆的本领，知道她的功夫还在聂金铃之上。

柳元甲则是喜出望外，叫道："牟夫人，你来得正好，这个地方，决不能让她们逃了出去！"

上官宝珠却是惊喜交集，也在叫道："老婆婆，我正想找你，我还没有请教你的姓名呢！"这老婆婆的相貌太像她的母亲，因此上官宝珠一见了她，自然而然的心里就掀起了一种亲热的感觉。

与高手搏斗，哪能容得分心？上官宝珠一个疏神，柳元甲立即欺身而进，使出了大擒拿手法，一抓就向她的琵琶骨抓了下去。

眼看上官宝珠已是躲避不了，就在这危险已极的刹那，忽听得"嗤"的一声响，一颗小石子对准了柳元甲的掌心打来！

柳元甲深知这老婆婆的功力只有在他之上，决不在他之下。掌心的"劳宫穴"乃是人身三十六道大穴之一，若是给她这颗石子打着，只怕不死也得重伤。柳元甲大吃一惊，忙不迭的缩手回身，叫道："牟夫人，你——"

那老婆婆冷冷说道："柳先生，你是江南的武林盟主，何必和一个女娃子过不去呢？老婆子不笑话你，你也是有失自己的身份呀！"说到最后一句，拐杖点地的"笃，笃"之声，已是去得远了。

柳元甲满面通红，"呼"的一掌迫退蓬莱魔女，回身便走。他一走，乙休也跟着走了。

上官宝珠逃过了琵琶骨被抓裂之灾，思之犹有余悸，喘过口气，说道："我真不明白，这老婆婆为什么对我这样好呢？"

蓬莱魔女也是惊疑不定。不过，她已是无心和上官宝珠推究这内里的因由了。乙柳二人一走，她立即跑进那间屋子。聂金铃叫道："咦，你还要去救公孙奇这贼子么？"

蓬莱魔女给她一问，不觉一片茫然。是呀，她将怎样处置公孙奇呢？公孙奇如今已是半死不活，再也不能作恶的了。杀他，已是无须，救他，也只是令他苟延残喘而已。

但公孙奇毕竟是她恩师的独子，无论如何，她总是要看一看他的。

蓬莱魔女茫然地推开了那扇房门，一看之下，不觉又是一惊。

屋子里空荡荡的连鬼影也没有一个，公孙奇莫名其妙的失踪了！

蓬莱魔女呆了一呆，心里想道："莫非这里有地道。"心念未已，忽觉地基震动，聂金铃在外面大叫道："快，快出来！"

蓬莱魔女无暇思索，一跃而出，刚刚跑出外面，只听得轰隆一声，囚禁公孙奇那间房子已经倒塌！在黑漆的岩洞之中，屋子又已倒塌，下面纵有地道，那也是找不出来的了。

聂金铃道："看来那两个老贼是尚未死心，他们还要利用公孙奇。好，就让他们彼此勾心斗角，同归于尽吧！咱们省了气力，不很好么？"

蓬莱魔女叹了口气，说道："是。咱们过那一边的岩洞看看吧。武帮主刚才发啸示警，恐怕他们在那边也是遇上了强敌了。"

正好走到东西两面的洞口交界之处，蓬莱魔女听得有呼吸的气息，黑暗中不知是友是敌，喝问："是谁？"对方也在同时喝道："是谁？"双方出声之后，同时大笑。蓬莱魔女喜出望外，原来正是武士敦与武林天骄，从那洞中之洞，刚刚钻出来。

原来他们在那个洞中碰上了猛鹫上人与宇文化及。

武林天骄道："本来还有那白衣老者与那老婆婆的，幸亏他们只是袖手旁观。后来在你们那边隐隐传来了厮杀之声，那老婆婆先走，跟着白衣老者也走。猛鹫上人和宇文化及不是我们的对手，过了百招之后，就给我们打败了。我们地形不熟，在这黑暗的岩洞之中，当然也是不敢去追。"

武士敦道："我听不见你的啸声回应，想必你们也是碰上了强敌了？"

蓬莱魔女道："不错。我们碰上的是柳元甲与神驼乙休。"

武士敦道："这两个老贼在此，那么，公孙奇也应该是在这洞中的了？你们可曾发现了他？"

蓬莱魔女叹口气道："他现在已是个半死不活的废人，用不着咱们杀他了。"当下将她们刚才的遭遇与发现公孙奇的情形告诉了武檀二人。

武林天骄道："既然如此，咱们留在这个洞中也是没有什么用处的了。"武士敦也道："情况已经探明，咱们的目的也达到了大半了。未了之事，留待出去再说吧。"

他们这次来搜索这个岩洞，有三个目的。一是救聂氏母女；二是探查公孙奇的究竟；三是若有可能的话，就乘机除掉乙休与柳元甲这几个魔头。如今聂氏母女已经脱险，公孙奇的结果亦已可以料想得到，用不着再去动手杀他，剩下来的就只是对付那几个魔头的问题了。在目前的情况之下，已知的强敌已有四人：乙休、柳元甲、猛鸷上人与宇文化及。未曾知道清楚的还有那白衣老者和那老婆婆。这两个人行径古怪，有时和他们交手，有时袖手旁观，还有两次那老婆婆为了救护上官宝珠，还不惜与自己人冲突。不过这对夫妻总是和那几个魔头一伙，虽然摸不清他们的底细，也应该是属于敌人那一边的。

一来是敌众我寡，二来是地形不熟，在这个岩洞之中，敌人是在"明处"，他们是在"暗处"。敌情不明，危机四伏，当然是以先出洞为宜。

岩洞里的地形十分复杂，他们又已知道了有六个强敌在这洞中，处处须得提防敌人暗袭，故此出洞之时，心情实是比入洞之时更为紧张。

幸亏一路没有遇到"伏击"，好不容易凭着记忆，摸索到了入口之处，不料洞口的那个大石头本来他们移开了的现在又已给人堵上。黑漆漆的透不进一点光。

蓬莱魔女拧燃火石，正要上前察看，陡地一股劲风扑来，火光复灭。蓬莱魔女出剑如电，刷的一剑刺去，不料仍是刺了个空。不过在那火光明灭的刹那间，她已经看见了那个人了。

这个人不是别人，正是那白衣老者。

武士敦一掌劈去，白衣老者小臂一弯，反掌切他脉门，黑暗之中，认穴竟是不差毫黍。武士敦一个"回身拗步"，掌势斜飞，解招还招，把那白衣老者迫退一步。但武士敦那么刚猛的掌力，也是不过一招，便给那白衣老者轻描淡写地化解开了。

蓬莱魔女叫道："且慢动手！我们与老前辈素无仇冤，不知老前辈何故要与我们为难？"

白衣老者冷冷说道："我不是与你们为难。这女娃儿留下，我就让你们出去!"黑暗中看不见他是向谁说话,但大家都知道他要留下的那个"女娃儿"是上官宝珠。

上官宝珠吃了一惊,说道:"为什么要我单独留下?我要和他们一同出去。"

白衣老者道:"你不想留下也得留下,否则你们都出不去!"

武林天骄冷笑道:"好,我倒要看你有什么本事留我?"玉箫一挥,一招之间,遍袭那白衣老者的七道大穴,黑暗之中,也是认穴不差毫黍,而且一招袭七穴,点穴的手法比那老者更为精妙。白衣老者仗着精纯的内功荡开他的玉箫,但七处穴道避开了六处,还有一处穴道给他点着。白衣老者有"沾衣十八跌"的上乘内功,玉箫点在他的身上,立即滑过一边,对他毫无伤害。

蓬莱魔女道:"好,老前辈既然定要与我们为难,请恕我不能讲江湖规矩了!"一手挥尘,一手运剑,左一招"珠帘倒卷",右一招"玉女投梭",尘剑兼施,便与武林天骄夹攻白衣老者。

武士敦正要去搬那封闭洞口的大石,忽见幢幢黑影,陆续奔来,乙休、柳元甲、猛鹫上人、宇文化及和那拿着龙头拐杖的老婆婆全都来了。

白衣老者叫道:"美娘,我知道你舍不得这女娃儿,我要成全你的心愿,把她留下来陪你。你满意了吧?"听起来倒是商量的口吻,但声音冰冷,可以想象得到他的内心实是很不高兴。

老婆婆道:"这也得问问她的意思。宝珠,你愿意留在这里吗?"

上官宝珠道:"我也是舍不得你老人家,不过我得先问过我妈,要是妈答应了,我再来陪你。"

老婆婆道:"你只伴我几天,我就送你出去。"

上官宝珠道:"我妈就要来了,待她来了,我与她一同来见你,岂不更好?"

老婆婆叹了口气,说道:"你出去吧,我也不想见你的母亲了。"正是:

旧梦尘封休再启,此心如水只悠然。

欲知后事如何,请听下回分解。

第一一三回　破镜难圆情怅怅
　　　　　零脂湿泪恨茫茫

　　白衣老者冷冷说道："美娘，放人与否，这似乎应该问问这里主人的意思，咱们实是不宜擅自作主。你忘记了，猛鸷上人还是这女娃儿的师叔呢！"

　　猛鸷上人道："我没有留难这丫头的意思，她虽是对我这个师叔不敬，但我看在师姐与牟夫人的份上，也未尝不可放她出去。不过她必须向我赔罪。"

　　柳元甲接着说道："这丫头我们可以放她出去，但其他的人，我们必须留下。牟夫人，你不知道，这几个人都是处心积虑和我们作对的，若果放他们出去，对我们实是后患无穷，对你们也没好处。"

　　上官宝珠冷笑道："我自问没有做错事，要我赔罪，万万不能。我也不单独出去，要出去我和他们一同出去。"

　　猛鸷上人道："那就没有办法了，只有把你们全都留下！牟先生，贤伉俪是袖手旁观还是愿意拔刀相助，我们不敢勉强，悉随尊意！"

　　白衣老者哈哈一笑，说道："主人有事，客人岂有袖手旁观之理？美娘，你说是吗？"

　　老婆婆似乎很是害怕她的丈夫，无可奈何地说道："但我可不能容许你们伤害了这个女娃儿！"

　　猛鸷上人笑道："我是她的师叔，我又岂能伤了我本门的师侄？你放心，我们只是把她擒下，决不损她毫发就是。不过，对其他的人，我们可就不能客气了！"

武林天骄大怒道："好，我且看看你这秃驴有甚本领将我强留！"

猛鹫上人一抓荡开武林天骄的玉箫，武林天骄左掌划了一道圆弧，看似毫不着力地轻飘飘打出，猛鹫上人横掌一挡，突然间只觉对方的掌力便似暗流汹涌般的卷来。说时迟，那时快，武林天骄右手的玉箫又点到了他的胸前。猛鹫上人吞胸吸腹，使出了炉火纯青的大擒拿手法，好不容易才化解了他箫中夹掌的两招。原来武林天骄新创的落英掌法擅能以柔克刚，幸亏猛鹫上人和他交过几次手，对他的这套掌法已是略有所知，否则更难应付。

白衣老者扑来，武士敦和他交上了手。他们两人的武功乃是各有千秋，武士敦的金刚掌力天下无对，但白衣老者的内外功夫都已登峰造极，奇招妙着层出不穷，武士敦那么刚猛已极的掌力，也只能和他打个平手。

柳元甲冷笑道："清瑶，你还是不肯向为叔的低头吗？难道你当真要迫我伤你？"蓬莱魔女刷的一剑刺去，喝道："你卖国求荣，为虎作伥，你早已不是我的叔父了。我宁可死在你手，决不向你求饶！"柳元甲道："好，那是你自作自受。"挥袖拂开蓬莱魔女的剑招，两人随即激斗起来。蓬莱魔女处在下风，但在百招之内，也还可以勉强应付。

宇文化及笑道："上官姑娘，你不喜欢麻大哈，可喜欢我？"上官宝珠大怒斥道："骚鞑子狗嘴里不长象牙，看剑！"她曾受宇文化及偷窥出浴之辱，如今又给他言语调戏，怒不可遏，刷的一剑刺去，一出手便是青灵师太所传的杀手绝招。

宇文化及笑道："好姑娘，何必如此动气？我和你的师门长辈现在已经是自己人，咱们也总该可以交个朋友吧？"当下将日月双轮推出，轻描淡写地便化解了上官宝珠的杀手剑招。

宇文化及的武功远在上官宝珠之上，但因那老婆婆有言在先，不许别人伤害了上官宝珠，宇文化及有所顾忌，只能想法擒她，不敢使用杀手。上官宝珠身法轻灵，武功虽然不及对方，也很不弱，故此宇文化及要想在急切之间擒她亦是不能。

那老婆婆听了宇文化及的轻薄言语，心里也是很不舒服，不过她也看得出宇文化及不敢伤害上官宝珠，心中之气稍稍减了一些。宇文化及顾忌她，她也顾忌那白衣老者，在这样的情形之下，她只盼上官宝珠不受伤害，即使是被宇文化及所擒，她也是顾不得的了。

　　老婆婆迫于处境，难以袖手旁观，她知道蓬莱魔女与武林天骄等人是上官宝珠的朋友，她不愿和上官宝珠的朋友相斗，便找上了聂金铃作为对手。

　　老婆婆把拐杖一举，勉强笑道："咱们都是年纪差不多的老太婆，大家又都是用的拐杖，你我比划比划如何？"聂金铃"哼"了一声，说道："我是硬骨头，要打就打，何必多言？"言语中意带双关，暗讽那老婆婆惧怕丈夫。老婆婆皱面泛红，心里也动了火气，便与聂金铃交起手来。

　　双杖一交，双方都是不由得心头一震，知道遇上了劲敌。老婆婆用了个"回风扫柳"的连环招数，连击三杖，把聂金铃迫得连退三步，聂金铃还了一招"双龙出海"，龙头拐杖一抖，杖尾点她的两处大穴，老婆婆不敢进迫，在她反攻之下，也退了两步。

　　聂金铃是退三步进两步，比较之下，在那见面一招中还是稍微吃了点亏。原来她们二人的本领本是旗鼓相当的，但因聂金铃功力初复，又经过了一场恶战，是以比不上那老婆婆了。

　　石瑛看见母亲打不过这老婆婆，拔剑上前助战，母女俩联手对敌，这才反客为主，占得上风。不过那老婆婆功力深湛，聂金铃母女要想胜她，亦是不易。

　　乙休哈哈笑道："金铃，到了如今，你还要逞能吗？哈哈，你们哪一个都休想出去了！"言毕便也加入了战团。

　　乙休中指一弹，发出了玄阴指力，冷风如箭，袭向聂金铃胸口的"玉虚穴"，聂金铃机伶伶地打了一个冷战，险些给那老婆婆的拐杖扫着。

　　蓬莱魔女一个"移形换位"，以轻灵矫捷的身法脱出柳元甲掌力的范围，先解聂金铃之困。那老婆婆不愿与她作对，拐杖轻移，侧身一闪。蓬莱魔女"刷"的一剑，向乙休刺去，乙休挥袖一剑，解开她的剑招，柳元甲过来，再斗蓬莱魔女。乙休一个转身，又向武士敦施展杀手。武士敦以威猛无伦的金刚掌力，化解了他玄阴指的偷袭。

说时迟，那时快，乙休再一转身，又向武林天骄袭击。武林天骄从暖玉箫中吹出一口纯阳罡气，中和了他的玄阴寒气。猛鹫上人乘机进攻，"呼"的一抓，饶是武林天骄闪避得快，衣襟亦已被撕下了一幅。

武士敦与蓬莱魔女拼命冲击过来与武林天骄会合。双方于是变成了混战的局面。两边人数倒是相等，都是六人。但聂金铃母女要连战那老婆婆，武士敦与武林天骄则仅可以和那白衣老者及猛鹫上人打成平手，蓬莱魔女对付柳元甲还要处在下风。在这样的情形之下，敌方等于是多出一个高手乙休。乙休策应四方，时而袭击聂金铃，时而袭击蓬莱魔女，武士敦与武林天骄虽然不怕乙休的"玄阴指"，也不能不分神应付。还幸那老婆婆只是采取敷衍的态度作战，要不然蓬莱魔女这方早已一败涂地。

双方强弱虽谈不上"悬殊"二字，亦是颇有距离。斗了一支香时刻，蓬莱魔女这方的形势越来越险，虽还勉强可以维持，但大家都已知道，久战下去，终须一败。

猛鹫上人哈哈笑道："你们竟然是至死不服吗？我劝你们还是束手受擒好些！"柳元甲也道："清瑶，我劝你还是认了我这个叔父吧。你是我的侄女，我总不能伤你性命！"

那老婆婆叹了口气，跟着也说道："宝珠，不要再打了。有我在此，我担保他们不会为难你的。"

那老婆婆以上官宝珠的保护人自居，上官宝珠心里很是感激，说道："多谢你的好心，但我决不能舍弃朋友，独自求生，我宁可和他们死在一起。"

猛鹫上人喝道："你这丫头真是执迷不悟。好吧。你们既是定要打到底，那也就只好将你们一网打尽了。宝珠的性命我可以留下，其他的人就难说了！"说罢，又发出了一阵狞笑。笑声未了，有一件意外的事情突然发生。那块封闭洞口的大石头突然给人移开，光线射了进来。原来此时已是第二天的日上三竿的时候了。这块大石头是武士敦也不能单独移开的，显然搬石之人必是武林中的第一等高手！

此事突如其来，大出众人意料之外，双方都是不禁一呆。武士敦猛力发出一掌，把那白衣老者从洞口之处迫开，叫道："快走！"

蓬莱魔女把上官宝珠一拉，立即便跳出去。她这一边，以武士敦的功力最高，故而由他担当殿后，蓬莱魔女则掩护上官宝珠先走。

柳元甲喝道："哪里走！"一抓抓来，蓬莱魔女反手一剑刺他脉门，柳元甲变抓为指，铮的一声，弹开了蓬莱魔女的青钢剑，如影随形地也追了出来。

上官宝珠本来是和宇文化及交手的，蓬莱魔女此时在对付柳元甲，一时难以兼顾，宇文化及跟着也追了出来。

宇文化及高举日月双轮，向上官宝珠砸去，想把她手中的剑打落，此时，他为了要阻止上官宝珠逃跑，双轮猛击，已是用上了全力，即使因此而伤了上官宝珠，他也是顾不得的了。

就在此时，忽听得一个苍老的声音喝道："谁敢伤害我儿？"只见一个白发苍苍的老妇站在洞口，正是上官宝珠的母亲——灵鹫派北宗的掌门人青灵师太。

青灵师太一拐打下，宇文化及收势已来不及，只听得"当"的一声，金铁交鸣，震耳欲聋，宇文化及的日月双轮飞上了半空，"哇"的一口鲜血吐了出来，连忙后退。宇文化及是练成了混元一炁功的，只论功力，他不在蓬莱魔女之下，如今竟是挡不起青灵师太的一击！

柳元甲大惊，恐防青灵师太对宇文化及再下杀手，慌忙拦在他的前面，上官宝珠叫道："妈，你来得正好，这些人合起来欺负我！"

青灵师太"哼"的一声，向柳元甲一拐扫去，柳元甲避开正面，右掌一招"拨云见日"，以最上乘的内功卸开她的那股力道，右掌并拢如刀，反切她的脉门。柳元甲以正宗内功的基础，又练了桑家的内功心法，目前已是差不多到了"正邪合一"的内功境界，在他们这一群人中，本领已是数一数二，可是当他的手指触及拐杖之时，仍是感到如同触电一般，慌不迭地缩手，一条左臂，酸麻得不能动弹。不过青灵师太的拐杖也给他拨开，而且柳元甲的右掌划过，把她的衣袖也划穿了一道裂缝。比对起来，虽是柳元甲吃亏较大，青灵师太也没占到绝对上风。比起宇文化及来，柳元甲吃的亏就算不得什么了。青灵师太心头一震，想道："怪不得我儿会吃了他们的亏。"

此时双方都已陆续有人出来，猛鸷上人见了青灵师太，大吃一惊，叫道："师姐！"青灵师太冷冷说道："你还认我是师姐么？你为什么欺负我的女儿？"缓缓地举起了手中的拐杖。

猛鸷上人叫道："师姐，你误会了！"青灵师太"哼"了一声，说道："我亲眼见的，有什么误会？"拐杖已是高高举起。猛鸷上人双臂一振，作势迎击。正在双方剑拔弩张之际，忽听得一声尖锐的叫声，那老婆婆和白衣老者已经出来，老婆婆见了青灵师太，骤吃一惊，惊得比猛鸷上人更甚，竟是不由自主地叫了出来。这刹那间，白衣老者也是呆若木鸡，他的面上本来就没有几分血色的，此时更苍白了。

青灵师太颤巍巍地放下了拐杖，喘了一口气，说道："美娘，你，你们回来了！"她本是杀气腾腾的，突然一副颓唐的神态，好像一下子就衰老了许多。

上官宝珠惊疑不定，说道："妈，你们是认识的？这老婆婆真像你！"

青灵师太不答女儿的问话，忽地又是双眉一竖，说道："美娘，你，你和宝珠说了些什么？"

那老婆婆哑声说道："我，我什么也没有说。"

青灵师太道："好，那你就不必再找宝珠了。宝珠，咱们走！"上官宝珠叫道："妈！"她满腹疑团，想要问个明白，可是青灵师太已是不由分说，拖着她跑了！

那白衣老者板起了面孔，冷冷说道："美娘，我叫你不要自寻烦恼，你偏偏不听我的话！"好像和那老婆婆赌气似的，径自走开。老婆婆默默无言地跟在他的后面，走的是另一个方向。

猛鸷上人与柳元甲、乙休等人面面相觑，半晌，猛鸷上人说道:"咱们留在这里也没有什么意思了,都走吧!"不过,他说是说"走",却是回到那个洞中,柳元甲等人也跟着进去。

蓬莱魔女料想他们是要带走公孙奇,公孙奇目前已是半死不活,救他固然没用,杀他亦是无须,蓬莱魔女不忍再见公孙奇,就去追青灵师太。

上官宝珠叫道:"妈,这位柳姐姐是我的救命恩人。"青灵师太道:"好,待会儿我向她叩谢!"蓬莱魔女蓦地一省,连忙说道:"老前辈不必客气,你们母女相逢,我不打扰你们啦。你们先谈谈吧。"蓬莱魔女情知她们母女定有许多话说,自己不便插在她们中间,蓬莱魔女脚步一停,青灵师太拖着女儿已是走入了密林之中,看不见了。

武士敦等人走来,武林天骄笑道:"今天真是多亏了青灵师太,要不然咱们只怕要被困在洞中,难见天日了。但却不知青灵师太和那老婆婆闹的是怎么一回事情?咱们还要请她帮忙对付那几个老魔头呢!"

蓬莱魔女摇了摇头,说道:"我也不懂是怎么一回事情。那老婆婆的行为好古怪,我猜不透她的来历。不过,想来青灵师太是会知道的,就不知她肯不肯说。"

聂金铃道:"我生平不惯求人帮忙,看刚才的情形,青灵师太与那老婆婆定有极深的渊源,也不必强她所难了。"蓬莱魔女始终疑心她们二人乃是姐妹,不过上官宝珠又曾说过她的外祖父只有她母亲一个女儿,故此蓬莱魔女兀是怀疑不定,如坠五里雾中。

聂金铃接着说道:"那两个老贼已是难逃走火入魔之劫,也用不着我母女亲自报仇的了。不过,他们的走火入魔须得在半年之后方始发作,这半年中他们几个老魔头联在一起,要制伏他们也确是不易。你们倒要小心提防了。"蓬莱魔女心中一凛,应了一个"是"字。

聂金铃又道:"我生平不惯受人恩惠,但这次却是要深感你的大恩了。我也不知该如何报答你才好?"

蓬莱魔女道:"你是我的长辈,晚辈出点力是应该的。刚才若是没有老前辈帮忙,只怕我也早已遭了他们的毒手了。但我有一事未明，不知那个给你们送出那封信的小叫花是什么人？他又怎知道你们是因在这个岩洞，而且居然逃得过那几个大魔头的监视？"蓬莱魔女心里藏着这个闷葫芦已有数日，见了聂氏母女早就想问的了，现在才有机会发问。

聂金铃道："我也不知道这小叫花是什么人，只知道他们是一伙的。"

蓬莱魔女诧道："他既是和那几个魔头一伙，何以又会给你们送信？"

石瑛道："有一日他突然到我们的囚房，说是可以替我们把信息带出去，他说了一个人的名字，不由我不相信他。我料想你们会来石家村找我，我就匆匆写了那封信请他送出去。"

蓬莱魔女道："他提起了何人？"

石瑛道："他提起了明明大师。"

蓬莱魔女恍然大悟，心里想道："明明大师数十年足不下山，江湖上根本没人知道他，而他和聂金铃有极深厚的交情，小叫花提起他的名字，怪不得石瑛会相信他了。但奇怪的是，听那牧童说这小叫花年纪甚轻，却如何会知道明明大师？"蓬莱魔女同时也明白了聂金铃何以不愿详言此事，因为那小叫花提及的明明大师乃是她的旧情人。

武林天骄忽道："我知道这个小叫花的来历，他是蒙古的尊胜法王的弟子，宇文化及的师弟。"

蓬莱魔女大感诧异，尊胜法王的弟子会给她们送信，此事真是太出意料之外。蓬莱魔女道："你是怎么知道的？听说宇文化及已是尊胜法王的关门弟子，怎的又来一个师弟？"

武林天骄道："我们走进西面的那个岩洞，正巧听到猛鸷上人和宇文化及说话。猛鸷上人说道：'你那个小师弟和聂金铃母女是不是相识的？'宇文化及道：'我不知道，不过他今年不过二十岁，想来不应与她们相识。何以你会这样问我？'猛鸷上人道：'我曾见他从她那间房间出来，那一晚正是他临走的前夕。碍着你的面子，我可不敢问他。'宇文化及道：'哦，原来你是对他有了疑心吗？'猛鸷上人道：'不敢，不敢。他是你的师弟，是尊师宠爱的关门弟子，我对他岂敢疑心？'宇文化及道：'他年纪轻，想必是因为好奇，去探望一下。看看魔鬼花令武功高手中毒的情形是怎么样的。他是我师父一个故友的儿子，五年前我师父收他为关门弟子的。据我所知，今次是他第一次走出蒙古。'猛鸷上人道：'那就越发没有疑心了。'接着问道：'尊师派遣他来，催促你回去，不知是为了何事？'宇文化及道：'铁木真大汗正拟进兵中原，我是来探听军情和延揽能人的，如今迟迟未回，师父当然要知道一个消息。进军在即，我也是应该回去禀报的了。你们怎么样？和我一道走呢还是继续留在这里？'猛鸷上人道：'多承尊师青眼，答应在大汗跟前推荐我做他的副手，贵国既然目下需人，我当然应该和老弟一同回去。只是乙休和柳元甲这两个老家伙，还在恋恋不舍于要诱迫公孙奇传他那两大毒功，只怕他们暂时不能和咱们一起走了。'宇文化及道：'不必管他们，咱们先回去吧。这两个老家伙今后要倚仗家师之处甚多，我想他们一定会跟着来的。'

"他们二人说到这里，便发现了我们的踪迹，这就打起来了。"

蓬莱魔女听了武林天骄的报道，虽然还未明白这小叫花何以会给石瑛送信的原因，但对他的来历身份已经清楚。另外还知道了一个消息，这班魔头是就要离开天狼岭回转蒙古的了。

蓬莱魔女笑道："乙柳和猛鸷等人真是利令智昏，金国势大投金，蒙古势大就投蒙古。但乙休与柳元甲这两个老贼，也不想想他们遭受走火入魔之劫，最多也只有半年的时间了。咱们不必理它，看看青灵师太去吧，不知她们母女已经谈完私事没有？"

就在此时，忽听得林中传来一声尖叫，是上官宝珠的叫声，声音中充满骇惧。蓬莱魔女大吃一惊，说道："难道她们又遇上了强敌？咱们快去！"

花开两朵，各表一枝，现在回过头来叙述青灵师太母女相见之事。且说青灵师太把女儿带进密林深处，柔声说道："宝珠，你从实告诉我，那个老婆婆和你说了些什么？你已经知道了她是谁吗？"

上官宝珠道："她和我什么都没有说，我连她的姓名也未曾知道呢。所以我才觉得奇怪！"

青灵师太吁了口气，心里想道："还好。"问道："你奇怪什么？"

上官宝珠道："我不明白她为什么对我这样好，在那岩洞里，那些人想伤害我，还多亏她给我解救呢。第二——"

青灵师太道："你还有什么怀疑，为何不说下去？"

上官宝珠道："你们两人长得这样相像，这不也是一件怪事么？妈，我相信你一定是和她相识的，你不可以告诉我她是谁吗？"

青灵师太忽地面色一端，郑重说道："宝珠，这些年来，我对你好不好？"

上官宝珠吃了一惊，说道："妈为什么要说这样的话？天下哪有不爱子女的父母？妈，你疼我爱我，女儿是一辈子也感激不尽的！"

青灵师太道："那么你应不应该听我的话？"

上官宝珠道："妈有什么吩咐，女儿岂敢不遵？"

青灵师太道："我是要你心里愿意！"

上官宝珠惊疑不定，正容答道："妈，你要我如何，我是水里火里都心甘情愿去的！"

青灵师太道："好，那么你就听我的话。不错，我是知道那老婆婆的，但我不能告诉你。因为你知道了对你没有好处。以后我也不许你再提起她！"

上官宝珠满腹疑云，但母亲说得如此认真，她也只好答道："是，女儿遵命！"

青灵师太叹了口气，说道："好吧，那么咱们可以出去了。"

上官宝珠道："妈，女儿还有一桩事情，不知你可不可以给我说个明白？"

青灵师太道："你要问什么？"

上官宝珠道："青灵子你可知道？"心里想道："妈的法号叫青灵，那人叫做青灵子，这是偶合的呢，还是当真如那人所说，他和妈本是夫妻？"

青灵师太面色一变，说道："你问这个人做什么？"

上官宝珠道："青灵子已经死了！他……"

这霎那间，青灵师太不禁浑身一抖，失声叫道："吓，他已经死了?"

上官宝珠说道:"他是给乙休害死的。他临死之前,曾把半边镜子交托柳女侠要她送还给你。可惜这半边镜子刚才已给那老婆婆打碎了。"

青灵师太喘着气说道:"青灵子和你们说了些什么?"

上官宝珠抬起头来,决心问个明白,涩声说道:"青灵子究竟是不是我的生身之父?妈,你一定要告诉我!"

青灵师太面色惨白,喘着气没有说话,心中踌躇莫决:"要不要告诉她呢?她若知道了真相,心里一定是十分难过。"

上官宝珠道:"不管怎样,我要知道实情。否则我闷在心中,一生都会难过。"

青灵师太含着眼泪抚摸她的头发,但仍然没有回答。

忽听得有人接声说道:"不错,青灵子是你的父亲!"说话的正是那个老婆婆,突然出现在上官宝珠的面前,扶着拐杖,一个字一个字的缓缓说了出来,说得十分吃力,显然也是下了极大决心才能说出来的。

上官宝珠颤声道:"你,你怎么知道?"

那老婆婆道:"因为,因为我是你的母亲!"

上官宝珠呆住了,目光停滞地望着青灵师太,一个"妈"字梗在喉头,不知是叫谁做"妈妈"才对。

青灵师太叫道:"美娘,你——"

那老婆婆一口气说下去道:"她是你的大姨。灵姐,对不住,我本来不想说的,但我心里难过,这件事她亦已知道了一鳞半爪,不能再瞒她啦。"

那老婆婆喘了口气,咳了咳嗽,继续说道:"这都是我的罪孽,我做了错事,对不住你的爹爹。我、我和另一个人走了,留下你来,你出世没多久,就是由大姨抚养你的了。我、我不配做你的母亲。你的大姨对你恩情如海,你叫她做妈是应该的!"

上官宝珠听得呆若木鸡,那老婆婆继续说道:"我这次回来,本来只是想偷偷的去见你一面,想不到在这里遇见你。我不配做你的母亲,可是我按捺不住心头的跳动,我、我是多么想要听到你亲口叫我一声'妈'哟！我不要求你的原谅，只求你承认我是你的母亲！"

上官宝珠悲不可抑，抢上前去，投入那老婆婆怀中叫了一声"妈！"她不想知道内里的情由，不管她的母亲究竟做了些什么错事，她只知道这个老婆婆是她的母亲，这是无疑的了。女儿总不能责怪母亲的，骨肉关情，这老婆婆是如此疼爱她，她也情不自禁地不能不投入她的怀中了！

那老婆婆的满是皱纹的脸上绽出惨白的笑容，心满意足地说道："灵姐，你原谅我，我实在是抑制不了自己啊！"

蓦地另一个疑问在上官宝珠的心中升起：青灵子既然是她的父亲，难道他会不知道她的母亲是谁？为什么要蓬莱魔女把那半边镜子交给她的大姨？

那老婆婆似乎已猜到了她心中的疑问，说道："你出世不久，我把你交给了大姨，我就故布疑阵，伪作身亡，遁迹海外。你的大姨带了你到灵鹫山上，避免和你爹爹见面。若干年后，你的爹爹听到了一点风声，不过，他却以为你的大姨是我。因为在他生前，始终没有机会见到你们，而你的大姨在我遁迹海外之前，也早已'暴病而亡'了。当然，这个'暴病而亡'乃是假的。她是服了一种奇药，死了三天，可以复活。用意只不过要你爹爹知道她已经'死了'而已。"

原来青灵师太和这老婆婆乃是一对孪生姐妹，青灵师太是姐姐，名叫杜灵珠，老婆婆名叫杜美珠。两姐妹面貌十分相似，性情却大大不同。杜灵珠性情内向，娴静端庄；杜美珠性情外向，活泼好玩。青灵子与姐姐结识在前，两人颇为相得，杜灵珠的一颗芳心早已系在他的身上。但因杜灵珠是个深沉不露的人，情意埋在心底，言语从未表露。

想不到妹妹后来也爱上了青灵子。杜美珠是个要恨便恨，要爱便爱的人，毫无顾忌地追求青灵子。青灵子虽然对姐姐的好感较多，但一来因为不知杜灵珠的情意，二来他也敌不过杜美珠这样一个热情少女的诱惑，于是不久就和杜美珠结了婚。

青灵子结了婚，十分专一地爱他的妻子。杜美珠却是心性不定，婚后数年，又受了另一个风流浪子的诱惑，终于演出了私奔的一幕。

这件事情始终是瞒着青灵子的，不过杜灵珠则早已知道。她深深地为青灵子难过，但阻止不了妹妹和那个人私通。她知道青灵子对妻子的热爱，倘若知道了这个秘密，非得气死不可。是以她替妹妹策划了这个"瞒天过海"之计，宁可青灵子以为他的妻子已死，总比知道妻子和别人私奔好些。

当然青灵师太也预料得到：日子久了，青灵子总会探得一点风声。因为她要抚养上官宝珠，总不能一生不在人前露面。所以她逃到了灵鹫山上，避免与青灵子相见。日后即使青灵子知道，也只当她是她的妹妹，反正她们姐妹相似，除非是青灵子亲自到来，还得和她相处多日才能分别。否则若是别的熟人，见了她，也决计不会知道她是姐姐还是妹妹。

且说上官宝珠听了杜美珠的说话，心中仍是疑团未释，问道："我的爹爹原来是姓什么的？"

杜美珠道："你的爹爹是乙休父亲收养的孤儿，谁也不知道他原来是姓什么？"

上官宝珠忽地望着青灵师太说道："姨妈，你曾经说过上官复是我的父亲，这上官复就是青灵子吗？"

青灵师太呆了一呆，对这个问题似乎觉得很难回答。上官宝珠望着她，她却望着她的妹妹。

杜美珠道："宝珠，你不必问你的爹爹是姓什么的了。你的姓名是我给你取的。"

上官宝珠的疑问没有得到解答，听了她的母亲这么一说，疑心更加重了。不由自己地又问道："那么，是不是另外还有一个人叫做上官复的？他是谁呢？"

杜美珠本来惨白的面色，此时泛起了一片红，突然间就像寒热交作的病人似的，浑身发抖，脸上的肌肉也起了痉挛。全身的骨骼也好像就要松散似的，发出炒豆似的"迫迫剥剥"的声响。上官宝珠又是吃惊，又是害怕，杜美珠双手已经松开，上官宝珠不知不觉地离开了她的怀抱。

忽听得一个苍老的声音说道："我就是上官复！"那白衣老者突然出现在她们的面前。

青灵师太怒目而视，冷冷说道："上官复，你害得我妹妹还不够吗？"杜美珠呻吟叫道："你、你不应该到这里来的！"

原来这个白衣老者就是二十年前和她私奔的那个风流浪子。他本来的姓名是上官复，此次是改名换姓重回中原的。猛鹫上人这一班人只知道他是东海扶桑岛的牟岛主。

上官复对她们姐妹的斥责不加理会，一双眼睛只是打量着上官宝珠，忽然他好似在上官宝珠的身上发现了他少年时代的几分影子。

上官复惊疑不定，蓦地指着杜美珠问道："你给我说实话，这女娃儿是不是我的骨肉？"

杜美珠颤声斥道："你胡说什么？她是青灵子的女儿，我不是早已对你说过了吗？你当年也不许我携着她的。"

上官复道："我不相信。你、你是骗我的吧？如果我知道她是我的亲生女儿，——"

话犹未了，忽见杜美珠晃了两晃，突然间就似风中之烛似的，倒下去了。

上官复大吃一惊，赶忙将她扶住，指头触着她的脉门，登时面如土色。原来杜美珠早已自断经脉，只因她的内功深厚，一时间未能死去。刚才她的全身骨骼发出的"迫迫剥剥"的声响，就是散功之时的现象。

青灵师太大怒，举起拐杖就向上官复打去，喝道："你、你给我滚！"上官复一来是有几分忌惮青灵师太，二来他做了亏心之事，此时也自感到深深的内疚。迫不得已放下了杜美珠，叹口气道："好吧，你既然忘不了前夫，我在这里是多余的了！"正是：

当年恩怨无须论，情孽牵连罪孽深。

欲知后事如何，请听下回分解。

第一一四回　愧对孤儿谈往事
唯将一死赎前衍

　　杜美珠嘶声叫道："我被你误了一生，我只求你一件事，你以后可不许难为宝珠！"

　　上官复道："她是我的亲生女儿，我怎会难为她。你放心去吧！"

　　青灵师太举起拐杖喝道："不要再啰唆了，滚！滚！今后也不许你再找宝珠！"

　　上官复长叹一声，转眼间已是走得无踪无影。上官宝珠呆若木鸡，心里乱成一片。

　　杜美珠呻吟说道："宝珠，过来！"上官宝珠如梦初醒，知道母亲已是在弥留之际，连忙抱着了她，说道："妈有什么吩咐？"

　　杜美珠吸了最后一口气，断断续续地说道："你，你不要听信那人的说话。你的爹爹是好人，你的爹爹是青灵子！好啦，我听了你亲口叫我妈妈，我也可以瞑目了！"一阵急骤的"迫迫剥剥"的响声过后，杜美珠自行"散功"，已经完毕，闭上了双目。上官宝珠一声尖叫，险些晕了过去。

　　青灵师太抱着杜美珠，叹道："好命苦的妹妹。你回头得迟了一些，不过，也总算是母女相认了。"杜美珠身躯又微微颤动了一下，青灵师太把耳朵凑到她的嘴边，只听得她说的是："姐姐，你，你不要把真相告诉宝珠。"青灵师太点了点头，只见妹妹脸上含着微笑，似乎已是放下了心事，死得很是安详。上官宝珠正在伤心欲绝，她母亲说的这句话，她可没有听见。

原来上官宝珠的确是上官复的骨肉，杜美珠和他私奔之时，深深觉得自己对不住青灵子，不愿意让他知道真相，是以瞒着了丈夫也瞒着了上官复，把上官宝珠当作是青灵子的女儿，托姐姐抚养。当然，她的姐姐青灵师太是知道事情真相的。她们两姐妹同一样的心思，不想上官宝珠的心中留下阴影，是以在杜美珠临死之时，还始终是瞒着她的。

　　青灵师太道："宝珠，你不要太难过了。就只当你没有碰上母亲吧。这许多年，你并不知道另有一个亲生的母亲，不是也这样过了吗？"

　　上官宝珠咽泪说道："我今日方知父母是谁，可是我们母女只能相见一面。唉，妈妈，你的命真是好苦呀！"其实，她还未知道，她只是知道了母亲，还未知道真正的生身之父。

　　青灵师太老泪纵横，心里想道："我的命比你母亲的命更苦，你却还未知道。"想起自己把意中人让给了妹妹，为妹妹抚养女儿，这一生都可以说是为妹妹牺牲了。但这一生的辛酸苦痛，却又有谁知道？

　　上官宝珠抬起了头，说道："妈，我知道你是我的大姨，但我还是要叫你做妈。你永远把我当作女儿吧。"

　　上官宝珠的言语好似一股春风，吹开了青灵师太心头的云翳。她把上官宝珠紧紧搂在怀中，说道："宝珠，我是一直把你当作女儿的啊！从今之后，我只有你一个亲人，你可不要再令我难过了。"上官宝珠道："是。我一定听妈的话。"青灵师太脸上绽出笑容，轻抚上官宝珠的一头秀发。女儿还是她的女儿，她为了妹妹牺牲，大半生所受的苦痛辛酸，这一瞬间都好似得到了补偿了。

　　半晌，青灵师太抬起头来，低声说道："宝珠，我对你有一样事情还是放心不下。"上官宝珠道："妈，你说吧。我一定听你的话。"

　　青灵师太想了一想，说道："你拾一些树枝来，把你的母亲火化，我要把她的骨灰带回灵鹫山去。做了这件事情，我再和你慢慢地说。"

　　上官宝珠火化她的母亲，这只见了一面便即永别的母亲。又禁不住哀哀痛哭起来。

蓬莱魔女听见上官宝珠的叫声，以为她们是碰上了强敌，匆匆忙忙的赶来，正好赶上上官宝珠火葬她的母亲。

蓬莱魔女看见这个情景，心中登时明白，这老婆婆一定是她的母亲无疑。她不愿加重上官宝珠的伤心，既然明白，也就不去再问她了。

上官宝珠把骨灰聚拢，青灵师太解开背囊，包裹了骨灰，说道："宝珠，你不要再哭了。你瞧，你的柳姐姐已经来了。她对你是有过救命之恩的，是么？你还未曾把这些事情告诉我呢。"

上官宝珠紧握蓬莱魔女的手，说道："柳姐姐，我这一生没有知心的朋友，只有你是我唯一的知己。我刚刚碰上伤心之事，请你原谅我失礼了。"

蓬莱魔女道："人生不如意事常八九，哪能避免没有伤心的时候呢？不过，你除了我也还有更知心的朋友啊。这是一桩喜事，你也应告诉妈了，你还没有告诉她吗？"

上官宝珠面上一红，青灵师太已在接着说道："是啊，离开我之后的事情都还没有告诉我呢。"

上官宝珠把这一个多月来的遭遇一一告诉了母亲，说到了她和麻大哈的分手，说到了她与仲少符的相遇，说到了她被猛鸳上人欺负等等事情。不过，在说到了她和仲少符的那段事情，则是蓬莱魔女替她详加补充的。青灵师太这时才知道女儿已经有了意中人。

青灵师太很是喜欢，说道："我刚才对你说，我有一桩心事，如今我的这桩心事是可放下了。麻大哈这小子我早就知道他不是好人，幸亏你和他及早分手。只可惜那位仲小侠我没见过。"

蓬莱魔女道："这位仲小侠，武功人品都是上上之选。我和他虽然只是见过一面，但我的义弟耿照却是他的好朋友。"上官宝珠道："他和武帮主、檀大侠等人也都是好朋友。俗语说物以类聚，人以群分。武帮主、檀大侠等人都是侠义道中响当当的角色，他和这些人交朋友，妈，你可以信得过他决计不是坏人。"上官宝珠性情坦率，心中想的什么就说什么，她只怕青灵师太不许她和仲少符要好，不知不觉便在帮着蓬莱魔女替仲少符说好话。

青灵师太微微一笑，说道："宝珠，你还没有和他成亲，倒先夸起夫婿来啦！"上官宝珠面上一红，说道："妈，你若是相信不过，你可以自己看去。他与武帮主约会在祁连山那儿相见。这里的事情一了，我们也都要到祁连山去的。"青灵师太笑道："柳女侠都说他好，我当然是相信得过的。"

青灵师太听得女儿有了称心如意的郎君，当然很是高兴，可是另一方面，却又不免怅触于心，茫然如有所失，她想起了少年时候的情事，那时她和青灵子何尝不也是两小无猜，只可惜她不似上官宝珠今日的坦率，敢于把心事直说出来，以至错过了大好姻缘。

青灵师太的怅触还不止此，心里又在想道："青灵子当年也曾勉励过我要做一个侠义道中的英雄儿女，可惜我在情场失意之后，便即心灰意冷，非但自己不问世事，与侠义道的距离越来越远；连女儿我也不许她足迹踏出灵鹫山之外，以至她所结识的朋友，只能是麻大哈这一种人，几乎又累了她的一生！"

上官宝珠吃了一惊，说道："妈，你在想些什么？"她见青灵师太面色不豫，以为妈是不欢喜她的心已分成了两半，禁不住低声说道："妈，我就是有了少符，也还是一样依恋你的。"

青灵师太哈哈一笑，说道："妈只愿你们小两口子永远这样要好，白头到老，岂有妒忌女婿的道理。"上官宝珠放下了心，说道："妈，我看你的面色，我以为你不高兴呢。妈，你还有什么心事？"

青灵师太把拐杖一顿，说道："我是气不过猛鹫这个贼秃，他们两师徒竟然联合起来欺负你。好，我和你去打他一顿，替你出这口气。"

聂金铃想起自己被乙休害了一生，这几天来又被他捉到岩洞之中凌辱，心中之气，也是难以消除，说道："好，咱们一起去！"

她们走出树林，会合了武檀二人，再去搜那岩洞，青灵师太是第一次到这个岩洞，对洞中仙境，赞叹不已。可是搜遍了这个岩洞，那班魔头，连公孙奇在内，已是一个都不见了。

武林天骄道："想必他们都是跟随宇文化及回蒙古去了。"聂金铃道："乙柳二人梦想练成桑家的两大毒功，想不到反受其害。

半年之内，他们必将遭受走火入魔之劫无疑。不过，他们也一定不会死心的。蒙古尊胜法王号称天下第一高手，我料他们会去求尊胜法王救治。"

青灵师太道："他们练错了毒功，即使青灵子复生，也是无法救治。除非有两个人联同出手，还要懂得青灵子所传的逆行经脉之法，才可以挽救他们的性命。"聂金铃与蓬莱魔女点了点头，心里明白青灵师太说的是谁。

上官宝珠却不知道，她年轻好奇，问道："妈，你说的那两个人是谁？他们的本领比尊胜法王更高吗？"

青灵师太道："一位是明明大师，一位是柳女侠的尊翁柳元宗柳大侠。柳大侠是天下第一名医，明明大师已练成了至高无上的内功心法。尊胜法王号称武功天下第一，也未必就胜得过他们二人。只有他们二人联同出手，以最上乘的内功配合最深湛的医术，才有希望可以救治走火入魔之难。"

蓬莱魔女冷笑道："谅柳元甲这老贼也不敢去见我的爹爹。"心里却想："如果公孙奇能够痛悔前非，我倒可以为他求情。就只怕我师父不肯原谅这个逆子。"想是这样想，但公孙奇如今已受着那班魔头的挟持，蓬莱魔女即使想要救他，也是毫无把握可以令他脱出魔掌的了。

聂金铃听她们提起了明明大师，想起了少年时候的情事，本来她是可以和明明大师结成佳偶的，不料却给这人面兽心的乙休害了她的一生，思之不禁黯然。

出洞之后，蓬莱魔女、武林天骄等人是要到祁连山去的，聂金铃母女却是无家可归。蓬莱魔女道："聂老前辈，你不如也到光明寺去。一家人团圆，岂不是好？"

聂金铃的外孙早已托给柳元宗教养，现在正在光明寺。石瑛是每个月都去看儿子一次的。只有聂金铃因为旧事难忘，不敢去见明明大师，所以从未到过光明寺。

聂金铃面色微变，石瑛柔声说道："妈，咱们去和小南住在一起吧。既可以避免两个人的骚扰，你也可以清清静静地度个晚年。"

聂金铃闭目冥思，许久，许久，才张开了眼睛，说道："好，我依你就是。我这一大把年纪，尘缘早断，也不必自己折磨自己，顾忌什么闲话了。"她打定了主意，到光明寺削发为尼，以净化了的感情，和少年时候的情侣见面。这么一想通了，倒觉得自己若是比起杜美珠来，那是要幸福多了。

聂氏母女到光明寺去，青灵师太则回转灵鹫山。分手之时，青灵师太一再叮嘱女儿，叫她在战事结束之后，就要带仲少符来见她，上官宝珠含笑答应了。

武士敦、武林天骄、蓬莱魔女、上官宝珠四人续向西行，这日进入了陇西山区，距离祁连山只不过三日行程了。正谈笑间，忽见有两骑快马从官道上迎面而来，是两个金国的军官。

上官宝珠眼尖，一眼就认出了其中一人，叫道："咦，那不是沙衍流吗？好呀，你这贼子终须给我撞上了！"上次在那古庙之中，上官宝珠与仲少符二人，几乎丧生在沙衍流手下，上官宝珠给他打得重伤，还是前几天才完全伤愈的。此时正是仇人见面，分外眼红，焉能将他放过。

武林天骄也认出了另一个人，这人是他叔父济亲王手下的一名参将。上官宝珠与武林天骄不约而同地追上前去。

沙衍流一见他们四人同在一起，这一惊当真是非同小可。他不怕上官宝珠，但对于武、檀与蓬莱魔女三人，他却是十分忌惮的，这三个人任何一个都可以置他死命，他能不心慌？当下，连忙拨转马头，就要逃跑。

上官宝珠轻功超卓，在沙衍流拨转马头的时间，她已经追到了三丈之内。沙衍流知道她的毒药暗器厉害，立即先发制人，"呼呼"两声，把两枚铁胆反手掷出。上官宝珠振臂一剑，把一枚铁胆挑开，已是虎口酸麻，身子摇摇欲坠。说时迟，那时快，第二枚铁胆又到，蓬莱魔女跃上，一把将上官宝珠拉开，武士敦随后来到，一记劈空掌将那第二枚铁胆也打落了。

武士敦喝道："往哪里跑？"呼的又是一记劈空掌打去。武士敦的劈空掌力可及十丈以外，沙衍流拨转马头之后，坐骑刚刚起步，已经给他的掌力打及，那匹马一声嘶鸣，四蹄屈地。

武士敦身形一起，一掌便向沙衍流的头顶劈下去。沙衍流用的是一根镔铁杖，一招"举火燎天"，击向武士敦的虎口，杖尾上撩，又点向武士敦的胸膛。想趁着武士敦身子悬空之际，一招将他击落。

武士敦左臂一伸，人未落地，已经抓着了杖头，右掌一招"力劈华山"，仍然劈打下来。沙衍流迫得抛了铁杖，举掌相迎，大叫道："好，与你拼了！"

双掌相交，"蓬"的一声，沙衍流翻身落马，武士敦则落在马背。武士敦哈哈笑道："少林寺的大力金刚掌果是不凡，再来，再来！"沙衍流一个"鲤鱼打挺"，从地上跳了起来，口角已是有血水流出。

少林寺的金刚掌和丐帮的金刚掌本来是各有千秋，难分轩轾，但武士敦本身的功力却比沙衍流强得多，双方都用这种纯刚的威猛掌力相斗，当然是力强者胜，力弱者败，决无侥幸。沙衍流跳了起来，只觉四肢百骸，寸寸欲裂，想要飞跑，双脚已是不听使唤，莫说施展轻功，连举步都觉艰难了。

上官宝珠喝道："哪里走？"马鞭抖出，把他一卷，沙衍流登时又跌倒地上。其实用不着上官宝珠出手，他已经是站立不稳的了。

武士敦走过来看，笑道："你这厮怎的如此禁不起打，只一掌就把你的琵琶骨都打碎了。"琵琶骨打碎，多好武功，也成残废。沙衍流心里一凉，叫道："好，你们杀了我吧！"

此时，武林天骄也早已把那个军官揪下马来。这个军官是他叔父手下的一名参将，知道武林天骄的本领，根本就没有反抗，下了马背，恭恭敬敬地向武林天骄请了个安，说道："檀贝子，我是元帅差遣我去送文书的，元帅定了限期要我回京禀报的，我从来没有得罪过贝子，请贝子开恩，许小人回去。"武林天骄想了一想，说道："好吧，你等一等，待我问清楚了我就放你。"

武士敦搜了沙衍流的身，并无文件发现。武林天骄道："文书在这位祈参将的身上，不用搜了。"武士敦道："好，沙衍流，我不杀你。你是少林寺的门徒，自有你寺中的长者按门规来处置你，用不着我越俎代庖。你自己回少林寺去领罪吧。"沙衍流侥幸得回了一条性命，但要他回少林寺领罪，这却是比死还难受。武士敦笑道："当然我没工夫押解你回去，去不去也是随你的便。不过，我要告诉你，你已经受了内伤，只有贵派的长老才能给你医治。"原来少林寺有天下无双的治内伤的圣药小还丹，沙衍流身上本来有两颗的，都已经给武士敦搜去了。沙衍流心想，自己已经失了武功，回到少林寺待罪，寺中长老想也不至于要他性命，大抵是给他医好了伤，就要他在寺中面壁十八年。这样虽然难受，到底比失了性命好些。于是拾起了铁杖，一步一拐地走了。上官宝珠笑道："痛快，痛快！这比杀了他更好，什么仇都报了！"

从那祈参将身上搜出的一封公文，是一个总兵呈给檀道雄，由祈参将带回去的。檀道雄以金国兵马大元帅的身份，调动青州、范阳、陇右、凉州各处兵马"围袭"祁连山，在他未曾来到之前，"围袭"的军事就由这个总兵代为指挥。

武林天骄先不拆开这封文书，说道："檀元帅叫你去送文书，下了什么命令，你和我说，不许隐瞒！"

祈参将心里想道："这虽然是军事秘密，但也用不了几天，他们都会知道的，说给他听，也是无妨。"于是说道："小将不敢隐瞒，檀元帅乃是命令他们退兵。本来檀元帅是要和完颜统领亲自来指挥军事的，现在也不能来了。"

武林天骄诧道："为什么要退兵？是不是'围袭'的战事失利了？"

祈参将道："那倒不是。是因为蒙古兵已经入侵！"

武林天骄大吃一惊，说道："蒙古兵已经入侵？"

祈参将道："蒙古铁骑从三路进犯我国，东路从乌珠穆沁旗进犯，要强渡拉木伦河；中路从海拉尔进犯，前锋直指乌兰浩特；北路从鄂伦春进犯，看来是要夺取齐齐哈尔。中路攻势最为锐利，前锋距离乌兰浩特已经不到三十里了。北路的齐齐哈尔亦已告急，围城只怕已是指顾间事。"乌兰浩特与齐齐哈尔乃是金国边疆的两大重镇，若然有失，蒙古铁骑就可以长驱直入，夹攻金京大都。武林天骄又惊又怒，说道："蒙古鞑子竟然这样猖狂！"

祈参将续道："告急文书雪片飞来，皇上已经派出使者求和，但只怕铁木真不肯答应。因此檀元帅只能放弃'围袭'的计划，下令退兵，先御外侮。"

武林天骄再拆看那封总兵回报的文书，这封文书倒没有什么，只是报告在他主持"围袭"期间的战事情况和遵命退兵的。不过，从这封文书所报告的事实，金兵和耶律元宜的部队，双方都是伤亡颇重。

武林天骄点了点头，说道："抵御外侮要紧，叔叔的退兵命令倒是下得对了。"说罢又叹口气道："蒙古的铁木真大汗，削平群雄，鹰扬漠北，有识之士，早就知道他必将成为金、宋两国的大患。可惜咱们的谋国之臣却只是忙于南侵和'袭匪'，对北方的强邻，反而没有加紧防备。无端端地打了这一场，自伤元气，又令蒙古坐大，如今退兵，只怕已是补救不及了。"

武林天骄肆无忌惮地议论国事，那名参将不敢言语。武林天骄把那封文书还了给他，说道："好，你回去吧。你可以说给我的叔叔知道，你曾经在这里碰上我，是我拆开这封文书的。"

祈参将接过文书，忽地说道："檀贝子，皇上和元帅很挂念你，希望你能回去。元帅说，他身边没有可堪重任的人，蒙古鞑子杀来，无人能助他一臂之力。"

武林天骄道："哦，有事就想起我来了。蒙古鞑子杀来，我当然是要执干戈而卫社稷的，但我不在朝中也许更能出力。你就这样回报我的叔叔吧。"

祈参将走后，武林天骄喟然叹道："金侵宋，蒙古侵金。这正是天道循环，报应不爽。"

武士敦愤然道："与其说是天道循环，毋宁说道是帝王相将，不恤百姓，黩武穷兵，自食其果！他们自食其果也罢了，却是苦了老百姓也！"

武林天骄默然不语，心里想道："我毕竟是出身王府，与老百姓总是隔了一层，看事情还不及武大哥的透彻！"

蓬莱魔女道："所以老百姓只有起而自救。我已经传下了绿林箭，蒙古兵若然来犯，绿林兄弟必定帮忙老百姓抵御强寇。"

他们走了两天，第三天果然就见着了败退的金兵。金兵在撤退之时，遭受耶律元宜的追击，败得很是狼狈。败兵所过之处，掳掠百姓，不在话下。

他们一行四众，取道山路，避开潮水般退下来的败兵。可是当他们走出山口之时，仍然碰上了一小股正在强拉民夫的败兵。

武林天骄大怒，跑出去骂道："是谁准许你们欺侮百姓的。要拉夫来拉我吧！"那股败兵看见他们两男两女，男的壮健，女的貌美，登时发一声喊，涌上来捉拿他们。

武士敦使出大摔碑手法，一手一个，抓小鸡般的将金兵提了起来，摔倒七八个，这还是他手下留情，摔了出去便算，但亦已把他们摔得头破血流。

有个军官认得武林天骄，大吃一惊，叫道："是檀贝子！"余下的十多名金兵一哄而散。

但远处还有几个金兵，在追逐着一个小叫花，这小叫花看来还不到二十岁年纪，衣裳褴褛，瘦骨伶仃，那几个如狼似虎的金兵，仍是不肯将他放过。

武士敦"哼"了一声，说道："好呀，我是叫花头子，有谁在我的面前欺侮叫花子，我可是非得好好地教训他们一顿不可！"正要上去，把那几个金兵加以严惩，忽听得那小叫花叫道："我这小叫花只会讨饭，你们拉我做什么？"那几个金兵哈哈大笑，说道："你给我们做事，有你的饭吃！"那小叫花叫道："不行，不行！你们不许我自由自在地讨饭，我只有将你们当作恶狗般的打了！"话犹未了，手起棒落，"卜"的一声，一个金兵已是被他打翻。

武士敦吃了一惊，心道："好利落的棒法！不过却又不似打狗棒法，不知他是不是本帮弟子？"

这小叫花的棒法快如闪电，武士敦心念未已，只见那几个金兵都已经给小叫花打倒了。

武士敦跑过去喝道："小叫花休得逞能！"一手按着他的棒头。

陡然间一股猛烈的力道冲击过来，武士敦险些给他挣脱，吃了一惊："这小叫花的功力竟然深厚如斯！"但仍然把他的棒头抓牢了。

小叫花挣脱不开，松了手笑道："好，你要我这打狗棒我就送给你吧。"

武士敦道："我手下有几万个小叫花，怕没人跟我讨饭？打狗棒还你！"

小叫花接过了打狗棒，"咦"了一声，说道："原来你是丐帮帮主，怪不得本领这样了得！"

武士敦道："不错。你是蒙古国师尊胜法王的弟子是不是？"原来武士敦刚才那一按正是要试他的功力，小叫花那一抖用的是"混元一炁功"，武士敦曾经和宇文化及几次交手，识得这混元一炁功。

小叫花又是一惊，说道："你怎么知道？"

武士敦道："我和你的师兄宇文化及交过手。你一定是到过石家村给聂金铃母女送信的那个小叫花了，是么？"

小叫花道："哦，我明白了。聂婆婆和石姑姑盼望的救星，就是你们。"

武士敦道："不错。那封信已经送到我们手上。我们也已经把她们母女救出来了。"

小叫花道："好，那么我了却一重心事了。多谢你们。"

武士敦道："不，是我们要多谢你，多谢你给聂婆婆送信。但我却有所不明，你为什么瞒着师兄给她们母女送信？"

小叫花道："这是我应当做的。不过，我不想师父师兄知道，你们可别要说出去。"

武士敦道："我们当然是不会泄漏的。但你还没有回答我的问题呢。你和聂氏母女有甚渊源。"

小叫花道："素不相识，毫无渊源。"

蓬莱魔女道："那么你是明明大师的什么人？"蓬莱魔女记得石瑛曾经讲过，因为那小叫花说出了明明大师的名字，她才相信他的。

小叫花笑道："我只是小叫花，并不是小和尚。"意思是说，他和明明大师毫无关系。

蓬莱魔女诧道："那么你怎样认识明明大师的？"

小叫花道："谁说我和他相识？我从来没有见过他！"

此言一出，众人都是大为诧异。

小叫花反问道："你们认识明明大师?"

蓬莱魔女道："明明大师是我爹爹的好朋友。"武林天骄道："我在光明寺住了差不多一年，最近才离开光明寺的。"

小叫花喜道："既然你们都是明明大师的熟人，我也不妨对你们说了。我给她们母女送信，正是为了要报明明大师之恩!"

上官宝珠奇道："你与明明大师既不相识，这恩惠又从何而来?"

小叫花道："我是代父报恩。"武林天骄插了一句问道："令尊何人?"小叫花道："我爹爹是斡难河畔的呼图博，我名叫呼图赫。"

蓬莱魔女和上官宝珠不知呼图博是何等人物，武士敦和檀羽冲听了这个名字，却是不禁耸然动容。原来这呼图博在蒙古大大有名，是仅次于蒙古国师尊胜法王的一位武林高手。武林天骄知道他大约在十年之前，曾经到过一次中原，以后就听不到他的消息了。

呼图赫继续说道："十年前我爹爹躲避仇家的追踪，曾远游中原，结识了一位名叫青灵子的前辈高人。"上官宝珠"啊呀"一声，说道："你说的这位前辈高人，正是先父。"

呼图赫道："原来青灵子老前辈已经去世了么? 可惜，可惜。我还希望能够见他一面呢。"接着往下说道："家父与青灵子纵谈天下的武学名家，青灵子非常推崇两个人，一个是明明大师，一个就是柳女侠的尊人柳大侠柳元宗。柳大侠当时尚未再次出山，无人知道他下落。明明大师隐居光明寺，也是极少人知，不过青灵子是知道的。

"我爹爹从青灵子口中得知明明大师的住处，就到光明寺去拜访他。不料未曾上到山上，在山腰就遇见了仇家。对方三个人都有极厉害的独门武功，一场激战，三个仇家都给我爹爹打死，我爹爹也受了重伤。

"明明大师那天恰巧出来采药，发现四具倒毙的尸体，经他细心察视之后，发觉其中一具'尸体'尚未断气。明明大师慈悲为怀，将这个垂毙的人救活，收留他在寺中养伤。这个人就是我的爹爹了。

"经过了十多天的调治，我的爹爹才脱离了险境，走出了死门关，但还未能下床，说话也没力气，他正想待精神再好一些，便向明明大师说出他和青灵子的交情，青灵子却也来了。

　　"那一天我爹爹躺在床上，听得青灵子在外面和明明大师说话，大为欢喜，只恨自己不能出去相会，只好听青灵子说些什么。却原来青灵子说的是一桩私事。

　　"我的爹爹无意之中偷听了他们这番谈话，这才知道明明大师有一位少年爱侣，给青灵子的师弟乙休强夺了去，这对怨偶如今已经分手多年，青灵子最近才知道她和女儿住在石家村。这就是聂金铃母女了。青灵子那次到来，就是告诉明明大师这个消息，问明明大师要不要去看一看她们母女的。

　　"明明大师当然没有去，不过在他知道了这个消息之后，好几天闷闷不乐。"

　　武檀诸人，相视而笑，心中均是想道："情之为物，与生俱来。少年爱侣，白头相忆，即使得道高僧如明明大师者，亦是不能太上忘情。"呼图赫道："我爹爹虽得明明大师救活，亦已元气大伤，回家之后旧病复发，没有多久，就去世了。临死之前，对我言道：'我的仇家都已给我击毙，死可瞑目。惟有一事，尚感遗憾。我受了明明大师的恩德，此生却是无以为报了。我这次得免埋骨异乡，能够回来与你们见上一面，这都是明明大师之所赐。你要牢牢记着明明大师对咱们的恩德。日后如有机缘，你应该为我报答明明大师。'

　　"尊胜法王是我爹爹的好朋友，他做了国师，本来是不再收徒的了，我爹爹死后，他破例收我做了关门弟子。这次他派我到天狼岭来，召唤师兄回去。不料我却因此而得遇聂老婆婆和她的女儿。

　　"我爹爹曾和我说过她和明明大师之事，我想明明大师是个得道高僧，飘然物外，与世无争，我要报恩，也无从报起。难得有这个机会，我若是救了聂氏母女，也算是稍微报答了他的一些恩情。因此我才冒险瞒着师兄，给她们带出那一封信。"

　　武林天骄赞道："小兄弟，你年纪虽小，倒是性情中人。好，我交了你这个朋友了。"

　　呼图赫笑道："你是明明大师钟爱的晚辈，自必是个好人。我也当然乐意交你这个朋友。不过，你们金国的官兵却是坏透了。我这次前来，为了路上方便，扮作了小叫花，以为做了小叫花总可以少惹麻烦，哪知你们的官兵，连小叫花也要欺侮。怪不得我们的大汗要兴兵来打你们。"

武林天骄皱了皱眉，说道："我们的兵士欺侮了你，我也很是抱歉，我这厢向你赔罪。不过，我们的老百姓都是好人，他们也没有得罪你们的大汗，你们的大汗兴兵侵犯我国，势必要杀戮许多无辜的百姓，这却是大大的不该了。"

呼图赫呆了一呆，说道："这一层我倒没有想到。但大汗的命令是不可违抗的，我也必须听我师父的差遣。不过，你现在是我的朋友了，日后我若是和你在战场相见，我不和你对敌就是。"

呼图赫年纪还小，大道理他是一时不易明白的。武林天骄想道："他能够知道官兵与老百姓有所不同，这已经是明白了一层了。"于是笑道："多谢你的好心，我也不和你对敌就是。"

呼图赫一本正经地说道："你们都是好人。我回去见了师父，我会替你们求情。"

武林天骄愣了一愣，不觉笑了起来，说道："小兄弟，你真有意思，你要为我求什么情呀？"

呼图赫带着几分孩子气，板起面孔说道："你笑什么？你们的本领都高过我，我是知道的。但你们若是碰着了我的师父，你们就一定打不过他了。我的师父有一条规例，打不过他的人只有两条路，要嘛做他的仆人，否则就给他杀掉。你们当然不会做仆人的，所以若果碰上我的师父，那就不免有性命之忧了。不过，我师父很疼爱我，我若给你们求情，或者他还可以网开一面的。"

武林天骄笑道："哦，原来如此。多谢你的好意了。不过，我生平最不喜欢的就是向人家求情，令师的武功若是当真有你所说的那么高，我倒想有个机会，向他领教领教。"

呼图赫很不高兴，说道："你不相信，那也由你。我的师父就要到中原来的，你总有机会可以碰得着他。"说罢扭头便走。正是：

太惜新交成敌国，干戈扰攘几时休？

欲知后事如何，请听下回分解。

第一一五回　血溅刀留悲远使
龙争虎斗震奇僧

　　武林天骄追上前去，说道："小兄弟，你别生气。我虽然不领你的情，也是一样感激你的。你上哪儿去呀，你不是要回蒙古的么？"原来呼图赫走的这条路，也正是他们要走的。

　　呼图赫道："我要到祁连山去，咱们就此别过。"

　　武林天骄笑道："我们也正是要到祁连山去。但你不回蒙古，却要到祁连山去做什么？"

　　呼图赫道："我的二师兄约我到祁连山脚等他。我就是因为要赴这个约会，所以才冒着给乱兵杀掳的危险的。"

　　武林天骄道："好呀，那咱们还可以多聚两天，就一起走吧。"

　　武檀和蓬莱魔女等人都很喜欢呼图赫，把他当作小友相待。一路上和他谈说武林异事，也问他大漠风光。双方都是增长了不少见闻。

　　路上呼图赫忽然谈起他的大师兄呼韩邪丧命金京之事，说道："我的师父很是震怒，他说要给大师兄报仇。但我可不敢问他，不知杀我大师兄的是谁？"

　　武士敦道："你和大师兄很要好吗？"

　　呼图赫道："我只见过大师兄几次。说老实话，我不喜欢他，他的官架子太大了。不过他给人杀死，我当然还是难过的。"

　　武林天骄道："你的大师兄是自杀的。我不想瞒你，你的大师兄之死，多少也是与我有关。"当下将金京打擂之事，原原本本地说给呼图赫知道。

呼图赫叹了口气，说道："如此说来，我的大师兄乃是咎由自取，怪不得你。不过，你可真要小心，切莫碰上我的师父才好。"

武林天骄一笑置之，心中更是渴望与尊胜法王一斗。众人转过话题，一路谈谈笑笑，续赶路程。

这一日到了祁连山下，呼图赫留在山下等候师兄，便与众人分手。

祁连山是西北有名的大山，峰峦重叠，危崖插天。武檀等人上到半山，忽听得哈哈大笑之声，声震林谷，闻其声而不见其人。蓬莱魔女吃了一惊，说道："此人内功深厚，世罕其伦！"武林天骄道："不错。只可惜过于霸道，似还不及明明大师的精纯。"武士敦道："咱们快去，且看看是哪位高人。"

笑声过后，只听得那人说道："怎么着，你们是想把我强行留下吗？嘿，嘿，我若没有这个胆子，我也不敢来了！"南腔北调，口音生硬，听来刺耳非常。蓬莱魔女眉头一皱，说道："这人不是汉人！"

随即听得一个苍老的声音说道："你傲慢无礼，耶律元宜因你远来是客，他以主人身份，不愿与你计较。俺东园望却想领教领教你的功夫！"武士敦道："哦，原来东海龙老前辈在这里和人较量。"东海龙有三十年以上的混元一炁功，外家功夫更是登峰造极，说话的声音宛如金属交击，铿铿锵锵，震得众人耳鼓嗡嗡作响。但若比起刚才那人声震林谷的笑声，他的功力却又似是逊了一筹了。

武林天骄道："只怕东海龙不是此人对手。"众人加快脚步，果然便听得那人大笑说道："久仰四霸天的大名，可惜四霸天雁行折翼，如今只留其二，你们东海龙和西岐凤就并肩子上吧。"听这人的说话，想必西岐凤也在这儿。武林天骄道："这个蒙古鞑子倒是很熟悉中原的武林情况。"他已经听出了这个人的口音是蒙古人。

东海龙大吼一声，众人听不到他的答话，料想已是和那人交手。众人加快脚步，连忙赶去，转过一个山坳，只见和东海龙王交手的是一个披着大红袈裟的蒙古僧人。

此时东海龙不过和那个蒙古僧人对了三掌，双方掌力激荡成风，沙飞石走，但在武学行家的眼中已是看得出来，东海龙业已在对方掌力笼罩之下。

西岐凤道："好，大和尚既然定要伸量我们兄弟，我也只好奉陪了！"拔剑出鞘，加入战团。剑中夹掌，发了一招。蒙古僧人微微一噎，说道："太清气功，果然不凡！"原来西岐凤练的是正宗内功，名为"太清气功"，与东海龙的"混元一炁功"异曲同工。"混元一炁功"力量威猛，而"太清气功"则是一片柔和，更容易侵袭敌人。他的"太清气功"一发，那蒙古僧人只觉一片清风吹拂，一丝暖气相继侵来，风虽不劲，气虽温和，但却令人有软绵绵、懒洋洋的感觉。

蒙古僧人心头一凛，想道："太清气功果然名不虚传。四霸天以东海龙为首，但这西岐凤的功夫却还在他大哥之上。"饶是这蒙古僧人自负绝世武功，此际亦已不敢轻敌，当下双掌合抱，身形滴溜溜一转，使了个"捧璧抱月"的招数，蓦地双掌一分，左击东海龙，右击西岐凤！

这一招是他平生功力之所聚，左刚右柔，奇妙无比。东海龙只觉一股排山倒海般的大力推来，和他的混元一炁功正是同一路子，双方掌力相撞，轰然有声，东海龙长须抖动，倒退三步。心中好生惊诧："他也会混元一炁功！"

与此同时，西岐凤也接了他的一掌，同样的惊诧不已。只觉他的掌力柔和之极，与自己以"太清气功"所发出的掌力好似溶在一起，就像河水注入大海之中，"太清气功"的威力发挥不出来，反而给他包围、溶化了。西岐凤全力解了他这一招，也不由得倒退两步。

蒙古僧人使出刚柔并济的掌力，以一敌二，兀是攻多守少。不过片刻，东海龙已是大汗淋漓，西岐凤稍为好些，亦已喘息可闻。原来这蒙古僧人的"混元一炁功"得自天竺高僧所传，更胜于东海龙的"混元一炁功"，双方各以刚猛的掌力硬碰，自然是力强者胜，力弱者败。

蓬莱魔女等人已经赶到，一看之下，好生惊诧。在东海龙和西岐凤后面，并排站着五个人观战，给他们压阵。

这五个人是：耿照、秦弄玉、李家骏、玳瑁和仲少符，他们是和东海龙一同出来"送客"的。他们聚精会神地看得目不暇瞬，直到蓬莱魔女来到他们的身边，方始发觉。

蓬莱魔女低声问道："这个僧人是谁？"

耿照说道："这个人就是蒙古的国师尊胜法王，他是替蒙古大汗铁木真来招降的，摆出强国国师的架子，十分傲慢无礼。耶律大哥不肯归降蒙古，他才悻悻而去。东园前辈恼怒他的无礼，是以瞒着耶律大哥，和他较量。"

蓬莱魔女吃了一惊，心想："怪不得呼图赫为他师父夸口，这尊胜法王果然是个武学奇才。他双掌能够使出截然相反的刚柔掌力，内功外功都已是到了登峰造极的境界。只怕我也不是他的对手。"

武林天骄听说是尊胜法王，登时激起了好胜之心，便要上去。但却给武士敦抢快一步。

武士敦说道："两位前辈请让我领教领教这位大和尚的功夫。"东海龙和西岐凤正在力战不支之际，乐得有人替他，于是双双退下。

尊胜法王哈哈大笑："我此来正是要会中原高手，掌下不打无名小卒，你可不要不自量力才好！"

武士敦道："我不是高手，但是否就是'不自量力'，这还要打过方知！"尊胜法王道："好，那就来吧！"武士敦掌挟风雷，一掌就打出去。

尊胜法王举掌相迎，"轰"的一声，就似晴天打了个霹雳，平地响起了郁雷。震得众人耳鼓欲裂！功力稍弱的秦弄玉、李家骏、玳瑁等人连忙堵了耳朵。

武士敦的大力金刚掌出道以来，从无对手，此时给对方的掌力一震，竟是不由自己地身形连晃。

尊胜法王在他的大力金刚掌冲击之下，也是不能不退开一步。武士敦固然吃惊，他亦大感意外，喝道："你是何人？"

武士敦道："大丈夫坐不更名，行不改姓，我是丐帮帮主武士敦！"尊胜法王大怒道："哦，原来你就是杀了我大弟子的那个臭叫花！"

武士敦也不分辩，淡淡说道："你说是我杀的便算是我杀的，那又如何？"尊胜法王一声大吼，说道："没怎么样，只是要你填命就是！"这一声大吼用的竟是狮子吼功。

"狮子吼功"是佛门的极厉害的内功，本来佛家讲的是"慈悲"二字，佛门中的功夫讲究的是"降魔"而非伤人，所谓"降魔"即是只把对方制伏便行，但这"狮子吼"功却是威猛无比，一吼之下，可令百兽慑服，心胆俱裂，常人当之，更难忍受。李家骏等人堵了耳朵的，此时听了他这一声大吼，也不由得倒退几步，这刹那间，五脏六腑就好似要翻转一般，连忙运功抵御，汗下如雨，武林天骄吹起玉箫，以柔和的乐曲给众人安定心神。

随着这一声大吼，尊胜法王双掌齐出，猛搏武士敦。武士敦内功深厚，不惧他的"狮子吼"功，但在他一吼之下，心神也不由得稍稍分散。当下也是双掌齐出，使出了丐帮的绝技大力金刚掌。

四掌相交，变化各异。武士敦左掌打出，俨似碰着了铜墙铁壁，发出了郁雷般的声响；右掌打出，却似打到了一团棉絮之中，毫无声息。尊胜法王以左刚右柔的掌力，配合了"狮子吼"功，分敌他的金刚掌。武士敦的掌力并不弱于对方，但给尊胜法王以上乘的佛门内功化解了他的一半掌力之后，却就难免相形见绌了。

尊胜法王暗暗吃惊："这个姓武的看来最多不到三十岁，居然能够抗挡我数十年功力所注的三种奇功，中原高手，也的确是不可小觑了！"

尊胜法王自忖，他可以胜得了武士敦，但恐怕至少也得百招开外。

武林天骄吹出了最后一个音节，举起玉箫笑道："武大哥，让我领教领教这位大和尚的功夫。"武士敦退了下去，深深地吸了三口气，这才把胸口那股烦闷之感消除，心中好生骇异。

尊胜法王正恨武林天骄用箫声扰乱他的"狮子吼功"，见他上来，说道："好小子，我正要你试试我的手段。"蓦地就是一声大吼。原来尊胜法王极为自负，他见武林天骄年纪比武士敦还轻，不信武林天骄的功力能够及得上他，因此还是想用"狮子吼功"将他折服。

此时他们两人已是正面相对，距离不到三尺。"狮子吼功"是距离越近，威力越大的，尊胜法王满以为他这一吼，即使不能把武林天骄震得跌倒，也要叫他耳鼻流血。

哪知他这吼声初发，忽觉一股热风迎面吹来。原来武林天骄这支暖玉箫乃是一件宝物，武林天骄从暖玉箫中吹出来的纯阳罡气，可以加强他原有的功力，而尊胜法王经过两场恶斗，"狮子吼功"的威力已经打了折扣，此消彼长，尊胜法王的"狮子吼功"又给武林天骄的纯阳罡气化解了。不过，武林天骄也还是要退了一步，跟着吹出两声清冷的箫声，这才能够镇慑心神，从容迎敌。武林天骄心里想道："他在恶斗了武大哥之后，功力竟然还是胜我一筹，确是不可小觑了。"

尊胜法王被那暖热风一吹，心里也是有点焦躁不安之感，大吃一惊，连忙运气三转，把心神定了下来，喝道："你是何人？"

武林天骄笑道："区区檀羽冲，你的大弟子就是给我打下擂台，将他气死的，你要为弟子报仇，尽管冲着我来，可别要胡找别人。"

尊胜法王大怒，左掌是一招足以开碑裂石的混元一炁功，右掌是一招以柔克刚的拂云手，刚柔合济，不论武林天骄使的是什么路数，都是逃不出他的掌心。

武林天骄知己知彼，并不与他硬比功力，玉箫一扬，抖起了一片碧莹莹的绿光，俨如黑夜繁星，千点万点，洒将下来。一招之间，遍袭尊胜法王的三十六道大穴。他用的是从穴道铜人图解中参悟出来的——天下无双的点穴功夫！

饶是尊胜法王武学高深，见闻广博，却是未曾见过如此奇妙莫测的点穴功夫，一时间不知该当如何破解，只好回掌护身。

武林天骄的玉箫指到了他身前尺许之处，恍似碰着了一层无形的墙壁，玉箫插不进去，心中也是暗暗吃惊。

尊胜法王转攻为守，与武林天骄游斗了三五十招，掌力逐渐加强。武林天骄心道："不好，久战下去，我只怕还是要吃他的亏。"当下，一声长啸，叫道："大和尚，来而不往非礼也，我也要投桃报李了。"横箫护胸，忽地一掌拍了出去。这是他自创的落英掌法，这一掌看似轻飘飘的若不经意，劲力却大得出奇。恰似暗流激湍，突然涌来。尊胜法王又不识得他这落英掌法，所应的一招未能恰到好处，饶是他功力深厚，也不禁微微一晃。

武林天骄以箫代笔，用了天下无双的"惊神笔法"，又加上他自创的落英掌法，这才能够和尊胜法王打成平手。

正激战中，忽见一个小叫花跑上山来，叫道："师父！快来！二师哥在山下等你！"尊胜法王道："让他再等片刻。"小叫花道："不，他是不能再等的了！你不立即下去，只怕他有性命之忧！"说罢，改用蒙古方言又说了两句，尊胜法王面色一变，连忙使出全力，连劈三掌，把武林天骄迫退，跳出圈子。

这小叫花正是武林天骄的新交呼图赫。武林天骄心里想道："这小叫花想是怕他师父伤了我，设计骗他师父下去。"

要知呼图赫的二师兄就是与呼韩邪一同出使大都的那个蒙古武士乌蒙，武林天骄见过乌蒙的功夫，虽然比起中原的第一流高手还是颇有不如，但若非一流高手，也绝计伤他不了。

武林天骄心想，耶律元宜的山寨之中，只有东海龙和西岐凤或者可以和乌蒙打成平手，要伤他还是不能，如今这两人都在山上，乌蒙在这祁连山下，又何至于有性命的危险。是以武林天骄只道是呼图赫顾念友情，暗里帮他，谎言骗他师父下去。

武林天骄恐怕呼图赫的谎言拆穿，将受师父的处罚，意欲再斗下去。但转念一想："尊胜法王已是连胜三场，我胜之不足为武，不胜反为所笑。呼图赫是他最宠爱的关门弟子，人又机智，他敢如此，定有所恃，料想不至于给师父重责。也罢，我就领了呼图赫这个人情吧。"于是改变主意，不再邀斗，让尊胜法王下山。

尊胜法王跳出圈子，心里也是有点害怕遭受围攻，喝道："你们若是恃多为胜，那就并肩子上来！否则我就无暇和你们作车轮战了。"

蓬莱魔女恨他傲慢无礼，冷冷说道："两国交兵，不斩来使，我们只是要教训教训你，叫你知道中原并非无人，谁要杀你？请吧！"

蓬莱魔女说到"请吧"二字，身形一晃，已是拦在尊胜法王的面前，但却微一侧身，轻举拂尘，作出一个以礼相让，放他过去的样子。

尊胜法王听了她这一番刺耳的说话，怒道："看你是个女子的份上，我不与你计较，走远一些！"挥袖一拂，想把蓬莱魔女摔个筋斗，叫她出丑。然后嘲笑她两句，这才下山。

哪知蓬莱魔女技痒难熬，正是要引他先行出手的。尊胜法王大袖一挥，蓬莱魔女的拂尘便扫过去，冷笑说道："你以为我不配教训你吗？"

尊胜法王吃亏在连斗三场，且又太过轻敌，不把蓬莱魔女放在眼内，他这一拂，只用了五六分功力，满以为只要使出一半功夫，已是足以使蓬莱魔女摔倒。

只听得一连串爆豆似的声响，尊胜法王的衣袖虽然把蓬莱魔女的拂尘荡开，但他的一条衣袖已是"百孔千疮"，给蓬莱魔女的尘尾刺得好似蜂巢一样。

尊胜法王又惊又气，正要再施杀手，蓬莱魔女身形一晃，早已到了三丈开外，冷冷说道："你还敢目中无人么？这是你先动手的，怪不得我。好，你可以走了，走吧！你还不走，是不是想和我再较量较量？"

蓬莱魔女的轻功世罕其伦，尊胜法王一看，就知追不上她。而且他刚才的一拂，虽然只是用了五六分功力，但蓬莱魔女的拂尘能够将他的衣袖刺得似蜂巢一样，这份功力，即使是尊胜法王，也不能不心头一凛，想道："想不到这几个青年男女，竟然都是如此了得！我的气力已然消耗不少，若还恋战下去，只怕就是这个女子，我也打不过她了。"尊胜法王一来是挂虑他在山下的二徒弟，二来也是怕武檀等人，改变主意，不放他走，那就糟了。于是，他只好忍受蓬莱魔女的奚落，蓬莱魔女一退下，他也就急急忙忙地和呼图赫下山。

上官宝珠拍掌笑道："柳姐姐，你把这个秃驴教训得好！"

蓬莱魔女殊无得意之色，说道："这蒙古国师确是武学奇才，只怕要请我的爹爹来会他，才可以和他打个平手了。"明明大师是发了誓不下山的，公孙隐的半身不遂之症尚未痊愈。是以蓬莱魔女想得到的可以赛过尊胜法王的高手，就只有她的父亲了。

尊胜法王走后，众人才有空暇叙话，好友相聚，皆大欢喜，尤其是仲少符见着了上官宝珠更是高兴非常。上官宝珠把天狼岭上的母女相会之事告诉了他。

众人正要回山寨去，忽又听得远远传来的闷雷似的声响，震得山鸣谷应，吓得林鸟惊飞。

上官宝珠笑道："这秃驴想必是气恨已极，郁闷难消，无缘无故地又在那里施展他的狮子吼功了。"

话犹未了，忽听得有"一缕"幽微的笑声，摇曳而出，宛如游丝袅空，若断若续，音细而清。尊胜法王那么强烈的吼声，竟然掩它不住。那人的笑声竟似一枝利箭般刺穿了重重帷幕，又似灵蛇游走，寻隙觅罅，钻过了铁壁铜墙。听在武学行家的耳朵里，吼声与那笑声，竟是暗合攻拒之道。

忽然间，那笑声便似鹤唳九霄，好像从空中降下似的，响遏行云，吼声越发掩它不住，反而给它盖下去了。蓦然笑声停了，而余音袅袅，犹自在山谷之中回响，久久不绝！

蓬莱魔女凝神静听，现出惊喜交集的神情。武林天骄大喜叫道："是谷涵兄来了！"

原来尊胜法王果然是遇上强敌，他碰到的是笑傲乾坤华谷涵。

呼图赫并不是说谎骗他师父下山，乌蒙在山下被华谷涵所困，虽然尚未至于有性命之忧，也的确是狼狈不堪了。尊胜法王赶到的时候，还来得及见着他的二弟子的狼狈不堪的形状。

尊胜法王一看，只见乌蒙怒极如狂，狂呼猛扑，想把对手击倒，却给笑傲乾坤拦住，冲不过去。后来乌蒙好像是放弃了要把对方击倒的念头，只希望能够摆脱对方的纠缠了，但仍然摆脱不了。他每走一步，不论是走向东还是走向西，笑傲乾坤的影子总是在他的面前出现。

笑傲乾坤笑道："你不是说要一拳把我打死的吗？打呀！打呀！我说过要成全你的心愿，任凭你打绝不还手的，我都不怕给你打死，你怕什么？"

原来乌蒙在山下等他师父，恰遇笑傲乾坤来到，笑傲乾坤见他是个蒙古武士，在两国交兵的时候，蒙古武士来到中原，料想没有什么好事。于是笑傲乾坤遂有意试试他的功夫，将他耍戏。

　　笑傲乾坤虽然没有会过尊胜法王及其门下，但他行踪遍天下，见闻极广，不但自己到过蒙古，他的两个仆人黑白修罗更是在蒙古住过几年的，见过尊胜法王这一派的武功，是以笑傲乾坤也知道一个大概。一试之下，就识破了乌蒙的来历，料想他一定是尊胜法王的弟子。

　　笑傲乾坤最擅长以柔克刚的功夫，他平时所用的武器只是一把折扇，就能闯荡江湖，屡挫强敌，便是这种上乘内功的运用。乌蒙的武功虽然不错，尚不配称作他的"强敌"，是以笑傲乾坤将他戏耍，连折扇都无须用上。

　　乌蒙起初以为这个文弱书生只须自己一拳就可以将他打死，哪知在他拳脚交加之下，只见笑傲乾坤衣袂飘飘，连他的衣角都没沾上。

　　笑傲乾坤初时还用轻灵的身法闪开对方的攻击，待到后来，竟是任凭乌蒙打到他的身上。乌蒙是练过"混元一炁功"的，火候虽然未到炉火纯青之境，功力亦已足以裂石开碑。但那么刚猛的掌力，打到了笑傲乾坤的身上，竟似把石头丢到水里一般，只能荡起一点点涟漪，使到笑傲乾坤的衣裳起了一些皱纹而已。笑傲乾坤拢手袖中，任凭他打。只是使出了上乘内功中的一个"卸"字诀，就把他打来的力道全都消解了。

　　乌蒙被他戏耍了半个时辰，打不倒对方，要摆脱也摆脱不开。笑傲乾坤毫无伤损，他却已是气喘如牛。

　　尊胜法王看见弟子被人耍弄，弄得这么狼狈的模样，又惊又怒，喝道："乌蒙退下！""你是什么人，胆敢戏侮我的门下弟子！"冲向笑傲乾坤，蓦地就是一声大吼，吼声震撼山谷，久久不绝。乌蒙虽学过"狮子吼功"，也觉得抵受不住，连忙堵上耳朵。

　　笑傲乾坤笑道："原来佛门的狮子吼功也不过如此！"笑声也是绵绵不绝。吼声笑声，相互攻拒，未曾交手，先就比上了内功。笑声终于压倒了吼声。这就是蓬莱魔女等人在山上听到的结果了。

笑傲乾坤恶斗尊胜法王。

但虽然如此，笑傲乾坤获得上风之后，也还是感到胸中气血翻涌，心头如受震荡。"这尊胜法王武功纵非天下第一，也的确是名不虚传了。"笑傲乾坤心想。但他还不知道尊胜法王已经是接连打了三场哩。

殊不知笑傲乾坤固然是暗暗吃惊，尊胜法王更是吃惊不小。他也是一样的胸中气血翻涌，在默运玄功，气达重关之后，方能平静下来。心中想道："中原怎的竟有这么多的能人，今天碰到的几个人都是年纪轻轻，我竟然都降伏不了。"雄心受挫，不觉气馁。

但尊胜法王究竟还是个自视极高，不肯服输的人。心想："对方只是一人，这人的年纪比那个武帮主和武林天骄还轻，我若然单打独斗还是胜他不了，以后还如何称霸武林？今日倘不把他除掉，几年之后，我更不是他的对手。"尊胜法王当然也有自知之明，知道自己在连打三场之后，功力已经打了个折扣，但想着自己还有许多杀手功夫未曾使出，倘若能够除掉笑傲乾坤，也可以减少一个将来可以和他争霸的对手。于是抱着迫切的求胜之心，趁着笑傲乾坤笑声方歇，正在运气调元之际，立即喝道："好，你再接我一招。"捏了一个"印诀"，一掌便打过去。

这是西藏密宗的"大手印"功夫，专伤奇经八脉，与佛门正宗的大乾般若掌有异曲同工之妙。笑傲乾坤识得厉害，心里想道："我若与他硬拼掌力，只怕拼他不过。"当下张开折扇，笑道："佛门弟子，切戒贪嗔。你心中烦恼，我替你拨一拨凉。"

尊胜法王大怒喝道："你敢戏我！"大手印劲疾印下，手指触着折扇，只觉对方有一股极柔和的力道发出，扇面竟似涂上了一层油脂的，滑不留手！笑傲乾坤的折扇一挥一拨，就把尊胜法王的大手印解了。笑道："还好！扇子没有给你撕烂。"

笑傲乾坤这一招表面看来，好像是漫不经意、轻描淡写地就化解了对方的掌力，其实已是用出了平生本领。折扇收回之际，竟是不由自主地打了几个盘旋。

尊胜法王猛扑过去，呼呼呼连发三掌，一掌猛过一掌，前一道掌力未曾消逝，后一道掌力又加上来。这连环三掌有个名堂叫做"龙门三鼓浪"，掌力尽发，当真是有如排山倒海。而且他所用的乃是能伤奇经八脉的般若掌力，更是厉害无比。

笑傲乾坤弯下了腰，叫道："好厉害的掌力！"作出禁受不起的模样。尊胜法王"哼"了一声道："你也知道厉害了么？"话犹未了，笑傲乾坤折扇一指，突然长身而起，脚步踉跄，醉汉似的倏然间就欺到了尊胜法王的身前。这"醉八仙"的步法奇妙绝伦，尊胜法王以为他着了自己的掌力，防备又未免稍微松懈，想不到他竟会如此冒险进攻，冷不及防，"卜"的一声，胁下的"愈气穴"已是给他点着。

笑傲乾坤一跃退出，哈哈大笑，说道："大和尚，对不起，你已输了，我可没工夫陪你戏耍啦！"他知道以尊胜法王的功夫，点着了他的穴道也未必就能够令他不能动弹，但至少他也要运气冲关，用上个一时三刻才能解开穴道。

笑傲乾坤揶揄了对方几句，正要不顾而去。哪知笑声未歇，尊胜法王猛的又是一掌发来，喝道："谁敢说是佛爷输了？胜负未分，你就想走？"

笑傲乾坤想不到对方居然能够在片刻之间便能自解穴道，这一次就轮到了他吃了"轻敌"的亏了。幸好他轻功超卓，一觉不妙，立即脚尖点地，身形平地拔起，借着对方的那股猛力，半空中一个筋斗，翻出三丈开外，落下地来，面不改色，衣袂飘飘，姿势美极。

尊胜法王正要再追过去，忽听得有人拍掌笑道："妙呀，妙呀！大和尚你打不着人，却已给人点着了穴道，你还不认输么？"

原来是蓬莱魔女与武士敦、武林天骄等人来到，拍掌嘲笑尊胜法王的是武林天骄。

笑傲乾坤笑道："大和尚，咱们各自输了一招，算是扯了个直。你要再打，我也奉陪。"他可不愿占尊胜法王的便宜。

尊胜法王一声长叹，厉声说道："今日算是我栽在你们这几个后生晚辈的手里，但我的武功如何，你们当亦知道。凭你们这几个人，也决难抵挡纵横天下，所向无敌的蒙古铁骑！俗语云：识时务者为俊杰。我劝你们再思三思！"说罢，携了乌蒙与呼图赫扬长而去。武士敦等人不愿倚多为胜，当然也就让他走了。

笑傲乾坤道："原来你们都已是和他交过手的了。"问明了众人和尊胜法王交手的经过，始知他是接连打了三场才碰着自己的。笑傲乾坤虽然骄傲，心里也是不禁有点骇然。

武士敦道："这和尚倒也不是虚声恫吓，铁木真统一蒙古之后，灭国无数，武功极盛，蒙古骑兵的确是所向无敌的。如今他亲自统兵，前来蹂躏中原。咱们是得认真对付才好。好，咱们这就上去与耶律元宜计议计议吧。"

武林天骄重见好友，欢喜之极，紧紧握着笑傲乾坤的手，笑道："什么风把你吹来的？当真是想煞我了。清瑶说你留守山寨，我还以为你不会这么快来的呢！"

笑傲乾坤笑道："檀兄，相别一年，你的身体、武功两俱恢复了。可喜，可贺！"

武林天骄道："你的武功也越发越精进了。"笑傲乾坤道："听说你新创了一套落英掌法，几时咱们再切磋切磋。"武士敦笑道："你们两个好朋友一见面就谈论武功，可把柳女侠冷落啦。"武林天骄笑道："不错。你们两口子多时不见，也应该叙叙啦。"说罢便与武士敦走在前头，故意让笑傲乾坤与蓬莱魔女留在后面。

笑傲乾坤与她虽然只是小别三月，但却是朝夕相思，此时相见，满怀欢悦，说道："蒙古伐金的消息我们已知道了，金虏忙于对付大敌，无暇顾及我们山寨。有珊瑚留守，想也放心得下。所以我抽身来此，你不怪我么？"

蓬莱魔女道："你来了也好，这里正需要人。"

笑傲乾坤道："你见了爹爹没有？"蓬莱魔女道："没有。我刚刚赴了天狼岭之会来的。"

笑傲乾坤听她说了天狼岭上的所见所闻，好生慨叹，说道："公孙奇如今弄到半死不活，这都是他自作自受。不过柳元甲与乙休那两个老贼也实在是太可恶了！"跟着低声说道："但如今正是多事之秋，咱们的婚期恐怕也要拖迟了。"

蓬莱魔女面上一红，说道："这许多年都过去了，再迟一年，又有何妨？"

笑傲乾坤道："我现在正碰到一件头痛的事情，想到西夏去走一趟。"

蓬莱魔女诧道："你要到西夏去作什么?"

笑傲乾坤道："黑白修罗和我的关系你是知道的,他们和我名分上算是主仆,其实乃是朋友。他们在西夏出了事了。"

原来黑白修罗乃是天竺的一对孪生兄弟,在西藏长大,专做珠宝买卖,往来于蒙古、金、夏、天竺、波斯各国之间。他们做的珠宝买卖却并非纯粹商人,有珍奇的宝物他们买不来也会偷的。有一次他们盗取一个蒙古王公的珠宝,险些失手被擒,是笑傲乾坤救了他们,从此结识。黑白修罗感他救助之恩,又佩服他的武功,于是以仆人自居,愿意跟随笑傲乾坤,任凭他的使唤。这许多年来,他们对笑傲乾坤的确是忠心耿耿,也帮忙笑傲乾坤做过不少事情。虽然笑傲乾坤并不把他们当作仆人看待。

蓬莱魔女吃了一惊,说道："他们的武功很不错呀,却在西夏出了什么事了?"

笑傲乾坤道："他们这次是在西夏失手被擒了。承办的官员把他们当作重犯,关在西夏的天牢里面,其实是想敲诈他们的珠宝。黑白修罗性子倔强,一来不甘平白损失;二来他们的珠宝是分散收藏的,蒙古、天竺、波斯各地都有,也实在难以取来贿赂西夏的贪官,是以现在还在西夏的天牢中受难。他们的一个同党给我送来了讯息,希望我去援救他们。"

蓬莱魔女道："其实他们这许多年来的积聚已经不少,也应该金盆洗手的了。不过,他们既然出了这样麻烦的事情,你也是应该去救他们的。可是现在又正碰着蒙古入侵之际,事有缓急轻重之分,我看还是对付了这场战事再说吧。"

笑傲乾坤道："不错,我也是这样想。好在西夏的贪官要迫他们吐出赃物,他们挨刑受苦难免不了,性命却是无妨。"

说话之间,已经到了山上的大寨,耶律元宜早已得了报告,和赫连清云、赫连清霞姐妹出来迎接他们了。

武林天骄与妻子小别两月,此际重逢,倍觉恩爱。其他人等,与好友相逢,也是不胜欢喜。当晚耶律元宜就摆下盛大的接风酒款待他们。

耶律元宜与众人商议，定了个"保境安民，静以观变"的策略。蒙古兵未曾杀到之前，山寨暂不发兵。当然山寨上下，加强守备，那是不在话下的了。

过了三天，平安无事。距离他们最近的那一支蒙古骑兵，停顿在乌兰浩特，也还在三百里之外，没有继续进军。

第四天的中午时分，却发生了一件事情，有一个陌生人前来拜山。耶律元宜打开巡山头目送来的拜匣，只见大红帖上写的是"李长泰"三字。

耶律元宜怔了一怔，说道："这人是谁，武帮主你可知道？"武士敦交游最广，也不知道。

巡山的头目说道："这人是闯过了第三重的关卡才给我们发现的。他说是有机密之事，求见寨主。急于求见，未依常礼，请寨主原谅。"

耶律元宜说道："山寨正是要用人的时候，江湖豪杰，不拘小节，那也是常有之事。请他进来吧。"

武士敦道："我替你迎接客人。"出去一看，只见李长泰是个四十多岁的中年汉子，短须如戟，相貌甚是威武，武士敦有心试试他的本领，伸手与他一握，说道："难得李兄光临，请！"李长泰与他一握之下，微微"噫"了一声，说道："阁下想必是丐帮的武帮主了，佩服，佩服！"

武士敦这一握用了七八成的功力，试出对方的功力只是比他略逊一筹，但虽是略逊一筹，他能够立即识破武士敦的家数来历，见闻之广博，武学造诣之深厚，也是足以惊人的了。武士敦不过是想试一试招而已，试出了对方的深浅，也就不为己甚，放开了手，相互说了一声"佩服"。

李长泰进去见了耶律元宜，说是有要事奉商，言下之意，似乎是不便当众倾谈。耶律元宜笑道："这几位都是小弟的好友，有话但说无妨。"当下依次给他介绍了笑傲乾坤、蓬莱魔女、武林天骄与东海龙、西岐凤等人。李长泰大大吃惊，说道："当世英雄，几乎齐集于此。小弟此来，真是幸会了。"

李长泰说出来意，众人方知，原来他并非投奔山寨的江湖豪杰，而是西夏派来的使者。

李长泰说道："敝国国主对耶律将军心仪已久，耶律将军遭受亡国之痛，志图恢复大辽；敝国也屡受金国欺侮，如今又在蒙古铁蹄的威胁之下，岌岌可危。辽、夏的境遇大致相同，似乎可以同心合力。是以敝国国主拟请耶律将军命驾敝邦，共商大计。"

西夏本来是个大国，但现时已是国势衰微，降为金国的属国。在辽国灭亡之前，和西夏的邦交和战不定，但大体上还算得是相当和好的。

耶律元宜因为战局关系，不能离开山寨，只能答应李长泰待局势平定之后，那时若果抽得出身，再到西夏观光。

当晚设宴款待贵宾，笑傲乾坤、武林天骄等人作陪客。李长泰的身份与尊胜法王不同，众人都把他当作朋友看待，频频劝酒。李长泰酒量甚豪，谈锋亦健，和大家谈得很是投机。

座中武士敦乃是海量，笑傲乾坤的酒量也很不差，他们两人和李长泰喝得最多。李长泰酒酣之后，向众人作了一个罗圈揖，说道："各位都是当世英豪，几时光临敝国，容小弟稍尽地主之谊？"江湖好汉讲究的是千金一诺，众人因为不能肯定，是以对李长泰的邀请，只有含糊回复，大意都是说若有机缘得到西夏，自当去拜访他。只有笑傲乾坤言道："李兄盛情拳拳，他们不去，小弟一定要去叨扰李兄的。说不定我还要带几位朋友来作李兄的不速之客呢。"李长泰哈哈笑道："但得光临，朋友越多越好。华兄几时和贵友驾到，小弟定当陪你们作平原十日之饮！"武士敦等人不知有黑白修罗之事，只道是笑傲乾坤酒后轻于然诺。

当晚尽欢而散，笑傲乾坤待到三更时分悄悄起来，一个人到客舍去拜访李长泰。原来笑傲乾坤因为在席上不便和他谈及黑白修罗这件案子，这件案子涉及西夏官场的黑幕，对黑白修罗也不是光彩的事情，因此笑傲乾坤只能在夜深人静之时，去找李长泰说个人情。

笑傲乾坤心里想道："李长泰在西夏身居高位，看来也是个够朋友的人，西夏对我们又正有所求，想来他会答允。这件案子若得他从中调停，从轻发落，黑白修罗可以免受苦刑，我也可以无须劫狱了。"

这种尴尬的案子，也唯有如此处理才最适宜。不过笑傲乾坤想得如意，结果却大大出乎他意料之外。

到了客房，笑傲乾坤看见里面没有灯火，知道李长泰已睡，便轻轻弹了几下窗门，叫道："李兄，李兄！"心想："武功高明之士，即使已在梦中，只要有轻微的声息，也会立即醒过来的。"哪知他弹了几下，房中却是毫无反应。

笑傲乾坤心道："难道他是因为饮酒过多，当真已是烂醉了？"

凝神一听，听得里面呼吸的气息甚是粗重，笑傲乾坤是个武学大行家，吃了一惊，心里想道："李长泰是个内功造诣很深的人，喝醉了酒，呼吸的气息也不应如此粗重？"于是一面再叫"李兄！"一面就推开房门进去。那房门竟是虚掩的，一推便开了。

房门推开，笑傲乾坤的一只脚刚刚踏进去，忽见白光一闪，李长泰躲在门后，竟然对他冷不防的就是一刀。

笑傲乾坤做梦也想不到李长泰会突然斩他，幸亏他本领高强，一见刀光，立即缩脚，挥袖一拂，"嗤"的一声，袖子给割了半截。笑傲乾坤连忙叫道："李兄，是我，华谷涵！"

李长泰闷哼一声，追出院子，喝道："奸贼，我，我与你拼了！"声音嘶哑，显然受了重伤。

笑傲乾坤连避三刀，叫道："小弟是华谷涵呀，小弟可并没得罪老兄。"月光之下，只见李长泰脸上的肌肉扭曲变形，双眼好像喷得出火似的通红，状若疯狂，对华谷涵的说话竟似听而不闻，依然是挥刀乱斩。

笑傲乾坤暗暗叫声"苦也！"他是个武学的大行家，一看这个情形，已知李长泰是中了毒又受了伤，故而神智不清，认不出人了。

李长泰怒极发疯，虽然受了伤，气力还是很大，刀法也快到了极点，一口气劈了六六三十六刀，笑傲乾坤险些给他劈中。

笑傲乾坤没法，只好使用折扇招架，冷静对付，过了十数招，找着对方一个破绽，折扇一举，点了李长泰的麻穴。李长泰"卜通"摔倒。

院子里有半桶清水，是浇花用剩的。笑傲乾坤含了一口冷水，朝李长泰面上一喷，叫道："李兄，醒醒，你看看我是谁?"李长泰睁开双眼，有气没力的"哼"了一声，但看那神气，似乎已经认出了笑傲乾坤。

　　笑傲乾坤解开他的穴道，说道："是谁害了你的?"李长泰喉头咯咯作响，似是筋疲力竭，有话说不出来。

　　院子里的打斗惊动了众人，蓬莱魔女第一个来到，一看情形，无暇细问，剥了一瓣天山雪莲，立即塞进李长泰口里。

　　过了半晌，李长泰这才说出话来："华兄，我不行了。求你，求你把这刀送还我的家人。"

　　耶律元宜、武林天骄、武士敦等人来到，见状都是大惊。

　　耶律元宜连忙在他耳边大声问道："害你的人是谁?"李长泰道："请告国王，提防萧家。……"但害他的人的名字，他却是说不出来了。天山雪莲虽然能解百毒，但他中毒太深，天山雪莲也不过只能使他多延一口气而已。

　　耶律元宜又惊又怒，立即下令搜查刺客，武林天骄，赫连清霞、蓬莱魔女各人并且自告奋勇，下山去追。

　　闹到了天亮，刺客早已是鸿飞杳杳，武林天骄等人追到了三十里之外，也并没有发现一个可疑的人。正是：

　　未成使命身先死! 疑案平添又一宗。

　　欲知后事如何，请听下回分解。

第一一六回　甘冒干戈探疑案
惊心烽火撼危城

　　寨中高手如云，防卫又是十分严密，居然给刺客潜入，来去自如，此事实是难以想象，思之令人不寒而栗。

　　防卫的疏漏固然值得忧虑，另外还有一个更令人头痛的问题：一国的使者死在他们的山寨之中，死得莫名其妙，这样一个无头公案，作为一寨之主的耶律元宜，却怎生向西夏交代？

　　笑傲乾坤收起李长泰临终之际交给他的那柄宝刀，说道："如今正是战局紧张，密云不雨之际，耶律寨主是绝不能离开山寨的。李长泰临终托我，死生一诺，我岂能负他所托？我代寨主去西夏一趟吧。"

　　耶律元宜道："此事只怕甚难解释，西夏国主能不怀疑是咱们害了他的使者么？"

　　笑傲乾坤道："咱们只能以诚待人，把事实的真相告诉他们。他们不相信，那也没有办法，去却总是要去的。"

　　耶律元宜点了点头，说道："也只能如此了。不过如今前方正有战事，离山百里之外，就有蒙古的骑兵，敌人是否要打到这里来也还未知道。不如等待几天，看看战局如何，再定行止吧。"

　　于是耶律元宜在把李长泰火葬之后，一面下令加强守卫，一面下令彻查。

　　寨中忙了三天，这才查出有三个喽兵已经私逃下山。一个叫张七，一个叫李六，一个叫萧五，想来用的都是假名。

　　这三个喽兵是在最近这三个月中间，陆续投奔山寨的，平时也没有什么表现，不过是普普通通的喽兵。山寨的喽兵有数万之多，所以谁也没有注意他们。如今发生了这件事情，众人才知道他们乃是内奸。"内贼难防"，发生了这件事情，耶律元宜自是要更加警惕——不过，李长泰被害之谜总算是揭开了，他不是给外来的刺客所杀的。

第五天，从乌兰浩特回来的探子带来了一个意外的消息：蒙古突然退兵。

再过两天，续有探子回报，东、北两路的蒙古大军亦已退却。东路的蒙古骑兵本来就要强渡拉木伦河的，如今忽然转兵西指，前锋已经侵入了西夏境内。

至此，敌情已是可以判断分明：蒙古是舍金攻夏。可能是因为西夏在地理上足以威胁他的后方，所以要先灭西夏。

笑傲乾坤因见金境已无战事，山寨已无危险，无须这么多人留下了，于是决定立即到西夏去。蓬莱魔女与他偕行。

耶律元宜本来还是不想让他们去的，理由是西夏正是漫天烽火之际，此去岂非自蹈火网？但笑傲乾坤的理由是，正因为西夏危急，李长泰临终之托，必须马上给他办到，否则只怕就是终生遗憾了。

耶律元宜也是个爽直的汉子，见笑傲乾坤坚持要去，也就不再劝阻了。当下说道："本来是应该我去的，华兄义气深重，替我赴难，感何如之，请受我一拜。"谢过了笑傲乾坤，沉吟半晌，接着说道："杀害李长泰的仇人，我已猜到了几分来历。"笑傲乾坤喜道："那三个内奸，寨主已经查明了他的底细？"

耶律元宜说道："底细尚未查明，不过已是有点线索。依我推测，内奸虽有三个，主凶则是姓萧那人。"

笑傲乾坤瞿然一省，点了点头，说道："不错。李长泰最后的一句遗言是请我转告西夏国主，要他提防萧家。那三个内奸之中有一个名叫萧五的，这萧五想必和李长泰所说的'萧家'有关。他既然要我如此转告西夏国主，西夏国主想必也是知道那一'萧家'是什么人家的了。"

耶律元宜说道："西夏是否有一家出名的'萧家'我不知道，

但在我们辽国，却有一家鼎鼎大名的'萧家'，乃是皇亲国戚。大辽的历代王后，娶的几乎都是萧家的女儿。在大辽的历史上，有好几个朝代都是由不同的'萧太后'垂帘听政的，这情形很似檀家在金国和完颜皇室的关系一样。"

笑傲乾坤道："原来如此，寨主可是怀疑李长泰所说的这一'萧家'就是贵国的那一'萧家'？"

耶律元宜接下去说道："我们大辽被金国灭亡之后，萧家的人隐匿无踪，后来我才听到一点风声，说是国舅萧护，带了几个子侄，投奔西夏。西夏恐怕被金国知道，隐秘不宣。"

笑傲乾坤道："若然那个萧五就是贵国萧家的人，那么他应该和你同心合力，共谋复国才是，却何以投到了山寨一直没有表露身份，甘愿做一个小喽兵？又何以暗害李长泰嫁祸于你？"

耶律元宜道："这个我也是猜想不到，不过国舅萧护却是个阴狠的人，先父在世之时，他就曾经想要谋夺先父兵权的。但这次萧五做了这件事情，假如真的是由萧护授意的话，那就恐怕不只是为了私怨，而是另有野心极大的图谋了。"

笑傲乾坤道："好，我这次到了西夏，替你查明此事。"

笑傲乾坤与蓬莱魔女即日离开山寨，策马西行。西夏已有好几处边境给蒙古骑兵侵入，华柳二人绕道进入西夏，幸而没有遇上蒙古的大军。

但沿途所见，已是一片风声鹤唳的景象，难民扶老携幼流离道左，西夏的士兵也不断地向边境开去，也有在边境给打败了的残兵弱卒逃回来的，混乱情形，难以形容。

笑傲乾坤想起杜甫《兵车行》一诗："车辚辚，马萧萧，行人弓箭各在腰。爷娘妻子走相送，尘埃不见咸阳桥。牵衣顿足拦道哭，哭声直上干云霄。"诗中描写的不啻就是目前的景象。心中不胜感慨。

难民挤拥道路，华柳二人虽有快马，每日所行亦不过百里。这一日他们进入了"帽儿山"山区，山的两面是大草原，东面数十里外有一座大城名为"乌梁海"，是西夏的名城。守城的是西夏大将高令公，高令公以善战著名，手下有精兵十万。走难的百姓到了这儿，大家都喘过口气，以为有高令公扼守乌梁海城，可以作为东面的屏障，蒙古的骑兵纵然骁勇，也决不能轻易地就攻下了这座金城汤池。高令公据险固守，最少也可以阻挡他们十天半月。

进入山区，难民也比较稀少了。笑傲乾坤说道："看来咱们或者可以在蒙古骑兵追到之前，赶到西夏的京城。但看西夏举国慌乱的景象，只怕难以避免覆亡的命运。我很担心，在西夏败亡的前夕，天牢中的重犯恐怕会有意外的危险。"蓬莱魔女道："是呀，咱们可得赶快去把黑白修罗救出来才好。"

正说话间，忽听得金鼓声喧，草原上两军交战的呐喊厮杀声音也听得见了。笑傲乾坤苦笑道："刚说曹操，曹操就到。我以为在路上可以避过这场兵灾，谁知蒙古骑兵竟然这么快的来到了。"

两人登上高原，向东面望去。只见大草原上，一队队的蒙古骑兵，似浪潮般的轮番冲击。西夏士兵的人数其实比敌兵还多，但却受不了蒙古骑兵那么猛烈的冲击。蒙古骑兵十个十个作为一队，在大混战中，每一个小队都成为一个独立作战的团体，既有整体呼应的战术，又有人自为战的骁勇。白刃相接，杀声震天，不到半个时辰，西夏兵团已是全军溃败。饶是笑傲乾坤气豪胆壮，看了这场大厮杀的情景，也不禁瞠目矫舌，叹道："蒙古骑兵如此剽悍，怪不得无敌于天下！"

蒙古骑兵除了所乘的马匹外，每人还带有两匹或三匹空骑，一骑倒毙，立即换乘他骑。这正是蒙古骑兵的战术之一，不但在交战之时可以有备无患，平时也可利于行军的迅速。原来蒙古骑兵在长征之际，每人都是只带少许的干粮和马乳，马力乏时，可以替换，必要之时还可以把作为补充的马匹宰了充饥，是以蒙古骑兵的速度在当时乃是天下无双，一天走个三二百里，是极寻常之事。

西夏败兵在敌人追击之下，溃不成军，自相践踏，惨不忍睹。直退到山下，才稍稍稳得住阵脚。蒙古骑兵想是不把这股残敌放在眼内，也不愿消耗兵力进入山区搜索。只见尘沙滚滚，大军西去，大约又是去攻打另一座城池了。

蒙军西去，山中难民方得幸免。华柳二人出了山区，在路上向溃兵打听消息，才知道乌梁海城前日已被蒙军攻陷，守将高令公也被活捉了去。原来高令公自恃骁勇，蒙古兵一到城下，他不采取凭险固守的战略，竟然出城迎战，不到数合，便给蒙古的神箭手哲别射伤，阵上被俘。如今蒙古兵攻陷了乌梁海城之后，又已移师攻另一座名城"克夷"（即今陕北榆林）去了。

数日之内，西夏败耗接续传来，东西北三面的防线都给蒙古骑兵突破，名城一座座的相继失陷，兵锋所指，看来蒙古的大军已是在作三面围攻西夏京城的企图。

西夏国土大半沦陷，各方逃向京都的难民和败兵更多了。虽然大家都看得到，在蒙古强大的攻势之下，京城决难久守。但京城毕竟是有重兵把守的，能躲得一时就是一时，胜于在外面毫无凭借，任从蒙古兵的宰割。

难民败兵争相逃命，一路之上，经常有败兵抢劫难民口粮的事情发生，夺路奔逃，自相践踏的事情更是司空见惯，惨不堪言。华柳二人把坐骑送给一家遭遇最惨的难民，这家人家的老母，妻子丧生在败兵蹄下，三个儿女也死了两个，中年的丈夫必须上顾老父，下顾孤儿，倘若没有坐骑，势必寸步难行，全家死在路上。

华柳二人杂在逃难的人流之中，这一日幸而逃到了西夏都门，一看之下，不由得叫声"苦也！"原来京都的九个城门，全都关闭，不肯放难民入城。

难民密密麻麻地围着京城，群情鼓噪，有的难民不顾一切的就攻打城门。城上的守兵只是不肯开城，一排排的乱箭射了出来，起初还是向空中发射，吓不退难民，最后迫不得已的射人，难民给射伤的不少。

原来守卫的也有苦衷，京中贮粮有限，而且容纳的难民早已超过了限度，焉能再把这么多的难民和败兵放进去？

笑傲乾坤目不忍睹，对蓬莱魔女叹气说道："战祸之惨，竟至如斯！可是咱们进不了城，却如何是好？"

忽听得"轰隆"声响，有一个城门给难民撞破，华柳二人乘机和一大群难民冲了进去。守兵忙把城门堵塞，乱箭射退后来的难民，把千斤闸放了下来。但那一群业已冲了进去的难民，守城的士兵无暇顾及，也就不愿多所杀伤，由得他们去了。城中的秩序也是混乱之极，店铺几乎全关上了门，街上抢劫的事情在光天化日之下公然进行。华柳二人去找客店，在路上也遇上两次，饥饿的"劫匪"当然抢了他们的东西，他们也不为己甚，只是把"劫匪"推开就跑。

客店也很难寻找，为了怕难民涌进，十九已关门歇业，有几间未歇业的又都已客满，好不容易在比较僻静的一条小巷里找到一间，小客栈的主人看他们的样子似是有钱的贵客，狮子大开口的索了他们十倍的房钱，笑傲乾坤一口答应，另外还加给茶钱，这才得有容身之地。但也只有一间小小的房间。好在华柳二人是订了婚的，投宿时又是报称夫妇，蓬莱魔女虽然有点难为情，也只好将就了。

草草吃过了晚饭，天还未黑，笑傲乾坤向店主人打听李长泰的住处。李长泰官居要职，在西夏也算得是个名人，笑傲乾坤一说，店主人就知道了。

店主人告诉了笑傲乾坤李邸的地址，问道："客官，你和李大人是什么关系？"笑傲乾坤道："我是他的朋友，特来投奔他的。"

店主人摇了摇头，说道："这个时候投奔亲友恐怕是很不适宜了。"笑傲乾坤道："李大人有贵国孟尝君之称，想来不至于拒纳远客。"店主人道："不是这样说——"压低了声音，续道："街上乱得很，许多歹徒乘机打劫，官宦人家，更是匪徒所要洗劫的目标。大官们都避难去了，我看你要找这位李大人也未必会在家中。"笑傲乾坤心里想道："一些贪官污吏，遭受民抄，这也是活该。不过李长泰似乎是个比较好的官儿，却不知是否也遭了玉石俱焚之祸？"于是说道："不管如何，我总要去试一试。"

店主人劝他不听，说道："你要去可得换上一身粗布衣裳，还有你的娘子最好还是不要同去的好。"笑傲乾坤谢过了他的指教，向他买了一身粗布衣裳，回房间与蓬莱魔女商议。蓬莱魔女笑道："咱们虽然不怕匪徒，也还是少惹麻烦的好。好吧，你就一个人去吧。"

笑傲乾坤带了那柄宝刀，按址找到了李长泰的住宅，只见大门打开，并无看门人在。笑傲乾坤心想在这战乱的时候，实是难以按照客礼求见的了，于是就径自进去。

一路进去，只见凌乱不堪，地上堆满垃圾和破破烂烂的杂物，看来是已经遭了抢掠，剩下的这些东西都是不值一抢的了。

走到客厅，这才见着几个粗眉大眼的汉子正在那里搜索，一面搜索，一面大叫晦气。

一个流氓气十足的汉子笑道："朋友，你来迟了。你自己看看，这里还有什么东西给你拿的?"另一个汉子笑道："我看你样子斯文，怎么也想来分我们的赃物? 哈哈，你这身衣裳虽是粗布，倒也有个七成新呢!"听他的口气，竟是想剥笑傲乾坤的衣裳。

笑傲乾坤苦笑道："朋友，我并不是想来分一杯羹的，只是想向你们打听打听，李家可还有人在这里吗?"那几个汉子捧腹大笑，笑声中忽地听到一声杀猪似的叫喊。

笑傲乾坤跑进去一看，内花厅里，只见一个魁梧的汉子正在按着一个瘦小的老头拷打。这汉子的脸上涂抹得五颜六色，就像唱"大花脸"的伶人一样。想是尚有几分羞耻之心，做了强盗，怕人识得他的庐山真貌。但他所用的手段却是狠辣非常，扭着那老头的双臂向后弯曲，痛得那老头冷汗迸流，杀猪般的大叫。笑傲乾坤是个武学的大行家，一看就知这人用的是分筋错骨手法。

笑傲乾坤大怒喝道："你抢东西也还罢了，为何打人?"那汉子双眼一翻，看样子就要发作，却忽地变了怒容，显出惊喜交集的神气，突然松开了那老头，一抓就向笑傲乾坤抓来，叫道："哈，原来是你拿了!"

笑傲乾坤正是要教训他一顿，这汉子不来行凶，笑傲乾坤也是要打他的。当下喝声："来得好!"一个反手擒拿，登时破解了那汉子的分筋错骨手法，一把将他抓了起来，抛了出去。喝道："看你还敢欺侮老弱妇孺? 下次碰上了我，我就要你的命!"

这汉子给笑傲乾坤一抛，腾云驾雾地飞过了两间房间，摔倒在客厅外面的院子里。笑傲乾坤是想把他摔个头破血流，叫他知道厉害。不料这汉子摔了一跤，虽然也是摔得不轻，痛得他"哎哟哟"的大叫，可是，他随即一个"鲤鱼打挺"地跳了起来! 依然能够不跛不拐地逃跑出去。并没有给摔得头破血流，倒是颇出笑傲乾坤意料之外。

笑傲乾坤刚才是在怒火头上，未暇细思，此时心念一动，方始想道："此人的武功并非泛泛之辈，以他刚才的这一招分筋错骨手法而论，显然是曾经下过苦功的，在江湖上也应该算得是个好手了。却何以自甘下流，来做趁火打劫，乘危搏乱的流氓？"

客厅里那几个地痞流氓看见那汉子给笑傲乾坤摔得这样厉害，吓得一哄而散。

笑傲乾坤虽有疑心，但此时救这老头要紧，却是无暇去追那个汉子了。

笑傲乾坤给这老头接上了臼，再给他按摩片刻，舒筋活骨。这老头子喘过口气，说道："多谢你救了我这条老命，不过，这个人你却是得罪不起的，你赶快跑吧！"

笑傲乾坤道："这人是谁？"

老头说道："这人是萧家的一个教头，他虽然抹花了脸，我也认得。"笑傲乾坤道："哪个萧家？是不是辽国投奔来的那个萧护？"老头有点惊愕的神气，说道："你既然知道，还不赶快逃跑。萧家有十几个教头，这人还不是本领最好的呢。"笑傲乾坤笑道："你老人家不用担心，我正是你的主人请来对付萧家的。你认得你主人这把刀吧？"

老家人眼睛一亮，说道："不错，是我家主人所佩的宝刀。我家主人现在何处？你们是几时相遇的？"这老家人只知主人出使外邦去了，却不知主人是到耶律元宜的山寨。

笑傲乾坤不愿令他伤心，说道："这你就不必管了。你家主人恐怕在短期内不能回来，是以托我带这把宝刀给他的家人，还有点事情要交代的。你家的夫人和公子呢？"

老家人道："战事一起，夫人和公子就下乡避难去了。我也不知道他们的去处。不知你的事情可不可以告诉我？我是受主人之命在这里留守的，多蒙主人一向信得过我，主人的事情多少我也知道一些。"这老家人以为笑傲乾坤不相信他，感到有点委屈。

笑傲乾坤道："夫人和公子为何要逃到乡下避难？乡下不是更危险吗？"

老家人道："在这里恐防遭了萧家的毒手。"

笑傲乾坤道："对了。你家主人正是托我转告夫人和公子，要他们提防萧家的。不过，你家主人却未料到他们会躲到乡下。"

老家人叹口气道："我们也知道这不是最妥善的办法，但却是无可奈何。俗语说：明枪易躲，暗箭难防，蒙古鞑子杀来，还希望可以躲得过，萧家的毒手却是防不胜防的。两害相权取其轻，所以夫人当机立断，战事一起，就立即避难下乡。"

笑傲乾坤道："你家主人很得国主信任，何以却这样害怕萧家？"

老家人叹气道："皇上固然是信任家主，但却更信任萧家！"

笑傲乾坤道："既是同为一殿之臣，何以又结下了仇恨？"

老家人愤然说："萧护父子当年投奔我国，我家主人只道他是日暮途穷，前来托庇。谁知他却是包藏祸心，来给蒙古鞑子卧底的！"

笑傲乾坤吃了一惊，说道："你家主人没有密告皇上么？这是危害你们国家之事，你们的皇上总不该相信外人吧？"

老家人道："话是这样说。可是我家主人在得了风声之后，好几次密奏皇上，皇上就是不肯相信，反而重用萧家。这又有什么办法？唉，也不知皇上是怎么想的？"

这老家人有所不知，原来西夏国君李安全就像北宋的末代皇帝宋徽宗一样，宋徽宗畏敌如虎，想与金国谋和，是以明知秦桧是金国派回来的奸细，还是要秦桧做宰相；这个李安全也是一样，他知道萧护在辽国灭亡之后，是曾先投蒙古，受了铁木真之命，再来投奔西夏作蒙古的奸细。可是他就是正想利用萧护的这重关系，准备必要时可以有人帮他向蒙古求和。

笑傲乾坤心里想道："西夏国主没有用萧护作宰相，已经是比宋徽宗稍胜一筹了。"

老家人说道："幸亏夫人和公子早走，自从战局紧张，京城关闭之后，这里已经遭了几次洗劫了。前几次来过的贼人之中，我怀疑就有萧家派来的人在内。不过，我识不得那么多人，刚才的那个教头，我则是认识的。"

笑傲乾坤道："那厮好似是要拷问你索取什么东西，是么？"

老家人道："他是来拷问我主人有什么文书给我收藏，我说这间大屋每一片瓦每一块砖你们都曾经翻过了，哪还能收藏什么东西？后来他又拷问主人这柄宝刀的下落。恰巧这个时候，恩公你就来了。要不然，小人只怕要吃更多的苦头呢。"

笑傲乾坤恍然大悟，心道："怪不得那厮一见我，就说什么东西是我拿了，原来是指这柄宝刀。"笑傲乾坤本来想把这柄宝刀交给老家人的，看了这个情形，想想不妥，决定还是自己暂时代为保管。

老家人苦笑道："这次的洗劫应该是最后一次了，现在当真是家徒四壁，没有什么东西可以给人家拿的了。"

笑傲乾坤道："我看你也不必在这里看守了，这点银子你拿去，随便找个地方避一避吧。你已经是尽忠职守，很对得住主人了。"

老家人谢过了笑傲乾坤，说道："恩公，你打了萧家的教头，也要多加小心才是。没什么事，最好不要在街上露面。"

笑傲乾坤笑道："别处不去，萧家我恐怕还是要去一趟的。"

当下，笑傲乾坤向那老家人问了萧家的住址，便即离开。外面有几个鬼头鬼脑的人正在窥探，见他出来，一哄而散。

笑傲乾坤不理他们，独自在街上行走。不过他也不想白天就去萧家，心中思忖："李长泰托我将他的遗言带给西夏国主，这个昏君肯不肯听是他的事，我却不能负朋友之托。"

到了王宫外面，只见宫门紧闭，外面连一个守门的卫士都没有。只是在墙头的箭垛上，隐隐可以看见露出来的弓箭。卫士紧张守备的情形不难想象。

笑傲乾坤哑然失笑，心想："李安全（西夏国主）只想保自己的安全，畏敌如虎，胆小如鼠，他连宫门也不敢打开，当然是不敢随便接见外人的了。我且回去和清瑶商议了再说。"

笑傲乾坤返回所住的客店，走了一会，发觉似乎有人跟踪，笑傲乾坤不动声色，到了冷巷，突然回头抓着他们，冷笑说道："你们跟我做什么？"给他抓着的是两个獐头鼠目貌似流氓的人。

那两个人叫苦不迭，开头还在抵赖，后来吃不过苦头，只好承认是想抢笑傲乾坤的东西。

街上劫案之多，多如牛毛，这两个人直认抢劫，料想笑傲乾坤也不能拿他们怎样。

笑傲乾坤心中有数，揪住他们不放，说道："我有什么东西值得给你们偷的？快说实话，否则叫你们吃苦头。"一个说道："你老这件长衫可不可以给我？"一个说道："我有三天没吃饭了，你老可否施舍两个小钱？"

笑傲乾坤冷笑道："你们倒是说得可怜。"把那个向他讨衣裳的贼人所穿的袍子一揪，那件袍子是布面皮里的，笑傲乾坤冷笑道："你穿的是皮袍却要我的粗布长衫？"反手"啪"的一下打了另一个贼人一记耳光，说道："你满面红光，竟敢说三天没有吃饭！"

那两个人叫苦道："小的是不合贪心，不过也没有偷着你老的东西，你老就高抬贵手吧。"

笑傲乾坤道："你说实话，我就放你。你们是不是萧家的人。想偷的恐怕是我这柄宝刀吧？"

那两个人面色大变，一个说道："什么萧家，我们的同伙可没有姓萧的。"一个说道："小人其实只是小偷，可不敢弄刀弄枪。你这柄刀送给我我也不要。"

这两人大要无赖，一时间笑傲乾坤是拿他们没法，心里想道："看来多半是萧家的人，但没有凭据，万一不是，我施严刑迫供，那就冤枉了他们了。"

正自踌躇，忽听得马靴踏地的"拓拓"声，一队士兵正从街上经过。那两个贼人立即大叫："有人抢东西呀，快来救命！"他们竟然贼喊捉贼！

笑傲乾坤当然不会害怕一队士兵，但若给他们解回官衙审问，可是麻烦，他又不能不分皂白，把这些士兵打个落花流水，无可奈何，只好先求脱身。

笑傲乾坤气得七窍生烟，把那两个贼人像小鸡般提起来，摔他们个发昏二十一，这才一缕烟地上了屋顶逃跑。兵士们大叫："捉飞贼，捉飞贼呀！"当然也只是虚张声势，胡嚷一通而已。

笑傲乾坤急着回去见蓬莱魔女，不过，他也是个江湖上的大行家，心里想道："这两个小贼脓包之极，料想只是给萧家作耳目的人。若要抢我的宝刀，萧家应该派本领更高的人来。"笑傲乾坤断定了他们是想要跟踪，可就不能给他们发现住址了。于是兜了两个大圈，这才回到客店。此时已是二更的时分了。

店主人开门接他进来，埋怨道："你怎么这样晚才回来？刚才有公人查店，你不在这儿，我很费了一番唇舌，还花了十两银子茶钱，这才没事。"笑傲乾坤把两锭元宝送给店主人，说道："我不能累你破费，这二十两纹银你收下吧，这里每晚都有人来查夜的吗？"

店主人接过元宝，眉开眼笑，一五一十地告诉笑傲乾坤道："是呀，我也觉得有点奇怪，自从风声吃紧之后，街上的劫案多如牛毛，官府早已无暇理了。盗贼都无暇理会，查夜的事情那就更少了。尤其小店是在这条小巷，油水不多，平时都很少公人到的。今晚的查夜，还是一个多月来的第一次呢。"

笑傲乾坤道："他们可有啰唆我的娘子没有？"

店主人悄声说道："这次查夜的公人，对男客特别认真，对女客却没怎样啰唆。那个队长特别向我打听一个人——"说至此处，把眼望着笑傲乾坤，带点"卖弄"以及"讨好"的神气，引笑傲乾坤发问。

笑傲乾坤道："哦，他们向你打听的是何等样人？"

店主人道："他们问有没有一个二十多岁、南方口音的汉人在小店投宿。"

笑傲乾坤心头一动，神色不变地笑道："哦，他们打听的这个人倒是有点像我呢！"

笑傲乾坤笑得坦然，店主人毫无怀疑，跟着笑道："是呀，我就是因为怕惹麻烦，所以他们问起我你是什么模样的客人之时，我就说你是一个中年胖子。他得了我的茶钱，也就没有怎样啰唆了，问到娘子之时，只是问了几句。当然，我知道他们要捉的人绝不会是你这样豪阔的相公的。不过，总是少惹麻烦的好，你说是吗？客官，你不怪我把你说成一个大胖子吧？"说罢哈哈大笑。

笑傲乾坤情知店主人是得过了他的好处才替他瞒的，当下笑道："你应付得很好，实不相瞒，我的确是最怕招惹麻烦。"当下再打赏了店主人十两银子，便自回房。

笑傲乾坤轻轻扣门，低声说道："清瑶，我回来了。"听不到里面的回答，笑傲乾坤大为奇怪，推开房门一看，房中灯火未灭，却是不见蓬莱魔女在内。

笑傲乾坤心里想道："难道是清瑶等得心焦，出城去找寻我了？还是她也碰上了什么事呢？"他知道蓬莱魔女轻功在他之上，与其出去找她，倒不如在房中等她，免得彼此找寻，反而错过。"清瑶比我机智得多，想不至于出事。"笑傲乾坤心想。

等了大约一支香时刻，忽觉微风飒然，一条黑影穿窗而入，果然是蓬莱魔女。

蓬莱魔女道："你回来了，见着李长泰的家人没有？怎么宝刀还在你的手上？"

笑傲乾坤笑道："我的说来话长，先说你的。你为何溜了出去？"

蓬莱魔女道："查夜之事，你知道了没有？"

笑傲乾坤道："店主人告诉我了，多亏他的打点，据说对你并不怎样啰唆。"

蓬莱魔女道："他们是想盘问我的，却给我使个巧计打发了。"

笑傲乾坤道："哦，什么巧计？"

蓬莱魔女道："我不耐烦受他盘问，把一根尘丝藏在指甲缝里，用长袖来作遮掩，悄悄一弹，尘丝刺着了他的麻痒穴，哈，这一下他可难受了。"蓬莱魔女想起那人哈腰缩背，愁眉苦脸，浑身像打摆子一般不住颤抖的怪样子，兀是忍不住笑了出来。

蓬莱魔女笑过之后，说道："那人忍着痒，却不知是我捣的鬼，看来他可能是以为自己突然间得了什么怪病，于是慌里慌张的就哈腰走了。"

笑傲乾坤笑得打跌，说道："幸亏你这么摆布了他一下，要不然他虽然得了店主人的银子，只怕也还是啰唆你的。"

蓬莱魔女道："我打发了那班魔爪之后，回到房中，等了许久，还不见你回来，正自心焦，忽地闻到一股异香。"

笑傲乾坤道："是有人对你使用迷香？"

蓬莱魔女道："不错。而且是天下最厉害的一种迷香。那是魔鬼花的香气。"

笑傲乾坤诧道："难道是乙休这老贼也来到了这儿了。"

蓬莱魔女道："我起初也这么想，于是我装作昏迷的样子，倒在床上，想引他进来，出其不意地便可伤他。谁知那人机灵得很，人不进来，暗器先打了进来，这一来我可不能不追出去和他动手了。那人不是乙休。"

笑傲乾坤道："我也想得到不是乙休。乙休是知道你有天山雪莲的，天山雪莲能解魔鬼花之毒，他明知无效，怎会对你使用。而且以这老贼的武功，房中只你单独一人，他自视甚高，想来也还不屑于使用迷香。但不是乙休，却又是谁呢？"蓬莱魔女道："是一个短小精悍的汉子，他见我已经发觉了他，立即就跑。我未能和他交手，便给他溜了。"

笑傲乾坤说道："以你的轻功也追不上他？"

蓬莱魔女道："我穿窗而出，他已经跑进一条巷子，这里不是大街，狭窄的横街冷巷纵横交错，我路不熟，给他几个巷子那么一兜，就不知道他藏在哪里了。"

笑傲乾坤心想："虽然如此，但这人躲得过清瑶的追踪，本领也很是不弱了。"

蓬莱魔女道："你今晚遭遇又是如何？"

笑傲乾坤讲了在李家的所见所闻，蓬莱魔女听得很仔细，听完之后，如有所思。

笑傲乾坤道："你可是发现什么疑点？"

蓬莱魔女道："萧家的人为什么对李长泰的那柄佩刀如此看重，必欲得之而后快？"

笑傲乾坤铮铮地弹了两下，赞道："端的是一柄宝刀！"蓬莱魔女道："宝刀确是宝刀，却还未能解释我心中的疑问。"正是：

一刀叠见风波起，烽火危城破案难。

欲知后事如何，请听下回分解。

第一一七回　宝刀藏秘滋疑窦
锦帐囚人叹贵妃

　　笑傲乾坤忽道：“你听得出来么？这响声有点奇怪！”蓬莱魔女道：“什么奇怪？”笑傲乾坤又在刀背上挣挣弹了两下，说道：“如果刀柄是实心的，响声应该稍微重浊，不似现在的轻清。”原来笑傲乾坤妙解音律，他从制作乐器的原理省悟是个空心的刀柄。

　　蓬莱魔女道：“这样微妙的差异，我可是分别不出。”笑傲乾坤道：“咱们立即便可打破疑团，借你的剑给我一用。”在刀柄上轻轻一划，开了一道裂缝，拿灯火一照，剑柄果然是空心的，中间有香骨般大小的细长孔道。

　　蓬莱魔女道：“里面似乎藏有东西。”用绾发的玉簪插进去一撩，将那东西挑了出来，却原来是一根纸条，打开一看，里面写着密密麻麻的蒙文。笑傲乾坤会说蒙古话，蒙古文他却是一个不识。

　　笑傲乾坤道：“这纸条咱们先收好了；待救出黑白修罗，再去找萧护算账。”

　　笑傲乾坤日间游荡之时，早已打听了天牢的所在。两人计议已定，便即夜探天牢。

　　西夏的天牢围墙高逾三丈，但却也难不倒华柳二人。墙头上并无守卫，两人上了墙头，只见院子里有几个狱卒，没精打采地巡逻。笑傲乾坤悄声说道：“想是因为外间风声太紧，本来应该是防守森严的天牢，他们亦已无心于尽忠职守了。这倒是咱们劫牢的好机会。”蓬莱魔女点了点头，说道：“不必多所杀伤。”拂尘一甩，飞出几根尘丝，那几个狱卒给尘丝刺着穴道，登时呆若木鸡，眼睁睁地看着他们跳下墙来，做声不得。

华柳二人径自进去，踏入内院，发现有间房间灯火未灭，里面传出嘈嘈杂杂的人声。

"蒙古的大军听说已经过了冷水滩，珪州也已丢了。蒙古的骑兵快得像旋风，说不定明天一觉醒来，京城早已失陷，满街都是鞑子了。"

"明天就来？那是不会这样快的！不过，京城失陷，总是几天之内的事了！"

"是呀，咱们可得趁早打点后路才是。莫不成当真要给这班死囚陪丧么？"

"逃又逃得到哪里去？"

"逃不出去也要想法子躲一躲呀！我倒有个主意，趁这机会先发一笔横财再说。有了钱，逃难也好，躲难也好，总是方便一些。"

"对，这里的犯人反正都是死囚，不是死囚也是终身监禁的重囚，在这大乱的时候，咱们还在这里看守什么？干脆把他们都杀了，分了囚粮，分了他们的财物，来一个卷堂大散！"

"对，对！可是也得准备好些，一动手就要干净利落，斩尽杀绝！切不可让他们知道风声。"

"我也同意杀掉囚犯，不过有几个大肥羊咱们似乎还可保留。"

"你是说那黑炭头么？不，这头肥羊恐怕咱们是吞不下的，还是一刀杀了的好！"

里面七嘴八舌的议论纷纷，外面蓬莱魔女听了可是气炸心肺。不问可知，这间房间乃是看守的房间，狱卒正在商议谋杀犯人。

蓬莱魔女道："他们如此狠毒，好，咱们先给他们来一个斩尽杀绝。"

笑傲乾坤笑道："天下的狱卒有几个不狠毒的？你才说过不多所杀伤呢，怎的又要大开杀戒了？"蓬莱魔女道："我是气他们不过。"笑傲乾坤道："我又何尝不气，不过，咱们紧要的是救人，不是杀人。大杀一通，事情反而会弄糟了的。"

蓬莱魔女点了点头，说道："好，那么咱们使用那筒迷香吧。"

两人悄悄地走近那间房子，蓬莱魔女点燃迷香，喷射进去。这是天下最厉害的迷香，里面的人刚刚感觉有异，有一个失声叫道："咦，哪里来的这股香味？"话犹未了，只听得"卜通""卜通"的倒地之声此起彼落，但仍有一人夺门而出。这个人就是最先发现迷香的人，他的身份是内廷卫士，派到天牢协助看管死囚的，练过内功，是以一时尚未昏倒。

可是他一跑出来，脚步亦已是踉踉跄跄，摇摇欲坠了。笑傲乾坤一把抓着了他，喝道："你要死要活？"把天山雪莲在他的鼻端一晃，那人神情稍稍清醒，看见蓬莱魔女的剑尖正对准他的喉咙，吓得几乎又要昏了过去。半晌说道："好，你们要什么？"笑傲乾坤道："黑白修罗在哪号监房，带我们去！"

那人似是怔了一怔，讷讷说道："黑白修罗，这，这个——"蓬莱魔女斥道："什么这个那个的？难道你不知道他们关在什么地方？快快带路！"那人顾全性命要紧，心里想道："我何必给她说得那样清楚，那日的事情，倘若给她知道，说不定还会怪到我的头上。"于是忙不迭地回答道："知道，知道。两位请跟我来。"

到了一个大号的监房前面，看守见这卫士带了两个陌生男女来到，颇感诧异，正要盘问，笑傲乾坤出手如电，已是点了他的穴道。

笑傲乾坤道："清瑶，你在外面把风。"拔出李长泰给他的那柄宝刀，一试之下，果然是削铁如泥，监房的那把大铁锁一下就给他劈开了。

打开牢门进去，亮起火折，只见约有三四十个囚犯披枷带锁的囚在其中，这群死囚看见牢门打开，有人进来，不知出了什么事情，发一声喊，都拥上来。

笑傲乾坤叫道："你们不必着急，我是来救你们的，等下就放你们出去。你们别吵，黑白修罗在不在这里？"

嘈嘈杂杂的声音静寂之后，笑傲乾坤方始听得一个有气没力的声音叫道："主公，你、你来了，我在这儿！"把眼望去，只见角落里一个囚犯颤巍巍地一步一步地缓缓移动，向他走来。这个囚犯正是黑修罗。奇怪的是，他的身上却没有枷锁。

笑傲乾坤吃了一惊，忙过去把黑修罗扶稳，说道："你受了伤了?"黑修罗道："没、没受伤。但却不知他们下的是什么毒，我的气力都使不出来。"

笑傲乾坤一看迹象，已知是中了魔鬼花之毒，这是天下最厉害的迷香，兼有酥筋软骨的作用，中了此毒，醒来之后，在七天之内，仍然是使不出气力。

笑傲乾坤心里一宽，说道："不用担忧，这毒我有药解。清瑶，把雪莲给我！"

蓬莱魔女还有一朵天山雪莲，抛了进来，笑傲乾坤剥了两瓣，说道："你把它嚼碎、吞下，多厉害的毒，也都能解。"

黑修罗把雪莲服下，只觉一缕清香直透肺腑，说不出的舒服，喜道："这药果是灵效无比。主公，想不到我还能够见你。"他的气力稍稍恢复，但还是不能如常人那样行走。

笑傲乾坤道："你歇一歇，不用担心，咱们一定可以走出去的。白修罗呢，他不是和你同一号监房吗？"

黑修罗道："他给人抓去了。"

笑傲乾坤吃了一惊，说道："怎么你们关在天牢，还会给人抓去？"

黑修罗道："三天前，我们曾经试图越狱，惭愧得很，刚出牢门，就给人抓了。我被送回天牢，白修罗却给一个蒙古武士带走了。"笑傲乾坤道："哦，一个蒙古武士，这一定是那个宇文化及了。"

在笑傲乾坤和黑修罗说话的当儿，有几个心急的囚犯戴着枷锁先冲出去。蓬莱魔女劝他们等待大伙儿一齐逃走，劝他们不听，也只好由他们去了。

不过片刻，忽听得惨叫之声，此起彼落，显然是那几个逃犯已遭毒手。蓬莱魔女吃了一惊，叫道："谷涵，快些给他们斩掉枷锁！"说时迟，那时快，只觉劲风飒然，一条黑影已然扑到，急声大呼："快来，快来，有人劫狱！"

这人一面招呼同伴，一面已是向蓬莱魔女展开攻击。蓬莱魔女剑未出鞘，拂尘一抖，先向那人拂去。这人竟然不闪不躲，一掌荡开拂尘，抢入内圈，右臂一滚一拧，使出了"鹤膊手"的招数反扣蓬莱魔女的皓腕，这人一使出这招，蓬莱魔女已经知道了他是擅长于"大擒拿"的高手，同时也知道了他是什么人了。

这人的擒拿手使得凶险绝伦，但蓬莱魔女是何等样人，岂能为他所算，趁他急攻之际，防守未曾周密，五指合拢，横掌如刀，一招"刺破青天"，自对方的勾手圈中直攒上去，掌插他的太阳穴。

这汉子也好生了得，形势业已受制于人，居然在这间不容发之际，肩头一拧，避开蓬莱魔女的一插。可是他的太阳穴虽然没给插中，肩头亦已给蓬莱魔女的手指戳上，登时火辣辣的一阵作疼。幸而还没伤着琵琶骨。

这人是练有铁布衫的功夫的，给一个女子的纤指戳着，竟然疼不可当。接了这招，他也知道蓬莱魔女是什么人了。

蓬莱魔女跟踪追击，喝道："你就是那个号称冀北神屠的辛莽原么？"辛莽原拔刀招架，喝道："蓬莱魔女，你当你的绿林盟主，我已经让给你了，你还要到这里来找我生事，你以为我当真怕了你么？"

蓬莱魔女亦已亮出了青钢剑，冷笑说道："你到了西夏，依然还是兴风作浪。你怕我也好，不怕我也好。今日我就是要替绿林除害！"尘剑兼施，杀得辛莽原只有招架之功，吃惊不已，心想："怪不得北五省的绿林道全都服她，果然是非同小可！"

蓬莱魔女占了上风，正要施展杀手，忽见又有一人跑来，手使日月双轮，来给辛莽原助阵，这个人正是她在天狼岭上见过的那个蒙古武士宇文化及。

宇文化及是尊胜法王最得意的弟子，本领与蓬莱魔女相差无几，只论内力他还在蓬莱魔女之上。他一来到，局面立即改观。本来她已杀得辛莽原毫无还手之力，如今在两名高手夹攻之下，却是她只有招架的份儿了。

宇文化及双轮推压，"当"的一声，火花飞溅，蓬莱魔女的青钢剑损了一个缺口，幸而她抽剑得快，未曾给对方绞断。宇文化及哈哈笑道："天狼岭上让你逞能，今日定要叫你难逃公道！"

笑傲乾坤在牢房中运刀如风，这柄宝刀削铁如泥，转眼间已削断了十几个囚犯的镣铐。此时黑修罗的气力已恢复了五六分，笑傲乾坤把宝刀交给黑修罗，说道："请你代劳。"冲出牢房，来得正是时候。

宇文化及一招得手，后招续发，满以为这一下双轮交击，蓬莱魔女的青钢剑非得脱手不可。不料心念未已，忽觉微风飒然，原来是笑傲乾坤已经来到。

笑傲乾坤折扇一举，搭上了宇文化及的日轮，小小一柄折扇，按着了他的纯钢所铸的轮子，竟似压上了千斤重物，宇文化及的日轮登时不能向前推动分毫。

蓬莱魔女冷笑道："不错，今日正是要你难逃公道！"刷的一剑，从月轮轴心穿过，宇文化及双轮不能配合，只得倒纵跳开，只听得一片断金戛玉之声，月轮的轮齿已是给蓬莱魔女削断，若不是宇文化及缩手得快，手指也要给她斩掉。

宇文化及吓出一身冷汗，惊魂未定，说时迟，那时快，笑傲乾坤又已跟踪扑到。宇文化及把月轮掷出，呼的一掌，便即抢攻。他这只月轮，因为轮齿已断，威力难以发挥，是以宇文化及宁愿舍弃一边轮子，腾出右手，施展他的看家本领混元一炁功。

笑傲乾坤外貌是个文弱书生，宇文化及以为他只是招数精妙，纵然身有内功，真力总是有限。他这一掌，隐隐挟着风雷之声，不料双掌相交，却给笑傲乾坤轻描淡写地一举化开，而且把他震退三步。

宇文化及这一惊更是非同小可，喝道："你是谁？"笑傲乾坤纵声大笑，说道："你的师父曾经败在我的手下，你还不知道我是谁么？"

笑傲乾坤的笑声可与尊胜法王的"狮子吼功"相抗，厉害可想而知。宇文化及耳鼓嗡嗡作响，心头大震，失声叫道："你，你就是笑傲乾坤华谷涵么？"

笑傲乾坤笑道："不错，就是我！"宇文化及只知道他的师父曾经在祁连山碰上笑傲乾坤，铩羽而归。但他当时并不在场，却不知师父是在车轮大战之后败给笑傲乾坤的。此时听得笑傲乾坤就是打败他师父的人，纵然还有交手之力，气已馁了。笑傲乾坤一掌未能将他震翻，亦是心中微凛，不敢轻敌。

黑修罗给同一监房的囚犯斩断了枷锁，大伙儿冲了出来。囚犯们拿着手镣脚铐作武器，在院子里，在甬道里，还有轻功好的跳在屋顶上，和那些在梦中惊醒了而出来巡视的狱卒展开了混战。

黑修罗一见宇文化及，当真是仇人见面，分外眼红，冲上去就骂："你这蒙古鞑子把我的弟弟抓到哪里去了？你不放人，休想跑掉！"

宇文化及冷笑道："我要走就走，凭你也能阻拦得了？"黑修罗武功本来不弱，可惜气力刚刚恢复，尚未能运用自如，宇文化及一掌推开了他，转身便走。

笑傲乾坤折扇一合，"卜"的一声，在他的背心重重敲了一记，喝道："哪里走？"左臂一伸狠狠抓下。

宇文化及练有"混元一炁功"，但给笑傲乾坤这重手法一击，也是痛彻心肺，不过却还禁受得起。说时迟，那时快，就在笑傲乾坤一抓向他抓下的时候，他也抓起了一个囚犯，就把这个囚犯拿作了"挡箭牌"，反手向笑傲乾坤一推。

笑傲乾坤想不到他用活人来作盾牌，宇文化及可以胡乱伤害人命，笑傲乾坤却是不能，只好忙不迭地缩手。宇文化及把这囚犯抛出，冲入了人堆之中。

逃犯正和狱卒混战，宇文化及也不理是哪一方，在人堆中横冲直闯，转眼间已是给他逃出了狱门。黑修罗追了出去。只听得宇文化及的声音远远传来，哈哈笑道："你想要回你的弟弟，那也容易，把珠宝来赎就是。我在和林候驾，嘿嘿，今晚可是恕不奉陪了！"宇文化及轻功稍逊于笑傲乾坤，却又远在黑修罗之上，此时已是过了长街，躲进小巷了。

"和林"是蒙古的都城，黑修罗这才知道他的弟弟的下落。心里想道："蒙古鞑子把他抓去，原来也不过是想要勒索，既然如此，料想不会对他便施毒手。"黑修罗自知不是宇文化及的对手，一个人不敢冒险前追，于是再回天牢相助逃犯。

此时辛莽原着了蓬莱魔女一剑，亦已负伤而逃。笑傲乾坤被在混战中拥挤的人群所阻，却还未能杀出天牢。

笑傲乾坤不愿多伤人命，喝道："你们瞧着！"暗运真力，一掌击下，把一面墙壁击破了一个大洞，喝道："你们的头颅总不会比石头更硬吧？谁人还要动手，吃我一掌！"蓬莱魔女也喝道："蒙古人都快打来了，你们还在互相残杀，不惭愧么？"

狱卒本已士无斗志，此时一来是震慑于笑傲乾坤的裂石神功，二来也有感于蓬莱魔女的劝告，心中俱是想道："不错，敌人都快打来了，咱们何苦还给官府卖命，做皇上的看门狗呢？"如此一想，人人罢手，狱卒也和囚犯一起逃了。

出了天牢，笑傲乾坤说道："那间小客店咱们是不能回去了，可得找个落脚的地方。"

黑修罗道："我有个朋友是本地人，名叫孟海公，他以前曾经和我做过珠宝生意的，为人很讲义气，想必他会收留咱们。"

此时正是天亮的时分，逃犯都已散了，店铺还没开门，街上冷冷清清，只有他们三人行走。笑傲乾坤本来准备遇上流氓的，奇怪的是，走过两条长街，人影都没见一个。笑傲乾坤笑道："这情形有点反常，好像是万木无声待雨来的模样。"

话犹未了，忽地听得马队驰骤的得得蹄声，果然便似是暴风骤雨隐隐传来。笑傲乾坤吃了一惊，说道："难道蒙古兵已经进城了？"蓬莱魔女道："昨天还没朕兆，即使西夏全无抵抗，也不应来得这样快。"

哪知她刚刚说了这句话，街头上已经出现了一队骑兵，旌旗招展，人强马壮，队形整齐，就像出操一样在街上行进，可不正是蒙古骑兵？

蒙古骑兵看见他们三人在街上行走，其中还有美貌的少女，登时就有几名兵士跑出队伍，喝道："什么人？站着！"

笑傲乾坤暗暗叫苦，要知黑修罗的武功尚未完全恢复，倘若是施展轻功上屋逃走，黑修罗恐怕还未能够。如果和他们厮杀的话，又怕蒙古兵大队来到。

笑傲乾坤正自拿不定主意，骑兵中忽地有个少年军官喝道："不许骚扰百姓！给我归队！"那几个士兵不敢不从，只好回去。其中一个好像不大服气，低声地对那军官说道："这娘儿姿色很不错，为什么不把她拿下？你不敢要，也可以献给元帅呀！"那军官刷的一鞭打下，骂道："你忘记了军令吗？咱们刚刚进城，总还得收拾人心吧？"军令的确是有"安民"之后才许掳掠的规定。那名士兵受了一鞭，不敢反驳，心内却在嘀咕："军令也不须这样严格执行呀？如此美貌的娘儿，错过了可是机会难逢了。"

那少年军官扬鞭一指，喝道："你们不要挡道，快走，快走！"华柳二人看清楚了，原来这少年军官不是别人，正是尊胜法王的关门弟子呼图赫。他在天狼岭曾经暗助聂金铃母女逃走，和武林天骄、蓬莱魔女交了朋友的。笑傲乾坤在祁连山下打败尊胜法王之时，这呼图赫也曾在场。他一来是顾忌笑傲乾坤的本领，二来也是想要卖个交情给蓬莱魔女，故此借口执行军令，制止士兵胡来，放他们过去。

笑傲乾坤等人躲进了小巷，蓬莱魔女笑道："原来这小叫花做了蒙古军官了，幸亏遇上了他，免掉一场厮杀，却不知他的师父和乙休、柳元甲这几个老贼来了没有？"

笑傲乾坤道："咱们先避一避再说。"黑修罗熟悉街道情况，带领他们在横街小巷之中左穿有插，幸喜没有再遇上蒙古的士兵。

到了孟家，只见大门紧闭，黑修罗道："这个时候敲打门，定会吓慌主人，不如径自进去吧。"于是三人施展轻功，上了屋顶，从屋顶跳下去。黑修罗功力未复，轻功也未能施展得恰到好处，跳下之时，踩碎了一片瓦。

主人孟海公闻声出视，一扬手便是六柄飞锥。他的暗器手法倒也不错，不过，却怎能打得着华柳二人？蓬莱魔女挥舞拂尘，打落了三柄飞锥，笑傲乾坤长袖一卷，把另外三柄飞锥也卷去了。

黑修罗叫道："孟兄，别打，是我！"孟海公此时已认出了黑修罗，又惊又喜，连忙上前相见，说道："蒙古大军入城，我正在为你担心呢，却原来你已经逃出来了。令弟呢？这两位朋友又是何人？"

黑修罗道："我的弟弟给蒙古鞑子抓去了，我是特来投奔你的。这位柳女侠是北五省的绿林盟主，这位华大侠正是我的主人。"孟海公大喜道："哦，原来是笑傲乾坤华大侠，真是久仰了！"黑修罗笑道："你不怕我们连累你？"孟海公道："笑话，笑话，两位大侠光临，我是求也求不到的。请里面坐。"

坐定之后，黑修罗道："蒙古兵怎的突然就进了城？外面的情形也不知怎么样了？"孟海公是做暗门子的珠宝买卖的，京城之中，三教九流都有他的朋友，消息最为灵通。是以黑修罗一见了他，就向他打听消息。

孟海公道："我已经派人出去打听消息了，就会回来的。不论情况如何，各位只管放心住下。蒙古鞑子即使到此搜劫，也定有本地人带引，我会应付他们的。"

傍晚时分，孟海公的一个手下才带回来确实的消息，原来是西夏国主李安全早已向蒙古洽降，从中渡针引线的人，不出所料，正是那个辽国投奔来的"外臣"萧护。

那探子说道："昏君这次投降蒙古，当真是奇耻大辱。割地赔款，那是不用说了。还要把最宠爱的女儿察合公主献给成吉思汗，蒙古这才答应撤兵。但撤兵的期限却又只能随蒙古鞑子的意思，说是说三个月之内，谁知到时他是撤也不撤？现在各个城门，都有蒙古官兵把守，里面的人不许出去，外面的人不许进来。"

孟海公笑道："这倒是蒙古鞑子替我留客了。三位多住几天，待风声松了一些，再偷走吧。"

三人无可奈何，只好在孟家住下。奇怪的是，孟海公本来准备有蒙古兵来骚扰的，一连过了几天，却不见有一个蒙古兵登门。甚至他们这条街道，也没有蒙古兵来过。孟海公暗自庆幸。但到了第四天，却有一个不速之客来了。

这日孟海公听得一个小叫花在他家门口唱"莲花落"，南腔北调，甚是古怪。孟海公心里想道："这个小叫花一定是饿得慌了，所以不怕给鞑子拉夫的危险，出来讨饭。但听他的口音，却不是本地人。若是外方逃难来的，那就更凄惨了。"

孟海公动了怜悯之心，拿了一钵冷饭，出去给他。不料大门打开之后，这小叫花却不接孟海公给他的冷饭，径自往里面闯。

孟海公喝道："你这小叫花饿得疯了么？这里有饭给你，你为什么跑进我的屋子里去？"小叫花笑道："不错，我正是饿得急了，闻得里面的酒香肉香，我流了馋涎了。有酒有肉有热腾腾的白米饭，我不要你这钵冷饭了！"

孟海公怒道："岂有此理，你这小叫花子当真是得陇望蜀，可怜不得！"一把拉住了他，想把他赶出去。哪知小叫花的身子竟似铁铸一般，孟海公用力一拉，恍若蜻蜓撼柱，不能动他分毫。

孟海公这才大吃一惊，喝道："你是谁？"小叫花道："唉，你真是不够朋友，一点酒肉都舍不得！你请我饱餐一顿，再和我套交情吧。"

孟海公已知这小叫花的武功在他之上，拉他不动，不由得满面通红，正自不知如何应付，忽听得笑傲乾坤哈哈笑道："我道是谁，原来是你这小叫花来了。"蓬莱魔女接着笑道："小叫花早已抖起来啦，他现在是大将军了。难得贵人到此，孟大哥，我可要代你留客了。"

小叫花笑道："够朋友的来了，我这顿饭大约吃得成啦。"孟海公放开了手，说道："原来是你们两位的朋友，恕我得罪了。不知——"笑傲乾坤哈哈一笑，上前给他们介绍，孟海公这才知道，这小叫花是尊胜法王的弟子呼图赫，也是最先带领蒙古兵进城的一个军官。孟海公曾听黑修罗说过呼图赫那日暗助他们之事，是以也不嫌他是蒙古军官，以礼相邀，请他进去。

坐定之后，蓬莱魔女问道："你怎么知道我们住在这儿？"呼图赫道："管这一区的军官正是属我指挥的，他报告我，说是有如此如此的三个'形迹可疑'的人物在这间屋子里住。孟先生做珠宝生意的底细他也调查清楚了。他来问我如何处置，我告诉他不许擅自妄动。他没有来勒索过你吧？"孟海公方始恍然大悟，忙向呼图赫道谢，说道："怪不得我们得以平安无事，原来是将军的照顾。"

笑傲乾坤笑道："你们的耳目真是灵通，我只道我们行踪隐秘，谁知道你们早已知道了。但你既然是官长的身份，却又何必还要乔装打扮？"呼图赫道："我只是个不大不小的军官，上面还有将军、元帅呢。我也怕有人告诉我的师父。"

蓬莱魔女问道："令师已经来了么？"呼图赫道："还没有。不过，恐怕也是这几天的事了。"接着对笑傲乾坤道："我师父那次输了给你，引为奇耻大辱，誓言要报你一掌之仇，因此我劝你们还是早早离开此地的好，免得和他碰上。你要知道，我师父那次在祁连山上，是接连打了三场之后，才输给你的。"

笑傲乾坤笑道："令师也未免太好胜了。我虽然也是好胜，却还有自知之明，那天我如果不是占了令师气力不足的便宜，恐怕我是打不过他的。但人生难得遇上旗鼓相当的对手，令师如果一定要找我再次较量，我是绝不推辞的。不过，冲着老弟的面子，能够避开，我也愿意。"笑傲乾坤的说话转了几个弯，说得很是得体，表明他愿意离开，但并不是怕了呼图赫的师父。

呼图赫摇了摇头，笑道："华大侠，其实你比我的师父还要好胜。"

蓬莱魔女道："九道城门，都有你们的官兵把守，我们怎样出去？"

呼图赫沉吟不语，似乎正在替他们想法。孟海公已经摆好酒席，笑道："咱们边吃边谈吧。"呼图赫笑道："我和你说的笑话，你却认真了。也好，我就叨扰你啦。"

黑修罗此时亦已出来陪客，和呼图赫寒暄了几句，便即向他打听弟弟的下落。

呼图赫道："令弟已经押往和林（蒙古的行都）了，由我的二师哥看守。说来惭愧，这是我四师哥的主意，四师哥最是贪财，他想榨取你们的珠宝。二师哥和他是一丘之貉。二师哥留守和林，因此四师哥托他兼任看管令弟之责。"呼图赫的二师哥即是以前陪同呼韩邪出使金国的那个蒙古武士乌蒙，四师哥即是宇文化及。

蓬莱魔女道："我也想向你打听一个人，公孙奇是不是囚在贵国，如今怎么样了？"

呼图赫道："这件事我正想告诉你呢。实不相瞒，我今日来此，一来固然是为了探访老友，二来也是为令师兄之事。"

蓬莱魔女道："愿闻其详。"她对公孙奇虽然痛恨，却也还是关心他的。

呼图赫道："乙休和柳元甲把公孙奇带到和林，交给我的师父。我的师父将他囚在喇嘛宫中，宫中有很多佛经，公孙奇每日受走火入魔的煎熬，求生不得，求死不能，唯有阅读佛经，以求解脱。"

笑傲乾坤笑道："阿弥陀佛，公孙奇这厮居然读起佛经来了，这对他倒是不无好处呢！"

呼图赫正色道："正是呀，他受了佛经的浸淫，渐渐好似有了些悔悟之意了。"

蓬莱魔女道："你怎么知道？"

呼图赫道："我曾经去看过他几次，有一次只是我们二人在藏经阁中，他向我吐露心事。"正是：

自知罪孽难消解，人到临终悔已迟。

欲知后事如何，请听下回分解。

第一一八回　漠漠黄沙寻旧友
　　　　　迢迢银汉渡双星

　　蓬莱魔女道："他和你说了些什么？"

　　呼图赫道："我的爹爹曾受过明明大师救命之恩，这件事你是已经知道了。那天我和公孙奇说起这件事情，我说我这次随军出征，在打平西夏之后，我准备去光明寺一趟，拜见明明大师，以了我爹爹生前的心愿。"

　　"公孙奇静静地听我说话，听了之后，流下泪来，求我一件事情。"

　　蓬莱魔女道："求的何事？"

　　呼图赫道："求我给他带一句话。"喝了一大杯酒，往下续道："他不知怎的知道了他的父亲是在光明寺养伤，他请我代求他父亲的饶恕，说是只要公孙老前辈重认他是儿子，他就是死了也可以瞑目了。"

　　蓬莱魔女恻然说道："他终于是悔悟了。"

　　呼图赫道："他没有说出一个'悔'字，但悔悟之情已是表露无遗。他的走火入魔一天比一天厉害，看那迹象，恐怕是过不了三个月了。他是要得到他父亲的回音才能死得瞑目的，唉，但恐怕是等不着了！"

　　蓬莱魔女道："你在三个月内不能回转和林么？"

　　呼图赫道："大汗平定西夏之后，恐怕还要继续伐金。我想抽空到光明寺去都不可能，更不要说回国了。"

　　呼图赫看了蓬莱魔女一眼，接着说道："公孙奇的父亲是你师父，你可不可以代他传这句话？这样，公孙奇虽然不可能在临死之前得到他父亲的回音，但让他父亲知道他已经悔悟，也好让他泉下之灵稍得安慰。"

蓬莱魔女叹口气道："鸟之将死，其鸣也哀，人之将死，其言也善。好，我一定替你做到。"

吃过了饭，天色已晚。呼图赫道："我应该走了。你们也应该走了。"

笑傲乾坤道："怎么走法？"

呼图赫笑道："我已经替你们想好了法子。这块金牌，你们拿去。"

只见呼图赫掏出一面黄澄澄的金牌，金牌上雕刻有一只振翼欲飞的雄鹰。呼图赫道："这是我们军中传报军令的信牌，你们拿着这块金牌，出城之时，一句话都不用说。他们不敢盘问你的。"

笑傲乾坤道："可是这块金牌我怎样交回给你？"

呼图赫道："你们尽管拿去，不必我为担心，我会另想法子，找回一面的。"

呼图赫走了之后，众人皆大欢喜。黑修罗道："我想到蒙古去走一趟。"

孟海公道："令弟被囚和林，你是应该去营救他的。不过——这不是才离牢狱，又投罗网？"

黑修罗道："虽然危险，也还是要去的。"

黑修罗叹了口气，接着说道："经过这一场灾难，我也看破了。俗语说得好：人为财死，鸟为食亡。我们不正是为了藏有珠宝以致惹祸吗？其实财物乃是生不带来死不带去的东西，人生最多不过百年，又何苦为它营求劳碌？"

笑傲乾坤笑道："你有这个觉悟，很是难得。"

黑修罗道："不瞒主公，我们的珠宝，是藏在蒙古的一个地方，虽不敢夸说价值连城，估算也总可以值得几百万两银子。这次我要到蒙古去，一来固然是为了营救弟弟，二来也是想取回这批珠宝。"

蓬莱魔女道："你有这许多珠宝，只用一半来贿赂宇文化及，不愁他不放你弟弟。"

黑修罗道："不，我不想这样做。并非我舍不得，我是认为：财宝应该是取之有道，散之亦应有道。给了蒙古鞑子，等于是助纣为虐，我怎么可以这样做呢？我倒是想把这批珠宝取回之后，都交给你。"

蓬莱魔女笑道："我怎么受得起你这份厚礼？"

黑修罗道："你们义军缺乏军饷，我是知道的。你拿去变卖了充作军饷，将来也好和蒙古鞑子打仗呀。依我看来，蒙古灭了西夏之后，跟着必是灭金吞宋，你们山寨的义军和鞑子这一仗总是不能避免的。"

蓬莱魔女笑道："好，你说得好。这样说，我倒是要先多谢你了。"

笑傲乾坤道："人有善愿，天必佑之。你这次到和林去，一定可以成功的。"

第二日一早起来，笑傲乾坤取出两张人皮面具，给黑修罗一张，说道："戴上这个，别人就认不得你了。"黑修罗相貌特别，虽说有呼图赫所给的金牌，也怕惹人注目，这张面具，正是合用。

他们持着那面金牌出城，果然无人盘问。到了三叉路口，北面是往蒙古，西面是回中原，黑修罗道："主公，多谢你这次远来相救，不敢再劳烦你到蒙古了。"

笑傲乾坤笑道："不，我们正是要到蒙古的。并非完全为了你的缘故。"接着又笑道："清瑶，你虽然不说，我也知道你的心事，你是不是要到蒙古去见一见公孙奇？"

蓬莱魔女道："我师父只有这一个儿子，如果公孙奇当真是已经悔悟，我的师父一定是十分欢喜的。但他的寿命只有三个月，我是来不及到光明寺替他传话了。我是在想——"

笑傲乾坤道："你是想把他救出来，是么？"蓬莱魔女道："你认为这样做对不对？"笑傲乾坤道："按说他作了许多罪孽，死不足惜。但受了这许多折磨，也算是受了应受的惩罚了。俗语说浪子回头金不换，我不反对去救他，但只怕——"

蓬莱魔女道："你是怕救了他出来，也没有用？"

笑傲乾坤点了点头。蓬莱魔女说道："明明大师已练成了至高无上的内功心法，配上我爹爹的医术，还有青灵子所传的移转经脉的功夫，那是可以补救桑家两大毒功的弊害的。要是在三个月之内，能够把公孙奇送到光明寺，说不定可以挽救他的一条性命。"

笑傲乾坤道："青灵子所传的功夫，只有桑青虹和耿照懂得。桑青虹倒是住在光明寺，不过，她一生受了公孙奇之害，你以为她还肯救他？"

蓬莱魔女道："天下无不散之筵席，亦无不解之冤仇。只要公孙奇是真的痛悟前非，我会为他向桑青虹求情。"歇了一歇，接着说道："把公孙奇救出蒙古的希望当然很是渺茫，但即使是失败了，咱们见上他的一面，叫他知道他父亲已经原谅了他，也可以令他死得安然。"

笑傲乾坤笑道："清瑶，人家把你当作'魔女'，却不知有的时候你也是救苦救难的观世音。"

蓬莱魔女笑道："你别给我面上贴金。当杀的杀，当救的救。你以为我就只会杀人吗？"

笑傲乾坤哈哈大笑，一行三人便即兼程赶路。路上他们避过蒙古的大军，但也还免不了有几次碰上蒙古的小股骑兵，好在他们有那面金牌，没引起麻烦。

他们的坐骑乃是孟海公所赠的大宛良驹，脚程迅疾，耐走长途。五天之后，便出了西夏的国境，再走两天，一路经过之处，越来越是人烟稀少，开始进入了塔克拉玛干大沙漠了。

到了沙漠，他们的骏马却是比不上骆驼了。流沙忽聚忽散，有时马蹄被流沙所陷，好半天才出得来。

漠漠黄沙无边无际，他们在大沙漠里走了几天，还未见着人家，水囊里的水越来越少了。骄阳射在黄沙上，烫得马匹也热得喘气。这一日正在行走之间，忽见天色昏黄，一阵阵风从西方刮来，黄灰色的沙雾向东方飘去。蓬莱魔女以为吹的只是微风，还不在意。黑修罗是有大漠旅行经验的人，看看天色，可是大吃一惊，说道："不好，看样子要变天啦，快快找个掩蔽的地方。"

话犹未了，陡然间大漠上黄沙四起，狂风已是刮地而起来。一望无际的大沙漠上，尽是黄灰色的沙雾。像数十百重厚厚的黄幕，蔽地遮天，白日青天，顿成黑夜。

黑修罗道："不要慌，跟我来。"一行三骑在黄沙滚滚之中找路，蓬莱魔女的坐骑首先倒了下去，接着笑傲乾坤的坐骑也陷在流沙之中，无法将它拔起了。两人只好施展绝顶轻功，在流沙上奔跑，紧跟着黑修罗的坐骑。蓬莱魔女渐渐感到呼吸窒息。心想："这大戈壁竟是比最厉害的敌人还要可怕，只怕今日是难免埋骨黄沙了。"心念未已，忽听黑修罗一声欢呼："咱们有救了！"

黄沙蔽天之中，现出幢幢驼影，原来是碰上了一队西域来的商队。商队把几十匹骆驼围成了一堵墙，笑傲乾坤等人得"驼墙"的遮掩，闪过了这场风沙。

黑修罗懂得西域的各种方言，和他们攀谈起来，商队知道他们正缺食水。虽然到了戈壁的边缘，但也还要再走两天才到草原，在戈壁的边缘是找不到水源的。笑傲乾坤所余的食水必须极节省的使用，虽然不至于渴死，那也是很不好受的了。

商队的那些骆驼载的食水很多，听得他们缺少食水，遂送了一个大皮袋的水给他们。水在沙漠上是比黄金更贵重的东西，笑傲乾坤受了他们的礼物感谢不尽，很自然的就交上了朋友。笑傲乾坤这方三人加入了这个商队。

商队中有一个年约二十左右的少年，懂得汉语，与笑傲乾坤攀谈，问笑傲乾坤从哪里来，笑傲乾坤告诉他是从西夏来的，这少年打听西夏的战事情形，听说西夏已经战败投降，被蒙古鞑子杀戮甚惨，少年嗟叹不已。悲悯战祸的惨酷，这也是人之常情，笑傲乾坤并不特别注意。

但这少年对笑傲乾坤却好似甚为注意，尤其注意他所佩带那柄宝刀。走了一程，把话题拉到宝刀和骏马上来，少年说西域的男子梦寐以求的有两件东西，一是宝刀，一是骏马，成年的男子无论如何也要打一把好刀，置一匹好马的。说到后来，就请笑傲乾坤借那把宝刀给他一看。

少年拔出宝刀，看了又看，一副不忍释手的神情啧啧称赏，笑傲乾坤心想："可惜这是李长泰要我代为保管的东西，我还要交还他的家人的，要不然送给你也无所谓。"

少年看了一会，说道："这柄宝刀不知阁下是从哪里得来？"
笑傲乾坤因为与他只是初交，不愿把李长泰的事情告诉他，只好撒
了个谎，说是家传的宝刀。少年听了，神气间似乎不大相信，但也
没有再说什么，把宝刀交回笑傲乾坤。

走了两天，出了戈壁，进入草原，草原的景象又是大大的不
同，只见一望无涯的平地上长满了高高的草，绿到天边！风过处，
草在风中起伏摆动，像是海面上的波浪。众人从沙漠踏入了草原，
人人都是精神一爽。

那晚在草原宿营，商队的人送了两个帐幕和必需的用具给
他们。

商队的人知道汉人的规矩是未婚夫妇不能睡在一起的，是以送
他们两个帐幕。蓬莱魔女独占一个，笑傲乾坤则与黑修罗合用一个
帐幕。

是夜，约莫三更时分，笑傲乾坤蒙眬中忽似听得帐幕外有轻微
的声响，具有高深武功的人最容易觉醒，笑傲乾坤登时睡意全消。

过了一会，隐隐传来了一声低沉的吼声。听来似是远处野兽的
吼声。黑修罗梦中惊醒，翻了个身，正要跳起呼喊，笑傲乾坤将他
按住，又掩了他的口，在他耳边悄悄说道："不是熊，是人。他假
装熊的吼声，这是另一种江湖上投石问路的伎俩。你别声张，且看
这人是谁，意欲何为？"江湖上一般所用的"投石问路"，是盗贼
在进入人家的住宅之前，先把一颗石子丢进去试探，如果里面没有
动静，就可以放心进去。笑傲乾坤是江湖上的大行家，一听这人假
装熊的吼声，当然知道他的用意就是和"投石问路"一样，是试
探帐幕里的人睡着没有了。

笑傲乾坤装作熟睡，故意发出鼾声，过了一会，只听得"嗤"
的一声，帐篷给人割开，一个人鬼魅似的走了进来。

笑傲乾坤是练过暗器的人，视力特强，帐篷割裂之后，月光透
入，虽然只是一点微光，笑傲乾坤已然认得出这个人了。这个人正
是日间索观他那柄宝刀的那个少年。

笑傲乾坤那柄宝刀放在身旁，少年摸索了一会，发现了宝刀，

把它拿了起来。笑傲乾坤心里想道："原来他是来盗刀的，我若现在捉他，人赃并获，令他面子太过难堪，不如待他回去之后，我再悄悄地去盗回来。让他心里明白，不敢再偷，也就是了。"笑傲乾坤日间和这少年谈得很是投机，不愿因此毁坏了他们的友谊。

不料这少年得手之后，并不立刻就走，只见他拔刀出鞘，自言自语道："宁可错杀，不可错放。但料想也不至于是杀错了人。"踌躇片刻之后，忽的一刀就向笑傲乾坤斩下。

笑傲乾坤听得莫名其妙，心想："他以为我是什么人呢？他盗刀犹自罢了，怎么还要杀我？"

少年一刀斩下，笑傲乾坤早有准备，蓦地一个翻身，五指一拂，少年虎口酸麻，"当啷"一声，宝刀落地。

笑傲乾坤不知这少年本领如何，不忍折断他的手腕，故而只用了三四分力道。虽然只是三四分力道，估量他也禁受不起，会跌倒的。不料这少年的本领竟是颇为了得，宝刀落地，人却未倒，一转身便从割开的帐篷缺口钻了出去，黑修罗跳起来抓他，竟给他一脚踢翻。

笑傲乾坤扶起黑修罗，问道："你怎么了？"黑修罗道："没受伤。这小子年经轻轻，手段这么狠辣，你还不去拿他？"

笑傲乾坤笑道："宝刀并未丢失，他的虎口给我拂了一下，也够他难受的了。"黑修罗气愤难平，追出帐外，只听得马蹄声响，这少年已上马跑了。

商队的人此时亦已给这少年惊醒，跑出来看。笑傲乾坤劝阻黑修罗先别张扬，且听听他们的人怎样说。

商队的人发现这少年单骑逃跑，都很惊诧。笑傲乾坤问那个领队："这少年是什么人？"那领队说道："他是我们的一个生意上的朋友介绍来的，和我们搭伙到蒙古做一趟买卖。他还有货物存在我这里呢，不知何以忽然离开了大队私逃？"

笑傲乾坤知道这少年不是和他们一伙的，这才说出了这少年刚才盗刀之事。那领队叹道："他平时寡言寡语，看来倒是这个少年老成的模样，却不料做出这样的事情！"

笑傲乾坤从这些人的口中探不出少年的来历，宝刀又未丢失，也就算了。第二天仍然和商队一起赶路。

这个商队是经常在蒙古与西域各国之间往来的，关卡上的蒙古兵和他们相熟的不少，笑傲乾坤等三人沾了他们的光，并没受到多少盘问，就过了关。

进了蒙古内地，商队的人先要到各个大部落所在地做药材生意，于是笑傲乾坤这一行三人遂与他们分手，前往和林。

和林是蒙古的"行都"（另一个行都在斡难河源），其时蒙古立国未久，和林只是粗具城市规模，市上有砖瓦的房屋建筑，但多数人住的还是帐幕。笑傲乾坤租了一个地方，搭下帐幕，冒充远地来的客商。

住下来之后，开始计划行事。第一步当然是先要了解情况，熟悉地形。和林最大的一座建筑物就是那喇嘛宫，他们已经知道公孙奇囚在其中。但黑修罗的弟弟囚在何处，他们还未知道。喇嘛宫中高手甚多，已知的就有柳元甲与乙休二人，假如不是恰巧碰着他们的病发作的话，笑傲乾坤与蓬莱魔女都没有取胜的把握。白修罗则是由乌蒙看管的，比较容易对付。因此他们打算先救出了白修罗再探喇嘛宫，免得在喇嘛宫失利的话，就难以在和林立足，一事无成。

黑修罗在和林有几个朋友，好不容易才打听出来，原来乌蒙是成吉思汗手下的"金帐武士"，"金帐武士"是要保卫成吉思汗在和林的"行宫"的，"行宫"在城北的阿儿格山上，金帐武士轮值之日宿在行宫，平时则是各有各的帐幕。笑傲乾坤估计乌蒙与宇文化及合谋，想要勒索白修罗的财物，这件事必定是瞒着成吉思汗，也瞒着其他武士，故此白修罗多半是被囚在乌蒙自己的帐幕。于是计划夜探阿儿格山，先探清楚乌蒙住的是哪个帐幕。

这日他们正在帐幕之中计议，准备晚上行事。忽听得外面人声喧闹，笑傲乾坤跑出去看，只见男男女女，老老少少，争着出城。笑傲乾坤的蒙古话只听得懂几成，问黑修罗道："他们说些什么呢。是成吉思汗回来了么？"黑修罗道："不是大汗回来，是大汗的一个妃子送回和林。""什么妃子？""就是西夏国王李安全的女儿。成吉思汗还要继续带兵打仗，把他新纳的妃子先送回来了。因此百姓们抢着去看热闹。看新来的王妃，看他们大汗从西夏搬回来的战利品。"

笑傲乾坤知道了是怎么一回事情之后，笑道："咱们也去看看热闹吧。"他们的帐幕是搭在近郊的空地上的，出城很是方便。和林城中的蒙古官员还未曾出到城外迎接，他们已经混在老百姓之中先出了城。

只见一队骆驼和马匹的行列迤逦而来，骆驼背上堆满着大包小包的胜利品，绫罗绸缎，金银珠宝，应有尽有。当然最大的胜利品还是那个妃子。

那个妃子坐在行列当中的一匹骆驼背上，有轻纱为幔，好像四面帘子做成的"囚笼"将她罩着，轻纱透明，旁边的人可以隐约看见她又是羞惭，又是愁苦的面容。笑傲乾坤暗自慨叹："这分明是一个陷入牢笼的金丝雀儿，哪里是什么大汗妃子？亡国之痛，一至如斯，当真是令人可叹！"

和妃子并排的一匹骆驼，是一个肥头大耳像是官员模样的人乘坐。笑傲乾坤听得旁边的人谈论，始知道这个官员就是辽国从前的国舅，西夏如今的降臣萧护。他现在又正在充当护送妃子前来和林的角色。

笑傲乾坤悄悄和蓬莱魔女说道："咱们在西夏没工夫找他算账，想不到他自己到蒙古来了。"蓬莱魔女低声说道："你瞧，辛莽原这厮也来了。"笑傲乾坤从她所指的方向看去，果然见着辛莽原骑着一匹高头大马，跟在萧护后面。辛莽原是萧护的"大护院"，以前在北五省的黑道上曾经兴风作浪，不服蓬莱魔女当上绿林盟主的。

笑傲乾坤笑道："好呀，这两个人都来了，倒是省得咱们多费气力去找他们了。"蓬莱魔女笑道："咱们有两件大事在身都未能了结呢，恐怕还不适宜于在这个时候又多惹一件麻烦吧。"笑傲乾坤笑道："话是如此说。但我受了李长泰之托，他的仇总是要给他报的。现在暂且不动手，将来也是要动手的。"

话犹未了，一件意外之事突然发生。道旁拥挤着争看热闹的人群之中，有一个少年突然扑出，一柄飞刀向萧护掷去，这少年身法奇快，出手如电，就在随从人员纷纷惊呼"有刺客"的声中，只见萧护已是一个倒栽葱跌下了骆驼，那柄飞刀从他的前胸插入，后心穿出，早已是一命呜呼了。

华柳二人认出了这个刺客，不由得都是一怔，心中想道："咦，怎么是他？"原来这个少年正是从商队中逃跑出来的那个盗刀少年。笑傲乾坤笑道："清瑶，不是我想惹麻烦，但这个麻烦却是非惹不可了！"

话犹未了，只见辛莽原已是跳下马来，追上了那个少年，来不及拔刀，拿起马鞭刷的就是一鞭打去，唤道："好个胆大包天的刺客，你还想跑么？"这少年身法奇快，但仍是避不过辛莽原这一鞭。

辛莽原是黑道上有数的人物，武功非同小可，少年横刀一架，只觉虎口一麻，手中的月牙弯刀已是给辛莽原的马鞭卷去。第二鞭刷的又打下来，少年刚刚跳起闪避，正好给打着了膝盖，登时跌倒。

辛莽原第三鞭又打了下去，眼看这一鞭就要打破少年的天灵盖，辛莽原忽地"哎哟"一声，马鞭歪过了一边。笑傲乾坤、蓬莱魔女双双跃出。原来辛莽原是给蓬莱魔女的独门暗器乌金尘丝刺着虎口，以致这一鞭失了准头。

蓬莱魔女身法如电，倏地就到了辛莽原面前，举剑便刺，辛莽原马鞭扫去，剑光过处，马鞭断为三段。蓬莱魔女这一招名为"三转法轮"，一招三式，削断了马鞭，剑势依然未衰，要不是辛莽原缩手得快，手指都几乎给她削掉。

辛莽原拔刀招架，此时他已认出了蓬莱魔女，喝道："哼，原来是你这个魔——"话犹未了，只听得"铮"的一声，辛莽原的喉咙好像突然给人卡住，说不出话来。原来是笑傲乾坤恐防他说出蓬莱魔女的身份，一枚铜钱打进了辛莽原口中。辛莽原正在全神对付蓬莱魔女，莫说闪避不开，连嘴巴都未曾合拢，就给铜钱打进去了。

笑傲乾坤这枚铜钱的力道胜似铅弹，不但把辛莽原的门牙打落，将他的喉管也割伤了。辛莽原本来就打不过蓬莱魔女，笑傲乾坤再一出手，他当然更是抵敌不住，不过数招，就给蓬莱魔女一剑穿心，取了他的性命。

那少年跌倒之际，蒙古武士纷纷跑来，刀枪剑戟一齐向他戳下。笑傲乾坤一手将少年拉了起来，一手抓着了个身材魁梧的军官，猛地一抢作了个旋风急舞，喝道："好，你们杀！"三柄弯刀两支长枪戳到了这个军官的身上，后面的蒙古武士大惊急退，笑傲乾坤振臂一抛，把那军官当作人球抛出，又撞翻了几个武士。

笑傲乾坤把这少年放下，说道："你还能跑么？快抢坐骑！"少年认出了笑傲乾坤，大为惊异，睁大了双眼，叫道："你，你，你为何救我？"笑傲乾坤道："不要多问，快跑！"

少年伤了膝盖，本领还是远胜于普通的兵士，立即就抢了一匹坐骑，跟着笑傲乾坤、蓬莱魔女与黑修罗三人冲出重围。

到了树林里面，笑傲乾坤解下宝刀，说道："那日我对你说了谎话，请莫见怪。"少年睁大双眼，说道："阁下是谁？这柄宝刀从何而来，可肯见告？"

笑傲乾坤哈哈笑道："你不知道我，我已经知道你是谁了。你是李公子吧？李长泰是——"原来笑傲乾坤在这少年那晚盗刀之后，心中已料着几分，今日见他不顾性命刺杀萧护，已知他必定是李长泰的儿子无疑。

果然那少年答道："我叫李六如，李长泰正是家父。这柄宝刀——"笑傲乾坤道："这柄宝刀是令尊付托与我，托我交还公子的。我在西夏曾经到过你家，想不到却在这里遇见你。请公子收回这柄宝刀。"

李六如接过宝刀，连忙问道："请问恩公高姓大名，不知恩公是在哪里见着家父？"

笑傲乾坤说道："我姓华，名谷涵。这位是北五省的绿林盟主柳清瑶。这位是我的朋友，曾被关在你们西夏天牢中的黑修罗。"

李六如听了他们的名字，又惊又喜，又有几分怀疑，说道："恩公原来就是江湖上人称笑傲乾坤的华大侠吗？"心里想道："听人说笑傲乾坤是个风度翩翩的美少年，这人却好似有四十上下年纪了。"笑傲乾坤似乎知道他的心思，哈哈一笑，除下面具，现出了本来面目。蓬莱魔女也笑道："我沾满了血污，也该洗洗面了。"

她是用易容丹化装，打扮成一个乡下妇女的，在山溪之旁，洗干净了面上的化装之后，登时容颜焕发，前后判若两人。

李六如再无怀疑，连忙跪下磕头，谢过笑傲乾坤的救命之恩，问道："家父怎么样了？他何以要托华大侠给我带回这柄宝刀。"李六如心里已是隐隐感到不妙。

笑傲乾坤道："公子请莫伤心，令尊，他、他已经死了。"当下将李长泰在祁连山上被刺之事原原本本地告诉了李六如。李六如泣不成声。笑傲乾坤劝慰他道："你亲手杀了萧护，已经是给你爹爹报了仇了。我还以为你早已知道他是你杀父之仇人呢。"

李六如收了眼泪，哽咽说道："爹爹奉命到祁连山去，久不回来，我已知道凶多吉少。萧护是与我家有仇，但我这次杀他，却并非仅仅为了私仇。我也还不知道他就是主谋杀我爹爹的凶手。"

笑傲乾坤道："我明白，你杀萧护是为了国恨家仇，国恨更在家仇之上。"

李六如道："萧护明投我国，里通蒙古，这是我早已知道的了。战事一起，我料想这厮一定要加害我们一家，所以我们母子才逃到西域去的。不久，耻辱的消息传来——国主献女求和，投降蒙古。我猜：前往蒙古纳降的使者多半会是萧护。我气这贼子不过，是以充作珠宝商人，前来行刺。果然给我料中，也是先父在天之灵保佑，我得以杀了这个奸贼。我本来拼着与这奸贼同归于尽的，多亏恩公出手，使我幸免于难。"

笑傲乾坤扶起李六如，说道："乱臣贼子，人人得而诛之，你豁出性命刺杀萧护，我岂能不助你一臂之力？这算不得什么恩惠，你用不着一再多谢了。我只想问你，你懂得蒙文么？"

李六如怔了一怔，说道："学过几年，普通的文字是看得懂的。华大侠，你问这个——"

笑傲乾坤说道："宝刀柄中藏有一个文件，是用蒙文写的，你看看说的是什么？"

李六如取出那个文件，看了一遍，说道："这是发自成吉思汗的'金帐密令'，要萧护作内应的，密令说，若然我国的国主不肯投降，就要萧护把国主杀掉。奇怪，这个密令怎么会到了我爹爹的手里？"

笑傲乾坤道："想必是那个给成吉思汗传令的密使途中给你爹爹破获，其时你爹爹正要到祁连山去，所以没有来得及回国报讯。"李六如点了点头，说道："不错，一定是这样。所以家父才拜托恩公把这宝刀送回来，而萧护也千方百计要抢夺这柄宝刀了。"笑傲乾坤在西夏京中的遭遇早已告诉了李六如。

萧护是蒙古的内应，此事大家早已知道，自是不以为奇。蓬莱魔女笑道："这么说来，这个秘密文件，其实也算不得什么秘密。"

李六如道："后面还有一段，成吉思汗要找一个人。"

蓬莱魔女道："哦，他要找的是什么人？"

李六如道："是一个名叫柳元宗的人。成吉思汗要萧护代他查访，这姓柳的是不是在西夏境内。"

蓬莱魔女大为奇怪，笑道："成吉思汗要找的正是我的爹爹。我爹爹与他风马牛不相及，他要找我爹爹，不知为了何事？这可真是奇怪了！"

笑傲乾坤笑道："爹爹在光明寺中，成吉思汗的人是决找不着他的。可惜成吉思汗早已不在和林，要不然你倒可以代你父亲会一会他。好了，现在天色已晚，咱们也应该回去了。"

李六如敷上了金创药，已经可以跑动。他准备去找那个西域商队，于是便和笑傲乾坤等人分手。笑傲乾坤一行三人，在天黑之后，潜回和林。

和林虽是蒙古的"行都"，但由于蒙古是个游牧民族，立国之初，城市建设还很简陋，作为"行都"的和林，和北方的一个大市集也差不多，连城墙也都没有修筑的。是以笑傲乾坤等人，很轻易就潜入了和林。

经过了日间这场骚乱，和林的巡逻是比平日严密一些，不过，被刺杀的萧护在蒙古人的眼中也并不把他当作什么重要的人物，大汗的妃子已经平安到了"行宫"，这件案子他们也就不拿来当作一回事了。故此，虽有巡逻，也还不是侦骑密布。

笑傲乾坤等早回到帐幕，吃过了饭，待到三更时分，换上夜行衣，依照原来的计划，夜探阿儿格山。

这晚月黑风高，对夜行人来说，正是"最好"的天气。笑傲乾坤一行三人施展超卓的轻功，神不知鬼不觉地就到了山上。

大汗的"行宫"建在山顶，"行宫"下面，东一座帐幕，西一座帐幕，零零落落地散布在山腰之间。这是"金帐武士"和宫中执事的帐幕，虽然数目不算太多，也有三五十座帐幕。却不知哪一座帐幕是"乌蒙"的。

忽见火光明亮，有几个武士走来，其中一个正是乌蒙。笑傲乾坤等人跳上一棵大树，借茂密的树叶遮身。黑修罗悄声说道："和乌蒙一起的这几个人，一个叫木华黎，一个叫赤老温，都是金帐武士中有数的人物，本领不在乌蒙之下。还有三个人我不认识。看他们的服饰，另外两个也是金帐武士，只有一个似是普通的卫士。"

笑傲乾坤心想："要制伏这几个人不难，但一打起来，这可就要打草惊蛇了。只怕未曾擒着乌蒙，满山的武士都会来了。"

心念未已，乌蒙这一行人已经从这棵大树下走过，只听得乌蒙嘀嘀咕咕地说道："什么紧急的事情，三更半夜还要把人叫去。"赤老温道："这是哲别吩咐的，他怕有刺客入宫捣乱，大汗不在，必须更加着意地保护妃子。"乌蒙哼道："哲别给几个小子就吓破了胆？那几个小子多半是西夏人，不过是志在刺杀萧护而已。我就不信他们敢到行宫捣乱。"原来乌蒙不放心他的"肉票"，总想借故不去行宫守夜。

木华黎道："不然，不然。哲别的神箭咱们都是知道的，他也决不是胆小的人。他说他碰上的那几个人武功好得出奇，只怕在咱们的金帐武士之中还没有谁比得上他们呢。无论如何，总是小心谨慎的好。大汗十天半月就要回来的了，决不能在大汗回来之前出事。"乌蒙听了，心中暗暗吃惊，更不放心他藏在帐幕中的肉票，可是也只好嘀嘀咕咕的跟着木华黎走。

木华黎不理会他，吩咐那卫士道："你再到速不台那儿去，叫他今晚多加小心，值夜的要派双岗。"速不台是今晚负责巡山的金帐武士，岗哨由他分派。这卫士则是"行宫"中派出的传令兵。

那卫士应了个"是"字，回头就走。经过笑傲乾坤等人藏身的那棵大树，恰巧刮起了一阵狂风，把他手中的火把吹灭了。

卫士咕咕哝哝自嚷："倒霉，倒霉！"原来他忘了带火石，火把熄了，无法点燃。山上的地形他虽然很熟，但因日间闹了刺客，黑夜之中，他一个人摸着走路，究竟是有点心慌。

这阵狂风也有点"邪"，普通狂风是来得快去得也快的，这阵狂风刮了一盏茶的时刻尚未停止，狂风卷起尘沙，这卫士连眼睛都张不开。

这卫士在狂风沙中跌跌撞撞地奔跑，忽地和一个人碰了个正着，这人一抓着了他，说道："你不带眼吗？"

卫士道了个歉，说道："对不住，我的火把吹熄了。你是谁？身上可带有火石？"这个人说的蒙古话倒是和林口音，但卫士却听不出这人是谁。

这人道："我是宇文化及将军的随从，从前方赶回来的。真倒霉，碰上这阵风，我的火把都吹掉了。这里的山路我又不熟。火石我倒是有的，但我不认得路，我给你点燃火把，你肯不肯带我去找一个人？"

这个卫士并非莽汉，不过，一来因为那人说的是和林口音的蒙古语；二来他说得出宇文化及的名号；三来山下是布满哨岗的，这个人既是能通过哨岗，来到山上，想必是自己人了。

这卫士急于去给速不台传令，无暇细问，听他提出了交换条件，便忙说道："我有紧事，陪你找人恐怕是不行了。你要找谁？"

那人道："宇文将军要我给他的师兄乌蒙送信。"

卫士道："乌蒙今晚要在宫中当值，你只能明天找他了。"

那人道："这封信给乌蒙的家人也行。我今晚也总得有个地方歇歇，你带我到他的帐幕去吧。"

卫士道："我已经告诉了你，我有事不能陪你！不过，你要找乌蒙的帐幕那很容易，从这里向西走，大约二百步左右，有一块大石台，石台左侧有一座帐幕，就是乌蒙的了。怎么，你的打火石找着了没有？快快给我点燃火把吧！"

那人道："好，多谢你的指点，你躺下吧！"卫士惊道："你，你——"只说得两个"你"字，胁下突然一麻，登时不省人事，果然是躺在地上了。

原来这个点了卫士穴道的人是黑修罗。黑修罗会说地道的蒙古话。他知道蒙古武士的脾气一般都很倔强，恐怕威吓不成，所以用计骗他。

华柳二人跳下大树，蓬莱魔女笑得打跌，说道："黑修罗，你这一招使得真绝！"黑修罗笑道："待我再去和他们开开玩笑，变个戏法让你瞧瞧。"蓬莱魔女道："哦，你还会变戏法呀？"黑修罗道："别的不会变，我会变作乌蒙。"此时狂风已止，他们按照那卫士的指点去找，果然很容易的就到了乌蒙的帐幕。

帐中有人喝道："是谁？"蓬莱魔女心道："此人能听出我们的声息，武功绝非庸手。"心念未已，只听得黑修罗已经应声说道："师弟，我回来了。"说出话来，口音和乌蒙一模一样。原来黑修罗擅长"口技"，模仿别人说话的声音惟妙惟肖。

在帐幕中看守的这个人是乌蒙的师弟术赤，听得师兄的声音，诧道："咦，你怎么就回来了？"拉开帐幕，蓦地看见一个黑炭头站在他的面前，术赤大吃一惊，叫道："你，你是谁？我师兄呢？"黑修罗脱下面具，笑道："你向我讨师兄，我却要向你讨弟弟呢，我弟弟哪里去了？"大笑声中，立即出手。

术赤一掌劈来，黑修罗一招"金鲤穿波"，左掌一格，右掌肘底穿出，扭着了术赤的手腕。术赤双臂一振，黑修罗抓他不牢，竟然给他震开。原来术赤的武功本来不在黑修罗之下，只因骤然受惊，才吃了亏的。

黑修罗一侧身，"呼"的一拳捣出，术赤使了个大擒拿手法，反扣他的脉门，黑修罗一个沉腰缩肘，左拳又到。术赤叫道："来人——"，话犹未了，只觉虎口一麻，声音突然中断，原来是笑傲乾坤已经进来，折扇只是一挥，就点了他的麻穴。黑修罗那一拳结结实实地打着了他的鼻子，打得他倒下去了。

黑修罗纵目一看，只见帐幕中空荡荡的，就只有术赤一人。黑修罗脚踏术赤胸口，喝道："你把我的弟弟藏在哪里？不说出来，我就取你的狗命！"

术赤喘不过气来，抖抖嗦嗦地说道："他，他……"黑修罗道："他怎么了？"术赤迫切间哪里说得出来，越着急越是语不

白修罗笑道："哥哥，这趟买卖咱们没有吃亏，他要勒索咱们的财物，这回可是赔了本也！"

成声。

忽听得一个声音笑道："哥哥，我在下面。"声音好似从地下冒出，正是白修罗的声音。

黑修罗把术赤抓了起来，喝道："快快给我打开地道！"术赤喘着气道："你揭开炕下的那块石板。"他穴道未解，不能动弹。

笑傲乾坤依言揭开石板，现出黑黝黝的一个地窟。黑修罗押着术赤，便与笑傲乾坤一同下去。蓬莱魔女在外面把风。

黑修罗点燃了火把，只见眼前一亮，地窟中堆有许多金银珠宝，他的弟弟白修罗坐在珠宝堆上。原来这个地窟正是乌蒙、术赤与宇文化及三人的宝库。

白修罗笑道："哥哥，这趟买卖咱们没有吃亏，他要勒索咱们的财物，这回可是赔了本也！"正是：

使尽机谋何所得，人财两失一场空。

欲知后事如何，请听下回分解。

第一一九回　勾心斗角成何用
　　　　　　走火入魔悔已迟

　　黑修罗道："弟弟别贪心了，咱们快走!"白修罗哭丧着脸道："我可是走不动呀!"黑修罗道："用不了一盏茶的工夫你就走得动的，主公身上有天山雪莲。"黑修罗一看，就知弟弟着的是魔鬼花之毒。

　　天山雪莲能解百毒，白修罗嚼下两瓣雪莲，只觉遍体清凉，十分受用。白修罗谢过了笑傲乾坤，说道："主公，请莫怪我贪心，这些珠宝留给蒙古鞑子不如咱们拿去，送给义军做军饷也好。"黑修罗笑道："你这样说就对了，我和你正是一样心思。不但这里的珠宝送给义军，咱们所有的藏宝我也想都送出去，弟弟，你不反对吧?"白修罗笑道："经过这场灾难，身外之物，我还有什么抛不开的? 这个话你不说我也要说呢。"兄弟俩心意相通，说了之后，哈哈大笑。

　　白修罗找来了两个麻袋，不要金银只取珠宝，装满了两大麻袋，还有许多珠宝容纳不下。笑傲乾坤笑道："好了，人贵知足。咱们取去了这两大袋珠宝，也够乌蒙他们心痛的了。"白修罗仍然恋恋不舍，说道："再拿几件。"忽听得上面有金铁交战之声，笑傲乾坤连忙上去，只见帐幕之中，蓬莱魔女正在与乌蒙交手。

　　原来乌蒙放心不下，一到行宫，见了哲别，就找了个借口，无论如何也要回去。哲别是"金帐武士"的首领，乌蒙本来要听他的命令。但因乌蒙也是"金帐武士"，而且他们师徒正得成吉思汗的重用，哲别不愿意太勉强他，皱了皱眉头，也就答应了。

乌蒙做梦也想不到在帐幕里等着他回来的竟是蓬莱魔女，两人交上了手，乌蒙便着了蓬莱魔女的独门暗器，给她的两根乌金尘丝射入了穴道。乌蒙练有"混元一炁功"暂时还可支持，但已给蓬莱魔女杀得手忙脚乱。

　　乌蒙大叫："有奸细，快来人哪！"一个倒纵，冲出帐幕。笑傲乾坤喝道："哪里跑？"劈空掌一发，乌蒙一跤跌倒。蓬莱魔女冷笑道："看你还嚷！"刷的一剑，刺穿了乌蒙的琵琶骨，乌蒙登时晕死过去。蓬莱魔女道："不是我斩尽杀绝，这厮实在太可恶。好，放火烧这帐幕，咱们就走！"

　　笑傲乾坤道："这样岂不更是打草惊蛇？"蓬莱魔女笑道："我正是要它打草惊蛇。咱们离开这儿，马上到喇嘛宫去。"笑傲乾坤恍然大悟，说道："不错，好主意！这里一报火警，喇嘛宫中的高手，定要分出人手到这里增援。"

　　此时黑白修罗都已出来，黑修罗手上拿着火把，立即放火。术赤大声叫道："求求你们开恩，不要把我烧死。"笑傲乾坤道："这厮虽是帮凶，罪犹可恕。好，就让你保全一条性命吧。"把术赤拖了出来，重重的踢他一脚，这一脚踢得术赤肋骨断了两条，但却给他解了穴道，术赤不能行走，只好爬着离开火场。

　　巡山的"金帐武士"速不台看见火起，不知来了多少敌人，呜呜的吹起牛角。转瞬间，武士们纷纷从各个帐蓬跑出，行宫中报警的大钟也当当地敲了起来。

　　笑傲乾坤等人展开超卓的轻功，早已在火起之前，逃入密林深处。待到满山的武士看见火光，都朝着火光起处奔跑，他们一行四人已是平平安安地下了山了。

　　笑傲乾坤吩咐黑修罗："你们先出和林，在百里之外的金牛坳等我。"金牛坳是黑白修罗的藏宝之处，早已对笑傲乾坤说过。笑傲乾坤是因为他们二人武功较弱，不愿他们跟随自己前往喇嘛宫冒险。故此要他们先去掘取宝藏，就在那个地方等他。

　　喇嘛宫与行宫隔着一个山峰，宫中的喇嘛可以看得见这边火起，但山路崎岖，虽然只隔一个山峰，上山下山，至少也要半个时辰方能来到。笑傲乾坤与蓬莱魔女跑上那个山峰，宫中的喇嘛刚刚跑下山来。华柳二人躲在树林里面，那些喇嘛赶往赴援，当然无暇搜索树林。

华柳二人一跃而出，此时宫中的喇嘛要赴援的都已去了，留守的喇嘛关上了宫门，宫内加强了守卫，但已没有人再出来了。

喇嘛宫中多的是百年老树，笑傲乾坤隐身在一棵枝叶茂密的参天古树之中，树顶上是几只大鸟栖息，似乎发现下面有人，振翅拍动不已。笑傲乾坤摘下一片树叶，轻轻一弹，使出"飞花摘叶"的暗器功夫，那片树叶穿枝飞上，在树顶栖息的大鸟振翅飞起，发出叫声。那两个背向大树的喇嘛吃了一惊，不知不觉地回头一看，华柳二人趁着他们凝望飞鸟，背向自己这一刹那，不约而同地使出绝顶轻功，一个"比翼双飞"，倏忽之间，已是掠进了那座正中的殿宇，藏身檐角，真是比飞鸟还要快捷，院中巡逻的四个喇嘛，竟是丝毫没有察觉。

那两个喇嘛回过头来，说道："原来是鸟儿作怪。"笑傲乾坤正喜得计，忽觉"嗖"的一股冷风，如箭疾射，有人喝道："给我滚下来！"

笑傲乾坤机伶伶打了一个冷战，立足不稳，从屋脊直滑下来。幸而他及时"煞势"，一个"珍珠倒卷帘"，足尖勾着檐角，身形又再挺起。说时迟，那时快，神驼乙休已是飞身扑上，双掌齐发，左击笑傲乾坤，右击蓬莱魔女。笑傲乾坤大吃一惊，心中想道："相隔不过数月，这老贼的功力又是大大增进了！"

笑傲乾坤身形未稳，只得以攻为守，折扇一指，点打乙休掌心的"劳宫穴"，这一招是攻敌之所必救，乙休横掌一掠，避免穴道受攻，强夺笑傲乾坤的折扇。但笑傲乾坤已是趁着他换招之际，身形拔起，一个"鹞子翻身"，又到了屋脊正中了。

与此同时，蓬莱魔女拂尘挥出，拍拂乙休面门，乙休以雄浑的掌力荡开她的拂尘，蓬莱魔女右手的青钢剑紧跟着刺出，乙休刚在应付笑傲乾坤，腾不出手来应招，连忙斜窜闪避，只听得"嗤"的一声，乙休披在身上的狐裘，给蓬莱魔女削去了一幅。

乙休怒道："原来是你们这两个丫头小子，当真是阴魂不散，定要老夫给你们超渡么？"笑傲乾坤笑道："不错，我正是要来超渡你的亡魂！"两人一退复上，再度交锋。笑傲乾坤有蓬莱魔女相助，折扇点穴的功夫发挥得淋漓尽致，打得乙休只有招架之功，想抽空发出"玄阴指"偷袭都不能够了。

那四个在院子里巡逻的喇嘛相继跳上屋顶，喝道："哪里来的大胆小贼，敢来戏耍佛爷！"其中一个发现蓬莱魔女是女子，更是气得暴跳如雷，骂道："庄严佛殿，岂容你这妖女玷污？给我滚出去！"原来喇嘛宫的规矩，正殿是不许妇女参拜的。

蓬莱魔女冷笑道："哪里来的臭规矩，你给我滚出去！"拂尘一挥，卷着了那喇嘛打来的禅杖，借力使力，往旁一带，那喇嘛果然应声跌倒，摔下屋顶。

蓬莱魔女迎上那三个喇嘛，尘剑兼施，不过片刻，两人给她剑尖刺着虎口，一人给她拂尘打碎了琵琶骨，全都骨碌碌地滚了下去。

蓬莱魔女再与笑傲乾坤夹攻乙休，忽听得裂人心肺的一声嗥叫，但却并不是乙休叫出来的。蓬莱魔女怔了一怔，立即省悟，这是被囚在附近的公孙奇的嗥叫，想必是他正在受着"走火入魔"的煎熬。

嗥叫之声尚在刺人心肺，紧接着又听得一阵令人毛骨悚然的笑声，听得出这是柳元甲的笑声，似乎是他正在得意狞笑，但笑声中却又含有无限凄厉。

笑傲乾坤道："你去救人，我给你应付这老贼。"蓬莱魔女知道以笑傲乾坤的本领，虽然胜不了神驼乙休，但一时三刻料想也不至于落败。于是疾刺三剑，先迫退了乙休，回身一掠，飞过第二座殿宇，循声觅迹，找到了囚禁公孙奇的那间密室。

蓬莱魔女从窗口望进去，只见柳元甲盘膝而坐，头上冒出热腾腾的白气。公孙奇却在地上打滚，不住哀号。

此时寺中已是人声鼎沸，柳元甲对外间的声响，似是听而不闻。公孙奇在打滚哀号，他则在对着公孙奇发出"嘿嘿"的冷笑，好像十分"欣赏"公孙奇的痛苦。可是在他得意之极的笑声之中，却掩饰不了他内心的恐怖，笑声中充满凄厉之感，笑得竟是比哭还要难听。

蓬莱魔女正要不顾一切，破门而入。忽见公孙奇爬了起来，倚着墙角喘气，不再嚎叫了。"走火入魔"对于练功之士的折磨和寻常人患了疟疾有些相似，是间歇性地发作的。公孙奇看来是熬过了最痛苦的时刻，又可以喘息片时了。

公孙奇喘息一过，也在嘿嘿地冷笑起来。柳元甲瞪眼道："你还没有尝够苦头么，你笑什么？"

公孙奇冷笑道："柳元甲你休得意！不错，我是尝够了苦头，但你也好不了，我受的这些苦，就要轮到你一遍一遍地身受了。总算皇天有眼，叫我亲眼看见你在我面前受苦。如今你的走火入魔已经发作，最多比我多活一两个月而已。"

蓬莱魔女这才恍然大悟，原来柳元甲此时已是和公孙奇一样，也在受到了"走火入魔"的熬煎。不过程度有深浅的不同而已。他盘膝运功，想来正是以上乘的内功，抵受那痛苦的熬煎。柳元甲具有正宗内功的基础，所受的"走火入魔"之难在目前这个阶段，也还没有公孙奇那样严重，故此尚能抵受，普通的人，甚至还看不出来。

柳元甲"哼"了一声，冷笑说道："公孙奇，我虽然中了你的诡计，可惜你只能看到我'走火入魔'的开始发作，我却可以看到你身遭惨死！你知道不知道，你已经活不过今日，下一次发作，你就要毕命于此了！"

公孙奇笑道："那正是我求之不得的事！但你却是求生不得，求死不能！"

柳元甲冷笑道："你以为我肯让你快快活活地大解脱么？在你下次发作之时，我将断你的奇经八脉，再加上你'走火入魔'之时的痛苦，你将尝到了天下最惨最酷的刑罚！"

蓬莱魔女毛骨悚然，不忍再听下去，也不敢再听下去，"砰"的一声，立即破门而入，喝道："柳元甲，你用的好狠毒的手段！你想不到我会来此吧？"

柳元甲神色不变，反而纵声笑道："我早料到你这丫头会来的了。哈，哈，你来得正好，让我可以多杀一个人，你就陪公孙奇一同死吧！"蓬莱魔女一剑刺去，柳元甲仍然盘膝坐在炕上，这一剑眼看就要刺到柳元甲身上，柳元甲蓦地手掌一翻，一股无声无息的掌力突然就打了出来。

只听得"喀喇"声响，窗格的梨花木碎成片片，这一掌的力道可想而知。蓬莱魔女胸口发闷，好不骇然，心中想道："这老贼现在正在运功与走火入魔对抗，居然还能够出掌攻敌，掌力如此惊人！若是待他熬过此劫，只怕谷涵来了，也未必是他对手。"

蓬莱魔女恐怕错过这个大好的良机，那就不但救不出公孙奇，连自己与华谷涵也不能脱险，是以虽无把握，也只好冒险强攻。当下蓬莱魔女连忙吸一口气，气透重关，消除了胸口的烦闷之感，立即运剑如风，向柳元甲展开了猛烈的攻击。

柳元甲仍然盘膝坐在炕上，蓬莱魔女长剑刺到，柳元甲只是轻轻地把衣袖一挥，蓬莱魔女的剑尖刺着他的衣袖，只觉柔若无物，有力也无法施展，剑尖就滑过了一边。柳元甲以上乘的卸力消劲功夫化解了蓬莱魔女这一剑招，跟着左手的衣袖一拂，又把蓬莱魔女的拂尘荡了开去。蓬莱魔女尘剑兼施，一口气攻了三五十招，兀是伤不了他的毫发。

此时笑傲乾坤与神驼乙休也正是在瓦背上展开激斗，笑傲乾坤掠过两座殿宇，乙休紧追不舍。笑傲乾坤刚要跳过第三座殿宇，忽觉背心一麻，奇寒刺骨，笑傲乾坤几乎从瓦檐边滚下去，原来是乙休发出了"玄阴指"，冷风如箭，射着了笑傲乾坤背心的大椎穴。

幸而笑傲乾坤在这一年勤练明明大师所授的内功心法，内功之纯，已是差不多到了炉火纯青的境界，穴道虽然受了阴寒之气所袭，尚不至于封闭。笑傲乾坤足勾檐角，翻起身来，反手一挥，折扇一摇，挡住了乙休跟着而来的重手法点穴。

两人在金碧辉煌的琉璃瓦上又打起来，笑傲乾坤虽然还可以支持，却已摆脱不了乙休的纠缠。相斗不过数招，乙休寻瑕觅隙，接连地又发了两次玄阴指，指力一次比一次加强，饶是笑傲乾坤的内功纯厚，也不由得浑身发抖，就像一个患了疟疾的病人。

他们在屋顶激战，宫中的喇嘛早已闻声惊起，纷纷赶来。有几个轻功好的喇嘛且已跳上来了。乙休哈哈笑道："你这小子还想逃么？认栽了吧！"戟指一戳，玄阴指五度发出。

笑傲乾坤暗叫不妙，只道要糟，不料乙休这一指发出，笑傲乾坤只是微微感到寒意，乙休反而机伶伶地打了一个冷战。笑傲乾坤本以为这一次的玄阴指力会更为厉害的，结果如斯，大出意外。原来今日正是乙休的"走火入魔"发作之期，玄阴指甚为消耗精力，他连发了五次玄阴指，"走火入魔"已是提前发作。乙休练的是邪派内功，功力虽高，却是远远不如柳元甲的精纯，故此柳元甲还可以抵御"走火入魔"的煎熬，他却是力所难能。"走火入魔"一发作，他已是无力再战，只能逃了。

笑傲乾坤焉能让他逃走，脚尖在琉璃瓦上轻轻一点，身形拔起，一招"鹏搏九霄"，折扇向乙休敲下，已是点中了乙休脑后的"风府穴"。乙休大吼一声，骨碌碌地从正殿的脊柱滚下，只听得一片密如爆豆的声音响过，乙休再一次地发出裂人心肺的惨叫，便即寂然无声，像一团烂泥似的瘫在地上了。原来乙休是因为真气已经涣散，抵受不住"走火入魔"的煎熬，故而自行"散功"，断了经脉而亡。

笑傲乾坤目睹乙休死得如此之惨，也不禁有点怵目惊心，心中想道："这老贼好歹也算得一位武学大师，只因误入歧途，多行不义，如今竟是落得如斯结果，可叹、可戒！"

向笑傲乾坤追来的几个喇嘛，见乙休死在他的手下，都是不禁大吃一惊，不约而同地停了脚步。笑傲乾坤身法何等快捷，趁着他们一呆之际，不待他们合围，早已飞越了两座殿宇，来到了公孙奇被囚之处。

蓬莱魔女与柳元甲已经斗了三五十招，只觉柳元甲的掌力越来越重，正自感到吃紧之际，笑傲乾坤来得恰是时候，折扇一挥，替蓬莱魔女化解了柳元甲的一招杀手。蓬莱魔女喘息一过，挥剑再攻。柳元甲仍然盘膝而坐，左来左挡，右来右挡，见招拆招，见式解式，力敌两大高手，居然还是有守有攻！

过了片刻，寺中的喇嘛纷纷赶到。笑傲乾坤把守门户，折扇连挥，把三个要抢门的喇嘛点倒。笑傲乾坤的独门点穴手法另有一功，给他点了穴道的人，只觉有如蛇钻七孔一般，浑身骨节寸寸欲裂，痛苦难当，都禁不住倒在地上狂滚。后面的那些喇嘛吓得魂飞魄散，都是不敢向前。不过，他们虽是不敢抢门，却也不肯散去，于是纷纷改用暗器攻来。笑傲乾坤手挥折扇，把暗器反打回去，又伤了两名喇嘛，余众走避远远，躲在暗器不容易打到的角落里继续攻击。

笑傲乾坤把守门口抵挡暗器，只能偶尔腾出手来相助蓬莱魔女。柳元甲忽地一跃而起，哈哈笑道："你们以为我已走火入魔，就想来取我性命么？嘿嘿，哈哈，且叫你们知道我的厉害！不错，我柳元甲是终须一死，但我要你们先死在我的面前！"

大笑声中，柳元甲呼呼呼呼的连发四掌，掌力排山倒海般的四面涌来，华柳二人便似乘着一叶扁舟，在大海中给狂涛巨浪摇撼一样，只能挣扎，无力反击了。原来柳元甲已经度过了这次"走火入魔"，可以全力应敌了。柳元甲练桑家的两大毒功，已经有了八九分火候，他又是有正宗内功的基础的，故而功力恢复，饶是华柳二人联手，也不能不感到应付为难了。

门外的暗器仍然打来，幸而柳元甲的掌力十分雄浑，暗器根本打不到这间房内，等于是间接替华柳二人抵挡了暗器。

双方虽是相持的局面，但久战下去，对华柳二人定然不利。笑傲乾坤心里想道："幸而清瑶用了调虎离山之计，喇嘛中的一流高手，都已到那边的行宫去了。可是调虎离山之计只能骗过一时，他们迟早是会回来的，除非是在他们回来之前把这老贼击倒，否则今晚只怕是难以脱身了。"

形势迫得华柳二人必须采取速战速决的战术，可是柳元甲的功力远在他们二人之上，这么一来，正是以己之短，攻敌之长，激斗了数十招之后，蓬莱魔女大汗淋漓，笑傲乾坤亦已有点气喘。此消彼长，柳元甲越战越强，更是占尽了上风。

公孙奇背靠墙角闭目养神，一直不声不响。激战中蓬莱魔女暗暗留心，为他防护。柳元甲也似乎有意让公孙奇苟延残喘，掌力虽猛，却是完全没有打到公孙奇的身上。他要公孙奇受最后一次"走火入魔"的折磨。不愿意"便宜"了他。

正在华柳二人渐感不支之际，公孙奇忽地一跃而起，大吼一声，"哇"的一口鲜血喷了出来，这口鲜血正好喷在柳元甲的身上，溅了他满头满面。

蓬莱魔女只道是公孙奇受了柳元甲的掌力所伤，不由得大吃一惊。蓬莱魔女正要过去保护公孙奇，哪知公孙奇身手竟是非常矫捷，倏然间就欺到了柳元甲的身前，柳元甲被他喷了一口鲜血，面门热辣辣的好不难受，双眼痛得张不开来，这一下大出柳元甲意料之外，冷不及防，只听得"砰"的一声，已是着了公孙奇的一掌。

柳元甲发出一声凌厉的哀号，说时迟，那时快，蓬莱魔女与笑傲乾坤已是乘机痛下杀手，蓬莱魔女一剑刺穿了他的小腹，笑傲乾坤的折扇敲碎了他的琵琶骨。柳元甲好像喝醉了酒一样，晃了几晃，厉声叫道："公孙奇，你、你好狠毒!"话犹未完，"卜通"的就倒了下去，七窍流血而亡!

蓬莱魔女大喜道："师兄，你恢复了功力啦?"公孙奇面色惨白，苦笑道："我、我不成啦，我与这老贼同归于尽，死亦瞑目，你，你不必我为费神啦!"笑声越来越弱，身子恍如风中之烛，摇摇欲坠。原来公孙奇是用了邪派中最狠毒的"天魔解体大法"，拼着与柳元甲同归于尽的。这"天魔解体大法"在自伤肢体之后，功力可以骤增数倍，但过后不死也必重伤。公孙奇自知活不过今日，是以宁愿早死几个时辰，也要一泄胸中的怨愤。不过，倘若不是华柳二人正在狠攻柳元甲，他也是绝不能够得手的。

笑傲乾坤一指点了公孙奇的"大椎穴"，这是急救之法，封了他的这个穴道，血液不至于大量上涌脑门，公孙奇就不至于立即身亡了。笑傲乾坤点了他的穴道，立即把公孙奇背了起来，与蓬莱魔女便向外闯。

蓬莱魔女不愿多所杀伤，掏出一把铜钱，笑道："你们冤魂不息，我就施舍你们几文吧!"当下使出"天女散花"手法，把铜钱当作暗器，连珠打出，只听得"哎哟，哎哟"之声不绝于耳，十几个喇嘛中了她的钱镖。乙休与柳元甲已死，寺中的高手又未回来，留守喇嘛宫都是些武艺平庸之辈，给蓬莱魔女打翻了十几个人之后，还有谁敢阻拦?

华柳二人带了公孙奇逃出了喇嘛宫，只见对面的山峰火光未灭，满山黑影幢幢，想来那些人还在搜查刺客。笑傲乾坤笑道：

"今晚够他们折腾的了，咱们趁着天还未亮，赶快逃出和林，可以免掉一场厮杀。"

和林的四个出口之处虽然设有关卡，但却难不倒华柳二人，他们以绝顶轻功，从关卡上方峻峭的山道溜过，轻登危石，巧度莽菁，神不知鬼不觉的就下了山，出了和林。

一口气跑了二三十里，到了草原，此时东方才现出鱼肚白。蓬莱魔女道："可以歇歇了。师兄，你好点么？"

笑傲乾坤放下了公孙奇，蓬莱魔女给他把一把脉，只觉脉息散乱，弱似游丝。蓬莱魔女跟父亲学过一点医术，知道这个脉象已是绝症，纵有华佗复活，扁鹊重生，也是难以救治的了。不由得心头如坠铅块，十分难过。

公孙奇苦笑道："师妹，难得你不念旧恶，把我救了出来，我已经是十分感激了，你不必为我再费神啦。我，我实在是死有余辜，只，只求你代我禀告爹爹，说我如今已是后悔莫及，但却不能跪在他的面前恳求他的饶恕了！"

蓬莱魔女道："过去种种比如昨日死，只要你知道悔改，爹爹一定会原谅你的。你别心灰，咱们回光明寺去，说不定——"蓬莱魔女还想"尽人事以听天命"，希望公孙奇能够鼓起求生的意志，如果能够支持到回转光明寺之时，说不定还可以有一线生机。但她也知道这个希望极是渺茫，所以说了一半，就不忍再说下去了。

临死之前，有一段"回光返照"的阶段，神智分外清明。往事从公孙奇的脑海中一幕幕地重现，他想起了最爱他的两个人，一个是他的父亲，一个是他的第一个妻子桑白虹，桑白虹给他害得惨死，父亲也给他害得半死不活，而且为了他的缘故，在天下英雄之前失尽颜面。他又想起最无辜的还是他的第三个妻子桑青虹，年纪轻轻，一生已是断送在他的身上。还有他的儿子，也因他一念之差，要令桑青虹受十八年的磨折，他竟然用毒掌伤了儿子，要桑青虹在今后的十八年之中，寸步不能离开儿子，悉心给他疗治，才能使儿子长大成人，恢复健康。回想起自己这些罪孽，就像一条条毒蛇啮着他的心。这比"走火入魔"的煎熬更其令他难受。公孙奇不由得抱头哀号："我不是人，我不是人！"

笑傲乾坤暗自叹息："报应，报应！这真是自作孽不可活了！"出掌抵着公孙奇的背心，以本身真力助他支持下去，说道："公孙大哥，你还有什么未了之事？"

公孙奇道："我是上无以对父母，下无以对妻儿。我那孩子，我那孩子，……唉，我现在已是无话可说，但求速死了，师妹，你怜悯我，求你赐我一剑！"

蓬莱魔女道："师兄，你放心。你的孩子现在正在光明寺中，由我爹爹给他尽心调治。耿照又已传了青虹逆行经脉之法，可以由青虹给孩子化去体中毒质。他们母子都无须受十八年的磨折了。"

公孙奇道："我的爹爹呢？爹爹受了我毒掌之伤，现在怎么样了？唉，爹爹纵然可以原谅我这不肖之子，我自己也不能原谅自己！"

蓬莱魔女道："师父也是在光明寺养病，明明大师和我爹爹合力助他疗伤。他的半身不遂之症逐渐好转，上个月檀羽冲见过他，据说师父已能行动，今年年底以前，功力就可以恢复如初。"

公孙奇吁了口气，说道："我的罪孽有人化解，我死也可以死得瞑目了。"声音越来越弱，说到"瞑目"二字，眼皮阖拢，声音已是细不可闻。

蓬莱魔女叫道："师兄！"笑傲乾坤轻轻摆手，说道："让他去吧！"公孙奇手足渐渐冰冷，笑傲乾坤只道他已死去，忽见他的嘴唇开阖，眼睛虽未睁开，却是显然还未断气。

蓬莱魔女忙把耳朵贴近他的嘴唇，叫道："师兄，你还有什么话说？"

只听得公孙奇的声音细如蚊叫，断断续续地说道："桑家那两毒功，我、我已经参悟，青虹，她、她……"

公孙奇说得十分费力，随时有中断而死去的可能。蓬莱魔女道："师兄，不要记挂这事了。青虹不要练那两大毒功，你的孩子也不要练！"蓬莱魔女不忍见公孙奇临死之前还要多受折磨，而且她认为桑家这两大毒功乃是害人之物，公孙奇即使还有气力可以把他参悟的诀窍说给她听，她也不愿意听的。

公孙奇精神涣散，自己知道是难以再支持了，当下勉强提一口气，说道："我死之后，你把我化骨扬灰，你，你就可以，可以……发，发现……"这句话未曾说完，他那细如游丝的声音便似突然割断了。笑傲乾坤说道："清瑶，你不要伤心，你的师兄能够这样死去，已是好过再一次走火入魔的煎熬了。"蓬莱魔女道："不错，虽然他似乎尚有未尽之言，但心里应该是已无牵挂了。咱们就在此处给他安葬了吧。"蓬莱魔女只道他临终之际所说的"化骨扬灰"的说话，只是一种负疚自责的说话，却不知其中另有秘密。

原来公孙奇在这一年之中，在亲身体验了"走火入魔"的诸般痛苦之后，却得到了一个意想不到的收获。"走火入魔"是由于练那两大毒功而起的，公孙奇是一个绝顶聪明的人，每受一次"走火入魔"的煎熬，便发现自己以前练功方法的一个错误。"走火入魔"的折磨他受尽了，那两大毒功的诀窍他也完全参透了，俗语说："久病成医"，公孙奇的情形正是如此。

青灵子的逆行经脉之法虽然可以化去体中毒质，但只不过是一种事后的补救；公孙奇所参悟的诀窍，则可防患于未然。故所以倘若根据他所参悟的诀窍练功，就可以根本免除"走火入魔"的危险。

公孙奇早已如同残废，乙休、柳元甲将他锁在房中，谅他插翼难飞，所以他们只是每隔几天来折磨他一次，平时却是没有人在房中看管他的。

学武的人，对武学有所发明，有所创造，就像一个文人，做了一首好诗，写了一篇好文章一样，总想流传后世，让后人记得他。公孙奇参悟了两大毒功的秘奥，这个成绩是他用生命换来的，他当然是更为宝贵了。是以他虽然身受这两大毒功之害，而且性命垂危，也还是不愿意他的心血埋没。

前几天他已经知道死期将至，于是把一根吃剩的骨头藏起来，把骨头磨尖代笔，撕下一幅内衣作纸，刺血为墨，把自己参悟的十三条正确的练功方法，蘸了自己的鲜血，写成了一幅血书。他怕这幅血书在自己身死之后，给乙休和柳元甲搜去，又想出了一个收藏的方法。在某一次吃饭之时，故意装作失手，把一个饭碗打破，偷偷藏起了一片碎片。病人打破东西，这是最普通不过的事情，服侍他的那个小喇嘛只是在事后扫净碎片，便作算了，哪里还会查究这些碎片是否完全？

公孙奇用锋利的碎瓷片在自己的大腿剜了一块肉，又找了一块铁皮，卷成小筒子，把那幅血书塞了进去。这小筒子就藏在他的伤口之中。当时他只是抱着死后留待有缘之人发现的希望，这个希望当然也极是渺茫，但他总算是了却一件心愿。

他做梦也想不到自己竟然在临死之前给笑傲乾坤和蓬莱魔女救了出来，但可惜他正要把这件秘密告诉蓬莱魔女的时候，他已经是有气没力，连话也说不出来了。故此，他最后只能挣扎说出两句，要蓬莱魔女在他死后化骨扬灰。

公孙奇的想法是，蓬莱魔女若是依他所请，将他火葬的话，当然是要等待他的肉体化净，将他的骨灰携回去的。那铁皮卷成的小筒子不会立即焚化，蓬莱魔女一发现也必然会立即抢救无疑。

不料蓬莱魔女并没有依从他的遗嘱，而是依照汉人的风俗将他土葬（当时汉人的社会习惯是认为死者必须入土为安，绝无火葬的）。

华柳二人以剑挖土，在山上找个地方，草草地埋葬了公孙奇。蓬莱魔女给新坟立了一块石碑为记，祝道："师兄，你获得了大解脱，好好安歇吧。他日重来，我再替你迁葬。"蓬莱魔女哪里知道，她不但是埋葬了公孙奇，而且是埋葬了一卷武功秘笈。十多年后，蓬莱魔女与桑青虹母子重来，公孙奇的墓已经给人挖掉，那卷武功秘笈也给盗墓贼顺手牵羊拿去了。以致武林又生出许多风波。这是后话，按下慢表。

埋葬了公孙奇，笑傲乾坤与蓬莱魔女匆匆赶往金牛坳。一百多里山路，他们不过走了三个时辰，黄昏日落之前，便已到了。

笑傲乾坤用"传音入密"的功夫呼唤，远远的听得白修罗应道："在这儿。"华柳二人循声觅迹，在一个山洞旁边找着了白修罗，白修罗正在用一块大石堵塞洞口。

笑傲乾坤诧道："你哥哥呢？"白修罗道："哥哥找牧人去买骆

驼去了。主公，你看看我收藏的珍宝。"他身边有两个小小的箱子，长不过三尺，厚不过七寸，比普通的手提匣子也大不了多少。白修罗打开来给他们看，只见宝气珠光，耀眼生缬。有鲜红的珊瑚，有碧绿的翡翠，有核桃般大的钻石、西瓜般大的宝玉。还有闪闪放光的"猫儿眼"宝石和一串串晶莹雪白又圆又大的珍珠。饶是笑傲乾坤见多识广，也说不出那许多珠宝的名称。白修罗笑道："我们搜罗的珠宝数量虽然比不上从乌蒙那里所取的，却比他的那些名贵得多。"

笑傲乾坤无心观赏，说道："两个麻袋又加上两个箱子的珠宝……我却担心你怎么带得出去？"白修罗笑道："哥哥早已想妥了办法了，主公不用担心。嗯，刚说曹操，曹操就到。哥哥已经回来啦。"

只见黑修罗牵着两匹骆驼走上山来。骆驼背上堆有十数只箱笼。笑傲乾坤道："你想得周到，在沙漠上行走，有这两只骆驼，咱们就不至于像来时的狼狈了，但这些箱笼却又是些什么东西？"

黑白修罗笑道："这是蒙古的药材和土产，咱们扮作客商。蒙古的法律是保护商人的，珠宝混在箱笼之中，料想可以混得过去。"原来成吉思汗的野心是要建立一个大汗国，其时正在全力打通国际贸易的道路。尽管他们在战争之中灭人之国屠人之城，手段十分残酷，但对于与蒙古通商的各国商人却是严加保护的。

黑修罗有在蒙古作行商的经验，熟悉各种规矩，一路之上，过了许多关卡，果然都没有惹出什么麻烦。有时遇上一些散兵，由于他们善于应付，也平安度过了。

一路无事，过了戈壁，进入了金夏接壤的大草原。这一日正行走间，忽见前面旌旗招展，出现了大队的蒙古兵马。蒙古兵雄壮的歌声震撼了草原。

唱的是蒙古的战歌，歌道：

星天旋转，诸国争战。

连上床铺睡觉的工夫也没有，

互相抢夺，掳掠。

世界翻转，诸国攻伐。

连进被窝睡觉的工夫也没有，

互相争夺，杀伐。

没有思考余暇，只有尽力行事。

没有逃避地方，只有冲锋打仗。

说到的地方就到，

去把坚石粉碎；

说攻的地方就攻，

去把硬岩捣毁；

把高山劈开，把深水断涸，

这样勇敢地杀敌。

（注：这首战歌是根据谢再善的《蒙古秘史》的译文。）

歌声震撼草原。饶是笑傲乾坤等人胆气豪雄，听了这样霸道的战歌，也不禁为之惊然。笑傲乾坤喟然叹道："成吉思汗的确不愧是一代天骄，他率领的蒙古骑兵也的确是天下无敌。但可惜他唯知黩武穷兵，即使当真能够把世界变作蒙古人的牧场，只怕也不能维持长久。"

蓬莱魔女道："咱们别议论成吉思汗。现在咱们碰上了他的大军，可该怎么办？"

黑修罗道："躲避是躲避不开的了。咱们只好停在这儿，让他们过去了再说吧。若是有人盘问，由我临机应付。"

不料这一支蒙古大军并不继续前进，却突然在草原上安起营帐，驻扎下来。笑傲乾坤甚感诧异，说道："现在日头刚刚过午，何以他们这样早就安营立寨？"蓬莱魔女苦笑道："不管他们为的什么，咱们可是陷于进退两难之境了。"大军的营地就在他们前面二三里之处，倘若要通过他们的营地，势必要受到盘查，而且未必得到允许。但倘若后退，只怕更会引起蒙古兵士的疑心。

话犹未了，已有两个军官过来查问他们。黑修罗灵机一动，说道："请问有一位呼图赫将军可在军中？"那两个军官道："你问他做什么，你们认识呼图将军的么？"

黑修罗道："我们是西夏来的商人，曾在西夏的京都见过呼图赫将军。当时战事刚刚停止，路途未靖，我们想到贵国经商，特向呼图赫将军请求保护。承蒙他发给一面金牌，作为凭证，证明我们是正当商人的。"

那军官道："把金牌给我看看。"看了那面金牌，又问黑修罗要了关卡的税单。黑修罗经过了许多关卡，都是按照货价纳足税的，那两个军官验明无误，说道："现在有两个办法任你选择。一个是你们在这里住一晚，等待我们明日拔寨起行之后，你们再去。一个是现在就放行，你们要通过营地，可得多办几重手续，还得呼图赫给你们担保才行。"

黑修罗心里想道："与其担心一夜，不如冒险一时。"于是说道："我们想趁着天色未晚，多赶点路，请将军恩准放行。"

那两个军官道："好，你们随我来吧。"笑傲乾坤与黑修罗牵了骆驼，跟那两个军官走入营地，在一座帐篷前面停下。高的那个军官说道："你们在此听候检查，我去禀报呼图将军，看他愿不愿意给你们作保。"

帐篷里走出一个文官模样的人，带着几个兵丁，有的手里拿秤，有的拿着算盘，还有两个手上执着长枪。原来这个文官乃是随军的税吏。蒙古的国策注重发展商业，由于他们的大军四方征战，故此常有随军出征的蒙古商人，军中也就设有税吏。

矮个子军官和那税吏咕咕噜噜说了几句，税吏点了点头，问黑修罗道："你们带的是什么贵重货物，要这样急于赶路？"黑修罗道："不过是些药材和土产。这里有货物清单。"那税吏看了货物单，笑道："你们倒会做生意，料准西夏在大兵之后，必将有瘟疫发生，带的这些药材，可以救人，又可以利市十倍。但你们商人总是狡猾得多，虽有货物单，我也相信你们不过。"当下吩咐那几个兵丁："给我仔细检查，看他们有没有瞒货漏税？"

黑修罗暗暗叫苦，他的珠宝是混在货物之中的，若然仔细检查，哪里还能瞒得过去？

幸亏就在这个紧要关头，高个子军官和呼图赫恰好来到。呼图赫听那军官说了金牌之事，已知必然是笑傲乾坤等人。远远的扬声叫道："你们已经到和林走了一转么，回来得好快啊！"

笑傲乾坤喜出望外，摇了摇折扇，说道："呼图将军，月前在夏京多得你的帮忙，今次又要你帮忙了。"笑傲乾坤已经改容易貌，还有点害怕呼图赫认不出他，故此拿出折扇。这柄折扇是笑傲乾坤的独门兵器，等于他的标记。

呼图赫与那税吏打了个招呼，说道："这几个人是在西夏和我们做过生意的，我敢担保他们都是殷实商人。"

黑修罗乘机走上前去，与那税吏握一握手，说道："请多多照顾。"税吏见黑修罗突然来和他握手，初时还是不觉一怔，但随即便是心中雪亮。原来黑修罗掌心捏着一张银票，在握手之时，悄悄地就交了给他。税吏偷偷一瞧，竟是一张三千两银子的银票，而且是和林的一间大钱庄所出的银票，一回到和林，便可兑现。税吏眉开眼笑，说道："既然是呼图将军作保，我也不必麻烦你们了。你们走吧。"

笑傲乾坤与黑修罗谢过了呼图赫，正要骑上骆驼走路，忽见一个披着大红袈裟的喇嘛走来，说道："且慢！"这个喇嘛正是蒙古的国师尊胜法王。原来尊胜法王听到笑傲乾坤说话的声音，心中起疑，特地出来盘问的。笑傲乾坤与蓬莱魔女都已改容易貌，但仍然瞒不过他的眼睛。正是：

只道难关方渡过，谁知陌路遇仇人。

欲知后事如何，请听下回分解。

第一二〇回　霸业此生嗟幻梦
　　　　　佳期七夕缔良缘

　　呼图赫这一惊非同小可，连忙说道："师父，这几个是过路商人，税吏早已盘查了他们，用不着你老人家费神了。"

　　尊胜法王"唔"了一声，说道："是么？这一路来，外国的商人倒是很少见啊！"一面说一面仔细打量笑傲乾坤，越看越是起疑，心里想道："你的改容易貌之术虽是高明，骗得过我的徒儿却骗不过我。好，我且再试他一试。"

　　尊胜法王若不经意地走到笑傲乾坤面前，忽地说道："这位朋友好似在哪里见过？"话犹未了，一掌就向笑傲乾坤的肩膊拍下。

　　拍对方的肩膊也可以当作是一种"亲热"的表示，但以尊胜法王的掌力，倘若是不怀好意，这一掌给他打了下来，笑傲乾坤的琵琶骨只怕也会粉碎。

　　笑傲乾坤焉敢给他打中，轻轻一闪，用极巧妙的步法闪开了尊胜法王的一掌，笑道："我们到处经商，说不定是在什么地方见过大师，但却似乎没有和大师做过生意。请恕眼拙，只能当做是初次识荆了。"

　　呼图赫道："这是我的师父尊胜法王，我们蒙古的国师，怎会和你们做过生意？你莫信口胡言！"

　　笑傲乾坤道："这么说，一定是法王认错人了。我妄自猜测，还望恕罪。"

　　尊胜法王那一掌打了个空，看了笑傲乾坤的身法，已知他是在祁连山下打败自己的书生。可是以尊胜法王的身份，却又不能与笑傲乾坤打开天窗来说亮话。要知他是蒙古的国师，是以天下第一高手自负的，倘若给兵士们知道他曾经给笑傲乾坤打败，他还怎有面子做蒙古的国师。笑傲乾坤也料准了他有这个顾忌，所以用说话挤兑他，暗中点醒他，叫他不敢公然报仇的。

尊胜法王那次败在笑傲乾坤手下，引为奇耻大辱，此时虽是不敢在人前抖露出来，但一口气却实在是咽不下去。这刹那间，尊胜法王转了几个念头，心里想道："今日若是轻易放过了他，这一掌之仇，不知何时方能报复？"想至此处，杀机陡起，冷冷说道："就当作是今日初会吧，咱们交交朋友！"伸出手来，待与笑傲乾坤相握。

笑傲乾坤说道："一介商人，不敢高攀！"说时迟，那时快，尊胜法王出手如电，已经抓到，笑傲乾坤在他掌力笼罩之下，想要躲闪也难了。

笑傲乾坤装着受宠若惊的样子，伸出手掌，与他一握，却不待尊胜法王握牢，双掌一触便即缩手，轻轻地退了三步，说道："多蒙法王看得起我，小民这厢有礼了。"笑傲乾坤以上乘的内功卸开尊胜法王的掌力，但仍然不禁后退三步，胸中且觉气血翻涌，不由得暗暗吃惊！

尊胜法王打了个哈哈，说道："原来这位朋友还是位武学行家，老衲失敬了。"他立心报那一掌之仇，却又不能挑明来说，是以只好装作刚刚发现笑傲乾坤懂得武功的样子，才好邀他比试。

这税吏虽然是个文官，此时也看出了一点苗头，知道笑傲乾坤一定不是个普通的商人了。但他还不知道在他们二人之间有那么一段过节，来往蒙古的各国行商懂得武功那也是平常之事，于是这税吏凑趣说道："这几位朋友敢在兵荒马乱之中抢做生意，当然是本领不差的了。法王是天下第一高手，难得他赏识你，我看你也不必忙着走了。请得法王点拨你几招，你一生受用不尽，胜于赚几个利钱。"

法王笑道："你走了眼了，这位朋友岂只'本领不差'，依我看来，恐怕咱们的'金帐武士'也还比不上他呢。点拨我不敢当，来，来，来！咱们就比几招，印证印证吧。"

武林中所说的"印证",意思是择时"点到即止"的善意比试。但笑傲乾坤心里当然明白:尊胜法王是借比试为名,立心要报那一掌之仇的。事已如斯,笑傲乾坤要躲也躲不了,只好笑道:"我只识几手三脚猫的功夫,怎配得上向天下第一高手请教?"尊胜法王道:"不必客气,好坏都试几招。你不用担心,我也不会要你性命的。"

　　蓬莱魔女忽道:"法王,你是天下第一高手,我们夫妻一同向你请教如何?这样才不至于失了你的身份。"

　　那些蒙古武士听得国师要和一个商人比试,争着围拢来看。他们见蓬莱魔女也要下场,更为兴奋,登时轰然叫"好"!纷纷说道:"对,对。夫妻同上,这可热闹多了。""这位小娘子人长得好看,本领想来也是好的。不过,我们的国师天下无人能敌,你们的本领再好也好不过他。国师你可得让她点儿,别伤了她才好!"这些蒙古武士怎知蓬莱魔女的厉害,油嘴滑舌地乱说一通。只有尊胜法王心里暗暗叫苦。

　　可是尊胜法王给他们左一个"天下第一高手",右一个"天下第一高手"一捧,又怎能在众目睽睽之下示弱。只好说道:"好吧,反正是彼此印证武功,你们夫妻俩就并肩上吧!"此时他口中所说的"印证"二字,意思已与刚才所说的大不一样,而且是怕华柳二人当真要令他坍台了。

　　蓬莱魔女道:"对不住,我可是要用兵器的啊。"那些武士又笑道:"不错,不错。一个妇道人家当然不能用粉拳绣腿和人对打。但小娘子,你也不必顾虑,你用什么兵器也伤不着我们的国师的。"尊胜法王道:"你尽管用兵器就是,我只是一双肉掌。好,来吧!"尊胜法王为了保持自己的身份,心中虽是不无怯意,也只能这么说了。蓬莱魔女亮剑出鞘,"刷"的就是一剑刺去。尊胜法王挥袖一拂,身移步换,却抢到了笑傲乾坤面前,一掌向他击下。这是声东击西的打法,双方同时在抢攻势。

　　笑傲乾坤用了一招"拂云手"化解他的掌力,哪知尊胜法王这一招"龙门三鼓浪"竟是蕴藏着三重力道,第一重力道还不觉得怎样,第二重力道就猛烈许多,但也未能摇撼乾坤。笑傲乾坤解招之后，刚要还招，陡然间第三重力道排山倒海般的涌来，饶是笑傲乾坤内功纯厚，也不由得踉踉跄跄地退了几步。

笑傲乾坤暗暗吃惊，这才知道尊胜法王的功力确是非同小可，心里想道："幸亏有清瑶助攻，否则单打独斗，我绝不是他的对手。"

殊不知笑傲乾坤固然吃惊，尊胜法王却更为震骇。他那次在祁连山下吃了笑傲乾坤一掌之亏，是在和武士敦等人连斗了三场之后的，所以输得很不服气，以为当时倘若自己不是强弩之末，只需一掌就可以将笑傲乾坤击败。如今事实证明，他全力发出的一掌，虽然稍占上风，也不过仅仅摇撼了对方而已，并不能就将对方击败，亦即是说笑傲乾坤的实力实是在他估计之上。

蓬莱魔女剑尖刚给荡开，左手拂尘又即挥出，这一拂柔中带刚，尘尾散开便似千百支利针刺向尊胜法王的各处穴道，尊胜法王饶是见多识广，也未必见过如此古怪的"天罡尘式"。尊胜法王刚刚震退笑傲乾坤，他那第三重掌力亦已成了强弩之末，只能勉强荡开蓬莱魔女的拂尘，却已不能还击了。

说时迟，那时快，笑傲乾坤已是抽出折扇，退而复上，一招"长河落日"，折扇倏张倏合，同时使出五行剑和判官笔的招数，合扇如刀，削对方的腕骨，扇柄一指，又点到了尊胜法王胁下的愈气穴。

笑傲乾坤的功力不及尊胜法王，但招数的精奇却在尊胜法王之上。尤其他用折扇使出的点穴功夫，比蓬莱魔女的拂尘袭穴还更厉害。尊胜法王双袖齐挥，荡开了蓬莱魔女的拂尘，也把笑傲乾坤的折扇引过一边。可是他虽然同时化解了华柳二人的绝招，一条衣袖亦已给笑傲乾坤的折扇削去了一幅。笑傲乾坤这柄折扇的两边扇骨是镶着铁片的，但到底不如刀剑之锋利，现在居然能削去尊胜法王的衣袖，内力即使不及尊胜法王，也是足以惊世骇俗的了。

尊胜法王又惊又怒，一咬牙根，把平生所学尽都施展出来。他的混元一炁功已到炉火纯青之境，华柳二人的兵器要想打到他的身上也还当真不易。而且笑傲乾坤也有一重顾忌：在目前的形势之下，他是只能令尊胜法王知难而退，不能伤了他的。这一仗想要打得恰到好处，其难可想而知。打到紧处，有一招华柳二人左右夹攻，眼看尊胜法王已是不能兼顾，非得认输不行。尊胜法王忽地以攻为守，以极巧妙的招数迫退了蓬莱魔女又化解了笑傲乾坤的妙招。这一招用得险极，尊胜法王解招之后，只觉虎口一麻，原来已给蓬莱魔女的一根尘丝刺进了他的穴道了。

旁观的许多蒙古武士起初以为他们的国师和这对夫妻比试只是找找开心而已，后来看见华柳二人本领非凡，才不禁大为惊异，喝彩之声，此起彼落。但过了一会，彩声又渐渐疏落下去，因为双方越斗越紧，众武士看得惊心动魄，不知不觉大家都屏息而观。

这一招华柳二人攻得凌厉，尊胜法王也解得奇妙，但在一班武功泛泛之辈看来，却是看不出其中好处，是以这许多旁观的武士，都只是在注意下一招的变化，并无彩声。

武士们没有喝彩，却忽然听得一个苍老的声音叫出了一个"好"字。此人是个青袍老者，也不知他是什么时候来的，突然出现在武士的中间。

武士们凝神观战，都未发觉有个陌生人在他们中间，此时被他高声一叫惊动，在他旁边的两个武士怔了一怔，不约而同地向他抓去，一个喝道："你是什么人？谁许你到这里来的？"一个骂道："你这糟老头懂得什么？胆敢在这里大呼小叫！"两人话声未了，忽然又是不约而同地一齐摔倒，两个人在地上滚作一团。那老者却是头也未回，而且双手笼在袖中，显然不是他出手打翻这两个武士。周围的武士只道他们是互相碰撞而致跌倒，不禁又是好气又是好笑。于是有的人拉起同伴，有的人便围拢过来，要盘问这个老者。

蓬莱魔女又惊又喜，原来这个老者不是别人，正是她的父亲柳元宗。蓬莱魔女做梦也想不到会在这里和她父亲见面，一个"爹"字险些就要叫出口来，笑傲乾坤连忙向她抛个眼色，蓬莱魔女瞿然一省，这才想到如今还不是父女相认之时。

尊胜法王更是大为惊异，要知他是个武学的大行家，那两个武士糊里糊涂地摔了一跤自己还是莫名其妙，尊胜法王则已经看出，这个青衣老者用的是"沾衣十八跌"的上乘内功，还幸他功夫没有使足，要不然这两个武士吃亏更大。

此时蓬莱魔女已经给他迫退，由于这老者突然出现，起了一阵骚动，双方未有继续交手。尊胜法王趁这当口，自下台阶，叫道："你们休得无礼，请这位老先生过来。"尊胜法王走去招呼柳元宗，停止比武，华柳二人也乐得就此住手。

尊胜法王虎口被蓬莱魔女的一根尘丝刺进穴道，很是难受，但他内功深湛，仍是动作如常，外表看不出来。尊胜法王有心试试这老者的功夫，走到柳元宗面前，便即合十一礼，说道："高人驾到，猜恕有失迎迓。"尊胜法王这揖用上了他独门的"混元一炁功"，虽然虎口被尘丝所刺酸麻未止，但这劈空掌力仍是足以开碑裂石。不料只见柳元宗的青袍起了皱纹，而他本人却竟似毫无知觉！

柳元宗道："山野鄙夫，怎敢当高人之号？"合十还了一礼。尊胜法王暗暗戒备，丝毫也没有感觉到对方的内力，正自暗笑多疑，不料忽地如沐春风，初起时只觉丹田有一丝热气，转瞬间便似有一股暖流通过全身。

尊胜法王又惊又喜，原来他穴道受伤，气血不舒，胸中本是有几分烦闷之感的，这股暖流通过了全身，登时如沐春风，有说不出的舒服，精神为之一振。尊胜法王这才知道对方是用最上乘的内功，为自己推血过宫。平时推血过宫，即使是武学高明之士，也必须手指触着对方的身体；像柳元宗这样，距离一丈开外，而能够默运玄功，替对方推血过宫的情形，饶是尊胜法王见闻广博，武学深湛，也是从所未见，从所未闻！

柳元宗丝毫不动声色，就给尊胜法王医好了伤，尊胜法王面子得以保全，心中又是感激，又是惊疑，连忙说道："老先生慢走，你，你是谁？"迈步向前，伸手拉着柳元宗。他这一拉，一方面是想再试一试柳元宗的功力，一方面也有将他留下与他结交之意。

柳元宗道："法王不必多礼。"身形纹丝不动，伸手就与尊胜法王相握，突然间三只手指已是扣着他的脉门。

尊胜法王刚才因为柳元宗暗中替他治伤，已知柳元宗对他决无恶意，是以放心和他握手。不料柳元宗突然扣着他的脉门，尊胜法王这一惊非同小可。要知脉门受制，多好的武功也是不能施展，只能任由对方要如何便如何了。

尊胜法王只道柳元宗要他当场出丑，心中暗暗叫苦，却不料柳元宗的所为，又一次大出他意料之外，就在他心头陡然一震之际，柳元宗已是把手松开，只见一根尘丝，随着他的手指飞起，尊胜法王的虎口登时感到轻松，十分舒服。这才知道，柳元宗是又一次的施展最高明的医术配合了最上乘的内功，将刺进他的穴道那根尘丝，给他"拔"出来了。尘丝一拔，立即被风吹得无影无踪，旁人都不知道。

武士中间忽地有一人越众而出，哈哈笑道："法王，你还未认识这位老先生吗？这位老先生就是大汗渴欲一见的柳元宗柳老前辈。"

蓬莱魔女认得这人是上官宝珠的父亲上官复。心里想道："此人害了宝珠母亲一生，我只道他经历了那场惨痛之后，是应该悔悟的了。却不料他名利之心还是未能尽去，如今又投到成吉思汗的帐下了。"柳元宗和上官复是少年时候相识的，但却不知他后来的那些经历，此次大漠相逢，也是颇出意外。尊胜法王喜出望外，说道："原来是柳老先生，果然不愧是天下第一名医。大汗正想请先生一诊，如今不期而遇，无论如何是要请先生稍留的。"柳元宗身份已被揭破，难以推辞，只好答应去见成吉思汗。

税吏上前向尊胜法王请示："这几个人——"意思是在问，如何处置笑傲乾坤和蓬莱魔女等人，是放行还是扣留？

尊胜法王踌躇未决，上官复已自说道："柳老先生正要给大汗看病，国师哪还有工夫理这些小事？叫他们快走吧！"上官复是有地位的"客卿"，尊胜法王不便驳回他的说话，虽然不大愿意放行，也只好允许了。

上官复望了蓬莱魔女一眼，说道："你们可以找得到上好的宝珠吗？我希望得到一串宝珠，价钱随便你要。下次请给我带来。"原来上官复已经认出了蓬莱魔女，他知蓬莱魔女是他女儿上官宝珠的朋友，故此有心将她放走的。他这几句说话语带双关，其实即是向蓬莱魔女暗示，希望她能为他找回女儿。

蓬莱魔女道："我一定替你留心，可是宝珠难求，我们也未必找得到。"上官复道："我明白。但只要你替我留心，我就感激你了。什么时候找到都行，我可以等待的。好，你们走吧！"

呼图赫亲自送华柳等人出去，柳元宗放了心，于是跟上官复与尊胜法王去见成吉思汗。

进了一座金色的帐幕，幕中肃静无哗，卫士轻轻摇手。尊胜法王停下了脚步，小声说道："大汗正在祈祷，等一会进去。"

只听得帐中传出喃喃的祈祷声，说的是蒙古话，意思是说：

"从此后，你像仙云似的身体，飘散了的时候，你遗留下的这个大国，还会使你的子弟管辖吗？到后来，你像神灵似的身体，烟散了的时候，你遗留下的这个大国，不是枉然吗？他们要污辱，像高山的乔松——你的好兄弟们。他们企图，不使还未成熟的子弟，管理你的国土。天上的真神，你可听见了我的说话，现在还不是我和你在一起的时候。"（根据谢再善的《蒙古秘史》译文）

柳元宗心里暗笑："原来一代天骄的成吉思汗，也感到死的恐惧了！但他这段祈祷却也是别开生面，他以为他是世界的主宰，竟然妙想天开，要和'真神'商量，让他一直活下去呢。"柳元宗医学深湛，在帐幕外听到成吉思汗的声音，已知他命不久长。

忽听得成吉思汗大叫道："我要把世界变成蒙古人的牧场，谁敢违抗我的意旨？我是一定还要活下去的！"

上官复揭开帐幕进去说道："禀大汗，天下第一名医柳老先生已经来了，他一定会医好你的病的。"

原来成吉思汗在进攻西夏途中，有一次由于他所骑坐的红沙马受了惊，把七十多岁的他抛在地下，因此而得了病，也因此只好放弃继续进侵中原的计划，回国养病。成吉思汗的部下给他延请天下名医，上官复深知柳元宗之能，保荐他给大汗治病。是以成吉思汗早就下了密令，一定要请到柳元宗。

柳元宗给成吉思汗把了把脉，说道："大汗之病，是肝火郁积，邪入心包，故所以有筋骨酸痛，筋挛拘急，角弓反张，吞卷囊缩等等症状。大汗昨晚又曾连续做了几次恶梦，因此适才诸感交集，怒气难遏，思虑过度，眼前出现各式幻象。不知我说得对是不对？"

成吉思汗又惊又喜，说道："先生真是神医，说得一点不错，请先生救我。"原来成吉思汗昨晚的确是连续做了几个恶梦，梦见给敌人五马分尸，梦见以前给他惨杀的人来向他报仇，梦见他的四个儿子在他的灵前互相残杀……这些人的幻象适才还在他的眼前出现。

柳元宗道："死生有命，老朽医得了病，医不了命，只能请大汗少行杀戮，多施仁政，心气和平，自然可以益寿延年。"

成吉思汗怒道："你，你也医不了我的病？哼，说什么少行杀戮，多施仁政？这不过是腐儒之见，迂拙之言！我若不是把敌人杀得胆寒，焉能使四方慑服？哼，我受命于天，天下未曾一统，我要死也死不了的。"

柳元宗道："大汗既然不愿听我的话，只好请大汗另请高明。"

成吉思汗挥手道："好，不要你医，你走，你走！我倒不信，不要你，难道我就会死！"话犹未了，忽地脸肉痉挛，嘴角抽搐，吐出许多白沫，晕过去了。

成吉思汗的后妃和四个儿子：术赤、察合台、窝阔台、拖雷；两个未出嫁的女儿，珍固和硕别妃和阿勒海别妃纷纷挤到病榻之前，抢地呼天，叫人急救。

尊胜法王道："柳老先生，求你一加援手，让我们大汗醒来，哪怕是多活一个时刻也好。"

柳元宗用银针刺成吉思汗的人中，成吉思汗悠悠醒转，怒目而视，似乎是想骂谁，却骂不出来。

年纪最长的两个王公跪下去说道："你像高山似的金身，如果倒塌了，你的大汗国由谁来统治？你像柱梁似的金身，如果倾倒了，你的神威大纛，由谁来高举？你的四个儿子之中，由谁来执政？儿子们、兄弟们，属民百姓们，以及后妃等人，请大汗给我们留下圣旨。"

王公家人已经在请示后事，金帐中乱成一片，谁也无暇理会柳元宗了。尊胜法王道了个歉，送柳元宗出帐，说道："请柳老先生不把大汗病危的消息泄漏出去。"匆匆说了这句说话,立即又回去替成吉思汗主持祈祷,尊胜法王明白,这次很可能就是临终的祈祷了。

上官复悄悄溜出来,送柳元宗一程。柳元宗道:"上官兄,你本来逍遥海外,何苦还要贪图富贵,做蒙古人的什么官?如今成吉思汗已是危在旦夕,一旦树倒猢狲散,争权夺利之事势所难免,你是汉人,犯得着卷入这个漩涡么?"上官复苦笑道:"我有难言之隐,老兄不会明白的。"

柳元宗道:"既然如此,我也不勉强老兄做什么不做什么,各随心之所安吧。"

上官复叹了口气,说道:"欲求心之所安,谈何容易?"柳元宗料他定有心事,说道:"上官兄,你还有什么话要和我说么?实不相瞒,刚才那两个人乃是小女小婿,我可不能在此处久留,须得赶紧去和他们会合了。"

上官复笑道:"我已知道是令嫒令婿了。这件事我本来是想拜托令嫒的,但因刚才尊胜法王等人在旁,我不便和她说话,现在就拜托老兄吧。"说罢,拿出一个匣子,交给柳元宗,说道:"这匣子请老兄交给令嫒,请令嫒转交给宝珠。"柳元宗道:"宝珠是谁?"上官复苦笑道:"是我的女儿。但我却不愿意让她知道我是她的父亲。其中情由,我想令嫒是已经明白了的,我就不多说了。"

柳元宗道:"好吧,这件事我替你办到就是。你回去吧。"走出了营地,柳元宗施展"陆地飞腾"的绝顶轻功,一口气跑了一程,估计已经跑了十多里路了,忽听得胡笳之声隐隐传来,笳声凄凉之极,柳元宗凝神一听,笳声之中,还隐隐有悲号之声。原来是成吉思汗业已逝世,数万人同时举哀,故而哀声远达十里之外。

柳元宗心中暗叹:"成吉思汗要把世界霸占作他的牧场,到头来他所能占有的也只不过一抔黄土。"

柳元宗赶上华柳二人,父女相见,不胜之喜。蓬莱魔女道:"爹爹,你怎么会到这里来的?我的师父呢?他老好了没有?"

柳元宗道:"你的师父早已好了,我们不见你来,特地到祁连山找你,这才知道你们到蒙古来了。我放心不下,是以赶来会你。"蓬莱魔女喜道:"啊,原来你们已经到过祁连山了,他们都好吗?"

柳元宗道:"大家都很平安,只是挂念你们。"跟着把他女儿相识的朋友一个一个地说出来:"檀羽冲夫妻还在山上,他的武功非但恢复,而且更胜从前了。耶律元宜和赫连清霞已经成婚,我刚好赶得上喝他们喜酒。耿照和李家骏、玳瑁三人则已回转你的山寨去了。"

蓬莱魔女道:"我有一位新交的朋友,不知爹爹见着了没有?"柳元宗道:"是不是上官宝珠?"蓬莱魔女道:"不错。你见过她了?"柳元宗道:"没有见着。我在祁连山不过住了两天,许多小一辈的朋友,都来不及约谈了。这位上官姑娘我也不知她是否还在祁连山上?"蓬莱魔女道:"那么,你怎么会知道她?"柳元宗笑道:"我刚才见着了她的父亲,他有一个匣子托你转交给他的女儿呢。"蓬莱魔女接过匣子,叹道:"我早料到上官复是她父亲了,果然没错。"当下把青灵子夫妻与上官复之间的事情说给柳元宗听,柳元宗听了这场情孽牵连的惨剧,也不禁为之兴叹。

柳元宗道:"现在该你说啦,你见着了师兄没有?"蓬莱魔女道:"公孙奇已经死了。"当下将在和林的遭遇一一道出,柳元宗不禁再一次的怃然长叹,说道:"自作孽,不可活。公孙奇死不足惜,只是你师父只此一子,你回去可得好好安慰他老人家。"蓬莱魔女道:"这个当然。他老人家是留在祁连山么?"柳元宗道:"他准备在祁连山住几天,就到你的山寨去。他说等你们一回来就替你们主持婚礼,所以你们不必再去祁连山了。"蓬莱魔女杏面飞霞,说道:"他老人家比我们还要心急。"柳元宗哈哈大笑。

一路无事,回到山寨。公孙隐得知儿子死讯,自是不无难过,但公孙奇这个下场,也早已在他意料之中,虽然难过,还受得起。笑傲乾坤与蓬莱魔女就像他的儿女一样,公孙隐忙着为他们筹办婚礼,失子之痛,也就渐渐减轻了。

华柳二人洞房之夕,武林天骄与赫连清云联袂而来,抱拳笑道:"恭喜,恭喜。谷涵兄,今晚你可不用弹剑狂歌,叹什么空抛红豆意悠悠了。"笑傲乾坤笑道:"你们两口子来得这样迟,罚你先饮三杯，再吹一支曲子。"

武林天骄笑道："该罚，该罚！"喝了三杯，拿起玉箫，吹出了一支充满愉快情调的曲子。赫连清云按拍而歌：

"风韵箫疏玉一团，更着梅花，轻袅云鬟。这回不是恋江南，只为温柔，天上人间。　　赋罢闲情共倚栏，江月庭芜，总是销魂。流苏斜掩烛花寒。一样眉尖，两处关山。"

这是南宋词人周方泉的《一剪梅》词，武林天骄借这首词来祝贺华柳二人的新婚，却是恰到好处。他们二人以前彼此追寻，都曾到过江南。而洞房红烛，斜掩流苏，又正是眼前景致。

铁笔书生文逸凡笑道："好一个'只为温柔，天上人间'。这恐怕也是夫子自道吧？你们两对璧人都是神仙眷属，我这酸丁看着眼热，真是后悔当年不娶妻了。"武林天骄笑道："急起直追，现在也还未迟啊！"文逸凡摸着胡子道："胡子都白了，还有谁要？"说罢哈哈大笑。

蓬莱魔女笑靥如花，满怀喜悦，夫婿的柔情，知己的友谊，融溢在合欢杯中，令她深深地感到了幸福。"这真是再好不过的圆满境界了。"蓬莱魔女心想。

欢笑声中，侍女进来报道："武帮主夫妻到了。"蓬莱魔女大喜之下，也顾不得新娘子需要矜持，便即叫道："云姐姐，你们怎么这个时候才来呀！"

云紫烟进来笑道："你问士敦。"武士敦喝了三杯罚酒之后，说道："你们要不要听蒙古来的消息？成吉思汗死后，把他连年征战所得的属地划分四个汗国，分封四个儿子。各兄弟接受父亲的遗言，推举窝阔台为大汗。如今蒙古的国力不是削弱而是更强了。日前得到的消息，窝阔台命侄儿拔都领军西征，计划在横扫欧洲之后移兵东向吞并中原。咱们可能暂得数载苟安，但终须要对付这雄霸天下的强敌的。对不住。在你们的新婚之夜，我们给你们带来了这些消息，可真是太煞风景了。"

笑傲乾坤道："居安思危，这是应该的。喝酒，喝酒！"

酒阑人散之后，笑傲乾坤与蓬莱魔女在烛影摇红之下，脉脉含情，相对而视。蓬莱魔女低声说道："今天真巧，正是七夕。"笑傲乾坤曼声悄吟：

> "织云弄巧，飞星传恨，银汉迢迢暗度。金风玉露一相
> 逢，便胜却人间无数。　　柔情似水，佳期如梦，忍顾鹊桥归
> 路，两情若是久长时，又岂在朝朝暮暮。"

蓬莱魔女笑道："不错，咱们可不要为了儿女之情，忘了兴亡
之责。你我的夫妻之情，原不在朝朝暮暮长厮守的。"红烛下夫妻
相视而笑，莫逆于心。正是：

牛郎织女银河会，人间天上两团圆。

（全书完）

飛鳳潛龍

一　古怪离奇的考试

他若死了，要你偿命！

剑戟如林，刀枪似雪。白玉堂前的两排卫士，人人都睁大了眼睛，目光集中在一个少年武士的身上。

这少年武士对周围的一切却似视而不见，听而不闻。众人的目光集中在他的身上，他也在全神贯注地盯着另一个人。

这是一个躺在胡床上的病人，穿的是金国御林军军官的服饰，身材魁梧，但面如金纸，气息奄奄，好似随时都会死去。

排在最后的两名卫士窃窃私议："咱们的王爷如此郑重其事倒是少见，你可知道这少年是什么人？""听说是济亲王檀元帅保举来的，名叫鲁世雄，是檀元帅一个老部下的儿子。檀元帅对他十分赏识。""哦，这就怪不得咱们的王爷对他如此看重了。""不然。不然。檀元帅和咱们的王爷都是铁面无私的人，这个人若不是有真本领，咱们的王爷绝不会任用。你瞧，现在不就是要他当众考试，以示无私吗？""考的什么试呀？为什么把患病多年的祈参将也抬了来？""这我就不知道了，不过，反正也就要揭晓了。禁声，禁声，王爷出来了！"

这是金国御林军统领完颜长之的府邸，完颜长之是金国当今皇上的叔父。不过他之所以能够统率金国的御林军，倒并不是凭着皇叔的身份。他的武功极高，是金国的第一高手。

此际，他正与一个白发苍苍的老者一起出现，这个老者是金国的御医，据说是金国的第二号杏林国手，医术之精，仅在医隐德充符之下。

完颜长之与御医在堂上一坐，顿时鸦雀无声。这肃穆的气氛使得鲁世雄心里也有点惴惴不安。他知道这场考试对他关系十分重大，荣辱得失，他的整个前途都将决定于这场考试的结果。他是有自信可以通得过这场考试的，不过，考试的时间只有一霎那，必须十分冷静，且手术十分准确；如今在众目睽睽之下进行，气氛又是如此紧张，心情若是稍受影响，下手若是稍有不慎，这后果就不堪想象！

　　鲁世雄行过了礼，御医问道："准备好了么？"鲁世雄答道："准备好了！"

　　完颜长之敲了敲桌子，炯炯双眸望着鲁世雄缓缓说道："你听清楚：他若死了，要你偿命！要是你不愿考试，现在还来得及！"

　　这样的考试办法比鲁世雄预料的还更严重。不过他仍是镇定答道："我愿意接受这场考试。"

　　完颜长之点了点头，蓦地喝道："好，开刀！"

朝着病人就是一刀

　　声犹未了，鲁世雄已是倏地拔出了一柄尖刀。这柄刀的样式很是特别，和普通的军刀大不相同，有三尺多长，却只有二指之阔，薄得好似透明一般。完颜长之"开刀"二字刚刚出口，鲁世雄朝着那躺在胡床上的病人，马上就是一刀剖下！

　　那两排卫士虽然听见是王爷叫他"开刀"的，但在这一霎那，却还是有许多人禁不住惊叫起来！有两个糊里糊涂的卫士，脑筋一时转不过来，竟然拔出了刀向他冲去，大呼小叫地喝道："王爷说的，他若死了，要你偿命！你却胆敢把他杀了！"眼看两把明晃晃的军刀就要劈到鲁世雄的身上，完颜长之一击桌子，喝道："蠢材，退下！"这两个卫士才蓦地明白过来，鲁世雄不是杀人，而是动用手术救人。

　　鲁世雄眼中只有那病人，周围发生的事情他毫不理会。

　　肝腹剖开，血光迸现，鲁世雄以迅速灵活的手法，尖刀一旋，就把一个茶杯大的肉瘤割了下来。有两人立即上来，替病人缝上伤口。他们是御医的助手。

鲁世雄抹了一额冷汗，缓缓插刀入鞘。但正当他紧张的心情松弛之际，那两个助手忽地又发出惊呼："祈参将死了！"

完颜长之吃了一惊，正要发作，那御医却微微一笑，摇了摇手，随即指着那两个助手说道："你们跟我这么多年，怎的还是如此糊涂，连真死假死都不知道？"那两个助手相顾愕然，有一个不敢出声，另一个说道："他气息都没有了，还不是死么？"

鲁世雄弯腰施了一礼，说道："王爷放心，他就会活过来的。"说罢取出一枚银针，向那病人的额角插入，说道："他是任脉发病，故而小腹结块。现在我针他的太阳穴，不知对不对？"

他是以后辈的身份、请教的口吻向那御医发问的。不过答案却是不用那御医说了，因为那病人在他拔起了银针之后，已呻吟出声，双目也张开了。

那御医露出满意的笑容，说道："你的医术很是不错，更难得的是如此镇定，真不愧是医隐德充符的弟子。"

完颜长之道："确是神乎其技。德充符的弟子尚且如此，德充符应该是天下第一了吧？何以有人说他还比不上柳元宗？"

那御医叹了口气，说道："因为柳元宗对穴道铜人的奥秘已懂得了一半。德充符只怕还是比不上他的。"

完颜长之面色沉重，想了一想，招手叫他的卫士队长过来，问道："上一场武功考试，他的结果如何？"

卫士队长答道："军中十八名高手，尽败在他的手下。"

完颜长之露出笑容，说道："好，很好！你的武功医术都是上上之选，只要再通得过最后的一场考试，你就可以被录用了！"

鲁世雄暗暗吃惊，问道："还有一场考试吗？不知考的什么？"

完颜长之道："不错。这是最关紧要的一场考试！考的什么，何时举行，事前我都不能告诉你。或者在今天，或者明天，或者十天半月之后都说不定。好了，你考了两场，想必也很累了，你先去歇息吧。他的房间准备了没有？"

"为什么把我关进石牢?"

卫士队长答道:"准备好了。"

完颜长之道:"好,你现在就陪他去吃饭,让他早点安歇。"

晚餐时候,卫士队长盛筵招待,还找了几个御林军的军官来作陪客。这些人都把鲁世雄当作未来的同僚看待,纷纷向他道贺,说这样难的两场考试他都通过了,最后一场想必也是不成问题。卫士队长却道:"我可是有点不懂,又不是要你当医官,为何要考你的医术?你可知道王爷要你做什么呢?"

鲁世雄只知道考上了就能录用,这是御林军统领完颜长之亲口答应他的。但完颜长之将给他一个什么样的职位,他就不知道了。不过,他虽然不知,心里却也猜得到几分。不但如此,他还料到,卫士队长这样问他,正是想要试探他究竟猜着了几分的。

于是鲁世雄故作漫不经意地随口答道:"或者因为王爷知道我学过几年医,所以试试我的医术吧。只要能给王爷效劳,王爷任用我做什么,我都是高兴的。"

晚餐过后,已是将近二更时分,卫士队长亲自提了灯笼,带他入房歇息。走过弯弯曲曲的回廊,到了一座石屋前面,卫士队长说道:"就是这间房了,你早点安歇吧。养足精神,好好准备最后一场考试。"

鲁世雄一踏进房间,只听得"砰"的一声,卫士队长已在外面把门关上!听那沉重的声响,鲁世雄立即知道这是一道铁门!

房里一片漆黑,伸手不见五指。鲁世雄伸手摸索,这个房间竟是空荡荡的,连一张床都没有,除了四面冰冷的石壁之外,就只有同样冰冷的四根柱子,从触觉上知道不是石头,但究竟是什么柱子,就分辨不出了。

"这分明是座石牢,谈得上什么安歇?"饶是鲁世雄胆大,此际也不禁有点着慌。"为什么把我关进石牢,难道王爷竟是对我起了猜疑?"

"我说你是奸细！"

鲁世雄是一个十分冷静的人，碰上这样的意外之事，初时不免一惊，但想了又想，觉得自己实在没有丝毫可以让人怀疑之处，这颗心也就渐渐定下来了。

"当然，完颜长之是绝不会无缘无故作弄我的，他这样摆布我，其中定有用意，但这又是为了什么呢？"鲁世雄百思不得其解，索性不去想它。他想道："既来之，则安之，我既自问无他，又何必猜度王爷的用意。还是听他的吩咐，养足精神，准备应付那最后一场随时可能来到的考试吧。"

鲁世雄不怕王爷对他猜疑，但想起这场考试，却是又不免有点心烦了。"这将是一场怎样古怪离奇的考试呢？"一个人对于已知的事物，是有勇气应付的；但现在他好像是被蒙上了眼睛，让人推到一个神秘的地方，去接受不可知的命运，即使他有自信可以通过任何危险的考试，也难免忐忑不安了。

不过由于他在白天经过了那么紧张的两场考试——上午是和御林军的十八名高手比武，下午是在刀枪林立的心理威胁之下，施用手术救人——之后，也真是心力交瘁了。因此，他虽然忐忑不安，渐渐也就睡着了。

也不知过了多久，朦胧中忽地如有所觉，久经训练的鲁世雄顿时跳了起来，黑牢中似乎有些异样，本来极为寂静，这时似乎有了点什么声息！

这屋子里有人！

鲁世雄立即就想扑过去，心念电转，连忙煞住。要知他身在御林军统领的府邸，是一个防卫何等森严的地方！这石牢密不通风，连苍蝇也飞不进来，屋子里若然有人，还能是什么人呢？

那个人不等鲁世雄喝问，已先出声，口音怪极，好似捏着鼻子说话，而且说的不知是哪个地方的方言："咯伦科尔库钦哈巴！咯伦科尔库钦哈巴！"

鲁世雄喝道："你是谁？"那人又重复说了一次："咯伦科尔库

钦哈巴!"鲁世雄道:"你说什么?我听不懂!"

突然间,黑牢里大放光明,原来那四根柱子乃是水晶柱子,中间镂空,里面点燃了巨大的牛油烛。

就在屋里突然明亮之际,那人指着鲁世雄道:"我说,你是奸细!"这次说的是地道的大都口音。

在这样的情形之下,换了任何一个人只怕都要大吃一惊,但鲁世雄表现出来的只是愤怒的神色,并没吃惊。

甚至连愤怒的神色都是假装出来的,不过假装得很像,再精明的人都难以觉察。

鲁世雄在表面愤怒的掩饰下,冷静地观察了那个人。

"我是来救你的!"

只见这个人不过五尺高,却有一个斗大的头颅,与身体的比例极不相称。头上发如乱草,脸上木然毫无表情,令人一见就禁不住心中有几分寒意。

鲁世雄大声说道:"你凭什么说我是奸细?我和你到王爷跟前对质去!"

这人冷笑道:"哼,对质?是王爷叫我来拿你的!王爷早已知道你是奸细了!"

鲁世雄道:"你胡说八道,我不相信!"

这人大笑道:"哈哈,你不相信?你还在做着功名富贵的美梦?你想想看:你是檀元帅保荐来的人,如果不是因为王爷早已知道你是奸细,他焉会把你关进这个石牢?"

鲁世雄冷冷说道:"你当真是奉命而来的吗?"

这人道:"当然!要不然我怎进得了这个石牢?"

鲁世雄道:"好,那你就应该把我缚去呀,和我啰里啰唆的多说干什么?"

这人笑道:"你终于承认是奸细了吧?"

鲁世雄道:"谁说我承认了?我一身清白,不怕旁人诬蔑。你马上带我去见王爷,我可以早些求个水落石出!"

那大头汉子忽地把"脸皮"剥下，只见秀发如云，长眉入鬓，眼如秋水，脸似凝脂。

这人叹口气道:"蠢材呀,蠢材!你以为还可以蒙混得过吗?王爷早已掌握了证据,对你的底细知道得一清二楚了。你死不足惜,却误了大事了!"

鲁世雄陡地喝道:"你是谁?"

这人忽地摇了摇手,说道:"小声点儿。你不用害怕,我是来救你的!"

鲁世雄道:"你究竟是什么人?我用不着你救!"

这人说道:"真人面前别说假话!到了现在你还和我装腔作势做什么?我和你一样,都是从江南来的。你混过了檀元帅的兵营,当了军官;我混进了完颜统领的王府,当了卫士。你明白了吧?"

鲁世雄道:"哦,原来你是临安的奸细!"

这人答道:"彼此彼此。幸亏今晚是差遣我来,否则你现在已经是身首异处了。闲话少说,赶快走吧!"

鲁世雄道:"好!"走近这人身边,突然便是骈指一戳,点他的太阳穴!

这人冷不及防,侧头闪避之时,额角已给他的指头戳着,只听得"卜"的一声,如触败革,竟不似血肉之躯。

鲁世雄大叫道:"拿奸细呀!"

这人的本领也好生了得,一个盘龙绕步,避招进招,反切鲁世雄的脉门。鲁世雄闪电般地拔剑出鞘,刷的便是一剑刺去!

黑牢中的恶斗

这人的身手也是矫捷之极,鲁世雄这里一剑刺去,他那里亦是刀已出鞘,"当"的一声,刀剑相击,火花四溅!

这人身形一晃,鲁世雄紧接着一招"白虹贯日",刺他前心。不料一剑搠空,这人已绕到了他的背后,刀劈他的琵琶骨。

鲁世雄头也不回,反手一剑格住他的宝刀,正要使出内力,震落他的兵刃,这人不待招数使出,立即变招换位,一个"铁牛耕地",刀光闪闪砍他双足。

鲁世雄一跳闪开,心头不禁微凛:"这人的本领真是不弱,我倒不可以轻敌了!"

刀来剑往，越斗越紧。这人的刀法古怪之极，兵器中本来是用刀主刚，用剑主柔，但这人的刀法轻灵迅捷，兼有剑法之长。鲁世雄凝神应付，把平生所学都施展出来，还是给他抢了先手。

这人一口气砍出六六三十六刀，快得难以形容。鲁世雄步步后退，眼看就要给他迫到墙角，鲁世雄蓦地喝声："着！"轰然声响，一剑刺穿了他的"脸皮"。原来鲁世雄是以退为进，用了"骄敌"之计，诱使对方急攻，这才能够把握最适当的时机，使出最精妙的剑术！

鲁世雄的动作快到极点，一剑刺穿他的"脸皮"，跟着就点他穴道。可是他却料不到"螳螂捕蝉，黄雀在后"。有人比他更快，就在他剑尖即将刺着对方的穴道之际，忽听得"当"的一声响，鲁世雄虎口一麻，长剑已给另一人的暗器打落！

这人的暗器不过是一枚梅花针！

梅花针是分量最轻的暗器，居然能打落鲁世雄手中的长剑，这已经是不可思议的了。但这人的武功之高，还不止此，这石牢里只有鲁世雄和那大头怪人，用梅花针的这人兀未现身，当然是在屋子外面。这牢房四面石壁并无窗户，显然这枚梅花针又是从一个鲁世雄未曾发觉的小孔打进来的。暗器打得如此之准，可想而知，这人的听风辨器之术已臻化境！

他的惊愕还不仅仅是因为手中长剑给人打落，还有一件令他更感到意外的事情。

那大头汉子"脸皮"给他刺穿，忽地把"脸皮"剥下，只见秀发如云，长眉入鬓，眼如秋水，脸似凝脂，出现在他的面前是个十分美丽的少女！原来她是戴着面具的。鲁世雄早已知道对方是戴着面具，不过却不知道"他"是女子，而且是这样一个他有生以来从未见过的美女！

就在这时，有人推门而入，哈哈笑道："最后一场考试，已经完了！"

二　穴道铜人的秘密

王爷的干女儿"冲天凤"

这个推门而入、哈哈大笑的人，正是这座王府的主人——御林军统领完颜长之。

鲁世雄这才知道，原来今晚的遭遇就是完颜长之所安排的最后的一场考试，心里不由得暗暗叫了一声："侥幸！"

"但愿这当真是最后的一场考试，要不然，倘若还有什么古怪的花样，我可就真是要吃不消了！"

当然，这个答案只有完颜长之知道，但看他满面笑容，看来他对鲁世雄的考试成绩已经很满意。"大约不会再给我出什么难题了吧？"鲁世雄心想。

完颜长之笑道："你们是不打不相识，来，来，来，我和你们介绍介绍，他是檀元帅最赏识的少年将领，名叫鲁世雄；这是小女，闺名飞凤。"

鲁世雄吃了一惊，连忙说道："小将不知是王爷的掌珠，冒犯格格，罪该万死。"

鲁世雄口里说话，心里可有点疑惑："檀元帅曾经说过，完颜统领只有一个儿子，并没女儿。难道檀元帅还不清楚他的家人子女？莫非这位飞凤格格，就是……"

完颜长之似乎看出他的疑惑，说道："飞凤虽然是我的干女儿，但我却是最疼爱她的。她的武功是我亲自教的，怎么样，还不错吧？"

鲁世雄这才恍然大悟，心想："这就对了。原来她就是那'冲天凤',果然名不虚传!"

原来完颜长之有一位复姓独孤的家将,曾跟完颜长之出生入死,身经百战。在某一次与南宋的战役中,这位独孤家将不幸战死,留下一个幼女,由完颜长之收入王府,抚养成人。独孤飞凤武艺高强,人又能干,完颜长之十分宠信她,不但王府的事情她出得主意,甚至许多军国大事,完颜长之也让她参与机密。她经常独自骑马在京城行走,有些浮薄少年,不知她的来历去调戏她,给她打个半死。这样的事情闹了几次之后,大都的人都知道她了,谁也不敢惹她。于是她就得了一个绰号叫做"冲天凤"。鲁世雄是到了大都之后,才听人说起"冲天凤"的事情的。不过,这些人也还不知道"冲天凤"是王爷的干女儿。

鲁世雄知道了面前的这位姑娘的身份之后,哪里还敢怠慢,忙恭维道:"格格武艺高强,小将十分佩服!"独孤飞凤哼了一声,爱理不理的样子。

完颜长之笑道:"凤儿,你虽然输了一招,也算不得是失了面子的事。你不知道,咱们军中的十八名高手都败在他的手下呢!你只输一招,算得了什么?怎么样,你对他的武功也应该很佩服了吧?"

"为何你不杀她?"

独孤飞凤撅着小嘴儿道:"不错。他这一招虽然取巧,也算得是不错了。不过,他的武功不错,爹爹,你这一着,却是错了。"

完颜长之怔了怔,心里想道:"这句话的意思可是说得不大清楚。凤儿是在埋怨我呢,还是在说我今晚的安排不当呢?回头倒要好好地问她。"

于是完颜长之哈哈一笑,说道:"我这枚梅花针是发得迟了一些,累你受惊恐了,怪不得你怨我,我也觉得惭愧呢。这几年来我疏于练习,暗器的功夫是差得多了。"

完颜长之又回过头来对鲁世雄道:"你武功之高,也是有些出乎我的意料,我本以为随时可以打落你手中长剑,让你只是点到即止，赢了一招，便可收场。不料你的出剑竟是如此之快，险些把我的凤儿伤了。不过，也幸亏你没有伤着她，否则，嘿嘿，只怕我那一枚梅花针，也就不是这样打法了！"

鲁世雄悚然暗惊，心里想道："好在我警觉得早，知道她是戴着面具，便只想揭开她的庐山真面目，根本没想到要伤她。否则大事可就坏了。"要知像完颜长之如此听风辨器之术已臻化境的人，若然鲁世雄那一剑有想伤人之意，出手定然较重，完颜长之必然分辨得出，那时他为要有效地制止鲁世雄，那枚梅花针多半也就会射入鲁世雄穴道。鲁世雄受伤不打紧，一生的前程也就要因此毁了。

鲁世雄心里暗暗吃惊，神色却是丝毫不露，说道："王爷的梅花针真是神乎其技，如此高明的暗器功夫还谦称已嫌荒疏，像我这样粗浅的三脚猫功夫，当真是要惭愧得无地自容了！"

完颜长之笑道："你也不必太过自谦，以你的武学造诣，用不了十年就可以赶得上我。不过，我倒是有个疑问，想要请教！"

鲁世雄垂手说道："不敢，王爷请说。"

完颜长之忽地面色一变，说道："在刚才那样的情形之下，她已经说出她的身份为南朝奸细，为何你不杀她？难道说你已经猜到她说的乃是假话？又或者你已经知道她是什么人？"

鲁世雄恭恭敬敬地答道："小将实是不知。不过，此事既是在王府之内发生，不管她是什么人，小将认为，总是该由王爷发落才是。所以，小将不敢擅自杀人。"

完颜长之哈哈笑道："对，你做得好极了，武功好的人并不难找，像你这样小心谨慎、做事极有分寸的人却极难得。好，你这最后一场考试，成绩我是十分满意。现在我要给你安排差事了。不过，我得先问问你的意思。"

中国的国宝

鲁世雄道："但求得在王爷麾下效力，赴汤蹈火，在所不辞；执鞭坠镫，均属所愿。"

独孤飞凤忽地盈盈起立，裣衽一礼，说道："爹爹，你们要谈正事，女儿告退。"

完颜长之笑道："你在这里也无妨。"

独孤飞凤道："不啦，你给鲁将军安排差事，也不必我在这里；并且，我还有点事情呢。"

独孤飞凤一脸冷漠的神气，好像她对鲁世雄的事情丝毫不感兴趣；又似乎是另有心事，魂不守舍的样子。鲁世雄只道她是因为败在自己的手下，心存芥蒂，故而装出这副冷漠的神情，所以也不怎样放在心上。

独孤飞凤走后，完颜长之缓缓说道："你以为我会给你什么差事？我告诉你：你刚才说的那几句话，全都想错了。我无需你赴汤蹈火，更无需你执鞭坠镫。因为我根本就不是要你在我的麾下作征战之事。"

鲁世雄怔了一怔，说道："任凭王爷差遣，王爷要我做什么我就做什么。"

完颜长之接下去说道："本来你一身武艺，是应该图个军功出身的，但现在我想派给你的差事，却是要你如苦读寒窗的举子一样，整天关在屋子里。也许你就默默无闻地过了一生，什么功名富贵都得不着，你愿意吗？"

鲁世雄道："我只知道为王爷出力，是王爷吩咐的我都愿意。"完颜长之道："好，那么我现在可以告诉你了。我先问一问你，你可知道'穴道铜人'是什么吗？你的这件差事必须从穴道铜人说起。"

鲁世雄道："不知。"

完颜长之道："你的大师父从没对你说过吗？"言下似乎微有诧异。

鲁世雄道："没有。"

完颜长之点了点头，说道："好，你的大师父倒是真能守口如瓶。我现在告诉你吧，这穴道铜人乃是中国的国宝！"

鲁世雄道："哦，是中国的国宝？那么对咱们有何用处？"

完颜长之得意笑道："但现在则是咱们金国的国宝了。十年前咱们攻破汴京，掳了北宋徽、钦二帝，宋室因此被迫迁往江南。咱们捉了他们的两个皇帝不算怎么稀奇，得了这穴道铜人可宝贝了！"

"人人梦寐以求，只有一人例外。"

鲁世雄问道："不知穴道铜人有何好处？"

完颜长之道："这铜人身上刻有最详细的穴道部位，经络分明，任何武学典籍与医书，关于穴道的研究，都没有这个'穴道铜人'来得详细精微。因此，这个铜人对于武学医学，都有极大的价值。武林宗师，杏林国手，梦寐以求的就是能见一见这个铜人。"

鲁世雄对武学医术均曾下过苦功，一听便即明白，点了点头，说道："如此说来，这当真是稀世之珍了。"

完颜长之歇了一歇，望了鲁世雄一眼，说道："你的大师父是我国国手，你的二师父又是武学名家。听说你的大师父对针灸一门，尤具专长。想必你对于穴道，也是颇有研究的了？"

鲁世雄字斟句酌地答道："人身经脉复杂之极，据已知的医学著述，就有十二经筋，十五脉络，又有奇经八脉与脏腑之中的若干隐穴。大师父曾对我说，他对于穴道的探究，已经清楚明白的尚未到十之二三。师父的本领传给我的又未到十分之一，是以我实在还谈不上'研究'这两个字。"

完颜长之微微一笑，说道："你太谦虚了。不过人身经脉穴道的奥秘，的确也是足以令天下才智之士蹙眉兴叹。这穴道铜人，我们曾聘请了数以百计的武学名家与杏林国手，共同研究了十年，至今尚未能穷悉其中秘奥！"

说至此处，完颜长之忽地停了下来，想了一想，说道："因此，我有一疑问，至今未解。这穴道铜人本来是杏林国手、武学名家梦寐以求，但愿一见的宝贝，所以经我聘请的人无不欣然而来，但只有一个人例外，这个人就是你的大师父！"

鲁世雄道："大师父从未和我提及此事，我也不知其中缘故。但据我所知，大师父在十年前就患了不治之症，凭着他的精妙医术才能苟延至今。因此他只能传授他已知的东西，却是不宜再用脑的了。"

完颜长之道："原来如此，这就怪不得他宁可放弃这样宝贵的机会了。你别误会，我对你的大师父是绝对没有疑心的，要不然我也不会接受檀元帅的推荐，要你来了。我只是想知道他那次不来的原因而已。"

鲁世雄道："小将明白，对王爷的栽培，小将十分感激。"

完颜长之道："你的大师父只知道有穴道铜人，还有一件宝物，则是他未曾知道的。这件宝物和穴道铜人有连带关系，我一并和你说了吧。这是宋宫的第二件宝物，论价值不亚于穴道铜人，说来倒有一个故事。"

"赵匡胤是个武学高手！"

完颜长之道："你和宋国打过仗，对宋国的历史或许知道一些，宋国的开国之君赵匡胤是个什么样的人，你知道吗？"

这一问颇出鲁世雄意外，当下小心答道："我只听说南宋现在的皇帝赵构是个昏君，至于他们的开国之君，年代久远，军中谈论他的人已经不多了。"

完颜长之道："那么也总有谈到一些吧？"

鲁世雄道："听说他本来是个统兵的大将，后来他的部下在陈桥举行兵变，篡夺了后周，拥立他为帝的。据说赵匡胤打仗的本领倒还不错。"

完颜长之笑道："赵匡胤不仅是个有军事才能的将领，他还是个武学高手呢！"

鲁世雄道："真的吗？这我可就不知道了！"

完颜长之道："在你们军中，'太祖长拳'和'二圣棒'是不是相当流行？"

鲁世雄道："学这两套拳棒的人是相当多，不过据我看来，也不过是普普通通的拳术棒法。"

完颜长之说道："那是因为后来所学的人不得真传的缘故，这两套拳棒其实是相当精妙的。但我要谈的不是拳棒的本身，而是这两套拳棒的来历，你知道吗？"

鲁世雄道："小将孤陋寡闻，请王爷指教。"

完颜长之道："赵匡胤是宋太祖，'太祖长拳'即是赵匡胤当年称雄江湖的一套拳术。至于'二圣棒'之名的由来，则包括赵匡胤的弟弟赵匡义在内。他们兄弟二人都长于棍棒，赵匡义后来弟继兄位，是为宋太宗，故此与赵匡胤合称'二圣'。赵匡胤出身微贱，早年曾闯荡江湖，后来才以军功出身，做到后周的大将。他曾有'一条棍棒打平四百军州'之说。赵匡义的武艺是他哥哥教的，但他人颇聪明，在棒法上也有独到之处。是以兄弟二人合创了'二圣棒'。"

鲁世雄道："原来如此。这么说，我们的军士学的这两套拳棒是从汉人中传来的了。我们还保留原来的名称，这，这可实在是很不妥当了。"

完颜长之笑道："这也用不着避忌。赵匡胤本来是宋太祖嘛。咱们的兵士学了他的拳术，沿用旧名，有何不可？只要学了敌人的功夫能够打败敌人，那就好了！"

鲁世雄道："是，是。王爷见识博宏，非小将可及。"

完颜长之道："我说了半天，现在该说到正题了。赵匡胤不但拳棒双绝，而且内功的造诣也很不凡。兵器与内功的关系，想来你是懂得的。"

鲁世雄道："是，这是一定的。若无深厚的内功作基础，任何兵器也不能发挥出大威力来。"

"现在要借重你了！"

完颜长之道："赵匡胤的武功得于华山隐士陈抟的传授。这个陈抟是被汉人当作神仙一流人物看待的。有个故事说是赵匡胤未曾富贵之时，陈抟和他赌棋，以华山为注，赵匡胤输了华山给他。传棋术是假的，传武功则是真的。陈抟将他的内功心法写成了一篇《指元篇》，附在拳经之内，都传给了赵匡胤。"

鲁世雄笑道："如此说来，赵匡胤若是不做皇帝，也可以成为一派的武学宗师了。却何以宋国的国势一弱至此呢？时到今日，非但比不上咱们大金，连新兴的蒙古恐怕也比不上了。"

完颜长之道："赵匡胤私心太重，取得江山之后，便以为天下太平，听宰相赵普之计，杯酒释兵权，解除各将领的兵权，从此号称'重文轻武'，实际只是造成了许多只知富贵功名的贪官污吏！宋太宗赵匡义以后，更是一代不如一代，耽于逸乐，无心练武。以至这陈抟所传的拳经、心法，尘封于大内之中，等于废纸！"

鲁世雄道："王爷所说的第二件宝物，敢情就是指这拳经心法？"

完颜长之道："不错。那年咱们金国的大军攻陷汴京之后，把宋国大内的宝物，全部搬回大都。其中就有那穴道铜人与陈抟毕生心血所著的武功秘笈！"

鲁世雄道："宋国之宝，尽归大金，这真是咱们大金之幸。"

完颜长之叹口气道："可惜陈抟的武功心法，也是极为深奥，咱们直到如今，仍然弄不明白。"

完颜长之深沉地看了鲁世雄一眼，说道："所以现在我要借重你了！"

鲁世雄惶然道："王爷言重了，请王爷吩咐！"

完颜长之道："皇上得了宋国这两件宝物之后，在宫中设了一个'研经院'，礼聘天下武学名家及杏林国手入宫研究，务必要推究出穴道铜人的秘密与那《指元篇》的奥义。研经院就是由我主持，现在我请你参与其事，这事说不定是要穷你毕生之力的，你愿意吗？"

鲁世雄道："这是为国效忠，为王爷效劳的大事，小将焉有不愿？但只怕小将才疏学浅，有负王爷期望。"

完颜长之道："你不必客气，你有三个条件适合，所以我才选中你的。第一，你是医隐德充符的弟子，御医也称赞你的医术了得。第二，你的武学造诣很不错，我手下的御林军军官，就没有谁比得上你。陈抟的内功心法是必须武学有造诣的人才能研究，而穴道铜人，更须在武学之外，兼通医术。你两者俱长，自是最适当的人选。第三，你又是金国人，是檀元帅的亲信，我可以信得过你。

你要知道，假如你不是金国人，而只具备前两个条件，我还不会选中你呢！"

金宫盗宝案

鲁世雄道："研经院中没有汉人？"

完颜长之道："从前是有的，后来出了一件案子，从此就不再用汉人了。"

"七年前有个汉人名叫柳元宗，医术武学，均负盛名，应聘入宫。我们对汉人已是特别防范的了，想不到某一天晚上，他在大内高手的严密监视之下，还是偷去了十三张穴道铜人的图解。"

这便是有名的"金宫盗宝案"，鲁世雄在江湖行走之时，曾经听人说过，但却知而不详，不知所盗之宝为何。如今才知道柳元宗所盗的竟是穴道铜人的秘密。

完颜长之接着说道："当时柳元宗杀了咱们的十八名大内高手，他也受了重伤。我以为他已经死了。最近才知道他没有死，而且听说已逃到江南去了。"

完颜长之对这"金宫盗宝案"似乎不愿多提，说至此处，便转过话题道："这样的事情以后是绝不会再有的了，我们已经采取一切可能想到的办法防止意外。但也因此，研经院中添了许多禁例，有些禁例，或许你会觉得是十分不近人情的，你能够受得住这些委屈吗？"

鲁世雄说道："为了防范意外，这是应该的。小将矢誓为国尽忠，为王爷效力，赴汤蹈火，尚且不辞，何况只是仅仅一些委屈。但不知是些什么禁例，请王爷赐示，以便遵循。"

完颜长之淡淡说道："我也记不了那许多，到了院中，自然有人告诉你。主持那座研经院之日常事务的是我的副手班建侯，他随时都在那里；我却不一定，通常是三五天才去一次。"

此时已是天亮时分，完颜长之说道："好，难得你有如此决心，你今天就开始工作。这是一面金牌，凭此作为记号，切不可失去。牌在人在，牌亡人亡，你要记着。"

鲁世雄接过金牌一看，只见金牌上刻有自己的肖像，肖像下面有"一二四"这个号码。鲁世雄暗暗叫惊，心里想道："原来王爷早已料准了我会答应，都给我准备好了。这个号码想必是表示我是参加这项工作的第一百二十四个人。"

完颜长之笑道："其实这个金牌给人偷了，对那人也是没用的，但对你来说，那就是保命符了。院中卫士时时会更换，倘若碰上认不得你的卫士，你交不出金牌，他就会杀了你。当然，你在院中也不可能随便走动，你到了那儿，班建侯会把一切规矩都告诉你。好，现在去吧。"

完颜长之打开石牢的后门，走出去便是王府花园的一个角门，一辆马车已经停在外面，车夫是个须眉皆白的老者，老态龙钟地倦倚着马车，正在打瞌睡。

布袋蒙头　马车疾驰

完颜长之道："你的事情我已经向班建侯交代清楚，你到研经院，他自会替你安排。这人是专为你驾车的，以后你每日来回，就由他接送。"

那老车夫这才张开了眼睛，懒洋洋地打了个哈欠，说道："鲁大人，请上车吧。"

鲁世雄正要跨上马车，忽觉眼前一黑，那老车夫以快得难以形容的手法，把一个布袋突然向他当头罩下。

学过武功的人，遇到意外的袭击，本能地会生出反应，鲁世雄双臂一振，要把那老车夫抛开，可是那老车夫双臂合抱，竟似一个铁箍，把他箍得不得动弹，鲁世雄心念电转，立即放弃了反抗。就在此时，只听得完颜长之笑道："世雄，我忘了告诉你了，这是规矩。你必须蒙上眼睛，才能去那儿的。"

鲁世雄吁了口气，心道："幸好我未曾鲁莽。"他心中自忖，假如刚才自己用全力挣扎的话，是否能脱出那车夫的掌握实未可知，不过，即使能够挣脱，只怕也要两败俱伤了。这老车夫的本领，竟然在他昨天所打败的那十八名御林军高手之上，鲁世雄不禁大为骇异!

那个布袋刚好罩过他的头部，在他的咽喉部分收束，虽然可以呼吸，但也有点难受。鲁世雄心里明白，这个老车夫不只是负责接送他的，一定还有着监视他的责任。他坐在车厢里面，触觉所得，知道还有厚厚的一层车帘，那老车夫坐在前面为他驾车，背朝向他，他本来可以偷偷解开布袋，透一口气。但他想到这老车夫是监视他的，尽管他感到不大舒服，尽管那老车夫未必看得见他，他也不敢试图解开这个蒙住他的头的布袋了。

马车跑得快，鲁世雄被蒙住了头，感觉得有如腾云驾雾一般，心里有点奇怪，想道："完颜长之说过，研经院是设在宫中的，但从完颜长之的王府到宫中应该都是平路，何以这辆马车却似上山落山？山坡虽然不算陡峭也不很高，但无论如何，就我感觉所得，这总不是平路！莫非那研经院已经改了地址！完颜长之不想让我知道？"

鲁世雄有生以来第一次遭遇这样神秘的经历，心里着实有点惴惴不安。昨晚他在那座石牢的时候，觉得自己好像是让人蒙上了眼睛，推到一个神秘的地方，去接受一个不可知的命运。如今这样的感觉是更强烈了。而且这是的确给人蒙上了眼睛，送到一个神秘的地方了。

鲁世雄正自胡思乱想，忽听得老车夫说道："到了，你可以解开布袋啦！"

宫娥服侍请更衣

鲁世雄睁眼一看，只见马车停在一间大屋外面。金碧琉璃瓦，朱红大铁门，墙高数丈，像一座宫殿，更像一座小小的城堡。周围翠柏森森，遮住了阳光，远一处的景物就看不见了。也不知是否已是身在宫中？

守门的卫士道："是新来的吗？"老车夫代答道："不错，他就是王爷昨天亲自取中的那个鲁世雄。"卫士验过金牌，挥手说道："进去吧。"老车夫道："我先回去了，到时候我再来接你。"

进了大门，有一个穿着军官服饰的武士前来带引，穿过一道回廊，那武士推开一扇门，说道："请进！"却没有跟他进去。

屋内有两名艳装的宫娥，一个捧着衣裳，一个捧着冠履，轻启朱唇，娇声呖呖地说道："请鲁大人更衣。"

鲁世雄怔了一怔，这屋子内并无屏风之类的设备，只是两边有排架子，一格格的放着铁箱。鲁世雄讷讷说道："我，我在这更衣？"

年纪较长的那个宫娥笑道："这是规矩，你初来不惯，久了就惯了。"一面说话，一面就来服侍他更衣。鲁世雄听得"规矩"二字，心中一凛，无可奈何，只好当着两个宫娥的面，把衣裳脱下。饶是他久经训练，遇事从来都是沉着之极，此际，身无寸缕地站在两个绮年玉貌的少女面前，也是不禁为之面红。

那两个宫娥却似熟视无睹地替鲁世雄换上新衣。鲁世雄问道："佩剑也留在这里吗？"

宫娥答道："不错，身上的一切东西都得留下，只除了王爷给你的那面金牌。"鲁世雄心想："好古怪的规矩，想必是恐防有人带了违禁的东西进来。但这样的规矩，却也未免令人太难为情了。"

宫娥把他的衣服折好，连同那把佩剑，放在铁箱之内，说道："你要回去的时候，凭你那面金牌领回衣物。到时不一定是我们在这里当值的。"那个铁箱上面写有"一二四"这个号码。

宫娥打开另一扇门，刚才带引他的那个武士已在外面等候。鲁世雄跟着他走，走不多久，又到了一间屋子，那武士高声报道："鲁将军到。"然后小声地对鲁世雄道："你进去谒见班副统领吧。"

鲁世雄知道是主持研经院的御林军副统领班建侯，不敢怠慢，进去便行下属参见长官的大礼。班建侯哈哈笑道："王爷很夸赞你。不必客气，不必客气。"双手作势一抬，还未碰着他的身体，鲁世雄已觉得有一股大力将他扶了起来。不过鲁世雄亦已半屈膝请了个安了。

院中高手武功惊人

班建侯微笑道："怪不得王爷夸赞你，你今年大约未满三十岁

宫娥服侍请更衣。

吧？在你的年纪有这样的武功，的确是很不错了。"

班建侯称赞他，鲁世雄心中可是暗暗吃惊，想道："班建侯的本领虽然比不上完颜长之，却是也远远在我之上了。我昨天打败了十八名军官，自己就很得意，如今想来，真是可笑，真正的高手，我还未曾会着呢！"

班建侯和他客气了几句，随即说道："你的房间我已经给你准备好了，现在就带你去吧！"

这座研经院占地甚广，里面是座大花园，一幢幢独立的房舍，星罗棋布散处在花园之中，好像一户户人家似的。每幢都有院子，院内亦植有树木花卉。此时正是暮春三月时节，百花盛开，触目所及，处处红墙翠瓦，绿树红花，构成了一幅天然的图画。鲁世雄心里想道："这里无殊世外桃源，终老此间，我亦心愿，只可惜我却不能。"

心念未已，忽听得沙沙声响，鲁世雄举头一看，只见在一座院子里，有个汉子正在抓起一把泥沙，向树上撒去。这座院子有几树桃花，桃花盛开，一群群蜜蜂前来采蜜，泥沙撒去，蜜蜂纷纷坠地。这还不足为奇，鲁世雄正自想道："练暗器用蜜蜂作靶子，未免是残忍了一点吧？"转眼间只见坠地的蜜蜂一只只的又振翅飞了起来。

鲁世雄这才不禁大吃一惊，要知撒一把泥沙而能打落许多蜜蜂，已经是很难练的暗器功夫，但鲁世雄还勉强可以做到。像这人一般，每一粒泥沙的力量都用得恰到好处，只打晕了蜜蜂，而不伤害其性命，转眼间它们又可以飞了起来。这种暗器功夫，鲁世雄非独见所未见，而且闻所未闻！鲁世雄心里想道："完颜长之昨晚所显露的那手梅花针绝技，比起这人的暗器功夫，只怕还是稍有不如。看来在这研经院中，当真是藏龙伏虎，不可小觑了。"

班建侯笑道："这人研究穴道铜人的少阳图解，三年之久，还未参透其中一篇的奥秘，想必是心里烦闷，拿蜜蜂来戏耍解闷，我们不必管他，走吧！"

走过两幢房屋，忽然又见奇人奇事。院门打开，有个须眉皆白的老头子坐在石阶上将一把把的围棋子打到对面墙壁上，只只棋子嵌入墙内，转眼间布成一个棋局。班建侯笑道："你老人家不必焦躁，慢慢琢磨不迟。改天我找人来陪你下棋解闷。"说话之际，他已走进院子，大袖一展，把老人飞来的一把棋子兜住，哈哈一笑，还给了他。然后走了出来，悄悄地对鲁世雄道："这人一大把年纪，想不到火气还是这么旺盛。"

研经院中疯子

鲁世雄道："哦，这老人家却又是为何？"

班建侯道："他研究陈抟《指元篇》中的第七篇，碰到一个棘手的难题，苦思五年，迄今未解。他喜欢下围棋，心烦的时候，别无消遣，就自己和自己下棋解闷。结果常常是愈下愈闷，便摔棋子掷棋盘来发脾气。"

鲁世雄笑道："这老头子倒也有趣。"口里说笑，心中却是悚然暗惊。他如今方始知道金国的一流高手不是在御林军里面，而是在研经院中。这许多聪明才智之士，为了探索穴道铜人与《指元篇》的奥义，竟自弄得疯疯癫癫，思之能不令人气馁？

班建侯道："他们还算是好的了，有许多人还当真疯了呢。不过，你和他们不同，你在武学医术两门都有根底，又正当年富力强之时，而且又是经王爷特许可以晚上回去的，不至于像他们那样，有些人是十年足不出院门的了。"

说至此处，班建侯停了一停，瞧了一瞧鲁世雄的面色，接着笑道："十年足不出户，闷极无聊，也难怪有人发疯了。所以我现在已经把章程通融了许多，有时也可以让他们彼此往来，交交朋友。他们喜欢什么消遣，我也尽可能地满足他们。不过，你是例外，不必担心。"听他所说，研经院中的人，不但是不能外出，而且还禁止交游，老死不相往来。

鲁世雄道："多谢王爷和班大人的特别照顾，不过，我并不想例外，章程需要怎么样，我也可以像他们一样奉行。"

班建侯笑道："你是檀元帅的心腹爱将，曾经跟他南征北讨，立下不少汗马功劳。你的忠君爱国之心，王爷自是信得过的。二来，王爷这样安排，想必也有他的用意。你就不必觉得过意不去了。"

鲁世雄只好答"是"，不敢多言。

班建侯说道："到了。"将他带进一座房屋，这座房屋有三间房子，中间是书房布置，两边厢房是关住的，里面不知是什么，外面还有一个种有许多花木的院子。

班建侯和他进了书房，击了一击掌，两边厢房打开，一边走出一个宫娥，一边走出一个卫士。班建侯道："从今日起，你们服侍这位鲁大人。"

班建侯又对鲁世雄道："你若有所需，例如要茶要水的话，可以使唤这宫娥。这名卫士亦任你差遣，你有什么事情要找我，可以由他通报。另外还兼有看守之职，万一有什么意外的话，也省得你分心。例如倘有疯子要冲进来，这就是一种意外。"鲁世雄点了点头，说道："大人想得周到。"心里当然明白，宫娥卫士都是监视他的。

只得一图　大失所望

班建侯道："桌子上有一张穴道铜人图解是给你研究的，你把其中的奥秘弄得彻底明白之后，就请你把研究所得写出来，连同原来的图解交回给我。不过，只可以在这里钻研，片纸只字，都不能带出去的。你明白了么？"

鲁世雄点了点头，问道："穴道铜人共有多少图解？"

班建侯道："十二经筋，十五脉索，共有二十七张图解。另外还有奇经八脉，与上乘的武学关系密切，划入内功心法的研究部门，共有十六张图解。"

鲁世雄似乎想说什么，嘴唇动了一动，却没有说出来。

班建侯笑道："你莫非是嫌少么？院中很多宿学之士，一张图解，穷几年之力，也还未能探索出其中奥秘呢。当然，你是医隐德充符老前辈的弟子，或许可以比他们少用许多时间。不过也还是按部就班的好，别要贪多嚼不烂了。"

鲁世雄道："是，晚辈天资鲁钝，岂敢贪多。"班建侯这么一说，鲁世雄想说的话当然就更不敢说出来了。

班建侯道："这里的两壁图书是有关这张图解的医学典籍，或者可以供你参考。"

班建侯走后，宫娥退入了厢房，卫士出去守门，书房里就只有鲁世雄一人了。

鲁世雄拿起那张图解一看，看了半天，看出这是"足阳明胃经脉"的图解，只是"正经十二脉"中比较不大重要的一张图解。

鲁世雄大失所望，心里想道："我以为可以得见穴道铜人的，谁知只是得着一张图解。如此看来，即使我把二十七张图解都看过了，未见穴道铜人，也还不能说是已窥全豹。何况还有陈抟的指元篇内功心法，更是不知何时方能得见！"

不过，就只这一张不太重要的"足阳明胃经脉"的图解，已经是复杂之极，鲁世雄自忖在一年之内也未必有把握把它弄得彻底明白。

鲁世雄心里想道："如果我得见穴道铜人，可以事半功倍。如今只得一张图，那就必定是要事倍功半的了。"要知人身经脉乃是有表里配偶等等连带关系，例如"足阳明胃经脉"起于鼻梁凹陷部，旁纳"足太阳经脉"，入上齿龈内，复出环绕口唇，交叉于唇下勾的"承浆穴"处，再退沿腮下后方出"大迎穴"，沿颊车，上行耳前，过"客主穴"，沿发际到头颅。这就和足太阳经脉成为表里关系。没有"足太阳经脉"的图解参照研究，其艰难自是可想而知。

用心默记路线

鲁世雄心里想道：这一定是因为曾经发生过柳元宗那件盗宝案，所以加意提防。可是如此一来，每人每次都是得了一张前后不相关联的图解，茫无头绪地钻研，不知白费了多少气力，那就怪不得研经院中这许多聪明才智之士要蹙眉兴叹了！

鲁世雄的确是看出了问题的症结，他刚才也曾想过向班建侯指陈其中弊病，但怕引起猜疑，所以话到口边，终于还是忍住。

其实在"金宫盗宝案"发生之前，就已是如此作风了。不过，在案发之后，图解分得更多更细而已。研经院中，见过穴道铜人的只有完颜长之一人，而也只有完颜长之才有全部的图解和整本的《指元篇》。而且，这两件宝物连完颜长之也没权力带出研经院之外，它们是藏在院中一间只有完颜长之才能进去的密室之中。这件秘密，多年之后，鲁世雄方才知道。

鲁世雄暗自想道："欲速则不达，我就拼着在这里耗个十年八年，甚至一生吧！"于是静下心来，研究那张图解。

不知不觉又已是日影西斜的时候，鲁世雄全副心神沉浸在那奥秘的探索之中，直到班建侯进来，他方如梦初觉——一个白天已经过去了。

这一天的功夫，鲁世雄只探到一点线索，而且只是这张图解中一个穴道的循行部位的某一个线索，距离揭破这张图解的整个奥秘，还差十万八千里。

但他的这点成绩，班建侯已经很是满意。

班建侯收了那张图解，说道："今天是第一天，你可以早点回去。"鲁世雄正想说他愿意遵守院中规矩，该当什么时候回去就什么时候回去；但班建侯微微一笑，又接着说道："王爷很挂念你，他已经派人来接你了。"

鲁世雄凭着金牌，到那更衣室中，又一次在两个宫娥之前，脱下院中的衣裳，换上原来的穿着。他心里想道："这个办法的确是防止夹带的最有效办法，不过，却是未免太予人以难堪了。"

一切按照来时的规矩。鲁世雄蒙上了眼睛，坐上马车，由那个老车夫送他回府。

鲁世雄用心默记马车所经之路，哪儿拐弯，哪儿上高，哪儿下坡，心里想道："如果路线不变，一年之后，我闭着眼睛，也能独自来回！"

回到王府，完颜长之已经在一间密室里等着他了。

三　婚宴风波

鲁世雄是个孤儿

"班建侯说你今天的成绩很是不错，我很高兴。但我现在只想和你谈谈私事，你不用拘束，咱们就随便谈谈，好吗？"在密室中，完颜长之丝毫也没有摆出王爷的架子，很亲切地和鲁世雄说话。

鲁世雄稍微感到意外。他知道王爷肯让他入研经院，当然是要清楚他的一切。不过，他却没有料到是由王爷来亲自问他。事情也来得比他预期的快一些。鲁世雄暗自思量："不知他急于知道我的什么私事？"心念未已，完颜长之已在向他发问了。

"听说你是个孤儿？"

"是。十五年前，家父在檀元帅麾下，与南宋交兵，不幸阵亡。"

"你今年几岁？"

"小将今年二十有三。"

"哦，那么当时你只有八岁。你是由你母亲抚养成人的吗？"

"家母在家父阵亡之后，第二年亦已逝世。"

"令尊阵亡之时，你们母子是否留在家乡？"

"那年兵荒马乱，我的家乡曾一度被宋兵攻占。家母带了我流亡，她就是因为受不了走难之苦，死在路上的。"

"那么你后来倚靠谁人？你可愿意将你童年的遭遇告诉我么？"

"家母不幸去世之后，多亏有家农家收留了我。没多久，檀元帅派人来找寻我们母子，找着了我。从此我才脱离了灾难。"

"你还记得那户人家吗？"

"记得。那是青州古田乡乡下一户姓杜的人家。可惜三年前我想找他们报恩，他们却又不知搬到哪里去了。"

"檀元帅派来找你的那人是谁？"

"是家父的一位同僚。五年前亦已战死。"

"这人在你小时候可曾见过你？"

"他和我们是同一个村子里的人，他每次回家，必定来看我们母子。就是家父阵亡那年，出征之前，他也曾到过我的家里。"

完颜长之笑了一笑，说道："我这一问倒是愚蠢了。檀元帅当然不会派一个你们不熟识的人去找你们母子的。"

其实这些事情他都曾经向檀元帅打听过的，不过他要知道得更清楚些，是以不厌其详地发问。当下完颜长之想道："若是换了一个孩子，决计瞒不过那人的眼睛。鲁世雄这几年跟檀元师打仗，又曾立了不少军功。想来他决不会是南朝的奸细！"

王爷许亲

完颜长之想了一想，觉得这鲁世雄实是无可怀疑，于是拿定了主意，问道："你家里还有什么人？"

"我爹娘只生我一人，别无兄弟姐妹。"

"我知道。但家人并不限于兄弟姐妹，我想问你，你定了亲没有？"完颜长之笑着说。

鲁世雄心头一动，答道："小将父母双亡，未曾定亲。"此时他已隐隐猜到了完颜长之的用意。

完颜长之道："你的两位师父武林交游广阔，你在其门下十年，也没有碰上过合意的女子吗？"

"大师父身患绝症，山中静居；二师父与大师父手足情深，不忍相离，也很少到江湖行走。我在山中学艺十年，来访的客人不过是师父的几位老朋友而已。出师之后，我就投入檀元帅帐下，与江湖人物从无来往，更不要说碰上合意的女子了。"

完颜长之笑道："不错，这件事你昨天对我说过的，我都忘了。不过，你好像是说，你的大师父是十年之前才患的绝症吧?"

鲁世雄心头一凛，想道:"王爷好仔细，我说过的话，他其实是一字都没有忘记。"要知鲁世雄今年二十三岁，八岁那年檀元帅派人找着了他，随即送他到德充符兄弟家中学艺。德充符医术之精，金国无人能出其右;弟弟德充望则只习武功，是金国有数的武学名家。鲁世雄在德氏兄弟门下学艺十年，十八岁才技成出师的。

因此根据时间推算，德充符既是十年前得的绝症，那即是在鲁世雄拜师后第五年的事情了。

鲁世雄小心翼翼地答道:"是。我拜师之时，大师父尚未患上绝症，不过，也已经开始发觉一些征候了，是以不久他就带了我到山中隐居，不问世事。也因此而得了医隐之名。"

完颜长之笑道:"这么说来，你的师父也未曾和你说过亲了?"

鲁世雄道:"是。小将年纪尚轻，只思以身报国，而且是在军旅之中，是以无心及此。"

完颜长之哈哈笑道:"好志气! 不过，你如今离开军旅，年纪也有二十三岁了，可以成家立业啦! 成了家一样可以报国的呀!"

完颜长之见鲁世雄没有回答，歇了一歇，又再笑道:"凤儿与你是不打不相识，她的武功面貌你是见过的了。你喜不喜欢她?"

鲁世雄讷讷说道:"小将不敢。"

完颜长之大笑道:"那么你就是喜欢她了。我现在作主，将她许配给你!"

辗转反侧不能入寐

王爷的心意，鲁世雄在他向自己盘问身世的时候，早已猜到了几分，但此际听得王爷亲口许婚，他仍不禁有受宠若惊的感觉。当下惶然说道:"多承王爷错爱，只恐小将高攀不起。"

完颜长之笑道:"不是我夸赞我的女儿，她和你正是才貌相当，一对天生的佳偶。你不必推辞了，佳期我已定在明日，你可以有三天的假期。"

鲁世雄连忙跪下，向完颜长之磕头道谢，改口以"岳父"

相称。

完颜长之将他扶起来，说道："进了研经院的人，本来是不可以出来的，除非是有特别的事故，一两年才可以告一次假。只有很少数的几个人例外，你就是其中之一。你现在明白我为什么对你特别照顾的原因了吧？哈哈，我总不能让我的女儿嫁了丈夫还要空闺独守啊！"

鲁世雄脸上一红，说道："岳丈大人厚爱，小婿粉身碎骨，亦难报答。"

完颜长之道："你知道飞凤虽然是我的干女儿，我却是比亲生儿女更疼爱，你以后可要好好看待她啊！"

鲁世雄道："小婿得配金枝玉叶，自当长伺妆台，绝不让格格受半点委屈。"

完颜长之拈须笑道："你这番话，应该留待洞房之夜，向你的妻子说去。好，你辛苦一天，也该歇息了。今晚就在这里过一晚吧，明天再搬进新房。"

完颜长之叫他早点安歇，可是鲁世雄却是辗转反侧，不能入寐。也不知是由于过度的兴奋还是过度疲劳？或者是由于对杳不可知的命运的一种恐惧？不错，他现在已经是一步步踏上了成功之路，但他也开始尝到了心力交瘁的苦味了。

他熄了房中的灯火，从窗口望出去，但见星河耿耿，明月在天，触景生情，禁不住浮想联翩，悠然存思，茫然若梦。他的心飞到了一个遥远的地方，脑海中泛起了一个少女的影子。在那个地方，他们也曾同度过许多花月良宵。

外面隐隐传来了更鼓声，不知不觉已是三更了。鲁世雄如梦初醒，记起了自己如今是在王府，而且明天就要做新郎了，那个少女的影子被独孤飞凤的影子压下去了。

王爷的女儿许配给他，而且这个新娘还是美若天仙、倾动九域的独孤飞凤！这真是意想不到的奇遇，是多少人梦寐以求都求不到的好事。但此际，鲁世雄却有点惴惴不安，是祸？是福？有谁能够预料？鲁世雄心中苦笑，也只好不去想它，闭上眼睛，听凭命运的安排了。

几个人都是苦恼不安

在另一个房间里，独孤飞凤也正在为着这桩婚事，心中苦恼不安。

她听了完颜长之的说话，柳眉一竖，撅着小嘴儿道："女儿不嫁！"

完颜长之道："别孩子气了，男大当婚，女大当嫁。"

独孤飞凤道："世上也有一辈子不嫁的老姑娘。女儿愿意丫角终老，侍奉爹爹。"

完颜长之见她说得坚决，不似矫揉造作的模样，怔了一怔，心里想道："莫非是为了我那孩儿？"

完颜长之柔声道："凤儿，你嫌世雄官卑职小么？他做了我女婿，我自会提拔他，你还怕不能享受荣华富贵？你们成了亲，还是住在王府之中的。咱们父女也还可以日夕见面。"

独孤飞凤说道："女儿不是为了这个！"眼中泪珠莹然。

完颜长之心中歉疚，想道："我何尝不知道你和我那孩儿要好，可是我怎能让你们成亲？"

完颜长之轻抚她的秀发，说道："凤儿，你听我的话。你的心事我知道，但我现在正是要用人之际，世雄可以帮我很大的忙。我怕他靠不住，必须有一个人在他身边。你嫁了他，对我、对咱们大金国都有好处，你明白么？何况世雄的品貌武功都很不错，依我看来，比你的哥哥还胜过一筹呢。"

独孤飞凤听了这话，又羞又恼，心里想道："我的心事，你哪里能够知道？你以为我是想做你的媳妇么？"可是她的心事却不能对完颜长之说出来，虽然受了冤屈亦难自辩，当下赌气道："女儿受父王抚养之恩，无以为报，父王要女儿怎样，女儿只好依从就是。"

完颜长之勉强露出了一个笑容，说道："好，这才是听话的乖女儿。明天你就要做新娘了，今晚早点安歇吧。"他知道独孤飞凤心里是不愿意的，但想他们成亲之后，自然会慢慢好起来。独孤飞凤既然答应，他已经是可以了却一重心事了。

独孤飞凤这一晚也和鲁世雄一样，辗转反侧，不能入寐。她仰望夜空，心里想道："他现在是在什么地方呢？"可怜鲁世雄还知道他的"她"在什么地方，而独孤飞凤与她的意中人却是早已断了音讯。

独孤飞凤心里又想道："我即使知道他在什么地方，我又能够怎样？我能去找他么？找着了他又能够嫁给他么？父王是绝不会答应我和他成亲的啊！""既然不能够和他成为夫妇，唉，那也只好听从命运吧。只是，他知道了这件事情，不知要多苦恼呢！"

独孤飞凤哪里知道，为这件事苦恼的，还不止他们二人。

"妹子，不要声张！"

完颜长之回到书房，思潮起伏不定，正想叫人把儿子找来，忽听得有人轻轻敲了两下门，说道："爹爹，你还没睡？"他的儿子完颜定国不待他的叫唤，先自来了。

完颜定国进了房间，一副懊恼的神气说道："爹，听说你把妹子许配给了那个鲁世雄？"

完颜长之道："不错，你有什么话要说？"

完颜定国道："她不是我的亲生妹子，我想要她做我的王妃！"

完颜长之道："你疯了吗？这怎么成！"

"爹，你一向夸赞妹子能干，若是做了你的媳妇，一辈子可以当你的帮手，那不更好？"

完颜长之叹了口气，说道："定国，这会给人笑话的。一来，飞凤不过是咱们一个家人的女儿，她爹曾舍命救我，我因此才收了她做养女。我虽然疼爱她，将她视同己出，但究竟是丫头出身，怎能做你的王妃？二来我已许给了鲁世雄，若然反悔，满朝文武都会笑话我的。国儿，你不要痴心妄想了。耶律相国有意把女儿许配给你，日内我就会去说亲的。我们和耶律相国结为亲家，这才叫门当户对！"

其实，完颜长之还有一个原因，就是他要利用鲁世雄，必须好好地笼络他。

完颜定国怅然若失，还想说话，却被完颜长之厉声打断道："你清醒了再想一想，爹全是为了你的好，你可不要自误了前程。当今皇上未生太子，咱们是近支亲王，为父又手握兵权，将来你的前程无可限量，你明白了吗？"

完颜定国一听这话，知道父亲已有打算要在当今皇上驾崩之后，谋夺帝位，但近支亲王并不只他一人，所以他要笼络群臣，尤其与耶律相国结好。完颜定国听了这话，又惊又喜，点了点头，说道："儿子明白了。"

完颜长之吁了口气，道："你明白就好，回去吧，不要胡思乱想了！"

完颜长之以为已经说服了儿子，他却不知，完颜定国虽然想做太子，虽然是听了他的话，不再坚持要娶干妹为妻，但是他对独孤飞凤却并没有放弃他的"痴心妄想"。

独孤飞凤辗转反侧，不能入寐，耳听谯楼鼓响，已过三更。万籁俱寂之际，忽听得一阵敲门之声，独孤飞凤一跃而起，喝道："是谁？"

完颜定国在门外低声说道："妹子不要声张，是我！"

三更半夜来调戏

独孤飞凤吃了一惊，说道："是定国哥吗？这么晚了，你来作什么？"完颜定国道："你先开门让我进去，慢慢再说。"

只听得"呼"的一声，房门没有打开，独孤飞凤却出来了。她是从后窗飞出来的。

独孤飞凤冷冷说道："你我虽是兄妹之亲，但在半夜三更，究竟不宜暗室相处。有什么话在这里说吧！"

完颜定国心凉了半截，大是尴尬，勉强笑道："不错，你明天要做新娘了，所以要避嫌了？"

独孤飞凤说道："是应该避嫌的。怎么，你半夜三更来找我，就只是为了向我道喜么？"

完颜定国道："你真的愿意嫁给鲁世雄?"

独孤飞凤道："你问这个是什么意思?"

完颜定国道："我知道你是迫于父王之命,不得不答应的。是么?"

独孤飞凤道："是又怎样?不是又怎样?"

完颜定国叹口气道："我知道。不管你是否自己愿意,这事都已无可挽回了。不过,我还是要向你表白我的心事。"

独孤飞凤道："哦,你有什么心事,要向我表明?"

完颜定国道："妹子,你是真的不知还是假的不知?我的心里早就有了你。只恨我没有向爹爹早说,以至现在眼看着到口的馒头给人抢了去。但我要你明白,我的心始终是属于你的。你现在迫于无奈,嫁给了鲁世雄,那也不打紧,你暂且忍耐一时。待我有了权柄,我会给你设法。咱们在这府中,也还可以常常见面……"

独孤飞凤又羞又恼,只怕他说出更难听的话来,顿时拉下脸,打断他的话道："大哥,我和你只是兄妹,你可别要想歪了!你回去吧,别叫下人见着了闹出笑话!"

完颜定国呆了一呆说道："妹子,你别忙赶我走呀!我……"伸手就想拉她。

独孤飞凤袖子一挥,完颜定国平日与她练武,常常吃她的亏,对她毕竟是有些忌惮,只好缩回手去。月光之下,只见独孤飞凤已经板起了面孔,说道："你再不走,我可要叫爹爹啦!"

完颜定国还不死心,说道："妹子,你当真甘心情愿嫁给那个小子?"

独孤飞凤咬牙,说道："是,是我愿意的!"

完颜定国叹了口气,终于像一个斗败的公鸡似的,灰溜溜地走了。独孤飞凤回到房中,哭了一场,心里想道："我是非嫁给鲁世雄不可了!"

小王爷闹酒试新郎

这桩喜事虽然来得仓猝,但却毫不草率。王府财雄人众,诸事咄嗟立办。张灯挂彩，发帖请客，礼乐迎宾，大排婚宴，每件事情，都有专人料理。完颜长之差不多在三更时分才吩咐下去，一觉醒来，偌大一个王府，已布置得花团锦绣，喜气洋洋。

人人都知道完颜长之非常宠爱这个干女儿，王府嫁女的消息一传出去，满朝文武，都来道贺。甚至没有接到请帖的，也备办了厚礼送来，巴结讨好。

王府的执事着意铺张，婚宴设在花园中。园中清流一带，势若游龙，两边石栏上皆有水晶特制的各色风灯，点得如银光雪浪。时序已属九月凉秋，园中柳、杏、桃、李诸树，虽无花叶，却用各色绸绫纸绢及通草为花，粘于枝上，一样是花团锦绣，不输真花。每一株树上悬灯十盏百盏，池中又有螺蚌饰以羽毛做的各种花灯。当真是上下争辉，水天焕彩，琉璃世界，珠宝乾坤。京中著名的戏班、杂耍艺人也全部请了来，加上王府中原有的女乐，极尽声色之娱。园中搭了七个戏台，摆了数百筵席，闹酒声喧，笙歌处处，香烟缭绕，花影缤纷。说不尽的富贵繁华，赏心悦目。人人都道天上神仙府，人间金谷园。也幸亏有这样大的一个园子，要不然怎容纳得下这许多贺客？

完颜长之与新人坐在主席上，宾客太多，新娘不能到每一个席上敬酒，席位远的客人便纷纷来向王爷和新人道贺，这些前来道贺的客人也还是自问够得上身份才敢来的，更多的客人就只能远远地踮着脚观看新人，人人都夸赞这对新人郎才女貌，佳偶天成。

完颜长之是御林军的统领，贺客中军官不少。鲁世雄前日比武打败御林军十八名高手之事，自不免也被贺客当成夸赞新郎的材料。

正在谀辞盈耳之际，忽地有个人捧了一杯酒来到新人身旁。这人正是小王爷完颜定国。

完颜定国道："妹妹大喜，我敬你和新郎一杯。"神色很不自然，鲁世雄愣了一愣，完颜定国道："喝呀！"捉着他的手就灌他喝了一杯酒，暗中使上了金刚指力，想捏碎他的腕骨，让他当场出丑，鲁世雄神色自如地喝了，完颜定国吃了一惊，心中暗想："果然有点功夫。"但因为鲁世雄并没有运力反击，完颜定国虽然试出了他有内家功夫，却还未曾试得出他的功夫深浅。

完颜长之眉头一皱，说道："国儿，你喝了不少吧？别来闹酒了。"完颜定国道："父王放心，孩儿没醉。"他不但要闹酒，还要闹事哩。

郎舅比武

完颜定国斟满了酒，一饮而尽，说道："鲁大哥，你打败了御林军的十八名高手，如今已是名震京华，客人们都想见识见识你的功夫，难得今天这样高兴，你露两手给我们开开眼界如何？"

鲁世雄不明来意，怔了一怔，勉强笑道："我这点微末之技，怎敢献丑？"

完颜定国纵声笑道："咱们都是武人，讲的是爽快二字。你不必客气了，你若怕不好意思，我陪你练！"

金国风俗尚武，在喜庆的日子，主人家演武娱宾，也是常有的事。宾客们有了几分酒意，轰然叫好。有一个读过汉书的文官还摇头摆脑地说道："对，对。古人说读汉书可以下酒，咱们大金以弓马取天下，小王爷与郡马今日演武佐酒，正是雅人雅事，我们也可以大饱眼福。"他一方面要表示自己是饱学之士，一方面又推崇武人和巴结小王爷，于是引经据典，乱说一通，也不管说得恰不恰当。但经他这么一说，大家也都跟着他起哄了。

鲁世雄没法，只好站出来。御林军的副统领、研经院的主持人班建侯坐在完颜长之的对面，瞧见王爷神色不对，心中一动，笑道："完颜世兄，今日是你妹子的吉日……"正要劝阻，完颜定国已是打断他的话，抢着说道："班叔叔放心，我和鲁大哥比武，难道还能真刀真枪厮杀不成？我自会小心谨慎，点到即止的。今日是我妹子的吉日，嘿，嘿，我岂能伤了新郎，误了他们的洞房花烛？"说罢哈哈大笑。

鲁世雄心头有气，想道："你也未必就能伤得了我！"大踏步就跟他出去了。完颜长之哼了一声，却不言语。他倒不是害怕儿子伤了鲁世雄，而是怕鲁世雄失手伤了他的儿子。但心想凭着自己的本领，倘若真到危急的关头，也可以分开他们。

宾客们纷纷退后，腾出一块空地，围成一圈，看他们比武。完颜定国招一招手，一个小厮便把一根竹杖递给他，完颜定国接杖在手，大剌剌地说道："鲁大哥，你喜欢用什么兵器，随你的便。"言下之意，鲁世雄要用真刀真枪也行。

这根竹杖碧绿晶莹，翡翠一般，不似寻常的竹枝。宾客们啧啧赞赏，莫不在想："王府中的用具真是讲究，连一根竹杖，也都经过千挑万选。"不过他们也只是赞赏这根竹杖好看而已，并没想到这根竹杖有什么玄虚。因为人人都看得出来，竹杖就是竹杖，决不是什么金属做的拐杖。

只有独孤飞凤心里暗暗吃惊，别人不知道这竹杖的来历，她是知道的。这根竹杖其实是一件很厉害的兵器。

绿玉杖对木剑

原来这根碧绿色的竹杖乃是完颜长之的家传宝物。在大吉岭，有一种绿玉竹，坚逾钢铁，可御刀剑，但产量极少，而且要竹龄在百年以上方才合用。寻常的人，莫说不知道绿玉竹的功用，就是知道，也是极难找得着百年以上的绿玉竹的。这根竹杖是一个天竺僧人送给完颜长之的。完颜长之是天下数一数二的点穴名家，得了这根绿玉杖宝贝非常，不肯轻易示人。本来他是自用的，只因疼爱儿子，在完颜定国十八岁那年，才郑重地传给了他。想不到他现在竟用这根竹杖来对付鲁世雄。

独孤飞凤暗暗吃惊，心中已然明白，完颜定国使出了这根绿玉杖，是有心要把鲁世雄置于死地了。

鲁世雄却不知道这根绿玉杖的厉害，对方既然只用竹杖，他当然不能拔出佩剑。心中想道："我用什么兵器来应付他呢？若是只凭一双肉掌，这小王爷心高气傲，恐怕会觉得我轻视他。"

眼光一瞥，忽见一个孩子手上拿着一柄木剑。原来这是王府管家的孩子，和几个同年纪的顽皮孩子，拿了木刀木剑，学着戏台上的将军武士来耍刀弄剑的。如今他们要看小王爷和郡马比武，已经停止戏耍了。

鲁世雄笑道："小兄弟，借这把剑给我一用。"那孩子道："借就借，可你不要弄断了才好。"鲁世雄道："小兄弟，放心，不会弄断的。"

鲁世雄接过木剑，施了一礼，说道："请贝子指教！"完颜定国道："好说，好说。鲁大哥不必客气！"说罢，"哼"的一声，重重地一杖就击下来了。

鲁世雄举起木剑一迎，独孤飞凤正自心想这柄木剑非断不可。哪知出她意料之外，竹杖木剑两皆无损，那柄木剑像是附在竹杖上似的，随着竹杖的震荡之势，荡过一边。

完颜定国猛力地一杖击下，对方的木剑轻飘飘的跟着他的竹杖移转，就似纸片一般，他的气力使得再大，也无法击断木剑。连使数招，都不能摆脱木剑的纠缠，心中大大吃惊。

完颜长之却是吁了口气，心里暗暗欢喜，想道："鲁世雄果然是给了我面子，不想叫我儿出丑。"他明白鲁世雄并不知道这根绿玉杖的厉害，假如鲁世雄是存心要和他的儿子见个高低的话，会把这根绿玉杖当作寻常的竹杖，刚才的一招，他就会使出内家真力来震断竹杖了。当然，如果这样做的话，断的将是木剑而不是竹杖。如今木剑不断，那即是证明鲁世雄并没使出内力，无意和他儿子分出高低。

独孤飞凤为丈夫担惊害怕

完颜定国几次摆脱不开，满面通红，陡地大喝一声，把全身气力都使了出来，力贯杖头，竹杖一沉，戳向鲁世雄的环跳穴。

完颜定国生于王家，自小耽于逸乐，鲜少专心练武。故此他的年纪虽然与鲁世雄差不多，功力却远不及鲁世雄精纯。不过，虽然如此，毕竟他也是金国第一高手的儿子，用上了内家真力，竹仗这一挑一戳，也当真是非同小可。

鲁世雄若真要与他较量内功，这小王爷非受内伤不可。鲁世雄无可奈何，只好斜跃闪开。这么一来，完颜定国的绿玉杖也就摆脱了木剑的纠缠按拍。

完颜定国得理不饶人，绿玉杖竟似狂风暴雨般地疾攻过来，转瞬之间，鲁世雄的身形已在碧莹莹的绿光笼罩之下。完颜定国一轮猛攻，把鲁世雄打得手忙脚乱，步步后退。

鲁世雄暗暗吃惊，不过，他却不是怕给小王爷打败，而是吃惊于他这点穴法的神妙。心里想道："听说完颜长之的点穴功夫是从穴道铜人的图解上学来的，穴道铜人的图解经过他们多年的研究，据说已经研究明白的不过十之一二，完颜长之的点穴功夫传给儿子，想来这小王爷所得的又还不到他爹爹的一半。如今这小王爷所使的点穴功夫已经是这样厉害，倘若能够参悟了穴道铜人的全部奥秘，天下还有何人能敌？"

独孤飞凤也暗暗吃惊，她可是真的为鲁世雄担惊害怕了。她看得出来，小王爷招招都是杀手，哪里是寻常的较技？

独孤飞凤心中所爱的虽不是鲁世雄，但若小王爷果真杀了鲁世雄，这总是为了她的缘故，她又怎忍见鲁世雄为她而亡？

班建侯赞道："好一个惊神笔法！"完颜长之从穴道铜人图解上所领悟的功夫，创为"惊神笔法"，本来是要用判官笔的，但他别开生面，用绿玉杖来替代判官笔，这"惊神笔法"就更是奇诡莫测了。因为穴道铜人的图解，都在完颜长之手上，所以班建侯虽然是日常院务的主持人，知道"惊神笔法"之名，也还是今天才第一次看到。

完颜长之微笑道："他还差得远呢！只不过鲁世雄让他罢了。"

班建侯半信半疑，他的武功逊于完颜长之一筹，一时还未能看得出来。他可是有点害怕，小王爷一个失手伤了鲁世雄，王爷的儿子打伤女婿，喜事变成祸事，这就未免太煞风景了。

三次死里逃生

座中诸人，各怀心事。忽见绿光大炽，完颜定国的竹杖疾击三下，鲁世雄接连三个筋斗避开。最后一个筋斗几乎是贴着地面，身子似风车般地打过去。众宾客轰然叫好！他们不知道完颜定国的绿玉杖可以取人性命，只道小王爷不过有心炫技而已。难得有这个奉承的机会，于是纷纷向完颜长之称赞小王爷的武艺高强。有的贺客想起了鲁世雄也是郡马的身份，在讨好小王爷之余，也应该讨好郡马，说道："攻得好，闪得也妙！小王爷与郡马真是旗鼓相当，各有千秋。难得，难得！"有的说道："郡马的功夫当然也是很不错了，不过还是小王爷稍胜一筹。"这些人是拍马屁专家，在拍马屁之时，想起了亲疏之别，女婿虽亲，总是不及儿子，何况鲁世雄只不过是干女婿呢！

众宾客以为小王爷不过炫技，只有独孤飞凤明白，鲁世雄那个筋斗实已是三次死里逃生！在最危险的那一霎那，她不由得自己尖声叫了起来。幸亏那个时候，众宾客也在轰然叫好，把她的叫声遮盖过了，才不至于显得太过突出。不过附近的人还是听见了，有个拍马屁专家笑道："格格不必担心，竹杖、木剑都是伤不了人的。"有个长舌贵妇则在背后偷偷议论："女生外向，这句话真是一点不错。一嫁了人，就总是丈夫亲了。你听到凤格格的叫声没有？她害怕她的哥哥打伤她的丈夫呢！其实竹枝又伤不了人，何必这样大惊小怪！"

完颜定国听见了独孤飞凤的叫声，也听见了那长舌妇的议论，心中妒火更盛。鲁世雄翻了三个筋斗，脚步还未站稳，他扑过去又打了。

完颜长之皱着眉头，听那宾客奉承他的儿子，忽地站起身来，走进场中，挥袖一卷，把完颜定国的绿玉杖夺出了手，说道："你妹婿已是手下留情，你还不认输么？"

完颜定国愕然说道："爹爹，怎么是我输了？"心里想道："好在是众目睽睽之下，大家都看见了他是在地上打滚，躲闪得那么狼狈。爹爹你虽是有心帮他，这几千客人却都知道他是给我打败了的！"

鲁世雄陪着笑脸说道："哪里，哪里。贝子杖法精妙绝伦，小婿平生未见，甘拜下风！"说罢把木剑还给那管家的孩子。那孩子满脸不高兴地说道："你虽然没有折断我的木剑，却把它弄脏了。"

完颜定国大为得意，说道："爹，鲁大哥自己也认输了呢！"

三次死里逃生。

完颜长之哼了一声，说道："你还不知道，你瞧你的身上，这是什么？"

身上有三点污泥

完颜定国低头一看，不由得面红耳赤，无地自容。原来在他所披的那件白狐裘上，当胸之处，有三点赭红色的污点，手指一抹，泥屑沾到了他的指上。完颜定国这才知道：鲁世雄刚才在地上打滚，乃是有意把木剑沾上污泥的。自己身上这三个污点，不用说，就是鲁世雄的剑尖点到留下的了。假如鲁世雄要取他的性命，用的虽是木剑，以鲁世雄的内力，也可以在他的胸口开三个窟窿了。

完颜定国吓得冷汗涔涔，虽是心中恼怒，也只好向鲁世雄低头认输。鲁世雄毫无骄矜之态，赔笑道："咱们是自家人练武，不过博个亲友一粲，谁胜谁败，何必这样认真？若当真要论输赢，小弟是早已输招了。"鲁世雄说话十分得体，替小王爷保留了面子，完颜定国心中之气才稍稍减了一些。宾客中除了几个一流的高手之外，十之八九都是莫名其妙，只道是他们彼此谦虚，于是向两方面都恭维了一番。

婚宴过后，依照王室的礼节，由新娘的长辈送入洞房。新娘先入，郡马则要留在外面，待侍儿传唤，才可进去。完颜长之的妻子早逝，本来他可以请一位长辈女眷送新娘入洞房的，但他却亲自执行了这个任务。众人都道是他疼爱这个干女儿，谁也没有起疑，只有羡妒而已。

进了新房之后，独孤飞凤忽道："爹爹，我有话说。"完颜长之把手一挥，四名侍女退下。

独孤飞凤道："十多年来，多蒙爹爹抚养之恩，如今女儿已为人妇，应该有自己的家，不能再累爹爹操心了。"

完颜长之怔了一怔，说道："你要搬出王府？"独孤飞凤低头应了声"是"。

完颜长之道："定国行为乖谬。今晚之事很是失礼。不过我会管教他的，你不要把这件事放在心上。"

独孤飞凤道："我怎敢怪哥哥呢？不过，我想了又想，还是住到外边的好。一来为了王府的体面，二来也省得他有寄人篱下之感。"

独孤飞凤的话说得很含蓄，不过，完颜长之当然明白。他其实也放心不下儿子，独孤飞凤婚后住在王府，如果他的儿子再闹出什么事情，丢了王府的体面还不打紧，连他的大计，都要受到损害了。

完颜长之点了点头，说道："你们夫妇自立门户也好。但我把你许给世雄，你可知道我的用意？"

还要试他一试

独孤飞凤道："如果世雄有什么阴谋，在王府里他必定小心翼翼，刻意遮瞒，反不如在外面容易体察他的动静。"

完颜长之笑道："真不枉我疼你一场，你也真是聪明透顶。我本来想在你们的洞房花烛之前，把我的用意告诉你，谁知你都明白了。"

独孤飞凤道："我一定会让郡马效忠父王，决不能让他有二心！"

完颜长之沉吟半晌，低声说道："世雄是檀元帅荐来的人，按理说是没有什么可疑的，不过总是小心谨慎的好。我还有一个办法可以试他一试。待试过了他这桩事情，看他能不能办到，你再搬出王府吧。"

独孤飞凤道："好，女儿今晚就试他！"

鲁世雄在外面等候传唤，心中忐忑不安。"为什么还不见侍儿出来叫我？王爷送女儿入房，难道有这许多话要说？"

刚才的那一场风波也令他疑云满腹，"小王爷为什么竟把我当作仇人一样？是为了不想我做他的妹夫，还是另有缘故？"

鲁世雄是个深沉冷静而又绝顶聪明的人，当然他也曾想到这其中可能有什么儿女私情，但他更害怕的却是王爷父子对他有所怀疑，"说不定小王爷今晚的举动也是出于他爹爹的授意，是对我的又一次考试？"正因为他是一个聪明人，聪明人总是把每一点可疑的细节都会想到的，于是他就把本来已经复杂的事情想得更复杂了。

他想起了初进王府之夜的那桩古怪离奇的考试，心中凛然而惧，"那次的考试是侥幸过了，但只怕还不是最后的考试呢！"他想。

新月已上梢头，园子里的笙歌未歇，流星炮似的烟花此起彼落，满天都是奇丽夺目、刻刻变幻的色彩。他在王府的内院也可以听到笙歌盈耳，看到烟花满天，感觉得到这欢乐热闹的气氛。

可是在这热闹的气氛中，他却有异常寂寞的心境，"做郡马的滋味真不好受！"不知不觉间，他又神驰于辽阔的草原，脑海中泛起那个少女的影子。

咚咚的更鼓声将他在迷茫中惊醒过来，是二更天了。鲁世雄心想："不管是祸是福，我这个郡马无论如何是要做下去的！"就在此时，独孤飞凤的一个侍儿出来叫道："请郡马入洞房！"

四　洞房之夜

新娘要他杀一个人

鲁世雄进入洞房，只见红烛高烧，珠帘半卷，帘飞绣凤，帐舞蟠龙，金银焕彩，珠宝生辉，鼎焚百合之香，瓶插长春之蕊，香浓艳溢，说不尽的豪奢气象，旖旎风光。珠帘后面，有一美人，红帕蒙头，娇姿半掩，新装初卸，肌肤胜雪。在烛光映照之下，更显得花容月貌，国色天香。

鲁世雄的心上虽然还有一个少女的影子，对着独孤飞凤这样的一个美人儿——他的新娘——也不由得怦然心动。

可是独孤飞凤却好似不知道他进来似的，头也没有抬起来看他。

但见她眉若春山，眼如秋水，眉眼盈盈之处，却似乎有淡淡的哀愁。

鲁世雄心里有些纳罕，也有些吃惊，过了许久，还不见独孤飞凤和他说话，鲁世雄忍不住上前一揖，说道："我出身卑微，自知不配高攀格格，格格对这门亲事，若不乐意的话……"

独孤飞凤低声说道："你别这样说，我和你一样，都是孤儿。你的爹爹是檀元帅的下属，我的爹爹也不过是王爷的家将。只要你不嫌我，我已经是满意了。"

鲁世雄听得甜丝丝的，说道："那么，娘子是另有心事？"

独孤飞凤道："不错，我是另有心事。"

鲁世雄心头一震，说道："不知格格可以说给我听么？"他对独孤飞凤的称呼从"娘子"又改回了"格格"，正显出了他心情的动荡不安。

独孤飞凤这才抬起头来，望着他说道："你娶我为妻，是迫于王爷命令，还是真心真意喜欢我?"

听到这样的问话，鲁世雄只好说道："格格才貌双绝，不啻天人。小可得遇格格，只有自惭形秽，夫复何求?"他虽然是掩着良心说话，不过也的确是有几分喜爱独孤飞凤了。

独孤飞凤道："那么，你真的喜欢我了?"

鲁世雄道："但愿一生长伺妆台，听格格的差遣。"

独孤飞凤这才露出笑容，说道："你真的肯对我百依百顺，我说什么你都听我的话?"

鲁世雄道："赴汤蹈火，在所不辞。"

独孤飞凤道："好，那么今晚就要你做一件事情，你可做得到?"

鲁世雄道："请格格吩咐。"

独孤飞凤缓缓说道："我要你今晚去杀一个人!"

杀的是杨家将的后人

鲁世雄吃了一惊，笑道："娘子是说笑吧? 洞房之夜去杀人，岂不辜负了良宵花烛?"

独孤飞凤板着面孔道："谁和你说笑? 五更之前，你不把那人的首级拿回来，你就休想再进洞房!"

鲁世雄道："好，我去就是。你要杀谁?"

独孤飞凤道："长安街有条皮帽胡同，皮帽胡同里，有一间名叫昌业的皮货店，皮货店里有一个老板，姓杨。有一天我去买狐裘，他对我出言无礼，甚不恭敬，你去给我把他一剑杀了!"

鲁世雄心头大震，极力按捺自己，不露出惊惶的神色，勉强笑道：

"为了这点小事就杀一个人，这……"

独孤飞凤道："你要说我太过分了，是不是?"

鲁世雄道："不敢。不过，人命关天，那人似乎罪不至死。"

独孤飞凤怒道："他调戏了我，还是件小事？你刚才怎么答着？哼，哼，说得倒好——任从格格差遣，赴汤蹈火，在所不辞——怎么你现在又推三阻四了？你是不是识得那姓杨的，下不了手？"

鲁世雄咬了咬牙，说道："好，我马上就去。五更之前，把他的首级送回来给你。"

独孤飞凤道："你听清楚了。这个杨老板年约三十，中等身材，短发浓须，左颊有个金钱般大小的疤痕，最易记认。你可不要杀错了人！"

鲁世雄道："是，你说得很清楚，我决不会杀错的。我这就去啦！"以他的聪明，他当然知道独孤飞凤不是怕他杀错了人，而是怕他胡乱杀个人搪塞，却教那姓杨的跑了，回来倘若发现首级不是那个姓杨的，这才推说是杀错了人。如今独孤飞凤先行说破，亦即是破了他这可能使用的花招。

其实，鲁世雄哪里用得着独孤飞凤这样地详细告诉他？对于姓杨的这个人，他也许知道得比独孤飞凤还多。

这个皮货店的杨老板是宋国杨家将的后人，杨令公杨继业的第七代孙。他这间皮货店宝号"昌业"正有昌大祖业的意思。

这个杨家将的后人当然不会无缘无故跑来金京当一个皮货店的老板，他是为了自己的国家，甘冒不测之险，来金京卧底的。

鲁世雄还知道这个杨老板武功极高，自己也未必是他的对手。

杀呢还是不杀？

鲁世雄出了王府，不由得连连苦笑："想不到王爷还是信不过我。唉，这才是一次真正要命的考试！"

他可以猜想得到：独孤飞凤之所以要如此试他，当然是出于王爷的授意。什么"调戏"云云，只不过是一个借口而已。一个皮货店的老板怎敢调戏王府的格格？独孤飞凤又岂是个好惹的人，倘若真有此事，她不把那杨老板杀了才怪？不过，鲁世雄心里虽然明白，却不能将独孤飞凤当面说穿。

在王爷授意之下，独孤飞凤要他去杀这个杨老板，不消说，他们父女早就知道这个姓杨的身份了。

虽然鲁世雄胆大包天，但要他去杀这个杨家将的后人，他心中也不免充满恐惧！

他是去呢，还是不去呢？要杀呢，还是不杀？

说不定自己杀不了这个人，反而先丧在这个杨老板的祖传金刀之下！

但若是不杀此人，自己也是性命难保。固然一走了之也是个办法。但这样一来，郡马做不成还不打紧，连金京也不能再回来了！这岂不误了自己的大事？何况走得成走不成还是一个问题。

"去呢，还是不去？杀呢，还是不杀？"鲁世雄一再思量，终于还是到长安街去了。此际已是三更，五更就要回来复命了，时间迫促，不容他仔细考虑了。虽然，他的心中还是委决不下。

"你猜他去呢，还是不去？杀呢，还是不杀？"正当鲁世雄在途中委决不下的时候，独孤飞凤也正在问她的干爹，她在遣走鲁世雄之后，就去见完颜长之了。

完颜长之笑道："此事我也难以猜测，好在只要两个时辰就可以揭晓了。他若是杀了此人，那么咱们就可以完全信任他了。否则他就一定是南朝的奸细！"

独孤飞凤道："倘若他是真心真意地效忠父王，但却不幸丧在那姓杨的金刀之下……"

完颜长之道："这个你倒不用担心，我已派了两名心腹高手跟在他后面。只要他是真的力战不敌，在最后关头，那两个高手自会助他。倘若他想一走了之，溜出大都的话，那么，那两个高手就会把他杀了。凤儿，你会不会舍不得呢？"

独孤飞凤也不由得心里发毛，想道："父王的手段真够狠辣。"说道："他若真背叛父王，我又岂能要他做我的丈夫？爹，你不杀他，我也会杀他的！"

她的话倒是不假，鲁世雄若是奸细，她是会把他杀掉的。不过，她却希望鲁世雄不是奸细，因为她已经有一点喜欢他了。

请你看看这个首级。

等待谜底的揭晓

完颜长之说道："我之所以要如此试他，都是为了你的缘故。你想，倘若不能证明他确实可靠，我岂能让他不住在研经院中，任他每日来回？他若是不能每日来回，你嫁了他，也就没有什么夫妇之乐了。你要懂得我的苦心才好。"

独孤飞凤杏脸晕红，低下了头说道："孩儿懂得，多谢父王。"心中却是暗暗埋怨完颜长之，把她的婚姻视同儿戏，想道："我如今已经拜了堂，成了亲，倘若今晚这场考试，证明了世雄是南朝奸细的话，他固然要被父王所杀，我的婚姻也只是落得一场笑话罢了！叫我以后怎么做人？"

完颜长之又笑道："我为了这样试他，还当真觉得可惜呢！"

独孤飞凤一时不明其意，怔了一怔，说道："父王可惜什么？"

完颜长之说道："你知道我早已识破了那姓杨的身份了，我要杀他，易如反掌，却为什么要留到现在，才叫鲁世雄去杀他？"

独孤飞凤恍然大悟，说道："父王可是为了要放长线，钓大鱼？"

完颜长之哈哈笑道："凤儿，你真聪明，一猜就着！留下这姓杨的和那间皮货店，江南来的人，就逃不过咱们的耳目，这不比只杀了一个姓杨的要好得多吗？如今为了你，我必须这样来试世雄，以后侦察南朝的奸细，我还得另费一番心机呢。"

独孤飞凤道："爹爹这样为了孩儿！孩儿感激不尽。"心中则是想道："怕只怕三败俱伤！"因为假如鲁世雄因此一试被证明是奸细的话，鲁世雄和那姓杨的都难免一死，而独孤飞凤也难以再嫁了。

完颜长之似乎看出她的心事，笑道："你在担心他过不了这关？"看了看天色，说道："就快五更了，你再等一会儿，这个葫芦就可以打破了。"

独孤飞凤惴惴不安，静听铜壶滴漏之声，这"一会儿"的时间，就像一个犯了死罪的犯人，等待判决一样，漫长得令人难受。

用"度日如年"还不足以形容她的心情！

完颜长之忽地说道："好了，你可以放心了。他回来了！"

独孤飞凤凝神一听，果然听得有夜行人的声息已经进了后院。但来的是不是他呢？如果是他，他是否又杀了那个姓杨的呢？

完颜长之笑道："咱们去迎接他吧！"独孤飞凤怀着惴惴不安的心情，等待谜底揭晓。

"请你看看这个首级"

独孤飞凤走出院子，只听得"咚"的一声，一条黑影刚好蹿过墙头，但却好像跌下来似的，落地的声音很重。

独孤飞凤吃了一惊，失声叫道："世雄，你受伤了？"

鲁世雄爬了起来，先向完颜长之行了个礼，故作惊诧的神色说道："岳父大人，你还没睡？"然后再向独孤飞凤说道："不要紧，我虽然给砍了两刀，幸好没有伤着要害。"

完颜长之没有睡觉，与女儿一起等待他的结果，这是早在鲁世雄意料之中的。但独孤飞凤一见面不先问他杀了人没有，而是先问他的伤势，这却是出乎他的意料。"看来她对我确是有几分真情了。"鲁世雄心想。心里也就感到一阵甜。

完颜长之说道："我听说凤儿叫你去杀人，我放心不下，在这里等你。嗯，你的伤虽不很重但也不轻呢，先到我的书房裏伤再说吧。"

独孤飞凤见他浑身是血，虽然并不爱他，但想起他的受伤都因她而起，心里也是好生过意不去，于是亲自把鲁世雄扶入书房，替他抹干净血水，敷了上好的金创药。

咚咚鼓响，正打五更。鲁世雄坐了起来，笑道："幸不辱命，请你看看这个首级，是否杀错了人？"

鲁世雄从革囊中拿出一个人头，独孤飞凤接过来一看，心中一块石头顿时落了地，这人头浓须短发，左颊一个伤疤，脸上愤怒的神色依稀未退。独孤飞凤大喜道："一点不错，你把这姓杨的杀了！"

独孤飞凤在仔细辨认首级的时候，完颜长之却在用心注意鲁世雄面上的表情。

鲁世雄心中的情绪很是复杂，想道："留下这姓杨的好处固然是有，但也不无害处。杀了他，我总是少了一个对手。"是以尽管他心中不无惺惺相惜之感，脸上却露出了笑容。

独孤飞凤道："这姓杨的刀法很厉害吧？"

鲁世雄道："厉害极了。我以为我会丧命在他的刀下呢，谁知到了最紧要的关头，他砍出一刀，不知怎的，竟是软绵绵毫无力道，我抓紧机会，这才一剑将他杀了。"他带着笑说，心中可是犹有余悸。

完颜长之微笑道："你要知道这原因吗？我告诉你。"拍了拍掌，外面走进了两个黑衣人来。每人呈上一枚带血的银针。

鲁世雄恍然大悟，说道："多谢岳父派人相助。那杨老板原来是这两位大哥杀的！"

谁是"潜龙"？

那两个黑衣人道："不，是郡马杀的。倘若不是郡马奋力勇战，教那姓杨的不得不全神应付，我们的暗器焉能得手？"

完颜长之挥了挥手，说道："你们可以下去了。给我按照原订计划，尽捕那姓杨的党羽。"那两个人同声应了声"是"，匆匆便走。

独孤飞凤心情轻松，笑道："要这么着急？"

此时天色已亮。完颜长之说道："那姓杨的皮货店本来要在今天搬的，他一搬走，他手下的住址也就要改动了。所以必须在今天一网打尽。"

独孤飞凤这才明白，王爷之所以要选择今晚动手，不仅是要试鲁世雄，其中还有着这么个关系。放长线、钓大鱼的作用已经消失，所以那姓杨的就非死不可了。鲁世雄不过适逢其会，给王爷派上了用场而已。

完颜长之接着笑道："恭喜贤婿，立了大功！"

鲁世雄故作不解，说道："杀一个皮货店的老板，何功之有？"

完颜长之说道："他有这样好的武功，岂会只是一个皮货店的老板，我告诉你他的真正身份吧。"

鲁世雄早已知道那姓杨的身份，听了之后，说道："我也猜他不是一个寻常的人物，但却想不到他竟是江南来的奸细头子！"这两句话是他经过了缜密的思考说出来的，说得恰到好处，教王爷毫不起疑。

完颜长之叹了口气，弹出一撮药粉，把那颗人头化成一摊血水。鲁世雄道："小婿也要恭喜岳父大人消除了一个祸患。"

鲁世雄以为这幕已经可以结束了。不料完颜长之摇了摇头，说道："还有一个更大的祸患呢！这人神出鬼没，虽然不一定是受命于南宋，却比那姓杨的更难对付！"

鲁世雄与独孤飞凤都是一惊，同声问道："那人是谁？"

完颜长之说道："无人知道他真名实姓，只知他的外号，人称'南海潜龙'！这条潜龙潜入了大都，我们的人四出搜查，人未捕到，反而给他杀了咱们的十几名好手。今后也许还要贤婿出力呢。"

鲁世雄心头一震，说道："若有用到小婿之处，小婿自当效力。"

完颜长之笑道："好，你回房歇息吧。你立了大功，但却误了你们的花烛良宵了。"

鲁世雄回到洞房，倒在床上，疲倦至极，但仍是不能入睡。

"谁是潜龙？谁是潜龙？"他翻来覆去地想，他是听人说过南海潜龙这个外号的，却不知潜龙是谁。

五 新来的马车夫

两桩心事

时光流矢，转眼过了五年。

鲁世雄在婚后的第三天就搬出了王府。王爷对他们夫妇很是不薄：独孤飞凤的父亲本是王爷的家将，在王府附近有幢房屋，完颜长之为她修葺一新，让她和丈夫搬回老家去住。其后又为他们大兴土木，建成一座美轮美奂的郡马府。人人都说鲁世雄真是平步青云，不知是几世才修到的福分。

但这五年的生活，对鲁世雄来说，却是一成不变，刻板至极。每天早上到研经院去，晚上回家，都是由那个老车夫按时接送。所不同的只是每天的早晨，那辆马车以前是停在王府后门的，如今则是停在郡马府的门前而已。

当然这五年中的人事也还是有一些变化的。首先是鲁世雄家里多添了两口人，第二年他生了一个儿子，去年年底又添了一个女儿，也快周岁了。

其次是他越来越得到王爷与班建侯的信任，在研经院中的位置一年比一年高，对穴道铜人的秘密，也研究得颇有成绩。不过因为穴道铜人图解实在太过深奥，直到现在，他所参透的秘密，也还不到十分之二三，已经是很难得了。穴道铜人的廿七张图解经他过目的不过七张，至于陈抟传下的内功心法，他更是压根儿都没有见过。

他是郡马的身份，在研经院中自然是受到一些优待。但院中所定的规矩，他还是要严格遵守的，例如每天来回，他依旧是要像第一天一样，给那老车夫用布袋蒙着他的头。

他们夫妇也时常到王府去向王爷请安，小王爷似乎已是知难而退，不敢再打独孤飞凤的主意了。当然有时候也难免会碰上他，小王爷都能以礼相待。鲁世雄起初本来是有点猜疑的，过了几年，并无发生事端，他也就释然于怀，以为是自己的多疑了。

不过，鲁世雄还是有两桩心事。第一，那穴道铜人的秘密和陈抟的内功心法，他不知何年何月才得窥全豹。第二，潜龙是谁，至今也还是未解之谜。自从他在洞房之夜，得知潜龙在大都出现的消息，他就一直烦恼不安。

他不知道潜龙是谁，但却曾听人说过潜龙，知道潜龙是南宋一个有名的剑客，武艺高强，行踪诡秘，极擅化装。从来没有人见过他的真面目。连那个告诉他潜龙来历的人，也不知道潜龙是老是少，甚至不知道他是女是男！

那个人曾警告过鲁世雄，叫他提防潜龙的出现，因为潜龙将是他最强的一个对手。

始终没有发现潜龙

关于潜龙的事情，鲁世雄所知道的就只是这么多了。

为了对付这条潜龙，王爷派出了许多精明能干的手下，不断在京城搜查他的下落，经过了五年长的时间，京城里每一个可疑的地方，每一个可疑的人物都侦察过了，可是始终没有发现潜龙。

潜龙是否还潜伏在大都？没人知道。甚至他是否在金国的国境内活动，也没人知道。各个地方都没有发现潜龙的踪迹。五年来，曾经有过好几次疑真疑假的消息传来，说是他在某某地方，但待到金国的高手跑到那个地方，每一次都是扑了一场空。这条潜龙竟似是在茫茫的人海之中隐没了。

在这五年之中，鲁世雄也曾经有过好几个晚上，当他从研经院回家之后，给王爷临时调派去参加这项搜捕潜龙的工作，当然也都是每一次都扑了个空。

鲁世雄怀着恐惧不安而又好奇的心情，希望能够亲自捉着这条潜龙，却又怕碰上这条潜龙。经过了五年的时间，潜龙始终音沉影寂，鲁世雄紧张的心情才渐渐松了下来。

"也许他根本没有来过大都，关于他的消息，都只是庸人自扰。"鲁世雄心想。

鲁世雄最重要的工作还是在于研究穴道铜人的秘密，既然经过了五年没有发现潜龙，鲁世雄也就把搜捕潜龙的事放在一边，专心于研经院的工作了。不过，他知道：潜龙不出现则已，一出现将是他最强的一个对手。他现在已经有把握可以对付完颜长之，因为他知道完颜长之早已对他没有疑心了。但是，他却没有把握对付潜龙。因此这条潜龙始终是压在他心头的一抹阴影。

这一天，鲁世雄如常地走出他的郡马府，准备乘坐那个老车夫驾驶的马车到研经院去。

依照惯例，那个老车夫此时应该已在郡马府的门前等他。

可是今天却有了小小的变动，那辆马车还是停在他的门前，但车夫已换了一个新人。

这个新来的马车夫年纪很轻，看来还不到三十岁的样子。冰冷的一张面孔，脸上有一条三寸多长的刀痕，令人一见就感到一种说不出的寒冷。

鲁世雄走出来的时候，这个车夫躲在马车里打盹，是鲁世雄叫了一声"三爷"，他才钻出来的。以前那个老车夫姓麻，排行第三，鲁世雄知道他身怀绝技，不敢将他当作下人看待，总是叫他"三爷"的。

一举制服鲁世雄

这新来的马车夫仍是那副木然的神情，只是冷冷盯了鲁世雄一眼，说道："麻三爷不来了，以后由我代他。"

说罢，陡然张开布袋，就向鲁世雄当头罩下。

规矩倒是旧日的规矩，但因旧人换了新人，鲁世雄心里不免生出一丝怀疑。第一，研经院是绝对机密的地方，倘非王爷最亲信的人，是决不能做这份接送鲁世雄的差事的。鲁世雄经常进出王府，已有五年，王爷的亲信他全认得。但这个人他却从来没有见过。第二，换了个人，按说王爷也应该早一日通知他。第三，即使他真的是王爷派来，也应该有王爷的手令或者其他什么凭据才对。似这样的口说无凭，叫鲁世雄怎能相信他的话？

有这三个疑点，再加上这个新来的马车夫浑身透着诡异的气味，盯向鲁世雄的那一眼又似乎是隐隐含有仇恨的目光，鲁世雄自然更是疑心大起，想道："未知来历，莫要着了他的道儿！"

鲁世雄是经过历练的人，一有怀疑，便即当机立断，反手一指，"卜"的一声，点着了那人的穴道。心里想道："管他是谁，先制伏了他再说。他手无凭证，谅王爷也不能怪我。"要知鲁世雄虽然怕得罪王爷的心腹，但更怕这人是冒充身份的敌国奸细，倘若受他所骗，王爷怪责下来，那就更是担当不起。

鲁世雄的点穴功夫乃是他从穴道铜人图解上偷学来的，与完颜长之所参悟的"惊神指法"有异曲同工之妙。这种世所罕见的点穴功夫，决非寻常的武学之士所能破解。

鲁世雄点着这人的穴道，正要脱下布袋，忽地觉得身子一轻，这个新来的马车夫已把他抱了起来，鲁世雄空有一身本领，竟是丝毫不能挣扎，鲁世雄惊得大声叫道："你干什么？"

这人冷冷说道："郡马爷，你忘了规矩么？"振臂一抛，把鲁世雄搬入了马车中！

这人不但能够立即自己解开穴道，而且还能够以迅雷不及掩耳的手法，一举将鲁世雄制伏，内功之深，招数之妙，吓得鲁世雄心胆皆寒！

本来鲁世雄的武功已是不弱，在研经院五年，又参透了不少上乘武学的原理，本领更是突飞猛进。以他现在的武功而论，那个老车夫早已不是他的对手。但现在这个新来的马车夫却又是如此轻而易举地制伏了他，鲁世雄不禁凉了半截，一方面兴起"天外有天，人外有人"之感，一方面更害怕这个新来的马车夫不知会如何地炮制他？心里想道："倘若他是我的仇家，这就糟了！"

麻三爷死了

那新来的马车夫跨上了驾驶的座位，便即驾车疾驰。鲁世雄早已把到研经院的路线熟记心中，虽然蒙着头藏在车厢之中，也知道这辆马车的确是到研经院去的，方始放下了心。

那马车夫专心驾车，根本不提鲁世雄刚才点他穴道之事，就像是没有发生过这回事似的。

倒是鲁世雄按捺不住，满腹狐疑，不能不问："麻三爷呢，他为何不来？"

马车夫道："他躺在棺材里了，当然不能再来送你。"

鲁世雄吃了一惊，说道："麻三爷死了？"

那马车夫只是哼了一声，没有回答。但这无言的回答自然是嘲笑鲁世雄说那废话：人已经躺在棺材里面，当然就是死了，还用再问？

鲁世雄以郡马的身份，这几年来只有受人奉承，从没受过别人奚落，此时吃了新来的马车夫这记闷棍，却又难以发作，只好闭口不言。

可是在鲁世雄的心上却又多了一个疑问："麻三爷怎么忽然就死了？"昨天他还乘坐麻三爷的马车，并没有说他有病。好端端的一个人，怎么一夜之间，就撒手人寰？

那马车夫好像知道鲁世雄在想什么，忽地冷冷说道："你的金牌是一百二十四号，你若还不相信是王爷叫我来替代麻三爷的，你尽可以不乘我这辆马车。"

鲁世雄笑道："我岂有不信之理。老哥贵姓？"

那马车夫道："孟。"鲁世雄问他姓什么，他就只答一个字，连名字也懒得多说。鲁世雄好生纳闷："这人是天生不喜欢说话的呢？还是对我怀有敌意？"

但鲁世雄却已是更可放心了，这新来的马车夫说得出金牌号数，当然决不会是冒充的了。

一路无话，到了研经院。

按照惯例，马车停在研经院的门口，鲁世雄脱下了布套，只要把金牌拿出来给守门的卫士一看，就可以自行进去了。但今日却又出现了一个例外，守在门口的不但有卫士，还有研经院的事务负责人班建侯。

　　鲁世雄连忙施礼，正想请问，班建侯却对那马车夫点了点头，笑道："你回来了？"

　　鲁世雄不觉又是一惊，这才知道班建侯今日守在门前，不是接他，而是接这马车夫的。一个马车夫要劳班建侯站出门前接他，这人的身份也就可想而知了。

班建侯称他"老弟"

　　那新来的马车夫请了个安，淡淡说道："是。我回来已经三天了。班大人，你好。"

　　班建侯道："好。我们都在挂念你呢。可惜麻三爷死了。他得的是什么病？"

　　马车夫道："听说是绞肠痧，御医来时，已经断气。临时找不到适当的人，王爷就叫我替他。"

　　班建侯道："我已经知道了。王爷派来通知我的人刚刚才走。"说罢，回过头对鲁世雄笑道："麻三爷是天亮时候死的，王爷叫孟老弟来接你，大约是来不及另外派人通知你。你们没有发生误会吧？"

　　鲁世雄甚是尴尬，说道："没有。"马车夫笑了笑，说道："郡马倒是得懂规矩的。"鲁世雄见他没有拆穿自己点他穴道之事，心里不禁有点感激，想道："幸亏他给我留了颜面。"要知这件事情说出来虽不紧要，因为鲁世雄可以用不知者不罪的理由来辩解，但一个堂堂的郡马给马车夫制伏，说出去总是笑话。

　　班建侯道："你们两个都是稳重的人，我也料想你们不至于发生误会。不过我因为孟老弟是第一次到研经院来，又是第一次和郡马一起办事，我总是有点放心不下，是以出来看看。现在看到你们依时来到，我就放心了。"

班建侯以御林军副统领兼研经院事务主持人的身份，口口声声称这新来的马车夫作"老弟"，把他给鲁世雄驾车的事情说成是"和郡马一起办事"，对这马车夫的尊敬真可以算是无以复加，但这马车夫却毫无自得的神气，好像这是理所应当。只有鲁世雄暗暗吃惊，心道："幸亏我没有再得罪他。"

马车夫道："多谢班大人。没有事情了吧？我回去了。"

班建侯道："请替我禀告王爷，院中有点小事，如果他这两天抽得出空闲，就请他过来一下。"马车夫应了一声，便即上车。班建侯挥手说道："过两天我再替你接风。"

马车夫走后，鲁世雄与班建侯一同入院，忍不住问道："这个人是谁？我以前好像没有见过。"

班建侯道："他是王爷最宠爱的家将。以前王爷最亲信的心腹是飞凤的父亲，他老人家阵亡之后，就属这位老弟了，这位老弟姓孟名中还，说起来还是你死去的岳丈临终之时向王爷保荐的呢！五年前正当你来到王府之前的一个月，王爷派他到蒙古办事，现在才回家，你当然没见过他了。"

留有潜龙标记的暗杀案

鲁世雄听了，大为尴尬，歉然说道："这，这未免太委屈他了！叫他给我驾车，我如何当得起？"

班建侯笑道："研经院是不能随便让人来的。每天给你驾车的这个差事也很重要呢！王爷如此安排，一定是经过再三考虑的，你无须不安。再说你是郡马的身份，他虽然是得宠的家将，也总还是要把你当作主子的。只要你对他表示一点尊敬，他是识得大体的人，我想他也不会感到委屈的。"

鲁世雄稍稍减了心中的不安，但另一个疑团却又升起："这个姓孟的家伙既然是飞凤爹爹保荐的人，王爷又对他十分赏识，何以飞凤从来没有和我提过他？"想起这几年来夫妻虽然还算恩爱，但两人之间总似还有一层隔阂，这种貌合神离的滋味，他自己心里感觉得到，却说不出来。想到此处，心里不由得暗暗叹了口气。

班建侯说道："听说潜龙最近又在大都出现了，你知道么？"

鲁世雄吃了一惊道："可有人见过？"

班建侯笑道："还是像过去几次那样，只是传闻而已，也不知是真是假。不过，这次的传闻却多点根据，你还记得那两个帮助你杀了杨老板的人吗？"

鲁世雄道："那两个人怎么样了？"

班建侯道："给人暗杀了。那人杀了他们之后，就用他们的血在墙壁上画了一条龙。"

鲁世雄道："哦，有这样的事情，我还不知道呢。"

班建侯道："这也是昨晚发生的事情。我们猜想壁上所画的那条龙，想必是潜龙所留下的记号。当然，也有可能是别人冒用潜龙的标记。不过，总是不可不防。因此，我揣度王爷的用意，他派遣孟中还给你驾车，是想要多用一个得力的人来保护你。郡马，你虽然武艺高强，但那潜龙神出鬼没，你若单独碰上了他，王爷和我都不放心。有孟中还和你一起，那就不怕潜龙了。"

鲁世雄道："多谢王爷和班大人爱护之意。"心里暗笑："今早在他给我用布袋蒙头的那一霎那，我还怀疑他就是潜龙呢！"

班建侯事务繁忙，和他说了潜龙这件新闻后，就不再陪他了。鲁世雄按照院中规矩，在宫娥服侍之下换过衣裳，回到自己的房间。

过去，他一进入房间，便会拆开书桌上留给他的图解，全副精神便放在穴道铜人的图解上，但今天却是心绪不宁，无心研究。

陈抟的内功心法

鲁世雄虽然知道这新来的马车夫不是潜龙，但想起他对自己的古怪举动，尤其在初见面时他那冷若寒冰的目光，好像充满了敌意，鲁世雄的心里仍不免有所疑虑："是他生性如此，对任何人都这样冰冷，还是单独对我如此呢？"鲁世雄心想。

另一件令鲁世雄心里不安的是，他以为王爷已经对他十分信任，应当是无话不谈的了，但这个新来的马车夫，他听了班建侯刚才所说，才知道他是王爷最宠爱的家将，"王爷为什么从没有和我说过这人？"而且，"飞凤是我的妻子，这人是她爹爹推荐的，她为什么也没有向我提过？"

鲁世雄百思莫解，呆坐了半个时辰，这才把班建侯隔晚留在他书案上的函件打开，打开一看，鲁世雄不由得意外得惊喜起来。

这五年来，他每天研究的都是穴道铜人的图解，他以为班建侯今天留给他的将是一张新的图解，因为旧的那张手少阳经脉图解，他花了一年的心血，刚刚得出研究的结果，接下去应该是足少阳经脉图解。哪知打开来一看，班建侯今天留给他的，却是陈抟的一篇内功心法。

穴道铜人的图解十分深奥，倘若先对陈抟的内功心法下了功夫，对上乘的内功学理有了一定造诣之后，回过头来再研究穴道铜人图解，或者双管齐下地研究，那就可收事半功倍之效。这个道理鲁世雄也曾经和班建侯说过，班建侯当时没有说什么，事后也没有回音，鲁世雄怕他起疑，以后就不敢再提，想不到在几年之后，班建侯都照他的意思做了。虽然这只是陈抟十三篇内功心法中的一篇，但总是一个好的开端了。

"从这件事情看来，王爷和班建侯还是信任我的！"鲁世雄心中一喜，就把对这马车夫的疑虑暂时抛诸脑后了。

他把全副精神放在新获得的这张内功心法上，殚精竭智，反复琢磨，不知不觉已到了黄昏时分，是该回家的时候了。

此时他正思索到一个关键的问题，若是想通了这个问题，这篇内功心法的奥秘就可以迎刃而解了。

于是，鲁世雄叫他的卫士出去告诉马车夫，他要迟一个时辰才回家。

这情况以前也曾有过几次，甚至他也曾在研经院中过夜，因为院中的文件是不能带回家研究的，若是到了关键的时候，缺少参考的典籍，而又中断思路的话，第二日研究时，就难得多了。不过，今天却是新马车夫上任的第一天，鲁世雄在豁然贯通之后，方才蓦地想起。

独孤飞凤面色有异

此时已是天将入黑的时分，鲁世雄走出院子，只有马车停在那儿，新来的马车夫却不见踪影。鲁世雄惴惴不安，心中想道："难道是他发脾气走了？"

卫士说道："孟大哥赌钱去了，和弟兄们闹得正欢呢，我替你找他去。"院中共有四个卫士，去找马车夫的那个卫士是他们之中资格最老的一个。

鲁世雄有点纳闷，说道："这位孟大哥冷口冷面的，你们和他合得来么？"王爷的手下对等级的分别是很注重的，鲁世雄心想："姓孟的这个家伙，可以和班建侯称兄道弟，却怎的肯自贬身份和卫士一起厮混？"

一个也是资格很老的卫士答道："孟大哥是一个很和气的人呀，郡马怎么说他冷口冷面？他对我们从来不摆架子的。以前我们在王府执役，常常和他赌钱，但他到研经院来，这还是第一次，郡马今晚迟一个时辰回家，所以一班老朋友就趁此机会邀他相叙了。"

说话之际，孟中还已经走来，后面几个卫士扬手叫道："孟大哥，明天早些来，咱们赌个尽兴。"

孟中还见了鲁世雄，顿时又换上了一副冰冷的面孔，鲁世雄歉说："孟大哥，对不住，劳你久候了。"孟中还淡淡说道："没什么，我们做下人的本就是伺候人的。上车吧！"鲁世雄碰了一个软钉子，不敢多说，自己套上布袋，便上了马车。

鲁世雄在车行途中温习了一遍今日的心得，暗自想道："姓孟的你别神气，总有一天我的武功会高过你的。"原来他今日所研究的这篇内功心法，其中就有一个运气的法门，可以在被擒之后，用收缩肌肉的功夫滑脱对方的掌握，乘机反击敌人。"如果我现在和你较量，虽然还是打不过你，但总不至于给你那么轻易就抛上了马车了。"鲁世雄心想。

回到了郡马府，又有一件稍稍出乎鲁世雄意料的事情——独孤飞凤在门前等着他。鲁世雄从前几次迟归，妻子都未曾倚门盼望过。

鲁世雄怔了一怔，说道："我今晚回家迟了，但却给你带了一位熟人来啦。"独孤飞凤面色有点苍白，听了鲁世雄的话，这才把目光缓缓地向那新来的马车夫投射过去。

孟中还上前行了个礼，说道："参见格格，贺喜格格。格格大婚，小人还没有送礼呢。"

独孤飞凤强自抑制，可是在月光之下，面色却是越发显得苍白了，当下嗯了一声，说道："你这几年在什么地方？成家了没有？"

难道他们有什么私情？

孟中还淡淡说道："小人这几年来都在蒙古，颠连大漠，异域穷荒，能保得余生归来已是万幸，哪还顾得了成家立室。"

鲁世雄心头一凛，想道："原来他这几年来都在蒙古，这倒要更加小心提防他了。"

独孤飞凤半晌不语，孟中还道："如果格格没有什么吩咐，我回去了。"

独孤飞凤露出一脸茫然的神色，这才说道："你们今晚回来得迟，王府开饭的时间恐怕已经过了。你就在我们这里吃一顿饭吧。我的两个孩子你也还未曾见过呢。"

孟中还道："不，我在研经院已经吃过饭了，多谢你啦。改天我再来看小格格和小贝子吧。"

孟中还走后，鲁世雄道："听说他是你爹爹遗书保荐给王爷的，你和他很熟吧？"

独孤飞凤道："我们在乡下住的时候，他曾经做过我们的邻居，但不久就搬到别处去了。爹爹在他搬走之后，也不过一年就进了王府。我们只是小时候见过面，谈不上什么熟识。爹爹大约是后来在军旅之中再遇到他的。"她在答丈夫问话之时，不自觉地避开了鲁世雄的目光，显然所说的不尽不实，内心有愧。鲁世雄何等精细，早已觉察。

鲁世雄却丝毫没有表露，只是淡淡一笑，说道："是这样吗？

怪不得你从来没有和我谈起过。假如是很熟识的人，你一定会和我
提起的。"

独孤飞凤露出不悦之色，说道："在王府当差的人不计其数，
我怎能一一想起来和你谈说呢？"

鲁世雄连忙赔笑说道："是呀。我也只不过问问而已。你别多
心。"心里却想："飞凤今天神色有异，他们一定不只是普通相识
的关系。但若说他们之间有什么私情，却又难以置信。飞凤连小王
爷都不看在眼内，怎会看上一个下人，莫非这个人是王爷早就布置
好的一枚棋子，用来监视我的。飞凤知道其中缘故，却又不便对我
明言？"鲁世雄多方疑虑，真是难以判断。想起自己的身份，必须
讨好妻子，心里想道："不管这个人是做什么的，即使他和飞凤当
真有私情，我也只能装作不知。"

这晚独孤飞凤对丈夫倒是分外殷勤，吃过了晚饭，便请他早早
安歇。鲁世雄虽说早已打定主意，但想起妻子见到这新来的马车夫
时的异样神情，心中总不免有疙瘩，翻来覆去，哪睡得着？

月下乍逢心上人

独孤飞凤见他辗转反侧，心中也是思潮澎湃，忽地披衣而起，
低声说道："世雄，你今天研究那内功心法，想必是用神过度了。
我替你添一炉香。"

独孤飞凤喜爱名香，睡眠的时候，经常会焚上一炉檀香。檀香
有令人心神宁静的功效，是以她见鲁世雄睡不着觉，便想起要替他
添一炉香。鲁世雄习以为常，并不觉得奇怪，当下也就含糊地应了
一声。心里想道："我的心事岂是檀香所能平静的？不过，即使我
睡不着也当装作熟睡了，免得给她窥破我的心事。"

一缕香气给鲁世雄吸了进去，只觉得舒畅无比，果然便觉神智
模糊，昏昏欲睡。耳边只听得独孤飞凤好像哄孩子似的说道："这
是上好的安息香，你好好安息吧。一觉睡到大天光，精神就会
好了！"

鲁世雄在即将入梦之际，迷迷糊糊中忽地心念一动，深感这香

气有异！原来鲁世雄便已经过严格训练，他曾经研究过七十二种迷香。当然天下的迷香不止七十二种，但他已经可以判断：独孤飞凤正在焚的香绝不是安息香，而是一种他尚未知道的迷香！

安息香和迷香是大不相同的。虽然安息香也可以令人入睡，但却没有令人昏迷的功效。尤其对于一个武学高明之士，倘若是在安息香的催眠之下入梦的话，听到什么响动，也随时可以醒来。但若是受了迷香，除非要到了一定的期限，或者是得了独门解药，否则决不会醒来。

鲁世雄凭着他对迷香的认识，虽然不知道独孤飞凤焚的是哪一种迷香，但已可以确断是迷香了。可惜他发觉得还是迟了一点，心念方动，已来不及运功抵御，而在独孤飞凤的催眠曲声中沉沉地睡着了。

那新来的马车夫此时正在郡马府后面的树林里徘徊。这是他曾经多次和独孤飞凤幽会的地方。此际他心里想道："我也太痴了，此际他们正在鸳鸯交颈，飞凤怎会记得前情？她恐怕做梦也不会想到我在这里寻旧梦呢！"

不料心念未已，忽见一条黑影向他奔来，月光下看得分明，可不正是他日思夜想的心上人儿？

孟中还又惊又喜，失声叫道："飞凤，当真是你？唉，你，你怎能如此冒险出来？"

独孤飞凤叹了口气，说道："我知道你会在这里等我，我不出来见你一面，我也不能安心！"

林中幽会

孟中还心中感动，虎目蕴泪，说道："飞凤，你不顾危险，出来看我，我实在感激得很。但若给郡马知道，事情可就要闹大了。我不能坏了你的名节，你，你还是回去吧。"

独孤飞凤低声说道："我已经用了黑醋香，他这一觉，不到明日日上三竿，是绝不会醒来的了。"

孟中还道："你这几年过得怎样？郡马对你可好？"

独孤飞凤凄然地望了孟中还一眼，低头说道："好……还好。但你知道，在我的心中，是绝没有第二个人可以替代你的位置的。我是迫于无奈，才嫁了他。那时你又在蒙古，没有谁人可以帮我。"

孟中还叹了口气，说道："我那时即使不在蒙古，也帮不上你的忙。你不能负王爷养育之恩，王爷也决不会让你嫁给一个马夫的。过去的事，还是不必再说了吧。"

独孤飞凤道："中还，你为什么要来给他驾车，这未免太委屈你了。"

孟中还笑道："这是我自己请求的。我来了三天，正想不出有什么法子可以见你一面，恰巧麻三爷死了。"

独孤飞凤道："我知道，你这样做全是为了我的缘故。但你得小心点儿，他是一个很精明的人。"

孟中还道："你可曾向他透露过我的来历？"

独孤飞凤道："我怎会？连王爷也不知道你是汉人。"

孟中还道："我跟了王爷之后，一直都蒙王爷重用，这都要感谢你。"

独孤飞凤苦笑道："我可有点后悔将你荐入王府呢，当初以为可以等待机会，你得了王爷的重用，我就可以求王爷允许咱们的婚事，哪知道今天弄成了这样难堪的局面！"

原来孟中还是独孤飞凤假造父亲的遗言，将他荐入王府的。但独孤飞凤也只知道他是汉人而已，并不知道他另有其他身份。王府中虽然也有汉人执役，但不是金人，就不能得到信任和重用，故此独孤飞凤要他冒称金人。

孟中还道："现在我也有点后悔不该回来了。"

独孤飞凤道："这几年你在蒙古怎样？听说王爷对你的功绩很是满意？"

孟中还道："没有什么，苦是苦了一点，但我愿意替王爷办事。"他似乎话有未尽，想说什么，但看了飞凤一眼，心念一转，又不想说了。

林中幽会

醒来惊见旧情人

一阵风吹过，树叶沙沙作响，孟中还忽地咦了一声，说道："我好似听到什么声息？"一纵身跳上一棵树，只见星河耿耿，明月在天，却没发现人影。孟中还跳了下来，独孤飞凤笑道："想必是你疑心所至，他已经熟睡，郡马府中并没有第二个轻功高明的人。而且这个时候又怎会有人到这里来？"

孟中还惊疑不定，说道："今晚也许不会是他。但咱们这样下去，总有一天会给他发现的。"

独孤飞凤叹口气道："我明白。我也正想和你说，你知道我的心里是只有你的，可是我现在有了子女，我爱你，也爱他们。中还，你原谅我，如果我没有子女，我一定会跟你走的。"

孟中还道："飞凤，你回去吧。以后我不会再找你了。"

"你不怪我？"

"我只有感激你，感激你今晚不顾一切出来见我。有此一面，我受的什么苦也值得了。我，我但愿你家庭美满，夫妻和好，不再以我为念。"

独孤飞凤眼角挂着晶莹的泪珠，走了两步，忽地又回过头来问道："你有什么心愿，用得着我的么？"

孟中还道："我得你的帮忙很多，已经是感激不尽了。此次回来，只为见你一面，别无奢求。"心中则想道："飞凤，请原谅我不能把我的心愿告诉你。这件事情你也帮不上忙，你不知道，要比知道得好。"独孤飞凤又幽幽地叹了口气，说道："好，我去了。你自己珍重。"

这次她是真的走了。树梢风动，云掩月华，似乎是为这对不幸的情人叹息。孟中还喃喃自语："天快亮了，我也该恢复车夫的身份，在郡马府前，等候她丈夫的大驾啦！"

鲁世雄也不知睡了多久，忽地感到一股清凉，倏地醒来，只见在他的身边，坐着一个女子，正在低着头看他。鲁世雄刚刚叫出"飞凤"二字，忽地大吃一惊，失声叫道："珠玛，是你！"

这个珠玛，正是他旧时的情人，五年来他也一直藏在心头，不敢向人透露。

珠玛笑道："你想不到我会来找你吧？"

鲁世雄张目四顾，不由得问道："飞凤呢？"

珠玛笑道："你一见我，就问妻子，不觉得有点对不住我吗？"珠玛性情爽朗，同样是旧情人另婚，她却没有独孤飞凤那样悲伤。

限期盗宝

鲁世雄知道她的脾气，苦笑说道："珠玛，你应该知道我这门亲事实是身不由己的，亏你还有心情和我一见面就开玩笑。"

珠玛这才正容说道："我知道，当然我不会怪你。我还要祝贺你呢。你若不是郡马，焉能进得了研经院？而且你这位妻子，才貌双全，也的确是很不错呀。"

鲁世雄道："这可不是开玩笑的事情，飞凤到底怎么样了？"他可有点害怕珠玛会杀了独孤飞凤，几年夫妻，虽然貌合神离，也总有夫妻之情。而且夫妻之情还在其次，独孤飞凤一死，他失了依靠，可就要功亏一篑了。

珠玛笑道："你放心，我怎会杀了你的妻子，让你做不成郡马？"

鲁世雄道："那么她到哪里去了？你又是怎么进来的？"鲁世雄知道独孤飞凤没死，可又担心给她发现了。

珠玛柳眉微蹙，说道："你不必追问她了，总之她不会这么快回来就是。"心里想道："她和她的情人幽会，我就来和她的丈夫幽会，这正是一报还一报。不过，这件事情，还是不必让世雄知道得好。免他徒增烦恼，对他所要做的事也只是有损无益。"

珠玛笑道："你这几年来研究穴道铜人的秘密和陈抟的内功心法，成绩可是很不错呀。"

鲁世雄诧异道："你怎么知道？"

珠玛道："如果你的内功不是比以前精进，我虽有药解，你也不会这么快醒来的。她用的是黑醋香，我用的却并非对症的解药。"原来鲁世雄今日所参悟的内功心法，虽然是在熟睡之中，内息运行，也发生了作用。鲁世雄道："珠玛，你还没有告诉我，你为什么来这儿呢？"

珠玛道："那两样东西，你得手没有？"

鲁世雄摇了摇头，说道："差得远呢！虽然在研究上有点成绩，但穴道铜人的图解我见到的只有七张，内功心法，更是今天才开始看到一篇。"

珠玛道："那不成，你必须在一个月内，全部拿到手里！这是命令！"

鲁世雄道："哦，原来是他们派你来做我帮手的！"

珠玛笑道："谈不上帮手，我是来给你接赃的！"

珠玛匆匆地把必要时联络的办法告诉了鲁世雄，说道："这里我不便久留，我走了。你快快睡下，不可露出丝毫痕迹。绝不能让你的妻子有半点怀疑！"

珠玛走了不久，独孤飞凤回到房中，见丈夫还在熟睡，不由得心里叹了口气，脸上现出惨白的笑容。

六 潜龙出现研经院

墙壁上画着一条龙

日子一天一天过去，不知不觉之间，那新来的马车夫已经来了二十天。换句话说，也就是珠玛给鲁世雄的期限已经过了三分之二了。

鲁世雄日夕焦虑，却想不出有什么办法可以拿到那两件宝物。穴道铜人的全部图解和陈抟的内功心法都是收藏在完颜长之的密室之中。研经院的防卫森严先且不说，这个密室在研经院的哪个角落，鲁世雄来了五年也还未知道。

这一天鲁世雄像平日一样到研经院，不料一下马车，解开蒙头的布袋，就发现了一件奇事，令得鲁世雄触目惊心！

院子的墙壁上画着一条龙，此时院中的工匠正忙着粉饰墙壁，龙的尾巴已经给涂抹了，龙头和鳞甲还隐隐可见。正合上了"神龙见首不见尾"这句俗话。守门的卫士也加了一倍，从原来的四人增为八人。

鲁世雄大吃一惊，抓着一个稔熟的卫士问道："潜龙来过咱们这儿了？"

那卫士道："是呀，昨晚闹了个天翻地覆呢！不过，待我们出来的时候，那潜龙早已不见了。所以详情我也不知道。"

另一个卫士笑道："这算是你的运气，要是你碰上了潜龙，你还能活在这里说话吗？郡马，你恐怕还不知道呢，咱们院中本领最强的两个高手听说都已丧生在潜龙手下了。"

刚说到这里，只听得完颜长之在里面正怒气冲冲地骂人。

卫士连忙说道："王爷正在大发脾气，郡马，你快去劝解劝解，否则我们只怕有许多人要倒霉了。"

鲁世雄赶忙按照规矩，换过衣裳，便即走进内院。

只见完颜长之正破口大骂："你们这许多人都是只会吃饭的吗？一条潜龙也捉不住！"

班建侯在旁尴尬至极，叠声说道："是，是。我们没用，惹得王爷生气。但这条潜龙，实在是厉害得很，封老头和祈老二都给他杀了！"

封老头就是鲁世雄第一天到研经院时，看见他在发脾气，摔棋子，粒粒棋子都嵌入墙中布成棋局的那个老头儿。祈老二则是用梅花针打蜜蜂的那个汉子。此时他们的尸首已经入棺，正要抬出来到园中埋葬。鲁世雄又是吃惊，又是害怕，心想："这两人联手都给潜龙所杀，要是我碰上潜龙，岂非也只有送命的份儿？"

密室商议

班建侯是王爷的副手，地位甚高，两人已有二十多年的交情。完颜长之发了一顿脾气之后，也觉得自己过火了些，不待鲁世雄劝解，便自说道："建侯，我知道你已经尽了力了，这也怪不得你。说起来还是我的责任，我已经知道潜龙潜入了大都，却未能够小心防备。倘若我昨晚在这儿，总不能让他这样容易跑掉。"

班建侯赔笑说道："王爷是咱们大金的第一高手，王爷若在这儿，潜龙纵有天大的神通也是跑不掉的。不过，王爷日理万机，军国大事都是王爷在担着。研经院虽然重要，却也不能要王爷在这里坐镇。"

班建侯知道王爷的好胜脾气，但以王爷这样尊贵的地位，手下人又怎敢放心让他与潜龙较量？是以班建侯很委婉地说出了这番话。

班建侯的话十分得体，既恭维了完颜长之，又给他找了一个避免和潜龙交手的借口。完颜长之点了点头，说道："是呀，我就是因为不能在院中坐镇，又怕潜龙还会再来，是以甚感焦虑。建侯，你去找几个本领好又靠得住的人来，咱们大家商议商议补救的办法吧。"

鲁世雄上来见过岳父和班建侯。班建侯笑道："郡马又聪明又沉着，又是自己人。院中出了这样的大事，你可得多费点心，给你的岳父大人出出主意了。"

鲁世雄心里暗暗欢喜，表面自是不得不谦虚一番。完颜长之不耐烦地说道："世雄，内举不避亲，我也是一向看重你的。你就不必推辞了。"

班建侯接着提出几个人，其中有两个是昨晚曾发现潜龙踪迹的，王爷都同意了。于是班建侯将这些人招来，跟着王爷到密室商谈。这间密室，是王爷专用的办公处所，穴道铜人图解和陈抟的内功心法就是收藏在这个密室之中的。

密室是在两座假山之间，两山对峙，形成了一条人造峡谷。进口处有三重机关，里面又有三重机关，但外面的三重机关和里面的一二两重机关都已给潜龙毁了。那些割断了的铜网、停在半空就给止了机括未曾落下的千斤闸等等，都还保持原状，等待王爷查勘。鲁世雄暗暗心惊："莫说这个密室的所在，我是绝难发现。即使给我发现了，我也是绝对进不去的。"

密室中坐定之后，王爷说道："好，建侯，你先报告昨晚的详细情形。你们见着了潜龙没有？他到底是怎样的一个人？"

潜龙中了飞刀

那两个昨晚在场的人，一个说道："我到来的时候，只听得封、祈二人惨厉的叫声，我忙着救护他们，无暇去追潜龙。"完颜长之知道他是害怕潜龙，本领最高的封、祈二人都死在潜龙手上，也怪不得他害怕。完颜长之不点破他，问道："封老头和祈老二临死之时可有话留下？"那人说道："我把他们扶起之时，他们都已气绝。"

另一个说道："潜龙跑得太快，我追不上。只见着两条黑影，越过假山，转眼间就消失了。"

完颜长之道："什么，有两条黑影？"

班建侯道："不错，除了潜龙之外，还有一名女子。我刚才正要禀告王爷……"

完颜长之又惊又喜，说道："哦，原来你看见他们了。"

班建侯叹了口气道："可惜我也只是见着他们的背影，从背影辨得出，其中一名乃是女子。"

完颜长之颓然说道："这么说来，潜龙大闹了研经院，你们竟连他的面都没有见着。"心中极不高兴，只是碍着班建侯的面子，不好发作。

班建侯讪讪说道："卑职无能，截不住潜龙。不过，他们之中，也有一个着了我的飞刀。"

完颜长之问道："是男的还是女的？"

班建侯道："他们正逃入花树丛中，我的飞刀掷出，只听见哎哟一声，却不知道是着了哪一个。不过，听那叫声，却是男子，多半是潜龙着了我的飞刀了。我的飞刀，是取对方上盘的，倘不是砍着头颅，就是砍着肩头。"

完颜长之道："潜龙既然还能逃走，当然是砍着肩头了。好，这倒是一条线索。"

班建侯又嗫嗫嚅嚅地说道："看来潜龙好像很熟悉研经院中的道路，要不然绝不会如此轻易就脱身了。"原来研经院建筑得像一座迷宫，连园中的树木、假山，都是按照奇门生克的阵图布置的，在研经院住了许多年的人，有时都会迷路。

完颜长之说道："倘真如此，这就更要小心防备了。你们有什么好办法没有？"

与会的人七嘴八舌地提出了一些办法，完颜长之考虑再三，觉得都还不够妥善。

鲁世雄最后说道："潜龙的目标是这间密室，我以为首先应该换过这里的机关。"

完颜长之道："对。你的大师父不但武功高强，他也是最擅长布置机关的，你可曾学过他这门功夫？"

鲁世雄巧布机关

鲁世雄道:"大师父的本事我可没有学全,只得八成功夫。"班建侯喜道:"你大师父布置机关的本领天下无双,你有八成的功夫,那已经很不错了。"

完颜长之道:"好,既然你懂得布置机关,那就不必客气了。赶快给我绘图,咱们把研经院中的机关全都换过。限你今天一天之内,设计妥当,成吗?"

鲁世雄道:"小婿尽力而为,晚一点回家,我想是可以成的。"

鲁世雄竭尽心智,设计了六重机关,又建议在院中多设响铃,贼人到来,只要一步行差踏错,牵动响铃,行藏立即便会败露。完颜长之看了他的绘图、设计,喜道:"这些机关果然新奇,潜龙若敢再来,那是一定逃不掉的了。好,你赶快回去吧,凤儿只怕已经等得心焦了。"院中有的是高手匠人,完颜长之立即传令下去,叫他们连夜布置机关。并且在院中亲自监督。

鲁世雄暗暗欢喜,换过衣裳,走出外院,此时已经天黑了,只见那辆马车停在院中,孟中还正倚着马打盹。想来是因为院中人人忙碌,也没有卫士和他赌钱了。

鲁世雄心中一动,悄悄走到孟中还跟前,孟中还刚张开眼睛,鲁世雄在他肩头一拍,笑道:"对不住,劳你久等了。"

鲁世雄这一掌拍下去的时候,心中早已想好:"倘若他肩头受了刀伤,他非得叫痛不可;如果我的猜疑错了,我和他表示亲热,他也不能拿我怎样。"

孟中还神色不变,淡淡说道:"没什么,上车吧。嗯,今天天气很热,请郡马恕我粗鲁。"鲁世雄正自不明其意,只见孟中还已把上衣脱下,肩头上连一个疤痕都没有。孟中还把上衣慢条斯理地折好放在驾驶座上,拿出布袋给鲁世雄蒙头,看来他是有意让鲁世雄看个清楚的了。

鲁世雄甚是尴尬,躲进车厢,心里想道:"果然是我多疑了,他怎会是潜龙呢? 班建侯飞刀伤了潜龙之事,想必他也知道了,哎呀，他知道我在试他，心里不免又多了一个疙瘩了。"

思潮跟着车轮转动，鲁世雄忽地又想："也可能是那女的中了飞刀。但那女的又是谁呢？呀，该不会是珠玛急于盗宝，偷入院中，先来摸路吧？""不会的，不会的。如果是她，她怎么会与潜龙在一起？"还没想出个所以然来，马车已经到了他的郡马府了。

搜查妻子的秘密

鲁世雄心里想道："飞凤不知睡了没有？她如果知道潜龙出现的事情，恐怕一定睡不着觉了。"

鲁世雄蹑手蹑脚地进入卧房，轻轻推开房门，只见独孤飞凤坐在梳妆台前，似乎正在出神，手里拿着一个小小的羊脂白玉瓶，听得脚步声响，忙不迭地把瓶子藏好，好像吃了一惊，站起来道："你回来了？"

鲁世雄道："是呀，院中出了大事，所以我回来晚了。"

鲁世雄说了一段引子，想引起妻子的好奇心，以为妻子一定会追问下去，不料，独孤飞凤只是淡淡地说道："是么？什么事情，明天你再告诉我吧。小凤出了水痘，我不放心奶妈照料，我想去陪她几晚。"

鲁世雄的一子一女都是有奶妈照料的，出水痘的小凤就是他刚满周岁的女儿。鲁世雄道："啊，小凤出了水痘了？我和你去看她吧。"

独孤飞凤道："你累了，还是早点安歇吧。你又不会照料孩子，反而吵了小凤。你放心，我已经给她拿了药了，这是父王让御医配的药，一定会治好小凤的。"说罢随手把抽屉关上，便出去了。

鲁世雄听得女儿患了水痘，倒是勾起一重心事，想道："一个月期限，还有十天。我若是得手，就要跟珠玛回去，从今之后，就再也不能见着女儿了。"鲁世雄并不是一个儿女情长的人，但父母之爱子女乃是出于本能，想起要舍弃这对可爱的子女，不觉黯然。

可是鲁世雄也有高兴的事情，他帮王爷做了一天事情，布置好研经院的机关，兴奋未过，心里想道："我正愁没法盗宝，如今是

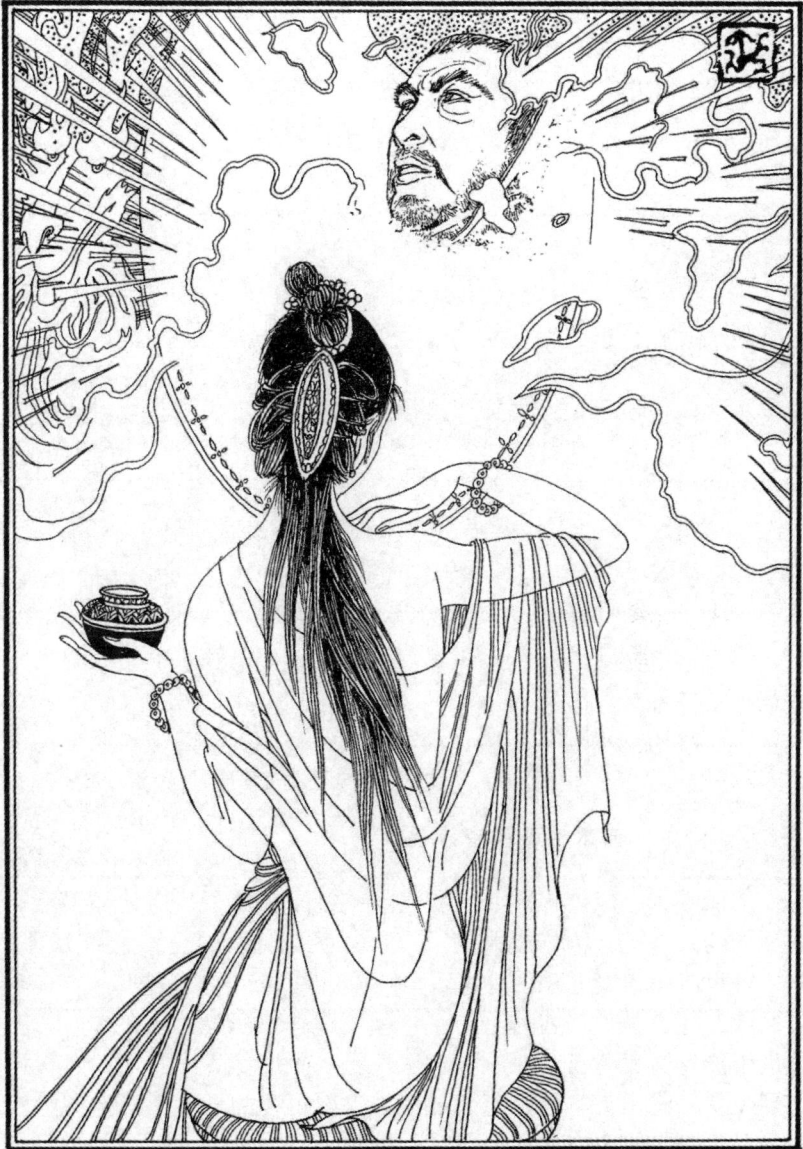

独孤飞凤秘密疗伤。

我亲自布置的机关，我要进那密室，那是易如反掌了！"

可是随即又想到："密室内外，虽有机关，想必也还是有人防守。而且院规防范森严，片纸只字都不能带出去。我又怎能瞒得过院中的耳目？若是硬闯，院中高手如云，连潜龙都难免受伤，何况是我？"

鲁世雄正自苦思无策，忽地心念一动，眼光落在妻子刚才关闭的那个抽屉上。这个抽屉平常都紧紧关闭，锁匙在独孤飞凤的手上，鲁世雄从来没有打开过。

但鲁世雄要打开这个抽屉，却也不难。他是精通机关布置的，开锁的本事，胜于巧手匠人，随便找了一根铁线，插进匙孔，盘弄了一会儿，就把抽屉打开了。

独孤飞凤秘密疗伤

打开抽屉一看，只见里面是一大堆瓶子、盒子，鲁世雄心道："原来这里是她的秘密药库。"

鲁世雄将这些瓶子、盒子一一打开来看，凭着他对医学的知识和对迷香的研究，很容易就找出了妻子那晚用来迷昏他的黑醋香。

鲁世雄暗运玄功，闭了呼吸，倒了一小撮黑醋香在香炉之中，然后再把他认为可能是解药的瓶子拿来，稍稍吸了一点迷香，再闻一闻每一种解药，经过这样的试验，解药也找出来了。

鲁世雄心里想道："好，这黑醋香正合我用。"于是倒出了半瓶黑醋香，找一个空瓶子藏好。再找出数瓶颜色相同的药粉，将每一种药粉倒了少许，与"黑醋香"混杂，再把瓶子放回原处，心里想道："每瓶药粉都只少了一点，飞凤若不仔细查察，一定看不出来。"

鲁世雄做了这番手脚之后，心中十分高兴，躺在床上缜密地思考盗宝之策。

独孤飞凤此时也正躲在她小女儿的房间里，暗中替自己疗伤。

她对着一面镜子，解开衣裳，只见肩头上一道伤口，血块已经凝结。独孤飞凤将伤口揩抹干净，敷上药膏，这是大内所藏、金主赏赐给完颜长之的金创圣药。独孤飞凤好不容易才讨了一瓶来的。"只要再敷三次，两天之后，肌肉便可复生。那时就不怕鲁世雄看出来了。"独孤飞凤心里想着。

镜中幻出孟中还的脸影，独孤飞凤想起了昨晚的惊险，兀是犹有余悸！

原来昨晚中了班建侯飞刀的就是她。昨晚孟中还前去盗宝，给她知道，跟踪前往，这才把孟中还救出来的。

独孤飞凤心里想道："幸亏爹爹兴建研经院之时，我曾见过那张地图，要不然只怕他武功再高，也会迷路，逃不出的了。"

"但他为什么冒这样大的危险去盗宝呢？他虽说过想成为天下武功第一的高手，但这恐怕还不是唯一的原因吧？"原来独孤飞凤就是因为知道孟中还有这番心意，一直在暗中注意他的动静，昨晚才会跟踪他去到研经院。

突然一个念头从心中升起："难道他就是潜龙？若是真的，我怎么办呢？""唉，中还，即使你真的就是潜龙，又何必瞒着我呢？难道我还会告发你吗？"当然独孤飞凤还是希望孟中还不是潜龙，但却是越想越可疑了。

夫妻各有各的秘密，各有各的心事，盗宝的期限也一天天近了。

七 真相大白

盗宝得手出乎意外

最后的一天晚上，三更方过，有一条黑影捷如飞鸟般地飞出研经院的高墙。这个人正是鲁世雄。

这一晚无月无星，鲁世雄出了研经院，不过片刻，背影已消失在黑漆漆的林子里。研经院的高手还在梦中，做梦也料想不到院方最宠信的郡马爷此时已逃出了研经院。

连鲁世雄自己也不敢相信竟然这么容易地就逃出来了。到了林中，四顾无人，方才松了口气，好像刚才是做了一个梦。鲁世雄忍不住心头的兴奋，几乎要笑出声来。心里想道："这可好了，大功告成，我可以回去了。"他把手在胸口一按，心跳未停，手按着还有沉甸甸的感觉，但这已经不是害怕而是狂喜了。在他的怀中，有穴道铜人的廿七张图解，还有一部陈抟的内功心法，这两件宝物他都盗出来了，他所按的正是这一包东西。

这一晚他又假托要继续研究一个内功心法上的难题，而留在研经院过夜。这样的事情以前也曾有过几次，谁都想不到他要在今晚盗宝。他设计得很周密，其中一节是在午间就叫人通知家里，说是今晚不会回家，叫那辆马车不必来接他。

设计十分周密，但得来这样容易，也还是大大地出乎他意料之外。

他想起了刚才的一幕。他用迷香昏迷了看守密室的卫士，在他们还未警觉之前一个个地就倒下去了，哼也没哼一声。密室的机关是他布置的，真是不费吹灰之力，就把这两件宝物拿到了手。院中什么地方有响铃，他也全都知道，出来的时候也当真是神不知鬼不觉的。

鲁世雄心里想道："这番黑醋香，受了昏迷的人非到明日日上三竿的时候绝不会醒来，飞凤已经知道我今晚留宿院中，最早也要等到明天中午，不见我回家，才会到院中查问，嘿，嘿，到了那个时候，我早已远走高飞，出了大都了。"

研经院建筑在王宫后面的煤山，鲁世雄早已熟记路线，闭着眼睛，也能回家。他出了林子，在山脚的第一个山坳，找到了一棵比周围的树木都高大的柏树，树中间有个窟窿，鲁世雄把那包东西塞了进去。这是他和珠玛约好的，珠玛在正四更时分，就会来这里接赃。他和珠玛约定四更，那是因为他们事前想不到这样容易得手的缘故。

在他们的计划中，他是不能和珠玛一同逃走的，那两件宝物也必须让珠玛带着。不是珠玛不信任他，而是要预防追捕。

决定回家一转

由于珠玛从没有在大都露过面，完颜长之的手下决不会知道她的身份。他们原本料想研经院的盗宝案发觉之后，金国的高手必定倾巢而出，搜捕鲁世雄。鲁世雄虽然逃出了研经院，但在未曾逃出金国的国境之前，总是有被捕的危险。故此打算二人分头逃亡，而宝物也必须放在珠玛身上。

但由于事情意外的顺利，鲁世雄早了一个更次到了交接赃物的地方，珠玛还没有来。

鲁世雄四顾无人，树林里静悄悄的唯有唧唧的虫声。鲁世雄心里想道："我是绝不能留在这里等她一个更次的。这个秘密藏宝之处，只有我和珠玛知道。莫说研经院的人最早也得明天才能发现，即使他们现在已经知晓，也绝不会想到宝物是藏在这窟窿之中。"鲁世难当初和珠玛计划交接赃物之时，也曾想到时间未必配合得分秒不差，所以才用这个办法。只是想不到会早一个更次而已。

鲁世雄放下了赃物，心里想道："珠玛我是不能等她的了，现在天还没亮，城门未开，我也还不能逃出城去。要到哪里去躲过今晚呢？"

本来最安全的方法，应该是匿伏在城门附近，天一亮就立即出城，不过鲁世雄此时却有了另外的想法。

"我一出了大都，从今之后再也不能回来了。"鲁世雄不是留恋金京的繁荣，但这里有他的家，有他的妻子，有他的儿女。虽说这个家的建立，在他奉命初来金京盗宝之时，是始料不及的。但他在这个家已经过了五年，无论如何，总是有了感情！尽管夫妻貌合神离，他对独孤飞凤也还是感到有几分内疚，在即将永别之际，也还不免会感到有几分凄凉。尤其对那双冰雪可爱的小儿女，在这刻即将永别的时候，他更有难以舍弃的悲哀。

"这几年来，我全副精神用在计划盗宝的事情上，一早到研经院去，晚上回来，寻常人家的骨肉相聚之乐，我是很少有的。对儿女我也没有尽心照顾。小凤这次出了水痘，我也还没有看过她呢。难道我就这样走？不，临走之前，我总是要见她们一面的吧？也许我不能够和他们说话，但只要在他们睡着的时候，偷偷看他们一眼，我走了心里也不会那样难过。"

鲁世雄想了又想，终于决定回家一转。"好在现在是早了一个更次，我回家一转，再逃走也还来得及。若给飞凤发觉，我也有话可以应付她。"他一面想一面走，不知不觉已回到家中。

"喀伦科尔，库钦哈巴！"

鲁世雄不敢叫门，跳墙而入。悄悄进入女儿的卧房，只见小凤睡得正酣，但却只有她一人睡在床上，没有奶妈陪着她睡，也不见独孤飞凤。

鲁世雄很是奇怪，心想："飞凤怎么这样疏忽，既然放心不下奶妈照顾，自己又不来陪她。"心中虽有疑虑，但时间紧迫，却是不容他仔细推敲了。鲁世雄俯下腰，轻轻地吻女儿的双颊，心里想道："要不要再去偷偷看一看飞凤呢？不知她睡着了没有？"

心念未已，忽听得有人在他耳边低声说道："喀伦科尔，库钦哈巴！"鲁世雄蓦地一惊，回头看时，只见独孤飞凤正在他的身边，脸上正带着似笑非笑的神情看着他，这笑容似乎带着几分得意，但更多的却是凄凉。

鲁世雄心中一惊，苦笑道："飞凤，你……呀，我毕竟还是瞒不过你。"

"喀伦科尔，库钦哈巴！"这是蒙古话中"你是奸细"的意思。鲁世雄第一次在那石窟之中初见独孤飞凤之时，独孤飞凤奉了王爷之命假扮武士试探他，就曾说过这一句蒙古话。当时鲁世雄假作听不懂将她瞒过。如今在结婚五年有了子女之后，独孤飞凤突然在他耳边又说出这四个字，鲁世雄当然知道自己的身份已给她识破了。

鲁世雄本来编好了一套谎言，准备用来应付妻子的。但此际，即使机智绝伦，也是难以掩饰了。他骤然一惊的神情，早已落在独孤飞凤眼中。

鲁世雄苦笑道："我今晚回来，本来就是要把真相告诉你的。"

独孤飞凤摇了摇手，说道："不要在这里说话吵醒小凤。你跟我来，不用害怕。只要你说实话，我不会难为你。"

鲁世雄心中一松，跟随妻子到了一间房间，这是一间单独的房子，房子外面有假山掩蔽，周围都是树木，鲁世雄从未来过，心想："要不是她今晚带我来，我竟然不知道在自己的家中还有这样一间房子。"

独孤飞凤关上房门，说道："你不必告诉我今晚的事情，我已经知道了。你是要回来和我诀别的是不是？"

鲁世雄道："你怎么知道？"

独孤飞凤道："我早已知道你的身份了。白天你虽瞒骗得很好，可惜晚上你就瞒不过我了。你不是说你从来没有去过蒙古吗？但是在你说梦话的时候，说的却是道地的蒙古话！"

鲁世雄是蒙古的奸细

鲁世雄暗暗叹了口气，他是受过极严格的训练的，却想不到在梦中泄漏了秘密。

独孤飞凤说道:"初时我们只怀疑你是南宋的奸细,一年之后,我才知道原来你是蒙古的奸细!"

鲁世雄道:"何以是一年之后才知道?"

独孤飞凤道:"咱们婚后一年,生下小龙。就在你知道自己做了父亲的那天晚上,你很高兴,那晚才第一次说了梦话。不过,你也并不是经常说梦话的,几年来我已经熟悉你的习惯了,你是在精神非常兴奋,或者情绪极为混乱的时候,才会说出梦话来。最近这几天,你几乎每晚都说梦话!"

鲁世雄大吃一惊,问道:"我说了些什么?"

独孤飞凤笑而不答,半晌才道:"珠玛是谁?"

鲁世雄满面通红,知道已经瞒不过妻子,只好说道:"她是我儿时的朋友,最近奉派来到大都,做我的帮手,不过,飞凤,你,你不要多疑,我并没有做过对不起你的事。"

独孤飞凤叹了口气,说道:"咱们的婚姻本来就身不由己,只是像傀儡一般给王爷牵线的,你即使另有情人,我也不能怪你。"

歇了一歇,独孤飞凤再道:"不过从你频频的梦话之中,我已可以猜想得到,你即将有所行动了,今晚你没有回来,你要干什么,我心中自是有数。所以你也不必告诉我了。"

鲁世雄道:"你有没有告诉王爷,说是发现了我的秘密?"

独孤飞凤说道:"如果我告诉了王爷,你今晚还能够平安回来吗?唉,我背叛了王爷的抚育之恩,我的内心也是经过无数次激烈交战的。我可以老老实实地告诉你,我不是为了你,我是为了我的孩子。"

鲁世雄心上一块大石落下,说道:"飞凤,你为我保守了秘密,不让外人知道,不管如何,我这一生会永远感激你的。"

独孤飞凤听了这话,心中是有几分内疚,想道:"不,我还是告诉了一个人。"不过她却没有对丈夫说出来。

独孤飞凤道:"世雄,有一点我不明白,你是怎么瞒得过檀元帅的?你不是他家将的儿子吗?"

鲁世雄道:"不是,我是假冒的。"

独孤飞凤说道:"我知道你是假冒的,但正因此,我就想不通了。当年王爷派人接你们母子，那人是鲁大叔的熟人，何以他没有发觉其中的秘密？"

冒名顶替

鲁世雄道："那人虽然见过鲁家的孩子，但那是孩子三岁的时候。他来寻找鲁家母子之时，那孩子已经是十岁了。当然，这个十岁的孩子就是我。可是只要鲁大娘认我是她的儿子，这个人又怎敢有丝毫怀疑？"

独孤飞凤道："鲁大娘又何以会同你串通，肯让你顶替她的儿子？"好奇之心，人人都有，独孤飞凤也不例外。这哑谜她思索几年，始终不解，是以在丈夫临走的前夕，她仍是念念不忘要打破这个哑谜。

鲁世雄笑道："这个简单得很，我们的人把她的孩子捉了去，答应她只要她肯和我们合作，将来就可以让她到蒙古和她的儿子团聚，否则就把她的儿子杀掉，她还能不听我们的话吗？"

独孤飞凤道："这一招好狠！那么，那个正牌的鲁世雄呢？"

鲁世雄低下了头，说道："我不知道。我，我不敢打听。"原来那两母子一到蒙古，已是给他们的人杀掉，鲁世雄内愧于心，不敢对妻子明说。

独孤飞凤叹了口气，说道："我问得好傻，当然他们是活不成了。世雄，我想不到，你……"

鲁世雄道："想不到我竟是这样卑鄙狠毒，是么？但我也是身不由己，谁叫我们两国都想统一天下呢？一场大战，多少寡妇孤儿也都死掉了。就说你吧，你不是也要我杀那姓杨的老板吗？"

独孤飞凤叹了口气，说道："你说得不错，我们都是给人牵着线的傀儡，但你们暗算一个失去了父亲的孩子，这件事情我恐怕还是不能原谅你的！"

鲁世雄颓然说道："好吧，我回来只是为了要见你和孩子一面，如今心愿已了，随便你怎样处置我好了。"

独孤飞凤又幽幽地叹了口气，说道："你走吧！虽然我不能够原谅你，我也还不想杀你。"

鲁世雄用话打动了她的心，此时已是逃生有望，心中暗暗欢喜。可是，在这夫妻诀别之际，他倒是不由自己地对妻子动了真感情了。

鲁世雄不自禁地抓着她的手，说道："你不能原谅我，我也是一辈子感激你的。好，我走啦，你多多保重。"

独孤飞凤甩开他的手，却又忽地拉他回来，说道："不要从正门出去，王爷是一个非常精明的人，我已经知道他今晚不在家，但你在研经院又没有见着他，事情恐有蹊跷。他若是发现了你的事情，他一定会想到你已经回到这里了。"

小王爷守在外面

鲁世雄心中一凛，说道："不错，那么我从后门走。"当然鲁世雄也能想得到，王爷若是要来捉他，前门后门都会有人埋伏，不过希望从后门出走，危险可以少些而已。

独孤飞凤微微一笑，说道："我另外有路给你走。这房间里有道暗门，可以走入假山腹中，假山里有条地道，通到外面。一走出去，就到了。"原来独孤飞凤那天晚上，出去偷会孟中还，走的就是这条地道。

鲁世雄喜出望外，说道："飞凤，你真是我的救命恩人。"

话犹未了，忽听得独孤飞凤"咦"的一声叫了起来，鲁世雄道："怎么了?"独孤飞凤惊惶失色地说道："奇怪，这暗门的机关似乎坏了，我，我打不开!"

鲁世雄道："让我试试。"他是精通机关布置的，一试之下，就知这道暗门已经给人在外面反锁了。

正当鲁世雄暗暗叫苦的时候，外面已是有人哈哈笑道："不用走了，鲁世雄，你还想跑吗?"

鲁世雄冲出房间，只见假山前面站着一个手拿竹杖的人，正是小王爷完颜定国。

完颜定国举起了绿玉杖，指着鲁世雄笑道："郡马爷，你想不到终于落在我的手中吧，不错，我打不过你。但你若敢动一动，管保你乱箭穿心。”

只见假山石上，花树丛中，黑影幢幢，无数弓箭露了出来，箭镞的寒芒，在黑夜中隐隐可见，就似点点繁星。原来小王爷在园中早已布满了埋伏。

独孤飞凤跟在丈夫后面走出，一见如此情景，不禁面如死灰。心中想道：“他们是怎么知道的？王爷一向对世雄没有怀疑，难道中还向他们告密？不，中还答应了我，他绝不会对我失信的！”

完颜定国又哈哈大笑，说道：“好妹子，你忘记这间郡马府是爹爹给你建造的了，这里面的密室机关焉能瞒得过我？但我也想不到你对丈夫竟是这样情深义重，把我家对你的大恩也忘了！”

独孤飞凤知道逃不出去，反而冷静下来，说道：“事已至此，我无话可说。随便你怎样处置。但我的两个孩子无罪，你可不能将他们害了。不错，我是受了你家的抚养之恩，但这些年来，我也曾为你们父子做了许多事情，你们不应该斩尽杀绝！”

完颜定国嬉皮笑脸地说道：“好妹子，你说到哪里去了？我对你爱惜还来不及呢，怎会杀你们母子？甚至你要保全鲁世雄的性命也可以考虑，当然，这就要看你听不听话了。”

螳螂捕蝉，黄雀在后

独孤飞凤气得柳眉倒竖，斥道：“定国，你，你简直是不要脸！”

鲁世雄见妻子在临危之际不肯背他，心中大为安慰，说道：“飞凤，不必理他，最多我是一死。”说罢，又朝着完颜定国纵声大笑。完颜定国喝道：“你死在临头，还笑什么？”

鲁世雄笑道：“我笑你们父子着了我的道儿，却还在自鸣得意。你知不知道研经院中的两件宝物，早已落在我们的人手里了？你杀了我也没有用，你们总是栽啦！”

完颜定国也是哈哈大笑，笑声比鲁世雄更高。鲁世雄倒是不禁一愣，说道："你还在得意什么呀？"

完颜定国笑够之后，说道："我笑你是一个蠢材，你以为我们着了你的道儿，谁知却是你落入我们的圈套。老实告诉你吧，我爹爹早已识破了你的诡计，他让你布置机关，让你把那两件宝物偷去，这正是一网打尽之计！"

鲁世雄听了这番说话，顿时面如死灰，做声不得！

完颜定国得意之极，还恐独孤飞凤听不明白，接着又解释道："鲁世雄，我们为什么不在你下手盗宝之时捉你？你如果不明白，我还可以说给你听！若在研经院中捉你，只是捉你一人，放你出去，就可以将你的同党全捉了。树林里早已埋伏有我们的人，只等你的同伴前来接赃。你懂了么？"

饶是鲁世雄要硬充好汉，此时也不禁浑身发抖，心里想道："这一仗真是一败涂地了，赔了我的性命还不打紧，珠玛也受我连累了。"

完颜定国喝道："你服了吗？还不乖乖地束手就擒？"

岂知他也没有得意多久，就在他喝令鲁世雄束手就擒之际，忽听得一声长笑，一条黑影快得难以形容，飞过墙头，越过假山，在园中埋伏的弓箭手，尚未看清楚来者是谁，箭也未曾射出之际，这人已到了完颜定国的身边。

完颜定国大吃一惊，叫道："孟中还，是你，你来做什么？"

话犹未了，孟中还已经一把将他抓住，完颜定国与他武功相差太远，哪里能够挣扎？

此时方始有几支箭射来，孟中还把小王爷抓起，喝道："好，你们射！"王爷手下的武士怎敢伤害小王爷，顿时乱箭停发，人人噤若寒蝉。

马车夫就是潜龙

小王爷颤声叫道："孟，孟大哥，我家待你不薄！"孟中还淡淡说道："不错，我给你家做马车夫，的确是受了你家不少恩惠。要不然，我的身份早已给人发觉了。"小王爷大惊道："你，你是谁？"

孟中还哈哈一笑，把小王爷摔倒地上，一脚踏住他的胸口，缓缓说道："我就是你们所要搜捕的潜龙！"

独孤飞凤又惊又喜，此时她方才看清楚，孟中还身上血迹斑斑，显然是受伤不轻。

独孤飞凤说道："大哥，你为什么不早告诉我？这，这也是我害了你啦！"不自禁地走到孟中还身边，掏出手绢，给他揩抹血迹。她知道孟中还全是为了她的缘故，这才冒险回来的。否则按常理来说，他受了伤，既然侥幸逃脱敌人的掌握，就应该远走高飞。

孟中还毅然说道："你跟我走，我舍了性命，也要保护你走出京城。"

鲁世雄什么都明白了，"怪不得几年来飞凤与我一直貌合神离，原来她真正爱的是潜龙。"

鲁世雄叹了口气，说道："飞凤，你跟他走吧！"独孤飞凤道："你呢？"鲁世雄道："我有辱大汗之命，无颜回国了。"

独孤飞凤心头一酸，说道："世雄，或许是我对不起你，但我与他相识在前，就像你和珠玛一样。"

鲁世雄低下了头，说道："我知道。唉，珠玛却不知怎样了？"

孟中还道："你不必担心，珠玛早已走了。她没有得到那两件宝物，但却拾回一条性命。宝物我已拿去，是我叫她走的。"

鲁世雄怔了一怔，说道："是你给她挡住追兵，让她逃的？"

孟中还道："我还劝她不必回蒙古，她是个好姑娘，不值得为你们的大汗做这种卖命的勾当！我却不同，这两件宝物，本来就是我们的国宝，我一定要它回到我们汉人的手中。你们的盗宝，却只是为了大汗的利益，意义完全不同。你懂不懂？"

鲁世雄颓然说道："可惜我懂得太迟了。多谢你救了珠玛的性命，飞凤今后要请你替我照顾了。"说罢突然一刀插进自己的胸口，飞凤一声惊呼，要救已来不及，只见鲁世雄倒在血泊之中，兀自抖抖索索地说道："你，你们快走！"

就在此际，忽听得有人冷笑道："想要逃走，那是做梦！"这个人正是王爷，只见他左手牵着小龙，右手抱着小凤，一步一步地走来。

城外换人

完颜长之冷笑道："飞凤，想不到你也会背叛我！"独孤飞凤面色惨白，说道："王爷，你可以杀我，但我的子女却是无辜的。"她的一双小儿女给外公紧紧抓住，不知是怎么一回事情，小龙大叫"妈妈"，小凤却已吓得只会哭了。

孟中还道："飞凤，不必害怕，他不交回你的子女，我就要了他这宝贝儿子的性命！"把完颜定国抓了起来，横刀架在他的颈项。

完颜长之怒极狞笑道："中还，你够狠，算是我栽给你了。但你这条潜龙毕竟是现了形啦，你以为你可以逃得出大都，逃得出金国吗？"原来完颜长之与孟中还已经在树林里交过手，孟中还杀出重围，身上却已经给完颜长之伤了三处。经过了这一场恶斗，完颜长之当然知道他是潜龙了。

孟中还道："逃不逃得脱这是我的事，现在我只问你，这桩交易你是做还是不做？"

完颜长之道："好，换人！"

孟中还道："且慢，我信不过你！你亲自送我们出城，城外十里之处换人！"

完颜长之无可奈何，只得说道："好，一切依你。"心里想道："他已受重伤，我也不怕他反悔。"

孟中还笑道："今晚我最后一次做你们王府的车夫，飞凤，跟我上车！"挟起小王爷，缓缓走出园门，那辆马车像往常一样停在外面。完颜长之道："我不坐你的车。"他把班建侯叫来，一人抱了一个孩子，骑马跟着这辆车子。

天还未亮，城门本来还不能打开，但王爷亲临，城门官岂敢不打开城门，放他们出去？

到了离城十里之处，天色方始大亮。完颜长之勒住马头，说道："君子一言，快马一鞭，依约换人！"

孟中还揪着小王爷下车，独孤飞凤跟在后面。完颜长之暗暗向班建侯使了一个眼色，准备一换人，马上动手，自忖他们二人联手，定能制伏潜龙。

孟中还打了一个胡哨，山岗上三骑快马突然出现。孟中还笑道："王爷，你别打坏主意了。站着别动，飞凤，你去接孩子。你那边接了孩子，我这边放人！"

独孤飞凤接了孩子，小王爷也已回到王爷身边。独孤飞凤忽道："中还，你给我抱一抱他们！"孟中还只道她抱得手酸，不疑有他，伸手便接过了她的两个孩子。

完颜长之冷笑道："你们准备得是很周密，但也别得意太早，你们要逃回江南，只怕也还不是这么容易！"

同归于尽

孟中还哈哈大笑："那咱们就走着瞧吧！"抱了两个孩子，跨上马车。

独孤飞凤道："让我再亲亲他们吧！"孟中还微微一笑，心想："上了马车，你怕没有时间疼爱孩子？"不过他也能够体谅独孤飞凤做母亲的心情，她这两个孩子失而复得，也难怪她的情绪如此动荡不宁。于是一足踏着车辕，回过身来，让飞凤亲她的孩子。

独孤飞凤吻了小龙，又吻了小凤，轻轻地在他们的身上抚拍，说道："跟着叔叔，别吵！"这两个孩子哭也哭够了，疲倦不堪，此时已在孟中还的怀抱中睡着了。

孟中还上了马车，把两个孩子放下，叫道："飞凤，你怎么还不上来？"忽听得独孤飞凤说道："中还，有你照顾他们，我可以放心了！"

孟中还大吃一惊，跳下马车，叫道："你干什么？"只见独孤飞凤已是倒在地上，胸口插着一把短剑，锋刃尽没，只露出三寸剑柄。独孤飞凤颤声说道："中还，原谅我，我不能做你的妻子了。王爷，你的养育之恩，我如今以死相报，也总算是对得起你了！"孟中还是个大行家，一看她的伤势，已知无法救治，一颗心沉了下去。

孟中还大吃一惊……只见独孤飞凤已是倒在地上，胸口插着一把短剑。

孟中还忍着眼泪，招了招手，山岗上三骑快马一齐来到。孟中还道："宝物送出去没有？"为首的说道："大哥放心，咱们的人昨晚早已偷偷出了城，如今最少也是在百里开外了！"

　　孟中还纵声笑道："王爷，你听见没有？你即使害了我们，你也总是输了！"说罢，回头吩咐那三个人："你们一定要把孩子护送到平安之所，他们的追兵一时还不会来到，这辆马车有王府标志，路上没有人敢阻拦你们。"

　　那三人道："大哥，你呢？"孟中还道："不必管我，这是命令，你们快走！"

　　那三人无可奈何，只好驾车疾走。王爷想来拘捕潜龙，孟中还横刀一立，冷笑道："王爷，今晚你们不过仗着人多，才伤了我，单打独斗，你是打不过我的。我会自行了断，但你若过来，我就和你拼命！"王爷对受了重伤的潜龙也还是有所顾虑，果然不敢过来。

　　孟中还把飞凤抱在怀中，轻声说道："不要难过，咱们总是在一起了，是不是？"独孤飞凤睁开眼睛，道："你，你不走……"说话的声音，只有孟中还听得见。孟中还道："我永远伴着你。飞凤，这样的结局不也很好么？"说罢，一刀插进心窝，尸身倒了下去。独孤飞凤脸上现出了笑容，闭了双眼，她心中最后的一个思想，也正是和孟中还一样。